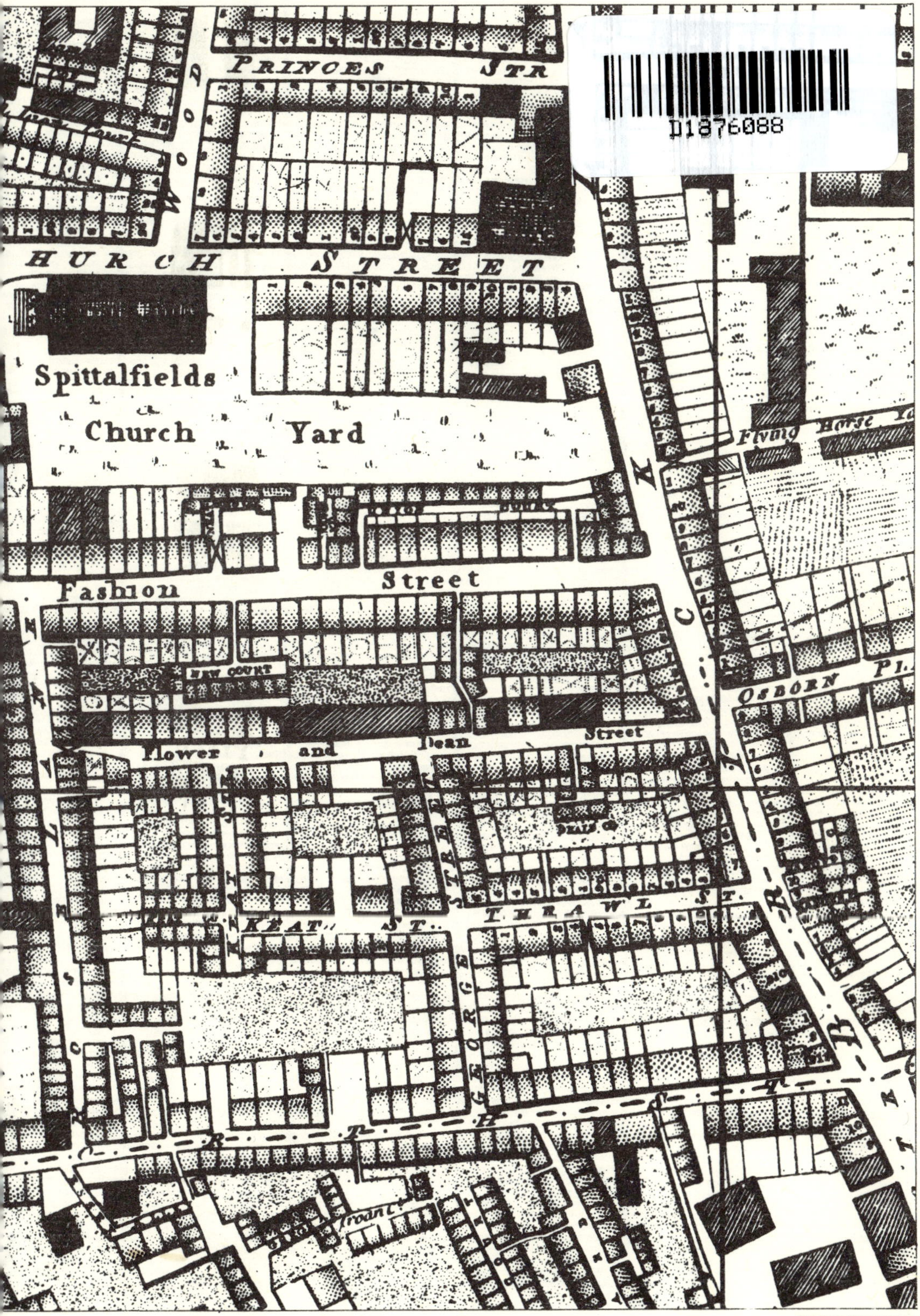

SPITALFIELDS

Droemer
Knaur®

Charles Palliser

QUINCUNX

Roman

Aus dem Englischen übersetzt
von Bernhard Robben

Droemer Knaur

Titel der Originalausgabe: The Quincunx
Originalverlag: Canongate, Edinburgh

Die Deutsche Bibliothek – CIP-Einheitsaufnahme

Palliser, Charles:
Quincunx: Roman/Charles Palliser. Aus dem Engl. von
Bernhard Robben. – München: Droemer Knaur, 1991
Einheitssacht.: The Quincunx <dt.>
ISBN 3-426-19276-4

Umschlaggestaltung: Atelier Zero, München unter
Verwendung des Gemäldes »Punch, or May Day«
von Benjamin R. Haydon, Tate Gallery, London.
Illustrationen: Jenny Phillips
Umbruch: Ventura Publisher im Verlag
Druck und Bindearbeiten: May & Co., Darmstadt
Printed in Germany
ISBN 3-426-19276-4

2 4 5 3 1

Inhalt

Für meine Mutter
(4. Mai 1919 - 22. Februar 1989)

Quid quincunce speciosius, qui, in quamcunque partem spectaveris, rectus est?
QUINTILLIAN

Was ist vollkommener als ein Quincunx,
der seine rechte Gestalt behält,
von welcher Seite man ihn auch betrachtet.

ERSTER TEIL

DIE HUFFAMS

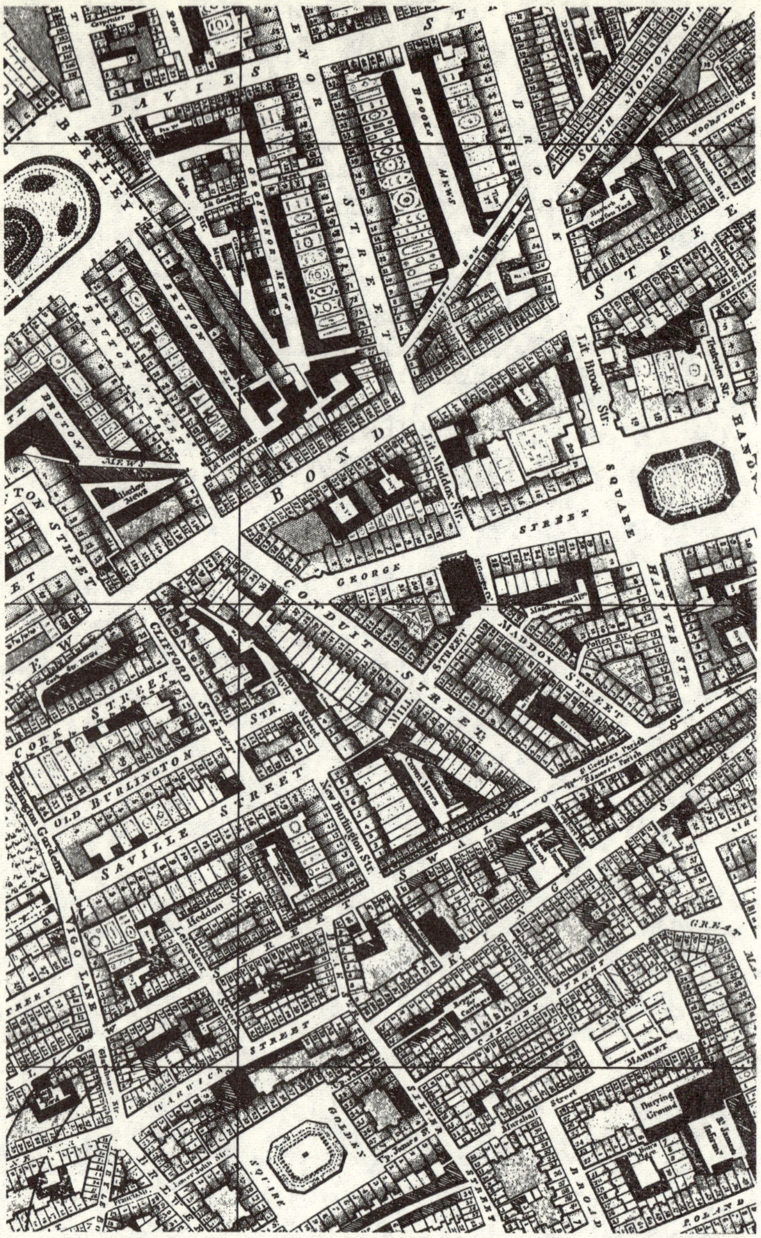

MAYFAIR UND GOLDEN SQUARE

I. BUCH

Ein kluges Kind

1. KAPITEL

Es wird wohl im Spätherbst jenes Jahres gewesen sein; und wahrscheinlich geschah es bei Einbruch der Dunkelheit, um jegliches Aufsehen zu vermeiden. Dabei bestand doch sicherlich kein Anlaß, ein Treffen zwischen zwei Herren zu verheimlichen, die als Standesvertreter der gängigen Rechtsprechung gelten konnten.

Stellen wir uns also vor, wie es gewesen sein mochte, als Herr Recht Herrn Billig seine Aufwartung machte.

In Gestalt eines kleinen, blaßgesichtigen, etwa vierzigjährigen Mannes mit großem Kopf nähert sich Recht einem gewissen Haus unweit Lincoln's Inn Fields, erklimmt die Stiegen und läutet an der Tür. Unverzüglich wird ihm von einem jungen Sekretär geöffnet. Der Besucher tritt ein, legt seinen Hut sowie Mantel und Handschuhe ab und läßt sich dann in ein schmales, dunkles Zimmer im hinteren Teil des Hauses führen. Dort sieht er am anderen Ende des Raumes jemanden an einem kleinen Tisch sitzen. Geräuschlos zieht sich der Sekretär zurück, während der bereits Anwesende sich mit knappester Verbeugung erhebt und vor sich auf einen Sessel am Kamin weist. Nun setzt sich der Neuankömmling, und auch der Hausherr nimmt wieder Platz, wobei er den Blick auf seinem Gast ruhen läßt. Billig ist etwa fünfzehn Jahre älter und trägt eine stolz vorspringende Nase im hochroten Gesicht, dem ein Paar schwarze, buschige Augenbrauen ein höchst bemerkenswertes Aussehen verleihen.

Es entsteht eine lange Pause, doch endlich räuspert sich der Neuankömmling: »Es war mir eine Ehre, Sir, Ihrem Ruf Folge zu leisten.«

In dieser Bemerkung klingt ein Ton höflicher Anfrage mit an, aber Billig scheint davon nichts zu bemerken, und er fährt fort, seinen Gast in aller Ruhe zu betrachten.

Nach einer weiteren Minute fragt Recht nervös: »Darf ich nun vielleicht erfahren, wie ich Ihnen behilflich sein kann?«

»Haben Sie die Vorsichtsmaßnahmen beachtet, um die ich Sie gebeten hatte?« fragt der Gastgeber.

»Gewiß. Ich glaube nicht, daß mir jemand hierher gefolgt ist.«

»Gut. Dann ist unser Treffen mit ein wenig Glück einer dritten Partei verborgen geblieben.«

»Einer dritten Partei? Mein lieber Herr, Sie machen mich neugierig. Wen meinen Sie damit?«

»Ich stelle hier die Fragen«, antwortet Billig mit kaum wahrnehmbarer Betonung des ersten Wortes.

Sein Gast errötet.

Der Ältere holt etwas aus seiner Tasche hervor und sagt dann: »Also gut, Sie haben einen Klienten, dessen Namen ich auf dieses Stück Papier geschrieben habe. Vielleicht wollen Sie so gütig sein, es bitte zu lesen.« Er hält ihm für einen Augenblick das Papier hin und steckt es, nachdem Recht es sich angesehen und bestätigend genickt hat, wieder in die Tasche: »Sehr gut. Dann werde ich keine Zeit mehr verlieren und direkt zur Sache kommen: Das Dokument, das sich in den Händen Ihres Mandanten befindet, könnte den Interessen der Partei, in deren Namen zu handeln ich die Ehre habe, erheblich schaden, und in Anbetracht dessen ...«

Er bricht ab, da sich auf dem Gesicht von Recht ein Ausdruck offenkundiger Verwirrung zeigt: »Werter Herr, ich versichere Ihnen, ich weiß nichts von einem solchen Dokument.«

»Aber ich bitte Sie, mein Herr! Vor kaum zwei Wochen sandte uns Ihr Mandant eine Abschrift dieses Dokumentes, verlangte Geld und gab als Adresse für eine etwaige Korrespondenz Ihren Namen an.«

»Das mag schon sein ... ich meine, ich bin mir sicher, daß es sich so verhält, wenn Sie es sagen. Aber ich bitte Sie, mir zu glauben, daß ich bei dieser Transaktion allein der Vermittler bin.«

»Was soll das heißen?«

»Daß ich lediglich die an mich adressierten Briefe für meinen Mandanten weiterleite. Ich weiß so wenig von den Angelegenheiten dieses Menschen wie ein Briefträger von dem Inhalt der Briefe, die er abholt und austrägt.«

Der andere sieht ihn an und sagt: »Ich will einmal annehmen, daß die Sache sich so verhalten könnte.« Der Jüngere lächelt, doch schon bei den nächsten Worten ändert sich seine Miene. »Dann nennen Sie mir den Aufenthaltsort Ihres Mandanten!«

»Mein lieber Herr, das kann ich nicht.«

»Verzeihen sie, ich vergaß, meinen Einsatz zu nennen«, sagt der Ältere, greift in seine Tasche und legt einen klirrenden Beutel auf den Tisch.

Recht beugt sich ein wenig vor, um einen Blick darauf werfen zu können. Sein Gesicht läßt einen Ausdruck unverhüllter Gier erkennen. Doch dann sagt er: »Ich versichere Ihnen, mein Herr, es ist mir wirklich ganz unmöglich, Ihnen gefällig zu sein.«

»Oho!« ruft der Ältere. »Glauben Sie, mit mir handeln zu können? Ich warne Sie, versuchen Sie es erst gar nicht, oder Sie werden feststellen, daß mir auch ganz andere Mittel zur Verfügung stehen, um Sie zum Reden zu bringen.«

»Aber nein, Sir,« stammelt der andere. »Sie haben mich mißverstanden. Ihre Großzügigkeit überwältigt mich, und ich wünschte mir nichts sehnlicher, als mich ihrer würdig zu erweisen. Dennoch ist es mir gänzlich unmöglich, Ihnen behilflich zu sein.«

»Ich rate Ihnen, versuchen Sie keines Ihrer Spielchen mit mir, mein lieber Mann!« sagt der andere in grausam verächtlichem Ton. »Ich habe genug Nachforschungen über Sie anstellen lassen, um zu wissen, wie schlecht Ihnen solcherart hochmoralische Bedenken anstehen. Ich habe ›Ihre Höhle ausgeräuchert‹ – heißt es nicht so im Jargon Ihrer Klientel?«

Der Angesprochene wird blaß. Er macht Anstalten, sich von seinem Stuhl zu erheben, aber sein Blick streift den Beutel auf dem Tisch, und er bleibt sitzen.

Billig redet weiter: »Wollen Sie, daß ich Ihnen eine Liste – oder sollte ich besser sagen: das Register? – aller Schandtaten gebe, in die Sie meines Wissens verwickelt sind?« Da Recht nicht antwortet, fährt Billig fort: »Handel mit zweifelhaften Wechseln, wucherische Erpressung von Schuldnern und reichlich Nachhilfeunterricht für die Falschaussagen Ihrer Zeugen. Verhält es sich nicht so?«

Der andere antwortet würdevoll: »Sie haben mich mißverstanden, mein lieber Herr. Ich wollte nur sagen, daß ich über die entsprechende Information nicht verfüge. Hätte ich sie, würde ich sie Ihnen nur zu gerne überlassen.«

»Halten Sie mich für einen Narren? Wie wollten Sie denn sonst mit Ihrem Mandanten Kontakt aufnehmen?«

»Über einen Dritten, an den ich die Briefe meines Mandanten weiterleite.«

»Das klingt schon besser«, grollt der andere. »Wer ist das?«

»Ein Herr von höchstem Ansehen, ein Gentleman, der sich vor einigen Jahren aus meiner Sparte unseres gemeinsamen Metiers zurückgezogen hat.«

»Das ist ja höchst interessant. Aber jetzt seien Sie bitte so gut und schreiben Sie mir den Namen dieses Herrn und seine Adresse auf, denn ich kann mir nicht denken, wer dieser Mensch ist, obwohl es in Ihrer Branche Herren, auf die diese Beschreibung zutrifft, wohl kaum in übergroßer Zahl geben dürfte.«

Der andere lacht kurz und freudlos auf. Dann holt er ein Notizbuch hervor, schreibt »Martin Fortisquince, Esqr., Golden Square Nr. 27« auf, reißt ein Blatt heraus und übergibt es Billig.

Der nimmt den Zettel und sagt abrupt, ohne sich das Papier anzusehen: »Falls ich noch einmal mit Ihnen zu sprechen habe, werden wir uns auf die gewohnte Weise in Verbindung setzen.« Er greift dicht bei seinem Sessel in eine dunkle Ecke des Zimmers und zieht sanft an einem Klingelstrang.

Recht erhebt sich, sein Blick haftet an dem Beutel auf dem Tisch. Als Billig dies sieht, schiebt er ihn nachlässig seinem Gast zu, und der läßt ihn in seine Hosentasche gleiten. Während sich die Tür öffnet und der Sekretär wieder auftaucht, hält Recht seinem Gastgeber etwas zögernd die Hand hin. Der allerdings scheint die Geste nicht wahrzunehmen, woraufhin Recht seine Hand hastig wieder in die Tasche steckt. Der Sekretär geleitet ihn zur Tür, gibt ihm Hut, Mantel sowie Handschuhe, und einen Moment später findet sich Recht draußen auf der Cursitor Street wieder. Er stürzt mit eiligen Schritten davon und sieht sich einige Male ängstlich um. Erst nachdem er um mehrere Straßenecken gebogen ist, verbirgt er sich in einem ruhigen Hauseingang und holt den Beutel aus seiner Tasche. Vorsichtig zählt er den Inhalt, zählt ihn noch einmal, steckt den Beutel wieder zurück und geht dann etwas langsamer weiter.

2. KAPITEL

Meine Welt, das war unser Haus, der Garten, das Dorf und das Land im Umkreis von ein oder zwei Meilen, denn das war alles, was ich kannte, ehe sich dann in jenem letzten Sommer in Hougham eine neue Welt vor mir auftat. Und jetzt, da ich nach einem Bild für das Unternehmen suche, auf das ich mich eingelassen habe, fällt mir der prächtige Nachmittag jenes Sommers wieder ein, an dem ich – ohne zu wissen, daß mir der Abschied schon so bald bevorstand – der Gefangenschaft entflohen war, unter der ich lange gelitten hatte. Als ich am Ufer des kleinen Flusses lag, der durch den Wald von Mortsey und weiter zu dem mir verbotenen Land nach Norden floß, freute ich mich jedoch weniger über meine Freiheit selbst als vielmehr darüber, daß ich sie mir einfach genommen hatte.

Ich vergaß, weshalb ich entflohen war, vergaß die verrinnenden, kostbaren Minuten und blickte verzaubert hinab in die klare Tiefe. Dort unten erspähte ich seltsame Kreaturen, die, wenn ich sie mir näher betrachten wollte, so rasch davonflitzten, daß ich mich fragte, ob sie nicht bloße Schatten waren, ein Spiel des Sonnenlichtes auf den Wasserpflanzen und dem mit Kieseln übersäten Flußbett. Die Kreaturen verschwanden, sobald ich meinen Kopf bewegte, und weil ich mir Gewißheit verschaffen wollte, stocherte ich mit einem Stock zwischen den Gewächsen und Kieseln herum, bewirkte aber nur, daß eine undurchdringliche Wolke aufstieg, die alles verdunkelte. Die Erinnerung, so will mir scheinen, ist wie dieses klare Rinnsal, und dennoch habe ich mir vorgenommen, in ihr herumzustöbern. Während ich mich nun an meine ersten Eindrücke klammere, merke ich, daß ich mir nur die Sonne, den warmen Wind und den Garten ins Gedächtnis rufen kann, Dunkelheit, Schatten oder sonnenlose Tage dagegen in der Erinnerung an jene Zeit fehlen, als die entlegenen Katen des Dorfes die äußersten Grenzen meiner Welt markierten.

Es mag sein, daß wir in den glücklichen Tagen der Kindheit nur Wärme, Licht und Sonne wahrnehmen und daß, falls es Augenblicke der Dunkelheit und der Kälte gibt, diese wie ein traumloser Schlummer an uns vorüberziehen und keinen Eindruck in unserer Erinnerung hinterlassen. Doch vielleicht wecken uns auch der erste Hauch von Kälte und die ersten Anzeichen von Dunkelheit für immer aus unserem frühen Schlaf.

Jene Begebenheit, mit der mein Leben eine Wende nehmen sollte, ereignete sich an einem späten, wolkenlosen Nachmittag, als die Schatten bereits länger wurden. Müde vom Spiel, klammerte ich mich an die Gartenpforte und stieß mich ab, so daß die Pforte mich wie eine Schaukel hinaus in die Gasse trug, die an unserem Garten vorbeiführte.

Hinter dem Haus, wo wir uns an diesem Nachmittag aufhielten, senkte sich der Rasen terrassenförmig. Die einzelnen Ebenen waren durch einen schotterbestreuten Weg und Treppenstufen miteinander verbunden und von einer hohen roten Ziegelmauer umschlossen, an die sich ein Spalier von Aprikosenbäumen lehnte. Auf jeder Terrasse reckten Walnuß- oder Maulbeerbäume ihre langen, dünnen Arme beschützend über die runden Blumenbeete, in deren Mitte sie standen; in einem der unteren Beete ging Mr. Pimlott gerade seiner Arbeit nach. Am Fuße des Gartens begann beinahe außerhalb des Blickfeldes ein Dickicht verkrüppelter Bäume und undurchdringlichen Buschwerks, das wir nur die »Wildnis« nannten.

Ich erinnere mich noch, wie rauh die Pforte sich anfühlte, an deren eisernen Stäben ich mich festhielt. Das Metall war heiß von der Sonne, und unter meinen Fingern zerbröckelten Rost und schwarze Farbe. Die Füße zwischen die Stäbe gezwängt, preßte ich mich gegen das Gitter, stieß mich vom Pfosten ab und beugte mich, um Schwung zu holen, zuerst in die eine und dann in die umgekehrte Richtung, damit die Pforte bis zum weitesten Punkt aufschwang und schließlich durch ihr eigenes Gewicht zurückfiel.

Sie gewann dabei so an Fahrt, daß der Boden unter mir vorbeisauste, bis sie schließlich mit lautem Getöse wieder ins Schloß krachte. Natürlich wußte ich, daß mir dieses Spiel verboten war, und meine Mutter, die nur wenige Schritte entfernt mit ihrem Strickzeug auf einem Gartenstuhl saß, hatte mich bereits einige Male mißbilligend angesehen.

Eingelullt vom Rhythmus der quietschenden Scharniere, der Sonne, die warm auf mein Gesicht schien, und dem sanften Wind, der den Duft von Blumen und frisch geschnittenem Gras zu mir herübertrug, ließ ich mich vor- und zurückschwingen. Ich schloß die Lider, hörte auf das laute Summen der Bienen und schlug die Augen wieder auf, um in den blauen Himmel und auf die Schäfchenwolken zu schauen, die in schwindelerregenden Kreisen über meinem Kopf dahinzogen, sooft die Pforte zurücksauste.

Plötzlich schien mir eine barsche Stimme direkt ins Ohr zu sprechen: »Hör sofort auf, du böser Junge, du weißt, das ist verboten.«

Unachtsam geworden, ließ ich die Pforte härter als beabsichtigt ins Schloß krachen und war von dem Schlag wie betäubt. Einen Augenblick fragte ich mich verwirrt, ob ich mich vielleicht verletzt hatte, doch noch ohne die Antwort auf diese Frage zu kennen, wußte ich, wie ich mir angemessenen Trost verschaffen konnte.

Zu diesem Zweck holte ich bereits tief Atem, als sich die Stimme wieder meldete: »Jetzt heul nun nicht gleich los! Da bist du viel zu alt dafür.«

»Aber ich hab mir weh getan!« schrie ich auf.

»Geschieht dir recht«, höhnte Bissett, als sie sich neben meine Mutter setzte.

»Das ist gar nicht recht«, rief ich. »Es war deine Schuld; das wär nicht passiert, wenn du nicht so plötzlich was gesagt hättest.«

»Gib keine Widerworte, Liebling!« mahnte meine Mutter.

»Ich hasse dich, Bissett. Immer verdirbst du einem den Spaß.«

»Du ungezogenes Kind! Ich seh schon, ich werd deiner Erziehung mal wieder mit meiner Hand etwas nachhelfen müssen.«

»Wirst du nicht, Mama hat's dir nämlich verboten«, zischte ich.

»Davon weiß ich ja gar nichts, du Schwindler!«

Aber ich wußte, daß es stimmte, denn meine Mutter hatte es mir versprochen.

Noch ehe ich jedoch etwas sagen konnte, legte sie, ohne daß Bissett es sehen konnte, den Finger auf ihre Lippen, und ich fügte mich und schwieg.

Immer noch über meine Ungezogenheit verärgert, brummelte Bissett vor sich hin und nahm ihre Arbeit wieder auf: »Ich hab genug von deiner Frechheit. Bleib gefälligst hier, damit ich dich im Auge behalten kann, und richt mir keinen Unfug mehr an!«

Es empörte mich zwar, daß sie mir zu bleiben befahl, doch wenigstens wußte Bissett nicht, daß ich in diesem Moment an keinem Ort der Welt lieber sein wollte als hier, stand doch der schönste Augenblick des Tages unmittelbar bevor.

»Es ist gar zu schlimm, Ma'am, das ist es wirklich«, begann Bissett. »Für nichts und wieder nichts hat sie die letzten Tage ihre Arbeit liegenlassen, um mit diesen Arbeitern von Mr. Limbrick herumzupoussieren.«

»Nun ja, aber die sind ja jetzt bald fertig.«

»Und wie ich mich erst freue, wenn ich sie los bin. Ich haß Männer im Haus. Diese gräßlichen, grölenden Kerle! Was für eine fürchterliche Plage sie sind, mit ihren Eimern, Mörteltrögen und Leitern. Und fünfmal am Tag lassen diese junge Göre und Mrs. Belflower – dabei müßte die es doch eigentlich besser wissen – sie in die Küche.«

»Wenn ich mich recht entsinne«, warf meine Mutter zaghaft ein, »ist einer von ihnen ihr Vetter.«

»Vetter«, wiederholte Bissett düster. »Wenn Sie diesen jungen Tunichtgut Job Greenslade meinen, nun, Knutschverwandte sind sie, wenn sie denn überhaupt verwandt sind. Ständig treiben sich die beiden irgendwo herum. Es steht mir ja vielleicht nicht an, so zu reden, aber ich glaube bestimmt, daß es im Dorf viele guterzogene junge Dinger gibt«, fuhr Bissett undeutlich fort, weil sie den Mund voller Stecknadeln hatte, »die viel besser zu ihm passen täten, Ma'am.«

»Aber sie ist ein gutmütiges, ehrliches Mädchen, trotz ihrer Fehler. Und Master Johnnie hat sie gern. Und außerdem sollten wir ihr beistehen in dem Unglück, das ihrer Mutter gerade erst widerfahren ist.«

Bissett schnaubte ausdrucksvoll. »Unglück!« wiederholte sie. »Eine faule Erbse aus einer faulen Hülse. Sie sind zu nachsichtig mit der Göre, Ma'am.«

In diesem Augenblick hörte ich, wie das Vieh aus der High Street in die Gasse bog, und einen Moment später drängte es sich an unserer Pforte vorbei. Ein Junge trieb die Kühe vor sich her, und er schwang dabei seinen Stock so unbekümmert, daß er für mich beinahe so etwas wie ein Held war. Ihr trübsinniges Brüllen und wie sie sich drängten, um sich alle auf einmal durch die enge Gasse zu zwängen, all das war herrlich beängstigend, wußte ich doch, daß ich sicher war, solange sich die eiserne Pforte zwischen uns befand. Aber diesmal geschah etwas noch nie Dagewesenes. Eines der Tiere schien plötzlich meinen Blick aufzufangen – anders kann ich es nicht beschreiben –, es schob sich durch den Strom der Herde auf die Pforte zu und stieß sich mit grimmiger Entschlossenheit den Weg frei. Ich wußte im selben Moment, daß es einen schrecklichen und dringlichen Auftrag zu erledigen hatte, der sich irgendwie auf mich bezog, und doch konnte ich nicht fortlaufen, um mich in Sicherheit zu bringen. Als sich der mächtige Kopf des Tieres an die Gitterstäbe der Pforte drängte, sah ich die hervorquellenden, blutunterlaufenen Augen, sah, wie sie in ihren schwarzen, ledrigen Höhlen rollten, wie sich das riesige Maul öffnete, als wolle es sich erst wieder über meinen Wangen schließen, und sah die dicken, wie gedrechselten, spitz zulaufenden Hörner gleich seltsamen Baumstümpfen aus dem verfilzten, strohigen braunen Fell aufragen. Ich wußte, daß die Pforte zerbrechen und in dem Augenblick nachgeben würde, in dem der gewaltige Kopf dagegendrückte, trotzdem blieb ich stehen, unfähig, mich zu rühren und den Blick von dem Tier zu wenden.

Endlich drehte ich mich um und rannte davon. Das Herz pochte mir in den Ohren, während meine Beine sich hoben und senkten, ohne daß ich Grund zu gewinnen schien. Durch den Schleier meiner Tränen sah ich einige Schritte vor mir zwei verschwommene Gestalten, die sich erhoben und mir erschreckt entgegenkamen: die eine schlank und blumengleich im hellen Baumwollkleid, die andere eine steife, weiße Gestalt vor dem grünen Gras.

»Dieser böse Kuh!« heulte ich. »Er soll mir nicht weh tun!« Einen Augenblick später hatte ich das Gesicht in der gestärkten weißen Schürze meiner Amme vergraben; ihre Arme lagen um meinen Schultern, und sie drückte mich eng an sich, um mich mit ihrer kühlen, bei solchen Gelegenheiten fast spöttischen Stimme zu trösten.

Aus dieser Zeit habe ich Bissett am deutlichsten in Erinnerung, ein frischer, etwas strenger Duft nach gestärkter Schürze und steifem Rock, ein schwach apfelähnlicher Geruch, kühl und ein wenig bedrohlich. Wenn ich die Augen schließe, kann ich mich daran erinnern, wie ich aufblicke in ein rötliches Gesicht, von grauen Haarsträhnen umrahmt, die unter dem Spitzenhäubchen hervorquellen. Bissetts Augen waren von einem blassen Grau, und ihr Mund war schmal – und wurde noch schmaler, wenn sie, selten genug, ihre Lippen zusammenpreßte, als wolle sie, ohne sich dabei eine Blöße zu geben, in ihren Mundwinkeln ein Lächeln andeuten.

Bestimmt waren jetzt einige Tränen erlaubt, aber Bissett schüttelte mich und sagte: »Komm schon, bist doch kein Kind mehr! Im Nu bist du ein erwachsener Mann und mußt dich um deine Mutter kümmern.«

Ich sah sie überrascht an, doch da sagte meine Mutter: »Jetzt bist du in Sicherheit, mein Liebling. Die Kühe sind fort. Komm her und gib mir einen Kuß!«

Nichts hätte ich lieber getan, aber Bissett hielt mich am Arm fest. »Sie sollen ihn doch nicht so verziehen, Ma'am!« sagte sie. »Und außerdem haben Sie da Ihre Handarbeit, die wird er Ihnen nur durcheinanderbringen.«

Ich befreite mich aus ihrem Griff, stürzte mich in den Schoß meiner Mutter und warf Nadeln, Garn und Stickrahmen ungestüm zu Boden. Ich hörte, wie Bissett uns beide ausschimpfte, aber das kümmerte mich nicht mehr.

Wenn ich mich an meine Mutter erinnern will, brauche ich die Augen nicht zu schließen. Deutlich sehe ich die Kaskade von blonden Locken vor mir, die sich über ihre Schultern bis hinunter zur Brust ergoß, so daß meine Hände und mein Gesicht, wenn ich mich so wie jetzt an sie schmiegte, in sanfte Düfte getaucht waren; ich sehe ihr liebliches Gesicht vor mir, den weichen Mund und die großen blauen Augen, in denen jetzt aus lauter Mitgefühl für meinen Kummer helle Tränen glänzten.

»Nun lassen Sie sich von ihm man nicht belästigen, Ma'am«, protestierte Bissett. »Sehen Sie sich nur Ihre Stickerei an! Ein einziges Tohuwabohu auf dem Rasen.«

»Es macht nichts, Amme«, sagte meine Mutter.

»Es macht also nichts! Der gute Stoff und das Garn! Lassen Sie ihn gehen, soll er doch Mr. Pimlott plagen!«

»Ja, Johnnie. Warum gehst du nicht zu Mr. Pimlott und fragst ihn, was er da macht? Es sieht aus, als würde er ein Loch ausheben. Meinst du, er will etwas vergraben?«

»Nein, ich weiß, was er macht«, unterbrach sie Bissett. »Das hätte ich doch beinahe vergessen! Was ich Ihnen nämlich noch sagen wollte, Ma'am: Er will sich ein schönes, neues Wams machen. Aber das steht ihm nicht zu, weil es dann doch Ihnen gehören täte. Denn es ist ja nicht sein Grund und Boden, sondern Ihrer, und die Zeit, in der er es tut, ist ja auch Ihre, und nicht seine.«

Meine Mutter seufzte, aber mehr hörte ich nicht, weil ich im selben Augenblick bereits über die Terrasse, die Stufen hinunter und über den Rasen flog, dessen weiche grüne Decke von einem kleinen Erdhaufen verunziert wurde.

»Mr. Pimlott! Mr. Pimlott!« rief ich, als ich auf ihn zurannte. »Was machen Sie da? Darf ich Ihnen helfen?«

Er kniete auf dem Boden, und als ich näher kam, hob er sein sonnenverbranntes Gesicht und blickte mich mit einer Miene an, aus der ich nicht recht schlau wurde. Ich hatte großen Respekt vor ihm, schon allein deshalb, weil er eines dieser seltenen Geschöpfe, genannt »Männer«, war, und zwar der einzige Mann, den ich überhaupt etwas näher kannte. Ich war mir nicht sicher, was es hieß, ein Mann zu sein, ich wußte nur, daß er groß zu sein hatte, daß die Haut seines Gesichtes rauh aussah und daß er nach Erde und Tabak roch.

»Frag du mir bloß keine Löcher in'n Bauch, kleiner Master«, sagte Pimlott. »Dafür werd ich nämlich nich bezahlt, daß ich das ertrage, nich so wie manche hier.«

»Aber Bissett hat gesagt, ich soll Sie suchen, damit Sie mir etwas zu tun geben.«

»Das geht mich nun gar nichts an. Mrs. Bissett hat mir nichts vorzuschreiben, dem Himmel sei Dank. Auch wenn sie manchmal meint, daß sie das darf.«

Eine Zeitlang sah ich ihm zu, wie er wortlos weiterarbeitete. Er stocherte in einem Loch herum, das eher einem Gang als einer Grube glich, indem er mit einer langstieligen Hacke ungeschickt hin und her stieß.

»Was machen Sie da?« fragte ich.

Er gab keine Antwort, sondern sah zur Sonne auf und schützte seine Augen mit der Hand vor dem noch immer blendenden Licht. Dann zog er die Hacke heraus, so daß ich sehen konnte, wie lang sie war, und klopfte auf dem Rasen die Erdbrocken ab, die sich an ihrem Ende festgesetzt hatten. Sie war recht eigenartig geformt, mit einer Schneide, die auf beiden Seiten beinahe zu Haken gebogen war. Er legte sie ins Gras und begann, seine übrigen Geräte einzusammeln und neben die große Holzkiste zu legen, in der die kleineren aufbewahrt wurden.

»Was haben Sie denn heute gemacht, Mr. Pimlott?« fragte ich verzweifelt.

Er antwortete noch immer nicht und begann, die Metallteile der Werkzeuge dick mit Fett einzureiben, das so klar wie Honig aussah. Dann wickelte er sie einzeln in weiches Leder und verwahrte sie vorsichtig in der Kiste. Seine Geräte hatten mich schon immer fasziniert: die angsteinflößenden Gabeln der Forke; der Rechen und seine Zinken, mit denen man Disteln ausrupfte; sowie die Spaten mit ihren schweren hölzernen Stielen, die vom Gebrauch ganz glatt poliert waren, ihren eisernen Klammern, die Metall und Holz zusammenhielten, und besonders ihre Stahlblätter, die an jenen Stellen hell und überraschend aufblitzten, wo das nackte Metall so oft und hart in die Erde gerammt worden war, daß es seinen Glanz bewahrt hatte.

»Wie heißt die hier?« fragte ich Mr. Pimlott und zeigte auf die Hacke mit dem langen Stiel und der eigenartigen, zu Haken gebogenen Schneide. »Ist das ein Spaten? Oder eine Kelle?«

»Faß die nicht an!« sagte er. »Die ist ganz schön scharf.«

»Und diese hier?« fragte ich und zeigte auf ein Gerät, das ich noch nie zuvor gesehen hatte.

Er sah mich an. »Das ist meine Wühlhacke.«

»Wofür braucht man die denn?«

Er sah mich lange an: »Na zum Wühlen natürlich.«

Durch diese Antwort ermutigt, besah ich mir die Spuren seiner Arbeit: »Warum haben Sie den Baum da ausgegraben?« fragte ich und zeigte auf einen Birnbaum, der mit jämmerlich entblößten Wurzeln auf dem Boden lag.

»Darum eben. Weil er den Krebs hat.«

»Den Krebs«, plapperte ich nach. Es war ein geheimnisvolles neues Wort, und ich wiederholte es mehrmals, um mir nichts von seiner Würze entgehen zu lassen. »Was ist das, Krebs?«

»Ein Elend ist das, wie es die Bäume kriegen. Und die Menschen auch. Davon verrotten sie, von innen her.« Er öffnete plötzlich seinen Mund, ließ einige schwärzliche Stummel sehen und gab ein schroffes Geräusch von sich, das ich für ein Lachen hielt.

»Aber er sieht doch noch gut aus. Ist es nicht zu schade, ihn absterben zu lassen?«

»Warum? Was alt oder krank ist, gehört fortgeworfen oder umgebracht. Und wer außer mir sollte das Recht haben, den Baum dort auszubuddeln?«

»Warum gerade Sie, Mr. Pimlott? Der Baum gehört doch wohl meiner Mutter?«

Er drehte mir den Rücken zu und gab mir über die Schulter die längste

Antwort, die ich je von ihm gehört hatte. »Warum, willst du wissen? Weil ich ihn gepflanzt habe, darum. Ein Dutzend Jahre oder noch ein paar mehr, bevor deine Mutter hergekommen ist, von dir will ich gar nicht reden. Was hast denn du geglaubt? Daß er ganz von selbst gewachsen ist? In dieser Welt muß man alles pflanzen. Und man muß sich darum kümmern. Das ist wie bei dir und deiner Mrs. Bissett, die sich um dich kümmert. Wenigstens sollte es so sein, wenn sie man bloß ihre Arbeit tun würde, statt zu tratschen und unsereins das Leben schwerzumachen und dich herzuschicken, damit du rechtschaffenes Mannsvolk störst, das seine Arbeit zu machen hat, wenn sie sie schon nicht tut.«

Als er schwieg, ließ ich ein oder zwei Minuten verstreichen, ehe mich meine Neugier wieder überkam: »Begraben Sie den Baum in dem Loch da?«

Er schüttelte den Kopf.

»Wollen Sie einen neuen pflanzen?«

»Nein. Wenn du es denn unbedingt wissen mußt: Ich stelle eine Falle auf für den ollen Moltwerf.«

»Maulwurf heißt das, Mr. Pimlott. Das ist das richtige Wort dafür.«

»Ich mein das man so, wie ich das sag.«

»Aber warum stellen Sie ihm eine Falle, Mr. Pimlott?«

»Weil er hier rüberkommt und den Rasen von deiner Mutter aufgraben tut, für den sie mich bezahlt, daß ich ihn hübsch sauberhalte. Der kümmert sich rein gar nicht um anderer Leute Eigentum, der nicht, der olle Moltwerf. Und deshalb muß man ihn totmachen.«

»Das ist aber nicht recht.«

»Recht, Master John?« Er drehte sich zu mir um und sah mich scharf an. »Wenn er doch stracks hierherkommt und sich so viele Regenwürmer holt, wie er will, und keinen nich um Erlaubnis fragt?«

Ich sah den Fehler in seiner Argumentation sofort: »Aber wir wollen ja gar keine Würmer.«

»Ihr wollt keine Würmer? Nein, natürlich wollt ihr keine Würmer. Wollt ihr sowenig, wie ihr wollt, daß da irgendeiner mir nichts, dir nichts herkommt und die Würmer fängt, weil die doch euch gehören.«

Ich dachte darüber nach, denn ich war mir sicher, daß es darauf eine Antwort geben mußte, aber der Gärtner fuhr fort: »Ist ja auch egal, jedenfalls hat er genug Würmer gefangen, und jetzt fang ich ihn, weil er nämlich was hat, was ich haben will, und wenn ich es schlau genug anstell, dann krieg ich es auch von ihm. Und so ist das mit dem Lauf der Welt: Wen du nicht frißt, der frißt dich.«

»Also graben Sie ein Loch, damit er da hineinfällt und gefangen wird?«

Mr. Pimlott verzog sein Gesicht zu einer Grimasse: »Der doch nicht. Dafür ist der viel zu schlau. Schließlich lebt er ja unter der Erde, oder etwa nicht? Mit Löchern kennt er sich genauso gut aus wie ich mich mit meinen Pflanzen und Mrs. Bissett mit den Angelegenheiten von anderen Leuten. Nee, da muß man muß schon ziemlich gewitzt sein, wenn man den ollen Moltwerf übertölpeln will.«

»Aber wie wollen Sie es dann machen, Mr. Pimlott?«

»Es gibt nur eine einzige Möglichkeit: Er muß sich selber fangen.« Er zeigte auf das Loch. »Siehst du, das hier ist eins von seinen Schlupflöchern, also hat er keine Angst vor einer Falle. Deshalb grab ich darin ein tiefes Loch – und dafür braucht man diesen Maulwurfspaten hier –, und unten rein lege ich dann einen Bügel mit einer Schlinge, und den deck ich dann mit Erde und mit Blättern zu. Und wenn ich mich geschickt genug anstell, dann kommt der olle Moltwerf und sucht nach Regenwürmern, und dann tappt er hinein und verfängt sich mit dem Bein oder vielleicht mit der Schnauze in der Schlinge. Und dann ernenn ich ihn zum Schneider und laß mir von ihm ein neues Wams anmessen.«

Einen Moment lang hatte ich einen gefangenen Maulwurf vor Augen, der in seiner zarten, kleinen Pfote Nadel und Faden hielt und vor sich hin nähte, und ich lachte ungläubig. Als er sah, daß ich ihn nicht verstanden hatte, klopfte Mr. Pimlott auf sein Wams, das mir schon oft aufgefallen war, weil es so dunkel schimmerte und glänzte.

»Aber das ist ja schrecklich!« wisperte ich begeistert. Ich besah mir das Maulwurffell und fand es seltsam, daß etwas so Schönes aus der feuchten Erde kommen sollte.

»Deshalb nehm ich kein Fangeisen. Ich will mir sein Fell nicht verderben.«

»Wie grausam!« rief ich und dachte dabei an den Maulwurf, wie er im Dunkeln kämpfte und starb. Mr. Pimlott lachte kurz auf. Jetzt fiel mir etwas ein, und ich stieß hervor: »Aber Bissett hat gesagt, daß Ihnen der Maulwurf gar nicht gehört und daß Sie ihn nicht für sich behalten dürfen.«

»Hat sie das?« fragte Mr. Pimlott und drehte sich um.

»Wie viele brauchen Sie für ein Wams?«

Diesmal schien er jedoch nicht mehr zuzuhören, denn er verschloß die Kiste, hob sie auf, schulterte die langstieligen Geräte und ging zum höhergelegenen Teil des Gartens. Ich sah, wie er vor meiner Mutter die Stirn berührte und wie er Bissett flüchtig zunickte, ehe er durch die Pforte auf die Gasse schlurfte, Richtung High Street abbog und zu seiner kleinen, ordentlichen Kate ging.

Als ich merkte, daß ich plötzlich allein im unteren Garten stand, kam ich auf eine vorwitzige und verwegene Idee. Ich vergewisserte mich, daß Bissett und meine Mutter nicht nach mir Ausschau hielten, pirschte durch den Apfelgarten, in dem sie mich sicher nicht mehr sehen konnten, und schlüpfte in die Wildnis, die dahinter begann. Das hohe Gras, die wuchernden Sträucher und das verflochtene Buschwerk am Rande ließen sich leicht durchqueren, aber dann kamen uralte, gedrungene Bäume, deren krumme Zweige phantastische Gebilde formten, fast, als wollten sie den Himmel um mehr Licht anflehen.

Nun tauchte ich in die Dunkelheit ein. Wie lange Finger einer großen Hand schienen die unheilvollen Zweige nach mir zu greifen. Obwohl ich vom Garten mit seinem Bienengesumm und dem Rascheln der Bäume im sanften Wind nur einige Schritte entfernt war, kam es mir vor, als wäre ich durch eine Tür in eine andere Welt geraten, denn hier hörte ich nicht einen Laut.

Etwas schlug mir ins Gesicht, und als ich es fortwischte, sah ich plötzlich die Umrisse einer Gestalt vor mir: ein Gesicht mit blicklosen Augen in einem steinernen Schädel, wie ich sie von den Statuen auf den Mauern der Dorfkirche kannte. Die Züge waren verwittert – Krebs, dachte ich –, und die Oberfläche des Steins glich einer mit tiefen Narben übersäten Haut. Erschreckt wollte ich einen Schritt zurückweichen, aber zu meinem Entsetzen merkte ich, daß mich etwas mit hartem Griff festhielt. Ich versuchte es noch einmal, doch vergebens. Mein Herz klopfte, und ich spürte, wie Panik in mir aufstieg. Verzweifelt krümmte und wand ich mich; endlich konnte ich mich befreien. Als ich zurückwich, hörte ich einen Ruf, der wie aus weiter Ferne zu kommen schien. Noch einmal erklang er, und dann erkannte ich die Stimme meiner Amme.

Fast war ich dankbar, daß ich ins Haus zurückgerufen wurde, und ich kämpfte mich aus dem verflochtenen Unterholz zurück in das strahlende Sonnenlicht des Gartens.

»Master Johnnie!« rief Bissett, die außerhalb meines Blickfeldes im oberen Garten stand. »Wo bist du?«

Bildete ich es mir nur ein, oder konnte ich eine Spur von Besorgnis in ihrer Stimme hören? Ich hastete die Stufen hinauf, und als ich die obere Terrasse erreichte, sah ich, daß sie zur rechten Seite hinüberschaute, und meine Augen folgten ihrem Blick.

Meine Mutter stand an der Pforte, und ein Mann, den ich noch nie zuvor gesehen hatte, redete von der Gasse aus heftig auf sie ein, fuchtelte mit den Händen (in der einen Hand hielt er einen Stock) und sah ihr unablässig ins Gesicht, während sie mit gesenktem Blick zuhörte und hin und wieder mit dem Kopf nickte. Im ersten Augenblick dachte ich, es sei ein Hausierer, denn sie waren die einzigen Fremden, die den Weg zu uns fanden; außerdem schien er meiner Mutter etwas verkaufen zu wollen. Aber dann sah ich, daß er kein Bündel trug und auch nicht wie ein Hausierer gekleidet war.

Den Jahren nach zu urteilen, war der Fremde älter als meine Mutter, doch jünger als Bissett, und obgleich von eher kleiner Gestalt, schien er den Kopf eines wesentlich größeren Mannes auf seinen Schultern zu tragen. Seitlich der hochgewölbten Stirn fiel ihm eine dichte Mähne lockiger rötlicher Haare über die Ohren, und eine mächtige, wie ein Schnabel vorspringende Nase beherrschte ein lebhaftes Gesicht, von dem sich jede noch so flüchtige Regung deutlich ablesen ließ. Der Fremde hatte einen breiten Mund mit schmalen Lippen und große, tiefblaue Augen, die unter den buschigen Wülsten seiner Brauen verborgen lagen. Er trug Hosen, die einstmals wohl kariert gewesen sein mochten, deren Muster aber mit der Zeit so verblaßt war, daß es sich kaum noch ausmachen ließ, dazu einen grobgewebten Gehrock mit runden Schößen, dessen grünes Tuch an einigen Stellen abgetragen war, und einen weißen, hohen Kragen, der sich, obwohl aus feinem Garn, ins Gelbliche verfärbt hatte. Vielleicht wäre mir dies alles gar nicht aufgefallen, hätte Bissett den Fremden nicht so aufmerksam betrachtet, doch als ich meine Mutter dort stehen sah, ahnte ich plötzlich, daß ich von ihrem Leben eigentlich nichts wußte, und in diesem Moment erschien sie mir wie eine Fremde.

Der Mann unterbrach sich, als er sah, daß Bissett und ich ihn beobachteten, und grüßte jeden von uns, indem er förmlich die Hand an den Hut legte.

»Ihnen 'nen schönen Abend, gute Frau, und auch für den kleinen Gentleman. Ich war just dabei, dieser jungen Dame was zu erklären«, sagte er zu Bissett, doch ein freundlicher Blick schloß auch mich in seine Rede mit ein, »wie es nämlich kommt, daß ich, der ich doch fremd in diesem Land und auf der Suche nach Arbeit bin, wie ich also Fremde um eine milde Gabe bitten muß, was ich in meinem Leben doch noch nie getan habe.«

Er sprach rasch und auf eine Art, die mir nicht vertraut war, so daß ich mich anstrengen mußte, um den Sinn seiner Worte zu verstehen. Während er redete, blickte er zwischen meiner Mutter und meiner Amme hin und her, als wolle er herausfinden, bei welcher von beiden es wichtiger sei, daß er ihr Wohlwollen für sich gewinne.

»Wollen Sie also 'nem armen, ehrlichen, vom Pech verfolgten Gesellen«, sagte er zu meiner Mutter, »nach 'nem harten Tag auf der Straße zu einem Lager für die Nacht und etwas Eßbarem verhelfen?«

»Fort mit dir!« rief Bissett plötzlich.

Augenblicklich verdüsterte sich das Gesicht des Mannes, und mit zusammengekniffenen Augenbrauen starrte er Bissett an.

»Scher dich weg!« rief Bissett noch einmal, offenbar durch sein Mienenspiel erschreckt. »Oder ich ruf Mr. Pimlott.«

Gleich hellte sich das Gesicht des Fremden auf, und er sagte: »Ach so; na, da wär ich natürlich hoch erfreut, wenn ich auch den Herrn des Hauses kennenlernen könnte.«

Daraufhin warf Bissett meiner Mutter einen raschen Blick zu, doch die errötete und schlug die Augen nieder. Verwundert wandte sich der Mann an mich: »Wo is'n dein Vater, mein Junge?«

»Ich habe keinen Vater.«

»Nu mal sachte, junger Herr«, sagte er und lächelte meine Mutter an. »Jeder Mensch hat einen Vater.«

»O nein, ich hab noch nie einen gehabt.«

»Jetzt pack dich, du und deine Impertinenz«, schimpfte Bissett.

Ohne sie weiter zu beachten, fragte der Fremde meine Mutter: »Wie steht's, Mrs. Pimlott? Haben Sie nich ein paar Pennies für mich übrig?«

»Mr. Pimlott ist der Gärtner, Sie dummer Mensch«, platzte ich heraus. »Wir heißen Mellamphy.«

»Also, Mrs. Mellamphy«, sagte er, »wollen Sie mir nun was geben oder nich?«

»Ich... ich glaube, ich habe gar kein Geld bei mir.«

Während meine Mutter sprach, strich sie nervös über die zylindrische Silberkapsel, die sie immer an einer Kette um ihre Taille trug und in der sie die Schlüssel verwahrte. Ich sah, wie die großen Augen des Mannes mit aufdringlicher Neugier auf dem Röhrchen ruhten.

»Was«, sagte er und streckte die Hand aus, »nich mal da drin?«

Mutter sah zu ihm auf, und in ihren Augen waren die ersten Anzeichen von Furcht.

Sie schüttelte heftig den Kopf.

»Kein Silber im Haus?« fragte er. »Nich mal ein paar Kupfermünzen?«

Meine Mutter sah ihm immer noch in die Augen, als sie sagte: »Holst du mir bitte aus meinem Schreibtisch einen Sixpence, Bissett?«

»Nein, Ma'am, das werde ich nicht«, sagte meine Amme tapfer. »Ich werde euch und Master Johnnie nicht aus den Augen lassen, solange sich dieser Lumpenstrolch hier herumtreibt.«

»Ich glaube, wir sollten ihm helfen, Amme. Ich glaube, es wäre richtiger.«

»Nun geben Sie Ihrem Herzen man ruhig 'nen Stoß, Missis!« sagte der Mann dreist zu Bissett.

»Wohltaten sind für die, die sie verdienen, aber ich möchte wetten, daß sich für so einen Galgenstrick wie dich das Gesetz interessiert. Wenn ich also irgendwohin geh, dann höchstens zum Dorfbüttel, und dann werden wir ja weitersehen.«

»Ach, verdammt sollst du sein, altes Zankeisen!« schimpfte der Fremde, dessen Züge sich plötzlich verhärteten. Mit einem Fluch trat er einen Schritt vor, hob seinen Stock und griff mit der Hand zur Pforte, als wolle er sie öffnen. Meine Mutter schrie auf und wich zurück, während ich vorstürzte, um mein Reich zu verteidigen.

»Wagen Sie ja nicht, hier hereinzukommen!« schrie ich. »Sonst tret ich zu, und dann fallen Sie hin, und ich setz mich auf Sie drauf, bis Mr. Pimlott kommt.«

Er starrte mit finsterem Blick auf mich herunter, als meine Mutter und Bissett zur Pforte hasteten, um mich wegzuziehen, aber dann lächelte er die beiden Frauen an, und dieses Lächeln ängstigte mich mehr als alle Grimassen, die er zuvor gezogen hatte: »Glauben Sie bloß nich, daß ich zu Ihnen reinwollte. Bin doch kein Trottel, daß ich das Gesetz gegen mich aufhetz.«

»Bringen Sie den Jungen ins Haus, Ma'am!« sagte Bissett atemlos. »Inzwischen lauf ich zum Wachtmeister.«

»Man bloß keine Umstände«, sagte der Fremde barsch. »Einen guten Tag auch noch, Mrs. Mellamphy«, fügte er hinzu, zuckte die Achseln, drehte sich um und ging rasch die Gasse hinunter.

Meine Mutter warf sich auf die Knie, schlang die Arme um mich und drückte mich an sich: »Du warst so tapfer, Johnnie«, sagte sie, küßte mich und lachte und weinte fast zur gleichen Zeit. »Aber du solltest so etwas nicht tun, das sollst du doch nicht!«

»Ich hätt ihn schon wieder fortgescheucht, wenn der sich hier hereingetraut hätte«, prahlte ich.

Doch während ich über ihre Schulter und durch die dichten, goldenen Locken blickte, sah ich dem Fremden nach, wie er mit seltsamem, fast humpelndem Schritt und eigenartig hochgezogenen Schultern davoneilte. Als er die Kreuzung der High Street erreichte, drehte er sich noch einmal um und sah zu uns zurück. Sogar aus dieser Entfernung konnte ich die geballte, von schwarzen Brauen überschattete Böswilligkeit in seinem Blick erkennen, der sich meiner Erinnerung unauslöschlich einbrannte. Meine Mutter hatte nichts davon bemerkt, aber Bissett war dieser Blick keineswegs entgangen, und ich sah, wie sie einige Male auf ihren rechten Zeigefinger spuckte und sich rasch ein Kreuzzeichen zwischen die Augen schlug.

»Komm, Johnnie!« sagte meine Mutter. Sie hatte ihren Arm noch immer um meine Schulter gelegt, und zu dritt gingen wir durch die Hintertür in die

Küche.

Die kühle, geräumige Küche, die uns nach dem sonnendurchfluteten Garten so dunkel vorkam, war einstmals die Wohnstube des Bauernhauses gewesen, dem ältesten Teil unseres kleinen Landhauses, was der riesige Kamin und der weiße, gescheuerte und geschrubbte Fliesenboden noch bezeugten. Hier war das Revier von Mrs. Belflower, und wir trafen die gute Seele dabei an, wie sie sich eben über das Feuer beugte, um unseren Nachmittagstee zuzubereiten. Ich befreite mich aus der Umarmung meiner Mutter und hüpfte über die Fliesen auf Mrs. Belflower zu.

»Mrs. Belflower, Mrs. Belflower«, jubelte ich, »gerade wollte ein Lumpenstrolch in den Garten eindringen, aber ich hab ihn vertrieben. Und ich hab überhaupt keine Angst gehabt.«

»Na, das stell sich doch einer vor! Ist das nicht schön, mein Kleiner? Hoffentlich bist du jetzt wenigstens richtig hungrig«, sagte die unerschütterliche Köchin, drehte sich zu uns um und wischte sich ihre großen roten Hände an der Schürze ab. Sie hatte ein freundliches Gesicht, fast so rund und weiß wie eine ihrer in Leintuch eingeschlagenen Süßspeisen, und leicht verschwommene blaue Augen, die einen nie direkt ansahen.

Enttäuscht versuchte ich es noch einmal: »Er sah fürchterlich böse aus und hat gesagt, daß er mich lebendig am Spieß braten will, wenn er mich zu fassen kriegt.«

»Gütiger Himmel«, sagte Mrs. Belflower eher abwesend und ließ den Blick zur Anrichte wandern, wo inzwischen der Tee auf uns wartete.

»Jetzt schäm dich, Master Johnnie!« schimpfte Bissett. »Davon hat er kein Wort gesagt. Du sollst hier keine Geschichten erzählen.«

»Aber Mrs. Belflower erzählt doch auch Geschichten!« rief ich.

»Das will ich doch nicht hoffen«, sagte Bissett würdevoll.

»Alle erzählen Geschichten: Mama liest mir Geschichten vor, Mrs. Belflower erzählt mir welche, ja sogar Sukey. Alle, nur du nicht«, fügte ich verbittert hinzu.

»Aber wir sagen nicht, daß sie wahr sind, wenn sie es nicht sind«, warf meine Mutter rasch ein.

Und mit düsterer Miene verkündete Bissett: »Der Junge hat ein bißchen zuviel Phantasie, daran liegt es.«

»Einfach entsetzlich«, sagte Mrs. Belflower beschwichtigend, »wenn ehrbare Menschen wie unsereins von solchen Rüpeln belästigt und bis ins Haus verfolgt werden.«

»Früher war das ja man ganz anders. Als ich noch ein Mädchen war, da kam so was nich vor«, stimmte Bissett ihr zu. »Das liegt nur daran, weil all diese Iren an der neuen Überlandstraße arbeiten – dabei kommen doch immer schon so viele wegen der Ernte. Ich versteh gar nicht, wieso die nicht in ihrem eigenen Land bleiben. Hier sind sie doch zu nichts nütze, schnappen bloß ehrlichen Engländern Arbeit und Brot vor der Nase weg.«

»Warum darf *ich* nicht zur Überlandstraße?« rief ich, da mich ihre Worte an einen alten Kummer erinnerten.

»Ich glaube nicht, daß er ein Ire war«, sagte meine Mutter leise, während Mrs. Belflower mir voll Mitgefühl einen Kanten Gingerbread in die Hand drückte.

»Nein?« fragte Bissett. »Na, jedenfalls war er kein Hiesiger, so wie der gesprochen hat. So spricht schließlich kein Christenmensch, so nich.«

»Er kam aus London«, sagte meine Mutter.

»London?« wiederholte ich. Ich hatte dieses Wort noch nie gehört; die stumpfen, etwas metallisch klingenden Silben wirkten eigenartig geheimnisvoll.

»Das scheint mir auch genau der Ort zu sein«, sagte Bissett, »wo man sich in seinen eigenen vier Wänden des Lebens nich mehr sicher ist.«

Erschreckt fuhr meine Mutter auf und fragte mit blassem Gesicht: »Was willst du damit sagen?«

Mit einem pfiffigen Ausdruck in den Augen sah Bissett sie an: »Können Sie sich nich mehr an diese grausige Sache vor ein paar Jahren erinnern, Mrs. Mellamphy? Muß ungefähr in dem Jahr gewesen sein, als Master Johnnie geboren wurde, vielleicht auch 'n bißchen früher.«

Meine Mutter sah sie bestürzt an.

»Richtig«, sagte Mrs. Belflower. »In der Radcliffe Road, da, wo sie zwei Familien abgemurkst haben, und dabei haben die noch in den Betten gelegen und geschlafen.«

»Das mein ich, genau das. Und dann war da noch eine andere Sache, damals – oder war das 'n bißchen früher? –, als so ein reicher Alter von seinem eigenen Sohn umgebracht worden ist oder so«, warf Bissett ein, und meine Mutter kehrte ihr den Rücken zu. »Das war in Charing Cross. Ist das nicht ganz dicht bei der Radcliffe Road?« Meine Mutter antwortete nicht, und Bissett fuhr fort: »Was ich man meine, Ma'am, ist, daß wir die Göre nach dem Wachtmeister schicken sollten, damit der diesen Strolch aus der Gemeinde jagt.«

Meine Mutter sprach zu uns, ohne uns anzusehen: »Ich glaube nicht, daß das notwendig ist, Amme. Es ist wohl am besten, wenn wir ihn in Ruhe lassen.«

»Außerdem ist sie sowieso nicht da«, warf Mrs. Belflower ein. »Sie ist runter nach Hougham, um ihren Onkel zu besuchen.« (Ich will hier nur anmerken, daß die Dorfbewohner nach Hougham »runter« gingen, obwohl das Dorf eigentlich etwas höher lag – denn der Bach, der sich hinter unserem Haus durch das Wäldchen von Mortsey schlängelte, kam von dort herabgeflossen. Man sagte also »runter«, als käme ein Besuch in diesem Dorf einem moralischen Abstieg gleich.) »Den armen alten Mann hat letzte Nacht das Fieber gepackt. Ihre Eltern hatten gerad erst davon gehört und den jungen Harry geschickt, damit der sie abholt.«

»Was denn?« brauste Bissett auf. »Auf und davon ohne Erlaubnis? Die Göre nimmt sich viel zu viele Freiheiten heraus. Wann kommt sie zurück?«

»Sie ist ja erst vor einer Minute weg«, sagte Mrs. Belflower verstimmt.

Zwischen ihr und Bissett herrschte eine ständige, doch selten offen ausbrechende Feindschaft. So, wie England und Rußland lange Zeit um die Vorherrschaft an der Grenze von Konstantinopel bis zur indischen Nordwestprovinz gekämpft haben, so standen sich diese beiden in ihren Domänen von Küche und Kinderzimmer gegenüber und kämpften um den Führungsanspruch in einer Reihe von nicht sonderlich streng geschiedenen Einflußzonen. Sukey war ihr Ottomanisches Weltreich.

»Warum? Wer hat ihr erlaubt zu gehen, Mrs. Belflower?«

»Ich habe das getan, Mrs. Bissett.«

»Dann glaube ich nicht, daß das in Ihrer Befugnis stand.«

»Genausowenig wie es in Ihrer Befugnis steht, mir zu sagen, was ich zu tun oder zu lassen habe.«

Plötzlich drehte sich meine Mutter um, stampfte mit dem Fuß auf und rief: »Jetzt haltet euren Mund! Alle beide!«

»Ich? Niemals«, sagte Bissett, und wir sahen sie alle drei entgeistert an.

»Bringen Sie uns den Tee, Mrs. Belflower, und du kommst mit mir, Johnnie«, sagte meine Mutter, während sie eilig die Küche verließ. Ich gehorchte und ließ Bissett und die Köchin in einer unerwarteten Allianz der Empörung zurück.

Wir traten aus dem älteren Teil des Hauses auf den weitläufigen Flur und gingen in den neueren Flügel, wo das Wohnzimmer lag und das Frühstückszimmer, in dem wir unsere Mahlzeiten aßen (alle, doch eigenartigerweise gerade nicht das Frühstück, das wir im kleinen Salon zu uns nahmen). Als wir das Frühstückszimmer betraten, sagte ich: »Erzähl mir von London!«

»Will mich denn jeder wahnsinnig machen?« rief sie. Dann drehte sie sich zu mir um, umarmte mich und sagte: »Entschuldige, Johnnie! Es ist ja nicht deine Schuld.«

Wir setzten uns an den Tisch, und sie fuhr fort: »Früher habe ich dort gelebt. Mehr gibt es dazu eigentlich nicht zu sagen.«

»Wann war das? Ich dachte, wir hätten immer hier in diesem Haus gelebt?«

»Ach, das war, bevor du geboren wurdest.«

»Erzähl mir von der Zeit, bevor ich geboren wurde!«

Gerade in diesem Augenblick kam Mrs. Belflower herein und begann den Tisch zu decken.

»Wir wollen jetzt nicht davon sprechen«, sagte meine Mutter.

»Und was hat der Mann damit gemeint, als er von meinem Vater geredet hat? Ich hab doch nie einen Vater gehabt, oder?«

Ich sah, wie sich Mrs. Belflowers Rücken versteifte, während sie sich über die Anrichte beugte, um die Teekanne abzustellen. Meine Mutter sah mich vorwurfsvoll an, und ich spürte, wie mich zugleich mit dem Schmerz ein seltsames Wohlgefühl durchzuckte, als ich begriff, daß meine Fragen ihr Kummer bereiteten.

»Ich habe mal jemanden sagen hören, ich sei ein ›armer, vaterloser Junge‹«, fuhr ich fort. »Das stimmt doch, oder nicht?«

»Danke sehr, Mrs. Belflower«, sagte meine Mutter. »Den Rest erledige ich selbst.« Als die Köchin das Zimmer verlassen hatte, fragte meine Mutter: »Wer hat dir das gesagt, Johnnie?«

»Ach, jemand im Krämerladen, der mit Bissett geredet hat. Sag's mir!«

Meine Mutter ballte ihre Hände zu Fäusten und löste sie dann wieder: »Wenn du älter bist«, sagte sie schließlich.

»Wann ist das? Weihnachten?«

»Aber nicht dieses Weihnachten.«

»Dann das nächste?«

»Nein, mein Liebling. Vielleicht das übernächste.«

Dreißig Monate! Es hätten auch ebenso viele Jahre sein können.

Ich redete auf sie ein, doch sie wollte weder den Zeitraum verkürzen noch irgendwelche Fragen beantworten.

Nachdem Mrs. Belflower zurückgekommen war und den Tisch abgeräumt hatte, bat meine Mutter sie, das Schreibpult und die Briefmappe aus dem Salon zu holen. Wir gingen ins Wohnzimmer – ein schöner, heller Raum mit Blick auf die High Street –, und sie schloß das Schreibpult auf und nahm das große Heft heraus, in das sie, wie es vor Einführung der Penny-Post üblich war, ihre Briefe schrieb. Während sie schrieb, holte ich meine Soldaten hervor und kommandierte sie auf dem Teppich herum, doch da meine Mutter partout nicht hersehen wollte, obwohl ich sie darum bat, machte es mir nicht soviel Spaß wie an anderen Tagen. Meistens graute mir vor dem Moment, wenn Bissett an die Tür klopfte und mich ins Bett verdammen wollte, doch an diesem Abend hatte ich mich – auch wenn ich mich nicht gerade danach sehnte – mit meinem Schicksal abgefunden. Außerdem hegte ich immer noch die Hoffnung, daß sich die Gelegenheit bieten würde, Bissett ein wenig ärgern zu können.

Ungefähr zu der Zeit, als meine allabendliche Verbannung kurz bevorstand, hämmerte plötzlich jemand an die Haustür. Wir schreckten beide zusammen, und meine Mutter sah von ihrem Brief auf und rief: »Wer wird das nur sein um diese Zeit?«

Wir hörten, wie Bissett die Tür öffnete, und einen Moment später kam sie voller Empörung in unser Zimmer gestürzt: »Eine Schande, Ma'am, wirklich eine Schande. Diese Mannsbilder haben die Leiter draußen liegenlassen, direkt unterm Fenster vom Salon. Die tun beinah so, als gehörte der Hof ihnen.«

»Ach ja, richtig. Sie haben Mrs. Belflower Bescheid gesagt; sie hätten solche Mühe gehabt, die Leiter über das Geländer zu heben, daß sie es heute abend nicht mehr geschafft haben. Sie wollen morgen deshalb noch einmal vorbeikommen. Aber wer war an der Tür, Bissett?«

»Die Tochter vom Posthalter«, antwortete Bissett aufgebracht. »Die Sally, dieses kleine Luder. Kommt die zur Vordertür, frech wie Rotz. Sagt, sie hätte Angst, im Dunkeln durch die Gasse zu laufen. Aber ich hab ihr schon die Leviten gelesen, und das nicht zu knapp. Ist nie zu spät zu wissen, wo man hingehört.«

»Und hat sie etwas abgegeben?« wollte meine Mutter wissen.

»Ja doch, sie hatte das hier dabei. Mußte zehn Penny von meinem eigenen Geld zahlen.«

Sie faßte in den Beutel unter ihrer Schürze, während meine Mutter den Brief nahm und ihr aus dem Schreibpult das Geld zurückgab.

»Und für diesen jungen Gentleman«, sagte meine unerbittliche Gefängniswärterin, »ist es höchste Zeit, ins Bett zu gehen, sobald er seine Spielsachen aufgeräumt hat.«

Aber jetzt war ich natürlich entschieden dagegen. »Mama, bitte, kann ich nicht noch ein bißchen länger aufbleiben?« flehte ich.

»Meinetwegen, aber nur ein paar Minuten«, sagte sie abwesend, während sie das Siegel aufbrach.

Triumphierend grinste ich meine Amme an, deren Gesicht sich verdüsterte, als sie aus dem Zimmer eilte. Im selben Augenblick fiel ein kleineres, versiegeltes Schreiben aus dem Brief meiner Mutter direkt neben mir auf den Boden. Ich hob es auf, und als ich es ihr reichte, streifte mein Blick den Namen des Adressaten, den ich jedoch nicht lesen konnte, da er, so wie ich den Brief in der Hand hielt, auf dem Kopf geschrieben stand. Ich hatte gerade erst das Alphabet gelernt, wußte aber, daß der erste Buchstabe unseres Namens ein M war, und da das sogar falsch herum leicht zu erkennen war, überraschte es mich, daß der Name auf diesem kleineren Briefchen mit einem anderen Buchstaben, nämlich einem C, begann. Eine Erklärung wußte ich dafür nicht.

Ich tat so, als würde ich weiterspielen, beobachtete statt dessen aber, wie meine Mutter nun den Brief, den sie zuerst gelesen hatte, zur Seite legte und hastig das kleinere Kuvert aufriß. Es muß ein kurzes Schreiben gewesen sein, denn sie überflog rasch den Inhalt, runzelte die Stirn und biß sich auf die Unterlippe. Dann steckte sie beide Briefe in die mit Silber beschlagene Briefmappe und verschloß diese mit einem der Schlüssel, die sie an ihrem Gürtel trug. Sie blickte auf und sah, daß ich sie beobachtete.

»Die gehörte meinem Vater«, sagte sie und zeigte auf die Briefmappe. »Er gab sie mir am Tag meiner ...« Sie brach mitten am Satz ab.

»Sprich weiter!« rief ich. »Wann hat mein Vater dir die Mappe gegeben?«

Sie sah mich überrascht an, und ich bemerkte, wie sie errötete. Dann lachte sie: »Ich habe nicht von deinem, sondern von meinem Vater gesprochen. Siehst du, mein Vater, das war dein Großvater.«

»Ich glaube, ich verstehe«, sagte ich langsam. »Erzähl mir von ihm!«

»Johnnie, bitte, wir haben uns gerade darauf geeinigt, nicht mehr über dieses Thema zu sprechen, bis du älter bist. Aber ich habe ein paar gute Neuigkeiten für dich. Wie würde es dir...«

Bissett trat ins Zimmer und unterbrach uns. Gerade als sie mich in ihren Gewahrsam nehmen wollte, hielt meine Mutter ihr die Briefmappe hin und sagte: »Bissett, würdest du sie bitte in den Salon bringen? Ich darf sie am Morgen auf keinen Fall übersehen; ich muß diesen Brief gleich als erstes beantworten.«

Ich stand rasch auf, riß ihr die Briefmappe aus der Hand und sagte: »Ich mach das.«

»Nein, Johnnie, nicht!« rief meine Mutter mir hinterher, aber ich lief bereits aus dem Zimmer.

Bissett hatte eine brennende Kerze auf dem Flurtisch zurückgelassen, mit der sie mir den Weg nach oben leuchten wollte; ich griff nach der Kerze und eilte in den Salon. Da der ältere Teil des Hauses ziemlich tief lag, sah man aus den Fenstern des Salons nur auf einen kleinen Vorplatz hinaus, einen dunklen, engen Hof zwischen Haus und Straße, so daß dieses Zimmer im Winter, wenn ein Feuer brannte und die Vorhänge zugezogen waren, zwar durchaus gemütlich war, im Sommer jedoch immer eher etwas trist und düster wirkte. Beim Schein der Kerze untersuchte ich die ledergebundene Briefmappe mit ihren schweren silbernen Beschlägen, die ich noch nie eingehender betrachtet hatte. Auf einer Silbertafel sah ich ein Wappen, das ich gleich wiedererkannte, da ich es schon oft auf unseren Tassen und dem silbernen Besteck gesehen hatte: eine Rose mit vier Blütenblättern. Doch auf dieser Tafel waren fünf dieser Rosen zu einem Muster angeordnet, das vier der Rosen in den jeweiligen Ecken eines Quadrats und die fünfte Rose in dessen Mitte zeigte. Außerdem waren einige Worte unter diesem Wappen eingraviert, und ich schwor mir, bald das Lesen zu lernen. Da ich es nicht wagte, allzulange fortzubleiben, legte ich die Briefmappe auf die Anrichte zwischen das Frühstücksgeschirr. Als ich zurückkam, warteten meine Mutter und Bissett mit ernstem Gesicht auf mich.

»Das war sehr unartig von dir, Johnnie«, sagte meine Mutter. »Ich weiß nicht, was heute in dich gefahren ist. Ich wollte dir etwas Schönes erzählen, aber jetzt werde ich wohl damit warten müssen, bis du es verdienst, daß man dir so etwas erzählt.«

Und so wurde ich nun wirklich wie ein in Ungnade gefallener Sträfling, der nichts zu seiner Verteidigung vorbringen kann, meinem Wärter übergeben und abgeführt.

Ich hatte schon immer Angst vor dem Weg über die uralten und knarrenden Treppenstufen zu meinem Zimmer im älteren Flügel des Hauses gehabt, und so griff ich selbst an diesem Abend nach Bissetts Hand, sobald wir aus dem Wohnzimmer traten.

»Laß das!« sagte sie gereizt und schob meine Hand fort. »Wenn du alt genug bist, so garstig zu deiner Mutter zu sein, dann bist du zu alt dafür, um im Dunkeln noch deine Amme bei der Hand zu nehmen.«

Ich hatte nicht so sehr Angst vor der Dunkelheit selbst, eher vor den geheimnisvollen Gestalten und Schatten, die das Flackern der Kerze zum Leben erweckte, als riefe es die Kreaturen der Nacht herbei, die davonhuschten, sobald man sich ihnen näherte. Sie erinnerten mich an die riesigen Spinnen, die ich nur zu häufig sah und die mir viel zu viele Beine zu haben schienen, als je zu einem unschuldigen Zweck erforderlich sein konnten, und die mir besonders verhaßt waren, seit Bissett mir erzählt hatte, daß Spinnen sich von lebendem Getier ernährten.

»Himmel«, schimpfte Bissett, »da sollte man doch fast meinen, daß du bei all deiner Vorwitzigkeit Angst vor deinem eigenen Schatten hast.«

Entrüstet über diesen Vorwurf, lief ich vor Bissett die Treppe hinauf und war schon einen Augenblick später in meinem Zimmer, das am Ende eines kurzen, dunklen Flurs lag. Es war eine kleine und enge Kammer, deren Boden zum Fenster hin stark abfiel, während die Decke wegen des spitz zulaufenden Daches in scharfem Winkel abgeschrägt war, so daß sie sich ebenfalls zur Fensterseite hin neigte. Für Möbel war in diesem Zimmer nur wenig Platz, und abgesehen von einem alten schwarzen Wäscheschrank und einem Sessel stand in dem Zimmer nur noch eine alte Truhe, in der ich mein Spielzeug aufbewahrte. Ein abgetretener Orientteppich lag auf dem Boden neben meinem Bett, und an der Wand hingen zwei gerahmte Bilder, die mir meine Mutter geschenkt hatte: ein großer Vielfarbendruck von der Schlacht bei

Trafalgar – ein Gewimmel zerrissener Segel und Rauchwolken – und darüber ein Kupferstich meines Helden Admiral Nelson.

»Jetzt aber keine Sperenzchen mehr. Ab ins Bett mit dir!« schimpfte Bissett.

»Was glaubst du, wo dieser Mann jetzt wohl ist?« fragte ich nachdenklich.

Widerstrebend antwortete sie: »Ich weiß nun gewiß, daß ich das nicht weiß, aber ich will man hoffen, daß er meilenweit von hier fort ist und in irgendeinem Straßengraben liegt.«

»Wie gern würd ich einmal in einem Straßengraben schlafen!«

»Vielleicht wirst du das ja eines Tages«, sagte Bissett grimmig. »Sogar ganz bestimmt, wenn du so weitermachst wie heute. Aber ich möchte wetten, daß er nicht der einzige ist, der sich heute nacht auf der Straße herumtreibt. Diese Göre, die kommt heute bestimmt nicht nach Haus, darauf kannst du Gift nehmen. Und morgen früh auch nicht. Daß deine Mutter man bloß all diese Schlamperei durchgehen läßt...! Eigentlich steht's mir ja nicht an, daß ich was dazu sag, aber jedenfalls kommt das davon, wenn man sich mit den Gottlosen einläßt. Hier, in unserer Gemeinde, da ist's schon bald schlimmer als bei den Heiden, aber die Bibel hat recht, wenn es da heißt: ›Böses Geschwätz verdirbt guten Sitten.‹ «

Als ich mich schließlich gewaschen hatte und in mein Nachthemd geschlüpft war, machte ich mich daran, in mein Bett zu klettern. Das war gar nicht so leicht, da das Bett aus einer Art altem, eichenem Kasten bestand, den man in eine Nische hinter der Tür eingefügt hatte und der mehrere Fuß hoch über dem Boden lag.

»So ungezogen wie du warst, kommt deine Mama heute bestimmt nicht nach oben«, sagte Bissett, während sie die Bettdecke um mich her feststopfte.

Ich glaubte ihr kein Wort, fragte aber keck: »Wirst *du* mir dann eine Geschichte erzählen?«

»Du weißt ganz genau, daß ich das nicht tun werde. Geschichten sind Lügen.«

»Aber die Bibel ist voller Geschichten«, sagte ich.

»Das ist etwas ganz anderes, und das weißt du genau.«

»Wieso ist das etwas anderes?«

»Du stellst zu viele Fragen. Stell keine Fragen, und man erzählt dir keine Lügen.«

»Warum sollte man mich denn anlügen?« hakte ich nach. »Und überhaupt, wenn du mir eine Lüge erzählen kannst, dann kannst du mir doch auch eine Geschichte erzählen, wo es doch ein und dasselbe ist, wie du gerade behauptet hast.«

»Bist man ein kluges Kind, Master Johnnie«, sagte Bissett ernst. »Der Teufel steckt im Witz deiner Fragen. Aber es gibt Dinge auf der Welt, über die redet man nicht. Da weiß man einfach, daß sie wahr sind, weil der liebe Gott selbst sie einem ans Herz gelegt hat.«

Im gleichen Augenblick hörte ich meine Mutter über den Flur kommen. Triumphierend sah ich die Amme an, und als meine Mutter das Zimmer betrat, sagte Bissett: »Sie sind viel zu gut zu ihm, Ma'am. Wenn Sie mich fragen täten, würd ich sagen, daß dem Jungen die strenge Hand eines Vaters fehlt.«

Meine Mutter fuhr auf, meinte dann aber nur von oben herab: »Das ist alles, Bissett.«

Meine Amme ging zur Tür, die Kerze in der Hand: »Gute Nacht, Master Johnnie.«

»Gute Nacht, Bissett«, antwortete ich.

Und mit einem raschen Blick auf meine Mutter fügte sie hinzu: »Denk daran, daß du noch dein Gebet aufsagen mußt.«

Ich nickte, und sie verließ die Kammer.

Als ich überzeugt war, daß Bissett mich nicht mehr hören konnte, sagte ich: »Liest du mir noch eine Geschichte vor, Mama?«

Sie las mir jeden Abend eine Geschichte vor, und ich liebte das tägliche Ritual des Aussuchens dieser Geschichte so sehr wie die Geschichte selbst. Meine liebsten Geschichten waren die, die mir am meisten angst machten: »Das Märchen von Hans, dem Riesentöter«, »Die Kinder im Wald«, »Die Geschichte vom Tod und der schönen Dame« und »Die Hetzjagd«. Aber mehr als alles andere liebte ich die Märchen aus »Tausendundeiner Nacht«, weil in diesen Geschichten so geheimnisvolle Wörter – Ghoule und Dschinns und Ifrits – und so phantastische Welten vorkamen. Da gab es ein Märchen, das mich das eine Mal, als meine Mutter es mir vorlas, so verängstigt hatte, daß ich, obwohl ich es liebend gern noch einmal gehört hätte, bisher nie den Mut gefunden hatte, sie noch einmal darum zu bitten.

»Nein, Johnnie, du bist heute abend zu unartig gewesen.«

»Ach, bitte! Das mit der Briefmappe tut mir leid.«

»Es geht ja nicht allein darum. Bissett hat recht, ich bin viel zu nachsichtig. Ich werde dir eine Geschichte vorlesen, aber um dir zu zeigen, wie sehr ich mich über dich geärgert habe, werde *ich* die Geschichte aussuchen, und zwar lese ich die, in der ein Mann seiner Frau nachspioniert, weshalb ihn zur Strafe für seine Neugier eine ganz schreckliche Überraschung erwartet; du weißt ja: Neugier wird immer bestraft.«

Ich nickte und wagte nichts zu sagen, denn das war gerade das Märchen, bei dem ich mich so geängstigt hatte.

Meine Mutter nahm das Buch aus dem Regal über meinem Bett und begann die Geschichte von Syed Naomaun vorzulesen, der eines Tages eine wunderschöne Frau heiratete. Dann, nach einer Weile, fiel ihm auf, daß sie jeden Tag nur ein einziges Reiskorn aß. Da er wußte, daß sie allabendlich das Haus verließ, ging er eines Abends hinter ihr her. Sie lief aus der Stadt und wollte wohl am Friedhof vorbeigehen, als er sie im Schatten der Bäume aus den Augen verlor. »Doch als er sich langsam näher heranschlich«, las meine Mutter, »sah er, daß seine Frau auf der Mauer neben einem weiblichen Ghoul saß und ...«

Ich hielt es nicht länger aus, und mit einem Schrei versteckte ich mich unter der Bettdecke.

»Schon gut, Johnnie«, sagte meine Mutter und streichelte durch die Bettdecke meinen Kopf. »Ist doch nur eine Geschichte. Es ist ja nicht wirklich passiert.«

»Nicht wirklich passiert?« fragte ich, als ich langsam wieder unter der Bettdecke hervorsah. »Aber es steht doch so im Buch!«

»Du wirst es verstehen, wenn du älter bist.«

»Jedesmal sagst du das«, protestierte ich. »Das ist nicht fair.«

Sie sah mich aufmerksam an: »Es tut mir leid, Johnnie, ich bin heute etwas durcheinander, aber ich habe ziemlich schlechte Neuigkeiten erhalten. In dem Brief stand, daß es Onkel Martin nicht besonders gutgeht.«

»Sonst nichts?« fragte ich.

Sie sah zu mir herunter: »Ja, sonst gibt es nichts, worüber wir uns Sorgen machen müßten. Und jetzt schlaf, mein Kleiner.«

Ich nickte. Sie gab mir einen flüchtigen Kuß, nahm die Kerze, ging leise aus der Kammer und zog die Tür hinter sich zu. Ich spitzte die Ohren, um ihren leichten Schritten nachzulauschen, als sie sich über den teppichlosen Flur und die Treppe hinunter entfernten, bis sie verklangen.

Da es eine ruhige, fast windstille Nacht war und auf der Straße niemand vorüberfuhr, hörte ich außer dem sanften Rascheln der Laubbäume keinen Laut. Einige Zeit später, kurz vor dem Einschlummern, vernahm ich ein schwaches Glockenläuten in weiter Ferne und dann das dumpfe, hallende Rattern riesiger, eisenbeschlagener Räder, die sich über den groben Schotter der High Street vorwärts mühten. Das mußte der Kutscher sein, der jede Nacht nach Sutton Valancy fuhr. Sein Wagen rumpelte und dröhnte an unserem Haus vorbei, und ich hörte, wie er aus dem Dorf hinausrollte und noch lange danach, bis sich sein Rattern allmählich in der Ferne verlor.

Ich versank in Schlaf, bis ich auf einmal nahe beim Haus ein leises Stimmengemurmel vernahm. Zuerst dachte ich, Sukey sei vielleicht zurückgekommen, doch dann hörte ich, daß es Männerstimmen waren, die dort flüsterten. Ich überlegte, ob ich es wohl riskieren sollte, mein warmes, sicheres Bett zu verlassen, um mich mit bloßen Füßen unter die Spinnen zu wagen, die bestimmt auf dem Boden auf mich lauerten. Nach kurzem Zögern setzte ich schließlich die Füße auf die Dielen und lief durch die Kammer zum Fenster. Einmal zuckte ich zusammen, weil sich hinter mir etwas bewegte, aber es war nur mein eigener Schatten, der zwischen den durch die Ritzen der Fensterläden ins Zimmer fallenden Lichtbalken dahinglitt. Da die Wände hier sehr dick waren, hatte man das Fenster in eine mehrere Fuß breite Vertiefung setzen müssen, und so ergab sich ein ziemlich ausladender Fenstersims, auf den ich jetzt kletterte. Lautlos hob ich den Riegel, der die Fensterläden sicherte, und drückte sie einen Spalt weit auf. Mondlicht strömte ins Zimmer; ich öffnete einen Flügel etwas weiter und lehnte mich hinaus. Nichts rührte sich, nur die Schatten der Wolken, die vor dem Mond vorüberzogen, eilten über die breite High Street.

Das Gitter zwischen Haus und Straße glitzerte im hellen Licht; doch dann stutzte ich, als ich unten im Hof etwas liegen sah, bis ich schließlich die Leiter erkannte, die die Dachdecker zurückgelassen hatten.

Wenn ich meinen Kopf hob, konnte ich über den Wipfeln der Bäume gerade noch die Schornsteine der Häuser auf der anderen Straßenseite erkennen. Unser Haus lag am Rand des Dorfes, und die wenigen Häuser, die es hier gab, standen weit auseinander. Nirgendwo konnte ich Licht sehen, und fast schien es, als sei ich der einzige Mensch auf der ganzen Welt, der jetzt noch wach war. Ein Hund bellte, und obwohl es offensichtlich aus weiter Ferne herüberschallte, klang das Bellen so deutlich und klar, daß ich einsah: Wer auch immer dort untern gewesen sein mochte, mußte längst über alle Berge sein, denn sonst hätte ich Schritte gehört.

Im selben Moment vernahm ich, wie sich im Haus etwas rührte; es war Bissett, die nach oben in ihre Schlafkammer ging. Rasch eilte ich zurück ins Bett, schlüpfte zwischen die Laken und war bald eingeschlafen.

3. KAPITEL

Ich lief durch eine Tür und sah mich eine Wendeltreppen hinaufsteigen. Immer im Kreis und hinauf und hinauf stieg ich, und ständig hörte ich den Atem meines Verfolgers dicht hinter mir. Die Treppe schien endlos zu sein, und während ich lief, pochte mein Herz, und meine Beine hoben und senkten sich, doch mir kam es vor, als würden sie mich nicht einen Schritt weiterbringen. Ich blickte zurück und sah, wie hinter mir etwas mit seltsam weichen, glatten Bewegungen die Treppe heraufglitt. Es war ein großes, bleiches Gesicht mit grauenhaften Narben, Pockennarben fast, und die tiefen Augenhöhlen starrten mich blicklos an. Der Kopf saß offenbar auf keinem Körper, eine schwarze Robe hing schlaff an ihm herunter und schleifte hinter ihm die Treppen hoch. Die Erscheinung näherte sich, wuchs und wurde größer und größer, bis sie nicht mehr unter mir war, sondern über mir aufragte, die mächtigen Arme ausgebreitet wie die Flügel eines Vogels oder die Schwingen einer Fledermaus, und ich wußte, daß sie sich jeden Moment auf mich stürzen würde.

Im Schlaf schrie ich auf, und dann erwachte ich mit klopfendem Herz und schweißbedeckter Stirn, die Bettdecke zu einem Knäuel fortgestrampelt. Hatte ich wirklich geschrien? Es hallte kein Echo mehr nach, die Kammer war still und lag friedlich im Mondlicht, das durch die offenen Fensterläden schien. Und dann, als ich zum Fenster blickte, sah ich einen Kopf. Vielleicht träumte ich noch immer und hatte wohl auch nur geträumt, daß ich aufgewacht war, denn niemand konnte so groß sein, daß er durch dieses Fenster blicken konnte. Der Kopf hob sich gegen das Mondlicht ab, und das Gesicht lag im Schatten, so daß ich es nicht erkennen konnte, aber es war ein großer Kopf mit struppigem Haar. Wie sollte ich jedoch träumen können, wenn meine Augen offen waren? Träumte ich denn nur, daß meine Augen offenstanden? Oder war ich ...

»Sei still, sonst reiß ich dir einen Arm aus und schlag dich damit tot!«

Ich wollte erleichtert aufschreien, denn die Stimme war die Stimme des Landstreichers. Also hielt mich doch kein Traum gefangen! Ich beobachtete ihn, wie er durch das Fenster stieg, zu meinem Bett kam und sich über mich beugte: »Sagst du auch nur einem Menschen, daß du mich erkannt hast oder daß ich zurückgekommen bin, dann schneid ich dir die Kehle durch. Das versprech ich dir. Und deiner feinen Mam wird es auch nicht besser ergehen.«

Plötzlich hörten wir Schritte auf dem Flur. Fluchend eilte der Mann zum Fenster zurück und kletterte wieder hinaus. Einen Augenblick später stand meine Mutter in der Kammer, hielt eine Kerze in der Hand und sah mich besorgt an. Es war alles so rasch geschehen, daß ich beinahe daran zweifelte, den Mann tatsächlich in meinem Zimmer gesehen zu haben.

»Was ist los?« fragte sie. »Was ist passiert, Johnnie?«

Ich wollte ihr gerade alles erzählen, als unversehens ein weiterer Kopf durch die Tür ins Zimmer lugte: ein hageres Gesicht mit funkelnden Augen unter seltsam anliegendem Haar. Ich schrie, und meine Mutter sah sich bestürzt um.

Bissett kam herein. Ich hatte sie noch nie in ihrem Morgenmantel und mit Haarnetz gesehen.

»Da war ein Mann!« rief ich.

»Was meinst du? Was soll das heißen?« fragte meine Mutter erschreckt.

»Er war hier. Ich hab ihn da beim F-f-fenster gesehen«, schluchzte ich.

»Ach Johnnie, das war sicher nur ein Alptraum.«

»N-n-nein«, beharrte ich. »Er war wirklich hier im Zimmer.«

»Wie hätte er denn hier hereinkommen sollen?« fragte meine Mutter sanft. »Niemand kann ohne eine Leiter durch dieses Fenster klettern.«

Kaum hatte sie dies gesagt, stockte sie, und ich sah, wie Bissett sie anblickte. Während meine Mutter mit der Kerze bei mir am Bett sitzen blieb, eilte meine Amme zum Fenster und sah hinaus.

Ohne sich umzudrehen, sagte sie ernst: »Tja, die Leiter lehnt wirklich an der Hauswand.«

Meine Mutter schrie auf, und ich sah, wie sie mit einer Hand nach der kleinen Kapsel mit den Schlüsseln faßte, die sie sich wohl umgeschnürt hatte, als sie das Bett verließ. Ich rückte etwas zur Seite, damit ich Bissett dabei beobachten konnte, wie sie auf das Fensterbrett kletterte. Als sie hinuntersah, vernahmen wir plötzlich direkt unter unseren Füßen ein lautes Getöse.

»Sie kommen!« rief meine Mutter entsetzt.

Sie tat mir weh, so fest klammerte sie sich an mich. Gleich darauf hörten wir einen zweiten Schlag, der noch lauter als der erste war, und dann das Geräusch von splitterndem Holz.

Bissett zog sich vom Fenster zurück und baute sich vor uns auf, eine große, hagere Gestalt im langen Morgenmantel. Ihre Stimme war seltsam ruhig, als sie sagte: »Sie sind im Salon, Ma'am. Als ich meinen Kopf aus dem Fenster steckte, konnt ich gerade noch sehn, wie einer ins Haus einstieg.«

»Um Himmels willen!« stöhnte meine Mutter. »Sie wollen uns umbringen.«

»Papperlapapp!« schnitt ihr Bissett das Wort ab.

Meine Mutter hielt mich noch umklammert und begann zu weinen, doch zu meinem Erstaunen packte Bissett sie an den Schultern und schüttelte sie heftig: »Ruhig, Ma'am!« herrschte sie meine Mutter an. »Uns passiert schon nichts. Jedenfalls nicht, wenn Sie nicht laut losheulen und die da unten auf uns aufmerksam machen.«

»Du verstehst das nicht«, jammerte meine Mutter. »Sie sind gekommen, um mich zu töten, mich und Johnnie.«

»Das sind bloß gemeine Diebe, Ma'am. Die haben die Leiter gesehen und gedacht, hier könnten sie leicht einbrechen.«

»Nein, nein! So ist es nicht«, schluchzte meine Mutter. »Du kannst das nicht wissen. Geh zum Fenster, und ruf um Hilfe!«

»Auf keinen Fall«, sagte Bissett. »Das wär nun wirklich töricht.«

»Du mußt mir glauben«, beharrte meine Mutter. »Sie haben Schußwaffen bei sich und sind bestimmt schon auf dem Weg nach oben.«

Bissett ging zur Tür, schloß sie und lehnte sich mit dem Rücken dagegen.

»Dann sollen sie man versuchen, hier reinzukommen. Aber wahrscheinlich haben sie noch mehr Angst vor uns als wir vor ihnen; die wollen doch bloß wieder auf und davon.«

»Dann laß mich raus und nachsehen«, sagte ich und wollte mich aus der Umklammerung meiner Mutter befreien.

»Nicht, Johnnie!« rief meine Mutter ängstlich und drängte mich zurück ins Bett.

»Bleib da«, sagte Bissett. »Wir wollen ihnen Zeit zum Verschwinden lassen. Das ist am sichersten.«

Wir warteten fast eine Ewigkeit, starrten uns schweigend an und horchten auf das leiseste Geräusch. Meine Mutter hatte immer noch den Arm um mich gelegt, und ich konnte spüren, wie heftig sie trotz der warmen Nacht zitterte. Mein schärferes Gehör fing endlich einen Laut auf: »Hört ihr?« fragte ich.

Bissett ging vorsichtig zum Fenster und spähte hinaus: »Da gehen sie«, rief sie. »Ich hab gerade noch einen von ihnen über die Straße laufen sehn.«

»Gott sei Dank«, seufzte meine Mutter.

Dann erstarrten wir vor Schreck und sahen uns verzweifelt an, denn jemand kam über den Flur auf meine Kammer zu. Langsam öffnete sich die Tür, und Mrs. Belflower trat ein, eine Kerze in der Hand und in Morgenmantel und Nachtmütze recht stattlich anzusehen. Sie war ganz bleich vor Angst.

Sie ließ sich auf das Bett fallen, und es verging einige Zeit, ehe sie uns ihre Geschichte erzählen konnte. Da sie im rückwärtigen Teil des Hauses schlief (und einen sehr festen Schlaf hatte), war sie von meinen Schreien nicht geweckt worden, hatte aber ein Geräusch gehört und war nach unten gegangen.

»Wie ich über die Treppe komme«, fuhr sie fort, »da seh ich, wie jemand versucht, die Riegel wegzuschieben, die sich doch nur so schwer bewegen lassen. Ich hatte keine Kerze bei mir, aber es war auch so hell genug: Tatsächlich, da war einer! Ein Mann! Ein Fremder!«

»Ach, du Arme, du mußt ja eine fürchterliche Angst ausgestanden haben«, rief meine Mutter.

»Nein, Ma'am, gar nich; ich hab gar nich erst nachgedacht. Ich sagte man nur: ›Wer sind Sie, und was machen Sie hier?‹ Und der Kerl antwortet...« Sie sah mich an und sagte: »Nun, ist ja auch egal, was er gesagt hat. Jedenfalls grinst er nur böse und macht einfach weiter, ein richtig abgebrühter Schurke, zerrt da an den Riegeln herum. Und schon geben sie nach, und er macht die

Tür auf und ist nichts wie weg.«

»Wie sah er denn aus?« wollte meine Mutter wissen.

Doch Mrs. Belflower war nicht in der Lage, den Mann auch nur annähernd zu beschreiben, und selbst als meine Mutter ihr eine Beschreibung des Landstreichers aufdrängen wollte, konnte sie weder seine Identität bestätigen, noch wollte sie leugnen, daß es sich um ihn gehandelt hatte. Sie war allerdings von uns dreien die einzige, die ihn am Nachmittag nicht gesehen hatte. Und da ich mich an die Drohung des Mannes erinnerte, sagte ich kein Wort.

Plötzlich fragte Bissett: »Hast *du* die Fensterläden geöffnet, Master Johnnie?«

»Nein«, sagte ich und spürte, wie ich errötete. Doch es war keine Lüge, da ich nicht vorgehabt hatte, die Läden unverschlossen zu lassen, und wenn ich erst erklären mußte, daß ich Stimmen gehört hatte, würde ich letztlich die ganze Geschichte erzählen müssen und damit meine Mutter und mich in Gefahr bringen.

Es gab viele Fragen, deren Beantwortung bis zum Morgen warten konnte, doch die eine Frage, über die sofort entschieden werden mußte, galt den Vorkehrungen, die wir für den Rest der Nacht zu treffen hatten. Es gab einen kurzen Streit darüber, ob man Mr. Pimlott holen solle, damit er Wache halte. Aber da selbst die unerschrockene Bissett nur ungern die wenigen Schritte zu seinem Haus wagen wollte, gaben wir diese Idee zugunsten anderer Vorsichtsmaßnahmen auf. Mrs. Belflower verkündete, daß sie wieder zu Bett gehen, aber die Tür zu ihrem Zimmer offenlassen werde.

»Laß mich heute nacht bei dir bleiben!« bat ich meine Mutter.

»Das ist ganz und gar überflüssig«, mischte sich Bissett ein. »Ich werd bis zum Morgen aufpassen, und ich geb euch mein Wort, daß sie nicht mehr zurückkommen. Wenn Sie nämlich den Jungen zu sich nehmen, Ma'am, dann haben wir wieder jeden Abend das alte Theater, wenn er allein zu Bett gehen soll.«

»Nein, habt ihr nicht«, protestierte ich.

»Ich denke, die Amme hat recht, mein Liebling. Du bist hier jetzt ganz sicher.«

»Warum machst du immer das, was *sie* sagt?« fragte ich trotzig.

»Tu ich doch nicht«, sagte meine Mutter und errötete leicht. »Aber nun gut, einmal können wir wohl eine Ausnahme machen.« Und so durfte ich trotz Bissetts Prophezeiung für den Rest der Nacht bei meiner Mutter schlafen.

Als ich am nächsten Morgen aufwachte, kam es mir völlig selbstverständlich vor, daß ich im Bett meiner Mutter lag. Wie gewöhnlich war sie bereits in aller Frühe aufgestanden, und als ich die Vorhänge zurückzog und mich im Zimmer umblickte, sah ich, daß alles wie immer war, und doch kam es mir ungewohnt vor: Der Kleiderschrank und der Waschtisch standen an ihrem Platz, und auf dem Ankleidetisch lag die hübsche Lackdose mit dem Bild von der Tigerjagd und den silbernen, wie Tierkrallen geformten Verschlüssen. Aber dann fielen mir plötzlich die Ereignisse der vergangenen Nacht wieder ein, und nun wußte ich, daß mir das Zimmer so seltsam fremd vorkam, weil ich hier nicht mehr jede Nacht schlief.

Als ich kurz darauf nach unten ging, schreckte ich auf der Treppe beim Klang einer männlichen Stimme zusammen, beruhigte mich jedoch sogleich wieder, da ich in der Diele Mr. Emeris erkannte. Er beugte sich äußerst würdevoll über Schloß und Riegel der Haustür und gab selbst in dieser Stellung in seinem braunen, mit goldenen Tressen besetzten Uniformmantel, den dunklen, vornehmen Bundhosen, dem Dreispitz und dem am Gürtel baumelnden Gummiknüppel noch eine äußerst imposante Erscheinung ab. Als Dorfbüttel, Kirchendiener (in dieser Eigenschaft und entsprechend anderer Amtstracht wies er an Sonntagen den feineren Damen und Herren unseres Dorfes ihren Platz im Betgestühl an) und Küster stellte er die gesamte Gemeindeverwaltung in einer Person dar. Während ich mit meiner Mutter im Salon frühstückte, konnte ich draußen in der Diele seine tiefe, ruhige Stimme hören, die sich in stetem, besänftigendem Brummen gegen die Stimmen von Bissett und Mrs. Belflower abhob.

»Der Einbrecher hat offenbar nichts mitgenommen«, erzählte mir meine Mutter. »Noch in der Nacht fand Bissett zwei silberne Kerzenleuchter in der Nähe der Haustür; die hat er wohl fallen gelassen, als er hinaus wollte, aber sonst scheint nichts zu fehlen.«

»Sehr gut. Wahrscheinlich haben wir ihn verjagt, bevor er Zeit hatte, etwas zu stehlen.«

»Ja«, antwortete sie. »So wird es wohl gewesen sein.«

In diesem Augenblick klopfte es, und rückwärts gewandt trat Mr. Emeris ein, öffnete die Tür nur so weit, daß sie seine mächtige Gestalt durchließ, und zog sie hinter sich gleich wieder zu, nachdem er zuvor noch in die Diele hinausgesagt hatte: »Gütigsten Dank, Mistress, Sie werden das später noch mal wiederholen müssen.«

Er schüttelte den Kopf und seufzte, während er den Hut abnahm und sich auf Einladung meiner Mutter hin auf das Sofa setzte.

»Sind Sie zu irgendwelchen Ergebnissen gelangt, Mr. Emeris?«

»Ich schätze, ich kann mir langsam von der ganzen Sache ein Bild machen, Ma'am«, sagte er bedächtig.

»Wollen Sie denn nicht wissen, was *ich* gesehen habe?« rief ich. Wenigstens für einen Augenblick wollte ich im Mittelpunkt der Aufmerksamkeit stehen, auch wenn ich entschlossen war, den interessantesten Teil meines Erlebnisses für mich zu behalten.

»Ja, aber warum sollte ich denn? Hab doch schon alles von deiner Mutter und von Mrs. Bissett gehört«, antwortete er. »Also, Ma'am, ich seh das so: Mrs. Bissett hat mir von dem Schieferdecker, einem gewissen Job Greenslade, erzählt, der hier auf dem Dach gearbeitet hat. Er wußte bestimmt, daß die Leiter noch im Hof lag, und außerdem hat dieser Mensch wohl ein Verhältnis mit Ihrem Dienstmädchen Sukey Podger.«

»Aber ich kann nicht glauben, daß Sukey etwas mit dieser Sache zu tun haben soll!«

»Gegen Tatsachen läßt sich nicht anreden, Ma'am. Ich hab da was gefunden, da draußen im Hof, direkt unterm Fenster.«

Mit einer theatralischen Geste deutete er an, daß wir unsere Geduld noch etwas zu zügeln hätten, stand auf und ging hinaus, während meine Mutter und ich uns überrascht ansahen. Einen Augenblick später kehrte er zurück. Hinter ihm kam Bissett ins Zimmer, die offensichtlich in der Diele auf ihn gewartet hatte. Er hielt etwas in der Hand, und mir blieb beinahe das Herz stehen, als ich einen Maulwurfspaten erkannte, ein identisch aussehendes Gegenstück zu dem Gerät, das Mr. Pimlott am Tag zuvor benutzt hatte.

»Sehn Sie sich das an, Ma'am!« rief Bissett, riß dem Büttel den Spaten aus der Hand und fuchtelte damit herum wie ein Rundkopf mit einem Pikenschaft: »Das ist das Werkzeug eines Schieferdeckers!«

»Nun, nun, Mistress!« tadelte sie Mr. Emeris und nahm das Beweisstück wieder an sich. »Wenn Sie so freundlich sein wollen... Dies hier ist meine Angelegenheit. Es scheint nun so, Ma'am, als habe man Job Greenslade und Ihr Mädchen Sukey nachts im Dorf gesehen, wo sie sich zusammen herumtrieben, und das mehr als einmal.«

»Beinahe jede Nacht«, fügte Bissett hinzu.

»Angesichts dieser Tatsache und weil die Leiter noch im Hof steht und mit diesem Werkzeug hier und alldem, da denk ich, daß ich genug gegen ihn zusammenhab, um ihn beim Polizeirichter anklagen und einsperren lassen zu können.«

Ich hatte mit wachsender Verzweiflung zugehört, denn ich kannte und mochte den jungen Schieferdecker: »Aber Job ist es doch nicht gewesen!« rief ich aus.

»Woher willst *du* das denn wissen, Master Johnnie? Ich denke, du hast den Mann gar nicht deutlich gesehen?« fragte Bissett rasch.

Ich wagte es nicht, die Wahrheit zu gestehen, aber mir fiel ein anderer Einwand ein: »Mrs. Belflower hat doch den Mann gesehen, und wenn es Job gewesen wäre, hätte sie ihn bestimmt erkannt.«

Bissett und der Büttel sahen sich an, und Mr. Emeris sagte: »Wenn du erst so alt bist wie ich, junger Mann, dann wirst du wissen, daß die Dinge nicht immer so einfach sind, wie sie aussehen.«

»So ist es«, sagte Bissett. »Mrs. Belflower hat eine viel zu große Schwäche für diese Göre. Und auch für den jungen Greenslade.«

»Ich kann einfach nicht glauben, daß es Job gewesen sein soll«, erklärte meine Mutter. »Wissen Sie denn genau, Mr. Emeris, daß es nicht dieser Landstreicher war, der uns gestern angebettelt hat?«

»Jawohl, Ma'am, das war nur Zufall, daß der am selben Nachmittag hier aufgekreuzt ist. Und gucken Sie sich doch bloß die Familie an, Ma'am, aus der das Mädchen kommt!«

»Und wie Sie man just gesagt habn, Mr. Emeris«, warf Bissett ein. »Man hat sie letzte Nacht mit ihrem Job gesehn. Und dann war sie die ganze Nacht nich im Haus.«

In diesem Moment klopfte es an der Hintertür. Mr. Emeris und Bissett warfen sich einen Blick zu, und als Bissett zur Tür ging, sagte Mr. Emeris: »Daß sie mir kein Wort mit Mrs. Belflower spricht!«

Bissett kam mit Sukey zurück, deren Augen gerötet waren und die erschöpft und nun auch noch wie betäubt aussah, als sie sich so plötzlich der majestätischen Verkörperung des Gesetzes gegenübersah.

»Es tut mir leid, Ma'am, daß ich so lange aus war«, sagte sie ängstlich. »Sehen Sie, mit meinem Onkel steht's gar nicht gut, und meiner Tante geht es auch nicht besonders. Und da bin ich dann die ganze Nacht bei ihm geblieben, bis meine Schwester gekommen ist.«

»Ach Sukey, darum geht es gar nicht.«

Mr. Emeris hob warnend die Hand: »Wenn Sie mir gestatten wollen, Ma'am, dann möchte ich das Mädchen jetzt vernehmen.«

Bei diesen Worten wurde Sukey sichtlich blaß. Aber so eingeschüchtert sie auch war und sosehr sie sich ängstigte, als sie begriff, was ihr und Job vorgeworfen wurde, beharrte sie doch unerschütterlich darauf, daß sie unverzüglich ins Dorf gegangen und dort bis jetzt geblieben sei. Sogar Bissetts Versuche, sie von dieser Geschichte abzubringen, fruchteten nichts und bewirkten nur, daß das Mädchen schließlich in Tränen ausbrach. So mußte Mr. Emeris also zugeben, daß die Beweise gegen Sukey und Job noch nicht ausreichten, um einen Haftbefehl zu erwirken, obwohl er von der Schuld zumindest des letzteren überzeugt blieb und keinen Zweifel daran hatte, ihn überführen zu können, sobald er erst einmal Mr. Limbrick das Werkzeug gezeigt und Job selbst befragt hatte.

Die Sonne stand hoch an einem wolkenlosen Himmel, als wir am frühen Nachmittag das Haus verließen. Meine Mutter trug einen weißen Straßenmantel und einen Strohhut zum Schutz gegen die Sonne und ich eine weiße Mütze und einen blaßblauen Rock. Wir machten uns auf den Weg ins Dorf, und nach wenigen Minuten passierten wir die kleine alte Kirche mit dem großen, verwilderten Friedhof. Der Rauch aus den dicht am Boden kauernden Katen mit ihren dunklen, engen Fenstern stieg kerzengerade in den Himmel auf.

Während unseres Spaziergangs besprachen wir das große Ereignis, und meine Mutter wiederholte ihre Ansicht, daß der Landstreicher der Einbrecher gewesen sei.

»Wenn ich ihn noch einmal sehe«, schwor ich, »dann halte ich ihn fest und schrei so lange, bis Mr. Emeris kommt.«

Sie blieb abrupt stehen und sagte besorgt: »Versprich mir, Johnnie, daß du niemals mit irgend jemandem sprichst, den du nicht kennst.«

»Aber es kommen doch sowieso keine Fremden mehr ins Dorf«, erwiderte ich energisch und warf einen Blick nach rechts: »Deshalb hat der Gasthof ja auch seine Mietställe schließen müssen.«

Fast direkt gegenüber der Kirche stand das einzige Gasthaus des Dorfes, ein altes Fachwerkgebäude, das sich in die Straße hinauszulehnen schien, als wolle es nach möglichen Kunden Ausschau halten. Und vielleicht tat es das sogar, denn seit die Überlandstraße fertiggestellt worden war, die den Verkehr nun in einer halben Meile Entfernung am Dorf vorbeiführte, stieg hier nur noch selten ein Reisender ab, und das Ansehen des Gasthofs war auf das einer gewöhnlichen Dorfkneipe herabgesunken. Die Kutschen, die noch ein Jahr zuvor durch das Dorf gerasselt kamen, um hier ihre Pferde zu wechseln, waren für mich nur mehr eine schwache, wenn auch prächtige Erinnerung.

»Kannst du das Wirtshausschild lesen?« fragte meine Mutter.

»Ja«, sagte ich. »›Rose and Crab‹.« Doch dann mußte ich zugeben: »Aber eigentlich les ich die Worte nicht wirklich, weil ich weiß, was auf dem Schild steht, obwohl ich natürlich das R und erst recht das C wiedererkennen würde, selbst wenn ich nicht wüßte, daß sie so heißen, wie sie nun einmal heißen. Wenn du verstehst, was ich meine.«

Als ich vor langer Zeit meine Mutter fragte, warum der Gasthof einen so seltsamen Namen habe, hatte sie vermutet, daß mit Crab eigentlich der Holzapfel und nicht die Krabbe gemeint sei. Das Bild auf dem Wirtshausschild war jedoch so verwittert (und der Maler so ungeschickt gewesen), daß die Rose zwar deutlich zu erkennen war, der Farbfleck daneben jedoch alles mögliche bedeuten mochte, und mir gefiel die Vorstellung, daß er das unheimliche und spinnenähnliche Schalentier und nicht die recht gewöhnliche Frucht darstellen sollte.

»Bald wirst du richtig lesen können«, sagte meine Mutter, und wir sprachen noch weiter darüber, als wir durch das Dorf gingen. Die Häuser lagen hier bereits wieder weiter auseinander, und ein Bach verlief rechter Hand der Straße, die zum Dorfanger hinabführte, der sich jetzt vor uns ausdehnte: eine von Häusern gesäumte große Wiese, in deren Mitte ein schlammiger Teich lag. An seinem Ufer entlang, weiter nach rechts hinüber und über die Silver Street wäre der kürzeste Weg zu Sukeys Familie gewesen, doch meine Mutter entschied sich nie für diesen Weg, da der Bach die Straße überflutete und dieser Teil des Dorfes nicht besonders schön war. Also hielten wir uns links und folgten dem Rand des Dorfangers.

Als wir an einem kleinen Haus am Ende der Wiese vorbeikamen, in dem zwei ältliche Schwestern eine Schule führten und in das ich oft Kinder mit ihren Büchern und Schiefertafeln hatte hineingehen sehen, fragte ich: »Wenn ich richtig lesen kann, werde ich dann in diese Schule gehen?«

»Nein, ich werde dich selbst unterrichten. Und wir werden bestimmt sehr viel Spaß in unserer kleinen Schule haben. Ich habe Onkel Marty gebeten, eine Menge Bücher für uns einzukaufen, und in seinem Brief gestern schrieb er, er habe sie abgeschickt, sie können also jeden Tag eintreffen. Das war übrigens die gute Nachricht, die ich dir gestern erzählen wollte.« Sie fuhr sich mit der Hand über die Stirn: »Ach, jetzt habe ich in all der Aufregung heute morgen den Brief nicht beantwortet! Erinnerst du mich später an ihn, Johnnie?«

»Was glaubst du, was für Bücher er ausgesucht hat?«

»Da er nicht ganz wohlauf war«, antwortete sie, »mußte er einen ihm und mir bekannten Gentleman, Mr. Sancious, mit der Auswahl beauftragen.«

Wir gingen am Teich vorbei und kamen auf der anderen Seite des Dorfes, dort, wo der Bach in den Teich mündete, zur Brücke, hinter der sich die Straße gabelte. Nach links verlief sie in einem großen Bogen um das Dorf herum, und für gewöhnlich nahmen wir diesen Weg, aber die andere Straße führte am Galgenhügel vorbei zur Überlandstraße, und diesen Weg waren wir noch nie gegangen.

»Bitte, können wir nicht zum Hügel hinaufgehen?«

»Ich habe dir doch schon wer weiß wie oft erzählt, daß es dort oben keine Galgen mehr gibt.«

Das mochte schon stimmen, aber ich wollte nicht glauben, daß dort oben überhaupt nichts zu sehen war: »Das ist mir egal. Du weißt doch, was ich sehen will.«

»Nun gut, wir gehen ein kurzes Stück den Hügel hinauf, aber nicht bis zur Überlandstraße.«

Anfangs war die Straße nur eine tiefe, enge Gasse zwischen einer hohen Mauer zu unserer Linken und wuchernden Hecken auf der rechten Seite, so daß wir kaum etwas sehen konnten. Einmal mußten wir uns eng an die Wand drücken, als ein großes Fuhrwerk den Hügel herab auf uns zuratterte und über die Steine hüpfte und sprang. Etwas weiter war die Mauer eingefallen und an einigen Stellen so niedrig, daß wir über sie hinweg auf die saftigen, sich grün wellenden Hänge des nahezu baumlosen Tals hinabsehen konnten.

»Ich glaube, ich kann etwas erkennen«, rief ich aus. »Ist das nicht ein See?«

»Das sind die Parkanlagen eines großen Landsitzes«, sagte meine Mutter sanft.

»Sieh doch, da sind Rehe!« rief ich.

»Ja, sie halten sich Wild.« Und als sie weiterging, fügte sie hinzu: »Das erinnert mich übrigens daran, Johnnie, daß du Sukey nie nach ihrem Vater fragen darfst. Du würdest ihr großen Kummer bereiten. Ich werde es dir erklären, wenn du älter bist.«

Ich hatte kaum zugehört, da wir bald in die Nähe der Überlandstraße gelangen mußten. Zwischendurch sprang ich immer wieder in die Luft und versuchte, über die hohen Hecken hinwegzusehen, und einmal konnte ich gar einen Blick auf einen großen Wagen erhaschen, der quer zu dem Weg, den wir gingen, auf einer Straße fuhr. Kurz darauf sah ich bereits, ohne in die Luft springen zu müssen, die großen Strohballen, die der Wagen geladen hatte, und einen Mann, der wie auf magische Weise über der Hecke zu schweben schien, als wäre er der Junge aus »Tausendundeiner Nacht«. Für ein so großes Gefährt bewegte der Karren sich überraschend schnell – jedenfalls schneller, als ich laufen konnte. Aufgeregt drehte ich mich um und rief: »Er fährt bestimmt auf der Überlandstraße!«

»Wir müssen jetzt umkehren«, sagte meine Mutter.

»Nur noch ein bißchen«, bettelte ich.

»Nein. Das Wetter schlägt um, und ich glaube, es wird bald regnen.«

Im Osten verdüsterte sich der blaue Himmel tatsächlich ein wenig, aber im Westen schien noch immer die Sonne.

Meine Mutter griff nach meiner Hand, doch ich riß mich los und lief den Hügel hinauf. Als die Steigung zur Hügelkuppe hin nachließ, verbreiterte sich die Gasse und verwandelte sich kurz darauf in ein schlammiges Delta mit den strahlenförmig nach links und rechts verlaufenden Furchen der Wagenspuren. Dann stand ich plötzlich auf einer größeren Straße: ein breites, gänzlich flaches, steinernes Band, das sich nach beiden Seiten hin ausdehnte, manchmal für einige Schritte in einer Senke des Hügelrückens verschwand, dann aber unweigerlich wieder auftauchte, bis es sich schließlich in einer Entfernung von zwei oder drei Meilen in beiden Richtungen hinter dem Horizont verlor. Ich scharrte mit dem Fuß über den Straßenbelag, konnte aber nur wenige kleine Steine lösen, denn der Belag war hart und teerartig, wie ich ihn noch nie zuvor gesehen hatte, und zudem noch mit einer Schicht Kies bedeckt. An der Einmündung stand ein Meilenstein mit der Aufschrift: L:CLIX, und ich wußte, welche Stadt mit dem Buchstaben L gemeint war.

Es war spät am Nachmittag, und ein kühler Wind kam auf, als der Himmel sich zu dunklerem Blau verfärbte. Ich sah hinab ins Dorf, das sehr weit entfernt und sehr winzig zu sein schien, und versuchte herauszufinden, welches der Dächer zu unserem Haus gehörte. Ich blickte in die andere Richtung zum Park hinunter und entdeckte nur wenige Schritte von der Einmündung entfernt eine Zufahrt, die direkt in die Überlandstraße mündete. Zu beiden Seiten des Eingangs standen hohe Säulen, die von steinernen Globen gekrönt waren; das große Tor war offen.

In diesem Augenblick holte meine Mutter mich ein, sie keuchte heftig und faßte mich bei der Schulter: »Bissett hat recht, du *bist* ein unartiger Junge.«

»Aber wo wir schon einmal hier sind, können wir doch auch warten und sehen, ob eine Postkutsche vorbeikommt!« rief ich.

Noch ehe meine Mutter antworten konnte, tauchte eine zweispännige Kutsche hinter dem Parktor auf. Die Equipage war von solcher Pracht, wie ich ihresgleichen selbst in jenen Tagen nicht gesehen hatte, als das »Rose and Crab« noch Reisende beherbergte. Es war ein glänzend lackierter, kanariengelber Landauer mit einem prunkvoll livrierten Kutscher auf dem Bock, der ein herrliches Paar Schimmel lenkte. Doch meine Aufmerksamkeit erregte vor allem das Wappen, mit dem die Kutschtüren verziert waren.

Der Landauer fuhr auf uns zu, und ich sah, wie meine Mutter plötzlich blaß wurde. Als er vorbeirasselte, war mir, als würde er seine Fahrt verlangsamen, denn ich konnte mit aller Muße die zwei Gestalten im Innern betrachten, die sich, so wollte es mir wenigstens scheinen, zum Fenster vorbeugten und uns anstarrten.

Die Insassen waren ein alter Herr und ein Junge, der nur einige Jahre älter war als ich. Der Herr saß auf der uns zugekehrten Seite der Kutsche und war daher deutlicher zu sehen. Sein spärliches graues Haar fiel über eine hochgewölbte Stirn. Sie war wie sein ganzes Gesicht von großen Flecken verunstaltet, die mich unwillkürlich an braune Spinnen erinnerten. Auf das lange, vorspringende Kinn fiel die Unterlippe herab. Doch am auffälligsten waren seine rotunterlaufenen und tief in die dunklen Falten seiner verknitterterten Haut eingesunkenen Augen. Als die Kutsche vorüberfuhr, schien sich der Alte nach uns umzudrehen, als hafte sein Blick am Gesicht meiner Mutter, und auch sie sah der Kutsche nach, als sei es ihr nicht möglich, diesem düsteren Blick auszuweichen.

»Ich wußte, wir hätten nicht herkommen sollen«, murmelte meine Mutter, als die Kutsche vorbeigefahren war. »Ach Johnnie, was hast du nur getan? Komm, wir müssen sofort wieder nach Hause.«

Sie ging den Weg zurück, den wir gekommen waren, doch diesmal war ich derjenige, der laufen mußte, um sie einzuholen.

»Wer war der alte Herr?« fragte ich. »Kanntest du ihn?«

»Stell bitte keine Fragen, Johnnie!« rief sie plötzlich. »Du bist heute wirklich sehr unartig gewesen.«

Während wir rasch und wortlos nach Hause eilten, dachte ich an etwas, das ich sie nicht zu fragen wagte: Mir war nicht entgangen, daß das auf der Kutschtür prangende Wappen diagonal in zwei Hälften geteilt gewesen war. In der einen Hälfte hatte ich deutlich eine Krabbe mit den zahlreichen unter ihrem Panzer hervorstakenden Beinen und den häßlichen, vom Kopf abstehenden Scheren erkannt – also hatte ich mit meiner Vermutung über das »Rose and Crab« doch recht gehabt! Aber die andere Hälfte des Wappens war mir erst recht aufgefallen, denn sie hatte genau dieselbe Anordnung von fünf vierblättrigen Rosen gezeigt, die ich erst am Tag zuvor auf unserer silberbeschlagenen Briefmappe entdeckt hatte.

Als wir nach Hause kamen, sah ich überrascht, daß während unserer Abwesenheit die auf Anweisung meiner Mutter von Bissett bestellten Tischler und Schmiede hart gearbeitet hatten. Vorder- und Hintertür waren mit stärkeren Riegeln gesichert worden, und man hatte alle Fenster vergittert, die vom Boden aus erreicht werden konnten. Sogar die Tür zum Garten war mit Eisenspitzen und einem Vorhängeschloß versehen worden. Und das war noch nicht alles, denn am nächsten Tag wollten die Männer wiederkommen, um Gartenmauer und Tor mit eisernen Dornen zu bestücken. Außerdem bestand meine Mutter darauf, daß die Dienstboten von nun an bei Dämmerung die Hintertür verriegelten und das Gartentor verschlossen hielten.

Meine Aufmerksamkeit wurde jedoch von diesen Neuerungen abgelenkt, als ich ein großes Paket entdeckte, das ein Bote abgeliefert hatte. Meine Mutter wollte eigentlich darauf bestehen, daß ich das Paket erst öffnen dürfe, wenn ich meinen Tee ausgetrunken hatte, aber ich veranstaltete ein solches Theater, daß sie schließlich nachgab, und so durfte ich das Paket schließlich doch sofort auspacken. Begeistert sah ich, daß die Sendung eine Kiste mit ungefähr zwanzig Kinderbüchern und Abc-Fibeln enthielt, die mit vielen, zum Teil farbigen Holzschnitten bebildert waren.

»Bitte, laß uns sofort anfangen!« rief ich, als ich ein um das andere Buch aufschlug.

»Von mir aus, aber zuerst muß ich Onkel Martys Brief beantworten und mich dafür bedanken, daß er Mr. Sancious so gut beraten hat«, sagte meine Mutter und verließ das Zimmer.

Einen Augenblick später hörte ich einen entsetzten Schrei, und meine Mutter kam zurück ins Wohnzimmer gestürzt.

»Die Briefmappe! Die Briefmappe meines Vaters ist verschwunden!« rief sie.

Wir suchten an jedem nur denkbaren Ort und baten Bissett, Mrs. Belflower und Sukey, uns zu helfen. Aber schließlich mußten wir einsehen, daß die Briefmappe verschwunden war.

»Er hat sie mitgehen lassen, Ma'am«, sagte Bissett, sie brauchte nicht deutlicher zu werden.

»Das glaube ich auch«, sagte meine Mutter. Und dann, wie zu sich selbst, murmelte sie: »Meinetwegen hätte er alles andere mitnehmen können, nur nicht diese Mappe.«

Ich sah sie überrascht an und sagte: »War sie denn so wertvoll?«

»Aber Master Johnnie«, rief Bissett, »die Beschläge waren aus echtem Silber!«

Meine Mutter schüttelte jedoch nur kummervoll den Kopf.

»Und Mr. Emeris«, vertraute Bissett uns an, als die anderen beiden das Zimmer verlassen hatten, »ist noch einmal zurückgekommen, als Sie spazieren waren. Er hat gesagt, Mr. Limbrick schwört einen heiligen Eid, daß dieses Ding rein überhaupt nichts mit Job oder auch nur mit dem Dachdecken zu tun hat.« Sie schüttelte den Kopf: »Die Schlechtigkeit der Menschen ist manchmal einfach nicht zu fassen.«

»Ich habe nie geglaubt, daß Job etwas damit zu tun hat«, sagte meine Mutter. »Und Mrs. Belflower hat ihn ja auch nicht wiedererkannt.«

Bissett blieb jedoch überzeugt, daß Job in die Sache verwickelt war, und ließ sich nicht davon abbringen, uns ihren Standpunkt noch einmal ausführlich vorzutragen.

4. KAPITEL

Das Eintreffen des Bücherpakets aus London markierte den Beginn eines neuen Abschnitts in meinem Leben. Jeden Morgen saßen meine Mutter und ich uns nun am Tisch im Wohnzimmer gegenüber, in ihrem Schoß lag zumeist eine Näharbeit und vor ihr ein aufgeschlagenes Lehrbuch, aus dem sie mir meine Aufgaben erklärte, und ich hörte ihr zu oder beugte mich über meine Schiefertafel oder mein Rechenheft und streckte vor lauter angespannter Aufmerksamkeit die Zunge zwischen die Zähne oder legte die Stirn in Falten, während ich Buchstaben zu malen oder eine Summe auszurechnen versuchte.

Meine mathematischen Kenntnisse machten unter der Anleitung meiner Mutter zwar nur langsam Fortschritte, doch ließ ich mir mit großem Vergnügen vorlesen und lernte auch eifrig, selbst zu lesen.

Noch ehe sich mir die Bedeutung der Buchstaben erschloß, faszinierte mich das Äußere der Bücher – ihre Ausstattung und die Illustrationen. Besonders Wappen und Karten erregten mein Interesse, zumal von letzteren einige Exemplare in unserem Haus hingen – etwa die riesige, beinahe hundert Jahre alte Pergamentkarte, auf der das Land um Hougham zu sehen war und die ich mir stundenlang betrachten konnte. (Es war nur seltsam, daß sich in altertümlicher Schrift Onkel Martins Name in einer Ecke der Karte fand: FORTISQUINCE.) Da mich Karten so faszinierten, ließ meine Mutter mir durch Onkel Martin eine Karte von London schicken; und so traf eines Tages ein schweres Paket mit einer verblüffend detaillierten Karte ein, die genau ein Jahr nach meiner Geburt auf zweiundzwanzig große Einzelblätter gedruckt worden war. Stunde um Stunde brütete ich über dieser Karte und staunte über die ungeheure Größe Londons. Es wurde für mich weit mehr eine Stadt der Phantasie als ein wirklicher Ort, und mein Verlangen, endlich die vielen und aber vielen Straßennamen entziffern zu können, feuerte mich an, das Lesen zu lernen. Bald verschlang ich Defoes »Die Pest zu London«

und Strypes Ausgabe von Stows »London im Überblick«. Ich folgte ihren Wegen auf der Karte, fasziniert von den Veränderungen, die sich beim Vergleich der einen mit der anderen Periode aufspüren ließen. So lernte ich die Metropole »kennen« und war bald überzeugt, daß ich mich wenigstens in den Stadtinnenbezirken wohl zurechtfinden könnte.

Ich glaube, ich wurde, was man ein sonderbares Kind nennt. Ich erinnere mich daran, wie ich nachts aus dem Fenster sah und dachte: Seltsam, daß die Bäume und die Häuser einfach dastehen, über sich die Sterne und den Mond, und am seltsamsten ist, daß du an dieser Stelle stehst und diese Dinge betrachten kannst. Ich wußte, daß Gott auf mich herabsah, denn das hatten mir Bissett und meine Mutter gesagt. Meine Amme hatte mir auch erzählt, daß ich, wenn ich gut sei, auf immer und ewig in den Himmel käme, und wenn ich böse sei, in die Hölle. Einmal lag ich in meinem Bett und versuchte mir dieses »auf immer und ewig« vorzustellen. Ich sah mich in einen ungeheuer tiefen Abgrund stürzen, ich fiel und fiel und fiel, denn der Abgrund war bodenlos, und bei dieser Vorstellung lief mir ein kalter Schauer über den Rücken. Mein Herz begann heftig zu pochen, denn meine ganze Welt – meine Mutter, meine Amme, das Dorf – schienen winzig, bedeutungslos und weit fort zu sein, als ich in diesen unergründlichen Schlund stürzte, und ich zwang mich schließlich, an etwas anderes zu denken.

Vor zufälligen und willkürlichen Dingen hatte ich – wie wohl alle Kinder – eine entsetzliche Angst. Ich wollte, daß alles einen Zweck habe, daß es Teil eines Plans sei. Und mir kam es vor, als stellte ich diesen Plan in Frage, wenn ich etwas Unrechtes tat. Sollte ich in meinem Leben etwas Häßliches und Bedeutungsloses schaffen, dann verlor ich, so fürchtete ich, nicht nur jeden Anspruch darauf, beurteilen zu können, ob mir recht oder unrecht geschah, sondern auch den Anspruch – und das war weit schwerwiegender – auf jede Hoffnung, daß es in dieser Welt überhaupt einen Plan gab oder eine Gerechtigkeit in ihr waltete. Ich wollte, daß sich in meinem Leben allmählich ein Sinn entfaltete, doch ob mir das gelungen ist, wird sich noch zeigen müssen.

Nachdem ich zu lesen gelernt hatte, wurden die Bücher ein Quell großer Freude für mich. In den historischen Geschichten und Liebesromanen, die ich verschlang – stundenlang lag ich im Wohnzimmer auf dem Boden, das Licht fiel durch das Fenster über meine Schulter –, fand ich jene Freiheit und jenen Reichtum an Erfahrung, die ich unter den beschränkten Umständen meines Lebens bisher vermissen mußte. Und wenn ich des Lesens müde wurde, dann sah ich zur Abwechslung aus dem großen Fenster und beobachtete die an unserem Haus vorübergehenden Dorfbewohner. Dort ging James Fettiplace, der Gehilfe des Chirurgen, und dann kam Mr. Passant, der Postmeister, mit seiner kleinen Tochter. Und dort, im Regen, balancierte Miss Meadowcroft auf ihren Holzpantinen vorbei. Dann wieder schien die Sonne, und die Yallop-Jungs, die Söhne des Dorfkrämers, kamen mit dem jungen Hilfspfarrer vorbei, bei dem sie in den Unterricht gingen. Die Erwachsenen sahen selten zu unserem Haus herüber, ganz anders die Kinder, die oft zu lächeln schienen, wenn ihr Blick auf unser Haus fiel. Ich hatte noch mit keinem dieser Dorfbewohner ein Wort gewechselt, doch ihr Leben faszinierte mich, und ich hatte mir Geschichten über sie ausgedacht. Jener Mr. Yallop etwa war als Junge von zu Hause ausgerissen und zur See gefahren, hatte sein Glück gemacht, Mrs. Yallop entführt und sie dann geheiratet. Und der Hilfsgeistliche war eigentlich ein reicher Herzog, der ins Dorf gekommen war und sich verkleidet hatte, um Miss Laetitia Meadowcroft, der Tochter des Pfarrers, den Hof zu machen. Ich fragte Mrs. Belflower und Sukey nach unseren Nachbarn aus, doch was sie mir erzählten, schien langweiliger und doch auf eine Art auch fremdartiger als meine Erfindungen zu sein.

Die Monate verstrichen, ein Jahr verging, dann noch eines, und als es mir allmählich zu langweilig wurde, meinen Kreisel aufzuziehen und den Reifen über die Rasenterrassen zu treiben, rebellierte ich immer heftiger gegen mein auf Haus und Hof eingeschränktes Leben. Ich sollte vielleicht noch erwähnen, daß ich den Maulwurfspaten nie wieder in der Hand von Mr. Pimlott gesehen habe. (Was meinen Verdacht bestärkte, daß er ihn dem Landstreicher gegeben hatte, um ihm den Einbruch zu erleichtern.) Ich wagte mich auch nie wieder in jene Wildnis vor, zuerst aus Angst, doch später hielt mich etwas anderes zurück: ein abergläubisches Bedürfnis danach, glaube ich, mir etwas Unerforschtes zu erhalten, mir etwas Gefährliches bewahren zu wollen, vor dem ich mich fürchten konnte und dem ich mich doch, wenn mir danach war, stellen konnte, um dann zu entdecken, daß selbst die Wildnis letztlich ein sicherer Ort war.

Am schlimmsten fand ich meine Nachmittagsspaziergänge, denn die Dorfmädchen verspotteten mich, wenn ich mit meiner Mutter oder Sukey daherkam, als stände ich unter Aufsicht. Ich lief deshalb meist so weit wie möglich vor meiner Begleiterin her, damit es aussah, als sei ich allein unterwegs. Ich beneidete die Kinder, die den Sommer über barfuß herumliefen und sich auf dem Dorfanger ihren kompliziert anmutenden Spielen widmeten: Ringelreihen, »Der Plumpsack geht um« oder Schussern. Und an den langen Sommerabenden sah ich sie vom Fenster unseres Hauses auf der breiten Straße mit dem Federball spielen.

Vor allem später, als ich größer wurde und meine Spaziergänge sich weiter ausdehnten, beneidete ich die Jungen in meinem Alter, die ich manchmal über meinen Kopf hinweg rufen hörte, wenn sie wie Vögel in den Bäumen hockten, oder die ich hin und wieder weit entfernt im Fluß schwimmen sah, wobei ihre weißen Körper aufblitzten, wenn sie vom Uferrand ins Wasser sprangen. Ging ich mit Sukey spazieren, trafen wir manchmal einen ihrer Brüder, vor allem Harry, der nur einige Jahre älter war als ich und immer gerade irgend etwas Aufregendes zu tun schien: Er half bei der Ernte, trieb das Vieh nach Hause oder scheuchte Krähen von den Feldern. Oft ergab es sich, daß wir Job begegneten, der – natürlich rein zufällig – immer den gleichen Weg zu haben schien.

Ich konnte Job gut leiden, denn wenn Sukey und er mal nicht miteinander giggelten und tuschelten, dann erzählte er mir, was er als Junge so alles getrieben hatte. Er schwamm leidenschaftlich gern, und mir kam der Gedanke, daß man ihm vielleicht erlauben würde, mir das Schwimmen beizubringen. Ich fragte meine Mutter, und zu guter Letzt willigte sie ein.

Also gingen Job und ich an einem schönen Nachmittag in jenem Sommer zum Mühlenteich in Twycott. Job war ein guter Lehrer, und ich lernte viel an diesem ersten Tag. Wenn er vom Ufer ins Wasser sprang und tauchte, war ich tief beeindruckt, und ich beneidete ihn, hatte aber viel zuviel Angst vor dem Gedanken, es ihm gleichtun zu wollen, besonders als ich sah, wie er unter dem Schleusentor der stillgelegten Mühle hindurchtauchte. Er wollte mir diese Kunst auch beibringen, doch als er merkte, wie sehr ich mich davor fürchtete, gab er die Idee auf und begnügte sich damit, meine Schwimmkünste zu verbessern.

Unsere Stunden wurden zu einer regelmäßigen sonntäglichen Einrichtung, und meistens begleitete Job mich anschließend zurück nach Hause, um in der Küche mit Sukey und Mrs. Belflower eine Tasse Tee zu trinken. Eines Tages jedoch, nur wenige Wochen später, erzählte mir Sukey mit Tränen in den Augen, daß ich ihn wohl lange Zeit nicht wiedersehen würde. Job hatte sich zu den Soldaten gemeldet. (Sie gestand mir, daß er sich anwerben ließ, weil er keinen anderen Ausweg mehr gesehen hatte, so sehr habe ihm Mr. Emeris – aufgehetzt von Bissett – mit dem Verdacht zugesetzt, daß er am Einbruch in unser Haus beteiligt gewesen sei.) Ich war so enttäuscht über dieses Ende meiner Schwimmstunden, daß meine Mutter auf die Idee kam, doch Sukeys Bruder Harry zu bitten, die Stunden mit mir fortzusetzen. Sukey zögerte ein wenig, sagte dann aber, sie glaube, daß es sich machen lasse.

Am folgenden Sonntag begleitete mich also Harry nach Twycott, er gab sich mürrisch und wortkarg und schien an einer Unterhaltung mit mir nicht interessiert zu sein. Er war ein kräftiger, strohblonder Bursche mit mächtigem Kinn und blaßblauen Augen. Seine Unterrichtsmethode war wesentlich pragmatischer als die von Job, denn er bestand darauf, daß ich, um meine natürliche Angst vor dem Wasser zu überwinden, zuerst einmal lernen müsse, unter Wasser zu bleiben, und seine Überzeugung, daß dies ein erstrebenswertes didaktisches Ziel sei, schien sich noch zu festigen, als er sah, wie sehr ich mich davor fürchtete. Er packte mich voller Wonne und drückte meinen Kopf unter das Wasser, während ich mich wehrte und um mich schlug. Ich war der festen Meinung, daß ich ertrinken würde, und als er mich endlich losließ, rettete ich mich ans Ufer, blieb keuchend und spuckend liegen und glaubte, ich müsse sterben. Ich sah eine Pforte – eine gewöhnliche Pforte, die auf einen Feldweg führte –, und bis heute sehe ich diese Pforte wie ein gerahmtes Bild vor mir. Noch Tage danach schien alles, was ich sah, wie ein Bild eingerahmt zu sein, beinahe so, als hätte ich es noch nie zuvor gesehen.

So seltsam es klingen mag, aber Harrys Methode schien zu funktionieren, denn meine Angst vor dem Tauchen verschwand, und ich wurde ebenso geschickt darin wie er, so daß wir gar um die Wette unter dem Schleusentor der Mühle hindurchtauchten. Aber im darauffolgenden Sommer nahm ihn die Arbeit so sehr in Anspruch, daß er mich nicht mehr unterrichten konnte, und meine Mutter weigerte sich, mich allein zum Schwimmen gehen zu lassen – obwohl ich eigentlich davon überzeugt war, daß ich ohne meinen Lehrer sicherer dran war als mit ihm.

Ich hockte immer häufiger über den Büchern. Onkel Martin schickte regelmäßig große Pakete, und außerdem befanden sich zahllose Bücher im Haus. Ich hatte gelesen, was ich in unserer Bibliothek finden konnte (womit ich all die über das ganze Haus verstreuten Bücher meine, denn es gab keinen besonderen, diesem Zweck vorbehaltenen Raum), und ich merkte bald, daß sich die Bücher thematisch in mehrere deutlich unterscheidbare Kategorien einteilen ließen. Es gab die neueren, uns aus London gesandten Bücher, und das waren Novellen, Romane, Kindergeschichten und ähnliches mehr. Dann gab es die um viele Jahre älteren Bände, von denen keiner jünger als fünfzig oder sechzig Jahre war und in denen es meist um solch trockene und langweilige Themen wie Gutsverwaltung und Hofhaltung ging, auch wenn sich zwischen ihnen einzelne Geschichts- und Reisebücher sowie ein Lehrbuch für Latein fanden. Ich wußte, daß sie einer besonderen Gruppe von Büchern angehörten, da sie abgesehen von ihrem gemeinsamen Alter auch alle das gleiche, sehr schlichte Exlibris hatten, auf dem nur ein Adlerwappen mit den darüber aufgedruckten Initialen D. F. zu sehen war. Diese Bände unterschieden sich von einer zweiten Gruppe von Büchern, die größtenteils zwanzig oder dreißig Jahre alt waren und aus denen die Exlibris entfernt worden zu sein schienen. Hier ging es ausschließlich um Rechtsfragen, und ich legte die Bände angewidert zur Seite. Schließlich gab es noch eine Anzahl von Büchern, die wahrscheinlich meine Mutter gelesen hatte, als sie in meinem Alter gewesen war, obwohl ich mir dessen nicht sicher war, da ich in keinem ihren Namen finden konnte. Um mich noch etwas genauer auszudrücken: Bis auf wenige Ausnahmen war aus ihnen eine Ecke des Deckblatts herausgeschnitten worden.

Da ich jetzt endlich lesen konnte, schmökerte ich mich durch alle Seiten von »Tausendundeiner Nacht«, diesen exotischen, doch oft brutalen und sogar anstößigen Geschichten, vor deren voller Kraft meine Mutter mich hatte bewahren wollen. Mir gefiel besonders die lange Erzählung, in der ein einfallsreicher – aber wie mir dünkte, auch recht skrupelloser – Junge namens Alla ad Deen sich in eine Reihe außergewöhnlicher Abenteuer stürzt, die letztlich dazu führen, daß seine verarmte Mutter durch ihn wieder zu Reichtum kommt. Und endlich konnte ich auch das Ende der Geschichte von Syed Naomaun lesen, der seiner Frau zum Friedhof folgt und sie dort neben einem weiblichen Ghoul auf der Mauer hocken sieht.

Ich gewöhnte mir an oder erwarb die Fähigkeit – ich weiß nicht, wie ich es nennen soll –, mich in einem Buch zu verlieren (oder vielleicht auch mich zu finden?) und mich von der Außenwelt abzusondern, was sich, um hier für einen Augenblick etwas vorzugreifen, oft als recht nützlich erwies. Ich las Reisebeschreibungen sowie Bücher über Philosophie, Geschichte und Literatur, noch bevor ich wußte, was diese Worte bedeuteten oder was sie unterschied. Die seltsamen Pfade, die ich wandelte, die Einblicke, die sich mir offenbarten, die dunklen, gewundenen Gänge, denen ich folgte – ich wage nicht, sie hier alle aufzuzählen. Obwohl ich oft verwirrt und wie betäubt war, erregte mich doch unablässig die Ahnung von etwas Großem, Profundem und Geheimnisvollem. Ich verlor mich in den weitläufigen, »grandiosen Reflexionen« des letzten Jahrhunderts oder im ungestümen Drang der Dramen und der Prosa des frühen Jahrhunderts. Ich las – vor allem bei Shakespeare – von Leidenschaften, deren Natur ich oft noch nicht verstehen konnte, deren Ausdruckskraft mich aber faszinierte. Ich las von den Aussätzigen, die vor Hunderten von Jahren durch England zogen, ein Glöckchen läuteten und »Unrein! Unrein!« riefen, die sich, um ihre zerfressenen Gesichtszüge zu verbergen, Kapuzen über den Kopf gestülpt hatten, bis sie dann alle Kraft verloren, man die Totenmesse für sie las und sie in ein Siechenhaus einsperrte. Neugierig darauf, wie es sich mit der Wirklichkeit im Orient der von mir so sehr geliebten Geschichten aus »Tausendundeiner Nacht« verhielt, verschlang ich Reiseerzählungen und las von vielköpfigen Göttinnen und den alten und geheimen Sekten ihrer Anbeter, die willkürlich gewählte Opfer des Nachts erdrosselten, um sie ihren Gottheiten darzubringen; oder von anderen fanatisch Gläubigen, die sich vor die Räder der großen Wagen stürzten, auf denen ein Bildnis ihres Gottes stand. Und ich las von der verhaßten und verachteten indischen Kaste, die sich nur in der Dunkelheit hervortraute, um Kot einzusammeln.

Meine Mutter hatte mir schon früher die Werke von Sir Walter Scott vorgelesen, und als ich älter wurde, begann ich, seine Romane noch einmal zu lesen – diese Bücher, in denen Erzählung und Geschichte sich so gekonnt miteinander verweben, daß Fiktion und Historie fast austauschbar erscheinen. Vielleicht weckte die Lektüre der Geschichtsbücher mein Interesse für die Vergangenheit; immerzu wollte ich wissen, wie die Dinge entstanden waren. Die Erwachsenen in unserem Haus konnten diese Neugier nicht befriedigen, nur Mrs. Belflower erzählte mir manchmal Geschichten von den großen Familien der Umgebung, doch ihre Erzählungen schienen mir nicht sonderlich historisch zu sein, da sie sich nie zu einer näher bestimmbaren Zeit abspielten.

Ich wollte immer mehr von der Vergangenheit wissen. Von wem stammte ich ab? Wo hatte meine Mutter gelebt? Doch wenn ich sie fragte, war sie ungehalten und wollte mir außer der bloßen Tatsache, daß sie in London aufgewachsen war, nichts erzählen. Seit sich mir aber die Erkenntnis aufgedrängt hatte, daß wir nicht aus diesem Dorf stammten, hatte mich die Sehnsucht danach gepackt, irgendwohin zu gehören, Wurzeln zu haben, die Vergangenheit vor meiner Geburt zu kennen.

Die einzige Spur, der ich folgen konnte, hatte ich in den Büchern gefunden. Ich sah mir die Bände genauer an, von denen ich vermutete, daß sie meiner Mutter gehört hatten. Und in einigen fand ich die Buchstaben M. H. in eine Ecke des Deckblattes geschrieben. Da ich wußte, daß meine Mutter mit Vornamen Mary hieß, nahm ich an, daß es sich um ihre Initialen handelte. Dann untersuchte ich die juristischen Bücher, die ich zuvor unbeachtet zur Seite gelegt hatte, und fand heraus, daß die Exlibris nicht immer vollständig entfernt worden waren. So konnte ich durch den Vergleich einiger Reste das Original rekonstruieren. Es hatte die Form eines Schildes mit der mir inzwischen vertrauten Zeichnung von fünf vierblättrigen Rosen. Darüber stand »Ex libris J. H.« und darunter eine Zeile, die, als ich sie allmählich zusammensetzte, die geheimnisvollen Worte Tuta rosa coram spinis ergab. Mir erschien dies äußerst rätselhaft, doch da sich der Zeitpunkt näherte, für den mir meine Mutter die Befriedigung meiner Neugier versprochen hatte, war ich bereit, so geduldig, wie ich nur konnte, auf Weihnachten zu warten.

Ich vermutete, daß die Worte Latein waren. Diese Sprache gehörte nicht zu den Fächern, in denen meine Mutter mich unterrichtete, doch ich kannte sie aus der heiligen Messe. Und während eines solchen sonntäglichen Kirchenbesuches geschah etwas, das ich jetzt erzählen will.

Es war im Herbst, und als wir an jenem Morgen zur Kirche gingen – meine Mutter in ihrem gelben Seidenkleid, einem Mantel aus Merinowolle und mit ihrem schönsten Hut, ich in meinen Stulpenstiefeln, dem blauen Mantel, kanariengelber Weste, weißer Krawatte und cremefarbenen Kniebundhosen –, lag eine für die Jahreszeit typische Mischung aus Reife und Vorahnung in der Luft. Die Kastanien platzten aus ihren Schalen, und wir sahen junge Männer, die Körbe voll mit früh am Morgen in den Wäldern gesammelten Lambertsnüssen, Haselnüssen und Bucheckern trugen, um sie, wie es im Dorf der Brauch war, ihren Angebeteten zu überreichen. Auf den Kaminen und den Reetdächern der Katen versammelten sich die Schwalben zu ihrem Zug nach Süden.

Wie jeden Sonntag betraten wir fast als erste die Kirche und zwängten uns in den engen Betstuhl (unser Platz war ganz weit hinten, von einer Säule verdeckt). Und während die Musiker des Kirchenorchesters ihre Instrumente stimmten und die Klarinetten, Trompeten, Posaunen, Fagotte, Waldhörner, Geigen und Kontrabässe brummten und zirpten, beobachtete ich Mr. Emeris, der seinen Amtsstab mit imposanter Würde vor sich hertrug und die Großen der Gemeinde durch die Menge der Dorfbewohner, die bereits das Mittelschiff der Kirche füllte und die sich nun respektvoll teilte, zu ihren Betstühlen vorn am Altar führte. Mit dem Besitz des jeweiligen Hauses erbte man auch diese Betstühle, und seit ich mich für Heraldik interessierte, war es mir ein immerwährender Quell des Ärgers gewesen, daß uns keiner dieser Betstühle gehörte, von denen aus man einen so ungehinderten Blick auf die Kanzel hatte.

Endlich stieg der Pfarrer, Dr. Meadowcroft, auf die zweistöckige Kanzel. Unter ihm rief der Küster Advowson an seinem Lesepult die Nummer des ersten Liedes auf, und die Messe begann. Während das Orchester wimmernd und quietschend die Morgenhymne herunterleierte, starrte ich wie so oft auf die bunten Schatten an der Wand, ein Spiel der staubigen Lichtbündel, die durch die bemalten Glasfenster fielen.

Die eintönige Sprache der Lieder langweilte mich, aber einzelne Wörter, Sätze und die Psalmen aus dem Gebetbuch gefielen mir, besonders die Namen der Sünden, die viel zu dramatisch klangen, als daß sie etwas sein konnten, dessen ich mich je hätte schuldig bekennen müssen: Rachsucht, Selbstsucht, Habsucht, Götzenverehrung, Unkeuschheit und Lüsternheit. Mir war unklar, was die meisten dieser Worte bedeuteten, und als ich es später herausfand, war ich zumeist enttäuscht, daß sie für etwas standen, das ich längst kannte. Am meisten freute ich mich jedoch auf die Predigt, doch der Grund dafür lag nicht in den Worten des Pfarrers. (Ich hatte mit der Zeit bemerkt, daß er mit seinen Predigten einen Zweijahreszyklus einhielt und in seligem Gottvertrauen darauf hoffte, daß dieser Abstand genügen würde, um sie in der Erinnerung seiner Zuhörer dem Vergessen anheimfallen zu lassen.) Die Predigt verschaffte mir vielmehr ausreichend Muße, die hellen Marmordenkmäler, die die Wände um uns herum schmückten, genau zu betrachten und mich zu fragen, was die lateinischen Inschriften bedeuten mochten oder was wohl aus den Familien geworden war, die hier so sehr mit ihrer altehrwürdigen Herkunft und den Vorzügen der jeweiligen Anverwandten prahlten. Ich kannte keine dieser Familien und hatte ihre Namen nur als Bestandteil der Namen umliegender Dörfer schon einmal gehört: So ließen sich etwa Torkard, Mompesson und Lacy in den Dorfnamen Hampton Torkard, Stoke Mompesson oder St. John's Lacy wiederfinden.

Von unserem Betstuhl aus konnte ich allerdings das großartigste Grabmal der Kirche, das sich an der Mauer hinter der Kanzel erhob, nicht richtig erkennen. Ich wußte, daß meine Mutter, sobald die Messe beendet war, ihrer unabänderlichen Gewohnheit folgen und vor allen anderen Gläubigen die Kirche verlassen würde, doch diesmal faßte ich einen Entschluß. Ich wollte mir heute dieses Denkmal genauer ansehen. Als meine Mutter daher während des Schlußliedes aufstand, schlüpfte ich aus dem Betstuhl und ging nach vorn. Ich drehte mich noch einmal um und lächelte ihr zu, sah aber nur, wie sie mir bestürzt nachblickte. Dennoch wartete ich unbeirrt vor dem Altar und sah zum erstenmal, was geschah, wenn wir die Kirche gewöhnlich bereits verlassen hatten: Die Betstuhlinhaber warteten, bis Dr. Meadowcroft seinen Platz an der Tür eingenommen hatte, dann gingen sie einer nach dem anderen hinaus, schüttelten ihm die Hand und wechselten einige Worte mit ihm.

Unterdessen betrachtete ich mir das Denkmal. Es bestand aus einer großen, hohen Steinplatte, unter der eine zweite hing, und diese tief hängende Tafel fiel mir zuerst auf, denn auf ihr konnte man ein Skelett in ebenjener Stellung sehen, wie sie die Gestalt auf der oberen Tafel einnahm, beinahe so, als wäre die zweite eine höhnisch grinsende Parodie der ersten Tafel. Das Bildnis auf dieser oberen Steinplatte zeigte einen Ritter in prächtiger Rüstung und mit fromm über der Brust gekreuzten Armen. Die Statue war aus kaltem schwarzem Marmor, der an einigen Stellen abgesplittert, an anderen durch die Berührung von vorbeigehenden Leuten glattpoliert war. Der Krebs der Zeit hatte das Gesicht schrecklich zerfressen, und man konnte die Züge des Ritters nicht mehr erkennen. Dies galt jedoch nicht für die in Bronze gefaßte Inschrift zu seinen Füßen, die, obwohl mittlerweile schon ganz ausgeschliffen, dennoch lesbar war: Geoffroi de Hougham: Eques. Und als ich etwas näher hinsah, entdeckte ich darunter noch eine weitere Zeile: Tuta rosa coram spinis.

In diesem Moment faßte meine Mutter mich am Arm und zischte: »Du böser, unartiger Junge.«

Sie führte mich zur Tür, und wir stellten uns ans Ende der Schlange, die am Pfarrer vorbeidefilierte.

Als wir vor ihm standen, hielt er meiner Mutter überrascht die Hand hin: »Ich wünsche Ihnen alles Gute, Mrs. Mellamphy. Ich sehe sie oft dort hinten in der Kirche, wenn ich predige, und denke dann daran, daß im Himmel ein größeres Frohlocken ist über *einen* ... Sie wissen, was ich meine?«

Meine Mutter errötete und nickte kurz.

Als wir fortgingen, sagte ich: »Was für eine dumme Bemerkung. Als würde in dieser Kirche jemals jemand frohlocken.«

Meine Mutter sagte kein Wort. Sie war immer noch wütend auf mich, doch machte ich mir deshalb nur geringe Sorgen, da ich über vieles nachzudenken hatte, während wir nach Hause gingen. Wir aßen, was Mrs. Belflower für uns zubereitet hatte, und ich war so begierig darauf, eine Erklärung für meine Entdeckungen zu finden, daß ich mich entschied, meine Mutter unverzüglich um eine Antwort auf meine Fragen zu bitten, obwohl es bis Weihnachten noch einige Monate Zeit war.

Als wir daher am Nachmittag unseren Tee tranken – geborgen im gemütlichen Haus, während draußen ein heftiges Unwetter aufzog –, fragte ich: »Mama, was bedeutet J. H.? Es steht auf dem Deckblatt einiger unserer Bücher.«

»Ach, Johnnie«, sagte sie, »iß dein Brot, und stell keine Fragen!«

»Aber ich möchte ein Stück vom Zitronenkuchen«, sagte ich und zeigte auf eines dieser Meisterwerke von Mrs. Belflower, obwohl die Regel besagte, daß ich zuerst mein Butterbrot aufessen mußte. »Und ich will wissen, was J. H. und was dieser lateinische Satz bedeuten.«

»Mein Vater sagte mir, übersetzt heiße er: ›Die Rose ist sicher inmitten ihrer Dornen.‹ Es war der Wahlspruch der Familie, das heißt, sie versuchte, nach diesem Motto zu leben.«

Ich fand, es war eine prima Idee, nach einem Motto zu leben, doch schien mir die Haltung, die sich in diesem Motto ausdrückte, diese Andeutung von defensiver Heimlichtuerei, eher beschämend zu sein.

»Und er war J. H., oder nicht?« fragte ich. Sie zögerte, und ich fuhr fort: »Mama, weißt du noch, daß du mir versprochen hast, an Weihnachten auf alle meine Fragen eine Antwort zu geben? Du kannst es mir doch ebensogut heute schon sagen.«

»Also gut, was möchtest du wissen?«

»Zuerst, wie hieß dein Vater?«

»Das ist etwas, was ich dir nicht verraten kann, Johnnie.« Ein Klopfen an der Tür unterbrach unser Gespräch, und Sukey kam herein: »Kann ich jetzt das Teegeschirr forträumen, Ma'am?«

»Ja, Sukey«, sagte meine Mutter, fügte jedoch, als sie meinen Blick auffing, hinzu: »Aber laß noch den Kuchen und einen Teller für Master Johnnie stehen.«

Da ich mich an jene frühere Situation erinnerte, als eine Frage zum gleichen Thema im Beisein von Mrs. Belflower meiner Mutter peinlich gewesen war, sagte ich: »Und außerdem will ich etwas über meinen Papa wissen.« Meine Mutter starrte mich überrascht an, und ich sah, daß Sukey plötzlich von ihren Verrichtungen hochblickte. Meine Mutter stand vom Tisch auf und setzte sich auf das Sofa am Fenster, während Sukey das Tablett aus dem Zimmer trug.

Dann fragte meine Mutter: »Du kennst doch die Dose mit dem Bild von der Tigerjagd oben auf meinem Ankleidetisch?«

Ich nickte.

»Holst du sie mir bitte herunter?«

Ich lief rasch aus dem Zimmer, mußte meinen Elan aber in der Diele unvermutet bremsen, da Sukey an der Treppe stand, mit der einen Hand hielt sie das Tablett in bedenklicher Balance, die andere steckte in ihrer Schürze.

Sie drehte sich zu mir um, als sie mich hörte: »Master Johnnie, du hast mich vielleicht erschreckt!«

»Du dummes Ding«, rief ich. »Was machst du da nur? Geh mir aus dem Weg.«

Ich rannte die Treppe hinauf, griff nach der Lackdose und brachte sie meiner Mutter.

Sie legte das Kästchen zwischen uns aufs Sofa und sah mich dann an: »Ich werde dir jetzt etwas sehr Wichtiges erzählen, Johnnie. Eigentlich hatte ich vor, es dir noch für eine Weile zu verheimlichen, und vielleicht bist du auch noch nicht alt genug, um alles verstehen zu können, doch ich fürchte, ich darf es nicht viel länger hinauszögern. Ich muß mich entscheiden, ob ich etwas tun soll oder nicht. Wenn ich mich entscheide, dann muß es sehr bald geschehen, und habe ich mich entschieden, dann ist es auch nicht wieder rückgängig zu machen. Was ich dir jetzt sagen werde, ist für dich von großer Wichtigkeit, Johnnie. Verstehst du das?«

»Ja«, sagte ich. Mir fiel auf, daß sie, während sie sprach, mit ihren Fingern über die schlanke Kapsel strich, die sie an ihrem Gürtel trug.

»Und nun, mein Liebling«, fuhr sie fort, »mußt du mir helfen, mich zu entscheiden. Wenn ich das tue, wovon ich gerade gesprochen habe, dann werden wir beide arm bleiben, aber, und das ist das wichtigere, dann wird auch niemand versuchen, uns Schaden zuzufügen oder dich mir wegzunehmen.«

»Aber warum sollte das jemand wollen?« fragte ich.

Meine Mutter senkte kurz ihren Blick, bevor sie wieder aufsah und antwortete: »Du erinnerst dich, daß ich anfangs sagte, daß wir die Wahl hätten? Nun, wenn ich mich entscheide, das nicht zu tun, wovon ich sprach, dann könnte es durchaus sein, daß wir eines Tages nicht mehr arm sind.«

»Wir würden reich sein? Reich genug, um uns eine Kutsche und Pferde leisten zu können?«

»Nein, so reich wohl nun auch wieder nicht, doch reich genug, um dich einen guten Beruf lernen zu lassen. Sollten wir uns dazu entschließen, dann könnte es allerdings sein, daß wir in Gefahr geraten.«

»In was für eine Gefahr?«

»Wir haben einen schlimmen Feind«, antwortete sie ernst, »der womöglich versuchen wird, uns übel mitzuspielen. Erinnerst du dich noch an den Mann, der einmal hier einbrechen wollte?«

»Ja, natürlich!« rief ich und errötete leicht, denn ich erinnerte mich auch daran, daß Job wegen meines Schweigens unter falschen Verdacht geraten war.

»Nun, ich glaube, dieser Mann ist uns von unserem Feind geschickt worden. Verstehst du jetzt, wie schwer es mir fällt, mich zu entscheiden? Du mußt mir helfen, die bessere Wahl zu treffen.«

»Bin ich oder bist du in Gefahr?« fragte ich.

»Ein wenig ich, aber hauptsächlich du.«

»Dann habe ich keine Angst, daß mir etwas zustößt«, verkündete ich. »Und ich werde mich jedem in den Weg stellen, der dir weh tun will.«

Sie sah mich nachdenklich an: »Auf jeden Fall werde ich nicht sofort etwas unternehmen.«

»Was hat es mit dieser Dose auf sich?« fragte ich.

»Ich glaube, du solltest noch etwas wissen«, sagte meine Mutter, suchte nach einem Schlüssel in der Kapsel an ihrem Gürtel und öffnete das Schloß. Dann hob sie den Deckel, entfernte ein dunkelblaues Samttuch, das über den Inhalt ausgebreitet lag, und nahm ein in Kreppapier eingehülltes Päckchen heraus. Sie wickelte es aus, und eine goldene Kette mit einem kleinen herzförmigen Medaillon kam zum Vorschein. »Sieh her, so macht man es auf«, sagte sie und drückte auf einen kleinen Knopf an der Seite des Medaillons; der Deckel öffnete sich und gab den Blick auf ein Miniaturgemälde frei.

»Darf ich es mir ansehen?« fragte ich. Sie reichte es mir.

In der einen Hälfte des Herzens zeigte das Gemälde den Kopf einer jungen Frau, in der anderen den eines jungen Mannes. Meine Mutter war leicht zu erkennen, sie sah sehr jung aus und kam mir wunderschön vor. Auch der junge Mann war recht hübsch. Aus seinem etwas melancholisch wirkenden Gesicht blickten große, sanfte braune Augen.

»Ist das mein Vater?« fragte ich.

Meine Mutter senkte ihren Blick und sagte leise: »Die Bildnisse wurden einige Tage vor unserer Hochzeit angefertigt.«

»Und wo ist er jetzt?«

Sie schüttelte den Kopf.

»Sag's mir! Du hast es versprochen. Das ist nicht fair. Warum denn nicht?«

»Ich habe nicht gesagt, daß ich dir alles erzählen werde«, sagte sie mit tränenerstickter Stimme. »Ich kann es nicht, Johnnie.«

»Doch, kannst du wohl! Du hast es versprochen. Du hast dein Versprechen gebrochen.«

Traurig wickelte sie das Medaillon wieder ein und legte es zurück in die Dose. Da hörten wir jemanden über die Diele laufen, und gleich darauf wurde die Tür aufgerissen. Überrascht sahen wir, wie Mrs. Belflower atemlos und mit hochrotem Kopf ins Zimmer gestürzt kam. Sie blieb erst stehen, als sie den Ausdruck auf dem Gesicht meiner Mutter sah, und warf mir einen raschen Blick zu. Dann sagte sie: »Ma'am, bitte, kommen Sie schnell! Sie tut ihr sonst noch was Böses an.«

»Warum, was ist geschehen?« rief meine Mutter und sprang auf.

»Sie hatte es in ihrer Tasche, aber dazu hat sie ja auch das Recht, obwohl sie doch immer ihren Teil ißt, wenn nicht sogar mehr. Aber Bissett meint, Sukey darf es nur tun, wenn sie es ihr erlaubt.«

Rasch verließ meine Mutter mit Mrs. Belflower das Zimmer.

Verärgert darüber, daß meine Mutter ihr Versprechen nicht gehalten hatte, nahm ich das Medaillon aus dem Papier und öffnete es noch einmal. Spielerisch drehte ich es hin und her und entdeckte dabei, daß auf der Rückseite einige Initialen eingraviert waren, die so stark ineinander verschlungen waren, daß ich sie nur mit Mühe entziffern konnte. Das eine Buchstabenpaar ergab das mir schon bekannte M. H., bei dem anderen schien es sich um ein P. C. zu handeln. Ich erinnerte mich an den Buchstaben C, der mich damals am Tag des Einbruchs so verwirrt hatte, und wünschte mir, ich würde mich noch an das restliche Schriftbild des Wortes erinnern, das ich damals noch nicht hatte lesen können. Als ich das Medaillon zurücklegte, bemerkte ich, daß sich noch etwas unter dem Samt verbarg, und als ich ihn zur Seite schob, sah ich darunter die Ecke eines Papiers hervorlugen. Meine Neugier bezwang meine Skrupel, ich hob das Tuch und fand darunter ein gefaltetes und mit einem großen roten Wachstropfen versiegeltes Blatt Papier. Auf dem Siegel erkannte ich die mir schon so vertraute vierblättrige Rose. Die wenigen Worte außen auf dem Papier konnte ich leicht entziffern, obwohl sie verblaßt und leicht verwischt waren, weil jemand scheinbar gedankenlos dunkle Flecken über das Blatt verschmiert hatte: »Meinem geliebten Sohn – und meinem Erben: John Huffam.«

Hastig deckte ich den Brief wieder zu. Huffam! Wie seltsam, daß der Name, für den dieser überall auftauchende Buchstabe H stand, ein Name war, den ich, wenn auch in anderer Schreibweise, schon immer gekannt hatte! Eine Vielzahl von Möglichkeiten tat sich vor mir auf, doch die Rückkehr meiner Mutter unterbrach meine Träumereien.

»Alles in Ordnung?« fragte ich.

»Ja. Es hat nur ein kleines Mißverständnis gegeben, aber das ist jetzt beigelegt«, sagte sie mit einem müden Lächeln.

Sie verschloß die Dose und reichte sie mir: »Trag sie bitte zurück, und dann wird es langsam Zeit, daß Mrs. Belflower dich zu Bett bringt. Sukey übernachtet bei ihren Eltern.«

»Ist sie krank? Und was war mit Bissett?«

»Sie ist nicht eigentlich krank, aber der Amme macht das Wetter ziemlich zu schaffen.«

Ich wußte, was dies bedeutete, und freute mich über diesen Wechsel im Ablauf des Abends.

Also keuchte Mrs. Belflower statt Bissett hinter mir die Treppen hinauf und schimpfte, daß einem das Blut in den Adern gerinnen mochte, doch ich lief schreiend und lachend vor ihr her und hatte in der Aufregung der Verfolgungsjagd alle Angst vor den lauernden Schatten verloren.

»Jetzt aber rasch«, schimpfte Mrs. Belflower einige Augenblicke später. »Die Nacht ist so kalt, da muß man ja ins Bett krabbeln. Hör dir doch bloß mal den Sturm an, der da draußen aufzieht!«

Sie hielt mir mein Nachthemd über den Kopf, und ich schlüpfte hinein. Als das saubere, nach Stärke duftende Leinenhemd meinen Kopf umhüllte und so das Licht der Kerzen dämpfte, schien ich in einer Art weißem Nebel zu schwimmen, bis ich schließlich meinen Kopf durch den Halsausschnitt steckte, wieder in das Licht eintauchte und sah, wie Mrs. Belflower die Fensterläden schloß.

»Es steht schlimm ums Korn«, meinte sie. »Es soll die schlechteste Ernte seit vielen Jahren sein. Ich will gar nicht daran denken, was bis Weihnachten der Laib Brot kosten wird. Und im Dorf sind dann einige Leute bestimmt kurz vor dem…« Sie hielt inne. »Ich will ja man nur hoffen, daß das Mädchen bei diesem Wetter nicht mehr draußen herumläuft.«

»Sie ist bestimmt schon zu Hause«, sagte ich, setzte mich in meinem Bett auf und sah ihr zu, während sie meine Kleider forträumte.

»Wenn sie man nicht zu ihrem Onkel gegangen ist. Ihm geht's gar nicht gut.« Sie schüttelte den Kopf: »Arme Kleine. Ihre Familie ist wirklich eine schreckliche Last für sie. Aber die kommen aus Hougham, das ist ein schlimmes Dorf, was will man da schon anderes erwarten.«

Ein Blitz zuckte über den Himmel.

»Warum ist es ein schlimmes Dorf?« fragte ich.

»Das kann ich dir nicht sagen, aber schlimm ist es, durch und durch. Sogar die Mumpseys, und das sind keine armen Leute, denen gehört fast alles da unten – und hier oben auch –, sogar die sind eine ganz üble Bande. Man erzählt sich da so einige Geschichten über die Mumpseys und was sie so treiben.«

»Die Mumpseys«, wiederholte ich. Der Name sagte mir nichts. Aus der Ferne rollte der Donner über die Felder zu uns herüber, und ich fühlte, wie mich ein angenehmer Schauer überlief, so sehr liebte ich die Unwetter. »Was für Geschichten?« fragte ich.

»Vor allem Geschichten darüber, wie sie in den Besitz von dem großen Haus und all dem Land gekommen sind. Sie haben es nämlich von einer Familie, die hat hier schon gelebt, ach, bestimmt schon seit Anbeginn der Zeit, als die Römer die Festungswälle da oben in den Downs aufgeworfen haben.«

»Und wie hieß die Familie?« fragte ich.

»Hougham, genau wie das Dorf, aber wer zuerst da war, das Dorf oder die Familie, das kann ich dir wirklich nicht sagen.«

Huffam! Es hatte hier also eine Familie dieses Namens gegeben! Die Nachfahren von Geoffroi! Bestimmt war ich mit ihnen verwandt!

»Erzählst du mir die Geschichte?« bettelte ich.

»Die ist viel zu lang für heute abend.«

»Aber bei dem Gewitter kann ich sowieso nicht schlafen.«

Wieder blitzte es, und gleich darauf folgte ein lauter Donnerschlag.

»Also gut«, sagte sie und ließ ihre stattliche Fülle auf mein Bett sinken. »Dies ist die Geschichte von dem schrecklichen Fluch, der auf dem Haus und dem Land und all den Menschen liegt, denen einstmals der Besitz gehört hat.«

»Prima!« rief ich, denn ich liebte Mrs. Belflowers Geschichten über schreckliche Flüche. Sie endeten fast immer damit, daß sich jemand duellierte oder wahnsinnig wurde.

»Also, die Familie der Houghams lebte da unten in dem großen Haus am Ende des Dorfes. Dort hausten sie viele hundert Jahre lang in Ruhe und Frieden, bis sie allmählich ausstarben, wie das mit alten Familien nun mal so geht. Zu guter Letzt kam es dann, daß außer einem alten Mann und seinen drei Kindern – zwei Mädchen und einem Jungen – niemand mehr von der Familie übrig war. Und der Sohn war ein richtiger Schlingel namens Jemmy. Ich nenn ihn einen Schlingel, weil er mit dem Geld nur so um sich geworfen und sein ganzes Vermögen in der Stadt London mit Kartenspiel, großen Gelagen und allem möglichen anderen Unfug durchgebracht hat.«

»Was denn für einen Unfug, Mrs. Belflower?«

»Allem möglichen«, beharrte sie. »Jedenfalls hat er eine reiche Erbin geheiratet, die brachte fünfzehntausend Pfund mit in die Ehe, und mit dieser Frau hatte er eine Tochter und einen Sohn. Und der Junge hieß John.«

John Huffam!

»Genau wie ich!« rief ich.

»Tja, der Name ist ja man auch nicht gerade selten. Und die Kleine tauften sie auf den Namen Sophy. Doch dann verpulverte Jemmy das Geld seiner Frau in ein paar Jahren und behandelte sie so schlecht, daß sie bald an gebrochenem Herzen starb. So trieb er es denn so lange, bis ihm schließlich niemand mehr Geld leihen wollte. Dann hörte er von einem Geldverleiher in London, von dem alle Welt behauptete, er sei der Teufel – oder sein nächster Verwandter, denn es hieß, ihn habe kein Menschenweib geboren. Das war der alte Nick. Eines Tages ging Jemmy nun zum alten Nick, um sich dreißigtausend Pfund zu leihen. Und der alte Nick fragte ihn: ›Was gibst du mir als Sicherheit?‹ Und Jemmy antwortete: ›Solange mein Vater lebt, besitze ich keinen Pfennig.‹ Und der alte Nick meinte: ›Ich biete dir ein Geschäft an, schlag ein oder laß es bleiben! Ich leih dir dreißigtausend Pfund, aber zuvor muß du deinen Vater beiseite schaffen. Wenn du dann den Besitz geerbt hast, dann gibst du mir deine Tochter Sophy zur Frau. Du kannst das Land behalten, solange du lebst, wenn du aber vor deinem Tod deine Schuld nicht beglichen hast, werden Sophys Kinder alles erben.‹ Und Jemmy ging auf den Handel ein, denn er kam ja gut dabei weg, und der alte Nick erzählte ihm, wie er seinen Vater um die Ecke bringen konnte, und gab ihm dazu die richtigen Mittel.«

»Und wie hat er ihn umgebracht?« fragte ich.

Sie sah mich nachdenklich an: »Was glaubst du?«

»Mit Gift ist es am besten.«

»Tja, du hast es erraten. Jemmy kam also zurück zum großen Haus, und noch in der nächsten Nacht, als sein Vater und er zusammen einen hoben, da hat er das Gift in den Wein vom alten Mann geschüttet, und der hat es getrunken und ist unter entsetzlichen Qualen gestorben. Jemmy hat dann den Besitz geerbt, der alte Nick lieh ihm die dreißigtausend Pfund, und Jemmy gab ihm dafür seine Tochter Sophy zur Frau. Dabei war sie erst siebzehn und wirklich ein hübsches Ding, der alte Nick aber war richtig häßlich und alt, so daß die Sophy schrecklich traurig war.«

Mrs. Belflower war gerade so weit mit ihrer Geschichte gekommen, da hörte ich mit Bedauern, daß meine Mutter die Treppe heraufkam. Wenn sie erfuhr, daß ich nach der Familie Huffam gefragt hatte, würde sie vielleicht erraten, daß ich den Brief gesehen hatte.

»Ihr beide habt es euch ja recht gemütlich gemacht«, sagte sie, als sie hereinkam.

»Ich wollte Master Johnnie gerade eine Geschichte erzählen«, erklärte Mrs. Belflower.

»Ich glaube, ihm gefallen deine Geschichten besser als die Märchen, die ich ihm vorlese«, sagte meine Mutter lächelnd.

»Nein, überhaupt nicht«, sagte ich. »Mir gefällt beides. Aber die Geschichten, die Mrs. Belflower erzählt, sind wahre Geschichten, weil sie lebenden Menschen passiert sind.«

»Erzähl weiter, Köchin!« sagte meine Mutter.
»Nein, ein andermal, Mrs. Belflower«, sagte ich rasch.
»Das ist sehr unhöflich von dir, Johnnie«, meinte meine Mutter.
Mrs. Belflower stemmte sich in die Höhe: »Ich will man nicht bleiben, wo Sie jetzt da sind, Ma'am. Gute Nacht also, gute Nacht, Master Johnnie!«
Sie beugte sich über das Bett und küßte mich auf die Stirn.
»Gute Nacht, Mrs. Belflower! Und vielen Dank für die Geschichte!«
»Schlaf gut, mein Kleiner! Hoffentlich kommt das Gewitter nicht noch näher.«
Als sie gegangen war, sagte meine Mutter: »Johnnie, du warst sehr unhöflich zu Mrs. Belflower. Und heute morgen warst du auch zu mir sehr ungezogen.«
»Nein, war ich nicht.«
»Doch, das warst du. Du mußt versuchen, dich zu bessern.«
»Das brauch ich gar nicht zu versuchen«, beharrte ich. »Ich bin schon besser.«
Sie seufzte und wünschte mir eine gute Nacht, küßte mich, löschte die Kerze und verließ das Zimmer.
Während ich mich ins Bett kuschelte, hörte ich, wie der Wind leise stöhnend ums Haus strich und an den Türen und Fenstern rüttelte, als suche er nach einem Weg ins Innere. Ein Blitz tauchte mein Zimmer in gespenstisches weißes Licht und blendete mich, dann kehrte die Dunkelheit zurück, und der Sturm brach endgültig los. Das Grollen des Donners verhallte, und ein erster Regenschauer prasselte gegen die klirrenden Fenster, als werfe jemand einige Handvoll Kieselsteine dagegen. Ich dachte an das plattgedrückte Korn auf den Feldern um das Haus und an die Mäuse und Vögel, die sich dort jetzt sicherlich voller Angst unter den nassen Halmen verkrochen.
Ich war bestimmt mit den Huffams verwandt! Da war einmal die Ähnlichkeit der beiden Familienmottos und außerdem dieser Brief. Dann fiel mir noch etwas ein: Das Siegel war nicht erbrochen gewesen; meine Mutter hatte den Brief nie geöffnet! Bedeutete das also, daß der Brief gar nicht an sie adressiert war? Aber wenn das stimmte, an wen war er dann gerichtet?
Ich versuchte, mich auf dieses Problem zu konzentrieren, aber andere Gedanken drängten sich mir auf. Wie seltsam es doch war, von Dachpfannen und Ziegelsteinen umgeben zu sein, die einen vor Kälte und Wasser schützten. Und als der Wind Stoß um Stoß gegen das Haus stürmte, so daß die Fensterläden nur so klapperten und krachten, da fragte ich mich, wie lange das Haus wohl standhalten würde, denn ich mußte an Sukeys Geschichten von den Katen im Dorf denken, deren Dächer von heftigen Stürmen abgedeckt worden waren, und ich stellte mir vor, wie die Ziegel über meinem Kopf einer Handvoll dürrer Blätter gleich in die Luft geschleudert wurden. Die Tiere hatten wenigstens ihr Fell und die Vögel Federn, die sie davor bewahrten, völlig durchnäßt zu werden, und Fell und Federn waren bestimmt so gut wie die geteerte Leinwand, die man über die Frachtkarren spannte. Und mit solchen Gedanken muß ich wohl eingeschlafen sein, noch bevor der Sturm sich richtig ausgetobt hatte.

5. KAPITEL

Am nächsten Tag war es kühl und wolkenverhangen, als sei das Wetter schlechter Laune nach den Ausschweifungen der letzten Nacht. Da meine Mutter bei dem Sturm nicht geschlafen hatte und Bissett, der das Wetter immer noch zu schaffen machte, es ablehnte, mich auf meinem Nachmittagsspaziergang zu begleiten, dessen Länge sich mit dem Wuchs meiner Beine ausgedehnt hatte, fiel diese Aufgabe Sukey zu. Und so kam es, daß ich mir einen langgehegten Wunsch erfüllen konnte.

»Laß uns zum Galgenhügel gehen!« schlug ich mit unschuldiger Miene vor, als wir das Haus verließen und uns auf den Weg ins Dorf machten.

»Das dürfen wir nicht, das weißt du doch«, sagte Sukey. »Außerdem müssen wir auf einen Sprung bei meiner Mutter vorbei.«

»Aber das ist nicht fair«, protestierte ich. »Das dürfen wir doch auch nicht.«

Besorgt drehte sich Sukey zu mir um: »Meinem Onkel geht's wieder nicht gut, und ich will nur eben nach ihm fragen. Du wirst mir doch deswegen keine Schwierigkeiten machen, Master Johnnie?«

»Nicht, wenn du mir versprichst, mich heute zur Überlandstraße zu begleiten.«

»Zur Überlandstraße?« sagte sie bereitwillig. »Gerne, warum nicht. Dann gehen wir über Lower Hempford.«

Ich war überrascht und etwas enttäuscht, einen so leichten Sieg errungen zu haben, und ein wenig sank Sukey in meiner Achtung, da sie sich so eilfertig auf diesen Kompromiß eingelassen hatte.

Mir kam der Gedanke, daß auch sie sich heimlich den Wünschen meiner Mutter widersetzte so wie ich, als ich mir am Vortag das Medaillon und den Brief angesehen hatte. Wenn Sukey so etwas tat, dann war es vielleicht doch nichts Schlechtes, andererseits spürte ich aber, daß es doch schlecht war, weil ich nicht gewollt hatte, daß meine Mutter mich dabei überraschte. Vielleicht war es ungezogen, etwas Verbotenes zu tun, aber noch lange nicht so schlimm wie zum Beispiel Lügen oder Stehlen. Wenn meine Mutter mich danach gefragt hätte, als sie ins Zimmer zurückkam, dann hätte ich ihr die Wahrheit gestehen müssen und nicht lügen dürfen.

Bald erreichten wir die Silver Street, die sich, gesäumt von zwei Reihen niedriger Häuser, am südlichen Rand des Dorfangers entlangschlängelte und in deren Mitte ein Bach floß. Sein Wasser trat häufig über die Ufer und überflutete die Gehwege auf beiden Seiten – so auch diesmal, am Tag nach dem Unwetter. Die Katen mit ihren bauchigen Mauern aus Lehm und Lattenwerk und den vermodernden Reetdächern schienen sich vor Scham verstecken und mit der morastigen Erde verschmelzen zu wollen, von der sie sich nur undeutlich abhoben. Da wir auf der falschen Seite des Baches waren, mußten wir ihn erst auf einer Reihe flacher Steine überqueren, ehe wir Sukeys Kate erreichten.

»Jetzt sei so gut und warte hier auf mich!« sagte Sukey und ging hinein.

Sukeys Kate lehnte sich gegen ein völlig identisch aussehendes Nachbarhaus, als wollten sich die beiden gegenseitig stützen. Die Behausung hatte nur ein Fenster, ein schmales, mit Papierfetzen und Feuerholz verstopftes Loch. Ich stampfte mit den Füßen und blies mir in die kalten Hände, während ich vor der Tür wartete, und sah einigen zerlumpten Kindern zu, die einen Eimer Wasser in eine der Katen trugen. Auf der anderen Seite des Baches gingen zwei Jungen mit Reisigbündeln vorbei. Der eine war etwas älter als ich, der andere ungefähr gleichaltrig. Sie waren armselig angezogen, trugen zerschlissene, viel zu große Kleider und hatten ihre Füße, wie es unter den Dorfkindern zur kalten Jahreszeit üblich war, mit Sackleinen umwickelt.

»Wo kommst du denn her?« rief der ältere, und ich ahnte nichts Gutes, als er und sein Gefährte ihre Bündel ablegten.

»Du wohnst doch beim Pfarrer, oder nicht?« schrie der andere.

Ich schüttelte den Kopf.

»Doch, tust du wohl«, beharrte der ältere Junge. »Dein Vater ist der Bruder vom Pfarrer und hier auf Besuch.«

»Nein, du irrst dich«, sagte ich schüchtern.

»Wer soll denn sonst dein Vater sein?« schnaubte er verächtlich.

Ich zögerte, und er schrie: »Er will's uns nicht sagen!« Ich sah, wie der jüngere etwas vom Boden aufhob, und noch ehe ich begriff, was er vorhatte, flog ein Stein durch die Luft und landete einige Schritt vor mir im Gras. Der andere Junge bückte sich und griff ebenfalls nach einem Stein.

»Gegen einen von euch nehm ich's auf«, rief ich. »Aber so, das ist nicht fair.«

»Gib's ihm!« kam die Antwort, und zwei Steine flogen auf mich zu. Keiner traf, und der ältere Junge schrie: »Komm schon, Dick! Über den Bach, zu zweit schaffen wir ihn.«

Mit mehreren Steinen in den Händen wollten sie die Furt durchqueren, blieben aber noch einmal in der Mitte stehen, um eine Breitseite gegen mich abzufeuern.

Glücklicherweise krachte ein Stein hinter mir gegen die Tür der Kate, und einen Augenblick später kam Sukey mit einem Korb in der Hand herausgestürzt, den sie drohend in die Luft reckte, obwohl sie kaum beabsichtigt haben konnte, ihn über den Bach zu werfen: »Verschwinde, Tom von Joe«, schrie sie, »oder ich sag deinem Dad, daß er dir das Fell über die Ohren ziehn soll! Und du auch, Dick von Bob!«

Mit einem unterdrückten Fluch packten die Jungen ihre Bündel und machten sich davon.

»Alles in Ordnung, Master Johnnie?« fragte Sukey besorgt.

»Ja, Sukey«, antwortete ich. »Sie haben mich nicht getroffen. Und wenn sie über den Bach gekommen wären, dann hätten sie mehr abgekriegt, als ihnen lieb gewesen wäre.«

»Jedenfalls ist nichts passiert, Gott sei Dank!« sagte Sukey und machte sich auf den Weg.

»Aber warum denn in diese Richtung?« fragte ich, da wir zum Galgenhügel gingen.

»Ich muß meiner kranken Tante was zu essen bringen«, antwortete sie und zeigte auf den Korb. »Es ist ja außer mir niemand da, der das machen könnte. Wenn wir uns beeilen, schaffen wir es noch vor dem Tee bis Hougham und wieder zurück. Aber du mußt mir versprechen, daß du keinem erzählst, wohin wir gegangen sind.«

»Prima, ich versprech's dir!« rief ich begeistert, da ich wußte, daß der Weg nach Hougham eine ziemliche Strecke weit entlang der Überlandstraße verlief.

Jedenfalls war Sukey sehr ungehorsam. Und doch hatte ich einmal etwas getan, das noch weit schlimmer war als das, was ich am Tag zuvor getan hatte, denn ich hatte nie jemandem erzählt, daß der Einbrecher mit mir geredet hatte und daß ich also wußte, wer es gewesen war. Und die Sache mit dem Maulwurfspaten hatte ich auch niemandem erzählt. Gerade als ich geglaubt hatte, ich würde den Mut aufbringen, den alten Gärtner danach zu fragen, war er nicht mehr zu uns gekommen.

»Sukey, was ist eigentlich aus Mr. Pimlott geworden?« fragte ich.

»Er wird wohl kaum je wieder für deine Mutter arbeiten. Er ist jetzt im Armenhaus.«

»Warum denn?«

»Weil er zu alt und zu krank ist und nicht mehr für sich selbst sorgen kann. Genau wie mein Onkel. Der wird auch bald sein Haus los sein, das hat der Verwalter ihm und der Tante schon gesagt. Mein Onkel ist zu gebrechlich und schafft die Arbeit im Pförtnerhaus nicht mehr. Wenn er aber aus der Kate muß, dann hat er kein Wohnrecht mehr in dieser Gemeinde und deshalb auch kein Recht auf Armenfürsorge. Er muß dann dahin zurück, wo er geboren ist.«

Hatte Mr. Pimlott bei dem Einbruch doch seine Hand im Spiel gehabt? Noch einmal stellte ich mir diese Frage, während Sukey weiterplapperte. Ich hatte es damals nicht glauben wollen, hauptsächlich wohl, weil ich mich daran erinnerte, wie erbittert er an jenem Nachmittag den Grund und Boden meiner Mutter gegen den räuberischen Maulwurf verteidigt hatte. Trotzdem fragte ich mich jetzt, ob ich ihn damals, jung, wie ich gewesen war, nicht falsch eingeschätzt hatte. Oder hatte der Landstreicher doch ohne die Hilfe eines Komplizen gehandelt?

»Ich habe nie geglaubt, daß Job bei dem Einbruch damals mitgeholfen hat«, sagte ich.

»Himmel, Master Johnnie, wie kannst du nur so plötzlich einfach seinen Namen sagen, wo ich doch schon den ganzen Tag an ihn denken muß! Er hat sich zu den Soldaten gemeldet und ist fort mit ihnen, weißt du, und all das nur, weil Mr. Emeris sich eine Beschuldigung nach der anderen ausgedacht hat, um ihn einsperren zu können.«

Vielleicht war es doch nicht recht gewesen, daß ich geschwiegen hatte, selbst auf die Gefahr hin, daß ich damit Mr. Pimlott in Schwierigkeiten gebracht hätte. »Sukey«, fragte ich, »wie kannst du mit mir diesen Weg gehen, wenn du doch weißt, daß es gegen den Willen meiner Mutter ist?«

»Aber mein Onkel ist krank! Ich muß einfach gehen!«

»Also kann man sich manchmal dazu entschließen, etwas Schlimmes zu tun, wenn es noch schlimmer wäre, es nicht zu tun?«

»Genau, Master Johnnie, so ist es«, sagte sie dankbar.

»Dann wäre das«, folgerte ich blitzschnell und vergnügt, »als würde man behaupten, man könne das Gesetz brechen, wenn es einem paßt. Weißt du, Sukey, der Mann, der seinerzeit in unser Haus eingestiegen ist, der hätte doch genau das gleiche sagen können.«

Ich war überwältigt davon, wie sehr sie dieses Argument zu berühren schien, denn sie blieb plötzlich stehen und starrte mich an, offensichtlich unfähig, auch nur ein Wort hervorzubringen.

»Aber wenn er zum Beispiel hungrig war, Master Johnnie«, stieß sie endlich hastig hervor, »oder vielleicht gesehen hat, wie seine Kinder sich vor Hunger die Augen ausheulen, und wenn er da gewußt hat, daß es dort etwas gibt, das er gegen Essen eintauschen kann, und daß die Leute, denen es gehört, es gar nicht brauchen und nicht einmal wissen, daß es ihnen gehört, und wenn es nicht leicht, ja sogar gefährlich war, es sich zu verschaffen, wäre es dann vielleicht nicht recht gewesen, wenn er versucht hätte, es sich zu nehmen?«

Wieder einmal wünschte ich, meine Mutter hätte es mir nicht verboten, Sukey nach ihrem Vater zu fragen. Doch die Antwort auf ihre Frage war einfach: »Nein, Sukey, denn wenn es kein Gesetz gibt, dann könnte sich jeder alles von jedem nehmen. Und wozu würde das führen?«

Daraufhin schwieg sie. Immerhin war es ein interessanter Gedanke, daß man etwas Verbotenes tun konnte, falls man einen ausreichenden Grund dafür hatte.

»Was wirst du also meiner Mutter sagen, wenn sie dich fragt, wo wir gewesen sind?« fragte ich. »Wirst du eine Lüge auftischen und sagen, daß wir gar nicht zur Überlandstraße gegangen sind?«

»Aber es ist doch gar nicht die Straße, wo du nicht hindarfst!« rief sie, sagte dann aber nichts mehr.

Nicht die Straße? Aber warum hatte meine Mutter es immer so heftig abgelehnt, diesen Weg zu nehmen? Schweigend gingen wir einige Minuten lang nebeneinanderher, während ich über diese Neuigkeit nachdachte. Schließlich gab ich es auf und wandte mich einem anderen Rätsel zu: »Sukey, kannst du mir etwas von Vätern erzählen? Oh, ich meine nicht deinen Vater«, fügte ich hastig hinzu, und sie errötete. »Ich denke an meinen.«

»Von dem weiß ich nichts, Master Johnnie.«

»Aber ich will ja nur wissen, ob es sein kann, daß er schon viele Jahre vor meiner Geburt gestorben ist?«

»Nein, das glaube ich nicht, das heißt, ich bin mir eigentlich sogar ziemlich sicher.«

Jeder hing seinen eigenen Gedanken nach. Etwas später, gerade als wir die Überlandstraße erreichten, sagte Sukey plötzlich: »Mein Dad hat das Gesetz gebrochen. Jetzt weißt du's. Ich hätt es dir nicht erzählen müssen, aber jetzt sag ich kein Wort mehr.«

Ich prägte mir ein, was sie gesagt hatte, um später darüber nachzudenken, denn jetzt hatte ich nur noch die große Straße im Sinn und war enttäuscht, weil in beiden Richtungen kein Gefährt zu sehen war. Die Parkmauer zu unserer Linken, folgten wir der Straße etwa eine halbe Meile, doch in all dieser Zeit fuhren nur einige Leiterwagen und eine leichte Kalesche an uns vorbei.

»Wir müssen hier abbiegen, Master Johnnie«, sagte Sukey bekümmert, als wir die Abzweigung nach Hougham erreichten.

»Können wir nicht noch ein bißchen warten?« fragte ich.

In dem Augenblick meinte ich, in der Ferne einen metallisch kreischenden Ton zu vernehmen.

»Hör doch, Sukey!« rief ich. »Da kommt etwas.«

»Aber wir müssen uns beeilen, Master Johnnie«, protestierte sie.

Ich richtete meinen Blick auf den Punkt, wo die Straße, die sich hier etwa eine Meile weit einen langgestreckten Hügel hinaufzog, in einer Kurve verschwand. Und plötzlich tauchte dort etwas auf. Noch ehe ich wußte, was ich sah, hörte ich das Klappern von Pferdehufen – zahlreicher und schneller, als ich es je zuvor gehört hatte. Jetzt konnte ich die Kutsche und ihr Gespann sehen, wie es in vollem Galopp auf uns zugedonnert kam. Ich sah, wie die Pferde ihre mit Scheuklappen versehenen Köpfe reckten, sie in den Nacken oder zur Seite warfen, als liefen sie nur widerwillig voran, und doch griffen sie unablässig mit ihren starken Vorderbeinen aus, als wollten sie die Straße zu sich heranziehen. Ich sah die in einen Mantel gehüllte Gestalt des Kutschers auf dem Kutschbock, der die lange Peitsche vor sich hielt, und dann das schimmernde und leuchtendrot bemalte Gefährt selbst. Auf einmal packte Sukey mich und zog mich heftig zurück auf das Gras des breiten Straßenrandes.

Jetzt war die Kutsche fast auf unserer Höhe, und das Donnern der Hufe und der großen, beschlagenen Räder auf dem harten Straßenbelag schwoll an und wurde lauter, bis das Poltern und Rattern in meinem Kopf selbst zu sein schien. Dann stürmten die Pferde an uns vorbei, die riesigen Köpfe und rollenden Augen nur wenige Zentimeter von uns entfernt. Ihr Fell glänzend vor Schweiß, und hinter ihnen schlingerte das große Ungetüm von Kutsche. Es blieb nur Zeit für einen raschen Blick durch das Fenster auf die Passagiere in ihrem Innern und einen zweiten auf den Kutscher und die Reisenden auf dem Verdeck, die sich eng aneinanderdrängten, um sich vor dem Wind zu schützen.

Sekundenschnell war sie vorüber, und unter Sukeys Arm hindurch sah ich der schwankenden Kutsche nach, wie sie über die holprige Straße sprang und hüpfte.

Einen Augenblick lang schwiegen wir beide, dann sagte ich: »Hast du das gesehen, Sukey? Das war die Postkutsche von York nach London, ›The Arrow‹.«

»Wirklich, Junge?« fragte Sukey, das Gesicht noch immer gerötet vor Aufregung. »Woher weißt du das?«

»Es stand an der Seite, in großen goldenen Buchstaben«, erzählte ich ihr stolz, denn Sukey konnte natürlich nicht lesen. »Schade nur«, sagte ich bekümmert, »daß es nicht eine Kutsche der Royal Mail war.«

»Was stehen wir hier herum und träumen?« rief Sukey plötzlich. »Wir müssen uns sputen.«

Also liefen wir eilig den Weg hinunter, zu unserer Linken immer noch die Parkmauer. An einigen Stellen war sie so verfallen, daß wir leicht in den Park hineinsehen konnten. Er senkte sich ins Tal hinab, auf dessen Grund wir dichtes Buschwerk und einige Bäume erkennen konnten. Dort verlief ein

Bach, der für uns unsichtbar blieb, bis er sich in die große graue Wasserfläche des Sees ergoß.

Wir umgingen Stoke Mompesson mit der breiten Hauptstraße und den Reihen hübscher Katen zu beiden Seiten und liefen noch etwa eine halbe Meile, bis einige verstreute, roh zusammengezimmerte Ställe auf der rechten Wegseite den Beginn des Dorfes markierten, zu dem wir unterwegs waren. Und was war es doch für ein verkommener Flecken im Vergleich zu Melthorpe; es kam mir wie eine etwas vergrößerte Ausgabe der Silver Street vor, ein Dorf aus schäbigen, einstöckigen, aus Ginsterzweigen, Schlamm und Mörtel errichteten Hütten, die statt mit Ziegeln oft nur mit Grasplaggen gedeckt waren. Ich vermutete, daß das Herrenhaus ganz in der Nähe sein würde, konnte aber kein Anzeichen dafür entdecken.

»Das Dorf ist verlegt worden«, erklärte Sukey. »Und jetzt liegt das große Haus in der Gemeinde, das Dorf aber nicht mehr.«

Daher mußten wir noch einmal zehn Minuten laufen, ehe Sukey sagte: »Hier lebt meine Tante.« Sie zeigte auf eine kleine Kate, die neben einem Paar hoher, mit steinernen Kugeln gekrönter Säulen stand. Sie rahmten ein stolzes, schwarzes, zweiflügeliges Tor aus elegantem, filigranem Schmiedeeisen ein, das zu phantasievollen Schnörkeln und Blumen geformt war. Eine Kette und ein großes Vorhängeschloß sicherten das Tor, dessen Gitter an der oberen Seite in lanzenähnliche Spitzen auslief.

»Kannst du jetzt hier ein paar Minuten auf mich warten, Master Johnnie, ohne gleich wieder in Schwierigkeiten zu geraten?«

Ich nickte zustimmend, und sie betrat die Kate. Von unbändiger Neugier überwältigt, näherte ich mich dem Tor und starrte durch die Gitterstäbe, deren schwarze Farbe abblätterte, so daß der Rost darunter zum Vorschein kam. Hinter dem Gitter erstreckte sich ein weiter Hof, wo zwischen den Pflastersteinen, die sich in den langen Jahren der Verwahrlosung stellenweise gelockert oder ganz gelöst hatten, Gras und Moos wuchs.

In einiger Entfernung sah ich die Umrisse eines Hauses aufragen, und obwohl ich es nur von der Seite sehen konnte, drängten sich mir gleichermaßen die ungeheure Größe des Gebäudes wie auch der Zustand seines Verfalls auf. Vor den meisten Fenstern hatte man die Läden geschlossen, bei den übrigen sah man, wie sich die Farbe von Fensterkreuzen und Rahmen abschälte; aus den Kaminen stieg kein Rauch auf, viele der Schornsteinkappen fehlten ganz, und von dem Teil des Daches, den ich überblicken konnte, waren zahlreiche Ziegel zu Boden gefallen. Kurz: Dieses Haus schien kaum mehr als eine verlassene und unbewohnte Ruine zu sein.

Doch noch während ich den Hof betrachtete, bog jemand um die Ecke des Hauses. Er sah wie ein Arbeiter aus, schob eine Karre vor sich her und begann, die auf dem Pflaster verstreut liegenden Steine und zerbrochenen Ziegel einzusammeln, die vermutlich der Sturm der letzten Nacht heruntergerissen hatte.

Einen Augenblick später näherten sich zwei weitere Personen. Ich betrachtete sie aufmerksam und wußte, daß ich eigentlich vom Tor hätte fortgehen sollen, aber irgend etwas hielt mich zurück. Das große leere Haus von Hougham (oder hieß es Huffam?) schien eine Saite in mir zum Klingen zu bringen und in meinem Innersten ein Echo wachzurufen, dessen Lockungen ich hilflos ausgeliefert war.

Als die Neuankömmlinge sich genähert hatten, sah ich, daß es sich um ein kleines Mädchen etwa in meinem Alter handelte und um eine großgewachsene ältere Dame, beide in Schwarz gekleidet. Die Dame blieb stehen, um sich mit dem Arbeiter zu unterhalten, doch das kleine Mädchen mußte mich entdeckt haben, denn es ging langsam weiter zum Tor und auf mich zu. Sein Gesicht war sehr blaß – so blaß sogar, daß ich mich fragte, ob es nicht vielleicht krank sei –, und seine Augen wirkten dadurch noch um einiges dunkler, als sie es ohnedies schon waren. Seine Hände steckten in einem Muff, den es feierlich vor sich hertrug; ein wirklich seltsames, ernstes kleines Geschöpf.

»Du bist keiner von den Dorfjungen, oder?« fragte das Mädchen.

Nicht mit Fremden zu sprechen gehörte zu den Dingen, die ich meiner Mutter versprochen hatte, aber diese Abmachung, versuchte ich mir einzureden, bezog sich doch sicher nur auf Erwachsene und nicht auf ein kleines Mädchen.

»Nein«, antwortete ich.

»Man hat mir streng verboten, mich mit Kindern aus dem Dorf abzugeben«, erklärte die Kleine.

»Lebst du denn nicht im Dorf?«

»Nein. Ich lebe hier.«

»Du meinst hier, in diesem großen Haus?« fragte ich erstaunt.

»Ja.«

Sie redete so, als wäre dies die uninteressanteste Sache der Welt.

»Ist diese Dame dort deine Mutter?«

»Nein«, antwortete sie. »Meine Mutter ist tot. Und mein Vater auch. Ich bin eine Waise, weißt du.«

Eine Waise? Was für ein interessantes Wort! Ich war neidisch darauf, daß sie ein Anrecht auf dieses Wort hatte. Aber andererseits, überlegte ich, war ich ja eigentlich auch so etwas wie eine halbe Waise.

»Diese Dame da ist die Haushälterin«, erklärte sie. »Ich sollte natürlich eine Gouvernante haben. Ich hab auch schon einige gehabt, aber mein Vormund meinte, von ihnen sei keine die richtige für mich gewesen. Mrs. Peppercorn achtet streng darauf, daß ich nicht mit Fremden spreche.«

In einiger Entfernung hinter dem kleinen Mädchen konnte ich die hohe Gestalt der Haushälterin sehen, die sich immer noch mit dem Arbeiter unterhielt. Die beiden schienen unterschiedlicher Meinung zu sein, denn einige Male versuchte der Mann sich abzuwenden, doch die Frau redete so lange auf ihn ein, bis ihm nichts anderes übrigblieb, als ihr wieder seine Aufmerksamkeit zu schenken.

»Sie ist sehr kurzsichtig, aber sie darf dich hier nicht sehen«, fuhr das kleine Mädchen fort. »Wenn sie dich nämlich entdeckt, wird sie dir befehlen fortzugehen, und mich wird sie dann bestrafen.«

»Bestrafen?« fragte ich. »Wie denn?«

»Sie schickt mich bestimmt ohne Abendbrot ins Bett«, sagte das Mädchen in ganz sachlichem Ton. »Vielleicht schlägt sie mich auch mit der Peitsche.«

»Mit der Peitsche?«

Es zog eine Hand aus dem Muff, der Handrücken war übersät mit schmerzhaft aussehenden roten Striemen.

»Dann sollte ich vielleicht verschwinden«, sagte ich, »bevor sie mich sieht.«

»Nein«, antwortete die Kleine entschieden. »Ich möchte mich noch ein bißchen mit dir unterhalten. Ich habe sonst niemanden, mit dem ich reden kann.«

»Hast du denn keine Geschwister?« wollte ich wissen.

»Nein. Nur Mrs. Peppercorn und Betsy; außer denen gibt es bloß noch zwei Diener, aber mit denen darf ich auch nicht sprechen.«

»Und sonst lebt niemand in diesem großen Haus?« fragte ich.

»Nein, niemand«, sagte sie. »Der größte Teil ist sowieso verschlossen. Wir benutzen nur wenige Zimmer. Ich fände es schön, wenn es hier noch mehr Kinder geben würde. Hast du Geschwister?«

»Nein«, sagte ich. »Ich kenne sonst auch keine Kinder.«

»Wie heißt du?« fragte sie.

»John Mellamphy«, antwortete ich.

»Ist das alles?« fragte sie überrascht.

»Ja. Und du? Wie heißt du?« gab ich zurück.

»Es ist ein langer Name. Willst du ihn wirklich ganz hören?«

»Ja bitte«, sagte ich.

Sie holte tief Atem, schloß die Augen und sagte ihren Namen auf: »Henrietta Louisa Amelia Lydia Hougham Palphramond.« Sie öffnete ihre Augen und erklärte (immer noch im gleichen Atemzug): »Meine Mutter hieß Louisa, und meine Großtanten hießen Henrietta und Lydia. Aber von den übrigen Namen weiß ich nichts.«

»Hougham?« rief ich aus. »Schreibt sich das genauso wie der Name des Dorfes?«

»Ja«, sagte sie. »H-o-u-g-h-a-m.«

In dem Verlangen, ihr zu zeigen, daß ich auch einen Anspruch auf größeres Ansehen erheben konnte, als die bloßen zwei Namen, die ich angegeben hatte, vermuten ließen, rief ich: »Aber ich hab den gleichen Namen! Wenigstens glaube ich, daß mein Großvater den gleichen Namen gehabt hat, er wurde nur anders geschrieben: H-u-f-f-a-m. Das ist nämlich der Name der Familie, der dieses Haus und das Dorf und das Land hier im Umkreis früher gehört haben.«

»Ach, ich glaube nicht, daß das stimmt«, sagte sie.

»Doch, so ist es, bestimmt.« (Wie unangenehm widerborstig dieses kleine Mädchen doch sein konnte!) »Denn die Mumpseys ...« Ich zögerte. »Die haben es nämlich von den Huffams.«

»Die Mumpseys! Du meinst die Mompessons. Nur die Dorfleute sprechen den Namen so aus wie du.«

Ich wurde feuerrot. Natürlich kannte ich den Namen von den Grabmälern in der Kirche. Warum nur hatte ich damals die Verbindung zwischen den beiden Namen nicht gesehen, als Mrs. Belflower mir die Geschichte erzählte?

»Du mußt dich irren«, fuhr Henrietta fort, »ich weiß nämlich genau, daß dieses Haus vom Großvater meines Vormunds gebaut wurde.«

»Vielleicht hieß er ja Huffam?«

»Das glaube ich nicht, mein Vormund heißt Sir Perceval Mompesson.«

Ich brannte vor Scham. Dann hatte die unglückselige Mrs. Belflower also alles durcheinandergebracht, und meine Idee, daß es zwischen mir und diesem Haus eine Verbindung geben könne, war vielleicht ganz unbegründet. Wenn Sir Perceval Mompesson ihr Vormund war, dann gehörte das kleine Mädchen hierher.

Wir waren so in unser Gespräch vertieft, daß wir die Haushälterin, die ihre Unterhaltung mit dem Arbeiter beendet hatte und sich nun dem Tor näherte, erst bemerkten, als sie nur noch einige Schritte von uns entfernt war und zu sprechen begann: »Ich werde Mr. Assinder schreiben und mich über das Benehmen dieses Menschen beschweren. Er besitzt doch tatsächlich die Unverschämtheit, mir erzählen zu wollen, daß das Fenster nicht repariert werden kann, ohne daß er...« Sie hielt abrupt inne, hob die Lorgnette, die ihr an einer Kette um den Hals hing, sah mich durch die Gläser an und rief: »Miss Henrietta! Ist das etwa ein *Junge?*«

»Ja, Mrs. Peppercorn«, antwortete Henrietta ruhig.

»Sollte es denn möglich sein, daß Sie sich entgegen dem strengen Gebot Ihres Vormunds mit einem Dorfkind unterhalten?«

»Er kommt nicht aus dem Dorf, Mrs. Peppercorn«, sagte Henrietta gelassen.

»Ach so?« Die Haushälterin starrte mich durch ihre Lorgnette an. »Er scheint tatsächlich der Sohn eines Gentleman zu sein.« Dann fragte sie mich: »Wie heißt dein Vater?«

Die Frage verwirrte mich, denn einerseits erinnerte ich mich nur zu gut an mein Versprechen, mit keinem Fremden zu reden, andererseits durfte ich doch wohl kaum so unhöflich sein und auf eine so direkte Frage die Antwort verweigern.

»Er heißt John Mellamphy«, sagte Henrietta.

»Mellamphy?« wiederholte die Haushälterin. »Ich kenne keine vornehme Familie dieses Namens in unserer Nachbarschaft. Aber wie dem auch sei, Miss Henrietta, Sie haben den Anweisungen von Sir Perceval nicht gehorcht. Wir werden deshalb jetzt sofort ins Haus zurückkehren, und unterdessen werde ich mir eine Strafe für Sie einfallen lassen.«

»Er ist zwar ein Fremder, Mrs. Peppercorn«, argumentierte Henrietta, »aber er behauptet, sein Großvater habe Huffam geheißen, und da das auch einer von meinen Namen ist, handelt es sich vielleicht doch nicht um einen gänzlich Unbekannten.«

»Ist das wahr?« fragte die Haushälterin und wandte sich rasch wieder mir zu. »Wo lebt dein Vater, Master Mellamphy?«

»Das kann ich Ihnen nicht sagen.«

Die Lippen der Haushälterin zogen sich bei diesen Worten, die für sie außerordentlich ungehörig geklungen haben mußten, zu einem dünnen Strich zusammen, aber gerade als sie etwas sagen wollte, kam Sukey herbeigelaufen: »O Master Johnnie!« rief sie. »Du böser Junge! Du weißt doch genau, daß du nicht mit Fremden sprechen darfst! Was wird bloß deine Mutter dazu sagen?«

Sie ergriff meine Hand und zog mich fort: »Komm«, sagte sie, »wir werden uns verspäten. Melthorpe ist eine gute Stunde Wegs von hier.«

Ehe ich mich abwandte, warf ich einen letzten Blick auf Henrietta, die wie eine Gefangene ihr blasses Gesicht gegen die schwarzen Gitterstäbe des Tores preßte, die schwarzen Handschuhe der Haushälterin auf ihrer Schulter.

»Ach, Master Johnnie«, sagte Sukey als wir aus dem Dorf eilten, »ich hoff, du hast mich nicht in Schwierigkeiten gebracht. Sag bitte kein Sterbenswörtchen darüber, daß wir heute nachmittag hier waren. Nicht zu deiner Mutter und auch sonst zu niemandem.«

»Aber Sukey, wenn meine Mutter mich fragt, wo wir gewesen sind, kann ich sie doch nicht einfach anlügen, oder?«

Sie blieb plötzlich stehen und zwang mich, da sie immer noch meine Hand hielt, auch stehenzubleiben. Sie schaute mich an und sagte mit ernster Stimme: »Ich bitt dich, Master Johnnie, sag nichts, sonst verlier ich meine Stellung. Ich weiß doch, daß du eigentlich ein herzenslieber Junge bist, und du willst doch bestimmt meine Familie nicht ins Unglück stürzen.«

»Versprichst du mir, daß ich bis zur Überlandstraße darf, wenn wir zusammen spazierengehen, und daß ich da so lange bleiben kann, wie ich will?« Sie nickte. »Also gut, ich sag nichts.«

Wir gingen weiter, und nach einigen Schritten platzte Sukey heraus: »Oh, wären wir bloß heute nicht nach Hougham gegangen! Das wird bestimmt noch böse Folgen haben. Und mein Onkel macht es auch nicht mehr lang. Dann werden sie meine arme Tante einfach vor die Tür setzen.«

Ich hörte kaum zu, denn ich fragte mich, ob es sein konnte, daß Henrietta und ich miteinander verwandt waren, was bedeuten würde, daß ich auf irgendeine Weise auch mit der Familie Mompesson verwandt war.

Als wir nach Hause kamen, hörte meine Mutter uns durch die Hintertür kommen und betrat die Küche, als wir unsere Mäntel ablegten: »Ihr seid spät dran«, sagte sie. »Ich habe mir Sorgen um euch gemacht. Wo seid ihr gewesen?«

Die Frage war an uns beide gerichtet. Ich wurde rot und sah zur Seite, aber Sukey, die auch knallrot geworden war, antwortete hastig: »Wir sind über Over Leigh gegangen, Ma'am. Und der Weg war ziemlich schlecht.«

»Aber ihr müßt doch noch weiter gegangen sein«, sagte meine Mutter. »Ihr seid fast eine Stunde länger als sonst fortgewesen.«

Verwirrt und mit rotem Gesicht stand Sukey vor ihr und warf mir einen verzweifelten Blick zu. Und noch bevor ich recht wußte, was ich sagen sollte, hörte ich folgende Worte glatt über meine Lippen kommen: »Als wir auf dem Rückweg wieder nach Over Leigh kamen, war das Wasser so gestiegen, daß wir nicht mehr durch die Furt gehen konnten, und deshalb mußten wir den Weg durch den Wald von Mortsey nehmen.«

Sukey starrte mich an, doch ich wich ihrem Blick aus.

»Dann müßt ihr ja ziemlich hungrig sein«, sagte meine Mutter, und mit einer Mischung aus Kummer und Erleichterung sah ich, daß sie meinen Lügen Glauben schenkte. Ich hatte geredet, um Sukey zu retten, denn so war es doch: Man durfte lügen, wenn es gerechtfertigt war. Doch wenn das stimmte, dann durfte man auch andere Dinge tun, und es gab keine klaren Richtlinien mehr für das Leben, an die man sich halten konnte. Außerdem spürte ich aber auch so etwas wie Macht und Begeisterung, da ich mit meinen Worten etwas geschaffen hatte, das Wirklichkeit geworden war, weil meine Mutter ihm Glauben schenkte: ein in aller Unschuld ausgelassen verbrachter Nachmittag zwischen Over Leigh und dem Wäldchen von Mortsey.

II. BUCH

Verlorene Freunde

6. KAPITEL

Stellen wir uns vor, wir wären an einem winterlichen Nachmittag vor etlichen Jahren im Westend der Stadt gewesen. Die Dämmerung senkt sich herab und läßt dieses große Gefängnis der allerersten Gesellschaft noch düsterer erscheinen, so daß im dichter werdenden Nebel all die grimmigen und stolzen Straßen und Plätze aussehen wie aristokratische Lastkähne, auf denen die oberen Klassen inhaftiert und zu den öden Ufern eleganter Langeweile transportiert werden. Die grimmigste und düsterste aller Straßen ist die Brook Street. Das grimmigste und düsterste aller Häuser in der Brook Street (in der wir uns übrigens gerade befinden) ist jenes, über dessen Tür ein in leuchtenden Farben prunkendes Wappen von adligem Dünkel kündet und dessen hochmütige und blinde Fenster mit einer Art Grimasse vornehmer Verachtung zur gegenüberliegenden Straßenseite blicken. Das hochmütigste und blindeste dieser Fenster aber ist das Mittelfenster des riesigen Salons im ersten Stock.

Neben uns auf dem Bürgersteig steht ein Individuum in schäbigem Soldatenmantel und mit tief in die Augen gezogenem Hut. Es sieht hinauf zu einem der Häuser. Wir heben ebenfalls den Kopf, wenden unseren Blick von der Armut ab und schauen zu den Schlupfwinkeln von Reichtum, Arroganz und Macht empor.

Gerade noch sichtbar – man hat im Saal noch keine Lichter angezündet – steht hinter dem Mittelfenster des ersten Stocks eine hochgewachsene Gestalt. Dank der uns zur Verfügung stehenden Mittel sind wir nicht dazu verdammt, auf dem kalten Bürgersteig verweilen zu müssen, wir betreten also das Zimmer. Hier erkennen wir in der Gestalt einen schwarz gekleideten Herrn, der mit dem Rücken zum Fenster steht und sich mit einer Dame sowie einem zweiten Herrn unterhält. Die Dame sitzt auf einer Chaiselongue, der andere Herr in einem Sessel; über seine Beine, die auf einem vor ihm plazierten Fußschemel ruhen, ist eine Decke gebreitet.

Stellen wir die drei entsprechend den Regeln der Höflichkeit vor: Arroganz – die Dame auf der Chaiselongue – ist der Inbegriff aristokratisch britischer Schönheit, hochgewachsen, vornehm und hübsch; nur die schmalen Lippen lassen eine gewisse Grausamkeit ahnen. Reichtum, der es sich ihr gegenüber bequem gemacht hat, verrät in seinen Zügen sowohl die Spuren uralten Adels als auch die Folgen generationenlangen Raubens und Plünderns: die kalten blauen Augen des grausamen Lehnsmannes, die stolze Nase des habsüchtigen Normannen und die fahlen Wangen des geizigen Tudor-Höflings, der um seine Beuteanteile bei der Verstaatlichung der Kirchengüter schachert. Und was den am Fenster stehenden Herrn Macht betrifft, so offenbart sich sein Charakter nur allzu deutlich in den buschigen schwarzen Augenbrauen, den tiefen Furchen auf der Stirn und der leicht geröteten Gesichtsfarbe desjenigen, der sich von einem ihm gesellschaftlich Unterlegenen keinen Widerspruch gefallen läßt.

Als wir den Saal betreten, sagt Macht: »Wenn das stimmt, dann wissen wir wenigstens, daß sie ein Kind hat, das, unter welchen Umständen auch immer, ehelich geboren wurde. Und das ist allein zu unserem Vorteil.«

»Vorausgesetzt natürlich«, läßt sich die Dame mit träger Stimme vernehmen, »daß nichts gegen die Legitimität ihres Vaters spricht.«

»Nun, da es der anderen Seite in fünfzig Jahren nicht gelungen ist, einen entsprechenden Nachweis zu erbringen, bezweifle ich, daß es ihr jetzt gelingen wird«, antwortet Macht bestimmt, doch höflich. »Ich würde mich in dieser Hinsicht allerdings wesentlich sicherer fühlen, wenn die diesbezügliche Heiratsurkunde endlich auftauchen würde. Die letzte Neuigkeit in diesem Zusammenhang hat mich übrigens auf eine Idee gebracht; ich weiß jetzt immerhin, wo man danach suchen könnte.«

»Wie aufregend«, sagt Arroganz, ohne jedoch in den für echte Begeisterung so typisch vulgären Ton zu fallen. »Seien Sie doch so gütig und lassen Sie uns wissen, was Sie damit meinen.«

»Wenn Sie mir gestatten wollen, werde ich mich in wenigen Augenblicken erklären. Sollte es sich hier allerdings wirklich um die Frau handeln, die wir gesucht haben, dann ist die Tollkühnheit, sich gerade dieses Dorf als Aufenthaltsort auszusuchen, schlicht atemberaubend.«

»Ich habe die Haushälterin scharf ins Verhör genommen«, antwortet daraufhin die Dame sachlich und kühl, »und sie ist sich völlig sicher, daß das Dienstmädchen, in dessen Obhut sich das Kind befand, diesen Ort erwähnte.«

»Aber das ist doch absurd!« ruft Reichtum ungeduldig. »Der Einfall einer Verrückten. Ein Fuchs versteckt sich doch nicht im Zwinger der Hunde, die ihn jagen!«

»Im ersten Augenblick war ich ganz der gleichen Auffassung«, hört man die ruhige Stimme vom Fenster sagen. »Doch der Hinweis ist durch die Verbindung, die zwischen dem Ort und ihrem... Gönner Fortisquince besteht, für mich ausreichend und zu meiner Zufriedenheit bestätigt.«

»Welche Vorgehensweise schlagen Sie also vor?« fragt die Dame.

»Ich denke, wir sollten direkt an sie herantreten und in der Zwischenzeit die eher verdeckten Operationen fortsetzen, die wir bereits begonnen haben.

Als erstes ...«

Er unterbricht sich, weil zwei Lakaien mit Kerzenleuchtern in den Saal treten. »Sollen wir jetzt die Vorhänge herablassen, gnädige Frau?«

»Bitte, Edward.«

Der Herr in Schwarz entfernt sich vom Fenster und geht in die Mitte des Zimmers, während die Lakaien die Leuchter auf den Anrichten im Zimmer verteilen und dann die Vorhänge zuziehen. Niemand sagt ein Wort, bis sich die Tür wieder leise geschlossen hat. Dann – denn warum sollte Macht auch irgendeine Notiz von der Dienerschaft nehmen – fährt der Herr in Schwarz fort, als hätte es keine Unterbrechung gegeben: »Was die direkte Kontaktaufnahme betrifft, nun, ich denke daran – Ihre Zustimmung vorausgesetzt –, eine Reise aufs Land zu unternehmen und mit ihr selbst zu sprechen.«

»Wäre das denn klug«, sagt Arroganz überrascht, »in Anbetracht der Wachsamkeit, mit der jede Ihrer Bewegungen verfolgt wird? Wenn die andere Seite sie findet ...« Sie bricht ab.

»Ich bin überzeugt, daß ich meinen Beobachtern entkommen kann«, gibt Macht zurück. »Einer von ihnen steht in diesem Augenblick dort unten auf der Straße; aus diesem Grund stand ich auch am Fenster. Sie sind so verwöhnt durch meine großherzige Art, mich ihnen offen zu zeigen, daß sie allmählich sorglos werden, und in einem solchen Augenblick werde ich ihnen entwischen.«

Die Dame lächelt kurz und sagt dann: »Und glauben Sie, daß sie sich davon trennen wird?«

Noch bevor er antworten kann, wirft der Herr im Sessel plötzlich ein: »Nehmen Sie ein paar kräftige Burschen mit, und nehmen Sie es ihr mit Gewalt.«

»Bei allem Respekt, Sir, aber es gibt, wie ich schon oft in aller Bescheidenheit anmerken durfte, keinen Grund, sich das Gesetz zum Feind zu machen, wenn man es sich zum Komplizen machen kann.«

»Ich glaube, wir brauchen uns diesem Thema nicht noch einmal zu widmen«, sagt die Dame in scharfem Ton.

»Doch ich denke, daß sie Vernunftgründen zugänglich ist«, fährt Macht fort.

»Ja, sicher«, ruft Reichtum. »Sie wird schon einsehen, daß wir alle Trümpfe in der Hand halten.«

Macht lächelt die Dame an: »Ich würde es vorziehen zu sagen, daß wir sie in Schach halten. Und wenn ich schon einmal dort bin, beabsichtige ich auch, noch einmal nach der fehlenden Urkunde zu suchen, von der wir vor einigen Augenblicken sprachen, denn ich erinnerte mich gerade an die Verbindung, die zwischen dem Dorf, der Geschichte ihrer Familie und der besagten Person besteht. Das gesuchte Dokument könnte sich in der Sakristei oder auf dem Friedhof finden lassen.« Er hält inne, wirft Reichtum einen vorsichtigen Blick zu und sagt dann: »Ich werde wohl auch die Gelegenheit nutzen und bestimmte Angelegenheiten mit dem Hofverwalter besprechen.«

Die Dame schüttelt warnend den Kopf, aber es ist zu spät, denn Reichtum ruft aus: »Fangen Sie mir bloß damit nicht wieder an! Der Mann arbeitet seit Jahren für mich. Genau wie vorher sein Onkel. Ich will kein abfälliges Wort über ihn hören.«

Leichthin fährt Macht fort: »Ich wollte nur sagen, daß ich mit ihm über den Antrag auf Einfriedung des Dorfangers sprechen will.«

»Ach ja«, sagt die Dame. »Dieser unglückselige Antrag. Sagen Sie mir, welchen Fortschritt haben Sie in dieser Sache erzielen können?«

Der Herr zieht ein mit einer roten Kordel verschnürtes Bündel Papiere aus einer Ledertasche und setzt sich auf Einladung der Dame neben sie auf das Sofa. Er beginnt, die Knoten zu lösen, die er gebunden hat und die so viel Elend und Not verschnüren, ja, so viele Leben zerstörten. Doch wir wollen diese ehrenwerte Gesellschaft nun ihrem Tun überlassen.

7. KAPITEL

Obwohl ich oft an Henrietta denken mußte, gingen Sukey und ich niemals wieder zusammen nach Hougham. Von allen möglichen Bedenken einmal abgesehen, die sie hegen mochte, starb ihr Onkel tatsächlich einige Tage später, so daß es für sie keinen Grund mehr gab, diesen Weg noch einmal einzuschlagen.

In den folgenden Monaten – der Winter begann in jenem Jahr recht früh – bemerkte ich, daß meine Mutter immer dann, wenn sie Briefe aus London erhielt, besonders niedergeschlagen aussah, doch sie wollte mir nicht sagen, was sie beunruhigte.

Die Weihnachtszeit kam, und wenn ich am späten Nachmittag von einem meiner Spaziergänge mit Mutter oder Sukey nach Hause zurückkehrte, trafen wir oft auf Grüppchen von Sternsingern – es waren Mitglieder des Kirchenorchesters, die ihre Instrumente bei sich trugen, und Jungen aus dem Dorf –, die mit immergrünen Zweigen geschmückt von Haus zu Haus gingen (doch niemals zu unserem), um sich als Dank für ihren Gesang kandierte Früchte oder einige Münzen Kleingeld zu erbitten.

An einem späten Vormittag einige Tage vor Weihnachten ging ich, verführt vom schweren, süßen Zimt-, Ingwer- und Nelkengeruch, in die Küche, wo ich Mrs. Belflower dabei antraf, wie sie Gewürze rieb, Eier in den Topf schlug und den Weihnachtspudding zubereitete – natürlich nicht den für das kommende Fest, sondern den für das nächste Jahr. (Wir sollten ihn übrigens zum erstenmal in meinem Leben ohne unsere Köchin essen.)

»Hilfst du mir, die Glückspennies einzukneten?« fragte sie und zeigte auf einen kleinen Münzstapel auf dem Tisch.

»Na gut«, sagte ich nicht sonderlich begeistert, denn obwohl ich mich in den letzten Jahren immer sehr über diese Aufgabe gefreut hatte, schien sie mir inzwischen doch etwas unter meiner Würde zu liegen.

»Aber denk dran, daß du dir was wünschen mußt. Nur einen einzigen Wunsch. Und verrat bloß keiner Menschenseele was davon, niemals, sonst geht er nicht in Erfüllung.«

»Ja, ja, ich weiß Bescheid. Aber sag mal, kannst du mir jetzt die Geschichte zu Ende erzählen?«

»Welche denn, mein Kleiner?«

»Wie die Mompessons sich mit Hinterlist und Tücke das Land der Huffams angeeignet haben«, sagte ich. Als sie mich verständnislos ansah, fügte ich hinzu: »Du weißt doch, Jemmy Huffam hat seinen eigenen Sohn John um das Erbe betrogen.«

»Natürlich, jetzt weiß ich's wieder, mein Kleiner. Sag mir doch bloß noch, wie weit ich war!«

»Jemmy mußte seinen Vater umbringen, weil er sich Geld vom alten Nick geliehen hatte.«

»Ach ja, richtig. Nun, das war so: Als Jemmy den alten Nick wegen dem Geld fragt, sagt der zu ihm: ›Was kannst du mir als Sicherheit bieten?‹ Und Jemmy antwortet: ›Nichts, nur meine Seele.‹ Und Nick sagt: ›Gut, die nehm ich, aber du bist man noch ein ziemlich junger Kerl, und da muß ich vielleicht fünfzig Jahre lang auf sie warten. Ein bißchen mehr mußt du schon zu bieten haben, wenn ich dir das Geld leihen soll.‹ Also, kurz und gut, der alte Nick sagt ihm: ›Stell mir ein Dokument aus, auf dem steht, daß du mir und meinen Erben den ganzen Besitz überträgst, wenn es denn nun mal so sein soll, daß du mir die dreißigtausend Pfund nicht zurückzahlen kannst.‹«

»Aber seine Kinder wären ja sowieso Jemmys Enkel gewesen, oder?«

»Das will ich wohl meinen«, sagte sie abwesend. »Ich knete den Teig nur noch ein bißchen fester, und dann kannst du den ersten Penny reinstecken. Jemmy also meint: ›Ich bin einverstanden.‹ Doch dann sagt der alte Nick: ›Aber du hast einen Sohn, den John, und wenn du versuchst, ihn um den Besitz zu bringen, dann hat der das Gesetz auf seiner Seite. Also müssen wir beide einen hieb- und stichfesten Vertrag aufsetzen.‹ Nun, er hat ihn aufgesetzt, diesen Vertrag, und Jemmy hat ihn mit seinem eigenen Blut unterschrieben.«

»Und dann hat er seinen Vater ermordet«, rief ich, »indem er ihm Gift in seinen Wein geschüttet hat«, dabei ließ ich ein abgegriffenes Sixpence-Stück in den Teig fallen, »und der Vater ist einen qualvollen Tod gestorben.«

»Ganz richtig. Überall im großen Haus und sogar bis nach Hougham konnte man seine Schreie hören.«

»Meinst du das Haus, das dort jetzt steht?« fragte ich rasch.

»Genau das«, sagte sie und knetete gleichmäßig weiter.

»Aber das kann gar nicht stimmen«, rief ich triumphierend. »Das Haus gab es damals nämlich noch gar nicht.«

»Was du nicht sagst, mein Kleiner! Ich glaub sogar, du hast recht. Da war noch ein älteres Haus, gar nicht weit weg, aber ich weiß nicht mehr, was mit dem passiert ist, jedenfalls war's dagewesen.« Unbekümmert und in aller Gemütsruhe fuhr sie fort: »Nun, die Zeit verging, und Jemmy trieb's so schlimm wie eh und je, trank und spielte und wer weiß was noch alles, ich will da man lieber gar nicht daran denken. Eines Abends aber würfelte er mit Sir Parceval Mumpsey. Und Sir Parceval ...«

»Aber das kann doch gar nicht Sir Perceval gewesen sein!«

»Und warum nicht, mein Täubchen? Wirf jetzt noch einen Penny in den Teig!«

»Weil du gesagt hast, daß dies alles vor langer Zeit geschehen ist, und ich weiß, daß der noch lebt«, sagte ich, während ich noch eine Münze in den Teig fallen ließ, eine arg verbogene George-II-Guinee, den besten von allen Glückspennies, den ich immer in meiner Portion Pudding wiederfand.

»Dann muß das wohl der Vater gewesen sein«, sagte die nicht aus der Ruhe zu bringende Mrs. Belflower, »den sie Sir Parceval genannt haben. Er war schrecklich reich und besaß Tausende und Abertausende von schwarzen Sklaven, und zu seiner Hochzeit in London kamen der König und die Königin persönlich, um dabeizusein, wenn er sich mit einer der angesehensten Damen des Landes verheiratete, und mehr als hundert schwarze Sklaven marschierten durch die Straßen, der Brautkutsche nach, und die war ganz aus Gold. So, jetzt ist es wieder Zeit für einen Penny. Die olle ausländische Münze mit dem Weibskopf, die da! An dem Abend also, von dem ich dir erzähle, spielt er Hasard mit Jemmy Hougham und ...«

»Hasard? Was ist das?«

»So ein Würfelspiel, wenn ich das richtig verstanden hab.«

»Aber was bedeutet das?« Der Penny fiel in die Schüssel, und ich schloß kurz die Augen, um mir etwas zu wünschen – einen Wunsch, der erst jetzt kurz davor ist, in Erfüllung zu gehen.

»Bedeuten? Warum soll es was bedeuten? Ist doch bloß ein Name, und Namen bedeuten nichts. Also, wie ich gesagt hab, an dem Abend spielt er mit Sir Parceval, aber das Glück und die Würfel gehn sich aus dem Weg, und er verliert all sein bewegliches Gut. Zum Schluß hat er nichts mehr, was er einsetzen kann, nur noch seinen Besitz. Und obwohl er weiß, daß der ihm rechtens eigentlich gar nicht mehr gehört und daß er ihn deswegen auch nicht mehr setzen kann, weil er die Schulden ja noch nicht zurückgezahlt hat, riskiert er alles mit einem einzigen Wurf. Und Sir Parceval würfelt eine Fünf, und das bedeutet, daß Jemmy auch eine Fünf werfen muß. Doch da wirft er Crab – und hat alles verloren.«

»Crab?«

»So nennt man das, wenn man die niedrigste Punktzahl wirft. Jemmy hat ihm dann seinen Besitz überschrieben. Und deshalb heißt das Wappen von den Mumpseys ja auch ›Rose and Crab‹, die fünf Blumen aber, die haben eigentlich zum Schild von den Houghams gehört. Und dann hat sich Sir Parceval dieses schöne neue Haus bei Hougham gebaut, mit ich weiß nicht wie vielen Ballsälen und Treppen und Salons. Und er hatte es so geplant, daß der Mitteltrakt und die Seitenflügel wie die fünf Punkte auf 'nem Würfel angeordnet sind: einer in jede Ecke und einer in der Mitte.«

»Aber es sieht ganz anders aus!« Und als ich mich daran erinnerte, daß ja niemand von meinem Ausflug mit Sukey wissen durfte, fügte ich lahm hinzu: »Ich meine, wenn es stimmt, was ich gehört habe.«

»Natürlich, das kommt daher, daß er bloß den Mitteltrakt und die beiden vorderen Seitenflügel gebaut hat, weil ihm dann bei all seinem Reichtum doch das Geld ausgegangen ist. Aber vorher hat er noch den größten Teil vom alten Dorf abreißen können, damit er rundherum meilenweit nichts als Park hat. Jedenfalls war der alte Nick ziemlich wütend auf Jemmy, und man sagt, daß er dem Jemmy eine mächtige Angst eingejagt hat. Und weil Jemmy die fünfzigtausend Pfund nicht zurückzahlen konnte...«

»Eben hast du noch dreißigtausend gesagt.«

»Nun, es wurden eben mehr und mehr, bis es fünfzigtausend waren. Ist ja auch nicht so wichtig. Jedenfalls hat er das Papier genommen, das Jemmy damals unterschrieben hat, ist damit zum Lordkanzler gegangen und hat nun von ihm verlangt, daß er die Mumpseys zwingen tut, ihren Besitz aufzugeben.«

»Zugunsten seiner Frau Sophy und ihrer Kinder, weil sie Jemmys Tochter war?«

»Ganz genau. Hast gut achtgegeben, Master Johnnie! Doch die Mumpseys haben davon nichts hören wollen. Sie haben behauptet, sie hätten den Besitz im ehrlichen Spiel gewonnen, und so ist der Streit hin und her gegangen, manche sagen, bis auf den heutigen Tag.«

»Aber hatte John denn nicht den stärkeren Anspruch als die Mompessons?«

»Ach herrje, den hätte ich bald vergessen. Du hast ganz recht, Master Johnnie. Und zwar war das so: Sir Parceval hatte eine wunderschöne Tochter, die hieß Lady Liddy, und John sah sie, und die beiden verliebten sich ineinander.«

Ich seufzte, da die Geschichte gerade so spannend gewesen war. »Ja, ja, ich weiß schon«, sagte ich rasch. »Nach allerlei dummen Mißverständnissen liefen sie sicher zusammen fort und heirateten. Aber jetzt erzähl mir lieber von Johns Anrecht, und warum er den Besitz nicht zurückerhalten hat!«

»Was bist du doch für ein gescheiter Junge«, antwortete Mrs. Belflower vergnügt und knetete einige Augenblicke lang schweigend den Kuchenteig, ehe sie fortfuhr: »Sie sind zusammen fortgelaufen, ganz recht, aber ob sie geheiratet haben oder nicht, das wart ab, und hör gut zu! Noch ehe sie fortgelaufen sind, ist Lady Liddy zu John gegangen und hat ihm erzählt, wie sehr ihr Vater damit herumprahlt, daß er Jemmy betrogen hat.«

»Ich weiß schon!« rief ich. »Er hat gewiß mit falschen Würfeln gespielt.«

»Genauso war es. Und nicht nur das, sie hat John auch ein unterschriebenes Geständnis von ihrem Vater gegeben, in dem er zugegeben hat, falsch gespielt zu haben. Und dann sind die beiden nach Hougham geflohen.«

»Aber warum denn das?« fragte ich überrascht.

»Warum? Darum eben, und weil Liebespärchen damals immer von zu Hause durchgebrannt sind. Aber Sir Parceval ist ihnen hinterher, und dann haben John und er sich mit dem Degen duelliert auf einem Platz mit vier Bäumen vor der Old Hall, wo eine Statue in der Mitte vom Platz stand. Und Lady Liddy sieht aus dem Fenster, und sie hofft und betet, daß niemandem kein Leid angetan wird, aber daß John trotzdem gewinnt. Und so geschieht es auch, denn John entwaffnet Sir Parceval, und da ist der seiner Gnade ausgeliefert. Doch im gleichen Augenblick sieht Lady Liddy, wie die Statue zum Leben erwacht, denn es war gar keine Statue, sondern ein Fremder, ganz in Schwarz. Und noch ehe sie ihrem Geliebten zurufen und ihn warnen kann, fällt der Fremde John in den Rücken und ersticht ihn.«

»Was? Er hat ihn getötet?«

»Das hat er«, sagte Mrs. Belflower, knetete heftig und lächelte mit einer Selbstzufriedenheit, die mich fast zum Wahnsinn trieb.

»Bist du dir denn sicher, daß er Lady Liddy nicht geheiratet hat und daß die beiden keine Kinder haben?«

»Ziemlich sicher, und sie hat auch niemals niemanden anderen geheiratet, weil sie nämlich ganz verrückt geworden ist vor lauter Kummer, die arme Seele.«

»Und wer hat ihn getötet?«

»Ach, das weiß keiner. Sicher weiß man nur, daß man bis auf den heutigen Tag in der Gegend um Hougham einen alten Mann sehen kann. Ganz in Schwarz ist er gekleidet, und er hat ein Gesicht wie der Tod. Und die Leute sagen, es ist der alte Nick. Aber andere meinen, es ist der alte Vater, der, den man umgebracht hat. Und noch wieder andere behaupten, es ist Jemmy, der seine Seele verschachert hat und diese Welt nicht verlassen kann. Wie auch immer, jedenfalls hängt seit jenen Tagen der Fluch des Gerichts über dem Haus der Mumpseys, und sie haben nie wieder Erfolg gehabt, und deshalb steht auch das große Haus leer, deshalb sind die Ländereien nicht entwässert, die Mauern verfallen und die Höfe nicht verpachtet.«

Während sie noch sprach, überfiel mich ein Schaudern, und ich dachte an den alten Mann in der Karosse, vor dem sich meine Mutter so sehr erschreckt hatte.

»So, ich glaub, das ist genug. Gibst du mir mal die Schüssel?«

Und trotzdem, dachte ich, als ich ihr die Schüssel reichte, seine Kutsche hatte das Wappen mit der Krabbe und den fünf Rosen getragen, also muß er ein Mompesson gewesen sein. Das war natürlich ein dummer Gedanke, schließlich war er ja kein Geist gewesen, und überhaupt zweifelte ich an der Wahrheit des größten Teils dieser Geschichte – besonders daran, daß John getötet worden sein sollte, ohne einen Nachkommen hinterlassen zu haben. Denn ich war überzeugt, daß ich ein Nachfahre der Huffams war.

8. KAPITEL

Vom Wind einmal abgesehen, herrschte an jenem Nachmittag, an dem Sukey und ich aufbrachen, gutes Wanderwetter, denn der Boden lag hartgefroren unter einer leichten Schneedecke, und das Eis auf den Schlammfurchen, die die Wagenräder auf der High Street hinterlassen hatten, brach krachend und klirrend unter unseren Schritten. Wir hatten beschlossen, den Weg nach Over Leigh zu nehmen, doch Sukey wollte vorher noch bei ihrer Mutter vorbeischauen, und das hieß, daß wir zuerst durch das ganze Dorf und dann die gleiche Strecke wieder zurückgehen mußten.

Sie fröstelte unter ihrem dünnen roten Mantel: »Dieser Ostwind ist ein fauler Wind: Statt um mich herumzupusten, weht er direkt durch mich hindurch.«

»Deine eigene Dummheit, warum hast du dich nicht wärmer angezogen«, sagte ich.

In meinem guten dicken Überzieher aus Merinowolle machte mir die Kälte nichts aus; außerdem wußte ich, sobald ich nach Hause kommen würde, hatte Mrs. Belflower einen würzigen Pflaumenkuchen und ein Dutzend duftender Weihnachtspasteten im Ofen. Es war nicht mehr lang bis zum Heiligen Abend. Viele Katen waren mit Stechpalmenzweigen und Efeu geschmückt, und in den Fenstern standen die großen Wachskerzen bereit zum Anzünden.

Als wir uns der Kirche näherten, sagte Sukey: »Laß uns auf die andere Straßenseite wechseln, Master Johnnie. Ich mag heut nicht so dicht beim Friedhof vorbeigehen.«

»Aber warum denn nicht?« fragte ich.

»Sag bloß, du weißt nicht, was heut für ein Tag ist!« rief sie aus und drehte sich zu mir um, die Augen weit vor Schreck. »Heut ist der Tag des heiligen Thomas!«

»Und? Was bedeutet das, Sukey?«

»Die Wiedergänger gehen um.«

»Wer sind denn die Wiedergänger?«

»Ja, weißt du rein überhaupt nichts?« fragte sie. »Heut ist der Tag, da wachen die Geister der Toten auf und erscheinen denen unter den Lebenden, die in den nächsten zwölf Monaten sterben werden.« Mich fröstelte, und ich griff nach ihrer Hand. »Wenn du einen von ihnen siehst«, fuhr sie fort, »dann stirbst du, oder es stirbt jemand, der dir nahesteht.«

Wir beschleunigten unsere Schritte und eilten am Friedhof vorbei, ohne auch nur einen Blick über die Mauer zu werfen. Kurz darauf waren wir beim »Rose and Crab«, und ich sah überrascht, daß zwei Pferde und eine elegante Kalesche vor dem Wirtshaus standen.

»Ach, du bist's, Amos«, sagte Sukey plötzlich zu einem Jungen ungefähr in meinem Alter. Ich hatte ihn gar nicht bemerkt, da er fast völlig hinter den beiden Pferden verschwand, deren Zügel er hielt. »Was um alles in der Welt machst du denn hier?«

»So 'n feiner Herr hat gesagt, ich soll ihm ein bißchen die Pferde halten, und dann ist er weg, um den Küster zu suchen«, antwortete der Junge.

»Wer war es denn?« wollte Sukey wissen.

»Weiß nich. Einer von auswärts. Hat gesagt, er gibt mir 'nen Penny.«

»Vergiß nicht, ihn zu Haus abzuliefern«, sagte Sukey. »Und wenn du dich beeilst, dann hab ich vielleicht auch was Leckeres für dich.«

»Muß zuerst noch Feuerholz am Anger auflesen«, gab der Junge zurück. »Sag Mutter, ich komm was später, von wegen dieser Sache hier.«

»Mach ich«, sagte seine Schwester, und dann gingen wir weiter. Als wir zur Kate kamen, sah mich Sukey unsicher an und sagte: »Es ist zu kalt heute; du kannst nicht draußen warten. Am besten kommst du mit rein.«

»Du brauchst dir keine Sorgen wegen dieser Jungen zu machen; ich hab keine Angst. Wenn die mich wieder ärgern wollen, dann werf ich auch mit Steinen.«

»Nein, Master Johnnie«, beharrte Sukey, »du mußt mit reinkommen. Man würd es mir nie verzeihen, wenn du dir hier außen eine Erkältung holst.«

Die Tür hing nur lose in den Angeln, Sukey hob sie einfach zur Seite, und ich folgte ihr durch den niedrigen Eingang. Einige Augenblicke lang konnte ich im Dämmerlicht nichts erkennen, und als ich Atem holte, erstickte ich beinahe im Dunst beißenden Rauchs und in einem übelriechenden, fast tierischen Gestank. Ich spürte, wie klebrige Finger meine Hände umklammerten und warme Körper sich an mich preßten. Doch ehe meine Angst zu groß wurde, gewöhnten sich meine Augen so weit an die Dunkelheit, daß ich eine Schar kleiner, halbnackter Kinder erkannte. Sie drängten sich um mich und um Sukey und faßten ihr in die Taschen, doch sie schob die Kinder lächelnd fort.

In der Kate war es so dunkel, weil sie nur zwei winzige Fenster hatte, die eigentlich nur mit Lumpen zugestopfte Löcher in den alten, von Rissen durchzogenen Lehmwänden waren. Außerdem zogen stinkende Rauchschwaden durch die Wohnkammer, die vom Herd aufstiegen, wo Fladen getrockneten Dungs schwelten.

»Fort mit euch!« protestierte Sukey, griff nach einem kleinen Kind und zog dessen Finger aus meiner Manteltasche. »Laßt den jungen Herrn in Ruhe!«

»Wo ist es, Sukey?« riefen die Kinder. »Was hast du uns mitgebracht? Ist es hier drin?«

»Einen Moment noch«, sagte sie und sah rasch zu mir herüber. »Jetzt macht uns mal ein bißchen Platz, damit wir uns bewegen können!«

Sie hakte mich unter und führte mich zum Herd. Auf einmal humpelte uns eine alte Frau entgegen, die ich vorher nicht bemerkt hatte.

»Dies ist Master Johnnie«, sagte Sukey. »Setz dich zu ihm, solang ich mich um die Kleinen kümmer!«

Die alte Frau lächelte mich an und zeigte mir so, daß sie nur noch drei Zähne im Mund hatte. Sie faßte meine Hand und führte mich zu dem einzigen Möbelstück, das ich hier entdecken konnte, einem mitgenommenen alten Sessel vor dem offenen Feuer. »Gott sei mit dir, junger Master«, sagte sie, »und mit deiner lieben Mutter, die viele, viele Male für mich und meine Kinner die letzte Rettung war. Setz dich vors Feuerchen, ist ja man ein schrecklich kalter Tag heute.«

Ich setzte mich und konnte mich endlich in Ruhe umsehen. Die Kate bestand aus einer einzelnen Kammer von der ungefähren Größe unseres Wohnzimmers; der Boden war aus gestampftem Lehm, und durch die Mitte der Kammer lief ein Abzugsgraben. Es gab keine Zimmerdecke. Über unseren Köpfen konnte man die nackten Dachbalken erkennen, zwischen denen die Hühner brüteten, und darüber lag das durchgesackte, mit Spinnweben überzogene Reetdach.

Die alte Frau stand neben mir, lächelte immer noch und nickte mir zu, während sie sprach: »Tut mir mächtig leid, daß wir kein besseres Feuer haben. Amos ist zum Anger gelaufen, Holz sammeln.«

»Wir haben ihn getroffen, und er hat gemeint, er kommt etwas später«, berichtete Sukey. »Er stand vorm Wirtshaus und hielt die Pferde von so 'nem feinen Herrn.«

Bei diesen Worten bemerkte ich, wie sie etwas aus ihrer Tasche fischte, es aufteilte und dann ihren jüngeren Brüdern und Schwestern gab, die gierig danach griffen. Als sie merkte, daß ich ihr zusah, errötete sie leicht und blickte weg.

»Magst 'ne Tasse Milch, junger Master?« fragte die alte Frau. »Ist von unserer Kuh, wir lassen sie auf dem Anger weiden.«

Ich schüttelte den Kopf und versuchte, meinen Mund so fest wie möglich verschlossen zu halten.

»Bewahr ein Stück für Harry auf, Mutter«, sagte Sukey und drückte ihr etwas in die Hand.

Das war also ihre Mutter! Ich hatte sie für ihre Großtante gehalten.

»Bleibst du, bis deine Tante kommt?« fragte die alte Frau.

»Nein, Master Johnnie und ich müssen gleich wieder los«, sagte Sukey zu meiner Erleichterung.

Ich stand auf und hastete zur Tür, nachdem ich mich von Sukeys Mutter mit unhöflicher Eile verabschiedet hatte. Als ich an einem besonders dreckigen Kind vorbeilief, sah ich, daß es etwas in seiner Hand hielt, das täuschend einem Stück von dem Mandelkuchen glich, den meine Mutter und ich am Vortag zum Tee gehabt und nur halb aufgegessen hatten.

Endlich wieder draußen, hielt ich mein Gesicht in den eisigen Wind und atmete tief ein, so daß die schneidendkalte Luft mir durch Hals und Lunge fuhr.

9. KAPITEL

Wir spazierten zwischen Hecken, an denen rote Hagebutten glänzten, entdeckten Immergrün und die sternförmigen blauen Blüten der Judenmyrte, die unter der staubfeinen Schneeschicht hervorlugten, doch nach den ersten Schneeglöckchen hielten wir vergebens Ausschau. Unterwegs dachte ich über das nach, was ich gerade gesehen hatte. Stehlen war nicht recht. Ich sah zu Sukey hinüber, die sich schweigsamer als sonst gab. Doch andererseits waren da auch so viele Münder, die es zu stopfen galt.

»Wie viele Geschwister hast du, Sukey?«

»Sieben«, antwortete sie.

Das schien mir eine ganze Menge zu sein.

»Und glaubst du, daß es noch mehr werden?«

Sie sah mich verwundert an: »Mein Vater ist bereits seit fünf Jahren fort, Master Johnnie.«

Während ich über ihre Worte nachdachte, versanken wir erneut in Schweigen. Wir gingen bis nach Offland, einem kleinen Dörfchen hinter Over Leigh, und auf dem Rückweg war uns so kalt, daß wir immerzu in unsere hohlen Hände hauchen mußten, damit sie nicht gänzlich gefühllos wurden. Als wir uns dem Dorf näherten, schlug ich deshalb verwegen vor: »Warum nehmen wir nicht die Abkürzung?«

»Die Abkürzung?« Sukey machte große Augen, als sie erriet, was ich vorhatte.

Quer durch den Friedhof führte ein überwachsener Pfad, den wir im Sommer oft benutzten. Doch diesen Weg an einem warmen, sonnigen Nachmittag zu gehen war eine Sache, ihn an einem kalten Winterabend und zudem noch am Tag des heiligen Thomas zu gehen jedoch eine völlig andere.

Aber Sukey zögerte nur einen kurzen Augenblick: »Na gut, warum nicht!« rief sie. »Ich hab keine Angst.«

Als wir die rückwärtige Pforte öffneten und den großen, überwucherten Friedhof betraten, war die Dämmerung schon weit fortgeschritten. Die Fläche hinter der Kirche wurde seit langem nicht mehr benutzt, und niemand hielt sie in Ordnung, weshalb die Mauer in diesem Teil ganz in sich zusammengefallen war. Und da der Pfad vor lauter Gras und Unkraut kaum noch zu erkennen war, kamen wir bald vom Weg ab, kämpften uns durch das Gebüsch und stießen immer wieder gegen eingesunkene Grabsteine.

»Oje, Master Johnnie«, flüsterte Sukey, die einige Schritte vor mir herging, »es ist nicht recht, daß wir so auf den Toten herumtrampeln. Hätten wir doch bloß den anderen Weg genommen!«

»Sei kein Waschlappen«, höhnte ich, froh, daß auch sie Angst hatte.

Plötzlich blieb sie stehen, und mit einer Stimme, die mir das Blut in den Adern gerinnen ließ, rief sie: »Da ist ein Irrlicht!«

Entsetzt folgte ich ihrem Blick, denn sie hatte mir oft von jenen flackernden Lichtern erzählt, die über den Gräbern schwebten und Unglück verkündeten. Sie hatte recht! Zu unserer Linken, nicht weit von uns entfernt in Richtung High Street, glühte und flackerte im Schatten einer großen Eibe über einem mächtigen, von einem hohen Gitter umgebenen Grabgewölbe ein fahles Licht.

Wir beide hasteten weiter, so schnell es eben möglich war, und als ich es noch einmal wagte, mich umzusehen, ragte neben uns in fast vollständiger Dunkelheit die Kirche auf. Das Licht war nicht mehr dort, wo ich es zuletzt gesehen hatte, doch da sah ich es zu meinem Schrecken wieder – und es war viel näher als noch vor wenigen Minuten.

»Es verfolgt uns!« schrie ich.

»Oh, der Himmel sei mit uns!« stieß Sukey hervor, und irgendwie schlugen wir uns durch die letzten Meter des verwilderten Grundstücks, bis wir den holperigen Weg erreichten, der um die Kirche herumführte. Nun rannten wir, so schnell wir konnten.

Doch plötzlich – wir liefen gerade um die Ecke der Kirche – löste sich ein dunkler Schatten aus der grauen Düsternis, richtete sich wenige Schritte vor uns auf und versperrte uns den Weg. Wir erstarrten, und Sukey klammerte sich so heftig an meinen Arm, daß es mir weh tat: »Der Wiedergänger! Er holt meinen armen Dad!« jammerte sie. »Ich hab's ja gewußt!«

Mit einemmal blendete uns ein helles Licht, und Sukey stöhnte auf. Dann wurde das Licht wieder abgedunkelt, und ich konnte sehen, daß es von einer hochgehaltenen Laterne kam.

Gerade als meine Angst ein wenig nachließ, grüßte mich die Erscheinung mit schreckenerregender Vertraulichkeit: »Master Mellamphy?«

Es war die Stimme eines älteren Gentleman, und jetzt entdeckte ich auch ein Paar stechender dunkler Augen unter vorgewölbten Brauen.

»Ja«, antwortete ich mit leicht zittriger Stimme, und ich hörte, wie Sukey verschreckt etwas vor sich hin murmelte.

»Ich bin den ganzen Weg aus London gekommen, um deine Mutter zu besuchen«, sagte der Mann. Er trug einen schwarzen Hut mit breiter Krempe, die seine Augen gegen das Licht abschirmten, einen schwarzen Überzieher und in der Hand einen schwarzen Spazierstock. »Also, ich vermute mal, daß du niemanden kennst, der so weit entfernt wie in London wohnt, oder?«

»O doch, tu ich wohl«, sagte ich mit wiedererwachendem Selbstvertrauen.

»Ach, tatsächlich?« fragte der Gentleman. »Wen könntest du dort denn schon kennen?«

»Sprich nicht mit ihm, Master Johnnie!« sagte Sukey plötzlich.

»Sei nicht so unhöflich und dumm, Sukey!« erwiderte ich.

Der Fremde wandte sich zu ihr und sagte sehr leise: »Ich rate dir, junge Frau, schweig, wenn du nicht gefragt bist!«

»Onkel Marty können Sie nicht sein«, sagte ich. »Der ist nämlich krank.«

»Nein, du hast ganz recht«, sagte er. »Ich bin nicht Onkel Marty. Versuch's noch einmal!«

»Bitte, red nicht weiter mit ihm, Master Johnnie!« flehte Sukey und zog mich am Arm, »sonst verlier ich meine Stelle, weil ich mich nicht an die Vorschriften deiner Mutter gehalten hab.«

»Dann sind Sie vielleicht Mr. Sancious«, schlug ich vor und schüttelte Sukey ab.

»Nein«, sagte der Fremde munter, als gefalle ihm meine falsche Antwort, und er griff in die Tasche seines Überziehers. »Siehst du«, fuhr er fort, »du kennst mich zwar nicht, aber ich kenne dich. Hier hast du trotzdem einen halben Sovereign für dein Rätselraten.«

Ich nahm das Geld und starrte entzückt auf die glänzende kleine Münze, die sich wohltuend schwer in meiner Hand anfühlte. Gold! Es war die erste Münze dieser Art, die ich zu sehen bekam, denn Sovereigns und halbe Sovereigns waren erst wenige Jahre zuvor eingeführt worden.

»Bring mich«, sagte der Gentleman, »als Dank dafür zum Haus deiner Mutter!«

»Ich weiß nicht, ob das richtig ist«, sagte Sukey.

»Also, junge Frau, jetzt hör mal zu!« sagte der Fremde und zog noch einmal etwas aus seiner Tasche. »Ich habe hier auch einen halben Sovereign für dich, wenn du endlich Vernunft annimmst.«

Er hielt ihr die Münze auf der ausgestreckten flachen Hand entgegen, und sie glitzerte im Licht der Laterne.

»Nein, die nehm ich nicht«, sagte Sukey und schüttelte den Kopf. »Ich nehm kein Geld von einem Wiedergänger.«

»Stell dich nicht so an, Sukey! Er ist nicht gekommen, um die Seele deines Vaters zu holen. Er ist ein echter, lebendiger Gentleman.«

»Aber vielleicht hat man gerade dann einen Wiedergänger gesehen, wenn man glaubt, man hat einen gesehen, auch wenn's dann gar keiner war.«

Mit ihr war einfach nicht zu reden, und ich schämte mich in Anwesenheit eines so imposanten Gentleman der Gesellschaft von soviel Dummheit. »Kümmern Sie sich nicht um sie!« sagte ich zu dem Mann. »Ich zeig Ihnen den Weg.«

Er dankte mir, und wir brachen auf. Doch als wir den Friedhof hinter uns ließen und schweigend über die High Street gingen, da war es eigenartigerweise beinahe so, als würde uns der Fremde führen, dabei waren wir es doch, die den Weg kannten.

Zu Ehren des Besuchers ging ich zur vorderen Eingangstür, während Sukey hintenherum eilte. Ich hämmerte mit dem Klopfer gegen die Tür, und Bissett öffnete mit einer empörten Miene, die jedoch gleich einem fragenden Gesichtsausdruck wich, als sie den Fremden sah.

»Einen schönen Tag, gute Frau«, sagte der Mann. »Ich schätze mich glücklich, Ihre Bekanntschaft zu machen.«

Verblüfft sah ich, wie sich Bissett zu einem unbeholfenen Hofknicks anschickte, wie sie die Schürze vor sich zusammenraffte und mit einem leicht affektierten Lächeln murmelte: »Fühle mich sehr geehrt, Sir.«

Sie gab den Eingang frei, und der Fremde trat ein, nahm den Hut ab und reichte ihn Bisset zusammen mit dem Spazierstock. Dann entledigte er sich des Überziehers und stand nun in einem schwarzen Gehrock, Kniebundhosen und einer langen Weste vor uns, um den Hals trug er ein feines Baumwolltuch. Außerdem konnte man jetzt eine goldene Taschenuhr mit Sprungdeckel und dicker Kette erkennen, an der eine ganze Reihe wertvoller Petschaften hingen, darunter auch einige Siegelringe. Vom Pfarrer einmal abgesehen, war dies der erste Gentleman, den ich aus nächster Nähe betrachten konnte, und seine Kleidung und sein Benehmen stellten den Kirchenmann weit in den Schatten. Sein Gesicht machte allerdings einen eher abstoßenden Eindruck, denn seine vorstehenden Brauen schienen sich ständig vor Zorn zu sträuben, und sein gerötetes Gesicht sah aus, als würde es jeden Augenblick vor Wut explodieren.

»Ich habe geschäftliche Dinge mit Ihrer Herrin zu besprechen«, fuhr der Fremde fort und wies dann mit einer raschen Handbewegung auf Sukey, die inzwischen durch das Haus zur Vordertür gekommen war, um mir beim Ausziehen meiner Stiefel behilflich zu sein: »Ihre Mitbedienstete hier hegt offensichtlich den tiefsten Verdacht gegen mich und hat mich nur äußerst widerwillig hergeführt.«

»Mach dich an deine Arbeit!« herrschte Bissett Sukey an. »Wie kannst du es nur wagen, so frech zu einem Gentleman zu sein, der Geschäfte mit deiner Herrin hat? Fort mit dir, verschwinde!« Sukey zog sich in die hinteren Räume des Hauses zurück, und Bissett wandte sich wieder dem Fremden zu: »Es tut mir leid, daß Euer Ehren Ärger mit ihr hatten«, sagte sie. »Eine tolpatschige Dorfdirne, die rein gar nichts davon weiß, wie man sich unter bessern Leuten benehmen tut.«

»Nun, wie ich sehe, habe ich jetzt mit jemandem das Vergnügen, der in diesen Dingen besser Bescheid weiß«, sagte der Fremde, »mit jemandem, der offenbar schon etwas von der Welt gesehen hat.«

Bissett war geschmeichelt; sie wurde rot und machte noch einen Knicks.

»Wollen Sie nun die Güte haben und Ihrer Herrin mitteilen, daß ein Gentleman aus London sie zu sehen wünscht. Ich werde mich ihr selbst vorstellen, denn mein Name wird ihr nichts sagen.«

»Ja, mein Herr«, sagte Bissett.

»Ich geh schon«, rief ich und lief zum Wohnzimmer. Ich riß die Tür auf und schrie: »Da ist ein Gentleman aus London gekommen, der will dich besuchen! Er kennt Onkel Marty!«

Erschreckt blickte meine Mutter auf. Rasch berichtete ich ihr von unserer Begegnung, doch noch bevor ich alles erzählen konnte, klopfte Bissett eilig an die Tür und öffnete sie mit den Worten: »Ein Herr möchte Sie sehen, Ma'am.«

Als der Fremde ohne weitere Umstände das Zimmer betrat, sah ich, wie meine Mutter sich bestürzt von ihrem Sofa erhob: »Wer sind Sie, mein Herr?«

»Ich bin Notar und heiße Barbellion. Wie geht es Ihnen, Mrs.... « Er schwieg und sagte dann sehr betont: »Mrs. Mellamphy.«

Meine Mutter errötete und fragte: »Was wollen Sie von mir?«

Er antwortete leise: »Ich will den Testamentsnachtrag, das Kodizill.«

Sie wurde blaß, und unwillkürlich fuhr sie mit der Hand zu der zylindrischen Silberkapsel, die sie an einer Kette um ihre Taille trug. Ich merkte, wie Mr. Barbellions Augen dieser Bewegung folgten, und sah dann den Ausdruck tiefster Angst auf dem Gesicht meiner Mutter, als sie seinen Blick wahrnahm. Und in dem kläglichen Versuch, die Fassung wiederzugewinnen, sagte sie: »Ich weiß nicht, wovon Sie reden. Sie müssen mich mit jemandem verwechseln.«

»Ach, kommen Sie, lassen Sie uns keine Zeit verschwenden! Ihr Sohn und ich haben uns bereits angefreundet, und er hat mir von Mr. Sancious und seinem Onkel Marty erzählt – von Mr. Martin Fortisquince also.«

Diese Offenbarungen trafen sie, eine nach der anderen, wie Hammerschläge und warfen sie auf das Sofa zurück, wo sie das Gesicht in den Händen vergrub. Als sie nach einigen Minuten die Hände wieder sinken ließ, sah ich ihren abgehärmten Blick vorwurfsvoll auf mich gerichtet: »Johnnie! Du hättest nichts sagen dürfen. Du weißt doch, daß du dich nicht mit Fremden unterhalten sollst!«

»Aber er machte den Eindruck, als ob er dich kennt. Ich hab ihm nur gesagt...«

»Still, Johnnie, kein Wort mehr! Ich habe etwas Ähnliches seit langem erwartet, Mr. Barbellion. Ich ahnte, daß mein Feind mich ausfindig gemacht haben muß, doch wollen Sie mir bitte verraten, wie dies geschehen konnte?«

Zu meinem Entsetzen bemerkte ich, wie mir Barbellion einen Blick zuwarf, den ich nur als Ausdruck geheimer Komplizenschaft deuten konnte: die Haushälterin von Hougham! Ich betete, daß er kein Wort sagen möge.

»Das ist unwichtig. Doch Sie benehmen sich etwas melodramatisch, wenn Sie meinen Klienten als Ihren Feind bezeichnen. Er ist weit davon entfernt, Ihnen etwas Böses antun zu wollen, ganz im Gegenteil; ich habe Anweisung, Ihnen fünfzehnhundert Pfund für das Dokument anzubieten.«

»Ich werde es nie verkaufen. Ich weiß, weshalb Ihr Klient es haben will und was für ein Unglück dies über mich und meinen Sohn bringen würde.«

»Sie irren sich, Madam. Meinem Auftraggeber liegen Ihre Interessen und die Interessen des Kindes wirklich sehr am Herzen. Ich bin sogar des weiteren damit beauftragt, Ihnen folgendes Angebot zu unterbreiten: Mein Klient ist bereit, Ihnen die Sorge um den Sohn abzunehmen und für seine Ausbildung aufzukommen.«

»Nein«, rief meine Mutter und griff nach meiner Hand. »Genau das habe ich immer befürchtet. Verlassen Sie sofort dieses Haus!«

Sein Gesicht lief vor Zorn dunkel an: »Ich bin eine derartige Behandlung nicht gewohnt, Madam.«

Es schien mir gar nicht recht, ein solches Aufgebot an feinstem Leinen und diese Pracht von Uhrenkette und Siegelringen mit so wenig Respekt zu behandeln: »Mama, du solltest nicht so unhöflich sein.«

»Sei ruhig, Johnnie! Das verstehst du nicht.«

Mr. Barbellion stand auf und ging zur Tür. Er öffnete sie und wandte sich noch einmal um: »Ich glaube, Sie werden Ihr jetziges Verhalten noch sehr bedauern.«

»Siehst du, Johnnie? Er droht mir!«

Mr. Barbellion zuckte mit den Achseln und schnaubte verächtlich. Bissett, die offenbar draußen auf ihn gewartet hatte, kam in den Flur, in der Hand seinen Hut und über dem Arm Spazierstock und Überzieher.

Mit einer knappen Verbeugung sagte er: »Ich wünsche Ihnen einen guten Tag. Ihre bewundernswürdige Bedienstete wird mir schon den Weg zeigen.«

Die Tür schloß sich hinter ihm, und meine Mutter und ich starrten uns bestürzt an.

Nach einem Augenblick des Schweigens rief sie: »Jetzt weiß er also, wo ich bin!«

»Wer?«

Als würde sie sich erst in diesem Moment wieder an meine Anwesenheit erinnern, sagte sie: »Ist Mr. Barbellion denn nicht gegangen?« Offenbar war er noch da, denn wir hörten Stimmen im Flur. »Ich fühle mich erst wieder sicher«, fuhr sie fort,« wenn er das Haus verlassen hat. Sicher! Wir werden uns von nun an nie wieder sicher fühlen. Wenn ich doch nur so geistesgegenwärtig gewesen wäre, ihm zu sagen, daß ich es vernichtet habe, so wie ich es ursprünglich geplant hatte!«

»Mama«, sagte ich voll Verzweiflung, »bitte sag mir, was dies alles bedeutet!«

»Was kann er nur mit Bissett zu bereden haben? Hör doch!«

In diesem Augenblick vernahmen wir, wie die Straßentür zuschlug. Ich ging durch das Zimmer und sah aus dem Fenster.

»Er geht die Stufen hinunter«, berichtete ich.

»Dem Himmel sei Dank!«

»Sag mir, was für eine Gefahr droht uns?«

»Uns droht keine Gefahr, Johnnie«, sagte sie bestimmt und sah mich verstört an.

»Aber zu ihm hast du etwas anderes gesagt!« Wie unter heftigen Qualen wandte sie sich von mir ab, und es kam mir vor, als würde ich ihr eine Messerklinge ins Fleisch stoßen, doch eine, die mich selbst genauso traf wie sie. »Und irgend etwas stimmt nicht mit unserem Namen, nicht wahr? Was denn?«

Sie schüttelte den Kopf.

»Du mußt es mir sagen«, rief ich.

»Ich werde dir gar nichts sagen. Man kann dir nicht vertrauen.«

»Das ist nicht wahr!«

»Doch, das ist es. Du hast ihm erzählt, wir würden Onkel Marty kennen. Hättest du das nicht getan, hätte ich es abstreiten können.«

Der Gedanke daran, daß sie nicht einmal das volle Ausmaß dessen kannte, was ich angestellt hatte, machte mich in meinen Vorwürfen nur noch wütender: »Das ist nicht fair!« rief ich. »Ich hasse dich!«

»So darfst du nicht mit mir reden!«

»Ich hasse dich, und ich wünsche mir, du wärst nicht meine Mutter!« schrie ich und rannte hinaus. Ich lief auf mein Zimmer, blind vor Tränen, und warf mich schluchzend auf mein Bett. Während ich mit den Fäusten auf mein Kissen einhämmerte; sah ich das Gesicht meiner Mutter vor mir. Es stimmte, ich haßte sie wirklich. Haßte sie, weil sie solche Angst vor Mr. Barbellion hatte und weil sie so unglücklich war. Und um ihr zu beweisen, daß ich meine Worte ernst meinte, beschloß ich, nicht zum Tee nach unten zu kommen.

Da ich mich besser fühlte, sobald ich diesen Entschluß gefaßt hatte, ließ ich mir die Geschehnisse noch einmal durch den Kopf gehen und versuchte, alle Einzelheiten zu einem sinnvollen Ganzen zusammenzufügen. Meine Mutter schien überzeugt zu sein, daß der Einbrecher vor all den Jahren genau wie Mr. Barbellion heute von unserem Feind geschickt worden war. Doch konnte es nicht auch sein, daß Mr. Barbellion unser Versteck durch meine unvorsichtigen, erst vor wenigen Monaten mit Henrietta und ihrer Begleiterin gewechselten Worte gefunden hatte? Und was hatte er in bezug auf unseren Namen andeuten wollen? Konnte es denn stimmen, daß Mellamphy nicht unser richtiger Name war? Wie konnte das sein? Ich war so sehr John Mellamphy, wie dieses Haus ein Haus war. Konnte ich denn einen »wahren« Namen haben, von dem ich gar nichts wußte? Hatte ich in einem solchen Falle etwa auch ein wahres Ich, das zu diesem Namen gehörte und von dem ich auch nichts wußte? Allein der Gedanke daran war schon absurd.

Inzwischen war es spät geworden und meine Mutter immer noch nicht nach oben gekommen. Ich lauschte auf die Geräusche im Haus, wartete auf ihre leisen Schritte im Flur. Ich wartete lange, doch sie kam nicht. Dann endlich hörte ich sie. Aber irgendein niederträchtiger Dämon hieß mich die Augen schließen und so tun, als wäre ich fest eingeschlafen. Ich hörte, wie meine Mutter ins Zimmer kam, einige Augenblicke wartete und sich dann leise wieder zurückzog. Als sie gegangen war, wünschte ich mir, ich hätte mit ihr geredet. Doch nun war es zu spät.

10. KAPITEL

Als ich am nächsten Morgen zum Frühstück hinunterkam, wollte ich unseren Streit beilegen, war aber fest entschlossen, nicht als erster nachzugeben. Als meine Mutter mich begrüßte, gab sie sich kühl und reserviert, als hätte es sie verletzt, daß ich am Abend zuvor nicht wach geblieben war, um auf ihren Gutenachtkuß zu warten.

»Ich habe mich wirklich sehr über dein gestriges Verhalten geärgert, Johnnie«, sagte sie. »Du mußt dich bei mir entschuldigen für all die schlimmen Dinge, die du gesagt hast.«

Ich wollte schon empört antworten, als Sukey ins Zimmer kam. Sie sah fürchterlich erschrocken aus: »Dies hat der Briefträger gerade gebracht, Ma'am.« Sie hielt ein schwarzgerändertes Kuvert in der Hand.

»Martin!« rief meine Mutter und entriß ihr den Brief. Rasch überflog sie ihn, während ich ihr Gesicht beobachtete. Sie biß sich auf die Lippen, dann sah sie mich traurig an und sagte: »Ja, er ist tot. Er starb vor zwei Tagen.«

»Der Wiedergänger!« schrie Sukey auf. »Dann kam er vielleicht doch nicht, um meinen Dad zu holen.«

»An deine Arbeit, Sukey!« sagte meine Mutter, und das Mädchen verließ das Zimmer. Meine Mutter faßte über den Tisch nach meiner Hand. »Jetzt haben wir niemanden mehr, Johnnie, nur noch uns beide.«

»Bist du sehr traurig?«

Sie schüttelte sanft den Kopf: »Es ist besser so für ihn. Doch für uns macht es die Lage schlimmer. Denn weißt du, dies hier ist sein Haus.«

»Sein Haus?« rief ich. Ich hatte nie daran gezweifelt, daß das Haus meiner Mutter gehörte.

»Ja, es ist bereits seit vielen Jahren im Besitz seiner Familie. Sein Vater war ein Gutsverwalter auf einem Hof ganz in der Nähe, und deshalb hat Onkel Martin einen Teil seiner Kindheit hier mit seiner Mutter verbracht. Er überließ uns das Haus für 'nen Apfel und 'n Ei, wie man so sagt, doch seine Witwe meint, daß sie nun eine angemessene Miete verlangen muß: vierzig Pfund pro Jahr.«

»Wie unfreundlich! Sie ist bestimmt eine böse alte Hexe.«

»Nein, überhaupt nicht. Sie ist nur wenige Jahre älter als ich.«

»Und wird sie weiter von Mr. Sancious Briefe für dich erhalten und an uns weiterschicken?«

»Ach, wie scharf du beobachtest, Johnnie«, sagte meine Mutter bekümmert. »Wie hast du das denn nur erfahren?«

»Ich weiß, daß Mellamphy nicht unser wirklicher Name ist. Das stimmt doch, nicht wahr?«

Sie fuhr sich mit der Hand über die Stirn: »Bitte, Johnnie, fang nicht wieder damit an! Nein, wenn du es denn unbedingt wissen willst. Er ist es nicht.«

»Und wie ist unser richtiger Name?«

»Das werde ich dir nicht sagen. Noch nicht. Eines Tages wirst du alles wissen.«

»Dann sag mir wenigstens, wie du auf den Namen Mellamphy gekommen bist?«

»Es war ein Zufall. Ich sah den Namen auf einer Reklametafel.«

Der Gedanke machte mich schwindlig. Wenn etwas so Wichtiges wie der eigene Name, der mir so reich an Bedeutung erschienen war, so zufällig und bedeutungslos sein konnte, dann waren vielleicht alle Namen – ja sogar alle Worte, denn waren sie nicht auch nur Namen? – ebenso zufällig und ohne eigentliche Verbindung mit dem, was sie benannten. Fröstelnd wandte ich mich von diesem Gedanken ab. »Bitte, sag mir, warum?« bettelte ich.

»Nicht jetzt, mein Liebling. Doch ich versprech dir, was auch passiert, eines Tages wirst du alles wissen. Dafür werde ich schon sorgen.«

Dies war ein weiteres Geheimnis, und ich fragte mich, ob es mit dem Brief zusammenhing, den ich in jener Lackdose gesehen hatte, in der sie das Medaillon aufbewahrte, doch meine Mutter wollte kein Wort mehr zu diesem Thema sagen.

»Ich werde Onkel Martins Rat in finanziellen Angelegenheiten vermissen«, fuhr sie fort. »Von nun an werde ich wohl Mr. Sancious konsultieren müssen; ich weiß sonst einfach nicht, was ich machen soll. Wir können es uns nicht leisten, vierzig Pfund zusätzlich im Jahr zu bezahlen. Die Armensteuer ist zu hoch, und sie steigt sogar immer noch weiter.«

»Meinst du nicht, Mama, daß wir mehr Bedienstete haben, als wir tatsächlich brauchen?«

Wir sahen uns erregt und gleichzeitig schuldbewußt an. Wir fühlten uns beinahe so, dachte ich, als würden wir heimlich einen Mord planen.

»Woran denkst du, Johnnie?« fragte sie beinahe flüsternd.

»Nun, Sukeys Lohn macht nur fünfzehn Schilling im Vierteljahr aus; wir würden also nicht viel sparen, wenn wir sie fortschickten. Doch für Bissett zahlen wir zwanzig Pfund im Jahr und für Mrs. Belflower fünfundzwanzig. Und weißt du, ohne Köchin können wir nicht leben, aber ohne Amme können wir inzwischen doch gut auskommen, meinst du nicht auch?«

»Ja«, sagte meine Mutter und sah mich gespannt an.

»Dann kündige ihr doch«, sagte ich, und sie nickte. Ihre Augen leuchteten vor Aufregung.

III. BUCH

Väter

11. KAPITEL

Etwa zwei Monate später kam das Fest Mariä Lichtmeß, der Tag, an dem wir uns, wie vorgesehen, von Mrs. Belflower trennen mußten. Gleich nach der Unterredung mit Bissett, bei der ihr eigentlich gekündigt werden sollte, hatte meine Mutter mir nämlich erklärt, daß Bissett auf die Andeutung hin, eine der Bediensteten müsse gehen, sofort und mit großer Überzeugung zu dem Schluß gekommen war, daß es sich nur um die Köchin handeln könne. Sie hatte so großes Mitgefühl für die unangenehme Aufgabe meiner Mutter gezeigt, Mrs. Belflower die schlechte Neuigkeit überbringen zu müssen, und ihr gleichzeitig so lebhaft versichert, daß eine Köchin – anders als eine Amme, die nicht mehr die Jüngste war – bei der Suche nach einer neuen Anstellung auf keinerlei Schwierigkeiten stoßen würde, und so hatte meine Mutter es nicht übers Herz gebracht, ihr zu sagen, daß ursprünglich sie selbst das auserwählte Opfer war, und somit wurde, was Bissett geglaubt hatte – jedenfalls hatte sie so getan –, dann tatsächlich Wirklichkeit.

In aller Frühe stand Mrs. Belflower also mit gepackten Kisten in der Eingangshalle und wartete auf die Ankunft des Fuhrmanns. Sein Gefährt sollte sie nach Sutton Valancy, der nächsten Poststation, bringen, von wo aus sie dann mit der Kutsche zum Gutshof ihres neuen Arbeitgebers fahren wollte, der weit entfernt in einem Dorf des äußersten Westens lebte, in einer Grafschaft, von der ich noch nicht einmal den Namen kannte. Als das Knirschen der Wagenräder draußen auf der Straße zu vernehmen war, konnte Sukey ihre Tränen nicht länger zurückhalten.

»Nu sei ein tüchtiges Ding«, sagte Mrs. Belflower zu Sukey mit gespielter Strenge, deren Wirkung allerdings durch den ihr gleichmäßig über die Wangen fließenden Tränenstrom etwas beeinträchtigt wurde. »Vergiß nicht, was ich dir beigebracht hab, und koch dein Gemüse nicht zu lang!« Sie schloß das weinende Mädchen in ihre Arme, löste sich dann sanft von ihr und wandte sich meiner Mutter zu. Sie gaben sich die Hand, und beide versuchten zu lächeln: »Ich bin hier sehr glücklich gewesen, Ma'am. Ich glaub gar nicht, daß ich je wieder so glücklich sein werd. Sie waren gut zu mir, eine gute Herrin, eine bessere könnt man sich gar nicht wünschen.«

»Ach, Mrs. Belflower«, rief meine Mutter, »ich wünschte nur, ich hätte ...« Sie hielt inne.

»Ich seh ja ein, daß es nicht anders geht, Mrs. Mellamphy, und ich hoffe man nur, daß sich mit Ihnen und dem Master Johnnie alles zum Besten wendet.«

Sie umarmten sich und ließen ihren Tränen freien Lauf. Und so muß sich dem Fuhrmann und seinem Jungen ein wirklich trauriger Anblick geboten haben, als sie in die Halle kamen, um die Kisten zu holen. In diesem Moment kam Bissett aus der Küche und gesellte sich zu mir vor die Tür, und während wir uns in die Augen sahen, war ich mir sicher, daß sie wußte, wie sehr ich es vorgezogen hätte, wenn uns die Amme und nicht die Köchin verlassen hätte. Dann gab Mrs. Belflower meine Mutter frei, und als sie zu uns kam, stolperte sie fast ein wenig. Zum erstenmal sah ich, daß sie tatsächlich schon fast zu alt war, um an einem fremden Ort neu anfangen zu können.

»Auf Wiedersehen, Mrs. Bissett, und Gott sei mit Ihnen!« sagte Mrs. Belflower und faßte nach der dargebotenen Hand. »Wir haben uns ja einige Male heftig in den Haaren gehabt, Sie und ich, und es wär nun auch Unsinn, wenn man das leugnen wollte. Aber Sie sind ein Mensch, der im Lichte der Religion lebt, und das hab ich immer an Ihnen geachtet.«

»Auf Wiedersehen, Köchin!« erwiderte Bissett. »Ich hoffe, Sie kommen zu gottesfürchtigen Menschen und finden auch zum Licht der Gnade. Ich werde darum beten.«

Sie ließ die Hand der Köchin aus, und Mrs. Belflower stand da und starrte etwas verstört vor sich hin, als überlege sie, ob sie etwas sagen solle oder nicht.

»Wir sind fertig«, sagte der Fuhrmann in diesem Moment mit lauter Stimme und steckte den Kopf zur Tür herein.

Mrs. Belflower schrak bei dieser Ankündigung zusammen und wandte sich dann rasch an mich: »Ich werd immer an dich denken, Master Johnnie, und mich fragen, was für ein feiner junger Herr wohl aus dir geworden ist. Paß auf deine Mutter auf!« Dann beugte sie sich vor, um mich zu küssen, und sagte mit leiser Stimme: »Mach ihr das Leben nicht schwerer, als es schon ist.«

»Was willst du damit sagen?« fragte ich und schob sie von mir fort.

Mrs. Belflower schüttelte sacht den Kopf, und nachdem sie Sukey und meine Mutter ein letztes Mal umarmt hatte, stieg sie die Treppen hinunter und ließ sich auf das Fuhrwerk helfen. Wir standen auf den Stufen und winkten ihr nach, bis sie unseren Blicken entschwunden war.

Ohne Mrs. Belflower schien das Haus sehr leer zu sein, und wir lebten ganz so, als wären wir in Trauer.

Etwa eine Woche später schickte meine Mutter Sukey, um mich holen zu lassen. Als ich das Wohnzimmer betrat, sah ich sie an ihrem Schreibpult sitzen. Sie betrachtete mich mit ihrer geschäftsmäßigen Miene und sagte: »Ich habe gerade von Mr. Sancious erfahren, Johnnie, daß Onkel Martin, übrigens ganz wie ich vermutet habe, uns keinen Penny hinterlassen hat.«

»Aber er hätte uns etwas vererben müssen!« rief ich aus.

Sie errötete. »Warum sagst du das?« fragte sie.

»Warum? Schließlich war er doch dein Onkel, oder nicht?«

»Ich nannte ihn Onkel, aber eigentlich war ich nicht mit ihm blutsverwandt«, sagte sie und sah dabei sehr verlegen aus.

»Nicht blutsverwandt?« Ich dachte über diese Antwort nach. Dann drängte sich mir eine Frage über die Lippen, die mich beschäftigte, seit ich das Medaillon gesehen hatte: »Lebt mein Vater noch, Mama?«

Sie errötete: »Ich ... ich weiß nicht, wie ich dir antworten soll, Johnnie. Eines Tages wirst du alles wissen. Das verspreche ich dir. Doch die gute Nachricht, die ich dir mitteilen wollte, lautet, daß Mr. Sancious sich bereit erklärt hat, mich in meinen finanziellen Angelegenheiten zu beraten.«

Im selben Augenblick klopfte es an die Tür, und Bissett kam herein: »Entschuldigen Sie, ich wußte nicht, daß Master Johnnie bei Ihnen ist. Ich hätte Sie gern allein gesprochen, Ma'am; wann immer es Ihnen recht ist.«

»Wir haben unser Gespräch gerade beendet«, antwortete meine Mutter. Ich verstand den Hinweis und ging in die Küche, wo ich Sukey fand, die am Tisch saß und in ihre Schürze weinte.

»Hat sie dich geärgert?« fragte ich. »Du brauchst dir nichts von ihr gefallen zu lassen.«

»Das ist es gar nich, Master Johnnie«, sagte sie. »Ich hab schlechte Nachrichten. Erinnerst du dich noch an den Wiedergänger, den wir kurz vor Weihnachten auf dem Friedhof gesehen haben? Ich glaub, er war doch wegen meinem Vater da. Aber als Weihnachten verging, ohne daß ich was von ihm gehört hab, da dacht ich, alles wär in Ordnung. Gerad gestern nun hat meine arme Mutter einen Brief gekriegt, und als wir ihn zum Küster bringen, sagt der, im Brief würd stehen, daß mein Vater tot ist. Er ist kurz vor Weihnachten gestorben. Also war der Wiedergänger *doch* seinetwegen da.« Sie verbarg ihr Gesicht wieder in der Schürze.

»Aber jetzt ist März, Sukey. Warum hat denn der Brief so lange gebraucht?«

»Der Brief hat einen weiten Weg hinter sich, Master Johnnie«, antwortete sie und wollte kein Wort mehr dazu sagen.

Als Bissett etwas später in die Küche kam, ging ich zu meiner Mutter zurück, um sie zu fragen, was Bissett denn gewollt hatte, doch sie wollte nicht darüber reden.

12. KAPITEL

Billig ruft noch einmal Recht zu sich, und so magst du denn in deiner Phantasie ein zweites Mal deinem Wild, das natürlich niemand anderes als Mr. Sancious ist, bis zu dem Haus in der Cursitor Street nachstellen. Billig, der, wie man ebenfalls weiß, kein Geringerer als Mr. Barbellion ist, wartet wieder einmal im Halbdunkel jenes düsteren kleinen Zimmers, doch diesmal tritt

Mr. Sancious mit selbstbewußter Miene ein. Nur die knappste Begrüßung wird zwischen den beiden ausgetauscht, dann setzen sie sich an die gegenüberliegenden Enden des Tisches.

»Welchem Umstand verdanke ich die Ehre dieser... Einladung?« fragt Mr. Sancious.

»Ich benötige noch einmal Ihre Unterstützung.«

»Unter den gleichen Bedingungen wie zuvor?«

»Auf den Penny genau«, antwortet Mr. Barbellion mit verächtlichem Schnauben.

Mr. Sancious lächelt: »Ich bin mir nicht sicher, ob ich darauf eingehen kann.«

»Was Sie nicht sagen! Und was bringt Sie dazu, Ihre Meinung zu ändern?«

»Nur folgendes: Mrs. Clothier hat mich vor kurzem weitgehend in ihr Vertrauen gezogen.«

»Ich verstehe. Sie meinen, der Preis für den Verrat dieses Vertrauens ist gestiegen. Also?«

Mr. Sancious zieht ein finsteres Gesicht und sagt: »Ich möchte wissen, wer Ihr Klient ist und warum er so erpicht darauf ist, dieses Dokument in seine Hände zu bekommen.«

»Ach ja? Es steht nur leider gar nicht in meinem Belieben, Ihnen die Angelegenheiten meines Klienten zu offenbaren.«

Mr. Sancious zuckt zusammen, fährt dann aber fort: »Aber werter Herr, in unserem Berufsstand ist Ihr Name so bekannt und geachtet, daß die großen Namen Ihrer Klientel keineswegs ein Geheimnis sind. Folglich war es für mich nicht schwierig, in Erfahrung zu bringen, daß die Partei, in deren Interesse Sie handeln, eine der folgenden Familien sein muß: die des Grafen von Chester, die des Vicomte Portsmouth oder die Familie Verney, Waldegrave, De Temperay, Mompesson oder de Coverley. Es ist nur noch eine Frage der Zeit, bis ich herausgefunden habe, welche es ist.«

»Und was dann?«

»Dann könnte ich immerhin einen fairen Preis für meine Dienste bestimmen.«

»Ich verstehe. Doch wollen Sie damit sagen, daß Ihre höchste Trumpfkarte allein die Tatsache ist, daß Mrs. Clothier Ihnen vertraut?«

»Sprechen Sie mir nicht von Karten, mein lieber Herr!« antwortet Mr. Sancious, während er so tut, als würde ihm ein vornehmer Schauder über den Rücken laufen. »Ich verabscheue jegliches Glücksspiel und setze aus Prinzip kein Geld für dergleichen ein. Sagen wir doch lieber, Sie stehen im Schach.«

»Wenn wir schon solche Ausdrücke verwenden, dann sollten wir doch wohl eher sagen, daß Ihnen ein Narrenmatt vorschwebt, das Ganze aber eine Scheindrohung ist.« Mr. Sancious zuckt zusammen. »Da Sie bereits soviel zu wissen scheinen, wissen Sie dann wenigstens auch, wo Mrs. Clothier wohnt?« Schweigen breitet sich aus, der Advokat errötet und sieht zu Boden. »Sehen Sie, ich weiß«, fährt Mr. Barbellion fort, »daß Sie immer noch über die Witwe von Fortisquince mit ihr verkehren. Und da sie Ihnen noch nicht einmal ihre Adresse anvertraut hat, bezweifle ich, daß Sie Ihnen irgend etwas anderes von Bedeutung mitteilen wird.«

»Woher wissen Sie das alles?« fragt Mr. Sancious empört und überrascht.

»Das ist meine Sache. Doch ich gehe offenbar nicht fehl in der Annahme, daß Sie ihre Adresse nicht kennen?«

Mr. Sancious beißt sich auf die Lippen und schüttelt den Kopf.

»Ich warne Sie, lassen Sie sich dies eine Lehre sein!« fährt Mr. Barbellion fort. »Auch ich verachte Glücksspiele. Und wenn ich schon mit Karten spiele, dann sorge ich zumindest dafür – um mich eines Ausdrucks aus dem Kreise Ihres beruflichen Umgangs zu bedienen –, daß es gezinkte Karten sind. Nun gut, wollen Sie mir also die gewünschte Unterstützung gewähren?«

Mr. Sancious nickt, und der andere Gentleman nimmt aus seiner Brieftasche ein Bündel Banknoten und legt es auf den Tisch: »Mrs. Clothier wird Ihnen in Kürze schreiben, um anzufragen, ob sie den Lohn einer ihrer Bediensteten anheben kann. Sie werden ihr antworten und ihr auf die eindringlichste Weise davon abraten.«

»Ist das alles?« fragt der Anwalt überrascht.

»Für den Augenblick wäre das alles«, antwortet Mr. Barbellion, und während er nach der Klingelschnur greift, erhebt sich sein Gast, nimmt das Geldbündel und eilt zur Tür.

13. KAPITEL

Am Ende der Straße überquert Mr. Sancious die Chancery Lane und taucht in ein Gewirr düsterer Gassen ein. Er brabbelt dabei ärgerlich vor sich hin und beißt sich manchmal auf die Lippen. Doch jetzt verlangsamt er seinen Schritt und sieht sich mehrmals um, als habe er etwas gehört. Dann wieder geht er schneller und preßt seine Tasche fest an sich. Er biegt in eine lange, gewundene Gasse ein, an deren Ende er schon beinahe im Laufschritt forthastet. Gerade als er sich umdreht, um zurückzuschauen, kommt jemand aus einer Nebengasse herausgestürzt. Mr. Sancious drückt sich mit klopfendem Herzen gegen die Wand und hebt die Arme vors Gesicht, als wolle er einen Schlag abwehren: »Ich schwör dir, ich laß dich aufknüpfen, wenn du mir an die Tasche gehst!«

Doch der andere Mann sagt überrascht: »Mit dem Metier hab ich doch nichts am Hut. Sie sind Mr. Sancious, nicht wahr? Ich bin Ihnen schon ziemlich lang auf den Fersen, mein Herr.«

Mr. Sancious beobachtet ihn durch das Schutzschild seiner Arme hindurch. Er sieht einen nicht sehr großen, schlecht gekleideten Menschen mit mächtigem Kopf, frisch geschnittenem rötlichem Haar und lebhaften tiefblauen Augen.

»Mir gefolgt? Was meinst du damit? Wer bezahlt dich?«

»Mir hat noch nie einer was nich bezahlt. Ich beobacht Sie schon seit Tagen und wart auf die Gelegenheit, mal ein privates Wörtchen mit Ihnen wechseln zu können. Sie sind doch Mr. Sancious, oder nicht?«

Der Gefragte nickt.

»Und Advokat?« Mr. Sancious nickt wieder. »Sie sind nämlich das einzige Individuum mit diesem Namen, das ich auftreiben konnte. Sie waren doch der, welcher dafür gesorgt hat, daß Conkey George nicht deportiert wurde, oder?«

Mr. Sancious nickt noch einmal: »Was willst du von mir?«

»Er war mein Kumpel. Aber eigentlich ist es andersrum, mein Herr. Ich hab da was, von dem ich glaub, daß Sie das haben wollen.« Und er greift in seine Tasche und holt ein verknittertes Blatt Papier heraus, das von einem größeren Bogen abgerissen zu sein scheint. Er hält es hoch, so daß Mr. Sancious es sehen kann.

»Es steht auf dem Kopf«, keucht der Anwalt.

»Verdammt«, murmelt der andere. »Ist für mich alles eins.« Er dreht das Blatt Papier herum, und Mr. Sancious starrt es an.

»Ich kann es nicht lesen«, sagt er. »Es ist zu weit weg.«

Als er danach greifen will, geht der andere Mann rasch einen Schritt zurück: »Finger weg! Können Sie mir folgen, wenn ich es Ihnen aufsag?«

»Ich denke schon.«

Der andere leiert herunter: »Abschließend sollten Sie noch wissen, daß Sie bald die Spielsachen und Bücher erhalten dürften, die ich Mr. Sancious zu kaufen bat. Da wir gerade von ihm sprechen: Sie haben sicher schon entdeckt, daß ich unter Deckadresse einen Brief dieses Herrn beigelegt habe. Ich muß Sie vor ihm warnen, da er schon wieder und auf äußerst indiskrete Weise versucht hat, Ihren Aufenthaltsort von mir zu erfahren, und ich glaube, daß er viel darum geben würde, wenn er ihn wüßte.« Während der Fremde die letzten Worte wiederholt, blickt er Mr. Sancious aufmerksam ins Gesicht, doch dieser starrt im Halbdunkel der Gasse ebenso aufmerksam auf den Brief. »Nun, wie sieht es aus, ist Ihnen das einen Einsatz wert?« fragt der Fremde, faltet den Brief zusammen und steckt ihn zurück in die Tasche.

»Schon möglich«, murmelt Mr. Sancious. »Ist die Adresse denn angegeben?«

»Oho!« sagt der andere. »Also wollen Sie es immer noch wissen. Genau wie es hier geschrieben steht.«

»Ich sag dir was, mein guter Mann. Ich geb dir eine Guinee für den Brief.«

»Eine Guinee!« wiederholt der andere in einem solchen Ton, daß Mr. Sancious rasch hinzufügt: »Schon gut, laß uns darüber reden. Aber nicht hier, um Himmels willen.«

»Im ›Swan with Two Necks‹ in der Lad Lane?«

Der Advokat nickt, und sie machen sich auf. Der Fremde führt ihn durch dunkle Gassen, an deren Wänden das Wasser herunterrinnt, über Hinterhöfe, die nie einen Sonnenstrahl gesehen haben, und durch schäbige Seitenstraßen, bis sie ein verfallenes altes Wirtshaus erreichen, von dessen Fassade die Farbe abblättert und dessen Fenster blind sind vor lauter Dreck. Einige Minuten später sitzen sie an der Theke in einer separaten Nische, die vom übrigen Schankraum durch eine hölzerne Wand getrennt ist; vor Mr. Sancious steht ein Glas, vor seinem Begleiter ein Humpen.

»Der Brief ist vor fast zwei Jahren geschrieben worden. Wie bist du an ihn gekommen, und warum hast du so lange gebraucht, mich zu finden?« fragt

Mr. Sancious, während er an seinem mit Wasser verdünnten Brandy nippt.

»Das is eine lange Geschichte«, sagt der Fremde und gießt sich den halben Humpen Porter hinter die Binde. »Es war vorletzten Sommer. Ich hatte damals so meine Gründe, weshalb mir das Pflaster in der Stadt gerade mal ein bißchen zu heiß unter den Füßen wurde, aber Sie wollen bestimmt nich, daß ich in die Einzelheiten geh. Eigentlich bin ich Schreiner von Beruf, und da war eine reiche Familie, für die ich ab und zu gearbeitet hab. Ich hab nu gehört, daß es in ihrem großen Haus auf dem Land Arbeit gibt, und der Verwalter, den ich ganz gut kenn, der hat mich eingestellt. Obwohl ich so im großen und ganzen ja nix fürs Land übrig hab.«

»Wie heißt die Familie?« fragt Mr. Sancious.

»Ich erzähl's Ihnen auf meine eigene Art, Mr. Sancious, wenn Ihnen das recht ist. Als ich mit der Arbeit fertig war, bin ich auf Trebe gegangen, zurück in Richtung Stadt. Und weil ich keine Penunze mehr hatte, bin ich zu 'nem Haus und hab nach 'nem bißchen Futterage gefragt. Ich komm über einen kleinen Weg, der von der Überlandstraße abzweigt, und im Garten steht eine junge Dame mit ihrem kleinen Jungen.«

Mr. Sancious beugt sich vor.

»Nun, die junge Dame war ja ganz in Ordnung, wenn da nich so eine alte Hexe von Dienstmädchen, 'ne Amme oder so, bei ihr gewesen wär. Und die hat dafür gesorgt, daß die junge Frau mir rein gar nichts geben wollte. Außerdem hat sie lauter Dinge gesagt, um die sie kein Mensch nich gebeten hat.« Bei der Erinnerung daran verdüstert sich sein Gesicht, und er flucht leise vor sich hin. »Und dann geht der Kleine auch noch auf mich los. Schreit und brüllt. Also bin ich zurück auf den Weg und zur Straße, und gerad an der Ecke quatscht mich so ein alter Kerl an: ›Was haben sie denn gesagt?‹ Also sag ich's ihm, und es stellt sich raus, daß er der Gärtner ist und eine uralte Wut gegen diese Leute schiebt, oder vielleicht auch gegen die ganze Welt, kam mir jedenfalls so vor. Und er sagt: ›Hast nich Lust, denen eins auszuwischen, und zwar so, daß für dich auch noch was dabei rausspringt?‹ Sag ich: ›Was schlägst du vor?‹ Und er sagt: ›Guck mal da vorne, da, wo die Leiter liegt, das ist doch richtig wie 'ne Einladung, oder?‹ Nun, ich seh, was er meint, und sag's ihm auch. Und dann lädt er mich zu 'nem Happen Abendbrot ein, also geh ich mit ihm in seine Hütte. Und da gibt er mir 'nen langen Spaten, um die Leiter einzuhaken, sobald ich übers Geländer bin, und sagt mir, welches Fenster im ersten Stock zu 'nem Zimmer gehört, wo keiner schläft. In der Nacht steig ich also übers Geländer und hol die Leiter, und er steht vorm Haus Schmiere. Zuerst geht auch alles gut. Ich kletter runter in den kleinen Innenhof, stell die Leiter gegen die Wand und steig hoch zum Fenster. Ich hab meinen Kram dabei und fang also an, die Fenster zu bearbeiten, bis ich merk, daß ich die beim besten Willen nich aufkrieg. Jedenfalls nich ohne 'ne Menge Krach. Da seh ich dann, daß die Läden von 'nem anderen Fenster keine Riegel haben, also denk ich: Wenn ich ganz leise bin, vielleicht komm ich dann da rein, auch wenn da einer schläft. Wenigstens kann ich ja mal gucken. Also bin ich da hoch, und ich will verdammt sein, wenn da nich derselbe Junge aufwacht und anfängt zu krakeelen, daß ich denk, das ganze Dach stürzt ein. Und dann merk ich, wie die Leiter sich nich mehr bewegen läßt, weil die sich von wegen mein Gewicht in die Erde und der Ecke vom Haus festgerammt hat. Was soll ich machen? Also brech ich die Haken von den Läden vom Fenster unter mir auf und schlag die Scheiben ein. Dann geh ich rein, und nur von wegen Selbstrespekt pack ich mir 'nen Kerzenständer, aber der war sowieso zu schwer, also laß ich ihn wieder fallen. Und für all meine Plackerei nehm ich mir dann nur eine Briefmappe mit, eine mit silbernen Verzierungen. Dann ab durch die Tür und los, so schnell wie's geht. Und der Alte steht auf der Straße und wartet auf mich und sagt: ›Was hasse gekriegt?‹ Ich wußt ja: Es kann Ärger mit ihm geben, und außerdem sieht der sowieso die Mappe in meiner Tasche. Also zeig ich sie ihm, bleib dabei an so 'ner Verzierung hängen, reiß sie runter, werf sie in den Graben und geb Fersengeld. Und als ich mich umdreh, da seh ich ihn im Gebüsch, wie er nach der Verzierung sucht. Danach bin ich dann die ganze Nacht gelaufen, immer auf dem Quivive, damit ich in die Hecke springen kann, wenn ich wen seh oder hör, der hinter mir her ist. Ich wußt ja, wenn die mich mit der Briefmappe schnappen, dann heißt das Botany Bay oder den Baum mit nur einem Blatt für mich. Gegen Morgen bin ich dann in eine alte Scheune, in der hab ich schon auf dem Hinweg gepennt, weil die nämlich nur 'ne Zweitagetour von Mumpsey Park entfernt ist...

»Von wo?« fragt Mr. Sancious rasch.

»Von Mumpsey Park. Das große Haus, von dem ich erzählt hab. Mumpseys heißen die Leute, denen es gehört.«

»Mumpsey?« sagt Mr. Sancious und schüttelt den Kopf.

»Also wickel ich die Briefmappe in weiches Leder«, fährt der Mann fort, »damit sie schön trocken bleibt, und denk nich mal dran, sie aufzumachen. Ich versteck sie in 'nem Loch in der Mauer und hau wieder ab. Na, und dann hat es länger als ein Jahr gedauert, bis ich wieder da vorbeikomm, vor ungefähr sechs Monaten oder so. Ich geh also in die Scheune und find die Mappe genau da, wo ich sie versteckt hab. Ich pack sie aus und seh das Geschreibsel. Zuerst wollt ich's wegschmeißen, aber dann denk ich: Du hast doch schon von Geschreibsel und Dokumenten gehört, die eine Menge wert gewesen sein sollen. Also sag ich mir: Tu's lieber nich. Wie das nun mal so geht im Leben, Mr. Sancious, mit meiner Bildung ist's nich weit her, weil mein Vater nämlich ein Schluckspecht war und außerdem weil ich, da war ich noch ein Junge, auf die schwimmende Akademie bei Chatham gegangen bin, und da hab ich, das muß ich Ihnen ehrlich sagen, mehr vom Wergzupfen und Prügeleinstecken gelernt als vom Bücherstudieren. Kurz und gut, ich zeig das Geschreibsel der Kleinen von meinem Bruder. Die ist wirkliche eine Clevere, die kann Worte lesen, schneller, als ein Hund laufen kann – Geschriebenes und Gedrucktes. Und so hab ich also von einem gewissen Mr. Sancious gehört, 'nem Korinthenkacker – nichts für ungut –, und hab mir natürlich gleich diese Adresse auf dem Umschlag vorlesen lassen. Und seitdem hat es mich viel Zeit und Mühe gekostet, Sie aufzutreiben. Also, Mr. Sancious, jetzt kommen Sie mir man bloß nich nur mit einer Guinee!«

»Also schön, mein Guter, welche Summe hältst du denn für angemessen?«

»Fünfzehn.«

»Gütiger Himmel!« ruft der Advokat aus. »Du hast eine völlig übertriebene Vorstellung vom Wert deiner Information. Du glaubst doch nicht im Ernst, daß irgend jemand anders dir auch nur einen Penny für sie geben würde, oder?«

Der andere Mann leert seinen Humpen und erhebt sich: »Vielleicht nich, aber wenn's Ihnen keine fünfzehn wert ist, soll's auch kein anderer nich haben.«

»Bleib!« Während er sich wieder hinsetzt, zückt Mr. Sancious seine Brieftasche und entnimmt ihr einige der Banknoten, die er von Mr. Barbellion erhalten hat. Er reicht sie über den Tisch, und der Brief wird ihm ausgehändigt.

Der Mann hält jede einzelne Note gegen das Licht der Öllampe, die an einem Nagel an der Wand hängt, und steckt die Scheine dann offensichtlich zufrieden in seine Tasche: »Nun, das Geschäft mit Ihnen war mir ein Vergnügen.«

Mr. Sancious sieht vom Brief auf: »Bleib noch! Vielleicht habe ich noch weitere Verwendung für dich.«

Der Mann macht es sich gemütlich und beobachtet das Gesicht des lesenden Advokaten.

Der Briefkopf lautet: Golden Square Nr. 27, 23. Juli und ist unterschrieben mit Martin Fortisquince. Der Brief endet mit folgenden Worten:

»... und ich glaube, daß er viel darum geben würde, wenn er ihn wüßte. Es schmerzt mich, Ihnen mitteilen zu müssen, daß sich mein Zustand nicht gebessert hat und meine Frau wieder einmal diesen Brief auf mein Diktat hin schreiben muß. Ich fürchte, unser Haus wird überwacht, außerdem scheint der Feind irgendwie erfahren zu haben, daß ich Ihren Aufenthaltsort kenne.«

Mr. Sancious wendet das Blatt und liest auf der Rückseite: Mrs. Mellamphy, The Cottage, Mortsey Manor Farm, Melthorpe.

»Mellamphy!« wiederholt er leise: »Das ist also ihr wahrer Name.« Er sieht den Fremden an, der ihn neugierig beobachtet: »Vielleicht kann ich dich noch brauchen. Würdest du mir helfen?«

»Für mehr von dem hier«, antwortet er, klopft sich auf die Tasche und lächelt, »mach ich alles, was Sie mir befehlen, mein Herr.«

»Wie finde ich dich, wenn ich dich brauche?«

»Hinterlassen Sie hier einfach eine Nachricht.«

»Wie heißen Sie?«

»Unter ›Barney‹ werden Sie mich schon finden.«

»Also gut«, sagt Mr. Sancious, steht auf und wirft sich den Überzieher um. »Aber komm nie zu meinem Haus oder in mein Büro! Verstanden?«

»Ich versteh sehr gut«, sagt Barney und erhebt sich, um sich knapp zu verbeugen, als Mr. Sancious hinausgeht. Er sieht ihm nach und wiederholt: »Ich versteh schon.«

14. KAPITEL

Obwohl ich – natürlich – keine Spekulationen über die Motive von Mr. Sancious anstellen werde, so will mir doch scheinen, als glaubte er nun, daß der wahre Namen seiner geheimnisvollen Klientin Mrs. Mellamphy sei, und weil sie und ihr Aufenthaltort für gewisse Personen von solchem Interesse waren, wurde seine Neugier geweckt. Da er nun endlich in der günstigen Lage war, ihre Adresse zu kennen, ging er, bewaffnet mit dieser Information, zu dem einen Menschen, der ihm (so dachte er wenigstens) sagen konnte, was er zu wissen wünschte.

Und so klopft Mr. Sancious einige Tage nach dem oben geschilderten Vorfall an die Tür eines Hauses am Golden Square. Ihm wird von einem verschreckten Dienstmädchen aufgemacht, das, sobald er seinen Namen sagt, antwortet: »Meine Herrin hat Ihren Brief erhalten und erwartet Sie.« Das Mädchen nimmt ihm Hut und Überzieher ab und führt ihn in das Frühstückszimmer, wo eine Dame auf einer eleganten Ottomane ruht.

Er betritt das Zimmer mit einem wohlwollenden Lächeln auf den Lippen, doch als er die Dame sieht, bleibt er überrascht stehen. Dann lächelt er erneut und sagt: »Ich bin Mr. Sancious. Ich glaube, ich habe mit Ihrer Mutter etwas Geschäftliches zu besprechen.«

»Das halte ich für unwahrscheinlich, Mr. Sancious«, sagt die Dame mit einem feinen Lächeln. »Meine arme Mutter ist bereits seit über zwanzig Jahren tot. Ich bin Mrs. Fortisquince.«

»Vergeben Sie mir meinen Fauxpas! Darf ich zu meiner Entschuldigung vorbringen, daß er ohne jede zweideutige Absicht ausgesprochen wurde?«

Mrs. Fortisquince lächelt und deutet auf einen Sessel neben der Ottomane.

»Ich möchte Ihnen, liebe Frau, mein herzlichstes Beileid aussprechen zum Ableben Ihres Mannes, der hochgeschätzt war unter seinen Kollegen, zu denen auch ich die Ehre habe, mich zählen zu dürfen.« Der Advokat seufzt bekümmert, während er Platz nimmt.

»Sie sind zu gütig, Mr. Sancious. Sehr freundlich. Doch darf ich fragen, was mich in den Genuß Ihres Besuches bringt?«

»Ich bin in einer Angelegenheit gekommen, die uns beide betrifft.«

»Das hatte ich vermutet. Meinen Sie Mrs. Clothier?«

Während Mr. Sancious spricht, beobachtet er aufmerksam das Gesicht von Mrs. Fortisquince: »Ja, beziehungsweise Mrs. Mellamphy.« Die Witwe neigt den Kopf, um anzudeuten, daß ihr der Name geläufig ist, und hebt eine Augenbraue. »Es überrascht Sie, wie ich sehe, daß ich diesen Namen kenne«, fährt der Anwalt fort, »doch Mrs. Mellamphy hat mir vor kurzem die Anerkennung gezollt, mich in ihr Vertrauen zu ziehen.«

»Was Sie nicht sagen!«

»Und daher«, so berichtet Mr. Sancious weiter, »weiß ich, daß sie mit ihrem Sohn zurückgezogen in Melthorpe bei Hougham lebt. Ich weiß allerdings auch von ihren Schwierigkeiten mit ...« Er zögert und sieht die Witwe mit vielsagendem Blick an, als warte er darauf, daß sie zu sprechen beginne. Doch als sie nichts sagt, fährt er fort: »Nun, nennen wir sie eine ›gewisse angesehene Familie‹.«

Der Witwe scheint es offenbar gleichgültig zu sein, wie er die Familie nennt. »Mr. Sancious«, sagt sie, »ich gebe zu, ich bin ein wenig überrascht, da ich angenommen habe, daß Mrs. Clothier fest entschlossen ist, ihren Aufenthaltsort niemandem außer meinem verstorbenen Gatten und mir anzuvertrauen. Doch bin ich mir noch immer über Sinn und Zweck Ihres Besuches im unklaren.«

»Es ist eine delikate Angelegenheit, Ma'am. Ich bin auf der Suche nach bestimmten Informationen über Mrs. Mellamphy.«

»Sie überraschen mich schon wieder, Mr. Sancious. Wenn Mrs. Mellamphy Sie, wie Sie behaupten, in ihr Vertrauen gezogen hat, frage ich mich, wie *ich* Ihnen mit Informationen helfen soll.«

Der Advokat windet sich unbehaglich in seinem Sessel: »Nun, Mrs. Fortisquince, manchmal kann ein Rechtsbeistand es vorziehen, den Klienten über die Nachfragen, die er in seinem Interesse anstellt, in Unkenntnis zu lassen.«

»Sie machen mich neugierig, Mr. Sancious. Da mein verstorbener Gatte Anwalt gewesen ist, habe ich mir mehr als ein nur oberflächliches Wissen um die juristische Praxis aneignen können, und doch habe ich von solch einem Vorgehen noch nie etwas vernommen. Unter welchen Bedingungen also könnte dies gerechtfertigt sein?«

Mr. Sancious zieht ein bedeutsames Gesicht: »Nun, Ma'am, zum Beispiel dann, wenn dem Rechtsbeistand zu Ohren kommt, daß es eine entfernte Wahrscheinlichkeit für das Auftauchen einer Möglichkeit gibt, deren Folgen die Interessen seines Klienten zum Guten oder Schlechten hin tangieren könnten, und er seinen Klienten weder in Angst und Schrecken versetzen noch Hoffnungen wecken will, die vielleicht unerfüllbar bleiben.«

»Und Ihnen liegen natürlich die Interessen von Mrs. Clothier am Herzen«, wirft die Witwe ein.

»So ist es, Ma'am«, antwortet der Advokat ernst.

»Können Sie mir das fest versprechen?«

»Ohne alle Einschränkung. Ich würde auf die ungeheuerlichste Weise gegen die Prinzipien meines ehrbaren Berufes verstoßen, wollte ich mich zu einer anderen als der genannten Absicht bekennen.«

Mrs. Fortisquince scheint einige Minuten nachzudenken, ehe sie sagt: »Wenn ich mich bereit erkläre, Ihnen zu helfen, was wollen Sie dann von mir hören?«

»Ich möchte den Mädchennamen von Mrs. Mellamphy wissen und etwas über ihre verwandtschaftlichen Beziehungen.«

»Mr. Sancious, ich kann Ihnen schon wieder nicht ganz folgen. Sie kennen den Namen der Familie, in die sie eingeheiratet hat, und da es eine in der Welt des Handels bekannte – um nicht zu sagen, wohlbekannte – Familie ist, so sollte es Ihnen unter diesen Umständen doch nur geringe Schwierigkeiten bereiten, herauszufinden, was Sie zu wissen wünschen.«

»Mellamphy? Bekannt?« beginnt er überrascht, dann hält er inne. »Ich bitte um Entschuldigung. Ihr wahrer Name. Natürlich! Clothier. Ich war etwas durcheinander.«

»Ich muß Ihnen leider zu meinem großen Bedauern sagen, daß es mir völlig unmöglich ist, Ihnen irgend etwas Weiteres mitzuteilen. Mein verstorbener Gatte befaßte sich aus reinster Nächstenliebe mit den Angelegenheiten von Mrs. Clothier, und ich denke daher, daß ihre Absichten mich eigentlich nichts angehen.«

»Vielen Dank, Mrs. Fortisquince«, sagt der Advokat, nimmt seine Entlassung gefaßt hin und erhebt sich mit einem Lächeln. »Ich bin Ihnen sehr verbunden.«

Noch während Mrs. Fortisquince antwortet, steht sie auf und zieht an einer Klingelschnur an ihrer Seite: »Aber ich habe Ihnen doch gar nichts erzählen können, was Sie nicht bereits wußten?«

»Indem Sie dies taten, haben Sie mir sehr geholfen.«

Die Tür öffnet sich, Mr. Sancious verbeugt sich und zieht sich zurück, während seine Gastgeberin mit gerunzelter Stirn wieder auf der Ottomane Platz nimmt.

15. KAPITEL

Stellen wir uns vor, es sei ein kalter, nasser Winterabend kurz vor Ladenschluß. Wieder einmal, etwa ein oder zwei Tage nachdem wir ihm das letzte Mal begegnet sind, folgen wir Mr. Sancious. Er kommt den Ludgate Hill herunter und eilt durch ein Labyrinth von Seitenstraßen Richtung Fluß, bis sich vor ihm, ein wenig westlich der Upper Thames Street, eine dunkle, enge Gasse auftut, deren Kopfsteinpflaster sich zu einer der alten Themsetreppen senkt. Er steigt vorsichtig die Treppen hinunter und sieht sich aufmerksam um, sobald er das Ufer des Flusses erreicht. Das einzige Licht fällt hier aus dem Parterrefenster eines jener großen Häuser, deren Rückseiten die Gasse bilden. Offenbar wird dieses Gebäude als Kontor genutzt, und als Mr. Sancious durch die verdreckten Glasscheiben späht, sieht er, daß das Gas heruntergedreht ist und die glühenden Kohlen trotz der bitteren Kälte mit Asche abgedeckt sind.

Als Mr. Sancious das Vorzimmer betritt, erhebt sich jemand hinter einem Stehpult und kommt ihm entgegen. Der Mann ist etwa fünfzig Jahre alt, von mittlerer Größe, doch kräftig gebaut, hat eine beginnende Glatze und ein etwas aufgeschwemmtes Gesicht, das sich besonders um Augen und Nase herum tiefrot verfärbt hat. Er trägt einen tabakfarbenen Mantel mit großen Messingknöpfen, eine kanariengelbe Weste und Bundhosen aus billigem Samt. »Guten Abend, Sir. Habe ich die Ehre, Mr. Sancious begrüßen zu dürfen?« fragt er und betupft sich die wäßrigen Augen mit einem großen Taschentuch.

»So heiße ich«, antwortet der Advokat mit einem Lächeln.

»Dann erwartet Sie mein Herr, Sir. Wollen Sie bitte so freundlich sein und mir folgen?«

Der Sekretär will sich gerade abwenden, da hält ihn eine Handbewegung Sancious' zurück: »Einen Augenblick noch. Es ist jetzt sechs Uhr. Wenn ich meine Geschäfte hier erledigt habe, wird es etwa die Stunde schlagen, in der ich gewöhnlich mein Abendessen zu mir nehme. Da ich noch einen weiteren Termin hier in der Nähe habe und mit dieser Gegend nicht recht vertraut bin, frage ich mich, ob Sie nicht vielleicht die Güte hätten, mir den Weg zu einem nicht allzuweit entfernten Gasthaus zu beschreiben?«

»Nichts leichter als das, Sir. Gleich da unten an der Ecke der Gasse ist das ›Millichamp's‹. Sie haben es vielleicht auf Ihrem Weg hierher bemerkt.«

»Und können Sie es persönlich empfehlen?«

»O ja, Sir. Ich esse dort fast jeden Tag zu Abend. Ich werde übrigens auch gleich hingehen.«

»Dann habe ich ja vielleicht das Vergnügen, Sie dort anzutreffen«, sagt Mr. Sancious mit einer kleinen Verbeugung.

»Es wäre mir eine Ehre, Sir«, antwortet der Sekretär und verbeugt sich ebenfalls entsprechend.

»Was zum Teufel treibst du so lange, Vulliamy?« ruft plötzlich eine Stimme aus dem Büro. »Ich bezahl dich nicht fürs Tratschen, du elendes Klatschmaul!«

»Das ist wahr, Sir. Ich komm ja schon«, erwidert der Sekretär, öffnet die Tür und bittet Mr. Sancious einzutreten.

Das Kabinett ist winzig und von einem bitteren Geruch durchzogen, der Mr. Sancious eigenartigerweise an tote Fliegen erinnert. Es ist so dunkel, daß der Advokat nur mit Mühe einen Schemen ausmachen kann, der in einer staubigen Ecke ihm gegenüber lauert. Er hört Papiere rascheln und dann eine hohe, dünne Stimme: »Was wollen Sie von mir, Mr. Sancious?«

Mr. Vulliamy dreht die Gasflamme der Lampe auf, die an der Wand neben der Tür ins Zimmer ragt, und zieht sich dann zurück. Es ist gerade so hell, daß Mr. Sancious in des Sekretärs Brotherr – der jetzt heftig blinzelt und seine Augen gegen das Licht abschirmt – einen alten Herrn, klein und dürr, mit fahlem Gesicht, erkennen kann. Die Züge sind scharf, die blaßgrauen Augen flackern ruhelos hin und her, und der dünne Mund öffnet sich immer wieder leicht, wenn der Alte mit der Zunge mißtrauisch über die Oberlippe fährt. Er trägt eine kleine Perücke, die wie ein verfaulter Blumenkohl auf seinem Schädel sitzt, einen grünen, altmodisch langen Mantel, der oft geflickt und ziemlich dreckig ist, einen vergilbten Kragen, eine Weste, deren verblaßte Streifen kaum noch sichtbar sind, und enge Nankingbundhosen.

»Ich möchte Erkundigungen einziehen zwecks Deponierung einer gewissen Summe Geldes im Auftrage eines meiner Klienten«, antwortet der Advokat.

Bei diesen Worten klärt sich der Gesichtsausdruck des alten Mannes zu einem fast kindlichen Entzücken.

»Ist das wahr?« ruft er aus und kommt aus seiner Ecke auf den Besucher zugehuscht, wobei sich seine mageren Beine beinahe losgelöst von Körper und Willen zu bewegen scheinen. Jetzt erst kann Mr. Sancious erkennen, daß der alte Herr, so dünn er auch ist, doch einen unerwartet runden, prallen Bauch hat. Als ihm der Alte seinen langen Arm entgegenstreckt und der Advokat nach der Hand greift, zuckt letzterer zusammen, als er spürt, wie klamm und feucht sie ist. »Dann bin ich hoch erfreut, Sie zu sehen, Mr. Sancious. Ich dachte schon, Sie wollen mich in einer gänzlich anderen Angelegenheit aufsuchen. Bitte, setzen Sie sich, und machen Sie es sich bequem.« Mr. Sancious kommt dieser Aufforderung nach, während der alte Mann lächelt und sich die Hände reibt: »Darf ich Ihnen etwas anbieten?«

»Zu freundlich, Sir.«

»Brandy mit Wasser?«

»Ja bitte.«

»Fabelhaft«, sagt der alte Gentleman, als hätte sein Gast etwas sehr Geistreiches geäußert. Doch dann kreischt er plötzlich: »Brandy und Wasser, Vulliamy, und zwar verdammt schnell!«

Die Tür geht auf, und der Sekretär eilt ins Zimmer, eine Flasche Brandy, Gläser und eine Wasserflasche auf einem kleinen Servierbrett. Er knallt das Tablett auf den Tisch und zieht sich rasch wieder zurück.

»Nun, mein Herr«, sagt der alte Gentleman, als sie beide ein Glas in der Hand halten. »Hatten Sie bereits eine Summe genannt? Ich glaube nicht.«

»Sagen wir tausend Pfund?«

»Warum nicht? Warum nicht?« wispert der alte Gentleman, und seine Hände beginnen zu zittern.

»Und später vielleicht noch einen weiteren Betrag«, fügt der Advokat hinzu.

»Einen weiteren Betrag«, wiederholt der Alte. »Sehr gut. Nun, mein Herr, ich habe zur Zeit eine Vielzahl verschiedenster Anlagemöglichkeiten, doch die Consolidated Metropolitan Building Company ist ein Spekulationsobjekt, das ich Ihnen besonders empfehlen kann. Da ich viel von absoluter Ehrlichkeit halte, will ich Ihnen auch gleich ganz offen sagen, mein Herr, daß ich natürlich ein finanzielles Interesse am Verkauf dieser Aktien habe.«

»Ihr Ruf hat mich nichts anderes als absolute Ehrlichkeit erwarten lassen«, antwortet der Advokat.

Der alte Gentleman starrt ihn einen Augenblick lang irritiert an, dann fährt er fort: »Ganz recht, ganz recht. Ihr Klient jedenfalls scheint Glück zu haben, denn es hat sich zufällig ergeben, daß noch nicht alle Aktien verkauft sind. Ja, ich bin mir ziemlich sicher, daß ich Ihnen Anteile für tausend Pfund besorgen kann, doch weiß ich nicht, ob ich Ihnen das auch noch in zwei oder drei Wochen versprechen kann.« Er beginnt, auf seinem Tisch und in den Regalen Stapel von Papieren zu durchwühlen; in gewissen Abständen blickt er auf und lächelt Mr. Sancious an. Auf einmal sieht er zur Tür, runzelt die Stirn und brüllt unvermittelt: »Vulliamy!«

Die Tür geht auf, der Sekretär schiebt sich ins Zimmer und wischt sich den Mund mit seinem Taschentuch ab.

»Die Consolidated Metropolitan Building Company«, faucht der alte Gentleman. »Bring mir einen Werbeprospekt!«

»Die Consolidated Metropolitan Building Company«, wiederholt Mr. Vulliamy und wirft dem Advokaten, der die beiden vollkommen gelassen beobachtet, einen raschen Blick zu. »Sind Sie sicher, Sir? Sind Sie sich ganz sicher?«

»Natürlich bin ich mir sicher, verdammter Narr! Jetzt verschwinde, und such mir den Prospekt!«

Mr. Vulliamy dreht sich um und schlurft hinaus. Der Alte sagt lächelnd zum Advokaten: »Eine traurige Geschichte, Sir.« Er deutet vielsagend auf das Glas vor sich: »Ein Säufer. Ich behalte ihn nur aus lauter Mitleid in meinen Diensten. Seine Frau ist invalid, und sein Kind ist verkrüppelt. Vielleicht eine bedauernswerte Sentimentalität von mir, aber ich hoffe, sie ist entschuldbar. Wissen Sie, er ist seit seiner Kindheit bei mir.«

Der alte Mann seufzt tief, und Sancious antwortet: »Ihre Gefühle sprechen für Sie, mein Herr.«

»Meinen Sie das wirklich, Sir? Sehr beruhigend. Ich überlaß ihm natürlich nur die untergeordnetsten Arbeiten. Keine vertraulichen Angelegenheiten, das kann ich Ihnen versichern. Er weiß sehr wenig von meinen Geschäften.«

In diesem Moment wird die Tür geöffnet, und Mr. Vulliamy kehrt mit einer Broschüre zurück, die er auf den Tisch seines Arbeitgebers legt; dann verläßt er wieder das Zimmer.

Der alte Gentleman setzt sich hinter den Schreibtisch, taucht eine Feder in das Tintenfaß und sieht auf: »Nun, werter Herr, benötige ich einige Informationen, wenn Sie so gut sein wollen. Der Name des Herrn ist...«

»Es handelt sich um eine Dame.«

»Eine Dame?« sagt er überrascht.

Mr. Sancious nickt langsam und beobachtet sehr genau das Gesicht seines Gegenübers: »Sie lebt auf dem Land.« Er hält inne. »Mit einem kleinen Kind.« Noch eine Pause, doch die Miene des Alten ändert sich nicht. »Einem Jungen«, sagt Mr. Sancious abschließend.

»Sehr gut. Und ihr Name?«

Der Advokat zögert einen Moment, bevor er »Mellamphy« sagt.

Der Gesichtsausdruck des Alten ändert sich nicht, als er sich über das Papier beugt und zu schreiben beginnt.

»Mrs. Mellamphy«, sagt Mr. Sancious, und er buchstabiert den Namen.

»Ja, ja, ich weiß, Mr. Sancious«, sagt der Alte ungeduldig, dann sieht er auf und lächelt. »Und die Adresse?«

»Die Dame kann jederzeit über mich erreicht werden.«

»Sehr gut.« Er legt die Papiere auf die Seite und nimmt den Prospekt. »Nun, mein lieber Herr, ich bin, wie ich bereits gesagt habe, einer der Agenten der Company, die für dieses Spekulationsobjekt zeichnet. Diese Gesellschaft war so glücklich, das Erstrecht auf die Verpachtung von viereinviertel Acre Land zu erwerben, das im begehrtesten, doch bis heutigentags noch unbebauten Bezirk der Metropole, nämlich der Gegend zwischen Pimlico und Westminster liegt. Darf ich auf die zweite Seite hinweisen?« Er öffnet die Broschüre und zeigt auf eine Stelle des Stadtplans, der dort abgedruckt ist.

»Nicht unbedingt der vornehmste Teil der Stadt«, deutet der Advokat an. »Und der Gesundheit auch nicht sonderlich zuträglich.«

»Zur Zeit wohl noch nicht der vornehmste Teil der Stadt, Sir, doch keineswegs der Gesundheit abträglich, wenn erst einmal das Hafenbecken gebaut und die Sümpfe trockengelegt sind. Und es grenzt an das Grosvenor-Grundstück, auf dem gerade gebaut wird und das bei Familien von höchster Respektabilität zunehmend Anklang findet.« Er räuspert sich und fährt fort: »Der Preis von fünfundvierzigtausend Pfund, den die Company sich zu zahlen bereit erklärt hat, ist wirklich äußerst vorteilhaft. Und außerdem hat sie natürlich, wie es auch sonst üblich ist, eine Hypothek auf die Pacht aufgenommen, doch die wird getilgt sein, sobald genug Anteile verkauft worden sind.«

»Natürlich.«

»Der Hypothekar ist das höchst angesehene Bankhaus Quintard & Mimpriss.«

»Ich kenne die Bank«, sagt Mr. Sancious, »und ihren untadeligen Ruf.«

»Ausgezeichnet«, sagt der alte Gentleman mit einem kleinen, affektierten Lächeln. »Die anerkanntesten Architekten und Ingenieure haben bereits die Pläne für die Errichtung der einhundertsiebenundachtzig Wohnhäuser ausgearbeitet.« Er faltet die Broschüre auseinander, legt sie auf den Tisch und fordert Mr. Sancious auf, sie sich anzusehen. Beide Herren studieren einen Plan, der die vorgesehene Anordnung der Straßen und Plätze wiedergibt. »Wie Sie sehen, ist daran gedacht, weitgehend Häuser mit vornehmsten Fassaden und in solidester Bauweise zu errichten. Die Company hat bisher etwa zehntausend Pfund aufgebracht, und entsprechend den Bedingungen der Hypothek muß sie der Bank für zwölf Jahre jährlich dreitausendfünfhundert Pfund zurückzahlen, bis der Betrag zusammen mit den Zinsen abgegolten ist. Doch die Rückzahlung wird wie üblich erst in etwa zwei Jahren beginnen. Und dies macht die Investition sicher und nahezu risikolos.«

»So scheint es.«

»Die Company beabsichtigt nun nicht, und auch das ist so üblich, die Arbeiten selbst vorzunehmen, sondern will Baupachtverträge für sechstausend Pfund pro Jahr an einen Bauunternehmer verkaufen; und es ist dann Sache des Bauunternehmers, Unterverträge abzuschließen oder das ganze Projekt selbst auszuführen. Sind die Wohnhäuser erst einmal gebaut, zahlt der Bauunternehmer sechstausend Pfund pro Jahr an die Company. Wie Sie sehen, kann sich der Profit der Company kaum auf weniger als zweieinhalbtausend Pfund pro Jahr belaufen, und das bei so gut wie keinem Risiko.«

»Ich habe nur noch eine Frage«, sagt Mr. Sancious und lehnt sich zurück, während er seine Gedanken in Worte faßt: »Wird es in dem Vertrag mit dem Bauunternehmer eine Klausel geben, die die Dauer und den Zeitpunkt der Beendigung des Projekts festlegt?«

Seinem Lächeln nach zu urteilen, scheint dem alten Gentleman nichts größere Freude zu bereiten, als diese Frage zu beantworten. »Ja, Mr. Sancious, und ich merke schon, daß Sie die Regeln dieses Spiels beherrschen. Der Kontrakt enthält eine Standardklausel, die besagt, daß erst dann Geld für die Baupacht bezahlt werden muß, wenn die Hälfte der Häuser bezugsfertig ist.«

Mr. Sancious hebt daraufhin nur leicht eine Augenbraue, und der alte Gentleman fährt fort: »Das ist die übliche Vorgehensweise, wie Sie zweifellos wissen, um einen Anreiz dafür zu schaffen, daß das benötigte Kapital auch tatsächlich in die Bauarbeiten gesteckt wird.«

»Und doch«, läßt Mr. Sancius ihn wissen, »könnte der Bauunternehmer, solange diese Bedingung nicht erfüllt ist, jedes fertige Haus verkaufen und den Profit einstecken, ohne daß die Company auch nur einen Penny davon zu sehen bekommt.«

»Theoretisch mag das stimmen«, gibt der alte Gentleman zu, als wäre ihm dieser Gedanke gerade zum erstenmal gekommen. »Doch da Sie so gut Bescheid wissen, werden Sie bestimmt auch klar erkennen, daß solch eine Klausel wider allen Anschein einen großen Vorteil für die Company bedeutet.«

»Was Sie nicht sagen!« meint Mr. Sancious.

»O ja, denn der Bauunternehmer kann, obwohl er längst Kapital in das Projekt steckt, erst dann einen Profit erzielen, wenn mehr als die Hälfte der Häuser fertiggestellt und verkauft sind.«

Mr. Sancious scheint darüber nachzudenken und bemerkt dann leichthin: »Und dann ist da noch der Grundeigentümer, der die Grundpacht einbehält.«

Der alte Gentleman sieht ihn überrascht an, und der Advokat erläutert: »Sehen Sie, der Grundeigentümer behält auch weiterhin die anwartschaftlichen Anteile an Grund und Boden und daher das Recht, bei Nichteinhaltung des Vertrags oder zur Eintreibung von Schulden die Pachtvergabe an die Company rückgängig zu machen.«

»*Sie* sind von uns beiden der Advokat«, räumt der Alte mit wohlwollendem Lächeln ein, »und ich bin überzeugt, daß Sie recht haben. Doch ich kann Ihnen versichern: Daß ein solcher Fall eintreten könnte, steht ganz außer Frage.«

»Können Sie sich da wirklich so sicher sein? Wer ist denn der Grundeigentümer?«

Statt auf seine Frage zu antworten, sieht der alte Herr die Papiere durch und schürzt dann die Lippen, als wäre er äußerst verwirrt. Kurze Zeit später sieht er wieder auf und sagt freimütig: »Ich weiß es nicht. Die Transaktion wurde im Namen eines Begünstigten abgewickelt, der Pimlico & Westminster Land Company, hinter der sich der wahre Grundeigentümer verbirgt. Aber ich möchte mich dafür verbürgen, daß die Company ihren Verpflichtungen gegenüber dem Grundeigentümer nachkommt. Und vergessen Sie nicht, mein lieber Herr, hinter uns stehen Quintard & Mimpriss.«

»Richtig, Quintard & Mimpriss, ein Name, der Vertrauen einflößt.«

Der alte Gentleman lächelt, und Mr. Sancious sagt: »Nun, mein Herr, die Art, wie Sie meine Fragen beantwortet haben, hat in mir jeden Zweifel über die Solidität dieses Projektes ausgeräumt.«

Das Lächeln des alten Gentleman breitet sich über sein ganzes Gesicht aus.

»Ich habe keine Zweifel mehr«, antwortet der Advokat und lächelt zurück. »Nicht die geringsten.«

»Sie sind zu gütig, Sir«, sagt der alte Gentleman.

»Es ist ein Schwindelgeschäft, nicht wahr?« sagt der Anwalt und lächelt immer noch.

Der leutselige Ausdruck des alten Herrn wandelt sich zu einer finsteren Miene: »Was soll das heißen, Sir?«

»Es ist ein Betrug.«

»Wie wagen Sie es!« ruft der alte Herr wütend und springt auf. Dann greift er sich an die Brust und fällt pfeifend und keuchend wieder in seinen

Stuhl zurück. »Darf mich nicht aufregen. Äußerst schlecht für mich«, keucht er.

»Sie haben mich falsch verstanden, Sir«, sagt Mr. Sancious sanft, während er gemütlich sitzen bleibt und mit seinen Handschuhen spielt. »Ich bin wirklich sehr an Ihrem Projekt interessiert. Ich glaube, Sie und ich, wir können auf äußerst profitable Weise miteinander ins Geschäft kommen.«

Der alte Gentleman starrt ihn an: »Dann beabsichtigen Sie also, Ihrer Klientin zu dieser Investition zu raten?«

»Aber sicher. Ich werde ihr dringend anraten, Aktien im Wert von eintausend Pfund zu kaufen.«

»Von der Consolidated Metropolitan Building Company?«

»Ganz recht. Mehr noch, ich habe selbst ein wenig Kapital, das ich zu einem günstigen Zinssatz investieren möchte.«

Der alte Gentleman sieht ihn verwirrt an: »Doch sicher nicht...«

Mr. Sancious lacht: »O nein, nicht bei der Consolidated Metropolitan Building Company. Ich würde gern einige Anteile an dem Grundstück kaufen.«

Mr. Sancious und der Alte starren sich an. Dann sagt letzterer: »Ich könnte mir vorstellen, daß es möglich ist, die Identität des Grundeigners festzustellen. Und es scheint mir auch nicht unwahrscheinlich, daß die entsprechende Person ein solches Angebot wohlwollend in Betracht ziehen wird.«

»Das hoffe ich sehr«, bemerkt Mr. Sancious.

»Und einmal angenommen, wir könnten uns über die Bedingungen einigen, Mr. Sancious«, fährt der alte Mann fort, »hätten Sie dann eventuell Interesse, auch als Bauunternehmer zu fungieren?«

»Welche Aufgaben würde das umfassen?«

»Sehr wenig: die Gründung einer Gesellschaft, die nur auf dem Papier als Hauptpächterin auftritt. Die gesamte Arbeit würde mittels Unterverträgen an kleine Unternehmer vergeben. Und sogar das müßten Sie nicht selbst erledigen, wenn Sie einen Handwerker kennen – einen Maurer oder Schreiner zum Beispiel, der zuverlässig ist.«

»Zuverlässig?« wiederholt Mr. Sancious. »Sie meinen jemanden, mein lieber Herr, dem es zuzutrauen wäre, in anderen Vertrauen zu erwecken?« Der alte Gentleman nickt. »Nun, ich glaube, ich wüßte da tatsächlich jemanden.« Er lehnt sich gemütlich zurück und hebt sein Glas. »Mir gefällt dieser Vorschlag. So soll denn dieser Augenblick die Geburtsstunde der, nun, sagen wir, der West London Building Society sein.«

Die beiden Herren stoßen miteinander an.

»Ich sehe, wir haben noch über vieles zu reden«, sagt der Advokat. »Und ich hoffe, wir werden dabei beide unsere Karten offen auf den Tisch legen, Mr. Clothier.«

IV. Buch

Spekulationen

16. KAPITEL

Das Gasthaus mit Namen »Millichamp's« steht noch immer (wenigstens war dies bis vor einigen Monaten der Fall) an der Ecke Upper Thames Street und Addle Hill. Und an diesem Ort konnte man etwas später an jenem Abend Mr. Sancious sehen, wie er, nachdem ihn der Schankbursche ins Nebenzimmer geführt hatte, Mr. Vulliamy in einem dieser kleinen hölzernen Verschläge entlang der Bar begrüßte, der dort in aller Seelenruhe ein Gläschen trank und dazu ein Hammelkotelett mit Kapernsauce verspeiste.

»Mein lieber Herr, Sie sehen aus, als ließen Sie es sich recht wohl ergehen«, ruft Mr. Sancious.

Mr. Vulliamy hebt den großen, melancholischen Kopf und richtet sich halb von seinem Sitz auf, um eine Verbeugung anzudeuten. »Es wäre mir eine Ehre, Sir, wenn Sie mir Gesellschaft leisten wollten«, murmelt er mit einem etwas halbherzigen Lächeln.

Mit fröhlichem Gesicht setzt sich Mr. Sancious zu dem Sekretär: »Das Kotelett sieht ja wirklich bemerkenswert gut aus«, sagt er zufrieden. »Ich glaube, ich werde mir auch eines kommen lassen. Und ein Glas, um es hinunterzuspülen. Würden Sie die Güte besitzen, Mr. Vulliamy, und einen Wein mit mir trinken?«

Ja, Mr. Vulliamy will so gütig sein, und so gibt man beim Burschen die Bestellung auf.

»Bei meiner Seele«, sagt Mr. Sancious nachdenklich, »es ist ein Vergnügen, mit Ihrem Herrn Geschäfte zu machen. So recht ein liebenswerter Gentleman der alten Schule.«

»Haben Sie diesen Eindruck gewonnen, Sir?«

»In der Tat«, sagt Mr. Sancious gerade in dem Moment, als der Bursche die Flasche bringt. »Ich kann ihn mir leicht im Kreise seiner lachenden Enkel vorstellen, Mr. Vulliamy. Ich vermute, er lebt in höchst glücklichen häuslichen Verhältnissen?«

»Frau ist tot«, murmelt Mr. Vulliamy, dessen Miene sich aufhellt, als Mr. Sancious ihm ein Glas einschenkt.

»Ach ja? Was Sie nicht sagen!« Mr. Sancious schüttelt betrübt den Kopf, dann nimmt er einen Schluck. »Töchter?«

»Keine.«

»Wirklich? Nicht einmal eine Schwiegertochter?« Mr. Vulliamy antwortet nicht, also sagt Mr. Sancious scheinbar völlig absichtslos: »Es kommt mir fast so vor, als wäre mir kein anderer Mr. Clothier in der City bekannt.« Als er darauf keine Antwort erhält, wiederholt er: »Ich sagte, ich scheine keinen zweiten Gentleman dieses Namens zu kennen.«

Daraufhin greift Mr. Vulliamy mit seiner linken Hand nach einem imaginären Pumpenschwengel, den er energisch hebt und senkt, während er Mr. Sancious ins Gesicht blickt.

Der Gentleman lacht vergnügt über diese Andeutung, die besagen will, daß er seinen Tischgefährten um Informationen anpumpen wolle, und gießt ihm ein zweites Glas ein.

Mr. Vulliamy trinkt und antwortet dann: »Wie Sie schon sagten, Mr. Sancious, es gibt keinen jungen Herrn Clothier in Geschäft, Gewerbe oder Handel in London.«

In diesem kritischen Augenblick wird Mr. Sancious' Abendessen serviert, und er tut, als habe er Mr. Vulliamys Worte gar nicht gehört. Doch einige Sekunden später fragt er: »Einen Enkel vielleicht?«

Mr. Vulliamy zuckt mit den Achseln.

Mr. Sancious lenkt das Gespräch auf andere Themen, und während er ißt, spricht der Sekretär eifrig dem Rest des Weines zu. Kaum ist die Flasche leer, bestellt der Advokat eine zweite, und einige Zeit später, als Mr. Vulliamy sich auch diese bereits zur Hälfte hinter die Binde gegossen hat, meint Mr. Sancious: »Das ist wirklich eine feine Sache, für die Ihr Prinzipal sich da einsetzt, diese Consolidated Metropolitan Building Company.«

Mr. Vulliamy nickt und lächelt.

»Es war sehr unklug vom Grundstückseigner – wer immer sich auch hinter der Pimlico & Westminster Land Company verbergen mag –, eine so wertvolle Pacht so billig zu veräußern«, sinniert der Advokat und schiebt sich einen Bissen in den Mund.

»Sehen Sie das so?« fragt Mr. Vulliamy vieldeutig.

»Sie meinen, der Grundeigner hat gewußt, was er da tat?« ruft Mr. Sancious. Doch als Mr. Vulliamy bei dieser scharfsinnigen Schlußfolgerung überrascht aufsieht, fährt der Advokat fort: »Mein lieber Herr, woher wollten Sie denn so etwas wissen?«

Mr. Vulliamy legt einen etwas zittrigen Finger an seine Nase und deutet dann auf sich selbst.

»Ach, ich verstehe! Die Pimlico & Westminster Land Company läuft also auf Ihren Namen. Doch ich frage mich bloß, zu wessen Nutzen?«

Bei diesen Worten beugt sich Mr. Vulliamy ein wenig vor, um sich mit einem Ellbogen auf dem Tisch abzustützen, und zwinkert dabei vielsagend mit den Augen, doch der Effekt verliert ein wenig von seiner Wirkung, da sein Arm die Tischkante verfehlt.

»Mr. Clothier?« rät der Advokat, und sein Gefährte nickt wiederum, diesmal etwas verblüfft von der schnellen Auffassungsgabe seines Gesprächspartners. »Ich glaube, dann verstehe ich alles. Er scheint Ihnen ja wirklich enorm zu vertrauen.«

»O ja, er kann sich meiner sehr sicher sein«, erwidert Mr. Vulliamy und nickt mit dem Kopf.

»Und Sie müssen ihm ebenfalls sehr vertrauen«, ergänzt Mr. Sancious mit liebenswürdiger Stimme. »Denn wenn dies bekannt wird, kann es für Sie beide unangenehme Folgen haben.«

»Wie sollte ich ihm denn nicht vertrauen? Ich versichere Ihnen, Mr. Sancious, ich stehe tief in seiner Schuld. Natürlich verlasse ich mich auf ihn, wo er doch so oft das Wort Gerechtigkeit im Mund führt. Und wo er diesem verfluchten Prozeß zuliebe schon soviel aufgeopfert hat.«

»Welchem Prozeß?«

Womöglich hat Mr. Vulliamy einen besonders anstrengenden Tag hinter sich, denn während er nun weiterspricht, fällt ihm sein Kopf immer wieder nach vorn: »Nun kommen Sie schon, Mr. Sancious, davon müssen Sie doch gehört haben! Die ganze Stadt weiß es. Mr. Clothier führt seit vielen Jahren einen Prozeß vor dem Kanzleigericht.«

»Ist das wahr? Ich habe wirklich noch nichts davon gehört. Gegen wen denn?«

»Gegen eine Familie namens Mompesson.«

»Mompesson?« wiederholt Mr. Sancious. »Die Mumpseys! Natürlich!« bricht es aus ihm heraus, doch dann nimmt er schnell einen großen Schluck aus dem Glas, um seine Überraschung zu verbergen. Schließlich sagt er: »Sind Sie sicher, daß er keine Schwiegertochter hat? Sie sagten, es gebe keinen jungen Mr. Clothier, aber vielleicht gab es da einmal so etwas wie einen Sohn?«

Bei diesen Worten beugt sich Mr. Vulliamy vor und läßt seinen Kopf, als wäre ihm der plötzlich zu schwer geworden, auf die auf dem Tisch verschränkten Arme sinken.

Mr. Sancious steht auf, packt ihn bei der Schulter und schüttelt ihn: »Gab es da etwa einen Sohn, der gestorben ist?«

Doch der Sekretär antwortet nicht mehr. Der Advokat rüttelt ihn immer heftiger. Als er schließlich einsehen muß, daß Mr. Vulliamy fest eingeschlafen ist, zieht er an der Klingelschnur und befiehlt dem Kellner, sobald der sich blicken läßt: »Such mir einen Botenjungen! Ich glaube, ich habe einen ganz in der Nähe in einem Hinterhofeingang herumlungern sehen.«

Der Kellner eilt nach draußen, und in der Zwischenzeit betrachtet Mr. Sancious mit nicht gerade freundlicher Miene den Mann, mit dem er zusammen gegessen hat und der nun mit dem Gesicht auf dem Tisch laut schnarchend vor ihm liegt, die Ellbogen in den Überresten seines Mahls. Einen Augenblick später kommt der Kellner mit einer verwahrlosten Gestalt in einem verdreckten Militärmantel zurück. Der Advokat schickt den Kellner fort und sagt zum Botenjungen: »Kennst du den ›Swan with Two Necks‹ in der Lad Lane?«

Der Junge lächelt. »Klar, die übelste Spelunke in der Stadt.«

»Halt deinen Schnabel, und spitz die Ohren!« sagt der Advokat, dann senkt er seine Stimme, so daß der Junge sich vorbeugen muß, um ihn hören zu können.

17. KAPITEL

Eines Morgens, einige Wochen nachdem Mrs. Belflower sich von uns verabschiedet hatte, kam ich nach dem Frühstück wie gewöhnlich zum Unterricht in den Salon, als ich sah, daß meine Mutter ihre Lesebrille trug, die sie sonst nur fürs »Geschäftliche« aufsetzte. Sie blickte mit einem Lächeln auf und sagte: »Ich habe einen sehr netten Brief von Mr. Sancious erhalten. Er muß wohl ziemlich viel über meine Angelegenheiten nachgedacht haben, denn er rät mir dringend, nicht in Bissetts Forderung einzuwilligen. Weißt du, sie hat mich nämlich um eine Lohnerhöhung gebeten, weil sie doch jetzt noch zusätzlich einiges von Mrs. Belflowers Arbeit zu erledigen hat.«

Das hatte sie also damals mit meiner Mutter besprechen wollen, als Sukey mir vom Tod ihres Vaters erzählte!

»Mr. Sancious schreibt, es mache ihm große Sorgen, daß unser Einkommen zu niedrig sei, um unsere laufenden, geschweige denn etwaige zusätzliche Ausgaben decken zu können. Du mußt wissen, die Regierung hat nämlich den Zinssatz für die Staatsanleihen gesenkt, für die ich Schuldverschreibungen habe. Mit anderen Worten, Johnnie, wir sind jetzt wirklich ziemlich arm.«

»Gibt es irgendeine Möglichkeit, nicht mehr arm sein zu müssen?«

»Ja, Johnnie. Er rät mir, mein Geld lukrativer anzulegen.«

»Das klingt ja verheißungsvoll!« rief ich aus. »Ich frage mich nur, warum nicht schon Onkel Marty daran gedacht hat.«

»Nun, mein Liebling, er war ein sehr altmodischer Mann.«

»Was sollst du also tun, was rät dir Mr. Sancious?«

»Es ist ziemlich kompliziert, und ich verstehe nicht alles, da wirst du es wohl auch kaum begreifen. Doch ich werde dir den Brief vorlesen, vielleicht wird dadurch manches klarer.« Sie rückte ihre Lesebrille zurecht und las, wobei sie bei einigen schwierigeren Wörtern hin und wieder ins Stocken geriet: »›Wir erlauben uns daher, Ihnen vorzuschlagen, die Gelder im Werte von eintausend Pfund, die zur Zeit als Staatsanleihe laufen, zu kündigen und in Wertpapieren der oben näher beschriebenen Consolidated Metropolitan Building Company anzulegen. Absicht dieser Company ist es, die spekulative Wertsteigerung eines im westlichsten Teil der Metropole gelegenen Stück Landes zu betreiben, dessen Pacht sie zu äußerst günstigen Bedingungen erwerben konnte. Wir würden freilich unsere Pflicht vernachlässigen, wenn wir Sie nicht darauf aufmerksam machten, daß solcherlei Unternehmungen immer ein Risiko bergen. Doch in diesem Falle haben wir jedes Vertrauen in die Company, deren Direktoren uns persönlich gut bekannt sind. Außerdem ist der Rechtsanspruch auf ein Stück Land – selbst zu Pachtbedingungen – immer eine sichere Garantie für den Wertzuwachs einer Anlage. Aller Vor-

aussicht nach wird sich der Kapitalwert der Pacht – und somit auch das Eigenkapital der Company – innerhalb von zwei Jahren verdoppelt haben.«
Meine Mutter sah auf: »Siehst du, Johnnie, Mr. Sancious scheint fest davon überzeugt zu sein, daß dies eine gute Idee ist, meinst du nicht auch? Und was kann schon sicherer sein, als in Grund und Häuser zu investieren?«

»Nichts, natürlich«, rief ich, obwohl ich wenig von alldem verstanden hatte.

»Wenn wir, wie Mr. Sancious vorschlägt, eintausend Pfund investieren, werden wir die nächsten zwei Jahre sehr arm sein, denn wir können dann nur die Zinsen von den restlichen Staatsanleihen ausgeben.«

»Eintausend Pfund! Meinst du wirklich, wir sollten so viel Geld aufs Spiel setzen, Mama? Immerhin schreibt Mr. Sancious, daß die ganze Sache nicht ohne Risiko ist?«

»Aber er wird sehr beleidigt sein, wenn ich es nicht mache, schließlich hat er sich unseretwegen große Mühe gegeben.«

»Wenn das so ist, kann man wohl nichts machen. Oder doch: Gib ihm doch einfach nur dreihundert Pfund!«

»Ja, das ist vielleicht das beste. Das ist immer noch eine Menge Geld, da kann er nicht allzu beleidigt sein.«

»Und verdoppelt werden es sechshundert sein.«

»Also schön. Ich werde ihm schreiben. Gut, daß ich dich gefragt habe. Du bist ein so kluger Junge.« Sie umarmte mich: »Und bald werden wir uns keine Sorgen mehr machen müssen. Sechshundert Pfund! Vielleicht sogar noch mehr! Heute ist wirklich ein großer Tag. Den müssen wir feiern. Und ich weiß auch schon, wie: Ich werde uns einen Punsch machen!«

Die Aussicht auf dieses herrliche Unternehmen begeisterte mich vor allem, weil es nur zu besonderen Gelegenheiten ausgeführt wurde, und nicht so sehr, weil mir das Resultat besonders geschmeckt hätte, ganz im Gegenteil. Doch meine Mutter versicherte mir, eines Tages würde auch ich den Punsch zu schätzen wissen, und ich rechnete unablässig damit, daß dieses bedeutsame Ereignis endlich eintreten würde. Nachdem sie in die Küche gelaufen und mit heißem Wasser und den nötigen Ingredienzen zurückgekehrt war, rührte sie Zucker, Zitrone, Zimt, Sherry und ein oder zwei andere Zutaten ins Wasser, während wir davon sprachen, daß Mr. Sancious' weise Voraussicht bedeuten mochte, daß ich eine gute Schule besuchen und einen anständigen Beruf erlernen konnte. Dann prosteten wir uns – mein Glas war nur viertel voll – mit diesem heißen Getränk zu, das so süß und doch so herb schmeckte.

»Ich mag es immer noch nicht«, sagte ich. »Was ist das bloß für ein schrecklicher Geschmack?«

Meine Mutter lachte. Dann sagte sie ernst: »Jetzt muß ich aber noch ein ernstes Wort mit Bissett reden.« Sie goß sich ihr Glas noch einmal voll und bat mich: »Könntest du sie wohl zu mir schicken, Johnnie?«

»Wirst du sie entlassen? Das würde uns viel Geld sparen.«

»Vielleicht«, sagte meine Mutter, »zieht sie es selbst vor zu gehen.«

Ich lief in die Küche, wo ich Bissett, rotgesichtig und die Arme in die Hüften gestemmt, mitten in einer Auseinandersetzung mit Sukey antraf, die auf einem Stuhl vor dem offenen Feuer saß und in ihre Schürzenzipfel schluchzte.

Ich schickte Bissett zu meiner Mutter, und als sie die Küche verlassen hatte, fragte ich vorsichtig: »Kann ich etwas für dich tun, Sukey?«

Sie sah mich an, schniefte und sagte: »Willst du mit mir Karten spielen?«

»Ich darf keine Glücksspiele spielen«, sagte ich bekümmert.

»Ist doch was ganz anderes!« sagte sie und zog aus ihrer Tasche ein schmieriges Spiel. Als sie die Karten auf dem Tisch auffächerte, sah ich, daß sie mit seltsamen Bildern und Symbolen bedruckt waren. »Mit denen kann man die Zukunft vorhersagen.«

»Das hat mir bestimmt niemand verboten«, sagte ich.

Also legte sie die Karten in der Hoffnung, die Vision einer strahlenderen Zukunft könnte sie trösten, doch sooft sie auch versuchte, ein besseres Geschick aus den Bildern zu lesen, so oft sagten ihr die Karten nur die fürchterlichsten Katastrophen voraus. Ihr Pech, wie sie es nannte, machte sie schrecklich niedergeschlagen, und obwohl ich versuchte, sie aufzumuntern, indem ich ihr zu verstehen gab, daß sie doch nun, da sie gewarnt sei, das Schlimmste verhindern könne, beharrte sie darauf, daß kommende Ereignisse festgelegt und unabänderlich seien. Wir waren so sehr in unser Gespräch vertieft, daß wir, obwohl wir auf ihre Schritte gelauscht hatten, Bissett erst hörten, als sie bereits die Tür öffnete. Sie sah voller Abscheu auf die über den Tisch verstreuten Karten, murmelte jedoch zu meiner Überraschung nur: »Noch mehr so heidnische Tricks« und verließ wieder die Küche.

Ich ging zurück in den Salon; meine Muter saß auf dem Sofa und sah ziemlich blaß aus.

»Nun, sind wir sie los?« fragte ich.

»Red nicht so von ihr, Johnnie!« sagte meine Mutter langsam. »Ich glaube, sie hängt mehr an uns, als wir es uns vorstellen können.«

»Warum sagst du das?« wollte ich wissen.

»Auf jeden Fall ist sie uns treu ergeben«, sagte sie nachdenklich. Genaueres wollte sie nicht sagen.

Bissett verhielt sich in den nächsten Tagen seltsam zurückhaltend, als habe sie plötzlich resigniert und sich mit der moralischen Unvollkommenheit der Menschen um sie herum abgefunden.

18. KAPITEL

Die einzelnen Pflichten in unserem Haushalt wurden in den Wochen und Monaten nach der Abreise unserer Köchin neu aufgeteilt. Bissett besaß nun unanfechtbare Autorität über Sukey und gab ihrem Sauberkeitsideal so hemmungslos nach, daß ich oft beobachten konnte, wie Sukey den Ofenrost gleich zweimal hintereinander scheuern mußte, ehe Bissett sie nach Hause gehen ließ. Inzwischen hatte meine Mutter mit Hilfe Sukeys das Kochen übernommen, und ich muß gestehen, mit jedem Tag, der verstrich, vermißte ich Mrs. Belflower mehr. Ohne die erfahrene Haushaltung unserer Köchin versuchten wir Geld zu sparen, indem wir uns beim Kauf von Kleidung, Lebensmitteln, Kerzen und Kohle einschränkten, zumal in diesen schlimmen Zeiten die Preise kräftig anstiegen. Auch die Streitereien zwischen Bissett und Sukey, die vorübergehend ausgesetzt hatten, wurden wieder häufiger. Wir feierten ein trostloses erstes Weihnachten ohne Mrs. Belflowers ausgezeichnetes Essen und ihr fröhliches Wesen, beides hatten wir noch in guter Erinnerung. Andere Erinnerungen blieben mir ebenfalls frisch im Gedächtnis, und so fragte ich Sukey immer wieder über Hougham aus, in der – allerdings nie befriedigten – Hoffnung, Neues über meine kleine Freundin zu erfahren. Doch da Sukeys Tante nun nicht mehr im Pförtnerhaus wohnte und zu Sukeys Familie gezogen war, wußte sie nur noch wenig von dort zu berichten, und endlich gab ich es ganz auf, danach zu fragen. Ich setzte den Unterricht mit meiner Mutter fort, fand die alte Lateinfibel wieder, die mir vor so langer Zeit bereits einmal in die Hände gefallen war, und begann nun, diese Sprache zu lernen. Ein Ergebnis meiner Mühen war schließlich, daß ich verstand, wie jene Inschrift auf dem Grabmal in der Kirche, die mir so unehrenhaft erschienen war, sich auch auf nahezu gegensätzliche Weise übersetzen ließ, so daß das Motto dann lautete: »Die Rose der Sicherheit muß inmitten der Gefahr gesucht werden.«

Im späten Frühling des neuen Jahres schrieb Mr. Sancious, um darzulegen, welche Fortschritte unsere Geschäfte machten, und meine Mutter zeigte mir den Brief, der, so sagte sie, gute Nachrichten enthielte. Die Company, schrieb Mr. Sancious, habe ein günstiges Übereinkommen mit dem Bankhaus Quintard & Mimpriss getroffen, wonach es diesem einige der Unterpachtverträge für das in seinem Wert gestiegene Bauland überschrieben habe. Er wies darauf hin, daß der einzige Nachteil für die Anteilseigner in einer leichten Verzögerung der Erfüllung der Vertragsbedingungen läge.

»Siehst du«, bemerkte meine Mutter dazu, »ich wußte doch, daß alles gutgeht. Du hast dich getäuscht, wir hätten noch mehr Geld investieren sollen. Doch deine Mutter versteht zu unserem Glück mehr von diesen Dingen.«

Wie sich herausstellte, handelte es sich jedoch um weit mehr als nur eine »leichte Verzögerung«, denn obwohl im folgenden Frühjahr die zwei Jahre verstrichen waren und daher der Zeitpunkt gekommen war, an dem sich unser Anlagevermögen ursprünglich hätte verdoppeln sollen, vergingen die Monate, ohne daß Mr. Sancious sich in der Lage sah, meiner Mutter einen konkreten Termin für die Rückzahlung zu nennen.

In jenem Sommer begann ich, mich immer heftiger zu langweilen, und ich ärgerte mich, daß ich zu meiner Unterhaltung einzig auf mich selbst angewiesen war, denn mir war nach wie vor streng verboten, mit anderen Kindern auch nur zu reden. An einem herrlichen Tag machte ich mir jedoch ein Mißverständnis zwischen meiner Mutter, Bissett und Sukey zunutze – jede von ihnen glaubte, eine der beiden anderen würde auf mich achtgeben – und schlüpfte aus dem Haus. Unterwegs zum Dorf begegneten mir drei Jungen in meinem Alter, die ich schon oft beobachtet und beneidet hatte. Ich rief ihnen einen Gruß zu, und sie antworteten mir, wenn auch etwas mürrisch und argwöhnisch. Sie ließen mich hinter sich herlaufen, und wir machten uns auf den Weg zu einer verlassenen Scheune am Rand des Dorfes. Ich ahnte, daß dort etwas Geheimnisvolles und Unerlaubtes geschehen sollte, und war schrecklich aufgeregt, da ich von Harrys Andeutungen wußte, daß die Jungen des Dorfes Hunde auf Ratten hetzten und manchmal auch Hahnenkämpfe veranstalteten.

Als wir das Halbdunkel der Scheune betraten, konnte ich zuerst nur erkennen, daß vor uns etwas auf dem Boden lag und daß dieses Etwas fauchte und sich wie in Krämpfen wand und zuckte, als wir uns näherten. Es war eine schwarze Katze – ganz offensichtlich ein Weibchen –, die mit einem Bein in eine Schlinge geraten war, ein häßliches Tier: die Beine so dünn wie Stöckchen und der Bauch mächtig angeschwollen. Sie versuchte zu entwischen, konnte sich aber, da sie festgebunden war, nur eng an den Boden pressen, den Rücken krümmen und uns anzischen. Ich hatte Katzen nie besonders gemocht – ich hielt sie für falsche, verschlagene Geschöpfe –, doch was ich hier sah, entsetzte mich. Und mein Entsetzen stieg noch, als meine Gefährten große Steine aufhoben, die am Boden verstreut lagen, als wären sie schon einmal bei einer ähnlichen Gelegenheit zu demselben Zweck benutzt worden.

Den Kampf zwischen Hund und Ratten hielt ich für fair, da die Ratten entkommen und sich oft sogar gegen den Hund verteidigen konnten, und im Hahnenkampf trafen zwei mehr oder weniger gleichwertige Gegner aufeinander. Aber dies hier war gemein und grausam! Ich erhob Einspruch und wollte den anderen Jungen meine Prinzipien der Fairneß erklären, doch sie achteten gar nicht auf mich und begannen, mit den Steinen nach dem verschreckten Tier zu zielen. Als ich mich ihnen in den Weg stellte, um sie an ihrem Tun zu hindern, richtete sich ihre Aufmerksamkeit auf mich.

Sie packten mich und knufften mir in die Rippen, dann warfen sie mich auf den schlammigen Boden und zogen mich durch den Dreck. Mir gelang zwar die Flucht, ohne daß mir Schlimmeres zustieß, doch da ich in diesem Zustand nach Hause zurückkehren mußte, konnte ich nicht verheimlichen, was geschehen war, und wurde (weil Bissett darauf bestand) zur Strafe ohne Abendessen ins Bett geschickt.

Der Sommer ging in den Herbst über, und mir fiel auf, daß meine Mutter oft abgespannt und gedankenverloren aussah. Der Winter kam, und als Weihnachten nahte, hatten wir noch immer keine Nachricht von Mr. Sancious. Am Nachmittag des Heiligen Abends herrschte draußen harter Frost, und es lag Schnee in der Luft, doch wir drei, meine Mutter, Sukey und ich, nutzten den sonnigen, windstillen Tag, um im Wäldchen von Mortsey immergrüne Zweige zu sammeln und ein großes Weihnachtsscheit zu suchen, das ich dann hinter mir her nach Hause zog. Und am Abend, nachdem wir zum Mißfallen von Bissett, die solche »heidnischen Bräuche« verabscheute, das Haus mit den Zweigen geschmückt und das Scheit im Wohnzimmerkamin angezündet hatten, tauschten meine Mutter und ich unsere Geschenke aus und versuchten, etwas von der Atmosphäre früherer Weihnachtstage aufleben zu lassen.

Später brachte die Tochter des Posthalters einen Brief, und damit meine Mutter ihn in Ruhe lesen konnte, ging ich in die Küche und hörte Sukey zu, die Geistergeschichten erzählte, während sie die Gans für das morgige Mittagessen rupfte und Gewürze für die Füllung und für den Glühwein zerstieß. Die bittersüßen Gerüche von Zimt und Nelken durchzogen die Küche, doch ich vermißte Mrs. Belflower und wußte, daß das Essen trotz der Mühe, die wir uns alle damit gaben, nicht so gut wie früher schmecken würde. Bissett stopfte Socken und tat so, als höre sie bei Sukeys Erzählungen gar nicht hin, konnte sich manchmal allerdings eine mißbilligende oder skeptische Anmerkung nicht verkneifen.

»Und vom damaligen Tag bis heute hat ihn niemand nich mehr im Dorf gesehen«, sagte Sukey und beendete mit diesem Satz eine besonders schreckliche Geschichte über das Verschwinden eines gottlosen Küsters.

»Quatsch und Unsinn«, murmelte Bissett. »Es wär man besser, du würdest dem Jungen seinen Kopf nich mit solchen Dingen vollstopfen.«

In diesem Augenblick kam meine Mutter in die Küche. »Johnnie«, sagte sie, »kommst du bitte mal? Ich möchte etwas mit dir bereden.«

Ich folgte ihr ins Wohnzimmer, und wir machten es uns in den Sesseln am Fenster bequem. Im schwachen Licht sahen wir dem Schneetreiben zu, und es sah aus, als fielen die Flocken getrieben von einer verschwiegenen und geheimen Absicht.

»Mein Liebes«, sagte meine Mutter, »ich werde nicht so recht klug aus diesem Brief von Mr. Sancious.«

»Werden wir bald unser Geld bekommen?«

»Ich weiß es wirklich nicht. Laß mich dir eine Stelle aus dem Brief vorlesen: ›Die Verfallserklärung der Hypothek infolge einer Zahlungssäumnis seitens des Schuldners ist eine Eventualität, mit der man nicht zu rechnen hat, befolgt man den achtenswerten Grundsatz – gütiger Gott, Johnnie, ich glaube, daß ist Latein! –: Crastinus enim dies solicitus erit sibi ipsi. Sufficit diei malitia sua. Doch eine zusätzliche Kapitaleinlage der gegenwärtigen Anteilseigner würde dieser Entwicklung ausreichend vorbauen, und wir raten Ihnen daher mit allem Nachdruck, eine weitere Investition von fünfhundert Pfund zu tätigen. Wir legen die notwendigen Dokumente bei und bitten, sie zu unterzeichnen.‹ Was hältst du davon, Johnnie?«

»Es klingt für mich so, Mama, als ob irgend etwas schiefgelaufen wäre.«

»Aber das kann doch nicht sein! Da würde er uns doch nicht raten, noch mehr Geld anzulegen?«

»Um zu retten, was wir bereits investiert haben. Aber ich meine, man sollte schlechtem Geld nicht auch noch gutes hinterherwerfen.« Diesen Ausspruch kannte ich von Bissett.

»Wenn du recht hast, hieße das, daß wir all das Geld verlieren, das wir bereits in dieses Projekt gesteckt haben.«

»Das mag sein, aber du hast gesagt, wir könnten es uns leisten, dreihundert Pfund zu verlieren.«

»Ja, ich weiß, Johnnie, das habe ich gesagt«, antwortete sie, schlug die Augen nieder und wurde rot. »Aber weißt du, eigentlich ist es mehr als das.« Sie zögerte.

»Du meinst, wir verlieren auch noch das Geld, das wir zu gewinnen hofften?«

»Ja, genau, das habe ich gemeint. Meinst du also nicht, daß es sich lohnt, noch etwas mehr Geld zu riskieren?«

»Wahrscheinlich hast du recht.«

»Also gut. Folgen wir also Mr. Sancious' Rat, und investieren wir noch einmal fünfhundert Pfund.«

Sie setzte sich an ihr Schreibpult, um gleich den entsprechenden Brief aufzusetzen, und sagte mir, ich solle Sukey bitten, ihn noch heute abend auf ihrem Heimweg beim Posthalter abzugeben, denn das Mädchen durfte wegen der bevorstehenden Feiertage die Nacht bei ihrer Familie verbringen.

Gerade als meine Mutter den Brief gefaltet und mit einer Oblate versiegelt hatte, hörten wir jemanden über den Flur laufen, und gleich darauf stürzte Sukey in unser Zimmer: »O bitte, Ma'am, bitte! Kommen Sie, schnell!«

»Warum? Was um alles in der Welt ist geschehen?« rief meine Mutter erschrocken.

»Am Hintereingang sind zwei Wiedergänger, und die versuchen, ins Haus zu kommen!«

»Sei nicht närrisch, Sukey. Du weißt genau, was passiert ist: Du hast dich mit deinen eigenen Geschichten selbst erschreckt, nicht wahr?«

»Nein, Ma'am, sie sind echt. Noch vor zwei Minuten saßen wir in der Küche, da hörten wir plötzlich ein Kratzen und Schaben an der Tür. Ich sah aus dem Fenster, und da ...« Sie hielt inne, und ihre Stimme zitterte: »Da sah ich zwei blasse Gesichter, die zu uns hereinstarrten; und das ist so sicher, wie ich hier nun vor Ihnen steh.«

Meine Mutter sah mich entsetzt an, und obwohl mich ein Schaudern überlief, tat ich, ohne zu zögern, was man von mir als dem einzigen Mann im Haus erwartete, und marschierte entschlossen (zumindest wollte ich diesen Eindruck erwecken) zur Küche und zog die widerstrebende Sukey hinter mir her.

Als wir eintraten, stand Bissett am offenen Hintereingang und schrie »Fort mit euch!« in die Dunkelheit hinaus.

»Wer ist da?« fragte meine Mutter.

»Zwei Landstreicher, Mrs. Mellamphy, kommen her und betteln«, sagte Bissett und wandte sich kurz zu uns um. Dann drehte sie sich wieder zur Tür und schrie: »Habt ihr mich gehört? Fort mit euch!«

»Laß sie hereinkommen!« sagte meine Mutter. »Gerade heute nacht und bei diesem Wetter können wir niemanden von unserer Schwelle weisen.«

»Ich glaube, Ma'am, Sie machen da einen Fehler«, protestierte Bissett, doch als sie merkte, daß meine Mutter nicht nachgeben würde, öffnete sie die Tür und ging zur Seite.

Eine Frau in einem langen, zerlumpten Kleid und mit einem schneebedeckten Wollschal über den Schultern kam herein. Sie blinzelte in das helle Licht und schwankte leicht. Ihr abgehärmtes Gesicht war grau wie Asche, und ich verstand, warum ihr Anblick Sukey so sehr erschreckt hatte. Sie war nicht gerade schlank, doch hing ihr das Fleisch in schlaffen Hautfalten lose im Gesicht. Hinter ihr kam ein Junge in die Küche, der, seiner Größe nach zu urteilen, etwa ein oder zwei Jahre jünger war als ich. Er trug einen langen, zerrissenen Mantel, der ihm um seine schmalen Glieder schlotterte.

»Ach, die Armen«, sagte meine Mutter und führte sie zu zwei Sesseln, in die sie sich fallen ließen.

Sie lehnten sich zurück und schlossen die Augen, und ich sah, wie sehr sie zitterten. Das Gesicht der Frau war von Sorgen gezeichnet, und in ihrem Haar zeigten sich graue Strähnen, so daß sie viel älter als meine Mutter wirkte.

»Der Kleine hier scheint ziemlich am Ende seiner Kräfte zu sein«, sagte Sukey, die sich vorsichtig den Fremden genähert hatte.

Meine Mutter rieb die Hände der Frau zwischen ihren eigenen, und Sukey tat das gleiche mit denen des Jungen.

»Wärm etwas von der Brühe auf!« sagte meine Mutter zu Bissett.

Widerwillig machte sich diese an die Arbeit und fachte zuerst das Feuer neu an, das bereits für die Nacht abgedeckt worden war.

»Was ist mit dem Jungen los?« fragte ich Sukey flüsternd, denn er schien ohnmächtig geworden zu sein.

»Der ist fast erfroren, Master Johnnie. Und seine Mutter auch. Guck dir doch mal die dünnen Kleider an. Nichts als Lumpen.«

Die Frau öffnete ihre Augen und sah sich etwas benommen um. Als sie das Kind entdeckte, entzog sie Sukey die Hand des Jungen und begann, sie heftig zu reiben. Endlich schlug auch der Junge seine Augen auf. Die Frau begann zu schluchzen und ergriff die Hand meiner Mutter, führte sie an die Lippen und küßte sie: »O danke! Danke, Ma'am. Sie haben uns das Leben gerettet, das haben Sie.«

Meine Mutter machte sanft ihre Hand frei und sagte freundlich: »Können Sie nun etwas essen? Ich glaube, das würde Ihnen jetzt guttun.«

Sukey brachte eine Schüssel mit der Brühe, die Bissett aufgewärmt hatte, und die Frau begann, sie dem Jungen einzuflößen. Erst als der sich satt gegessen hatte, probierte sie selbst davon. »Ich bin Ihnen ja so zu Dank verpflichtet, Ma'am«, begann sie. »Ich weiß gar nich, was mit mir und Joey noch passiert wäre, wenn Sie uns nich reingelassen hätten.«

Das Essen und die Wärme belebten die beiden. Ich sah jetzt, daß der Junge ein hübscher Bursche mit großen braunen Augen und einer Stupsnase war. Seine Miene hatte etwas Wachsames, ein Ausdruck der Vorsicht lag auf seinem Gesicht, als könne er nicht ganz glauben, daß wir ihm nichts Böses wollten.

Meine Mutter sagte: »An Ihrer Aussprache kann ich hören, daß Sie aus London kommen. Aber was machen Sie so weit von zu Haus entfernt? Und in diesen Kleidern bei solch einem Wetter?« Die Frau schloß die Augen, und meine Mutter sagte: »Lassen wir das bis morgen. Sie sind bestimmt viel zu müde.«

»Nein, Ma'am, ich will versuchen, es Ihnen zu erklären; in meinem Kopf ist bloß so ein Durcheinander. Wir haben in Stoniton gearbeitet.« (So will ich die Industriestadt knapp zwanzig Meilen nördlich von Melthorpe nennen, die die Frau an dieser Stelle erwähnte.) »Als wir in diese Gegend hier gekommen sind, hat mein Mann eine Stellung beim Herrenhaus im nächsten Dorf gefunden, aber für Joey und mich war einfach nichts aufzutreiben, also sind wir los, um woanders zu suchen. Da haben wir dann 'ne Art Arbeit in Stoniton gefunden, aber vor zwei Tagen is ein Bote gekommen und hat gesagt, daß mein George schlechte Nachrichten erhalten hat und sofort in die Stadt London zurück is. Also sind wir auch losgezogen, sobald es ging, und sind gestern morgen von Stoniton weg.«

»Gütiger Gott!« rief meine Mutter. »Bei diesem Wetter haben Sie eine so weite Strecke zurückgelegt? Wie sind Sie denn gereist?«

»Meistens auf Schusters Rappen, Ma'am, aber ein guter Mann hat uns fünf Meilen weit in seinem Wagen mitgenommen. Das Schlimmste aber is erst gekommen, als wir wieder bei diesem Herrenhaus gewesen sind. Der Grund nämlich, warum mein Mann so rasch in die Stadt zurück hat müssen ...« Hier zitterte ihre Stimme, und ich dachte, sie wolle gleich weinen. Doch sie faßte sich wieder und fuhr fort: »Man hat ihm gesagt, daß die anderen Kinder ... das Irische Fieber haben. Wir haben noch drei, wissen Sie. Und deshalb muß ich ja auch so schnell wie möglich wieder zurück.«

»Natürlich, selbstverständlich«, murmelte meine Mutter. »Doch trotzdem, war es denn ratsam, die Reise bei diesem Schneetreiben fortzusetzen?«

»Die alte Dame im Herrenhaus wollte uns nicht bei sich bleiben lassen, weil mein Mann doch seine Arbeit einfach so mir nichts, dir nichts hingeworfen hat, sagte sie, bloß die jüngere Dame – ›Governante‹ sagten sie, glaub ich, zu ihr –, die wollte die alte Dame überreden. Wir haben so gefroren, und wir waren so hungrig, da haben wir es bei einer ganzen Reihe von Häusern im Dorf versucht, aber alle Leute haben gemeint, sie können nichts für uns tun. Was ist uns also übriggeblieben? Sind wir eben immer weitergegangen. Als wir da vorn zur Überlandstraße gekommen sind, hab ich bis zur nächsten Stadt laufen wollen, aber Joey hat gemeint, wir sollen nach Melthorpe gehen, da finden wir sicher nette Leute. Joey hat mich hinter sich hergezogen, sogar dann noch, als ich mich hab hinlegen und sterben wollen. Wie ich schon gesagt hab, Ma'am, wir sind durchs ganze Dorf gegangen, ohne irgendwo stehenzubleiben, weil Joey gemeint hat, er weiß einfach, bei welchem Haus wir anhalten können, sobald er es sehen tät. Und so sind wir hierhergekommen. Ich nenn das Vorhersehung, Ma'am. Ein anderes Wort dafür gibt's doch nicht.«

»Ja, das ist wahr«, rief meine Mutter und klatschte in die Hände. Sie lächelte dem Jungen zu, der sie, so schien es mir, mit düsterer Miene betrachtete. »Und wie bist du auf dieses Haus gekommen?« fragte sie ihn.

»Weiß nich«, sagte er und sah weg.

»Na, jedenfalls bin ich froh, daß ihr hier seid«, sagte sie.

»Es wird schon spät«, mischte Bissett sich ein. »Sie machen sich jetzt besser wieder auf den Weg.«

»Auf keinen Fall!« entgegnete meine Mutter. »Kein Gedanke daran, sie können doch heute nicht mehr aufbrechen!«

»Dürfen wir bleiben?« fragte die Frau.

»Aber natürlich. Doch es wird spät, Sukey. Du mußt dich auf den Weg machen, sonst hat Mr. Passant die Post schon abgeliefert, und dieser Brief hier kommt vor Weihnachten nicht mehr weg.«

»Wenn die schon bleiben sollen, dann lassen Sie sie wenigstens im Schuppen schlafen«, flüsterte Bisset meiner Mutter nicht gerade besonders leise zu.

»Auf keinen Fall! Sie brauchen es warm und gemütlich. Wir müssen ihnen ein vernünftiges Bett herrichten. Dies ist der wärmste Raum im Haus, also werden sie hier bleiben.«

»Die machen doch nur die Laken dreckig«, zischte Bissett.

»Das macht nichts«, sagte meine Mutter.

»Sie sind zu nachsichtig, Ma'am«, sagte Bissett ungehalten. »Ich würd ja nich wollen, daß die in meinem Bett liegen. Wer weiß denn, was die fürn Schmutz und Ungeziefer mit sich rumschleppen? Aber wenn sie schon hier schlafen sollen, dann wenigstens auf dem Boden. Ihre guten Sachen, Ma'am, Sie gehn viel zu sorglos damit um. Diese Laken da, die kosten doch gutes Geld, und das werfen Sie jetzt man so zum Fenster raus.«

Doch als Bissett sah, daß meine Mutter fest entschlossen war, die beiden hier einzuquartieren, machte sie sich grummelnd an die Arbeit, und Sukey half ihr noch, eine Matratze und Bettzeug in die Küche zu bringen und vor dem Kamin auszubreiten. Dann bekam Sukey Geld für das Porto, und sie ging nach Hause, dick eingemummelt gegen den Schnee und den Brief in der Hand.

Irgend etwas weckte mich mitten in der Nacht. Und da ich nicht wußte, ob es mein Traum oder ein Geräusch gewesen war, blieb ich still liegen und achtete auf jeden Laut; doch nichts war zu hören. Dann fielen mir unsere Gäste wieder ein, und ich dachte: Ich seh besser mal nach, ob mit ihnen auch alles in Ordnung ist. Also stand ich auf und ging, kalt wie mir im bloßen Nachthemd war, über den Flur, um mir meinen Weg durch die Dunkelheit zu ertasten. Als ich am Schlafzimmer meiner Mutter vorbeiging, hörte ich ihren ruhigen Atem, die Tür war nur angelehnt. Es roch, als sei hier erst vor wenigen Augenblicken eine Kerze ausgemacht worden, und in der gleichen Sekunde hörte ich von unten ein leises Geräusch. Im Schutz der Dunkelheit schlich ich die Treppe hinunter und öffnete die Tür zur Küche leise einen Spalt weit. Im düsteren, rötlichen Schein des Feuers sah ich die Frau auf der Strohmatratze vor dem Kamin. Doch die zweite Matratze war leer. Ich tastete mich weiter durch das Haus, und als ich die Diele erreichte, sah ich einen schwachen Lichtschimmer durch die offene Tür des Salons dringen. Vorsichtig schlich ich näher und spähte ins Zimmer.

Das Licht kam von einem Kienspan, den der Junge in seiner Hand hielt. Er stand vor dem Schreibpult meiner Mutter, und es sah aus, als lasse er seine freie Hand über den Deckel und die Seiten des Möbels gleiten.

»Was machst du da?«

Er fuhr zusammen, und als ich näher kam, sah ich sein erschrockenes Gesicht: »Ich hab gar nix getan! Ich hab nur geguckt!«

»Das habe ich gesehen. Aber warum nur?«

»Weil ich noch nie so tolle Sachen gesehn hab. Allein das Holz. Ist was ganz Seltenes.«

Ich war stolz darauf, daß wir solche Dinge besaßen und das für selbstverständlich hielten. »Und warum bist du ins Zimmer meiner Mutter gegangen?«

»Bin ich gar nicht. Ich war nicht oben.«

»Das ist aber eigenartig, es hat oben nämlich nach dem Kienspan gerochen.«

»Tja, jetzt, wo ich mich erinnern tu, da weiß ich's wieder: Ich bin nur 'n bißchen die Treppe rauf. Aber ich bin nich in ihr Zimmer.«

»Es ist dumm von dir, das alles im Dunkeln zu machen. Ich hätte es dir doch auch morgen zeigen können.«

Er sah mich einen Moment lang ganz seltsam an, dann sagte er: »Daran hab ich nich gedacht. Ich hab ja nichts Schlimmes gewollt. Bitte sag's niemandem, ja?«

»Natürlich nicht. Was sollte ich denn auch sagen?«

Ziemlich verwirrt ging ich wieder ins Bett, und Joey ging zurück in die Küche.

19. KAPITEL

Am nächsten Tag wurde ich von Bissetts energischem »Guten Morgen, Master Johnnie« geweckt.

»Guten Morgen, Bissett«, sagte ich verschlafen. »Wie geht es unseren Gästen?«

»Sie sind in der Küche und essen ein so mächtiges Frühstück, als wenn mit ihnen nie was nich gewesen wär«, antwortete sie mürrisch, während sie die Vorhänge zurückzog. Eine dicke Schicht Rauhreif und Eisblumen überzog die Fensterscheiben, und das hereinströmende Licht war von einer eigentümlich fahlen Helligkeit. »Nu sieh sich das einer an!« sagte sie.

Ich sprang aus dem Bett und rannte zum Fenster. Eine stille, schneebedeckte Landschaft glänzte im Sonnenlicht. In der Ferne hörte man den Klang der Hörner, die wie in jedem Jahr am Weihnachtsmorgen von den Dorfjungen geblasen wurden.

»Oh, ist das nicht schön!« rief ich.

»Na ja«, sagte Bissett mit fast so etwas wie grimmigem Vergnügen, »wenigstens werden die Leut, die sonst immer am Tag des Herrn durch die Gegend flitzen, dieses Weihnachten nicht besonders viele Besuche machen können.«

Nach dem Frühstück gingen meine Mutter und ich in die Küche. Die Frau und der Junge saßen vor dem Kamin und tranken Tee aus großen Tassen. Meine Mutter hatte mit der (wohl eher unwilligen) Hilfe von Bissett eine vollständige Garderobe für die beiden zusammengesucht, und dem Jungen hatte man einige Kleider von mir und ein Paar kräftige Wanderschuhe gegeben. Ausgeruht und in ihren neuen Sachen, boten die beiden einen weit erfreulicheren Anblick als am Abend zuvor. Sie wirkten zwar immer noch ein wenig erschöpft und hohlwangig, hatten jetzt aber doch etwas mehr Farbe im Gesicht. Der Junge war viel magerer als ich, und meine Kleider waren ihm zu groß, da ich aber aus den meisten Sachen herausgewachsen war, paßten sie ihm nicht allzu schlecht. Er sah immer noch so grimmig drein wie am Tag zuvor, war aber nicht mehr ganz so blaß.

»Wollen Sie mir nun Ihre Geschichte erzählen?« fragte meine Mutter.

»Sind Sie denn sicher, daß Sie sie hören wollen?« fragte die Frau und sah zu mir herüber.

»Ich bin sehr gespannt darauf.«

»Also gut«, sagte sie nachdenklich. Und so machten meine Mutter und ich es uns in den übrigen Sesseln bequem, und nachdem die Teetassen der beiden Fremden noch einmal aufgefüllt worden waren, begann die Frau zu erzählen: »Nun, Ma'am, es ist eine lange Geschichte, und es wird Ihnen nich interessieren, wenn ich zu sehr in die Einzelheiten geh, denn so was passiert ja alle Tage, der Barmherzige im Himmel allein mag wissen, wie oft. Wir heißen Digweed, und wir leben am Cox's Square in Spitalfields. Mein George, der Vater von diesem Jungen da, ist gelernter Steinmetz von Beruf. Und auch ein geschickter Schreiner. Trinkt kaum ein Tropfen, wenn er arbeitet. Hat an seinem eigenen Vater gesehen, was das Zeugs anrichten kann, hat er gesagt. Und dann sind da noch die Kleinen: Joey hier und seine Schwester Polly, eine ganz Hübsche für ihr Alter, dabei ist sie noch nicht mal zehn. Sie hat uns schon oft vorm Hungertod und vorm Armenhaus gerettet oder uns gepflegt, wenn wir krank waren. Dann ist da noch der andere Junge, der Billy, der ist erst sieben und ein feiner Bursche. Und noch die Sally, die ist die Älteste.« Ich bemerkte, wie sich ihre rechte Hand bei diesen Worten zu einer Faust ballte und sich dann wieder löste. Rasch fuhr sie fort: »Bis vor drei oder vier Jahren hatten wir ein ganz ordentliches Leben, mein George war nämlich in der Zunft, zahlte pünktlich seine Beiträge, und seine Kumpel fanden ihn nett, und seine Meister haben ihm vertraut und ihm immer gute Arbeit gegeben. Dann fing die flaue Zeit an, und George kriegte keine Arbeit mehr. Zuerst war es ja nicht weiter schlimm, aber dann haben wir gesehen, wie die anderen immer tiefer in den Schlamassel geschlittert sind. George hat dann auch unzünftige Arbeit gemacht – obwohl er nie keinen nich übers Ohr gehauen hat. Aber er hat unter Zunftpreis gearbeitet, und irgendwie haben die Meister davon Wind gekriegt und ihn rausgeworfen. Danach hat's dann nur noch Arbeit bei den neuen Gaswerken in der Horseferry Road gegeben. Er hat die Ziegelverschalung im Brennofen gemacht, und es war fürchterlich heiß und nicht gerad ungefährlich, und die Löhne waren grausig schlecht. Was soll ich sagen, wir waren arm wie die Ratten. Jedenfalls, kaum kommen wir endlich so zurecht, da schlägt das Schicksal wieder zu. Es gibt ein Unglück auf der Arbeit, und meinen George erwischt's. An den Armen, dem Bein und im Gesicht. Vier Monate ist er im Spital gelegen, und danach hat er ein Jahr lang nicht arbeiten gekonnt. Zuerst hat's gar nicht gut ausgesehen, weil die Gaswerke nichts für uns haben hergeben wollen, aber dann haben sie uns doch ein bißchen Schmerzensgeld, so 'ne Art Abfindung ausgezahlt. Aber wegen seinem Arm hat George dann gar keine Arbeit mehr finden können. Ungefähr um diese Zeit – Weihnachten vor drei Jahren war's – ist ein gewisser ... Mensch zu uns gekommen.« Ihre Miene verdüsterte sich. »Er hat ganz freundlich getan. Ich schätze, er hat gehört, daß George dieses Geld gekriegt hat. Ich will ja man gar nicht sagen, daß er uns hat reinlegen wollen. Das Schlimmste war freilich, daß er diesen Jungen da mit sich genommen hat, damit wir ein Maul weniger zu stopfen hatten. Joey ist seitdem nicht mehr derselbe, aber er will keinem was von dieser Zeit erzählen, seinem Dad nich und mir auch nich.«

Ich sah zu Joey herüber, der schuldbewußt seinen Kopf senkte.

»Jedenfalls dieser Mensch, der hat den George dazu gebracht, sich als Meister selbständig zu machen, wo die Zunft ihn ja nich mehr für die ehrenwerten Meister hat arbeiten lassen, und dann hat mein George einen Vertrag mit ihm abgeschlossen, weil sie zusammen eine Pacht aufnehmen und in den Sümpfen hinter Westminster ein Haus haben bauen wollen. So ist es ja auch üblich, so macht man das. Und mit der Abfindung vom Gaswerk ist gerad genug Geld dafür dagewesen. Ein paar andere selbständige Meister haben gleich zwei oder drei Häuser übernommen, aber George und sein Partner haben sich nur das eine geteilt, ist aber ein ziemlich großes gewesen; sollten nämlich schöne Häuser für vornehme Leute werden. Die Stukkateure und die anderen Tischler und Schreiner haben sie also selbst zahlen müssen. Und das ganze Geld ist dafür draufgegangen. Sogar noch mehr als das, weil dieser andere Mensch überhaupt keinen Zaster gehabt hat. Wir haben uns selbst verköstigen und – das war's Schlimmste – auch noch die ganzen Baumaterialien kaufen müssen. Außerdem hat George immer nur die besten Ziegel gewollt und sich mit diesem Partner deswegen ständig in die Haare gekriegt. Und auch, weil dieser Mensch keinen Handschlag getan hat, sondern nur immer mit den anderen Handwerkern gesoffen hat, um auf sie einzureden, daß sie doch auch mit ihm Verträge machen sollen. Nun gut, als nächstes sagt er, so ungefähr nach sechs Monaten, er will raus aus'm Vertrag. Also hat George seinen Anteil gekauft – ist kein schlechter Preis gewesen, nur viel mehr Geld, als wir am Anfang eigentlich ausgeben haben wollen. Und so haben wir nach und nach fast alle unsere Sachen ins Pfandhaus gebracht – das bißchen Werkzeug, Kleider, Bettzeug, Teller und Tassen –, alles bis auf ein paar Kleider und das Werkzeug, das George unbedingt gebraucht hat. Irgendwie haben wir aber noch mehr Geld auftreiben müssen. Der Pfandleiher, zu dem wir unsere Sachen gebracht haben, hat uns dann noch Geld geliehen, zu einem ganz schlimmen Wucherzins. Sie können das ja nicht wissen, Ma'am, aber es gibt gottlose Menschen in der Stadt, die machen sich ein feines Leben von so armen Leuten wie unsereins.«

Meine Mutter schüttelte bedächtig den Kopf, als verstehe sie, dachte ich überrascht, diese Anspielung.

»Wir haben uns also vierzig Pfund geborgt, und das heißt, wir haben nach sechs Monaten achtzig zurückzahlen müssen. Anfang letzten Jahres ist George dann ungefähr mit seiner Arbeit am Haus fertig gewesen, da haben wir schlimme Nachrichten gehört: Ein Mann hat die Runde gemacht und allen selbständigen Meistern erzählt, wegen irgendwelcher Schwierigkeiten, die ich nie so ganz verstanden hab, täten die Leute, denen der Grund und Boden gehört, das Land wieder zurücknehmen, weil irgendwie keine Pacht oder so was bezahlt worden ist. Eigentlich hat das ja gar nichts mit uns zu tun gehabt, aber mit einemmal hat es so ausgesehen, daß wir alles verlieren, ohne auch nur ein Stäubchen Entschädigung: das ganze Geld, was wir für die Pacht gezahlt haben, für die Steine, für das Holz, und all das, was wir ins

Haus gesteckt und was wir den anderen Handwerkern bezahlt haben. Das war einfach nicht recht!«

Bei diesen Worten sah mich meine Mutter bestürzt an.

»Dieser Mann hat zu den selbständigen Meistern gesagt, sie sollen alles an den Bauunternehmer verkaufen, auch wenn der ihnen natürlich nicht die Spur von einem fairen Preis hat zahlen können wegen der Schwierigkeiten, in denen er doch gesteckt ist. Er tät ihnen hundert Pfund für jedes Haus anbieten, hat er gesagt, das ist sein letztes Angebot. Und wenn sie nicht einschlagen, dann kriegen sie vielleicht gar nichts dafür. Die Meister haben aber ungefähr dreihundert Pfund in jedes Haus gesteckt. Einige haben gesagt, zu dem Preis werden sie nicht verkaufen, und es ist gekommen, wie's hat kommen müssen: Der Grundeigner ist zum Gericht gegangen und hat ihnen die Häuser wegnehmen lassen, ohne ihnen auch nur einen Penny dafür zu zahlen. Und als das der Bauunternehmer gehört hat, hat er den Preis noch weiter gedrückt. Wie George und die anderen dann verkauft haben, da haben sie gerad noch vierzig Pfund fürs Haus gekriegt. Seltsam ist nur gewesen, Ma'am, daß der Bauunternehmer, dem ja inzwischen beinah alle die halbfertigen Häuser gehört haben, daß der die nun seelenruhig hat fertigbauen und verkaufen können, denn der Grundeigner ist nie wieder vor Gericht gegangen. Ich hab das nicht verstanden, aber irgendwas hat da nicht gestimmt, da bin ich mir sicher.«

»Wie hieß die Gesellschaft denn?« fragte ich.

»Es war die West London Building Society.«

Meine Mutter und ich blickten uns erleichtert an.

»Seitdem ist es immer schlimmer geworden, auch wegen der schlechten Zeiten. Man sagt, in Irland ist diesen Sommer die Ernte ausgefallen, na ja, sicher ist nur, daß es mehr arme Iren in der Stadt gibt als jemals zuvor, und die drücken die Löhne, und die Mieten steigen.«

»Wovon haben Sie seitdem also gelebt?« fragte meine Mutter.

Besorgt sah Mrs. Digweed zu mir herüber, ehe sie antwortete: »Mein George hat seitdem an den Ufern gearbeitet, Ma'am. Und damit, und weil ich Wäsche gewaschen hab, haben wir es gerad geschafft und konnten Leib und Seele zusammenhalten. Aber dann, letzten Winter, ist mein George krank geworden, die Feuchtigkeit von da, wo er arbeitet, die ist ihm auf die Lunge geschlagen – und hat ihn bös mitgenommen! Wir sind fast am Verhungern gewesen, denn der Pfandleiher, von dem ich Ihnen erzählt hab, der hat uns in der Woche vier Shilling abgeknöpft. Und weil wir nicht schnell genug haben zurückzahlen können, haben wir uns die ganze Zeit immer schlimmer verschuldet. Im Frühjahr dann, da ist derselbe Mensch gekommen, den ich Ihnen schon erwähnt hab, um uns zu besuchen. Es ist lange hergewesen, seit wir ihn das letzte Mal gesehen haben, und um ehrlich zu sein, ich hab mich nicht besonders darüber gefreut, daß ich ihn wiederseh. Diesmal hat es aber den Anschein gehabt, daß er gute Nachrichten für uns bringt. Er hat gehört, sagt er, daß es beim Herrenhaus in Hougham einiges an Arbeit zu tun gäb.«

»Das Herrenhaus?« wiederholte meine Mutter. »Sie meinen Mompesson Park?«

»Ich glaub, so oder so ähnlich heißt es, Ma'am.«

»Aber das Haus steht doch seit Jahren leer!« rief meine Mutter.

»Offenbar zieht die Familie wieder ein, Ma'am, wenn's denn das gleiche Haus ist. Jedenfalls ist George hin zum Verwalter in der Stadt und hat auch die Arbeit gekriegt. Wir haben uns dann beredet und beschlossen, daß die Kleinen in der Stadt bleiben sollen. George ist hier auf dem Land aufgewachsen, aber für mich ist es das erste Mal gewesen, daß ich den Grenzbaum der Stadt von der anderen Seite gesehen hab. Und dann sind Joey und ich, wie ich Ihnen ja letzte Nacht schon erzählt hab, nach Stoniton gegangen und da geblieben, bis die schlechte Nachricht aus der Stadt gekommen ist. Mehr gibt's dazu eigentlich nicht zu erzählen, das ist die ganze Geschichte. Und jetzt müssen wir sehen, daß wir nach Hause kommen.«

»Gütiger Himmel!« rief meine Mutter. »Sie wollen doch wohl nicht sagen, daß Sie bereits heute wieder aufbrechen wollen?«

»Wir haben uns ausgeruht, und wir haben gegessen, und dank Ihrer Güte haben wir warme Kleider und gute, kräftige Schuhe, die uns leicht bis in die Stadt bringen.«

»Aber doch nicht zu Fuß!« beharrte meine Mutter, als sie sah, daß Mrs. Digweed fest entschlossen war aufzubrechen. »Nehmen Sie doch wenigstens etwas Geld von mir an, damit Sie sich die Postkutsche leisten können! Ich bestehe darauf. Sie können am Nachmittag an der Überlandstraße zusteigen, die Kutsche hält bei der Abzweigung zum Dorf.«

Die Frau legte ihr Gesicht in kummervolle Falten: »Ich mag kein Geld annehmen, trotzdem recht vielen Dank, Ma'am! Wir sind schon so tief verschuldet, ich will es nicht noch schlimmer machen.«

»Aber wenn Sie die Kutsche nehmen, können Sie schon morgen früh bei Ihrer Familie sein und nicht erst in drei oder vier Tagen. Und Joey sieht viel zu müde aus, der kann heute bestimmt noch nicht weit zu Fuß gehen. Außerdem wollte ich Ihnen das Geld nicht leihen, sondern schenken.«

Über das abgespannte Gesicht der Frau, das sich ihrem Sohn zuwandte, tobte ein Kampf widersprüchlichster Gefühle. Endlich sagte sie: »Wir zahlen's Ihnen zurück, Ma'am, Joeys Dad und ich. Er tät ganz sicher das gleiche sagen, wenn er jetzt hier wär. Wir mögen's nicht, wenn wir Schulden haben.« Dann fragte sie schüchtern: »Wieviel macht's denn für zwei Fahrkarten?«

Meine Mutter sah mich an. »Zwei Außensitze kosten ungefähr vierundzwanzig Shilling«, sagte ich.

Mrs. Digweeds Augen weiteten sich vor Schreck. »Ich weiß nicht«, murmelte sie, »es kann lange dauern, bis wir das zurückzahlen können. Soviel haben wir in 'nem Vierteljahr kaum zurücklegen können, als mein George noch in der Zunft war.«

»Machen Sie sich doch bitte darüber keine Sorgen!« beschwichtigte meine Mutter sie.

»Und da wir Weihnachten haben«, warf Sukey ein, »ist die Nachmittagskutsche bestimmt fast leer.«

»Sukey wird Sie begleiten und Ihnen den Weg zur Überlandstraße zeigen.«

»Dann will ich Ihr Geld annehmen, Ma'am, und vielen Dank auch, recht vielen Dank«, sagte die Frau. »Gott segne Sie, Sie haben ein gütiges Herz für die Armen.«

Meine Mutter lächelte und sagte zu mir: »Kommst du bitte mal für einen Augenblick mit in den Salon, Johnnie?« Als wir dort allein waren, fragte sie: »Glaubst du, daß es die gleiche Company ist? Sie hat einen anderen Namen.«

»Es scheint jedenfalls nach dem gleichen Prinzip abzulaufen. Und außerdem sind mehrere Gesellschaften daran beteiligt.«

»Wenn es zutrifft, dann ist es schon ein eigenartiger Zufall. Und was diese Frau erzählt hat, macht mich sehr besorgt. Hätte ich doch letzte Nacht bloß nicht noch diesen Brief abgesandt. Meinst du, ich sollte Mr. Sancious schreiben und ihm sagen, daß ich meine Meinung geändert habe und nicht noch mehr Geld investieren will?«

»Sicher, wenn du dich dann ruhiger fühlst. Aber ich weiß eigentlich nicht, weshalb du dir Sorgen machst.«

»Dann kann Sukey auf ihrem Weg zur Überlandstraße den Brief gleich mitnehmen.«

»Es ist Weihnachten, Mama, die Poststelle ist geschlossen.«

»Wenn sie tatsächlich schon geschlossen ist, dann könnte doch Mrs. Digweed den Brief mit nach London nehmen.«

»Glaubst du, wir können ihr einen so wichtigen Brief anvertrauen?«

»Aber warum denn nicht?« sagte meine Mutter, während sie sich bereits hinsetzte, um den Brief zu verfassen.

Ich wollte Sukey und die Digweeds zur Überlandstraße begleiten und flehte meine Mutter an, es mir doch zu erlauben, und als sie merkte, wie enttäuscht ich gewesen wäre, wenn ich diese Gelegenheit verpaßt und nicht hätte zusehen können, wie die Kutsche anhielt und Fahrgäste aufnahm, da gab sie schließlich ihre Einwilligung. Während sie den Brief schrieb, ging ich nach oben, um mich anzuziehen, außerdem wollte ich heimlich vorbereiten, wozu ich mich im Verlauf der Erzählung von Mrs. Digweed entschlossen hatte.

Als ich in die Halle zurückkam, verabschiedete man sich gerade mit all den Formalitäten, die mit der Übergabe von Geld und Brief verbunden waren. Mrs. Digweed bestand darauf, daß meine Mutter ihre Anschrift und ihren Namen aufschrieb.

Schließlich machten wir vier uns auf den Weg und gingen durch das ruhige Dorf, das friedlich eingehüllt unter einer Decke aus Schnee lag und dessen einzige Lebenszeichen die Rauchsäulen waren, die aus den Schornsteinen schnurgerade in den wolkenlosen Himmel aufstiegen. Die beiden Frauen gingen voraus, Joey und ich folgten ihnen.

»Glaubst du, der Kutscher wird ins Horn blasen, wenn die Kutsche anhält?« fragte ich Joey.

»Ist mir egal«, sagte er. »Ich bin schon viele, viele Male mit der Kutsche gefahren.«

»Wirklich? Wohin denn?«

»Mit meinem Onkel. Wir waren in der Stadt und der Umgebung.«

»Wie alt bist du denn?« fragte ich.

Seine Antwort überraschte mich: Trotz seiner schmächtigeren Gestalt (und dabei war ich selbst schon klein) zählte er nur sechs Monate weniger als ich. Ich war froh, als ich hörte, daß er älter war, als ich zuerst angenommen hatte, denn sonst wäre die Tatsache, daß er schon so viel gesehen und unternommen hatte, noch ärgerlicher gewesen.

Die Tür des kleinen Gemischtwarenladens, in dem sich auch die Poststelle befand, war tatsächlich verriegelt, und die Fensterläden waren verschlossen. Also gab Sukey Mrs. Digweed den Brief und noch zwei Pence für die Briefmarke in London.

»Natürlich hat heute alles zu, genau wie ich gesagt habe«, sagte ich.

»Alles bis auf die Friedhöfe«, warf Joey ein, da wir gerade an der Kirche vorbeigingen.

»Sei doch nicht blöd! Friedhöfe sind nie verschlossen.«

Er sah mich mit einem ärgerlichen Anflug von Überheblichkeit an: »Sind sie wohl – in London. Wenn die Gräber keinen mort-safe haben.«

»Ach, komm mir bloß nicht mit deinem London!« rief ich und stieß ihn in die Seite, fest entschlossen, ihn nicht zu fragen, was dieses Wort bedeutete.

Er knuffte zurück, nur viel heftiger, und ich packte ihn am Arm, aber irgendwie kam er wieder frei und schlug mir gegen die Brust. Doch da rissen Sukey und Mrs. Digweed uns auseinander, und den Rest des Weges hielten sie sich zwischen uns.

Wir erreichten die Überlandstraße rechtzeitig und mußten sogar noch einige Minuten warten, bis die Kutsche auf der schneebedeckten Straße in Sicht kam. Ich winkte, sobald ich sie sah, und war überglücklich, als der Postillion tatsächlich lang und kräftig ins Horn stieß, die Fahrt verlangsamte und die Pferde zu einem dampfenden, Schellen klingelnden, Hufe stampfenden Halt brachte. Der Postillion bestätigte, daß noch Außenplätze frei seien, worauf ihm das Geld ausgehändigt wurde. Während ich neidisch zuschaute, half er den beiden neuen Passagieren auf den Wagen.

Gerade als sie sich zurechtsetzten und einen Augenblick bevor der Postillion dem Kutscher das Zeichen zur Abfahrt gab, befreite ich mich von Sukeys Hand, lief zur Kutsche und rief Joey zu: »Hier, fang auf!« Und ich warf ihm die kleine Börse hoch, die ich aus meinem Zimmer geholt hatte und die all meine Ersparnisse enthielt, eine Summe, die sich auf ein Pfund, vier Shilling und drei Pence belief und zu der auch der halbe Sovereign gehörte, den ich auf dem Friedhof von Mr. Barbellion erhalten hatte. Aus irgendeiner abergläubischen Furcht heraus hatte ich ihn behalten und war froh, ihn jetzt loszuwerden.

Die Kutsche fuhr an, noch ehe Joey und seine Mutter Zeit hatten, die Börse zu öffnen. Doch als sie etwa fünfzig Yard weit gefahren waren, sah ich, wie Joey aufstand und mir zuwinkte, während die Mutter seine Beine umklammerte, damit er nicht hinunterfiel.

Mehrere Wochen lang sprachen meine Mutter und ich immer wieder von Mrs. Digweed und ihrem Sohn, und wir fragten uns, was sie wohl erwartet hatte, als sie in London ankamen. (Es machte mir großen Spaß, auf meiner Karte die Straße ausfindig zu machen, in der sie wohnten.) Und noch einige Zeit danach wirkte meine Mutter nachdenklich und melancholisch, und ich mußte daran denken, daß die Erwähnung der Stadt London wohl Erinnerungen und Bilder in ihr geweckt hatte, an die sie bestimmt lange nicht mehr gedacht hatte. Es war eigenartig, sich vorzustellen, daß sie Erfahrungen besaß, von denen ich überhaupt nichts wußte. Sie schrieb nun häufiger, und es schienen keine Briefe zu sein, die sie in ihr Notizbuch eintrug. Bissett hielt nach wie vor nicht besonders viel von unseren Gästen. Sie beharrte darauf, daß die Geschichte dieser Vettel eine Kette von Lügen gewesen sei, und machte es meiner Mutter zum Vorwurf, ihr auch nur ein einziges Wort geglaubt zu haben. Schließlich kam auch meine Mutter zu der Auffassung, daß die Frau wohl tatsächlich die Mühsal und das Unrecht übertrieben hatte, die der Familie nach dem Unfall ihres Mannes bei der Explosion im Gaswerk widerfahren waren. Einmal hörte ich sogar, wie Bissett kopfschüttelnd zu ihr sagte: »Die Frau hat doch ganz bestimmt nach Gin gerochen.«

Der Besuch war auch für mich nicht ohne Auswirkung geblieben: Ich war ruhelos geworden. Ich glaubte nicht, daß sie uns angelogen hatten, und war auch nicht sonderlich überrascht von den offensichtlichen Beziehungen, die es zwischen ihrem und unserem Leben gab, denn in dem Alter, in dem ich mich damals befand, geht man davon aus, daß sich alles um einen selbst dreht, und hält solche Zusammenhänge keineswegs für zufällig. Es machte mich jedoch unruhig, wenn ich darüber nachdachte, daß Joey, der nicht einmal so alt war wie ich, schon einige Jahre lang für seinen Lebensunterhalt gearbeitet hatte. Er kannte London und hatte Dinge gesehen und erfahren, die ich mir kaum vorstellen konnte. Ich wurde ungeduldig, ich wollte endlich erwachsen werden und das Dorf verlassen. Und ich glaube, meine Mutter sah, was in mir vorging, und es bedrückte sie.

20. KAPITEL

Der Mrs. Digweed anvertraute Brief erreichte seinen Adressaten, traf aber offenbar zu spät ein, um die Folgen des vorangegangenen Briefes noch abwenden zu können, denn ungefähr eine Woche nach Weihnachten erhielt meine Mutter ein Antwortschreiben von Mr. Sancious, in dem er darlegte, daß die Transaktion in ihrem Namen bereits getätigt worden und daß sie auch nicht mehr rückgängig zu machen sei.

Der Winter verging, und als ich an einem wunderschönen Aprilmorgen zum Frühstück herunterkam, sah ich, daß meine Mutter abermals einen Brief ihres geschäftlichen Interessenverwalters las.

»Was gibt's Neues?« fragte ich.

»Nur Gutes«, antwortete sie lächelnd. »Es sieht so aus, als wolle die Company in Erwartung finanzieller Erfolge noch beträchtliche Geldsummen aufnehmen.«

»Heißt das denn, daß wir endlich unser Geld zurückbekommen werden?«

»Davon bin ich überzeugt.«

»Laß mich den Brief sehen!« sagte ich, und sie hatte nichts dagegen, daß ich ihn las.

»Wir erlauben uns, Ihnen mitzuteilen«, schrieb Mr. Sancious, »daß auf der außerordentlichen Vorstandssitzung der Direktoren der Consolidated Metropolitan Building Company, die ordnungsgemäß am Montag letzter Woche abgehalten wurde, der Vorsitzende der Gesellschaft die Anwesenden über die weiterhin berechtigten Erfolgsaussichten der Company beruhigte.«

»Aber Mama«, sagte ich, »das sieht doch überhaupt nicht gut aus. Warum mußte er sie denn erst über die Erfolgsaussichten beruhigen?«

Sie sah mich überrascht an: »Aber Mr. Sancious schreibt doch, daß ich noch mehr Anteile kaufen soll, also wird er ja wohl annehmen, daß alles gut läuft.«

Ich las weiter: »Der Vorsitzende gab bekannt, daß den Aktionären der Company erneut die Möglichkeit zu einer Aktienzeichnung geboten werde, um mit den zu erwartenden Beteiligungen laufenden Pachtverpflichtungen nachkommen zu können. Wir raten Ihnen daher, Madam, zur Stützung Ihrer bisher getätigten Investitionen für weitere fünfhundert Pfund Anteile zu erwerben.«

Ich sah auf: »Aber das hört sich wirklich nicht sonderlich gut an. Es klingt, als würde er meinen, wenn du nicht noch mehr Geld in die Sache investierst, dann wirst du alles verlieren.«

Ich las wieder in dem Brief: »Und da Sie über kein Guthaben mehr verfügen, legen wir Ihnen einen Schuldschein, ausgeschrieben für die Frist von sechs Monaten, bei, da sich bis dahin die Situation gewiß entspannt haben wird.«

»Wieso schreibt er denn, daß wir kein Guthaben mehr haben?«

Sie begann zu weinen: »Johnnie, ich muß dir etwas Schreckliches beichten. Nachdem wir damals alles besprochen und uns darauf geeinigt hatten, nur dreihundert Pfund zu riskieren, habe ich mich dann doch entschlossen, mehr Anteile zu kaufen.«

»Aber wieso denn? Warum hast du das bloß getan?«

»Ich hatte Angst, daß Mr. Sancious sonst beleidigt sein könnte, und außerdem schien es eine so gute Anlage zu sein.«

»Wieviel?«

»Tausend Pfund«, schluchzte sie.

»Wie konntest du nur so töricht sein!«

»Sprich nicht so mit mir, Johnnie! Ich tat es doch deinetwegen. Und überhaupt ist es ja schließlich ebensogut dein Fehler.«

»Was meinst du damit?«

»Ja, weißt du denn nicht mehr, damals, an Weihnachten, als diese Frau und ihr kleiner Junge bei uns waren? Da wollte ich mich mit dem Verlust unserer Beteiligung zufriedengeben, aber da hast du mir dann zugeraten und gesagt, es sei richtig, noch mehr Geld anzulegen.«

Ich rief: »Aber ich wußte doch nicht, daß du bereits soviel Geld ausgegeben hattest! Dann hast du ja damals unser allerletztes Geld investiert!«

»Aber je mehr ich zu verlieren hatte, um so mehr Grund hatte ich doch auch zu retten, was zu retten war!«

»Nein, du hättest besser daran getan, nicht noch mehr aufs Spiel zu setzen. Du bist so töricht!« rief ich. »Wie konntest du das nur machen, ohne mich zu fragen? Ich hasse dich.«

Sie verbarg ihr Gesicht in den Händen und weinte, und ich rannte aus dem

Zimmer. Ich lief nach oben in meine Schlafkammer, warf mich aufs Bett und schluchzte. Warum tat sie das nur? Warum reagierte sie so unüberlegt? Und wieso hatte sie ihr Tun vor mir verheimlicht? Das war doch einfach hinterhältig. Ich schwor mir, daß ich fortan wirklich aufhören würde, sie zu lieben. Sie war schwach und dumm, und von heute an würde ich stark und unnahbar sein.

Einige Stunden später fühlte ich mich wieder etwas besser, und ich bereitete mich innerlich auf den Moment vor, wenn sie zu mir kommen würde, um mir eine gute Nacht zu wünschen. Ich glaube nicht, daß ich bereit war, mich zu entschuldigen, aber ich war mir sicher, daß ich ihr keine weiteren Vorwürfe mehr machen wollte. Ich wartete und wartete, und allmählich begriff ich, daß sie an diesem Abend zum erstenmal in meinem Leben nicht zu mir kommen würde. Ich fragte mich, was sie wohl tat und ob sie sich wohl ähnlich unglücklich fühlte wie ich. Vielleicht fiel es ihr ebenso schwer, mir zu vergeben, was ich gesagt hatte, wie es mir schwerfiel, ihr zu verzeihen, was sie getan hatte. Doch was ich ihr vorgeworfen hatte, stimmte einfach: Sie hatte sich wirklich töricht und hinterlistig benommen.

Ich schlief schlecht, und am nächsten Morgen beim Frühstück war ich in mich gekehrt und schweigsam. Ich beachtete sie kaum. Doch dann trafen sich unsere Blicke zufällig, und ich konnte sehen, daß sie geweint hatte. Ich weiß nicht, wer von uns beiden den Anfang machte, aber wir brachen beide in Tränen aus, fielen uns in die Arme und lachten und weinten gleichzeitig. Doch selbst als ich sie umarmte, fühlte ich etwas Kaltes und Hartes in mir, das auch in diesem Augenblick nicht auftauen wollte.

Als wir ins Wohnzimmer gegangen waren, setzten wir uns, und meine Mutter sagte: »Was sollen wir nun in dieser Sache unternehmen, Johnnie?«

»Wenn wir nicht alles verlieren wollen, werden wir leider wohl machen müssen, was Mr. Sancious uns rät.«

»Wahrscheinlich hast du recht«, sagte sie, und wir nahmen noch einmal seinen Brief in die Hand:

»Für die Beschaffung dieser Summe haben wir uns mit einer privaten und äußerst reputierlichen Kreditanstalt dahingehend geeinigt, daß Sie nunmehr einen Schuldbrief mit einer Laufzeit von sechs Monaten unterzeichnen können. Dies bedeutet, daß Sie im Ausgleich für die erhaltenen fünfhundert Pfund die Verpflichtung eingehen, diesen Betrag zuzüglich der Zinsen dem Geldinstitut nach einer vom heutigen Datum an gerechneten Frist von sechs Monaten, in deren Ablauf sich die finanzielle Position der Company gewiß konsolidiert haben dürfte, zurückzuzahlen. Wir legen diesem Schreiben daher gern das entsprechende Dokument bei (die anfallende Stempelgebühr wurde von uns beglichen) und bitten Sie, es in Gegenwart eines Zeugen zu unterschreiben.«

»Ich hab nur noch so wenig Geld«, sagte meine Mutter, »daß ich gar nicht weiß, wie wir die nächsten sechs Monate überbrücken sollen.«

»Dann können wir uns Bissett wohl kaum noch leisten, oder?« fragte ich leise, und sie schüttelte den Kopf. »Soll ich sie herbitten, damit sie deine Unterschrift bezeugt und du ihr dann alles gleich erklären kannst?«

»Ich glaube, es gibt keinen anderen Weg.«

Also rief ich Bissett aus der Küche, in der gerade Brot gebacken wurde. Sie ging und wischte sich die mehligen Hände an der Schürze ab, ich blieb jedoch, um mich ein wenig mit Sukey zu unterhalten.

»Hast du schon gehört, Master Johnnie, daß der Dorfanger eingefriedet werden soll?« fragte sie, während sie den Teig knetete.

»Von wem?«

»Na, von den Mumpseys natürlich. Mr. Assinder hat uns eine Rede gehalten und gesagt, es wär besser für uns alle, weil wir dann nämlich jeder ein eigenes Stückchen Land kriegen.«

»Hoffentlich hat er recht.«

Sukey stellte den Teig in einer Schüssel oben auf den Herd und deckte ihn mit einem Tuch zu.

Im selben Moment ging die Tür auf, und meine Mutter kam herein. »Würdet ihr beide bitte sofort mit mir ins Wohnzimmer kommen?« bat sie uns ernst.

Wir sahen uns überrascht an und folgten ihr. Als wir ins Wohnzimmer kamen, saß Bissett auf dem Sofa und setzte eine äußerst würdevolle Miene auf. Meine Mutter nahm neben ihr Platz, doch Sukey und ich blieben stehen und schauten die beiden an.

»Nun, Johnnie«, begann meine Mutter, »ich weiß, daß du immer die Wahrheit sagst. Hat Sukey dich jemals dorthin mitgenommen, wohin du nicht gehen darfst?«

Die Erinnerung an Hougham zuckte mir durch den Kopf. In der Hoffnung, die Aufmerksamkeit von dieser Episode ablenken zu können, sagte ich keck: »Ja, sie hat mich einige Male zur Kate ihrer Mutter mitgenommen.«

»Hab ich's nich gesagt, Ma'am?« murmelte Bissett.

»Und hast du jemals beobachtet, daß sie ihrer Familie etwas zu essen mitgebracht hat?«

Ich zögerte: »Ja, doch. Aber nur einmal, und ich bin mir sicher, daß es nur Überreste waren.«

»Es ist und bleibt Diebstahl«, warf Bissett ein. »Ihr steht nur zu, was sie hier im Haus essen kann, das gehört zu ihrem Lohn. Aber ich will wetten, daß aus der Speisekammer nicht bloß Überreste verschwunden sind.«

»Was stimmt an dieser Geschichte, Sukey Podger?« fragte meine Mutter.

Das Mädchen begann zu schluchzen: »Ich hab was mit nach Haus genommen, Ma'am, aber ich hab immer nur genommen, was mir zustand. Ich darf die alten Teeblätter, den Bodensatz vom Kaffee, Hafergrütze und die Reste mitnehmen.«

»Wer hat dir das denn gestattet?« fragte Bissett.

»Mrs. Belflower hat's mich immer mitnehmen lassen.«

»Sie hat hier nichts mehr zu sagen.«

»Und meistens hab ich weniger gegessen, damit ich mehr mitnehmen konnte.«

»Trotzdem, Sukey Podger, du hättest mich fragen sollen. Es ist nicht recht, wenn man nimmt, was einem nicht gehört, unter gar keinen Umständen.«

»Hougham, Ma'am!« murmelte Bissett plötzlich zu meinem Entsetzen.

Ich sah, wie Sukey jählings errötete.

Meine Mutter wandte sich wieder an mich: »Nun, mein Liebling, hat Sukey dich noch an andere Orte mitgenommen, wo du eigentlich nicht hättest hingehen dürfen?«

Ich zögerte, doch als ich Bissetts siegesgewisse und wachsame Miene sah, gestand ich: »Ja, wir sind einmal nach Hougham gegangen.«

»Ich hab's Ihnen doch gesagt!« rief Bissett.

»Nun, Johnnie«, sagte meine Mutter, »ich weiß, das ist alles schon lange her, und du warst noch sehr klein, doch versuch dich bitte daran zu erinnern, ob du damals mit jemandem gesprochen hast.«

Ich sah, wie Sukey mich ängstlich beobachtete, und fragte mich, was wohl mit ihrer Familie geschehen würde, wenn sie ihre Stelle bei uns verlor. Schließlich war es ja nicht ihre Schuld gewesen, daß ich mit Henrietta gesprochen hatte. »Nein, ich kann mich nicht erinnern«, antwortete ich. Noch während ich redete, sah ich rasch Bissett an und bemerkte, daß sie mir einen höchst seltsamen Blick zuwarf: Überraschung und Mißtrauen lagen darin, auch unterdrückte Empörung und noch einiges mehr. Fast schien es, als wisse sie genau, daß ich log. Aber wie sollte sie sich da so sicher sein können?

»Du erinnerst dich nicht?« fragte meine Mutter.

»Ich bin mir sicher, daß ich mit niemandem geredet habe«, antwortete ich.

Meine Mutter war offensichtlich sehr erleichtert: »Nun, Sukey...« begann sie.

»Bleiben Sie hart!« unterbrach Bissett sie leise.

»Weißt du, Sukey Podger, du hast mein Vertrauen enttäuscht, und nachdem ich gerade erfahren habe, wie schlecht es finanziell um uns steht, werde ich dir wohl, so leid es mir tut, kündigen müssen.«

»Aber ihre Geschwister haben doch nur das, was sie ihnen bringt, sonst können sie doch gar nicht überleben!« protestierte ich.

»Sehen Sie, Ma'am«, sagte Bissett, »sie hat die ganze Familie durchgefüttert, aus Ihrer Küche! Kein Wunder, daß wir nur so knapp zurechtgekommen sind und uns immer gefragt haben, wo denn bloß das ganze Geld bleibt!«

»Sie sind immer sehr gut zu mir gewesen, Ma'am«, schluchzte Sukey. »Hätte ich es doch nur nicht getan! Ich wußte ja, daß es nicht recht war.«

»Geh und pack deine Sachen!« sagte Bissett. »Und bevor du dieses Haus verläßt, seh ich mir ganz genau an, was du von hier mitnimmst.«

»Ich glaube nicht, daß das notwendig sein wird«, murmelte meine Mutter, doch Bissett sah sie scharf an, und meine Mutter schwieg.

Sukey versteckte ihr Gesicht in der Schürze und rannte aus dem Zimmer.

»Aber Bissett«, sagte meine Mutter, der diese Szene offensichtlich sehr nahe gegangen war, »auch ohne Sukeys Lohn kann ich es mir nicht leisten, dich zu behalten.«

»Machen Sie sich um meinen Lohn man keine Sorgen!« antwortete sie. »Ich werd trotzdem bei Ihnen bleiben, Ma'am. Selbst wenn Sie mir nur so viel geben können, wie Sie Sukey gezahlt haben.«

Bissetts Antwort erstaunte mich, besonders die Art, wie sie sich mit dem verachteten Dienstmädchen auf eine Stufe stellte.

Meine Mutter warf ihr die Arme um den Hals und drückte sie an sich: »Ach Bissett, du bist eine echte Freundin!« rief sie.

»Ich weiß, wo meine Pflicht liegt«, sagte Bissett barsch, stand ein wenig steif da und ließ die Umarmung über sich ergehen.

Doch über die Schulter meiner Mutter hinweg trafen sich unsere Blicke.

»Woher kommt es, daß du all diese Dinge von Sukey weißt?« fragte ich. »Unser Spaziergang nach Hougham liegt schon so lange zurück.«

Ihr Gesicht färbte sich ein wenig rot, und nach einem kurzen Augenblick des Zögerns antwortete sie: »Ich hab's im Dorf gehört.«

Ich starrte sie wütend an, und in diesem Moment nahmen alle möglichen Verdächtigungen plötzlich konkrete Gestalt an.

Als sie das Zimmer verlassen hatte, um Sukey beim Packen zu überwachen, sagte meine Mutter: »Bissett ist wirklich eine treue Seele. Ich habe jetzt richtiggehend ein schlechtes Gewissen, weil ich manchmal geglaubt habe, sie sei zu geldgierig. Dabei ist doch nicht zu übersehen, wie sehr sie uns liebt. Weißt du eigentlich, daß sie schon damals, als ich ihr gesagt hatte, wir könnten uns nicht mehr so viele Bedienstete leisten, in eine Gehaltskürzung eingewilligt hat?«

An diesem Abend ging Sukey für immer nach Hause, und ich haßte den Gedanken daran, wie wohl ihre Familie die Kündigung aufnehmen würde. Bevor sie ging, überredete ich sie – und warum soll ich dies nicht berichten, nachdem ich doch bereits auch so viel berichtet habe, was nicht gerade zu meinen Gunsten spricht? –, zwei Shilling und einige Pence von mir anzunehmen, die ich mir von meinem Taschengeld erspart hatte. Meine Mutter weinte, als sie sich unter den wachsamen Augen Bissetts von Sukey verabschiedete, aber ich sah, daß auch sie einige Münzen unbemerkt in die Hand des Mädchens gleiten ließ.

V. BUCH

Geschichten und Verwandtschaften

21. KAPITEL

Es ist der späte Abend eines trüben, regnerischen Tages, und die Fensterläden vor dem Kontor sind geschlossen und verriegelt. Im hinteren Kabinett sitzen Mr. Clothier und Mr. Sancious über Papiere gebeugt, die ausgebreitet vor ihnen auf dem Tisch liegen. Das Feuer ist heruntergebrannt, und vor dem Kamin stehen zwei Sessel und ein Tisch mit zwei Gläsern. Die Gläser wie auch die Flasche Wein, die an einem der Kaminböcke lehnt und langsam wärmer wird, warten darauf, daß die beiden Herren ihre Geschäfte endlich zu einem Abschluß bringen.

»Nun, Mr. Clothier«, sagt der Advokat mit einem Lächeln, »jetzt, da die West London Building Society in Liquidation geht, ohne je etwas als Hauptpächterin bezahlt zu haben, ist die Consolidated Metropolitan Building Company nicht mehr in der Lage, dem Grundeigner ihre Pacht zu zahlen. Ich denke daher, daß uns keine andere Wahl bleibt, als den Konkurs anzumelden und die entsprechenden Maßnahmen einzuleiten.«

»So ist es, mein werter Herr«, antwortet der alte Herr vergnügt. »Ich bin am Ende. Völlig am Ende. Keinen einzigen gesegneten Penny hab ich noch.«

»Sie tragen es wirklich mit Fassung, Sir.«

»Ja, ich glaube, das tu ich wirklich«, sagt der alte Herr, zieht dabei ein drolliges Gesicht und schüttelt den Kopf.

»Mit wahrhaft christlicher Gelassenheit«, fügt der Advokat hinzu. Der alte Herr sieht ihn scharf an, doch dann lächelt er.

»Ich frage mich, wie Quintard & Mimpriss es aufnehmen werden«, überlegt der Advokat, »wenn sie herausfinden, daß Ihre Company nicht mehr für die Zinsen aufkommen kann und daß das Pachtland längst nicht soviel wert ist wie das gewährte Darlehen.«

Der alte Herr lächelt etwas unbehaglich.

»Die Leute hatten es äußerst eilig, ins Geschäft zu kommen«, sinniert Mr. Sancious. Dann sagt er plötzlich: »Sie müssen einen Helfer im Bankhaus gehabt haben.«

Mr. Clothier sieht ihn mißtrauisch an, dann murmelt er: »Unsinn, so ein Unsinn. Es ist doch immer noch ein angemessener Preis. Aber ich gratuliere Ihnen, Mr. Sancious. Der Mann, den Sie da aufgetrieben haben, ist wirklich ein gewiefter Kerl, dieser Schreiner. Er hat uns eine Menge Vögel ins Netz gelockt.«

»Er wurde auch gut dafür bezahlt. Doch das erinnert mich an eine Bitte, die ich Ihnen in seinem Namen unterbreiten möchte: Würden Sie es ihm gestatten, eines der Häuser für sich zu nutzen?«

»Ja, aber sie gehören doch jetzt alle dem Grundeigner!« sagt der alte Herr und lacht.

»Soll ich dann also Vulliamy fragen?« erwidert Mr. Sancious sanft.

»Herrje, woher wissen Sie das denn?« keucht Mr. Clothier erstaunt.

»Natürlich von ihm selbst, woher sonst?«

»Ich bekomme ja beinahe Angst vor Ihnen, Mr. Sancious«, gesteht der alte Herr. »Sie sind ein ziemlich heller Kopf. Aber Sie haben recht, wenn Sie es denn unbedingt wissen wollen: Vulliamy ist tatsächlich der nominelle Eigentümer des Grundstücks.« Er steht auf und geht zum Kamin: »Also, mein lieber Herr, wollen Sie mir nun die Ehre erweisen und ein Glas Wein mit mir trinken?«

»Die Ehre ist ganz meinerseits, Mr. Clothier.«

Die beiden Herren setzen sich ans Feuer, und der Gastgeber schenkt den Wein ein. Dann lehnt sich Mr. Sancious gemütlich zurück. »Sie sagen, es überrascht Sie, wieviel ich weiß, Mr. Clothier. Wollen Sie mich anhören, wenn ich Ihnen eine Geschichte erzähle?«

»Erzählen Sie nur, mein lieber Herr!« antwortet der alte Gentleman etwas unruhig.

»Ich glaube, Sie werden sich nicht dabei langweilen. Lassen Sie mich zuerst noch einmal betonen, daß es nur eine Geschichte ist.« Der andere nickt, und Mr. Sancious fährt fort: »Nun gut. Nehmen wir einmal an, daß ich im Verlauf meiner beruflichen Tätigkeiten einen Klienten getroffen hätte, dem sehr daran gelegen ist, daß sein Aufenthaltsort unbekannt bleibt. Nehmen wir weiter an, ich hätte herausgefunden, vor wem mein Klient sich solcherart zu verbergen versucht und daß es sogar zwei Parteien sind, die sich ebensosehr darum bemühen, diese Person ausfindig zu machen, wie sie – denn mein Klient ist eine Dame – es wünscht, unauffindbar zu bleiben. Und jede der beiden Parteien möchte diese Frau als erste aufspüren.«

Mr. Clothier hat sich in seinem Sessel aufgesetzt und sieht den Advokaten gespannt an. Er will etwas sagen, doch Mr. Sancious hebt abwehrend eine Hand: »Geduld bitte, mein werter Herr! Nehmen wir nun noch an, ich hätte meine Klientin ermutigt, ihr gesamtes bescheidenes Kapital aussichtsreich anzulegen.«

Bei diesem Satz holt Mr. Clothier tief Luft.

Aber der Advokat fährt fort: »Und zwar in ein vielversprechendes Projekt, das freilich aufgrund unvorhergesehener Zwischenfälle leider gescheitert ist. Nehmen wir außerdem noch an, daß ich meine Klientin, als sie versuchte, sich aus ihren Schwierigkeiten zu befreien, dazu bringen konnte, einen

Schuldschein über fünfhundert Pfund zu unterschreiben, und daß ich ferner erfahren hätte, daß ein sehr angesehener und wohlhabender Herr – ganz einer, wie Sie es sind – zu denen gehört, die diese Person ausfindig machen wollen. Nehmen wir zum Schluß noch an, daß sich im Besitz meiner Klientin ein Dokument befinde und daß dieser Herr in einen Prozeß verstrickt sei, bei dem es um ein großes Besitztum geht und für das dieses Dokument von großer Bedeutung ist. Wenn wir also all dies einmal annehmen, Mr. Clothier, hätten Sie mir dann etwas zu sagen?«

»Hat sie ein Kind?« stammelt der alte Gentleman.

»Daß dies Ihre erste Frage ist, macht mich tief betroffen. Ihre Gefühle ehren Sie, mein werter Herr. Ja, sie hat tatsächlich ein Kind.«

Bei diesen Worten stößt der alte Gentleman einen Schrei aus und springt auf; das Glas fällt ihm dabei aus der Hand.

22. KAPITEL

Seit Sukey nicht mehr bei uns war, blieb es nicht aus, daß ich hin und wieder an Nachmittagen, an denen meine Mutter mich nicht begleiten konnte, allein ausgehen durfte. Bei einer solchen Gelegenheit, es war Anfang August, bemerkte ich auf dem Weg ins Dorf einen Fremden, der vor dem »Rose and Crab« an einen Baum gelehnt stand. Da solch ein Auswärtiger ein ziemlich ungewöhnlicher Anblick in Melthorpe war, betrachtete ich ihn mit besonderer Aufmerksamkeit. Er war in den mittleren Jahren, trug einen breitkrempigen Hut, einen eleganten grünen Mantel und Schaftstiefel von einer Art, wie ich sie zuvor noch nie gesehen hatte. Der Kleidung nach war er ein Gentleman, doch sein müßiges Herumlungern widersprach dieser Einschätzung. Er nahm keine Notiz von mir, und so ging ich weiter.

Die Sonne war hervorgekommen, als ich das Haus verlassen hatte, doch ein heftiger Regen am Vormittag hatte die Wege aufgeweicht und morastig gemacht. Ich ging gerade am Feld von Bauer Lubbenham vorbei, das zwischen dem Moat-Piece-Acker und dem Dorfanger liegt, als ich eine Klapper hörte und einen Jungen sah, der Krähen verscheuchte. Er trug einen geflickten weiten Kittel und eine blaue Mütze – beides war vom Regen noch völlig durchnäßt – und schüttelte in regelmäßigen Abständen die drei schweren, mit einer Kordel verknüpften Holzplatten, an deren mittlerer ein Handgriff befestigt war. Ich dachte mir, daß es eine angenehme Sache sein müsse, den ganzen Tag draußen auf den Feldern sein zu dürfen, und etwas neidisch winkte ich dem Jungen zu, doch der schien mich nicht zu bemerken.

Ich spazierte weiter, vorbei an den grünen Wiesen mit saftigem Gras und den Stoppelfeldern, auf denen das frischgeschnittene Korn zu Garben gebunden lag oder zu verschwenderisch duftenden Hocken aufgestellt worden war. Ich wanderte bis hinauf zum Galgenhügel und dann wieder zurück, ging also einmal ganz um den Dorfanger herum. Als ich mich wieder dem Moat-Piece-Acker näherte, stand der Junge hinter der Hecke, und jetzt erst erkannte ich Sukeys Bruder Harry.

Ich begrüßte ihn, und er schaute mich auf eine irgendwie unfreundliche Art mit seinen hellen blauen Augen an.

»Wer warn das, der dir nach is, als du hier vorbeigekommen bist?«

»Ich weiß nicht, wovon du redest.«

»Da kommt er ja schon wieder!« antwortete Harry, begann heftig seine Klapper zu schütteln und ging weiter.

Ich drehte mich überrascht um und sah, daß der Fremde, den ich bereits vor dem Gasthof gesehen hatte, nun in einiger Entfernung mit schlendernden Schritten wie zufällig hinter mir auftauchte. Ich ging weiter die High Street entlang, aber er blieb mir auf den Fersen.

Ich dachte, wenn ich beim Posthalter-und-Gemischtwarenladen vorbeigehen würde, um nach unseren Briefen zu fragen, wäre das quasi ein neuer Anlauf, Haushaltspflichten auf meine Schultern zu nehmen. Mr. Passant, der Posthalter, hatte zwar zunächst Bedenken, doch schließlich gab er mir zu meiner Überraschung außer einem Brief für meine Mutter auch noch einen für Bissett mit. An der Anschrift auf dem Brief für meine Mutter erkannte ich die Handschrift von Mrs. Fortisquince, und ich vermutete, daß es sich um ein Schreiben von Mr. Sancious handelte. Bissetts Brief trug ein Siegel, dessen Abdruck ich allerdings nicht erkennen konnte. Ich untersuchte es, während ich mich auf den Heimweg machte, doch als ich ungefähr auf Höhe der Kirche um die Straßenecke bog, sah ich zwei Personen, die vor dem »Rose and Crab« eng beisammenstanden. Bei der einen handelte es sich um den Fremden, und die Frau, mit der er sprach, war Bissett. Als sie mich entdeckten, trennten die beiden sich, der Fremde überquerte die Straße und betrat den Friedhof, während Bissett mir entgegenkam.

»Wer war denn der Mann, Bissett?« fragte ich sie.

»Woher soll ich das wissen?« antwortete sie barsch. »Er wollte von mir nur den Weg zum Dorfanger wissen.«

»Den sollte er eigentlich kennen, denn ich habe ihn dort bereits gesehen«, sagte ich. Bissett schien etwas antworten zu wollen, doch ich fuhr rasch fort: »Hier ist ein Brief für dich.«

Sie riß ihn mir aus der Hand und stopfte ihn in ihren Korb. »Die Post abzuholen gehört nicht zu deinen Aufgaben«, sagte sie. »Mach das ja nicht noch einmal, hast du mich verstanden?«

»Das kam wohl nur meine Mutter entscheiden«, gab ich zurück.

»Wir werden ja sehen, was deine Mutter sagt«, antwortete sie, und als sie weiterging, meinte sie: »Ich muß noch einkaufen. Sieh zu, daß du nach Hause kommst!«

Nach diesem ausdrücklichen Befehl schlug ich natürlich einen weiten Bogen um unser Haus und ging über die Felder zum Wäldchen von Mortsey, damit meine Stiefel (die ich hinterher allerdings selbst putzen mußte) richtig dreckig wurden und Bissett sehen konnte, daß ich mich ihrer Anordnung widersetzt hatte. Sobald ich meiner Ehre Genüge getan hatte, ging ich nach Hause, wo ich meine Mutter im Wohnzimmer antraf. Ich gab ihr den Brief, und als sie ihn öffnete, enthielt er tatsächlich ein Schreiben von Mr. Sancious, dem Mrs. Fortisquince nur die übliche kurze Begleitnotiz beigefügt hatte. Während meine Mutter las, zeigte sich wachsende Bestürzung auf ihrem Gesicht.

»Was ist geschehen?« rief ich.

Sie sah mich entsetzt an: »Wir sind ruiniert.«

»Was? Aber wie kann das sein?«

Statt zu antworten, las sie mir die letzten Sätze des Briefs vor: »Die Company kann ihren Zahlungsverpflichtungen nicht mehr nachkommen, und die Hypothekenbank hat daher die Zwangsvollstreckung beantragt. Die Company hat den Konkurs angemeldet, das Pachtrecht fällt somit wieder an den Grundeigner zurück.«

»Aber Mr. Sancious hat doch gesagt, alles sei ganz sicher. Er sagte, wir könnten unser Geld gar nicht verlieren!« protestierte ich.

Meine Mutter begann zu weinen, und der Brief entglitt ihrer Hand und fiel auf den Teppich. Ich hob ihn wieder auf, und die Buchstaben verschwammen für wenige Momente vor meinen Augen, doch ein Satz stach klar und deutlich aus dem Text hervor: »Da die Company über eine Summe Konkurs anmelden mußte, die die Konkursmasse beträchtlich übersteigt, sind Sie als Aktionär folglich für die ausstehenden Schulden anteilig haftbar, in diesem Falle also mit dreißig Shilling pro Pfund.« Eine kalte Hand schien nach meinem Herzen zu greifen, während ich diese Worte las. »Außerdem«, hieß es weiter, »bleibt selbstverständlich noch die Verpflichtung aus dem Schuldbrief, der in wenigen Wochen fällig wird. Unter den gegenwärtigen Bedingungen steht eine Verlängerung der Frist außer Frage, der Tilgung dieser Schuld kommt daher höchste Priorität zu. Um letzterer Folge leisten zu können, bleibt Ihnen kein anderer Weg, als Ihren gesamten Besitz zu veräußern. Wenn Sie irgend etwas von Wert Ihr eigen nennen, das sich veräußern läßt, sollten Sie es verkaufen, um diese Summe ganz oder zumindest teilweise aufbringen zu können. Wir bieten Ihnen an, den Verkauf jeglicher diesbezüglich in Frage kommender Objekte bei angemessener Kommission zu übernehmen.«

Ich faltete den Brief zusammen und steckte ihn in meine Tasche, denn meine Mutter lag auf dem Sofa, schluchzte und war keineswegs in der Verfassung, sich den Rest des Schreibens anzuhören.

»Ich habe so viel Pech gehabt!« schluchzte sie.

Ich würde es anders nennen, überlegte ich kühl, während ich auf sie hinabsah.

In diesem Augenblick kam Bissett, ohne anzuklopfen, ins Zimmer. Sie sah meine Mutter auf dem Sofa, und mit einem gegen mich gerichteten Kopfschütteln ging sie zu ihr.

»Was ist los, Mrs. Mellamphy? Ist der Junge wieder unartig gewesen?«

»Wir brauchen dich jetzt nicht, Bissett«, sagte ich. »Meine Mutter hat schlechte Nachrichten erhalten.«

»Für dich immer noch ›Mrs. Bissett‹, und ob ich hier gebraucht werde oder nicht, entscheide ich selbst.«

Und so konnte ich es nicht verhindern, daß Bissett meine Mutter aus dem Zimmer und nach oben in ihre Kammer führte. Als sie beide gegangen waren, nahm ich den Brief heraus und las ihn noch einmal. Warum fragte Mr. Sancious, ob wir etwas hätten, das wir verkaufen könnten, wenn er doch genau wußte, daß wir nichts besaßen? Abgesehen natürlich von dem geheimnisvollen Dokument, von dem der Advokat jedoch schwerlich etwas wissen konnte. Wer war dieser Mann überhaupt, und wieviel wußte er von uns? Und welche Rolle hatte er bei dem Unglück gespielt, das uns getroffen hatte?

Als ich am nächsten Morgen zum Frühstück kam, saß meine Mutter bereits am Tisch. Sie hatte Schatten unter den Augen und ein blasses Gesicht.

»Hast du gut geschlafen?« fragte ich.

»Ach ja«, sagte sie versonnen. »Mrs. Bissett hat mir einen so wunderbaren Gutenachttrunk zubereitet, daß ich sofort eingeschlafen bin. Und ich habe wunderbar geträumt.«

Nachdem wir Bissett beim Abräumen des Frühstückstisches geholfen hatten, gingen wir ins Wohnzimmer und setzten uns zusammen auf das Sofa. Ohne meiner Mutter etwas von meinem Mißtrauen zu sagen, erzählte ich ihr, daß ich es für besser hielte, wenn wir Bissett sowenig wie möglich in unsere Probleme einweihten, und sie stimmte dem zu. Danach versuchten wir einzuschätzen, was unser Hab und Gut wert sei, und kamen auf nicht weniger als dreihundert und nicht mehr als fünfhundert Pfund.

»Mit den restlichen hundert Pfund von den Staatsanleihen«, sagte ich, »haben wir genug, um die fünfhundert Pfund zurückzahlen zu können.«

»Aber dann haben wir überhaupt kein Geld mehr übrig!« rief meine Mutter. »Und wovon sollen wir leben, jetzt, wo wir keine Einkünfte mehr haben?«

»Ich weiß es nicht, Mama, doch aus dem, was Mr. Sancious schreibt, schließe ich, daß wir den Schuldbrief einlösen müssen, weil wir uns sonst immer tiefer verschulden.«

Sie schwieg einige Minuten lang, dann sagte sie: »Es gibt noch eine letzte Hoffnung.«

»Du meinst, wir sollten das Dokument verkaufen?«

Sie schüttelte überrascht den Kopf, doch als ich sie drängte, mir zu erzählen, woran sie denke, wollte sie kein Wort mehr sagen. Sie öffnete aber ihr Schreibpult und verbrachte den Rest des Vormittags mit dem Abfassen eines Briefes. Am Nachmittag gingen wir ins Dorf und gaben den Brief auf.

Es war gegen sechs Uhr am folgenden Abend, und meine Mutter und ich saßen im Wohnzimmer, als wir das Geräusch eines vorfahrenden Wagens hörten. Ich blickte aus dem Fenster und sah unmittelbar vor den Türstufen eine herrliche Kalesche halten, die von zwei prächtigen Pferden gezogen wurde. Mit wachsender Aufregung stellte ich fest, daß die Kutschtüren mit dem Wappen verziert waren, an das ich mich so gut erinnerte: die Krabbe und die fünf Rosen. Und noch während ich hinaussah, sprang ein Diener in prachtvoller Livree zu Boden, der hinten auf der Kalesche gestanden hatte, und kam die Stufen herauf. Meine Mutter und ich sahen uns bestürzt an. Einen Augenblick später hörten wir Bissett, die aus den hinteren Räumen des Hauses kam und an unserem Zimmer vorbeieilte, dann folgten die gedämpften Laute einiger rasch gewechselter Worte, die wir nicht verstehen konnten. Kurz darauf sah ich dieses herrliche Wesen abermals auftauchen, sah, wie es die Stufen hinunterging und wieder auf die Kalesche kletterte. Der Kutscher gab den Pferden die Zügel, und rasch fuhr das Gefährt davon.

Ich wandte mich um und sah, daß Bissett ins Zimmer gekommen war und einen Brief in der Hand hielt: »Was wollen denn die Mumpseys von Ihnen, Mrs. Mellamphy?« fragte sie. »Denn das waren die Mumpseys, soviel steht fest; wer sollt sich denn auch sonst in dieser Gegend Londoner Diener und eine solche Kalesche leisten können, frag ich Sie?«

»Danke, Bissett«, antwortete meine Mutter, nahm den Brief, sagte aber, da sie meinen Blick auffing, kein weiteres Wort.

Bissett wartete noch einen Augenblick und sagte dann: »Nun, wenn hier sonst niemand was zu tun hat, ich hab noch eine Menge Arbeit.« Damit rauschte sie aus dem Zimmer und zog die Tür heftig hinter sich zu.

Besorgt beobachtete ich meine Mutter, als sie den Brief öffnete. »Die Schrift ist schwer zu lesen«, meinte sie und blickte gespannt auf das Schreiben. »Herrje! Er will, daß ich ihn besuche!« Dann beugte sie sich weiter vor, um die Worte besser entziffern zu können. »Morgen«, fügte sie hinzu, sah zu mir auf und sagte überrascht: »Und er will, daß du mich begleitest, Johnnie.«

Ich spürte, wie mich ein Gefühl des Stolzes überkam bei dem Gedanken, in dieser Weise gerufen zu werden, allerdings war dieses Gefühl nicht frei von einer ungewissen Furcht.

»Warum?« fragte ich.

Sie sah zur Seite und sagte schließlich: »Es ist ein gutes Zeichen. Es bedeutet, daß Sir Perceval an deinem Wohlergehen interessiert ist.«

»Warum sollte er das sein?« wollte ich wissen. »Welche Verbindung besteht zwischen ihm und uns?« Doch sie wollte nichts dazu sagen, und ich gab es auf, weiterzufragen. Sie ließ mich den Brief sehen, und ich hätte es der Handschrift nach – wäre der Brief nicht von Sir Perceval gewesen – für das Gekritzel eines Analphabeten gehalten, doch der Inhalt ließ an Klarheit und Deutlichkeit nichts zu wünschen übrig.

In jener Nacht lag ich im Bett und dachte darüber nach, wie unglücklich meine Mutter war. Ich hatte immer geglaubt, daß ich Macht über die Wirklichkeit besaß, daß ich allein durch die Anstrengung meines Willens die Dinge in der großen Welt dort draußen verändern konnte. Es war eine geheime Gabe, die ich nie anwenden wollte – sogar nie anwenden konnte –, wenn ich nicht in einer äußerst verzweifelten Lage steckte, eine Gabe jedoch, die immer in mir bereitlag. Irgendwann würde ich vielleicht einmal gefangen sein, in einem Verlies zum Beispiel, und dann, spät in der Nacht, wenn meine Wächter schliefen, würde ich diese geheimnisvolle Kraft zum Leben erwecken und mit ihrer Hilfe ein Loch in die Wand bohren oder die Stangen vor dem Fenster meiner Zelle auseinanderbiegen und flüchten.

Jetzt lag ich in der Dunkelheit, hörte auf das Rascheln der Blätter an den Bäumen und fragte mich, ob ich diese Macht rufen und ihre Wirksamkeit in einer unvorhergesehenen Situation erproben sollte, die nicht mit körperlicher Kraft, sondern nur mit Geld zu meistern war. Nach längerer Überlegung entschied ich jedoch, daß die Zeit noch nicht gekommen war und daß ich diese Macht nicht brüskieren und nur deshalb verlieren wollte, weil ich sie zu früh rief. Von diesem Entschluß getröstet, fiel ich endlich in einen ruhigen Schlaf.

Am nächsten Morgen machten meine Mutter und ich uns in unseren besten Kleidern auf den Weg nach Hougham und gingen hinauf zum Galgenhügel. Es war ein wunderschöner Tag. Ein leichter Wind wehte und trieb flockige Wölkchen über den ansonsten klaren Himmel. In der Ferne verschwammen die Hügel wie blauer Dunst zu formenlosen Umrissen, und in der sanft abfallenden Parklandschaft zu unserer Linken wogten die Bäume wie üppige grüne Federn. Oben auf dem Hügel folgten wir zu meiner Verblüffung nicht der Überlandstraße nach Hougham, sondern gingen in Richtung der Auffahrt des Landsitzes. Aus ihr war damals die Kutsche gekommen, die meine Mutter so heftig erschreckt hatte. Das Tor war jetzt verschlossen, doch meine Mutter klopfte beherzt an das Fenster des Pförtnerhauses, das im Schatten der großen Torpfosten stand, worauf widerwillig ein Mann herauskam, sich mit dem Handrücken über den Mund wischte und einen der Torflügel öffnete, um uns einzulassen.

»Dies ist der kürzere Weg, Johnnie«, erklärte meine Mutter, »und außerdem ist es der für einen Besuch angemessene Weg.«

Also folgten wir der Auffahrt, die uns in einer Abfolge von Kurven gemächlich durch den Park hügelabwärts ins Tal führte. Große Ulmen, wie sie auch zu eleganten Gruppen arrangiert an den Hängen standen, säumten die Allee. Und als wir ins Tal hinabblickten, sahen wir den Verlauf eines Flüßchens, von einer Reihe von Weiden markiert, die so krumm und knorpelig waren wie die Adern am Arm eines alten Mannes.

Während wir im Schatten der Bäume ausschritten, drängte ich meine Mutter, mir meine Fragen vom Vortag zu beantworten, doch sie zauderte noch immer. Dann, als wir um die letzte Kurve gingen und die Landschaft sich vor uns ausbreitete, blieb sie stehen. Vor uns dehnten sich bewaldete Hügelketten, die sich in der Ferne verloren, und mehr als eine Meile entfernt, dort, wo der Talgrund wieder anstieg, sah ich ein graues Rechteck, das ich gerade noch erkennen konnte und das ich für das Herrenhaus hielt.

Meine Mutter sagte leise: »All dies hier hat einmal deinem Großvater gehört.«

Ich hatte also recht gehabt! Alles, was ich mir aus Mrs. Belflowers Geschichte zusammengereimt hatte, war wahr! Ich mußte daran denken, wie wir vor langer, langer Zeit den Weihnachtspudding geknetet hatten, und daran, was ich mir gewünscht hatte.

»Mein Vater hieß John Huffam, und du bist nach ihm benannt worden«, fuhr sie fort. »Aber du darfst niemandem je etwas von unserer Verbindung mit diesem Namen erzählen, Johnnie, das könnte sehr gefährlich sein.«

Ich errötete bei der Erinnerung an mein unerlaubtes Gespräch mit dem kleinen Mädchen und der Dame, die bei ihr gewesen war.

Meine Mutter achtete nicht auf meine Reaktion: »Die Familie starb allmählich aus, und mein Vater war der Letzte seines Namens. Du und ich, wir sind heute die einzigen Nachfahren.«

»Es ist eine sehr alte Familie, nicht wahr?«

»Ich denke schon.«

»Und sie haben das große Haus gebaut, zu dem wir jetzt gehen?«

»Ich bin mir nicht sicher. Ich glaube, dies Haus ist nicht so schrecklich alt, aber es hat noch ein anderes Haus gegeben, die Old Hall, die ist nicht weit von hier. Ich denke, wir müßten sie fast sehen können.«

»Wie kommt es, daß dies nun alles den Mompessons gehört?«

»Ach, darum dreht sich ja alles! Vor langer Zeit war mein Großvater James in finanzielle Schwierigkeiten geraten.«

»James? Hat er viel Geld verloren, weil er gespielt und zuviel getrunken hat?«

Sie sah mich überrascht an: »Nein, ich glaube, in jenen Tagen waren alle Gentlemen so.«

»Und hat er seinen Vater umgebracht?«

Meine Mutter blieb abrupt stehen und sah mich entgeistert an: »Wer um alles in der Welt hat dir denn das erzählt?«

»Es war eine von Mrs. Belflowers Geschichten«, sagte ich trotzig.

»Was für ein Unsinn!« Sie ging weiter: »Du darfst nie wieder so etwas sagen.« Nach kurzer Zeit fuhr sie fort: »Ich habe dir gerade erzählt, wie James den Besitz an seinen Schwager, den Großvater von Sir Perceval, verkauft hat.«

»Jetzt gehört er also den Mompessons?« fragte ich enttäuscht.

»Nun, ganz so einfach ist es nicht, fürchte ich. Es wäre schön, wenn es so wäre. Alles hängt mit diesem Verkauf zusammen, Johnnie, und das ist auch der Grund, weshalb wir heute hier sind, denn Bestandteil des Kaufvertrags war, daß Sir Percevals Großvater sich einverstanden erklärt, an James und dessen Erben für alle Zeit gewisse Einkünfte aus dem Besitz zu zahlen, eine Jahresrente also. Das ist durchaus üblich, wenn man nicht genug Geld für die gesamte Kaufsumme aufbringen kann. Eine Art Hypothek. Ich habe sie von meinem Vater geerbt, und du wirst sie einmal von mir erben.«

»Ist es viel?«

»Ja, ziemlich viel: ungefähr fünfzehnhundert Pfund im Jahr.«

»Du meine Güte! Dann sind wir ja reich?«

»Nein, leider nicht, denn die Mompessons haben aufgehört, die Jahresrente zu zahlen, als mein Vater starb.«

»Warum? Wie konnten sie das?«

»Ach, Johnnie, bitte stell nicht so viele Fragen! Es gibt Gründe, weshalb ich... Es gibt viele Gründe. Zum Teil liegt es daran, daß gerade dieser Verkauf seit vielen Jahren Gegenstand eines Prozesses vor dem Kanzleigericht ist, bei dem die Frage nach dem rechtmäßigen Eigentümer dieses Gutes geklärt werden soll.«

»Wer erhebt denn Anspruch auf den Besitz?«

»Das geht uns nichts an.«

Ich überblickte den Park und dachte, daß es eine feine Sache wäre, all dies mein eigen nennen zu können.

Zwischen den Bäumen am Grunde des Tals tauchte schließlich das hier fast völlig zugewachsene Flüßchen auf, das sich auch durch unser Mortsey-Wäldchen schlängelte. Etwas weiter entfernt glitzerte zu unserer Linken silbern eine Wasserfläche, und kurz darauf sahen wir auch den langgezogenen, schmalen See, der sich zwischen den bewaldeten Hängen ausbreitete. Endlich senkte sich die Auffahrt so weit, daß sie am Ufer des Sees entlangführte. Nun wand sie sich in die Falten des Tals hinein und wieder heraus, so daß das Herrenhaus in unregelmäßigen Abständen verschwand und dann wieder vor uns lag.

»Sieh nur«, sagte meine Mutter, »die Schornsteine über dem Hügelrand auf der anderen Seite des Sees! Wahrscheinlich ist das die Old Hall.«

Ich konnte gerade noch die schiefen Kamine in der Ferne erkennen. Während ich hinüberschaute, fragte ich: »Wer lebt dort heute?«

»Es ist eine Ruine. Da hat seit vielen Jahren niemand mehr gewohnt.«

»Aber sag mir doch, wer hat den Prozeß angestrengt?«

Das Gesicht meiner Mutter verdüsterte sich: »Unser Feind.«

»Wer ist das?«

»Ich habe dir schon gesagt, daß ich dir das nicht erzählen werde.«

»Aber du mußt!«

Sie weigerte sich, und schweigend gingen wir weiter.

Wir kamen zum gegenüberliegenden Ufer, dorthin, wo sich der See zu einem schmalen Wasserstreifen verengte, und hier stand auf einer leichten Erhebung über einer eleganten Brücke das Haus.

Plötzlich sagte meine Mutter: »Eines Tages wirst du alles begreifen. Ich schreibe dir alles über mein Leben auf, damit du es verstehst ... alles verstehst, doch erst, wenn du alt genug bist.«

»Wann darf ich es lesen?« wollte ich wissen.

»Wenn du erwachsen bist. Dann ist da noch ein Brief von meinem Vater an dich, den kannst du dann auch lesen.«

Der Brief! In der Lackdose mit dem Bild von der Tigerjagd, der Dose, in der auch jenes herzförmige Medaillon lag. Der Brief war also an mich gerichtet!

»So lange soll ich noch warten?« protestierte ich.

»Ja«, sagte sie leise. »Es sei denn, mir stößt etwas zu.«

Verwirrt von dieser letzten Bemerkung, ging ich schweigend neben ihr her.

Wir standen jetzt unmittelbar vor dem Haus, und anders als damals, als ich es bei meinem Spaziergang mit Sukey von der Seite gesehen hatte, war es, von vorn gesehen, wirklich ein imposantes Gebäude. Der mittlere Trakt lag etwas höher und wurde von einem Ziergiebel geschmückt, der auf korinthischen Säulen ruhte. Sie bildeten einen hohen Portikus, zu dem einige geschwungene Stufen führten. Die Art, wie diese sich vorreckten, ließ mich an die Scheren einer Krabbe denken. Zwei vorspringende Flügel flankierten diesen Mitteltrakt.

Einen Augenblick später gingen wir bereits die geschwungenen Stufen hinauf, und mein Herz begann vor Aufregung zu rasen. Sobald wir vor den hohen, verglasten Türen unter den Säulen standen, schritt ein Diener in jener scharlachroten und schokoladenfarbenen Livree, die ich schon am Tag zuvor bewundert hatte, mit einer leichten Verbeugung auf uns zu. Während er sich wieder aufrichtete, schien mir, als blitze in seinem ansonsten gleichmütigen Blick eine feindselige Neugier auf, die Aufschluß darüber verlangte, wer es wagte, diese Stufen nach so unvornehmer Ankunft ohne Pferd und

Wagen heraufzusteigen.

Diesem erhabenen Wesen mit seiner gepuderten Perücke antwortete meine Mutter: »Melden Sie bitte Sir Perceval und Lady Mompesson, daß Mrs. Mellamphy und ihr Sohn eingetroffen sind. Ich denke, wir werden erwartet.«

Der Lakai sah uns abschätzig an. »Sehr wohl, Ma'am«, antwortete er. »Wollen Sie bitte hereinkommen und hier warten?«

Obwohl er respektvoll auf die offene Tür hinter sich deutete und einen Schritt zur Seite machte, um uns vorbeizulassen, ließ der Ton, in dem er mit uns sprach, seine Worte weniger wie eine Einladung, sondern eher wie einen Befehl klingen. Gehorsam überschritten wir die Schwelle und betraten eine große Eingangshalle mit hoher Decke, marmornem Fußboden und prächtigen Türen nach allen Seiten hin. Holzscheite brannten in mächtigen Feuern in den beiden gegenüberliegenden Kaminen, und eine Anzahl von Stühlen mit hohen Lehnen stand entlang der Wände, doch die Halle war menschenleer. Genau in der Mitte erhob sich eine riesige, mit steinernen Girlanden und Widderschädeln geschmückte Urne. Aus einiger Höhe über den Wandfriesen grüßten Büsten zu uns herunter, knochige weiße Köpfe, die reichlich kahl aussahen und an verrutschte Perücken gemahnende Blumengebinde trugen.

Der Lakai war uns gefolgt und verschwand nun durch eine der Türen. Wir standen unentschlossen inmitten dieser riesigen Halle.

Ich deutete auf zwei Stühle und fragte mit gedämpfter Stimme: »Sollen wir uns hinsetzen?«

»Meinst du?« flüsterte meine Mutter zurück.

Es ärgerte mich, daß sie so eingeschüchtert war, und als meine Mutter das spürte, wählte sie sich einen Stuhl und setzte sich. Ich blieb neben ihr stehen.

Es kam mir vor, als warteten wir ewige Zeiten. Endlich erschien der Lakai wieder und baute sich vor uns auf. Von oben herab sprach er mit dröhnender Stimme: »Sir Perceval und Lady Mompesson werden Sie im Gerichtszimmer empfangen. Bitte seien Sie so gut und tun Sie mir folgen, Madam!«

Das Gerichtszimmer, wiederholte ich im stillen. Dieser Ort unserer Zusammenkunft schien Gutes zu verheißen.

»Soll er auch mitkommen?« fragte meine Mutter und sah besorgt zu mir herüber.

»Sir Perceval und Lady Mompesson haben darauf bestanden, Ma'am, daß der junge Gentleman tunlichst in diesesjenige Vorzimmer gebracht wird, das ans Zimmer grenzt, wo man Sie empfangen tut.«

Und so machten wir uns auf und folgten seinem breiten Rücken; der Lakai schritt so rasch aus, daß wir fast laufen mußten, um mithalten zu können. Ich hatte keine Ahnung, über wie viele Flure wir gingen, wie viele Treppen wir hinaufstiegen und wie viele riesige Säle wir durchquerten. Doch sosehr mich auch der Gedanke überwältigte, endlich einmal in diesem Gebäude zu sein, so entging mir doch nicht, daß die Livree auf der uns zugekehrten Seite geflickt und abgetragen war, die Epauletten matt angelaufen und die Strümpfe, in denen die prächtigen Waden steckten, gelblich verfärbt und schon oft gestopft worden waren. Die Teppiche waren fadenscheinig, und überall machte sich der Eindruck von Verfall und Vernachlässigung bemerkbar.

Schließlich kamen wir über eine herrliche Treppe in ein kleines Zimmer, wo man mir bedeutete, daß ich hier zu warten hätte. Der Lakai durchquerte das Zimmer, riß die Flügel der Doppeltür auf, die in den nächsten Raum führte, und dröhnte: »Mrs. Mellamphy!«

Meine Mutter sah mich noch einmal furchtsam an, dann ging sie in das angrenzende Zimmer. Der Diener schloß hinter ihr die Türflügel, warf mir einen ernsten Blick zu, als wolle er mir anraten, mich gesittet zu benehmen, und ging durch die gegenüberliegende Tür zurück ins Treppenhaus. Es war vollkommen still. Ich preßte mein Ohr gegen die Tür, durch die meine Mutter verschwunden war, doch ich hörte keinen Laut. Ich sah mich um. Der Raum hatte keine Fenster, und die Wände bestanden überall dort, wo keine Bilder hingen, aus Regalen voller gewichtig aussehender, in gleiches Leder gebundener Bücher, die noch niemals jemand angerührt zu haben schien.

Plötzlich vernahm ich leichte Schritte hinter der Tür, durch die wir gekommen waren. Jemand keuchte heftig und schien in arger Bedrängnis zu sein. Einen Augenblick später hörte ich dann andere, offenbar weit schwerere Tritte über den Flur kommen, beinahe so, als verfolgten sie die ersten. Vor meiner Tür schien der Verfolger den Verfolgten einzuholen, und ich hörte etwas, das wie ein Handgemenge klang. Die Stimme eines Mädchens rief: »Nein, nicht! Nicht!« Dann folgte ein scharfer Schmerzensschrei, und die Geräusche der Verfolgungsjagd begannen erneut, bis die beiden außer Hörweite waren.

Ich griff nach der schweren Klinke an einem der beiden Flügel, drückte sie nach unten und versuchte vorsichtig, die Tür zu öffnen. Sie bewegte sich. Ich legte mein Auge an den schmalen Spalt, den ich so geschaffen hatte, und sah über einen Treppenabsatz den Flur hinunter. Er war leer, doch einen Augenblick später hörte ich erneut rasche Schritte. Dann sah ich eine Gestalt auf mich zulaufen, und schnell erkannte ich in ihr das blaßgesichtige Mädchen wieder, das ich vor langer Zeit draußen am Tor zu diesem Haus getroffen hatte.

Sie hatte die Türe fast erreicht, und ich stieß sie auf und rief: »Henrietta!«

Sie sah mich erstaunt an und blieb stehen.

»Hier herein!« flüsterte ich, und ich glaube, in diesem Moment erkannte sie mich wieder. Sie drängte sich durch den Spalt, und ich schloß sogleich wieder die Tür. Einen Augenblick später hörten wir die schwereren Tritte den Gang herunter eilen, an der Tür vorbeilaufen und endlich wieder schwächer werden.

Henrietta stand keuchend da und sah mich an. Sie trug ein einfaches schwarzes Kleid mit einer blauen Schärpe, und ihr langes schwarzes Haar fiel ihr in Löckchen ins Gesicht, das im Kontrast zu den schwarzen Augen so blaß wirkte.

»Erinnerst du dich an mich?« fragte ich mit gedämpfter Stimme.

Sie nickte, als wäre sie noch zu sehr außer Atem, um antworten zu können, und als sie zu sprechen begann, bemerkte ich, daß sie ihre Arme und den Kopf unnatürlich steif hielt, weshalb der ganze Oberkörper jeder Bewegung ihres Kopfes folgte. Mit einem eigentümlich polternden Geräusch lehnte sie sich an die Tür; es klang fast so, als stießen zwei harte Gegenstände aneinander. Ich war etwas beunruhigt, denn dieses Geräusch schien sie zu einem seltsamen Wesen zu machen – gleichsam zu einem Geschöpf aus Holz.

»Du bist der Junge, den ich einmal getroffen habe und der einen von meinen Namen trägt«, keuchte sie.

»Wer hat dich verfolgt?« fragte ich.

»Tom.«

»Tut er dir weh?«

Sie zog einen Ärmel ein wenig in die Höhe und zeigte mir ihren Unterarm: Er war mit blauen Flecken übersät und mit mehreren langen Narben bedeckt.

Mich schauderte: »Ich werde für dich kämpfen!«

»Wenn dieses Ding da nicht wäre, dann würde ich ihm die Augen auskratzen!« sagte sie und zeigte auf eine hölzerne Vorrichtung, die man ihr auf die Schultern gebunden hatte.

»Wozu ist das gut?«

»Das ist ein Rückenbrett. Es soll meine Haltung verbessern.«

Plötzlich hielt sie inne und lauschte angestrengt. Einen Augenblick später hörte ich die Tritte, die gerade an der Tür vorbeigelaufen waren. Sie näherten sich abermals, doch diesmal in gemächlichem Tempo. Wir erstarrten und warteten, bis sie vorüber waren, dann sagte Henrietta: »Sogar er wird bald erraten haben, daß ich hier in diesem Zimmer bin.« Sie ging zur Tür.

»Darfst du auch einmal allein nach draußen?«

Sie sah mich überrascht an: »Warum fragst du?«

»Weil ich dich gerne wiedertreffen würde. Willst du mich zum Freund haben?«

Sie schien ein wenig nachzudenken, ehe sie antwortete: »Ja, ich glaube, ich hätte gerne einen Freund. Ich darf nie allein nach draußen oder gar den Park verlassen. Doch an Sonntagen, wenn das Wetter schön ist, dann machen meine Gouvernante und ich nachmittags einen Spaziergang zum Pantheon. Ich muß jetzt gehen.«

»Dann will ich versuchen, dich einmal dort zu treffen. Wo ist das?« Ich war fest entschlossen, sie nicht zu fragen, was ein Pantheon denn überhaupt war. »Und deine Gouvernante, wird sie dir nicht verbieten, mit mir zu reden?«

»Es liegt in dem kleinen Wäldchen über dem See. Du kannst es leicht finden, das Wasser fällt dort in einer Kaskade ins Tal. Und was die ...«

In diesem Moment öffnete sich die Tür leise, und eine junge Frau, deren Schritte wir nicht gehört hatten, kam herein. Sie trug ein einfaches schwarzes Kleid, war hochgewachsen und nach meinem Dafürhalten wunderschön: Ihre klaren grauen Augen und ihr wohlgeformter Mund riefen den Eindruck einer gefälligen Harmonie hervor, in der sich Ernsthaftigkeit, Verspieltheit und Witz verbargen.

»Versteckst du dich mal wieder vor deinem Cousin?« fragte sie besorgt. Dann bemerkte sie mich und lächelte.

Ich erinnerte mich daran, wie Mrs. Digweed berichtet hatte, daß die junge Gouvernante sich bei der Haushälterin für sie eingesetzt hatte, und lächelte zurück.

»Dies ist der Junge, von dem ich Ihnen erzählt habe, Miss Quilliam«, sagte Henrietta.

»Wie geht es Ihnen, Master Mellamphy«, sagte die Gouvernante und streckte mir ihre Hand entgegen. »Ich habe schon eine Menge von Ihnen gehört.«

Ich sah Henrietta überrascht an. Was mochte sie ihr erzählt haben? Doch noch bevor ich etwas sagen konnte, begann sie davon zu sprechen, daß sie hoffe, mich wiederzusehen. Miss Quilliam hörte aufmerksam zu und stellte einige höfliche, doch forschende Fragen, die ich beantworten zu können glaubte, ohne das Vertrauen zu enttäuschen, das meine Mutter in mich gesetzt hatte.

»Dann dürfen wir? Ja?« fragte Henrietta.

Da wurde jählings die Tür aufgestoßen. Sie traf die junge Frau in den Rükken und entzog sie gleichzeitig unseren Blicken. Ein kräftig gebauter Bursche sprang ins Zimmer und stürzte sich mit Jubelgeschrei auf Henrietta: »Du hinterhältiges Biest! Hab ich mir doch gedacht, daß du versuchst, dich hier zu verstecken! Aber ich bin einfach zu schlau, nicht wahr?«

Der Bursche war ungefähr siebzehn Jahre alt und ziemlich groß. Er hatte ein grobes, rot angelaufenes Gesicht, kurzes karottenfarbenes Haar und trug enge lange Hosen von dunkelblauer Farbe, Schaftstiefel und eine schwarze Weste. Dem Jungen, den ich vor vielen Jahren in der Kutsche gesehen hatte, sah er nicht im geringsten ähnlich. (Erst später begriff ich, daß ich damals auch nicht ihn, sondern seinen Bruder gesehen hatte.) Er griff gerade nach Henriettas Arm und hob seine Hand, als wolle er sie schlagen, da fiel sein Blick auf mich: »Hallo!« rief er aus. »Wen haben wir denn da?«

Er ließ die Hand sinken, lockerte aber keineswegs den Griff, mit dem er das kleine Mädchen festhielt.

In diesem Augenblick stieß Miss Quilliam die Tür zurück, trat einen Schritt vor und sagte: »Mr. Tom! Dies ist wohl kaum die angemessene Art, ein Zimmer zu betreten.«

»Was?« rief er aus. »Sie sind auch hier, kleine Missy?«

»Lassen Sie Miss Henrietta frei. Ich habe es Ihnen schon so oft gesagt: Ein junger Gentleman spielt nicht mehr mit Jungen und Mädchen, die noch zur Schule gehen.«

»Kümmern Sie sich um Ihre eigenen Angelegenheiten, Missy«, sagte Tom. »Ich bin keiner von Ihren Schülern.«

»Bitte, Tom!« protestierte Henrietta.

»Wer bist denn du, Kleiner?« fragte Tom mit einer unverschämten Betonung des letzten Wortes.

»Laß sie los!« forderte ich ihn auf.

»Wie wagst du es, so mit mir zu reden?« gab er zurück. »Was willst du überhaupt hier? Warum hat man dich hereingelassen?«

»Ich habe das gleiche Recht, hierzusein, wie du«, sagte ich wütend. »Mehr Recht sogar, wenn es Gerechtigkeit gäbe.«

Darauf erwiderte er nur mit der bloßen Andeutung eines rohen Lachens, fast als wolle er damit sagen, daß er zwar amüsiert sei, ich aber eigentlich nichts Lustiges gesagt hätte. Angesichts dieser mit großer Arroganz gepaarten Stupidität spürte ich in mir einen Haß aufsteigen, wie ich ihn noch nie zuvor gefühlt hatte.

»Mr. Thomas, wenn Sie Miss Henrietta nicht sofort freilassen, werde ich Ihr Benehmen dem Hauslehrer melden«, sagte die Gouvernante.

»Der kümmert mich nicht die Bohne!« antwortete der junge Gentleman.

Ich ging auf ihn los und sagte: »Laß sie los, oder ich hau dich!«

Plötzlich gab er Henrietta frei, schlug mit der Faust nach mir und traf mich gegen die Brust, so daß ich einige Schritte rückwärts stolperte, mein Gleichgewicht verlor und zu Boden stürzte. Henrietta schrie laut auf, und ich sah, wie er ihr ziemlich hart mit der flachen Hand ins Gesicht schlug. Die junge Dame wollte ihn festhalten, doch er schüttelte sie ab, kam auf mich zu und holte mit seinem Stiefel aus, als wollte er mir ins Gesicht treten.

Ich rollte mich auf die Seite und umklammerte sein Schienbein, doch er packte meinen Kopf und schlug ihn – allerdings nicht so hart, wie er gekonnt hätte – gegen den Boden. Henrietta wollte auf seine Schulter einhämmern, aber er schob sie einfach zur Seite.

Plötzlich sagte eine herrische Stimme: »Was um alles in der Welt geht hier vor?«

Tom errötete und ließ mich etwas beschämt los. Als ich mich aufrappelte, sah ich eine hochgewachsene Frau in der Tür zum angrenzenden Zimmer stehen. Und obwohl sie einige Jahre älter als meine Mutter war, wußte ich doch, daß sie keine betagte Dame war, sondern sich in jenem unbestimmten Stadium zwischen jung und alt befand. Etwas an ihr ließ mich denken, daß sie eher ansehnlich als hübsch und ganz bestimmt nicht schön zu nennen sei, und als sie uns nun betrachtete, spiegelten sich Ärger und Verachtung auf ihrem Gesicht.

»Will mir niemand antworten? Miss Quilliam, welche Erklärung haben Sie für diese außerordentliche Szene?«

»Ich kann es Ihnen noch nicht sagen, Lady Mompesson, da ich selbst erst kurz vor Ihnen ins Zimmer kam.«

»Was Sie nicht sagen!« entgegnete sie mit einem schrecklich absichtsvoll klingenden Ton eisigen Erstaunens. Sie ließ ihren Blick von einem zum anderen wandern: »Ich glaube, du hast geschrien, Henrietta. Warum?«

Henrietta sah zu Tom hinüber, und der verzog sein Gesicht zu einer zähnefletschenden Grimasse: »Ich schrie nur auf, weil John hinfiel, Tante Isabella.«

Lady Mompesson schürzte ihre Lippen: »Und was hast du dazu zu sagen, Tom?«

»Ich wollt bloß 'n bißchen Leben in die Bude bringen, Mama.«

Sie schauderte: »Müssen wir uns jetzt auch noch die Sprache von Stallburschen gefallen lassen?«

»Henrietta hat recht«, sagte ich. »Es ist nichts passiert. Ich bin nur gestolpert.«

Lady Mompessons Blick richtete sich auf mich, doch er war so ausdruckslos, daß ich nahe daran war, mich zu fragen, ob ich überhaupt etwas gesagt hatte. Dann wandte sie sich wieder an Henrietta: »Du hast in diesem Zimmer nichts zu suchen. Geh mit Miss Quilliam sofort wieder in dein Schulzimmer; ich werde dich dort für deinen Ungehorsam bestrafen.«

Begleitet von ihrer jungen Gouvernante, verließ Henrietta rasch das Zimmer, ohne sich noch einmal nach mir umzusehen.

»Und was dich betrifft, Tom ...« Sie hielt inne und sah ihn nachdenklich an. »Geh zu deinem Hauslehrer, und sag ihm, er soll dir etwas zu tun geben. Und bitte ihn, nach dem Essen auf mich zu warten. Es wird mal wieder Zeit für eines unserer kleinen Gespräche.«

»Aber es war doch nicht meine Schuld«, wimmerte Tom. »Sie ging in dies Zimmer, und ich kam nach, weil ich doch wußte, daß sie hier nichts zu suchen hatte. Und dann ist dieser Junge über mich hergefallen.«

»Du bist ein Lügner und ein Tyrann«, rief ich aus. »Sie hat sich hier nur versteckt, weil du sie verfolgt hast.«

»Mama, wie kann dieser Kleine da es wagen, mich zu beleidigen?« schrie der karottenhaarige Junge. »Er ist doch nicht mal der Sohn eines Gentleman.«

»Dann«, sagte ich wütend, »bist du auch keiner, denn ich glaube kaum, daß ein Gentleman seine Verwandten so behandelt, wie du es gerade getan hast.« (Dabei dachte ich natürlich an Henrietta.)

»Master Mellamphy hat, woran er uns gerade erinnerte, ein zweifaches Anrecht auf unsere Höflichkeit, zumal er Gast dieses Hauses ist«, sagte Lady Mompesson zu ihrem Sohn. »Und nun weißt du, wohin du zu gehen hast, Tom! Dieser junge Mann hier und ich, wir haben Geschäftliches miteinander zu besprechen.«

Wütenden Blicks verdrückte sich Tom, während Lady Mompesson mit einem hingemurmelten »Bitte, mir nach« ins angrenzende Zimmer ging. Ich gehorchte ihr, doch mein Herz klopfte vor Aufregung, als ich versuchte, mir die eigentliche Bedeutung dessen, was ich gerade gehört hatte, klarzumachen.

Das Zimmer war riesig, und es erschien noch größer, weil es, da man die Vorhänge vor die hohen Fenster gezogen hatte, in ein Halbdunkel getaucht war. Auf den Anrichten entlang der Wände brannten einige Kerzen. In der Mitte stand ein Sessel mit hoher Lehne, in dem meine Mutter saß, den Rükken der Tür zugewandt. Ihr gegenüber ruhte ein alter Mann auf einer Chaiselongue, zugedeckt mit einer reichbestickten Tagesdecke, die Füße auf einem Gichthocker.

Als wir näher kamen, drehte meine Mutter sich zu mir um und lächelte mich schüchtern an. Sobald ich das Gesicht des alten Mannes sah, erinnerte ich mich wieder an die langgezogenen, eingesunkenen Wangen, die wäßrigen Augen und die vielen Falten, das vorspringende Kinn und die fleckige Haut; er hatte sich überhaupt nicht verändert: Es war der alte Gentleman aus der Kutsche, der meine Mutter damals, am Tag nach dem Einbruch, so sehr erschreckt hatte.

»Dies ist der Junge«, sagte Lady Mompesson und schob mich in die Mitte des Zimmers, wo ich nun zwischen der Chaiselongue und dem Sessel meiner Mutter stand.

»Noch näher!« sagte der alte Mann.

Lady Mompesson stieß mir ihre knochige Faust ins Kreuz und schob mich vorwärts.

Sir Perceval hob sein Monokel vor das blutunterlaufene Auge und starrte mich fast eine Minute lang an. »Er scheint mir ziemlich klein zu sein«, verkündete er schließlich. Er sprach gedehnt und schien die Silben zu verschlucken. »Und sonderlich robust ist er auch nicht, oder?«

»Er ist kräftig und gesund, Sir Perceval, Gott sei Dank«, sagte meine Mutter.

»Ausgezeichnet«, antwortete Sir Perceval ohne jede Begeisterung. »Es freut mich, in dieser Hinsicht beruhigt sein zu können.«

Lady Mompesson setzte sich auf ein elegantes Sofa neben der Chaiselongue und bat meine Mutter in einem Ton, der ihre Bitte wie einen Befehl klingen ließ: »Wollen Sie Sir Perceval und mir nun den Gegenstand zeigen, von dem wir gesprochen haben?«

»Geh wieder ins andere Zimmer, und warte dort auf mich, Johnnie!« sagte meine Mutter.

Überrascht, aber auch enttäuscht weigerte ich mich: »Kann ich denn nicht bleiben?«

»Ja, warum lassen Sie ihn nicht hier?« fragte der alte Gentleman. »Geht doch um ihn, oder nicht?«

»Wenn Sie es wünschen, Sir Perceval«, sagte meine Mutter zaghaft und sah mich vorwurfsvoll an. »Doch du mußt versprechen, ruhig zu sein.«

Ich hatte bei diesem Sieg zwar ein etwas schlechtes Gewissen, zuinnerst aber jubelte ich. Ich nickte, ging zu ihr und stellte mich neben ihren Sessel, so daß wir den Mompessons Aug in Aug gegenüberstanden.

Meine Mutter nahm einen Schlüssel von ihrem Gürtel und löste mit seiner Hilfe die zylindrische Silberkapsel, die sie ständig bei sich trug, von der Kette. Sir Perceval beugte sich aufgeregt vor, als sie mit einem zweiten Schlüssel das Behältnis öffnete. Sie zog aus ihm ein schmales Blatt hervor, das zusammengerollt war und von jeweils einem Kupferring an beiden Enden gefaßt wurde. Beinahe atemlos sahen wir zu, wie sie die Ringe abstreifte und das Papier sorgsam entrollte. Da ich hinter ihrem Sessel stand, konnte ich erkennen, daß es sich um ein einzelnes beschriebenes Blatt aus dickem Pergament handelte. Weil ich aber zu weit entfernt stand und die Schrift zudem zwar wunderbar ebenmäßig, doch ganz eigentümlich verschnörkelt war, konnte ich kein einziges Wort entziffern. Unten auf dem Blatt war ein großes rotes Siegel zu sehen, und direkt darüber schienen drei Unterschriften zu stehen, deren jeweils andere Schrift sich deutlich vom Rest des Schreibens abhob.

»Lassen Sie es mich ansehen!« sagte Sir Perceval und streckte seine knochige, beringte Klaue nach dem Dokument aus, obwohl er viel zu weit entfernt saß, um es berühren zu können.

Meine Mutter schreckte zurück und preßte das Pergament eng an sich: »Nein, Sir Perceval!« rief sie. »Bitte, verzeihen Sie mir, aber ich kann es einfach nicht zulassen, daß Sie das Schriftstück anfassen.« Er murmelte etwas und lehnte sich wieder zurück. Sie hielt es so hoch, daß wir es gut sehen konnten, und sagte: »Ich hoffe, Sie werden dies als Beweis dafür gelten lassen, daß mein Anspruch auf die Jahresrente rechtens ist.«

»Ohne diese Frage im einzelnen klären zu wollen, Mrs. Mellamphy«, sagte Lady Mompesson, »sind wir bereit, Ihnen folgendes anzubieten: Vorausgesetzt, es handelt sich hierbei tatsächlich um das Kodizill, von dem Sie uns vor etwa sieben Jahren eine Abschrift geschickt haben, so sind wir willens, Ihnen dieses Dokument abzukaufen.«

Meine Mutter keuchte auf: »Kaufen?« rief sie.

»Und erwägen«, fuhr Lady Mompesson schnell fort, »die Summe von fünfzehnhundert Pfund dafür auszugeben.«

»Aber es ist nicht zu verkaufen!«

»Das ist unser letztes Angebot«, sagte Lady Mompesson, »und ich versichere Ihnen, Sie verschwenden nur Ihre Zeit, wenn Sie glauben, das Angebot noch in die Höhe treiben zu können.«

»Nein«, beharrte meine Mutter. »Ich kann es nicht verkaufen.«

»Aber Mama«, warf ich ein, »denk doch mal nach! Wenn wir fünfzehnhundert Pfund hätten, dann bräuchten wir nicht all unsere Sachen zu verpfänden.«

Ich sah, wie Lady Mompesson bei diesen Worten Sir Perceval triumphierend ansah.

»Ach, Johnnie, das hättest du nicht sagen sollen!« Meine Mutter wandte sich an die Mompessons: »Es ist wahr! Infolge einer Verkettung unglücklicher Ereignisse stehen mein Sohn und ich ohne einen Penny da, und ich weiß nicht, wie ich für unseren Lebensunterhalt aufkommen soll. Noch weniger weiß ich, wie ich ihn angemessen ausbilden lassen soll, damit er den Platz in der Welt einnimmt, der ihm von Geburt an ...«

»Madam«, schnarrte Sir Perceval, »seien Sie so gut und kommen Sie zur Sache!«

Meine Mutter errötete und sprach nun etwas rascher: »Das ist der Grund, weshalb ich heute gekommen bin: Ich möchte Sie um die Jahresrente bitten, auf die ich ja ein Anrecht habe.«

»Aber begreifen Sie denn nicht, Mrs. Mellamphy!« antwortete Lady Mompesson etwas gelangweilt. »Mein Mann und ich sehen nicht, daß Sie tatsächlich ein Anrecht darauf haben, und zwar aus Gründen, die unsere Notare Ihnen in den letzten sieben oder acht Jahren zu mehreren Gelegenheiten bereits mitgeteilt haben und die wir Ihnen vor nicht einmal fünf Minuten noch einmal lang und breit dargelegt haben.« Sie schwieg, warf einen kurzen Blick in meine Richtung und fuhr dann mit scheinbar unbeteiligt klingender Stimme fort: »Möchten Sie, daß ich Ihnen die Gründe noch einmal wiederhole?«

»Nein«, sagte meine Mutter hastig, »bitte nicht.«

»Andererseits sind wir bereit, Ihnen einen einmaligen Betrag für das Kodizill anzubieten.«

»Aber es liegt nicht in meiner Macht, es zu verkaufen, Lady Mompesson.« Noch während sie redete, rollte meine Mutter das Dokument wieder zusammen und steckte es in die Kapsel, die sie verschloß.

»Verzeihen Sie«, sagte Lady Mompesson mit eisiger Stimme, »ich verstehe Sie nicht ganz, Mrs. Mellamphy.«

»Ich will Ihnen ganz ehrlich sagen, daß ich das alles für einen Schwindel halte«, sagte Sir Perceval.

»Nein!« rief meine Mutter. Dann, als müsse sie zuerst ihrer Gefühle Herr werden, fuhr sie mit schwächerer Stimme fort: »Ich habe meinem Vater versprochen, das Dokument zu behalten. Es kostete ihn ... es kostete ihn ...« Dann versagte ihr die Stimme.

»Hab ich nicht gesagt: eine Frage des Preises«, wetterte der Baronet.

»Das meine ich doch gar nicht!« rief meine Mutter. Dann überlegte sie einen Augenblick, sah zu mir herüber und meinte: »Ich versprach meinem Vater, daß ich es einst seinem Erben übergeben werde. Außerdem weiß ich, daß Sie es vernichten, sobald es Ihnen gehört.«

»Und warum zum Teufel sollten wir es auch nicht vernichten, sobald wir einmal dafür bezahlt haben?«

»Einen Augenblick bitte, Sir Perceval«, unterbrach ihn seine Frau. »*Wenn* wir das tun«, erklärte Lady Mompesson frostig, »und achten Sie bitte darauf, daß ich ›wenn‹ sage, denn würden wir das Dokument vernichten, bestünde die Gefahr, daß dies als Mißachtung des Gerichts verstanden werden könnte, da das Dokument möglicherweise ein unentbehrliches Beweismaterial in einem noch anhängigen Verfahren ist – *wenn* wir es also vernichten, dann nur, weil wir es für eine Fälschung halten.«

»Wenn es eine Fälschung ist, warum wollen Sie es dann unbedingt haben?« rief ich.

»Ihrem Sohn mangelt es an Manieren, Mrs. Mellamphy«, stellte Lady Mompesson sachlich fest. »Trotzdem will ich diese äußerst vorwitzige Frage beantworten. Selbst eine Fälschung könnte unseren Interessen schaden, da auch sie ein Ende dieses infernalischen Prozesses noch weiter hinauszögern würde.«

»Es ist keine Fälschung«, betonte meine Mutter noch einmal. »Mein Vater war von der Echtheit überzeugt.«

Lady Mompesson lächelte zynisch. »Aber Sie werden doch einsehen, meine liebe Mrs. Mellamphy, daß Ihr Vater nicht unbedingt die verläßlichste Autorität in dieser Angelegenheit gewesen ist. Denken Sie nur daran, wieviel er durch das Kodizill zu gewinnen glaubte.«

Meine Mutter sah sie an und biß sich auf die Lippen. »Ich kann mir kaum denken, Lady Mompesson, was Sie damit sagen wollen. Ich kann auch nicht glauben, daß Sie so herzlos sein wollen und ...« Sie schwieg. Dann brach es jäh aus ihr heraus: »Aber ich kann Ihnen versichern, daß die zweite Partei in diesem Rechtsstreit an die Echtheit des Dokumentes glaubt.«

Die Mompessons warfen sich einen überraschten Blick zu.

»Was in drei Teufels Namen soll das nun wieder heißen?« wollte Sir Perceval wissen.

»Irgendwie hat die zweite Partei erfahren, daß ich das Kodizill besitze, und sie weiß nun auch, wo ich wohne.«

»Welchen Beweis haben Sie für die Richtigkeit Ihrer Behauptung?« fragte Lady Mompesson.

»Vor längerer Zeit wurde nachts in mein Haus eingebrochen, und man versuchte, dieses Dokument zu stehlen.«

Diese Enthüllung hatte eine außerordentliche Wirkung. Sir Perceval fluchte, und seine Frau sprang auf und starrte ihn bestürzt an.

Meine Mutter schien angesichts der Reaktion, die ihre Worte hervorgerufen hatten, etwas betroffen: »Ich wollte Ihnen das eigentlich gar nicht sagen.«

»Den Teufel wollten Sie!« rief Sir Perceval. »Damit ist die Sache entschieden!« Als hätte er seinen kränklichen Zustand vergessen, schob er die Decke von den Beinen und wollte aufstehen. Dann begriff er, was er tat, und sagte ungeduldig: »Isabella, läute bitte!«

»Nein«, rief meine Mutter, stand rasch auf und sah besorgt zur Tür.

»Lassen Sie mich diese Sache in die Hand nehmen, Sir Perceval«, sagte Lady Mompesson gelassen, während sie sich wieder setzte.

Auf ihre Bitte hin nahm auch meine Mutter zaudernd wieder Platz.

»Und warum glauben Sie, Mrs. Mellamphy, daß dieser Einbruch von jener Partei verübt worden ist?« fragte Lady Mompesson.

»Der Einbrecher nahm außer meiner Briefmappe nichts mit«, erklärte meine Mutter. »Ich bin mir sicher, daß er erwartete, das Kodizill darin zu finden.«

»Das kann man wohl kaum einen schlüssigen Beweis nennen«, bemerkte Lady Mompesson trocken. »Und für wie wahrscheinlich halten Sie es, daß jene Partei Ihren Aufenthalt entdeckt hat, wo doch unsere Bemühungen in dieser Hinsicht so völlig fehlgeschlagen sind? Bis zu dem Tag, an dem uns ein kleiner Zufall weiterhalf«, fügte sie hinzu und sah mich dabei auf eine Art an, daß es mir eiskalt über den Rücken lief.

»Ich weiß nicht«, sagte meine Mutter unsicher.

»Kurz und gut, Mrs. Mellamphy, Sie erwähnen diesen Einbruch doch nur in der Hoffnung, uns einzureden, daß das Kodizill in die Hände unserer Gegner gelangen könnte, damit mein Gatte und ich Ihnen schließlich einen höheren Preis dafür bieten.«

»Gut gesagt, Isabella!« rief der Baronet.

»Nein!« erwiderte meine Mutter verzweifelt. »Wie können Sie nur glauben, ich sei so hinterhältig!«

»Um ganz offen zu sein, Mrs. Mellamphy«, sagte Lady Mompesson, »ich kann mich nicht entscheiden, ob Sie das geschickteste oder das doppelzüngigste Wesen sind, mit dem ich es je zu tun gehabt habe.«

»Sie können doch nicht glauben, daß ich ... Sie begreifen doch sicherlich, wie gefährlich ...« Meine Mutter hielt inne. »Vielleicht glauben Sie mir, wenn ich Ihnen sage, daß ich erst kürzlich ein Angebot der anderen Partei bezüglich des Verkaufs des Kodizills abgelehnt habe.«

Und angesichts dieser Neuigkeit waren die Mompessons wieder wie vom Donner gerührt.

»Wie ich gesagt habe!« erregte sich Sir Perceval. »Diese Frau versucht, den Preis in die Höhe zu treiben, und veranstaltet hier nichts als eine elende Auktion mit uns.«

»Das ist nicht wahr, Sir Perceval!« sagte meine Mutter, stand auf und nahm mich bei der Hand. »Und ich glaube nicht, daß Sie das Recht haben, so von mir zu sprechen.«

Lady Mompesson sah sie eigenartig an und achtete nicht auf die Bemerkung ihres Gatten. »Sagen Sie mir, Mrs. Mellamphy, wieviel wurde Ihnen geboten? Und wann war das?«

»Fünfzehnhundert Pfund. Genausoviel, wie Sie mir anbieten. Ein Notar kam vor drei oder vier Jahren damit zu mir.«

Lady Mompesson lächelte, und es schien mir ein dünnlippiges, grausames Lächeln zu sein.

Als meine Mutter auf die Tür zuging, rief Sir Perceval gebieterisch: »Halt!« Meine Mutter drehte sich um. »Unser letztes Angebot: siebzehnhundert Pfund.«

»Sie glauben mir also noch immer nicht! Begreifen Sie denn nicht, wie sehr Sie mich damit beleidigen?«

»Ich verstehe«, sagte der Baronet grimmig. »Sie glauben, daß Sie von unserem Opponenten eine größere Summe erhalten werden. Nun, das mag sein, aber ich warne Sie: Passen Sie auf Ihre Hand auf, wenn Sie diesem Herrn auch nur den kleinen Finger geben.«

»Aber das will ich doch gar nicht, das habe ich doch gar nicht vor«, rief meine Mutter, den Tränen nahe. Mühsam öffnete sie die hohen Türflügel und lief aus dem Zimmer.

Mit einem letzten Blick auf Sir Perceval, der sich, vor Wut schäumend, auf seine Ellbogen aufstützte, und auf die noch immer lächelnde Lady Mompesson folgte ich meiner Mutter.

Der Lakai, der hinter der Tür stand, geriet plötzlich in Bewegung. Noch vor der Treppe schnitt er uns den Weg ab und führte uns mit mißbilligendem Blick zur Eingangshalle. Dort stieß er uns dann (so jedenfalls kam es mir vor) beinahe die Stufen hinunter und schlug das hohe Portal hinter uns zu.

Ich war zu wütend, meine Mutter aber zu fassungslos, als daß wir jetzt viel miteinander geredet hätten. Ich fand, daß man uns schändlich und demütigend behandelt hatte, und ich grübelte lange über das beschämende Verhalten meiner Mutter nach. Ich hätte sie zwar sehr gerne danach gefragt, auf welche Weise diese eingebildeten Menschen mit uns verwandt waren und was sie mit ihnen zu schaffen hatte, doch ich wußte, daß sie mir keine meiner Fragen beantworten würde.

23. KAPITEL

Nach diesem Besuch war ich fest entschlossen, mich mit Henrietta zu treffen, auch wenn dies bedeutete, daß ich mich den Wünschen meiner Mutter widersetzen mußte. Am folgenden Sonntag konnte ich mein Vorhaben jedoch noch nicht ausführen, da meine Mutter mich nachmittags auf meinem Spaziergang begleitete. Doch am Sonntag darauf verursachten ihr die Hitze und die Heftigkeit, mit der die Sonne vom klaren Himmel herunterbrannte, solche Kopfschmerzen, daß sich ihre Begleitung wie von selbst verbot. Innerlich frohlockend, verließ ich das Haus und nahm den kürzesten Weg nach Hougham – durchs Wäldchen von Mortsey und den Fluß entlang.

Als ich dort, wo der Park begann, auf die Straße nach Over Leigh stieß, konnte ich nicht länger dem Ufer folgen, da der Wasserlauf von hier an unterirdisch weiterfloß. Doch über eine verfallene Mauer gelangte ich mühelos in den Park, wo ich mir meinen Weg durch einen kleinen Wald suchte, dessen moosbewachsene Bäume so dicht von Efeu überwuchert wurden, als wolle sich das Dickicht mit sich selbst zudecken und ein Tuch zum Schutz gegen die Sonne weben. Als ich zwischen den Stämmen hindurcheilte, griffen die knorrigen Äste der abgestorbenen Bäume nach meinen Schultern und Armen, und wilder Wein und Brombeergesträuch wanden sich um meine Füße.

Schon bald kam der See in Sicht, und ich wußte, daß der Ort, nach dem ich suchte, zu meiner Linken sein mußte. Ich hörte das Geräusch eines Wasserfalls, verließ vorsichtig den Schutz des Waldes und durchquerte den Park, der hier wenig Deckung bot. Vor mir sah ich das Wasser aus fast zehn Metern Höhe in den See stürzen, und dann entdeckte ich etwas weiter entfernt auf dem gleichen Hügel ein Bauwerk. Der Wasserfall entsprang einem steinernen Bassin am Fuße dieses Gebäudes, ein kreisrunder Bau, wie ich beim Näherkommen entdeckte, mit einer Kolonnade ringsum, über deren einzelnen Säulen sich jeweils eine Steinfigur erhob. Das also war ein Pantheon!

Ich wartete, doch niemand kam. Ich besah mir das eigenartige Bauwerk von allen Seiten und fühlte, daß die Statuen mich an etwas erinnerten, aber ich wußte nicht, woran. Schließlich kroch ich nach etwa einer Stunde vorsichtig so weit durch das Dickicht, bis ich unter mir das Herrenhaus liegen sehen konnte. Es schien verlassen zu sein: Nur aus wenigen Schornsteinen stieg Rauch auf, und ich sah niemanden kommen oder gehen.

Ich mußte mich beeilen, wenn ich nicht zu spät nach Hause kommen wollte. Als ich die Parkmauer erreichte, folgte ich von hier an, um Zeit zu sparen, nicht mehr dem Lauf des Flusses durch den Mortsey-Wald, sondern ging auf der Straße nach Hause. Der Weg war staubig, und ich schwitzte und wurde rasch müde. Gerade als ich zum Dorfanger kam, tauchte hinter mir eine Kutsche auf, die bald darauf neben mir hielt.

»Wie komme ich nach Nether Chorlton, junger Master?« rief der Fahrer in einem Tonfall, in dem ich inzwischen den Londoner Akzent erkannte.

»Nehmen Sie da vorne an der Kreuzung die rechte Abzweigung«, antwortete ich, »und folgen Sie der Straße durch das Dorf! Biegen Sie dann in den ersten Weg zu Ihrer Linken, sobald Sie das Dorf durchquert haben!«

Im gleichen Augenblick wurde an meiner Seite der Kutsche ein Fenster heruntergelassen und gab so den Blick auf eine Dame frei, die sich mit einem Gesichtsschleier vor dem Staub der Straße schützte: »Mein guter Junge«, sagte sie mit lieblicher Stimme, »magst du nicht so freundlich sein und mit uns fahren, um meinem Kutscher den Weg zu zeigen, damit wir ihn auch nicht verfehlen?«

Ich wußte, das Anerbieten anzunehmen würde gegen das ausdrückliche Gebot meiner Mutter verstoßen. Andererseits, legte ich mir zurecht, fuhr die

Kutsche an unserem Haus vorbei, ich würde daher sehr viel früher daheim sein und ihr somit weniger Sorgen bereiten. Ihrer Stimme und ihrer Gestalt nach zu urteilen war die junge Dame kaum erst erwachsen, und ich konnte mir nicht vorstellen, daß sie Böses im Schilde führte. Während ich noch zögerte, öffnete sie den Wagenschlag, der Kutscher stieg vom Bock und ließ den Tritt herab.

Der Gedanke, in einer so hübschen Kutsche neben einer so reizenden jungen Frau zu sitzen, gefiel mir außerordentlich, und da ich sah, daß niemand sonst bei ihr war, wußte ich nicht, was gegen ihre Einladung sprechen sollte: »Es wäre mir ein Vergnügen, Ihnen den rechten Weg zu zeigen«, antwortete ich.

Ich stieg ein, der Kutscher klappte den Tritt wieder hoch und schloß die Tür hinter mir.

»Das ist nett von dir«, sagte die Dame, als ich mich neben sie setzte. »Wir haben uns ganz schrecklich verfahren auf all diesen fürchterlichen, staubigen Wegen, und mein Freund wird sich schon Sorgen um mich machen.«

Die Kutsche fuhr an, und eine Welle von Stolz erfaßte mich bei dem Gedanken, daß dies nun meine erste Reise in einem solchen Gefährt war. Wir fuhren offenbar ziemlich schnell, und als ich aus dem Fenster sah, schien der Boden tief unter mir dahinzufliegen.

Wir kamen zur Kreuzung, und zu meiner Überraschung hielt der Kutscher an.

»Hat er mich denn nicht verstanden, als ich ihm sagte, er solle die rechte Abzweigung nehmen?« fragte ich die junge Dame. »Ich werde es ihm noch einmal sagen.«

Ich wollte gerade meinen Kopf aus dem Fenster strecken, als plötzlich aus den Büschen am Straßenrand ein Mann auftauchte, zur Kutsche stürzte und den Schlag aufriß. Das war für ihn nicht weiter schwierig, war er doch bestimmt der größte Mann, den ich je gesehen hatte.

Er lächelte triumphierend, als er einstieg, und sobald er sich zu mir gesetzt hatte, griff er nach meinem Arm, um mich zu sich heranzuziehen, bis ich nur noch wenige Zentimeter von ihm entfernt war. Er hatte ein sehr bleiches Gesicht mit tiefliegenden schwarzen Augen. Über dem einen fielen ihm schwarze, von grauen Strähnen durchzogene Locken in die Stirn, und sein schmaler Mund verzog sich zu einem schiefen Grinsen. »Hab ich dich endlich, Bursche«, sagte er und packte mich so fest, daß ich vor Schmerz beinahe laut aufgeschrien hätte.

Die Kutsche setzte sich wieder in Bewegung, und ich sah, daß wir nicht ins Dorf, sondern in die entgegengesetzte Richtung fuhren: »Aber dies ist nicht die Straße nach Nether Chorlton!« rief ich.

»Er hat dir also keine Schwierigkeiten gemacht?« fragte der Mann.

»Überhaupt keine«, antwortete die junge Frau. Dann fügte sie in einem Ton, in dem keine Spur von Freundlichkeit mehr mitklang, hinzu: »Master Mellamphy war sogar äußerst hilfsbereit.«

Woher kannte sie meinen Namen? Meine Gedanken rasten. Ich konnte ihr Gesicht hinter dem Schleier nicht erkennen, doch ihre Stimme klang jetzt so bösartig, daß ich mich verwundert fragte, wie ich sie nur je für lieblich hatte halten können.

Die Kutsche nahm den Weg über den Galgenhügel zur Überlandstraße, und ich wußte, wenn wir erst einmal auf der gepflasterten Straße waren, würden wir für einen Fluchtversuch viel zu schnell fahren. Wenn ich also entwischen wollte, mußte es geschehen, solange sich das Gefährt noch fast im Schrittempo den Hügel hinaufquälte. Plötzlich fiel mir ein, daß der Weg nicht weit von hier in einer scharfen Linkskurve anstieg, dort, wo er das Bett eines kleinen, plätschernden Baches kreuzte. An dieser Stelle würde die Kutsche, um in die steile Kurve einbiegen zu können, fast zum Halten kommen.

»Sie tun mir weh«, beschwerte ich mich und erhoffte mir einen kleinen Vorteil, wenn ich den Mann dazu bringen konnte, seinen Griff zu lockern.

Da er nicht auf mich achtete, begann ich, mich zu wehren.

Die junge Dame beugte sich vor und schlug mir ins Gesicht: »Sitz still, du abscheuliches kleines Ungeheuer!«

»Er soll sich zwischen uns setzen«, sagte der Mann. »Dann haben wir ihn sicher.«

Das war günstiger, als ich gehofft hatte. Er erhob sich von seinem Sitz, und im gleichen Augenblick legte sich die Kutsche in die Kurve. Der Mann wurde von der Bewegung überrascht, verlor sein Gleichgewicht und lockerte den Griff um meinen Arm.

Ich hatte mit dieser Neigung der Kutsche gerechnet und vermochte ihn daher jetzt mit all der Kraft, die ich aufbieten konnte, gegen das Schienbein zu treten. Fluchend ließ er meinen Arm fahren, und ich warf mich quer über die junge Dame hinweg und faßte nach dem Türgriff an ihrer Seite. Außer Reichweite des Mannes konnte ich den Schlag öffnen, noch ehe die Frau merkte, was ich eigentlich vorhatte. Doch sie faßte sich rasch wieder und griff nach den Schößen meiner Jacke. Ich sah den vom Regen angeschwollenen Bach unter mir, und es schien mir sehr tief hinunterzugehen, doch ich sprang und hörte noch, wie meine Jacke zerriß, bevor ich klatschend ins Wasser fiel und mir Hände und Knie aufstieß. Einen Moment lang war ich wie betäubt, aber das Wasser war hier nur wenige Handbreit tief. Ich hatte mir wahrscheinlich einige blaue Flecke geholt, mich jedoch kaum ernsthaft verletzt.

Ich rappelte mich hastig auf und rannte, so schnell ich konnte, die Straße hinab. Als ich mich umschaute, sah ich, daß der Mann aus der Kutsche gesprungen war und mich verfolgte. An Schnelligkeit würde ich es nicht mit ihm aufnehmen können, weil er mich auf der Straße bald mit seinen langen Schritten eingeholt hätte, doch ich kannte das umliegende Gebiet so gut wie meine Westentasche, und im Dickicht war es von Vorteil, so klein zu sein. Also stürzte ich mich in den Wald zu meiner Linken. Hier konnte ich unter den Zweigen hindurchschlüpfen, die ihm im Weg waren; trotzdem hörte ich, daß er langsam immer näher kam.

Meine einzige Chance lag in dem Wagnis, mich zu verstecken und nicht weiterzulaufen. Also verbarg ich mich in einem dichten Gebüsch und rührte mich nicht mehr. Sekunden später brach er krachend an mir vorbei und lief noch einige Schritte weiter. Dann blieb er stehen, als wolle er hören, wohin ich rannte. Er wartete eine Weile, und nachdem er offenbar zu dem Schluß gelangte, daß ich bereits außer Hörweite war, ging er weiter.

Ich lief zurück, und ein gutes Stück unterhalb der Kutsche traf ich wieder auf die Straße. Dann rannte ich, so rasch ich konnte, bis ich die Sicherheit des Dorfes erreichte. Nach den Blicken zu urteilen, die die Leute mir nachwarfen, mußte ich ziemlich seltsam aussehen, doch wahrscheinlich dachten sie, ich sei das Opfer irgendeines typischen Jungenstreiches geworden. Ich grübelte darüber nach, was ich meiner Mutter erzählen sollte, denn klatschnaß, wie ich war, schlammbedeckt und mit von Brombeerranken zerfetzten Kleidern und der fast entzweigerissenen Jacke würde ich ihr wohl kaum verheimlichen können, daß etwas geschehen war. Es schien mir angebracht, ihr in diesem Fall eine Lüge aufzutischen, damit sie sich keine allzu großen Sorgen machte. Doch was konnte mein Abenteuer nur bedeuten? Ob Bissett etwas damit zu schaffen hatte? Ich war mir allerdings sicher, daß der große Mann nicht derselbe Mann war, der mir vor einigen Wochen gefolgt war und sich dann später mit Bissett unterhalten hatte.

Ich wollte mich beeilen, doch dann sah ich den Küster aus der Kirche kommen und die Straße zu seinem Haus überqueren. Als Mr. Advowson mich entdeckte, winkte er mir zu, als habe er mir etwas Wichtiges zu sagen. Er sah mich erstaunt und mit großen Augen an, und noch bevor ich richtig nachgedacht hatte, hörte ich mich ihm erklären – dem Küster erzählte ich eine Lüge! –, daß ich von einem Baum gefallen sei und mir dabei die Kleider zerrissen hätte.

»Nun ja. Freut mich, daß dir sonst nichts passiert ist, Master Mellamphy. Aber sag mir, haben sie dich gefunden?« Als er mein verwundertes Gesicht sah, fügte er hinzu: »Eine junge Dame und ein junger Gentleman – zumindest glaube ich, daß er ein Gentleman war, denn, und das ist so sicher wie der Tod oder das Amen in der Kirche, er war bemerkenswert groß, wirklich bemerkenswert. Jedenfalls haben sie nach dir gesucht, vor nicht mal einer halben Stunde. Alte Freunde deiner Mutter, genau, das haben sie gesagt. Sehr alte Freunde. Und daß sie bei euch zu Hause waren und daß man ihnen gesagt habe, du seist in diese Richtung spazierengegangen. Deshalb wollten sie dich suchen, sie hatten wohl nicht sehr viel Zeit.«

»Nein, Mr. Advowson«, rief ich und rannte weiter. »Freunde von mir oder meiner Mutter haben mich nicht gefunden.«

Wie hatte meine Mutter sie nur hinter mir herschicken können? fragte ich mich immer wieder, während ich die letzten hundert Meter zu unserem Haus lief.

Als ich ins Wohnzimmer platzte, saß meine Mutter mit Bissett über ihre Arbeit gebeugt. Sie rang nach Luft, als sie mich sah, und ich rief: »Warum hast du sie hinter mir hergeschickt? Es wäre ihnen fast gelungen!«

»Wer?« fragte meine Mutter. »Wovon redest du? Was ist mit dir passiert?«

Jetzt erst begriff ich. Die beiden hatten Mr. Advowson angelogen, und nun war es zu spät, ich konnte die Wahrheit vor meiner Mutter nicht mehr verheimlichen. Ich merkte, daß Bissett genauso überrascht und fassungslos war – oder wenigstens gab sie sich den Anschein – wie meine Mutter. Ich erzählte ihnen kurz, was geschehen war, und dann beantwortete ich ihre Fragen.

Weil ihr Gesicht verschleiert gewesen war, konnte ich die junge Frau nicht näher beschreiben, doch als ich erwähnte, daß der Mann außerordentlich groß gewesen sei, keuchte meine Mutter: »Wie groß? Kannst du ihn beschreiben?«

»Der größte Mann, den ich je gesehen habe«, sagte ich.

Entsetzt fragte sie weiter: »Hatte er ein langes bleiches Gesicht und einen schmalen Mund?«

Ich nickte nur, da ich noch immer nach Atem rang.

»Und schwarze Haare«, fuhr sie bestürzt fort, »die ihm auf der einen Seite in die Stirn fielen?«

»Ja«, sagte ich erstaunt. »So sah er aus, genau so, nur daß seine Haare schon etwas grau waren.«

Bei diesen Worten begann sie zu taumeln, und sie wäre beinahe ohnmächtig zu Boden gestürzt, hätten Bissett und ich sie nicht aufgefangen und sie zum Sofa begleitet. »Er ist es! Er ist es!« klagte sie und wiegte sich vor und zurück.

»Wer, Mutter? Wen meinst du? Woher kennst du ihn?«

»Das habe ich immer befürchtet«, stammelte sie. Dann sagte sie zu Bissett: »Ich wußte, es war falsch, daß ich mich von dir überreden ließ, ihn allein ausgehen zu lassen.« Sie wandte sich wieder zu mir und ergriff meinen Arm: »Solange wir in diesem Dorf leben, wirst du niemals wieder allein ausgehen. Mrs. Bissett oder ich, einer von uns beiden muß immer bei dir sein. Und wir werden nie mehr über die Dorfgrenze hinausgehen.«

Meine Mutter hielt ihr Wort, und von dem Augenblick an lebte ich wie ein Gefangener. Mein Freiraum war – abgesehen von den Spaziergängen, bei denen ich immer begleitet wurde – auf den Garten beschränkt, und die Schlösser und Eisendornen, die nach dem Einbruch an den Toren und auf den Mauern angebracht worden waren, dienten nun dazu, mich eingesperrt zu halten.

24. KAPITEL

Drei Wochen vergingen, und inzwischen war es Ende September. Während dieser Zeit hatte ich mich nur widerwillig mit meinem Hausarrest abgefunden. An diesem Sonntag hielt ich mich nach dem Essen im Garten auf, denn es war wieder einer jener schönen Spätsommertage, diesmal ein wenig kühl und noch etwas feucht, da es am Morgen geregnet hatte und noch immer Regenwolken am Himmel hingen. Ich befand mich allein im Garten, meine Mutter und Bissett waren im Haus.

Plötzlich kam ich auf die Idee, jenen Teil meines Reiches zu erforschen, der für mich immer noch voller Geheimnisse geblieben war: die Wildnis am unteren Ende des Gartens. Einen Augenblick später zwängte ich mich bereits durch das Dickicht aus Haselsträuchern und Dornengestrüpp, stieß bis ins Wäldchen vor und sah mich jählings neben einem verlassenen Teich stehen, einer dunkelgrünen Wasserfläche, über die die Sonne durch die Bäume hindurch Licht- und Schattenflecken spielen ließ und die von einem unregelmäßigen Kreis von Steinen umgeben war. Ich spähte ins Wasser und hoffte, einen jener uralten Überlebenden aus der fernen Zeit zu entdecken, als der Teich noch von Goldfischen gleich denen bewohnt gewesen sein mußte, die noch immer die beiden kleineren Becken auf der oberen Gartenterrasse bevölkerten; doch unter dem Wasserspiegel rührte sich nichts. Während ich hinabstarrte, wurde ich mir der Stille bewußt. Ich sah mich um und zuckte zusammen, als ich dicht neben meiner Schulter jenes Gesicht erblickte, das mich vor Jahren so heftig erschreckt hatte.

Diesmal erschreckte es mich jedoch auf andere Art. Obwohl es nur ein Abbild war, verfallen und durch Zeit und Witterung grotesk entstellt, wies das Gesicht doch menschliche Züge auf und verkörperte in entsetzlicher Weise die Vorstellung von furchtbarer Qual. Noch während ich darüber nachsann, erkannte ich in dem Antlitz das Gesicht einer Wassernymphe oder einer Göttin, die von den Schultern an beide Arme verloren hatte. Und jetzt erst sah ich, daß sich um ihre Hüfte ein Arm schlang und daß sie von einer zweiten, hinter ihr stehenden Figur gehalten wurde, so daß die seltsame Art, in der sie ihren Kopf verrenkte, sich daraus erklärte, daß sie sich offenbar gegen diese zweite Figur zur Wehr setzte. Von dieser zweiten Gestalt war jedoch kaum noch etwas erhalten. Die Figuren erinnerten mich an etwas, aber ich wußte nicht, was das sein konnte.

Als ich genauer hinsah, entdeckte ich eine in den Sockel der Figuren eingemeißelte Inschrift. Sie war stark verwittert und mit Moos überwachsen, so daß ich sie kaum entziffern konnte, doch schließlich war ich mir beinahe sicher, sie müsse Et Nemo in Arcadia lauten. Die Worte konnte ich selbst mit meinem bißchen Latein übersetzen, doch wußte ich nicht, was sie bedeuten sollten.

Ich ging weiter, und das Gehölz wurde düsterer und dichter, und es kostete mich einige Anstrengung, bis ich mich endlich zur Mauer durchgekämpft hatte. Erstaunt sah ich mich plötzlich vor einem alten Eingang stehen, dessen Holzpforte von einem mächtigen, verrosteten Schloß und einer schweren Eisenkette gesichert war. Gerade als ich zu hoffen begann, wurde ich enttäuscht, denn die Tür war zwar an einigen Stellen bereits morsch und zersplittert, aber doch immerhin noch stabil genug, um meinen Tritten widerstehen zu können. Dann besah ich mir die Kette etwas genauer und merkte bald, daß sie zwar furchterregend dick und mächtig aussah, aber schon völlig durchgerostet war. In der Nähe fand sich ein großer Stein, und mit diesem hieb ich auf eines der Kettenglieder ein, die sich über den Türpfosten spannten. Nach einigen Schlägen fiel die Kette in einem Regen von Rostflocken auseinander. Das nächste Problem bestand nun darin, die Pforte zu öffnen, da sie mit dem Erdboden fest verwachsen zu sein schien. Doch nach einigen Minuten gelang es mir, sie so weit aufzudrücken, daß ich mich hindurchzwängen konnte. Ich zögerte keine Sekunde, und einen Augenblick später fand ich mich in dem verlassenen Obstgarten wieder, der zum Gehöft am Ende unserer Gasse gehörte. Das Bauernhaus selbst lag etwas weiter entfernt und außer Sichtweite; es war also kein Wunder, daß man diese Pforte völlig vergessen hatte.

Jetzt fühlte ich mich wahrhaft frei, nur wußte ich nicht, was ich mit meiner unvermuteten Freiheit anfangen sollte. Ich dachte daran, noch einmal nach Hougham zu gehen, vielleicht wurde meine Abwesenheit in den nächsten Stunden nicht bemerkt, so daß ich genug Zeit für den Hin- und Rückweg gehabt hätte. Andererseits stand das Herrenhaus vermutlich noch immer leer. Wie dem auch war, ich beschloß, zumindest einmal in die entsprechende Richtung aufzubrechen, und zwar wollte ich unten durch das Tal am Fluß entlanggehen. Ich machte mich auf den Weg, umrundete vorsichtig das Gehöft zu meiner Rechten und erreichte den Wasserlauf, ohne daß mich jemand zu Gesicht bekommen hätte.

Nach wenigen hundert Schritten verbreiterte sich der Wasserlauf und floß nun im Schutz hoher Bäume. Dort, wo ihre Schatten über das Wasser fielen, konnte man in die Tiefe sehen. Und nun folgte ebenjener Augenblick, wo ich mich am Uferrand auf den Bauch legte und in das klare Wasser starrte. Schemenhafte Schatten huschten geheimnisvoll hin und her, es mochten Flußneunaugen, Stichlinge, Forellen oder Kaulquappen sein; und ich stellte mir vor, wie es wäre, wenn ich selbst zu den Wesen dieser stillen, wunderbaren Welt gehörte. Lange Zeit lag ich wie auf der Lauer, wagte kaum, Atem zu holen – und dann entdeckte ich eine dunkle Gestalt, vielleicht war es ein Fisch oder der Schatten einer Pflanze. Also nahm ich einen Stock und stocherte im Wasser danach herum, doch ich rührte nur dunkle Schlammschwaden auf. Die Wasseroberfläche schien ihren Glanz zu verlieren, und als ich zum Himmel blickte, zogen düstere Wolken auf. Es mußte schon ziemlich spät sein, doch in diesem Moment faßte ich einen Entschluß: Ja, ich würde nach Hougham gehen.

Rasch machte ich mich auf den Weg, am Ufer entlang und immer im Schatten des dichten Waldes, der die beiden Ufer des Flusses säumte. Wurde das Vorwärtskommen schwierig oder der Pfad unpassierbar, zog ich mir Schuhe und Strümpfe aus, trug sie zusammengebunden über der Schulter und watete durch das flache Wasser.

So kam ich gut voran und erreichte bald die ein oder zwei Meilen entfernte Straße nach Over Leigh. Jetzt war ich auf dem Grund und Boden der Mompessons. Dunkle Wolken sammelten sich am südlichen Horizont, doch noch schien im Norden die Sonne vom weiten blauen Himmel.

Wie beim erstenmal näherte ich mich vorsichtig dem seltsamen Bauwerk, das jenes Pantheon sein mußte, von dem Henrietta gesprochen hatte. Doch plötzlich sah ich ein Dienstmädchen ausgestreckt auf einem flachen Fels am See liegen und in der Sonne dösen. Ich war völlig überrascht, da ich eigentlich nicht erwartet hatte, jemanden anzutreffen. Vielleicht war sie eine der Bediensteten, die man im Haus zurückgelassen hatte und die sich jetzt eine kleine Ruhepause gönnte. Im Schutze der Bäume sah ich mich vorsichtig um, da fiel mein Blick auf eine kleine Gestalt nicht weit von mir. Ich gab ihr mit dem Arm ein Zeichen, und als Henrietta – denn niemand sonst war es – mich sah, nickte sie, legte einen Finger auf die Lippen und schaute zu dem Dienstmädchen hinüber. Ich nickte ebenfalls, und sie zeigte zum Hügel hinauf, dorthin, wo der Wald wieder dichter wuchs. Vorsichtig schlich ich von Baum zu Baum, kroch an dem schlafenden Dienstmädchen vorbei und folgte den leisen Geräuschen, die Henrietta auf ihrem Weg verursachte, tiefer in den Wald hinein. An den Kaskaden entlang, die hier den Hügel hinunterstürzten und unten den See speisten, näherten wir uns dem eigenartigen Gebäude.

Als ich Henrietta erreichte, wartete sie bereits auf mich und saß am Rand des steinernen Bassins, aus dem der Wasserfall entsprang.

»Ich wußte, daß du dich an unser Rendezvous halten würdest«, sagte sie. »Ich habe mich auf dich gefreut.«

Ich wagte nicht, sie zu fragen, was ein Rendezvous sei, und sagte statt dessen nur: »Sind wir hier sicher?«

»Ja. Zum Pantheon kommt nie jemand. Ich glaube, sie haben alle vergessen, daß es überhaupt existiert.«

Ich überwand meinen Stolz und fragte: »Was ist ein Pantheon?«

»Ein Sommerhaus natürlich.«

Während ich das Gebäude betrachtete, wußte ich plötzlich wieder, an was mich die beiden miteinander ringenden Skulpturen in unserem Garten erinnert hatten: an die Statuen, die hier oben auf dem Kolonnadenrund standen. Der Stil schien der gleiche zu sein, und der Stein sah auf ganz ähnliche Weise verwittert aus.

Als ich nun den Hang hinab und über das Tal sah, entdeckte ich etwas, das wie große Ziegelschornsteine aussah, die aus dem Wald aufragten. »Was ist denn das?«

»Das ist die Old Hall.«

Natürlich. Meine Mutter hatte sie doch erwähnt. Ich ging einige Schritte den Hang hinunter und versuchte, zwischen den dicken Bäumen hindurch etwas mehr von dem Gebäude zu erspähen. Ich sah aus farbigen Ziegeln gemauerte Schornsteinkästen, die aus uralten Dachfirsten ragten und sich dort, wo die Dachplatten heruntergefallen waren, auf nacktem Gebälk in den Himmel reckten. Das Gebäude war erfüllt vom tiefen Gurren der Tauben, und der Wald schien ihr murmelndes Echo zurückzuwerfen. Dann sah ich eine Gruppe von vier Ulmen unter mir, ungefähr auf einer Höhe mit dem alten Haus, das noch immer meinen Blicken entzogen war. Die Bäume waren im Quadrat angeordnet, und plötzlich mußte ich an Mrs. Belflowers Geschichte vom Duell denken. Hatte es wirklich stattgefunden? Die Mitte dieses Quadrats war allerdings leer, soviel konnte ich von meinem Platz aus erkennen, doch unter jedem der vier Bäume stand eine Statue.

Ich ging zu meiner Gefährtin zurück, und wir setzten uns und machten es uns auf einer niedrigen Balustrade bequem, nicht weit von jener Stelle, wo der Wasserfall entsprang.

»Ich kann nur einige Minuten bleiben«, sagte ich. »Ich muß zurück, bevor man mein Fehlen entdeckt. Schade, daß ich dich nicht gesehen habe, als ich vor drei Wochen hier war. Wo warst du?«

»Gleich nachdem ich dich getroffen hatte, entschied mein Vormund, daß wir alle nach London zurückgehen sollten.«

»Gleich danach?«

»Ja. Noch am selben Nachmittag. Und am nächsten Tag sind wir dann abgereist.«

»Aber warum seid ihr dann nach so kurzer Zeit zurückgekommen?«

»Du irrst dich. Die anderen sind immer noch dort.« Sie hielt inne, und ich sah, wie aufgeregt sie war. »Etwas ist in London geschehen. Miss Quilliam wurde entlassen. Man hat mich wieder unter die Aufsicht der Haushälterin gestellt und hierher zurückgeschickt.«

»Warum wurde sie entlassen?«

Sie schüttelte den Kopf: »Ich weiß nicht. Keiner wollte mir etwas sagen, und man hat ihr auch nicht erlaubt, sich von mir zu verabschieden. Aber ich kann nicht glauben, daß sie etwas Unrechtes getan hat. Sie war die erste Gouvernante, die ich gemocht habe, und ich bin sicher, daß man sie deswegen fortgeschickt hat.«

Ich sagte ihr, daß es mir leid tue und wie sehr mir Miss Quilliam gefallen habe, dann erklärte ich ihr, wie ich es geschafft hatte, von zu Hause zu entwischen, und daß sich mir eine ähnliche Gelegenheit vielleicht nie wieder bieten werde. Zum Schluß sagte ich: »Aber wenn ich kann, komm ich noch einmal.«

»Du wirst mich hier nicht mehr antreffen«, antwortete Henrietta ernst. »Ich werde am Dienstag abreisen, wahrscheinlich für viele Jahre.«

»Wohin gehst du?« fragte ich.

»Man schickt mich in eine Schule. Nach Brüssel«, fügte sie hinzu. »Mein Vormund sagt, er habe jede Hoffnung aufgegeben, jemals eine verläßliche Gouvernante für mich finden zu können.«

»Gehst du denn nicht gern?«

»Doch«, sagte sie nach kurzem Nachdenken. »Ich werde wenigstens Tom los sein. Und außer dir und meiner Großtante habe ich keine Freunde.«

»Dann sehen wir uns vielleicht viele Jahre lang nicht«, sagte ich.

»Vielleicht auch nie mehr«, erwiderte sie ernst. »Und du wirst mich vergessen.«

Ein wenig überrascht von ihrem fast feierlichen Ton, wollte ich widersprechen, und ich sagte, daß ich sie nie vergessen würde. Doch sie unterbrach mich: »Ich will dir ein Andenken geben, damit du an mich denkst. So machen es die feinen Damen in den Romanen immer.«

Flink zog sie einen Ring vom Finger und reichte ihn mir. Er war aus Zinn mit einem Stein aus rotem Glas, und auf der Oberfläche waren die Buchstaben L. R. eingraviert.

»Aber ich kann doch nicht ...« begann ich.

Doch sie sagte bestimmt: »Ach, er ist nichts wert, sonst hätte man mir gar nicht erlaubt, ihn zu behalten. Er gehörte allerdings einmal meiner Mutter.«

»Wenn er deiner Mutter gehört hat, dann muß er doch sehr viel für dich bedeuten«, protestierte ich.

»Ja, er bedeutet mir sehr viel. Deshalb will ich ja auch, daß du ihn behältst.«

Ich wollte ihn in meine Tasche stecken, aber Henrietta sagte: »Du mußt mir versprechen, ihn immer zu tragen.«

»Ich versprech dir, ihn in Ehren zu halten«, sagte ich und steckte ihn mir an den Finger. »Aber ich habe nichts, was ich dir geben könnte«, rief ich bekümmert. Ich durchsuchte hastig meine Taschen, konnte aber unter all den

Jungenschätzen – Bindfaden, seltsam geformte Steine, Kastanien und geheimnisvolle Eisenstückchen – nichts Passsendes finden, ausgenommen vielleicht jenes kleine Werkzeug, mit dem man Steine aus den Hufen der Pferde entfernte und an dem ich sehr hing. Ich wollte es ihr schon geben, hielt es aber dann doch für eine zu sinnlose Verschwendung.

»Ich habe noch einen zweiten Ring«, sagte Henrietta und zeigte mir einen Reif, der wie der erste aussah, aber keine Initialen trug. »Den gibst du mir«, sagte sie und drückte ihn mir in die Hand.

Etwas verblüfft tat ich wie geheißen.

»Nun müssen wir uns einen Abschiedskuß geben«, verkündete sie. »Und dann gehst du schnell fort und siehst dich nur noch ein einziges Mal nach mir um.«

»Meinst du wirklich, daß wir uns küssen müssen?«

Sie ging einen Schritt auf mich zu, und dann, froh, daß niemand Zeuge dieser schmachvollen Tat war, küßte ich sie rasch auf ihre kühle Wange; danach erfüllte ich die zweite Hälfte ihrer Forderung.

Kurz bevor ich im Wald verschwand, drehte ich mich noch einmal um und sah die kleine Gestalt immer noch bewegungslos und mit verschränkten Armen vor dem Pantheon stehen. Ich war mir nicht sicher, ob sie wollte, daß ich ihr zuwinkte, doch ich hob eine Hand zum feierlichen Gruß und tauchte dann in den Schatten der Bäume ein.

Rasch, doch vorsichtig lief ich den gleichen Weg zurück durch den Park, und die dunklen Wolken im Süden trieben mich noch zusätzlich zur Eile an. Kurz darauf, als ich bereits am Fluß entlanghastete, sah ich, wie sich große purpurfarbene Gewitterwolken am Himmel auftürmten. Schon sprang ein kühler Wind auf, und ich konnte eine Regenwand sehen, die von rechts auf mich zukam. Ich wußte, wenn ich auf dem gleichen Pfad wie auf dem Hinweg blieb, also die längere Strecke wählte, um den Obstgarten und die alte Pforte zu unserem Garten zu erreichen, dann holte mich der Regen ein. Ich entschloß mich daher, den kürzesten Weg zu nehmen, kehrte dem Fluß den Rücken und lief über die abgeernteten Felder zum Dorf. Die Regenwand glitzerte in der Sonne, kam rasch näher und schien einen Schattenvorhang hinter sich herzuziehen. Sie holte mich ein, als ich die ersten Katen erreichte, und ein feiner Sprühregen durchnäßte mich. Doch ich hoffte immer noch, ungesehen ins Haus zu gelangen, und rannte über die High Street, um von dort aus in die Gasse, dann in den nachbarlichen Obstgarten und von da aus in unseren Garten zu gelangen, noch ehe sich meine Mutter und Bissett fragten, warum mich der Schauer nicht ins Haus trieb.

Doch als ich unser Haus sah, entdeckte ich eine Kutsche vor der Tür, und das war etwas so Ungewöhnliches, daß ich, statt in die Gasse zu laufen, gleich zum Vordereingang eilte.

Meine Mutter und Bissett standen auf den Stufen vor dem Haus und schienen sich im strömenden Regen mit einem fremden Gentleman heftig zu streiten. Meine Mutter streckte ihm etwas entgegen und fuhr damit hin und her. Bissett schien es ihr entreißen zu wollen, und der Gentleman machte abwehrende Gebärden.

»Ich gebe es Ihnen ja, aber bringen sie ihn mir zurück!« rief meine Mutter.

Bissett sagte: »Geben Sie's ihm, geben Sie's ihm doch einfach!« Und dabei versuchte sie, ihr die silberne Kapsel abzunehmen, die an der Schlüsselkette hing.

Doch der Gentleman sagte: »Davon weiß ich nichts. Ich will es nur kaufen.«

Ich näherte mich den dreien, und als meine Mutter mich sah, war sie wie umgewandelt: »Johnnie!« rief sie.

Sie umarmte mich lachend und schluchzte hysterisch, während der Regen über unsere Gesichter lief und ich versuchte, mich von ihr zu befreien.

»Oh, dem Himmel sei Dank! Dem Himmel sei Dank!« rief sie.

»Ich hoffe, Sie sehen nun die Haltlosigkeit Ihrer Vorwürfe ein, Madam«, sagte der Gentleman übelgelaunt, und jetzt erst erkannte ich Mr. Barbellion.

»Was ist geschehen? Wo warst du?« rief meine Mutter und drückte mich an sich.

»Laß mich los!« protestierte ich. »Mir hat keiner was getan. Ich habe nur einen Weg aus dem Garten gefunden.«

»Du garstiger Junge!« rief Bissett. »Du hast deine Mutter fast zu Tode erschreckt!«

»Nun, Madam, ich glaube, Sie sollten sich bei mir entschuldigen«, sagte Mr. Barbellion.

»Gehen Sie! Fort mit Ihnen!« schrie meine Mutter.

Ihr Benehmen trieb mir die Schamröte ins Gesicht, erst recht, als der Notar stolz und höflich antwortete: »Dann wünsche ich Ihnen einen guten Tag, Madam.«

Mit einer Geste, die angesichts des Regens, der ihm dabei über die Wangen lief, etwas absurd Würdevolles an sich hatte, lüftete Mr. Barbellion seinen Hut und ging die Stufen hinunter zur Kutsche.

»Komm ins Haus, Mama!« sagte ich.

Ich führte sie hinein und schloß die Tür. Bissett brachte ihr Riechsalz, und endlich beruhigte sie sich wieder. So dringend ich auch erfahren wollte, was sich ereignet hatte, so fest entschlossen war ich andererseits, nichts zu sagen, solange Bissett das Zimmer nicht verlassen hatte. Erst als sie sich endlich zurückzog, bat ich meine Mutter, mir zu erzählen, was sich zugetragen hatte. Und so erfuhr ich, daß Mr. Barbellion nicht lange vor meiner Rückkehr bei ihr vorgeprochen hatte. Meine Mutter schickte sofort Bissett hinaus, um mich suchen zu lassen, erklärte sich aber zwischenzeitlich nach einigem Zögern zu einem Gespräch mit dem Notar bereit. Er sprach erneut davon, mich in seine Obhut nehmen zu wollen, doch meine Mutter verstand nur, daß er ihr damit drohte, mich zu einem Mündel des Kanzleigerichtes erklären zu lassen, weigerte sich aber, mir zu erklären, wie dies denn möglich sein könne. Und dann bot er ihr achtzehnhundert Pfund für das Kodizill an. In dem Moment sei Bissett dann zurückgekommen und habe gesagt, daß sie mich nicht finden könne. Meine Mutter war sofort zu dem Schluß gekommen, daß man mich entführt hatte und das Kodizill im Austausch für meine Rückkehr forderte, und so war es zu jener Szene gekommen, die ich dann unterbrochen hatte.

»Selbst wenn ich ihn diesmal zu Unrecht beschuldigt haben sollte«, sagte sie, »so bin ich mir doch sicher, daß er für den Vorfall in der letzten Woche verantwortlich ist. Er arbeitet für unseren Feind.«

»Wir wissen doch gar nicht, für wen er arbeitet, Mama«, gab ich zu bedenken.

»Aber Johnnie, achtzehnhundert Pfund! Das klingt doch, als wisse er, daß Sir Perceval uns siebzehnhundert angeboten hat! Er hat seine Spione überall!«

»Wer?«

»Unser Feind.«

»Wer ist das? Bitte, sag es mir!«

Aber sie wollte es mir nicht verraten, und ich begriff, daß es nicht ratsam war, sie jetzt noch weiter zu bedrängen. Unaufhörlich wiederholte sie sich, daß er zu allem bereit gewesen sei, um das Dokument in seine Hände zu bekommen.

»Aber Mr. Barbellion hat es nicht einmal genommen, als du es ihm angeboten hast und Bissett ihm zugeredet hat«, warf ich ein.

Doch sie war überzeugt davon, daß sie recht hatte. »Und das ist alles nur dein Fehler, Johnnie«, fuhr sie fort. »Es war sehr ungezogen von dir, mir nicht zu gehorchen und aus dem Garten zu verschwinden.«

»Es war doch nicht mein Fehler, daß Mr. Barbellion gerade in diesem Augenblick gekommen ist«, widersprach ich. »Ohne ihn hättest du wahrscheinlich nie erfahren, daß ich fort war, und keiner hätte sich beklagt.«

Bissett bereitete ihr einen starken Schlaftrunk, und meine Mutter ging früh zu Bett. In den verbleibenden Stunden dieses langen Spätsommerabends dachte ich an die Ereignisse der letzten Wochen. Mir kam die Erklärung recht unstimmig vor, die sich meine Mutter für Mr. Barbellions Motive – genauer: für seine Handlungen, denn nur sie kannten wir – zurechtgelegt hatte. Täuschte sich meine Mutter nur, oder wollte sie etwas vor mir verbergen?

Ein oder zwei Wochen später fragte ich sie nach der Statue im Garten. Sie erklärte mir, daß der Vater von Onkel Martin, der einst das Haus gekauft hatte, Gutsverwalter in Hougham gewesen sei und einen Flügel der Old Hall bewohnt hatte. Als Onkel Martys Mutter in dieses Haus zog, um hier ihren Lebensabend zu verbringen, hatte sie die Statue aus der Old Hall als eine Art Andenken mitgenommen. Sie kam also tatsächlich von dort! Vielleicht sogar von dem leeren Platz in der Mitte der vier Bäume!

Ende Oktober kam der folgende Brief, der eine so seltsame Anschrift trug, daß allein die Tatsache, daß er uns erreicht hatte, dem Postboten außerordentlichen Scharfsinn attestierte.

Geschrieben am Kocks Squär Schpittelfiilds in Lundon, den 8. Augußt.
Liebe Miss Melammfi der ich dies schreib füa Miss Dickwiid weil di nich und Mista D. auch nich besonners gelärnt habn um sie selbs zu schreibn. Härzlichn Dank für di Gasslichkeit für mich un meinen Joey, für di wir hattn eine schlimme Sache auf sie warten, wi sie nach Lundon wiederkam, da unsere beiden Jüngsten Poly und Bily es hatten. Und dass wo doch der Älteste auch nich mähr iss. Mista D. iss nu wieder zurück an di Ufärn un so hoffn wia wia könn den Räst vom Geld biß Wein-

achn schickn un mit bässn Wünschn und mit Respäkt vableib ich ihnen ihre Maggy Dickwiid un ihr Zeichn X

Im Kuvert steckten zwei Pfundnoten. Wir unterhielten uns über diesen Brief und versuchten, seine Bedeutung zu entschlüsseln, doch gelang uns dies nur teilweise. Am nächsten Tag erzählte mir meine Mutter, sie habe das Geld zurückgeschickt und Mrs. Digweed geschrieben, sie solle das geliehene Geld als Geschenk betrachten. Sie habe ihr auch, in der Annahme, den Brief korrekt verstanden zu haben, ihr herzlichstes Beileid übermittelt. Etwas geheimnisvoll fügte sie noch hinzu, daß sie Mrs. Digweed etwas mitgeteilt habe, das es ihr unmöglich machen werde, den Rest des geliehenen Geldes zurückzuzahlen.

25. KAPITEL

Erst etwa drei Wochen später, als ich scheinbar mitten in der Nacht aus tiefem Schlaf geweckt wurde und meine Mutter mit einer Kerze in der Hand an meinem Bett stand, sollte ich begreifen, was sie mit dieser rätselhaften Bemerkung gemeint hatte. Mit nur mühsam unterdrückter Erregung sah sie mich an.

»Was ist los, Mama?« fragte ich verschlafen.

»Steh auf, und zieh dich rasch an, mein Liebling!« sagte sie. »Wir müssen in einer halben Stunde fertig zur Abreise sein.«

»Reisen?« rief ich, und alle Schläfrigkeit fiel von mir ab. »Warum denn? Und wohin fahren wir?«

»Nun komm schon! Mrs. Bissett wärmt dir etwas Milch auf.«

»Aber wohin fahren wir denn?«

»Nun beeil dich, Johnnie!« sagte sie und zog mir die Bettdecke weg. Ich sprang aus dem Bett und begann mich anzuziehen.

»Zieh dich warm an! Gegen Morgen ist es immer sehr kalt.«

»Ist es denn noch nicht Morgen?« fragte ich.

»Es ist erst kurz nach Mitternacht. Trödle nicht!«

»Fahren wir weit fort?«

»Ja.«

Mittlerweile war ich fast angezogen.

»Wohin?« wollte ich wissen.

»Ich werde keine Fragen beantworten.«

»Warum nicht?«

»Nun, was Geheimnisse betrifft, bist du bisher nicht gerade besonders zuverlässig gewesen.«

Ich errötete bei der Erinnerung daran, wie unbedacht ich mich gegenüber Mr. Barbellion auf dem Friedhof und bei Sir Perceval und Lady Mompesson verhalten hatte, und mußte auch daran denken, daß es da noch andere Situationen gegeben hatte, von denen meine Mutter gar nichts wußte. Doch seltsamerweise machte mich der Gedanke daran beinahe wütend: »Aber das ist nicht fair. Du mußt es mir einfach sagen!«

»Das ist mir zu riskant, Johnnie. Es könnte dir ja ganz zufällig ein Wort entschlüpfen.«

»Aber wem sollte ich denn etwas sagen? Mrs. Bissett werde ich es bestimmt nicht erzählen.« Dann stieg ein Verdacht in mir auf. »Oder weiß sie es etwa schon?«

»Nein. Bis vor zwei Stunden, als ich sie bat, aufzubleiben und mir beim Packen zu helfen, wußte sie überhaupt nichts. Und sie ist sehr beleidigt, weil ich ihr nichts Genaueres sagen will.«

Das versöhnte mich ein wenig. Als wir nach unten gingen und in der Eingangshalle neben einigen Kisten zwei Koffer standen, die ich zuvor immer nur auf dem Dachboden gesehen hatte, wurde ich schrecklich aufgeregt. Der eine Koffer war bereits verschlossen und zusätzlich mit schweren Lederriemen verschnürt, der andere war noch offen, aber schon fast voll. Wir gingen in die Küche, wo Bissett eine Mischung aus spätem Abendessen und zeitigem Frühstück für uns zubereitete. Sie war wirklich äußerst schlecht gelaunt.

»Wenn Sie mir doch nur man vorher Bescheid gesagt hätten, dann ständ das Essen nämlich jetzt schon fertig auf dem Tisch; von allem anderen will ich gar nicht erst reden.«

»Ach, Bissett, es tut mir leid«, rief meine Mutter. »Es ist mir zuwider, mich so von dir zu verabschieden, nach all dem, was du für uns getan hast. Ich wünsche dir wirklich von ganzem Herzen, daß du eine neue Anstellung findest.«

»Dazu ist es jetzt man zu spät, für solche Bedenken, Mrs. Mellamphy«, antwortete Bissett und strich wütend die Butter so dünn wie möglich auf eine Scheibe Brot.

Meine Mutter seufzte. »Beeil dich, Johnnie! Die Chaise wird bald hier sein.«

»Eine Chaise? Woher kommt sie?«

»Ich habe sie beim ›Lion and the Unicorn‹ in Sutton Valancy bestellt. Sie soll eine halbe Stunde nach Mitternacht hier eintreffen.«

»Und wohin wird sie uns bringen?«

»Wart's ab!«

»Es will mir einfach nicht in den Kopf, daß rechtschaffenes Christenvolk sich mitten in der Nacht auf und davon macht, ganz so wie Leute, die ihre Rechnung nicht bezahlt haben.«

»Aber ich habe dir doch alles erklärt, Bissett«, antwortete meine Mutter besänftigend, »und du hast mir sogar zugestimmt. Außerdem weißt du ja selbst, daß die sechs Pfund, die ich dir als Ausgleich für die fristlose Kündigung gegeben habe, dem Entgelt für drei volle Monate entsprechen.«

Mir verschlug es den Atem, als ich von dieser Freigebigkeit meiner Mutter hörte.

»Tja, das stimmt schon, aber ich frag mich man nur, wieviel Arbeit da wohl noch auf mich zukommt, wo ich doch die Möbel verkaufen und den Kaufmann und all die anderen im Dorf ausbezahlen muß.«

»Das wird nicht länger als zwei Wochen dauern.«

Bissett zog die Nase hoch. »Und wohin soll ich das Geld schicken, das vom Verkauf übrigbleibt, wenn ich in den Läden alles bezahlt hab?«

»Ich weiß es noch nicht. Ich habe noch keine Adresse in ... dort, wo wir hinfahren.«

Bissett schüttelte langsam den Kopf: »Sie trauen mir einfach nicht, nicht wahr, Mrs. Mellamphy?«

Meine Mutter sah sie einen Moment lang an und wandte sich dann zu mir, da ich gerade meine Schale mit heißer Milch ausgetrunken und meine Hörnchen gegessen hatte: »Wir können jetzt nur sehr wenig mitnehmen, Johnnie. Wenn es also noch Bücher oder Spielsachen gibt, die du auf keinen Fall hier zurücklassen willst, dann lauf und hol sie nun!«

Ich sprang auf.

»Nicht so rasch, junger Mann!« sagte Bissett. »Der Bursche ist so reiseversessen, der wird sich oder uns noch gar was antun in seinem Eifer.«

Ich griff nach der Kerze und lief aus der Küche. Jetzt erst überwältigte mich die volle Bedeutung dessen, was nun geschehen sollte. In wenigen Minuten würde ich das Haus verlassen, in dem ich, soweit ich mich erinnern konnte, mein Leben lang gewohnt hatte, und ich fuhr weg und wußte nicht, wohin. Auf einmal mußte ich an meinen Stadtplan von London denken, und obwohl ich unser Ziel nicht kannte, entschied ich, daß ich unmöglich ohne die beruhigende Wirkung, die diese Karte auf mich ausübte, wegfahren konnte. Rasch suchte ich den Plan, rollte ihn zusammen und steckte ihn in eine der Kisten, die neben den Koffern in der Eingangshalle standen.

Dann wollte ich mich von unserem Haus verabschieden, und mit einem seltsamen Gefühl ging ich traurig und zugleich aufgeregt von einem Zimmer ins andere; die meiste Zeit verweilte ich in meiner kleinen Schlafkammer. Doch das Räderknirschen einer vorfahrenden Kutsche unterbrach meine Träumereien; und dann klopfte jemand an die Eingangstür, ein Geräusch, das – besonders zu dieser unheiligen Stunde – donnernd durch das Haus zu hallen schien. Ich ging nach unten und sah zu, wie der Kutscher und der Pferdejunge in wenigen Augenblicken unsere beiden Koffer und die Kisten auf die Chaise verluden.

Als ich in die Küche ging, sah ich (ein wenig zu meiner Überraschung und, wie ich zugeben muß, auch zu meinem Kummer), daß meine Mutter und Bissett inzwischen viel freundlicher miteinander umgingen.

Meine Mutter schlug sorgfältig etwas in ein Tuch. »Ich werde den Nähkorb und meine Sticksachen mit in die Chaise nehmen. Ich möchte sie auf keinen Fall verlieren, denn wenn es hart auf hart kommt, Johnnie, dann können wir uns damit am Leben halten.«

Und so gingen meine Mutter und ich, in Übermäntel und große Schals eingehüllt, in die Eingangshalle, um uns dort endgültig zu verabschieden. Meine Mutter streckte unserer langjährigen Bediensteten die Hand entgegen, die Bissett etwas steif ergriff und schüttelte.

»Ich hoffe, wir sehen uns einmal wieder, Bissett«, sagte meine Mutter, und ich sah, daß ihr fast die Tränen kamen.

»Und wenn nicht hier im Tal der Tränen, dann, so will ich beten, an einem besseren Ort, Mrs. Mellamphy«, antwortete Bissett.

Plötzlich breitete meine Mutter ihre Arme aus und umarmte Bissett, doch die rührte sich nicht und erwiderte die Geste auch nicht. Erst als meine Mutter sich von ihr trennte, durch die Tür schritt und die Stufen hinunterwankte, konnte ich sehen, daß die alte Amme beinahe gegen ihren Willen gerührt zu sein schien.

Mit besorgter Miene wandte sie sich dann zu mir: »Du mußt dich um sie kümmern, Master Johnnie! Sie weiß nich immer, was das Beste für sie ist. Und du bist bald alt genug, um auf sie aufzupassen.« Sie schien einen Augenblick zu zögern, bevor sie dann sagte: »Was diesen Mr. Barbellion angeht, tut deine Mutter unrecht, so 'ne Angst vor ihm zu haben. Vertrau ihm! Es ist nur zu deinem Nutzen.«

»Ich werde an deine Worte denken, Mrs. Bissett«, antwortete ich, und wir sahen uns lange an.

Sie wandte als erste den Blick ab, und ich hielt ihr meine Hand hin: »Auf Wiedersehen!« sagte ich.

Sie sah überrascht auf meine Hand: »Du wirkst so erwachsen, Master Johnnie. Ich weiß gar nicht, wie ich mich von dir verabschieden soll.«

»Dann laß es uns auf diese Weise tun«, antwortete ich, und sie nahm meine ausgestreckte Hand.

»Und doch«, sagte sie nachdenklich, »bist du das gleiche Kind, das ich auf meinen Knien gehalten hab, als du noch in den Windeln gesteckt hast.«

Wir schüttelten uns die Hände, und einen Augenblick später stieg ich in die Chaise. Der Kutscher schloß die Tür, klappte den Tritt wieder hoch, und wir fuhren los. Als die Pferde anzogen, sahen wir noch einmal zurück und winkten der Gestalt, die dort, nur von der flackernden Kerze in ihrer Hand beleuchtet, in der offenen Tür stand und ihren Arm zu einer Geste des Abschieds erhoben hatte.

Es war das erste Mal, daß ich so spät nachts noch auf war, und es war meine erste richtige Fahrt in einer Kutsche, von jenem kurzen Augenblick im August einmal abgesehen. Während wir durch das schlafende Dorf rumpelten, in dem kaum noch ein Licht brannte – nur da und dort bearbeiteten Bauern ihr Stück Land im Schein einer Laterne –, fragte ich mich, ob uns wohl der Blick irgendeines geheimen Beobachters folgte. In der Finsternis, die uns umgab, kam mir dies sehr unwahrscheinlich vor.

Nur der Mond verbreitete einen fahlen Glanz, wenn er hin und wieder hinter einer Wolke hervorlugte. In seinem Licht lächelte meine Mutter mir aufmunternd zu, und ich fragte mich, ob sie wohl auch an die Jahre zurückdachte, die wir in Melthorpe verbracht hatten, und sich fragte, ob wir dieses Dorf je wiedersehen würden. Oder war sie zu sehr mit den Schwierigkeiten beschäftigt, die unmittelbar vor uns lagen? Was, so überlegte ich, hatte dieser Einschnitt im Ablauf, im Plan meines Lebens zu bedeuten – oder zumindest in jenem Plan, den ich zu erkennen glaubte?

Als die Chaise die Überlandstraße erreicht hatte, fuhren wir wesentlich schneller, und das gleichmäßige Schaukeln drohte mich wieder in den Schlaf zu wiegen, dem ich erst vor kaum einer Stunde entrissen worden war. Obwohl ich mir fest vorgenommen hatte, jede Minute dieses großen Abenteuers zu genießen, schlummerte ich schließlich doch wieder ein und wachte erst auf, als die Räder über den Hof des Gasthauses in Sutton Valancy rasselten.

»Wie spät ist es?« murmelte ich verschlafen.

»Halb drei«, antwortete meine Mutter. »In einer Viertelstunde fährt hier die Nachtkutsche ab.«

Das schwere Gefährt – es hieß »The Farmer« –, das auf der Hauptstraße in den hohen Norden rumpeln würde, wartete im Hof und war schon fast reisefertig. Da wir die letzten Reisenden waren, die noch zustiegen, konnte ich mir einbilden, daß es extra auf uns gewartet hatte. Zusammengekauert unter ihren Reisecapes, fuhren einige Fahrgäste oben auf der Kutsche die ganze Nacht hindurch im Freien, und alle möglichen Mantelsäcke und Hutschachteln, Reisetaschen, Schrankkoffer und Kisten waren auf das Dach und den Gepäckbehälter über der Hinterachse geschnallt. Ich konnte sogar Körbe mit Geflügel entdecken und sah auch einige Hasen, die ihre langen Löffel über den Kutschbock hängen ließen, was die dem Kutscher zukommende Amtswürde arg beeinträchtigte. Wir kletterten in das höhlenartige, übelriechende Innere, in dem sich bereits etwa ein Dutzend ebenfalls »innen« Reisender aufhielt und längst die besseren Plätze belegt hatte. Der Postillion stieß in sein Horn, und das große Gefährt polterte vom Hof und bog in die ruhige High Street ein. Wir behielten dieses eher gemächliche Tempo bei, und ich mußte mir eingestehen, daß wir, als wir einen steilen Hügel hinauffuhren, höchstens noch mit Schrittgeschwindigkeit reisten.

Einige Zeit später fragte ich dann meine Mutter: »Warum fahren wir nach Norden? Wen kennst du dort?«

»Sei ruhig, Johnnie, bitte!« flüsterte sie. »Ich werde es dir später erklären.«

Doch ich ließ erst locker, als sie schließlich einwilligte, mir mehr zu erzählen, sobald die anderen Passagiere eingeschlafen waren.

Dann begann sie zu flüstern: »Eigentlich fahren wir gar nicht nach Norden. Aber falls uns jemand verfolgt, rechne ich damit, daß er uns höchstens bis hinauf zur schottischen Grenze auf den Fersen bleibt. Sobald wir in Gainsborough eintreffen, steigen wir in den ›Regulator‹ aus York, der dort um fünfundzwanzig Minuten nach fünf Uhr abfährt. Ich habe uns Plätze reservieren lassen.«

»›The Regulator‹! Eine Postkutsche!« keuchte ich atemlos. »Dann fahren wir also nach London?«

Sie nickte. »Seit unser Versteck bekannt war, sind wir dort nicht mehr sicher gewesen. In London jedoch können wir uns leicht verbergen.«

Ich bedachte einige Minuten lang, was sie mir erzählt hatte. Dann sagte ich: »Aber so ein Umweg ist doch dumm, Mama! Der ›Regulator‹ kommt doch auf seinem Weg nach London auch wieder durch Sutton Valancy.«

»Sprich nicht so mit mir!« zischte sie.

»Aber verstehst du denn nicht? Wenn uns jemand verfolgt und nicht weiß, daß wir nach Norden gefahren sind, dann wird er doch höchstwahrscheinlich zuerst in Sutton Valancy nach uns suchen und uns dann dort wieder einholen!«

Meine Worte hatten sie verletzt, und wir schmollten beide, bis ich einschlief. Als ich in Gainsborough wieder aufwachte, war ich so aufgeregt, daß ich ganz vergaß, wie sehr ich mich über sie geärgert hatte. Wir saßen im Warteraum, aber ich fand bald meinen Weg auf den Hof.

»Wann wird ›The Regulator‹ eintreffen?« fragte ich einen Mann in der königlich scharlachrot-goldenen Uniform.

Er zog eine enorme Uhr aus seiner Tasche: »Vierundzwanzig Minuten und fünfundvierzig Sekunden nach fünf Uhr«, verkündete er, als hätte ihn das Zifferblatt entsprechend unterrichtet.

»Ich werde mit ihm fahren«, ließ ich mich bescheiden vernehmen.

»Wirst du das? Nun, er ist ein ganz schneller, gar keine Frage. Sechs Meilen jede Stunde schafft der, den ganzen Weg über bis nach London. Und das Pferdewechseln dauert bei dem keine fünfundvierzig Sekunden, oder ich will nicht länger der Posthalter Tom Sweetapple sein.«

Einige Minuten vor der genannten Zeit hörten wir in der Ferne Hornsignale. Und sofort riß Tom Sweetapple die Türen zum Warteraum auf und rief mit donnernder Stimme: »›The Regulator‹! Alles raus, wer mit dem ›Regulator‹ fahren will!«

Auf die Sekunde genau bog die leuchtend scharlachrote Kutsche mit dem auf beiden Seiten prangenden königlichen Wappen durch das Eingangstor in den Hof, und wie beim Chor einer gut einstudierten Oper wurden die Männer, die müßig herumzustehen schienen, plötzlich lebendig.

Die Kutsche hielt mitten im Hof, der Posthalter nahm Aufstellung, und ich hörte, wie er, die Uhr in der Hand, den Stallknechten seine Anweisungen gab. Einer von ihnen führte uns zur Kutsche; hastig stiegen wir ein und sahen, daß die übrigen Plätze noch unbesetzt waren. Ich ließ das Fenster herunter und beobachtete die beiden »außen« Reisenden, die unser Stallbursche fast auf den Kutschkasten hinaufwarf. In unglaublichem Tempo wurden die Pferde gewechselt, Eimer mit Wasser gegen die Räder geschüttet und dem Postillion die Postsäcke zugeworfen, der sie hinter dem Kutschbock verstaute. Unterdessen kam ein Kellner mit einem Glas herbeigelaufen und reichte es dem Kutscher, der in Decken eingewickelt wie ein menschlicher Blumenkohl aussah und eine grell gestreifte Weste und Kutscherstiefel trug. Eine Hand kam unter den Decken hervor und griff nach dem Glas, dann warf der Kutscher seinen Kopf zurück und gab das leere Glas anschließend dem Kellner wieder, der sich auf die Zehenspitzen stellen mußte, um es in Empfang nehmen zu können.

Der Kutscher signalisierte dem Postillion, daß er abfahrbereit sei, und der blies in sein Horn. Als die Stallburschen das Signal hörten, zogen sie die Decken von den Pferderücken und stoben in alle Richtungen auseinander. Der Kutscher schüttelte die Zügel, strich kurz mit der Peitsche über die Pferde, und der Wagen schoß vorwärts, als würde er von einer Schraubenfeder angetrieben.

Es schien nur einen Augenblick lang zu dauern, da waren wir bereits wieder auf der Überlandstraße. Nun jagten wir an allem vorbei, was an unserem Weg lag, nichts konnte uns mehr aufhalten, und noch bevor die Lichter am Schlagbaum zu sehen waren, blies der Postillion in sein Horn, um die Zöllner zu warnen, und der Schlagbaum stand offen, wenn wir ihn erreichten. Als der Morgen dämmerte, zeigten sich zunehmend mehr Fahrzeuge auf der

Straße. Wir überholten schwere Postdroschken, die hoch über uns aufragten, hübsche kleine Gigs, deren Pferde, so rasch sie nur konnten, dahingaloppierten, forsche Broughams, elegante Phaetons und Berlinen. Nur die leichtesten Postchaisen konnten zeitweilig mit uns Schritt halten, doch selbst sie mußten an den Schlagbäumen warten, wenn wir ungehindert vorbeibrausten.

Meine Mutter drängte mich, ich solle doch schlafen, aber es gab einfach zuviel zu sehen. Ein wunderschöner Tag zog auf, und während unser Wagen gen Süden rollte, erstreckte sich vor uns das saftige, flache Weideland mit seinen Brücken, Flüssen, Wäldern und schmucken kleinen Dörfern. Da gab es eine Menge zu bestaunen, was ich noch nie gesehen hatte: ein Aquädukt, das sich gewagt über ein tiefes Tal spannte, geduldige Pferde, die einen Lastkahn im Kanal treidelten, eine große Kathedrale, die wie ein riesiges Tier im Kreis der niedrigen Dächer einer Stadt kauerte, und vieles ähnliche mehr.

Zu guter Letzt muß ich doch eingeschlafen sein, denn ich erinnere mich daran, wie man mich halbwach aus der Kutsche in einen erleuchteten, von geschäftigem Treiben erfüllten Raum trug. Und ich weiß noch, daß sich Augenblicke des Schlafs und des Beinahe-Wachseins abwechselten, bis ich einmal mehr vom rhythmischen Klappern der Hufe und Schaukeln der Kutsche in den Schlaf gewiegt wurde – doch diesmal war die Bewegung sanfter und das Geräusch der Hufe lauter.

Als ich schließlich endgültig aufwachte, fand ich mich eingezwängt zwischen meine Mutter und einen mir fremden Gentleman sitzen, dessen Kopf schlaff auf der Nackenstütze ruhte und der laut schnarchte. Uns gegenüber saßen drei weitere Reisende in etwa der gleichen Stellung.

In bestimmten Abständen rumpelten wir auf den Hof eines Gasthauses in einer kleineren Stadt, wo wir entweder nur kurz anhielten, während der Posthalter mit der Uhr in der Hand neben der Kutsche stand und die Stallburschen beaufsichtigte, die die Pferde wechselten, oder einen etwas längeren Aufenthalt hatten, damit wir ein hastiges Mittag- oder Abendessen verschlingen konnten. Einmal, als wir gerade durch eine Ortschaft fuhren, streckte ich den Kopf aus dem Fenster und sah ein mächtiges Schloß, das hoch über der Straße aufragte. Und ein andermal sah ich an einer Wegkreuzung etwas hängen, das ich für ein Bündel aus Eisen und Knochen und in Teer getauchten Kleidern hielt.

»Was war das?« fragte ich.

Meiner Mutter lief es schaudernd über den Rücken, und ihr Nachbar sagte: »Dazu ist es Gott sei Dank seit fast zehn Jahren nicht mehr gekommen.«

Ich kann mich erinnern, daß ich am Nachmittag, als wir durch ein sanftes Tal fuhren, auf die Flutwiesen entlang des kleinen Flusses sah. Die Landschaft war von einem satten, goldenen Grün, einer Farbe, wie es sie nur gegen Abend gibt nach einem nassen Sommertag. Und als die Sonne unter dem Horizont versank, breitete sich ein heller Nebel über den tiefliegenden Wiesen aus, wie es in diesem Land der Deiche, das wir gerade durchquerten, so häufig geschieht. Der Nebel strudelte dem Vieh, das unbekümmert am Rande des Wassers graste, bei jedem Schritt um die Beine, was beinahe so aussah, als würden die Kühe durchs Wasser waten und den Nacken beugen, um von dem pulvrigen Gold zu weiden, das ihre Hufe am Boden aufrührten.

Ich nickte wieder ein, schmiegte mich an die Schulter meiner Mutter und wurde wenig später nur noch einmal wach, als ich spürte, wie sie im Schlaf ihren Kopf an den meinen lehnte.

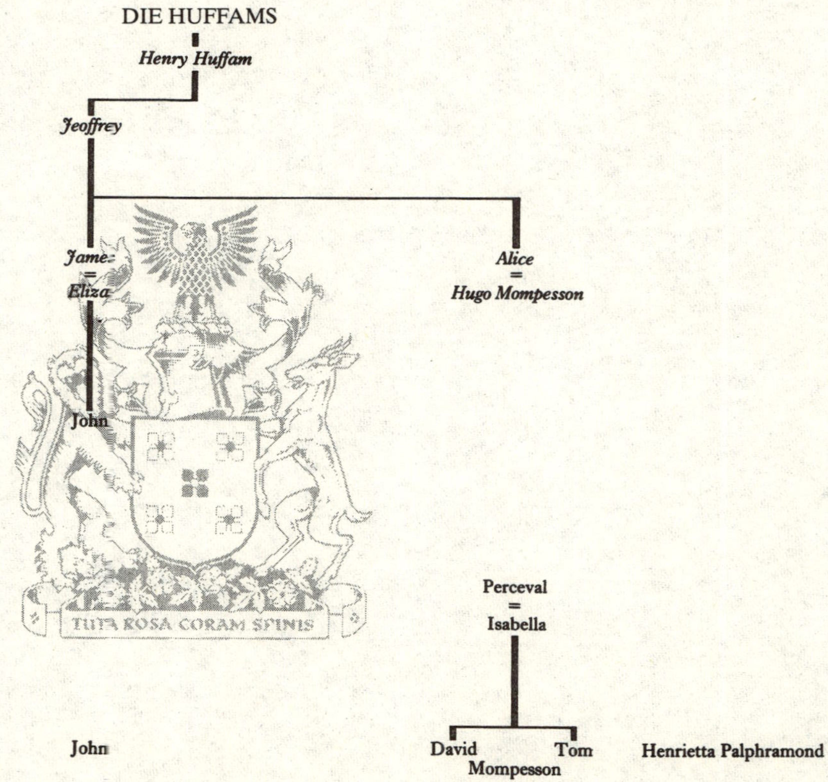

Personen, die im Roman nicht direkt auftreten, sind *kursiv* gesetzt.

ZWEITER TEIL

DIE MOMPESSONS

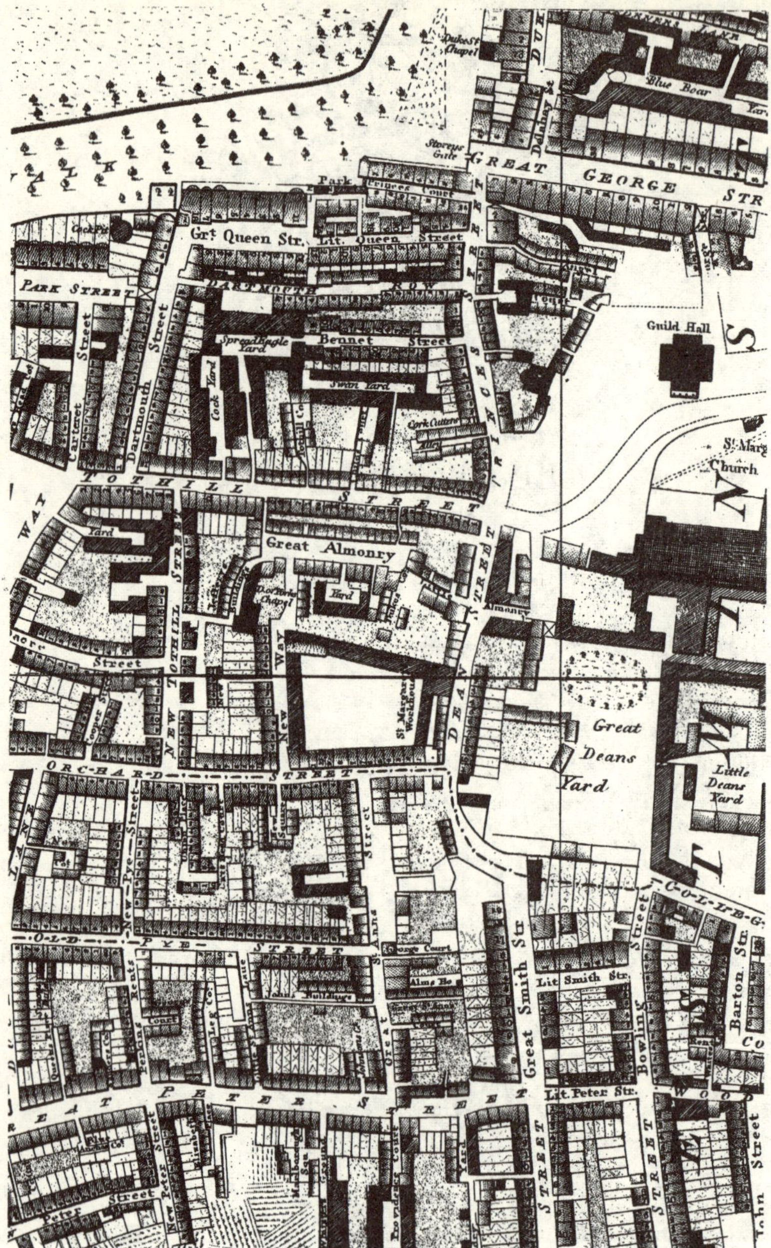

WESTMINSTER

I. BUCH

Vereitelte Pläne

26. KAPITEL

Ein Lampenanzünder, der sich eine von hohen, öd aussehenden Häusern gesäumte Straße hinaufarbeitet und der Ecke nähert, an der wir stehen, haucht sich in die kalten Hände, nimmt seine Leiter auf und geht weiter zum nächsten Laternenpfahl. Und so leuchten entlang der Straße nacheinander kleine Lichtpunkte auf, die zuerst flackern, ehe sie sich dann zu einem beständigen Glühen beruhigen. Nun zieht über den Bürgersteig eine kleine, vaterlose, in Lumpen gehüllte Familie, arme, elende Vertriebene aus Erin, unserer unglückseligen Schwesterinsel. Diese jämmerlichen, frierenden, hungrigen Mitgeschöpfe, so nahe den Quartieren des Müßiggangs und des Lasters! Doch wir wollen die edle Armut an uns vorüberziehen lassen, denn noch einmal haben wir es mit Reichtum, Arroganz und Macht zu tun.

Wir stehen also wieder vor dem Haus der Mompessons. Diesmal ist es hell erleuchtet, denn Lady Mompesson gibt einen ihrer »Freitagabende«. Der Leser weiß, wovon ich rede: Weiperts Kapelle spielt Quadrillen, die Diener tragen Abendlivree, und die von einem einschlägigen Unternehmen angemieteten Lakaien versuchen so auszusehen, als gehörten sie zum Haus und würden sich auskennen, dabei stehen sie doch nur ständig im Weg herum und platzen unverhofft in die falschen Zimmer. Die Salons erstrahlen im Lichterglanz und sind durchzogen vom leichten Honigduft teurer Wachskerzen. Kurz und gut, alles ist aufgeboten, was die Überheblichkeit an Opulenz zu zeigen hat, wenn sich die alte Garde der Korruption trifft, und ...

Doch genug davon, denn mir scheint, der elegante Stil ist jetzt nicht gefragt. Gut denn: die schlichte Wahrheit also, ohne alle Schnörkel.

Es muß so gegen zehn Uhr sein, als Mr. Barbellion (Macht) aus einer nicht gerade prachtvoll zu nennenden Droschke steigt und von den Pferdejungen und den Lakaien, die die Treppe bewachen, verächtlich ignoriert, vom Butler aber erkannt und ins Haus gelassen wird. Er steigt die Stufen hinauf und bahnt sich durch den großen Salon voller Herren in Hoftracht und Damen in

Seide und Juwelen seinen Weg zu Lady Mompesson (Arroganz), die ihn mit einer Miene betrachtet, die der Bestürzung so nahekommt, wie eine gute Erziehung es gerade noch gestattet.

»Welch unvorhergesehenes Vergnügen, Mr. Barbellion«, sagt sie kühl.

Er scheint bei diesen Worten zu erröten, und vielleicht ist es nicht abwegig anzunehmen, daß er sich über diese Bemerkung ärgert. Doch keine Vermutungen! Daran wollen wir uns halten.

Wie dem nun auch sei, jedenfalls antwortet er ungefähr folgendes: »Mylady, ich hätte nicht gewagt, hier einzudringen, würde es sich nicht um eine Angelegenheit von äußerster Wichtigkeit handeln. Mein Agent kam gerade mit einer Neuigkeit aus Melthorpe zu mir. Mrs. Mellamphy – wie sie sich nennt – ist geflohen.«

»Geflohen? Und wohin?«

»Nach London, doch mehr weiß ich nicht.«

»Mehr wissen Sie also nicht, Mr. Barbellion«, antwortet sie mit eisiger Stimme. Im gleichen Moment erscheint ein liebenswürdiges Lächeln auf ihrem Gesicht, und sie nickt einem Gentleman am anderen Ende des Raums zu, der die Uniform eines Botschafters des britischen Empire trägt.

Mr. Barbellion zuckt zusammen: »Ich fürchte, mein Agent hat sie aus den Augen verloren, Lady Mompesson.«

»Das hätte er nicht tun sollen. Er wird für seine Mühen ausreichend bezahlt.«

»Sie haben zweifellos wie immer recht«, antwortet Mr. Barbellion mit einer leichten Verbeugung.

»Wie konnte er nur so unachtsam sein?«

»Er wurde in den frühen Morgenstunden im ›Rose and Crab‹ von einer Botschaft meiner Informantin geweckt, die besagte, daß Mrs. Mellamphy gerade nach London abgereist sei. Er machte sich natürlich gleich an die Verfolgung der Nachtkutsche, doch als er sie einholte, waren Mrs. Mellamphy und ihr Sohn nicht unter den Reisenden. In der Annahme, daß sie vielleicht nicht mit der Postkutsche, sondern mit privat gemieteten Pferden gereist sind, ritt er weiter bis hierher und stellte bei jedem Gasthof entlang der Strecke seine Nachforschungen an. Er fand aber keine Spur von den beiden.«

»Ich verstehe«, sagt Lady Mompesson und trommelt mit ihren Fingern auf den Fächer. »Woher wissen Sie dann aber, daß sie nach London gekommen ist?«

»Soviel hat sie meiner Informantin anvertraut.«

»Sind Sie noch nicht auf die Idee gekommen, daß Mrs. Mellamphy Ihre Informantin angelogen haben könnte? Ich halte sie für eine gerissene Heuchlerin.«

»Ich denke, das ist unwahrscheinlich, Lady Mompesson. Naheliegender scheint mir, daß mein Agent so zeitig von ihrer Abreise erfuhr, daß er seine Beute auf der Straße irgendwie überholt hat.«

»Er soll sie überholt haben? Wie ungewöhnlich. Doch wenn sie hier ist, dann muß sie aufgestöbert werden. Solange sie dieses Kodizill besitzt ...« Sie hält inne, und Mr. Barbellion nickt. »Sie haben recht daran getan, Mr. Barbellion, gleich zu mir zu kommen. Sir Percevals Auffassung von der Delikatesse dieser Angelegenheit deckt sich nicht ganz mit der meinen.«

»Sir Percevals Direktheit«, sagt Mr. Barbellion, »gehört zur feinen alten Tradition der englischen Gentlemen, doch in diesem Falle scheint mir eine etwas umsichtigere Haltung angebracht zu sein.«

»Ganz meine Meinung. Sagen Sie mir, warum glauben Sie, daß Mrs. Mellamphy sich zur Flucht entschlossen hat, Mr. Barbellion? Hat sie vielleicht erfahren, daß sie von Ihrem Agenten beobachtet wurde? Dann muß er sich reichlich ungeschickt dabei angestellt haben.«

»Ich glaube, sie ist geflohen, weil ich sie aufgesucht habe und man am gleichen Tag versucht hat, den Jungen zu entführen. Sie hat mir sogar vorgeworfen, dafür verantwortlich zu sein. Wie absurd! Als würde ich mich je auf etwas einlassen, das mich auf derartig gefährliche Weise exponieren könnte.«

»Ich glaube, ich weiß, weshalb sie diese Angst vor Ihnen hat, Mr. Barbellion. Aus dem, was sie vor ein paar Monaten in Mompesson Park gesagt hat, schließe ich, daß Mrs. Mellamphy in dem Glauben ist, Sie arbeiten für die andere Seite.«

»Ach, jetzt verstehe ich!« rief Mr. Barbellion. »Das erklärt natürlich vieles.«

»Es erfüllt mich jedoch mit Sorge, daß die andere Seite nun weiß, wo Mrs. Mellamphy wohnt, und daß man versucht hat, das Kind zu entführen.«

»Das ist wahr. Ich glaube sogar, daß unser Gegenspieler mit Hilfe ihres eigenen Anwalts herausfand, wo sie sich verborgen hielt.«

»Und doch haben Sie Sir Perceval und mir versichert, daß dieser Mann ... Wie hieß er noch, Sumptious?«

»Sancious«, murmelt Mr. Barbellion.

»Ach ja, richtig ... daß dieser Mann, wenn nicht gerade vertrauenswürdig, so doch zumindest verläßlich sei.«

Mr. Barbellion errötet. Sicherlich muß er doch spüren ... Aber nein, wir wollen ja keine Vermutungen anstellen.

Er murmelt: »Ich fürchte, ich habe mich getäuscht, Lady Mompesson. Er hatte die Dreistigkeit, irgendwie den Aufenthaltsort von Mrs. Mellamphy zu erfahren und diese Information, deren Wert er zweifellos sogleich begriff, der gegnerischen Seite zu verkaufen.«

In diesem Augenblick fällt der Blick des Baronets, der auf einem Sofa nahe der Tür im nächsten Zimmer ruht, auf den Notar, und er winkt ihn zu sich.

»Es bestürzt mich, dies zu hören«, sagt Lady Mompesson. »Doch ich sehe, daß Sir Perceval Sie bemerkt hat. Bevor Sie gehen, möchte ich noch etwas mit Ihnen besprechen. Wir scheinen eine äußerst unglückliche Hand in der Wahl unserer Erzieher und Gouvernanten zu haben.«

»Ich habe es bereits von Assinder gehört. Ich hoffe, Mr. David Mompesson hat sich wieder erholt?«

Lady Mompesson verzieht den Mund: »Das hat er, doch ich wollte eigentlich nicht auf diesen bedauerlichen Vorfall anspielen. Meine Bemerkung galt Toms Hauslehrer, der uns auch verlassen hat, allerdings unter weit weniger einsichtigen Umständen. Es hat da wohl einige Unannehmlichkeiten anläßlich einer Sache gegeben, die Sir Perceval nur für einen Dummejungenstreich hält. Doch wie dem auch sei, wir brauchen einen neuen Hauslehrer. Würden Sie wohl die Freundlichkeit haben und sich nach einer geeigneten Person umsehen – und diesmal vielleicht nach einem jungen Mann von etwas robusterer Konstitution?«

»Ich werde mich darum kümmern, Lady Mompesson. Doch bevor ich gehe, habe ich aus Hougham noch einige wenig erfreuliche Nachrichten für Sie. Mit der Herbstrate zeigt sich jetzt, so ließ Assinder mich wissen, daß die Pachteinkünfte schon wieder gesunken sind, und ich fürchte, der Ertrag liegt diesmal alarmierend niedrig. Wieder liegt es an der alten Schwierigkeit, daß sich nämlich keine Pächter für Höfe finden lassen, die mit einer Armensteuer von beinahe der gleichen Höhe wie die Pacht selbst belastet sind.«

»Ich dachte, Mr. Assinder hätte sich um das Problem mit den Abgaben für die Armen gekümmert?«

»Er schrieb mir, daß er so rasch wie möglich für die Reduzierung der Unterhaltsberechtigten sorgen wolle, Lady Mompesson. Doch da wir gerade von ihm sprechen, muß ich Sie noch einmal dringend zur Vorsicht mahnen ...«

Mr. Barbellion hält inne und sieht Lady Mompesson abwartend an.

»Ich gebe zu, daß Sie hinsichtlich Mr. Assinder recht haben«, sagt sie. »Aber ich warne Sie, Sir Perceval weigert sich immer noch, sich auch nur eine einzige abfällige Bemerkung über diesen Mann anzuhören.«

Sir Perceval winkt dem Advokaten ein zweites Mal zu, diesmal bereits sichtlich ungeduldig. Und mit einem kühlen Lächeln entläßt Lady Mompesson den Notar, der sich verbeugt und zum Baronet hinübergeht.

27. KAPITEL

Nachts wechselten wir zweimal die Pferde, doch ich erinnere mich nur noch sehr verschwommen daran, wie ich im Dämmerschlaf aus der dunklen Kutsche in den hell erleuchteten Warteraum getragen wurde. Als ich aufwachte, lehnte ich noch immer mit dem Kopf an der Schulter meiner schlummernden Mutter. Neben mir saß ein älterer Herr. Er schlief fest, und ich beobachtete fasziniert, wie sich sein Mund immer wieder langsam öffnete und schloß. Es war ein dunkler und düsterer Morgen, das schöne Wetter vom Vortag war vorbei – aber vielleicht hatten wir es auf unserer Fahrt nach Süden auch nur hinter uns gelassen. Die Wolken hingen grau und niedrig am Himmel, und immer wieder fiel ein leichter Nieselregen, so daß es aussah, als wären wir jählings vom goldenen Ausklang des Herbstes in den grauen Anfang des Winters gefahren. Wir reisten den ganzen langen Tag ohne Unterlaß, dazu noch die nächste Nacht, und so aufregend anfangs alles war, so rasch verlor sich nun meine Begeisterung angesichts der Langeweile und der Enge in der schaukelnden Kutsche.

Bei Tagesanbruch rasselte die Kutsche unter einen Torbogen hindurch auf den Hof eines Gasthauses. Meine Mutter wachte verschlafen auf, sah aus dem Fenster und fragte: »Wie heißt diese Stadt?«

Der ältere Herr schnaubte kurz auf, erwachte und antwortete: »Hertford, der ›Blue Dragon‹.«

Meine Mutter schreckte zusammen und wurde hellwach. Im selben Moment knurrte der Postillion, daß wir fünf Minuten Zeit hätten, und hastig verließen wir die Kutsche, um in den Aufenthaltsraum zu eilen. Dort saß, wie ich zu meinem Erstaunen bemerkte, ein Gentleman in einer Ecke und ließ sich, während wir etwas aßen, seelenruhig rasieren.

»Wir sind fast da«, sagte meine Mutter, als wir unseren Kaffee tranken.

»Wen kennst du eigentlich in London, Mama?« fragte ich.

»Nur Mr. Sancious, sonst niemanden. Ich werde so bald wie möglich zu ihm gehen und ihn fragen, wie wir seiner Meinung nach am besten mit so wenig Geld zurechtkommen können.«

Auf diese Antwort hin hielt ich es für angebracht, ein Thema anzusprechen, über das ich insgeheim schon lange nachgedacht hatte: »Ist dir eigentlich schon mal der Gedanke gekommen, Mama«, begann ich, »daß Mr. Sancious sich uns gegenüber vielleicht nicht besonders korrekt verhalten hat?«

Sie gab zu, daß sie daran schon gedacht hatte, und nun, da die Frage ausgesprochen war, redeten wir offen darüber, ob Mr. Sancious uns seinen katastrophalen Ratschlag tatsächlich guten Glaubens gegeben hatte. Da meine Mutter immer wieder betonte, daß er doch kein Motiv haben könne, uns zu betrügen, behauptete ich, Mrs. Digweeds Geschichte von ihrem Mann, der sein Geld bei einer Bauspekulation verloren habe, ließe es doch auch denkbar erscheinen, daß das Unternehmen, in das wir unser Geld gesteckt hatten, von Anfang an ein Schwindel gewesen sei. Und dann wies ich darauf hin, wie verdächtig interessiert sich Mr. Sancious doch bei der Frage gezeigt habe, ob wir etwas zu verkaufen hätten, und ich fragte sie, ob er nach ihrer Meinung vielleicht wissen könne, daß wir das Kodizill besaßen, und ob dieses auch für andere Leute von großem Wert sei.

Daraufhin schwieg sie lange Zeit, und schließlich sagte sie: »Du könntest recht haben. Vielleicht war er es, der uns an unseren Feind verraten hat, auch wenn ich nicht verstehen kann, wie er den Weg zu ihm gefunden hat. Er kannte allerdings immer meinen wahren Namen, und vielleicht ist ihm das eine Hilfe gewesen.«

Trotz all meiner Anstrengungen konnte ich sie nicht überreden, mir zu verraten, was sie mit »meinen wahren Namen« meinte, doch ich vermutete, daß es ebenjener Name war, der mit C begann und den ich vor vielen Jahren gesehen hatte, als ich noch nicht richtig lesen konnte.

Endlich fragte ich sie: »Unter welchem Namen sollen wir von jetzt ab reisen, Mama?«

Sie sah mich überrascht an: »Wie meinst du das?«

»Ich denke, wir sollten uns einen anderen Namen zulegen, nur für den Fall, daß uns jemand verfolgt.«

»Einen anderen Namen! Wie seltsam, daß du gerade hier...« begann sie leise, hielt dann aber inne.

Sie wollte mir nicht sagen, was sie mit diesen Worten gemeint hatte (und ich sollte es erst sehr viel später herausfinden), stimmte aber meinem Vorschlag zu. Wir dachten an das kleine Dörfchen Offland, nicht weit von Melthorpe, wohin wir oft zusammen spaziert waren, und einigten uns entsprechend. Wie seltsam doch Namen sind, dachte ich, und sagte still vor mich hin: John Offland.

»Wenn wir also niemanden haben, zu dem wir gehen können«, sagte ich, »bleibt uns nur noch Onkel Martins Witwe.«

»O Johnnie, das können wir nicht. Ich kenne sie kaum. Sie war damals bereits eine junge Frau, als ich noch ein Mädchen war.«

»Aber ist sie denn nicht deine Cousine?«

»Ich denke schon. Unsere Familien sind irgendwie miteinander liiert, allerdings war das Verhältnis noch nie besonders eng, denn mein Vater und ihr Vater kannten sich nicht einmal. Und ungefähr zu der Zeit, als sie heiratete, zerstritten sich mein Vater und Onkel Martin, und danach habe ich kaum noch etwas mit ihr zu tun gehabt.«

»Worüber haben sie sich zerstritten?«

»Ach, das ist jetzt nicht wichtig. Es ist eine lange Geschichte. Eines Tages wirst du alles darüber erfahren.«

Ich wollte sie gerade fragen, was sie mit diesen Andeutungen meinte, mit denen sie mich ja auch früher schon einige Male vertröstet hatte, als der Postillion uns mit der Meldung unterbrach, daß die Kutsche abfahrbereit sei. Der Gentleman, der uns gegenübergesessen hatte, stieg nicht wieder ein, dafür nahmen aber zwei neue Passagiere im Wagen Platz, eine vornehm gekleidete Dame mit einem Jungen, der nur wenige Jahre älter als ich zu sein schien, und die Kutsche setzte sich wieder in Bewegung.

Die Dame – sie stellte sich als Mrs. Poppelstone vor, unterwegs mit ihrem Sohn David, worauf meine Mutter etwas verschämt erwiderte, daß wir Mrs. und Master Offland seien – begann eine Unterhaltung mit meiner Mutter, und bald erweckten sie den Anschein, als wären sie die besten Freundinnen.

Lange ehe ich London sah, roch ich den bitteren Rauch der Kohle, der meine Nase und meinen Rachen kitzelte, und dann erst sah ich die dunkle Wolke am Horizont, die wuchs und immer stärker anschwoll und sich aus dem Rauch von Hunderten und Aberhunderten Schornsteinen speiste. Nach einigen Meilen wurden die Dörfer immer zahlreicher und drängten sich an die Straße heran, als wollten sie deren Schutz nur ungern verlassen, und die Abstände zwischen den einzelnen Dörfern wurden immer kleiner. Schließlich waren es so viele Dörfer, und die Zwischenräume schienen so gering, daß ich ausrief: »Aber dies ist bestimmt schon London!« Doch meine Mutter, die nette Dame und ihr Sohn lachten nur und versicherten mir, daß wir noch ein Weilchen zu fahren hätten. Der gleiche Wortwechsel wiederholte sich noch einige Male, denn ich konnte einfach nicht glauben, daß all die Läden und schönen Häuser, die nun fast ununterbrochen die Straße säumten, nur zu jenen eingemeindeten Dörfern gehören sollten, die noch außerhalb der eigentlichen Hauptstadt lagen.

Ich merkte, daß meine Mutter beinahe ebenso aufgeregt war wie ich. »Die Stadt scheint größer zu sein als je zuvor«, sagte sie leise, und ihre Augen glänzten.

Endlich passierten wir jedoch die Zollstation, die damals noch an der New

Road lag, und meine Mitreisenden erklärten mir, daß wir nun tatsächlich in London waren. Und jetzt staunte ich noch mehr, als wir durch eine Straße nach der anderen fuhren, ohne je ans Ende der Stadt zu gelangen. Außerdem hatte ich mir nicht einmal im Traum solche Straßen vorgestellt: Allein ihre Breite überwältigte mich, dann die Höhe der Gebäude, das Ausmaß und die Vielfalt des Verkehrs – prächtige Kutschen, deren Pferde verächtlich mit ihrem Schweif ausschlugen, wenn sie an uns vorbeifegten, schäbige Droschken, schwarze Kohlekarren, mächtige, polternde Leiterwagen – und der dichtgedrängte Strom der Fußgänger auf den Bürgersteigen, der zwei riesigen Menschenmassen glich, die in entgegengesetzte Richtungen eilten.

Nach ungefähr einer Stunde bogen wir in eine besonders breite Straße ein, die, so ließ mich Mrs. Popplestone wissen, Regent Street hieß, an die ich mich aber von meinem geliebten Stadtplan her nicht erinnern konnte. Sie war tatsächlich auch erst nach dem Erscheinen des Plans gebaut worden. Die Fahrt der Kutsche verlangsamte sich nun zu einem gemächlichen Schrittempo, denn Straße und Bürgersteig vereinten sich hier zu einem gefährlichen Durcheinander von Erwachsenen und Kindern, Pferden und Kutschen, fast so, als fände hier ein wilder, vorwärtsdrängender Jahrmarkt statt. Da waren blaßgesichtige Jungen in schwarzen Mänteln mit flachen, runden Hüten und Ringellöckchen, die ihnen über ihre Wangen fielen – »Juden«, flüsterte meine Mutter –, und diese Jungen liefen zwischen den Kutschen umher und hielten an den Fenstern Waren feil: Orangen, Lebkuchen, Nüsse, Federmesser, kleine Bücher und Griffelmappen. Andere Männer und Jungen warfen Papierblätter durch die Fenster der Kutschen, und als ein Blatt zu uns hereinfiel, hob ich es auf und sah, daß ich einen Theaterzettel in der Hand hielt. (Endlich würde ich in ein richtiges Theater gehen können!) Wieder andere Männer rannten unter Lebensgefahr mit Eimer und Schaufel mitten auf die Straße. Es war wie ein Wachtraum: Der Lärm der Fahrzeuge, die über die gepflasterten Straßen ratterten und rasselten, die Rufe der Straßenhändler und das Läuten und Schellen der Zeitungsverkäufer, all das erfüllte mich mit einer Mischung aus Aufregung und Angst.

Dann stauten sich die Kutschen, und wir mußten inmitten einer Menge und Vielfalt von herrlichen Fahrzeugen, wie ich sie mir nie hätte träumen lassen, anhalten. Rechts von uns stand ein schöner Landauer, scharlachrot gestrichen mit glänzend lackierten Leisten und auf beiden Türen mit einem Wappen geschmückt. Dies wiederholte sich in den Falten der goldgeborteten Kutschbockdecke, auf der es sich der Kutscher und sein Peitschenschwinger bequem gemacht hatten. Zwei Lakaien standen nebeneinander auf dem hinteren Kutschtritt, in Dreispitz und Mäntel mit großen goldenen Schulterklappen gehüllt. Sie hielten beide einen schräg über das Kutschdach geneigten und mit goldenem Knauf versehenen Stab in der Hand und starrten ausdruckslos vor sich hin. Auf der anderen Seite stand eine noch elegantere Equipage, außer den beiden Lakaien hielt hier auch noch ein Junge in gestreifter Weste und mit einer kurzen Perücke auf dem Trittbrett Wacht. Er fing meinen Blick auf und lächelte mich auf eine Art an, die ihn zu meinem lebenslangen Todfeind machte.

Vor allem erstaunten mich die flackernden Gasflammen, die die Straßen und Schaufenster erleuchteten, denn an diesem düsteren und regnerischen Tag waren sie schon früh angezündet worden. Von dieser Beleuchtungart hatte ich noch nie etwas gehört, denn zu jener Zeit hatte das Gas seinen Weg noch nicht bis in unser Dorf gefunden. Ich blickte meine Mutter an und sah, daß ihre Wangen glühten, als ergehe es ihr nicht anders als mir.

»So viele Laternen!« stieß sie hervor. »Und sieh dir nur die großen Schaufensterscheiben und die Gaslichter in den Läden an! Als ich das letzte Mal hier war, hatten nur drei oder vier Straßen in St. James Gasbeleuchtung, und nur ganz wenige Läden hatten solche Fenster.«

»Du meine Güte«, rief Mrs. Popplestone aus, während ihr Sohn nachsichtig lächelte, »das muß ja viele Jahre her sein, seit Sie zum letztenmal in der Stadt waren!«

Meine Mutter errötete und senkte ihren Blick.

Die Kutsche, die auf der Überlandstraße wie ein großer Vogel dahingeflogen war, schien in diesen Straßen zu einem plumpen Ungeheuer geworden zu sein, kam ständig anderen Wagen in die Quere, wurde von fremden Kutschern angeschrien und gefährdete oft Fußgänger, die an den Kreuzungen vor ihr über die Straße eilen wollten. Sie erinnerte mich an die Enten auf dem Dorfteich, die graziös im Wasser schwammen, aber unbeholfen dahinwatschelten, sobald sie an Land waren.

Da die Kutsche jetzt langsam fahren mußte, konnte ich meine neuen Mitbürger etwas genauer betrachten. Auf dieser breiten Straße, die Haymarket hieß, wie mir meine Mutter zuflüsterte, traf sich die elegante Welt mit ärmlich aussehenden Leuten in buntem Gemenge. Ladies und Gentlemen, denen oft ein Lakai mit einem elfenbeinverzierten Stab in der Hand folgte, wurden von Menschen zur Seite gedrängt, die wie Bettler aussahen: Männer in Barchenthemden und Kordhosen, die Ärmel von Bindfäden zusammengehalten, Frauen in zerlumpten Kleidern und kleine Mädchen, die Blumen feilboten und die ich für Bettlerinnen hielt. Von allen Seiten her wurden pausenlos Auge, Ohr und Nase bedrängt: von den Anschlägen und Plakaten, die an allen Wänden und Zäunen hingen, von den Ausrufern, die die Ereignisse des Tages verkündeten – ein Kind, ein Schiff oder eine Wahl verloren –, von den Ständen, wo geröstete Kastanien, gebackene Kartoffeln oder gekochte Muscheln verkauft wurden.

Wir näherten uns nun einem Bezirk, in dem an allen Ecken und Enden gebaut wurde, da man die königlichen Marställe abgerissen hatte, um einen großen öffentlichen Platz anzulegen. Meine Mutter sah sich erstaunt um, fast, als würde sie den Ort wiedererkennen. Da stieß der Postillion plötzlich ins Horn, und die Kutsche kam beinahe zum Stehen, wendete dann aber schwerfällig, fuhr unter einem hohen Torbogen hindurch und über eine enge Gasse in den Hof einer Gaststätte, deren Wirtshausschild besagte, das es sich um das »Golden Cross« handle.

»Wir bleiben doch nicht hier, oder?« fragte ich meine Mutter, als wir unsere Siebensachen zusammensuchten und ausstiegen.

»Nein«, flüsterte sie. »Das ist viel zu teuer.«

»Und außerdem«, antwortete ich, »könnte uns hier jedermann leicht aufspüren. Aber wohin sollen wir gehen?«

»Ich weiß nicht«, antwortete sie.

Mrs. Popplestone, die mit ihrem Sohn neben uns stand, mußte den letzten Teil unseres Gesprächs mit angehört haben, denn sie sagte daraufhin: »Meine Liebe, wir sind auf dem Weg zu einer sehr soliden Pension namens ›Bartlett‹ in der Wimpole Street. Ich kann sie nur empfehlen. Wollen Sie und Ihr Sohn nicht eine Kutsche mit uns teilen? Unser Gepäck ist ja kaum der Rede wert.«

Meine Mutter dankte ihr und nahm das Angebot an. Doch es ergab sich ein Problem, als der Kutscher sah, wie viele Personen wir waren und welche Gepäckmengen meine Mutter und ich dabeihatten. Er weigerte sich, uns alle mitsamt dem Gepäck in einer Fuhre zu befördern.

»Sie wissen doch, daß ich soviel nicht mitnehmen darf«, sagte er vorwurfsvoll zu Mrs. Popplestone.

»Aber das macht doch nichts«, sagte diese zu meiner Mutter. »Sie und ich werden mit dem Gepäck vorausfahren, und die beiden jungen Gentlemen können uns zu Fuß folgen. Mein Sohn weiß ja, wo die Pension ist.«

Das schien ein vernünftiger Vorschlag zu sein, und so ließen wir das Gepäck aufladen, und die beiden Damen stiegen ein. Zuvor hatte ich aber noch meinen Stadtplan ausgepackt und die Blätter an mich genommen, auf denen die Innenbezirke verzeichnet waren; die übrigen Blätter steckte ich zurück in die Kiste. Master Popplestone und ich folgten der Kutsche über den Hof, durch eine andere Gasse und standen dann plötzlich auf der Strand vor einem alten, düsteren Herrenhaus, dessen Fassade von einem steinernen Löwen überragt wurde. (Als ich viel später erfuhr, daß dies das Northumberland House war, verstand ich, warum meine Mutter so fassungslos dreinblickte, nachdem sie erfahren hatte, daß sie unter allen möglichen Orten Londons gerade an diesem gelandet war.) Da mein Gefährte und ich die Kutsche bald aus den Augen verloren hatten, tauchten wir in dem Gewirr der Nebenstraßen unter.

Als wir uns durch das Netz der Gassen und kleinen Straßen schlängelten, verlor ich rasch die Orientierung, so sehr war ich damit beschäftigt, all das Neue in mich aufzusaugen: die Wäscherinnen in Holzpantinen, die ihre Bündel auf dem Kopf trugen; die Pastetenmänner, die ihre Glöckchen klingeln ließen und riefen: »Leckere, heiße Pasteten!«; die Stände, an denen Austern und Äpfel, Pies und Herzmuscheln verkauft wurden, und die Straßenfeger, die an jeder Ecke mit ihren langen Besen standen. Es gab auch vieles, das mir angst machte: In den engen, tiefen, luftlosen Straßenschluchten sah man zum Himmel auf, als würde man vom Grunde eines Brunnens nach oben starren; und die eisernen Geländer überall vor den Häusern erinnerten mich an Grabstätten. London muß wirklich ein gefährlicher Ort sein, dachte ich, denn in den größeren Straßen hatte alle Läden Eisengitter vor den Türen und Fenstern. Doch was waren das für Geschäfte! Ich glotzte durch die großen Schaufensterscheiben der Buchläden und sehnte mich danach, dort herumstöbern zu können, aber Master Popplestone zog mich weiter.

Plötzlich blieb er stehen und rief: »Warte hier auf mich! Ich muß noch etwas für meine Mutter besorgen!«, und schon war er in einem nahe gelegenen Putzmacherladen verschwunden. Ich wartete draußen und war von all dem Neuen, das sich mir darbot, so fasziniert, daß ich jählings aufschreckte, als ich merkte, wieviel Zeit schon vergangen sein mußte. Ich ging in den Laden, und da ich meinen Gefährten nirgendwo entdecken konnte, fragte ich den Ladenjungen nach ihm.

Nachdem ich Master Popplestone beschrieben hatte, sagte der Ladenjunge: »Sie meinen bestimmt den jungen Gentleman, der vor 'ner ganzen Weile hier reinkam. Der ist sofort wieder durch die Hintertür raus.«

Ich wußte nicht, was ich davon halten sollte, doch ich hatte auch keine Zeit, darüber nachzudenken, denn ich begriff nun, daß ich mich verlaufen hatte und nicht wußte, in welcher Straße die Pension lag, zu der meine Mutter gefahren war. Mit wachsender Angst irrte ich umher, und jetzt kam es mir so vor, als würden sich die Straßenverkäufer einzig und allein an mich wenden. Die Apfelsinenhändler schrien: »Kauf meine Apfelsinen! Das Beste vom Besten!«, als ich vorüberhastete, und die Balladensänger versperrten mir den Weg mit ihrem Ruf: »Ein Drei-Ellen-Lied nur einen Penny!« Und einmal lief ich an einem Stand vorbei, hinter dem eine riesige alte Frau saß und mir grinsend einen halb abgezogenen, lebenden, sich schrecklich windenden Aal an einem langen Spieß entgegenstreckte, während sie mir irgend etwas zurief.

Ich versuchte, meinen Stadtplan zu Rate zu ziehen, doch da ich nicht wußte, wo ich war, blieb dies ein nutzloses Unterfangen. Ich zeigte den Plan einem Mann, den ich zufällig aus der Menge der Fußgänger ausgewählt hatte, doch der hatte so etwas noch nie gesehen und wußte nicht, was er damit anfangen sollte.

Glücklicherweise erinnerte ich mich an den Namen des Gasthofes, bei dem die Postkutsche gehalten hatte, und schließlich schaffte ich es, den Weg zum »Golden Cross« zurückzufinden. Ich wartete etwa eine Stunde am Eingang zum Hof, bis eine Droschke hielt und meine Mutter ausstieg.

Sie war schrecklich aufgewühlt, und sobald sie mich sah, lief sie auf mich zu, umarmte mich und rief: »Ist sie denn nicht hier?«

Sobald sie wieder zusammenhängend reden konnte, erzählte sie mir folgende Geschichte: Als der Wagen vor der Pension hielt, bestand Mrs. Popplestone darauf, den Kutscher zu bezahlen, und bat meine Mutter, inzwischen in die Pension zu gehen und Bescheid zu sagen, daß sie, Mrs. Popplestone, zurück sei und Hilfe beim Ausladen des Gepäcks benötige. Meine Mutter tat, wie man ihr geheißen hatte, ließ alles in der Kutsche zurück und mußte in der Pension zu ihrer Bestürzung erfahren, daß niemand den Namen ihrer Gefährtin kannte. Als sie zurück auf die Straße lief, war die Kutsche natürlich längst fortgefahren. Und unser ganzes Gepäck war weg!

»Ich wartete und wartete, doch sie kam nicht zurück«, sagte sie immer wieder. »Und du kamst auch nicht, Johnnie. Aber es kann sich ja nur um ein Mißverständnis handeln. Sie wird doch bestimmt hierherkommen, wenn sie erfährt, daß wir nicht in der Pension abgestiegen sind, nicht wahr?«

Es kostete mich einige Zeit, sie davon zu überzeugen, daß man uns beraubt hatte, danach brach sie zusammen und weinte. »Wie konnte sie nur so etwas tun? Ich kann es nicht glauben! Sie war so freundlich und so anständig. Ach, Johnnie, jetzt sind uns nur noch die Kleider auf unserem Leib geblieben! Sonst nichts!«

Unaufhörlich wiederholte sie, wieviel Pech wir doch gehabt hätten, was mich ärgerte, denn ich war überzeugt, daß wir uns dumm und naiv verhalten hatten. Ich merkte, wie man uns unaufhörlich anstarrte, und führte meine Mutter deshalb in den Warteraum. Der Kellner fragte, was geschehen sei, und nachdem ich ihm unser Mißgeschick erzählt hatte, sagte er nur, daß es Zeitverschwendung wäre, eine Anzeige zu erstatten. Als er danach keine Notiz mehr von uns nahm, begriff ich, daß das, was ich für Mitgefühl gehalten hatte, bloße Neugier gewesen war.

Sobald meine Mutter sich wieder etwas gefaßt hatte, bestellten wir uns eine Droschke und gaben dem Kutscher an, er solle uns zu einem ihm bekannten, soliden kleinen Hotel fahren. Wenige Minuten später stiegen Mrs. und Master Offland in der Clifford Street aus und lasen das dezente Schild, das verkündete – genauer: schlicht andeutete –, es handle sich bei diesem Haus um »Nevot's Private Hotel«. Dort bezogen wir, nachdem wir einem gelangweilten Mann an der Rezeption erklärt hatten, warum wir ohne Gepäck kamen, unsere Zimmer und bestellten uns ein bescheidenes Mittagessen.

Wir versuchten, einen Überblick über das Ausmaß unseres Verlustes zu bekommen: das Silber, das gute Porzellan und die hübschen Kleider, all die Sachen, die wir hatten verkaufen und von deren Erlös wir hatten leben wollen, waren fort. Was sollten wir nun tun? Behutsam deutete ich an, daß wir das Kodizill an Sir Perceval verkaufen könnten, doch meine Mutter regte sich über meinen Vorschlag so auf und redete so wirr über ihren Vater und daß ein solcher Verrat ihr das Herz brechen würde, daß ich mir schließlich schwor, dieses Thema nie wieder anzusprechen. Etwas später fragte ich sie, ob wir es nicht in Anbetracht unserer Situation nun doch erwägen sollten, zu Mrs. Fortisquince zu gehen.

Sie seufzte und sagte: »Ja, wahrscheinlich hast du recht.«

Noch am gleichen Nachmittag machten wir uns dann auf den Weg zum Golden Square, an dem Onkel Martins Witwe lebte.

28. KAPITEL

Die Menschen auf den Straßen sahen immer ärmlicher aus, je mehr wir uns der Regent Street näherten, und viele von ihnen schienen ihr Hab und Gut mit sich zu tragen. Doch als ich meine Mutter nach dem Grund dafür fragte, schüttelte sie bloß den Kopf. Zahlreiche kleine Mädchen, einige noch jünger als ich, boten hier ihre Blumen feil, und mir fiel auf, daß sie uns nichts anboten, sondern immer nur einzelne Herren ansprachen – vielleicht haben die ein weicheres Herz, überlegte ich.

Mrs. Fortisquince' Haus stand an der westlichen Seite eines schattigen Platzes, der, obwohl die breite und erst kürzlich gebaute Hauptverkehrsstraße dicht an ihm vorüberführte, ziemlich still dalag. Man hatte Mrs. Fortisquince' Namen auf ein neues Messingschild eingraviert, und als wir klingelten, wurde uns die Tür von einer freundlichen jungen Zofe geöffnet, die, nachdem meine Mutter erklärt hatte, daß sie eine entfernte Verwandte von Mrs. Fortisquince namens Mrs. Mellamphy und unerwarteterweise nach London gekommen sei, uns in einen Salon im ersten Stock führte und uns dort zunächst allein ließ. Das Zimmer sah äußerst elegant aus, die Wände waren mit kostbaren Tapeten bedeckt, die Tische und Stühle aus Nußbaumholz, die Ottomane mit Satin bespannt, und auch eine Intarsienanrichte mit passendem Deckglas war zu sehen. Den Boden bedeckten prächtige orientalische Teppiche, in einer Ecke standen eine große Harfe und ein schönes Pianoforte, und auf letzterem lagen eine hübsche Handarbeit und einige Bücher. Obwohl der Tag noch ziemlich warm gewesen war, brannte ein Feuer im Kamin. Wir warteten, ohne uns hinzusetzen, und hörten auf entfernte Stimmen und die Geräusche sich öffnender und wieder schließender Türen in entfernteren Teilen des Hauses.

Endlich vernahmen wir Schritte auf dem Flur, die Tür wurde geöffnet, und eine Dame kam ins Zimmer. Sie war schlank und ausnehmend hübsch. Obwohl sie nur wenige Jahre älter als meine Mutter war, hatte sie eine Ausstrahlung, die zu verstehen gab, daß sie sich uns in vielen Dingen für weit überlegen hielt. Unter zwei klaren blauen Augen zeigten sich eine keineswegs kleine, gerade Nase, ein starker Kiefer und ein schmaler Mund. Ihr Kleid ließ erkennen, daß sie noch immer trauerte, außerdem trug sie ein mit schwarzen Spitzen besetztes Hütchen mit Trauerbändern. Ihren würdevollen Ernst betonte noch die verhaltene Art, mit der sie das Zimmer betrat und hinter sich die Tür schloß. Dann sahen sie und meine Mutter sich einen Augenblick lang an, ohne daß sich auf ihren Gesichtern eine Regung zeigte. Endlich lächelte Mrs. Fortisquince, und meine Mutter lächelte etwas schüchtern zurück.

»Mary! Nach so vielen Jahren! Bist du's wirklich?« Mrs. Fortisquince ging auf meine Mutter zu, und die beiden umarmten sich flüchtig.

»Meine liebe Mrs. Fortisquince«, sagte meine Mutter.

»Mrs. Fortisquince?« wiederholte die Dame. »Warum so reserviert, Mary? Hast du vergessen, daß du mich früher Jemima genannt hast?«

»Nein, natürlich nicht. Keineswegs, Jemima.«

»Das hört sich schon besser an, meine liebe Mary. Bitte, setz dich doch!«

Meine Mutter nahm Platz, und nachdem Mrs. Fortisquince es sich auf der Ottomane gemütlich gemacht hatte, wandte sie sich an mich und sah mich eine Weile mit einem geheimnisvollen, nur angedeuteten Lächeln an, ehe sie leise sagte: »Und mit einem so großen jungen Mann!«

»Das ist Johnnie«, sagte meine Mutter.

»Natürlich ist das Johnnie!« sagte sie. »Die Ähnlichkeit ist nicht zu übersehen. Findest du nicht auch?« Meine Mutter senkte ihren Blick. »Nun, meinst du nicht?«

»Ich ... ich bin mir nicht sicher.«

»Wirklich? Du überraschst mich. Aber er sieht deinem Vater doch wie aus dem Gesicht geschnitten ähnlich!«

»Meinem Vater? Ja, das tut er wirklich«, stimmte meine Mutter erleichtert zu und sah wieder auf.

Zu meiner Verwunderung sah Mrs. Fortisquince meine Mutter an und nicht mich, als sie sagte: »Aber seinem eigenen Vater sieht er nicht die Spur ähnlich.«

Meine Mutter errötete und schlug wieder den Blick nieder: »Tatsächlich nicht?«

»Kein bißchen. Oder?«

Meine Mutter sah scheu zu ihr hinüber, warf mir einen raschen Blick zu und fuhr sich kurz mit der Hand über die Lippen.

Mrs. Fortisquince drehte sich zu mir um und hob die Augenbrauen: »Setz dich, junger Mann!«

Ich setzte mich auf die Kante des einzigen noch freien Stuhls, der direkt vor der Feuerstelle stand, und da der Kaminschirm fehlte, wurde mir außerordentlich heiß.

»Wie lange ist es her, daß wir uns das letzte Mal gesehen haben?« fragte Mrs. Fortisquince nachdenklich.

»Viele Jahre«, murmelte meine Mutter.

»Laß mich überlegen! Bei welcher Gelegenheit war es noch gleich?«

Ich sah, wie sich meine Mutter auf die Lippen biß.

»Ach, natürlich«, sagte Mrs. Fortisquince plötzlich. »Wie konnte ich das nur vergessen? Es war in jener Nacht, nicht wahr?«

Meine Mutter nickte stumm.

»Meine Liebe, ich hätte nicht so gedankenlos daherreden sollen. Aber es ist lange her«, sagte Mrs. Fortisquince nachdenklich, »und so vieles ist geschehen. Ich warte neugierig darauf, von dir zu erfahren, was dich in die Stadt geführt hat. Hat es endlich doch eine Veränderung im beklagenswerten Befinden deines armen ...?«

»Davon weiß ich nichts«, unterbrach sie meine Mutter und warf mir einen durchdringenden Blick zu: »Würdest du wohl einen Moment nach draußen gehen, Johnnie, und auf dem Flur warten, bis ich dich wieder hereinrufe?«

»Dafür besteht keine Notwendigkeit«, sagte Mrs. Fortisquince. »Du mußt mir nichts erzählen.«

Meine Mutter errötete.

»Doch dann frage ich mich um so mehr, was dich zu mir führt. Und wie eigenartig, daß du mir nicht vorher geschrieben hast!«

»Dazu fehlte die Zeit. Ich werde es dir erklären. Aber Jemima, ich habe dir ja noch gar nicht ... Es tut mir so leid, daß ...« Sie hielt inne.

Mrs. Fortisquince seufzte. »Es ist natürlich ein äußerst schmerzlicher Verlust für mich. Aber wenigstens kam es nicht überraschend. Wenn man einen Gatten hat, der um so viele Jahre älter ist als man selbst, dann ist dies ein Ereignis, mit dem man jederzeit rechnen muß. Doch genug von meinen eigenen Sorgen. Erzähl mir von dem, was dich in die Stadt führt!«

»Das ist rasch berichtet. Ich habe alles verloren. Johnnie und ich besitzen keinen Penny mehr.«

»Ich bin entsetzt, das zu hören«, sagte Mrs. Fortisquince recht gleichmütig. »Aber bitte, sag mir doch, wie so etwas geschehen konnte.«

Also mußte meine Mutter ihr noch einmal die ganze traurige Geschichte erzählen. Mrs. Fortisquince, die diese Neuigkeiten anfänglich mit beachtlicher Gefaßtheit aufzunehmen schien, zeigte wachsendes Interesse, je weiter die Geschichte fortschritt. Sie stellte so detaillierte Fragen über die Art des Spekulationsobjekts, nach der Übertragung der Pacht und der Tilgung der Hypotheken, daß wir nicht wußten, wie wir ihr antworten sollten. Außerdem schien sie besonders an den Formulierungen interessiert zu sein, mit denen Mr. Sancious meiner Mutter zu der Anlage geraten hatte, wie auch an der Art der finanziellen Verpflichtungen, die sie auf sich genommen hatte und deren Konsequenzen sie nun fürchtete.

Von ihrer Anteilnahme sichtlich berührt, fragte meine Mutter: »Glaubst du, daß Mr. Sancious mich hereingelegt hat? Weißt du, Johnnie meint, ich dürfe ihm nicht mehr vertrauen, da er mich so schlecht beraten hat.«

»Wie absurd«, sagte sie und lächelte mich an. »Was hast du doch für einen phantasievollen Jungen! Meine liebe Mary, ich bin sicher, daß Mr. Sancious bei alldem eine ganz und gar ehrliche Rolle gespielt hat. Bei solchen Spekulationen gibt es immer ein gewisses Risiko, und du mußt doch zugeben, daß er dir das auch nicht verheimlicht hat.«

»Siehst du, Johnnie«, sagte meine Mutter triumphierend.

»Bauspekulationen«, erklärte Mrs. Fortisquince, »sind in den letzten Jahren äußerst profitabel gewesen, doch in derselben Zeit haben sie auch viele Leute in den Ruin getrieben. Ich meine, du solltest auf jeden Fall noch einmal zu Mr. Sancious gehen. Er wird dir sagen können, was unter den gegebenen Umständen das Beste für dich ist.«

»Vielen Dank, Jemima. Ich glaube, das werde ich tun.« Dann fuhr meine Mutter fort: »Doch als wäre all das noch nicht schlimm genug gewesen, ist uns auch noch unser gesamtes Gepäck gestohlen worden, als wir in die Stadt kamen.«

»Wie schrecklich«, sagte Mrs. Fortisquince ungerührt.

Es entstand eine Pause, und als meine Mutter merkte, daß Mrs. Fortisquince nichts weiter dazu sagen wollte, schlug sie die Augen nieder und fuhr stockend fort, während mir die Schamesröte ins Gesicht schoß. »Bis etwas Geld vom Verkauf unserer Möbel eintrifft, haben wir außer einigen Pfund buchstäblich nichts mehr, wovon wir leben können.«

»Es erleichtert mich ungemein, daß du etwas Geld erwartest«, sagte Mrs. Fortisquince. »Ich weiß nur zu gut, wie es ist, wenn einen die Gläubiger bedrängen. Es überrascht dich vielleicht, aber auch ich bin in einiger finanzieller Verlegenheit, da mein verstorbener Gatte aufgrund einiger unüberlegter Verfügungen in seinen letzten Lebensjahren mich längst nicht so gut versorgt zurückgelassen hat, wie ich es eigentlich von ihm hätte erwarten können. Wenn dies nicht so wäre, würde ich dir jetzt natürlich herzlich gerne beistehen.«

Bei diesen Worten warf mir meine Mutter einen fassungslosen Blick zu, der nur zu deutlich zeigte, wie sehr sie diese Worte enttäuschten und verletzten. Und ich spürte, wie sich in mir ein Gefühl der Scham für meine Mutter mit einem Gefühl der Abneigung gegen Mrs. Fortisquince vermengte.

»Was willst du also machen?« fragte die Dame. »Ich schätze, du wirst eine Stelle als Gouvernante annehmen müssen.«

»Wenn es notwendig sein sollte«, antwortete meine Mutter.

»Was für ein Zufall!« rief Mrs. Fortisquince mit strahlendem Lächeln. »Ist es nicht seltsam, wie das Leben so spielt? Wenn ich daran denke, daß ich früher Gouvernante war, als du noch das verwöhnte Kind eines reichen Gentleman warst!« Als meine Mutter ihr Lächeln nicht mit einem ebensolchen beantwortete, machte sie eine Bewegung, als wolle sie aufstehen, und sagte: »Aber wie lieb von dir, daß du daran gedacht hast, mich so bald nach deiner Ankunft zu besuchen! Erst recht, nachdem dich momentan doch so viele andere Dinge beschäftigen müssen.«

Da sie am Ton der Stimme erkannte, daß wir nun offenbar entlassen waren, sagte meine Mutter: »Ich glaube, wir sollten jetzt gehen, Johnnie.«

»Meine Lieben, wird es wirklich schon Zeit für euch?« sagte Mrs. Fortisquince, als sie sich erhob und nach der Zofe läutete. Während wir noch warteten, fragte sie mit beiläufiger Neugier: »Wo werdet ihr in London wohnen?«

Und noch ehe meine Mutter etwas sagen konnte, antwortete ich: ›Im Golden Cross‹, Piccadilly.«

Meine Mutter sah mich erstaunt und ein wenig erschrocken an. Ich runzelte leicht die Stirn, um sie wissen zu lassen, daß sie mir nicht widersprechen solle.

Da im selben Augenblick die junge Zofe eintrat, entging Mrs. Fortisquince dieses Mienenspiel. An der Tür küßte sie meine Mutter zum Abschied. »Vergiß nicht, mich wieder einmal zu besuchen... bald«, sagte sie, und die Art, wie sie das letzte Wort nachstellte und eine Pause machte, bevor sie es aussprach, ließ auf eigentümliche Weise den Eindruck entstehen, als hätte sie das genaue Gegenteil gesagt.

Wir stiegen die Treppe hinab, und das Mädchen begleitete uns bis zur Haustür. Sobald wir die Tür hinter uns zugeschlagen hatten, rief meine Mutter: »Warum um alles in der Welt hast du ihr nicht die Wahrheit gesagt, Johnnie?«

»Ich mag sie nicht«, antwortete ich.

»Was willst du damit sagen?«

»Warum drängt sie so sehr darauf, daß wir Mr. Sancious vertrauen sollen?«

»Ach, Johnnie, bitte, hör damit auf! Dein Verdacht gegen Mr. Sancious ist wirklich ganz unsinnig. Warum hast du sie angelogen?«

»Glaubst du nicht, Mama, daß sie mit unserem Feind – wer immer das auch ist – in Verbindung stehen könnte und daß sie deshalb wissen will, wo sie uns finden kann?«

»Nein, Johnnie, natürlich nicht.« Dann zögerte sie: »Vielleicht doch, es könnte immerhin möglich sein.«

»Außerdem haben wir sowieso nichts davon, wenn wir den Kontakt mit ihr weiterhin aufrechterhalten.«

»Ich fürchte, da hast du recht.«

»Dann sag mir doch nun bitte, Mama, worauf Mrs. Fortisquince anspielte, als sie von ›jener Nacht‹ sprach. Und wen hast du gemeint? Von wem hast du gesprochen?«

Sie griff nach meinem Arm: »Nicht jetzt, Johnnie, bitte! Ich verspreche dir, daß du eines Tages alles erfahren wirst. Nur zwing mich nicht dazu, es dir heute zu erzählen! Ich hätte dich nicht zu ihr mitnehmen sollen, ich hatte nur gehofft, sie würde ...«

»Was hattest du gehofft, Mama?«

»Ich dachte, wenn sie schon mir nicht helfen würde, dann doch wenigstens dir, allein schon einigen anderen Leuten zuliebe.«

29. KAPITEL

Obwohl sie meine Neugier durch ihre Bemerkung noch weiter angestachelt hatte, wollte sie nichts mehr sagen, und so redeten wir auf dem Rückweg kein Wort miteinander. Ich ließ mir unser Gespräch noch einmal durch den Kopf gehen und versuchte, eine Antwort auf meine Fragen zu finden, die zu dem paßte, was ich bereits wußte, als probierte ich verschiedene Schlüssel aus, um ein Schloß zu öffnen. Was konnte in jener Nacht vor all den vielen Jahren geschehen sein, als meine Mutter und Mrs. Fortisquince sich das letzte Mal getroffen hatten? Und wer war jene rätselhafte Person, von deren »beklagenswertem Befinden« sie gesprochen hatte? Und vor allem: Was hatte es mit diesem Geheimnis um meinen Vater auf sich? Ich hätte gern gewußt, was Mrs. Fortisquince für meine Mutter empfand – und was sie von mir hielt.

Als wir zum Hotel zurückkamen, war es Zeit für ein leichtes Abendessen, danach legten wir uns schlafen. Da ich beim Auskleiden bemerkte, wie drekkig unsere Kleider waren, erklärte mir meine Mutter, dies liege am Londoner Ruß, mit dem der Rauch der Kohlefeuer aus den vielen Schornsteinen die Luft verschmutze. In dieser ersten Nacht in der Stadt schlief ich auf dem Sofa in unserem Wohnzimmer mehr schlecht als recht, denn die Geräusche waren so ganz anders als die, an die ich gewöhnt war: das Rumpeln und Rattern der Kutschen, das Klappern der Hufe auf dem Kopfsteinpflaster, die Rufe der Nachtwächter, die die Stunden verkündeten, und dann, bei der ersten Dämmerung, das Geschrei der Straßenhändler und das Dröhnen der Kirchenglocken. Ich wachte noch vor dem ersten Tageslicht auf, hörte auf das Rumoren im Hotel und fragte mich, was wohl daheim in Melthorpe geschah. War Bissett in dem leeren Haus so früh wie immer aufgestanden? Wurde das Vieh auf dem Weg zur Weide durch die Gasse getrieben? Und öffnete Mr. Passant jetzt sein Geschäft? Es war eigenartig, sich vorzustellen, daß das Leben im Dorf auch ohne mich so weiterlief wie bisher.

Nach dem Frühstück unterhielt sich meine Mutter mit dem Hotelbesitzer und erfuhr, daß eine Person namens Marrables in einer nahe gelegenen Straße langfristig Zimmer vermiete und sicher wohl auch eines frei habe. Wir gingen sofort zur angegebenen Adresse und stellten fest, daß die Conduit Street Nr. 37 ein Haus war, das – wie übrigens auch die Vermieterin – sauber und anständig aussah. Mrs. Marrables hatte allerdings nur zwei Schlafkammern mit einem Wohnzimmer im ersten Stock, Hintereingang, frei, und die Miete betrug inklusive der Dienste einer Hausmagd vier Pfund im Monat.

Ich zupfte meine Mutter am Ärmel und flüsterte: »Das ist viel zu teuer.«

»Irgendwo müssen wir doch leben«, flüsterte sie zurück. Und so bestand sie darauf, die Zimmer zu mieten, und zahlte trotz meines Protestes gleich für den ersten Monat im voraus.

Auf dem Rückweg ins Hotel warf ich ihr vor, daß sie mit dem Geld zu verschwenderisch umgehe.

»Du kannst doch wohl kaum von mir erwarten, daß ich ohne Dienstmädchen auskomme«, widersprach sie. »Und außerdem wird Bissett uns bald Geld schicken.«

»Wir wissen aber nicht, wieviel es sein wird, Mama. Wir sollten alles genau ausrechnen und überlegen, was wir uns leisten können.«

»Manchmal redest du mit mir, als ob du kein Vertrauen zu mir hättest«, gab sie erbittert zurück, und wir stritten uns heftig.

Doch als wir die Rechnung für unser Hotelzimmer verlangt und unsere Sachen gepackt hatten, willigte sie ein, sich mit mir an einen Tisch zu setzen, und sie half mir, unsere Finanzen zu überschlagen. Dabei zeigte sich, daß wir ohne die auf etwa 8 Shilling geschätzte Hotelrechnung zur Zeit etwa vierundzwanzig Pfund besaßen. Wir nahmen an, daß Bissett uns ungefähr vierzig Pfund schicken würde, und ich versuchte meiner Mutter begreiflich zu machen, daß wir uns, selbst wenn wir von einer derartigen Summe ausgingen, keinen so hohen Lebensstandard leisten konnten.

»Aber du hast in deine Überlegungen nicht das Geld mit einbezogen, das ich vom Verkauf meiner Petit-point-Stickereien einnehmen werde. Ich mache gute Handarbeiten, weißt du, und man zahlt hier viel Geld für gute Arbeit.«

»Bist du dir da so sicher, Mama?«

»Du bist aber nicht sehr nett zu mir, Johnnie«, sagte sie. »Du willst offenbar nicht viel von deiner Mama halten. Dabei kenne ich mich mit Kleidern aus; ich weiß noch, wieviel ich als Mädchen dafür bezahlt habe, und ich bin mir sicher, daß die Preise inzwischen noch gestiegen sind. Außerdem kann ich ja, wenn wirklich das Schlimmste zum Schlimmen kommen sollte, immer noch eine Stelle als Gouvernante annehmen.«

Ich erinnerte mich an Mrs. Fortisquince' Herablassung, mit der sie über dieses Thema gesprochen hatte.

»Du würdest es hassen«, widersprach ich. »Du weißt gar nicht, wie schwer so ein Leben ist.«

»Was willst du denn schon davon wissen?« rief meine Mutter ärgerlich.

»Ich weiß darüber Bescheid. Als wir damals nach Mompesson Park gingen, habe ich gesehen, wie Lady Mompesson die Gouvernante behandelt hat. Und an dem Tag, als ich aus dem Garten entwischt bin – weißt du noch? –, da habe ich das kleine Mädchen wiedergesehen, das ich früher dort einmal getroffen hatte, und ...«

»Ach, Johnnie«, unterbrach sie mich. »Das war sehr ungezogen von dir.«

»Außer Henrietta wußte doch niemand, daß ich da war«, sagte ich aufgebracht. »Aber eigentlich wollte ich sagen, daß Henrietta mir einiges von ihrer Gouvernante und von dem erzählt hat, was Miss Quilliam ertragen mußte, und daß diese plötzlich und ganz ohne Grund entlassen worden ist.«

Doch meine Mutter ließ sich nicht überzeugen, weshalb ich noch etwas zu bedenken gab: »Aber nur einmal angenommen, du würdest das Dasein einer

Gouvernante aushalten können, wo sollte *ich* dann aber leben?«

»Du wirst in ein Internat müssen. Wir werden schon eines für dich finden, das nicht so weit entfernt ist.«

»Das würde mir nicht gefallen. Wenn du arbeiten gehst, dann will ich auch arbeiten.«

»Sei nicht dumm! Du bist noch viel zu jung dafür.«

»Viele Jungen und Mädchen in meinem Alter – und manche sind sogar noch jünger – müssen arbeiten. Sukeys kleine Geschwister tun es auch.«

»Aber das ist auf dem Land. Da müssen sie doch nur das Vieh hüten und ähnliche Dinge machen. Das ist keine richtige Arbeit. In London ist das ganz anders.«

»Ist es nicht. Joey arbeitet auch.«

»Wer ist Joey?«

»Joey Digweed, der Junge, der letztes Weihnachten mit seiner Mutter in unserem Haus war!« sagte ich ungehalten.

»Ach so! Aber das ist doch nicht dasselbe! Außerdem würdest du viel zuwenig verdienen. Es ist besser, du gehst jetzt zur Schule, um einen Beruf wählen zu können, in dem du dir später deinen Lebensunterhalt wie ein Gentleman verdienen kannst. Jedenfalls ist es sowieso nicht nötig, daß du in nächster Zeit arbeiten gehen mußt, da bin ich mir ganz sicher.«

»Und wenn du eine Stelle als Gouvernante annimmst, wie hoch wäre da deiner Meinung nach das Salär?«

»Ich denke, es würden wenigstens dreißig Pfund sein, da ich ja Mrs. Belflower schon fünfundzwanzig Pfund bezahlt habe; und ich bin mir sicher, daß man eine Dame, die, wie du weißt, auf einer Stufe mit der Familie lebt, besser bezahlt als eine Köchin.«

»Also gut. Und wieviel müßten wir für meine Schule veranschlagen?«

»Nun, da du ja auch während der Ferien im Internat wärst, würden die Kosten für Unterbringung und regelmäßige Ausgaben sich zusammen auf etwa fünfzehn Pfund im Jahr belaufen. Für zusätzliche Aufwendungen – Kleider für uns beide, Besuche beim Arzt und Medizin, Ferien und für die Tage, an denen wir uns mal etwas Besonderes leisten – sollten wir zehn Pfund rechnen. Das heißt, wir könnten im Jahr fünf Pfund sparen, und in fünf Jahren, wenn du alt genug bist, um eine Arbeit aufzunehmen oder eine Lehre anzufangen, hätten wir zusammen mit dem Geld für die Möbel mehr als sechzig Pfund, und das dürfte fürs Lehrgeld mehr als ausreichend sein.«

»Ich frage mich, ob eine Gouvernante wirklich soviel verdient«, sagte ich. »Ich habe eine Idee: Warum bewirbst du dich nicht um eine Stelle und findest heraus, wie hoch dein Gehalt sein würde? Wir könnten dann ja darum bitten, daß man uns nähere Einzelheiten mitteilt, und du brauchst die Stelle nur anzunehmen, wenn sie dir wirklich zusagt.«

Widerstrebend willigte meine Mutter ein. Wir gingen nach unten, und während sie die Rechnung abholte und beglich, ging ich in den Frühstücksraum und schlug aus bloßer Neugier eine Zeitung auf. Mein Blick blieb an einer Reihe von Anzeigen auf der ersten Seite hängen, die alle etwa den gleichen Wortlaut hatten: »Internat für die Erziehung von Gentlemensöhnen. Ausgezeichnete Lehrkräfte. Unterhaltskosten sechzig Pfund p.a. plus Extras.« Das billigste Internat in London, ja sogar in hundert Meilen Umkreis, lag bei fünfundzwanzig Pfund. Doch einige Schulen, die alle weit oben im Norden lagen, warben mit folgender Anzeige: »Schaffen Sie sich Ihre Kinder unter günstigen Verhältnissen aus dem Weg! Zwölf Pfund im Jahr; dreißig Pfund bei Aufnahme für immer.« Ich sah auch Anzeigen für Gouvernanten, und das angebotene Salär lag zwischen fünfzehn und zwanzig Pfund.

Als meine Mutter mich suchte und in den Raum kam, legte ich rasch die Zeitung aus der Hand. Sie sah sehr ernst aus, und ich fand den Grund dafür bald heraus.

»Die Rechnung betrug vierzehn Shilling, Johnnie. London scheint viel teurer zu sein, als ich erwartet hatte. Weißt du, ich glaube, wir sollten doch lieber in einer Stadt auf dem Land leben.«

»Aber wir sind doch hergekommen, Mama, damit man uns nicht findet!« widersprach ich, da ich nur ungern so bald schon wieder die Hoffnung aufgeben wollte, ein richtiger Londoner zu werden.

»Wir sind ihnen doch schon entkommen, Johnnie. Niemand kann unsere Spur weiter als bis zum Gasthof ›Golden Cross‹ verfolgen. Vielleicht sollten wir uns in einer hübschen Stadt wie Salisbury niederlassen. Ich bin mir sicher, daß Salisbury uns gefallen würde. Vor vielen Jahren bin ich einmal durch diese Stadt gefahren, und die Kathedrale und der alte Kirchplatz waren so hübsch, daß ich mir damals vorstellen konnte, dort eines Tages zu leben.«

»Oder in Hertford«, schlug ich vor und beobachtete aufmerksam ihr Gesicht. »Ich fand, die Stadt sah auch recht hübsch aus.«

Sie zuckte zusammen und wandte sich von mir ab: »Nein, nicht dort.«

Wir verließen »Nevot's Private Hotel« und waren bald in Mrs. Marrables Haus umgezogen. Nachdem wir unsere wenigen Sachen eingeräumt hatten, nahmen wir, da wir zu den bevorzugten Gästen gehörten, die Zutritt zum Salon hatten, unser Abendessen dort ein.

Anschließend, als wir wieder auf unsere Zimmer gegangen waren und meine Mutter sich einen Grog gemacht hatte, sagte sie: »Jetzt fühle ich mich schon viel besser. Eigentlich sollte ich heute Bissett schreiben, schließlich können wir ihr nun unsere vorläufige Adresse mitteilen.«

Ich hatte meine Gründe, die gegen diese Idee sprachen, wollte sie meiner Mutter aber nicht im einzelnen erläutern: »Mama«, sagte ich, »ich glaube, du solltest mit dem Schreiben noch etwas warten. Vielleicht müssen wir uns bald entschließen, noch einmal umzuziehen, und du wirst doch nicht wollen, daß sie das Geld hierherschickt und wir bereits wieder fort sind, oder?«

»Ach, Johnnie, du bist wirklich unausstehlich. Natürlich werden wir eine Zeitlang hierbleiben. Aber nun gut, ich werde ihr heute noch nicht schreiben. Außerdem hat sie wahrscheinlich noch gar nicht die Zeit gefunden, all unsere Sachen zu verkaufen.«

Ich schlug ihr vor, daß wir am nächsten Tag zu einem Stellenvermittlungsbüro gehen und uns außerdem nach einem Internat für mich umsehen sollten: »Und wenn wir im Büro sind, dann können wir doch auch gleich fragen, ob man Miss Quilliams Adresse kennt, meinst du nicht?«

Meine Mutter lachte: »Aber Johnnie, sie wird sich kaum an dich erinnern, wenn du sie nur ein einziges Mal getroffen hast.«

»Wenn wir doch sonst niemanden in London haben?« Darauf sagte sie nichts, also wiederholte ich: »Wir kennen hier doch niemanden, nicht wahr?«

»Also gut, wir werden uns nach ihr erkundigen.«

Dann schwieg sie einige Minuten lang, ehe sie nachdenklich sagte: »Und anschließend muß ich dann jemanden besuchen gehen.«

»Wen? Wohin?« fragte ich überrascht. »Ist es weit? Müssen wir eine Kutsche nehmen?«

»Ich werde allein gehen. Und du sollst mich jetzt nicht danach fragen und mir versprechen, daß du auch keine Fragen stellst, wenn ich zurückkomme.«

Ich war ziemlich verblüfft: »Aber du hast mir doch gesagt, daß du außer Mrs. Fortisquince und Mr. Sancious niemanden in London kennst.«

»Ich habe gesagt, ich hätte keine Freunde. Doch ich habe dich gebeten, mir keine Fragen zu stellen!« rief sie, und da ich sah, wie aufgewühlt sie war, wechselte ich das Thema: »Aber wir haben dennoch Freunde in London: Du vergißt Mrs. Digweed und Joey.«

»Ach ja.« Sie lachte. »Ich kann mir allerdings kaum vorstellen, daß wir ihre Bekanntschaft in Anspruch nehmen werden.«

Wir waren müde nach diesem anstrengenden, ereignisreichen Tag, und kaum lag ich im Bett, da war ich auch schon eingeschlafen.

Früh am nächsten Morgen machten wir uns also auf den Weg zum größten Londoner Stellungsvermittlungsbüro für Gouvernanten, das nicht weit entfernt in der Wigmore Street lag.

Unterwegs blieb meine Mutter vor einem Schaufenster stehen und zeigte auf eine Handarbeit: »Sieh dir das an! So etwas kann ich auch. Laß uns doch mal nachfragen, wie teuer das hier ist!«

Wir gingen also in den Laden, und nachdem wir herausgefunden hatten, daß das bißchen Stoff schrecklich teuer war, verließen wir das Geschäft wieder und fühlten uns sehr ermutigt.

Mit Hilfe meines Stadtplans suchten wir uns den Weg zu einem äußerst vornehmen Bezirk, in dem viele Einfahrten und Plätze mit Pfosten und Ketten abgesperrt waren und livrierte Diener unter Torbögen oder in Holzhäuschen Wache standen. Nachdem wir eine Weile gegangen waren, bemerkten wir, daß wir uns verlaufen hatten, und unsere Verwirrung schien so offenkundig zu sein, daß ein gutgekleideter Gentleman in mittleren Jahren auf uns zukam und fragte, wonach wir denn suchten.

»Die Wigmore Street?« wiederholte er. »Das ist die erste Straße links. Suchen Sie etwa das London General Office?«

Als meine Mutter dies bestätigte, sah er sie freundlich an und sagte: »Dann kann ich Ihnen nur aus tiefstem Herzen mein Mitleid aussprechen.«

»Ist das denn ein so schreckliches Leben?« stammelte meine Mutter verzagt.

Er sah sie aufmerksam an: »Ich habe Gouvernanten gekannt, die zu den allerunglückseligsten Kreaturen gehörten, von ihren Zöglingen verachtet und von ihren Arbeitgebern schimpflichst gedemütigt. Doch das muß nicht so sein. Vielleicht kann ich Ihnen behilflich sein und eine Stelle bei einer guten Familie für Sie finden.«

Meine Mutter schien über seine Worte sehr bestürzt zu sein. Sie murmelte: »Sehr freundlich von Ihnen, mein Herr.«

»Kommen Sie«, sagte er, »gestatten Sie mir, daß ich Sie zur Wigmore Street begleite! Vielleicht kann ich Sie bis dorthin überreden, sich nicht der Gnade dieses Vermittlungsbüros zu überantworten.«

Sichtlich überrumpelt, erlaubte ihm meine Mutter, neben uns herzugehen.

Nach einigen Schritten sagte er: »Ich bin Mr. Parminter und wohne am Cavendish Square. Darf ich Ihnen meine Karte überreichen? Und bitte, suchen Sie mich auf, sollte ich Ihnen irgendwie behilflich sein können.«

Er faßte in seine Tasche, doch meine Mutter blieb plötzlich stehen und sagte: »Bitte, geben Sie sich keine Mühe!«

»Aber es macht mich glücklich, wenn ich Ihnen helfen kann«, sagte er freundlich.

Doch meine Mutter wich bei seinen Worten zurück und sagte in einem Ton, der offenbar so hochmütig wie nur möglich klingen sollte: »Ich danke Ihnen für Ihr Bemühen, mein Herr, doch von hier aus können wir den Weg allein finden; ich möchte Sie deshalb nicht länger belästigen.«

Ohne ihm Zeit für eine Antwort zu geben, verbeugte sie sich leicht und ging davon. Während ich ihr nacheilte, drehte ich mich noch einmal um und sah, daß der Gentleman uns mit einer – wie mir schien – leicht belustigten Miene nachblickte.

»Aber Mama!« sagte ich, sobald ich sie eingeholt hatte. »Warum hast du sein Angebot nicht angenommen? Der Gentleman sah doch sehr nett aus.«

Sie schüttelte nur den Kopf und hastete weiter.

Kurze Zeit später erreichten wir die Wigmore Street, fanden das Büro im zweiten Stock eines großen Gebäudes und traten ein. Ein Schild verkündete, daß es zwei Zimmer gebe, das eine für die Brotherren, das andere für die Gouvernanten. In dem für unser Anliegen vorgesehenen Raum sahen wir einen langen Holztisch, der sich quer durch das große Zimmer zog und hinter dem ein Schreiber stand, der sich mit einer vor ihm sitzenden Dame unterhielt und in gewissen Abständen große Bücher konsultierte, die neben ihm auf dem Tisch lagen und auf Regalen hinter ihm standen. Mehrere Frauen saßen in unserer Hälfte des Zimmers und warteten darauf, an die Reihe zu kommen. Wir gaben einem Jungen, der an einem Tischchen bei der Tür saß, unseren Namen an und sagten ihm, was wir wünschten. Er schrieb den Namen auf, zeigte auf zwei freie Sitze und reichte den Zettel an den Mann hinter dem querstehenden Tisch weiter, der ihn sich nur kurz anschaute und dann zur Seite legte.

Wir setzten uns und mußten lange warten, und als endlich der Name Offland aufgerufen wurde, schnauzte uns der Schreiber an: »Ein bißchen Beeilung bitte! Hab schließlich nicht den ganzen Tag Zeit.«

Er war ein schmächtiger Mann mit einem kummervollen, doch scharfgeschnittenen Gesicht und dünnem Haar, das unter seiner kurzen Perücke hervorlugte. Als wir vor ihm standen, schrieb er etwas in einen Folianten und fragte, ohne den Blick zu heben: »Bei wem haben Sie zuvor in Diensten gestanden, Mrs. Offland?«

»In Diensten?«

»Das habe ich gefragt, ja.«

»Ich habe noch nie in Diensten gestanden.«

Bei diesen Worten sah er zum erstenmal auf: »Das ist schlecht.« Dann fiel sein Blick auf mich: »Gehört der Ihnen?«

»Ja«, bestätigte meine Mutter.

»Witwe?«

Meine Mutter errötete und nickte.

Der Mann sah sie aufmerksam an.

»Er käme in ein Internat«, sagte sie.

»Natürlich, natürlich«, antwortete er, während er sich weiter Notizen machte. »Trotzdem, die Familien mögen es nicht, wenn ihre Gouvernante ein Kind hat. Gouvernanten sind alleinstehende Frauen, so lautet nun mal die Regel. Sie wissen doch hoffentlich, daß Sie ihn nur besuchen können, wenn eine entsprechende Vereinbarung getroffen wurde?«

»Nein, das wußte ich nicht.«

»Nun, dann wissen Sie es jetzt«, sagte er. »Ich brauche Ihnen das ja eigentlich nicht zu sagen, aber ich glaub, es wär besser, Sie erwähnen ihn erst gar nicht.«

»Wie meinen Sie das?«

»Ach herrje, sind Sie naiv! Na, ich werd kein Wort mehr darüber verlieren. Nun wollen wir mal sehen, was Sie anzubieten haben. Sprechen Sie Französisch?«

»Ja«, sagte meine Mutter.

»Richtig wie eine Pariserin? Als wenn Sie dort geboren wären?«

Sie schüttelte den Kopf: »Nein, so gut nicht.«

»Wie steht's mit Italienisch?« fragte er ernst.

»Kann ich nicht«, flüsterte sie beinahe.

Scheinbar resigniert schloß er den Mund: »Können Sie wenigstens singen und Klavier spielen?«

»Ja, ziemlich gut.«

»Familien wollen nicht ›ziemlich gut‹, sie wollen das Beste.« Er seufzte tief und zupfte spielerisch seine Manschetten zurecht: »Zeichnen?« wollte er plötzlich wissen.

Meine Mutter sah mich verzweifelt an. Ich nickte ihr ermutigend zu.

»Ganz gut«, stammelte sie.

»Ich glaub nicht, daß wir Sie einstellen können«, sagte er grimmig. »Ich weiß nicht einmal, ob ich nicht meine Zeit vergeude, wenn ich mir Ihren Namen aufschreibe. Aber nun gut, haben Sie denn jemanden, der für Sie bürgt?« Als er sah, daß wir ihn nicht verstanden, sagte er gereizt: »Welche Empfehlungsschreiben können Sie vorweisen?«

Meine Mutter sah mich betroffen an. Warum hatten wir daran bloß nicht gedacht?

»Mrs. Fortisquince«, sagte ich.

Meine Mutter warf mir einen erstaunten Blick zu, der dem scharfäugigen Schreiber nicht entging, und skeptisch betrachtete er uns beide.

»Wer ist Mrs. Fortisquince? Und wo wohnt sie?«

»Die Dame ist die äußerst angesehene Witwe eines Gentleman der Justiz«, sagte ich. »Sie wohnt am Golden Square.«

Der Mann schnippte unverschämt mit den Fingern: »Ich pfeif auf eure Mrs. Fortisquince und den Golden Square. Wir brauchen einen Titel oder wenigstens eine erstklassige Adresse im Westend.«

»Würde ihr Name denn nicht für eine Anstellung bei einer einfachen Familie reichen?« fragte meine Mutter.

»Sie kennen sich in diesem Geschäft offensichtlich besser aus als ich«, sagte er grob. »Was tipptopp Verbindungen angeht, da stellen sich solche Familien noch schlimmer an als die Adligen.« Zu unserem Entsetzen riß er die Seite, auf die er die Antworten meiner Mutter geschrieben hatte, aus dem Folianten, zerknüllte sie und warf sie fort. »Wir werden Sie nicht annehmen. Es hat keinen Sinn.«

»Keinen Sinn?« wiederholte meine Mutter.

»Sie könnten es mit einer Anstellung als Amme probieren«, sagte der Mann. »Dafür würde Ihre Mrs. Fortisquince ausreichen. Aber mit solchen Vermittlungen geben wir uns hier gar nicht erst ab. Dafür ist das Dienstbotenbüro zuständig. Und jetzt gehen Sie bitte!«

Als sich meine Mutter abwandte, zupfte ich sie am Ärmel: »Miss Quilliam!« erinnerte ich sie leise.

»Unmöglich«, flüsterte sie.

»Du hast es versprochen«, drängte ich.

Und widerwillig drehte sie sich noch einmal um. »Könnten Sie mir vielleicht eine Auskunft geben?« fragte sie. »Ich suche eine Freundin – das heißt, eigentlich ist es eine Freundin meines Sohnes –, die vermutlich bei Ihnen registriert ist. Eine Miss Quilliam.«

»Ich meine mich an diesen Namen erinnern zu können. Doch was geht das mich an?«

»Wie bitte?«

»Was bringt es mir, wenn ich mich darum kümmer?«

»Er will Geld haben«, flüsterte ich.

»Wieviel?« flüsterte sie zurück.

»Zwei Shilling«, schlug ich vor und fragte mich, ob diese Investition gut angelegt war.

Meine Mutter nahm die Münzen aus ihrem Ridikül und legte sie auf den Schalter. Der Schreiber griff danach, scheinbar ganz in Gedanken, als wäre seine Aufmerksamkeit von einem neben ihm liegenden großen Buch in Anspruch genommen. Er fuhr mit dem Finger über die aufgeschlagene Seite und sagte endlich: »Ja, ich glaub, ich kann mich an den Namen erinnern. War bei uns registriert, als sie bei der Familie von Sir Perceval Mompesson, Brook Street und Mompesson Park in Hougham, beschäftigt war.« Dann verlor sich sein Blick wie in weiter Ferne, und auf seinem Gesicht zeigte sich ein beinahe andächtiger Ausdruck: »Ein höchst respektabler Haushalt. Wir haben dorthin viele Gouvernanten geschickt, solange die beiden Jungen noch die Schulbank drückten. Und in den letzten Jahren auch für die junge Dame des Hauses. Ach ja, viele, sehr viele Gouvernanten.«

»Können Sie uns sagen, bei wem Miss Quilliam momentan angestellt ist?«

unterbrach meine Mutter seine Schwärmereien.

»Nein, kann ich nicht«, sagte er abrupt und runzelte die Stirn.

»Aber wollen Sie denn nicht wenigstens nachsehen?« hakte ich nach.

»Das brauch ich nicht«, sagte er. »Sie ist nicht mehr bei uns registriert. Vor ein oder zwei Monaten kam sie her und wollte sich noch einmal auf die Liste setzen lassen, aber ich konnte nichts für sie tun.«

Meine Mutter und ich sahen uns verzweifelt an.

»Ich verstehe das nicht«, sagte sie.

Er schaute uns verschwörerisch und vielsagend an, legte einen dicken Finger an die Nase und schüttelte bedeutungsvoll den Kopf. »Sie ist ohne Zeugnis gegangen.«

Seine Worte bestätigten, was Henrietta gesagt hatte, doch hier tat sich uns ein unvorhergesehenes Hindernis auf.

»Würden Sie dann wenigstens so freundlich sein und uns ihre Adresse geben?« fragte meine Mutter.

»Sie hinterließ keine, das war auch nicht mehr notwendig.«

»Aber haben Sie denn nicht ihre Anschrift?«

Widerstrebend sah er auf die verschmierte Seite seines dicken Wälzers: »Nach dem, was hier steht, hat sie vor ihrer Beschäftigung bei der Familie von Sir Perceval im Haus Nr. 26 in der Coleman Street gewohnt. Gar keine üble Adresse, obwohl die Straße in der City liegt. Aber das muß nicht heißen, daß sie jetzt noch dort wohnt.« Er schloß das Buch mit einem lauten Knall. »Mehr kann ich nicht für Sie tun.«

»Sie wußten doch von vornherein, daß Sie uns nicht helfen können«, protestierte ich. »Da hätten Sie die zwei Shilling nicht nehmen dürfen!«

»Nun machen Sie schon Platz«, sagte er drohend. »Die nächsten warten.«

Meine Mutter hakte sich bei mir unter, und wir gingen hinaus und machten uns enttäuscht auf den Weg zurück zu unseren Zimmern.

»Warum war er so unfreundlich?« fragte meine Mutter.

»Weil er ein Scheusal ist«, rief ich.

»Wenn es jemals so weit kommt, daß ich eine Stelle annehmen muß, Johnnie«, fragte sie einige Minuten später, »glaubst du, daß wir es dann riskieren können, Mrs. Fortisquince' Namen anzugeben?«

Jetzt, da ich Zeit genug gehabt hatte, darüber nachzudenken, antwortete ich: »Ich glaube nicht, daß wir sie wissen lassen sollten, wo wir sind, Mama.«

Sie stimmte mir zu, und wir setzten unseren Weg fort. Als wir zu Mrs. Marrables zurückkamen, aßen wir zu Mittag, und danach griff meine Mutter nach ihrem Hut, um ihren geheimnisvollen Besuch zu machen.

Während ich auf ihre Rückkehr wartete, versuchte ich mich zu beschäftigen und sah mir die Bilder in meinem Lieblingsbuch an, das dem Diebstahl unseres Gepäcks entgangen war, weil ich es stets bei mir getragen hatte. Doch die Bilder, die mich in Melthorpe noch so fasziniert hatten, kamen mir jetzt seltsam nichtssagend und langweilig vor. Vielleicht lag es daran, daß ich endlich in London war und Abenteuer und Aufregung von allen Seiten her auf mich einströmten, obwohl mir das Haus, in dem wir wohnten, und diese Straße enttäuschend nüchtern und alltäglich vorkamen. Ich schloß das Buch, setzte mich ans Fenster, sah in den Abendhimmel, wo die Sonne hinter dem Horizont versank; ich beobachtete die sich langsam drehenden Schornsteinkappen und die Spatzen, die in der Gosse vor dem gegenüberliegenden Haus herumhüpften.

Endlich hörte ich die Türglocke und dann das Mädchen, das die Tür öffnete. Gleich darauf vernahm ich leichte Schritte auf dem Flur, doch als meine Mutter hereinkam, wußte ich sofort, daß etwas geschehen war, das sie zutiefst aufgewühlt hatte. Sie schien durch mich hindurchzusehen, als sie den Hut absetzte, und ich hätte nicht sagen können, ob das, was geschehen war, etwas Gutes oder etwas Schlechtes zu bedeuten hatte. Sie schien aufgeregt, gleichsam erfüllt von einer unerwarteten Hoffnung, und doch zur gleichen Zeit auch traurig, als sei ein Schatten der Vergangenheit über ihr Gemüt gefallen. Als ich sie ansprach, blickte sie plötzlich zur Seite, und es dauerte lange, ehe sie mir antwortete. Nur mit großer Mühe konnte ich an mich halten und ihr keine Fragen stellen, während wir unser Abendessen vorbereiteten und das von ihr mitgebrachte Brot und den Käse aßen.

Danach saß sie am Tisch und schrieb in ihr Tagebuch. Als ich Stunden später zu Bett ging, schrieb sie immer noch, und auch als ich lange danach wieder aufwachte und mich in das Wohnzimmer schlich, saß sie noch über den Tisch gebeugt, und ihre Feder kratzte eifrig über das Papier.

30. KAPITEL

Nachdem sich gezeigt hatte, daß es für meine Mutter weit schwieriger war, eine Anstellung als Gouvernante zu finden, als wir vermutet hatten, schien sie dennoch nicht sonderlich besorgt zu sein, da sie ohnehin fest entschlossen war, sich ihren Lebensunterhalt mit Sticken zu verdienen. Am nächsten Morgen schlenderten wir also einige Male über die Regent Street, bevor wir uns schließlich für eines der großen Textilgeschäfte entschieden. Wir traten ein, und eine der Verkäuferinnen kam lächelnd auf uns zu und machte einen kleinen Knicks.

»Guten Morgen«, begann meine Mutter nervös. »Ich würde gerne feine Handarbeiten für Sie erledigen.«

Zuerst verstand die Frau sie nicht, und meine Mutter mußte den Satz noch einmal wiederholen. Dann verdüsterte sich das Gesicht der Verkäuferin. Sie beugte sich zu uns vor und zischte: »Ihr könnt doch nicht durch die Vordertür kommen. Wißt ihr denn nicht, was sich gehört?«

»Wohin soll ich denn gehen?« fragte meine Mutter bestürzt.

»Hier wieder raus und hintenherum.«

Wir machten kehrt und gingen so stolz wie irgend möglich wieder hinaus, suchten uns den Weg durch die Hinterhöfe und fanden mit einiger Mühe die Rückseite des Hauses. Nachdem ein Junge, der gerade einige Kisten auf eine Handkarre lud, uns den Eingang gezeigt hatte, stiegen wir eine Hintertreppe hinauf und betraten schließlich einen großen, kahlen Raum unter dem Dach, in dem etwa zwanzig überwiegend junge Frauen um einen riesigen Tisch saßen und so eifrig nähten, daß sie kaum aufsahen, als wir eintraten. Nur eine Frau blickte zu uns herüber, die älter als die meisten zu sein schien und die sich ihre Haube aufsetzte, als wolle sie gerade gehen.

»Was wollt ihr?« fragte eine andere ältere Frau, den Mund voller Stecknadeln, und stand auf.

Meine Mutter wiederholte ihr Anliegen, und die Frau antwortete barsch, während sie sich abwandte: »Ihr stehlt mir meine Zeit. Fort mit euch!«

»Wie können Sie es wagen, so mit einer Dame zu reden!« rief ich.

Sie drehte sich wieder um und sagte bissig: »Ach, eine Dame ist sie? Hab ja noch nie was von einer Dame gehört, die mit ihren Diensten hausieren tut.«

Meine Mutter zog mich aus dem Raum, doch als wir langsam wieder die Treppe hinabstiegen, sagte sie: »Warum müssen sie nur immer so unfreundlich sein?«

An der Tür wurden wir von jener Frau eingeholt, die sich gerade die Haube aufgesetzt hatte.

»Wissen Sie, meine Liebe«, sagte sie zu meiner Mutter, »es besteht kein Bedarf für feine Arbeiten. Die Damen machen das alles selbst und drücken so den Preis, bis die Sachen fast gar nichts mehr kosten.«

»Aber ich muß doch Arbeit finden, damit ich meinen Sohn und mich ernähren kann!«

»Sie können nur hoffen, eine Stelle für ganz gewöhnliche Näharbeiten zu finden. Aber zur Zeit ist auch da nicht viel zu machen; die Saison hat nämlich noch nicht angefangen, und selbst wenn sie schon angefangen hätte, wüßte ich nicht, ob Sie die Stunden überhaupt durchhalten würden, wenn Sie diese Arbeit nicht gewohnt sind.«

Wir bedankten uns bei ihr, und sie ging eilig davon.

»Ich kann es einfach nicht glauben«, rief meine Mutter. »Es muß doch Menschen geben, die noch feine Handarbeiten kaufen wollen. Wenn mir doch bloß dieses vermaledeite Frauenzimmer nicht meine Sachen gestohlen hätte, dann könnte ich denen jetzt ein Probestück zeigen. Und ich bin mir sicher, daß sie es mir abkaufen würden.«

Nachdem wir im Laufe der Woche eine Schneiderei nach der anderen abgeklappert hatten und oft mit äußerster Unhöflichkeit behandelt, manchmal freilich auch freundlich angehört worden waren, schienen sich die Worte jener Frau – zumindest in meinen Augen – zu bewahrheiten.

Erleichtert merkte ich, daß meine Mutter sich trotz dieser entmutigenden Erfahrung seltsam heiter und gelassen gab. Abends teilte sie sich ihre Zeit in die Arbeit an einer neu begonnenen Stickerei und dem Schreiben in ihr Tagebuch.

Als ich eines Abends besonders niedergeschlagen war, weil ich es wieder einmal nicht geschafft hatte, sie davon zu überzeugen, daß es klüger wäre, sich in einem von uns noch nicht aufgesuchten Vermittlungsbüro um eine Stelle als Gouvernante zu bemühen, sagte sie: »Weißt du, Johnnie, es wird schon alles gut werden. Ich habe da einen Plan.«

»Was meinst du mit ›Plan‹?«

»Wart's ab!« sagte sie, lächelte geheimnisvoll und schüttelte den Kopf.

Ungefähr zu dieser Zeit schlug ich ihr auch vor, daß wir uns nach einer billigeren Bleibe umsehen sollten, ohne das Ende des von uns im voraus bezahlten Monats abzuwarten. Denn auf unseren Streifzügen durch die ärmeren Straßen hatten wir Schildchen in den Fenstern gesehen, die Zimmer zu beträchtlich niedrigerem Preis anboten. Widerstrebend stimmte meine Mutter zu, und wir suchten uns eine Wohnung in der nahen Maddox Street, in einem Haus, das einen sauberen und anständigen Eindruck machte. Die Vermieterin, Mrs. Philliber, schien eine freundliche und ehrbare Frau zu sein, und wir machten mit ihr aus, daß wir für das eine Zimmer, mit dem wir uns begnügen wollten, sieben Shilling die Woche zahlen würden.

Mrs. Marrables freute sich nicht gerade über die rasche Beendigung unseres Mietverhältnisses und wollte uns von der Monatsmiete auch nur dann etwas zurückzahlen, wenn sie für die verbleibende Zeit einen neuen Mieter finden würde. Das war ein faires Angebot, und glücklicherweise fand sie auch jemanden, der froh darüber war, die Räume sogleich übernehmen zu können, und das auch noch gegen eine höhere Miete, als wir sie ihr bezahlt hatten. Mrs. Marrables weigerte sich jedoch, uns den vollen Restbetrag auszuzahlen, und zeigte uns nun eine Seite ihres Charakters, die wir zuvor nicht wahrgenommen hatten.

»Und warum sollte ich denn, Mrs. Offland? Man muß doch auch an all die Plackerei und die Scherereien denken, die ich damit gehabt hab. Zeit ist Geld, wissen Sie, und ich würd doch mich und meine Familie bestehlen, wenn ich das nicht mitberechne.«

Ich konnte sie schließlich überreden, sich gütlich mit uns zu einigen, indem sie uns die Miete für eine Woche zurückzahlte, und noch am gleichen Tag bezogen wir unser neues Zimmer. Jetzt, nachdem wir die Gegend langsam besser kannten, konnten wir nicht mehr übersehen, daß unsere neue Adresse, obwohl nur wenige Straßen von der alten entfernt, in einem längst nicht so respektablen Bezirk lag, und ich spürte, wie die Stimmung meiner Mutter sank.

»Ich weiß, was wir machen!« rief ich. »Laß uns ein Fest feiern, um unser neues Zuhause einzuweihen!«

Sie klatschte in die Hände: »Au ja! Und ich werd uns einen Eierpunsch machen! Und dann wird es genau wie früher sein. Du hast recht, Johnnie, von heute an wird dies unser Zuhause sein. Ich will also Bissett schreiben, damit sie uns das Geld hierher schickt.«

Und so trugen wir dem Dienstmädchen auf, uns zwei Koteletts, für vier Pence Muffins und etwas Brandy für den Punsch zu besorgen. In der Zwischenzeit stellten wir die Teller zum Anwärmen auf das Kamingitter und machten das Zimmer gemütlich. Sobald das Mädchen mit den Einkäufen zurückkehrte – sie hatte außerdem noch einige gebackene Kartoffeln aus der Garküche, eine Kanne Milch und eine Handvoll Gewürze geholt, und zudem noch zwei Eier bei Mrs. Philliber gekauft –, briet meine Mutter die Koteletts über dem Feuer auf einem auf zwei Dreifüßen ruhenden Rost. Wir waren sehr vergnügt und recht zufrieden mit uns selbst, als wir das Fleisch aßen, und abgesehen von dem leicht verbrannten Äußeren und dem unleugbar noch rohen Inneren schmeckte es wirklich ausgezeichnet.

Und dann, während ich die Muffins auf eine lange Gabel spießte und röstete, begann meine Mutter, den Eierpunsch zuzubereiten. Während ich sie so beobachtete, schien sie mir plötzlich sehr unschuldig und verletzlich zu sein, voller Vorfreude auf den Punsch und darauf – so vermutete ich wenigstens –, jemandem zu schreiben, den sie gern hatte und dem sie vertraute. Ich fürchtete nur, daß sie noch nicht ganz begriffen hatte, wie schwierig die Lage für uns erst werden würde, und ich fühlte mich ganz seltsam, fast als wäre ich von uns beiden der Ältere. Ich hatte fremde Menschen gesehen, die sie mit kalten und berechnenden Blicken betrachtet hatten, und ich spürte, daß ich mich auf nichts mehr verlassen konnte – jedenfalls gewiß nicht mehr auf Bissetts Loyalität.

Als der Punsch fertig war, goß sie mir mein Glas zu einem Drittel voll, und wir prosteten uns mit dem heißen, stark duftenden Getränk zu.

»Der schmeckt ja noch schlimmer als sonst!« keuchte ich.

Sie lachte und setzte sich, um ihren Brief zu schreiben.

»Wirst du ihr unsere Adresse mitteilen?« fragte ich.

»Natürlich, mein Liebling. Wie sollte sie denn sonst wissen, wohin sie uns das Geld schicken soll. Also, du bist ja lustig!«

Ich zögerte, konnte mich aber nicht überwinden, ihr meine Bedenken anzuvertrauen.

Sie sah mich an, die Spitze der Feder nachdenklich gegen ihre Wange gedrückt, während sie überlegte: »Ich werde ihr schreiben, daß sie von dem Geld alle Unkosten abziehen soll – für die Abwicklung des Verkaufs, für die Kosten der Überweisung und so weiter – und zusätzlich den Lohn für ein Vierteljahr als Entschädigung für die überstürzte Kündigung.« Sie setzte die Feder wieder ab und hinterließ dabei eine dünne Tintenspur im Gesicht: »Glaubst du, daß das reicht?«

»Auf jeden Fall. Das ist eigentlich sogar großzügiger, als wir es uns leisten können.«

Sie runzelte die Stirn: »Meinst du, ich sollte sie bitten, sich weniger zu nehmen?«

»Nein, ich glaube, wir sollten Bissett gut behandeln.«

»Ja, Johnnie«, sagte meine Mutter erfreut. »Genau das denke ich auch. Weißt du, sie ist wirklich unsere einzige wahre Freundin.«

Am nächsten Tag brachten wir den Brief zur Post. Da wir annahmen, daß Bissett inzwischen genug Zeit gehabt hatte, die Möbel zu verkaufen und die ausstehenden Rechnungen zu bezahlen, hofften wir, gegen Ende der folgenden Woche von ihr zu hören.

Als uns zu diesem Zeitpunkt immer noch keine Antwort erreicht hatte, vermutete meine Mutter, daß Bissett länger brauchte, um unseren Haushalt aufzulösen, als wir zunächst angenommen hatten. Außerdem bedrängten uns inzwischen andere Probleme, denn eine weitere Woche der Enttäuschungen war vergangen. Zum einen machte uns das neu bezogene Zimmer Sorgen, denn das Haus war schmutzig und am späten Abend meist sehr laut. Die Dienstboten waren zwar freundlich, dafür aber auch unaufmerksam und nachlässig. Außerdem roch Mrs. Philliber oft unverkennbar nach Alkohol und neigte dann dazu, sich auf etwas derbe Art gehenzulassen. Zum anderen war meine Mutter noch immer davon überzeugt, daß sie unseren Lebensunterhalt durch feine Stickarbeiten verdienen könne, weshalb sie darauf bestand, daß wir uns nach einem Internat für mich umsahen. Ich hatte ihr heftig widersprochen und ihr die Höhe der Schulgelder genannt, von denen ich in der Zeitung gelesen hatte, doch sie ließ sich nicht irritieren.

Das erste entsprechende Etablissement, das wir aufsuchten, lag in der Goodge Street und wurde von einem Gentleman mit sehr roter Nase, unsicherem Gang und einer ebenso unsicheren Handhabung der englischen Grammatik geführt. Das zweite lag in einer schmutzigen Nebenstraße, die vom Fitzroy Square abzweigte, wo unser Klopfen nach langem Schweigen zunächst nur vom vorsichtigen Bewegen einer schmutzigen Gardine hinter einem Fenster beantwortet wurde. Dann öffnete uns ein dürrer Mann in geflickten Kleidern die Tür, der sich als »Oberlehrer« vorstellte und gleich in das Gespräch einflocht, daß er noch nie die Tür habe selbst öffnen müssen, doch wie es der Zufall nun einmal wolle, hatten gerade heute das Dienstmädchen, der Koch sowie der Küchenjunge frei, und das Zimmermädchen habe er erst vor einer Sekunde fortgeschickt, damit sie eine Besorgung für ihn mache. Wir traten ein, und als er merkte, daß wir verblüfft das Fehlen jeglichen Mobiliars registrierten, ließ uns der Oberlehrer wissen, daß es erst kürzlich abgeholt worden sei, um neu lackiert zu werden. Er führte uns ins Klassenzimmer, und wir sahen, daß seine ganze Anstalt offenbar lediglich aus zwei verängstigten, mit Tinte und Frostbeulen entstellten Jungen bestand, deren Hemdenkragen viel zu groß für ihre dünnen Hälse waren.

An diesem Abend legte ich meiner Mutter nahe, daß wir, da es doch zweifellos sinnlos sei, sich noch weiter nach Aufträgen für eine Handarbeit umzusehen, uns andere Möglichkeiten überlegen müßten, unseren Lebensunterhalt zu verdienen, weshalb wir auch die Suche nach einer Schule für mich aufgeben sollten.

Sie lächelte und sagte: »Aber du liegst völlig falsch, Johnnie! Ich habe eine Überraschung für dich. Ich habe mein Musterstück fertig.«

Sie hielt eine Stickerei hoch, ein längliches Stück Seide mit wunderschön gearbeiteten Motiven aus Silber- und Goldfäden von der Art, wie sie sie oft in Melthorpe angefertigt hatte.

»Ich dachte, deine Handarbeiten wären alle gestohlen worden. Woher kommen denn dann dieser Stoff, das Garn und die Metallfäden?« wollte ich wissen.

Sie errötete: »Ich habe es gekauft, Johnnie.«

»Wieviel hat es gekostet?«

»Drei Pfund«, sagte sie und sah zur Seite.

»Ist das alles?«

Sie glühte: »Na ja, das Garn hat noch einmal zwei Pfund gekostet. Aber siehst du denn nicht, wenn ich das hier vorzeige, dann bekomme ich ganz bestimmt Arbeit.«

»Es war aber nicht recht von dir, soviel Geld auszugeben, ohne mich zu fragen!« rief ich und fühlte, wie in mir eine Wut über ihre Einfalt und Vertrauensseligkeit aufstieg.

Wir stritten und weinten uns ohne Versöhnung in den Schlaf. Am nächsten Morgen jedoch herrschte eine Art Friede, wir putzten uns so adrett wie nur möglich heraus und machten uns auf den Weg in die New Bond Street. Dort betraten wir ein großes Geschäft (diesmal natürlich durch den Hintereingang) und sprachen bei der zuständigen Angestellten vor.

Noch ehe sich meine Mutter vorgestellt hatte, griff die Frau nach dem Stoff, rollte ihn rasch auf, hielt ihn hoch und zog eine Grimasse: »Na, ein schönes Stück Seide ist es ja. Daraus hätt sich was machen lassen, wenn Sie's nicht so verschandelt hätten.«

Meine Mutter bekam einen roten Kopf und rief: »Was um alles in der Welt wollen Sie denn damit sagen?«

Die Frau beachtete mich nicht und sagte zu meiner Mutter: »Das ist Lehrlingsarbeit. Sehen Sie sich doch nur diese großen Stiche an, und wie ungleichmäßig diese Stielstiche sind. Ich würd jedes Mädchen aus dem Geschäft werfen, das so arbeitet. Außerdem ist's provinziell. Packen Sie's zusammen, und gehn Sie wieder!«

Ich kann nicht sagen, wie wir uns aus diesem Laden schleppten, auch nicht, wie wir versuchten, uns das niederschmetternde Urteil der Frau zu erklären, und wie wir uns gegenseitig wieder Mut machten, denn unseren Streit der vorangegangenen Nacht hatten wir ganz vergessen. Wir probierten es schließlich noch in mehreren anderen Geschäften, hörten jedoch immer wieder die gleiche Ansicht – meistens allerdings in weniger unfreundlichen und beleidigenden Worten.

Nachdem sie zu guter Letzt eingesehen hatte, daß sich ihre Hoffnung nicht erfüllen würde, erklärte meine Mutter sich bereit, andere Stellenbüros aufzusuchen. Doch hier bestätigten sich meine schlimmsten Befürchtungen, denn überall wurden wir genau wie bei der ersten Vermittlung empfangen: Es gab viel zu viele gebildete Frauen, die sich bewarben, als daß jemand ohne ausgezeichnete Zeugnisse, ohne Erfahrung und ohne weitere Fertigkeiten als die, die meine Mutter aufweisen konnte, eine Anstellung fand. Wir vergaßen nicht, jedesmal nach Miss Quilliam zu fragen, und es kam mir seltsam vor, daß man sich überall, obwohl man uns nichts über sie sagen konnte, doch an ihren Namen erinnerte, sobald wir ihn erwähnten.

Die Einsicht, daß ihr sogar die wenig glanzvolle Laufbahn als Gouvernante versperrt war, bedeutete einen schweren Schlag für meine Mutter. Und so begannen wir den elenden Rundgang noch einmal, diesmal aber durch jene schäbigeren Büros, die Stellen als Gesellschafterinnen oder Ammen vermittelten. Doch selbst hier erwies sich das Fehlen eines Zeugnisses von einem früheren Arbeitgeber oder das eines »guten Namens«, der eine Empfehlung gewesen wäre, als unüberwindliches Hindernis. Trotzdem wollten wir es lieber nicht riskieren, Mrs. Fortisquince anzugeben.

»Gibt es denn niemanden hier, der dich noch aus der Zeit kennt, bevor du in Melthorpe gelebt hast?« fragte ich sie noch einmal nach einem weiteren Tag voller Enttäuschungen.

Sie schüttelte den Kopf. »Mein Vater und ich haben sehr zurückgezogen gelebt. Wir kannten fast niemanden.«

»Und was ist mit der Person, die du damals kurz nach unserer Ankunft aufgesucht hast?« wollte ich verärgert wissen.

Von einem Schauder erfaßt, schüttelte sie wieder den Kopf: »Nein, das würde gar nichts nützen.«

Doch selbst wenn wir eine Stelle finden und unsere Ersparnisse noch um das kleine Kapital bereichern würden, das Bissett uns schicken sollte, konnte ich mir ausmalen, daß unsere Zukunft sehr hart sein und für meine Erziehung sicherlich kein Geld übrigbleiben würde, da es zu den üblichen Gepflogenheiten gehörte, daß eine Gouvernante von ihrem Brotherrn voll verpflegt wurde und deshalb nur zehn Pfund Salär im Jahr erhielt.

Schließlich kam meine Mutter zu der Überzeugung, daß ihre einzige gewinnbringende Geschicklichkeit die einer gewöhnlichen Näherin sei, und so gingen wir zurück zur Schneiderei in der Regent Street, bei der wir ganz zu Anfang nachgefragt hatten und wo man uns wieder fortgeschickt hatte.

Zufällig begegneten wir auf dem Hinterhof jener Frau wieder, die auch damals schon so freundlich zu uns gewesen war, und als meine Mutter ihr erklärte, weshalb sie diesmal gekommen sei, sagte sie: »Zeigen Sie mir Ihre Hände!« Sie faßte nach den Händen meiner Mutter: »So weiß und so zart. Sehen Sie sich meine an!«

Ihre Hände waren hart wie Leder, und trotzdem an den Stellen, wo die Nadeln sie gestochen hatten, mit kleinen Wunden übersät.

»Niemand wird Ihnen eine Stelle geben, meine Liebe. Sie könnten nicht schnell genug arbeiten. Sie würden auch gar nicht die vielen Stunden durchhalten. Vierzehn wenigstens, oft auch sechzehn oder siebzehn, und manchmal müssen wir ohne Vorankündigung die ganze Nacht durcharbeiten. Und das alles für zehn Shilling die Woche.« Sie warf einen raschen Blick zu mir herüber und fügte dann etwas leiser hinzu: »Aber eine junge Frau mit einem hübschen Gesicht braucht in London doch keinen Hunger zu leiden.«

Meine Mutter errötete, als hätte sie ein Kompliment gehört, und das beruhigte mich.

Daß meine Mutter keine Stelle finden würde, hatte diese Frau richtig vermutet, obwohl wir dies erst zugaben, nachdem wir Stunde um Stunde erfolglos die langen grauen Straßen auf und ab gewandert waren.

Am Ende der nächsten Woche – der dritten, seit wir den Brief abgeschickt hatten – war immer noch keine Antwort aus Melthorpe eingetroffen. Da wir uns nun langsam Sorgen machten, schrieb meine Mutter einen zweiten Brief. Unsere niedrigen Rücklagen schmolzen rasch dahin, und die Miete, die uns so überaus kärglich erschienen war, als wir hierher umzogen, schien nun ein Luxus zu sein, der sich kaum länger rechtfertigen ließ. Und doch zögerten wir angesichts des damit verbundenen Aufwandes und der anfallenden Kosten, noch einmal umzuziehen, und als eine kleine Kammer unter dem Dach des Hauses für fünf Shilling die Woche frei wurde, verhandelten wir mit Mrs. Philliber und zogen dort ein.

Das Zimmer – ein vom Dachboden abgetrennter Raum – hatte keinen Kamin, wir mußten von nun an also kalt essen und konnten uns nur manchmal etwas Warmes vom Pastetenbäcker leisten. Das Wetter war noch sehr mild, doch bald würde es kälter werden, und ich fragte mich, wie wir hier den Winter überstehen sollten. Es war eine trübselige kleine Kammer, ohne Sonne, der Blick ging nur auf die Nachbardächer, und vielleicht war dies mit ein Grund, weshalb unsere Stimmung langsam immer tiefer sank. Wenn meine

Mutter unterwegs war, um Arbeit zu suchen, saß ich oft spätnachmittags mit einem Buch in der Hand da, sah zwischen den Schornsteinen hindurch und beobachtete die Spatzen, die wie winzige Krüppel auf Krücken in den Dachrinnen herumhüpften, dann plötzlich davonschwirrten und aus meinem Blickfeld flogen. Wie sehr ich sie doch beneidete!

Wenn meine Mutter den ganzen Tag lang zu Fuß durch die Straßen irrte – eine Kutsche kam selbst für die weitesten Wege nicht mehr in Frage, und Omnibusse gab es in jenen Tagen noch nicht –, war sie sehr erschöpft und zudem, wenn es geregnet hatte, auch völlig durchnäßt. Je kälter es wurde, desto unzulänglicher wurden die dünnen Sommerkleider – andere besaßen wir nicht –, und um uns Wintermäntel kaufen zu können, hätten wir unser geringes Kapital beträchtlich schröpfen müssen.

Meine Mutter gewöhnte es sich an, jeden Abend eine Tasse Eierpunsch zu trinken, doch als wir immer ärmer wurden, verzichtete sie zuerst auf die Eier, dann auf die Milch, zum Schluß auf die Gewürze. Es war – so zumindest kam es mir vor –, als wolle sie sich mit diesem Ritual einreden, daß alles in bester Ordnung sei. Jedenfalls war sie hinterher viel fröhlicher, auch wenn sie dafür morgens oft nicht ganz auf der Höhe war.

Seit jenem ersten Brief an Bissett war ungefähr ein Monat vergangen, und wir besaßen noch knapp vier Pfund. Ich hatte mir insgeheim ausgerechnet, daß wir inklusive Essen und Miete etwa zwölf Shilling die Woche brauchten. Ohne das erwartete Geld konnten wir also den bisherigen Lebensstandard nicht mehr lange aufrechterhalten. Und sobald der Winter kälter wurde, mußten wir Geld fürs Heizen ausgeben, ja vielleicht noch einmal umziehen, denn ich konnte mir nicht vorstellen, wie wir hier ohne Kamin überleben sollten.

II. BUCH

Abkommen und Einsichten

31. KAPITEL

Wieder einmal steht Mr. Sancious vor der Tür zum Haus Nr. 27 am Golden Square. Als er zur Witwe vorgelassen wird, lächelt sie herablassend und sagt: »Ach, Mr. Sancious, was wollen Sie denn noch von mir?«

»Es geht um Mrs. Mellamphy. Oder besser Mrs. Clothier. Ich bin verzweifelt, Ma'am. Ich werfe mich Ihnen zu Füßen, aber ich muß sie finden.«

»Gütiger Himmel, Mr. Sancious! Welche Leidenschaft! Ist sie Ihnen entwischt, ohne die Rechnung bezahlt zu haben?«

Sie zeigt auf einen Sessel, und während Mr. Sancious sich setzt, zwingt er seine Lippen auseinander, entblößt die Zähne und sagt: »Sehr lustig, Ma'am. Ha! Ha! Es ist mir peinlich, wirklich sehr peinlich, aber sie ist verschwunden, und ich vermute, daß sie hierher nach London gefahren ist. Aber ich *muß* sie finden.«

»Ihre Sorge um das Wohlergehen von Mrs. Clothier ehrt Sie, doch gehe ich recht in der Annahme, daß Sie nicht länger ihr Vertrauen besitzen, dessen Sie sich letzthin noch so gerühmt haben?«

Der Advokat errötet: »Sie hat, um Ihnen die Wahrheit zu gestehen, Ma'am, etwas Geld bei einer Bauspekulation verloren, zu der ich ihr geraten hatte.«

»Und so ist sie auf den Gedanken gekommen, daß Sie es vielleicht nicht ganz ehrlich mit ihr meinten?«

Der Advokat kann seine Überraschung nicht verbergen: »Sie sind überaus scharfsinnig, Madam. Genauso verhält es sich. Ihr Verdacht ist natürlich völlig absurd.«

»Natürlich.«

»Haben Sie vielleicht eine Vorstellung davon, wo sie sein könnte?«

»Machen Sie sich keine Sorgen. Sie ist in der Stadt.«

»Gott sei Dank!«

»Ich habe sie gesehen und vor nicht einmal drei Wochen hier in ebendiesem Zimmer mit ihr gesprochen.«

»Dann flehe ich Sie an, sagen Sie mir, wo sie ist!«

»Warten Sie einen Augenblick, Mr. Sancious, damit wir uns auch richtig verstehen. Ich glaube, Sie waren bei unserem letzten Treffen nicht ganz offen mir gegenüber.«

»Aber Madam!«

»Erinnern Sie sich, daß ich Sie fragte, ob Ihnen Mrs. Clothiers Angelegenheiten am Herzen liegen? Wenn ich Sie dies heute fragen würde, was würden Sie mir antworten?«

Die beiden beobachten sich aufmerksam. Dann sagt der Advokat: »Meine Antwort wäre, daß sie mir ebensosehr am Herzen liegen wie Ihnen.«

Die junge Witwe lächelt. »Eine äußerst befriedigende Antwort«, sagt sie. »Doch ehe ich Ihnen mehr sagen kann, muß ich wissen, warum Sie Mrs. Clothier finden wollen und für wen Sie arbeiten.« Als er zögert, sagt sie : »Kommen Sie, Mr. Sancious, seien Sie ehrlich! Dafür wird man Sie kaum aus der Anwaltskammer ausschließen.« Als er immer noch nicht antwortet, sagt sie: »Ich vermute, Sie stehen im Dienst von Mr. Silas Clothier?«

»Sie haben recht«, sagt er überrascht. »Und da Sie dies wissen, werden Sie bestimmt auch verstehen, wie außerordentlich wichtig es für ihn ist, jenes Dokument in seine Hände zu bekommen, das sich im Besitz von Mrs. Clothier befindet.«

»Jenes Dokument?« wiederholt sie unbestimmt.

»Das sich die Mompessons aneignen wollen«, sagt er, »weil sie sonst ihr Anrecht auf das Gut in Hougham verlieren könnten.« Er hält inne, als Mrs. Fortisquince sich plötzlich von ihm abwendet. »Ist Ihnen nicht wohl, Madam? Soll ich nach dem Mädchen klingeln?«

»Nein danke, mir geht es gut.« Einen Augenblick später dreht sie sich wieder um. »Ich werde Ihnen helfen, Mr. Sancious. Doch ich muß Ihnen offen gestehen, daß ich außer der bloßen Tatsache, daß Mrs. Clothier sich in London befindet, nicht mitteilen kann, wo sie sich gegenwärtig aufhält.«

»Dann habe ich Ihnen all dies also für nichts und wieder nichts erzählt!« sagt der Advokat ärgerlich und steht auf.

»Nein, Mr. Sancious. Ich glaube, ich kann Ihnen trotzdem behilflich sein. Wird Mr. Clothier Sie belohnen, wenn Sie Mrs. Clothier finden?«

Er nickt.

»In dem Fall bin ich mir sicher, daß wir beide zu einer Übereinkunft finden.«

Mr. Sancious setzt sich wieder hin.

»Es ist jedoch von äußerster Wichtigkeit«, fährt sie fort, »daß meine Beteiligung an dieser Sache vor Mr. Clothier geheimgehalten wird.« Er sieht sie neugierig an, und sie fährt fort: »Ach, die Ursache dafür liegt lange zurück und dürfte Sie kaum interessieren. Doch es gibt Dinge, die für Sie und mich von gemeinsamem Interesse sind.«

»Meine Verehrteste«, sagt der kleine Advokat, »von nun an werden Ihre Interessen auch die meinigen sein.«

32. KAPITEL

Als auch Ende November noch immer keine Antwort aus Melthorpe eingetroffen war, standen wir kurz vor einer Katastrophe: Wir hatten nicht mehr genug Geld, um die Miete für die nächste Woche zahlen zu können. Ich bat meine Mutter, Mrs. Philliber so bald wie möglich reinen Wein einzuschenken, doch davon wollte sie nichts wissen. Seit sie sich nicht mehr nach einer Stelle umsah, verbrachte sie die Tage lustlos in der immer kälter werdenden kleinen Kammer und wartete darauf, daß es Zeit wurde, zur Post zu gehen. Auf dem Rückweg kaufte sie dann unser Abendbrot ein sowie die eine oder andere Zutat für den Punsch, dieses Getränk, das schon viel von unserem Geld verschlungen hatte.

Meiner Mutter war es bisher gelungen, Mrs. Philliber immer wieder mit dem Versprechen hinzuhalten, daß unser Geld bald eintreffen würde, doch eines Morgens im Dezember – wir waren inzwischen eine Woche mit der Bezahlung im Rückstand – platzte die Vermieterin dreist in unser kleines Zimmer und sagte barsch: »Kommt wohl nich mehr, hä?«

»Aber wie können Sie nur so etwas sagen!« rief meine Mutter. »Ich erwarte es jeden Tag.«

»Nein«, sagte ich. »Ich fürchte, es wird nicht mehr kommen.«

»Aber Johnnie!« Meine Mutter war entsetzt.

»Ich bin ja man keine hartherzige Frau«, sagte Mrs. Philliber. »Aber ich hab selbst genug hungrige Mäuler zu stopfen, und ich brauch das Geld.« Sie sah sich neugierig im Zimmer um: »Sie müssen doch irgendwas haben, was sich verkaufen läßt.«

Entsetzt beobachtete meine Mutter unsere Vermieterin, die aufmerksam das kahle Zimmer absuchte, und ich sah, wie sie nach dem fatalen Stück Seide griff, um es zu verstecken.

Dann richtete Mrs. Philliber ihr Augenmerk auf unsere Kleidung: »Diese Klamotten da, die würden schon ein paar Pfund einbringen«, sagte sie. »Außerdem sind die sowieso für den Sommer, was wollen Sie also damit, wo doch nu jetzt der Winter kommt? Warum verscherbeln Sie die nich? Dann können Sie Ihre Schulden bei mir zahlen und sich auch noch 'n paar Sachen für den Winter kaufen.«

Meiner Mutter behagte die Idee gar nicht, die guten Kleider gegen schlechtere aus zweiter Hand einzutauschen, doch schließlich gelang es uns, sie dazu zu überreden.

»Überlassen Sie mir man das Handeln!« sagte Mrs. Philliber. »Ich schätz, ich krieg mehr dafür. Und ich versprech Ihnen, daß ich Sie nicht beschummeln tu.«

Ich glaubte ihr, und so einigten wir uns darauf, daß sie von dem erzielten Betrag eine kleine Provision und natürlich ihre Miete einbehalten könne. Sie rechnete damit, daß am Ende noch etwa fünf bis sechs Pfund übrigbleiben würden, und das gab uns wieder Mut, denn von einer solchen Summe konnten wir wieder eine Weile leben.

Wir zogen die Wintermäntel an und gaben ihr alles übrige. Sie legte die Kleidungstücke über den Arm und wollte gerade aus dem Zimmer gehen, als sie plötzlich die zylindrische Kapsel am Gürtel meiner Mutter entdeckte: »Ist das da aus Silber?« fragte sie und zeigte auf den schmalen Behälter.

»Nein, das ist nur versilbert.«

»Ich glaub, dafür würd ich auch ein oder zwei Pfund kriegen«, sagte sie. »Und für den Ring ebenfalls.« Sie ließ ihren Blick zum Nacken meiner Mutter wandern. »Aber ich möcht schwören, daß der Anhänger aus Silber ist.«

Erschreckt griff sich meine Mutter an den Hals: »Ich würde mich niemals von dem Medaillon trennen.«

»Stell dich nicht so an, Mama!« rief ich.

»Ach so? Hängen wohl zärtliche Erinnerungen dran, wie?« fragte Mrs. Philliber mit einfühlsamer Wißbegier.

»Ich ... ja«, stammelte meine Mutter.

Die Vermieterin schüttelte den Kopf: »Nun, meine Liebe, vielleicht kommt's noch mal soweit, daß es heißt: verkaufen oder verhungern. Und wenn es dazu kommt, dann sollten Sie schon vier oder fünf Pfund für den Anhänger kriegen. Weniger als drei dürfen Sie auf keinen Fall verlangen. Merken Sie sich das!« Und damit verließ sie das Zimmer.

»Warum hast du dich nur so mit dem Medaillon, Mama?« fragte ich.

»Sprich nicht so mit mir, Johnnie!«

»Aber verstehst du denn nicht?« rief ich. »Wir haben nichts mehr! Und aus Melthorpe wird auch kein Geld mehr kommen.« Nun, da ich so offen mit ihr sprach, konnte ich auch ein Thema anschneiden, an das ich schon oft gedacht hatte: »Und wir sollten uns damit abfinden, daß wir das Kodizill an Sir Perceval verkaufen müssen.«

»Nein!« rief sie. »Alles, nur das nicht!«

Wieder fingen wir an zu streiten, und als Mrs. Philliber zurückkehrte, waren wir beide verärgert und gereizt. Doch unsere Laune besserte sich ein wenig, als wir hörten, was sie zu berichten wußte, denn sie hatte Wort gehalten, und nach Abzug der ausstehenden Miete blieb noch so viel Geld übrig, daß es für einige Monate reichen würde. Außerdem war ich begeistert, als ich sah, was Mrs. Philliber für mich gekauft hatte: ein Paar weiße Kordhosen, eine blaue Weste, einen passenden Cutaway mit Messingknöpfen und eine weiße Mütze aus Biberfell.

Wir hofften immer noch, daß das Geld aus Melthorpe eintreffen würde, und zogen sogar die verwegene Möglichkeit in Betracht, daß meine Mutter mit der Postkutsche hinfahren und herausfinden sollte, was geschehen war. Doch selbst »außen« hätte die Reise wenigstens fünf Pfund gekostet, und wir verzichteten schließlich darauf, weil das Risiko einfach zu groß war.

Auch in den nächsten Tagen kam keine Nachricht aus Melthorpe, und als Weihnachten näher rückte, hatte meine Mutter die Hoffnung aufgegeben, ohne ein Zeugnis jemals Arbeit zu finden. Einige Tage vor dem Fest deutete sie an, daß wir vielleicht Mrs. Fortisquince unsere Aufwartung machen sollten, um zu sehen, ob sie nicht angesichts unserer jetzigen Lage bereit sei, uns zu helfen.

Ich konnte gegen diesen vernünftigen Vorschlag nichts einwenden, stimmte jedoch nur unter einer Bedingung zu: »Sie darf auf gar keinen Fall erfahren, wo wir wohnen.«

Meine Mutter war einverstanden und meinte, wir sollten ihr ein Geschenk mitbringen.

»Ja, aber wovon denn?« wollte ich wissen.

Sie nahm jene unglückselige Stickerei und sagte traurig: »Ich bin mir sicher, daß sie dies hier zu schätzen weiß. Sie hatte schon immer eine Vorliebe für schöne Dinge.« Wir begingen den Tag mit einem Festessen, aßen ein Hühnchen, das meine Mutter über Mrs. Phillibers Küchenfeuer braten durfte, und holten gefüllte Pasteten vom Bäcker. Am Nachmittag machten wir uns dann auf den Weg durch die stillen Straßen.

Als wir anklopften, öffnete die junge Zofe und begrüßte uns mit einem herzlichen Lächeln: »Ach, Mrs. Mellamphy, wie schön, Sie wiederzusehen! Die Mistress ist nicht zu Hause, aber sie wird sich bestimmt sehr ärgern. Sie hat nämlich schon oft gesagt, sie würd hoffen, daß Sie noch einmal wiederkommen, und jetzt ist sie nicht da.«

Meine Mutter strahlte mich triumphierend an und sagte: »Können wir auf sie warten?«

»Ach, Ma'am, es tut mir schrecklich leid, aber sie ist aufs Land gefahren. Sie kommt erst übermorgen zurück. Aber bitte, lassen Sie mir Ihre Adresse da, ich weiß nämlich, daß sie wirklich gern wissen würde, wo Sie zu finden sind.«

»Sie ist über Weihnachten fortgefahren?« rief meine Mutter. »Es ist doch hoffentlich nichts passiert?«

»Ach nein«, antwortete das Mädchen und fügte dann noch hinzu, als sei dies eine vollkommen logische Schlußfolgerung: »Sie ist nur nach Canterbury gefahren.«

Meine Mutter überreichte ihr unser Geschenk und bat sie, ihrer Herrin unsere besten Wünsche zum Fest zu bestellen.

»Ich werd's ihr sagen, Mrs. Mellamphy«, sagte sie. »Aber wollen Sie mir nicht bitte Ihre Adresse dalassen?«

Ich zupfte meine Mutter warnend am Ärmel.

»Wir werden demnächst umziehen«, erinnerte sie sich an die Entschuldigung, die wir uns ausgedacht hatten. »Ich werde Mrs. Fortisquince die neue Anschrift mitteilen, sobald sie feststeht.«

»Aber bitte, sagen Sie mir doch, wo Sie jetzt wohnen, Ma'am. Die Mistress hat mir ausdrücklich gesagt, wenn Mrs. Mellamphy kommt und sie ist nicht im Haus, dann soll ich unbedingt nach der Adresse fragen. Und wenn Sie sie mir nicht sagen, dann krieg ich bösen Ärger.«

Meine Mutter errötete und sah mich hilfesuchend an.

»Wir werden ihr in wenigen Tagen eine Nachricht zukommen lassen«, sagte ich reichlich hochtrabend, als stünden uns die Dienstboten gleich dutzendweise zur Verfügung. Dann hakte ich meine Mutter unter, und wir gingen fort.

»Gut gemacht, Johnnie!« flüsterte sie.

»Ich frage mich nur, warum Mrs. Fortisquince unbedingt wissen will, wo wir wohnen.«

»Vielleicht will sie uns helfen.«

Sie sagte es ohne Überzeugung, und mir schien, als habe sie sich damit abgefunden, daß Mrs. Fortisquince nicht zu trauen war.

Die Monate vergingen, unser Geld schmolz dahin, und eine erneute Krise, deren Ausgang ich mir diesmal allerdings nicht mehr günstig vorstellen konnte, schien unausweichlich, wenn meine Mutter sich weiterhin weigerte, die Kapsel oder ihren Ring zu verkaufen.

Ich mußte immer wieder an das Kodizill denken, für das uns Sir Perceval und kurz darauf Mr. Barbellion so viel Geld angeboten hatten. Siebzehnhundert Pfund hätten all unsere Sorgen beendet, und es war beruhigend zu wissen, daß wir letzten Endes darauf zurückgreifen konnten. Doch gleichzeitig sagte mir ein unbestimmtes Gefühl, daß es falsch wäre, sich vom Kodizill zu trennen, ohne zu wissen, warum die anderen es unbedingt in ihre Hände bekommen wollten. Vielleicht hatte meine Mutter ja sehr vernünftige Gründe, weshalb sie das Dokument nicht veräußern wollte. Mir fiel jener Tag wieder ein, an dem sie mir das Medaillon gezeigt und von einer Entscheidung gesprochen hatte, die sie zu treffen habe. Es handle sich um eine Wahl, hatte sie gesagt, bei der es vielleicht um sehr viel Geld, doch gewiß um große Gefahr gehe, sollte sie sich entschließen, eine bestimmte Sache nicht zu tun. Ich glaube, daß ich nun begriff, was damals geschehen war: Aufgeschreckt durch den Einbruch, hatte sie daran gedacht, das Kodizill zu vernichten. Also lag ich richtig mit meiner Vermutung, daß wir mit Hilfe des Kodizills zu großem Reichtum gelangen konnten.

Meine Mutter hielt sich neuerdings oft bei Mrs. Philliber in der Küche auf, und immer häufiger kam sie erst spätabends nach oben und störte mich in meinem Schlaf, weil sie entsetzlich lange brauchte, bis sie sich endlich zu Bett legte. Am nächsten Tag blieb sie dann häufig den ganzen Vormittag lang liegen und klagte über Kopfschmerzen.

Gegen Ende Februar war das Geld vom Verkauf unserer Kleider aufgebraucht, und eines Morgens kam die Vermieterin wie so manches Mal zu einem kleinen Schwätzchen zu uns herauf. Widerstrebend erklärte meine Mutter sich bereit, die Kapsel zu verkaufen, reichte sie Mrs. Philliber und steckte das Kodizill vorsichtig in die Tasche zwischen ihren Unterröcken, in der sie auch ihr Tagebuch aufbewahrte.

Ich hatte mich schon oft gefragt, ob ich den Ring verkaufen sollte, den Henrietta mir gegeben hatte, und zeigte ihn nun Mrs. Philliber.

Sie sah ihn verächtlich an: »Nichts als ein bißchen Zinn und Glas«, schnaubte sie. »Is nich mal 'nen Penny wert.«

Ihre Worte trieben mir zwar die Schamröte ins Gesicht, aber ich war erleichtert, daß ich mich von diesem Andenken nicht zu trennen brauchte, denn die Welt der unschuldigen Kindheit, in der wir uns unsere Liebe geschworen hatten, schien weit hinter mir zu liegen, auch wenn ich mich noch voller Zuneigung an das leidenschaftliche und schwarzäugige kleine Mädchen erinnerte.

Der Verkauf der Kapsel brachte ein paar Pfund ein, die wieder für einige Wochen reichten, doch Mitte März verschlechterte sich unsere Situation eines Morgens auf äußerst dramatische Weise. Ich war zum Bäcker gegangen, um Brötchen fürs Frühstück zu holen, und als ich zurückkam, fiel mir ein Mann auf, der vor unserem Haus auf der anderen Straßenseite stand. Ich war mir sicher, ihn dort auch schon vor einigen Tagen gesehen zu haben, und überlegte, wie merkwürdig dies doch war. Als ich aber nach oben kam, bot sich mir eine so unangenehme Szene, daß ich den Mann auf der Straße gleich wieder vergaß. Mrs. Philliber stand an der Tür zu unserem kleinen Zimmer und stritt sich lauthals mit meiner Mutter über die Miete.

»Ich sage Ihnen doch, ich habe kein Geld«, rief meine Mutter.

»Dann verkaufen Sie diesen vermaledeiten Anhänger«, schrie die Zimmerwirtin, und ich sah, daß ihr Gesicht dunkelrot angelaufen war, und wie mir die Erfahrung gezeigt hatte, ließ dies vermuten, daß Mrs. Philliber ziemlich unangenehm werden würde.

»Ich kann nicht! Und ich werde nicht!« widersprach meine Mutter.

»Dann verpfänden Sie's, und sobald das verwünschte Geld kommt – wenn es denn jemals kommen sollte –, können Sie es ja wieder auslösen.«

»Das wage ich nicht. Vielleicht kommt es abhanden.«

»Nun, meine Liebe, irgend etwas werden Sie wohl tun müssen, sonst werd ich sie nämlich hier rauswerfen. Sie und ihren verflixten Bengel.«

Die letzte Bemerkung hatte sie offenbar für mich angehängt, da ich gerade in diesem Augenblick die Treppe hochkam. Als ich das Zimmer betrat, sah ich, daß meine Mutter den Kopf in den Armen vergraben hatte.

»Wollen Sie sich denn nicht wenigstens von Ihrem Ring trennen?« fragte Mrs. Philliber noch einmal von der Tür her.

»Meinem Ehering?« fragte meine Mutter und hob überrascht den Kopf.

»Ja«, sagte Mrs. Philliber und fügte sarkastisch hinzu: »Oder hängen da auch zärtliche Erinnerungen dran?«

»Ja, so ist es«, sagte meine Mutter leise. »Aber lieber den Ring als das Medaillon. Wieviel ist er wert?«

Mrs. Philliber kam wieder in die Kammer, nahm die schmale, blasse Hand meiner Mutter in ihre große, rote Pranke und besah sich den Ring. »Ungefähr zwei Pfund.«

»Aber er hat viel mehr gekostet, ganz bestimmt. Sehen Sie sich doch nur die meisterhafte Arbeit an!«

»Sie kaufen und verkaufen bloß nach dem Goldgewicht, meine Liebe.« Aufmerksam sah sie sich die Gravur an. »Was sollen denn das für Buchstaben sein?«

»Ein P und ein M in einem Kranz aus Rosen.«

»Und die Rosen bilden ein großes C, nicht wahr? Sehr hübsch, aber für jeden anderen ohne Bedeutung. Das wird sicher als erstes ausgeschliffen.«

Diese Buchstaben waren mir vorher nie aufgefallen. Wofür stand dieses geheimnisvolle C?

»Aber ich brauche doch einen Ehering«, sagte meine Mutter.

»Das ist wahr«, sagte die Vermieterin. »Aber der ist leicht zu kriegen.« Sie gackerte im vorhinein über ihren Witz: »Leichter als ein Ehemann. Und längst nicht so schwer zu tragen.«

»Also gut«, sagte meine Mutter. »Ich verkaufe ihn.«

»Kommen Sie, ich mach Ihnen einen Vorschlag. Sie und ich, wir gehen zu einem Goldschmied gleich hier um die Ecke. Der wird uns einen guten Preis zahlen, ganz bestimmt. Und für ein paar Pennies gibt er Ihnen einen Kupferring mit den gleichen Buchstaben drauf. Was sagen Sie dazu?«

Meine Mutter nickte zustimmend.

»Setzen Sie sich Ihren Hut auf, dann gehen wir jetzt gleich.«

»Ich brauch doch nicht mitzukommen, Mama, oder?« fragte ich.

»Nein, Johnnie. Bleib hier! Ich werde nicht lange fort sein. Und auf dem Rückweg kaufe ich uns was Schönes zum Mittagessen.«

Ich küßte sie, und sie ging mit Mrs. Philliber hinunter. Als ich ihnen aus dem Fenster nachsah, erinnerte ich mich an den Fremden, den ich auf der anderen Straßenseite gesehen hatte, aber er war nicht mehr da.

Ungefähr eine Stunde später hörte ich, wie jemand heftig an der Haustürglocke zog. Ich nahm an, daß meine Mutter früher als Mrs. Philliber zurückgekehrt war, die ja ihren eigenen Schlüssel hatte, vernahm aber Männerstimmen, als das kleine Dienstmädchen die Tür öffnete. Dann kam eiliges Getrampel die Treppe herauf, die Tür zu unserer Kammer wurde rücksichtslos aufgerissen, und eine Anzahl fremder Menschen stürzte in den Raum.

Der erste war ein rotgesichtiger Mann mit einer Nase wie ein Grützbeutel, einem Dreispitz auf dem Kopf und einem silbernen Amtsstab in der Hand. Er sah sich um, und mit einer Armbewegung, die unsere wenigen Habseligkeiten umfaßte, schrie er mich an: »Ist dies das persönliche Eigentum von Mrs. Mellamphy, vormals The Cottage, Mortsey Manor Farm in Melthorpe?«

Ich starrte ihn verblüfft an.

»Ja, ja«, sagte ein zweiter Mann ungeduldig, »ist es.«

Er war groß, hatte ein langes blasses Gesicht mit schlaffen Wangen, und irgendwie kam er mir bekannt vor, doch in der Aufregung wußte ich nicht, wo ich ihn einordnen sollte.

»Aber, aber, Mr. Espenshade, nicht so hastig!« sagte der Mann mit dem Dreispitz. »Wir müssen uns an das vorgeschriebene Verfahren halten.«

»Verdammtes Verfahren«, sagte Mr. Espenshade. »Ich erkenne den Jungen wieder, aber die Frau ist nicht da. Ich hab doch gesagt, Sie hätten lieber *mich* das Haus beobachten lassen sollen.« Noch während er sprach, ging er durch das Zimmer, packte mich am Arm und hielt mich fest. »Wenigstens haben wir den Jungen.«

»Lassen Sie mich los!« sagte ich.

Sein Griff war so fest, daß es mir weh tat. Langsam kam ich wieder zu Sinnen und merkte nun, daß drei Männer in unserer Kammer standen.

»Von Punkt acht Uhr an hab ich das Haus beobachtet, und sie ist den ganzen Vormittag nicht weg«, sagte der Mann, der bisher noch nicht gesprochen hatte, ein stämmiges Individuum in einem grünen Mantel und mit einem Gesicht wie ein Londoner Ziegelstein: flach und rot. Er wandte sich an den Kerl mit dem Dreispitz: »Dann bin ich zu Ihnen und hab's Ihnen gesagt, Mr. Fewster.« Der Stämmige war der Mann, den ich auf der anderen Straßenseite gesehen hatte.

»Und in der Zeit ist sie dann aus dem Haus, du blöder Einfaltspinsel!« schrie Mr. Espenshade.

Würdevoll antwortete ihm Mr. Fewster: »Für eine derartige Sprache, Mr. Espenshade, besteht hier kein Bedarf. Gegen einen solchen Zufall kann man sich nicht vorsehen.«

Mr. Espenshade murmelte etwas, das ich nicht verstand, dann gab er mir einen Stoß und sagte: »Wo ist sie?«

Ich schüttelte den Kopf.

»Wo ist deine Mutter hin?«

Susan, das Dienstmädchen, war den Männern über die Treppe gefolgt und stand blaß vor Angst an der Tür.

»Schick deine Herrin rauf!« befahl ihr Mr. Fewster.

»Bitte, mein Herr, sie ist nicht da. Sie sind beide nicht im Haus.«

Er wandte sich an mich: »Sag uns, wo deine Mutter ist.«

»Wer sind Sie?« rief ich. »Mit welchem Recht wagen Sie es, hier hereinzukommen?«

»Mit allem Recht der Welt, mein junger Mann«, sagte Mr. Fewster, reckte sich und wölbte seine Brust so weit vor, daß ich schon fast Angst hatte, seine polierten Messingknöpfe würden jeden Augenblick abplatzen. »Ich bin der Büttel des Sheriffs beim Friedensrichter in der Marlborough Street. Und dieser Gentleman hier«, sagte er, »ist Mr. Beaglehole und hat die Ehre, mein Stellvertreter zu sein.«

»Die Gerichtsvollzieher«, sagte Mr. Espenshade grimmig.

»Was wollen Sie von uns?« rief ich.

»Wir kommen, um zu pfänden.«

Ich hielt vor Schreck den Atem an. Der Büttel zog ein Stück Papier aus seiner Tasche und faltete es umständlich auseinander. »Ich habe hier den Haftbefehl für eine gewisse Mrs. Mellamphy, vormals The Cottage usw. usw., die dem Friedensrichter der Grafschaft Middlesex vorgeführt werden soll, sowie einen Befehl zur Pfändung aller Habe besagter Person. Die Verfügung wurde vom dortigen Richter ausgestellt, vom hiesigen bekräftigt und die Befehlsgewalt auf mich übertragen.«

Als er meine Verblüffung sah, meinte Mr. Espenshade: »Mit einfachen Worten: Sie nehmen deine Mutter fest und beschlagnahmen alles, was sie besitzt.«

»Ja, aber warum denn?« wollte ich wissen.

»Ich handle aufgrund einer Order zur Schuldeintreibung«, sagte der Gerichtsdiener.

»Aber ich verstehe das nicht. Wir schulden doch niemandem etwas!«

»Ach, wirklich nicht?« fragte er zynisch. »Das ist wohl kaum die Ansicht der Kläger, deren Sache ich hier vertrete.« Er faltete das Papier auseinander und begann, eine Liste von Namen vorzulesen: »Henry Yallop, Anne Peege, Elizabeth Passant, Michael Treadgold ...«

»Wir verlieren nur unsere Zeit«, erklärte der Mann, der mich festhielt. »Wir müssen die Frau finden.«

Mr. Fewster starrte ihn vorwurfsvoll schweigend an, dann fuhr er fort: »James Passant, Bartholomew Kittermaster und Jane Parchment.«

»Das sind alles Geschäftsleute aus Melthorpe!« rief ich aus. »Aber die sind doch bezahlt worden!«

»Offensichtlich nicht, junger Mann«, sagte der Gerichtsdiener.

»Aber Bissett sollte sie doch mit dem Geld aus dem Verkauf der Möbel bezahlen.«

»Bissett? Ich glaube, der Name kommt mir bekannt vor.«

Er drehte das Blatt Papier um und überflog es, dann fand er, wonach er gesucht hatte: »Ach ja. ›Diese Order ist ausgestellt worden aufgrund eines entsprechenden Hinweises von Mrs. Bissett, wohnhaft usw. usw., die mitgeteilt hat, daß gegenwärtiger Aufenthalt der genannten Person Maddox Street Nr. 31 in der Gemeinde St. James sei.‹ «

»Also Bissett hat das verraten!« keuchte ich.

»Vergessen Sie nicht, weshalb wir eigentlich gekommen sind«, sagte Mr. Espenshade.

Während er das sagte, und vielleicht, weil ich an Bissett denken mußte, fiel mir plötzlich mit einem Schauder des Entsetzens wieder ein, wo ich ihn schon einmal gesehen hatte: Er war es gewesen, der mir damals gefolgt war, als ich Harry getroffen hatte, und den ich dabei beobachtet hatte, wie er sich vor dem »Rose and Crab« mit Bissett unterhielt.

»Es bedarf Ihrer Ermahnung nicht«, sagte Mr. Fewster verstimmt. Dann wandte er sich wieder an mich: »Nun, sag schon, wohin ist deine Mutter gegangen?«

»Ich weiß es nicht.«

Mr. Espenshade packte noch härter zu und schüttelte mich. In diesem Moment hörte ich, wie jemand die Treppe heraufkam. Auch den drei Männern waren die Schritte nicht entgangen, und schweigend blickten wir alle zur Tür. Sie wurde geöffnet, so weit sie sich öffnen ließ, weil der Büttel und sein Stellvertreter im Weg standen. Eine Frauenstimme rief: »Was geht da drinnen vor?«

Ich erkannte an der Stimme des Neuankömmlings unsere Vermieterin, als Mr. Espenshade mich losließ, rasch durch die Kammer ging und die Tür aufriß. Mrs. Philliber, die offenbar dagegen gedrückt hatte, fiel beinahe ins Zimmer. Er griff sie von hinten und hielt ihr die Arme fest.

»Wie wagen Sie es?« protestierte sie und versuchte sich zu befreien.

Er hielt sie aber weiterhin an den Armen fest. »Zeigen Sie Ihr Gesicht, verdammt noch mal!« sagte er.

»Um Himmels willen, wer sind Sie?« verlangte sie zu wissen.

»Sie ist *meine* Gefangene!« rief Mr. Fewster. »Lassen Sie sie los!«

Ich nutzte die Gelegenheit und näherte mich der Tür, bis nur noch der Büttel zwischen ihr und mir stand.

»Verhafte sie, Beaglehole!« rief Fewster.

»Aber das ist doch meine Herrin«, schrie Susan und trug so ihren Teil zum allgemeinen Aufruhr bei.

Der Stellvertreter schritt vor, um dem Befehl Mr. Fewsters nachzukommen, und Mr. Espenshade konnte endlich einen Blick in das Gesicht von Mrs. Philliber werfen, erkannte, daß sie nicht die Frau war, die er suchte, ließ sie los und sah sich nach mir um. In diesem Augenblick hatte ich die Tür erreicht.

»Haltet den Jungen!« rief Mr. Espenshade.

»Ich habe keinen Haftbefehl gegen ihn«, hörte ich Fewster sagen.

»Ihre Befehle seien verflucht. Er wird seine Mutter warnen!«

Mr. Espenshade stürzte sich auf mich, doch im letzten Moment huschte ich aus der Kammer und lief die Treppe hinunter. Ich hörte, wie er hinter mir herpolterte, als ich durch die Haustür nach draußen schoß. Einmal im Freien, rannte ich um die erste Ecke, dann um die nächste. Ich lief die lange Straße hinunter, und kurz bevor ich in die nächste Straße einbog, drehte ich mich um, doch mein Verfolger war noch immer hinter mir her. Ich konnte nicht damit rechnen, ihn im Wettlauf zu schlagen, also tauchte ich in eine der dunklen Seitengassen ein und drückte mich mit klopfendem Herzen eng an die Wand. Erleichtert sah ich, wie er an mir vorbeirannte, ohne auch nur einen Blick in meine Gasse zu werfen. Getrieben von dem Gedanken, daß ich meine Mutter unbedingt warnen müsse, damit sie nicht ahnungslos ins Haus zurückkehrte, wagte ich mich einige Augenblicke später vorsichtig wieder hervor.

Nach allen Seiten spähend, näherte ich mich auf einem Umweg wieder dem Haus, bis ich von einer Seitenstraße aus jedermann kommen und gehen sehen konnte, ohne mich der Gefahr auszusetzen, daß mich meine Verfolger entdeckten. Mr. Espenshade stand auf den Stufen vor der Haustür und überblickte die Straße in beiden Richtungen, während der Büttel und sein Stellvertreter sich mit dem Kutscher einer Gig unterhielten, die vor dem Haus wartete.

Von meinem Standort aus konnte ich meine Mutter noch vor Mr. Espenshade entdecken, wenn sie hinter mir aus der Pollen Street kam, näherte sie sich jedoch über die Maddox Street, war es zu spät. Da ich wußte, daß sie keine Chance haben würde, ihren Verfolgern auf die gleiche Art zu entwischen wie ich, konnte ich unmöglich tatenlos darauf warten, bis sie in die Falle tappte.

Mr. Beaglehole stieg in die Gig, fuhr fort und ließ den Büttel und Mr. Espenshade zurück. Zu meiner großen Freude wandten sie mir bald den Rücken zu, stiegen die Stufen wieder hinauf und schlossen die Haustür hinter sich. In den wenigen Augenblicken, die sie brauchten, um zu unserer Kammer hochzuklettern, bot sich mir meine Chance, und ich wußte, was ich zu tun hatte, auch wenn es meinem instinktiven Sicherheitsbedürfnis völlig widersprach. Ich mußte plötzlich an den Wahlspruch der Huffams denken: »Die Rose der Sicherheit muß inmitten der Gefahr gesucht werden.« Und es gab nur einen Ort, von dem aus ich fast so gut Ausschau halten konnte wie die beiden, ohne von ihnen entdeckt zu werden. Also lief ich über die Straße, die Stufen hinauf und stellte mich vor die Haustür.

In der Hoffnung, meine Mutter entdecken zu können, hatte ich angespannt einige Minuten lang in beiden Richtungen die Straße beobachtet, als ein Mitbewohner unseres Hauses die Stufen heraufstieg. Als er mir zunickte und überrascht schien, mich hier Wache stehen zu sehen, gab ich ihm mit Gesten zu verstehen, daß er kein Wort sagen solle. Er klopfte, und man öffnete ihm. Glücklicherweise sah Susan nicht um die Ecke, vielleicht hätte sie sonst bei meinem Anblick überrascht aufgeschrien.

Endlich entdeckte ich meine Mutter; ich erkannte sie an dem Hut, der über dem Meer der Köpfe auf und ab hüpfte. Mein Herz schlug wie rasend, als ich mich zwang, ihr mit ruhigen Schritten entgegenzugehen. Auf dem

Bürgersteig waren viele Fußgänger unterwegs, und mir blieb keine andere Wahl, als zu hoffen, daß meine Verfolger mich von oben und von hinten nicht gleich erkennen würden. Zum Glück erblickte meine Mutter mich erst, als ich nur noch wenige Schritte von ihr entfernt war, da man ihr sonst vielleicht die Überraschung über unser Treffen angesehen hätte. Als ich auf einer Höhe mit ihr war, ging ich, ohne innezuhalten, weiter und sagte halblaut: »Dreh dich um und folge mir!«

Ich konnte gerade noch sehen, wie sich Verblüffung auf ihrem Gesicht breitmachte, dann war ich an ihr vorüber. Ich wagte nicht, mich umzudrehen und zu sehen, ob sie mir folgte. Angespannt lauschte ich auf die Schritte hinter mir, ging bis zur nächsten Ecke und bog in die Regent Street ein. Ich wartete. Es erschien mir wie lange Minuten, dabei konnten es nur wenige Sekunden gewesen sein, bis zu meiner unaussprechlichen Erleichterung meine Mutter endlich um die Ecke bog.

»Was soll das für ein Spiel sein, Johnnie?« fragte sie und lächelte nervös.

»Das ist kein Spiel!« rief ich. »Die Gerichtsvollzieher sind da. Wir müssen hier weg.«

Eine Droschke fuhr vorbei, und ich lief auf die Straße und winkte dem Kutscher. Er brachte die Pferde zum Stehen und stieg ab, um mit absichtsvoller Langsamkeit, so jedenfalls kam es mir vor, den Tritt herunterzuklappen. Drängend bat ich meine bestürzt dreinschauende Mutter einzusteigen. »Jetzt fahren Sie schon los!« rief ich und zog die Vorhänge zu, während der Kutscher den Tritt wieder hochklappte und zurück auf den Bock kletterte.

Wir rumpelten dahin, während ich meiner Mutter erklärte, was geschehen war, ohne allerdings Bissetts Namen zu erwähnen. Als ich das Entsetzen auf ihrem Gesicht sah, kam mir das ganze Ausmaß unseres mißlichen Geschicks zu Bewußtsein.

»Aber wie können sie denn einen Haftbefehl gegen mich haben?« fragte sie.

Ich sagte nichts.

»Bissett muß etwas passiert sein«, sagte sie. »Darum hat sie auch nicht geschrieben. Aber was mag nur geschehen sein?«

Dies war nicht unbedingt der richtige Moment für solche Fragen. Unsere Lage war verzweifelt, denn alles, was wir in der Welt noch besaßen, war das, was wir auf dem Leibe trugen.

»Wieviel Geld hast du bei dir?« fragte ich.

Sie nahm ihr Tagebuch aus dem Ridikül, in dem die Scheine lagen: »Wir haben den Ring für zwei Pfund und zwei Shilling verkauft«, sagte sie, »und der Kupferring kostete drei Pence.« Mit einem gequälten Lächeln streckte sie die Hand aus und zeigte ihn mir. »Ich habe meine Initialen einarbeiten lassen.«

Ich entdeckte die grob eingravierten Buchstaben M. C. (Wofür mochte nur das C stehen?)

»Dann nahm sich Mrs. Philliber die ausstehende Miete und zehn Shilling für die nächsten zwei Wochen, also haben wir noch ungefähr eine Guinee.«

»Wie schade, daß du für zwei Wochen im voraus bezahlt hast«, seufzte ich.

»Sie bestand darauf, Johnnie«, sagte meine Mutter zaghaft.

Außerdem besaßen wir nur noch die Kleider, die wir trugen, und das Medaillon, das laut Mrs. Philliber mehrere Pfund wert sein sollte.

»Ich frage mich nur, ob Bissett uns nicht vielleicht verraten hat?« sagte meine Mutter. »Ich vermute es beinahe, denn außer ihr kennt niemand unsere Adresse.« Sie drehte sich entsetzt zu mir um: »Sie muß mit Mr. Barbellion und unserem Feind unter einer Decke stecken!«

»Später, Mama«, sagte ich. »Wir können jetzt nicht daran denken.«

Sie begann vor sich hin zu murmeln, weiß im Gesicht und voller Angst. Ich schnappte nur einige Worte auf: »Feind ... Silas ... uns vernichten.«

Ich spürte, wie sie zitterte. Als ich den Vorhang zur Seite zog und aus dem Fenster sah, blickte ich auf eine mir unbekannte Straße.

»Wir müssen anhalten«, sagte ich, »oder die Fahrt kostet uns unser gesamtes Vermögen.«

Ich steckte den Kopf aus dem Fenster und gab dem Kutscher Bescheid. Wir stiegen aus und zahlten einen Shilling und sechs Pence. Als der Kutscher den Tritt wieder hochklappte, fragte ich ihn: »Können Sie uns bitte sagen, wo wir hier sind?«

Er gab keine Antwort und kletterte zurück auf den Bock. Ich fragte ihn noch einmal. Er brummelte etwas, das ich nicht verstand, nahm die Zügel und fuhr davon.

Wir standen auf dem Bürgersteig einer langen Straße mit schäbigen Häusern. Eine einzige Öllampe verbreitete spärliches Licht. Verzweifelt sahen wir uns an: Noch nie waren wir so spät in einer unbekannten Gegend unterwegs gewesen.

»Wo sind wir?« fragte mich meine Mutter.

»Ich weiß es nicht«, sagte ich.

Sie begann zu zittern: »Ach, Johnnie, was wird nun aus uns werden?«

»Komm schon«, sagte ich, »bisher haben wir uns gar nicht so schlecht gehalten. Wir sind den Verfolgern entwischt. Keiner weiß, wo wir sind.«

»Nicht einmal wir selbst«, sagte sie, und irritiert sah ich, wie sie anfing zu lachen, doch meine Sorge wuchs, als sich ihr Lachen in Weinen verwandelte.

Ich legte ihr meinen Arm um die Schulter. »Morgen früh sieht alles nicht mehr so schlimm aus«, sagte ich. »Aber jetzt müssen wir erst einmal für die Nacht ein Dach über dem Kopf finden.«

Es wurde dunkel und immer kälter. Meine Mutter trug zwar ihre Straßenkleider, doch ich war ohne Mantel oder Mütze aus dem Haus gelaufen.

»Wir haben genug Geld, um uns für heute nacht ein Zimmer leisten zu können«, sagte ich. »Aber zuerst müssen wir herausfinden, wo wir sind.«

Ich fragte einen anständig aussehenden Arbeiter, der gerade an uns vorbeiging.

»Ihr seid hier in Smiffle«, sagte er.

Ich erkannte den Namen wieder, den ich nicht verstanden hatte, als ihn der Droschkenkutscher vor sich hin gebrummelt hatte, und ich erinnerte mich, ihn schon einmal auf meinem Stadtplan gelesen zu haben: »Ist das in der Nähe der Coleman Street?«

»Ist nicht weit«, sagte er und beschrieb mir den Weg.

»Hast du gehört, Mama?« fragte ich.

»Nein«, antwortete sie gleichgültig.

»Wir sind in Smithfield, also liegt die Straße, in der Miss Quilliam wohnt – oder in der sie früher einmal gewohnt hat – ganz in der Nähe. Laß uns hingehen!«

Sie gab keine Antwort, und da ich merkte, daß mir nichts anderes übrigblieb, als die Initiative zu ergreifen, hakte ich meine Mutter unter und führte sie in die Richtung, die der Mann mir angegeben hatte.

Es war schon spät, als wir die Straße endlich fanden und am Haus Nr. 26 läuteten, einem großen, düster aussehenden Gebäude in einer Straße, deren Häuser sich aus lauter vornehmem Widerwillen scheel anzusehen schienen.

Als wir vom Dienstmädchen hörten, daß ihr eine Miss Quilliam unbekannt sei, keuchte meine Mutter und wankte leicht. Das Mädchen sah sie mitleidig an und bat uns, im Haus zu warten, während sie bei ihrer Herrin nachfragen wolle. Der hohe Flur, durchzogen vom Duft der Blumen, die in Schalen auf eleganten Kommoden standen, war zwar nur schwach von Bienenwachskerzen erhellt, doch selbst in diesem Dämmerlicht konnte ich erkennen, wie geschmackvoll er eingerichtet war: Vitrinen aus Rosenholz, eine alte Standuhr mit eichenem Gehäuse und wappenverzierte Stühle an der Wand. Meine Mutter sackte auf einem dieser Stühle zusammen, und ich rieb ihr die Hände.

Einige Minuten später kam ein zweites Dienstmädchen in Begleitung einer etwa fünfzigjährigen Frau mit scharfen Gesichtszügen zur Tür. Die Frau fixierte uns aufmerksam. Sie gehörte ganz offensichtlich einer besseren Klasse als Mrs. Marrables oder gar Mrs. Philliber an, und ich konnte mir ausmalen, welch unvorteilhaften Eindruck ich ohne Mütze und Mantel sowie der erschöpfte Zustand meiner Mutter auf sie machen mußten.

»Ich bin Mrs. Malatratt«, sagte sie. »Mein Mädchen hat mir gesagt, Sie hätten sich nach Miss Quilliam erkundigt?«

»Ja, wir sind Freunde von ihr«, erklärte ich statt meiner Mutter.

Mrs. Malatratt schien überrascht, daß ich das Wort ergriffen hatte: »Ist dieser Dame ... unwohl?«

»Sie ist sehr müde«, sagte ich. »Das ist alles.«

Mrs. Malatratt sah mich aufmerksam an, dann wandte sie sich ab und betrachtete prüfend meine Mutter, die aufsah und zu lächeln versuchte. Doch das Lächeln mißlang. Sie biß sich auf die Lippen und senkte erneut den Kopf.

»Miss Quilliam wohnt nicht mehr hier«, sagte Mrs. Malatratt. »Sie hat dieses Haus vor ungefähr einem Jahr verlassen, um eine Stellung im Haushalt von Sir Perceval und Lady Mompesson anzunehmen.« Sie ließ die Namen und Titel mit kaum verhohlenem Genuß auf der Zunge zergehen.

»Besten Dank«, antwortete ich. »Aber das wissen wir bereits, und auch, daß sie diese Stelle kürzlich aufgegeben hat.«

»Das ist wahr«, sagte Mrs. Malatratt zögerlich, als ließe sie diese illustren Namen nur unwillig wieder fahren. »Mit wem, wenn ich fragen darf, habe ich denn eigentlich das Vergnügen?«

»Wir heißen Mellamphy.«

»Ich muß allerdings gestehen, wenn Sie Freunde von Miss Quilliam sind, dann erstaunt es mich, daß Sie nicht wissen, wo sie sich aufhält.«

»Miss Quilliam rechnete nicht damit, daß wir so bald nach London kommen«, sagte ich und versuchte, möglichst nahe an der Wahrheit zu bleiben. Doch als sich ein Ausdruck höflicher Überraschung auf dem Gesicht von Mrs. Malatratt zeigte, fügte ich hinzu: »Wahrscheinlich hat sie dorthin geschrieben, wo wir gerade herkommen, um uns ihre neue Adresse mitzuteilen.«

»Ach ja«, sagte Mrs. Malatratt und sah dabei so vornehm aus, als glaube sie von meiner Erklärung kein einziges Wort.

Wenn sie uns sowieso nicht glauben wollte, dann fühlte ich mich auch nicht länger der Wahrheit verpflichtet. »Wir sind erst heute nach einer langen Reise vom Land in die Stadt gekommen.« Ich nannte die Grafschaft und sagte: »Das liegt nicht weit von Hougham, wo Sir Perceval ein ...« Ich zögerte einen Moment lang und beschied mich dann mit: »... einer unserer Nachbarn ist.«

»Was Sie nicht sagen.«

»Aufgrund eines Mißverständnisses sind unsere Kisten an eine falsche Adresse ans andere Ende der Stadt geschickt worden. Wir hatten uns eine Kutsche genommen, um dorthin zu fahren, doch als wir durch diese Straße fuhren, erinnerte ich mich daran, daß Miss Quilliam hier früher einmal gewohnt hat. Und da ich sah, wie müde meine Mutter war, ließ ich die Kutsche in der Hoffnung halten, hier für die Nacht ein Quartier zu finden.«

»Nun gut«, sagte Mrs. Malatratt, und mit einem Gefühl des Triumphes, vermischt mit ein wenig schlechtem Gewissen angesichts der Leichtigkeit, mit der mir die Lügen über die Lippen gegangen waren, begriff ich, daß ich sie nicht getäuscht, sondern ihr nur jene Art von Erklärung gegeben hatte, nach der sie verlangte. »Doch es tut mir leid, daß ich Ihnen bei der Suche nach Miss Quilliam nicht behilflich sein kann. Wie Sie selbst sagten, verließ sie Mompesson Park letzten Sommer – etwa Ende Juli, wenn ich mich recht erinnere – und blieb dann ein oder zwei Nächte hier. Als sie sich verabschiedete, wollte sie uns ihre neue Adresse zukommen zu lassen, hat es jedoch nicht getan.«

»Und das ist alles, was Sie von ihr wissen?«

»Nur noch, daß sie vor etwa vierzehn Tagen vorbeikam und mich bat, ein oder zwei Koffer, die sie hier zurückgelassen hatte, noch etwas länger für sie aufzubewahren. Ich kam ihrem Wunsch natürlich gerne nach. Sie hinterließ auch diesmal keine Anschrift, doch ich glaubte zu verstehen, daß sie nun am anderen Ende der Stadt wohne.«

Im Westend! Verzweifelt blickte ich zu meiner Mutter. Sie schaute mich nicht an, doch ich sah den Gesichtsausdruck des Dienstmädchens, das mich auf eine Weise anstarrte, aus der ich nicht recht klug wurde. Dann warf sie ihrer Herrin einen raschen Blick zu, in dem ich Furcht und Abneigung zu lesen meinte.

Mrs. Malatratt musterte uns abschätzig: »Wenn Sie hier zu nächtigen wünschen, dann kann ich Ihnen ausnahmsweise ein Zimmer für nur eine Nacht überlassen. Es wird Sie aber drei Shilling kosten.«

Ich wußte, daß wir woanders ein Zimmer für einen Shilling oder auch für achtzehn Pence bekommen konnten, doch zu dieser späten Stunde würde das vielleicht schwierig sein. Als ich sah, daß meine Mutter ihr Gesicht noch immer in den Händen verbarg, entschloß ich mich, das Angebot anzunehmen.

»Bitte, im voraus zu zahlen«, fügte Mrs. Malatratt hinzu.

Ich faßte in das Ridikül meiner Mutter, und unter dem Tagebuch mit geheimnisvollen Dokumenten und Scheinen fand ich einige Münzen.

»Bring sie in das blaue Zimmer, Nancy!« sagte Mrs. Malatratt, und mit einem kurzen, hoheitsvollen Nicken zog sie sich zurück.

Ich half meiner Mutter auf, und wir folgten dem Dienstmädchen nach oben in das genannte Zimmer, das mit einem großen Bett und schönen Damastvorhängen geschmackvoll eingerichtet war.

Nancy nahm mich zur Seite und fragte mit unterdrückter Stimme, ob wir etwas zu essen haben möchten. Dann flüsterte sie: »Es stimmt überhaupt nicht, was sie gesagt hat.«

»Wie meinst du das?«

»Und dies ist nicht der richtige Ort für dich und deine Mam. Mehr kann ich nicht sagen.« Dann schlüpfte sie aus dem Zimmer.

Einige Minuten später brachte sie uns etwas Brot und Milch. Als tue ihr die frühere Indiskretion leid, vermied sie es jedoch, mich anzusehen, und huschte eilig wieder hinaus.

Nur mit Mühe konnte ich meine Mutter überreden, wenigstens eine Kleinigkeit zu essen, und ich konnte sie nicht davon abhalten, sich noch einmal mit Bissetts Verrat zu beschäftigen: »Die Möbel haben genug eingebracht, um unsere gesamten Schulden zu begleichen. Was hat sie nur mit all dem Geld getan?«

»Morgen, Mama«, flehte ich. »Wir sollten jetzt schlafen.«

»Warum hat sie das nur gemacht, Johnnie?« fragte sie plötzlich. »Ich werde ihr das nie verzeihen. Niemals. Nach all dem, was ich für sie getan habe.«

Schließlich legte sie sich zu Bett und fiel in einen unruhigen Schlaf. Eine Zeitlang lag ich ruhelos im fahlen Mondlicht, das zwischen den Vorhängen hindurch ins Zimmer fiel, und wachte mit einem Gefühl düsterer Vorahnungen über ihren Schlaf. Welche Verbindung bestand zwischen Mr. Espenshade und Bissett? Und wenn sie es gewesen war, die unsere Adresse verraten hatte – und sie mußte es ja wohl gewesen sein –, wer hatte sie dann dafür bezahlt? Und warum? Diese Fragen hielten mich lange wach, und später, als ich endlich eingeschlafen war, wurde ich noch mehrmals geweckt, wenn draußen eine Kutsche vorfuhr oder die Haustür zugeschlagen wurde.

Am nächsten Morgen wirkte meine Mutter etwas fröhlicher, doch ich merkte, wie redlich sie sich mühte, tapfer und optimistisch zu wirken, und das beunruhigte mich. Ich fragte mich, wie sie wohl erst das ganze Ausmaß von Bissetts Verrat hinnehmen würde.

Nancy brachte uns ein kärgliches Frühstück, und während wir aßen, schilderte ich meiner Mutter im einzelnen, was bei Mrs. Philliber geschehen war, und bestätigte ihr, daß die Gerichtsvollzieher uns nur dank Bissetts Mithilfe gefunden hatten.

»Also hatte ich doch recht«, sagte sie ruhig.

»Ja, und nicht nur das. Ich habe den Mann, der mit den Gerichtsvollziehern kam – Mr. Espenshade –, vorher schon einmal gesehen.«

Ich schilderte ihr, wie er mir an jenem Tag in Melthorpe gefolgt war und wie ich gesehen hatte, daß er sich mit Bissett unterhielt.

Meine Mutter war entsetzt, und das erst recht, als ich ihr die Gründe für meinen weit zurückreichenden Verdacht gegen meine frühere Amme aufzählte. Ich erklärte ihr nun, daß Bissett offenbar schon beim ersten Besuch Mr. Barbellions in unserem Haus ein Abkommen mit diesem getroffen hatte, und berichtete ihr davon, wie ich einmal Bissetts geheimnisvollen Botengängen zur Post zuvorgekommen war, die, so glaubte ich, der Kommunikation mit Mr. Barbellion dienten.

»Das sind wirklich schlechte Neuigkeiten, Johnnie«, sagte meine Mutter und faßte nach meiner Hand. »Doch jetzt muß ich dir etwas gestehen: Ich habe Bissett gegenüber ausgeplaudert, daß wir nach London fahren.«

»Ach, Mama!«

»In der Nacht, als wir das Dorf verließen. Sie schien so verletzt, weil ich ihr nicht verraten wollte, wohin wir fahren. Da hab ich es ihr gesagt, während du deine Sachen geholt hast.«

»Und mir wolltest du es nicht sagen!« rief ich. »Dabei weiß ich noch, daß ich mich gewundert habe, weil sie nicht mehr so gereizt aussah, als ich zurückkam. Ach, Mama! Und danach ist sie dann wahrscheinlich gleich zu diesem Mr. Espenshade gelaufen, der uns nach London gefolgt ist.«

»Bestimmt nicht!« sagte meine Mutter.

»Nun, vielleicht nicht«, räumte ich ein. »Denn wenn unser Feind und seine Leute gewußt hätten, wo wir waren, dann hätten sie kaum gewartet, bis du Bissett die Adresse von Mrs. Philliber geschickt hast.«

Das war ein Rätsel, für das wir keine Lösung wußten.

»Mit dem Geld aus Melthorpe können wir jetzt nicht mehr rechnen«, sagte ich etwas später.

»Was sollen wir machen, Johnnie?«

»Wir müssen das Medaillon verkaufen«, antwortete ich.

»Nein, ich könnte es nicht ertragen, mich davon zu trennen!« rief sie.

»Sei nicht so töricht!« sagte ich. »Es ist doch nur ein Stück Metall.«

»Das verstehst du nicht«, sagte sie mit zittriger Stimme. »Das ist alles, was ich noch von ihm habe ...« Sie hielt inne.

»Von wem?« fragte ich, aber sie wollte mir nicht antworten, und wütend sagte ich: »Dann weiß ich auch nicht, was aus uns werden soll.«

»Es bleibt uns noch eine andere Möglichkeit, Johnnie. Erinnerst du dich noch an das Dokument, das erst Sir Perceval und dann Mr. Barbellion kaufen wollte?«

»Ja natürlich«, sagte ich. »Du meinst das Kodizill?«

»Genau. Nun, wir könnten es Sir Perceval noch einmal anbieten.«

»Ich denke, du willst dich nicht davon trennen?« sagte ich vorwurfsvoll. Denn bei all meinen Überlegungen war ich zu dem Schluß gekommen, daß es vielleicht nicht klug wäre, das Kodizil allzu eilfertig aus der Hand zu geben, wenn so viele Leute es unbedingt besitzen wollten.

»Es würde mir zumindest sehr schwer fallen. Ich habe nämlich ein Versprechen gegeben, weißt du«, sagte sie zögernd. »Ein feierliches Versprechen. Meinem Vater. Kurz bevor er starb. Doch ich glaube, jetzt, wo uns sonst nichts mehr geblieben ist, hätte er auch nichts dagegen, wenn wir uns von dem Dokument trennen.«

Ich bat sie, sich doch etwas deutlicher zu erklären, aber sie schwieg. Ich redete auf sie ein und sagte, es wäre besser, das Medaillon zu verkaufen, doch sie wehrte sich hartnäckig gegen diesen Vorschlag, und so einigten wir uns schließlich darauf, weder das eine noch das andere fortzugeben.

»Mama«, sagte ich. »Ich habe eine Idee. Erinnerst du dich noch an Mrs. Digweed und ihren kleinen Jungen, die vorletztes Jahr Weihnachten bei uns waren?«

»Ja natürlich.«

»Meinst du nicht, daß es eine gute Idee wäre, sie zu suchen?«

»Aber wieso? Wozu denn?«

»Wir sind jetzt genauso schlimm dran wie sie. Nur: Sie wissen wenigstens, wie man lebt, wenn man arm ist, und wir beide müssen das so schnell wie möglich lernen.«

»Aber wie sollen wir sie denn finden?«

»Ich weiß noch, daß sie am Cox's Square in Spitalfields wohnen, und ich glaube, das ist nicht besonders weit von hier. Warum gehen wir also nicht hin und fragen nach ihnen?«

»Na gut, warum nicht? Was spielt das schließlich noch für eine Rolle? Was macht es schon, was aus uns wird? Wir sind sowieso verloren.«

»Jetzt nimm dich zusammen!« sagte ich wütend.

Bei diesen Worten ließ sie die Maske des Gleichmuts fallen und begann zu schluchzen. Es brauchte einige Zeit, bis ich meine Barschheit wieder gutgemacht und sie ihre Haltung wiedergefunden hatte. Während sie sich ankleidete, folgte ich einem spontanen Einfall und schrieb einen kurzen Brief an Miss Quilliam, erinnerte sie an die Gelegenheit, bei der wir uns getroffen hatten, deutete an, daß meine Mutter und ich nun ohne Freunde und ohne finanzielle Unterstützung in London lebten, und bat sie, eine Adresse zu hinterlassen, unter der wir sie erreichen konnten. Ich gab Nancy den Brief, und sie versprach, ihn Miss Quilliam auszuhändigen, sobald sie zurückkehrte, und die Antwort für uns aufzubewahren.

Wir verließen das Haus und fragten nach dem Weg zum Cox's Square. Je näher wir der Gegend kamen, um so ärmlicher sahen die Straßen aus, und unsere Stimmung sank ins Bodenlose. Der schwere, süßliche Gestank einer nahen Brauerei hing über dem Viertel, an jeder Ecke gab es eine Kneipe, und halbnackte Kinder spielten in der Gosse und bettelten uns um Geld an, sobald sie sahen, wie wir gekleidet waren – denn in diesem Bezirk fielen selbst unsere armseligen Kleider noch auf. Dabei war es gar nicht die schäbige Kleidung, die mich so betroffen machte, wenn wir auf der Straße jemandem begegneten, es waren die Gesichter – blaß, fahl, die Haut mit schrecklichen Pockennarben übersät – und die leeren Augen, aus denen die Leute wie betäubt vor sich hin starrten. Unzählige Menschen hatten geschwollene Nasen und blaue Augen, viele, die an uns vorüberhasteten, eine Hühnerbrust, hängende Schultern oder O-Beine.

Die Häuser wurden immer baufälliger: Von den Türen schälte sich die Farbe, dort, wo die Dachrinnen geplatzt waren, verfärbte faulender grüner Schleim die Ziegel, und viele Fensterscheiben waren zerbrochen, die Löcher mit Lumpen notdürftig gestopft. Wir gingen an zahllosen engen Hofeinlässen vorbei, durch die Leute verschwanden oder wieder auftauchten.

Als wir schließlich die »Petticut Lane« fanden, zu der man uns den Weg gewiesen hatte, stellte sich heraus, daß wir in eine noch engere Gasse einbiegen mußten, wenn wir an unser Ziel, den Cox's Square, gelangen wollten. Dann standen wir in einem dunklen Hof, in dessen Mitte sich ein riesiger Abfallhaufen auftürmte, und sahen uns erstaunt an.

»Es war Nr. 6, nicht wahr?« fragte meine Mutter.

Ich nickte, denn der Gestank war so fürchterlich, daß ich es vermied, den Mund aufzumachen. An den Türen waren aber keine Nummern.

»Wo ist Nr. 6?« fragte ich ein kleines Mädchen.

Sie zeigte auf einen Eingang, dessen Treppenstufen zersprungen waren und dessen arg ramponierte Tür halb offenstand. Wir stiegen die Stufen hoch und klopften.

Ein Junge spottete: »Klopft ruhig noch mal! Der Lakai hat euch bestimmt überhört.«

»Du meine Güte!« rief eine Frau, die gerade vorbeikam. »Da müssen Sie schon reingehen und die Wohnung suchen, zu der Sie wollen.«

Unsicher bei der Vorstellung, was uns hier wohl erwarten mochte, betraten wir den dunklen Flur. Eine Tür zu unserer Linken war nur angelehnt, wir blieben stehen, und meine Mutter rief: »Mrs. Digweed?«

Eine Frauenstimme antwortete: »Kommt nur herein!«

Also öffneten wir die Tür und betraten das Zimmer. Doch das Gesicht, das uns begrüßte, sobald wir hinter die Tür blickten, war zwar fröhlich und freundlich, aber nicht das von Mrs. Digweed. Die Frau mochte an die fünfundvierzig Jahre alt sein, war ordentlich gekleidet und hatte ein offenes, angenehmes Wesen. Über ihre Schulter hinweg sah ich, daß in der Kammer, die hell und sauber zu sein schien, ein regelrechtes Gedränge herrschte. In der einen Ecke schlief ein Mann auf einem behelfsmäßig aufgeschlagenen Bett, eine junge Frau und zwei kleine Mädchen bereiteten über einem Feuer das Essen zu, und zwei kleinere Kinder spielten mit Kohlebrocken auf dem zersprungenen Fliesenboden. Die Frau und die Kinder sahen bei unserem Eintritt neugierig auf, ließen sich aber bei ihrer jeweiligen Beschäftigung nicht stören.

»Gehören Sie zufällig zu einer Familie namens Digweed?« fragte ich, da meine Mutter bei dem Anblick, der sich ihr bot, die Sprache verloren zu haben schien.

»Nie von gehört«, sagte sie. »Wir heißen Sackbutt.«

Aus den Augenwinkeln sah ich, daß meine Mutter sich abrupt mir zuwandte, aber da ich jetzt nicht sehen wollte, wie enttäuscht sie war, achtete ich nicht auf sie und fragte: »Die Digweeds wohnen also nicht mehr in diesem Haus?«

»So will ich das nich sagen«, meinte die Frau und musterte uns neugierig. »Aber kommt rein und setzt euch! Ihr seht ziemlich erledigt aus. Meg, räum die Sachen da vom Sofa!«

Als sie sich umdrehte, sah meine Mutter mich an und rümpfte die Nase, um ihr Mißfallen auszudrücken. Doch ich nickte ihr zu und gab ihr zu verstehen, daß wir die Einladung annehmen sollten. Ich hockte mich also auf einen ziemlich wackligen Stuhl, und meine Mutter nahm auf dem einzigen anständigen Möbelstück in diesem Zimmer, einem reichlich mitgenommenen und oft geflickten Sofa, Platz.

»Laßt mich sehen!« sagte Mrs. Sackbutt und zählte an ihren Fingern ab: »Hier unten wohnen die Sneezums und die Glatts und die M'Tongues. Aber die im übrigen Haus kenn ich nich alle. Da sind die ...«

Meine Mutter fiel ihr ins Wort: »Sie meinen, jede Familie wohnt in einem Zimmer?«

»Ja«, sagte Mrs. Sackbutt mit unverhohlenem Stolz. »Bei uns hier unten hat jede Familie ihr eigenes, aber wie gesagt, fürs übrige Haus kann ich nich garantieren.«

Meine Mutter sah mich mit vor Entsetzen starrem Gesicht an.

Ohne darauf zu achten, fuhr Mrs. Sackbutt fort: »Da sind die Clinkenbeards erste Treppe und die Meatyards nach hinten raus, die haben also zwei Zimmer, müssen dafür natürlich auch mehr zahlen als wir.«

»Wollen Sie sagen, Sie müssen für das hier etwas bezahlen?« rief meine Mutter.

»Natürlich«, sagte Mrs. Sackbutt erstaunt. »Du fragst ganz schön dumm. Bist du aus Irland?«

»Nein, wir sind gerade erst vom Land in die Stadt gekommen«, erklärte ich.

»Vier Shilling die Woche. Zahlen muß man doch überall, höchstens im Holy Land nich, im Devil's Acre oder in der Rookery am Mitre Court in Hatton Gardening oder an solchen Orten, aber dahin würd ich nich gehen, nich solange ich noch woanders hinkann, und wenn's auf allen vieren is.«

Der Mann brummelte etwas im Schlaf und drehte sich auf die andere Seite.

Mrs. Sackbutt fuhr fort: »Hier ist das so, da kommt Mr. Ashburner pünktlich einmal die Woche und treibt den Mietzins ein, und wer nich bezahlen kann, der fliegt eben raus.«

Ich sah, wie meiner Mutter ein Schauder über den Rücken lief. Kannte sie den Namen? Aber das war ein absurder Gedanke. Wie sollte sie ihn kennen?

»Er treibt hier und in der Bell Lane die meisten Mieten ein«, fuhr Mrs. Sackbutt fort.

»In der Bell Lane!« rief meine Mutter. »Ist die weit von hier?«

»Gerad die nächste Straße«, antwortete die gute Frau.

Meine Mutter wurde blaß. Was wußte sie von diesem Ort?

»Alles in Ordnung?« fragte Mrs. Sackbutt. »Sie sehen nich gerade gut aus. Kann ich Ihnen was anbieten? Einen kleinen Gin vielleicht?«

Zu meinem Bedauern nahm meine Mutter die Einladung an.

»Wir sollten jetzt besser gehen, Mama«, sagte ich. »Vielen Dank für Ihre

Hilfe, Mrs. Sackbutt. Wir werden in den anderen Wohnungen weiterfragen.«

»Warum läßt du deine Mutter nicht hier und gehst allein?« fragte Mrs. Sackbutt. »Sie sieht wirklich ziemlich erledigt aus.«

»Ja, Johnnie«, sagte meine Mutter. »Ich bin sehr müde.«

Ich war einverstanden, und Mrs. Sackbutt stellte zwei Gläser auf eine Anrichte und zog eine der Schubladen auf. Wir hörten einen Schrei, und verwundert starrten wir auf ein Baby, das in einem alten Eierkasten in der mit Stroh ausgestopften Schublade lag. Es nuckelte am Zipfel eines mit Dörrpflaumen gefüllten Säckchens wie an einem Schnuller.

»Du lieber Himmel«, rief meine Mutter. »Das kann für das Kind aber nicht gut sein!«

Mrs. Sackbutt lachte fröhlich: »Meiner Seel, ist doch nur ein Pflegekind! Wird der Kleinen schon nich schaden.«

Während meine Mutter das Baby aus der Lade nahm und auf ihren Schoß setzte, goß Mrs. Sackbutt aus einem Steinkrug zwei Gläser voll. Ich verließ die Kammer, stieg die wacklige Treppe hinauf und klopfte an jede Tür. Doch verlief meine Suche erfolglos, denn niemand kannte den Namen Digweed, und während ich von einem Zimmer zum nächsten ging, begriff ich, daß die Bewohner in diesem Haus viel zu rasch wechselten, um so etwas wie ein Gemeinschaftsgefühl aufkommen zu lassen.

Die Anzeichen der Armut nahmen zu, je höher hinauf ich stieg. Über dem Stockwerk, in dem die Sackbutts lebten, traf ich bereits zwei Familien an, die zusammen ein einziges Zimmer teilten. Es war verhältnismäßig groß, denn vor langer Zeit waren die Häuser rund um diesen kleinen Platz für reiche Kaufleute gebaut worden. In einem anderen Zimmer schlug mir ein überwältigender Gestank entgegen, der von einer Paste kam, mit der die ganze Familie Zigarrenkisten klebte. Wie ein Keil hielt ein zerbrochener Blumentopf das Fenster auf, doch der Wind trieb von draußen nur den Rauch aus den Schornsteinen ins Zimmer und verstärkte den Gestank noch. Im nächsten Raum war niemand, nur ein kleiner Junge, der in seinen Armen einen in Lumpen gewickelten Säugling wiegte.

Ein Eimer mit eingeweichten Windeln stand auf dem wackligen Brettertisch, der Kamin quoll über von Schlacke, und auf dem Boden stand eine Teetasse ohne Henkel.

In den meisten Zimmern sah ich nur wenige Möbel, etwa ein Bettgestell mit einem Strohsack und einer dreckigen und zu kurzen Tagesdecke. In den Fenstern fehlten oft die Scheiben, und die Löcher waren mit talggetränkten Tüchern zugehängt, um wenigstens noch ein bißchen Tageslicht einzulassen. Oft hatte man sogar versucht, die Zimmer ein wenig zu schmücken, und hier und da sah ich Töpfe mit Blumen; doch manchmal waren die Pflanzen längst vertrocknet und nur noch die braunen Stengel übrig.

Nachdem ich alle Türen durchprobiert hatte, entschloß ich mich, in den anderen Häusern am Platz nachzufragen; vielleicht hatten wir uns die falsche Hausnummer gemerkt, vielleicht, so hoffte ich, konnte sich, auch wenn die Digweeds fortgezogen waren, doch noch jemand an sie erinnern und wußte, wo sie nun lebten. In der ersten Wohnung Parterre, die ich im nächsten Gebäude betrat, wohnte offenbar ein Straßenfeger. Das erste Zimmer war ziemlich sauber, doch über die Schulter seiner Frau hinweg sah ich, daß in der hinteren Kammer nur ein riesiger Rußhaufen aufragte, neben dem ein leerer Vogelkäfig lag. Nachdem mir auf mein Klopfen niemand Antwort gab, öffnete ich eine Tür neben dieser Wohnung, und mit einem sichtlich halb verwesten, doch gerupften Huhn in der Hand sah ich eine alte Frau vor mir stehen, die mich mit Flüchen und Verwünschungen überschüttete, so daß ich hastig wieder die Tür schloß. Das nächste Zimmer war verlassen und leer bis auf einen Berg Lumpen, einen zerbrochenen Tisch, ein kleines Mädchen von ungefähr fünf Jahren und ein Baby – beide saßen auf dem Boden.

Ich brauchte nicht weiter zu suchen. Die meisten Bewohner dieses Hauses waren vor Hunger wie betäubt und vom Suff wie gelähmt, sie redeten in Sprachen, die ich nicht verstand, und von jenen, die mir verständlich antworteten, konnte mir keiner helfen. In meiner Verzweiflung war ich beinahe entschlossen, meine Suche aufzugeben.

Dann klopfte ich an die Tür der Mansarde unter dem Dach von Haus Nr. 10, und die Frau, die mir die Tür nur einen Spaltbreit öffnete, sagte: »Hab noch nie nich was von denen gehört, junger Master.« Doch die dünne Stimme eines alten Mannes aus dem Zimmer hinter ihr rief: »Digweed? Aye, da hat's mal 'ne Familie gegeben, die so geheißen hat. Kann ich mich gut dran erinnern.«

»Tust du nich«, sagte die Frau, ohne sich umzudrehen, und wollte die Tür langsam wieder schließen.

»Tu ich wohl«, beharrte die quengelige Stimme. »Wohnten vier Häuser weiter, glaub ich.«

Die Frau hatte die Tür noch nicht ganz geschlossen und sah mich mißbilligend an.

»Nr. 6?« sagte ich. »Ja, das stimmt.«

Mit einem ungeduldigen Kopfschütteln öffnete die Frau nun die Tür. Ich trat ein und sah erst jetzt, daß sie einem Baby die Brust gab. Das Zimmer war winzig, doch sauber und ordentlich, die Wände waren schief, die Decke niedrig, aber alles war frisch übertüncht. Ein gepflegter alter Mann mit stoppligem weißem Kinn saß vor dem Feuer und sah uns an.

»Setz dich hierher, Jungchen!« sagte er, lächelte und zeigte mir dabei sein gesamtes Arsenal an Zähnen: zwei glänzende gelbe Stummel.

Ich setzte mich in den alten, klapprigen Sessel, auf den er gezeigt hatte.

»Digweed, hast du gesagt?« begann er. »Ich bin mir ganz sicher, ich weiß es noch so gut wie heute. Der Master, der hat mir immer Knaster mitgebracht, und die Mistress Hühnchen gegen mein Zipperlein; und der kleine Jung, der ist immer gelaufen und hat für mich eingeholt. Aber die sind weggezogen. Wann war das doch nur? Laß mich überlegen! Die hatten doch das Fieber, damals, wie's hier so schlimm war.«

»Ja«, sagte ich mit wachsender Erregung. »Das sind sie.«

»Klar, jetzt weiß ich's wieder. Das war im Winter, als ich mir mein Bein gebrochen hab, vor vier oder fünf Jahren.«

Ich war enttäuscht, denn vier oder fünf Jahre konnte es nicht her sein. Doch die Frau unterbrach ihn ungeduldig: »Ach, Vater, das war doch erst vor ein, zwei Jahren!«

»Aye«, stimmte er ihr zu, »kann auch sein. Zwei von ihren Kleinen sind gestorben. Hab ich recht?«

»Ja«, sagte ich und dachte an den Brief, dessen Inhalt wir nicht ganz hatten enträtseln können. »Aber wohin sind sie gegangen, als sie von hier weggezogen sind?«

Er runzelte die Stirn: »Daran kann ich mich nicht erinnern. Ich glaub nicht mal, daß ich's überhaupt einmal gewußt hab.«

Ich sackte im Sessel zusammen. Nach all dem, was ich durchgemacht hatte, kämpfte ich jetzt mit den Tränen. »Kennen Sie denn wenigstens jemanden, der es wissen könnte?«

»Momentchen«, sagte er. »Ich glaub, ich kenn da wen. Kennengelernt hab ich sie durch Barney. Der war, glaub ich, der Bruder vom Master, vielleicht auch von seiner Frau. Jedenfalls hat dieser Barney – 'n' andern Namen hab ich nie gehört – mit ein paar Kumpels gearbeitet, mit denen ich früher auch schon ein bißchen was zusammen gemacht hab. Das ist bald länger als zehn Jahre her. Jerry Isbister und Pulvertaft haben die geheißen. Den Pulvertaft haben sie auch Katzenfuttermann genannt.« Er schwieg, als würde ihm mit einemmal etwas einfallen. Dann sah er mich plötzlich ganz eigenartig an: »Weißt du vielleicht was von denen ihr Handwerk?«

Ich schüttelte den Kopf.

»Is ja auch egal, jedenfalls waren die jahrelang Kumpels. Haben natürlich auch noch ein paar andere mit dazugehört. Blueskin zum Beispiel. Den wird keiner so schnell vergessen. Ich hab ein- oder zweimal ausgeholfen, aber das war nichts für meinen Magen – jedenfalls hab ich so den Barney kennengelernt.«

Was er erzählte, faszinierte mich, und ich hätte ihm gern einige Fragen gestellt, doch ich scheute mich, ihn zu unterbrechen, da er dann vielleicht den Faden verlor.

»Was ich sagen wollte: Wie ich aufgehört hab, gab's einen Riesenkrach. Barney und Pulvertaft gegen Jerry Isbister. Dann sind er und Pulvertaft übers Wasser.«

Ich warf seiner Tochter einen fragenden Blick zu, und sie flüsterte: »Auf die andere Themse-Seite.«

»Aber ich glaub, Jerry is immer noch mit Barney zusammen«, fuhr der alte Mann fort. »Is noch keine drei Monate her, da hab ich ihn getroffen, wie er mit Pferd und Karren die Field Lane runtergekommen is, und da hat er was von ihm erzählt.«

»Das is schon länger her, Vater«, warf die Frau ein und sah mich vielsagend an. »Du liegst doch mit deinem Bein schon über 'n Jahr flach.«

»›Mensch, Samuel‹, hat er zu mir gesagt«, erzählte der alte Mann weiter, ohne auf ihre Worte zu achten, »›es tut einem richtig gut, dich zu sehen. Ich muß schon sagen, dein Gesicht könnt Gurken reifen lassen.‹ Das hat er gesagt«, kicherte der alte Samuel. »Dein Gesicht könnt Gurken reifen lassen!«

»Wissen Sie, wie ich einen dieser Männer finden könnte?«

»Nein, das weiß ich nich. Von Barney hab ich nie wieder nich was gehört, seit sie ihn auf die schwimmende Akademie in Gravesend geschickt ham.«

Er gackerte, und ich warf seiner Tochter einen fragenden Blick zu, doch die zuckte nur mit den Achseln.

»Und die anderen? Wo wohnen Isbister und Pulvertaft?«

»Isbister wohnt in der Parliament Street, ganz nah am Bethnal Green. Ich glaub Nr. 8, vielleicht auch Nr. 9.«

»Und Pulvertaft?«

»Der soll unten in der Old Mint in 'ner Kaschemme wohnen, ›Old Manor House‹ nennen sie die.«

»Aber Vater, das ist doch schon bald zehn Jahre her«, widersprach seine Tochter.

Da offensichtlich kein Wort mehr aus ihm herauszulocken war, bedankte ich mich, stand auf und wollte gehen.

»Komm ruhig mal wieder, Jungchen«, sagte er. »Vielleicht fällt mir beim nächstenmal noch mehr ein.«

Beim Hinausgehen hielt die Tochter die Tür so, daß sie zwischen mir und ihrem Vater war, und sagte: »Seit er hier oben bleiben muß und sich keiner mehr um ihn kümmert, ist es ihm schnuppe, was er sagt, Hauptsache, jemand hört ihm zu.«

Ich bedankte mich und kehrte zu meiner Mutter zurück. Ihr ging es jetzt offenbar etwas besser, sie hatte auch wieder etwas Farbe im Gesicht, und als ich ihr sagte, daß ich nicht ganz erfolglos gewesen sei, da begrüßte sie diese Neuigkeit mit einem Freudenschrei und klatschte aufgeregt in die Hände. Ich versuchte, ihr zu erklären, daß ich nur einen ziemlich entfernten Bekannten von Mrs. Digweed gefunden hätte, doch sie hörte mir kaum zu. Sie schien vergessen zu haben, wie wenig ihr ursprünglich daran gelegen war, Mrs. Digweed zu finden, und wollte sich gleich auf den Weg machen. Doch Mrs. Sackbutt bestätigte mir, was ich bereits befürchtet hatte: Bethnal Green lag zwar ganz in der Nähe, aber die Mint lag am anderen Ende der Stadt.

»Bethnal Green!« rief meine Mutter aus. »Aber das kenn ich doch! Onkel Martin hatte da früher ein Sommerhaus. Eine hübsche Gegend! Komm, laß uns gleich hingehen!«

Unser Schicksal schien es so zu wollen, also verabschiedeten wir uns von unserer freundlichen Gastgeberin und machten uns auf den Weg. Es regnete leicht, doch meine Mutter bemerkte es offenbar gar nicht. Sie lachte und war vergnügt, während wir die Wentworth Street hinuntergingen und in die Brick Lane einbogen.

»Ich mag es nicht, wenn du so bist«, sagte ich.

Ihr Lächeln verschwand, als hätte sie jemand ins Gesicht geschlagen: »Du willst ja nur, daß ich unglücklich bin.«

»Natürlich will ich das nicht. Aber du darfst dich nicht so gehenlassen.«

»Warum denn nicht? Was ändert das schon?« fragte sie.

»Aber das ist doch Unsinn!«

»Wir dürfen uns nicht streiten!« rief sie, blieb stehen und umarmte mich. »Es wird schon alles wieder in Ordnung kommen, Johnnie. Ich bin mir ganz sicher. Wir werden die Digweeds finden und bei ihnen bleiben. Und dann vielleicht auch Arbeit auftreiben. Und wenn es unbedingt sein muß, dann gehen wir eben zu Sir Perceval und verkaufen ihm das Kodizill. Du wirst schon sehen. Letzten Endes wird sich alles finden.«

»Selbstverständlich wird es das«, sagte ich und befreite mich aus ihrer Umarmung.

Obwohl es bereits spät am Nachmittag war und schon dämmerte, rumpelten noch immer Karren und Pferdewagen hastig an uns vorbei, und über die an vielen Stellen ausgetretenen und baufälligen Bürgersteige drängten sich die zerlumpten Fußgänger.

Als wir schließlich auf der Bethnal Green Row waren, versuchte ich auf dem Stadtplan, den ich glücklicherweise in meiner Gesäßtasche gehabt hatte, als ich Mrs. Phillibers Haus verließ, nachzusehen, welchen Weg wir einschlagen mußten, doch die Gegend zeigte nur noch eine entfernte Ähnlichkeit mit dem, was auf der Karte eingetragen war. Reihenweise standen hier Häuser, wo laut Plan nur ein Park sein sollte. Die Metropole wuchs so rasch, daß die Karte längst veraltet war, obwohl man sie doch erst wenige Monate nach meiner Geburt gedruckt hatte.

»Ich kann mich noch gut an diese Straße erinnern«, sagte meine Mutter und sah sich um. »Als ich ungefähr in deinem Alter war, fuhren wir im Sommer oft hierher. Es war eine friedliche Gegend. Weißt du, hier begann für uns Städter das Land. Wir mieteten uns dann eine Kutsche, und Onkel Martys Dienstmädchen fuhr schon voraus und deckte im Sommerhaus den Tisch, damit das Essen auf uns wartete, wenn wir eintrafen.«

Nach einigen Minuten spürte ich jedoch, wie sehr es sie verwirrte, daß weder Parkanlagen noch eine offene Landschaft zu sehen waren. Als sie dann auf der rechten Seite eine Kirche entdeckte, sagte sie: »An die kann ich mich erinnern, da bin ich mir sicher. Und doch kommt mir alles so anders vor.«

Eine Zeitlang gingen wir an kleinen, zwei bis vier Zimmer großer Reihenhäuschen entlang über endlos lange Straßen, und immer wieder warf sie mir einen Blick zu, und ihre Bestürzung schien mit jedem Mal zu wachsen.

»Haben wir uns verlaufen?« fragte ich.

»Ich versteh das nicht: Wir sollten schon längst da sein. Ich kann mich an all diese Häuser hier überhaupt nicht erinnern.«

»Hier könnte es sein, Mama. Sieh mal, der Platz heißt Mulberry Gardens. Und diese Häuser sehen neu aus, obwohl sie bereits so verfallen sind.«

Sie sprach mit schwacher und irgendwie abwesend klingender Stimme: »Ich glaube, du hast recht.«

»Und sieh doch nur«, rief ich, »dort stehen auch einige Sommerhäuser!«

Auf einem von Unkraut überwucherten Stück Ödland dicht neben der Hauptstraße standen eine Anzahl ebenerdiger Holzhäuser mit Terrassen und vorstehenden Stützstreben zum Befestigen der Sonnensegel, die hier einst im warmen Sommerwind flatterten. Jetzt verfielen die Häuschen jedoch, und faulender grüner Schimmel bedeckte die Wände, die jeden Augenblick einzustürzen drohten, waren sie doch immerhin vierzig oder fünfzig Jahre alt. Zu unserer Überraschung sahen wir aber hier und da ein fahles Licht aufleuchten und Leute, die in den Sommerhäusern wohnten.

Je näher wir den Häusern kamen, um so aufgeregter wurde meine Mutter, und als sie nach meinem Arm griff, spürte ich, daß sie heftig zitterte.

»Wo war Onkel Martins Sommerhaus?« fragte ich. »Kannst du dich daran erinnern? Vielleicht steht es noch.«

»Ich will es nicht sehen!« rief sie. »Ach, Johnnie, es ist alles so häßlich geworden, ich kann das nicht ertragen!«

Wir beschleunigten unsere Schritte und eilten durch die dunkler werdenden Straßen, bis wir endlich den Green selbst erreichten. Dort erkundigten wir uns nach dem Weg und hatten große Mühe, die Parliament Street zu finden, eine düstere, kleine Ansammlung winziger, dicht an einem trübselig-kümmerlichen Platz kauernder Häuschen. Wie die meisten der erst in den letzten Jahren errichteten Gebäude war es mit einer wie eine Brustwehr vorgebauten Fassade versehen, hinter der das Dach wie ein spitzer Hut hervorguckte. Die Fenster waren für die Vorderseite viel zu groß und erinnerten an vorquellende Augen. Es war nicht schwer, das Haus zu finden, das wir suchten, denn vor der Nr. 8 stand ein Karren, auf dessen Seiten zu lesen war: JEREMY ISBISTER: LIEFERANT.

Ein stämmiger, unrasierter Mann von etwa vierzig Jahren öffnete auf unser Klopfen die Tür. Er hatte kleine, blutunterlaufene Augen sowie eine vorspringende, doch gebrochene Nase, und er trug eine Halsbinde, die nicht mehr sonderlich sauber war. Er starrte uns feindselig an, und seine Augen kamen mir wie die »Augen« einer Kartoffel vor, die nach dem Schälen noch tief und schwarz im weißen Fleisch haften. Auch sein kurzgeschorener Schädel ließ mich an eine verwachsene Kartoffel denken, deren Knoten und Beulen deutlich sichtbar sind. Er hielt sich geduckt wie eine vorsichtige Schildkröte, jeden Moment bereit, den Kopf zwischen die Schulterblätter einzuziehen.

»Wer seid ihr?« fragte er.

»Wir sind Freunde der Digweeds«, sagte ich.

»Digweed!« rief er erschreckt. »Hat *er* euch geschickt?«

»Nein«, antwortete ich. »Außerdem kennen wir nur Mrs. Digweed.«

Er musterte uns aufmerksam: »Hab noch nie von einer Mrs. Digweed gehört. Was habt ihr mit der Frau zu schaffen? Wer hat euch geschickt?«

»Sollten Sie Mr. Isbister sein, dann kennen Sie einen Mann, so wurde uns jedenfalls gesagt, der Barney heißt und irgendwie mit Mrs. Digweed verwandt ist.«

Mir schien es, als weiteten sich seine Augen, doch schon wollte er die Tür schließen. »Ich kenn keinen Barney. Reicht euch das?« sagte er.

In diesem Moment stieß meine Mutter einen Schrei aus und fiel taumelnd gegen mich, so daß ich sie unterfassen mußte.

Der Mann sah sie neugierig an: »Sie sieht nicht gerade sehr munter aus. Wißt wohl nicht, wo ihr bleiben sollt, hä?«

Ich schüttelte den Kopf.

»Und nicht viel Zaster, wie?«

Ich schüttelte wieder den Kopf: »Wir hatten darauf gehofft, bei Mrs. Digweed ein Unterkommen zu finden.«

Er musterte mich abschätzend: »Bist ein kluges Köpfchen, Bursche«, sagte er. »Ich möcht wetten, daß du auch lesen kannst?«

»Ja«, sagte ich.

»Alles? Egal, ob Druckschrift oder von Hand geschrieben?«

»Ja.«

»Und kannst wohl auch so sauber und ordentlich wie ein Gentleman schreiben?«

»Das auch«, erklärte ich.

Er schaute mich mit leicht geöffnetem Mund gespannt an, sagte aber nichts mehr, und ich wandte mich ab und stützte meine Mutter, so gut ich konnte. Wir hatten nur ein paar Schritte getan, da rief er: »Wartet! Wollt ihr einen Unterschlupf für heut nacht?«

Ich drehte mich zu ihm um, zögerte aber mit meiner Antwort.

»Ich hab noch 'ne Kammer frei«, fuhr er fort, »die vermiet ich normalerweise. Die letzte Familie mußte ich allerdings vor ein paar Tagen rausschmeißen. Ihr könnt sie für eine Nacht haben, kostet euch zehn Pence.«

»Ich glaube, wir sollten besser gehen, Mama«, flüsterte ich.

»Laß es uns doch versuchen, Johnnie, nur für eine Nacht«, sagte meine Mutter. »Ich bin so müde.«

Mr. Isbister hörte unserem Wortwechsel gespannt zu.

»Können wir das Zimmer sehen?« fragte ich.

Er drehte sich um, ging in den Flur und rief: »Molly!«

Mit ungeduldigem Kopfnicken deutete er an, daß wir eintreten sollten. Kaum waren wir in dem dunklen Flur, überfiel uns ein eigenartiger Geruch, den ich nicht genau ausmachen konnte: Es war nicht nur der schon vertraute Kohl- und Kartoffelgeruch der Armen, etwas Dunkleres, Erdhaftes schien ihm beigemischt zu sein. Als wir uns durch den engen Flur drängten, tauchte aus dem Hinterzimmer eine große, schlampig aussehende Frau auf.

Sie hatte offensichtlich gerade gebacken und wischte sich ihre mehlbestreuten Hände an der Schürze ab. Irgendwie kam es mir so vor, als hafte ihr etwas unbestimmbar Unsauberes an. In ihrem mehligweißen, fettigen Gesicht, das so teigig und klitschig aussah wie halbfertige Brote und Kuchen (die sie ständig buk, wie ich noch erfahren sollte), lauerten tiefliegende schwarze Augen. Es schien ihre Angewohnheit zu sein, sich ständig die Hände an der schmutzigen Schürze abzuwischen, als wolle sie gleich darauf ihre Fäuste gebrauchen.

»Was is'n los?« fragte sie gereizt.

Der Mann wies mit dem Kopf auf uns: »Die wollen das Zimmer für heut nacht.«

Sie sah uns verächtlich an: »Könnt ihr zahlen?«

»Wir würden es zuvor gern einmal sehen«, erwiderte ich.

»Erste Treppe, hinten raus«, sagte sie.

»Ihr könnt es auch für zwei Shilling und sechs Pence die Woche haben«, sagte der Mann plötzlich.

»Ach nein, können sie?« rief die Frau ärgerlich.

Als ihr Mann sie an den Arm faßte und ihr mit unterdrückter Stimme etwas zuflüsterte, gingen meine Mutter und ich nach oben. Das Zimmer war klein und dunkel und hatte nur ein einziges rußverschmiertes kleines Fenster, durch das man auf den dreckigen Hinterhof blickte. Neben einem uralten, unbezogenen Bett lag auf dem Boden ein schmaler Strohsack. Wir sahen uns verzweifelt an.

»Für eine Nacht ist es ziemlich teuer«, wandte ich ein. Die klamme Feuchtigkeit und dieser Geruch, der das ganze Haus zu durchdringen schien, ließen mich die Nase rümpfen. »Mir sind diese Leute zuwider. Ich meine, wir sollten es woanders probieren.«

»Aber es wird schon spät, und ich kann nicht mehr. Ich kann einfach nicht, Johnnie. Ich will nicht wieder hinaus auf die Straße. Wohin sollen wir auch gehen?«

»Also gut«, sagte ich, »für eine Nacht.«

Als wir wieder nach unten kamen, stand Mr. Isbister im halbdunklen Flur und lächelte uns an.

»Wollen Sie mir und meiner Frau nich die Ehre erweisen tun und ein Glas vom besten Neun-Penny mit uns trinken, Ma'am?«

Meine Mutter nickte und wollte ins Wohnzimmer gehen, doch Mr. Isbister streckte seinen Arm aus und hielt die Tür zu: »Nicht doch, gerad im Moment kann man niemanden nich im Wohnzimmer empfangen.« Er wandte sich um und führte uns in die Küche. Dort goß er jedem von uns einen großen Gin ein und prostete uns zu. Ich ließ mein Glas unberührt.

»Nun, meine Guten«, sagte Mrs. Isbister mit einem affektierten Lächeln, das mich stärker beunruhigte als ihre frühere Feindseligkeit, »ist euch das Zimmer recht?«

»Wir nehmen es für eine Nacht«, sagte ich.

»Jetzt seh ich, wer hier die Entscheidungen trifft!« rief Mrs. Isbister. »Meine Güte, er ist schon richtig der kleine Master, nicht wahr?«

»Ja«, sagte meine Mutter. »Er drangsaliert mich manchmal ganz schrecklich.« Sie sah mich vorwurfsvoll an.

»Nein, tu ich nicht.«

»Ich liebe Kinder«, sagte Mrs. Isbister und langte zu meinem Entsetzen mit ihrer großen, teigigen Hand nach mir, um mir über den Kopf zu streichen. »Wir mußten drei begraben. Mr. Isbister und ich«, sagte sie bekümmert.

Er seufzte tief und fragte: »Noch einen, Ma'am?«

Meine Mutter hielt ihm ihr Glas hin, ließ sich einschenken, und sie prosteten sich noch einmal zu.

»Wollen Sie das Geld jetzt?« fragte meine Mutter und öffnete ihren Ridikül.

»Das hat doch Zeit«, sagte Mr. Isbister. »Wir vertrauen euch doch.«

»Irgend jemandem muß man in dieser Welt ja vertrauen, nicht wahr?« meinte Mrs. Isbister. »Das sagen Mr. Isbister und ich uns immer.«

Meine Mutter nickte und lächelte mir zu, als fordere sie mich auf, die gute Meinung über unsere neuen Zimmerwirte mit ihr zu teilen.

»Ist eine schöne Kammer«, sagte Mr. Isbister. »Im Winter schläft man da so fest wie ein Ratz.«

Die Isbisters liehen uns einige löchrige Laken sowie Decken, und der Strohsack wurde für mich aufgeschüttelt. Meine Mutter schlief gleich ein, doch ich lag sicher noch eine Stunde lang wach, und meine Angst wurde keineswegs geringer, als die Isbisters spät in der Nacht betrunken die Treppe hochstiegen und ich hören konnte, wie sie im Nebenzimmer miteinander stritten.

33. KAPITEL

Da ich geglaubt hatte, Lieferanten würden sehr früh mit ihrer Arbeit beginnen, war ich am nächsten Morgen recht erstaunt, daß ich der erste war, der im Haus aufwachte. Um halb acht gaben die Isbisters noch immer keinen Laut von sich, doch ich meinte, Geräusche im Erdgeschoß zu hören. Ich stand auf und zog mich an, um hinunterzugehen. Meine Mutter schlief noch, warf sich aber ruhelos in dem alten Bett hin und her. Als ich an der Treppe stand, hörte ich die Isbisters in ihrem Zimmer schnarchen. Unten rüttelte jemand am Kaminrost, und als ich in die Küche kam, sah ich ein ungefähr vierzehn Jahre altes Mädchen, das vor dem Kamin kniete und das Feuer neu anzufachen versuchte.

»Hallo!« sagte ich. »Ich heiße John. Wer bist du?«

Zu meiner Verblüffung sah sie mich nicht einmal an. Dies schien mir wenig freundlich, geschweige denn höflich zu sein, und überhaupt machte sie, von Kopf bis Fuß mit schwarzem Staub bedeckt und die Hände mit Blasen übersät, keineswegs den Eindruck eines besonders anziehenden jungen Menschen. Eine Reihe großer Körbe stand an der Wand. Sie waren zwar zugedeckt, schienen aber mit Wäsche vollgestopft zu sein.

Ich suchte nach einem Bäcker und einem Milchmann, um mir für einen Penny Brötchen und etwas Milch zum Frühstück zu kaufen, und nachdem ich beide Läden gefunden hatte, ging ich wieder nach oben, aß meinen Teil und wartete. Kurz nach acht Uhr wachte meine Mutter auf, und ich drängte sie, sich zu beeilen, damit wir das Haus möglichst bald verlassen konnten.

»Ich glaube, ich kann nicht«, sagte sie.

Besorgt bemerkte ich, wie blaß und fiebrig sie aussah.

»Kannst du es nicht wenigstens versuchen?« fragte ich sie.

»Nein. Und außerdem: Wohin sollen wir denn gehen?«

Sie war zweifellos krank, und ich beschloß, sie weiterschlafen zu lassen und unserem Wirt Bescheid zu sagen, sobald er aufgestanden war.

Ich mußte jedoch lange warten. Endlich, es war schon fast Mittag, hörte ich, wie die Isbisters nach unten gingen. Einige Minuten später stieg auch ich die Treppe hinunter, und als Mr. Isbister mich kommen hörte, rief er dröhnend aus der Küche: »Hier herein!«

Die beiden saßen beim Frühstück, aßen Brot und Käse und spülten es mit Porter hinunter, das sie sich von dem kohlschwarzen Dienstmächen einschenken ließen.

»Du Tolpatsch!« sagte Mrs. Isbister gerade zum Mädchen, während ich eintrat, doch als sie mich kommen sah, zwang sie sich zu einem Lächeln.

Ich erzählte ihnen, wie es um meine Mutter stand, und sie sagten, das tue ihnen leid und wir sollten doch bleiben, bis sie sich wieder erholt habe.

Mr. Isbister kratzte sich den Schädel: »Nun, für ein paar Tage könnt ich wohl 'nen pfiffigen Jungen gebrauchen, der einige Botengänge für mich erledigt und mir das Pferd hält. Ich würd das natürlich nur machen, um euch einen Gefallen zu tun. Sagen wir also: Ihr zahlt uns keine Miete, und damit sind wir dann quitt. Abgemacht?«

Ich nickte.

»Dieser Mann ist einfach zu gutmütig«, sagte seine Frau zu mir. »Ich hab's schon erlebt, da hat er 'nen ganzen Tag Arbeit sausenlassen, nur um seinem Bruder zu helfen, obwohl's ihm nix eingebracht hat. Weißt du, ich glaub, ich könnt auch noch eine Arbeit für dich finden. Du könntest mir dies und das besorgen, das faule Ding da ist einfach zu langsam.« Sie drehte sich rasch um, rief: »Brennt das Feuer noch immer nicht, Polly?« und schlug nach dem Mädchen, das ihr aber geschickt auswich.

Nachdem ich meiner Mutter gesagt hatte, worauf ich mich mit unseren Wirtsleuten geeinigt hatte, ging ich wieder hinunter, um zur Stelle zu sein, wenn Mr. Isbister mit dem Karren losfuhr. Das Mädchen scheuerte den Kamin, während ihre Herrschaft das Frühstück mit einigen Gläsern Gin abrundete, und ich stand an der Tür und wartete auf Anweisungen.

»Was soll ich tun, Mr. Isbister?« fragte ich schließlich.

»Vorläufig nichts«, sagte er und lockerte sich den Gürtel um einige Löcher. »Aber später brauch ich dich, muß noch ein großes Faß Gin von Limehouse nach Hackney bringen. Frag lieber sie!«

Er deutete mit dem Finger über die Schulter auf seine Frau, die mit dem Kopf auf einen der Körbe zeigte und sagte: »Bring das da nach Mrs. O'Herlihy in Smarts Gardens, und sag ihr, sie soll dir geben, was sie fertig hat.«

Obwohl er noch leer war, konnte ich den schweren und unhandlichen Korb nur mit Mühe schleppen. Ich machte mich auf den Weg. Endlich durfte ich arbeiten! Direkt hinter dem kleinen Platz lag ein Kehrrichthof, auf dem einige alte Frauen, Ledertaschen in der Hand, mit ihren Stöcken in den Abfallhaufen herumstocherten; eine von ihnen fragte ich nach dem Weg zu Smarts Gardens. Ich mußte Plätze überqueren, auf denen schwarze Tümpel den Eingang zu engen Straßen blockierten, und oft floß die Brühe mitten über den Platz, so daß man unweigerlich durch sie hindurchwaten mußte. Überall lagen große Müllhaufen, und ich fand allein den Gedanken daran schon gräßlich, wie es hier wohl bei heißem Wetter sein mochte.

Die meisten Straßen in dieser Gegend waren neu, doch sie waren rücksichtslos und ohne Plan durch die früheren Lustgärten geführt worden und erstreckten sich nun unregelmäßig über ein wildes Ödland aus Schlamm und Steinen. Die Höfe und die kleinen Gärten, in denen außer zerbrochenen Zäunen und altem Porzellan nichts zu gedeihen schien, waren von den öffentlichen Durchfahrten kaum zu unterscheiden oder nur mit halb verfallenen Lattenzäunen markiert. Wo man auch hinsah, gab es nur Abfall, alte, umgestürzte Heringsfässer, Glasscherben, Unkraut sowie ständig und überall schmutzige Kinder, die im Dreck herumtollten oder um einige Halfpennies spielten.

Ich fand die elende, kleine Straße und fragte nach den O'Herlihys. Ihr Haus war etwa so groß wie das der Isbisters, doch hier wohnte in jedem Zimmer eine andere Familie. Die O'Herlihys wohnten in der Küche, und als ich eintrat, saß fast die ganze Familie – zwei Frauen, drei Mädchen und sogar zwei kleine Jungen – eifrig über Stickarbeiten gebeugt. Es war heiß und stikkig, denn der Raum wurde von stinkenden, in Schafsfett getauchten Kienspänen erhellt, und in die Fensterlöcher hatte man Papier gestopft, das im Luftzug flatterte, als ich die Tür öffnete und wieder schloß. Mit einem Schauder sah ich die vor lauter Holzläusen wie lebendig scheinenden Wände und hielt mich sorgsam einen Schritt von ihnen entfernt.

Mrs. O'Herlihy stand auf und kam zu mir. Sie hatte ein zerfurchtes, besorgtes Gesicht und war doch – wie ich überrascht bemerkte – nur wenige Jahre älter als meine Mutter. Sie schien sich vor meinem Anblick und vor dem Korb zu fürchten: »Ich hoffe, sie zieht uns nicht wieder was ab für'n bißchen Murks.« Sie seufzte und fügte hinzu: »Sie ist zwar nicht der schlimmste Blutsauger, aber sie ist schlimm genug.«

Mrs. O'Herlihy füllte den Korb mit fertigen Kleidungsstücken, und gemeinsam trugen wir ihn zurück. Es war gar nicht leicht, immer einen sauberen Weg zu finden, damit die Kleider nicht dreckig wurden.

»Wo seid ihr nur so lange abgeblieben?« schimpfte Mrs. Isbister, als wir in die überhitzte Küche taumelten. Ihr Gesicht war gerötet, und auf dem Tisch standen ein Glas und ein irdener Krug. Ihr Gatte saß mit abschätzig gerunzelter Stirn am anderen Ende des Tisches und umklammerte mit seiner Pranke ein zweites Glas.

Mrs. Isbister begann, die Kleidungsstücke aus dem Korb zu nehmen – ich konnte jetzt sehen, daß es sich um Westen handelte –, und untersuchte bei jedem einzelnen Stück sorgfältig Nähte, Knöpfe und Knopflöcher. Triumphierend hielt sie eine Weste hoch und rief: »Sieh dir das an! Für so 'ne Arbeit zahl ich dir nichts! Du hast ja die Naht völlig vermurkst. Ich zieh dir das von deinem Lohn ab, und einen neuen Auftrag kriegst du auch nicht mehr.«

»Ach, ich bitt Sie, Ma'am«, flehte Mrs. O'Herlihy. »Ist doch nur ein ganz kleiner Fehler. Muß eins von den Kindern gewesen sein. Lassen S' mich das wieder mitnehmen, dann mach ich's noch mal.«

»Na schön. Aber ich zieh's dir trotzdem ab. Hast ja das Material völlig verdorben.«

»Ach bitte, Ma'am, mein Mann ist doch schon seit vier Monaten ohne Arbeit.«

»Hier haste das Bare«, antwortete Mrs. Isbister und warf die Münzen so heftig auf den Tisch, daß eine auf den Boden rollte. »Nimm's oder laß es bleiben! Es gibt genug andere, die so eine Arbeit gern machen.«

Mrs. O'Herlihy suchte das Geld zusammen; und mit einem kleinen Knicks für Mrs. Isbister und einem unruhigen Blick auf deren Gatten eilte sie aus dem Zimmer, die reklamierte Weste eng an sich gepreßt.

»Was guckst du so?« schrie mich Mrs. Isbister an. »Setz dich in Bewegung! Sich zu, daß du zu den Parracks in Coopers Gardens kommst, und sag ihnen, wenn sie je wieder Arbeit haben wollen, dann sollen sie mir gefälligst jetzt die Sachen bringen.«

Als ich mich umdrehte, packte sie mich bei der Schulter und drückte mir den großen Korb in die Arme: »Wo willst du hin? Den hier mußt du natürlich mitnehmen. Und bleib diesmal nicht so lang, hast du gehört?«

Ich war froh, wieder aus dem Haus zu kommen, und als ich forteilte, sah ich, daß einige Türen weiter ein Blasentrockner hauste, und ich fragte mich, ob der Geruch vielleicht von dieser Art Arbeit kam, denn es stank ganz entsetzlich.

Diesmal mußte ich mich in einen jener ehemaligen Gärten vorwagen, eine Wildnis aus verfallenen Zäunen, kreuz und quer gezogenen, tückischen Gräben und vereinzelten, meistenteils verlassenen und von Unkraut überwucherten Sommerhäusern, von denen manche noch immer bewohnt waren. Überall stieß man auf große stinkende Gewässer und riesige Abfall- und Müllberge, doch mitten im Schlamm standen im Unterholz provisorische Hütten mit Dächern aus geteerter Leinwand. Wie sich herausstellte, war mein Ziel eine wacklige, vor etwa sechzig Jahren als Sommerhaus gebaute Holzhütte, in deren einzigem winzigem Zimmer wie üblich eine ganze Familie bei der Arbeit saß.

Als ich Mrs. Parrack erklärte, warum ich gekommen war, brach sie beinahe in Tränen aus: »Ich hab noch nichts fertig. Wir haben alle das Fieber gehabt. Aber ich schaff's bis Montag, mein feierliches Ehrenwort!«

Also ging ich wieder, und als ich zurücklief, fiel mir ein, woran mich all das erinnerte. Die verfaulten Strohdächer, die schiefen Schornsteine, die Löcher in den roh gezimmerten, mit Stroh und Zaunlatten ausgestopften Wänden und das Vieh – die vielen Hühner, die im Dreck herumscharrten, die grunzenden Schweine in den zu engen Ställen, sogar die Enten, die durch die schwarzen, vor den Misthaufen sich ansammelnden Pfützen watschelten, und die traurigen Esel in den winzigen Hinterhöfen –, dies alles hier erinnerte an eines der heruntergekommenen Dörfer in der Umgebung von Melthorpe, nur daß es hier kein Ende zu geben schien. Der Unrat dehnte sich weiter und weiter aus, und die Gerüche waren nicht die von Bauernhöfen, denn das Wasser, das aus den Aschhaufen sickerte, stank nach Schmutz und Fäulnis. Die düsteren und ungesunden Ställe, die im Gestrüpp dieses Ödlandes wie Pestpilze aus dem Boden schossen, beherbergten keine Tiere, sondern menschliche Wesen, und das Geschrei und Gestöhn, aber auch das plötzlich hervorbrechende, wie Hundebellen klingende Kläffen, das die ganze Nacht hindurch zu hören war, kam, wie ich später noch erfahren sollte, von Menschen und nicht von Tieren.

Als ich zurückkam und Mrs. Isbister vom Ergebnis meines Botengangs berichtete, schrie sie mich an: »Du Tölpel, du hättest mitbringen sollen, was sie schon fertig hat! Jetzt hat sie's bestimmt schon zum Pfandleiher gebracht. Und warum bist du nicht gleich weiter zu den M'Quhaes?«

»Aber davon haben Sie mir doch gar nichts gesagt!« protestierte ich.

»Keine Widerrede!« schrie sie. »Geh zu den M'Quhaes in der Crabtree Row. Und wenn die nichts haben, dann zu den Lamprills in Whiskers Gardens.«

Auf diese Weise rannte ich viele Male hin und her, sorgte mich dabei um meine Mutter und hoffte, daß sie bald fähig war, mit mir fortzugehen. Als ich mich dann am späten Nachmittag erschöpft und unbeachtet in eine Ecke der Küche hockte, während Mrs. Isbister aus irgendeinem Grund Polly eine Strafpredigt hielt, erhob sich Mr. Isbister etwas schwankend, wischte sich mit dem Ärmel über den Mund und sagte zu mir, ich solle mich fertigmachen. Ich hatte gerade noch Zeit, kurz oben in unserem Zimmer nachzusehen, wo meine Mutter unruhig und mit heißer Stirn schlief, bevor mein neuer Master mich zu dem nahen Mietstall mitnahm.

Hier holten wir das Pferd, um es vor den Karren zu spannen. Das Tier schien so träge wie sein Herr zu sein – es war allerdings wesentlich magerer – und weigerte sich widerborstig, Mr. Isbisters Befehlen zu gehorchen. »Verdammt, Gunpowder!« fluchte Mr. Isbister und zerrte an den Zügeln: »Ich will bei lebendigem Leib verbrennen, wenn ich dich nicht verkauf und Kleister aus dir machen laß.«

Endlich setzten wir uns jedoch in Bewegung, und damit begann für mich eine willkommene Ruhepause. Wir fuhren nach Limehouse, holten ein großes Faß Gin ab, brachten es zu einem Wirtshaus in Hackney, und alles, was ich dabei zu tun hatte, war, Gunpowders Zügel zu halten, während Mr. Isbister zuerst die Lagerarbeiter und dann den Schankkellner herumkommandierte. Anschließend fuhren wir wieder nach Hause, und nachdem er mir gezeigt hatte, wie man das Pferd ausschirrt, brachte ich das Tier in den Stall zurück. Obwohl mich mein Master an diesem Tag nicht mehr brauchte, hielt mich seine Frau bis zum Einbruch der Nacht auf den Beinen.

Meiner Mutter ging es am Abend nicht besser, und nachdem ich für einen halben Penny Erbsenpüree vom Pastetenbäcker geholt und gegessen hatte – meine Mutter hatte keinen Appetit –, fiel ich erschöpft ins Bett. Auch am nächsten Morgen hatte sich ihr Zustand nicht geändert, und der Tag verlief ähnlich wie der erste. Mr. Isbister blieb sogar noch länger im Bett und begann sofort zu trinken, als er endlich aufstand, so daß ich am Vormittag nur die Aufträge seiner Frau erledigte. Nachmittags wurde ich dann losgeschickt, um das Pferd einzuschirren, dann machten wir uns auf den Weg nach Aldgate, holten einige Kisten ab und brachten sie nach Poplar. Anschließend befahl mir Mr. Isbister, den Gaul zurückzubringen. Er selbst hockte den Rest des Nachmittags in der Küche und trank.

Am Abend ging es meiner Mutter etwas besser, und wir aßen gerade kalte Pasteten, die ich vom Bäcker geholt hatte, als wir hörten, daß nach und nach mehrere Männer ins Haus kamen. Den ganzen Abend über tranken und grölten sie, und selbst als wir zu Bett gingen, hatte das Lärmen noch nicht nachgelassen. Gegen Mitternacht weckte mich ein Geräusch, und als ich aufmerksam in die Dunkelheit lauschte, kam es mir vor, als versuchten die Männer so heimlich wie nur möglich das Haus zu verlassen. Dann hörte ich überrascht den Karren anfahren, und ich dachte mir, daß man offenbar eine besondere Vereinbarung mit dem Besitzer des Mietstalls getroffen hatte, um Gunpowder so spät noch holen zu können. Da unser Zimmer nicht zur Straße hinausging, konnte ich vom Fenster aus nichts beobachten. Was haben Mr. Isbister und seine Kumpane zu so später Stunde noch vor? fragte ich mich verwundert. Aber ich schlief ein, ehe der Karren zurückkam, und am nächsten Tag stand mein Master nicht vor dem Nachmittag auf und ging auch dann nicht mehr aus dem Haus.

Nachdem wir drei Tage bei den Isbisters logiert hatten, ging es meiner Mutter besser, und am Abend des 26. März fragte ich sie, ob sie sich kräftig genug fühle, am nächsten Tag aufzubrechen.

»Ich glaube schon«, antwortete sie. »Aber bisher sind wir hier doch ganz gut zurechtgekommen, Johnnie. Warum bleiben wir nicht noch ein bißchen?«

»Nein«, beharrte ich. »Es sind keine netten Leute.«

Aber was konnte ich eigentlich gegen sie vorbringen, wenn ich einmal davon absah, daß sie Polly, die Heimarbeiter und sogar den armen alten Klepper schlecht behandelten?

»Sei nicht so voreilig! Sie waren doch sehr freundlich zu uns und haben uns bei sich wohnen lassen, fast ohne etwas dafür zu verlangen. Wo sollen wir denn hingehen? Mrs. Digweed werden wir bestimmt nicht finden, das war sowieso eine närrische Idee. Und deine Miss Quilliam wird uns auch nicht helfen. Außerdem brauchen wir eine Bleibe, wenn ich nach Arbeit und einer Schule für dich suchen soll.«

»Einer Schule!« rief ich aus. »Wie sollen wir uns das denn leisten können? Weißt du denn nicht, wie wenig Geld wir nur noch haben?«

»Sprich nicht so mit mir, Johnnie!« sagte sie ungehalten.

Doch ich gab nicht nach und drängte darauf, dieses Haus wieder zu verlassen.

»Also gut«, sagte sie schließlich. »Wenn du so darauf versessen bist, dann gehen wir halt und verhungern auf der Straße.«

Wir stiegen die Treppe hinunter und teilten den Isbisters, die wie immer in der Küche saßen und tranken, unsere Entscheidung mit.

Sie sahen ziemlich bestürzt drein.

»Tut uns leid, das zu hören«, sagte Mrs. Isbister. »Aber woll'n Sie nicht noch einen Augenblick bleiben und mit einem schönen Glas vom besten ›Cream o' the Valley‹ auf den Abschied anstoßen, meine Gute?«

Meine Mutter nahm an, wich meinem warnenden Blick aus und setzte sich.

»Ein Haus wie dies hier ist natürlich nicht gut genug für euereins«, begann Mrs. Isbister. »Denn Sie sind ja man eine richtige Dame, das versteh ich schon. Ach, ich weiß Bescheid, Sie glauben, ich gehör zu den armseligen Leuten, und das tu ich auch, bin schrecklich armselig«, und sie starrte uns wütend an, als wolle sie jedem Trotz bieten, der es wagte, ihr zu widersprechen. »Aber ich weiß, daß ich ein armseliger Mensch bin, und das macht mich nicht ganz so armselig wie die, die's nicht wissen.«

»Nu mal langsam, altes Haus!« brummte Mr. Isbister.

»Und außerdem merk ich genau, wenn ich's mit einer richtigen Dame zu tun hab. Soll ich Ihnen sagen, wieso? Von wegen nämlich weil ich beinah zehn Jahr lang bei einer gearbeitet hab, als Kammerzofe. Die war mächtig damenhaft mit ihrem feinen Porzellan, all dem Familiensilber und so. Mußte immer alles picobello sein. Zum Schluß bin ich weg, weil ich das ganze etepetetehafte Getue nicht mehr ausgehalten hab.«

»Das klingt ja fürchterlich«, sagte meine Mutter. »Ich kenne das; ich habe immer versucht, gut zu meinen Dienstboten zu sein.«

Bei diesen Worten warf Mrs. Isbister ihr rasch einen finsteren Blick zu: »Genau wie ich. So kriegt man nämlich die meiste Arbeit aus ihnen raus. Aber das Mädchen da!« Sie schüttelte den Kopf. »Aus purer Gefälligkeit sorg ich dafür, daß sie weiß, wie man sich anständig benimmt, sonst wär sie wirklich ein ganz hoffnungsloser Fall. Aber was ich Ihnen noch von meiner Mistress erzählen wollte, also, die war wirklich ein übles Weibsbild, das muß ich Ihnen schon sagen. Am ersten Tag, wo ich bei ihr arbeite, sagt sie: ›Mach dies und tu das, Meg!‹, und ich sag: ›Mit Verlaub, Ma'am, aber so heiß ich nich.‹ Sagt sie: ›Wir nennen unser Dienstmädchen immer Meg, das kann man sich leichter merken.‹« Mrs. Isbister funkelte uns bei diesen letzten Worten an und leerte wutschnaubend ihr Glas. »Das will sie doch alles gar nicht hören«, unterbrach sie Mr. Isbister. Er wandte sich an uns: »Tut uns wirklich leid, daß Sie gehen, Ma'am, Sie und Ihr Jungchen.«

»Er hat den Jungen grad so gern, als wär's sein eigener«, unterbrach ihn Mrs. Isbister mit schleimig-albernem Lächeln, und mit fahrigen, unsteten Bewegungen tastete ihre Hand nach meinem Kopf. Ich rückte etwas zur Seite, so daß sie nur die Rückenlehne meines Stuhls zu fassen bekam.

»Und außerdem ist er mächtig auf dem Quivive, so einen könnten wir gut gebrauchen«, fuhr Mr. Isbister fort.

»Klug ist er wirklich«, stimmte meine Mutter ihm zu und blickte nervös zu mir herüber. »Ich würde ja gern bleiben, aber Johnnie meint, wir sollten besser gehen.«

Ich starrte sie wütend an.

»Aber wo wollen Sie denn hin?« ereiferte sich Mr. Isbister. »Und nur weil der Junge es will?«

»Ich muß mir eine Arbeit suchen.«

»Was denn für Arbeit?« fragte Mrs. Isbister.

»Als Näherin.«

»Können Sie gut mit der Nadel umgehen?« fragte Mrs. Isbister.

»Ja«, sagte meine Mutter stolz. »Das kann ich.«

»Wenn's weiter nichts ist, ein paar einfache Näharbeiten könnt ich Ihnen schon besorgen. Sie brauchen auch gar keine niedern Sachen zu machen«, fuhr Mrs. Isbister fort. »Sie und ich, wir beide würden hier ganz warm und gemütlich sitzen und arbeiten. Wär auch nicht schlecht fürs Geschäft, 'ne richtige Dame hier zu haben.«

Meine Mutter drehte sich zu mir um, doch ihr Lächeln verschwand, als sie mein Gesicht sah. »Warum eigentlich nicht? Nur für ein paar Wochen?« fragte sie mit unterdrückter Stimme.

Die Isbisters saßen so dicht bei uns, daß ich ihr nichts von meinen Befürchtungen sagen konnte, und so warf ich ihr nur einen zornigen Blick zu.

»Also, ich mach Ihnen ein Angebot«, sagte Mr. Isbister. »Sie zahlen keine Miete für das Zimmer und arbeiten für mein altes Mädchen hier, und wir zahlen Ihnen noch sechs Shilling obendrauf. Das heißt«, fügte er nachträglich hinzu, »die Arbeit vom Jungen ist da natürlich mit dabei.«

Seine Frau nickte und lächelte.

Es kam mir seltsam vor, daß sie bereit waren, mehr als den üblichen Preis zu zahlen, obgleich es in der Nähe viele Frauen geben mußte, die die gleiche

Arbeit für weniger Geld machten. War es unrecht von mir, sie so zu verdächtigen und nicht zu mögen?

»Nur sechs Shilling?« fragte meine Mutter. »Ich hatte mit mehr gerechnet.«

Ich ärgerte mich zwar über ihre Antwort, hoffte aber, daß ihre Unwissenheit eine Einigung vereiteln würde.

»Noch mehr?« rief Mrs. Isbister, hielt dann aber plötzlich inne und leerte ihr Glas.

Mr. Isbister beugte sich rasch vor: »Ich glaub, wenn du es genau überdenkst, dann findet sich schon noch ein Weg, wie wir ausnahmsweise mal ein bißchen mehr zahlen können, nicht wahr, Molly?«

Sie sah ihm einen Augenblick lang unverwandt in die Augen, und etwas plump sagte sie dann zu meiner Mutter: »Eine richtige Dame wie Sie, das ist mir natürlich auch sieben Shilling wert.«

Meine Mutter schien zwar immer noch enttäuscht, stimmte diesem Angebot dann aber doch zu. Das Übereinkommen mußte natürlich gefeiert werden, und mein neuer Master lächelte mich immer wieder an, trank und sagte: »Von heut an lebst du wie die Made im Speck.«

Als wir schließlich auf unser Zimmer gingen, war meine Mutter so fröhlich wie seit jenem Tag nicht mehr, an dem wir unsere Kammer bei Mrs. Philliber fluchtartig verlassen mußten. Sie sagte, was für ein Glück wir doch gehabt hätten, diesen Leuten über den Weg zu laufen, und fast übermütig meinte sie dann: »Zuerst mochte ich Mrs. Isbister ja überhaupt nicht, das muß ich zugeben, ihr Äußeres spricht auch nicht gerade für sie. Aber ich glaube, im Grunde ist sie doch ein guter Mensch.«

»Du hast mir versprochen, daß wir von hier fortgehen«, sagte ich vorwurfsvoll.

»Ach, jetzt fang doch nicht schon wieder damit an!« rief sie.

Ich sagte nichts mehr, doch als sie die Kerze löschte und mir eine gute Nacht wünschte, gab ich ihr keine Antwort.

Am nächsten Morgen schlief meine Mutter lange, und als ich nach unten ging, sah ich, daß Polly und ich wie gewöhnlich die einzigen Lebewesen in diesem Haus zu sein schienen, die schon auf den Beinen waren. Ich versuchte wieder, ihr eine Antwort zu entlocken, aber sie schien völlig taub zu sein, und selbst als ich mich ihr in den Weg stellte, ging sie einfach um mich herum, ohne mich dabei anzusehen. Ungefähr um neun Uhr tauchten die Isbisters aus ihrem Schlafzimmer auf, beide waren äußerst miserabler Laune. Meine Mutter kam fast gleichzeitig mit ihnen herunter, doch Mrs. Isbister schimpfte sie aus, weil sie zu spät dran sei, und gab ihr gleich einige Hemdkragen zu nähen, obwohl meine Mutter protestierte und meinte, sie habe noch kein Frühstück gehabt. Mich schickte man auf Botengänge, die mich den ganzen Vormittag über nicht zur Ruhe kommen ließen.

Am Nachmittag waren Mr. Isbister und ich mit dem Karren unterwegs, und als ich zurückkam, saßen meine Mutter und Mrs. Isbister noch immer in der Küche. Meine Mutter nähte eifrig vor sich hin und sah nur kurz und mit einem erschöpften Lächeln auf, als ich die Küche betrat. Unsere Wohltäterin, vor der ein Krug mit Gin und ein Glas auf dem Tisch standen, räumte nur widerwillig ein, daß es Zeit sei, mit der Arbeit aufzuhören, und gab meiner Mutter einen Shilling. Als wir endlich auf unserem Zimmer waren, beklagte sich meine Mutter, wie hart Mrs. Isbister sie arbeiten lasse. Ich verschluckte die Worte, die sich mir über die Lippen drängen wollten, und gab mich damit zufrieden, ihr das Versprechen abzunehmen, daß wir von hier fortgehen würden, sobald wir einige Shilling gespart hatten. Beinahe zu müde, um noch etwas zu essen, waren wir beide bald fest eingeschlafen.

Etwa zwei Wochen vergingen auf diese Weise, ohne daß sich ein Tag sonderlich vom anderen unterschied. Manchmal war Mrs. Isbister ziemlich grob und unfreundlich zu meiner Mutter, die sich dann tränenreich bei mir beschwerte, doch dann wieder machte sie alles wett und war überfreundlich zu ihr. Oft kam ich mit meinen Körben in die Küche und sah sie da sitzen, die Ginflasche vor sich, hörte, wie sie mit öliger und schmeichelnder Stimme auf meine arbeitende Mutter einredete.

»Diese Göre«, begann sie etwa. »Ich weiß einfach nicht, was ich mit ihr machen soll. – Bedienen Sie sich nur! Ist schon recht. – Dienstboten sind wirklich eine höllische Plage, aber das wissen Sie ja selbst, Mrs. Offland.«

Um ihren Standpunkt noch zu bekräftigen, zwackte sie Polly in die Arme und zog sie bei den Haaren, und das Mädchen beklagte sich nicht und setzte sich auch nicht zur Wehr. Montags kam immer eine schrecklich schniefende alte Frau mit rotunterlaufenen Augen, Mrs. Peppiatt, um bei der Wäsche zu helfen, und meine Mutter, diese unglückselige Leibeigene, wurde nicht nur von zwei Seiten gleichzeitig tyrannisiert, sondern war auch noch der Mittelpunkt ihres gehässigen Interesses. Eigentlich war es kaum zu übersehen, wie sehr es Mrs. Isbister gefiel, eine »richtige Dame« demütigen und herablassend behandeln zu können, und es machte mich wütend, daß meine Mutter mit jedem Tag schlimmere Beleidigungen über sich ergehen ließ. Doch ich weiß nicht, was mich wütender machte: daß meine Mutter ihre Gebieterin so widerspruchslos erduldete oder daß sie sich hinterher bei mir darüber beklagte. Jedenfalls war ich sehr verstimmt, weshalb ich ihr auch anfangs nur wenig von dem erzählte, was ich auf meinen Fahrten durch den Distrikt gesehen hatte. Als ich es ihr dann schließlich beschrieb, wollte sie entweder gar nicht zuhören, oder sie warf mir vor, all das nur erfunden zu haben.

Zur Tätigkeit meines Masters gehörte es, sich häufig in Wirtshäusern aufzuhalten, währenddessen ich dann draußen bei Pferd und Karren auf ihn wartete. Wenn es regnete, wurden Gunpowder und ich klitschnaß, und da war es dann schließlich kein Wunder, daß das Pferd, dessen Name »Schießpulver« bedeutete, hinterher kein Feuer fangen wollte, obwohl es die Peitsche zu spüren bekam. Wahrscheinlich war es ursprünglich keine schlechte Idee gewesen, daß Mr. Isbister sich oft in den Kneipen blicken ließ, um sich nach Aufträgen umzuhören, doch allmählich wurde mir klar, daß die meisten Lieferungen zwischen der Theke und seinen Lippen stattfanden, und nur auf dieser Strecke trieb er wirklich einen regen Handel.

Das Verhalten der Isbisters verwirrte mich mehr und mehr, denn in dem, was ich sah, konnte ich einfach keinen Sinn erkennen. Ich hatte mittlerweile herausgefunden, daß Mr. Isbister regelmäßig alle zwei, drei Nächte gegen

Mitternacht in Gesellschaft einiger Männer mit dem Karren wegfuhr und vier oder fünf Stunden später zurückkehrte. Den größten Teil des nächsten Tages verschlief er dann, und sobald er wieder aufstand, begann er zu trinken. Doch bald sollte mich ein neuer Aspekt des Rätsels nicht mehr in Ruhe lassen.

An einem späten Sonntagnachmittag kamen Mr. und Mrs. Isbister mit stolzgeschwellter Brust die Treppe herunter. Die Dame des Hauses trug ein hübsches seidenes Kleid, dazu ein samtenes Cape und einen prächtigen Hut. Mr. Isbister dagegen steckte in einem flaschengrünen Überrock, unter dem er ein blaßblaues Kamisol und ein kanariengelbes Hemd trug, dazu Salz-und-Pfeffer-Hosen. Polly wurde zum Bethnal Green geschickt, und als sie wenige Minuten später in einer Droschke zurückkam, stiegen Master und Herrin ein, und ich hörte, wie sie zum Kutscher sagten: »Bagnigge Wells Teegarten, wenn Sie so freundlich wären.« Sie kamen erst sehr spät zurück und kletterten müde und unsicher auf den Beinen die Treppe hinauf. Am folgenden Sonntag erschienen sie erneut in glanzvoller Garderobe – diesmal wie für einen Ausflug aufs Land gekleidet – und mieteten sich, wie ich hörte, eine Kutsche, um den Tag in Richmond zu verbringen.

Woher, so fragte ich mich, kam das Geld, mit dem diese Vergnügungsfahrten bezahlt wurden? Ich hatte nicht gerade den Eindruck, daß Mrs. Isbisters Blutsaugerei so ertragreich war, daß sie sich diesen Luxus leisten konnten.

Doch im Lauf des April änderte sich plötzlich alles wieder. Nur in der ersten Woche fuhr Mr. Isbister noch einmal mit dem Karren weg, danach überhaupt nicht mehr, und es gab auch keine schönen Kleider mehr zu sehen und keinen Aufbruch zu Vergnügungsfahrten. Die Eheleute stritten sich jetzt immer öfter und heftiger und verbrachten häufig ganze Tage im Suff. Wenigstens war inzwischen das Wetter schön geworden: Es war sonnig, sehr trokken, aber immer noch etwas kühl.

Ungefähr zu dieser Zeit ereignete sich ein Vorfall, der mich beinahe an die guten Absichten unserer Gönner hätte glauben lassen. Da die Winterkleider, die Mrs. Philliber für uns erstanden hatte, zu dick und zudem von einer Qualität waren, wie wir sie nun nicht mehr brauchten, beschlossen meine Mutter und ich, sie gegen leichtere Kleidung einzutauschen. Wir rechneten damit, noch ein wenig Geld übrigzubehalten, mit dem wir, so hoffte ich, das Haus dann endlich verlassen konnten.

Es schien vernünftig, Mrs. Isbister um Rat zu fragen, und so sagte meine Mutter eines Abends, kurz bevor sie mit der Arbeit fertig waren, zu ihr: »Was schätzen Sie, wieviel wir für Johnnies Mantel, sein Leinenhemd und meine Jacke zusammen kriegen können?«

»Nein«, mischte sich Mr. Isbister plötzlich ein. »Sie dürfen die Sachen nicht verkaufen. Wenigstens nicht dem Jungen seine guten Klamotten: den Cutaway und die seidene Halsbinde.«

Wir alle – auch seine Frau – sahen ihn überrascht an: »Ist gut fürs Geschäft«, sagte er, »wenn ein fesch angezogener Junge auf dem Bock hockt.« Und dann fischte er zu meinem Erstaunen einen halben Sovereign aus seiner Tasche und überreichte ihn feierlich meiner Mutter: »Kaufen Sie sich, was

Sie brauchen, Ma'am«, sagte er. »Ich will, daß er aussieht wie ein kleiner Stutzer.«

»Du bist ja viel zu großzügig«, entfuhr es Mrs. Isbister. Sie wandte sich an meine Mutter: »Ich zieh dir das von deinem Lohn ab, Mary.«

Ich sah, wie meine Mutter beim Klang des vertraulichen Du und ihres Vornamens zusammenzuckte.

»Das wirst du nicht«, sagte Mr. Isbister. »Das Geld ist von mir.«

Als die beiden sich in die Haare bekamen, eilten meine Mutter und ich rasch nach oben.

»Mutter«, sagte ich, »wir müssen hier weg.«

Sie sah mich bestürzt an: »Ja, aber warum denn?«

»Wegen dieser Frau.«

»Wie kannst du nur so etwas sagen! Natürlich läßt sie mich hart arbeiten, aber sie zahlt ja auch. Und wenn wir das nicht hätten, wohin sollten wir gehen, und was sollten wir tun?«

»Wir müssen versuchen, etwas anderes zu finden«, beharrte ich. »Wir können nicht ewig hierbleiben, und jetzt ist die beste Zeit, um sich nach Arbeit umzusehen. Der Sommer kommt, da fängt die Saison an.«

»Nein«, sagte sie, »ich wage es nicht, hier fortzugehen.«

»Aber du hast versprochen, daß wir gehen, sobald wir Geld haben.«

»Ein halber Sovereign ist einfach nicht genug, Johnnie. Und uns fehlen noch so viele Sachen. Ich brauche ein paar anständige Kleider, und außerdem kann ich unmöglich länger ohne richtige Bettwäsche schlafen; ich halte das einfach nicht mehr aus.«

Wieder einmal zankten wir uns, und anschließend war sie in Tränen aufgelöst. Ich hatte ein schlechtes Gewissen und versuchte, sie zu trösten.

»Wenn du mir wirklich einen Gefallen tun willst«, sagte sie, »dann laß uns jetzt ausgehen und kaufen, was wir brauchen!«

Nur zögernd erklärte ich mich damit einverstanden, denn der halbe Sovereign bedeutete unsere bisher größte Chance für eine Flucht. Als wir das Haus verließen, hörten wir Mrs. Isbisters schrille Stimme: »Wann bringst du endlich mal wieder Fleisch heim?«

»Fang jetzt bloß nicht damit an!« war ihr Mann zu vernehmen, ehe wir die Haustür hinter uns zuzogen.

Wir hasteten über die elenden Wege in unserer Nachbarschaft zur Hauptstraße, denn es war Samstag abend und der Straßenmarkt näherte sich seinem Höhepunkt. Im flackernden Licht der Gaslampen tauchten wie bei einem Theaterstück Gesichter mit oftmals entstellten oder verzerrten Zügen aus den dunklen Schatten auf: die abgespannten Mienen der Armen und die lachenden Mienen derjenigen, die Geld hatten oder schon betrunken waren. Doch all diesen Menschen, ob sie nun in Fetzen oder in aufgedonnertem Putz daherkamen, war mehr oder minder deutlich das Elend anzumerken, die Angst, die Scham und die Verzweiflung; und überall wimmelte es von Kindern – Kindern jeden Alters, Kindern in Lumpen, schmutzig, mit ungekämmtem Haar, eingedrückten Brustkörben und krummen Beinen und in den Gesichtern, auf den Armen und Beinen eiternde Entzündungen, die selbst durch die Kleiderfetzen hindurch zu sehen waren, Kindern, die rannten, kämpften, stahlen und in der Gosse herumtobten.

Es war das erste Mal, daß wir uns so spät noch auf den Markt wagten, und in unserer Verwirrung drängten wir uns eng aneinander. Wir kauften einige Kleidungsstücke für meine Mutter, etwas Bettzeug und für jeden von uns ein Paar Stiefel, alles natürlich aus zweiter Hand. Der halbe Sovereign war bald aufgebraucht. Doch als sie einen neuen Hut und einen neuen Mantel trug, war meine Mutter augenblicklich besserer Stimmung.

Als wir zurückkamen, stritten sich die Isbisters noch immer.

»Ich muß mich hier halb zu Tode schuften«, schrie Mrs. Isbister gerade, als wir die Tür öffneten.

»Das liegt an dem verdammten Wetter«, antwortete ihr Gatte. »Ist es vielleicht meine Schuld, daß es so schlecht ist?«

In dem Augenblick schlichen wir uns gerade die Treppe hinauf, und daher hoffte ich, daß meine Mutter diese Bemerkung nicht gehört hatte, die mir zu denken gab, denn das Wetter war schon seit Wochen sonnig und trocken.

»Du weißt genau, daß ich nichts bringen kann, wenn es so ist wie jetzt«, tobte Mr. Isbister.

Wir waren wohl nicht leise genug gewesen, denn in dem Moment, als wir die Tür zu unserem Zimmer erreichten, kam Mrs. Isbister auf den Flur heraus. Sie sah zu meiner Mutter hoch und sagte heiser: »Na, Mary, du siehst aber schick aus!«

Meine Mutter ging unwillkürlich einen Schritt zurück und griff nach meinem Arm: »Danke schön, Mrs. Isbister.«

Die Frau starrte sie mit gerötetem Gesicht an, tastete haltsuchend nach der Türklinke in ihrem Rücken und sagte: »Von nun an nennst du mich ›Ma'am‹. Haben wir uns verstanden?«

»Ja«, sagte meine Mutter leise.

»Ja was?«

»Ja, Ma'am.«

Nachdem wir die Tür hinter uns geschlossen hatten, sagte sie: »Ach, Johnnie, sie ist wirklich eine schreckliche Person. Wenn wir doch nur von hier fortgehen könnten! Hätten wir doch bloß nicht das ganze Geld ausgegeben!«

»Dann laß uns jetzt trotzdem gehen!« drängte ich.

Entsetzen flammte in ihrem Blick auf: »Nein, ich traue mich nicht.«

Der Vorschlag schien sie so erschreckt zu haben, daß ich ihn nicht weiter erörterte.

Das Wetter blieb sonnig und trocken. Einige Tage danach, am 13. April, befahl mir Mr. Isbister am späten Morgen, meine guten Kleider anzuziehen, Gunpowder aus dem Mietstall zu holen und ihn vor den Karren zu spannen. Als ich mit dem Gaul zurückkam, fiel mir auf, daß ein Stück geteerter Leinwand so am Karren befestigt war, daß es den dort aufgetragenen Namenszug verdeckte.

Wir fuhren los und rumpelten kurz darauf über die Old Street und dann die City Road hinunter in eine Gegend, in der ich mich kaum auskannte. Ich hatte an der Frontseite eines großen Gebäudes gerade das Schild ST. LUKE'S lesen können, als wir von der Straße abbogen und Mr. Isbister Gunpowder zügelte.

Mein Master beobachtete die Straße hinter sich, dann sagte er mit unterdrückter Stimme: »Jetzt hör gut zu, Jungchen. Ich bin doch immer gut zu dir und deiner Mutter gewesen, oder nicht?« Ich nickte. »Dafür bekommst du jetzt Gelegenheit, mir deine Dankbarkeit zu zeigen. Abgemacht?«

»Ja.«

»Ich möchte, daß du auf die Krankenstation gehst und nach Mr. Pulsifer, dem Oberwärter, fragst. Wenn du ihn gefunden hast, sag ihm, du kämst wegen Mr. Leatherbarrow. Das ist der Onkel von einem Freund von mir, von Bob Stringfellow. Bob hat keine Zeit, den alten Mann selbst abzuholen, also hat er mich darum gebeten.«

»Aber Mr. Leatherbarrow kennt mich doch gar nicht. Wird er trotzdem mit mir mitkommen?«

»Mach dir darum man keine Sorgen«, antwortete Mr. Isbister und lächelte.

»Also gut«, willigte ich ein.

»Prima«, sagte er. »Ich wußte doch, daß man sich auf dich verlassen kann.«

»Wo soll er denn sitzen?« fragte ich, denn vorn auf dem Bock war nur für zwei Platz.

»Auf dem Stroh dahinten«, sagte Mr. Isbister und deutete mit dem Kopf in die angegebene Richtung.

Da Mr. Leatherbarrow krank gewesen war, so dachte ich, war es wahrscheinlich bequemer für ihn, wenn er sich hinlegen konnte.

»Dabei fällt mir noch etwas ein«, fuhr Mr. Isbister fort. Er faßte in seine Tasche und holte eine Münze hervor. »Siehst du diesen Shilling hier? Den zeigst du Mr. Pulsifer und sagst ihm, der wär dafür, wenn man dir hilft, den alten Mann hier zum Karren zu bringen. Alles klar?«

»Ja«, sagte ich.

»Und wenn er lang fragt, dann sag ihm einfach, draußen würd ein Freund von dir mit dem Karren warten und der könnt dir nicht helfen, weil er einen steifen Arm hat. Verstanden?« Ich nickte und mußte daran denken, daß dieser Arm ihn noch vor wenigen Tagen offensichtlich nicht daran gehindert hatte, ein paar schwere Tuchballen zu heben. Ich nahm die Münze, und er sagte mit ernstem Gesicht: »Wenn das hier gut läuft, dann gibt's auch einen Shilling für dich.«

Ich sprang vom Karren.

»Geh durch den Haupteingang«, sagte er und zeigte den Weg zurück, den wir gekommen waren. »Und denk daran: Er liegt auf der Krankenstation.«

Ich ging durch das Tor zur Pförtnerloge und fragte dort nach dem Weg. Sobald ich das Gebäude betreten hatte, klang der Lärm der Straße plötzlich gedämpft, und als ich über einen langen, dunklen, mit Steinfliesen ausgelegten Flur ging, hörte ich außer dem Geräusch meiner eigenen Schritte und dem fernen Kreischen schriller Stimmen keinen einzigen Laut.

Ich kam an einem mit einer hohen Mauer umgebenen Hof vorbei, durch dessen Tor hindurch ich Männer, Frauen und Kinder sehen konnte – alle trugen die gleiche auffällige Kleidung und das Gemeindeabzeichen, und alle zupften an dicken Knoten geteerter Seile herum. Aus einem zweiten Hof erklang ein lautes und geheimnisvolles Rattern und Rumpeln, doch ich konnte nicht erkennen, wodurch dieses Geräusch verursacht wurde.

Als ich die Krankenstation erreichte, wies mir einer der Wärter den Weg zu Mr. Pulsifer, einem großen, blaßgesichtigen Mann mit schmalen, herrischen Lippen.

Nachdem ich ihm meine Nachricht überbracht hatte, sah er mich neugierig an: »Bist du mit 'ner Kutsche gekommen?«

»Nein, aber draußen wartet jemand mit einem Karren auf mich. Ich habe einen Shilling für die Wärter, wenn sie mir helfen, Mr. Leatherbarrow hinauszubringen.«

»Komm mit!« sagte er und sah mich etwas zweifelnd an.

Als wir das Zimmer verließen, griff er nach einer Kerze und zündete sie an der Gasflamme an, während er zwei weitere Männer zu sich rief: »Heda, Jack! Jem! Her mit euch!«

Zwei stämmige Gestalten, die Pfeife rauchend und schwatzend an der Wand gelehnt hatten, folgten uns jetzt aus dem langgestreckten Saal hinaus und über einen düsteren Flur.

»Keiner hat ihn besucht, als er krank war«, sagte Mr. Pulsifer, drehte sich zu mir um und musterte mich aufmerksam. »Ist doch seltsam, daß sein Neffe ihn gerade jetzt will.«

Wir gingen einige Stufen hinunter, und noch während ich verwundert dachte, wie unangemessen doch solch ein Ort für einen genesenden alten Mann war, betraten wir einen kalten, dunklen Kellerraum. Mr. Pulsifer führte uns in eine Ecke der Kammer, wo eine Art hölzerne Anrichte stand. Im Licht der Kerze konnte ich auf ihr eine große, von einem Tuch bedeckte Gestalt erkennen. Mr. Pulsifer hob die Kerze, und Jack zog das Tuch zurück.

»Da ist er«, sagte Mr. Pulsifer.

Ich ging näher heran und kniff die Augen zusammen, um in dem Dämmerlicht besser sehen zu können. Dann fühlte ich Entsetzen in mir aufsteigen, und mit einemmal fand sich auf alles Rätselhafte eine Antwort: Ein alter Mann lag da, und der marmorfarbenen Tönung seiner Haut und dem starren Blick nach zu urteilen, konnte ihm die Fahrt in einem rumpelnden Karren nicht mehr viel anhaben. Mr. Pulsifer leuchtete uns, als die beiden Wärter den grauenerregenden Leichnam hochhoben, um ihn, der eine an den Füßen, der andere an den Schultern, den Weg zurückzutragen, den wir gekommen waren.

Ich führte sie zum Karren, und sie legten die Leiche auf die Ladefläche, während Mr. Isbister das Pferd bei den Zügeln hielt. Dann deckte ich den Leichnam mit etwas Stroh zu und gab den beiden Männern den Shilling, die höflich vor meinem Master den Hut antippten – sogar besonders höflich, da er sein Gesicht von ihnen abgewandt hielt. Als sie fort waren, stieg Mr. Isbister wieder auf den Bock, ließ den Karren anrollen, lächelte mich an und begann unmelodisch vor sich hin zu pfeifen.

»Mr. Isbister«, sagte ich. »Warum haben Sie mich nicht darauf aufmerksam gemacht, daß Mr. Leatherbarrow ...« Ich schwieg.

Er lachte: »Ich wollte nicht, daß du Angst hast. Und jetzt weißt du wenigstens, daß nichts dabei ist und daß man keine Angst davor zu haben braucht.«

Einige Minuten später hielt er mit dem Karren an der Ecke City Road und Old Street.

»Von hier aus findest du schon nach Haus«, sagte er und gab mir eine Münze. »Und da ist der Shilling; warst ein guter Junge.«

Ich nahm das Geld, konnte aber eine gewisse Beklemmung nicht abschütteln, als ich vom Wagen stieg und fortging. Nach einigen Schritten drehte ich mich um und sah überrascht, daß Mr. Isbister nicht abgefahren war, sondern mir noch nachschaute. Kurz bevor ich um die nächste Ecke bog, sah ich ein letztes Mal zurück: Sein Blick folgte mir noch immer.

Gedankenverloren ging ich durch die Straßen. Hatte Mr. Isbister wirklich nur einem Freund geholfen? Wenn etwas anderes dahintersteckte, dann verstand ich nicht, wie er damit Profit machen konnte. Und was sollte ich meiner Mutter erzählen? Ich entschloß mich, ihr nur zu sagen, daß der Master mir einen halben Tag frei gegeben habe und dazu einen Shilling, damit ich mir was Schönes kaufen konnte.

Als ich aus meinen Tagträumereien erwachte, sah ich, daß ich mich ganz in der Nähe der Coleman Street befand, und einer spontanen Eingebung folgend, bog ich in die Straße ein, um bei Mrs. Malatratt nachzufragen. Das Dienstmädchen Nancy öffnete die Hintertür (ich wagte es diesmal nicht, am Vordereingang zu klingeln) und teilte mir mit, daß Miss Quilliam seit unserem letzten Besuch noch nicht wieder dagewesen sei.

Als ich eine halbe Stunde später das Haus der Isbisters erreichte, ging gerade die Tür auf, und meine Mutter und Mrs. Isbister kamen heraus. Sie lachten beide und hielten sich aneinander fest, als suchten sie sich gegenseitig zu stützen, und als meine Mutter mich wenige Schritte vor sich stehen sah, wurde sie plötzlich rot und meinte: »Aber Johnnie, was machst du denn hier?«

Ich erzählte ihr vom halben freien Tag und dem Shilling, und sie rief aus: »Das ist ja prima! Wir wollten gerade zum Laden gehen. Aber jetzt kannst du ja für uns hinlaufen und uns noch einen Viertelliter kaufen...« Sie schwieg und sah Mrs. Isbister an, kicherte und hielt sich die Hand vor den Mund.

»Vom ›Regular Flare-up‹ «, ergänzte Mrs. Isbister, die einige Mühe hatte, sich aufrecht zu halten.

»Das werde ich nicht tun«, widersprach ich. »Wir brauchen das Geld für andere Dinge.«

»Was bist du nur für ein undankbarer, frecher Schlingel«, sagte Mrs. Isbister.

»Du sollst deine Mutter achten ... achten und ihr gehorchen, Johnnie. Nun tu, was ich gesagt habe!« pflichtete ihr meine Mutter bei.

»Es ist *mein* Geld«, stieß ich hervor. »*Ich* hab's mir verdient.«

Bei diesen Worten sog Mrs. Isbister pfeifend die Luft durch die Zähne: »Ich hab's Jerry ja schon so oft gesagt, der Junge ist einfach die Mühe nicht wert.«

Beschämt und wütend drehte ich mich um und lief davon. Dann wanderte ich stundenlang umher und kaufte mir irgendwann eine Fleischpastete, die ich auf einer verfallenen Mauer neben einer Kirche aufaß. Wo konnten wir hingehen? Wie sollten wir uns unser tägliches Brot verdienen? Und obwohl ich keine Antwort auf diese Fragen wußte, stand fest, daß wir von diesen Leuten wegmußten, denn ich hatte mir eine Erklärung dafür zurechtgelegt, warum sie ein so großes Interesse an uns hatten. Unsere einzige Hoffnung bestand darin, das Dokument zu verkaufen, das die Mompessons und – im Auftrag unseres geheimnisvollen Feindes – Mr. Barbellion so unbedingt in ihren Besitz bringen wollten. Doch solange ich nicht wußte, warum es für sie so wichtig war, zögerte ich, meine Mutter zu diesem Schritt zu überreden.

Als ich zurückkam, konnte ich Mrs. Isbister und meine Mutter immer noch in der Küche hören, weshalb ich gleich nach oben ging und mich ins Bett legte.

Ich konnte nicht einschlafen und war noch wach, als meine Mutter einige Stunden später ins Zimmer trat.

»Du sollst vor anderen Leute nicht so mit mir reden«, sagte sie vorsichtig.

»Ich hasse es, wenn du mit ihr zusammen bist«, antwortete ich. »Sie ist ekelhaft.«

»Ist sie nicht«, erwiderte meine Mutter. »Sie ist natürlich etwas gewöhnlich und ungebildet, aber sie meint es gut mit uns.«

»Meint sie nicht«, sagte ich. »Verstehst du denn nicht? Wir müssen fort von hier, Mama. Ich bin mir sicher, daß ich woanders mehr Geld als bei Mr. Isbister verdienen kann.«

»Du?« fragte sie überrascht. »Was sollte denn ein kleiner Junge wie du verdienen können? Schließlich lebst du von dem Geld, das ich von Mrs. Isbister bekomme. Ich bin es, Johnnie, und nicht du, die unseren Lebensunterhalt verdient.«

»Das ist nicht wahr«, rief ich. »Dich behält man doch nur aus reiner Wohltätigkeit. Ich weiß, wie wenig Mrs. Isbister anderen Frauen bezahlt, die die gleiche Arbeit machen wie du.«

»Du sagst das nur, um mich zu verletzen«, sagte sie. »Warum machst du das bloß?«

Wir stritten uns, bis sich Schweigen zwischen uns senkte; meine Mutter schlief dann rasch ein, doch ich blieb noch lange wach liegen. Etwa eine Stunde später hustete sie und wachte wieder auf. Nun lagen wir beide still in der Dunkelheit, hörten den anderen atmen und taten so, als schliefen wir.

Fast drei Wochen vergingen, und meine Mutter verbrachte immer mehr Zeit mit Mrs. Isbister, überwarf sich allerdings auch immer öfter mit ihr und ärgerte sich dann darüber, wie sie von ihr behandelt wurde. Am Morgen des 3. Mai, als wir gerade mit dem Karren ausfahren wollten, befahl mir Mr. Isbister schließlich, wieder meine besten Sachen anzuziehen. Diesmal überraschte es mich nicht, daß die geteerte Leinwand abermals über die Beschriftung des Karrens hing.

Eine Zeitlang fuhren wir wortlos dahin, doch als wir durch Cheapside rumpelten, räusperte sich Mr. Isbister, hielt Gunpowder an und begann zu sprechen. Er erzählte mir eine wirre und unzusammenhängende Geschichte von einem Freund namens Ben. (»Du hast ihn bestimmt schon gesehen, geht bei uns ein und aus.«) Bens Mutter war offenbar kürzlich gestorben, und die alte Frau hatte sich immer gewünscht, an der Seite ihres Gatten auf dem Friedhof St.-Giles-without-Cripplegate die letzte Ruhe zu finden. Bens Schwester jedoch, zu der er kein besonders gutes Verhältnis hatte, überredete die Familie des Brotherrn ihrer Mutter aus böswilligen, doch nicht näher erläuterten persönlichen Gründen, die ehemalige Bedienstete auf einem anderen Friedhof beerdigen zu lassen. Und da es die Mitglieder dieser Familie gewesen waren, die der alten Frau ein Bett im Krankenhaus besorgt und die Medizin für sie bezahlt hatten, »werden die Brüder im St. Bart's Hospital ihnen jeden Wunsch erfüllen«. Wenn ich jedoch einen Brief schreiben würde, der vorgab, vom Brotherrn der alten Frau, von Mr. Pointdexter, zu sein, und der die Anweisung enthielt, die Leiche dem Sohn und seinem Diener – »also dir und mir, klar?« – auszuhändigen, dann könnte der letzte Wunsch der alten Dame doch noch erfüllt und Bens Seelenfrieden wiederhergestellt werden.

An diesem Punkt seiner Erzählung schien er den betroffenen Ausdruck auf meinem Gesicht zu sehen, denn er leckte sich über die Lippen und sagte: »Für dich schauen dabei zwei Shilling raus.«

»Ich glaube nicht, daß ich Ihnen den Gefallen tun kann, Mr. Isbister«, sagte ich.

Diese Worte hatten eine außerordentliche Wirkung. Sein Gesicht lief plötzlich rot an, und seine kleinen schwarzen Augen schienen hervorzuquellen. Er beugte sich zu mir herunter, senkte seine Stimme und redete hastig auf mich ein: »Dann schmeiß ich euch beide heute nacht noch raus, dich und deine vermaledeite Mutter. Was glaubst du denn, weshalb ihr bei uns wohnen könnt? Ich würd gute Miete für das Zimmer kriegen. Und Burschen, die mir mit dem Karren helfen, gibt's dutzendweise für 'nen Penny. Außerdem sagt meine Alte, deine Mutter ist so langsam und dusselig, daß sie mehr kostet, als ihre Arbeit wert ist ...«

Während er noch auf mich einsprach, mußte ich daran denken, was es für meine Mutter bedeuten würde, so plötzlich wieder auf der Straße zu stehen. Und doch, die Alternative war abscheulich!

Ich merkte, daß Mr. Isbister mich angespannt beobachtete: »Sagen wir also, drei Shilling?« sagte er.

Er hatte die Art meiner Bedenken mißverstanden, aber vielleicht war es auch besser, wenn ich mir die wahren Gründe nicht anmerken ließ.

»Fünf«, sagte ich.

»Bist ein harter Brocken, aber in Ordnung«, sagte er mit nur schlecht verhohlener Erleichterung.

Er holte die Schreibsachen hervor, ich verfaßte den Brief, und wir fuhren zum Hospital und hielten vor dem rückwärtigen Ausgang auf dem Well Yard. Ich ging hinein, spielte meine Rolle mit Erfolg, und als zwei der Wärter mir halfen, meine Beute zum Karren zu tragen, fiel mir erneut auf, daß Mr. Isbister sein Gesicht verdeckt hielt.

Er fuhr an und hielt später an der gleichen Stelle wie beim letztenmal. Hier gab er mir das Geld und sagte, ich solle nun absteigen und nach Hause laufen. Ich sah zurück, und obwohl er noch auf dem Karren hockte und mich beobachtete, handelte ich nun so, wie ich es mir inzwischen vorgenommen hatte. Ich lief um die Ecke, schlich aber einige Sekunden später zurück und sah gerade noch, wie der Karren sich in Bewegung setzte. Mr. Isbister wendete und fuhr die Old Street wieder zurück, und ich versuchte, in sicherer Entfernung hinter ihm herzulaufen.

Wie ich vermutet hatte, lag die Schwierigkeit nicht etwa darin, daß der Karren zu schnell fuhr, denn der übrige Verkehr beeinträchtigte seine Geschwindigkeit so, daß ich gerade noch mit ihm Schritt halten konnte. Das Problem lag eher darin, daß ich den Karren in dem Gedränge nicht von den anderen Fahrzeugen unterscheiden konnte, ohne mich zu dicht an ihn zu heften. Und so kam es, daß ich ihn an der Kreuzung Goswell Street, wo ich einige Mühe hatte, die Straße zu überqueren, aus den Augen verlor.

Auf dem Nachhauseweg überlegte ich mir, wie ich nun vorgehen sollte. War ich bereit, ohne schlüssigen Beweis für die Machenschaften des Mr. Isbister und einzig aufgrund meines Verdachtes, meine Mutter der völligen Armut und Obdachlosigkeit auszusetzen?

Als ich nach Hause kam, hörte ich leise Stimmen in der Küche, und ich öffnete die Tür. Der Raum war nur vom matten Glühen der Kohlen im Kamin erhellt, und meine Mutter und Mrs. Isbister kauerten auf ihren Stühlen am Tisch und bemerkten mich nicht.

»Bitte, nennen Sie mich nicht so!« protestierte meine Mutter.

»Ich nenn dich, wie ich will. Spielt sich hier auf wie eine große Dame.«

»Sie haben kein Recht, so mit mir zu reden!«

»Ach, hab ich nicht? Daß du's nur wagst, so respektlos mit mir zu reden. Ich muß schon sagen, Mary, du und dein Schlingel von einem Jungen, also, wenn wir nicht Mitleid mit euch hätten, dann wärt ihr doch schon längst verhungert. Aus reiner Wohltätigkeit lassen wir euch doch hier wohnen.«

»Wie können Sie so etwas sagen, wo ich doch so hart für Sie arbeite!«

»Arbeiten? So langsam, wie du bist? Und verdirbst mir mehr, als du fertigkriegst? Noch gar nicht mal mitgerechnet, was du mich kostest ...« Sie hielt inne und sah auf: »Wer ist da?«

Ich kam in die Küche und zog meine Mutter beinahe von ihrem Stuhl. »Komm schon!« sagte ich.

Sie wehrte sich kaum, als ich sie nach oben führte. Sie taumelte in unsere Kammer und ließ sich schwer auf das Bett fallen. Als ich ihr vorhielt, daß sie sich von Mrs. Isbister beschimpfen lasse, begann sie zu weinen und flehte mich an, ihr zu verzeihen. Widerwillig lenkte ich ein, und bald darauf war sie auch schon eingeschlafen. Sie begann im Schlaf zu husten, und ihr Husten sowie die Ereignisse des Tages, die mir nicht aus dem Kopf gehen wollten, hielten mich wach. Die feuchte Kälte in diesem Haus war schlecht für ihre Lungen, und ich hegte die Befürchtung, daß die langen Arbeitsstunden ihr die letzte Widerstandkraft raubten. Doch durfte ich sie deshalb zwingen, die relative Geborgenheit dieses Hauses aufzugeben? Wenn ich doch nur genau gewußt hätte, worin Mr. Isbister eigentlich verwickelt war! Und in diesem Augenblick faßte ich einen Entschluß: Das nächste Mal, wenn Mr. Isbister und seine Kumpane nachts mit dem Karren wegfuhren, würde ich ihnen folgen.

34. KAPITEL

Schon einige Tage später schien sich mir eine passende Gelegenheit zu bieten, denn am Nachmittag trafen zwei von Mr. Isbisters Freunden früher als gewöhnlich ein. Sie saßen im Wohnzimmer und begannen gleich mit ihrer Zecherei, so daß ihr Gejohle und Gegröle bald bis in unser Zimmer zu hören war.

Plötzlich trat Mr. Isbister auf den Flur und brüllte die Treppe hinauf: »Junge! Komm runter!«

Ich gehorchte, und er stand vor der Tür und drückte mir ein paar Shilling in die Hand: »Lauf zu, und bring uns drei Viertel zu neun Pence! Sei ein guter Junge, frag nach Jerrys Üblichem, dann geben sie dir den echten ›Haumich-um‹.«

Als ich vom Schnapsladen an der Ecke zurückkam und an die Tür zum Wohnzimmer klopfte, öffnete Mr. Isbister, doch statt mir nur die Flaschen abzunehmen, wie er es bisher immer getan hatte, sagte er: »Komm rein! Ich stell dich den Kumpels vor.«

Widerstrebend betrat ich zum erstenmal das überhitzte kleine Zimmer, das mir bisher verschlossen geblieben war, und der Gestank ließ mich gleich ganz gegen meinen Willen die Nase rümpfen. Mein Prinzipal und seine zwei Kumpane hatten sich schon ein paar Gläser hinter die Binde gegossen, und wenn es sie auch noch nicht gerade umgehauen hatte, einige Schläge schienen sie doch schon eingesteckt zu haben. Der eine von Mr. Isbisters Freunden war außerordentlich fett, der andere überaus dürr. Ich mußte noch näher herantreten, so daß ich schließlich wie auf einer Bühne vor den drei Männern stand.

»Na, kennt ihr meinen neuen Jungen schon?« fragte Mr. Isbister.

»Sieht nicht gerade nach viel aus«, erwiderte der eine. Er sah so ungeheuerlich dick aus, daß sein Brustkorb und sein Bauch beinahe eine Kugel bildeten, auf der sein Kinn unmittelbar aufzuliegen schien, denn von einem Hals konnte ich keine Spur entdecken. In seinem auffallend winzigen, schwarzbelockten Kopf steckten kleine schwarze Augen, die ruhelos umherglotzten, als seien sie selbst verblüfft, sich in dieser monströsen Gestalt gefangen zu sehen. Ich merkte, wie sich etwas in seinen Kleidern bewegte, und sah ein paar Bulldoggenwelpen aus seinen geräumigen Taschen lugen.

»Kann schon sein, Ben, daß er nicht nach viel aussieht, aber wart's ab, bis er das Maul aufmacht! Nu red schon, sag was zu diesen Herren hier!« drängte er mich.

»Um Ihre Mutter tut es mir wirklich außerordentlich leid, Mr. Ben«, sagte ich.

Der starrte mich völlig entgeistert an: »*Mir* tut's man auch leid um diese verdammte alte Plage, aber ich will verflucht sein, wenn's dich was angeht.«

Überrascht sah ich Mr. Isbister an.

Er beugte sich vor: »Deine Mutter, Ben«, half er nach, »deine Mutter – Gott hab sie selig – ist doch vor kurzem von uns gegangen. Und der Junge hier, der hat sie aus St. Bart's rausgeholt, damit du sie an der Seite von ihrem Ollen begraben kannst, so wie's ihr letzter Wille war.«

»Verdammt! Hatt ich doch glatt vergessen«, sagte Ben. Er wandte sich an mich: »Schönen Dank auch, kleiner Kumpel.« Er sah Mr. Isbister an: »Wie haste denn das angestellt? Ich denk, die sind da mächtig auf dem Kien.«

Mr. Isbister grinste: »Stell dir den Jungen vor, angezogen wie 'n kleiner Gentleman und einen Brief in der Hand von seinem Dad, richtig schön geschrieben, versiegelt und alles.« Er zog eine Grimasse und sprach mit wesentlich höherer Stimme als sonst: »Entschuldigen Sie, Sir, bitte, tut mir nun wirklich man außerordentlich leid, Sie belästigen zu müssen, doch was mein Daddy is, der hat mich gebeten, Ihnen diesen Brief hier zu überreichen, und nun möchten Sie mir doch bitte das Ding aushändigen, von dem er im Brief geschrieben hat und das wo er abgeholt haben möchte.«

Ben und Mr. Isbister johlten und schlugen sich vor Vergnügen auf die Schenkel. Das dürre Männchen daneben lächelte und nahm einen Schluck aus seinem Glas.

»Wieviel kriegen wir da noch von dir, Jerry?« fragte Ben.

»Keinen müden Sechser!« rief Mr. Isbister, dessen Grinsen bei diesen Worten ganz schnell verschwand. »Das hab ich auf eigne Rechnung gemacht.«

»Zur Hölle mit deiner eigenen Rechnung! Red keinen Mist, Mann! Du weißt ganz genau, was wir abgemacht haben«, sagte Ben. »Alles wird geteilt, alles, wovon wir hören, die Zeit, die wir reinstecken, einfach alles. Geteiltes Geld für geteiltes Risiko. Hab ich nicht recht, Jem?«

»Hast recht, Ben«, stimmte ihm der Dürre zu und wischte sich demonstrativ mit dem Ärmel über Mund und Nase.

»Ich sag dir was, Ben: Vergiß es einfach!« antwortete Mr. Isbister fröhlich.

»Noch nie was von Gaunerehre gehört?« fragte Ben und hievte seinen massigen Körper mühselig aus dem Sessel. »Der Zaster gehört nicht dir, der gehört der Bande.«

Mr. Isbister sah zu Ben hoch, der sich vor ihm aufgebaut hatte und ihm im Licht stand, nahm seelenruhig einen Schluck und sagte: »Setz dich, Ben!« Und beinahe freundschaftlich fügte er noch hinzu: »Oder ich schlag dir deine Fresse zu Brei.«

Ben sank wie eine durchstochene Schweinsblase in seinen Sessel zurück.

Mr. Isbister wandte sich an mich und sagte liebenswürdig: »Setz dich, Junge! Hier, Jem, gieß ihm einen ein! Und was ist mit dir, nimmst du auch noch 'nen Schluck?«

Jem mit seinem langen, melancholischen Gesicht und den kurzsichtigen Augen antwortete: »Klar doch. Auf einem Bein kann der Mensch nicht stehen, sag ich immer.« Er goß mir ein großes Glas voll. »Komm, Jungchen, trink's langsam, dann passiert dir auch nichts!«

Ich setzte mich auf einen Stuhl nahe bei der Tür und tat so, als würde ich den harten Schnaps trinken, dessen Geruch allein ich schon verabscheute.

»Vor ein paar Jahren, als ich mit diesem Gewerbe hier anfing«, erzählte Mr. Isbister aufgeräumt, »hatten wir auch mal einen Jungen. War wirklich ganz praktisch. Der hatte aber längst nicht so 'ne gute Schule wie dieser hier. Der Jude hat ja neuerdings auch einen, aber der kleine Itzig kann nicht so schön reden wie unser Bursche. Der hier, der kann euch Gedrucktes oder von Hand Geschriebenes schneller vorlesen, als wie 'n Hund rennen kann. Und schreiben tut er obendrein auch noch.«

Jem sah mich neugierig an, und sogar Ben, der so getan hatte, als würde er gar nicht zuhören, musterte mich forschend.

»Du meinst also«, sagte Jem, »mit ihm könnten wir wieder ins Geschäft kommen, wo alles andere in den letzten Wochen so schlecht ...«

Mr. Isbister unterbrach ihn rasch: »Ganz genau.«

Es herrschte ein zufriedenes Schweigen, während die drei Männer mich ansahen und nachdenklich ihren Gin schlürften.

»Ich glaub, es liegt am Wetter«, sagte Jem. »Ist einfach zu trocken. Wir brauchen richtig schönes Regenwetter.«

Mr. Isbister nickte: »Warm und naß. Dieses trockne Wetter ist ja nicht zum Aushalten. Genau wie im Winter. Kalt und trocken, das ist nicht gut für uns.«

»Es gibt einfach nicht genug davon«, sagte Jem. »Das liegt am Wettbewerb, sag ich euch. Es gibt zu viele Konkurrenten. Das Geschäft reicht einfach nicht für alle.«

»Wenn's zu viele von unsereins gibt«, sagte Mr. Isbister, »fällt der Preis in den Keller. Und das liegt am Katzenfuttermann, der versaut uns ehrlichen Leuten den Handel.«

»Wieso? Was nimmt der denn?«

»Lampard and Morphew zahlen zwölf für einen Langen, fünf für 'nen kleinen Langen und zwei für 'nen Kleinen.«

Zischend sogen die beiden anderen die Luft zwischen den Zähnen ein.

»Das is'n Skandal!« waren Bens erste Worte seit dem Streit mit Isbister.

»Das ist einfach unanständig«, sagte Jem. »Lediglich zwölf Pfund!«

Sie schüttelten den Kopf.

Jem wandte sich an Mr. Isbister: »Die Dinger verkaufen sich einfach nicht mehr so gut wie früher. Was hast du noch gekriegt, als du mit diesem Geschäft angefangen hast, Jerry?«

Mr. Isbister seufzte: »Beinah zwanzig für 'nen Langen. Das waren noch Zeiten! Kurz bevor's mit dem Krieg zu Ende ging. Wir und der Jude, wir hatten damals den ganzen Handel für uns allein.«

»Stimmt. Du und Blueskin, wart ihr da nich auch noch Kumpel vom Katzenfuttermann und von Barney?« fragte Jem.

Ich spitzte die Ohren.

»Tja, das ist wahr«, sagte Mr. Isbister, fügte jedoch schnell hinzu: »Aber danach haben wir uns in die Haare gekriegt, deshalb haben wir ja auch unser eigenes Geschäft aufgemacht. Er und Barney sind unten im Borough geblieben, und seitdem gibt's eine verdammt harte Konkurrenz zwischen uns.«

»Und nich viel später hatten sich dann er und Barney in der Wolle, oder nicht?« fragte Jem.

»Richtig, der Katzenfuttermann hat ihn mal verpfiffen, ist fast sieben Jahre her. Barney ist damals abgehauen und aufs Land, aber als er zurückkam, hat der Katzenfuttermann doch noch dafür gesorgt, daß er eingebuchtet wurde. Bis er sich loskaufen konnte, mußte er erst mal ein paar Jahre in Gravesend auf der Schwimmenden Akademie absitzen.«

»Is schon 'n doller Irrer, dieser Katzenfuttermann«, meinte Ben.

»Als er noch jünger war«, sagte mein Master, »konnt ihn keiner auf die Bretter schicken – höchstens der Gin.«

»Du und Blueskin, warum habt ihr eigentlich diesen Streit vom Zaun gebrochen?« fragte Ben plötzlich mit scharfer Stimme. Als Mr. Isbister nicht antwortete, sagte Ben: »Stimmt es, was man sich so erzählt, daß Blueskin seinen eigenen Bruder reingelegt hat?«

»Du rupfst das falsche Hühnchen«, sagte Mr. Isbister mürrisch. »Damit hatte Blueskin nichts zu tun.«

»Ich hab aber auch so was gehört«, pflichtete Jem ihm bei. »Man sagt, er ist mit dem Messer auf ihn los, weil irgendwas mit dem Zaster nicht gestimmt hat.«

»Erzähl uns die Geschichte, Jerry!« sagte Ben. »Oder haste Angst vor Blueskin?«

»Ich hab keine Angst, vor Blueskin nich und auch vor sonst keinem«, meinte Mr. Isbister.

In diesem Augenblick ging die Tür auf, und ein Mann kam herein. Er bewegte sich nahezu lautlos, was um so erstaunlicher war, weil er hinkte, und dann sah ich auch, daß er ein Holzbein trug. Er hatte eine Glatze, schmale Lippen und einen nahezu fleischlosen Schädel, aus dem ein Paar blaugrauer Augen herausschauten, die so blaß wirkten, daß sie zu verschwinden schienen, noch während man sie sich betrachtete. Er sagte leise: »Hört wohl keiner, wenn man klopft, wie? Ihr scheint's euch ja ganz gut gehen zu lassen.«

Er schien damit die ganze Gruppe anzusprechen, lächelte jedoch nur Mr. Isbister an, wenn »lächeln« das richtige Wort für jenes totenkopfähnliche Grinsen ist.

Mr. Isbister stammelte: »Ach, Blueskin, alter Kumpel! Komm rein und setz dich!«

»Was habt ihr denn gerade so gemütlich zu palavern gehabt?«

Ein beklommenes Schweigen breitete sich aus.

Dann sagte Mr. Isbister: »Wir haben überlegt, ob uns der Junge hier nich vielleicht helfen kann, jetzt, wo doch das Geschäft so schlecht geht.«

Blueskin lächelte jeden einzeln an und sagte leise: »So, habt ihr das?« Dann richtete er seine kalten Augen auf mich, und ich spürte, wie mir ein Schauder über den Rücken lief, als er mich mit diesem angsteinflößenden Blick musterte.

»Ich glaub nicht, daß wir es mit dem Jungen machen sollen«, sagte Jem.

»Aber warum denn nicht?« rief Mr. Isbister.

»Ist einfach nicht richtig, deswegen.«

»Na ja, vielleicht brauchen wir ihn gar nicht«, sagte Ben. »Habt ihr was Neues von den Suchschwestern gehört?«

»Nein«, sagte Mr. Isbister. »Die alte Nellie draußen im St.-Botolph's-Armenhaus hat erst gemeint, sie hat was für uns, ist dann aber doch nichts gewesen. Die Verwandten sind gekommen.«

Sie seufzten und schüttelten wieder den Kopf.

»Die Verwandten!« sagte Ben verächtlich, und die anderen brummten zustimmend.

»Hat einer von euch bei den Beerdigungen Glück gehabt?« fragte Mr. Isbister.

Ben und Jem verneinten stumm.

»Nichts«, sagte Jem. »Ich bin rumgelatscht, bis mir die Füße weh taten.«

»Ich war hinter einer her«, sagte Blueskin, »in der Great Tower Street. Sah gut aus.« Die anderen grinsten, doch da sagte Blueskin leise: »Aber dann sind sie rüber in den Borough.«

Das Grinsen verschwand.

»Da können wir nichts machen«, sagte Jem. »Die kriegen die Jungs aus dem Borough.«

»Ich weiß nicht, wieso das so sein muß«, sagte Blueskin. »Der Katzenfuttermann treibt sich doch auch auf unserer Seite rum. Warum sollen wir dann nicht auch mal nach drüben rüber?« Keiner sah ihn an, und er fuhr fort: »Na, ich hab von euch auch nichts anderes erwartet, deshalb hab ich Sleeth fünfzehn bezahlt, damit er wieder vergißt, das Tor zu schließen; wie beim letztenmal.«

»Wir erledigen das später«, sagte Mr. Isbister, »wenn wieder was in der Kasse ist.«

»Wir erledigen das jetzt«, erwiderte Blueskin sehr sanft. Und mit grimmiger Miene griff mein Master in die Tasche, holte fünfzehn Shilling heraus und gab sie ihm.

»Wo du schon den Zaster zur Hand hast, Jerry«, begann Ben, und Mr. Isbister warf ihm einen vernichtenden Blick zu, »kannst du ja auch gleich für das berappen, worüber wir eben gesprochen haben.« Er drehte sich zu Blueskin um: »Jerry hat nämlich den Jungen ein Ding im St. Bart's abholen lassen.«

»Is wahr?« sagte Blueskin. »Gut gemacht, Jerry! Dann rück mal das Moos raus.«

Widerstrebend gab Mr. Isbister jedem der drei Männer zwei Sovereigns.

»Was denn, bloß zehn?« sagte Blueskin ironisch. »Da hat man dich aber ganz schön übers Ohr gehauen, vor allem jetzt, wo's so schwer ist, an die Dinger ranzukommen.«

»Es war kein gutes«, sagte Mr. Isbister.

»Und was ist mit Harrys Anteil?« fragte Jem.

Die anderen drei sahen sich an.

»Harry erfährt nichts davon«, meinte Blueskin. »Wenigstens nicht, wenn ihm keiner von uns was davon sagt.«

»Sind also für jeden noch mal zehn«, resümierte Ben.

Während Mr. Isbister das Geld abzählte und jedem zuschob, protestierte Jem etwas matt: »Eigentlich sollten wir so was nicht tun. Ist einfach nicht richtig.«

»Willste deinen Anteil vielleicht nicht?« knurrte Mr. Isbister.

Bedrückt steckte Jem das Geld ein.

»Also?«, fragte Blueskin und sah sie der Reihe nach an. »Wer macht mit heut nacht?«

»Hast du die Keilerei vergessen, die uns die Jungs aus dem Borough das letzte Mal geliefert haben?« fragte Mr. Isbister aufgebracht. »Guck dir das an!« Er rollte seinen Hemdsärmel auf und hielt den Arm hoch: »Ich will verflucht sein, wenn ihr nicht noch die Narben von der Stecherei mit dem Katzenfuttermann sehen könnt.«

Blueskin antwortete leise: »Das hab ich nicht vergessen, Jerry, ganz und gar nicht. Deswegen mein ich ja, daß wir den Jungs im Borough nicht einfach alles durchgehen lassen können, wo soll denn das sonst noch enden?«

»Ich bin hier der Chef«, sagte Mr. Isbister. »Ich bestimme.«

»Aber es ist unsere Arbeit, die uns weggenommen wird. Also entscheiden wir gemeinsam«, sagte Blueskin sanft.

»Topp«, sagte Ben, und auch Jem knurrte zustimmend.

»Was wollen wir also machen?« wandte sich Blueskin an die beiden.

»Wir haben schon seit Wochen kein Glück mehr«, sagte Ben unsicher.

»Willst dir wohl den Schädel einschlagen lassen?« höhnte mein Master.

»Beim letztenmal waren wir einfach nicht auf sie vorbereitet«, redete Blueskin weiter auf die beiden ein, als hätte Mr. Isbister kein Wort gesagt. »Aber wenn sie sich heute nacht blicken lassen, dann werden wir ihnen einen heißen Empfang bereiten.«

»Abgemacht«, rief Ben und warf Mr. Isbister einen raschen Blick zu. »Was können wir schon dabei verlieren?«

»Was sagst du, Jem?« fragte Blueskin.

»Ich bin nicht grade begeistert, aber wenn ihr geht, komm ich natürlich mit.«

»Das nenn ich einen schneidigen Briten!« rief Ben und wuchtete seinen massigen Körper herum, um Mr. Isbister ansehen zu können. »Wir gehen! Und wenn einer was dagegen sagt, dann ist er ein verdammter Hasenfuß!«

»Also, Jerry?« fragte Blueskin sanft.

»Ich mach mit, klar«, sagte Mr. Isbister. »Natürlich komm ich. Hab ich was anderes gesagt?«

Blueskin ließ die Faust auf den Tisch krachen, sah die anderen an und rief: »Also, wir gehen und spielen ihnen zum Tanz auf!«

Ben und Jem lachten, und Blueskin schrie: »Los, Ben, laß hören!«

Also sang Ben zur Melodie von »Wapping Old Stairs« ein Lied, während die anderen den Ginkrug herumgehen ließen und in den Refrain einfielen, bei dem – und das war der Witz – immer das letzte Wort der letzten Zeile fehlte. Krachend schlugen sie beim Singen ihre Gläser auf Tisch und Stühle, und verwirrt merkte ich, daß Mr. Isbister mich die ganze Zeit über nicht aus den Augen ließ. Während er mit seinem tiefen Baß vor sich hin brummte, lächelte er mich auf eine Art an, die ich schlimmer fand als jede noch so drohende Grimasse. Fast schien es mir, als fordere er mich auf, doch zuzugeben, wie sehr mir dies alles gefalle.

»Sie möcht doch mit ihm gehen,
Bat Jack, die kalte Maid.
Aber Jack war' scheuer Freier,
Sie wollt nicht werden sein W...«

Refrain:
»Knie dich auf das Hemd der Maid,
Und bitt sie um ihre Hand, ihre Hand!
Was schert's dich, wenn sie steif ist,
Und wenn sie kalt ist, was geht's dich an.

Jack sprach zu seinem Vater:
›Die Maid ist eigen und stolz,
Sie mag mir nicht zu Willen sein
und ist steif wie ein Stück H...‹ «

Refrain:
»Knie dich...« usw.

»Der Alte gibt dem Jack
den gut gemeinten Rat:
›Du mußt sie dir einfach nehmen
oder liegen lassen im G...‹ «

Refrain:
»Hock dich...« usw.

Als das Lied unter dem Getöse krachend aufschlagender Gläser endete, sagte Mr. Isbister zu mir: »Na, Jungchen, haste nicht Lust, heute nacht mitzumachen?«

»Nein, Jerry«, widersprach Ben plötzlich. »Vielleicht verpfeift er uns.«

»Ach, ich denk, wir können ihm trauen«, sagte Mr. Isbister, legte mir einen Arm um die Schultern und zog mich an sich. »Er weiß genau, was für ihn und seine Mam gut ist.«

»Ich will aber nicht, Mr. Isbister«, sagte ich.

Er stand auf, und in seinen kleinen schwarzen Augen schimmerte abgrundtiefe Bösartigkeit auf, als er sagte: »Du willst also nicht?« Und er zog mich noch dichter an sich heran.

Ich versuchte, von ihm abzurücken.

»Ich hab dir vertraut«, sagte er. »Du weißt zu viel; du könntest unsere Pläne durchkreuzen.« Er packte mich mit seiner mächtigen Faust an den Jackenaufschlägen und drängte mich mit dem Rücken gegen die Wand.

»Laß ihn in Ruhe, Jerry!« begehrte Jem halbherzig auf.

»Wieviel ist ein Halblanger zur Zeit eigentlich wert?« wollte Blueskin wissen.

Ben lachte. Da beugte Mr. Isbister sich zu mir herunter, bis sein Gesicht nur noch wenige Zentimeter von meinem entfernt war, und sagte: »Du glaubst doch wohl nicht, daß ich deine Mam und dich aus reiner Wohltätigkeit aufgenommen hab? So blöd kannst du doch gar nicht sein, oder?« Und als wolle er seinen Worten noch Nachdruck verleihen, schlug er meinen Kopf bei jeder Frage gegen die Wand. »Ich kann euch beide nicht mehr einfach so mir nichts, dir nichts, rausschmeißen. Ganz unmöglich, dafür steckt ihr nämlich schon viel zu tief mit drin. Wenn ich dir also nicht trauen kann ...« Er hielt inne. »Jungens wie dich fischt man in der Woche bestimmt drei oder vier aus dem Fleetgraben oder aus dem Fluß. Willst du also immer noch sagen, daß du heute nacht nicht mitkommst?«

»Doch nicht heute«, sagte Jem. »Nicht, wenn wir in den Borough gehen und alles danach aussieht, als ob wir mächtigen Ärger kriegen.«

»Um so besser«, sagte Mr. Isbister. »Dann kann er den Gaul halten und auf den Karren aufpassen.« Und um seine Ansicht noch zu bekräftigen, verpaßte er meinem Kopf einen Schlag, der ihn ein letztes Mal gegen die Wand knallen ließ. »Na, was sagst du dazu?«

Blueskin rettete mich schließlich: »Jem hat recht. Er würd uns nur im Weg stehen. Warten wir ab, bis wir's mit einem Tor zu tun haben, wo sich einer von uns durch die Gitterstäbe zwängen muß!«

Wütend sah mich Mr. Isbister an: »Na gut, heute nacht also nicht«, sagte er. »Aber wenn wir das nächste Mal losgehen, bist du mit dabei. Und jetzt verschwinde!«

Er machte einen Schritt zur Seite, und ich schlüpfte aus dem Zimmer. Draußen im engen, dunklen Flur blieb ich einen Moment stehen und holte tief Luft. Ich hörte die Stimmen von meiner Mutter und Mrs. Isbister, die in der Küche miteinander stritten, und plötzlich hielt ich es einfach nicht mehr aus: Ich rannte auf die Straßen und lief ziellos durch die Gegend, nur mit dem einen Wunsch, dieses Haus so weit wie möglich hinter mir zu lassen, und entschlossen, nie wieder dorthin zurückzukehren.

Stundenlang lief ich umher und ließ mir immer wieder die Möglichkeiten durch den Kopf gehen, die uns noch geblieben waren. Wenn ich doch nur mit meinem Versuch, Miss Quilliam zu finden, mehr Erfolg gehabt hätte! Bei diesem Gedanken fiel mir plötzlich auf, daß ich nicht allzu weit von Mrs. Malatratts Haus war, und ich beschloß, dorthin zu gehen.

Ich klopfte an die Hintertür, und Nancy öffnete. Sie lächelte, als sie mich sah: »Endlich hab ich was für dich. Der Gentleman hat ihre Rechnung bezahlt, und deshalb durfte sie ihre Koffer mitnehmen. Sie hat das hier dagelassen.«

Mit diesen rätselhaften Worten faßte sie hinter ein Tablett, das auf einer Anrichte hochgestellt an der Wand lehnte, und reichte mir einen Brief. Ich drehte ihn so um, daß ich die Anschrift lesen konnte. Sie bestand nur aus einen einzigen Wort: JOHN.

»Ich kann jetzt nicht reden«, sagte Nancy, »meine Herrin hat gerade geläutet«, und damit schloß sie die Tür.

Als ich die Stufen zum Hof hinunterstieg, öffnete ich den Brief – den ersten richtigen Brief, den ich erhielt! – und las mit klopfendem Herzen die mit leichter Hand geschriebenen Worte:

Orchard Street Nr. 47, Westminster, den 4. Mai

Mein lieber John,

natürlich erinnere ich mich an Dich, auch wenn die Zeit damals in Hougham heute zu einer anderen Welt zu gehören scheint. Es betrübt mich zutiefst, von dem Mißgeschick zu lesen, das Deiner Mutter und Dir widerfahren ist, und ich würde nichts lieber tun, als Euch zu helfen. Doch bitte, versuche zu verstehen, was ich andeuten will, wenn ich sage, daß ich heute unter noch wesentlich ungünstigeren Bedingungen lebe als bei unserer letzten Begegnung. Ich fürchte daher, daß meine Mittel, Euch helfen zu können, äußerst beschränkt sind, doch werde ich tun, was in meiner Macht liegt – und dies mit freudigem Herzen. Wenn Ihr, Du und Deine Mutter also, zu mir kommen wollt, so werdet Ihr mich unter der oben genannten Adresse antreffen. Inzwischen verbleibe ich Eure gehorsame Dienerin ebensosehr wie Eure Freundin

Helen Quilliam.

Ich war etwas enttäuscht, und als ich mich eilig auf den Heimweg machte, fragte ich mich, ob ich meine Mutter überreden solle, Miss Quilliams Angebot anzunehmen. Ehe ich ihr zureden konnte, die relative Sicherheit bei den Isbisters aufzugeben, mußte ich mir vollkommen gewiß sein, daß mein Master in jene ruchlosen Angelegenheiten verwickelt war, derer ich ihn verdächtigte. Und plötzlich wußte ich, was ich zu tun hatte: Heute nacht würde ich ihm unbemerkt folgen und alles herausfinden.

Es war schon fast neun Uhr, als ich zurückkam. Ich schlich mich in unser Zimmer, hörte auf das trunkene Lachen aus dem Wohnzimmer, die Stimmen der sich zankenden Frauen aus der Küche und aß mein Würstchen und das Stück Brot, das ich mir auf dem Heimweg gekauft hatte.

Als meine Mutter einige Stunden später zu Bett ging, erriet ich an ihrem unsicheren Gang, daß dies nicht der passende Augenblick war, eine vernünftige Diskussion über unsere Zukunft zu beginnen. Kurz darauf kam Mrs. Isbister die Treppe herauf und brabbelte betrunken vor sich hin. Meine Mutter fiel rasch in einen tiefen Schlaf, und kurze Zeit später atmete sie, nur manchmal vom Husten geplagt, ruhig und regelmäßig.

Die Stunden vergingen langsam, und immer wieder drang das Lärmen und Lachen aus dem Wohnzimmer zu mir herauf, hin und wieder von Gesang unterbrochen. Erst kurz nach Mitternacht hörte ich die Männer aufbrechen, und im gleichen Moment schlüpfte ich aus dem Bett, zog mir im Dunkeln meine Kleider über, schlich aus dem Zimmer und schloß die Tür hinter mir. Da ich Mrs. Isbister tief und gleichmäßig atmen hörte, stieg ich beruhigt die Treppe hinunter und zog in der Küche den Riegel vor dem Fenster zurück, öffnete es, kletterte hinaus und ließ mich behutsam zu Boden gleiten.

Ich stand auf dem kleinen Hinterhof, den eine hohe Mauer mit einem Tor umschloß. Ich hatte mir tagsüber vom Fenster aus schon alles angesehen und kletterte jetzt ohne große Schwierigkeiten über das Tor. Vorsichtig suchte ich mir zwischen den Hinterhöfen der Nachbarschaft und durch die dunklen, kleinen Gassen meinen Weg zur Straße. Mr. Isbisters drei Kumpane standen vor dem Karren, und noch während ich um eine Hausecke spähte, brachte mein Master den Gaul, den er offenbar gerade erst aus dem Mietstall geholt hatte. Jem hielt die Laterne, und in ihrem Licht legte Mr. Isbister dem Klepper leise das Geschirr um. Bald kletterten sie alle auf den Karren, der kurz darauf davonrumpelte. Als sie anfuhren, hielt ich mich weit im Hintergrund, und erst als sie am Ende der Straße waren, wagte ich mich aus der Deckung des Hauses hervor. Jetzt würde sich herausstellen, ob ich mit ihnen Schritt halten konnte oder nicht.

Glücklicherweise war es eine klare Mainacht mit vielen Sternen und einem großen, strahlenden Mond am Himmel, so daß ich dem Karren auch in beträchtlichem Abstand folgen konnte, ohne ihn gleich aus den Augen zu verlieren. Derselbe Grund zwang mich allerdings auch dazu, vorsichtig zu sein, wenn ich im hellen Mondlicht nicht entdeckt werden wollte. Wohl um kein Aufsehen zu erregen, ließ Mr. Isbister den Gaul im Schritt gehen, bis sie die Hauptstraße erreicht hatten. Ich war noch nie so spät außer Haus gewesen, und mich überraschten der rege Verkehr und die vielen Fußgänger auf den Straßen. Doch bei dem Gedanken, in die dunklen Gassen eintauchen zu müssen, spürte ich Angst in mir aufsteigen. Nun ließ Mr. Isbister das Pferd in Trab fallen – zu meinem Glück jedoch nötigten ihn die zahlreichen Passanten zu einer gemächlichen Geschwindigkeit.

Anfangs konnte ich noch mühelos mithalten. Ich lief mit gleichmäßigen, weit ausholenden Schritten, begann aber nach ungefähr fünfzehn Minuten doch müde zu werden. Der Karren fuhr weiter in Richtung Westen über die Bethnal Green Row und bog dann südlich nach Shoreditch ab. Als es dann in scharfem Trab über die Bishopsgate ging, blieb mir allmählich die Luft weg, und mein Abstand zum Karren vergrößerte sich immer mehr. Herz und Lunge schienen mir jeden Moment platzen zu wollen, meine Füße, die in ziemlich dürftigen Schuhen steckten, taten mir schrecklich weh, und bei der Vorstellung, daß ich den Karren nun trotz aller Anstrengungen doch noch aus den Augen verlieren sollte, hätte ich vor Wut und Enttäuschung beinahe laut aufgeheult. Aber ich hatte keine Kraftreserven mehr und bekam kaum noch Luft, also blieb mir nichts anderes übrig, als zuzusehen, wie der Karren ein paar Minuten später aus meinem Blickfeld verschwand. Ich nahm an, daß sie auf der London Bridge über den Fluß fahren würden, aber es hatte keinen Sinn, ich würde den Karren auf der anderen Seite nicht wieder einholen können. Trotzdem lief ich weiter und weiter, denn das schien mir immer noch leichter zu sein, als mir meine Niederlage einzugestehen.

Kurz bevor ich die Brücke erreichte, entdeckte ich nur wenige Schritte vor mir am Straßenrand einen Wagen – es war der Karren, in den ich fast hineingelaufen wäre. Ich bog in die Lower Thames Street ab und schlich mich dann vorsichtig zurück, um zu sehen, was weiter geschah. Dies war wirklich ein ganz außerordentlicher Glücksfall, nicht zuletzt deshalb, weil ich so Gelegenheit hatte, wieder etwas zu Atem zu kommen. Nach einigen Minuten tauchte aus der westlich gelegenen Upper Thames Street eine Gestalt auf, wechselte einige Worte mit Mr. Isbister und kletterte dann zu den anderen auf den wieder anfahrenden Karren. Ich nahm an, daß dies Harry war, der Mann, von dem sie vorher geredet hatten.

Sie passierten den Schlagbaum auf der Brücke; einen Augenblick später folgte ich ihnen und schlüpfte durch das Pferdetor, ohne daß der Zöllner, der noch an seiner Lederschürze und der Geldtasche nestelte, mich überhaupt bemerkt hätte. Als der Karren im Borough war, rumpelte er nur noch eine kurze Strecke durch einige Nebenstraßen und blieb dann in einer unbeleuchteten Gasse stehen. Ich hielt mich weit im Hintergrund und beobachtete die fünf Männer dabei, wie sie abstiegen und einige Sachen vom Karren herunternahmen, die ich allerdings nicht erkennen konnte, da sie in Sackleinen eingewickelt waren. Sie mußten auch noch andere Vorsichtsmaßnahmen getroffen haben, um jeglichen Lärm zu vermeiden, denn ich konnte keinen einzigen Laut hören. Dann machten sich vier von ihnen auf den Weg, doch bevor sie in einer Seitengasse verschwanden, sah ich beim Licht ihrer abgedunkelten Laternen, daß sie langstielige Werkzeuge bei sich trugen. In der Richtung, nach der sie eingebogen waren, ragte ein Kirchturm über den Dächern auf. Der fünfte Mann blieb beim Karren, und als ich im Schutz der Dunkelheit auf die andere Straßenseite huschte, meinte ich Jem zu erkennen. Außerdem sah ich, daß die geteerte Sackleinwand wieder an ihrem Platz hing.

Ich traute mich nicht, den Männern in die Seitengasse zu folgen, da ich fürchtete, einer von ihnen könne sich umdrehen und mich entdecken, also lief ich auf Umwegen durch mehrere Nebenstraßen, bis ich nach einigen vergeblichen Versuchen vor einer mit Gitterstäben bestückten Mauer stand und durch die Eisenstangen starrte. Ich konnte gerade noch die dunklen Gestalten erkennen, die sich zwischen den fahlen Grabsteinen bewegten, und sah schließlich auch, welche Geräte sie da auswickelten. Mehr brauchte ich nicht zu wissen. Als sie die Spaten in die Erde stießen, versuchte ich, die schwachen Geräusche zu ignorieren, und lehnte mich ebenso erschöpft wie entsetzt an die Mauer, da ich unbedingt eine kurze Rast brauchte, bevor ich mich auf den langen Heimweg machen konnte.

Plötzlich hörte ich hinter mir ein Geräusch: Jemand kam die Gasse herauf! Rasch verbarg ich mich in einem Hauseingang gegenüber der Mauer, als ich auch schon eine Gruppe von sechs oder sieben Männern näher kommen sah. Ich spürte, wie mir ein Prickeln über den Nacken lief, als sie sich mit langen Knüppeln in den Händen beinahe lautlos heranschlichen.

Das bleiche Mondlicht fiel dem ersten Mann, offenbar dem Anführer, direkt ins Gesicht und ließ mich sein wahrhaft auffälliges Äußeres erkennen. Er war klein, hatte aber für seine winzige Statur einen unverhältnismäßig großen Kopf, der wie der Kopf eines riesigen Vogels zwischen seinen Schultern aufragte. Noch während ich ihn betrachtete, hob er eine Hand, woraufhin seine Gefolgsmänner anhielten, reckte den Kopf und lauschte. Sein Gesicht war blaß und sein Mund nur ein schmaler Schlitz, aber er hatte eine mächtige, wie ein Schnabel gebogene Nase, und seine Augen lagen in tiefen Höhlen. Als er schnüffelnd die Luft zu prüfen schien, strahlte er eine fast animalische, angsteinflößende Gier aus.

Unmittelbar hinter ihm stand ein großer, gutaussehender junger Mann mit einem offenen, männlichen Gesicht, das in einem krassen Gegensatz zu dem des zwergenhaften Anführers stand. Beim nächsten Zeichen des letzteren zogen die Männer Tücher aus ihren Taschen und banden sie sich über die untere Gesichtshälfte, so daß sie wie eine Gruppe Schmerzgeplagter auf der Suche nach einem Zahnarzt aussahen. Nach ein paar geflüsterten Worten drängten sich die Männer durch das Tor, durch das schon die anderen gegangen sein mußten.

Den schwachen Geräuschen nach zu urteilen, die ich kaum eine Minute später hörte, hatten die Neuankömmlinge die Bande von Mr. Isbister angegriffen und in einen Kampf verwickelt. Doch es war eine höchst seltsame

Schlacht, die dort stattfand, denn alle Beteiligten gaben sich größte Mühe, so wenig Lärm wie nur möglich zu machen, und obwohl ich einige Male den dumpfen Laut hörte, mit dem ein Knüppel oder Spaten auf einen Menschen niederkrachte, vernahm ich keinen menschlichen Laut. Nur einmal schrie jemand auf vor Schmerz, doch der Schrei wurde sofort unterdrückt.

Mir war klar, daß ich besser verschwand, solange mich noch keiner entdeckt hatte. Also ging ich den Weg zurück, den ich gekommen war. Als ich in die Gasse einbog, in der der Karren wartete, schlich ich mich vorsichtig an ihm vorbei, doch der Wachposten schien nicht mehr dazusein. Aber dann sah ich etwas neben dem Fahrweg im Graben liegen, und als ich mich näher heranwagte, erkannte ich zu meinem Entsetzen einen Mann. Er bewegte sich nicht mehr; und erst als ich vor ihm stand, erkannte ich Jem, der aus einer Wunde am Kopf blutete. Unter den Männern aus Mr. Isbisters Bande war er derjenige, der mir am wenigsten zuwider war.

Ich lief, bis ich in der nächsten Straße einige Pferdekarren sah, die von zwei Männern mit abgeblendeten Laternen und Knüppeln in der Hand bewacht wurden. Ich wich aus und bog in eine Seitengasse ein. Nun lief ich weiter, so schnell ich konnte und ohne noch einmal innezuhalten, bis der Schlagbaum an der Brücke auftauchte. Ich war so erschöpft, daß ich von hier an nur noch gehen konnte, aber ich hatte einen Entschluß gefaßt, und den galt es so rasch wie möglich in die Tat umzusetzen.

Ich begegnete jetzt nur noch hin und wieder einem Milchmann oder einem Händler auf seinem Gemüsekarren, dann ein paar Kindern auf ihrem Weg zum Frühmarkt in Bethnal Green, wo sie ihre Dienste feilbieten und darauf hoffen, für den Tag gemietet zu werden. In unserer Straße regte sich noch nichts, doch die Dämmerung hatte bereits eingesetzt. Ich kletterte rasch wieder über das Tor und durch das Küchenfenster und war beruhigt, daß im Haus noch immer kein Laut zu hören war. Der Geruch aus dem Wohnzimmer raubte mir fast den Atem, denn jetzt verstand ich endlich, warum man mir so oft den Zutritt zu diesem Raum verwehrt hatte, und ich sehnte mich nur noch danach, das Haus so bald wie möglich verlassen zu können. Hinter ihrer Schlafzimmertür hörte ich Mrs. Isbister schnarchen, und als ich in unsere Kammer kam, sah ich meine Mutter im Bett liegen und nahm daher an, daß auch sie noch fest schlief.

Nachdem ich eine Unschlittkerze angezündet hatte, sagte ich sanft: »Mama, wach auf!«

Ich beugte mich über sie und sah entsetzt, daß sie sich wie unter Schmerzen zusammenkrümmte. Sie hatte ihr Gesicht von mir abgewandt und stöhnte leise. Ich bekam Angst, weil ich dachte, sie sei krank, und berührte ihre Schulter. Da murmelte sie etwas und bewegte sich unruhig, ihre Lider flatterten, öffneten sich und schlossen sich gleich wieder. Als ich meine Mutter schließlich sanft rüttelte, schreckte sie zusammen und wachte auf. Von Schlaf befangen, wandte sie mir ihr Gesicht zu, und es war wie ein Schock, als ich sah, wie seltsam alt sie plötzlich wirkte. Mit ihren herabhängenden Lippen sah sie aus wie eine zahnlose Greisin, und ihre leeren Augen starrten mich an, ohne mich zu erkennen.

Dann schien sie wieder zu wissen, wer ich war, und doch sah sie mich ganz eigenartig an, als habe sie Angst vor mir.

»Bists du's?« fragte sie furchtsam.

»Ja, ich bin es: Johnnie.«

»Wer ist Johnnie?« fragte sie und runzelte die Stirn. Dann klärten sich ihre Züge, sie lächelte und schien wieder ganz wie früher zu sein. Doch etwas war anders, denn nun wußte ich, wie sehr sie in den letzten Monaten gealtert war, und plötzlich blickte ich voll düsterer Vorahnung in die Zukunft.

»Ach, Johnnie«, sagte sie, »ich hatte einen schrecklichen Traum!« Sie biß sich auf die Unterlippe und schien etwas sagen zu wollen. »Aber das ist nicht so wichtig«, fuhr sie nach einer kleinen Pause fort. »Ist es schon Zeit aufzustehen?«

»Es ist kurz vor vier Uhr.«

»So früh?« Sie sah mich überrascht an. »Warum bist du dann schon angezogen?«

»Still!« sagte ich. »Wir dürfen Mrs. Isbister nicht aufwecken.«

Sie sah mich verwirrt an, und ich kniete mich vor ihr Bett und nahm ihre Hand: »Mutter«, sagte ich, »wirst du mir glauben, wenn ich dir sage, daß wir dieses Haus sofort verlassen müssen?«

»Warum? Was soll das heißen?«

»Ich war heute nacht fort. Ich habe etwas über Mr. Isbister in Erfahrung gebracht. Ich will dir nicht sagen, was es ist. Glaub mir einfach!«

Sie schaute mich mit einem eigenartigen Blick an. »Wie sehr du doch meinem Vater ähnelst. Ich habe gerade von ihm geträumt. Du vertraust mir auch nicht, nicht wahr?«

»Wirst du mir glauben, Mama?«

»Aber wo sollen wir denn hingehen?«

Ich zog Miss Quilliams Brief aus meiner Tasche und erzählte ihr von meinem Besuch in der Coleman Street.

Sie las den Brief, dann sah sie mich unsicher an: »Aber ihr scheint es auch nicht viel besser zu gehen als uns, Johnnie.«

»Immerhin hat sie uns angeboten, daß wir zu ihr kommen können.«

»Aber hier habe ich Arbeit, und wir haben zu essen, zu trinken und ein Dach über dem Kopf. Und all meine Sachen«, sagte sie und sah sich um, »die kann ich doch nicht einfach hierlassen!«

»Was für Sachen?« fragte ich verärgert. »Das ist doch nichts, verglichen mit dem, was du in Melthorpe zurückgelassen hast. Aber wenn du meinst, dann nehmen wir sie mit.«

»Uns geht es hier doch ganz gut.«

»Wie kannst du nur so etwas sagen! Du weißt doch, wie garstig Mrs. Isbister zu dir ist! Und du weißt auch, wie sehr du sie haßt.«

»Sie ist oft auch ganz freundlich zu mir. Abends, wenn wir mit der Arbeit fertig sind.«

»›Freundlich‹ nennst du das!« rief ich. »Das ist doch keine Freundlichkeit! Ihr gefällt es, daß sie Macht über dich hat, das ist alles.«

Sie errötete, schlug die Augen nieder, und ihre Hände spielten ruhelos mit dem Saum des Lakens: »Ich will nicht. Ich habe Angst.«

»Wenn du nicht gehen willst, gehe ich allein.« Bei diesen Worten spürte ich einen seltsamen Jubel in mir, doch als ich ihr Entsetzen sah, durchfuhr es mich wie ein stechender Schmerz.

»Nein, Johnnie!«

»Ich meine es so, wie ich es gesagt habe.«

»Wie willst du denn allein durchkommen? Was soll aus dir werden? Du wirst verhungern.« Ein Schauder lief ihr über den Rücken. »Sag so etwas nicht!«

Ich stand auf und begann, meine Sachen zu packen, so gut mir dies mit Tränen in den Augen gelingen wollte: »Ich gehe. Komm mit, oder bleib hier!«

»Dann muß ich mit dir gehen. Aber das ist nicht richtig von dir.«

»Gut. Wir gehen jetzt sofort.«

»Du meinst noch heute?«

»Ich meine, in dieser Stunde. Mrs. Isbister schläft noch fest, kann aber bald aufwachen, und *er* könnte jeden Moment zurückkommen.«

Wir brauchten nicht lange, um zu packen, da wir nur sehr wenig besaßen: für jeden etwas Kleidung zum Wechseln, ein paar Laken und Decken, einige Teller, Tassen, etwas Besteck. Während meine Mutter sich anzog, verschnürte ich unsere Sachen zu zwei Bündeln und umwickelte das Geschirr sorgfältig mit den Kleidern, damit es keinen Lärm machte, wenn wir das Haus verließen. Als alles soweit fertig war und die kleine Kammer so leer aussah wie an dem Tag, an dem wir sie betreten hatten, deutete meine Mutter auf einige der Kleidungsstücke, an denen sie gearbeitet hatte.

»Meinst du, es wäre schrecklich unrecht, wenn ich ein paar von diesen Sachen mitnehmen würde, Johnnie?«

»Warum fragst du?«

»Sie hat mir noch nichts dafür bezahlt. Wenn ich einige Stücke mitnähme, würde das ungefähr dem entsprechen, was sie mir für die letzten Tage schuldet; vielleicht auch ein bißchen mehr, denn ich glaube nicht, daß sie mich angemessen entlohnt hat.«

»Mama«, rief ich, »das wäre ja Diebstahl!«

Sie sah mich an, als hätte ich sie ins Gesicht geschlagen. »Ja«, sagte sie. »Du hast recht.« Und dann begann sie zu schluchzen: »Was ist nur los mit mir? Wie konnte ich überhaupt nur an so etwas denken?«

»Still!« flüsterte ich.

Sie sah mich verstört an, und ohne noch ihre Stimme zu dämpfen, sagte sie: »Weißt du, manchmal muß ich an ganz fürchterliche Dinge denken. Ich wag es gar nicht, dir davon zu erzählen.«

»Du wirst noch Mrs. Isbister aufwecken!« ermahnte ich sie verzweifelt.

Das schien sie wieder zur Besinnung zu bringen, und sie beruhigte sich ein wenig.

»Rasch«, sagte ich. »Es wird schon spät.«

Licht fiel durch die Streben der Fensterläden, die wir nachts immer schließen mußten, da die Fenster keine Vorhänge hatten, und auf der Straße waren die ersten Fußgänger zu hören. Wir nahmen unsere Bündel und schlichen die Treppe hinunter.

Mrs. Isbister schnarchte immer noch wie ein Ratz, und wir verließen das übelriechende Haus auf dem gleichen Weg, den ich kurz zuvor genommen hatte. Ich öffnete das Küchenfenster und half meiner Mutter beim Hinausklettern, dann reichte ich ihr die Bündel.

Ohne Zwischenfall gelangten wir auf die Straße und gingen in der naßkalten Morgenluft zur Bethnal Green Row, als ich in der übernächsten Straße einen Wagen hörte, der uns entgegenkam. Nur für den Fall, daß es sich um Mr. Isbisters Karren handeln sollte, verbarg ich mich mit meiner Mutter in einem Hauseingang, und meine Vorsicht erwies sich keineswegs als unangebracht, denn als das Fuhrwerk an uns vorbeirumpelte, sah ich Mr. Isbister mit teuflisch verzerrtem Gesicht auf dem Kutschbock kauern. Er war über und über mit Schmutz bespritzt, ein Auge war angeschwollen und halb geschlossen, und über der linken Braue zeigte sich ein großer blauer Fleck. Doch als der Karren an uns vorbeigerasselt war, fühlte ich mich unendlich erleichtert, weil wir diesem Mann nun nicht mehr ausgeliefert waren.

Ich warf meiner Mutter einen raschen Blick zu, der sie davon abhalten sollte, mich nach Mr. Isbisters Aussehen zu fragen, doch sie sagte kein Wort, und sobald das Fuhrwerk um die Ecke gebogen war, eilten wir weiter.

Wir mußten nun die Metropole nahezu von ihrem östlichen bis zum westlichen Ende durchqueren, und wir hatten nur acht Penny bei uns. Mit dem Bündel auf dem Rücken war es ein beschwerlicher Weg, doch die Nacht war warm, und wir brauchten uns nicht zu beeilen.

Während wir langsam die sich endlos hinziehenden Meilen hinter uns brachten, tauchte die Morgendämmerung den Himmel hinter uns in ein leuchtendes Rosa-Orange, das einen schönen Tag versprach. Wir hielten oft an, um zu rasten, und einmal kauften wir uns zum Frühstück ein kleines Brot, von dem wir die Hälfte als Mittagessen aufbewahrten. So blieben uns vier Penny, die nach meiner Berechnung bis zu Miss Quilliams Wohnung reichen sollten, auch wenn mir der Gedanke nicht behagte, als jämmerliche Bettler bei ihr anzukommen.

»Ich kenne diesen Platz«, sagte meine Mutter, als wir uns gegen Mittag Temple Bar, dem Torbogen auf der Strand, näherten. »Als ich noch klein war, hat mich mein Vater oft hierher mitgenommen, wenn er seinen Anwalt aufsuchte.« Einen Augenblick später fügte sie verbittert hinzu: »Wie seltsam, nun gehe ich als Bettlerin über diese Straße, die ich zuletzt von einer schönen Kutsche aus gesehen habe. Damals wußte ich noch nichts von den Gassen und Seitenstraßen.« Sie sah mich an: »Ach, Johnnie, ich hatte einen fürchterlichen Alptraum, als du mich aufgeweckt hast. Mein Vater wartete mit ausgebreiteten Armen auf mich, und ich dachte, er würde mich willkommen heißen. Er schien zu lächeln, doch als ich näher kam, da war er mit Blut beschmiert, und sein Mund war ganz verzerrt, als würde er schreckliche Schmerzen leiden.«

Sie zitterte, und ich fragte: »Ist dir kalt, Mama? Es wird ein schöner Tag heute.«

»Wie traurig mein Vater wäre, wenn er uns so sehen würde«, seufzte sie. »Er hatte große Hoffnungen auf seine Erben gesetzt.«

»Was für Hoffnungen?« wollte ich wissen. »Und warum?«

Sie wollte nichts weiter dazu sagen, doch ich war mir sicher, daß es irgendwie mit dem Kodizill zusammenhing.

Wir ließen gerade das Northumberland House am westlichen Ende der Strand hinter uns, als sie wieder von ihrem Vater zu reden begann. Sie sagte, das Haus, in dem er gewohnt habe, liege hier ganz in der Nähe; das sei auch der Grund, weshalb sie sich in dieser Gegend auskenne. Doch obwohl ich sie inständig bat, wollte sie mir die Straße nicht zeigen, in der das Haus stand.

»Hat mein Großvater mich noch kennengelernt?« fragte ich.

»Nein, du warst noch nicht geboren, als er ... als er starb.«

»Wann ist er gestorben?«

»Ungefähr neun oder zehn Monate vorher«, antwortete sie.

»Und woran ist er gestorben?«

Sie ergriff meinen Arm und stieß heftig hervor: »Frag nicht danach. Eines Tages wirst du alles wissen, ich verspreche es dir.«

Um sie abzulenken, sprach ich einen gut angezogenen jungen Herrn an und fragte nach dem Weg.

Er betrachtete uns mit unverhohlener Neugier: »Orchard Street?« sagte er. »Ja, die kenn ich. Die liegt im Devil's Acre.«

Meine Mutter sah mich bei diesen Worten bestürzt an, doch ich mied ihren Blick.

»Können Sie mir sagen, wie wir dorthin kommen?« fragte ich.

»Hier immer geradeaus, dann nach rechts und immer der Nase nach, Sie könnten nämlich selbst mit verbundenen Augen Ihren Weg dorthin riechen.«

Ich bedankte mich, und schweren Herzens zogen wir weiter.

»Ich möchte bloß wissen, warum er die Gegend so genannt hat«, fragte meine Mutter düster.

Ich gab keine Antwort, weil ich den Grund dafür ahnte und fürchtete, daß die Antwort auf ihre Frage nur allzubald offensichtlich sein würde. Und ich sollte recht behalten, denn die Straßen wurden immer ärmlicher und schäbiger, und ein starker, aufdringlicher Geruch ließ sich nicht länger leugnen.

35. KAPITEL

Devil's Acre lag am westlichen Ende der Stadt, und dahinter dehnte sich nur noch jene öde, sumpfige Gegend aus, die unter dem Namen Neat Houses bekannt war. Dahinter begann die Wildnis der Four Fields. Östlich davon lagen der Palast von Westminster und jene uralte Abtei, zu deren Dekanat und Kapitel Devil's Acre seit Anbeginn aller historischen Aufzeichnungen gehört hatte und durch deren Recht auf Zuflucht und Freistatt es erst entstanden war.

Die Orchard Street, die wir bald gefunden hatten, war eine der Hauptverkehrsstraßen dieses unglückseligen Bezirks, dessen Häuser zwar einst, als man sie gebaut hatte, sehr schön gewesen sein mochten, die aber seit vielen Jahren die Behausungen der Ärmsten der Armen waren. Fensterscheiben waren zerbrochen, mit Papier überklebt oder mit Stroh ausgestopft, viele Haustüren waren verschwunden, Regenrinnen und Abflußrohre hingen in den verrücktesten Winkeln von den Wänden herab, Gras und Unkraut sprossen büschelweise unter dem Dachgesims hervor, und auf den Dächern fehlten die Schindeln gleich reihenweise. Obwohl es inzwischen bereits Nachmittag war, machte die Straße einen recht grämlichen und übelgelaunten Eindruck, als wäre sie gestern nacht zu lange aufgeblieben und hätte dabei mehr getrunken, als gut für sie war.

Das Haus Nr. 47 sah nicht ganz so heruntergekommen wie seine Nachbarn aus. Die Haustür stand offen, und diesmal betraten wir, mit den Sitten der Armen inzwischen besser vertraut als zuvor, gleich den dunklen Flur und klopften an die erste Tür auf der linken Seite.

Nach kurzem Zögern erschien ein ärmlich gekleideter Mann und hielt die Tür einen Spalt weit auf, so daß er heraussehen konnte: »Was wollt ihr?«

»Wir suchen Miss Quilliam, eine junge Dame«, sagte ich.

Die Tür wurde zugeschlagen, und wir hörten den Mann mit jemandem im Zimmer sprechen. Dann öffnete er die Tür wieder, doch nur so weit, daß er uns hastig wissen lassen konnte: »Nach hinten raus, zweiter Stock.«

Wir stiegen eine uralte Treppe hinauf, der viele Stufen fehlten und deren Geländer wackelte, wenn wir uns an ihm festhalten wollten, dann klopften wir an die besagte Tür, und erleichtert hörte ich eine vertraute Stimme rufen: »Bitte, treten Sie ein!«

Ich stieß die Tür auf, und gleich darauf standen wir in einem geräumigen, hohen Zimmer. Obwohl draußen die Sonne schien und der Raum zwei große Fenster hatte, lag das Zimmer im Halbdunkel, denn in dem einen Fenster waren die fehlenden Scheiben mit Lumpen abgedeckt und vor das andere die Läden gezogen. Die Behausung zeigte noch Spuren ihrer einstigen Pracht: Die Wände waren mit dunklem Holz verkleidet, und entlang der Decke und um die Fenster sowie den Türrahmen rankten sich äußerst kunstvolle Stuckarbeiten. Der gegenwärtige Zustand ließ freilich auf die Armut der jetzigen Bewohnerin schließen. Auf dem Boden waren nur die nackten Dielen zu sehen, und es standen kaum Möbel im Raum, in dem trotzdem alles sauber und ordentlich wirkte.

Unter dem Fenster, dessen Läden offen waren, saß eine Frau in einem schlichten grauen Kleid. Sie legte einen Rock zur Seite, an dem sie offenbar genäht hatte, als wir klopften, und blickte zu uns herüber. Als ich auf sie zuging und ihr Gesicht sah, konnte ich die hübsche junge Frau kaum wiedererkennen, der ich doch erst vor kaum zwölf Monaten das letzte Mal begegnet war. Sie wirkte abgehärmt und blaß, und die Augen schienen viel größer als damals zu sein. Einen Moment lang sahen wir uns schweigend an, und mir war, als sei ihr mein Gesicht so fremd wie mir das ihre. Sie rührte sich noch immer nicht, als wir näher traten.

»John!« rief sie endlich. »Und Johns Mutter!« Ihre Stimme war die gleiche geblieben, und der Klang weckte die Erinnerung an jenen Sommertag vor einem Jahr in Hougham. »Kommt her!« sagte sie, und als ich zu ihr ging, ergriff sie meine Hände, beugte sich vor und küßte mich. »Ich hoffe, du bist noch nicht zu alt für einen Kuß«, sagte sie. »Dabei siehst du soviel älter aus, daß ich dich im ersten Moment gar nicht erkannt habe. Aber sag mir rasch, weißt du etwas Neues von der armen Henrietta?«

Ich erzählte ihr von unserer letzten Begegnung und daß Henrietta mir gesagt hatte, daß man sie wohl nach Brüssel schicken werde.

Miss Quilliam seufzte: »Herrje, eine Klosterschule! Aber wenigstens kommt sie aus diesem Haus heraus.« Dann rief sie: »Wo bin ich nur mit meinen Gedanken! Ich scheine meine Manieren völlig vergessen zu haben.«

Sie drehte sich zu meiner Mutter um und streckte ihr die Hand hin. Meine Mutter nahm sie, zögerte einen Augenblick, sah der jungen Frau ins Gesicht und warf sich ihr dann schluchzend in die Arme.

»Meine Liebe, hier sind Sie sicher, völlig sicher«, sagte Miss Quilliam ganz so, als wäre sie die Ältere von beiden, und sah mich besorgt über die Schulter meiner Mutter hinweg an. Ich schwankte zwischen den widersprüchlichsten Gefühlen: Einerseits war ich stolz darauf, eine solche Freundin zu haben, andererseits schämte ich mich für das Verhalten meiner Mutter.

»Endlich haben wir eine Freundin gefunden!« rief meine Mutter.

»Ja, das haben Sie«, erklärte Miss Quilliam und forderte meine Mutter auf, es sich an ihrer Seite auf der Bank bequem zu machen. »Und wie geschickt Johnnie es angestellt hat, mich zu finden! Ich kann dir gar nicht sagen, wie überrascht ich war, als ich deinen Brief bekam.« Sie schaute mich an: »Wie um alles in der Welt hast du mich eigentlich aufgespürt?«

Ich sagte stolz: »Durch den Schreiber des London General Office.«

Sie räusperte sich, als wolle sie etwas dazu sagen, doch dann rief sie: »Aber ihr seid lange unterwegs gewesen! Ihr müßt ja hungrig sein! Ich werde euch etwas zu essen machen.«

»Miss Quilliam«, sagte ich, blickte mich um und wußte nicht, wie ich dieses heikle Thema zur Sprache bringen sollte: »Ich sehe, daß Sie auch nicht gerade in Wohlstand leben; und was uns betrifft, nun, wir sind Bettler. Vier Penny sind alles, was wir auf dieser Welt noch besitzen.«

»Dann bin ich viel reicher als ihr.« Sie lächelte und fügte hinzu: »Fast einhundertfünfundneunzigmal reicher, denn ich besitze drei Sovereign und einige Shilling. Ich habe also Geld genug für uns alle.«

Ich sah zu meiner Mutter hinüber, die zwar nach den Anstrengungen des Tages müde und hungrig war, doch von einem neuen Funken Hoffnung belebt zu sein schien, seit wir unsere Freundin wiedergefunden hatten, und ich sagte nichts.

Miss Quilliam erhob sich von der Bank unter dem Fenster und wollte das Zimmer durchqueren. Erst jetzt fiel mir auf, wie mager, wie schrecklich mager sie geworden war. Sie machte einige Schritte, doch dann sah ich entsetzt, wie sie plötzlich taumelte und nur mit letzter Kraft wieder auf ihren Platz zurückkehrte.

Als sie unsere Bestürzung sah, zwang sie ihren schmerzverzerrten Zügen ein Lächeln ab und sagte: »Ich bin krank gewesen, aber ich fühle mich jetzt schon wieder so wohl, daß ich ganz vergessen habe, wie kraftlos ich noch bin.«

»Ich mache den Tee«, sagte ich. »Sagen Sie mir nur, wo ich alles finde!«

Widerwillig gab sie nach, und so hängte ich unter ihrer Anleitung in eine

Ecke des riesigen Kamins, wo sie einige Kohlen zusammengescharrt hatte, den Kessel, und während der Tee zog, röstete ich uns ein paar Scheiben Brot. Etwas anderes zu essen oder zu trinken gab es nicht, nur ein Kännchen Milch konnte ich noch entdecken, das neben einem irdenen Krug stand.

Etwas später, während wir aßen, begannen meine Mutter und ich auf Miss Quilliams Bitten hin, eine gekürzte Version unserer Geschichte zu erzählen. Wir ließen nichts von Bedeutung unerwähnt, auch wenn wir beide es nicht für notwendig zu halten schienen, ihr anzuvertrauen, daß wir im Besitz eines gewissen Dokumentes waren, das andere Parteien gern in ihre Hände bekommen hätten. Ich fühlte mich ein wenig schuldbewußt, weil wir unserer Freundin nicht völlig vertrauten, doch es schien mir angebracht, niemandem von dem Kodizill zu erzählen.

Mir fiel auf, daß Miss Quilliam nur wenig zu sich nahm, doch noch während meine Mutter und ich aßen, bat sie mich: »Würdest du wohl so freundlich sein und mir diesen Krug und das Glas vom Kaminsims bringen?«

Ich erfüllte ihr den Wunsch, und sie goß sich ein und sagte: »Ich meine immer, es würde mir ein wenig helfen, um wieder zu Kräften zu kommen.«

Sie bot meiner Mutter auch etwas an, doch die sah ein wenig zaghaft zu mir herüber und lehnte dann ab.

Nach unserem frugalen Mahl stellte Miss Quilliam uns einige Fragen, die ich angemessen und nicht im geringsten aufdringlich fand. Dann sagte sie: »Ihr sagt, ihr habt keinen Penny mehr, aber ihr besitzt doch etwas, das einigen Wert hat.« Meine Mutter sah mich erschreckt an, beruhigte sich aber gleich wieder, als Miss Quilliam fortfuhr: »Ich meine die Kleider, die ihr tragt; die würden bestimmt einige Pfund einbringen.«

»Wenn es soweit kommen sollte, haben wir noch etwas viel Wertvolleres ...« begann meine Mutter.

Da ich Angst hatte, daß sie nun doch noch das Kodizill erwähnen würde, warf ich rasch ein: »Ja, das stimmt. Zeig Miss Quilliam das Medaillon, Mutter!«

»Nein, nur das nicht, Johnnie!« rief meine Mutter.

Auf ihrem Gesicht spiegelte sich der innere Widerstreit, während Miss Quilliam uns überrascht ansah.

Endlich jedoch faßte meine Mutter nach dem Medaillon um ihren Nacken und zeigte es unserer Gastgeberin: »Falls es sein muß, bringt uns vielleicht das hier etwas Geld ein.«

»Ja«, sagte Miss Quilliam und untersuchte das Medaillon neugierig. »Dafür kann man bestimmt einige Pfund erzielen.«

Meine Mutter sah mich vorwurfsvoll an, als sie sich das Medaillon wieder umhängte.

»Und was die Zukunft betrifft«, sagte Miss Quilliam, »nun, ich werde euch helfen, so gut ich kann. Doch ich fürchte, ich bin, wie ich ja bereits in meinem Brief angedeutet habe, selbst nahezu völlig mittellos. Ihr könnt hier natürlich so lange bleiben, wie es euch gefällt; dieses Zimmer ist sowieso zu groß für mich allein.«

»Das ist sehr freundlich von Ihnen«, sagte meine Mutter.

Miss Quilliam sah zu ihr hoch: »Ganz und gar nicht. Ich habe bereits nach

Untermietern gesucht, deshalb würde ich mich freuen, wenn Sie bei mir zur Miete wohnen möchten. Dort ist ein Bett«, sie zeigte auf eine Strohmatratze in einer Ecke, »und Johnnie könnte in der kleinen Abstellkammer schlafen.«

»Wie hoch soll unser Anteil an der Miete sein?« fragte ich.

»Ach, Johnnie«, sagte meine Mutter. »So hat Miss Quilliam es doch nicht gemeint.«

»O doch, das hat sie«, beharrte ich.

»Ich wünschte mir nur«, sagte Miss Quilliam, »ich könnte es Ihnen umsonst überlassen. Sagen wir also zwei Shilling?«

»Das ist sehr wenig«, sagte ich, »doch für uns könnte es immer noch zuviel sein, denn ich weiß nicht, wie wir auch nur einen Penny verdienen sollen.«

»Sie haben doch gesagt, Sie hätten für diese Mrs. Isbister als Näherin gearbeitet«, sagte Miss Quilliam zu meiner Mutter. »In dem Zimmer auf der anderen Seite vom Flur wohnen ein paar herzensgute Menschen, die mir manchmal solche Arbeiten überlassen, und es könnte durchaus sein, daß auch für Sie etwas abfällt. Mr. Peachment ist Schneider. Er und seine Frau sind sehr gut zu mir gewesen. Seit einigen Monaten schon halte ich mich damit über Wasser, daß ich ihnen bei der Heimarbeit aushelfe. Sie haben mir das Leben gerettet, und ich bin ihnen zu großem Dank verpflichtet, denn kurz nachdem ich hier einzog, bin ich krank geworden, und Mrs. Peachment hat mich wieder gesund gepflegt. Ich werde euch die beiden morgen vorstellen, und ich hoffe, daß sie zusätzlich ein wenig Arbeit offerieren können – wenigstens, solange die Saison noch andauert.«

»Sie sind sehr gütig. Aber haben Sie denn jede Hoffnung aufgegeben, wieder eine Anstellung als Gouvernante zu finden?« fragte meine Mutter überrascht.

Miss Quilliam schien sie nicht gehört zu haben, und meine Mutter wiederholte ihre Frage nicht, denn beide hatten sich noch so viele andere Dinge zu fragen und so vieles zu beantworten.

Meine Mutter und ich waren jedoch sehr müde, und so beschlossen wir bald, zu Bett zu gehen. Es nahm kaum Zeit in Anspruch, unsere zwei Bündel auszupacken und unsere Habe unterzubringen, und auch als dies geschehen war, sah das große Zimmer kaum voller aus als zuvor.

Ich machte es mir in der Abstellkammer bequem, die eher ein dem großen Zimmer angefügtes kleines oder halbes Zimmer war, wie man es in den Häusern aus jener Zeit oft fand. Miss Quilliam gab mir eine Strohmatratze, über die ich ein Laken spannte, ehe ich unter eine von unseren beiden Dekken kroch.

Eine Weile hörte ich noch die Stimmen der beiden Frauen, die sich leise unterhielten; dann schlief ich ein. Einmal, als ich aufwachte – oder nur halb aus dem Schlaf auftauchte –, meinte ich, jemanden schluchzen zu hören, dazu sprach eine sanfte Stimme mal etwas lauter, dann wieder leiser. Ich schlief schlecht, denn auf der Straße, im Treppenhaus und in anderen Teilen des Hauses war die ganze Nacht hindurch Lärm zu hören: betrunkenes Grölen, lautes Gezänk, ja, einmal hämmerte sogar jemand gegen die verriegelte Tür und versuchte, bei uns einzudringen.

III. BUCH

Heimliche Wohltäter

36. KAPITEL

Am nächsten Morgen stellte uns Miss Quilliam den Peachments vor. Nach der geräumigen Leere unsere neuen Bleibe machte die Wohnung der Peachments einen recht überfüllten Eindruck auf mich, denn ihr Zimmer war kaum größer als das unsere, mußte aber den Eltern und nicht weniger als sieben Kindern – vom Kleinkind bis zum nahezu erwachsenen Jugendlichen, die allesamt anwesend waren – als Küche, Schlaf-, Wohn- und Arbeitszimmer dienen. Trotzdem war es hier sauber und ordentlich. Der Raum wirkte noch kleiner, da über ein von Wand zu Wand gespanntes Seil verblichene und fadenscheinige Teppiche hingen und einen Teil des Zimmers vom übrigen Wohnraum abtrennten, wodurch der Eindruck eines schäbigen Zeltes aus »Tausendundeiner Nacht« entstand.

Es hatte noch nicht sieben Uhr geschlagen, und dennoch waren schon alle eifrig bei der Arbeit: Kleine Mädchen und Jungen schnitten Filz zurecht und vernähten den Stoff zu einer Puppe, während die älteren Kinder unter Anleitung ihrer Eltern Säume verzierten und Knopflöcher stickten.

Mr. und Mrs. Peachment waren sehr freundlich, und ihr weicher West-Country-Dialekt klang nach dem scharfen Singsang des Londoner Akzents sanft in meinen Ohren.

»Ich kann Ihn' schon ein bißchen Arbeit zustecken«, sagte Mr. Peachment, nachdem wir ihm unsere Lage geschildert hatten, »so wie ich's für die junge Dame hier ja auch schon mach; um diese Jahreszeit gibt's die meiste Arbeit.« Meine Mutter bedankte sich bei ihm, doch er fügte noch hinzu: »Aber ich kann Ihn' rein gar nich sagen, wie lang sich das hält. Wenn das Parlament in die Sommerpause geht und die Saison vorbei ist, da kann schon sein, daß es dann nicht das kleinste bißchen mehr zu tun gibt.«

»Wir wollen ganz offen sein mit Ihnen«, sagte seine Frau mit einem freundlichen Lächeln. »Wenn's nur noch wenig Arbeit gibt, dann müssen wir zuerst an uns selbst denken.«

»Ist mächtig hart, sich hier über Wasser zu halten«, sagte ihr Gatte nachdenklich. »Die Londoner sind schon ein ziemlich gewitztes Völkchen.«

Während er das sagte, legte er einen Finger an seine Nase, und sooft er im Verlauf unseres Gesprächs diese Bemerkung wiederholte, tat er es jedesmal mit der gleichen Geste, als wolle er damit andeuten, daß er es, so gewieft die Londoner auch sein mochten, immer noch mit ihnen aufnehmen könne.

Die Frage, was *ich* Nützliches tun könne, fand auch eine Antwort, denn es stellte sich heraus, daß der älteste Sohn der Peachments, Dick, der ein oder zwei Jahre mehr zählte als ich, sich ein paar Shilling die Woche damit verdiente, die Puppen auf der Straße zu verkaufen, die seine jüngeren Geschwister anfertigten. Dick war eine »Stelle im ambulanten Gewerbe« angeboten worden, wie sein Vater sich stolz ausdrückte, und so schlug man vor, daß meine Mutter und ich ihm den Bauchladen und den vorhandenen Vorrat an Puppen abkaufen sollten und ich von nun an seine Arbeit übernehmen könne.

Die Geschäftsauffassung der beiden Parteien gestaltete die Verhandlung etwas schwierig und zog sie in die Länge.

»Ja, aber«, sagte Mr. Peachment immer wieder, »wir wollen doch nich mehr verlangen, als angemessen is.«

»Wieviel würde das denn sein, Peachment, was glaubst du?« fragte ihn seine Frau.

In diesem Moment flüsterte Dick, der finster zu uns herüberstarrte, seinem Vater rasch einige Worte zu, doch der schüttelte nur den Kopf, woraufhin sich der Junge wütend in eine Ecke des Zimmers zurückzog.

Unter Vermittlung von Miss Quilliam wurde schließlich beschlossen, daß ich fünf Pence die Woche für die Benutzung des Bauchladens zu zahlen hatte, die Puppen für vier Pence das Stück kaufen und sie für einen Shilling unter die Leute bringen sollte. Außerdem einigten wir uns darauf, daß Dick mich noch am gleichen Morgen mitnehmen würde, um mich in seine geheimnisvolle Kunst einzuweihen.

Nachdem Miss Quilliam uns das Geld ausgelegt hatte, schnallte ich mir den schweren Kasten um und ging mit Dick hinaus.

Erst als wir das Ende der Straße erreicht hatten, brach er sein Schweigen: »Mam und Dad sind einfach zu gutmütig«, sagte er verdrossen. »Sie hätten viel mehr aus euch rausschlagen können.«

Mir fiel auf, daß sich sein Akzent bereits stark dem der Londoner angeglichen hatte.

»Fairer Preis!« schnaubte er verächtlich. »Ich hab ihnen gesagt, ein fairer Preis ist das, was sie aus euch rausholen können. Ich hab's ihnen gesagt, aber sie wollten ja nicht auf mich hören.« Er stieß mit dem Fuß nach einem Kieselstein.

Durch diesen Redefluß ermuntert, stellte ich ihm einige Fragen nach meinem neuen Gewerbe, doch er antwortete mir mit keinem Wort. Und so gingen wir schweigend weiter. Da er nichts zu tragen brauchte, konnte ich nur mit Mühe Schritt halten. Schließlich erreichten wir die Ecke Fleet Street und Chancery Lane, wo die Leute noch immer zur Arbeit hasteten, obwohl es längst acht Uhr war.

»Das hier ist deine Ecke«, sagte er. »Aber du mußt früher kommen als heute, sonst bist du sie gleich wieder los.«

»Und was muß ich machen?« fragte ich.

Verblüfft sah ich zu, wie er sich plötzlich eine der Filzfiguren griff, sie wild über seinem Kopf hin und her schwenkte und rief: »Puppen! Kauft meine Puppen!« Dann knallte er die Puppe zurück in den Bauchladen: »So mußt du's machen. Und hab den Zaster parat, wenn die Polizeispitzel abkassieren kommen.«

»Wieso? Was meinst du damit?« fragte ich.

»Mein Gott! Bist du ein Grünschnabel!« rief er theatralisch. »Ich hab nicht den ganzen Tag Zeit. Entweder du kapierst es, oder du kapierst es eben nicht.« Mit diesen Worten ging er davon, ohne sich noch einmal nach mir umzusehen.

Nun, da ich also die Bühne des Handels betreten sollte, fand ich es äußerst schwierig, meine Stimme zu erheben und meine Ware auszurufen, da ich überzeugt war, mich mit jedem Versuch lächerlich zu machen. Doch schließlich wagte ich es, und überrascht merkte ich, daß die Fußgänger, statt spöttisch über mein dünnes Gekreisch zu lachen, auch weiterhin an mir vorbeieilten, ohne auf mich zu achten. Ich schrie lauter und wandte mich an einzelne Menschen in der Menge, doch im Verlauf des Vormittags gelang es mir lediglich, eine einzige Puppe zu verkaufen.

Bereits nach einer Stunde jedoch ereignete sich ein etwas rätselhafter Zwischenfall. Zwei Männer kamen auf mich zu, der eine hager und mit markanten Gesichtszügen, der andere mit einem nichtssagenden, ölig glänzenden Gesicht.

»Verdünnisier dich, Bürschchen!« sagte der Hagere. »Das hier ist unser Revier.«

»Was soll das heißen?« wollte ich wissen.

»In dieser Gegend gehören die Straßen uns«, sagte der mit dem Speckgesicht anbiedernd, »und wer hier arbeiten will, der muß mit uns abrechnen.«

»Aber das ist nicht recht!« rief ich aus. »Die Straßen sind doch für alle da!«

Er beugte sich zu mir herunter, bis sein Gesicht nur noch wenige Zentimeter von meinem entfernt war, und sagte: »Mach 'ne Biege, oder es geht nicht gut mit dir aus!«

Sie gingen fort, und voller Entrüstung über diese Bedrohung der ureigensten Freiheiten eines Engländers bemühte ich mich trotzig, weiter meine Puppen zu verkaufen. Ich vergaß diesen Zwischenfall bald, da sich mir in Gestalt der Straßenjungen ein neues Problem stellte: Sie kamen vorbeigerannt, schnappten sich eine Puppe und liefen mit ihr davon. Doch schließlich lernte ich, die Jungen im Auge zu behalten und mich so lange mit dem Bauchladen zur Wand zu drehen, bis sie wieder verschwunden waren.

Am frühen Nachmittag kam dann ein Polizist zu mir und sagte: »Weg da, Jungchen!«

Als ich ihm protestierend darlegte, daß ich das Recht auf dieses Revier von meinem Vorgänger erworben hätte, lächelte er leutselig und sagte: »Du glaubst doch wohl nicht, daß er für dieses Privileg nicht bezahlt hat, oder?«

»Na gut, dann werde ich auch zahlen«, sagte ich.

Er nickte zustimmend und ging fort.

Etwas später tauchten die beiden Polizeispitzel wieder auf, und als ich ihnen versicherte, daß ich nur eine Puppe verkauft hätte, gaben sie sich mit bloßen zwei Pence zufrieden, da ich schließlich, wie sie sagten, ein blutiger Anfänger sei.

Ich verkaufte an diesem Tag nichts mehr und kehrte erschöpft und entmutigt nach Hause zurück, wo meine Mutter und Miss Quilliam eifrig stickten.

»Wird es nicht bald Zeit aufzuhören?« fragte meine Mutter Miss Quilliam, nachdem sie mich begrüßt hatte.

»Gütiger Himmel, doch jetzt noch nicht!«

»Bei Mrs. Isbister durfte ich immer zwischen sieben und acht Uhr aufhören«, beschwerte sich meine Mutter.

Während die beiden weiterarbeiteten, kaufte ich das Abendessen ein und bereitete Heringe und kalte Kartoffeln zu. Endlich erklärte Miss Quilliam, daß es für diesen Tag genug sei.

Meine Mutter und ich tranken Porter zum Essen, doch Miss Quilliam goß sich ein Glas aus dem irdenen Krug ein und gab einige Tropfen einer dunklen Flüssigkeit aus einer kleinen Flasche hinzu.

Nach dem Essen nahmen die Frauen ihre Arbeit wieder auf, während ich Miss Quilliams aus drei zerfledderten Bänden bestehende Bibliothek durchstöberte und einige Seiten aus einem historischen Roman von Sir Walter Scott las.

Miss Quilliams Stimmung hatte sich gebessert, und als sie sah, womit ich mich beschäftigte, meinte sie: »Ich werde dir Unterricht geben, Johnnie. Wie findest du das? Dann wird es genau wie früher sein, wie in den alten Tagen mit Henrietta. Ich unterrichte gern.«

Wir bedankten uns für ihr Angebot, und dann fragte meine Mutter erstaunt: »Wie können Sie es nur ertragen, so zu leben, wo Sie doch wieder als Gouvernante arbeiten könnten?«

Miss Quilliam sah auf und wurde rot. Nach kurzem Schweigen sagte sie: »Ich glaube, gestern erzählten Sie, daß Sie im Vermittlungsbüro in der Wigmore Street meine frühere Anschrift bei Mrs. Malatratt erfahren haben?« Wir nickten, während sie etwas unsicher zwischen uns beiden hin und her blickte. »Ich weiß nicht, welche Lügen man Ihnen dort über mich aufgetischt hat ...« begann sie, doch dann hielt sie inne.

Meine Mutter und ich sahen uns überrascht an und schüttelten den Kopf.

»Wir haben nichts dergleichen vernommen«, sagte meine Mutter.

»Dann bin ich ungemein erleichtert«, sagte Miss Quilliam und fuhr beinahe lebhaft fort: »In Wahrheit verhält es sich nämlich so, daß ich tatsächlich während meines ersten Aufenthalts in London bei Mrs. Malatratt logiert habe. Als ich dann die Anstellung bei Sir Perceval und Lady Mompesson bekam, zog ich bei Mrs. Malatratt aus und ließ einige Koffer zur sicheren Aufbewahrung bei ihr zurück. Letzten Sommer, nachdem ich die Stelle aufgegeben hatte, kehrte ich zurück, doch Mrs. Malatratt weigerte sich, mir mein Eigentum auszuhändigen.«

»Wie konnte sie nur so etwas tun?« fragte meine Mutter.

»Oh, sie sagte, daß ich ... Sie verlangte eine Wuchermiete für das bißchen

Platz, das die beiden Koffer beansprucht hätten. Doch als ich vor nicht einmal einer Woche wieder hinkam und deinen Brief vorfand, Johnnie, gab sie mir schließlich doch die Koffer heraus. Ihr Inhalt war von keinem besonderen Wert, und ich habe alles verkauft, um die Schulden begleichen zu können, die sich während meiner Krankheit angehäuft hatten.«

Sie hätte sich uns gegenüber nicht so ausführlich zu rechtfertigen brauchen, und wir ließen das Thema schnell fallen, als Miss Quilliam meiner Mutter einen Schluck aus dem Krug anbot.

Meine Mutter starrte versonnen auf den Krug und errötete, als sie meinen Blick auffing. Dann goß sie sich ihren Becher voll und sagte trotzig: »Es gibt mir Kraft, außerdem kann ich dann besser einschlafen.«

Tags darauf hatte ich etwas mehr Erfolg auf der Straße, und in der Folgezeit lernte ich, mit den Widrigkeiten meines Gewerbes zurechtzukommen. Ich verkaufte allerdings nur wenige Puppen, und an reinem Verdienst blieben mir am Ende der Woche höchstens zwei oder drei Shilling übrig.

Anfangs nahm Miss Quilliam ihr Versprechen noch sehr ernst, und wenn ich nach Hause kam und wir gegessen hatten, holte sie die Bücher hervor. So erfuhr ich, was für eine gute Lehrerin sie war, doch fiel es mir schwer, mich nach einem Tag auf der Straße zu konzentrieren, und Miss Quilliam war von ihrer Arbeit, die vom ersten Tageslicht bis in die Nacht hinein dauerte, ebenfalls sehr erschöpft. Obwohl sie nach dem Abendessen, bei dem sie meist nur wenig aß, gewöhnlich für kurze Zeit wieder auflebte, wurde sie dann doch zu ruhelos, um sich sammeln zu können, und sie lief wirr und ungestüm daherredend im Zimmer auf und ab. Ein oder zwei Stunden später setzte dann eine Art Gegenreaktion ein: Sie verlor jegliche Lust und wurde mutlos. Nach einigen Wochen wehrte sie sich nicht mehr dagegen, daß mein Unterricht zunehmend in Vergessenheit geriet.

Obwohl wir eigentlich sehr viel Glück gehabt hatten, blieb unsere Situation auch weiterhin höchst bedenklich. Oft hatten meine Mutter und ich nicht einmal genug Geld, um am Ende der Woche, wenn der Mieteintreiber kam, unseren Anteil zu zahlen; letztlich lebten wir von dem wenigen Kapital, das sich Miss Quilliam zusammengespart hatte. Wir fristeten unser Dasein, indem wir beim schmutzigen kleinen Eckkrämer anschreiben ließen. Sein Geschäft wurde gewöhnlich nur der »Strichladen« genannt, da man dort eine Liste führte, auf der unter dem Strich die jeweiligen Schulden der einzelnen Kunden aufgeführt wurden. Da wir zwar wöchentlich etwas abbezahlten, die Schulden aber nie ganz begleichen konnten, waren wir gezwungen, seine minderwertigen und überteuerten Waren zu kaufen, da er sofort, so hatte Miss Quilliam uns gewarnt, die Rückzahlung der ganzen Summe gefordert hätte, wenn wir nicht mehr alles dort eingekauft hätten.

In dieser Zeit ärgerte ich mich zunehmend über die häufigen Vorhaltungen meiner Mutter, die sich darüber beklagte, daß ich sie gezwungen hätte, die Isbisters zu verlassen, bei denen wir es (wie sie sagte) doch um so vieles besser gehabt hätten. Statt wie früher hin und wieder ein wenig verschwenderisch und extravagant zu sein, war sie nun immer mehr von der fixen Idee besessen, Geld horten zu müssen. In hohem Maße verdrießlich war es auch, daß sie zu der Überzeugung gelangte, die Peachments – grundehrliche und offenherzige Leute – würden sie betrügen, da sie ihr nicht genug für ihre Arbeit bezahlten, und gelegentlich beschwerte sie sich sogar bei mir darüber, daß Miss Quilliam sie zu hart arbeiten lasse. Ihre Stimmung wechselte zwischen tiefer Niedergedrücktheit und seltsamer Unbeschwertheit, denn oft kam ich abends von der Arbeit auf der Straße nach Hause und traf sie in eigenartig angeregter Laune an, was auch mich, obwohl dieser Zustand nie lange vorhielt, wieder fröhlicher werden ließ. Aber ich ahnte, daß dieses Leben ihre Gesundheit ruinierte, auch wenn ich erst viele Monate später an einem Abend plötzlich begreifen sollte, wie verderblich es tatsächlich für sie gewesen war.

Als ich allmählich unsere Umgebung besser kennenlernte, wurde mir auch klar, um wieviel verzweifelter das Los vieler unserer Nachbarn war, denn meine Mutter und ich waren doch immerhin körperlich soweit gesund und in der Lage, uns über Wasser halten zu können. In diesen verfallenen, meist unbeleuchteten Straßen, in denen sich weder Polizisten noch Müllmänner sehen ließen, nistete die jämmerlichste Armut. Der Gestank, der über dem Viertel hing, wurde noch schlimmer durch die Brauereien und vor allem durch die Gasbehälter auf dem Gelände der Gas, Light & Coke Company entlang der Great Peter Street (mit der sich mein Geschick später auf gewisse Weise noch verknüpfen sollte). Im Gassenlabyrinth der Armen fanden sich auch die Schlupfwinkel des Verbrechens, und auf den Straßen wimmelte es nur so von Taschendieben und kräftigen Bettlern, die einem selbst auf offener Straße und bei Tageslicht das Geld abforderten. Miss Quilliam warnte uns vor den Banden Bewaffneter, die manchmal einen ganzen Straßenzug einfach an beiden Enden absperrten, die Fußgänger ausraubten und dann wie eine Horde von Filibustern die Läden stürmten.

So verging der Sommer. Wir wachten kurz nach fünf Uhr auf, und während meine Mutter und Miss Quilliam bereits mit ihrer Arbeit begannen, holte ich Wasser im Hof, wusch mich gleich an der bleigefaßten Zisterne, trug dann das Wasser nach oben, machte Feuer und setzte den Kessel auf. So rasch wie nur irgend möglich aßen wir dann unser Frühstück, und gegen sieben war ich auf dem Weg zu einem meiner Standplätze in den Straßen, die aus den Vororten in die City führten. Zu Beginn oder am Ende eines Tages waren meine besten Kunden die Kontoristinnen, Buchhalter und andere Büroangestellte, während ich am Vormittag und am frühen Nachmittag mein Revier auf die eleganteren Einkaufsstraßen im Westend verlegte.

Als ich eines Morgens die Stadt nahezu leer vorfand, stellte ich mein Geschäft für den Tag ein und machte mich auf den Weg nach Hause. Ich war nicht mehr weit von Westminster entfernt, als ich einer sonntäglich gekleideten Menschenmenge begegnete, die offenbar in eine bestimmte Richtung strebte, und ich fragte einen Mann nach dem Grund für diesen Auflauf.

»Na, das Parlament geht in die Sommerpause«, antwortete er mit einem verächtlichen Schnauben, als könne nur ein Einfaltspinsel solch eine Frage stellen.

Deshalb also war die City so leer gewesen! Auf den Straßen von St. James bis Westminster sammelten sich die Zuschauer, um sich die Rückkehr des königlichen Umzugs und die berittenen Soldaten anzusehen, die Seine Majestät vor einem allzu volksnahen Kontakt mit der Menge – ihre Empfindungen hatte der König in letzter Zeit einige Male allzu deutlich zu spüren bekommen – schützen sollten. Unweit unserer Straße sah ich eine lustig angemalte, mit Wimpeln und bunten Bändern geschmückte Holzbude in Form eines kleinen Häuschens stehen, vor der sich eine Vielzahl von Kindern mit ihren Ammen und Gouvernanten eingefunden hatte – im Hintergrund lungerten auch einige Gassenjungen herum.

Kasperl und seine Frau hatten jenes Stadium ihrer häuslichen Beziehungen erreicht, in dem sie sich wütend gegenseitig das Baby zuwarfen, wohl wissend, daß der männliche Teil der Elternschaft es nun jeden Moment endgültig aus dem Fenster hinausschleudern würde.

»Du leichtsinniges Ding«, schnarrte Kasperl mit nasaler Stimme, »du hättest es nie kriegen dürfen. Was hast du dir bloß dabei gedacht?« Mit diesen Worten katapultierte er seinen Sprößling auf seine Frau zu, die das Kind geschickt um den Hals zu fassen bekam.

»Was denn, du Ungeheuer, liebst du nicht einmal dein eigenes Kind?« fragte die Frau ihren Gatten mit auffallend tiefer Stimme.

»Wie soll ich es lieben können, wenn es mir nur im Weg ist?« beschwerte sich der Mann. »Ich kann es mir nicht leisten, noch ein Maul zu stopfen!«

»Was geht's dich an, was es kostet?« gab seine Gattin zurück. »Wir kriegen doch regelmäßig unser Armengeld von der Gemeinde.«

»Aber Frau, genau das wird das Land an den Bettelstab bringen und uns alle ruinieren!« konterte Kasperl, diesmal mit dunkler und gepflegt klingender Stimme.

»Humbug!« schrie seine Frau. »Geld ist genug da, und es wäre nur recht und billig, wenn die Reichen den Armen helfen täten. Ich weiß doch, daß Lady Decies zum Beispiel wenigstens zehntausend im Jahr ...«

Die Wende, die die Vorstellung genommen hatte, ließ das junge Publikum zunehmend unruhiger werden, und die ersten Kinder gingen bereits fort.

»Red mir nicht von Recht und Billigkeit!« unterbrach sie Kasperl mit noch tieferer Stimme als zuvor. »Du bist ja ein Jakobiner! Ein Brandstifter!«

Doch hinter der Bühne ertönte die Stimme eines Mannes, die seltsamerweise wie die Stimme von Kasperls Frau klang und diese Philippika gleich in ihren Anfängen mit der Aufforderung unterbrach: »Schlag mich doch, du Idiot!«

Kasperl gehorchte augenblicklich, hob den Knüppel und ließ ihn hart auf den Kopf seiner Frau niederkrachen; und die Kinder, die noch geblieben waren, brüllten vor Vergnügen. Doch regelrecht begeistert waren sie erst, als Kasperls Frau ihr Kind wie eine Waffe handhabte und ihrem Gatten damit heftig eins über den Schädel zog. Kasperl und seine Frau sagten keinen Ton, während sie sich unermüdlich mit Schlägen bearbeiteten, doch es ließ sich nicht überhören, daß hinter der Bühne eine hitzige Debatte stattfand. Die Stimmen klangen zwar zu gedämpft, als daß man sie deutlich verstehen könnte, aber man konnte das eine oder andere Wort heraushören: »Besitzrechte … Unverantwortlichkeit … Bevölkerung.«

Plötzlich hörte Kasperl auf, weiter auf seine Frau einzuknüppeln, und wandte sich wieder mit schnarrender Stimme an den noch verbliebenen Rest seines Publikums: »Kinder, habt ihr schon jemals über den Zusammenhang zwischen der Anzahl der Produktionsmittel und dem Wachstum der Bevölkerung nachgedacht?«

Ich sah, wie einige der Gouvernanten und Ammen sich empörte Blicke zuwarfen, und wenige Augenblicke später waren von den Zuschauern fast nur noch ein paar johlende Gassenjungen übriggeblieben. Kasperls Frau hörte nicht auf, ihm ihr Kind um die Ohren zu schlagen, doch Kasperl beachtete sie gar nicht weiter.

»Begreift diesen Grundsatz und was er Schreckliches zur Folge hat, und ihr werdet sehen, daß wir uns zwar schmeicheln, unter einer Verfassung zu leben, die es uns gestattet, unser Geschick in die eigene Hand zu nehmen, daß wir in Wahrheit jedoch machtlos sind«, erklärte Kasperl mit leidenschaftlicher Stimme, die nun zweifellos die Stimme eines Mannes war.

Noch während er sprach, verschwand seine Frau mit dem Baby und ließ ihn allein auf der Bühne zurück.

»Wie erlangen wir also die Freiheit? Nur, indem wir den freien Markt ungehindert walten lassen, um uns dadurch den Zufälligkeiten des Lebens harmonisch anzupassen.«

Während Kasperl seine Rede hielt, tauchte hinter ihm seine Frau, die das Baby gegen eine Bratpfanne ausgetauscht hatte, wieder auf und schlich sich an ihn heran.

Die wenigen Kinder, die noch zusahen, riefen: »Paß auf! Hinter dir, Kasperl! Paß doch auf, du dumme Puppe!«

»Puppen, das sind wir alle«, antwortete Kasperl, der nur dieses eine Wort aufgefangen hatte.

»Halt die Luft an, du Narr«, kreischte seine Frau und drosch ihm die Pfanne auf den Kopf. Und mit unterdrückter und barscher Stimme fügte sie hinzu: »Die wollen so was nicht hören.«

Ich mußte daran denken, daß die Puppenspieler, wenn sie am Ende ihrer Vorstellung hervorkamen, um ihren Hut herumgehen zu lassen, niemanden außer mir und ein paar zerlumpten, lachenden Jungen vorfinden würden, und machte mich daher verlegen auf den Weg.

In der nächsten Straße staute sich die Menge auf dem Bürgersteig, und da ich an einer Ecke einen guten Platz fand, konnte ich der Versuchung nicht widerstehen, meine Puppen auszurufen.

Während der nächsten ein oder zwei Stunden verkaufte ich mehr, als ich jemals an einem ganzen Tag verkauft hatte, doch in dem Gedränge war es nicht leicht, meinen Bauchladen festzuhalten, und einige Male grapschten sich Strolche eine Puppe aus dem Kasten und einer sogar etwas Geld. Endlich kam der Umzug zurück, und die prächtigsten Kutschen, die ich je gesehen oder mir auch nur erträumt hatte, zogen an mir vorüber, jede von einer Schwadron berittener und mit Federn geschmückter Vorreiter auf farblich dazu abgestimmten Pferden begleitet. In diesem Augenblick sah ich eine Bande von Jungen daherkommen, und einer von ihnen, ein großer, unansehnlicher Kerl mit vorspringendem Kinn und tiefliegenden Augen, schien auf mich aufmerksam zu werden. Er zeigte auf mich, und seine Kumpane rannten auf mich zu und stießen meinen Bauchladen um, während die Menge unbekümmert dem Umzug nachblickte. Die Jungen schienen einzig von bloßem Übermut getrieben zu sein, doch ihr Anführer, der sie gegen mich aufgewiegelt hatte, blieb zurück, als die übrigen weiterliefen, und schlug mich so hart zu Boden, daß ich einen Moment lang wie betäubt liegen blieb. Er stellte sich über mich, faßte in meine Taschen und nahm sich alles Geld heraus, das ich eingenommen hatte. Gerade wollte er mir wohl noch einen Tritt in die Seite geben und hatte zu diesem Zwecke bereits mit dem Fuß ausgeholt, als er plötzlich und so unerwartet zurückgerissen wurde, daß er sein Gleichgewicht verlor und zu Boden fiel.

Der Gentleman – war es wirklich ein Gentleman? –, der dies bewirkt hatte, sah zu ihm hinunter und sagte mit freundlicher Stimme: »Mein lieber junger Mann, zur rechten Zeit wirst du, so will ich hoffen, die Tugend der Mäßigung kennenlernen. Dieser Tritt wäre eine gänzlich unnötige Energieverschwendung gewesen.«

Der Bursche stand auf, und während er sich die Hosen abklopfte, fauchte er mich an: »Sieh dich vor, Wucher-Jack wird dir aufs Dach steigen! Darauf kannst du Gift nehmen. Ich rate dir nur eins: Sieh dich nach einem andern Revier um, mehr sag ich nicht.« Dann schlich er sich davon.

Als mein Retter mir auf die Füße half, hatte ich Gelegenheit, ihn etwas näher zu betrachten. Er war groß, hatte leicht vornübergebeugte, hängende Schultern und eine rundliche Figur. Im Gesicht des etwa Fünfzigjahrigen stand ein Ausdruck, den ich nur als empörten Humor beschreiben kann, es war rotwangig und wurde von einer kleinen Halbbrille geschmückt, über die sich ein Paar äußerst buschiger Augenbrauen sträubten und seiner Physiognomie den Ausdruck permanenten Überraschtseins verliehen. Sein Äußeres demonstrierte, unter welchen Umständen er sich ankleidete: ein achtlos umgeschlungenes Halstuch, farblich nicht zusammenpassende Strümpfe und eine unvollständige Rasur. Sein fleckiger, oft geflickter Mantel war von einem feinen Pulver bedeckt. Später, als ich ihn besser kannte, wußte ich, daß dies von seiner Gewohnheit herrührte, sobald er sich leidenschaftlich zu einem Thema äußerte – und dies geschah nicht gerade selten –, ständig eine Ladung Schnupftabak in Richtung seiner Nase zu feuern, so daß ihn der Tabak wie ein goldener Nebel einhüllte. Er trug eine altmodische Perücke, der es immer irgendwie gelang zu verrutschen, so daß der Haarzopf über einem Ohr baumelte, wodurch die etwas kümmerliche Würde seiner Erscheinung noch mehr in Mitleidenschaft gezogen wurde.

»Silverlight, halt dich zurück!« rief dieser Gentleman plötzlich, und als ich seinem Blick folgte, sah ich nicht weit von uns einen zweiten Herrn auf dem Bürgersteig gestikulieren. Er schien eine Anzahl von hölzernen Planken sowie ein Bündel mit allen möglichen Dingen und eine große Kiste zu bewachen.

Er war wesentlich kleiner und schmächtiger als sein Gefährte und etwa zehn Jahre jünger. Obwohl von zierlicher Statur, hatte er einen großen Kopf und ein mächtiges Kinn, dazu die auffallendste Nase, die ich je in einem menschlichen Gesicht gesehen habe. Sie war so auffallend, daß seine übrigen Gesichtszüge im buchstäblichen wie auch im übertragenen Sinne von diesem prächtigen Organ in den Schatten gestellt wurden. Anders als sein Freund war dieser Gentleman sehr sorgfältig angezogen, und ich schulde ihm die Anmerkung, daß ich ihn in der folgenden Zeit, wie unbillig die Umstände auch immer gewesen sein mochten, nur ein einziges Mal in einer Verfassung gesehen habe, in der sein Leinen nicht fleckenlos war und seine Kleider nicht adrett ausgesehen haben.

»Bestie! Vieh!« schrie dieser Gentleman und drohte dem sich zurückziehenden Burschen mit der Faust. »Ich werd's dir zeigen!« rief er und traf Anstalten, die Verfolgung aufzunehmen.

»Edler Freund, beruhige dich!« rief der größere Gentleman, ließ mich stehen und eilte zu dem kleineren, um ihn bei den Rockschößen zu packen. Sein Gefährte schien sich mit aller Macht aus diesem Griff befreien zu wollen, doch glücklicherweise hielt das Tuch stand.

»Impulsive Person!« rief mein Retter. »Du bringst dein Leben in Gefahr, dabei ist es – erinnere dich! – erste Pflicht des rationalen Menschen, ebendieses zu erhalten.«

»Humbug! Erste Pflicht des vernünftigen Menschen ist es, für seine Grundsätze einzustehen!« schrie der kleine Mann. »Und der Grundsatz von der ausgleichenden Gerechtigkeit ist mir heilig. Der Bursche muß bestraft werden!«

Der Gentleman mit der großen Nase gab jedoch bald den Versuch auf, meinem Angreifer nachzusetzen, und nun hatte ich Gelegenheit, den beiden Rettern meine Dankbarkeit zu bekunden.

»Das war sehr freundlich von Ihnen«, begann ich.

Doch während der Kleine mich bei diesen Worten freudig anstrahlte, zuckte der Ältere zurück, als hätte ich ihm ins Gesicht geschlagen.

»Freundlich? Papperlapapp!« rief er beinahe wütend aus. Er wandte sich an seinen Freund: »Glaubst du das auch, Silverlight? War das freundlich von mir?«

»Das war es tatsächlich«, sagte der in einem, wie mir schien, eigenartig schadenfrohen Ton.

»Mir so etwas ins Gesicht zu sagen ist wirklich grausam von dir!«

»Nun«, mischte ich mich arg verwirrt ein und versuchte, Frieden zu stiften: »Wenigstens war Ihre Anwesenheit ein glücklicher Zufall für mich.«

Doch dieser Bemerkung erging es nicht viel besser als der ersten: »Eine Tautologie!« stöhnte der Ältere. »Der Zufall regiert alle Dinge.«

»Ganz im Gegenteil«, widersprach der Jüngere, »hätten wir nur Verstand genug, es zu erkennen, würden wir sehen, daß allen Dingen ein Plan zugrunde liegt.« Er wandte sich an mich: »Ich glaube sogar, daß ein Grundprinzip, ein Gesetz ebendieses Plans, bei dieser Gelegenheit am Werk gewesen ist, denn ich kenne dich. Du bist doch der junge Gentleman, der bei Miss Quilliam wohnt, nicht wahr?«

Als ich zustimmend nickte, erinnerte ich mich daran, daß ich die beiden schon ein- oder zweimal im Treppenhaus gesehen hatte.

»Dann sind wir Nachbarn, denn wir logieren gegenwärtig bei sehr einfachen Leuten, den Peachments«, fuhr er fort. »Ein vorläufiges Arrangement, das nur die Zeit überbrückt, bis sich unsere Situation wieder gebessert hat.«

»Aha!« rief ich. »Sie leben in dem Teil des Zimmers, der ...«

»Ganz recht, ganz recht«, sagte der kleine Gentleman rasch. »Ich habe dich in Gesellschaft einer Dame gesehen, deiner Mutter, nehme ich an?«

Ich nickte.

Er hielt mir seine Hand hin: »Ich heiße Silverlight, und dies hier ist mein Freund Pentecost.«

Mr. Pentecost schüttelte mir ebenfalls die Hand. »Komm«, sagte er, »es lohnt sich nicht mehr, heute noch zu arbeiten! Wir werden dich nach Haus begleiten, damit dieses fehlgeleitete Geschöpf das Diktat des Eigennutzes dir gegenüber nicht auf die Spitze treibt.«

»Es wird uns ein Vergnügen sein«, sagte Silverlight, »dich den liebenden Armen deiner charmanten Mutter zu übergeben.«

Sie beugten sich vor, um die Sachen aufzunehmen, die neben ihnen auf dem Bürgersteig lagen, und jetzt erst fiel mir ein, wer sie waren: »Ihr seid vom Kasperltheater!« rief ich.

»Das sind wir«, sagte der Ältere etwas verschämt. »Hast du uns schon arbeiten sehen?«

»Nur kurz«, antwortete ich, aus Angst, sie könnten mich nach meiner Meinung fragen.

»Glaubst du nicht, daß die politische Ökonomie in unserer Arbeit ein zu großes Ausmaß angenommen hat?« fragte mich Mr. Silverlight, als wir uns auf den Heimweg machten.

»Nun, ein wenig vielleicht«, sagte ich taktvoll.

»Siehst du, Pentecost?« rief Mr. Silverlight. »Ich habe dir schon tausendmal gesagt, daß dem Kasperl und seiner Frau die Theorie nicht bekommt. Den Kindern gefällt es nicht.«

»Papperlapapp! Sie mögen nur deine infernalischen Ideen nicht. Selbst Kinder können sie durchschauen. Und wo wir schon mal dabei sind, Silverlight: Deine Improvisationen schielen mir zu sehr nach der ›guten Gesellschaft‹.«

»Zum Zwecke der Satire, mein lieber Herr, ist dies sicherlich gestattet. Oder glauben Sie, daß ich übertreibe?«

»Keineswegs, Silverlight«, beeilte sich Mr. Pentecost zu sagen. »Ich muß gerechterweise einräumen, daß du große Zurückhaltung in deinem Umgang mit der großen Welt zeigst.«

Als wir nach Hause kamen, stellte ich sie meiner Mutter und Miss Quilliam vor, die beide über mein ramponiertes Aussehen sehr erschrocken waren. Während sie sich mordsmäßig aufregten und mich umsorgten, standen meine beiden Retter in der Tür.

»Hier, diese beiden Gentlemen sind mir zu Hilfe gekommen«, sagte ich wiederholt, doch es brauchte einige Zeit, bis sich herausstellte, daß mich der Bursche nicht ernsthaft verletzt hatte, und zwischenzeitlich war an nichts anderes zu denken. Schließlich gelang es mir, die beiden Herren vorzustellen, und meine Mutter verlieh ihrer Dankbarkeit mit herzlichen Worten Ausdruck.

»Ich bin entzückt, völlig hingerissen«, sagte Mr. Silverlight und verbeugte sich zuerst vor meiner Mutter, dann vor Miss Quilliam, »daß ich zu Diensten sein konnte. Doch meine teuren Damen, ich tat nichts, überhaupt nichts. Denn ist es nicht eine gänzlich unbedeutende Tat, fünf oder sechs Grobianen zu zeigen, daß man keine Angst vor ihnen hat? Sie rannten denn auch bald genug davon, als sie merkten, aus welchem Holz ich geschnitzt bin.«

Meine Mutter und Miss Quilliam bestanden darauf, daß die beiden Gentlemen hereinkamen und sich setzten; sie legten ihre Arbeit zur Seite und zündeten eine zusätzliche Kerze an.

Während die Damen solcherart beschäftigt waren, zwängte sich Silverlight in eine Ecke beim Fenster, zog ein Stück von dem Papier zur Seite, das die zerbrochene Scheibe abdeckte, stellte sich auf die Zehenspitzen, um hinter einem dazwischenliegenden Dach den Sonnenuntergang bewundern zu können, und sagte: »Ach, wie ich Sie beneide! Ein Ausblick nach Westen! Fenster nach Westen sind am schönsten. Pentecosts und meine Schlafstatt geht nach Osten! Das ist so trübselig am Abend.«

»Ja«, sagte meine Mutter. »Das ist oft sehr trübselig.«

»Gentlemen«, sagte Miss Quilliam, »wollen Sie uns die Ehre erweisen und ein Glas Gin mit uns trinken?« Lächelnd fügte sie hinzu: »Es ist das Beste, was wir anzubieten haben.«

»Die Ehre ist ganz unsererseits«, antwortete Mr. Silverlight mit einer Verbeugung. Als sein Blick auf die Ginflasche fiel, rief er aus: »Ach, der Out-and-Outer! Pentecost zieht zwar den Regular Flare-up vor, der mir jedoch, wie ich bekennen muß, etwas zu scharf ist. Aber dieser da ist herrlich sanft und weich im Geschmack.« Er wandte sich an Miss Quilliam und sagte mit einer erneuten leichten Verbeugung: »Wie ich sehe, sind Sie die schönen Dinge des Lebens gewohnt.«

»Zu einer gewissen Zeit meines Lebens«, antwortete sie, »wurde ich näher mit ihnen vertraut.«

»Was Sie nicht sagen!« meinte Mr. Silverlight wißbegierig.

»Ich meine damit«, fuhr Miss Quilliam fort und errötete leicht, »jene Zeit, als ich im Hause von Sir Perceval und Lady Mompesson weilte.« Mit einem Lächeln setzte sie hinzu: »Obwohl in ihrem Salon, jedenfalls soweit ich mich erinnern kann, wohl kaum der Out-and-Outer serviert worden sein dürfte.« Als sie Mr. Silverlights Erstaunen sah, erklärte sie: »Ich war die Gouvernante ihres Mündels.«

»Eine Gouvernante!« hauchte Mr. Silverlight. »Und bei einer der ... führenden Familien dieses Landes!«

»Sie haben von ihnen gehört?« fragte Miss Quilliam.

»Ich kenne ihren Namen und ihren Ruf«, antwortete Mr. Silverlight und ergänzte etwas hochmütig: »Obwohl ich noch nicht das Vergnügen hatte, ihnen vorgestellt worden zu sein. Allerdings bin ich mit vielen Mitgliedern der Aristokratie persönlich bekannt. Denn sehen Sie, ich saß zusammen – ich sollte wohl eher sagen: Ich teilte dieselbe Behausung mit dem Neffen von Sir Wycherley Fiennes Wycherley, also mit Mr. Fiennes Wycherley Fiennes. Genaugenommen verkehrten wir sogar auf äußerst vertrautem Fuße miteinander. Eine traurige Geschichte. Vielleicht haben Sie davon gehört? Wycherley Fiennes verpraßte viertausend Pfund in fünf Jahren und nahm ein schlimmes Ende. Verschleuderte sein Geld mit Kartenspiel und beim Hazard.«

»Während Sie die Wohnung mit ihm teilten?« rief Miss Quilliam. »Sie erschrecken mich, mein Herr. Ich hoffe, Sie waren an alldem nicht beteiligt.«

Mr. Silverlight errötete und stammelte: »Ich habe ihn erst danach kennengelernt. Pentecost kannte ihn auch.«

Pentecost nickte zustimmend, ohne jedoch seinen Freund anzusehen.

»Es gab mir«, fuhr Mr. Silverlight fort, »unzählige Gelegenheiten, die Korruption der herrschenden Klasse aus nächster Nähe zu studieren.«

Miss Quilliam und meine Mutter starrten ihn verwundert an.

»Meine Damen«, sagte Mr. Pentecost streng, »ich muß Sie warnen, mein Freund Silverlight hier ist ein Radikaler von tiefroter Couleur. Er ist ein ganz heftiger Demokrat und fast so etwas wie ein Revolutionär.«

Obwohl ich nur eine ungefähre Vorstellung von dem hatte, was mit diesen Bezeichnungen gemeint sein mochte, hielt ich sie aufgrund der Betonung, mit der Mr. Pentecost sie aussprach – zudem sträubten sich seine Augenbrauen, und er hielt anklagend seine Linke ausgestreckt, als wolle er seinen Gefährten denunzieren, während die Rechte seine Nase mit Schnupftabak versorgte –, für Worte schmählichster Schande. All dies wurde durch Mr. Silverlights Haltung noch rätselhafter, der die Ausdrücke als Kompliment aufzufassen schien, da er bei Mr. Pentecosts Worten leicht errötete und verlegen lächelte, als sich unsere Blicke auf ihn richteten.

»Mein Freund tut mir nicht unrecht«, sagte er. »Ich bin tatsächlich ein tödlicher Feind der alten Korruption, die zuzeiten schon allein vor dem Klang meines Namens ins Zittern geriet.«

»Gütiger Himmel«, stöhnte meine Mutter.

»Erschrecken Sie nicht, meine Damen!« sagte Mr. Pentecost. »Denn wenn er brüllt, daß kann ich Ihnen versichern, dann klingt es sanft wie das Gurren einer Taube.«

»Sind Sie denn ein Feind der höheren Klasse, obwohl Sie sie so gut kennen?« fragte Miss Quilliam, die bei alldem ihre Gelassenheit bewahrt hatte.

»Ich bin ihr Feind, gerade *weil* ich unter Aristokraten gelebt und ihre tiefe Verderbtheit kennengelernt habe«, sagte Mr. Silverlight. »Doch ich habe auch selbstlose und freigebige Menschen unter ihnen kennengelernt. Und ich glaube, aus solchen müßten die Anführer der Armen hervorgehen.«

»Humbug! Schwindler, alle, wie sie da sind!« schnaubte Mr. Pentecost verächtlich. »Du bist der einzige Mensch, den ich kenne, der weiß, was Selbstlosigkeit ist, Silverlight.« Bei diesen Worten gönnte sich sein Freund ein zufriedenes Lächeln, das jedoch gleich wieder verschwand, als sein Gefährte fortfuhr: »Und das auch nur, weil du ein so verdammter Narr bist.«

Mit offenkundigem Widerwillen wandte sich meine Mutter von Mr. Pentecost ab und sagte zu seinem Begleiter: »An wen denken Sie da, Mr. Silverlight? Mein Vater war ein Freund von Sir Francis Burdett, auch wenn er nicht all seine Auffassungen teilte.«

Warum hatte meine Mutter *mir* dies nie erzählt, wenn sie es doch dem erstbesten Fremden anvertrauen konnte? fragte ich mich aufgebracht.

»Nicht möglich!« rief Mr. Silverlight entzückt. »Ich hatte die Ehre, mit Sir Francis gut bekannt zu sein. Wissen Sie, daß er für das Mandat dieses Distrikts kandidierte?«

Meine Mutter nickte, was ich überrascht registrierte, da sie zuvor niemals irgendein Interesse für Politik bekundet hatte.

»Sie wissen ja, wir wohnen im Wahlbezirk Westminster und St. Giles«, fuhr er fort, »dem Bezirk mit dem radikalsten aller Mandate.«

»Das ist wahr«, sagte Mr. Pentecost, »denn jeder hat hier Stimmrecht, egal, wie arm und schurkenhaft er auch sein mag.«

»Wie absurd«, sagte Miss Quilliam.

Mr. Silverlight wandte ihr seinen großen Kopf und die melancholischen Augen zu: »Ich bin zutiefst betrübt, in Ihnen eine Gegnerin des allgemeinen Wahlrechts erblicken zu müssen.«

»Ich glaube nicht, daß die Herrschaft über eine Nation einem Pöbel anvertraut werden darf, der nicht in der Lage ist, sich selbst zu beherrschen«, antwortete sie.

Mr. Silverlight schüttelte ob dieser Ansicht betrübt sein Haupt, doch Mr. Pentecost sagte: »Entscheidend ist letztlich nicht, wer das Stimmrecht besitzt, da die Macht immer in den Händen jener sein wird, die den Reichtum besitzen. Und ihre Interessen stehen notwendigerweise denen der Masse im Gegensatz.«

»Mag dies nun für die heutige Zeit stimmen, auch wenn ich dies nachdrücklich bestreiten möchte, so galt es sicherlich nicht vor zehn oder zwölf Jahren«, beharrte Mr. Silverlight, »als Burdett und ich um das Mandat dieses Bezirks kämpften und die Dichter und Aristokraten, Shelley und Byron und viele andere, auf unserer Seite standen. Das waren noch Zeiten! Die Besten der höheren Klassen vereint mit den Besten der Armen zum Wohle der Gerechtigkeit!« Als er sprach, strich er sich das dünne Haar aus der hohen, im Kerzenlicht glänzenden Stirn. Ich betrachtete sein edles Profil und fühlte mich von seinen erhabenen Gedanken gerührt und wie beflügelt. Auch meine Mutter war sichtlich von unserem Gast beeindruckt.

Plötzlich hielt er inne und sagte: »Aber ich will keine Reden halten, sonst verliert Pentecost noch seine Beherrschung.«

»Ach, ich wünschte mir, ich hätte den armen Shelley kennengelernt«, murmelte meine Mutter.

»Ich halte die radikalen Gentlemen, von denen Sie sprechen, für irregeleitete Menschen«, sagte Miss Quilliam zu Mr. Silverlight. »Ich sehe an ihnen sogar die Symptome einer gefährlichen Krankheit dieser ansonsten so äußerst ehrenwerten Klasse.«

»Ehrenwert?« rief ich aus. »So, wie die Mompessons Sie behandelt haben?«

Alle Augen waren auf mich gerichtet, und während meine Mutter in stillem Vorwurf den Kopf schüttelte, wandten sich unsere Gäste an Miss Quilliam, die höchst verlegen dreinschaute.

»Als Klasse respektiere ich sie«, sagte sie, »auch wenn die Mompessons mich schlecht behandelt haben. Als Angehörige ihrer Klasse haben sie Verpflichtungen, die sie mir gegenüber nicht eingehalten haben.« Bei diesen Worten schüttelten die beiden Herren den Kopf, doch Miss Quilliam fuhr fort: »Wer große Reichtümer besitzt, der nimmt zugleich schwerwiegende Verpflichtungen für die von ihm Abhängigen auf sich. Doch die Mompessons leben nicht auf ihren Gütern, um jenen Menschen von dem Reichtum zukommen zu lassen, die halfen, ihn hervorzubringen, sondern sie verschwenden die Abgaben ihrer Pächter hier in der Hauptstadt.«

Während sie sprach, dachte ich an die heruntergewirtschafteten Ländereien und baufälligen Bauernkaten rund um Melthorpe. Sicherlich hatte Miss Quilliam recht. Ich sah meine Mutter an, die zustimmend nickte, doch die beiden Gentlemen sahen zur Seite, als hätten diese Worte sie peinlich berührt.

Als Miss Quilliam dies sah, hob sie ihre Stimme ein wenig an: »Eine Nation gleicht fraglos einer Familie und hat wie jede Familie ihre schwächeren und kräftigeren Mitglieder, die entsprechend ihrer Stärken und Schwächen dienen oder herrschen müssen, um so zum Wohle aller beizutragen.«

»Recht so!« rief ich, und sie sah lächelnd zu mir herüber.

Und obwohl meine Mutter eine Hand nach mir ausstreckte, um mich zum Stillschweigen zu ermahnen, murmelte sie: »Das ist sicher wahr.«

Mr. Pentecost jedoch schnaubte verächtlich, und Mr. Silverlight schüttelte sachte den Kopf.

»Meine liebe Frau«, begann ersterer, »Ihre Auffassungen spiegeln weit mehr die Größe Ihres Herzens als das Maß Ihrer Erfahrungen. Die Mompessons sind ein durchaus typisches Beispiel ihres Standes, denn wie jede Klasse und wie jeder einzelne Mensch werden sie einzig und allein von egoistischem Eigennutz getrieben.«

Bei diesen Worten Mr. Pentecosts lächelte Mr. Silverlight und schüttelte sanft den Kopf, als wolle er uns halb scherzhaft vor seinem Gefährten warnen.

»Eigennutz allein bestimmt all unsere Handlungen«, fuhr Mr. Pentecost fort. »Doch im Bestreben, diese trostlose Wahrheit vor uns und vor anderen zu verbergen, sind wir unendlich erfindungsreich geworden, und das führt zu einem Übermaß an Heuchelei und Selbstbetrug. Deshalb darf man auch nicht darauf achten, was die Menschen sagen, sondern muß sie einzig nach ihrem Tun beurteilen.«

Mr. Silverlight, der bereits Zeichen der Ungeduld zu erkennen gegeben hatte, rief nun erregt: »Ich kann dazu nicht länger schweigen! Die Beweggründe sind entscheidend. Zeig mir einen Menschen, der das prächtige, große Feuer selbstlosen inneren Adels atmet, und ich werde ihn höher schätzen als alles andere auf der Welt.«

»Du bist ein Kind, Silverlight«, sagte Mr. Pentecost und schüttelte sein Haupt. »Die Taten allein sprechen für sich, und sie sagen alle dasselbe: Diene dir selbst! Und es ist recht so, daß es so ist, denn das vielfältige Zusammenspiel ungezählter egoistischer Handlungen auf einem freien Markt schafft erst, was wir Gesellschaft nennen, und erlaubt uns die Freiheit der Wahl, die wir haben.«

»Sie haben nicht recht«, sagte Miss Quilliam. »Denn wie sollte es sonst so etwas wie Fürsorge und Wohltätigkeit geben?«

Dies war eine etwas unglückliche Bemerkung, denn ärgerlich schnaubte Mr. Pentecost: »Wohltätigkeit hat immer egoistische Gründe und ist deshalb heuchlerisch.«

Ich sah, wie es meiner Mutter den Atem verschlug und wie sie sich von ihm abwandte.

Doch Miss Quilliam antwortete ruhig: »Wohltätigkeit mag aus dem Wunsch erwachsen, für wohltätig gehalten zu werden, aber niemand kann bestreiten, daß die Heuchelei eine Kraft ist, die zum Guten in der Gesellschaft beiträgt.«

»Ich bestreite es!« rief Mr. Silverlight. »Ich bin ein eingeschworener Feind der Heuchelei und aller Arten ähnlichen Humbugs. Und ich stehe dazu, was immer auch die Folgen sein mögen.«

»Du bist ein edler Mensch«, sagte Mr. Pentecost, den Kopf schüttelnd, »aber in diesen Sachen doch auch ein Knabe.«

Miss Quilliam lächelte, ehe sie fortfuhr: »Sie können den Wunsch, für wohltätig gehalten zu werden, nicht einfach mit Eigennutz erklären, Mr. Pentecost. Und deshalb müssen Sie zugeben, daß eine Mischung aus moralischem Gewissen, göttlicher Inspiration, Instinkt und einem uns selbst nicht gänzlich bewußten Anteil an Tradition unsere Handlungen bestimmt. Jeder von uns findet sein wahres Glück – wenn er es denn findet – nur in harmonischem Einklang mit unserer Gesellschaft, und der Anreiz zur Wohltätigkeit erwächst aus ebendiesem Wissen.«

»Meine liebe Dame«, sagte Mr. Pentecost, den diese Worte sehr bewegt zu haben schienen. »Ich weiß kaum, wie ich beginnen soll, Sie auf den Weg zur rechten Einsicht zu führen. Das ganze soziale und ökonomische Leben ist nichts als ein Krieg zwischen den einzelnen und zwischen den Klassen, und dieser Krieg ist absolut unvermeidlich. Es macht keinen Sinn, von dem zu sprechen, was sein sollte: Es regiert nun einmal das Gesetz der Notwendigkeit.«

Mr. Silverlight sagte nichts, doch seine hohe Stirn leuchtete uns aus der Dunkelheit entgegen, und er lächelte, als wolle er um Verständnis für die absurden Auffassungen seines Freundes bitten, während Mr. Pentecost uns erklärte, daß jeder für jeden zugleich Jäger und Beute sei oder daß im besten Falle jeder Mensch auf Kosten des anderen lebe wie Parasiten von einem Hund. Und das, bekräftigte er, nennen wir dann Gesellschaft.

Mr. Pentecost entging, wie meine Mutter sich die Hände vors Gesicht schlug, und er fuhr fort: »Und daß dies so ist, ist richtig oder zumindest erstrebenswert, denn dieses parasitäre System, das noch aus dem Verlust Nutzen zieht, reguliert sich selbst. Nichts wird vergeudet, und so schlägt die Gesellschaft aus allen Dingen und jedem Menschen den vollen Gewinn.«

Miss Quilliam hielt dagegen, daß die Gesellschaft nicht parasitär, sondern organisch sei. Die einzelnen und die Klassen führten keinen Krieg gegeneinander, sondern seien voneinander abhängig. Das Ziel einer jeden Gesellschaft sei die Zufriedenheit des einzelnen an seinem ihm zukommenden Platz, und dies lasse sich in der Zukunft verwirklichen, da es diesen Zustand ja auch einst in Englands glücklicher Vergangenheit gegeben habe.

Für Mr. Pentecost war dieser Einwand unwesentlich, und er beharrte darauf, daß das Elend für die Mehrzahl der Menschen unausbleiblich sei, da die Gesellschaft auf Konkurrenz basiere und es daher sowohl Gewinner als auch Verlierer geben müsse. Deshalb sei auch das Glück möglichst vieler das Beste, was sich erreichen lasse, und daß es einen Art Glückseligkeitsfaktor gebe, mit dem man deren Anzahl errechnen könne. Um ihre besten Chancen beurteilen zu können, muß die Gesellschaft immer danach fragen, von welchem Nutzen eine Sache für sie sei, und der beste, ja der einzige Weg, den Wert einer Sache zu bestimmen, sei der freie Markt. Also müsse es Konkurrenz geben, damit alles und jeder zu seinem wahren Wert gekauft und verkauft werden könne, und dieser sei immer der niedrigste Preis, mit dem das Vorhandensein oder die Herstellung gerechtfertigt werden könne. Der Grund für Englands gegenwärtige Misere liege allein darin, daß in diesen empfindlichen Mechanismus störend eingegriffen werde.

Im Verlauf des Abends reagierten die beiden Gentlemen nahezu gegensätzlich auf die ihnen gewährte Gastfreundschaft: Mr. Pentecost fuchtelte in seiner Erregung mit den Armen herum wie eine Ente, die zu fliegen versucht, und ließ dabei ohne Unterbrechung seinen Schnupftabak auf sich herabregnen. Mr. Silverlight dagegen starrte kummervoll zu den beiden Damen hinüber oder belächelte trübsinnig den leidenschaftlichen Redefluß seines Freundes.

Wenn sich Mr. Pentecost jedoch über etwas amüsierte – und die seltsamsten Dinge hatten diese Wirkung auf ihn –, dann warf er seinen Kopf in den Nacken und lachte in kurzen, bellenden Stößen, die so plötzlich wieder aufhörten, wie sie begonnen hatten. Ich konnte nicht mitlachen, und auch meiner Mutter war das Lachen vergangen, denn seine Worte hatten eine zutiefst niederschmetternde Wirkung auf sie. Was Mr. Pentecost sagte, schien mir so widerwärtig, daß ich es nicht mit seinem freundlichen Verhalten in Einklang bringen konnte. Wie konnte er nur solch gräßliche Dinge glauben und behaupten? Hielt er sich selbst etwa auch an diese unmoralischen Prinzipien? Und doch ließ sich, was er sagte, nicht so einfach von der Hand weisen, denn es warf ein neues Licht auf Bissetts Verhalten und die Beweggründe von Menschen wie Mrs. Marrables oder die Isbisters.

»Muß denn alles gekauft und verkauft werden?« fragte ich ihn, während ich einem bestimmten Gedanken nachhing. »Ist denn nichts heilig?«

»Nichts«, antwortete er. Und als habe er meine Gedanken lesen können, fuhr er fort: »Selbst unsere Gesetze gegen den Kannibalismus sind die Folge eines bloßen Aberglaubens, und in einer Situation, in der die Rettung menschlichen Lebens von einer Aufhebung dieser Gesetze abhängig wäre, würden sie unvermeidlich – man könnte auch sagen: rechtens – aufgehoben.«

»Lieber Gott, nein!« rief meine Mutter aus und hielt sich beide Ohren zu. »Ich kann das nicht mehr mit anhören!«

Mr. Pentecost sah erschrocken zu ihr herüber, doch sein Gefährte stand auf und sagte ernst: »Komm, Pentecost! Es ist spät. Und du hast dich zu sehr gehenlassen, mein guter Freund.« Er wandte sich an meine Mutter: »Verzeihen Sie uns! Wir befinden uns in letzter Zeit so selten in guter Gesellschaft.«

Er verbeugte sich und zerrte seinen Freund nahezu aus dem Zimmer.

Als sich die Tür hinter ihnen geschlossen hatte, seufzte meine Mutter: »Gott sei Dank, er ist fort! Johnnie, ich will ihn hier niemals wiedersehen.«

»Welchen Gentleman meinen Sie?« fragte Miss Quilliam.

»Diesen fürcherlichen Mr. Pentecost natürlich«, antwortete meine Mutter schaudernd.

»Ach«, sagte Miss Quilliam, »ich glaube, das Schlimmste an ihm ist sein Äußeres.«

»Und das ist schon schlimm genug«, sagte meine Mutter, und damit wurde das Thema fallengelassen.

Auch mich hatte Mr. Pentecosts Bild der Gesellschaft als ein Spinnennetz kannibalistischen, irrationalen Strebens nach Eigennutz sehr aufgewühlt. Ich wollte einfach nicht glauben, daß er recht hatte. Andererseits schien mir Miss Quilliams Argumentation sehr einleuchtend. Ja, so war es am besten: ein großer Gutsbesitzer zu sein und wohlwollend zum Frommen seiner Untergebenen zu handeln!

Miss Quilliam griff nach der kleinen grünen Flasche, die ich so oft in ihrer Hand sah, und schüttelte sie. Verwirrt besah sie sich das Fläschchen und schüttelte es erneut. Dann stand sie auf und sagte: »Ich muß noch einmal hinaus. In ein paar Minuten bin ich zurück.«

»Aber es ist doch viel zu spät!« warf ich ein.

Sie ging, und neugierig untersuchte ich die kleine Flasche und las auf dem Etikett: THE BLACK DROP. Als ich an ihr roch, rief meine Mutter: »Nicht, Johnnie!« Es war ein süßer, leicht beißender Geruch, der mir bekannt vorkam.

Zehn Minuten später kehrte Miss Quilliam zurück und goß sich ein Glas Gin ein, dem sie noch ein paar Tropfen aus dem Fläschchen hinzugab, das sie gerade geholt hatte.

Als sie merkte, daß ich sie dabei beobachtete, errötete sie und sagte dann: »Man nennt das den ›Freund der Armen‹, denn es bringt süßen Trost, wenn Körper oder Geist Pein leiden. Es hat mir schon oft geholfen. Ich nehme allerdings nur noch drei oder vier Gran.«

Beinahe erleichtert sah ich, wie meine Mutter sich ein Glas vom puren Out-and-Outer eingoß.

Einige Tage später stand ich zufällig auf dem oberen Treppenabsatz, als Mr. Pentecost und sein Freund heraufkamen. Höflich luden sie mich in das Tausendundeine-Nacht-Zelt in ihrem Teil der Peachment-Wohnung ein, den sie sich recht gemütlich eingerichtet hatten.

»Nimm Platz!« sagte Mr. Pentecost.

Ich gehorchte und fragte ihn dann: »Wie lange kennen Sie und Mr. Silverlight sich schon?«

»Ach, mehr Jahre, als ich zählen mag«, antwortete Mr. Pentecost. »Zehn oder zwölf, sollte ich meinen, nicht wahr, Silverlight? Wir schlossen unsere Bekanntschaft unter – wie soll ich sagen – etwas weniger glücklichen Umständen als diesen hier.«

»Ich war damals in Sachen Billigkeitsrecht tätig«, sagte Mr. Silverlight würdevoll, »dieser edelsten Errungenschaft der Menschheit, seit es eine Rechtsprechung gibt.«

Mr. Pentecost schnaubte verächtlich.

»Kurz, ich arbeitete als Advokat«, fuhr Mr. Silverlight fort, ohne auf seinen Freund zu achten.

»Und was waren *Sie* von Beruf, mein Herr?« fragte ich den zweiten Gentleman.

»Ich bin zahlreichen Beschäftigungen nachgegangen«, lautete die vage Antwort.

Diese Beschäftigungen, so fand ich heraus, schlossen eine Vielzahl verschiedenster Tätigkeiten ein: Er hatte mit Losanteilen der nationalen Lotterie gehandelt, als Agent eines Wechselmaklers gearbeitet, für ein Theater Rollen abgeschrieben und ähnliche Dinge mehr.

»Doch wie mein Gefährte hier habe auch ich einige Erfahrung in jenem Labyrinth aus Verwirrung und Raffgier gesammelt, das man eigenartigerweise das Gemeine Recht nennt«, fuhr Mr. Pentecost fort. »Ich sage ›eigenartigerweise‹, denn Dummheit und Unvernunft gehen auf diesem Gebiet noch weit über das hinaus, was man schlechthin ›gemein‹ nennt.«

»Da muß ich dir allerdings recht geben, mein Freund«, sagte Mr. Silverlight.

»Aber ich dachte, Sie haben es gerade noch gelobt, Mr. Silverlight!« warf ich ein.

»Mein guter junger Freund«, sagte Mr. Silverlight etwas großspurig, »verfall doch bitte nicht in den ordinären Fehler, das Gemeine Recht mit dem Billigkeitsrecht zu verwechseln!«

Diese Zurechtweisung erfolgte in einem so erhabenen Ton, daß ich nicht den Mut aufbrachte, Mr. Silverlight um Aufklärung über den Unterschied zwischen diesen beiden Rechtsarten zu bitten.

»Gelegentlich«, fuhr Mr. Pentecost fort, um mir aus meiner vertrackten Lage zu helfen, »habe ich mir mein Brot als Knecht von beiden, des Gemeinen Rechts wie das Billigkeitsrechts, verdient – genauer gesagt: als Aushilfsschreiber. Wer fürs Kanzleigericht Dokumente bearbeiten und kopieren will, an dessen Schreibkunst werden die höchsten Anforderungen gestellt. Ich genüge ihnen heute nicht mehr, ich werde langsam zu alt dafür; meine Augen lassen nach, und meine Hände sind nicht mehr besonders ruhig.« Er streckte eine Hand aus, um mir zu zeigen, wie sehr sie zitterte. »Aber manchmal stelle ich sogar heute noch fürs Gemeine Recht eine Urkunde oder eine Verfügung aus.«

»Ich habe mich auch in anderen Berufen umgesehen«, sagte Mr. Silverlight. »Als junger Mann war ich im Handel tätig, doch obwohl ich einen guten Kundenkreis geerbt hatte, geriet ich bald ganz ohne mein Verschulden in Schwierigkeiten. Mein Untergang war es, daß man zu leicht Kredit bekam und gab.«

»Sie meinen, Sie haben den Menschen zu rasch vertraut?« fragte ich.

»Im Gegenteil«, sagte er. »Sie haben *mir* zu leicht vertraut – leider.« Er schüttelte den Kopf: »Habgier ist ein fürchterlich Ding.«

»Das ist es«, bestätigte sein Freund. Er wandte sich an mich: »Weißt du, habgierige Händler haben nur zu gern an den armen Silverlight verkauft, und statt Banknoten zum Nennwert bevorzugten sie Schuldscheine unter Wert, um mit ihnen spekulieren zu können. Solcherlei Geschäfte gibt es leider viel zu viele.«

Ich hatte mehr Grund, ihm zuzustimmen, als er wissen konnte.

»Ihretwegen wird es bestimmt zu einem Börsenkrach kommen«, fuhr Mr. Pentecost mit, wie sich später noch zeigen sollte, prophetischen Worten fort. »Merke dir, was ich dir sage: In ein oder zwei Jahren wird dieses ganze papierene Königreich wie ein Kartenhaus in sich zusammenstürzen. Die Voraussetzung für Kredit ist nämlich Vertrauen – unter den gegenwärtigen Umständen eine gänzlich absurde Angelegenheit. Der ganze Handel ist nichts als ein weltweiter Betrug und steht schon von der Sache her mit einem Begriff wie Vertrauen auf Kriegsfuß. Doch Winkeladvokaten, die an den Bankrotten, Konkursen, Schuldverschreibungen und den Verurteilungen zu Schuldgefängnis riesige Vermögen gewinnen, treiben den Wahn noch auf die Spitze.«

»Nun, an mir haben sie bestimmt ein ganz hübsches Sümmchen verdient«, seufzte Mr. Silverlight.

»Das kann man wohl sagen«, meinte Mr. Pentecost und fügte etwas zaghaft hinzu: »Aber du mußt auch zugeben, Silverlight, daß du das Spiel ein wenig überzogen hast.«

»Unsinn, ich spiele nie«, sagte Mr. Silverlight etwas pikiert. »Auch wenn ich gelegentlich beim Hazard meine theoretischen Überlegungen angestellt habe.«

Mr. Pentecost sagte zu mir: »Weißt du, Silverlight hat sehr viel Geld verloren, weil er nach einem mathematischen System gespielt hat, mit dem er beim Würfeln angeblich die Reihenfolge der geworfenen Zahlen vorhersagen konnte.«

»Ich bin überhaupt kein Risiko eingegangen; es gibt nämlich tatsächlich so ein System«, beharrte Mr. Silverlight, und ich sah, wie eine Ader auf seiner markanten Stirn zu pulsieren begann.

»Papperlapapp!« sagte Mr. Pentecost mit versöhnlichem Lachen. »Doch in gewisser Hinsicht hast du recht, denn im Leben ist nichts ohne Risiko. Es gibt kein System, keinen Plan und keine Vernunft.«

»Jedenfalls nicht in deiner Lebensführung«, sagte Mr. Silverlight anspielungsreich.

Mr. Pentecost sah seinen Freund ernst an. »Ich habe dich verletzt, mein Lieber, doch glaube mir, es geschah ohne jede Absicht.« Er griff in seine Tasche, holte eine große Uhr hervor und zog sie zu Rate. »Aber du hast mich daran erinnert, daß ich euch beide nun für eine Weile allein lassen muß.«

»Wohin gehst du?« fragte Mr. Silverlight, und da er keine Antwort erhielt, sah er seinem Freund neugierig nach, als der seinen Mantel anzog und ging.

Sobald wir allein waren, sagte Mr. Silverlight: »Hin und wieder verschwindet er, gerade so wie jetzt. Ich kann mir nicht helfen, aber ich grüble immer wieder darüber nach, was wohl der Grund dafür sein mag. Ein ehrenwerter Mann, trotz all seiner Eigenheiten, aber man weiß ja nie. Es hat mich sehr betrübt, als er an jenem Abend, an dem wir uns trafen, deine bezaubernde Mutter und jene andere entzückende junge Dame gekränkt hat. – Wie geht es ihnen übrigens? ... Ausgezeichnet, ausgezeichnet. Bitte übermittle ihnen meine allerbesten Grüße! – Doch was meinen Freund betrifft, ich nenne ihn Mount Vesuvius, da seinem Mund ständig ein Gemisch aus Schwefel und belanglosem Geröll entströmt. Ich muß die eine oder andere Sache, die er gesagt hat, noch ein wenig für dich zurechtrücken, denn mir ist es zutiefst zuwider, wenn der hoffnungsfrohe Glanz der Jugend vom Zynismus des Alters überschattet wird. Weißt du, Pentecost hat unrecht, wenn er sagt, daß die ökonomischen Bedingungen die Ideen und Gedanken bestimmen. Man muß mit den abstrakten Prinzipien beginnen, mit Gerechtigkeit, mit Gleichheit, und die Gesellschaft verurteilen, wenn sie ihnen nicht gerecht wird.«

Ich nickte zustimmend, und er fuhr fort: »Pentecost sieht das falsch. Auch wenn wir ihn nicht begreifen können, so liegt doch unserem ganzen Leben ein Plan zugrunde. Ich bin ein Deist und verstehe den teleologischen Gottesbeweis als Beleg für die Existenz eines höheren Wesens der Vernunft. Die Vernunft ist das ordnende Prinzip, auf dem unsere Gesellschaft beruht, nicht der Eigennutz des Menschen. Das gesamte ökonomische System muß so geändert werden, daß es mit der rationalen Gerechtigkeit in Einklang steht.«

Bald war er in voller Fahrt, und ich hörte begeistert zu. Mr. Pentecost hatte unrecht. Die Gesellschaft konnte besser, konnte vollkommen sein! Doch als ich in unser Zimmer zurückkehrte, war ich völlig verwirrt, denn ich mochte Mr. Pentecost gern, und ich konnte einfach nicht verstehen, daß er tatsächlich an das glaubte, was er sagte.

Meine Mutter wirkte an diesem Abend sehr bedrückt, beinahe abgestumpft. Schon kurz nach meiner Rückkehr ging sie zu Bett, und sie schlief auch bald darauf tief und fest. Das war selten geworden, denn meist hielt sie der Husten noch lange wach, und dann steckte sie oft einen Kienspan an und schrieb stundenlang in ihr Tagebuch.

In den folgenden Wochen lernte ich die beiden Gentlemen immer besser kennen, und wenn ich zum Abschluß des Tages zu den Peachments ging, um für den folgenden Morgen neue Puppen zu kaufen, blieb ich oft auf einen Schwatz bei ihnen. Meine Mutter wollte auch weiterhin nichts mit Mr. Pentecost zu tun haben, und deshalb erzählte ich ihr nichts von meinen Besuchen. Wenn ich im »Zelt« der beiden Gentlemen saß und so tat, als würde ich an einem Glas Cream o' the Valley nippen, erzählte mir Mr. Silverlight Geschichten von Mr. Wycherley Fiennes, von dessen entzückender Mutter, der Hochwohlgeborenen Lady Blennerhasset (die, wie ich mich erinnere, als Witwe wieder geheiratet hatte) und von deren gelegentlichen Besuchen bei ihrem Sohn. Obwohl Mr. Silverlight sie und einige andere Mitglieder der Aristokratie von seiner harschen Kritik an dieser Klasse ausnahm, wies er doch immer wieder nachdrücklich auf seine allgemeine Abscheu vor der alten Korruption und jenem System hin, das es bloßen Platzhaltern erlaube, dem talentierten jungen Nachwuchs die ihm rechtmäßig zustehenden Stellungen zu verwehren. Wenn er mir dann die genauen Verwandtschaftsverhältnisse zwischen den verschiedenen Mitgliedern des Adels erklärte, zog er seine Ausgabe des »Webster's Royal Red Book« zu Rate, hin und wieder trug er mir dazu auch noch aus dem in derber und deftiger Sprache geschriebenen »Radical Black Book« die lange Liste der Pfründen und Pensionen vor, derer sich das Establishment erfreuen konnte. Wieder und wieder ließ er sich beredt über Vernunft und Tugend und deren inneren Zusammenhang aus, während er sich die Läuse von den Kleidern klaubte, worauf es für Mr. Pentecost höchste Zeit wurde, seine Schnupftabakprisen in die ungefähre Richtung seiner Nase zu werfen und einen Vortrag über die Notwendigkeit des Leidens zu halten, wobei ihm die Tränen über die Wangen liefen.

Manchmal sah ich ihnen zu, wenn sie ein neues Stück für das Kasperltheater einübten. Anfangs erschrak ich heftig, wenn Mr. Pentecost als Kasperl im Hinterhalt auf seine Opfer lauerte und sich sein freundliches Gesicht in eine grausame Fratze verwandelte. Dann ließ er die Puppe ganz wie eine böswillige Spinne hervorschießen und über die Beute herfallen und anschließend ausgelassen auf der Bühne herumspringen und vor lauter Schadenfreude jauchzen. Und Mr. Silverlight, der mit solch überzeugender Unschuld ein Opfer nach dem anderen spielte – die Grete, den Prinzen und den König –, verwandelte sich ebenfalls in einen ganz üblen Charakter, sobald ihm die Aufgabe zufiel, in der Rolle des Bösewichts seinen Freund aufzuknüpfen. Mr. Pentecost gestand mir einmal, daß der Kasperl, wenn er ihn an den Fäden tanzen ließ, manchmal ganz von seinem Wesen Besitz ergriff. Die Disputierlust der beiden Gentlemen, muß ich noch hinzufügen, ließ bei diesen Gelegenheiten natürlich keineswegs nach, und die Proben wurden regelmäßig von Zurufen wie »So doch nicht, du Idiot!« oder »Schneller, du Tölpel, schneller!« skandiert.

Eines Abends begegnete ich auf meinem Heimweg den beiden Gentlemen, und als wir gemeinsam weitergingen, ereiferte sich Mr. Silverlight wortreich über die sogenannte Bürgerliste, jenes System, nach dem die Regierung ihren Freunden und Helfern Geld zukommen ließ, und über den ganzen Apparat von Kungelei und Schiebung, der dafür sorgte, daß ehrliche Verdienste sich nicht auszahlten.

»Ich stimme dir zu«, sagte Mr. Pentecost. »Nur wenn das System sich selbst überlassen wird, reguliert sich auch die politische Ökonomie von selbst. Doch ich fürchte, daß die Privilegien sich hier störend bemerkbar machen. Noch schlimmer allerdings verhält es sich mit der staatlichen Wohltätigkeit.«

Mr. Silverlight konnte dem natürlich nicht beipflichten und hob zu einer Lobrede auf die gesellschaftliche Gerechtigkeit an, als er plötzlich, fast als habe er sich erschreckt, mitten im besten Redeschwung innehielt. Ich folgte seinem Blick und begriff gleich, wieso er so außer Fassung geraten war. Vor uns stand ein alter Mann, dessen Gesicht grausam entstellt und mit Narben übersät war und der aus rotunterlaufenen Augen auf eine beinahe unmenschliche Art vor sich hin starrte.

Er war in Lumpen gehüllt, hatte einen zerzausten weißen Bart und hielt einen großen, räudig aussehenden Hund an der Leine.

»Wer ist dort?« fragte er, wandte uns den Kopf zu und neigte ihn dabei leicht zur Seite.

»Ach, mein alter Freund!« rief Mr. Pentecost. Dann errötete er ein wenig.

Ich betrachtete die drei: Mr. Silverlight wortlos vor Verblüffung, Mr. Pentecost verlegen und der alte Bettler, der überrascht den Kopf von einem zum anderen wandte.

»Sind Sie das, Mr. Pentecost?« fragte er. »Ich dachte, es wär, es wär ... Ist ja auch egal, was ich gedacht hab. Ich hätte Sie nicht angesprochen, wenn ich gewußt hätte, wer Sie sind, Sir.«

»Ich ... ich freue mich, daß Sie es dennoch getan haben«, stammelte Mr. Pentecost. »Darf ich vorstellen? Dies hier ist ein sehr alter Freund von mir, Mr. Tertius Silverlight.«

Der Bettler streckte eine Hand aus, die Mr. Silverlight mit sichtlichem Zögern ergriff und nur flüchtig schüttelte.

»Ich freue mich, Ihre Bekanntschaft zu machen«, sagte der alte Mann.

Neugierig beugte er sich zu Mr. Silverlight vor, doch dieser nickte nur, ohne ein Wort zu sagen, und nach kurzem Zaudern senkte der alte Mann den Kopf, fast als wäre er enttäuscht.

Mr. Pentecost schob mich vor: »Und dies ist ein sehr junger Freund von uns, Master John Mellamphy.«

Ich hielt dem Bettler meine Hand hin, und er wollte nach ihr greifen, verfehlte sie aber um mehrere Zoll. Mr. Pentecost gab mir einen Stoß in die Rippen, und erst jetzt merkte ich, daß der alte Mann blind war. Ich ergriff seine Hand.

»Master Mellamphy, dies ist Justice«, meinte Mr. Pentecost.

»Und Wolf«, sagte der Bettler, und der Hund fletschte die Zähne und knurrte.

Es entstand ein peinliches Schweigen, das schließlich von Mr. Pentecost gebrochen wurde: »Mein guter Freund Silverlight und ich stimmten gerade darin überein, daß das System der Pensionen und Pfründe äußerst ungerecht ist.«

»Das ist wohl wahr«, sagte der Bettler. »Sie wissen ja, daß auch ich ein eingeschworener Feind dieses Systems bin. Doch anders als Sie, Mr. Pentecost, bin ich dagegen, weil es im Widerspruch zur sozialen Gerechtigkeit steht.«

»Siehst du, Silverlight, da hast du einen Verbündeten!« sagte Mr. Pentecost. Doch sein Freund errötete nur und wandte seinen Blick ab. Machte es ihn etwa verlegen, bei solch ärmlichem Verbündeten Unterstützung zu finden?

Das Gespräch geriet ins Stocken, und erneut breitete sich ein unbehagliches Schweigen aus.

»Es tut mir leid, daß ich Sie belästigt habe, Mr. Pentecost«, sagte endlich der alte Mann.

»Aber nicht doch, mein teurer Freund, ganz und gar nicht«, sagte Mr. Pentecost. »Wir müssen uns allerdings langsam wieder auf den Weg machen.«

Der Bettler hob grüßend die Hand, und wortlos gingen wir die Straße hinunter.

»Da haben wir«, sagte Mr. Pentecost schließlich, »einen Mann, der sein Augenlicht für seine Prinzipien geopfert hat – so verfehlt diese Prinzipien auch sein mögen.«

Ich wollte ihn gerade fragen, was er damit meinte, als Miss Quilliam uns einholte: »Ich habe gesehen, daß Sie der arme alte Mann angesprochen hat«, sagte sie. »Haben Sie ihm etwas gegeben?«

»Keineswegs«, rief Mr. Pentecost empört aus. »Mit Wohltätigkeit will ich nichts zu tun haben.«

»Tatsächlich? Und warum nicht?«

»Weil die Wohltätigkeit, meine junge Dame, wie kaum etwas darauf abzielt, den Zusammenbruch der Gesellschaft herbeizuführen.«

»Aber wie kommen Sie denn darauf?« fragte Miss Quilliam mit einem müden Lächeln, als wir die Tür zu unserem Haus erreichten.

»Armut, Miss Quilliam, ist ein notwendiger Bestandteil unserer Gesellschaftsordnung. Sie schütteln den Kopf, doch sehen Sie, die Armut ist notwendig, um den sich selbst regulierenden Mechanismus des freien Arbeitsmarktes zu erhalten.«

In diesem Augenblick kam uns Mr. Peachment entgegen, der die Treppe herabstieg. Mr. Pentecost fragte ihn: »Mr. Peachment, wenn Sie zwölf Shilling die Woche fürs Nichtstun bekämen, würden Sie dann für dreizehn Shilling die Woche arbeiten?«

Es dauerte eine Weile, ehe Mr. Peachment begriff, was man von ihm wissen wollte, doch dann huschte ein Lächeln über sein abgearbeitetes Gesicht. »Nun, Mr. Pentecost, ich glaube nicht.«

»Natürlich nicht!« rief Mr. Pentecost triumphierend. »Der Preis für die Arbeit muß sich am niedrigsten Preis orientieren, den ein Mensch dafür zu akzeptieren bereit ist. Wird dieser Preis durch wohltätige Subventionen künstlich auf zwölf Shilling angehoben, dann bricht alles in sich zusammen.«

»Ich wünsch mir man bloß«, sagte Mr. Peachment, »daß die Gemeinde das tun tät. Wenn sich nämlich nicht bald was ändert, dann muß ich mit Sack und Pack nach Dorset zurück und ins Armenhaus, weil wir hier nämlich nich mal mehr das Nötigste zum Leben zusammenkratzen können.«

»Das betrübt mich außerordentlich, Mr. Peachment, aber Sie müssen doch selbst gemerkt haben, wie sehr die Fürsorge der Gemeinde das englische Landvolk verdorben hat. Wollen Sie vielleicht leugnen, daß die Bauern heiraten, ohne ökonomisch unabhängig zu sein, daß sie, selbst wenn sie es könnten, nichts auf die Seite legen und sparen und daß sie ihr Geld versaufen, sobald sie welches in Händen haben? Es ist traurig, aber wahr: Ohne die Angst vor dem Verhungern würden sie keinen Handschlag tun.«

»Aber die Gemeinden, Mr. Pentecost, die spielen ihnen man auch ganz schön bös mit.«

»Genau, wie ich sage!« rief er. »Die Schikanen der Gemeinde gegenüber denjenigen, die ihr zur Last fallen könnten, verwandeln unser Land in eine Tyrannei. Nur durch die Abschaffung der Wohltätigkeit und somit auch des Rechtes der Gemeinde, Leute hinauswerfen zu dürfen, kann diese Situation verbessert werden.«

»Wenn die Gemeinde solch ein Tyrann ist, Mr. Peachment, warum kehren Sie dann in Ihre Heimat zurück?« fragte Miss Quilliam.

»Nun, ich hab keinen Wohnsitz nich in London, und deshalb kann ich denn auch keine Unterstützung beantragen.«

»Sehen Sie!« rief Mr. Pentecost. »Ein freier Markt der Arbeitskräfte ist da die einzige Lösung.«

»Das mag schon angehen«, sagte Mr. Peachment. »Aber wenn Sie mich entschuldigen wollen, ich muß mich auf den Weg machen.«

Er ging an uns vorbei, und wir stiegen die Treppe hinauf zu unseren Zimmern und unterhielten uns dabei.

»Ich muß Ihnen ganz offen sagen, Mr. Pentecost, ich halte die Abschaffung der Unterstützung für einen widerwärtigen Einfall«, sagte Miss Quilliam und lächelte ihn dabei wie einen in die Irre geleiteten Schüler an. »Wir brauchen *mehr* Wohltätigkeit, nicht weniger. Und wenn Sie behaupten – und in diesem einen Punkt könnte ich Ihnen vielleicht beipflichten –, daß die Gesellschaft in sich zusammenbricht, dann liegt der Grund hierfür im Unvermögen der besitzenden Klasse, ihren Verpflichtungen nachzukommen und Maßnahmen einzuleiten, die ein Anwachsen der Armut verhindern.« Sie zögerte einen Augenblick und fuhr dann fort: »Im Fall meiner eigenen Familie zum Beispiel brach ein gewisser Schirmherr das meinem Vater gegebene Versprechen, ihm eine Pfründe zukommen zu lassen, und stürzte ihn so in tiefste Armut.«

»Sie irren alle beide«, warf Mr. Silverlight ein, der nun seine Fassung wiedergewonnen zu haben schien. »Nur in einer Gesellschaft, die auf dem Gesetz der Vernunft beruht, läßt sich Gerechtigkeit für alle verwirklichen.«

»Pfui!« rief sein Freund aus. »Das Gesetz der Vernunft ist eine Schimäre. Das Gesetz der Notwendigkeit regiert den Menschen, und deshalb wird einzig die Aussicht auf den Hungertod ihn lehren, welches seine eigentlichen Interessen sind.«

»Aber wenn doch die Menschen aus vernünftigem Eigennutz heraus handeln, wie Sie so oft gesagt haben, Mr. Pentecost«, fragte ich, »warum müssen sie dann erst halb verhungern, bevor sie begreifen, was gut für sie ist?«

»Ein Treffer! Ein wirklich schlagendes Argument!« rief Mr. Silverlight.

»Verführter Schelm!« polterte Mr. Pentecost, beruhigte sich aber gleich wieder und lächelte. »Die Menschen wissen nicht, welches ihre wahren Interessen sind, ihre beschränkten Ansichten müssen der objektiven Realität der Gesellschaft erst angepaßt werden.«

»Ein kluger Junge«, sagte mein Gönner. »Das kannst du nicht abstreiten, Pentecost.«

»Sie haben recht, Mr. Silverlight, und es grämt mich, daß seine Erziehung so sehr vernachlässigt wird«, sagte Miss Quilliam. »Ich wünschte, ich könnte ihn unterrichten, so wie ich es anfangs getan habe, aber ich fürchte, ich habe einfach nicht die Kraft dazu.«

»Das ist ja auch kein Wunder«, sagte Mr. Silverlight. »Aber mir fällt da etwas ein: Ich könnte ihn doch unterrichten!«

»Auf gar keinen Fall!« rief sein Gefährte. »Ich würde es nicht zulassen, daß du seinen Kopf mit lauter Unsinn vollstopfst. Ich werde seinen Unterricht selbst in die Hand nehmen.«

»Dann hast du von nun an drei Lehrer, Master John«, sagte Miss Quilliam und lächelte mich an. »Was willst du also lernen?«

»Ich möchte mehr über das Recht wissen«, sagte ich.

»Du meinst aber nicht das Gemeine Recht, sondern das Billigkeitsrecht, nicht wahr?« erkundigte sich Mr. Silverlight.

»Was ist denn der Unterschied?« fragte ich. »Gibt es da überhaupt einen?«

Ein unwillkürlicher Schauder schien Mr. Silverlight zusammenzucken zu lassen: »Fürwahr, da gibt es einen Unterschied!«

Hinter seinem Rücken schüttelte Mr. Pentecost heftig den Kopf.

In diesem Augenblick ging die Tür zu unserem Zimmer auf, und meine Mutter kam heraus, sie wirkte blaß und erschöpft. »Wo bleiben Sie nur so lange?« wollte sie von Miss Quilliam mit schleppender Stimme wissen und schien außer ihr niemanden sonst wahrzunehmen. »Haben Sie es?«

Als Miss Quilliam einen raschen Blick zu mir herüberwarf, sagte Mr. Pentecost: »Komm, John, und iß mit uns zu Abend!«

»Und ich werde derweil versuchen, dir unser Problem aus der rechten Sicht darzustellen«, sagte Mr. Silverlight.

Während also Miss Quilliam und meine Mutter in unser Zimmer gingen, folgte ich den beiden Gentlemen. Sobald wir es uns in ihrem »Zelt« bequem gemacht hatten und der Topf mit dem Wasser für den Brandy auf einem Dreifuß über dem Feuer der Peachments stand, begannen sie, mir ihre Ansichten zu erklären. Sie unterbrachen sich dabei gegenseitig bei jedem Satz, weil sie sich um die Bedeutung von beinahe jedem Wort stritten.

Das Gemeine Recht, versicherte mir Mr. Silverlight, sei eine niedere, grobschlächtige Angelegenheit, die sich strikt und einzig an Präzedenzfällen und Gesetzesvorschriften orientiere, ohne Rücksicht auf die Besonderheiten des jeweiligen Falles zu nehmen. Aufs Gemeine Recht zu vertrauen sei ein Hazardspiel, denn hier bleibe das Verfahren allein entscheidend, obwohl es auf teuflische Art mit verwickelten und willkürlichen Regeln durchsetzt sei, zum Beispiel bezüglich des Antrags auf Einleitung eines Strafverfahrens. Dies könne bedeuten, daß ein Fall nur wegen eines technischen Verfahrensfehlers niedergeschlagen werde, einer Äußerlichkeit, die in keinerlei Beziehung zur Frage nach Gerechtigkeit stehe.

»Das Billigkeitsrecht, dagegen, mein junger Freund«, sagte Mr. Silverlight, »ist da ganz anders. Es wird vom Kanzleigericht gesprochen, dem Gericht des Gewissens. Das will sagen, daß das Billigkeitsrecht nach dem Prinzip fragt, nach dem, was sein sollte, ohne Rücksicht auf das, was tatsächlich ist. Das Gemeine Gesetz ist den Willkürlichkeiten des Lebens und der Macht des bloßen Zufalls ausgeliefert, während das Billigkeitsrecht versucht, zu einem vollkommen gerechten und auf Vernunft basierenden Urteil zu gelangen.«

Sein Freund ließ ein verächtliches Schnauben hören. »So ein Mumpitz!« sagte er. »Du beschreibst doch nur das abstrakte Modell! Diese Ideen geben die Wirklichkeit sowenig wieder, wie jener Plan aus lauter vollkommenen Quadraten, den sich Christopher Wren für den Wiederaufbau Londons nach dem großen Feuer ausgedacht hat, je der Realität einer großen Metropole entsprochen hätte. Mein lieber junger Freund«, sagte er und wandte sich an mich, »laß dich doch bitte nicht von Silverlights Begeisterung auf den falschen Weg führen! Das Kanzleigericht ist weithin berüchtigt als der ungerechteste Gerichtshof des ganzen Königreiches!«

»Aber denk doch nur an die edlen Prinzipien«, rief sein Gefährte, »die es verkörpert! Beim Gemeinen Recht gibt es doch nur Verfügungen, beim Kanzleigericht aber geht es um Rechtsgrundsätze. Und während der allgemeingesetzliche Anspruch auf Liegenschaften zum Beispiel mit der Zeit verfallen kann, wenn er nicht eingeklagt wird, sind die billigkeitsrechtlichen Ansprüche unvergänglich.«

»Liegenschaften?« fragte ich neugierig.

»Grundbesitz, Häuser und so weiter«, flüsterte Mr. Pentecost mir zu, da sein Freund gerade in voller Fahrt war, »im Gegensatz zu beweglichem Vermögen: Geld, Einlagen und ähnliche Dinge.«

»Billigkeitsrechtliche Ansprüche sind unvergänglich«, ereiferte sich Mr. Silverlight, »sie sind uns ein Gleichnis für die Gerechtigkeit des höheren Wesens!«

»Was meinen Sie damit?« fragte ich aufgeregt.

»Es bedeutet«, erklärte Mr. Pentecost anstelle seines Freundes, der verzückt seinem Tagtraum nachhing, »daß, wenn alle Erbbestimmungen aufgedeckt sind, und zwar egal mit welcher zeitlichen Verzögerung, der Besitz dem rechtmäßigen Eigner zurückerstattet wird, und falls dieser verstorben ist, bekommen ihn seine Erben, wie entfernt auch immer sie mit ihm verwandt sein mögen. Weißt du, das Billigkeitsrecht folgt dem Prinzip des *Ubi remedium, ibi ius.* Das soll heißen, daß das Recht sich aus den Rechtsmitteln ableitet. Mit anderen Worten: Wenn du den Rechtstitel, den Rechtsanspruch auf Grundbesitz nachweisen kannst, dann gehört dieser dir auch. Falls jemand anderes einen besseren Rechtstitel vorweisen kann, dann gehört der Besitz ihm, denn auf Liegenschaften gibt es keinen absoluten Rechtsanspruch.«

»Und ist ein Kodizill auch ein solcher Rechtstitel?« fragte ich, da ich mich daran erinnerte, wie sehr der Vater meiner Mutter darauf gehofft hatte, daß dieses Kodizill ihm zu Wohlstand und Reichtum verhelfen würde.

Er versicherte mir, daß dem so sei, und gab mir damit reichlich Anlaß zum Nachdenken.

Dies war die erste jener Stunden, die ich später meinen Nachhilfeunterricht in Fragen der Rechtswissenschaften nennen sollte, denn in den folgenden Wochen lehrten mich meine Freunde bereitwillig die Grundlagen sowohl des Gemeinen Rechts als auch des Billigkeitsrechts. Und es war fürwahr eine seltsame Unterweisung, denn beinahe jedesmal, wenn Mr. Silverlight mir mit leidenschaftlichen Worten etwas erklärte, widersprach ihm Mr. Pentecost und erwies sich dabei als mindestens ebenso kenntnisreich wie sein Freund, indem er mir mit einer bewundernswerten Leichtigkeit aus dem Gedächtnis heraus die entsprechenden Präzedenzfälle zitierte. Und so lernte ich denn die beinahe theologischen Unterschiede zu verstehen, auf denen das Billigkeitsrecht beruht: die Unterschiede zwischen Vermögen und Besitz, zwischen Eigentum und Besitztum, zwischen rechtlichem und tatsächlichem Besitz, zwischen »ein Fideikommiß aussetzen« und »ein Fideikommiß aufheben«, zwischen rechtmäßigem und bedingtem Anrecht, zwischen Anrechten, die dem Anrechte nach übertragen, und solche, die dem Besitzanspruch nach gelten, zwischen Auflassung durch endliche und durch gemeine Wiedererlangung und vieles mehr.

Zwar wußte Miss Quilliam von meinen Besuchen und billigte sie, doch vor meiner Mutter, die am Abend sowieso immer abwesender und schweigsamer wirkte, mußte ich sie geheimhalten.

Eines Abends gegen Ende des Sommers saß ich mit meinen beiden Rechtsgelehrten in ihrem »Zelt«, als wir ein Klopfen und dann Mrs. Peachments Stimme hörten, die laut jemanden begrüßte. Einen Augenblick später erschien Miss Quilliam zwischen den Teppichen.

»Deine Mutter«, sagte sie zu mir, »schreibt irgendwelche geheimnisvollen Dinge in ihr Tagebuch, also dachte ich, ich komme her und schau einmal nach dir.«

»Ich bitte Sie, kommen Sie herein, meine liebe Dame!« sagte Mr. Silverlight, erhob sich, räumte die Flasche vom Tisch und versteckte sie unter einem Mantel.

»Sie sind sehr zuvorkommend, mein Herr, aber ich würde es nicht wagen, in die privaten Gemächer zweier Gentlemen einzudringen.«

»Dann setzen Sie sich doch bitte hier ans Feuer«, sagte Mrs. Peachment, die die letzten Worte gehört hatte, »und die Gentlemen sollen herauskommen.«

»Wirklich, sehr gastfreundlich von Ihnen!« antwortete Mr. Pentecost und schritt feierlich, als betrete er ein ihm fremdes Haus, in die den Peachments vorbehaltene Hälfte des Zimmers, um sich höflich vor seinen Vermietern zu verbeugen.

Als wir es uns alle bequem gemacht hatten, fragte mich Miss Quilliam: »Bist du in deinen Studien vorangekommen?«

»Ich habe eine Menge über die Gerechtigkeit gelernt«, antwortete ich vorsichtig.

»Humbug!« rief Mr. Pentecost.

»Die edelste der menschliche Errungenschaften«, seufzte Mr. Silverlight.

»Und eine Menge über die den Grundbesitz betreffenden Rechte und Gesetze«, beendete ich meinen Satz.

»Und daß das Recht auf Grundbesitz beschnitten werden muß«, sagte Mr. Silverlight.

»Ganz im Gegenteil: daß es die erste Aufgabe des Gesetzes ist, den Grundbesitz zu schützen!« widersprach Mr. Pentecost.

»Sehr wahr!« sagte Miss Quilliam. »Denn Eigentum ist die Grundlage unserer Freiheit.«

»Wie traurig es mich stimmt, wenn ich sehe, wie der junge Liebreiz mit dem alten Zynismus Händchen hält!« rief Mr. Silverlight. »Eigentum ist ein Verbrechen an der Gesellschaft!«

Miss Quilliam und Mr. Pentecost sahen sich bei diesen Worten ungläubig an. Bevor sie jedoch etwas antworten konnten, sagte Dick Peachment: »Dann isses für die Gesellschaft ja kein Verbrechen, wenn sie's zurücknimmt. Und ich bin 'n Mitglied der Gesellschaft, oder etwa nich?«

»Gut gesagt!« rief Mr. Pentecost, während sein Freund etwas unglücklich über diese praktische Interpretation seiner Losung dreinblickte.

»Ach bitte, mein Herr, ermutigen Sie den Jungen nich auch noch«, warf sein Vater ein.

»Sehen Sie nun, wohin Ihre Lehren führen, Gentlemen?« sagte Miss Quilliam vorwurfsvoll. »Sie werden es auf dem Gewissen haben, wenn dieser Junge krumme Wege geht.«

»Und warum soll ich mir nich was in die eigene Tasche stecken?« fragte Dick. »Ich hab ja oft genug gehört, wie die beiden Gentlemen gesagt ham, daß die feine Gesellschaft es auch nicht anders macht.«

»Es gibt auch keinen Grund, warum du es nicht machen solltest, solange du dir des Risikos einer Verhaftung bewußt bist.«

»Mr. Pentecost!« protestierte Miss Quilliam.

»Meine junge Dame, das Gesetz ist nichts anderes als eine willkürliche Konstruktion, geschaffen, die Reichen zu beschützen.«

»Das ist schändlich, Mr. Pentecost. Das Gesetz hat für jeden einzelnen auch eine echte moralische Bedeutung: In einer Gesellschaft zu leben bedeutet nicht, daß man die Freiheit hat, sich auszusuchen, welchen Gesetzen man gehorchen möchte, so, wie man sich etwa aussuchen kann, welche Haube man heute aufsetzen möchte.«

»Im Gegenteil, meine junge Dame, ganz im Gegenteil. Einzig aus berechnendem Eigennutz heraus entscheidet man sich dafür, dem Gesetz zu gehorchen oder es zu mißachten. Ob man nun ein Herzog ist mit einem jährlichen Einkommen von fünfzehntausend Pfund oder ein Taschendieb, man stellt sich die gleiche Frage: Ist es einfacher, dieses bestimmte Gesetz einzuhalten, oder habe ich mehr davon, wenn ich es breche? Fast ausnahmslos wird der Herzog mit Ja und der Taschendieb mit Nein antworten, denn das Gesetz ist von ersterem geschaffen worden, um ihn gegen die Interessen des letzteren zu schützen. Alle übrigen antworten je nach ihrer besonderen Situation.«

Als ich die bestürzten Mienen um mich her betrachtete – nur Dick machte ein nachdenkliches Gesicht –, spürte ich eine innere Erregung vermischt mit leichtem Entsetzen, denn wenn dies stimmte, dann war alles willkürlich und nichts mehr gewiß.

»Ich kann nicht länger bleiben und mir solch verabscheuungswürdige Gedanken anhören«, sagte Miss Quilliam und erhob sich.

»Ich werde Sie begleiten, meine liebe Dame«, sagte Mr. Silverlight mit einem vorwurfsvollen Seitenblick auf seinen Freund. »Ich muß Ihnen und Mrs. Mellamphy noch etwas mitteilen.«

Nachdem sie gegangen waren und Mr. Pentecost und ich uns in das »Zelt« zurückgezogen hatten, sagte ich: »Aber wenn Sie glauben, daß der Egoismus das beherrschende Prinzip alles menschlichen Handelns ist ...« Dann hielt ich inne, da ich nicht wußte, wie ich mein Argument vorbringen konnte, ohne ihn zu verletzen.

»...wieso ich dann selbst nicht besser dran bin?« fragte Mr. Pentecost. »Nun, ich fürchte, der Mensch ist oft zu schwach, um nach seinen Prinzipien zu leben. In dieser Hinsicht war ich für meine Familie eine herbe Enttäuschung. Es waren Kaufleute, und als man sah, wie ungeeignet ich dazu war, die Geschäftsbeziehungen meines Vaters aufrechtzuerhalten, tat dieser einen äußerst wohlmeinenden Schritt und enterbte mich – und er tat ganz recht daran, denn ich hätte das Geld doch nur durchgebracht. Ich habe immer alles Geld durchgebracht, das ich jemals besessen habe.«

»Wollen Sie damit sagen, Sie hätten Pech gehabt? So wie Mr. Silverlight?«

»Beileibe nicht! Habe ich dir denn gar nichts beibringen können? Pech oder Glück, so etwas gibt es nicht. Ich habe meine Misere ganz allein zu verantworten, da ich närrischerweise gegen meine eigenen Prinzipien gehandelt habe. Das Resultat ist, daß mir die Gläubiger auf den Fersen sind, dabei habe ich nichts, was ich ihnen geben könnte. Glücklicherweise wissen sie jedoch nicht, wo ich mich gegenwärtig aufhalte.«

Er hatte also gegen seine Prinzipien gehandelt. Ich scheute mich, darüber nachzudenken, was er damit meinen könne, und da ich fortmußte, verabschiedete ich mich bald darauf von ihm. Ich kehrte in unser Zimmer zurück, und wie jedesmal, wenn ich von den Peachments kam, schien mir, als gehe es bei uns viel trübsinniger zu als in jenem anderen Raum, der immer voller Leute und Leben war.

Als ich das Zimmer betrat, sagte Mr. Silverlight gerade: »Meine teuren Damen, einige von meinen und Pentecosts Freunden – ausgezeichnete, wenn auch einfache, sehr einfache Menschen – geben in einer Woche eine... nun, sagen wir, eine Veranstaltung, eine Gesellschaft oder wie immer Sie es nennen wollen. Es wäre mir eine besondere Freude, wenn Sie mir gestatten würden, Sie dorthin begleiten zu dürfen.«

Ich sah, wie meine Mutter vor Vergnügen errötete.

»Ich danke Ihnen«, sagte Miss Quilliam gemessen. »Es ist uns eine große Ehre, nicht wahr, Mary?«

»Aber ja«, rief meine Mutter. »Ich war seit Ewigkeiten nicht mehr auf einer solchen Veranstaltung.« Dann runzelte sie die Stirn: »Aber Helen, denken Sie doch nur: Wir haben ja gar nichts anzuziehen!«

Mr. Silverlight lächelte gewinnend und sagte: »Aber so beruhigen Sie sich doch! Das elegante, schlichte Gewand, in dem ich Sie jetzt vor mir sehe, wird dem Abend vollkommen angemessen sein.«

Diese Bemerkung hatte keineswegs die gewünschte Wirkung, denn sobald er gegangen war, beschäftigte sich meine Mutter nur noch mit der einen großen Frage, was sie denn tragen solle und wie sie wohl am vorteilhaftesten zur Geltung komme.

»Glauben Sie, Helen«, sagte sie nach einer nachdenklichen Pause, »daß wir dort jemanden treffen ... ich meine, jemanden von höherem Stand, der zu würdigen weiß, wer wir eigentlich sind, und der uns vielleicht hilft, wieder den uns zustehenden Platz in der Gesellschaft einzunehmen?«

Als ich sah, daß Miss Quilliam um eine Antwort verlegen war, fragte ich: »Darf ich auch mitkommen, Mama? Und was soll dann ich anziehen?«

»Aber Johnnie, ich glaube, du bist noch zu jung für einen Ball. Und außerdem bist du, wie du ja weißt, eigentlich gar nicht eingeladen.«

Endlich kam der von Mr. Silverlight angekündigte große Tag. Meine Mutter und Miss Quilliam beendeten ihre Arbeit frühzeitig und verbrachten Stunden damit, sich gegenseitig das Haar zurechtzustecken und sich beim Anziehen behilflich zu sein. Als es gegen neun Uhr an der Tür klopfte, sahen sie tatsächlich sehr hübsch und damenhaft aus. Den beiden Frauen, die sich inzwischen gleichermaßen von Mr. Pentecost abgestoßen fühlten, gelang es dennoch, ihn mit einer Geste des guten Willens zu begrüßen, als er mit Mr. Silverlight das Zimmer betrat. Und die beiden Gentlemen sahen ebenfalls recht elegant aus – besonders Mr. Silverlight, der sich mit seiner Toilette offenbar noch mehr Mühe als sonst gegeben hatte.

»Der Abend ist so schön«, meinte besagter Gentleman mit einem Lächeln, »daß ich dachte, wir könnten, falls Sie nichts dagegen haben, zu Fuß gehen.«

»Das stimmt«, sagte Mr. Pentecost und strahlte Miss Quilliam und meine Mutter an. »Es ist auch wirklich ganz in der Nähe.«

»Natürlich«, sagte meine Mutter. »Lassen wir die Kutsche heute ausnahmsweise zu Hause.«

Mr. Silverlight lachte, als hätte sie etwas ganz besonders Gescheites gesagt.

Damit der Saum nicht durch den Dreck der ungepflasterten Straße schleifte, rafften die Damen ihre Röcke, und so machten wir uns endlich – denn ich hatte meine Mutter doch noch überreden können, mich mitzunehmen – auf den Weg. Im Licht von Mr. Pentecosts Laterne gingen wir ein kurzes Stückchen über die Orchard Street, bogen dann in eine dunkle Gasse und kamen zum New Square. Der Name war nicht sehr glücklich gewählt, denn der Platz war kaum mehr als ein Hinterhof mit niedrigen Wohnhäusern, Werkstätten und Lagerhäusern, die man einige Jahrzehnte zuvor übereilt in den Gärten hinter den ehemals noblen Wohnhäusen der Orchard Street errichtet hatte. Aus einer Ecke des dunklen Gevierts hörten wir das Kratzen einer Fidel, die flotten Melodien von Zinken und Querpfeifen sowie das Brummen der Dudelsäcke, dazu das rhythmische Aufstampfen tanzender Füße. Wir gingen auf einen der niederen Torwege zu, und als wir an der Schwelle standen, wandte sich meine Mutter bestürzt zu Miss Quilliam um. Vor uns konnten wir einen großen Raum erkennen, genauer gesagt: eine Art verfallenen Schuppen, der lediglich vom Schein der an den nackten Wänden angebrachten Binsenlichter erhellt war, Wände, die nur dort mit Kalk getüncht waren, wo der Verputz noch an den modrigen Ziegeln hing. Man tanzte paarweise oder in Gruppen auf dem irdenen Boden, doch wir nahmen nur einen rasenden Wirbel aus Körpern und Schatten wahr. Um die Tanzenden herum sangen Gäste lauthals und tranken Bier aus großen Zinnkrügen.

»Aber dies ist doch nicht ...« begann meine Mutter, doch dann versagte ihr die Stimme.

Es war nicht zu übersehen, wie enttäuscht sie war, und das machte mich wütend auf sie.

»Kommen Sie, meine Damen!« sagte Mr. Silverlight und betrat das Gebäude.

Wir gingen einige Schritte, und der strenge Geruch nach verfaultem und verrottetem Holz, vermengt mit dem beißenden Gestank der Binsenlichter, den Ausdünstungen schwitzender, dicht zusammengedrängter Menschen, dem Tabakqualm und dem Alkoholdunst, schlug über uns zusammen.

»Ich kann unmöglich hierbleiben!« keuchte meine Mutter. »Nicht mit diesen Menschen.«

»Meine gute Frau, ich weiß nicht so recht, was Sie sich eigentlich vorgestellt haben«, sagte Mr. Silverlight. »Unsere verehrten Gastgeber sind arme, elende Vertriebene aus Erin, unserer unglückseligen Schwesterinsel, und daher in ihren Manieren etwas derb und direkt, aber auf ihre Art sind sie durch und durch respektierliche Leute, das kann ich Ihnen versichern.«

»Lassen Sie uns gehen, Helen!« flüsterte meine Mutter.

In diesem Augenblick kam uns ein junger Mann entgegen: »Gott zum Gruße, meine Herrschaften! Wir freuen uns, Sie auf unserem Jig begrüßen zu können. Und Thady hätt sich auch gefreut, er hatte was übrig für wilde Feste.«

»Thady?« fragte Miss Quilliam. »Ist das Ihr Freund, Mr. Silverlight? Unser Gastgeber?«

»Nee, Thady ganz bestimmt nich«, gab der Ire zur Antwort. »Wir machen's ja für ihn. Wir feiern den langen Schlaf vom armen Thady.«

»Schlaf?« rief Miss Quilliam. »Sie wollen doch nicht sagen, er kann bei all diesem Krach hier schlafen?«

Der Mann lachte: »Sollen wir ihn vielleicht wieder aufwecken? *Acushla machree!* Wollen Sie ihn nicht selbst sehen?«

Ohne auf unsere Antwort zu warten, drehte er sich um, und wir alle folgten ihm in eine Ecke des Schuppens. Hier hatte man eine Strohmatratze ausgelegt, an deren Kopf- und Fußende in einem silbernen Halter jeweils eine Kerze brannte. Eine alte, in ein dunkles, zerlumptes Tuch gewickelte Frau hockte auf dem Boden. Als ich den Leichnam betrachtete, erkannte ich in Thady einen unserer Nachbarn.

Der Mann sprach einige Worte zu der alten Vettel in ihrer Sprache und goß etwas Flüssigkeit aus einem Krug in einen Becher, den er ihr dann reichte, danach tat er das gleiche für meine Mutter und Miss Quilliam.

»Mehr bleibt am End nicht von uns übrig«, sagte er. »Deshalb können wir uns auch ebensogut jetzt noch ein bißchen amüsieren.«

Meine Mutter griff nach dem Becher, trank ihn in einem Zug aus und warf ihn fort, dann stürzte sie sich in die tanzende Menge, und Mr. Silverlight eilte ihr nach. Ich sah ihnen zu, wie sie sich drehten und mit den anderen im Kreis herumwirbelten.

Während ich den wilden Melodien der zu einem Reel aufspielenden Fideln, dem Klagen der Dudelsäcke und dem Gekreisch der Querflöten zuhörte, die allesamt gegenläufig zum Rhythmus der stampfenden Füße erklangen, stellte ich mir vor, daß es so in einem Cottage am westlichen Ende von Irland zugehen müsse.

Meine Mutter tanzte immer noch mit Mr. Silverlight, und als die beiden an mir vorüberglitten, sah ich, daß sie ihn anlächelte, und ich dachte, daß sie seit langer Zeit endlich wieder einmal glücklich aussah – ohne zu wissen, daß ich sie an diesem Abend das letzte Mal so sehen würde. Als ihr Tanzpartner das Lächeln erwiderte und sie fest an sich drückte, war ich mir plötzlich nicht mehr sicher, ob ich Mr. Silverlight tatsächlich so gern hatte.

Mr. Pentecost führte Miss Quilliam mit etwas hölzernen Schritten, und diese beiden suchten sich ihren Weg gemächlicher durch die tanzenden Paare und die Reihe der Männer, die einander untergehakt hatten, um sich auf irische Art zu einem Reigen zusammenzuschließen. Während ich an der

Mauer stand und an einem Bier nippte, fragte ich mich, ob ich hier der einzige war, dem auffiel, daß die demonstrative Heiterkeit einen etwas verzweifelten Beigeschmack hatte, als liege ein Schatten der Angst über all dem Vergnügen des Abends bei dem Gedanken daran, was nun, da der Winter nicht mehr weit war, bevorstand.

Die Binsenlichter warfen die langen Schemen der vorüberhuschenden Tänzer an die verschmutzten Wände, als ich eine Stimme sagen hörte: »Nun aber rasch, junger Mann, höchste Zeit, daß du ins Bett kommst!«

Mr. Pentecost nahm mich beim Arm, eilte mit mir nach Hause und trug mich beinahe die Treppen hinauf in unser Zimmer. Sanft legte er mich auf mein Bett, und bald war ich eingeschlafen, so daß ich nie erfuhr, wann meine Mutter und Miss Quilliam zurückkamen. Am nächsten Morgen wagte ich nicht, sie danach zu fragen, denn beide sahen blaß und müde aus, und meine Mutter klagte über heftige Kopfschmerzen.

Meine ängstlichen Ahnungen war keineswegs unbegründet gewesen, denn im nachhinein zeigte es sich, daß dies wohl unsere letzten glücklichen Augenblicke vor jenem langsamen Abgleiten ins Elend gewesen waren, das mit dem nahenden Winter und der damit einhergehenden Flaute im Geschäft begann. Mr. Peachment konnte meiner Mutter und Miss Quilliam immer weniger Arbeit abgeben. Sie versuchten es zwar aushilfsweise mit diversen anderen Beschäftigungen – machten etwa Nadeln und Knöpfe, nähten Revers –, doch sie hatten immer weniger Glück damit. Es gab zu viele Menschen, die bereit und in der Lage waren, für weniger Geld länger zu arbeiten, weshalb sich die beiden gegen diese Konkurrenz einfach nicht mehr behaupten konnten. Und so kam es, daß wir uns zu Beginn des Oktober in einer äußerst verzweifelten Lage befanden.

Zusammen verdienten wir drei etwa fünf Shilling die Woche, und selbst das gelang uns nicht immer. Die Miete allein belief sich auf drei Shilling, und der Mieteintreiber räumte niemandem Kredit ein, so daß wir, hätten wir samstags nicht zahlen können, schon am folgenden Montag kein Dach mehr über dem Kopf gehabt hätten. Einzig Miss Quilliams kärgliche Ersparnisse – sie bestand darauf, daß wir das Geld mit ihr teilten – hielten uns über Wasser, doch es war nur zu offensichtlich, daß wir sehr bald völlig mittellos dastehen würden, wenn es mit dem Geschäft nicht bald wieder bergauf ging. Schließlich würden unsere Ausgaben mit Beginn des Winters eher noch steigen, da wir dann mehr Kohlen und mehr Talgkerzen brauchten, um länger arbeiten zu können. Zudem besaß weder meine Mutter noch ich warme Winterkleidung. Angesichts dieser Lage schien es mir nun an der Zeit, das Medaillon zu verkaufen.

Eines Abends, etwa Mitte Oktober, als Miss Quilliam in der Nachbarwohnung bei den Peachments war und meine Mutter noch immer beim spärlichen letzten Tageslicht nähte, brachte ich daher das Thema zur Sprache.

»Wir können nicht länger von Miss Quilliams Erspartem leben, Mama.«

Sie sah erschrocken von ihrer Arbeit auf: »Aber was sollen wir denn sonst tun?«

»Wir müssen das Medaillon verkaufen.«

Ihr Atem stockte, und sie faßte sich an den Hals, wo das Medaillon hing: »Ich wußte, daß du das irgendwann sagen würdest. Aber ich glaube nicht, daß ich mich davon trennen kann.«

»Wir haben keine andere Wahl.«

»Es ist das letzte Erinnerungsstück an jene kurze Zeit, in der ich glücklich war.«

Müde, durchfroren und hungrig nach meinem Tag auf der Straße, fühlte ich Verärgerung in mir aufsteigen: »Aber jetzt sei doch vernünftig! Wie sollen wir denn sonst unser Essen und die Kohlen bezahlen?«

Sie schien all ihren Mut zu sammeln und sagte dann: »Ich habe nachgedacht, Johnnie. Jetzt schimpf mich aber bitte nicht aus! Warum verkaufen wir nicht trotz allem das Kodizill an Sir Perceval?«

Ich mußte daran denken, was ich von den beiden Gentlemen über Recht und Gesetz gelernt hatte, und daran, was ich inzwischen über einen möglichen Rechtsanspruch meiner Familie erfahren hatte.

»Nein«, sagte ich. »Das wäre sehr dumm. Ich bin mir sicher, daß das Kodizill weit mehr wert ist, als sie uns dafür bezahlen wollen.«

»Wir hätten nie aus Bethnal Green weggehen sollen«, seufzte sie.

Ich wurde plötzlich wütend und wäre fast mit der schrecklichen Wahrheit über die Isbisters herausgeplatzt.

»Diese Leute mögen vielleicht nicht besonders charmant gewesen sein«, fuhr sie fort. »Aber wenigstens waren sie gut zu uns.«

»Dann geh doch zu ihnen zurück!« schrie ich.

Aufgebracht erzählte ich ihr nun, was ich in jener Nacht gesehen hatte, als ich dem Karren zum Friedhof gefolgt war. Doch zu meinem Verdruß weigerte sich meine Mutter, mir auch nur ein einziges Wort zu glauben. Sie sagte, ich würde mich bloß an die Geschichte von Syed Naomaun und dessen Frau erinnern, vor der ich mich früher so gefürchtet hatte. Ich regte mich schrecklich über ihre Worte auf, und wir stritten uns heftig.

Später machte ich mir Vorwürfe und bat sie um Verzeihung, und endlich vergab sie mir, küßte mich und sagte, es tue ihr leid, daß sie so närrisch sei, doch der Gedanke, sich von dem Medaillon zu trennen, sei einfach mehr, als sie ertragen könne.

Dann fragte ich sie: »Könntest du dich denn mit dem Gedanken vertraut machen, das Medaillon zum Pfandleiher zu bringen? Wir brauchten bloß die Zinsen zu zahlen, wenn wir es nicht verlieren wollen, und sobald wir etwas Geld haben, können wir es wieder auslösen.«

Sie dachte nach. »Ja, ich glaube, damit wäre ich einverstanden«, sagte sie schließlich. »Wir wollen Helen um Rat fragen, sobald sie zurückkommt.«

Miss Quilliam fand meinen Vorschlag vernünftig. Wir würden vom Pfandleiher zwar weniger Geld als beim Verkauf des Medaillons bekommen, doch wenn wir im Frühjahr besser verdienten und das Schmuckstück wieder auslösten, würde es uns auch in der Zukunft ein nützliches Pfand sein.

Und so gingen meine Mutter und ich am nächsten Morgen durch die Straßen des Viertels und hielten Ausschau nach dem Zeichen mit den drei goldenen Bällen. Den Weg zum ersten Händler fanden wir, als wir einem Schild mit einer darauf abgebildeten Hand folgten, die uns durch eine Gasse zur Hintertür eines Hauses Ecke Orchard Street und Dean Street führte. Drinnen erwartete uns ein dunkler Flur, an dessen Ende zahlreiche hölzerne Kabinen zu sehen waren. Wir betraten einen dieser Verschläge, schoben von innen den Riegel vor und warteten am Tresen auf der offenen Seite, während der Pfandleiher sich noch um einen Kunden in der Nachbarkabine kümmerte. In einem Regal hinter dem Tresen wurden die Pfandstücke aufbewahrt: Schmuck, Uhren, lange Damen- oder Herrenmäntel, Wecker, Schals, Pelzjacken, Waterloo-Medaillen und ähnliches mehr. Nach einigen Minuten kam der Pfandleiher zu uns.

»Was würden Sie mir hierfür geben?« fragte meine Mutter und nahm das Medaillon ab.

Der Mann untersuchte es aufmerksam: »Ein Pfund und zehn Shilling«, antwortete er.

Sie zögerte, doch mir fiel ein, daß Mrs. Philliber gesagt hatte, wir sollten auf keinen Fall weniger als drei Pfund dafür verlangen. Also führte ich meine Mutter wieder aus der Kabine und schärfte ihr ein, sich auf keinen Fall mit weniger zufriedenzugeben. Wir suchten weiter, und in der nächsten Pfandleihe, in der Princes Street, bot man uns zwei Pfund, in der übernächsten dann ein Pfund und sechs Shilling.

Im vierten Laden, er lag etwas weiter die Princes Street hinunter, etwa auf der Höhe der Bennet Street, besah sich der Mann hinter dem Tresen das Medaillon ohne sonderliches Interesse. Er schielte und hatte einen Buckel, so daß sein Kinn sich schief gegen das Schlüsselbein preßte.

»Ein Pfund und fünf Shilling«, sagte er.

Meine Mutter lehnte ab und wollte gehen.

»Warten Sie!« rief der Mann. »Wieviel wollen Sie denn dafür haben?«

»Drei Pfund.«

»So hoch kann ich nicht gehen, aber ich gebe Ihnen zwei Pfund und fünfzehn Shilling.«

Meine Mutter zauderte.

»Zwei Pfund und siebzehn Shilling«, sagte er.

»Also gut«, sagte meine Mutter.

»Mach's nicht!« flüsterte ich.

»Aber warum denn nicht?« fragte sie. »Was bist du doch für ein komischer Junge!«

Ich hatte nur einen instinktiven Verdacht, den ich ihr nicht genauer erklären konnte, also schwieg ich.

»Welchen Namen soll ich auf dem Pfandschein eintragen?« fragte der Mann.

Meine Mutter zögerte. »Halfmoon«, sagte sie dann. »Mrs. Halfmoon.«

Ich schaute sie überrascht an. Warum hatte sie sich einen solch seltsamen Namen ausgedacht? Wir waren einmal durch eine Straße gegangen, die so hieß, aber warum war dieser Name in ihrem Gedächtnis haftengeblieben?

»Die Zinsen sind monatlich zu zahlen«, sagte der Mann, als er meiner Mutter den Pfandschein gab.

Sie nahm den Schein und das Geld, steckte beides in die Tasche, und wir verließen den Laden. Sobald wir nach Hause zurückgekehrt waren, zahlten wir Miss Quilliam einen Teil der Schulden zurück, die sich im Laufe der letzten Monate angehäuft hatten.

Später dann tauschten wir unsere guten Kleider gegen billigere, doch wärmere Sachen ein. Damit hätten wir einen schmerzlichen Schritt getan, denn in den schäbigen und schlechtsitzenden Kleidern, erklärte Miss Quilliam, würde es meiner Mutter unmöglich sein, auch weiterhin wie eine Dame auszusehen.

Nun brach jener Winter an, der mir so schmerzlich in Erinnerung bleiben sollte, und als die Tage dunkler und kälter wurden, fiel uns die Arbeit immer schwerer. Wenn ich am Morgen in den Hof hinunterging, stieg ich auf den Treppen oft über schlafende Leute, die dort vor der Kälte Zuflucht gesucht hatten. Ich mußte das Eis in der bleigefaßten Zisterne aufschlagen, ehe ich das Wasser für den Tee heraufziehen konnte. Meine Mutter und Miss Quilliam arbeiteten um diese Zeit bereits beim Licht von in Talg getunkten Kienspänen, so daß der Talggestank das ganze Zimmer durchzog. Mit dem Gedanken an Weihnachten versuchten wir, uns gegenseitig Mut zu machen, doch wir hofften nicht so sehr darauf, ein Fest feiern zu können, sondern darauf, daß bald danach die Saison beginnen und deshalb die Nachfrage nach Näharbeiten wieder steigen würde.

Der Husten meiner Mutter verschlimmerte sich weiter, und oft lag ich in der Kälte und Dunkelheit wach und ärgerte mich, weil ich ihretwegen nicht einschlafen konnte, machte mir jedoch zugleich auch schreckliche Sorgen. Wir hatten alle das Fieber gehabt, meine Mutter aber litt zudem noch unter nächtlichen Schweißausbrüchen und Alpträumen, die sie immer wieder voller Angst aufschreien und aufwachen ließen.

Selbst in jenen Tagen jedoch gab es noch Momente, an die ich voller Zartgefühl zurückdenke. Ich erinnere mich etwa an einen nebligen Nachmittag gegen Ende November, als ich den beiden Gentlemen begegnete, die auch wegen des schlechten Wetters ihre Arbeit früher beendet hatten, und mit ihnen zusammen nach Hause ging. Als wir an der Abbey vorbeikamen, ragte sie mächtig und schwarz über uns auf, und der Nebel ließ sie aussehen, als stehe sie allein und ganz für sich auf weiter Flur. Die Häuser in der Ferne waren – einmal abgesehen von einem seltenen gelben Flackern hinter erleuchteten Fenstern – eine ununterscheidbare dunkle Masse, aus der sich nur die Giebel und Schornsteine vor den helleren Schattierungen des Himmels sichtbar abhoben. Und weiter oben, dort, wo die Sonne mit schwacher Kraft durch den Nebel drang, verfärbte sich das blaue Himmelsgewölbe zu leberfarbenem Purpur.

Mr. Pentecost und Mr. Silverlight hatten mich eingeladen, mit ihnen zu Abend zu essen, und gerade als wir unser Mahl beendet hatten, kam Miss Quilliam herein und sagte: »Da bist du also, Johnnie. Ich hätte es mir ja fast denken können.«

Wir vier – denn meine Mutter hatte nach dem Abend bei den Iren wieder ihre frühere Haltung eingenommen und weigerte sich, auch nur ein Wort mit Mr. Pentecost zu reden, ja, sie unterwarf seither auch Mr. Silverlight ihrem Bannfluch – trafen uns oft im »Zelt« bei den Peachments. Und so gesellte sich Miss Quilliam nun zu uns (ihren Widerstand, den Raum hinter den Teppichen zu betreten, hatte sie inzwischen überwunden), die wir gemütlich vor dem Feuer saßen und Muffins rösteten.

»Deine Mutter«, sagte sie zu mir, »schreibt wie besessen in ihr Tagebuch. Weißt du, was sie da eigentlich schreibt?«

»Ich glaube, sie schreibt ihr Leben auf. Es gibt da gewisse Dinge, die sie mir nicht sagen will, trotzdem möchte sie, daß ich eines Tages die ganze Wahrheit erfahre.«

Ich wollte mir fast die Zunge abbeißen, denn ich hatte eines jener strittigen Themen angesprochen, über die ich eigentlich nicht mehr reden wollte.

»Die Wahrheit!« rief Mr. Pentecost aufgebracht.

»In der Tat, die Wahrheit. Ein edles Ideal.«

»Unsinn! Die Wahrheit ist eine Lüge, eine Erfindung. In der dümmsten Liebesgeschichte steckt mehr Wahrheit als in der erhabensten Erzählung.«

»Das mag wohl sein«, sagte Mr. Silverlight. »Ich habe seinerzeit selbst mehrere Theaterstücke und gereimte Liebesgeschichten geschrieben, doch der kleinliche Neid der Lektoren und Buchhändler sorgte dafür, daß sie keine Beachtung fanden. Ich muß allerdings zugeben, daß diese Geschichten ein erkleckliches Maß an Wahrheit enthielten. Vielleicht sollte ich es einmal mit einem Roman probieren, damit ließe sich bestimmt mehr Geld machen. Ich weiß, daß ich die Passagen über die bessere Gesellschaft wirklich gut hinbekommen würde – natürlich würde ich sie mit einem gewissen satirischen Einschlag schreiben –, doch auf das Niveau der unteren Klassen und der Intrige könnte ich mich niemals herablassen. Ich weiß genau, daß ich im Erfinden von Geschichten von Ränke und Intrige einfach hoffnungslos schlecht wäre.«

»Ach, das überlaß nur mir!« sagte Mr. Pentecost.

»Sind Sie denn solch ein intrigantes Geschöpf?« fragte Miss Quilliam lächelnd. »Man könnte ja fast Angst vor Ihnen bekommen.«

»Tja, ich glaube, ich bin recht gut im Einfädeln von Intrigen«, gestand Mr. Pentecost fast so, als schäme er sich dafür. »Doch ich gebe bereitwillig zu, daß mir dabei das, was wir die Motive der anderen nennen, ein vollkommenes Rätsel bleibt.«

»Sicherlich ein schwerwiegender Nachteil für einen angehenden Romancier«, warf Miss Quilliam ein und lächelte zu mir herüber.

»Überhaupt nicht, denn die Motive der Menschen sind nicht so wichtig. Wichtig ist nur, was sie tatsächlich tun.«

»Was für ein Unsinn!« sagte Mr. Silverlight. »Es sind die Motive allein, auf die es ankommt, wenn man von der erhabenen Sprache und dem verborgenen Sinn des Ganzen einmal absieht.«

»Der Sinn des Ganzen!« rief Mr. Pentecost, und ich glaube, seine Entrüstung kostete ihn Schnupftabak für bestimmt sechs Pence. »Wie sollte es denn einen Sinn geben, mein lächerlicher Freund? Für so etwas ist das Leben doch viel zu willkürlich und zufällig!«

»Du irrst dich. Es war die Vernunft, die dem Menschen den Leitfaden gab für die Erkenntnis von Sinn und Zweck dieses Universums.«

»Die Theorie vom Sinn!« ereiferte sich Mr. Pentecost, und seine Augenbrauen schossen in die Höhe. »Daran glaubt doch schon seit Jahrzehnten niemand mehr!«

»Aufgabe eines Kunstwerks«, fuhr Mr. Silverlight fort, ohne auf die Unterbrechung zu achten, »ist es, den Menschen dazu zu bringen, dem Sinn des Lebens nachzuspüren und das Gerüst seines Daseins zu erkennen. In allen Romanen, an denen ich mitgearbeitet habe, war jede noch so winzige Kleinigkeit Teil eines übergeordneten Sinns – bis hinunter zur Numerierung der Kapitel.«

»Papperlapapp! Romanschreiber sind Lügner. Es gibt weder Sinn noch Zweck, nur das, was wir nach eigenem Gutdünken in den Text hineinlesen.«

»Ihre Ansichten scheinen sich – so kommt es mir vor – eher zu ergänzen, als miteinander in Widerstreit zu liegen«, bemerkte Miss Quilliam versöhnlich. Und dann, nachdem sie mir einen amüsierten Blick zugeworfen hatte, fuhr sie fort: »Vielleicht sollten Sie daher zusammenarbeiten. Mr. Silverlight würde dann die Verantwortung für die Beschreibung der Motive der Figuren, natürlich besonders derjenigen der höheren Gesellschaftsschichten, tragen, während Sie, Mr. Pentecost, Ihre Fähigkeiten auf das Planen und die Intrigen konzentrieren könnten.«

Ich lächelte über diesen Vorschlag, denn ich malte mir aus, daß das Ergebnis ähnlich ausfallen würde wie ihr Kasperltheater.

»Eine famose Idee!« rief Mr. Silverlight. »Aber ich glaube, ich sollte wohl besser die Verantwortung für den Gesamtplan übernehmen.«

»Kommt nicht in Frage!« rief sein Freund aus.

Miss Quilliam und ich überließen die beiden zukünftigen Arbeitskollegen ihrem Gespräch und gingen in unser Zimmer zurück. Es brannte kein Licht mehr, doch aus dem Finstern hörten wir die Stimme meiner Mutter, die langsam, doch undeutlich sagte: »Wo wart ihr so lange? Ich war ganz allein hier, und ich hatte solche Angst. Warum geht ihr nur immer zu diesen schrecklichen Männern?«

Miss Quilliam zündete eine Kerze an, und ich sah meine Mutter zusammengesunken in ihrem Sessel kauern, Tagebuch und Stift waren vor ihr auf den Boden gefallen. Unsere Freundin gab mir zu verstehen, daß ich mich besser zurückziehen solle, und so ging ich in meine kleine Schlafkammer. Warum war meine Mutter neuerdings nur oft so seltsam und so kindisch? Und warum verhielt sie sich plötzlich so feindselig gegen Mr. Silverlight? Ich hörte das Gemurmel der Stimmen und war bald eingeschlafen.

Am nächsten Tag hing der Nebel noch dichter als am Vortag über der Stadt, und in der Folgezeit wurde auch das Elend der Armen immer schlimmer. Wegen einer katastrophalen Ernte war der Preis für einen vierpfündigen Laib Brot von acht Pence und einem Farthing, die er gekostet hatte, als wir nach London kamen, auf elf Pence gestiegen.

Vor Weihnachten verschlechterte sich dann zudem das Wetter, das bis dahin zwar feucht, aber nicht außergewöhnlich kalt gewesen war. Ein strenger Frost hielt nun das Land in seinem Griff und verhinderte jede Arbeit in den Ziegelgruben und den Gemüsegärten, von denen es damals rund um die Metropole so viele gab. Ein steter Ostwind machte alles noch schlimmer, denn seinetwegen konnten die Schiffe nicht den Fluß hinaufsegeln und ihre

Fracht entladen. Eine Woche vor dem Heiligen Abend fror dann die Themse zu, etwas, das seit bestimmt vierzig Jahren nicht mehr geschehen war, und all die Leute, die mit der Binnenschiffahrt zu tun hatten – sei es, daß sie die Kohle entluden oder die Waren in kleinen Booten an Land brachten, aber auch die Dockarbeiter und Schiffsbauer und viele andere mehr –, waren nun ohne Arbeit.

Wir merkten kaum etwas von dem Christfest und feierten es auch nicht, da wir nicht wagten, auch nur einen Tag mit der Arbeit auszusetzen. Am ersten Weihnachtstag versank die Stadt schließlich in tiefem Schnee, was bedeutete, daß auch die letzten Arbeiten unter freiem Himmel eingestellt werden mußten. Scharenweise liefen die Männer, die Utensilien ihres Berufes geschultert, durch die Straßen der Metropole und der Vorstädte und ließen den traditionellen Ruf erschallen: »Vom Frost ohne Arbeit! Ganz ohne Arbeit vom Frost!«, während sie mit vorgehaltenem Hut um ein Almosen baten. Die Zahl der Bettler in den Straßen war merklich angewachsen, ebenso die Menge der Straßenverkäufer, die Zahl der Fußgänger jedoch hatte abgenommen. Kein Wunder, daß ich weniger verdiente als je zuvor.

Am schlimmsten war jedoch die Auswirkung des schlechten Wetters auf die Gesellschaftssaison. Seine Majestät nebst Familie saß wegen des schlechten Straßenzustands in Windsor fest, und viele Untertanen von Stand entschlossen sich, es dem königlichen Hause gleichzutun und nach Weihnachten ebenfalls noch auf dem Land zu verweilen. Und so wurde der Beginn der Saison, der gewöhnlich etwa in die Mitte des Januars fiel, auf unbestimmte Zeit verschoben; das Parlament trat nicht zusammen, und die Pferderennen wurden abgesagt. All dies bedeutete, daß die erhoffte Nachfrage nach Kleidern ausblieb und daß es uns wie den Menschen in vielen anderen Gewerbezweigen – den Schneidern, Schuhmachern, Konfektionären, Möbeltischlern, Sattlern, Schmieden, Dienern, Kutschern, Pferdeknechten – immer noch schlechter erging.

In den Straßen vor den Armenhäusern drängten sich die Menschen auf der Suche nach Hilfe, doch allen, die keine Insassen der Armenhäuser waren, verweigerte man jegliche Unterstützung. Ich sah eine Gruppe von Leuten, die vom St.-Anne's-Armenhaus in der Drury Lane abgewiesen worden waren und dann mit drohender Miene gutgekleidete Fußgänger um Almosen anbettelten. Auch verbreitete sich die Nachricht, daß eine aufgebrachte Menge die Brotläden und Speiselokale in Whitechapel gestürmt habe.

Ende Januar berichtete uns Mr. Peachment eines Morgens, daß Dick am Abend zuvor nicht wieder nach Hause zurückgekehrt sei. Zuerst machten sie sich große Sorgen um ihn, doch im Lauf der Tage, nachdem sie wieder und wieder bedacht hatten, was er ihnen in den letzten Monaten gesagt hatte, begriffen sie, daß er nicht wieder zu ihnen heimkommen würde. Das war ein schwerer Schlag für die Familie, da sie von Dicks Verdienst abhängig war, und Mr. Pentecost gestand den Eltern, wie tief zerknirscht er darüber sei, dem Jungen solche Flausen in den Kopf gesetzt zu haben.

In unserem großen Zimmer mit seiner hohen Decke und den zerbrochenen Fensterscheiben verflüchtigte sich die teuer erkaufte Wärme in Windeseile. Wir versuchten, mit einer Schaufel Kohlen zwei Wochen auszukommen, indem wir tagsüber nur eine Handvoll Schlacke glühen ließen und nachts eng zusammenrückten. Wir litten alle an Frostbeulen und Unterkühlung, waren ständig erkältet und hatten Husten, unter dem besonders jene Menschen zu leiden hatten, die noch nicht lange in London lebten.

Im Februar verschlimmerte sich der Winter noch, statt zu enden. Ein frostiger Nebel breitete sich aus, ein schwerer, stinkender gelber Dunst, der manchmal tagelang keinen einzigen Sonnenstrahl durchließ. Da machte es wenig Sinn, wenn ich mit meinem Bauchladen hinausging, weil ich auf den Straßen sowieso nichts verkaufen konnte. Die Lebensmittelpreise stiegen weiter, und der Wert handgemachter Waren sank, da sich keine Käufer für sie fanden.

Es versteht sich von selbst, daß die beiden Gentlemen, deren Erwerbsmöglichkeiten ebenso eingeschränkt waren wie die meinen, oft über die möglichen Folgen der gegenwärtigen Lage diskutierten. Mr. Pentecost glaubte, daß sich die Situation selbst regulieren und man schon wieder Arbeit finden würde, wenn die Preise erst einmal tief genug gefallen waren. Mr. Silverlight dagegen meinte, die Entwicklung laufe auf eine Katastrophe hinaus, und er sagte beinahe vergnügt, daß er tagtäglich mit einem allgemeinen Aufstand rechne. Es freue ihn jedesmal, fügte er hinzu, wenn er höre, daß man wieder einen Brotladen gestürmt habe.

Trotz seiner zur Schau gestellten Fröhlichkeit war jedoch nicht zu übersehen, daß es Mr. Silverlight schwerfiel, die Entbehrungen zu ertragen, die ihm nun abverlangt wurden. Nach und nach verschwand das Mobiliar aus dem »Zelt der Kalifen«, später folgte Mr. Pentecosts Taschenuhr, dann das eine oder andere Kleidungsstück. Mr. Silverlight war jedoch noch immer so makellos wie eh und je gekleidet, bis ich eines Tages gegen Ende jenes schrecklichen Februar nach Hause kam und er, vor sich hin murmelnd, ohne Halstuch und in einen schäbigen Mantel gehüllt, den ich nie zuvor an ihm gesehen hatte, die Treppe hinabeilte. Noch niemals hatte ich ihn so unordentlich gekleidet gesehen, und es sollte auch nie wieder vorkommen.

Am nächsten Tag erkrankten Mrs. Peachment, zwei ihrer Kinder und zudem Mr. Pentecost an hohem Fieber. Als ich am Nachmittag die Nachbarwohnung betrat, lag letzterer mit schweißrotem Gesicht im Bett. Er redete irre und fragte immer wieder: »Wo ist Silverlight?« Da ich selbst überrascht war, ihn nicht anzutreffen, fragte ich Mr. Peachment nach dem Verbleib des Freundes. Und der ehrliche Mann zog mich auf die Seite und erklärte mir mit unterdrückter Stimme, daß sich Mr. Silverlight wohl in den Stunden der Nacht aus dem Staub gemacht habe, denn am Morgen hätten sie entdeckt, daß er mit all seinen Sachen verschwunden und seither auch nicht wieder aufgetaucht sei.

Ich fragte mich erstaunt, was dies zu bedeuten habe, sollte aber am nächsten Tag noch größeren Anlaß haben, mich zu wundern.

Am Abend taten Miss Quilliam und ich alles, was in unseren Kräften stand, um unseren Nachbarn zu helfen. Dann, am späten Nachmittag des folgenden Tages, als ich nach stundenlangem Herumstreifen auf der Straße fast nichts verdient hatte und wieder nach Hause kam, hörte ich oben auf dem Treppenabsatz meine Mutter schreien: »Fort mit Ihnen! Mit Leuten wie

Ihnen will ich nichts zu schaffen haben!«

Vor unserer Zimmertür stand ein Mann, neben sich einen großen zähnefletschenden Hund, der meine Mutter anknurrte, während Justice – denn jetzt erkannte ich den blinden Bettler wieder – meine Mutter zu beschwichtigen suchte und dem Hund befahl, still zu sein.

»Ich bin bloß auf der Suche nach Mr. Pentecost«, wandte er sich an mich, als er meine Stimme hörte.

Ich beruhigte meine Mutter und redete ihr zu, doch wieder in unser Zimmer zu gehen. Dann erklärte ich dem alten Mann, daß unser gemeinsamer Freund krank sei.

»Tut mir schrecklich leid, das zu hören«, sagte er. »Mr. Pentecost nämlich, der hat meinen Hund, den Wolf hier, vorm sicheren Hungertod bewahrt. Hat ihm oft ein Stückchen Wurst oder Schweinefleisch mitgebracht, als ich nichts mehr hatte, was ich ihm hätte geben können.«

Da der blinde Justice Mr. Pentecost besuchen wollte, klopfte ich an die Tür des gegenüberliegenden Zimmers und führte ihn hinein. Ich war erleichtert, als ich merkte, daß mein Freund wieder im Vollbesitz seiner Sinne war, doch als er meinen Begleiter erkannte und unsere Blicke sich kreuzten, sah ich überrascht, daß ihm die Schamröte ins Gesicht stieg.

»Es ist wirklich höchst außergewöhnlich, daß Sie nichts erhalten haben«, sagte er, als Justice ihm erklärte, weshalb er gekommen war. »Denn als ich spürte, daß ich krank wurde, machte ich mir solche Sorgen, daß ich Silverlight von Ihnen ... ich meine, ich wollte sagen, von Wolf erzählt habe und ihn bat, Ihnen einen Shilling zu bringen, damit Sie etwas für den Hund kaufen können. Ich kann mir einfach nicht vorstellen, was da passiert ist.«

Schonend klärte ich ihn auf, daß sein Freund ihn verlassen hatte, doch das stürzte ihn nur in eine noch tiefere Verwirrung.

»Verlassen?« wiederholte er immer wieder. »Aber der Arme kann doch ohne mich nichts anfangen! Weißt du, er ist ein wirklich hoffnungsloser Fall. Ganz wie ein Kind.«

Der alte Justice hatte still vor sich hin gegrübelt und sagte nun: »Mr. Silverlight? War das der Gentleman, mit dem Sie an dem Tag zusammen waren, als ich Sie mit diesem jungen Burschen hier getroffen hab?«

»Das ist er, ja.«

Der alte Mann schüttelte nachdenklich den Kopf, und ich hatte das Gefühl, er wolle etwas sagen, doch dann schien er sich eines Besseren zu besinnen.

»Einen Shilling habe ich noch übrig, und Wolf sieht hungrig aus«, sagte Mr. Pentecost, sah dabei jedoch den Herrn des Hundes an.

Justice wollte das Geld zuerst nicht annehmen, doch schließlich ließ er sich um der unglückseligen Kreatur willen überreden. Einige Minuten später aber kehrte er mit einigen Fleischpasteten zurück und bestand darauf, sie mit Mr. Pentecost und dem Hund zu teilen. Ich aber ging und überließ sie ihrem Festmahl auf der Strohmatratze in der Ecke zwischen den Teppichen. Ich zerbrach mir den Kopf und fragte mich, was von all dem nun zu halten sei. Obgleich der Verdacht nicht ganz fern lag, daß mein alter Freund seinen Prinzipien in Sachen Wohltätigkeit untreu geworden war, zögerte ich gleichwohl, deshalb geringer von ihm zu denken.

Bald sollten mich jedoch andere Probleme beschäftigen, denn als ich in unser Zimmer zurückkehrte, kam mir meine Mutter entgegen und begrüßte mich besorgt mit der Frage: »Wieviel hast du verdient?«

Ich zeigte ihr die wenigen Pence, und sie griff danach und setzte sich ihre Haube auf.

»Ist nichts zu essen da?« fragte ich.

Sie nickte nur und eilte hinaus.

Als sie einige Minuten später wieder zurückkam, war sie sichtlich ruhiger. Sie ließ sich in ihren Sessel fallen, ohne die Haube abzunehmen, und ich wurde ungeduldig, als sie keine Anstalten machte, die Lebensmittel auszupacken. Doch sie reagierte nicht, und als ich ihre Tasche öffnete, sah ich zu meiner Bestürzung, daß sie nichts zum Essen eingekauft hatte.

»Was hast du mit dem Geld gemacht?« wollte ich wissen. Ein alter Verdacht stieg in mir hoch. Ich hob ihre Hände, die in ihrem Schoß lagen, und fand ihn bestätigt.

»Es ist nichts Schlimmes«, sagte sie und lächelte verträumt. »Helen nimmt es auch.«

Im gleichen Augenblick kam Miss Quilliam herein.

»Sind Sie dafür verantwortlich, Miss Quilliam?« fragte ich erregt und hielt ihr ein dunkelgrünes Fläschchen entgegen.

»Ich habe deine Mutter nie dazu verführt«, sagte sie und errötete leicht, »da ich selbst einmal davon abhängig war. Ich konnte mich nur aus den Klauen dieses Gifts befreien, weil ich mir jedes Gran notierte und mich zwang, die Dosis mit jedem Tag ein wenig zu verringern.« Sie schüttelte sich. »Ich wünsche keinem meiner Freunde, so etwas durchmachen zu müssen.«

»Ich kann damit einschlafen, selbst wenn ich husten muß, Johnnie, und es verhilft mir zu so wunderbaren Träumen!«

»Dann laß mich auch davon trinken«, stieß ich wütend hervor und entkorkte das Fläschchen. »Ich möchte auch wunderbare Träume haben!«

»Nicht!« rief Miss Quilliam, stürzte zu mir und entriß mir die Flasche. »In geringen Dosen bringt es Schlaf, in größerer Menge seltsame Visionen. Im Übermaß genossen, Johnnie, und erst recht wenn man nicht daran gewöhnt ist, wird es jedoch zu einem tödlichen Gift. Deshalb nennt man es ja auch den ›Freund der Armen‹: Es raubt dir das Leben, läßt aber keine Spuren zurück, so daß keiner deiner Freunde zur Verantwortung gezogen werden kann.«

Ich betrachtete meine Mutter, die in einen friedlichen Schlummer gefallen war. Ich mußte über vieles nachgrübeln, als ich zu Bett ging, und ich schlief schlecht. Noch vor dem Morgengrauen weckte mich verhaltener Lärm auf der anderen Flurseite. Als ich hinausging, um nachzuschauen, sah ich Mr. Pentecost – immer noch blaß und mager von seiner Krankheit –, flankiert von zwei Männern, deren spitze Hüte und silberne Amtsstäbe mir nur allzu vertraut waren.

Er lächelte mir zu: »Nun, mein junger Freund, für mich heißt's wieder einmal: ab ins Fleet!«

Also war er schon vorher einmal Gefangener im Fleet-Gefängnis gewesen!

»Was wirft man Ihnen denn vor?« fragte ich.

Er sah etwas verlegen drein und sagte: »Ich glaube, ich habe dir schon gesagt, daß ich von meinen Gläubigern gesucht werde. In Wahrheit verhält sich die Sache jedoch ein wenig anders. Tatsache ist, daß ich vor einigen Jahren für das Darlehen eines Freundes gebürgt habe.«

Damit gestand er mir offen ein, daß er gegen seine Prinzipien vom Eigennutz gehandelt hatte, und ich wurde rot vor Scham, als ich ihn so reden hörte.

»Wundern Sie sich nicht, Mr. Pentecost, wie wir Sie nach all den Jahren gefunden haben?« fragte einer der Büttel freundlich.

»Mein guter Mann«, erwiderte Mr. Pentecost rasch und sah zu mir herüber, »ich wundere mich überhaupt nicht, das können Sie mir glauben.«

Hier gab es nichts mehr zu tun, und unter den Augen der Familie Peachment, ja des ganzen Treppenhauses gab man ihm einige Minuten Zeit, um seine spärliche Habe zusammenzupacken, bevor man ihn abführte und in eine vergitterte Droschke setzte.

Wenn meine eigenen Sorgen mir die Zeit dazu ließen, mußte ich in den folgenden Wochen oft an Mr. Pentecost denken. Einige Tage nach der Verhaftung kam der alte Bettler noch einmal und war tief betroffen, als er vom Schicksal seines Gönners hörte.

»Ach, ach«, sagte er und schüttelte den Kopf, »der blinde Justice wußte es, als er damals diese Stimme hörte. Ein Aussätziger verliert seine Flecken nicht, sagt man nicht so?«

Als ich ihn drängte, mir doch zu erklären, was er damit meine – und ich ahnte bereits, worauf er anspielte –, da lächelte er nur traurig, schüttelte den Kopf und schlurfte mit seinem Hund die Treppe wieder hinunter.

Schließlich fand der Winter doch noch ein Ende, und von Mitte März an ging es mit dem Geschäft wieder bergauf. Ich hatte nicht vergessen, daß bald die erste Zinszahlung für das Medaillon fällig war, und ich wußte, daß meine Mutter sich fest vorgenommen hatte, das Geld dafür selbst aufzutreiben. Und so war es denn auch: Sie sparte sich jeden Penny vom Munde ab, ging zum Pfandleiher, als es soweit war, und ließ sich, obwohl wir uns heftig deswegen gestritten hatten, den Schein um einen weiteren Monat verlängern. Sie schaffte es auch im April und im Mai, das nötige Geld dafür aufzubringen, doch danach verschlechterte sich unsere Lage so dramatisch, daß wir das Medaillon verloren geben mußten.

Ich kam zu diesem Schluß, als Mr. Peachment uns Ende Mai verkündete, daß die Saison wegen ihres ungünstigen Beginns wahrscheinlich auch früher enden würde. Er vermute, so fügte er noch hinzu, daß sein Zwischenmeister, von dem er die Arbeit bezog, deswegen drauf und dran sei, sich aus dem Geschäft zurückzuziehen. Außerdem wisse ich ja, daß ihm und seiner Frau Dicks Verdienst fehle und daß sie, weil ganz allgemein die Geschäfte so schlecht liefen, nach dem Verschwinden von Mr. Pentecost und Mr. Silverlight auch keine neuen Mieter für den Teil des Zimmers gefunden hätten.

Während dieser Monate mußte ich unaufhörlich an meinen alten Freund denken, und ich ging mehrmals am Bettelgatter, einem vergitterten Fenster, das man in die Gefängniswand am Fleet-Markt eingelassen hatte, vorbei. Dort stand immer ein Gefangener hinter den Stäben, um mit den Worten »Ich bitte euch, denkt an die armen Schuldner« die Passanten anzubetteln, und ich hoffte, daß eines Tages vielleicht Mr. Pentecost an der Reihe sein werde. Doch ich traf ihn nie an, und schließlich nahm ich all meinen Mut zusammen und fragte den Gefangenen, der dort stand, ob er etwas über Mr. Pentecost wisse. Er kannte seinen Namen und erzählte mir, daß mein Freund ernstlich krank sei und man beinahe schon alle Hoffnung auf seine Genesung aufgegeben habe.

Allmählich wurde es wärmer, und in den elenden Straßen unseres Viertels herrschte eine stinkende Schwüle, die fast ebenso schlimm war wie der Nebel im Januar. Ende Juni dann reichte das Geld nicht, um dem Pfandleiher die monatlichen Zinsen zahlen zu können, und meine Mutter war deswegen schrecklich aufgebracht, doch ich hatte kein Mitleid mit ihr.

Am Abend des 22. Juni saßen wir in nahezu völliger Dunkelheit in unserem Zimmer (wenn wir keine Arbeit hatten, steckten wir nicht einmal ein Binsenlicht an), als es an die Tür klopfte und Mr. Peachment hereinkam.

»Das ist das Ende«, sagte er und zog ein langes Gesicht. »Der Zwischenmeister hat keine Arbeit mehr. Und er meint, er wird auch nie wieder welche für mich haben.«

Wir hatten mit diesem Augenblick schon lange gerechnet, doch ließ sich der Schicksalsschlag deshalb keineswegs leichter ertragen. Meine Mutter stieß einen Schrei aus, und Miss Quilliam griff nach ihrer Hand.

»Aber was wird nun aus Ihnen und Ihrer Familie werden?« fragte sie unseren Nachbarn.

»Wir werden wohl alles verkaufen müssen und dahin zurückgehen, wo wir hergekommen sind.«

Miss Quilliam schenkte sich und meiner Mutter ein Glas aus dem irdenen Krug ein. »Möchten Sie auch etwas?« fragte sie.

Peachment schüttelte sich: »Nein danke, lieber nich. Ich will man nicht unhöflich sein, aber ich hab gesehn, was das Zeugs meinem Dad angetan hat.«

»Warum müssen Sie denn zurück?« fragte meine Mutter.

»Na, wissen Sie das denn nicht? Kein Amtmann in London wird Sie in ein Armenhaus lassen, wenn Sie hier in der Stadt nicht fest gemeldet sind. Darum gehn wir nach Dunsford zurück, wo wir vor drei Jahren weg sind, weil's da nicht genug Arbeit gab.«

Nachdem er sich kurz darauf verabschiedet hatte, saßen wir eine Zeitlang schweigend in der Finsternis. Dann kam aus dem Dunkel die Stimme meiner Mutter: »Was wird nun aus uns werden?«

»Ich weiß es nicht«, antwortete Miss Quilliam und goß sich und meiner Mutter reichlich Gin nach.

»Meine liebe Helen, haben Sie denn keine Freunde, an die Sie sich wenden können?« fragte meine Mutter.

»Keine, bei denen ich es über mich brächte, um Hilfe zu bitten. Aber was

Sie und Johnnie betrifft, so haben Sie mir, wenn ich mich recht erinnere, doch einmal erzählt, daß Sie wegen Ihres Gatten hier in London rechtmäßig gemeldet sind.«

Diese Neuigkeit erstaunte mich, und überrascht sah ich meine Mutter an.

»Ich trau mich nicht, dorthin zu gehen«, sagte sie. »Es wäre viel zu gefährlich.«

»Warum?« fragte ich, doch sie schüttelte nur den Kopf.

»Meine Liebe«, sagte Miss Quilliam leise, »ich glaube, Ihnen bleibt keine andere Wahl.«

»Wie würde es dort wohl sein?« fragte meine Mutter flüsternd.

»Sie bekommen etwas zu essen und etwas zum Anziehen. Die Kost besteht wahrscheinlich aus diesem kärglichen Brei, den sie Porridge nennen, aber sonntags gibt es meistens etwas Fleisch. Sie werden eine Armenuniform und die Gemeindemarke tragen müssen, und wahrscheinlich müssen Sie Werg zupfen, eine unangenehme und schmerzhafte Arbeit, aber sie ist auszuhalten.«

»Würde man uns beide trennen?« fragte meine Mutter.

»Ihr wärt im gleichen Haus, und einmal die Woche dürft ihr durch ein Gitter für ein paar Minuten miteinander sprechen. Nach einiger Zeit würde man wohl versuchen, für Johnnie einen Lehrmeister in einer anderen Gemeinde zu finden, denn sollte ihm dann einmal etwas zustoßen, fällt er nicht mehr dem Armenhaus zur Last.«

Während sie redete, erinnerte ich mich an das Armenhaus, das ich auf dem Botengang für Mr. Isbister kennengelernt hatte, und an jenes rumpelnde Geräusch, das, wie ich inzwischen in Erfahrung gebracht hatte, das Lärmen einer Tretmühle gewesen war.

Endlich nahm meine Mutter die Hände vom Gesicht und sagte: »Dann wird es wohl so sein müssen.« Gleich darauf fragte sie: »Aber was ist mit Ihnen, Helen? Werden Sie sich auch an die Gemeinde wenden?«

»Alles, nur das nicht!« stieß Miss Quilliam heftig hervor. Dann sagte sie mit etwas gefaßterer Stimme: »Meine Situation ist etwas anders. Ich bin nur für mich selbst verantwortlich.« Sie zögerte, fuhr dann aber fort: »Außerdem war ich schon einmal dort.«

Sie hob ihr Glas an die Lippen und trank, als müsse sie die Erinnerung daran hinunterspülen.

»Sie waren im Armenhaus?« Meiner Mutter verschlug es fast die Sprache. Ihre Freundin nickte. »Erzählen Sie mir davon!«

Miss Quilliam blickte zu mir herüber, trank dann ihr Glas aus, goß sich erneut ein und sagte: »Nein, Mary, besser nicht.«

Die nächsten ein oder zwei Stunden verbrachten wir damit, unsere Habseligkeiten zu sortieren. Miss Quilliam sollte fast alles behalten, was meine Mutter und ich besaßen – und das war weiß Gott wenig genug! –, als eine Art Entschädigung für unsere nicht zurückgezahlten Schulden. Außerdem würde man uns sowieso allen Besitz abnehmen, sobald wir ins Armenhaus kamen.

Ich ging zu Bett und versank in einen leichten Schlummer, aus dem ich aber plötzlich wieder aufwachte, als Miss Quilliam fragte: »Schläft er?«

Ich rührte mich nicht und hielt meine Augen geschlossen.

»Ja«, antwortete meine Mutter.

»Mary«, fragte Miss Quilliam nun ruhig, »jetzt, wo die Zeit naht, daß wir uns voneinander trennen müssen, sagen Sie mir offen und ehrlich: Haben Sie damals von Mrs. Malatratt oder von diesem garstigen Mann im Stellenbüro etwas Schlechtes über mich gehört?«

»Nein, ganz gewiß nicht.«

Es folgte ein Schweigen, und dann sagte Miss Quilliam: »Ich möchte, daß Sie mehr von mir und meiner Geschichte erfahren.«

Sie begann zu erzählen, und ich lag im Dunkeln und lauschte der klaren, melodischen Stimme. Einzelne Geräusche drangen von der Straße her zu mir in die Kammer, denn offenbar bereitete sich die Orchard Street auf die Nacht vor: Schritte hallten durch das Haus, jemand hastete eilig die Treppe hinauf, heisere Flüche und ein Hämmern gegen Türen waren zu hören, und plötzlich erschollen laute Schreie und wildes Gelächter von unten herauf. Doch die Geschichte, die eigentlich nicht für mich gedacht war, schlug mich so in ihren Bann, daß ich diese Ablenkungen bald nicht mehr wahrnahm.

37. KAPITEL

Mein Mißgeschick begann schon vor meiner Geburt, denn die Ehe meiner Eltern war eine Liebesheirat, die gegen den Willen und ohne den Segen der beiden Familien geschlossen wurde. Meine Eltern besaßen kein eigenes Vermögen, und all ihr Elend sollte eine Folge ihrer Unbesonnenheit sein. Der Vater meiner Mutter starb, als sie noch ein kleines Kind war, und vererbte seiner Witwe an Reichtümern nicht mehr, als von einem Leutnant der Marine erwartet werden konnte, der einen Großteil seines Lebens bei halbem Sold verbracht und sich nie ein Prisengeld verdient hatte, da all dies lang vor den letzten Kriegen geschah. Meiner Großmutter standen daher kaum genügend finanzielle Mittel zur Verfügung, um zwei kleine Kinder in einer ärmlichen Wohnung bei den Docks in Portsmouth aufzuziehen. Sie verzichtete auf alles – sogar auf die Erziehung meiner Mutter –, um dem Sohn die Aufnahme in die Marine zu ermöglichen, damit er, wie sie hoffte, der Familie wieder zu dem früheren geringen Wohlstand verhelfe. Doch leider starb der Junge mit sechzehn Jahren als Matrose vor den Westindischen Inseln am Gelbfieber. Meiner Großmutter blieb nun nichts anderes übrig, als Mieter in ihr Haus aufzunehmen. Zu ihnen gehörte auch ein junger Hilfspfarrer, frisch von der Universität, und natürlich verliebten meine Mutter und er sich ineinander – die armen Narren! Er verdiente im Jahr kaum mehr als fünfzig Pfund, doch hatte man ihm nach Ablauf einer angemessenen Frist eine recht gute Pfründe in Aussicht gestellt, wie ich gleich noch näher erläutern werde.

Da sein Vater sich seinem Wunsch, in den geistlichen Stand einzutreten, widersetzt hatte, war es ihm nur mit Unterstützung eines hilfsbereiten Gönners, Sir William Delamater, möglich gewesen, diese Laufbahn einzuschlagen. Dieser wohlhabende Baronet bezahlte nicht nur das Studium meines

Vaters in Cambridge, sondern er verschaffte ihm anschließend auch noch die Stelle eines Hilfspfarrers in Portsmouth.

Von seinen Eltern so gut wie enterbt, war für meinen Vater an eine Heirat nicht zu denken. Doch wieder einmal bewies Sir William seine Großzügigkeit, auch wenn sie diesmal, wie sich noch herausstellen sollte, katastrophale Folgen zeitigte, da er meinem Vater die Anwartschaft auf eine Pfründe versprach, deren Besetzung ihm oblag. Es handelte sich dabei um nichts Geringeres als die Pfarre der Gemeinde, in der Sir Williams Stammsitz, Delamater Hall, lag und die an Zehnten, Gebühren und Abgaben wenigstens zwölfhundert Pfund im Jahr wert war, einmal ganz davon abgesehen, daß auch ein schönes Wohnhaus dazugehörte. Der Inhaber der Pfarrstelle war ein Gentleman von bester Gesundheit, doch in fortgeschrittenem Alter, so daß die Amtsübernahme durch meinen Vater nicht mehr lange auf sich warten lassen konnte.

Zwar verschoben meine Eltern ihre Heirat noch um zwei Jahre, doch hatte nach Ablauf dieser Frist keiner der beiden alten Herren getan, was von ihnen erhofft worden war: Mein Großvater hatte seinen Widerstand gegen die Entscheidung seines Sohnes nicht aufgegeben, und der ältliche Pastor zeigte keinerlei Anstalten, seine himmlische Belohnung einzufordern. Zu dieser Zeit traf mein Vater eine schicksalsschwere Entscheidung: Da er nicht willens war, seine Heirat noch länger aufzuschieben, und auch Sir Williams Großzügigkeit nicht noch einmal in Anspruch nehmen wollte, suchte er einen Geldverleiher in der Stadt auf, von dem er sich dreihundert Pfund zu einem jährlichen Zins von hundert Pfund auslieh, doch sollte die Zinszahlung erst nach fünf Jahren beginnen und sich dann über eine Laufzeit von zwölf Jahren erstrecken. Mein Vater hatte die durchaus berechtigte Hoffnung, bis dahin die Pfründe angetreten zu haben und das geliehene Geld problemlos zurückzahlen zu können. Mit diesen dreihundert Pfund also, so wenig es auch war, heirateten meine Eltern und schufen sich in einer Kate in Portsmouth ihr erstes Heim. Nach einem Jahr wurde ich geboren und blieb, gnädigerweise, auch das einzige Kind, das das Säuglingsalter überlebte.

Der alte Pastor starb entgegen allen Erwartungen nicht, sondern überlebte sogar noch seinen Grundherrn, denn Sir William, ein gesunder und rüstiger Mann in der Blüte seines Lebens, starb, als ich gerade vier Jahre alt war, auf einer Jagdpartie. Dieses betrübliche Ereignis geschah nur wenige Monate vor Ablauf jener Frist, nach der die Rückzahlung des geliehenen Geldes beginnen sollte. Der Erbe von Hab, Gut und Titel von Sir William war Sir Thomas Delamater, sein Neffe, ein Gentleman, von dem mein Vater nur wenig wußte – doch dieses wenige verhieß nichts Gutes. Mein Vater schrieb ihm gleich einen Brief, sprach ihm sein Beileid aus und erklärte ihm, welches Versprechen ihm sein Onkel gegeben und welche Hoffnungen er darauf gesetzt habe. Der neue Baronet antwortete äußerst kühl und reserviert: Er wisse nichts von einem Versprechen, das sein Onkel gegeben habe, da er, Sir Thomas, zu dessen Lebzeiten dergleichen nie von ihm gehört habe und sich jetzt, nach seinem Tode, auch keine Aufzeichnung darüber im Testament oder in den übrigen Papieren finden lasse. Ohne bezweifeln zu wollen, daß solch eine Absprache tatsächlich einmal ins Auge gefaßt worden sei, würde es mein Vater als geweihtes Mitglied der Kirche sicherlich verstehen, wenn unter diesen Umständen und in einer solchen Angelegenheit, die zu einer Frage seines Gewissens zu machen er die Pflicht habe, Sir Thomas sich nicht gebunden fühle. (Und dies von einem Mann, dessen ruchloses Privatleben wieder und wieder belegte, wie gering seine Achtung für die Lehre der christlichen Religion war!) Darüber hinaus habe er die Pfründe schon einem früheren Studienkollegen versprochen, von dessen Eignung für diese Stelle er Kenntnis aus erster Hand habe. Schließlich bedauerte Sir Thomas es außerordentlich, daß mein Vater so voreilig gewesen war, eine Verpflichtung einzugehen, die sich auch auf das Leben anderer Menschen auswirkte, obwohl sie sich auf eine so ungewisse Aussicht gründete. Mein Vater müsse wohl verstehen, daß es sich Sir Thomas nicht leisten könne, sich durch Gefühle von seinen Pflichten ablenken zu lassen.

Die Lage meiner Eltern war verzweifelt. Der Geldverleiher, der meinem Vater die Summe vorgestreckt hatte, erfuhr bald von diesem Mißgeschick. Offenbar haben diese Leute ein Netz von Agenten und Informanten in allen Anwaltskanzleien, Leihhäusern und kirchlichen Amtstuben. Er drohte mit einer Schuldeintreibung, die sicherlich bald zur Einkerkerung meines Vaters geführt hätte.

Dieser wandte sich noch ein letztes Mal an seinen Vater, doch die Bitte blieb ohne Antwort. Da er wußte, daß ihm die Verhaftung und eine unbestimmt lange Zeit im Schuldgefängnis bevorstehen würde, falls er in England blieb, und da er sich vor Sorge um meine Zukunft und die meiner Mutter verzehrte, entschloß sich mein Vater zu einem verzweifelten Schritt. Zu jener Zeit war es für einen jungen Priester noch ohne größere Schwierigkeiten möglich, den Posten eines Vikars in einer der Niederlassungen der Ostindischen Handelsgesellschaft zu bekommen. Der Grund für die problemlose Zuteilung einer solchen Stelle war nicht allein die schlechte Entlohnung – mit mehr als siebzig Pfund konnte man kaum rechnen –, sondern in erster Linie die extreme Unverträglichkeit des Klimas jener Gegenden, die sich an der hohen Sterblichkeitsrate dortiger Europäer ablesen ließ. Als meinem Vater eine solche Stelle im Kanton Cawnpoor in Allahabad angeboten wurde, benutzte er den größten Teil des ersten Vierteljahreslohns, der ihm im voraus ausgezahlt worden war, um sein Leben für fünfhundert Pfund versichern zu lassen. Er stellte die Police zu meinen Gunsten aus und ernannte meine Mutter und meine Großmutter zu Treuhändern; und es ist meine feste Überzeugung, daß mein Vater plante, soweit sich dies eben mit den moralischen Lehren seiner Kirche vereinbaren ließ, durch seinen wahrscheinlichen Tod mit einem Streich sowohl seine Schulden zu tilgen als auch die Zukunft seiner Frau und seines Kindes zu sichern. Es war seine Absicht gewesen, allein nach Indien zu segeln, doch meine Mutter bestand darauf, ihn zu begleiten, und als er einsah, daß es gesundheitlich riskanter wäre, sich ihr weiterhin zu widersetzen, statt ihr den Willen zu lassen, gab er schließlich nach.

Also segelten sie nach Kalkutta und ließen mich in der Obhut meiner Großmutter zurück. Natürlich besorgte das Klima, was man von ihm erwartet hatte, und innerhalb weniger Monate nach der Ankunft in Indien erfüllte sich der Plan meines Vaters, soweit er ihn selbst betraf. Leider traf dies ebenso auf meine Mutter zu. Seine übrigen Absichten gingen jedoch nicht in Erfüllung, da er schlecht beraten worden war. Meiner Meinung nach hat der Anwalt, den er konsultiert hatte, mit dem Geldverleiher Hand in Hand gearbeitet und meinen Vater ganz bewußt irregeführt. Denn der Geldverleiher ging vor Gericht und sicherte sich die fünfhundert Pfund, noch ehe die Versicherungsgesellschaft das Geld an meine Großmutter ausgezahlt hatte. Und von der Existenz dieser Summe konnte er doch gewiß nur vom Anwalt erfahren haben.

So war ich also im Alter von etwa sieben Jahren einzig und allein auf meine Großmutter angewiesen, die ihr Leben mit der Vermietung der beiden oberen Stockwerke des kleinen Hauses bestritt und die, da sie alt, kränklich und ständig mit ihren eigenen Sorgen beschäftigt war, sich nicht sonderlich dazu eignete, ein kleines Kind aufzuziehen. Sie entledigte sich ihrer Pflicht, indem sie mich auf eine Tagesschule schickte, wo ich den größtmöglichen Nutzen aus der angebotenen Bildung zog und mich dabei so gut hielt, daß man mich schließlich als Hilfslehrerin beschäftigte.

Meine Großmutter starb, als ich vierzehn Jahre alt war, und da mit ihrem Tod die Pacht für das kleine Haus auslief, war ich mit einem Male ohne Vormund, Heim oder gar Einkommen. Nachdem ihre Hinterlassenschaft geregelt und ihre Schulden bezahlt waren, blieben mir als Erbin nur einige wenige Shilling übrig.

Nun war es also soweit, daß mir nichts anderes mehr übrigblieb, als ebenjenen Weg einzuschlagen, von dem ich andeutungsweise bereits erzählt habe: Ich wandte mich mit der Bitte um Hilfe an die Gemeinde. Ich will die Demütigungen und Beleidigungen nicht beschreiben, die ich ertragen mußte. Es soll genügen, wenn ich sage, daß der Heimleiter und seine Frau gewalttätige und ungebildete Menschen waren, denen es Vergnügen bereitete, Macht über jemanden von besserer Geburt zu haben.

Verzweifelt versuchte ich, von dort wieder wegzukommen, und ich schrieb an meinen einzigen Verwandten. Der Brief an meinen Großvater wurde von einem Anwalt beantwortet, der das Vermögen meines Großvaters verwaltete und mir mitteilte, daß dieser gestorben sei und all seine Habe einem zu seinem Gedächtnis gestifteten Armenhaus hinterlassen habe. Er schickte mir zehn Pfund und machte deutlich, daß ich mehr von ihm nicht erwarten könne.

Statt meine Leiden zu beenden, machte dieser Ausbruchsversuch alles nur noch schlimmer. Denn nun beschloß das »Komitee der Schutzengel der Armen«, um sicherzugehen, daß ich der Gemeinde nicht zur Last falle, zu meinen zehn noch einmal zehn Pfund draufzulegen, damit ich das Ausbildungsgeld für eine Stelle als Schneiderlehrling in Southampton bezahlen konnte, wohin sie auch in der Vergangenheit schon des öfteren Mädchen geschickt hatten. Doch meine Pläne gingen weit über solch ein Ziel hinaus: Ich wollte als Hilfslehrerin an jener Schule arbeiten, an der ich mich so bewährt hatte und deren Direktorinnen viel daran gelegen war, mich zu geringem Lohn einzustellen. Ihre Absichten entsprangen keineswegs einer wohltätigen Gesinnung: Sie wußten, wieviel Arbeit sie allein gegen Kost und Logis – die sie wohl nicht einmal einer Küchenmagd so ohne weiteres angeboten hätten – aus mir herausholen konnten. Doch selbst das bereits herabgesetzte Ausbildungsgeld betrug noch vierzig Pfund, und das Komitee weigerte sich, für die Differenz aufzukommen. Die Aussicht auf eine Zukunft, wie sie sich mir nun darbot, machte mich untröstlich, und ich schrieb an ... Kurz gesagt: Ich erhielt plötzlich von unerwarteter Seite Hilfe. Und so bekam ich die Berufsausbildung, die ich mir gewünscht hatte.

In den folgenden zwei Jahren arbeitete ich fleißig, um jeden Vorteil zu nutzen, den die Schule mir bieten konnte. Ich hatte zwar nur unter den Mädchen und sonst weiter keine Freunde, doch war dies trotz alledem keine unglückliche Zeit, denn ich entdeckte in mir ein Talent zum Unterrichten und ein Vergnügen daran, das mich, zumal es mein Ehrgeiz war, eine gute Stelle als Lehrerin oder Gouvernante zu finden, in dem Glauben bestätigte, den rechten Weg gewählt zu haben.

38. KAPITEL

Als meine Ausbildung beendet war, boten mir die Schuldirektorinnen eine langfristige Stelle an, weigerten sich aber, mir die Vergütung zukommen zu lassen, die mir, wie ich wußte, nach Fleiß und Fähigkeit zugestanden hätte. Und so einigten wir uns, daß sich unsere Wege trennen sollten. Ich entschloß mich ohne großes Bedauern zu diesem Schritt, da die zwei Schwestern, denen die Schule gehörte und die ihr auch vorstanden, harte und engherzige Frauen waren, für die ich nur wenig Zuneigung empfand.

So kam ich denn nach London und war kurz darauf sehr glücklich – so dachte ich jedenfalls –, eine Anstellung im Haushalt der Mompessons zu finden. Zuerst lebte ich für kurze Zeit in der Stadt, doch dann zogen mein Schützling und ich in das Landhaus. Ich gewann das seltsame und unglückliche Kind Henrietta bald lieb und liebte es um so mehr, als ich sah, wie die übrige Familie, ja selbst die Bediensteten es behandelten. Ich will mich nicht rückhaltlos über die Angelegenheiten meines Arbeitsgebers äußern, und deshalb möchte ich mich auf die Bemerkung beschränken, daß ich um so glücklicher war, je weniger Umgang ich mit Sir Perceval und Lady Mompesson hatte. Doch muß ich sagen, daß es schwerfallen dürfte, Menschen von ähnlich verschlagenem Eigendünkel und grausamer Dummheit wie ihre Söhne David und Tom zu finden. Doch ich greife der Geschichte voraus, denn in jenen ersten Monaten in Hougham – erst zwei Jahre ist es her und scheint doch schon so lang vorbei – waren Henrietta und ich sehr glücklich. Bis auf die Haushälterin Mrs. Peppercorn und einige andere Bedienstete waren wir beide dort allein. Henrietta war ein melancholisch veranlagtes Kind, wollte jedoch nie etwas über den Grund ihres Kummers sagen, den ich allerdings der Tatsache zuschrieb, daß sie bereits in frühen Jahren zur Waise geworden war, und nicht ein einziges Mal hörte ich sie sich über das Verhalten ihrer Verwandten beklagen. Da ich es bedauernswert fand, daß man sie anhielt, ein Rückenbrett zu tragen, beklagte ich mich in einem Brief an ihren

Vormund, doch der Brief blieb ohne jede Wirkung. Außerdem beunruhigten mich die Narben, die auf Henriettas Händen zu sehen waren und über die sie kein Wort verlieren wollte. In dieser glücklichen Zeit ahnte ich noch nichts von der Wahrheit.

Allmählich gewann ich Henriettas Zuneigung, und ich wurde die erste – oder fast die erste – Vertraute dieses ängstlichen Geschöpfs. Doch die Idylle sollte nicht lange vorhalten. Bis auf Mr. David Mompesson, der die Vergnügungen der Stadt nicht missen wollte, zog die Familie in diesem Jahr auf ihren Landsitz, und kurze Zeit darauf begegneten Johnnie und ich uns zum erstenmal. In Hougham konnte ich nun nicht mehr übersehen, wie geringschätzig meine Brotherren meinen kleinen Schützling behandelten, wie sehr sie Henrietta vernachlässigten und in welchen Ausmaß Tom sie schikanierte und quälte. All dies war bereits schlimm genug, doch als nach Weihnachten der gesamte Haushalt zurück in die Stadt, in das Haus an der Brook Street zog, stellte sich zudem eine ungeahnte Schwierigkeit ein. Ich versuchte zwar, mich möglichst von der Familie fernzuhalten – und das war nicht sonderlich schwierig, da meine und Henriettas Kammern im oberen Stock lagen und wir unsere Mahlzeiten gewöhnlich im Schulzimmer einnahmen –, doch war es nicht möglich, sich gänzlich von ihr zurückzuziehen. Bei mehreren Gelegenheiten begegnete ich Mr. David Mompesson, und ich merkte bald, daß eine gewisse Aufmerksamkeit seinerseits nicht zu übersehen war. Ein solches Benehmen hatte sich nicht einmal sein bäurischer Bruder geleistet, dessen Gesellschaft ich in Hougham einige Male ertragen mußte und dessen intellektuelle Fähigkeiten sich auf das Interesse für seine Hunde und Pferde beschränkten. Natürlich versuchte ich, Begegnungen mit Mr. Mompesson so weit wie möglich zu vermeiden, doch er begann, mir nachzustellen, und fand – schlimmer noch – Gelegenheiten, mit mir allein zu sein. Als ich es mir zur Regel machte, nur noch in Gegenwart einer dritten Person mit ihm zu sprechen, wurde er bei den wenigen Gelegenheiten, bei denen ich seine Gesellschaft nicht vermeiden konnte, immer aufdringlicher und beleidigender.

Schließlich überraschte er mich eines Tages allein in der Bibliothek, versperrte mir den Weg, nahm sich Freiheiten heraus und leistete sich zu guter Letzt, als ihn mein Widerstand wütend machte, eine Bemerkung, die schlichtweg nicht zu entschuldigen war. Zutiefst empört kämpfte ich mich an ihm vorbei und lief ohne Umwege zu Sir Perceval und Lady Mompesson. Völlig außer mir und den Tränen nahe, platzte ich in den Salon und beschwerte mich über das Verhalten ihres Sohnes auf eine Weise, die ihnen meine Glaubwürdigkeit hätte fraglos erscheinen lassen müssen. Doch der Empfang kam einem Schlag ins Gesicht gleich. Sie behandelten mich mit hochmütiger Verachtung und ließen mich wissen, daß ich zuviel Aufhebens um etwas mache, das doch kaum mehr als die Folge einer übermütigen jugendlichen Laune sei. So würdevoll, wie ich nur konnte, zog ich mich zurück und kam, sobald ich in meinem Zimmer wieder zu mir gefunden hatte, zu der Auffassung, daß die Weigerung, meine Beschuldigung ernst zu nehmen, mich in eine unmögliche Lage gebracht hatte. Eine junge Frau in meiner Situation konnte es sich nicht leisten, ein Betragen hinzunehmen, wie Mr. David Mompesson es mir gegenüber an den Tag legte, und ich war mir klar, daß es das beste sein würde, mich um eine neue Anstellung zu bemühen. Doch ich wußte auch, daß ich mich hier dem immergleichen Geschick junger Gouvernanten ausgesetzt sah – besonders derer, die das Pech hatten, über eine gewisse Attraktivität zu verfügen. Und so dachte ich, ich müsse eben lernen, mit dieser Situation fertig zu werden, statt vor ihr zu fliehen, und zu wissen, daß ich mich sehr wohl bald wieder vor das gleiche Problem gestellt sehen würde. Noch schwerwiegender jedoch wog mein Wunsch, Henrietta nicht zu verlassen. Seit wir in das Londoner Haus zurückgekehrt waren, hatte ich von ihrer Großtante, die einige Zimmer im Haus bewohnte, etwas von den Gründen erfahren, die Henriettas Vormund bewogen hatten, sie unter seine Fittiche zu nehmen.

Ich entschloß mich daher zu bleiben, wollte mich jedoch gleichzeitig nach einer anderen Stelle umsehen, falls meine Situation in der Brook Street sich als unhaltbar erweisen sollte. Aus diesem Grund wandte ich mich an das Stellenvermittlungsbüro – und das war eine weise Entscheidung, denn sonst hätten wir uns wohl nie gefunden.

39. KAPITEL

Eines Abends traf mich Mr. David Mompesson abermals allein in der Bibliothek an – eine Situation, die ich tunlichst zu vermeiden versucht hatte, die aber wohl nicht immer zu verhindern war, da ich mir das Vergnügen der Lektüre nicht gänzlich versagen mochte. Doch anders als bei ähnlichen Gelegenheiten zuvor schien er diesmal sein bisheriges Verhalten zutiefst zu bereuen. Und da ich froh war, mich mit ihm versöhnen zu können, nahm ich seine Entschuldigung an. Dann gab er mir – denn er kann eigentlich sehr charmant sein – auf wirklich bezaubernde Art zu verstehen, daß es ihn freuen würde, wenn ich ihm die Ehre erweisen und ihn am darauffolgenden Abend mit Freunden in die Vauxhall-Lustgärten begleiten würde, um ihm Gelegenheit zu geben, sein früheres Verhalten wiedergutzumachen. Er versicherte mir, daß eine gewisse Mrs. Purviance dabeisein würde, eine verwitwete Dame von größter Achtbarkeit und eine alte Bekannte seiner Mutter.

Ich hielt es für ratsam, diese Einladung nicht zurückzuweisen, zumal sie offensichtlich im Geiste der Versöhnung ausgesprochen worden war. Außerdem muß ich offen gestehen, daß mir der Gedanke an einen vergnüglichen Abend keineswegs zuwider war, da ich oft den Eindruck hatte, in diesem Haus regelrecht zu verkümmern. Doch ich konnte mir nicht helfen, ich mußte seinen Motiven einfach mißtrauen, und daher sagte ich ihm, daß ich darauf bestünde, von seinen Eltern die Zustimmung zu seinem Vorschlag zu erhalten.

Obwohl ich erwartet und halb gehofft hatte, daß er diese Bedingung von der Hand weisen würde, stimmte er eilfertig zu und sagte, daß er nichts anderes erwartet habe. Er bestand sogar darauf, sofort einen Diener zu rufen, um seine Eltern fragen zu lassen, ob er gleich bei ihnen vorgelassen werden könne. Der Lakai, er hieß Edward, nahm die Nachricht in Empfang, kam jedoch bald darauf wieder, um uns mitzuteilen, daß Sir Perceval und Lady Mompesson sich bereits für die Nacht zurückgezogen hätten – dabei war es erst kurz nach zehn Uhr.

Mr. David Mompesson schien über diese Auskunft bekümmert zu sein, schlug dann aber vor, daß ich seinen Eltern statt dessen eine kurze Notiz schreiben solle, die Edward überbringen könne. Ich erklärte mich damit einverstanden und warf rasch einige Zeilen auf das Papier, in denen ich in erster Linie nicht um die Erlaubnis nachsuchte, ihren Sohn begleiten zu dürfen, sondern zu verstehen gab, daß er mich eingeladen habe und ich nicht willens sei, diese Einladung anzunehmen, wenn sie es nicht ausdrücklich wünschten. Auf Mr. Davids Anregung hin erwähnte ich, daß Mrs. Purviance an dem Ausflug teilnehme. Einige Minuten später kehrte Edward mit einer zu einem Dreieck gefaltete Nachricht zurück, wie ich sie in der Art schon zuvor erhalten hatte, deren Inhalt in Sir Percevals unverkennbarem Stil, den jemand von geringerer Herkunft gut und gerne als unleserlich hätte bezeichnen mögen, besagte, daß er und seine Frau dem Ausflug nicht nur zustimmten, sondern es explizit gutheißen würden, wenn ich die Einladung annähme. Man kann sich vorstellen, welch widersprüchliche Gefühle in mir tobten, gibt es doch Gelegenheiten, bei denen wir uns wünschen, zu einer Handlung getrieben zu werden, nach der es uns verlangt, von der wir aber wissen, daß uns etwas in uns davor warnt. Schließlich erklärte ich mich bereit, einer der Gäste des Abends zu sein. Man kann sich wohl denken, welch eine unruhige Nacht ich verbrachte, und ich werde jedem verzeihen, der lächelt, wenn ich sage, daß die Sorge um ein passendes Kleid die Hauptursache für diese Unruhe war. Am nächsten Tag hatte ich außerordentliche Mühe, mir in der kurzen Zeit, die neben meinen Verpflichtungen blieb, von den Kleidern, die ich besaß, eines so herzurichten, daß es dem Abend angemessen war. Henrietta half mir bei meinen Vorbereitungen, obwohl sie wesentlich weniger an den Fragen der Mode interessiert war als die meisten Mädchen in ihrem Alter, und lieh mir zudem ihren Schal aus Kaschmirwolle. Das Dienstmädchen, das Henrietta und deren Großtante aufwartete, erklärte sich freundlicherweise bereit, mir mein Haar zu frisieren.

Bescheiden, doch dem Anlaß entsprechend angezogen, wartete ich am nächsten Abend aufgeregt in meinem Zimmer. Da Sir Perceval und Lady Mompesson auswärts aßen, hatte Mr. David veranlaßt, daß die Kutsche zuerst seine Eltern wegbringen und anschließend zurückkommen sollte, um uns abzuholen. Gegen neun Uhr ging ich also nach unten und traf Mr. David Mompesson im großen Salon in Gesellschaft von Mrs. Purviance an, einer allem Anschein nach äußerst respektierlichen Dame von vielleicht fünfzig Jahren, die, ihren Worten nach zu urteilen, mit zahlreichen Angehörigen des Adels auf vertrautem Fuße stand und ihrem Bedauern Ausdruck verlieh, an diesem Abend keine Gelegenheit zu haben, Lady Mompesson begrüßen zu können.

Beruhigt stieg ich daher in die Kutsche und ließ mich zu den Gärten fahren, was allein schon ein rechtes Abenteuer für mich war. Am Einlaß trafen wir dann, wie zuvor vereinbart, den vierten Teilnehmer unserer kleinen Gesellschaft, einen jungen Mann, dessen Familiennamen ich nicht verstand, den Mr. David jedoch mit Harry ansprach. Er war eher ärmlich gekleidet, sah aber gut aus und war, wie ich bald bemerken sollte, äußerst klug und sehr charmant.

Dieser Gentleman führte uns in die Gärten, dieweil Mr. Mompesson den Eintritt bezahlte. Als wir in der späten Sommerabenddämmerung über die Parkwege spazierten, unterhielt ich mich natürlich hauptsächlich mit Mrs. Purviance. Sie machte auf mich den Eindruck einer Frau, die sich in den Fragen der Mode auszukennen und einen sicheren Geschmack zu besitzen schien. Das Gespräch der Herren dagegen drehte sich, den wenigen Satzfetzen nach zu urteilen, die mir zu Ohren kamen, ausschließlich um Roulette und Rennbahn: »Der und der hat beim Fishmonger einen Riesen verloren«, klang es herüber, oder: »Bin gespannt, ob diese Stute sich zureiten läßt.«

Als sich das Gespräch allgemeineren Themen zuwandte, schien mir, als gebe sich Mr. Mompesson besondere Mühe, mir den Respekt und die Höflichkeit zukommen zu lassen, auf die eigentlich nur eine Frau seines gesellschaftlichen Ranges Anspruch gehabt hätte, und zum erstenmal spürte ich, daß er Vorzüge besaß, die bis zu diesem Tage noch gar nicht zur Geltung gekommen waren.

Ein oder zwei Stunden lang spazierten wir durch den Park, sahen hinauf zu den bunten, in den Zweigen der Bäume versteckten Lampions, bewunderten die Springbrunnen, das neue Kaiserpanorama und den Maurischen Turm und hörten dem Orchester zu, das in der Mitte des Parks in einem gewölbten, buntbemalten Pavillon aufspielte. Um uns her lustwandelte die vornehmste und eleganteste Gesellschaft, und ich war furchtbar aufgeregt, weil ich mich unter diesen Menschen bewegte, als wäre ich ihresgleichen. Doch je später es wurde, um so seltener begegneten uns Familien von Stand, dafür tauchte eine gänzlich anders zusammengesetzte Gesellschaft auf: Diener, die ihre Herrschaften nachäfften; Lehrlinge, die sich heimlich einen lustigen Abend gönnten, und Dienstmädchen mit ihren Liebsten. Mr. Mompesson war diese Veränderung nicht entgangen, und da er wohl auch sah, wie sehr sie mich irritierte, schlug er vor, daß wir nun zu Abend essen sollten.

Mrs. Purviance stimmte sogleich zu, doch Harry meinte: »Ach, ich glaube, ich bin überhaupt nicht hungrig. Eigentlich bin ich mir sogar ziemlich sicher, daß ich nicht hungrig bin.«

»Beruhig dich, Harry! Ich bezahle die Rechnung«, sagte Mr. Mompesson und führte uns zum Restaurant. »Nein, Harry, ich bitte dich, widersprich mir nicht!«

»Ich denke nicht im Traum daran«, sagte Harry, lächelte aber dabei. »Warum sollte ich dir nicht helfen, deine Schulden zu vergrößern?«

»Wie war das? Du meinst wohl verringern?«

»Nein, ganz im Gegenteil. Schulden machen ist, als wolle man die Fundamente für ein Haus ausheben: Je tiefer man gräbt, desto höher wird einst das Haus aufragen. Am prachtvollsten Domizil läßt sich erkennen, wer am tiefsten in Schulden steckt.«

»Da ist etwas Wahres dran«, sagte Mrs. Purviance, als wir uns an einen von einer bemalten Markise geschützten Tisch setzten. Auf dem Tisch stand ein auserlesener Tafelaufsatz, der vor seltenen Früchten und Süßigkeiten nur so überquoll, und ganz in unserer Nähe spielte man auf Waldhörnern und Klarinetten französische Tanzmusik. »Ich erinnere mich«, fuhr Mrs. Purviance fort, »daß sich Lord Quantock, kurz bevor er der Übermacht seiner Gläubiger weichen mußte, noch einen Ballsaal für Schloß Quantock bauen ließ.«

»Wenn es nach dieser Logik ginge«, sagte Mr. Mompesson zu dem jungen Mann an seiner Seite, »müßte ich dich wohl für einen Millionär halten.«

»Da gräbst du nun also«, erwiderte Harry und quittierte die Bemerkung seines Freundes mit einem Lächeln, »so emsig wie ein irischer Bauarbeiter. Haben Sie, Miss Quilliam, schon jemals daran gedacht, wie hart so ein Schuldner heutzutage arbeiten muß? Und all das aus purer Selbstlosigkeit! Aus Mitleid mit seinen Gläubigern! Denn würde er seinen Bankrott erklären, dann stürzte er ganze Dynastien ehrlicher Geldverleiher ins Ungück. Wissen Sie denn nicht, Miss Quilliam, daß das Glück einer gewissen jüdischen Familie einzig und allein von unserem David Mompesson abhängt?«

»Es steckt ein Körnchen Wahrheit in diesem Unsinn, Harry ...«

»Es verbirgt sich immer ein wenig Sinn im Unsinn«, unterbrach ihn Harry. »›Mit königlicher Hand werf ich um mich den Narrentand‹ soll schon Vergil gesagt haben.«

»In der Tat«, fuhr Mr. Mompesson fort. »Wenn die Wahrheit bekannt wäre, würden mich meine Gläubiger anflehen, noch mehr Geld von ihnen zu leihen.«

»So ist es! Sie sind von *dir* abhängig und nicht andersherum, wie man gemeinhin annimmt. Und du trägst schwer an dieser Bürde, ich weiß. Man denke nur an die Zukunft dieses ganzen Gewerbes! Kein Wunder, daß du mich beneidest, denn den wahren Seelenfrieden hat nur der, der nichts besitzt.«

»Wenn das stimmt«, sagte Mr. Mompesson, »dann wird meine Familie bald den Zustand höchster Glückseligkeit erlangt haben.«

»Pfui, David Mompesson!« rief Mrs. Purviance. »Man scherzt nicht über solche Dinge!«

»Hab keine Angst, Mompesson!« beruhigte ihn Harry. »Es wird immer genug habgierige Narren geben, die dir noch mehr leihen werden. Sagte nicht schon Horaz – oder war es ein anderer alter Römer? –, daß der Kredit lang, das Leben aber kurz ist?«

»Ich will verdammt sein, wenn ich das weiß. In der Schule hat man mir ein paar Brocken Latein eingebleut, aber die Alma Mater hat sie ganz schmerzlos wieder aus meinem Gedächtnis entfernt. Die Studiererei und all die Kopfschufterei überlaß ich lieber dir.«

»Stimmt schon, ich muß hart arbeiten«, sagte Harry und sah dabei aus, als habe ihn diese Bemerkung ein wenig verwirrt. »Aber du mußtest deinen Beruf auch lernen: Das Leben eines müßigen Gentleman ist nicht leicht. Mein Freund Pamplin zum Beispiel, der braucht manchmal fast eine Stunde, um sich das passende Halstuch auszusuchen.«

»Ein äußerst gutaussehender junger Herr«, murmelte Mrs. Purviance und lächelte zu mir herüber.

»Du kannst von Glück sagen, daß dir solche Arbeit erspart bleibt«, sagte

Mr. Mompesson mit boshaftem Grinsen. »Du hast ja nur zwei Exemplare dieser Gattung: eines für den Gebrauch und das andere nur zum Überfluß.«

»Und bin deshalb erst recht ein Gentleman«, sagte Harry gelassen. »Denn ein Mann, so las ich einmal eine Definition, ist ein Gentleman, wenn er keiner sichtbaren Betätigung zum Erwerb seines Lebensunterhalts nachgeht. Und das trifft bei mir fraglos zu.«

»Ein Gentleman, müßte es heißen, hat unsichtbare Einnahmequellen«, sagte Mr. Mompesson. »Denn sonst würde deine Definition bedeuten, Harry, daß in Newgate Hunderte von Gentlemen einsitzen und einige Dutzende dieser Herren jedes Jahr gehängt werden.«

»Fairerweise, muß man sagen!« meinte Harry. »Denn die meisten der ›Herren‹, von denen du gerade sprachst, verdienen sich ihren Lebensunterhalt sehr wohl auf unsichtbare Art, so daß deine Definition also nicht ganz zutreffen kann. Doch ich kenne eine noch bessere Definition, und die besagt, daß ein Mann im White Club Zutritt findet, wenn er sich einen guten Knoten ins Halstuch schlagen kann, die Hände nicht in die Taschen seiner Kniebundhosen steckt und seinen Mund nicht aufmacht.«

»Aber bei dieser Prüfung käme ja selbst mein Bruder Tom durch!« rief Mr. Mompesson.

»Schämen Sie sich, David Mompesson!« protestierte Mrs. Purviance, hatte aber Mühe, sich von dem Lächeln der beiden jungen Herren nicht anstekken zu lassen.

Da ich fühlte, daß ich etwas zum Gespräch beisteuern mußte, wenn ich mich durch mein Schweigen nicht der Dummheit oder des Stolzes verdächtigen lassen wollte, sagte ich: »Ein Gentleman ist gewißlich der, dessen Manieren und Betragen seiner Geburt und Erziehung entsprechen, wie auch immer es um sein Vermögen bestellt sein mag.«

»Trefflich gesprochen, meine Liebe!« sagte Mrs. Purviance.

»Und sich durch eine edle Gesinnung auszeichnet«, ergänzte Harry. Dann setzte er mit einem Lächeln, das seinen Ärger jedoch kaum verbergen konnte, noch hinzu: »Und doch wird ein Mann mit den Manieren eines Bauernlümmels und notorisch ungebührlichem Betragen von einer gewissen Familie wie ein Gentleman aufgenommen, bei der man ihm normalerweise nicht einmal die Stelle des untersten Bediensteten angeboten hätte. Du weißt, wen ich meine, Mompesson.«

»Kein Mann«, sagte Mr. Mompesson, »der viertausend schuldenfreie Pfund im Jahr hat, ist ein bloßer Bauernlümmel.«

»Wenn es danach ginge«, sagte Harry, »dann fehlen dir noch etliche tausend Pfund, um in die bessere Gesellschaft aufgenommen zu werden.«

»Ich kann mir beim besten Willen nicht vorstellen«, sagte Mr. Mompesson kühl, »daß du von dieser besseren Gesellschaft irgend etwas weißt, was du nicht von mir erfahren hast.«

Harry errötete, hörte aber nicht auf zu lächeln, als er sich an mich wandte: »Bitte, Miss Quilliam, glauben Sie nicht, daß Mompesson sich herablassend zu mir verhält! Die Wahrheit ist eher, daß ich derjenige bin, der sich herabläßt. Indem ich ihn vor anderen beleidige, stärke ich bei aller Welt den Eindruck von seiner Bescheidenheit und Großmütigkeit. Ich bin wie dieser alte

Cumberland-Bettler aus dem Gedicht dieses gräßlichen Wordsworth, der herumgeht und in all seiner Güte seinen Mitmenschen Gelegenheit zur Wohltätigkeit gibt.«

»Dann bist du der gütigste Mensch, den ich kenne«, sagte Mr. Mompesson rasch. Er wandte sich an mich: »Er hat sogar schon versucht, meinem Vater auf die beschriebene Weise Gelegenheit zur Wohltätigkeit zu geben.«

Ich meinte zu sehen, daß Harry bei diesen Worten zusammenzuckte, doch fröhlich erwiderte er: »Das habe ich tatsächlich. Doch leider weigerte sich der alte Herr, diese Gelegenheit zu nutzen.«

»Dabei hat Sir Perceval so einen ausgeprägten Familiensinn!« warf Mrs. Purviance ein. »Wenn man sich überlegt, wie freundlich er sich diesem armen Kind Henrietta gegenüber verhält.«

»Gerade weil mein Vater diesen Sinn besitzt, hat er es abgelehnt, Harrys gütiges Angebot zu nutzen«, meinte Mr. Mompesson und verwirrte mich damit erst recht, nachdem ich bereits bei Mrs. Purviance' Worten erstaunt aufgehorcht hatte. War Harry nun ein Verwandter von Sir Perceval, oder war er es nicht?

»Was macht eigentlich ...« begann Harry rasch, als wolle er das Thema wechseln.

Mr. Mompesson jedoch überging diesen Versuch einfach: »Ich habe neulich wirklich etwas Gutes gehört. Ich sprach im White Club mit Berkeley Tessymond.«

»Ist das nicht«, schaltete sich Mrs. Purviance ein, »der uneheliche Sohn des kürzlich verstorbenen Earl of Huntingdonshire und somit der ältere Halbbruder des jetzigen Earl?«

»Genauso ist es. Er wird deshalb auch scherzhaft ›Early‹ genannt«, sagte Mr. Mompesson und warf mir von der Seite her einen raschen Blick zu. »Wir sprachen gerade über Vaterschaft, und er erzählte mir, was er von einer jungen Französin gehört hatte, der er bei Mrs. Mauleverer in der Hill Street begegnet war. Vielleicht kennen Sie das Haus, Mrs. Purviance?« Die angesprochene Dame nickte nur kurz, und er fuhr fort: »Sie sprachen über ihre Herkunft, und die Französin sagte, auch wenn man seinen Vater nicht immer kennen würde, so stehe doch fest, daß man einen habe, und das sei eigentlich recht tröstlich.«

Keiner lachte, und ich wandte mich ab, damit niemand sah, daß ich rot wurde. In diesem Augenblick begann der Kellner, das Essen zu servieren.

»Was ist das?« fragte ihn Harry und starrte mit gespieltem Entsetzen auf seinen Teller.

»Kalbfleisch, Sir.«

Harry stach mit seinem Messer in das Fleisch. »Dann stand dieses Kalb aber kurz davor, ein Ochse zu werden.«

Wir lachten, und die peinliche Situation ging vorüber. Wir sprachen dem weißen Wein reichlich zu, der, so sagten sie mir, Tokaier heiße und kaum stärker als Bier sei, wobei man mich drängte, mehr davon zu trinken. Angesichts der Mengen, die die anderen zu sich nahmen, schien dies auch zu stimmen, und da ich nicht steif und ungesellig erscheinen wollte, gab ich schließlich nach und trank noch ein wenig. Erst später begriff ich, daß der

Wein stärker war, als ich vermutet hatte, so daß es möglicherweise der Einfluß des Alkohols war, der mir die Zunge löste und mich – zum erstenmal in meinem Leben, wenn ich es recht bedenke – in einer Gesellschaft schlagfertiger und gebildeter Menschen mitreden ließ.

Nach dem Essen spazierten wir zu einer Wiese, auf der das schönste Feuerwerk stattfand, das ich je gesehen habe: Bengalische Lichter schossen über unsere Köpfe hinweg durch die Luft und ließen glitzernde Kaskaden auf uns herabregnen, Schlangen schienen sich über das Firmament zu winden und dabei Feuer zu spucken, und prächtige Raketen zerplatzten und sandten wirbelnde Galaxien bunter Sterne in den Himmel.

Die Zeit verging so angenehm, daß ich regelrecht zusammenschreckte, als Mr. Mompesson plötzlich sagte: »Sei ein lieber Junge, Harry, und sieh nach, ob Phumphred bereits mit der Kutsche vorgefahren ist.« Ich sah, daß es schon fast Mitternacht war.

Mr. Mompessons Ton ließ Harry erröten, doch er tat, worum man ihn gebeten hatte. Als er zurückkam, um uns zu melden, daß die Kutsche vor dem Einlaß wartete, dachte ich, der Abend wäre zu Ende, doch Mr. Mompesson sagte: »Kommen Sie, die frische Luft hat mich hungrig gemacht und Sie doch bestimmt auch. Ich schlage vor, daß wir noch einen leichten Imbiß zu uns nehmen, ehe wir nach Hause fahren.«

Die beiden anderen waren von der Idee begeistert, und ich fühlte mich daher etwas elend, als ich meinte, sagen zu müssen: »Auf gar keinen Fall, Mr. Mompesson! Sir Perceval und Lady Mompesson haben bei ihrer Einwilligung sicher nicht an eine solche Verlängerung des Abends gedacht.«

Er wollte mir einreden, daß die Antwort seiner Eltern auch die Erlaubnis für einen späten Imbiß mit eingeschlossen habe, doch ich blieb unnachgiebig. Und als die anderen ihrer Enttäuschung über die unerwartete Verkürzung des vergnüglichen Abends Luft machten, sagte ich: »Wenn Mr. Mompesson so gut sein würde, den Kutscher anzuweisen, mich nach Hause zu bringen, dann sehe ich eigentlich keinen Grund, warum Sie nicht ohne mich noch irgendwohin gehen sollten.«

»Unmöglich!« rief Mrs. Purviance aus. »Einen Abend derart zu beenden, das wäre ja monströs, schlichtweg undenkbar!«

Ich errötete, denn da ich nicht wußte, wie man sich in vornehmer Gesellschaft verhält, fühlte ich mich sehr im Nachteil und fürchtete, etwas vorgeschlagen zu haben, das den Usancen nicht entsprach.

Als wir zum Einlaß zurückgingen, sagte Mr. Mompesson: »Ich verstehe und billige Ihre Bedenken, doch Sie brauchen sich wirklich keine Sorgen zu machen. Mrs. Purviance ist doch bei uns, und ich denke doch nicht, daß Sie annehmen, Mrs. Purviance würde sich zu etwas verleiten lassen, dem auch nur der leiseste Hauch des Unschicklichen anhaftet?«

Diese Bemerkung machte es mir nahezu unmöglich, seiner Einladung noch länger zu widerstehen, und ich wußte vollends nicht mehr ein noch aus, als Mrs. Purviance mir zu Hilfe kam und meinte: »Es ist unhöflich von uns, Miss Quilliam überreden zu wollen, gegen ihre Bedenken zu handeln.«

Die Freundlichkeit, mit der sie das sagte, beschwichtigte meine letzten Zweifel, und ohne weiter nachzudenken, sagte ich: »Ich möchte den Abend nicht aus egoistischen Gründen abbrechen. Ich nehme also Ihre Einladung dankend an, Mr. Mompesson.«

Ich hätte das nicht tun sollen, es war falsch von mir, und heute gebe ich dies auch bereitwillig zu. Doch man stelle sich meine Lage vor: Nie zuvor in meinem Leben hatte ich einen solch aufregenden Abend erlebt. Ich hatte ein oder zwei Glas Wein getrunken, dabei war ich überhaupt keinen Alkohol gewohnt, und ich fürchtete närrischerweise zudem, für provinziell und der guten Gesellschaft nicht wert befunden zu werden. Wie oft treffen wir nicht solche Entscheidungen oder lassen die Umstände entscheiden, da wir uns selbst nicht entschließen können!

Die Kutsche brachte uns in ein Viertel nicht weit vom Leicester Square, wo sich, wie ich erstaunt feststellte, auch nach Mitternacht noch zahlreiche Männer und Frauen, die zur besten Gesellschaft zu gehören schienen, auf den Bürgersteigen drängten. All das berauschte und überwältigte mich: die flackernden Gaslampen, die großen Schaufenster, die prächtigen Kutschen und Livreen, überhaupt dieses verschwenderische Übermaß an Licht, an schweren Parfüms und exotischen Gerüchen. Doch sosehr ich auch alles bestaunte, so wenig übersah ich doch die verschlagenen, egoistischen, oft verzweifelten Mienen und den Abglanz noch ganz anderer Regungen in den Gesichtern der faszinierenden Gestalten in diesen Straßen.

Wir verließen die Kutsche und betraten ein vornehmes Gasthaus in der Panton Street, in dem Mr. Mompesson offenbar gut bekannt war, denn man begrüßte ihn respektvoll mit seinem Namen. Wir wurden in den oberen Stock geführt, und man wies uns mit einer Selbstverständlichkeit, die mir anzudeuten schien, daß man es für uns reserviert hatte, in ein separates Eßzimmer. Rasch brachte man uns ein so üppiges und delikates Mahl, wie ich es in meinem Leben zuvor noch nicht gesehen hatte. Ich achtete allerdings sorgsam darauf, nur Wasser zu trinken, denn ich war jetzt auf der Hut, obwohl während des Essens kein einziges Wort fiel, das auch nur den geringsten Anlaß zu irgendeinem Mißtrauen gegeben hätte.

Doch mit einemmal – wir beugten uns gerade über unser Gefrorenes mit Treibhausfrüchten – wurde die Tür geöffnet, und bestürzt sah ich Tom Mompesson unser Séparée betreten. Er trug seine Regimentsuniform, da man ihn nur wenige Tage zuvor zum Fähnrich befördert hatte, und sowenig wie seine Uniform war die Tatsache zu übersehen, daß er den Abend bisher in soldatischer Gesellschaft verbracht hatte.

Als wir ihn alle anstarrten, rief er: »Hab's Futtern wohl verpaßt, wie?«

»Es sind Damen anwesend, Tom«, warnte ihn sein Bruder.

»Ach nein, was für eine Überraschung!« sagte Harry und sah den Neuankömmling mit kaum verhohlenem Widerwillen an.

»Damen?« fragte der jüngere Mompesson, blinzelte, kniff die Augen zusammen und musterte mich und Mrs. Purviance. »Verdammt, da sind tatsächlich welche! Gut gemacht, alter Junge, kann ich da nur sagen.« Dann wandte er sich an Harry: »Was zum Teufel soll das heißen: Überraschung?«

»Tom«, befahl ihm sein Bruder, »steh da nicht herum wie ein Substantiv auf der Suche nach seinem Verb! Setz dich!« Er lächelte mich an, als wolle er mich angesichts dieser neuen Situation beruhigen: »Hab ich meine Grammatik nicht gut gelernt, Miss Quilliam?«

Tom Mompesson trat näher, taumelte zum Tisch und nahm Platz. Da sagte Harry: »Etwas mehr Anmut, Tom! Versuche einmal, dem Rat Chesterfields zu folgen und jede Bewegung im Takt eines Menuetts zu machen.«

»Verflucht sollen sie sein, die Menuetts! Der einzige Takt, den wir Jungs vom Militär kennen, ist der Marschtakt.«

»Meinen herzlichen Glückwunsch zu Ihrer Beförderung, Mr. Thomas!« sagte Mrs. Purviance.

»Mein lieber Freund«, meldete sich Harry wieder und blickte in die Runde, »besteht eigentlich die Hoffnung, daß man dich und deinesgleichen abkommandiert, damit endlich diese ärgerliche Angelegenheit in Konstantinopel ins reine gebracht wird?«

»Kons ... Konsta ... Zum Teufel! Liegt das vielleicht in Burma?« fragte der Ankömmling und kippte ein Glas Champagner hinunter.

Die beiden anderen Herren lachten, und Mr. Mompesson sagte zu mir: »Vielleicht sollten Sie meinem Bruder einmal erklären, was ein Globus ist, Miss Quilliam, damit wäre nicht nur Tom, sondern möglicherweise auch der zukünftigen Außenpolitik unseres Landes geholfen. Doch alle Mängel seiner Erziehung auszugleichen wäre wahrhaftig eine titanische Aufgabe. Sein letzter Lehrer war wohl ein exzellenter Schütze, konnte aber weder schreiben noch lesen.«

»Lassen Sie sich nicht ärgern, Mr. Thomas«, sagte Mrs. Purviance. »Sie beneiden Sie nur um Ihre prächtige Uniform.«

»Stimmt, die ist wirklich wunderbar«, sagte Harry, und boshaft fügte er noch hinzu: »Könnten wir nicht wenigstens die in Marsch setzen, um den Muselmännern Angst einzujagen?«

»Eine Pfundsidee!« rief Mr. Mompesson. »Eine ganze Armee nur aus Uniformen! Ausgestopft mit Stroh und unter den Helmen einen Holzkopf. Ich möchte wetten, daß die Türken keinen Unterschied erkennen.«

»Wenn ich mir vorstelle, daß England von einer Armee aus lauter Toms verteidigt wird«, begann Harry mit gespieltem Ernst, »dann sage ich mir: ›Dem Himmel sei Dank für die Königliche Marine!‹ «

»Was willst du damit sagen?« fragte Mr. Thomas Mompesson wütend und goß sich sein Glas noch einmal voll. »Der Teufel hol euer neunmalkluges Geschwätz! Ich bin froh, daß ich eine andere Bildung habe als ihr.«

»Ich versichere dir, dieses Kompliment kann ich dir voll und ganz zurückgeben.«

»Und trotzdem«, sagte der Bruder des unglückseligen Fähnrichs, »soll mich der Leibhaftige holen, Tom, wenn ich aus gutmütigem Mitgefühl mit dir nicht schon ganz dumm im Kopf bin.«

»Also, wenn ihr unbedingt Witze reißen müßt«, sagte Mr. Thomas Mompesson und lächelte zu mir herüber, »dann will ich euch auch einen erzählen. Im Casino gestern hab ich von Masterson eine gute Geschichte gehört.« Er begann zu lachen: »Handelt von einem Soldaten, einem von den unsern, also den Fünfundzwanzigsten Husaren«, klärte er mich auf.

»Deine Geschichte eignet sich doch hoffentlich auch für die Ohren der anwesenden Damen?« fragte Harry.

»'türlich, ist ja eine Geschichte über eine Dame, kapiert? Also, sah wohl ziemlich gut aus, dieser Soldat. War aus Saundersons Bataillon. Hab ich das schon gesagt? Das hat bei diesem Aufstand vor Barakpoor gelegen. Habt ihr das gewußt? Also, was wollt ich noch sagen? Ach so, ja, dein Freund Pamplin hätt ihn bestimmt gern kennengelernt, Harry, darauf würd ich wetten. Jedenfalls hat er ... Hahaha!«

Er brachte vor Lachen kein Wort mehr hervor, bis sein Bruder ihn fragte: »Was war denn nun mit ihm, du Tölpel?«

»Er hatte offenbar das Interesse einer gewissen Dame geweckt, einer reichen Witwe in der Stadt.«

»Ich habe dich gewarnt, Tom«, sagte sein Bruder verärgert. »Jetzt hüte deine Zunge!«

»Und sie bat ihn zu einem Stelldichein«, fuhr der Fähnrich fort.

Ich sah zu Mrs. Purviance hinüber und merkte zu meinem Bedauern, daß sie gutmütig zu alldem lächelte.

Mr. Mompesson dagegen versuchte, seinen Bruder zu unterbrechen, doch der fuhr fort: »Und Masterson hat ihn gefragt, was er denn mit zurückgebracht habe, und ich will verdammt sein, wenn ihm der Mann nicht eine Zwanzigpfundnote gezeigt hat!«

Dann begann er unbändig zu lachen, hielt jedoch plötzlich wieder inne. Ich sah zu Boden, hörte ihn aber ärgerlich brummen: »Verflucht, ich muß irgendwas vergessen haben. War verdammt witzig, als Masterson es erzählt hat.«

»Bring das nächste Mal lieber deinen Burschen mit, Tom, der kann dann hinter deinem Sessel stehen und über deine Witze lachen«, sagte Harry, stand auf und öffnete die Tür. »Ist doch zu schade, daß du sie erzählst und auch noch selbst darüber lachen mußt.«

»Raus mit dir, Tom!« sagte sein Bruder und hievte ihn hoch. »Du bist kein Umgang für anständige Leute.«

Er wehrte sich und fluchte, doch man bugsierte ihn hinaus auf den Flur und schloß hinter ihm die Tür.

Ich wollte nun so rasch wie möglich fort, und ich nahm daher kaum Notiz, als ein Kellner hereinkam und Mr. Mompesson eine Nachricht überbrachte. Er las sie und ließ uns wissen, daß einige seiner Freunde, die allerdings auch Harry und Mrs. Purviance gut bekannt waren, in einem anderen Raum dieses Hauses soupierten und das Wappen der Mompessons auf der Kutsche vor dem Eingang gesehen hätten. Noch ehe ich begriff, was geschah, standen die beiden Herren auf, um, wie sie sagten, ein Wort mit ihren Freunden zu wechseln. Einen Augenblick später entschuldigte sich auch Mrs. Purviance und ging.

Ich war froh, für eine Weile allein zu sein. Doch schon öffnete sich die Tür erneut, und Mr. Thomas Mompesson stolperte zurück ins Zimmer: »Verdammt noch mal, ich kann mich einfach nicht an die Pointe von Mastersons Geschichte erinnern. Also, er sagt dem Soldaten, daß die Ehre des Regiments auf dem Spiel steht und daß er einen Beweis mitbringen soll ...« Er stockte und sah sich um. »Holla, Missy, haben sie dich alle allein gelassen? Na, dann werden wir zwei es uns mal gemütlich machen. Komm schon, gib mir ein

Küßchen!«

Er kam auf mich zu, und ich sprang auf und wollte fliehen, doch da er zwischen mir und der Tür stand, gab es für mich kein Entkommen.

»Wenn Sie auch nur noch einen Schritt näher kommen, Mr. Mompesson, dann schreie ich«, verkündete ich.

Er stand da, sah mich verständnislos an und schwankte leicht: »Du bist ja ein richtiges kleines Biest. Davon hat David mir überhaupt nichts gesagt; er meinte, du würdest ganz anders mit mir reden.«

»Wie wagen Sie es nur!« rief ich.

»Ach, verdammt«, keuchte er und kam auf mich zu.

In diesem Augenblick ging die Tür auf, und man kann sich vorstellen, wie erleichtert ich war, als ich Mr. David Mompesson hereinkommen sah. Er schien die Situation mit einem Blick zu erfassen, packte seinen Bruder beim Kragen, warf ihn aus dem Zimmer und schloß hinter ihm die Tür ab.

Nahezu ohnmächtig vor Erleichterung, fand ich mich in den Armen von Mr. Mompesson wieder und wehrte mich nicht. Doch nur zu bald sah ich mich einer neuen Gefahr ausgesetzt, denn mein Retter überschüttete mich mit Küssen, und ich begriff, daß ich die eine Bedrohung nur gegen eine andere und weit schlimmere eingetauscht hatte. Er erklärte mir, daß er sich leidenschaftlich in mich verliebt habe, und sagte, er werde nicht eher Ruhe geben, bis ich die Seine sei und noch vieles Ähnliche mehr. Als ich mich wehrte, warf er mir vor, ich gäbe mich kokett, sagte, ich hätte mir vorgenommen, ihn verrückt zu machen, und hätte nun erreicht, was ich erreichen wollte. Also müsse ich auch die Konsequenzen tragen. Kurz und gut, er machte mir einen Antrag von einer Art, wie ich ihn nicht willens war zu erhören, und flehte mich an, ein Rendezvous mit ihm zu vereinbaren. Als ich darauf nicht eingehen wollte, behauptete er, daß ich nur auf Ausflüchte sinnen würde, und beleidigte mich schließlich aufs äußerste, als er mir einen Vorschlag unterbreitete, in dem er mir einen bestimmten Geldbetrag für meine Keuschheit anbot.

Je mehr ich mich seinem Begehren widersetzte, um so erregter wurde er, und als mir bewußt wurde, daß ich mich allein mit einem reichen und skrupellosen Lüstling in einem verschlossenen Zimmer befand, in einem Haus, in dem die Hilfeschreie einer Frau unbeantwort bleiben würden, begriff ich, daß ich rasch und entschlossen handeln mußte, wenn ich mich seiner erwehren wollte.

Ich weiß nicht, ob ich auf das nun Folgende stolz sein soll oder mich dessen schämen muß. Ich faßte hinter meinen Peiniger, griff nach dem Obstmesser auf dem Tisch und bedrohte ihn damit. Er lachte und versuchte, es mir zu entwinden. Ich weiß nicht mehr genau, wie es geschah oder was ich genau beabsichtigte, doch als er nach meiner Hand faßte, fuhr ich mit der Spitze des Messers in sein Gesicht und ritzte ihm von der Schläfe bis hinunter auf den Wangenknochen die Haut auf. Sofort blendete ihn das austretende Blut und zwang ihn, mich loszulassen. Einen Augenblick später hatte ich die Tür entriegelt. Ich floh den Flur entlang, die Treppe hinunter und hinaus auf die Straße.

Ich will die Anzüglichkeiten nicht aufzählen, die ich mir anhören mußte, als ich durch dieses berüchtigte Viertel hastete. Die Szenerie, die vom Fenster der Kutsche aus noch so prächtig ausgesehen hatte, zeigte sich einer jungen Frau, die ohne Begleitung und für die Straße unschicklich gekleidet war, plötzlich in einem ganz anderen Licht. Da ich bei meiner überstürzten Flucht den Schal der lieben Henrietta vergessen hatte, waren meine Schultern unbedeckt, und unter diesen Umständen war es mir nicht möglich, nach dem Weg zu fragen, ohne mich erneuten Beleidigungen auszusetzen. Über eine Stunde lang lief ich so im Kreis umher und sah mich wieder und wieder in den Strudel des Lasters zurückgezogen, das rund um den Leicester Square tobt. Wie hatte ich nur glauben können, daß dieser Platz etwas anderes als der Nabel von Elend und Verderbtheit war? Jetzt jagte alles wie ein schrecklicher Traum an meinen Augen vorbei: die leichtfertigen oder verzweifelten Gesichter der Frauen in ihren grellen Kleidern, die Kutschen, die langsam die Bürgersteige entlangfuhren, die durchgehend geöffneten Absteigen und Kaffeehäuser mit den brennenden Fackeln vor dem Eingang, die den Lasterhaften und Verlorenen den Weg zeigen sollten.

Endlich jedoch fand ich das Haus in der Brook Street, wohl wissend um die Ironie des Schicksals, das mich gerade im Domizil meines Feindes Zuflucht suchen ließ, und entsetzt bei dem Gedanken daran, daß die Hüter des Gesetzes, wenn ich Mr. Mompesson denn ernsthaft verwundet haben sollte, hier auf mich warteten, um mich einzusperren. Doch dann wurde ich mir mit einemmal einer bisher ungeahnten Schwierigkeit bewußt, denn das Haus lag dunkel da, und meinem zaghaften Klopfen – aus Angst, den ganzen Haushalt aufzuwecken, wagte ich nicht, lauter an das Tor zu pochen – gelang es nicht, den Nachtwächter hervorzulocken. Inzwischen war sicher die Kutsche zurückgekehrt, ob nun mit oder ohne Mr. Mompesson, und nachdem der Nachtwächter Jakeman abgeschlossen hatte, lag er sicherlich trunken schlummernd wie jede Nacht in seinem Zimmer im Hinterhaus. Nach einer Viertelstunde gab ich es auf und ging um das Herrenhaus herum zu den Stallungen. Das Haus des Kutschers war bereits dunkel, und selbst in der Kammer des Stallburschen über der Remise brannte kein Licht mehr. Der Gedanke, die Diener aufwecken zu müssen und mich damit dem Klatsch des ganzen Hauses auszusetzen, erfüllte mich mit tiefem Unbehagen, doch dann fiel mir ein, daß der erste Kutscher, Mr. Phumphred, eigentlich ein recht freundlicher Mann war, auf dessen Verschwiegenheit ich mich vielleicht verlassen konnte.

Ich klopfte daher so lange an seine Tür, bis er im Nachthemd nach unten kam und mich einließ. Er war überrascht, mich zu sehen, denn Mr. Mompesson habe ihm gesagt, so erklärte er, daß ich mich nach Verlassen des Gasthauses von der Gruppe getrennt und allein in einer Droschke auf den Heimweg gemacht hätte. Sein Verdacht, sagte er, sei allerdings durch diese Bemerkung schon geweckt worden, erst recht, da er die Schnittwunde im Gesicht von Mr. Mompesson gesehen habe, keine besonders tiefe Wunde, wie er mich gleich beruhigte. Er habe dann Mrs. Purviance zu ihrem Haus gefahren und anschließend die beiden jungen Herren in der Nähe von Covent Garden abgesetzt, wo Mr. Mompesson seines Wissens beabsichtige, in »Hummums Hotel« zu übernachten. Er jedenfalls sei dann zurückgefahren und habe, ehe er zu Bett ging, dem Nachtwächter versichert, daß alle Teilnehmer der Festgesellschaft, die in dieser Nacht zurückkehren wollten, auch angekommen seien.

Ohne ihm vom Geschehen des Abends etwas zu berichten, gab ich ihm zu verstehen, daß man mir übel mitgespielt habe, und bat ihn, niemandem etwas von den Umständen meiner Rückkehr zu erzählen. Er deutete an, seinen jungen Herrn gut genug zu kennen, um zu wissen, was ich meine, und er wollte mir helfen, so gut er konnte. Ich will noch anfügen, daß er, soweit mir bekannt ist, sein Wort auch gehalten hat. Er ließ mich durch die rückwärtige Tür seiner Wohnung direkt neben der Wäscherei auf den Hof, von wo aus ich durch die Küchentür ins Haus gelangen konnte. Diese wurde zu meinem Glück, wenn auch leichtsinnigerweise, des Nachts unverschlossen gelassen, damit die Waschfrauen früh am Morgen mit ihrer Arbeit beginnen konnten, ohne Jakeman wecken zu müssen.

Wie man sich wohl denken kann, verbrachte ich den Rest der Nacht schlaflos, denn als ich den Ablauf des Abends Revue passieren ließ, dämmerte mir, daß ich das Opfer eines regelrechten Possenspiels geworden war – ein anderes Wort fiel mir dafür nicht ein. Es gab keinen Zweifel an Mr. Mompessons üblen Absichten, und sein Bruder, so lasterhaft und brutal er auch sein mochte, war ihm möglicherweise ebenso auf den Leim gegangen wie ich. Welche Rolle jedoch die beiden anderen Mitglieder unserer kleinen Festgesellschaft gespielt hatten, das konnte ich nur vermuten.

40. KAPITEL

Mein Verbleiben im Haus war meines Erachtens nun nicht länger zu rechtfertigen, doch mir graute davor, Henrietta verlassen zu müssen, die ich liebgewonnen hatte wie eine Schwester. Ich faßte einen Entschluß, und früh am Morgen schrieb ich meiner Herrschaft eine kurze Notiz, in der ich sie um die Gunst bat, so bald wie möglich bei ihnen vorsprechen zu dürfen.

Als mein Frühstückstablett abgeräumt wurde, hatte ich noch keine Antwort erhalten. Während des Unterrichts war ich den ganzen Vormittag über dem Weinen nahe, und ich wünschte mir nichts sehnlicher, als Henrietta alles erzählen zu können. Zudem war es mir verhaßt, ihr etwas vorheucheln zu müssen, doch ich wußte auch, daß es nicht recht gewesen wäre, ihrer Unschuld eine solche Geschichte zuzumuten und einen Mann zu beschuldigen, der letztlich doch ihr Vetter war – auch wenn sie mir gegenüber kein Geheimnis daraus machte, wie wenig Zuneigung oder Respekt sie für ihn übrig hatte.

Kurz vor der Mittagszeit rief mich dann endlich ein Lakai ins Frühstückszimmer, wo ich von meiner Herrschaft, die dort am Tisch saß, empfangen wurde. Sir Perceval erhob sich andeutungsweise und wies auf einen Stuhl, der in einiger Entfernung von ihm stand.

Ich begann, ohne zu überlegen: »Ihre Söhne haben mich zutiefst beleidigt. Wenn sie sich nicht entschuldigen, kann ich nicht länger unter diesem Dach bleiben.«

»Gütiger Gott, junge Frau!« rief Sir Perceval aus. »Wovon um alles in der Welt reden Sie eigentlich?«

»Mr. Mompesson hat eine schändliche Verschwörung gegen mich und meine Ehre angezettelt, in der auch Mr. Thomas Mompesson eine äußerst unschöne Rolle gespielt hat. Beide Gentlemen müssen sich in Ihrer Gegenwart bei mir entschuldigen und versprechen, daß sie nie wieder versuchen werden, ein Wort an mich zu richten.«

»Nur nicht so hochnäsig, mein Fräulein!« begann Sir Perceval. »Mir scheint, Sie vergreifen sich da ein bißchen in der Tonlage ...«

Seine Frau jedoch unterbrach ihn: »Ich kann nicht glauben, daß sich mein Ältester so unehrenhaft verhalten haben soll, wie Sie es gerade angedeutet haben.«

»Und Tom bestimmt auch nicht«, erklärte der Baronet. »Er ist zwar ein rauher Bursche und manchmal ein bißchen wild, doch im innersten Kern ist er ein echter Brite.«

Ohne auf ihren Gatten zu achten, fuhr Lady Mompesson mit frostiger Stimme fort: »Wollen Sie mir also bitte genau beschreiben, Miss Quilliam, was Ihrer Ansicht nach nun eigentlich vorgefallen ist?«

Die Art, wie sie diese Worte aussprach, beleidigte mich beinahe ebensosehr wie der versteckte Sinn ihrer Frage, doch ich sammelte meine Gedanken und beschrieb, wie Mr. Mompesson mich aufgefordert hatte, ihn in die Vauxhall-Lustgärten zu begleiten. Ich betonte, wie sorgfältig ich darauf bedacht gewesen war, daß Sir Perceval und sie selbst meine Zusage für diesen Abend ausdrücklich billigten, und ich gewann meine Selbstbeherrschung zurück, als mir klar wurde, daß ich mir in meinem Verhalten nichts vorzuwerfen hatte. Doch als ich das Hin und Her der Briefe beschrieb, bat mich Lady Mompesson schroff, ich möge in meinem Bericht innehalten und ihr erklären, was es mit diesen Briefen auf sich habe.

»Mir ist«, sagte sie, »von solch einem Schriftwechsel nichts bekannt.«

Bei diesen Worten fühlte ich die ersten Anzeichen einer nahenden Katastrophe, doch ich besaß noch immer Sir Percevals Antwort auf meine kurze Notiz und reichte sie ihm nun.

Er warf einen kurzen Blick darauf: »Eine Fälschung«, verkündete er. »Gut gemacht, das geb ich zu, aber trotzdem eine Fälschung.«

Er knüllte das Papier zusammen und warf es ins Feuer.

»Was wollen Sie damit sagen?« rief ich. »Das ist doch Ihre Antwort, die mir der Lakai überbracht hat.«

Man hatte mich offensichtlich hinters Licht geführt, doch ich war mir nicht sicher, wer alles an diesem Schwindel beteiligt gewesen war. Daß Sir Perceval mein einziges Beweisstück so rasch vernichtet hatte, war, gelinde gesagt, zumindest bedauerlich.

»Selbst wenn diese Geschichte den Tatsachen entsprechen sollte«, sagte Lady Mompesson, »so verwundert es mich doch, daß Sie so ... sagen wir: naiv sein konnten, anzunehmen, daß wir Ihrem Ausflug in die Lustgärten in Gesellschaft unseres Sohnes zustimmen könnten. Im besten Falle also mangelt es Ihnen offenbar an Taktgefühl, im schlimmsten ...« Sie verzichtete darauf, den Satz zu beenden.

Ich wußte, daß ich verloren war, wenn ich nicht meine Ruhe behielt. »Ich bin keineswegs so naiv, wie Sie vielleicht glauben, Lady Mompesson«, erwiderte ich und wandte mich dann an ihren Gatten. »In jenem Brief wird doch auch Mrs. Purviance erwähnt, nicht wahr?«

»Das ist wahr«, bestätigte Sir Perceval.

»Ihr Sohn versicherte mir, daß diese Dame, die bei unserem Ausflug dabeisein sollte, eine alte Freundin von Ihnen sei, Lady Mompesson.«

»Was für ein Unsinn!« sagte sie. »Ich höre ihren Namen in diesem Moment zum erstenmal.«

Da rief ich: »Dann schicken Sie nach Ihrem Sohn! Ich fordere ihn auf, mir ins Gesicht zu sagen, daß ich nicht die Wahrheit behaupte.«

»Was?« entgegnete sie. »Soll unser Sohn vielleicht von einer Gouvernante zur Rechenschaft gezogen werden? Sie sind reichlich impertinent, Miss Quilliam.«

»Dann schicken Sie doch wenigstens nach Ihrem Lakaien Edward!« flehte ich.

Die beiden sahen sich an, und Lady Mompesson nickte. Sir Perceval zog an der Klingelschnur, die hinter seinem Sessel hing.

»Lassen wir einmal die Frage nach den Briefen beiseite«, fuhr Lady Mompesson fort, »wie lautet denn der Rest Ihrer Anschuldigung?«

Nur mit Mühe vermochte ich meinen Zorn so weit zu zügeln, daß ich den Vorfall im Gasthaus beschreiben konnte. Sie hörten mich stillschweigend an und warfen sich nur hin und wieder einen Blick zu, der, so wollte mir scheinen, voller Unglauben war und mich mit Verachtung strafen sollte. Gerade als ich mit dem Bericht meiner Flucht geendet hatte, kam der Lakai herein.

»Edward«, sagte Sir Perceval, »hast du vorgestern einen Brief von Miss Quilliam an mich und Lady Mompesson gebracht und Miss Quilliam daraufhin ein Antwortschreiben übergeben?«

Er sah uns an, als wäre er vollkommen überrascht. »Nein, Sir«, sagte er. »Ich trage keine Briefe oder Botschaften für Miss Quilliam aus. Ich bin nicht für die Gouvernante zuständig und war es auch nie. Das ist die Aufgabe des Dritten Lakaien, Sir.«

»Das wäre alles, Edward«, sagte Sir Perceval.

Als der Mann hinausging, sah er mich von der Seite an, und dieser Blick sagte mir, daß Mr. David Mompesson ihn bestochen hatte. Ich hatte den Lakaien das eine oder andere Mal tadeln müssen, da er es an Aufmerksamkeit mir gegenüber hatte fehlen lassen, und ich vermutete, daß er mir dies übelnahm. Jetzt erst begriff ich, daß meine Herrschaft ebensosehr Opfer eines Täuschungsmanövers ihres Sohnes war wie ich selbst. Einen Augenblick lang mußte ich daran denken, wie genial doch alles eingefädelt war und daß ich rein gar nichts belegen konnte. Selbst wenn man mir die Chance geben würde, Mr. Mompesson von Angesicht zu Angesicht herauszufordern, so würde ich doch nichts dabei gewinnen, da er alles abstreiten würde. Ich konnte also, wie gesagt, nichts beweisen – selbst der Brief war vernichtet worden –, und aller Anschein sprach gegen mich. In welcher Lage ich war, wurde mir bald nur zu deutlich gesagt.

»Ich bin bereit, Ihnen Ihre Geschichte wenigstens so weit zu glauben«, sagte Lady Mompesson, »daß mein Sohn Sie in die Lustgärten eingeladen hat, daß Sie die Einladung angenommen haben und daß Sie ihn anschließend zu einem Gasthaus begleitet haben, zu einer Absteige in einem berüchtigten Bezirk dieser Stadt, über dessen Ruf selbst das unerfahrenste Mädchen vom Lande wohl kaum lange im ungewissen sein konnte. Ihr Verhalten verriet für jemanden in Ihrer Position einen außerordentlichen Mangel an Anstand – um es höflich zu formulieren –, und ich vermute, daß dies auch der Grund dafür ist, warum Sie sich diese Geschichte mit dem Brief an Sir Perceval ausgedacht und auch noch seine Schrift gefälscht haben, um Ihrer Anschuldigung mehr Gewicht zu verleihen. Daß mein Sohn Sie eingeladen hat, ist ihm höchstens als ein gewisser Hang zur Galanterie, der bei jungen Männern seines Alters allerdings durchaus natürlich ist, vorzuwerfen. Ob er sich nun in der von Ihnen beschriebenen Weise verhalten und Sie beleidigt hat oder nicht, scheint mir eine gänzlich unangebrachte Frage, denn sobald Sie eingewilligt hatten, ihn und zwei Ihnen völlig unbekannte Personen an einen solchen Ort zu einer solchen Stunde zu begleiten, hatten Sie fraglos jeglichen Anspruch auf den Respekt eines Gentleman verloren, auf den jede ehrbare Frau von Ansehen ein Recht hat.«

Mit einem seltsamen Gefühl der Gleichgültigkeit hörte ich ihr zu. Es gab nichts, was ich zu meiner Verteidigung hätte vorbringen können, man hatte mich vollständig überlistet, und ich fragte mich nur, ob Lady Mompesson mich wirklich für schuldig hielt oder ob sie sehr wohl wußte, wozu ihr Sohn fähig war.

In diesem Augenblick sagte sie: »Das einzige, was mir an dieser Geschichte wirklich ein Rätsel ist, bleibt die Frage nach dem Motiv für Ihre Anschuldigung. Wollen Sie vielleicht, daß wir Ihnen Geld geben, damit Sie keinen Skandal provozieren? Sollte das der Fall sein, kann ich Ihnen versichern, daß wir nicht so leicht einzuschüchtern sind.«

»Recht so!« warf Sir Perceval ein. »Zeigen Sie sich uns nur von Ihrer schlimmsten Seite! Es wäre doch gelacht, wenn wir es nicht mit Ihnen aufnehmen könnten!«

Meine Augen füllten sich mit Tränen, und ich fürchtete, daß mir gleich die Stimme versagen würde: »Lady Mompesson, Sir Perceval, ich bitte Sie, glauben Sie mir! Wenn Sie an meinen Worten zweifeln, dann helfen Sie nur Ihrem Sohn, ein schutzloses Geschöpf, dessen einziges Vermögen sein guter Ruf ist, in den sicheren Ruin zu treiben.«

»Sir Perceval«, sagte Lady Mompesson, »wollen Sie so gut sein und noch einmal läuten?« Er tat wie gewünscht, und dann sagte seine Frau zu mir: »Wenn Sie glauben, Sie können mich davon abhalten, an alle Stellenbüros in diesem Teil der Stadt ein Rundschreiben zu schicken, in dem ich ausführe, warum ich Ihnen kein Zeugnis ausstelle, dann haben Sie sich getäuscht. Das allein sollte Ihnen schon zeigen, wie wenig Angst ich vor Ihren Drohungen habe.«

In diesem Moment betrat ein Lakai das Zimmer.

»Robert, bestelle Mr. Assinder, er möge augenblicklich zu uns kommen!« ordnete Lady Mompesson an.

Als der Diener gegangen war, sagte ich: »Ich habe Sie nicht um Geld gebeten und keine Drohungen ausgesprochen, Lady Mompesson. Was Sie aber nun zu tun beabsichtigen, würde es mir unmöglich machen, meinen Lebensunterhalt jemals wieder so zu verdienen, wie es meiner Erziehung und meinem gesellschaftlichen Stand entspricht.«

Daraufhin antwortete sie nur: »Ein Mensch in meiner Stellung hat vor der Gesellschaft die Pflicht, andere Familien davor zu warnen, eine schamlose Abenteurerin in ihrer Mitte aufzunehmen.«

Meine Augen brannten bei diesen ungeheuerlichen Worten. Doch noch ehe ich antworten konnte, klopfte es an der Tür, und der Verwalter trat ein.

»Mr. Assinder«, fragte Lady Mompesson, »ist der Lohn dieser Person für das laufende Vierteljahr bezahlt worden?«

»Ja, Lady Mompesson«, antwortete er und betrachtete mich mit unverschämter Neugier.

»Sie verläßt noch heute das Haus – das heißt, noch heute vormittag.«

»Wie Sie wünschen«, antwortete Mr. Assinder.

»Vor Dritten«, rief ich aus, »kann ich eine derartige Behandlung nicht widerspruchslos über mich ergehen lassen. Ich will daher deutlich und unmißverständlich sagen – denn das bin ich mir selbst schuldig –, daß ich die gegen mich erhobenen Anschuldigungen zurückweise.«

Von diesem Augenblick an sah mich Lady Mompesson nicht mehr an, und sie sprach auch nicht mehr zu mir. Ihrem Verwalter sagte sie: »Achten Sie darauf, daß sie kein Wort mehr mit Miss Henrietta spricht.

»Aber das ist grausam!« rief ich. »Kann ich ihr denn nicht wenigstens erklären, warum ich so plötzlich gehen muß?«

Lady Mompesson beachtete mich nicht. »Weichen Sie nicht von ihrer Seite, bis sie das Haus verlassen hat. Dann kommen Sie zu mir und berichten mir, daß sie fort ist.«

Ich war unfähig, mich zu rühren, so sehr bestürzte es mich, auf diese Art behandelt zu werden. Schließlich nahm Mr. Assinder mich am Arm und führte mich aus dem Zimmer. Als wir durch das Vestibül gingen, schickte er einen Lakaien zur Haushälterin, und zu zweit begleiteten sie mich in mein Zimmer und sahen mir zu, während ich meine Sachen packte. Der Gedanke daran, Henrietta zurückzulassen, ohne mich von ihr verabschieden und ihr erklären zu können, was geschehen war, bereitete mir den größten Kummer, da ich fürchtete, daß sie eine Version der Ereignisse zu hören bekäme, die ein schlechtes Licht auf mich warf. Ich hoffte zwar noch, ihr über Fanny, die Zofe, die Henrietta und deren Großtante aufwartete, eine Nachricht zukommen lassen zu können, fand aber keine Gelegenheit mehr dazu.

Man rief eine Droschke, und Mr. Assinder und die Haushälterin verfrachteten mich und meine Kisten in die Kutsche, als wäre ich ein Zimmermädchen, das beim Stehlen des Tafelsilbers erwischt worden war. Die gesamte Dienerschaft mußte glauben, daß man mich eines schweren Vergehens überführt hatte, und ich wollte nicht daran denken, wie sie die Szene zwischen mir und meiner früheren Herrschaft, die der Verwalter miterlebt hatte, in ihren Erzählungen ausmalen würden. Da ich fest entschlossen war, vor meinen Feinden nicht zu weinen, hatte ich lange gegen meine Tränen angekämpft, doch als ich allein in der Kutsche saß, ließ ich meinem Kummer freien Lauf. Der Kutscher klappte den Tritt hoch, sah durchs Fenster und fragte mich, wohin er fahren solle, und in diesem Augenblick, da ich merkte, daß ich nicht wußte, wohin er mich bringen sollte, und daß ich keine Freunde hatte, die mir helfen konnten, wurde mir das volle Ausmaß meines Schicksals bewußt. Ich wies den Kutscher schließlich an, zu meiner früheren Wohnung in die Coleman Street zu fahren, obwohl ich mir im klaren darüber war, daß ich es mir nicht leisten konnte, dort mehr als ein oder zwei Nächte zu verbringen. Da es bis zum Ende des Vierteljahres nur noch drei Wochen waren, hatte ich vom letzten Lohn kaum noch etwas übrig, und nachdem ich die Droschke bezahlt hatte, war alles, was ich auf der Welt noch besaß, drei Pfund und ein paar Shilling.

Ich verbrachte diese und die nächste Nacht im Haus von Mrs. Malatratt und machte mich zwischenzeitlich auf die Suche nach einer billigeren Unterkunft und der Möglichkeit des Broterwerbs. Als ich bei einigen Stellenvermittlungsbüros für Gouvernanten meinen Namen nannte, wollten die Schreiber mich nicht einmal in die Liste eintragen. Offensichtlich hatte Lady Mompesson ihr Wort gehalten, doch selbst wenn sie es nicht getan hätte, wäre es mir wohl unmöglich gewesen, eine angemessene Stellung zu finden, was sich denn auch zeigte, als ich es schließlich mit dem Aufgeben und Beantworten von Zeitungsinseraten versuchte. Das Problem war, daß ich ohne ein Zeugnis meiner früheren Herrschaft für den Zeitraum vom Verlassen der Schule in Portsmouth bis zum gegenwärtigen Tage keine Rechenschaft ablegen konnte, weshalb keine respektable Familie bereit war, meine Bewerbung in Betracht zu ziehen.

Ich fand eine billigere Wohnung, und bald darauf kam es wegen meiner Kisten, die ich im Vorjahr bei Mrs. Malatratt zurückgelassen hatte und deren relativ kostbaren Inhalt ich nun verkaufen wollte, zu jener Auseinandersetzung, von der Sie ja wissen. Mrs. Malatratt bestand plötzlich darauf, daß ich einen exorbitanten Preis für den Stellplatz zu zahlen hätte, den die Kisten das Jahr über beansprucht hatten.

Meine Geschichte seit damals ist rasch erzählt. Ich mußte mir zunehmend billigere Wohnungen suchen, und als meine Ersparnisse schwanden, war ich schließlich gezwungen, Näharbeiten anzunehmen, um mir mein Brot zu verdienen. Ich bekam jedoch nicht genug Aufträge, und kurz nachdem ich hierhergezogen war, erkrankte ich an Fieber und Unterernährung. Ich wäre bestimmt daran gestorben, wenn Mrs. Peachment sich nicht meiner angenommen hätte.

Einige Wochen bevor ihr mich gefunden habt, erhielt ich dann Besuch von einer Frau, die behauptete, eine alte Freundin von mir zu sein, und die beträchtliche Mühe aufgewandt haben muß, mich mit Hilfe von Mrs. Malatratt hier ausfindig zu machen. Es war niemand anders als Mrs. Purviance, und sie bot mir Geld und ihre Unterstützung an. Ich lehnte jedoch beides ab, da ich inzwischen Muße genug gehabt hatte, über die Ereignisse jener schicksalhaften Nacht nachzudenken, und zu der Auffassung gelangt war, daß Mrs. Purviance keine besonders ehrenhafte Rolle in jener Posse übernommen haben konnte, die damals auf meine Kosten gespielt wurde.

IV. BUCH

Gesichter aus der Vergangenheit

41. KAPITEL

Wieder einmal will ich dich einladen, mich in das Kabinett des alten Kontors am Themse-Ufer zu begleiten, in dem Mr. Clothier mit hochrotem Kopf Mr. Sancious anschreit: »Wo zum Teufel ist sie dann?«

»Ich weiß es nicht genau, aber ...«

»Bringen Sie mir diese Frau, Sancious! Sie haben mich betrogen! Sie waren nicht ehrlich zu mir, Sancious. Sie haben mir versprochen, daß Sie die Frau aufspüren. Sie haben mir mein Geld mit falschen Versprechungen abgeluchst, und so etwas mag ich nicht. Alle Welt glaubt, man kann mich hereinlegen. Es gibt in England heutzutage einfach keine Gerechtigkeit mehr! Schon in der Wiege hat man mich übers Ohr gehauen!«

»Aber bedenken Sie doch bitte, was ich Ihretwegen alles riskiert habe, Mr. Clothier! Auf Grund des Entführungsversuchs weiß Barbellion, daß ich ihn betrogen habe; und unter allen Anwälten ist er der Mann, vor dem man sich am meisten in acht nehmen muß. Er könnte mich mühelos vernichten. Doch ich werde sie schon finden, mein werter Herr, nur keine Angst! Und wenn ich sie gefunden habe, dann vergessen Sie bitte nicht, daß ich ihren Schuldschein besitze.«

»Und was ist, wenn Barbellion sie als erster aufspürt? Wissen Sie eigentlich, seit wann ich schon versuche, diese verfluchten Mompessons zu überlisten?«

»*Ich* werde sie zuerst finden, das verspreche ich Ihnen. Ich habe einen Verbündeten, dem sie vertraut.«

Der alte Gentleman starrt ihn an: »Wen meinen Sie?« Er geht auf den Anwalt zu und sieht ihm ins Gesicht: »Wer soll das sein?«

»Das dürfen Sie mich nicht fragen.«

»Was zum Teufel soll das denn nun schon wieder heißen?«

»Ich habe versprochen, über die Identität dieser Person nicht zu reden.«

In diesem Moment hört man die Haustür zuschlagen und dann rasche

Schritte im Kontor.

Ohne Rücksicht auf die Regeln des Anstands stürzt Mr. Vulliamy mit rotem Gesicht und in schrecklicher Aufregung ins Kabinett: »Ich hab sie! Ich hab sie gefunden!«

Er dreht sich um, winkt jemanden herein, der hinter ihm steht, und ein buckliger, untersetzter Mann in einem schmierigen, etwas altmodischen Mantel, eine pelzbesetzte Mütze in der Hand, schlurft ins Zimmer. Er zupft unschlüssig an den Strähnen, die ihm in die Stirn fallen, und blickt den alten Gentleman schielend von unten herauf an, als sei er zu eingeschüchtert, um ihm direkt in die Augen sehen zu können.

»Komm schon, Acehand!« fordert Mr. Vulliamy ihn auf. »Erzähl Mr. Clothier deine Geschichte!«

Der Fremde tritt unruhig von einem Fuß auf den anderen und sagt: »Also, das war so. Mr. Vulliamy kam gerad vorbei, weil er sich doch die Bücher angucken wollte. Und da hab ich ihm dann das hier gezeigt und ihm erzählt, daß eine Frau bei mir war und das hier dagelassen hat. Eine Frau mit einem Jungen.«

Noch während er spricht, fischt er etwas aus den Tiefen seiner Taschen und legt es auf den Tisch. Mr. Sancious beugt sich vor, um es sich anzuschauen, doch der alte Gentleman richtet seine glitzernden Augen unverwandt auf das Gesicht des Pfandleihers.

»Ich guck mir das also an und denk, nanu, denk ich, das Gesicht kennste doch. Aber ich wußt nich mehr, woher. Is ja auch egal, jedenfalls war das vor sieben oder acht Monaten, und nun kommt sie jeden Monat, um die Zinsen zu zahlen. Ihr Name is Halfmoon, hat sie gesagt. Und jedesmal denk ich nach und denk, aber ich komm nicht drauf. Und dann mit einemmal fällt's mir wieder ein. Ich hab ihn nämlich nur einmal gesehen, Mr. Clothier, Sir, und das war vor vielen Jahren, damals, als ich ihn zusammen mit Ihnen getroffen hab. Sie werden sich bestimmt nicht dran erinnern, Sir, aber an dem Sonntag damals war ich gerade mit meiner Alten auf der Bow Common spazieren. Er war noch ein junger Spund, is nämlich bestimmt bald zwanzig Jahr her. Und ich wußte doch, daß ... Ich wollt sagen ... Also, ich mein, ich sag mir, das tut Mr. Clothier bestimmt interessieren. Und deshalb hab ich Mr. Vulliamy davon erzählt, und der hat mich sofort zu Ihnen hergebracht, Sir.« Und mit zaghaftem Protest in der Stimme fähr er fort: »Sind den ganzen Weg gerannt, Sir, jawoll, das sind wir!«

Der alte Gentleman nimmt das Medaillon in die Hand, dreht sich zum Fenster und hält es gegen das Licht. Einen Augenblick später wendet er sich wieder um, plötzlich ganz blaß im Gesicht, und sagt: »Gut gemacht. Ich freue mich wirklich außerordentlich, dies hier zu sehen. Wann sind die Zinsen das nächste Mal fällig?«

»Na, ungefähr in einer Woche.«

»Vielen Dank, Acehand. Sie sollen für Ihren Scharfsinn belohnt werden. Kümmer dich darum, Vulliamy!« Und mit unterdrückter Stimme fügt er hinzu: »Gib ihm eine Guinee!«

»Ist mir immer eine Ehre, Sir, wenn ich Ihrer Familie zu Diensten sein kann«, sagt der Pfandleiher und schlurft hinaus.

Der alte Gentleman starrt den Advokaten triumphierend an: »Ihre Hilfe war also vergebliche Liebesmüh! Und das gilt auch für Ihren verwünschten Verbündeten!« frohlockt er (allerdings sagt er nicht wirklich »verwünscht«). Dann brummelt er leise vor sich hin: »Ich glaub, ich weiß jetzt, welchen Weg ich einschlagen muß.«

»Sie können auf meine Unterstützung rechnen, wann immer Sie es wünschen«, sagt Mr. Sancious.

»Ja, ja«, antwortet der alte Gentleman ungeduldig.

Der Advokat verbeugt sich knapp und verabschiedet sich. Als er hinauseilt, begegnet er Mr. Vulliamy, der gerade zu seinem Brotherrn hineingeht und sagt: »Ich hab ihm seine Belohnung gegeben, Sir, und er war sehr dankbar.«

»Gut, gut«, sagt der alte Gentleman.

»Und was ist mit *meiner* Belohnung, Sir?«

»Ach so. Na gut. Was habe ich gesagt? Zwanzig Pfund?«

»Sie haben versprochen, eine von den Schuldverschreibungen zu tilgen. Erinnern Sie sich denn nicht mehr?«

»Gütiger Gott, habe ich das gesagt?« Er starrt seinen Sekretär an: »Also gut, wenn ich das gesagt habe, dann werde ich es auch tun. Soll keiner sagen, ich würde mein Wort nicht halten.« Dann fingert er nach einer Schnur an seinem Hals, bringt einen Schlüssel zum Vorschein und öffnet in einer dunklen Ecke des Kabinetts eine Kassette. Er holt ein Dokument hervor und gibt es Mr. Vulliamy, der sich das Papier ansieht, nickt und es dann zurückgibt. Mit schmerzlich verzogenem Gesicht rollt der alte Gentleman das Papier zusammen, hält es in die Flamme einer Kerze und wirft es in den Kamin, sobald es auflodert.

Der alte Gentleman betrachtet das offene Entzücken auf Mr. Vulliamys Gesicht, als dieser zusieht, wie sich das Dokument in glänzendschwarze Asche verwandelt, und bemerkt dann mit liebenswürdiger Stimme: »Vergiß nicht, daß ich noch das andere Papier habe!« Dann winkt er seinen Sekretär zu sich und sagt leise: »Laß mir Sancious Tag und Nacht nicht aus den Augen! Ich will wissen, was er macht und wen er trifft, einfach alles.«

»Mr. Clothier!« ruft der Sekretär. »Trauen Sie denn keinem Menschen?«

»Keinem«, antwortet der alte Gentleman ruhig. »Keinem, außer dir«, fügt er hinzu und wirft dabei einen Blick auf die Kassette.

42. KAPITEL

Die Morgendämmerung hatte die kurze Sommernacht schon nahezu vertrieben, und die Kerze glomm gelblich im blassen Licht der Frühe, als Miss Quilliam ihren Bericht beendet hatte.

»Was für eine schreckliche Geschichte«, seufzte meine Mutter. »Sie haben wirklich viel durchgemacht, arme Helen!«

Ich hörte das Gemurmel ihrer Stimmen, als sie sich zum Schlafen zurückzogen, und ehe ich selbst einschlief, überdachte ich noch einmal, was ich gerade gehört hatte, und wünschte mir, ich hätte Miss Quilliam einige Fragen stellen können. Vor allem hatte sie nicht erklärt, wie es kam, daß sie gleich nachdem sie unbekannt und ohne irgendwelche Freunde aus einer Provinzstadt nach London gekommen war, eine Stellung bei den Mompessons gefunden hatte. Und beim Einschlafen mußte ich noch an die eine oder andere Stelle in ihrem Bericht denken, die mir Rätsel aufgegeben hatten.

Als ich ein oder zwei Stunden später aufwachte, drang helles Tageslicht durch die schmutzigen Fenster. Alles deutete darauf hin, daß es wieder ein heißer Sommertag würde. Meine Mutter schlief noch, doch von Miss Quilliam war nichts zu sehen.

Meine Mutter wachte nur wenige Minuten nach mir auf und erklärte, daß unsere gemeinsame Freundin ausgegangen sei, um einige Einkäufe zu erledigen.

»Was will sie denn holen?« fragte ich verärgert. »Bestimmt wieder ...«

»Sei nicht zu streng mit ihr, Johnnie! Sie hat es wirklich schwer gehabt. Als ich so alt war wie sie, da habe ich nur freundliche Menschen und ein behagliches Leben gekannt.«

»Vielleicht macht es das für sie etwas leichter«, meinte ich.

»Ich glaube nicht, daß irgend etwas für sie leicht gewesen ist. Während du geschlafen hast, hat sie mir ihre Lebensgeschichte erzählt.«

»Hat sie dir auch alles erzählt, Mama?«

»Nein«, sagte meine Mutter. »Sicher hat sie einiges ausgelassen oder zurechtgerückt.« Ihre Antwort machte mich neugierig, und ich fragte mich, ob ihr die gleichen Unstimmigkeiten aufgefallen waren wie mir, doch als sie fortfuhr, merkte ich, daß sie Miss Quilliam ganz andere Motive unterstellte: »Wahrscheinlich hat sie das eine oder andere verschwiegen, um meine Gefühle zu schonen.« Sie dachte kurz nach und meinte dann: »Und dabei schien mir ihre Geschichte schon so schlimm, wie ich sie mir schlimmer gar nicht vorstellen kann.«

In diesem Augenblick klopfte es an der Tür, und auf das »Kommen Sie herein!« meiner Mutter betrat eine elegant gekleidete, etwa fünfzigjährige Dame das Zimmer.

Sie war hochgewachsen und hübsch, prächtig anzusehen in dem blauen Seidenkleid, mit ihrem grauen, mit Straußenfedern geschmückten Kastorhut und dem samtenen, mit Hermelin besetzten Schultertuch, in ihrer Hand hielt sie zudem noch eine wunderschöne Tasche aus ineinander verketteten Stahlringen; und es schien sie nicht im geringsten zu irritieren, sich in einer solch unpassenden Umgebung aufzuhalten. Selbstbewußtsein war denn auch der auffälligste Charakterzug ihres offenen, beinahe verwegenen Gesichtes.

Sie schien zwar überrascht, uns hier anzutreffen, lächelte aber sogleich huldvoll und sagte: »Lassen Sie sich nicht stören, meine Lieben. Ich hatte eigentlich erwartet, eine junge Dame namens Miss Quilliam hier vorzufinden, doch ich nehme an, sie wohnt nicht mehr hier?«

»Aber nicht doch!« rief meine Mutter. »Sie ist nur einige Minuten außer Haus, um Besorgungen zu machen.«

Die fremde Dame überspielte mit wohlerzogener Gelassenheit ihr Erstaunen, als sie meine Mutter sprechen hörte. Sie betrachtete sie aufmerksam und lächelte: »Das freut mich«, sagte sie, »denn ihretwegen bin ich extra in diese Gegend gekommen.«

Noch während sie redete, sah sie sich in unserem kahlen Zimmer um und musterte unsere spärlichen Besitztümer mit einem Blick, dem die Geschichte der Armut und des Kummers, von der diese Sachen erzählten, nicht entging, der jedoch seltsamerweise nicht beleidigend wirkte.

»Bitte, setzen Sie sich doch!« sagte meine Mutter, die sich erhoben hatte und nun auf einen Stuhl deutete.

Die Dame setzte sich in unseren besten, freilich ein wenig ramponierten Sessel, bei dessen Anblick sie aber ihr Mißfallen kaum verhehlen konnte.

»Ich wünschte mir nur, ich könnte Ihnen etwas anbieten«, sagte meine Mutter. »Doch wir haben nichts mehr da. Ich könnte höchstens meinen Sohn schicken, daß er sich etwas Tee von einem Nachbarn borgt.«

»Machen Sie bitte keine Umstände!« sagte die Fremde. Dann legte sie eine Hand auf den Arm meiner Mutter und fuhr fort: »Ich sehe Ihnen an, meine Liebe, daß Ihnen eigentlich ein besseres Leben als dieses hier zugedacht war. Sie leben wohl erst seit kurzer Zeit in Armut?«

»Das ist wahr«, antwortete meine Mutter mit zittriger Stimme. »Mir ist ein großes Unglück widerfahren.«

»Wollen Sie mir nicht erzählen, wie das geschehen konnte?«

Meine Mutter zögerte, und die Dame warf mir einen Blick zu: »Ist es eine Geschichte von Betrug und Verrat?«

»Ja«, sagte meine Mutter, und ich erriet, daß sie dabei an Bissett dachte.

»Wir armen Frauen!« sagte die uns unbekannte Dame und schüttelte den Kopf. »Zu leiden, zu vertrauen und verraten zu werden scheint unser Schicksal zu sein. Es liegt noch nicht lange zurück?«

»Nein«, sagte meine Mutter. »Noch vor einem Jahr waren wir drei so glücklich, und jetzt ...«

Sie schwieg, und die Dame betrachtete sie voller Mitgefühl.

»Wenn es Ihnen nicht zu schwer fällt, meine Liebe, würde ich wirklich gern Ihre Geschichte hören. Doch was rede ich nur, daß ich meine Manieren so völlig vergesse! Sie wissen ja gar nicht, mit wem Sie es zu tun haben! Ich bin eine alte Bekannte von Miss Quilliam. Ich heiße Mrs. Purviance.«

»O ja«, sagte meine Mutter. »Helen hat von Ihnen gesprochen.«

»Was Sie nicht sagen!«

»Sie hat mir vergangene Nacht erzählt, wie schlecht sie von ihrer früheren Herrschaft behandelt worden ist«, sagte meine Mutter.

»Ja, das ist wahr«, meinte Mrs. Purviance etwas gedehnt. »Doch sie ist einfach nicht kräftig genug, um sich ihr Brot mit dieser Art von Arbeit zu verdienen, der sie zur Zeit nachgeht. Bei ihrer Begabung, habe ich ihr immer gesagt, kann sie doch etwas ganz anderes machen, etwas, das ihrer gesellschaftlichen Stellung besser entspricht. Ich wollte sie überreden, doch unter meinem Dach Zuflucht zu suchen.«

»Das war sehr freundlich von Ihnen, wirklich, sehr freundlich. Ich mache mir auch schon Sorgen um ihre Gesundheit.«

»Sehen Sie, meine Liebe, ich habe das Glück, eine vermögende Witwe zu sein. Ich besitze ein Haus am Gough Square Nr. 5, eine wirklich angesehene

Adresse. Dr. Samuel Johnson, der große Weise selbst, residierte früher an diesem Platz. Und ich empfange dort zahlreiche Mitglieder der besseren Gesellschaft. Eigentlich sogar nur die beste Gesellschaft. Sie wissen, was ich meine?«

»O ja, natürlich.«

»Ich halte immer Ausschau nach wohlerzogenen jungen Damen, die in Elend und Unglück geraten sind. Sie müssen aber auch das gewisse Savoir-vivre besitzen. Und Sie, meine Liebe, Sie sind wirklich bezaubernd.« Sie streckte die Hand aus und berührte die Locken meiner Mutter: »Mit Ihrem blonden Haar und Ihren Vergißmeinnichtaugen sehen Sie wie eine Ringelblume aus.«

Meine Mutter lächelte geschmeichelt: »Sie sind sehr liebenswürdig.«

»Ich freue mich immer, wenn ich eine Schwester in Kummer und Not finde. Doch Miss Quilliam – Helen – ist viel zu stolz. Ich hoffe, Sie sind nicht so stolz.« Meine Mutter schüttelte den Kopf. »Ich würde mich nämlich glücklich schätzen«, fuhr Mrs. Purviance fort, »wenn ich Ihnen meine Gastfreundschaft anbieten dürfte. Kommen Sie also jederzeit, wann immer Sie wollen.«

»Meinen Sie das ernst?«

»Aber gewiß doch.« Sie sah zu mir herüber. »Ein Kind, fürchte ich, könnte ich allerdings nicht akzeptieren.«

Die Enttäuschung meiner Mutter war so überaus deutlich, daß es mir in der Seele weh tat.

»O nein, wir würden uns niemals trennen«, rief sie aus.

»Aber es müßte sich doch eine Regelung finden lassen? Er könnte doch zum Beispiel auf ein Internat gehen, oder nicht?«

»Das würde uns beiden nicht gefallen. Und außerdem könnte ich es mir nicht leisten.«

»Meine Liebe«, sagte Mrs. Purviance mit herablassendem Lächeln, »ich fürchte, ich habe mich nicht deutlich genug ausgedrückt. Wir haben offenbar noch vieles zu besprechen.« Sie warf mir einen Blick zu. »Ich frag mich nur, ob dieser junge Mann nicht beim Bäcker etwas finden könnte, wofür er einen Sixpence ausgeben möchte?«

Sie öffnete gerade ihre Handtasche und holte ihr Portemonnaie hervor, da ging die Tür auf, und Miss Quilliam kam herein.

Als ihr Blick auf unsere Besucherin fiel, nahm ihr Gesicht einen Ausdruck an, wie ich ihn noch nie zuvor bei ihr gesehen hatte. Dann verlor sie alle Farbe, und ihre Augen verengten sich zu schmalen Schlitzen: »Ich bin überrascht, Sie hier anzutreffen, Mrs. Purviance.«

»Ich bin außerordentlich erfreut, meine Liebe, daß es Ihnen heute offensichtlich bessergeht als bei meinem letzten Besuch.«

»Was wollen Sie?« fragte Miss Quilliam kühl.

»Nun, meine liebe Helen – ich darf Sie doch so nennen? –, ich kam her, um mich nach Ihrem Befinden zu erkunden und Ihnen mein Angebot zu erneuern, doch da ich Sie nicht antraf, habe ich mich inzwischen dieser reizenden jungen Dame vorgestellt.« Sie zögerte und wandte sich dann an meine Mutter: »Miss ...?«

»Mrs. Mellamphy«, sagte meine Mutter. Dann setzte sie nachsichtig hinzu: »Johnnie ist mein Sohn.«

»Ach ja, natürlich. Wie dumm von mir«, sagte Mrs. Purviance und fand rasch ihre Fassung wieder: »Das hatten Sie doch auch schon erwähnt, nicht wahr?«

Sie ließ uns nun wissen, daß sie entzückt sei, unsere Bekanntschaft zu machen, und schüttelte uns die Hand.

»Ich gebe Ihnen heute die gleiche Antwort wie beim letztenmal«, sagte Miss Quilliam zu ihr. »Ich möchte Ihre Hilfe nicht.«

»Nun, meine Liebe, die Zeit kann noch kommen«, sagte Mrs. Purviance, »in der Sie freundlicher von mir denken werden.« Sie erhob sich, strich sich über das großartige Seidenkleid, als fürchte sie, der Sessel sei mit allerlei Krankheiten infiziert gewesen, und sah süßlich lächelnd zu meiner Mutter hinüber: »Ich fürchte, ich muß nun gehen, ohne Ihre Geschichte gehört zu haben. Doch sollten Sie eines Tages in meiner Nähe sein, würde ich sie mir nur zu gerne von Ihnen erzählen lassen. Aber bitte, denken Sie daran, immer nur am Vormittag zu kommen!«

»Vielen Dank, Mrs. Purviance«, sagte meine Mutter, »ich werde daran denken.«

»Wissen Sie noch die Adresse?« fragte sie. »Es war ...«

»Ich versichere Ihnen, Mrs. Purviance«, unterbrach Miss Quilliam sie, »daß Mrs. Mellamphy ebensowenig Verwendung für Ihre Art von Hilfe hat wie ich.«

Verwirrt sah meine Mutter zwischen den beiden Frauen hin und her.

»Meine liebe Miss Quilliam«, entgegnete Mrs. Purviance, »ich glaube, Sie müssen diese Entscheidung der Dame selbst überlassen.« Als sie auf die Tür zuging, wandte sie sich noch einmal um und nahm etwas aus ihrer Handtasche: »Ich weiß, ich werde Sie nun beide verletzen, doch ich kann diesen Ort der Armut nicht guten Gewissens verlassen, wenn ich so viel Geld in meiner Börse mit mir herumtrage.«

Sie nahm eine Münze heraus, machte aber keinen Versuch, sie Miss Quilliam in die Hand zu drücken. Statt dessen legte sie das Geld auf den kleinen Tisch, an dem wir gewöhnlich arbeiteten und aßen.

»Ich werde es nicht zurücknehmen«, sagte sie, »bitte, nehmen Sie es an, schon des Kindes wegen!« Bevor sie hinausging, sagte sie noch: »Ich werde Sie nicht wieder belästigen, Miss Quilliam. Leben Sie wohl!«

Meine Mutter und ich verabschiedeten uns von ihr, doch Miss Quilliam neigte nur leicht den Kopf und fuhr fort, sie mit einer abweisenden und feindseligen Miene anzustarren, die sich erst wieder entspannte, als sich die Tür hinter Mrs. Purviance geschlossen hatte.

Zaghaft sagte meine Mutter: »Wieviel hat sie dagelassen, Johnnie? Geh und sieh nach!«

Ich schaute die blitzende Goldmünze an, ohne sie jedoch in die Hand zu nehmen: »Einen Sovereign.«

Von solch einer Summe konnten wir gut und gerne drei Wochen lang leben, außerdem hatten wir nur noch einen oder zwei Shilling, und es bestand wenig Aussicht, noch etwas dazuzuverdienen.

»Es bringt nur Unglück, wenn wir das Geld dieser Frau annehmen«, sagte Miss Quilliam.

»Aber warum denn nur?« fragte meine Mutter.

»Immerhin hat sie bei jenen Ereignissen, von denen ich Ihnen gestern erzählt habe, eine äußerst fragwürdige Rolle gespielt«, sagte Miss Quilliam. »Und seither habe ich Dinge über sie erfahren, die ich Ihnen sicherlich erzählen würde, wenn ich mich nicht damit zufriedengeben würde, daß wir sie hier nie wieder sehen werden und ich sie daran hindern konnte, Ihnen ihre Adresse zu geben.«

Meine Mutter blickte schuldbewußt zu mir herüber, verschwieg ihrer Freundin aber, daß die Besucherin ihr die Anschrift bereits genannt hatte. »Wenn wir also vor ihr sicher sind«, sagte meine Mutter, »kann es doch bestimmt kein Unglück nach sich ziehen, wenn wir ihr Geld ausgeben, oder?«

»Ich fasse es nicht an«, sagte Miss Quilliam. »Macht damit, was ihr wollt. Nur bittet mich nicht, mit euch zu teilen, was ihr auch dafür kauft.«

Sie hob den irdenen Krug und goß sich vom letzten Rest Gin ein Glas ein.

Meine Mutter nahm die Münze und flüsterte mir zu: »Wir kaufen uns ein Brot, Johnnie, und etwas Gebäck.«

»Und Kerzen«, warf ich ein.

Miss Quilliam mußte das letzte Wort gehört haben: »Keine Kerzen«, widersprach sie, »denn ich hätte meinen Nutzen davon, und davor habe ich eine abergläubische Angst.«

»Und dann«, sagte meine Mutter in jenem Ton, in dem sie mit mir redete, wenn sie wußte, daß ich mit dem folgenden sicherlich nicht einverstanden sein würde, »begleichen wir die monatlichen Zinsen für das Medaillon. Wenn wir sie heute nicht bezahlen, ist das Pfand verwirkt, und ich brauche doch nur einen Shilling und einen Sixpence.«

»Was für ein Unsinn!« sagte ich. »Wir können das Geld doch nicht für so etwas verschwenden!«

»Aber Johnnie, es wäre eine Investition in etwas, das weit mehr wert ist, als wir beim Pfandleiher dafür bekommen haben.«

»Wir werden es nie wieder auslösen können.«

»Sag so etwas nicht!« rief sie. »Eines Tages bestimmt. Und dann wird alles wieder so sein wie früher. Du wirst schon sehen!«

Ich sah sie überrascht an, und sie sagte: »Das Kodizill. Wir werden es für viel Geld verkaufen.«

Ich blickte rasch zu Miss Quilliam hinüber, doch sie schien nicht auf uns zu achten.

»Wir sollten nichts übereilen«, flüsterte ich, denn ich war überzeugt – soviel hatte ich immerhin von den beiden Gentlemen über Recht und Gesetz gelernt –, daß das Kodizill für uns weit mehr wert war, als uns irgend jemand dafür bezahlen würde.

Als ich aber sah, wie verzweifelt meine Mutter war, weil sie das Medaillon zu verlieren drohte, gab ich ihrem Wunsch schließlich widerstrebend nach. Am frühen Abend hatten wir dann unsere Besorgungen beim Bäcker erledigt und das Eingekaufte gegessen (mit reichlich schlechtem Gewissen, da Miss Quilliam am anderen Ende des Zimmers saß). Der Pfandleiher hatte bis zehn

Uhr geöffnet, wir brachen also rechtzeitg auf, liefen durch die noch sonnenwarmen Straßen und trafen etwa eine Stunde vor Ladenschluß bei ihm ein.

Der Pfandleiher blickte auf, als wir eintraten, und mir war, als sähe er uns ungewohnt aufmerksam an. Er lächelte zu uns herüber, und als meine Mutter ihm den Pfandschein zeigte und das Geld gab, sagte er: »Ich muß Sie bitten, einen Augenblick zu warten« und verschwand im Hinterzimmer. Er blieb eine Weile fort, und ich glaubte, jemanden leise sprechen zu hören. Dann kam er zurück, erledigte rasch alle Formalitäten und verlängerte den Schein um einen weiteren Monat.

Als wir wieder auf der Straße waren und ich mich umsah, entdeckte ich überrascht zwei Männer – einer von ihnen war auffallend groß –, die nach uns aus dem Laden kamen. Eigentlich hatte ich angenommen, daß wir die einzigen Kunden gewesen waren, und mein Verdacht war geweckt. Auf unserem Heimweg blickte ich mich hin und wieder um, und jedesmal war ich überzeugt, zwei Gestalten anhalten und in den Schatten zurückweichen zu sehen. Inzwischen war es dunkel geworden, und auf den belebten, laternenerhellten Straßen fühlte ich mich relativ sicher, doch als wir in die Bennet Street einbogen, fiel mir ein, daß wir gleich über den Spread Eagle Yard und durch die lange, menschenleere und dunkle Gasse gehen mußten, die von dort zur Tothill Street führte. Ich fragte mich, ob ich meiner Mutter nicht raten solle, einen sicheren, aber längeren Umweg zu nehmen. Ich zögerte jedoch, da ich sie nicht mit meinem möglicherweise völlig grundlosen Verdacht erschrecken wollte.

Wir hatten die Gasse etwa zur Hälfte durchquert, als ich hastige Schritte hinter uns hörte. Ich drehte mich um, doch ehe ich jemanden erkennen konnte, packten mich starke Arme und hielten mich fest. Ich wollte um Hilfe rufen, aber ein Mann preßte mir eine Hand auf den Mund. Dann hörte ich meine Mutter erstickt aufschreien und sah den zweiten Mann, der sie fest im Griff hielt; er war wenigstens sechseinhalb Fuß groß.

»Du weißt, was wir von dir wollen«, sagte der große Mann. »Ich sag's nicht zweimal. Sonst gibt's noch mehr von dem hier.« Ich hörte, wie er sie mit der Hand hart ins Gesicht schlug. Dann warnte er sie: »Ich nehm jetzt meine Hand weg, damit du mir sagen kannst, wo es ist. Wenn du schreist, reißt mein Freund hier deinem Jungen den Arm aus.«

Meine Mutter keuchte: »Tut ihm nicht weh! Ich gebe es euch ja.«

Ich wollte ihr zuschreien, daß sie es ihnen nicht geben solle, aber ich konnte nicht einmal meinen Mund öffnen. Es war gerade hell genug, um den Peiniger meiner Mutter genauer betrachten zu können. Er war nicht nur riesengroß, er war auch so dürr wie eine Leiche, und ich hatte das eigenartige Gefühl, ihm schon einmal begegnet zu sein. Plötzlich erinnerte ich mich: Er war der Mann, der auf die Kutsche aufgesprungen war, als die junge Frau versucht hatte, mich aus Melthorpe zu entführen! Doch wie konnte das sein? Wie hatte uns dieser Mann nach all der Zeit wiederfinden können?

»Beeil dich!« drängte der Mann, der mich festhielt, meine Mutter.

»Ich brauche etwas Zeit«, wimmerte sie, »es steckt in einer Innentasche unter meinen Unterröcken.«

»Mach ihr mal klar, daß wir nicht den ganzen Tag Zeit haben«, sagte der

Große, und der Mann, der mich festhielt, gehorchte, packte meinen Kopf und schlug ihn gegen die Wand. Ich spürte eine Welle der Übelkeit in mir aufsteigen, und dann schien ich in einen tiefen Schacht zu fallen.

Wie aus weiter Entfernung hörte ich meine Mutter schreien: »Bitte, bitte, tut ihm nicht weh! Ich habe es ja gleich gefunden.«

»Dann beeil dich gefälligst!« hörte ich den Großen fauchen.

In diesem Augenblick vernahm ich Stimmen und Gelächter, und ich dachte zuerst, es sei eine Nachwirkung vom Schlag auf den Kopf. Aber es war keine Einbildung. Eine Gruppe junger Leute kam aus ebender Richtung, aus der wir auch gekommen waren, die Gasse herunter auf uns zu.

»Verdammt, Jack, hörst du das?« fluchte der Mann, der mich festhielt. »Ich hab's dir gleich gesagt. Wir hätten sie in eine Kutsche verfrachten sollen, um unsere Sache in aller Ruhe zu Ende zu bringen.«

»Ist jetzt auch egal. Paß du nur auf den Jungen auf!« rief der, der Jack hieß. »Und halt die Klappe, genau wie ich dir gesagt hab!«

Die Männer und Frauen, etwa sechs oder sieben, hatten uns jetzt fast eingeholt. Ihre Ankunft hatte meinen Bewacher immerhin so weit abgelenkt, daß ich meine Zähne auseinanderkriegen konnte, und mit aller Kraft biß ich nun in den Ballen der Hand, die mir den Mund zuhielt.

Der Mann fluchte, und sein Griff lockerte sich, so daß ich schreien konnte: »Hilfe! Um Himmels willen! Man will uns berauben!«

»Sie ist meine Frau!« rief der Peiniger meiner Mutter.

»Das ist nicht wahr!« gab meine Mutter zurück. »Es sind Räuber!«

»So verrückt könnt ihr doch gar nicht sein, daß ihr solchen Unsinn glaubt, oder?« rief Jack.

»Wer is verrückt?« lallte eine Stimme mit irischem Akzent.

»Kümmer dich um deinen eigenen Dreck, Paddy!« rief Jack.

Kaum hatte er das gesagt, da schlug der betrunkene Ire auch schon zu, und Jack mußte meine Mutter loslassen, die gleich zu mir herübergelaufen kam. Jack wollte ihr nach, doch die anderen Iren packten ihn, und im gleichen Augenblick gab mein Bewacher mich frei, um seinem Freund zur Hilfe zu eilen. Bevor ich davonrannte, konnte ich noch einen kurzen Blick in das Gesicht meines Peinigers werfen: Es war flach, rötlich, mit buschigen Augenbrauen.

»Lauf, Mama!« rief ich, und so schnell wir konnten, liefen wir die Gasse entlang. Ein oder zwei Minuten später waren wir in der Tothill Street, überquerten die Fahrbahn, tauchten in das Dunkel der Gasse zum alten Great Almonry ein und suchten uns dann unseren Weg über die Hinterhöfe zur Orchard Street. Als wir sicher waren, daß uns niemand mehr verfolgte, fielen wir in einen etwas gemächlicheren Schritt.

»Bist du verletzt?« schluchzte meine Mutter und rang nach Luft.

»Nein«, antwortete ich.

»Wer war das nur? Und woher wußten sie, daß ich das Kodizill habe?« fragte meine Mutter.

»Sie sind uns vom Pfandleiher aus gefolgt«, keuchte ich.

»Du blutest ja!« rief sie, als sie unter einer Straßenlaterne mein Gesicht sehen konnte.

»Es ist nicht weiter schlimm«, beruhigte ich sie. »Komm, wir müssen nach Hause!«

Meine Mutter blieb plötzlich stehen: »Sind wir dort denn sicher?«

»Ja«, sagte ich, »sie wissen nicht, wo wir wohnen. Sonst hätten sie uns nicht beim Pfandleiher aufgelauert.«

Aber, fragte ich mich, woher wußten sie, daß sie uns dort finden würden? Ich hatte Angst, meiner Mutter diese Frage zu stellen.

Als wir wenige Minuten später zu Miss Quilliam ins Zimmer platzten, konnte ich an ihrer entsetzten Miene wie in einem Spiegel erkennen, wie schrecklich wir aussahen. Die eine Gesichtshälfte meiner Mutter war ein einziger blauer Fleck und stark angeschwollen, ihre Lippe war aufgeplatzt, und von meiner Stirn tropfte das Blut über Wangen und Hals, was meine Verletzung schlimmer aussehen ließ, als sie in Wirklichkeit war. Wir betrachteten uns im Schein der Kerze, die Miss Quilliam angezündet hatte, und dann warf sich meine Mutter in meine Arme und weinte.

Es dauerte einige Zeit, ehe die arme Miss Quilliam etwas Vernünftiges aus uns herausbringen konnte, doch während sie unsere Wunden wusch, berichteten wir ihr endlich, was geschehen war. Enttäuscht stellten wir fest, daß bis auf ein paar Shilling alles Geld fehlte, das wir von Mrs. Purviance' Sovereign übrigbehalten hatten; wahrscheinlich war es aus der Tasche gefallen, als meine Mutter versucht hatte, das Kodizill hervorzuholen. Das Dokument selbst war allerdings noch in unserem Besitz. Miss Quilliam, die bisher natürlich nichts von dem Kodizill gewußt hatte, hörte neugierig zu, als wir von ihm erzählten, und fragte sich sicherlich auch, um was es sich dabei handeln mochte, als sie erriet, daß es der Grund für den Überfall gewesen war.

»Jetzt werde ich das Medaillon nie wiederbekommen«, schluchzte meine Mutter.

Als sie sah, wie überanstrengt und erschöpft meine Mutter war, brachte Miss Quilliam sie zu Bett, jedoch nicht ohne ihr vorher, wie ich ein wenig bestürzt feststellte, einen starken Trank einzuflößen, damit sie besser einschlafen konnte.

Als meine Mutter schlief, standen Miss Quilliam und ich am Fenster und beratschlagten uns flüsternd. Hin und wieder blickten wir dabei zum Bett auf der anderen Seite des Zimmers hinüber, wo meine Mutter lag und mit dem blassen Mondlicht auf ihrem Gesicht so jung aussah, daß es mir vorkam, als wäre sie von uns dreien das Kind, über das sich die besorgten Eltern unterhielten.

»Das war kein bloßer Raubüberfall, nicht wahr?« begann Miss Quilliam.

Ich schüttelte den Kopf.

»Und sie haben ein Dokument gewollt, das sich im Besitz deiner Mutter befindet?«

Ich nickte, da ich nicht glaubte, daß uns dieses Eingeständnis schaden konnte.

»Darf ich fragen, worum es sich dabei handelt?«

Ich zögerte, weil ich mich an Bissetts Verrat erinnerte. Aber Miss Quilliam würde ich doch sicherlich Vertrauen schenken können.

»Ich weiß nur sehr wenig darüber«, sagte ich. »Bloß, daß es das Kodizill zu einem Testament ist.«

Sie sah mich ernst an: »Du bist noch fast zu jung, um eine solche Last auf deine Schultern nehmen zu können, aber ich sage dir ehrlich, ich glaube nicht, daß deine Mutter es noch lange schafft – ihr fehlt einfach die Kraft, körperlich ebensosehr wie seelisch.«

Ich nickte.

»Siehst du irgendeine Möglichkeit, wie ihr zu Geld kommen könnt?« Als sie mich zaudern sah, sagte sie: »Ist das Kodizill denn so viel wert, daß jemand es euch unbedingt abnehmen will?«

Ich mußte daran denken, wie mißtrauisch ich geworden war, als Mr. Sancious die gleiche Frage gestellt hatte, aber es war doch unmöglich, daß Miss Quilliam mehr wußte, als sie erraten konnte.

»Bestimmte Leute haben ihr einmal ein Angebot gemacht«, sagte ich. »Aber meine Mutter wollte es nicht verkaufen, obwohl man ihr eine große Summe dafür geboten hatte.«

»Du erwähnst keinen Namen, nun gut. Aber sag mir, glaubst du, daß diese Leute für den Überfall heute abend verantwortlich sind?«

Ich hielt es für taktvoller, den Namen der Mompessons zu verschweigen, da Miss Quilliam mit ihnen bekannt war, und außerdem stand es mir nicht zu, dieses Geheimnis zu lüften.

Ich sagte: »Ich glaube nicht, daß sie so weit gehen, doch nach allem, was meine Mutter angedeutet hat, nehme ich an, daß es noch eine zweite Partei gibt, die fest entschlossen ist, das Kodizill in ihren Besitz zu bekommen; und diese Partei würde wohl so viel dadurch gewinnen und ist offenbar auch so skrupellos, daß ihr jedes Mittel recht sein dürfte.«

Ich erzählte ihr, daß man versucht hatte, mich aus dem Dorf zu entführen und daß bei beiden Überfällen der gleiche furchterregend große Mann beteiligt gewesen sei. Dann fuhr ich fort: »Meine Mutter sagt, wenn dieser Feind das Dokument in seine Finger bekommt, dann ist unser Leben in Gefahr, denn er kann damit nur etwas anfangen, wenn wir beide tot sind.«

»Wie seltsam. Doch ich verstehe nicht genug von der Juristerei, um das beurteilen zu können. Es ist nur schade, daß unsere rechtsgelehrten Freunde nicht mehr hier sind.«

Ich errötete und schämte mich ein wenig bei diesen Worten, weil ich ihr verschwieg, was ich von den beiden Gentlemen gelernt hatte.

»Aber welche Folgen hätte es«, fragte sie, »wenn jene Partei das Kodizill kaufen würde, die auf rechtmäßigem Wege versucht hat, es zu erwerben?«

»Meine Mutter meint, sie würden es vernichten«, antwortete ich, »da die bloße Existenz dieses Kodizills auf eine Weise, die ich nicht so recht verstehe, eine Gefährdung ihrer Interessen bedeutet.«

»Das Ganze wird immer seltsamer«, sagte sie. »Warum hat deine Mutter denn das Angebot abgelehnt, wenn es doch mit einem Schlag ein Ende der Gefahr und das Ende eurer finanziellen Not bedeutet hätte?«

»Ich weiß es nicht«, sagte ich mit schamrotem Gesicht. Ich konnte ihr unmöglich gestehen, daß ich es gewesen war, der nach dem, was ich über die Erbschaftsgesetze in Grundstücksangelegenheiten erfahren hatte, meiner Mutter davon abgeraten hatte, diesen Weg zu wählen.

»Glaubst du also nicht, daß wir ihr raten sollten, es nun zu verkaufen?«

Wieviel weiß sie? fragte ich mich, als ich einen Blick in ihre grauen Augen warf. Sie waren so klar, daß es mir undenkbar schien, sie könne andere als edle Motive haben. Doch aus Gründen, die mir selbst nicht ganz einsichtig waren, glaubte ich, ihr vorenthalten zu müssen, was Mr. Pentecost und Mr. Silverlight mir als eine Möglichkeit angedeutet hatten. Und sie hatte ja sicherlich recht, wenn sie sagte, daß der einzig vernünftige Weg für uns jetzt, wo wir Not litten und in Gefahr schwebten, darin lag, das Kodizill an die Mompessons zu verkaufen.

»Doch, ich glaub schon«, sagte ich.

Es war inzwischen spät geworden. Wir zogen uns nun für die Nacht zurück, aber ich lag im Bett und konnte nicht einschlafen, weil mich die Frage quälte, ob ich Miss Quilliam vertrauen konnte oder nicht. Dabei fielen mir die Ungereimtheiten in ihrer Geschichte ein. Wie hatte sie ihre Stelle bei den Mompessons bekommen? Wie kam es, daß sie sich bei ihrem ersten Aufenthalt in London die teure Unterkunft bei Mrs. Malatratt leisten konnte? Und dann war da noch die Sache mit den Kisten: Als wir zu ihr kamen, hatte sie uns gesagt, sie würden nichts Wertvolles enthalten, doch in ihrer Geschichte hatte sie etwas anderes erzählt.

Am nächsten Morgen war es trocken und warm, doch eine erste Vorahnung von Regen lag bereits in der Luft. Wir standen spät auf, frühstückten, und dann lenkten Miss Quilliam und ich das Gespräch auf die Frage nach einem möglichen Verkauf des Kodizills.

Ich fragte meine Mutter, ob sie glaube, daß die Partei, die uns schon einmal Geld dafür angeboten habe, noch immer daran interessiert sei. »O ja«, antwortete sie, »noch mehr als zuvor, sollte ich meinen.«

Auf den Vorschlag, daß wir es dann an sie verkaufen sollten, antwortete sie jedoch entsetzt: »Nein, Johnnie! Das kann ich nicht machen.«

»Aber warum denn nicht?« rief ich.

»Ich habe es meinem Vater versprochen. Er hat so viel Zeit und Mühe darauf verwandt, es in seine Hände zu bekommen. Und es hat ihn sein ... es hat ihn sein Leben gekostet.«

»Wovon redest du, Mama?«

»Bitte, frag mich nicht!« rief sie verzweifelt. »Ich hätte dir nichts davon sagen sollen.«

»Dann sag mir wenigstens, was du ihm versprochen hast.«

»Daß ich es sicher verwahren und meinem Erben übergeben würde.«

»Das heißt, eigentlich gehört es also mir?«

»Ja, doch erst, wenn du einundzwanzig Jahre alt bist.«

»Aber warum war es deinem Vater so wichtig, daß du es an mich weitergibst?«

Sie sah mich vorwurfsvoll an und sagte endlich: »Ach, Johnnie, es ist nicht recht von dir, daß du mich zwingst, all das zu erzählen. Aber da du so fest entschlossen bist, sollst du wissen, daß wir mit Hilfe des Kodizills ein großes Vermögen zurückgewinnen könnten, um das man unsere Familie vor langer Zeit betrogen hat.«

»Hab ich also doch richtig geraten!« rief ich aus. Und Mr. Pentecost und Mr. Silverlight hatten recht gehabt! »Aber sag mir, wie soll das gehen?« flehte ich sie an.

Sie schüttelte den Kopf: »Nein, ich werde es dir nicht erzählen. Außerdem verstehe ich es selbst nicht. Es ist zu kompliziert. Aber ich habe einen Brief, der dir das später einmal alles erklären wird.«

Das wußte ich bereits, denn ich konnte mich sehr gut an den Brief erinnern, den ich vor all den Jahren in ihrer Lackdose gesehen hatte und der mich zum erstenmal auf den Namen Huffam aufmerksam gemacht hatte.

Als sie spürte, daß mein Entschluß ins Wanken geriet, sagte Miss Quilliam: »Johnnie und ich meinen, Sie sollten das Dokument verkaufen.«

Widerstrebend bekannte ich mich zu meiner früheren Entscheidung, doch argumentierte ich, unterstützt von Miss Quilliam, daß mein Großvater nur das Beste für seine Tochter und seinen Enkel im Auge gehabt habe, als er ihr das Versprechen abverlangte, daß es aber unter den gegenwärtigen Umständen das beste für uns sei, uns von dem Kodizill zu trennen. Und da sie es außerdem nur für mich aufbewahre, sei es in gewisser Hinsicht meine Sache, wie ich damit verfahren wolle.

Sie schien unsicher zu werden, und ich verstärkte noch meine Attacke: »Solange es uns gehört, sind wir in Gefahr. Vielleicht werden wir wieder überfallen.«

Diese Vorstellung erschreckte sie so sehr, daß sie endlich in den Verkauf einwilligte. Miss Quilliam und ich warfen uns verstohlen einen triumphierenden Blick zu.

»Mama«, fragte ich, »wirst du Miss Quilliam nun erzählen, wer die Partei ist, die das Kodizill kaufen möchte?«

»Sie kennen sie, Helen«, sagte meine Mutter. »Es sind Sir Perceval und Lady Mompesson.«

»Ich habe es mir schon fast gedacht«, sagte sie zu meiner Überraschung, und mein Mißtrauen wurde erneut geweckt. Doch dann beruhigte sie meine Befürchtungen wieder ein wenig, als sie erklärte: »Ich weiß ja, daß sie mit euch verwandt sind, und ihr habt mir nie gesagt, was euch damals nach Mompesson Park geführt hat, als ich Johnnie das erste Mal getroffen habe.«

Jetzt stellte sich nur noch die Frage, wie wir mit den Mompessons Kontakt aufnehmen sollten. Meine Mutter hatte schreckliche Angst vor dem Gedanken, daß sich einer von uns beiden wieder auf die Straße hinauswagen sollte. Sie war überzeugt, der ganze Stadtbezirk werde von den Agenten unseres Feindes überwacht. Und als wäre das nicht schon genug, fürchtete sie außerdem noch, daß es zu gefährlich sein würde, sich dem Haus der Mompessons zu nähern, da man möglicherweise davor einen Beobachter postiert hatte, der nach uns Ausschau halten sollte. Diese Angst schien mir zwar unangemessen und übertrieben, doch ich sah ein, daß es keinen Zweck hatte, noch weiter mit ihr darüber zu diskutieren.

»Warum schickt ihr nicht einfach einen Brief?« fragte Miss Quilliam.

»O nein!« antwortete meine Mutter. »Das würde nichts nützen. Wahrscheinlich würde man ihn abfangen. Ich bin mir sicher, daß unser Feind einen Agenten im Haushalt der Mompessons hat. Jede Nachricht von mir muß von jemandem überbracht werden, dem ich absolut vertrauen kann.«

Es entstand ein kurzes Schweigen, das schließlich von Miss Quilliam unterbrochen wurde, die nachdenklich sagte: »Könnte *ich* denn nicht die Nachricht überbringen?«

Meine Mutter klatschte in die Hände und sagte: »Ach, Helen, würden Sie das wirklich machen? Aber diese Nachricht müßte Sir Perceval und Lady Mompesson persönlich übergeben werden.«

Miss Quilliam nickte.

Mein Mißtrauen bekam neue Nahrung. »Aber Mama«, sagte ich, »das können wir doch nicht von Miss Quilliam verlangen. Denk nur daran, wie sehr sie von den Mompessons schikaniert und gedemütigt worden ist.«

Die beiden sahen mich erstaunt an, und ich wurde rot bei dem Gedanken daran, um Haaresbreite verraten zu haben, daß ich Miss Quilliams Geschichte mit angehört hatte.

»Laß gut sein, Johnnie!« sagte Miss Quilliam. »Es wird nicht leicht sein, aber da uns nichts anderes übrigbleibt, werde ich es machen.«

Während sich meine Mutter bei ihr bedankte, sahen Miss Quilliam und ich uns an, und mich quälte der Gedanke: Weshalb tut sie das? Aus welchem Grund?

Um ihr den Einlaß in das Haus zu sichern, schrieb meine Mutter mit Miss Quilliams und meiner Hilfe folgenden Brief an den Baronet:

16. Juli

Sir Perceval Mompesson,

ich bin nun bereit, das Kodizill zu der vormals genannten Summe zu verkaufen. Die Überbringerin dieses Schreibens wird Ihnen mitteilen, wie Sie mich auffinden können. Ich muß Sie jedoch bitten, Ihren Entschluß nicht hinauszu zögern, da die ebenfalls interessierte andere Partei mich hart bedrängt.

M.C.

Fasziniert starrte ich auf die Initialen, mit denen meine Mutter den Brief unterzeichnet hatte. Wie lautete bloß unser wahrer Name?

Miss Quilliam sah aus dem Fenster, und da sich der Himmel draußen bewölkt hatte, nahm sie den einzigen, uralten Schirm, den wir in unserem kleinen Haushalt unser eigen nannten, und verließ unter einer Flut von Dankesbezeugungen und guten Wünschen das Zimmer. Der Vormittag war inzwischen weit vorgerückt, und da wir sie nicht vor einigen Stunden zurückerwarten konnten, begann eine besorgte, ruhelos Zeit des Wartens.

»Mama«, fragte ich, »werden die Mompessons das Kodizill tatsächlich vernichten?«

»Ja.«

»Warum?«

»Ich weiß nicht, ob ich es dir sagen soll«, antwortete sie und rieb sich unruhig die Hände, »aber schaden kann es andererseits jetzt auch nicht mehr. Also gut. Wenn ich es richtig verstanden habe – und du weißt, daß ich mich in diesen juristischen Angelegenheiten nicht besonders gut auskenne –, dann wird durch das Kodizill das Besitzrecht der Mompessons am Gut von Hougham in Frage gestellt.«

»Und verleiht es«, fragte ich aufgeregt, »dir oder mir ein Anrecht auf das Gut?«

Diese Frage versetzte sie offenbar in große Bedrängnis: »Nein, nicht direkt, nur unter bestimmten Bedingungen. Aber es ist viel zu unwahrscheinlich, daß diese Bedingungen jemals eintreten. Bitte, Johnnie, zwing mich nicht, dir noch mehr zu verraten! Mit dem Verkauf enttäusche ich das Vertrauen, das mein Vater um deinetwillen in mich gesetzt hat. Erinnere mich nicht mehr an meine Schuld!«

»Aber ich habe dir doch selbst geraten, es zu verkaufen«, sagte ich. »Ich mache dir keine Vorwürfe. Ich bin nur neugierig. Darf ich es nicht wenigstens einmal lesen, bevor es für immer verloren ist?«

Sie rang die Hände. »Ach, ich weiß nicht, was ich machen soll.«

Ich kam mir zwar grausam vor, doch etwas in mir zwang mich, jetzt nicht nachzugeben: »Ich denke, du solltest mir erlauben, eine Abschrift des Kodizills anzufertigen, Mama.«

»Also gut«, sagte sie schließlich und zog aus ihren Unterröcken die in weiches Leder gewickelte Pergamentrolle hervor.

Sie gab mir das Dokument, doch als ich es zu lesen versuchte, zeigte sich, daß es in einer altertümlichen Schrift geschrieben und in einem juristischen Stil abgefaßt war, der außerordentlich schwer zu verstehen war.

Es war zwar noch viel zu früh, doch meine Mutter nahm schon ihren Platz am Fenster ein und begann, auf die Rückkehr von Miss Quilliam und den Unterhändler der Mompessons zu warten. Inzwischen setzte ich mich an den Tisch, um das Kodizill abzuschreiben. Das Datum auf dem Dokument lag sehr, sehr weit zurück, doch das Pergament selbst war – abgesehen von den ausgefransten Rändern – in einem so guten Zustand, daß man meinen konnte, es wäre erst an diesem Morgen geschrieben worden. Das Kopieren war eine mühselige Arbeit, da ich die Buchstaben zunächst nicht lesen konnte und die Worte deshalb mit akribischer Sorgfalt übertrug, ohne ihren Sinn zu verstehen. Allmählich jedoch wurde mir die Handschrift vertrauter, und endlich konnte ich den Text entziffern und wenn auch nicht unbedingt den Inhalt, so doch zumindest die Worte verstehen:

Ich, Jeoffrey Huffam, füge am heutigen Tage meinem Letzten Willen und Testamente dieses folgende Dokument hinzu und setze in Anwesenheit nachstehend aufgeführter Zeugen meinen Namen und mein Siegel darunter. Namentlich belege ich hiermit alles Land und das gesamte Erbgut, das Pachtgut, die Anwesen und allen sonstigen Besitz mit einem Fideikommiß: Dieses Fideikommiß wird meinem Sohn James und seinen leiblichen Nachfahren gestiftet. Bei Ermangelung solcher Erben geht das Fideikommiß auf meinen einzigen Enkel Silas Clothier über, für den Fall, daß dieser, wenn die oben genannte Linie ausgestorben ist, noch am Leben sein sollte. Ist diese Bedingung nicht erfüllt, fällt das Fideikommiß an meinen Neffen George Maliphant und dessen leibliche Erben.

In Anwesenheit der Zeugen – Name [unleserlich] – Name [unleserlich]

unterschriebenund besiegelt am dritten Tag
im September des Jahres unseres Herrn 1768
von Jeoffrey Huffam.

»Jeoffrey Huffam war dein Großvater, nicht wahr?« fragte ich.

»Nein. Er war mein Urgroßvater«, sagte sie etwas unwillig. »Deshalb war James *dein* Urgroßvater. Mein Vater, dein Großvater, hieß John.«

»Kannst du mir erklären, warum Jeoffrey Huffam seinem Testament diese Urkunde noch hinzugefügt hat?«

»Er hatte Angst, daß sein Sohn nach seinem Tod den ganzen Besitz verkaufen könnte, und deshalb wollte er diesen Besitz für seine Nachkommen als Ganzes erhalten, indem er versuchte, ihn mit einem Fideikommiß zu belegen.«

»Dann sind wir beide seine Erben?« Sie gab keine Antwort. »Das sind wir doch, nicht wahr, Mama?«

Sie nickte.

»Was geschah dann mit dem Kodizill?«

»Irgendwie wurde es gestohlen, als Jeoffrey starb, und nur deshalb war James in der Lage, den Besitz zu verkaufen.«

Da mir wieder einfiel, was mir die beiden rechtsgelehrten Gentlemen beigebracht hatten, rief ich: »Aber das bedeutet ja, daß James das Fideikommiß nur ausgesetzt und nicht aufgehoben hat.«

Meiner Mutter lief ein Schauder über den Rücken: »Das hat Papa auch immer gesagt, aber ich habe nie verstanden, was er damit meinte.«

»Es bedeutet, daß die Mompessons nur das Nießbrauchrecht über den Besitz haben, also das Recht, den Besitz zu nutzen. James hat ihnen damals nur dieses Recht verkauft, sonst nichts. Wir beide dagegen haben das Verfügungsrecht geerbt, obwohl wir keinen Vorteil davon haben. Siehst du, die Mompessons behalten den Besitz nur, solange es noch einen Erben im Sinne des Fideikommiß gibt. Stirbt die Linie aus, dann fällt das Verfügungsrecht an denjenigen, der das Nacherbenrecht besitzt, und dem gehört der Besitz dann ganz.« Ich sah auf das Kodizill und sagte: »Da wird ein Silas Clothier erwähnt. Wer ist das?«

Sie wandte den Blick ab.

»Wenn wir beide sterben, dann erbt er alles«, bohrte ich weiter. »Lebt er noch? Er muß schon sehr alt sein.« Sie sagte immer noch nichts. Mir fiel ein, daß sie diesen Namen einmal voller Entsetzen genannt hatte, also sagte ich: »Er ist unser Feind, nicht wahr? Er war es, der Mr. Barbellion geschickt hat, damit der uns das Kodizill abkauft, und als ihm das nicht gelang, hat er versucht, mich entführen zu lassen. Dann hat er Bissett bestochen, damit sie uns verrät, und er war es auch, der uns gestern verfolgen und überfallen ließ, nicht wahr?«

Sie wollte einfach nicht reden, und als ich sah, daß meine Fragen ihr angst machten, gab ich auf.

Am späten Nachmittag saß ich immer noch am Tisch und studierte Original und Kopie, als meine Mutter plötzlich einen Laut des Erschreckens von sich gab, der mich zusammenfahren ließ. Sie war ganz blaß geworden und starrte auf die Straße. Ich eilte zum Fenster, sah hinaus und entdeckte Miss Quilliam, die in Begleitung eines fremden Gentleman die Straße herunterkam. Und dann wiederum schien mir der Mann doch nicht völlig fremd zu sein, denn ich meinte, ihn schon einmal gesehen zu haben: die untersetzte

Gestalt, die mächtigen Kiefer und der starre Blick unter buschigen Augenbrauen. Kurz bevor Miss Quilliam und er unserem Haus so nahe waren, daß sie aus meinem Blickfeld verschwanden, erkannte ich ihn: Es war Mr. Barbellion.

»Verrat!« rief meine Mutter. »Wir sind an unseren Feind verraten worden!«

»Komm!« sagte ich, faßte sie am Arm und zog sie zur Tür. Als ich am Tisch vorbeieilte, steckte ich beide Papiere ein, das Original und die Abschrift.

An der Tür jedoch weigerte sich meine Mutter, auch nur einen Schritt weiterzugehen. »Es ist zu spät«, sagte sie. »Wir können nicht mehr entkommen. Wir werden ihnen auf der Treppe begegnen.«

»Nein, nicht doch, wir gehen nach oben«, sagte ich.

Sie rührte sich nicht, und so zog ich sie hinter mir her über die Schwelle und die Stufen hinauf zum nächsten Treppenabsatz. Unter uns hörten wir Schritte näher kommen, und nur um Bruchteile von Sekunden gelang es uns, unentdeckt zu bleiben. (Wieder und wieder habe ich daran gedacht, wie anders unser Leben wohl verlaufen wäre, wenn wir damals auch nur einen Augenblick gezögert hätten.) Wir hörten, daß unter uns rasch hintereinander einige Male an die Tür geklopft wurde, und dann betraten Miss Quilliam und Mr. Barbellion das Zimmer.

»Schnell!« flüsterte ich. »Und leise!«

Ich drängte meine Mutter die Treppe hinunter, an unserer Tür vorbei, die die Ankömmlinge hinter sich zugezogen hatten, über die restlichen Stufen und auf die Straße hinaus. Wir liefen bis ans Ende der Straße, bogen in die nächste ein, dann in irgendeine andere und so weiter, bis wir schließlich völlig erschöpft innehielten und nicht mehr wußten, wo wir waren.

Wir befanden uns in einem Bezirk, in dem wir uns beide kaum auskannten, und nachdem wir ein Drehkreuz passiert hatten, standen wir auf dem stillen, engen Vorplatz einer großen alten Kirche, die sich zwischen uns und dem geschäftigen Treiben einer großen Durchgangsstraße erhob. Das schöne Wetter vom Vormittag war einem leichten Nieselregen gewichen. Nach Atem ringend, setzten wir uns auf eine niedrige Mauer.

Meine Mutter schlug die Hände vors Gesicht: »Ich versteh das einfach nicht«, schluchzte sie. »Ich versteh nicht, wie sie uns das antun konnte.«

Ich begriff es ebensowenig, doch mich beunruhigte zudem noch die Frage, wieso Miss Quilliam gewußt hatte, wo unser Feind zu finden war. Denn wenn nicht einmal ich von meiner Mutter erfahren konnte, wer diese Leute waren, woher wußte sie es dann? Konnte es sein, daß es da Zusammenhänge gab, die meine Vermutungen noch weit übertrafen, und daß Miss Quilliams Beziehung zur Familie Mompesson – bei aller Unschuld ihrerseits – die Spießgesellen unseres Feindes auf ihre Spur gebracht hatte? Oder war es einfach nur ein Zufall, daß sie mit ihnen in Verbindung stand? Ich fürchtete jedoch, das hätte geheißen, dem Zufall etwas zu viel Gewalt anzutun. Die letzte und die schrecklichste Möglichkeit war, daß Miss Quilliam von Anfang an in diese Verschwörung verwickelt war. Und doch wollte ich nicht glauben, daß sie uns verraten hatte, auch wenn ich mir keine andere Erklärung für ihre gemeinsame Rückkehr mit Mr. Barbellion vorstellen konnte. Ich wollte mit meiner Mutter darüber sprechen, um dieses Netz aus scheinbaren Zufälligkeiten und bedeutsamen Ereignissen zu entwirren, merkte jedoch, daß sie unfähig war, vernünftig über das Geschehene zu reden.

»Zuerst Bissett und jetzt Helen!« rief sie. »Wem soll ich denn da noch vertrauen? Jetzt kennen wir uns schon so lange und haben so viel Schlimmes gemeinsam erlitten – und dann liefert sie uns an den Feind aus!«

»Wir können nicht wirklich sicher sein, daß sie uns verraten hat«, versuchte ich zu widersprechen. »Vielleicht gibt es noch eine andere Erklärung.«

Doch sie hörte mir gar nicht zu und fragte plötzlich: »Wo ist das Kodizill?«

»Ich habe es«, sagte ich. »Soll ich es behalten?«

»Nein«, rief sie, »gib es mir!«

Sie sprach mit wilder, argwöhnischer Heftigkeit, als würde sie selbst mir nicht mehr trauen. Ich zog das Kodizill aus meiner Tasche, und mit einem erregten Flackern in den Augen riß sie es mir aus der Hand, rollte es zusammen, wickelte es wieder in das weiche Leder und steckte es zurück in ihre Innentasche.

Ich mußte über unsere Lage nachdenken. Wir hatten kein Dach über dem Kopf, waren hungrig und buchstäblich ohne einen Penny, da wir Miss Quilliam den letzten Rest unserer Barschaft für eventuelle Ausgaben auf ihrem Botengang mitgegeben hatten. Es regnete nun immer heftiger, und es würde nicht mehr lange dauern, bis die Dämmerung hereinbrach. Wir waren für dieses Wetter nicht gerade passend angezogen, außerdem fieberte meine Mutter ein wenig, und ich fürchtete um die Folgen, wenn wir nicht bald einen warmen Unterschlupf und etwas zu essen fanden.

»Hör zu«, sagte ich ungeduldig, denn mir schien es offensichtlich, daß uns keine andere Wahl mehr blieb: »Wir müssen zu Mrs. Fortisquince gehen.«

Meine Mutter schüttelte den Kopf. Ihre Lippen bewegten sich, und ich beugte mich zu ihr vor, da ich sie sonst nicht verstehen konnte: »Mrs. Purviance wird uns helfen«, murmelte sie.

»Nein«, sagte ich. »Warum sollte sie? Mrs. Fortisquince dagegen hat allen Anlaß, uns zu helfen.« Sie ist die Witwe des ältesten Freundes meines Großvaters und außerdem eine Cousine meiner Mutter. »Sie *muß* etwas für uns tun.«

Ihre Lippen bewegten sich erneut: »Ich traue ihr nicht.«

»Wir müssen ihr nicht vertrauen«, sagte ich, »aber wenn wir nicht zu ihr gehen, dann bleibt uns nur noch das Armenhaus.«

Sie schüttelte sich: »Man würde mich dorthin schicken, wo ich gemeldet bin«, murmelte sie vor sich hin.

»Wo ist das?« fragte ich rasch.

»In Christchurch«, sagte sie. »Und das wäre zu gefährlich.«

Christchurch, dachte ich. Also dort war meine Mutter gemeldet. Die gleiche Gemeinde, in der auch der Cox's Square und die Bell Lane lagen, die meine Mutter wiederzuerkennen schien, als wir damals Mrs. Digweed gesucht hatten! Ich würde später in Ruhe darüber nachdenken.

»Also bleibt uns nicht anderes übrig, als zu Mrs. Fortisquince zu gehen«,

sagte ich.
Sie antwortete nicht.
Plötzlich begann die Glocke im Kirchturm die Stunde zu schlagen. Es schien mir ein durchaus unschuldiger Klang zu sein, doch mit einem Ausdruck des Entsetzens sah meine Mutter in die Höhe und blickte dann mit beinahe irrem Blick umher.
»St. Sepulchre!« rief sie und sprang auf.
Sie eilte durch das Tor am anderen Ende des engen Hofes, und verwirrt folgte ich ihr in die Giltspur Street. Beinahe direkt vor uns stand das düstere Bauwerk des Newgate–Gefängnisses, doch als würde sie es nicht bemerken, hastete meine Mutter an der Kirche vorbei, in deren Hof wir uns ausgeruht hatten, und weiter in Richtung Holborn.
Kurz darauf blieb sie plötzlich stehen, und ich holte sie wieder ein. Sie starrte auf ein Wirtshausschild über uns, auf dem ein Mohr mit grimmigem Gesicht zu sehen war, der einen grausigen Krummsäbel schwang. (Dies war der berühmte Sarazenenkopf, der dem Gasthaus seinen Namen gab.)
Sie wandte sich ab, murmelte vor sich hin und schien mich überhaupt nicht mehr wahrzunehmen: »Das Schwert und der Halbmond. Und das Blut.«
Ich dachte, sie würde sich an eine Geschichte aus »Tausendundeiner Nacht« erinnern, doch gerade als ich sie danach fragen wollte, rannte sie erneut drauflos, hinein in das Labyrinth dreckiger, enger Straßen und Gassen rund um Smithfield. Ich eilte ihr nach, und es dauerte lange, bis ihre Kräfte nachließen und sie schließlich stehenblieb.
Wie betäubt sah sie mich an.
Ich faßte nach ihrer Hand und sagte: »Komm! Wir müssen zu Mrs. Fortisquince.«
Erschöpft nickte sie, und wir machten uns auf den Weg.
Wir liefen und liefen, und der Himmel wurde immer dunkler; bald begann es zu regnen, und wir wurden bis auf die Haut durchnäßt. Meine Mutter war erschöpft, sie ging jetzt viel langsamer, und immer wieder mußte ich sie zum Weiterlaufen drängen. Diese Gegend der Stadt kannten wir beide nicht – wir waren in Clerkenwell –, doch je dunkler es wurde, um so größer waren unsere Hemmungen, einen Fremden nach dem Weg zu fragen, und so geschah es oft, daß wir uns verliefen und wieder umkehren mußten. Zum erstenmal in meinem Leben war ich versucht, jemanden anzubetteln, doch ich wußte, wie gefährlich es war, von einem Konstabler bei diesem Vergehen ertappt zu werden, besonders in den feineren Gegenden, denen wir uns nun langsam näherten. Trotzdem blickte ich den wenigen, gut angezogenen Passanten mit einem Ausdruck stolzen Bittens ins Gesicht – schließlich mußte ich nicht um meinetwillen, sondern meiner Mutter wegen zu diesem Notbehelf greifen –, und einmal wurde ich sogar für meine Mühe belohnt, als mir nämlich eine ärmlich gekleidete Frau einen Penny gab. Ich kaufte uns damit einen schmalen Kanten Brot, und wir teilten ihn uns während einer der vielen Ruhepausen, die die Erschöpfung meiner Mutter notwendig machte.

43. KAPITEL

Je näher wir dem Haus von Mrs. Fortisquince kamen, um so größere Sorge bereitete mir die Frage, wie wir dort empfangen werden mochten. Wie würde uns Mrs. Fortisquince heute aufnehmen, da wir ohne einen Penny und fast in Lumpen gehüllt zu ihr kamen, wo sie uns damals, als wir noch weit von der schlimmsten Armut entfernt gewesen waren, schon so unfreundlich gegenübergetreten war? Würde sie sich weigern, uns zu helfen? Sicherlich nicht.

Es war nach Mitternacht, als wir vor dem Haus am Golden Square standen, und kein Licht war zu sehen. Ich fragte mich, ob es nicht besser sein würde, die Nacht auf den Straßen zu verbringen und erst früh am nächsten Morgen vorzusprechen, doch ein Blick auf meine Mutter, auf ihr nasses Haar, die aufgeweichten Kleider und ihre vor Kälte zitternden Schultern, ließ mich alle Bedenken vergessen. Ich klingelte, und als im Inneren des Hauses die Glocke anschlug, kam es mir wie eine schreckliche Störung der nächtlichen Ruhe vor.

Einige Augenblicke später tauchte hinter den oberen Fenstern ein Licht auf, wir hörten jemanden die Treppe herunterkommen, und dann drang Mrs. Fortisquince' besorgte Stimme durch die Tür: »Wer ist da?«

Ich zögerte, doch dann antwortete ich: »John Mellamphy und seine Mutter.«

Es wurde still, dann hörten wir, wie die Riegel zurückgeschoben wurden. Die Tür wurde so weit geöffnet, wie es die Türkette zuließ. Eine Kerze erschien im Spalt, dann entfernte jemand die Kette, und endlich öffnete sich die Tür weit und gab den Blick auf Mrs. Fortisquince und ihr Dienstmädchen frei, die uns, beide im Nachtgewand, sichtlich überrascht anstarrten.

»Sie sind es tatsächlich!« rief Mrs. Fortisquince, und erleichtert sah ich, daß sie lächelte und uns aufs herzlichste willkommen hieß. »Kommt herein, kommt herein!« drängte sie.

Wir traten ein, und während das Dienstmädchen die Tür wieder verschloß, führte uns Mrs. Fortisquince in ihren Salon und zündete eifrig einige Kerzen an.

»Ich bin ja so froh, euch zu sehen, meine Lieben. Ich habe viel an euch beide denken müssen und mich schon oft gefragt, warum ihr nicht wiedergekommen seid.«

Als meine Mutter dies hörte, warf sie sich Mrs. Fortisquince in die Arme.

»Meine arme Mary«, sagte Mrs. Fortisquince und streichelte ihr über den Rücken, »ich kann gar nicht sagen, wie oft ich mich gefragt habe, was ihr wohl macht und wo ihr wohl seid. Ich habe sogar jemanden zum ›Golden Cross‹ geschickt, um euch ausfindig zu machen, aber in den Unterlagen des Hotels war nicht verzeichnet, daß ihr dort jemals übernachtet habt. Wirklich sehr mysteriös, nicht wahr?«

Meine Mutter errötete und schaute mich verlegen an.

»Es war so lieb von euch, mir ein Weihnachtsgeschenk zu bringen«, fuhr Mrs. Fortisquince fort. »Doch das törichte Mädchen, das damals bei mir war, hat vergessen, euch nach eurer Adresse zu fragen. Ihr müßt mir einfach alles erzählen! Warum habt ihr mich nicht wieder einmal besucht?«

»Johnnie wollte nicht«, sagte meine Mutter.

»Tatsächlich? Aber warum denn nicht?«

»Er hat kein Vertrauen zu dir«, sagte sie. »Er ist seit einiger Zeit so garstig und so argwöhnisch, daß er mir manchmal richtiggehend angst macht.«

Mrs. Fortisquince warf mir einen höchst seltsamen Blick zu. »Sieh einer an!« sagte sie. Doch plötzlich, als würde sie erst jetzt bemerken, in welchem Zustand wir und unsere Kleider waren, rief sie: »Aber ihr seid ja völlig durchnäßt! Wo habe ich nur meine Gedanken! Das Mädchen wird euch Betten herrichten und oben in eurem Zimmer ein Feuer anzünden, während ich inzwischen etwas Suppe aufwärme. Eure Geschichte kann auch bis morgen warten.«

Meine Mutter schlief schon fast im Stehen, kam aber wieder so weit zu Kräften, daß sie noch etwas essen konnte, ehe man uns nach oben in ein Zimmer führte, in dem ein mächtiges Feuer brannte und zwei Betten für uns angewärmt worden waren. Mrs. Fortisquince half meiner Mutter aus den nassen Sachen und sah, daß sie ein Lederpäckchen umklammert hielt, das in einer Tasche unter ihrem ersten Unterrock gesteckt hatte.

»Komm, laß mich dir das abnehmen«, sagte sie und streckte die Hand danach aus.

»Nein«, sagte meine Mutter jäh.

»Nun komm schon, meine Liebe, stell dich nicht so an!«

Doch mit einem ängstlichen Blick in den Augen wich meine Mutter vor ihr zurück.

»Bitte, lassen Sie es ihr, Mrs. Fortisquince«, sagte ich. »Sie nimmt dieses Päckchen immer mit ins Bett.«

»Natürlich, natürlich«, sagte daraufhin Mrs. Fortisquince und ließ uns einige Augenblicke später allein.

Was für ein Vergnügen war es doch, zwischen frisch duftenden Laken in einem Bett ohne Ungeziefer zu liegen! Meine Mutter schlief rasch ein, doch ich lag noch einige Zeit wach und machte mir Vorwürfe, weil ich Mrs. Fortisquince mißtraut hatte. Ich fragte mich, wie viele Leiden der letzten zwei Jahre uns wohl erspart geblieben wären, wenn meine Mutter nicht auf meinen Rat gehört hätte.

Als wir am nächsten Morgen sehr spät zum Frühstück nach unten kamen, zeigte sich unsere Gastgeberin wiederum so sehr um uns besorgt, daß ich mir sicher gewesen wäre, ihr mit meinem Urteil unrecht getan zu haben, hätte ich nicht in ihrer Gegenwart noch immer eine leichte Beunruhigung gespürt. Doch ich konnte sehen, daß meine Mutter ihr jetzt vollkommen vertraute, denn als Mrs. Fortisquince sie drängte, ihr doch zu erzählen, was geschehen war, seit wir sie das letzte Mal gesehen hatten, berichtete ihr meine Mutter rückhaltlos alles: Wie sie versucht hatte, eine Stelle als Gouvernante zu finden. Wie wir immer ärmer wurden, weil wir, statt Geld vom Verkauf unserer Möbel zu bekommen, von unserer alten Dienerin verraten und betrogen worden waren, und daß uns seither die Gerichtsvollzieher auf den Fersen waren.

»Die Gerichtsvollzieher?« entfuhr es Mrs. Fortisquince. »Droht euch denn die Schuldhaft?«

Meine Mutter nickte bestätigend, und ich beobachtete Mrs. Fortisquince besorgt, da ich fürchtete, wir würden ihr mit dieser Neuigkeit, sollte sie uns tatsächlich nicht wohlgesonnen sein, eine mächtige Waffe an die Hand geben.

»Wie groß ist der fragliche Betrag?« wollte sie wissen.

»Hundertundfünfzehn Pfund.«

»Aber meine Liebe, mach dir doch keine Sorgen um solch eine kleine Summe! Ich werde für dich bürgen und die Schuld bezahlen, damit dürfte der Haftbefehl dann hinfällig werden.«

Während sich meine Mutter bei ihr bedankte, sagte ich mir, daß ich Mrs. Fortisquince, sollte sie tatsächlich ihr Wort halten, ganz gewiß falsch eingeschätzt hatte. Offenbar hatten sich allerdings auch ihre finanziellen Verhältnisse seit unserer letzten Begegnung sehr gebessert.

»Aber ich kann es dir nicht zurückzahlen«, sagte meine Mutter. »Und ich habe nur eine äußerst unbestimmte Aussicht, jemals wieder zu Geld zu kommen.«

»Tatsächlich?« fragte Mrs. Fortisquince. »Und welche ist das?«

Und so erzählte ihr meine Mutter von Miss Quilliam, von der sie so lange geglaubt hatte, daß sie uns gewogen sei. »Doch dann hat sie uns verraten«, schloß meine Mutter.

»Das können wir nicht mit Sicherheit behaupten, Mama«, warf ich ein.

»Ach, meine Lieben, wie schrecklich!« rief Mrs. Fortisquince. »Und was geschah dann?«

»Nun«, sagte meine Mutter und warf mir einen unruhigen Blick zu, den ich mit einem Stirnrunzeln beantwortete, »ich besitze ein Dokument, das ... das eine Menge Geld wert sein könnte.«

»Nein, wirklich? Das war es wohl, wovon du dich letzte Nacht nicht trennen wolltest. Du hast dich wirklich höchst eigenartig benommen, meine Liebe.«

»Ich habe Angst, es zu verlieren, denn das könnte für Johnnie und mich schlimme Folgen haben. Doch laß mich weitererzählen: Ich hatte mich entschlossen, das Kodizill zu verkaufen ...«

»Verkaufen?« unterbrach sie Mrs. Fortisquince. »An wen denn?«

Noch bevor ich sie daran hindern konnte, sagte meine Mutter: »An Sir Perceval Mompesson.«

»Nicht möglich«, stieß Mrs. Fortisquince hervor. Einen Augenblick später jedoch fragte sie etwas ruhiger: »Und welche Rolle spielte dabei diese Miss Quilliam?«

»Ich bat sie, Sir Perceval einen Brief von mir zu überbringen. Doch statt dessen ging sie ... zum Agenten jener Partei, die sich nichts sehnlicher wünscht, als mir und meinem Johnnie Schaden zuzufügen. Also waren wir gezwungen, unsere Wohnung fluchtartig zu verlassen. Wir wußten uns nicht weiterzuhelfen, als hierher zu kommen.«

»Ich verstehe«, sagte Mrs. Fortisquince langsam, den Blick zu Boden gerichtet. Dann sah sie auf, lächelte uns beide an und sagte munter: »Und dem

Himmel sei es gedankt, daß ihr hierhergekommen seid! Jetzt gilt es als erstes, diese schrecklichen Gerichtsvollzieher auszubezahlen. Wie können wir sie finden?«

Ich nannte ihr den Friedensrichter in der Marlborough Street, bei dem der Haftbefehl vorlag, und Mrs. Fortisquince schickte gleich ihr Dienstmädchen mit einer Droschke hin. Noch vor Ablauf einer Stunde war sie zurück, und wir erfuhren, daß der volle Betrag, einschließlich aller Kosten, sich nunmehr auf einhundertunddreißig Pfund belief. Mrs. Fortisquince sandte das Mädchen den gleichen Weg noch einmal zurück, diesmal jedoch mit einem Bankwechsel über die genannte Summe, und als wir unser spätes Frühstück beendet hatten, befand sich meine Mutter im Besitz eines Zahlungsbelegs über den gesamten Betrag. Sie umarmte Mrs. Fortisquince, und die beiden Frauen lagen sich in den Armen und weinten.

Als die Tränen getrocknet und die Kleider wieder geglättet waren, setzte man sich und wandte sich dem Geschäftlichen zu.

»Nun muß ich das Kodizill verkaufen«, sagte meine Mutter. »Doch wie nehme ich mit Sir Perceval Kontakt auf?«

Obwohl meine Mutter einen Augenblick lang schwieg, als wolle sie Mrs. Fortisquince Zeit geben, ihr ein Angebot zu machen, sagte diese kein Wort, und wieder dachte ich, daß mein Mißtrauen an ihrem Interesse für das Kodizill unbegründet sein müsse.

Meine Mutter fuhr fort: »Es scheint mir nicht recht, deine Freundlichkeit noch einmal in Anspruch zu nehmen, doch ich frage mich, ob du das nicht vielleicht übernehmen könntest?«

Mrs. Fortisquince zögerte und sagte dann: »Ich sehe eigentlich keinen Grund, der dagegen spricht.«

»Danke sehr«, sagte meine Mutter. »Und könnte dies, da ich erst dann in der Lage sein werde, dir dein Geld zurückzuzahlen, so bald als möglich geschehen?«

»Wenn du möchtest, kann ich noch heute nachmittag gehen.«

Was für eine wundervolle Aussicht! Also schrieb meine Mutter noch einmal einen Brief gleichen Inhalts an Sir Perceval, dann wurde eine Kutsche gerufen, und Mrs. Fortisquince machte sich auf den Weg. Während wir auf ihre Rückkehr warteten, begannen wir, Pläne zu schmieden. Auch nachdem wir Mrs. Fortisquince das Geld zurückgezahlt haben würden, so rechnete ich, würde uns, selbst wenn wir in etwas so Sicheres wie dreiprozentige Staatsaktien investierten, immer noch genug übrigbleiben, um ein komfortables Leben führen zu können.

»Wir werden nach Salisbury gehen«, erklärte meine Mutter. »Es ist wirklich hübsch dort, Johnnie. Wir nehmen ein kleines Haus am Kirchplatz, du wirst in eine Tagesschule gehen, und wir werden uns eine Bedienstete leisten können.«

Als Mrs. Fortisquince einige Stunden später zurückkam, war sie glänzender Laune. »Geschafft!« rief sie, als sie das Haus betrat.

»Wie hat Sir Perceval dich empfangen?« fragte meine Mutter besorgt. »War Lady Mompesson auch anwesend?«

»Ich werde euch alles erzählen, aber laßt mich doch erst wieder zu Atem kommen. Du bist Sir Perceval doch sicherlich schon begegnet?«

»Ja, einmal«, sagte meine Mutter.

»Aber sein Londoner Haus kennst du nicht?«

»Nein, ich war nur einmal als Kind dort und kann mich kaum daran erinnern.«

»Dann laß mich erzählen. Sir Perceval hat mich sehr herzlich empfangen.«

»Lady Mompesson war also nicht zugegen?« fragte ich überrascht.

Mrs. Fortisquince drehte sich mit einem strahlenden Lächeln zu mir um: »Nein, das war sie nicht. Wie ich schon sagte, Sir Perceval empfing mich recht herzlich – wohl die Folge deines kleinen Briefes, meine Liebe. Er war entzückt über deine Absicht, das Kodizill nun doch noch zu verkaufen, und zeigte sich mit den vorgeschlagenen Bedingungen vollkommen einverstanden. Ich kann dir versichern, daß etwas so Profanes wie eine genaue Summe überhaupt nicht erwähnt wurde. Darf ich daher vielleicht wissen, wie hoch der Betrag eigentlich war, zu dem du zuvor abgelehnt hattest, das Dokument zu verkaufen?«

»Siebzehnhundert Pfund«, antwortete meine Mutter.

Mrs. Fortisquince' Augen weiteten sich vor Erstaunen. »Man stelle sich nur vor«, murmelte sie, »wie sehr es ihn nach diesem Papier verlangen muß.« Dann fuhr sie fort: »Sir Perceval hat veranlaßt, daß sein Bevollmächtigter, ein Herr namens Steplight, morgen bei dir vorsprechen wird, um den Verkauf endgültig zu vollziehen.«

Etwas besorgt fragte ich mich, ob Sir Perceval überhaupt ein Geschäft von solcher Tragweite in Abwesenheit seiner Frau tätigen durfte, doch davon einmal abgesehen, schienen die Zeiten des Unglücks für uns nun endlich vorbei zu sein. Als der glücklichste Abend, den meine Mutter und ich seit langer Zeit erlebt hatten, zu Ende ging, legten wir uns schlafen und freuten uns – endlich wieder einmal – auf den folgenden Tag.

Am nächsten Morgen setzten wir uns nach dem Frühstück ans Fenster, um auf Sir Percevals Bevollmächtigten zu warten. Der Vormittag war schon fast vergangen, als vor dem Haus endlich eine prächtige Kutsche vorfuhr, und erfreut erkannten wir das strahlende Wappen auf der Tür der Karosse: Da waren sie, die Rosen und die Krabbe, die mir noch von damals her so wohlvertraut waren, als ich auf dem Galgenhügel Sir Perceval gesehen hatte, wie er aus dem Park herausgefahren kam. Zwei Lakaien in der roten und schokoladenfarbenen Livree, an die ich mich so gut erinnerte, sprangen zu Boden, klappten den Tritt herunter und öffneten den Schlag.

Mrs. Fortisquince trat gerade in dem Augenblick ans Fenster, als jemand aus der Kutsche stieg.

»Was für ein seltsamer kleiner Mann«, bemerkte meine Mutter. »Das muß wohl Mr. Steplight sein.«

»Ach, findest du, er sieht seltsam aus?« fragte Mrs. Fortisquince. »Ich halte ihn eher für sehr distinguiert. Ich nehme an, er ist derjenige, auf den wir warten.«

Für seinen schmächtigen Leib hatte Mr. Steplight einen wirklich großen Kopf mit einer hohen Stirn und leicht hervorquellenden Augen. Er war etwa vierzig oder fünfundvierzig Jahre alt, und seine Kleidung war äußerst elegant, ohne jedoch dabei im geringsten aufdringlich zu wirken.

Als es an der Tür läutete, begann Mrs. Fortisquince ihr Kleid glattzustreichen. Sie schien genauso aufgeregt zu sein, ihren Gast begrüßen zu können, wie wir es waren. Nachdem das Dienstmädchen ihn angemeldet hatte, kam er herein und sah sich mit einem gleichsam breitgestreuten Lächeln um, als wolle er, da er nicht wußte, wen er im einzelnen vor sich hatte, niemanden unbedacht lassen. Als Mrs. Fortisquince zuerst sich, dann meine Mutter und mich vorstellte, verbeugte er sich höflich vor jedem von uns, gestand, daß er entzückt sei, unsere Bekanntschaft zu machen, und reichte uns die Hand. Mir fiel auf, daß er seinen Blick zu Boden richtete, sobald er zu sprechen aufhörte, und dabei seine Lider senkte, wie um uns seine nur spärlichen Wimpern zu zeigen, doch gleich darauf schlug er die Augen dann langsam wieder auf. Mrs. Fortisquince bat ihn, Platz zu nehmen, und bedeutete dem Dienstmädchen, daß es uns nun die Biskuits und den Wein reichen möge.

Solange das Mädchen anwesend war, gab Mr. Steplight, unterstützt von Mrs. Fortisquince, nur höfliche Belanglosigkeiten von sich – sprach über das Wetter (und dessen entzückende Unzuverlässigkeit), unseren Teil der Stadt (so günstig gelegen!), den ununterbrochenen Strom von Fahrzeugen aus Mayfair (so ärgerlich) usw. usw. Doch sobald sich das Dienstmädchen zurückgezogen hatte, leitete er auf chevalereske Weise zum eigentlichen Thema über: »Ich komme direkt von Sir Perceval, von dem ich meine Instruktionen erhalten habe, und von diesem Gentleman habe ich hier auch einen Brief für Sie, Mrs. Mellamphy.«

Er übergab meiner Mutter das Schreiben, sie brach das Siegel, und über ihre Schulter hinweg las ich:

Brook Street Nr. 48, den 19. Juli

Madam,
der Überbringer dieses Schreibens, Mr. Steplight, ist mein verläßlicher Emissär und vertrauenswürdiger Vertreter. Er ist bevollmächtigt, Ihnen im Austausch für das Kodizill zweihundert Pfund zu überreichen.

Sobald die Authentizität dieses Dokuments überprüft worden ist, wird man Ihnen die restliche Summe von eintausend fünfhundert Pfund auszahlen.

Perceval Mompesson, Bart.

Offenbar hatte der Baronet den Brief diktiert, denn die Schrift unterschied sich beträchtlich von dem unleserlichen Gekritzel, das er uns damals nach Melthorpe geschickt hatte. Meine Mutter und ich sahen uns an und lasen einander am Gesicht die herbe Enttäuschung darüber ab, daß nur ein Teil der Kaufsumme sogleich ausgezahlt werden sollte. Doch dies war verständlich, denn ich erinnerte mich noch sehr gut daran, wie Sir Perceval und seine Frau bei unserem Gespräch in Mompesson Park die Möglichkeit betont hatten, daß es sich bei dem Kodizill um eine Fälschung handeln könne.

»Was soll das heißen?« fragte meine Mutter.

»Eine bloße Formalität, Mrs. Mellamphy, das versichere ich Ihnen«, sagte Mr. Steplight. »Das restliche Geld wird Ihnen in den nächsten Tagen ausgezahlt werden.«

»Wir wollen die ganze Summe haben, bevor wir das Kodizill aus der Hand geben«, sagte ich.

Mr. Steplight lächelte mich an: »Was für ein frühreifer junger Gentleman! Wirklich äußerst entzückend.«

»Still, Johnnie!« sagte meine Mutter. »Doch ich bin tatsächlich betrübt, Mr. Steplight, daß ich nicht gleich alles Geld bekomme.«

»Achten Sie bitte darauf, daß die Restschuld genau benannt ist«, sagte Mr. Steplight. »Der Brief ist daher so gut wie ein Schuldschein. Und ich bin überzeugt, daß Sie nicht annehmen werden, ein Gentleman wie Sir Perceval könne beabsichtigen, seinen Verpflichtungen nicht nachzukommen.«

Meine Mutter zögerte.

»Der Gedanke allein ist absurd«, sagte Mrs. Fortisquince.

Verwirrt sah meine Mutter von einem zum anderen.

»Gib es nicht her, Mama!« rief ich.

Mr. Steplight und Mrs. Fortisquince lächelten mich beide an – der erstere mit offensichtlichem Wohlwollen, das Lächeln der letzteren wirkte jedoch etwas gezwungen.

»Wirklich ganz bezaubernd«, murmelte Sir Percevals Bevollmächtigter. »Was für entzückenden Irrtümern die lieben Kleinen doch verfallen können.«

»Red keinen Unsinn, Johnnie«, sagte meine Mutter, nahm das Kodizill aus ihrer Tasche und wickelte es aus dem Ledertuch.

Mr. Steplight zog aus seiner Brieftasche ein Bündel purpurfarbener und weißer Zwanzigpfundnoten der Bank von England hervor und zählte sie sorgsam. Dann hielt er sie meiner Mutter hin, und sie gab ihm dafür das Dokument. Mr. Steplight warf nur einen kurzen Blick darauf, als interessiere es ihn nicht sonderlich, und verwahrte es dann in seiner Aktentasche.

Anschließend erhob er sich und nahm umständlich von uns Abschied, wobei er uns erneut versicherte, daß wir ihn in ein oder zwei Tagen wiedersehen würden. Ich sah ihm nach, als er in die Kutsche einstieg und fortfuhr.

Meine Mutter zahlte Mrs. Fortisquince sogleich ihr Geld zurück und steckte den Rest in ein Ridikül, das unsere Gastgeberin ihr freundlicherweise überlassen hatte. Später am Nachmittag lud uns Mrs. Fortisquince zu einem Festmahl aus gebratenem Geflügel, Lammrücken und Quittentorte, um damit den Beginn unseres neuen Lebens zu feiern. Doch selbst ein volles Glas süßen Champagners, das ich trinken durfte, konnte meine Bedenken über die stattgefundene Transaktion nicht gänzlich beschwichtigen.

Wir waren keineswegs überrascht, als wir am nächsten Tag nichts von Mr. Steplight hörten, doch am darauffolgenden Tag blieben wir im vorderen Salon, um nach ihm Ausschau zu halten, und als er am späten Nachmittag noch nicht gekommen war, begannen wir allmählich unruhig zu werden. Als ich schließlich zu Bett ging, war noch keine Nachricht von ihm eingetroffen, und vor lauter Sorge um unsere prekäre Lage – nun, da wir nicht mehr im Besitz des Kodizills waren – konnte ich lange nicht einschlafen. War es vielleicht doch eine Fälschung? Denn das allein konnte Grund genug sein, die Abmachung für ungültig zu erklären. Doch als mir einfiel, daß wir noch den

Brief von Sir Perceval hatten, fühlte ich mich wieder ruhiger und versank langsam, wenn auch ein wenig durch das Husten meiner Mutter gestört, in Schlaf.

Plötzlich wurde ich durch ein lautes Hämmern an der Haustür aus meinem Schlummer aufgeschreckt.

»Wer kann das nur sein?« rief meine Mutter.

Wir gingen auf den Flur und trafen dort auf Mrs. Fortisquince und das Dienstmädchen. Alle starrten wir uns entsetzt an. Wir gingen die Treppe hinunter zur Tür, und dort rief Mrs. Fortisquince, wer denn draußen sei.

»Die Büttel des Sheriffs«, kam die Antwort.

Meine Mutter und ich sahen uns bei diesen Worten bestürzt an, während Mrs. Fortisquince vorsichtig, so weit es die Kette zuließ, die Tür aufmachte und hinaussah. Da es sich offenbar tatsächlich um die Genannten handelte, öffnete sie die Haustür weit. Drei fremde Männer mit dem vertrauten Dreispitz auf dem Kopf und dem silbernen Amtsstab in der Hand drängten sich in den Flur, und fast schien es, als wäre dies hier eine alptraumhafte Wiederholung jenes Augenblicks, als die Gerichtsvollzieher in das Haus von Mrs. Philliber gestürmt waren.

»Wer von Ihnen ist Mrs. Mellamphy?« fragte einer der Männer. Er hatte ein Gesicht, das so flach war wie ein abgegriffener Penny.

»Was wollen Sie?« erkundigte sich Mrs. Fortisquince.

»Wir sind hier auf Grund einer richterlichen Verfügung betreffs ausstehender Schuldvereinbarungen«, antwortete der Mann.

»Aber das Geld ist doch bezahlt!« rief meine Mutter.

»Sie sind also die fragliche Person«, sagte er, wandte sich zu ihr und legte ihr zu meinem Entsetzen die Hand auf die Schulter.

»Ich kann die Quittung vorweisen!« rief sie.

»Das stimmt«, bestätigte Mrs. Fortisquince. »Ich habe die Schuld selbst bezahlt.«

Der Büttel schien unsicher zu werden.

»Hol mir mein Ridikül, Johnnie!« sagte meine Mutter.

Ich zündete eine Kerze an, ging in den dunklen Salon und fand die Tasche auf dem Tisch nahe beim Fenster. Ich nahm den Entlastungsschein heraus, und einer plötzlichen Eingebung folgend, nahm ich auch noch das Bündel Banknoten an mich und versteckte es in der Tasche meines Nachthemdes. Ich ging zurück in den Flur voller Menschen und gab meiner Mutter das Papier, die es gleich an den Gerichtsvollzieher weiterreichte.

Er besah es sich und lachte: »Da haben Sie aber auf das falsche Pferd gesetzt, meine Dame! Hier geht es um eine ganz andere Schuld.« Er sah in seinen Dokumenten nach: »Ich habe hier einen Haftbefehl zwecks Eintreibung von Schulden, die aus dem Bankrott der Consolidated Metropolitan Building Company erwachsen sind.«

Ich drehte mich zu meiner Mutter um und sah, daß ihr Gesicht eine gespenstisch blasse Farbe angenommen hatte.

»Mr. Sancious«, murmelte sie.

Sie hatte recht, denn das vom Gerichtsvollzieher genannte Unternehmen war jene Gesellschaft, die sich auf Bauspekulationen eingelassen und die dieser saubere Gentleman uns empfohlen hatte. Dieser Bankrott hatte letztlich unseren Ruin verursacht. Ich erinnerte mich an die Warnung, daß meine Mutter als Anteilseignerin für einen Teil der Schulden verantwortlich gemacht werden könne, sobald festgelegt sei, in welcher Höhe die Schulden den Vermögenswert überstiegen.

Mir fiel etwas ein. »Wie haben Sie uns eigentlich gefunden?« fragte ich den Gerichtsvollzieher.

Er sah mich amüsiert an: »Das laß dir man keine Sorge sein, junger Master. Die Frage ist vielmehr: Habt ihr den Zaster, oder habt ihr ihn nicht?«

»Wieviel ist es?« fragte meine Mutter mit schwacher Stimme.

»Achthundert Pfund«, antwortete er nach einem Blick in seine Papiere.

»Ach herrje, meine Liebe, da kann ich dir auch nicht weiterhelfen!« rief Mrs. Fortisquince.

Meine Mutter taumelte und wäre gefallen, wenn der Gerichtsvollzieher und ich sie nicht aufgefangen hätten.

»Kommen Sie in den Salon!« sagte Mrs. Fortisquince, und der Gerichtsvollzieher hieß seine Gehilfen im Flur warten, während er meine Mutter zusammen mit Mrs. Fortisquince ins Zimmer führte. Sie setzte sich auf ein Sofa, und der Mann stellte sich vor den Kamin, während das Dienstmädchen die Kerzen anzündete.

Der Gerichtsvollzieher sah sich um: »Mir ist aufgetragen, allen persönlichen Besitz bis zum ungefähren Wert der Schuld in Beschlag zu nehmen, falls die ausstehenden Gelder nicht in voller Höhe bezahlt werden.«

»Ich habe nichts«, murmelte meine Mutter.

»Das kann ich bestätigen«, sagte Mrs. Fortisquince. »Diese Dame und ihr Sohn sind Gäste in meinem Haus. Sie kamen vor einigen Tagen zu mir und hatten nichts mit sich.«

»Ich fürchte, ich muß Ihre Handtasche durchsuchen«, sagte der Gerichtsvollzieher, und meine Mutter reichte ihm widerspruchslos ihr Ridikül. Er öffnete es und zählte das vorhandene Geld. »Drei Pfund und einige Shilling«, verkündete er. Meine Mutter sah überrascht auf, doch es gelang mir, ihr einen Blick zuzuwerfen und leicht mit dem Kopf zu nicken. »Ich habe jedoch Anlaß zu glauben«, fuhr der Gerichtsvollzieher fort, »daß sich eine Summe von ungefähr siebzig Pfund in Ihrem Besitz befindet. Wo ist das Geld?«

Woher konnte er nur von dem Geld wissen?

»Ich weiß es nicht«, sagte meine Mutter.

Der Gerichtsvollzieher schüttelte den Kopf. »Es wird schlimme Folgen für Sie haben, Mrs. Mellamphy, wenn Sie versuchen, dieses Geld vor mir zu verbergen.«

Mrs. Fortisquince wandte sich an mich: »Hast du es genommen, Johnnie?«

Ich schüttelte den Kopf.

»Du machst es für deine Mutter nur noch schlimmer«, sagte sie.

Widerwillig brachte ich die Banknoten zum Vorschein.

»Sehr klug von dir, junger Mann«, meinte der Gerichtsvollzieher. Sorgfältig zählte er das Geld, schrieb eine Empfangsbestätigung für meine Mutter aus und verstaute die Scheine in seiner Tasche. »Also, Ma'am, dann machen

Sie sich jetzt fertig und kommen mit!«

»Aber wohin denn?« rief meine Mutter entsetzt.

»In mein Haus.«

»Zu Ihnen nach Hause? Ich verstehe nicht, was Sie damit meinen. Was für ein Haus ist das?«

»In die Schuldhaft natürlich«, sagte er mit brutaler Offenheit.

»Was wird mit mir geschehen?«

»Sie werden dort bleiben, bis man Sie vor Gericht stellt.«

Bei diesen Worten brach meine Mutter zusammen.

»Ich komme mit«, sagte ich.

»Nein, Johnnie«, widersprach sie.

»Ich kann doch mitkommen, nicht wahr?« fragte ich den Gerichtsvollzieher.

»Ja, das kannst du«, sagte er. »Dann muß eben für zwei bezahlt werden, das ist alles.«

Das war also abgemacht. Man ließ uns einige Minuten Zeit, damit wir uns anziehen und fertig machen konnten, und dann mußten wir in eine Droschke einsteigen, die draußen vor dem Haus gewartet hatte.

»Bitte, hilf uns«, flehte meine Mutter Mrs. Fortisquince durch das Kutschfenster an.

»Meine Liebe«, antwortete sie. »Ich verspreche dir, daß ich zu Ende bringen werde, was ich begonnen habe. Du wirst schon sehen.«

Die Pferde zogen an, und wir fuhren durch die dunklen und stillen Straßen in einen Teil der Stadt, der uns gänzlich unbekannt war. Als wir eine Straßenlampe passierten, sah ich in ihrem Licht, das für einen kurzen Augenblick ins Innere des Wagens fiel, welch schwerer Schlag dies nach der kurzen Zeit der Erholung für meine Mutter gewesen war. Sie wirkte abgehärmt, ihre Augen blickten ins Leere, und als wir endlich das Haus des Gerichtsvollziehers in der Great Earle Street in Soho erreichten, schien sie nur wenig Anteil zu nehmen an dem, was mit ihr geschah. Nachdem uns die Frau des Gerichtsvollziehers in eine kleine, kahle Kammer mit vergitterten Fenstern geführt und die Tür verschlossen hatte, überließ sich meine Mutter ihrem Kummer. Sie klammerte sich an mich, doch noch während ihre Tränen über meine Wangen liefen und ich mechanisch beruhigende Worte murmelte, versuchte ich zu verstehen, was mit uns geschah. Wieso wußte der Gerichtsvollzieher mit einemmal, wo wir nach so langer Zeit zu finden waren? Und woher wußte er, daß wir einen so hohen Geldbetrag bei uns hatten? Mein Mißtrauen gegenüber Mrs. Fortisquince erwachte erneut mit aller Macht.

Wir verbrachten den Rest der Nacht in unruhigem Schlaf und erwachten bedrückt und wie zerschlagen. Meine Mutter erfuhr vom Gerichtsvollzieher, daß sie, da Sonntag sei, erst am folgenden Tag vor dem Magistrat erscheinen könne. Seine Frau erklärte uns, daß die von uns verursachten Ausgaben für Verköstigung und Unterbringung auf die bereits bestehende Schuld aufgeschlagen würden, und es bleibt der Vorstellung jedes einzelnen überlassen, wie diese Nachricht unseren Appetit auf das elende Frühstück verbesserte, das uns ihr Diener brachte. Als man uns nach etwa einer Stunde mitteilte, daß wir einen Besucher hätten, und uns in den trübseligen kleinen Salon führte, erwarteten wir, Mrs. Fortisquince zu sehen. Doch zu unserer Überraschung betrat Mr. Steplight den Raum.

Der Ort unserer Zusammenkunft tat seiner Selbstbeherrschung nicht den geringsten Abbruch, und er begrüßte uns wie bei der ersten Begegnung mit der gleichen ausgesuchten Höflichkeit: »Meine verehrte Dame, ich bin zutiefst bekümmert, Sie unter solch betrüblichen Umständen anzutreffen. Ich komme gerade von unserer gemeinsamen Bekannten, der geschätzten Mrs. Fortisquince, die mir von den traurigen Begebenheiten der letzten Nacht erzählt hat.«

»Haben Sie das restliche Geld mitgebracht?« fragte meine Mutter erregt.

»Es bleiben zu meinem unendlichen Bedauern leider noch gewisse Formalitäten zu erledigen.«

»Das Kodizill wurde aber doch als echt anerkannt?« fragte ich.

»Aber natürlich«, antwortete er.

Beruhigt lächelten meine Mutter und ich uns an.

»Es gibt da eine Anzahl von Präliminarien, die noch zu regeln sind«, fuhr Mr. Steplight fort. »Zuerst einmal ist Sir Perceval sehr besorgt über die Sicherheit Ihres Sohnes.«

Ich hörte dies mit einem gewissen Befremden, doch nach einem Augenblick des Nachdenkens schien ich den Grund dafür zu erraten.

»Er glaubt nicht, daß er in London sicher ist«, fuhr Mr. Steplight fort. »Er wünscht daher, daß man ihn auf eine Schule auf das Land schickt.«

»Genau dazu hatte ich mich bereits entschlossen. Wir wollten uns eine Wohnung außerhalb Londons suchen, doch dieser neue Schuldschein könnte bedeuten, daß uns dafür nicht mehr genug Geld bleibt.«

Mr. Steplight lächelte: »Machen Sie sich in dieser Hinsicht keine Sorgen, Mrs. Mellamphy! Zusätzlich zu dem Geld, daß Sir Perceval Ihnen schuldet, ist er auch bereit, das Schulgeld für Ihren Sohn zu bezahlen.«

»Wie umsichtig von ihm!« rief meine Mutter. »Siehst du, Johnnie, ich wußte, daß zu guter Letzt alles in Ordnung kommen würde. Stell dir nur vor, du und ich, wir werden außer Gefahr und beisammen sein!«

»Nicht ganz, meine Dame«, sagte Mr. Steplight sanft. »Sir Perceval ist der Überzeugung, daß Ihr Sohn auf ein Internat gehen sollte, und zwar auf eine Schule in einer abgelegenen Gegend des Landes. Nur so kann für seine Sicherheit wirklich garantiert werden.«

»Ein Internat?« entsetzte sich meine Mutter. »Aber wo denn?«

»Er hat sich nach eingehenden Beratungen mit mir bereits für eine Schule entschieden, die entsprechend gelegen ist, um alle für die Sicherheit Ihres Sohnes notwendigen Bedingungen erfüllen zu können.«

Er nannte eine hoch im Norden gelegene Grafschaft.

»So weit?« rief meine Mutter.

»Weit entfernt von allen, die ihm Schaden zufügen wollen«, gab Mr. Steplight zurück.

»Nein«, sagte meine Mutter entschieden. »Ich werde mich nicht von ihm trennen. Er kann eine Schule in meiner Nähe besuchen.«

Mr. Steplight schüttelte bekümmert den Kopf: »Es tut mir sehr leid, aber in dem Fall bin ich nicht berechtigt, Ihnen das restliche Geld auszuzahlen.«

»Aber das ist doch mein Geld«, protestierte meine Mutter. »Er hat versprochen, es mir zu zahlen.«

»Und er ist auch durchaus bereit, es Ihnen zu geben, sobald diese geringfügigen Bedingungen erfüllt werden.«

Verwirrt sah meine Mutter erst ihn und dann mich an.

»Mama«, sagte ich, »warum soll ich denn nicht auf diese Schule gehen? Du könntest dir ein kleines Haus in der Nähe mieten, und an den Wochenenden und in den Ferien würde ich dich dann besuchen kommen. Denk doch nur daran, was sonst geschieht: Du müßtest ins Gefängnis.«

Als er sah, welche Qualen der Unentschiedenheit sie durchlitt, schlug Sir Percevals vertrauenswürdiger Emissär in die gleiche Kerbe: »Ihr Sohn hat recht. Und was wird aus ihm werden, wenn Sie im Gefängnis sitzen? Dann ist er schutzlos Ihren Feinden ausgeliefert.«

»Das ist wahr«, murmelte sie.

»Sie wissen doch, Sie können sich darauf verlassen, daß Sir Perceval nur das Beste für Ihren Sohn im Sinn hat, nicht wahr?«

Wie benommen schüttelte meine Mutter den Kopf. »Ich denke schon. Das hat man mir jedenfalls gesagt.«

»Meine verehrte Dame, Sie scheinen noch nicht ganz davon überzeugt zu sein. Verstehen Sie denn nicht, daß Sir Perceval und seine Familie über ihren Besitz laut Kodizill nur so lange verfügen können, wie noch ein Nachfahre der ursprünglichen Familie Huffam existiert?«

»Es stimmt, was er sagt, Mama«, rief ich. »Mr. Pentecost und Mr. Silverlight haben mir dieses Gesetz erklärt. Das Kodizill besagt, daß du und ich die letzten aus der erbberechtigten Linie sind, daß also die Mompessons nur ein Nießbrauchrecht für ihre Güter besitzen. Sollten wir sterben, ohne einen Erben zu hinterlassen, dann würde der Besitztitel an die als Nacherben benannte Person übergehen – also an Silas Clothier.«

Meine Mutter erschauderte, doch Mr. Steplight sah mich erstaunt an. »Sehr bemerkenswert, junger Mann. Du hast völlig recht.« Zu meiner Mutter sagte er: »Sie müssen doch einsehen, nicht wahr, es für Sir Percevals Seelenfrieden von allergrößter Bedeutung ist, Ihren Sohn am Leben zu wissen, damit er zu gegebener Zeit erwachsen wird und heiratet, um dem Fideikommiß weitere Erben zu schenken.«

»Ja«, sagte sie. »Wahrscheinlich haben Sie recht.«

Ich wandte mich an Mr. Steplight: »Aber Sie müssen meiner Mutter das Geld ausbezahlen, das ihr noch zusteht.«

»Du bist wirklich ein äußerst gewiefter Geschäftsmann, mein junger Herr«, sagte er und lächelte mich wohlwollend an. Dann sagte er zu meiner Mutter: »Wenn Sie sich mit diesen Bedingungen einverstanden erklären, werde ich Ihnen sofort achthundert Pfund aushändigen. Sobald Ihr Sohn die Kutsche besteigt, erhalten Sie den Rest. Ich habe die achthundert Pfund bei mir.«

Obwohl wir über diese Bedingung enttäuscht waren, schien sie uns dennoch durchaus vernünftig zu sein, und so willigten wir ein. Er zog ein Bündel Banknoten aus seiner Tasche, zählte das Geld und gab es meiner Mutter.

»Nun schlage ich vor, daß Sie den Gerichtsvollzieher rufen«, sagte er.

Wir taten wie geheißen, und ich genoß die Überraschung und Enttäuschung des Gerichtsvollziehers, als meine Mutter ihm zeigte, daß sie genügend Geld besaß, um ihre Schulden bezahlen zu können.

»Wie lange«, fragte ihn Mr. Steplight, »werden Sie brauchen, um eine amtliche Strafaufhebung und eine Außerkraftsetzung des Haftbefehls zu erwirken?«

»Wenn heute nicht Sonntag wäre«, sagte er, »würde ich das bis heute nachmittag erledigen können. Aber so schaffe ich es frühestens bis morgen nachmittag.«

»Also gut«, sagte Mr. Steplight. »Nehmen Sie das Geld, und geben Sie der Dame hier eine Empfangsbestätigung! Rechnen Sie noch die bis morgen mittag anfallenden Kosten hinzu, und versuchen Sie keinen von Ihren Gerichtsvollziehertricks mit mir, mein Freund! Damit würden Sie bei mir an den Falschen geraten.«

»Das habe ich schon längst erkannt«, gab der Mann schlagfertig zurück. »Ich wäre ein Narr, wenn ich es versuchen wollte.«

Das Geschäft war rasch abgewickelt, und als der Gerichtsvollzieher gegangen war, sagte Mr. Steplight: »Morgen nachmittag würde mir sehr gelegen sein. Ich komme dann wieder zu Ihnen und habe bis dahin auch für die Drei-Uhr-Kutsche zwei Plätze gebucht, einen für Master Mellamphy und einen für mich.«

»So bald schon?« rief meine Mutter aus.

»Je eher er London verläßt, in um so größerer Sicherheit wird er sein«, antwortete Mr. Steplight.

»Aber er hat doch gar nichts! Kein Bettzeug, keine Kleider zum Wechseln, keine Bücher, nicht einmal einen Reisekoffer.«

»Er wird dort alles bekommen, was er braucht, Mrs. Mellamphy«, antwortete Mr. Steplight. »Das kann ich Ihnen versichern.«

»Werden Sie mit mir fahren?« fragte ich ihn.

»Ja. Sir Perceval war so freundlich, mir zu sagen, daß er diese Aufgabe nur jemandem anvertraut, auf den er sich so rückhaltlos verlassen kann wie auf mich. Das waren seine eigenen Worte. Sie mögen daran erkennen, Mrs. Mellamphy, wie sehr ihm das Wohlergehen Ihres Sohns am Herzen liegt.«

»Ich komme auch mit«, sagte sie rasch.

Für einen Augenblick meinte ich, so etwas wie Ärger im Blick des Bevollmächtigten Sir Percevals aufflackern zu sehen.

»Es wäre natürlich äußerst charmant, den Vorzug Ihrer Begleitung genießen zu dürfen, verehrte Dame«, sagte er galant, »doch es ist eine lange und ermüdende Reise. Und zudem ist sie sehr teuer. Der Baronet wird natürlich das Reisegeld für Ihren Sohn bezahlen, doch er hat mir nicht angeboten, auch für Ihre Unkosten aufkommen zu wollen.«

»Bleib hier, Mutter!« sagte ich. »Du fühlst dich doch noch immer nicht ganz wohl, und du wirst jeden Penny brauchen von dem Geld, das dir noch bleibt.«

»Ich bin fest entschlossen: Ich komme mit«, sagte sie.

»Nun gut«, sagte Mr. Steplight und lächelte plötzlich. »Dann soll es so sein. Ich werde also drei Plätze in der Kutsche reservieren lassen.«

Einige Minuten danach verabschiedete er sich, gleich darauf führte man uns zurück in die Kammer und verschloß hinter uns wieder die Tür. Wieviel leichter uns doch ums Herz war als noch vor kaum einer Stunde, als wir diesen Raum verlassen hatten! Doch diese raschen Umschwünge im Verlauf unseres Geschicks waren der Gesundheit meiner Mutter äußerst abträglich, und in den uns noch verbleibenden Stunden des Abends beobachtete ich sie besorgt. Als wir über unsere Zukunft redeten, bemerkte ich eine Aufgeregtheit und Unbekümmertheit, die mir noch nie zuvor an ihr aufgefallen waren.

Am nächsten Morgen waren wir schon zeitig auf, doch die Stunden schleppten sich langsam dahin, während wir darauf warteten, daß der Gerichtsvollzieher uns die Entlassungspapiere brachte. Seine Frau war bereit, einen Diener auszuschicken, um uns einige Dinge besorgen zu lassen, die wir für die Reise benötigten, dazu die eine oder andere Sache, die ich – davon war meine Mutter überzeugt – auf jeden Fall in der Schule brauchen würde. Wir verschnürten schließlich alles zu einem Bündel, doch als es nur noch etwa eine Stunde bis zu Mr. Steplights Eintreffen war und man uns ein dürftiges Mittagessen brachte, war der Gerichtsvollzieher immer noch nicht zurückgekehrt. Erst als wir unser Mahl, auf das wir beide nicht besonders hungrig gewesen waren, schon fast beendet hatten, klopfte er und trat ein. Es war ihm gleich anzusehen, daß er schlechte Nachrichten brachte.

»Haben Sie die Papiere?« fragte meine Mutter.

»Nein, habe ich nicht«, antwortete er. »Man hat nachgesehen, ob auch sonst weiter nichts gegen Sie vorliegt, und dabei hat sich gezeigt, daß es noch einen weiteren Haftbefehl gegen Sie gibt.«

»Noch einen?« keuchte sie und taumelte einige Schritte zurück.

Er warf einen Blick auf das Stück Papier, das er in der Hand hielt: »Eine Zahlungsaufforderung über fünfhundert Pfund, die Sie vor einigen Jahren wohl anerkannt, aber offenbar nie bezahlt haben.«

Es war der Schuldschein, den sie auf Verlangen von Mr. Sancious unterschrieben hatte, um ihren Anteil an der Building Company zu erhöhen.

»Dieser Schein!« rief meine Mutter. »Wo kommt der jetzt her? Und wer hat ihn gehabt?«

Der Gerichtsvollzieher kniff die Augen zusammen und starrte auf das Papier. »Jemand hat ihn aufgekauft, aber ich kann den Namen nicht lesen«, sagte er und hielt meiner Mutter das Schreiben hin.

Meine Mutter warf einen Blick auf das Papier, stieß einen leisen Schrei aus und wäre zu Boden gesunken, wenn der Gerichtsvollzieher und ich sie nicht aufgefangen und auf einen Stuhl gesetzt hätten.

Der Gerichtsvollzieher zog sich zurück, und ich rieb meiner Mutter die Hände, um sie ein wenig wiederzubeleben.

»Welcher Name war es?« fragte ich, doch sie schüttelte nur den Kopf.

»Ich bin verloren«, mehr sagte sie nicht, obwohl ich sie anflehte, mir den Namen des Aufkäufers zu verraten.

Sie wollte zwar meine Abreise in den Norden verschieben, doch ich vermutete, daß Mr. Steplight auf Einhaltung des ursprünglichen Plans dringen würde. Und ich hatte richtig geraten, denn als er einige Minuten später eintraf und die letzte Neuigkeit sowie den Wunsch meiner Mutter nach einer Verschiebung vernahm, zeigte er sich unnachgiebig.

»Das steht außer Frage, Mrs. Mellamphy. Ich muß am Donnerstag morgen wieder in der Stadt sein, und das ist nicht zu schaffen, wenn wir uns später als heute nachmittag drei Uhr auf den Weg machen. Und ich bin außerdem nur dann bevollmächtigt, Ihnen das Geld auszuhändigen, wenn Ihr Sohn unter meiner Obhut die Kutsche besteigt.«

Als sie sah, daß Mr. Steplight sich nicht umstimmen ließ, gab sie schließlich nach.

»Geben Sie bitte meiner Mutter die Anschrift der Schule«, sagte ich, »damit sie mir schreiben kann.«

Er schrieb die Adresse auf ein Stück Papier, und meine Mutter verwahrte es sorgfältig.

Dann zog Mr. Steplight seine Repetieruhr hervor. »Wir müssen in etwa zehn Minuten aufbrechen, wenn wir die Kutsche nicht verpassen wollen«, sagte er.

Rücksichtsvoll ließ er uns allein und wartete draußen in seiner Droschke.

Ich nahm das Bündel mit meinen wenigen Habseligkeiten, und nun blieb uns nichts weiter übrig, als uns zu küssen und Lebewohl zu sagen.

»Ich komme dich besuchen, sobald ich kann«, sagte meine Mutter.

»Sei nicht töricht, Mama! Wenn du die letzte Rechnung bezahlt hast, hast du keinen einzigen Penny mehr übrig.«

»Ach nein, mein Liebling«, sagte sie und streichelte mir über die Wange.

»Hörst du mir überhaupt zu, Mama? Um mich wird man sich schon kümmern, aber was wird aus dir?«

»Ich weiß es nicht.« Sie schien wie gelähmt von den unerwarteten Schicksalsschlägen und sah mich einfach nur mit unnatürlich strahlenden Augen an. »Du bist jetzt in Sicherheit, das ist das einzige, was zählt.«

»Aber nun hör mir doch zu!« drängte ich. »Such dir eine billige Wohnung, oder zieh bei Mrs. Fortisquince ein, wenn sie es dir anbietet! Vielleicht haben wir sie wirklich falsch eingeschätzt. Aber ich bin mir da nicht ganz sicher. Sei vorsichtig, ja? Hörst du mir zu, Mama?«

»Ja, mein Liebling«, sagte sie.

»Versuch eine Arbeit zu finden, solange du vom Rest des Geldes von Sir Perceval leben kannst; ein bißchen wird schon noch übrigbleiben.«

Ich gab ihr meinen Stadtplan, den sie sorgfältig in die Tasche steckte.

»Paß gut auf ihn auf!« sagte ich. »Ich möchte ihn wiederhaben.«

Ich glaubte, der Plan würde ihr helfen, sich in der großen Stadt zurechtzufinden, und vielleicht würde er auch so etwas wie ein Talisman für sie sein.

Wir umarmten uns, und dann gingen wir auf den Flur, um dem Gerichtsvollzieher zu sagen, daß ich nun reisefertig sei. Er gestattete meiner Mutter, mir von der Haustür aus nachzuwinken, beharrte aber darauf, daß er ihr dabei eine Hand auf die Schulter legen müsse. Nachdem ich in die Kutsche gestiegen war und mich neben Mr. Steplight gesetzt hatte, reichte er meiner Mutter durch das Kutschfenster das Geld. Die Droschke fuhr an, und auf dem Gesicht meiner Mutter zeigte sich ein solches Ausmaß an Schmerz und Sehnsucht, daß ich den Blick von ihr abwenden mußte; als ich jedoch noch einmal zurückschaute, sah ich, wie sehr ich sie damit verletzt hatte. Was wird nun aus ihr werden, fragte ich mich. Und wann werde ich sie wiedersehen?

44. KAPITEL

Sobald die Kutsche an Fahrt gewann, verschwand Mr. Steplights Lächeln. Wortlos starrte er aus dem Fenster. Als wir in das Gasthaus »Golden Cross« einfuhren, hielt er mich am Arm fest und gab mich erst wieder frei, als wir die Reisekutsche nach Norden bestiegen hatten. Überrascht stellte ich fest, daß die Kutsche voll besetzt war, doch dann nahm ich an, daß sich wohl jemand in letzter Minute den Platz gesichert haben mußte, den Mr. Steplight eigentlich für meine Mutter gebucht hatte, also sagte ich nichts weiter dazu.

Als die Kutsche durch die Straßen rumpelte, lehnte ich mich in meinem Sitz zurück, achtete nicht auf die Sehenswürdigkeiten draußen hinter den Fenstern und dachte darüber nach, was dieses Hinauszögern der Freilassung meiner Mutter wohl zu bedeuten hatte. Konnte etwas dahinterstecken, was ich nicht begriff? Mr. Steplight und ich gaben wahrhaft prächtige Reisegefährten ab, denn bis zur ersten Poststation sprach er kein Wort mit mir und sah mich nicht einmal an, so daß ich ebensogut ein Paket hätte sein können, das er neben sich auf dem Sitz verstaut hatte.

Nördlich von London fuhren wir durch einen kalten, feuchten Nebel, der sich in den Niederungen wie ein dünner Gazeschleier ausdehnte und die Sonne so fahl und blaß aussehen ließ, als wäre sie ein riesiger Mond. Dieser Nebel brachte eine Kälte mit sich, gegen die mein dünner Mantel – schließlich war es Juli – kaum ausreichenden Schutz bot. Wir fuhren den ganzen Nachmittag und den Abend über und hielten nur einmal kurz an, um ein spätes Essen einzunehmen, ehe wir mit der Nachtkutsche weiterfuhren.

Wir reisten auch noch den nächsten Tag ohne Unterlaß, und spät am Abend sah ich dann in der Dunkelheit hin und wieder ein Feuer brennen und hörte eigenartige Geräusche. Als ich meinen Begleiter fragte, was dies zu bedeuten habe, zuckte er nur mit den Achseln, und so starrte ich drei oder vier Stunden lang neugierig auf die gespenstischen Lichter, die auf beiden Seiten des Weges hinter den Kutschfenstern aufflackerten. Außerdem drang mir ein widerlicher Geruch in die Nase, wie ich ihn ähnlich nur von den Gaswerken in Westminster kannte, doch war dieser hier viel strenger und beißender. Als wir im verdreckten, höhlenartigen Innenhof einer Poststation anhielten, um die Pferde zu wechseln, beugte ich mich aus dem Fenster und fragte einen der Pferdeknechte: »Bitte, können Sie mir sagen, was das für ein Geruch ist?«

Meine Frage schien ihn zu verblüffen, doch schließlich antwortete er in einem fremden Akzent, den ich zuvor noch nie gehört hatte: »Wird wohl das Bergwerk sein, kleiner Master.«

Daraufhin war ich nun auch nicht viel klüger, doch wir reisten weiter, und ich schlief ein, wachte auf und schlief wieder ein, bis sich am Horizont zu unserer rechten Seite langsam die Dämmerung zeigte. Der bedrückende Gestank und die Feuer lagen nun endgültig hinter uns, und eine blasse, wolkenverhangene Sonne ließ Hügel und vereinzelt kleine Dörfer sichtbar werden.

Gegen fünf Uhr morgens frühstückten wir in einer größeren Stadt und bogen danach mit unserer Kutsche von der Hauptstraße ab. Je weiter wir nach Norden kamen, desto trostloser wurde die Gegend. Wir fuhren nun durch eine ausgedehnte Moorlandschaft, die nur von steil aufragenden Bergketten oder geröllübersäten Ebenen unterbrochen wurde. Da mich Mr. Steplights Verhalten an den Rand der Verzweiflung trieb und ich mich fragte, wieso man in einer solch einsamen Gegend eine Schule führte, bat ich ihn, mir mehr über das Internat zu erzählen, in das er mich brachte. Da lächelte er zum ersten und letzten Mal auf dieser Reise, wandte sich kurz mir zu und sagte: »*Crastinus enim dies solicitus erit sibi ipsi. Sufficit diei malitia sua.* Was soviel heißt wie: ›Es ist genug, daß ein jeglicher Tag seine eigene Plage habe.‹« Die Bildworte kamen mir irgendwie bekannt vor, doch es sollte lange dauern, ehe ich mich erinnern konnte, wo ich sie schon einmal gehört hatte.

Vor einem tristen Gasthof an einer verlassenen Kreuzung inmitten der weiträumigen Landschaft verließen wir die Kutsche, und Mr. Steplight mietete nun eine Kalesche. Wir fuhren über eine Straße, die durch das gewellte Moorland direkt nach Westen führte. Vereinzelt waren einige Bauernhäuser zu sehen, deren Wände gen Osten fensterlos waren. Als ich mich einmal umdrehte, kamen mir die kleinen, niedrigen Fenster auf der gegenüberliegenden Seite wie zusammengekniffene Augen vor, die uns nachschauten.

Obwohl ich ständig an den Verkauf des Kodizills denken mußte und den Eindruck gewann, daß irgend etwas an dieser Sache nicht ganz stimmte, konnte ich doch nicht genau sagen, was mich eigentlich beunruhigte. Erst als ich versuchte, die ganze Angelegenheit unter dem Blickwinkel des Eigennutzes jeder beteiligten Partei zu sehen, fiel mir plötzlich eine Ungereimtheit auf.

»Mr. Steplight«, fragte ich meinen Begleiter, »wenn Sir Perceval vorhatte, das Kodizill zu vernichten, als er Sie beauftragte, das Dokument zu kaufen, wieso sorgt er sich dann noch darum, daß ich am Leben bleibe?«

Er drehte sich zu mir um, betrachtete mich mit einem merkwürdigen Blick – fast als scheine ihm irgend etwas Vergnügen zu bereiten – und preßte seine dünnen Lippen aufeinander. Dann schaute er wieder aus dem Fenster, als stünde dort draußen in der öden Wildnis seine Zukunft niedergeschrieben.

Endlich bog die Kalesche von der Landstraße ab und zockelte vorsichtig über einen holprigen Feldweg. Überrascht sah ich, daß wir uns offenbar einem Bauernhof näherten. Wir kamen an einigen Feldern vorbei, die von Steinmauern eingefaßt waren, sich aber sonst kaum vom Brachland unterschieden. Auf einem der Felder sah ich drei abgemagerte, erbärmlich gekleidete Jungen arbeiten. Dann fuhren wir durch eine Einfahrt, vor der zwei Bulldoggen an der Kette lagen und uns wütend ankläfften. Nun sah ich ein langgestrecktes, niedriges Bauernhaus mitten in einem überaus heruntergekommenen Hof, in dem Haufen von faulendem Stroh und Abfall herumlagen. Das Areal wurde von zwei baufälligen Heuschobern, einem Misthaufen, einigen verfallenen Ställen und einer Tenne begrenzt, auf der ein paar Jungen mit Dreschflegeln Korn bearbeiteten. Wie die Jungen, die mir schon auf dem Feld aufgefallen waren, hatten sie spitze Gesichter und dunkle Ringe unter den tief eingesunkenen Augen; sie trugen zerlumpte Hosen und zerlöcherte Hemden. Ein besser angezogener, stämmiger Bursche stand neben ihnen, offensichtlich um sie zu beaufsichtigen. In der Hand hielt er eine Peitsche.

Die Kalesche hielt vor der Tür des Bauernhauses, und wir stiegen aus. Mr. Steplight klopfte, und ein junges Dienstmädchen lugte ängstlich durch die kaum einen Spalt weit geöffnete Tür.

»Ich bin Mr. Steplight«, sagte mein Begleiter. »Ich glaube, Mr. Quigg erwartet mich.«

»O ja, mein Herr, kommen Sie herein!« sagte das Mädchen, knickste und stieß die Tür weit auf.

Wir traten ein und sahen, daß der Eingangsflur direkt in das Flett, den eigentlichen Wohnbereich des Hauses, führte: ein großer, mit Steinfliesen ausgelegter Raum, der sowohl Küche als auch Diele war.

»Mr. Quigg ist in der Bibliothek, Sir. Wenn Sie mir bitte folgen wollen?«

Sie klopfte und führte uns dann in ein kleines Zimmer, das in Anbetracht seiner Bestimmung hauptsächlich durch das völlige Fehlen von Büchern auffiel. Ein fetter, rotgesichtiger Mann mit einer Nase, deren Farbe ich wohl am besten mit brandyblau wiedergebe, erhob sich halb hinter dem Tisch, an dem er gerade gesessen hatte, warf etwas in die Schublade und wischte sich dann mit dem Ärmel über den Mund. Er war um die Fünfzig und sah mit seiner eng geschlungenen Halsbinde, dem flaschengrünen Mantel und den schlammbespritzten Schuhen und Gamaschen genau wie einer jener Bauern aus, die ich während all der Jahre in Melthorpe kennengelernt hatte. Die beiden Gentlemen begrüßten sich, als hätten sie sich nie zuvor getroffen und würden einander doch schon lange kennen.

»Mein Brief hat Ihnen also meine Ankunft avisiert, Mr. Quigg?« fragte mein Begleiter.

»Ich weiß nich, was Sie damit meinen«, antwortete der andere in dem breiten Dialekt dieses Landstrichs. »Ist jedenfalls gestern morgen angekommen. Ich nehm an, Sie hatten eine gute Reise. Nu setzen Sie sich doch, werter Herr! Trinken Sie ein Gläschen Roten mit?«

Nachdem die Zeremonie des Einschenkens beendet war und die beiden Herren sich zugeprostet hatten, sah Mr. Quigg zu mir herüber: »Is das der Junge?«

»Das ist er.«

Er beugte sich zu mir vor und zog mich mit rauhem Griff zu sich heran: »Gib mir die Ficke!«

Ich starrte ihn verwirrt an, bis er in ein widerwärtiges Lachen ausbrach und mir rasch eine Kopfnuß verpaßte. »Was denn? Kannst wohl nicht hören, wie? Haste taube Ohren? Dann paßt ja der Name Taub-Ohr, Cloth-Ear, zu dir! Ich will dein Bündel da.«

Er griff sich meine »Ficke«, knüpfte sie auf und schüttete den Inhalt auf den Boden: ein paar Hemden und einige andere Sachen, die meine Mutter so sorgsam zusammengepackt hatte.

»Leer deine Taschen aus, Cloth-Ear!«

Ich gab ihm die wenigen Münzen, die ich besaß, und er steckte sie, ohne einen Blick darauf zu werfen, in seine Hosentasche. »Zieh dir das hier an!« sagte er und reichte mir etwas, das wie ein Haufen Lumpen aussah. Noch während ich mich umzog, fragte Mr. Quigg seinen Besucher vergnügt: »Wollen Sie vielleicht auch den andern Burschen sehen?«

»Das würde ich tatsächlich gern.«

Mr. Quigg ging zur Tür, steckte seinen Kopf nach draußen und brüllte: »Schickt mir den Mealy-Plant!« Er kam zurück, rieb sich die Hände und grinste dabei unterwürfig: »Wird Sie bestimmt mächtig freuen, was wir aus dem Jungen gemacht haben, Mr. Steplight. Ich will man bloß hoffen, daß Sie das auch der entsprechenden Partei sagen, Sie wissen schon, wen ich mein.«

Mr. Steplight warf ihm einen warnenden Blick zu und deutete dabei mit dem Kinn auf mich: »Ich bin sicher, daß ich mich da völlig auf Sie verlassen kann.«

»Ganz recht«, antwortete Mr. Quigg und begutachtete mich in meinen neuen Lumpen. »Und nun zum geschäftlichen Teil, Mr. Steplight«, sagte er munter, packte mich mit schmerzhaftem Griff am Arm, schob mich aus dem Zimmer und knallte hinter mir die Tür mit den Worten zu: »Bleib da stehen!«

Ich wartete im Flett, dankbar für die kurze Pause, in der ich darüber nachdenken konnte, was da mit mir geschah. Dies war jedenfalls eine Art von Schule, von der ich noch nie etwas gehört hatte.

Kurz darauf kam ein zerlumpter Junge von draußen herein. Er war vielleicht ein oder zwei Jahre jünger als ich, sah mich furchtsam an und fragte im sanften Dialekt des südlichen Englands: »Soll ich anklopfen oder besser warten, was meinst du?«

»Ich weiß nicht.«

»Er schlägt mich ja doch, egal, was ich mach«, sagte der Junge und klopfte zaghaft. Die Tür wurde aufgerissen, Mr. Quigg packte den Jungen brutal am Arm, schlug ihm über den Kopf, indem er ihn zur Eile ermunterte, zog ihn dann ins Zimmer und warf die Tür zu.

Ich überlegte, daß sich wohl kaum jemand mächtig darüber freuen könne, mit dem, was man aus diesem Jungen gemacht hatte. Einige Minuten später stieß man ihn wieder aus dem Zimmer und schlug erneut die Tür zu.

»Wirst du hierbleiben?« fragte er mich schüchtern.

»Ja.«

»Dann tust du mir sehr leid.«

Die Tür wurde geöffnet, und Mr. Quigg starrte auf uns herab: »Was glaubst du denn, wozu du hier bist, he?« schrie er den Jungen an. »Fort mit dir, zurück an die Arbeit!«

Als der Junge sich umwandte, schlug Mr. Quigg ihn auf Kopf und Schultern, und der Hieb war so heftig, daß der Junge einige Schritte seitwärts taumelte, ehe er sich wieder fangen und davonlaufen konnte.

»Hinterhältige kleine Teufel sind sie, Mr. Steplight«, sagte er zu dem Gentleman, der ihm vor die Tür gefolgt war. »Die brauchen eine starke

Hand.«

Er faßte nach meiner Schulter, griff so heftig zu, daß ich vor Schmerz beinahe aufgeschrien hätte, und stieß mich vor sich her zur Kalesche. Mr. Steplight stieg ein und schüttelte dem Schuldirektor die Hand.

Ich sagte: »Auf Wiedersehn, Mr. Steplight.«

Er sah mich kurz an, ohne zu antworten, und dann fuhr die Kutsche davon.

Mr. Quigg verstärkte seinen Griff und schüttelte mich, um seinen Worten Nachdruck zu verleihen: »Dann wollen wir gleich mal mit dem Nachmittagsunterricht anfangen.«

»Bitte, Sir«, versuchte ich zu protestieren, »ich habe seit heute morgen nichts gegessen, und ich bin schrecklich hungrig.«

Wieder packte er mich und führte mich – wie ich etwas überrascht feststellte – nicht zum Haus zurück, sondern über den Hof zu den Stallungen, die ich von der Kalesche aus gesehen hatte und vor denen die Jungen auf der Tenne das Korn droschen.

»Hier is'n Neuer, Hal«, sagte er zu dem Burschen mit der Peitsche, der eine Nase wie ein Papageienschnabel hatte. »Cloth-Ear.«

»Also los, Cloth-Ear, ran an die Arbeit!« befahl der stämmige Kerl.

Ich nahm einem Dreschflegel, aber da ich keine Ahnung hatte, wie ich mit ihm umgehen sollte, mußte man mir es erst zeigen, was nicht ohne Hiebe und Flüche abging.

Mr. Quigg beobachtete eine Zeitlang diesen Auftakt zu meiner Schulzeit, dann schlenderte er zurück zum Haus.

Hungrig und durstig, wie ich war, mußte ich mich die nächsten drei Stunden mit dem anstrengenden Dreschflegel abquälen, ohne daß man mir auch nur eine Pause von wenigen Minuten gegönnt hätte. Der Schlehdornstiel verursachte bald Blasen an den Händen. Als wir das Korn aus den Ähren gedroschen hatten, mußten wir das Getreide auch noch worfeln, um Spelze und Spreu vom Korn zu trennen, und die Wurfschaufeln ließen einen Staub aufsteigen, der uns beinahe den Atem nahm.

Wir arbeiteten unter dem wachsamen Blick von Hal, der auf einem Strohballen saß und seine Pfeife rauchte. Doch sobald einer von uns etwas langsamer wurde, brüllte er ihn an, wie ein Kutscher sein Pferd anschreit, und gab ihm einen leichten Schlag mit der Peitsche. Endlich hieß er uns einhalten und führte uns zu einer verfallenen Scheune, vor der bereits eine zweite Gruppe Jungen unterschiedlichen Alters stand, die ebenfalls von einem Burschen mit einer Peitsche beaufsichtigt wurde – dieser zweite Aufseher sah hager und abgezehrt aus, und sein Gesicht war mit Pickeln übersät wie ein erfrorenes Blatt im Herbst.

Die beiden Aufseher zählten uns: »Elf, und mit dem Neuen macht's zwölf«, rief Hal. »Bei dir fehlt einer, Roger.«

»Mealy-Plant«, antwortete der Hagere, »aber da kommt er schon.«

Und im gleichen Augenblick taumelte der Junge, mit dem ich vor Mr. Quiggs Bibliothek gesprochen hatte, erschöpft auf den Hof.

»Hinein mit euch!« schrie Roger und ließ die Peitsche bedrohlich über unseren Köpfen knallen.

Alle Jungen stürzten daraufhin in die Scheune, und ich lief ihnen nach. Bis auf einige Ballen fauliges Stroh war das Gebäude leer, auch auf dem lehmigen Boden lag etwas Stroh. Ein strenger, schaler Verwesungsgeruch hing in der Luft, der noch stärker wurde, sobald man die Tür hinter uns schloß. Das einzige Licht kam nun durch die Ritzen zwischen den Wandbrettern, und in dieser Dunkelheit sprach niemand ein Wort. Zu müde, um miteinander zu reden, fielen wir aufs Stroh. Einige Minuten später hörten wir dann, wie die hölzernen Riegel fortgeschoben und die Tür geöffnet wurde. Mr. Quigg kam mit den beiden Aufsehern, von denen jeder einen Eimer trug, in die Scheune. Müde rafften sich die Jungen auf, hielten sich aber im Hintergrund, als Roger und Hal den Inhalt der Eimer in einen großen hölzernen Trog schütteten; es waren Kartoffeln, nichts als Kartoffeln. Keiner der Jungen rührte sich, alle behielten Mr. Quigg im Auge. Als die beiden Burschen ihre Eimer ausgeleert hatten, trat Mr. Quigg einen Schritt vor und hob die Hand, fast, als wolle er einen Aufruhr unterdrücken.

»Also, meine jungen Gentlemen, glaubt man bloß nich, daß ich mir nicht vorstellen kann, wie hungrig ihr nach all der Arbeit auf den Feldern des Wissens seid. Woher ich das wissen tu? Weil ich eben weiß, wie's Jungs in euerm Alter so geht. Und woher ich das weiß, wie's euch Jungs so geht? Na, weil ich selbst mal einer war. Aber glaubt mir bloß nich, ich hätte eine bessere Erziehung gehabt. O nein, ganz und gar nich. Im Alter von gerad man sieben Jahrn hat mich mein lieber Papi aus dem Haus geschmissen, damit ich mir meinen Lebensunterhalt selbst verdien, dagegen habt ihr Jungs das doch richtig gut hier, und dafür müßt ihr mir doch eigentlich dankbar sein.«

Er hielt diese Ansprache jeden Abend. Später erzählte man mir, daß er Pförtner in einer Schule in Wakefield gewesen und in seinem Leben wohl nie näher an eine Schulbildung herangekommen sei.

Er sah uns grausam lächelnd an und wartete, als mache ihm die wachsende Spannung Spaß. Endlich schrie er: »Jetzt holt's euch!«

Die Jungen stürzten vor, griffen in den Trog, und entsetzt sah ich, daß sie sich gleich darauf um ihr Essen prügelten. Drei von ihnen waren größer und schwerer als die anderen, und diese drei – zwei waren im Vergleich zu ihren Gefährten sogar richtig dick zu nennen – stießen die kleineren zur Seite und nahmen sich so viele Kartoffeln, wie sie nur fassen konnten, häuften sie sich in ihr Hemd und trugen sie in eine Ecke der Scheune. Mr. Quigg und seine Söhne (denn ebendas, so sollte ich noch erfahren, waren die beiden Aufpasser) feuerten den Kampf unter den übrigen Jungen mit Schreien und gelegentlichen Peitschenhieben noch an. Sobald die größeren ihre Kartoffeln gegessen hatten, kamen sie zurück, um sich noch mehr zu holen. Hungrig, wie ich war, brachte ich es dennoch nicht über mich, an dem Kampf teilzunehmen.

»Gut gemacht, Jungs«, rief Mr. Quigg und gab jedem der drei großen Kerle einen Kanten Gerstenbrot. Dann wandte er sich an mich und fragte höhnisch: »Na, Cloth-Ear, bist wohl nich mehr hungrig, wie?«

Ich schüttelte den Kopf, und er schlug mir mit der Peitsche über den Rükken. Ich kroch in den Schatten der Scheune und sah von dort aus dem Geschehen zu. Ein Junge mit einem Buckel und kurzen, krummen Beinen wehrte einige kleinere ab, die nach den letzten Kartoffeln greifen wollten. Mir fiel auf, daß der Junge, den Mr. Quigg Mealy-Plant genannt hatte und mit dem ich am Nachmittag gesprochen hatte, auch keinen Versuch unternahm, sich ein paar Kartoffeln zu sichern, obwohl er zu den größeren Jungen zählte.

Als der Trog leer war, gingen Mr. Quigg, Hal und Roger hinaus und schoben den Querriegel krachend vor die Tür. Ein oder zwei Minuten später verwandelte sich das monotone Heulen der Hofhunde in ein rasendes Bellen, und die klirrenden Geräusche ließen mich ahnen, daß sie nun von der Kette gelassen wurden. Ich hörte, wie die Hunde herumschnüffelten, wie sie über das Holz der Scheunentür kratzten und wütend winselten, und dann sah ich, wie sie ihre Schnauzen unter dem breiten Türspalt durchschoben. Doch meine Gefährten nahmen von alldem keine Notiz, und der magerste der drei großen Jungen begann, mit einem Feuerstein und Zunder herumzuhantieren, bis es ihm schließlich glückte, eine Talgkerze anzuzünden, um die Dunkelheit um uns ein wenig zu vertreiben.

Jetzt sah ich den verkrüppelten Jungen, der einem großen Burschen mit leerem Gesichtsausdruck eine Kartoffel hinhielt, die dieser nahm und sich sofort in den Mund steckte, ohne den Krüppel auch nur anzusehen. Der ging dann weiter zu dem Jungen, mit dem ich vor Mr. Quiggs Bibliothek geredet hatte und der erschöpft auf dem Stroh lag; auch ihm hielt der verkrüppelte Junge eine Kartoffel hin.

»Die ist für dich, Stephen«, sagte er.

»Danke, Richard.« Er nahm die Kartoffel und sah zu mir herüber: »Aber der da hat auch keine gehabt.«

Er brach die Kartoffel entzwei und reichte mir eine Hälfte.

»Es ist deine Kartoffel«, sagte ich und schüttelte den Kopf, obwohl mir vor Hunger beinahe schlecht war.

»Ich bin nicht hungrig«, sagte er.

»Wenn ich doch nur noch eine hätte«, sagte der verkrüppelte Junge, der Richard hieß.

Da sagte der Junge, der die Kerze angezündet hatte: »Hier, nimm die! Ich wollte sie mir eigentlich für später aufheben.«

Er brachte mir eine Kartoffel, und ich nahm sie dankbar an. Sie war innen nur halb gar und außen verbrannt, doch sie schmeckte mir besser als jede erlesene Delikatesse.

Die Jungen sammelten sich jetzt um mich, und im schwachen Licht der tropfenden Kerze sah ich einen Kreis abgehärmter, fahler Gesichter mit tiefliegenden Augen und eingefallenen Wangen. Die drei großen wirkten gesünder als die übrigen Jungen, die alle dreckig und abgemagert aussahen, Lumpen trugen und – besonders auf dem struppigen Kopf, den sie sich ständig kratzten – voller Ungeziefer waren.

»Wer hat dich hergeschickt, Cloth-Ear?« fragte der größte und offensichtlich älteste Junge. Er hatte ein brutales Gesicht mit einer gebrochenen Nase, stopfte sich eine Pfeife, während er mit mir redete, und beugte sich nun vor, um sie an der Kerze anzuzünden.

»Nenn mich nicht so! Ich heiße John.«

Er warf dem stämmigeren der beiden anderen großen Jungen einen raschen Blick zu, fast als amüsiere er sich insgeheim, dann packte er mich bei der Kehle und zwang mir den Kopf in den Nacken: »Ich nenn dich, wie ich will. Kapiert? Ich bin hier der Anführer. Und jetzt beantworte meine Frage! Wer hat dich hergeschickt?«

»Mei-meine Mutter«, keuchte ich.

»Wer ist dein Vater?« fragte er.

»Ich weiß es nicht«, antwortete ich.

Er sagte etwas sehr Unanständiges, und sein Kumpan lachte lauthals und entblößte dabei ein Gebiß, das statt der Zähne nur noch einige schwarze Stummel aufwies. Dann schlug er meinen Kopf krachend gegen die Wand und ließ mich los, so daß ich zu Boden sackte. Er und die beiden anderen Jungen zogen sich dann zurück.

Richard half mir wieder auf. »Warum wollte dich deine Mutter aus dem Weg räumen?« fragte er ohne Umschweife.

»Aus dem Weg räumen?« wiederholte ich.

Statt einer Antwort zog er seine Hand einmal über den Hals und lächelte dabei grimmig.

»Ich verstehe dich nicht«, sagte ich. »Man hat mich hergeschickt, weil die Freunde meiner Mutter wollen, daß ich sicher aufgehoben bin.«

Die umstehenden Jungen lachten bitter.

»O ja, sicher aufgehoben bist du hier allemal«, rief der Junge, der mir die Kartoffel gegeben hatte.

»Aber meine Mutter meint es nur gut mit mir«, widersprach ich heftig.

»Bist du sicher?« fragte er. »Wir wurden alle von unseren Freunden oder Verwandten hergeschickt. Die meisten von uns sind Kinder der Liebe. Ich übrigens auch – außerdem heiß ich Paul.« Er zeigte auf den verkrüppelten Jungen: »Das da ist Richard. Er ist kein Kind der Liebe. Seine Eltern wollten ihn wegen seinem Buckel loswerden. Aber der da ist eins«, sagte er und zeigte auf den Jungen mit den leeren, vor sich hin stierenden Augen. »Wir nennen ihn Big Thom, und das da ist Little Thom.« Er wies auf einen kleineren Jungen mit wachen Gesichtszügen und hellen Augen.

»Ich weiß nicht, was ich bin«, sagte Big Thom. »Ich kann mich nicht daran erinnern, was vorher war. Kann mich nur an Schläge erinnern.«

»Man hat ihn hergebracht, weil er ungehorsam war«, fuhr Paul fort. »Anfangs war er ein ziemlich wilder Bursche.«

Paul zeigte auf die übrigen Jungen und zählte mir so rasch ihre Namen auf, als wären sie nicht weiter von Bedeutung. Alle legten sich auf das Stroh und deckten sich damit zu – einige schliefen bereits. Ein Junge weinte im Schlaf, und aus dem Dunkeln rief der selbsternannte Anführer: »Hör auf zu flennen, du Muttersöhnchen, sonst sorg ich dafür, daß du nie wieder einen Laut von dir gibst! Und bring mir die Kerze, Paul!«

Rasch zündete Paul eine zweite Kerze an und gab sie Richard.

»Wer sind die beiden?« fragte ich Richard, als Paul gehorsam zu seinem Anführer ging.

»Das ist Ned«, antwortete er. »Der andere heißt Bart. Sein Vize. Sie sind Quiggs Lieblinge.« Flüsternd fügte er noch hinzu: »Paul ist auch einer von ihnen, weil er älter ist.«

Ned zog unter dem Stroh ein Spiel Karten hervor, und lärmend begannen sie zu spielen.

»Was ist morgen früh in der Schule dran?« fragte Little Thom verschlafen aus dem Stroh.

»Wieder Dreschen und Pflügen«, antwortete Richard.

»Wann beginnt denn der richtige Unterricht?« wollte ich wissen.

Sie lachten freudlos.

»Was sollen die uns denn beibringen?« fragte Richard. »Die können doch nicht mal lesen oder schreiben. Sie müssen ihr Dienstmädchen oder einen von uns holen, wenn sie einen Brief beantworten wollen.«

»Arbeiten wir nur im Sommer auf dem Hof?« fragte ich.

»Du bist gut! Der Herbst ist die schlimmste Zeit«, sagte Stephen.

»Wann fangen wir mit dem Kartoffelsammeln an?« fragte Little Thom.

»Frühestens in einem Monat«, erwiderte Richard. »Aber das hilft auch nicht. Man kann die Erdäpfel einfach nicht roh essen.«

»Stimmt«, sagte Stephen, »dazu ist die Karotten- und Rübenzeit besser.«

»Ich hab heute nachmittag Pilze gefunden«, sagte Little Thom.

»Hast du sie gegessen?«

»Nein, ich hab mich nicht getraut. Sie haben ganz anders ausgesehen als die Pilze, die ich kenn.«

Vorsichtig zog er etwas aus seiner Tasche und öffnete die Hand. Richard hielt die Kerze hoch, und wir alle beugten uns vor, um besser sehen zu können.

»Wo hast du sie gefunden?« fragte Richard.

»Vorm Tor, da, wo der Weg aufs Fifteen-Acre-Feld geht. Genau an der Stelle, wo Davy liegt. Weiß einer von euch, ob ich die essen kann?«

Ich kannte die Pilze von meinen Ausflügen mit Sukey. »Nein«, sagte ich, »auf keinen Fall. Das sind Grüne Knollenblätterpilze, und sie sind sehr gefährlich.«

»Bist du dir sicher?« fragte Little Thom enttäuscht.

»Völlig. Gib sie mir! Ich werf sie fort.«

»Nee«, meinte er, »da mußte dir schon einen besseren Trick einfallen lassen.«

Ich verstand zuerst nicht, was er meinte. »Ach was, ich will sie nicht essen«, sagte ich. »Leg sie auf den Boden!«

Mißtrauisch tat er, wozu ich ihn aufgefordert hatte, und ich trat auf die Pilze und stampfte sie in das Stroh und den lehmigen Boden.

»Still!« flüsterte Richard plötzlich, und wir schwiegen und spitzten die Ohren.

Es hörte sich an, als würde jemand an der Scheune entlanggehen, doch dann folgte ein tiefes Knurren, und die Jungen beruhigten sich.

»Ist bloß einer der Hunde«, sagte Richard.

»Wir dachten schon, es wär Roger«, erklärte mir Stephen. »Er spioniert uns oft aus.«

Er legte sich hin und deckte sich mit etwas Stroh zu. Ein paar Minuten später war er fest eingeschlafen.

Richard sah zu ihm hinüber: »Er hat von uns allen am härtesten gearbeitet.«

»Ja«, sagte Little Thom, »sie nehmen ihn genauso ran, wie sie's mit dem armen Davy gemacht haben. Heute hat er so lange gepflügt wie noch nie.« Er drehte sich um.

»Pflügen?« fragte ich Richard. »Er ist doch bestimmt nicht stark genug, um ein Gespann führen zu können.«

»Ein Gespann?« Er lächelte bitter. »Du wirst ja sehen.«

»Und sie bestrafen ihn auch öfter als uns«, murmelte Little Thom.

»Stimmt«, sagte Richard. Dann fügte er leise hinzu: »Auch genau wie den armen Davy.«

»Könnt ihr denn nichts dagegen unternehmen?« fragte ich.

»Was denn?« wollte Richard wissen.

»Könnt ihr nicht an Freunde schreiben?«

»Schreiben?« rief Richard. »Du bist gut. Wir können doch von hier keine Briefe abschicken!«

»Aber kommt ihr denn nie nach Hause?«

»Nein, nie«, sagte Richard. »Das Schulgeld wird auch in den Ferien weiterbezahlt.«

»Und kommt auch keiner von euren Freunden euch besuchen?«

»Unseren Freunden?« fragte Richard. »Glaubst du denn, wir wären hier, wenn es denen nicht egal wär, wie es uns geht?«

»Dann könnt ihr also gar nicht weg von hier?«

»Wohin denn?« fragte Richard. »Wenn wir wüßten, wohin wir gehen sollten, oder wenn wir jemanden hätten, bei dem wir bleiben könnten, dann wären wir doch nicht hier.«

»Aber alles andere ist besser als dies Leben hier.«

»Man kann von hier nicht fliehen«, sagte Richard. »Das ist noch keinem gelungen.«

Als wolle sie seine Worte bekräftigen, flackerte die Kerze noch einmal auf und ging dann aus. Die Jungen legten sich auf den Boden und machten sich ihr Lager für die Nacht zurecht. Ich tat es ihnen gleich und deckte mich mit Stroh zu. Die Halme stachen mich schmerzhaft, der Staub kitzelte in der Kehle, und ich mußte husten und immer wieder ausspucken. Da ich seit dem Frühstück im Gasthof außer der Kartoffel von Paul nichts mehr gegessen hatte, war mir schlecht vor Hunger.

Warum hatte mich Mr. Steplight an diesen Ort gebracht? Er hatte doch unterstrichen, daß mein Wohlbefinden auch im Interesse von Sir Perceval sei? Konnte es denn sein, daß Mr. Steplight nicht wußte, um welche Einrichtung es sich hier handelte? Sicherlich nicht, denn er kannte Quigg und hatte Stephen und die anderen Jungen gesehen. Führte er etwa Sir Perceval hinters Licht? Oder, und das war ein noch schrecklicherer Gedanke, wollte der Baronet gar mich und meine Mutter betrügen? Oder lag die Antwort in der Frage, die ich dem Bevollmächtigten bereits auf der Reise gestellt hatte, daß nämlich Sir Perceval mich nun, da er das Kodizill besaß und es vernichten konnte, nicht mehr benötigte?

Ich fragte mich, ob es nicht vielleicht doch einen Weg gab, auf dem ich einen Brief an meine Mutter vom Hof schmuggeln könnte, doch dann überlegte ich, daß ein Schreiben von mir sie nur quälen würde, zumal es ihr unmöglich wäre, etwas für mich zu tun. Hierherzukommen und mich hier herauszuholen – selbst wenn es ihr gelingen sollte, mich bei Quigg auszulösen – würde ihre finanziellen Möglichkeiten weit übersteigen.

Eines stand für mich fest: Ich mußte fliehen. Und es mußte bald geschehen, denn es war nicht zu übersehen, daß ich im Vergleich zu den anderen – die drei großen Jungen einmal ausgenommen – noch sehr kräftig war. Mußte ich nun wie die übrigen arbeiten und essen, würde ich zweifellos immer schwächer werden. Erschöpft von den Strapazen des ersten Tages, schlief ich endlich ein.

Am nächsten Morgen wurden wir von Hal und Roger geweckt, die in die Scheune kamen und mit ihren Peitschen um sich schlugen. Sie brachten einen Stapel Holzteller, die sie nun auf die Erde warfen und um die wir uns rauften. Dann schöpften sie aus einem Eimer für jeden eine Kelle kalten Hafer-Porridge, der, wie ich später erfahren sollte, bereits am Vorabend zusammen mit den Kartoffeln gekocht – beziehungsweise angebrannt – wurde und den man dann über Nacht abkühlen ließ. Nach diesem Frühstück wurden wir gleich auf den Hof hinausgetrieben und in zwei Arbeitsgruppen eingeteilt. Ich wurde Hal zugewiesen, und er führte uns – außer mir waren es noch drei oder vier andere Jungen – vom Hof. Als wir durch das Tor auf ein großes Feld gingen, sah ich auf einem neu aufgeworfenen Erdhaufen einige Knollenblätterpilze im Unkraut wachsen. Hal ließ uns bis zu einem weit entfernten Feld marschieren. Hier mußten wir die Steine abklauben, mit denen wir dann einen Grenzwall bauten. Stephen gehörte zu Rogers Gruppe.

Die Feldarbeit war nicht so mühsam wie das Dreschen am Tag zuvor, und der Aufseher beobachtete uns nicht ganz so streng. Während ich die Steine schleppte, konnte ich darüber nachdenken, wie das Abendessen verteilt wurde; man hatte mir gesagt, daß sich jeden Abend die gleiche Szene abspielte. Die großen Jungen bekamen auf diese Weise weit mehr als ihren gerechten Anteil, wohingegen die Kleinen viel zuwenig erhielten – Stephen beinahe gar nichts – und ihre Kräfte im Kampf vergeudeten. Ich dachte an Mr. Silverlight, der darauf bestehen würde – und Mr. Pentecost würde es leugnen –, daß es einen besseren Weg geben müsse. Und Mr. Silverlight hatte bestimmt recht.

Gegen Mittag gönnte uns Hal eine halbe Stunde Rast, danach arbeiteten wir bis zum späten Nachmittag und kehrten dann zum Abendessen zurück. Wie am Tag zuvor kippten die beiden Brüder die Kartoffeleimer in den Trog, und wir mußten warten, bis Quigg seine Ansprache gehalten hatte. Dann klatschte er in die Hände und gab uns damit das Signal. Die Jungen stürzten vor, und der Kampf um die Kartoffeln begann.

Wieder hielt ich mich zurück, und ich sah, daß auch Stephen stehengeblieben war. Und wie am Vorabend zogen die großen Jungen mit einem Armvoll Kartoffeln davon. Auch Richard und Big Thom gelang es, dank ihrer Körpergröße und Kraft den Kleineren einige Kartoffeln abzuringen. Little Thom hielt sich ebenfalls nicht schlecht, da er jede Knolle aufhob, die in dem Handgemenge zu Boden fiel. Die Verlierer waren wieder die Kleinsten, denen nichts anderes übrigblieb, als sich um die letzten Kartoffeln zu balgen.

Noch während ich dem Geschehen zusah, trat plötzlich Quigg hinter mich und riß mich an meinen Haaren in die Höhe.

»Wills' mich wohl betrügen, wie?« fragte er.

»Ich weiß nicht, was Sie meinen, Sir«, keuchte ich.

»Glaubst wohl, wenn du nich ißt, dann brauchst auch nich zu arbeiten, wie?« fauchte er. »Aber wirst schon sehen: Ich werd meinen Teil Arbeit aus dir rausholen.«

Er schlug mir ins Gesicht und ließ mich gleichzeitig los; der Schlag war so heftig, daß ich zu Boden stürzte. Als ich mich wieder aufrappelte, fragte ich mich, wieso er nichts dazu sagte, daß Stephen doch auch keinen Versuch gemacht hatte, um sein Essen zu kämpfen.

Als die Quiggs gegangen waren, die Tür hinter sich verschlossen und die Hunde freigelassen hatten, fragte ich meine Gefährten: »Warum laßt ihr euch das gefallen?«

»Was sollen wir denn machen?« fragte Richard zurück, gab Stephen eine Kartoffel und bot auch mir eine an.

»Nein«, sagte ich. »Ich will nicht. Schließlich hast du darum gekämpft.«

Ich sah, wie Stephen bei diesem unausgesprochenen Vorwurf rot wurde.

»Was sollen wir also tun?« fragte Richard noch einmal.

»Wir sollten das Essen angemessen aufteilen. Jeder bekommt zwei, drei oder vier Kartoffeln, je nach Größe, und der Rest wird zu gleichen Teilen vergeben. So wäre es gerecht.«

Ich hatte so laut gesprochen, daß auch die anderen mich verstehen konnten.

»Unsinn!« höhnte Ned. »So ist's gerechter. Die Stärksten brauchen auch am meisten, und auf diese Art kriegen sie, was sie brauchen.«

»Richtig«, meinte Bart. »Gerechter kann's nich sein.«

»*Du* bekommst weit mehr, als du brauchst«, sagte ich. »Und andere bekommen zuwenig oder gar nichts.«

»Na und?« grinste Ned spöttisch und wandte sich wieder den Spielkarten zu.

»Begreift ihr denn nicht«, sagte ich leise zu den anderen, die in meiner Nähe hockten, »daß es so nicht sein muß? Wir sind den dreien doch zahlenmäßig weit überlegen, und wir könnten uns alle Kartoffeln nehmen und sie gerecht zwischen uns aufteilen.«

Schon der Gedanke allein erschreckte sie, aber gleichzeitig spürte ich, daß er auch ihre Gemüter erregte. Sie lehnten ihn ab, doch eigentlich glaubten sie nur, daß es keinen anderen Weg gab, weil es immer so und nicht anders gewesen war, und als ich mich schließlich schlafen legte, war ich überzeugt, daß ich mich durchgesetzt hatte.

Am nächsten Tag wurde ich wieder für Hals Arbeitsgruppe eingeteilt, und wieder verbrachten wir die Zeit mit dem Aufsammeln von Steinen. In der Mittagspause nutzte ich die Gelegenheit und erzählte den Jungen meiner Gruppe, was wir in der letzten Nacht besprochen hatten, und obwohl ich den meisten ihre Angst ansah, versprachen sie, mich zu unterstützen. Richard vereinbarte das gleiche mit Rogers Arbeitsgruppe, und so rührte sich an diesem Abend niemand, als Quigg das Signal zum Kampf gab. Etwas überrascht stolzierten Ned und Bart zum Trog und griffen sich jeder einen Armvoll Kartoffeln, doch Paul, dem ich Bescheid gegeben hatte, hielt sich zurück. Als der Anführer und sein Vize zurückgingen, trat ich vor und schlug ihnen die Kartoffeln aus der Hand. Das war das vereinbarte Signal, und erleichtert stellte ich fest, daß genügend Jungen zu mir hielten, um Ned und Bart zu überwältigen. Jeder von den beiden bekam vier Kartoffeln, und den Rest teilte ich unter den anderen Jungen auf.

Die Quiggs waren verblüfft über diese unerwartete Wende im Ablauf des Abends und schrien, ich sei ein Störenfried und hätte mir all das nur ausgedacht, um mehr Kartoffeln für mich dabei herauszuschlagen. Doch da sie offenbar nicht wußten, wie sie gegen diese Neuerung vorgehen sollten, gaben sie sich damit zufrieden, uns mit brutalen Peitschenhieben einzuschüchtern. Sobald sie gegangen waren, teilte ich Ned und Bart mit, daß wir die Kartoffeln von nun an jeden Abend auf diese Weise verteilen würden. Sie fügten sich mürrisch und sagten den ganzen Abend kaum ein Wort. Paul dagegen willigte von sich aus ein, sich an die neuen Regeln zu halten.

Am nächsten Morgen übernahm Quigg selbst die Arbeitsgruppe, der ich zugeteilt worden war, und einen anstrengenden Tag lang mußte ich Korn dreschen. Als abends das berüchtigte Signal gegeben wurde, blieben wieder alle stehen, und ich verteilte das Essen wie am Tag zuvor. Die Quiggs waren nun schrecklich wütend. Sie drängten Ned und Bart, gegen uns zu kämpfen, aber als die beiden sahen, wie geschlossen wir zusammenhielten, gaben sie die Idee auf.

Die Jungen waren begeistert von unserem Sieg, und ich war besonders froh, daß Stephen endlich seinen gerechten Anteil bekam, denn ich meinte, er sei sogar in der kurzen Zeit, seit ich auf dem Hof war, sichtlich schwächer geworden.

Am nächsten Morgen wurde ich Roger zugeteilt und war daher das erste Mal mit Stephen in einer Gruppe. Bestürzt sah ich, daß Roger ihm vor dem Abmarsch eine Art Geschirr zuwarf, an dem große Lederstücke befestigt waren. Mit Little Thoms und meiner Hilfe mußte er zudem ein schweres, hölzernes Gerät tragen, das aus einem etwa sechs Fuß langen Holzbalken mit einer großen, dreieckigen Metallklinge am Ende und zwei Handgriffen bestand.

Das Rätsel löste sich, als wir das Feld erreichten, auf dem wir arbeiten sollten. Erstaunt sah ich zu, wie Stephen sich das Geschirr um die Hüften legte und mit den Lederlappen seine Schenkel schützte. Dann hielt er den Holm vor sich, und jetzt erst begriff ich, daß es sich um einen Brustpflug handelte. Das Feld war bereits abgeerntet, und unsere Aufgabe war es, die Stoppeln so weit aus dem Boden zu heben, daß man den Acker abbrennen konnte. Stephen mußte also den schweren Pflug mit seinen ledergeschützten Schenkeln durch das Feld schieben. Meine Aufgabe dabei war es, vor ihm herzugehen und die Pflugschar beidseits der Stoppelreihen auf der richtigen Höhe in die Erde zu drücken. Die Arbeit war hart und nicht ungefährlich; vor allem für Stephen mußte es unvorstellbar anstrengend sein, den

Pflug immer wieder vorzutreiben.

»Geht's nicht etwas höher?« keuchte er, als Roger nach den Jungen sah, die Steine aufsammelten, Bewässerungsgräben aushoben und Zäune reparierten.

Je höher die Schar angesetzt wurde, desto leichter tat sich Stephen beim Umpflügen der Stoppeln, und so bemühte ich mich, die Pflugschar anzuheben. Doch als Roger zurückkam, fiel ihm das bald auf, und er zog mir mit der Peitsche eins über. Ich wagte daher immer nur während der wenigen Augenblicke, wenn Roger nicht in unserer Nähe war, Stephen die Arbeit zu erleichtern, obwohl er mich sehr viel öfter darum bat.

Roger blieb beinahe ständig in unserer Nähe, schlenderte auf und ab, rauchte seine Pfeife und lief nur manchmal mit hoch erhobener Peitsche zu den anderen Jungen, um auf einen, der seiner Meinung nach zu langsam arbeitete, einzuschlagen. Unter ihm gab es weniger und kürzere Pausen als bei seinem Bruder, und offenbar war er fest entschlossen, Stephen und mich besonders hart einzuspannen.

Nach einigen Stunden war Stephen so erschöpft, daß er sich kaum noch aufrecht halten konnte. Als Roger merkte, wie es um ihn stand, ging er hinter ihm her und schlug ihn immerzu mit der Peitsche auf den Rücken.

Schließlich schrie ich auf: »Laß mich seine Arbeit machen! Du bringst ihn sonst noch um!«

Roger sah mich mit eigenartigem Lächeln an: »Nur keine Eile!« sagte er. »Wart's ab, bis du dran bist.«

Wenigstens bekommt Stephen, dachte ich, als ihn Little Thom und ich am Ende des Tages unterfaßten, um zusammen nach Hause zu stolpern, seine Handvoll Kartoffeln. Doch die Quiggs hatten seltsam zufriedene Gesichter aufgesetzt, und als es Zeit für die Essensverteilung wurde, fand ich auch bald den Grund dafür heraus.

Nachdem sie die Kartoffeln ausgeschüttet hatten, stellten sich Roger und Hal zwischen uns und dem Trog auf, und dann sagte Quigg zu Ned, Bart und Paul, sie sollten vorkommen und sich so viel Kartoffeln nehmen, wie sie nur tragen könnten.

»Mach's nicht, Paul!« rief ich und erntete dafür einen Schlag von Rogers Peitsche.

»Laß gut sein, Junge!« hörte ich überrascht Quigg zu seinem Sohn sagen. Er grinste mich an: »Er wird schon sehen, daß wir ihn nach Strich und Faden besiegt haben.«

Das Triumvirat begann zu essen, und als die Kartoffeln schon fast alle waren, wählte Quigg noch einmal die Hälfte der übrigen Jungen aus – einschließlich der beiden Thoms, aber ohne Richard, Stephen und mich – und befahl ihnen, vorzutreten. Dann befahl er ihnen, soviel von den restlichen Kartoffeln zu essen, wie sie nur könnten. Nachdem sie anfangs etwas furchtsam zu uns herübergesehen hatten, hielten sie sich bald nicht mehr zurück.

»Hört auf!« rief ich. »Teilt sie mit uns, oder es wird uns allen schlechter gehen.« Aber auch die Bitten der anderen Jungen zeigten keine Wirkung.

Dann forderte Quigg uns auf: »Jetzt kommt und kämpft, wenn ihr noch welche haben wollt!«

Trotz meines Flehens, sich nicht an dem Gemenge zu beteiligen, stürmten die Jungen, die mit Richard, Stephen und mir übriggeblieben waren, nun vor und schlugen sich mit ihren Gefährten, während sich die Quiggs vor Lachen schüttelten. Richard und ich redeten den Jungen unablässig zu, doch endlich mit dem Kämpfen aufzuhören, doch schließlich stürzte Richard sich selbst – nachdem er mit schamhaftem Grinsen zu Stephen und mir herübergesehen hatte – in das Tohuwabohu.

Ich wußte, daß die Sache der Gerechtigkeit verloren war. Und am nächsten Abend kämpften die Jungen um das Essen genauso, wie sie es zuvor schon immer getan hatten. Zur großen Zufriedenheit der Quiggs war ich nun selbst gezwungen, mich an dem Handgemenge zu beteiligen. Mit Richard ging ich gemeinsam gegen die kleineren Jungen vor, und wir schafften es, gerade genug Kartoffeln für uns und für Stephen zu ergattern.

Obwohl es erst Ende Juli war, hingen in den nächsten Tagen die Wolken grau und tief am Himmel, und immer wieder nieselte es in langen Bindfäden. Mit Entsetzen sah ich eine endlose Reihe solcher Tage auf mich zukommen, sah einen nach dem anderen vergehen, bis ich mich irgendwann abgestumpft und halbverhungert mit meinem Schicksal abgefunden haben würde. Ich mußte fliehen! Und doch konnte ich mir nicht vorstellen, wie Richard und Stephen, der eine verkrüppelt, der andere schwach vor Krankheit und Hunger, auch nur den Versuch zur Flucht unternehmen sollten.

Die nächsten ein oder zwei Wochen schleppten sich dahin. Ich schob entweder den Pflug beim Stoppelnpflügen, oder ich sammelte Steine auf – eine anstrengende Arbeit, weil wir dazu nur eine Art Harke hatten, mit der wir die Steine aus dem Boden hebelten, um sie dann in eine Kiste zu laden und dorthin zu schleppen, wo wir eine Feldmauer aus ihnen errichten mußten. Da es noch früh und lange hell war, aßen wir, um Zeit zu sparen, unser Frühstück draußen auf dem Feld. Ich konnte mich einfach nicht an diese Kost gewöhnen: Platterbsen, Hafer-Porridge, Buttermilch, Rübenspitzen, oft völlig verschimmelter Hafermehlkuchen und hin und wieder ein Stück Speck. Und jedesmal gab es dazu dunkles Roggenbrot. Ich wußte, daß ich bei dieser Ernährung immer schwächer werden würde, und von den anderen Jungen erfuhr ich, wie schlimm es erst später im Jahr werden würde, wenn der Winter kam und wir in der eiskalten Scheune Korn dreschen oder Weiden flechten mußten.

Die Zusammensetzung der Arbeitsgruppen änderte sich jeden Tag, doch mir fiel auf, daß Stephen immer zu Rogers Gruppe gehörte. Ich fand bald heraus, daß Hal längst nicht so brutal wie die anderen beiden Quiggs war, und freute mich immer, wenn ich in seine Gruppe kam. Wenn wir zum Beispiel weit vom Hof entfernt auf dem Feld arbeiteten und das schmächtige Dienstmädchen – den Rücken gekrümmt unter der Last von einem Eimer Kartoffeln oder einem Korb voll Brot – unsere Mittagsration brachte, dann teilte Hal das Essen ziemlich gerecht unter uns auf, während sein Vater und sein Bruder uns immer darum kämpfen ließen.

In dieser Zeit hatte ich zum erstenmal einen Alptraum, der mich seither noch oft heimgesucht hat: Eine düstere, bucklige Gestalt kommt auf mich zu, und obwohl ich zu fliehen versuche, kommt sie unerbittlich näher und näher und ragt schließlich hoch über mir auf. Wenn ich dann begreife, daß mich eine riesige Spinne verfolgt, spricht sie mich mit einer sanften, und doch grauenerregenden Stimme an, die mir sehr bekannt vorkommt: »Hilf mir, Johnnie! Hilf mir!« Ich schrecke zurück und versuche fortzulaufen, doch ich kann kein Glied rühren. Mit Entsetzen starre ich auf die hin und her schwankenden Beine und Tentakeln und fürchte mich davor, in das Gesicht zu blicken, das ich gleich in ihrer Mitte erkennen würde. Dann sagt die Gestalt in herzzerreißendem Ton: »Ich will nicht so aussehen!«

Schweißgebadet wachte ich damals auf und sah um mich herum meine Gefährten friedlich schlafen. All meine Zweifel und Ängste waren wieder geweckt, und so brachte ich am nächsten Abend das Gespräch noch einmal auf das Thema Flucht.

»Es ist unmöglich«, sagte Richard. »Als du hergekommen bist, mußt du doch gesehen haben, daß sich meilenweit um den Hof nur wildes Moor erstreckt. Und es gibt nirgends Dörfer, nur vereinzelte Schaffarmen.«

»Aber selbst wenn du vom Hof runterkommst«, fuhr Little Thom fort, »kannst du dich nirgendwo in der Nachbarschaft verstecken, denn die kennen alle die hohe Belohnung, die die Quiggs für unsere Ergreifung aussetzen. Und da du nicht unterkriechen kannst, mußt du rasch aus der Moorgegend heraus, sonst erwischen dich die Quiggs sofort. Es gibt nämlich nur eine einzige Straße, und sie setzen Hunde auf deine Spur und haben dich hoch zu Roß bald eingeholt.«

»Könnte ich mich dann nicht«, fragte ich, »querfeldein durch das Moor schlagen und die Straße links liegenlassen? Dann wären die Quiggs mit ihren Pferden nicht mehr im Vorteil ...«

»Das wäre schon möglich«, sagte Richard, »aber du würdest nur langsam vorankommen, und es wäre nicht gerade leicht, einen geraden Weg einzuhalten. Außerdem würden dich die Hunde bald haben.«

»Es sei denn, es regnet«, sagte ich, »dann können sie meine Spur nicht aufnehmen.«

»Bei schlechtem Wetter ist der Weg viel zu gefährlich«, warf Stephen ein.

»Das ist sowieso alles sinnlos«, protestierte Richard. »Es ist doch schon unmöglich, überhaupt vom Hof wegzukommen. Tagsüber passen die Quiggs auf, und nachts laufen draußen die Hunde frei herum.«

»Dann«, fragte ich, »ist also noch nie jemand von hier geflohen?«

Keiner schien darauf antworten zu wollen.

Endlich sagte Little Thom mit belegter Stimme: »Nur zwei haben es bisher versucht. Einer von ihnen ist gestorben; er liegt neben Davy begraben. Aber Big Thom hätte es fast geschafft.« Als er mein überraschtes Gesicht sah, sagte er: »Damals war er noch nicht so. Sie haben ihn fast zu Tode geprügelt, weißt du, und erst seitdem ist er blöd.«

»Wieso hat man ihn geschnappt?« fragte ich.

Schweigen breitete sich aus, und fast schien es mir, als könnten sie sich gegenseitig plötzlich nicht mehr in die Augen sehen.

»Jemand hat ihn verpfiffen«, sagte Little Thom schließlich. »Wir haben nie herausgefunden, wer es war.«

»Wer immer es gewesen ist, er könnte es also wieder tun, wenn ich versuche zu fliehen?« fragte ich.

Keiner von den drei Jungen blickte mich an.

»Und wenn ich es versuche, würde dann jemand von euch mitkommen?«

Little Thom schüttelte den Kopf: »Sieh dir doch an, was mit Big Thom passiert ist.«

»Ich könnte es gar nicht schaffen«, sagte Richard und zeigte auf sein Bein.

»Was ist mit dir, Stephen?«

Er sah mich traurig an: »Ich gehe nirgendwo mehr hin.«

Er sagte es so bestimmt, daß ich ihn, obwohl jeder inzwischen die Geschichte des anderen in groben Zügen kannte, an diesem Abend darum bat, mir etwas ausführlicher von sich zu erzählen.

»Ich bin eine Waise«, sagte er. »Mein Papa starb, als ich noch sehr klein war, und meine Mama starb einige Jahre später. Ich habe auf der ganzen Welt nur zwei Verwandte, und einer von ihnen ist mein Halbbruder Henry. Meine Mama war nämlich schon einmal verheiratet, bevor sie die Frau von meinem Papa wurde; das war, nachdem Henrys Papa gestorben war. Henry ist viel älter als ich, und ich kenne ihn kaum. Er studiert in London Rechtswissenschaft. Ich weiß, daß er nur sehr wenig Geld hat, denn sein Papa und meine Mama waren schrecklich arm. Doch mein Papa hat mir etwas Geld vererbt.«

»Geld?« sagte ich. »Aber das ist doch deine Chance!«

Er schüttelte den Kopf: »Es wird von meiner Tante verwaltet, der einzigen anderen Verwandten, die ich habe. Sie ist mein Vormund, aber sie hat sich überhaupt nicht um mich gekümmert, nachdem meine Mutter gestorben war, und deshalb mußte ich im Internat in Canterbury bleiben. Ich wünsche mir nur, sie hätte mich dort gelassen, denn eigentlich war ich da ganz glücklich, doch letztes Jahr Weihnachten kam sie mich plötzlich besuchen. Sie fragte mich, ob ich nicht lieber auf eine andere Schule gehen würde, aber ich wollte nicht und habe ihr das auch gesagt. Sie war sehr freundlich und hat mir sogar einen Soldaten gekauft, einen preußischen Soldaten mit einem echten Schwert. Den hättest du sehen sollen, Johnnie! Sie sagte, ich solle nur das machen, wozu ich mich selbst entschließen würde, und daß sie mir die Zeit lassen würde, alles noch einmal zu überdenken. Henry hat mich dann ein oder zwei Wochen später besucht. Er war auch sehr nett und hat mir geraten, den Vorschlag meiner Tante anzunehmen. Also habe ich schließlich zugestimmt und wurde hierhergeschickt.«

»Was hat deine Tante denn gegen dich?«

»Ich weiß nicht. Wenn ich sterbe, dann erbt sie das Geld, das sie für mich verwaltet. Aber das ist nicht viel – nur ein paar hundert Pfund. Sie dagegen hat haufenweise Geld, weil ihr Mann früher ziemlich reich war.«

»Das ist seltsam«, sagte ich. »Vielleicht weiß sie gar nicht, wie man dich hier behandelt.«

»Nein, vielleicht nicht. Aber sie hat mir nie geschrieben und mich auch nicht besucht, und ich darf ihr auch nicht schreiben.«

»Hat dich denn Mr. Steplight nicht in ihrem Auftrag besucht?«

»Nein. Als er dich hergebracht hat, da habe ich ihn zum erstenmal gesehen, und seinen Namen hatte ich vorher auch noch nie gehört.«

»Und dein Halbbruder?«

»Henry täte es schrecklich leid, wenn er wüßte, was mit mir passiert. Aber er kann ja auch nichts dagegen tun.«

Schweigend lagen wir in der Dunkelheit, und nach einer Weile ging Stephens Atem ruhig und gleichmäßig. Ich überlegte, daß es vielleicht doch unmöglich war, mit ihm gemeinsam zu fliehen, und so schien es wahrscheinlich doch besser, nur an mich selbst zu denken.

Der nächste Tag war der letzte Tag des Monats Juli, doch es regnete so heftig, daß wir selbst mit einem Sack über den Schultern nicht auf dem Feld arbeiten konnten. Ich kam mit Stephen und drei anderen Jungen in Rogers Gruppe. Er brachte uns auf einen Schüttboden in der Scheune und ließ uns Rüben schneiden, wobei er uns ständig umkreiste, die Peitsche unter dem Arm, um sie bei jeder sich bietenden Gelegenheit einzusetzen. Es war eine mühselige Arbeit, da man sich vorbeugen und die Rübe mit festem Griff halten mußte, um dann unter der Gefahr, schon bei der kleinsten Unachtsamkeit einen Finger zu verlieren, mit einem kräftigen Schlag des Hackmessers die Blätter von der Rübe zu trennen. Ich spornte mich zur Arbeit an, indem ich mir bei jeder Rübe vorstellte, sie sei der Kopf eines Quigg, muß jedoch zugeben, daß ich Roger sehr viel häufiger als seinen Vater oder seinen Bruder exekutierte.

Stephen arbeitete vor mir, und ich beobachtete ihn besorgt, da ich wußte, daß er nach all dem, was er durchgestanden hatte, noch viel schwächer sein mußte als ich. Während Roger einen Augenblick lang hinter mir stand, sah ich, wie Stephen sich umblickte und sich dann rasch etwas in den Mund schob.

In der gleichen Sekunde rief Roger: »Ich hab dich erwischt, Mealy-Plant!«

Und mit diesen Worten lief er bereits auf ihn zu. Stephen versuchte hinunterzuschlucken, was er im Mund hatte, aber das Stück war zu groß; er würgte und hustete. Als Roger vor ihm stand, zwang er ihm die Kiefer auseinander und befahl ihm, das Stück auszuspucken.

Schadenfroh hielt er den Rübenschnitz in die Höhe: »Jetzt bist du aber dran, Mealy-Plant! Das wird was setzen!« Aber er schlug Stephen nicht und befahl uns nur weiterzuarbeiten. Breit grinsend stolzierte er in der Scheune auf und ab.

»Was passiert jetzt?« fragte ich leise einen der Jungen.

»Er kriegt eine Abreibung«, antwortete er.

Als man uns ein oder zwei Stunden später zum Abendessen in die Scheune brachte, sah ich, daß Roger sich mit seinem Vater unterhielt und beide zu uns herüberstarrten.

Bevor das Essen ausgegeben wurde, bellte Quigg: »Für dich gibt's heute nichts, Mealy-Plant. Du hast ja dein Abendessen schon gehabt.« Dann klatschte er in die Hände, verlangte unsere Aufmerksamkeit und rief: »Hört mal zu, ihr jungen Gentlemen. Nach dem Abendessen versammelt ihr euch im Schulzimmer, verstanden?«

Den Jungen lief ein Schauder über den Rücken, und sie sahen bedrückt zu Stephen hinüber.

Beim Essen flüsterte ich zu Paul: »Was ist eigentlich eine Abreibung?«

»Quigg verprügelt Stephen, bis er bewußtlos wird«, antwortete Paul.

»Können wir ihn nicht daran hindern?«

»Wie denn?«

»Aber wegen einer solchen Kleinigkeit!«

»Sie haben ihn noch bei jeder Gelegenheit verprügelt«, erwiderte er. »Sie brauchen dafür keine Gründe.«

Nach dem Essen trieben Hal und Roger uns ins Flett – das war das »Schulzimmer«, von dem Quigg gesprochen hatte, obwohl das Haus mit einer Schule nichts gemein hatte. Wir versammelten uns an einem Ende des Raumes, die drei Quiggs standen uns am anderen Ende gegenüber. Auch Mrs. Quigg hörte vorübergehend auf, ihr Dienstmädchen zu schikanieren, kam aus der Küche und gesellte sich zu uns. Sie sah aus, als wäre sie ein würdiges Ehegespons ihres Gatten: groß, mit flachem, bösem Gesicht und stierem Blick. Jetzt war mir klar, wieso hier jeder Gedanke an Widerstand absurd war: Wir waren elf kranke, halbverhungerte Kinder gegen ein großes, muskulöses Weib und drei ausgewachsene Männer mit Stöcken und Peitschen.

Hal packte Stephen und legte ihn über den Tisch, Roger zog ihm das Hemd hoch. Ich sah, daß der mitleiderregend magere Rücken bereits mit aufgeschwollenen Narben überzogen war. Inzwischen stolzierte Quigg, einen breiten Lederriemen in der Hand, vor uns auf und ab und hielt eine Rede.

»Ein Junge vom Quigg-Kolleg is vielleicht nich so 'n Bücherwurm wie andere Pennäler; er kann wohl auch nicht so schön Altgriechisch, daß er mit einem ollen Griechen ein Schwätzchen halten kann; mit Latein und den alten Römern geht's ihm bestimmt auch nich anners, aber schämen tun wir uns deshalb noch lange nicht. Eins ist ein Quigg-Junge aber immer, nämlich ehrlich. Ich weiß, ihr Jungs seid immer hungrig, ganz egal, wieviel man euch zu essen gibt. Ich weiß auch, daß ihr euch nehmt, was ihr kriegen könnt, wenn keiner hinguckt. Aber es gibt da was, das werd ich auf unserm Kolleg niemals dulden, und das ist Diebstahl. Und wenn wir einen Dieb zu packen kriegen, dann kriegt er eine Strafe, die allen anderen hoffentlich eine Lehre sein wird.«

Bei den letzten Worten zog er seinen Rock aus, um sich die obersten und untersten Knöpfe seiner Weste zu öffnen. Dann ging er einige Schritte zurück und hob den Arm. Ich sah den Riemen durch die Luft sausen und zuckte zusammen, noch ehe ich das scharfe Aufklatschen und dann Stephens Schrei hörte.

Die Jungen murrten, aber Roger rief: »Ruhe! Wer noch einen Ton von sich gibt, ist als nächster dran.«

Wie in einem Alptraum sah ich den Arm wieder ausholen, sah den Gurt abermals herabsausen und hörte noch einmal Stephens Schrei. Ein drittes Mal hob sich der Arm, und wieder fiel der Schlag, doch diesmal kam von Stephen kein Laut. Als ich meine Augen öffnete, sah ich, wie Quigg sich heftig keuchend noch einen Knopf öffnete. Ich zwang mich hinzusehen: Auf der weißen Haut von Stephens Rücken breitete sich ein riesiger Blutfleck aus. Der Junge lag ganz still.

Wieder hob Quigg seinen Arm. An das, was in den nächsten Sekunden geschah, kann ich mich nur noch bruchstückhaft erinnern. Ich sehe nur einen roten Nebel vor meinen Augen, und ich weiß nicht mehr, wie ich das Zimmer durchquert habe. Und dann sehe ich Quigg, der mir ins Gesicht starrt.

»Schlag ihn noch einmal, und ich bring dich um!« schreie ich.

Ich erinnere mich an den Ausdruck von Überraschung, beinahe von beleidigter Empörung, auf seinem brutalen, rotangelaufenen Gesicht. Ich erinnere mich daran, daß Roger und Hal mich von hinten packen, und ich weiß noch, was Quigg zu mir sagt: »Nu man nich so hastig, Cloth-Ear. Du kommst auch noch dran.«

Ich sehe, wie Quigg mit der Faust nach mir ausholt. Ich erinnere mich an den ersten Schlag gegen die Brust, und ich weiß noch von einem zweiten Schlag auf meinen Kopf. Doch danach erinnere ich mich an nichts mehr, nur noch an Nebelschwaden, die an mir vorüberziehen, und an weit entfernte Stimmen, die nach mir rufen.

Mein Kopf schmerzte, als ich wieder zu mir kam, und nur mit Mühe konnte ich die Augen öffnen. Ich lag auf einer Schütte Stroh, und irgendwo in der Nähe knisterte eine Kerze. Ich wußte nicht mehr, wer oder wo ich war. Dann erkannte ich Richard, er sah mich an, und ich erinnerte mich wieder an alles.

»Wie geht es ihm?« fragte ich.

Statt einer Antwort wies Richard mit dem Kinn auf den Platz an meiner Seite, und als ich meinen pochenden Kopf umwandte, sah ich Stephen nur ein oder zwei Fuß von mir entfernt auf dem Bauch liegen, fast so, als würde er schlafen. Sein Rücken war mit blutdurchtränkten Lumpen zugedeckt. Die Anstrengung, meinen Kopf zu heben, weckte einen dumpfen, klopfenden Schmerz, und ich legte mich rasch wieder zurück aufs Stroh. In der Scheune war kein Geräusch zu hören. Ich schloß meine Augen.

Ich weiß nicht, wie lange ich geschlafen habe. Als ich meine Augen wieder öffnete, lag Stephen noch genauso da, wie ich ihn zuletzt gesehen hatte.

»Wird er es schaffen?« fragte ich Richard.

Er sagte nichts.

»Ist es noch der gleiche Tag?« fragte ich.

Er nickte.

»Ist es schon spät?«

»Fast Mitternacht.«

Ich schlief noch einige Male ein und wachte immer wieder auf, und jedesmal war Richard da und blickte Stephen und mich an, und einmal sah ich, daß er den Kopf des verletzten Jungen hob, damit der etwas Wasser schlukken konnte. Dabei murmelte Stephen etwas vor sich hin, aber ich konnte die Worte nicht verstehen. Doch sie beruhigten mich ein wenig, und ich glitt wieder zurück in die Bewußtlosigkeit.

Als ich das nächste Mal aufwachte, hörte ich Vögel singen. Es muß kurz vor der Morgendämmerung gewesen sein, doch in der Scheune war es dunkel, und die anderen Jungen schliefen noch fest. Ich drehte meinen Kopf auf die andere Seite und stellte erfreut fest, daß Stephen zu mir herübersah. Er lag jetzt auf dem Rücken, die Schultern gegen einen alten Strohballen gelehnt. Und obwohl er im Gesicht noch sehr weiß aussah, schien es ihm besserzugehen, denn er lächelte mich an. Erleichtert erwiderte ich sein Lächeln und schaute mich nach Richard um, doch der wich meinem Blick aus.

»Hab gehofft ... bald wach«, flüsterte Stephen.

»Wie geht's dir?« fragte ich und beugte mich über ihn, um ihn besser verstehen zu können.

»Bitte, versuch nicht zu sprechen, Stephen!« sagte Richard und sah unwillig zu mir herüber.

»Schon viel besser«, antwortete er.

»Ich mußte ihn umdrehen«, erklärte Richard. »Aber er sagt, sein Rücken tut ihm nicht mehr weh.«

Ich konnte sehen, daß sich das Stroh unter Stephen rot färbte.

»Bist du dir sicher, Stephen?« fragte ich.

»Ja. Kaum Schmerzen. Und wenig Zeit«, flüsterte er. Er hielt inne und rang nach Atem, doch seine glänzenden Augen blickten mir unverwandt ins Gesicht.

»Nicht reden!« riet ihm Richard.

Stephen begann, gleichmäßiger zu atmen, doch sein Flüstern war jetzt beinahe noch leiser: »John. Mußt fliehen. Bald. Du der nächste ... nach mir. Quigg.«

Ich schüttelte den Kopf: »Wie sollte ich denn fliehen? Wie übers Moor kommen?«

»Geld ... Mein Schuh. Versteckt. Bevor ich ...«

Richard sah mich überrascht an, rückte ein wenig fort und holte Stephens Schuhe.

Stephens Augen waren halb geschlossen, und ich mußte mich dicht zu ihm hinabbeugen, um ihn verstehen zu können: »Halbbruder. Geh! Erzähl ihm von mir!«

»Aber ich kann nicht fliehen, ohne daß es die anderen zuvor erfahren. Und einer von ihnen verpfeift mich! Derselbe, der auch Big Thom verpfiffen hat!«

»Nein«, keuchte er. »Keiner verpfeift dich. Bestimmt nicht.«

Ich sah ihn fragend an. Wie konnte er sich so sicher sein? Dafür gab es eigentlich nur eine Erklärung. Mühsam versuchte er weiterzusprechen, und obwohl ich Angst davor hatte, mehr zu erfahren, konnte ich es doch nicht verhindern.

Richard hatte aus einem Schuh die Einlage herausgezogen und sagte: »Ich hab was gefunden. Es ist in Papier eingewickelt.«

»Gib's ... John!« flüsterte Stephen mit letzter Kraft, dann schloß er die Augen.

Richard gab mir seinen Fund, und als ich ihn ausgewickelt hatte, hielt ich einen glänzenden halben Sovereign in der Hand. Ich glättete das Papier und las, was dort geschrieben stand: »Henry Bellringer, Esq., zweite Türglocke am rechten Pfosten, Fig Tree Court Nr. 6, Barnard's Inn. Halbbruder von Stephen Maliphant.«

Ich kannte den Namen Maliphant. Ich hatte ihn erst kürzlich gelesen. Ja, ich hatte ihn sogar selbst geschrieben. Dann fiel es mir wieder ein: Einer der

Erben, die im Kodizill aufgeführt wurden und dessen Namen ich erst vor einigen Wochen in unserem Zimmer in der Orchard Street abgeschrieben hatte, hieß genauso.

»Heißt du so?« fragte ich. »Maliphant? Hat dir Quigg deshalb diesen blöden Spitznamen gegeben?«

»Laß ihn in Ruhe!« rief Richard. Er musterte Stephens Gesicht, dann legte er die Hand auf seine Brust.

Stephens Augen blieben geschlossen, er gab keine Antwort.

»Stephen!« flüsterte ich.

Ich wollte seine Schulter berühren, doch sanft griff Richard nach meiner Hand und hielt sie fest, und so blieben wir sitzen, bis das Licht des Morgens durch die Ritzen der hölzernen Wände in die Scheune kroch und die anderen Jungen entdeckten, welch grausiger Besucher sich während der Nacht in unsere Mitte gestohlen hatte.

45. KAPITEL

Von diesem Moment an dachte ich nur noch an meine Flucht. Sie schien mir die einzige Möglichkeit, um Stephen rächen zu können, und ich empfand es als meine Pflicht und Schuldigkeit, Stephens Geschichte seinem Halbbruder zu berichten, damit er etwas gegen die Quiggs unternehmen konnte. Ich versteckte den halben Sovereign, den ich wieder in jenes mysteriöse Stück Papier einwickelte, in meinem eigenen Schuh. Mit der letzten Kraft, die mir nach der Tagesarbeit noch blieb und die ich nicht zum Nachdenken über meine Flucht verbrauchte, ging ich der Frage nach, warum ich hierher, an diesen Ort, geschickt worden war, und ich brütete zugleich über dem damit verbundenen Rätsel, warum Stephen den gleichen Nachnamen hatte – und es war ein ziemlich seltener Nachname – wie einer der Erben aus dem vierzig Jahre vor unserer beider Geburt geschriebenen Kodizill meines Ururgroßvaters. Eine gewisse Bestätigung dafür, daß es irgendeine Verbindung zwischen ihm und mir gab, lag schon in der Tatsache begründet, daß Mr. Steplight an uns beiden interessiert war. Weiter kam ich allerdings mit meiner Grübelei nicht, doch es wollte mir nicht einleuchten, daß diese Verbindung zwischen Stephen und mir einzig dem bloßen Zufall entsprungen war.

Am Morgen warfen sich die Quiggs Stephens Leiche über die Schulter und trugen sie aus der Scheune, als sei sie nichts weiter als ein Sack Malz. (Später entdeckte ich zwischen den Knollenblätterpilzen an der Einfahrt beim Fifteen-Acre-Feld einen frisch aufgeworfenen Hügel zwischen den alten Erdkuppen.) Ich wurde Rogers Gruppe zugeteilt, und er warf diesmal mir das Ledergeschirr zu. Von nun an war ich es also, der Tag für Tag und bei jedem Wetter den Pflug über das Feld schieben mußte. Die Arbeit war überaus anstrengend für Herz und Lungen, und meine Haut über Schultern und Brust war bald nur noch eine Masse aus rohem Fleisch und Blut. Die Auswirkungen dieser Arbeit ließen denn auch nicht lange auf sich warten, und mir war klar, daß ich fliehen mußte, ehe ich zu schwach wurde, um es überhaupt noch versuchen zu können.

Richard und ich redeten bis in die frühen Morgenstunden über meine Flucht, und mit seiner Hilfe zerlegte ich das Problem in seine einzelnen Komponenten.

Zuerst einmal gab es da den Spitzel, denn seinetwegen konnte ich es nicht riskieren, den anderen Jungen zu trauen. (Ich versuchte zu vergessen, was Stephen gesagt hatte, und hoffte, ihn mißverstanden zu haben.)

Zum anderen war da die Frage, wie ich das Gehöft verlassen sollte. Bei Tag schien dies unmöglich zu sein, da wir ständig von einem der Quiggs beaufsichtigt wurden. Außerdem mußte ich allein schon deshalb nachts fliehen, um einen gewissen Vorsprung vor meinen Verfolgern zu bekommen. Doch sobald wir nach dem Abendessen in die Scheune eingeschlossen wurden, ließ Quigg die Hunde frei, und ungefüttert waren die Tiere so blutrünstig, daß sogar Roger und Hal sich im Haus in Sicherheit bringen mußten, ehe ihr Vater sie von der Kette ließ.

Im Morgengrauen konnte selbst er sich ihnen nur ungestraft nähern, wenn er ihnen beim Anketten große Fleischstücke zuwarf.

Und drittens mußte ich, selbst wenn mir die Flucht vom Hof gelingen sollte, das Moor durchqueren, und zwar so rasch wie möglich. Little Thom hatte mir ja schon erklärt, weshalb ich es nicht wagen konnte, auf einem der wenigen Anwesen in der Umgebung um Hilfe zu bitten. Sobald sie meine Flucht entdeckten, würden die Quiggs ihre Hunde auf mich ansetzen und mich auf ihren Pferden sicherlich bald einholen, wenn ich nicht den größten Teil der Nacht zur Verfügung hatte, um eine möglichst weite Strecke zurückzulegen.

Außerdem würde ich mich entscheiden müssen, ob ich über das Moor fliehen sollte, wo mich wohl die Hunde verfolgen konnten, die Pferde aber kaum von Nutzen waren, oder ob ich auf der Straße bleiben sollte. Wenn ich mich für die letztere Möglichkeit entschied, konnten mich zwar die Hunde und Pferde sehr rasch einholen, doch mit etwas Glück würde mich ein vorbeifahrender Wagen mitnehmen. Andererseits verkehrten auf der Straße in dieser Gegend wohl kaum besonders viele Kutschen, erst recht nicht in der Nacht. Und wie ich mit nur einem halben Sovereign die Hunderte von Meilen nach London zurücklegen sollte, und was ich eigentlich anfangen würde, wenn ich einmal dort war, an diese Fragen wagte ich nicht einmal zu denken. Das eigentliche Problem war und blieb jedoch, wie ich aus der geschlossenen Scheune herauskommen und den Hunden entwischen konnte. Mir fiel dazu einfach keine Lösung ein, und ich wußte, wenn es einmal soweit war, dann hatte ich nur diese eine, einzige Gelegenheit.

Die Wochen schleppten sich dahin, und als der Sommer allmählich verging, spürte ich, daß meine beste Chance zur Flucht bereits vorbei war. Sobald einmal der Herbst anbrach, war es nachts im Moor ziemlich gefährlich, und im Winter schien eine Flucht durch das Moor schlicht unmöglich. Andererseits würde die Wachsamkeit der Quiggs dann wahrscheinlich nachlassen, und die längeren Nächte bedeuteten für mich auch, daß man mein Verschwinden am Morgen erst später entdecken würde.

Während dieser Zeit suchten mich schreckliche Träume heim, so daß ich am Morgen oft erschöpfter aufwachte, als ich am Abend zuvor eingeschlafen war: Ich lief durch große Städte, die in ungeheuren Feuermeeren untergingen; hoch aufschießende Flammen verdeckten den Himmel. Oder ich hing am Rande eines Abgrunds, der so tief war, daß ich weit unter mir Wolkenfetzen schweben sah, die den Blick auf den Grund verdeckten. Doch einen Traum, der mich am meisten erschreckte, träumte ich wieder und wieder: Ich ging einen langen, dunklen Gang entlang und traf plötzlich auf meine Mutter. Statt mich zu grüßen, schreckte sie äußerst bestürzt vor mir zurück, drehte sich um und lief rasch in die Dunkelheit, wo ich sie aus den Augen verlor.

Eines Abends Anfang Oktober teilten die Quiggs Wintermäntel an uns aus: stinkende alte Lumpen, die eigentlich für Männer gedacht und schwer vor Dreck und Fett waren. Wir sollten uns nachts mit ihnen zudecken und sie statt der Säcke tagsüber bei der Arbeit auf den Feldern tragen.

Als die Quiggs fort waren, hielt uns Big Thom mit angewiderter Miene seinen Mantel hin: »Den will ich nicht. Das war der von Harry.«

Richard warf ihm seinen Mantel hin und sagte: »Dann nimm diesen hier!«

»Wer war Harry?« fragte ich Richard, als Big Thom den Mantel auffing und anprobierte.

»Er hat sich letzten Winter das Fieber geholt.«

»Was haben sie mit ihm gemacht?« fragte ich, während wir uns auf das Stroh legten und mit den Mänteln zudeckten.

»Nichts«, antwortete er. »Er wurde in den kleinen Schuppen hinter der Heumiete verlegt. Die Quiggs wollten, daß wir ihn wegschaffen, weil sie Angst hatten, sich anzustecken. Sie meinten, es sei Typhus. Sie haben ihm jeden Tag Kartoffeln und Wasser in den Schuppen gebracht. Und nach ein paar Tagen haben Ned und Paul ihn dorthin getragen, wo sie uns beerdigen, hinter die Mauer, damit uns die Hunde nicht wieder ausgraben – du weißt schon, da, wo Stephen liegt.«

Ein Plan begann in meinem Kopf Gestalt anzunehmen. »Wenn ich wenigstens sicher wüßte, daß Stephen Big Thom damals verpfiffen hat«, sagte ich. »Solange ich das nicht weiß, kann ich einfach niemandem trauen.«

Dann erst merkte ich, was ich gesagt hatte, und sah Richard an. Er war rot geworden und wich meinem Blick aus, so daß ich schon fürchtete, ihn verletzt zu haben, weil ich seinen Freund beschuldigt hatte.

Ich lag noch lange wach und dachte über den Plan nach, der mir bei Richards Worten eingefallen war. Ich hatte geglaubt, er sei längst eingeschlafen, doch einmal sah ich seine Augen im blassen Mondlicht blitzen, das durch die Wandritzen in die Scheune fiel.

Als ich am nächsten Tag mit Roger und dessen Gruppe aufs Feld hinausging, konnte ich einen Blick auf den von Richard erwähnten Schuppen werfen. Er war aus Holz gebaut, und die äußeren Bretter sahen schon ziemlich verwittert aus.

An diesem Abend hielten Richard und ich nach dem Essen Rat: »Ich will krank werden«, flüsterte ich ihm zu. »Ich möchte, daß sie glauben, es ist etwas Ansteckendes.«

»Sie werden mißtrauisch sein«, warf er ein. »Sie glauben bestimmt, daß du ihnen nur was vormachst.«

»Ich weiß. Aber ich werde ihnen nichts vormachen. Wart's nur ab!«

Er sah etwas verwundert drein und sagte dann: »Sei vorsichtig!«

»Du sollst mir helfen, ihnen Angst einzujagen«, sagte ich.

»Sie würden mir nicht glauben«, wehrte er ab. »Und sie wissen, daß wir befreundet sind. Frag doch Paul! Dem glauben sie bestimmt.«

»Ich trau mich nicht. Vielleicht hat er Big Thom verpfiffen. Wenn's Stephen nicht war, kann es jeder gewesen sein.«

Richard sah mich ganz seltsam an: »Warum glaubst du, daß Stephen es gewesen ist?«

Ich erzählte ihm, was mir Stephen kurz vor seinem Tod gesagt hatte.

Er schwieg. »Stephen hat Big Thom nicht verpfiffen«, sagte er schließlich.

»Woher willst du das denn wissen?« widersprach ich, doch noch während ich das sagte, konnte ich auf seinem Gesicht die Antwort lesen, und ein kalter Schauer lief mir über den Rücken.

»Ich kann es nicht ertragen, daß du glaubst, Stephen ist es gewesen«, sagte er, ohne mich dabei anzusehen.

»Dann ... Aber warum denn?« fragte ich.

Richard blieb stumm.

»Haben sie dich dazu gezwungen?«

Er schüttelte den Kopf.

»Wolltest du jemanden schützen? Stephen vielleicht? Oder Davy?«

Wieder schüttelte Richard den Kopf. »Sie haben mir versprochen, daß ich einen Brief nach Hause schicken kann«, sagte er. »Aber es hat nichts genutzt. Selbst wenn sie ihn tatsächlich abgeschickt haben.«

Angewidert wandte ich mich von ihm ab. Für einen Brief!

Er fuhr fort: »Jetzt kannst du also Paul fragen. Die Quiggs glauben mir nicht mehr.« Dann sagte er noch: »Stephen hat's erraten.« Als ich aufstand und von ihm wegging, rief er etwas lauter hinter mir her: »Stephen hat mir deswegen keine Vorwürfe gemacht.«

Ich verlegte meinen Schlafplatz an eine andere Stelle der Scheune und suchte mir einen Platz neben Paul. Ich wartete, bis die übrigen Jungen eingeschlafen waren, dann weckte ich Paul leise auf und erzählte ihm flüsternd, was ich von ihm wollte. Er willigte ein und grinste mich ein wenig neidisch an.

Jetzt fehlte nur noch eine Kleinigkeit, doch um an die zu gelangen, mußte ich mehrere Tage lang geduldig warten. In dieser Zeit ging ich Richard aus dem Weg und mied seinen Blick, da ein Gefühl von Scham in mir aufstieg, sobald ich ihn sah. Einen Leidensgefährten zu verraten schien mir allen Prinzipien zu widersprechen, nach denen zu leben man versuchen sollte. Nein, das war nicht zu entschuldigen. Absolut unverzeihlich. Richard verstand offenbar, was in mir vorging, denn er hielt sich von mir fern.

Das Wetter blieb meinen Absichten günstig: trocken und nicht zu kalt. Eines Tages, etwa Mitte Oktober, bot sich die Gelegenheit, auf die ich so lange gewartet hatte. Roger führte seine Gruppe auf ein Feld nördlich des Hofes, und am Abend kehrten wir über das Fifteen-Acre-Feld zurück. Ich blieb ein wenig zurück, gerade als wir jedoch zum Hof kamen, stolperte ich, als würde mir plötzlich schlecht werden, und fiel in das hohe Gras neben der Einfahrt. Roger zog mir die Peitsche über den Rücken, als ich wieder aufstand, doch da hatte ich schon, was ich brauchte.

»Mir war schwindlig«, sagte ich.

Er stieß mich in die Scheune, und ich taumelte, als fühlte ich mich unwohl. Ich hatte mir bei meinem Sturz zwei Knollenblätterpilze einstecken können, und während des Abendessens schob ich mir dann rasch einige Brocken in den Mund. Ich wußte nicht genau, wieviel ich nehmen sollte, also mußte ich mich auf mein Glück verlassen und darauf hoffen, daß ich es schon richtig machen würde.

Die Wirkung zeigte sich bald. Nur wenige Minuten nach dem Essen brach mir der Schweiß aus, mein Magen zog sich in stechenden Krämpfen zusammen, und mein Kopf schien eine riesige, widerhallende Höhle zu sein. Plötzlich verlor ich das Bewußtsein. Ich kam rasch wieder zu mir, als Roger mich festhielt und heftig schüttelte. Er schien etwas zu sagen, doch ich konnte kein Wort verstehen. In meinen Ohren war ein Rauschen wie von einem Wasserfall, und als ich meine Zunge bewegen wollte, fühlte sie sich an wie ein schwerer Stein. Roger rief seinen Vater, offenbar um mich dessen tieferer medizinischer Weisheit zu überantworten, und Quigg entriß mich den Armen seines Sohnes und schlug mir rasch zweimal ins Gesicht. Ich sah, wie ihn die Wut überkam, als seine Behandlung nicht die gewünschte Wirkung zeigte. Und dann erkannte ich wie durch einen roten Schleier hindurch Pauls Gesicht. Das Rauschen des Wasserfalls schien ein wenig nachzulassen, und ich hörte eine seltsam verzerrte Stimme sagen: »Bitte, Sir. Ich glaub, das ist Typhus. Eins von unsern Dienstmädchen ist dran gestorben, und bei der hat's genauso angefangen.«

Quigg ließ mich sofort los, und ich fiel zu Boden. »Bringt ihn auf die Krankenstube!« hörte ich ihn keuchen. »Du und du da.«

Ich spürte, wie man mich hochhob und forttrug, und dann kam die Dunkelheit, und ich weiß nichts mehr. Später tauchten vage Erinnerungen an schreckliche Ängste auf und an heftige Schmerzen und manchmal auch an seltsame Momente des Glücks. Ich kann nicht sagen, wie lange ich in diesem Wahnfieber lag, doch es hielt meine Sinne sicherlich jene Nacht, den folgenden Tag und auch noch die Nacht darauf umfangen. Vielleicht fehlen mir in meiner Rechnung aber auch ein oder zwei Tage.

Gewiß ist nur, daß ich eines Morgens mit der ersten Dämmerung aufwachte und mich gänzlich erholt, wenn auch recht schwach und ausgesprochen hungrig fühlte. Ich lag auf einem Lager aus Stroh, und im Zwielicht sah ich neben mir einen großen Henkelkrug mit Wasser stehen, neben dem fünf oder sechs Kartoffeln lagen.

Man hatte eine zerrissene und dreckige Decke über mich geworfen, und ich trug noch immer meinen Wintermantel, doch selbst wenn ich mich eng in Mantel und Decke hüllte und tief in das Stroh wühlte, fror ich jämmerlich. Nach ungefähr einer Stunde hörte ich, wie die Hunde angekettet wurden, und als sich kurz darauf Schritte dem Schuppen näherten, wälzte ich mich auf dem Stroh hin und her und begann zu stöhnen. Durch die halbgeschlossenen Augenlider sah ich eine Gestalt, die über die Gattertür hinweg in den

Schuppen starrte, dann landeten zwei Kartoffeln neben mir auf dem Boden, und mein Besucher, der sich so seiner Krankenfürsorge entledigt hatte, zog sich wieder zurück. Ich trank reichlich Wasser, traute mich aber nur zwei Kartoffeln zu essen, da ich fürchtete, daß das Verschwinden von mehreren auffallen könnte. Als draußen alles still blieb, suchte ich in der der Scheune oder dem Bauernhaus abgewandten Wand des Schuppens nach einem geeigneten Brett. Nachdem ich gefunden hatte, was ich suchte, begann ich, das Brett langsam aus seiner Verankerung zu lösen. Da ich kein Werkzeug hatte und oft innehalten mußte, um zu hören, ob jemand kommt, machte ich nur langsame Fortschritte. Meine Vorsicht sollte sich jedoch auszahlen.

Etwa gegen Mittag hatte ich das Brett fast losgestemmt, da hörte ich plötzlich leise Schritte über den Hof kommen. Ich warf mich sofort auf den Boden und tat, als läge ich noch im Fieber. Aus halbgeschlossenen Augen sah ich Roger durch die Öffnung über der Tür auf mich herabstarren. Er beobachtete mich eine Zeitlang, dann ging er wieder fort, gab sich aber keine Mühe mehr, leise aufzutreten.

Am späten Nachmittag hatte ich das Brett so weit gelockert, daß ich es bei Bedarf mit einem Griff herausziehen konnte. Da ich wußte, daß mir im entscheidenden Augenblick wenig Zeit bleiben würde, versuchte ich, so viele Eventualitäten wie nur möglich zu berücksichtigen. Die Quiggs würden mich sicherlich noch einmal am Abend kontrollieren, wahrscheinlich vor oder nach der Essensausgabe und dem Verriegeln der Scheune, denn die Hunde wurden erst zuallerletzt freigelassen. Meine einzige Chance kam zwischen dem Augenblick, in dem sie mich kontrollierten, und dem Moment, in dem sie die Hunde freiließen. Wenn ich danach noch auf dem Hof war, würden die Bestien mich in Stücke reißen.

Sobald die entscheidenden Sekunden gekommen waren, mußte ich die Kartoffeln einsammeln und das Brett herausziehen. Ich wollte es hinter mir wieder einsetzen, damit die Hunde das Loch nicht verbellten, denn wenn die Quiggs so frühzeitig auf meine Flucht aufmerksam wurden, konnten sie mich einholen, noch ehe ich eine halbe Meile weit gekommen war. Sobald ich das Brett wieder festgemacht hatte, mußte ich im Schutz des Schuppens über die Mauer klettern, noch ehe die Hunde frei umherliefen.

Dann konnte ich den Weg zur Straße einschlagen oder querfeldein laufen. Nachdem ich mir über diese beiden Möglichkeiten stundenlang den Kopf zerbrochen hatte, entschied ich mich für letztere, da ich damit rechnete, in den acht oder zehn Stunden, die meine Flucht hoffentlich unentdeckt bleiben würde, das Moor hinter mir gelassen zu haben und bereits in der Nähe der ersten Dörfer und Gehöfte der Ebene zu sein, wo ich vergleichsweise sicher war. Ich entschloß mich letztlich für das Moor, weil meine Verfolger in dem unwegsamen Gelände auch mit ihren Pferden nicht viel rascher vorankommen konnten als ich, während sie auf der Straße im Vorteil gewesen wären. Obwohl es gutes Spürwetter für die Hunde war – der Tag war kalt und trocken, und die Nacht versprach ganz ähnlich zu werden –, hatte das auch sein Gutes, denn der Himmel war klar, und auch wenn der Mond nicht schien, würden die Sterne genügend Licht geben, daß ich meinen Weg finden konnte. Ich würde mich anhand der Himmelskörper zurechtfinden, da der Polarstern bestimmt leicht zu erkennen war. Selbst wenn es für die Quiggs naheliegend war, daß ich mich nach Süden aufmachte, entschied ich mich trotzdem für diese Richtung, da die Hunde meine Spur bestimmt gleich finden würden und es mir daher nichts einbrachte, in der Absicht, meine Verfolger zu verwirren, einen Kreis einzuschlagen. Außerdem war das Land gen Norden äußerst unwirtlich, im Süden dagegen stieß man in nicht allzu großer Entfernung auf Dörfer und Städte.

Den Rest des Tages verbrachte ich damit, all diese Überlegungen und Entscheidungen meinem Gedächtnis einzuprägen, zu memorieren, damit ich später handeln konnte, ohne nachdenken zu müssen. Ich bereitete Hemd und Jacke so vor, daß ich die Kartoffeln darin tragen konnte, und übte mich darin, diese rasch vom Boden aufzuheben. Als sich die Dämmerung herabsenkte, hörte ich endlich die Jungen von der Arbeit zurückkehren. Durch die Ritzen in der Bretterwand sah ich, wie sie in die Scheune gingen, und ich beobachtete die Quiggs, die ihnen das Essen brachten. Endlich kamen der Vater und die beiden Söhne wieder heraus; sie trugen Laternen, da es inzwischen beinahe vollständig dunkel war, und verschlossen das Scheunentor. Was, wenn sie nun doch nicht nach mir sahen und gleich die Hunde freiließen? Offenbar besprachen sie sich kurz, und trotz all meiner Vorsätze war ich in diesem Moment versucht, sofort zu fliehen in der Annahme, daß sie nicht mehr zu mir herüberkommen würden. Doch im gleichen Augenblick trennte sich eine der Laternen von den anderen beiden und bewegte sich auf mich zu. Rasch legte ich mich auf mein Lager und schloß die Augen bis auf einen Spalt. Die Laterne wurde durch die Öffnung über der Tür in den Schuppen gehalten, und ein paar Kartoffeln fielen neben mir ins Stroh. Sobald das Licht verschwunden war, sammelte ich sämtliche Kartoffeln auf, stopfte sie mir in Hemd und Jacke, löste das Brett, so leise ich konnte, und schlüpfte hinaus auf den Hof. Die Hunde bellten jetzt lauter, und alles deutete darauf hin, daß man sie jeden Augenblick freilassen würde. Mein Herz klopfte, und alles in mir drängte danach, nur noch fortzulaufen, doch ich zwang mich, erst das Brett wieder festzumachen, und verkeilte es sicher an seinem Platz. Dann rannte ich zur Mauer, um sie zu überklettern. Obwohl es eine für jene Gegend typische Mauer aus großen Steinen war, die Händen und Füßen genügend Halt bot, fiel mir das Hinaufklettern, schwach, wie ich war, und mit all den Kartoffeln in Hemd und Jacke, die sich nun als hinderlich erwiesen, schwerer, als ich vermutet hatte. Ich hatte sogar drei oder vier Kartoffeln verloren, als ich endlich auf der Mauerkrone saß; noch einmal nach unten zu springen wagte ich jedoch nicht.

Als ich mich auf der anderen Seite hinabließ, fühlte ich mich plötzlich etwas schwindlig, und statt mich gegen dieses Gefühl zu sperren, gab ich ihm nach und ließ mich einfach fallen. Entsetzt merkte ich, daß es tiefer hinunterging als ich erwartet hatte. An der Außenseite der Mauer verlief ein Graben, von dessen Vorhandensein ich nichts gewußt hatte; ich schlug schwer und unglücklich auf.

Ich hatte mir mein Knie aufgestoßen, meine Schienbeine zerkratzt und einen Knöchel verstaucht, doch wollte ich zunächst nicht wahrhaben, daß ich mich ernsthaft verletzt hatte. Außerdem wurde meine Aufmerksamkeit gleich darauf gänzlich in Anspuch genommen, da ich hörte, wie die Hunde zu dieser Seite des Hofes herübergerannt kamen. Wahrscheinlich hatten sie meinen Aufprall gehört, der, so hoffte ich wenigstens, den weniger empfindlichen Ohren ihrer Herren entgangen war. Den Geräuschen nach zu urteilen, die die Tiere direkt auf der anderen Seite der Mauer von sich gaben, hatten sie die Kartoffeln gefunden und verschlangen sie nun. Dem Himmel sei Dank, daß sie sich die Indizien meiner Flucht einverleibten, statt sie den Quiggs zu apportieren! Ich atmete so leise und ruhig, wie ich konnte, und nachdem sie einige Male etwas unentschlossen gebellt hatten, trollten sich die Hunde in einen anderen Winkel des Hofes.

Ich stand auf und spürte einen stechenden Schmerz in meinem rechten Fuß. Also konnte ich meinen Plan, über das Moor zu entkommen, aufgeben. Mit dieser Verletzung konnte ich unmöglich einen Hügel hinaufklettern und über Wasserläufe springen. So rasch ich konnte, humpelte ich daher zum Weg, der zur Straße führte, hielt mich aber parallel zu ihm. Unaufhörlich schaute ich mich um, und kurz bevor ich den Hügelkamm erreichte, blickte ich noch einmal zum Hof hinunter in der Hoffnung, ihn das letzte Mal zu sehen. Hinter den oberen beiden Fenstern brannte Licht, doch noch während ich hinsah, wurde eines gelöscht. Hin und wieder hörte ich einen der Hunde bellen, doch das Gehöft schien in vollkommenem Frieden im Sternenlicht zu liegen, und ich eilte weiter. Wenige Minuten später lag die Straße vor mir und glitzerte im fahlen Licht. Ich blieb einen Augenblick stehen, um mir eine Kartoffel in den Mund zu stopfen, dann wandte ich mich nach links und wanderte nach Süden, so schnell mein verletzter Fuß es zuließ.

Ich humpelte durch eine Landschaft, die man hätte schön nennen können, hätte sie nicht so unwirtlich ausgesehen. Mein verstauchter Knöchel ließ mich nur langsam vorankommen, und besorgt spürte ich, daß die Schmerzen mit jedem Schritt stärker wurden. Ich brauchte etwas, das sich als Wanderstab nutzen ließ, doch in dieser baumlosen Gegend würde ich danach wohl vergeblich suchen.

Ich humpelte weiter, und im Verlauf einer guten Stunde – ich wurde nach und nach langsamer, da mir mein Fuß immer größere Schwierigkeiten bereitete – kam ich nur an drei Abzweigungen vorbei. Sie führten zu Bauerngehöften, deren Wirtschaftsgebäude ich in einiger Entfernung sehen konnte. Außer diesen Anwesen entdeckte ich kein Haus, keine Querstraße und auch sonst keine Veränderung in dieser merkmalslosen Landschaft. Nach der ersten Stunde sah ich aus knapp zwei Meilen Entfernung ein Licht auf mich zukommen, und da ich aus Angst, der Kutscher könne von meinen Verfolgern angehalten und ausgefragt werden, beschlossen hatte, mich vor jedem entgegenkommenden Gefährt zu verstecken, verlor ich kostbare Minuten. Ich legte mich, als die Kutsche noch ungefähr eine Meile weit entfernt war, in das hohe Gras und das Farnkraut am Straßenrand und wartete, bis das Gefährt, ein leichter Wagen, an mir vorbeigerattert war.

Immer wieder blickte ich zurück. Nach etwa einer weiteren Stunde tauchte hinter mir eine Kutsche auf. Sie fuhr rasch, und für den Fall, daß es sich um einen Verfolger handelte, versteckte ich mich erneut, obwohl ich wußte, daß sich die Quiggs keine Kutsche hielten. Als das Gefährt näher kam, sah ich, daß es sich um eine Postkutsche handelte, und da ich dank Stephens halbem Sovereign genügend Geld besaß, um mich zwei oder drei Stationen weit mitnehmen zu lassen, erhob ich mich aus meinem Versteck, stellte mich mitten auf die Straße und winkte dem Kutscher mit hocherhobenen Armen. Als Antwort stieß der Postillion in sein Horn, und erst in letzter Sekunde sprang ich zur Seite, als der Wagen an mir vorüberdonnerte und der Kutscher mit der Peitsche nach mir schlug. Ich war wütend, konnte aber verstehen, daß er nicht gewillt war, mitten in der Nacht an diesem trostlosen Ort anzuhalten. Und dann dachte ich, daß ich eigentlich auch einem ziemlich närrischen Einfall nachgegeben hatte, denn es hätte ja auch sein können, daß einer der Quiggs die Kutsche genommen hatte, um auf diese Weise so schnell wie möglich hinter mir herzusein.

Und so stolperte ich weiter, fest entschlossen, mich vor Fahrzeugen – egal aus welcher Richtung – zu verbergen, doch da in den nächsten zwei oder drei Stunden kein Gefährt zu sehen war, wurde mein Entschluß auch nicht auf die Probe gestellt. Noch immer war ich an keiner Kreuzung der Landstraßen vorübergekommen, nur einige Bauernhöfe hatte ich in ein oder zwei Meilen Entfernung von der Straße liegen sehen. Es mußte inzwischen ungefähr ein oder zwei Stunden nach Mitternacht sein, und immer wieder dachte ich daran, was jetzt wohl auf dem Hof geschah: wie meine Fluchtspuren entdeckt, die Hunde an die Leine gelegt und die Pferde gesattelt wurden, wie die Quiggs zur Verfolgung aufbrachen. Die Rechnung war unerbittlich: Selbst wenn ich annahm, daß man mein Fehlen erst bei der anbrechenden Dämmerung bemerken würde, brauchten die Quiggs höchstens anderthalb Stunden, um die Strecke zurückzulegen, die ich bis jetzt gegangen war, und vielleicht noch einmal etwas mehr als eine halbe Stunde, um mich dort einzuholen, wo ich dann sein würde. Meine Verletzung hatte die Chance, aus dem Moor herauszukommen und in jene Gegend zu gelangen, wo ich mir meinen Weg unter mehreren Straßen wählen konnte, stark verringert.

Kurz darauf dachte ich plötzlich, ich könne weit vor mir auf der silbern schimmernden Fahrbahn einen dunklen Schatten ausmachen. Offenbar fuhr dort ein Wagen auf der Straße. Bald konnte ich auch einige Lichter erkennen. Ich beschleunigte meine Schritt und versuchte mit meinem Fuß, der heftiger als je zuvor schmerzte, so rasch wie möglich voranzukommen, und nach etwa ein oder zwei Meilen sah ich ein achträdriges Fuhrwerk vor mir. Ich brauchte fast eine Stunde, um das schwere Gefährt einzuholen; es war mit großen Wollballen beladen, über die man eine nicht sonderlich straff gespannte Teerplane gebreitet hatte. Der Vorreiter hielt sein Pferd dicht neben dem Kutscher und war mit ihm in ein Gespräch vertieft, und mit einem Male hatte ich eine Idee: Ich konnte versuchen, auf dieses Fuhrwerk zu klettern, das mindestens genauso schnell fuhr, wie ich laufen konnte, und angesichts meiner schwindenden Kräfte letzten Endes schneller sein würde als ich. Damit verbunden war die Hoffnung, die Hunde von meiner Spur abzulenken und bald zu einer Kreuzung oder Weggabelung zu gelangen, die meine Verfolger zwang, sich zu entscheiden, wobei sie vielleicht die falsche Richtung einschlugen. Gegen diesen Plan sprach allerdings die Gefahr, daß sie den

Wagen einholen und durchsuchen konnten, und dann saß ich in der Falle.

Ich entschied mich trotzdem, aufzuspringen. Vorsichtig näherte ich mich dem Fuhrwerk und hoffte, daß sich weder der Kutscher noch der Vorreiter umdrehen und mich im zwielichtigen Schimmer der am Wagen angebrachten Lampen entdecken würde. Die riesigen Räder ragten hoch über meinem Kopf auf, wölbten sich nach außen, schienen sich aber im Drehen nach innen zu krümmen, wenn sie über die unebene, steinige Straße rumpelten. Ein Schild hing hinten am Wagen, auf dem ich THOMAS CAVANDER UND SÖHNE: FUHRLEUTE las, und ich visierte eine Stelle an, an der ich mich festhalten konnte. Ich lief, sprang und klammerte mich an die Ladeklappe, zog mich dann hoch in den Wagen und fiel zwischen die Wollballen. Ich verbarg mich unter der Teerplane und zerrte sie so zurecht, daß ich auf den Weg schauen konnte, den wir zurückgelegt hatten, aber den Blicken des Vorreiters verborgen blieb, wenn der sich einmal umdrehen oder etwas zurückbleiben sollte. Ich sehnte mich nach ein paar Stunden Schlaf, aber der Wagen holperte so schrecklich, daß selbst die Ballen, auf denen ich lag, die Stöße kaum auffingen; außerdem machten die Ausdünstungen der Öllampen, der Teergestank und vor allem der strenge Geruch der unverarbeiteten Schafwolle jeden Gedanken an Schlaf unmöglich. Doch wollte ich ja ohnedies nach einer Weggabelung oder Straßenkreuzung Ausschau halten.

Nach ein oder zwei Stunden hatten wir immer noch keine Kreuzung passiert. Die Zeit verging, und schließlich zeigten sich am östlichen Horizont die ersten fahlen Lichtstreifen, so daß ich sehen konnte, daß auf den Hügelkuppen Schnee lag. Als eine blasse Sonne hinter dicken Wolkenschichten aufging, blickte ich auf eine trostlose Landschaft, in der es nichts als Ginsterbüsche und Basaltfelsen zu geben schien.

Endlich rumpelte der Wagen über einige tiefe Furchen im Weg, und da sah ich auch schon ein Straßenschild. Gleich darauf tauchte zu meiner Rechten eine zweite Straße auf, die sich in immer größer werdendem Abstand von uns entfernte. Wenn meine Abwesenheit nicht schon längst entdeckt worden war, dann würde man spätestens um diese Zeit von meiner Flucht wissen, und ich rechnete nicht damit, daß meine Verfolger länger als zwei Stunden brauchen würden, um diese Straßengabelung zu erreichen. Wenn der dritte Quigg bei den Hunden geblieben war, würden die beiden anderen sich hier wahrscheinlich trennen, was bedeutete, daß ich, wenn wir nicht bald eine weitere Wegkreuzung erreichten, noch lange nicht in Sicherheit war.

V. BUCH

Erwachsen werden

46. KAPITEL

Wir befinden uns wieder im alten Kontor unten bei den Piers von Blackfriars. Mr. Sancious betritt mit affektiertem Lächeln und einer Aktenmappe in der Hand das Kabinett, und der alte Gentleman sieht ihm von seinem Sessel hinter dem Schreibtisch aus erwartungsvoll entgegen.

»Ich habe hier etwas für Sie«, sagt der Anwalt. Er nimmt ein gefaltetes Blatt Papier aus der Aktenmappe und öffnet es, so daß der alte Gentleman einen Blick darauf werfen kann. Mr. Clothier überfliegt das Blatt und will mit einem wilden Aufschrei nach ihm greifen. Der Anwalt geht jedoch rasch einen Schritt zurück und verbirgt das Dokument hinter seinem Rücken.

»Fünfundfünfzig Jahre habe ich auf diesen Augenblick gewartet«, stöhnt der alte Gentleman. »Um Himmels willen, erzählen Sie mir, wie Sie es in Ihre Hände bekommen haben!«

Mr. Sancious lächelt: »Dieses Geheimnis möchte ich Ihnen lieber nicht verraten. Doch ich kann Ihnen sagen, daß ich subtilere Methoden angewandt habe als die, mit denen Sie es versucht haben. Aber sagen Sie, wollen Sie es haben?«

»Ob ich es haben will?« wiederholte der alte Mann.

»Was würden Sie mir dafür geben?«

»Ich gebe Ihnen, was wir vereinbart haben.«

»Wirklich äußerst großzügig«, antwortet der Anwalt.

Er beobachtet den alten Herrn, während der in der dunklen Ecke des Zimmers die dort verborgene Kassette aufschließt und hineingreift.

Mr. Clothier bringt ein Bündel Papiere ans Licht und betrachtet es wehmütig. Dann fragt er: »Was ist mit der Frau und dem Jungen?«

»Um die brauchen Sie sich keine Sorgen mehr zu machen.«

»Was wollen Sie damit sagen?« flüstert der alte Gentleman. »Sind sie ...?«

Der Anwalt lächelt nur.

»Sie wissen, daß dies Dokument für mich nutzlos ist, solange die beiden noch leben«, sagt Mr. Clothier und starrt auf das Blatt Papier in der Hand des Anwalts. »Lebt die Frau noch?«

»Ja, doch ich kann Ihnen versichern, daß dieses Stück Papier bald weitaus mehr Geld wert sein wird, als Sie mir jetzt dafür geben wollen.«

Der alte Gentleman seufzt. Dann fragt er plötzlich: »Und der Junge?«

»Alles zu seiner Zeit. Dort, wo er sich jetzt aufhält, wartet man nur noch auf ein Zeichen von mir.«

»Dann aber rasch!« ruft der alte Gentleman erregt.

»Und wollen Sie dies hier nicht haben?« fragt Mr. Sancious, wedelt mit dem Dokument vor Mr. Clothiers Nase herum und steckt es dann in die Aktenmappe zurück, während der alte Gentleman besorgt jede seiner Bewegungen verfolgt.

»Ja, aber ja doch! Hier ist Ihr verdammtes Geld«, sagt Mr. Clothier und legt einen Schein aus dem Bündel auf den Tisch.

»Der Preis ist in die Höhe gegangen«, antwortet ihm daraufhin der Anwalt. »Für all die harte Arbeit, die mein Helfer und ich investiert haben, will ich noch einmal soviel.«

Der alte Gentleman bietet einen bemitleidenswerten Anblick, wie er da steht, das Bündel Schuldverschreibungen vor die Brust gepreßt, den Blick fest auf die Aktenmappe in der Hand des Anwalts gerichtet. Dann sagt er: »Sie wollen mich erpressen. Das ist nicht fair! Ich zahle Ihnen, was wir vereinbart haben, und die gleiche Summe noch einmal, wenn Sie mir den Beweis dafür erbringen, daß die beiden endgültig ruhig sind.«

»Die gleiche Summe noch einmal für jeden von den beiden«, sagt Mr. Sancious.

Mr. Clothier schweigt einen Moment lang, dann nickt er: »Also gut.«

Er zieht zwei weitere Scheine aus dem Bündel, das er in der Hand hält, und sagt: »Diese hier haben eine Laufzeit von drei Monaten, der Bezogene ist die Firma Pomeroy, und in sechs Wochen sind sie fällig. Shelmerdine & Tiptoft bürgen als Bank.«

Der Anwalt nickt, und als der alte Gentleman die Papiere auf den Tisch legt, die er alle noch an einem Ende festhält, legt Mr. Sancious das Kodizill daneben, ohne es seinerseits ganz aus der Hand zu geben. Der alte Gentleman mustert das Dokument, während der Anwalt die Wechsel überfliegt. Die beiden nicken sich zu, und dann zieht jeder die Hand zurück, so daß der Tausch stattfinden kann.

Nachdem Mr. Clothier das Kodizill in die Kassette gelegt hat, bietet er seinem Gast ein Glas Wein an, um »den erfolgreichen Abschluß unseres Geschäfts« zu feiern.

Sie stoßen gegenseitig auf ihre Gesundheit an, dann sagt der alte Herr: »Nun, Sancious, was glauben Sie, was die Pimlico & Westminster Land Company jetzt machen sollte?«

»Die Eigentumsrechte verkaufen und das gesamte Kapital investieren.«

»Verkaufen? Sollen wir sie nicht lieber behalten, nachdem die Grundstückspreise in der Hauptstadt zur Zeit steigen?«

»Wie Sie wollen, Mr. Clothier. Bodenspekulation ist gegenwärtig sicherlich recht profitabel.«

»Wo sollten wir Ihrer Meinung nach denn das Kapital investieren?«

»Was würden Sie davon halten, Staatsanleihen zu kaufen?« schlug der Anwalt vor.

Der alte Gentleman schnaubt verächtlich: »Bei zwei oder drei Prozent Verzinsung?«

»Wie wäre es mit Hypotheken?«

»Pah! Die bringen nur ein oder zwei Prozent mehr. Ich habe eine bessere Idee. Warum sollten wir damit nicht diskontierte Wechsel aufkaufen? Damit könnten wir unser Kapital in sechs Monaten verdoppeln, wenn die momentane Spekulationshysterie anhält. Wer weiß, wie es Weihnachten aussieht, wenn die Aktien jetzt so anziehen.«

»Vielleicht sind die Kurse bis dahin auch ins Bodenlose gefallen. Ich habe noch nie eine so verrückte Spekulationswut erlebt. Man sagt, daß in den letzten zwölf Monaten allein sechshundert neue Gesellschaften gegründet worden sind.«

»Unsinn! Aber selbst wenn der Markt zusammenbricht und ein paar Bezogene zahlungsunfähig sind, werden die Banken zahlen müssen. Wir kaufen eben nur Wechsel, für die die Banken bürgen.«

»Aber werden die Banken noch zahlen, wenn es einen allgemeinen Börsenkrach gibt?«

»Bei meiner Seele!« rief der alte Gentleman aus. »Wollen Sie vielleicht nicht Ihr Glück machen? Natürlich birgt jede kommerzielle Transaktion ein gewisses Risiko in sich, schließlich basiert sie ja auf Vertrauen, auf Kredit. Sie selbst haben doch gerade das Spiel mitgespielt, als Sie die Pomeroy-Papiere von mir angenommen haben. Und wenn auch das Schlimmste geschieht und ein oder zwei Banken ihre Pforten schließen, dann vergessen Sie doch bitte nicht, daß für alle Wechsel, für die Banken bürgen, die Bank von England geradesteht.«

»Aber diese Übereinkunft gilt nur *de facto* und nicht *de jure*. Kommt Ihnen nicht manchmal der Gedanke, daß der Geldmarkt wie eine Spielhölle ist, in der sich alle Spieler an die Abmachung halten, daß jeder elfenbeinerne Chip hundert Pfund wert ist? Was aber würde geschehen, wenn eine genügend große Anzahl von Spielern sich weigerte, diese Abmachung einzuhalten? Die Chips wären einfach wieder bloße Elfenbeinmarken.«

»Aber so etwas wird nicht geschehen. Ich bin fast doppelt so alt wie Sie, und zeit meines Lebens ist es nur ein einziges Mal vorgekommen, daß die Bank von England ihre Goldzahlungen eingestellt hat – das war 1797, mitten im Krieg und während der Blockade, als sie statt Gold Papiergeld ausgeben mußte. Und vergessen Sie nicht, mein lieber Herr, daß weder Sie noch ich in Gefahr sind, wenn dennoch irgend etwas schiefgehen sollte. Denken Sie daran, wer der nominelle Inhaber der Pimlico & Westminster Land Company ist!«

Er deutet mit dem Kopf Richtung Vorzimmer. Mr. Sancious lächelt, und die beiden Herren heben ihr Glas.

47. KAPITEL

Erleichtert spürte ich, wie der Wagen, noch ehe es ganz hell war, über eine zweite Kreuzung rumpelte und dann nach links abbog. Ich wagte auch jetzt noch nicht recht zu glauben, daß ich mich in Sicherheit befand, doch ich lehnte mich mit dem Kopf gegen einen Wollballen und fiel in einen unruhigen Schlummer, hin und her geworfen zwischen Wachen und Schlafen, während das riesige Fuhrwerk durch die trostlose Berglandschaft und den kalten Morgen fuhr. Etwa zwei oder drei Stunden später hielt der Wagen, und ich wachte auf, als Kutscher und Vorreiter die Bremsklötze vor die Räder spannten. Dann setzten wir uns langsam wieder in Bewegung und fuhren einen steilen Hügel hinab. Ich lugte unter der Teerplane hervor und blickte auf ein weißgetünchtes Wirtshaus neben einer Reihe flacher, aus Stein gebauter Katen. Die Straße war jetzt mit Kopfsteinen gepflastert, und da wir uns offenbar einer Stadt näherten, wartete ich nur noch auf eine günstige Gelegenheit. Als wir endlich etwas langsamer fuhren und um eine Ecke bogen, sprang ich vom Wagen, ohne von jemandem gesehen zu werden. Mein Gewicht fing ich dabei mit dem gesunden Bein auf.

Ich stand auf der Hauptstraße, die sich den Hügel hinabzog und über eine Brücke führte. Um diese Stunde waren nur wenige Menschen unterwegs. Ich folgte dem Geruch von frisch gebackenem Brot, fand eine Bäckerei und kaufte mir von meinem halben Sovereign Brötchen und Milch für einen halben Penny. Als ich unten an der Brücke einen großen Gasthof entdeckte und daran dachte, daß ich so viel Entfernung wie nur möglich zwischen mich und die Quiggs legen mußte, kam mir eine waghalsige Idee. Ich wartete im Hof des Gasthauses, bis ein Pferdeknecht aus dem Stall kam, und fragte ihn, ob von hier aus eine Postkutsche zur nächsten Stadt im Süden fahren würde.

Er starrte mich einen Augenblick lang an, dann sagte er: »Tja, wenn man den Zaster dafür hat.«

Ich sagte: »Ich muß heute noch nach York. Mein Vater ist schwer krank.«

»Sieben Shilling außen, auf dem Bock«, antwortete er.

Ich zeigte ihm das Wechselgeld, das man mir auf meinen halben Sovereign herausgegeben hatte, und er sah mich neugierig an: »Die Kutsche fährt in 'ner Stunde. Fahrschein gibt's da vorn.«

Ich buchte meinen Platz bei einem verschlafenen Schreiber, und der Stallknecht hatte nichts dagegen, daß ich mich an der Pumpe im Hof wusch. Da ich kein Aufsehen erregen wollte, mied ich den Wartesaal, trieb mich statt dessen auf dem Hof herum und sah zu, wie man die Kutsche abreisefertig machte. Ein Dienstmädchen entdeckte mich, wie ich auf und ab ging und mit den Armen schlug, um mich warm zu halten, und sie schmuggelte mir eine Tasse Kaffee nach draußen.

Als es Zeit zum Einsteigen wurde, kamen die übrigen Reisenden aus dem Gasthaus in den Hof und beschwerten sich mürrisch darüber, wie früh am Tag es doch noch sei – dabei schien es mir schon gefährlich spät. Ich reiste als einziger Außenpassagier und fürchtete, dadurch viel zu sehr aufzufallen, doch als wir losfuhren, über die Brücke polterten und auf der anderen Seite wieder einen Hügel hinaufkrochen, besserte sich meine Stimmung allmählich. Kaum fuhren wir über das offene Moor, da zitterte ich auch schon vor Kälte. Doch der Postillion ließ mich mit unter seinen weiten Mantel kriechen, und dankbar zwängte ich mich zwischen ihn und den Kutscher, froh, daß mich der weite Mantel vor allen Leuten verbarg, denen wir unterwegs auf der Straße begegneten. Doch es kreuzten nur einige Karren unseren Weg, dann fuhren wir an einer langen Reihe Packpferde vorbei, die, mit Wolle beladen, zu den Spinnereien in den Städten unterwegs waren, und schließlich fuhr auch noch eine Postkutsche auf ihrem Rückweg an uns vorüber, deren Fahrer mit einem kurzen Heben der Hand grüßte.

Selbst als wir nach gut einer Stunde das Hochmoor hinter uns ließen, blieb die Straße einsam und verlassen. Ich machte mir deshalb Sorgen, da ich überzeugt war, daß meine beste Chance, unentdeckt zu bleiben, in einer großen Menschenmenge lag. Gegen den Postillion gelehnt, schlief ich ein und wachte erst am frühen Nachmittag wieder auf, als er unter seinem Mantel nach dem Horn suchte und dann ein langes Signal erschallen ließ.

Unter anderen Umständen hätte mir unsere ratternde Ankunft in York großes Vergnügen bereitet, doch wie es nun einmal um mich stand, wäre es mir lieber gewesen, wenn ich am Stadtrand von der Kutsche hätte abspringen können. So mußte ich mich nun auf den Hof der größten Poststation der Stadt fahren lassen, und hier bewahrheiteten sich meine schlimmsten Befürchtungen, denn gerade als einer der Stallknechte nach dem Geschirr unseres Leitpferdes griff, sah ich nur wenige Schritte neben dem Eingang zum Wartesaal zwei Männer stehen, und entsetzt stellte ich fest, daß einer von den beiden Quigg war.

Er unterhielt sich angeregt mit einem Fremden – in Gamaschen, Kniebundhosen aus Manchesterstoff, Filzhut und dem schweren Mantel eines Fuhrmanns – und streifte die in den Hof einfahrende Kutsche mit einem gelangweilten Blick. Da er nicht wissen konnte, daß ich Geld hatte, fiel ihm bestimmt nicht ein, mich in einer Kutsche zu vermuten.

Der Postillion verständigte sich mit dem Stallknecht, sprang vom Bock und hätte mich damit beinahe dem Blick Quiggs preisgegeben, hätte nicht die massige Gestalt des Kutschers noch zwischen mir und meinem Feind gesessen.

Ich konnte mich nicht von der Stelle rühren und war Quigg und dem fremden Fuhrmann dabei so nah, daß ich ihre Unterhaltung mit anhören konnte: »Ich bin hinter 'nem jungen Dieb her«, sagte Quigg. »Er hat sich letzte Nacht aus dem Staub gemacht, und meine beiden Jungs und ich haben ihn heute morgen bis zur Landstraße verfolgt. Aber von dort hat ihn wohl einer mitgenommen, denn die Hunde haben seine Spur verloren. Also hab ich meinen Ältesten mit den Hunden zurückgeschickt und bin mit dem Jüngeren weiter. Er ist über Holmby, und ich bin durch Spentbridge, weil wir ja nicht wußten, welchen Weg der Gauner nimmt. Ich wart hier jetzt auf meinen Jungen, und wenn der den Halunken noch nicht hat, dann suchen wir vormittags die Stadt ab und reiten am Nachmittag nach Selby weiter. Denn da muß er durch, wenn er in den Süden will, und ich glaub bestimmt, daß er dorthin unterwegs ist.«

Der Fuhrmann sagte daraufhin etwas, doch er redete in einem so starken

Dialekt, daß ich nicht eine Silbe verstehen konnte.

Als Antwort jedoch beschrieb ihm Quigg mein Aussehen und schloß mit den Worten: »Also, halt deine Augen offen, und wenn's geht, dann sag auch deinen Kumpeln und den Zollwächtern Bescheid, daß sie nach dem kleinen Schurken Ausschau halten sollen. Wenn du ihn siehst, halt ihn fest, und laß es mich wissen!«

Der Fuhrmann schien einverstanden, stellte dann aber noch eine Frage.

»Nun, einen Mantel«, antwortete Quigg. »Aber das schlimmere ist, daß er mein Lehrling war; er hat sich eigentlich also selbst geklaut. Außerdem hat er seine Verwandten bestohlen, die das Lehrgeld für ihn bezahlt haben, und er bringt mich um all die Monate, die ich an Arbeit schon in diesen Jungen reingesteckt hab.«

Ich mußte den verschlagenen Scharfsinn von Quigg bewundern, denn daß er mich als entlaufenen Lehrling ausgab, versagte mir den Schutz des Gesetzes und erlaubte es ihm, genau dieses Gesetz um Beistand anzugehen.

Entsetzt hörte ich plötzlich, daß Quigg dem Kutscher neben mir etwas zurief, und ich ahnte, daß es sich nur noch um Sekunden handeln konnte, bis er mich entdecken würde. In diesem Augenblick jedoch hatte der Kutscher seine Sachen eingepackt und stand auf, um vom Bock zu steigen. Hinter seinem breiten Rücken sprang ich, so vorsichtig und lautlos ich konnte, auf der von Quigg abgewandten Seite von der Kutsche, widerstand der Versuchung, mich nach ihm umzudrehen oder etwa loszulaufen, und ging gemächlich unter den Torbogen hindurch vom Hof.

Sobald ich auf der Straße war, beschleunigte ich meine Schritte, und dann rannte ich, so schnell ich konnte, verschwand in der ersten Gasse, dann in der nächsten und der übernächsten. Nach allem, was ich gehört hatte, durfte ich erst nach Einbruch der Dunkelheit versuchen, die Stadt zu verlassen. Zudem hieß es nun, nur noch nachts fahren und eine Möglichkeit finden, die Zollwächter zu umgehen. Sicher war es auch gefährlich, sich tagsüber in den Straßen der Stadt aufzuhalten. Doch der Hunger ließ sich nicht einfach ignorieren, und nachdem ich mir einen kleinen Laib Brot gekauft hatte – von Stephens halbem Sovereign waren mir jetzt noch zwei Shilling und neun Pence geblieben –, suchte ich den Weg zum Fluß, in die ärmsten Viertel der Stadt.

Endlich fand ich, wonach ich gesucht hatte: einen verlassenen Hof in einer ruhigen Seitenstraße mit zahlreichen Ställen, die früher wohl einmal zu einem inzwischen aufgegebenen Mietstall gehört hatten. Die Stalltore waren mit Vorhängeschlössern versperrt, doch ich fand eine alte Tür, die so wurmstichig war, daß ich sie ohne große Mühe aus den Angeln heben und hinter mir wieder zumachen konnte. Im Zwielicht sah ich, daß ich in einem Stall mit drei Boxen stand. Darüber war eine Art Hängeboden angebracht, zu dem eine Leiter hinaufführte. Sie sah noch so stabil aus, daß ich ihr mein Gewicht anvertrauen konnte. Ich setzte mich auf einen alten Futtertrog, aß die Hälfte von meinem Brot und freute mich, daß ich einen trockenen, halbwegs warmen und seit langer Zeit zum erstenmal wieder relativ sicheren Platz gefunden hatte. Der Geruch in diesem Stall – es roch nach Hanf, denn überall lagen alte Säcke herum, nach Malz, verschimmeltem Holz und uraltem Stroh – wirkte seltsam beruhigend, denn er schien mir zu bedeuten, daß dieser Ort schon vor langer Zeit verlassen worden war. Ich kletterte vorsichtig die Leiter hinauf, kroch unter das modrige Stroh und schlief bald darauf ein.

Es war fast dunkel, als ich aufwachte. Ich stieg vom Hängeboden, aß noch etwas Brot, wartete, bis es gänzlich Nacht geworden war, und wagte mich dann erst hinaus in die unbeleuchteten Gassen. Für den Fall, daß die Straßen nach Süden kontrolliert wurden, verließ ich die Stadt auf Nebenwegen in Richtung Norden. Nach ein oder zwei Meilen bog ich von der Landstraße ab, hielt mich immer weit genug von den Lichtern der Stadt entfernt, schlug einen großen Bogen nach Süden und achtete darauf, daß ich erst hinter der Zollstation wieder auf die Straße kam, um den sicherlich alarmierten Zollwärtern aus dem Weg zu gehen. Dieses Manöver kostete mich mehrere Stunden, doch mein Knöchel hatte sich dank der Rast immerhin so weit erholt, daß ich einen raschen Schritt beibehalten konnte. Dieses Mal sprang ich nicht von der Straße, wenn ich anderen Reisenden begegnete, nur wenn Reiter auf mich zukamen, versteckte ich mich, da ich fürchtete, Quigg und einer seiner Söhne seien bereits aus Selby zurückgekehrt. Beim Morgengrauen erreichte ich dann die ersten Häuser dieser Stadt, fand eine einsame Scheune, in der ich schlafen konnte, und verbrachte dort auch den Rest des Tages, ohne meinen Hunger mit etwas anderem als meinem letzten Kanten Brot stillen zu können.

Als es Nacht wurde, umging ich Selby und eilte weiter nach Süden. Der Herbstmond segelte am Horizont entlang, und sein Licht spiegelte sich in den Gitterfenstern der dunklen Bauernkaten. In der ersten Dämmerung kaufte ich mir ein Brot bei einem Bäcker, den es so sehr überraschte, bereits in aller Frühe einen Kunden in seinem Laden zu sehen, daß er vor lauter Eilfertigkeit beinahe hinter einer Mehlwolke verschwand. Ich fand auch diesmal wieder eine verlassene Scheune und schlief ein paar Stunden, doch da ich mich außer Gefahr glaubte und meinte, nun auch bei Tag marschieren und in der Nacht schlafen zu können, machte ich mich am späten Vormittag bei strahlendem Wetter wieder auf den Weg.

So kam ich immer weiter nach Süden.

Manchmal nahm mich ein Fuhrmann ein Stück des Wegs mit, doch meistens wanderte ich tagsüber und schlief nachts in leeren Scheunen. Wenn ich in einem muffigen Kuhstall unterm Stroh oder auf einem dahinrumpelnden Karren schlief, schreckte ich oft aus meinem Schlummer auf, weil ich glaubte, meine Mutter habe mich gerufen, dabei hatte ihre Stimme keineswegs verängstigt oder besorgt, sondern eigenartig ruhig geklungen. Als ich meinen letzten Penny ausgegeben hatte, lernte ich das Betteln – immer auf der Hut vor dem Konstabler –, und wenn ich damit kein Glück hatte, dann lebte ich von rohen Rüben, die ich auf den Äckern stahl, von Erbsen, von Sauerampferblättern und den immer spärlicher werdenden Früchten der herbstlichen Baumhecken: Beeren, Schlehen und Holzäpfeln.

Ich habe jetzt nicht die Muße, von all den Abenteuern und den seltsamen Begegnungen mit dem Volk der Landstraße zu erzählen: von den Hausierern und umherziehenden Bettlern, die ein Ränzel auf dem Rücken trugen, von den ehrlichen Handwerksburschen auf Wanderschaft, den entlassenen Soldaten und verkrüppelten Matrosen, vom Billigen Jakob auf dem Weg zum

Jahrmarkt und von dem Mann mit dem Tanzbären, mit dem ich einen halben Tag lang zusammen wanderte. Ich traf Kesselflicker, die riefen: »Schleife Messer und Scheren, ihr Leut! Habt ihr nichts für einen Kesselflicker? Alte Töpfe, Schüsseln?« Wenn ich über die Viehwege ging, dann hielt ich ein Schwätzchen mit den Viehtreibern, die ihre Kühe von Schottland herunter nach Norfolk trieben, um sie dort grasen zu lassen. Und oft sah ich in der Ferne die dunkeläugigen, schweigsamen Zigeuner in ihren bunt angestrichenen Wagen vorüberfahren. Manche aus diesem fahrenden Volk haben mich schlecht behandelt, doch die meisten waren freundlich zu mir. Trotzdem war es nicht immer leicht, mir etwas zu essen zu besorgen, seit ich mein Geld aufgebraucht hatte. So geschah es, daß ich einmal einen ganzen Tag lang marschierte und nicht mehr zu essen hatte als eine Brotrinde, und es war an diesem, dem sechsten Tag seit meiner Flucht vom Hof der Quiggs, daß ich ein seltsames Erlebnis hatte, dessen Erinnerung mich mein Leben lang verfolgen sollte.

Ich war in eine Gegend gekommen, in der die Dörfer und Gehöfte allmählich Fabriken und Kanälen und hohen Schlackehaufen wichen, zwischen denen sich in scheinbar willkürlicher Ordnung die Reihen schäbiger Ziegelhäuschen ausdehnten. Die meisten dieser Häuser schienen erst kürzlich gebaut worden zu sein, doch viele waren schon wieder zu Ruinen verkommen, und oft sank die Landstraße gleich mehrere Fuß tief ab, als ob der Boden unter ihr eingebrochen wäre. Die Straße und die Häuser, die Hecken und Bäume, sogar die Gesichter der Menschen – alles war von einer feinen Schicht schwarzer Asche bedeckt, und ein bedrückender Geruch wie nach Schwefel hing in der Luft. Hinter der hohen Mauer, die sich neben der Straße entlangzog, hörte ich das monotone Stampfen einer Dampfmaschine und Geräusche, die wie das gedämpfte Brüllen der wilden See klangen. Ich hüllte mich fester in meinen zerlumpten Mantel, um mich vor dem kalten Wind zu schützen, konnte aber nichts gegen den Staub und die Asche tun, die mir jede Windbö in Mund und Augen trieb.

Die Gesichter der Menschen auf dem Land waren zumeist mißtrauisch und verschlossen gewesen, und oft waren meine Mitreisenden großzügiger zu mir als die Bauern, doch die Gesichter der Menschen, die ich nun traf, wirkten wild und zügellos in ihrem Elend oder ihrem Glück. Und mir wollte es so scheinen, als würden die Bewohner dieser Gegend auch nach ebendiesen beiden Extremen leben, denn ich sah viele in tiefster Armut, während andere in den prächtigsten Kleidern daherstolzierten. Bei diesen und jenen jedoch brachte mir mein Betteln nichts ein, und da es hier auch keine Hecken und keine Felder gab, an denen ich mich gütlich tun konnte, wurde ich immer hungriger. Als es Abend wurde, sah ich überall tiefe Gruben, aus denen unterirdische Feuer Flammen und Rauch in den Himmel spuckten. Die Erde war in ein fahles, flackerndes Leuchten getaucht, so daß die Schatten der hohen Schornsteine um mich her sich zu krümmen und schrecklich hin und her zu schwanken schienen. Jetzt erinnerte ich mich auch an die Feuer, die ich gesehen hatte, als ich mit Mr. Steplight gen Norden gefahren war, und ich hörte wieder den gleichen eigenartigen Lärm.

Kurz darauf kam ich an mächtigen Aschebergen vorbei, Schlacke aus einem nahen Kalkofen. Ein kleiner Junge hielt mich an, der für eine Oktobernacht in kläglich wenige Lumpen gehüllt war, und streckte mir eine schmutzige Hand entgegen.

»Ich habe nichts«, sagte ich.

»Schwester's krank«, sagte er und hielt mir immer noch seine Hand hin.

»Wo ist deine Mam?« fragte ich.

»Weggegangen«, sagte er.

»Wo wohnst du?«

Er wies mit dem Kopf über die Schulter.

»Wo soll das sein?«

Er wiederholte die gleiche Geste noch einmal, und ich musterte den großen Ascheberg neben uns etwas genauer. Schließlich entdeckte ich eine Höhle, die in den Berg hineingegraben worden war, und eine Teerplane, die man mit Hilfe einiger dürrer Hölzer über dieses Loch gespannt hatte. Je länger ich in dem fahlen Licht auf den Berg starrte, um so mehr solcher provisorischen Zufluchtsorte konnte ich ausmachen. Rasch machte ich mich wieder auf den Weg.

Auch bei Anbruch der Nacht wanderte ich weiter, da ich dieses Land der Verzweiflung so rasch wie möglich hinter mir lassen wollte, doch endlos schien es sich auszudehnen. Der Hunger machte mich schwindlig, und ich wußte kaum noch, ob die Geräusche, die ich hörte, und die Flammen, die neben mir aufschossen, nicht vielleicht nur in meiner Phantasie existierten. Es wurde immer düsterer, der Schwefelgestank immer stärker. Ich war bestimmt schon seit vielen Stunden auf den Beinen und wunderte mich, warum kein Morgen anbrach. Dann hatte ich plötzlich den seltsamsten Einfall: daß es nie mehr Tag würde, da das Land, durch das ich ging, gar kein Land von dieser Erde war.

Schließlich legte ich mich nur wenige Schritte neben der Straße schlafen. Als ich aufwachte, war mir, als ob noch immer Nacht wäre, denn wie ein Leichentuch lag dichter Rauch über dem Land. Trotzdem machte ich mich erneut auf den Weg, und entweder brach schließlich doch widerwillig etwas Tageslicht durch, oder der Rauch lichtete sich ein wenig. Dann lief ich eine Straße am Rande einer Stadt entlang – vielleicht war es auch eine Straße zwischen zwei Städten, da ich nicht ausmachen konnte, wo die eine Stadt endete und die andere begann –, und ich kam an einen Kanal, über den sich eine eiserne Brücke spannte. Wie ein gesottener Krebs lag vor mir eine hohe, befestigungsähnliche Fabrik aus roten Ziegelsteinen mit Reihen elender Hütten zu beiden Seiten und umgeben von Abraumhalden. Ein schwer beladener Schleppkahn fuhr den Kanal hinauf, dabei wurde er nicht von Pferden gezogen, sondern ein kleiner Metallschornstein puffte Rauch in die Luft, und an der Ruderpinne stand ein Mann, der seine Pfeife schmauchte und aussah, als wolle er es dem Schornstein gleichtun. Die Fabrik war riesig groß; aus zwei hohen Schloten quoll der Rauch; hinter langen Reihen von Fensterbögen und durch ein mächtiges Torgewölbe hindurch konnte ich Hunderte von schwarzen, fast nackten Männern sehen, die mit verzweifelter Kraft kohlebeladene Waggons über Eisenschienen zum gierigen Maul eines ungeheuren Hochofens schoben, wo andere Männer wiederum die Kohle an die

Flammen verfütterten.

Dann überkam mich plötzlich eine schreckliche Angst. Was suchte ich hier, in dieser unaussprechlichen Ödnis, wo ich nichts und niemanden kannte, wo ich mich hinlegen und sterben konnte und niemand meinen Namen wußte, um von meinem Tod Kunde ablegen zu können? Ich mußte weiter. Doch wohin sollte ich gehen? Wen, von meiner Mutter einmal abgesehen, kannte ich überhaupt in London? Meine Hand ruhte auf dem kalten Metall des Brückengeländers, und als ich auf das rostige Eisen sah, schien mir, als seien die Flecken und Kratzer auf dem Geländer zugleich von zufälliger Bedeutungslosigkeit und doch auch die einzige Sache in der Welt, auf deren Sinn es ankam.

Ich ging weiter, und ich erinnere mich an eine hohe Mauer neben der Straße, und daran, daß ich glaubte, schon mein ganzes Leben lang über diese Straße zu gehen, und daß ich sicherlich auch den Rest meines Lebens auf ihr verbringen würde. Voller Verzweiflung dachte ich, die Straße würde niemals enden, und ich legte mich hin und schlief, und dann schien ich wieder aufzustehen und weiterzuwandern, und mir war, als sähe ich am östlichen Himmel die schönste Morgendämmerung aufziehen, die ich je gesehen hatte. Und wieder einmal schien die Gegend sich zu wandeln: Ich kam in ein bezauberndes Tal und folgte einem von Weiden gesäumten Fluß. Er schlängelte sich sanft an hübschen Häusern und ordentlich bestellten Feldern vorbei, die hier und da mit Wäldchen, schön wie Lustgärten, abwechselten. Den Fluß entlang folgte ich einem Pfad in ein Dorf, vorbei an großen, alten Häusern, deren Gärten sich bis ans Flußufer erstreckten, wo hohe Trauerweiden ihre Zweige ins Wasser senkten. Kinder planschten im Naß, und ihre Eltern sahen ihnen von einer alten Brücke aus zu, begrüßten mich mit einem Lächeln, schüttelten mir freundlich die Hand und baten mich, doch zu bleiben. Aber ich ging weiter. Und später muß ich wieder eingeschlafen sein, denn als ich aufwachte, wußte ich nicht mehr, wo ich war.

Immer weiter lief ich durch das düstere Land, träumte von jenem lieblichen Dorf und erinnerte mich an Melthorpe.

Nach und nach ließ ich die Aschehalden, die Kanäle und Fabrikschlote hinter mir, ich kam wieder hinaus aufs freie Land. Erste Anzeichen des nahenden Winters lagen in der Luft, und als ahnte ich, warum die Natur sich abkapselte und in sich zurückzog, wanderte ich eilig weiter. Dann sah ich eines Morgens unvermittelt einen Wegweiser mit einem vertrauten Ortsnamen: Melthorpe war nur einige Meilen weit entfernt! Der Gedanke gab mir neue Kraft, denn plötzlich sagte ich mir, daß ich auch nach Melthorpe gehen könnte. Sukey würde mir schon helfen!

Am neunten oder zehnten Tag meiner Flucht erreichte ich jenen mir wohlbekannten Weg, der vom Schlagbaum an der Überlandstraße den Galgenhügel hinunter nach Melthorpe führte. Es war ein schöner Tag und spät am Nachmittag; die vertrauten Häuser und Felder lagen still im herbstlichen Glanz der Oktobersonne. Wie wenig Zeit war im Grunde vergangen, seit ich das letzte Mal dieses Dorf gesehen hatte, und doch: Wie viel war seither geschehen! Ich stieg den Hügel hinunter, am Dorfanger vorbei, und da sah ich auch schon die baufälligen Bauernkaten links und rechts der schlammigen Silver Street. Die Tür zu Sukeys Hütte stand auf, und ich ging hin, klopfte an und trat ein. Hier schien tiefster Frieden zu herrschen: Ein lustiges Feuer brannte im Kamin, in einer Ecke stand ein Webrahmen; ein paar Kinder – zwei Mädchen und ein Junge – saßen auf dem schmutzigen Boden und flochten Stroh, und eine Frau beugte sich über einen Kochtopf, der über dem Feuer hing. Sie drehte sich um, als sie mich hereinkommen hörte. Es war Sukey.

Sie starrte mich einen Moment lang erschreckt an, dann breitete sich die Überraschung auf ihrem Gesicht aus.

»Ja, Sukey, ich bin's.«

Mit einem Aufschrei stürzte sie mir entgegen: »Master Johnnie!«

Sie riß mich an sich und drückte mich, und meine ganze Vergangenheit schien plötzlich wieder lebendig zu sein. Nach all dem, was ich durchgemacht hatte, brach ihre Begrüßung etwas in mir auf, das mich bis dahin fest umschlossen hatte, und ich begann zu schluchzen.

»Hab dich fast nicht wiedererkannt!« rief Sukey und hielt mich auf Armlänge von sich entfernt, um mich besser betrachten zu können. »Du bist größer geworden. Und bist viel zu dünn.« Sie drückte mich noch einmal an sich. »Wie geht's dir denn? Und deine liebe Mutter? Ist sie gesund?«

Doch als ich antworten wollte, hieß sie mich stillschweigen und meinte, die Erklärungen könnten noch warten. Sie rückte mir einen Stuhl vors Feuer, füllte mir eine Schüssel voll mit der dicken Suppe aus dem Topf und legte mir eine dicke Scheibe grobes Gerstenbrot hin, das für den Norden des Landes so typisch ist. Dann setzte sie eine Pfanne auf das Feuer und briet ein bißchen Speck und ein paar Kartoffeln, die ich mir dann nach der Suppe gut schmecken ließ.

Nachdem ich gegessen hatte – das erste warme Essen seit Monaten –, war ihre erste Frage: »Wie geht's deiner Mutter?«

»Als ich sie verließ, ging es ihr gut«, erwiderte ich.

Sie las mir den Sinn meiner Antwort vom Gesicht ab und sagte: »Wart, bis ich die Kinder ins Bett gebracht hab!«

Nachdem sie dafür gesorgt hatte, daß die Geschwister – die Mädchen waren ungefähr zehn und sechs, der Junge etwa acht Jahre alt – sich gewaschen hatten und zu Bett gegangen waren, kam sie zum Kamin und setzte sich müde neben mich.

»Wie geht es dir und deiner Familie?« fragte ich.

Sukey sah zu Boden: »Meine Mam ist letzten Winter gestorben. Und letzten Markttag hat das Fieber die Sally geholt.«

»Das tut mir leid. Und was ist mit den anderen?«

»Die Mädchen helfen mir bei der Arbeit. Amos macht, was immer er an Arbeit kriegen kann; er verscheucht jetzt die Krähen beim Bauer Lubbenham so wie Harry früher.«

»Und Harry?«

Sie senkte den Blick und sagte dann: »Er hatte eine Stelle auf einem Hof in der Nähe von Mere Bassett, aber man hat ihn rausgeworfen wegen seinem schlechten Benehmen, und jetzt ist er Gemeindemann wie die meisten Männer im Dorf. Er arbeitet auf dem Besitz der Houghams, nicht weit von Stoke

Mompesson, und kommt heute abend bestimmt erst spät nach Haus.«

Sie erklärte mir, daß ein Gemeindemann ein Mann ohne Arbeit sei, der jeden Tag vom Armenaufseher an den Bauern verliehen wird, der ihm das meiste Geld für den Mann bietet.

Sosehr mich auch interessierte, was sie zu erzählen hatte, so konnte ich doch ein Gähnen nicht unterdrücken, und Sukey drängte mich, erst einmal zu schlafen und meine Geschichte hinterher zu erzählen. Ich protestierte, doch sie breitete bereits in einer Ecke der Kate eine alte Strohmatratze aus, und beim Anblick der Matratze spürte ich eine schier unstillbare Sehnsucht nach Ruhe und Schlaf in mir. Ich legte mich hin, und sobald ich mir ein paar alte Decken über den Kopf gezogen hatte, war ich in der dunklen Ecke zwischen den Spinnen kaum noch zu sehen.

Spät am Abend weckte mich eine polternde Männerstimme. Und nachdem mir wieder eingefallen war, wo ich lag, fragte ich mich einen verschlafenen Moment lang, ob da Sukeys Vater schimpfte, bis ich mir wieder einfiel, daß er schon lange tot war. Ich sah unter dem Stroh und den Decken hervor und erkannte in der großen, breitschultrigen Gestalt den Jungen, den ich noch als Harry kennengelernt hatte und der, obwohl er nur drei oder vier Jahre älter als ich war, längst zu einem Mann herangewachsen war. Er warf ein paar Münzen auf den Boden und schrie: »Mehr gibt's nich, also hör auf zu jammern!«

»Das ist lieb von dir, Harry«, sagte Sukey furchtsam, als sie sich bückte, um das Geld aufzuheben. »Manch ein junger Mann bringt schließlich gar nichts mit nach Haus. Ich tät mir nur wünschen, du würds nich ...«

»Wenn sie nich wär, bräucht ich's nich machen. Sie muß verschwinden. Ich kann nicht die Kleinen und sie auch noch von meim Armengeld durchfüttern.«

»Ich weiß, ich weiß«, sagte Sukey beschwichtigend.

Wovon sprach Harry? Ich hielt mich ruhig, während Sukey ihn besänftigte, ihm die Stiefel auszog und das Essen aufwärmte. Endlich kletterte er über die Leiter nach oben, warf sich aufs Stroh neben seine schlafenden Geschwister und war bald tief und laut schnarchend eingeschlafen.

Ich kroch aus meinem Lager hervor, und Sukey lud mich flüsternd ein, mit ihr vor dem verglimmenden Feuer zu sitzen, dessen gelegentliches Aufflackern uns genügend Licht gab. Auf ihre Bitte hin erzählte ich ihr in groben Zügen, was geschehen war, seit meine Mutter und ich das Dorf verlassen hatten.

Sukey sagte kein Wort, bis ich meinen Bericht beendet hatte, und nachdem sie dann ihrer Empörung über die Schandtaten der Quiggs Luft gemacht hatte, meinte sie: »Aber ich kann dir erzählen, was hier passiert ist, nachdem ihr fort wart. Hinter alldem steckte natürlich Mrs. Bissett. Sie hat nämlich die Sachen von deiner Mutter einem Hausierer in Sutton Valancy angeboten. Er ist her und hat gleich alles gekauft, so wie's war. Und am nächsten Tag hat er dann zwei Karren geschickt und alles aufgeladen. Es gab 'ne Menge Leute hier in der Umgebung, die gesagt haben, sie hätten für die schönen Sachen von deiner Mutter einen viel besseren Preis geboten, wenn sie bloß die Möglichkeit gehabt hätten. Später hat man sich dann erzählt, daß in Sutton Valancy alles für ein Heidengeld verkauft worden ist. Ein paar Leute behaupten sogar, Mrs. Bissett hätte vom Verkauf ihren Anteil gekriegt, aber so weit würd ich nicht gehen.«

»So war das also«, sagte ich. »Deshalb war dann auch nicht genug Geld da, um die Gläubiger zu bezahlen.«

»So ist es. Mrs. Bissett ist dann zu allen Gläubigern gegangen und hat ihnen für jedes Pfund ein paar Shilling angeboten.«

»Aber wieso sind die dann vor Gericht gegangen?«

»Erinnerst du dich noch an diesen Mr. Barbellion?«

Ich nickte.

»Also, ich glaub, die beiden hatten sich irgendwie abgesprochen. Mrs. Bissett ist ein ganz gerissenes Weibsbild, die hat damals Briefe abgeholt und Fremde getroffen, da habt ihr, deine Mutter und du, doch überhaupt nichts von gewußt. Und dieser Mr. Barbellion kam ein paar Tage nach dem Verkauf und hat alle Ladenbesitzer überredet, sie sollten sich zusammentun und deine Mutter anzeigen. Warum hat er das nur gemacht, Johnnie?«

»Weil er für jene Leute arbeitet, Sukey, die meine Feinde sind.«

»Das müssen sie tatsächlich sein«, antwortete sie. »Denn daß sie dir soviel Ärger machen, wo sie und ihre Verwandten doch so reich sind, das kann ich einfach nicht verstehen.«

Ihre Worte setzten mich in Erstaunen. Sie schien über diese Leute, deren Identität mir selbst nur schemenhaft bekannt war, weit besser Bescheid zu wissen als ich.

»Woher weißt du das alles?« fragte ich.

»Das weiß doch jeder hier, daß Mr. Barbellion für die Mompessons arbeitet.«

Ich lächelte, denn hier lag offensichtlich ein Mißverständnis vor: »Nein, Sukey. Da irrst du dich. Zwischen den Mompessons und Mr. Barbellion gibt es keine Verbindung.«

»Das stimmt nicht, Master Johnnie, ich täusche mich nicht. Tante Twelvetrees hat ihn oft in Mompesson Park gesehen. Erinnerst du dich noch an sie? Ihr Mann war doch Pförtner bei den Mompessons.«

»Dann hat sich deine Tante geirrt. Vielleicht hat sie in Hougham den Anwalt der Mompessons gesehen«, gab ich zu, »aber woher soll sie denn gewußt haben, daß es der gleiche Gentleman war, der meine Mutter damals zweimal aufgesucht hat?«

»Du kannst sie ja selbst fragen, wenn sie zum Abendessen kommt.«

»Lebt sie jetzt bei euch?«

»Ja. Sie ist gerade bei einer Nachbarin, die wohl heute nacht das Zeitliche segnet, sonst hättest du sie bestimmt schon gesehen. Sie mußte raus aus ihrer Kate in Hougham, und die Gemeinde hier hat sie nicht genommen.«

»Aber sie ist doch bestimmt hier gemeldet, oder nicht?«

»Das hilft dir in Hougham auch nichts. Außerdem hat sie durch ihre Heirat den Anspruch auf Wohnrecht verloren und kriegt deshalb von dieser Gemeinde kein Armengeld, dem Himmel sei's geklagt. Aber wenigstens hat sie hier ein Dach über dem Kopf.«

Wenn auch kein besonders festes, dachte ich und sah nach oben.

»Für die Wache am Krankenbett heute abend gibt man ihr wohl einen oder zwei Shilling.« Sie flüsterte noch leiser: »Aber mit ihrer Gicht und so verkrüppelt, wie ihre Hände sind – da kann man doch kaum erwarten, daß sie sich noch ihr Brot verdient, was meinst du?«

»Ich weiß noch, daß sie Spitzen geklöppelt hat«, sagte ich.

»Damit ist's vorbei, seit die Tüllwebmaschinen den Handarbeitern das Geschäft kaputtgemacht haben. Jetzt machen wir nur noch grobe Web- und Näharbeiten und bringen die Sachen zum Großhändler. Tantchen hilft mir dabei, so gut sie kann.«

»Und wovon lebt ihr?«

»Zur Zeit leben wir gar nicht so schlecht. Harry kriegt sein Armengeld von der Gemeinde: vier Shilling in der Woche, egal, ob er Arbeit findet oder nicht. Ich verdien ein paar Pence, indem ich den Frauen beim Saubermachen und Waschen helf. Außerdem tu ich ja auch noch spinnen.« Sie zeigte auf ein Spinnrad. »Aber das bringt nicht soviel, bei all den Stunden, die ich da arbeiten muß. Tantchen und ich machen anderen Leuten auch noch die Wäsche. Und die Kinder helfen beim Erbsenpflücken und Strohflechten, und wenn die Ernte vorbei ist, gehen wir alle die Felder absuchen, und hinterher sammeln wir noch die Stoppeln fürs Feuer. Denn seit der Dorfanger eingezäunt ist, dürfen wir uns auf ihm kein Holz und keinen Ginster mehr holen. Und Torf dürfen wir nicht mehr stechen, und eine Kuh können wir uns da natürlich auch nicht mehr halten.«

»Also war es schlimm für euch, daß sie den Dorfanger eingezäunt haben?«

»Ach, das würd ich nicht sagen. Nein, bestimmt nicht. Wir haben ein Stück Land dafür gekriegt, und das haben wir wieder für drei Pfund verkauft. Hart war's nur, weil die Gemeinde Harry kein Armengeld bezahlt hat, bis die drei Pfund aufgebraucht waren.«

»Warum ist dann alles so schlimm geworden?« rief ich.

»Aber es ist doch gar nicht so schlimm, Master Johnnie!« antwortete sie überrascht und gab mir gleichzeitig zu verstehen, daß ich meine Stimme senken solle. »Ich glaub schon, daß die Gemeinderäte tun, was sie nur tun können, aber die Zeiten sind nun einmal schlecht, und in unserer Gemeinde gibt's entsetzlich viele Arme. Es liegt einfach am Wetter, und an den Iren, die hier rüberkommen und sich unter Preis verkaufen. Die Winter waren hart, und es hat Tage gegeben, da haben wir außer Brennesseln nichts zu essen gehabt. Aber wenigstens sind wir keine Freisassen, die können einem nämlich nur leid tun.«

Ich wollte sie gerade fragen, was sie damit meinte, als – es war schon einige Zeit nach Mitternacht – ihre Tante hereinkam und mit lauter Flüsterstimme sagte: »Der Himmel sei gepriesen! Der Herr nahm ihr die Last der Sünden von der Seele und hat sie erlöset mit Seinem Blute. Sie schied so friedlich dahin, wie nur irgendeine Gläubige in diesem Land.«

»Aber Tantchen, Nachbarin Treadgold war doch gar keine Methodistin!« sagte Sukey.

»Das ist wahr, mein Kind. Doch im Augenblick ihres Todes berührte sie den Fuß des Gotteslammes; der Herr ist uns gnädig in Seiner grenzenlosen Güte.«

Erst jetzt sah sie einen Fremden am Feuer sitzen, und es dauerte eine Weile, ehe sie in mir den adrett gekleideten kleinen Jungen von einst wiedererkannte, den sie vor Jahren das letzte Mal gesehen hatte.

Nachdem sie ihre Haube abgenommen, sich neben uns gesetzt und etwas von der Suppe gegessen hatte, die für sie warm gehalten worden war, sagte Sukey: »Tantchen, nenn Master Johnnie den Namen des Notars von Sir Perceval! Du hast ihn doch früher schon oft gesehen, wenn er nach Hougham kam, oder nicht?«

Sie sah uns überrascht an und sagte: »Ach, ihr meint Mr. Barbellion?«

Sukey sah mich triumphierend an.

Die Antwort verblüffte mich, doch ich nahm an, daß die alte Frau den Namen von Sukey gehört hatte und ihn fälschlich für den von Sir Percevals Notar hielt.

»Ich glaube, Sie irren sich, Mrs. Twelvetrees«, sagte ich sanft.

»Nein, ich irre mich nicht, gnädiger Herr«, widersprach sie. »Und ich sag Ihnen auch, wieso. Erinnern Sie sich noch an den Tag – ach, ich weiß nicht mehr, wie viele Jahre das schon her ist, Sie waren damals, mit Verlaub, man noch 'n richtig kleiner Knirps –, als Sie und die Susan auf dem Friedhof diesen grimmigen, ganz schwarz angezogenen Gentleman getroffen haben? Und er hat euch so erschreckt, daß sie es mir gleich hinterher erzählt hat.«

Ich nickte.

»Nun«, sagte sie, »das war er doch, dieser Mr. Barbellion, oder vieleicht nicht?«

Ein kalter Schauder lief mir über den Rücken, denn die alte Frau schien sich sehr sicher zu sein.

»Ja«, sagte ich. »Das war er. Aber haben Sie ihn auch gesehen?«

»Na, dann hören Sie mir mal gut zu!« sagte sie angriffslustig. »Am gleichen Tag, nur halt ein bißchen früher, geh ich mit dem kleinen Amos am ›Rose and Crab‹ vorbei, da kommt ebendieser Gentleman Mr. Barbellion, den ich ja schon aus Hougham kenn, in seiner Kutsche vorgefahren und sagt zu Amos, er soll ihm für 'nen Penny die Pferde halten. Dann steigt er aus und fragt mich nach dem Weg zum Küster, und da hab ich ihn also zum Küster Advowson gebracht. Und kurz danach hat er Sie dann so erschreckt, Sie und die Susan. Ich kann Ihnen auch sagen, was er von Mr. Advowson gewollt hat – und der kann Ihnen nämlich auch bestätigen, daß es die reine Wahrheit ist, was ich Ihnen jetzt sag. Was er vom Küster wollte, das war ...«

Ich hörte ihr nicht weiter zu, da ich versuchte, die Folgen dieser Enthüllung zu begreifen, und als Sukey sah, welche Wirkung das Gesagte auf mich hatte, legte sie ihrer Tante eine Hand auf den Arm und bat sie zu schweigen. Diese Neuigkeit stellte meine Welt auf den Kopf. Zuerst fragte ich mich, warum die Mompessons meiner Mutter und mir schaden wollten: Warum hatten sie Bissett bestochen und sie dazu gebracht, uns zu betrügen? Warum hatten sie die Gläubiger meiner Mutter veranlaßt, gerichtlich gegen uns vorzugehen? Offenbar hatten die Mompessons uns unter finanziellen Druck setzen wollen, um uns so zu zwingen, das Kodizill an sie zu verkaufen. Nun, sie hatten ihr Ziel erreicht. Doch dann überlegte ich, ob diese Einsicht auch ein Licht auf jenes andere Rätsel warf, auf die Frage nämlich, warum mich die Mompessons zu Quigg geschickt hatten, da es doch eigentlich in ihrem Interesse lag, mich am Leben zu wissen? Noch einmal ließ ich die Ereignisse an mir vorüberziehen, die der Fahrt zur Schule vorausgegangen waren: Mr. Steplight hatte uns bei Mrs. Fortisquince aufgesucht, und wir waren zu ihr geflohen, weil Miss Quilliam mit Mr. Barbellion vor unserer Wohnung in der Orchard Street aufgetaucht war. Mit Mr. Barbellion! Plötzlich wurde mir klar, daß wir Miss Quilliam unrecht getan hatten, als wir vermuteten, sie habe uns an unseren Feind verraten. Im Gegenteil! Sie war tatsächlich zu Sir Perceval gegangen, und er hatte seinen Notar zu uns geschickt!

Der Raum schien vor meinen Augen zu verschwimmen, als sich mir die nächste Frage aufdrängte: Zu wem war Mrs. Fortisquince dann gegangen, als sie auf Drängen meiner Mutter scheinbar zu Sir Perceval gegangen war? Denn wenn sie tatsächlich zu den Mompessons gegangen wäre, dann hätte sich doch sicherlich die Verwirrung über die Identität Mr. Barbellions geklärt!

Also war sie wohl nicht zu den Mompessons gegangen, und Mr. Steplight war gar nicht der Bevollmächtigte von Sir Perceval, obwohl er in der Kutsche der Mompessons vorgefahren und von Lakaien in ihrer Livree begleitet worden war. Und dann hatte er in der Kutsche auf dem Weg zur Schule auch noch jene seltsame Bemerkung gemacht.

Und plötzlich ahnte ich die Lösung des Rätsels. Mrs. Fortisquince hatte die Botschaft meiner Mutter nicht zu den Mompessons gebracht; sie hatte sich mit unserem Feind in Verbindung gesetzt! Mein anfängliches Mißtrauen gegen sie war berechtigt gewesen. Ihre Kälte bei unserem ersten Besuch und die herzliche Aufnahme bei unserem zweiten Treffen ließen sich im Lichte dieser Erklärungen nahezu restlos erklären. Dann war Mr. Steplight also ein Agent unseres Feindes! Als mich der Schock dieser Einsicht traf, wurde mir plötzlich auch klar, daß unser Feind nun das Kodizill besaß, denn meine Mutter hatte es ja Mr. Steplight gegeben. Und das bedeutete, daß er – wer immer er auch war – uns beiden den Tod wünschte.

Jetzt endlich wußte ich, warum Mr. Steplight mich in die Schule der Quiggs gesteckt hatte: Er wollte mich umbringen. Nun, ich war entkommen, doch mit einem an Übelkeit grenzenden Gefühl des Entsetzens begriff ich, daß ich meine Mutter Mrs. Fortisquince und Mr. Steplight anvertraut und sie ganz in deren Macht zurückgelassen hatte. Aber wer war Mr. Steplight? Mir kam der lateinische Satz wieder in den Sinn, den er zitiert hatte, als wir nach Norden reisten, und dieses Mal erinnerte ich mich auch, wo ich ihn schon einmal gelesen hatte: Mr. Sancious hatte das gleiche Bibelwort in seinem Brief an meine Mutter benützt, um sie wegen des investierten Geldes zu beschwichtigen. Also mußten Mr. Sancious und Mr. Steplight ein und dieselbe Person sein. Er und Mrs. Fortisquince steckten unter einer Decke! Ich mußte meine Mutter vor ihnen retten. Ich wollte mich möglichst umgehend auf den Weg nach London machen.

Ich blickte auf und sah, daß Sukey und ihre Tante mich neugierig beobachteten. »Entschuldigen Sie, Mrs. Twelvetrees«, sagte ich. »Ich habe nicht zugehört.«

»Ich hab nur gesagt, daß er den Küster Advowson wohl darum gebeten hat, ihm ein paar von den alten Kirchenregistern zu zeigen.«

Näheres konnte sie mir nicht sagen, doch dies war ein weiteres Rätsel, das mir zu denken gab: Warum interessierte sich der Notar der Mompessons so sehr für diese Gemeinde? Rätsel über Rätsel. Je länger ich über das soeben Gehörte nachdachte, desto seltsamer kam es mir vor. Wahrscheinlich war Mr. Sancious also dafür verantwortlich, daß man versucht hatte, mich aus dem Dorf zu entführen. Doch wenn das stimmte, wie hatte er herausgefunden, wo meine Mutter und ich wohnten?

Kurz darauf legte sich Sukeys Tante in einer Ecke der Kate zu Bett, und da sie sah, wie schweigsam und unaufmerksam ich war, schlug Sukey vor, daß auch ich mich am besten wieder schlafen legen solle.

Als ich es mir bequem machte, fragte ich Sukey, die gerade das Feuer mit Torfstücken abdeckte: »Erinnerst du dich noch an den Tag, als Mr. Barbellion uns auf dem Friedhof so fürchterlich erschreckt hat?«

»Das werd ich mein Lebtag nicht vergessen!« flüsterte sie schaudernd. »Er sah ganz so aus wie ein großer schwarzer Wiedergänger.«

»Was hat er da gemacht? Hat er sich nicht eins der alten Gräber angesehen?«

»Ich glaub ja. Richtig, es war das große hinten bei der mächtigen alten Eibe.«

»Genau das meine ich auch.«

Wir wünschten uns gute Nacht, und ich versuchte zu schlafen. Es begann heftig zu regnen, und das Wasser tropfte durch das Reetdach. Doch auch wenn das Dach dicht gewesen wäre, hätte mich allein das, was ich an diesem Abend erfahren hatte, gewiß noch einige Stunden lang wach gehalten. Wie kam es, daß Mr. Steplight in einer Kutsche der Mompessons bei Mrs. Fortisquince vorfuhr? Gab es irgendeine Verbindung zwischen ihm und den Mompessons, obwohl sie doch eigentlich ganz gegensätzliche Interessen hatten? Und was hatte Mr. Barbellion an jenem Tag auf dem Friedhof gesucht?

48. KAPITEL

Gegen vier Uhr am nächsten Morgen, lange vor dem ersten Tageslicht, wachte ich auf. Ich hörte, wie Sukey ihrem Bruder das Frühstück machte und wie Harry kurz darauf aus dem Haus ging. Als dann Mrs. Twelvetrees aus ihrer Schlafecke hervorkam, stand auch ich auf und entdeckte erst jetzt, daß der Boden einen Zoll hoch mit schlammigem Wasser bedeckt war, das durch einen gemauerten Rinnstein in der Mitte der Kate abfloß.

»Ja, was glaubst du denn!« rief Sukey, als sie meinen erstaunten Blick sah. »So sieht's hier jedesmal aus, wenn's geregnet hat.«

Noch während ich mich über mein Frühstück aus Haferbrei und Buttermilch beugte, ging Sukeys Tante aus dem Haus, um, wie Sukey mir erklärte, gegen ein Mittagessen als Entgelt einer Nachbarin bei der Wäsche zu helfen.

»Sukey«, sagte ich, »ich möchte mich noch heute auf den Weg nach London machen.«

»Das ist doch Unsinn!« rief sie. »Entschuldige bitte, Master Johnnie! Aber du mußt dich noch ausruhen und wieder zu Kräften kommen.«

»Nein, Sukey«, sagte ich. »Ich hab dir doch alles von meiner Mutter erzählt, nicht wahr?«

Als sie sah, daß ich fest entschlossen war, sagte sie: »Wie du willst. Aber ich kann genauso dickköpfig sein.«

Sie ging in eine dunkle Ecke, griff hinauf in das Reetdach über den mit Spinnennetzen bedeckten Balken und brachte einen Beutel aus weichem Leder zum Vorschein. »Halt deine Hände auf!«

Ich tat ihr den Gefallen, und sie schüttete mir den Inhalt des kleinen Beutels in die Hände. Es waren zumeist Pennies, Halfpennies und Farthings, aber auch einige Six-Pence-Stücke waren darunter und sogar ein alter Shilling, der so krumm gebogen war, daß der Schweinskopf von Georg II. erst recht wie das Gesicht eines Spanferkels aussah, das sich wundert, wieso es einen Lorbeerkranz auf dem Kopf trägt.

»Siebzehn Shilling, vier Pence und drei Farthing«, sagte sie.

»Aber das kann ich doch nicht annehmen!« protestierte ich. »Das ist doch bestimmt dein ganzes Geld!«

»Eines Tages wirst du es mir schon wiedergeben.«

»Aber ich kann dich doch nicht ohne Geld zurücklassen!«

»Wie willst du denn sonst mit ein paar Penny nach London kommen?« fragte sie, denn ich hatte ihr meine finanzielle Situation nicht verschwiegen. »Nimm's deiner Mam zuliebe! Ihr soll damit doch genauso geholfen werden wie dir.«

Ich wußte, daß sie recht hatte, und trotzdem weigerte ich mich, das Geld anzunehmen. Schließlich einigten wir uns darauf, daß sie mir drei Shilling gab, da dies nach meiner Schätzung gerade genug war, um damit bis London zu kommen.

Ich hatte noch eine Aufgabe zu erledigen, ehe ich mich auf den Weg machte, und sagte zu Sukey, daß ich bald zurück sein würde. Mein Weg führte mich zur Kirche. Der Friedhof lag verlassen da, nur am anderen Ende sah ich einen hochgewachsenen Mann das Gras mähen. Ich suchte mir einen Weg durch das ungeschnittene Gras, das mir fast bis an die Hüfte reichte, und fand jenes Grabgewölbe im Schatten der Eibe, wo Mr. Barbellion, wenn ich mich denn recht erinnerte, damals mit seiner Laterne gestanden hatte.

Efeu war über die jahrhundertealten Grabplatten gewachsen, und unter dem Efeu hatte sich Moos auf dem Stein ausgebreitet. Als ich das Laub ein wenig zur Seite schob, sah ich, daß die Schrift ziemlich verwittert war, doch der Name HUFFAM, der gleich mehrere Male vorkam, ließ sich noch deutlich erkennen: Es gab da einen James Huffam, einen Christopher Huffam, mehrere Johns Huffam (ich konnte jedoch keinen Jeoffrey Huffam entdecken), sowie mehrere Marys, eine Elizabeth, eine Laetetia und andere, die als Ehefrau oder Tochter aufgeführt waren. Es standen da auch noch andere Namen zu lesen: so etwa Ledgerwood, Feverfew, Limbrick und Cantalupe. Die meisten Jahreszahlen waren noch in römischen Ziffern geschrieben, und fast alle waren aus der Zeit zwischen 1500 und 1600; die jüngste Jahreszahl lautete 1614.

Ich verließ den Friedhof, betrat die Kirche, die verlassen und düster dalag, und ging in die Sakristei. Ich klopfte an die Tür, und als ich keine Antwort erhielt, trat ich ein.

Das einzige Licht kam von einer Kerze auf dem Tisch am anderen Ende des Raumes, wo sich ein kahlköpfiger Mann über einen riesigen Wälzer beugte. Er sah auf und fragte ungehalten: »Was tust du hier, Junge?«

»Erkennen Sie mich denn nicht mehr, Mr. Advowson?«

Er sah mich erstaunt an: »Master Mellamphy!« rief er, griff nach der Perücke, die neben ihm auf dem Tisch lag, und setzte sie sich auf den kahlen Kopf: »Kratzt ganz fürchterlich, dieses Ding. Kaum auszuhalten.« Dann sagte er plötzlich ernst: »Tut mir leid, diese Sache mit deiner Mutter. Eine schlimme Geschichte, wirklich schlimm.« Er sah beinahe beschämt auf meine zerlumpten Kleider: »Es tut mir schrecklich leid, daß du ... daß es dir nicht so gut wie früher geht.«

Nachdem ich, ohne der Wahrheit allzuviel Beschönigungen zugemutet zu haben, seine ersten Fragen nach meinem Befinden und dem meiner Mutter beantwortet hatte, sagte ich: »Mr. Advowson, ich weiß, daß dies eine etwas seltsame Frage ist, doch die Antwort darauf ist für mich sehr wichtig. Erinnern Sie sich an einen Gentleman, der vor ungefähr sechs Jahren hier bei Ihnen Auskunft eingeholt hat?«

Mir war, als errötete er.

»Ich glaube, ich weiß, wen du meinst«, sagte er.

»Es war Mr. Barbellion, nicht wahr?«

Er nickte feierlich.

»Ich habe einen besonderen Grund, weshalb ich Ihnen diese Frage stelle. Werden Sie mir sagen, was ich zu wissen wünsche?«

Er seufzte: »Ich hab immer gewußt, daß es nicht gut ausgehen würde. Aber hätte ich ihm denn nicht helfen sollen?«

»Darf ich fragen, was er gewollt hat?«

»Zuerst wollte er alle Heiratseintragungen sehen. Wir sind all die alten Kirchenregister aus der Sakristeitruhe durchgegangen, jedes einzelne vermaledeite Buch.«

Er drehte sich um und zeigte auf eine riesige Eichentruhe mit rostigen Metallbeschlägen, die in einer Ecke der Sakristei stand. Daneben waren noch zwei weitere Truhen zu sehen, die noch älter und noch rostiger aussahen. »Die gehen zurück bis fast vor die Zeit vom alten König, und das ist viele, viele Jahre her.«

»Wonach hat er gesucht?«

»Das kann ich dir nicht sagen, denn was es auch gewesen ist, er hat es nicht gefunden. Und er schien deswegen sehr enttäuscht zu sein, wirklich sehr enttäuscht.«

Ich war nicht weniger enttäuscht. Und doch hatte ich den Eindruck, als würde Mr. Advowson, der meinem Blick sorgfältig auswich, mir etwas verheimlichen. Ich betrachtete die Truhen und entdecke auf der ältesten ein verblaßtes Wappen, das man rot in den hölzernen Deckel eingebrannt hatte. Als ich genauer hinsah, erkannte ich die vierblättrige Rose, die mir inzwischen schon so vertraut geworden war.

»Haben Sie diese Truhe auch durchsucht?«

»Natürlich nicht, junger Mann«, antwortete er ungeduldig. »Die hat ja auch nichts mit unserer Gemeinde zu tun.« Er rückte seine Perücke zurecht und sagte: »Siehst du, Master Mellamphy, die Truhe kommt aus der alten Hougham Hall und enthält nur die Papiere einer Familie dieses Namens.«

Das erklärte das Wappen der Rose.

»Und Mr. Barbellion hat nicht nach dieser Familie gefragt?«

»Mich hat er jedenfalls nicht nach ihr gefragt. Dir würde das auch nicht viel sagen, Master Mellamphy; es ist nämlich schon viele Jahre her, daß eine Familie dieses Namens hier in der Gegend gewohnt hat. Ihnen gehörte der Besitz, auf dem jetzt die Mompessons leben. Ich kann mich noch daran erinnern, daß mein Großvater als Kutscher für die Houghams gearbeitet hat. Doch vor vielen Jahren haben sie ihren ganzen Besitz bei irgendwelchen närrischen Spekulationen verloren und den Rest dann an Sir Percevals Vater verkauft.«

»Zufälligerweise kenne ich den Namen sehr wohl«, sagte ich. »Da draußen auf dem Friedhof habe ich ein Grab dieser Familie entdeckt. Wenn sie ihr Land erst vor ein oder zwei Generationen verloren haben, wieso werden sie dann schon seit 1614 nicht mehr hier beerdigt?«

»Nun, seit der Zeit hatten sie ihre eigene Kapelle neben der Hougham Hall und damit außerhalb der Gemeinde. Die Papiere in der Truhe müssen wirklich sehr alt sein, denn die Kapelle liegt schon seit vielen Jahre verlassen da – seit einem Mord, so heißt es.«

»Einem Mord?« rief ich aufgeregt, denn ich mußte an Mrs. Belflowers Geschichte von Vatermord, Brautraub und anschließendem Duell denken und war erstaunt, daß sich in dieser Geschichte ein Körnchen Wahrheit verbergen sollte. »Wer ist denn ermordet worden?«

»Daran kann ich mich nicht erinnern«, sagte er so leichthin, daß ich mir nicht vorstellen konnte, er wolle mir etwas verschweigen. »Hier in der Gegend erzählt man sich, daß die Kapelle deshalb auf entweihter Erde steht, aber das ist natürlich Unsinn. Wie dem auch sei, die Registerbücher wurden jedenfalls damals zur sicheren Aufbewahrung hierhergebracht. Und die Kapelle ist heute verfallen, da die Mompessons sie nicht benutzen.«

»Weil sie nicht auf ihrem Besitz leben, nicht wahr?«

Er kratzte sich am Hinterkopf, so daß die Perücke auf seinem Schädel hin und her rutschte: »Tja, das stimmt. Aber es ist ein Elend, denn jetzt geht das Pachtgeld direkt nach London, und wir sehen hier nichts davon wieder. Ich achte Sir Perceval Mompesson als Gutsherrn, obwohl ich weiß, daß da nicht viele meiner Meinung sind. Stoke Mompesson zum Beispiel, sein Dorf auf dem Gutsgelände, ist wirklich ein hübscher, wohlhabender Flecken. Es ist natürlich eine geschlossene Gemeinde, und das macht den ganzen Unterschied aus. Vielleicht wird Melthorpe das ja auch eines Tages, ich hoffe es jedenfalls, denn sonst ist es wirklich schlimm um uns bestellt. Weißt du, die hohen Armenabgaben ruinieren uns einfach.«

Er war jetzt nicht mehr aufzuhalten, und mir schien, er redete nur deshalb ununterbrochen weiter, um besser über einige andere Themen schweigen zu können: »Die Bauern sind einfach zu habgierig, das muß ich schon sagen. In den alten Tagen, früher, als ich noch ein junger Mann war, da holten sich die Bauern die Arbeitskräfte fürs ganze Jahr, und die Leute lebten bei der Familie auf dem Hof. Aber seit im Krieg die Preise für Lebensmittel angestiegen sind, holen sich die Bauern ihre Arbeiter nur noch tageweise, damit sie niemanden mehr durchfüttern müssen. Und dadurch können die Männer natürlich ihre Familien nicht mehr ernähren – erst recht nicht, seit der Dorfanger eingezäunt ist. Die Gemeinde mußte also die Armenunterstützung einführen, und das Ergebnis ist, daß die Bauern für die Arbeiter kaum noch was zahlen müssen, denn mittlerweile sind fast alle Arbeiter Tagelöhner und Gemeindemänner. Letztlich läuft das darauf hinaus, daß die Ladenbesitzer mit ihren Armenabgaben dem Bauern die Arbeiter bezahlen. Und deshalb, und weil hier auch so wenig Geld im Umlauf ist, sind mittlerweile viele bankrott gegangen. Das ist übrigens auch der Grund, weshalb sie alle so schnell bereit waren, gegen deine Mutter vorzugehen. Aber wie gesagt, vielleicht bessert sich bald alles, denn die Ärmsten unter den Freisassen wollen ihre Katen so rasch wie möglich verkaufen. Das Problem dabei ist nur, daß sie dann der Gemeinde zur Last fallen und damit die Armenabgaben noch weiter in die Höhe treiben. Aber der Verwalter der Mompessons hat jetzt einen Weg gefunden, wie er den Grund der Freisassen aufkaufen kann und gleichzeitig dafür sorgen, daß der Gemeinde nicht noch mehr Arme aufgebürdet werden.«

»Das hört sich ja fast gerecht und großzügig an«, sagte ich etwas widerstrebend.

»Nun, wir wollen hoffen, daß es ihm gelingt, denn sonst steht es wirklich nicht zum Besten um dieses Dorf. Aber daß die Ladenbesitzer so gegen deine Mutter vorgegangen sind, das wär nicht notwendig gewesen. Ja, das war wirklich eine schlimme Geschichte.«

»Das ist also alles, was Sie mir erzählen können?«

Er sah mich etwas seltsam an und sagte nichts dazu. Ich wollte mich schon verabschieden, als er plötzlich hastig auf mich einsprach: »Da ist noch etwas. Mr. Barbellion wollte auch die Taufregister sehen.«

»So weit zurückreichend wie die Heiratsurkunden?«

»Nein, keineswegs. Nur die Register der letzten paar Jahre.«

Er war dunkelrot angelaufen, und die Perücke rutschte so weit vor, daß ich schon fürchtete, sie würde jeden Moment Feuer fangen. »Um nicht länger um den heißen Brei herumzureden, Master Mellamphy, ich mein, ich will ganz offen mit dir sein: Er hat nach deiner Eintragung gesucht. So, nun ist's raus.«

Diese Neuigkeit verblüffte mich, doch ich mußte sofort an das Kodizill denken und daran, daß meine Mutter und ich die nächsten Erben waren.

»Ich hatte überlegt, es deiner Mutter zu erzählen«, fuhr Mr. Advowson fort, »doch Mr. Barbellion bat mich, niemandem etwas davon zu erzählen. Und er hat sich auch wirklich äußerst großzügig für meine Hilfe bedankt, wirklich, äußerst großzügig. Doch ich glaub, nach all dem, was dir und deiner armen Mutter inzwischen widerfahren ist, da kann ich es dir ruhig erzählen, vor allem weil ich weiß, daß Mr. Barbellion der Drahtzieher bei der Schuldeinklage gegen deine Mutter gewesen ist.«

»Kann ich denn den Eintrag auch sehen?«

Da ich eigentlich erwartet hatte, daß er nach seinem Bekenntnis nichts weiter zu verbergen hatte, überraschte es mich, daß er wiederum verlegen dreinschaute, als er sagte: »Gewiß doch, ganz wie du willst. Wo ist nur dieses vermaledeite Register? Sag mir doch mal rasch den Monat und den Tag deiner Geburt!«

»Siebter Februar«, antwortete ich ihm.

»Und dein Geburtsjahr?«

Ich nannte es ihm.

»Ach richtig, von dem Jahr an mußten wir nach dem Sir-George-Rose-Erlaß separate Register für Taufen, Heiraten und Todesfälle führen. Also wird dein Eintrag wohl zu den allerersten gehören.«

Von den drei Truhen öffnete er diejenige, die vergleichsweise noch am jüngsten aussah, holte einen in geflecktes Kalbsleder gebundenen Folianten hervor, ließ ihn in einer Staubwolke auf den Tisch krachen und schlug die erste Seite auf. Ich sah dem Küster über die Schulter und tatsächlich, der allererste Eintrag betraf meine Geburt. Ich erkannte drei verschiedene Schriftzüge: Mr. Advowsons gestochene Handschrift, eine elegante Schrift, die »und Vater« geschrieben hatte, und schließlich die etwas flüchtige Schrift meiner Mutter. Der vollständige Eintrag lautete: »10. Februar: Ein herrlicher, kalter Tag. Ausgezeichnete Neuigkeit: Sir A. Wellesley hat Ciudad Roderique eingenommen. John Mellamphy, Sohn von Mary, in dieser Gemeinde gebürtig, wurde in ihrem Haus getauft, da unwahrscheinlich, daß er überlebt. Mr. Martin Fortisquince Pate und Vater: Peter Clothier aus London.«

Noch während ich auf den Eintrag starrte, begann Mr. Advowson etwas nervös zu erklären: »Also, das war so: Ich hatte den Eintrag bis ›Pate‹ geschrieben, und als ich deiner Mutter dann erklärte, daß ich auch den Namen des Vaters aufschreiben müsse, nebst der Gemeinde, in der er angemeldet ist, da fügte Mr. Fortisquince die Worte ›und Vater‹ hinzu. Und dann haben sich die beiden so seltsam angesehen, also ich fand, sie haben sich wirklich ganz eigenartig benommen. Jedenfalls nahm deine Mutter Mr. Fortisquince daraufhin die Feder aus der Hand, machte den Doppelpunkt und schrieb ›Peter Clothier aus London‹. Aber sie wollte mir nicht sagen, in welcher Gemeinde er Wohnrecht hat.«

Clothier! Das war also der Name, der zu den Initialen P. C. auf dem Medaillon meiner Mutter gehörte! Und damit erklärte sich auch das M. C., mit dem sie den Brief an Sir Perceval unterschrieben hatte. Dann war der im Kodizill erwähnte Silas Clothier also auf irgendeine Art mit mir verwandt! Und noch etwas traf mich wie ein Schlag: Meine Mutter hatte einen anderen Namen als mein Vater. (Vielleicht lag hierin die Erklärung für die Bemerkung des Pfarrers, damals, als ich das Grab von Geoffroi de Hougham entdeckt hatte und feststellen mußte, daß wir aus der Gemeinschaft des Dorfes ausgeschlossen waren.) Und doch weigerte ich mich, die nächstliegende Schlußfolgerung aus dieser Tatsache zu ziehen. Denn wenn das Nächstliegende stimmen sollte, dann hätte ich keinerlei rechtlichen Anspruch auf das Erbe.

Ich sah zu Mr. Advowson hinüber, der meinem Blick auswich und verlegen hüstelte, als wolle er das Ergebnis meines Nachdenkens bestätigen. Etwas anderes fiel mir ein: Clothier war auch der Name, auf den Quigg angespielt hatte, als er mir den Spitznamen Cloth-Ear verpaßt hatte. Woher aber wußte Mr. Steplight alias Mr. Sancious meinen wahren Namen? Warum hatte meine Mutter versucht, ihn vor mir zu verbergen? Und warum weigerte sie sich, die Gemeinde zu nennen, in der mein Vater Wohnrecht besaß, wo sie mir doch, wenn auch widerwillig, gesagt hatte, daß es Christchurch in Spitalfields war? Und welche Rolle spielte Onkel Martin in dieser Angelegenheit?

Was auch immer der Sinn hinter alldem sein mochte, so schien es mir angesichts von Mr. Barbellions Interesse an diesem Eintrag doch geraten, mir eine Abschrift von ihm anfertigen zu lassen. Wenn mein Leben in Gefahr war, würde es sich vielleicht als kluge Vorsichtsmaßnahme erweisen.

»Falls ich genug Geld aufbringe, um Ihre Arbeit bezahlen zu können, Mr. Advowson, würden Sie mir dann eine beglaubigte Abschrift des Eintrags anfertigen?«

»Das will ich meinen. Und was die Bezahlung angeht, nun, es müßt schon Velin sein oder doch wenigstens Pergament, und alles muß versiegelt und bezeugt werden. Der übliche Preis dafür ist fünf Shilling. Aber ich denk schon, daß sich noch irgendwo ein altes Stück Pergament auftreiben läßt. Und da ich ja weiß, daß es für dich ist, Master Mellamphy, und ... Nun, weil's für dich ist, da mach ich's dann für drei Shilling. Ich würd es ja gern noch billiger machen, aber ich kann doch meine eigenen Kinder nicht um ihr täglich Brot bringen.«

Ich bedankte mich, sagte ihm, daß ich bald zurück sein würde, und machte mich auf den Weg zur Kate. Sukey arbeitete am Webrahmen, und ihre Tante, die inzwischen zurückgekommen war, eilte geschäftig hin und her. Ich sah die alte Frau nur ungern, denn ich wollte Sukey etwas ganz im Vertrauen fragen.

»Sie hat mir gesagt, daß sie der Nachbarin Feverfew zwanzig Pfund für ihren Grund und Boden angeboten haben«, gab die alte Frau den Klatsch zum besten, den sie bei ihrer Arbeit am Vormittag aufgeschnappt hatte.

»Wirklich schade, Sukey, daß dir kein Freigut gehört«, sagte ich.

»Aber überhaupt nicht«, rief sie aus. »Die Freisassen kriegen keinen Penny von der Gemeinde, egal wie krank oder gebrechlich sie sind. Deshalb verkaufen sie ja auch lieber und leben auf Gemeindekosten, das heißt, wenn sie jemanden finden, der ihnen den Besitz abkauft.«

»Aber«, fragte ich, »warum sollte dann den jemand kaufen wollen?«

»Es will ja auch niemand, wenigstens war das bis vor ein paar Jahren so«, warf Mrs. Twelvetrees ein. »Doch jetzt kauft der Verwalter von den Mompessons alle Freigüter auf und läßt dann die Katen abreißen.«

»Warum?«

»Es heißt, daß er das Dorf zu einer geschlossenen Gemeinde machen will, in der alle Katen dem Gutsherrn selbst gehören, so wie in Stoke Mompesson«, erklärte Sukey.

»Ich kann mich noch daran erinnern«, sagte Sukeys Tante, stand auf und zog sich an, um wieder auszugehen, »wie sie das alte Dorf abgerissen haben.

Ich war man noch ein junges Mädchen. Und dann haben sie den Park angelegt, wo früher das Dorf war, und haben das neue Dorf da hingebaut, wo's auch heute noch steht. Da haben sie dann keine Tagelöhner mehr reingelassen, und bis heute dürfen die in Stoke Mompesson keine Katen pachten. Und deshalb zahlt Sir Perceval auch keine Armenabgaben, die anderen Gemeinden aber zahlen ihm die Armenarbeit.«

»Und das gleiche wollen sie hier auch machen«, sagte Sukey.

»Ach, *jetzt* verstehe ich!« sagte ich.

Das hatte Mr. Advowson also gemeint, als er sagte, der Verwalter habe einen Weg gefunden, wie er die Freisassen auskaufen könne, ohne der Gemeinde noch mehr Armenabgaben aufzubürden!

»Aber wo leben die Arbeiter denn jetzt?« fragte ich.

»Die meisten leben ein paar Stunden weit entfernt, so wie Harry«, sagte die alte Frau und band sich die Haube um. »Und wenn sie eine Kate finden, dann leben sie in offenen Dörfern wie in Hougham, wo nur Freisassen wohnen. Aber es ist ein hartes Leben, denn keiner sammelt dort Armenabgaben ein, also gibt's auch keine Unterstützung. Deswegen hab' ich ja auch nicht da bleiben können, als mein Mann gestorben ist.«

»Die Mompessons hätten Sie bleiben lassen sollen«, sagte ich.

Sie drehte sich zu mir um und sagte ernst: »Sagen Sie nichts gegen die Mompessons, Master John! Mein Mann hat ihnen gedient, solange er lebte, und nie anders als mit großem Respekt von ihnen geredet.«

Als die alte Frau aus dem Haus war, rief ich: »Aber es ist nicht recht, wie sie das Gut verwalten! Weißt du, Sukey, wer Land besitzt, der hat auch eine große Verantwortung. Wenn mir das Gut gehören würde, dann wären die Familien glücklich und zufrieden, der Verwalter gerecht und ehrlich, und die Katen würde ich wieder aufbauen lassen und das Land bewässern und den Viehbestand wieder aufstocken und vieles mehr.«

»Ach, das wäre schön, Johnnie. Wenn es doch nur wahr werden würde!«

»Und was würdest du sagen, Sukey, wenn ich dir erzähle, daß mir das Gut vielleicht eines Tages wirklich gehört?«

Zuerst glaubte sie, ich wolle nur meinen Spaß mit ihr treiben, doch als ich ihr ein wenig vom Kodizill und über meine Verbindung zur Familie der Mompessons erzählt hatte, da sah sie, daß ich es ernst meinte.

»Aber weißt du«, schloß ich, »wenn ich das Gut tatsächlich eines Tages besitzen möchte, dann sollte ich mir besser eine Abschrift von meinem Taufeintrag im Kirchenregister machen lassen.«

Ohne zu zögern, gab sie mir das nötige Geld aus ihrem kleinen Lederbeutel und sagte, daß es ihr eigenes Erspartes und nicht Harrys Geld sei. Mit dem Versprechen, ihr meine Schuld später einmal reichlich zu vergelten, eilte ich zurück zur Sakristei.

Mr. Advowson blickte überrascht auf, als er mich wieder eintreten sah, und griff abermals nach seiner Perücke: »Um ehrlich zu sein, junger Mann, ich habe nicht geglaubt, daß ich dich noch mal wiederseh. Aber dann will ich mal schauen, ob ich einen alten Bogen Pergament finden kann.«

Er durchsuchte die neben ihm stehende alte Truhe, doch als er nichts Passendes fand, zog er die älteste Truhe zu sich heran und brachte gleich haufenweise Dokumente und Registerbücher zum Vorschein. Endlich fand er einen Bogen Pergament, dessen untere Hälfte noch nicht beschriftet war.

Er schnitt das unbeschriebene Stück ab, schärfte seine Feder und sagte: »Wir brauchen einen Zeugen, Master Mellamphy. Würdest du bitte draußen nach dem alten Hilfsküster suchen, während ich mich hier an die Abschrift mache? Er arbeitet wahrscheinlich auf dem Friedhof. Außer seinem Namen kann er nichts schreiben, aber in diesem Fall wird das reichen.«

Sorgsam, doch umständlich begann er, das Dokument zu kopieren, hielt seinen Kopf ebenso schief wie die Feder, hatte seine verwünschte Perücke neben sich auf den Tisch gelegt und seine Zunge halb aus dem Mund gestreckt, als wolle er mit ihr aus der Ferne den Lauf der Feder lenken.

Als ich erneut den Friedhof betrat, sah ich am anderen Ende die hohe, wenn auch etwas gebeugte Gestalt des arbeitenden Mannes wieder. Ich ging auf ihn zu, und als er sich umdrehte, erkannte ich überrascht, daß er mir nicht fremd war: Er hielt sich jetzt leicht gekrümmt, und sein Gesicht wies noch mehr Falten auf als früher, doch es war unverkennbar unser früherer Gärtner Mr. Pimlott. Mein Mißtrauen wurde sofort wieder geweckt, und so gab ich mit keinem Zeichen zu verstehen, daß ich ihn erkannt hatte, sondern redete mit ihm wie mit einem Fremden. Als er begriffen hatte, was ich von ihm wollte, stieß er seinen Spaten mit einem unerwarteten und heftigen Ruck in die Erde, und als ich näher hinsah, wollte es mir so vorkommen, als sei dieses Gerät ebenjener berüchtigte Maulwurfspaten von damals.

Ich wandte mich um, und er folgte mir, doch auf einmal sagte er: »Ich hab dich eben schon gesehen, ungefähr vor 'ner Stunde. Du hast dir das Grab dahinten angeguckt.«

Ich drehte mich zu ihm um, und auf seinem Gesicht zeigte sich so etwas wie ein Lächeln: »Was glaubst du denn, ich hab dich doch sofort erkannt, Master Mellamphy!«

Ich gab keine Antwort, und er sagte nichts mehr, bis er die Sakristei betreten und das Dokument unterschrieben hatte, das ihm der Küster vorlegte. Doch dann sah er plötzlich die alte Truhe, die von ihrem üblichen Platz fortgerückt worden war.

»Na, das ist aber seltsam, Mr. Advowson. Diese Rose da auf der Truhe. Die hab ich schon mal gesehen, zweimal schon, um genau zu sein.« Er wandte sich an mich: »Die gleiche Rose ist nämlich da draußen auf dem Grab.«

»Von welchem Grab redest du, Pimlott?« fragte Mr. Advowson ungeduldig.

»Von dem großen unter der Eibe.«

Gewissenhaft schüttete Mr. Advowson den Streusand über das Pergament und achtete kaum auf das, was Mr. Pimlott sagte.

»Und die andere Rose, wo haben Sie die gesehen?« fragte ich.

»Aber das ist ja gerade das Seltsame. Die war aus Silber und auf der Briefmappe von deiner Mam, Master Mellamphy.«

Ich hörte einen eigenartigen Triumph in seiner Stimme mitschwingen, und mir kam es vor, als wolle er deutlich machen, daß er damals am Einbruch beteiligt gewesen war, denn daß er die Briefmappe zuvor je zu Gesicht bekommen hatte, war höchst unwahrscheinlich, da es für ihn niemals einen

Grund gegeben haben dürfte, das Zimmer zu betreten, in dem sie aufbewahrt worden war.

Er verließ die Sakristei, und Mr. Advowson, der mich nachdenklich ansah, gab mir die Abschrift. Ich bezahlte und fragte ihn dann, ob er an Sukey etwas Geld weiterleiten könne, das ich ihm schicken wolle, sobald es mir möglich sei, und er erklärte sich einverstanden.

»Ich glaube, ich kann Ihnen meinerseits auch einen kleinen Gefallen tun, Mr. Advowson«, sagte ich. »Sie sollten vielleicht wissen, daß vor einigen Jahren, als Mr. Pimlott noch für meine Mutter gearbeitet hat, bei uns eingebrochen wurde, und es gibt gute Gründe für die Annahme, daß Mr. Pimlott an diesem Einbruch beteiligt gewesen ist.«

»Ach nein, ist das wahr?« fragte der Küster bestürzt. »Ich werde deine Worte beherzigen, Master Mellamphy. Vielen Dank für die Warnung!«

Ich verabschiedete mich von ihm und eilte zurück auf den Friedhof. Mr. Pimlott war nirgendwo zu sehen, und ich ging geradewegs zu dem alten Grabgewölbe, schob diesmal sehr viel mehr Efeu zur Seite und schabte mit einem Stein, den ich im Gras gefunden hatte, das Moos fort. Und richtig, auf der Oberfläche der mittleren Steinplatte kam das vertraute Zeichen zum Vorschein; der Pflanzenwuchs mußte es schon seit vielen Jahren vor allen Blikken verborgen haben. Auch diesmal handelte es sich nicht um eine einzelne vierblättrige Rose, sondern um fünf Blüten, die angeordnet waren wie die fünf Punkte auf einem Würfel.

Als ich zur Kate zurückkam, gab ich Sukey die Abschrift des Eintrags zur Aufbewahrung, und sie steckte das Papier sorgfältig in den Lederbeutel, in dem sie ihre Ersparnisse aufbewahrte, und verbarg ihn im Reetdach. Ich wollte ihr schon von meiner Begegnung mit Mr. Pimlott erzählen und ihr sagen, was er über den Einbruch angedeutet hatte, doch da ich mich daran erinnerte, daß auch ihr Freund Job in diese Episode verstrickt gewesen war, wollte ich keine schmerzhaften Erinnerungen wachrufen.

Als Sukey und ich – ihre Tante war außer Haus – später mit den Kindern vor dem Feuer saßen und ruhig zu Abend aßen, kam Harry herein.

»Du erinnerst dich doch an Master Johnnie, nicht wahr, Harry?« fragte Sukey vorsichtig.

Er warf mir einen mürrischen Blick zu: »Sicher erinner ich mich an ihn.«

Er setzte sich vors Feuer und begann verbissen, den Sagopudding in sich hineinzulöffeln.

Keiner sagte ein Wort, bis Harry schließlich trotzig verkündete: »Ich geh heute nacht raus.«

»Ach Harry, mir wär's lieber, du würdst das nicht tun.«

»Wann darf ich mal mitgehen, Harry?« fragte Jem und leckte den hölzernen Löffel ab.

Sukey erschauerte.

»Wenn du größer bist und wir was mit dir anfangen können«, sagte Harry bündig. Dann stand er auf: »Ich geh jetzt; ich treff die anderen vorher noch im ›Bull and Mouth‹. Gib mir ein paar Sixpence, Sukey!«

Sukey schaute daraufhin so schuldbewußt drein, daß Harry aufsprang und selbst ins Reetdach griff, wo Sukey den Beutel versteckt hatte. Als er das

Stück Pergament fand, wollte er von Sukey eine Erklärung, und als sie ihm erzählte, daß sie mir Geld geliehen habe, und ihm sagte, weshalb, da schrie er: »Aber dazu hattest du kein Recht. Das Geld gehört mir so gut wie dir.«

»Das stimmt nicht«, sagte sie sanft.

»'ne Menge Geld für so'n Fetzen Papier!« sagte er und funkelte mich wütend an.

»Aber Harry, es war auch nur ein Stück Papier, das uns den Dorfanger weggenommen hat! Das hast du mir selbst oft genug erzählt.«

»Ja, ja, stimmt ja auch«, knurrte er und schien noch wütender als vorher. »Erst recht ein Grund, von so was die Finger zu lassen.« Er starrte mich an, als wäre ich der Übeltäter: »Hat sie dir erzählt, was die Mompessons gezahlt haben, damit ihnen das Parlament erlaubt, eigene Bevollmächtigte als Schiedsleute einzusetzen, damit alles gerecht zugeht? Ha, gerecht! Für unsere Rechte haben wir außer einem kleinen Stückchen braches Land nichts gekriegt, und das Land liegt eine Meile weit von hier und ist zu nichts nutze, also mußten wir es für ein paar Pennies wieder an die Mompessons verkaufen.«

Er sprang auf, tanzte einen Jig, sah mir dabei voll ins Gesicht und sang:

»Das Gesetz bringt jeden hinter Gitter,
Der ein Schaf vom Anger klaut.
Der große Schurke aber braucht nicht zu zittern,
Der dem Schaf den Anger verbaut.«

Die Kinder sprangen auf und begannen, um ihn herumzutanzen. Sie nahmen den Reim auf und änderten die Worte, bis sie zum Takt ihrer klatschenden Hände paßten, während Sukey vergeblich versuchte, sie zum Schweigen zu bringen.

Heftig keuchend stand Harry vor mir: »Aber das schlimmste ist noch, daß sie das Vieh auf dem Land weiden lassen, das sie uns gestohlen haben, statt darauf was anzubauen. Deshalb leben nämlich jetzt die meisten Männer auf Gemeindekosten, und der Lohn für Handlanger ist hier überall mies. Ich hab meine Stelle als Knecht drüben in Mere Bassett verloren, weil der Bauer sich für die Hälfte von dem, was ich krieg, einen Tagelöhner holen kann. Und jetzt bin ich selbst ein Gemeindemann. Jeden Tag werde ich für das Geld verkauft, das der Aufseher für mich rausschlagen kann – wie ein Negersklave. Und das für vier oder fünf Shilling Unterstützung die Woche.«

»Aber das ist ja schrecklich«, sagte ich. »Die Bauern sollten nicht so habgierig sein.«

Er lachte verärgert auf: »Warum sollen sie dagegen sein, wenn ihnen die Steuerzahler die Löhne für ihre Arbeiter zahlen? *Ich* wär auch nicht dagegen. Nimm, was du kriegen kannst, und der Teufel hol die letzten! sag ich immer.« Er schwieg, dann lachte er verwegen und fuhr fort: »Und ich nehm mir, was ich krieg, daß kannst du mir glauben. Auch wenn's heutzutag immer gefährlicher wird. Ein Karnickel in der Schlinge auf dem alten Anger kann dir schon lebenslänglich Strafkolonie einbringen.«

»Aber das kann doch nicht sein!« rief ich.

Harrys Lächeln verschwand, und wütend fauchte er mich an: »Weißt du denn nicht, was mit unserm Dad passiert ist?«

»Nein«, sagte ich.

»Auf dem Land von den Mompessons haben sie ihn geschnappt; in 'ner Fußangel. Das Bein war halb abgeschlagen, und die Nacht und fast den ganzen nächsten Tag hat er in der Falle gesteckt. Wie ein Fuchs oder ein Maulwurf. Sie mußten ihm das Bein abnehmen, und dann haben sie ihn auch noch eingelocht. Später haben sie ihn nach Norfolk Island verschifft, und da ist er dann an Flecktyphus krepiert.«

Damit waren einige Rätsel gelöst, und bekümmert wandte ich mich an Sukey: »Also deshalb hat der Brief damals so lange gebraucht!«

Sie nickte.

»Aber das ist doch einfach nicht gerecht!« rief ich.

»Master Johnnie hat mir eben erklärt«, sagte Sukey, »wie man die Dinge zum besten Nutzen für alle einrichten könnte.«

Harry schnaubte verächtlich: »Humbug! Die Reichen nehmen sich, was sie kriegen können, genauso wie die Armen. Die Mompessons bestehlen mich, und ich bestehl die Mompessons. Sie können sich freilich das Recht kaufen, damit es auf ihrer Seite ist, und das ist der einzige Unterschied.«

»Master Johnnie meint, daß jeder dem anderen helfen kann und daß wir dann alle besser dran wären.«

»Das würd er nicht sagen, wenn er reich wär.«

»Aber Master Johnnie hat gesagt«, rief Sukey, ehe ich es verhindern konnte, »daß ihm vielleicht eines Tages das Land der Mompessons gehört. Deshalb wollte er ja auch eine Abschrift vom Taufregister.«

»Was?« rief Harry, warf sich herum und musterte mich aufmerksam. »Wie soll denn das möglich sein?

Ich zögerte, sagte dann aber schließlich: »Ich glaube, der Vater meiner Mutter hatte einen Anspruch auf das Gut, wurde aber darum betrogen.«

Harry starrte mich an und pfiff leise durch die Zähne: »Soso. Aber wenn dies Dokument hier soviel wert ist wie das ganze Gut der Mompessons, dann schuldest du mir und Sukey ja eigentlich einen Teil.«

»Und ich verspreche euch, ich zahle euch das Geld, das ihr mir geliehen habt, hundertfach zurück«, sagte ich.

»Hundertfach?« rief er. »Du solltest uns besser dafür einen Anteil am Besitz geben. Sagen wir: ein Drittel!«

»Aber das ist nicht recht, Harry!« protestierte Sukey.

»Doch, ist es wohl! Schließlich haben wir ihm mehr als ein Drittel von allem Geld gegeben, das wir besitzen, und da ist es nur gerecht, wenn er uns ein Drittel von seinem Vermögen gibt.« Er sah mich mit verschlagenem Lächeln an: »Wie bei einer Spekulation. Und wer spekuliert, der kriegt sein Geld doch anteilsmäßig ausgezahlt, nicht wahr?«

»Aber du nennst deine Bedingungen erst nach Geschäftsabschluß!« widersprach ich.

»Du hättest das Geld auch genommen, wenn ich hiergewesen wäre und dir die Bedingungen vorher genannt hätte«, sagte er und wollte in diesem Punkt nicht nachgeben.

Weil ich dachte, daß Harry dann vielleicht Grund genug hatte, die Abschrift für mich aufzubewahren, die er andernfalls möglicherweise vernichten würde, erklärte ich mich schließlich mit seinen Bedingungen einverstanden.

»Schreib's unter die Abschrift«, drängte mich Harry.

Als ich einwendete, daß ich weder Feder noch Tinte zur Hand hätte, mischte er ein wenig Ruß, den er von der Wand abkratzte, mit Wasser und reichte mir einen spitzen Zweig. Damit schrieb ich dann unter Mr. Advowsons sorgsame Kanzleischrift: »Ich, John Mellamphy, verspreche hiermit, Harry Podger und Sukey Podger ein Drittel des Huffam-Besitzes abzutreten, falls ich ihn einmal erbe. So wahr mir Gott helfe.« Dann unterschrieb ich. Sukey versteckte den Beutel wieder an der alten Stelle, und kurz darauf verließ Harry die Kate.

Er war noch nicht zurück, als ich mich am nächsten Morgen von Sukey verabschiedete. Ich reiste auf die gleiche Art wie zuvor, kam aber jetzt rascher voran, da ich nach dieser Rast ausgeruht war und mich meine wachsende Sorge vorantrieb.

Einige Tage später löste sich ein weiteres kleines Rätsel – zumindest glaubte ich, daß meine Vermutung stimmte –, denn als ich spät am Abend durch Hertford ging, kam ich am »Blue Dragon« vorbei, wo die Kutsche vor Jahren auf der Fahrt nach London einen Zwischenhalt eingelegt hatte. Ich entdeckte auf einem Ladenschild den Namen HENRY MELLAMPHY, GEMÜSEHÄNDLER. Ich erinnerte mich, daß mir meine Mutter erzählt hatte, wie sie sich unseren Namen zufällig und aus eben einem solchen Anlaß ausgesucht hatte, und während ich auf der Suche nach einer ruhigen Scheune für die Nacht weiterwanderte, fiel mir wieder ein, wie aufgewühlt sie damals gewirkt hatte, als sie hörte, daß wir in Hertford eingetroffen seien. Lag hier etwa die Erklärung für unseren Namen?

Als ich am nächsten Morgen mit der Dämmerung aufstand, sah ich über dem südlichen Horizont eine dunkle Wolke stehen, obwohl das Wetter prächtig war. Ich kam nur langsam voran und blickte immer wieder zum fernen Horizont. Die dunkle Wolke war der Rauch über London, der sich wie ein großer, staubfarbener Berg erhob und am Fuße und in der Mitte düster aussah, am Rand aber, wo er sich im unendlich klaren Himmel auflöste, eher fahl und bläulich wirkte. Und als sich die Abenddämmerung senkte, glühten die Silhouetten der vor mir liegenden Hügel in einem unirdischen Licht, denn der gashelle Glanz des großen Babylon überspannte nun den ganzen Horizont. Ich schlief in jener Nacht wieder in einer Scheune, und als ich mich am nächsten Tag müde weiterschleppte, änderte sich das Wetter. Am späten Nachmittag erklomm ich schließlich Highgate Hill und sah hinunter auf das dunkle Nebelmeer, in dem die vielen Lichter glitzerten. Irgendwo in dieser Wüste war meine Mutter. Doch wie sollte ich sie inmitten dieser riesigen und verwirrenden Ödnis finden?

Am elften November, kurz vor Mittag, passierte ich den Archway, und knapp eine Stunde später, mit elf Pence und zwei Farthing in meiner Tasche, stand ich vor dem Schlagbaum an der New Road.

In der Hoffnung, daß meine Mutter sich vielleicht noch immer bei Mrs.

Fortisquince aufhalten würde, hatte ich beschlossen, zuerst dorthin zu gehen. Ich wollte jedoch Mrs. Fortisquince nichts von meiner Anwesenheit wissen lassen, da ich sonst riskiert hätte, den Vorteil zu verlieren, unerkannt in London zu sein. Ich betrat also eine Papierwarenhandlung und trennte mich im Tausch gegen ein Blatt Papier, eine Feder und etwas Tinte von einem Penny. Da ich Zeit genug gehabt hatte, den Brief bereits in Gedanken zu formulieren, konnte ich ihn jetzt rasch hinschreiben:

An Mrs. Mellamphy:
Ich bin in London. Wenn Du kannst, komm so bald wie möglich oder schicke jemanden zu dem Kirchhof, auf dem wir uns damals nach Verlassen der Orchard Street ausgeruht hatten.
Sukey läßt Dich herzlich grüßen.

Ich unterschrieb nicht, faltete das Papier, machte mich auf den Weg zum Haus am Golden Square und schob den Brief unter der Tür durch. Dann ging ich auf den kleinen Kirchhof und wartete im kalten Regen. Ich blieb den ganzen Abend dort und auch die folgende Nacht und den nächsten Tag, bis ich sicher war, daß meine Mutter den Brief nicht erhalten hatte. Dann suchte ich – mit größter Vorsicht, da ich fürchtete, daß mir dort jemand auflauerte – die Wohnungen aus unseren ersten Tagen in London auf. Doch weder Mrs. Marrables noch ihre Dienerschaft hatte etwas von meiner Mutter gehört, das gleiche galt für Mrs. Philliber in der Maddox Street. Mit wachsender Besorgnis eilte ich daraufhin nach Westminster in die Orchard Street, traf dort jedoch eine fremde Familie an, die nichts davon wußte, daß meine Mutter und ich uns einmal ebendieses Zimmer mit Miss Quilliam geteilt hatten. Verzweifelt und fast im Laufschritt durchquerte ich die Stadtmitte, klopfte an die Küchentür von Mrs. Malatratts Haus und sah das kleine Dienstmädchen die Tür öffnen und zurückschrecken, sobald sie mich erkannte. Doch als ich nach Miss Quilliam fragte, erzählte sie mir, daß meine Freundin seit damals, als sie ihr den Brief für mich gegeben habe, nicht wieder hier gewesen sei.

»Nein«, sagte sie, »seit sie sich damals ihre Kleider abgeholt hat, habe ich nie wieder was von ihr gehört.«

»Hatte sie Kleider in den Kisten?« fragte ich.

»Ja«, seufzte sie. »So wunderschöne Seidenkleider habe ich noch nie zuvor gesehen.«

Wie kam Miss Quilliam an solche Kleider, fragte ich mich, nachdem ich mich verabschiedet hatte.

Bis auf eine letzte Möglichkeit hatte ich jetzt alles ausprobiert, was mir eingefallen war, und dieser letzten Chance ging ich nur äußerst ungern nach. Doch schließlich machte ich mich auf den Weg zum Gough Square Nr. 5, denn an die Adresse konnte ich mich glücklicherweise noch erinnern.

Nachdem ich an die Hoftür geklopft hatte, wurde mir von einem jungen Dienstmädchen geöffnet.

»Ich suche eine Frau«, begann ich.

»Was willst du von ihr?« fragte sie.

»Sie ist meine Mutter«, sagte ich. »Ich bin überraschend vom Land zurück in die Stadt gekommen, und sie weiß nicht, daß ich hier bin.«

Das Mädchen sah mich neugierig an: »Ist sie eine von den Kleiderdamen?«

Ich wußte nicht, was sie damit meinte, also antwortete ich: »Wahrscheinlich wohnt sie hier im Haus. Ihr Name ist Mrs. Mellamphy.«

»Namen bedeuten bei uns nicht viel«, sagte sie. »Und außerdem sind sie hier alle ›Miss‹. Aber in diesem Haus wohnt keine, die so heißt. Am besten beschreibst du sie mir.«

Ich beschrieb meine Mutter, doch das Mädchen schüttelte den Kopf: »Die Beschreibung paßt auf keine der Frauen, die alt genug sind, um deine Mutter zu sein. Sie paßt noch am ehesten auf Miss Quilliam, aber die ist viel jünger.«

»Miss Quilliam?« rief ich aus. »Wohnt sie hier?«

Das Mädchen sah mich etwas mißtrauisch an: »Kennst du sie wirklich? Ich komme nämlich in böse Schwierigkeiten, wenn du lügst.«

»Ich kenne sie wirklich«, sagte ich. »Außerdem weiß sie wahrscheinlich, wo meine Mutter ist. Bitte, laß mich zu ihr!«

»Woher soll ich denn wissen, daß du sie tatsächlich kennst?«

»Sie heißt mit Vornamen Helen, oder etwa nicht?«

Das Mädchen hob die Schultern: »Das kann ich dir nicht sagen. Aber ich glaub dir trotzdem. Ich kann dich allerdings nicht zu ihr hinaufgehen lassen.«

»Dann bitte sie doch herunter! Sie kommt bestimmt, wenn du ihr sagst, daß John Mellamphy ganz dringend mit ihr sprechen möchte.«

»Mrs. Purviance mag es nicht, wenn sie nach unten gehen«, erklärte das Mädchen. »Ich verlier meine Stelle, wenn sie davon erfährt. Ich riskier's jedoch trotzdem. Aber versprich mir, daß du nichts anrührst, während ich weg bin!«

Ich gab ihr mein Wort, und mit einem letzten Blick über die Schulter stieg das Mädchen die Treppe hinauf. Sie war tapferer und hilfsbereiter als so mancher Soldat.

Ich mußte lange warten, bis sie wieder herunterkam, gefolgt von Miss Quilliam, die einen Augenblick auf dem Treppenabsatz stehenblieb, als sie mich sah, und, ohne den Blick von mir abzuwenden, zu dem Mädchen sagte: »Betsy, das war sehr gut von dir. Würdest du nun bitte so freundlich sein und uns für eine Weile allein lassen?«

Betsy ging in die Spülküche, und in den nächsten Minuten hörten wir sie mit Töpfen und Pfannen herumhantieren.

Selbst im trüben Licht der Küche konnte ich erkennen, daß sich Miss Quilliams Lebensumstände seit unserer letzten Begegnung sehr verändert haben mußten. Sie trug ein wunderschönes, mit Spitze abgesetztes Seidenkleid, und sobald ich dieses Kleid sah, überfiel mich die Erkenntnis wie ein schrecklicher Schock, und alles ergab plötzlich einen Sinn. Eigentlich hatte ich die Wahrheit schon seit einiger Zeit gewußt, nur konnte ich sie jetzt nicht länger vor mir verheimlichen.

Im Halbdunkel konnte ich nicht sehen, ob Miss Quilliam etwas Rouge aufgetragen hatte oder ob das schlechte Gewissen allein sie erröten ließ.

Es fiel uns beiden schwer, etwas zu sagen. Endlich faßte sie sich: »Ich hoffe nicht, daß du mir vorwerfen willst, ich hätte euch verraten, als ihr mich beauftragt habt, Sir Perceval aufzusuchen. Wenigstens in diesem einem Punkt bin ich ganz unschuldig.«

»Das weiß ich.«

Sie sah mich überrascht an.

»Ich habe kürzlich etwas erfahren, das mir diesen Vorfall in völlig anderem Licht zeigt. Ich kann es in einer Minute erklären, doch sagen Sie mir zuerst bitte, ob Sie etwas von meiner Mutter wissen. Ich habe sie aus den Augen verloren.«

Sie starrte mich einen Moment lang an: »Ich fürchte, ich habe keine gute Nachricht für dich.«

»Sie meinen, sie ist ...?«

»O nein! Sie lebt, und es geht ihr gut, oder doch zumindest den Umständen entsprechend. Ich will dir erzählen, was in der Zwischenzeit geschehen ist. Ich ging damals zu Sir Perceval und sprach mit ihm und mit Lady Mompesson. Sie reagierten so, wie deine Mutter es erwartet hatte. Sie riefen ihren Notar, Mr. Barbellion, vertrauten ihm eine große Summe Geldes in Banknoten zum Kauf des Dokumentes an und trugen ihm auf, mich zu unserer Wohnung zu begleiten. Als ich entdeckte, daß ihr beide geflohen wart – und vergiß nicht, ich hatte keine Ahnung, warum ihr fortgelaufen seid –, regte sich Mr. Barbellion schrecklich darüber auf, daß ich ihn zu diesem vergeblichen Besuch veranlaßt hatte. Und ich will auch noch betonen, daß er mir kein Geld gegeben hat. Jedenfalls war ich nun völlig mittellos. Ich verkaufte alles, was ich noch besaß. Einige Dinge gehörten deiner Mutter, und ich schulde euch Geld für diesem Anteil, aber ich kann dir jetzt nichts geben, da ich trotz dieser prächtigen Kleider keinen Penny mein eigen nenne. Schließlich entschloß ich mich, in dieses Haus zu kommen und Mrs. Purviance' Gastfreundschaft anzunehmen.«

Mir kam es vor, als zuckte sie schaudernd zusammen.

»Jedenfalls ist es besser als das, was mich sonst erwartet hätte. Immerhin genieße ich hier einen gewissen Schutz.«

»Und was ist mit meiner Mutter?«

»Vor zwei Wochen habe ich sie kurz gesehen.«

»Wo?«

Sie sah mich ernst an: »In diesem Haus.«

Mit schmerzverzogenem Gesicht wandte ich mich ab.

»Mach ihr deswegen keine Vorwürfe!« sagte Miss Quilliam. »Sie kam zu Mrs. Purviance, um sie um Hilfe zu bitten, und als sie mich in der Eingangshalle traf, beschuldigte sie mich, sie verraten zu haben. Ihre Worte überraschten mich, doch ich sah ein, daß es besser war, fortzugehen, ohne mich vor ihr zu rechtfertigen. Sie kam wirklich in aller Unschuld hierher und glaubte, daß Mrs. Purviance ihr aus bloßer Wohltätigkeit etwas zu essen und ein Dach über dem Kopf geben würde. Später erzählte Mrs. Purviance mir, daß Menschen, die deine Mutter für Freunde gehalten hatte, sie belogen und betrogen haben und daß sie von ihrem Geld nichts übrigbehalten hat.«

»Und wo ist sie jetzt?«

»Mrs. Purviance führt ein zweites Haus ganz in der Nähe. Soweit ich weiß, ist sie noch immer dort.«

»Sagen Sie mir bitte die Adresse.«

»East Harding Street Nr. 12.«

Als sie sah, daß ich gleich fortwollte, sagte sie zu mir, als wäre es eine Art Lebewohl: »Es freut mich, daß deine Mutter erfahren wird, daß ich sie nicht verraten habe. Ich wünschte mir nur, ich könnte dir etwas Geld geben. Aber ich habe nichts. Ich verhungere hier nicht, das ist alles. Wenn ich etwas Geld hätte, würde ich sofort das Haus verlassen, und Mrs. Purviance weiß das sehr wohl.«

»Darf ich Sie hier wieder besuchen?« fragte ich.

»Ich will dir und deiner Mutter helfen, so gut ich es eben kann«, antwortete sie. »Aber ich fürchte, ich werde dazu bald nicht mehr in der Lage sein. Mrs. Purviance möchte, daß ich nach Paris gehe. Und ich bin jetzt ganz und gar in ihrer Hand.«

Wir sagten uns Lebewohl, und ich drehte mich um. So rasch ich konnte, eilte ich zur East Harding Street und bezog gegenüber von Haus Nr. 12 Posten. Nach geraumer Zeit sah ich eine gut gekleidete und damenhafte junge Frau das Haus in Begleitung eines Dienstmädchens verlassen. Gemeinsam gingen sie die Straße hinunter, doch dann blieb das Dienstmädchen immer weiter zurück, bis die beiden, als sie um die Ecke bogen, überhaupt nicht mehr zusammenzugehören schienen. Eine weitere halbe Stunde verging, und eine junge Frau kam in Begleitung eines Herrn zum Haus. Sie zogen an der Glocke und wurden rasch eingelassen. Die Tür blieb noch einen Moment lang offen, und ein Mann, der wie ein Lakai aussah und dem Paar gefolgt zu sein schien, schlüpfte hinter ihnen ins Haus, ehe sich die Tür wieder schloß.

Es wurde dunkel, und während ich weiterhin das Haus beobachtete und wartete, machte der Laternenanzünder langsam seine Runde und lehnte seine Leiter umständlich an jeden einzelnen Laternenpfahl. Eine dritte junge Frau erschien, wie die letzte von einem Gentleman begleitet und wiederum von jemandem gefolgt, diesmal von einer älteren Frau. Der Herr, der die zweite Frau begleitet hatte, verließ das Haus. Etwas später kam auch ebendiese Frau wieder auf die Straße, gefolgt von einem Dienstboten. Doch ich hatte genug gesehen.

Dann kam noch ein Paar die Straße entlang und stieg schließlich die Stufen zum Haus hinauf. Es war nicht leicht, bei diesem Licht und auf diese Entfernung etwas deutlich zu erkennen, doch mir schien die Gestalt trotz der ungewohnten Kleidung bekannt vorzukommen. Eilig ging ich über die Straße und lief auf das Haus zu, als der Mann an der Türglocke zog. Die Frau hatte eine schöne Haube auf. Sie trug unter ihrem Mantel ein seidenes Kleid, dazu einen eleganten Schirm und eine Handtasche aus ineinandergeflochtenen Kettenringen. Das Paar stand mit dem Rücken zu mir, während es darauf wartete, bis man ihm die Tür öffnete. Der Herr beugte sich zur Dame hinunter und flüsterte ihr etwas ins Ohr. Ich hörte, wie sie mit einem koketten Lachen antwortete: einem gräßlichen Lachen, falsch und schrill, und es klang besonders gräßlich für mich.

»Mama!« rief ich.

Ein entseztes Gesicht kehrte sich zu mir um: Die Augen glänzten unnatürlich, die Augenbrauen waren nachgezogen und die Wangen ungeschickt mit Rouge gefärbt. Unter all der Farbe und dem Puder jedoch waren ihre Wangen hohl, die Augen fiebrig.

Sie wich einige Schritte vor mir zurück und hob halb ihren Arm, als wolle sie ihr Gesicht verdecken: »Johnnie!«

Wie ich sie so im Licht einer nahen Straßenlaterne sah, erschien sie mir wie eine Fremde – grell angezogen und herausgeputzt –, und doch erkannte ich sie so deutlich und klar wie selten zuvor.

»Was machst du hier in London?« rief sie.

Ich glaube, sie begriff nur, daß ich es war und daß ich hier und nicht einige hundert Meilen weiter nördlich war, doch ihr fiel nicht auf, wie ärmlich ich angezogen war.

»Laß mich!« sagte sie. »Geh dorthin zurück, wo du in Sicherheit bist!«

Ich schüttelte den Kopf, unfähig, auch nur ein Wort hervorzubringen.

»Geh!« sagte sie. »Ich bin jetzt nicht deine Mutter.«

»Was ist denn los?« fragte der Herr an ihrer Seite. »Wer ist dieser Junge?«

In diesem Augenblick wurde die Tür von einer finster dreinblickenden Dienstmagd geöffnet. »Kommen Sie bitte herein!« sagte sie, und es klang eher wie ein Befehl als wie eine Einladung.

Der Gentleman zögerte und sah aus, als wolle er gleich ins Haus gehen.

»Geh zurück zur Schule!« sagte meine Mutter, drehte sich um und wollte über die Schwelle treten.

Ich trat einen Schritt vor und faßte sie am Arm. »Komm mit mir!« sagte ich. »Du hast es nicht nötig, da reinzugehen.«

»Was soll dieses Theater?« sagte der Gentleman verärgert.

»Kommen Sie herein, Miss Ringelblume!« sagte die Magd scharf.

Meine Mutter zauderte und sah mich furchtsam und etwas beschämt an. »Du weißt, was aus mir geworden ist?« Sie rang nach Atem.

»Liebe ...« sagte ich, »... liebe Mutter, laß uns von hier fortgehen!«

»Wollen Sie wohl hereinkommen!« knurrte die Magd.

»Nein«, antwortete meine Mutter.

»Ich versteh das alles nicht«, sagte der Gentleman mit vor Ärger lauter Stimme. »Aber wenn das ein Trick ist, um ...«

»Was ist hier los, Annie?« fragte Mrs. Purviance, die plötzlich hinter der Magd aufgetaucht war. »Ich will keine Szene mitten auf der Straße.«

»Sie will nicht reinkommen«, sagte die Magd.

»Ach, so ist das«, sagte Mrs. Purviance. Ihr Blick fiel auf mich, und ich glaube, sie begriff gleich, was vor sich ging. Überrascht sah ich, wie sie über unsere Köpfe hinweg im Dämmerlicht der Straße Ausschau hielt. »Edward!« rief sie leise.

Im gleichen Augenblick kam ein kräftiger, großer Mann, der wohl nur wenige Schritte entfernt auf Posten gestanden hatte, hinter uns die Stufen herauf.

Als der Gentleman den Mann sah, ging er die Treppe hinunter und sagte: »Wird höchste Zeit, daß ich von hier verschwinde.«

»Warten Sie doch, mein Herr! Ich bitte Sie!« rief Mrs. Purviance, doch er eilte die Stufen hinunter und über die Straße. »Bring sie herein, Edward! Und schick den Jungen fort!« befahl sie mit sanfter Stimme.

»Nein, ich geh nie wieder in dieses Haus«, sagte meine Mutter. »Komm, Johnnie!«

»Lauf, Mama!« rief ich.

Sie drehte sich um, doch Edward versperrte ihr mit ausgestreckten Armen den Weg.

»Nicht in diesem Kleid«, sagte Mrs. Purviance.

Sie und die Dienstmagd packten meine Mutter, und als ich vorstürzte, um ihr zu helfen, faßte mich Edward von hinten mit so hartem Griff, daß mir die Arme weh taten.

»Bring den Jungen herein!« befahl Mrs. Purviance. »Er macht mir zuviel Lärm. Wir haben schon einen Kunden verloren.«

»Hilfe!« schrie meine Mutter.

»Bring sie zur Ruhe!« zischte Mrs. Purviance, und die Magd versuchte, meiner Mutter mit einer Hand den Mund zuzuhalten.

»Wehr dich nicht, Mama!« sagte ich. »Sie wollen doch nur deine Kleider.«

Ich war mir allerdings keineswegs sicher, daß sie tatsächlich nur die Kleider wollten, doch ich hatte Angst vor dem, was sie ihr antun mochten, wenn sie nicht aufhörte, Widerstand zu leisten. Man schleppte uns in den Flur und schlug hinter uns die Tür zu. Meine Mutter, die immer noch von den beiden Frauen festgehalten wurde, schluchzte und weinte laut, und entsetzt sah ich, wie Mrs. Purviance ihr hart ins Gesicht schlug. Ich versuchte, mich zu befreien, konnte aber nicht aus Edwards Griff ausbrechen, dessen eine Hand sich fest um mein Kinn klammerte, um mich am Schreien zu hindern.

»Da hinein, rasch!« sagte Mrs. Purviance, und man schob uns vom Flur in eins der angrenzenden Zimmer. Sie zündete eine Gaslampe an und schloß die Tür. »Laßt sie los!« befahl sie, und meine Mutter und ich konnten uns wieder frei bewegen. »Nun, Miss Ringelblume«, sagte sie, »ich kann nicht glauben, daß du vorhast, die Sicherheit dieses Hauses zu verlassen. Du weißt, was dich erwartet. Du erinnerst dich doch noch daran, wie ich dich aufgelesen habe?«

Meine Mutter schluchzte.

»Nun? Ja oder nein?«

Meine Mutter nickte.

»Du weißt doch, was mit dir passiert, wenn du die Bannmeile und meinen Schutz verläßt«, fuhr Mrs. Purviance fort. »Außerdem habe ich dafür gebürgt, daß du nicht fortläufst, und den entsprechenden Anteil deiner Schulden bezahlt. Hast du das schon vergessen? Siebzig Pfund insgesamt für die Vollmacht und das Geld für den Aufseher im Gefängnis. Wie willst du mir das zurückzahlen? Du glaubst doch wohl selbst nicht, daß dein bisheriger Verdienst auch nur annähernd den Unkosten nahekommt, die ich deinetwegen bisher schon gehabt habe? Für Miete und Unterhalt allein sind schon zwanzig Pfund fällig. Aber ich bin eine großzügige Frau. Du kannst gehen, wenn du mir so meine Barmherzigkeit vergelten willst, mit der ich dich aufgenommen habe, als du ohne einen Penny und verzweifelt dastandst. Wenn du jedoch wirklich gehen willst, dann gehst du, wie du gekommen bist: mit nichts. Haben wir uns verstanden?«

»Ja«, flüsterte meine Mutter. »Von diesem Haus möchte ich auch nichts. Ich wollte, ich hätte es nie betreten. Sie haben mich getäuscht, Mrs. Purviance.«

»Du wärst sonst gestorben«, sagte Mrs. Purviance verächtlich. »Edward, bleib mit dem Jungen hier! Und du, Annie, geh mit ihr und achte darauf, daß sie alles daläßt, jeden Penny! Ich muß jetzt nach meinen Gästen sehen.«

Nachdem die drei Frauen mich mit Edward allein gelassen hatten, setzte sich dieser neben die Türe und zog eine Zeitung heraus, die er im Lampenlicht studierte. Nach ein paar Minuten schaute er auf, grinste und sagte: »Glaub bloß nicht, daß sie nicht gewußt hat, worauf sie sich da einließ.« Er leckte sich die Lippen. »Die ist vom Fach, das hab ich gleich gesehen.«

Ich stürzte mich auf ihn, um ihm die Faust ins Gesicht zu schlagen, aber er packte mich und bog mir den Arm auf den Rücken, bis ich mich vor Qual auf dem Teppich wand. Dann erst ließ er mich in Ruhe.

Nach wenigen Minuten kamen meine Mutter und Annie zurück. Die einfache Dienstbotenkleidung meiner Mutter stand in seltsamem Kontrast zu ihrer Schminke.

Gleich darauf trat Mrs. Purviance ein und fragte Annie: »Hat sie alles dagelassen?

»Ja, Ma'am«, antwortete das Mädchen, »alles bis auf ein Notizbuch, aber da ist kein Geld drin.«

Mrs. Purviance streckte meiner Mutter einen Arm entgegen: »Laß es mich sehen!«

»Nein, es gehört mir!« protestierte meine Mutter.

Mrs. Purviance warf warnend Edward einen Blick zu. »Zeig es mir!«

Meine Mutter zog das mir so wohlvertraute Buch aus der Bluse und blätterte es rasch so durch, daß man sehen konnte: Es war leer. Nur mit dem Daumen hielt sie etwas fest.

»Und was ist das?« wollte Mrs. Purviance wissen.

»Nur ein Brief und ein Stadtplan«, erwiderte meine Mutter.

Mrs. Purviance prüfte beides genau. »Gut«, sagte sie schließlich.

»Können wir nun gehen?« fragte ich, da Edward und Annie immer noch die Tür bewachten.

»Sofort«, zischte Mrs. Purviance, ehe sie sich zu meiner Mutter umwandte. »Ich dachte immer, ich wüßte genug von der Niedertracht des menschlichen Herzens«, sagte sie, »aber du hast mir noch eine Lektion in Sachen Undankbarkeit erteilt, Miss Ringelblume. Ich bot dir jede erdenkliche Chance, als du ohne alles zu mir kamst, und so revanchierst du dich!«

Meine Mutter stand nur blaß und mit weit aufgerissenen Augen da.

»Komm!« sagte ich und nahm sie bei der Hand.

»Wenn du die Bannmeile verläßt, giltst du als entsprungener Sträfling«, drohte ihr Mrs. Purviance. Dann nickte sie ihren Bediensteten zu, die die Tür öffneten und uns hinausließen.

49. KAPITEL

Es war inzwischen schon ziemlich dunkel geworden, und obwohl ein steter Nieselregen fiel, schien heftiger Wind aufkommen zu wollen. Vor dem Haus wandte sich meine Mutter mit verzagter und ängstlicher Miene zu mir um, und ich umarmte sie, küßte sie auf die Wange und schmeckte dabei auf meinem Mund das Rouge. Dann sahen wir uns an. Sie wirkte blaß und mager, doch unter dem Rouge schienen ihre Wangen in gesundem Rot zu leuchten.

Ich verspürte ein seltsames Gefühl der Macht, weil ich wußte, daß sie nun unter meinem Schutz stand.

»Wenigstens warst du immer in Sicherheit«, sagte sie. »Aber ich hatte einfach nicht den Mut, dem Hungertod untätig ins Auge zu sehen. Ich muß dir alles erzählen ...«

»Später«, sagte ich. »Jetzt müssen wir uns erst mal eine Unterkunft suchen.«

»Ich hab kein Geld«, sagte sie.

»Ich hab ein bißchen«, sagte ich, dabei besaß ich gerade noch fünf Pence und einen halben Penny.

Auf gut Glück machten wir uns auf den Weg, doch schon nach wenigen Schritten hielt sie mich wieder an und fragte bestürzt: »Wie siehst du eigentlich aus? Du läufst ja in Lumpen herum!« Und mit wachsender Besorgnis in der Stimme drängte sie: »Was ist geschehen? Warum bist du überhaupt hier in London?«

Es wird sich später noch genug Zeit finden, dachte ich, für Erklärungen, die ihr doch nur Kummer bereiten. »Wir müssen zuerst einen Unterschlupf finden«, beharrte ich deshalb. »Es ist bald Nacht.«

»Nein, Johnnie!« rief sie erregt. »Ich will erst wissen, was passiert ist. Sieh dich doch nur einmal an! Du bist ja schrecklich abgemagert!«

»Später«, sagte ich. »Ich habe eine Idee: Wir gehen zu Sir Perceval. Schließlich liegt es doch auch in seinem Interesse, daß es uns gutgeht.«

Zumindest sollte er um unser Leben besorgt sein, seit unser Feind das Kodizill in der Hand hatte, aber das sollte meine Mutter jetzt noch nicht erfahren. Ich sprach nicht weiter, da meine Mutter mich entsetzt anstarrte. Erst jetzt fiel mir das fiebrige Rot ihrer Wangen auf, das ich unter dem Rouge für eine gesunde Farbe gehalten hatte.

»Sir Perceval?« wiederholte sie.

»Was ist denn los, Mama?« fragte ich.

»Sir Perceval? Nein, da gehen wir nicht hin«, brach es heftig aus ihr heraus. »Ich war bei ihm, und man hat mir die Tür gewiesen.«

»Also gut«, lenkte ich ein, war über diese Neuigkeit aber sehr erstaunt. All mein Mißtrauen gegenüber den Mompessons und mein Unbehagen angesichts der Tatsache, daß Mr. Steplight alias Sancious in ihrer Kutsche bei Mrs. Fortisquince vorgefahren war, kehrten nun mit Macht zurück. Und dennoch konnte ich mir keinen Reim darauf machen, da es doch das ureigenste Anliegen der Mompessons sein mußte, uns am Leben zu wissen. Es konnte einfach nicht stimmen, was meine Mutter gesagt hatte. »Aber wir müssen doch irgendwohin!«

»Aber wohin?« fragte sie.

»Was bleibt uns noch«, erwiderte ich, »außer dem Armenhaus? Wenn man uns aufnimmt, heißt das.«

»Nein!« rief sie und blieb abermals stehen. »Nicht das Armenhaus! Man würde uns voneinander trennen.«

»Aber wir haben doch keine andere Wahl!« sagte ich.

»Es gibt immer noch den Fluß«, sagte sie leise.

Ich hatte von den Brückenbogen unterhalb des Adelphi-Gebäudes gehört, einem Ort der letzten Zuflucht. »Aber Mama, da ist das Armenhaus doch immer noch besser. Christchurch liegt in Spitalfields; das ist gar nicht weit von hier.« Mir war wieder eingefallen, daß sie im Stadtteil Spitalfields gemeldet war.

Sie sah mich erschreckt an. »Nein!« rief sie. »Da wäre ich nicht sicher.«

»Aber warum denn nicht?« wollte ich wissen und mußte daran denken, wie entsetzt sie ausgesehen hatte, als Miss Quilliam vom Armenhaus gesprochen hatte.

»Frag mich nicht!« rief sie und lief einige Schritte voraus, doch plötzlich stolperte sie und wäre beinahe hingefallen.

»Aber du bist völlig entkräftet und krank!« rief ich ihr nach. »Da müssen wir doch erst recht jemanden um Hilfe bitten.«

»Nur«, sagte sie, »wenn du mir erzählst, was passiert ist. Im Armenhaus trennen sie uns, sobald wir dort sind.«

Ich wagte nicht, ihr zu widersprechen. Und so berichtete ich, während wir weiterwanderten, von der Schule und von meiner Flucht. Dann sagte ich ihr – zu meinem ewigen Bedauern, doch ich war zu müde, um die Folgen zu überdenken, und wollte sie nur nicht länger in dem Glauben lassen, daß Miss Quilliam uns verraten habe –, was ich in Melthorpe erfahren hatte, daß nämlich Mr. Barbellion Sir Percevals Notar war.

»Du siehst also«, schloß ich, »sie ist, wie versprochen, zu Sir Perceval gegangen, und der hat uns Mr. Barbellion geschickt, um uns das Kodizill abzukaufen.«

Von fiebriger Panik gepackt, hatte meine Mutter bereits ihre Schlüsse gezogen. Bestürzt hörte ich sie sagen: »Aber das bedeutet ja, daß Mr. Steplight für unseren Feind arbeitet! Deshalb also haben sie mich so schlecht behandelt. Mr. Pentecost hat doch recht gehabt!«

»Was soll das heißen? Wer hat dich schlecht behandelt? Was hat Mr. Pentecost dir gesagt? Ich dachte, du hättest nie mit ihm geredet?«

Doch sie achtete nicht auf mich. Ihr war noch etwas eingefallen, und sie stierte mich mit wilder Miene und aus unnatürlich strahlenden Augen an: »Silas hat das Kodizill! Das hat Mr. Assinder also gemeint!«

»Erzähl mir von Silas! Wer ist er? Und wer ist Mr. Assinder?« fragte ich, obwohl ich mir sicher war, den Namen erst kürzlich schon einmal gehört zu haben.

Doch sie achtete nicht auf mich: »Wir sind in schrecklicher Gefahr! Er will uns umbringen! Was mein Vater immer befürchtet hat, nun ist es wahr geworden! Und ich habe es ihm auch noch selbst gegeben!«

»Meinst du Silas Clothier?« wollte ich wissen, da ich mich wieder an den

Namen eines im Kodizill genannten Nutznießers erinnerte.

Aber sie hörte mich nicht. Ich brannte darauf, sie nach dem Namen meines Vaters – Peter Clothier – zu fragen, den ich im Taufregister entdeckt hatte.

»Was für eine Närrin bin ich doch gewesen!« rief sie. Dann sah sie die Straße zurück, die wir gekommen waren: »Wir werden verfolgt!« schrie sie auf.

Sie lief immer schneller, und obwohl sie am Ende ihrer Kräfte war, hatte ich doch Mühe, mit ihr mitzuhalten.

»Niemand folgt uns«, keuchte ich.

»Doch, doch! Silas und seine Agenten, die wissen, daß ich da war. Und Mrs. Purviance gehört auch zu ihnen.«

»Mama«, sagte ich, »Mrs. Purviance gehört bestimmt nicht zu ihnen – nicht zu unseren Feinden. Weißt du denn nicht mehr, daß wir sie erst durch Miss Quilliam kennengelernt haben?«

Doch als ich diesen Namen nannte, zuckte meine Mutter zusammen: »Die hat uns verraten!«

»Nein, hat sie nicht«, widersprach ich. »Das habe ich dir doch gerade erklärt.«

»Hat sie wohl«, schrie meine Mutter. »Ich hab sie in Mrs. Purviance' Haus getroffen. Sie hatte schöne Kleider an, und das Geld dafür hat sie von unserem Feind.«

Ich sah ein, daß es sinnlos war, in diesem Zustand vernünftig mit ihr reden zu wollen. Und im selben Augenblick begann ich auch, mich zu fragen, wer von uns beiden eigentlich recht hatte: Spielten Miss Quilliam und Mrs. Purviance vielleicht doch ihre Rolle in einer allumfassenden Verschwörung gegen uns? Bissett, Mr. Sancious alias Steplight, Mrs. Fortisquince und, wenn auch gänzlich ohne sein Verschulden, sogar Stephen Maliphant: Alle waren sie schließlich auf die eine oder andere Art in einen Plan verwickelt, von dem mir bislang verborgen geblieben war, wer ihn eigentlich ersonnen hatte und welchem Ziel und Zweck er diente.

»Wir müssen ihnen entkommen!« rief meine Mutter und lief die Straße hinunter.

Da ich nichts anderes tun konnte, rannte ich neben ihr her, und sie griff nach meiner Hand.

Und als wisse sie, wohin sie eilte, bog sie in eine dunkle Gasse ein. Der Weg war uneben, und die nassen Pflastersteine erschwerten das Laufen.

»Wir sollten vorsichtig sein«, sagte ich. »In diesen Straßen können auch noch andere Gefahren auf uns lauern.«

Sie hielt meine Hand so heftig umklammert, daß es mir weh tat: »Nichts ist so gefährlich für uns wie unser Feind«, rief sie.

Vielleicht war sie zu erschöpft, oder sie hatte nicht auf den Weg geachtet, jedenfalls hatten wir schon fast das Ende der unbeleuchteten Straße erreicht, als sie plötzlich stolperte, auf das nasse Pflaster stürzte und meine Hand losließ.

Ich half ihr wieder auf und drückte sie an mich. Ich war inzwischen fast genauso groß wie sie. »Uns droht keine Gefahr, Mama. Wir sind nur müde und hungrig. Wir müssen etwas zu essen und für die Nacht einen Schlafplatz finden. Und wir sollten nach dem Weg zum Armenhaus in Spitalfields fragen.«

Sie starrte mich aus weit aufgerissenen Augen an: »Du verstehst das nicht. Silas hat überall seine Spione. Wenn wir dorthin gehen, hat er uns sofort gefunden.«

Jetzt glaubte ich endlich zu verstehen, warum sie solche Angst vor dem Armenhaus hatte und warum sie sich weigerte – wie ich von Mr. Advowson wußte –, den Namen der Gemeinde preiszugeben, in der sie gemeldet war: Dadurch würde ihr Feind sie aufspüren können.

»Aber irgendwo müssen wir doch hin«, protestierte ich.

»Ich will nur, daß du in Sicherheit bist, Johnnie. Mein Leben ist nicht mehr wichtig. Ich verabscheue mich.«

»Nein, nicht doch«, sagte ich, »so darfst du nicht reden!«

»Schnell«, rief sie, »oder sie holen uns ein!«

Wieder lief sie davon, und ich rannte hinter ihr her.

Ich weiß nicht, wie lange wir so durch die Straßen hasteten. Immer wieder sah sich meine Mutter gehetzt um, schien aber kaum wahrzunehmen, ob ich ihr noch folgte oder nicht. Ich verlor jegliche Orientierung, während wir durch ungepflasterte und unbeleuchtete Gassen eilten, über düstere Höfe mit ihren stinkenden Abfallhaufen oder durch Straßen rannten, die vom Gaslicht gleißend hell erleuchtet waren und in denen sich, obwohl es schon sehr spät war, noch immer Menschenmengen um Marktbuden drängten. Einmal liefen wir in eine Sackgasse, und entsetzt, als fürchte sie, in eine Falle gelaufen zu sein, kehrte meine Mutter wieder um.

Dann stürzte sie noch einmal; diesmal jedoch war sie zu erschöpft, um wieder aufzustehen. Beinahe erleichtert richtete ich sie auf und merkte, daß ich sie stützen mußte. Jetzt erst erkannte ich, daß sich etwas Tiefgreifendes in ihr verändert hatte, und ich fühlte, wie eine kalte Hand nach meinem Herzen griff. Wie hatte ich nur denken können, daß sie gesund aussah? Sie wirkte nur etwas jünger, weil sie so mager war, noch magerer als vor unserer Trennung.

Das fiebrige Glühen der letzten Stunden war einer dumpfen Benommenheit gewichen, und ihre Augen blickten verschwommen wie in weite Ferne. Im Licht einer Straßenlaterne schaute sie mich ganz seltsam an, als sei sie sich nicht sicher, wer ich eigentlich war.

Dann klärte sich ihre Miene auf und wurde lebhaft vor Freude: »Peter?« fragte sie. »Bist du's?«

»Nein, Mama, ich bin's, Johnnie«, antwortete ich, doch sie schien mich nicht zu hören.

»Ach, Peter, du warst so lange fort. Du hättest mich nicht allein lassen sollen, das war nicht schön von dir. Ich hatte Angst und hab mir Sorgen gemacht.«

Sie wischte sich den Mund mit dem Ärmel ab, und ich sah, wie sich ein dunkler Fleck auf dem Stoff ausbreitete.

»Du hast Blut gespuckt«, sagte ich.

»Blut!« rief sie, starrte mich voll Grauen an und wich vor mir zurück: »Wessen Blut ist das?«

»Ist dir das vorher schon einmal passiert?« fragte ich beunruhigt.

»Ist es«, flüsterte sie entsetzt, »ist es *sein* Blut?«

Der Wind hatte sich gelegt, und der Regen hatte aufgehört, und doch spürte ich, daß sich das Wetter nur eine Atempause gönnte, um sich zu schlimmerem Ansturm zu rüsten. Ich mußte rasch einen Platz finden, an dem wir Zuflucht und etwas Ruhe finden würden. Ich blickte die Straße entlang und sah einen Arbeiter, der sich uns näherte.

Ich hielt ihn an und fragte: »Können Sie mir bitte sagen, wie diese Straße hier heißt?«

»Field Lane.«

Ich hatte eine vage Vorstellung davon, in welcher Gegend Londons diese Straße lag.

»Dann sind wir nicht weit von Hatton Garden?«

Er nickte.

»Und von Mitre Court?« fragte ich, denn mir fiel wieder ein, daß Mrs. Sackbutt, jene freundliche Frau, die wir auf der Suche nach den Digweeds getroffen hatten, Mitre Court als einen Ort beschrieben hatte, an dem man sehr billig übernachten könne.

Er sah mich neugierig an: »Das stimmt. Willst du etwa dorthin?«

»Ich wollte, wir müßten nicht dorthin«, antwortete ich.

»Peter«, sagte meine Mutter plötzlich. »Ich hab dein Medaillon verloren. Ich kann nichts dafür.«

»Denk jetzt nicht daran«, sagte ich.

»Aber ich muß immer daran denken. Es tut mir so leid. Aber ich hab mich nicht getraut, da wieder hinzugehen.«

Der fremde Mann sagte: »Sie sieht ziemlich erledigt aus. Ist sie deine Mutter?«

Ich nickte.

Er zeigte den Weg zurück, den er gekommen war: »Geht bis zum Ende der Straße, und biegt dann rechts ab nach Holborn. Geht geradeaus bis zum Ely Place, dann seht ihr links eine schmale Gasse zwischen zwei Häusern. Aber was wollt ihr dort eigentlich?«

»Einen trockenen Platz für ein oder zwei Pence, wo meine Mutter sich hinlegen und eine Nacht lang schlafen kann. Gibt es das dort?«

»Wahrscheinlich«, sagte er. »Keiner weiß, wem diese Häuser eigentlich gehören, aber irgend jemand wird schon kommen und euch Geld abnehmen, da kannst du sicher sein.«

»Ich hab Angst vor deinem Vater«, fuhr meine Mutter unbeirrt fort.

Der Mann warf mir einen mitleidigen Blick zu: »Dein Alter ist wohl ein harter Brocken, wie? Aber habt ihr denn keine Freunde? Oder ein bißchen Penunze?«

»Nein, keine Freunde und nur ein paar Penny«, erwiderte ich ihm.

»Ich glaub, es gibt ein Gewitter. Deine Mutter sieht so krank aus, daß sie bestimmt ein paar Tage in die Pflegestation vom Armenhaus aufgenommen wird, wenn ihr hier Armenrecht habt. Willst du sie nicht lieber dahin bringen?«

»Nein, sie hat Angst vor dem Armenhaus.«

»Dann ist Mitre Court eure letzte Hoffnung. Aber es ist ein übler Ort. Trau niemandem dort!« Er griff in seine Tasche: »Ich hab keine Arbeit und muß eine Familie ernähren, aber ich glaub, ihr seid noch schlimmer dran als ich.«

Er holte einen Penny hervor und besah ihn sich einen Moment lang, dann suchte er noch nach einem zweiten, drückte mir beide rasch in die Hand und eilte davon.

Meine Mutter hatte von alldem nichts wahrgenommen. Ruhelos strich sie mit der Hand über meinen ausgefransten Mantelkragen und sah mich mit brennenden Augen an: »Warum ist dein Mantel zerrissen, Peter? Und woher kommt das Blut?«

Mein Mantel war sicherlich zerrissen, aber es war kein Blut an ihm. Sanft befreite ich mich von ihrer Hand.

»Komm«, sagte ich. »Wir müssen hier lang.«

Als wir uns auf den Weg machten, sagte sie mit schmeichelnder Stimme: »Du wirst mich doch nie wieder allein lassen, nicht wahr, Peter?«

»Nein«, sagte ich. »Nie wieder.«

»Bringst du mich jetzt nach Hause? Wird Vater nicht böse sein? Du hast dich doch nur aus Spaß mit ihm gestritten, oder?«

Ich hielt es für besser, ihr nicht zu widersprechen: »Ja, natürlich. Und jetzt gehen wir nach Hause.«

Wir hielten uns an die Anweisungen, die mir der Mann gegeben hatte, und bogen, während der Wind wieder an Heftigkeit zunahm, vom Ely Place in eine enge und lärmende Gasse ein.

Faulig aussehende Holzstützen, die an den Häusern lehnten, als suchten sie nach einem Halt, versperrten den Durchgang.

Ängstlich fragte meine Mutter: »Bist du sicher, daß dies der richtige Weg ist, Peter? Ich erkenne ihn gar nicht wieder.«

»Aber ja doch, jetzt komm schon!« beruhigte ich sie.

Das Rookery bestand aus drei oder vier verkommenen Gebäuden, die einstmals zum Palast des Bischofs von Ely gehört hatten. Die Hauptgebäude – abgesehen von der alten Kapelle, die auf der nördlichen Seite angrenzte – hatte man eingerissen, um für den Ely Square Platz zu machen, doch über dem Torbogen, der am Ende der Gasse auf den Platz führte, waren auf dem verblichenen Wappen noch immer der Schlüssel des Bischofs und seine Mitra zu erkennen.

Meine Mutter blickte auf und lächelte, als sie das Wappen entdeckte: »Oh, dies muß der Platz beim Northumberland House sein, nicht wahr?«

Ich nickte, denn ich erinnerte mich daran, daß sie die Straßen in der Nähe des Charing Cross, wo dieser große Herrschaftssitz stand, wiedererkannt hatte. Das Haus ihres Vaters mußte ganz in der Nähe gewesen sein.

Aus überquellenden Regenrinnen floß das Wasser an den Hauswänden herab und bildete an der tiefsten Stelle des Hofes einen See, durch den wir hindurchwaten mußten. An Schutt- und Abfallbergen vorbei, die uns nahezu den Weg versperrten, betraten wir eins der Häuser. Die Tür war aus den Angeln gerissen, und der Flur lag düster vor uns. Ich versuchte es an der ersten Zimmertür, und nach einer Weile wurde sie von einem grimmig dreinblickenden Mann geöffnet, der uns wütend anfunkelte. Über seine Schulter hinweg sah ich Männer vor einem Feuer sitzen, die unruhig zu uns herübersahen.

»Wir suchen eine Bleibe für die Nacht«, sagte ich.

Er warf nur kurz seinen Kopf in den Nacken, um anzudeuten, daß wir die Treppe hinaufsteigen sollten, und schlug die Tür wieder zu.

Ich nahm meine Mutter bei der Hand, und wir gingen nach oben. Die Treppe war verfallen und die Stufen an einigen Stellen bereits eingebrochen, so daß es ziemlich gefährlich sein mußte, sie im Dunkeln zu benutzen. Auf dem nächsten Stockwerk fragte ich an allen Türen, wurde aber nur mit Flüchen fortgejagt. In der Etage darüber stand schließlich ein stoppelbärtiger und nach unverdünntem Gin stinkender Mann in der halbgeöffneten Tür und sagte: »Da drüben, bei der Zecher-Zelda, ist noch 'ne Ecke frei. Ein Penny pro Nacht für jeden.«

Ich gab ihm die Münzen, und er ließ uns ins Zimmer. Als erstes fiel mir der widerwärtige Gestank auf. Der Raum war groß, hatte aber eine niedrige Decke, unter der sich schwere, mit kunstvollem, doch überall abbröckelndem Stuck verzierte Balken langzogen. Der Putz hatte sich an vielen Stellen gelb verfärbt, teilweise war er sogar noch feucht, und in einer Ecke war die Zimmerdecke gänzlich eingebrochen. Der Raum wurde nur von einem einzelnen Kienspan erhellt, der über dem Kamin brannte und in dessen schwachem Licht ich mehr als ein Dutzend Menschen in Gruppen zu dritt oder viert auf dem Boden liegen sah. Es schien kaum noch ein Platz frei zu sein.

Neben dem Kamin, in dem nur ein spärliches Feuer glomm, hatten drei Frauen, ein Mann und eine Anzahl Kinder ihr Lager aufgeschlagen. In der Mitte des Zimmers schliefen ein Mann und eine Frau auf einer Schütte Stroh, und eine alte Frau hockte in einer Ecke bei den Fenstern, von denen das eine mit ramponierten Läden verschlossen war, während man das andere dort, wo die Scheiben fehlten, mit Lumpen und Papier zugestopft hatte.

Der Mieteintreiber, der uns eingelassen hatte, gesellte sich zu drei trinkenden Männern am anderen Ende des Zimmers.

Ich führte meine Mutter in die Ecke, die man uns angewiesen hatte, gleich neben der eingestürzten Decke.

Sie sah sich um und sagte: »Das tut gut, endlich wieder in seinem eigenen schönen Zimmer zu sein.«

Wir hatten nichts: weder Matratze noch Kissen, keine Decken und auch keine trockenen Kleider, in die wir jetzt hätten schlüpfen können. Ich wollte sie überreden, sich auf den nackten Boden zu legen; er war zwar dreckig, aber immerhin trocken. Sie achtete aber gar nicht auf mich und führte eine lebhafte Unterhaltung mit Leuten, die sich in ihrer Phantasie im gleichen Raum aufhielten.

Die alte Frau hatte uns beobachtet und kam jetzt mit einem Binsenlicht, das sie angezündet hatte, zu uns herübergeschlurft. Sie roch nach billigem Fusel und tagealtem Schmutz und war von unbestimmbarem Alter: Ihre Nase berührte beinahe das spitze Kinn, aus ekligen Pickeln im Gesicht wuchsen ihr weiße Haarbüschel, und ihre Kleider glichen einem wandelnden Haufen dreckiger Wäsche.

Sie musterte meine Mutter, die jetzt lächelte und mit der Hand über meine Jacke strich.

»Liebster Peter, ich hatte einen ganz dummen Traum. Du wirst lachen, wenn ich ihn dir erzähle. Und doch war er so schrecklich, daß ich gar nicht darüber lachen kann.«

»Wie geht's uns denn, mein hübsches Paar?« fragte die Alte. Meine Mutter lächelte sie an. »Die alte Zelda heißt euch freundlich willkommen. Vor wem lauft ihr davon, daß ihr euch hier verkriechen müßt? Vorm Vater? Vorm Ehemann?«

»Vater und Ehemann!« griff meine Mutter die Worte auf. »Liebster Vater, ich sehe, du hast wieder alles so zurechtgerückt, wie es vorher war.«

»Seid ihr auf der Hochzeitsreise?« drängte die alte Frau. »Ist heut euer Hochzeitstag?«

»Aber ja!« rief meine Mutter. »Wir haben heute geheiratet.«

Grinsend hielt mir die alte Vettel das Licht ins Gesicht: »Und dies ist der hübsche junge Bräutigam?« Dann wich sie gackernd zurück: »Aber«, rief sie, »der ist ja noch ein Junge! Wollt ihr die alte Zelda vielleicht zum Narren halten? Schäm dich!« rief sie neckisch. »Du Schelm! Die alte Zelda so an der Nase herumzuführen.« Dann grinste sie mit zahnlosem Mund, beugte sich über meine Mutter und sagte: »Na, ich glaub, ich weiß schon, woran's liegt. Bin ich doch ein Dummkopf, daß ich's nicht gleich geraten hab.« Sie schnüffelte übertrieben deutlich. »Du hast dir einen schönen Tag gemacht, meine hübsche Kleine, das hast du doch, nicht wahr?«

Meine Mutter sah sie verdutzt an.

»Ich will wetten, daß dich ein freundlicher Gentleman heut ausgehalten hat. Hast du nicht noch ein Schlückchen für die alte Zelda übrig?«

Ich versuchte, die alte Frau fortzuscheuchen. »Laß sie in Ruhe!« sagte ich. »Ihr geht's nicht gut.«

Die Alte hörte auf zu lächeln und sah mich an: »Ist sie deine Mutter?«

Ich nickte.

»Arme Kleine. Sieht ja leichenblaß aus. Aber Zelda wird sich um sie kümmern.«

Sie humpelte fort und kam gleich darauf mit zwei Decken voller Löcher und einem Haufen Lumpen zurück. Ich legte die eine Decke auf den Boden, damit meine Mutter nicht auf den bloßen Dielen saß, und die andere hängte ich ihr um die Schultern. Ich konnte sie zwar nicht dazu überreden, sich hinzulegen, aber wenigstens machte sie es sich etwas bequem, hörte dabei aber nicht auf, sich ununterbrochen mit ihren herbeiphantasierten Gesprächspartnern zu unterhalten.

»Sie braucht etwas zu essen«, flüsterte ich.

Die alte Frau zuckte mit den Achseln: »Zelda hat auch nichts.« Dann schielte sie zur Gruppe neben dem Kamin: »Aber Zelda kann betteln.«

Sie humpelte zum Kamin, und ich sah, wie sie heftig gestikulierend auf die Leute einredete, bevor sie mich zu sich winkte. Es waren Iren, und sie sprachen kein Englisch. Einer der Männer war, wie sich herausstellte, ein sehr altes Weiblein, das mit ernster Miene im Kreis der anderen saß, im Mundwinkel eine Tonpfeife, ganz so, als säße sie noch immer daheim im

Torfcottage. Die anderen Frauen murmelten etwas auf irisch, dann hielt mir die ältere ein Stück Brot und eine kleine Schüssel Milch hin, wollte aber den Penny nicht nehmen, den ich ihr dafür anbot.

Trotz aller Überredungskünste konnte ich meine Mutter nur dazu bringen, ein oder zwei Mundvoll zu essen. Statt dessen redete sie ständig mit sich selbst, wandte sich aber immer wieder an mich und hielt mich dabei für einen anderen.

Sie sah mich aufmerksam an: »Bist du's wirklich, lieber Vater? Ich hatte solche Angst. Laß mich heute nacht hierbleiben!«

Draußen war der Wind immer heftiger geworden, und plötzlich prasselten die ersten Regentropfen wie eine Handvoll Kieselsteine gegen die Fenster. Ich mußte daran denken, wie oft ich im Winter in meiner kleinen Kammer in Melthorpe gelegen hatte, während vor den Fenstern ein Sturm heulte und meine Mutter manchmal zu mir kam, um mich zu trösten.

»Muß ich wirklich?« rief sie verzweifelt, und ihre Stimme klang fast wie die eines Kindes und nicht wie die einer erwachsenen Frau. »Aber ich will nicht. Was soll ich mit einem Mann? Ich will, daß alles so bleibt, wie es ist.« Mit einemmal schien sie jemandem aufmerksam zuzuhören, dann drehte sie sich um und sah mich an, als würde sie sich langsam wieder an mich erinnern: »Peter?«

In diesem Augenblick erhellte ein Blitz das Zimmer, und Sekunden später war der Donner zu hören.

»Schlaf jetzt!« sagte ich.

»Ja, schlafen. Es war so eine lange Reise dorthin und wieder zurück. Aber wo ist der nette Mr. Escreet? Ich will ihm sagen, wie sehr ihr mich alle erschreckt habt. Da ich nun weiß, daß alles nur Spaß war, werde ich bestimmt endlich einschlafen können.«

»Ja, meine Kleine«, sagte die alte Zelda, »schlaf nur, dann fühlst du dich morgen gleich wieder wie neugeboren.«

Meine Mutter schien die alte Frau plötzlich zum erstenmal zu bemerken: »Wer bist du?« rief sie erschreckt. Dann schmollte sie und fragte etwas ruhiger: »Bist du meine Aufpasserin?«

»Also warst du auch im Gewerbe?« gackerte die Alte. »Nein, meine Liebe, bin ich nicht. Obwohl ich zu meiner Zeit auch mal zu den Kleiderdamen gehört habe. Und später war ich dann Aufpasserin. Über kurz oder lang landen wir da schließlich alle, nicht wahr?«

»Ich kann bei dem Gewitter nicht schlafen«, sagte meine Mutter mit kindlicher Stimme, denn jetzt tobte das Unwetter draußen mit aller Macht. Der Wind rüttelte an den Fenstern, und der Donner rollte und krachte wie Kanonengetöse, beinahe so, als wären wir mitten auf einem Schlachtfeld.

»Gib mir etwas, damit ich einschlafen kann, Helen!« bat meine Mutter die alte Frau. »Ich versprech dir, ich werd Johnnie nichts davon sagen.«

»Zelda entgeht nichts. Zelda hört, daß ihr was Besseres seid«, antwortete die alte Vettel. »Nun, meine Kinder, als Zelda noch ein Mädchen war, da wurd sie von ganz vornehmen Männern ausgehalten. Da hielt sie Salon bei Mutter Kelly in der Arlington Street. Da war sie ganz was Feines und ging sogar mit dem Sohn von 'nem Baronet«, sagte sie, legte dabei geziert den

Kopf zur Seite und wirkte auf äußerst groteske Weise kokett. »Sie wohnte in der Bond Street, hatte Seidenkleider und fuhr in der Kutsche runter zum Piccadilly, und die Menge auf der Straße starrte der hübschen Zelda nach.« Doch trübsinnig fuhr sie fort: »Und dann ist er am Schanker krepiert, der arme Teufel, war übersät mit erdbeergroßen Geschwüren – die einzigen Kennzeichen eines Baronets, die er in seinem Leben je erkennen ließ! –, sonst wär ich jetzt vielleicht eine Lady.«

So oder so ähnlich plapperte die Alte endlos weiter, doch erleichtert sah ich, daß meine Mutter trotz des Geschwätzes und des heftigen Gewitters den Kopf gegen den Lumpenhaufen lehnte und die Augen schloß.

Einmal blickte sie kurz auf und flüsterte mit der Alten, doch die antwortete: »Nein, meine Kleine, hab ich nicht. Und ich hab auch keine Piepen und kann dir nichts kaufen.«

Endlich schien meine Mutter jedoch in einen fiebrigen Schlaf zu fallen, murmelte vor sich hin und öffnete sogar manchmal die Augen, um mit jemandem zu reden, den sie an ihrer Seite wähnte.

Da unterbrach sich Zelda auf einmal und sah mich mit durchdringendem Blick an: »Hast du Zaster?«

Ich schüttelte den Kopf.

»Hast du reiche Freunde?«

Ich war mir nicht sicher, wie ich darauf antworten sollte: »Meine Mutter hat welche. Und wenn sie wieder gesund ist, dann gehen wir zu ihnen.«

Sie starrte mich an, dann humpelte sie plötzlich ohne ein weiteres Wort davon. Einige Augenblicke später sah ich sie aus dem Zimmer gehen. Ich legte mich auf die bloßen Dielen neben meine Mutter und war fest entschlossen, wach zu bleiben und auf sie aufzupassen.

Wegen des Gewitters war an Schlaf auch gar nicht zu denken, denn der Wind schlug immer wieder so erbarmungslos über dem Haus zusammen wie Wellen, die gegen die Klippen anbranden. Ich hörte, wie nur wenige Fuß über meinem Kopf die Pfannen vom Dach gerissen und einer Handvoll Spielkarten gleich durch die Luft geschleudert wurden, ehe sie zu Boden prasselten. Dann tropfte es auch noch durch die eingestürzte Decke über uns, gleich darauf kam bereits ein steter Wasserstrahl, und es dauerte nicht lange, da war der ganze Boden unter uns naß.

Einige Zeit später kam die alte Frau zurück. Irgendwo mußte sie Geld aufgetrieben haben, denn sie hielt einen Steinkrug in der Hand, aus dem sie hin und wieder einen Schluck nahm. Sie grölte alte Lieder, und dann meinte sie, die Männer und Frauen im Zimmer sollten tanzen. Zu den zuckenden Blitzen und dem rollenden Donner schritt sie unbeholfen zwischen den auf dem Boden zusammengekrümmten Schläfern umher, summte sich laut ein Menuett als Begleitung, und machte schließlich, allen Charme jener fünfzig oder sechzig Jahre zurückliegenden Zeit aufbietend, einen grotesken Knicks vor einem unsichtbaren Partner.

»Hör auf damit, du verdammte alte Hexe!« schrie einer der Männer, die mit dem Mieteintreiber tranken. Doch seine Kumpane klatschten in die Hände und feuerten sie mit obszönen Aufforderungen an.

Sie tanzte weiter, stolperte und taumelte zwischen den Schläfern vor dem

Feuer umher. Ein junger Ire rief ihr etwas zu und zeigte auf die jüngste der drei Frauen, die in anderen Umständen – sogar in sehr hohen – war. Doch die alte Vettel lachte nur und drehte sich, schwang den Krug und humpelte tanzend durchs Zimmer.

Als sie über eins der irischen Kinder stolperte, sprang der junge Ire auf und schlug ihr ins Gesicht. Sie stürzte sich auf ihn und holte mit dem Krug aus, um ihn zu treffen, doch er packte das Gefäß und schleuderte es fort. Die Alte raffte sich wieder auf und beschimpfte ihn wie eine Gossenkatze, die einen Hund anfaucht. Meine Mutter murmelte etwas und öffnete kurz ihre Augen, dann schlief sie weiter.

Endlich legte sich die Alte auf einen Haufen Lumpen in der Ecke, fluchte zunächst noch leise vor sich hin und begann dann bald darauf, laut zu schnarchen.

Trotz des Gewitters und meines Vorsatzes, wach zu bleiben, muß ich wohl eingeschlafen sein; der Tag war einfach zu anstrengend gewesen.

50. KAPITEL

Als ich aufwachte, wußte ich nicht mehr, wo ich war. Ich hob den Kopf und sah mich um. Es war noch früh am Morgen, und durch die schmutzigen Fenster fiel das erste Licht. Im Kamin leuchtete die Glut, doch erst als ich im fahlen Dämmerlicht die schlafenden Gestalten sah, erinnerte ich mich wieder an all das, was geschehen war. Es regnete noch immer, und der Wind blies ums Haus, doch das Gewitter hatte seine Kraft verausgabt. Ich drehte mich auf die andere Seite und sah erfreut, daß meine Mutter mich aufmerksam und ruhig betrachtete, fast so, als wäre nichts gewesen. Sie lag halb aufgerichtet gegen die Wand gelehnt, ihr Kopf ruhte auf dem Lumpenbündel.

Auf ihrem Gesicht lag ein eigenartiger Ausdruck. Während der Nacht war eine Veränderung mit ihr vorgegangen, und ich wußte nicht, ob dies Gutes oder Schlechtes verhieß. Sie hatte offenbar ihr seelisches Gleichgewicht wiedergefunden, doch ihre Augen lagen tiefer in den Höhlen, die Wangenknochen traten stärker hervor, und ihre Lippen schienen schmal und beunruhigend blaß. Sie sagte etwas, doch ich verstand sie nicht. Da erst merkte ich, wie schwach sie war und wie sehr sie das Sprechen anstrengte.

»Sag nichts!« riet ich ihr, stand auf und ging zu ihr. »Du mußt mit deinen Kräften haushalten.«

Sie versuchte, einen Arm zu heben, um mich zu sich hinunterzuziehen, doch sie war zu schwach dazu. Ich setzte mich und nahm ihre Hand.

»Ich muß noch etwas erledigen«, brachte sie schließlich heraus.

»Später«, sagte ich. »Morgen ist auch noch ein Tag.«

Mühsam schüttelte sie den Kopf und sprach dann so leise, daß ich mich über sie beugen mußte, um sie verstehen zu können: »Versprich mir«, sagte sie, »daß du niemals zum Haus gehst!«

»Zu welchem Haus?« fragte ich, aber sie wollte mir nicht antworten. »Meinst du das alte Haus von deinem Vater? Aber ich weiß doch gar nicht, wo es ist! Sag mir, wo ist es?«

Sie schwieg.

»Warum soll ich nicht hingehen?« drängte ich.

Sie schüttelte nur den Kopf.

»Sag's mir, bitte!«

»Vielleicht will er dir was antun.«

»Wer? Von wem sprichst du?« fragte ich.

Mit großer Anstrengung stieß sie noch einmal die Worte hervor: »Versprich es mir!«

»Wie kann ich dir etwas versprechen, wenn ich nicht weiß, was ich verspreche?« sagte ich. »Und warum soll ich es gerade jetzt versprechen?« Noch während ich sie dies fragte, begriff ich plötzlich: »Nein, Mama! Nicht doch! Es kommt schon alles wieder in Ordnung.«

Sie ließ ihren Kopf zurücksinken, doch gleich darauf versuchte sie, noch einmal zu reden: »Mein Notizbuch«, flüsterte sie schließlich.

Ihre Hand, mit der sie nach der Tasche in ihrer Bluse tastete, glich auf widerwärtige Weise der Tatze eines gefangenen Tieres. Ich half ihr und zog das kleine ledergebundene Tagebuch hervor, das ich schon so oft bei ihr gesehen hatte. Der Teil des Stadtplans, den ich ihr seinerzeit gegeben hatte, fiel zu Boden, und dann schien noch ein gefaltetes Papier oder ein Brief im Buch zu stecken. In mir kämpften die widersprüchlichsten Gefühle. Würde sich nun endlich jenes Geheimnis lüften, dessen Aufdeckung sie mir so lange vorenthalten hatte? Ich zeigte ihr das Buch.

Sie nickte mir kaum merklich zu und wandte ihren Kopf dann zum Kamin. »Verbrenn es!« sagte sie.

Meine Brust zog sich zusammen, und ich rang nach Atem.

»Nein!« rief ich.

»Bitte, Johnnie!«

Ich schüttelte den Kopf und starrte sie entsetzt an. Sollte ich denn niemals die Wahrheit über meine Herkunft erfahren?

»Dann gib es mir!«

Ich reichte ihr das Buch, und mit zittriger Hand blätterte sie die Seiten durch, bis sie gefunden hatte, was sie suchte. Dann griff sie sich eine Anzahl Seiten und versuchte, sie herauszureißen. Es kostete sie viel Kraft, ehe es gelang, und dann lehnte sie sich erschöpft zurück.

Sie gab mir die herausgetrennten Seiten und sagte: »Dann verbrenn wenigstens die hier!«

Ich ging zum Kamin, in dem noch etwas Glut lag, und schob die Seiten in die Asche. Als ich mich umschaute, sah ich, daß meine Mutter mich beobachtete, also stieß ich die Blätter tiefer in die rote Hitze, so daß sie Feuer fingen und aufflammten. Nachdem ich zugesehen hatte, wie die Worte sich auf dem verkohlten Papier silbern verfärbten, ging ich zurück und kniete mich neben meine Mutter.

»Mein Liebling«, flüsterte sie, ihre Worte waren kaum noch zu verstehen, »ich will dich nicht so zurücklassen.«

»Das wirst du doch auch nicht«, sagte ich aufgebracht. »Was redest du denn da!« Etwas ruhiger fügte ich dann hinzu: »Versuch jetzt zu schlafen! Es ist noch sehr früh. Sobald es Tag ist, hole ich uns etwas zu essen. Ich habe noch etwas Geld.«

Tatsächlich hatte ich noch die fünf Pence und einen halben Penny. Wenn die ausgegeben sind, dachte ich, müssen wir auf der Straße betteln gehen, falls wir nicht jenen Weg einschlagen, der mir am nächstliegenden und sichersten erscheint: »Ich weiß, Mama, daß du es abgelehnt hast, Sir Perceval um Hilfe zu bitten, aber das hast du gestern gesagt, als du so durcheinander und verängstigt warst. Aber du verstehst doch, nicht wahr, daß es in seinem Interesse liegt, uns wohlauf zu wissen? Also wird er uns doch auch helfen, unserem Feind zu entkommen, um sicher und verborgen irgendwo leben zu können. Das siehst du doch ein, nicht wahr, Mama?« fragte ich noch einmal.

Sie murmelte etwas vor sich hin, und ich beugte mich wieder über sie, um sie besser verstehen zu können: »Nein«, sagte sie leise.

»Doch«, beharrte ich. »Ich kenne mich da besser aus als du. In dieser einen Sache jedenfalls hat Mr. Steplight recht gehabt: Sir Perceval will, daß es uns gutgeht, besonders jetzt, wo unser Feind das Kodizill in Händen hält. Jetzt hör mir gut zu! Wir werden ihn bald aufsuchen und ihn um Hilfe bitten. Wir werden gar nicht viel Geld von ihm fordern, höchstens ein paar hundert Pfund im Jahr. Für einen so reichen Baronet ist das doch gar nichts.«

Es war inzwischen beinahe Tag geworden, und die ersten Schläfer regten sich. Von ihrer Ecke aus beobachtete uns die Zecher-Zelda.

Plötzlich richtete sich meine Mutter auf und sah mich mit schrecklich durchdringendem Blick an: »Das ist doch Unsinn! Warum sagst du so etwas? Mr. Assinder hat mir erzählt, daß sich Sir Perceval und seine Frau keinen Deut um uns kümmern. Denen ist es egal, ob wir leben oder nicht.« Ein heftiger, tief in ihrer Brust sitzender Husten schüttelte sie. »Glaubst du denn auch, daß ich dumm bin?« keuchte sie. »Muß mich denn alle Welt belügen?«

»Ich verstehe dich nicht, Mama. Ich bin's, Johnnie. Ich habe dich doch nicht belogen!«

»Ich weiß, wer du bist«, sagte sie, noch immer mit demselben Blick. »Du hast mich schon immer verachtet und für eine Närrin gehalten.«

»Nein, habe ich nicht!« rief ich.

Dann spuckte sie so heftig Blut, als würde sie sich übergeben, und entsetzt sah ich, wie es zwischen den Fingern hervorquoll, als sie sich die Hand vor den Mund hielt.

Ich griff nach ihrem Arm, den ich mit meiner Hand beinahe ganz umfassen konnte, so dünn war er geworden.

»Laß mich in Ruhe!« hauchte sie und schüttelte mich ab.

Sie sah sich mit wildem Blick um, doch ihre Augen schienen seltsam ins Leere zu starren. Und bei diesem Bild des Grauens fiel mir jener Tag wieder ein, an dem die Jungen in Melthorpe die gefangene Katze zu Tode gesteinigt hatten. Blut troff meiner Mutter vom Kinn, und ihre Lippen waren blau angelaufen.

»Ich habe Angst!« keuchte sie. »Hilf mir doch!« Dann hörte ich sie zu meinem Entsetzen »Mama!« rufen.

Als wäre mit diesem Ruf sie gemeint gewesen, kam die Alte zu uns herüber und stierte mit seltsamem Eifer auf das Blut: »Ja, ja«, sagte sie. »Hab ich mir doch gleich gedacht. Die weiße Pest.« Als sie meinen verständnislosen Blick sah, erklärte sie: »Die Schwindsucht.«

»Einen Arzt! Hol einen Arzt!« rief ich.

»Warum denn?« kicherte sie mit grausiger Miene. »Hier kommt ja doch kein Quacksalber her. Außerdem lohnt sich's bei ihr doch nicht mehr.«

Meine Mutter rang nach Atem, da beugte sich die Alte plötzlich zu ihr hinunter, zog ihr den Kopf hoch und schlug ihr auf den Rücken.

»Hör auf damit!« rief ich. Doch sie ließ nicht davon ab, und erst als ich sie mit Gewalt von meiner Mutter fortzerrte, zog sich die Alte, einige Verwünschungen murmelnd, zurück.

Meine Mutter sackte zu Boden und blieb still liegen.

»Ich hab bestimmt recht, Mama«, sagte ich schließlich und hoffte, sie damit etwas zu beruhigen. »Du wirst schon sehen! Sir Perceval wird uns ein bißchen Geld geben, und davon können wir uns dann ein kleines Häuschen in Salisbury mieten, ganz so, wie du es dir gewünscht hast.«

Sie hatte den Kopf von mir abgewandt, und ich war mir nicht sicher, ob sie mich auch hörte. Leise, um sie nicht zu stören, falls sie schon schlief, fuhr ich fort: »Ich werde zur Schule gehen, und in ein paar Jahren werde ich eine Lehre anfangen, und danach kann ich dann für uns beide sorgen.« Bei diesen Worten versagte meine Stimme. »Du wirst schon sehen, alles wird wieder so wie früher.«

Ich beugte mich über meine Mutter, die ihr Gesicht noch immer von mir abgewandt hielt. Ihre Augen schienen offen zu sein, und verwundert fragte ich mich, ob sie vielleicht doch noch wach war.

»Mama?« flüsterte ich.

Ein Schatten fiel über uns, und ich sah auf. Die Irin, die mir das Brot gegeben hatte, stand neben mir und sah mich mit einer Miene an, die ich nicht zu deuten wußte. Sie machte sich neben mir zu schaffen und begann, an der alten Decke zu zerren. Sie zog sie hoch und immer höher, und als ich sah, was sie tun wollte, streckte ich die Hand aus und rief: »Nein! Nicht!« Sie schaute mich kurz an, und ich ließ meine Hand wieder sinken. Die Irin zog die Decke weiter hoch, bis sie schließlich das Gesicht meiner Mutter bedeckte.

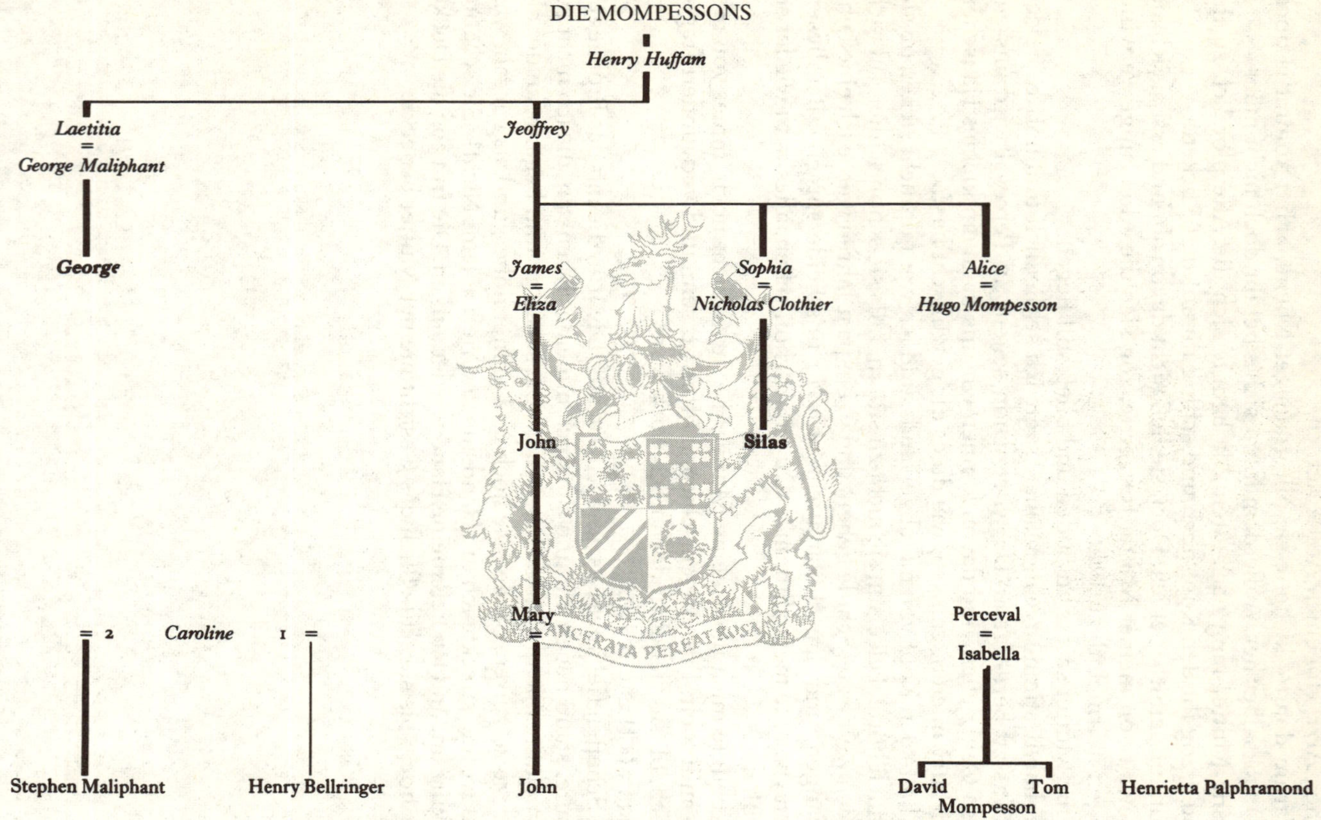

Personen, die im Roman nicht direkt auftreten, sind *kursiv* gesetzt. **Fett** dagegen erscheinen jene, die dem Kodizill entsprechend Anwärter auf das Erbe sind.

DRITTER TEIL

DIE CLOTHIERS

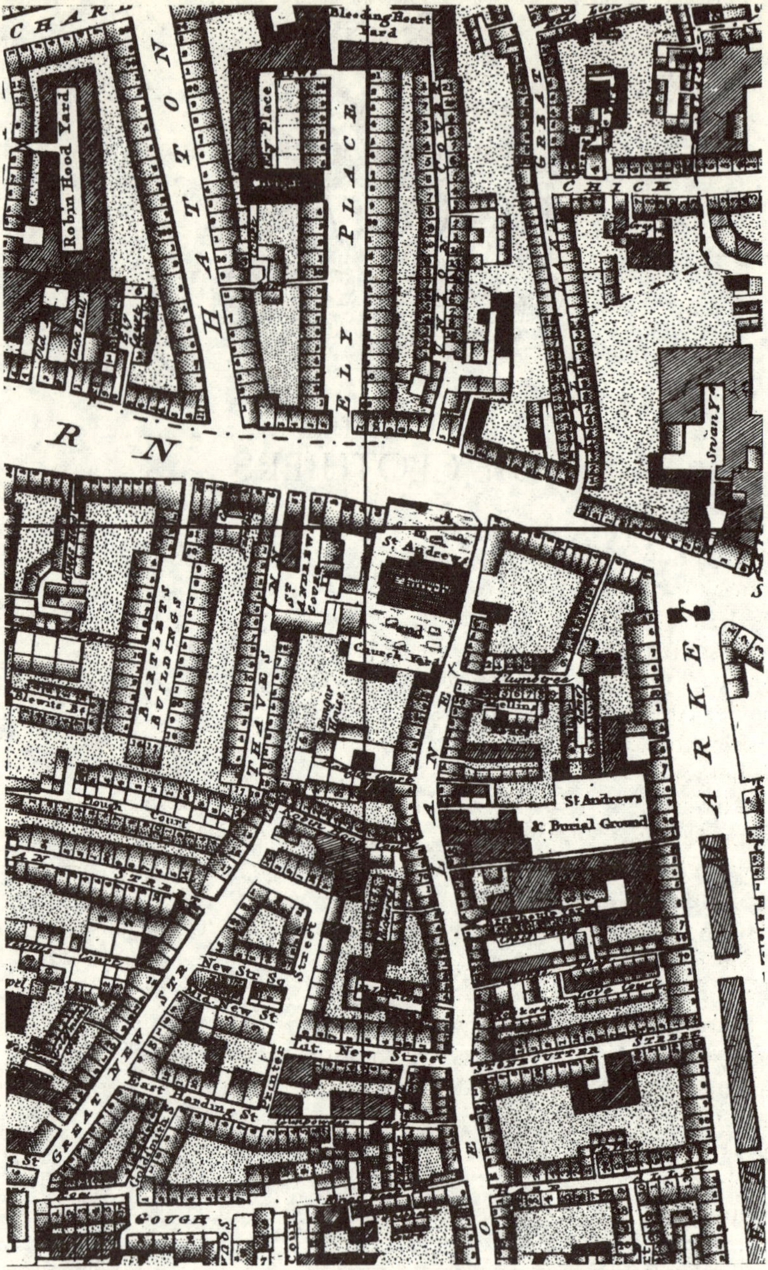
Bleeding Heart Yard
ELY PLACE
HATTON
Robin Hood Yard
R N
St Andrew
Church Yard
BARTLETT'S BUILDINGS
THAVIES INN
St Andrews & Burial Ground
New Str Sq
New Street
East Harding St
GREAT NEW STR
GOUGH
Swan Y.
CHICK
ARKET

HOLBORN

I. BUCH

Erbschaften

51. KAPITEL

Ich lade dich nun ein, mit mir in das Haus Nr. 27 am Golden Square zurückzukehren, wo wir im eleganten Morgensalon, der dir ja bereits wohlvertraut ist, Mrs. Fortisquince im Streit mit einem Gast antreffen.

»Ich verstehe nicht, wie sie das geschafft hat«, sagt sie gerade.

»Wie sie es geschafft hat, ist jetzt ziemlich gleichgültig. Wichtig ist nur, daß uns der Alte nichts für sie zahlen wird.«

»Es ist ja wohl kaum mein Fehler, daß sie uns entwischt ist.«

»Ach nein?«

»Nein, ist es nicht. Ich war fest davon überzeugt, ihre einzige Freundin in London zu sein. Das hat sie mir oft genug erzählt.«

»Sie hat gelogen«, sagt Mr. Sancious grimmig. »Sie haben sich von ihrem naiven Getue täuschen lassen.«

»Es ist ungerecht, mir jetzt Vorwürfe zu machen. Was wir bisher erreicht haben, war schließlich allein meiner Großzügigkeit zu verdanken. Als Mrs. Clothier und ihr Sohn zu mir kamen und um Hilfe baten, bin ich da nicht sofort zu Ihnen gekommen, um Ihnen alles anzuvertrauen?«

»Sie haben sich mir anvertraut, Ma'am, das ist wohl wahr, aber Sie sind dafür auch belohnt worden. Und ob Sie mir wirklich alles anvertraut haben, daß kann ich nicht sagen. Warum zum Beispiel sind Sie so darauf erpicht, daß der alte Clothier nichts von Ihren Aktivitäten erfährt?«

»Das geht Sie nichts an.«

»Er wird es jetzt aber wohl erfahren müssen, denn ich bin nicht bereit, die Verantwortung für diese Sache ganz allein zu tragen.«

Mrs. Fortisquince sieht ihn ungerührt an und sagt leise: »Wenn Sie ihm auch nur ein Wort von mir sagen, dann verspreche ich Ihnen, daß Sie diesen Tag noch sehr bedauern werden.«

Der Advokat beißt sich auf die Lippen, dann sagt er: »Also gut, vielleicht braucht er es doch nicht zu erfahren. Dann muß ich seine Wut eben allein über mich ergehen lassen. Wenigstens wird er sich freuen, daß wir den Jungen weggeschafft haben.« Sie nickt, und er fügt noch hinzu: »Bald wird er uns überhaupt nicht mehr in die Quere kommen ...«

Doch Mrs. Fortisquince unterbricht ihn scharf: »Ich hoffe, Sie wollen damit nicht sagen, daß ...«

Sie läßt den Rest des Satzes unausgesprochen.

Er starrt sie verwundert an: »Aber das hatten wir doch abgemacht!«

»Das hatten wir ganz und gar nicht. Wir haben nur gesagt, daß wir ihn wegschaffen wollen.«

»Aber ich war der Ansicht, Sie wüßten, was damit üblicherweise gemeint ist.«

»Ich weiß nicht, was *Sie* damit gemeint haben, aber *ich* verstehe darunter, was man gemeinhin darunter versteht: daß der Junge aus London weggeschafft wurde und uns zur Verfügung steht, wann immer wir ihn brauchen. Er darf nicht zu Schaden kommen. Jedenfalls jetzt noch nicht.«

»Die Sorge um den Jungen steht Ihnen wirklich gut zu Gesicht«, höhnt Mr. Sancious.

»Ich sage Ihnen nur eines: Wenn dem Jungen etwas passiert, dann zeige ich Sie an.«

»Das glaube ich nicht, Mrs. Fortisquince, denn dann könnte der gute Quigg ein paar Sachen erzählen, die keiner von uns beiden gerne ausgeplaudert wüßte.«

Sie starren sich wütend an, doch dann beginnt die Witwe langsam zu lächeln: »Kommen Sie, es ist doch dumm, sich zu streiten, wenn alles, was wir damit erreichen können, uns nur schadet!«

»Gut gesagt, Madam. Jedenfalls haben wir mehr davon, wenn wir Freunde bleiben.«

Mrs. Fortisquince greift zur Klingel und bittet Checkland, den Tee zu servieren, und so sitzen die beiden zehn Minuten später friedlich nebeneinander auf der Ottomane.

Die Witwe betrachtet ihren Gast nachdenklich und beginnt: »Da ist etwas, das ich Sie schon seit geraumer Zeit fragen möchte, Mr. Sancious. Wie Sie vielleicht wissen, habe ich von meinem Gatten einige Anteile an Grundbesitz und ein paar Wertpapiere geerbt.«

Der Anwalt nickt.

»Solange er lebte«, fährt Mrs. Fortisquince fort, »hat er sich natürlich selbst um diese Dinge gekümmert, und seit seinem Tod liegen meine Angelegenheiten in der Hand eines Anwalts, den er selbst als Erbschaftsverwalter eingesetzt hat. Es klingt nun vielleicht ein wenig unloyal, aber ich bin nicht sonderlich glücklich mit der Art, wie dieser Mann meine Geschäfte führt. Besonders seit der Zinssatz für die Staatsanleihen herabgesetzt wurde, habe ich den Verdacht, daß meine Gelder einen weit besseren Gewinn erzielen könnten, wenn sie anders investiert würden.«

»Aber ganz gewiß, Madam!« ruft Mr. Sancious aus. »Haben Sie schon jemals an den Handel mit Wechseln und Schuldverschreibungen gedacht?«

»Nein, bisher noch nicht. Ist das nicht ziemlich riskant?«

»Nein, keineswegs. So sicher wie die Bank von England – und das meine ich ganz wörtlich, denn die Nationalbank selbst bürgt für die Wechsel, die auf die einzelnen Banken ausgestellt sind. Und die Bank von England hat ihre Zahlungen in Gold noch niemals eingestellt – jedenfalls nicht, seit Sie leben, denn das letzte Mal geschah es 1797. (Die Dame quittiert dieses Kompliment mit einem Lächeln.) Ich habe mich selbst umfassend in diesem Geschäft engagiert. Und obwohl ich anfangs auch Bedenken hatte, bin ich nun froh, daß ich mich dazu überreden ließ, denn die Kurse haben so kräftig angezogen, daß ich mir nur wünsche, ich wäre bereits früher eingestiegen. Um Ihnen die Wahrheit zu sagen, ich habe alles darin investiert, was ich besitze. So gut wie jetzt hat der Markt noch nie ausgesehen. Steigen Sie noch heute ein, und Sie werden den Tag nie vergessen!«

Mrs. Fortisquince hebt die Tasse an die Lippen und sieht ihn nachdenklich an.

52. KAPITEL

Was dann geschah, weiß ich nicht mehr genau. Ich erinnere mich nur noch daran, daß ich die alte Frau angeschrien habe und daß ich vielleicht sogar versucht habe, sie zu schlagen, denn ich sehe den Iren vor mir, der mich von ihr fortziehen mußte. Dann weiß ich noch, daß mir plötzlich übel wurde und daß ich mir den Bauch hielt, weil ich dachte, ich müßte mich jeden Moment übergeben, und an das Gesicht des Iren kann ich mich erinnern, als er mich losließ und rasch einen Schritt zurückwich. Danach weiß ich nur noch, daß ich mich neben sie hingeworfen und in schrecklicher Wut mit meinen Fäusten auf den Boden eingeschlagen und mir die Fingernägel in meine Handflächen gegraben habe, bis das Blut hervorschoß. Und an noch etwas erinnere ich mich: daran, daß ich nicht geweint habe.

Wenige Stunden zuvor, als ich sie vor dem Haus von Mrs. Purviance wiedertraf, hatte ich nicht erkennen wollen, was ihr so offensichtlich im Gesicht geschrieben stand, beinahe als wollte ich es verhindern, indem ich es einfach übersah. Ich hatte mich innerlich nicht gegen das gewappnet, was nun geschehen war, und als die erbarmungslose Wahrheit wie eine Sturzwelle über mich hereinbrach, da spürte ich, daß ich zusammenbrach wie eine von Kinderhand gebaute Sandburg unter dem Ansturm der Flut. Ich hatte nie geglaubt, daß sie sterben könnte. Und als ich jetzt daran dachte, wie oft ich ihr eine freche Antwort gegeben oder ihr meinen Ärger gezeigt hatte, wie ich verächtlich über ihre Begriffstutzigkeit gelacht oder sie gedrängt hatte, mir Dinge zu offenbaren, die sie für sich behalten wollte, da brannte ich innerlich vor Scham und vor Wut.

Stunden vergingen. Vielleicht habe ich geschlafen, ich weiß es nicht mehr, denn nichts unterschied den Schrecken des Schlafs von dem des Wachseins: der grausamen, unausweichlichen, ungeheuerlichen Tatsache, daß sie tot war. Dann merkte ich, wie durch die verschmierten und mit Lumpen verstopften Fenster trübes Licht ins Zimmer fiel und daß sich die Menschen neben mir regten. Ich sah auf die stille Gestalt an meiner Seite, auf die Decke, die immer noch über ihrem Gesicht lag, und ich konnte nicht glauben, daß meine Mutter nicht jeden Augenblick die Decke abstreifen würde, daß sie mich anlächeln und sagen würde, alles sei nur ein Spiel gewesen. Ich hörte eine barsche Stimme, hörte Kinder weinen und Betrunkene schimpfen und fluchen, und aus dem Lärm löste sich der eine Aufschrei: »Hört mit dem verdammten Krach auf, das sag ich euch zum letztenmal!« Ich sah mich nicht um, wollte nicht wissen, ob ich selbst nicht vielleicht mit dieser Ermahnung gemeint war, doch als ich einige Minuten darauf meinen Kopf wandte, hockte Zecher-Zelda neben mir, kämmte sich ihr wirres graues Haar mit ihrer Klauenhand und beobachtete mich.

»Stell dich nicht so an!« sagte sie. »Du kommst schon drüber weg.«

Der Gedanke entsetzte mich: Ich wollte nicht der Mensch werden, der ich sein würde, wenn ich drüber hinweggekommen war.

»Du hast kein Geld, um sie zu beerdigen, nicht wahr?« fuhr die alte Vettel fort.

Ich schüttelte den Kopf.

»Du mußt zur Gemeinde gehen«, sagte sie. »Die wird sich um sie kümmern.«

Ich achtete nicht auf das, was sie sagte.

Doch sie packte mich am Arm: »Du mußt sie anständig beerdigen, Junge!«

»Wo soll ich hingehen?« fragte ich, damit sie endlich Ruhe gab, da ich es nicht für sonderlich wichtig hielt, was mit dem Körper meiner Mutter geschah.

Sie erklärte mir den Weg zu einem Haus in der Leather Lane, in dem der Gemeindeschreiber wohnte, und noch während sie sprach, dachte ich plötzlich, daß es doch nicht unwichtig war, es war sogar äußerst wichtig. Und als ich aufstand, um zu gehen, kam mir ein Gedanke, nein, eher eine Erinnerung.

»Wirst du auf sie aufpassen?« fragte ich.

»Das mache ich schon. Brauchst dir keine Sorgen machen!«

Ich tastete mich die tückische Treppe hinunter – es war noch immer nicht richtig hell – und lief auf den überfluteten Hof. Das Gewitter hatte sich ausgetobt, und der Wind hatte sich gelegt, doch durch die schweren Wolken, die den Himmel verdüsterten, fielen nur wenige Lichtstrahlen, und noch immer regnete es mit unbarmherziger Heftigkeit.

Ich folgte dem Weg, den die Alte mir beschrieben hatte, und stand bald vor dem Haus, das ich suchte. Eine Dienstmagd beäugte mich mißtrauisch und hieß mich dann in die Spülküche eintreten. Dort ließ man mich beinahe eine Stunde lang warten, während Mr. Limpenny – die Magd hatte mir seinen Namen genannt – das Frühstück beendete, denn mir war nicht bewußt gewesen, daß es noch so früh am Morgen war. Endlich führte mich das Dienstmädchen in den Frühstücksraum, wo Mr. Limpenny vor einem Teekessel und den Resten seines Mahls saß, die aufgeschlagene »Morning Post« in der Hand.

»Was willst du?« fragte er brüsk und senkte dabei seine Zeitung nur so weit, daß er mich über ihren Rand hinweg ansehen konnte.

Ich versuchte zu sprechen, aber ich brachte kein Wort heraus.

»Komm, Junge, jetzt red schon! Vergeud nicht meine Zeit!« sagte er gereizt.

»Es ist wegen meiner Mutter.«

»Ich wäre dir zu Dank verpflichtet, wenn du mich mit dem gebührlichen Respekt ansprechen würdest«, unterbrach er mich.

»Entschuldigen Sie bitte, Sir«, sagte ich. Und mit Mühe fuhr ich fort: »Meine Mutter ... meine Mutter ist gerade gestorben, und ich habe kein Geld, um sie beerdigen zu lassen.«

»Da hast du aber Glück gehabt«, antwortete er.

Ich starrte ihn verwirrt an, während er sich umständlich die Hände an seiner Serviette abwischte: »Armenbegräbnis ist nur einmal die Woche, und wie der Zufall es will, ist morgen unser Beerdigungstag.«

Ohne mich anzusehen, stand er auf und verließ das Zimmer.

Ich war mir nicht sicher, was von mir erwartet wurde, folgte ihm aber über den Flur und in ein schmales Zimmer, das, den mit rotem Band verschnürten Papierbündeln, den alten Truhen und den in Ecken oder auf Regalen sich stapelnden blechernen Urkundenkästen nach zu urteilen, offenbar als sein Büro diente. »Es müssen noch gewisse Formalitäten erledigt werden«, sagte er und setzte sich an einen kleinen Tisch. Er zog eine Schublade auf, holte ein vorgedrucktes Blatt Papier hervor, spitzte die Feder und blickte mich an: »Name der verstorbenen Armen?«

»Mrs. Mary Mellamphy, Sir«, sagte ich, da ich ihm unseren wahren Namen plötzlich nicht preisgeben wollte.

»Mellamphy, weiblich. Irin, nehme ich an?« sagte er gelangweilt. »In welcher Gemeinde ist der Gatte deiner Mutter gemeldet?« Dann korrigierte er sich mit verächtlichem Schnauben: »Oder soll ich sagen: dein Vater?«

»Ich weiß es nicht, Mr. Limpenny.«

Er seufzte. »Ihr seid mir ein Volk! Wieso glaubt ihr nur, ihr könnt in dieses Land kommen und auf Kosten der Steuerzahler sterben, ohne vorher um Erlaubnis zu fragen? Ich nehme an, es bedeutet dir nichts, wenn ich dir sage, daß du diese Gemeinde gerade um die Möglichkeit gebracht hast, die Kosten für die Beerdigung deiner Mutter von ihrer eigenen Gemeinde zurückzufordern? Weißt du eigentlich, daß es zwei Pfund kostet, einen Armen anständig zu beerdigen? Der Sarg allein kostet ja schon zwölf Shilling!«

Er schien keine Antwort zu erwarten, und ich gab ihm auch keine.

»Ich vermute, du bestehst auch auf einer Totenwäscherin?«

»Ja, bitte, Sir.«

»Hätte ich mir ja denken können«, sagte er so empört, als hätte ich gesagt, daß dafür keine Notwendigkeit bestehe. Dann fügte er hinzu: »Und dafür muß die Gemeinde auch aufkommen.« Er nahm noch ein Formular und begann, auch das auszufüllen. »Anschrift der Verstorbenen?«

»Mitre Court, Sir.«

»Hab ich mir fast gedacht«, sagte er. Er reichte mir das zweite Formular. »Bring dies zum Ely Court, Haus Nr. 2, und frag nach Mrs. Lillystone!«

»Wäre das dann alles?«

»Was willst du denn noch?« fragte er ärgerlich und griff nach einer Glokke, die auf seinem Tisch stand. »Jetzt aber fort mit dir!«

Das Dienstmädchen schaute herein.

»Zeig ihm den Weg nach draußen!« sagte Mr. Limpenny. »Und zwar sofort!«

Als ich wieder auf der Straße stand, besah ich mir das Papier in meiner Hand; es handelte sich um eine Anweisung für Mrs. Lillystone, bei der genannten Adresse den Leichnam einer »weiblichen Armen« zu waschen, ihn auszulegen und in ein Leichentuch zu schlagen. Ich fragte nach dem Weg zu Mrs. Lillystones Haus, klopfte an die Tür, sobald ich es gefunden hatte, und wartete. Erst nach einer längeren Pause wurde im oberen Stock ein Fenster aufgemacht, und eine Frau steckte ihren Kopf nach draußen.

»Was gibt's?« fragte sie.

»Es geht um meine Mutter«, rief ich zu ihr hinauf.

»Woher kommst du?«

»Vom Mitre Court.«

»Kenn ich. Ist sie schon soweit?«

»Es ist bereits vorbei.«

Sie sah mich streng an, zog dann den Kopf zurück und schlug das Fenster zu. Eine oder zwei Minuten später ging die Haustür auf, und eine hochgewachsene, schlampige Frau in einem nicht sonderlich sauberen Kleid trat auf die Straße. Sie zog sich die Haube zurecht und knüpfte die Bänder unter dem Kinn zusammen.

»Komm!« sagte sie. »In dem Fall haben wir keine Zeit mehr zu verlieren.«

»Ich glaube, Sie haben mich mißverstanden«, sagte ich und reichte ihr das Stück Papier.

Sie warf nur einen flüchtigen Blick darauf und gab mir das Formular zurück: »Das sagt mir nichts. Ich kann nicht lesen.«

»Sie sollen einen Leichnam waschen.«

Sie lachte: »Und ich hab geglaubt, es wär das andere«, sagte sie. »Man hat mir gesagt, daß eine Frau im Mitre Court bald niederkommt. Aber ob Tod oder Geburt, für mich ist das sowieso alles eins. Ich helf den Menschen in die Welt, und ich helf ihnen auf dem Weg hinaus. Und meistens kommt das eine für mich gleich nach dem andern.«

Plötzlich sagte sie »Warte hier!« und schloß noch einmal die Tür auf.

Ich drückte mich in den Eingang, um mich, so gut es ging, vor dem Regen zu schützen. Etwa zehn Minuten später kam Mrs. Lillystone wieder aus dem Haus, doch diesmal hatte sie einige Gerätschaften dabei: eine kleine Kupferschüssel, eine Blechschale und über dem Arm ein Leichentuch aus billigstem Stoff.

Als wir uns auf den Weg machten, fragte sie: »Paßt jemand auf sie auf? Eine Verwandte vielleicht?«

»Nein, keine Verwandte«, sagte ich. »Eine alte Frau.«

Sie pfiff leise durch die Zähne, sagte aber nichts mehr, bis wir Mitre Court erreicht hatten, wo sie ihrem Ärger Luft machte, als sie auf ihren Holzschuhen durch die stinkenden Fluten auf dem Hof waten mußte. Als sei ich dafür verantwortlich, beschwerte sie sich lautstark über den Zustand der Treppe und stellte sich schrecklich an, als sie mit all ihren Sachen nach oben steigen sollte. Sie weigerte sich jedoch, mir etwas von ihrer Last anzuvertrauen.

Sobald wir das Zimmer betreten hatten, schien sich plötzlich ein Schweigen unter den Leuten auszubreiten, und überrascht sah ich, daß von Zelda keine Spur zu entdecken war und sich in unserer Ecke eine fremde Familie niedergelassen hatte. Mrs. Lillystone und die ältere der beiden irischen Frauen grüßten sich, und als ich auf die Gestalt in der Ecke zeigte, ging die Totenwäscherin zu ihr und zog die zerlöcherte Decke fort.

»Hab ich mir doch gedacht!« sagte sie. »Sie hat alles mitgenommen.«

Ich schlug die Hände vors Gesicht und drehte mich um.

»Die Alte hat sie ausgezogen«, sagte eine Frau, die zur fremden Familie gehörte. »Sie sagte, es sei ihre Tochter, und sie wolle die Leiche auslegen lassen, aber sie ist mit den Kleidern weg und nicht wieder zurückgekommen.«

»Sie hat ihr nur diesen Ring gelassen«, murmelte Mrs. Lillystone und hob die Hand der Leiche.

Ich sah nicht hin.

»Sie hat's versucht, aber sie hat ihn nicht abgekriegt«, sagte einer der interessiert zuschauenden Nachbarn.

Ich brauchte gar nicht erst hinzusehen, da ich den schlichten Messingring kannte, den meine Mutter an dem Tag, an dem die Gerichtsvollzieher uns überfallen hatten, gegen ihren Goldring eingetauscht hatte. Auf dem Ring waren in groben Zügen ihre Initialen eingeritzt, und er war nur einen oder zwei Penny wert.

»Wenigstens hat sie mir ein bißchen Arbeit abgenommen«, sagte Mrs. Lillystone und krempelte die Ärmel hoch.

»Sie wollen es doch wohl nicht hier machen?« fragte ich entsetzt.

»Aber wo denn sonst?« antwortete sie.

»So was gehört sich einfach nicht«, sagte ich und deutete auf die vielen Menschen im Zimmer.

Die mir am nächsten saßen, murmelten zustimmend und drehten sich demonstrativ mit dem Rücken zu jener Ecke des Zimmers, in der die Leiche meiner Mutter lag, doch ich sah ein, daß ich mich letztlich mit dieser Regelung abfinden mußte.

Die freundliche Irin meinte, ich solle mich zu ihnen setzen, doch als ich ihrer Einladung folgen wollte, sagte Mrs. Lillystone: »Erst holst du mir aber ein bißchen Wasser!« und gab mir die Kupferschüssel.

Also ging ich nach unten zur Pumpe, und als ich zurückkam und Mrs. Lillystone dabei half, die volle Schüssel über das Feuer zu hängen, mußte ich notgedrungen auch das Gesicht meiner Mutter ansehen, das Mrs. Lillystone mit einem Stoffetzen umwickelt hatte, damit der Kiefer nicht herabfiel. Schaudernd wandte ich mich ab und gesellte mich zu den armen Iren, die mich eingeladen hatten. Sie bestanden darauf, daß ich das kümmerliche Frühstück aus Brot und Hering mit ihnen teilte, und obwohl sie nur ein paar Worte Englisch konnten, versuchten sie, mit mir zu reden, um mich von dem abzulenken, was in der anderen Ecke des Zimmers vor sich ging.

Endlich verkündete Mrs. Lillystone, daß ihre Arbeit getan sei, und ich sah, daß sie den Leichnam mit groben Stichen in das billige Tuch eingenäht hatte.

»Das hab ich unter ihr gefunden«, sagte sie und gab mir das Tagebuch mit dem Brief, auf dem der Name ihres Vaters stand.

Ich nahm das Buch und steckte es in meine Jacke. Mit bitterem, fast zynischem Grinsen erinnerte ich mich plötzlich an meine Nachhilfestunden in juristischen Fragen: Ich war nun ihr rechtmäßiger Erbe, und alles, was sie besaß, gehörte jetzt mir.

»Der Leichenkarren kommt morgen früh«, sagte Mrs. Lillystone.

Ich dachte, sie wolle nun gehen, doch an der Tür blieb sie noch einmal stehen und betrachtete mich mit seltsamem Blick: »So lange willst du doch wohl nicht hierbleiben, oder?« Sie verzog ihr Gesicht zu einer Grimasse, die, wie ich nicht gleich verstand, offenbar mütterliches Mitgefühl ausdrücken sollte: »Doch nicht in diesem Zimmer. Warum kommst du nicht mit und schläfst heute nacht bei mir?«

Ich weiß nicht, und ich werde es auch wohl nie erfahren, ob mein Mißtrauen gegen ihre Freundlichkeit wirklich angebracht war, aber ich ahnte nichts Gutes, denn ich hatte Mr. Isbisters Bemerkungen über ihresgleichen nicht vergessen. Ich schüttelte nur den Kopf, und sie sammelte die Utensilien ihres Gewerbes ein und ging.

Bis zum Abend und in der folgenden langen Nacht wachte ich neben dem Leichnam. Die Irin brachte mir am Mittag ein Stückchen trockenes Brot und am Abend etwas von ihrem Porridge, und ich war nicht hungrig. Als es dunkel wurde, kam der Mieteintreiber und forderte seine zwei Pence, da meine Mutter ja, wie er sagte, noch immer den gleichen Platz beanspruchen würde. Er würde sich sonst »eine einfangen« von Mr. Ashburner, wenn der zufällig mal vorbeischauen sollte. Als jedoch die anderen Bewohner des Zimmers aufbegehrten, gab er klein bei und war mit einem Penny zufrieden.

Ich hatte mir fest vorgenommen, bei der Totenwache auszuharren und nicht einzuschlafen, aber dann schaffte ich es doch nicht. Meine Träume brachten mir allerdings keine Erleichterung. Ich sah mich in einem großen, leeren Haus, und ich ging von einem riesigen Zimmer ins nächste und über Flure, die so lang waren, daß ihr Ende sich trotz der Laterne in meiner Hand in Dunkelheit verlor. Dann knarrten die Bodendielen, und das Zimmer geriet ins Wanken, und als ich auf der Suche nach einem sicheren Ort fortlief und immer weiterlief, da brach der Boden unter mir ein, und ich fiel in das Stockwerk darunter. Von dort aus blickte ich durch ein riesiges Fenster, doch außer einem großen, weißen Mond am schwarzen Himmel konnte ich nichts erkennen. Dann tauchten aus dem Hintergrund der Kopf und die Schultern einer verschleierten Gestalt auf, und voller Angst sah ich, wie der Schleier zur Seite rutschte und ein Gesicht entblößte – und dann wiederum war es doch kein Gesicht, denn die Haut war mit tiefen Narben übersät, die Augen blickten ins Leere, und die Nase war kaum mehr als ein zerfressener Stumpf. Jetzt wuchs das Gesicht, wurde immer größer und größer und kam näher, schob sich ans Fenster heran, und mit panikartigem Entsetzen erwachte ich.

Der Vormittag schleppte sich dahin, und es waren schon Stunden vergangen, als endlich eines der irischen Kinder mir vom Fenster her, wo es den Hof beobachtet hatte, etwas zurief.

Ich blickte hinaus und sah zwei Männer von einem Karren klettern, der am Eingang zum Hinterhof wartete.

Ich ging hinunter, doch sie kamen mir schon auf der Treppe entgegen, und sobald ich sie in das richtige Zimmer geführt hatte, griffen sie sich ihre Last und trugen sie die Stufen hinab. Ich folgte ihnen.

»Das war die letzte, jetzt nur noch zum Armenhaus«, rief der Kutscher, als die beiden Träger zum Karren kamen.

Sechs ähnliche Bündel lagen bereits auf dem Wagen, und nun wurde das siebte, nicht gerade eben behutsam, neben die anderen gelegt. Die beiden Männer stiegen auf, suchten sich mit ihren Füßen einen Halt zwischen den Bündeln auf der Ladefläche, und der Kutscher ließ die Peitsche knallen.

»Wo fahrt ihr hin?« rief ich.

»Zum Armenhaus«, antwortete einer, ohne sich nach mir umzudrehen.

Noch immer fielen vereinzelte Regentropfen, als ich dem Karren durch die engen Gassen folgte. Niemand beachtete uns, nur einmal, als wir an einem Knäuel schnatternder Straßenjungen vorbeikamen, ließen die das Murmelspiel, liefen hinter uns her und riefen:

»Mit klappernden Knöchlein
Übers Katzenköpflein.
'ѕ ist bloß ein Armer
Und hab'n will ihn keiner.«

Zuletzt fuhr der Karren durch Holborn, dann rumpelte er die Shoe Lane hinunter, bog in die Gasse zum Armenhaus ein und blieb in dem engen Hof stehen. Der Kutscher spannte das Pferd aus und führte es in den Stall, einer der beiden anderen Männer ging in das Haus, während der dritte unter dem Torbogen Schutz vor dem Regen suchte, um sich eine Pfeife anzuzünden.

»Wie lange wird es dauern?« fragte ich.

Er zuckte nur mit den Achseln. Also blieb ich bei dem Karren und wartete.

Nach einer halben Stunde kam ein Gemeindediener: »Verschwinde hier, Jungchen!« sagte er, als er mich sah.

Der Mann, der die Pfeife rauchte, warf ihm einen Blick zu und zeigte dann mit dem Kopf zuerst auf mich, dann auf den Karren.

»Das ist was anderes«, knurrte der Gemeindediener und ging wieder zurück ins Haus.

Ich wartete mehrere Stunden lang und war inzwischen bis auf die Haut durchnäßt. Endlich kam der Kutscher zurück, und während er das Pferd wieder anschirrte, trugen die beiden Männer – der zweite war mittlerweile auch wieder aufgetaucht – vier weitere in Leichentücher eingenähte Körper aus dem Haus, zwei der Leichen sahen sehr klein aus.

Der Karren setzte sich erneut in Bewegung, und ich folgte ihm als einziger Trauergast. Der Zug führte nur wenige Schritte die Gasse hinunter, dann kamen wir auf einen kleinen, dunklen, an die Rückseite des Armenhauses angrenzenden Platz. Als ich mich umsah und die rußgeschwärzten Mauern der Häuser betrachtete, drang mir ein modriger, naßkalter Geruch in die Nase. Es war zwar nicht leicht, im Zwielicht eines regnerischen Winternachmittags, kurz bevor die Straßenlampen angezündet wurden, überhaupt irgend etwas deutlich zu erkennen, doch ich sah, daß in der Mitte dieses Platzes ein Friedhof angelegt worden war, der sich einige Fuß über das Niveau des Platzes erhob und von einer verfallenen, mit einem uralten, rostigen Gitter bewehrten Mauer umzogen war. Von einer Kirche war nichts zu sehen.

Der Karren fuhr bis vor das Friedhofstor. Einer der Männer stieg ab und betrat den rückwärtigen Trakt des Armenhauses. Kurz darauf – der penetrante Geruch schien immer stärker zu werden – kam er mit einem jungen Hilfsgeistlichen zurück, der unter dem Eingangsportal stehenblieb, weil er nicht in den Nieselregen hinauswollte Der Mann kehrte zum Karren zurück und half den beiden anderen, die Leichen abzuladen und in das nasse Gras vors Friedhofstor zu legen. Inzwischen hatte der Priester begonnen, aus einem Gebetbuch vorzulesen, und als ich etwas genauer hinhörte, erkannte ich, daß er eine stark gekürzte Fassung der vorgeschriebenen Gebete für Beerdigungen herunterrasselte.

Dann kam der Totengräber aus dem Haus, überließ den Geistlichen im Portal seiner hingebungsvollen Andacht und ging, gefolgt von den drei Männern, die sich jeder ein oder zwei der kleineren Leichen aufgeladen hatte, auf einem schlammigen Pfad über den Friedhofsgrund. Neben einem Geviert frisch aufgeworfener Erde blieb der Totengräber stehen und setzte den Spaten an, während die übrigen Männer ihre Last auf den Boden fallen ließen und zurückgingen, um den Rest ihrer makabren Fracht zu holen. Mit jedem Spatenstich wurde der Geruch stärker, und ich verstand auch, warum dies so war, als der Spaten schon in wenigen Zoll Tiefe auf die ersten Bahrtücher stieß. Als der letzte Leichnam vor dem Totengräber lag, verließ auch der Hilfsgeistliche den Schutz des Eingangsportals, hielt sich ein Taschentuch vor die Nase und verharrte etwa zehn Schritt vor dem eigentlichen Grab, einem nur wenige Fuß tiefen Graben, in den nun der Totengräber mit Hilfe der drei anderen Männer die Leichen hineinwarf.

Erst jetzt konnte ich mich aus meiner Starre lösen. Ich lief zum Totengräber und legte ihm eine Hand auf den Arm. »Nein«, sagte ich. »Nicht da hinein!«

»Wohin denn sonst?« fragte er und wandte mir ein teilnahmsloses und unfreundliches Gesicht zu.

»Aber doch nicht so!« schrie ich.

»Entwürdige nicht das heilige Sakrament!« rief der Priester mit überraschend tiefer Stimme, während er für einen kurzen Moment das Taschentuch vom Gesicht fortnahm.

Ich war machtlos. Ich konnte nicht verhindern, was hier geschah. Und so las der Priester, der immer noch einige Schritte entfernt vom Grab stand, rasch die letzten Worte der Sterbegebete, warf im rechten Moment einige Kiesel ins Grab und ging dann eilig fort, gefolgt von den drei Männern des Leichenkarrens. Ich sah dem Totengräber zu, als er aus einem Eimer Kalk über die Leichen streute und dann ein paar Zoll Erde über ihnen aufhäufte, bis sich das neue Grab wie eine zum Platzen pralle Eiterbeule aus dem umliegenden Gras abhob, ähnlich wie sich der Friedhof selbst mehrere Fuß hoch über dem Straßenniveau aufwölbte.

Der Totengräber beendete seine Arbeit und ging fort, dann hörte ich auch, daß der Karren fortfuhr, und ich war allein. War das alles, was vom Leben meiner Mutter übrigblieb? Es schien so völlig sinnlos. Ich versuchte zu beten, doch mir fielen nur hohle Phrasen ein, und ich spürte, daß ich an keinen Gott glauben konnte, der dies hier zu verantworten hatte. Ich dachte an den friedlichen Kirchhof in Melthorpe, der letzten Ruhestätte unserer Vorfahren, und legte mit lauter Stimme ein Gelübde ab: »Wenn es mir jemals möglich sein wird, dann werde ich dich von hier fortbringen.«

Doch dieser Schwur beruhigte mich nicht, und einen wahnsinnigen Augenblick lang dachte ich daran, die kostbare Last wieder auszugraben und mitzunehmen. Überwältigt von Trauer und Zorn, packte mich plötzlich eine dunkle Angst, und ich fürchtete, jeden Augenblick in dieser verpesteten Luft nicht mehr atmen zu können. Mein Magen krampfte sich zusammen, und wenn er nicht so leer gewesen wäre, hätte ich mich sicherlich übergeben müssen. Mit wackligen Knien zog ich mich vom Friedhof an den Rand des Platzes zurück, wo die Luft etwas besser war. Nach Zeldas Verrat traute ich nun keinem Menschen mehr, und all das, was Mr. Pentecost gesagt hatte, schien sich zu bewahrheiten. An Menschenliebe, Großzügigkeit oder die anderen Ideen zu glauben, die Mr. Silverlight so vehement verteidigt hatte, schien mir absurd. Ich erinnerte mich an die gespielte Besorgnis von Mrs. Lillystone, ließ die Gesichter der drei Fuhrleute sowie die Fratze des Totengräbers noch einmal vor meinem inneren Auge Revue passieren und befürchtete, daß der Körper meiner Mutter wohl noch weiteren Demütigungen ausgesetzt war.

Und so kreiste ich um den Platz, Stunde um Stunde – es war ruhig hier, obwohl das Treiben des Fleet Market gleich hinter der nächsten Häuserreihe begann –, bis die Schatten immer länger wurden und der trübe Nachmittag in den Abend überging. Als die Nacht kam, kauerte ich mich im Eingang gegenüber des langen Grabs nieder. Ich fühlte nichts als Wut. Wut auf alle Welt: auf Mrs. Purviance, auf Mrs. Fortisquince, auf die Mompessons, auf die alte Zelda – und vor allem auf mich selbst.

In dieser Nacht schwor ich mir, mich nie wieder auf Gedeih und Verderb von äußeren Umständen abhängig zu machen, nur weil ich jemandem in Liebe zugetan war.

Die Kälte, der Regen und die Rufe des Nachtwächters ließen mich schlecht schlafen. Ungefähr drei Stunden nach Mitternacht entdeckte mich die Wache und leuchtete mir mit ihrer Laterne ins Gesicht. Der Mann stellte mir barsch einige Fragen und befahl mir, mich davonzuscheren. Also stand ich auf und stolperte etwa eine Stunde lang müde um den Platz herum. Später setzte ich mich wieder an meine alte Stelle, wo ich für den Rest der Nacht in Frieden gelassen wurde. Ich schlief unruhig, und als ich aufwachte, hatte ich nur noch den Wunsch zu sterben, den Wunsch nach einem langen Schlaf. Wen kümmerte es jetzt noch, ob ich lebte oder tot war? Niemanden. Warum sollte es dann mir etwas bedeuten?

Als die Morgendämmerung langsam über den Himmel kroch, gab ich einen Penny für ein kleines Brot aus und bewachte weiterhin das Grab. Den Tag und die folgende Nacht verbrachte ich auf ganz ähnliche Weise, nur daß ich mir jetzt, da ich nur noch vier Pence und einen halben Penny hatte, nichts mehr zu essen kaufte. Aber das kümmerte mich wenig, wußte ich doch nicht, weshalb ich überhaupt noch leben sollte, sobald meine jetzige Aufgabe erfüllt war.

Am Morgen des zweiten Tages glaubte ich, lange genug gewacht zu haben, um die Absichten von Leuten wie Isbister zu durchkreuzen. Es war kalt geworden, und ich dachte daran, den Tag über auf der Straße zu bleiben und mir dann für die Nacht einen Ort zu suchen – einen Graben oder einen verwilderten Hof –, an dem ich mich verstecken und dann einfach einschlafen konnte, in der Hoffnung, nie wieder aufzuwachen.

Wie schuldbewußt sich die Mompessons fühlen würden, wenn sie erfuhren, wie meine Mutter gestorben war! Und wenn man ihnen dann auch noch von meinem Tod erzählte, würden sie schrecklich entsetzt sein, denn durch unseren Tod verloren sie ihre Nießbrauchrechte. Doch dann fiel mir ein, daß dafür unser geheimnisvoller Feind höchst erfreut sein würde, schließlich würde er den Besitz Hougham erben. Diese Genugtuung wollte ich ihm auf keinen Fall gönnen, also war ich gezwungen, am Leben zu bleiben.

Solche Gedanken gaben mir neue Kraft, und ich ging zurück zum Mitre Court, da ich nicht wußte, wohin ich sonst gehen sollte. Mit letzter Kraft kehrte ich in jenes Zimmer zurück, das ich nur widerwillig noch einmal betrat, und nachdem ich an der Tür meinen Penny bezahlt hatte, nannte ich jetzt nur noch drei Pence und einen halben Penny mein eigen. Die irische Familie war nicht mehr da, dafür aber lag Zelda in volltrunkenem Stumpfsinn vor dem Kamin, im Arm einen leeren Krug. Ich legte mich neben sie und war ihr nicht mehr böse, denn ich erinnerte mich nur noch daran, daß sie eine Art von rauher Herzlichkeit meiner Mutter gegenüber gezeigt hatte, aus welchem Grund auch immer. Ich schlief den ganzen Tag, und am Abend ging ich mir für einen halben Penny ein Stück Brot kaufen. Ich kehrte ins Zimmer zurück. Nachdem ich an der Tür noch einmal einen Penny entrichtet hatte – ich besaß jetzt noch ganze zwei Penny –, legte ich mich wieder schlafen.

53. KAPITEL

Als ich am nächsten Morgen erwachte, spürte ich einen starken Lebenswillen, der mir zuerst wie ein Verrat an meiner Mutter vorkam. Doch dann sagte ich mir, daß ich es ihr ganz im Gegenteil schuldig sei, weiterzuleben, und daß es sie zutiefst bekümmern würde, wenn sie wüßte, daß ich ihr ins Schattenreich folgen wollte. Etwas hatte sich in mir verändert, und ich verstand nicht, was es war, aber die Wut, die ich seit ihrem Tod gefühlt hatte, war wie verwandelt, seit sie ein Ziel gefunden hatte. Ich wollte Gerechtigkeit. Ich wollte es denen heimzahlen, die den Tod meiner Mutter verschuldet hatten. Und damit meinte ich nicht jene Menschen, deren Handlungen zum Tod meiner Mutter beigetragen hatten, sowenig ich Bissett oder Mrs. Purviance mochte, oder jene, die ihr letztlich nur Hilfe verweigert hatten wie etwa Sir Perceval, Lady Mompesson und ihr Handlanger Mr. Barbellion. (Und immer noch begriff ich nicht, wieso meine Mutter behaupten konnte, daß ihr von den Mompessons die Tür gewiesen worden sei, denn ich wußte, daß es in deren Interesse sein mußte, einen Erben aus der Familie der Huffams am Leben zu wissen. Wahrscheinlich war sie schon ihren Wahnvorstellungen verfallen gewesen, als sie mir dies erzählt hatte.) Nein, die Menschen, die ich zur Verantwortung ziehen wollte, waren jene, die kalten Blutes und um ihres eigenen Vorteils willen die Vernichtung meiner Mutter geplant hatten: dieser mysteriöse Silas, der jener im Kodizill als anwartschaftlicher Erbe genannte Silas Clothier sein mußte, und jene Individuen, die, wie ich annahm, eine Rolle bei seiner Verschwörung spielten: Mr. Sancious alias Steplight und Mrs. Fortisquince.

Ich hatte Hunger, und die Tatsache, daß ich kaum noch Geld besaß, zwang mich, über meine Zukunft nachzudenken. Ich dachte an das unendlich große London mit seinen Millionen von Einwohnern. In dieser riesigen Menschenmenge, in der jeder einzelne seinen eigenen, egoistischen Sorgen nachging, kannte ich keine Seele, an die ich mich um Hilfe wenden konnte, kannte niemanden, den es kümmerte, ob ich lebte oder nicht; niemanden – mit der einzigen Ausnahme von Miss Quilliam, aber die würde kaum etwas für mich tun können. Mir wurde schwindlig bei dem Bild von dieser riesigen, sinnlosen, gleichgültigen Stadt um mich herum und bei dem Gedanken daran, daß ich nicht wußte, was ich als nächstes unternehmen sollte. Gerechtigkeit! Ich klammerte mich an diese Idee. Gerechtigkeit allein gab der Welt eine Ordnung und somit auch einen Sinn, denn ohne sie gäbe es nichts als Chaos und Konfusion. Ich wollte zu Miss Quilliam gehen; vielleicht konnte sie mir helfen, die Mompessons zur Verantwortung zu ziehen, denn immerhin hatten sie auch ihr übel mitgespielt, und mit dieser Absicht machte ich mich auf den Weg zum Gough Square Nr. 5.

Als ich durch Soho eilte, sah ich an einem hohen, schmalen Haus in einer dunklen Straße ein Messingschild mit der Aufschrift JAMES LAMPARD: ANATOMIESCHULE. Ich erinnerte mich daran, daß dieser Name einmal über Isbisters Lippen gekommen war, und plötzlich verstand ich den Zweck seines grausigen Gewerbes. Ich wurde den Gedanken daran einfach nicht wieder los, und mit einem Male schienen mir die Menschen, die mir begegneten, nur noch Bestien zu sein, brutale Tiere, die einzig ihren egoistischen Zielen und ihrer Gier gehorchten. Ich wollte einfach kein Mitglied einer solchen Rasse sein. Überall sah ich in selbstzufriedenem Grinsen aufgerissene Mäuler, gestärktes Leinen, das Gesichter von äußerster Grausamkeit umrahmte, und nackte Arme, die juwelenbesetzte Armbänder zur Schau trugen. Parfümierte Ungeheuer, Vieh, das in gestohlenem Putz herumstolzierte – etwas anderes schienen mir meine Mitmenschen nicht zu sein.

Ich hatte Glück, denn als ich die Stufen zum Hof des Hauses am Gough Square hinabgestiegen war und an die Küchentür geklopft hatte, sah ich, daß das kleine Dienstmädchen Betsy allein war. Sie stellte sich jedoch so in die Tür, daß sie den Zugang zum Haus versperrte.

»Ich trau mich nicht«, sagte sie. »Meine Herrin hat's verboten. Sie war schrecklich wütend, weil ich erlaubt hab, daß du mit Miss Quilliam sprichst.«

»Aber ich muß sie noch einmal sehen«, protestierte ich.

»Das geht nicht«, sagte sie, und in ihren Worten schwang so etwas wie Triumph mit. »Sie ist fort.«

»Wohin?« fragte ich und spürte bereits den schmerzhaften Stich böser Vorahnung.

»Nach Paris.«

Mir fiel ein, daß sie bei unserem letzten Treffen diese Möglichkeit erwähnt hatte. Das Mädchen sah mir offenbar meine Enttäuschung an – vielmehr meine völlige Verzweiflung –, denn es gab mir zu verstehen, daß ich warten solle, schloß die Tür für einen Moment und kam gleich darauf mit einem Stück Brot und einer halben Wurst zurück.

»Jetzt aber rasch fort mit dir!« sagte Betsy, drückte mir Wurst und Brot in die Hand und schloß die Tür.

54. KAPITEL

Als ich langsam die Straße hinabging und bedächtig diese Leckerbissen verzehrte, hielt ich mir vor Augen, daß meine Lage nun wirklich äußerst verzweifelt war. Einmal ganz davon abgesehen, welches Geschick mich dort erwarten mochte, würde kein Armenhaus einen gesunden Jungen in meinem Alter aufnehmen, erst recht nicht, wenn dieser Junge in keiner Londoner Gemeinde gemeldet war. Mir würde nichts anderes übrigbleiben, als mich von den Abfällen auf den Märkten zu ernähren oder als »Schlamm-Elster« die Ufer des Flusses abzusuchen, und ich fragte mich, wie lange ich auf diese Weise wohl überleben konnte. Aber mir blieb keine andere Wahl, denn in dieser Stadt kannte ich niemanden mehr, an den ich mich hätte wenden können, es sei denn, ich machte einen letzten Versuch, Mrs. Digweed aufzuspüren. Dann mußte ich allerdings wieder zum Borough gehen, um Pulvertaft zu suchen, und nach den Erfahrungen mit Isbister erschreckte mich angesichts der Ereignisse der letzten Tage schon allein der Gedanke, mich mit jemandem zu treffen, der mit Leichenräubern zusammenarbeitete. Außerdem verband mich nur ein sehr dünner Faden mit den Digweeds, und dieser Faden wurde dünner mit jedem Monat, der verging.

Dann fiel mir plötzlich ein, daß es doch noch jemanden gab, zu dem ich gehen konnte: Stephen Maliphants Halbbruder Henry Bellringer. Eigentlich hatte ich, seit ich Stephen versprochen hatte, seinem Halbbruder die Nachricht von seinem Tod zu überbringen, nicht nur das Recht, sondern sogar die Pflicht, diesen aufzusuchen. Der Gedanke daran, daß ich mir von ihm nicht viel Unterstützung erhoffen konnte, da ich von Stephen wußte, wie arm Henry war, ließ erst recht keine Skrupel aufkommen, und zerlumpt, wie ich war, brach ich sogleich auf.

Die Adresse – Fig Tree Court Nr. 6, Barnards Inn – hatte ich nicht vergessen, und während ich mich auf den entsprechenden Weg machte, überlegte ich, wie seltsam es doch war, daß Henry, arm, wie er war, offenbar in einem Gasthaus wohnte. Das Gebäude selbst wirkte allerdings äußerst schäbig und gar nicht wie eine jener Herbergen, die ich bisher kennengelernt hatte. Es gab weder einen Pferdestall, noch konnte ich Anzeichen von einem Speisezimmer oder einem Wartesaal entdecken. Es schien sich um ein ganz gewöhnliches Wohnhaus mit mehreren Hinterhöfen zu handeln, nur daß in diesem Haus der Eingang an einer Pförtnerloge vorbeiführte.

Ich wußte, daß man mir bei meinem Aussehen keinen Einlaß gewähren würde, also wartete ich, vermied den Blick des Pförtners und lief dann rasch an ihm vorbei, als seine Aufmerksamkeit von einem Gentleman in Anspruch genommen wurde, der gerade das Haus verließ. Ich ging durch mehrere miteinander verbundene Hinterhöfe; der Hof, in dem ich schließlich landete, war der dreckigste und dunkelste von allen. Überrascht stellte ich fest, daß vor den Treppenaufgängen jeweils eine Reihe von Schildern mit den Namen der Logiergäste angebracht war, was auf langfristige Wohnverhältnisse hinzudeuten schien, wie sie für einen Gasthof eigentlich ziemlich ungewöhnlich waren. Doch wie dem auch sein mochte, jedenfalls war ich beruhigt, als ich las, daß tatsächlich ein Mr. Henry Bellringer in einem Zimmer am Aufgang Nr. 6 wohnte.

Ich stieg die Treppen hinauf und hatte, wie ich glaubte, den obersten Stock erreicht, ohne seinen Namen auf einer der Türen zu finden. Dann entdeckte ich am Ende der eigentlichen Treppe noch eine kurze und reichlich wacklige Stiege. Ich kletterte also bis zur Mansarde hinauf, wo ich dann auch tatsächlich ein Schild mit dem gesuchten Namen fand. Die äußere Tür stand offen, doch die innere war geschlossen, und so klopfte ich an.

Ein junger Mann öffnete und starrte mich entgeistert an. In meinen schmutzigen und zerlumpten Kleidern und mit meinem verdreckten Gesicht muß ich auch wirklich einen überraschenden und wohl auch etwas beängstigenden Eindruck auf ihn gemacht haben. Der junge Mann war etwa drei- bis vierundzwanzig Jahre alt und wie ein Gentleman angezogen, doch wie ein ziemlich armer Gentleman.

Er sprach mich mit einem Mindestmaß an Höflichkeit an, das freilich in dieser Situation angebracht zu sein schien: »Wer bist du? Was willst du?«

»Sind Sie Mr. Henry Bellringer?«

Er war offensichtlich von meiner klaren Aussprache und der höflichen Frage überrascht, da er wohl mit etwas ganz anderem gerechnet hatte.

»Das bin ich«, sagte er mit einer Miene, die erkennen ließ, daß seine anfängliche Abscheu einer beginnenden Neugier Platz machte.

»Ich bin ein Freund von Stephen Maliphant.«

Er sah mir bei diesen Worten überrascht in die Augen und musterte mich gleich darauf sehr genau, dann lächelte er und sagte: »Da kommst du dann wohl besser herein.«

Sobald er lächelte, sah ich die Ähnlichkeit mit Stephen, und diese Ähnlichkeit sowie sein herzliches Lächeln und die Tatsache, daß er mich in sein Zimmer einlud, beschwichtigten meine Befürchtungen. Wenn ich überhaupt ein wenig in der Kunst bewandert war, einen Menschen nach seiner Physiognomie zu beurteilen – die Kunst, die Eigenart der Seele am Gesicht abzulesen –, dann konnte man diesen jungen Mann ganz gewißlich ehrlich und gutherzig nennen.

Einen Augenblick später betrat ich eine kleine Kammer, die durch die schräge Decke noch enger wirkte. Eine Tür führte zu einem zweiten Raum, der kaum größer als ein Kleiderschrank zu sein schien. Im Kamin bildete eine Handvoll Kohlen ein winziges Feuerchen, das nur wenig gegen die Kälte auszurichten vermochte, denn obgleich es erst Mitte November war, hatte der Winter schon eingesetzt. Ein verschlissener Teppich gab sich klägliche Mühe, einen Teil der Dielen zu bedecken. Vor dem Feuer standen zwei Sessel, ein Sofa drängte sich zwischen Tür und Kamin, und ein Tisch mit einem Stuhl fand neben dem einzigen, schmutzblinden Fenster Platz. Alles war ganz dicht aufeinander gerückt, so winzig war das Zimmer.

»Setz dich!« sagte mein Gastgeber, und ich ließ mich in einen der Sessel sinken. »Du siehst ziemlich mitgenommen aus«, fuhr er fort. »Ich würde dir ja gern etwas Heißes anbieten, aber leider fehlt mir im Moment das nötige Kleingeld. Ich kann dir wirklich nichts geben.«

»Machen Sie sich darum keine Sorgen«, sagte ich und spürte, wie mich der Hunger im gleichen Augenblick beinahe die Besinnung verlieren ließ.

»Ich könnte ja etwas zum Onkel Pfandleiher bringen«, sagte er. Und mit einer Miene, die eine Art komische Verzweiflung spiegelte, sah er sich in seiner Behausung um, doch es schien tatsächlich nichts zu geben, das man zum Versetzen benutzen könnte. Ich sah keine Schmuckstücke, auch keine Bilder oder etwa gar eine Uhr. Die Möbel wirkten so wacklig und schäbig, daß sie sich kaum noch zum Gebrauch eigneten, und bestimmt waren sie völlig wertlos. Ich sah auch keine Bücher, nur einige große, altertümliche Folianten, auf denen das Handwerkszeug der Schreibkunst lag: eine Streusandbüchse, ein Stoß Papier, eine Siegelmarke, ein Messingrahmen, der wohl als Lesepult diente, ein Schreibblock und eine Feder, die Henry offenbar gerade gespitzt hatte, als er von mir gestört worden war.

»Es muß doch noch irgendwas dasein!«, sagte er. »Aber ganz unter uns, der Onkel war in letzter Zeit schrecklich habgierig. Ich habe eine kleine Pechsträhne hinter mir. Doch ich sollte nicht von Glück oder Pech reden, so redet nur ein Narr! Und das meiste habe ich schon versetzt.« Er lachte, und als er sah, daß mein Blick auf den Folianten ruhte, erklärte er bekümmert: »Die gehören mir leider nicht. Schön wär's ja, aber sie sind aus dem Büro.«

All mein Stolz wehrte sich gegen die Vorstellung, von jemandem etwas anzunehmen, der offensichtlich selbst so in Not war und so tapfer über seine Armut zu scherzen wußte.

»Bitte nicht!« sagte ich. »Ich könnte es doch nicht annehmen. Meine Freunde werden sich schon um mich kümmern.«

Er wirkte erleichtert und setzte sich in den freien Sessel.

»Du meinst deine Eltern?«

»Ich habe keinen Vater«, gab ich etwas widerstrebend preis. »Und meine Mutter ist tot.«

»Aber du hast Freunde, die Geld haben. Das ist immer eine feine Sache.«

»Das stimmt«, sagte ich. Er warf einen Blick auf meine Kleider, und da ich spürte, daß meine Behauptung nicht ganz mit dem Bild übereinzustimmen schien, das er von mir haben mußte, fügte ich noch hinzu: »Sie wollten mich schon in die Wanne stecken und mir neue Kleider kaufen, aber ich hatte bis jetzt noch keine Zeit. Ich bin gerade erst aus Yorkshire zurück.«

»Ach, richtig«, sagte er. »Du warst dort mit meinem Halbbruder auf der Schule, nicht wahr?«

Ich nickte und fragte mich, ob er wohl schon etwas von Stephens Schicksal erfahren hatte, doch sein fröhlicher Ton verriet mir, daß er noch nichts wußte. Seine nächsten Worte beseitigten jeden Zweifel, und mein Herz wurde mir schwer bei dem Gedanken, daß ich ihm die schlechte Nachricht überbringen müßte.

»Na, wie geht's meinem lieben Brüderchen?« fragte er lächelnd.

Ich konnte nicht antworten, und als er meine Bestürzung sah, verflog sein Lächeln allmählich.

»Ist er krank, oder ...« Er schwieg. Da mußte ich es ihm sagen: »Es tut mir leid, Mr. Bellringer, er ist tot.«

Er wandte sich von mir ab und verbarg sein Gesicht in den Ärmeln.

»Der arme Stevie«, sagte er gleich darauf. »Wann ist es denn passiert?«

»In den letzten Julitagen. Ich bin überrascht und ein wenig betrübt, daß Sie es noch nicht erfahren haben.«

»Wer sollte mich schon benachrichtigen? Seine Tante und ich reden nicht miteinander. Aber du hast mir noch nicht gesagt, woran er gestorben ist.«

»Sie haben ihn umgebracht«, sagte ich unwillkürlich.

Ich hatte schon überlegt, wie ich Henry von den Begleitumständen des Todes seines Halbbruders erzählen sollte, und eigentlich beschlossen, die Rolle der Quiggs und das Ausmaß ihrer Brutalität etwas herunterzuspielen, doch da ich müde und hungrig war und weil es mir einfach leichter fiel, sagte ich nun die Wahrheit. Sobald der Satz über meine Lippen war, begriff ich auch, daß es falsch gewesen wäre, die Wahrheit zu beschönigen, und ich glaube, in dieser Überzeugung wurde ich, ohne es recht zu wissen, noch durch den Verlust bestärkt, den ich gerade erst erlitten hatte.

Henry zuckte zusammen: »Aber das kann doch nicht sein!« rief er.

Also beschrieb ich ihm, wie es zum Tod Stephens gekommen war – zum Mord, wie ich es nannte. Ich klammerte nichts aus, vermied jedoch jede Übertreibung. Henry hörte aufmerksam und voller Mitgefühl zu, ohne mich zu unterbrechen, und schien tief bekümmert, als ich ihm erzählte, wie schrecklich Stephen zugerichtet worden war.

Als ich meinen Bericht beendet hatte, sah er mich ernst an und sagte: »Also, jetzt hör mal zu, alter Junge! Ich kann mich noch gut daran erinnern, daß zu meiner Zeit die Schule auch kein Zuckerlecken war. Ich war auf einer Peitschen-Penne, und man hat mir oft genug eine übergezogen. Ich meine, jeder Schuljunge in England glaubt doch schließlich irgendwann einmal, daß er auf einer Schule ist, die ihn verhungern läßt und ihn zu Tode prügelt. Hab ich nicht recht?«

»Das mag schon sein«, stimmte ich ihm zu.

»Aber die Quiggs scheinen wirklich eine ganz besonders schlimme Bande zu sein. Sei froh, daß du nichts mehr mit ihnen zu tun hast und wieder bei deinen Freunden bist.«

»Sie glauben mir kein Wort von meiner Geschichte, nicht wahr?« sagte ich und spürte, daß mir vor Enttäuschung beinahe die Tränen kamen. »Sie glauben, ich habe mir das nur ausgedacht, daß Stephen zu Tode geprügelt wurde.«

»Immer mit der Ruhe, alter Junge!« redete Henry freundlich auf mich ein.

»Ich glaube, du hast eine wirklich arge Zeit hinter dir, und deshalb siehst du die Dinge schlimmer, als sie tatsächlich sind. Das ist alles. Kein Gentleman würde einem anderen Gentleman jemals nachsagen, daß er lügt«, rief er mit komischer Entrüstung aus. »Verdammt, mein Herr, das wär ja beinahe ein Grund, sich zu duellieren!«

Ich lächelte unsicher, und er fuhr fort: »Wenn ich doch bloß gewußt hätte, was das für eine grauenhafte Anstalt ist! Aber was hätte ich schon für Stevie machen können? Ich kann mich ja selbst kaum über Wasser halten. Und auf dem Rechtswege wäre auch nichts zu machen gewesen, da seine Tante die Vormundschaft über ihn hatte.«

»Soll ich sie aufsuchen und ihr erzählen, was ich Ihnen berichtet habe?«

»Nein, auf keinen Fall!« sagte er hastig. »Diese Leute – wie heißen sie doch gleich, die Quiggs? –, die werden ihr schon von seinem Tod berichtet haben.«

»Glauben Sie, daß Miss Maliphant ...«

Er unterbrach mich: »Wen meinst du?«

»Na, Stephens Tante.«

»Ach, so heißt sie jetzt nicht mehr. Sie hat geheiratet. Aber was ist mit ihr?«

»Nun«, sagte ich, »ich habe mich nur gefragt, ob sie wohl weiß, was in dieser Schule vor sich geht.« Als ich seine verblüffte Miene sah, ergänzte ich: »Wissen Sie, ich glaube, man hat mich zu den Quiggs geschickt, weil man mich aus dem Weg räumen wollte.«

»Du willst sagen, daß du das ganze Jahr über dort bleiben solltest?«

»Nicht nur das; man hat mich sogar in der festen Erwartung dorthin geschickt, daß ich die Schule niemals wieder verlassen werde.«

Er starrte mich an, dann lächelte er etwas eigenartig: »Nun mal langsam, alter Freund! Ich glaub, ich versteh, was du meinst, aber das wäre ziemlich starker Tobak. Wie kommst du überhaupt auf so eine Idee?«

Ich erzählte ihm, daß Mr. Steplight sich offenbar im Namen der Tante nach Stephen erkundigt habe, um ihr von seiner körperlichen Verfassung zu berichten. Da aber Stephen sichtlich geschwächt und abgemagert gewesen sei, seine Tante jedoch nichts für ihn unternommen habe, scheine sie doch eine gewisse Mitschuld an den Geschehnissen zu tragen.

»Ein Mr. Steplight hat dich dorthin gebracht?« fragte Henry. »Nein, ich bin mir sicher, daß ich diesen Namen noch nie gehört habe.« Dann lachte er: »Allein der Gedanke, daß seine Tante für all das verantwortlich sein könnte! Zugegeben, sie hat sich vielleicht nicht besonders um ihn gekümmert, aber mit diesem Verdacht gehst du wohl wirklich etwas zu weit. Außerdem, welchen Grund sollte sie denn für so ein Verhalten haben?«

»Kennen Sie denn keinen?«

Er sah mich plötzlich sehr ernst an: »Ich will dir einen guten Rat geben, alter Freund. Erzähl keiner Menschenseele von der Sache mit den Quiggs, und daß sie Stephen zu Tode geprügelt haben sollen! Sprich vor allem nicht so über seine Tante! Ich kenne mich in juristischen Dingen ein wenig aus, und ich warne dich, es gibt da so etwas wie üble Nachrede, und wenn du mich fragst, dann ist das eine ziemlich ernste Angelegenheit.«

Ich sah ein, daß er es gut mit mir meinte, und nickte, als würde ich ihm zustimmen. Doch ich hatte Stephens Familiennamen erwähnt, weil ich mehr über ihn wissen wollte: »Darf ich Sie fragen, ob Sie mit der Familie Maliphant verwandt sind?«

»Nein, das bin ich leider nicht«, antwortete er mit einem Lächeln. »Siehst du, ich war noch ziemlich klein, als mein Vater starb und meine Mutter sich wieder verheiratete. Ihr zweiter Mann war Stephens Vater, Timothy Maliphant. Beide Familien lebten in Canterbury, und dort hat meine Mutter die Maliphants kennengelernt. Unsere Mutter starb sehr bald nach Stephens Geburt, und wir beide wurden in der Familie des jeweiligen Vaters aufgezogen, deshalb kannten wir uns auch kaum.«

Da Henrys Verbindung mit der Familie Maliphant offenbar nur sehr oberflächlicher Natur war, beschloß ich, ihm nichts von dem eigentümlichen Zufall – wenn es denn einer war – zu erzählen, daß der Name Maliphant auch in dem Kodizill erwähnt wurde, das mein Ururgroßvater aufgesetzt hatte.

»Ich sagte ›leider‹«, fuhr Henry fort, »weil mein Vater, im Gegensatz zu Stephens Vater, der wenigstens so viel Geld besaß, um davon auf bescheidene Weise leben zu können, ein armer Mann war.« Er lächelte spitzbübisch: »Stephen hat übrigens Timothy Maliphants Leibrente geerbt; sie sollte bis zu seiner Volljährigkeit vormundschaftlich verwaltet werden. Mit seinem Tod erlischt nun auch der Anspruch auf die Rente. Ich sage das nur, damit du dich nicht fragst, ob die Rente ein Motiv für jemanden gewesen sein könnte, Stephen umzubringen.«

Ich bekam einen roten Kopf, denn genau diesen Verdacht hatte ich gehegt, und es sah nun tatsächlich so aus, als hätte ich ein beinahe krankhaftes Mißtrauen an den Tag gelegt.

»Meine Familie dagegen, die Bellringers«, fuhr Henry mit spürbarer Verbitterung fort, »ist mit den ältesten Familien des Königreiches verwandt. Das Blut der Plantagenets rinnt durch unsere Adern. Und einstmals besaßen wir große Reichtümer – weit mehr, als die Maliphants jemals ihr eigen nannten. Doch schon vor geraumer Zeit wurde alles Geld durch törichte Spekulationen, durch Lotterien, beim Kartenspiel und sonstigen Glücksspielen durchgebracht. Und dann hat man meinen Urgroßvater auch noch um seinen Adelstitel betrogen.« Plötzlich lachte er: »So wurde mir also, dem Letzten meiner Familie, eine Erbschaft hinterlassen, wie sie sich kein Sohn eines Herzogs wünschen könnte: Ich habe die Chance, ohne Geld und ohne Hilfe eines Gönners meines eigenen Glückes Schmied zu sein. Und wie du beim Anblick dieser großen, staubigen Bände wahrscheinlich bereits ganz richtig vermutet hast, ist es der Beruf eines Rechtsanwalts, auf den ich mich vorbereite.«

»Stephen hat mir erzählt, Sie seien bereits Anwalt«, sagte ich.

»Noch nicht«, lächelte er. »Ich muß meine Praktikantenzeit noch ableisten.«

»Ich habe auch schon einmal an ein Jurastudium gedacht«, sagte ich. »Ist das ohne Geld sehr schwierig?«

»Ja«, antwortete er, »du mußt auf die richtige Schule gegangen sein, und ein angesehener Anwalt muß für dich bürgen, damit man dich als Student aufnimmt. Dann brauchst du ungefähr einhundert Pfund für die Studiengebühren, und dann noch einmal ausreichend Geld, um in den Jahren des Studierens und der anschließenden Praktikantenzeit für deinen Unterhalt aufzukommen. Meine Familie konnte mir nur einen Teil der Studiengebühren bezahlen, also habe ich mir den Rest mit dem Schreiben juristischer Schriftstücke dazuverdient, denn glücklicherweise – obwohl ich dieses Wort hasse – scheine ich eine Begabung für solcherlei Dinge zu haben.«

»Wollen Sie damit sagen, daß Sie die Gesetzestexte schreiben?« fragte ich voller Ehrfurcht.

Er lachte. »Das ist stark! Nein, ganz im Gegenteil. Ich bin einer der niedersten Federknechte, an mein Pult gefesselt wie ein Galeerensträfling an seine Bank, und mache Abschriften, nichts als Abschriften. Ich war gerade dabei, in schönster Frakturschrift eine Auflassungsurkunde abzupinseln, als du angeklopft hast.«

Er zeigte auf den Tisch, und ich sah dort einen großen, mit roter und blauer Tinte beschriebenen Pergamentbogen liegen, der über und über mit Bleistiftlinien bedeckt war.

Ich verstand den Hinweis. Er war sehr freundlich zu mir gewesen, doch ich hatte wirklich keinen Grund mehr, die Rückkehr auf die kalte Straße noch länger hinauszuzögern.

»Ich muß gehen«, sagte ich daher. »Sonst fangen meine Freunde an, sich um mich Sorgen zu machen.«

Ich weiß nicht, ob dieser Vorwand ihn überzeugte, doch zumindest diente er mir als nützliche Ausrede, die mich ohne weitere Verlegenheit zur Tür gelangen ließ.

Wir reichten uns die Hand, und er sagte: »Ich danke dir, daß du vorbeigekommen bist, um mir von Stevie zu erzählen.« Er schwieg einen Moment lang. »Dabei fällt mir ein: Ich glaube, du hast mir deinen Namen gar nicht genannt.«

Erschöpft, wie ich war, standen plötzlich all die Namen, die ich schon einmal verwendet hatte, vor meinem inneren Auge. Ich wußte nicht mehr, warum ich dem einen den Vorzug vor dem anderen geben sollte, und konnte mich daher für keinen entscheiden. Also antwortete ich: »John, einfach nur John.«

»Also gut, John«, sagte er und lächelte.

Wir gaben uns noch einmal die Hand, dann schloß er die Tür, und ich stieg die Treppe hinab.

55. KAPITEL

Ich schleppte mich zurück zum Mitre Court und kaufte mir auf dem Weg für meinen vorletzten Penny ein Stück Brot. Die allerletzte Münze gab ich dann dem Mieteintreiber und spürte dabei ein eigentümliches Gefühl der Erleichterung, da ich nun überhaupt kein Geld mehr besaß und auch nicht wußte, wie ich mir am nächsten Tag etwas zu essen oder einen Platz zum Schlafen besorgen sollte.

Die Belegschaft des Zimmers hatte gewechselt, und die Schlafgänger waren mir allesamt unbekannt. Als ich mich auf die bloßen Dielen legte, drückte mir der Inhalt meiner Jackentasche in die Rippen, und mir fiel wieder ein, daß ich die ganze Zeit über das Tagebuch meiner Mutter und den Brief mit mir herumgetragen hatte. Das letzte Mal, als ich an diese Hinterlassenschaft gedacht hatte, war es mir einfach unmöglich gewesen, mich eingehender mit ihr zu beschäftigen, doch jetzt zog ich sie aus der Tasche und betrachtete sie in dem spärlichen Licht, das durch die dreckigen Fenster fiel. Ich freute mich, den Stadtplan wieder in Händen zu haben, doch er schien nicht ein einziges Mal auseinandergefaltet worden zu sein, seit ich ihn meiner Mutter anvertraut hatte, kurz bevor ich mit Mr. Steplight nach dem Norden abgereist war. Dann lehnte ich mich mit dem Rücken an die Wand, öffnete das Tagebuch und begann, die etwas flüchtige und nicht ganz reinliche Handschrift meiner Mutter zu lesen. Der erste Eintrag war an dem lang vergangenen Tag erfolgt, als Sukey und ich Mr. Barbellion auf dem Friedhof von Melthorpe getroffen hatten, jener Tag, an dem ich abends wach gelegen und darauf gewartet hatte, daß meine Mutter nach unserem Streit in mein Zimmer kam, um mir gute Nacht zu sagen:

ERSTER BERICHT:

18. Dezember 1819
Mein lieber Johnnie,
Du verstehst das nicht, natürlich nicht. Wie solltest Du auch? Du warst unfreundlich zu mir, aber Du wußtest ja nicht, was Du sagtest. Du verstehst nicht, was es bedeutet, daß Mr. Barbellion hier auftaucht. Es bedeutet nämlich, daß uns der Feind gefunden hat. Und Du hast ihn zu uns geführt! Aber es war nicht Dein Fehler ...

Ich hörte die Stimme meiner Mutter so klar und deutlich, daß mich zum erstenmal ein Gefühl des Verlustes überkam, das nicht mehr mit Wut vermischt war. Tränen trübten den Blick auf das Papier. Ich versuchte, sie zu ignorieren und einfach weiterzulesen, aber es war unmöglich, und so legte ich mich mit dem Gesicht zur Wand und überließ mich meinem Schmerz.

Es mochte vielleicht eine Stunde vergangen sein, als sich die erste Trauer so weit gelegt hatte, daß mir der Brief auffiel, der aus dem Tagebuch in meinen Händen hervorlugte. Ich nahm ihn heraus und musterte das große rote, eine vierblättrigen Rose darstellende Siegel, mit dem das gefaltete Blatt verschlossen war, und die verblaßten, rostfarbenen Flecken, die ich in meiner kindlichen Phantasie für Blutspritzer gehalten hatte.

Die Aufschrift lautete: »Meinem geliebten Sohn – und meinem Erben: John Huffam.« John Huffam war der Name meines Großvaters, aber war nun der Brief, da er keinen Sohn hatte, an seinen Schwiegersohn («Meinem geliebten Sohn«) *und* an einen Erben gerichtet oder ... Nein, er war allein an ersteren, an meinen Vater, adressiert! Als ich das Siegel genauer betrachtete, sah ich, daß meine Mutter es niemals erbrochen hatte. Das bestärkte mich darin, daß mit dem Erben ihr Mann und nicht sie oder etwa ein anderer Erbe gemeint war. Ließ das nun vermuten, daß sie ihn immer noch am Leben glaubte? Ich zauderte. Hatte ich ein Recht, das Siegel zu erbrechen, wenn er noch am Leben war? In meiner jetzigen Lage war ich gewiß berechtigt, den Brief zu öffnen. Ich brach das Siegel, entfaltete das Folioblatt und las:

Charing Cross, den 5. Mai 1811

Betrifft Besitzanspruch Gut Hougham:
Rechtsanspruch auf uneingeschränkten Besitz ursprünglich bei Jeoffrey Huffam. Vorgeblich übertragen durch James und nun bei Sir P. Mompesson. Wird verhandelt am Kanzleigericht.
Kodizill zu Jeoffreys Testament nach seinem Tod 1768 von unbekannter Hand unterschlagen. Kürzlich wiederbeschafft durch Ehrlichkeit und Beharrlichkeit von Mr. Jeoffrey Escreet. Überträgt Erbanwartschaft auf meinen Vater und dessen männliche wie weibliche Erben. Rechtmäßigkeit des Verkaufs des Hougham-Besitzes? Dieser ist P. Mompesson nicht aberkannt, aber P.M. hat nur abhängiges Nießbrauchrecht. Liegt Verfügungsrecht also bei mir und Erben?

Verwirrt brach ich die Lektüre ab. Was für ein Brief sollte dies sein? Diese wild zusammengewürfelten Zeilen schienen nur zu bestätigen, was ich bereits wußte, daß nämlich das Kodizill zum Testament von Jeoffrey Huffam den Erben meines Großvaters keinen Rechtsanspruch auf den Besitz des Gutes Hougham übertrug, da sein Vater James beim Verkauf des Besitzes an die Mompessons auch den Rechtstitel veräußert hatte – wie legal es auch immer dabei zugegangen sein mochte. All das hatte ich bereits beim Abschreiben des Kodizills erfahren, und Mr. Sancious alias Steplight hatte es – falls ihm denn darin zu trauen war – noch einmal erläutert: Meine Mutter und ich als ihr Erbe besaßen nur einen nominellen Anspruch auf den Besitz des Gutes Hougham, und dieser umfaßte weder Rechtstitel noch Besitzrecht.

In meinem Kopf drehte sich alles, und mein Magen zog sich vor Schmerz zusammen. Ich lag auf dem nackten, schmutzigen Boden, und meine Augen taten mir weh, weil ich sie in dem Halbdunkel überanstrengt hatte. Unter diesen Bedingungen konnte ich für die obskuren Worte des Briefes nur wenig Interesse aufbringen. Es standen noch einige Zeilen mehr auf dem Papier, doch das Licht nahm rasch ab, und da ich die Handschrift meines Großvaters nur mit großer Mühe entziffern konnte, sah ich keinen Sinn mehr darin, mich weiter zu plagen. Ich konnte noch die Worte »Testament« und »Rechte« ausmachen, dann hörte ich auf zu lesen. Tief enttäuscht faltete ich das Blatt wieder zusammen und steckte es zurück ins Tagebuch. Ich weiß nicht, was ich mir eigentlich von der Botschaft meines verstorbenen Großvaters erhofft hatte, doch mir kam es vor, als hätte er sich mir als besessener Geist gezeigt, der sich in haarspalterischer Manier über juristische Feinheiten beugte, in der Hoffnung, irgendein abstraktes Recht geltend machen zu können. Es machte mich traurig, daß meine Mutter diesen Brief so viele Jahre lang in Ehren gehalten hatte, denn dies schien mir nur ein weiteres Beispiel für ihre vielen Fehleinschätzungen zu sein, wie mir der Brief selbst auch ein Beispiel für die vielen Dinge in ihrem Leben zu sein schien, die unnötig und sinnlos gewesen waren.

Ich versuchte, es mir auf dem Boden bequem zu machen, aber ich lag noch lange wach, ehe ich einschlafen konnte, und dann erschienen mir in meinen Träumen höhnisch grinsende Fratzen, die aus der Dunkelheit heraus auf mich zukamen und mit irren Mienen von Kodizillen und Rechtsansprüchen brabbelten.

II. BUCH

Gaunerehre

56. KAPITEL

Offenbar hatten sie sich im Kaffeehaus »Piazza« verabredet, topographisch gesprochen gleich um die Ecke des Büros der sechs Kanzlisten, doch in jeder anderen Hinsicht in einer völlig anderen Welt. Hier sitzen also die beiden Herren, ganz nach der letzten Mode gekleidet, und warten auf den dritten Gentleman. Den einen von ihnen kennst du noch kaum, doch die anderen beiden sind alte Bekannte. Mr. David Mompesson trägt einen jagdgrünen Gehrock, einen weißen Zylinder, einen himmelblauen Übermantel mit gelben Knöpfen sowie eine Uhrkette. Der Gentleman, der mit ihm zusammen eintraf, trägt Frack und enge Hosen, dazu weiße Seidenstrümpfe und Halbschuhe mit hohen, eckigen Absätzen.

Als sich der dritte Gentleman in schäbigem Mantel und etwas abgetragenem Kastorhut einige Minuten später zu ihnen gesellt, stellt Mr. Mompesson dem Neuankömmling seinen Gefährten vor: »Harry, du hast schon von Sir Thomas gehört?«

»Das habe ich«, sagt der mit einer kurzen Verbeugung und schüttelt die mit Ringen bestückte und manikürte Hand.

Die beiden Herren lächeln sich höflich an.

»Ich habe nach dir geschickt, Harry«, fährt Mr. Mompesson fort, »weil ich deinen Rat in einer juristischen Angelegenheit brauche.«

»Da bist du an den rechten Mann fürs rechte Geschäft geraten.«

»Geschäft? Ich hoffe doch nicht, daß du eine Bezahlung von mir erwartest?«

»Noch nicht, aber eines Tages bestimmt. Doch wenn wir über Juristisches sprechen wollen, dann sollten wir das nicht hier tun.«

»Warum gehen wir nicht ins ›Finish‹?« schlägt Mr. Mompesson vor.

Wie du sicher weißt, spielt er damit auf ein Kaffeehaus am anderen Ende von Covent Garden an, das damals gerade schrecklich in Mode und ebenso verrufen war.

»Ich hab noch einen besseren Vorschlag«, ruft der junge Baronet, »laßt uns doch in die ›Hölle‹ gehen!«

»Thomas ist ein berüchtigter Spieler«, erklärt Mr. Mompesson seinem rechtsgelehrten Begleiter. »Ich frage mich sogar manchmal, ob er die Erfüllung seiner wahren Leidenschaften nicht ausschließlich auf der Rennbahn und am grünen Spieltisch findet.«

»Da trifft's wenigstens nur den Geldbeutel«, antwortet Sir Thomas lachend. »Doch ein Augenblick mit Venus kann dich zu einem lebenslangen Techtelmechtel mit dem quecksilbrigen Merkur verdammen.«

Die beiden anderen Herren lächeln (der schäbig angezogene eher etwas unbehaglich), und Sir Thomas sagt zu Mr. Mompesson: »Wie ich sehe, trägst du noch immer die Narben deiner Begegnung mit dem schönen Geschlecht.«

Mr. Mompesson errötet, dann streicht er sich mit einer Hand über die Stirn und widerspricht gereizt: »Sie sind schon verheilt. Es ist jetzt über zwei Jahre her, verdammt noch mal. Kannst du die Sache nicht endlich auf sich beruhen lassen?«

Du und ich, wir wissen natürlich, welches Mitglied des schönen Geschlechts dem zukünftigen Baronet diese Wunde beigebracht hat. Und wir kennen auch die Umstände, unter denen dies geschah. Wen wundert es daher, daß Mr. Mompesson an jene Situation nicht gern erinnert werden will!

»Kommt«, sagt Sir Thomas und erhebt sich, »bevor wir uns noch weiter ärgern und aneinandergeraten, gehen wir lieber ins ›Wetherby's‹!«

Also machen sie sich auf den Weg in die Henrietta Street und klingeln an einer schmalen, dunklen und mit Eisenbeschlägen gesicherten Pforte. Einen Augenblick später öffnet sich ein durch Gitterstäbe geschütztes kleines Fenster in der Tür, und eine Stimme fragt: »Wer ist da?«

»Freunde«, antwortet Sir Thomas. »Stanhope Mountgarret schickt uns.« Er zwinkert seinen Gefährten zu.

»Kommt herein, einer nach dem anderen!« hören sie die unsichtbare Stimme sagen, dann folgt ein Geräusch, als würde ein Riegel zurückgeschoben, eine schwere Kette fällt, und die Tür wird geöffnet. Hinter ihr steht der Zerberus, der den Eingang zu dieser Hölle bewacht, hält jedem Gentleman kurz die Laterne ins Gesicht und verschließt hinter ihnen wieder die Pforte.

Sie betreten einen dunklen Flur, und von dort aus gelangen sie in einen großen, vom Schein vieler Kerzen strahlend hell erleuchteten und mit hohen Spiegeln prächtig geschmückten Raum, den man in dem äußerlich so verfallenen Haus kaum vermutet hätte.

An einem Tisch in der Ecke kaufen sich Mr. Mompesson und Sir Thomas Jetons im Wert von jeweils dreißig Guineen.

»Spielen Sie nicht mit?« fragt Sir Thomas.

Harry wird rot, und Mr. Mompesson lächelt.

»Niemals«, sagt Harry. »Aus Prinzip nicht.«

Und während er verächtlich zuschaut, beginnen die beiden Gentlemen ihr Geld beim Hazard zu verspielen. Als sie ihre Jetons los sind, machen sie es sich mit Harry in den Sesseln und auf dem Sofa eines angrenzenden Zimmers gemütlich und trinken den eisgekühlten Champagner, den man ihnen auf Kosten des Hauses reichlich serviert.

»Warum diese Abneigung gegen das Spiel?« fragt Sir Thomas ein wenig blasiert.

»Die Frage stellt sich mir nicht«, antwortet Harry reserviert. »Meine finanzielle Lage erlaubt es mir nicht.«

Der Baronet mustert ihn mit einem gelangweilten Lächeln von oben bis unten, als wolle er damit andeuten, daß Harrys äußere Erscheinung dies ohnedies deutlich genug anzeige.

»Aber ich habe noch einen Grund«, fährt Harry fort, als fühle er sich durch dieses unverschämte Taxieren zu einer weiteren Antwort veranlaßt. »Meine Familie hat einen großen Teil ihres Besitzes beim Spiel verloren. Mein Urgroßvater besaß einst ein beträchtliches Vermögen, aber er hat alles am Spieltisch verjubelt.«

»Dein Urgroßvater?« fragt der Baronet gedehnt. »Das ist wohl schon alles verdammt lang her, nicht wahr?«

»So lange nun wieder auch nicht«, gibt Harry zurück. »Schließlich lebt er noch.«

»Muß ja inzwischen mächtig alt sein, der gute Herr«, meint Sir Thomas.

»Natürlich«, antwortet Harry ungeduldig. Dann zögert er einen Moment, sieht zu Mr. Mompesson hinüber und fügt hinzu: »Und doch hat er nie vergessen, was man ihm angetan hat. Er ist das Opfer einer schrecklichen Ungerechtigkeit geworden.«

»Ja, ja«, sagt Mr. Mompesson rasch. »Aber fang jetzt um Himmels willen nicht damit an!«

»Du hast leicht reden«, sagt Harry verärgert. »Deine Familie hatte schließlich den Nutzen davon.«

Er hält inne, und beide, er wie auch Mr. Mompesson, blicken zum Baronet, als fürchten sie, bereits zuviel gesagt zu haben.

»Ihr macht mich neugierig«, sagt Sir Thomas. »Wollt ihr mir die Geschichte nicht erzählen?«

»Wenn du sie unbedingt hören willst«, sagt Mr. Mompesson leichthin. »Die ganze Sache geht zurück auf die absurde Überlieferung, daß mein Urgroßvater seinen Besitz in Hougham beim Hazard gewonnen hat, aber dieses Gerücht entbehrt jeder Grundlage. Die Wahrheit ist viel prosaischer: Er hat das Gut einfach von James Huffam gekauft.«

»Aber so etwas geschieht doch tatsächlich manchmal«, protestiert Sir Thomas.

»Mit einem Wurf alles gewinnen oder alles verlieren«, sagt Harry mit einem Schauder. »Ich lehne Glücksspiele ab, aber ich nehme jederzeit eine Einladung zum Schach an, da spielt das Glück keine Rolle, und mein Los hängt allein von meiner Geschicklichkeit ab.«

»Wenn's um Geschicklichkeit geht, solltest du Karten spielen«, sagt Mr. Mompesson. »Aber warum sträubst du dich gegen Glücksspiele, wenn das ganze Leben doch nichts als ein Würfelspiel ist? Wenn ich gewinne, nun gut. Verliere ich, muß ich mein Schicksal eben hinnehmen.«

»Das stimmt nicht; man kann sein Schicksal beeinflussen«, antwortet Harry. »Man braucht es nicht einfach nur hinzunehmen.«

»Humbug!« ruft der Baronet aus. »Das Leben ist ein Hazardspiel.«

»Welch seichter Tiefsinn«, spottet Harry giftig. »In jedem Leben gibt es einen Sinn und eine Ordnung, und man kann versuchen, diesen Sinn zu verstehen und das Leben zu meistern. Gerade deshalb fasziniert mich ja das Billigkeitsrecht so sehr.«

»Ach, wenn's nur darum geht«, erwidert Sir Thomas, »dann läßt sich mit einem Paar falscher Würfel sogar das Hazardspiel meistern.«

»Was dein Urgroßvater sicherlich auch gewußt hat«, sagt Harry zu Mr. Mompesson.

»Wenn der alte Knabe doch nur von diesem verfluchten Kodizill gewußt hätte!« schimpft Mr. Mompesson zweifellos in der Absicht, Harry von dem gefährlichen Thema abzulenken.

Und ich darf wohl hinzufügen, daß Harry sicherlich die besseren Argumente gehabt hätte, wenn die drei jungen Gentlemen in ihrer Diskussion fortgefahren wären, denn das Billigkeitsrecht ist schließlich ein Abbild der göttlichen Gerechtigkeit und das beste Beispiel für den verborgenen Sinn, der in allen Dingen ruht.

»Was hat es denn damit nun wieder auf sich?« fragt Sir Thomas neugierig.

»Es geht um einen Nachtrag zum Testament des Vaters von James Huffam, der dem Kanzleigericht vorgelegt wurde«, antwortet Mr. Mompesson dankbar. »Und die Bestimmungen des Nachtrags könnten das eigentliche Testament des alten Huffam außer Kraft setzen. Im Kodizill wurde ein Fideikommiß gestiftet, der Besitz wurde also nur mit gewissen Einschränkungen an James vermacht, und wenn das Gericht das Kodizill akzeptiert, könnte dies bedeuten, daß James Huffam rechtlich gar nicht befugt war, das Gut an meinen Urgroßvater zu verkaufen.«

»Dann würdest du also deinen Besitz verlieren?«

»Nein, ganz so einfach ist das nicht. Erklär lieber du es ihm, Harry!«

Und so führt Harry aus: »Wenn der Nachtrag anerkannt wird, hieße das für die Familie Mompesson, daß sie nur das Nießbrauchrecht für den Besitz erworben hat, während das Verfügungsrecht bei den anwartschaftlichen Erben von James verblieben ist. Solange es also noch einen Huffam-Erben gibt, ist das nicht weiter problematisch. Doch wenn dieser Zweig der Familie aussterben sollte, geht das Verfügungsrecht an den nächsten anwartschaftlichen Erben über, und in diesem Falle würde die Familie Mompesson tatsächlich ihr Nießbrauchrecht verlieren.«

Sir Thomas pfeift leise durch die Zähne, dann fragt er: »Und gibt es noch einen Erben auf seiten der Huffams?«

Mr. Mompesson und Harry sehen sich an.

»Wir wissen es nicht«, sagt Mr. Mompesson. »Es gab zwei, aber wir haben sie beide aus den Augen verloren. Allein das Verfügungsrecht zu besitzen bringt sowieso niemandem etwas ein. Aber seit die Geschichte vom Kodizill in aller Munde ist, akzeptiert man meine Wechsel und auch die Wechsel meines Vaters nur noch zum allerhöchsten Diskontsatz oder überhaupt nicht mehr. Und das in einer Zeit, wo doch der Geldmarkt völlig verrückt zu spielen scheint und man offenbar jeden Schuldschein kaufen oder verkaufen kann, solange er nur eine Unterschrift trägt.«

»Steckst du tief in der Kreide?« fragt Sir Thomas.

»Bis zum Hals, ehrlich gesagt. Der Verwalter in Hougham füllt sich die Taschen auf unsere Kosten, und mein alter Herr will nichts davon wissen, obwohl meine Mutter und Barbellion ihm unwiderlegbare Beweise unter die Nase gehalten haben. Und was mich betrifft, ich habe so viele Schuldscheine ausgestellt, daß es, selbst wenn der Alte morgen stirbt und ich über das ganze Geld verfügen kann, wahrscheinlich zu spät ist, um mich vor dem totalen Ruin zu retten.«

»Wie schlimm ist es denn?« fragt der Baronet.

Mr. Mompesson beugt sich vor und flüstert: »Fünfzehntausend.«

Der Baronet stößt einen leisen Pfiff aus.

»Wenn mein Vater davon erfährt, wird es einen höllischen Ärger geben. Jetzt kann mich nur noch eines retten«, fährt Mr. Mompesson fort, »ich muß mir eine reiche Erbin suchen.«

»Da wüßte ich sogar die passende Partie für dich, mein Lieber«, sagt Sir Thomas. »Und ich glaube, ich könnte die Sache auch arrangieren.«

»Wie sieht sie aus?«

»Na, sie ist keine von diesen käsebleichen, zimperlichen Demoisellen, die sich so schrecklich zieren, ehe sie endlich ja sagen. Sie ist eine Frau mit Temperament. Und ich kann dir versichern, daß du dich nie auch nur einen Augenblick lang über ihren guten Ruf beklagen mußt.«

»Kurz und gut, sie ist eine gräßliche alte Jungfer.« Mr. Mompesson lacht.

»Nun, um bei der Wahrheit zu bleiben, sie hat ihren Preis so hoch angesetzt, daß ihre besten Chancen schon einige Zeit zurückliegen. Aber dafür könntest du auch auf dem Smithfield Market keinen besseren Handel machen: Sie bringt dir ein Pachteinkommen von gut zehntausend Pfund im Jahr. Du wirst sagenhaft reich sein. Und um mir deine Dankbarkeit zu beweisen, kaufst du mir dann eine Sinekure im Patentamt.«

»Wenigstens fall ich dann nicht den Juden in die Hände.«

Sir Thomas lacht und sagt: »Soviel habe ich dir allerdings nicht versprochen. Warte nur, bis ich weiß, ob sie wirklich noch zu haben ist! Und wenn du dann noch interessiert bist, erzähl ich dir mehr von ihr.«

»Du machst mich neugierig, Tommy. Vielleicht wäre sie die richtige Frau für meinen Bruder Tom – diese faulige Blüte am Stamm unseres Hauses. Es klingt fast so, als würden die beiden ein feines Paar abgeben.«

»Das würde dir aber wenig nützen«, warf Sir Thomas ein.

»Vielleicht doch«, antwortet Mr. Mompesson. »Harry hat da nämlich eine Idee, und darüber wollte ich eigentlich auch mit ihm reden.« Er wendet sich an Harry: »Erzähl ihm, was wir vor einigen Tagen besprochen haben.«

»Wenn Tom heiratet«, beginnt Harry, »beruft man eine Kommission des Kanzleigerichtes ein und läßt ihn für verrückt erklären. Dinge dieser Art lassen sich meistens ohne größere Schwierigkeiten arrangieren. Mr. Mompesson hier würde man zu Toms Vormund ernennen, und er hätte dann freie Hand, die Geschäfte seines Bruders in dessen Namen abzuwickeln.«

»Wirklich genial!« sagt der Baronet. »Aber bis dahin würde einige Zeit vergehen, kurzfristig hilft dir das nicht aus der Klemme.«

»Was das angeht«, sagt Harry, »könnte ich dir die Bekanntschaft eines

Wucherers vermitteln, der dir noch Geld für deine Wechsel zahlt.«

»Wirklich äußerst großzügig von dir, Harry«, spottet Mr. Mompesson. »Das nenne ich wahre Nächstenliebe!«

»Du bist ein verdammt glücklicher Teufel, Mompesson«, sagt Sir Thomas. »Findest am gleichen Tag einen Kuppler und einen Makler.«

»Tja«, sagt der zukünftige Baronet grinsend. »Ich frage mich nur, wer von beiden die höhere Kommission verlangt.«

57. KAPITEL

Als ich am nächsten Morgen aufwachte, galt mein erster Gedanke dem Problem, daß ich kein Geld mehr besaß und auch nicht wußte, wie ich mir welches verdienen sollte. Mir war klar, wie schwierig – nein, wie unmöglich es war, eine Arbeit zu finden, wenn man keine besonderen Fertigkeiten oder große Körperkraft besaß. Und meine einzige andere Einnahmequelle, das Betteln, war nicht nur eine höchst unsichere, sondern auch eine überaus gefährliche Tätigkeit, da sie als ein Vergehen angesehen wurde, für das man verhaftet und in die Tretmühle geschickt werden konnte.

Doch wenn ich schon gezwungen war, von der Wohltätigkeit anderer Menschen zu leben, dann wollte ich zuerst wenigstens bei jenen Menschen nachfragen, auf deren Gunst ich einen gewissen – und wenn auch noch so geringen – Anspruch hatte. Ich erinnerte mich noch an die Adresse von Pulvertaft, die mir der alte Samuel vor zwei Jahren genannt hatte, und so brach ich ein letztes Mal auf, um die Digweeds zu suchen. Ich fragte mich natürlich, ob Pulvertaft noch immer unter der alten Anschrift zu finden war, doch mein Vertrauen in die Digweeds und mein Glaube an das, was sie für mich tun konnten, war so unvernünftig stark – vielleicht, weil ich so hungrig und erschöpft war –, daß ich felsenfest davon überzeugt war, alles würde wieder gut werden, sobald ich nur Pulvertaft gefunden hatte. Und so machte ich mich auf den Weg und murmelte dabei immer wieder den Namen Digweed vor mich hin, als wäre der Name so etwas wie ein magischer Talisman aus »Tausendundeiner Nacht«, der die Macht besitzt, einen an einen sicheren Ort zu führen. Dabei vergaß ich nicht nur die Umstände, unter denen meine Mutter und ich Mrs. Digweed und ihren Sohn getroffen hatten, sondern auch unsere Erlebnisse mit den Isbisters, denen wir seinerzeit auf der Suche nach den Digweeds begegnet waren.

Es war ein weiter und ermüdender Weg bis zu jenem berüchtigten Bezirk, den man auch unter dem Namen Old Mint kannte, und es wurde schon dunkel, als ich nach dem »Old Manor House« zu fragen begann, jener Kaschemme, wie Samuel das Herrenhaus genannt hatte, in dem Pulvertaft wohnen sollte. Ich fand das Gebäude schließlich am Blue Ball Court. Es sah zwar alt, doch gar nicht wie eines jener Herrenhäuser aus, die ich gesehen oder von denen ich gelesen hatte. Es stand am Ende einer düsteren Gasse: ein zweistöckiges, baufälliges Haus auf einem Platz inmitten eines wogenden Meeres von Pflastersteinen, die sich wie gefrorene Wellen hoben und senkten.

Durch die geschlossenen Fensterläden fiel ein schwacher Lichtschimmer, und eine dünne Rauchfahne schraubte sich verschwiegen aus dem verfallenen Schornstein in den Abendhimmel. Eine hölzerne Treppe führte an der Seite des Hauses direkt zum ersten Stock, so daß man kommen und gehen konnte, ohne das große Zimmer, die sogenannte Küche, im Erdgeschoß durchqueren zu müssen. Ich klopfte an die Tür am Fuße der Treppe, doch ich mußte lange warten, ehe eine schmuddlige Frau mit einem wollenen Tuch über dem zerschlissenen Kleid und ungekämmten, wirren Haaren, die ihr bis auf die Schultern fielen, die Tür einige Zentimeter weit öffnete und ich meine Frage stellen konnte.

»Vielleicht lebt er hier«, sagte sie, »vielleicht auch nicht. Wenigstens ist er gerade nicht im Haus.«

»Kann ich auf ihn warten?«

»Ich kann dich nicht davon abhalten«, antwortete sie und schlug mir die Tür wieder vor der Nase zu.

Also stieg ich einige Stufen hoch und setzte mich auf die Treppe. Unter mir ging die Tür in kurzen Abständen auf und zu, und Besucher schlüpften ins Haus oder kamen wieder heraus; andere liefen an mir vorbei die Treppe hinauf oder hinunter. Als es Nacht wurde, kamen zerlumpte Männer und Jungen, lagerten sich auf den Treppenabsatz über mir oder auf die Stufen, um zu schlafen, und wenn jemand an ihnen vorbeiwollte – und manch einer von denen, die kamen oder gingen, war nicht gerade in einer Verfassung, die ihn sehr viel Rücksicht auf seine Mitmenschen nehmen ließ –, wurden die Schläfer immer wieder angerempelt oder in die Seite getreten. Erschöpft, wie ich war, schlief ich bald ein, wurde aber oftmals geweckt, wenn jemand über mich stolperte und mich zur Entschuldigung auch gleich noch mit Flüchen eindeckte. Einmal wachte ich auf und fühlte, wie jemand sachte an meiner Jacke zupfte, bis ich begriff, daß man versuchte, mein Tagebuch zu stehlen. Ich tastete nach dem Dieb, glaubte, in dem Dämmerlicht eine hastige Bewegung unter den schlafenden Gestalten neben mir wahrzunehmen, und sah eine kleine Gestalt über die Treppe flüchten. Danach versuchte ich, wach zu bleiben.

Endlich trat ein Mann mit einem Kerzenstummel in der Hand aus der Tür und schrie ohne jede Rücksicht auf die Schläfer die Treppe herauf: »Wo ist das Bürschchen, das auf mich warten wollte?«

»Hier bin ich«, rief ich und stieg zu ihm hinunter.

»Und wen haben wir da wohl vor uns, mein kleiner Freund?«

Als er die Kerze senkte, um mich in Augenschein nehmen zu können, sah ich sein Gesicht, und ein Schauder des Entsetzens überlief mich: Ich kannte den Mann. Es war jener untersetzte Mann mit dem Vogelkopf und der großen Schnabelnase, den ich gesehen hatte, als die Bande aus dem Borough Isbisters Männer auf dem Friedhof angegriffen hatte.

Ich muß ihn verblüfft angestarrt haben, denn er packte mich bei den Schultern und schüttelte mich: »Was du von mir willst, hab ich dich gefragt!«

Und doch überraschte es mich eigentlich nicht, daß er gerade dieser Mann sein sollte. Im Gegenteil, es schien mir nur folgerichtig, daß ich auf der Suche nach einem Fremden durch dieses riesige London wanderte und der Fremde sich dann als jemand entpuppte, den ich zuvor schon einmal getroffen hatte. Es lag ganz bestimmt ein Sinn hinter all diesen scheinbar zufälligen Ereignissen.

»Der alte Samuel vom Cox Square hat mir die Adresse genannt«, sagte ich. »Sind Sie Mr. Pulvertaft?«

»Kann schon sein. Was willst du denn?«

»Ich bin auf der Suche nach einer Familie namens Digweed. Kennen Sie die?«

Mir war, als leuchteten seine Augen bei diesen Worten interessiert auf: »Vielleicht. Aber was hast du mit ihnen zu schaffen?« Doch noch ehe ich antworten konnte, faßte er mich am Arm: »Komm hier rein!«

Er schob mich durch die Tür, und ich sah einen langen, niedrigen Raum vor mir, der nahezu im Dunkeln lag, aber vom Lärm lachender, schimpfender, singender, schreiender und fluchender Menschen erfüllt war; es mochten an die fünfzig Personen sein. Das wenige Licht rührte von einigen flakkernden Kerzen her, die in Haltern an der Wand steckten, sowie von einem lodernden Feuer am anderen Ende des Raumes, vor dem einige Männer saßen und aus Humpen tranken. Auf dem Boden lag ein Mann und schlief seinen Rausch aus. Ein anderer Mann in einem ganz ähnlichen Zustand saß nicht weit davon entfernt, hatte Kopf und Arme auf den Tisch gelegt und schien nicht mehr zu wissen, wo er war. Die Wände waren aus nacktem Stein, und auf den bloßen Dielen lag fauliges Sägemehl.

Ich nahm dies jedoch zuerst kaum wahr, da der Mann mit der Schnabelnase die Tür hinter uns zuschlug, die Kerze ausblies und auf den Boden warf, mich dann gegen die Wand preßte und meinen Kopf mit einer Hand nach oben drückte: »Was hast du mit den Digweeds zu schaffen? Sag mir die Wahrheit, oder ich mach Katzenfutter aus dir!«

In all dem trunkenen Lärm achtete niemand auf uns, und selbst wenn uns jemand beobachtet hätte, so wäre doch kein Wort von unserer Unterhaltung zu verstehen gewesen.

»Ich wollte seine Frau um Hilfe bitten. Vor ein paar Jahren haben meine Mutter und ich Mrs. Digweed einmal geholfen. Und jetzt brauche ich selbst Unterstützung.«

Er betrachtete mich aufmerksam. »Seine Frau?« fragte er. »Soviel ich weiß, gibt es keine Mrs. Digweed, oder sagen wir, es gibt eine ganze Reihe von ihnen.« Er lachte. »Du hast gesagt, der alte Mann hat dich geschickt?«

Ich nickte, so gut mir das eben möglich war.

»Woher soll ich wissen, ob du mir die Wahrheit sagst?« Er musterte mich und verzog sein Gesicht zu einem humorlosen Grinsen. Dann faßte er mir in die Jackentasche. »Ist da was drin?« fragte er und zog das Notizbuch meiner Mutter heraus.

»Nur was Geschriebenes«, sagte ich.

Er schüttelte das Buch, und der Brief meines Großvaters und der Stadtplan fielen zu Boden. Er hob sie auf, hielt den Brief falsch herum in der Hand, besah sich zuerst den Brief, dann die Karte, konnte mit beiden offenbar gleich wenig anfangen, steckte sie dann ins Buch zurück und gab es mir wieder. Er schwieg eine Weile und runzelte die Stirn, als würde er die Risiken abwägen.

Schließlich sagte er: »Der einzige Digweed, den ich kenn, heißt Black Barney. Als ich zuletzt was von ihm gehört hab, da hat er in so 'nem Kadaver irgendwo hinter Westminster gehaust.«

»In einem Kadaver?« wiederholte ich entsetzt.

Ich war so müde und hungrig, daß mein Verstand mit einer merkwürdigen Empfänglichkeit reagierte, und bei diesem einen Wort drängte sich mir das Bild von einem Mann auf, der sich einer riesigen weißen Made gleich in einen menschlichen Kadaver hineinbohrt.

»Zwischen den Neat Houses und dem Old Bason«, bestätigte Pulvertaft nickend.

Die Worte sagten mir nichts, doch ich speicherte sie in meinem müden Hirn, machte sie zu einem Teil meiner Litanei und wiederholte unermüdlich: Digweed, Black Barney, Neat Houses, Old Bason.

»Geh über die neue Brücke und hinterm Schlagbaum dann am Ufer lang, bist du zur neuen Straße kommst, die da gerade gebaut wird! Wenn du auf der bleibst, kommst du direkt zum Kadaver.«

Ich wollte zur Tür gehen, doch Pulvertaft rief: »Hiergeblieben!«

Ich drehte mich um und bemerkte, daß er mich listig und verschlagen anstarrte: »Er wird dich fragen, wie du ihn gefunden hast«, sagte er.

»Was soll ich ihm dann sagen?« fragte ich geduldig.

»Na, was sollst du ihm schon sagen? Die Wahrheit natürlich!« rief er fröhlich. »Und das ist dein Auftrag: Überbring ihm eine Nachricht von mir. Kannst du das?«

»Ja.«

»Dann sag ihm: Daniel läßt fragen, ob er bei der Schose in der Henrietta Street an Heiligabend mitmachen kann. Kannst du das behalten?«

Ich wiederholte die mysteriöse Formel zu seiner Zufriedenheit.

»Und vergiß das nicht, denn wenn du's vergißt, dann werd ich davon Wind kriegen, und bei meiner Ehre, dann setzt's was. Und nun fort mit dir!« Und als wolle er mich zur Eile antreiben, stieß er mich in die Dunkelheit zur Tür hinaus und schloß hinter mir ab.

58. KAPTIEL

Meine kostbare Formel vor mich hin murmelnd, machte ich mich auf den Weg zurück zum Fluß. Es waren noch etwa ein oder zwei Stunden bis zur Morgendämmerung, und der Verkehr in Richtung Stadtmitte nahm allmählich zu, doch die Straßen wurden wieder leerer, sobald ich den Fluß auf der neuen Regent Bridge bei Vauxhall überquert hatte und am Ufer in westlicher Richtung weiterging.

Hinter mir war der riesige, achteckige Umriß des neuen Strafgefängnisses von Millbank zu sehen, und vor mir lagen die Brennerei und etwas weiter dahinter die Bleiweißwerke, deren beißenden Rauch ich immer deutlicher riechen konnte, je näher ich ihnen kam. Nach ungefähr einer Viertelmeile zweigte die neue Straße ab, die in nordwestlicher Richtung durch einen damals noch aus Gemüsefeldern und einer Wildnis verlassener Lustgärten bestehenden Bezirk führte, eine unwirtliche und sumpfige Gegend, die auch unter dem Namen Neat Houses bekannt war. Die Straße war nicht beleuchtet, ungepflastert und überall dort tief im Schlamm versunken, wo nicht gerade Pfützen, so groß wie Teiche, sich ausbreiteten. Mehrmals versuchte ich, einen der wenigen Fußgänger nach dem Weg zu fragen, doch sobald ich mich ihm näherte, eilte er gleich davon.

Einige Minuten danach erspähte ich vor mir den wütenden Widerschein heller Feuer, und kurz darauf lief ich durch Ziegelfelder, auf denen aschfarbene Schutthaufen brannten, da man den Lehm aus dieser Uferlandschaft zu Ziegeln für die umfangreichen Baumaßnahmen brannte. Überall sah ich die schäbigen Hütten der Ziegelbrenner, und in dem flackernden, von Rauchschwaden durchzogenen Licht der Aschehaufen entdeckte ich auch die zusammengekauerten Obdachlosen, die sich so dicht wie möglich an das Feuer drängten, um sich warm zu halten. Später fiel mir in der Ferne ein wahrer Wald von Ladekränen und Masten auf. Es mußte der erst kurz zuvor eröffnete Grosvenor Canal sein, auf dem Schaluppen aus dem Osten der Metropole Steine und Schutt anlieferten, um das Hafenbecken aufzufüllen.

Über der Stadt zeigte sich am östlichen Himmel das frühe Licht der Morgendämmerung, und ich hatte den Fluß schon etwa eine Meile weit hinter mir gelassen, als ich auf die erste der mit Bretterzäunen abgesteckten Bauparzellen traf. Kurz darauf bemerkte ich dann auch die ersten Häuser. Nirgendwo brannte Licht, dabei mußte es inzwischen etwa acht oder neun Uhr vormittag sein. Als ich die Häuser schließlich erreichte, sah ich, daß sie nur bis zum ersten Stock fertiggestellt und keineswegs neu waren. An einigen Stellen schienen sie schon ziemlich verwittert und mitgenommen zu sein, und endlich begriff ich, daß man die Bauten noch vor ihrer Fertigstellung wieder aufgegeben hatte.

Nach und nach tauchten Häuser auf, die auch ihre oberen Stockwerke hatten, dann sogar Dächer trugen, und in einigen Fällen hatte man schon mit den Innenarbeiten begonnen und die Fensterrahmen eingesetzt; nur die Zufahrtswege und Terrassen waren noch nicht gepflastert. Ich meinte, durch das Skelett einer Stadt zu wandern, deren Netz aus geisterhaften Straßen und Plätzen sich in den verschiedensten Stadien der Vollendung befand. Endlich entdeckte ich eine Straße, in der die Arbeiten an den Häusern nahezu abgeschlossen zu sein schienen. Die Gebäude hatten allerdings noch keine Schornsteine, und auch die Türen und das Glas in den Fenstern, die wie die Eingänge mit Brettern vernagelt waren, fehlten noch. Erleichtert sah ich, daß eines dieser Häuser offenbar bewohnt war: Zwischen den Brettern vor dem Fenster im Erdgeschoß glomm ein fahles Licht. Ich stieg die imposante Eingangstreppe hinauf und hämmerte gegen die provisorisch eingesetzte Tür. Sie wurde einen Spaltbreit aufgezogen, und ein Mann starrte mich mißtrauisch an.

»Ich suche Black Barney«, sagte ich.

Der Mann blinzelte verstört, zog den Kopf zurück und wollte die Tür wieder schließen. Doch dann kam sein Kopf noch einmal zum Vorschein, und er sah mich prüfend von oben bis unten an: »Versuch's beim Kadaver zwei Straßen weiter und dann nach links. Aber sag nicht, woher du's weißt!«

Er verschwand, ehe ich mich bei ihm bedanken konnte.

Die Straßen hatten natürlich noch keine Schilder, doch in der angegebenen Straße fand ich nur ein einziges Haus, das aussah, als ob es bewohnt wäre.

Es war wesentlich größer als das vorherige, und ich stieg mit einer gewissen Beklemmung die Treppe hinauf, fast als erwartete ich, jeden Moment von einem prächtig anzusehenden Lakaien auf schimpflichste Weise fortgejagt zu werden. Doch die Arbeiten am Haus waren zweifellos noch nicht abgeschlossen. Im Erdgeschoß warteten die nackten Mauern auf Putz und Stuckwerk, und die Fenster hatte man auch hier mit Brettern zugenagelt. Doch anders als beim ersten Haus waren sie von innen sehr viel sorgfältiger abgedichtet worden, so daß kein Lichtstrahl nach außen dringen konnte. Außerdem war kein Hofgitter zu sehen, und auch der Glockenstrang fehlte, doch es war das erste Haus in diesem Viertel, das eine fertige Eingangstür besaß.

Ich klopfte an und mußte lange warten, ehe die Tür einen Spaltbreit aufging und eine junge Frau herausschaute. Soweit ich dies erkennen konnte, trug die Frau nicht die Kleidung eines Dienstmädchens, sie war vielmehr sehr elegant und für diese frühe Stunde etwas unziemlich angezogen. Von eher kleiner Statur, hatte sie dunkle, zu Ringellöckchen frisierte Haare und sah wirklich hübsch aus. Nur in ihren Augen lag ein Blick, der ein eher heftiges Temperament vermuten ließ.

»Ich suche Mr. Digweed«, sagte ich.

»Hier gibt's keinen, der so heißt«, antwortete sie und wollte die Tür wieder schließen.

»Mr. Barney Digweed«, rief ich verzweifelt.

Sie sah mich überrascht an. »Mit Barney willst du reden?« fragte sie. »Ich meine, ich hab damit nicht gesagt, daß hier einer wohnt, der so heißt. Wart mal 'nen Augenblick!«

Sie schloß die Tür. Dann sah ich, wie ein Stück Pappe, mit dem man eins der Fenster abgedeckt hatte, zur Seite geschoben wurde und ein Mann mich anstarrte. Einen Augenblick später wurde die Tür wieder geöffnet, und derselbe Mann baute sich vor mir auf und sah auf mich herunter; hinter ihm stand das Mädchen. Der Mann war groß und kräftig, hatte einen mächtigen Schädel und eine hohe Stirn, einen roten Haarschopf und eine große, gebrochene Nase, dazu seltsam schöne blaue Augen. Erstaunt registrierte ich, daß er wie ein Gentleman gekleidet war. Er trug eine cremefarbene Weste zu einer teuren blauen Merinojacke und weiße Hosen aus festem Baumwolltuch. Feindselig starrte er mich an.

Meine erste Reaktion war ein Gefühl tiefer Enttäuschung: Wenn dies Mrs. Digweeds Mann war, dann ließ sein Äußeres vermuten, daß ich nur wenig Gutes von dieser Bekanntschaft erwarten konnte, von der ich mir so viel erhofft hatte. Außerdem hatte ich das dumpfe Gefühl, diesem Mann schon einmal irgendwo begegnet zu sein, allerdings nicht hier in London, da war ich mir sicher.

»Sind Sie Mr. Barney Digweed?« fragte ich nervös.

Er sah mich abschätzig an und sagte dann langsam: »Ich bin Black Barney, falls es dich was angeht. Und wer bist du?«

»Mr. Pulvertaft hat mich geschickt«, sagte ich.

Bei dem Namen zuckte er leicht zusammen, doch seine Miene blieb unbeweglich: »Ich will man nich sagen, ob ich schon jemals was von einer Person gehört hab, die so heißt. Was willst du von mir?«

»Ich bin auf der Suche nach Mrs. Digweed.«

»Warum?«

»Sagen Sie mir doch bitte, ob Sie sie kennen! Heißen Sie Digweed?«

»Sei vorsichtig, Junge! Man stellt keine solchen Fragen. Ganz schön unverschämt, das Bürschlein, was meinst du, Nan?«

Ich sah, wie das Mädchen lachte.

Er fuhr fort: »Aber nehmen wir mal an, ich tät so heißen, was dann?«

»Dann würde ich Sie um Hilfe bitten. Ich bin allein und hab kein Geld.«

»Warum sollte dir denn jemand helfen?«

Er fragte mich das eigentlich nicht, sondern wollte mich mit diesen Worten einfach abspeisen, denn noch während er redete, begann er, die Tür wieder zu schließen.

Verzweifelt rief ich: »Mr. Pulvertaft hat mir eine Nachricht für Sie mitgegeben!«

Er sah mich scharf an: »Und?«

»Daniel läßt fragen, ob er bei der Schose in der Henrietta Street an Heiligabend mitmachen kann«, sagte ich mein Sprüchlein auf.

In der gleichen Sekunde packte mich Barney mit so festem Griff, daß ich vor Schmerz aufschrie, dann bog er mir den Arm rücksichtslos auf dem Rükken nach oben, schob mich durch die Tür und schlug sie hinter uns zu. Im Dunkeln des fensterlosen Flurs konnte ich fast nichts erkennen, und ich ahnte mehr, als daß ich es sah, wie Barney seinen Kopf zu mir herunterbeugte und mich anzischte: »Sag das noch mal!«

Ich wiederholte die Nachricht.

»Hast du das gehört, Nan?«

»Ja«, antwortete sie.

»Hol Sam und die anderen!« sagte er, ohne sich umzudrehen, und ich hörte, wie das Mädchen fortging.

»Woher kennst du Pulvertaft?« wollte Barney von mir wissen und verstärkte noch seinen Griff um meinen Arm, als wolle er mich damit zu mehr Offenheit und Zutrauen ermuntern.

»Der alte Mann, Samuel, vom Cox Square hat mich zu ihm geschickt, nachdem ich ihn nach Mrs. Digweed gefragt hatte.«

»Teufel auch«, meinte Barney.

Im selben Augenblick eilte eine wahre Menschenmenge – so jedenfalls kam es mir vor – mit Kerzen in der Hand auf uns zu, und in dem flackernden Licht sah ich zu meiner Überraschung Juwelen blitzen, Uhrenketten glitzern und schwere Samtstoffe aufschimmern. Einige der Frauen hatten sogar geschminkte Gesichter.

»Hört euch das an!« sagte Barney, und noch einmal mußte ich Pulvertafts Botschaft wiederholen. Sie wurde mit Pfiffen, Ausrufen der Überraschung und des Entsetzens begrüßt.

»Irgendeiner hat gesungen«, sagte Barney.

»Ganz klar«, rief einer der Männer.

»Und der Katzenfuttermann schickt den Jungen, um uns zu sagen, daß er entweder mitmischen oder uns verpfeifen will«, sagte Barney.

Der Katzenfuttermann! Der Mann, von dem Isbister und seine Kumpane gesagt hatten, daß er ihnen das Geschäft vermiesen würde! Das also war Pulvertaft! In meinem benommenen Zustand erschien es mir nur folgerichtig, daß sich alles auf diese Weise zusammenfügte.

»Was sollen wir jetzt tun, Barney?« fragte die junge Frau, die mir die Tür geöffnet hatte, und ihre Stimme hob sich hell vom allgemeinen Durcheinander ab, das meine Nachricht ausgelöst hatte.

»Wir sagen ihm, er soll sich zur Hölle scheren«, sagte Barney. »Das werden wir tun!«

Ein zustimmendes Gemurmel antwortete ihm, doch einer der Männer sagte: »Ich will ja man nicht unhöflich sein, Barney, aber eigentlich hast du gar nicht das Recht, so was zu sagen. Das müssen wir nämlich alle gemeinsam entscheiden.«

Der Mann war klein, ungefähr so alt wie Barney, trug einen dichten schwarzen Bart und hatte braune Augen, eine lange aristokratische Nase und einen sehr lebhaften, sympathischen Gesichtsausdruck. Die Haare hatte er sich wie ein Seemann zu einem Schweineschwänzchen zusammengebunden, wozu auch seine blaue Matrosenjacke paßte.

»Sam hat recht, Onkelchen«, sagte eine andere junge Frau, die – obwohl etwas größer und blond – wie die erste sehr hübsch und ebenso elegant angezogen war. »Wir sollten warten, bis Jack da ist.«

Barney funkelte die anderen an.

»Wann will er denn wieder hier sein, Sal?« fragte der Mann, der Sam hieß.

»Ich weiß nicht«, antwortete das Mädchen. »Er hat da eine Sache in Hackney, und es hängt davon ab, ob er ...«

»Das ist jetzt nicht so wichtig«, schnitt ihr Barney das Wort ab, deutete auf mich und warf ihr dabei einen warnenden Blick zu. Dann lächelte er mich mißvergnügt an und meinte: »Und diesen kleinen Grünschnabel hier sägen wir einfach in Stücke und schicken ihn wie ein Fleischpaket vom Schlachter an Pulvertaft zurück, damit er sieht, was wir von ihm halten.«

Einen Moment lang befürchtete ich, er habe seinen Vorschlag ernst gemeint, und erst als die anderen lachten, merkte ich, daß er nur seinen Spaß mit mir getrieben hatte.

»Keine Angst, Bürschchen!« sagte Barney, als er mein Entsetzen sah. »Du bist mir die Mühe nicht wert.«

Er öffnete die Tür, schob mich hinaus und stieß mich so hart die Treppe hinab, daß ich stolperte und die letzten Stufen hinunterfiel. Er lachte und wollte die Tür wieder hinter sich schließen.

Hin und her gerissen zwischen der Erleichterung, ihm entkommen zu sein, und der Verzweiflung, Mrs. Digweed jetzt vielleicht nie mehr finden zu können, überwog schließlich die Verzweiflung, und ich erhob meine Stimme und rief: »Sagen Sie mir doch wenigstens, ob Sie Mrs. Digweed kennen!«

»Hast du noch nicht genug?« schnaubte er verächtlich. »Warum glaubst du denn, daß dir jemand helfen soll?«

»Weil meine Mutter und ich Mrs. Digweed einmal geholfen haben«, rief ich. »Das war Weihnachten vor drei Jahren. Wenn Sie sie kennen, dann helfen Sie mir doch bitte – auch um ihretwillen!«

Die Tür war schon fast geschlossen.

»Sie wird sich bestimmt erinnern«, rief ich. »Es war in Melthorpe.«

Die Tür flog plötzlich wieder auf, und Barney starrte mich lange Zeit mit einer Miene an, aus der ich nicht recht schlau wurde.

Und in einem rauhen Ton, der wohl die Gefühle überdecken sollte, die nun in seinen Worten mitzuklingen schienen, sagte er: »Du siehst ziemlich erledigt aus. Komm rein und iß was Warmes! Tut mir leid, daß ich dich ein bißchen hart angefaßt hab.«

Ich zögerte zuerst noch und wunderte mich über diesen jähen Sinneswandel. Hatte ich schließlich doch noch an sein Gewissen oder sein Herz rühren können? Fast hatte ich diesen Eindruck, doch dann meinte ich, einen berechnenden Blick in seinen Augen wahrzunehmen, dem ich nicht trauen mochte. Doch angesichts einer Aufforderung, etwas zu essen und ins Warme zu kommen, blieb mir kaum eine andere Wahl, als die Stufen wieder hinaufzusteigen. Ich würde auf der Hut sein, sagte ich mir, und niemandem trauen – am wenigsten diesem Mann. An der Tür stolperte ich. Da fing er mich auf, hielt mich am Arm – diesmal jedoch sanft, wenn auch fest – und führte mich ins Haus.

»Dann sind Sie also Mr. Digweed?« fragte ich, als wir zum zweitenmal den nun verlassenen Flur betraten.

Er beugte sich zu mir herunter, packte mich wieder und flüsterte mit heiserer Stimme: »Ich will nicht, daß du diesen Namen noch ein einziges Mal nennst. Ich will ihn nicht hören, ich nicht und die anderen hier auch nicht. Wenn du parierst, dann sorg ich schon für dich. Kommst du mir aber in die Quere, dann reiß ich dir einen Arm aus und schlag dich damit tot. Hast du mich verstanden?«

»Ja«, erwiderte ich.

»Und erzähl keinem auch nur ein Sterbenswörtchen von deiner Geschichte – nur mir! Kapiert?«

Ich rang nach Atem und stieß keuchend meine Zustimmung hervor.

Er hielt mich immer noch fest im Griff, führte mich den großen, dunklen Flur entlang und stieß mich dann durch eine Tür auf der rechten Seite in den seltsamsten Raum, den ich je gesehen hatte.

59. KAPITEL

Es war ein großer, hoher Salon, den man unter anderen Umständen vielleicht als hübsch bezeichnet hätte. Eine Reihe von Personen hielt sich in ihm auf. Man trank oder spielte Karten und rauchte, während andere auf überall verteilten Teppichen und Kissen lagen und fest schliefen, obgleich der Tag schon lange angebrochen war. Wie ich mit flüchtigem Blick bereits vom Flur aus gesehen hatte, waren die meisten Anwesenden – und zwar Männer wie Frauen – prächtig und nach der allerneuesten Mode gekleidet wie schon das Mädchen, das mir die Tür geöffnet hatte. Einige wenige freilich liefen nahezu in Lumpen herum. Manche Frauen trugen Seidenröcke mit reichem Spitzenbesatz, die Männer Samtjacken über Satinwesten, andere wieder Kleider aus gewöhnlichem Barchent und dem für die ärmsten der Armen so typischen billigen Wollstoff. War dies schon eigenartig genug, so stellte der auffallende Gegensatz zwischen den prunkvollen Kleidern und Möbeln und dem erst halbfertigen Bauwerk eine noch seltsamere Ungereimtheit dar.

Wie ich von der Straße aus bemerkt hatte, waren die Fenster mit Brettern vernagelt, so daß der Raum, obwohl es draußen heller Tag war, von zahlreichen Öllampen erhellt werden mußte. Die Wände waren unverputzt und ungetäfelt, doch fiel dies nur an den wenigen Stellen auf, wo sich die nackten Ziegel zeigten, da ein Großteil der Wandflächen mit schweren Teppichen oder kostbaren Stoffen verhängt war. Den Boden bedeckten teuere Teppiche und Läufer, die in verschwenderischer Fülle übereinander oder mehrfach umgeschlagen zu einem provisorischen Lager aufgeschichtet lagen.

Natürlich konnte ich nicht gleich im ersten Moment all die Pracht und Schäbigkeit dieses Salons in mich aufnehmen. Als ich eintrat, machten mich der Geruch der Öllampen und der Duft der schweren Parfüme ganz benommen, und als Barney mich auf ein Sofa zuschob, ließ ich mich erleichtert in die Polster sinken. Eine junge Frau saß auf der einen Hälfte des Sofas und unterhielt sich angeregt mit einigen ihrer Gefährten. Sie trug ein Abendkleid, das nur ihre von Juwelen übersäten Schultern und Arme frei ließ; die Steine sahen in meinen Augen ziemlich echt aus. Die Frau brach das Gespräch ab, als sie Barney und mich bemerkte.

»Kümmer dich um ihn, Sally!« sagte Barney und nickte zu mir herüber.

Sie runzelte die Stirn und hielt mir das Glas an die Lippen, aus dem sie getrunken hatte: »Das ist Wein. Der wird dir guttun.«

Ich nahm einen Schluck und spürte, wie mir warm wurde. Dann drehte sich Sally um und begann, auf einen der Männer einzureden. Ihre hübschen Gesichtszüge machten auf mich den Eindruck, als warte sie nur darauf, daß sich jemand ihrer apathischen Lustlosigkeit und Langeweile annehmen und sie wachrütteln möge. Noch während ich mich umsah, regten sich die ersten Schläfer, und zusammen mit einigen anderen, die ich schon vom Flur her kannte, kamen sie zu uns herüber.

»Warum hast du den Jungen reingebracht, Barney?« fragte einer der Männer.

»Schick ihn doch zum Teufel!« rief Sam, der Bärtige mit dem Schweineschwänzchen. Verwirrt sah ich, daß er mich trotz dieses Vorschlags mit einem äußerst freundlichen Lächeln bedachte, wobei er einige Goldzähne entblößte.

»Haben wir nicht schon genug Probleme?« fragte ein Mann, der einen zu seinem verschlagenen, häßlichen Gesicht gänzlich unpassenden, wunderschönen Satinmantel trug und an seiner Uhrenkette zahlreiche Ringe und Siegel baumeln hatte. »Vor allem, wo wir's doch jetzt mit dem Katzenfuttermann zu tun haben.«

»Recht hast du, Will«, sagte Sam. »Den Jungen können wir ebensogut brauchen wie ein Pferd mit einem Holzbein.«

»Er könnte den Schlangenjungen für uns machen«, schlug eine recht männlich aussehende Frau vor, die zu einem breiten Hut eine vor Öl und Pech glänzende Matrosenjacke trug. Ihre Gesichtszüge waren mit tiefen Pokkennarben übersät, ihre Zähne rabenschwarz angelaufen. Unter dem Hut lugte ihr brennendrotes Haar hervor.

»Dafür ist er zu groß«, widersprach Will.

»Ist er einer von uns?« fragte das Mädchen, das mir die Tür aufgemacht hatte.

»Der Junge bleibt, Sam«, ließ Barney sich vernehmen. Dann wandte er sich zu dem Mädchen um und sagte: »Und er ist kein Gauner, Nan.«

»Bist wohl auf einmal weichherzig geworden, wie?« höhnte sie.

»Du bist verrückt«, sagte der Mann mit den Juwelen. »Er wird uns bloß im Weg sein.« Er stierte mich mit Augen an, die aussahen wie zwei blutunterlaufene blaue Flecken, und hieb mir plötzlich mit aller Kraft seine Faust ins Gesicht: »Glotz mich nicht so an!«

»Laß ihn in Ruhe!« schrie Nan.

Barney funkelte ihn an: »Wenn's dir nicht paßt, Will, kannst du deine Siebensachen packen.«

»Ich sag ja bloß, daß wir uns anhören sollten, was Jack zu alldem sagt«, brummte Will widerspenstig.

»Jack hat nichts zu sagen«, knurrte Barney wütend. »*Ich* bin euer Boß; offenbar haben das ein paar von euch vergessen. Und ich sage: Der Junge bleibt hier.«

Diese Zurechtweisung wurde schweigend aufgenommen, nur Will und ein oder zwei andere murrten widerwillig.

Doch dann fuhr Barney fort: »Und ich sage euch auch, daß wir wie geplant vorgehen, ob uns jemand beim Katzenfuttermann verpfiffen hat oder nicht.«

Diese Ankündigung löste einen Aufschrei allgemeiner Empörung aus, doch dann übertönte Sams Stimme den Lärm, und es wurde wieder still: »Wir können erst was beschließen, wenn Jack wieder zurück ist. Vorher nicht.«

Barney kochte vor Wut, als man Sam begeistert zustimmte, und er brüllte Sally an, die triumphierend zu ihm herübersah: »Hab ich dir nicht gesagt, daß du dich um den Jungen kümmern sollst?«

Sie zog einen Flunsch: »Ich bin doch kein Kindermädchen!«

»Dann kümmer du dich um ihn, Nan!« sagte Barney.

»Was ist eine Schose?« fragte ich Nan leise, und als sie mich verständnislos ansah, ergänzte ich: »Die am Heiligen Abend.«

»Das ist eine Art Party«, sagte sie, lächelte Barney zu und goß mir ein Glas Wein ein.

»Ganz genau«, sagte er zu mir. »Und wenn wir dich ein bißchen aufgepäppelt haben, dann nimmt dich Sally mit ins Westend und kauft dir ein paar hübsche Klamotten, damit du mitkommen kannst. Na, was hältst du davon?«

Ich nickte. Trotz aller Vorbehalte war die Aussicht auf ein warmes Zimmer und etwas zu essen unwiderstehlich.

»Na gut, wenn er schon hierbleibt, dann soll er uns wenigstens seine Geschichte erzählen«, meinte Will.

»Steh da nicht rum und halt Maulaffen feil! Sag uns schon, wer du bist, kleines Bürschchen!« verlangte Sam.

Ich warf Barney einen besorgten Blick zu und sah, daß er seine Lippen warnend zusammenpreßte. Also blieb ich auf der Hut und erzählte ihnen meine Geschichte nur in groben Zügen und ohne einen einzigen Namen zu erwähnen: daß meine Mutter und ich in einer waghalsigen Spekulation, zu der uns von einem unehrlichen Advokaten geraten worden war, alles verloren hatten, daß wir nach London gekommen und die Dinge schlecht für uns gelaufen waren und daß meine Mutter vor ein paar Tagen gestorben war. Ich erwähnte weder die Mompessons mit einem Wort noch Mrs. Fortisquince oder die Isbisters. Barney hörte aufmerksam zu, stellte aber keine Fragen, und die anderen kamen und gingen und wollten verschiedenes wissen, doch ich konnte sie zufriedenstellen, ohne allzuviel zu verraten.

Nan schien mir teilnahmsvoll zuzuhören, besonders als ich vom Tod meiner Mutter erzählte, doch als ich mit meiner Erzählung zu Ende war, sagte sie: »Das ist ja wohl das Dümmste, was ich je gehört hab. Scheint so, als hätte euch der Advokat ziemlich reingelegt.«

»Wie hieß denn der Federfuchser?« fragte Sam.

Barney stand hinter ihm und runzelte die Stirn. Doch mir blieb es erspart, Sancious' Namen aufdecken zu müssen, denn in ebendiesem Augenblick kam es zu einer lärmenden Unterbrechung unseres Gesprächs.

Eine regelrechte Horde platzte in den Salon, vorneweg ein hochgewachsener Mann, der schon beim Eintreten laut und aufgeregt zu reden begann: »Wir sind in Sicherheit. Sie waren gar nicht hinter uns her. Sie wollten Latte, und den haben sie auch eingelocht.« Allgemeine Hochrufe begrüßten diese Ankündigung, und alle, ob sie nun gerade noch geschlafen, gegessen oder getrunken hatten, standen auf und drängten sich um den Neuankömmling, riefen ihm mit freundlichem Spott etwas zu, lachten oder stellten irgendwelche Fragen. Sally war vom Sofa aufgesprungen, sobald der Mann den Salon betreten hatte, und er faßte sie um die Hüfte und küßte sie. Als sie ihn ansah, verwandelte sich ihre verdrießliche Miene zu einem Ausdruck echter, lebhafter Anteilnahme. Die Hand noch immer auf ihrer Hüfte, fuhr der Mann in seiner Geschichte fort: »Hört mal her! Wenn das nicht die verrückteste Sache ist, die euch je zu Ohren gekommen ist. Bob und ich waren gerade unten in Hackney, da sehen wir diesen alten Halunken ...«

»Guckt euch mal die Meg an!« rief Sally, und alle sahen zu einem zierlichen schwarzhaarigen Mädchen mit grünlichen Augen hinüber, das still vor sich hin weinte.

»Sie war mal Lattes Geliebte«, erklärte Sally, und Meg warf ihr einen giftigen Blick zu.

Der junge Mann lachte, hielt Sally weiterhin umarmt und erzählte, wie man Latte bei einem Einbruch in Old Ford geschnappt habe. Doch ich bekam von seiner Geschichte fast nichts mit, da ich mir den Mann aufmerksam ansah. Er war nicht nur groß und jung, er war auch äußerst gut aussehend und hatte ein ehrliches, offenes Gesicht mit klaren blauen Augen. Er trug einen hohen schwarzen Hut, eine schöne blaue Weste, dazu schwarze Langschäfter, und sein breitsäumiger grüner Mantel verlieh ihm ein elegantes, fast draufgängerisches Aussehen. Alles scharte sich um ihn, und mir fiel auf, daß sich nur zwei Personen von ihm fernhielten. Der eine war Barney, der neben mir auf dem Sofa sitzen blieb und den jungen Mann mit einer Miene ansah, aus der ich nicht recht schlau wurde. Der andere war Sam, der sich zurückgehalten hatte, jetzt aber vorkam und sich ebenso zu freuen schien wie alle anderen. Als der Neuankömmling in den Salon gestürzt war, hatte ich einige Minuten Zeit gebraucht, um mich von meiner Überraschung zu erholen, denn ich hatte ihn gleich wiedererkannt: Er war kein anderer als jener hochgewachsene Mann, der mit Pulvertaft und dessen Leuten auf dem Friedhof in Southwark gewesen war.

Während ich mich noch mühte, die Bedeutung all dieser Ereignisse zu begreifen, stand Barney plötzlich auf, unterbrach die Begrüßungsszene und rief: »Halt deine närrische Zunge im Zaum, Jack! Der Junge hier braucht doch nicht unsere ganzen Familienangelegenheiten zu erfahren!«

Jack hielt mitten im Satz inne, drehte sich um und starrte Barney einen Moment lang mit einem Ausdruck tiefster Feindseligkeit an, ehe sich sein Gesicht wieder glättete.

Barney lächelte und deutete auf mich: »Ach richtig, Jack, du bist unserem neuen Gast ja noch nicht vorgestellt worden. Wir dürfen doch nicht unsere guten Manieren vergessen. Er will schließlich deine höchst interessante und lehrreiche Geschichte nicht hören, ohne das Vergnügen deiner Bekanntschaft gemacht zu haben, nicht wahr? Vor allem, wo er diese Geschichte doch nicht verstehen kann und sie wohl kaum zu schätzen weiß. Wenigstens nicht so, wie du es dir wünschen würdest.«

Der eine oder andere lachte, und Jack grinste mich an und hielt mir die Hand hin: »Wie geht's, Kleiner?«

Er gab sich dabei so ungezwungen und zeigte eine so ehrliche, offene Miene, daß ich ihn sofort liebgewonnen hätte, wäre da nicht das gewesen, was ich bereits von ihm wußte: Wie konnte es angehen, daß er noch vor achtzehn Monaten mit Pulvertaft zusammengewesen war, wenn der jetzt offenbar zu den Feinden dieser Leute gehörte, bei denen ich mich aufhielt? Hatte Jack die Seiten gewechselt? Ich mußte daran denken, was mir der alte Samuel erzählt hatte, daß nämlich sogar Barney und Pulvertaft früher einmal Partner gewesen waren und gemeinsam mit Isbister gearbeitet hatten. Oder hielt Jack heimlich noch immer zu Pulvertaft? War das vielleicht die Erklärung für die Warnung des Katzenfuttermanns, daß er davon Wind bekomme, wenn ich seine Nachricht nicht überbringen würde? Auf jeden Fall mußte ich den Mund halten und mir merken, was ich aufschnappen konnte, denn es konnte gefährlich sein, zu sagen, was ich wußte.

Ich ergriff Jacks Hand, und er sah fragend zu Barney hinüber.

»Das ist John. Er hat uns eine Botschaft vom Katzenfuttermann überbracht.«

Auf Jacks Gesicht spiegelten sich nur Ärger und Überraschung, sonst nichts, dessen war ich mir ganz sicher. »Und was will er von uns?« fragte er.

»Sag es ihm, John«, meinte Barney, und ich wiederholte den ominösen Satz.

Jack lief dunkelrot an: »Verdammt!« rief er. »Irgendeiner hat gesungen!« Er sah in die Gesichter der anderen, die ihn und Barney jetzt aufmerksam beobachteten.

»Das haben wir uns auch schon gedacht«, sagte Sam.

»Wenn ich den in die Finger krieg, wird es ihm noch leid tun, daß er jemals geboren wurde.«

»Also meinst du nicht, daß wir ihn mitmachen lassen sollen?« fragte Sam.

»Mitmachen?« rief Jack. »Ich würd ihn höchstens fertigmachen!«

Dieses Wortspiel wurde von seinem Publikum mit kräftigem Beifall aufgenommen.

»So kenn ich meinen Jack«, rief jemand aus der Menge.

»Aber wenn wir ihn nicht mitmachen lassen, kann er uns einen Strich durch die Rechnung machen«, argumentierte Sam.

»Das soll er mal versuchen«, rief Jack.

»Ich bin mit Jack einer Meinung«, sagte Barney, und als jemand lachte, fügte er hinzu: »Ausnahmsweise.«

»Aber dabei haben wir alle ein Wörtchen mitzureden«, protestierte Sam.

»Das hilft uns nur nicht viel, wenn die beiden einer Meinung sind«, sagte Nan.

»Dir scheint ja viel daran zu liegen, daß wir Pulvertaft nachgeben«, wandte sich Jack wütend an Sam.

Ich fand es eigenartig, daß sie sich so aufregten, nur weil Pulvertaft von ihrer Party wußte. Warum luden sie ihn nicht einfach ein? Ich fand ihr Verhalten äußerst unhöflich.

»Was willst du damit sagen?« ereiferte sich Sam.

»Ich frag mich nur, wer da geplaudert haben könnte.«

»Ich war's jedenfalls nicht«, sagte Sam, doch er sah irgendwie verlegen und schuldbewußt aus. »Ich mein nur, jetzt, wo er doch davon weiß, müssen wir ihn wohl oder übel entweder teilnehmen lassen oder die ganze Sache abblasen.«

Das verblüffte mich. Wieso wollte man das Fest absagen, nur weil Pulvertaft davon wußte?

»Das stimmt nicht«, beharrte Jack. »Wir können, wie geplant, mit der Schose weitermachen. Wenigstens sind wir vorgewarnt, falls er etwas unternehmen will.«

»Das ist doch dummes Gewäsch!« sagte Sam. »Wenn er uns eine Falle stellt, kann er uns alle mit einem Schlag aufreiben. Und weil er einen Spitzel unter uns hat, weiß er auch ganz genau, was wir vorhaben.«

Die meisten brummten zustimmend, und ich sah, daß ein Teil der Bande unschlüssig wurde. Sogar Jack hatte es die Sprache verschlagen, und wie die anderen sah auch er fragend zu Barney herüber.

Der wollte gerade etwas sagen, als sein Blick auf mich fiel. »Herrje!« rief er. »Jetzt reden wir hier und haben dabei den kleinen Johnnie vergessen, den diese ganze Sache doch bestimmt kein bißchen interessiert. Weißt du was? Nan wird dir jetzt was zu essen auftreiben und dir dann zeigen, wo du dich hinhauen kannst. In Ordnung?«

Also verließ ich mit Nan den Salon und ging über den Flur in ein ganz ähnlich eingerichtetes Zimmer. Der einzige Unterschied war, daß in diesem Raum die Teppiche mit Flecken übersät waren, die, soweit ich dies erkennen konnte, von verschüttetem Wein herrührten, denn überall standen oder lagen halbvolle und zerbrochene Tokaier- und Champagnerflaschen und kostbare Gläser aus geschliffenem Kristall herum. Delikatessen, Körbe voll Treibhausobst und Bonbons lagen auf dem Boden verstreut. Dies, so nahm ich an, war wohl das Eßzimmer, und später fand ich heraus, daß man es wegen der unverputzten Ziegelwände auch den Roten Salon nannte.

»Hier gibt's genug zu futtern«, meinte Nan. »Nimm dir, was du magst! Und dann leg dich hin, wo du Platz findest. In den oberen Stockwerken und unter dem Dach gibt es noch mächtig viel freie Zimmer.« Dann ließ sie mich allein.

Ich war hungrig, und der Anblick all dieser Leckerbissen schien mir sehr verführerisch, doch vorher mußte ich meine Papiere verstecken, also ging ich über den Flur zur Treppe. Verblüfft sah ich, daß die Treppe weder Geländer noch Stufen besaß, sondern nur aus einem Gerüst von Stützbalken und Querbrettern bestand. Mit einiger Mühe gelangte ich also in den nächsten Stock, wo ich dann erstaunt feststellen mußte, daß die Böden der Zimmer noch nicht mit Dielen ausgelegt worden waren, so daß bis auf jene Stellen, an denen man mehr recht als schlecht einige Planken ausgelegt hatte, um Stege und bewohnbare Flächen zu schaffen, die Tragbalken überall offen zutage lagen. Es war keineswegs einfach, diese Zimmer zu durchqueren, und im Dunkeln schien mir dies fast unmöglich zu sein, da man sich von Deckenträger zu Deckenträger vortasten mußte und beim ersten falschen Schritt in das darunterliegende Zimmer zu stürzen drohte.

Neugierig erforschte ich die Räume und stellte fest, daß man, da überall die Rahmen und Läden fehlten, die Fensterlöcher einfach zugenagelt hatte. Bis auf die Eingangstür und den Einlaß zwischen Flur und Salon fehlten auch noch alle Türen, so daß es in diesem Haus kaum möglich schien, ungestört und unbeobachtet zu bleiben.

Ich stieg wieder hinunter in den Flur und entdeckte, daß der rückwärtige Eingang mit kreuzweise vernagelten Brettern versperrt war. Dies bedeutete zwar ausreichenden Schutz gegen unbefugte Eindringlinge, machte es aber fast unmöglich, unbemerkt durch diese Tür zu entkommen.

Es war ein großes und imposantes Herrenhaus – ich gehe heute fast täglich daran vorbei, und inzwischen wird es von einem Grafen N... bewohnt, der, so vermute ich, wohl kaum etwas von der früheren Geschichte seines Heims ahnt – und hatte so viele Räume, daß jeder einzelne oder jedes Pärchen eigentlich ein eigenes Zimmer bewohnen könnte, doch hielt man sich, wie ich noch sehen sollte, hauptsächlich in den beiden großen Räumen im Erdgeschoß auf, um dort zu essen, sich zu unterhalten, ja sogar zu schlafen. Dennoch hatten die Bewohner überall im ersten und zweiten Stock ihre Spuren hinterlassen – achtlos fortgeworfene Kleider und über Teppiche und Fußbodenstege verstreute Süßigkeiten, Kuchenstückchen und Apfelsinenschalen, und erst unmittelbar unter dem Dach stieß ich, nachdem ich abermals auf Erkundung gegangen war, auf zwei noch unberührte Zimmer, die später vielleicht einmal ein Kindermädchen oder eine Gouvernante beherbergen sollten. Es waren kleine Kammern – eine innere ohne Fenster, verbunden mit einer äußeren, von der aus ein mit Brettern vernageltes Fenster auf das Dach blickte –, und ich suchte nach einer Stelle, an der ich das Tagebuch meiner Mutter verbergen konnte. Da das Zimmer noch keine Decke hatte, konnte ich über mir die bloßen Sparren und Dachziegel sehen, und es war nicht besonders schwierig, in einer Ecke hinter einem Balken ein geeignetes Versteck zu entdecken, einen trockenen und dunklen Winkel, in dem niemand etwas finden würde, wenn er nicht genau wußte, wonach er zu suchen hatte.

Abermals ging ich nach unten und holte mir ein paar Teppiche und Dekken, um mir daraus in meiner Kammer ein Bett zu machen. Erst dann kehrte ich zurück und widmete mich nun ausschließlich dem Essen und Trinken. Währenddessen dauerte die Debatte im Nebenzimmer an. Ich hörte wütende Protestrufe und konnte manchmal auch die eine oder andere Bemerkung verstehen. Nach der langen Zeit der Entbehrung war es wohl nicht verwunderlich, daß ich mich recht unbeherrscht über die Leckereien hermachte, so daß mir ziemlich schlecht wurde und ich mich auch ein wenig betrunken fühlte. Mir war schwindlig und übel, und wahrscheinlich bin ich auch für ein oder zwei Stunden eingenickt. Später wurde ich wieder wach, hörte aus dem Nebenzimmer noch immer Gesprächsfetzen und schlief gleich wieder ein.

Einmal merkte ich, daß mich jemand aufhob und forttrug, und gleich darauf spürte ich mit einem eigenartigen Gefühl der Beruhigung, daß man meine Taschen durchsuchte. Danach versank ich in einen tiefen Schlaf und träumte von blaßgesichtigen Männern, die wie Maden aussahen und hinter denen sich wie auf glitzernden Flügeln in seidene Roben gekleidete Frauen erhoben; sie alle lebten in einem Kadaver und fraßen sich an fettem, faulem Fleisch satt. Und mittendrin hockte Barney mit seinem breiten Gesicht und seinen langen Armen und sah aus wie eine riesige, fleckig-rote Spinne, aus deren Gedärmen sich unsichtbare Netze fortspannen, um immer neue Opfer einzufangen, damit die anderen sich daran gütlich tun konnten.

Ich wachte auf und fühlte mich – mit Mr. Isbisters Worten –, als hätte ich zwei Köpfe. Dann fiel mir ein, daß meine Taschen durchsucht worden waren, und ich beschloß, trotz des reichlichen Essens das Haus zu verlassen, sobald ich wieder etwas zu Kräften gekommen war.

Ich konnte nicht glauben, daß Barney mir etwas gab, ohne dafür eine Gegenleistung zu verlangen. Meine Erfahrung mit Isbister hatte mich das gelehrt. Warum hatte Barney mich gegen den Willen der Bande aufgenom-

men? Und was hatte Jacks Verbindung mit Pulvertaft zu bedeuten? Nun, da ich darüber nachdachte, schien mir der Zufall, daß ich Pulvertaft und Jack schon eimal begegnet war, mehr als seltsam, obgleich ich aus der Erzählung des alten Samuel und Isbisters Bemerkungen bereits wußte, daß sie vor Jahren alle einmal zusammengearbeitet hatten.

Vor allem aber: Welche Erklärung gab es für die Art und Weise, wie diese Leute hier hausten? Woher kam das Geld, und warum führten sie ein so eigenartiges Leben? Vielleicht würde ich, wenn ich ihren Unterhaltungen aufmerksam lauschte, wenigstens auf die letzte Frage eine Antwort finden.

Noch am selben Tag sollte sich zeigen, daß dieser Plan jedoch nicht gerade leicht in die Tat umzusetzen war. Sobald ich mich zwei oder drei Leuten, die sich ernsthaft zu unterhalten schienen, möglichst unauffällig nähern wollte, schwiegen sie plötzlich, wechselten rasch das Thema oder herrschten mich an: »Verschwinde!« Erst mit der Zeit gewöhnten sie sich an meine Anwesenheit, und manchmal konnte ich dann bis auf Hörweite an sie herankommen. Doch was ich hörte, verwirrte mich eher, da sie ihr eigenes Kauderwelsch sprachen, das ich oft kaum verstehen konnte. Dabei schienen sie über ganz normale Geschäfte zu reden, sie sprachen häufig von Dingen, die gekauft und verkauft werden mußten, von Leuten, die Gauner oder ehrbare Bürger waren, und vom Anteil am Profit, den man jemand vorübergehend Verreistem zukommen lassen wollte.

Den ganzen Tag über herrschte ein reges Kommen und Gehen, Droschken trafen ein, und Lieferwagen brachten die luxuriösesten Artikel aus den Läden der Oxford Street und der Bond Street.

Einmal hörte ich, wie Nan von ihrem Abenteuer in einem dieser herrlichen Geschäfte erzählte: »Der Verkäufer hat vielleicht Augen gemacht, als er mein Portemonnaie voller Gold gesehen hat!« sagte sie. »Und ich möcht wetten, daß er geglaubt hat, die Scheine seien nicht echt.« Und meine Verwunderung war so groß wie die des Verkäufers.

Unablässig beobachtete ich meine neuen Mitbewohner. Die männlich aussehende Frau hieß Karotten-Poll und war auf ihre rauhe Art – zumindest solange sie nüchtern war – sehr gut zu mir. Zwei anderen Frauen dagegen, offenbar Schwestern, die Smithfield und Billingsgate genannt wurden, lernte ich bald aus dem Weg zu gehen, ob sie nun nüchtern oder betrunken waren. Und obwohl mich zuerst das finstere Aussehen eines Mannes abstieß, dem eine helle Messingnase im Gesicht glänzte, weshalb er auf den Namen Silvernose hörte, sollte ich später erfahren, daß er eines der freundlichsten Mitglieder der ganzen Bande war. Man erzählte mir, daß er sich seine Verletzung im Krieg zugezogen habe, sagte dies aber mit einem so bedeutungsvollen Unterton, daß ich nicht recht daran glauben konnte. Ich machte mir nicht viel aus Bob, einem jungen Mann mit einem unsteten, ziemlich brutalen Gesicht. Will schlug mich ständig, sobald er mich sah, aber dafür waren Sam und Jack fast immer freundlich zu mir.

Ich wunderte mich darüber, daß die meisten meiner neuen Gefährten auf eine Vielzahl von Spitznamen oder Beinamen hörten. So nannte man Jack auch Quecksilber-Jack oder einfach Quecksilber, manchmal auch nur Queck, Barney wiederum wurde oft einfach nur Black gerufen.

Ich versuchte, Bissetts oft wiederholtes Gebot zu befolgen und meinen Mund geschlossen, meine Augen aber offenzuhalten. Vor allem beobachtete ich Barney. Er grinste nahezu unaufhörlich, nur dann nicht, wenn er – was oft der Fall zu sein schien – wütend war oder wenn sein Blick auf Jack fiel. Sein Gesicht verzog sich unablässig zu einer höhnischen Grimasse, und beständig schien er den Rest der Bande aufzufordern, sich über das Opfer seiner jeweiligen Laune lustig zu machen – ob dies nun anwesend war oder auch nicht.

Als sich mein zweiter Tag im Kadaver dem Abend zuneigte, wurde aus der hitzigen Debatte ein Gelage. Man begann, um Geld zu spielen, was bald zu Streitereien führte. Später zog jemand eine Fiedel hervor und spielte zum Tanz auf. Die Frauen verhätschelten mich, falls sie sich an mich erinnerten, und die Männer ignorierten mich – eine im großen und ganzen recht gute Behandlung, wenn man den Versuch, zu viele Bonbons in mich hineinzustopfen und mich mit Marsala betrunken zu machen, so nennen mag. Die Festivität hielt bis zum frühen Morgen an, doch ich war inzwischen einige Male eingeschlafen und wieder aufgewacht. Als ich endgültig munter wurde, schliefen alle anderen, während graues Morgenlicht versuchte, durch die vernagelten Fenster ins Zimmer zu dringen. Mein Frühstück bestand aus den Überbleibseln einer Fleischpastete und den Resten eines Kümmelkuchens.

Vermutlich verging der neue Tag ebenso wie der vorhergehende, doch ich fand, um an dieser Stelle ein wenig vorzugreifen, in diesem Haus wurde dem Unterschied zwischen Tag und Nacht so wenig Beachtung geschenkt, daß es mir oftmals schwerfiel, genau den Wochentag oder die Tageszeit zu benennen. Soweit ich dies nun also mit Sicherheit sagen kann, geschah es am dritten Tag nach meiner Ankunft, daß ich mich im Eßzimmer mit Sam unterhielt, als Barney zu uns kam.

Er gab mir einen Klaps auf die Wange und sagte: »Alles in Ordnung, Junge?«

»Sally nennt dich immer Onkelchen, Barney. Heißt das«, fragte ich ihn, »daß ihr wirklich zur selben Familie gehört?«

»Ganz richtig. Wir sind tatsächlich alle eine große Familie. Sam hier ist mein kleiner Bruder, und Nan ist meine Cousine, Will mein Neffe und so weiter.«

Sam grinste und nickte.

Ich war mir nicht sicher, ob ich dies glauben sollte, und fuhr fort: »Und warum lebt ihr hier? In dieser einsamen Gegend?«

»Aber dies ist doch unser neues Haus; wir haben es uns gekauft und dafür bezahlt; und jetzt warten wir nur noch darauf, daß es eingerichtet wird«, sagte Sam. »Ist doch prima, wenn's keine Nachbarn gibt, denen man mit dem Lärm sowieso nur auf die Nerven geht.«

Das klang schon vernünftiger. »Und wovon lebt ihr?«

Barney und Sam sahen sich grinsend an.

»Na, ich weiß nicht. Meinst du, ich kann dir trauen?« fragte Barney.

Ich nickte, und er fuhr fort: »Nun, man könnte sagen, daß wir so was wie eine öffentliche Wohltat vollbringen. Auf dem Geldmarkt zirkulieren zur

Zeit ausnehmend viele Wechsel. Weißt du, was ein Wechsel ist?«

Ich schüttelte den Kopf.

»Also sagen wir mal, Sam hier würde Geld brauchen, dann geht er also hin, unterschreibt einen Schuldschein und bekommt gegen das Versprechen, die gesamte Summe in sechs Monaten zurückzugeben, sein Geld ausgezahlt. Dieser Schuldschein ist nun selbst so etwas wie Geld, wird gekauft und wieder verkauft, und sein Wert hängt immer davon ab, ob der Mann, der den Schuldschein – oder den Wechsel – kauft, davon überzeugt ist, daß Sam in der Lage ist, seine Schuld auch zurückzuzahlen. Es gibt eine Menge Leute, die es sich zu ihrem Beruf gemacht haben, über solche Dinge Bescheid zu wissen, und wenn Sam zum Beispiel von einer alten Tante ein Vermögen erbt, dann steigt natürlich sofort auch der Wert seines Wechsels.«

»Wenn er aber nicht zahlt, sobald die Schuld fällig ist?« fragte ich und erinnerte mich an das, was meiner Mutter widerfahren war.

»Dann überrede ich jemand anderen, einen Schuldschein von mir zu akzeptieren«, sagte Sam, »und nehm dies Geld, um damit den ersten Schuldschein einzulösen. Und wenn mir keiner mehr Geld leihen will, dann versuche ich, einen Freund aufzutreiben, der für mich bürgt.«

»Und wenn das nicht klappt«, fragte ich ihn, »was passiert dann?«

»Dann kannst du mich im Fleet oder im Marshalsea besuchen«, antwortete er lachend.

Ich mußte an meinen armen alten Freund Mr. Pentecost denken.

»Wenn aber niemand mehr daran glaubt«, erklärte Barney, »daß Sam seine Schuld noch bezahlen kann, dann wird der Schuldschein oder Wechsel immer billiger und billiger, bis er zum Schluß kaum noch etwas wert ist. Schließlich kauft ihn jemand für 'nen Appel und 'n Ei, und dann gibt er ihn mir.«

»Wer ist dieser ›er‹?« wollte ich wissen.

»Das geht dich nichts an«, sagte Barney rasch. Doch dann fuhr er etwas freundlicher fort: »Jedenfalls sorg ich dann dafür, daß die Kreditwürdigkeit des Wechsels wiederhergestellt wird. Und das mach ich so: Nehmen wir mal an, du wärst ein Geschäftsmann mit einem großen Laden, und du verkaufst Schmuck oder Teppiche oder Kleider oder so was. Eines Tages fahr ich nun also mit meiner Frau in einer schönen Kutsche vor, hab meine Lakaien dabei, bestell ein paar Juwelen bei dir und zahl auch gleich in bar. Ein paar Wochen später komm ich dann wieder und mach das gleiche noch mal. Und wenn du mich dann das nächste Mal kommen siehst, dann freust du dich doch schon richtig auf ein gutes Geschäft, nicht wahr? Dann passiert es mir aber, daß ich gerade nicht genug Geld dabeihabe, und ich bezahl mit einem Wechsel – mit keinem großen. Du zögerst ein bißchen, willst deinen Kunden aber auch nicht verprellen, indem du ihn beleidigst. Also nimmst du den Wechsel an, und alles ist in Ordnung, weil dir dein Bankier nämlich sagt, daß der Wechsel abgedeckt ist. Ein bißchen später zahle ich mit einem beträchtlich höheren Wechsel, und du nimmst ihn auch an. Aber dann stellst du fest, daß dieser Wechsel längst nicht so sicher ist, wie du gedacht hast. Und mich siehst du natürlich auch nie wieder.« Sam und er lachten, und Barney fuhr fort: »Hab ich dich nun vielleicht bestohlen oder betrogen? Überhaupt nicht!

Schließlich muß ja derjenige, auf den der Wechsel gezogen ist, dir das Geld bezahlen. Und wenn der nicht zahlen kann, kann man uns doch nicht vorwerfen, daß er dich um dein Geld gebracht hat, oder?«

Ich war erleichtert, daß Barney und seine Familie offenbar nicht in irgendwelche ungesetzlichen Angelegenheiten verwickelt waren, doch trotzdem beunruhigte mich die Unehrenhaftigkeit ihres Tuns.

Immer noch vor sich hin kichernd, ging Sam aus dem Zimmer. Barney schaute mich ernst an und sagte: »Jetzt, wo ich so offen mit dir war, könntest du mir eigentlich auch den Rest von deiner Geschichte erzählen.«

Es gelang mir, ihn mit zahlreichen nebensächlichen Details abzuspeisen, ohne ihm jedoch irgendwelche Namen zu nennen. Am meisten interessierte ihn, was sich in letzter Zeit zugetragen hatte, denn er schien unbedingt mehr über den Tod meiner Mutter wissen zu wollen. Es fiel mir schwer, davon zu erzählen, doch überrascht merkte ich, daß er vor allem wissen wollte, wo und unter welchem Namen meine Mutter begraben worden war. Schließlich sagte ich ihm, daß sie in der Gemeinde St. Leonhard unter dem Namen Offland beerdigt worden sei.

Nachdem er dies erfahren hatte, gab er sich zufrieden und verabschiedete sich auch bald darauf.

Ein oder zwei Tage später – ich weiß nicht, ob es Tag oder Nacht war – döste ich auf meinem Lager, als mich plötzlich ein Flüstern aus dem Zimmer unter mir aufschreckte. Wer sich dort unten auch aufhielt, er wußte nicht, daß meine Kammern direkt über ihm lagen. Dann erkannte ich verblüfft die Stimme von Barney und – wer hätte das gedacht – die von Jack.

»Bist du sicher?« hörte ich Barney fragen.

»Ganz sicher. Ich hab dir doch schon gesagt, daß ich's selbst kaum geglaubt hab, aber Sal hat es mir erzählt, ohne daß sie wußte, was es zu bedeuten hat. Wenn du mir nicht glaubst, Barney, dann kannst du sie ja selbst fragen.«

»Das werd ich auch.«

Sie gingen, und ich hörte kein Wort mehr. Was hatte es zu bedeuten, daß sich die beiden Rivalen insgeheim trafen? Und wovon hatten sie gesprochen? Die Antwort auf diese Frage meinte ich einige Stunden später zu erfahren, als ich mit den zahlreichen Mitgliedern der Bande im Salon war und Barney plötzlich hereinplatzte; Sam folgte ihm auf dem Fuße.

Barney schrie: »Wo ist Nan?« Sie trat vor, und er brüllte: »Du hast uns beklaut, gib's zu!«

»Nein, hab ich nicht!« antwortete sie.

Barney zog ein Schmuckstück aus seiner Tasche: »Dies hier haben wir gerade unter deinen Klamotten gefunden.«

»Das hab ich noch nie vorher gesehen!« schrie Nan.

»Aber ich hab gesehen, wie du's dir gestern in der Bond Street unter den Nagel gerissen hast«, fauchte Sally.

»Du lügst! Das hat mir einer untergeschoben!«

»Du kennst die Regeln«, sagte Barney. »Keine Geschäfte auf eigene Kosten.«

Also war mein Mißtrauen gegen die Ehrlichkeit meiner neuen Freunde unbegründet gewesen: Nan hatte etwas gestohlen, und dafür wurde sie nun aus der Bande ausgestoßen.

Die anderen murmelten zustimmend.

»Sie hat es mir untergeschoben!« rief Nan und zeigte mit dem Finger auf Sally.

»Hab ich nicht!«

»Hast du doch, und ich weiß auch, warum. Weil Jack mich nämlich lieb hat.« Einige Bandenmitglieder riefen »Das stimmt!«, und so ermutigt, fuhr Nan fort: »Du bist eifersüchtig, und deswegen hast du dir das hier ausgedacht.«

Die Mehrheit der Anwesenden jedoch zeigte kein Verständnis und blieb still.

»Du mußt unsere Bande verlassen«, sagte Barney. Er sah zu Sam und dann zu Jack hinüber, und beide nickten mit ernstem Gesicht.

»Er hat recht, du mußt gehen, Nan«, sagte Jack leise. »Wir müssen uns einfach gegenseitig vertrauen können.«

Will, Nans Geliebter, verteidigte ihre Unschuld und legte sich dafür mächtig ins Zeug. Er drohte sogar damit, die Bande zusammen mit Nan zu verlassen, doch als dieser Bluff bei den anderen nicht verfing, zog er sich zurück. Nan protestierte und weinte, dann schimpfte sie und stieß heftige Verwünschungen aus, doch beinahe alle waren gegen sie. Schließlich gab sie sich geschlagen und verließ, noch immer ihre Unschuld beteuernd, das Haus.

Je näher Weihnachten rückte, um so häufiger sprach man von der Party, die am Heiligen Abend in der Henrietta Street stattfinden sollte. Ich fand es eigenartig, daß sie sich deshalb alle so aufregten, denn die meisten von ihnen gingen beinahe jeden Abend in einer großen Gruppe aus, die von Barney angeführt wurde und erst beim Morgengrauen wieder zurückkehrte. Sie kleideten sich dafür immer sehr sorgfältig, so daß die Frauen wie Damen und die Männer beinahe wie Gentlemen aussahen. Währenddessen amüsierte sich, wer zu Hause geblieben war, auf einer schier endlosen Party: Man trank, würfelte, aß, und man stritt sich.

Inzwischen hatte ich mich an ihren Tagesablauf gewöhnt, und da sie in meiner Gegenwart längst nicht mehr so auf ihre Worte achteten wie am Anfang, verstand ich langsam, wie sie sich ihren Lebensunterhalt verdienten, auch wenn noch einige Rätsel ungelöst blieben. Man kam und ging zu allen Tages- und Nachtzeiten, brachte aber selten einen Fremden mit, da man für ihn bürgen mußte und er außerdem noch sorgfältig beobachtet wurde. Wenn sie nicht gerade schliefen, amüsierten sich alle auf die schon beschriebene Weise. Bis auf Jack und Sally habe ich nie jemanden etwas lesen sehen, und diese beiden interessierten sich nur für zwei Themen: Sie studierten entweder Modejournale und den »Court Guide«, denn die Familie verfolgte mit reger Anteilnahme das Geschehen in der High Society, oder sie lasen den »Hue-and-Cry«, eine Veröffentlichung der Polizei, die die Namen und Vergehen der von den Behörden gesuchten Verbrecher auflistete.

Eines Abends kam Meg mit einer Freundin von einem Besuch bei Latte im Newgate-Gefängnis zurück, und nachdem wir uns alle im Salon versammelt hatten, erzählten die beiden, wie sie durch ein Gitterfenster mit Latte gesprochen hatten. Sie berichteten, daß sein Prozeß für diese Sitzungsperiode auf dem Verhandlungskalender stehe und daß der Kläger, in diesem Fall der Hauseigentümer von Old Ford, also jenem Haus, in das Latte eingebrochen und in dem er erwischt worden war, sicherlich von Pulvertaft gekauft werde.

Barney, der etwas abseits von uns saß und sich mit einem Fremden unterhalten hatte, lachte bei diesen Worten höhnisch auf und sagte: »Klar doch, genauso, wie er es 1817 mit mir gemacht hat.«

Der Mann an seiner Seite, der eine der schlimmsten Schurkenfratzen hatte, die mir jemals vor Augen gekommen waren, und die mich an den Teufel aus Mr. Pentecosts Kasperltheater erinnerte, lachte und sagte: »Da kann ich mich noch gut dran erinnern, Barney. Hamse dich nicht zu sieben Jahren verdonnert? Da hat doch Limping Jem gegen dich ausgesagt und vom Katzenfuttermann ein Pfund dafür gekriegt, oder nicht?«

Das Gespräch wandte sich nun der Frage zu, auf welche Richter man sich verlassen könne und welche von ihnen Wort halten würden. Der Fremde, den die anderen Mr. Lavender nannten, erzählte die Geschichte von einem »alten Knaben«, der sich zuerst bestechen ließ und dann hingegangen sei und den betreffenden Mann auf das Gefangenenschiff geschickt habe, und jedermann im Salon wetteiferte darin, seiner Empörung über solch ein Benehmen Luft zu machen.

»Wie läuft denn das Geschäft so?« fragte Mr. Lavender dann eher beiläufig.

Einige sahen verlegen zu Boden, doch Barney meinte: »Was denn? Vor dem braucht ihr doch keine Hemmungen zu haben.«

Und so sprach man über jenes Geschäft, das Barney mir so anschaulich beschrieben hatte.

Im Verlauf der Unterhaltung kam die Rede schließlich auf gefälschte Wechsel, und ungehalten fragte ich: »Aber Barney, du hast mir doch gesagt, daß ihr nur mit sauberen Wechseln handelt und daß ihr nichts Unredliches macht.«

Allgemeines Gelächter beantwortete meine Frage, und Mr. Lavender lachte mindestens ebenso herzlich und laut wie die anderen.

Dann sagte Barney, der schon ziemlich betrunken war: »Na, du bist vielleicht grün! Gefälschte Wechsel sind doch noch billiger als echte.«

Ich schwieg verwirrt. Waren sie also doch Verbrecher? »Aber warum ist Nan dann fürs Klauen bestraft worden?« wollte ich endlich wissen.

»Jetzt tu doch nicht so dumm!« übertönte Barney das höhnische Gelächter der anderen. »Wir haben sie rausgeworfen, weil sie auf eigene Rechnung gearbeitet hat, und damit hätte sie uns beinahe alle hochgehen lassen. Wir sind eine Stutzerbande, also muß man uns schließlich auch für reiche Stutzer halten können.«

Während ich noch über das soeben Gehörte nachdachte, erhob sich Barneys Gast und verabschiedete sich. Zuerst war ich entsetzt, als mir aufging, unter welchen Menschen ich hier lebte. Zumindest glaubte ich, daß ich entsetzt war, oder, sagen wir: Ich wußte, daß ich entsetzt sein sollte. Doch ich konnte die Leute um mich herum und das, was sie taten, einfach nicht böse nennen. Was hieß das schon: böse sein? Sicher, da gab es die ein oder andere Sache, die mich manchmal an Barney störte, und auch bei anderen, vor allem bei Will, gab es einiges, was mir nicht gefiel. Doch niemand hier schien mir etwas Schlimmeres als verantwortungslos und selbstsüchtig sein. Ich mußte an Mr. Pentecosts Vorstellung denken, daß das Gesetz ein willkürliches Konstrukt sei, geschaffen, um die Reichen zu schützen, und mir wollte es nun so scheinen, als hätte er damit recht gehabt. Wie hatte ich Narr nur jemals glauben können, daß es wirklich so etwas wie Mr. Silverlights höhere Moral gab, der man zu gehorchen hatte, ob man dem Gesetz nun zustimmen konnte oder nicht? Im Gegenteil, einzig nach dem Kalkül des Eigennutzes wählen wir, ob wir dem Gesetz gehorchen oder ob wir es brechen wollen. Und wenn diese Leute hier sich im Bewußtsein all der Gefahren, mit denen sie so wohlvertraut waren, für den Gesetzesbruch entschieden, dann schien mir das eine schöne und tapfere Sache zu sein.

»Das geht also in Ordnung«, verabschiedete sich Mr. Lavender an der Salontür. »Ich halt euch meine Jungs an Weihnachten in der Henrietta Street von der Pelle.«

Er gab Barney die Hand, und nachdem dieser ihn hinaus auf die Straße begleitet hatte, kam er zurück und sagte: »So was nenn ich einen echten Gentleman, mit dem kann man wenigstens ins Geschäft kommen.«

Ich wußte ja, was ich von der guten Gesellschaft zu halten hatte: von Mrs. Fortisquince zum Beispiel oder von Mr. Sancious und Sir Perceval. Und wenn ich daran dachte, was diese Menschen für mich getan hatten, fand ich nicht die Kraft, die Raubzüge und Betrügereien meiner jetzigen Gefährten zu verurteilen. Sie hatten mich wenigstens aufgenommen und mir ein Dach über dem Kopf und etwas zu essen angeboten, während jene Menschen, deren Pflicht dies eigentlich gewesen wäre, meine Mutter und mich ins äußerste Elend getrieben hatten. Und nun begann ich in einer Art Umkehrung meines früheren Empfindens mich wie ein Parasit zu fühlen, der von seinen Freunden lebte, selbst aber nichts zum Lebensunterhalt beitrug.

Plötzlich gab mir jemand einen Klaps auf den Arm und unterbrach meine Tagträumereien. »Und irgendwann machst du auch bei uns mit, nicht wahr, Jungchen?« fragte mich Sam und strahlte mich mit sonnigem Lächeln an.

Ich nickte eifrig: »Ja, das würde ich gern tun.«

»Da kannst du gleich an Weihnachten bei der Schose mitmachen«, sagte Barney und zündete sich eine Pfeife an.

»Wirst schon sehen«, meinte Sam, »es gibt nichts Besseres. Das ist fast so, wie wenn man mit hohen Einsätzen spielt und das Schicksal auf seiner Seite hat.«

»Aber wenn's sich dann gegen dich richtet, dann verlierst du alles«, ergänzte Barney und zog mit bedeutungsvoller Geste sein Halstuch enger zusammen und ruckartig nach oben.

»Wie war das bei dir?« fragte ich Sam. »Wie hat es bei dir angefangen?«

»Bei mir? Ich hab noch nie was anderes gemacht, Bürschchen. Ich bin da richtig reingewachsen. Mit acht Jahren haben sie mich eingelocht und mit dreizehn das erste Mal ausgepeitscht. Aber damals war ich nur ein kleiner Dieb. Bis ich dann Barney kennengelernt hab.«

Sein Freund und Boß lachte und sagte: »Damals hab ich noch mächtig die Ohren gespitzt, wenn das Sterbeglöcklein gebimmelt hat.« Seine blauen Augen blitzten mich an. »Du weißt, was ich meine?« Ich nickte, war aber fest entschlossen, nichts von meiner Bekanntschaft mit Isbister zu erzählen. »Verstößt schließlich gegen kein Gesetz, denn das Gesetz sagt, es gibt kein Besitzrecht an Leichen.«

Die anderen lachten über diese juristische Rechtfertigung. »Du bringst uns noch alle vors Old Bailey, wenn du so weiterquasselst«, meinte Sam grinsend. »Sag mal, hat dein Freund, der Advokat, dir noch keine Lehrstelle angeboten?«

Barney, der schon reichlich getrunken hatte, achtete nicht weiter auf ihre Sticheleien und fuhr fort: »Ist bestimmt schon zehn Jahre her oder noch länger. Als ich Sam und Jack noch nicht gekannt hab, da war ich mit Jerry Isbister, dem Katzenfuttermann und Latte zusammen. Lief auch alles gar nicht schlecht, aber dann haben wir uns in die Wolle gekriegt: ich und der Katzenfuttermann gegen Isbister und Latte. Der Katzenfuttermann hat geglaubt, daß Latte seinen Bruder verpfiffen hat, den sie damals wegen nem Bruch aufgeknüpft haben, ihn hier.«

Bei diesen Worten hantierte er an seiner Pfeife herum, doch als er sah, daß ich ihn nicht verstand, zeigte er mir den Pfeifenstopfer und meinte, dies sei ein Andenken, daß er sich aus dem Schienbein des Bruders vom Katzenfuttermann geschnitzt habe. Nur mit Mühe sei er damals zu dem Knochen gekommen, als man die Leiche fürs öffentliche Sezieren freigab. Dann unterhielten sich die Bandenmitglieder darüber, ob das Sezieren nun etwa ehrenvoller sei als jener alte Brauch, dem zufolge der Leichnam eines Hingerichteten in Ketten gewickelt und, um die mit geteertem Kattun umwundenen Knochen zusammenzuhalten, mit aufgeschmiedeten Eisenbändern versehen, an einer Kreuzung aufgehängt wurde. Ich erinnerte mich an jenes baumelnde Etwas, bei dessen Anblick meine Mutter in der Kutsche auf dem Weg nach London schaudernd zusammengezuckt war, das ich aber trotz meines Interesses für den Galgenhügel nicht erkannt hatte.

Barney nahm den Faden seiner Geschichte wieder auf: »Also haben der Katzenfuttermann und ich unten im Borough angefangen, und weil's da mehr Arbeit gab, als wir verkraften konnten, haben wir uns nach neuen Leuten umgetan. Und so kamen erst Sam und dann Jack zu uns. Du warst damals noch ein ziemlich junges Bürschlein«, fuhr er, zu Jack gewandt, fort. »Wir haben auch ein paar Brüche gemacht, und dabei haben sie uns dann nach ein oder zwei Jahren erwischt. Wir sind abgehauen, in alle Richtungen, und es hat 'ne Weile gedauert, bevor ich rausgekriegt hab, daß der Katzenfuttermann uns reingelegt hat. Mögen seine Knochen verrotten! Ich glaub, er hat gedacht, ich hätt bei der Sache mit seinem Bruder irgendwie die Finger im Spiel gehabt. Jedenfalls mußte ich erst mal raus aus London, und ich bin in den Norden, da, wo meine Leute herkommen.« Er schüttelte sich. »Gottverdammtes Kaff! Nichts als Bäume und Felder. Ich hab mich totgestellt und Gras über die Sache wachsen lassen. Den einen oder anderen Zug hab ich natürlich schon gemacht, das will ich gar nicht leugnen, und in die Stadt bin ich erst zurück, als ich dachte, daß es dort wieder sicher wär. Aber das war ein Fehler, denn ein paar Tage später hatten sie mich schon. Einer von den Typen auf Daniel Pulvertafts Gehaltsliste muß gesungen haben. Ich hab lange nicht rausgekriegt, wie Daniel das geschafft hat. Also mußt ich erst mal zwei Jahre Matrosendienst in Gravesend schieben.« Die anderen lachten bei dieser Anspielung auf die Gefängnisschiffe. »Und nachdem ich mich freigekauft hatte, fingen ich, Sam und Jack wieder mit dem Leichenklauen an, aber der Katzenfuttermann hatte sich mittlerweile das Geschäft auf dem anderen Ufer gesichert, also haben wir die Finger davon gelassen, damit er das mit Isbister allein austragen kann. Und das war ganz schön clever von uns; letztes Jahr hat er den alten Jerry nämlich endgültig abserviert.«

Ich wußte, daß er damit auf den Bandenkampf auf dem Friedhof in Southwark anspielte, den ich damals beobachtet hatte.

»Aber dann«, fuhr er fort, »hab ich einen verdammt pfiffigen Advokaten kennengelernt. Und nur seinetwegen sind wir hier in dieser Bude, aber das ist 'ne lange Geschichte, die ich euch auch ein andermal erzählen kann. Jedenfalls hat der mich auf dieses Wechselgeschäft gebracht.« Er warf mir einen prüfenden Blick zu und sagte dann mit einem listigen Lächeln: »Aber ich hab noch ganz andere Dinger gedreht.«

»Warst ja schon immer ein großer Angeber, Barney«, höhnte Karotten-Poll, »nicht wahr?«

»Hast du jemanden um die Ecke gebracht?« fragte ich.

Er lächelte und legte den Zeigefinger an die Nase.

Ich spürte, wie ich vor Aufregung zitterte. Ich war mir sicher, daß ich richtig geraten hatte. »Wen denn? Und wann war das?«

»Einen feinen Pinkel. Ist aber schon lange her«, sagte er. »Wie alt bist du jetzt?«

Ich sagte es ihm.

»Dann war's ein Jahr vor deiner Geburt.«

Mehr wollte er uns nicht verraten, aber ich hatte genug Stoff zum Nachdenken. Aus seiner Geschichte ging nicht hervor, weshalb Jack in jener Nacht, als ich ihn in Southwark gesehen hatte, mit Pulvertaft zusammengewesen war, und daher nahm ich an, daß Barney nichts davon wußte. War Jack also Pulvertafts Spitzel in Barneys Bande? Ich verstand allmählich, daß Pulvertaft mit der mir anvertrauten Nachricht Barney und seine Leuten warnen wollte, daß er genau über ihr Vorhaben informiert sei – und jetzt dämmerte mir auch, daß mit dieser Schose ein verbrecherisches Unternehmen gemeint war. Wahrscheinlich wollte Pulvertaft, daß Barney die Beute mit ihm teile.

Etwa eine Woche später war der Tag von Lattes Verhandlung vor der ersten Kammer des Königlichen Gerichtshofes im Old Bailey. Jack, Sally und Meg beschrieben uns anschließend den Prozeß: »Der gute Latte hat ziemlich dumm aus der Wäsche geguckt, als er den Staatsanwalt gesehen hat«, rief Jack zum Gelächter der Bande, nur Meg standen die Tränen in den Augen.

Da aber Pulvertaft den Anwalt tatsächlich nicht bestochen hatte, sprach man Latte schuldig und brachte ihn ins Newgate-Gefängnis. Er mußte jetzt einige Tage warten, da man den Gefangenen die Urteile nicht einzeln, sondern gesammelt am Ende der Sitzungsperiode mitteilte. Einige mußten auf diese Weise bis zu sechs Wochen auf ihr Urteil warten, doch Latte hatte Glück, da sein Prozeß einer der letzten gewesen war. Man erzählte mir, daß der »alte Knabe« am Old Bailey gewöhnlich für Kapitalverbrechen die Todesstrafe verhängte, doch man gab mir zu verstehen, daß die Sache damit noch nicht ihr Ende gefunden hatte. Wie erwartet, bekam Latte tatsächlich die Höchststrafe, und er wurde in die »Salzkiste« – so hieß die Todeszelle – am Press Yard verlegt. Er mußte hier auf die Bestätigung durch den Stadtrichter warten und konnte noch hoffen, daß der das Urteil widerrufen würde. Doch zwei Wochen später wurde es dann bestätigt.

Die eines Mordes Überführten wurden unverzüglich exekutiert, doch die Fälle derjenigen, die für weniger schwerwiegende Vergehen zum Tode verurteilt worden waren, wurden nun dem Kronanwalt vorgelegt. In seinen Händen lag ihre letzte Chance, denn danach gab es nur noch das Gesuch an den Minister, und das setzte mehr Geld und Einfluß voraus, als man von Lattes Freunden erwarten konnte – falls sie überhaupt etwas unternehmen wollten.

In der Nacht zum 15. Dezember gingen zahlreiche Bandenmitglieder zum Newgate, um auf die Entscheidung über Lattes weiteres Schicksal zu warten, denn der Kronanwalt kam spätabends direkt aus Windsor zum Gefängnis, um dort die Beschlüsse des Königs bekanntzugeben. Der Rest der Bande wartete einstweilen voller Aufregung im Haus, während ich mir jene Szene vorstellte, die man mir so lebhaft beschrieben hatte: die Neugierigen und die besorgten Verwandten, die sich vor dem düsteren Gefängnis versammelt hatten, das Nahen der Vorreiter und der Kutsche, dann der Gefängnisdirektor, der mit einem Kaplan auf Black Jack, den Kronanwalt, zugeht, und schließlich das bange Warten, während der Geistliche von Zelle zu Zelle geht und jedem Verurteilten die Entscheidung über Leben oder Tod verkündet. Endlich geht der Wärter zum Torhaus und liest den Freunden und Verwandten laut die Liste der Begnadigten vor.

Ungefähr um zwei Uhr morgens kamen Sally, Jack, Meg, die hysterisch weinte, und die übrigen in den Salon, um uns mitzuteilen, daß Latte nicht zu den Glücklichen gehörte. Seine Hinrichtung sollte in sechs Tagen stattfinden.

Sobald sich die Aufregung über diese Mitteilung etwas gelegt hatte, klatschten Barney, Jack und Sam in die Hände, und Barney rief: »Hört mal her! Es geht um unsere kleine Weihnachtsfeier in der Henrietta Street. Sie wird um ein paar Tage vorverlegt.«

Diese Entscheidung löste allgemeine Überraschung und Empörung aus, und Barney, Jack und Sam blickten sich grinsend an.

»Auf welchen Tag denn?« fragte Billingsgate.

»Das laß man unsere Sorge sein!« antwortete Barney.

»Warum denn plötzlich diese Änderung?« rief Will.

»Weil wir so den Katzenfuttermann überlisten wollen«, erwiderte Barney. »Der glaubt nämlich, daß die Party am Weihnachtsabend steigt.«

»Den überlisten wir nicht«, warf Will ein. »Nicht solange einer von uns für ihn spioniert.«

Barney, Sam und Jack sahen sich selbstzufrieden an.

»Aber es spioniert keiner mehr für ihn«, sagte Jack.

Gleich wurden die drei mit Fragen überschüttet: »Was soll das heißen? Habt ihr vorher nicht behauptet, daß es unter uns einen Spitzel gibt?«

»Es gab einen«, sagte Barney. »Aber jetzt gibt's keinen mehr.«

»Glaubst du etwa, daß Nan der Spitzel war?« fragte Will entrüstet.

»Ganz recht«, erwiderte Sam. »Ich, Barney und Jack, wir drei haben rausgefunden, daß sie's gewesen ist. Als uns Johnnie damals die Nachricht vom Katzenfuttermann gebracht hat, haben wir uns noch mal beraten, und wir sind zu dem Schluß gekommen, daß es nicht reichte, Daniels Spitzel zu finden und ihn mundtot zu machen. Er hätte dann nämlich Bescheid gewußt und bestimmt versucht, uns auf 'ne andere Art reinzulegen. Also haben wir uns gedacht, wir regeln die ganze Sache so, daß Daniel keinen Wind davon kriegt und bei seinem alten Plan bleibt. Und Nan hat ihm inzwischen bestimmt schon erzählt, daß wir sie rausgeworfen haben, weil Sally die Sore bei ihr gefunden hat.«

Jack unterbrach ihn: »Wir hatten nämlich abgemacht, daß ich Sally alles erzähl, und dann hab ich ihr noch gesagt, daß sie Nan richtig eifersüchtig machen soll.«

Gutmütiges Gelächter und lautes Pfeifen quittierten diese Bemerkung. Jack sah lächelnd zu Sally hinüber, und sie blickte sich mit breitem Grinsen in der Runde um und freute sich über ihren Triumph.

»Sally hat Trumpf gespielt und gewonnen«, sagte Barney. »Also glaubt Nan jetzt, daß Sally ihr die Juwelen aus purer Bösartigkeit und Eifersucht untergeschoben hat und daß das Ganze nichts mit ihrer Spioniererei für Pulvertaft zu tun hat.«

Während er noch sprach, nahm Sally mit anmutiger Grazie den Tribut für ihre schauspielerischen Fähigkeiten entgegen.

Nur Will lächelte nicht. »Ich glaub nicht, daß Nan ein Spitzel gewesen ist«, sagte er.

»Ach nein, das glaubst du nicht, Will?« höhnte Barney. »Nun, Jack und ich haben sie eine Nacht lang beschattet, und sie ist schnurstracks zu Daniels Kaschemme unten im Old Mint gelaufen.«

Will wurde rot vor Wut, als er so eindeutig widerlegt wurde. Ich erinnerte mich noch gut an das Gespräch zwischen Barney und Jack, das ich belauscht hatte. Wahrscheinlich war dies nun die Erklärung für ihre Unterhaltung, auch wenn ich noch immer nicht alle Teile des Rätsels lückenlos zusammenfügen konnte.

»Wir haben euch den neuen Termin für die Schose noch nicht genannt«, redete Barney weiter. »Und wir werden ihn euch auch erst im allerletzten Moment verraten. Damit aber keiner von euch aus Versehen dem Katzenfuttermann etwas ausplaudern kann, verläßt mir, bis die Sache gelaufen ist, niemand mehr ohne Begleitung das Haus!«

»Ach nee«, höhnte Will. »Darfst du auch nicht mehr allein raus?«

»*Ich* darf natürlich«, sagte Barney, »aber sonst keiner; nicht mal Jack oder Sam. Und wenn wir zusammen auf Arbeit gehen, werden sich alle gegenseitig im Auge behalten, damit sich keiner mit irgend jemandem irgendwo treffen kann oder jemand anderem heimlich eine Nachricht zusteckt. Und wir werden die Tür hier bewachen, damit sich niemand still und leise verdrückt.«

Diese Ankündigung wurde nicht gerade begeistert aufgenommen, aber man sah die Notwendigkeit solcher Maßnahmen ein, und so fand man sich wohl oder übel mit ihnen ab.

Von diesem Augenblick an wurde daher Tag und Nacht der Hauseingang bewacht, der einzige Weg, auf dem man das Haus verlassen konnte.

Am nächsten Morgen – oder besser: nach dem nächsten Aufwachen – traf ich Sally im Flur, und ganz überraschend kündigte sie an: »Mach dich fertig. Wir gehen ins Westend.«

»Warum denn?« fragte ich, da ich glaubte, daß es noch finstere Nacht sei.

»Weil Barney es gesagt hat, darum«, erwiderte sie. »Und jetzt beeil dich!«

»Ich bin fertig«, sagte ich.

Sie musterte mich angewidert: »Sind das deine besten Klamotten?« (Sie trug ein blaues Seidenkleid und dazu ein Schultertuch aus Kaschmirwolle.)

»Ich hab' keine anderen Kleider.«

»Dann ist's ja kein Wunder, daß du etwas brauchst«, war ihre rätselhafte Antwort. »Nun mach schon, Sam!« rief sie, und als Sam aus dem Roten Salon kam, ließ uns Will, der den Eingang bewachte, auf die Straße.

Erstaunt sah ich nun, daß es draußen längst Tag war. Und trotzdem hatte ich plötzlich Angst davor, das Haus nach all dieser Zeit wieder zu verlassen. Sam sollte uns offenbar begleiten, doch auf unserem Weg durch den halb fertiggestellten Stadtbezirk zur Vauxhall Bridge Road bekam ich keine Antwort auf meine entsprechenden Fragen, da Sam und Sally viel zu eifrig miteinander flirteten, als daß sie auf mich geachtet hätten.

Am ersten Droschkenstand nahmen wir uns einen Wagen. Der Kutscher starrte zwar mit großen Augen auf mein zerlumptes Äußeres, doch schienen sich seine Bedenken beim prächtigen Anblick meiner beiden Gefährten zu legen, denn auch Sam hatte sich mächtig herausgeputzt. Sam befahl ihm, uns zum Shepherds Market zu bringen, dort auf uns zu warten und uns anschließend zur Bond Street zu fahren, wo wir, wie er sich großspurig ausdrückte, noch weitere Geschäfte zu erledigen hätten.

»Was wollen wir denn auf dem Shepherds Market?« fragte ich.

»Wir können doch so nicht mit dir in einen anständigen Laden gehen!« meinte Sally, als wir einstiegen, ohne mir mit dieser Antwort zu mehr Klarheit zu verhelfen.

Sie setzten sich mir gegenüber, und als die Kutsche anfuhr, wollte Sam seinen Arm um Sally legen. Zuerst kicherte sie kokett und ermahnte ihn provozierend, doch nicht so töricht zu sein, aber nach einer Weile reagierte sie gereizt.

»Laß mich in Ruhe, Sam!« sagte sie ungehalten, und Sam starrte beleidigt aus dem Fenster.

Am Einlaß zum Markt ließen wir die Kutsche stehen und betraten ein Geschäft, in dem gebrauchte Kleider verkauft wurden. Ich war sehr enttäuscht, weil man mich nicht ebenso elegant wie die übrige Bande einkleiden wollte, hatte jedoch auch jetzt noch Skrupel, ein Geschenk von diesen Leuten anzunehmen. Freilich blieb mir keine Wahl, und so half ich Sally, mir ein paar anständige Sachen auszusuchen.

»Sind die nicht ziemlich teuer?« fragte ich, als ich sah, was sie für mich ausgewählt hatte.

Sie lachte. »Barney hat mir genug Geld mitgegeben.«

»Warum kauft Barney mir denn Kleider?« fragte ich Sally.

Sie warf Sam einen Blick zu. »Du willst doch bei der Halsband-Party bestimmt hübsch aussehen, nicht wahr?« fragte sie. »Und außerdem weißt du ja nie, ob du uns nicht auch einmal einen Gefallen tun kannst.«

Ich wunderte mich noch, was sie damit wohl gemeint haben könnte, als mir der Verkäufer den Weg in das Hinterzimmer zeigte, wo ich die Sachen anprobieren konnte.

Überrascht sah ich dann, daß Sam uns allein zurückließ und am Hinterausgang Posten bezog. Ich zog meine Lumpen aus, schlüpfte in die neuen Kleider und zeigte mich Sally, die ihre Zufriedenheit bekundete – wenn auch eher etwas unwillig.

»Was soll ich mit dem hier machen, Miss?« fragte der Verkäufer und zeigte dabei auf meine alten Lumpen.

Sally schüttelte sich. »Am besten verbrennen«, sagte sie.

Wir gingen zur Kutsche zurück und fuhren weiter.

Irgendwo auf dem Piccadilly sagte Sam dann plötzlich: »Ich muß noch etwas erledigen. Ich treff euch im Geschäft.«

Er streckte den Kopf aus dem Fenster, rief dem Kutscher etwas zu, und als wir hielten, sprang er auf die Straße und verschwand in der Menge.

»Warum fahren wir in die Bond Street?« fragte ich.

»Um dir neue Klamotten zu bestellen«, sagte Sally gereizt. »Mein Gott, bist du schwer von Kapee, Johnnie! Wie alt bist du eigentlich?«

Ich sagte es ihr, und sie antwortete: »Du wirkst jünger, aber wahrscheinlich bist du auch nicht besonders groß für dein Alter. Ich hab einen Bruder, der ist ungefähr so alt wie du, vielleicht auch ein bißchen jünger, aber irgendwie kommt der mir viel erwachsener vor.«

Dies war eine interessante Neuigkeit, vor allem, wenn Barney tatsächlich ihr Onkel war. Sollte das nämlich mehr als nur eine Redewendung oder ein Spaß gewesen sein, dann, dachte ich jetzt, war Barney vielleicht gar nicht der Ehemann, sondern der Schwager von Mrs. Digweed. Und in diesem Fall wäre Sallys jüngerer Bruder möglicherweise niemand anderer als Joey. Ich versuchte, mich daran zu erinnern, ob seine Mutter eine ältere Tochter erwähnt und ob sie vielleicht auch deren Namen genannt hatte.

»Wo ist dein Bruder? Wie heißt er denn?« fragte ich Sally.

»Ach, er lebt bei Mam und Dad«, sagte sie. »Ich hab sie aber nicht mehr gesehen, seit ich bei Barney bin.«

»Ist er tatsächlich dein Onkel?«

Ich hätte sie gern gefragt, ob sein Familienname Digweed war, aber ich mußte daran denken, daß ich Barney versprochen hatte, diesen Namen nie mehr zu erwähnen.

Sie sah mich durchdringend an: »Solche Fragen stellen wir in unserer Bande nicht. Ist nicht gut fürs Geschäft, hat Barney gesagt. Also, mach das nicht noch mal! Hast du kapiert?«

Ich nickte.

»Und gib auch keine Antworten! Egal, wer dich fragt«, sagte sie ernst.

Wir waren inzwischen in der Bond Street angekommen, und nachdem Sally den Kutscher entlohnt hatte, betraten wir ein äußerst elegantes Bekleidungsgeschäft, wo man mir Maß für eine komplette Ausstattung nahm. Als wir diese Zeremonie hinter uns gebracht hatten, kam Sam dahergeschlendert, betrat den Laden, paffte einen Stumpen und sah ganz so aus wie einer der vielen jungen Stutzer in der Stadt.

»Sag bloß niemandem, daß ich mich mal eben verdrückt hab!« sagte er beiläufig.

Als wir mit einer zweiten Droschke zurückfuhren, malte ich mir aus, wie ich in meinen neuen Kleidern aussehen würde, und ich war sehr zufrieden mit mir. Warum aber hatte sich Sam Barneys Anordnung widersetzt?

Während der folgenden Woche fragten sich meine Gefährten immer wieder, was Latte wohl gerade tue und wie es ihm gehen möge, und sie hatten ihren Spaß daran, mich in meiner Unwissenheit zu belehren und mir alles über die Gebräuche und Rituale zu erzählen, die mit dem juristisch angeordneten Ableben verbunden waren. Wir würden uns das Hängen ansehen und mußten früh genug dasein, um gute Plätze zu bekommen; am Vorabend der Hinrichtung würde es ein wildes Fest geben, und danach würden wir uns dann auf den Weg zum Newgate-Gefängnis machen.

Mein neuer Anzug war am Tag zuvor eingetroffen, die Hinrichtung war also die erste Gelegenheit, mich bei einem feierlichen Anlaß angemessen präsentieren zu können. Als Sam auf seiner Fiedel zum Tanz aufspielte, saß ich neben Barney, und er beschrieb mir, wie Latte in ebendiesem Augenblick mit den anderen Verurteilten in der Kapelle saß und einer Predigt über den Tod zuhörte, während er in den schwarzgestrichenen Kirchenstühlen hockte, vor sich eine Reihe schwarz ausgeschlagener Särge, in denen die sterblichen Überreste der Delinquenten am nächsten Tag ruhen würden.

»Der gute, arme Latte«, seufzte Bob. »Was meinst du, stirbt er wie ein Mann oder wie ein Hasenfuß?«

»Wie ein Mann«, antwortete Barney. »Da wett ich 'ne Krone drauf, sechs zu vier.«

»Wie kam es, daß Latte mit dem Katzenfuttermann zusammengearbeitet hat?« fragte ich Barney, nachdem Bob die Wette angenommen hatte. »Ich meine, wenn Daniel doch geglaubt hat, daß Latte seinen Bruder verpfiffen hat?«

Jack und Sally, die zur Musik im Zimmer herumgewirbelt waren, warfen sich jetzt neben uns auf das Sofa.

»Na, das war so. Seit Sam, Jack und ich das Leichenklauen aufgegeben hatten, waren sich der Katzenfuttermann und Jerry Isbister spinnefeind. Vor ungefähr einem Jahr hat dann der Katzenfuttermann Jerry aufs Kreuz gelegt, so, wie er mich vorher schon ausgetrickst hat. Wahrscheinlich wollte er sich dann wieder mit Latte versöhnen, und so hat er ihm erzählt, er würd nicht mehr glauben, daß Latte bei der Sache mit seinem Bruder mitgemischt hat.«

Jemand lachte, und Jack rief: »Latte war ganz schön blauäugig!«

»Außerdem hat er Latte geschmiert«, fuhr Barney fort, »damit der den alten Jerry unten im Borough in eine Falle lockt. Es hat 'ne schreckliche Keilerei gegeben, und der alte Jerry hat ganz ordentlich eins aufs Dach gekriegt. Einen von seinen Leuten haben sie erstochen, und das war das Ende von Jerrys Bande. Ich hab gehört, daß er jetzt wieder im Fuhrgewerbe ist. Latte hat dann für den Katzenfuttermann gearbeitet, bis der ihn aus Rache für seinen Bruder verpfiffen hat, glaub ich jedenfalls. Wahrscheinlich hatte er das sowieso von Anfang an vor.«

»Hast du gesagt, jemand ist erstochen worden?« fragte ich.

»Das stimmt«, sagte Barney beiläufig. »Weißt du noch, wer das war, Bob?«

»Hieß Jem, glaub ich. Is jedenfalls tot.«

Ich fühlte, wie mein Herz heftig pochte. Ich sah Jem noch vor mir in der Gosse liegen, doch daß er tot gewesen sein könnte, daran hatte ich nie gedacht.

Ohne recht zu überlegen, was ich sagte, drehte ich mich zu Jack um und stieß hervor: »Hast du gesehen, wer ihn kaltgemacht hat?«

Alles schwieg, und die anderen sahen verblüfft erst Jack und dann mich an. Es waren weniger meine Worte, die sie überrascht hatten, es war Jacks Reaktion: Er war ganz blaß im Gesicht geworden und stammelte irgend etwas vor sich hin.

Barney beobachtete uns beide, und dann sagte er zu mir: »Ich glaub, du hast nur die Hälfte von dem verstanden, was ich dir erzählt hab. Damals hat Jack doch gar nicht mehr für Isbister gearbeitet! Das war viel früher.«

»Ganz genau«, sagte Jack und lächelte etwas gezwungen.

Sally starrte Jack entsetzt an, und obwohl ich ihn nicht beachten wollte, begegneten sich kurz darauf unsere Blicke, und mir fiel auf, daß er mich mit zusammengekniffenen Augen musterte. Durch meine unvorsichtigen Worte war die gute Laune verflogen. Wir saßen still da, und ich blickte zu Sam hinüber, der wie besessen auf seiner Geige fiedelte. Wenn er lächelte, blitzten seine goldenen Zähne in den Tiefen seines schwarzen Bartes auf. Er nickte den Tänzern zu und schlängelte sich zwischen den Paaren hindurch. Ich sah, daß Barney erst zu mir und dann einige Male zu Jack hinüberschaute.

»Zeit zum Aufbruch!« sagte er einige Minuten später.

Bob rannte nach draußen, um einige Droschken zu rufen, und ich hastete nach oben, um meinen neuen Mantel zu holen, da es eine frostkalte Nacht zu werden versprach.

Jem war tot, genauer gesagt: ermordet, und zwar von Latte, der mit Pulvertaft unter einer Decke gesteckt hatte, um seine Kumpane in Southwark in eine Falle zu locken. Wenn man bedenkt, was ich gerade erfahren hatte, mag dies vielleicht seltsam klingen, aber plötzlich spürte ich einen tiefen Widerwillen bei dem Gedanken daran, Latte hängen zu sehen.

Als ich in der Dunkelheit das gefährliche Gerüst hinabstieg, hörte ich ein Geräusch, dann wurde ich plötzlich von hinten gepackt und mit dem Kopf gegen die Wand geschlagen. In dem spärlichen Licht konnte ich das Gesicht dicht vor mir nur undeutlich erkennen – diese Züge, die so anders wirkten als die Miene des gewöhnlich gutgelaunten und gutaussehenden Jack.

»Warum hast du das gesagt?« wollte er wissen.

»Es stimmt ja gar nicht! Ich hab dich nicht gesehen!« Dummerweise fügte ich dann doch hinzu: »Sie hatten doch Masken auf.«

»Also weißt du, wovon ich rede«, zischte er durch die zusammengepreßten Zähne und schlug meinen Kopf noch einmal nachdrücklich gegen die Wand.

Meine Antwort hatte mich in eine große Gefahr gestürzt.

Jetzt flüsterte er leise: »Noch ein Wort darüber, und du bist tot!« Gleich darauf war er verschwunden.

Ich blieb auf dem Treppenabsatz stehen und dachte über meine Lage nach. Was war mein Leben jetzt noch wert? Warum sollte Jack es sich auch nur einen Moment lang überlegen, mich umzubringen? Ich mußte verschwinden. Ich würde mich weigern, heute nacht mitzugehen, und meine Chance nutzen, wenn alle außer Haus waren.

Als meine Wohngefährten sich lachend und scherzend im Flur versammelten, fast als würden sie zu einem Fest aufbrechen, sagte ich zu Barney: »Ich will nicht mit.«

Er sah mich auf eine Art an, die mich an den Augenblick denken ließ, als ich zum erstenmal dieses Haus betreten hatte, dann packte er mich am Arm, zog mich auf die Straße, wo die Kutschen auf uns warteten, stieß mich vor sich her in einen Zweispänner und schlug die Tür hinter uns zu.

Als wir anfuhren, beugte er sich zu mir herunter und verstärkte den Griff um meinen Arm, bis ich vor Schmerz aufschrie. Ich wartete entsetzt darauf, daß er mich fragen würde, was ich mit meiner Bemerkung zu Jack gemeint hatte, doch zu meiner Überraschung sagte er: »Du hast mich angeschmiert, als du mir von deiner Mam erzählt hast. Der Name war falsch und der Friedhof auch!«

Woher wußte er, daß ich ihn angelogen hatte? Und was kümmerte es ihn?

Mit einem Lächeln, das grausamer als die scheußlichste Grimasse war, sagte er: »Jetzt sag die Wahrheit!«

Ich schüttelte den Kopf: »Aber das war die Wahrheit!«

Er lehnte sich zurück. »Wir werden ja sehen«, sagte er.

Es war noch mitten in der Nacht, als wir beim Newgate vorfuhren, und doch war bereits eine große Menschenmenge vor der Schuldnertür versammelt. In der bitteren Kälte stampfte man mit den Füßen auf und rieb sich die Hände, aber man konnte bereits ein lautes Hämmern hören. Nur mühsam gelang es uns, uns einen Weg nach vorne zu bahnen, und als mich Sam, gutmütig, wie er war, auf seine Schultern nahm, konnte ich den New Drop sehen, diesen alten Galgen, der normalerweise im Press Yard stand, jetzt aber in der Newgate Street direkt vor dem Gefängnis aufgebaut wurde. Während wir warteten, scherzten meine Gefährten und stellten Mutmaßungen über die Preise an, die die verschiedenen Körperteile der Verurteilten erzielen würden, sobald ihre Leichen erst einmal seziert waren. Ob sie diesen Ton anschlugen, um ihre eigentlichen Gefühle zu verbergen? Oder berührte es sie tatsächlich nicht, daß nur wenige Schritte von uns entfernt in ebendiesem Augenblick zwei Männer in ihren Zellen auf das Geräusch der Schritte warteten, die ihnen das Herannahen des Sheriffs und seiner Stellvertreter verkündeten? Machte es ihnen wirklich nichts aus, daß der eine der beiden ihr

Kumpan gewesen war – auch wenn er sie verraten hatte – und daß er der Liebhaber von einer Frau aus ihrer Mitte war?

Händler streiften bereits durch die Menge und priesen das »Traurige Lamento« und das »Galgenlied« Lattes an – beide waren angeblich vom Todgeweihten selbst verfaßt worden, obwohl mir Sally versicherte, daß er nicht einmal seinen eigenen Namen schreiben konnte. Außerdem verkauften sie die höchst phantastische Geschichte seines Lebens, die zum Beweis ihres Mangels an Wahrhaftigkeit bereits einen Bericht von der Hinrichtung enthielt.

»Er hat sein Leben verkauft, um für seine Beerdigung zahlen zu können«, erklärte Sam.

»Das bißchen, was von ihm zum Begraben noch übrigbleibt«, fügte Will grinsend hinzu.

Punkt sieben Uhr begann eine Glocke zu läuten, und die Menge antwortete auf ihren Klang mit einem gedämpften Aufschrei. Ich hatte diese Glocke schon einmal gehört, und ich sah mich um. Hinter mir erhob sich die Kirche von St. Sepulchre, wo meine Mutter und ich eine kurze Rast eingelegt hatten, damals, auf unserer Flucht vor Mr. Barbellion, den Miss Quilliam an jenem Tag zur Orchard Street geführt hatte. Jetzt wußte ich, warum meine Mutter vor dem jedem Londoner vertrauten Klang, diesem steten und unbarmherzigen Glockenschlag, geflohen war, denn diese Glocke schlägt jenen Unglückseligen das letzte Stündlein, die ihr eigenes Totengeläut vernehmen. Und ganz in der Nähe war auch das Wirtshausschild mit dem Sarazenenkopf zu sehen, das meine Mutter aus irgendeinem Grund so erschreckt hatte.

»Sie bringen sie jetzt in die alte Folterkammer«, sagte Barney mit gespannter Miene. »Dort nehmen sie ihnen die Eisen ab und fesseln sie mit Lederriemen.«

Eine Minute vor acht entstand vor der Schuldnertür eine Bewegung. Wir hörten die Menge vor uns aufjubeln.

»Was passiert da, John?« fragte mich Sally, da ich von Sams Schultern aus den besten Überblick hatte.

»Sie kommen!« rief ich. »Es sind mehrere, ein paar tragen dunkelgrüne Uniformen und Hellebarden.«

»Das ist der Sheriff mit seinen Stellvertretern«, sagte Jack.

Ich beschrieb auch die restlichen Männer, die dann von meinen Gefährten als der Gefängnisdirektor und der Stadtrichter identifiziert wurden.

»Jetzt kommt einer, der trägt eine Maske vor dem Gesicht!« sagte ich aufgeregt. »Ist das der andere, der mit Latte gehängt wird?«

»Nein, das ist Calcraft«, belehrte mich Barney.

Natürlich! Den Schutz der Anonymität brauchte der Henker, nicht sein Opfer.

»Du wirst Latte schon erkennen, wenn du ihn siehst!« fügte Barney noch hinzu, und die anderen lachten laut.

Er sollte recht behalten, doch anders, als er gedacht hatte, denn jetzt sah ich einen gewöhnlich gekleideten, an den Händen gefesselten Mann mit unbeholfenen Schritten durch die Tür kommen. Einen Augenblick lang konnte ich nicht erkennen, warum er sich so eigenartig fortbewegte.

Dann rief Bob: »Brech dir man bloß nicht dein verfluchtes Bein! Hat ja schließlich keinem was getan!«

Der Mann hatte ein Holzbein! Deshalb also der grausame Spitzname Latte.

»Blueskin!« rief ich überrascht, denn er war es.

Im Gelächter über Bobs bissige Bemerkung schien mein Ausruf unterzugehen, nur Jack hatte ihn vermutlich gehört, und er sah mich auf eine Weise an, die ich seither nie mehr vergessen habe.

Das Gelächter ging in die allgemeine Aufforderung über, die Hüte abzunehmen. Barney und Sam folgten der Losung, nahmen ihre eigenen Hüte ab und hielten sie in der Hand. Ein Gentleman vor uns jedoch ließ seinen hohen Zylinderhut auf.

Barney holte aus und schlug ihm die Kopfbedeckung herunter. »Deine verfluchte Tüte ist nicht durchsichtig, verdammt noch mal!« rief er.

»Hält er sich tapfer? Oder wie eine Memme?« rief Bob.

Ich erklärte ihm, daß ich Lattes Gesicht nicht sehen könne, da er den Kopf gesenkt und ein wenig von uns abgewandt halte.

»Aber was *siehst* du denn?« drängte Sally.

»Neben ihm geht ein Mann im Priestergewand; er scheint ihm etwas aus einem Buch vorzulesen.«

»Das ist der Kaplan, und er liest ihm die Sterbegebete vor«, sagte Sam, der eine Art ehrfürchtiges Vergnügen an der ganzen Sache zu finden schien.

Währenddessen läutete ununterbrochen die Sterbeglocke, und über der großen Menschenmenge schwirrte noch ein leises Murmeln, als würden nun alle gemeinsam den Atem anhalten.

Die Männer mit Blueskin in ihrer Mitte näherten sich dem schrecklichen Gerüst. Sie stiegen die Stufen hinauf, dann trat der Gefangene allein vor wie ein Schauspieler, der nun einen großen Monolog halten wollte. Er schien mir direkt in die Augen zu sehen und hob die gebundenen Hände, als begrüße er die Menge, und die brach ihr Schweigen und antwortete ihm mit einem wilden Schrei. Er schien zu grinsen. Noch einmal hielt die Menge den Atem an.

Barney schlug Bob auf die Schulter: »Ich hab gewonnen! Ich wußte es doch, Latte ist ein Trumpf-As.«

Auf Bitten meiner Gefährten beschrieb ich ihnen, daß die Stellvertreter des Sheriffs den Todgeweihten so führten, bis er schließlich mit der Schlinge um den Hals direkt über der Falltür stand. Dann setzte ihm der Henker eine Kapuze auf, die seine Augen bedeckte, und drückte ihm ein weißes Taschentuch in die Hand.

»Wenn er das Taschentuch fallen läßt«, flüsterte Barney, »dann zieht Calcraft den Bolzen.«

Irgend jemand – war es der Sheriff? – schrie: »Ruhe!«

Die Menge schien eine Ewigkeit lang den Atem anzuhalten.

Ich sah das Taschentuch zu Boden flattern und schloß einen Moment lang meine Augen. Da hörte ich, wie aus tausend Mündern ein schrecklicher Schrei aufstieg. Als ich wieder hinsah, hing Latte wie eine Puppe an dem

Seil, knietief war sein Körper durch die Falltür gefallen.

Barney stieß einen tiefen Seufzer aus.

»Gott sei Dank!« sagte Meg. »Ein rascher und sauberer Tod.« Dann begann sie zu schluchzen.

»Jetzt knüpfen sie den anderen auf, und um neun werden sie dann abgeschnitten«, erklärte Sam. »Calcraft zieht sie anschließend aus und läßt sie dann sezieren. Wer bleibt noch hier, um sich das mit anzusehen?«

Meg schüttelte den Kopf. Mir wurde allein von dem Gedanken daran schon schlecht. Sam ließ mich von seinen Schultern herab, und ich wollte mich gerade in der Menge verdrücken, als Barney mich zu fassen bekam. Er hielt mich fest, sah sich die zweite Hinrichtung an – diesmal versuchte ich nicht einmal, einen Blick auf das Geschehen zu werfen –, und dann rief er, ohne seinen Griff zu lockern, eine Droschke herbei. Einige von der Bande blieben noch, um sich auch noch das Sezieren anzusehen, doch die anderen fuhren mit uns zum Haus zurück. Unterwegs wurde viel getrunken und gestritten, doch Jack beobachtete mich unablässig, und ich hatte nur noch einen Gedanken im Kopf: den Gedanken an meine Flucht!

60. KAPITEL

Am Nachmittag des gleichen Tages betraten Barney, Sam und Jack plötzlich den Roten Salon, wo sich die meisten von uns aufhielten, klatschten in die Hände und baten um unsere Aufmerksamkeit.

»Heute nacht geht's los!« rief Barney.

Sofort begannen alle aufeinander einzureden und freuten sich und lachten, als hätte sie eine ganz unbändige Begeisterung überkommen – doch mir kam es so vor, als würden einige unter ihnen auch etwas ängstlich dreinschauen.

»Ihr wißt, was ihr zu tun habt«, sagte Sam. »Macht euch also fertig!«

Und so begannen alle mit ihren Vorbereitungen – die Frauen zogen sich um, schminkten und puderten sich, und bis auf Will und Bob, die dazu bestimmt worden waren, auf das Haus aufzupassen, machten sich die Männer auf ganz ähnliche Weise zurecht. Mit Entsetzen bemerkte ich, daß Sam eine kleine Pistole reinigte und lud.

Mitten in diesem geschäftigen Treiben rief mich Barney auf den Flur hinaus: »Zieh deine neuen Klamotten an!« sagte er. »Du kommst mit.«

»Aber ich will nicht«, widersprach ich.

Sein Gesicht lief dunkel an, und er drohte: »Du willst nicht? Was zum Teufel soll das heißen?«

Schon bei den ersten Worten holte er aus, und ich konnte den Schlag etwas abmildern, doch seine Faust streifte mich am Kopf.

»Was glaubst du denn, weshalb ich dich aufgenommen hab?« schrie er. »Was meinst du denn, weshalb ich für deine Klamotten da bezahlt hab?«

Wenn ich das doch nur gewußt hätte!

»Ich geb sie dir zurück«, sagte ich, und mir kamen beinahe die Tränen, so weh tat mir der Kopf von seinem Schlag. »Dann kannst du mich doch gehen lassen.«

»Vergiß es!« knurrte er. »Ich habe andere Pläne mit dir. Und jetzt mach, was ich dir gesagt hab!«

»Laß ihn in Ruhe, Barney!« sagte Sally, die in einem wunderschönen gelben Seidenkleid, das ich noch nie zuvor an ihr gesehen hatte, die Gerüsttreppe herunterkam.

»Halt dein Maul, Mädchen!« antwortete er. »Wir brauchen den Jungen heute nacht. Das weißt du doch.«

»Ich kann dir einen anderen besorgen«, sagte sie ruhig.

Als Barney sie überrascht ansah, winkte sie ihn zu sich, und dann flüsterten die beiden ein oder zwei Minuten lang miteinander. Anschließend nickte er und kam zu mir zurück.

»Das nächste Mal machst du, was ich dir sage!« schnauzte er und drehte mir den Arm auf den Rücken, um seinen Worten noch etwas Nachdruck zu verleihen. »Hast du mich verstanden?« Ich keuchte vor Schmerz und nickte, daraufhin ließ er mich los und brüllte: »Will!« Als Will angelaufen kam, zeigte Barney auf mich: »Du und Bob, ihr paßt mir auf, daß der Junge hier nicht abhaut, während wir unterwegs sind! Sonst könnt ihr etwas erleben.«

Will nickte und warf mir einen Blick zu, dem anzusehen war, daß es ihm ein Vergnügen sein würde, mich bei einem Fluchtversuch zu erwischen.

Als die beiden Droschken vorfuhren, nach denen geschickt worden war, stiegen alle ein und taten ganz so, als verließen sie ein elegantes Haus in Mayfair, um sich auf eine Vergnügungsfahrt zu begeben. Will und Bob verriegelten hinter ihnen die Tür und setzten sich dann in den Salon, tranken und spielten Karten.

Nach Barneys letzten Bemerkungen war ich fester als je zuvor entschlossen, so bald wie möglich zu fliehen, obwohl ich noch nicht wußte, wie ich dies bewerkstelligen sollte. Behend stieg ich von einem Tragebalken zum nächsten und wanderte so, in der Hand einen Kerzenstummel, im dunklen und leeren Haus umher. Ich rüttelte an den Brettern vor dem Hintereingang und den Fenstern im Erdgeschoß. Doch es war, wie ich bereits vermutet hatte: Ohne Werkzeug hatte ich keine Chance, aus dem Haus zu entkommen.

Ich war zutiefst enttäuscht, denn ich konnte mir nicht vorstellen, daß sich mir noch eine bessere Gelegenheit als die jetzige bieten würde. Doch dann tröstete ich mich damit, daß sich diese Zeit immerhin gut dazu eignen würde, in Ruhe das Tagebuch meiner Mutter zu lesen, denn sobald Will oder Bob nach oben kamen, war ich früh genug gewarnt und hätte gewiß Zeit, das Buch rechtzeitig wieder zu verbergen. Ich holte es also aus seinem Versteck hervor (die Karte und den langweiligen Brief meines Großvaters ließ ich liegen) und machte es mir beim Schein einer neuen Kerze auf meinem Lager gemütlich. Dann öffnete ich das Buch, und mein Herz schlug mir bis zum Hals, als ich die vertraute Handschrift sah.

III. BUCH

Die Hochzeitsnacht

61. KAPITEL

ERSTER BERICHT:

18. Dezember 1819
Mein lieber Johnnie,
Du verstehst das nicht, natürlich nicht. Wie solltest Du auch? Du warst unfreundlich zu mir, aber Du wußtest ja nicht, was Du sagtest. Du verstehst nicht, was es bedeutet, daß Mr. Barbellion hier auftaucht. Es bedeutet nämlich, daß uns der Feind gefunden hat. Und Du hast ihn zu uns geführt! Aber es war nicht Dein Fehler, Du bist noch zu jung, um das verstehen zu können. Ich bin nicht wirklich böse auf Dich. Ich gehe jetzt nach oben und vertrag mich wieder mit Dir.

Du hast schon geschlafen. Ich hab noch etwas gewartet, weil ich dachte, Du würdest mich vielleicht nur täuschen wollen, aber ich glaube, Du warst wirklich schon fest eingeschlafen.

Ich möchte, daß Du alle Zusammenhänge verstehst, und deshalb habe ich mich entschlossen, Dir von meinem Leben aus jener Zeit zu berichten, als Du noch nicht geboren warst. Du wirst dies erst lesen, wenn Du bereits erwachsen bist und alles, was ich Dir zu erzählen habe, auch verstehen kannst. Einiges von dem, was ich Dir zu sagen haben, wirst Du nicht gerne lesen, und mir wird es nicht leichtfallen, es Dir zu schreiben, sollte ich mich wirklich überwinden können, Dir alles zu berichten. Ich werde Dir dies Tagebuch an Deinem einundzwanzigsten Geburtstag geben; vielleicht wirst Du es aber auch schon früher finden, wenn ich tot bin.

19. Dezember.
Wie seltsam, daß ich Dir von der Vergangenheit erzählen will und gerade dann von Onkel Martins Tod erfahre! So vieles von dem, was ich Dir zu erzählen habe, betrifft auch ihn.

Ich wurde im Haus meines Vaters im Bezirk Charing Cross geboren, und da meine Mutter starb, als ich noch sehr klein war, lebte ich dort mit Papa bis zum Tag meiner Hochzeit. Ich werde dir nicht genau erzählen, wo dieses Haus steht, denn ich will nicht, daß du jemals dorthin gehst. Es war ein großes, altes Haus, und unsere Familie lebte dort schon seit vielen, vielen Jahren. Ich glaube, früher war es einmal eine sehr gefragte Adresse, und vom oberen Stock aus konnte man in die Royal Gardens des Northumberland House sehen, doch in der Zeit, an die ich mich erinnern kann, galt unser Bezirk schon nicht mehr als besonders vornehme Gegend.

Es war kein sonderlich schöner Ort. In die Wirtshäuser unserer Nachbarschaft hatte man Soldaten einquartiert, und ich fürchtete mich vor diesen Männern mit ihren eingefetteten Schweinszöpfen und den rauhen Manieren. Es kam oft zu Schlägereien. Gab der König einen Empfang, standen überall im Park die Leibgardisten, und wenn wir spazierengingen, meine Amme und ich, dann wurden wir nicht vorbeigelassen und mußten wieder umkehren. Der Park aber war der einzige Ort, an dem ich mich aufhalten durfte – natürlich nur bei hellem Tageslicht, obwohl selbst das nicht immer ausreichende Sicherheit garantierte. Ich mußte jedesmal meinen Blick senken, wenn wir an der Mauer der Privy Gardens vorbeigingen. Und die Rummer Tavern lag auch ganz in der Nähe.

Es war ein sonderbares, düsteres Haus, und wenn es nicht abgerissen wurde, dann ist es das wahrscheinlich noch immer. Mein Vater erzählte mir, es sei an der Stelle einer mittelalterlichen Abtei – St. Mary Rouncevall – errichtet worden, und er pflegte mir die alten steinernen Figuren an der Rückseite der Häuser des nächsten Hofes zu zeigen, die, wie er sagte, Teil der klösterlichen Anlage gewesen waren. Das Haus lag etwas abseits der Straße in einem ruhigen Hof mit einem kleinen gepflasterten Platz davor und einem Vestibül vor der Eingangstür. Als es gebaut wurde, war die Vorderfront die Rückseite, doch schon vor geraumer Zeit hat man zwischen unserem Haus und der Straße neue Häuser gebaut, und so hat man es dann sozusagen einfach umgekehrt benutzt und auf der anderen Seite ein Vestibül angefügt. Vom Hintereingang konnte man geradewegs durch eine Gasse zur Straße gelangen, das ist ein wichtiges Detail, doch darauf komme ich später noch zurück. Unser Haus war ein hohes, weitläufiges altes Gebäude mit vielen niedrigen, halbdunklen holzvertäfelten Zimmern, einem großen Treppenhaus und einer geräumigen Halle inmitten des Baues, auf die alle Zimmer ausgerichtet waren. Im Flur hingen ein Krummschwert und eine Hellebarde überkreuzt an der Wand, und Mr. Escreet hat mir immer Angst eingejagt, wenn er mir erzählte, daß jemand vor vielen Jahren mit diesem Schwert umgebracht worden sei.

Mein Papa führte kein besonders geselliges Leben, er hatte nur ein einziges Interesse. Er – oder vielleicht auch schon sein Vater – hatte sich mit einem Großteil der Familie überworfen und bekam deshalb nur sehr selten Verwandtenbesuch. Neben den Räumen meiner Gouvernante bewohnte ich zwei kleine Zimmer auf der rückwärtigen Seite des Hauses im zweiten Stock, und dort verbrachte ich die meiste Zeit, oft mit der Gouvernante, aber noch häufiger allein, da meine Erzieherinnen nie lange bei uns blieben, und so genoß ich wohl doch nur einen sehr dürftigen Unterricht. Mein Papa verbrachte die meiste Zeit des Tages in seiner Bibliothek, las juristische Bücher, schrieb Eingaben ans Gericht oder traf sich mit seinen Rechtsberatern in deren Kanzleien. Du siehst, seine einzige Leidenschaft galt dem Besitzanspruch auf das Gut Hougham, um das man ihn, in seinen Augen, betrogen hatte.

Außer meinem Vater, mir und wenigen Bediensteten lebte nur noch Mr. Escreet in unserem Haus. Als ich noch ein kleines Mädchen war, da war er schon ein ziemlich alter Herr, der schon lange zur Familie gehörte, seit den Zeiten meines Urgroßvaters nämlich, für den er als junger Mann so etwas wie ein Vertrauter und Sekretär gewesen war, und später half er dann meinem Vater bei seinen juristischen Arbeiten, denn Mr. Escreet war in Recht und Gesetz sehr belesen. Er war ein netter alter Gentleman – auch wenn er manchmal scheinbar ganz ohne Grund sehr melancholisch wurde, und solange ich klein war, war er mein bester Spielkamerad.

Außer Mr. Escreet gab es nur noch Mr. Fortisquince – Onkel Martin, wie ich ihn damals immer genannt habe –, und seine Verbindung zu unserer Familie reichte ebenfalls schon sehr weit zurück, denn als meinem Urgroßvater noch das Gut gehörte, da war sein Vater der Verwalter von Hougham gewesen. Er war genauso alt wie mein Papa, und sie sind fast wie Brüder aufgewachsen. Mein Großvater starb nämlich, als Papa erst ein paar Monate alt war, und als seine Mutter starb, da war er ein kleines Kind von gerade drei oder vier Jahren. Und Onkel Martins Mama starb auch, als er noch sehr klein war. (Erinnerst Du Dich noch? Es war die Dame, die früher in unserer kleinen Kate gewohnt hat.) Und so nahm Onkel Martins Vater meinen Papa zu sich und ließ ihn mit seinem eigenen Sohn in Hougham aufwachsen, da der Vater von Sir Perceval Mompesson, Sir Hugo, den alten Mr. Fortisquince als seinen Verwalter behielt, nachdem er das Gut von meinem Großvater erworben hatte. Mr. Fortisquince lebte in der Old Hall; jedenfalls in einem Teil davon, es gab da noch einen zweiten Flügel, für den man aber eine andere Verwendung gefunden hatte. Und so wuchs mein Papa als armes Waisenkind auf jenem Gut auf, das kurz zuvor noch seiner Familie gehört hatte. Ich glaube, es machte ihm schrecklich zu schaffen, daß die neuen Besitzer ihn sehr herablassend behandelten, falls sie ihn überhaupt beachteten. Wenn ich sage, daß er eine arme Waise war, dann sollte ich vielleicht erklärend hinzufügen, daß er einzig und allein eine Jahresrente geerbt hatte, die ihm vom Gut bezahlt wurde und von seinem Vater als Verkaufsbedingung ausgehandelt worden war. Sein Vater, und das ist die traurige Wahrheit, war nämlich ein Verschwender, der schon einen Großteil des Erbes verschleudert hatte, bevor es ihm überhaupt gehörte, so daß der Besitz beim Tod seines Vaters schwer verschuldet war, weshalb er ihn dann auch zu so ungünstigen Bedingungen verkaufen mußte.

Papa und Onkel Martin gingen zusammen nach Cambridge auf die Universität (dafür war gerade noch genug Geld vorhanden), und als sie ihr Studium abgeschlossen hatten, lud Mr. Escreet sie ein, doch im alten Haus zu wohnen. Vielleicht sollte ich an dieser Stelle noch ergänzen, daß Mr. Escreet in Anerkennung seiner Dienste das Haus von meinem Urgroßvater vermacht worden war und daß er dort bereits viele Jahre lang allein gelebt hatte. Früher einmal war er verheiratet gewesen, doch seine Frau war schon lange tot. Mein Papa erzählte mir, daß Mr. Escreet wohl auch ein Kind gehabt habe, das gesund herangewachsen sei, ihm aber nur wenig Freude bereitet habe; und soweit mir bekannt ist, wurde hiervon in unserem Haus auch nicht ein einziges Mal gesprochen. Die beiden jungen Männer wohnten also im Haus und studierten auch weiterhin Recht und Gesetz. Mr. Escreet schloß sie beide in sein Herz, und mein Papa gewann ihn seinerseits ebenfalls sehr lieb, doch es bekümmerte Mr. Escreet zutiefst, daß Onkel Martin seine Zuneigung nicht zu erwidern schien. So lebten sie denn zusammen, bis Onkel Martin heiratete und seinen eigenen Hausstand gründete. Seine Frau starb, als ich noch sehr klein war, und hinterließ ihm keine Kinder.

Ich sollte wohl noch ausführen, warum mein Papa davon überzeugt war, einen Besitzanspruch auf das Gut Hougham zu haben. Der Grund dafür war folgender: Als mein Vater das erste Mal – er war noch ein Junge von höchstens sechzehn Jahren – nach London kam, ging er zu Mr. Escreet, und der hat ihm ein Geheimnis anvertraut: daß er nämlich sicher wisse, daß mein Urgroßvater Jeoffrey Huffam kurz vor dem Tod sein Testament noch um ein Kodizill ergänzt habe und daß dies beim Ableben meines Urgroßvaters unterschlagen worden sei. Mr. Escreet war allerdings überzeugt, daß diese Urkunde noch immer existiere und auch gefunden werden könne. Im wesentlichen belegte dieser Nachtrag das Gut mit einem Fideikommiß, dem zufolge der Verkauf des Besitztums von meinem Großvater an Sir Hugo rechtlich nicht zulässig war, da dieser Fideikommiß weder aufgehoben noch aufgelöst worden war. Mr. Escreet veranlaßte meinen Vater nun, seine Jahresrente möglichst zu sparen, damit er eines Tages in der Lage sei, das Kodizill zurückzukaufen. Papa geriet bei diesen Worten in helle Aufregung und vertiefte sich in die Unterlagen des Kanzleigerichts. (Das Testament seines Großvaters, das sollte ich wohl noch erwähnen, war bereits vor Gericht angefochten worden.) Onkel Martin aber, der, wie ich schon sagte, Mr. Escreet nie gemocht hatte, warf ihm nun vor, meinen Papa in dem Glauben zu bestärken, er habe eine Chance, das Gut Hougham eines Tages wiedererlangen zu können, und ihn somit zu ermuntern, seine Zeit und sein Geld für diese Sache zu vergeuden. Wie sich jedoch noch zeigen sollte, behielt Mr. Escreet recht, und Onkel Martin hatte unrecht, denn eines Tages, ich war gerade erst siebzehn, geschah etwas, das unser ganzes Leben verändern sollte.

ZWEITER BERICHT:

12. April
Warte nur, bis Du herausgefunden hast, wie klug Deine Mama gewesen ist. Von einer Investition für tausend Pfund haben wir doch viel mehr! Die dreihundert hätten längst nicht gereicht, um uns über den Berg zu helfen. Und es war nicht recht, daß wir Bissett mißtraut haben. Sie ist uns treu. Du wirst noch bedauern, was Du über sie gesagt hast, Johnnie. Selbst als ich ihr gestand, daß ich die geforderte Lohnerhöhung nicht zahlen kann (Mr. San-

cious hatte mir streng davon abgeraten), war sie einverstanden, dennoch bei uns zu bleiben.

Doch ich will in meiner Geschichte fortfahren: Eines Nachmittags rief mein Vater mich in die Bibliothek. Mr. Escreet war auch anwesend, und die beiden schienen schrecklich aufgeregt zu sein. Papa erzählte mir, Mr. Escreet habe ihm gerade mitgeteilt, daß er das Kodizill gefunden habe. In diesem Augenblick trat auch Onkel Martin ein, und mein Vater bat Mr. Escreet, die ganze Geschichte noch einmal zu erzählen. Ich habe Dir wohl schon gesagt, daß Mr. Escreet vierzig Jahre zuvor bereits der Vertraute und Berater meines Urgroßvaters Jeoffrey Huffam gewesen war. Er kannte also des alten Herrn Sorgen, daß sein Sohn (also mein Großvater) nach seinem Tod das Gut verkaufen könne, um seine Schulden zu bezahlen. Das Kodizill, mit dem er ein Fideikommiß errichtete, machte den Verkauf wenn nicht unmöglich, so doch zumindest sehr schwierig. Und da mein Großvater James damals nicht verheiratet war – und auch aus anderen Gründen –, schrieb der alte Gentleman die Erbschaftsfolge solcherart fest, daß, falls James ohne Erben sterben würde, das Gut in die Hände von Silas Clothier übergehen sollte, der damals sein einziger Enkel war. Mr. Escreet hat nun viele Jahre mit der Suche nach dem verschwundenen Kodizill verbracht, denn er hegte eine wirklich ganz gescheite Vermutung über das weitere Schicksal des Schriftstücks. Endlich fand er jedenfalls die Urkunde, und ihr Besitzer war bereit, sie für viertausend Pfund zu verkaufen.

Nachdem Mr. Escreet uns dies berichtet hatte, fragte ihn Onkel Martin, ob er sich einige Minuten mit meinem Papa unter vier Augen beraten könne. Papa war entschieden dagegen und sagte, er habe keine Geheimnisse vor dem alten Herrn, doch Mr. Escreet war tief verletzt und bestand darauf, das Zimmer zu verlassen. Sobald er die Tür hinter sich geschlossen hatte, fragte Onkel Martin meinen Papa, ob er denn diese Geschichte tatsächlich glaube. Mein Vater bejahte dies ungehalten. Sie besprachen dann, wie sie das Geld beschaffen könnten, und Papa schlug vor, seine Jahresrente vom Gut Hougham zu verpfänden. Onkel Martin war dagegen, da er mit diesem Schritt meine Zukunft bedroht sah, und er fügte noch hinzu, daß es womöglich nicht einmal leicht sei, auf das Jahreseinkommen einen Kredit aufzunehmen. Es gebe nämlich Gerüchte, die besagten, daß es nicht allzugut um die finanziellen Verhältnisse der Mompessons bestellt sei. Er habe zwar in dieser Hinsicht von Sir Perceval und Lady Mompesson nichts Eindeutiges erfahren können, als er ihnen kürzlich seinen alljährlichen Höflichkeitsbesuch abstattete (mit Rücksicht auf die Verbindung, die es früher zwischen ihren Familien gegeben hatte, war er diesem Brauch treu geblieben), doch, sagte er, sei es allgemein bekannt, daß die Pacht den Mompessons jedes Jahr weniger einbringe, da sie kein Geld ins Land investierten.

Und dann sagte er noch: »Es macht mich traurig, wenn ich daran denke, daß man all die vielen Verbesserungen, denen mein Vater sein Leben gewidmet hat, wieder in Verfall und Vergessenheit sinken läßt. Statt also deine Rente für solch ein aberwitziges Unterfangen zu riskieren, solltest du lieber deine Ausgaben einschränken und Geld für die Zeiten auf die Seite legen, in denen dir vielleicht keine Jahresrente mehr ausgezahlt wird.«

Papa sagte: »Diese besonnene Vorsicht entspricht einfach nicht meiner Art, und wenn du mir solches Verhalten nahelegst, Martin, dann vergißt du vermutlich den Wahlspruch unserer Familie, der da lautet: ›Die Rose der Sicherheit muß inmitten der Gefahr gesucht werden.‹ Deshalb schlage ich also folgendes vor: Mein Vetter Silas Clothier hat auch seinen Vorteil von diesem wieder aufgefundenen Kodizill, und er hat genügend Geld zur Hand. Ich werde ihm daher das Angebot unterbreiten, das Dokument gemeinsam mit mir zurückzukaufen.« Und er setzte sich an seinen Schreibtisch und begann, einen Brief an Silas Clothier aufzusetzen.

An dieser Stelle, Johnnie, muß ich Dir nun einiges erklären. Mr. Silas Clothier ist, obwohl sehr viel älter als dein Vater, sein Vetter ersten Grades, da seine Mutter die Tochter von Jeoffrey Huffam war. Sie hieß Sophia Huffam, und ihre Verbindung mit einem Clothier war der Anlaß für viele Zwistigkeiten, da die Clothiers den Huffams nicht vornehm genug waren. Jedenfalls hatte Silas Clothier seine Beteiligung am Kanzleigerichtsprozeß sozusagen geerbt, und er und Papa hatten sich vor vielen Jahren bereits wegen dieses Prozesses zerstritten und waren sich seither strikt aus dem Weg gegangen. Mr. Clothier hatte zwei Söhne, Peter und Daniel. Onkel Martin war vor den Clothiers schon immer auf der Hut gewesen und hatte ihnen noch nie so recht über den Weg getraut, und deshalb war er gleichermaßen erstaunt und entsetzt über den Plan meines Papas.

Doch es gab noch einen zweiten Grund für seine Reaktion, wie er sogleich ausführen sollte: »Es stimmt schon, Silas und du, ihr beide habt gute Gründe, dem Gericht das Kodizill vorzulegen, doch einmal ganz davon abgesehen, daß Clothier ein Gauner ist, stehen seine und deine Interessen zudem noch in klarem Widerspruch: Falls Escreet recht hat, dann können Silas oder seine Söhne das Gut Hougham nur erben, wenn er dich und Mary überlebt.«

Daraufhin lachte Papa nur, küßte mich und sagte: »Eben. Und das ist doch wohl ziemlich unwahrscheinlich, schließlich ist Mary vierzig Jahre jünger als er.«

Onkel Martin war aber keineswegs beruhigt, und er flehte ihn an, doch seine Meinung zu ändern. Als Papa unnachgiebig blieb, bot er ihm sogar an, ihm das Geld unter gewissen Bedingungen selbst zu leihen.

Und nun muß ich Dir ... Nein, das brauche ich hier doch noch nicht auszuführen, aber ich werde Dir bald alles erklären.

Man bat nun Mr. Escreet wieder ins Zimmer. Er war den Tränen nahe, und ich war äußerst gerührt. Er sagte: »Seit mehr als fünfzig Jahren, Mr. John, also seit ich ein junger Bursche war, hab ich Ihrer Familie treu gedient. Und nun werd ich aus dem Zimmer gewiesen, damit man unter vier Augen über meine Vertrauenswürdigkeit und meine Gesinnung reden kann! Das ist einfach zuviel für einen armen, einfachen Mann wie mich.«

Papa stand auf und umarmte ihn: »Mein lieber alter Freund, verzeihen Sie mir! Mit keinem Wort haben wir Ihre Gesinnung hinterfragt. Meine Tochter und ich vertrauen Ihnen vollkommen.«

Doch als Papa sagte, daß er Mr. Silas Clothier bitten wolle, ihm Geld zu leihen, damit er mit ihm das Kodizill zurückkaufen könne, war Mr. Escreet äußerst empört und meinte, er und Mr. Clothier seien bittere Feinde. Und dann hielt er zu Onkel Martin und unterstrich noch dessen mahnenden Appell, sich keinesfalls dem alten Herrn anzuvertrauen. Papa ließ sich jedoch nicht umstimmen. Die Würfel waren gefallen, und Mr. Clothier und seine Söhne wurden eingeladen, uns einen Vormittagsbesuch abzustatten.

Sie kamen einige Tage später. Mr. Escreet zog sich auf sein Zimmer zurück, sobald er sie klopfen hörte. Der alte Mr. Clothier war ein verhutzeltes Kerlchen mit krummen Beinen und einem spitzen, verschlagenen Gesicht, das mir überhaupt nicht gefiel. Außerdem war er viel älter, als ich erwartet hatte. Er war sorgfältig und auf eine irgendwie altertümliche Art recht adrett angezogen. Sein älterer Sohn Daniel war ein großer Mann von etwa vierzig Jahren mit einer rundlichen Figur und einem ebenso rundlichen, fleischigen Gesicht. Er war dezent gekleidet und Zoll für Zoll der respektable Anwalt – und das war er ja auch tatsächlich. Er wirkte viel älter als sein Bruder, und man hätte ihn fast für dessen Vater halten können. Peter schien auf den ersten Blick gar nicht mit den anderen beiden verwandt zu sein. Er war mittelgroß und schlank, hatte ein blasses, melancholisches Gesicht und große braune Augen. Wenn er lächelte, was er jedoch nur höchst selten tat, schien sein ganzes Wesen wie verändert, und alle Traurigkeit war verschwunden. Er wirkte sehr elegant und war wie ein vornehmer junger Gentleman angezogen.

Der Diener schenkte uns Wein ein und reichte den Kuchen herum, und Papa und sein Vetter versöhnten sich. Der alte Clothier war offenbar höchst neugierig, zu erfahren, warum man ihn eingeladen hatte.

Nach einigen Minuten erhob sich mein Vater und sagte: »Komm, alter Freund! Wir wollen jetzt das Geschäftliche besprechen, während sich das junge Volk miteinander bekannt macht.« Es klang eigenartig, ihn so reden zu hören, denn an Jahren war er nicht viel älter als Peter Clothier, und dem Aussehen und dem Betragen nach schien er eher der Jüngere von beiden zu sein. Er nahm den alten Mr. Clothier beim Arm und führte ihn aus dem Zimmer.

Nun, Johnnie, werde ich Dir alles erklären müssen. Ehe ich mit meinem Bericht fortfahre, werde ich Dir alles von deinem Vater erzählen müssen, doch warte, bis ich die Kraft dazu gefunden habe!

DRITTER BERICHT:

Erster Weihnachtstag 1822

Die arme Frau! Was hat sie nicht alles mitgemacht! Und ich mache mir Sorgen, wenn ich daran denke, was sie wohl vorfinden wird, wenn sie nach Hause zurückkehrt. Ich mußte so oft an das Vergangene und an London denken, als ich dieser Mrs. Digweed zuhörte. Da gab es vieles in ihrer Geschichte, das auch in meinem Leben eine große Rolle gespielt hat. Die Fragen, die Du ihr gestellt hast, brachten mich dann zu dem Entschluß, Dir alles zu erzählen, auch wenn ich mit dem Schreiben nun beinahe zwei Jahre gewartet habe.

Doch zuerst muß ich Dir etwas gestehen. Ich weiß, wenn Du dies liest, wirst Du alt genug sein, um das alles verstehen zu können. Ich habe Dir versprochen, Dir von deinem Vater zu berichten, und das werde ich nun auch tun. Ich kehre noch einmal zu jenem Augenblick zurück, als Onkel Martin versuchte, Papa von dem Geschäft mit Mr. Clothier abzubringen. Du mußt nämlich wissen, daß ...

(Hier fehlen jene Seiten, die meine Mutter herausgerissen hatte und die ich dann verbrennen mußte.)

... das geschah, wie Du noch hören wirst, in der Nacht vor unserer Ankunft im Gasthof von Hertford.

Jetzt ist es also endlich heraus!

Nun kehre ich noch einmal zu jenem Tag zurück, an dem ich den Clothiers das erste Mal begegnete. Während Papa mit dem alten Gentleman in der Bibliothek sprach, versuchte ich, mich mit seinen Söhnen zu unterhalten. Ich fand dies jedoch äußerst mühsam, da Mr. Daniel Clothier entschlossen schien, den Faden des Gesprächs in der Hand zu behalten, wohingegen sein jüngerer Bruder sich immer mehr zurückhielt und immer schweigsamer wurde. Dabei interessierte mich das, was Peter zu sagen hatte, weit mehr als alles, was sein Bruder mir zu erzählen wußte. Denn Daniel sprach nur von sich, von seiner Anwaltskanzlei und von seinem Haushalt, als könne ich unmöglich für etwas anderes als nur für ihn Interesse haben. Sobald er daher seine kleine Tochter erwähnte, stürzte ich mich erleichtert auf dieses Stichwort und fragte ihn über sie aus. Ich hatte nicht gewußt, daß er verheiratet war, und ich brachte weniger ihn als mich in Verlegenheit, als er sich durch meine Fragen genötigt fühlte, mir zu erklären, daß seine Frau im Kindbett gestorben war. Papa hatte es versäumt, mich über unsere Gäste zu informieren.

Endlich gesellten sich mein Vater und Mr. Clothier wieder zu uns. Der alte Gentleman war offensichtlich sehr aufgeregt und verabschiedete sich auch kurze Zeit später, doch nicht ohne zuvor darauf gedrängt zu haben, daß Papa und ich ihm die Ehre erweisen und einen Gegenbesuch abstatten möchten.

Als die Clothiers gegangen waren, umarmte mich mein Vater und sagte: »Er hat eingewilligt! Er ist vom Kodizill genauso begeistert wie ich.« Papa konnte mir allerdings keine weiteren Einzelheiten erzählen, da wir uns zum Essen umziehen mußten, doch als Martin eintraf, berichtete Papa uns, wie Mr. Clothier sich schließlich bereit erklärt hatte, ihm das Geld zu leihen.

Martin fragte nach den genaueren Umständen und ob der alte Gentleman etwa irgendwelche Bedingungen gestellt habe.

Da gab mein Papa schließlich zu: »Er wollte Sicherheiten haben. Also habe ich eine Lebensversicherung über zwanzig Prozent ausgestellt und ihm die Police überschrieben.«

Martin gefiel dies überhaupt nicht, da er meine Interessen gefährdet sah, denn falls Papa sterben sollte, ehe das Darlehen zurückgezahlt war, könnte der Begünstigte Ansprüche auf den Besitz anmelden.

Doch Papa sagte: »Was für ein Unsinn! Wenn ich sterbe, ist das Gut längst wieder in meinem Besitz und die Schuld zurückgezahlt.«

Martin antwortete: »Du handelst zu überstürzt, John. Was ist denn, wenn du früher als erwartet stirbst?« (Ach, wie mich diese Worte noch verfolgt haben!)

Ich flehte die beiden an, dieses Thema doch endlich fallenzulassen, aber Martin blieb unerbittlich: »In dem, was ich dir vorgeschlagen habe, war von solchen Bedingungen jedenfalls nicht die Rede. Sei ehrlich, John, gibt es da noch andere Bestimmungen, die du mir bisher verschwiegen hast?« Er klang wirklich ziemlich verärgert.

Papa gab keine Antwort.

Kurz darauf sagte Martin dann: »Ihr werdet euch beide bestimmt freuen, wenn ich euch sage, daß ich mich nun doch entschlossen habe zu heiraten.«

Mein Vater rief: »Du Narr! Ich habe dir schon vor einigen Tagen gesagt, wie unsinnig ich es finde, wenn ein Mann in deinem Alter, der so viele Jahre ohne eine Frau ausgekommen ist, sich noch auf eine Ehe einläßt.«

Martin fühlte sich durch diese Worte sehr gekränkt, doch als er uns eröffnete, daß Jemina seine Braut sei, eine Cousine meines Papas, die dieser noch nie gemocht hatte, da machte Papa die Sache noch schlimmer.

»Das Flittchen«, sagte er, »ist doch nur hinter deinem Geld her! Du weißt doch, das sie selbst nichts hat und zu einem Dasein als Gouvernante verdammt ist, wenn sie nicht jemanden findet, der sie heiratet.«

Ich fürchtete schon, Papa würde ihm auch noch erzählen, wie sie einmal versucht hatte, ihm ein Eheversprechen abzulocken (ich habe ihm das allerdings nie so recht geglaubt), er sie aber rechtzeitig durchschaut habe. (Ich konnte zu diesem Thema natürlich nichts sagen.) Martin antwortete: »Du hast mir bereits deutlich genug zu verstehen gegeben, daß sich deiner Ansicht nach eine junge Frau nicht in einen alten Mann wie mich verlieben darf. Ich kann dir verzeihen, daß du an meinem gesunden Menschenverstand zweifelst, aber du schmähst auch meine zukünftige Gattin, und ich bin nicht gewillt, dies einfach zu überhören. Wenn du also diese Worte nicht zurücknimmst, kann ich nicht länger mit dir unter einem Dach bleiben.«

Papa weigerte sich, seine Bemerkung zurückzunehmen, und Martin verließ das Haus. Ich war eigentlich erleichtert, doch es tat mir natürlich auch leid, daß Papa, wie es schien, seinen langjährigen Freund verloren hatte.

VIERTER BERICHT

:

6. April 1823

Vielleicht war es falsch von mir, Dir die Sache mit der erhöhten Einlage nicht zu erzählen, aber ich habe es nur gut mit Dir gemeint. Es war sehr unartig von Dir, mir all diese Dinge zu sagen. Schließlich hatte Mr. Sancious uns versichert, daß das Geld gut angelegt sei, und Du warst davon auch überzeugt. Ich habe eben Pech gehabt, das ist alles.

Die Clothiers besuchten uns in den folgenden Wochen noch öfter. Die ersten Male begleitete Peter seinen Vater und seinen Bruder, und nachdem sich mein Vater und Silas in die Bibliothek zurückgezogen hatten, unterhielten wir drei uns im Salon. Je besser ich Peter kennenlernte, um so mehr gefiel er mir, doch von Daniel hielt ich noch immer nichts. Nach und nach spürte ich jedoch, daß sich Peter Sorgen machte und daß er sich ein wenig vor seinem Bruder zu fürchten schien. Dann folgte Daniel eines Tages seinem Vater in die Bibliothek, um einige rechtliche Fragen bezüglich des Kredits zu besprechen, und Peter und ich konnten uns allein unterhalten. Peter war jetzt sehr viel offener und erzählte von seiner Kindheit und von seiner Mutter, die starb, als er noch ein kleiner Junge war. Er hatte sie sehr geliebt und war nach ihrem Tod sehr einsam und unglücklich auf jener Schule gewesen, auf die ihn sein Vater geschickt hatte.

Dann begann er von dem Geschäft zu reden, das sein Vater und sein Bruder betrieben, und er sagte: »Man kann die Gesetze der Menschen einhalten und doch die Gebote Gottes verletzen.«

In diesem Augenblick kam sein Bruder zurück und fuhr ihn ungehalten an: »Was sagst du da? Du darfst die junge Dame mit solchem Geschwätz nicht langweilen!«

Ich sagte, daß ich mich angeregt mit Peter unterhalten hätte, und das schien seinem Bruder sehr zu mißfallen. Kurz darauf verabschiedeten sie sich.

Am nächsten Tag besuchten uns Mr. Clothier und sein älterer Sohn, doch Peter war nicht dabei. Sie gaben keine Erklärung für sein Fehlen, und als sich der alte Mr. Clothier mit meinem Papa in die Bibliothek begab, blieb Daniel bei mir.

Ich fragte ihn, wie es seinem Bruder gehe, und er antwortete: »Ich fürchte, Miss Huffam, ihm ist heute nicht wohl, doch seien Sie unbesorgt, das ist bei ihm nichts Ungewöhnliches!«

Ich sagte, es tue mir leid, daß es um die Gesundheit seines Bruders offenbar nicht so gut bestellt sei.

Er warf mir einen etwas rätselhaften Blick zu und sagte dann: »Lassen Sie uns doch von fröhlicheren Dingen sprechen!«

Ich weiß noch, daß er seine Hände in den Schoß legte, als er dies sagte, und die Finger ineinander verschränkte und gegeneinanderrieb. Seine Hände waren plump und rot, und die Finger sahen wie rohe Blutwürste aus.

Er begann, von seiner kleinen Tochter zu erzählen. Die Anhänglichkeit für dieses Kind war der einzige Zug an Daniel Clothier, der mir sympathisch war. Bald darauf sprach er jedoch von seinem Wunsch, sich wieder zu verheiraten, und obwohl ich mich bemühte, ihn von solch persönlichen Dingen abzulenken, schien er fest entschlossen, bei diesem Thema zu verharren. Mit Entsetzen hörte ich ihn dann sagen, daß er glaube, nun endlich die richtige Frau gefunden zu haben. Ich gab vor, den Sinn seiner Bemerkung nicht zu verstehen, und konnte ihn solcherart so lange hinhalten, bis mich der Eintritt unserer beiden Väter schließlich aus dieser peinlichen Situation befreite.

Der alte Gentleman rieb sich die Hände, schaute mich vielsagend an und sagte: »Ich hoffe, wir stören nicht.«

Daniel Clothier setzte ein eitles Grinsen auf, und bekümmert sah ich, daß mein Vater mich ebenfalls anlächelte, als sei auch er in den ganzen Spaß eingeweiht.

Der junge Mr. Clothier antwortete: »Nun, Vater, wenn ich ehrlich sein soll, dann muß ich dir sagen, daß Miss Huffam und ich uns auch ohne euch recht gut amüsiert haben.«

Der alte Gentleman sagte zu meinem Vater: »Diese jungen Leute, was,

Huffam?«

Ich war erleichtert, als die Clothiers uns bald darauf verließen, doch kaum waren sie fort, sagte mein Papa: »Mein liebes Kind, es freut mich, daß du dich mit Mr. Daniel so gut verstehst.«

Ich konnte mich nicht länger beherrschen und platzte damit heraus, daß ich ihn von Herzen verabscheue.

Mein Papa sagte: »Das überrascht mich. Und ich will dir auch sagen, daß es mich sehr enttäuscht. Denn, mein liebes Kind, hast du schon einmal daran gedacht, wie vorteilhaft eine Verbindung mit dieser Familie für uns wäre?« Ich konnte kein Wort herausbringen, und so fuhr er fort: »Deine und meine Interessen am Kanzleigerichtsprozeß wären dann dieselben wie die der Familie Clothier: Durch das Kodizill würde der Besitzanspruch meines Großvaters auf mich übertragen, so daß meine Nachkommen das Gut Hougham erben, und deine Hochzeit mit dem Sohn des alten Clothier würde bedeuten, daß die Kinder aus dieser Ehe ebenso seine wie auch meine Erben wären.«

Ich wußte kaum, was ich sagte, als ich ihn fragte, welchen Sohn er denn meine.

Er antwortete: »Mir selbst ist das ziemlich egal, doch wenn ich Clothier recht verstanden habe, dann meint er wohl Daniel. Ich bin aber durchaus damit einverstanden, dir die Wahl zu überlassen, und wenn dir der ältere Sohn nicht zusagt, habe ich nichts dagegen, wenn du den jüngeren nimmst.«

In meinem Kopf drehte sich alles.

Einen Augenblick später fragte Papa: »Kann ich also dem alten Clothier sagen, daß du einverstanden bist?«

Ich schrie bestürzt auf, und er fragte verärgert: »Du lehnst also ab?« Ich protestierte und sagte, so hätte ich das nun auch wieder nicht gemeint, und er fragte mich, was um Himmels willen ich denn meinen würde. Ich konnte kein Wort hervorbringen.

»Komm schon, mein Liebling«, sagte er, »ich muß dem Clothier irgend etwas sagen, schließlich wartet er äußerst ungeduldig auf meine Antwort.« Dann rief er plötzlich aus: »Ich hab's! Kann ich ihm sagen, daß du nichts dagegen hättest, einen seiner Söhne zu nehmen?«

Ich nickte, und er küßte mich und nannte mich sein liebes Mädchen. Dann schickte er eine entsprechende Nachricht an Silas Clothier, und wenige Tage später teilte er mir mit, daß der Vertrag über die Kreditaufnahme unterzeichnet worden sei.

Eine Woche danach war alles für den Kauf des Kodizills vorbereitet. Mr. Clothier und sein älterer Sohn kamen am frühen Vormittag zu uns und wurden von einem sehr nervösen Mr. Escreet begrüßt. Es schien mir seltsam, daß er sich vor einem unbedeutenden Gentleman so ängstigte. Mr. Clothier zählte das Geld auf den Tisch – viertausend Pfund in Banknoten –, Papa unterschrieb einen Wechsel (der dann von Mr. Escreet bezeugt wurde) und reichte ihn Mr. Clothier. Dann übergab Papa das Geld an Mr. Escreet, der daraufhin das Zimmer verließ.

Die Standuhr tickte, und quälend verstrich fast eine Stunde. Mein Vater ging im Zimmer auf und ab und rieb sich die Nase, der alte Gentleman knabberte ungeduldig am Knauf seines Spazierstocks, während sein Sohn mit überkreuzten Armen aus dem Fenster schaute. Endlich kehrte Mr. Escreet zurück und reichte Papa einen schmalen Umschlag. Er nahm ihn mit zitternder Hand entgegen und trug ihn hinüber zur Schreibtischlampe. Er öffnete ihn und prüfte unter den begierigen Blicken der Clothiers das Pergament, das er aus ihm hervorzog. Ich sah das erregte Gesicht und die fiebrigen Augen meines Vaters, und dann merkte ich, daß es um den alten Mr. Clothier nicht viel besser bestellt war: Seine schwarzen Augen glitzerten, und er knirschte vor lauter Ungeduld mit den Zähnen. Sein Sohn preßte die großen Hände so stark zusammen, daß ihr rosa Fleisch ganz weiß wurde.

Schließlich sagte Papa: »Dieses Dokument ist echt. Ich bin mir dessen so sicher wie nur irgend möglich. Du bist der Anwalt, Clothier, was hältst du davon?«

Mr. Clothier junior riß ihm beinahe das Pergament aus den Händen. Er untersuchte es lange und gründlich, doch dann bestätigte er das Urteil meines Vaters. Der alte Mr. Clothier rief: »Jetzt sag doch um Himmels willen endlich, was eigentlich drinsteht!« Also las Daniel den Text vor, und dann besprachen sie die möglichen Konsequenzen des soeben Gehörten. Mr. Clothier sagte: »Mehr als vierzig Jahre lang habe ich darauf gewartet, daß dieses Dokument dem Gericht vorgelegt wird. Ich bin jetzt ein alter Mann, und sehr viel länger kann ich nicht warten. Du wirst doch hoffentlich gleich morgen die entsprechenden Schritte einleiten?«

Papa rollte das Dokument sorgfältig zusammen und steckte es in die silberne Kapsel, die Du schon so oft gesehen hast und die er zu diesem Zwecke bereits angeschafft hatte. Dann befestigte er die Kapsel an seiner Uhrenkette, lächelte und sagte: »Morgen ist Samstag. Vor Montag werde ich also nichts machen können. Aber ich versichere dir, daß ich das Kodizill nicht aus den Augen lassen werde, bis es dem Gericht vorliegt. Und nun, meine Herren, bitte ich euch, mir und meiner Tochter die Ehre zu erweisen und unsere Einladung zum Essen anzunehmen.«

Zu meinem Bedauern willigten sie ein. Da er einen Grund zum Feiern hatte, schenkte Papa freigebig Wein ein, doch die beiden Clothiers blieben nüchtern und auf der Hut. Sobald die Tafel aufgehoben worden war, zog ich mich nach oben in den Salon zurück, doch schon wenige Minuten später kam mir der junge Mr. Clothier nach. Während ich uns einen Tee aufgoß, begann er vom Kodizill zu reden und davon, daß dieses Dokument die Interessen unserer beiden Familien vereinen würde. Bevor ich noch etwas sagen oder tun konnte, hatte er mir bereits einen unmißverständlichen Heiratsantrag gemacht. Ich sagte ihm, daß dies für mich nicht in Frage komme. Wütend gab er zurück, daß sich unsere Väter in diesem Falle offenbar mißverstanden hätten, denn mein Vater habe bei seinem Vater fraglos den Eindruck aufkommen lassen, daß ich einem solchen Antrag nicht abgeneigt gegenüberstehe. In diesem Augenblick traten die beiden Gentlemen in den Salon. Ich sah, daß Papa mehr Wein als üblich getrunken hatte.

Als Daniel ihm erzählte, was zwischen uns vorgefallen war, sagte der alte Mr. Clothier zu meinem Vater: »Was hat das zu bedeuten, Huffam?«

Ich bat Papa um die Erlaubnis, mich zurückziehen zu dürfen, doch er sagte: »Das ist mir wirklich sehr unangenehm. Ich habe den Clothiers doch nur mitgeteilt, was du mir selbst gesagt hast. Hast du deine Meinung geändert?«

Ich konnte kein Wort hervorbringen. Der alte Mr. Clothier sagte: »Das stimmt, junge Dame. Dein Vater ließ mich wissen, daß du eingewilligt hättest, einen meiner Söhne zu heiraten.«

Mühsam stieß ich hervor, daß ich damals nur zum Ausdruck bringen wollte, daß ich nichts dagegen hätte, wenn mir einer seiner Söhne einen Heiratsantrag machte.

Der alte Gentleman rief: »Aber was ist denn da der Unterschied?«

Ich war zu keiner Antwort fähig, doch Mr. Daniel Clothier sagte: »Ach, jetzt verstehe ich. Die junge Dame hat sich wohl mit einem ganz bestimmten und nicht mit einem der beiden Söhne einverstanden erklärt, und offenbar habe ich nicht die Ehre, der begünstigte Bruder zu sein.«

»Ich glaube, du hast recht!« rief Papa. »Ich glaube, sie will den Peter. Nun gut, dann gibt es ja trotz allem noch eine Hochzeit.«

Doch der alte Clothier protestierte: »Nein, daraus wird nichts!«

Mein Vater fragte: »Aber warum denn nicht? Was macht es schon aus, ob sie diesen oder den anderen Sohn nimmt?«

Mr. Clothier rief: »Daniel ist mein Erbe, Peter aber nicht. Peter ist ...« Er brach mitten im Satz ab und sah hinüber zu seinem Sohn, der daraufhin sagte: »Wir wollten es Ihnen eigentlich verheimlichen, Miss Huffam, aber die Wahrheit ist, daß mein Bruder schon immer etwas seltsam gewesen ist. Kurz: Er ist verrückt.«

Verzweifelt schrie ich, daß dies eine niederträchtige Lüge sei, doch der alte Gentleman sagte: »Ach, du weißt wohl schon darüber Bescheid? Dann weißt du ja wahrscheinlich auch, daß wir ihn in den letzten fünf Wochen in eine sichere Kammer einsperren mußten, zusammen mit einem Diener, der Tag und Nacht auf ihn aufpaßt, damit er sich nicht etwas antut? Und was dich betrifft, Huffam, du hast mir versprochen, daß deine Tochter meinen Erben heiraten wird, und jetzt muß ich hören, daß das nicht stimmt.«

Papa sagte: »Ich habe in gutem Glauben gehandelt.«

Mr. Clothier gab daraufhin zurück: »Du hast mich betrogen, Huffam. Ich hätte nie in den Kredit eingewilligt, wenn du mir nicht zugesichert hättest, daß es in diesem Punkt keine Probleme gibt.«

Also hatte Martin recht gehabt mit seinem Verdacht, daß meine Heirat Teil der ausgehandelten Bedingungen für die Kreditaufnahme war und daß mein Vater sich damit einverstanden erklärt hatte.

Papa rief: »›Betrügen‹ hast du gesagt? Du, ein Clothier, wagst mich, einen Huffam, des Betrugs zu verdächtigen?« Dann faßte er mich am Arm und griff so hart zu, daß es schmerzte. »Das ist alles nur deine Schuld! Deine weibische Ziererei hat mich in diese unangenehme Situation gebracht. Ich werde mir deinetwegen nicht vorwerfen lassen, daß ich unehrlich bin. Hast du mich verstanden? Hör auf damit, dem Peter nachzuschmachten, und find dich endlich mit dem Daniel ab!«

Bei diesen Worten brach ich in Tränen aus, und Papa ließ mich los. Ich nutzte die Gelegenheit und stürzte aus dem Zimmer. Rasch schloß ich hinter mir die Tür, eilte durch die Dunkelheit zur nächsten Tür und schloß auch die hinter mir ab. Endlich in Sicherheit! Ich lehnte mich mit dem Rücken gegen die Tür und schluchzte immer noch laut bei dem Gedanken daran, was Peter alles erleiden mußte. Doch plötzlich hörte ich voll Entsetzen jemanden nur wenige Schritte neben mir atmen, und mein Herz begann wie rasend zu klopfen.

Dann vernahm ich eine Stimme: »Sind Sie es, Miss Mary?« Es war Mr. Escreet. Sobald sich meine Augen an das Dunkel gewöhnt hatten, sah ich, daß er in seinem Lieblingssessel vor dem erloschenen Kamin saß. Er sagte: »Man hat mich doch nicht beim Essen vermißt, oder?« Er hatte recht. Niemand hatte daran gedacht, nach ihm zu schicken. Er fuhr fort: »Ihr Vater braucht mich nicht mehr, Miss Mary. Er hat jetzt das Kodizill, und mich hat er ganz vergessen, obwohl er das Dokument ohne meine Hilfe nie bekommen hätte.« Er lachte, und ich fragte mich, ob er nicht vielleicht zuviel getrunken hatte. Dann sagte er: »Hat er auch vergessen, daß sich die Clothiers nichts weniger wünschen können als ein Kind von Ihnen? Denn jeder Ihrer rechtmäßigen Nachkommen steht zwischen dem Gut Hougham und dem alten Silas.« Ich lief aus dem Zimmer und hinauf in meine eigenen Räume.

FÜNFTER BERICHT:

5. Juli

Ich werde ihnen schreiben und ihnen erzählen, was geschehen ist. Sie werden uns bestimmt helfen, sobald sie die ganze Geschichte kennen. Schließlich sind sie mit uns verwandt. Und es liegt doch in ihrem Interesse, uns beide in Sicherheit zu wissen. Aber Dir werde ich nichts davon sagen; ich will nicht, daß Du all dies erfährst. Ich werde sie aufsuchen, ohne Dir etwas davon zu erzählen.

In der Nacht, nachdem man mir von Peters angeblicher Krankheit erzählt hatte, machte ich kaum ein Auge zu. Es stimmte schon, er war sehr still gewesen und hatte recht bedrückt gewirkt, doch ich mochte einfach nicht glauben, was sein grausamer Bruder von ihm behauptet hatte. Am nächsten und am darauffolgenden Tag blieb ich so lange wie möglich auf meinen Zimmern, und bei den wenigen Gelegenheiten, bei denen wir uns trafen, und das war ausschließlich zum Essen, bewahrte Papa mir gegenüber ein verärgertes Schweigen. Mr. Escreet nahm das Essen auf einem Tablett mit hinauf in seine eigene Kammer, und ich hätte es ihm gerne gleichgetan, wenn mein Vater mir dies erlaubt hätte.

Am nächsten Tag sagte er dann beim Essen: »Nachdem du an jenem Abend das Zimmer auf so unhöfliche Art verlassen hast, haben mir Mr. Clothier und sein Sohn einige Dinge von Peter erzählt, die du meines Erachtens wissen solltest. Seine Familie weiß schon seit geraumer Zeit von seinem Hang zu exzessiver Melancholie. In den letzten Jahren, vor allem in den letzten Monaten hat er allerdings eine Reihe außerordentlicher Wahnbilder entwickelt, die auf den Beginn einer sehr viel deutlicher ausgeprägten Geistesstörung hindeuten, und deshalb haben sie seine Bewegungsfreiheit in einem gewissen Maß einschränken müssen. Sie fürchten nicht nur um seine eigene Sicherheit, sondern auch um die anderer Menschen. Er hat die unglaublichsten Vorwürfe gegen seinen Vater und Bruder erhoben. Und sie haben mich gewarnt, daß wir uns in acht nehmen sollten, falls es ihm gelingt, mit einem von uns Kontakt aufzunehmen, was jedoch, wie sie mir versicherten, höchst unwahrscheinlich sei. Und sie haben mich außerdem noch wissen lassen, daß sein Zustand sich infolge der ... der Ereignisse hier im Haus noch verschlechtert hat.« Ich fragte ihn, was er damit sagen wolle, und er gab mir zur Antwort: »Ich fürchte, er hat sich in eine fixe Idee verrannt, mein Mädchen. Er behauptet nämlich, er sei in dich verliebt und möchte dich wiedersehen.« Er räusperte sich und sagte dann etwas verlegen: »Tatsache ist, meine Kleine, daß man mir gesagt hat, er spreche von dir in Ausdrücken, die auf eine höchst unziemliche Vertrautheit hindeuten.« Seine Worte machten mich sehr betroffen, doch auf andere Art, als er es wohl erwartet hatte. Er fuhr fort und sagte, daß er und der alte Clothier der Auffassung seien, daß es wohl das beste sei, die Hochzeit zwischen mir und dem älteren Sohn so bald wie möglich abzuhalten, denn nur wenn er mich als Frau seines Bruders sehe, könne Peter vielleicht begreifen, daß ich für ihn nicht mehr zu haben sei.

Doch dann geschah etwas, womit niemand gerechnet hatte.

In diesem Augenblick nämlich brachte ein Zimmermädchen einen Brief, der, wie sie sagte, gerade von einem Boten an der Tür abgegeben worden sei. Papa betrachtete überrascht den Umschlag und sagte dann: »Sieh an, das Siegel der Mompessons!« Ich erkannte das Wappen, vier zu einem Quadrat angeordnete Krabben und eine fünfte in ihrer Mitte, unterschrieben mit dem Wahlspruch »Cancerata pereat Rosa«. Er brach das Siegel und begann zu lesen. Ich sah, wie sich sein Gesicht verfärbte, und fragte ihn, ob er schlechte Nachrichten erhalten habe. Zuerst verstand er mich nicht, doch dann sagte er: »Schlechte Nachrichten? Ganz im Gegenteil. Die besten, die ich je gehört habe. Die besten Nachrichten, die ich mir nur wünschen konnte.« Er weigerte sich jedoch, auf meine weiteren Fragen zu antworten, ging hinunter in die Bibliothek und blieb dort auch dann noch, nachdem ich mich für die Nacht zurückgezogen hatte. Als ich am nächsten Morgen zum Frühstück herunterkam, saß er bereits am Tisch und schien in glänzender Laune zu sein, sah jedoch aus, als habe er die ganze Nacht nicht geschlafen. Als er keinerlei Anstalten traf, zum Gericht zu gehen, fragte ich ihn, ob er seine Absichten geändert habe. Er sagte mir, er würde heute morgen nun doch nicht zu seinem Notar gehen, um dem Gericht das Kodizill vorzulegen, da man in dieser Sache nichts zu übereilen brauche. Ich war erstaunt, daß er solcherart von dem Dokument sprach, um das er sich doch so lange bemüht und um dessentwillen er sich doch gerade erst tief in Schulden gestürzt hatte. Dann nannte er mich Molly, und so nannte er mich nur, wenn er sehr liebevoll zu mir war. Er sagte: »Du brauchst Mr. Daniel Clothier nicht zu heiraten, wenn du nicht willst. Du findest auch noch eine bessere Partie als einen Clothier.« Ich traute mich nicht, ihm zu sagen, daß ich mir nichts Besseres als einen Clothier wünschte, sofern ich ihn nur selbst auswählen konnte. Am Abend kam dann der alte Clothier, um von meinem Vater zu erfahren, wie es ihm vor Gericht ergangen sei. Papa erzählte mir hinterher, wie wütend der alte Gentleman war, als er erfuhr, daß mein Vater in dieser Angelegenheit nichts unternommen hatte. Und er war erst recht wütend, als er erfuhr, daß mein

Vater nicht mehr die Absicht hatte, mich mit seinem ältesten Sohn zu verheiraten.

62. KAPITEL

Melthorpe, 23. Juli
O Johnnie, ich fürchte mich so! Es war der gleiche Mann! Ich bin mir sicher. Groß – schrecklich groß! –, das blasse Gesicht und die schwarzen Locken. Das muß er sein. Dann hatte ich also recht: Sie haben uns gefunden. Mr. Barbellion arbeitet tatsächlich für sie, wie ich es geahnt habe. Wir sind entdeckt. Wir müssen von hier fliehen. Ich weiß nicht, was aus uns werden soll. Dabei hatte ich fest damit gerechnet, daß uns Sir Perceval hilft. Sie waren so unfreundlich. Wie sie damit gedroht haben, Dir von Deinem Vater zu erzählen! So grausam!

Aber ich vergaß, daß Du das noch nicht verstehen kannst. Also: In den folgenden drei Wochen wurde der alte Clothier immer ungeduldiger. Er kam fast jeden Tag zu uns, und schließlich gab Papa Anweisung, ihn nicht mehr vorzulassen, und der alte Gentleman machte sich wütend auf den Heimweg. Dann, eines Morgens, ich war gerade im vorderen Salon, kündigte das Zimmermädchen an, daß Mr. Peter Clothier mich zu sehen wünsche. Zuerst dachte ich, sie müsse die Namen verwechselt haben, doch sie beharrte darauf, sich nicht zu irren. Es war tatsächlich Peter, und ich war entsetzt über den Anblick, den er mir bei seinem Eintritt bot. Er war sehr blaß, seine Gesichtszüge waren hager und die Wangen unrasiert, die Augen groß und unnatürlich glänzend. Seine Kleider waren verschmutzt und in Unordnung. Ich bat ihn, sich doch zu setzen.

Er hob mehrmals zum Sprechen an und sagte schließlich: »Miss Huffam, ich muß mich dafür entschuldigen, mich in diesem Aufzug bei Ihnen blicken zu lassen. Ich habe jedoch kaum die Zeit, mich zu erklären, da ich hier nicht lange bleiben kann, soll meine Flucht nicht mißlingen.« Bei diesen Worten schrie ich entsetzt auf und fuhr erschreckt herum. »Man hat mich im Haus meines Vaters gefangengehalten. Aber ich konnte den Diener bestechen und entkommen. Mein Vater will mich für verrückt erklären lassen.«

Meine Gedanken wirbelten durcheinander. Ich hatte nie an seiner geistigen Gesundheit gezweifelt, als sein Vater mich glauben machen wollte, daß sein jüngster Sohn verrückt sei, aber nachdem ich ihn jetzt so vor mir sah ...

Dann sagte er: »Ich kann im Moment nicht mehr dazu sagen. Ich bin gekommen, um Sie und Ihren Vater vor einer Verschwörung zu warnen. Man hat mir gesagt, daß Sie meinen Bruder heiraten sollen. Ich warne Sie, sollten Sie dies tun, dann werden mein Bruder und mein Vater Sie umbringen.«

Ich wandte mich von ihm ab, um die Tränen zu verbergen, die mir in die Augen stiegen. Dann hatte sein Vater also doch recht gehabt! Er war verrückt.

Er stand auf und sagte: »Ich muß jetzt gehen, wenn ich ihnen entkommen will. Wenn ich mich nicht täusche, dann hat mich ein Helfershelfer meines

Vaters auf der Straße erkannt und hierher verfolgt.« Ich fragte ihn, wohin er denn gehen wolle und wer ihm helfen würde, und er antwortete: »London ist groß genug, um sich gut zu verstecken, sogar vor meiner Familie und ihren Freunden.«

Ich hätte ihm gerne gesagt, daß er bei mir bleiben könne, doch was sollte ich tun? Wenn Papa ihn jetzt sehen und hören würde, dann würde er ihn sicherlich gleich zu seinem Vater zurückbringen lassen. Und vielleicht war das sogar das Beste für ihn.

Auf dem Weg zur Tür blieb er noch einmal stehen und sagte: »Noch etwas. Fast hätte ich es vergessen. Sagen Sie niemandem aus meiner Familie, in welchem Kirchspiel die Eltern Ihres Vaters geheiratet haben.«

Ich verbarg meine Überraschung so gut wie meine Bestürzung über eine solche Bemerkung und versprach ihm feierlich, daß ich nichts dergleichen tun würde. Dann gaben wir uns die Hand. Ich bat ihn, zu mir zurückzukommen, wann immer er Hilfe brauche, und er bedankte sich und verließ das Haus.

Ich sah ihm nach. Als er aus meinem Blickfeld verschwand, tauchte aus einer gegenüberliegenden Toreinfahrt ein sehr großer Mann auf und ging rasch hinter ihm die Straße entlang. Johnnie, *das war der Mann, den Du mir heute beschrieben hast!* Der Mann, der versucht hat, Dich zu entführen. Ich bin mir ganz sicher.

Ich wußte nicht, was ich mir für Peter wünschen sollte. Ich dachte, daß es vielleicht das beste sei, wenn ihn die Häscher seines Vaters aufgriffen, denn ich haßte die Vorstellung, ihn ohne Freunde und von wirren Gedanken gejagt durch die große Stadt irren zu sehen. Ich kehrte in den Salon zurück. Nach reiflichem Nachdenken beschloß ich, meinem Vater von diesem Besuch nichts zu erzählen.

63. KAPITEL

London, 22. September

So viel ist geschehen, seit ich das letzte Mal etwas aufgeschrieben habe! Ich glaube, was Jemima betraf, hattest Du recht. Sie kann mich nicht ausstehen. Ich habe schon gemerkt, wie gehässig sie war, als sie mich so aufdringlich über Deinen Vater ausfragte. Ich weiß, ich habe ihr unrecht getan. Trotzdem war es unhöflich, von jener Nacht und von Peters melancholischem Befinden und alldem zu reden. Ich hätte gar nicht erst zu ihr hingehen sollen, aber ich hatte gehofft, sie würde etwas Bestimmtes wissen, denn ich konnte unmöglich nach London zurückkehren, ohne dies in Erfahrung zu bringen. Aber offenbar weiß sie nichts. Ich glaube, es gibt nur einen Menschen, zu dem ich gehen kann. Ich hasse zwar schon den Gedanken daran, doch ich werde wohl nicht umhinkönnen. Und seit ich von dieser Zeit schreibe, wird sie für mich wieder lebendig. Papa hat geglaubt, Jemima würde mit dem alten Clothier gemeinsame Sache machen, aber so weit will ich gar nicht gehen. Ich fand es schrecklich, daß ich Dir nicht alles erklären konnte, doch Du warst – Du bist, wollte ich schreiben – noch zu jung, um dies zu verstehen. Du wirst es begreifen, wenn Du diese Zeilen liest. Ich hoffe, Du wirst Deine Mama nicht zu streng beurteilen. Jedenfalls weißt Du nun, warum sie uns nicht mag. Du hast das wirklich rasch erkannt! Die Fahrt nach London war eine solche Tortur. Ich sah, wie aufgeregt Du in der Kutsche warst, und die Vergangenheit mit all ihren kummervollen Begebnissen brach über mich herein. Für Dich war dies alles so neu, und für mich war es so schmerzhaft. Und als wir plötzlich im »Golden Cross« beim Piccadilly waren, so nahe bei Papas altem Haus! Und das in dem Gedanken daran, daß Du so wenig wußtest! Nach dem Entführungsversuch entschied ich, daß wir fortmußten, da ich mir sicher war, daß es sich um ebenjenen Mann handelte, der schon vor all den Jahren für Mr. Clothier und seinen Sohn gearbeitet hatte. Doch als dann im August Mr. Barbellion auftauchte, beschloß ich, das Haus sogleich zu verlassen. Wir müssen wieder aus ihrem Blickfeld verschwinden. Ich weiß nicht, wie sie uns entdeckt haben, doch gewiß haben sie auch damals schon jenen Mann geschickt, der bei uns eingebrochen hat. London ist gefährlich für uns. Und doch ist es der sicherste Ort für den, der sich verstekken will.

Jetzt muß ich in meinem Bericht zu jenem Abend zurückkehren, der auf Peters Besuch folgte und an dem mein Vater und ich nach dem Essen im vorderen Salon den Tee nahmen. Da meldete uns das Dienstmädchen plötzlich den alten Mr. Clothier an. Papa sagte, er lasse bitten, und ich beschloß, im Salon zu bleiben, da ich mir Aufschlüsse über Peter erhoffte. Der alte Gentleman kam herein, setzte sich und trank mit uns Tee, schwätzte auf liebenswürdige Art vom Wetter, schwadronierte von seinem Spaziergang durch die Stadt und von all dem, was sich in London seit seinen Kindertagen verändert hatte, wie auch von der großen neuen Straße, die man gegenwärtig durch Soho und St. James verlege, und vom Bau der Strand Bridge. Und er erzählte, wie er als noch recht junger Mann in Begleitung seines Vaters einmal in dieses Haus gekommen war, um meinen Großvater zu besuchen, der sein Onkel war. Und dann begann er, von meinem Großvater zu berichten, den mein Vater gar nicht gekannt hatte, da er verstarb, als Papa noch in der Wiege lag.

Schließlich sagte er: »Man hat dir wahrscheinlich erzählt, daß dein Vater und deine Mutter damals einen ziemlichen Skandal verursacht haben, als sie von zu Hause ausgerissen sind und insgeheim geheiratet haben, oder nicht? Hat man jemals erfahren, wo die Trauung vollzogen wurde?«

Genau die Frage, vor der Peter mich gewarnt hatte! Dann hatte ich ihm also doch unrecht getan! Stillschweigend freute ich mich darüber, doch plötzlich mußte ich daran denken, daß uns Gefahr drohte, wenn sein Vater die Antwort auf diese Frage herausfinden würde.

Papa sagte: »Nun, das ist eine seltsame Geschichte, doch eine, die ich natürlich nur vom Hörensagen kenne. Du weißt sicherlich, daß mein Großvater strikt gegen diese Verbindung war.«

Was sollte ich tun? Ich wollte schon eine Ohnmacht vortäuschen. Ich war so aufgeregt, daß ich bereits befürchtete, der alte Gentleman habe etwas bemerkt, denn er sah aufmerksam zu mir herüber, und ich hatte Angst, ich würde gleich verraten, daß Peter mich gewarnt hatte.

Doch Papa erzählte weiter: »Die Familie meiner Mutter, die Umphravilles, waren kleine Landeigner, deren Vermögen über die Jahre leider dahingeschmolzen war, so daß mein Großvater glaubte, sie sei nicht gut genug für eine Verbindung mit seinem Sohn.« Papa fuhr in seiner Geschichte fort, während ich in höchster Bedrängnis zuhörte. Endlich jedoch schloß er mit den Worten, daß er die Antwort auf Mr. Clothiers Frage nicht wisse. Und der alte Gentleman schien sehr enttäuscht und auch etwas mißtrauisch zu sein.

Nachdem er sich verabschiedet hatte, erzählte ich Papa von Peters Besuch und davon, daß er mich gewarnt habe, den Ort der Trauung meiner Großeltern zu verraten.

Papa sah mich ernst an und sagte: »Die Lage ist schlimmer, als ich gedacht habe. Der alte Clothier schmiedet irgendwelche Pläne, um unseren Anspruch auf das Erbe der Huffams für nichtig erklären zu können, damit er, sobald das Kodizill vom Gericht akzeptiert worden ist, gleich das Erbe antreten kann. Weißt du, die Hochzeit meiner Eltern war schon immer von einem Geheimnis umgeben, und daher haben die, in deren Interesse es lag, solche Behauptungen aufzustellen, auch schon früher gesagt, daß sie niemals stattgefunden habe. Silas Clothier will also nicht so sehr Unterlagen über den Vollzug der Trauung finden, sondern vielmehr ein solches Dokument, wenn es denn existiert, vernichten. Vermutlich hat er die Londoner Kirchspielregister und die Gemeinderegister in Hougham durchforscht, ohne etwas zu finden, und da die Zeugen vermutlich schon lange tot sind, kann auch sonst niemand mehr bestätigen, daß die Heirat tatsächlich stattgefunden hat.« Nun, da ich beruhigt war, daß Peter nichts Unsinniges oder gar Verrücktes gesagt hatte, erzählte ich Papa auch von seiner Warnung, daß die Clothiers mich zu ermorden trachteten.

Papa nahm auch diesen Hinweis sehr ernst und sagte mir, daß Martin ihn bereits davor gewarnt habe, da es Gerüchte gebe, daß der alte Mr. Clothier seine erste Frau vergiftet habe, um eine reiche Witwe heiraten zu können, die dann ebenfalls kurz darauf gestorben sei.

Er sagte: »Ich behaupte nicht, daß das stimmt, doch wenn die Leute so etwas sagen, dann zeigt es doch, was man gemeinhin von ihm hält. Und dein Tod wäre durchaus in seinem Interesse, denn du darfst nicht vergessen, daß wir beide, wenn er das Gut in Besitz nehmen will, ohne einen Erben sterben müssen, solange der alte Clothier noch lebt. Deshalb bin ich auch davon überzeugt, daß die Clothiers eine Gefahr für unser beider Leben darstellen, sobald ich dem Gericht das Kodizill vorlege. Und ebendeshalb habe ich auch nicht vor, es dorthin zu bringen. Da, wo es ist, ist es sicher.« Er griff nach der Uhrenkette, an der die Silberkapsel hing. Dann sagte er: »Außerdem brauche ich es jetzt vielleicht nicht mehr. Erinnerst du dich an den Brief mit dem Siegel der Mompessons, den ich vor einigen Wochen erhalten habe? Er kam von jemandem aus dem Haus der Mompessons und hat mir etwas in Aussicht gestellt, wodurch das Kodizill jede Bedeutung verlieren würde.« Ich stellte ihm noch viele Fragen, aber er wollte mir nicht mehr verraten.

Spät an einem Abend der darauffolgenden Woche saß ich im vorderen Salon und las. Plötzlich hörte ich ein schwaches Geräusch, das vom Fenster her zu kommen schien, fast, als würden die Zweige eines Baumes vom Wind gegen die Scheibe gedrückt. Natürlich stand an dieser Seite des Hauses gar kein Baum. Ich nahm die Kerze, ging zum Fenster, zog die Vorhänge zurück und schaute in ein blasses Gesicht, aus dem mich gehetzt blickende Augen anstarrten. Ich unterdrückte einen Schrei und wollte schon Hilfe herbeirufen, als ich Peter erkannte. Obwohl er so verstört aussah, zögerte ich keine Sekunde, ihn einzulassen, und dachte beschämt daran, wie ungerecht ich ihn nach seinem letzten Besuch beurteilt hatte. Ich ging auf den Flur und öffnete so leise wie möglich die Tür zum Vestibül, deren Schlüssel – das sollte ich noch erwähnen – immer von innen steckte. Dann sperrte ich mit einem ungeheuer großen Schlüssel die Haustür auf und zog die schweren Bolzen zurück, die die Tür zusätzlich sicherten. Peter kam herein und erklärte rasch, daß er nach seinem letzten Besuch von ebenjenem großen Mann verfolgt worden war, den ich beobachtet hatte – jenem Mann, den Du auch in Melthorpe gesehen hast, Johnnie! Dieser Mann hatte ihn überwältigt, zum Haus seines Bruders gebracht und dort eingesperrt.

Er sagte: »Um sicherzugehen, daß ich ihnen nicht noch einmal entkomme, stellten sie einen Diener als Wache vor meine Tür. Dann schickten sie nach einem Wärter aus einem privaten Irrenhaus, zu dem mein Vater geschäftliche Beziehungen unterhält, und gaben diesem Mann die nötigen Anweisungen, um eine Kanzleigerichtskommission *de inquirendo lunatico* erwirken zu können, die mich auf meinen Geisteszustand untersuchen solle, um mir, falls man mich für wahnsinnig erklärte, alle meine Rechte abzusprechen und mich der Vormundschaft meiner Familie zu unterstellen. Die Kommission hat mich heute nachmittag untersucht, und ich fürchte, sie ist bestochen worden, ihr Urteil zu meinen Ungunsten zu fällen. Also entschloß ich mich, nicht länger zu warten und sofort zu fliehen.« Er hatte seinen Fluchtweg durch das Fenster bereits vorbereitet und konnte daher rasch entkommen. Dann sagte er: »Manchmal frage ich mich selbst schon, ob ich nicht doch verrückt bin. Was glauben Sie, Miss Huffam?«

Es stimmte, er sprach wirklich sehr hastig und aufgeregt, doch ich war überzeugt, daß er nicht verrückt war, und gab ihm dies auch eindeutig zu verstehen. Da er darauf bestand, nur gekommen zu sein, um sich von mir zu verabschieden, ehe er ins Ausland fliehe, bat ich ihn, zuerst meinen Papa rufen zu lassen. Denn der sei, erzählte ich ihm, sehr dankbar für seine Warnung gewesen, außerdem wüßten wir beide sehr wohl, daß er das letzte Mal nur deshalb gefaßt worden sei, weil er zu uns gekommen war, um uns zu warnen. Also klingelte ich und ließ meinen Vater rufen.

Erleichtert sah ich, daß er lächelte, als er Peter entdeckte. Er umarmte ihn und sagte: »Mein lieber Junge, ich bin dir wirklich sehr dankbar. Es war äußerst ehrenvoll und hochherzig von dir, uns vor deinem eigenen Vater zu warnen.« Er bestand darauf, daß Peter als unser Gast im Haus bleibe. Dann rief er Mr. Escreet und bat um seinen rechtlichen Rat. Man entschied, daß Peter auch dann in unserem Haus sicher sei, wenn das Urteil der Kommission gegen ihn ausfiel. Papa hieß alle Diener kommen und ließ sie schwören, Stillschweigen zu bewahren.

In den nächsten Tagen verließ Peter nicht ein einziges Mal unser Haus, und das war auch gut so, denn zu jeder Tages- und Nachtzeit bemerkten wir fremde Männer – einer von ihnen war der große Mann, den ich früher schon gesehen hatte –, die vor unseren Türen herumlungerten. Papa und Mr. Escreet waren zu dieser Zeit eifrig mit jenen mysteriösen Angelegenheiten beschäftigt, die, so vermutete ich wenigstens, mit dem versiegelten Brief aus dem Hause Mompesson zusammenhingen. Und so geschah es also, daß die Umstände Peter und mich einander näherbrachten, und bald entdeckten wir, daß wir beide das gleiche füreinander empfanden. Als wir erfuhren, daß man Peter tatsächlich für verrückt erklärt hatte, war das ein schwerer Schlag für uns. Manchmal wurde Peter sehr melancholisch, wenn er über seine Situation nachdachte oder darunter litt, daß er von der Wohltätigkeit jener Menschen abhängig war, die zwar seine Verwandten, aber doch eigentlich Fremde für ihn waren. Er betonte, daß er sich in seiner Situation – für geisteskrank erklärt, ohne einen Penny in der Tasche und ohne Aussicht auf Beschäftigung – nicht berechtigt glaube, fühlen zu dürfen, was er für mich empfand. Endlich jedoch überwand er seine Bedenken und bat mich, ihn zu heiraten, und ich war natürlich einverstanden. Die große Frage war nun, wie Papa diese Neuigkeit aufnehmen würde. Doch stell Dir unseren Jubel vor, als er sagte, daß er sich freue und bereits etwas Ähnliches erhofft habe. Ich weinte vor Glück und warf mich in seine Arme. Ich wußte, daß er Gefallen an Peter gefunden hatte, weil er gut zu uns gewesen war. Wie du siehst, Johnnie, hatten sich mein Vater und Dein Vater sehr gern, und sie haben sich gegenseitig respektiert. Daran jedenfalls habe ich nie gezweifelt.

Zu unserer Überraschung sagte Papa dann: »Die Hochzeit muß so bald wie möglich stattfinden. Warum sollen wir auch damit warten? Ihr könnt ohnehin kein Aufgebot bestellen, da sonst dein Vater, Peter, wüßte, wo du dich versteckt hältst. Mit der Erklärung deiner Unzurechnungsfähigkeit in der Hand könnte er die Heirat leicht verhindern. Ist sie erst einmal feierlich vollzogen, ist sie auch für ihn unanfechtbar. Außerdem würde er die Hochzeit schon allein deshalb verhindern, damit ihn eure Nachkommen nicht um sein Erbe bringen.«

Er bat Mr. Escreet zu sich, der ihm dann erklärte, daß wir uns nur vom Ordinariat eine besondere Genehmigung zu besorgen brauchten, in der allerdings die Kirche, für die wir uns entschieden hätten, namentlich aufgeführt werden müsse.

Papa sagte: »Dann schlage ich vor, daß die Hochzeit morgen in einer Woche stattfinden soll, und zwar in St. George's in the Fields. Diese Kirche liegt weit draußen, da dürften wir eigentlich sicher sein.« Peter und ich waren überglücklich. Dann fuhr Papa fort: »Es wird eine Angelegenheit im sehr kleinen Kreise sein. Ich werde dich natürlich zum Altar führen, meine Liebe. Mr. Escreet wird Trauzeuge sein, und den zweiten Zeugen werden wir sicher in der Kirche finden. Selbst unsere Bediensteten dürfen von alldem nichts erfahren. Ich hab's! Wir werden ihnen einfach sagen, daß sie für diesen Tag ein Festessen vorbereiten sollen, und erst wenn wir zurückkommen, nennen wir ihnen den Grund für unsere kleine Feier.« Dann sagte Papa noch etwas, was mich sehr in Erstaunen versetzte: »Ich werde auch Martin und seine Braut einladen. Aber selbst ihnen will ich den Grund für dieses freudige Ereignis erst verraten, wenn sie eintreffen.«

Er tat sehr geheimnisvoll; und ich wußte nicht recht, was ich davon zu halten hatte, daß er die Kluft zu seinem alten Freund nun wieder überbrükken wollte. Martin mit seiner zukünftigen Frau auf meiner Hochzeit! In der folgenden Woche kam ich einige Male hinzu, wenn Papa sich mit Mr. Escreet und Peter unterhielt, und jedesmal wechselten sie mit schuldbewußten Mienen sofort das Thema. Ich machte mir Sorgen, da ich wußte, wie wenig Verlaß auf das Urteilsvermögen meines Vaters war, sobald es um den Prozeß ging. Doch alles nahm seinen Lauf wie geplant, und auch Martin nahm die Einladung an. Unter größter Verschwiegenheit wurde ein Miniaturenmaler in unser Haus gebeten, um unser Konterfei für jenes Medaillon zu malen, das ich Dir schon gezeigt habe.

Es kam der Tag, der der glücklichste Tag meines Lebens hätte sein sollen: der 5. Mai. Die Sonne schien, und die Zeremonie verlief reibungslos. Kurz nach Mittag kehrten wir zum Hochzeitsfrühstück ins Haus meines Vaters zurück. Papa teilte den Dienstboten die Neuigkeit mit, und sie freuten sich ungemein, erst recht, als Papa ihnen gestattete, sich, sobald sie uns später das Abendessen aufgetragen hatten, freizunehmen. Anschließend verkündete Papa, er habe Peter etwas Wichtiges zu übergeben, das er für mich aufbewahren solle. Er meinte damit das Kodizill, das er dann in ebenjene silberbeschlagene Briefmappe legte, die vor all den Jahren aus unserem Haus in Melthorpe gestohlen wurde. Er ließ mich versprechen, daß ich das Dokument sicher aufbewahren und nur zugunsten meines Erben verwenden würde. Er legte auch noch einen Brief dazu, der, wie er mir erklärte, Aufschluß über die rechtlichen Hintergründe gab. Gegen Abend trafen dann Martin und Jemima ein, und man erzählte ihnen von unserer Hochzeit. Ich wagte nicht, den beiden dabei in die Augen zu sehen, doch sie sagten einige passende Worte und verhielten sich ganz so, wie es sich für eine solche Gelegenheit geziemt, auch wenn ich Jemima etwas später dabei ertappte, als sie mich recht befremdet ansah. In Anbetracht dieser doch eher schwierigen Situation setzten wir uns in überraschend guter Stimmung zu Tisch.

Aber sogar an diesem Tag kreiste die Unterhaltung, wie sie es in der vergangenen Zeit fast immer getan hatte, um den Prozeß, sobald Martin über die Mompessons zu reden begann. Er sagte: »Als ich vor zwei Tagen in der Brook Street vorbeisah, stand das ganze Haus kopf. Ich werde euch gleich den Grund dafür erzählen, jedenfalls soweit ich ihn in Erfahrung bringen konnte. Doch da fällt mir ein, John, daß ich dir etwas mitgebracht habe ...«

Papa unterbrach ihn ziehmlich schroff, und es überraschte mich, daß er, nachdem sich das Gespräch doch bereits dem Prozeß zugewandt hatte, sein Lieblingsthema wieder fallenließ. Er meinte: »Komm schon, alter Freund! Laß uns heute nicht über Geschäftliches reden!«

Martin sah ihn erstaunt an, sagte aber nichts, doch als die Unterhaltung wiederauflebte, bemerkte ich, daß seine Braut ihn und Papa aufmerksam beobachtete. Als es Zeit für den Nachtisch wurde, rief mein Vater den Koch und die übrigen Dienstboten herbei und schenkte ihnen zwei Flaschen Champagner und zwei Flaschen Madeira. Er sagte ihnen, sie sollten auf die Gesundheit von Braut und Bräutigam trinken und sich vor der Schlafenszeit im oberen Stock nicht mehr sehen lassen. Sie waren hoch erfreut und gingen aus dem Zimmer, um zu tun, wie ihnen geheißen worden war. Doch als wir nun unseren Wein tranken und dazu Obst und Nüsse aßen, kam es plötzlich zu einem Streit zwischen meinem Vater und Peter. Er entstand so unvermittelt, daß ich mir nicht sofort erklären konnte, was der eigentliche Auslöser gewesen war. Es schien mir höchst eigenartig, daß während dieser ganzen Szene weder Peter noch Papa auch nur ein einziges Mal zu mir herübersah.

Mr. Escreet gab nichtsahnend den Anlaß zu diesem Streit, doch Martin hatte zuvor Peter gefragt: »Haben Sie schon irgendeine Vorstellung davon, was Sie nun mit Ihrer Zukunft anfangen werden, Mr. Clothier?«

Peter antwortete: »Eigentlich kenne ich mich nur mit Büchern aus, und darum hoffe ich, daß ich mich als Buchhändler niederlassen kann.«

Mr. Escreet meinte, daß dies doch wohl ein gewisses Kapital erfordere.

»Das stimmt«, sagte Peter, »aber mein Schwiegervater hat sich großzügigerweise bereit erklärt, mir einen Kredit einzuräumen.« Mr. Escreet sah daraufhin etwas verwirrt zu meinem Vater hinüber und sagte: »Aber wenn ich mich nicht gänzlich täusche, dann übersteigt ein entsprechender Betrag doch bei weitem Ihre momentanen Möglichkeiten, John, oder etwa nicht?«

Papa wandte sich direkt an Peter: »Aufgrund der unmäßigen Kreditbedingungen, deren mich dein ehrenwerter Herr Vater für würdig befunden hat, habe ich zur Zeit kaum noch Geld flüssig. Doch ich wage zu behaupten, daß ich ein- oder zweihundert Pfund wohl noch erübrigen kann.«

Ich sah, wie Peter bei diesen Worten die Stirn runzelte, doch Mr. Escreet meinte: »Sehr großzügig von Ihnen, John, wirklich äußerst großzügig.«

Wenn Mr. Escreet dies nicht gesagt hätte, dann hätte Peter die ganze Angelegenheit vielleicht mit Stillschweigen übergangen, doch zu allem Unglück erwiderte er nun: »Großzügig mag es sein, doch ich fürchte, Schwiegervater Huffam, einige hundert Pfund, ja nicht einmal das Doppelte einer solchen Summe werden reichen, mich jene Geschäftsverbindungen aufnehmen zu lassen, die es mir erlauben, deiner Tochter ein Leben zu bieten, wie es, wenn ich mich nicht irre, auch deinen Wünschen entspricht.«

Papa stieß hervor: »Was du nicht sagst! Und welch eine Summe könnte ich deiner Meinung nach erübrigen? Was glaubst du denn, wieviel Geld ich noch habe, nachdem mich deine Familie bis aufs letzte Hemd ausgeraubt hat? Wenn du Geld von mir haben willst, dann sag deinem schurkischen Vater, daß er die Wucherkonditionen für den Kredit mildern soll!«

Peter sagte daraufhin sehr leise: »Ich muß dich bitten, nicht in diesem Ton von meinem Vater zu sprechen. Es war nicht recht, wie er mich behandelt hat, doch meines Wissens hat er dir kein Unrecht angetan.«

Papa schlug mit der Faust auf den Tisch und rief: »Was? Willst du, ein Gast in meinem Haus, jetzt etwa das Benehmen dieses üblen Schurken namens Silas Clothier verteidigen?«

Martin und Mr. Escreet verwahrten sich beide gegen die Worte meines Vaters, doch mir fiel auf, daß Jemima dem Geschehen mit einem leisen Lächeln zusah, als sei sie insgeheim durchaus zufrieden mit dem Verlauf des Abends.

Peter sagte: »Du hättest dir schließlich das Geld nicht von ihm zu borgen brauchen.«

Bei diesen Worten sprang mein Vater auf, funkelte Peter wütend an und rief: »Das ist doch die Höhe! Nichts als pure Krämermoral! Aus der Schwäche der Kunden den eigenen Vorteil ziehen, um dann ganz unmäßige Bedingungen zu diktieren, und sich hinterher noch dazu beglückwünschen, wie raffiniert man doch mal wieder gewesen ist. Da sitzt der Ehemann meiner Tochter an meinem Tisch und redet solch einer Moral das Wort! Diese Chuzpe! Und im selben Atemzug bittet er mich auch gleich noch darum, ihm Geld zu geben, damit er zu Wehe und Schaden ehrbarer Leute seine eigenen schurkischen Winkelzüge einfädeln kann. Ich kann nur sagen, junger Mann, daß du tatsächlich so verrückt sein mußt, wie dein Vater und Bruder es von dir behaupten, wenn du auch nur einen Moment lang glaubst, daß du einen einzigen Penny von mir bekommst.«

Er sah abwartend zu Peter hinüber, und Peter zögerte, doch dann stand auch er auf. Er vermied es immer noch, mich anzusehen, und sein Benehmen schien mir äußerst eigenartig. Offenbar schämte er sich fast für seine folgenden Worte: »Ich muß dich bitten, auf deine Worte zu achten, sonst sagst du womöglich noch etwas Unverzeihliches.«

Papa gab zurück: »Ich soll etwas Unverzeihliches sagen? Ich habe längst etwas Unverzeihliches getan. Ich habe nämlich meine Tochter an einen Krämer verheiratet, an den Sproß einer Familie von Kredithaien, an einen ... einen ... kurz: an einen Clothier. Ich glaube nicht, daß ich in der englischen Sprache ein zweites Wort finde, das meiner Verachtung in ebenso angemessener Weise Ausdruck verleihen könnte, als dein Familienname dies zu tun vermag.«

Ich sprang auf und rief: »Vater, wie kannst du nur so etwas sagen!« Er sah mich nicht einmal an.

Dann erwiderte Peter: »Wenn du diese Bemerkung nicht zurücknimmst, machst du es – obwohl es unsere Hochzeitsnacht ist – meiner Frau und mir unmöglich, auch noch eine Minute länger unter deinem Dach zu verweilen.«

Papa sagte: »Nicht eine Silbe nehm ich zurück.«

Daraufhin Peter: »Dann müssen wir gehen. Komm, Mary, steh auf und mach dich fertig!« Er sah mich auch jetzt noch nicht an.

Ich weinte, flehte Papa an, doch seine Worte zurückzunehmen, und bat Peter, nicht gleich das Haus verlassen zu wollen. Mr. Escreet und Martin unterstützten mich in meinen Bitten, doch mein Vater und Peter blieben unerbittlich.

Peter fragte mich mit unterdrückter Stimme, ob ich etwas Geld hätte, da er nichts besitze. Ich sagte ihm, daß ich über ungefähr dreißig Pfund verfügte, und er bat Mr. Escreet, uns eine Droschke zu bestellen.

Ich eilte nach oben, holte das Geld und warf einige Kleider in einen Koffer. Ich hatte noch nie eine Nacht außer Haus verbracht und hatte nur eine vage Vorstellung davon, was ich unterwegs benötigen würde. Ich zog mir ein Reisekleid an und ging wieder nach unten.

Als die Kutsche vorfuhr, verabschiedete ich mich unter vielen Tränen von Papa und den Gästen, dann stieg ich ein. Als die Pferde anzogen, blieb das Haus meines Vaters hinter uns zurück, und meine Ehe begann. Peter befahl dem Kutscher, uns zum »Sarazenenkopf« in Snow Hill zu bringen, und wie ich jetzt neben ihm saß, fragte ich mich verwundert, ob wohl jemals eine Hochzeitsnacht unter ungünstigeren Vorzeichen begonnen habe. Peter kam mir wie ein wildfremder Mann vor.

Sobald wir den Gasthof erreicht hatten, mietete er ein Zimmer, in dem ich auf ihn wartete, während er sich mit dem Kutscher um unser Gepäck kümmerte. Einige Minuten später kehrte Peter zurück, um mir zu sagen, daß er nun Plätze in der Nachtkutsche nach Peterborough, eine Station auf dem Weg nach Spalding, reservieren wolle, da die Abfahrt bereits in etwa einer Stunde sei. Erstaunt fragte ich ihn, warum wir denn nach Peterborough fahren würden. Ob er dort Freunde habe und warum wir so spät noch fahren würden.

Doch er sagte nur: »Ich bitte dich, stell jetzt keine Fragen!« Dann öffnete er seine Tasche und zog einen karmesinroten Mantel hervor, den ich noch nie zuvor gesehen hatte. Er legte seinen alten grünen Mantel ab und verließ gleich darauf das Zimmer.

Ich wartete und wartete, doch er kam lange Zeit nicht zurück. Plötzlich war er dann wieder da. Er war etwa vierzig Minuten lang fort gewesen. Höchstens fünfundvierzig. Er lächelte. (Das weiß ich gewiß, er lächelte.) Doch als er mich umarmen wollte, sah ich, daß seine Hände voller Blut waren. Ich wich entsetzt vor ihm zurück. Er sah auf seine Hände und sagte: »Ich habe mich geschnitten. Aber mach dir keine Sorgen! Es sind nur ein paar Kratzer.« Er wusch sich am Toilettentisch das Blut ab, und als er sich zu mir umdrehte, bemerkte ich, daß sein Mantel zerrissen war. Er lächelte nur und meinte: »Ich erzähl dir alles, sobald wir etwas mehr Zeit haben. Es ist eine lange Geschichte.«

Kurz darauf stiegen wir in die Kutsche und fuhren hinaus in die dunkle Nacht. Peter sprach kein Wort, erst als wir Islington hinter uns gelassen hatten, brach er plötzlich in ein Gelächter aus. Ich bekam es mit der Angst zu tun, und ich glaube nicht, daß ich Dir sagen muß, wovor ich Angst hatte. Da wir nicht allein reisten, konnte ich allerdings nicht über jene Frage reden, die mich mehr als alles andere beschäftigte, und so saßen wir uns wortlos gegenüber.

Als wir jedoch eine dreiviertel Stunde nach Mitternacht die erste Poststation erreichten, den »Blue Dragon« in Hertford, lächelte er auf seine ihm eigene Art und sagte: »Wir werden hier eine Rast einlegen. Du bist sicher zu müde, um heute noch weiterfahren zu wollen, und eigentlich besteht dazu auch keine Notwendigkeit.« Er drückte meine Hand: »Was heute nacht geschehen ist, werde ich dir erklären, sobald wir allein sind.« Also stiegen wir aus, er besorgte ein Zimmer und bestellte uns etwas zu essen. Dann begann er: »Mein liebes Mädchen, welche Angst du doch ausgestanden haben mußt! Ich wage mir kaum auszumalen, welche Gedanken dir durch den Kopf gegangen sein müssen: daß du einen Verrückten geheiratet hast. Und daß dein Vater auch nicht mehr ganz bei Sinnen ist. Doch laß mich alles erklären und beruhige dich! Was du heute nacht gesehen hast, war nur eine Scharade.« Ich fragte ihn, was er damit meine, und er sagte: »Es war Theater, ein Schauspiel, eine Posse. Dein Vater und ich haben uns nicht wirklich gestritten. Wir hatten uns vorher miteinander abgesprochen.« Ich wußte nicht, was ich davon halten sollte, Johnnie. Er sagte: »Ist dir denn nicht aufgefallen, wie schlecht ich meine Rolle gespielt habe? Dein Vater wirkte allerdings so überzeugend, daß ich mich beinahe gefragt habe, ob er nicht tatsächlich böse auf mich ist. Unser großer Kemble selbst hätte das nicht besser gemacht. Aber ich konnte nicht ein einziges Mal zu dir hinübersehen, weil ich solche Angst hatte, dann sofort aus der Rolle zu fallen.« Nach und nach legten sich meine Zweifel, denn daß er mich nicht ansehen konnte, war mir gleich eigenartig vorgekommen. Er versicherte mir, daß sogar Papas spöttische und verletzende Bemerkungen vorher mit ihm abgesprochen gewesen seien. Ich fragte ihn dann, warum er und Papa denn diese Scharade inszeniert hätten, und er gestand mir, daß sie mir nicht die nötige Verstellung zugetraut hätten. Der Sinn des Unterfangens sei nämlich gewesen, Mr. und Mrs. Fortisquince zu täuschen und sie glauben zu lassen, daß es zwischen Papa und uns beiden zu einem völligen Bruch gekommen sei. Dies nämlich sei der einzige Weg, wie Papa für unsere und unserer Kinder Sicherheit vorsorgen hätte können.

Peter sagte: »Wir haben uns nicht über Geld gestritten. Im Gegenteil! Dein Vater hat mir sogar zweihundert Pfund gegeben.« Er brachte eine dicke Rolle Banknoten zum Vorschein, und als ich sie sah, glaubte ich ihm. Es war inzwischen sehr spät, beziehungsweise sehr früh geworden, und wir waren beide schrecklich müde. Es schien nun alles in Ordnung zu sein, doch ein wenig später kam er noch einmal auf das Thema zurück. Er holte aus der Tasche seines karmesinroten Mantels ein in braunes Papier gewickeltes Päckchen hervor und sagte: »Dies hier wird dir alles erklären. Als ich den ›Sarazenenkopf‹ verließ, bin ich zum Haus deines Vaters zurückgefahren, um dieses Päckchen hier zu holen.«

Er war zurückgefahren? Ich war fassungslos, und wieder einmal wirbelten in meinem Kopf die Gedanken haltlos durcheinander. Ich fragte ihn, was denn in dem Päckchen sei, doch er sagte nur, er würde es nach dem Frühstück öffnen und mir dann alles weitere erklären. Ich bat ihn, es sofort zu öffnen. Ich bestand darauf, denn es war schon beinahe Tag. Wir stritten uns, doch schließlich brach er das Siegel, schlug das braune Papier und die waschlederne Hülle zurück und begann, etwas aus dem Bündel hervorzuziehen. Dann hielt er es endlich in der Hand und rief: »Hier ist es!« Doch plötzlich ließ er es mit einem Schrei zu Boden fallen. Es war ein dickes Bündel Banknoten, und es war mit etwas Klebrigem und Dunklem beschmiert. Peters Hände waren rot, und er stand da, sah mich entsetzt an und rief: »Was hat das zu bedeuten? Wie kommt dies hierher?« Er griff noch einmal nach dem Päckchen, hielt es in den Händen und untersuchte es. Dann sagte er: »Es ist nicht da!«

Ich bat ihn, mich doch wissen zu lassen, wovon er eigentlich spreche, aber er wollte kein mehr Wort sagen. Er bestand darauf, daß er sofort zu Papas Haus zurückkehren müsse und daß ich solange im Gasthof bleiben solle.

Als ich aufbegehrte, sagte er: »Du bist hier in Sicherheit. Niemand weiß, daß du hier bist. Wenn du mit mir zurückfährst, ist vielleicht unsere ganze Flucht vergebens gewesen.« Er rief nach einem Dienstmann und befahl ihm, sofort eine Postkalesche nach London bereitstellen zu lassen. Dann öffnete er die silberbeschlagene Briefmappe, zeigte mir den Brief und das Kodizill (seit damals hat es auch die Blutflecken) und gab mir die Mappe dann mit den Worten: »Denk daran, wenn das Kodizill in die Hände meines Vaters fällt, dann ist dein Leben und das deines Vaters in Gefahr!« Er ließ mir einen Großteil der zweihundert Pfund, die, wie er behauptete, Papa ihm gegeben hatte, nahm jedoch die verschmierten Banknoten und sagte: »Wo sie auch herkommen, mir gehören sie jedenfalls nicht, also bringe ich sie wieder zurück.« Dann wusch er sich die Hände, umarmte mich und verließ das Zimmer. Einige Augenblicke später hörte ich Räder über das Pflaster rattern, vernahm den Hufschlag der Pferde und sah aus dem Fenster. Eine Postkalesche verließ den Hof und fuhr unter dem Torbogen hindurch auf die Straße, um dann – wie ich erleichtert bemerkte, ohne zu wissen, wovor ich mich denn eigentlich fürchtete – in Richtung London davonzufahren.

64. KAPITEL

Conduit Street Nr. 37, 24. September

Ich habe mich entsetzlich über ihre Worte aufgeregt; unaufhörlich muß ich an diese fürchterlichen Dinge denken. Ich mußte einfach zu ihm hingehen. Es war schrecklich, dieses Haus noch einmal zu sehen. Mehr darf ich Dir nicht sagen, ich will nämlich nicht, daß Du es jemals findest. Das Haus stand noch immer und sah auch noch genauso aus, wie ich es in Erinnerung hatte, eher noch etwas schäbiger und verfallener. Ich zog an der Glocke und wartete, ich zog noch einmal, dann wieder und wieder, bis ich begriff, daß der Glockenstrang gerissen sein mußte. Also klopfte ich. Endlich kam jemand und öffnete die Tür einen Spalt weit. Ich sagte meinen Namen, dann folgte ein langes Schweigen. Schließlich wurde die Tür weit geöffnet, und, Johnnie, er war es! Er sah genauso aus wie damals, als ich ihn zuletzt gesehen hatte. Ich fragte ihn, ob er hier allein wohne, und er antwortete: »Wer soll denn schon bei mir wohnen? Eine alte Frau kommt jeden Tag zum Saubermachen vorbei – wenn sie nicht betrunken ist.« Ich fragte ihn, ob ich hereinkommen dürfe, und einen Augenblick lang rührte er sich nicht, dann ging er einen Schritt zur Seite und bat mich herein. Die Halle war ungeheizt und dunkel, sie schien schon seit vielen Jahren nicht mehr geputzt worden zu sein. Er folgte mir und sagte: »Warum kommen Sie jetzt, wo Sie doch all die Jahre nicht gekommen sind und mir keine Zeile geschrieben haben?« Er schien den Tränen nahe zu sein. Ich konnte ihm nicht antworten. Ich mußte daran denken, wie er mich so oft als kleines Kind auf seine Knie genommen hatte. Doch dann sah ich, daß die Hellebarde und das Schwert noch immer an der gleichen Stelle im Flur überkreuzt an der Wand hingen. Er bemerkte meinen Blick und meinte: »Ich mag es, wenn die Dinge an ihrem Platz sind.«

Dann sagte er: »Kommen Sie ins Kabinett! Dort brennt ein Feuer.« Allein der Gedanke daran, wieder in dieses Zimmer gehen zu müssen, Johnnie! Ich lehnte ab. Also führte er mich in den vorderen Salon. Alle Fensterläden waren geschlossen und die mottenzerfressenen und zerfledderten Gardinen vorgezogen. Wir setzten uns, und er bot mir Wein an. Ich nickte zustimmend und ließ mir einschenken, doch als er das Glas vor mich auf den Tisch stellte, konnte ich keinen Schluck daraus trinken. Er sagte: »All diese Jahre hab ich mich gefragt, wo Sie sind, ob Sie schon tot sind oder noch leben. Fortisquince wollte mir nichts erzählen. Kein Wort. Er hat mich immer gehaßt. Ich weiß nicht, warum. Vielleicht warf er mir etwas vor, von dem ich nichts wußte. Oder er war eifersüchtig, weil Ihr Vater mich geliebt hat. Seine Rache war es, Sie gegen mich aufzuhetzen und mir Ihre Zuneigung zu nehmen. Was hat er Ihnen gesagt? Welche bösen Dinge hat er Ihnen über mich erzählt?« Ich wollte ihm sagen, daß Martin nichts dergleichen getan habe, doch er fuhr fort: »Er hat Ihre Liebe zu mir vergiftet. Bedenken Sie doch nur, fast mein ganzes Leben habe ich im Dienste Ihrer Familie verbracht. Beinahe siebzig Jahre. Und dann mit einemmal schickt mich Ihr Vater, den ich wie einen Sohn geliebt habe, schickt mich ... weist mir, ach, Miss Mary, er war so herzlos!« So hatte mich schon lange niemand mehr genannt, und ich begann zu weinen. Er nahm meine Hand und bat mich mit fürsorglicher Stimme, ihm zu erzählen, wie es mir inzwischen ergangen sei. Ich berichtete ihm das eine oder andere, und er fragte: »Haben Sie ein Kind geboren? Einen Huffam-Erben? Ich muß das wissen.« Ich erinnerte mich daran, wie sehr Martin darauf bestanden hatte, daß deine Geburt ein Geheimnis bleiben sollte. Ich fragte ihn also, warum er dies wissen möchte, und er wurde ärgerlich und sagte, daß ich ihm offenbar auch mißtrauen würde. Er rief: »Ich hab mein ganzes Leben dem Dienst Ihrer Familie geopfert. Ich habe ihr alles geopfert – fast sogar meine Seele.« Das war eine eigenartige Bemerkung. Ich sagte ihm, daß ich wisse, wie tief meine Familie in seiner Schuld stehe, und er erwiderte, nein, das wisse ich nicht. Kein Mensch wisse das. Er sagte: »Wissen Sie, daß ich Ihren Urgroßvater Jeoffrey auf dem Totenbett gepflegt habe? Daß ich Ihrem armen, unglückseligen Großvater zu Diensten war, solange es in meiner Macht stand? Und nun fragen Sie mich, warum ich wissen will, wie es jetzt um das Schicksal der Familie bestellt ist und ob sie fortbestehen wird?«

Ich sagte, ich würde ihm alles erzählen, wenn er mir berichten wolle, was in jener Nacht geschehen war, als ich ihn zuletzt gesehen hatte.

Er sagte: »Deshalb sind Sie also gekommen. Nicht um Ihre Versäumnisse wettzumachen, sondern weil Sie etwas von mir wollen.« Ich konnte dies nicht bestreiten, und er fuhr fort: »Ich habe meine Aussage bereits bei der gerichtlichen Untersuchung und vor der Anklagejury gemacht. Das muß Fortisquince Ihnen doch erzählt haben! Was wollen Sie also sonst noch wissen?«

Ich berichtete ihm, was Peter mir erzählt hatte, daß nämlich der ganze Streit nur eine Scharade gewesen sei. War das die Wahrheit?

Er schwieg lange, ehe er schließlich sagte: »Ich werde Ihnen antworten, wenn Sie mir sagen, ob ein Kind geboren wurde oder nicht.«

Ich erzählte ihm, daß ich ein Kind hätte.

Es war seltsam. Er wandte seinen Blick von mir ab und wand sich und krümmte sich, doch ob vor Freude oder vor Pein, konnte ich nicht sagen. Als er sich mir wieder zukehrte, standen Tränen in seinen Augen. Er sagte: »Dann gilt also das Fideikommiß noch. Aber Sie haben mir nur gesagt, daß

Sie ein Kind geboren haben. Sagen Sie mir, lebt es noch? Und ist es ein Junge oder ein Mädchen?« Ich sagte, ich würde ihm nur antworten, wenn er mir sage, was zu sagen er mir versprochen habe. Und er erwiderte: »Der Streit war eine Scharade.«

Dann flehte ich ihn an, er möge mir doch erklären, was der Sinn dieser Aufführung gewesen sei. Warum hatte er bei der richterlichen Untersuchung verschwiegen, was er wußte? War Peter also unschuldig? Er antwortete, er würde mir nichts mehr erzählen, und sagte, ich solle ihn endlich wissen lassen, ob mein Kind noch lebe. Ich gab zurück, daß er kein Wort mehr aus mir herausbrächte, solange er meine Fragen nicht beantworte.

Da wurde er sehr ärgerlich, erhob sich aus seinem Sessel und kam auf mich zu. Ich hatte solche Angst, Johnnie. Er ist so ein großer Mann, und er sah mich ganz seltsam an. Er roch nach Brandy und sagte: »Weshalb sind Sie eigentlich hergekommen? Sie haben doch all die Jahre nicht ein einziges Mal an mich gedacht, nicht wahr? Und jetzt kommen Sie hierher und erheben solche Vorwürfe!«

Ich sprang von meinem Sessel auf und wich vor ihm zur Tür zurück. Ich sagte ihm, ich hätte ihm ja schreiben wollen, aber Mr. Fortisquince habe das verhindert.

»Er hat Sie gegen mich aufgehetzt.«

Ich eilte aus dem Zimmer, zurück in die Halle und öffnete die Tür zum Vestibül.

Er folgte mir: »Er hat geglaubt, daß ich Ihren Vater betrogen habe. Wahrscheinlich glauben Sie das auch. Aber wenn Sie denken, ich hätte Geld, dann haben Sie sich getäuscht. Ich habe nichts. Rein gar nichts, nur dieses wertlose Haus. Ich habe Pech gehabt. Verdammtes Pech.«

Endlich war ich wieder draußen auf der Straße, und ich eilte fort. Ich weiß nicht, ob er mir tatsächlich etwas antun wollte, doch eines weiß ich ganz gewiß: Johnnie, Du darfst niemals dorthin gehen. Niemals! Ich glaube, er ist gefährlich, vielleicht hat er nach all den einsamen Jahren in dem Haus den Verstand verloren. Doch immerhin weiß ich jetzt: Peter hat mir die Wahrheit über den Streit erzählt. Ich kann mir nicht vorstellen, was es zu bedeuten hatte, aber wenigstens hat er mich nicht angelogen.

Ich will nun mit meiner Geschichte fortfahren und Dir den Rest erzählen. Nachdem Peter mich an jenem Tag verlassen hatte, schleppte sich der endlose Tag träge dahin. Ich hörte um mich her die Geräusche der ankommenden und abfahrenden Gäste. Türen wurden geöffnet und wieder geschlossen, und ich hörte Schritte draußen auf dem Flur. Doch niemand blieb vor meiner Tür stehen. Ich hatte keinen Hunger. Spät am Abend klopfte das Zimmermädchen, um mir Kerzen und eine Kohlepfanne zu bringen, und sie schien überrascht, als sie mich allein in der Dunkelheit sitzen sah. Du kannst Dir wohl denken, daß ich in dieser Nacht kaum ein Auge zugetan habe. Der nächste Morgen begann düster und verhangen. Und wieder verging ein quälend langer Tag. Ich saß am Fenster und sah die Reisenden kommen und gehen, und jedesmal, wenn eine Postkalesche unter dem Torbogen durchfuhr, wartete ich auf Peters Schritte, doch immer vergebens. Dann, kurz vor Mitternacht, als ich mich gerade zur Ruhe begeben wollte, klopfte es an der Tür, und Martin kam herein. Er sah mich einen Augenblick lang mit einem Ausdruck an, aus dem ich nicht recht klug wurde, und erzählte mir schließlich, was geschehen war.

Ich sank zu Boden, und Martin rief das Dienstmädchen herein, das vor der Tür gewartet hatte. Es brachte mich zu Bett, und ein Arzt wurde gerufen, der mir ein Schlafmittel verschrieb. Ich schlief unruhig und wachte nach einigen Stunden wieder auf, und Martin berichtete mir nun von den restlichen Ereignissen.

Als Peter zum Haus zurückgekehrt war, wurde er durchsucht, und in seinen Taschen entdeckte man die blutverschmierten Banknoten. Man fand heraus, daß es sich um die gleichen Banknoten handelte, die an Papa ausgezahlt worden waren. Peter wurde daraufhin verhaftet und des Mordes angeklagt. Martin versicherte mir, er sei der festen Überzeugung, daß hier ein schrecklicher Irrtum vorliegen müsse. (Ach Johnnie, was hätte ich sagen sollen? Ich wußte doch, daß er noch einmal zum Haus zurückgeeilt war und bei seiner Rückkehr Blut an den Händen gehabt hatte.) Als man ihn verhörte, wollte Peter zuerst überhaupt nicht reden. Doch schließlich konnte Martin einige Worte allein mit ihm wechseln, und Peter erzählte ihm, wo ich war, und bat ihn, zu mir zu fahren. Martin hatte nur noch die richterliche Untersuchung abgewartet, um seine Zeugenaussage machen zu können, und sich dann gleich auf den Weg gemacht. Nun faßte er seinen Bericht zusammen. Er hatte Peter geraten, von seinem Recht Gebrauch zu machen und kein Wort zu sagen. Den Zeugen – Martin selbst, seiner Braut und Mr. Escreet – war es gelungen, jede Erwähnung des Streites zu vermeiden, der Peter aus dem Haus getrieben hatte. Glücklicherweise war das Personal die ganze Zeit über beurlaubt gewesen und hatte so weder etwas gesehen noch etwas gehört. Nachdem Peter und ich das Haus verlassen hatten, war Jemima in die Küche gegangen, um für den Tee zu sorgen, und die drei Gentlemen waren im Eßzimmer unter sich geblieben. Martin gab Papa dann ein Päckchen, das man ihm anvertraut hatte, und mein Vater verließ mit Mr. Escreet das Zimmer, um es an einem sicheren Ort im Kabinett zu verwahren.

Martin sagte: »Sie waren kaum ein oder zwei Minuten fort – ich wollte mich gerade in die Küche zu meiner Braut begeben, da mir nicht danach war, nach den unglückseligen Ereignissen dieses Abends allein vor meinem Glas Wein zu hocken –, als Escreet zurückkehrte und sagte, daß er und dein Vater noch etwas länger bräuchten und daß dein Vater mich bitte, noch auf ihn zu warten, da er die Geschehnisse des Abends unter vier Augen mit mir besprechen wolle. Wie der Zufall es wollte, ließ Escreet die Tür einen Spalt weit offen, als er das Zimmer verließ, und kurz darauf sah ich einen fremden Mann aus der Halle kommen und an der Tür vorbeigehen. Ich war mir sicher, daß es nicht Peter war, da er zwar die gleiche Statur hatte, aber nicht seinen grünen, sondern einen leuchtendroten Mantel trug. Ich nahm an, daß es einer jener Bediensteten war, die im Haus geblieben waren. Einige Augenblicke später eilte die gleiche Gestalt in umgekehrter Richtung wieder an der Tür vorbei. Ich fragte mich nun doch, wer dies sein könne, denn mir kam alles etwas seltsam vor. Wenn er tatsächlich ein Dienstbote war, so fragte ich mich etwas verwundert, warum war er dann nicht über jene Treppe gekommen, die hinunter zu den Zimmern der Bediensteten führte? Wenige Augenblicke später hörte ich einen Schrei. Ich eilte zur Bibliothek, doch dort war niemand zu sehen. Also lief ich weiter ins Kabinett, und da erwartete mich ein schrecklicher Anblick. Dein Vater lag mit dem Gesicht nach unten auf dem Boden. Man hatte ihn mit dem alten Schwert durchbohrt, das normalerweise im Flur an der Wand hing. Escreet lag neben ihm, und zuerst dachte ich, er sei auch tot, da sein Kopf voller Blut war. Die Kassette hatte man aufgebrochen und durchwühlt. Aber es gibt da etwas, das ich dem Untersuchungsausschuß nicht erzählt habe: Escreet kam nach wenigen Minuten wieder zu Bewußtsein und sagte mir, daß Peter der Täter gewesen sei. Ich erwiderte, er müsse wohl noch etwas verwirrt sein, denn Peter habe das Haus doch schon vor einiger Zeit verlassen. Aber der alte Gentleman bestand darauf, daß Peter zurückgekommen sei. Inzwischen hatten sich auch die Dienstboten eingefunden, die nun beinahe hysterisch vor lauter Angst waren, der Mörder könne sich noch im Haus aufhalten. Also durchsuchte ich alle Räume vom Keller bis zum Dachboden, doch es war niemand mehr da. Ich fand heraus, daß der rückwärtige Eingang verschlossen war und daß die einzigen beiden Zweitschlüssel sich im Besitz des Kochs und Mr. Escreets befanden. Ich ging zum vorderen Eingang. Die Tür zum Vestibül war eingeschlagen, und die Eingangstür stand offen. Ich bin überzeugt, daß der Mörder das Haus durch die Vordertür betreten hat. Irgendwie hat er die Tür öffnen können und dann das Glas und den hölzernen Rahmen der Tür zum Vestibül eingetreten. Als ich ihn vor der Tür des Eßzimmers vorbeilaufen sah, hatte er wohl versucht, durch die Hintertür zu entkommen, hatte diese aber verschlossen vorgefunden und mußte daher zur Eingangstür zurückkehren, um auf dem gleichen Weg zu verschwinden, auf dem er gekommen war. All dies reimte ich mir jedoch erst viel später zusammen. Inzwischen rief ich den Fußgängern auf der Straße zu, sie möchten doch bitte die Wache herbeiholen, die dann auch innerhalb weniger Augenblicke eintraf. Doch noch ehe die Polizei das Haus betrat, ging ich zurück zu Escreet und sagte ihm, daß ich niemanden im Haus gefunden hätte und daß er wohl noch verwirrt gewesen sein müsse, als er behauptete, daß er Peter gesehen habe. Er nickte schließlich zustimmend und sagte, er würde seine Behauptung vor den Beamten nicht wiederholen. Als die Wache ins Zimmer kam, erzählte er dem Konstabler, daß er den Angreifer nicht gesehen habe. Doch die Dienstboten wiederholten dem Konstabler, was Escreet gesagt hatte, und bei der gerichtlichen Vernehmung wurde er daraufhin über diese Anschuldigung befragt. Escreet sagte, er müsse wohl noch etwas wirr im Kopf gewesen sein, als er diesen Vorwurf gegen Peter erhoben habe. Er beharrte nun darauf, daß man ihn von hinten niedergeschlagen habe, sein Angreifer also nicht zu sehen gewesen sei. Doch unglücklicherweise äußerte der Coroner vor dem Untersuchungsausschuß den Verdacht, daß Escreet offenbar log, um Peter nicht zu belasten. Man holte den Kellner aus der Poststation, und der sagte aus, daß er dich und Peter habe ankommen und Plätze für die Nachtkutsche buchen sehen. Er habe euch dann auf ein Zimmer geführt, und er sagte, er habe nicht gesehen, daß Peter den Gasthof verlassen habe, könne aber auch nicht bezeugen, daß dies nicht der Fall gewesen sei. Das Ergebnis der Untersuchung der Jury lautete – in

Übereinstimmung mit dem Vorwurf des Coroners – auf vorsätzlichen Mord. Peter wurde angeklagt und in Haft behalten. Er wird nun der Anklagejury vorgeführt. Wenn die beschließt, daß die Last der Beweise gegen ihn spricht, dann wird eine begründete Anklage gegen ihn erhoben, und er kommt vor Gericht. Noch etwas: Als man ihn fragte, wo du dich aufhalten würdest, hat er die Aussage verweigert. Du kannst dir vorstellen, welche Befürchtungen dies wachgerufen hat. Doch hinterher konnte ich ihn für einige Minuten sprechen, und er sagte mir, wo ich dich finden könne, bestand aber darauf, daß du nicht nach London zurückkehren sollst. Seine größte Sorge war offenbar, daß sein Vater und sein Bruder ihn wieder in ihre Hände bekommen und dadurch letztlich auch dir ein Leid antun könnten.« Martin beharrte darauf, daß es sich bei alldem nur um einen schrecklichen Irrtum handeln könne und daß Peter nicht schuldig sei. Doch er wußte nicht, was ich wußte. Er betonte, daß es bis auf die Banknoten keine Beweise gegen Peter gebe und daß es durchaus möglich sei, daß Papa ihm das Geld ohne Escreets Wissen gegeben habe. Zudem fehle auch jedes Motiv, sobald man die Anklage auf Diebstahl fallenlasse, da niemand den Streit erwähnt habe. Außerdem gebe es keinen Beweis dafür, daß Peter tatsächlich zum Haus zurückgekehrt sei. Der Mann, den er, Martin, gesehen habe, dessen sei er sich nun nahezu sicher, war bestimmt nicht Peter. Der einzige Punkt, der gegen Peter spreche, sei, daß der Mörder die Eingangstür geöffnet habe, ohne Gewalt anzuwenden, und dies deutete auf jemanden hin, der Gelegenheit gehabt hatte, sich einen Nachschlüssel anfertigen zu lassen. Doch dies treffe auf Peter wie auch auf alle anderen Bewohner des Hauses zu. Daß der Mörder die Tür zum Vestibül aufbrechen mußte, entlaste wiederum Peter, denn er hätte sich von dieser zweiten Tür doch ebenfalls einen Nachschlüssel machen lassen können. Letztlich schien alles darauf hinzudeuten, daß der Mörder nicht unter den Bewohnern des Hauses zu suchen war, daß es sich um jemand handeln müßte, der eine günstige Gelegenheit nutzen wollte und mit dem Dietrich die Tür geöffnet oder sie vielleicht sogar aus irgendeinem Grund offen vorgefunden hatte. Martin fragte mich, ob ich zu Peters Gunsten eine Aussage machen könne, zum Beispiel, daß er die ganze Zeit über bei mir im Gasthof gewesen sei. Doch was sollte ich tun? Ich schwieg. Martin sah mich überrascht an und meinte, in diesem Fall solle ich mich besser aus der Angelegenheit ganz heraushalten und bleiben, wo ich sei, bis er zurückkehre, um mich vom Urteilsspruch der Anklagejury zu unterrichten.

Wie langsam die Zeit verging! Es dauerte bestimmt eine Woche. Die Erinnerung daran ist unerträglich. Endlich kam Martin zurück. Er erzählte mir, daß Peters Vater und Bruder sich eingeschaltet hätten und daß der alte Clothier als Vormund des für geisteskrank erklärten Peter einen Anwalt für ihn bestimmt habe – und für diese Aufgabe habe er sich niemand anderen als Mr. Daniel Clothier ausgesucht! Dieser Gentleman verbot sofort jedermann – auch Martin –, mit Peter Kontakt aufzunehmen. Martin sagte weiter, daß er und die anderen Zeugen vor der Anklagejury genau die gleichen Aussagen wie vor dem Untersuchungsausschuß gemacht hätten, nur Mr. Escreet habe im Kreuzverhör durch Daniel zugeben müssen, daß der Grund, weshalb Peter und ich das Haus verlassen hätten, ebenjener heftige Streit gewesen sei, zu dem es zwischen Papa und Peter gekommen war. Offenbar hatte Mr. Daniel Clothier die Sache mit dem Streit ans Licht gezerrt, weil er Peters Verteidigung auf dessen Unzurechnungsfähigkeit aufbauen wollte, worüber Martin sich jedoch schrecklich ärgerte, weil, wie er sagte, es gar nicht so schlecht um Peter bestellt gewesen sei, solange niemand etwas von dem Streit gewußt habe. Von da an aber habe sich alles gegen ihn gewandt. Der Gefangene hatte natürlich kein Recht auf eine eigene Aussage, doch der Richter stellte ihm trotzdem einige Fragen. Und Peter hatte nur immer wieder betont, daß er nicht von seinem Bruder vertreten werden wolle, daß sein Vater seine Vollmachten als Vormund mißbraucht hätte, als er Mr. Daniel Clothier zu seinem Anwalt bestimmte, und daß sein Vater und sein Bruder ihn hängen sehen wollten, da er Dinge über sie erzählen könne, die sie schwer belasten würden. Diese Aussagen machten einen höchst ungünstigen Eindruck auf die Jury. Und als sie ihn dann bat, die Ursachen für den Streit mit seinem Schwiegervater zu erklären, war Peter mit einer ziemlich wüsten Geschichte herausgerückt: Er sagte, es wäre gar kein richtiger Streit, sondern eine Art Scharade gewesen, die sie beide nach Absprache mit Mr. Escreet inszeniert hätten. Er bestand auch darauf, daß es in dem Streit um Geld gegangen sei, und behauptete, daß einige der Banknoten, die man bei ihm gefunden habe, ihm von Papa selbst gegeben worden seien, die anderen habe er jedoch unerklärlicherweise blutverschmiert in seiner Tasche gefunden, und er sei nach London und in das Haus zurückgekehrt, um herauszufinden, was geschehen sei, und um das Geld zurückzugeben. Dann wurde Mr. Escreet noch einmal verhört, und er sagte aus, daß er von dem angeblichen Geldgeschenk an Peter nichts wisse, als Vaters Privatsekretär aber üblicherweise über alle finanziellen Transaktionen informiert sei. Und daß die Geschichte mit dem Streit nur eine Scharade gewesen sein soll, nun, er würde sich wünschen, daß dies tatsächlich der Wahrheit entspreche. In diesem entscheidenden Moment erinnerte Mr. Daniel Clothier die Jury daran, daß Peter vor kurzem von einer Kommission für geisteskrank erklärt worden sei, daß die Mitglieder dieser Kommission auch anwesend seien, um dies zu bestätigen, und daß Mr. Silas Clothier und die Dienerschaft aus seinem Haus ebenfalls bereit seien, über das verstörte Verhalten des Gefangenen in den letzten Monaten Auskunft zu geben. Der Richter beantragte daraufhin, daß die Jury Peter aufgrund seiner Geisteskrankheit für verhandlungsunfähig erklären möge, und die Jury gab diesem Antrag statt. Dann ordnete der Richter an, daß Peter der Aufsicht seines Vaters unterstellt werde, und dieser versprach, ihn der Obhut eines Wärters in der »Haus Refugium« genannten Anstalt zu unterstellen. Der Richter, so Martin, veranlaßte zudem, daß die Anklage nicht fallengelassen werde, sondern in den Akten vermerkt bleibe. Das bedeutet, erklärte mir Martin, daß Peter den Rest seines Lebens im Irrenhaus verbringen wird. Sollte er jedoch jemals seine geistige Gesundheit wiedererlangen, wird er sich vor Gericht als Mörder verantworten müssen.

Ich selbst war viel zu aufgewühlt, um an meine Zukunft denken zu können, doch Martin bestand darauf, daß ich von London fernbleibe und mich weiterhin versteckt halte, da er fürchtete, der alte Clothier könne versuchen, mich in seine Netze zu locken, um so in den Besitz des Kodizills zu gelangen. Er wies mich noch einmal darauf hin, daß mein Tod, sobald das Kodizill einmal dem Gericht vorliege, für die Clothiers nur von Vorteil sei, da ich nun die einzige Erbin der Familie Huffam war. Nur mein Weiterleben hindere den alten Mr. Clothier noch daran, das Erbe anzutreten. Er sagte mir dann, daß ihm noch immer das alte Haus seines Vaters in Melthorpe gehöre, daß es zur Zeit leer stehe und daß ich dort wohnen könne, ohne Miete dafür zahlen zu müssen. Als ich ihn darauf hinwies, daß es unklug sein könne, sich so nahe beim Gut Hougham zu verstecken, betonte er, daß dieser Ort eben aus diesem Grunde so sicher sei: Keiner würde auf die Idee kommen, gerade dort nach mir zu suchen. Scherzhaft meinte er, daß ich nach dem Wahlspruch meiner Familie leben würde, wenn ich die Sicherheit in der Nähe der Gefahr suchte. Sein Angebot erschien mir so freundlich, daß ich schließlich dankbar einwilligte, und er begleitete mich nach Melthorpe und machte mich zur Herrin seines Hauses. Unterwegs legte ich mir den Namen »Mrs. Mellamphy« zu und gab überall zu verstehen, daß ich kürzlich Witwe geworden und Martin der Vater meines verstorbenen Mannes sei. Dem Himmel sei Dank, daß ich Dir all die Hintergründe bereits erzählt habe und mich nun nicht weiter darüber auslassen muß! Anschließend stellte Martin für mich zwei Dienstboten ein, Mrs. Belflower und Bissett, ließ das Haus gemütlich herrichten und kehrte dann nach London zurück, um sich dort um meine übrigen Angelegenheiten zu kümmern. All dies warf natürlich ein schlechtes Licht auf mich, und deshalb wurde ich von den ehrbaren Leuten im Dorf nicht besonders geachtet, erst recht, als nach einigen Monaten nicht länger zu übersehen war, in welchem Zustand ich mich befand.

Martin war Vaters Nachlaßverwalter, denn Papa hatte es versäumt, diese Verfügung nach seinem Zerwürfnis mit Martin abzuändern. Ich war natürlich die Erbin, doch außer der Jahresrente des Gutes Hougham gab es nicht viel zu erben – selbst das Haus gehörte ja Mr. Escreet. Martin mußte das Mobiliar und das Silber verkaufen, um Papas Schulden begleichen zu können, der größte Betrag waren jene viertausend Pfund, die er dem alten Silas Clothier schuldete. Einige Bücher und etwas vom Silber und vom Porzellan konnte Martin allerdings für mich retten. Nachdem dies soweit erledigt war, blieben nur einige hundert Pfund und die Jahresrente übrig. Als verheiratete Frau gehörte mein gesamter persönlicher Besitz meinem Gatten, und da man diesen für geisteskrank erklärt hatte, waren alle seine Rechtsansprüche auf seinen Vormund übergegangen und damit natürlich auf Silas Clothier. Martin befürchtete nun, der alte Mr. Clothier könne beantragen, daß ihm die Jahresrente stellvertretend für seinen Sohn ausgezahlt werden müsse, und genau dies sollte dann auch geschehen. Als aber die Mompessons die Rente weder ihm noch mir zahlten, brachte der alte Mr. Clothier die Sache vors Kanzleigericht und hängte sie als weiteren Rechtsstreit jenem Prozeß an, den er bereits seit vielen Jahren führte. Martin meinte, es könne lange dauern, ehe man in diesem Fall zu einem Urteil komme.

Übrigens erwähnte Martin auch, daß sich Mr. Daniel Clothier ungefähr zur gleichen Zeit öffentlich mit seinem Vater überwarf und sich von ihm mit der Begründung lossagte, daß er zutiefst beschämt und äußerst empört darüber sei, wie sein Vater seinen Bruder Peter behandelt habe. Martin sagte noch, daß Daniel auch auf seinen Anteil am Geschäft seines Vaters verzichtet habe und daß er sogar, als er in ebendiesen Tagen heiratete, den Namen seiner zweiten Frau angenommen habe. Eine entsprechende Ankündigung hatte Martin in der »Gazette« gelesen.

In den ersten Monaten lebte ich von dem Geld, das Peter mir gegeben hatte, sowie von einer kleinen Unterstützung, die Martin mir zukommen ließ. Doch dann merkte ich, daß ich einer Niederkunft entgegensah. Damals übrigens – aber das habe ich Dir ja schon erklärt – legte Martin jene zweitausend Pfund in Staatsanleihen an, von denen wir lebten, bis man mich um dieses Geld betrogen hat. Doch Martin stellte auf Betreiben Jemimas seine Unterstützung ein – ich durfte allerdings weiterhin mietfrei in seinem Haus wohnen. Er warnte mich noch vor der Möglichkeit, daß der alte Mr. Clothier in seiner Eigenschaft als Vormund meines Mannes auch Deine Vormundschaft beantragen könne, sobald er von Deiner Existenz erfuhr, denn ein Kind, erklärte mir Martin, das ich in der entsprechenden Zeit nach meiner Hochzeit gebären würde, stelle für den alten Gentleman eine Bedrohung seines Anspruchs auf das Gut Hougham dar. Daher sei es unbedingt notwendig, daß ich die Geburt meines Kindes und meinen Aufenthaltsort geheimhielte. Außerhalb von Melthorpe, wo man mich nur als Mrs. Mellamphy kannte, wußte niemand etwas von Dir. Martin versuchte, Deine Existenz natürlich auch vor seiner Frau zu verschweigen, doch als er seine Geschäfte nicht mehr selbst erledigen konnte, erfuhr sie natürlich von Dir.

Ich habe nicht aufgehört, über das Rätsel des Mordes an meinem Vater nachzudenken, und am Ende des ersten Jahres, im Dezember vor Deiner Geburt, wurde mir das Geschehen in meiner Hochzeitsnacht noch einmal schrecklich in Erinnerung gerufen, als zwei Familien am Radcliffe Highway des Nachts von einem Mann niedergemetzelt wurden, der in ihre Häuser eingebrochen war. Ich wollte mir einreden, daß Peter nicht der Mann war, der meinen Papa umgebracht hatte, daß es jemand anderes gewesen sei, und ich fragte mich, ob es nicht ebenjener Mensch hätte sein können, der auch diese schrecklichen Verbrechen an den Familien am Radcliffe Highway verübt hatte. Doch die Gendarmen fingen den Mann, den sie für verantwortlich hielten, und er erhängte sich, bevor es zum Prozeß kam, so daß ich keine Antwort auf meine Frage fand. Mit der Zeit kamen mir so viele Dinge in den Sinn. Ich hatte jeden im Verdacht, wirklich jeden. Peter, Mr. Escreet und sogar ... Ach Johnnie, ich konnte den Gedanken nicht ertragen, daß der Vater meines Kindes meinen Papa umgebracht haben sollte! Mir ging so vieles durch den Kopf. Ich hatte sogar Angst, daß ich selbst – wenn auch unwissentlich – für die Ermordung meines Vaters und die Haft meines Mannes verantwortlich sein könnte. Vielleicht war es gar nicht sein Fehler gewesen, vielleicht hatte ihn nur die Leidenschaft für mich dazu getrieben.

Als die Jahre vergingen, wurde ich immer ärmer, und obwohl Martin mir versprach, daß es uns beiden, Dir und mir, niemals am Notwendigsten mangeln sollte, fragte ich mich doch besorgt, was geschehen würde, wenn er dereinst sterben sollte. Angesichts seines schlechten Gesundheitszustandes war dies nicht gerade ein abwegiger Gedanke, außerdem hatte er mir bereits gestanden, daß er es nicht wage, mir etwas zu vererben. Als Du zwei Jahre alt warst, tat ich daher etwas schrecklich Dummes, von dem sich all jenes Übel herleiten sollte, das uns noch widerfahren sollte. Ich hatte mir gedacht, ich könnte mit Hilfe des Kodizills zu etwas Geld gelangen. Ich fragte Martin, ob es nicht zu meinem finanziellen Vorteil wäre, wenn ich dem Gericht das Dokument vorlegte, wie Papa es ursprünglich beabsichtigt hatte. Doch Martin versicherte mir, daß ich davon erstens keinerlei Vorteil hätte, sondern mich zweitens noch einer ernsten Bedrohung seitens der Clothiers aussetzen würde. Er hielt mir nachdrücklich vor Augen, daß es das klügste sei, das Pergament an die Mompessons zu verkaufen, in der sicheren Gewißheit, daß sie das Kodizill vernichten würden, um jene Gefahr zu beseitigen, die dieses Dokument für ihren Besitzanspruch auf das Gut verkörperte. Vom selben Augenblick an hätten Du und ich dann auch von dem alten Mr. Clothier nichts mehr zu befürchten. Doch ich lehnte dieses Anerbieten ab, da ich an das Versprechen denken mußte, das ich meinem Vater nur wenige Stunden vor seinem Tod gegeben hatte. Ich ahnte, daß ihn dieses Dokument das Leben gekostet hatte und daß die Weitergabe des Kodizills an mich und damit Dich vielleicht das einzige war, was er in seinem Leben erreicht hatte. Es wäre ein schrecklicher Verrat an ihm gewesen, es nun der Vernichtung anheimzugeben. Dann begann ich mich plötzlich zu fragen, wieso Martin eigentlich ein solches Interesse daran hatte, den Mompessons das Kodizill zukommen zu lassen, und ich überlegte sogar, ob ihm ihre Interessen nicht vielleicht näher am Herzen lagen als meine. Außerdem: Wenn Peters Geschichte von der Scharade stimmte, dann hieße das doch auch, daß Papa Martin aus irgendeinem Grund nicht völlig vertraut hatte. (Und jetzt, da ich sicher weiß, daß Peter mir die Wahrheit erzählt hat, frage ich mich erst recht, ob mein Argwohn wirklich so unbegründet gewesen war.)

Ich entschied mich daher, ohne Martins Wissen zu handeln und Sir Perceval eine Abschrift des Kodizills zu schicken, um so meinen Anspruch auf die Jahresrente zu bekräftigen. Auf diese Weise konnte ich das meinem Vater gegebene Versprechen halten und zugleich die Jahresrente zugesprochen bekommen. Ich ahnte damals nicht, daß Sir Perceval annehmen mußte, ich wolle ihn erpressen, da das Kodizill seinen Besitzanspruch auf das Gut Hougham bedrohte. Aus diesem Grund war er auch, als wir ihn aufsuchten, so wütend auf uns beide. Ich glaube, wenn ich die ganze Angelegenheit nicht von vornherein falsch angefaßt hätte, dann wäre er bestimmt bereit gewesen, uns zu helfen, schließlich sind wir ja miteinander verwandt. Doch von da an ging alles schief. Da ich meinen Aufenthalt vor Sir Perceval geheimhalten mußte, nahm ich mir einen Advokaten, Mr. Sancious, dessen Namen ich rein zufällig in einem Bericht über einen Gerichtsprozeß in der Zeitung gelesen hatte. Ich schrieb ihm unter Angabe von Martins Adresse, den ich nur bat, den Brief für mich weiterzuleiten. In dem Schreiben fragte ich Mr. Sancious, ob er Briefe für mich weiterleiten könne, und er war damit einverstanden. Dann schrieb ich das Kodizill ab und ließ es auf genanntem Weg Sir Perceval zukommen. Martin wußte also nichts von alldem, und eigentlich hätten Mr. Sancious und die Mompessons unmöglich herausfinden können, wo ich lebte. Wie Du weißt, brachten es beide jedoch in Erfahrung, auch wenn ich mir nicht denken kann, wie dies geschehen konnte. Manchmal habe ich mich schon gefragt, ob Martin es wohl den Mompessons verraten hat.

65. KAPITEL

Parliament Street, Bethnal Green, 29. März

Wie konnte sie das nur tun? Dabei bin ich doch immer so gut zu ihr gewesen! Mich so zu verraten! Wie Verbrecher mußten wir fliehen. Alles haben wir zurückgelassen: meine Kleider, all die Sachen. Ich war doch wirklich immer freundlich zu ihr. Ich hab's sogar zugelassen, daß sie Sukey die meiste Arbeit machen ließ. Ich dachte, sie sei uns wohlgesonnen. Wie können Menschen nur ... Und dann diese schreckliche Mrs. Malatratt!

So viel ist geschehen, seit ich zuletzt geschrieben habe! Wenn ich doch nur gewußt hätte, wie schwer es sein würde, ich glaube, dann wäre ich nicht nach London gekommen. Aber es war wirklich Pech, in dem Augenblick, in dem wir in London ankamen, von dieser elenden, elenden Frau ausgeraubt zu werden. Damit fing alles an. Ihretwegen habe ich meine wertvolle Stickerei verloren, und mit der hätte ich uns bestimmt über Wasser gehalten.

Jetzt sind wir schon über eine Woche hier. Es ist schrecklich. Die Kammer ist so klein und so düster. Und die Gegend hier hat sich auch sehr geändert. Ich wollte Johnnie nicht zeigen, wie betroffen ich war. Früher waren hier nur Gärten und Parkanlagen, und die dreckigen kleinen Häuser gab es damals nur ganz vereinzelt; jetzt sind sie überall. Doch die Frau ist wirklich nett, nur ein bißchen rauh und gewöhnlich. Johnnie hat nicht recht. Er ist neuerdings so widerborstig. Sie meint es gut, nur ihren Mann, den kann ich nicht leiden.

10. April

Es war lieb von ihm, Johnnie neue Kleider zu kaufen. Ich glaub, er mag ihn. Aber er ist trotzdem kein netter Mann. Sie hat mir gesagt, er würde sie schlagen. Wir sind schon richtige Freundinnen geworden, aber sie läßt mich ziemlich hart arbeiten.

29. April

Die böse, böse Frau. Wie sie mich demütigt. Wir müssen von hier fort!

Orchard Street, 15. Juni

Ich glaube, wir können ihr vertrauen. Sie scheint recht liebenswert und aufrichtig zu sein. Aber ich glaube, wir hätten von diesen Leuten nicht fortgehen sollen. Dort waren wir in Sicherheit, wenigstens bekamen wir etwas zu essen. Johnnie kommandiert mich jetzt ständig herum. Er wird Papa immer ähnlicher. Ich muß in letzter Zeit so oft an ihn denken. Wahrscheinlich, weil wir so nahe bei unserem alten Haus wohnen. Wenn er mich jetzt sehen würde! Als Johnnie mich letzte Nacht geweckt hat, da hab ich mich nicht getraut, ihm von meinem Alptraum zu erzählen. Ich hab von Papa geträumt, sein Gesicht blutverschmiert, sein liebes Gesicht. Hat er seinen Mörder erkannt? Er sah so überrascht aus, als wisse er, wer ihn ... Und dabei hat er gesagt, ich sei schuld an dem Ganzen.

24. Juli

Keine Zeit zu schreiben. Ich glaube, ich muß für Helen und die Peachments noch härter arbeiten als für diese unmögliche Frau. Ich hab Johnnie ja gesagt, wir hätten dort bleiben sollen! Lediglich zwei Gran.

30. August

Wenn ich doch nur etwas Schönes zum Anziehen hätte! Ich hasse es, wenn ich vor all diesen Leuten wie eine Schlampe aussehe.

1. September

Es war schrecklich. Fürchterlich. Ich schäme mich so. Wir hätten da überhaupt nicht bleiben sollen. Und am Ende hat mich dieser Gentleman – dabei war er gar kein Gentleman –, von dem ich immer geglaubt habe, er sei viel netter als Mr. Pentecost ... Doch er hat mich nach Haus gebracht, als Helen noch dablieb und ...

16. Oktober, Mitternacht

Es hat mir fast das Herz gebrochen, als ich mich von meinem Medaillon trennen mußte. Johnnie ist grausam, er hat mich dazu gezwungen. Aber eines Tages werde ich es wieder auslösen. Wie sehr es mich an damals erinnert hat! Diese schrecklichen Pfandhäuser! Die Dinge, die Peter mir erzählt hat. All das, was dann geschah. Ich kann nicht schlafen, weil ich immerzu daran denken muß.

2 Uhr morgens

Ich habe Helen nicht alles erzählt. Papas Tod. Meine Ehe, die keine Ehe war. Wer Johnnies Vater ist. All das. Sie hat mir einen Schlaftrunk gegeben.

18. Oktober

Hab so schön geträumt.

5. November

Sie meinte, ich soll über die Mengen Buch führen.

2

8. November

3

9. November

3

10. November

5

7

6

9
10

Dezember
11
10
12
11
14
14
13
11
15
14
14

Januar
17
12
14
15
18
18
19
17
19
20
24

19. Mai
Es war sehr schlimm. Ich hab nicht geglaubt, ich würd es überleben, aber mit Helens Hilfe hab ich es geschafft. Ich werd dies teuflische Zeugs nie wieder anrühren.

22. Juni
Was für eine traurige Geschichte! Sie hat wirklich viel Pech gehabt! Fast soviel wie ich. Lady Mompesson scheint eine sehr hartherzige Frau zu sein. So rachsüchtig! Vielleicht haben sie es doch niemals gut mit mir gemeint.

16. Juli
Sie haben uns entdeckt! Dieser Mann! Dieser schreckliche, große Mann! Der Peter damals nachgeschlichen ist und der Johnnie in Melthorpe entführen wollte. Wir können hier nicht mehr bleiben.

Golden Square Nr. 27, 19. Juli
Ich bin überwältigt. So freundlich hat sie uns aufgenommen. Ich hätte mich nicht von Johnnie überreden lassen sollen, ihr zu mißtrauen. Sie haßt mich

überhaupt nicht. Früher habe ich geglaubt, sie würde mich nicht mögen, weil ich als Mädchen alles gehabt habe und sie nichts. Immerhin war ich damals trotzdem freundlich zu ihr. Als sie nichts hatte, habe ich ihr meine alten Kleider gegeben, die konnte sie dann für sich umnähen. Und wenn sie mich nicht gemocht hat und sich an mir rächen wollte, schließlich war ich ja ... Ich glaube, ich habe ihr unrecht getan. Doch wie konnte uns Helen nur verraten? Ich kann den Gedanken daran einfach nicht ertragen.

20. Juli
Mr. Steplight ist ein lustiger, kleiner Mann, aber äußerst liebenswürdig. Ganz Gentleman. Ich glaube, Jemima mag ihn überhaupt nicht.

Great Earle Street, Juli
Hört es denn niemals auf? Gerade dachte ich, wir wären in Sicherheit. Wenn ich doch nur ... Ich halte es hier nicht aus, diese schrecklichen Menschen. Wie ist er nur an den Wechsel gekommen? Johnnie darf nicht erfahren, daß unser Feind ihn nun hat, denn jetzt, wo wir in seiner Macht sind ...

23. Juli
Ich befürchte das Schlimmste; vielleicht sehe ich Johnnie nie wieder. Als er mit Mr. Steplight fortfuhr, konnte ich gar nicht aufhören zu weinen. Aber wenigstens ist jetzt er in Sicherheit.

26. Juli
Mr. Steplights Bote hat das versprochene Geld immer noch nicht gebracht. Außerdem hat Mrs. Fortisquince mich gestern nicht besucht, aber ich rechne noch heute abend mit ihr.

28. Juli
Mr. Steplight ist nicht gekommen, dabei müßte er schon längst wieder in der Stadt sein. Ich will wissen, wie es Johnnie geht. Mrs. Fortisquince hat mich heute besucht. Sie meinte, mir zu helfen sei die reinste Geldverschwendung, ich würde ja doch nur alles sofort wieder ausgeben. Warum ist sie nur so ...

Das Mädchen hat gesagt, sie will mir was holen. Es reicht gerade für ein paar Gran. Mehr nicht; ich würde es nicht ertragen, wenn ich noch mal das gleiche durchmachen müßte.

1

13. August
Nur noch ein paar Shilling übrig, und der schreckliche Mann hat mir gesagt, was mir bevorsteht, wenn ich die Schulden nicht in den nächsten zwei Tagen bezahle: Man wird mich vor den Magistrat bringen und dann einsperren. Ich muß die Mompessons um Hilfe bitten. Für zehn Shilling begleitet er mich bis zu ihrem Haus. Mein letztes Geld. Wir gehen morgen.

1

Ich bin verloren. Mr. Assinder, der Verwalter, hat mich empfangen, und nachdem ich ihm mein Anliegen dargelegt hatte, ging er zu Sir Perceval, um sich mit ihm zu beraten. Als er zurückkam, sagte er, Sir Perceval lasse mir ausrichten, daß er mir nichts weiter zu sagen habe und daß er es nicht wünsche, in dieser Angelegenheit noch einmal belästigt zu werden. Jetzt, nachdem Johnnie in Sicherheit ist, ist ihnen egal, was aus mir wird!

2

Schuldhaft, Armenseite, 18. August

Seit sie mich hergebracht haben, komme ich heute das erste Mal zum Schreiben. Es ist so erniedrigend. Schlimmeres können sie mir gar nicht antun. Wenigstens ist Johnnie in Sicherheit.

2

20. August

Pentecost ist immer noch hier! Hab ihn noch nie gemocht. Fand ihn sogar noch schlimmer als seinen Freund. Ich will nichts mit ihm zu tun haben; sein Brief klang allerdings ziemlich nett.

Schuldhaft, Reichenseite, 30. August

Er hat sie bezahlt! Dabei dachte ich, sie hätte mich, als ich krank wurde, gepflegt, weil sie ein gutes Herz hat. Die Frau hat es mir erzählt, obwohl er ihr aufgetragen hat, es mir nicht zu verraten. Ich habe ihm ein Briefchen geschickt. Ihr Mann ist sein Zellengenosse – so heißt das hier. Er hat mich hierher verlegen lassen, und wenn es mir etwas besser geht, will er mich besuchen.

2. September

Er hat mir so vieles erklärt! Ich kann jetzt nicht schreiben, muß erst darüber nachdenken.

3. September

Er ist sehr krank gewesen und schwebt immer noch in Lebensgefahr. Er ist schrecklich nett. Ich hab ihm unrecht getan. Aus dem, was ich ihm erzählt habe, hat er sich den Rest zusammengereimt. Er fürchtet, sagt er, daß Mrs. Fortisquince mich betrogen hat, weiß allerdings nicht, warum, und kann es auch nicht erraten, da er niemals spekuliert. Sie hat es zugelassen, daß man mich hierher gebracht hat. Vielleicht hat sie meinem Feind sogar erzählt, wo ich zu finden war. (Und doch kann ich nicht verstehen, weshalb Helen mich verraten hat und weshalb Sir Perceval mir nicht helfen wollte.) Doch er sagt mir immer wieder, ich solle nicht über Dinge spekulieren, die ich nicht wissen könne. Er versucht niemals, die Beweggründe für die Handlungsweise anderer Menschen zu erraten, die jenseits ihres unmittelbaren Eigennutzes liegen, hat er gesagt. Und auf die Frage, wie der alte Mr. Clothier an den Wechsel kam, antwortete er, daß Mr. Sancious ihn offenbar verkauft habe. Wie konnte es nur geschehen, daß diese beiden sich gegen mich vereint haben?

4. September
Er sagt, er würde mich gern hier rausbringen, kann mir aber nicht helfen, weil er selbst nichts hat und immer noch tief verschuldet ist. Er versucht, genug Geld aufzutreiben, um die Genehmigung zu erhalten, in der Bannmeile zu leben. Verschuldet hat er sich, weil er einmal gegen seine Prinzipien verstoßen hat, als er für den Wechsel eines Freundes bürgte, der sonst seine Gewerbeerlaubnis verloren hätte. Der Freund hat sie trotzdem verloren, und man hat sie beide hierher geschickt.

6. September
Er ist sehr krank geworden, man fürchtet um sein Leben.

8. September
Traurige Nachrichten von Mr. Pentecost. Ich bin wieder ohne einen Freund. Jetzt kenne ich nur noch einen Menschen, der mir helfen könnte. Fällt mir ihre Adresse noch ein?

East Harding Street Nr. 12, 10. September
Dem Himmel sei Dank, daß ich mich noch an die Anschrift erinnern konnte! Mrs. Purviance ist die Freundlichkeit selbst, und ich bin endlich in Sicherheit und habe alles, was ich mir nur wünschen kann. Sie kam, sobald sie meinen Brief bekommen hatte, regelte die entsprechenden Dinge mit den Behörden und zahlte die Kaution, damit ich als Freigängerin in der Bannmeile leben kann. Man kennt sie hier, da sie anderen Frauen schon auf die gleiche Weise geholfen hat. Ihr Haus liegt innerhalb der Bannmeile. Ich weiß nicht, wie ich ihr dies jemals vergelten soll. Als ich mich bei ihr bedankte, meinte sie, daß ich über solche Dinge erst nachdenken solle, wenn ich wieder bei Kräften bin. Sie ist wirklich eine gute Frau.

13. September
Ich habe ihr erzählt, wie Helen mein Vertrauen mißbraucht hat, und sie war äußerst schockiert und hat mir geschworen, Helen mit Verachtung zu strafen, falls sie ihr noch einmal begegnen sollte. Sie hat mich einigen Damen vorgestellt, die bei ihr logieren. Ich habe nur kurz mit ihnen gesprochen, doch ich fand sie recht angenehm. Eine von ihnen meinte, daß sie hier sehr viele Leute kennenlernen würden. Es ist schon schrecklich lange her, daß ich mich in guter Gesellschaft befunden habe. Mrs. Purviance hat versprochen, mir ein neues Kleid zu kaufen, damit ich mich unter Leuten zeigen kann. Sie ist tatsächlich sehr großzügig, doch schließlich sind wir, wie sie selbst immer sagt, nur auf der Welt, um anderen Menschen beizustehen. Ich habe es jetzt wirklich gut: ein Zimmermädchen, das mir aufwartet, und mein eigenes Schlafzimmer, und alles ist so, wie ich es gerne mag.

14. September
Sie hat mir beim Schneider ein wunderschönes neues Seidenkleid bestellt. Ich weiß nicht, wie ich ihr jemals das Geld dafür zurückzahlen soll oder zu welchen Gelegenheiten ich das Kleid überhaupt tragen kann, doch sie sagte,

ich solle mir darüber keine Gedanken machen.

15. September
Sie sagte mir, daß ich von nun an Besucher empfangen solle. Ich konnte es ihr kaum abschlagen, da sie so freundlich zu mir gewesen ist, doch ich verstehe nicht recht, warum ihre Freunde mich zu sehen wünschen. Aber ich habe eingewilligt. Sie meinte, ich würde mein neues Kleid tragen können. Morgen werde ich mich also das erste Mal wieder in feine Gesellschaft begeben.

16. September
Wenigstens ist er in Sicherheit! Das ist meine einzige Sorge. Was mit mir geschieht, ist nicht so wichtig.

17. September
Muß hier weg, hab aber keine Kleider – nur den Plunder, den sie mir gegeben hat. Und der, sagt sie, gehört ihr. Wo soll ich ohne Geld hin? Ich muß immer wieder an diese armen Geschöpfe an der Mauer der Privy Gardens denken!

18. September
Sie sagt, ich sei eine Närrin und würde nicht wissen, wie es in der Welt zugeht – daß einem nämlich keiner einen Gefallen für nichts und wieder nichts tut. So töricht könne ich doch gar nicht gewesen sein, so etwas zu glauben. Wahrscheinlich sei ich nur ein scheinheiliges Flittchen, und sie habe jetzt keine Geduld mehr mit meinen Allüren.

23. September
Auf der Straße werde ich ständig bewacht. Wenn ich fliehe, werden sie mir Diebstahl vorwerfen, weil ich versucht habe, das Kleid zu stehlen.

24. September
Eine Frau will es mir beschaffen, sie hat's mir versprochen.

25. September
Gott sei Dank! Immerhin gibt es hier einen Menschen, der es gut mit mir meint. Jetzt wird es mir nicht mehr soviel ausmachen.

1

4. Oktober
Ich habe heute Helen getroffen. Hier, in diesem Haus! Vor Scham hat sie einen ganz roten Kopf bekommen, als ich ihr ihren Verrat vorgeworfen habe. Und Mrs. Purviance hat mich offenbar angelogen. Sie hat sie in einem anderen Haus untergebracht. Mich so zu täuschen! Ich muß von hier fort. Es war falsch hierherzukommen. Ich war so naiv.

3

7. Oktober
Ich war wieder krank. Sie war so häßlich zu mir. Ich weiß nicht, warum ich dies überhaupt noch aufschreibe. Johnnie wird es doch nicht mehr zu Gesicht bekommen. Ich werde es zerreißen. Er darf mich nie wiedersehen. Er darf nie die Wahrheit über mich erfahren.

5

9. Oktober

5

13. Oktober

6

28. Oktober

7
9
6
9
10

IV. BUCH

Der Schleier

66. KAPITEL

Spekulieren ist sicherlich töricht. Wer will schon sagen, welche Gründe letztlich das Handeln der Menschen leiten? Man kann es nicht wissen, und somit ist es wohl auch klüger und vernünftiger, wenn man gar nicht erst irgendwelche Spekulationen darüber anstellt. In diesem besonderen Fall läßt sich nun jedenfalls nur festhalten, daß Mr. Vulliamy auf eine bestimmte Weise handelte. Ob ihn das, was er vernommen hat, erregte und verärgerte oder ob das, was Mr. Sancious ihm gerade berichtet hat, eigensinniges Trachten und Rachegefühle in ihm weckte, kann ich dir nicht sagen.

Doch ich muß mit Mr. Sancious beginnen. Während er so durch die winterkalten Straßen läuft und seine behandschuhten Finger anhaucht, ist er sich des vorweihnachtlichen Treibens um sich herum vermutlich kaum bewußt. Auf dem Weg hinunter zum schäbigen Kontor bei den alten Piers beschäftigen ihn andere Dinge.

Er betritt das Vorzimmer und trifft nur Mr. Vulliamy und einen Bürojungen an.

»Guten Abend, Mr. Sancious«, begrüßt ihn ersterer. »Mr. Clothier ist auf der Börse. Er erwartet Sie jedoch um diese Stunde und wird wohl jeden Moment zurückkehren.«

Mr. Sancious faßt den Sekretär beim Arm und führt ihn ein wenig zur Seite; der Junge bleibt an der Tür sitzen. Mit leiser Stimme sagt Mr. Sancious: »Schlimme Sache, Mr. Vulliamy!«

Der Sekretär schüttelt den Kopf: »Noch nie was Ähnliches erlebt. Nicht mal 1797, und da war ich höchstens so alt wie das Bürschchen da vorn. War auch so ein harter Winter in dem Jahr. Damals hat die Bank von England zum ersten- und – wollen wir hoffen – auch zum letztenmal die Zahlungen eingestellt.«

Mr. Sancious läuft ein Schauder über den Rücken: »Die letzten Nachrichten sagen, daß in der Provinz noch drei weitere Bankhäuser dichtgemacht haben. Mich hat's auch ganz schön bös erwischt, das will ich Ihnen ganz offen sagen, und ich fürchte, es kommt noch schlimmer.«

»Es tut mir schrecklich leid, das zu hören, Mr. Sancious. Ich denke mit Kummer an all die armen Witwen und Waisen, die ihr Hab und Gut verloren haben. Die vielen vaterlosen Familien, möge der Herr ihnen beistehen!« Er fährt sich mit einer Hand über die Augen. »Für die wird's eine traurige Weihnacht werden. Doch was mich selbst betrifft, so kann ich ruhig sagen, daß jemand in meiner Lage kaum schlechter dran ist als zuvor.«

Mr. Sancious sieht ihn etwas zweifelnd an und schüttelt den Kopf. Dann sagt er: »Sind Sie sich da so sicher?«

»So sicher, wie ich's nur sein kann. Ich hab ja, Gott sei's gelobt, nichts zu verlieren.« Er lacht. »Mr. Clothier besitzt Schuldscheine auf meinen Namen für über dreihundert Pfund. Statt Geld hab ich also nur Schulden. Wie soll es da schlimmer für mich werden?«

»Aber für den Alten ist das ein ziemlicher Schlag. Quintard & Mimpriss, heißt es, stehen kurz vor dem Bankrott. Da wird er sich doch bestimmt auch von Ihnen sein Pfund Fleisch holen wollen.«

Einen Augenblick lang steht dem Sekretär der Schrecken im Gesicht geschrieben, doch dann lächelt er: »Für meine dreihundert Pfund macht das schließlich keinen Unterschied. Außerdem weiß er, daß ich nicht zahlen kann. Und es paßt ihm eigentlich recht gut ins Konzept, daß er mich damit in der Hand hat.«

»Aber Sie haben mich nicht ganz verstanden, mein guter alter Freund. Ich spreche davon, daß Sie letztlich der Pimlico & Westminster Land Company vorstehen. Und im Moment wäre es keineswegs opportun, auch nur eines der Häuser zu verkaufen.«

Mr. Vulliamy sieht ihn überrascht an: »Das ist völlig korrekt, mein Herr, doch wie ich schon sagte, meine Lage wird sich dadurch wohl kaum verschlechtern.«

»Ich glaube, Sie irren sich, mein lieber Freund. Dem Herrn sei's gedankt, daß ich Sie einmal allein antreffe. Mir liegt nämlich etwas auf dem Herzen, das ich Ihnen schon seit geraumer Zeit anvertrauen möchte. Ihr Prinzipal hat Schuldscheine auf das Kapital der bewußten Gesellschaft ausgestellt und damit spekuliert. Wie Sie sich denken können, hat er damit bei der gegenwärtigen Panik schwere Verluste hinnehmen müssen. Es bleibt ihm somit keine Wahl: Er wird den Bankrott erklären müssen. Und wenn das geschieht, dann werden die Gläubiger Sie ins Schuldgefängnis stecken.«

»Das kann ich nicht glauben! So etwas würde er nie tun!« Dann hält Vulliamy inne, und nach kurzem Zögern ruft er: »Würde er doch, der alte Schuft! Nach all den Jahren, die ich ihm treu gedient habe!«

»Ich bin froh, daß ich mir diese Sache von der Seele geredet habe«, sagt der Advokat. »Würden Sie mir im Gegenzug vielleicht einen Gefallen erweisen?«

»Ja, natürlich«, murmelt der Sekretär wie abwesend.

»Mr. Vulliamy!« sagt der Advokat leise mit strahlendem Lächeln.

Der Sekretär erwacht aus seinem Brüten: »Zu Ihren Diensten, Sir. Ganz recht. Was immer Sie wollen. Ich glaube, Mr. Sancious, Sie haben mich gerettet.«

»Freut mich außerordentlich«, sagt der Advokat. Dann fragt er: »Was würden Sie mir antworten, wenn ich Ihnen den Namen Fortisquince nenne?«

Mr. Vulliamy sieht ihn entsetzt an.

»Aha!« sagt der Advokat. »Sie kennen den Namen also, nicht wahr?«

»Nein ... Ich meine: ja.« Er sieht sich unruhig um. »Wir können jetzt nicht miteinander reden, Mr. Sancious. Wollen wir uns nicht irgendwo verabreden?«

In diesem Augenblick läuft der Junge zur Eingangstür, und rasch flüstert Mr. Sancious: »Kommen Sie nächsten Donnerstag in mein Büro!«

Kaum hat er dies gesagt, kommt der alte Gentleman herein, eingehüllt in einen langen Schal, aus dem ihn der Junge wickelt, wobei er im Kreis um ihn herumläuft wie ein zerlumpter Tänzer um einen Maibaum. Währenddessen läßt der Dienstherr des Jungen den Advokaten nicht aus den Augen.

»Ich komm gerade von der Börse«, sagt er. »Amphlett & Cleator haben dichtgemacht, ebenso Bazalgette und auch Hornbuckle & Ditmas.«

Vulliamy schüttelt bestürzt den Kopf und mustert aufmerksam das hagere Gesicht des alten Clothier.

Doch ohne ihm einen Blick zu gönnen, deutet der Gentleman dem Advokaten an, daß er ihn in das Kabinett begleiten möge.

»Das ist schlimm, wirklich schlimm«, sagt Mr. Sancious, als sich die Tür hinter ihnen schließt. »Einige der besten Häuser sind ruiniert. Ich hab gehört, daß sogar Quintard & Mimpriss in Schwierigkeiten stecken sollen.«

»Aber überhaupt nicht!« braust der alte Clothier auf.

»Sind Sie sich da so sicher?«

»Ich weiß das aus absolut zuverlässiger Quelle.«

»Was Sie nicht sagen!« murmelt der Advokat. »Ich muß Ihnen jedoch leider mitteilen, daß mir Schuldscheine auf dieses Bankhaus zum halben Preis angeboten worden sind.«

»Kaufen Sie!« ruft der alte Gentleman. »Kaufen Sie, soviel Sie nur können, und nehmen Sie die übrigen für mich!«

»Ich kaufe nicht für mich, sondern im Namen eines Dritten«, sagt der Advokat. »Doch leider bin ich nicht mehr flüssig. Unsere gemeinsamen Spekulationen haben mir den letzten Penny aus der Tasche gezogen. Und ich fürchte, dadurch ist auch die Pimlico & Westminster zahlungsunfähig geworden.«

»Dann wird die Gesellschaft eben in Konkurs gehen«, flüstert der alte Gentleman und deutet dabei mit dem Kinn zum Vorzimmer.

»Also ist er ...?« antwortet Mr. Sancious mit unterdrückter Stimme und wirft einen Blick auf die Tür.

Der alte Gentleman zieht den Finger quer über seinen mageren Hals und lächelt kaum merklich.

»Zum Ausgleich jedoch«, sagt Mr. Sancious, »habe ich in jener anderen Angelegenheit ausgezeichnete Neuigkeiten. Welche Neuigkeit würden Sie am liebsten von mir hören?«

Mr. Clothier starrt ihn an, und seine Lippen formen lautlos ein Wort.

Der Advokat lächelt: »Ganz recht. Mein Agent hat mich wissen lassen, daß dies zutrifft.«

»Ausgezeichnet!« ruft der alte Gentleman, klatscht in die Hände und springt aufgeregt aus seinem Sessel auf. Dann fragt er den Advokaten: »Können Sie mir dafür einen Beweis liefern? Einen Beweis, der auch vor Gericht standhält?«

»Noch nicht, doch ich habe mich schon darum gekümmert. Ich werde wohl bald in der Lage sein, Sie auch in diesem Punkt zufriedenstellen zu können. In unserem Abkommen war eine solche Schwierigkeit jedoch nicht vorgesehen, Mr. Clothier. Das Ganze wird Sie daher etwas teurer zu stehen kommen. Ich möchte aber erst einmal hören, was Sie mir hierfür zu bieten haben.«

»Die erste Hälfte sofort, die zweite Hälfte, wenn Sie mir den Beweis bringen«, sagt Mr. Clothier unnachgiebig.

Widerstrebend nickt der Advokat, und noch einmal wird die Kassette aufgeschlossen, und ein Bündel Banknoten wechselt den Besitzer.

»Und nun zu dem Jungen«, beginnt der alte Gentleman.

»Der ist sicher in meiner Hand, Mr. Clothier. Meine zweite Neuigkeit lautet nämlich, daß wir über den Jungen wieder nach Gutdünken verfügen können.«

Mr. Clothier ist vor Freude regelrecht aus dem Häuschen. Doch dann sagt er plötzlich: »Hören Sie mir genau zu! Ich möchte, daß meine Anweisungen buchstabengetreu ausgeführt werden.«

Da du natürlich ebensogut weißt wie ich, was sie miteinander vereinbart haben, will ich die beiden Herren nun sich selbst überlassen.

Im Vorzimmer sagt Mr. Vulliamy unterdessen zum Bürojungen: »Charley, lauf und hol mir eine Flasche vom besten Gin!«

»Aber da muß ich doch mindestens bis zum Paul's Church Yard, Mr. Vulliamy!«

»Das laß ruhig meine Sorge sein. Tu nur, worum ich dich gebeten habe!«

Sobald der Junge fort ist, lauscht Mr. Vulliamy auf das Gemurmel der Stimmen aus dem Kabinett. Dann nimmt er ein wenig Kerzenwachs, erwärmt es über der Flamme und knetet es zwischen den Fingern, bis es weich und geschmeidig ist, zieht rasch den großen Schlüssel aus dem Schloß der Eingangstür und preßt ihn in das Wachs.

67. KAPITEL

Nachdem ich die Berichte meiner Mutter zu Ende gelesen hatte, legte ich den Kopf auf meine verschränkten Arme und wiegte mich in tiefstem Schmerz vor und zurück. In mir tobte eine Vielzahl widersprüchlichster Gefühle, von denen ich keines mit Namen benennen konnte. Nun wußte ich endlich um das dunkle Geheimnis, das mir meine Mutter so lange verschwiegen hatte: Mein Großvater war auf brutale Weise ermordet worden, und zwar höchstwahrscheinlich von ... Ich konnte nicht einmal daran denken. Wie meine Mutter gerungen haben mußte, um diesen Gedanken nicht in jeder wachen Minute in ihr Bewußtsein vordringen zu lassen! Und wie seltsam, daß ich glauben konnte, sie gut gekannt zu haben, und dabei von alldem nicht einmal etwas geahnt hatte. Wie wenig ich doch überhaupt verstanden hatte! Erst jetzt wußte ich – so glaubte ich damals –, wer mein Vater war. Und daß mein wahrer Name offenbar Clothier lautete. Doch selbst jetzt fragte ich mich noch, ob dies tatsächlich alles stimmte. Stand mir dieser Name wirklich zu? War er denn mehr mein Name als jener andere, unter dem ich so lange gelebt hatte? Oder als die anderen Namen, die meine Mutter und ich für uns gewählt hatten? Es war der Name, unter dem ich getauft worden war, sicherlich, und doch wollte ich nicht, daß es mein Name war. Und schließlich, je mehr ich wußte, um so mehr ahnte ich auch, was mir noch verborgen geblieben war. Was hatte auf jenen Tagebuchseiten gestanden, die meine Mutter herausgerissen hatte? Was hatte sie vor mir verheimlichen wollen? Hatte es etwas mit meinem Vater zu tun? War er vielleicht noch am Leben? Und war mein Vater, da Mr. Escreet seine unglaubliche Behauptung bestätigt hatte, nun doch nicht geisteskrank? Hatte er sich aber, wenn er geistig gesund gewesen war, nicht erst recht schuldig gemacht? Meine Gedanken drehten sich unermüdlich in demselben schrecklichen Kreis: Sollte er gesund gewesen sein, dann hatte er eine entsetzliche Schuld auf sich geladen. Und wenn er nicht gänzlich schuldig war, dann doch wohl nur, weil er wahnsinnig war. Verrückt oder böse, böse oder verrückt, es schien keine andere Wahl zu geben. Wie konnte ich mich mit einem solchen Vater abfinden? Ich wiederholte die Worte meiner Mutter: »Ich konnte den Gedanken nicht ertragen, daß der Vater meines Kindes meinen Papa umgebracht haben sollte!« Ich konnte den Gedanken ebensowenig ertragen. Vielleicht war es also doch jemand anderes gewesen? Deuteten die Auslassungen meiner Mutter nicht an mehreren Stellen auf Martin Fortisquince? Doch weiß Gott, ich hatte viele Gründe, auch diesen Andeutungen nicht zu trauen.

Und warum hatte der alte Mr. Escreet nicht mehr verraten wollen? Gab es etwa noch weitere schreckliche Enthüllungen, die er meiner Mutter ersparen wollte? Würde ich den Weg zum Haus meines Großvaters finden und selbst mit dem alten Mann sprechen können? Würde ich vielleicht von ihm etwas erfahren, das meinen Vater entlastete? Denn wenn auch die Beweise gegen ihn sprachen, gab es doch genügend Menschen, in deren Interesse es gelegen hatte, meinen Großvater tot zu sehen. Silas Clothier und sein älterer Sohn hatten so verzweifelt darauf gehofft, dem Gericht das Kodizill vorlegen zu können, daß sie zu diesem Zweck wohl auch vor einem Mord nicht zurückgeschreckt wären. Und hatten die Mompessons nicht letztlich allen Grund gehabt, diese Absicht zu verhindern? Ich konnte einfach nicht vergessen, daß es ihre Kutsche gewesen war, in der Sancious alias Steplight bei Mrs. Fortisquince vorgefahren kam. Machten sie also, so unwahrscheinlich dies auch klang, gemeinsame Sache mit ihm?

Es war inzwischen tiefe Nacht, und über dieser unbewohnten Stadt aus halbfertigen Häusern lag eine Stille, die sie so ganz anders wirken ließ als jene von heiserem Lärm erfüllten, übervollen Quartiere, die ich in London bisher kennengelernt hatte. Während ich selbstvergessen im Tagebuch meiner Mutter gelesen hatte, war mir entgangen, wie kalt es geworden war, doch nun zog ich die Bettdecken über mich.

Ich dachte an das unglückliche, so sinnlos verstrichene Leben meiner Mutter. Sie war zu vertrauensselig gewesen, und schlimmer noch, sie hatte in ihrem Leben keinen Sinn, kein Ziel gekannt und zu sehr an das Glück geglaubt. Ihre Liebe zu anderen Menschen hatte sie verletzbar gemacht, und das machte sie zu einem Opfer, das sich durch ein bedeutungsloses Leben einem bedeutungslosen Ende entgegentreiben ließ. Ich wollte nicht den gleichen Fehler begehen. Ich würde niemandem außer mir selbst vertrauen. Es gab auf der Welt keinen Menschen, den ich liebte, und das machte mich frei und unverletzlich. Ich wußte, daß es so etwas wie Glück nicht gab; es gab nur günstige Gelegenheiten. Und von nun an sollte mein Leben einen Sinn haben, auch wenn ich im Moment noch zu verwirrt war, um ihn benennen zu können. Allmählich spürte ich außer Mitleid und Entsetzen auch noch andere Regungen in mir. Ich spürte Wut. Wut auf Mrs. Purviance, auf Sancious, auf Mrs. Fortisquince. Ich wünschte – nein, ich gierte danach –, sie leiden zu sehen. Besonders Mrs. Fortisquince. Ich verstand nicht, warum sie sich so verhalten hatte. Ich konnte mir einfach nicht vorstellen, weshalb sie meine Mutter in den Tod getrieben hatte. Welchen Groll hegte sie gegen sie? Meine Mutter schien in ihrem Tagebuch auf solche alte Vorbehalte anzuspielen, doch ich verstand nicht, worauf sie sich dabei bezog. Dann waren da noch die Mompessons und ihr Verwalter Assinder, denn jetzt wußte ich endlich, wovon sie kurz vor ihrem Tod gesprochen hatte. Also hatte sie, noch während ich sie tröstete, bereits gewußt, daß auch von dieser Seite nichts zu erwarten war. Dabei hätte es Sir Perceval nur so wenig gekostet, einem Menschen zu helfen, dem seine Familie so schweres Unrecht zugefügt und der einen verwandtschaftlichen wie auch einen rechtlichen Anspruch auf seine Hilfe hatte. Damals verstand ich nicht, warum er ihr nicht aus gänzlich eigennütziger Vorsicht heraus geholfen hatte, denn ich wußte ja, wie wichtig es für sein Bleiben auf dem Gut Hougham war, daß die Nachkommen der Familie Huffam am Leben blieben.

Alles endete immer wieder beim umstrittenen Besitzanspruch. So vieles in der Geschichte meiner Mutter, das ich nicht verstand, hing mit diesem Streit zusammen. Warum hatte mein Großvater plötzlich beschlossen, dem Gericht das Kodizill nicht vorzulegen, nachdem er doch so viele Jahre darauf verwandt hatte, es zu finden, wobei er sich auch noch bei einem Mann verschuldete, dem er eigentlich nicht über den Weg traute? Es blieben so viele ungelöste Fragen. Wenn mein Vater nicht verrückt, sondern schuldig war, wieso hatte er meiner Mutter dann gestanden, nach Verlassen des Gasthofs zum Haus zurückgekehrt zu sein? Was war dort wirklich geschehen? Hatte es ihn tatsächlich überrascht, die blutbeschmierten Banknoten zu finden, als er in der Poststation von Hertford das Päckchen öffnete? Bei diesem Gedanken fiel mir der Brief meines Großvaters wieder ein, und mir lief ein Schauder über den Rücken, denn jetzt wußte ich, woher jene Flecken stammten, die ich in kindlicher Naivität bereits als kleiner Junge für Blut gehalten hatte. Und nun, während ich darüber nachdachte, fragte ich mich, ob ich den Brief nicht seinerzeit, als ich ihn einige Tage nach dem Tod meiner Mutter lesen wollte, zu rasch wieder zur Seite gelegt hatte.

Ich erinnerte mich, daß der Brief gegen Ende hin auch ein Testament erwähnte und daß ich dies als phantastisches Hirngespinst des vom Gut Hougham besessenen John Huffam abgetan hatte. Aber vielleicht existierte ein solches Dokument tatsächlich! Mit einer solchen Vermutung ließen sich zumindest einige Aspekte seines ansonsten rätselhaften Verhaltens begreifen. So ließe sich zum Beispiel erklären, warum er plötzlich und überraschend jegliches Interesse am Kodizill verloren hatte. Das Dokument, das er in Händen hielt oder das er zu erhalten hoffte, machte das Kodizill überflüssig! In diesem Fall müßte es sich um nichts Geringeres als ein späteres Testament von Jeoffrey selbst handeln! Dann hob es wahrscheinlich auch das vorhergehende Testament auf! Ich erinnerte mich daran, was mir Mr. Pentecost und Mr. Silverlight beigebracht hatten: Es gibt keine Verjährungsfristen für Testamente. Die Verfügungen eines solchen Testamentes hätten also volle Gesetzeskraft, genauer noch: die Autorität des Billigkeitsrechtes. Doch wie lauteten diese Verfügungen? Rasch tastete ich mich in der beinahe vollkommenen Dunkelheit hinüber zum Versteck, faßte nach dem Brief und zog ihn heraus. Etwas fiel zu Boden. Es war der Stadtplan – oder eher ein Teil des Stadtplans –, den ich von Melthorpe mitgebracht und später meiner Mutter anvertraut hatte. Und im gleichen Moment fragte ich mich, ob sich auf ihm wohl das Haus meines Großvaters finden lasse.

Ich hielt die Kerze dicht über die Karte und glättete das Papier. Ich wußte, daß das Haus im Bezirk Charing Cross lag, daß man von ihm aus die Northumberland Gardens überblicken konnte und daß es an einem Hof lag, von dem aus eine Gasse zur Straße führte. Der Karte nach konnte es sich entweder um den Northumberland Court östlich des Herrenhauses oder um einen der westlich davon gelegenen Höfe handeln: den Trinity Place, einen Hof ohne Namen oder den Craigs Court. Der namenlose Hof schien mir der wahrscheinlichste zu sein.

Dann wandte ich mich dem Brief meines Großvaters zu. Ich hatte ihn schon auseinandergefaltet und wollte ihn gerade lesen, als ich plötzlich auf der unbefestigten Straße vor dem Haus das Knirschen heranrollender Kutschräder hörte. Hastig legte ich den Brief und den Stadtplan zurück ins Tagebuch, verließ die warmen Bettdecken und stopfte das Buch in die Tasche meiner Jacke, die noch auf dem Boden lag. Dann löschte ich die Kerze und zog ein Stückchen Pappe vor dem Fenster zur Seite, so daß ich nach draußen spähen konnte: Barney und sein Gefolge stiegen aus einer Reihe von Kutschen aus, deren Fahrer sie irgendwie überredet haben mußten, sich des Nachts bis in diesen Stadtbezirk vorzuwagen.

Als ich hörte, daß die Haustür geöffnet wurde, schlich ich hinunter auf den oberen Treppenabsatz. Die Meute strömte unterdessen lachend und lärmend und noch ausgelassener als sonst in den Flur und gleich darauf in den Salon.

Ich stahl mich vom Treppenabsatz in jenes Zimmer, das direkt über dem Salon lag und von dem aus ich jedes Wort so deutlich verstehen konnte, als säße ich mitten unter der Bande. Nur mein Blickfeld nach unten war begrenzt.

»Du warst phantastisch, Barney«, hörte ich Sally sagen. »Ich weiß nich, wie du so was schaffst. Es war wie im Theater.«

Einige lachten zustimmend.

»Wir haben verdammt Glück gehabt«, sagte Barney, der auf dem Sofa saß und dessen Kopf ich gerade noch sehen konnte. »Wir haben ihnen ganz schön was vorgemacht.«

»Wie lange werden sie brauchen?« fragte Meg.

»Fast zwei Stunden, meint Jack«, antwortete Barney.

»Sam hat gesagt, sie würden länger brauchen«, warf Sally ein.

»Auf jeden Fall bin ich mächtig froh, wenn sie hier wieder aufkreuzen«, rief Meg.

Allgemeine Zustimmung war zu hören.

»Nu macht schon!« sagte Will. »Spannt Bob und mich nicht länger auf die Folter! Erzählt endlich, was passiert ist!«

»Hat der Junge sich gerührt?« wollte Barney wissen.

»Der hat keinen Mucks von sich gegeben«, beruhigte ihn Bob.

»Wir haben ihn doch nicht gebraucht«, meinte Barney. »Joey hier ist mitgefahren und hat alles Nötige für uns erledigt.«

Ich beugte mich vor, da ich wissen wollte, von wem er sprach, konnte aber niemanden sehen.

»Ehe ich's vergeß«, sagte Barney, »ich muß noch was erledigen.«

Um zu sehen, was er vorhatte, wollte ich mich noch weiter vorbeugen, gab aber den Versuch schließlich auf, da ich durch die Deckenbalken hinunterzufallen drohte. Doch als die anderen ihre Unterhaltung wiederaufnahmen, merkte ich mit Entsetzen, daß Barney den Salon verlassen hatte. So leise ich konnte, eilte ich zurück zum Treppengerüst und hörte ihn bereits die Bretter heraufkommen, doch glücklicherweise kam er nur sehr langsam voran, da es nicht einfach war, diese provisorische Stiege im Dunkeln zu erklimmen; außerdem war er ein wenig betrunken. Ich hastete in den nächsten Stock, ohne von ihm gesehen zu werden, und erreichte noch vor ihm mein Zimmer. Rasch warf ich mich auf mein Lager, deckte mich zu und schloß die Augen. Sekunden später hörte ich Barney mit wuchtigem Schritt über die Balken des Treppenabsatzes krachen, dann betrat er das Zimmer und blieb dicht vor mir stehen.

Der Schein einer Laterne fiel auf meine geschlossenen Augenlider. Ich hörte Barney näher kommen, und dann spürte ich, daß er sich über mich beugte, denn ich roch Gin und Tabak und hörte seinen schweren Atem. Ich hatte Angst, beim Versuch, einen Schlafenden vorzutäuschen, die Augen zu fest zusammenzukneifen, und fragte mich dann, ob es ihn nicht mißtrauisch machen mußte, wenn ich nicht so tat, als würde ich vom Licht der Laterne aufwachen. War er denn bereits so benebelt, daß er gar nicht mehr merkte, welchen Lärm er machte?

Ich wollte schon meine Augen öffnen, da hörte ich, wie er sich von mir abwandte und im Zimmer umherstapfte. Zuerst traute ich mich nicht, ihn zu beobachten, da ich fürchtete, von ihm dabei ertappt zu werden, doch dann öffnete ich langsam die Augen, immer in der Angst, er könne sie im Licht der Laterne aufblitzen sehen. Im ersten Moment dachte ich, er würde zu mir herüberschauen, doch dann sah ich, daß er den Kopf gesenkt hielt und meine Kleider durchsuchte, die er vom Boden, wohin ich sie in aller Eile geworfen hatte, aufgehoben hatte.

Ich sah ihm nun voll ins Gesicht, sah seine buschigen Augenbrauen, die vorquellenden Augen, seine große Nase und das spitze Kinn, und plötzlich war es, als würde ein Schleier von seinem Gesicht gerissen werden, so daß ich es zum erstenmal in aller Deutlichkeit sehen konnte. Die Zeit schien sich zurückzudrehen, und ich war wieder das kleine Kind, das – geradeso wie ich es jetzt tat – zu schlafen vorgab, doch damals hatte ich in meinem eigenen kleinen Bett im Haus meiner Mutter gelegen, war von einem Alptraum erwacht und hatte gesehen, daß er Wirklichkeit geworden war: Und das Gesicht, auf das ich nun starrte, war das Gesicht jenes Einbrechers, das ich am Fenster in Melthorpe gesehen hatte!

Ich schloß die Augen, und mein Herz klopfte so rasend, daß Barney es ganz bestimmt hören mußte. Im ersten Schreck konnte ich nicht glauben, daß dieses außergewöhnliche Zusammentreffen ein bloßer Zufall war, und so hielt ich den Mann, der dort einige Schritt von mir entfernt stand, für das Instrument eines unerbittlichen und komplexen Vernichtungsmechanismus, dem zu entkommen mir nicht gegönnt war und dessen Absicht darin bestand, mich in den Abgrund zu treiben, wie es ihm bereits mit meinem Großvater und meinen Eltern gelungen war.

Endlich verließ Barney mein Zimmer, und als ich sicher sein konnte, daß er nach unten gegangen war, schlug ich zwei Feuersteine gegeneinander und zündete meine Kerze an, denn ich brauchte ihr beruhigendes Licht bei meinem Versuch, die Bedeutung dieser außergewöhnlichen Entdeckung zu enträtseln. Plötzlich wurde mir klar, daß Barney von Anfang an von unserem früheren Zusammentreffen gewußt hatte. Der Grund nämlich, weshalb er damals so unerklärlich rasch seine Meinung gewechselt und mich ins Haus gelassen hatte, lag darin, daß ich den Ort Melthorpe erwähnt hatte und er somit auf meine wahre Identität aufmerksam geworden war. Warum aber sollte er sich mit mir abgeben? Doch nur deshalb, weil er mit Sancious und den Clothiers unter einer Decke steckte! Das also war es! Mir fiel der Advokat ein, von dem er seine betrügerischen Wechsel bezog – damit hatte er bestimmt Sancious gemeint! Doch was verband Barney und mich? Da ich die Absichten des Einbrechers nicht kannte und nicht wußte, ob er sich zufällig für das Haus meiner Mutter entschieden hatte oder als Agent von einem unserer Feinde geschickt worden war, kam ich der Antwort dieser Frage einfach nicht näher. Doch wie hatte ich Barney wiedergetroffen? Ich verfolgte meinen Weg zurück: Pulvertaft hatte mich hierher geschickt, doch zu ihm hatte mich der alte Samuel gesandt, und den wiederum hatte ich auf meiner Suche nach den Digweeds kennengelernt.

Die Digweeds! Da mußte die Antwort stecken, sie waren das Bindeglied zwischen Barney und dem Haus meiner Mutter. Bei diesem Gedanken war mir, als hätte sich plötzlich ein formloser Haufen von Eisenringen straff gespannt und ich könnte jene Kette sehen, die mich gefangenhielt. Waren Mrs. Digweed und ihr Sohn also doch nicht zufällig in unser Haus gekommen, wie sie behauptet hatten? Gab es da einen Zusammenhang mit jenem Einbruch, der wenige Jahre zuvor stattgefunden hatte? Ich erinnerte mich, wie ich damals, als die Digweeds bei uns übernachteten, Joey ertappt hatte, als er offenbar das Schreibpult meiner Mutter durchsuchte. War er derselbe Joey, von dem Barney noch vor wenigen Augenblicken gesprochen hatte? Und doch schien mir all dies irgendwie an den Haaren herbeigezogen. Streng logisch gesehen, konnte ich nicht mit Gewißheit behaupten, daß es einen Zusammenhang zwischen Barney und Mrs. Digweed gab. Wenn es aber einen gab, war Barney dann vielleicht ihr Ehemann? Sobald ich mich jedoch wieder an ihre Offenheit und Freundlichkeit erinnerte, konnte ich nicht glauben, daß sie die Gefährtin dieses Verbrechers war – und ich wollte es auch nicht glauben. Der Gedanke, daß sie in betrügerischer Absicht zum Haus meiner Mutter gekommen war, um deren Großzügigkeit und ihr Vertrauen zu mißbrauchen, war einfach zu schrecklich, um wahr zu sein. Und doch konnte ich keine andere Erklärung dafür finden, falls ich denn nicht annehmen wollte, daß das Wiederauftauchen des Einbrechers in meinem Leben ein bloßer Zufall war. Selbst diese Annahme war allerdings nicht das Ende der Geschichte, denn sollte unser erneutes Zusammentreffen zufällig gewesen sein, dann setzte dies paradoxerweise erst recht eine Art waltendes Geschick voraus. Der Gedanke machte mir den Kopf schwindeln, und in diesem Augenblick mußte ich plötzlich an Barney denken, wie er sich rühmte, einen Gentleman umgebracht zu haben. Nach seinen eigenen Worten war dies etwa ein Jahr vor meiner Geburt geschehen. Wenn sein Handeln tatsächlich auf so rätselhafte Weise mit meinem Leben und dem meiner Familie verknüpft war, und wenn er als Handlanger der Clothiers arbeitete, konnte es da nicht sein, daß der Mord, den er angedeutet hatte, ebenjener ...? Nein, es war sicherlich verrückt, die Spekulationen so weit zu treiben! Und doch schien plötzlich alles miteinander in Beziehung zu stehen und sich zu einem Ganzen zu fügen.

Endlich war ich mir sicher: Mein Leben verlief nach einem Plan, nur war es nicht mein eigener Plan! Ich fragte mich: Wer hielt die Fäden der Verschwörung in der Hand, wer hatte sie gesponnen und warum? Da ich den Plan nun kannte, war ich dem Netz entronnen. Von jetzt an würde ich nicht mehr nur eine Schachfigur des Schicksals sein. Ich würde meinem Leben einen Sinn geben, und der Sinn war mein Verlangen nach Gerechtigkeit. Gerechtigkeit für meine Mutter, für meinen Vater, meinen Großvater und für mich selbst, und zwar im Kampf gegen jene, die uns Unrecht angetan hatten. Gegen Mrs. Fortisquince und deren lächelnde Hinterhältigkeit. Gegen die kaltherzigen und arroganten Mompessons. Und vor allem gegen Silas Clothier, bei dem die Fäden sicherlich zusammenliefen.

Jedenfalls wußte ich nun besser als zuvor, daß ich von hier fliehen mußte, und zwar noch heute nacht. Rasch stand ich auf und zog mich leise an. Ich ließ die feinen Kleider liegen, die Sally mir im Westend gekauft hatte, und entschied mich für die gebrauchten Sachen vom Sheperd's Market, da ich Barney nicht bestehlen wollte und es bereits bedauerte, den Mantel und die Stiefel mitnehmen zu müssen.

Sobald ich mich angezogen hatte, nahm ich die Stiefel in die Hand und sah mich, bevor ich die Kerze ausblasen wollte, noch einmal im Zimmer um. Es war nichts weiter mitzunehmen. Dann fuhr ich mit der Hand über meine Jackentasche und merkte entsetzt, daß sie leer war. Ich suchte den Boden ab, mußte aber endlich einsehen, daß mir alles – das Tagebuch meiner Mutter, die Abschrift des Kodizills, der Stadtplan und der Brief meines Großvaters – fehlte. Das also hatte Barney getan, als ich die Augen geöffnet und ihn wiedererkannt hatte! Das Tagebuch zu verlieren schien mir, als wolle man mir meine Mutter ein weiteres Mal rauben, und einen Augenblick lang überkamen mich Trauer und Wut. Den Verlust der anderen Dokumente fühlte ich im Moment nur wie einen dumpfen Schmerz, der mich vielleicht später übermannen würde, doch vorerst hatte ich nicht die Zeit, darüber nachzudenken. Ich blies die Kerze aus und ging.

Ich fragte mich, wie ich meine Flucht bewerkstelligen sollte, da die Tür zur Straße – einmal angenommen, sie war unbewacht – den einzigen Weg aus dem Haus darstellte, und zuvor mußte ich noch ungehindert an der Tür vom Flur zum Salon vorbei. Mit der vagen Absicht, so lange zu warten, bis alle eingeschlafen waren, schlich ich zurück auf den Posten im Zimmer über dem Salon und belauschte das Gespräch unter mir.

Offenbar hatte ich den Bericht über die Heldentaten des heutigen Abends verpaßt.

»So ist's richtig!« erhob sich Wills Stimme über das allgemeine Geheul und Gelächter.

»Die Stielaugen von den feinen Pinkeln hätte ich ja verdammt gern gesehen«, sagte Bob, »als Jack da so plötzlich aufgetaucht ist!«

Ich hörte die Korken knallen und den lauten Trubel einer lebhaften Feier. Die Zeit verging. Ich mußte auf der Hut bleiben, um das Geräusch etwaiger Schritte auf dem Treppengerüst nicht zu überhören, und durfte keinesfalls einschlafen, weil ich dann womöglich vornübergekippt und in das Zimmer unter mir gefallen wäre.

Man spielte Karten. Irgend jemand fiedelte auf seiner Geige herum, und ich sah tanzende Gestalten durch den Salon wirbeln. Träge schleppten sich die Stunden dahin, während unter mir getanzt, getrunken, gespielt und gestritten wurde. Sie prügelten sich zwischendurch sogar, und hin und wieder zeigten sich mir sekundenlang Bilder der hemmungslosesten Lasterhaftigkeit, an die ich mich auch nach der langen Zeit in diesem Haus noch keineswegs gewöhnt hatte.

Plötzlich schreckte mich Megs Stimme aus meinem Dämmern auf: »Hört mal, wie spät ist es eigentlich?«

»Kurz nach Viertel nach vier«, sagte Bob.

»Und wo bleiben Sam und Jack?« fragte sie.

»Hey, sie hat recht!« rief Barney. »Sie müßten schon längst dasein.«

»Irgendwas stimmt hier nicht!« schrie Sally.

In diesem Augenblick klopfte jemand an der Tür. Ich beugte mich vor, sah, wie Bob den Salon verließ, und hörte ihn kurz darauf rufen: »Wer ist da?«

Ich konnte die Antwort nicht verstehen, hörte aber Bob brüllen: »Es ist Jack!« Er öffnete die Tür, und die Erregung im Salon schwoll spürbar an.

Dann erhob sich plötzlich ein Stimmengewirr, und immer wieder vernahm ich die Rufe »Was ist passiert?« und »Wo ist Sam?«.

Über den allgemeinen Lärm hob sich Barneys Stimme: »Beruhigt euch! Ich hab nur auf Jack gewartet. Nicht auf Sam.«

»Was soll das heißen?« fragte Will.

»Jack und ich werden euch das gleich erklären«, antwortete er. »Ist eine verdammt interessante Geschichte, das kann ich euch sagen.« Dann hielt er plötzlich inne und rief gleich darauf: »Um Himmels willen, Jack, was ist denn mit dir passiert?«

Schlagartig war es still. Dann hörte ich Sally schreien und Jacks leise Stimme: »Ist schon in Ordnung, Kleine! Ich krepier schon nich.«

»Du bist ja voller Blut!« rief sie.

»Ich hab ein paar Schläge abgekriegt«, antwortete er.

»Was ist passiert, Jack?« fragte Barney besorgt.

»Wo ist Sam?« wollte Meg wissen.

»Und wo ist der Zaster?« drängte Bob.

»Sam kommt nicht mehr zurück, und den Zaster hab ich nicht. Den hat Pulvertaft geklemmt.«

Ein Aufschrei folgte seinen Worten, doch wie ein wütender Bulle brüllte Barney die anderen nieder, bis endlich Ruhe eingekehrt war und Jacks schwache Stimme erneut zu hören war.

»Laßt mich erst mal wieder zu Atem kommen«, sagte Jack erschöpft. »Erzähl ihnen inzwischen, was wir vorher schon gewußt haben, Barney!«

Er kam in mein Blickfeld, als er sich mit Sallys Hilfe auf das Sofa niederließ. Sally, die sich neben ihn setzte, hielt etwas in ihrer Hand, das sie nun auf den Boden fallen ließ, um ihrem Geliebten das Blut aus dem Gesicht zu wischen.

»Seht ihr«, begann Barney, »Jack und ich wußten etwas, das wir vor euch geheimhalten mußten. Sam war Pulvertafts Spion.«

Ein allgemeiner Tumult war die Antwort auf diese Enthüllung. Ich mußte daran denken, wie Sam sich damals von uns abgesetzt hatte, als er und Sally mit mir ins Westend gefahren waren.

»Was willst du damit sagen?« rief Bob. »Und was war dann mit Nan?«

»Nichts. Sie hat nichts ausgefressen«, sagte Barney. »Wir haben euch alle nur in dem Glauben gelassen, daß sie es war.«

»Du meinst, ihr habt uns angelogen, Jack und du?« fragte Will.

»Stimmt, und Sam auch. Nur, er hat natürlich gewußt, daß sie's nicht gewesen ist, weil er's ja war. Aber er hat nicht geahnt, daß wir das auch gewußt haben.«

»Das versteh ich nicht!« rief Sally, und auch die anderen ließen erkennen, daß sie verwirrt waren.

»Erinnert ihr euch noch an den Tag«, fragte Barney, »an dem uns der Junge die Nachricht vom Katzenfuttermann gebracht hat? Seit damals wußten wir, daß uns einer verpfiffen hat.«

Als die Bande bei dieser Erinnerung aufjohlte, versuchte ich zu erkennen, was Sally fallen gelassen hatte, und war schließlich überzeugt, daß es sich um das Tagebuch meiner Mutter handelte.

»Bald danach hat Jack dann spitzgekriegt«, fuhr Barney fort, »daß Sam der Spitzel war. Erzähl's ihnen, Jack!«

»Na, Sally hat mich drauf gebracht. Sie hat mir irgendwann erzählt, daß sie Jack gesehen und der sich mit einem Glatzkopf mit Holzbein unterhalten hat.«

Das also war die Erklärung für jenes Gespräch zwischen Barney und Jack, das ich mit angehört hatte und bei dem Jack Barney erzählte, daß Sally ihm, ohne es zu ahnen, etwas äußerst Wichtiges gesagt habe.

Ich blickte Sally an und war überrascht, daß sie bei diesen Worten zusammenzuckte und Jack erstaunt anstarrte.

»Latte!« hörte ich jemanden rufen, der damit natürlich jenen Mann meinte, den ich unter dem Namen Blueskin gekannt hatte und der vor meinen Augen aufgehängt worden war.

»Ganz genau«, bestätigte Barney. »Also hab ich dich gefragt, Sal, und du hast zugegeben, daß es stimmt.«

Sally starrte ihn an und nickte dann langsam.

»Da wußte ich dann, daß Sam der Spitzel war«, fuhr Barney fort.

»Und um auf Nummer Sicher zu gehen«, sagte Jack, »hab ich mich dann an seine Fersen geheftet und seh ihn, wie er unten in Old Mint in Pulvertafts Kaschemme geht. Ich bin zurück, hab Barney davon erzählt und ...«

»Ich und Jack«, unterbrach ihn Barney, »haben dann überlegt, wie wir Sam loswerden können, ohne daß Pulvertaft gleich Wind davon kriegt, daß wir ihm auf die Schliche gekommen sind. Denn nur so konnten wir verhindern, daß er unsere Pläne für die Schose durchkreuzte. Also haben wir beschlossen, Sam einen Bären aufzubinden und ihn in dem Glauben zu lassen, daß wir Nan für den Spitzel hielten.«

Hätte ich damals auch noch das Ende des Gesprächs zwischen Jack und Barney belauschen können, dann hätte ich gehört, wie sie Sam davon überzeugen wollten, daß Nan der Spitzel sei. Und wahrscheinlich hatte Sally ihnen einfach nur geholfen, Nan in Verdacht zu bringen, weil sie so eifersüchtig war. Dabei war mir natürlich die ganze Zeit über klar, daß Jack und nicht Sam Pulvertafts heimlicher Komplize war.

»Also hat Nan überhaupt nichts verbrochen?« fragte Will wütend.

»Richtig«, erwiderte Barney. »Danach haben wir beide Sam eingeredet, wir seien jetzt ganz sicher, daß wir Pulvertafts Spion endlich los sind. Und um Pulvertaft reinzulegen, würden wir nun den Termin für die Schose um eine Woche vorverlegen. Aber eigentlich war die Sache von vornherein abgekartet. Wir wollten Sam nur davon überzeugen, daß wir in dem Glauben waren, Pulvertaft eins auszuwischen. Irgendwie würde er ihm das schon erzählen, daran hatten wir gar keinen Zweifel.«

»Aber wann hat Sam denn eine Gelegenheit dazu gehabt?« fragte Meg.

»Sag's ihr, Sal!« befahl Barney.

Sie schwieg.

»Sal hat mir erzählt«, sagte Jack, »daß Sam sich abgesetzt hat, als sie mit dem Jungen unterwegs waren, um neue Klamotten zu kaufen. Hab ich recht, Sal?«

Sie nickte. Aus ihrem Gesicht war alle Farbe gewichen.

»Also wußten wir«, erklärte Barney weiter, »daß Pulvertaft versuchen würde, uns den Zaster abzujagen, sobald wir ihn in den Fingern hatten. Sam war ziemlich scharf darauf, die Moneten gleich mit Jack in die Bude in der Thrawl Street zu bringen, also dachten wir uns, daß Pulvertaft ihn bestimmt entweder auf dem Weg dahin in einen Hinterhalt locken oder dann im Haus auf sie warten würde.«

»Richtig«, sagte Bob, »so hätte ich's an Pulvertafts Stelle auch gemacht. Mir den Zaster von Jack und Sam genau dahin bringen lassen, wo ich ihn haben will, und mich dann mit ein paar Kumpeln über sie hermachen.«

»Du hast es kapiert, Bob«, stimmte Barney ihm zu. Dann schwieg er einen Augenblick, ehe er sagte: »Und deshalb haben Jack und ich beschlossen, daß wir Sam schon vorher um die Moneten erleichtern mußten.«

»Was ist also passiert, Jack?« fragte Will.

»Sam und ich waren gerade raus aus der Hölle und auf der engen Gasse vom Bedford Court zum Bedford Bury, da zieht er sein Messer und will mich abstechen. Aber ich hatte meine Taschenpistole schon im Anschlag, weil ich mit so was gerechnet hab, und dann hab eben ich ihn kaltgemacht.«

Die Bande schwieg wie betäubt.

Plötzlich schrie Sally gellend auf, und der Schrei war so grauenhaft, daß sich mir das Nackenhaar sträubte. Natürlich, sie hatte Sam geliebt.

»Jetzt stell dich nicht so an, Sal!« sagte Barney bedrückt. »Ich hab dir doch gesagt, daß wir keine Wahl hatten.«

Sally vergrub ihr Gesicht in den Händen, und als Jack sie umarmen wollte, rückte sie von ihm ab.

»Nun sieh doch, Sal«, sagte er, »ich konnte nicht länger damit warten. Er hätte doch das gleiche mit mir getan, wenn ich ihm die Chance gegeben hätte!«

Die anderen murmelten zustimmend. Sally wurde ermahnt, sich nicht so gehenzulassen, und der eine oder andere Kommentar ließ durchblicken, daß Jacks Verdacht, ihre Gefühle gälten eigentlich Sam, durch ihr jetziges Verhalten neu genährt würde. Dennoch blieb Sally verzweifelt und untröstlich.

»Was ist dann mit dem Zaster passiert, Jack?« fragte Barney.

»Ich hab zu lange gebraucht«, sagte Jack reumütig. »Sofort nach dem Schuß kam Pulvertaft mit einem seiner Schläger um die Ecke. Ich hatte keine Zeit mehr, die Pistole neu zu laden; sie fielen gleich über mich her. Sie zogen mir eins über den Schädel, rissen mir den Sack aus der Hand und sind auf und davon.«

Diese Phase des Berichts wurde mit großem Mitgefühl aufgenommen, denn Jacks Aussehen ließ keinen Zweifel daran, daß man ihm übel mitgespielt hatte.

Die Stimmung war mittlerweile ziemlich düster, und als die Bande allmählich begriff, daß man sie nach all ihren Mühen im letzten Moment doch noch hereingelegt hatte, trank man nicht nur, sondern versuchte sich mit jedem Schluck gleich auch noch gegen die aufkeimende bittere Enttäuschung zu wappnen. Zwistigkeiten, die man während der gemeinsamen Unternehmung unterdrückt hatte, kamen nun zum Ausbruch, und es gab heftige Streitereien, von denen einige zu regelrechten Prügelszenen ausarteten. Das meiste von dem, was dort unten vor sich ging, mußte ich mir von den Geräuschen her zusammenreimen, doch einmal sah ich, daß Sally, die neben Jack auf dem Sofa gesessen hatte, sich erhob, um seinen Umarmungsversuchen aus dem Weg zu gehen.

Ich hatte mich schon lange gefragt, zu welch üblen Verbrechen diese Menschen wohl fähig waren, und nun waren meine schlimmsten Befürchtungen noch übertroffen worden. Kaltblütiger Mord aus bloßem Profitdenken und schierem Eigennutz – die Ermordung eines Freundes und Kumpanen, wie verräterisch auch immer er gewesen sein mochte, rechtfertigte mein schlimmstes Mißtrauen. Ich mußte von hier fort, und wenn ich mein Leben dabei aufs Spiel setzen würde.

Einige Stunden später ließen die Geräusche aus dem Salon vermuten, daß meine ehemaligen Gefährten in trunkenen Schlaf versunken waren. Dies war der Augenblick, auf den ich gewartet hatte: Die Haustür war unbewacht, und im Schutz der Dunkelheit wollte ich den Flur und die Tür zum Salon ungesehen passieren, denn die Morgendämmerung war an diesem späten Dezembertag noch nicht angebrochen.

Ich kletterte das Treppengerüst hinunter – ohne Licht keineswegs eine leichte Sache – und schlich mit angehaltenem Atem an der Salontür vorbei. Das Schnarchen und betrunkene Gemurmel ließen vermuten, daß die Bewohner des Hauses nun bunt gemischt auf den Teppichen und in den Sesseln lagen, wie ich es zuvor schon so oft gesehen hatte.

So leise wie nur irgend möglich begann ich, die Schlösser und Ketten zu öffnen, mit denen man die Haustür gesichert hatte. Ich war etwa mit der Hälfte von ihnen zurechtgekommen, als plötzlich – es war so dunkel, daß ich kaum sehen konnte, was ich tat – eine große Kette nebst Vorhängeschloß mit solch entsetzlichem Getöse auf den Boden fiel, daß der Lärm über die leeren, teppichlosen Flure und durch alle Zimmer des Hauses zu hallen schien. Ich stand wie angegossen. Noch waren zu viele Riegel und Ketten ungeöffnet, als daß ich alle Vorsicht einfach hätte aufgeben, die Tür aufreißen und fliehen können, so gern ich dies auch getan hätte.

Vor Schrecken starr, erwartete ich mein Geschick. Doch wie erstaunt war ich, als niemand aus dem Salon kam, um mich zu fragen, was ich an der Tür zu schaffen hätte. Ich war gerade zu dem Schluß gekommen, daß das Getöse in meinen Ohren wohl lauter geklungen hatte, als es tatsächlich gewesen war, da glaubte ich, ein leises Rascheln zu hören, kaum lauter als das Geräusch einer vorbeihuschenden Ratte. Ich hielt den Atem an, solange ich es vermochte, doch als ich nichts mehr hören konnte, entschied ich, in meinem Tun fortzufahren, öffnete rasch die letzten Schlösser und stieß die Tür auf.

Einen Augenblick später war ich draußen in der kalten Nachtluft. Ich zog die Tür hinter mir zu, damit meine Flucht möglichst lange unentdeckt blieb, eilte die ungepflasterte Straße entlang und sah mich immer wieder um. Als ich zur ersten Biegung der gespenstischen Straße kam, blickte ich ein letztes Mal zurück und hatte den Eindruck, die Tür geöffnet und auf den Stufen eine kleine Gestalt erkennen zu können. Doch es war noch zu dunkel, als daß ich mit Sicherheit hätte ausschließen können, daß es nur ein Schatten war, und so eilte ich um die nächste Kurve.

In sicherer Entfernung blieb ich noch einmal stehen, um mir meine Stiefel anzuziehen. Als ich mich wieder aufrichtete, sah ich vor mir ein hölzernes Schild, auf dem zu lesen stand: GRUNDSTÜCK AN BAUHERRN zu verpachten. ANFRAGEN AN MR. HALDIMAND, THE WEST LONDON BUILDING SOCIETY. Das war die Gesellschaft, welche die Digweeds um ihre Ersparnisse gebracht hatte und die auch – davon war ich überzeugt – in jene Spekulation verwickelt war, die meine Mutter in den Ruin getrieben hatte. Vielleicht war sogar das Haus, aus dem ich soeben geflohen war, eines der Häuser, die mit ihrem Geld gebaut worden waren. Zufälle über Zufälle. Ich hatte jedoch keine Zeit, jetzt weiter darüber nachzudenken, und machte mich eilig auf den Weg.

68. KAPITEL

Ich ging in nordwestlicher Richtung und hatte bald die leeren Straßen des halbbebauten Ödlandes hinter mir gelassen, überquerte die Vauxhall Bridge Road, eilte die Rochester Row entlang und tauchte mit einem Gefühl der Erleichterung im vertrauten Straßengewirr rund um die Orchard Street in Westminster unter. Zuerst sah ich mich noch oft um, und ein- oder zweimal glaubte ich auch, im Schatten eines Hauses eine Gestalt wahrzunehmen, die zur Bewegungslosigkeit erstarrte, sobald ich mich umdrehte, doch dann wurden die Straßen trotz der frühen Morgenstunde so belebt, daß mir ein Verfolger nicht mehr aufgefallen wäre.

Als ich durch den St. James' Park eilte, der zu jener Zeit nur ein sumpfiges Feld mit einer verfallenen chinesischen Brücke über dem Dutch Canal war, wandte ich mich noch einige Male um, vermeinte aber nur die dunklen Schatten der Parkfrauen zu sehen, jene elenden Geschöpfe, deren entstellte Züge es ihnen nur im Schutz der Dunkelheit unbeleuchteter Parkanlagen erlaubten, ihrem Gewerbe nachzugehen.

Ich wußte instinktiv, daß es für mich nur in der übervölkerten Metropole Sicherheit geben konnte, doch wohin ich eigentlich gehen sollte, hatte ich mir noch nicht überlegt. Und so eilte ich vorbei an den mächtigen Umrissen des Carlton House Palace zu meiner Linken, der schon seit fünf Jahren leer stand und darauf wartete, abgerissen zu werden, ging an dem großen neuen Platz vorbei, der gegenüber dem Northumberland House auf dem Gelände der Old Royal Mews angelegt wurde, und hielt stetig auf die rosa- und orangefarbene Morgendämmerung zu, die sich über der City ausbreitete: ein wunderschönes, doch auch besorgniserregendes Schauspiel, wußte ich doch, daß es mich vor noch kälteren Tagen warnte.

Ich war zwar überaus erleichtert, jenem halbfertigen Haus und seinen Bewohnern entronnen zu sein, trotzdem war meine Lage verzweifelt. Ich hatte Hunger, aber keinen Penny in der Tasche, und die Kleider, die ich trug, würden sich kaum gegen billigere Sachen eintauschen lassen, abgesehen vielleicht von dem Mantel und den Stiefeln, doch die brauchte ich, um mich gegen die Dezemberkälte zu schützen. Das Obdachlosenheim am Playhouse Yard, das nur die Tore öffnete, wenn die Temperatur unter Null sank, würde wohl schon Leute aufnehmen, doch um dort hineinzukommen, brauchte ich einen Einlaßschein.

Als die fahle Sonne aufging, stand ich plötzlich, ohne recht zu wissen, wie ich hergelangt war, auf dem naßkalten, lauten kleinen Platz nahe der Fleet

Street, wohin ich meiner Mutter vor etwas mehr als einem Monat gefolgt war. Ich erinnerte mich noch sehr genau an jenen Tag – den unglückseligen 13. November –, aber ich war mir nicht sicher, welches Datum wir heute schrieben. Ich starrte auf den häßlichen, langgestreckten Erdhaufen, unter dem meine Mutter begraben lag, und fragte mich, wie bald ich wohl an ihrer Seite liegen würde. Schließlich schreckte mich jedoch der Gedanke, daß ich zuvor noch etwas zu erledigen hatte, aus solchen Betrachtungen auf, und gegen Mittag verließ ich mit schleppenden Schritten den Platz.

Den ganzen Nachmittag lang wanderte ich ziellos durch die Straßen, zitterte vor Kälte und humpelte auf wunden Füßen, da mir die Stiefel nur schlecht paßten. Ich brachte es nicht über mich zu betteln, ging aber immerhin so weit, diejenigen Passanten, die mir ein freundliches Gesicht zu haben schienen, bittend anzustarren. Aber niemand blieb stehen, um mir Geld zu geben, und ich begriff, daß ich die Menschen direkt ansprechen mußte, wollte ich unter all den aufdringlichen und erfahrenen Bettlern mit Wohltätigkeiten rechnen. Doch dazu konnte ich mich nicht durchringen.

Ich überlegte, wen ich wohl um Hilfe bitten konnte: Mrs. Fortisquince und die Mompessons kamen eindeutig nicht mehr in Frage. Sie würden mir nicht helfen; und überhaupt wäre ich lieber gestorben, als daß ich sie um etwas gebeten hätte. Miss Quilliam, die sowieso kaum Möglichkeiten hatte, mir beizustehen, war in Paris. Und nachdem ich Barney wiedererkannt hatte, konnte ich mir auch von einem Treffen mit Mrs. Digweed kaum noch etwas Gutes versprechen. Damit blieb nur noch Henry Bellringer übrig, doch da ich wußte, wie mittellos er selbst war, konnte ich mich nicht überwinden, ihn aufzusuchen. Außer ihm gab es nun wirklich niemanden mehr. Oder sollte ich es wagen, Mr. Escreet aufzusuchen? Bestimmt nicht, nachdem er meine Mutter so unhöflich empfangen und sie es mir ausdrücklich verboten hatte! Außerdem wußte ich ja nicht einmal, wo das Haus lag.

Nachts versuchte ich, in den Eingängen und auf den Treppenstufen der Häuser in der Drury Lane und ihrer Umgebung zu schlafen, wurde aber immer wieder mit Fußtritten und unter Flüchen vertrieben. Verzweifelt und immer auf der Hut vor Hausmeistern und Nachtwächtern, begann ich am nächsten Tag zu betteln und streckte den Passanten mit bittenden Worten meine Hand entgegen. Schon nach wenigen Minuten hüpfte ein Krüppel, dessen Beine zwischen zwei Krücken baumelten, wie ein Spatz über den Bürgersteig auf mich zu. Einige Schritt vor mir blieb er stehen, stützte sich auf eine Krükke und zielte, noch ehe ich seine Absicht ahnte, mit der anderen nach meinem Kopf. Ich duckte mich, doch sein schmerzhafter Hieb erwischte mich an der Schulter.

»Ich hab mir diese Strecke gekauft!« schrie er. »Außerdem zahl ich Provision, damit ich hier arbeiten kann. Und jetzt hau ab!«

Als ich an einer anderen Stelle zu betteln versuchte, machte ich ähnliche Erfahrungen und erfuhr so, daß alle guten Straßen von Polizei und Straßenwächtern kontrolliert wurden, die sie an die Bettler verpachteten.

»Versuch's unten beim Garten!« sagte ein Passant, der sah, wie ich von einer robusten Bettlerin vertrieben wurde. »Da treiben sich die Jungs in deinem Alter herum.« Und als er mein verständnisloses Gesicht sah, fügte er noch hinzu: »Unten, beim Covent Garden.«

Ich folgte seinem Rat, und gegen Abend traf ich dort ein. Der Markt war bereits vorbei, und zwischen den wenigen alten Frauen, die noch auf umgekippten Körben saßen und Erbsen enthülsten, fegten die Marktleute den Platz, um sich dann auf den Heimweg zu machen. Zurück blieben die Spuren des Tagesgeschäfts: Stroh, Sägespäne, zerbrochene Kisten und ähnliches mehr. Jetzt entdeckte ich auch zahlreiche zerlumpte Jungen, die unter dem Abfall nach verfaultem Obst und Gemüse suchten. Als ich es ihnen gleichtun wollte, riefen sie mir zu, ich solle verschwinden, doch einer der Jungen – er war ein oder zwei Jahre jünger als ich und hatte einen verkrüppelten Arm, der nutzlos an seiner Seite baumelte – sagte: »Laßt ihn in Ruhe!«

Danach achteten sie nicht weiter auf mich, und ich fand ein paar Äpfel und eine Tomate, die teilweise noch eßbar waren. Plötzlich jedoch schreckten meine neuen Gefährten auf und liefen in alle Richtungen davon.

Der Junge, der zuvor schon freundlich zu mir gewesen war, rief: »Verdrück dich! Der Marktgendarm!«

Ich sah die imposante Gestalt des Marktgendarmen mit seinem Amtsstab, dem Dreispitz und den goldenen Epauletten um die Ecke einer Budenstraße kommen und rannte davon.

Ich bog in die nächste Straße ein, aber alle Jungen waren verschwunden. Plötzlich tauchte jedoch ein Kopf unter einem verlassenen Marktstand auf, und jemand zischte: »Hier rein!«

Ich warf mich zu Boden, rollte unter den Stand und vergrub mich im Heu. Mein Retter war der Junge mit dem verkrüppelten Arm, und während wir in unserem Versteck darauf warteten, daß der Gendarm wieder verschwand, sagte er mir, sein Name sei Luke.

»Seit wann gehörst du zu den Straßenläufern?« fragte er.

»Erst seit ein paar Tagen. Und du?«

»Schon solang ich denken kann. Seit ich bei meinem Meister durchgebrannt bin, wenn man die drei Monate nicht mitzählt, die ich absitzen mußte, weil ich einen Bäcker in Bishopsgate um zwei Brötchen und acht Plätzchen erleichtert hab. Zweimal ausgepeitscht haben sie mich auch noch! Damals hab ich im Ziegelfeld bei Hackney gehaust. Und davor hatte ich eine unmöblierte Bleibe unter den Bögen der Waterloo Bridge, aber da ist es verdammt ungemütlich.«

»Was ist mit deinen Eltern?« fragte ich, während wir uns vorsichtig hinauswagten und unser Stöbern wiederaufnahmen.

»Weiß nich, keine Ahnung. Der erste, an den ich mich erinnern kann, ist der Schornsteinfeger unten in Lambeth, bei dem war ich Lehrjunge. War in Ordnung; nur 'n paar Schornsteine waren verdammt eng. Aber dann ist mein Meister abgekratzt, und als Teil vom Geschäft bin ich gleich an seinen Sohn weitervererbt worden. War 'n Säufer, hatte keine Ahnung von der ganzen Sache. Außerdem ziemlich wüst. Einmal hat er mir den Arm gebrochen, so hat er mich verprügelt, und weil keiner den Arm geschient hat, ist er jetzt nich mehr zu gebrauchen. Irgendwann bin ich dann abgehauen.«

Ich erzählte ihm daraufhin ein wenig von meiner Geschichte und verschwieg ihm auch nicht, daß ich keinen Penny in der Tasche hatte.

»Ich möcht wetten, daß ich dafür was krieg«, sagte er und zeigte auf den Ring, den Henrietta mir gegeben hatte.

Ich konnte ihm nicht recht glauben und warnte ihn, daß der Ring nur ein oder zwei Penny wert sei, doch für ein Stückchen Brot gab ich ihn dann trotzdem her – gab ihn ohne einen Augenblick des Bedauerns aus der Hand.

Luke verschwand. Ich rechnete nicht damit, ihn jemals wiederzusehen, und nahm, wenn auch mit geringem Erfolg, das Stöbern wieder auf. Gegen Mitternacht, als ich sah, daß die meisten Händler und Wagenknechte vom Land bereits unter ihren Fuhrwerken schliefen, zugedeckt mit einem Berg von Decken und Mänteln, fragte ich mich verzweifelt, wo ich die Nacht verbringen sollte. Da knuffte mich jemand in die Rippen.

»Da bist du ja!« Luke grinste und hielt mir zwei Fleischpasteten und ein paar Würste unter die Nase.

»Hast du ihn verkauft?« fragte ich und nahm eine Pastete. »An wen?«

Er nickte, biß in die andere Pastete und deutete damit an, daß unser Gespräch bis auf weiteres verschoben sei. Nachdem wir gegessen hatten – die Würste sparten wir uns fürs Frühstück auf –, schlug er vor, daß wir uns für die Nacht einen leeren Wagen suchen sollten.

»Es wird wohl ziemlich kalt heute nacht?« fragte ich.

»Mir wird nie kalt«, sagte er. »Ich wickle mich immer in den Tiser. Weiß nich warum, aber der ist einfach der beste.« Bei diesen Worten suchte er unter den fortgeworfenen Zeitungen, bis er schließlich eine aufhob: »Ich kenn den Tiser immer wegen der Katze und dem Pferd, die vorne drauf sind.«

Etwas verwirrt blickte ich auf die Zeitung und erkannte den Löwen und das Einhorn im Titelkopf der Zeitung. Ich folgte Lukes Rat, doch selbst der »Morning Advertiser« konnte nicht verhindern, daß ich eine schlaflose Nacht verbrachte. Meine Gedanken waren so bitter wie die Kälte. Wenn ich auf diese Weise leben mußte, dann wollte ich lieber überhaupt nicht mehr leben. Und doch mußte ich weiterleben, wenn ich meine Feinde der Gerechtigkeit überantworten wollte. Henry Bellringer, so arm er auch sein mochte, war nun meine letzte Hoffnung. War es denn nicht vertretbar, ihn jetzt, wo ich halb am Verhungern war, schon um seines Halbbruders willen um Hilfe anzuflehen?

Als hinter der düsteren Kuppel von St. Paul's ein blasser, nebliger Tag heraufdämmerte, hatte ich meine Bedenken überwunden. Ich verabschiedete mich von Luke, machte mich auf den Weg zu Henrys Wohnung und biß unterwegs in meine Frühstückswurst.

Direkt an der Ecke Chancery Lane und Cursitor Street traf ich unvermittelt auf ein bekanntes Gesicht. »Justice!« rief ich, und der alte Mann wandte mir seine blinden Augen zu. Er erinnerte mich an ein Tier, das sich witternd seinen Weg sucht.

Justice hatte sich kein bißchen verändert. Über der Schulter trug er jetzt allerdings einen ledernen Beutel, und von seinem vierbeinigen Begleiter fehlte jede Spur.

Er lächelte, als ich auf ihn zulief: »Ich erkenn dich an deiner Stimme, Master John. Das ist der Vorteil, wenn man schon so lange blind ist wie ich.«

Ich erinnerte mich an eine Geschichte, die ich von Barneys Kumpanen gehört hatte, und fragte ihn: »Waren Sie denn schon immer blind? Oder hat man Sie als Kind geblendet, um einen Bettler aus Ihnen zu machen?«

Er kicherte: »Erzählt man sich das von mir? Nein, ich hab mein Augenlicht im Gefängnis verloren, als ich bei der kargen Kost und in dem ewigen Dämmerlicht schreckliches Fieber bekam. Die Schließer haben mir dann den Spitznamen Blind Justice, blinde Gerechtigkeit, verpaßt, weil sie meinten, ich sei so blind wie Justitia.«

»Aber die Gerechtigkeit ist doch nicht blind!« widersprach ich unwillkürlich, denn was er mir erzählt hatte, beunruhigte mich. »Man hat ihr nur die Augen verbunden, um zu zeigen, daß sie ganz unparteiisch ist.«

»Was du nicht sagst!« erwiderte er mit einem sanften Lächeln.

Plötzlich fiel mir wieder ein, daß mir Mr. Pentecost erzählt hatte, der alte Bettler habe sein Augenlicht für seine Prinzipien geopfert, und verwirrt versuchte ich, diese beiden Erklärungen miteinander in Übereinstimmung zu bringen.

»Und wie geht es Ihnen? Wo ist Wolf?«

»Nun, ich sammel für ihn.« Er klopfte auf seinen Beutel. »Ich dreh jetzt jeden Tag meine Runden. Die Leute kennen uns schon, Wolf und mich, und sie geben mir immer ein paar Reste für den alten Hund mit. Er bringt eben das Gute in den Menschen zum Vorschein.« Er hielt inne, und ich hätte beinahe geschrieben, daß der Alte mich aufmerksam ansah, würde dies nicht allzu absurd klingen. Dann fuhr er fort. »Ich merk schon, du fragst dich, warum ich gesessen hab. Nun gut, ich werd's dir erzählen, weil du ein Freund von Mr. Pentecost bist. Als junger Mann – ach, das ist wohl an die dreißig Jahr her, damals fingen gerade die Französischen Kriege an –, als junger Mann also war ich mit ein paar Gleichaltrigen, Lehrlingen und Wanderburschen, so wie ich selbst einer war, in einer Radikalen Gesellschaft. Wir haben uns nur hin und wieder getroffen und davon geredet, daß wir uns eines Tages wie die Franzosen erheben wollten, aber unter uns gab's einen Regierungsspitzel, einen Gentleman, der so tat, als wär er genauso radikal wie wir. Eigentlich sogar noch radikaler. Vielleicht war er das ja auch, und man hat ihn gezwungen, als Spitzel zu arbeiten. Wer weiß schon, warum ein Mensch macht, was er macht? Das weiß er doch manchmal selbst nicht. Aber wie dem auch sei, jedenfalls hat er uns verpfiffen. Wir wurden alle verhaftet, vor den Kronrat gestellt und wegen Landesverrat verurteilt. Beim Prozeß hat er nichts als Lügen erzählt, der Spitzel, aber jedes Wort haben sie ihm geglaubt. Zwei von uns haben sie gehängt, die anderen wurden verschifft, wollt sagen: deportiert. Ich hab sieben Jahre auf den Gefängnisschiffen in Gravesend gekriegt, aber nach drei Jahren wurde ich auf Bewährung entlassen, weil ich blind geworden bin. Aber weißt du, was wirklich komisch ist? Vor einiger Zeit hab ich gedacht, ich hätt die Stimme dieses Spitzels wiedergehört. Das war damals, als ich dich zusammen mit Mr. Pentecost getroffen hab.«

Ich schwieg einen Augenblick lang. Jetzt verstand ich, was Mr. Pentecost mit seiner Bemerkung über die Prinzipien des alten Mannes gemeint hatte.

Dann sagte ich: »Mr. Pentecost soll tot sein, hab ich gehört.«

Der alte Mann seufzte und schüttelte den Kopf: »Der freundlichste

Mensch, den ich je gekannt hab.«

»Wo wohnen Sie denn jetzt?«

»Ach, um die Wahrheit zu sagen, ich hab keine feste Bleibe mehr. Manchmal zahl ich meine zwei Penny für eine Übernachtung, doch meistens schlaf ich unter freiem Himmel. Und du? Immer gesund und munter? Und deiner Mum? Geht's ihr gut?«

»Ja«, sagte ich nur. Und um ihn von weiteren Fragen abzulenken, vielleicht aber auch noch aus einem anderen Grund, sagte ich: »Hier, nehmen Sie die halbe Wurst für Ihren Wolf mit!«

Er zögerte, und dann sagte er leise: »Ich kann dich nicht anlügen, Master John, schon um Mr. Pentecosts willen nicht. Der alte Wolf ist tot.«

Ich hielt ihm immer noch die Wurst hin, faßte mich wieder und sagte: »Nehmen Sie sie trotzdem!«

Er nahm die Wurst, wir verabschiedeten uns, und ich machte ich mich auf den Weg zum Barnards Inn. Als ich diesmal versuchte, mich am Pförtner vorbeizuschleichen, war ich allerdings nicht schnell genug. Er stürzte aus seiner Loge hervor und packte mich am Kragen: »Und wo wollen wir denn hin, mein Junge?«

»Ich bin ein Freund von Mr. Henry Bellringer. Ich will ihn besuchen.«

»Ach so, du bist also ein Freund von Mr. Henry Bellringer und willst ihn besuchen«, äffte er mich nach und schüttelte mich dabei heftig. »Da mußt du mich aber erst überzeugen, mein Jungchen, daß er dich überhaupt sehen will. Vielleicht hättest du ja die Güte, ihm deine Karte aufs Zimmer zu schikken.«

»Würden Sie ihm vielleicht sagen, daß ich ...«

»Was? Glaubst du denn, ich bin dein Botenjunge? Bist du völlig närrisch?«

»Aber wer soll ihm denn dann Bescheid sagen?«

»Da gibt's niemanden außer mir. Aber heute ist Donnerstag, nicht wahr? Dann kommt seine Waschfrau noch. Wenn ihr danach ist, überbringt sie ihm vielleicht deine Nachricht.«

Also bezog ich meinen Posten auf der kalten Straße, während der Pförtner vor einem gemütlichen Feuer seine Zeitung las und ab und zu aus dem Fenster zu mir herübersah.

Nach einigen Stunden kam eine häßliche alte Frau, die einen mächtigen Wäschekorb auf ihrem Kopf balancierte. Unter ihrer schmutzigen Haube lugten rote Haarsträhnen hervor, und in ihrem Mund steckte eine Tonpfeife.

»Das is sie«, sagte der Pförtner und sah dabei aus dem Fenster.

»Würden Sie Mr. Bellringer bitte eine Nachricht von mir überbringen?« fragte ich sie.

Sie starrte mich mißgelaunt an: »Was krieg ich dafür?«

»Ich hab nichts«, sagte ich. »Aber ich bin sicher, daß Mr. Bellringer Ihnen seine Dankbarkeit zeigen wird.«

»Der?« höhnte sie. »Dankbarkeit ist auch alles, was der mir gibt.« Und dann: »Nu sag schon! Was is es?«

»Sagen Sie ihm bitte, daß ihn Stephens Freund John sehen möchte.«

Sie nickte kurz und ging ins Haus.

Stunde um Stunde schleppte sich dahin, während ich in der Kälte wartete und immer heftiger fror. Ich ging vor der Pförtnerloge auf und ab, schlug die Arme um mich und versuchte, mich warm zu halten.

Endlich kam die alte Frau wieder heraus. »Was, bist du immer noch hier?« rief sie.

»Was hat er gesagt?«

Sie sah mich scheel an und sagte: »Er war nicht da. Er mußte ganz plötzlich weg.«

»Wie lange wird er fort sein?«

Sie blickte zum Pförtner, der uns grinsend durch das Fenster beobachtete. »Weiß nich, ein paar Wochen, glaub ich.«

Sie warf mir diese Worte über die Schulter zu, während sie sich bereits mit dem Korb auf dem Kopf wieder auf den Weg machte.

Der Pförtner schob das Fenster auf: »Hab ich mir doch gleich gedacht. Und du brauchst auch erst gar nicht wiederzukommen, verschwendest doch nur deine Zeit.«

Mutlos lief ich die Straße hinunter, ohne zu wissen, wohin ich mich nun wenden sollte. Inzwischen war es später Nachmittag geworden, und es schneite. Ich wagte nicht, mir noch eine Nacht im Freien und mit leerem Bauch vorzustellen, und sosehr mir auch sonst alles vor den Augen verschwamm, so stand ein Gedanke doch immer deutlicher vor mir. Da mir alle anderen Wege versperrt waren, zwang mich das Schicksal geradezu, gegen das deutliche Verbot meiner Mutter zu handeln: Ich mußte das alte Haus meines Großvaters suchen und mich der Gnade von Mr. Escreet ausliefern. Außerdem hatte ich ihr ja nicht mein Wort gegeben, nicht hinzugehen. Die Frage war nur, ob ich das Haus auch finden würde.

Mit letzter Kraft machte ich mich auf den Weg nach Charing Cross. Trotz der Kälte war es ein schöner Abend; am westlichen Horizont färbte die untergehende Sonne den Himmel leuchtend blau, und dort, wo sich ihre Strahlen an den dünnen, wie Gaze aussehenden Wolken brachen, schimmerte das Licht sanft purpurfarben. Der leichte Nebel ließ die Gebäude zu einem einzigen grauen Schatten verschmelzen, in dem ihre einzelnen Umrisse kaum noch auszumachen waren.

Zuerst erreichte ich Northumberland Court, einen engen Schlauch mit kleinen Häusern, die man zwischen die Gärten der Northumberland Street und die rückwärtige Mauer des Herrenhauses gezwängt hatte. Diese Häuser waren für die Beschreibung meiner Mutter von Großvaters Haus zu klein. Vom Stadtplan her wußte ich, daß auch auf der anderen Seite noch einige Courts liegen mußten, also ging ich an dem prächtigen Haus aus der Zeit Jakobs I. vorbei und schlüpfte zwischen zwei hohen alten Gebäude hindurch in eine enge Hofeinfahrt. Der erste Court war Trinity Place, ein von schäbigen, niedrigen, in einzelne Mietwohnungen aufgeteilten Behausungen umstandener Platz. Ich ging weiter zum nächsten Court. Er war von den Rückseiten der Häuser des Trinity Place und dem Charing Cross umschlossen, und mir direkt gegenüber stand ein großes, altes Haus, das aussah, als wäre es lange vor den Häusern in seiner Nachbarschaft erbaut worden. Vor dem Gebäude war ein Bretterzaun, dahinter lagen Berge von Viehhäuten, und die Gerüche ließen darauf schließen, daß das Haus gegenwärtig von einem talksiedenden Lichtzieher bewohnt wurde. Es stimmte auf den ersten Blick mit der Beschreibung meiner Mutter überein, nur das Vestibül fehlte. Der Platz lag verlassen da, nur an der Hausecke lehnte ein Mann an der Mauer. Er trug eine speckige Kappe und rauchte gelassen eine langstielige Pfeife.

Mutlos ging ich an ihm vorbei, bog um die Hausecke und sah plötzlich vor mir an der Rückseite eines großen Gebäudes zwei gräßliche, in Stein gehauene, doch reichlich verwitterte Gesichter. Ich mußte daran denken, daß meine Mutter von den Steinmasken am Mitre Court gesprochen und sie mit den Figuren nicht weit vom Haus ihres Vaters verwechselt hatte. Dann war dies gewiß der Ort, den sie in ihrem Bericht beschrieben hatte! Ich wandte mich nach rechts und stand unvermittelt vor einem zweiten großen, alten Haus, das bislang vom ersten verdeckt worden war. Und dieses Haus hatte ein Vestibül!

Ich war so erschöpft, daß ich mich den Tränen nahe fühlte, als ich das Haus sah, in dem, wenn ich mit meiner Vermutung recht hatte, so vieles geschehen war. Es war ein mächtiges, verfallen und verlassen wirkendes Gemäuer, und ein rostiger Gitterzaun verwehrte den freien Zugang vom Platz her. Die Fensterscheiben waren zerbrochen, wo sie nicht mit Läden verschlossen waren, an den Wänden hingen die abgerissenen Regenrinnen herunter, und am Fuße der Mauern lagen heruntergefallene Dachziegel.

Ich ging zum Eingang, der als Vestibül – seine winzigen Fenster waren vor Schmutz schon lange erblindet – dem eigentlichen Haus vorgesetzt war. Von der uralten Tür war die Farbe bereits so stark abgeblättert, daß darunter das nackte Holz zum Vorschein kam. All meine Finger hätte ich in das eisenumrandete Schlüsselloch stecken können, so groß war es, und ungefähr in Augenhöhe war eine zweite, metallumschlossene Öffnung zu sehen, offenbar der Türspion. Auf einer Messingplatte stand in verwitterten, kaum noch lesbaren Lettern: NR. 17, doch das sagte mir nichts. Dann sah ich, daß der schwere eiserne Türklopfer die Form jener vertrauten vierblättrigen Rose hatte. Ich stand also zweifellos vor dem Haus, das ich suchte.

Ich hob den Klopfer an und ließ ihn wieder fallen. Als er gegen die Hammerplatte schlug, schien der Krach über den ganzen Court zu schallen. Ich wartete, doch nichts geschah. Ich klopfte noch einmal – mit dem gleichen Ergebnis. Schließlich hämmerte ich im Gedanken daran, daß auch meine Mutter lange hatte klopfen müssen, in wachsender Verzweiflung wieder und wieder gegen die Tür.

Endlich hörte ich ein schwaches Geräusch, zumindest glaubte ich eines zu hören. Dann hatte ich das Gefühl, jemand würde mich durch den Spion beobachten, doch als ich selbst hindurchspähte, konnte ich nichts entdecken.

Ich ging ganz dicht an die Tür heran und sagte, ohne mir meine Worte zu überlegen: »Ich heiße John Clothier. Ich bin Marys Sohn. Meine Mutter ist tot. Ich habe keinen Penny mehr. Bitte, helfen Sie mir!«

Kein Laut war zu hören, dann schien jemand den Deckel des Spions langsam wieder vorzuschieben. Ich wartete darauf, daß die Tür aufging, doch nichts rührte sich.

Ich weiß nicht, wie lange ich da gestanden und gewartet habe – ich glaube, es war sehr lange –, bis ich begriff, daß die Tür sich nicht öffnen würde. Meine Sinne verwirrten sich, und ich kann mich nicht mehr genau daran erinnern, was als nächstes geschah.

Ich weiß aber noch, daß ich schrecklich wütend war, weil man mich mit einer solchen Gleichgültigkeit übersah, denn für eine solche hielt ich es. Nachdem ich mich dem letzten Wunsch meiner Mutter widersetzt hatte, war ich auf alles vorbereitet gewesen, auf Beleidigungen, Mißtrauen, auf neue entsetzliche Enthüllungen oder Gefahren. Doch daß man mich einfach ignorierte, damit hatte ich nicht gerechnet. Ich glaubte, daß Mr. Escreet – denn ich nahm an, daß er es war, der auf der anderen Seite der Tür stand – kein Recht hatte, mir den Eintritt in dieses Haus zu verwehren, das so viele Jahre im Besitz meiner Familie gewesen war.

Ich weiß auch noch, daß ich gegen die Tür schlug, bis meine Fäuste blau angelaufen waren. Ich vermute, ich habe auch geschrien, aber ich weiß nicht mehr, was ich geschrien habe. Und dann erinnere ich mich noch daran, daß ich mich mit meinem ganzen Gewicht gegen die Tür geworfen und geweint habe, bis mich die Kräfte verließen und ich mich auf die oberste Treppenstufe sinken lassen mußte. Mit dem Kopf gegen die Tür gelehnt, blieb ich sitzen.

Es schneite heftig, und die Flocken fielen auf meine Haare und blieben auf meiner Jacke liegen. Irgendwie hielt ich es für angemessen, auf den Gevatter Tod vor der Tür jenes Hauses zu warten, in das er so grausam eingedrungen war, um meinen Großvater zu holen und dadurch seinen Schatten über das Leben meines Vaters, meiner Mutter und somit letztlich auch über meines zu werfen. Die Familie der Huffams, beschloß ich, würde hier und heute enden. Der Kreis hatte sich geschlossen.

69. KAPITEL

Ich kann nicht sagen, ob ich dort in diesem weißen Wirbel nur Minuten oder gar Stunden gekauert hatte – jenseits aller Empfindung für die Kälte, jenseits aller Erschöpfung wartete ich auf den Schlaf, aus dem es kein Erwachen mehr gibt –, als ich merkte, daß mich jemand beobachtete. Vor mir auf dem Bürgersteig stand ein Junge, der ungefähr so alt war wie ich und mich neugierig und, wie mir schien, nicht ohne Mitgefühl betrachtete.

»Du siehst ziemlich erledigt aus«, sagte er.

Ich konnte nicht einmal mit dem Kopf nicken.

»Bist du hungrig?«

Er kam etwas näher und holte aus seiner Tasche ein Penny-Brötchen. Ich zögerte, doch er hielt es mir so lange hin, bis mir der süße Geruch von frisch gebackenem Brot in die Nase stieg. Ohne daß ich recht wußte, was ich tat, griff meine Hand nach dem Brötchen, und gierig stopfte ich es mir in den Mund, der so trocken und geschwollen war, daß ich kaum kauen und nur mit Mühe schlucken konnte.

»Himmel«, sagte er, »bist du hungrig! Hast bestimmt auch die letzten Nächte draußen gepennt, oder?«

Ich nickte, da mir das Sprechen zu anstrengend war.

»Weißt du schon, wo du dich heute nacht hinhaust?«

Ich schüttelte den Kopf.

»Ich hab kein Moos«, sagte er, »aber ich weiß jemanden, wo wir hinkönnen. Da ist's warm, und richtige Betten und was Vernünftiges zu futtern gibt's auch.«

Seine Worte riefen in mir eine Art Tagtraum aus »Tausendundeiner Nacht« hervor. So verwirrt, ja berauscht, wie ich war, glaubte ich, nur hierbleiben und warten zu müssen, und diese Dinge würden Wirklichkeit werden. So etwas ließ sich nicht finden, wenn man ihm hinterherhetzte, wie der Junge es beschrieben hatte. Das war eine Illusion. Ich fühlte mich klüger und weiser als er. Er sollte sich nur zu mir setzen und mit mir warten.

»Der will auch kein Moos dafür«, behauptete mein Ratgeber. »Er macht's aus reiner Wohltätigkeit.«

Ich schüttelte den Kopf.

»Macht er doch«, beharrte er. »Er ist ein Freund der Armen. Ich geh da jetzt hin. Komm mit und sieh selbst!«

Ich war zu kraftlos, um mich zu bewegen.

»Komm schon!« sagte er und rüttelte mich an den Schultern. Es war doch so schön hier! Ich fühlte keinen Hunger mehr, und die Kälte schien auch schon nachzulassen.

»Nun komm!« sagte er unbarmherzig und zerrte an meinem Arm.

Er schien sich ebenso über meine Widerspenstigkeit zu ärgern wie um mein Wohlergehen besorgt zu sein. So zog er mich hoch, und als ich auf den Füßen stand, war es leichter, ihm nachzugeben, als sich ihm zu widersetzen. Er hielt meinen Arm fest umklammert und führte mich zurück auf die Straße. Ich trottete neben ihm her und fragte mich, warum er sich so um mich kümmerte, und ich grollte ihm, weil er mich gestört hatte, als mir gerade so wohl gewesen war.

Wir ließen die Zeit hinter uns und betraten eine Welt, die plötzlich still geworden war, denn der Schnee dämpfte den Schritt der wenigen Passanten und milderte sogar den Hufschlag der Pferde und den Lärm der Fahrzeuge, die noch unterwegs waren. Und während wir weitergingen, schien es auf der Welt nur noch die Bewegung meiner Beine und das sanfte Fallen der Schneeflocken zu geben.

Nach einer Weile lockerte der Junge seinen Griff um meinen Arm, und ich taumelte hinter ihm her, doch immer wieder drehte er sich nach mir um und vergewisserte sich, daß ich mit ihm Schritt hielt. Ich achtete nicht auf die Straßen, durch die wir gingen, und es hätte mir auch nichts bedeutet, wenn man mir gesagt hätte, daß wir fort von der Themse in Richtung eines nördlichen Bezirks eilten, der mir ohnehin fremd war.

Der Junge wartete auf mich, damit ich ihn wieder einholen konnte.

»Es ist noch ziemlich weit«, sagte er. »Schaffst du's?«

Ich versuchte zu nicken.

»Du brauchst was zwischen die Kiemen. Wenn ich doch nur noch was zu futtern hätte! Aber ich hab dir das letzte Stück gegeben. Weißt du was? Wir klopfen unterwegs einfach irgendwo an.«

Ich schüttelte den Kopf, da ich wußte, daß man uns, wenn wir auf einen unfreundlichen Hausbewohner stießen, der Obhut der Wache übergeben würde.

»Keine Angst«, sagte er, als er meine Miene sah, »es passiert schon nichts! Ich kann dir genau sagen, in welchem Haus sie uns was geben und in welchem nicht. Hab mich noch nie getäuscht.«

Ich fühlte mich zu schwach, um mit ihm zu streiten, und so schleppten wir uns weiter. Mein Gefährte musterte die Häuser, an denen wir vorbeikamen, doch keines schien ihm zuzusagen. Wir hatten inzwischen eine elegante Gegend mit neu angelegten Straßen und Plätzen südwestlich von Islington erreicht. In vielen Fenstern brannte eine große weiße Kerze, die in einem Kranz aus grünem Efeu stand, und an den Türen hingen Stechpalmenzweige und Lorbeerlaub. Einige Male sah ich sogar, wie Präsentkörbe aus leichten Chaisen ausgeladen wurden.

Als ich meinem neuen Freund hinterhertrottete, kam mir etwas an meiner Situation bekannt vor: der Schnee und die Kälte, Hunger, Müdigkeit und ein drängender Junge, der jemanden unablässig mit der Aussicht auf einen willkommenen Empfang in einem fremden Haus vorantrieb – all das erinnerte mich an ein lang zurückliegendes Ereignis, an etwas, das mir widerfahren war, von dem ich aber vielleicht auch nur gelesen oder gehört hatte. Doch ich war nicht in der Verfassung, die Wirklichkeit vom Traum oder den Traum von der Erinnerung unterscheiden zu können. Schließlich dachte ich, daß mir wohl Sukeys Geschichte vom Wiedergänger in den Sinn gekommen sein mußte. Dieser Junge vor mir war mein Ebenbild, mein Schatten, gekommen, um mich in den Tod zu führen. Ich empfand weder Entsetzen noch Kummer bei diesem Gedanken.

Endlich hielt der Junge in einer wohlhabend wirkenden Straße vor einem Haus, daß für mich ebenso wie all die anderen Häuser aussah, doch als ich neben ihm stand, merkte ich, daß er über das Hofgitter hinweg und durch die nahezu ebenerdigen Fenster in ein Zimmer blickte. Obwohl es schon spät am Abend war, hatte man die Vorhänge nicht zugezogen, und da der Raum strahlend hell erleuchtet war, lag er so deutlich vor uns wie ein Bühnenbild (obwohl mir die Ähnlichkeit damals nicht auffallen konnte, da ich noch nie in einem Theater gewesen war). In mein Gedächtnis brannte sich dieser Raum besonders deutlich ein, weil sich mir in meiner Verfassung alles seltsam scharf und klar abgehoben zeigte. Ich sah eine offensichtlich glückliche und liebenswerte Familie beim Essen: Vater und Mutter, festlich angezogen, blickten gütig von den beiden Tischenden her auf die jungen Leute zwischen ihnen, die wohl ihre Kinder waren – eine junge Frau und ein Bursche, der vielleicht zwei oder drei Jahre jünger war als ich, lächelten sich über den Tisch hinweg an.

Leckere Sachen waren in achtlosem Überfluß auf dem Tisch ausgebreitet. Mitten unter diesen Herrlichkeiten entdeckte ich die Überreste einer gebratenen Gans, und auf dem Serviertisch im Hintergrund warteten noch Obsttorten, Eiercreme- und Wackelpudding, Apfelsinen, Maronen und Treibhausfrüchte. Noch während ich durch das Fenster blickte, öffnete sich drinnen eine Tür, und eine freundlich aussehende Frau mittleren Alters in einem sauberen weißen Kleid trat ein und trug einen brennenden Plumpudding herein, den sie ganz aufgeregt emporhob, als sie sich dem Tisch näherte. Hinter ihr folgte ein junges Dienstmädchen mit einer dampfenden Punschbowle auf einem silbernen Tablett. Die Familie klatschte begeistert in die Hände, und auf jedem Gesicht lag ein glückliches Lächeln. Wie gebannt starrte ich auf die geheimnisvollen blauen Flammen, die über den Pudding züngelten. Und mit einemmal fielen mir auch die Stechpalmen- und Lorbeerzweige am Kamin auf. Natürlich! Es war Weihnachten! Erinnerungen an lang zurückliegende Weihnachtsfeste überkamen mich, und ob es nun an diesen Erinnerungen lag oder ob es die Folgen des Hungers waren, jedenfalls fühlte ich mich plötzlich schwindlig und griff haltsuchend nach dem Gitter.

Nachdem der Plumpudding feierlich am Kopfende des Tisches abgestellt wurde, erhob sich der Vater, ging um den Tisch herum und küßte seine Frau. Dann gaben die Eltern ihren beiden Kindern einen Kuß, und auch Bruder und Schwester tauschten die gleiche Zärtlichkeit aus. Schließlich kehrte der Vater an seinen Platz zurück und begann, den Plumpudding zu verteilen.

Draußen standen mein Gefährte und ich in Kälte und Dunkelheit und starrten uns an. Dann ging er die Stufen hinauf, und ich sah überrascht, daß er am Glockenstrang neben der Haustür zog, statt die Vorhofschelle zu bedienen. Mein Schwindelgefühl verstärkte sich. Da ich immer noch auf dem Bürgersteig stand und durch das Fenster starrte, konnte ich sehen, wie sich die Mitglieder der Familie erstaunt anblickten, als würden sie sich fragen, welcher Freund sie um diese Stunde am Heiligen Abend besuchen kommen mochte. Doch mir fiel es immer schwerer, etwas zu erkennen, denn an den Rändern des hellen Rahmens, durch den ich das Geschehen im Zimmer beobachtete, schienen sich plötzlich schwarze Schatten auszubreiten.

Ich wandte mich um und sah, daß die ältere Bedienstete die Tür öffnete. Ich hörte sie etwas zu dem Jungen sagen, doch ihre Worte klangen wie ein bedeutungsloses Summen in meinen Ohren. Sie blickten beide zu mir herüber. Dann schien plötzlich jemand das blendendhelle Licht hinter dem Fenster abzudrehen, eine große schwarze Welle brach über mir zusammen, und ich erinnere mich an nichts mehr.

Es mußten einige Minuten vergangen sein, denn ich kann nicht sagen, was in der Zwischenzeit geschah. Als nächstes sehe ich mich im Schnee liegen, umgeben von den besorgten Gesichtern fremder Menschen. Und doch waren sie mir nicht alle gänzlich fremd, denn unter den Gesichtern waren auch diejenigen der Familie, die ich durch das Fenster beobachtet hatte: Mutter, Vater, die beiden Kinder und auch ihre Bediensteten. Mutter und Tochter hatten sich ein Tuch über die Schulter geworfen, doch ansonsten waren alle noch so angezogen, wie ich es zuvor im Zimmer gesehen hatte. Dabei herrschte ein schreckliches Schneetreiben. Auch das Gesicht des Jungen, der mich hierher begleitet hatte, sah ich.

»Der arme Junge scheint halb verhungert zu sein«, rief die freundliche Mutter.

»Ja«, sagte die Tochter. »Und halb erfroren, der arme Wicht. Sieh dir nur die fadenscheinigen Kleider an!«

»Wir müssen etwas für ihn tun«, sagte die Mutter. »Er ist doch kaum älter als Nicholas. Was können wir nur machen?«

»Wir bringen ihn ins Haus«, sagte der Vater. »Wir können ihn doch nicht verhungern lassen. Erst recht heute nicht, an diesem Tag.«

Es kostete zu viel Kraft, die Augen offenzuhalten, und so ließ ich die Lider wieder zufallen. Ich spürte, wie man mich sanft hochhob und die Stufen hinauftrug. Dann öffnete ich die Augen wieder und sah, daß ich vom Vater und der älteren Bediensteten getragen wurde. Vor der Haustür schaute ich mich noch einmal nach dem Jungen um, der mich begleitet hatte. Er stand am Fuße der Treppe und sah mir mit seltsamer Miene nach. War es ein sehnsüchtiger oder gar neidischer Blick, weil ich in die Gefilde der Wärme und des Überflusses getragen wurde, während man ihn unbeachtet draußen stehenließ? Nein, keines dieser Gefühle schien sich mir auf seinem Gesicht zu spiegeln.

»Danke«, sagte ich. »Vielen Dank.« Dann sah ich zum Vater auf: »Bitte, geben Sie diesem Jungen auch etwas! Er hat mich hergebracht. Er hat auch nicht mehr als ich.«

»Mach dir seinetwegen keine Sorgen«, antwortete der Vater. »Er wird seinen Teil schon bekommen.«

»Danke, daß du mich hergebracht hast«, sagte ich zu dem Jungen.

Er sah mich immer noch mit jenem Blick an, aus dem ich nicht recht klug werden konnte. Dann sagte er rasch: »Ich komm und besuch dich – wenn ich darf, mein ich.«

Noch ehe ich antworten konnte, wurde ich über die Schwelle ins Haus getragen und dann über den Flur in jenes Zimmer gebracht, das ich vom Fenster aus schon gesehen hatte. Man bettete mich auf ein Sofa, und erneut überkam mich ein Schwindelanfall. Ich erinnere mich noch an die vielen Hände, die mir halfen, und an Gesichter, die sich mit ängstlichen und besorgten Mienen über mich beugten. Jemand führte ein Glas mit heißem Wein an meine Lippen, und ich nippte ein wenig daran. Ich wurde in Decken eingehüllt, eine kühle Hand strich mir über die Stirn, und jemand reichte mir eine Schale mit einer heißen, dicken Suppe. Doch ich konnte nichts davon essen, denn der schnelle Wechsel, die plötzliche Wärme, das Licht, das Gewirr der Stimmen – all das war einfach zuviel für mich. Wieder schien ich zu fallen, doch diesmal war mir, als stürze ich in einen tiefen, bodenlosen Brunnenschacht.

70. KAPITEL

Die folgenden Tage blieben mir nur verworren und fremd in Erinnerung, denn ich konnte nicht mehr zwischen Traum und Tagtraum, zwischen Phantasie und Wirklichkeit unterscheiden. Spät in der Nacht war ich in einer Kutsche unterwegs; ich stand im Sturm auf dem rollenden Deck eines Schiffs; ich kämpfte mich durch ein Schneegestöber, und jemand war an meiner Seite; zuerst dachte ich, es sei meine Mutter, dann war sie es doch nicht, aber sie war trotzdem jemandes Mutter; oder ich saß erneut in dem stinkenden, überfüllten Zimmer, in dem meine Mutter gestorben war, doch wo ich mich auch befand, immer bedrückte mich die Angst, das etwas Schreckliches geschehen würde oder bereits geschehen war. Dann aber schien ich im Bett in einer kleinen Kammer vor dem Kamin zu liegen, doch das Feuer drohte aus dem Kamin auf mich überzuspringen, es griff um sich, wurde zu einem riesigen Flammenmeer, und ich floh durch die rauchverhangenen Straßen einer brennenden Stadt, verfolgt von langen Feuerzungen.

Wann immer ich aufwachte, schienen Gesichter sich über mich zu beugen, Hände über meine Stirn zu streichen oder mein Bett zu machen. Viele der Gesichter kannte ich. Oft lachten mir die Züge meiner Mutter entgegen, gleich darauf verwandelte sich ihr Lachen in eine schmerzverzerrte Grimasse. Zu anderen Gelegenheiten sah ich das Gesicht von Mrs. Fortisquince, von Mr. Barbellion, von Miss Quilliam, von Sir Perceval und vielen anderen. Sie tauchten aus der Dunkelheit auf, als würden plötzlich mit heftigem Lichtblitz die Scheinwerfer angezündet, verschwammen ineinander und verschwanden wieder.

Oft waren es auch die Gesichter der Familie, die mich so freundlich aufgenommen hatte, doch mit diesen Gesichtern hatte es etwas Eigenartiges auf sich: Sobald sie mich ansahen, verwandelten sie sich vor meinen Augen zu bestialischen Fratzen: Die Nase des Vaters wuchs und schwoll mächtig an, die Nüstern weiteten sich und wurden zu den flachen, nackten Löchern eines Schweinerüssels. Die Augen der jungen Frau verengten sich zu schmalen Schlitzen, die von riesigen schwarzen Augenbrauen überschattet wurden, und ihr Gesicht war so bleich wie ein Stück Marmor.

Oft kam ein Arzt zu mir. Nach der Art zu urteilen, wie der Mann mich ansah, wenn er meine Hand hielt, mußte er einfach ein Arzt sein. Sein Gesicht war kalt und grausam, und ich ängstigte mich immer schrecklich, wenn er mir ein dünnes Lächeln schenkte, während er sich mit der Mutter oder dem Vater unterhielt.

Und oft schienen auch noch andere Menschen im Zimmer zu sein. Die Zecher-Zelda aus der Rookery kam mit einem Tablett herein, war dann aber plötzlich die ältere Bedienstete. Mr. Quigg stand über mein Bett gebeugt, bis ich merkte, daß er das Aussehen des Vaters angenommen hatte. Und einmal war ich überzeugt, Mr. Steplight, den ich auch als Mr. Sancious kannte, mit Vater und Tochter hereinkommen und auf mich herabblicken zu sehen. Er nickte, und alle drei lächelten sich zu. Dann wieder schien das Zimmer berstend voll mit Leuten zu sein, die um mein Bett herumtanzten: Ich sah Lady Mompesson mit dem Gerichtsvollzieher Mr. Beaglehole einen Walzer tanzen, während Barney Mrs. Purviance zu einem Jig aufforderte und Mr. Isbister wie ein Wilder die Fiedel bearbeitete. Doch es tanzten weit mehr Menschen durch das Zimmer, als ich überhaupt erkennen konnte, und der Lärm wurde größer und immer größer, bis mein Bett sich vom Boden zu heben und in der Mitte der Kammer zu schweben schien. Danach erinnere ich mich an nichts mehr.

Doch unter all den Besuchern, die ich mir herbeiphantasiert hatte, schien mir im nachhinein einer leibhaftiger gewesen zu sein als alle anderen: ein häßliches, kleines altes Männlein, das mit der jungen Dame, der Tochter des

Hauses, hereinkam, mich angrinste und vor Freude die Hände über dem Kopf zusammenschlug. Mit seinen hageren, krummen Schenkeln in engen Beinkleidern, den fuchtelnden Armen und dem vorgewölbten kleinen Bauch erinnerte er mich, als er ekstatisch von böswilligem Triumphgefühl durch das Zimmer stolzierte, an eine große, weiße, gefleckte Spinne.

Doch eines Tages wachte ich auf und wußte, daß ich wieder gesund war. Ich lag unter lavendelduftenden Laken im Bett, neben meinem Kopf hing ein mit Kampfer gefüllter Beutel; im Kamin der behaglichen kleinen Kammer brannte ein lustiges Feuer, und auf einer Kohleschaufel verdampfte Gewürzessig. Es war das gleiche Zimmer, das ich geisterhaft verschwommen auch in meinen Delirien gesehen hatte. Und in einem Sessel neben dem Kaminfeuer saß die junge Dame und las.

Nach einigen Augenblicken sah sie sich um, und als sie entdeckte, daß ich zu ihr hinüberschaute und mein Blick nicht mehr vom Fieber getrübt war, rief sie: »Ach, dem Himmel sei Dank, dir geht es wieder besser!«

Sie sieht sehr schön aus, dachte ich, mit ihrem blassen Gesicht, den blauen Augen und dem schimmernden schwarzen Haar, das ihr in Löckchen auf den Kragen ihres Musselinmorgenmantels fiel.

»Ja«, sagte ich, »ich glaube, ich bin über dem Berg.«

»Wir haben uns alle große Sorgen um dich gemacht«, sagte sie, stand auf und setzte sich zu mir ans Bett.

»Ihr seid alle sehr freundlich zu mir. Aber warum tut ihr das alles für mich? Ihr kennt mich doch gar nicht!«

Sie lächelte und sagte: »Muß man denn für jede Wohltätigkeit einen Grund haben?« Da sie sah, daß ich antworten wollte, fuhr sie rasch fort: »Still jetzt, du darfst deine Kräfte nicht überschätzen! Später wird noch genug Zeit sein, um auf alle Fragen zu antworten. Sag mir jetzt nur: Wie heißt du?«

»John«, antwortete ich. Dann sagte ich noch: »Oder Johnnie.«

»Und sonst?« fragte sie lächelnd.

Ich fühlte mich noch nicht kräftig genug, um mir zurechtzulegen, was ich diesen freundlichen Menschen von mir und meiner Geschichte erzählen sollte. Und um mich für einen Namen zu entscheiden, mußte ich zuerst wissen, ob ich ihnen die Wahrheit erzählen wollte oder nicht.

»Können wir es im Moment nicht dabei belassen?« fragte ich. »Ich bin so schrecklich müde.«

»Aber natürlich«, erwiderte sie.

»Und wie heißt du?«

»Emma.«

»Was für ein wunderschöner Name«, murmelte ich, doch meine Zunge lag mir plötzlich wie Blei im Mund. »Und wie lautet dein Familienname?« brachte ich noch heraus.

»Mein Vater heißt Mr. Porteous.«

»Also Miss Emma Porteous«, sagte ich.

»Nenn mich doch bitte einfach nur Emma!«

»Emma«, murmelte ich.

»Schlaf jetzt, Johnnie!« sagte Emma sanft, doch es hätte ihrer Aufforderung nicht mehr bedurft, und an mehr kann ich mich auch nicht erinnern.

Sooft ich in den nächsten Tagen auch aufwachte, immer saß Emma neben meinem Bett, und es waren auch ihre Hände, die mir die erste Nahrung reichten, so daß ich langsam wieder zu Kräften kam – anfangs gab es nur in Milch und Honig getunktes Brot.

Manchmal nahm die Mutter ihre Stelle ein, doch eine von beiden war immer im Zimmer und saß, wenn ich nachts einmal aufwachte, vor dem Feuer, um zu lesen oder zu stricken. Es rührte mich sehr, daß sie meine Pflege nicht den Bediensteten überließen, sondern diese Aufgabe selbst übernahmen. Ellen, die ältere Dienstmagd, half ihnen hin und wieder, doch die anderen Dienstboten bekam ich nicht zu Gesicht.

Als ich mit der Zeit wieder kräftiger wurde und somit etwas länger wach bleiben und mich unterhalten konnte, kamen auch die übrigen Familienmitglieder und setzten sich zu mir ans Bett. Emmas Vater war ernst und zurückhaltend, starrte mich aus seinen kleinen Augen an und knetete seine dicken Finger, als suche er nach einem gemeinsamen Gesprächsthema. Doch ich spürte, daß mir seine steife Förmlichkeit nur sein Wohlwollen und seine gute Absicht kundtun sollten. (Später erzählte Emma mir, daß er wegen einer Sache, die seine Arbeit betraf, in großer Sorge war.) Seine Frau war sehr um mich bemüht und äußerst redselig, doch, um die Wahrheit zu gestehen, auch schrecklich ermüdend. Der Junge – er hieß Nicholas – war sehr freundlich, doch um mein Freund werden zu können, war er einige Jahre zu jung, und er wurde meiner Gesellschaft rasch überdrüssig. Emma hatte ich am liebsten, und sie war es auch, die mich am häufigsten besuchte und dann am längsten blieb.

Einige Tage nach unserer ersten Unterhaltung sagte sie, während sie mir ein Glas mit heißem Zitronensaft reichte: »Ich weiß immer noch nicht, wie du mit Familiennamen heißt, Johnnie.«

Ich hatte inzwischen Zeit genug gehabt, um über die Antwort auf ihre Frage nachdenken zu können, und ich hatte versucht, meinen Widerwillen gegen die Vorstellung zu überwinden, Menschen, die so freundlich zu einem Fremden waren, zu täuschen, indem ich mir sagte, daß es ihnen schließlich egal sein könne, wie sie mich nannten, da sie ja ohnehin nichts von mir wußten. Unter diesen Umständen, so redete ich mir ein, kann ein Name gar keine Lüge sein, da er nichts besagt, was in irgendeinem Widerspruch zur Wahrheit steht. Mein Name war eben nur jenes Wort, mit dem ich angeredet werden wollte, warum sollte ich mir also von nun an nicht einen neuen Namen zulegen? Aber sosehr ich mich auch bemühte, ich konnte doch das Gefühl nicht vermeiden, dieser Familie ihre Freundlichkeit mit armseliger Münze heimzuzahlen.

Und doch wußte ich, daß es für mich gefährlich sein konnte, sie wissen zu lassen, daß mein Name Clothier lautete, denn ich hatte dem Bericht meiner Mutter entnommen, daß es ein bekannter – um nicht zu sagen: ein berüchtigter – Name in der Londoner Geschäftswelt war. Wenn ich ihnen also gestand, welchen Namen ich trug, würde ich ihnen auch meine Verbindung mit den Clothiers verraten. Aus diesem Grund würde ich die guten Leute bitten müssen, meine Identität für sich zu behalten, und um ihnen die Notwendigkeit hierfür klarzumachen, würde ich ihnen einen Großteil meiner Geschichte erzählen müssen. Doch das widerstrebte mir, teils, weil ich an das Vergangene nicht denken wollte, und teils, weil ich mir nicht sicher war, wie meine Zuhörer darauf reagieren würden.

Emma wartete immer noch gespannt auf meine Antwort.

»Ich habe in meinem Leben schon so viele Namen gehabt«, sagte ich, »daß ich kaum noch weiß, welcher von ihnen der richtige ist.«

»Wie geheimnisvoll«, sagte sie. »Zähl sie mir auf! Wie lauteten sie?«

Ich zögerte: »Willst du einen von ihnen als meinen Familiennamen akzeptieren: Cavander?«

Ich hatte diesen Namen aus der Zeit meiner Flucht vom Hof der Quiggs in Erinnerung behalten und ihn bereits ein- oder zweimal verwandt.

»Soll das heißen«, sagte sie ernst, »daß dies nicht der Name deines Vaters ist?«

Sie sah, daß ich unwillkürlich die Stirn kraus zog, und legte dies, so glaubte ich, wohl falsch aus, denn sie sagte rasch: »Es ist also nicht der Name, unter dem du getauft worden bist?«

Ich nickte.

»Vertraust du mir denn nicht?«

»Bitte, glaub *das* nicht!« stieß ich verzweifelt hervor. »Du bist so freundlich zu mir gewesen – dabei hatte ich doch keinerlei Anrecht auf eure Großherzigkeit. Wenn ich dir aber jetzt meinen wahren Namen verrate, dann müßte ich dir gleich schrecklich viel erklären.«

»Warum machst du es nicht? Glaubst du vielleicht, du würdest mich damit langweilen? Was bist du doch für ein Narr!« sagte sie und lächelte. »Ich würde gern deine Geschichte hören, ganz gleich, wie lang sie auch werden mag.«

»Du bist so lieb zu mir«, sagte ich und spürte, daß ich nahe daran war, in Tränen auszubrechen. »Aber das ist nicht alles.«

»Ach, ich verstehe«, sagte sie mitfühlend. »Manchmal bin ich wirklich schrecklich schwer von Begriff und viel zu egoistisch. Es fällt dir nicht leicht, darüber zu sprechen, nicht wahr?« Und dann fragte sie sanft: »Bist du etwa von jemandem betrogen worden, dem du vertraut hast?«

»Das stimmt«, sagte ich. »Aber wie kommst du darauf?«

»Weil ich glaube, daß du mich magst, und doch sehe, wie du zauderst, mir zu vertrauen.«

»Ich mag dich wirklich«, rief ich. »Und ich vertraue dir auch. Ich würde dir sogar mein Leben anvertrauen. Du und deine Eltern, ihr habt mich hier aufgenommen und gesund gepflegt, obwohl ihr mich doch überhaupt nicht kennt.«

Sie griff nach meiner Hand, lächelte und sagte: »Ich bin froh, daß ich dir gefalle. Doch da du so mißtrauisch bist, will ich dich beruhigen. Vor einigen Tagen hast du mich gefragt, ob meine Eltern einen Grund gehabt hätten, dich aufzunehmen, und nun will ich dir diesen Grund nennen.« Sie schwieg einen Augenblick, doch dann fuhr sie mit ernster Miene fort: »Nachdem ich geboren wurde und bevor Nicholas zur Welt kam, schenkte meine Mutter noch einem weiteren Kind das Leben. Es war ein Junge, und meine Eltern nannten ihn David. Es war ein kränkliches Baby und ...« Sie hielt einen Moment lang inne. »Er wäre heute etwa in deinem Alter. Ich weiß, daß sie noch oft an ihn denken. Wahrscheinlich war es also seinetwegen, daß sie dich am Heiligen Abend in unser Haus aufgenommen haben.«

Ich sah Tränen in ihren hübschen Augen schimmern. Doch dann blickte sie plötzlich auf und sagte mit einem Lachen: »Ist der Grund nicht selbstsüchtig genug, um deinen Zynismus und deine Menschenscheu zu beruhigen?«

Ich faßte nach ihrer Hand und sagte: »Ich habe deine Großzügigkeit und dein Vertrauen schlecht vergolten. Ich will dir meinen wahren Namen sagen, auch wenn ich ihn so verabscheue, daß es mir zuwider ist, ihn auch nur auszusprechen. Er lautet Clothier.«

Mir schien, als zucke sie bei meinem letzten Wort ein wenig zusammen.

»Kennst du den Namen?« fragte ich.

»Ich glaube, ich habe ihn schon einmal gehört«, erwiderte sie. »Doch mehr auch nicht.«

»Bitte, verrate ihn niemandem außer deinem Vater und deiner Mutter«, sagte ich. »Wenn ich mich etwas kräftiger fühle, dann werde ich dir erzählen, warum ich dich um diesen Gefallen bitte.«

»Das verspreche ich dir. Doch willst du mir nun nicht sagen – falls es dir nicht allzuviel Kummer bereitet –, wo deine Freunde sind? Und vor allem, wo dein Vater und deine Mutter wohnen?«

»Mein Vater ... das weiß ich nicht. Meine Mutter ist tot.«

»Ach, Johnnie«, sagte sie, »das tut mir sehr leid. Ist es noch nicht lange her?«

»Nein«, sagte ich. »Noch nicht lange.«

»Willst du sagen, daß sie erst im Verlauf der letzten Wochen gestorben ist?«

»Beinahe«, antwortete ich. »Sie starb am 12. November.«

»Das tut mir wirklich leid. Ich fürchte, nun habe ich doch schmerzhafte Erinnerungen wachgerufen. Aber sag mir, wenn es dich nicht allzusehr mitnimmt, wo ist dies geschehen?«

»Hier in London.«

»Ich meine«, sagte sie, »in welchem Bezirk? Wo liegt sie begraben?«

Ihre Stimme klang sanft, und doch brachte mir ihre Frage mit überwältigender Lebhaftigkeit das düstere Zimmer in jenem stickigen Haus und den feuchtkalten kleinen Platz mit seinem stinkenden Friedhof ins Gedächtnis.

»Ich kann nicht darüber reden; ich kann nicht«, sagte ich und begann zu weinen.

»Ist ja schon gut!« sagte Emma und streichelte meine Hand. »Es war dumm und gedankenlos von mir, danach zu fragen. Später, wenn du wieder etwas bei Kräften bist, haben wir genug Zeit, darüber zu reden.«

Ich drückte ihre Hand. Das Weinen hatte mich erschöpft, und bald war ich eingeschlafen, meine Hand noch immer in der ihren.

In den nächsten zwei Wochen erholte ich mich zusehends, und nach Ablauf dieser Zeit erklärte Dr. Alabaster, der mich regelmäßig untersuchte, daß ich nun mein Bett bald verlassen könne. Die Familie besuchte mich wie bisher, und Emma verbrachte die meiste Zeit des Tages mit mir. Sie las mir etwas vor, unterhielt sich mit mir oder griff nach ihrer Näharbeit, wenn ich einmal döste. Einige Tage nach unserem letzten Gespräch sagte ich ihr, daß ich mich nun stark genug fühle, ihr die Geschichte meines Lebens zu erzählen, und da es mir leichter fiel, mich ihr allein anzuvertrauen, ich aber keinen Grund sah, weshalb ihre Eltern meine Geschichte nicht kennen sollten, beschlossen wir, daß Emma sie ihnen hinterher berichten würde.

In der folgenden Woche erzählte ich ihr daher alles, nur gewisse Dinge aus dem Leben meiner Mutter verschwieg ich. Emma war eine gute und auch kluge Zuhörerin. Ich beschrieb die frühen Jahre mit meiner Mutter in Melthorpe und den Beginn unserer Geldsorgen, deren Ursache, so erklärte ich ihr, in dem Vertrauen zu suchen sei, das meine Mutter in ihren Advokaten setzte, der es seinerseits jedoch nur darauf abgesehen hatte, sie zu betrügen.

Ich erzählte ihr von dem Kodizill, das meine Mutter geerbt hatte, und erklärte ihr seine Bedeutung für die Familie Mompesson. Ich beschrieb ihr auch, wie sich Mr. Fortisquince und meine Mutter darum bemüht hatten, jenes Geld von den Mompessons zu bekommen, das sie uns als Jahresrente für das Gut Hougham schuldeten; und als ich ihr berichtete, wie meine Mutter damals bei unserem Besuch von Sir Perceval und seiner Frau empfangen wurde, schien Emma über deren Verhalten äußerst empört zu sein.

Ich erzählte ihr zwar von unserer Flucht nach London, von dem unhöflichen Empfang, den Mrs. Fortisquince uns bereitete, und davon, wie Bissett unsere geheimgehaltene Adresse an die Gerichtsvollzieher verriet, doch über unsere Zeit bei Mr. und Mrs. Isbister berichtete ich nur ganz am Rande, wobei ich den Charakter der nächtlichen Aktivitäten dieses Ehepaares völlig verschwieg. Dann erzählte ich ihr, wie wir gemeinsam mit Miss Quilliam versucht hatten, unseren Lebensunterhalt zu verdienen, beschrieb unseren Abstieg in die Tiefen bitterster Armut, den Versuch, das Kodizill an die Mompessons zu verkaufen, unser Mißverständnis im Zusammenhang mit Miss Quilliam und Mr. Barbellion und davon, wie Mrs. Fortisquince uns getäuscht hatte, so daß wir das Kodizill dem falschen Mr. Steplight überließen und es damit in den Besitz unseres Feindes gelangt war. Als ich ihr erzählte, daß diese Feinde der Familie meines Vaters angehörten, den Clothiers, schien sie tief bestürzt zu sein, erst recht, als ich ihr dann die Gründe darlegte, warum sie meinen Tod wünschten: weil nämlich Mr. Silas Clothier nun, da das Kodizill vermutlich dem Gericht vorlag, das Erbe des Gutes Hougham antreten könnte, sobald ich einmal tot war. Um ihr all dies verständlich zu machen, faßte ich zusammen, was ich aus den Tagebuchaufzeichnungen meiner Mutter erfahren hatte: wie mein Großvater unter Mithilfe von Mr. Clothier das Kodizill erworben hat, welche Ereignisse der Hochzeit meiner Eltern vorausgegangen sind, wie es zum Mord an meinem Großvater gekommen ist und weshalb mein Vater als verbrecherischer Geisteskranker eingesperrt worden ist.

Meine Geschichte erschütterte Emma sehr, und sie bekannte, daß sie nun nur zu gut verstehen könne, weshalb ich gezögert hätte, ihr meinen wahren

Namen zu nennen. Als ich in meiner Erzählung fortfuhr, hörte sie sichtlich bekümmert von der Art Schule, zu der mich Mr. Steplight gebracht hatte, obwohl ich die Schrecken dieses Ortes zu mildern suchte und mit keinem Wort Stephen Maliphant und jene Behandlung erwähnte, die zu seinem Tode geführt hatte. Außerdem unterließ ich alle Hinweise darauf, in welcher Lage ich bei meiner Rückkehr nach London meine Mutter vorgefunden hatte, erzählte nur, daß sie sehr krank gewesen sei und in äußerster Armut gelebt habe, nachdem ihr von Mrs. Fortisquince und Mr. Sancious so grausam mitgespielt worden sei und sie einige Zeit im Fleet-Gefängnis eingesessen habe. Es rührte mich, als ich sah, wie aufmerksam Emma meinem Bericht folgte, und als ich erwähnte, daß Sir Perceval sich geweigert habe, meiner Mutter behilflich zu sein, erklärte sie, daß sie dies ebenso rätselhaft finde wie ich, da auch sie meine, daß es eigentlich im Interesse der Mompessons gewesen wäre, das Leben meiner Mutter als einer Nachfahrin der Huffams zu schützen. Ich sah mich außerstande, ihr mehr als nur einen kurzen Abriß vom Tod meiner Mutter zu geben, und meine kaum verborgenen Gefühle berührten meine Zuhörerin und Vertraute offenbar zutiefst.

»Und wo geschah dies?« fragte Emma.

Ich nannte ihr den Namen des trostlosen kleinen Platzes.

»Und mußtest du, um sie begraben zu lassen, auch aufs Gemeindeamt gehen?« fragte sie mitfühlend.

»Ja, das mußte ich«, sagte ich und versuchte, die Erinnerungen an jenen Tag zu unterdrücken.

»Und unter welchem Namen hast du ihren Tod registrieren lassen?«

Als ich sie daraufhin anschaute, wich sie meinem Blick nicht aus und sagte: »Ich frage dich danach, weil mein Vater sich überlegt, wie man für deine Sicherheit sorgen könne, doch er soll dir das alles lieber selbst erklären.«

Ich fühlte mich sehr beschämt und sagte: »Ihr seid alle viel besser zu mir, als ich es überhaupt verdiene. Ich werde deine Frage beantworten: Der Name, den ich dem Gemeindeschreiber angab, lautete Mellamphy.«

Ich fuhr fort in meiner Geschichte, beschrieb ihr, wie ich zum »Kadaver« gefunden und bei Barney und seiner Bande gelebt hatte, und wie ich langsam begriff, was dort eigentlich vor sich ging und daß die Bande nicht einmal vor einem Mord zurückschreckte. Emma war entsetzt und schien ebenso verblüfft wie ich angesichts meiner Entdeckung, daß es sich bei Barney um ebenjenen Mann handelte, der vor all den Jahren in unserem Haus in Melthorpe eingebrochen hatte.

Zuletzt beschrieb ich ihr dann, wie ich aus dem »Kadaver« entflohen und zum Haus meines Großvaters gegangen war, daß mir der alte Mr. Escreet offensichtlich den Zutritt verweigert hatte und mich dann jener Junge gefunden hatte, der mich zu ihrem Haus brachte.

Ich sollte vielleicht noch hervorheben, daß ich meine Geschichte natürlich längst nicht so geradlinig und klar erzählen konnte, wie sie hier zusammengefaßt wurde, denn oft verlangte ein Satz eine Erklärung, die mich dann ohne Rücksicht auf alle zeitliche Folgerichtigkeit hier auf etwas zurück- und dort auf etwas vorgreifen ließ. Am meisten schien Emma jedoch – einmal abgesehen vom Tod meiner Mutter und deren Begräbnis – jener Teil meiner

Geschichte zu interessieren, in dem ich, soweit ich aus dem Bericht meiner Mutter Bescheid wußte, von den Ereignissen in der Nacht der Ermordung meines Großvaters erzählte. Wir besprachen diese Vorfälle in aller Ausführlichkeit, und Emma bestärkte mich in meinem Verdacht, daß das von meinem Großvater erwähnte Testament der Grund für seine Ermordung gewesen sein könnte.

»Wie schade, daß du seinen Brief nicht mehr hast!« seufzte sie, und es rührte mich, mit welcher Leidenschaft sie sich in meine Lage versetzte.

An dem Tag, an dem ich meine Geschichte beendete, sagte Emma: »Mein Vater würde sich morgen gern mit dir über deine Zukunft unterhalten. Fühlst du dich dazu kräftig genug?«

Ich bejahte ihre Frage, und als sie gegangen war, dachte ich darüber nach, wie leicht mir doch nun die Last meines Wissens und meiner Verantwortung fiel, nachdem ich sie mit einer verständigen Zuhörerin geteilt hatte.

Als Emma am Tag darauf mein Zimmer betrat, wurde sie von ihrem Vater begleitet. Während er die Sessel für sich und seine Tochter an mein Bett schob und sich umständlich setzte, wurde mir bewußt, daß er der einzige in der Familie war, den ich nicht so recht leiden konnte. In dem nun folgenden Gespräch hätte er auf mich einen selbstgefälligen und kaltherzigen Eindruck gemacht, wenn Emma nicht neben ihm gesessen und mich angelächelt hätte, als wolle sie jene Zuneigung und Freundlichkeit vermitteln, die er vielleicht fühlen, aber nicht zeigen konnte.

»Meine Tochter«, begann er und verschränkte seine dicken Wurstfinger ineinander, »hat mir berichtet, was du ihr erzählt hast, und ich ließ es mir angelegen sein, darüber nachzudenken, auf welche Weise du wohl vor jenen Menschen geschützt werden könntest, die dir Schaden zufügen wollen. Es scheint mir ohne Zweifel gewiß, daß äußerst viel von den diversen Prozessen abhängt, die gegenwärtig am Kanzleigericht anhängig sind. Doch« – er sagte dies mit einem höhnischen Lächeln – »als bescheidener Anwalt besitze ich nicht die nötige Qualifikation, um in die Geheimnisse des Kanzleigerichtswesens eindringen zu können. Aus diesem Grunde habe ich es mir erlaubt, einen Experten des Billigkeitsrechts, Mr. Gildersleeve, zu Rate zu ziehen, einen vertrauenswerten Freund, dem ich natürlich unter dem Siegel äußerster Verschwiegenheit die Umstände deiner gegenwärtigen Lage geschildert habe.«

»Sehr liebenswürdig, Mr. Porteous.«

»Keinesweg, keineswegs«, sagte er, und meine Dankbarkeit schien ihn wahrhaft in Verlegenheit zu bringen. »Mr. Gildersleeve meint, daß du dich nun, da du – zumindest in rechtlichem Sinne – eine Waise bist, auf wirksamste Weise vor den Machenschaften der anderer Parteien schützt, wenn du dich selbst an das Kanzleigericht wendest und um dessen Vormundschaft nachsuchst.«

Vors Kanzleigericht gehen! Ich spürte, wie mich die Aufregung bei dem Gedanken daran packte, geradewegs ins Zentrum der Geheimnisse einzudringen, die mich mein Lebtag lang umgeben hatten.

»Was muß ich also tun?« fragte ich.

»Der Vorgang ist, wenn ich es recht verstanden habe, äußerst simpel. Du beweist nur deine Identität durch eine eidesstattliche Erklärung – in diesem Fall eine mündliche –, die von Zeugen bestätigt werden muß. Und solche aufzutreiben sollte nicht schwerfallen.«

»Aber glauben Sie nicht, Mr. Porteous, daß ich am sichersten bin, wenn meine Feinde mich für tot halten, und daß sie dies sicherlich annehmen, wenn ich einfach verschwinde?«

»Es geht nicht darum, was *ich* denke«, antwortete er abweisend. »Mr. Gildersleeve schätzt deine Lage nun einmal so ein, wie ich es dir berichten durfte.«

»Aber wie sollten sie mich jetzt finden? Keiner weiß, daß ich hier bin?«

»Bist du dir dessen so sicher?« fragte er. »Meine Tochter hat mir erzählt, daß der Anführer dieser Bande, die du in dem halbfertigen Haus unten bei den Neat Houses angetroffen hast, ebenjener Mann war, der vor vielen Jahren in dem Haus deiner Mutter eingebrochen hat. Bist du dir so sicher, daß dies nur ein Zufall war? Und wenn es kein Zufall war, könnte es dann nicht bedeuten, daß dieser Mann als Spitzel für deine Gegner arbeitet und dich noch einmal aufspürt?«

Ich mußte zugeben, daß dieser Einwand berechtigt war und es für mich tatsächlich der sicherere Weg sein mochte, mich an das Gericht zu wenden. Dann kam mir aber der Gedanke an ein schier unüberwindliches Hindernis.

»Wird das nicht alles ziemlich viel Geld kosten?«

»Ich werde für Mr. Gildersleeves Honorar aufkommen«, sagte Emmas Vater. »Du brauchst dir deshalb keine Sorgen zu machen.«

Ich spürte, wie mir bei diesen Worten die Tränen in die Augen traten, doch Mr. Porteous schien das unangenehm zu berühren. Er schob seinen Sessel ein wenig zurück und hüstelte in sein Taschentuch.

»Sie sind sehr freundlich zu mir«, stammelte ich. »Ihr alle; wie eine richtige Familie.«

Als wolle er seinen Gefühlen Ausdruck geben, faßte Mr. Porteous in seine Tasche, zog einen Sovereign heraus und reichte ihn mir mit feierlicher Miene.

»Aber wir *sind* doch jetzt deine Familie, Johnnie!« sagte Emma, rückte ihren Sessel dichter heran und faßte nach meiner Hand. Zu ihrem Vater gewandt, fragte sie: »Darf ich es ihm nun erzählen?«

Mr. Porteous nickte, und sie fuhr fort: »Falls du nichts dagegen hast, wird Mr. Gildersleeve den Richter ersuchen, dich zum Mündel des Gerichts zu erklären und Vater und Mutter die Vormundschaft für dich zu übertragen. Sie wollen dich adoptieren, Johnnie, und dann bist du tatsächlich mein Bruder. Und du bist dann auch in Sicherheit.«

»Ob ich etwas *dagegen* habe?« rief ich aus.

Emma küßte mich, und Mr. Porteous nahm meine Hand, schüttelte sie linkisch und zog dabei ein eher unbehagliches Gesicht, als mache es ihn verlegen, einem solchen Übermaß an Gefühlen ausgesetzt zu sein.

Mr. Gildersleeve würde bereits am nächsten Tag kommen, so erzählten sie mir, um mir im einzelnen zu erklären, was von mir verlangt wurde. Nachdem sie mich allein gelassen hatten, konnte ich vor lauter Aufregung nicht einschlafen, und ich dachte, wie seltsam es doch war, so unversehens zu einer ganzen Familie zu kommen. Emma hatte ich bereits sehr gern, und daß Nicholas und ich Freunde werden würden, davon war ich überzeugt. Außerdem schien mir Mrs. Porteous eine überaus gutmütige und mütterliche Frau zu sein. Dennoch empfand ich ein unklares Gefühl des Unbehagens. Der Grund dafür, so entschied ich, war offenbar, daß Mr. Porteous trotz all seiner Großzügigkeit so unnahbar und kalt auf mich wirkte. Zudem konnte ich keineswegs leichten Herzens akzeptieren, daß er in jener mysteriösen Eigenschaft als Vater von nun an Autorität über mich besitzen sollte.

Am nächsten Morgen durfte ich das Bett verlassen, damit ich Mr. Gildersleeve in einem Sessel am Kamin empfangen konnte. Er traf gegen zehn Uhr ein, kam in Begleitung von Emma und Mr. Porteous in mein Zimmer und erwies sich als ein Mann von hoher, schlanker Statur mit einem scharfgeschnittenen Gesicht. Er war kurzsichtig und war immer wieder auf ein Monokel angewiesen, das an einem schwarzen Bändchen vor seiner Hühnerbrust baumelte. Er hob dann das Glas, spähte hindurch, sah mich an und murmelte: »Wirklich höchst bemerkenswert!« Hätte es sich bei ihm nicht um einen Experten des Kanzleigerichts gehandelt, so wäre ich versucht gewesen, in ihm einen äußerst begriffsstutzigen Menschen zu vermuten.

»Du bist also der Nachkomme der Huffams«, sagte er und streckte mir die Hand hin. »Ich habe den Prozeß, wie übrigens alle, die in meiner Sparte des juristischen Gewerbes tätig sind, seit Jahren mit außerordentlichem Interesse verfolgt.«

Meine Besucher setzten sich, und Mr. Gildersleeve begann: »Der Master of the Rolls, also der Oberarchivar, wird der Vorsitzende Richter sein. Zuerst wird er zu seiner Zufriedenheit geklärt haben wollen, daß du tatsächlich derjenige bist, der du vorgibst zu sein, und zu diesem Behufe haben wir einen Zeugen von untadeligem Ruf vorgeladen, der deine eidestattliche Aussage bestätigen wird.«

»Darf ich fragen, Sir, um wen es sich dabei handelt?«

Er sah in seinen Papieren nach: »Eine Mrs. Fortisquince, die Witwe eines angesehenen Gentleman.«

»Und Sie haben sie bereits vorgeladen?« fragte ich erstaunt.

»Vor einigen Tagen bereits«, bestätigte Mr. Gildersleeve.

Ich sah Emma an, und sie sagte: »Weißt du, Johnnie, mein Vater war so erpicht darauf, diese ganze Sache voranzubringen, daß er seine ersten Maßnahmen bereits einleitete, als er von mir nur soviel erfahren hatte, daß er wußte, was zu tun war.«

Ich schwieg, und Mr. Gildersleeve fuhr fort: »Du mußt nun sorgfältig darauf achten, vor dem Vorsitzenden Richter mit keinem Wort zu erwähnen, daß du dich bedroht fühlst.«

»Aber ich denke, das ist der eigentliche Grund, weshalb man mich überhaupt zum Mündel des Gerichtes machen will?«

Mr. Gildersleeve warf Vater und Tochter einen raschen Blick zu. »So sehe ich es auch«, sagte er. »Doch das Gesetz mißt die Bedeutung einer Sache nicht immer mit den gleichen Maßstäben, wie wir es tun. Ohne konkrete Beweise können wir keine Beschuldigungen gegen eine dritte Partei erheben.

Damit würden wir die Angelegenheit letztlich nur verwirren, und das wollen wir doch nicht, nicht wahr?«

Etwas verwundert nickte ich zustimmend.

»Also gut«, sagte Mr. Gildersleeve. »Sobald wir dann den Tod deiner Mutter nachgewiesen haben – wenn du es mit einem Eid beschwörst und Zeugen deine Aussage bestätigen, ist dies nur noch eine reine Formsache –, werden wir darum bitten ...«

»Entschuldigen Sie bitte, Mr. Gildersleeve!« unterbrach ich ihn.

Er hielt inne und starrte mich an, als sei er überaus verblüfft, daß ich es wagte, ihm mitten in seine Ausführungen zu fallen.

»Ich verstehe nicht recht, warum dieser Aspekt zur Sprache kommen soll. Mir wäre es lieber, es ließe sich umgehen.«

»Dir wäre es lieber, es ließe sich umgehen«, wiederholte er mit tonloser Stimme. »Master Clothier, ich glaube, du hast noch nicht recht verstanden, daß wir es hier mit dem Gesetz zu tun haben. Vor Gericht geht es nicht darum, was dir beliebt und was dir nicht beliebt. Wir müssen einwandfrei beweisen, daß du eine Waise bist, verstehst du das denn nicht?«

»Doch«, sagte ich reichlich beschämt, während Emma mich mitfühlend ansah.

»Und mit deiner gnädigen Erlaubnis«, sagte Mr. Gildersleeve, »werde ich nun fortfahren. Sobald wir zweifelsfrei belegt haben, daß du eine Waise bist, werden wir das Gericht bitten, dich zum Mündel zu erklären und Mr. Porteous die Vormundschaft für dich zuzusprechen. Es ist nun außerordentlich wichtig, daß du dem Vorsitzenden Richter deutlich zu verstehen gibst, daß du hier sehr glücklich bist. Du bist doch glücklich hier, nicht wahr?«

»Ja, das bin ich. So glücklich wie schon lange nicht mehr.«

»Ausgezeichnet. Dann schlage ich vor, daß du Mr. und Mrs. Porteous Onkel und Tante nennst, um dem Gericht zu zeigen, wie sehr du dich bereits zur Familie gehörig fühlst. Hast du mich verstanden?«

»Ja, und ich werde und will es auch so machen.«

»Dann war dies eigentlich schon alles, was ich dir zu sagen habe, junger Mann. Ich werde dich also bald vor Gericht sehen.«

Wir gaben uns die Hand, und nicht ohne Erleichterung sah ich Mr. Gildersleeve und Mr. Porteous mein Zimmer verlassen.

»Na also, Johnnie!« rief Emma und klatschte in die Hände. »In wenigen Tagen bist du mein Bruder!«

Ich freute mich mit ihr, doch als sie mich ein wenig später allein ließ, konnte ich nicht verhindern, daß eine dumpfe Vorahnung ihre Schatten über mein Gemüt warf. Die Dinge entwickelten sich zu rasch und mit einer Zielstrebigkeit, die sich meinem Verständnis entzog.

Bald darauf kam der Tag, der für mein Erscheinen vor Gericht anberaumt worden war. Da man beschlossen hatte – und ich war damit völlig einverstanden –, daß nur Emma mich begleiten sollte, gab man uns einen Dienstboten mit auf den Weg, um mich zu stützen, falls ich mich einmal schwach fühlen und Beistand brauchen würde. Man gab mir warme Kleider, und Frank, den ich zuvor noch nicht gesehen hatte, half mir, zu Emma in die Droschke zu steigen.

Wir fuhren durch Straßen, die mir nach der langen Abgeschiedenheit erschreckend belebt und laut vorkamen, und fuhren durch Bezirke, die schmerzliche Erinnerungen in mir weckten: Holborn, Charing Cross und dann Westminster. Vor einer schäbigen kleinen Tür in der St. Margaret Street hielten wir, und durch diesen unauffälligen Eingang betraten wir ein Nebengebäude des Westminster Palace. Emma meldete uns entsprechend Mr. Gildersleeves Anweisungen beim Pförtner an, der uns dann durch eine Reihe dunkler Gänge und düsterer kleiner Innenhöfe führte, von deren mit grünem Schleim überzogenen Wänden stetig Wasser troff. Um uns herum wurden überall Mauern eingerissen und andere wieder aufgebaut, da damals dort, wo zuvor in einem Labyrinth aus Hallen und Gängen der Hauptzivilgerichtshof und die Appellationsinstanz untergebracht waren, das schöne neue Gebäude des Baumeisters Sir John Soane errichtet wurde.

Schließlich betraten wir eine zugige Halle, in der uns Mr. Gildersleeve begrüßte, der, ohne zu erröten, in dem wohl außergewöhnlichsten Aufzug daherkam, den je ein Mann, der seiner Sinne mächtig war, außer bei einem Kostümfest getragen haben mochte. Er trug einen bauschigen schwarzen Talar mit goldenen und purpurfarbenen Streifen, die unbequemsten Ärmel, die man sich nur vorzustellen vermag (da sie fast bis auf die Erde reichten), und ein wehendes weißes Halstuch. Auf seinem Kopf saß eine graugepuderte Perücke, seine Beine staken in Kniebundhosen, und seine Füße zierten ein Paar Schuhe mit riesigen goldenen Spangen.

Wir warteten, während sich Mr. Gildersleeve mit ähnlich gekleideten Gentlemen auf geheimnisvolle Unterredungen einließ, bei denen außerordentlich häufig die Köpfe geschüttelt und unter Kopfnicken die Augen zu Schlitzen verengt wurden. Nach einigen Minuten erschien ein Individuum, das ein womöglich noch absurderes Gewand trug und eine Art goldenes Nudelholz in der Hand hielt. Dieser Mann führte uns durch eine weitere Folge schlecht beleuchteter Korridore, als ließe er es sich angelegen sein, unsere Sinne so vollständig wie nur möglich zu verwirren. Endlich jedoch wies er uns in ein kleines, modrig riechendes Vorzimmer, und Mr. Gildersleeve verschwand, während Emma und ich hier zu warten hatten, durch eine weitere Tür in – dafür jedenfalls hielt ich es – der angrenzenden Kammer.

Etwa eine halbe Stunde später wurden wir von einem anderen Türsteher gerufen und durch jene Tür geführt, durch die zuvor unser Anwalt entschwunden war. Erstaunt sah ich mich nun plötzlich in einer riesigen Halle mit einer Stichbalkendecke stehen, einem Raum, der einer mächtigen Scheune glich und so groß war, daß ich im Zwielicht dieses Winternachmittags nicht einmal die gegenüberliegende Wand erkennen konnte. Emma flüsterte mir zu, dies sei die Westminster Hall, und mich überlief ein Schauer der Erregung, als ich begriff, daß ich in ebenjenem ehrwürdigen Gebäude zu meinem Recht kommen sollte, in dem auch König Charles vor Gericht gestanden hatte.

In der uns zunächst gelegenen Ecke standen eine Anzahl Bänke und Stühle vor einer erhöhten Plattform. Auf dieser saß auf einem hohen schwarzen Holzstuhl, der mir äußerst unbequem zu sein schien, ein Gentleman, von dem ich annahm, daß es sich bei ihm um den Oberarchivar, den Vorsitzenden Richter also, handelte. Das Individuum mit der goldenen Nudelrolle begab sich an einen kleinen Tisch vor der Plattform und legte den goldenen Stab darauf ab. Der Oberarchivar trug ein Gewand, von dem ich unmöglich glauben konnte, daß er sich absichtlich selbst so angezogen hatte, und es schien nur eine höfliche Verschwörung all jener zu sein, die ihn sahen, daß ihn niemand darauf aufmerksam machte. Im wesentlichen bestand dieses Gewand aus einem übergroßen scharlachroten Talar, der von oben bis unten mit goldenen Stickereien bedeckt war. Eine riesige Perücke bedeckte seinen Nacken und seine Schultern, unter der sein Gesicht ständig Gefahr lief, vollkommen zu verschwinden, wenn er eine zu rasche Bewegung machte. Seine würdige Bedächtigkeit entsprang wohl der Sorge, seine Garderobe nicht in Unordnung zu bringen, und es erstaunte mich außerordentlich, daß er darüber hinaus überhaupt noch Aufmerksamkeit für die ihm vorgelegten juristischen Probleme aufbringen konnte.

Man führte Emma und mich in die erste Reihe des schweren alten Gestühls vor dem Richter. Eine Anzahl seltsam gekleideter Gestalten setzte sich um uns herum, wisperte, blätterte in Papieren, schlug in enormen Wälzern nach, machte sich Notizen, kam oder ging. Unter ihnen entdeckte ich ein bekanntes Gesicht: den Notar Mr. Barbellion. Als er merkte, daß ich zu ihm hinsah, quittierte er dies mit einem leichten Kopfnicken, auf das ich versuchte, mit einem noch leichteren Nicken zu antworten.

Sobald ich mich soweit gefaßt hatte, daß ich mich umsehen und die alten getäfelten Wände und den hohen geschnitzten Kaminaufsatz inspizieren konnte, unter dem ein mächtiges Feuer schwelte, bemerkte ich, daß am gegenüberliegenden Ende dieser gewaltigen Halle eine zweite, ähnliche Sitzung abgehalten wurde. Ich sah die Kerzen, konnte das Gemurmel der Stimmen hören und sah im düsteren Zwielicht Menschen kommen und gehen. Die Atmosphäre erinnerte mich noch am ehesten an ein großes Schulzimmer, in dem verschiedene Klassen gleichzeitig unterrichtet wurden.

Mr. Gildersleeve stellte mich dem Vorsitzenden Richter vor, und der alte Gentleman machte ein großes Aufhebens davon, endlich den letzten Nachfahren der Familie Huffam zu Gesicht zu bekommen.

»Wissen Sie«, fragte er mich, »daß der Prozeß schon begann, als mein Vater noch ein sehr junger Mann war? Ich glaube, er kann damals kaum älter gewesen sein, als Sie es heute sind. Sagen Sie mir, wie alt sind Sie?«

Ich sagte es ihm, und er schrieb es auf und bemerkte dabei ein wenig zaghaft: »Sie müssen mich mit Mylord anreden, verstehen Sie?« Dann fuhr er fort: »Es tut mir außerordentlich leid, Sie nicht in besserer gesundheitlicher Verfassung zu sehen. Fühlen Sie sich kräftig genug, um an diesem Verfahren teilzunehmen?«

»Ja, Mylord. Ich war krank, doch ich bin wieder genesen.«

Der Richter sah mit ernster Miene zu Mr. Gildersleeve hinüber, der sein Gesicht zu einer Art höflichen Grimasse verzog, als wolle er damit bestätigen, was ich gesagt hatte.

»Nun«, sagte der Richter, »werde ich Sie unter Eid nehmen. Wissen Sie, was das bedeutet?«

Ich versicherte ihm, daß dies der Fall sei, und die Formalität wurde erledigt.

Dann erhob sich Mr. Gildersleeve mit aufbauschendem Gewand und sagte zu mir, ganz so, als wären wir uns völlig fremd: »Würden Sie dem Gericht bitte sagen, für wen Sie sich halten, wo und wann Sie glauben, geboren zu sein, und wer Ihrer Meinung nach Ihre Eltern sind!«

»Ich heiße John Clothier, Mylord«, begann ich, nannte ihm mein Geburtsdatum und gab als Geburtsort Melthorpe an. Dann fuhr ich fort: »Ich wuchs dort bei meiner Mutter auf, und wir lebten unter dem Namen Mellamphy, den ich anfangs für unseren wahren Namen hielt. Erst viel später erfuhr ich von meiner Mutter, daß sie ihn angenommen hatte. Ihr Vater, so sagte sie mir, war Mr. John Huffam aus Charing Cross in London, Sir.«

»Und welcher Name wird im Gemeinderegister als der Name Ihres Vaters genannt?« fragte mich Mr. Gildersleeve.

»Peter Clothier, Sir.«

»All dies, Mylord«, sagte Mr. Gildersleeve, »kann sowohl durch Dokumente belegt als auch durch eine Zeugin bestätigt werden.«

»Wer ist diese Zeugin?« fragte der Richter.

»Mrs. Martin Fortisquince, Mylord. Die Dame ist mit dem Vereidigten und seiner verstorbenen Mutter verwandt und wurde dem Vereidigten vor etwa drei Jahren von seiner Mutter vorgestellt.«

Der Richter nickte und sah Mr. Barbellion an, der daraufhin anhob: »Mylord, die Partei, die ich hier zu vertreten die Ehre habe, akzeptiert ohne Widerspruch, daß es sich bei dem Vereidigten um Master John Clothier handelt, zuvor unter dem Namen Master John Mellamphy bekannt. Wir hatten selbst bereits Beweise gesammelt, um seine Identität beweisen zu können, und ich bin meinem verehrten Herrn Kollegen dankbar, daß er uns eine Aufgabe abnimmt, deren Erledigung mir eher im Interesse meines als seiner Klienten zu liegen scheint.«

Nach diesen Worten nickten sich die beiden Herren zu, obwohl kaum mehr als ein überaus kurzes Zucken ihrer Köpfe wahrzunehmen war. Mr. Barbellion hatte mich in meiner Auffassung bestärkt, daß mein Fortleben im Interesse der Mompessons lag, doch seine Andeutung, daß es gar nicht so sehr in meinem Interesse liegen könne, meine Identität vor dem Gericht bestätigt zu sehen, gab mir ein Rätsel auf. Sollte dies ein Hinweis auf eine Gefahr sein, in der ich mich befand? Seltsam, daß er diesen Aspekt gerade jetzt zur Sprache brachte.

»Dann, Mr. Gildersleeve«, sagte der Richter, »scheinen mir weder die Dokumente noch die Zeugin vonnöten zu sein.«

»Ich bin einverstanden, Mylord«, sagte Mr. Gildersleeve mit ausdruckslosem Gesicht. Er raschelte mit seinen Papieren, als wolle er damit eine Zäsur markieren, und sagte dann: »Ich bitte den Vereidigten nun, die näheren Umstände des Todes seiner Mutter zu beschreiben.«

Dies traf mich wie ein Blitzschlag, und nur mit Mühe konnte ich die wesentlichen Angaben stammeln, während Emma mir voller Mitgefühl die Hand drückte.

»Sie haben den Tod Ihrer Mutter beim Gemeindeschreiber registrieren lassen?« fragte Mr. Gildersleeve. »Unter welchem Namen?«

Ich sagte es ihm und wunderte mich erneut, wieso man mich danach fragte.

Mr. Gildersleeve wandte sich an den Richter: »Mylord, ich bitte das Gericht, diese Aussage als Beweis für den Tod von Mrs. Peter Clothier, der Tochter von Mr. John Huffam, zu akzeptieren.«

Der Richter fragte Mr. Barbellion: »Sind Sie damit einverstanden?«

»Da in diesem Fall so viel davon abhängt, Mylord, bin ich nicht damit einverstanden.«

»Wie Sie wollen«, sagte Mr. Gildersleeve. »Der erste Zeuge, Mr. Limpenny, möge bitte aufgerufen werden!«

Zu meiner Überraschung brachte man nun den Gemeindeschreiber herein, der heute weitaus eleganter gekleidet war als an jenem Tag, als ich ihn im Morgenrock am Frühstückstisch gesehen hatte. Ich schaute verblüfft Emma an, doch sie wich meinen Blicken aus.

Auf Mr. Gildersleeves Fragen hin bestätigte der Schreiber meine Aussagen, und nachdem Mr. Barbellion ihn ins Verhör genommen hatte, ohne etwas Neues zu erfahren, entließ man ihn. Dann brachte man den zweiten Zeugen herein, und dies war niemand anderes als Mrs. Lillystone, die Frau, die die Leiche meiner Mutter gewaschen hatte. Nun wiederholte sich das gleiche Ritual, und ich fand es so qualvoll, das alles noch einmal durchleben zu müssen – und dies auch noch unter dem aufmerksamen Blick von Fremden –, daß ich das Gesicht in den Händen verbarg.

Nachdem die Frau die Halle verlassen hatte, sagte Mr. Barbellion: »Mylord, im Namen meines Klienten akzeptiere ich die Beweise für den Tod des Inhabers des Huffamschen Fideikommisses und die damit einhergehende Übergabe auf den Vereidigten, Master John Clothier.«

»Sehr gut«, sagte der Richter und notierte sich etwas. »Hiermit beginnt in der Geschichte des Huffamschen Fideikommisses ein neues Kapitel. Und lassen Sie uns hoffen, daß es glücklicher verlaufen wird als die vorhergehenden!«

Nun legte Mr. Gildersleeve die Hände auf den Rücken, stellte sich in Positur und sagte mit erhobener Stimme, wobei er die Worte dehnte wie ein Pfarrer, der eine Messe intoniert: »Mylord, ich bitte das Gericht nunmehr, den unmündigen und durch Krankheit an Geist und Körper geschwächten Jungen als Mündel anzuerkennen und ihn der zärtlichen Fürsorge jener Dame und jenes Herrn anzuvertrauen, von denen er liebevoll aufgenommen und gepflegt wurde, als er krank und mittellos zu ihnen kam, und die er nun als seine eigene Familie lieben und als Onkel und Tante anzuerkennen gelernt hat.«

Ich ärgerte mich sehr über seine Bemerkung, daß die Krankheit meinen Geist geschwächt habe, und fragte mich, ob es den Gesetzesvertretern denn erlaubt war, jene zu beleidigen, die sie dafür bezahlten, daß sie sich für ihre Rechte vor Gericht einsetzten.

Nachdem Mr. Gildersleeve wieder Platz genommen hatte, sagte der Oberarchivar: »Dies scheint mir ein überaus erwägenswerter Vorschlag. Mr. Porteous ist ein höchst ehrenwerter Gentleman und ein, wie man mir andeutete, verdienstvolles Vorstandsmitglied des Bankhauses Quintard & Mimpriss.«

Doch nun erhob sich Mr. Barbellion: »Mylord, im Namen meines Klienten muß ich gegen diesen Vorschlag allerstärksten Widerspruch einlegen.«

Emma griff nach meiner Hand.

»Ich kann nicht behaupten, Mr. Barbellion, daß mich dies überrascht«, sagte der Richter. »Dennoch möchte ich Sie bitten, mir die Gründe für Ihren Widerspruch zu nennen.«

In diesem Augenblick bemerkte ich, daß Mr. Gildersleeve einem der Türsteher ein Zeichen gab, der gleich darauf die Halle verließ. Und noch ehe Mr. Barbellion, der sich gerade erhob, zu sprechen beginnen konnte, sprang Mr. Gildersleeve auf und sagte: »Mylord, ich bitte um Ihre Nachsicht wie auch um die meines verehrten Kollegen, sollte ich ihn unterbrechen, doch ich tue dies nur, um das Gericht zu fragen, ob es Master Clothier nun erlaubt ist, sich zurückzuziehen.«

»Ich sehe dafür keine Veranlassung, Mr. Gildersleeve«, antwortete der Richter. »Fahren Sie bitte fort, Mr. Barbellion!«

Mr. Gildersleeve setzte sich und warf Emma einen wütenden Blick zu. Gerade als Mr. Barbellion zu sprechen anhob, sah ich, daß der Türsteher zusammen mit Frank in die Halle zurückgekehrt war.

»Mylord«, begann Mr. Barbellion, »unter weniger außergewöhnlichen Umständen würde weder der Klient, den ich hier vertrete, noch ich selbst einen unmündigen Jungen der Obhut einer Familie entziehen wollen, mit der ihn sowohl Verwandtschaft als auch Zuneigung verbindet.«

In diesem Augenblick hatten Frank und der Türsteher unsere Sitzreihe erreicht, doch Emma bedeutete ihnen, sich wieder zurückzuziehen. Ich versuchte, den Erklärungen von Mr. Barbellion zu folgen, denn seine anfängliche Bemerkung hatte mich aufhorchen lassen. Doch nun erhob sich noch einmal Mr. Gildersleeve, und Mr. Barbellion hielt inne, starrte ihn verblüfft an und wandte sich dann mit hochgezogenen Augenbrauen dem Richter zu, als fehlten ihm die Worte angesichts dieser Unverschämtheit seines Kollegen.

»Bitte mich zu entschuldigen, Mylord«, begann Mr. Gildersleeve beherzt, »doch der Vereidigte – wie ich Euer Ehren bereits vor Beginn dieser Sitzung das Privileg hatte, erklären zu dürfen – ist erst vor kurzem von einer schweren Krankheit genesen und daher nicht im Vollbesitz all seiner geistigen Kräfte. Es wäre folglich höchst wünschenswert, ihm zu gestatten, das Gericht nun verlassen zu dürfen.«

Also *das* hatte er dem Richter erzählt! Mir gefiel es überhaupt nicht, wie sich die Dinge hier entwickelten. Und verzweifelt versuchte ich mir etwas von dem, was ich gerade gehört hatte, wieder in Erinnerung zu rufen. Und wieso verband mich mit der Familie Porteous »Verwandtschaft«?

»Dies scheint mir ein durchaus vernünftiges Ansinnen«, sagte der Oberarchivar. »Oder haben Sie irgendwelche Einwände, Mr. Barbellion?«

»Ganz im Gegenteil, Mylord. Denn soweit es meinen Klienten betrifft, liegt ihm das Wohlergehen des letzten Fideikommißinhabers sehr am Herzen. Deshalb ist ihm die Frage der Vormundschaft ja auch so außerordentlich wichtig.«

»Also gut, Mr. Gildersleeve. Master Clothier kann das Gericht nun verlassen. Doch ehe er geht, möchte ich noch seine eigene Meinung hören.« Er sah mich an: »Nun, Master Clothier, sind Sie damit einverstanden, im Sinne des Gesetzes der Vormundschaft jener Familie anvertraut zu werden, die sich gegenwärtig bereits um Sie kümmert?«

Ich antwortete nicht sofort, da ich etwas Zeit brauchte, um über das gerade Gehörte nachzudenken.

»Nun, junger Mann«, sagte der Richter nach einigen Augenblicken, »sind Sie glücklich, daß Ihr Onkel Sie in seine Obhut nimmt und bis zu Ihrer Volljährigkeit die Stelle eines Vaters an Ihnen vertritt?«

»Er ist nicht mein Onkel!« rief ich. »Und ich will es nicht.«

»Johnnie!« zischte mir Emma ins Ohr. »Was soll das heißen?«

»Mylord!« sagte Mr. Gildersleeve, hob nur leicht eine Augenbraue, lächelte dem Richter verschwörerisch zu und sah mich gleich darauf stirnrunzelnd an.

Der Richter nickte: »Und welchen Einwand bringen Sie vor?«

»Sie wollen mir was antun!« rief ich. »Ich weiß nicht, warum, aber ich traue ihnen nicht.«

Emma warf mir einen Blick zu, den ich nie vergessen werde: hart und kalt und brennend vor Wut.

»Ihr Antrag sei Ihnen nun gewährt, Mr. Gildersleeve«, antwortete der Richter und nickte ernst. »Das ist alles höchst bedauerlich. Der junge Mann mag sich jetzt zurückziehen.«

Mr. Gildersleeve nickte Frank und dem Türsteher zu, und die beiden packten mich im gleichen Moment bei den Armen und drehten sie mir auf den Rücken. Als ich merkte, was sie vorhatten, versuchte ich, mich zu wehren. Ich wollte schreien, doch Frank hielt mir den Mund zu, hob mich hoch, warf mich über seine Schulter und trug mich rasch zum Ausgang, während der Türsteher hinter ihm hereilte und meine strampelnden Beine festhielt.

Trotz dieses Tumults hörte ich dennoch einige Satzfetzen aus Mr. Barbellions Rede: »... höchst ungewöhnliche Umstände... die enge Blutsverwandtschaft ... der mögliche Konflikt mit anderen Interessen ...«

Als wir die Tür erreichten, wurde sie gerade von dem Büttel auf der anderen Seite geöffnet. Frank blieb überrascht stehen, weil ihm jemand entgegenkam. Der Türsteher, der hinter ihm ging, konnte nicht erkennen, was geschah, und da er glaubte, daß sie durch meine Gegenwehr aufgehalten würden, begann er mit aller Kraft, mich und Frank auf die Tür zuzuschieben – mit dem Ergebnis, daß wir alle in einem höchst würdelosen Gedränge zum Stehen kamen. Der Neuankömmling, der dieses Durcheinander verursacht hatte, war ein junger Mann, und quer über Franks Schulter liegend, fand ich mich auf einer Höhe mit ihm und blickte ihm direkt ins Gesicht: Es war Henry Bellringer!

Er starrte uns verwundert an, und da ich kein Wort hervorbringen konnte, wehrte ich mich, so heftig ich nur konnte, und hoffte, daß er mich trotz meines teilweise verdeckten Gesichtes wiedererkennen würde.

»Was zum Teufel geht hier vor?« fragte er.

Und ich hörte, wie hinter uns Emma sagte: »Beeilt euch! Worauf wartet ihr?«

Henry sah sie an, und sie ließ rasch den Schleier fallen. »Ach nein«, sagte er, »daß ich Sie hier treffe, Miss ...«

»Nun aber rasch, Frank«, unterbrach sie ihn, und auf ihr Drängen hin schritt der Dienstbote rücksichtslos über die Türschwelle, so daß Henry ihm ausweichen und sich gegen den Türpfosten drücken mußte, um uns vorbeizulassen.

Gerade als wir die Halle verließen, hörte ich zum letztenmal Mr. Barbellions Stimme: »... würde jenen Herrn dort – und natürlich auch die übrigen Mitglieder seiner Familie – dem häßlichsten Verdacht aussetzen, sollte dieser betrübliche Umstand eintreten, von dem wir alle hoffen, daß er nicht eintreten wird, der aber nach dem, was wir heute hier gesehen haben, nicht gänzlich auszuschließen ist.«

Mehr konnte ich nicht hören, denn gleich darauf befanden wir uns wieder im Vorzimmer, und der Büttel hatte hinter uns die Tür geschlossen.

Der Türsteher führte uns nun den gleichen Weg zurück, den wir gekommen waren, dann verlud man mich in die Droschke, die noch auf uns wartete, und Frank ließ mich auf dem Weg zum Haus der Porteous nicht eine Sekunde lang aus den Augen. Als er seine Hand von meinem Mund nahm, wußte ich nicht, was ich sagen sollte, und Emma, aus deren Gesicht jener Ausdruck, den ich für einen Augenblick lang im Gericht gesehen hatte, längst verschwunden war, sagte nur vorwurfsvoll: »Ach John, John! Nach all dem, was wir für dich getan haben!«

Mich beschäftigten viele Fragen, als ich versuchte, aus dem Geschehen des heutigen Tages klug zu werden. Warum hatte Mr. Gildersleeve mit solchem Nachdruck darauf hingewiesen, wie krank ich gewesen war? Warum hatte er behauptet, ich sei geistig nicht voll auf der Höhe? Und warum hatte der Richter den Gebrauch des von Mr. Gildersleeve vorgeschlagenen Wortes übernommen und Mr. Porteous als meinen Onkel bezeichnet? Und was hatten die seltsamen Bemerkungen von Mr. Barbellion zu bedeuten, die ich hörte, als man mich aus der Halle schleppte? Hatte ich einen bösen Fehler begangen, als ich die Großzügigkeit von Emmas Familie in aller Öffentlichkeit ablehnte? Hatte ich mich etwa der allergrößten Undankbarkeit schuldig gemacht?

Als wir zu Hause eintrafen, wies Emma Frank an, mich auf mein Zimmer und ins Bett zu bringen. Er tat, wie ihm geheißen, und half mir beim Ausziehen meiner Kleider, aus denen ich noch den Sovereign, den Mr. Porteous mir geschenkt hatte, unbemerkt holen und in der Hand verbergen konnte. Frank ließ mich allein. Ich hörte, wie er die Tür hinter sich abschloß, und da ich befürchtete, daß man mir die Münze wieder abnehmen könnte, versteckte ich sie rasch im Saum meines Nachthemds.

Den Rest des Tages verbrachte ich damit, mir die Worte und Vorgänge, deren Zeuge ich am Morgen gewesen war, immer wieder durch den Kopf gehen zu lassen. Ich wünschte mir nur, mich in den Verfahrensprozeduren am Kanzleigericht besser auszukennen, vielleicht hätte ich dann gewußt, was dort wirklich vor sich gegangen war. Ich mußte an Henry denken. Ob er mich erkannt hatte? Ich fragte mich, was er dort zu suchen hatte und ob er etwa das Kanzleigerichtswesen studierte. In diesem Falle hätte er mir einiges von dem erklären können, was mich so sehr verwirrte: Warum hatte die Familie Porteous so nachdrücklich darauf bestanden, daß ich vor Gericht erschien? Und warum waren die Begleitumstände des Todes meiner Mutter so wichtig gewesen?

Allmählich keimte ein bestimmter Verdacht in mir, in dessen Licht die Vorgänge vor dem Richter plötzlich eine gänzlich andere Bedeutung gewannen und alle Ungereimtheiten unvermittelt einen Sinn zu machen schienen. Und doch klang der Verdacht so unwahrscheinlich, so sehr nach Verschwörung, daß mich bereits der bloße Gedanke an ihn zutiefst erschreckte. Wie konnte ich nur auf einen solchen Einfall kommen! Vielleicht war ich doch längst nicht so gesund, wie ich vermutet hatte.

V. BUCH

Der Freund der Armen

71. KAPITEL

Wieder einmal ist der Ort der Handlung der Salon am Golden Square Nr. 17. Mrs. Fortisquince hat einen Gast, den sie gerade wütend anfaucht: »Wenn ich das doch nur vorher gewußt hätte! Das wird katastrophale Folgen haben.«

»Sie hätten mir vertrauen sollen! Erzählen Sie mir jetzt die *ganze* Geschichte!«

»Ihnen vertrauen! Warum hätte ich Ihnen vertrauen sollen, Mr. Sancious, wo Sie mich doch schon in meinen eigenen Angelegenheiten so schlecht beraten haben! Ich habe jeden Penny bei dieser Investition verloren.«

»Genau wie ich! Genau wie alle anderen. Sogar die Bank von England hätte Weihnachten beinahe ihre Tore schließen müssen.«

»Das mag ja sein, aber ich habe schließlich mein ganzes Geld mit Wechseln auf das Haus Quintard Mimpriss verloren, Papiere, die ich auf Ihr Anraten hin gekauft habe!«

»Nur weil ich selbst kein Geld mehr besaß, um sie selbst kaufen zu können, meine verehrte Dame, da ich bereits alles verloren hatte. Sonst hätte ich sicherlich ein ebensolches Fiasko erlebt. Meine Information, daß es sich um verläßliche Papiere handelt, kam aus einer Quelle, der zu vertrauen ich allen Grund hatte. Und wenn ich Ihnen die Wahrheit gestehen soll, so muß ich Ihnen sagen, daß ich wahrscheinlich belogen worden bin, und ich bedaure das außerordentlich. Sie sehen also, Mrs. Fortisquince, ich halte – ganz im Gegensatz zu Ihnen – nichts vor Ihnen verborgen. Sie haben mir zuviel verschwiegen, und ein doppeltes Spiel kann ich einfach nicht ertragen.«

Die Witwe errötet und schaut ihn hochmütig an: »Wollen Sie mir vielleicht freundlicherweise erklären, was Sie damit meinen?«

»Ich habe kürzlich erfahren, daß man den Jungen vor dem Barnards Inn gesehen hat«, sagt der Advokat. »Nun blicken Sie doch nicht so unschuldig drein, Mrs. Fortisquince! Ich weiß schließlich, daß Henry Bellringer dort wohnt.«

»Gesehen? Wer hat ihn gesehen?«

»Ach, wenn Sie mir nicht alles sagen, dann müssen Sie mir schon auch meine kleinen Geheimnisse gönnen. Also, was verschweigen Sie mir?«

»Nichts«, sagt Mrs. Fortisquince. »Ein bloßer Zufall, mehr nicht. Ein ziemlich seltener Zufall, aber doch ohne jede weitere Bedeutung.«

»Aber nicht doch, Madam!« sagt Mr. Sancious. »Ich glaube an keine Zufälle. Es gibt verborgene Fäden, die Sie mit dem Jungen, dem alten Clothier und Bellringer verbinden. Auch wenn ich deren Verlauf noch nicht ganz überblicke, weiß ich doch mehr, als Sie ahnen.« Sie zuckt bei diesen Worten zusammen, und Mr. Sancious fährt fort: »O ja! Sehen Sie, als Sie mir rieten, dem entzückenden alten Herrn meine Bekanntschaft mit Ihnen zu verschweigen, machten Sie mich auf eine mögliche Verbindung zwischen Ihnen und dem alten Herrn aufmerksam. Ich dachte mir, daß Vulliamy, dieses unglückselige Geschöpf, möglicherweise etwas Licht in diese Sache bringen könne, und da ich in der glücklichen Lage war, ihm einen Gefallen erweisen zu können, versprach er mir zum Dank ebenjene Informationen, nach denen ich suchte. Ich habe Vulliamy gerade getroffen, und er wußte viel zu erzählen, wirklich sehr viel.«

Die Dame funkelt ihn wütend an.

»Ich bin mir sicher, daß Sie gerne erfahren würden, was er mir erzählt hat.« Als sie schweigt, fährt er fort: »Nun, zuerst teilte er mir mit, daß sein Prinzipal ihm befohlen habe, mir auf Schritt und Tritt zu folgen. Folglich weiß der alte Gentleman von unserer Verbindung, und das bereits seit geraumer Zeit.«

Mrs. Fortisquince stößt einen entsetzten Schrei aus und schlägt die Hand vor den Mund.

»Ich habe befürchtet, daß Sie ein wenig bestürzt auf diese Neuigkeit reagieren würden«, hebt der Advokat wieder an. »Denn sehen Sie, Vulliamy hat mir auch den Grund dafür erklärt. Ich kenne jetzt die ganze Geschichte, Mrs. Fortisquince. Und Ihre Beweggründe, über die ich zuvor immer etwas gerätselt habe, sind mir nun vollkommen klar.«

Sie wirft ihm einen so unbarmherzigen Blick zu, daß der Advokat schließlich doch die Augen niederschlägt.

»Sie hätten mir das früher erzählen sollen«, sagt er. »Sie hätten mir vertrauen sollen. Aber noch ist es nicht zu spät: Wir können immer noch zu einer neuen Übereinkunft gelangen.«

Die junge Witwe sieht ihn nachdenklich an.

72. KAPITEL

Zur üblichen Essenszeit ging an diesem Abend plötzlich die Tür auf, und Emma trug mein Tablett herein. Ich war erstaunt über diesen Gunstbeweis, denn seit ich mich wieder besser fühlte, hatte mir zumeist Ellen die Mahlzeiten serviert. Emma lächelte mich an wie eh und je, zog sich einen Sessel ans Bett und sah mir zu, während ich die kräftige Lammfleischsuppe aß, die vor mir auf dem Tablett stand.

»John«, begann sie, »du hast meinen Eltern sehr weh getan, aber ich habe sie davon überzeugen können, daß du nur so geredet hast, weil du noch nicht wieder völlig genesen bist.« Sie hielt inne, aber ich sagte nichts. »Und als du geschlafen hast«, fuhr sie fort, »kam Mr. Gildersleeve, um uns mitzuteilen, daß der Vorsitzende Richter die entsprechende Anordnung erlassen und dich der Vormundschaft meines Vaters unterstellt hat. Von nun an bist du also tatsächlich mein Bruder. Ist das nicht wundervoll?«

Ich nickte, wich aber ihrem Blick aus und legte den Löffel zur Seite, da ich keinen rechten Appetit hatte.

Als Emma dies bemerkte, sagte sie: »Nun komm schon, du mußt etwas essen.«

Ich schob die Schüssel zur Seite.

»Aber du hast ja die Hälfte stehenlassen!« Sie schob mir das Tablett wieder hin. »Du mußt mehr essen, wenn du wieder gesund und stark werden willst.«

»Ich mag aber nicht.«

Emma setzte sich zu mir aufs Bett, nahm die Schüssel in die Hand und griff nach dem Löffel. »Dann werde ich dich füttern, so wie damals, als du zu uns gekommen bist. Weißt du noch, wie hilflos du da warst?«

Diese Erinnerung an ihre liebevolle Pflege weckte plötzlich Schuldgefühle in mir, und als sie mir lächelnd den vollen Löffel hinhielt, überwand ich mich und schluckte den Inhalt hinunter. Doch mir wurde übel, und ich schüttelte den Kopf.

»Also gut«, sagte Emma, erhob sich und nahm das Tablett. Einen Augenblick lang meinte ich, auf ihrem Gesicht wieder diesen Ausdruck zu erkennen, den ich einen schrecklichen Moment lang im Gerichtssaal gesehen hatte, doch dann lächelte sie und war wieder ganz die alte: »Ich bring dir einen Becher mit Kampfersaft, der wird dich gut schlafen lassen.«

»Danke«, sagte ich, »das wäre lieb.«

Als sie einige Minuten später das Getränk brachte, mußte ich sie erneut enttäuschen, da ich nur wenige Schlucke aus dem Becher trinken konnte. Doch als ich ihr versprach, den Saft später auszutrinken, ließ sie ihn am Bett stehen, küßte mich liebevoll auf die Stirn, blies die Kerze aus und verließ das Zimmer. Erstaunt hörte ich, daß sie hinter sich abschloß.

Ich war so unglücklich, daß mir schon bei dem bloßen Gedanken, etwas zu mir nehmen zu müssen, übel wurde. Als daher im Haus Stille einkehrte, stand ich auf und wollte, um Emma nicht noch mehr zu bekümmern, den Saft ausgießen. Das Fenster war verschlossen, also ging ich in eine Ecke des Zimmers, in der kein Teppich die Dielen bedeckte, tauchte meine Finger in den Becher und begann, den Saft über den Boden zu verteilen. Doch dann geschah plötzlich etwas äußerst Seltsames: Der Saft schien mit einemmal rot und klebrig auszusehen. Und dennoch war mir auf seltsame Weise bewußt, daß in dem Becher kein Blut war, denn ich fühlte mich, als würde ich träumen und wäre doch zugleich hellwach. Ich legte mich wieder ins Bett, doch jäh war ich überzeugt, daß es sich bei meinem Zimmer, obwohl es sich nicht verändert hatte, um jenen Raum handelte, in dem meine Mutter gestorben war. Und die Laken, mit denen ich mich zudeckte, wurden zu den Lumpen, unter denen ich vor einigen Monaten jene schrecklichen Nächte in Mitre Court verbracht hatte.

Als ich den Kopf senkte und die Augen schloß, sah ich mich durch ein Fenster auf eine unendliche, dunkle Ebene blicken, die sich bis zum Horizont erstreckte und mit winzigen gelben Lichtpünktchen übersät war. Im Vordergrund hoben sich Turmspitzen gegen den fahlen, magentaroten Himmel ab, und ich merkte, daß ich fast auf einer Höhe mit ihnen war, mehrere hundert Fuß über dem Erdboden. Plötzlich erschien – und das war völlig unmöglich – ein Schatten am Fenster, und mit wachsendem Grauen erkannte ich ein blasses Gesicht – ein unnahbares, marmorgleiches Gesicht, aus dem heraus mich leere, durchsichtige Augen anstarrten. Gerade als meine Furcht unerträglich zu werden drohte, änderte sich das Bild, und ich sah mich einer raschen Folge von Visionen betörendster Schönheit ausgesetzt, die sich mit den entsetzlichsten Schreckensszenen abwechselten, so daß ich aus den Abgründen tiefster Angst in die süßesten Qualen der Erinnerung gestürzt wurde, der Erinnerung an etwas, das mir einfach nicht wieder einfallen wollte.

Einmal sah ich mich bei brennendroter Dämmerung in einer schwankenden Kutsche durch die Straßen einer großen Stadt fahren, und über dem Horizont gleißte die flammend helle Scheibe der Sonne. Als ich den Kopf aus dem Fenster reckte und aufschaute, sah ich über mir dunkle Wolkenberge in großen Strudeln um Häuser wirbeln, die sich zu beiden Seiten in ungeheuerliche Höhen erhoben und deren Dächer sich im Rauch verloren, und da begriff ich schließlich, daß die Stadt von einem riesigen Flammenmeer vernichtet wurde. Mir gegenüber in der Kutsche saß eine junge weibliche Gestalt, deren Züge durch einen Schleier verborgen waren, und doch kam sie mir eigenartig bekannt vor. Noch während ich sie anstarrte, wurde der Schleier immer dunkler und dunkler, bis schließlich ihr ganzer Kopf nur noch ein schwarzer Schatten war. Doch dann schlingerte die Kutsche um eine Kurve, das Licht der Sonne fiel aus einem anderen Winkel auf die Gestalt, und die Form eines Totenschädels begann sich unter dem Schleier abzuzeichnen. Ich wollte dieses Gesicht nicht sehen, und ich schrie und schrie, und mir war, als erwachte ich und fände mich in meinem Schlafzimmer im Haus der Familie Porteous wieder, doch es war nicht das alte, vertraute Zimmer, denn die Wände begannen sich um ihre Achsen zu drehen, das Feuer züngelte aus dem Kamin hervor, und wieder stürzte ich in einen Mahlstrom der grauenhaftesten Visionen.

73. KAPITEL

Ich weiß nicht, wie lange diese phantastischen Bilderfolgen einander ablösten, doch ich glaube, daß sie mich die ganze Nacht lang in ihren Bann schlugen. Als ich am nächsten Morgen aufwachte – so erschöpft, als hätte ich kein Auge zugetan, mit trockenem Mund und schmerzendem Kopf –, fragte ich mich besorgt, ob ich tatsächlich den Verstand verlor. Ich versuchte mich zu erinnern, ob ich je gehört hatte, daß solche Träume den Beginn einer Geisteskrankheit anzeigten, und war zur gleichen Zeit von einem sehnsüchtigen Verlangen nach all den schönen Dingen geplagt, die ich gesehen hatte.

Es war noch sehr früh, und im Haus schien noch niemand aufzusein, da glaubte ich plötzlich, vor der Tür ein Geräusch zu hören. Ohne eigentlich zu wissen, weshalb ich es tat, schloß ich meine Augen bis auf einen kleinen Spalt und gab vor, noch zu schlafen. Die Tür wurde langsam geöffnet, und Emma steckte den Kopf ins Zimmer. Entsetzt bemerkte ich, daß sie mich mit genau dem gleichen schrecklichen Ausdruck betrachtete, den ich schon vor Gericht auf ihrem Gesicht gesehen hatte, als ich mich weigerte, ihren Vater als meinen Vormund anzuerkennen: eine kalte, harte Miene und Augen wie schmale Schlitze. Sie kam an mein Bett, nahm den leeren Becher, und mit einer Stimme, so hart und kalt, daß sie zu ihrer Miene paßte, fragte sie: »Schläfst du noch?«

Ihre Frage überraschte mich, und da ich fürchtete, sie könne mich mit halbgeschlossenen Lidern blinzeln sehen, antwortete ich: »Nein.«

Bildete ich es mir nur ein, oder schien sie beim Klang meiner Stimme zu erschrecken?

»Wie geht es dir?« fragte sie tonlos.

»Nicht sonderlich gut.«

Ungestüm stieß sie hervor: »Was erwartest du auch, wenn du nichts ißt, du dummer kleiner Junge!«

In diesem Moment, als ich sie betrachtete und diese Worte in einem solchen Ton gesprochen hörte, erinnerte ich mich an etwas, das ich schon seit langem irgendwie halb gewußt hatte und das nun mit einem meiner Träume aus der letzten Nacht verschmolz: die junge Frau in der Kutsche, das verschleierte Gesicht, die ärgerliche Stimme. *Emma hatte vor all den Jahren versucht, mich zu entführen!*

Jetzt glaubte ich, alles zu verstehen. All das, was mich bei der Transaktion vor Gericht so sehr verwirrt hatte – Mr. Barbellions Bemerkungen über »Verwandtschaft und Zuneigung« und der Richter, der von Mr. Porteous als meinem Onkel sprach –, ergab nun einen unerwarteten Sinn: *Mr. und Mrs. Porteous waren mein Onkel und meine Tante: Daniel Clothier und seine zweite Frau!*

Mein Entsetzen war viel zu groß, um es überspielen zu können, und Emma merkte, daß mir etwas Ungeheuerliches aufgegangen war. Einen Moment lang starrte sie mich an, dann lächelte sie, das heißt, sie versuchte es wenigstens, denn für mich sah es wie eine kränkliche Imitation ihres früheren Lächelns aus: »Hast du endlich den wahren Grund dafür erraten, weshalb wir dich so aufopfernd gepflegt haben, John?«

Ich nickte.

»Dann sag's mir!«

»Dein Vater ist Daniel Clothier, der ältere Bruder meines Vaters.«

»Ja«, sagte sie. »Wir sind deine wahre Familie. Mein Vater nahm den Namen seiner Frau an, als er zum zweitenmal heiratete. Wie du siehst, bin ich etwas viel Besseres als deine Adoptivschwester: Ich bin deine echte Cousine!«

Als sie sich niederbeugte und mich küßte, wirbelten meine Gedanken durcheinander. Sie war also Miss Emma Clothier! Und so hatte Henry Bellringer sie auch anreden wollen! (Ich konnte mir allerdings nicht vorstellen, woher er sie kannte.)

»Du wirst dich fragen, warum wir dir dies vorenthalten haben«, fuhr sie fort. »Ich werde dir alles erzählen, und dann wirst du es verstehen. Doch mein Vater und meine Mutter sollten auch dabeisein. Ich will sie rufen. Wie werden sie sich freuen, daß wir dir endlich die Wahrheit erzählen können.«

Immer noch lächelnd verließ sie das Zimmer. Es dauerte eine Weile, bis sie mit ihren Eltern zurückkehrte und rief: »Ist Johnnie nicht klug, daß er darauf gekommen ist?«

»Gut gemacht, mein Junge«, sagte mein Onkel, kam zum Bett und hielt mir seine große, fleischige Hand hin. Ich nahm sie und erinnerte mich mit einem innerlichen Schauder an das, was meine Mutter über ihn geschrieben hatte. »Bist ein kluges Bürschchen, gar keine Frage.«

Seine Frau umarmte und küßte mich, und ich fragte mich, ob sie wohl ebensoviel wie die anderen beiden wußte. »Na, ist das keine Überraschung?« rief sie.

»Du wirst dich fragen, weshalb ich einen anderen Namen angenommen habe«, sagte mein Onkel und warf Emma einen Blick zu. »Der Grund ist einfach der, daß ich mich damals schrecklich darüber aufgeregt habe, wie mein Vater meinen Bruder behandelt hat.«

»Meinen Vater, wollen Sie sagen?« fragte ich.

Er sah erneut zu Emma.

»Weißt du, Johnnie«, sagte sie und legte den Arm um die ältere Frau, »meine Mama ist auch nicht meine wahre Mama, sondern die zweite Frau von meinem Papa.«

Die rührende Geschichte von einem zweiten Bruder, der so früh gestorben war, hatte sie also erfunden!

»Aber du wirst dich fragen, warum wir dir dies alles verschwiegen haben«, sagte mein Onkel.

Ich nickte.

Er wandte sich an Emma, und sie begann: »Wir hatten eigentlich vor, es dir bald zu erzählen, doch wir wollten noch warten, bist du besser bei Kräften bist. Vielleicht war das nicht richtig, aber wir hatten solche Angst vor den Folgen. Schließlich bist du ja lange sehr schwach gewesen.«

»Wie gütig von euch«, murmelte ich, »wie gütig.«

»Du verstehst doch, daß wir um dich besorgt waren, nicht wahr?« fragte Emma.

Ich nickte. Ich wollte nur noch allein gelassen werden, um in Ruhe nachdenken zu können.

»Wir nahmen an, daß deine arme Mutter dich gegen uns aufgehetzt hat«, sagte Emma. »Und damit haben wir ja auch recht gehabt, wenn ich an all die unfreundlichen und unwahren Dinge denke, die sie über meinen lieben Papa geschrieben hat.«

An diese Seite der ganzen Angelegenheit hatte ich noch gar nicht gedacht: daß Emma sich stundenlang meine Geschichte angehört und Entsetzen gemimt hatte, während ich ihr von den Taten ihres Vaters erzählte, um dann gleich ins nächste Zimmer zu gehen und ihm jedes einzelne Wort brühwarm zu berichten.

»Deine Mutter ist einem bedauerlichen Irrtum erlegen«, sagte mein Onkel. »Wir werden dir dies alles erklären, wenn du dich wieder völlig erholt hast.«

»Doch du fragst dich sicher, wie es kam«, sagte Emma, »daß du uns getroffen hast. Wie es kam, daß du dir unter allen Häusern Londons gerade dasjenige deines lang vermißten und unbekannten Onkels aussuchen solltest, um an sein wohltätiges Herz zu appellieren.«

Ich nickte verblüfft.

»Es war die Vorsehung«, rief meine Tante. »Dem Himmel sei Dank!«

»Ja, Johnnie.« Emma nickte. »So seltsam es auch klingen mag, aber es war ein bloßer Zufall, der dich an unsere Tür brachte. Einer von diesen Zufällen, wie man sie sonst nur aus Romanen kennt – und das auch bloß aus solchen Werken, deren Schöpfer zu faul waren, sich etwas Besseres auszudenken.«

Zufall? Nein, daran konnte ich nicht glauben. Wenn es wirklich einen Schöpfer gab, der sich *mein* Leben ausgedacht hatte, dann wollte ich ihn einfach nicht für so böswillig halten.

»Ich ahnte die Wahrheit schon sehr bald. Weißt du noch, wie ich zusammengezuckt bin, als du mir verrietst, dein Name sei Clothier?« fragte Emma.

Ich nickte und mußte daran denken, daß ich ihr auch gesagt hatte, es sei der Name, den ich mehr als alles andere auf der Welt hassen würde.

»Mir dämmerte schon damals, wen ich da vor mir hatte, denn mein Vater erzählte oft von der Frau seines armen Bruders und von ihrem Kind. Doch ich wagte es noch nicht, dir meine Vermutung anzuvertrauen, da ich Angst hatte, daß es ein zu großer Schock für dich sein könnte. Schließlich hättest du ja glauben müssen, dich in Gewalt deiner ›Feinde‹ zu befinden.« Ich errötete, und sie fuhr fort: »Warum hättest du deiner Mutter auch keinen Glauben schenken sollen? Warte nur, ich werde dir alles erklären, und wenn du die Wahrheit kennst, wirst du auch nicht mehr ängstlich und mißtrauisch sein. Vergiß nicht, Johnnie, wir haben alle Zeit der Welt!«

»Wir sollten ihn jetzt allein lassen. Er sieht müde aus«, sagte meine Tante.

»Ja, ich würde gern ein wenig schlafen«, antwortete ich.

»Natürlich«, meinte Emma. »Schlaf jetzt! Später bring ich dir dann deinen Porridge.«

Sie verließen das Zimmer, schlossen die Tür hinter sich und überließen mich meinen Zweifeln und meiner Furcht. Konnte ich ihnen glauben, daß sie mir ihre Identität nur verschwiegen hatten, um mich zu schonen? Stimmte denn nichts von dem, was meine Mutter über meinen Onkel geschrieben hatte? Ich mußte mich entscheiden, denn wenn sie recht gehabt hatte, dann schwebte ich in großer Gefahr, da das Kodizill inzwischen vermutlich dem Kanzleigericht vorlag, und sobald es anerkannt worden war, trennte die Clothiers – oder vielmehr die Familie Porteous – einzig das Fortleben des letzten Huffam-Nachkommen von der Erbschaft des Gutes Hougham. Und das war bestimmt auch der Grund für die Sitzung, zu der man mich vor Gericht geladen hatte: Der Tod meiner Mutter mußte formell festgestellt werden, damit mein Status als Erbnachfolger der Huffams bestätigt war. Und um meine

Identität zu beglaubigen, ließ man mich vor Gericht erklären, daß im Taufregister von Melthorpe Peter Clothier als der Name meines Vaters angegeben war.

Mein Leben stellte also tatsächlich das letzte Hindernis dar, das Silas Clothier vom Erbe trennte! Und da er meinen Tod jedenfalls überleben mußte und inzwischen sicherlich ein sehr alter Mann war, dürften seine Erben, mein Onkel und Emma, höchst ungeduldig darauf warten, daß sich diese Bedingung endlich erfüllte. Kein Wunder also, daß Mr. Gildersleeve mit solchem Nachdruck auf meinen Gesundheitszustand hingewiesen hatte! Und ebensowenig verwunderte es mich nun, daß Mr. Barbellion Einspruch gegen die Absicht erhoben hatte, meinen Onkel zu meinem Vormund zu ernennen!

Welch außerordentliches Glück, dachte ich, daß meine Träume mich alarmiert hatten. Und dann begriff ich auch plötzlich, wieso es zu diesen Fieberphantasien gekommen war: Man hatte mir etwas ins Essen getan! Mein Herz begann wie rasend zu pochen, als ich mich daran erinnerte, was Miss Quilliam einmal über Opium gesagt hatte: In geringen Mengen sorgt es für einen tiefen Schlaf, bei einer etwas größeren Dosis ruft es die ungewöhnlichsten Trugbilder hervor, aber in noch größeren Mengen ist es ein tödliches Gift, das keine Spuren hinterläßt. Hatte Emma etwas in mein Abendessen und in den Kampfersaft gemischt? Und hatte ich nur überlebt, weil ich so wenig davon zu mir genommen hatte? Oder bewiesen meine Vermutungen bloß, daß ich nun wirklich verrückt wurde?

Gerade als ich mit meinen Überlegungen an diesem Punkt angelangt war, vernahm ich ein leises Klopfen an der Tür. Ich hörte, wie der Schlüssel nahezu geräuschlos umgedreht wurde. Als Emma eintrat, lächelte sie ihr gewohntes Lächeln; sie brachte mir einen großen Teller Porridge.

»Hast du geschlafen?«

Ich nickte.

»Nun mußt du etwas essen!« sagte sie und wollte mir den Teller reichen.

Ich schüttelte unwillkürlich den Kopf, da ich fest entschlossen war, in diesem Haus nichts mehr zu essen. Was dies für Folgen haben würde, mußte ich noch überdenken, denn bisher konnte ich den Weg, der vor mir lag, nur so weit erkennen, wie ich ihn gerade beschrieben habe.

Emma musterte mich mit scharfem Blick: »Nun gut, ich laß den Teller hier«, sagte sie und stellte den Porridge auf den Tisch neben meinem Bett. »Armer Johnnie!« fuhr sie fort. »Was für ein Schock, sich so plötzlich im Kreise der bösen Familie wiederzufinden.«

Sie sprach so natürlich und auch so komisch darüber, daß ich lachen mußte. Wie gern hätte ich ihr doch vertraut, und wie sehr wünschte ich mir, alle meine Mutmaßungen als Folgen meiner Krankheit abtun zu können!

»Schlaf nun, und wenn du wieder wach wirst, versuchst du, etwas zu essen!« sagte sie fürsorglich. »Ich laß dich jetzt allein.«

Sobald sie gegangen war, galt meine Aufmerksamkeit einem weiteren rätselhaften Aspekt dieser ganzen Angelegenheit: Wie war ich hierhergekommen? Die Erklärung, die man mir gegeben hatte, konnte ich einfach nicht akzeptieren, und als ich nun die wirre Kette der Ereignisse zurückverfolgte, fiel mir wieder ein, daß es der Junge gewesen war, der mich vor dem alten Haus in Charing Cross gefunden und hierhergeführt hatte. Irgend etwas an ihm hatte damals meine Aufmerksamkeit erregt, und während ich nun weiter nachsann, drängte sich mir eine Vielzahl von Erinnerungen auf. Zu ihnen gehörte auch das Bild von einem Schneetreiben und einer mühseligen Wanderung von Haus zu Haus. Wo hatte ich das nur schon einmal gesehen? Ein zweites Bild tauchte auf: eine dicke, fröhliche Frau in einer warmen Küche. Es war die Küche unseres Hauses in Melthorpe. *Die Frau war Mrs. Digweed! Und der Junge, der mich hierhergebracht hatte, war ihr Sohn Joey!*

Bei dem Versuch, ein außerordentliches Zusammentreffen zu erklären, war ich auf einen neuen Zufall gestoßen. Und weiter gediehen meine Überlegungen nicht, denn ich konnte mir nicht erklären, warum oder wie Joey Digweed mit meinem Onkel in Verbindung stehen sollte. Ich erinnerte mich an jenen anderen scheinbar ebenso unerklärlichen Zufall: daß nämlich Barney der Einbrecher in Melthorpe gewesen war. Plötzlich fragte ich mich, ob es einen Zusammenhang zwischen diesem und jenem Geschehen gab, denn Mrs. Digweeds Auftauchen im Haus meiner Mutter war nach meinen Überlegungen auf den früheren Einbruch zurückzuführen. Ich konnte das Knäuel der Fragen jetzt nicht entwirren, doch es mußte geheime Verknüpfungen zwischen all diesen Vorfällen geben, und dies schien mir ein Beweis dafür zu sein, daß man sich gegen mich verschworen hatte. Ich stand nicht einer Folge von Zufällen, sondern einem mir unbekannten Plan gegenüber. Und deshalb lag nahe, daß man mich nicht ohne Absicht hierhergeführt hatte und daß Emma und ihr Vater mich belogen.

Die Folgerichtigkeit, mit der ich zu diesem Schluß gekommen war, beruhigte mich. Ich war nicht verrückt: Es gab tatsächlich ein ungeheuerliches Komplott gegen mich. Und wie dies im Detail auch aussehen mochte, ich wußte nun genau, daß ich so rasch wie möglich von hier fliehen mußte.

Ich stieg aus dem Bett und ging zum Fenster, vor das man einen Riegel geschoben hatte, der sich nicht bewegen ließ. Da das Zimmer im ersten Stock lag, gab es durch das Fenster ohnedies keine Möglichkeit zu entrinnen, denn ein brunnenähnlicher, enger Innenhof, aus dem nur ein Weg durch das Haus führte, war alles, was ich sehen konnte.

Ich mußte jedoch schon bald fliehen, denn ich war fest entschlossen, kein Essen mehr anzurühren. Bei meinen Verwandten durfte ich aber den Verdacht nicht aufkommen lassen, daß ich Angst hatte, von ihnen vergiftet zu werden, und so hob ich den Teppich hoch, schüttete das Essen darunter und trat es flach, damit keine Unebenheiten zu sehen waren. Dann legte ich mich wieder hin, und obwohl bis zum Abend noch einige Male die Tür geöffnet wurde und jemand hereinkam, tat ich, als würde ich schlafen, und wagte nicht, meine Augen auch nur einen Spaltbreit zu öffnen.

Während ich wach im Bett lag und darauf horchte, wie die Geräusche im Haus langsam verstummten, dachte ich an die eher praktischen Probleme meiner Flucht. Als wir vom Gericht zurückgekehrt waren, hatte man mir gestern meine Kleider abgenommen. Ich war immer noch recht schwach und besaß kein Geld, von dem Sovereign einmal abgesehen. Wie weit würde ich barfuß und nur mit einem Nachthemd bekleidet in einer kalten Januarnacht kommen? Und wohin sollte ich überhaupt fliehen? Ich kannte niemanden,

den ich um Hilfe bitten konnte. Aber ich hatte keine Wahl, denn hierzubleiben bedeutete den sicheren Tod.

Ich beschloß, bis etwa vier Uhr morgens zu warten, da das Haus dann sicherlich in tiefem Schlaf lag und die Dämmerung nur noch wenige Stunden entfernt war – die Kälte auf den Straßen würde mir ziemlich zusetzen. Und während ich gegen den Schlaf ankämpfte, hörte ich die Uhr draußen auf dem Flur die Stunden schlagen: Mitternacht, ein Uhr, zwei Uhr.

74. KAPITEL

Endlich schlug es vier Uhr. Ich nahm ein paar Decken, faltete sie zusammen, um mich in ihnen einzuwickeln, und verspürte bei diesem Diebstahl keinerlei Gewissensbisse. Zu meiner Erleichterung (und Überraschung) fand ich die Tür ausnahmsweise unverschlossen. Ich stahl mich hinaus auf den dunklen Flur und schlich langsam und vorsichtig die Treppe hinunter. Bis auf das Glimmen des Gasglühstrumpfs in der Lampe war es hier ebenfalls dunkel, doch da ich wußte, daß die Bediensteten unter dem Dach hausten und die Familie im ersten und zweiten Stock schlief, fühlte ich mich hier unten vergleichsweise sicher. Die eine Türe führte auf den Innenhof, also mußte ich durch die andere, die Haustür, entkommen. Leise zog ich den ersten Riegel zurück, dann den zweiten; die sichere Straße schien bereits in greifbarer Nähe zu sein.

Plötzlich sah ich aus den Augenwinkeln heraus, daß nicht weit von mir eine Tür aufgegangen war und neben mir eine Gestalt stand.

»Zeigst du uns so deine Dankbarkeit?« fragte mein Onkel. »Hat man dich so gegen uns aufgehetzt?« Er ging zur Lampe und drehte das Gas auf. Als das Licht aufflackerte, tanzten Schatten über sein Gesicht. »Was für ein Glück, daß ich noch gearbeitet habe.«

»Hast du ja gar nicht!« schrie ich und begriff mit einemmal, wie naiv ich gewesen war. »Du hast hier auf mich gewartet. Du hattest ja gar kein Licht an, sonst hätte es unter der Tür durchgeschimmert. Und deshalb habt ihr auch meine Tür nicht abgeschlossen.«

Ich wußte, daß es vergeblich war, aber ich zog trotzdem an der Haustür, die sich natürlich nicht öffnen ließ.

»Der Schlüssel ist in meiner Tasche«, sagte mein Onkel lakonisch.

Verzweifelt hämmerte ich mit meinen Fäusten gegen die Tür und schrie: »Hilfe! Laßt mich raus! Ruft die Wache!«

Fluchend stürzte sich mein Onkel auf mich. Der Lärm hatte das ganze Haus geweckt, oder doch zumindest diejenigen Bewohner, die geschlafen hatten. Als sich die ersten Lichter auf der Treppe zeigten, trat ich meinem Onkel gegen das Schienbein und begann, laut zu weinen. Meine einzige Hoffnung bestand nun darin, bei einem der Dienstboten Mitleid erwecken zu können. Als ich aufblickte, sah ich Emma und meine Tante in ihren Nachtgewändern auf der Treppe stehen. Hinter ihnen entdeckte ich ein junges Dienstmädchen, das ich bisher nur einmal flüchtig gesehen hatte, sowie

Ellen. Ich konnte mich jetzt nur darüber wundern, daß ich jemals glauben konnte, ihr Gesicht könne einen herzlichen Ausdruck annehmen. In diesem Augenblick kam der Diener Frank vollständig angezogen aus dem Tiefparterre, begriff die Situation offenbar auf den ersten Blick und ging zu meinem Onkel, um ihm zu helfen.

»Ins Hinterzimmer mit ihm!« rief mein Onkel, und die beiden Männer schleppten mich zum rückwärtigen Teil des Hauses.

»Du abscheuliches kleines Ungeheuer!« rief Emma. »Dabei haben wir doch so viel für dich getan!«

»Schimpf nicht mit ihm, meine Liebe!« sagte ihr Vater. »Siehst du denn nicht, daß er nicht bei Verstand ist?«

»Nein!« rief ich. »Das ist nicht wahr. Ich bin nicht verrückt.« Ich wandte mich an das Dienstmädchen, das mich entsetzt anstarrte. »Sie wollen mich umbringen. Sie haben schon versucht, mich zu vergiften. Bitte! Lauf zum Magistrat und sag, was du gesehen hast!«

Einen Augenblick später stieß man mich über den hinteren Flur und schließlich in eine Kammer. An der Tür hielt jemand kurz eine Kerze hoch, und in ihrem Licht konnte ich erkennen, daß es in dem Raum weder Möbel noch Teppiche oder gar einen Kamin gab und daß das einzige, zum Hinterhof führende Fenster von innen vergittert war. Dann wurde die Tür zugeschlagen, und ich blieb allein in Kälte und Dunkelheit zurück.

Ich hatte längst begriffen, daß ich bei meinem Fluchtversuch in eine Falle gelaufen war. Es war schrecklich kalt in dem Zimmer, und da ich im Handgemenge vor der Haustür meine Decken verloren hatte und hier nichts zum Zudecken finden konnte, stand mir in meinem dünnen Nachthemd eine ungemütliche und vermutlich auch lebensgefährliche Nacht bevor. Ich legte mich auf die bloßen Dielenbretter, zog die Beine an und rollte mich so eng wie nur möglich zusammen, um mich gegen die Eiseskälte zu schützen. Mich dem Schlaf zu überlassen, wagte ich nicht. Sie würden sicher versuchen, mich umzubringen. Aber ich wollte nicht sterben.

Als die ersten blassen Zeichen der Morgendämmerung am Himmel über dem Innenhof sichtbar wurden, ging die Tür auf, und Emma trat ein, gefolgt von Frank. Sie brachte mir etwas zu essen und zu trinken, stellte das Geschirr auf den Boden und musterte mich dabei mit einem höchst eigenartigen Blick, als könne sie sich zwischen Furcht, Abscheu und Mitleid nicht recht entscheiden.

»Ich werde nichts mehr anrühren, wenn du nicht auch etwas davon ißt«, sagte ich. »Und ich trinke nur Wasser.«

»Ich kann nur hoffen, daß du bald wieder gesund wirst«, sagte Emma, »und einsiehst, wie absurd und ungerecht dein Mißtrauen ist.«

»Außerdem friere ich«, fuhr ich fort.

»Vater meint, er könne es nicht riskieren, dir ein Feuer anzünden oder Decken geben zu lassen.«

Sie ging und überließ es Frank, hinter ihr wieder abzuschließen.

Ein oder zwei Stunden später – doch ich hatte jedes Zeitgefühl verloren – kehrte sie mit ihrem Vater zurück. Als die beiden sahen, daß ich das Essen nicht angerührt hatte, meinte Mr. Porteous: »Du bringst dich noch selbst um. Und all das nur, weil dich deine Mutter so aufgehetzt hat, dieses törichte, gehässige Geschöpf.«

»Reden Sie nicht so von ihr!« rief ich.

»Ich glaube, du solltest die Wahrheit erfahren«, sagte er ernst. »Deine Mutter und niemand sonst war für all das Elend verantwortlich, das meinem unglückseligen Bruder Peter widerfahren ist. Sie hatte sich ganz bewußt vorgenommen, diese unschuldige, schwache Kreatur in ihre Gewalt zu bekommen.«

»Hören Sie auf!« schrie ich. »Ich will Ihre Lügen nicht hören!«

Ich hielt mir die Ohren zu, konnte seine Worte aber immer noch verstehen: »Sie hat es vorher schon bei mir probiert, aber ich war ihr wohl etwas zu gewieft. Also hat sie sich an Peter rangemacht – weiß der Himmel, er war wirklich so naiv, daß es ihr nicht besonders schwer gefallen sein kann –, und bald hatte sie ihn völlig in ihrer Hand. Und warum das alles? Ich habe mich das schon oft gefragt, und ich nehme an, daß sie und ihr Alter Herr sich einen Teil vom Vermögen meines Vaters sichern wollten.«

»Schweigen Sie!« schrie ich.

»Wir erzählen dir das doch nur zu deinem eigenen Besten, John«, sagte Emma. »Die Wahrheit mag bitter sein, aber du mußt sie schließlich einmal erfahren.«

Als ich in ihr blasses Gesicht schaute, das gewiß immer noch schön zu nennen war, sah ich nichts als Haß darin, doch ob sie wirklich an das glaubte, was sie mir da sagte, konnte ich nicht entscheiden, obwohl sie von ihren Worten überzeugt zu sein schien.

»Deine Mutter und ihr Vater«, fuhr mein Onkel unerbittlich fort, »haben geglaubt, sie könnten meinen Bruder für ihre Zwecke einspannen, aber sie haben sich ein bißchen *zu* schlau dabei angestellt. Sie trieben ihn in den Wahnsinn, weil sie ihn gegen die eigene Familie aufhetzen wollten. Und deshalb hat er sich schließlich auch gegen deinen Großvater gewandt und ihn umgebracht.«

»Er war nicht verrückt!« rief ich. »Das ist eine gemeine Lüge. Mr. Escreet hat meiner Mutter gestanden, daß mein Vater recht gehabt hatte, als er behauptete, der Streit sei nur eine Scharade gewesen.«

»Hat deiner Mutter gestanden«, höhnte mein Onkel. »Ich warne dich, du solltest nicht jedes Wort glauben, das dir diese Frau gesagt hat. Soweit ich weiß, war sie es nämlich, die Peter zu diesem Mord angestiftet hat. Der Himmel weiß, warum. Aber bei dieser Frau konnte mich schon lange nichts mehr überraschen.« Er kniff die Augen zusammen und sah mich nachdenklich an: »Und da ist noch etwas, das du wissen solltest. Ich glaube nicht, daß du schon begriffen hast, daß Fortisquince ...« Er hielt inne, sah zu seiner Tochter hinüber und sagte: »Aber das kann auch noch warten.«

»Nein«, sagte Emma mit triumphierendem Lächeln. »Sag ihm alles!«

Und so erzählte er mir etwas über meine Mutter – oder besser über meinen Vater –, das ich nicht glauben, aber auch nicht mehr vergessen konnte.

Noch bevor er ausgeredet hatte, stürzte ich mich auf ihn, doch er schleuderte mich zur Seite, so daß ich zu Boden fiel. Dort lag ich dann und weinte vor Wut und Verzweiflung, während Emma und ihr Vater lächelnd auf mich herabsahen, das unberührte Essen aufhoben und schließlich hinausgingen.

Konnte denn irgend etwas von dem, was er gesagt hatte, wirklich wahr sein? Ich fühlte, wie ich den Grund unter mir verlor, sobald ich darüber nachdachte. Meine Mutter eine Betrügerin? Eine Lügnerin? Vielleicht noch etwas weit Schlimmeres? Hatte sich denn hinter der Maske vertrauenswürdiger Arglosigkeit eine doppelzüngige Person verborgen? Es stimmte schon, sie hatte mir die Höhe des wahren Betrags verschwiegen, den sie in jene unglückselige Spekulation investiert hatte. Und sie hatte sich damals auch die Sticksachen gekauft, ohne mir etwas davon zu erzählen. Und später war sie recht mißtrauisch geworden und hatte immer sehr geheimnisvoll getan, doch das war sicherlich nur die Folge ihrer damaligen Situation gewesen. Aber was Mr. Porteous angedeutet hatte ... Ich konnte einfach nicht darüber nachdenken.

Etwas später am gleichen Tag – wann es genau war, kann ich allerdings nicht sagen – öffnete Frank plötzlich die Tür und warf mir ein paar Decken hin. Ich wickelte mich in sie ein, während er die Tür wieder verschloß. Nach und nach verwirrten sich nun meine Gedanken, und ich war mir zunehmend weniger bewußt, wo ich eigentlich war und was mit mir geschah. Ich wußte nur, daß ich gefangengehalten wurde, und dann kam ich auf die Idee, so laut Lärm zu schlagen, daß vielleicht einige Leute in der Umgebung auf mich aufmerksam würden. Als ich mich daher ans Fenstergitter klammerte und gegen die schmutzigen Scheiben anschrie, durch die ich nichts sehen konnte, öffnete sich plötzlich erneut die Tür, und Emmas Vater trat ein. Er war in Begleitung von Dr. Alabaster und zwei mir unbekannten Herren; hinter ihnen kam Frank mit einem Tablett und meinem Essen herein.

»Bitte, helfen Sie mir!« rief ich. »Sie wollen mich umbringen.«

Ich merkte, daß ich nur undeutlich sprechen konnte und Mühe hatte, ihnen unverwandt ins Gesicht zu schauen, da mir die Gesichter wie große, blasse Mondscheiben vorkamen und ich die jeweiligen Züge kaum ausmachen konnte.

»Warum glaubst du das?« fragte mich einer der beiden unbekannten Herren freundlich.

»Sie lassen mich verhungern und erfrieren.«

»Aber bist du denn nicht in Decken eingewickelt, John?« fragte der Fremde. Er zeigte auf das Tablett, das Frank vor mich auf den Boden stellte: »Und ist das nicht etwas zu essen?«

Ich versuchte, ihm zu erklären, daß man mir die Decken gerade erst gebracht hatte, konnte aber die entsprechenden Worte nicht finden. »Das Essen ist vergiftet«, sagte ich. »Ich darf es nicht essen.«

»Nun komm schon, Johnnie, sei nicht dumm! Probier es doch wenigstens einmal!« sagte der Mann, den ich bisher für meinen Onkel gehalten hatte, mit einem Ton, wie er noch nie zuvor mit mir geredet hatte.

»Nur wenn Sie zuerst auch davon essen«, sagte ich.

Mr. Porteous sah die beiden anderen Gentlemen an, und sie nickten ihm ernst zu.

»Also gut, Johnnie«, sagte er mit einem aufmunternden Lächeln, »wenn es dich beruhigt, dann werde ich dir beweisen, daß du unbesorgt essen kannst.«

Er aß einige Löffel voll, goß sich dann etwas aus dem Krug in den Becher ein und trank.

»Ach, natürlich ist das jetzt nicht vergiftet!« rief ich, griff nach dem Teller und schlang das Essen gierig wie ein Wolf in mich hinein, während die beiden Herren mir mit ernster Miene zusahen.

»Nun, Master Clothier«, begann Dr. Alabaster.

»Reden Sie mich bloß nicht mit diesem Namen an!« rief ich.

»Warum? Heißt du denn nicht so?«

»Nein. Ich hasse diesen Namen.«

»Also gut, John«, begann Dr. Alabaster gelassen von vorn, »diese Gentlemen hier wollen dir einige Fragen stellen. Wirst du ihnen antworten?«

Ich nickte.

»Könntest du uns bitte sagen«, hob einer der beiden Fremden an, »wer dieser Herr ist« – er zeigte dabei auf Emmas Vater – »und wie du in sein Haus kamst?«

»Sie behaupten, er sei mein Onkel«, sagte ich, »aber ich weiß nicht, was ich davon halten soll. Ich weiß auch nicht, wie ich hierhergekommen bin. Es gibt eine Verschwörung gegen mich, wissen Sie. Die reicht schon viele Jahre zurück, bis in die Zeit damals, als ich noch ein kleines Kind war und in unser Haus eingebrochen wurde. Der Mann, der das getan hat, lebt unten bei den Neat Houses in einem ›Kadaver‹. Er hat bestimmt auch dafür gesorgt, daß ich in dieses Haus gekommen bin.«

Meine Gedanken verwirrten sich, doch ich konnte noch erkennen, daß sich die beiden Gentlemen einander zuwandten, ihre Mienen aber konnte ich dabei nicht ausmachen, denn statt ihrer Gesichter sah ich nur zwei helle, verschwommene Flecken.

Nun sprach wieder der erste Gentleman: »Meine Frage ist sehr einfach. Ich möchte, daß du mir sagst, wieviel übrigbleibt, wenn du einen Shilling und acht Pence zu sechs Shilling, drei Pence und einen halben Penny hinzuzählst und davon dann vier Shilling, neun Pence und drei Farthing abziehst.«

Mein Schädel dröhnte, und ich konnte mich kaum auf den Beinen halten. Ich schüttelte nur den Kopf und sagte bestürzt: »Ich weiß es nicht, Sir. Aber ich hab nicht den Verstand verloren. Ich weiß andere Sachen. Ich weiß, daß dies da ein Stuhl ist« – ich zeigte darauf –, »und das da ist ein Mann.« Ich deutete auf Frank.

»Er kann sie gerade noch auseinanderhalten«, sagte der Gentleman und schüttelte den Kopf.

»Ich glaube, wir haben genug gesehen«, sagte der zweite Gentleman. »Das Ausstellen der Vollmacht wird eine reine Formalität sein.«

»Ich habe kein anderes Resultat erwartet«, erwiderte Dr. Alabaster.

»Ich hoffe, Mr. Porteous«, sagte der zweite Fremde, »daß Sie nicht allzu hart gegen Ihr Dienstmädchen sein werden. Sie hat nur getan, was sie für ihre Pflicht hielt.«

»Seien Sie unbesorgt!« antwortete Mr. Porteous. »Ich glaube, ich bin für meine Großzügigkeit bekannt.«

»Sie können von Glück sagen«, meinte der erste Gentleman, »daß Sie ein so sicheres Zimmer haben: das Gitter vor dem Fenster, kein Kamin – da kann man beruhigt davon ausgehen, daß der arme Junge nicht entkommen oder sich gar etwas antun kann.«

»Wir verdanken das Zimmer einem höchst betrüblichen Umstand«, antwortete Emmas Vater. »Dies hier war nämlich ebenjener Raum, in den wir auch meinen armen Bruder, den Vater dieses Jungen, einschließen mußten. Der Sohn hat das Leiden seines Vaters geerbt.«

»Nein«, rief ich, »das ist nicht wahr! Sie lügen. Oder Sie haben mich vor wenigen Minuten angelogen.«

Die Herren schüttelten den Kopf und gingen hinaus, die Tür wurde hinter ihnen geschlossen und versperrt. Aus diesem Zimmer also war Peter Clothier entkommen und ins Haus meines Großvaters geflohen!

Die verbleibenden Stunden dieses Tages und die folgende Nacht habe ich nur als einen Wechsel von Stunden in Erinnerung, in denen ich entweder mein Bewußtsein verlor oder langsam wieder zu mir kam, denn Schlafen und Wachen ließ sich das nicht mehr nennen. Ich aß nichts, begann leicht zu fiebern und spürte, daß ich wieder schwächer wurde.

Mitten in dieser Nacht des Vergessens hielt man mir plötzlich eine Lampe ins Gesicht, jemand packte mich, stopfte mir einen widerlich schmeckenden Lappen in den Mund und stülpte mir dann etwas so heftig über meine Arme, daß sie mir fast ausgerissen wurden und ich sie nicht mehr bewegen konnte.

Man hob mich hoch, trug mich aus dem Haus und setzte mich in eine Kutsche, wo ich mich hilflos zwischen zwei starke Männer eingeklemmt wiederfand. Als wir anfuhren, wehrte ich mich und versuchte zu schreien, doch der Knebel in meinem Mund ließ nur ein dünnes Wimmern zu.

Ich erhielt einen Schlag über den Schädel und erkannte Dr. Alabaster an seiner Stimme, als er sagte: »Gib Ruhe, Clothier! Sonst machst du es dir nur unnötig schwer.«

Nach diesen Worten blieb ich still sitzen. Als die Kutsche in eine breite, hell erleuchtete Straße einbog, wahrscheinlich die New Road, sah ich Dr. Alabaster mit steinerner Miene aus dem Fenster starren. Ich schaute zur anderen Seite, um den zweiten Mann anzusehen, und erkannte entsetzt den großen Kerl, der damals, an jenem lang vergangenen Tag, in die Kutsche gestiegen war, als Emma versucht hatte, mich zu entführen, und der später zu den Räubern gehörte, die meine Mutter und mich auf dem Rückweg von der Pfandleihe überfallen hatten.

75. KAPITEL

Ich fragte mich, ob ich nicht tatsächlich verrückt war. Die Zufälle und Zusammenhänge, die ich überall entdeckte, schienen mir nur der Beweis dafür zu sein. Und bei diesem Gedanken verließ mich schließlich alle Widerstandskraft. Ich sagte mir, es werde schon seine Richtigkeit damit haben, daß man mich dorthin bringe, wohin wir gerade unterwegs waren. Es schien sogar eine zwangsläufige Unvermeidlichkeit darin zu liegen, daß ich gerade an diesen Ort verschleppt werden sollte: Es war das Los, das mir schon mein ganzes Leben lang vorbestimmt gewesen war, und ich spürte eine Art Erleichterung bei dem Gedanken, daß sich mein Geschick nun endlich erfüllen sollte.

Nach einer Weile brach der Mann, den ich wiedererkannt hatte, das Schweigen. Er kicherte unangenehm und sagte: »Darauf scheinen die langsam schon ein Abonnement zu haben, was meinen Sie, Sir?«

»Tja«, sagte Dr. Alabaster, »und der da hat den Anspruch darauf sozusagen geerbt.«

Sie lachten beide, doch dann schwiegen sie, bis die Kutsche geraume Zeit später durch ein Tor und über eine kiesbestreute Auffahrt rollte. Am frühen Morgenhimmel zeigte sich bereits das erste Licht, und so konnte ich vor mir die Umrisse eines großen Hauses erkennen. Es sah seltsam aus: wie jener blinde Hund mit den glasigen Augen, den ich einmal gesehen hatte, denn die Fenster in den oberen Stockwerken waren alle weiß gekalkt, so daß man unmöglich hinein- oder hinausschauen konnte.

Die Kutsche hielt, und man warf mich auf den Kies. Dann half man mir hoch, und nachdem sie mich mit immer noch auf den Rücken gebundenen Armen durch das Vestibül gezerrt hatten, betraten wir die Eingangshalle.

Ohne ein weiteres Wort zu verlieren, empfahl sich Dr. Alabaster, und zu seinem Gehilfen gesellte sich ein stämmiger, häßlicher Mann, der mich höhnisch grinsend anstarrte, als warte er darauf, daß ich ihn wiedererkannte. Und als ich mir daraufhin seine schmalen, zusammengekniffenen Augen betrachtete, seine Augenbrauen, die sich wie in unablässiger Verachtung emporwölbten, und sein kantiges, flaches Gesicht, das einem Ziegelstein ähnelte, da fiel mir ein, daß ich ihn tatsächlich schon einmal gesehen hatte: Er war bei dem Überfall auf dem Rückweg vom Pfandhaus der Komplize des großen Kerls gewesen! Den vielen Schlüsseln nach zu urteilen, die er an einer Kette um seinen Bauch trug, bekleidete er in diesem Haus die Stelle eines Gefangenenwärters.

Die beiden Männer packten mich bei der Schulter und stießen mich einen dunklen, gekachelten Gang entlang, an dessen Ende ein großer Raum lag. Es war der Männerschlafsaal, und zu dieser Stunde wurden die Patienten gerade geweckt und angezogen. Um mich herum sah ich Gesichter, auf denen sich alle Arten von Umnachtung, Idiotie und Besessenheit spiegelten: Gesichter, die durch Leid und Mißhandlungen hart geworden, und andere, die schließlich daran zerbrochen waren; aber auch Gesichter, die aller Unbill mit einem leidenschaftlichen Gefühl für Gerechtigkeit standgehalten hatten, und wieder andere, die einfach nur ins Leere starrten. Einige Patienten steckten wie ich in einer Zwangsjacke. Ich suchte nach einem Gesicht, in dem ich Zeichen von Intelligenz und Menschlichkeit finden konnte, doch ich entdeckte keines, bis ich am anderen Ende des langgestreckten Saals den Blick eines alten, kahlköpfigen Mannes auffing, der auf seinem niedrigen Bett saß und mich mit einem Ausdruck von Interesse und Mitleid zu betrachten schien.

Dann hatten wir den Saal durchquert, und nachdem wir über einen weiteren Flur marschiert und eine Treppe mit ausgetretenen Stufen in eine Art Keller hinuntergestiegen waren, hielten wir vor einer großen Eisentür. Der

Wärter nahm einen riesigen Schlüssel von seiner Kette, und einen Augenblick später waren die Riegel zurückgezogen. Die Tür schwang auf, und ich wurde in den Raum dahinter gestoßen.

Zuerst konnte ich nichts erkennen, da mich bis auf das fahle Licht, das durch ein hoch oben in der Wand eingelassenes Gitterfenster fiel, fast vollkommene Dunkelheit umgab. Ich merkte nur, daß der Boden mit Stroh bedeckt war, denn das konnte ich unter meinen Füßen spüren. Gleich darauf fiel die Tür hinter mir zu, und der Schlüssel wurde umgedreht, doch die beiden Männer blieben noch einen Augenblick lang stehen und beobachteten mich durch das schmale Schiebefenster im oberen Teil der Tür.

»Geh nicht zu nah ran!« sagte der Wärter. »Paß auf, wie lang die Kette ist!«

»Was für eine rührende Szene!« sagte Dr. Alabasters Gehilfe. »Fast wie der letzte Akt in einem Theaterstück.«

Lachend und immer noch Witze reißend, gingen sie fort. In der Stille, die folgte, hörte ich, daß sich in der Dunkelheit an der gegenüberliegenden Zellenwand etwas regte; leise raschelte das Stroh. Ich spitzte die Ohren und meinte, regelmäßige Atemzüge wahrzunehmen. Ich hatte Angst. Ich wußte nicht, ob es nicht vielleicht ein Tier war, und wenn es eines war, um welches Tier es sich da handeln mochte. Nachdem mir meine Arme immer noch auf den Rücken gebunden waren, fühlte ich mich völlig hilflos.

Als sich meine Augen allmählich an die Dunkelheit gewöhnten, erkannte ich an der hinteren Wand eine Gestalt. Irgend etwas hockte dort auf dem Boden. Es glich einem Menschen. Ich hörte Metall gegen Metall klirren und begriff schließlich, daß man dieses Geschöpf mit einer Kette um den Hals an der Wand angebunden hatte.

Das machte mir Mut, und ich ging einen Schritt näher heran. Plötzlich drehte sich das Geschöpf um, zeigte mir sein Gesicht und drückte sich mit dem Rücken gegen die Mauer. Die Kinnlade fiel ihm nach unten, die Zunge hing aus seinem Mund. Ich sah sein dichtes Kopfhaar und den Bart, der beinahe sein ganzes Gesicht bedeckte, und ich sah die weit aufgerissenen Augen, die nicht zu wissen schienen, wohin sie zuerst schauen sollten. Und plötzlich wußte ich voller Entsetzen, daß ich dieses Gesicht kannte, daß ich es trotz der vielen Haare und der wilden Grimasse wiedererkannte, weil es mich an jenes Bild erinnerte, das sich mir von frühester Kindheit an eingeprägt hatte. Ja, die sanften braunen Augen und die feinen Züge, auf die ich so oft und so lange gestarrt hatte, als wolle ich von ihnen die Bedeutung meines Lebens ablesen, waren in dem Gesicht dieses Mannes, der nun schnatternd vor mir im Dunklen seiner Zelle kauerte, nicht zu übersehen. Die unglückselige, wahnsinnige Kreatur, die dort auf dem Stroh in ihrem eigenen Dreck kroch, trug jenes Antlitz, das ich vom Miniaturbild im Medaillon meiner Mutter so gut kannte.

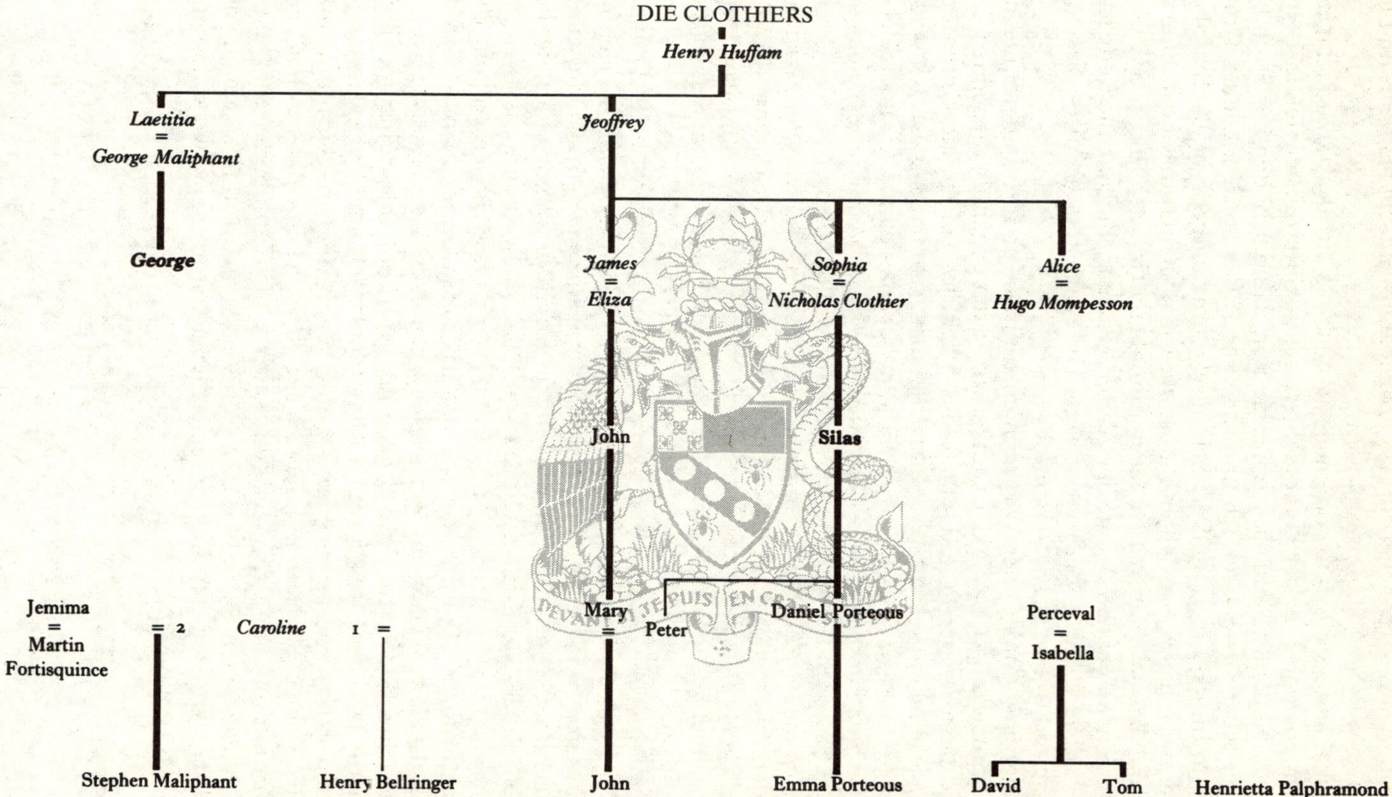

Personen, die im Roman nicht direkt auftreten, sind *kursiv* gesetzt. **Fett** dagegen erscheinen jene, die dem Kodizill entsprechend Anwärter auf das Erbe sind. Die Kandidaten des unterschlagenen Testaments wiederum sind mit Versalien gekennzeichnet.

VIERTER TEIL

DIE PALPHRAMONDS

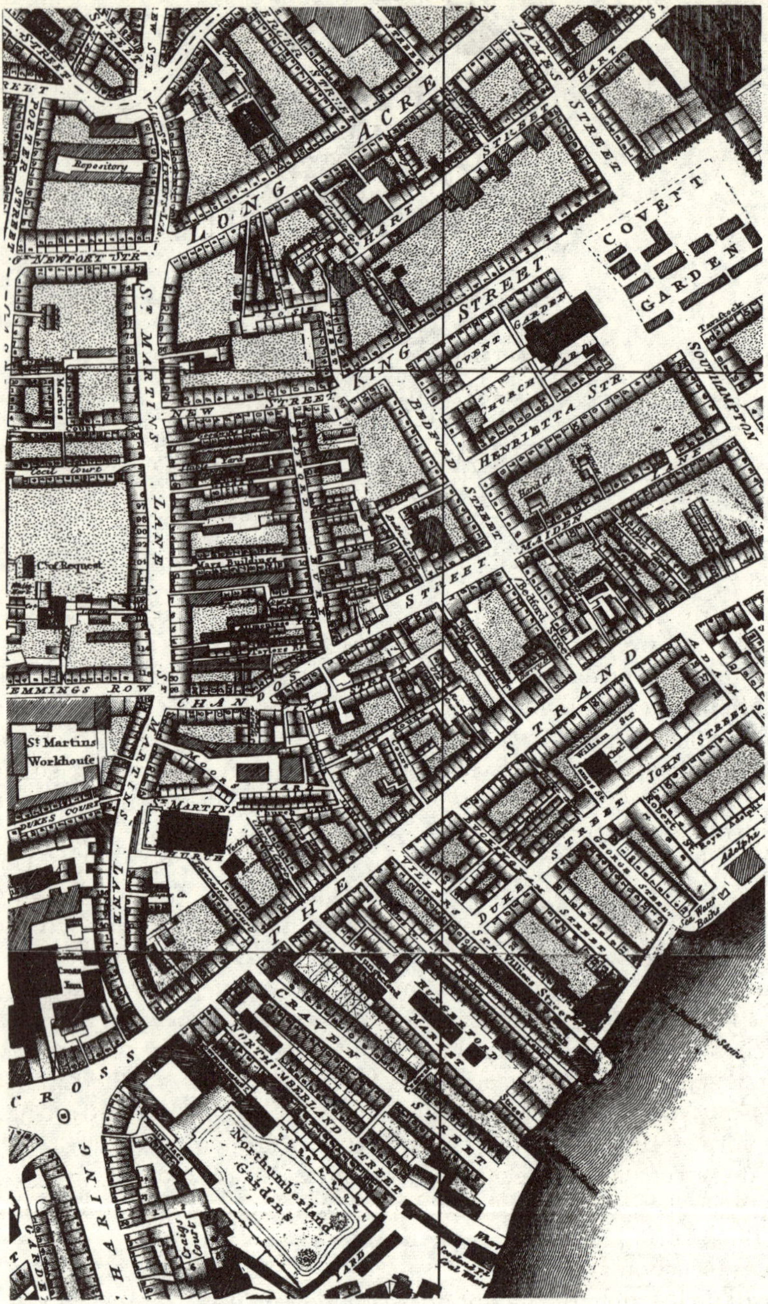

CHARING CROSS UND COVENT GARDEN

I. BUCH

Die besten Absichten

76. KAPITEL

Ich lade dich ein, in Gedanken mit mir den großen Salon des Hauses der Brook Street Nr. 48 zu betreten und dir vorzustellen, wie es gewesen sein muß.

Der bejahrte Baronet ruht auf einer Ottomane und spricht mit seinem Erben. Seine Frau sitzt auf einem Sofa beim Fenster und hört zu.

»Unerhört!« erregt sich Sir Perceval. »Vollkommen unerhört! Schon beinahe so schlimm wie dieser andere Schurke.«

»Dein Vater meint, daß dein Benehmen kaum weniger bedauerlich ist als das deines Bruders«, sagt Lady Mompesson gelassen, »doch nicht so leicht zu entschuldigen, da dein Vater und ich deinen Bruder für nur bedingt zurechnungsfähig halten.«

»Ich hab ihn schon völlig aufgegeben«, ruft der Baronet. »Völlig! Unehrenhaft aus dem Regiment entlassen! Noch niemals ist ein Mompesson ...«

Er hält inne, und nach kurzem Schweigen nimmt seine Frau den Faden wieder auf: »Es muß etwas geschehen. Und was es auch ist, es wird Geld kosten. Du scheinst dir keinen Begriff vom Ernst unserer Lage zu machen. Die Schulden nehmen von Tag zu Tag zu.«

»Gehen völlig vor die Hunde! Wegen dieser verdammten Wucherer!«

»Man akzeptiert die Wechsel deines Vaters nicht mehr«, übersetzt Lady Mompesson, »und man gewährt uns keinen Kredit, weil dem Gericht das Kodizill vorliegt und wir den Besitz zu verlieren drohen.«

»Und diese verflucht schlechten Nachrichten von Assinder!«

»Ach, Assinder«, beginnt David, und seine Mutter wirft ihm einen warnenden Blick zu.

Doch es ist schon zu spät.

»Ich will nichts mehr davon hören!« schreit der betagte Baronet. »Er ist der Neffe eines Mannes, der mir und meinem Vater über vierzig Jahre lang treu gedient hat. Und er hat verdammt gute Arbeit geleistet.«

»Er hat mit bewundernswertem Geschick die Armenlasten reduziert«, sagt seine Frau versöhnlich. »Es gibt fast keine eingetragenen Armen mehr auf dem Besitz. Und die Umfriedung des Dorfangers war auch ziemlich erfolgreich.«

»Das mag ja alles sein, Vater, aber Barbellion ...«

»Ich weiß, was Barbellion denkt«, brüllt Sir Perceval. »Und deine Mutter.« Er funkelt sie aufgebracht an. »Aber das ist Unsinn. Ich würd ihm mein Leben anvertrauen.« Er hält inne und ringt nach Atem.

Einen Augenblick später sagt Lady Mompesson gleichmütig: »Lassen wir diese Frage einmal beiseite. Fest steht doch wohl, daß er sich mit den Hauptpächtern überworfen hat, und die sind mit ihren Zahlungen oft Monate im Rückstand.« Noch ehe ihr Gatte widersprechen kann, wendet sie sich an ihren Sohn: »Deshalb ist es ja auch so schlecht um die Finanzen deines Vaters bestellt.«

»Und du sorgst dafür, daß es noch schlimmer wird!« ruft der Baronet. »Vergeudest deine Zeit und mein Geld in den verkommensten Spielhöllen. In solchen Etablissements wie dem, das sie neulich ausgeraubt haben. Aber das geschieht ihren Besitzern nur recht! Verdammter Zeitvertreib. Darf gar nicht daran denken, wieviel du wohl verplempert hast. Sag's mir offen heraus! Wie hoch sind deine Schulden?«

David Mompesson blickt zu seiner Mutter hinüber, und die schürzt die Lippen.

»So um die zweitausend Pfund«, antwortet er.

Den Baronet scheint diese Zahl ein wenig zu besänftigen: »Nun, das ist schlimm, aber nicht so schlimm, wie ich befürchtet habe. Da gibt's nur eins: Du mußt heiraten.«

»Ich bin selbst schon zu dem gleichen Schluß gekommen, Sir.«

»Sehr gut. Doch du weißt, an wen ich dabei denke.«

»Aber Vater, ich habe dir doch schon gesagt, daß ich eine Braut mit einer Barschaft brauche. Und ich glaube, ich habe auch schon eine gefunden.«

»Und ich habe dir schon oft genug gesagt, daß wir zuallererst an den Erhalt des Gutes denken müssen.«

»Aber nicht, wenn wir es uns nicht leisten können, Vater. Was wäre schon so schlimm daran, wenn wir das Land verlieren, dafür aber flüssig bleiben?«

»Verdammt!« ruft der Baronet. »Hast du denn überhaupt keinen Familienstolz? Die Mompessons sind seit Hunderten von Jahren Landbesitzer.«

»Ach, hör schon auf, Vater! Da redest du von Stolz und kennst doch die Wahrheit. Immerhin haben wir das Gut mit ziemlich dubiosen Mitteln erworben. Nur weil dein Großvater diesen elenden Wicht James Huffam in seiner Hand hatte, konnte er erreichen, daß der den eigenen Sohn ums Erbe betrog.«

Der Baronet läuft vor Wut dunkelrot an, und da seine Frau ihrem Sohn gerade ärgerlich signalisiert, er möge jetzt besser das Zimmer verlassen, nützen wir ebenfalls den günstigen Augenblick und kehren dieser häuslichen Szene den Rücken zu.

77. KAPITEL

In den folgenden endlos langen Stunden der Dunkelheit beobachtete ich jenes elende Geschöpf auf der anderen Zellenseite und versuchte dabei, meine Lage zu verstehen. Dies war also das »Haus Refugium«, das meine Mutter in ihrem Tagebuch erwähnt hatte!

Ich dachte an die vielen Jahre – mehr, als mein Leben zählte –, die er hier verbracht hatte, und es verging eine geraume Weile, ehe mir einfiel, daß man mich mit dem Mörder meines Großvaters zusammengesperrt hatte. Jede Hoffnung, er möge unschuldig sein, war beim Anblick seiner wilden Züge verflogen, obwohl dieses Wesen, das dort vor sich hin wimmerte und an der Wand kauerte, noch am ehesten für sich selbst eine Gefahr zu bedeuten schien.

Zuerst rasselte mein Zellengenosse immer wieder mit seiner Kette, als versuche er zu fliehen, doch er war so fest angebunden, daß er sich kaum rühren konnte. Dann begann er zu stöhnen und preßte sein Gesicht gegen den Oberarm, denn weiter konnte er die Arme nicht bewegen. Nach einer Weile kam mir der schreckliche Gedanke, er könne weinen. Ich hatte das Bedürfnis, mit ihm zu sprechen, doch da stieß ich auf eine Schwierigkeit: Ich wußte nicht, wie ich ihn anreden sollte.

Schließlich sagte ich einfach: »Kannst du mich verstehen?«

Bei meinen Worten drückte er sich enger gegen die Wand, schaute entsetzt zu mir herüber und versuchte, seinen Kopf in den Achseln zu vergraben. Es dauerte lange, bis er sich wieder beruhigte.

Die lange Nacht zog sich dahin. Ich hörte Geräusche aus anderen Teilen des Hauses, einen dünnen, klagenden Laut zum Beispiel, der so unerbittlich klang wie das Heulen des Windes – doch draußen war es eine ruhige Nacht.

Durch das Fenster fiel nur wenig Licht in die Zelle, so daß ich kaum erkennen konnte, ob die Dämmerung bereits angebrochen war, doch mir schien es noch recht früh am Morgen zu sein, als Dr. Alabaster in Begleitung jenes Wärters, der mich in die Zelle gebracht hatte, das Schiebefenster öffnete.

Mein armer Zellengenosse schreckte zurück, als er die Stimmes des Irrenarztes hörte: »Guten Morgen, Master Clothier.«

Ich ging zur Tür und starrte durch die Klappe in das blasse Gesicht von Dr. Alabaster.

»Reden Sie mich nicht mit diesem Namen an!«

»Ich darf doch hoffen, daß du eine angenehme Nacht verbracht hast«, sagte er. »Nach so langer Trennung endlich wieder vereint mit dem geschätzten Vater.« Er hielt die Laterne an die Türklappe, so daß ihr Licht auf mein Gesicht fiel: »Du siehst müde aus. Seine Redseligkeit hat dich wohl lange wach gehalten, wie? Ihr müßt euch ja auch schrecklich viel zu erzählen gehabt haben! Hat er dir denn schon von deinem bemerkenswerten Großvater erzählt – der leider starb, ehe du das Vergnügen hattest, seine Bekanntschaft zu machen –, von seiner Zuneigung zu diesem Gentleman und davon, wie er seinen Gefühlen Ausdruck verliehen hat?«

Er deutete dem Wärter an, die Tür zu öffnen, und als sie aufging, täuschte er eine rasche Bewegung gegen das angekettete Geschöpf vor, das in grausigem Entsetzen zurückschreckte. Ohne auch nur eine Sekunde lang zu überlegen, stürzte ich mich auf diesen Peiniger und stieß mit dem Kopf nach ihm, da mir die Arme noch immer auf den Rücken gebunden waren. Der Wärter riß mich jedoch zurück und schlug mir mit der Faust ins Gesicht, so daß ich wie betäubt auf die harten Steinfliesen fiel, deren dünner Strohbelag meinen Sturz kaum milderte.

»Paß auf, Rookyard! Man darf keine blauen Flecken an ihm sehen!« rief der Arzt, warf mir einen Blick voller Abscheu zu und strich sich den Mantel glatt. »Man hat mich schon gewarnt, daß er gewalttätig sein soll. Vielleicht müssen wir ihn an einen Stuhl fesseln.«

Rookyard grinste erwartungsvoll.

»Steck ihn in ein Kellerverlies«, sagte Dr. Alabaster. Dann lächelte er mir spöttisch zu: »Und jetzt verabschiede dich von deinem Vater, wie es sich für einen gehorsamen und liebevollen Sohn gehört.«

Als ich mich nicht rührte, stieß Rookyard mich mit einem heftigen Schlag nach vorn, so daß sich das arme, unglückselige Wesen verschreckt an die Wand drückte.

»Was für eine rührende Szene!« sagte Dr. Alabaster.

Er wandte sich ab, doch ehe er über den Flur verschwand, drehte er sich noch einmal um und sagte: »Zeig, daß du der wahre Sohn deines Vaters bist, Master Clothier! Enttäusche die Hoffnungen nicht, die deine Familie in dich gesetzt hat!«

Rookyard und der große Kerl, der, wie ich nun erst sah, auf dem Flur gewartet hatte, brachen in heiseres Gelächter aus. Dann stießen sie mich in die andere Richtung vor sich her.

Am Ende des Flurs stiegen wir einige in Stein gehauene Stufen hinauf – die beiden traten mich dabei ins Kreuz und versuchten, mir beim Hinaufgehen ein Bein zu stellen –, dann gingen wir einen zweiten Flur entlang und schließlich einige Stufen wieder hinunter, bis wir offenbar den tiefsten Keller des Gebäudes erreicht hatten. Dort blieben wir stehen, bis der Riese eine Eisentür geöffnet und Rookyard mir einen so heftigen Stoß in den Rücken verpaßt hatte, daß ich der Länge nach zu Boden schlug. Als ich mich wieder aufrappelte, fand ich mich in einer Zelle wieder, die ebenso wie die erste aussah, nur daß sie leer war. Auf dem Boden lag hier Stroh, und oben in die Wand war ebenfalls ein winziges, vergittertes Fenster eingelassen. Es gab kein Mobiliar und auch sonst nichts in dieser Zelle, nur eine schmale Strohmatratze, einen Krug und einen Holzteller mit etwas Porridge.

Rookyard nahm mir meine Zwangsjacke ab, dann krachte die Tür hinter mir ins Schloß. Ich besah mir den Haferschleim und das Wasser im Krug. Vermutlich war beides vergiftet, und so beschloß ich, trotz Hunger und Durst weder zu essen noch zu trinken, welche Folgen das auch haben mochte.

Meine einzige Hoffnung lag in der Flucht, und mit diesem Gedanken untersuchte ich meine Zelle. Das Fenster gegenüber der Tür war nicht nur so hoch angebracht, das ich es nicht erreichen konnte, es hatte außerdem noch ein Eisengitter, durch das ich mich unmöglich hindurchzwängen hätte können. Dem schwachen Licht nach zu urteilen, schien ich mich tief unter dem Niveau des Erdbodens zu befinden. Durch das Schiebefenster über der Tür konnte ich im fahlen Schein eines entfernt brennenden Gaslichtes ein Stück weit in beide Richtungen des Gangs schauen. Ich zog mich am Gitter vor dem Schiebefenster hoch und hielt mich an der Tür fest, so daß ich durch den unteren Teil des Fensters in der gegenüberliegenden Zellenwand sehen konnte. Ich erspähte einen verlassenen Platz und dahinter einen ungemähten Rasen, auf dem eine umgekippte und zerbrochene Schubkarre lag. Etwas entfernter waren verwilderte Sträucher und ein großer, von morastigen Ufern gesäumter Teich zu erkennen. Eine Möglichkeit, aus dieser Zelle zu entfliehen, sah ich allerdings nicht.

Die Stunden vergingen nur sehr langsam. Diese Zelle war ebenso kalt wie die erste, und ich trug immer noch nichts außer meinem Nachthemd auf dem Leibe. Wenigstens war mir der im Saum versteckte Sovereign geblieben. Ich war so hungrig und durstig, daß ich einmal beinahe der Versuchung erlegen wäre, etwas von der Schale mit dem geronnenen Haferbrei und dem milchigen Wasser zu probieren. Doch damit hätte ich nicht nur die Hoffnung aufgegeben, die Clothiers für das, was sie mir und meiner Familie angetan hatten, jemals zur Rechenschaft ziehen zu können, sondern auch den Versuch, all die Geheimnisse zu lösen, die mein Leben durchzogen.

Ich döste auf dem Stroh vor mich hin, als ich plötzlich ein Geräusch hörte. Gerade noch rechtzeitig sah ich, wie etwas durch das Schiebefenster gesteckt wurde und ins Stroh fiel. Ich stürzte zur Tür, doch da mein Blickfeld sehr begrenzt war, konnte ich nur noch eine Gestalt rasch und nahezu lautlos über den Gang davonhuschen sehen.

Ich hob den Gegenstand auf und merkte, daß ich einen halben Laib Brot in der Hand hielt, der in ein triefend nasses, dünnes Tuch eingewickelt war. Genau das, was ich so dringend brauchte! Doch dann regte sich mein Mißtrauen. Vielleicht war dies nur ein Trick, mit dem man mich verleiten wollte, vergiftetes Essen zu mir zu nehmen, da ich die bereitgestellte Gefangenenkost verweigerte. Dann aber fragte ich mich, was ich noch zu verlieren hatte, wenn ich dieses Risiko einging, da ich andernfalls verhungern würde.

Also gönnte ich mir mit dem klitschigen Brot ein ausgedehntes Festmahl. Das Tuch wrang ich über meinem Mund aus, und weder vorher noch nachher in meinem Leben habe ich jemals etwas so Köstliches wie diese Tropfen Wasser getrunken, auch wenn sie nach dem schmutzigen Tuch schmeckten.

Dies muß am frühen Nachmittag gewesen sein, denn ein oder zwei Stunden später wurde es dunkel, oder besser gesagt: noch dunkler, und so suchte ich mir eine trockene Zellenecke, legte mich hin und versuchte zu schlafen.

78. KAPITEL

Ruhelos warf ich mich auf dem Stroh hin und her. Mir träumte, es würde mich jemand rufen. Doch da ich die Stimme nicht kannte, die da »John Clothier, John Clothier!« rief, und ich nicht zugeben wollte, daß dies mein Name war, reagierte ich auf die Rufe nicht. Doch wieder und wieder hörte ich den Namen und immer dringlicher, so daß ich schließlich aufwachte und mit klopfendem Herzen in der nahezu vollkommenen Dunkelheit und der bitteren Kälte lag, ohne recht zu wissen, wo ich war. Dann begriff ich, daß mich tatsächlich jemand mit diesem verhaßten Namen rief, denn ich hörte eine Stimme laut und drängend und immer von neuem die Silben flüstern, und im gleichen Augenblick erinnerte ich mich auch wieder daran, wo ich war.

Der Unbekannte, der mich rief, stand an der Zellentür. Ich erhob mich, ging vorsichtig auf ihn zu und sah durch das Schiebefenster gegen das schwache Licht vom Flur die Umrisse eines Gesichts. Dieser Mensch schob mir etwas durch die Gitterstäbe zu, und als ich es ihm abnahm, hielt ich ein zweites Stück Brot in der Hand, das genauso eingewickelt war wie das erste.

»Du bist doch John Clothier, oder nicht?« fragte er mit sanfter Stimme.

Einen Augenblick lang war ich zu verblüfft, um darauf antworten zu können, und mein Besucher, der mir ein älterer Herr zu sein schien, fragte noch einmal: »Bist du der Sohn von Peter Clothier?«

»Ich heiße John Clothier«, antwortete ich schließlich zögernd und widerwillig. »Aber wer sind Sie?«

»Mein Name wird dir nichts sagen. Ich heiße Francis Nolloth.«

Er tat einen Schritt zurück in den Flur, so daß ich sein Gesicht im schwachen Licht der fernen Gaslampe erkennen konnte. Er war ein untersetzter Mann, etwas über sechzig Jahre alt, mit kahlem Schädel und dem gütigen Lächeln eines Quäkers, ein Mann, der mich mit freundlichen Augen betrachtete und in dem ich jene mitfühlende Gestalt wiedererkannte, die ich im Schlafsaal gesehen hatte – das bisher einzige Wesen an diesem Ort, an dem Zeichen von Intelligenz und Mitgefühl zu erkennen waren.

»Vielen Dank!« sagte ich und begann, das Brot zu verschlingen.

Er kam wieder dicht an die Tür heran und flüsterte durch die Öffnung: »Sie wollen dich vergiften. Nimm nichts von ihnen an!«

»Woher wissen Sie das?«

»Ich bin hier der Kalfaktor, und sie vertrauen mir.« Er mußte mir meine Betroffenheit angemerkt haben, denn er fuhr fort: »Stimmt, ich bin auch ein Insasse dieser Anstalt. Aber ich bin genauso normal wie du.«

»Sagen Sie das nicht!« widersprach ich. »Ich glaube, ich werde langsam verrückt.«

»Das wollen sie ja nur«, sagte er. »Ich weiß es, weil sie mich nicht beachten, und so höre ich viel von dem, was hier geredet wird, denn meine Aufgaben führen mich durch das ganze Haus und das zu allen Tages- oder Nachtzeiten.«

»Können Sie denn nicht fliehen?«

»Fliehen? Wohin? Ich habe nichts und niemanden draußen in der Welt. Ich müßte mir meinen Lebensunterhalt auf der Straße zusammenbetteln.«

»Aber warum denn? Sind Sie schon so lange hier?«

»Länger als alle anderen. Sogar länger als Dr. Alabaster selbst, denn der hat mich schon von seinem Vorgänger übernommen.« Beinahe stolz sagte er: »Ich bin schon seit über fünfundzwanzig Jahren hier.«

»Aber wie ist denn so etwas möglich?«

»Ach, das ist eine ganz simple Geschichte. Doch um sie zu erzählen, fehlt uns die Zeit, auch wenn wir noch ein Weilchen sicher sind, solange der Nachtwächter nämlich noch in der Küche ist. Wir werden ihn schon hören, wenn er hier herunterkommt, und dann werde ich mich wieder davonmachen. Auf deine Frage, weshalb ich hier bin, muß dir die Antwort genügen, daß ich so unglücklich war, der rechtmäßige Erbe eines großen Vermögens zu sein.«

»Kann das denn ein Unglück sein?«

»O ja, denn mein Bruder und meine Schwester sollten das Gut erben, wenn ich die Erbschaft nicht antrat, und die beiden besaßen die nötigen Mittel und die entsprechende Skrupellosigkeit, mich hier einsperren zu lassen. Man bestach einfach einen Gentleman der Medizin und ließ ihn einen Meineid schwören. Siehst du, mein Fall liegt ähnlich wie der deinige und der deines Vaters und noch so vieler anderer. Doch unsere Zeit ist viel zu knapp, als daß wir sie so vergeuden könnten. Hör mir genau zu! Wie ich dir schon gesagt habe, hab ich sie dabei belauscht, als sie über dich sprachen, und ich weiß nun, daß du in Lebensgefahr schwebst. Sooft ich kann, werde ich dir etwas zu essen in die Zelle schmuggeln. Aber wir müssen vor allem versuchen, dich hier herauszuholen.«

»Aber warum setzen Sie sich solcher Gefahr aus?« fragte ich ihn. Vielleicht hatte dieser Mann von Dr. Alabaster den Auftrag bekommen, sich in mein Vertrauen einzuschleichen; nach meinem ersten Eindruck zweifelte ich zwar daran, doch ich durfte einfach niemandem trauen.

»Sollte ich dafür einen Grund nötig haben? Doch wenn du unbedingt einen brauchst, dann schreib es einfach meiner Liebe zu deinem Vater zu.« Besorgt fragte er: »Du hast ihn schon gesehen, hab ich gehört?«

Ich wollte sagen: Ja, das habe ich, doch die Worte blieben mir im Hals stecken.

»Es tut mir leid«, sagte der alte Gentleman. »Aber du kannst mir glauben, daß er nicht immer so ist wie heute.«

»Was wollen Sie damit sagen?«

»Als man ihn herbrachte, war er im vollen Besitz all seiner geistigen Kräfte.«

»Sie meinen, er war nicht verrückt?« schrie ich beinahe laut.

»Er war ganz und gar gesund«, antwortete Mr. Nolloth.

Bei diesen Worten spürte ich eine große Erleichterung, doch gleich darauf begriff ich, was dies bedeutete: War Peter Clothier nicht verrückt gewesen, dann hatte er meinen Großvater wissentlich umgebracht, also einen Mord begangen. Wenn aber Mr. Escreet die Wahrheit gesagt hatte, als er meiner Mutter erzählte, daß ihr Gatte normal war, hatte er dann vielleicht auch die Wahrheit gesprochen, als er behauptete, der Streit sei nur eine Scharade gewesen? War Peter Clothier in diesem Fall also doch unschuldig?

»Wie ich schon sagte, er war gesund«, sagte Mr. Nolloth langsam, »doch er litt unter starker Niedergeschlagenheit und großem Kummer.«

Er hielt inne, und ich sagte: »Haben Sie keine Angst! Ich weiß ... ich weiß schon seit einigen Monaten, daß mein Großvater ermordet wurde und daß Peter Clothier der ...« Ich konnte den Satz nicht zu Ende bringen.

»Daß dein Vater der Mörder ist?« rief Mr. Nolloth aus. »Ist es das, was du glaubst? Dann erlaube mir, dir wenigstens diese Last von den Schultern zu nehmen. Dein Vater ist wirklich ganz unschuldig an diesem schrecklichen Verbrechen.«

Ich sagte nichts darauf, denn ich mußte plötzlich an eine andere Möglichkeit denken: Der alte Herr mochte zwar kein Spitzel von Dr. Alabaster sein, aber vielleicht war er nur ein Verrückter, der es gut mit mir meinte.

Doch mit seinen nächsten Worten milderte er mein Mißtrauen ein wenig: »Ich schließe aus deinem Schweigen, daß du mir nicht glauben willst. Warum solltest du auch? Wenn ich doch nur genug Zeit hätte, dir alles in Ruhe erklären zu können! Man hätte deinen Vater niemals an diesen Ort bringen dürfen. Und er wäre auch nie hierher gekommen, hätten Vater und Bruder ihn nicht für verrückt erklären lassen, um ihn aus dem Verfahren vor der Anklagekammer herauszuhalten; das war natürlich ein Trick, eine juristische Finte.«

»Richtig«, sagte ich, »doch immerhin ein Trick, der ihn vor ... vor einer Verurteilung bewahren sollte.«

»Nein.« Mr. Nolloth lachte freudlos. »Man wollte ihn nicht vor dem Galgen retten. Man wollte ihn der Obhut seines Vaters und Dr. Alabasters unterstellen, ein Schicksal, das vielleicht noch schlimmer ist als der Tod durch den Strang. Ich kann dir versichern, daß man ihn niemals schuldig gesprochen hätte, wenn es zu einer Verhandlung gekommen wäre. Die Beweise gegen ihn waren völlig unzureichend, und jeder Richter hätte die Geschworenen darauf hingewiesen. Glaub mir, ich rede als Anwalt zu dir.«

»Sie sind Anwalt?«

»Ja, ich bin Rechtsanwalt. Wahrscheinlich überrascht es dich, daß meine Kenntnis der Gesetze mich nicht davor bewahrt hat, an diesen Ort gebracht zu werden. Doch es steht nun einmal fest, daß die Vorschriften und Verfahren – besonders jene des Kanzleigerichtes – bezüglich der Unzurechnungsfähigkeitserklärungen vollkommen irrational und ungerecht sind und sich leicht für skrupellose Machenschaften ausnutzen lassen. Ich habe wie dein Vater das Pech, ein Kanzleigerichtsverrückter zu sein, und zwar einer der elendsten, das kannst du mir glauben.«

»Woher wissen Sie eigentlich soviel von meinem Vater?«

»Als er herkam, hat er mir alles erzählt – und er erzählte es so, daß ich auch nicht eine Sekunde lang an seinem Verstand und seiner Ehrlichkeit gezweifelt habe.«

»Aber wenn er damals normal war ...« begann ich, konnte dann aber nicht weitersprechen.

»Wie sich das vereinbaren läßt mit dem unglückseligen Geschöpf, das du gestern abend gesehen hast, willst du wissen?« half mir der alte Herr. »Die Antwort ist nur zu leicht: Alabaster und seine Kumpane hatten es sich vorgenommen, ihn verrückt zu machen – Hinxman, das ist der ungewöhnlich große Kerl, Rookyard und all die anderen; mit Ausnahme vielleicht von Stillingfleet, der mir noch einige Spuren von Menschlichkeit bewahrt zu haben scheint.«

»Aber wie?« fragte ich. »Wie kann man aus einem gesunden Menschen einen Verrückten machen?«

»Wie?« wiederholte Mr. Nolloth. »Frag lieber nicht! Aber ich geb dir mein Wort darauf, daß es für Irrenhäuser ein ebenso einträgliches Geschäft ist, die Gesunden verrückt zu machen, wie die Kranken zu pflegen. Und es glückt ihnen viel häufiger, jemanden verrückt zu machen, als jemanden von seiner Verrücktheit zu heilen, so daß ich mich manchmal frage, ob wir nicht alle wahnsinnig sind. Normalität wäre dann nichts anderes als die allgemeine Übereinkunft, sich auf die gleiche verrückte Art zu benehmen. Denn dieser arme junge Mann, dein Vater, vereint die beiden Geisteszustände auf seltsame Weise in sich.«

Jung? dachte ich erstaunt. Er war doch schon mindestens fünf- oder sechsunddreißig.

»Denn selbst er«, fuhr Mr. Nolloth fort, »erlebt Phasen relativer Klarheit.« Seine Stimme zitterte leicht, als er ergänzte: »Ich wünschte mir nur, sie blieben ihm erspart.«

»Warum sagen Sie so etwas?«

Er schwieg, doch dann sagte er: »In solchen Augenblicken denkt er an seine Frau, deine Mutter. Würde es dir etwas ausmachen, mir zu erzählen, ob sie noch lebt und was aus ihr geworden ist?«

Seine Frage hatte sanft und freundlich geklungen, und ich gab ihm mit wenigen Worten Antwort.

Er seufzte und sagte: »Das tut mir leid. Wirklich, sehr leid. Ich hoffe, Peter wird es nie erfahren. Und auch nicht von deiner Existenz – bitte verzeih mir, wenn ich das so sage –, denn ich weiß, wie sehr er sich darüber gefreut hat, daß dieser kurzen Ehe kein Kind beschieden war, das dazu verdammt gewesen wäre, in Gefahr und Schande aufzuwachsen. Allerdings fürchte ich, daß Dr. Alabaster und Hinxman ihm von dir und deiner Mutter erzählen werden, sollte er sich so weit erholen, daß er ihre Worte begreifen kann.« Traurig setzte er dann noch hinzu: »Mit deiner Ankunft hier haben sie auf einen Schlag gleich mehrere Ziele erreicht.«

»Was für Ziele?« fragte ich. »Was haben sie mit mir vor?«

Er zögerte, ehe er sagte: »Weißt du, welchen Vorteil die Familie deines Vaters von deinem Tod hätte?«

»Das weiß ich genau!« rief ich aus. »Es dreht sich um das Kodizill zum Testament meines Ururgroßvaters, das Mr. Escreet ...«

Doch zu meiner Überraschung unterbrach er mich: »Ich weiß, daß dein Großvater es mit Hilfe von Mr. Escreet gekauft hat. Doch sag mir, was geschah damit, nachdem dein Vater es im Gasthof von Hertford deiner Mutter anvertraut hat?«

»Ich glaube, daß es vor kurzem in die Hände der Familie Clothier gelangt ist«, sagte ich und beschrieb ihm, wie man meine Mutter überredet hatte, es Mr. Sancious alias Mr. Steplight auszuhändigen, und daß es sich bei ihm und Mrs. Fortisquince meiner Meinung nach um Agenten der Clothiers handelte.

»Das würde das Gespräch erklären, das ich mit angehört habe. Sie müssen dem Kanzleigerichtshof das Kodizill vorgelegt haben, denn der Vorsitzende Richter wird noch im Laufe der nächsten Woche eine Verfügung unterzeichnen, die dich zum Mündel des Gerichts erklärt.«

»Also hatte ich doch recht!« rief ich und erinnerte mich an meine Mutmaßungen über den Zweck meines Erscheinens vor Gericht.

Der alte Herr fragte mich, was ich damit meinte, und so gab ich ihm eine rasche Zusammenfassung der Vorfälle bis zum Tod meiner Mutter und erzählte ihm dann, wie man mich zum Haus von Daniel Porteous und damit in die Falle gelockt hatte. Ich berichtete ihm, wie man mir einreden wollte, daß mich der bloße Zufall zu ihnen geführt habe, wie man mich vor Gericht gebracht und was ich dort, durch gewisse Dinge aufmerksam geworden, gesagt und getan hatte, wie Emma mich angelogen hatte, als sie mir sagte, daß ich nun rechtmäßig der Vormundschaft ihrer Eltern unterstellt sei, und wie ich die wahre Identität dieser Familie herausgefunden und versucht hätte zu fliehen, dann aber entdeckt und hierhergebracht worden sei.

»So verstehst du also«, fragte mich Mr. Nolloth, »daß dein Großvater Silas Clothier im Augenblick deines Todes das Gut Hougham erbt?«

Ich nickte, und er sagte: »Deshalb hat sich Peter auch immer solche Sorgen um das Leben deiner Mutter gemacht. Der Plan der Clothiers steht kurz vor der Vollendung, denn ich vermute, daß sie Dr. Alabaster damit beauftragt haben, dich umzubringen oder tatsächlich verrückt zu machen, bevor der Vorsitzende Richter die Verfügung unterschreibt, denn die Mompessons könnten verlangen, daß man dich der Obhut eines anderen Arztes überantwortet. Die Clothiers müssen ihr Ziel also innerhalb einer Woche erreichen.«

»Aber der Richter würde doch sicherlich Verdacht schöpfen, wenn ich ...« argumentierte ich, aber ich sprach den Satz nicht zu Ende.

»Nein«, antwortete der alte Herr nachdenklich. »Sieh den Fall doch einmal von *seiner* Seite. Er hat dich krank und verwirrt vor Gericht erlebt. Seitdem haben dich, wie vorgeschrieben, zwei Friedensrichter untersucht und einen Antrag auf deine Einweisung unterschrieben, außerdem können sie deine Geisteskrankheit bezeugen. Denn was hast du getan? Du hast die absurdesten Anklagen gegen deine eigene Familie erhoben und hast dich geweigert, etwas zu essen, weil du dachtest, sie wollten dich vergiften.«

»Was glauben Sie also, was mit mir geschehen wird?«

»Wahrscheinlich wird dich eine vom Kanzleigericht einberufene Kommission untersuchen, und – einmal angenommen, sie erklären dich einerseits für verrückt, wofür Dr. Alabaster bestimmt sorgen wird, und andererseits wird der Antrag der Mompessons abgelehnt – dann bleibst du für alle Zeiten hier. Doch ich glaube nicht, daß du in einem solchen Falle dein Leben noch lange ertragen müßtest.«

Eine Weile sagte keiner von uns ein Wort, schließlich sagte er: »Du mußt unter allen Umständen bald von hier fliehen, und zwar so rasch wie möglich. Aber wie nur?«

Ich wollte gerade etwas sagen, als er plötzlich flüsterte: »Still!«

Zuerst konnte ich nichts hören, doch dann vernahm ich ein schwaches Geräusch, das wie das Zuschlagen einer Eisentür klang.

»Yallop beginnt seine Runde«, sagte Mr. Nolloth. »Ich kann nicht mehr bleiben. Ich werde versuchen, morgen abend wiederzukommen.«

»Warten Sie noch einen Augenblick!« bat ich ihn.

»Aber ja doch, ich werde über deine Flucht nachdenken«, sagte er hastig.

»Das meine ich nicht«, erwiderte ich. »Sagen Sie mir, warum Sie glauben, daß Peter Clothier unschuldig ist!«

»Ist dir das denn wichtiger als deine Flucht?« fragte er.

»Ja«, antwortete ich, »denn ich glaub nicht, daß es für mich ein Entkommen aus dieser Anstalt gibt, und ich muß einfach die Wahrheit wissen, ehe ich ...«

Ich schwieg, doch er sagte: »Ich verstehe. Ich will versuchen wiederzukommen.«

Ohne ein weiteres Wort trat er vom Schiebefenster zurück, und obwohl ich mein Gesicht gegen die Stäbe drückte, um ihm nachzuschauen, verschwand er rasch aus meinem Blickfeld. Er ließ mich erschöpft, aber doch zu erregt und aufgewühlt zurück, um an Schlaf auch nur denken zu können.

Der nächste Tag verging wie der Tag zuvor: Rookyard brachte mir Haferbrei und Wasser, doch ich ließ beides unbeachtet stehen und hielt mich an das Brot, das mir Mr. Nolloth durch das Schiebefenster zustecken konnte.

Spät in der Nacht kam er zu meiner Freude noch einmal an die Zellentür und brachte mir wiederum etwas Brot und Wasser mit.

»Ich habe über deine Flucht nachgedacht«, begann er, »aber mir ist noch keine Lösung eingefallen.«

»Mr. Nolloth, ich flehe Sie an: Erzählen Sie mir, was Sie über den Tod meines Großvaters wissen!«

»Also gut«, antwortete er. »Doch sag mir zuerst, was du über jene Nacht weißt, in der man ihn ermordet hat.«

Ich berichtete ihm, was ich aus der Lektüre der Berichte meiner Mutter erfahren hatte, und versicherte ihm, daß sich der Text meinem Gedächtnis beinahe Wort für Wort eingeprägt hatte, obwohl ich ihn nur einmal überfliegen konnte.

»Dann will ich dir nun ohne Umschweife den Rest erzählen. Weißt du noch, daß dein Großvater in jener Nacht ein Päckchen von Mr. Fortisquince erhalten hat?«

Ich nickte.

»Hast du eine Ahnung, was in diesem Päckchen war, oder vielmehr, was sich dein Großvater von diesem Päckchen erhofft hatte?«

»Nein«, sagte ich zögernd, doch dann erzählte ich ihm mit stetig wachsender Aufregung, daß mein Großvater wohl sein Interesse am Kodizill verloren hatte, weil er hoffte, ein Dokument zu erhalten, das sogar noch bedeutsamer war.

»Du hast völlig recht«, sagte der alte Gentleman. »Dein Großvater rechnete in jener Nacht damit, ein Dokument von äußerster Wichtigkeit zu erhalten. Und zwar nichts Geringeres als ein von deinem Ururgroßvater Jeoffrey Huffam aufgesetztes Testament späteren Datums als das gerichtlich anerkannte Testament.«

Also hatte ich mit meiner Vermutung recht gehabt!

»Und wenn es, wovon wir wohl ausgehen können, keine Fälschung war«, fuhr der alte Gentleman fort, »dann hätte es – da ein Testament rechtskräftig bleibt, wie lange es auch verschwunden gewesen sein mag – sowohl das frühere Testament als auch das Kodizill, um das es einen solchen Aufruhr gab, ersetzt, sobald es vom Gericht anerkannt worden wäre.«

»Aber was wären die Folgen gewesen?« fragte ich rasch.

»Das Testament hätte sehr weitreichende Folgen für eine große Anzahl von Menschen gehabt. Es hätte deinen Urgroßvater James zugunsten des damals noch minderjährigen Enkels von Jeoffrey Huffam enterbt.«

»Also zugunsten meines Großvaters?« rief ich.

»Ganz genau. John, der damals erst wenige Monate alt war, hätte das Eigentumsrecht an allen Besitzungen seines Großvaters geerbt. Und deshalb hätte dieses Testament rückwirkend den Verkauf des Gutes Hougham durch James zweifelsfrei für nichtig erklärt, da James kein Recht zu dieser Transaktion hatte. Kurzum, wenn das Testament dem Gericht vorgelegen hätte, wäre dein Großvater mit sofortiger Wirkung der alleinige Besitzer des Gutes geworden.«

»Sein großer Traum war also kurz vor der Erfüllung!« murmelte ich. »Er hätte die Mompessons vertreiben und die Pläne der Clothiers durchkreuzen können.« Ich hatte noch so viele Fragen, doch eine drängte sich mir stärker auf als alle anderen: »Aber wo steckte das Testament all die Jahre über?«

»Offenbar im Besitz der Familie Mompesson, denn jemand aus diesem Hause schrieb deinem Großvater und versprach, ihm das Testament zukommen zu lassen.«

»Der Brief mit dem Wappen der Mompessons«, rief ich, »von dem meine Mutter geschrieben hat!«

Deshalb also hatte mein Großvater gleich nach Erhalt dieses Briefes jedes Interesse daran verloren, dem Gericht das Kodizill vorzulegen oder die Heirat meiner Mutter mit Daniel Clothier voranzutreiben.

Dann fragte ich: »Aber warum wollte jemand die Mompessons hintergehen, der doch offenbar ihr Vertrauen genossen hat? Wer war unser Freund in diesem Haus? Und warum hatten sie überhaupt das Testament so lange aufbewahrt, wenn es doch solch eine Gefahr für sie bedeutete?«

»Dies sind Fragen, junger Mann, über die nachzudenken dein Vater und ich mehr als genug Muße hatten, doch zu einem Ergebnis sind wir nicht gekommen.«

»Entschuldigen Sie!« sagte ich. »Aber bitte fahren Sie fort! Was geschah also in dieser schicksalsschweren Nacht?«

»Nicht so rasch! Ich muß noch einmal zu jenem Tag zurückkehren, an dem deine Eltern deinem Großvater mitteilten, daß sie heiraten wollten. Hat deine Mutter dir auch gesagt, daß er das Datum für die Hochzeit auf die kommende Woche festsetzte und vorschlug, auch seinen alten Freund Martin Fortisquince, mit dem er sich zerstritten hatte, sowie dessen Braut dazu einzuladen?«

»Ja, sie war darüber sehr erstaunt.«

»Dann will ich dir jetzt die Erklärung dafür geben. Dein Großvater hatte eine geheime Unterredung mit deinem Vater und Mr. Escreet, und dabei sagte er ihnen, was man ihm in Aussicht gestellt habe – er verriet ihnen allerdings nicht den Namen seiner Vertrauensperson im Haus Mompesson. Er legte ihnen dar, daß sein namenloser Helfer vorgeschlagen habe, Mr. Fortisquince als den nichtsahnenden Überbringer zu benutzen, der das Dokument aus dem Haus Mompesson und zu deinem Großvater befördern sollte. Die Absicht der Vertrauensperson war es, das Testament am Morgen der Hochzeit dem sicheren Aufbewahrungsort Sir Percevals zu entnehmen und es sofort Mr. Fortisquince anzuvertrauen, dem man ausrichten wollte, daß es sich um ein Geschenk für deinen Großvater handle, das ihm noch am gleichen Tag zu übergeben sei. Mr. Fortisquince, der keine Ahnung hatte, was er da bei sich trug, sollte es noch am gleichen Abend ins Haus deines Großvaters bringen. Und um Mr. Fortisquince einen Anlaß für einen Besuch zu geben, lud dein Großvater ihn und seine Braut zur Hochzeit ein.«

»Aber warum hat man dies meiner Mutter verschwiegen?«

»Laß mich dir die Geschichte so erzählen, wie ich sie von deinem Vater gehört habe, und hoffen, daß sich dann eine Antwort auf alle Fragen findet. Dein Großvater war sich nun sicher, daß Sir Perceval, sobald er das Fehlen des Testaments entdeckte, annnahm, daß es irgendwie in den Besitz jener einen Person geraten ist, die davon profitieren konnte: also in den Besitz deines Großvaters. Zudem würde nun Peters Vater zum erstenmal von der Existenz dieses Dokuments erfahren, das bislang ein gut gehütetes Geheimnis gewesen war.«

»Wie sollte er davon erfahren? Und warum sollte er sich dafür interessieren?«

»Er hat bestimmt einen Spitzel im Haus Mompesson gehabt. Außerdem war dein Großvater davon überzeugt, daß Mr. Fortisquince' Braut vom alten Mr. Clothier bezahlt wurde, um ihm Informationen zu liefern.«

Mr. Nolloth und ich fragten uns, was ihre Beweggründe gewesen sein mochten und warum mein Großvater ihr mißtraute, konnten aber keine eindeutige Antwort darauf finden. Seit der Lektüre des Tagebuchs meiner Mutter hatte ich mich schon oft darüber gewundert, wie außerordentlich böswillig sich Mrs. Fortisquince gegenüber meiner Mutter verhielt.

»Aus naheliegenden Gründen nahm Peters Vater lebhaften Anteil an den Geschäften deines Großvaters«, fuhr Mr. Nolloth fort. »Dieses verlorene Testament machte das Kodizill für ihn wertlos und zerstörte somit auch seine Hoffnung, jemals das Erbe des Gutes antreten zu können. Er konnte ebenso wie die Mompessons schlußfolgern, daß dein Großvater der Nutznießer des Testaments war, und daher annehmen, daß er es in seine Hände bekommen hatte. Er war ja bereits ärgerlich und mißtrauisch geworden, weil dein Großvater die Anerkennung des Kodizills durch das Gericht hinauszögerte. Und so besessen wie Peters Vater den Prozeß verfolgte, mußte er natürlich auch wissen, daß nur ein noch wirksamerer Anspruch auf den Besitz deinen Großvater daran hindern konnte, vom Kodizill Gebrauch zu machen.«

»Warum hat mein Großvater dann nicht sein Mißtrauen ausgeräumt und dem Gericht das Kodizill vorgelegt?«

»Weil vom gleichen Augenblick an das Leben deiner Mutter wie auch dein eigenes in höchstem Maße bedroht gewesen wären. Und aus demselbem Grund ist ja dein Leben auch jetzt in Gefahr.«

»Aber wäre die Gefahr nicht die gleiche gewesen, wenn die Mompessons und Silas Clothier erfahren hätten, daß mein Großvater das Testament in Händen hielt? Mr. Clothier und sicherlich auch die Mompessons wären doch vor nichts zurückgeschreckt, um das Dokument zu vernichten, beziehungsweise es wieder zurückzubekommen?«

»Richtig. Und hätte Silas Clothier dabei deinen Großvater und deine Mutter umgebracht und deinen Vater entmündigt, nun, so wäre das in den Augen der Mompessons um so besser gewesen. Und daher galt die Hauptsorge deines Großvaters der Sicherheit deiner Eltern und dem Schutz des Testaments, sobald er es haben würde. Darüber berieten sich die drei – dein Vater, dein Großvater und Mr. Escreet – in jener Nacht, in der die Hochzeit deiner Eltern festgesetzt wurde. Und bei ebendieser Gelegenheit heckten sie auch jene Verschwörung aus, die solch fatale und unvorhergesehene Folgen haben sollte.«

»Eine Verschwörung?« fragte ich aufgeregt. »Gegen wen?«

»Zuerst einmal gegen deine Mutter. Denn dein Vater und dein Großvater waren fest entschlossen, deiner Mutter die ganze Angelegenheit so weit wie möglich zu verheimlichen, um sie nicht unnötig zu beunruhigen.«

»Und dabei haben sie nicht daran gedacht, welchen Kummer sie ihr damit bereiten würden.«

»Aber sie konnten doch damals nicht wissen, daß ihr Plan so schrecklich fehlschlagen würde! Und zudem bedurfte es bei der Durchführung ihrer Absichten auch einer gewissen schauspielerischen Fähigkeit, die deine Mutter ihrer Meinung nach nicht besaß. Um verstehen zu können, was daraufhin geschah, mußt du dir die Lage vor Augen halten, so, wie sie sich ihnen in jener Nacht darstellte. Sie mußten folgendes erreichen: Deine Mutter durfte von alldem nichts erfahren, zumindest nicht, solange sie nicht in Sicherheit war; dein Vater mußte an einen Ort geschafft werden, an dem ihn weder sein eigener Vater noch Dr. Alabaster behelligen konnte, der, wie du dich erinnerst, zu dieser Zeit in Besitz einer Vollmacht der Kommission war, die es ihm gestattete, deinen Vater in Verwahrung zu nehmen, sobald er das Haus deines Großvaters verließ; die Mompessons und Silas Clothier mußten in dem Glauben belassen werden, daß deine Eltern weder Testament noch Kodizill von deinem Großvater erhalten haben; und schließlich mußten für den Fall, daß sich die beiden Familien nicht täuschen ließen, beide Dokumente – das Kodizill und das Testament – außer Reichweite der Feinde und ihrer Spitzel und Agenten gebracht werden.«

»Aber wie konnten sie denn hoffen, all dies zu erreichen?«

»Nun, Mr. Escreet hatte einen genialen Einfall. Er schlug vor, daß dein Vater und dein Großvater im Beisein von Mr. und Mrs. Fortisquince sowie auch deiner Mutter so tun sollten, als gerieten sie sich heftig in die Haare, und auf dem Höhepunkt dieses Streits sollte dein Vater dann mit deiner Mutter fluchtartig das Haus verlassen.«

»Die Scharade, von der er im Gasthof in Hertford gesprochen hat!« rief ich aus.

»Eine Scharade, ja. Genau das war es. Verstehst du nun, weshalb sie deine Mutter nicht gewarnt haben? Sie hätte den scharfen Blick von Mrs. Fortisquince nicht täuschen können. Dein Großvater steigerte sich wunderbar in seine Rolle hinein, und auch Mr. Escreet war wohl recht beeindruckend, nur dein Vater hat, wie er mir oft erzählte, seinen Part wohl ziemlich schlecht gespielt.«

»Ich weiß, meine Mutter schrieb, daß ihr sein Verhalten seltsam vorgekommen war, doch mein Großvater und Mr. Escreet haben sie offenbar völlig überzeugt.«

»In Anbetracht der unerwarteten und schrecklichen Entwicklung der Dinge war es eine unglückselige Notwendigkeit, daß man gerade auch deiner Mutter etwas vorspielen mußte. Doch das geschah mit den besten Absichten. Ich nehme an, du hast gemerkt, daß der Sinn dieser Scharade war, Mr. Fortisquince und seine Braut glauben zu machen, es habe einen unheilbaren Bruch in Peters Verhältnis zu seinem neuen Schwiegervater gegeben. Wenn Mr. Fortisquince den Mompessons von dem Geschehen berichtete – durchaus ohne alle böse Absicht –, dann war es von entscheidender Bedeutung, daß er behauptete, Peter habe das Haus bereits verlassen, bevor er, Mr. Fortisquince, das Geschenk an deinen Großvater übergeben konnte. Denn inzwischen würde Sir Perceval natürlich wissen, daß man ihm das Testament entwendet und durch Mr. Fortisquince' unwissentlichen Beistand deinem Großvater überbracht hatte. Doch man würde Mr. Fortisquince' Behauptung nicht anzweifeln, da er als ein Gentleman galt, der auch der geringsten betrügerischen Absicht abhold war. Wenn also er bestätigte, daß das neuverheiratete Paar das Haus nach einem solchen Streit verlassen habe und wer weiß wohin verschwunden sei, würde niemand nach ihnen suchen wollen, da die Mompessons ja annehmen mußten, daß dein Großvater noch immer im Besitz des Testaments war.«

»Und Mr. Fortisquince' Braut hätte den Clothiers das gleiche berichtet!«

»Stimmt. Die Clothiers brauchten daher den Gedanken nicht weiter zu verfolgen, daß dein Großvater Testament und Kodizill seinem Schwiegersohn gegeben haben könnte. Sie konnten also den Versuch aufgeben, deinen Vater mit Hilfe der amtlichen Bestätigung seiner Geisteskrankheit zu entmündigen. Ihr Bemühen hätte sich darauf gerichtet, Kodizill und Testament – das eine, um es dem Gericht vorzulegen, das andere, um es zu vernichten – direkt von deinem Großvater zu erlangen.«

»Dann vermuten Sie also, daß das, was mit ihm geschah ...«

»Ich muß jetzt gehen«, unterbrach er mich. »Yallop hat seine Runden noch nicht gemacht, er wird hier jeden Moment aufkreuzen.«

»Nur noch ein bißchen, ich flehe Sie an!« drängte ich ihn.

»Noch eine Minute. Länger nicht. Kehren wir also zur Geschichte zurück. Die von Mr. Escreet vorgeschlagene Täuschung hatte jedenfalls eines für sich: Selbst wenn es mißlang, die Feinde deiner Familie davon zu überzeugen, daß es einen unheilbaren Bruch zwischen deinem Vater und deinem Großvater gegeben hatte, gelangten deine Eltern im schlimmsten Fall immerhin mit den beiden Dokumenten sicher aus London heraus und an einen Ort, der nur deinem Großvater und Mr. Escreet bekannt war. Und so traf man eine Woche vor der Hochzeit insgeheim alle notwendigen Vorbereitungen. Dein Großvater vertraute deinem Vater das Kodizill und auch den Brief an, den er geschrieben hatte, um die Bedeutsamkeit des erwarteten Testaments zu erklären. (Er schrieb diesen Brief, da er ahnte, wie du gerade richtig vermutet hast, in welche Gefahr er sich begab.) Nun war es also nur noch notwendig, Mr. Fortisquince' Braut deutlich sehen zu lassen, daß ihr Gatte deinem Großvater das Päckchen erst überreichte, nachdem deine Eltern das Haus verlassen hatten. Sie würde in dem entsprechenden Augenblick wohl nicht sonderlich auf das Geschehen achten, würde aber spätestens dann seine Bedeutung begreifen, wenn die Mompessons ihr vom Verlust des Testaments berichteten. Und so beschloß man, daß dein Großvater die Annahme des Päckchens hinauszögern würde, bis deine Eltern nach dem Streit das Haus verlassen hatten. Anlaß der Auseinandersetzung sollte das Thema Geld sein, da die drei glaubten, daß die Mompessons und Clothiers dies noch am ehesten als Grund für einen Streit zwischen Schwiegervater und Schwiegersohn am Hochzeitstag akzeptieren würden. Erst nachdem deine Eltern fortgefahren waren, sollte dein Großvater also Mr. Fortisquince nach dem Päckchen fragen. Anschließend wollte er es dann unauffällig Mr. Escreet zustecken, und dein Vater ...«

»Sollte heimlich zurückkehren und es von diesem in Empfang nehmen!« rief ich begeistert.

»Genau«, sagte Mr. Nolloth. »Mr. Escreet wollte die Hintertür unverschlossen lassen, und da die Dienstboten beurlaubt waren, konnte auch niemand deinen Vater bemerken.«

»Aber Mr. Fortisquince sah ihn«, sagte ich. »Auch wenn er ihn zunächst nicht erkannt hat.«

»Ja, es ist vieles falsch gelaufen.«

»Sagen Sie mir, was dann geschehen ist!« schrie ich beinahe.

»Nein, ich kann jetzt nicht mehr bleiben. Es wird schon hell. Wenn man mich entdeckt, habe ich keine Möglichkeit mehr, dir bei deiner Flucht zu helfen.«

»Das ist mir egal. Ich muß wissen, was dann passiert ist.«

»Morgen! Wenn ich es irgendwie einrichten kann«, flüsterte Mr. Nolloth und schlich sich leise davon.

Ich legte mich auf das harte Strohlager, wußte aber, daß ich in den nächsten Stunden nicht schlafen konnte, denn was mir der alte Gentleman erzählt hatte, rief zahllose Überlegungen in mir wach, denen ich nun in aller Ruhe nachhängen wollte. Also hatte mein Großvater ein unwiderlegliches Anrecht auf den Besitz gehabt. Galt dies dann nicht auch für mich? Vielleicht erfüllte sich mein größter Wunsch nun doch noch. Aber ich durfte nicht darauf bauen, denn alles hing von diesem Testament ab, falls es jemals existierte. Konnte ich überhaupt davon ausgehen, daß es dieses Testament noch gab? Wahrscheinlich war es längst vernichtet worden. Wie seltsam, daß ich inzwischen besser über jene schicksalsschwere Nacht Bescheid wußte als meine Mutter; vor allem kannte ich nun auch die wohlmeinende Absicht, die hinter der Scharade gesteckt hatte. Konnte ich im Lichte meiner neuen Erkenntnisse also sagen, daß die Angst meiner Mutter, ihr Mann habe ihren Vater umgebracht, unbegründet gewesen war? Vor allem schien mir nun gewiß, daß das Motiv für den Mord der Wunsch nach dem Besitz des entwendeten Testaments war, und ich wußte nicht, welchen Vorteil sich Peter Clothier durch eine solche Tat verschafft hätte.

Kurz darauf hörte ich den Nachtwächter über den Flur kommen, und ich sah, wie er seine Lampe einen Augenblick lang in das Schiebefenster hielt, ehe er weiterging.

79. KAPITEL

Der Tag, der nun anbrach – soweit ich ihn denn in meiner dunklen, unterirdischen Zelle von der Nacht unterscheiden konnte –, verlief ebenso wie der Tag zuvor. Am Morgen brachte Hinxman mir mein Essen, das ich aber unberührt stehenließ. Ungefähr eine Stunde danach gelang es Mr. Nolloth, mir ein großes Stück Brot durch die Stäbe zuzustecken, und diesmal reichte er mir auch einen kleinen Steinkrug mit Wasser, den ich rasch entgegennahm und unter dem Stroh verbarg. Damit konnte ich mich ein Weilchen am Leben halten, doch ich spürte, daß meine Kräfte mich allmählich verließen.

Mr. Nolloth konnte sein Versprechen nicht einlösen und in der Nacht wieder zu meiner Zelle kommen. Dies enttäuschte mich beinahe mehr als die Tatsache, daß er mir am nächsten Tag nichts zu essen und zu trinken brachte. Die Kost, die Hinxman mir hinschob, rührte ich jedoch, so hungrig ich auch war, nicht an.

Unwillkürlich und völlig irrational machte ich es Mr. Nolloth zum Vorwurf, daß er mich im Stich ließ. Aber war die Vorhaltung wirklich so unbegründet? Man hatte es auf mein Leben und meine geistige Gesundheit abgesehen, und sollte ich da – wenn die Familie, deren Namen ich trug, dafür verantwortlich war – einem Fremden vertrauen können? Dennoch brauchte ich ein Minimum an Gewißheit, etwas, auf das ich mich stützen konnte, da ich sonst alles in Frage stellen mußte, und das war gewiß der schnellste Weg, um verrückt zu werden. Mr. Nolloth' teilnehmender Blick, als mich Hinxman und Rookyard durch den Schlafsaal geschleift hatten, schien mir ein Zeichen aufrichtigen Mitgefühls gewesen zu sein, dem *nicht* zu vertrauen bestimmt irrsinnig war. Schließlich kam ich zu dem Schluß, daß ich unter den gegebenen Umständen nichts zu verlieren hatte, wenn ich mich auf ihn verließ.

Spät am Nachmittag – dafür jedenfalls hielt ich es – des zweiten Tages nach Mr. Nolloth' letztem Besuch wurde die Tür plötzlich aufgeschlossen, und Hinxman kam herein, gefolgt von Rookyard.

Er grinste mich eigenartig an und sagte: »Dein Paps hat schon ganz besorgt nach dir gefragt. Und da dem Doktor immer daran gelegen ist, seine Schützlinge zufriedenzustellen, hat er mich gebeten, dich für einen Besuch bei ihm vorbeizubringen.«

Sie führten mich über die dunklen Flure zurück zu jener Zelle, in der ich die erste Nacht verbracht hatte, doch von jener unglückseligen Kreatur war nichts mehr zu sehen, und selbst die Zelle sah völlig anders aus: Man hatte frisches Stroh aufgeschüttet und um einen kleinen Tisch zwei Stühle gestellt. Auf einem saß ein Fremder, der mich bei meinem Eintritt aufmerksam beobachtete. Er war keine vierzig Jahre alt, glatt rasiert und trug einen hübschen blauen Mantel und ein weißes Halstuch, eine helle Weste und dunkle Hosen. Hinxman stieß mich zum zweiten Stuhl und drückte mich auf ihn nieder, indem er sich schwer auf meine Schulter stützte. Der Fremde starrte mich immer noch unablässig an, und endlich erkannte ich ihn.

Statt des flackernden Lichtes der Verrücktheit sah ich in seinen braunen Augen eine tiefe Melancholie. Ohne den krausen Bart und die verfilzten Haare wirkte er viel jünger, und da er keine Zwangsjacke trug, konnte ich auch erkennen, wie mager und gebrechlich er aussah. Unter dem Rand des Halstuchs fiel mir eine offene Nackenwunde auf. Insgesamt fand ich das Aussehen dieses Mannes, mit dem mich eine solch eigenartige Beziehung verband, in der neuen Gestalt weit beunruhigender als in jener, gegen die ich mich innerlich bereits gewappnet hatte.

Wir blickten uns eine Weile reglos an, und Rookyard und Hinxman schauten uns dabei zu. Ich dachte daran, ihm die Hand zu geben, fand die Geste dann aber doch zu steif.

»Sie haben mir gerade erzählt, daß meine Frau ein Kind hat«, begann er ernst. »Sie sagen, du bist dieses Kind. Und doch kann ich es nicht glauben. Stimmt es denn, was sie sagen?«

Er sprach etwas schleppend, als sei er das Reden nicht mehr gewohnt, doch seine Stimme klang leise und sanft. Ich war unfähig, ein Wort hervorzubringen oder auch nur mit dem Kopf zu nicken.

Er fuhr fort: »Aber ich sehe, daß du Marys Kind bist. Deine Züge spiegeln das liebliche Gesicht deiner Mut...« Seine Stimme brach, und er schwieg.

»Natürlich ist es dein Junge, Peter, dein Sohn und Erbe«, sagte Hinxman. »Schließlich hat er ja den Verstand vom Vater geerbt.«

»Sonst wär er schließlich auch kein Scholar in Dr. Alabasters Akademie, nicht wahr?« ergänzte Rookyard.

»Das ist wahr. Diese Gentlemen haben recht. Ich bin nämlich verrückt, weißt du.« Dann sagte er ungeduldig: »Aber sag mir, wie geht es deiner lieben Mutter?«

Ich konnte immer noch nichts sagen und schüttelte nur den Kopf.

»Ich habe ihr das Herz gebrochen. Weißt du, was ich getan habe?«

Ich schüttelte den Kopf und wollte ihn daran hindern weiterzureden.

»Ich habe ihren Vater umgebracht«, sagte er in beinahe flüsterndem Ton, »deinen Großvater.«

»Nein! Nein, das ist nicht wahr!«

»O doch, es stimmt. Ich weiß nicht mehr, wie und warum, aber siehst du, das liegt an meiner Verrücktheit.«

»Na, du hast 'ne Axt genommen«, sagte Hinxman, »und hast den alten Herrn in drei gleiche Stücke gehaun. Is nu wirklich nich die nette Art, dem Paps von deiner Missis den schuldigen Respekt zu zeigen. Erst recht nich inner Hochzeitsnacht.«

»Es war keine Axt, Mr. Hinxman. Es war ein Schwert.«

»Das macht es nur noch schlimmer, Peter«, warf Rookyard ein »Das mußt du doch selbst einsehen, wenn du mal drüber nachdenkst. Zumindest würdest du es einsehen, wenn du nicht 'nen Sprung in der Schüssel hättest.«

»Einige Dinge weiß ich noch sehr deutlich. Andere wiederum habe ich völlig vergessen. Nachdem deine Mutter und ich das Haus verlassen hatten, kehrte ich heimlich noch einmal zurück. Daran erinnere ich mich sehr genau.«

»Stimmt«, sagte ich. »So war es ja auch vorher mit Mr. Escreet abgesprochen.«

Er runzelte die Stirn: »Nein, da hat man dir etwas Falsches erzählt. Keiner wußte davon. Zumindest nicht, soweit ich mich erinnern kann. Ich weiß noch, daß ich an der offenen Tür zum Eßzimmer vorbeiging und daß ich meinen Kopf abwandte, damit mich niemand erkennen konnte, falls jemand im Zimmer war. Siehst du, ich muß also doch etwas Böses im Sinn gehabt haben. Ich ging zur Bibliothek, und da traf ich Mr. Escreet. Daran erinnere ich mich noch sehr genau. Dann bin ich wohl über ihn und Mr. Huffam hergefallen. Ich habe ein Schwert benutzt. Wir waren im Kabinett. Manchmal kann ich mich fast an die Tat erinnern, aber es kommt mir immer wie ein Traum vor. Ich habe wohl auch etwas Geld gestohlen. Aber ich weiß noch ganz genau, daß ich das Haus nicht verlassen konnte, weil die Hintertür verschlossen war. Und ich erinnere mich auch noch daran, daß ich mir die Hand verletzt habe, als ich das Glas in der Tür zum Vestibül einschlug. Siehst du, ich muß also ein Mörder sein. Wenigstens hat Mr. Escreet überlebt, Gott sei Dank!«

Mein Glaube an Mr. Nolloth' Erklärungen geriet ins Schwanken, und ich war davon überzeugt, daß ich in die sanften braunen Augen des Mörders meines Großvaters blickte.

»Du siehst deinem Großvater sehr ähnlich«, sagte er. »Die gleichen Augen. Der gleiche Mund wie deine liebe Mutter. Wie heißt du?«

»John«, brachte ich heraus. Da er den Namen offenbar nicht wiedererkannte, fügte ich hinzu: »John Clothier.«

»Ich erinnere mich an diesen Namen«, sagte er schaudernd. »Es ist auch meiner. Oder er war es zumindest. Ich trug ihn einmal mit Stolz. Ich liebte meinen Vater, und ich bewunderte ihn, wie Söhne nun einmal ihre Väter bewundern, obwohl ich sah, wie unglücklich er meine Mutter machte – eine sanftmütige Person, die ihm in seinen Augen einfach nichts recht machen konnte. Lange Zeit ahnte ich nicht, welchen Geschäften mein Vater und mein Bruder nachgingen. Ich war ein scheuer, verträumter Schuljunge, der am liebsten allein über seinen Büchern hockte. Ich wollte Buchhändler werden. Doch als ich von der Schule abging, erwartete man von mir, daß ich ins Familienunternehmen eintreten und meinen Teil dazu beitragen sollte. Und da erst fand ich heraus, um welche Art Geschäfte es sich dabei handelte.« Er hielt inne und seufzte. »Kurzum, sie hatten ihre Finger in jedem nur denkbaren niederträchtigen, schändlichen Gewerbe in London, mit dem man die Armen, Weltfremden oder Schutzlosen hereinlegen konnte: Sie führten illegale Leihhäuser, die überhöhte Zinsen verlangten und nur als Umschlagplatz für gestohlene Waren dienten. Sie verliehen Geld an junge Gentlemen, die auf ein Erbe hofften, und erpreßten sie oder ihre Freunde dann zu wucherischen Rückzahlungen. Außerdem gehörten ihnen einige der schlimmsten Quartiere der Stadt, die stinkenden Höhlen der Ärmsten der

Armen, denen sie mit ihren Mieten den letzten Penny abknöpften, ebenso wie die Schlupfwinkel jedes nur vorstellbaren und unvorstellbaren Lasters, von dem sie ihre Dividende abschöpften.«

»Aber, aber!« sagte Rookyard. »So etwas solltest du nicht von einem der angesehensten alten Gentlemen Londons sagen!«

»Stell dir nur vor, was diese Entdeckung für mich bedeutete!« fuhr er fort, nachdem er Rookyards Bemerkung offenbar überhört hatte. »Vater und Bruder, die ich beide so sehr verehrt hatte, entpuppten sich als raffgierige Betrüger und Erpresser! Als ich mich weigerte und nichts mit ihren Geschäften zu tun haben wollte, versuchten sie mich mit allen Mitteln – mit Bestechung, Drohungen und schließlich sogar mit Gewalt – umzustimmen. Wundert es dich da noch, daß ich wurde, wie ich nun bin? Nachdem meine Mutter gestorben war, hatte ich keinen Verbündeten mehr. Ich glaubte, alle seien sie gegen mich und die Menschen auf der Welt seien entweder schwach und daher Opfer oder aber stark und daher wie mein Vater und mein Bruder. Deine Mutter und ihr Vater waren die ersten netten Menschen, die ich überhaupt kennengelernt habe. Und als ich mich in deine Mutter verliebte, fand ich in mir auch die Kraft, mich gegen meine Familie aufzulehnen.« Er schwieg und starrte mich an, als wäre er gerade aus einem Traum erwacht: »Das wollte ich dir eigentlich gar nicht alles erzählen. Ich wollte dich fragen, wie es deiner Mutter geht.« Seine Stimme zitterte. »Ich weiß nicht mehr, was ich glauben soll. Die Leute hier erzählen mir die schrecklichsten Geschichten.«

»Ich hab's dir doch wieder und wieder gesagt«, meinte Hinxman. »Auf dem Strich gelandet und als Verrückte krepiert.«

Ich sah in sein höhnisch grinsendes Gesicht und wußte nicht, ob er nur durch Zufall diese Worte gewählt hatte.

»Sie lebt doch, und es geht ihr gut, nicht wahr?«

»Ja«, stammelte ich. »Sie lebt, und es geht ihr gut.«

Meine Stimme zitterte kaum merklich, doch die Tränen stiegen mir in die Augen und liefen mir über die Wangen.

Die sanften, melancholischen Augen musterten mich aufmerksam: »Du lügst mich an, genau wie all die anderen. Ich weiß, sie ist tot, hab ich recht?«

Ich konnte nichts sagen, doch ich nickte.

»Das habe ich befürchtet. Ich will nur hören, daß sie nicht in Elend und Armut gestorben ist, wie Mr. Hinxman und die anderen Herren es immer behaupten.«

Ich versuchte, Worte zu finden, die ihn vielleicht trösten konnten, doch er las das Schicksal meiner Mutter in meinen Augen und vergrub sein Gesicht in den Händen.

Ich stand auf und wollte zu ihm gehen, doch eine schwere Hand legte sich auf meine Schulter, und Hinxman sagte mit heiserer Stimme: »Ich hab nich soviel Zeit, daß ich hier den ganzen Tag rumstehen und euch beiden zuhören kann, wenn ihr über die alten Tage plaudert, auch wenn's ganz amüsant ist.«

Er stieß mich zur Tür, doch ich konnte mich noch einmal umdrehen und sagen: »Ich komme wieder, und wir reden noch einmal miteinander.«

Er gab mit keinem Zeichen zu verstehen, daß er mich gehört hatte. Gleich darauf stand ich schon wieder auf dem Flur, und Rookyard hatte die Tür hinter uns zugeschlagen.

Auf dem Rückweg traf Hinxman einen Wärter, den ich zuvor noch nicht gesehen hatte. Er rief ihm zu: »He, Stillingfleet! Bring diesen jungen Querkopf zurück nach Nr. 12. Ich muß mich für die Nachtkutsche nach Gainsborough fertig machen. Muß heute noch nach Norden fahren, um für 'nen Kunden vom Doktor was zu erledigen.«

Er schob mich zu dem anderen Mann hin und verschwand. Da mir einfiel, daß dies nach Mr. Nolloth' Meinung der einzige Wärter zu sein schien, dem Menschlichkeit noch nicht völlig fremd war, sagte ich zu ihm: »Mr. Stillingfleet, einmal angenommen, ich könnte Ihnen einen Sovereign bieten, wenn Sie mir helfen, hier herauszukommen. Würden Sie ihn annehmen?«

»Nein«, antwortete er, ohne zu zögern, »da würde ich ja meinen Herrn betrügen.«

Ich hatte mit einer Ablehnung gerechnet, doch seine Antwort ermutigte mich eigenartigerweise ein wenig, schließlich zeugte sie von einer gewissen Ehrbarkeit. Außerdem hätte er mich ja auch hereinlegen und das Geldstück nehmen können, ohne etwas dafür zu tun. Doch wenn ich schon nichts für mich selbst ausrichten konnte, vielleicht gelang es mir, jemand anderem zu helfen, und da ich an die gräßliche Wunde unter dem Halstuch denken mußte, fragte ich: »Kennen Sie Peter Clothier?«

»Sicher. Ein armer Teufel. Was ist mit ihm?«

»Wenn ich Ihnen das Geld mit der Bitte geben würde, ihm zu helfen, was würden Sie dann sagen?«

»Ich würd sagen, daß ich den Zaster erst sehen will.«

Ich beschloß, ihm zu vertrauen, und er gestattete, daß ich stehenblieb, während ich den Sovereign, den Daniel Porteous mir geschenkt hatte, aus dem Versteck im Saum meines Nachthemdes hervorholte.

Als ich ihm die Münze gab, sagte ich: »Sorgen Sie doch bitte dafür, daß ihm die Kette um seinen Hals die Haut nicht so stark aufscheuert!«

»Ich werd sehen, was ich machen kann«, sagte er und nahm das Geld.

Sobald ich wieder allein in meiner Zelle war, warf ich mich aufs Stroh und weinte. In den folgenden Stunden konnte ich das zarte, leidende Gesicht nicht aus meinen Gedanken verbannen, und ich konnte mir auch nicht die Einsicht ersparen, daß ich unwissentlich zu einem Instrument geworden war, mit dem man ihm weitere Schmerzen zugefügt hatte.

Darüber hinaus hatte ich nun auch keinen Grund mehr, daran zu zweifeln, daß er tatsächlich dieses entsetzliche Verbrechen begangen hatte. Mr. Nolloth hatte mich allerdings wohl kaum belogen, da er vermutlich selbst getäuscht worden war. Ich glaubte, daß das Leben nun keine weiteren Schrecken für mich bereithalten konnte, denn mein Tod schien mir unausweichlich, und ich fand mich damit ab.

80. KAPITEL

Trotz dieser Ergebenheit in mein Schicksal wartete ich am späten Abend gespannt darauf, daß die letzten Geräusche im Haus erstarben, denn ich hoffte, daß Mr. Nolloth bald zu meiner Zelle kommen würde. Wenn ich meine Befürchtungen nicht mit einem mitfühlenden Zuhörer teilen konnte, verlor ich sicherlich bald den Verstand. Während der langen Stunden der Dunkelheit, die sich so zäh dahinschleppten, kam außer den Wärtern, die ich bald an ihrem schweren Gang erkannte, niemand an meiner Zelle vorbei. Endlich, es mußte schon nach Mitternacht gewesen sein, hörte ich leichte Schritte auf dem Flur, ging zum Schiebefenster und sah, daß Mr. Nolloth bereits vor der Tür stand. Er entschuldigte sich, daß er nicht früher hatte kommen können, und reichte mir dann etwas Brot und Wasser durch die Gitterstäbe. So gern ich diese Gaben auch entgegennahm, mir waren sie nicht so wichtig wie die Gelegenheit, ihm von meiner Begegnung erzählen und meine Sorgen mitteilen zu können. Zuerst erzählte ich ihm vom Ende des Gesprächs.

»Glaub nur nicht, daß ich dir irgendwelche Vorwürfe mache«, sagte der alte Gentleman freundlich, als ich meinen Bericht beendet hatte. »Doch an die Folgen mag ich kaum denken.«

»Hätte ich doch nur meine Gefühle besser verborgen!« rief ich.

»Du konntest doch nichts dafür! Du hast nur getan, was man von dir erwartet hat.«

Als ich Mr. Nolloth erzählte, daß Peter Clothier mir den Mord an meinem Großvater beschrieben hatte, seufzte er: »Er glaubt es inzwischen selbst. Aber ich schwöre dir, es stimmt nicht. Es macht ja nicht einmal Sinn. Was er mir von jener Nacht erzählt hat, gleich als er eingeliefert wurde, ist offensichtlich und ohne allen Zweifel die Wahrheit.«

Ich bat ihn, dort fortzufahren, wo wir bei unserer letzten Begegnung unterbrochen worden waren, und als er erzählte, zwang ich mich, des Teufels Advokaten zu spielen, da ich regelrecht gegen meinen Willen davon überzeugt werden wollte, daß das Geständnis von Peter Clothier falsch war.

»Wie du bereits aus den Berichten deiner Mutter weißt, verlief der vorgetäuschte Streit wie geplant, und deine Eltern verließen das Haus und gingen zum Kutschkontor in Snow Hill. Dort zog sich dein Vater einen anderen Mantel an, damit man ihn nicht so leicht erkennen konnte, und kehrte zum Haus zurück.«

»Er leugnet nun, daß dies zuvor vereinbart worden war.«

»Ich weiß«, sagte Mr. Nolloth, »doch wenn Mr. Escreet die Tür nicht offengelassen hätte, wie hätte er dann ins Haus gelangen sollen?«

»Das konnte er mir nicht erklären«, gab ich glücklich zu.

»Er ging in die Bibliothek, doch da war niemand. Einen Augenblick später kam Mr. Escreet aus dem Kabinett und sagte ihm, daß sich dein Großvater noch mit Mr. Fortisquince und dessen Braut unterhalte, ihm aber bereits das Päckchen übergeben habe, das Mr. Fortisquince mitgebracht hatte. Dein Vater nahm das Päckchen und wollte wieder gehen. Stimmt dies soweit mit dem überein, was er dir erzählt hat?«

»Er sagte, er hätte meinen Großvater und Mr. Escreet im Kabinett angetroffen, sei über sie hergefallen und habe sie dann in der Überzeugung verlassen, beide ermordet zu haben.«

»Das wäre gar nicht möglich gewesen, schon weil das Schwert, mit dem dein Großvater umgebracht wurde, an der Wand im Flur zwischen Kabinett und Haustür hing – genauer gesagt: am anderen Ende des Hauses. Nein, in Wahrheit hat er einfach das Päckchen von Mr. Escreet genommen und ist zur Hintertür gegangen, ohne deinen Großvater auch nur gesehen zu haben.«

»Mr. Fortisquince sah ihn durch die Eßzimmertür«, sagte ich. »Aber da er einen anderen Mantel trug, erkannte er ihn nicht.«

»Und das war auch gut so, denn dadurch glaubte er länger an Peters Unschuld, als er es wohl sonst getan hätte. Doch als Peter zur Hintertür kam, fand er sie verschlossen, und der Schlüssel war verschwunden.«

»Das ist eigenartig«, sagte ich.

»Höchst eigenartig. Weißt du, seine ursprüngliche Erzählung ist viel verwirrender und daher auch viel glaubhafter als die vereinfachte Darstellung der Ereignisse, an die er jetzt glaubt. Er nahm an, daß in der Zwischenzeit einer der Diener nach oben gekommen und aus irgendeinem Grund auf den Hof hinausgegangen war und bei seiner Rückkehr ins Haus die Tür verschlossen hatte. Als Peter merkte, daß er nur durch den vorderen Eingang entkommen konnte, ging er zur Eingangshalle.«

»Und Mr. Fortisquince sah ihn erneut an der Tür vorbeigehen und begann sich nun zu fragen, wer dieser Mann war.«

»Wirklich? Nun, wie du siehst, stimmt diese Version des Geschehens auch mit den Aussagen anderer überein. Doch jetzt folgt der seltsamste Teil der Geschichte. Dein Vater mußte feststellen, daß die Glastür zwischen Eingangshalle und Vestibül ebenfalls versperrt war und auch dieser Schlüssel nicht steckte. Das entsprach nun allerdings, wie er mir versicherte, ganz und gar nicht dem üblichen Brauch im Haus, wo man die Schlüssel gewöhnlich im Schloß steckenließ und die Türen nur des Nachts als eine Art zusätzliche Vorsichtsmaßnahme verschloß. Er wollte bereits die Scheibe der Tür zum Vestibül einschlagen, als er durch das Glas sah, daß der Schlüssel zur Haustür ebenfalls fehlte.«

»Wie seltsam!«

»Warte nur, es kommt noch seltsamer! Dann entdeckte er nämlich den großen Schlüssel für die Haustür direkt vor seinen Füßen.«

»Das ist wirklich verflixt! Und welche Erklärung hat er dafür gefunden?«

»Keine, die ihn befriedigt hätte. Aber er wußte nun, wie er aus dem Haus kommen konnte. Er zerbrach vorsichtig die Glasscheibe der Tür zum Vestibül, schnitt sich dabei aber leicht und blieb mit dem Mantel hängen.«

»Das erklärt das Blut an seiner Hand und den Riß in seinem Umhang, was meine Mutter so sehr erschreckt hat!« rief ich aufgeregt.

»Ganz genau. Doch dein Vater konnte sich das Blut an dem Päckchen nicht erklären, das er und deine Mutter entdeckten, als sie es in aller Frühe am nächsten Morgen im Gasthof in Hertford öffneten. Ebensowenig verstand er, wieso das Testament nicht darin war. Das bleibt wohl ein Geheimnis.«

»Ja, meine Mutter schrieb, daß das Päckchen außer blutbeschmierten

Banknoten nichts enthielt, obwohl Peter Clothier offenbar etwas anderes zu finden gehofft hatte.« Nach kurzem Schweigen setzte ich dann das Gespräch fort: »Doch wer hat nun eigentlich meinen Großvater ermordet?«

»Dein Vater und ich glauben, daß wir diese Frage gelöst haben.«

Er schwieg, und ich merkte, daß er auf einige schwache und weit entfernte Geräusche lauschte. Wir wagten kaum zu atmen, bis nach einigen Minuten wieder völlige Stille einkehrte.

»Irgendwo hier im Haus ist etwas geschehen. Vielleicht ist eines der armseligen Geschöpfe gewalttätig geworden. Ich darf nicht mehr zu lange bleiben.« Mr. Nolloth machte eine Pause und fuhr dann mit ernster Miene fort: »Was nun den Mord an Mr. John Huffam betrifft, so ist dein Vater, fürchte ich, in gewisser Weise für ihn verantwortlich.«

»Was?« rief ich aus. »Nach all dem, was Sie erzählt haben?«

»Ach, nicht so, wie du denkst. Als Peter das Haus verließ, konnte er hinter sich die Haustür nicht mehr verschließen, da die Tür kein Schnappschloß hatte. Irgend jemand muß ihn beobachtet haben, als er herauskam. Er betrat gleich nach ihm das Haus, nahm im Flur das Schwert von der Wand und ging in das Kabinett. Dort traf er auf die beiden Herren, die sich gerade über die Geldtruhe beugten, schlug Mr. Escreet von hinten nieder, tötete deinen Großvater, leerte die Truhe und verschwand dann auf dem gleichen Weg, auf dem er auch gekommen war. Dies muß so rasch nach Mr. Escreets Treffen mit deinem Vater geschehen sein, daß es nicht weiter verwunderlich ist, weshalb Mr. Escreet, nachdem er sein Bewußtsein wiedererlangt hat, in seiner Verwirrung gegen deinen Vater aussagte.«

»Ja«, sagte ich. »Das ist durchaus möglich. Und doch läßt auch diese Annahme einige Fragen unbeantwortet. Außerdem bin ich überzeugt, daß das Testament der Anlaß für den Mord war, und ein zufälliger Eindringling scheint mir eine etwas zu einfache Lösung unserer Probleme zu sein.«

»Aber mein lieber junger Mann, ich wollte damit keineswegs andeuten, daß dein Vater auch nur einen Moment lang geglaubt hat, daß es sich bei dem Mörder um einen zufällig vorüberkommenden Einbrecher handelte! Im Gegenteil, er vermutete ...«

Er brach mitten im Satz ab, da wir von links Leute den Gang herunterkommen hörten, und wir waren so sehr in unser Gespräch vertieft gewesen, daß wir sie erst bemerkten, als sie uns schon fast erreicht hatten.

Rasch eilte Mr. Nolloth in die andere Richtung davon und entschwand meinem Blick.

Doch gerade als ich linker Hand die Lichter auftauchen sah, hörte ich zu meiner rechten Seite Rookyard sagen: »So ist das also! Hab mir doch schon fast gedacht, daß hier irgendwas nicht stimmt. Hast ihm wohl was zu futtern gebracht, wie?«

Er hatte uns offensichtlich belauscht, und sobald die von links Kommenden um die Ecke bogen, beleuchteten ihre Lampen Rookyard und Mr. Nolloth, die sich gegen meine Zellentür preßten, um die anderen vorbeizulassen. Die Neuankömmlinge – der Wärter Stillingfleet und ein Mann, den ich zuvor noch nicht gesehen hatte – schleppten eine schwere Last, die durch die Tür vor meinem Blick verborgen wurde.

Als sie an uns vorbeigingen, wies Rookyard mit einem Kopfnicken auf mich und sagte zu dem Fremden: »Das da ist sein Junge.«

Der Mann sah mich neugierig an. »Sieht aus, als wollt er's ihm bald gleichtun.«

Rookyard lachte kurz auf und stieß dann Mr. Nolloth in die entgegengesetzte Richtung vor sich her. Der alte Gentleman drehte sich noch einmal um, und in seinem schmerzlich verzogenen Gesicht war eine weit größere Betroffenheit zu sehen als das Bedauern darüber, von Rookyard erwischt worden zu sein. Einen Augenblick später lag der Flur wieder verlassen vor mir, eingehüllt in undurchdringliche Dunkelheit. Und ich blieb allein zurück und fragte mich, wie ich nun überleben sollte, sorgte mich darum, wie man meinen Freund wohl bestrafen würde, und grübelte über jene Worte nach, die zwischen Rookyard und dem Fremden gefallen waren.

Was hatte der alte Gentleman zum Schluß sagen wollen? Daß Peter Clothier glaubte, der Mörder sei jemand, der das Haus im Auftrag seines Vaters beobachtet hatte? Das machte Sinn, denn Silas Clothier wollte sowohl seinen Sohn als auch das Kodizill – und natürlich das Testament, falls er schon gewußt hatte, daß es sich im Haus befand. Ich mußte wieder an Barney denken. Hatte er nicht angedeutet, daß er zu ebenjener Zeit einen Mann tötete? Vielleicht reichte seine Verbindung zu den Clothiers schon so weit zurück. War er gar der Mörder meines Großvaters?

Ein oder zwei Stunden lang hörte ich noch weit entfernte Geräusche – hastige Schritte, Schreie, zuschlagende Türen –, doch dann herrschte wieder die Stille der Nacht, und ich fiel in einen unruhigen Schlaf.

II. BUCH

Die Befreiung

81. KAPITEL

Laß dich noch einmal zu jenem trübseligen Platz unten am Fluß zurückführen, zu den verfallenen Kais, den verlassenen Lagerhäusern und ausgetretenen Landungsstufen – kurzum, in jenen Bezirk, den der flüssige und elegante Stil meines Freundes so sehr viel lebhafter beschreiben kann, als ich es vermag.

Welch ein gemütliches, um nicht zu sagen bezauberndes Bild! Der Junge hockt da, die Füße auf dem Kamingitter, und röstet Maronen an einer langen Gabel über dem Feuer, während Mr. Vulliamy an seinem Tisch schlummert, den Kopf in seinen Papieren vergraben.

Dann geht langsam die Haustür auf. Leise stiehlt sich ihr Prinzipal herein und schleicht auf Zehenspitzen durch den Raum. Als er hinter dem Jungen steht, verpaßt er ihm blitzschnell eine Kopfnuß.

Der erschreckte Aufschrei weckt Mr. Vulliamy, der sich verwirrt umsieht.

»Verdammt, Vulliamy, du bist schon wieder eingenickt!« ruft der alte Gentleman. »Dafür bezahl ich dich schließlich nicht!«

Der Sekretär brummelt verschlafen und reibt sich die Augen: »Gütiger Himmel, Sir. Ich hab von Kröten geträumt, und da wach ich auf und seh Ihr Gesicht. Das kann einen wirklich aus der Fassung bringen.«

»Was zum Teufel ist denn in dich gefahren, Vulliamy?« fragt der alte Gentleman. »Neuerdings schläfst du ja nur noch.« Er beugt sich über den Sekretär und zieht schnuppernd die Luft ein: »Dabei hebst du offenbar gar nicht mehr so oft einen wie früher.«

»Ich bin überzeugt, Mr. Clothier, daß ich so hellwach bin, wie Sie es sich nur wünschen können«, antwortet der Sekretär. Dann setzt er leise hinzu: »Vielleicht sogar wacher, als dir lieb ist.«

»Was war das?« schnappt der alte Mann. »Was hast du da vor dich hin gemurmelt?«

Doch der Sekretär lächelt nur und beginnt, seine Feder zu schärfen.

»Hellwach!« höhnt der alte Gentleman. »Jedenfalls warst du wohl kaum hellwach, als du Ashburner daran gehindert hast, die Mieten in Hatton Garden anzuheben.«

»Zuviel ist einfach zuviel, Sir.«

»Zuviel? Was ist denn das für ein Unsinn? Ist doch wohl mein Haus, oder? Da kann ich es doch auch so vermieten, wie es mir paßt! Wenn sie nicht zahlen wollen, bitte, können sie ja woandershin gehen. Ist doch fair, oder? Mehr will ich schließlich nicht, nur Gerechtigkeit.«

Er hält inne, wirft einen Blick auf den Jungen und senkt die Stimme: »Hat er eine Nachricht geschickt? Ist sie schon da?«

»Wen meinen Sie?«

Der alte Gentleman sieht ihn finster an und flüstert: »Ihn. Meinen Sohn.«

»Aber Sie wissen doch, daß er Ihnen niemals schreibt«, ruft der Sekretär.

Sein Prinzipal zuckt zusammen und will ihn offenbar gerade scharf zurechtweisen, da betritt ein Bote mit einem Brief in der Hand das Vorzimmer.

Als der alte Gentleman dies sieht, grinst er den Sekretär an, greift nach dem Brief und schaut, während Mr. Vulliamy den Boten abfertigt, auf den Absender: »Er ist von ihm!« ruft er und wirft dem Sekretär einen verschlagenen Blick zu. »Siehst du? Er hat mich nicht vergessen.«

Er bittet Vulliamy ins Kabinett und reißt den Brief auf. Als er die Worte überfliegt, erhellt sich sein Gesicht: »Den Jungen haben wir sicher! Wir haben ihn sicher!«

Doch seltsamerweise scheint sich der Sekretär beim Anblick seines frohlockenden Herrn nicht so recht freuen zu können.

82. KAPITEL

Ich wachte früh am Morgen auf und lag stundenlang schlaflos da, ohne das erste schwache Licht der Dämmerung recht wahrzunehmen, das träge durch das Gitterfenster in die Zelle troff. Später dann brachte mir einer der Kalfaktoren, ein untersetzter, zänkisch aussehender Mann mit Namen Skilliter, meine übliche Tagesration. Ich hatte mir zwar vorgenommen, noch ein paar Stunden länger auszuharren, doch ich wußte, daß ich, noch ehe der Tag um war, etwas essen mußte, was auch immer die Folgen sein mochten.

Gerade als ich darüber nachdachte, daß es mein Schicksal zu sein schien, all diejenigen ins Unglück zu stürzen, die mir helfen wollten – zuerst Sukey, dann Miss Quilliam und schließlich nun den alten Mr. Noloth –, hörte ich wie in weiter Ferne ein Geräusch. Oder bildete ich mir das nur ein? Ich zweifelte noch immer, da schien der Lärm wieder nachzulassen. Der Gang vor meiner Zelle blieb still und verlassen, bis ich gegen Mittag Schritte näher kommen hörte und zum Schiebefenster eilte.

Rookyard und Skilliter gingen an meiner Zelle vorbei, und ich spitzte die Ohren, um zu verstehen, was sie sagten: »Also haben sie den Doktor nicht so in die Mangel genommen, wie er befürchtet hat?« fragte Rookyard.

»Ach was, der Leichenbeschauer hat's nicht so genau genommen. Ich schätz, er hatte Angst, er müßte sonst auf sein kleines Weihnachtsgeschenk verzichten.«

»Ja, aber trotzdem, so 'ne Untersuchung schadet dem Ruf vom Haus«, meinte Rookyard, und dann waren sie beide außer Hörweite.

Ich konnte mit den aufgeschnappten Sätzen wenig anfangen. Doch mein Hunger war inzwischen so grimmig geworden, daß er alle anderen Gedanken verdrängte. Immer wieder redete ich mir ein: Es gibt keinen sicheren Beweis dafür, daß man dich tatsächlich vergiften will, sicher ist nur, daß du bald verhungern wirst, wenn du nichts ißt. So nahm ich meinen Feinden doch nur ihre Arbeit ab!

Am späten Nachmittag hatte ich beschlossen, etwas von dem Haferbrei zu essen, und ich wollte gerade einen ersten Löffelvoll probieren, als ich Schritte näher kommen hörte. Einen Augenblick später hatte Skilliter die Tür aufgeschlossen, um Dr. Alabaster eintreten zu lassen.

Er sah den unberührt dastehenden Holzteller und sagte: »Noch immer dickköpfig? Nun gut, dann soll es auch so bleiben.«

Ein widerliches Lächeln huschte über sein Gesicht, dann nickte er dem Kalfaktor zu, und der packte mich und stieß mich vor sich her. Gefolgt von Dr. Alabaster, gingen wir über den Flur zum Haupttrakt des Gebäudes, stiegen einige Stufen hinauf und durchquerten dann rasch den Tagessaal. Zahlreiche Insassen waren da versammelt, schrieben Briefe, spielten Karten oder lasen, doch andere saßen allein und starrten mit leerem Blick vor sich hin. Ein alter Mann rieb sich mit den Händen so heftig das Gesicht, daß die Haut bereits ganz rot und aufgescheuert aussah. Andere trugen Zwangsjacken, und ein Gentleman war an die Wand gekettet und las so friedlich seine Zeitung, als säße er in seinem Club.

Im selben Moment, als man mich durch die Tür drängen wollte, fiel mein Blick auf Mr. Nolloth, der allein in einer Ecke saß. Er sah auf, und an seinen roten und geschwollenen Augen erkannte ich, daß er geweint hatte. Schlimmer noch, er schaute mich mit so entsetzlich traurigen Augen an, daß ich wie vor einem bösen Omen unwillkürlich zurückschauderte.

Ich hatte mich nach ihm umgewandt und ging mit zögernden Schritten weiter, um ihn anzuschauen, solange ich nur eben konnte, doch mit einem Fluch versetzte mir Skilliter einen Schlag über den Schädel, und ich mußte mich von dem tapferen alten Gentleman abwenden, den ich niemals wiedersehen sollte.

Wir gingen über einen zugigen Flur in ein kaltes, feuchtes Nebengebäude, das vor langer Zeit einmal eine Molkerei gewesen sein mochte, und kamen an eine verschlossene Tür. Während Skilliter unter all den Schlüsseln an seiner Kette nach dem richtigen suchte, stand ich zitternd in meinem Nachthemd auf den kalten Fliesen des Korridors und versuchte, die Erinnerung an einen mutigen Mann auszulöschen und an seine Tränen, die mich betroffen gemacht und doch auch enttäuscht hatten.

Skilliter fluchte und brummte: »Meine Hände sind so verdammt steif gefroren, daß ich die Schlüssel kaum halten kann.«

Dr. Alabaster lachte trocken und sagte: »Brauchst dich nicht zu beeilen, Skilliter! Der läuft uns nicht mehr weg.«

Skilliter grinste unterwürfig, um anzudeuten, daß er diesen Scherz zu würdigen wisse, und als es ihm schließlich gelang, die Tür aufzuschließen, meinte Dr. Alabaster spöttisch zu mir: »Wir dachten, du möchtest deinen lieben Papa vielleicht noch gerne einmal wiedersehen.«

Zu meinen eher gemischten Gefühlen bei der Aussicht auf ein weiteres Gespräch mit diesem erbarmungswürdigen Geschöpf kam die Überraschung angesichts des Ortes unserer Zusammenkunft. Als die Tür aufgestoßen und ich über die Schwelle geschoben wurde, wuchs meine Verwunderung noch, da ich mich in eine kleine, hell erleuchtete Kammer stolpern sah, in der sich, wie ich auf den ersten Blick feststellen konnte, nur eine einzige Person befand. Es war eine großgewachsene, wie eine Wäscherin gekleidete Frau, die mit dem Rücken zu uns am anderen Ende des Raumes stand. Sie beugte sich über einen Tisch oder vielmehr eine etwa in Hüfthöhe angebrachte Arbeitsplatte, richtete sich nun aber auf und blickte sich nach uns um.

»Besten Dank, gute Frau«, sagte Dr. Alabaster. »Und nun zur Seite!«

»Für Sie immer noch ›Mrs. Silverleaf‹, wenn's beliebt, Herr Doktor«, antwortete sie.

Als sie zur Seite trat, konnte ich sehen, was auf dem Tisch lag. Noch ehe ich ihn tatsächlich erkannt hatte, wußte ich, wer es war. Ich blieb stehen, wo ich gerade stand, und wollte nicht näher hinsehen, doch Skilliter packte mich von hinten und schob mich nach vorn, bis ich unmittelbar vor diesem schrecklichen Etwas stand. Und im selben Augenblick, als ich sein Gesicht sah – mehr als je zuvor ähnelte es jetzt dem jugendlichen Antlitz, das ich in meinem Gedächtnis trug –, entdeckte ich auch den zackenförmigen Schnitt, der quer über seine Kehle verlief. Die Wunde war gewaschen und grob vernäht worden, doch dadurch stach das häßliche rote Mal nur um so entsetzlicher von der fahlen Haut ab.

Ich hörte Skilliter von der anderen Seite des Zimmers her sagen: »Er scheint mir nicht besonders versessen darauf, ihm die letzte Ehre zu erweisen.«

Im gleichen Augenblick wurde mir schwarz vor den Augen, und meine Beine trugen mich nicht mehr. Aber noch ehe ich zu Boden fallen konnte, packten mich kräftige Hände unter den Armen und halfen mir zu einem Stuhl an der Wand. Als sich die dunklen Nebelringe verflogen, sah ich vor mir das Gesicht der Frau, die mich mit außerordentlich lebhafter Anteilnahme und Besorgnis anschaute.

»Ehre, Skilliter?« kam die höhnische Antwort des Doktors. »Für solch einen Vater?«

»Was?« rief Mrs. Silverleaf entrüstet aus. »Wollen Sie etwa sagen, der Junge da ist der Sohn von diesem armen Mann? Da hört sich doch wohl alles auf!«

Sie murmelte etwas vor sich hin, doch ich konnte sie nicht verstehen.

Dr. Alabaster fragte: »Wollten Sie etwas sagen, gute Frau?«

»Sie hätten's ihm nicht so plötzlich beibringen sollen«, erwiderte sie.

»Machen Sie die Arbeit, für die man Sie bezahlt, und dann fort mit Ihnen!« sagte er.

Sie schnaubte verächtlich und ging zurück zum Tisch. In der Hand hielt sie einen Waschlappen aus Leinen, und auf dem Tisch stand eine Wasserschale. Daneben lag ein gefaltetes Baumwolltuch, dessen Zuschnitt und Zweck mir noch von meiner Begegnung mit Mrs. Lillystone in Erinnerung waren.

Dann wandte sich Dr. Alabaster an mich: »Bedauerlicherweise muß ich dir mitteilen, daß dein geschätzter Vater sich vergangene Nacht selbst entleibt hat. Der Anlaß für diese Tat war sicherlich der Kummer, den du ihm mit der Nachricht vom Tod deiner Mutter bereitet hast.«

»Du hättest es dem Armen wirklich nicht sagen sollen!« spottete Skilliter.

»Wahrscheinlich bist *du* am Tode deines Vaters schuld«, sagte Dr. Alabaster. »Scheint mir ein alter Brauch in eurer Familie zu sein. Aber wie dem auch sei, der Leichenbeschauer hat sich ihn heute morgen vorgenommen, und sein Befund gibt Selbstmord als Todesursache an.«

»Also, wie Sie diesen Jungen hier behandeln! So was Schreckliches hab ich mein Lebtag noch nich mit angehört«, sagte Mrs. Silverleaf.

Doch ich selbst hatte keine Kraft mehr, um mich noch über die höhnischen Bemerkungen ärgern zu können. All meine Gedanken galten diesem einsamen, vergeudeten Leben, das nun sein vorzeitiges Ende gefunden hatte.

»Nun reicht's aber!« fuhr Skilliter die Frau an.

»Ihm das so zu sagen!« fuhr sie fort. »Wo gibt's denn so was!«

Ich schaute in Mrs. Silverleafs breites, rotes Gesicht, und mir schien fast, als hätte ich sie irgendwann schon einmal gesehen.

»Das is ja fast so grausam«, fuhr sie fort, als sei sie in ihrer Empörung nicht mehr zu bremsen, »als wollten Sie ihn hier die ganze Nacht lang einsperren mit dem armen Wesen.«

»Na, da hör sich doch einer diese gute Seele an!« sagte Dr. Alabaster mit boshaftem Entzücken. »Ich glaube, sie bringt mich tatsächlich auf eine Idee, Skilliter. Würdest du es nicht auch angemessen finden, wenn dieser junge Gentleman hier die Totenwache bei seinem Vater hält?«

Skilliter lachte und blickte unterwürfig zu seinem Meister auf, doch die Leichenwäscherin schien die letzte Bemerkung nicht gehört zu haben, da sie nun eifrig das Bahrtuch entfaltete und ausschüttelte.

»Schließ ihn heute nacht hier ein!« sagte Dr. Alabaster zu seinem Gehilfen. »Er hat seinen Vater nur so kurz gesehen, da wäre es doch wirklich traurig, wenn er nicht wenigstens noch die letzten Stunden mit den sterblichen Überresten verbringen dürfte. Vergiß nicht, Yallop Bescheid zu sagen, bevor du gehst!«

Skilliter nickte, und Dr. Alabaster verließ die Kammer, allerdings nicht ohne mich zuvor noch schadenfroh anzugrinsen.

»Können Sie mir wohl mal gerade helfen, Mr. Skilliter?« fragte Mrs. Silverleaf, die auch zu den letzten Sätzen kein Wort sagte, und während ich versuchte, nicht hinzusehen, hüllte sie mit Skilliters Hilfe die Leiche in das Bahrtuch und nähte es oben zusammen.

Plötzlich wurde die Tür aufgestoßen, und Rookyard und der Fremde, den ich die Nacht zuvor schon gesehen hatte, wankten mit einem Sarg in die Kammer; sie keuchten und schwitzten unter ihrer Last und stellten sie auf dem Tisch neben der Leiche ab.

»Der Junge bleibt heute nacht hier drin, Yallop«, sagte Skilliter zu dem Fremden. »Befehl vom Doktor.«

Die drei Männer grinsten sich an, und als die Neuankömmlinge wieder zu Atem gekommen waren, fuhren sie mit ihrer Arbeit fort. Sie hoben den Leichnam mit Skilliters Hilfe über den Holzrand und ließen ihn dann in den Sarg sinken. Mrs. Silverleaf sammelte inzwischen ihre Utensilien ein, schnürte sie zu einem großen Bündel. Sie schien jeden Augenblick aufbrechen zu wollen.

Rookyard, der einen Hammer in der Hand hielt, hob das eine Ende des Sargdeckels auf und sagte den anderen, sie sollten mit anfassen.

»Das lassen Sie man besser die Leichenbestatter machen.« Mrs. Silverleaf blickte auf und sah die Männer an. »Die haben das nicht so gern, wenn man ihnen ins Handwerk pfuscht.«

»Was wissen Sie denn schon davon!« schnaubte Rookyard verächtlich.

»Eine ganze Menge«, antwortete sie keck. »Ich hab schon so manch einen Gentleman ausgelegt, der besser aussah als ihr alle drei zusammen.«

Rookyard bekam vor Wut einen roten Kopf, doch Yallop lachte und sagte: »Recht hat sie. Sollen die das machen!«

»Kommt nicht in Frage«, widersprach Rookyard, und die drei Männer begannen sich zu streiten.

Die Leichenwäscherin kam zu mir herüber, um einen Schwamm vom Boden aufzuheben, bückte sich, streifte fast mein Gesicht und sagte: »Versteck dich im Sarg!«

Ich dachte, ich hätte mich verhört, so sehr verblüffte mich ihre Bemerkung, und ich starrte sie erstaunt an. Doch sie packte weiter ihr Bündel und sah dabei so unbeteiligt aus, als hätte sie kein Wort gesagt.

Die Männer hatten sich darauf geeinigt, den Sarg unverschlossen zu lassen, und den Streit damit beigelegt. Die beiden Wärter wünschten mir mit boshaftem Grinsen eine angenehme Nacht und gingen hinaus, doch der Nachtwächter Yallop blieb noch zurück.

Mrs. Silverleaf schulterte ihr Bündel und fragte Yallop, der mit kaum verhohlener Ungeduld darauf wartete, daß sie endlich die Kammer verließ: »Wer macht denn die Beerdigung?«

»Es geht dich zwar nichts an, aber für uns begraben Winterflood & Cronk.«

»Ach, sieh einer an!« sagte sie. »Ich dacht immer, Digweed & Sohn würden für dies Haus arbeiten.«

Der Boden schien sich plötzlich unter meinen Füßen aufzubäumen, als stünde ich bei Sturm an Deck eines Schiffes, und hilfesuchend drückte ich mich fester auf meinen Stuhl. Jene lang vergangene Weihnacht kam mir wieder in den Sinn, und ich wußte nun, woher ich diese Frau kannte.

»Noch nie von gehört«, sagte Yallop verächtlich. Er nahm die Decke, auf der die Leiche gelegen hatte, und hängte sie über seinen Arm.

»Wann kommen die Bestatter?« erkundigte sie sich.

»Vorm ersten Tageslicht. Wir haben's lieber, wenn unsere Toten noch in der Nacht rauskommen. Am Tag macht's 'nen schlechten Eindruck.«

»Wird für den Jungen schrecklich kalt werden, wenn der bis zur Dämmerung hier aushalten muß«, sagte sie. »Lassen Sie ihm doch wenigstens die Decke da!«

»Von 'ner Decke hat niemand was gesagt«, meinte Yallop unsicher.

Mrs. Digweed drehte sich zu mir um und sah mich bei ihren nächsten Worten bedeutungsvoll an: »Ich glaub, Sie sollten sie ihm besser dalassen, sonst wissen die Leute von Winterflood & Cronk morgen nich, welchen von den beiden sie mitnehmen sollen.«

Ich verstand, was sie damit meinte, und erleichtert nahm ich die Decke, die Yallop mir etwas zögerlich überließ. Mrs. Digweed warf mir einen letzten verschwörerischen Blick zu und verließ die Kammer.

»Soll ich ihm das Licht hierlassen?« überlegte Yallop laut, nahm seine Lampe und besah sich die Kerze neben dem Sarg. »Oder ist's schlimmer, wenn er ganz im Dunkeln sitzen muß?« Er dachte einen Augenblick lang nach: »Is wohl schlimmer, wenn er noch das bißchen Kerze hat und die Schatten über die Wand flackern. In ein, zwei Stunden ist sie ohnehin runtergebrannt.«

Er überließ mir die Kerze, ging hinaus und schloß die Tür hinter sich ab.

Ich wußte, was ich zu tun hatte, auch wenn mein Gewissen und mein Magen gleichermaßen dagegen rebellierten. Vielleicht war es mein Glück, daß ich nur wenig Zeit zum Nachdenken hatte. Ich mußte handeln, solange die Kerze noch brannte, und so versuchte ich in großer Hast, den Leichnam hochzuheben und ihn aus dem Sarg zu zerren. Lange Minuten kämpfte ich verzweifelt, ehe ich einsah, daß ich mit diesem hektischen Tun überhaupt nichts ausrichtete und nur noch schwächer wurde, als ich es sowieso schon war. Ich zwang mich, innezuhalten, bis sich mein aufgeregt klopfendes Herz wieder beruhigt und ich vernünftig über meinen nächsten Schritt nachgedacht hatte. Ich war vor Hunger so kraftlos, daß mir wohl selbst dann noch eine langwierige und anstrengende Arbeit bevorstand, wenn ich wußte, wie ich vorzugehen hatte. Was ich bisher versucht hatte, war jedenfalls nicht der richtige Weg gewesen.

Mit einemmal erinnerte ich mich an das garstige Lied, das Isbisters Bande gesungen hatte, und nun dämmerte mir auch, was diese Männer in jener Nacht in Southwark getan hatten. Ich begriff, daß ich mich, sosehr mir auch davor graute, über die Beine des Leichnams hocken und seine Schultern umarmen mußte, wollte ich ihn so weit hochziehen können, daß er aufrecht im Sarg saß.

Auch wenn ich nur langsam vorankam, schien dies nun doch die richtige Art und Weise zu sein. Während ich mich abmühte, spitzte ich unablässig die Ohren, um zu hören, ob der Nachtwächter vielleicht noch einmal zurückkehrte. Schließlich gelang es mir, den Körper aus dem Sarg zu wuchten und ihn an den Rand des Tisches zu schieben. Um ihn nun sanft auf den Boden gleiten zu lassen – ich brachte es nicht übers Herz, ihn einfach über den Rand zu stoßen und fallen zu lassen –, kauerte ich mich vor den Tisch und zog die Leiche auf meinen Rücken herunter. Unter ihrem Gewicht wäre ich beinahe zusammengebrochen. Sobald sie auf dem Boden lag, riß ich das Bahrtuch auf, und es gelang mir auch, es mühsam abzuziehen.

Dann rollte ich den Toten in die dunkelste Ecke der Kammer, legte ihn so hin, daß es aussah, als schlafe er, und hüllte ihn, wie es Mrs. Digweed angedeutet hatte, in die Decke. Noch während ich dies tat, erlosch die flackernde Kerze, doch für das, was mir noch zu tun blieb, brauchte ich kein Licht mehr. Ich kletterte auf den Tisch, schlüpfte in das Bahrtuch, kroch in den Sarg und verbarg das offene Ende des Bahrtuchs unter meinem Kopf. Obwohl es nicht leichtfiel, konnte ich durch den billigen Stoff atmen.

83. KAPITEL

Es gab so vieles, an das ich nicht denken wollte, während sich die langen, kalten Stunden dahinschleppten. Dankbar klammerte ich mich daher an den außergewöhnlichen Umstand, auf Mrs. Digweed gestoßen zu sein. Wie kam es, daß sie ausgerechnet hier, in dieser Kammer, wieder in meinem Leben auftauchte? War es die Folge einer Reihe bedeutungsloser Zufälle, oder war es das Ergebnis einer Kette höchst sorgsam verknüpfter Absichten? Beides schien mir gleichermaßen unmöglich. Doch wie immer es auch geschehen konnte, es war schon seltsam, welche Rolle sie und ihre Familie offenbar in meinem Leben spielten – einmal angenommen, Barney und Sally gehörten tatsächlich zu dieser Sippe. Außerdem war da natürlich auch noch Joey. Und nun, als ich an ihn denken mußte, fiel mir auf, daß ich der Mutter blindlings vertraute, während es doch ihr Sohn gewesen war, der mich in diese Falle gelockt hatte.

Bei diesem Gedanken brach mir trotz der bitteren Kälte der Schweiß aus. Überließ ich mich willentlich einem entsetzlichen Tod? Sollte meine Befürchtung stimmen, dann hatte sich wohl kaum je ein Opfer so mühselig auf sein Ende vorbereitet. Doch selbst wenn meine schlimmsten Ahnungen sich bestätigten, was konnte ich schon anderes machen? Nutzte ich diese Chance nicht, erwartete mich doch nur ein noch langsamerer Tod. Vertraute ich Mrs. Digweed also nur, weil ich keine andere Wahl hatte? Nein, das nicht. Ich hatte in ihrem Verhalten echte Anteilnahme gespürt, und ich konnte einfach nicht glauben, daß sie mir etwas vorgespielt hatte, nur um mich in einen grausamen Tod zu locken. Aber hatte mich nicht Emma auch getäuscht? Und wenn es richtig gewesen war, Mrs. Digweed zu vertrauen, wozu versteckte ich mich hier eigentlich noch? Die Leichenbestatter würden mich ohnehin entdecken.

Je weiter die Nacht fortschritt, um so heftiger fror ich unter dem dünnen Bahrtuch, und manch seltsamer Gedanke schwirrte mir durch den Kopf: daß ich wenigstens angemessen gekleidet und auf dem richtigen Lager gebettet war, sollte die Kälte mich übermannen, und daß der Tod schließlich gar keine so fürchterliche Sache war. Ich fragte mich, wen mein Ende überhaupt berühren würde. Vielleicht war Mr. Nolloth der einzige Mensch, der um mich trauerte, und nun, da ich an ihn dachte, fiel mir ein, daß sein Kummer nicht nur ihm selbst, sondern sicher auch seinem Freund und vielleicht sogar mir gegolten hatte. Miss Quilliam würde meinen Tod beklagen, sollte sie jemals davon erfahren – und Henry Bellringer wohl auch. Dann fragte ich mich, ob

Henrietta je von meinem Ableben hören würde und ob sie, sollte man ihr von ihm berichten, um mich trauern würde. Das eine jedoch, an das ich nicht zu denken versuchte, war jenes stumme Etwas in der Ecke der Kammer, dessen Platz ich frevelhafterweise eingenommen hatte.

Endlich hörte ich, wie die Tür aufgeschlossen wurde, und dann vernahm ich das Geräusch vieler Schritte, als würden sich mehrere Menschen zugleich in die Kammer drängen. Ich begann, so leise und so flach wie nur möglich zu atmen. Durch das dünne Baumwolltuch ließ sich sogar der schwache Schimmer einer Laterne erkennen.

Beunruhigend nah an meinem Ohr hörte ich dann Yallop ärgerlich sagen: »Ich möcht verdammt noch mal wissen, warum ihr so früh gekommen seid. Sind doch bestimmt noch drei Stunden bis Sonnenaufgang.«

Ein Mann, dessen Stimme ich nicht kannte, antwortete: »So hat's uns Mr. Winterflood aber aufgetragen.«

»Winterflood wird euch wohl kaum den Auftrag gegeben haben«, sagte Yallop, »der ist nämlich schon seit zwanzig Jahren tot.«

»Dann war's eben der andere Gentleman. Ich bin noch neu in dem Gewerbe, ich kann die Namen noch nicht auseinanderhalten.«

»Komisch, Cronk hat seine Leute noch nie so früh geschickt. Und normal ist das auch nicht, so einen Halbwüchsigen mitzuschicken. Hat's ja noch nie gegeben. Erst recht nicht, entschuldige, wenn ich das so frei heraus sage, wenn einer so wie du aussieht. Wahrscheinlich denkst du auch noch, daß ich euch helf, die Kiste zu tragen ?«

»Der Meister hat mir dafür extra einen Shilling für Sie mitgegeben.«

»Hat er das?« fragte der Nachtwächter etwas besänftigt. »Na gut, dann wollen wir mal! Aber wo ist denn dieser verdammte Junge? Mir wurde gesagt, ich soll auf ihn aufpassen, damit er mir nicht durchbrennt. Ach, da liegt er, dahinten in der Ecke! Schläft, als wär er selbst schon tot.«

Bestürzt hörte ich, wie er in die Ecke ging und dabei kalt sagte: »Sieht man mal, wie der seinem Vater die letzte Ehre erweist! Da verpaß ich ihm doch gleich was, wovon er noch lange träumen kann.«

Rasch warf die andere Stimme ein: »Können Sie mal gerad beim Deckel mit anfassen, Mr. Yallop?«

»Ihr verlangt verdammt viel für den einen Shilling«, raunzte Yallop gereizt, doch ich hörte an seinen Schritten, daß er wieder näher kam.

Es folgte eine kurze Stille, die nur vom Ächzen der beiden Männer unterbrochen wurde, dann krachte der Deckel wenige Zentimer vor meinem Gesicht auf den Sarg herunter, so daß ich mich zwingen mußte, nicht zusammenzuzucken.

»Halten Sie doch bitte mal den Nagel, Mr. Yallop!« sagte der Fremde.

»Kann das nicht der Junge machen?« wehrte sich Yallop.

»Er kommt nicht so weit ran, solange die Kiste noch auf dem Tisch steht«, gab der Fremde zurück.

Einen Augenblick später wurde ich beinahe taub vom Dröhnen der Hammerschläge. Und während ein Nagel nach dem anderen ins Holz getrieben wurde, begann mein Herz heftig zu klopfen, denn ich fragte mich, wie lange die Luft zum Atmen reichen würde.

»Also, da soll mir doch einer!« sagte Yallop. »Der Junge schläft ja immer noch, dabei könnt der Lärm Tote aufwecken. Will doch mal sehen, was so ein Tritt mit meinem Stiefel ausrichten kann.«

Beinahe erleichtert ergab ich mich ins Unvermeidliche.

Doch im gleichen Moment spürte ich, wie ich nach oben gekippt wurde, und der fremde Mann rief: »Rasch, Mr. Yallop! Ich kann die Kiste nicht allein halten.«

»Was zum Teufel machst du denn da?« fragte Yallop ungehalten. »Kannst du nicht warten, bis ich soweit bin?«

Noch während er sprach, wurde der Sarg unter besorgniserregendem Gestöhn hochgehoben und dann wieder ein wenig abgesenkt, vermutlich auf die Schultern der beiden Männer. Sie wankten hinaus auf den Korridor.

Plötzlich sagte Yallop wütend: »Stell die Kiste ab, verdammt noch mal!«

Ich hatte panische Angst, ihm könne inzwischen aufgegangen sein, wie man ihn hereingelegt hatte, dabei wünschte ich mir nun mit nahezu verzweifelter Kraft, daß unsere Flucht gelingen möge.

»Ich muß die Tür abschließen, und das alles nur wegen diesem vermaledeiten Jungen.«

Die Tür fiel zu, und der Schlüssel drehte sich knirschend im Schloß.

In diesem Augenblick hörte ich dicht an meinem Ohr die Stimme eines Jungen – offenbar preßte er die Lippen gegen den Sarg: »Halt aus, Master Johnnie! Nur noch eine Minute!«

Die Stimme kannte ich: Es war die Stimme des Jungen, der mich zum Haus meines Onkels gebracht hatte!

Der Sarg wurde wieder hochgehoben, und kurz darauf ging es offenbar eine Treppe hinunter. Endlich wurde der Sarg mit heftigem Gepolter auf dem Boden abgestellt, und ich hörte, wie man die komplizierte Verriegelung einer Tür öffnete, wahrscheinlich des Ausgangs zur Straße. Jemand lief über einen kiesbestreuten Weg, und bald darauf wurde ich heftig durchgerüttelt, als man den Sarg auf die Ladefläche eines Karrens wuchtete.

»Hier ist Ihr Shilling!« sagte der Fremde völlig erschöpft.

»Na, da soll doch!« keuchte Yallop. »Das ist doch nich der Leichenkarren, den Winterflood & Cronk uns sonst immer schicken!«

Ich hörte den Fremden mit der Zunge schnalzen: »Hü doch, Gunpowder!«, und mir wurde schwindlig. Obwohl ich wußte, daß mir der Name nicht unbekannt war, konnte ich mich nicht mehr daran erinnern, wo ich ihn schon einmal gehört hatte.

In diesem Augenblick rief Yallop: »He, warum versteckt ihr euren Namen?«

»Laß das hängen!« rief der Junge, und im gleichen Moment merkte ich, wie der Wagen anfuhr.

»Aber das ist ja gar nicht Winterflood & Cronk!« rief Yallop. »Wer zum Teufel ist denn Isbister?«

Isbister! Natürlich! Ihm gehörten Pferd und Karren! Dann war ich also doch in eine schreckliche Falle getappt! Ich wollte aufschreien und gegen den Sargdeckel schlagen, doch die Luft, die ich keuchend einsog, war heiß und stickig, und meiner Kehle entwich kein Ton. Die Anstrengung war zuviel für mich: Ich hörte Wasser rauschen, und mir war, als würde ich in einem Sturzbach ertrinken. Dann verlor ich das Bewußtsein.

Wir fuhren ziemlich weit, doch ich weiß nicht, wie lange wir unterwegs gewesen waren, als der Karren endlich anhielt. Ich hörte, wie jemand mit polterndem Krachen den Deckel bearbeitete, der gleich darauf zu meiner unendlichen Erleichterung hochgehoben wurde, so daß ich durch den Baumwollstoff frische, kühle Luft einatmen konnte. Eine Hand half mir, mich aufzusetzen, und zog mir das gräßliche Tuch vom Kopf.

Als mein Gesicht endlich frei war, blendete mich ein helles, strahlendes Licht, denn meine Augen hatten sich an die Dunkelheit im Sarg gewöhnt. Es dauerte einen Augenblick, ehe ich begriff, daß es das Licht einer Laterne war, die jemand auf dem Kutschbock hochhielt, und daß dieses Licht mich hinderte, die Gestalt zu erkennen, die mir geholfen hatte, das Bahrtuch abzustreifen.

»Leucht ihm nicht in die Augen, Joey, und paß auf, ob Yallop kommt!« hörte ich den Fremden sagen.

Als die Lampe abgeblendet wurde, sah ich unmittelbar vor mir ein entsetzlich entstelltes Gesicht, wie ich es schrecklicher noch nie gesehen hatte: Die Haut war mit Pusteln und tiefen Narben übersät, die Züge brutal entstellt, die Nase nichts als ein geschwollener Fleischklumpen, die Lippen hochgezogen, so daß die wenigen noch vorhandenen Zähne entblößt waren, und schlimmer noch als alles andere war ein Auge, von dem nur noch die höhnisch grinsende, rote Höhle übriggeblieben war. Ich sah auch, daß diese schreckliche Gestalt nur noch eine Hand besaß. Die andere bestand aus einem gräßlichen Haken, der aus dem Mantelärmel hervorstak. Ich wich zurück und fragte mich verzweifelt, wem ich mich hier ausgeliefert hatte. Fast kam es mir so vor, als wäre ich tatsächlich gestorben und dies sei nun, was mich nach meinem Tod erwartete.

Mein Entsetzen muß nicht zu übersehen gewesen sein, denn der Mann sagte mit eigenartig sanfter Stimme: »Erschreck dich nicht, junger Master! Ich weiß, ich bin nicht gerade ein schöner Anblick.«

»Alles in Ordnung, Master Johnnie?« fragte der Junge.

Ich nickte und blickte nach dem Kutschbock, eine Hand an die Stirn gelegt, um meine Augen vor dem Licht zu schützen, das mich immer noch daran hinderte, ihn zu sehen.

»Schieb die Blende ganz runter!« sagte mein Retter. »Wir wollen doch nicht, daß die Wache uns jetzt sieht. Ich kann mir nämlich vorstellen, was die vermuten würde, wenn sie uns hier so sehen könnte. Was meinst du, Joey? Besonders mit diesem Karren hier und diesem Gaul.«

Der Lichtkegel verengte sich zu einem dünnen Strahl, als eine Blende vor das Laternenfenster geschoben wurde. Jetzt sah ich auch, daß der Junge, der die Laterne hielt, tatsächlich jener Junge war, der mich vor dem Haus meines Großvaters aufgelesen hatte.

»Joey Digweed!« rief ich aus.

Er sah mich reichlich beschämt an, verdrückte sich auf den Kutschbock und nahm die Zügel in die Hand.

»Ganz recht«, sagte der Mann. »Und ich bin sein Vater George.«

Während ich versuchte, die Konsequenzen des soeben Gesagten zu verarbeiten, half mir Mr. Digweed, aus dem Sarg herauszuklettern und mich gänzlich vom Bahrtuch zu befreien. Dann sah ich überrascht – doch eigentlich konnte mich nichts mehr überraschen –, wie er das Tuch geschickt aufrollte, es zurück in den Sarg legte und den Deckel mit wenigen Schlägen wieder befestigte.

Während er solcherart beschäftigt war, hatte ich Zeit, mich etwas umzusehen. Pferd und Wagen standen am Rand einer breiten, verlassenen, ebenso unbefestigten wie unbeleuchteten Straße. Die Häuser um uns herum lagen im Dunkeln, nur hier und da flackerte das erste Kerzenlicht der Frühaufsteher.

»Wir sind nur ein paar hundert Schritt gefahren«, erklärte Mr. Digweed. »Yallop hat sicher die Glocke geläutet und das ganze Haus aufgeweckt, als er merkte, worauf wir es abgesehen hatten. Sie werden also jeden Augenblick hiersein.«

»Aber worauf warten wir dann noch?« rief ich.

Mr. Digweed lachte. »Sie werden schon etwas länger brauchen, wenn sie um diese Zeit einen Gaul anspannen wollen. Und wenn sie zu Fuß hinter uns herkommen, dann haben wir sie bald abgehängt.« Er wies mit einem Kopfnicken auf den Sarg, den er trotz seiner Behinderung schon fast wieder zugenagelt hatte: »Aber den da nehm ich nicht mit. Ich hab in meinem Leben noch nie was gestohlen, und ich werd auch heut nicht damit anfangen.«

»Da kommen sie!« rief Joey aufgeregt.

Ich sah in der Ferne einige Lichter, die sich uns rasch näherten.

Gelassen stieg Mr. Digweed vom Karren und ließ den Sarg sanft zu Boden gleiten.

»Gib mir die Laterne«, sagte er, und Joey gab sie mir, damit ich sie ihm weiterreichte. Überrascht sah ich, daß er sie oben auf den Sarg stellte.

»Jetzt aber los, Joey!« rief er dann und sprang auf den Karren, während Joey die Zügel schießen ließ.

»Die Laterne verrät ihnen, wo die Kiste steht«, erklärte er, »und sie wird sie obendrein noch aufhalten.«

Gunpowder, ein Pferd, das, wie ich mich noch gut erinnerte, durchaus seinen eigenen Willen hatte, rührte sich nicht vom Fleck. Joey schüttelte noch einmal die Zügel und schrie den Gaul an. Ich blickte mich um und sah, daß unsere Verfolger nur noch hundert Schritt entfernt waren. Ich konnte Yallop und zwei nur mit Nachthemden bekleidete Gestalten erkennen, die ich für Rookyard und Skilliter hielt.

Mr. Digweed kletterte an mir vorbei auf den Kutschbock, um seinem Sohn die Zügel abzunehmen. Er schüttelte sie und schnalzte mit der Zunge – doch auch dies zeigte keine Wirkung. Die Männer waren nur noch wenige Schritt entfernt und heulten triumphierend auf, als sie sahen, in welch mißlicher Lage wir steckten. Als Gunpowder aber dies Geschrei hörte, legte er entsetzt die Ohren an und fiel augenblicklich in einen raschen Trab. Ich rückte, so dicht ich nur konnte, an die anderen beiden heran und beschrieb ihnen, was hinter uns geschah. Rookyard und Skilliter liefen noch immer hinter uns her, der etwas fülligere Yallop blieb jedoch beim Sarg stehen.

Glücklicherweise fielen unsere Verfolger immer weiter zurück, und nach einigen hundert Schritten gaben sie auf.

Mr. Digweed drehte sich zu mir um und grinste schadenfroh: »Ich würd jetzt gern Yallops Gesicht sehen. Der wird sich vielleicht wundern, daß der Sarg da steht.«

Zum erstenmal hellte sich Joeys ernste Miene auf, als er nun zu mir herübersah.

»Ich weiß schon, was die hier oben auf dem Karren vermuten«, fuhr Mr. Digweed fort. »Doch wenn eine Wache uns anhält, wird sie nicht finden, wonach Yallop und die anderen suchen. Die werden erst später rauskriegen, was tatsächlich passiert ist, wenn sie nämlich entdecken, daß du verschwunden bist ...« Er hielt plötzlich inne und sagte ernst: »Tut mir leid, junger Mann. Ich wollt nich unhöflich sein.«

Ich griff nach seiner Hand und wollte ihm meine Dankbarkeit ausdrükken.

Doch allein schon mein Gesichtsausdruck muß beredt genug gewesen sein, denn mein Retter schüttelte den Kopf und sagte: »Was wir getan haben, das hast du in erster Linie unserer alten Dame zu verdanken, nicht uns.«

»Ich weiß nicht, was ich sagen soll«, brachte ich hervor.

»Sag nichts! Das ist immer das beste, denke ich.«

»Aber warum haben Sie ...?«

»Sie wird dir alles erklären.«

»Ich soll dir diesen Mantel geben, hat sie gesagt«, mischte sich Joey ein, griff nach einem großen Mantel, der auf einer Kiste neben ihm lag, und reichte mir das schäbige, aber warme Kleidungsstück.

Dankbar legte ich mir den Mantel um die Schultern, denn die Nacht war sehr kalt. Dabei streifte ich unversehens etwas, das am Karren herunterhing, und ich erkannte jenes Stück geteerter Leinwand wieder, an das ich mich noch so gut erinnerte und das Yallop gerade zur Seite gezogen hatte.

»Aber Mr. Digweed«, rief ich, »sagen Sie mir bitte, dieser Karren gehört doch einem Mann namens Isbister, wohnhaft Parliament Street in Bethnal Green, einem Mann, von dessen Gewerbe ich weiß ...« Ich verstummte.

»Ach, du kennst ihn also?« fragte Mr. Digweed und sah sich überrascht nach mir um. »Das ist ja seltsam. Aber die alte Lady wird dir auch das erklären. Wenn ich's versuche, bring ich eh nur alles durcheinander, und du wüßtest noch weniger als zuvor.«

Der kleine Karren rumpelte im munteren Trab über die dunkle Straße. Da wir uns der Innenstadt von Süden näherten, hoben sich vor uns bald die ersten Lichtschimmer aus der Düsternis ab. Als schließlich der Morgen anbrach, gab der Himmel sich nur widerwillig zu erkennen. Er zeigte sich grau und verhangen, doch niemals zuvor hatte ich mit größerer Freude einen Tagesbeginn begrüßt.

Ich merkte, wie mich selbst der Anblick der belanglosesten und unbedeutendsten Dinge glücklich machte. Immer häufiger sah ich Licht in den Häusern, an denen wir vorbeifuhren, und ich mußte an die Menschen denken, die dort aufstanden, sich wuschen, anzogen, Frühstück zubereiteten und sich auf den Weg zur Arbeit oder zur Schule machten oder sich auf die Suche nach etwas Eßbarem begaben.

Der Marktverkehr war zu dieser Stunde am lebhaftesten, und unser Karren überholte einen rumpelnden Wagen nach dem anderen, die alle zum Covent Garden oder nach Spitalfields unterwegs waren, voll beladen mit Feldfrüchten und von schweren Ackergäulen mit Scheuklappen und laut bimmelnden Glocken gezogen. Sie erinnerten mich an meine letzte Flucht, damals, als ich den Quiggs entkommen war, und an den Wagen, auf dem ich mich verborgen hatte. Marktfrauen trugen riesige Körbe mit Eiern, Geflügel und Gemüse auf dem Kopf. Mit den langen, wiegenden Schritten der Landmenschen, die sich so sehr vom raschen, nervösen Schritt des Stadtbewohners unterscheiden, strebten sie am Straßenrand alle in die gleiche Richtung.

Wir fuhren an mehreren Rinderherden vorbei, die auf dem Weg zum Viehmarkt waren und von Männern mit langen Peitschen und von Hunden getrieben wurden. Einmal wurden wir sogar aufgehalten, weil einige Tiere ausbrachen und in einer vergeblichen, gleichsam animalischen Rebellion über den Fahrdamm irrten, und ich erinnerte mich an die schwerfällig dahintrottenden Kühe, die sich damals, als ich noch ein Kind war, durch die Gasse vor unserer Gartenpforte drängten.

Einmal näherte sich uns von hinten eine Postkutsche, deren Postillion uns mit einem langen, arroganten Hornstoß zu verstehen gab, daß wir ihm den Weg frei machen sollten. Einem närrischen Einfall folgend – wohl berauscht von Erschöpfung und Aufregung –, stellte ich mich auf den schwankenden Karrenboden und schrie und brüllte »Hallo!«, während Mr. Digweed und Joey mich umklammerten und festhielten. Als die Kutsche in all ihrer Pracht vorbeirauschte, sah ich die müden Gesichter der »außen« Reisenden: Einige schliefen, die Köpfe gegenseitig an die Schultern gelehnt, andere wachten auf und sahen verdrossen zu mir herüber. Ich mußte laut lachen bei dem Gedanken, daß jemand beim Anbruch eines neuen Tages so unglückselig dreinschauen mochte.

Jede Kleinigkeit war für mich ein Quell der Bewunderung und des Entzückens. Warum aber weinte ich dann plötzlich und verbarg mein Gesicht in den Ärmeln des Mantels? Zuerst dachte ich, ich würde Tränen der Freude über meine unvermutete Befreiung vergießen, doch dann merkte ich, daß ich um einen schluchzte, an dessen Tod ich bisher kaum gedacht hatte, und ich schluchzte noch heftiger, weil sein Hinscheiden mir so wenig bedeutete.

Obwohl ich versuchte, meine Tränen zu verbergen, bemerkte Mr. Digweed meinen Kummer. »Ach, du Armer!« sagte er ganz verlegen. Dann schlug er sich gegen die Stirn: »Wo hab ich doch nur meine Gedanken?«

Er faßte in seinen Mantel, brachte aus der geräumigen Tasche eine Flasche mit heißem Kaffee und belegte Brote zum Vorschein und drängte mich, beides anzunehmen. Erst als ich diese guten Sachen vor mir sah, merkte ich, wie hungrig ich war. Ich aß weit mehr, als mir zugestanden hätte.

Während wir dahinrollten, drehte Mr. Digweed sich manchmal nach mir um, lächelte und nickte mir zu, um mich wissen zu lassen, daß ich so viel essen sollte, als ich nur mochte, und schüttelte den Kopf, um anzudeuten, daß er von dem Brot nichts haben wolle. Und sobald ich etwas in meinem Magen hatte, belebten sich auch meine Sinne wieder, und ich begann mich zu fragen, wohin wir fuhren und was mich dort wohl erwarten mochte. Der einzige Flecken auf dem hellen Frieden meines Gemüts war die feierliche Miene Joeys, der sich hin und wieder umsah, um nach der Kaffeeflasche zu greifen, und mir dabei einen Blick zuwarf, in dem ich nichts anderes als empörte Feindschaft lesen konnte.

Wir waren durch die Brick Lane gefahren und bogen nun nach rechts in die Flower and Dean Street ein. Nicht lange danach ließ Mr. Digweed den Karren vor der Fassade eines ausgebrannten Hauses halten. Er stieg ab und führte das Pferd durch einen schmalen Einlaß auf einen kleinen Hinterhof, den vier oder fünf geduckte, heruntergekommene Wohnhäuser umgaben. Sie sahen wie Bauernkaten aus, obwohl sie zwei Stockwerke hatten, und sie standen inmitten der rückwärtigen Gärten der großen Häuser an der Straße.

Als wir uns einem dieser Gartenhäuser näherten, ging die Tür auf, und Mrs. Digweed eilte uns entgegen. Sie strahlte über das ganze Gesicht.

Ich stieg vom Karren.

»Wie kann ich Ihnen das je vergelten?« sagte ich, griff nach ihrer Hand und schüttelte sie heftig.

Sie sah mich einen Augenblick an, doch dann zog sie mich an sich heran, umarmte mich und drückte mich für einen Moment an sich.

»Gott sei Dank!« sagte sie, und dann trat sie einen Schritt zurück, entschuldigte sich, daß sie sich solch eine Freiheit herausnehme, und griff gleich wieder nach mir, um mich noch einmal zu umarmen. Sie schniefte, und schließlich hörte ich sie etwas murmeln, was ich nicht ganz verstand, das aber klang wie: »Deine arme Mutter«, und ich sah, daß ihr die Tränen in den Augen standen. Irgendwo aus ihren Kleidern fischte sie ein riesiges rotes Taschentuch, betupfte sich damit ihre Augen und rieb sich die Nase so heftig, als hätte ihr diese etwas angetan.

»Meine Mutter ...« begann ich.

Doch Mrs. Digweed unterbrach mich sanft. »Ich weiß. Du brauchst mir nichts zu erklären.«

George Digweed, der uns mit gütigem Blick zugesehen hatte, sagte nun: »Ich muß noch den Gaul und den Karren zurückbringen, Mutter. Ich hab ihm gesagt, er würd beides vor halb acht wieder haben, und jetzt ist's bestimmt schon nach sieben.«

»Ist recht, George«, erwiderte Mrs. Digweed mit noch immer leicht zittriger Stimme.

Während Mr. Digweed und Joey den Karren wendeten und den Weg zurückfuhren, den wir gekommen waren, brachte mich Mrs. Digweed ins Haus.

Es bestand aus einer Kammer im Erdgeschoß, einige Fuß tiefer gelegen als der Hof, und einer zweiten Kammer unter dem Dach. Sobald ich also über die Schwelle getreten war, stand ich in einem Zimmer, das, klein wie es war, sowohl als Küche wie auch als Wohn- und Schlafzimmer diente. Es war sauber und ordentlich, wenn auch spärlich möbliert, und es sah weit besser aus als jene Räume, die ich von den Behausungen der Armen her kannte. Auf der linken Seite stand eine hölzerne Leiter, die zur oberen Kammer führte, und in der Rückwand führte eine Tür hinaus auf einen kleinen Hof und zu einem winzigen Waschhaus.

Mrs. Digweed ließ mich an einem kleinen Tisch vor dem Kamin Platz nehmen, ging einen Schritt zurück, um mich besser betrachten zu können, und sagte vergnügt: »Ich wußte, sie würden's schaffen.«

»Warum nur haben Sie das für mich getan? Und wie um alles in der Welt haben Sie mich gefunden, Mrs. Digweed?«

»Das hat Zeit«, sagte sie und lächelte mich an, als gäbe ich ihr einen heimlichen Anlaß zur Freude. »Es ist eine lange Geschichte, und Joey muß ja auch dabeisein, damit er seinen Teil erzählen kann. Außerdem bist du ziemlich erledigt, das seh ich doch sofort; also alles der Reihe nach!«

Sie hatte schon eine kräftige Brühe vorbereitet, die über dem Feuer für mich warm gehalten wurde, und jetzt merkte ich, daß ich trotz des belegten Brotes immer noch hungrig war. Ich löffelte die Suppe, aß dazu dicke Scheiben Brot, und Mrs. Digweed wehrte unterdessen lachend oder kopfschüttelnd all meine Fragen ab.

Als ich schließlich satt war, eilte sie geschäftig hin und her, um mir auf einer Sitzbank in der Ecke einen Schlafplatz herzurichten.

Mit einemmal fühlte ich mich auch sehr müde. Ich legte mich hin, und Mrs. Digweed deckte mich sorgfältig zu. Dann fiel mir ein, daß ich in Spitalfields war, jenem Bezirk Londons, der auf so geheimnisvolle Weise mit der Vergangenheit meiner Mutter verknüpft zu sein schien, obwohl ihre Berichte dies nicht besonders deutlich gemacht hatten. Doch ich schlief rasch ein und schlief sogar noch ruhiger und tiefer als in der Nacht, bevor man mich, kaum erst eine Woche zuvor, zum Kanzleigericht gebracht hatte.

Stimmengemurmel drang an mein Ohr. Ich schlug die Augen auf und sah Mr. und Mrs. Digweed mit Joey an dem kleinen Tisch vor dem Kamin sitzen und leise miteinander reden. Nun, da sich die erste Aufregung über meine Flucht gelegt hatte, begann sich wieder Mißtrauen zu regen. Eine Zeitlang beobachtete ich die drei durch halbgeschlossene Lider und fragte mich, ob ich wirklich annehmen durfte, daß sie mich aus uneigennützigen Gründen gerettet hatten, oder ob sie nicht vielmehr an der weitverzweigten Verschwörung gegen mich beteiligt waren. Ich konnte nicht verstehen, worüber sie sich unterhielten, und in mir regte sich der Verdacht, sie könnten so leise sprechen, damit ich sie nicht belauschte. Ich beschloß, abzuwarten und ihre wahren Beweggründe herauszufinden, während ich mich erholte. Inzwischen würde ich ihnen nur wenig von mir erzählen, aber hören, was sie mir zu sagen hatten. In diesem Augenblick schaute Mrs. Digweed zu mir herüber, und ihr Gesicht drückte solch wohlmeinende Besorgnis aus, daß ich meine Verstellung vergaß und die Augen vollständig öffnete.

Sie lächelte und sagte: »Komm, und iß mit uns! Wir haben auf dich gewartet.«

Nachdem ich mir von Joey einige Kleider geliehen und angezogen hatte, setzte ich mich zu den Digweeds an den kleinen Tisch und teilte mit ihnen Brot und Hering, denn ich war schon wieder hungrig.

Schließlich konnte ich meine Neugier nicht mehr länger zügeln, und ich sagte: »Es gibt so vieles, was ich nicht verstehe.«

»Natürlich«, erwiderte Mrs. Digweed. »Nun, es ist Joeys Geschichte, wenigstens was den Anfang betrifft. Joey war es nämlich, der dich gefunden hat.«

»Wieso«, fragte ich ihn, »haben wir uns vor dem Haus in Charing Cross getroffen?«

»Na, ich war dir auf den Fersen, seit du Barneys Quartier verlassen hast.«

»Ich hatte doch gleich so ein Gefühl, als sei jemand hinter mir her! Du warst also dieser Joey, von dem Barney gesprochen hat.« Er war offenbar der Junge, den man damals nachts zu einem besonderen Zweck geholt hatte. Ich fragte mich, ob er mir davon erzählen würde. »Aber warum denn?« wollte ich wissen.

»Als ich damals in der Nacht zum Kadaver draußen bei den Neat Houses kam«, antwortete Joey, »gab mir Barney den Auftrag, dich immer im Auge zu behalten – für den Fall, daß du versuchen solltest abzuhauen. ›Bleib ihm auf der Pelle‹, hat er gesagt. Und er hat hinzugefügt, daß es um nichts Schlimmes gehen würde. Na ja, ich hab nich geglaubt, daß du noch in der Nacht abhauen würdest, aber ein paar Stunden später bin ich dann vom Scheppern der Türriegel aufgewacht.«

»Und dann hast du mich zwei oder drei Tage lang verfolgt?«

»Ja«, sagte er beschämt.

Also wurde Barney von jemandem bezahlt, um mich überwachen zu lassen, ganz so, wie ich es vermutet hatte. Wahrscheinlich stand Sancious dahinter, der wiederum für die Clothiers arbeitete. Joeys Erklärung verschob die Frage nur auf eine frühere Ebene: »Aber wie kam es«, wollte ich wissen, »daß wir beide, du und ich, in Barneys Bande gelandet sind?«

Er schwieg, und keiner von den dreien sah mich an.

»Das war rein zufällig«, sagte Joey.

Jetzt wußte ich, daß er mich anlog – und seine Eltern wahrscheinlich auch. Sie mußten doch wissen, daß Barney damals im Haus meiner Mutter in Melthorpe eingebrochen hatte. Bestimmt wußten sie das. Doch sie ahnten wohl nicht, daß ich dies schon herausgefunden hatte und daß es daher den Zufall etwas überstrapazieren hieße, wenn ich keine Verbindung zwischen Barney und ihnen sehen würde. Ich war mir fast sicher, daß er Joeys Onkel war, also der Bruder seines Vaters oder seiner Mutter, und ich war mir ebenfalls so gut wie sicher, daß Sally Joeys Schwester war. Doch ich wollte ihnen Gelegenheit geben, Farbe zu bekennen.

»Was habt ihr mit Barney zu tun?« fragte ich und sah einem nach dem anderen in die Augen.

Sie wichen meinem Blick aus, und die Eltern schauten auf ihren Sohn.

»Ich bin irgendwie in seine Sachen mit reingezogen worden«, sagte der. »Und mehr gibt's dazu auch gar nicht zu sagen.«

Alle starrten auf ihre hölzernen Teller, die sie inzwischen für den Pudding umgedreht hatten.

Ich war mir sicher, daß ich recht hatte. Irgend jemand – doch ich kam einfach nicht darauf, wer das sein konnte – mußte sie bezahlt haben, um mich zu retten und mein Vertrauen zu gewinnen. Aber wenn Barney und Sancious dafür gesorgt haben, daß meine Feinde – die Familie Porteous und deren

Handlanger Alabaster – mich gefangenhielten, warum hatten mich Joey und seine Eltern dann befreit? War die Rettung auch nur eine Scharade gewesen? Und falls nicht, in wessen Interesse konnte es dann liegen, mich vor dem Zugriff der Familie Porteous zu schützen? Das konnte doch nur das Werk der Mompessons sein!

»Wie bist du überhaupt zu Barney gekommen, Master Johnnie?« brach Mrs. Digweed das Schweigen.

Ich beschrieb ihr, wie meine Mutter und ich vor zwei Jahren auf der Suche nach ihr zum Cox's Square gegangen waren, wie uns dort der alte Samuel die Adressen von Isbister und Pulvertaft genannt hatte, und daß ich, obwohl wir uns damals an die erste Anschrift gewandt hatten, auch die zweite behalten hätte und erst kürzlich dorthin gegangen sei, und daß Pulvertaft mir den Weg zu Barney beschrieben habe.

»Aber das erklärt ja alles!« rief Mrs. Digweed. »Der alte Samuel hat dir was Falsches erzählt. Er war schon immer ein etwas wirrköpfiger Bursche. Mein George hat noch nie beim Leichenklau gearbeitet.«

»Aber woher kennen Sie dann Isbister?« fragte ich.

»Vor einigen Jahren waren wir Nachbarn«, sagte Mr. Digweed, »und ich miete – ich meine, ich leih mir manchmal Gaul und Karren von ihm aus.«

Ich dachte darüber nach. Es schien mir keineswegs ausgeschlossen, daß Samuel George mit Barney verwechselt haben könnte, doch da ich wußte, daß Barney im Haus meiner Mutter eingebrochen hatte, noch ehe Joey und seine Mutter dort aufgetaucht waren, wußte ich, daß diese Erklärung nicht ausreichen konnte. Außerdem verhielten sich die Digweeds einfach zu schuldbewußt.

Es gab noch eine Frage, mit der ich prüfen konnte, ob Joey mich belog: »Warum hast du mich an Weihnachten gerade zu diesem Haus in Islington gebracht?«

»Ach, mit dem Haus hat's nichts Besonderes auf sich«, sagte er mürrisch und sah mir dabei nicht in die Augen. »Ich hab mich auf gut Glück dafür entschieden.«

Das war natürlich eine Lüge, und nun war mir klar, daß er die ganze Geschichte erfunden oder doch zumindest große Teile ausgelassen hatte. Aber ich mußte noch an etwas anderes denken: »Barney hat mir in der Nacht vor meiner Flucht einige Dinge gestohlen, Joey«, sagte ich. »Weißt du, was mit ihnen geschehen ist? Sie waren sehr wichtig für mich, für jeden anderen sind sie ohne Bedeutung.«

»Du meinst das Tagebuch und die anderen Papiere, die er ... die er einem der Mädchen gegeben hat?«

»Ja. Es war Sally. Weißt du denn nicht, wie sie heißt?«

Er bekam einen roten Kopf und wich wieder meinem Blick aus. Seine Eltern sahen ähnlich betreten drein.

»Ganz recht«, sagte er. »Es war Sally. Sie hat erzählt, jemand habe die Sachen danach sofort geklaut.«

Mir war, als wäre nun auch die letzte Verbindung zu meiner Mutter abgerissen.

»Aber ich hab dir noch nich erzählt, was ich hinterher gemacht hab«, fuhr

Joey fort. »Ich hab mich nämlich geschämt für das, was ich getan hab. Weißt du noch, Master Johnnie, was ich dir gesagt hab, als sie dich ins Haus getragen haben und du dich bei mir bedankt hast?«

»Du hast gefragt«, sagte ich, »ob du mich besuchen kommen kannst.«

»Das hab ich auch getan, weil ich wissen wollte, ob dir nichts passiert ist. Und es war wegen dem, was du damals gesagt hast. Erinnerst du dich noch, wie du sie gefragt hast, ob sie sich auch um den Jungen auf der Straße kümmern könnten? Ich hab mir dann jedenfalls ziemlich Gedanken gemacht. Barney hat mir fünf Shilling gegeben, und dadurch wurd's irgendwie nur noch schlimmer. Es war einfach nich richtig, jemanden reinzulegen, der auch nich mehr Moos hat als ich selbst. Ich mein, ich find's nich falsch, wenn man's von denen nimmt, die genug haben oder die zu dumm sind, besser drauf aufzupassen.«

Den letzten Satz richtete er mit trotziger Stimme an seine Eltern, die sich daraufhin ernst anblickten.

»Ich bin zu Barney gegangen, aber der war nach dem, was in der Nacht zuvor passiert war, in ziemlich mieser Stimmung, und wie die Ratten auf der Flucht sind wir von einem Haus zum andern gezogen. Ich hab angefangen, über ein paar Sachen nachzugrübeln, und dachte mir dann, daß er vielleicht doch nich so großartig war, wie ich vorher immer geglaubt hab. Ich hab ihn nämlich immer für einen fabelhaften Kerl gehalten, weil er ständig solche Abenteuer erlebt hat und immer freigebig war und keine Angst vorm Gesetz hatte. Jedenfalls hab ich dann beschlossen, von Barney abzuhauen. Ich bin in der nächsten Nacht durchgebrannt und hierher zurück.«

»Dem Himmel sei Dank dafür!« sagte seine Mutter.

»Anschließend hab ich meiner Mam und meinem Paps alles erzählt.«

»Und wir haben uns dann geschworen, dir zu helfen, Johnnie«, sagte Mrs. Digweed, »um wiedergutzumachen, was Joey getan hat, und weil deine liebe Mutter damals an Weihnachten so gütig zu uns war.«

»Aber wenn du mich rein zufällig zu jenem Haus gebracht hast«, fragte ich, »warum bist du dann später auf den Gedanken gekommen, daß mir etwas passiert sein könnte?«

Joey wurde rot, und einmal mehr konnten mir alle drei nicht in die Augen schauen.

Endlich sagte Joey: »Weil Barney so zufrieden aussah, als ich ihm gesagt hab, was ich getan hatte. Da hab ich mir gedacht, daß du in Gefahr bist.«

Das war eine klägliche Ausrede, doch ich tat, als würde ich ihm Glauben schenken, und ermunterte ihn, in seiner Geschichte fortzufahren.

»Also«, begann Joey, »hielten ich und Dad immer abwechselnd vor dem Haus Wache, Tag und Nacht. Ungefähr eine Woche später haben wir dich im Haus hämmern und rufen hören, und die Diener haben uns gesagt, daß da ein armer verrückter Junge eingesperrt ist und daß man sich um den Lärm keinen Deut zu scheren braucht. Wir haben uns dann ziemliche Sorgen um dich gemacht, aber nicht gewußt, wie wir dich da rausholen konnten. Dann eines Nachts – das war vor etwa drei oder vier Tagen – stand ich Posten auf der Straße, als plötzlich eine Kutsche vorfuhr. Drei oder vier Männer gingen ins Haus, kamen mit dir wieder zurück und verfrachteten dich in die Kutsche. Ich bin dann den ganzen Weg bis Clapton hinterhergerannt. Danach bin ich hierher zurück und hab Mam und Paps erzählt, wo sie dich hingebracht haben.«

»Wir haben uns dann schon denken können, was das für eine Anstalt ist«, fuhr Mrs. Digweed fort, »und wollten dich deshalb so schnell wie möglich da rausholen. Also bin ich ein paar Tage lang in die Kneipe gegenüber gegangen und hab gehofft, daß ich mich mit den Wärtern anfreunden kann, wenn die sich am Feierabend ein Gläschen gönnen.«

»Unsere alte Lady ist mächtig gut, wenn's darum geht, sich mit jemandem anzufreunden«, warf ihr Gatte ein.

»Jedenfalls wollt ich versuchen, Arbeit als Wäscherin zu kriegen, damit hab ich mich in den letzten Jahren nämlich meistens über Wasser gehalten. Aber die Dienstboten meinten, da gäb's nichts zu tun, weil sie die ganze Wäsche außer Haus geben. Doch dann« – sie sah jetzt sehr ernst aus und senkte ihre Stimme –, »vor gerade mal zwei Tagen, kam eins von den Dienstmädchen in die Kneipe und sagte, daß es im Haus einen Todesfall gegeben hat und ob ich nicht die Leiche waschen könnte. Natürlich hab ich sofort ja gesagt, zumal ich das wirklich schon mehr als einmal gemacht hab.«

Ihre Stimme zitterte ein wenig, und einen Augenblick lang sagte sie kein Wort.

»Das Mädchen ist zurück ins Haus, um mit jemandem zu reden, und dann wiedergekommen. Es meinte, es wär alles in Ordnung, der Leichenbeschauer müßt nur noch die Todesursache feststellen. Die Untersuchung sollte noch am gleichen Tag in einem Zimmer im Haus der Kneipe stattfinden. Also bin ich raufgegangen und hab mich hinten ins Zimmer gesetzt. Ich wußte natürlich nicht, daß es dein armer Dad war. Ich hab mir nur gedacht, daß sich da vielleicht eine Möglichkeit auftun würde, in diese Anstalt reinzukommen.«

»Wie ist er gestorben?« fragte ich.

»Die Nacht davor hat er sich von seinen Fesseln befreien können«, sagte sie sanft, »und er hat dann wohl eine Flasche zerbrochen, mit der er sich ...« Sie zauderte. »Ein Wärter hat ausgesagt, daß er die Kette nicht so eng angezogen hatte, wie er es eigentlich hätte tun sollen. Der Leichenbeschauer meinte deshalb, die Wärter sollten von nun an nicht mehr so zimperlich mit den Insassen umgehen. Er meinte sogar, er würde den Verdacht nicht los, daß man Wärter bestochen hätte.«

Der unselige Sovereign! Die Münze, die mir Daniel Porteous geschenkt hatte! Ich hatte sie mit den besten Absichten an Stillingfleet weitergegeben, in der Hoffnung, daß er dem armen Leidenden etwas Linderung verschaffen könne. Aber hatte er das letztlich nicht getan?

Mrs. Digweed hatte eine Weile geschwiegen, doch dann erzählte sie weiter: »Als du dann letzte Nacht hereingekommen bist, hab ich dich gleich erkannt, und jetzt erfuhr ich auch, daß der arme Mensch dein Vater gewesen ist. Ich hab dann bald gemerkt, daß sie dir Angst einjagen und dich um deinen Verstand bringen wollten, und deshalb hab ich dem Doktor die Idee eingeflüstert, dich doch die ganze Nacht über allein in die Kammer einzusperren.«

Mr. Digweed lachte und nickte mir zu, als wolle er mich darauf aufmerksam machen, wie einfallsreich doch seine Frau sei, und dann nahm er den Faden der Geschichte auf: »Anschließend kam sie dann nach Haus, und sie sagte mir, ich soll sofort Pferd und Wagen auftreiben und noch vorm Morgengrauen draußen bei der Anstalt sein. Sie hat mir erklärt, was ich zu machen hätte und daß ich dem Nachtwächter sagen solle, ich sei von Winterflood & Cronk. Also sind Joey und ich zu Jerry Isbister gegangen, der sein Fuhrwerk Gott sei Dank gestern nacht nicht brauchte. Aber er war mächtig neugierig, und ich glaub, er hat sich gefragt, ob ich nun vielleicht auch mit dem Wiederauferstehungsgeschäft anfange.«

»Da hat er mit seiner Vermutung nicht mal so unrecht gehabt«, warf seine Frau ein.

»Tja, da hast du wohl recht«, sagte Mr. Digweed nachdenklich. Doch dann meinte er abschließend: »Den Rest kennst du ja, Master Johnnie.«

»Ich glaube, Sie haben mir das Leben gerettet«, sagte ich, denn davon war ich überzeugt, was immer die Beweggründe dazu auch gewesen sein mochten.

Was aber waren wohl die Beweggründe? Geld vermutlich. Die Einrichtung des Zimmers und unser karges Mahl ließen deutlich genug erkennen, daß die Digweeds sehr arm waren, also dürfte sie jemand bezahlt haben, da sie sich sonst wohl kaum Isbisters Pferd und Wagen hätten mieten können.

»Nun, Master Johnnie, wo wir schon mal dabei sind. Ich glaub nicht, daß du hier ganz außer Gefahr bist«, sagte Mrs. Digweed. »Diese Leute aus der Irrenanstalt, die wollen dich doch bestimmt wieder einsperren, nicht wahr? Und die haben George gesehen, und in London gibt's nich viele, die so aussehen wie er.«

Ich hatte schon den gleichen Gedanken gehabt, war aber verblüfft, wie sehr sie sich tatsächlich um mich zu sorgen schien.

»Außerdem haben sie Isbisters Namen auf dem Karren gelesen«, sagte Joey.

»Aber Jerry wird nur sagen, daß sich einer den Karren offenbar ohne seine Erlaubnis ausgeliehen hat«, sagte Mr. Digweed.

Wie recht sie hatten. Ich war tatsächlich noch nicht außer Gefahr. Doch obwohl es noch früh am Abend war, fühlte ich mich schon wieder sehr müde, und als Mrs. Digweed dies sah, schlug sie mir vor, daß ich ein Glas heiße Milch mit Rum trinken und mich dann wieder hinlegen solle. Ich machte es mir gerade von neuem auf der Bank bequem, als ich hörte, daß Mr. Digweed und Joey sich nun für die Arbeit umziehen wollten. Mir schien es hierfür reichlich spät zu sein, doch ich dachte nicht mehr lange darüber nach, und bald darauf war ich auch schon eingeschlafen.

84. KAPITEL

Obwohl ich so rasch eingeschlummert war, schlief ich doch schlecht. Fiebrig und müde wachte ich bereits früh auf. Ich fühlte mich zu schwach, um aufzustehen, und Mrs. Digweed, die allein im Haus war und gerade zur Arbeit gehen wollte, hieß mich denn auch im Bett bleiben, als sie mein kalkweißes Gesicht sah. Trotz meines Einspruchs schickte sie eine Nachbarin zu dem Haus, in dem sie an diesem Tag die Wäsche machen sollte, um sich entschuldigen zu lassen, weil sie daheim bleiben und sich um mich kümmern wollte. Sie hatte offenbar schon an den ersten Anzeichen erkannt, daß ich ernstlich krank zu werden drohte, und in meiner letzten klaren Erinnerung sehe ich sie geschäftig im Zimmer hin und her eilen, um heiße Tücher und Schalen mit warmem Wasser vorzubereiten.

Danach entsinne ich mich an nichts mehr. Ich weiß nur noch, daß mir sehr heiß und seltsamerweise zur gleichen Zeit auch eiskalt war, daß ich von Fieberträumen geplagt und von entsetzlichem Durst gequält wurde. Und ich erinnere mich noch, daß Mrs. Digweed, die sich mit viel Liebe und Geschick um mich kümmerte, jedesmal an meiner Seite war, wann immer ich aufwachte. Wahrscheinlich hatten mich, ohne daß ich es selbst bemerkt hatte, die Entbehrungen der letzten Wochen an den Rand der Erschöpfung gebracht, und nun, da ich mich in Sicherheit wähnte, nutzte mein Körper die Gelegenheit und kapitulierte. Erst später sollte ich erfahren, daß die Digweeds zu einem nicht weit entfernten Wundarzt geschickt hatten, der mir Arzneien verschrieb, die sie sich eigentlicht wohl nicht leisten konnten, und meine Überzeugung, daß sie von irgend jemandem bezahlt wurden, verstärkte sich noch. In den ersten Tagen blieb ich im unteren Zimmer, da es dort wärmer war, doch als das Fieber am dritten Tag zurückging und der Höhepunkt der Krankheit überschritten schien, trug mich Mr. Digweed nach oben und bettete mich dort auf eine Strohmatratze, die von nun an mein Schlafplatz war, während Joey sein Lager auf einer Matratze neben mir aufschlug. In den folgenden Wochen blieb ich im Bett und verschlief die meiste Zeit des Tages, doch allmählich kehrten meine Kräfte zurück.

Als es mir wieder etwas besser ging, trug man mich tagsüber nach unten, und dort saß ich dann in einem Sessel am Küchenfeuer. Nun, da ich mit wachen Sinnen aufnahm, was um mich her geschah, überwältigte mich beinahe der Lärm, der aus den Nachbarhäusern herüberdrang: Hunde bellten, Besoffene brüllten, und Tag und Nacht stritt man sich laut und heftig. Mir kam diese Nachbarschaft fast noch schlimmer vor als jene in der Orchard Street, und später erfuhr ich dann auch, daß dies tatsächlich die übelste Gegend Londons war, die man scherzhalf auch das »Vorzimmer zur Hölle« nannte. Die berüchtigtste Straße in diesem Viertel war die Flower and Dean Street, gesäumt von alten, verfallenen Häusern, die man in kleinere Wohnungen unterteilt hatte – die reinsten Räuberhöhlen. Da das Häuschen der Digweeds am Ende einer ruhigen Gasse am Deal's Court lag, einem durch die Gärten der großen Häuser entstandenen Hof, war es vom Lärm der Straße ein wenig abgeschirmt. Und mir fiel bald auf, daß sich die Digweeds offenbar ganz bewußt von der Anwohnerschaft fernhielten, auch wenn Mrs. Digweeds Nachbarinnen gern auf ein Schwätzchen vorbeikamen oder sich eine Tasse Zucker ausliehen und den Tag vertrödelten, ebenso wie auch die Jungen der Straße hereinkamen und nach Joey fragten. (Die Besucher starrten mich zwar neugierig an, doch wurde ihnen nicht gesagt, wer ich war.) Außerdem ging Mr. Digweed jeden Tag in die Kneipe, oftmals in Begleitung seiner Frau, und notgedrungen mußte ich dann zumeist feststellen, daß die beiden nicht gerade nüchtern nach Hause kamen.

Am auffälligsten war jedoch, daß Mr. Digweed und Joey beinahe täglich regelmäßig und zu höchst ungewöhnlichen Stunden das Haus verließen. Manchmal brachen sie im Laufe des Vormittags auf, manchmal am Nachmittag oder am Abend, und gelegentlich wurde ich sogar wach, wenn Joey mitten in der Nacht aufstand und nach unten ging. Das ein oder andere Mal sah ich vom kleinen Fenster, durch das man den vorderen Hof überblicken konnte, wie Joey und sein Vater das Haus verließen. Beide trugen wollene Strümpfe, die bis hinauf zum Gürtel reichten, eingefettete Schaftstiefel, ein langes blaues Hemd und eine ebenso lange Öljacke, die anders als die weite Jacke der Matrosen eng am Körper anlag. Auf dem Kopf trugen sie einen Südwester. Stets hatten sie einen Beutel dabei, der ihnen über der Schulter hing, außerdem ein großes Sieb und ein langstieliges Werkzeug, das einer Art Hacke oder Rechen glich. Dazu trug jeder ein kurzes Messer und einen Stock bei sich, im Gürtel steckte eine Kelle, und in der Hand hielten sie, selbst wenn sie bei Tageslicht aufbrachen und auch wieder zurückkehrten, eine Laterne.

Ich wußte weder mit ihrer Ausstattung noch mit ihren Arbeitsstunden etwas Rechtes anzufangen: Die beiden blieben niemals länger als sechs Stunden fort, und nur wenn es regnete, gingen sie nicht hinaus (dafür machten sie sich auch an Sonn- und Feiertagen auf den Weg), und jedesmal kehrten sie erschöpft und völlig verdreckt zurück. Dann fiel mir wieder ein, daß Mrs. Digweed damals in Melthorpe erwähnt hatte, ihr Gatte arbeite »an den Ufern«, und meine Mutter und ich hatten geglaubt, sie wolle damit sagen, daß er die Ufer der Themse nach etwas Verwertbarem absuche. Damit wäre immerhin ein Grund für die seltsamen Zeiten gefunden, da man diese Arbeit nur bei Ebbe ausüben konnte, doch die seltsame Kleidung und die Ausrüstung fanden hiermit noch keine Erklärung.

Da Mrs. Digweed das kleine Haus dank unermüdlicher Anstrengung peinlichst sauberhielt – ihr Mann und ihr Sohn waren ihr in dieser Hinsicht allerdings keine große Hilfe –, dauerte es eine Weile, ehe mir auffiel, wie außerordentlich übelriechend die Arbeit der Männer der Familie sein mußte. Sobald ich mich kräftig genug fühlte, um die meiste Zeit des Tages im unteren Zimmer verbringen zu können, sah ich, daß Mr. Digweed und Joey, wann immer sie auch zurückkehrten, das Haus stets durch den Hintereingang betraten, weil die beiden, so begriff ich schließlich, sich zuerst auf dem kleinen Hinterhof die Öljacken und die Stiefel auszogen und Hände und Gesicht unter der Pumpe wuschen. Dann wurden ihre Sachen gewöhnlich von Mrs. Digweed gereinigt, ehe sie sie ins Haus brachte, und deshalb dauerte es auch sehr lange, bis ich merkte, wie heftig die ungewaschenen Kleider stanken, und ich mich fragte, was die Ursache hierfür sein mochte. Nachdem sie sich gründlich gewaschen hatten, machten sich Mr. Digweed und Joey meistens einen Imbiß und legten sich erschöpft zu Bett, um einige Stunden lang tief und fest zu schlafen.

Da sie von sich aus nichts dazu sagten und meinen zögernden Fragen mit nur allzu deutlicher Verlegenheit auswichen, wurde mein Mißtrauen geweckt, und es wuchs noch, als mir auffiel, daß sie – vor allem Joey – oft mit Verletzungen heimkehrten. Zumeist waren es nur leichte Schnittwunden oder Prellungen, doch alle paar Wochen hatte einer von ihnen, gewöhnlich Joey, eine Verletzung, die so schwer war, daß er ein oder zwei Tage lang nicht arbeiten konnte. War Mr. Digweed etwa bei einer ähnlichen Gelegenheit so verunstaltet worden? Noch etwas fiel mir auf: Sie kauften sich Zeitungen, die Joey – da Mr. Digweed nicht lesen konnte – aufmerksam studierte. Ich mußte daran denken, daß Sally und Jack es ganz ähnlich gemacht hatten.

Doch was sie auch taten, sie schienen damit wenig Geld zu verdienen, denn die Spuren der Armut waren nicht zu übersehen. Ihre Kleider waren fadenscheinig und oft geflickt, Tee wurde zwei- oder dreimal von den gleichen Teeblättern aufgegossen, die zusammen mit der Milch gekocht wurden, und nur selten gab es etwas anderes als Heringe und das grobkörnige Brot der Armen. Eine Frikadelle oder eine Blutwurst waren eine Seltenheit. Doch die Miete wurde jede Woche pünktlich bezahlt, wenn der Mieteintreiber seine Runde machte, und die Digweeds konnten sich Kohlen und Kerzen leisten. Ich war mir sicher, daß sie von jemandem bezahlt wurden, der Anteil an meinem Schicksal nahm, und daß sie deshalb, obwohl sie nicht darauf hofften, für ihre Mühen jemals von mir selbst entschädigt zu werden, für meinen Unterhalt aufkamen.

Außerdem arbeitete Mrs. Digweed als Wäscherin. Sie mußte daher schon früh am Morgen aufstehen, um in irgendeinem herrschaftlichen Haus, das oft eine Stunde Fußweg entfernt lag, bei der wöchentlichen Wäsche zu helfen. Dennoch war die Lage der Digweeds nicht unbedenklich, denn sie hatten keine Ersparnisse, auf die sie zurückgreifen konnten, und auch – und das war beinahe noch schlimmer – keine Wertgegenstände, die man im Fall einer Krankheit oder eines Unglücks verpfänden könnte.

Eines Tages Anfang April, als ich schon an die zwei Monate bei den Digweeds wohnte, wachte ich früh am Morgen auf und stieg, da ich Stimmen hörte, auf die Leiter. Mr. Digweed und Joey saßen an dem kleinen Tisch vor dem Feuer, Mrs. Digweed schlief auf der Bank. Die beiden zählten Geld und schichteten die Münzen zu Stapeln auf, und mir war, als würde ich Silber und manchmal sogar Gold aufblitzen sehen. Ich beobachtete sie eine Weile, fürchtete dann aber, von ihnen entdeckt zu werden, kehrte um und kroch wieder zurück ins Bett. Was hatte das zu bedeuten? War dies etwa das Geld, das ihnen für meine Verpflegung bezahlt wurde? Ich beschloß, daß es an der Zeit sei, ihnen am nächsten Tag einige direkte Fragen zu stellen.

Als wir uns daher am folgenden Abend zu Tisch setzten, sagte ich: »Sie sind alle sehr freundlich zu mir gewesen, doch jetzt bin ich wieder gesund, und deshalb werde ich Sie bald verlassen.«

Ich meinte, ein zufriedenes Lächeln über Joeys Gesicht huschen zu sehen, doch seine Eltern sahen geradeso entsetzt aus, wie ich es erwartet hatte.

»Aber du bist doch noch gar nicht wieder auf dem Damm!« rief Mrs. Digweed. »Und wo willst du überhaupt hin?«

»Ich kann doch nicht ewig hierbleiben und Ihnen auf der Tasche liegen«, warf ich ein.

Wie ich es nicht anders vermutet hatte, sahen sie bei diesen Worten verlegen zur Seite.

»Warte noch, bist du etwas kräftiger bist!« sagte sie.

»Nun gut, noch ein paar Tage, da Sie so liebenswürdig darum bitten«, sagte ich sarkastisch und meinte zu sehen, daß sie einen roten Kopf bekam.

»Wir zahlen ja nur unsere Schuld zurück«, sagte sie. »Du und deine Mam, ihr ward doch damals an Weihnachten so gütig zu uns.«

»Richtig«, sagte ich. »Ich wollte Sie schon lange fragen, wie es kam, daß Sie und Joey damals gerade in Melthorpe waren?«

Ich wollte sie aushorchen, denn ich war mir sicher, daß sie sich in den Lücken und Unstimmigkeiten ihrer Geschichte verstricken würden.

Alle drei sahen mich etwas verdutzt an.

Dann begann Mr. Digweed: »Angefangen hat alles, als ich in meinem erlernten Beruf keine Arbeit mehr finden konnte und eine Stelle bei der Gas, Light & Coke Company in der neuen Fabrik an der Horseferry Road annehmen mußte.«

»Ich kann mich noch daran erinnern, daß Sie das damals an Weihnachten erzählt haben, Mrs. Digweed«, sagte ich und wandte mich dann an ihren Mann: »Und da wurden Sie dann bei einer Explosion verwundet.«

Sie sahen sich überrascht an.

»Nein, ganz so war's nicht«, erklärte Mr. Digweed.

Er schien nur ungern mehr sagen zu wollen, doch da sich mein Mißtrauen wieder meldete, drängte ich ihn, mit seiner Geschichte fortzufahren.

»Damals versuchten die anderen Gesellschaften, ihre Rohre auch in unserm Bezirk zu verlegen. Sie haben einfach unsere Rohre kaputtgemacht, aber wenn sich uns eine Gelegenheit bot, machten wir es mit ihren Rohren auch nicht anders – vor allem, wenn wir spitzkriegten, daß sie über Nacht eine neue Leitung verlegt hatten.« Er kicherte, sah dann aber wieder ernst vor sich hin und meinte: »Es kam noch schlimmer. Ein paar von unsern Vorarbeitern taten, als wollten sie den anderen Leute abwerben, und flößten ihnen reichlich Gin ein, doch sobald die Männer betrunken waren, haben sie mit Stöcken und Knüppeln auf sie eingedroschen. Es hat sogar Tote bei diesen Gaskriegen gegeben. Aber ich hab da nie mitgemacht. Jedenfalls nicht bis zu dem Tag, an dem mich die Kerle von der Equitable überfallen und in einen von unseren Teeröfen geworfen haben, allerdings nicht ohne mir vorher noch ein Auge auszustechen und den Arm fürchterlich zu zerquetschen.«

»Sie haben George zum Knochenflicker vom St. George gebracht, und der hat ihm den Arm abgenommen«, fuhr Mrs. Digweed fort, und ein Schauder lief mir über den Rücken. »Aber sein Auge konnten sie nicht mehr retten.«

»Als ich wieder rauskam, mußte meine alte Lady mich pflegen. Und so wie ich aussah, gab's für mich dann auch keine Arbeit mehr.« Er hielt seinen Haken hoch.

»Haben Sie denn keine Entschädigung bekommen? Ich meine, so eine Art Abfindung?« fragte ich und schämte mich für mein früheres Mißtrauen.

»Schon«, sagte Mrs. Digweed, »das muß man ihnen lassen, sie haben George hundert Pfund Schmerzensgeld gegeben.«

»Herrje, das war viel Geld!« rief ich.

»Tja«, sagte sie rasch, »aber wir haben alles wieder verloren.«

»Verloren?« fragte ich, und mein Mißtrauen regte sich erneut. »Wie denn?«

Sie sahen etwas verlegen drein, doch dann begann Mr. Digweed: »Na ja, da war jemand ... jemand, den ich gut kannte. Er hatte was mit der Bauspekulation drüben bei den Neat Houses zu tun, und er hat mich gefragt, ob ich da nicht mitmachen will. Na, ich hab gedacht, es wär 'ne sichere Sache, und bin deshalb bei einem der Häuser mit eingestiegen. Ich war auch gar nicht der einzige seiner Bekannten. Und für ein paar andere Häuser haben wir uns dann noch verpflichtet, die Zimmermanns- und Stuckarbeiten zu erledigen. Ungefähr ein Jahr lang hab ich da gearbeitet und in der Zwischenzeit vom Schmerzensgeld gelebt, und Maggie hier ist waschen gegangen.«

Ich war überzeugt davon, daß er von Barney sprach. Warum wollte er es mir nicht sagen? Bestimmt versuchte er, seine Beziehungen zu diesem Verbrecher vor mir zu verbergen.

»Wie kam es denn überhaupt, daß Ihr Freund mit dieser Bausache zu tun hatte?« fragte ich.

Würden sie mir sagen, was gewiß die Wahrheit war? Daß Barney nämlich nur durch Sancious in diese Angelegenheit hineingezogen worden sein konnte?

»Ich weiß nicht genau«, antwortete Mr. Digweed. »Doch ich glaub, es war über jemand anderen, für den er gelegentlich was erledigt hat, über einen Gentleman. Aber ist auch egal, er und ich, wir haben jedenfalls nie auch nur einen Penny für unsere Arbeit gekriegt.«

»Für *deine* Arbeit«, unterbrach ihn seine Frau ungehalten. »So wenig, wie der getan hat!«

»Stimmt schon«, gab Mr. Digweed beschämt zu. »Die Spekulation ging nicht auf, und meine alte Lady hier und ich waren noch schlechter dran als vorher. Das Schmerzensgeld war nämlich inzwischen aufgebraucht, unsere Sachen waren verpfändet, und Schulden hatten wir außerdem noch gemacht.«

»Ach«, sagte sie, »das war eine schlimme Zeit! Fürchterlich schlimm, wenn ich's so recht bedenke.«

»Und dann sind Sie nach Norden gezogen?« bohrte ich weiter.

»Das stimmt«, erwiderte Mrs. Digweed, »denn eben zu der Zeit erzählte uns dieser ... Freund von George, daß es nicht weit von eurem Dorf Arbeit geben würde. Also sind wir dorthin – ich und George und Joey. Wir haben ... wir ließen ...«

Sie hielt inne, und ihr Mann sagte: »Wir haben die anderen Kinder hier zurückgelassen.«

Die anderen Kinder! Ich war gespannt, ob sie nun Sally erwähnen würden, von der Mrs. Digweed damals im Haus meiner Mutter gesprochen hatte und die, davon war ich überzeugt, ebenjene junge Frau war, die ich in Barneys Bande kennengelernt hatte.

»Doch als wir ankamen«, fuhr Mrs. Digweed fort, »stellte sich heraus, daß es für mich und Joey keine Arbeit gab, also sind wir weiter bis Stoniton. Dann kriegte ich die Nachricht, daß die Kinder krank geworden waren. Ich hab mich also auf den Rückweg gemacht, und dabei sind Joey und ich dann am Haus deiner Mutter vorbeigekommen.«

»Ganz zufällig?« wollte ich wissen.

Sie sah mich mit einem Ausdruck solch unschuldiger Überraschung an, daß ich innerlich bei dem Gedanken erschauerte, sie könnte mir all dies nur vorspielen: »Ja. Vorher wußte ich doch nichts von euch. Und als ich hierher zurückkam ...« Ihre Stimme zitterte, und sie sagte nichts mehr.

Ihr Mann nahm sie sanft bei der Hand und sagte: »Als sie hierher zurückkam, waren die Kinder in einer schrecklichen Verfassung. Sie starben eine Woche später.«

Sie wollten mir zu verstehen geben, daß Joey ihr einziges noch lebendes Kind war. Also kein Wort über Sally! Sie wollten mich wohl nicht wissen lassen, daß ihre Tochter in Barneys Bande war. Ich würde ihnen noch eine Chance geben, mir ihre Verbindung mit Barney einzugestehen.

Ich behielt sie sorgfältig im Auge und sagte dann eher beiläufig: »Als Sie damals zum Haus meiner Mutter kamen, da waren Sie nicht unsere ersten Besucher aus London. Wußten Sie das? Nicht allzulange zuvor ist nämlich bei uns eingebrochen worden.«

Die Wirkung meiner Worte war umwerfend: Alle drei hörten auf zu essen und senkten den Blick.

»Ja«, fuhr ich fort, »ich habe den Einbrecher sogar gesehen.«

Keiner schaute mich an, und keiner sagte etwas.

»Soll ich Ihnen nicht erzählen, wie er ausgesehen hat?«

Sie schwiegen.

Endlich fragte Mrs. Digweed: »Nun, wie hat er denn ausgesehen, Master Johnnie?«

Also beschrieb ich Barney so detailliert, wie ich es nur vermochte. Daraufhin sagten sie nichts und wichen weiterhin meinem Blick aus. Sie wußten ganz zweifellos, daß Barney der Einbrecher war. Warum sagten sie es mir dann nicht? Wahrscheinlich hatten sie noch nicht gemerkt, daß ich ihn erkannt hatte und von ihrer verwandtschaftlichen Beziehung zu ihm wußte.

Mr. Digweed und Joey gingen in dieser Nacht nicht zu Bett, sondern bereiteten sich auf einen ihrer geheimnisvollen nächtlichen Ausflüge vor und verließen das Haus wenige Stunden nach Mitternacht. Ich hörte sie nach draußen gehen, denn ich hatte mich zwar schon Stunden früher zur Ruhe begeben, mußte aber über so viele Dinge nachdenken, daß ich immer noch wach im Bett lag und mich fragte, was ich nun tun sollte. Wenn die Digweeds von den Mompessons bezahlt wurden, dann hatte ich nichts weiter zu befürchten, auch wenn mir ihre Verbindung mit Barney nicht ganz geheuer war, zumal sie mir diese Verbindung verschwiegen hatten. Trotzdem würde ich in diesem Fall bei ihnen bleiben und darauf warten, bis der verborgene Gönner sich zu erkennen gab, der mein Schicksal in seine Hand genommen hatte.

85. KAPITEL

Am nächsten Morgen schlief ich lang, doch als ich aufwachte, waren Mr. Digweed und Joey immer noch nicht zurückgekehrt. Sie waren diesmal viel länger als gewöhnlich fort, und Mrs. Digweed begann sich Sorgen zu machen. Ich teilte ihre Sorgen, und gegen zehn Uhr waren wir beide ernstlich beunruhigt.

Plötzlich wurde die Haustür aufgerissen, und Mr. Digweeds Haken schob sich um die Ecke. Erst als er sich selbst einen Augenblick später durch die Tür zwängte, sahen wir zu unserem Entsetzen, daß der Grund für diesen ungewöhnlichen Auftritt sein Sohn war, den er stützen mußte und der nun nach ihm ins Zimmer getaumelt kam, kaum noch in der Lage, auf den eigenen Beinen zu stehen. Joey sah sehr blaß aus, zitterte, und Blut lief ihm über die Schenkel und in die Stiefel. Noch als ich dieses Bild in mich aufnahm, schlug die schreckliche Gestankwolke über mir zusammen, die die beiden in der kleinen Kammer verbreiteten.

Ich half, Joey in einen Sessel zu bugsieren. Vorsichtig zog ihm seine Mutter die Stiefel und die Strümpfe aus, und sie schnitt ihm die Hosenbeine auf, bis die mehrere Zoll lange klaffende Wunde direkt über dem rechten Knie offen vor uns lag.

Mr. Digweed warf seine Öljacke achtlos auf den Hinterhof hinaus und eilte zum Wundarzt, während ich seiner Frau dabei half, Joey die dreckigen Kleider auszuziehen, die Wunde zu waschen und ihn nach oben zu bringen.

Ein Gehilfe des Arztes kam, versorgte die Wunde und verband sie. Dann ließ er den Patienten zur Ader.

Er schien mit seiner Behandlung zufrieden, kam wieder herunter und verkündete, während er sein Honorar einstrich: »Er wird schon wieder werden, jedenfalls, wenn sich die Wunde nicht infiziert. Sollte sie das tun, schicken Sie noch einmal nach mir! Die nächsten Tage muß er im Bett bleiben, und bis zur übernächsten Woche darf er nicht aus dem Haus.«

Sobald der Gehilfe gegangen war, fing Mrs. Digweed geschäftig an, einen Schlaftrank für ihren Sohn zuzubereiten, der jetzt schreckliche Schmerzen zu leiden schien. Mr. Digweed ging unterdessen auf den Hof hinaus, um die Öljacken zu reinigen.

Ich ging ihm nach, um ihm zu helfen. Er war noch schweigsamer als sonst, und wortlos arbeiteten wir eine Weile im Freien.

»Mr. Digweed«, sagte ich schließlich, »in den nächsten Wochen werden Sie Hilfe brauchen, nicht wahr? Bitte, lassen Sie mich Joeys Platz einnehmen!«

Er schüttelte heftig den Kopf: »Nein, das wär nicht recht.«

»Aber warum denn nicht?« beharrte ich.

»Das ist nun mal keine Arbeit für jedermann.«

»Aber«, sagte ich auf gut Glück, »ohne Hilfe wird Ihnen die Arbeit doch bestimmt sehr schwer fallen, oder etwa nicht?«

Er sah mich an und rief: »Schwerfallen? Einer allein schafft die Arbeit unmöglich!«

»Und wie wollen Sie dann mit ihr zurechtkommen?«

Nachdenklich schüttelte er den Kopf. Es folgte ein langes Stillschweigen, doch als wir die Stiefel unter der Pumpe abwuschen, sagte er: »Also gut, wir wollen sehen, was die alte Lady dazu sagt. Aber bis morgen kein Wort davon!«

Joey schlief ruhig in dieser Nacht, und am nächsten Morgen deutete nichts darauf hin, daß sich die Wunde entzündete.

Da Mr. und Mrs. Digweed nun etwas leichter ums Herz zu sein schien, knüpfte ich beim Frühstück an das Gespräch vom Vortag an: »Ich möchte an den Ufern arbeiten, Mrs. Digweed, bis Joey sich wieder erholt hat.«

»Ach«, sagte Mrs. Digweed, »dann hast du also die ganze Zeit über gewußt, was sie machten!«

Ich erklärte ihr, daß ich mich nur an den Ausdruck erinnere, den sie damals in Melthorpe gebraucht hätte.

»Aber du weißt doch, wie schmutzig und gefährlich das ist! Nein, Johnnie, das ist keine Arbeit für den Sohn eines Gentleman.«

Sie hatten Angst um mich, redete ich mir ein, weil sie dafür bezahlt wurden, auf mich achtzugeben. Aber ich blieb unerbittlich, und als Mrs. Digweed sah, wie fest entschlossen ich war, und nachdem sie sich lange Zeit heftig und beharrlich geweigert hatte, gab sie schließlich ihre Zustimmung.

Mr. Digweed nickte und sagte: »Also gut. Und du bist klein genug.« Nun war ich tatsächlich ungefähr so groß wie Joey, aber seine Bemerkung schien mir dennoch rätselhaft. »Ebbe ist heute gegen Mitternacht, also brechen wir noch am Abend auf.«

Ich war den ganzen Tag über sehr unruhig, doch endlich war der Augenblick für unseren Aufbruch gekommen. Mr. Digweed half mir, Joeys Stiefel und die Öljacke anzuziehen, und er zeigte mir, wie sich die Blendlaterne anzünden ließ und wie die Blenden zu bedienen waren.

Als wir das Haus verließen, war es schon nahezu dunkel. Überrascht merkte ich, daß wir nicht zum Fluß, sondern in die entgegengesetzte Richtung nach Bishopsgate gingen. In dieser Gegend gab es viele kleine Handwerksläden, die meisten waren Schneidereien, so daß ich, wenn ich im Vorbeieilen durch die Fenster starrte, oft einen Schneider mit überkreuzten Beinen auf dem Boden sitzen und bei Kerzenlicht nähen sah. Kein Wunder, daß so viele von ihnen blind wurden, dachte ich und mußte an jenen blinden Maulwurf denken, den ich mir vor all den Jahren in meiner kindlichen Phantasie ausgemalt hatte, wie er ein Wams für Mr. Pimlott nähte.

Wir bogen in die Dorset Street ein, gingen die Straße hinunter und blieben dann stehen. Ich sah mich verwirrt um und konnte in der nahezu vollständigen Dunkelheit nur eine ruhige Nebenstraße erkennen, die sich überhaupt nicht von irgendeiner anderen Straße unterschied, es sei denn vielleicht durch einen jener alten, gemauerten Abflußkanäle direkt neben uns, wie es sie damals, als selbst in den eleganten Stadtteilen Londons offene Straßenrinnen und Kloaken keine Seltenheit waren, noch überaus häufig gab.

Während Mr. Digweed unsere Laternen anzündete, beugte ich mich über die niedrige, halb verfallene Brüstung des Einstiegschachts und sah, daß am Grunde des Kanals ein dünnes Wasserrinnsal über den Ziegelboden lief. Daneben war der Eingang zu einem Tunnelgewölbe, der von einem Eisengitter verbarrikadiert war.

Mr. Digweed ermahnte mich, ihm von nun an aufs Wort zu folgen und immer genau das zu tun, was er mir sagte. Dann blickte er sich aufmerksam um, und als er auf der dunklen Straße niemanden entdecken konnte, schwang er sich pötzlich über die Brüstung, faßte mit seinem Haken nach dem obersten der untereinander angeordneten Eisenringe, die man ins Mauerwerk eingelassen hatte, kletterte mit ihrer Hilfe langsam den Schacht hinunter und sprang dann schließlich ins flache Wasser. Überrascht folgte ich ihm, und durchs Wasser stapfend, näherten wir uns dem Tunnelgewölbe.

Im Licht unserer Laternen sah ich nun, daß das Eisengitter verrostet und geborsten war und daß es, obwohl es von oben unüberwindbar ausgesehen hatte, eigentlich kaum ein Hindernis darstellte. Mein Gefährte zog das Gatter auf, drängte sich durch die Lücke, und ich folgte ihm mühelos. Als wir etwas weiter in den Tunnel eindrangen, schlug der Gestank über uns zusammen, und ich rang durch Mund und Nase gleichermaßen keuchend nach Atem.

Ein paar bange Sekunden lang überwältigte mich ein Schwindelgefühl, ein lautes Rauschen dröhnte in meinen Ohren, und ich fürchtete, meine Beine würden unter mir wegsacken und ich könne jeden Augenblick in Ohnmacht sinken. Doch dann erholte ich mich wieder, die Angst und das Übelkeitsgefühl legten sich, und ich merkte, daß ich weitergehen konnte. Im Schein der Laterne sah ich Mr. Digweed wenige Schritt vor mir, der sich rasch seinen Weg am Ufer dieses stinkenden Rinnsals suchte und nur gelegentlich einen Blick zurückwarf, um zu sehen, ob ich ihm noch folgte.

Einmal wartete er auf mich und hob dann fragend eine Augenbraue. Ich nickte ihm mit angestrengtem Lächeln zu, und er legte seinen Mund an mein Ohr und schrie: »Das ist noch ein ganz passabler Tunnel. Aber man darf nicht stehenbleiben, sonst kriegt man den Gestank zu deutlich mit.«

Ich nickte, und wir gingen weiter. Plötzlich bog Mr. Digweed in einen Seitentunnel ein. Da diese Abzweigung enger und niedriger war, konnten wir nur gebückt weiterlaufen, und das Vorwärtskommen war dadurch sehr viel mühsamer. Außerdem stieg das Wasser an, die Strömung war also stärker, der Lärm größer und jede Unterhaltung von nun an unmöglich.

Nach einigen Metern teilte sich dieser Tunnel, und Mr. Digweed wählte so sicher seinen Weg, als schlendere er durch die Straßen seiner Nachbarschaft. Der Kanal führte jetzt merklich bergab, und der Boden war so glitschig, daß wir ständig Gefahr liefen, den sicheren Halt zu verlieren. Außerdem war der Gestank hier fast unerträglich.

Auf diese Weise bewegten wir uns eine Weile voran – ich weiß nicht, wie lang es dauerte und wie weit wir gingen, da ich Entfernungen nur mit Mühe und die Zeit überhaupt nicht einschätzen kann, wenn jeder Augenblick mit neuen Ängsten und Aufregungen angefüllt ist. Hier unten, wo pechschwarze Finsternis herrschte und wo es nur das Rauschen des Wassers in meinen Ohren gab, das ebensogut das Rauschen meines Blutes hätte sein können, wußte ich zwischen dem, was ich war, und dem, was ich nicht war, kaum mehr zu unterscheiden. Wenn ich meine Hand ausstreckte, um das rauhe Mauerwerk zu berühren, wußte ich nicht, ob ich meine abgestorbenen Finger oder den kalten Stein spürte. Unwillkürlich mußte ich mir das große Gewicht der über uns liegenden Erde, die Gebäude und die gepflasterten Straßen vorstellen, und ich fühlte solch einen blinden Schrecken, daß ich mich zwingen mußte, an etwas anderes zu denken.

Allmählich begann ich, so einiges zu verstehen, doch ich fragte mich immer noch verwirrt, was eigentlich der Sinn dieses ganzen Unterfangens war, als Mr. Digweed plötzlich stehenblieb und auf mich wartete. Dann bückte er sich – ich sollte wohl besser sagen: er beugte sich noch tiefer hinunter, da wir beide bereits gebückt standen –, senkte die Laterne und zeigte mir, wohin ich schauen sollte.

In einer Lücke, die das Wasser zwischen zwei Steinen ausgewaschen hatte, bemerkte ich etwas Rundes, das hochkant auf dem Boden lag. Das Ding glänzte im Licht der Laterne hell auf, und dann erst sah ich, daß es eine Münze war. Mein Gefährte hob sie auf, hielt sie in den Lichtstrahl, damit ich sehen konnte, daß wir einen Shilling gefunden hatten, und steckte ihn dann in die Ledertasche über seiner Schulter.

Für den, der sich die Mühe machte, danach zu suchen, lag das Geld hier unten einfach nur so herum. Ich begriff nicht, wieso sich – von dem abscheulichen Gestank einmal abgesehen – nicht mehr Leute hier herunterwagten.

Wir kamen jetzt durch Tunnels von sehr unterschiedlicher Größe und Bauweise, deren Verschiedenartigkeit sich offenbar durch die weit auseinanderliegenden Zeiträume erklärte, in denen sie angelegt worden waren. Einige stammten noch aus dem Mittelalter, doch die meisten waren erst nach dem »großen Feuer«, also beim Wiederaufbau der Stadt und während ihrer Ausdehnung in die Vorstädte der heutigen Metropole, gebaut worden und somit zwischen hundert und hundertfünfzig Jahre alt. Da man die Tunnels nach unterschiedlichen Methoden gebaut und bei vielfältigsten Bodenverhältnissen und mit wechselndem Gefälle und Verlauf angelegt hatte, herrschten in ihnen sehr unterschiedliche Bedingungen.

Ich folgte meinem Gefährten, und obwohl wir beide eher klein waren und ich meine volle Körpergröße längst noch nicht erreicht hatte, mußten wir uns immerzu gebückt halten, was nach einer Weile für Nacken und Schultern äußerst schmerzhaft war. Die ganze Zeit über haftete Mr. Digweeds forschender Blick am Boden, und hin und wieder griff er ins Wasser, um eine Münze aufzuheben.

Die meisten Tunnels waren im Querschnitt wie ein Ei geformt, also nach oben und nach unten gewölbt. Andere – und dies waren die größten, die noch aus dem Mittelalter stammten – waren viel breiter und niedriger, mit einem tiefen Graben, an dessen Rand nur ein schmaler, zerbröckelnder Pfad entlanglief. Hier war das Rauschen des vorbeiströmenden Wassers beinahe ohrenbetäubend, während es in anderen Tunnels leise dahinglitt oder nur sanft plätscherte. Dann wieder fehlte das Wasser ganz, und der Boden war nur mit einer Schicht aus feuchtem oder getrocknetem Schlamm bedeckt.

»Ist die Arbeit denn so einfach?« fragte ich meinen Lehrmeister, als wir das nächste Mal durch einen trockenen Tunnel gingen und unsere Stimmen hören konnten.

»Gott bewahre!« rief er. »Ich hab doch bisher nur den einen Shilling und ein paar Kupfermünzen gefunden.«

»Aber wir sind doch auch noch nicht lange unterwegs.«

»Meinst du? Was schätzt du, wie lange sind wir schon hier unten?«

»Ich weiß nicht. Haben Sie Ihre Uhr nicht dabei?«

Er lachte. »Die würd's hier unten nicht lange machen.«

»Vielleicht eine halbe Stunde?« riet ich.

Er schüttelte den Kopf. »Eher zwei. Weißt du, hier werden wir nicht viel finden. Wir müssen tiefer nach unten, dahin, wo sich der Schlamm sammelt und wo alles angeschwemmt wird. Aber länger als höchstens eine Stunde können wir dort nicht bleiben.«

Ich wollte ihn gerade fragen, was er damit meinte, als ich plötzlich einen dunklen Schatten rasch aus dem Lichtkegel der Laterne davonhuschen sah. Und da war noch einer. Dort wieder einer. Entsetzt begriff ich, um was es sich dabei handeln mußte, doch die Schatten schienen mir viel zu groß zu sein.

Als Mr. Digweed sah, wie ich mich schüttelte, sagte er: »Ach ja, die Ratten.«

»Aber so große?« keuchte ich.

»Wanderratten. Ist 'ne andere Art als die Hausratten.«

»Sind sie gefährlich?« fragte ich.

Er lachte. »Du läßt dich besser nicht von ihnen beißen. Sie sind ziemlich bösartig. Aber normalerweise greifen sie keinen Menschen an, es sei denn, er blutet schon. Werden wohl wild, wenn sie Blut riechen.«

Ich schluckte und versuchte, die Panik zu bekämpfen, die ich in mir aufsteigen fühlte, sobald ich an diese messerscharfen, giftigen Zähne dachte. Doch wenn Joey diese Schrecken ausgehalten hatte, dann war ich auch entschlossen, es nicht an Mut fehlen zu lassen.

Wir liefen weiter, und mir fiel auf, daß wir nun ständig bergab gingen. Die tieferen Tunnels waren gewöhnlich die ältesten, in denen auch der Gestank am unerträglichsten zu sein schien. Außerdem waren sie die gefährlichsten Tunnels, denn das Mauerwerk des schmalen Laufpfads war zumeist verwittert und brüchig, so daß es plötzlich unter unserem Gewicht nachgeben konnte. Und wer hier ausrutschte, wo das Wasser tief und die Strömung schnell war, den erwartete unweigerlich ein schrecklicher Tod.

Allmählich nahm ich noch einen anderen Geruch wahr, der sich deutlich von jenem beißenden, schwefeligen Gestank unterschied, der mir schon fast nichts mehr ausmachte, und schließlich merkte ich, daß er von der Themse kam: ein tiefer, uralter Geruch, wie ich ihn von den stillen Teichen her kannte, die mich als kleiner Junge so sehr fasziniert hatten. Die einzelnen Abwasserkanäle vereinten sich zu einem weiten, flachen Wasserlauf, ganz so, wie ein Fluß an seiner Mündung breiter wird. Das Wasser strömte hier nur in der Mitte des Tunnels und ließ an seinen Ufern hohe Schlammberge zurück. Der Schein unserer Laternen verlor sich in der Finsternis, die sich vor uns auftat, statt von feuchten Mauern zurückgeworfen zu werden.

»Hier unten kann man nur hin, wenn das Wasser am niedrigsten steht«, erklärte Mr. Digweed. »Und da bleibt einem nicht viel Zeit.«

Die Gezeiten waren also der Grund für die seltsamen Arbeitsstunden!

»Wenn die Flut kommt, dann füllen sich die tiefliegenden Tunnels wieder mit Wasser«, erklärte er, »und das manchmal sehr plötzlich. Es hat schon viele erwischt, weil sie die Zeit vergessen haben. Außerdem können Springtide und Nippflut hier unten zu einer teuflisch vertrackten Sache werden.«

Wir begannen wieder zu arbeiten, und ich sah ein, weshalb dies hier nur zu zweit möglich war, denn das Schlammsuchen unterschied sich hier, auf diesem weiten, stinkenden Schlickfeld am Zusammenfluß der Themse und der Abwasserkanäle, sehr von der Methode, die weiter oben angewandt wurde. Statt Münzen, die man dort, wo das Gefälle so steil war, daß Schlamm und Dreck von der Flut fortgespült wurden, in Rissen und Spalten finden konnte, ließ die abziehende Flut hier ihren Unrat zurück, und der flache Kanal wirkte wie ein großes Sieb, das den Schlamm und was das Wasser sonst noch so mit sich führte, zurückbehielt und zu Boden sinken ließ. Und auf diesem weiten Feld verwitterter Ziegel, die mit Lagen über Lagen von dikkem Schlamm oder Kot bedeckt waren – man konnte hier so leicht den Halt verlieren –, mußten wir in nahezu völliger Dunkelheit und in großer Hast arbeiten.

Mr. Digweed zeigte mir jetzt meine Aufgaben, zu denen es auch gehörte, ihm mit der Laterne zu leuchten, wenn er Schlamm und Unrat durchkämmte, die sich in glattgestrichenen Haufen ansammelten wie der Sand, der am Ufer des Meeres zurückbleibt. Er setzte jetzt auch Kelle und Sieb ein, sichtete den Schlamm und fand gelegentlich eine Münze. Oder er begann einen bestimmten Dunghaufen mit dem Rechen zu bearbeiten, und ich mußte mit der Laterne die Stellen beleuchten, die er mir anzeigte. Manchmal fand er etwas – einen Klumpen verrostetes Metall, eine Tabakdose aus Messing, einen Löffel – und fischte es mit dem Rechen heraus. Seine Fähigkeit, Münzen und andere Dinge zu entdecken, die für mich unsichtbar unter dem Schlamm verborgen lagen, setzte mich in Erstaunen, und ich begriff, daß er selbst dort noch etwas entdeckte, wo ich nichts bemerkt hätte, obwohl ich doch *zwei* Augen hatte.

Es war eine harte und unangenehme Arbeit. Das Wasser umspülte unsere Füße, wenn wir die Ränder der Schlammbänke absuchten, und wechselten wir von der einen zur anderen Seite, dann reichte uns das Wasser in der Mitte des Grabens nicht selten bis hinauf zu den Knien. Oft trieben auch tote Katzen, Hunde, Ratten und allerlei anderes Getier im Wasser. Die Tunnels waren schrecklich kalt und klamm, und die gebückte Haltung, in der wir uns bewegen mußten, war ermüdend und schmerzhaft. Vor allem aber der Gestank war kaum auszuhalten.

Da ich bald eingesehen hatte, daß Mr. Digweed sehr viel besser beim Aufstöbern von Münzen und anderen Dingen war, freute ich mich, als ich nur wenige Schritte von mir entfernt einen metallischen Gegenstand aus dem Schlamm herausragen sah, der seiner Aufmerksamkeit offenbar entgangen war. Doch als ich ihn auf den Gegenstand hinwies, nickte er nur und lächelte, wie um mir zu sagen, daß er Bescheid wisse. Als ich ihm aber vorschlug, das Ding einzusammeln, schüttelte er den Kopf.

»Der Schlamm ist zu tief«, sagte er.

Ich war überrascht, schließlich schien der Schlamm dort nicht tiefer zu sein als an anderen Stellen. Doch als ich Anstalten machte, darauf zuzugehen, streckte er seinen Haken aus und hielt mich zurück.

»Das hat da mal anders ausgesehen«, sagte er. Er beugte sich vor und steckte den Rechen in den Schlamm. Verblüfft sah ich, daß er mehrere Fuß tief einsank.

Er sah mich lächelnd an: »Das Mauerwerk hat nachgegeben. Ist butterweich, so verwittert ist das. Hier unten drunter sind niedrige Gewölbe. Der Schlamm sickert durch die Löcher nach unten und füllt sie so weit auf, daß sie aussehen, als wär's fester Grund.«

Ich schauderte bei dem Gedanken, daß ich beinahe darin versunken wäre.

»Tja«, meinte Mr. Digweed nachdenklich, »es ist immer wieder anders hier unten.«

Er erklärte mir noch, daß selbst im tiefsten Tunnel die Bodendecke brüchig war und manchmal nachgab, da das ganze verzweigte Netz der Abflußkanäle langsam in den weichen Londoner Lehmboden absackte. Also hatte ich auch hier, wo ich doch geglaubt hatte, die tiefste Ebene erreicht zu haben, noch keinen festen Grund unter den Füßen.

Bald darauf spürte ich nicht nur die eisige Kälte und meine wachsende Erschöpfung, sondern auch einen schrecklichen Hunger. Ich wußte nicht mehr, ob wir erst ein paar Stunden oder schon die ganze Nacht hier unten zugebracht hatten, aber ich wußte, daß wir nichts zu essen mitgenommen hatten, und ich sah auch den Grund, da mir allein bei dem Gedanken, unter diesen Bedingungen etwas essen zu müssen, schon übel wurde.

Mr. Digweed sah mir meinen Zustand wohl an, denn er sagte: »Es dauert zwar noch eine Weile bis zum Gezeitenwechsel, aber du siehst so müde aus, daß wir wohl besser wieder nach oben gehen.«

Ich fühlte mich bei seinen Worten sehr erleichtert, und so kehrten wir um und gelangten wieder zu den höhergelegenen Tunnels. Plötzlich aber, gerade als wir in einen neuen Gang einbiegen wollten, sanken die Flammen in den Laternen zusammen und flackerten und zischten, als würden sie keuchend nach Luft ringen.

Mr. Digweed, der vor mir herging, drehte sich um und sagte ruhig: »Gas. Wir müssen zurück.«

Ich sah ihn verzweifelt an, denn all das, was ich je über Bergwerkstollen gehört oder gelesen hatte, fiel mir wieder ein: »Kann es explodieren?«

»Nein, das ist nur Stickwetter. Aber wie der Name schon sagt, kann man dran ersticken, wenn man nicht weiß, daß es da ist.«

Ich fühlte eine panische Angst in mir aufsteigen. In dieser Dunkelheit sterben! Ersticken! In diesen heimtückischen Fluten umkommen!

»Kann man etwas dagegen tun?«

»Sicher, man kann aufpassen und ihm aus dem Weg gehen.«

Wir folgten erneut dem Haupttunnel, doch nach wenigen Schritten flakkerten die Kerzen erneut und brannten nur noch mit müder Flamme.

Mein Gefährte blieb stehen und sagte: »Wir müssen noch einmal umkehren. Gib acht, daß die Flamme nicht im Gas erstickt! In dieser feuchten Luft ist es nicht leicht, einen Funken zu schlagen.«

Die Flammen in den Laternen flackerten noch einige Male besorgniserregend, als wir zu meiner Überraschung auf die untere Tunnelsohle zurückkehrten, die wir schließlich auch ungefährdet erreichten. Wir folgten dann einem breiten Graben, der uns allmählich immer weiter hinabführte, und mit wachsender Besorgnis merkte ich, daß wir tiefer und tiefer in dieses Gewölbe eindrangen. Doch je zahlreicher die kleinen Kanäle wurden, die in den Graben mündeten, um so mehr verbreiterte sich unser Tunnel, bis er schließlich zweimal so hoch wie ein Mann war. Nach einer Weile fiel mir auf, daß sich die Finsternis ein wenig aufzuhellen schien, und endlich erblickte ich vor uns einen großen, fahlen Lichtkreis.

Als wir das Ende des Tunnels erreichten, standen wir an der Mündung eines großen Abwasserkanals, der sich hier in die Themse ergoß. Von den Gittern, die man einst angebracht hatte, um ein Betreten der Tunnels zu verhindern, waren viele bereits so verrostet, daß sie für uns kein rechtes Hindernis bedeuteten. Und da es damals auch noch keine Fluttore gab, konnten wir mühelos die Mauer hinaufklettern bis zum verschlammten Flußufer, über das bereits die ersten Flutwellen spülten. Wir gingen die Themse entlang, bis wir die Stufen am Ende der Northumberland Street erreichten, die, wie mir unwillkürlich einfiel, gar nicht weit vom Haus meines Großvaters entfernt waren.

Es war seltsam, wieder nach oben zu kommen und zu sehen, daß wir uns in einem ganz anderen Teil der Stadt befanden und daß die Dämmerung den Himmel bereits mit den ersten blassen Lichtstreifen überzog. Als wir nun nach Hause gingen und das Ritual des Ausziehens der Öljacken und des Waschens an der Pumpe im Hof vollzogen, war ich viel zu müde, um die vielen Fragen zu stellen, die mir noch durch den Kopf gingen.

Mrs. Digweed sah mich lächelnd an, als wir das Haus betraten, und fragte dann besorgt: »Nun, wie war's?«

Ich war zu erschöpft, um ihr zu antworten, und nickte nur mit dem Kopf und versuchte, mir ein Lächeln abzuringen.

»Hat sich prima gehalten, der Junge«, sagte Mr. Digweed.

Stolz über dieses Lob, kletterte ich nach oben und legte mich neben den schlafenden Joey. Und Sekunden später war auch ich fest eingeschlafen.

Am nächsten Tag konnte ich Mr. Digwed dazu bewegen, mir bei einem späten Frühstück etwas von seiner Arbeit zu erzählen, und ich fand ihn redseliger, als ich ihn je zuvor erlebt hatte.

»Kaum einer weiß, daß es da unten fast zweihundert Meilen Haupttunnels gibt«, schwärmte er, »und beinahe ebenso viele Abflüsse in die Themse. Und dann sind da noch einmal tausendfünfhundert Meilen Bezirkskanäle und private Tunnels, in die man reingehen kann. Ein paar – die zwei Fuß breiten – können allerdings ganz schön unbequem sein, wenn man durchkriechen will.«

»Und was ist mit dem Gestank?« fragte ich.

»Ach, den merkt man kaum. Es gibt sogar welche, die behaupten, er sei gesund, weil die Schlammsucher fast immer ziemlich alt werden. Es gibt da allerdings ein paar Dinge, die sind nicht so besonders angenehm, zum Beispiel die Bluttunnels unterm Newport Market und dem Viehmarkt von Smithfield. Dabei sind die noch nicht so schlimm wie die Kochwasserkanäle der Zuckerfabriken, durch die kommt nämlich brühheißer Dampf in die Kanalisation.« Er zog eine Grimasse. »Auf die Seifen- und Talgfabriken muß man auch aufpassen, und bleib von den Bleiwerken fort, wenn du's irgendwie einrichten kannst!«

Er erzählte mir auch von den anderen Gefahren: von herabstürzenden Decken (so hatte sich Joey verletzt), von Böden, die dort einbrachen, wo man einen Kanal über den anderen gebaut hatte, und vom plötzlichen Wasseranstieg bei heftigen Regenfällen.

»Und dann gibt's da noch die Flut«, sagte er, »denn die kann die Tunnels wirklich auf überraschende Weisen anfüllen. Und der Unterschied im Wasserstand ist oft mehr als zwanzig Fuß.«

Ich war fest entschlossen, mich von ihm nicht abschrecken zu lassen. Und so gingen wir am nächsten Tag wieder in die Tunnels – das heißt, eigentlich war es die nächste Nacht. Und während sich Joey in den folgenden drei Wochen langsam erholte, begleitete ich seinen Vater auf all seinen Expeditionen in die Unterwelt.

Als ich nun immer mehr über das Arbeiten in den Kanälen lernte, begann ich mich zu fragen, wie ich jemals auf den Gedanken gekommen war, daß dies eine leichte Art sei, sich seinen Lebensunterhalt zu verdienen. In meiner zweiten Woche sah ich das erste Mal einen unmittelbaren Beweis für die Gefahren, denen wir uns täglich aussetzten. In einem sanft abfallenden Nebentunnel irgendwo unterhalb von Blackfriars entdeckten wir ein großes Etwas, das sich deutlich von einer Schlickablagerung abhob.

Mein Gefährte verzog das Gesicht: »Schätze, der ist hinüber, wie man bei der Armee sagt.«

Als wir nahe genug heran waren, fischte er mit dem Rechen nach dem dunklen Schemen. Es war tatsächlich die Leiche eines Mannes.

»Armer Teufel«, sagte Mr. Digweed. »Ich will nachsehen, ob ich sein Gesicht kenn – falls er noch eins hat.«

Es gelang ihm, die Leiche umzudrehen und ihr mit der Laterne ins bleiche Antlitz zu leuchten: »Nein«, sagte er, »ist keiner von uns.«

»Wollen wir ihn einfach hier liegenlassen?« fragte ich.

»Wir haben keine Wahl. Einen nach oben zu bringen ist eine ziemlich mühselige Angelegenheit. Und wir machen das nur für jemanden aus unserer Gilde. Manche nehmen, was zu holen ist, und ziehen ihnen sogar noch die Kluft aus, aber ich mach so was nicht.«

»Was passiert mit ihm?«

»Dieser Tunnel führt in einen Abflußkanal, der kein Gitter vor der Schleuse hat, also treibt er zur Themse hinunter – zumindest das, was die Ratten von ihm übriglassen.« Ich spürte, wie sich mir bei diesen Worten der Magen umdrehte, doch ohne auf mich zu achten, fuhr Mr. Digweed fort: »Dann wird ihn wahrscheinlich einer von den Flußläufern finden. Und was der bei ihm findet, das gehört dem auch, weshalb man ihn erst recht nicht ausnehmen sollte, denn damit bringt man einen anderen um seine Arbeit.«

»Was glauben Sie, wie der hierhergekommen ist?«

»Vielleicht hat er sich nach unten getraut, ohne jemanden bei sich zu haben, der sich auskennt. Oder er ist einfach reingefallen. Er kann natürlich auch abgemurkst und in einen Schacht geworfen worden sein. Da gibt's viele Möglichkeiten.«

Isbisters Drohung, mich in den Fleet-Graben zu werfen, fiel mir wieder ein, und ich fragte: »Kommt so etwas öfter vor?«

»Hin und wieder«, antwortete er. »Erwachsene nicht so häufig, aber 'ne Menge Bälger.«

Auf dem Weg zurück nach oben kamen wir durch einen Tunnel, in dem alle paar Schritte über unseren Köpfen ein Rost zu sehen war, durch den fahles Licht nach unten fiel. Ich meinte, auch Geräusche von Pferden und Wagen zu hören, tat diesen Gedanken aber mit der Erklärung ab, daß das Rauschen des Wassers mir wohl einen Streich spielte, bis ich schließlich begriff, daß es sich um die Gullygitter entlang einer Straße handelte und daß ich tatsächlich den Verkehr hören und hin und wieder sogar einen Fußgänger sehen konnte. Wie seltsam war es doch, sich hier unten, nur wenige Schritte von der alltäglichen Welt enfernt, in der Dunkelheit und dem Gestank einer gefährlichen Unterwelt zu bewegen!

In diesem Augenblick hörte ich einen eigenartigen Laut: ein dumpfes, aber rhythmisches Dröhnen.

»Ein Gewitter«, erklärte mir mein Gefährte. »Zum Glück sind wir fast oben.«

Rasch eilten wir zum nächsten Ausstieg, und sobald wir das Tunnelnetz verlassen hatten, erklärte mir Mr. Digweed, daß die Glockenklöpper (so nannten sie die Männer, die von der Stadt angestellt wurden, um die Gossen zu reinigen) die eisernen Deckel der Einstiegsschächte aufhoben und wieder fallen ließen, um ihre Kollegen zu warnen, die vielleicht noch in den Tunnels waren.

Mr. Digweed hatte mir bereits erzählt, daß zwischen den Schlammsuchern und den Glockenklöppern ein etwas angespanntes Verhältnis herrschte, da diese städtischen Bediensteten uns für Eindringlinge hielten, die auf ihrem Gebiet wilderten. Dabei wagten wir uns in Tunnels vor, in die sie sich nie hineintrauten, weil sie ihnen zu gefährlich waren. Und er hatte mich auch schon davor gewarnt, daß sie uns möglicherweise angreifen würden, sollten wir ihnen einmal im Tunnelnetz begegnen. Umgekehrt hielten die Schlammsucher alle fest zusammen, und die erfahrensten von ihnen wachten eifersüchtig darüber, wer in ihre Gilde aufgenommen wurde.

Einige Tage später erhielt ich einen Beweis für diese Kameradschaft, als wir durch einen Tunnel gingen und in einem langgestreckten Abschnitt plötzlich Lichter auf uns zukommen sahen. Wir waren nicht mehr weit von ihnen entfernt, da beruhigte mich Mr. Digweed und meinte, es sei eine

Gruppe von Schlammsuchern. Wir blieben stehen und begrüßten uns.

»Unter der Fetter Lane auf der Seite von der Fleet Street herrscht Schlagwetter«, warnte uns einer aus der Gruppe.

»Wie ist die Decke unter der Chancery Lane?« fragte Mr. Digweed.

»Weiß nich. War schon seit ein paar Wochen nich mehr in der Gegend. Halt mich da raus, seit die Sache mit Jem passiert ist.«

Wir setzten unseren Weg fort.

In diesen Wochen lernte ich, daß das Geheimnis der erfolgreichen Schlammsucher darin bestand, in den vielversprechenden oberen Tunnels so weite Entfernungen wie nur irgend möglich zurückzulegen, um dann in die unteren Kanäle vorzudringen, wenn der Wasserstand dies erlaubte, und dort so lange zu bleiben, wie die Vorsicht es zuließ. Denn die ganze Kunst lag darin, stets zu wissen, wann man sich gefahrlos in die verschiedenen Ebenen des Tunnelsystems wagen und wie lange man dort vernünftigerweise bleiben konnte, sowie ein Gespür dafür zu entwickeln, welche Tunnels am einträglichsten waren, was von einer ganzen Reihe von Faktoren abhing, etwa dem Wetter der letzten Tage, der Flut und der jeweiligen Jahreszeit. Zudem spielte auch die Rivalität eine gewisse Rolle, da man es darauf anlegte, die besten Strecken vor den anderen zu erreichen, doch herrschte generell unter den Schlammsuchern ein Geist gegenseitiger Hilfsbereitschaft. Nur Eindringlingen wurde keine Unterstützung gewährt, und da es ohne entsprechende Erfahrung hier unten so außerordentlich gefährlich war, wurde das Handwerk zumeist auch vom Vater an den Sohn weitergegeben, und dies oft schon seit vielen Generationen. Mr. Digweed erklärte mir, daß er von einem alten Mann namens Bart in die Schule genommen worden sei, dem er einstmals vor vielen Jahren einen Gefallen getan hatte. Von ihm hatte er gelernt, wie man den Boden rasch und so gründlich wie möglich sichtet, ihm verdankte er seine Kenntnisse über das Tunnelsystem und die Fähigkeit, jede Veränderung darin zu »lesen«, von der nicht nur die Ausbeute, sondern oft auch das Überleben abhing, denn die Kanäle konnten, wie ich selbst bereits erfahren hatte, unberechenbar und gefährlich sein wie das Meer.

So stolz er auch auf sein Wissen war, so häufig beklagte er sich allerdings auch darüber – besonders wenn er gerade aus dem Wirtshaus zurückkehrte –, daß die Arbeit an den Ufern für einen gelernten Handwerker vertane Zeit sei.

Als sich nach ungefähr drei Wochen abzeichnete, daß Joey so gut wie genesen war, fragte ich mich, ob sein Vater mich auch weiterhin mitnehmen würde. Mir war der Gedanke ein Graus, dieser Arbeit auf unbegrenzte Zeit nachzugehen, doch ich wußte auch keinen anderen Weg, mir meinen Lebensunterhalt zu verdienen, da ich weder besonders gebildet war noch eine Möglichkeit sah, ohne Geld und ohne Freunde in einem Beruf Fuß zu fassen, der sich für einen Gentleman geziemte. Doch bald, überlegte ich, würde sich – sei es nun zum Guten oder zum Schlechten – wohl zeigen, wer die Digweeds bezahlte, um mich zu befreien und zu pflegen, und bis dahin wollte ich mich mit dieser Arbeit als vorübergehendem Notbehelf zufriedengeben. Außerdem hatte die Tätigkeit auch ihre faszinierenden Seiten, denn sosehr mich der Dreck und die erniedrigende Arbeit abstießen, so seltsam anziehend fand ich die Vorstellung, im Untergrund zu arbeiten, meine Zeit den rätselhaften Schwankungen der Flut anzupassen, oftmals in der Nacht unterwegs zu sein, am Tag aber zu schlafen und in den Schlupfwinkeln der Ärmsten und Elendsten zu Hause zu sein. In dieser verschwiegenen Unterwelt fühlte ich mich sogar vor meinen Feinden sicher, und für mich selbst zu sorgen und aus eigener Kraft zu überleben war eine Genugtuung für mich, die mir vielleicht mehr als jedes andere Gefühl bedeutete, obwohl mir das zu jener Zeit nur sehr undeutlich bewußt war.

Mitte Mai verkündete Joey eines Abends, daß er sich gut genug fühle, am nächsten Tag wieder in die Kanäle zu gehen, und sein Vater willigte ein, obwohl Mrs. Digweed ihm heftig widersprach.

»Heißt das, ihr braucht mich nicht mehr?« fragte ich.

»Warum? Willst du nicht mehr?« fragte Mr. Digweed.

Ich zögerte einen Augenblick lang, und Joey meinte: »Ist wohl nicht fein genug für dich, wie?«

»Jetzt halt deine Zunge in Zaum!« herrschte ihn seine Mutter an.

»Einstweilen«, sagte ich, »würde ich gern mitkommen.«

Mr. Digweed nickte zustimmend: »Zu dritt ist es viel sicherer als zu zweit.«

»Es ist aber doch«, sagte Mrs. Digweed bedächtig, »für jemanden wie dich nicht ganz in Ordnung, sich so sein Brot zu verdienen.«

Joey sah mich mit einem schiefen Lachen an, in dem ich all seine Verachtung zu erkennen glaubte.

»Wie halten wir's mit dem Geld?« fragte ich.

Mr. Digweed sah zu seiner Frau hinüber. »Ich hab mir das folgendermaßen gedacht«, sagte er. »Sagen wir, wir teilen unseren Verdienst in fünf gleiche Teile. Du und Joey, ihr bekommt jeder einen Teil, und ich behalt den Rest. Für Kost und Logis zahlst du uns noch acht Shilling, die Wäsche inbegriffen.«

Diese Bedingungen erschienen mir so großzügig, daß sie praktisch einem offenen Eingeständnis gleichkamen, daß die Digweeds von dritter Seite Geld für mich erhielten. Ich blickte Joey an und spürte beinahe, wie sehr es ihn verstimmte, daß ich auf eine Stufe mit ihm gestellt wurde.

Das war also abgemacht. Von nun an verlief mein Leben in geregelten, wenn auch seltsamen Bahnen. Und doch, wie oft ich auch hinunter zu den Schlammbänken ging, nie verlor ich diese Angst, die ich bei jenem ersten Mal empfunden hatte. Daher war es um so verwunderlicher, daß ich mich, auch angesichts all der Risiken, die diese Art zu leben mit sich brachte, irgendwie sicher und geborgen fühlte. Wenigstens war ich kein Spielball des Zufalls, kein unwissendes Opfer einer Verschwörung mehr, denn ich hatte den tiefsten Punkt menschlichen Daseins erreicht und gelernt, daß ich hier, ohne mich erniedrigen und in den Straßen betteln zu müssen, durch eine Tätigkeit überleben konnte, die Mut, Geschicklichkeit und Ausdauer verlangte.

Da Mr. Digweed Rechen und Kelle geschickt zu handhaben wußte und wir mit meiner Hilfe und der Unterstützung des erfahreneren Joey weite

Strecken absuchen konnten, verdienten wir vergleichsweise gut, und mein Anteil belief sich nach Abzug der acht Shilling gewöhnlich noch auf zwei oder drei Shilling die Woche. Ich versuchte, so viel zusammenzusparen, wie ich mir von Sukey geliehen hatte, doch ich bekam nie die ganze Summe zusammen, und da ich ihr keinen Teilbetrag schicken wollte, schob ich meinen Brief an sie immer wieder auf.

Mit der Zeit begann ich auch zu verstehen, warum Mr. Digweed so häufig zum nahen Wirtshaus ging.

»Man muß den Dreck runterspülen«, erklärte er. »Ist einfach trockene Arbeit da unten, knochentrockene Arbeit.«

Ich fand zwar, daß es dort bemerkenswert feucht war, aber ich konnte verstehen, daß Mr. Digweed nach der Dunkelheit und der Enge in den Tunnels die hellen Lichter und die Geselligkeit im »Pig and Whistle« brauchte. Da Mrs. Digweed ebenfalls fand, daß die tägliche Wascharbeit sie »schrecklich ausdörre«, und auch sie daher häufig das Wirtshaus aufsuchen mußte, gaben die beiden das wenige Geld, das ihnen in der Woche übrigblieb, für Bier und Gin aus, und mir kam es oft so vor, als müßten beide nur deshalb so hart arbeiten. Obwohl sie mich immer wieder aufforderten, doch mitzukommen, willigte ich anfangs nur selten ein.

Als ich schließlich mitging, merkte ich, daß Mr. Digweed auch berufliche Gründe für seine häufigen Wirtshausbesuche hatte, denn das »Pig and Whistle« in der Petticoat Lane war der Treffpunkt für die Gilde der Schlammsucher. Hier tauschten sie Informationen über die Zustände der Tunnels aus, und hier unterhielten sie eine Art Notkasse, zu der alle etwas beisteuerten für den Fall, daß einer von ihnen einmal krank wurde oder einen Unfall hatte.

Joey begleitete seine Eltern oft ins Wirtshaus, verbrachte aber die meiste Zeit mit einer Bande von Jungen, die nach Holz- und Eisenabfällen suchten, um sie an die Lumpenhändler zu verkaufen. Er stellte wiederholt Dummheiten an, und seine Eltern sorgten sich, daß er wieder auf die schiefe Bahn geraten könne. Joey gab viel Geld für neue Kleider und für Tabak aus, da er sich vor kurzem eine Pfeife zugelegt hatte. Sein Verhalten mir gegenüber änderte sich in all dieser Zeit wenig: Er blieb zurückhaltend, beinahe feindselig, auch wenn wir unter Tage sehr gut zusammenarbeiteten. Einmal lud er mich ein, mit ihm und den anderen Jungen gemeinsam »auf den Putz zu hauen«, aber ich lehnte das Angebot ab, da ich es für wichtiger hielt, zwischen ihm und mir eine gewisse Distanz zu bewahren.

Es war so leicht, diesen Verlockungen nachzugeben und sich dann allmählich dem Alltag dieser freundlichen, geselligen Leute anzupassen, die für den Augenblick lebten und nur wenige Gedanken an die Zukunft verschwendeten. Mein Schicksal war jedoch von dem ihren sehr verschieden, so wie auch meine Herkunft von der ihrigen verschieden war. Ich mußte oft daran denken, daß ich, sollte es denn stimmen, was Mr. Nolloth mir von dem Testament des Jeoffrey Huffam erzählt hatte, mit allem moralischen Fug und Recht Anspruch auf einen großen Reichtum erheben konnte.

Dabei kroch ich nun hier im Dreck herum, suchte nach Kupfermünzen und war doch eigentlich Herr einer der größten Liegenschaften Englands.

Wenn ich mich mit solchen und ähnlichen Gedanken in einen wahren Rausch hineingesteigert hatte, bereitete es mir ein seltsames Behagen, Einwände vorzubringen und mir selbst darzulegen, daß ich keinen Beweis für das Vorhandenseins dieses Testaments hatte und auch keine Hoffnung hegen konnte, jemals mein Recht zu bekommen – es sei denn, das Dokument wurde wieder aufgefunden. Diese Einwürfe schienen meine Tagträume um so glaubwürdiger zu machen, doch wenn ich es zu weit trieb, wenn ich begriff, wie unwahrscheinlich es war, daß dieses Testament je wieder auftauchte – falls es überhaupt noch existierte oder jemals existiert hatte –, dann fühlte ich mich sehr niedergeschlagen, und meine leuchtenden Phantasiebilder fielen wieder in sich zusammen.

Außerdem würde mich jeder Versuch, den ich in dieser Hinsicht unternahm, den Gefahren aussetzen, die mir von Seiten der Clothiers drohten, und sosehr ich auch versucht war, dem Wahlspruch meiner Vorfahren zu folgen und Sicherheit in der Konfrontation mit der Gefahr zu suchen, so spürte ich doch stärker die Wohltat des Vergessens und der Anonymität, die ich nun endlich gefunden hatte.

Meine Wunschträume waren keineswegs nur aus egoistischer Sehnsucht nach Reichtum geboren, so redete ich mir ein, denn da ich nicht vergessen hatte, was die Clothiers und die Mompessons ihren Widersachern angetan hatten, war ich besessen von dem Verlangen nach Gerechtigkeit. Gerechtigkeit würde sie beschämen, und Demut würde sie lehren zu bedauern, wenn nicht gar zu bereuen, was sie mir und den Meinen angetan hatten.

Getrieben vom bitteren Vergnügen, die Mompessons dabei zu beobachten, wie sie sich des unverdienten Reichtums erfreuten, lief ich nachts manchmal in die Brook Street und ging vor ihrem Haus auf und ab. Beobachtete ich dabei insgeheim diejenigen, die heimlich für mich sorgten? fragte ich mich. Mehrmals sah ich Sir Perceval und Lady Mompesson in ihrer Kutsche ankommen oder fortfahren, und einmal konnte ich einen Blick auf eine junge Dame erhaschen, die vielleicht Henrietta war.

Der Anblick dieser unrechtmäßigen Besitzer meines Eigentums scheuchte mich zurück zu meinen Büchern. Wenn ich das Gut jemals wiedergewinnen wollte, dann mußte ich noch sehr viel mehr über Recht und Gesetz wissen. Und so verbrachte ich viele Stunden des Tages über den Büchern, obwohl ich von unseren Ausflügen in den Untergrund immer sehr erschöpft zurückkehrte. Ich war froh, daß die Digweeds sich so häufig außer Haus aufhielten, so daß ich die kleine Kate nicht selten für mich allein hatte. Die Armen lebten, so lernte ich, nur selten allein, und die Digweeds verstanden meinen Wunsch nach Abgeschiedenheit auch überhaupt nicht. Doch wenn ich einsam vor dem Feuer saß, ein offenes Buch auf den Knien, mußte ich oft an meine Mutter denken und an jene glücklichen Tage in Melthorpe.

In der Maiden Lane in Covent Garden gab es einen Bücherladen, mit dessen Händler, einem interessanten und geistreichen Mann, ich mich anfreundete. Er war damit einverstanden, daß ich mir für eine geringe Summe und gegen ein Pfand, das ich für jedes ausgeliehene Buch hinterlegen mußte, aus seinem Bestand mit nach Hause nahm, was immer mein Herz begehrte. Ich las vor allem juristische Werke, aber auch den einen oder anderen Band von

»The Spectator«, »The Tatler« oder »The Rambler« sowie die englischen Klassiker: Shakespeare, Milton und Hobbes. Ich las »Rasselas«, »Der Pfarrer von Wakefield« und Goldsmiths »Geschichte Griechenlands und Roms«, gelegentlich aber auch leichtere Lektüre wie »Das Schloß von Otranto«, »Der Mönch« und »Peregrine Pickle«. Diese Bücher bedeuteten für mich Ablenkung von meinen Rechtsstudien, und allmählich spürte ich, daß ich mir jenes Wissen aneignete, mit dem ich mir nicht nur mein Recht verschaffen, sondern auch guten Gebrauch von ihm machen konnte.

Obwohl ich nur wenig Zeit gemeinsam mit den Digweeds verbrachte, beobachtete und belauschte ich sie doch unablässig, um vielleicht Aufschluß darüber zu bekommen, wer ihnen die Anweisungen gab, wie mit mir zu verfahren sei. Aber ich bekam nichts heraus. Ihr Schweigen war jedoch beredt, denn ich fand es sehr verwunderlich, daß sie Sally niemals erwähnten.

Als aus den Monaten ein Jahr geworden war, sah ich allmählich ein, wie vergeblich meine Hoffnung war, jemals das Gut Hougham zurückzugewinnen. Wahrscheinlich hatte es dieses Testament nie gegeben, denn die Hinweise für seine Existenz waren nur indirekt und sehr spärlich. Vielleicht hatte Mr. Nolloth ungenau wiedergegeben oder falsch verstanden, was Peter Clothier ihm erzählt hatte, oder der Verblichene hatte ungenau weitergegeben, was mein Großvater ihm anvertraut hatte. Und als daher ein zweites Jahr verging, verstaubten meine Gesetzestexte allmählich in der oberen Kammer, die ich noch immer mit Joey teilte. Ich hungerte zwar noch immer nach Gerechtigkeit und erlaubte mir manchmal auch noch den Traum von großem Reichtum, doch ich sah nun ein, daß der Prozeß nur ein Irrlicht war, das meine Gedanken in jene gefährliche Phantasiewelt zu entführen drohte, in der sich schon mein Großvater verloren hatte.

Ich versuchte, mir einzureden, daß es besser sei, die Unabänderlichkeit meiner Lage und meiner trostlosen Zukunft zu akzeptieren, statt mich leeren Träumen hinzugeben. Aber ich konnte den Gedanken nicht ertragen, daß dies von nun an mein ganzes Leben sein sollte: auf den tiefsten Grund hinabgesunken zu sein und dort zu verharren. Und doch, was war ich schon wert? Der Wert eines Menschen, so hatte Mr. Pentecost gesagt, sei der Preis, den er auf dem Markt erzielt, und mein Wert auf diesem Markt war gleich Null. Mit der Zeit wurde ich daher immer verzweifelter und ruheloser, je leerer und bedrückender sich mein Leben vor mir auszudehnen schien. Haß und Wut brannten in mir, und das kleine Haus kam mir wie ein Gefängnis vor. Nun ging ich fast jede Nacht mit den Digweeds ins »Pig and Whistle« und genoß die hellen Lichter und den Lärm als wohltuenden Gegensatz zur Einsamkeit und Dunkelheit der Tunnels. Allmählich lernte ich auch die Freiheiten und kleinen Fluchten schätzen, die mir der Alkohol bot, und beschämt muß ich eingestehen, daß ich öfter als einmal mit den anderen zurück nach Hause torkelte. Ich war mir nicht sicher, ob ich die Erinnerung an die Vergangenheit oder die Gedanken an die Zukunft verdrängen wollte. Doch was es auch war, ich suchte Vergessen, jenen Tod, der die andere Seite von meinem Leben in den Tunnels war.

III. BUCH

Großväter

86. KAPITEL

Mitte Mai, etwas mehr als zwei Jahre nach jenem Tag, an dem die Digweeds mich aus Dr. Alabasters Anstalt befreit hatten, saß ich eines Abends im unteren Zimmer und las. Ich hatte noch immer nichts von jener Person gehört, die offenbar dafür zahlte, daß man sich um mich kümmerte, und daher begann ich, ernsthaft an meiner Vermutung zu zweifeln. An diesem Abend hatte ich das Haus für mich allein, da Joey ausgegangen war und Mr. und Mrs. Digweed wie so oft im Wirtshaus saßen, wohin ich sie ausnahmsweise nicht begleitet hatte.

Plötzlich wurde die Haustür aufgestoßen, und ich hörte Joey mit jemandem sprechen, dann vernahm ich eine Frauenstimme, die ihm antwortete. Joey kam herein und tat sehr geheimnisvoll.

Hinter ihm stand eine junge Dame – jedenfalls hielt ich sie dafür. Sie war adrett angezogen, trug ein schönes scharlachrotes Seidenkleid und einen Hut mit Pfauenfeder. Die Frau sah schlank und hübsch aus, hatte kalte blaue Augen und eine edle Nase. Ihr goldenes Haar fiel ihr in offenen Ringellokken auf die Schultern, und auf ihren Wangen trug sie nur einen Hauch Rouge. Sie hielt einen eleganten Schirm in der Hand und schien eigenartig fehl am Platz in dieser schäbigen kleinen Kammer, die nun von ihrem exotischen Parfüm durchzogen wurde.

Überrascht bemerkte ich, daß sie mich ansah, als würde sie mich kennen.

»Du liebe Güte!« rief sie. »Bist du gewachsen!«

Joey beobachtete mich neugierig.

Dann erkannte ich sie: »Nicht möglich – Sally!«

»Ich hab mich schon gefragt, ob du dich noch an mich erinnerst«, sagte sie. »Ich hätte dich nicht wiedererkannt, wenn wir uns auf der Straße begegnet wären.«

Ich sah zu Joey hinüber. »Sie ist deine Schwester, nicht wahr?«

Überrascht nickte er.

»Und wie seid ihr mit Barney verwandt?« fragte ich.

Sally wollte gerade etwas sagen, doch Joey warf rasch ein: »Das sollen dir die Alten erzählen, wenn ihnen danach ist. Sie dürfen aber nie erfahren, daß Sally hier war.«

»Sie meinen, ich hab' einen schlechten Einfluß auf Joey«, sagte sie mit einem nicht sonderlich überzeugenden Lachen.

»Sie sind im Wirtshaus«, sagte ich.

»Das hat Joey gewußt. Ich wollte nämlich allein mit dir reden.«

»Mit mir?«

»Ja. Es geht um die Nacht, in der du aus dem Kadaver fort bist, weißt du noch? Als Barney einen Jungen gebraucht hat, du aber bei uns nicht mitmachen wolltest und ich dann los bin, um Joey zu holen?«

Ich nickte. »Was wollten sie von dir?« fragte ich ihren Bruder. »Was hatten sie vor?«

»Ich weiß es nicht genau«, antwortete Joey. »Irgendeine krumme Sache lief da, aber ich hab kaum was davon mitgekriegt, weil ich draußen warten und auf die Kutsche aufpassen mußte. Sie wollten einen Pagen, damit man sie für was Besseres hielt. Aber Sally kennt die ganze Geschichte.«

»Also gut, ich erzähl's dir«, sagte seine Schwester. »Jetzt kann's ja nichts mehr schaden, und du weißt dann wenigstens, daß ich es ehrlich mit dir meine. Also, das war so: Barney und wir Mädchen, ich und Nan und Maggie und noch ein paar andere, wir sind schon monatelang vorher immer ins Westend gefahren, und die Männer haben so getan, als wären sie reiche Wirtsleute und wir ihre Freundinnen. Jedenfalls haben sie einige Gentlemen kennengelernt, die mächtig viel Moos hatten. Und dann sind wir mit denen in die ›Hölle‹ gegangen.«

»In die Hölle?« fragte ich.

»Mein Gott, bist du aber grün hinter den Ohren! Eine Spielhölle! Und die, die ich mein, die liegt in der Henrietta Street. Richtig anständig da. So ein Laden ist natürlich ungesetzlich, das mußt du schon wissen, wenn du meine Geschichte verstehen willst. Da stehen Männer an der Tür, die lassen dich nur rein, wenn sie dich kennen, damit kein Spitzel reinkommt. Und sie tasten dich auch nach Waffen ab.«

»Faß dich kurz, Sally!« drängte Joey.

»Na ja, Barney und die anderen kannten die Leute schon lange, denen der Laden gehört. Sie haben sogar schon als Schlepper für sie gearbeitet – die Gimpel ranholen und sie glauben lassen, daß sie 'ne Menge Geld gewinnen können und so. Dann hat Barney dafür gesorgt, daß Sam den Posten von so 'nem Türsteher bekommt. Aber die Leute von der ›Hölle‹ haben davon natürlich nichts gewußt. Diese Gimpel also, von denen ich dir grad erzählt hab, die haben da so viel Zaster verloren, daß die Leute aus dem Laden Barney und dem Rest von unserer Bande völlig vertraut haben. Und in der Nacht damals sollten die Kunden dann haufenweise Moos mitbringen, weil Barney den Croupier geschmiert hätte – das haben wir denen jedenfalls erzählt –, um das Spiel ein bißchen zu ihren Gunsten laufen zu lassen. War natürlich ein Märchen. Jedenfalls wurden alle an der Tür durchsucht, so wie sonst auch. Aber Sam ließ Jack rein, und Jack tat so, als wär er ein Kunde, dabei schmuggelte er ein Paar Pistolen im Gürtel mit hinein. Plötzlich ziehen Sam und er die Pistolen und halten alle in Schach. Barney und der Rest der Bande, wir tun so, als hätten wir genausoviel Angst wie die anderen auch, und wir sagen noch, daß es besser ist, alles Geld abzugeben. Es war wirklich lustig, wie Barney seine Rolle gespielt hat. Er war einfach umwerfend. Nachdem Sam und Jack dann das ganze Geld und alle Juwelen eingesackt hatten, sind sie auf und davon.«

Sally und Joey lachten schadenfroh bei der Erinnerung an das Geschehene, doch mir fiel ein, wie betroffen Sally an jenem Abend ausgesehen hatte, als Jack beschrieb, wie er Sam erschossen hatte, und so fragte ich sie: »Und die ganze Zeit über hatte Sam vorgehabt, euch was vorzuspielen und Jack abzuknallen.«

Sally zuckte zusammen und sagte: »Das weißt du also auch?«

»Ich hab euch von oben durch die Decke beobachtet, als Jack zurückkam.« Dann fügte ich noch vorsichtig hinzu: »Aber es stimmt nicht, was er gesagt hat, nicht wahr?«

Sie errötete. »Was meinst du damit?« stammelte sie.

Joey betrachtete uns verwirrt.

»Es war doch Jack, der euch alle reingelegt hat, oder?«

Sie biß sich auf die Unterlippe und sagte nichts.

»Siehst du«, sagte ich. »Ich weiß nämlich so einiges über Jack. Über ihn und den Katzenfuttermann.«

Sie sah mich erschreckt an und rief: »Hat er's dir erzählt?«

»Dann weißt du also doch Bescheid«, sagte ich.

»Ich weiß überhaupt nichts!« rief sie.

»Dann werde ich es dir erzählen«, sagte ich. »Es hat alles schon vor langer Zeit angefangen, aber ich glaube, ich weiß jetzt, wie es zusammengehört.«

Ich erinnerte sie an das, was Barney den anderen in jener Nacht nach jener »Schose« erzählt hatte, daß nämlich Sam schon seit langem Pulvertafts Spitzel war und daß er, Barney, und Jack nur so getan hätten, als würden sie glauben, daß Nan für Pulvertaft arbeite, damit Sam nicht auf die Idee kam, man habe ihn entdeckt. All das, was Barney gesagt hatte, sei, so gab ich ihr zu verstehen, richtig gewesen – bis auf eine entscheidende Ausnahme: »Denn siehst du, es war gar nicht Sam, der Barney damals im Sommer 1817 verpfiffen hatte, als er aus der Stadt verschwinden und nach Norden gehen mußte. Es war Jack, nicht wahr?«

»Ich weiß nicht«, sagte sie nervös.

»Und als Barney gegen Ende des Sommers nach London zurückkam, hat ihn einer angeschwärzt und hinter Gitter gebracht. Und das war auch Jack. War's nicht so?«

»Woher willst du das wissen?« fragte sie.

»Dann haben Jack und Blueskin, den du unter dem Namen Latte gekannt hast, ohne daß Barney etwas davon wußte, mit Pulvertaft zusammengearbeitet, um Isbister aus dem Geschäft zu verdrängen«, fuhr ich erbarmungslos fort, während sie mich verblüfft anstarrte. »Vor genau vier Jahren hat Blueskin ihn dann in eine Falle auf einem Friedhof in Southwark gelockt, und in dieser Nacht wurde Jem umgebracht. Ich weiß sicher, daß Jack bei dieser Sache mitgemacht hat.«

»Wie kannst du so etwas behaupten?« rief sie.
Ich antwortete gelassen: »Weil ich ihn dort gesehen habe.«
Sie rang keuchend nach Atem und wurde blaß.
»Blueskin hat sich mit Pulvertaft zusammengetan«, fuhr ich fort, »und nach dieser Nacht hatten die beiden den Markt so ziemlich für sich allein und konnten den Preis für ... für das, was sie verkauften, selbst festsetzen. Ich nehm an, daß Jack seinen Anteil davon bekam. Und ich möchte wetten, daß er eine wichtige Rolle bei der Verschwörung gegen Blueskin gespielt hat, als der von Pulvertaft verpfiffen wurde und deswegen hinter schwedische Gardinen kam.«
Joey hatte uns mit offenem Mund zugehört: »Sag ihm, daß das nicht stimmt, Sal!« rief er nun. »Jack ist kein Schuft!«
»Und das Schlimmste ist«, setzte ich noch hinzu, »daß er Sam umgebracht hat, um ihm die Schuld zuschieben zu können.«
Sally hatte panische Angst: »Jack und Barney arbeiten immer noch zusammen, sie hausen jetzt in der Thrawl Street, und wenn Barney hört, was du mir gerade erzählt hast, dann macht er ihn kalt. Manchmal wünsch ich mir das richtig. Nur würde Jack mich dann zuerst dran glauben lassen. Er hat mir mal erzählt – da war er besoffen, sonst hätt er's wohl nicht getan –, wie er die ganze Sache zusammen mit Pulvertaft ausbaldowert hat. Seitdem sieht er mich so seltsam an, das gefällt mir überhaupt nicht. Und er sieht mich immer öfter so an. Deswegen bin ich jetzt auch weg von ihm. Ich will auch nicht wieder zurück. Weißt du, ich wußte sofort, daß die Sache mit Sam erlogen war, weil ich nämlich versprechen mußte, Barney zu sagen, daß ich Sam gesehen hätte, wie der bei einem Glatzkopf mit Holzbein stand. Damals hab ich mir nichts Böses dabei gedacht. Aber auf diese Weise hat Jack Barney davon überzeugt, daß Sam für Blueskin und Pulvertaft als Spitzel arbeitet. Mir dämmerte erst, was er vorhatte, als Jack damals in der Nacht zurückkam und erzählte, daß er Sam umgebracht hat.«
»Das glaube ich dir«, sagte ich. »Ich hab dich nämlich durch die Decke beobachtet und gemerkt, wie fassungslos du warst.«
Sie sah mich einen Augenblick lang neugierig an, dann räusperte sie sich und sagte: »Dabei fällt mir ein: Ich hab dir was mitgebracht.«
»Mir?« fragte ich überrascht. Wie konnte sie das, was ich ihr von jener Nacht erzählt hatte, an etwas erinnern, das mit mir zu tun hatte?
Im gleichen Moment hörten wir Schritte näher kommen.
»Ich hab dir doch gesagt, du hättest längst gehen sollen!« warf Joey ihr vor.
Doch Sally sah eher furchtlos und nicht sonderlich bestürzt aus, fiel mir auf, und ich fragte mich, ob sie es nicht darauf angelegt hatte, von ihren Eltern überrascht zu werden.
Als sie hereinkamen, blieben sie beim Anblick dieser fremden Dame vor Überraschung wie erstarrt stehen. Die vier Familienmitglieder starrten sich eine Weile schweigend an.
Dann ging Mr. Digweed auf Sally zu, streckte ihr etwas hilflos seine Hand hin und sagte: »Entschuldigen Sie, Fräulein, wir haben nicht ...«
»Vater, ich bin's doch, Sally!«

Mr. Digweed blieb verblüfft stehen. Doch dann schien er auf Sally zugehen zu wollen.

»George!« rief seine Frau, und wieder blieb er stehen. Die Eltern sahen sich einige Sekunden lang an, und dann fragte Mrs. Digweed gespannt: »Hast du damit aufgehört?« Sie tat einen Schritt zurück: »Ach was! Ich brauch dich ja nur anzusehen. Und wie du stinkst. Pah! Schlimmer als 'ne Gossenkatze.«

»Wie soll ich denn damit aufhören?« erwiderte Sally ungehalten. »Was soll ich denn sonst tun?«

»Ich könnte dir eine Arbeit besorgen, vernünftige, ehrliche Arbeit.«

»Was denn?«

»Du könntest mit mir zusammen als Wäscherin arbeiten.«

Sally verzog angewidert ihr Gesicht. »Du meinst, vorm Morgengrauen aufstehen, bis in die Nacht arbeiten, mir meine Hände ruinieren und mit den Dienstmädchen und Scheuerfrauen quatschen. Nein danke, da weiß ich was Beßres!«

»Dann geh jetzt, Sally!« sagte ihre Mutter. »Und laß dich hier nicht wieder blicken, nie mehr!«

»Warum bist du nur so hart zu mir, Mam? Kannst du mir denn nicht verzeihen?«

»Dir verzeihen?« rief sie aus. Doch dann fuhr sie ein wenig ruhiger fort: »Und Joey hast du zum zweitenmal mit reingezogen!«

»Was hätte ich denn sonst tun sollen?« fragte Sally erregt. »Ihr wart am Verhungern und wolltet kein Geld von mir nehmen. Wär's euch denn lieber gewesen, wenn er krepiert wär?«

»Nein, natürlich nicht!« sagte Mrs. Digweed mit besorgtem Gesicht. »Ach, Sally. Ich versteh das alles nicht. Ich weiß nur, daß es falsch und schändlich ist, was du tust.« Ihre Stimme zitterte, als sie hinzusetzte: »Warum bist du gekommen? Und wie hast du uns hier gefunden?«

Joey mischte sich ein: »Ich hab sie hergebracht. Wir treffen uns manchmal.«

Mrs. Digweed sah ihn vorwurfsvoll an: »Das solltst du doch nicht machen!« Dann schien ihr plötzlich ein neuer Gedanke zu kommen, und erschrocken stieß sie hervor: »Aber dann weiß Barney ja, wo wir sind!«

Also hatte ich recht gehabt! Sie wußte über Barney Bescheid. Mein Mißtrauen war berechtigt.

»Nu mal langsam, altes Haus!« brummte ihr Mann und warf mir einen raschen Blick zu.

Doch seine Frau wandte sich an mich und sagte: »Nein, es wird allmählich Zeit, daß wir dir alles erzählen, Master Johnnie. Vielleicht war es nicht richtig, daß wir es dir nicht gleich gesagt haben, aber wir haben gedacht, daß es so am besten wär. Weißt du, Barney ist Georges Bruder.«

»Das ist er«, sagte Mr. Digweed, »und ich bin bestimmt nicht stolz drauf. Er ist ein durch und durch schlechter Kerl, und das ist er schon immer gewesen, seit er ein kleiner Junge war.«

»Aber es kommt noch schlimmer«, fuhr Mrs. Digweed fort. »Er war es nämlich, der in das Haus deiner Mam eingebrochen hat.«

Endlich hatte sie es mir gesagt! Mrs. Digweed und ihr Gatte sahen dabei so beschämt und schuldbewußt aus, daß ich nicht wußte, was ich nun von ihnen halten sollte. War mein Mißtrauen also doch unberechtigt gewesen?

»Es besteht keine Gefahr, daß Barney uns findet«, sagte Joey. »Wenn ich mit Sal verabredet war, hab ich schon genau aufgepaßt, daß uns keiner gesehen hat.«

»Mag sein«, sagte seine Mutter, »aber diesmal hast du sie auch noch hierhergebracht.«

»Ich werd's ihm schon nicht erzählen«, meinte Sally.

»Aber vielleicht hat er dich bis hierher verfolgen lassen.«

»Warum sollte er das tun?« fragte Sally lächelnd.

Unwillkürlich sah Mrs. Digweed zu mir herüber.

»Ach«, sagte Sally. »Ich weiß schon, daß Barney Master Johnnie sucht. Und ich weiß auch, warum.«

Wir sahen uns alle verwundert an.

»Das erinnert mich daran, weshalb ich eigentlich hier bin«, fuhr Sally fort. »Ich hab ihm was mitgebracht. Dabei bin ich das Risiko extra deinetwegen eingegangen, Mam, weil ich weiß, daß du's gern siehst, wenn er das wieder hat.«

Sie griff in ihren hübschen Retikül und hielt das Tagebuch meiner Mutter in die Höhe. Glücklich riß ich es ihr beinahe aus der Hand und schlug es auf. Das Notizbuch war noch vollständig, wie ich erleichtert feststellte, und ich fand auch meine Abschrift des Kodizills sowie den Brief, oder was es auch immer sein mochte, den mein Großvater geschrieben hatte und den ich damals lesen wollte, als Barney mir die Papiere gestohlen hatte. Sogar der Teil des Stadtplans war noch da, den ich meiner Mutter vor so langer Zeit anvertraut hatte. Der Brief, dachte ich, würde mir heute, nach all dem, was ich von Mr. Nolloth wußte, weit mehr sagen als bei der ersten Lektüre.

»Barney hat mir das gegeben, damit ich's für ihn lese«, erklärte Sally. »Gleich damals, als er dir die Sachen abgenommen hat. Aber ich wollt sie ihm nicht zurückgeben, und da hab ich ihm gesagt, daß sie mir jemand geklaut hat. Er hat mir dafür eine gescheuert.« Sie lachte und sah zu ihrer Mutter hinüber: »Er wollte, daß ich alles für ihn les, damit er weiß, wieviel er dafür verlangen kann, wenn er die Aufzeichnungen verkauft. Und ich weiß auch, an wen er sie verkaufen wollte. An diesen Wortklauber, diesen Advokaten, den er vor Jahren kennengelernt hat, nachdem ich ihm den ersten Brief vorgelesen hab, den er damals gestohlen hatte. Ich bring euch diese Sachen, damit ihr wißt, daß ich nicht alles mach, was Barney von mir verlangt. Ich möchte mich wieder mit euch vertragen. Und bei Barney bin ich auch nicht mehr.«

Also hatte ich doch recht gehabt! Sancious war das Bindeglied zwischen den Digweeds auf der einen und meiner Mutter und mir auf der anderen Seite. Und Barney sorgte dafür, daß die Verbindung zu Sancious erhalten blieb.

»Du hättest die Sachen auch schon vor zwei Jahren zurückbringen können«, sagte ihre Mutter, »und hättest Master Johnnie damit 'ne Menge Kummer erspart.« Dann musterte sie aufmerksam das Gesicht ihrer Tochter:

»Was ist wirklich passiert? Was verschweigst du uns?«

»Nichts! Ich hab euch die Wahrheit erzählt.«

»Du hast dich mit deinem Liebsten verkracht, nicht wahr?«

Sally bekam einen roten Kopf. »Ich möchte zu euch zurück«, sagte sie. »Das ist alles.«

»Warum?«

Sie sah zu Joey und zu mir herüber. »Ich bin krank«, sagte sie sehr leise.

Ihre Mutter schaute sie starr an. »Nein, Sally, da kann ich dir nicht helfen«, sagte sie traurig. »Nicht, wenn du mir nicht versprichst, daß du nie wieder zu Barney zurückgehst und daß du von nun an ehrlich arbeiten wirst.«

»Verlang das nicht von mir, Mam!« sagte Sally. »Ich kann dir das nicht versprechen.«

»Was soll denn aus dir werden? Du weißt doch, was mit Mädchen wie dir geschieht, wenn sie erst mal zu alt sind.«

»Ach, bis dahin ist's noch lang hin. Daran kann ich immer noch denken, wenn's soweit ist – falls ich überhaupt so lange lebe. Außerdem hab ich dann bestimmt genug Kohle.«

Sie holte ihre Börse aus dem Retikül und zeigte uns, daß sie mit Goldmünzen angefüllt war.

»Und ich kann euch auch nützlich sein und euch davor warnen, was Barney gegen Master Johnnie im Schilde führt.« Sie hielt ihren Eltern die Börse hin: »Hier, nehmt euch, was ihr braucht!«

Noch ehe ich sie fragen konnte, was sie mit ihrer Bemerkung über mich gemeint hatte, herrschte Mrs. Digweed sie wütend an: »Wie kannst du es wagen! Verlaß sofort dies Haus, bevor dich dein Vater auf die Straße wirft.«

Mr. Digwed brummte etwas, das man durchaus als Bestätigung der Drohung seiner Gattin auffassen mochte, doch bei diesem Gefühlsausbruch ihrer Mutter lief nun auch Sally rot an, stand auf und stampfte mit den Füßen auf.

»Also gut, dann geh ich. Und vielleicht werd ich keinen von euch je wiedersehn. Aber es wird euch noch um euren kostbaren Master Johnnie leid tun, wenn Barney seine Pläne ausführt. Er hat wirklich recht gehabt. Ihr seid nur arme alte Narren! Kein Wunder, daß er euch bei der Bauspekulation so leicht reingelegt hat.«

»Was meinst du damit?« fragte ihre Mutter.

Sie lachte: »Dieser Wortklauber wollte, daß er ein paar unerfahrene Gimpel für ihn auftreibt.«

»Du meinst, Barney wußte von Anfang an, daß man uns hereinlegen wollte?« fragte Mr. Digweed.

»Natürlich«, höhnte sie. »Der große Bauunternehmer hat nämlich gemeinsame Sache mit dem Wortklauber gemacht, und auch mit den Leuten, denen das Land gehört. Und sie haben nur einige Kadaver als Fallen gebaut, um solche Gimpel wie euch anzulocken, die dann die Arbeit an den übrigen Häusern erledigen. Die haben von Anfang an vorgehabt, euch reinzulegen und die Häuser weit unterm Wert eurer Arbeit zu verkaufen. Wie ich schon gesagt hab, der Anwalt hat jetzt wieder was vor. Eigentlich wollte ich es euch erzählen, aber jetzt sag ich kein Wort mehr.«

Sie stürzte aus dem Haus und warf die Tür hinter sich zu.

Alle schwiegen. Mr. Digweed schüttelte schließlich den Kopf und sagte: »Mein eigener Bruder! Ich kann's noch gar nicht fassen.«

Langsam wurde mir einiges klar. Die Digweeds waren Opfer derselben Betrüger geworden, die auch meine Mutter ruiniert hatten. Und beide Male stand Sancious dahinter, und hinter ihm wiederum, so vermutete ich, Silas Clothier. Einmal mehr – und erst recht jetzt, da Mr. und Mrs. Digweed so offen zu mir gewesen waren – fragte ich mich, ob die Digweeds wirklich von einem Agenten der Mompessons bezahlt wurden.

Mrs. Digweed sagte: »Wie hast du dich nur mit ihr treffen können, Joey!«

»Aber sie ist doch meine Schwester, oder nicht? Warum seid ihr so hart zu ihr? Paps, *du* würdest es doch zulassen, daß sie uns manchmal besucht, nicht wahr?«

Mr. Digweed sah bei dieser Frage äußerst unbehaglich drein.

»Nun«, sagte er schließlich, »wenn deine Mam nein sagt, dann hat sie wohl auch recht, denk ich.«

»Das ist doch nicht wirklich deine Meinung!« rief Joey. »Warum kannst du ihr nicht verzeihen?«

»Ihr verzeihen?« erwiderte seine Mutter. »Hast du vergessen, was sie getan hat? Wie sie Polly und den Kleinen am Cox's Square allein gelassen hat, obwohl sie Fieber hatten, und wie sie zu Barney gegangen ist und ...?«

Den Tränen nahe, hielt sie inne. Sally hatte also ihren Bruder und ihre Schwester damals im Stich gelassen, als die anderen im Norden unterwegs waren. Hatte sie allein sterben lassen. Das war also der Grund, weshalb sich die Familie über diese Zeit so ausschwieg. Ich errötete vor Scham bei der Erinnerung an die Beweggründe, die ich ihnen unterstellt hatte. Jetzt, da ich die Familie mitten in der Auseinandersetzung sah, begriff ich auch, daß ich ihr mit meinem Urteil bitter unrecht getan hatte.

»Noch etwas«, sagte Mrs. Digweed. »Master Johnnie ist hier nicht mehr sicher vor Barney. Auch wenn niemand Sally nachspioniert hat, trau ich ihr zu, daß sie ihm nun aus bloßem Trotz sagt, wo wir sind.«

»Das würde sie nie tun«, sagte Joey.

»Ach nein?« sagte Mrs. Digweed düster. »Ich glaub, ich kenn mein Mädchen besser als du, junger Mann. Wir müssen fort von hier. Und das heißt, daß ich mir fürs Waschen neue Kundschaft suchen muß, und dein Vater kann gleich seine Gilde aufgeben. Siehst du nun, was du angerichtet hast, Joey?«

»Da seid ihr doch selbst schuld«, rief er. »Ihr hättet euch wieder mit ihr vertragen sollen!«

Er ging zur Tür.

»Wo willst du hin?« fragte seine Mutter besorgt. »Willst du ihr nach? Gehst du zu Barney zurück?«

Doch Joey lief aus dem Haus, ohne ihr zu antworten.

Noch während all dies passierte, dachte ich zerknirscht, wie unrecht es von mir gewesen war, diesen guten Leuten zu mißtrauen. Und als mir einfiel, wie hart ich um einen Anteil am Gewinn bei der Schlammsucherei gefeilscht hatte, weil ich glaubte, sie würden ohnedies Geld für mich bekommen, da wurde ich ganz rot vor Scham. Und nun sah es so aus, als wäre ich gar der Grund für all die Schwierigkeiten, mit denen diese Familie zu kämpfen hatte.

»Sie müssen meinetwegen nicht umziehen«, sagte ich. »Sie bleiben hier, und ich geh fort.«

»Nein«, sagte Mrs. Digweed. »Es ist nicht nur deinetwegen, Master Johnnie. Ich will nicht, daß Joey sich noch mal mit ihr oder mit Barney trifft. Und deshalb werden wir in einen ganz anderen Teil der Stadt ziehen.«

»Was Sally gesagt hat, macht mir ein wenig klarer, wie wir uns kennengelernt haben«, begann ich. »Aber ich weiß immer noch nicht, warum Sie sich solche Mühe gemacht haben, um mich zu befreien.«

»Nun«, sagte Mrs. Digweed und sah unsicher zu ihrem Mann hinüber, »einmal haben wir uns dafür geschämt, was Barney dir und deiner Mam angetan hat.«

»Weil er damals in unserem Haus eingebrochen hat, meinen Sie?«

Sie nickte und sagte: »Nicht nur das. Wir waren deiner Mutter sehr dankbar dafür, wie sie sich damals um Joey und mich gekümmert und uns die Fahrkarte zurück in die Stadt bezahlt hat.«

Wie sehr ich mich doch geirrt hatte! Weit davon entfernt, für meine Pflege Geld zu bekommen, hatte ich sie sogar noch eine Menge Geld gekostet: für Arzneien, für mein Essen, meine Kleider und all die Arbeitszeit, die ihnen meinetwegen verlorengegangen war. Die Freundlichkeit meiner Mutter hatten sie jedenfalls mit Zins und Zinseszins zurückbezahlt. Und doch verstand ich nicht, wieso zuerst Barney und dann Mrs. Digweed zu unserem Haus in Melthorpe gefunden hatten.

»Erzählen Sie mir doch von damals, als Barney bei uns eingebrochen hat!« bat ich sie. »Ich weiß, daß er zu der Zeit gerade die Stadt verlassen mußte, aber warum ist er ausgerechnet in unser Dorf gefahren?«

»Nun«, meinte Mr. Digweed, »das war so: Unser Vater – also seiner und meiner –, der kam aus deiner Gegend. Du hast ja vielleicht schon gemerkt, daß ich nicht so ganz wie einer von denen aus London sprech. Bevor nämlich unser Vater in die Stadt gezogen ist, da hat er als Junge in einem Dorf nicht weit von Melthorpe gewohnt.«

»Ach, deshalb. Haben Sie denn noch Verwandte dort?«

»Tja, ein paar, sind aber nur Neffen und Nichten, die ich kaum mehr kenn. Mein Vater hatte schon als kleiner Junge immer davon geträumt, später mal Schreiner zu werden und dann nach London zu ziehen. Sein Alter Herr war ein einfacher Arbeiter, es war also gar nicht so leicht für ihn, doch sein Onkel Feverfew, der war Steinmetz – sogar ein ganz geschickter – und mächtig gut angesehen auf dem Landsitz der Familie, in deren Diensten er stand. Also hat er meinem Vater eine Arbeit besorgt, zuerst auf dem Gut als Schreiner, und weil er so flink und anstellig war, hat ihm die Familie dann auch bald was im Haus als Möbelschreiner und so zu tun gegeben. Dem Gutsverwalter ist schließlich aufgefallen, was für ein verläßlicher Mann unser Vater war, und er hat ihm die Chance gegeben, sich zu verbessern. Also kam er mit in die Stadt, als die ganze Familie für die Saison hierherzog; man wohnte damals nämlich nur einen Teil des Jahres auf dem Land. Nicht lange danach kündigte er dann seinen Dienst bei der Familie, und mit der Hilfe von besagtem Gentleman fand er eine Lehrstelle, und nachdem er seine Zeit abgedient hatte, machte er sich selbstständig. Zuerst lief's auch ganz gut, denn sein Gönner vermittelte ihm immer noch Arbeit im Haus der Familie in Mayfair, und das brachte ihm Kundschaft im Westend ein. Aber mein Alter Herr, der früher schon gern ein Gläschen getrunken hatte, kam schließlich nicht mehr gegen den Suff an. Und als Barney und ich die Lehrzeit hinter uns hatten, da hatten wir kaum noch Aufträge; höchstens noch die eine oder andere Kleinigkeit für die Familie war zu erledigen. Wir mußten alle möglichen unrentablen Arbeiten annehmen, und Barney verlor bald die Lust. Das waren ihm zu viele Stunden und zu wenig Geld.«

»Und damals hat er dann angefangen einzubrechen?« half ich ihm weiter.

»Tja, das hat er wohl. Das und noch ganz andere Dinge. Aber es hat lange gebraucht, bis ich überhaupt etwas davon geahnt habe.«

»Also hatte er noch Verwandte in Melthorpe, die er besuchen konnte?« fragte ich.

»Er war in der Gegend, weil er ein paar Arbeiten für die Familie erledigen sollte, für die schon unser Vater gearbeitet hat.«

»Und auf dem Rückweg von dort nach London«, nahm Mrs. Digweed den Faden auf, »hat er dann euerm Haus einen Besuch abgestattet. Er hat sich ganz zufällig für euer Haus entschieden, hat er hinterher Joey erzählt, er war nur wütend gewesen, weil man ihn mit bösen Worten abgewiesen hat, als er um ein paar Penny betteln wollte.«

»Das war die Schuld meiner Amme«, sagte ich, »und meine wohl auch, wenn ich's recht bedenke.«

»Jedenfalls hat er nur eine Briefmappe mit Silberbeschlägen mitgehen lassen«, sagte Mrs. Digweed. »Darin war ein Brief, und Barney sagte sich, wer weiß, wozu der noch gut ist. Und weil er selbst nicht lesen kann und außer seiner Familie keinem über den Weg traut, womit ich nicht unbedingt sagen will, daß er *uns* vertraut, mußte er warten, bis ihm jemand den Brief vorlesen konnte, und die Gelegenheit bot sich erst viel später, als nämlich unsere Sally in seine Bande eintrat. Aus dem, was sie ihm dann vorlas, erfuhr er von einem Advokaten namens Mr. Sancious, der, so stand es wohl in diesem Brief, unbedingt die Anschrift von deiner Mutter wissen wollte.«

»Ach, so war das also!« rief ich aus. »So hat er entdeckt, wo wir gewohnt haben. Jetzt versteh ich das endlich!«

Ein weiterer Mosaikstein hatte seinen Platz gefunden.

»Und das war der Beginn eures Unglücks, nicht wahr?« fragte Mrs. Digweed und schaute mich sorgenvoll an.

»Ich fürchte, da haben Sie recht«, antwortete ich. »Denn so fand Mr. Sancious den Weg zu unseren Feinden, und auf deren Veranlassung hin brachte er meine Mutter dann um ihr bescheidenes Vermögen.«

Endlich begann ich die Zusammenhänge zu verstehen. Und doch blieb noch so vieles rätselhaft. »Auch wenn Barney sich eher willkürlich für das Haus meiner Mutter entschieden hatte, *Sie* und Joey sind aber all die Jahre danach doch wohl kaum zufällig zu uns gekommen?« fragte ich Mrs. Digweed.

»Als George dich hierher gebracht hat, hab ich dir schon gesagt«, erwiderte sie und sah mir dabei offen in die Augen, »daß ich damals zufällig und ohne alle Hintergedanken zu euch gekommen bin. Das ist die heilige Wahrheit. Alles Weitere muß Joey dir erzählen.«

Ich errötete über die Zurechtweisung, die in ihren Worten mitklang. Trotzdem wunderte ich mich, auch wenn ich ihr Glauben schenken mußte, daß solch ein Zusammentreffen wirklich unbeabsichtigt gewesen sein sollte. Dann aber wurde mir noch etwas klar, und ich sagte: »Also hat der alte Samuel mich doch nicht aus Versehen zu Barney geschickt!«

»Nein, du hast nach einem Digweed gefragt, und er hat dich zu einem Digweed geschickt«, räumte Mrs. Digweed ein. »Aber wir haben dich damals nicht angelogen; es stimmt nämlich wirklich, daß wir den Isbister kennen. Wir haben dir nur nicht gesagt, daß wir ihn kennen, weil Barney früher mal mit ihm und Pulvertaft zusammengearbeitet hat. Zu der Zeit hat er übrigens Joey mit in die Sache hineingezogen.« Sie schüttelte sich.

Daher hatte Joey, als wir uns damals in Melthorpe gestritten hatten, so gut über Friedhöfe Bescheid gewußt!

»Wir waren ja so blauäugig, Master Johnnie«, sagte Mr. Digweed. »Wir haben geglaubt, sie haben einen ganz normalen Fuhrbetrieb. Und bis wir rausgekriegt haben, was sie genau treiben, hat das schon ziemlich lang gedauert.«

Obwohl ich nun überzeugt war, daß Mr. und Mrs. Digweed es wirklich gut mit mir gemeint hatten, gab es mir immer noch zu denken, daß Joey und seine Mutter geradewegs zu unserem Haus gekommen waren. Und warum hatte mich Joey zum Haus von Daniel Porteous geführt? Und was war mit meinem Verdacht, daß Barney in den Mord an meinem Großvater verwickelt sein könnte?

Da ich das Gefühl hatte, daß Mr. und Mrs. Digweed sich über ihre Kinder unterhalten wollten, nahm ich eine Kerze mit nach oben, machte es mir auf meinem Strohbett in der Ecke bequem und holte den Brief hervor. Das Wappen mit der vierblättrigen Rose auf dem Siegel war mir vertraut, und ich wußte nun auch, woher die dunklen Flecken kamen. Als ich jedoch diesmal die Anschrift las, fiel mir ihre Mehrdeutigkeit auf, die mir beim erstenmal entgangen war: »Meinem geliebten Sohn – und meinem Erben: John Huffam.«

Charing Cross, den 5. Mai 1811

Betrifft Besitzanspruch Gut Hougham:
Rechtsanspruch auf uneingeschränkten Besitz ursprünglich bei Jeoffrey Huffam. Vorgeblich übertragen durch James und nun bei Sir P. Mompesson. Wird verhandelt am Kanzleigericht.
Kodizill zu Jeoffreys Testament nach seinem Tod 1768 von unbekannter Hand unterschlagen. Kürzlich wiederbeschafft durch Ehrlichkeit und Beharrlichkeit von Mr. Jeoffrey Escreet. Überträgt Erbanwartschaft auf meinen Vater und dessen männliche wie weibliche Erben. Rechtmäßigkeit des Verkaufs des Hougham-Besitzes? Dieser ist P. Mompesson nicht aberkannt, aber P.M. hat nur abhängiges Nießbrauchrecht. Liegt Verfügungsrecht also bei mir und Erben?

An dieser Stelle hatte ich beim letztenmal aufgehört. Jetzt las ich weiter:

Von verläßlichem Informanten kürzlich erfahren: Jeoffrey H. verfaßte ein zweites, bislang unbekanntes Testament, das nach seinem Tod ebenfalls verbrecherischerweise unterschlagen wurde. Enterbt James zu meinen Gunsten. Verkauf also ungültig, Rechte konnten nicht übertragen werden. Taucht besagtes Testament wieder auf und werden Rechte bestätigt, uneingeschränktes Verfügungsrecht bei mir und Erben. Informant berichtet weiter: Testament dreißig Jahre lang von Sir A., jetzt von Sir P. versteckt. Verspricht, es zu besorgen.

John Huffam

Wird dem Kanzleigericht vorgelegt. Erbe soll den Namen Huffam tragen.

Die letzten beiden Sätze waren offensichtlich von einer anderen Hand hinzugefügt worden als jener, die den Brief geschrieben und unterzeichnet hatte. Und das war für mich der entscheidende Hinweis, denn als ich jetzt nachdachte, schien sich mir die Lösung des Rätsels anzudeuten. Bestimmt war dies eine Art Protokoll, die Zusammenfassung eines Gesprächs zwischen meinem Großvater und seinem zukünftigen Schwiegersohn über den Besitzanspruch auf das Gut Hougham. Es hatte offenbar stattgefunden, nachdem sie die Scharade und die Flucht der Frischvermählten aus dem Haus beschlossen hatten. Mein Großvater berichtete Peter Clothier von den juristischen Implikationen des Kodizills und klärte ihn über das entwendete Testament auf. (Er wußte, daß er in Gefahr war, und es ist zu vermuten, daß er bereits fürchtete, umgebracht zu werden.) Ich nahm an, daß Peter Clothier die letzten beiden Sätze hinzugefügt hatte, da er, falls mein Großvater dazu nicht mehr in der Lage sein würde, den Anspruch geltend machen wollte und beabsichtigte, entweder zu seinen Gunsten oder zu denen eines ihm eventuell geborenen Sohnes den Namen der Familie seiner Frau anzunehmen. Nun erkannte ich noch eine weitere Auslegungsmöglichkeit der Anschrift: Der Brief war in gewisser Hinsicht an den Sohn von Mary und Peter Clothier adressiert, der den Namen John Huffam tragen sollte. Doch das wichtigste war, daß dieses Protokoll ein weiterer Beweis für die Existenz jenes Testaments war, von dem mir bereits Mr. Nolloth erzählt hatte und das Martin Fortisquince am Hochzeitsabend unwissentlich meinem Großvater übergeben sollte. Zumindest jedoch belegte dieser Brief, daß mein Großvater an das Vorhandensein dieses Letzten Willens geglaubt hatte. Wenn dies aber wirklich stimmte, überlegte ich weiter, was war dann mit dem Testament geschehen? Warum war es nicht in jenem Päckchen gewesen, das die Brautleute in dem Gasthaus in Hertford geöffnet hatten?

Während ich in der düsteren, schäbigen Kammer auf dem Strohbett lag, ging mir auf, daß ich, sollte das Testament tatsächlich existieren und sich wiederfinden lassen, einen unanfechtbaren Anspruch auf das Gut Hougham hatte. Ich erinnerte mich an das, was ich mir vor vielen Jahren gewünscht hatte, als mir Mrs. Belflower bei der Weihnachtsbäckerei die Geschichte der Familie Huffam erzählte, die all ihr Gut an die Mompessons verloren hatte. Sollte dies nun doch noch wahr werden?

Es wurde Abend, ohne daß ich mir dessen recht bewußt wurde. Mr. und

Mrs. Digweed riefen zu mir herauf, daß sie nun ins Wirtshaus gingen und ob ich mitkäme. Doch ich lehnte ab, und kurz darauf hörte ich, wie sie die Tür hinter sich zuzogen.

Die entscheidende Frage lautete: Hatte das Testament jemals existiert? Und angenommen, dieses Dokument hatte es tatsächlich gegeben, wer hatte es dann meinem Ururgroßvater entwendet, als der im Sterben lag? Hatte der gleiche Täter auch das Kodizill unterschlagen? Wo waren beide Dokumente all die Jahre über geblieben? Wer war der »verläßliche Informant« meines Großvaters gewesen, und was war mit dem Testament in jener schicksalhaften Todesnacht geschehen? Hatte der Informant es doch nicht beschaffen und an Mr. Fortisquince übergeben können? Oder hatte er es zwar besorgen, aber nicht weitergeben können? Ich sah ein, daß Mr. Escreet der einzige Mensch war, der diese Fragen beantworten konnte, und beschloß daher, daß ich ihn noch einmal aufsuchen und versuchen wollte, mit ihm zu sprechen.

Ich hörte, wie die Digweeds aus dem »Pig and Whistle« heimkehrten. Es war schon reichlich spät, aber Joey war immer noch nicht zurück. Ich fragte mich, wie weit ich sie in meine Pläne einweihen sollte. Sie hatten meinetwegen so viel auf sich genommen, daß es mir undankbar erschien, ihnen jetzt nicht zu vertrauen. Doch ich vergalt ihnen ihre Großzügigkeit auf recht armselige Weise, wenn ich ihnen nun die Sorgen um meine eigenen Angelegenheiten aufbürdete. Und obwohl ich meinte, den Eltern vertrauen zu können, zögerte ich doch, Joey etwas wissen zu lassen, das er an Barney weitergeben könnte. Außerdem war es wohl nicht der rechte Zeitpunkt, die Eltern mit diesen Dingen zu belästigen, da sie vor allem die Sorge drückte, ob ihr Sohn wieder nach Hause zurückkehren würde oder nicht.

Als Zeichen meiner Entschlossenheit, zu Ende zu bringen, was mein Großvater begonnen hatte, beschloß ich in den Morgenstunden, mich von nun an John Huffam zu nennen, wann immer mir dies geraten schien. (Der wahre Name war doch gewiß jener Name, den man sich selbst gab.) Niemals, so schwor ich mir, würde ich noch einmal jenen Namen gebrauchen, der mir so verhaßt war.

Beim Frühstück am nächsten Morgen erklärte ich den Digweeds, daß ich nach dem Studium der von Sally gebrachten Papiere beabsichtigte, zum Haus meines Großvaters zu gehen. Ich erwähnte jedoch nicht den Zweck meines Besuchs. Da Barney aber inzwischen erfahren haben mochte, wo ich mich aufhielt, bestanden sie darauf, daß Mr. Digweed mich begleitete.

Ich war damit einverstanden, und nachdem wir von der morgendlichen Arbeit zurückgekehrt waren und uns gewaschen und gestärkt hatten, machten wir uns um die Mittagszeit auf den Weg.

Es war ein strahlend schöner, wenn auch kühler Maitag, an dem ich erneut den trostlosen, übelriechenden Hof betrat. Ich bat meinen Gefährten, in der Nähe, doch außerhalb der Sichtweite des Hauses zu bleiben, um den alten Mann nicht zu erschrecken. Dann klopfte ich und mußte daran denken, wie ich bei jener ersten Gelegenheit mit den Fäusten gegen diese Tür gehämmert hatte. Und plötzlich dämmerte mir, wie wenig verwunderlich es doch eigentlich war, daß Mr. Escreet sich geweigert hatte, mir zu öffnen, hatte ich mich doch mit einem Namen gemeldet, den er wie kaum einen anderen in der Welt hassen und fürchten mußte: Clothier.

Als ich daher wiederum glaubte, daß der Deckel hinter dem Guckloch langsam zur Seite geschoben wurde, sagte ich: »Ich bin John Huffam. Lassen Sie mich bitte ein!«

Ich hörte, wie einige Riegel schwerfällig zurückgezogen wurden und ein großer, rostiger Schlüssel sich im Schloß drehte. Dann ging die Tür auf. Ein hochgewachsener alter Mann mit runden, hängenden Schultern stand auf der Schwelle und sah auf mich herab. Er hatte ein langes, müdes Gesicht, dessen Haut in schlaffen Falten über die Wangenknochen hing und das in einem spitzen Kinn auslief. Zwischen den uralten, trüben, von schweren Lidern überschatteten Augen ragte eine rote Knollennase hervor. Er schien sich schon seit einigen Tagen nicht mehr rasiert zu haben, und dort, wo zwischen den Stoppeln noch etwas Haut zu sehen war, zeigten sich unzählige Pickel. Er war nach der Mode des letzten Jahrhunderts gekleidet, und die Sachen waren verschossen und teilweise zerrissen: eine altersgraue Bundhose mit Strümpfen bis hinauf zu den Knien, eine verblichene, einstmals grüne Jacke altertümlichen Schnitts, dazu eine bestickte, im Laufe der Jahre vergilbte Weste und Schnallenschuhe. Der Mann roch aufdringlich nach Alkohol.

Er stand einen Augenblick lang da, sah mich blinzelnd an, als wäre er gerade aus tiefem Schlaf erwacht, und sagte schließlich zu meinem Erstaunen: »Ich habe dich schon erwartet, Master John.«

Er tat einen Schritt zur Seite und bedeutete mir, daß ich eintreten solle. Aus dem hellen Sonnenlicht begab ich mich ins düstere Vestibül und durch die offenstehende Glastür von dort in die Eingangshalle, wo ich mich umsah, so gut dies in dem spärlichen Zwielicht möglich war. Ein gleichmäßiger Lufthauch schien aus den Kellergewölben heraufzuwehen und das Haus mit einem Geruch von klammer Feuchtigkeit und Verfall zu durchziehen. Viele der schwarzen und weißen Marmorplatten des Fußbodens hatten Sprünge und Risse, aus denen Unkraut sproß. Vor mir sah ich die breite Treppe, und ein wenig zur Linken konnte ich an der Wand gerade noch ein mit einer Hellebarde gekreuztes Krummschwert hängen sehen. Schaudernd wandte ich mich ab.

Mr. Escreet betrachtete mich mit einer Miene, die ich nicht zu deuten wußte. Ich schaute ihn an und spürte, daß bei diesem alten Mann die Fäden zahlreicher Familiengeheimnisse zusammenliefen, und ich fragte mich, ob es mir gelingen würde, etwas von seinem Wissen zu erfahren. Zuerst hatte ich geglaubt, dieser Mann befinde sich in den letzten Stadien des senilen Verfalls, doch nun, da er offenbar aus seinem Traum erwacht war, musterte er mich scharf und aufmerksam. Und doch mußte er von Sinnen sein. Wie hätte er mich sonst erwarten können? Es sei denn, er erinnerte sich an jenen Weihnachtstag, als ich das erste Mal versucht hatte, bei ihm Einlaß zu finden. Doch das schien mir wenig wahrscheinlich.

»Hier entlang!« sagte er, drehte sich um und führte mich durch die Halle und an der Treppe vorbei zu einem kleinen und dunklen Raum im Längstrakt des Hauses.

Er setzte sich in einen alten Armstuhl, wies auf einen zweiten Sessel, der ihm gegenüber stand, und sagte: »Bitte, nimm Platz! Fühl dich hier wie zu Hause! Schließlich gehörte dies Haus hier einmal deinem Großvater, auch wenn er es mir später dann vermacht hat.«

Seine Bemerkung erstaunte mich, denn ich erinnerte mich noch sehr genau, daß meine Mutter geschrieben hatte, Mr. Escreet habe das Haus von ihrem Urgroßvater geerbt.

»Dies war sein Kabinett«, fuhr Mr. Escreet fort. »Gott sei seiner Seele gnädig! Ich habe ihm viele Jahre lang redlich gedient und war an seiner Seite, als er starb.«

Ich war einigermaßen verblüfft über diese gelassene Anspielung auf die Ermordung meines Großvaters.

»Es geschah in ebendieser Kammer«, fügte er hinzu.

Mir lief ein kalter Schauder über den Rücken, und ich sagte: »Wollen Sie mir davon erzählen, Mr. Escreet? Von dem Tod meines Goßvaters und ...« Ich zögerte, sagte dann aber doch: »... und meinen Eltern?«

»Vom Tod deiner Eltern weiß ich nur sehr wenig«, antwortete er, da er mich offenbar mißverstanden hatte.

Es erstaunte mich, daß er überhaupt davon wußte. Als meine Mutter ihn damals aufsuchte, hatte er schon seit vielen Jahren nichts mehr von ihr gehört. Wer also hatte ihm von ihrem Tod berichtet? Und wie hatte er erfahren, daß Peter Clothier gestorben war?

»Eigentlich kannte ich deine Mutter kaum«, fuhr er fort, »deinen Vater kannte ich viel besser.«

Dabei wußte ich, daß genau das Gegenteil zutraf. Hatte der alte Mann also doch den Verstand verloren? Er machte aber keineswegs den Eindruck, denn meine Worte hatten offenbar eine verborgene Feder in ihm berührt, und nun sprach er rasch und klar, und er erinnerte sich mühelos an Details, an Namen und an Daten. Noch während ich ihm zuhörte, begriff ich jedoch, daß seine Erinnerung an lang vergangene Ereignisse zwar lebhaft und deutlich war, deren Beziehung zur Gegenwart aber irgendwie gestört schien – vielleicht müßte ich genauer sagen: seine eigene Beziehung zur Vergangenheit war gestört.

87. KAPITEL

Ich kannte deine Mutter kaum. Deinen Vater kannte ich viel besser, schließlich war ich noch fast ein kleiner Junge, als ich das erste Mal in dieses Haus kam, um für den alten Mr. Jeoffrey Huffam zu arbeiten. Ich glaub, ich war sogar ungefähr in deinem Alter. Entschuldige bitte, Master John! Ich wollte nicht respektlos sein.

Ich nehme nicht an, daß dich mein Werdegang sonderlich interessiert, also erspare ich dir die Geschichte meines Lebens und erwähne nur, daß ich das Kind armer Eltern bin, zumindest habe ich dies immer geglaubt. Als ich jedoch älter wurde, entdeckte ich, daß sie nur meine Pflegeeltern waren, ich konnte sie aber nie dazu bringen, mir die Identität meiner wahren Eltern aufzudecken. Für dich ist ja alles recht schön und gut, Master John, du stammst von einer alten Familie ab, auf die du stolz sein kannst. Du wirst dir daher wohl kaum vorstellen können, wie es ist, wenn man nicht weiß, wer die eigenen Eltern sind. Doch selbst in deinem Fall gibt es ein Problem, wenn man belegen will, daß du ein rechtmäßiger Nachfahre der Huffams bist, doch dazu werde ich dir gleich mehr erzählen.

Mit fünfzehn Jahren nahm man mich von der Schule und steckte mich in die Kanzlei von Mr. Paternoster, der die meisten juristischen Angelegenheiten für Mr. Huffam erledigte und mich zum Notar ausbilden sollte. Zu dieser Zeit geschah es nun, daß der alte Gentleman sich einen Sekretär wünschte – eine Art Faktotum, einen Schreiber oder wie immer man es nennen will –, der ihm bei der Korrespondenz und den rechtlichen Auseinandersetzungen helfen sollte, da er immerzu in der einen oder anderen Sache prozessierte. Er bat also Mr. Paternoster, einen vielversprechenden jungen Mann für ihn zu suchen, und so kam ich hierher, und der alte Gentleman – damals hielt ich ihn für schrecklich alt, denn er war schon über sechzig, doch heute scheint mir das kein besonders hohes Alter mehr zu sein – schien Gefallen an mir zu finden. Ich weiß es noch, als wäre es erst gestern gewesen, dabei liegt es schon so viele Jahre zurück. Ich mußte nun allerdings jede Hoffnung auf eine Laufbahn als Notar aufgeben, obwohl diese Hoffnung keineswegs unbegründet gewesen war. Denn obwohl ich wußte, daß die Ausbildung ohne eigenes Vermögen und ohne Freunde viele Jahre gedauert hätte, war Mr. Paternoster doch sehr gut zu mir gewesen, so daß ich glauben konnte, auf seine Unterstützung rechnen zu dürfen. Doch er drängte mich mit aller Macht, Mr. Huffams Angebot anzunehmen, und so dachte ich mir, daß es das beste sei, mich einverstanden zu erklären.

Später sollte sich zeigen, daß ich wohl die falsche Wahl getroffen hatte. Doch in den ersten Jahren meiner Dienstzeit ließ sich alles ganz ausgezeichnet an. Zu jener Zeit waren die Huffams natürlich noch eine mächtige, wohlhabende Familie, und Mr. Jeoffrey hatte sehr viele Geschäfte abzuwickeln, so daß es für einen jungen Mann genug aufregende Arbeit gab. Was für eine Arbeit dies war? Anfangs war sie recht bescheiden. Ich war so eine Art Hilfsverwalter für ihn. Er hatte damals den Gutsverwalter Fortisquince, der sich um seinen Landbesitz kümmerte und die Pacht eintrieb, sowie Mr. Paternoster als Berater in der Stadt. Doch er wollte noch jemanden, der ihm seine Briefe schrieb, der die Abschriften anfertigte und sich um all das kümmerte, was hier anfiel, denn dieses Haus war immer voll von Leuten, die kamen und gingen. Ach, es ist traurig, es jetzt so verlassen und verfallen zu sehen.

Da es Mr. Jeoffrey gesundheitlich nicht möglich war, des öfteren nach Hougham hinauszufahren, mußte ich hin und wieder dorthin, um mit dem Verwalter und den Pächtern Geschäftliches zu besprechen. Das große neue Haus war natürlich noch nicht fertig, und die Arbeiten daran waren einige Jahre zuvor eingestellt worden, weil Mr. Jeoffrey in arge finanzielle Schwierigkeiten geraten war. Ich habe gehört, Master John, daß die neuen Besitzer den Bau nun wiederaufgenommen haben, ich weiß allerdings nicht, ob sie sich dabei an den ursprünglichen Plan halten, dessen Verwirklichung deinem Großvater so sehr am Herzen gelegen hatte. Er war fest entschlossen gewesen, das schönste und größte Haus der Grafschaft zu bauen, und der Grundriß sollte die Gestalt eines H besitzen, um seinen Namen zu verewigen: einen Mitteltrakt, der den Querbalken des H darstellen sollte, und an den jeweiligen Enden die Seitenflügel. Er liebte solche versteckten Anspielungen. Als er zum Beispiel das Gut erbte, da pflanzte er als erstes vor der Old Hall fünf Bäume, in der Anordnung eines Quincunx, und vor jedem Baum ließ er eine Statue aufstellen. Doch leider wurde das Haus zu seinen Lebzeiten nicht mehr fertig, nur der Mitteltrakt stand schon seit einigen Jahren, als ich es das erste Mal sah. Dort lebte denn auch die Familie, wenn sie für die Sommermonate aufs Land zog. Als ich das Gut zum letztenmal besuchte, war das Dorf unweit der Old Hall noch nicht abgerissen und der Park noch nicht angelegt worden, was jedoch, soweit ich unterrichtet bin, längst geschehen ist. Es muß jetzt wunderschön dort sein, doch ich glaube nicht, daß ich es noch einmal mit eigenen Augen sehen werde.

In Hougham traf ich dann auch deinen Vater zum erstenmal, denn er kam oft zur Jagd auf das Gut. Er besuchte damals noch die Universität und kam meistens mit Freunden. Wir waren ungefähr im gleichen Alter, doch unter all den Pferden und Hunden und noblen Freunden beachtete er mich kaum. Wie seltsam das Schicksal uns doch mitspielen sollte! Denn jetzt liegt er dort in seinem Grab, und liegt da – wie lange ist es her? – schon beinahe fünfzehn Jahre. Und all der Reichtum, all die Ländereien, die er zu erben hoffte, was ist aus ihnen geworden? Du sitzt jetzt hier, sein Sohn, und bist beinahe so arm, wie ich es war, als ich in deinem Alter das erste Mal dieses Haus betrat. Und nun gehört sein Haus mir, und dir gehört so gut wie nichts. Fast möchte man glauben, daß es einen geheimen Sinn hinter all diesen Dingen gibt.

Ich wohnte bei meinen Aufenthalten auf dem Gut natürlich nicht im Herrenhaus, da ich nur ein bezahlter Angestellter und kein Mitglied der Familie war. Anfänglich logierte ich deshalb beim Verwalter Fortisquince, der zu jener Zeit mit seiner Frau in einem Flügel der Old Hall lebte. Sie war eine schöne, blühende Frau und viel jünger als ihr Gatte. Wie sehr sie dieses düstere, trostlose alte Gemäuer haßte! Aber du kennst es ja, schließlich hast du dort ja selbst bis vor kurzem gelebt, nicht wahr? Wahrscheinlich hat es inzwischen noch mehr Ähnlichkeit mit einer Ruine als damals, denn die Ereignisse, von denen ich dir erzähle, liegen viele Jahre zurück, und das Haus hatte bereits zwanzig Jahre lang leer gestanden, seit der Zeit nämlich, als dein Großvater mit Frau und Töchtern in den Hauptflügel des neuen Hauses umzog.

Mr. und Mrs. Fortisquince hatten nicht die ganze Old Hall für sich, da ein Teil des Hauses verschlossen gehalten wurde. Denn dort war jemand eingesperrt. Jemand, von dem sie nichts wissen wollten, den ich aber ohne ihr Wissen aufsuchte. Deswegen wollte Mr. Fortisquince mich schließlich nicht mehr in der Old Hall wohnen lassen – doch auch wegen anderer Dinge. Nun, so etwas geschieht eben, und ich habe damals weit besser ausgesehen, als du vielleicht denkst, wenn du mich heute so anschaust.

Nun, einige Jahre lang ging alles gut, und dein Großvater und ich kamen einigermaßen miteinander aus. Er war nicht gerade umgänglich, denn er war ein Gentleman, der so seine Marotten hatte und dazu ein unbändiges Temperament, so daß er oft schreckliche Wutanfälle bekam und ich ihn wieder beruhigen mußte. Er zahlte mir nur ein geringes Salär und hielt mich auch sonst sehr kurz, denn er war – im allgemeinen – kein großzügiger Mann. Er sagte mir allerdings oft, daß er mir meine Dienste eines Tages schon vergelten wolle, wenn ich nur hart arbeiten und ihm treu ergeben sein würde. Hin und wieder nutzte ich solche Gelegenheiten, um ihn daran zu erinnern, auf welche Laufbahn ich seinetwegen verzichtet hatte, und ich hoffte damals, daß er mich zum Gutsverwalter bestellen würde, wenn Mr. Fortisquince für diese Arbeit zu alt geworden war.

Ich glaubte ihm, wenn er andeutete, daß er mir meine Arbeit eines Tages vergelten werde, denn ich bildete mir ein, daß er mich liebgewonnen hatte. Ich brauchte zu der Zeit eine größere Summe Geld, da ich mich verlobt hatte, bei dem Gehalt, das dein Großvater mir zahlte, aber kaum an Heirat und Familie denken konnte. Manchmal sagte er, er hätte lieber mich an Sohnes Statt als den Sohn, den er nun einmal habe. Ach, ich will gewiß nicht respektlos sein, doch er und dein Vater, mußt du wissen, die beiden kamen nicht sonderlich gut miteinander aus.

Um ganz offen mit dir zu reden, Master John, dein Vater war schon eine rechte Plage für meinen Prinzipal. Nachdem er sein Studium beendet hatte, lebte er hier in diesem Haus, und ich merkte bald, wie es um die beiden stand. Mr. Jeoffrey war im Alter ein wenig geizig geworden, doch Master James war nicht anders, als sein Vater es zu seiner Zeit gewesen war. Er trat einer Loge bei, einem wirklich wilden Haufen junger Burschen, die sich »die Mohikaner« nannten und unendlich viel tranken. Er verlor große Summen beim Hasardspiel im »Almacks« an der Pall Mall. Der niedrigste Einsatz dort waren fünfzig Pfund. Fünfzig Pfund! Ich hab in meinem Leben noch nie mehr als fünfundzwanzig gesetzt! Völliger Wahnsinn! Er und sein Vater stritten sich oft und haßten sich immer mehr. Es ging dabei jedesmal ums Geld, denn Master James litt darunter, daß er nur so wenig von deinem Großvater bekam. So begann er dann, sein Erbe zu verpfänden und sich Geld zu leihen. Doch das schlimmste war, daß er sich bei einer Bande von üblen Burschen verschuldete, die deiner Familie schon seit langer Zeit nicht gerade wohlgesonnen waren. Ich meine die Clothiers, besonders den alten Teufel Nicholas. Gott möge seiner Seele gnädig sein, wenn ich auch nicht recht weiß, welchen Gott er eigentlich angebetet hat! Eine Schildkrötensuppe schlürfende Krämerseele von der falschen Seite von Temple Bar nannte ihn Mr. Jeoffrey und fand noch weit schlimmere Ausdrücke für ihn.

Sobald dein Vater volljährig war, begann er, Schuldscheine zugunsten des alten Clothier zu unterzeichnen, die erst nach Ableben deines Großvaters einzulösen waren. Für die Zeit nach seinem Tod befürchtete dein Großvater jedenfalls nichts Gutes, da er wußte, daß Clothier mit aller Macht das Gut Hougham an sich reißen wollte und allein aus diesem Grunde seine Klauen nach deinem Vater ausstreckte. Dein Großvater hatte Angst vor dem alten Clothier, weil er ihn bereits von früher kannte und nun sah, wie sich offenbar durch den Leichtsinn seines verschuldeten Sohnes alles wiederholte. Du kannst natürlich gar nicht verstehen, wovon ich rede, doch ich werde es dir gleich erklären, wenn du mir noch so lange zuhören magst.

Etwa ein Jahr nachdem dein Vater großjährig geworden war, versetzte deinen Großvater diese Entwicklung in solche Unruhe, daß er beschloß, ein neues Testament aufzusetzen. Um der Wahrheit willen sollte ich dir wohl sagen, daß Mr. Jeoffrey eine Vorliebe dafür hegte, seinem Erben mit neuen Testamenten zu drohen. Ich erinnere mich noch sehr gut an die Situation, Master John, und ich werde sie dir genau beschreiben, denn sie hatte weitreichende Folgen für dich. Doch zuerst werde ich dir wohl etwas von den Verbindungen zwischen deiner Familie und den Mompessons erzählen müssen und dir vor Augen führen, wer diese Clothiers eigentlich waren – und nach wie vor sind, denn einer von ihnen lebt immer noch, um uns zur Last zu fallen – und welche Rolle sie im Leben deines Großvaters gespielt haben. Um dir all dies erklären zu können, werde ich weit ausholen müssen und dir vielleicht das eine oder andere sagen, das dir bisher möglicherweise nicht bekannt war, denn ich bezweifle, daß Mr. Fortisquince mit dir über diese Angelegenheiten gesprochen hat. Trotzdem glaube ich – mit gutem Grund, wie ich noch darlegen werde –, daß es besser ist, wenn du all dies verstehst.

88. KAPITEL

Die Huffams – oder Houghams, wie ihr Name ursprünglich lautete – sind eine Familie von alter und ehrenwerter Abstammung. Schon von Wilhelm dem Eroberer wurde dem Ahnherrn der Familie die Gegend um Hougham zu Lehen gegeben, und in späteren Generationen waren unter den Ehefrauen der Herren auf Hougham einige von königlicher Abkunft. Das Blut der Plantagenets rinnt durch deine Adern, Master John. In den folgenden Jahrhunderten führten die Huffams das Gut in aller Stille, vergrößerten es mit der Zeit und vermehrten seinen Wert. Sie bauten die Old Hall, als Henry IV. auf dem Thron saß, und hielten sich geschickt aus den Rosenkriegen heraus, die soviel Schaden anrichten sollten. Bei der Verstaatlichung der Kirchengüter erwarben sie sich ausgedehnte neue Ländereien von dem alten Karthäuserkloster, dem bis dahin das meiste Land der Umgebung gehört hatte, und so wurden die Huffams zu einer der größten Familien der Grafschaft. Doch sie hielten zur Kirchenpartei – man munkelte sogar, sie seien insgeheim Papisten –, unterstützten in den Bürgerkriegen des folgenden Jahrhunderts den König und büßten folglich einen Teil ihres Besitzes ein, als man die Sache des Königs verloren geben mußte und viele Güter beschlagnahmt wurden. Ein Großteil ging an eine Familie kleiner Landjunker aus der Nachbarschaft, die gescheit genug gewesen waren, Cromwell zu unterstützen – das waren die Mompessons. Sie behaupteten, von gleich alter und ebenso ehrwürdiger Abkunft zu sein wie die Huffams, und verwiesen darauf, daß ein unweit gelegenes Dorf namens Mompesson St. Lucy nach ihrer Sippe benannt worden sei. Doch deine Familie hat in den Mompessons immer nur Emporkömmlinge gesehen und verächtlich betont, sie seien einstmals Freisassen auf *ihrem*

Land gewesen und hätten sich nach dem Dorf benannt und nicht umgekehrt.

Dann versuchten die Huffams, Verlorenes zurückzugewinnen. Sie wollten sich bei den Parlamentsanhängern beliebt machen, indem sie mit schrecklicher Härte gegen die Papisten vorgingen. Nun, wer will ihnen daraus einen Vorwurf machen? Wir haben schon von so vielen Familien gehört, die ihre Fahne nach dem Wind hängten, um dem Glück etwas nachzuhelfen, ja, es sind schon Familien konvertiert, die an weit Schlimmeres als an die Papisterei geglaubt haben. Doch wie dem auch sei, die Huffams hatten den Gang der Zeit falsch eingeschätzt, die Mompessons andererseits waren weitsichtig genug gewesen, die Restauration vorherzuahnen. In dieser Zeit gewannen die Huffams folglich von ihren verlorenen Ländereien nichts zurück, die Mompessons jedoch konnten behalten, was sie sich erworben hatten. Und als die Herrschaft unserer alten Königin begann, da gehörten sie zum noblen Landadel, auch wenn sie bei weitem nicht so reich waren wie wir, denn wir zählten noch immer zu den reichsten Herren des Landes. Dein Großvater hatte wirklich ein prächtiges Gut geerbt, sogar ein Gut ohne jegliche finanzielle Belastung, da er der einzige Sohn war, wohl aber zwei Schwestern hatte, Laetitia und Louisa. Ich fürchte, er war in seiner Jugend ein wilder und leichtsinniger Bursche, nicht anders als dein Vater, trieb sich mit jungem Volk in der Stadt herum und stellte allerlei Unsinn an. Er spielte, trank und vergeudete seine Zeit und sein Geld, wie es reiche junge Leute zu jener Zeit nun einmal zu tun pflegten – doch vermutlich trifft dies auf reiche junge Leute zu allen Zeiten zu. Er lieh sich Geld, sehr viel Geld sogar, denn er mußte seine Kutschen bezahlen, seine Pferde und seine ... Nun, all das, was ein junger Gentleman in der Stadt eben braucht. Schon ehe er volljährig war, hatte er begonnen, sein Erbe zu beleihen, obwohl die Sicherheiten, rechtlich gesehen, wertlos waren, bis er die Schulden anerkennen konnte. Als er das Gut beim Tode seines Vaters erbte, erkannte er dann diese Schulden an – gegen die Empfehlung von Mr. Paternoster –, worauf er, um sie zahlen zu können, das Gut mit einer schweren Hypothek belasten mußte.

Der Gläubiger nun, bei dem er am meisten Schulden hatte, war jener Nicholas Clothier, Kaufmann, Geldverleiher und Ränkeschmied der übelsten Sorte. Dein Großvater nannte ihn den Pilzmann, denn er war wie ein Pilz über Nacht aufgestiegen, ganz im Dunkeln. Er nannte ihn auch den alten Nick, den Teufel, und meinte, diesen Namen trage er ganz zu Recht. Clothier war reich, sehr reich, doch er wollte sich mit einer respektablen alten Familie verbinden und sich auf diese Weise in den Landadel einkaufen. Er hängte sich deshalb an deinen Großvater, und innerhalb weniger Jahre war das Gut so tief in seiner Schuld, daß Mr. Jeoffrey kaum noch die Zinsen der Hypotheken zahlen konnte und die Möglichkeit einer Zwangsvollstreckung zugunsten Clothiers in greifbare Nähe rückte. Doch im allerletzten Augenblick rettete dein Großvater das Gut. Weißt du, er war sehr stolz auf seine Familie und konnte den Gedanken nicht ertragen, daß das Land unserer Vorfahren in die Klauen eines schäbigen Wechselhändlers fallen sollte. Also verschloß er dieses Haus, kehrte nach Hougham zurück, lebte dort und nahm die Verwaltung des Gutes in die eigenen Hände. Und hierdurch gewann er allmählich seine frühere Stellung zurück und war bald vor dem Zugriff Clothiers sicher, der sich sehr darüber ärgerte, daß man ihn im letzten Moment um das betrogen hatte – so sah er es nämlich –, was ihm schon fast in den Schoß gefallen war.

Nun, einige Jahre lang lief alles gut, und daran hätte sich auch wohl nichts geändert, wenn deinen Großvater nicht plötzlich die Bauwut gepackt hätte, die damals beim Landadel gerade groß in Mode war. Anstatt, wie es sicher ratsam gewesen wäre, Clothiers Wechsel zu tilgen, wenn sie fällig wurden, erneuerte er seine Schuldverschreibungen, um Geld für Ziegelsteine und Mörtel aufnehmen zu können. Die Old Hall schien ihm für einen Gentleman nicht mehr gut genug, und so beschloß er, sich nicht weit von ihr ein neues Haus zu bauen. Es war schon seltsam, daß er nie einen Gedanken daran verschwendete, wie er hier in der Stadt lebte. Er gab sich weiterhin mit diesem Haus zufrieden, obwohl es längst nicht mehr in einem eleganten Viertel stand, seit sie diese neuen Straßen durch St. James und sogar bis hinunter nach Tyburn angelegt haben. Dieser Stadtteil, mußt du wissen, ist mit der Zeit schrecklich verkommen. Seit fünfzig oder sechzig Jahren zieht der Adel aus dieser Gegend fort, und dadurch ist dieses Haus nicht mehr soviel wert wie in jenen Tagen, als dein Großvater es mir vermacht hat. Vielleicht ist dir ja nebenan, in Nummer 16, das Badehaus mit den Kutschen und Sänften vor der Tür aufgefallen? Und die Soldatenliebchen entlang der Mauer der Privy Gardens? Dieses Etablissement jedenfalls war der Grund, weshalb dein Großvater sein Haus sozusagen umgedreht und ein Vestibül angefügt hat, wodurch die frühere Rückseite zur Vorderseite wurde. Seit er sein altes Leben aufgegeben hatte, kam dein Großvater nur noch geschäftlich in die Stadt, um über den Fortgang der Bauarbeiten zu berichten und sich die Möbel für das neue Haus auszusuchen. Doch als er einmal hier im Haus weilte, machte er die Bekanntschaft von Mr. David Mompesson, dem ältesten Sohn dieser Familie, der etwa genauso alt war wie er selbst. Mr. Mompesson jedenfalls wollte unbedingt in der Gesellschaft Fuß fassen und berief sich darauf, ebenfalls ein Adliger vom Lande und aus der gleichen Gegend zu sein. So gelang es ihm, sich mit Mr. Jeoffrey bekannt zu machen. Fest entschlossen, sich mit deiner Familie zu verbinden, machte er, zumal er von den finanziellen Verlegenheiten deines Großvaters wußte, dessen jüngerer Schwester Louisa den Hof, und er war nach einiger Zeit so kühn, bei Mr. Jeoffrey um ihre Hand anzuhalten.

Dein Großvater aber, der sich sehr wohl daran erinnerte, wie die Mompessons zu ihrem Reichtum gekommen waren, und der sie für bettelnde Emporkömmlinge hielt, regte sich über diese Unverschämtheit furchtbar auf und wies David Mompesson auf ziemlich beleidigende Art die Tür. Mr. Mompesson fühlte sich zutiefst gedemütigt und machte sich daran – doch das werde ich dir noch genauer erzählen –, sich für diese Beleidigung Genugtuung zu verschaffen. Entschlossen, den Reichtum seiner Familie zu vermehren, suchte er sich eine Frau, die Tochter eines Kaufmanns aus Bristol, die so reich war, wie sie es entsprechend der gesellschaftlichen Stellung ihres Vaters nur sein konnte. Mr. Mompesson tat sich dann mit seinem Schwiegervater zusammen und segelte gleich nach der Geburt seines Sohnes Hugo zu den Karibischen Inseln. Dort blieb er länger als zehn Jahre. Seine

Frau gebar ihm noch eine Tochter, die einige Monate nach seiner Abreise auf den Namen Anna getauft wurde.

Auch dein Großvater, dessen Bauwut immer mehr Geld verschlang, sah sich nach einer Braut um und fand eine reiche Erbin. Ich fürchte, er war ausschließlich an ihrem Geld interessiert, denn zwischen ihnen gab es keine Liebe, und dies sollte zu weiteren Verwicklungen führen. Nicht lange nach der Hochzeit gebar sie ihm sein erstes Kind, eine Tochter, der man den Namen Alice gab.

Nachdem Mr. Mompesson sich im westindischen Handel ein großes Vermögen erworben hatte und der stolze Besitzer von Zuckerrohrplantagen und Schiffen und weiß Gott was sonst noch allem, war kehrte er nach England zurück. Er kaufte sich das neue Haus in der Brook Street, in dem seine Familie noch heute wohnt. Dann ließ er sich ins Parlament wählen und kaufte sich den Titel eines Baronets. Dein Großvater pflegte immer zu sagen, daß der König Mr. Mompesson vielleicht zum Baronet ernennen könne, der Teufel selbst jedoch nicht die Macht habe, aus ihm einen Gentleman zu machen. Anschließend erstand er das Recht auf ein Wappen, nahm den Quincunx der Huffams in seinen Schild auf und behauptete, dies sei von alters her das Zeichen der Mompessons gewesen. Dein Großvater hat sich über diese Anmaßung natürlich mächtig geärgert. Er kaufte sich aber keinen Landsitz, denn er hatte sich vorgenommen – und zwar auf welche Weise auch immer –, das Gut Hougham zu erwerben, teils wegen des unweit gelegenen Dorfes, in dessen Namen das Wort Mompesson auftauchte, teils aber auch, um sich für die unhöfliche Art zu rächen, in der dein Großvater seinen Antrag abgelehnt hatte. Doch die Tropen hatten seine Gesundheit untergraben, und er starb nicht lange nach seiner Rückkehr. Sein Sohn, der jetzige Sir Hugo, erbte außer den westindischen Zuckerrohrplantagen auch den Ehrgeiz, das Gut deines Großvaters besitzen zu wollen.

Und er glaubte, gute Aussichten zu haben, denn damals hatte dein Großvater noch keinen Sohn – dein Vater wurde, wie du ja weißt, erst einige Jahre nach Mr. Jeoffreys zweitem Kind, nach Miss Sophia, geboren. Sir Hugo wußte, wie dringend dein Großvater Geld brauchte, und so rechnete er sich aus, daß ihm als reichem Adligen gelingen könne, woran sein Vater gescheitert war: in deine Familie einzuheiraten, zumal die ältere Tochter deines Großvaters, Miss Alice, schon fast das heiratsfähige Alter erreicht hatte.

Also machte sich Sir Hugo daran, die Bekanntschaft mit deinem Großvater zu erneuern, denn beide Familien hatten die Verbindung nicht völlig abreißen lassen. Doch als er ihn um die Hand seiner Tochter bat, beharrte Mr. Jeoffrey darauf, daß Miss Alice noch viel zu jung sei, um an eine Heirat zu denken. Sir Hugo aber hegte den Verdacht, daß man ihn mit Ausflüchten abspeisen wolle und ihn letztlich ebenso wie seinen Vater als Emporkömmling abweise. Schließlich brachte er Mr. Jeoffrey doch noch dazu, dieser Ehe zuzustimmen. Und die Bedingungen des Ehevertrags waren äußerst vorteilhaft für Sir Hugo, denn dein Großvater verpflichtete sich, sollte er ohne männlichen Nachkommen sterben, dem ältesten Sohn aus der Ehe seiner Tochter das Gut zu übertragen. Seine Frau war damals nicht mehr die Jüngste, und man nahm allgemein an, daß sie keine Kinder mehr bekommen könne.

Man feierte eine über alle Maßen prächtige Hochzeit. Sir Hugo liebte Pomp und Prunk, und das Haus in der Brook Street schien wie in ein Lichtermeer getaucht und übersät mit heraldischen Emblemen. Doch ach, wie kurz sollte dieser Waffenstillstand zwischen den beiden Familien sein! Der Ärger begann, als Sir Hugos erstes Kind ein Mädchen war – getauft auf den Namen Lydia –, dem keine weiteren Kinder mehr folgten, dein Großvater sich aber weigerte, ein Testament zugunsten des Mädchens zu verfassen. Er rechtfertigte sich damit, daß er versprochen habe, dem ältesten Sohn – und nur einem Sohn – sein Erbe zu überschreiben. Das Mädchen wuchs zu einem recht eigenartigen Wesen heran, und der Grund dafür mag darin zu suchen sein, daß es von seinen Eltern abgelehnt wurde – denn wäre es ein Junge gewesen, wäre alles ganz anders gekommen.

Als nächstes verbreitete sich dann die Neuigkeit, daß deine Großmutter wider Erwarten doch noch ein Kind bekommen sollte. Und als dein Vater geboren wurde, da tat sich eine weite Kluft zwischen deinem Großvater und den Mompessons auf. Du weißt wahrscheinlich, daß deine Großmutter im Kindbett starb und daß das Kind von schwächlicher Natur war. Und weil er der spätgeborene Sohn seines Vaters war und seine Schwester Sophia ihn abgöttisch liebte, wuchs dein Vater vermutlich zu einem so verzogenen und verwöhnten Kind heran.

In all diesen Jahren hatte dein Großvater weiterhin all sein Geld für den Bau in Hougham ausgegeben, statt in das Gut zu investieren, und so verschuldete er sich immer tiefer bei den Clothiers. Das Haus kostete zusätzliches Geld, da das Dorf neben der Old Hall abgerissen werden mußte, um dort den Park anlegen zu können. Und dann, etwa zehn Jahre nach der Geburt deines Vaters und kaum sechs Jahre bevor ich in Mr. Jeoffreys Dienste trat, war Clothier wieder einmal in der Lage, eine Zwangsvollstreckung beantragen zu können. Dein Großvater schlug ihm jedoch einen Handel vor und bot dem alten Mann die Hand seiner jüngeren Tochter Sophia an, die inzwischen zu einer schönen und lieblichen Dame von achtzehn Jahren herangewachsen war. Zum Ausgleich für eine Verlängerung der Hypothekenfristen erklärte sich Mr. Jeoffrey mit einem Heiratsvertrag einverstanden, der vorsah, daß der älteste Sohn dieser Ehe in der Erbfolge des Gutes Hougham nach deinem Vater an erster Stelle stand. Clothier rechnete nicht damit, daß dein Vater, das kränkliche Kind, je sein Erbe antreten würde. Dein Großvater verpflichtete sich auch vertraglich, ein entsprechendes Testament aufzusetzen, hoffte aber darauf, daß sein Sohn überleben und einen Erben zeugen würde, so daß diese Klausel hinfällig werden würde.

Im darauffolgenden Jahr wurde nun den Clothiers ein Sohn geboren, und dies war der junge Mr. Silas, von dem du vielleicht schon das eine oder andere gehört hast – allerdings wohl kaum etwas Gutes, möchte ich annehmen. Als Mr. Jeoffrey jedoch keinerlei Anstalten traf, sein Versprechen einzuhalten und ein neues Testament aufzusetzen, drohte ihm der alte Clothier erneut mit einer Zwangsvollstreckung. Dein Großvater wehrte sich mit aller Macht gegen ein neues Testament, da er es nicht riskieren wollte, Mr. Silas zum anwartschaftlichen Erben zu erklären, solange dein Vater noch unverheiratet und kinderlos war. Erst als dein Vater volljährig wurde und nicht zu erkennen gab, daß er die Wünsche seines Vater so bald erfüllen würde, beschloß Mr. Jeoffrey schließlich, ein neues Testament aufzusetzen, ohne darin allerdings den Namen von Master Silas zu erwähnen.

89. KAPITEL

So stand es also zu jener Zeit, aus der ich dir gerade erzähle, nunmehr vor beinahe zwanzig Jahren. Mr. Jeoffreys Notar, Mr. Paternoster, setzte mit meiner Hilfe das Testament auf, und ich war höchst erfreut, als dein Großvater sagte, daß er mir zum Zeichen seiner Dankbarkeit und seines guten Willens dieses Haus vermachen wolle. Außerdem hatte er mein Gehalt angehoben, und damit war ich endlich in der Lage, heiraten zu können. Doch von diesem Legat einmal abgesehen, bestätigte das neue Testament nur die Bedingungen des früheren Testamentes und benannte als alleinigen Erben deinen Vater, obwohl dein Großvater sich sehr darum sorgte, daß sein Sohn das Gut verkaufen könne, sobald es einmal in seinem Besitz war. Mr. Jeoffrey erwähnte seinen Enkel Silas in diesem Testament mit keinem Wort – im offenen Widerspruch also zu dem, wozu er sich vertraglich verpflichtet hatte.

Clothier bestand nun darauf, daß dein Großvater ihm das Testament zeige, und als mein Prinzipal sich weigerte, ging Clothier vor Gericht und bekam in nahezu allen Punkten recht, denn der Richter forderte deinen Großvater auf, das Testament vorzulegen. Nun also stellte sich heraus, daß er seiner Verpflichtung nicht nachgekommen war. Er wurde daher angehalten, ein Kodizill aufzusetzen, das Master Silas als anwartschaftlichen Erben benannte und von dessen Vater als Zeuge gegengezeichnet wurde.

Natürlich wollte dein Großvater, daß dein Vater so rasch wie möglich heiratete, damit für den Fortbestand seines Namens gesorgt sei. Doch als Master James ihm kurz darauf mitteilte, daß er sich für eine Braut entschieden habe, widersetzte sich Mr. Jeoffrey dieser Wahl mit aller Macht. Er meinte, die Familie der Braut sei nicht reich genug und von zu niederer Herkunft. Es gab aber auch noch andere Gründe, weshalb er diese Ehe ablehnte. Ein Skandal hatte nämlich die ganze Familie in Aufruhr versetzt: Die Tochter von Sir Hugo und Lady Mompesson, jenes seltsame junge Geschöpf, von dem ich dir bereits erzählt habe, hatte sich in John Umphraville, den Bruder von Lady Mompesson, verliebt. Ihre Eltern waren gegen diese Verbindung, und dein Großvater bestärkte sie in dieser Haltung. Sein Neffe George Maliphant dagegen hielt zum jungen Paar. Folglich zerstritt sich Mr. Jeoffrey mit ihm und beschloß, ihn von der Erbschaft auszuschließen. Die Schwester deines Großvaters wiederum, Louisa Palphramond, schlug sich auf die Seite von Mr. Jeoffrey, wodurch sie seine Gunst zurückgewann. Die Heirat zwischen dem Mädchen und dem jungen Umphraville scheiterte letztlich am Widerstand deines Großvaters.

Dein Vater dagegen wehrte sich erfolgreich gegen deinen Großvater, denn er und deine Mutter beschlossen, zusammen fortzulaufen und zu heiraten. Da letzteres heimlich geschehen mußte, beantragte dein Vater eine

Sondergenehmigung und sorgte dafür, daß die Zeremonie an einem Ort stattfand, von dem aus kein Wort über die geplante Hochzeit zu seinem Vater dringen würde, er sie also nicht verhindern konnte. Doch dadurch bewirkte er auch, daß diese Heirat für immer von einem Geheimnis umgeben blieb. Und es macht mich traurig, dir dies sagen zu müssen, Master John, aber du mußt wissen, daß die elenden Clothiers die Eheschließung angezweifelt haben. Sie behaupten sogar, die Heirat habe nie stattgefunden und du seist ein uneheliches Kind. Da deine Eltern inzwischen verstorben sind, kein noch lebender Zeuge der Zeremonie bekannt ist und auch in den bisher überprüften Kirchenregistern kein entsprechender Eintrag gefunden werden konnte, fürchte ich, daß in diesem Falle das Recht auf seiten der Clothiers steht. Vielleicht hat der Widerstand deines Großvaters letztlich genau das herbeigeführt, was er am meisten fürchtete: die Enterbung seiner leiblichen Nachfahren.

90. KAPITEL

Im Frühjahr des folgenden Jahres wurde dein Großvater sehr krank, und als er merkte, daß es mit ihm zu Ende ging, da quälte ihn der Gedanke, dein Vater könne auf das Erbe verzichten und das Gut an Nicholas Clothier oder, und der Gedanke war ihm kaum weniger unangenehm, an Sir Hugo verkaufen. Er flehte Mr. Paternoster an, sich einen Weg auszudenken, wie dies verhindert werden könne, doch vergebens. Plötzlich änderte sich aber alles, und du, Master John, warst der Grund dafür. Denn sobald er von deiner Geburt erfuhr, hatte Mr. Paternoster eine Idee, wie man die Pläne deines Vaters durchkreuzen und die Clothiers ebenso wie die Mompessons überlisten könne. Damals hatte ich von diesen Dingen jedoch keine Ahnung, da ich draußen in Hougham war, und was ich dir nun erzähle, erfuhr ich selbst erst viel später.

Mr. Paternosters Plan zufolge verfaßte Mr. Jeoffrey nun ein neues Testament, in dem dein Vater einfach übergangen und das Gut direkt an dich vererbt wurde. Ja, Master John, du bist nach Recht und Billigkeit der Alleinerbe des gesamten Besitztums und solltest in ebendiesem Augenblick auch sein Eigentümer sein. Doch Geduld, ich erzähl dir gleich, was daraufhin geschah. Zuerst sollte ich vielleicht noch erwähnen, daß dein Großvater sich wiederum dafür entschied, Master Silas mit keinem Wort zu erwähnen, und es abermals den Clothiers überließ, das Testament anzufechten. Da er sich zudem mit seinem Neffen George zerstritten, mit seiner Nichte Amelia aber wieder versöhnt hatte, wollte er ersteren bestrafen und letztere belohnen. Und so übertrug er, sollten die Huffams aussterben, die Erbanwartschaft nicht auf George und dessen Erben, sondern auf seine Nichte Amelia und deren Kinder.

Ich muß dir nun etwas Schreckliches berichten. Gleich nachdem er dieses Testament verfaßt hatte, starb dein Großvater. Daher wußte niemand – mit Ausnahme von Mr. Paternoster und dem zweiten Zeugen, seinem Sekretär –, daß dieses Dokument überhaupt existierte. Mr. Paternoster verheimlichte aber das Testament, unterschlug es schließlich und ließ auch das Kodizill zum ursprünglichen Testament verschwinden. Seine Beweggründe werde ich dir gleich erklären. Dann legte er das ursprüngliche Testament vor und behauptete, dein Großvater habe kurz vor seinem Tod das Kodizill widerrufen. Diese Aussage ließ er von seinem Sekretär beglaubigen, den er dafür bezahlt hatte, den Mund zu halten und nur das zu sagen, was er ihm aufgetragen hatte. Dieses Testament wurde dann bei Gericht eingereicht, um es rechtswirksam bestätigen zu lassen. Natürlich versuchte Nicholas Clothier, das Testament vor dem Konsistorialgericht anzufechten, und er behauptete, das Kodizill sei widerrechtlich unterschlagen worden. Doch da er dies nicht belegen konnte, wurde seine Klage schon nach wenigen Monaten abgewiesen.

Also erbte dein Vater das Gut. Und Clothier, wütend, weil er sich hereingelegt fühlte, forderte erneut die Hypotheken und die sonstigen Schulden ein und wandte sich diesmal an das Kanzleigericht mit der Behauptung, daß das Kodizill widerrechtlich unterschlagen worden und sein Sohn Silas, da deine Eltern offenbar niemals geheiratet hatten, der rechtmäßige Erbe sei. Er bot deinem Vater an, die Klage fallenzulassen, wenn er ihm das Gut verkaufe, doch dein Vater schlug ihm ein Schnippchen. Schließlich wollte er ebensowenig wie sein Vater, daß das Land seiner Ahnen an irgendeine dahergelaufene Krämerseele aus der City verkauft wurde. Nicht einmal ein Jahr nach dem Tod seines Vaters übertrug er das Gut also seinem Schwager, Sir Hugo Mompesson, der, da er inzwischen auch einen Sohn hatte – den gegenwärtigen Sir Augustus –, sehr darauf erpicht war, es in seine Hände zu bekommen. Sir Hugo konnte allerdings nicht die gesamte Kaufsumme vorlegen, und so wurde eine Jahresrente für das Gut festgesetzt, die deinem Vater und seinen Erben auf alle Zeit hin zu zahlen war.

Dein Vater starb bald darauf, ebenso der alte Clothier, aber der Prozeß vor dem Kanzleigericht dauerte auch weiterhin an, da Mr. Silas ihn nun fortführte. Doch was ich dir nun mitzuteilen habe, Master John, ist viel wichtiger: Noch ehe Mr. Paternoster vor einigen Jahren starb, gestand er mir, was er getan hatte und warum er es getan hatte. Er sagte, er sei zu deinem Vater gegangen und habe ihm gesagt, daß Mr. Jeoffrey gerade ein Testament aufgesetzt habe, das ihn enterben würde. Daraufhin bestach ihn dein Vater, damit er das Dokument unterschlage und, soweit möglich, auch das Kodizill zum ursprünglichen Testament beseitige, damit er, also dein Vater, nicht erst die Kosten für eine Auflösung des Fideikommisses entrichten müsse, bevor er das Gut verkaufen könne.

Mr. Paternoster gestand mir auf seinem Sterbebett aber auch, daß er diese beiden Dokumente nicht vernichtet habe, wie er deinen Vater wissen ließ. Er verwahrte sie jahrelang und hatte erst kurz zuvor bei den Mompessons vorgesprochen, um ihnen vom Testament zu erzählen und davon, daß es immer noch vorhanden sei. Die Mompessons waren natürlich entsetzt, denn das Testament hätte deinen Vater rückwirkend enterbt und somit den Erwerb des Gutes für rechtlos erklärt. Schließlich kauften sie Mr. Paternoster das Dokument für sehr viel Geld ab. Inzwischen werden sie es wohl vernichtet haben,

Master John, und damit gibt es keinen Beweis mehr dafür, daß es überhaupt jemals existiert hat.

Mit dem Kodizill sieht es nicht ganz so schlecht aus. Mr. Paternoster hat natürlich nicht gewagt, es den Clothiers anzubieten, aber er suchte den Nachkommen von Mr. George Maliphant auf, auf den, wie du dich vielleicht noch erinnerst, das Erbe überschrieben werden sollte, sobald der Zweig der Huffams ausstarb und der junge Mr. Silas nicht mehr am Leben war. Er bot diesem jungen Gentleman, einem gewissen Mr. Richard Maliphant, das Dokument zum Kauf an, dieser lehnte jedoch ab. Mr. Paternoster hat mir gestanden, daß er das Kodizill dann an ein anderes Mitglied dieser Familie verkauft habe, wollte mir den Namen des Käufers aber nicht verraten.

Solltest du nun das Kodizill wiederbeschaffen und es dem Gericht vorlegen können, bestünde die Möglichkeit, daß man dich zum Besitzer des Gutes Hougham erklärt, denn das Kodizill würde mit rückwirkender Geltung festsetzen, daß die Mompessons nur das Nießbrauchrecht, nicht aber, wie sie geglaubt hatten, das Verfügungsrecht gekauft haben, und das Gericht könnte somit befinden, daß der Verkauf ungültig war.

Ich muß allerdings hinzufügen, Master John, daß dich all dies sehr viel Geld kosten wird. Du mußt deshalb jeden Penny deiner Jahresrente, den du erübrigen kannst, dafür aufsparen und dir ein recht breites Wissen über das Eigentumsrecht aneignen, damit du den Prozeß so wirksam wie nur möglich führen kannst. Warum ziehst du nicht hierher und wohnst hier im Haus? Du könntest mir ja eine Kleinigkeit für Kost und Logis zahlen. Und bring auch gleich deinen jungen Freund Martin mit, den Sohn dieser armen Elisabeth Fortisquince! Was ich vom gemeinen Recht und vom Billigkeitsrecht weiß, das will ich euch alles beibringen. Ihr müßt nur ... ihr müßt ... Was zum Teufel ist das für ein Lärm da draußen, Master John? Ich sage, was zum ... Master John? Gütiger Himmel! Wer bist du eigentlich?

IV. BUCH

Ein Freund im Haus

91. KAPITEL

Es ist spät am Abend, und Mr. Clothier und Mr. Sancious sind allein im Kontor – beinahe allein, denn Mr. Vulliamy arbeitet noch im Vorzimmer, wo er die lauten Stimmen sicherlich deutlich hören kann.

»Auf Ihr Anraten hin hab ich für meinen Klienten die Wechsel von Quintard & Mimpriss gekauft«, tobt Mr. Sancious. »Und die waren wertlos!«

»Ich wußte doch nicht, daß das Haus in finanziellen Schwierigkeiten steckte«, ruft der alte Gentleman ungehalten. »Schließlich hatte ich selbst meine liebe Not, weil ich die Papiere nicht früh genug abgestoßen habe. Meinem Informanten ging es da auch nicht anders.«

»Ihrem Informanten!« höhnt der Advokat. Er sieht aus, als wolle er etwas Bestimmtes sagen, fährt dann aber fort: »Ich will wetten, daß Ihr Informant schuld an dieser brenzligen Lage hat. Da sehen Sie, wohin uns Ihr Wechselhandel gebracht hat! Jeden Penny, den die Pimlico & Westminster Land Company mit der Spekulation gebracht hat – verloren! Die Company selbst fast bankrott, und für einen gewissen Herrn die Aussicht auf einige Jahre Gefängnis!«

»Was geht Sie das denn an?« ereifert sich der alte Gentleman. Dann deutet er ruckartig mit dem Kinn zur Tür, bedeutet seinem Gast mit einer Handbewegung, sich leise zu verhalten, und fährt dann in heiserem Flüsterton fort: »Sie müssen es schließlich nicht ausbaden.«

»Sie doch auch nicht!« gibt der Advokat zurück. »Außerdem frag ich mich, ob Sie mich nicht von Anfang an hinters Licht geführt haben. Ich möchte wetten, daß Sie Ihre wertlosen Wechsel an die Company verkauft haben, damit ich für Ihren Verlust aufkommen kann!«

»Das ist eine infame Lüge!« kreischt der alte Gentleman. »Und wenn wir schon dabei sind, dann sag ich Ihnen gleich, daß *Sie* nicht offen und ehrlich waren. Schließlich haben Sie die Flucht des Huffam-Jungen in die Hände genommen!«

»Aber wovon reden Sie denn?« fragt Mr. Sancious erstaunt – zumindest ahmt er die entsprechende Miene nahezu perfekt nach. »Warum hätte ich denn so etwas tun sollen?«

»Treiben Sie keine Spielchen mit mir! Halten Sie mich vielleicht für einen Narren? Ich weiß, daß *Sie* dahinterstehen. Und ich würd meinen Kopf wetten, daß Sie wissen, wo er jetzt steckt.«

»Das ist doch absurd! Warum sollte ich denn so etwas tun?«

Der alte Gentleman blickt den Advokaten verschlagen an: »Glauben Sie bloß nicht, Mr. Sancious, daß ich Ihre Machenschaften nicht durchschaue«, sagte er. »Ich weiß, daß Sie mich übertrumpfen wollen. Aber das wird Ihnen nicht gelingen. Da bin ich Ihnen eins über. Ich kenne Ihre Karten. Sie werden schon sehen, ich ...« Der alte Gentleman hält mitten im Satz inne, ringt keuchend nach Luft, sinkt dann zu Boden und ächzt: »Öffnen Sie meinen Kragen! Bitte! Helfen Sie mir!«

Der Advokat sieht ruhig den Prinzipal an, der sich röchelnd an die Brust faßt.

Mit heiserer, fast erstickter Stimme keucht der alte Gentleman: »Rufen Sie Vulliamy! Ich bitte Sie, um Himmels willen!«

Mr. Sancious rührt sich nicht.

Nach einigen Augenblicken gibt der alte Gentleman keinen Laut mehr von sich und liegt regungslos am Boden. Sofort geht der Advokat zur Truhe und versucht, den Deckel anzuheben. Sie ist verschlossen. Er geht an den Schreibtisch, öffnet die Schubladen und beginnt, die Papiere zu durchwühlen.

In diesem Augenblick springt der alte Gentleman jäh wieder auf: »Nur nicht so rasch, mein Guter!«

Als Mr. Sancious ihn entsetzt anstarrt, grinst er und höhnt: »Da haben Sie wohl gedacht, Sie hätten Glück gehabt, wie?«

Er geht auf ihn zu, und Mr. Sancious weicht zurück, geht rückwärts durch die Tür ins Vorzimmer und stößt hervor: »Ihr Prinzipal ist verrückt geworden!« Dann dreht er sich um und eilt hinaus auf die Straße.

Verwundert blickt Mr. Vulliamy von seinem Schreibtisch auf und betrachtet den alten Gentleman, der vergnüglich grinsend in der Tür zu seinem Kabinett steht.

92. KAPITEL

Ein heftiges Klopfen an der Haustür war der Grund, weshalb Mr. Escreet so unvermittelt in seiner Erzählung innegehalten hatte. Es war ein eigenartiges und sehr auffälliges Klopfen: In rascher Folge erklangen drei Schläge, gefolgt von einer kurzen Pause, dann ein weiterer Schlag, eine erneute Pause, und dann wurde dieselbe Folge noch einmal wiederholt. Der alte Mann war bei diesem Lärm zusammengefahren, als sei er aus tiefem Schlaf erwacht, und schaute mich nun an, als sähe er mich zum erstenmal: »Gütiger Himmel! Wer bist du! Du bist nicht Master John! Wer zum Teufel bist du?«

»Ich habe es Ihnen schon gesagt, Mr. Escreet. Ich bin John Huffam.« Noch während ich sprach, drehte sich mir alles im Kopf, denn ich versuchte, die Folgen des soeben Gehörten zu begreifen.

»Nein. Bist du nicht. John Huffam ist tot.« Mr. Escreet stand auf: »Aber wer du auch bist, du mußt jetzt gehen. *Er* darf dich hier nicht sehen.«

»Wen meinen Sie?« fragte ich. »Und woher wollen Sie wissen, wer vor der Tür steht?«

Er sah mich ängstlich an: »Keiner klopft so wie er. Beeil dich! Er hat seinen eigenen Schlüssel.«

Er packte mich und schob mich fast aus dem Zimmer. In der Halle hob er seinen Zeigefinger an die Lippen, und auf Zehenspitzen schlichen wir über die zerborstenen Bodenplatten, als wir plötzlich hörten, wie die Haustür geöffnet wurde. Die Treppe war jetzt zwischen uns und dem Vestibül, also warteten wir dort einen Augenblick, bis die Tür wieder geschlossen wurde und wir wußten, daß der Neuankömmling das Haus betreten hatte. Jetzt wurde die Tür vom Vestibül zur Halle geöffnet und wieder geschlossen, und dann hörten wir, wie jemand fast in Greifweite an uns vorbeiging und wie seine Schritte im Seitenflur verhallten. Wir eilten weiter, einen langen Gang hinunter, und erreichten die Hintertür ohne weitere Zwischenfälle. Mr. Escreet stieß mich fast nach draußen und schloß gleich hinter mir wieder ab.

Ich eilte durch eine dunkle, schmale Gasse zum belebten Charing Cross, folgte ihm und kam auf dem üblichen Weg zurück zum ersten Innenhof. Mr. Digweed wartete an einer Stelle auf mich, von der aus er jeden beobachten konnte, der kam oder ging, ohne selbst vom Haus her entdeckt werden zu können. Joey war bei ihm, wie ich überrascht feststellte, und er keuchte, als wäre er gerade schnell gelaufen. Ich freute mich, ihn wiederzusehen, und sei es auch nur, weil ich wußte, wie sehr sich seine Eltern um ihn gesorgt hatten.

»Wer ist gerade ins Haus gegangen?« fragte ich die zwei.

Sie zuckten beide die Achseln.

»Wie hat er ausgesehen?«

»Er war noch ziemlich jung«, antwortete Joey, »angezogen wie ein Gentleman, aber ein verarmter Gentleman, würd ich meinen. Mehr kann ich dir nicht sagen.«

»Dann warte ich, bis er wieder herauskommt.«

»Das kannst du nicht«, sagte Joey. »*Er* ist gerade bei uns zu Hause aufgetaucht.«

»Wer?«

»Barney. Sally hat ihm wohl doch gesagt, wo er dich finden kann.«

»Du bist hier nicht mehr sicher, Master John«, warf sein Vater ein. »Du mußt fort.«

Ich wußte, er hatte recht, fand mich aber nur ungern damit ab, daß ich keinen Blick auf Mr. Escreets Besucher werfen konnte.

»Aber wohin soll ich gehen?« fragte ich die beiden bestürzt.

Mr. Digweed und Joey sahen sich an. »Zu Meg«, sagte Joey.

»Daran hab ich auch schon gedacht«, meinte sein Vater.

Ich sah Joey an. Hatte er mir die Wahrheit erzählt? Oder wollte er mich nur in eine neue Falle locken? Woher wußte er, daß Barney aufgetaucht war? War es denn nicht wahrscheinlicher, daß er Sally zu ihm zurückbegleitet hatte und daß sie einen neuen Plan gegen mich ausheckten?

»Ich bring ihn hin, Vater«, sagte Joey. »Wenn mir einer von Barneys Leuten folgt, kann ich ihn besser abschütteln als du.«

Mr. Digweed nickte.

»Du bist also zurückgekommen, Joey?« fragte ich.

Er bekam einen roten Kopf, doch sein Vater, der hin und her gerissen schien zwischen der Freude, seinen Sohn wieder bei sich zu wissen, und der Sorge um mich, sagte: »Das ist er, Gott sei Dank! Er sagt, er wär gar nicht bei Barney gewesen. Man bloß so 'n bißchen rumgelaufen und mal 'ne Nacht woanders gepennt.«

Joey schien längst nicht so mürrisch zu sein wie sonst, und ich war beinahe überzeugt, daß er sich aufrichtig freute, etwas für mich tun zu können, und so beschloß ich, ihm zu vertrauen.

Wir trennten uns von seinem Vater, und in einer wilden Jagd hetzte mich Joey quer durch die große Stadt. Er schlängelte sich mit mir durch die Menschenmengen auf den Bürgersteigen, schlüpfte rasch durch schmale Gassen und überquerte die belebten Straßen so unvermittelt, daß die Pferde scheuten, die Kutscher aber hinter uns herschrien und ihre Peitschen über unseren Köpfen knallen ließen. Im Zickzack und auf Umwegen bewegten wir uns der Themse entlang nach Osten.

Wir kamen am Tower vorbei und eilten durch einen Bezirk, in dem alle Straßenzüge schon eingeebnet waren oder gerade abgerissen wurden. Dies war die Gegend um St. Catharine, wo ein mittelalterliches Kloster, ein Krankenhaus sowie mehr als tausend Häuser abgetragen – und ihre Bewohner vertrieben – wurden, um für ein neues Hafenbecken Platz zu schaffen. Der Bauschutt und die ausgehobene Erde wurden flußaufwärts transportiert, um das Grosvenor-Becken in Pimlico aufzufüllen – Arbeiten, von denen ich bereits ein wenig gesehen hatte, als ich auf der Suche nach Barney durch das Viertel der Neat Houses geschweift war.

Danach kamen wir plötzlich in eine Gegend, in der Männer in festem Leinen und mit windgegerbten Gesichtern durch die Straßen eilten, schamlos dreinblickende Frauen ihren Putz zur Schau stellten und überall Schiffsausrüster, Hersteller von Schiffszwieback und Seilmacher zu sehen waren, kurz, all die Arbeiter und Zulieferer, die für die Seefahrt notwendig waren. Möwen schrien über unseren Köpfen, und London schien jäh zu einer Hafenstadt geworden zu sein.

Endlich erreichten wir ein schäbiges, heruntergekommenes Viertel nahe beim Fluß, und hier, in einer schmutzigen engen Gasse, die Brewhouse Lane hieß, blieb Joey stehen, um an eine niedrige, tief in die Mauer eingelassene Tür zu klopfen. Wir waren in Wapping, nicht weit vom Execution Dock, wo man früher die Piraten und Meuterer in der wiederkehrenden Flut ertränkte. Wir rangen beide nach Luft, und ich hatte weder die Zeit noch den nötigen Atem, um Joey irgendwelche Fragen zu stellen.

Meg führte eine saubere und manierliche Pension – etwas sehr Ungewöhnliches in diesem Teil Londons, wo sonst nur Preßspelunken auf abgemusterte Matrosen lauerten. Meg selbst war eine freundliche, ehrliche Frau, ungefähr in Mrs. Digweeds Alter, und obwohl die beiden sich schon lange kannten, wußte Barney, so versicherte mir Joey, nichts von dieser Freundschaft. Meg führte Joey und mich in ein kleines, doch makellos sauberes Zimmer, und nachdem sie sich zurückgezogen hatte, dachte ich, daß auch Joey mich nun verlassen würde. Ich wollte ihn gerade darum bitten, seinen Eltern meinen Dank zu übermitteln, als ich merkte, daß er mir etwas mitteilen wollte. Dabei wartete ich ungeduldig darauf, daß er sich endlich von mir verabschiedete, denn es gab so vieles, über das ich nachdenken mußte.

Er schien nicht gleich die rechten Worte zu finden, doch dann platzte er heraus: »Es war alles meine Schuld. Mutter hat nichts davon gewußt.«

»Wovon redest du?«

»Na, von damals, bevor wir nach Norden gegangen sind. Da hat Barney zu Sal gesagt, sie soll mich holen gehen, und er hat mir vier Shilling gegeben und gemeint, davon gäb's noch mehr, wenn ich das tu, was er mir sagt. Ich sollte in Melthorpe irgendwie in dieses Haus rein. Er hat mir genau beschrieben, wo es liegt und wie es aussehen tut. Ich war richtig stolz, weil er mir doch so vertraut hat. Und darum hab ich Mutter dann quer durch Melthorpe geführt und bin direkt zu dir und deiner Mam.«

»Ich verstehe. Und was solltest du für ihn tun?«

»Den Türschlüssel klauen, wenn sich 'ne Möglichkeit ergeben tät. Aber ich sollte mich vor allem nach geschriebenen Sachen – irgendwelchen Papieren – umsehen und gucken, ob ihr da vielleicht was Wertvolles versteckt habt.« Dann rief er: »Aber ich hab's nicht getan, gar nichts!«

»Weil ich dich erwischt habe.«

»Nein!« erwiderte er ungehalten. »Ich wollt euch nicht schaden, nachdem deine Mam so gut zu uns war. Ich glaub, ich wollt mich nur ein bißchen umsehen, um Barney zu erzählen, was ich gesehen hab. Aber ich hätt ihm nie verraten, wie er bei euch was klauen kann.«

War dies nun endlich die Wahrheit? Wahrscheinlich hatten seine Eltern Bescheid gewußt, wollten aber, daß Joey es mir selbst erzählte. Und nun hatte er es getan, kurz nachdem er mich vor seinem Onkel gerettet hatte und sich moralisch daher in einer stärkeren Position fühlte. Ich war mir fast sicher, nun auch den Grund zu kennen, weshalb er bisher immer so mürrisch zu mir gewesen war: Niemandem grollen wir mehr als demjenigen, dem wir Unrecht getan haben

»Ich glaube dir«, versicherte ich ihm.

»Das ist noch nicht alles«, sagte er. »Da war noch was, damals, als ich dir vom Kadaver aus nachgeschlichen bin. Wie du nämlich deinen Schlafplatz für die Nacht gefunden hast, unten beim Common Garden, da hab ich mit dem Jungen geredet, dem du deinen Ring gegeben hast.«

»Mit Luke?« rief ich.

»Ebendem. Ich hab ihm gesagt, er soll auf dich aufpassen und dir auf den Fersen bleiben, wo du auch hingehst, und dann zu mir zurückkommen und mir verraten, wo du bist. Ich hab ihm dafür meine letzten vier Pence gegeben und ihm noch mal sechs versprochen. Dann bin ich wieder zu Barney und hab gesehen, daß sie das Haus räumen. Barney hat mir gesagt, was dich angeht, da würd er seine Anweisungen von dem Mann kriegen, der ihn bezahlen tut.«

»Und wer ist das?«

»Weiß nich. Aber er hat gemeint, ich soll mich mit dir anfreunden und dich zu diesem Haus in Islington bringen und so tun, als wenn's ganz zufällig wär. Er hat mir sogar einen Plan aufgezeichnet, damit ich es auch finde. Und das hab ich dann ja auch getan.«

Ich sagte daraufhin nichts, doch er stieß plötzlich hervor: »Ich hab doch nich gewußt, was sie mit dir vorgehabt haben!«

Ich nickte abwesend. Was er gesagt hatte, bestätigte meine Vermutung, daß Sancious das Bindeglied zwischen Barney und den Clothiers war.

»Ich bin dann von Barney aus wieder zurück zum Common Garden«, fuhr Joey fort, »und Luke hat mich dann zum Haus deines Großvaters gebracht.«

Beinahe jede Einzelheit, die mir im Verhalten von Mr. und Mrs. Digweed noch unstimmig erschienen war, hatte nun ihre Erklärung gefunden, und mein Mißtrauen gegen sie war vollständig verschwunden. Joey hatte meiner Mutter und mir zwar Unrecht zugefügt, war aber noch zu jung gewesen, um dafür wirklich verantwortlich zu sein, und allein der Umstand, daß er sich mir gegenüber so lange so unfreundlich verhalten hatte, zeigte, wie schuldig er sich fühlte. Doch noch immer war ich mir nicht sicher, ob er nicht früher oder später zu seinem alten Verbündeten zurückkehren würde, und daher nahm ich mir vor, ihm nicht allzusehr zu vertrauen.

Nachdem Joey gegangen war, rief Meg mich nach unten in die Küche und machte mir etwas zu essen, und so hatte ich erst spät am Abend, als ich wieder allein in meinem Zimmer war, die nötige Ruhe, um über das nachzudenken, was Mr. Escreet mir erzählt hatte – was er mir aus Versehen erzählt hatte. Weil er mich verwechselt und sich in der Zeit getäuscht hatte, war mir ein unmittelbarer Blick in die Vergangenheit vergönnt gewesen, der mir Ereignisse vergegenwärtigt hatte, die außer uns beiden wohl niemandem bekannt waren. Ich wußte nun, daß das entwendete Testament Jeoffrey Huffams tatsächlich existiert hatte und daß es von Paternoster unterschlagen und an die Mompessons verkauft worden war. Ich wußte auch, daß die Mompessons, statt es zu vernichten, wie Mr. Escreet befürchtete, das Testament aufbewahrt hatten, denn kurz vor seiner Ermordung war meinem Großvater das geheimnisvolle Versprechen gegeben worden, jemand aus dem Haus Mompesson würde ihm dieses Dokument durch Martin Fortisquince zukommen lassen. Ich fand es erstaunlich, daß die Mompessons das Testament aufbewahrt hatten, obwohl sie doch mit seiner Hilfe enterbt werden konnten. Wahrscheinlich war dies nur einem Versehen zuzuschreiben und das Dokument inzwischen sicherlich vernichtet worden. Und nur zu gern hätte ich die Identität und die Beweggründe jener Person gekannt, die den Mompessons das Testament zurückgestohlen hatte.

Ich legte mich schlafen. Mitten in der Nacht hörte ich Geräusche vor dem Haus. Ich blickte aus dem Fenster und sah die drei Digweeds auf der Straße stehen, hinter sich einen Karren mit all ihren Habseligkeiten. Ich eilte nach unten, während auch Meg aufstand und die Tür öffnete. Wir gingen in die Küche, und die Digweeds erzählten, daß sie sich entschlossen hätten, im Schutz der Nacht und in aller Heimlichkeit zu fliehen, da sie fürchteten, Barney oder jemand aus seiner Bande könne vor ihrem Haus Wache stehen. Sie wollten sich in diesem Teil der Stadt ein neues Heim suchen, damit ich wieder bei ihnen wohnen könne. Ihre Erklärung überraschte mich, bestätigte aber auch meine Vermutung über ihre wahren Motive.

Am nächsten Morgen fanden sie ganz in der Nähe ein kleines Häuschen in der Peartree Alley, einer Seitenstraße der Cinnamon Street, und kurz darauf zogen wir ein. Da die Digweeds hier fremd waren, hatten sie im Eckladen keinen Kredit, konnten im Wirtshaus nicht anschreiben lassen und hatten auch mit dem Pfandleiher noch keine vertrauten Bande geknüpft. Dieser Beweis ihrer Treue rührte mich sehr, und da ich mich schämte, ihnen so mißtraut zu haben, fand ich, daß ich ihnen schuldig sei, ein wenig mehr von meiner Geschichte zu erzählen. Da ich mir aber immer noch nicht sicher war, ob ich auch ihrem Sohn trauen konnte, wollte ich warten, bis Joey außer Haus war.

Als Joey dann hinausging, fragte mich seine Mutter, als habe sie gespürt, daß ich in seiner Gegenwart nicht offen sprechen wollte: »Hat dein Großvater dir etwas Nützliches erzählt, Master John?«

Ich schrak zusammen. Mein Großvater? Was wußte sie? Wie kam sie darauf? Doch dann begriff ich, daß wir uns mißverstanden hatten, weil ich vom Haus meines Großvaters gesprochen hatte.

»Meinen Sie Mr. Escreet?« fragte ich. »Den alten Gentleman im Haus nicht weit vom Charing Cross?«

Sie nickte, und so mußte ich glücklicherweise nicht leugnen, daß Mr. Escreet vielleicht mein Großvater war. Immerhin war es ja das Haus meines Großvaters. Ich erklärte ihr, daß der alte Herr der Sekretär und Vertraute des Vaters meiner Mutter gewesen sei, und begann, ihr etwas von dem zu erzählen, was ich erfahren hatte.

Doch sobald ich den Namen der Mompessons erwähnte, unterbrach mich Mr. Digweed: »Die Mumpseys? Aber das ist doch die Familie draußen auf'm Land, für die mein Vater gearbeitet hat, bevor er dann nach London ging. Du weißt doch, davon hab ich dir schon erzählt.«

»Was für ein seltsamer Zufall!« sagte ich.

Er sah mich fragend an.

»Ich meine, klingt das nicht ziemlich unwahrscheinlich?«

»Ach, würd ich nicht sagen«, antwortete er. »Schließlich sind sie die vornehmste Familie in der Gegend, und da mein Vater aus derselben Ecke kommt, kann's doch keinen wundern, wenn er in ihren Diensten war, meinst du nicht?«

»Wo kam er denn eigentlich her?«

»Das Dorf hieß Stoke, war nich weit von Hougham. Vor fünfzig Jahren haben sie's abgerissen, und die Familie von meinem Vater mußte wegziehen.«

»Ich kenn das Dorf. Sie haben es wiederaufgebaut, und jetzt heißt es Stoke Mompesson.«

»Tja, aber diesmal war's nur für Leute, die reich genug waren, sich Haus und Hof zu kaufen, damit sie der Gemeinde nicht zur Last fielen.«

Wie eigenartig, daß es auch noch diese Verbindung zwischen mir und den Digweeds geben sollte. War ich vielleicht doch etwas zu vorschnell gewesen, als ich mein Mißtrauen begraben hatte? Wenn sie allerdings tatsächlich etwas vor mir verbergen wollten, dann hätten sie mir wohl kaum diese Auskunft gegeben.

Mr. Digweed fuhr fort: »In meiner Familie – die Digweeds und die Feverfews – haben sie schon seit grauer Vorzeit als Steinmetze und Schreiner für die Mumpseys gearbeitet.«

Bei diesen Worten kam mir ein Gedanke, und ich versuchte, kein Mißtrauen in meiner Stimme mitschwingen zu lassen, als ich ihn fragte: »Dann hat Barney auch etwas mit den Mompessons zu schaffen gehabt?«

»Eine Zeitlang, aber schon seit vielen Jahren nicht mehr«, antwortete sein Bruder. »Er hat sich mit dem Verwalter wegen der Bezahlung irgendeiner Arbeit überworfen und ist seitdem nicht gut auf ihn zu sprechen.«

Ich wußte, was es hieß, wenn Barney nicht gut auf jemanden zu sprechen war. Erleichtert merkte ich, daß sich langsam alle Teile zu einem Bild zusammenfügten, und ich sagte: »Ich erinnere mich, daß Sie mir erzählt haben, wie Sie und Barney manchmal für die Familie gearbeitet haben, in deren Diensten Ihr Vater stand. War das der Grund, weshalb Barney sich damals in dieser Gegend aufhielt, als er in unser Haus einbrach?«

»Genauso war's«, sagte Mrs. Digweed. »Weißt du noch, wie die Mumpseys nicht lang danach in ihr neues Haus in Hougham eingezogen sind? Na, Barney haben sie kurz vorher eingestellt, damit der bei den letzten Arbeit mit Hand anlegt, und das war auch der Grund, weshalb er damals an diesem Tag durch Melthorpe gekommen ist.«

Es war also kein Zufall gewesen! Jetzt erst begriff ich, daß ich die Zusammenhänge immer falsch gedeutet hatte und daß es sich genau andersherum verhielt: Alle scheinbaren Zufälle leiteten sich aus der ursprünglichen Beziehung zwischen den Digweeds und der Gegend, aus der ich kam, her! Dann stimmte also auch meine Vermutung nicht, daß Mr. und Mrs. Digweed an irgendeiner großen Verschwörung gegen mich beteiligt waren! Ja, ich erinnerte mich jetzt sogar daran, daß Mrs. Digweed und Joey damals, als sie bei uns in Melthorpe gewesen waren, von der Verbindung ihres Mannes mit Mompesson Park erzählt hatten. Wie seltsam, daß mir dies entfallen war!

Ich glaubte nun, ihnen soweit vertrauen zu können, daß ich ihnen noch mehr von mir erzählen konnte. Also erklärte ich ihnen kurz, daß das Testament eines Vorfahren zusammen mit einem Kodizill, um das man ein früheres Testament erweitert hatte, vor langer Zeit gestohlen worden und daß alles Übel, das meine Familie seither erlitten hatte, eine Folge dieser Tat sei: daß mein Großvater ermordet, meine Mutter in den Ruin getrieben worden war und daß ich, wie sie ja wußten, auf schreckliche Weise verfolgt wurde. Da die Clothiers das Kodizill nun in ihre Hände bekommen und dem Kanzleigericht vorgelegt hätten, trachtete mir Silas Clothier nach meinem Leben, denn bei meinem Tod würde er das Gut Hougham erben. Von Mr. Escreet hätte ich schließlich erfahren, daß die Mompessons dem Dieb das entwendete Testament abgekauft hatten und daß mein Großvater vermutlich bei dem Versuch, ebendieses Dokument wiederzuerlangen, ermordet worden sei – und zwar auf eine Weise, die den Verdacht auf seinen Schwiegersohn gelenkt hatte.

Sie schüttelten den Kopf, als sie meine Geschichte hörten, und dann fragte Mrs. Digweed: »Hast du denn gar keine Möglichkeit, dich irgendwie in Sicherheit zu bringen?«

»Wenn das entwendete Testament noch existiert und man es dem Gericht vorlegen könnte, dann würde das Kodizill außer Kraft gesetzt, und niemand hätte dann noch einen Vorteil von meinem Tod. Aber wahrscheinlich wurde es schon vor vielen Jahren vernichtet.«

»Bist du sicher?« fragte Mrs. Digweed. »Wenn die Mumpseys es vierzig Jahre lang aufbewahrt haben und wenn sie's damals nach dem Mord an dem armen alten Herrn wiederbekommen haben, meinst du nicht, daß sie's dann auch jetzt noch aufbewahren?«

»Ja«, sagte ich, und mein Herz klopfte wie rasend, als meine Hoffnung so unerwartet bekräftigt wurde, denn diesen Gedanken hatte ich bislang immer wieder zurückgedrängt. »Aber wenn sie einen Grund hatten, es zu behalten – und ich kann das nicht recht glauben, schließlich wäre es nur zu ihrem Nachteil –, dann liegt es wahrscheinlich in einem Banksafe oder irgendeinem anderen sicheren Versteck.«

»Versteck!« rief Mrs. Digweed und wandte sich aufgeregt und mit glühendem Gesicht nach mir um: »In welchem Jahr noch mal ist dein Großvater umgebracht worden?«

»Na, das war ein Jahr vor meiner Geburt im Mai.«

»Und du bist ungefähr sechs Monate vor Joey geboren, nicht wahr?« Sie sah zu ihrem Mann hinüber: »Dann war das doch das Jahr, wo im Mai der große Komet am Himmel war, George. Erinnerst du dich nicht mehr? War doch so groß wie 'ne Käseplatte!« Er nickte, und sie fuhr fort: »Damals hab ich gerad die Polly gestillt, und in den Tagen haben die Mumpseys nach dir geschickt, weil du für sie was arbeiten solltest.«

Mr. Digweed sah sie verständnislos an.

»Ihr Verwalter hatte dir einen Burschen geschickt«, erzählte sie weiter, »der dir ausrichten sollte, daß es in ihrem Stadthaus einige Schreinerarbeiten zu erledigen gäb.«

»Hieß der Verwalter Mr. Assinder?« fragte ich.

»Nein, das war noch sein Vorgänger«, sagte sie und wandte sich dann wieder an ihren Gatten: »Und du hast dich noch gefragt, warum sie keinen von ihren eigenen Leuten nehmen, weil du doch schon seit vielen Jahren nichts mehr für sie gemacht hast.«

»Richtig«, sagte er. »Jetzt erinner ich mich wieder.«

Mrs. Digweed rief: »Aber begreifst du denn nicht? Die Arbeit, die du damals gemacht hast, das muß genau zu der Zeit gewesen sein, als sie Master Johns Dokument wiedergekriegt haben.«

»Jetzt versteh ich«, sagte ich.

»George, erzähl Master John, was du für sie machen solltest.«

»Nun«, begann er nachdenklich, »da ist dieser riesige Kaminsims im größten Zimmer. Den Großen Salon nennen sie das. Und der Sims, der ist aus allerfeinstem Marmor, und die Blöcke ganz nahtlos zusammengesetzt. Wirklich eine schöne Arbeit. Ein Steinmetz hat ihnen da eine Marmorplatte rausgeschnitten und dahinter ein Loch geschlagen. Ich hab ihnen dann so eine Art hölzerne Kiste gemacht, die genau reinpaßt und die sich über Rollen nach oben und nach vorn bewegt, wenn man die Platte abnimmt.«

»Ein Versteck!« rief ich aus.

»Eben«, sagte Mrs. Digweed. »Und deshalb wollten sie auch keinen von ihren eigenen Leuten nehmen.«

Ich brachte kein Wort heraus, so sehr hatte mich die Vorstellung gepackt, daß ich, wenn dies stimmen sollte und ich mir das Testament irgendwie beschaffen konnte, im selben Moment der Besitzer des Anwesens sein würde. Welch gerechte Genugtuung für all die Missetaten, die von den Mompessons und Clothiers an meiner Familie verübt worden waren! Außerdem hatte Sir Perceval durch sein Verhalten gegenüber den Pächtern gezeigt, daß er das Gut überhaupt nicht verdiente. Ich hatte mehr als nur das Recht, ich hatte die Pflicht, das Gut in Besitz zu nehmen. Doch wie konnte ich hoffen, jemals das Testament in meine Hände zu bekommen? Da ich nicht wollte, daß die Digweeds meine Gedanken errieten, entschuldigte ich mich, verließ das Haus und eilte mit energischen Schritten durch die Straßen der Nachbarschaft, bis ich mich wieder ein wenig beruhigt hatte.

Selbst wenn es mir an finanziellen Mitteln nicht fehlen würde, hätte ich die Mompessons nicht zwingen können, dem Gericht das Testament vorzulegen, da sie seine Existenz sicher verleugnet hätten. Offenbar gab es nur eine Möglichkeit, in den Besitz dieses Dokuments zu gelangen: Ich mußte in das Stadthaus einbrechen und das Versteck öffnen. Doch wie in aller Welt sollte mir das gelingen?

Mr. Digweed, Joey und ich begannen am nächsten Tag wieder mit unserer Arbeit, und da wir nun in einem anderen Teil der Stadt wohnten, stiegen wir nicht mehr durch den alten Schacht im das Tunnelnetz. Wir mußten ziemlich weit laufen, ehe wir zu den ertragreicheren Kanälen kamen, wodurch sich unsere Zeit unter Tage verkürzte und wir folglich auch weniger verdienten.

Eines Abends, als Joey nicht zu Hause war, brachte ich das Gespräch erneut auf das Versteck.

»Hat Barney Ihnen bei der Arbeit geholfen?« fragte ich Mr. Digweed und mußte dabei an meine Vermutung denken, daß er vielleicht schon früher eine Rolle in der Geschichte unserer Familie gespielt haben könnte.

»Nein«, antwortete er überrascht, »er war damals gar nicht in der Stadt.«

»Wissen Sie, wo er war?«

Er schüttelte den Kopf: »Zu der Zeit war er einige Monate lang einfach verschwunden.«

Dies war zwar kein schlüssiger Beweis, erhärtete aber meinen Verdacht, daß er der Mörder meines Großvaters war.

Ich schwieg einen Augenblick lang, dann sagte ich: »Ich fürchte, es wird mir nichts anderes übrigbleiben, als das Testament aus dem Haus zu holen.«

Keiner sagte etwas.

»Du meinst, du willst es stehlen?« fragte Mrs. Digweed schließlich.

»Das wäre doch kein Diebstahl«, protestierte ich. »Damals ist es gestohlen worden, und eigentlich gehört es vor Gericht – so wie alle anderen Testamente auch.«

»Dann soll sich doch das Gericht das Testament zurückholen«, sagte Mrs. Digweed.

»Das will und kann das Gericht aber nicht tun. Wenn Gerechtigkeit herrschen soll, dann werd ich mich selbst darum kümmern müssen.«

Entsetzen spiegelte sich auf den Gesichtern der beiden.

»Wenn sie dich schnappen, dann kannst du dafür gehängt werden«, sagte Mrs. Digweed. »Zumindest würden sie dich deportieren.«

»Mein Leben ist sowieso in Gefahr«, sagte ich. »Soll ich mich vielleicht die nächsten Jahre verstecken, bis Barney und Silas Clothier tot sind?«

Bestürzt schauten sie sich an, und ich sah, daß mein Hinweis auf die Rolle, die ein Mitglied ihrer Familie in meinem Leben spielte, sie zutiefst getroffen hatte.

»Ich werde erst wieder in Sicherheit sein, wenn das Testament dem Gericht vorliegt. Und von Ihnen, Mr. Digweed, will ich ja nur, daß Sie mir sagen, wie ich das Versteck öffnen kann.«

Seine Frau nickte kaum merklich, und er begann: »Es gibt da eine Schwierigkeit, weißt du. Ich mußte eine Stelle aussparen, in die man später ein Schloß einfügen konnte, aber mit dem hatte ich nichts zu schaffen, das wird der Schlosser gemacht haben.«

»Wissen Sie, wer das war?«

»Nein, das weiß ich nicht.«

»Aber vielleicht läßt sich das Schloß leicht öffnen oder aufbrechen«, gab ich zu bedenken.

»Tja«, sagte er, »vielleicht.«

»Nachdem ich jetzt das geheime Versteck kenne, muß ich nur noch herausfinden«, sagte ich, »wie ich in das Haus gelangen kann.«

Die Digweeds zuckten bei dieser Bemerkung zusammen, und ich wechselte rasch das Thema.

In den nächsten Tagen, als mir allmählich klar wurde, wie schwierig das Unternehmen war, auf das ich mich da einlassen wollte, begriff ich auch, daß ich ohne die Hilfe von Freunden keine Chance hatte, und so beschloß ich, Mr. und Mrs. Digweed noch mehr in mein Vertrauen zu ziehen und sie um ihre Unterstützung zu bitten. Ich betonte immer wieder, daß meine Sicherheit letztlich nur dann gewährleistet sei, wenn ich mir das Testament verschaffen konnte, sagte aber nichts davon, daß es mich mit großer Wahrscheinlichkeit auch zum reichen Mann machen würde.

Und so stritt ich mich während der nächsten Tage immer wieder mit ihnen über Recht und Unrecht meines Vorhabens und achtete darauf, daß Joey von unseren Gesprächen nichts erfuhr. Ich wolle doch nur, sagte ich, was mir rechtmäßig zustehe, denn das entwendete Testament, so habe mir Mr. Escreet erzählt, enthalte den letzten Wunsch meines Ururgroßvaters. Es schreibe vor, wie mit seinem Besitz zu verfahren sei, und solle daher auch in Kraft treten.

Endlich machte sich meine Mühe bezahlt, denn eines Tages sagte Mrs. Digweed: »Also gut, Master Johnnie, wir werden dir helfen. Wenn du glaubst, daß es recht ist, wenn du dir das Dokument zurückholst, dann soll uns das genügen. Schließlich sind wir dir ja noch was schuldig für das, was

Barney und Joey dir und deiner armen Mam angetan haben.«

»Sagen Sie nicht, daß Sie in meiner Schuld stehen!« widersprach ich. »Wenn es in meiner Macht läge, würde ich Sie belohnen.«

»Wir wollen keine Belohnung«, unterbrach mich Mr. Digweed. »Uns reicht es völlig, wenn wir sehen, daß der Gerechtigkeit Genüge getan worden ist.«

Seine Worte machten mich ein wenig verlegen, aber ich hatte erreicht, was ich mir gewünscht hatte, und war zufrieden.

Obwohl wir drei versuchten, unsere Pläne vor Joey geheimzuhalten, war es in der winzigen Kate schwierig, auch nur die geringste Kleinigkeit voreinander zu verbergen, und so hörte er dann eines Tages unser Gespräch mit an, als wir nicht ahnten, daß er im Haus war, und auf diese Weise erfuhr er, was wir planten.

Natürlich wollte er unbedingt mitmachen, und ich bestärkte ihn auch darin, denn dies schien mir der beste Weg, ihn daran zu hindern, zu Barney zu laufen und uns zu verraten. Doch seine Eltern waren strikt dagegen, und ein heftiger Streit entbrannte.

»Ihr habt doch keine Ahnung, was es heißt, einen Bruch zu machen!« sagte er. »Ich aber kenn mich seit meiner Zeit bei Barney damit aus.«

»Ein Grund mehr, dich nicht mitmachen zu lassen«, sagte seine Mutter.

Joey zog eine finstere Miene.

»Aber du könntest uns immerhin ein paar Tips geben«, sagte ich.

»Na schön«, sagte er. »Da werden die Nachtwächter sein, die Polizeistreife und auch im Gebäude eine Wache. In welchem Viertel liegt das Haus?«

»In St. George, Hanover Square«, antwortete ich.

»Die bestbewachte Gegend! Ohne einen Baldower schafft ihr das nie.«

Als er unsere fragenden Gesichter sah, erklärte er: »Ein Freund im Haus. Jemand, der euch reinläßt oder euch zumindest sagt, worauf ihr achtgeben müßt und wann die beste Zeit für einen Bruch ist.«

»Aber das weiß ich doch längst«, rief ich.

Ich hatte ihnen kurz von Miss Quilliam erzählt und berichtete ihnen nun jene Episode von ihrer nächtlichen Rückkehr in das Haus nach der Flucht aus jener Absteige in der Panton Street. »Soweit ich mich erinnern kann«, fuhr ich fort, »konnte sie den Wächter im Gebäude damals nicht aufwecken, weil der so fest schlief. Deshalb mußte sie dann hintenherum durch die Stallungen gehen. Der Wächter dürfte also wohl kaum ein besonderes Hindernis sein.«

»Wann ist das gewesen?« fragte Joey.

»Vor fast fünf Jahren«, gestand ich.

Er schnaubte verächtlich: »Dann können wir damit nichts anfangen. Ihr braucht bessere Auskünfte, bevor ihr einbrecht. Vielleicht halten sie sich jetzt sogar Hunde.«

Mr. Digweed zuckte bei diesen Worten unwillkürlich zusammen, doch seine Frau sagte bereitwillig: »Ich werd mich mit den Dienstboten anfreunden. Mal sehen, was ich von denen erfahren kann. Welches Haus ist es, Master Johnnie?«

»Brook Street Nr. 48.«

Plötzlich sagte Joey: »Wenn ihr mich mitmachen laßt, zeig ich euch 'nen beßren Weg.«

»Dies ist kein Spiel, Joey!« sagte Mrs. Digweed. »Wer bei Nacht in ein Haus eindringt, der kann wegen Einbruch verklagt und aufgehängt werden – wie's ja auch jedes Jahr genug armseligen Kreaturen widerfährt.«

»Ich brauch nicht mit ins Haus zu gehen«, sagte er und wandte sich an seinen Vater: »Ihr müßt doch einen haben, der Schmiere steht.«

»Der was?« fragte Mr. Digweed erstaunt.

»Da siehst du, was ihr doch für Grünlinge seid! Wer Schmiere steht, der bleibt vorm Haus und macht den Posten, damit die drinnen rechtzeitig gewarnt werden und verschwinden können. Laßt mich doch mitmachen!«

»Nur über meine Leiche«, sagte Mrs. Digweed.

Als er sah, daß sie unerbittlich blieb, stand er auf und stürzte aus dem Haus.

Obwohl ich auf sie einredete und sagte, daß wir von Joey doch viel lernen könnten, bestand Mrs. Digweed darauf, daß er nicht mit in diese Sache hineingezogen werde. In den folgenden Wochen ließ sie sich dann immer wieder in den diversen Wirtshäusern der Brook Street blicken, während ihr Gatte und ich ganze Nächte in den Kaschemmen unseres Viertels zubrachten, um das Vertrauen argwöhnischer Fremder zu gewinnen, die man uns als erfahrene Einbrecher empfohlen hatte.

Eine Folge unserer Erkundigungen war, daß Mr. Digweed und ich viel Zeit damit verbrachten, den Umgang mit unserer Lampe zu perfektionieren, die sich so einstellen ließ, daß nur ein einzelner, dünner Lichtstrahl zu sehen war. Außerdem lernten wir, den Sperrhaken zu handhaben, ein Werkzeug, mit dem man Schlösser öffnen konnte.

Wenn ich Zeit hatte, Joey zu beobachten, schien er mir sehr still zu sein und sich noch weiter von mir abgewandt zu haben, als mache er mir zum Vorwurf, daß er von unserem Unternehmen ausgeschlossen war. Er lief mit bitterer und hochmütiger Miene umher, redete nur, wenn er angesprochen wurde, und war auch dann nur sehr kurz angebunden.

Einige Wochen später waren Joey, sein Vater und ich eines Nachmittags gerade mit unserer Arbeit unter Tage fertig und gingen durch einen Kanal unter Soho zurück nach oben, als Joey, der eine der beiden Lampen trug, plötzlich sagte: »Ich muß noch woanders lang. Ich seh euch dann zu Hause.«

Damit verletzte er die heiligste Regel der Schlammsucher, sich niemals allein in das Tunnelnetz zu wagen, und wir waren so entsetzt, daß er schon fast außer Sicht und um eine Biegung verschwunden war, ehe wir uns rührten.

Wir eilten ihm nach, doch er hatte eine günstige Stelle für sein Vorhaben gewählt. Als wir um die Ecke bogen, war kein Lichtschimmer mehr zu entdecken. Joey war in einen der vielen Seitentunnels eingetaucht, die hier auf den Haupttunnel trafen, und da wir unmöglich den Weg erraten konnten, den er genommen hatte, gaben wir schließlich die Suche widerstrebend auf und machten uns auf den Heimweg.

Mr. Digweed war so still wie immer, doch sein Schweigen war diesmal von besonder Art. Wir gingen nach oben und liefen auf unserem Rückweg die Strand entlang, da bat er mich, einen Augenblick auf ihn zu warten. Er ging in einen Laden und kam mit einem langen Rohrstock wieder heraus.

Sobald wir uns zu Haus gewaschen und umgezogen hatten, begann eine kummervolle Zeit des Wartens. Nach einigen Stunden hörten wir Schritte, die sich der Haustür näherten, doch es war Mrs. Digweed und nicht Joey.

Sie kam herein und war in heller Aufregung: »Ich hab mich mit einer Wäscherin angefreundet!« rief sie, hielt aber abrupt inne, als sie unsere bedrückten Mienen sah: »Was ist passiert?«

Wir erzählten es ihr, und sie ließ sich schwer in den zerschlissenen Lehnstuhl sinken.

»Ist er in Gefahr?« fragte sie.

»Die Flut wird inzwischen dasein«, sagte Mr. Digweed. »Und wenn ihm die Lampe ausgeht, oder er ausrutscht und sich verletzt ...«

Mrs. Digweeds Neuigkeit war schnell vergessen, und wir setzten unsere sorgenschwere Nachtwache fort. Ich fragte mich, ob Joey vielleicht zu Barney gegangen war, und dachte an die Folgen, die dies für mich haben könnte. Wenn seine Eltern ihm doch nur erlaubt hätten, bei unserem Vorhaben mitzumachen!

Zu unser aller Erleichterung tauchte Joey bald darauf mit trotziger, doch zugleich triumphierender Miene wieder auf. Mrs. Digweed stürzte ihm entgegen und umarmte ihn, obwohl er noch immer seine dreckige Arbeitskleidung trug, Joey aber behielt über ihrer Schulter hinweg seinen Vater im Auge.

Mr. Digweed hob den Rohrstock: »Ich werd dich gar nicht erst fragen, was du dir dabei gedacht hast, es gibt nämlich keinen Grund, der dein Verhalten entschuldigt. Wenn du dann noch magst, kannst du es mir ja hinterher erklären.«

»Ich hatte aber einen Grund, und sogar einen sehr guten«, sagte Joey trotzig. »Aber den werd ich euch nicht verraten – oder zumindest erst, wenn ich will.«

»Wann hab ich dich vorher schon mal geschlagen, Joey?« fragte Mr. Digweed.

»Die beiden Male, wo ich von Barney zurückkam«, sagte Joey mürrisch.

»Wasch dich, und zieh dich um!« sagte sein Vater.

Joey zögerte, doch dann gehorchte er. Als er zurückkehrte, ging Mrs. Digweed nach oben, um sich, wie sie sagte, auch umzuziehen. Da ich nicht wußte, wo ich hingehen sollte, und nicht nach draußen wollte, blieb ich im Zimmer.

Joey stand im Hemd mit dem Rücken zu seinem Vater. Mr. Digweed hob den Rohrstock und ließ ihn auf die Schultern und den Rücken seines Sohnes krachen. Es war ein harter Schlag. Mr. Digweed keuchte, und Joeys Gesicht lief rot an, seine Unterlippe zitterte. Viermal wurde der Stock nochmals gehoben, und viermal sauste er mit schrecklichem Klatschen auf den Rücken des Jungen nieder.

Niemand sprach ein Wort. Joey verzog sich in eine Ecke des Zimmers. Einige Augenblicke später kam auch Mrs. Digweed wieder herunter und warf erst ihrem Sohn, dann ihrem Mann einen mitfühlenden Blick zu.

»Jetzt erzähl uns, was du herausgefunden hast, altes Haus!« sagte Mr. Digweed, der vor Anstrengung immer noch ein wenig keuchte.

»Ich hab ein Mädchen kennengelernt, das dort in der Wäscherei arbeitet«, begann sie. »Nellie heißt sie. Sie schläft in den Stallgebäuden über der Wäscherei. Sie hat gesagt, wenn sie morgens mit der Arbeit anfangen will, dann muß sie endlos lang gegen die Hintertür hämmern, bis die Wache endlich aufwacht. Der Mann schläft in der hinteren Spülküche, dem wärmsten Platz in der Nacht, und sie sagt, wenn er zur Tür kommt, ist er meist noch besoffen, und er schläft hinterher gleich wieder ein.«

Mr. Digweed und ich sahen uns an und grinsten.

Mrs. Digweed fuhr fort: »Sobald der Butler das Haus für die Nacht verschlossen hat, gibt er der Wache den Schlüssel, damit er Familienmitglieder einlassen kann, die später zurückkommen. Doch wenn er glaubt, daß alle im Haus sind, sagt Nellie, dann versteckt er zur Sicherheit die Schlüssel, geht in die Spülküche und legt sich aufs Ohr. Danach kann niemand mehr herein, es sei denn, man holt den Kutscher und die Pferdeknechte aus dem Bett, damit die einem die Tür zu den Stallungen öffnen. Außerdem läßt die Wache die Tür zur Küche unverschlossen, damit man vom Hof ins Haus gehen kann.«

»Ja«, sagte ich, »so hat es Miss Quilliam auch gemacht! Also hat sich in all den Jahren nichts geändert, und die Wache ist tatsächlich kein Problem. Die anderen Dienstboten können allerdings eine Gefahr bedeuten, und wir könnten auf der Straße gesehen werden.«

»Aber wie wollt ihr nun ins Haus kommen?« fragte Mrs. Digweed.

»Das weiß ich noch nicht«, antwortete ich.

Im gleichen Moment gab Joey ein seltsames Geräusch von sich, das tief aus seiner Kehle zu kommen schien.

Ich achtete nicht darauf und sagte: »Wir werden wohl durch ein Fenster einsteigen müssen, wenn es keinen leichteren Weg gibt.«

Joey stieß den gleichen Glueckslaut hervor und rief: »Tja, kann ich mir denken, das ihr gerne einen leichteren Weg kennen würdet.«

»Kennst du einen?« fragte ich ihn.

»Ich sag ihn euch aber nur, wenn ihr mich mitmachen laßt.«

»Das wirst du niemals«, sagte seine Mutter bestimmt.

»Hast du denn eine Idee, Joey?« fragte ich.

»Mehr als nur eine Idee. Ich weiß genau, wie ihr rein- und auch wieder rauskommt, ohne daß man euch von der Straße aus sehen kann. Aber ich verrat kein Wort.«

In den folgenden Wochen, als mir die Schwierigkeiten unseres Unterfangens allmählich deutlicher wurden, versuchte ich immer wieder und mit aller List, mehr aus Joey herauszulocken, doch ohne Erfolg. Als Mr. Digweed und ich wenige Tage nach dem oben beschriebenen Gespräch durch die Brook Street gingen, sahen wir, daß jedes Fenster im Keller- und im Erdgeschoß des Hauses mit stabilen Eisenstangen geschützt und der Gitterzaun des Vorhofs oben mit scharfen Spitzen versehen war. Ein fächerförmiges Palisadengitter an den beiden Seiten, an denen der Zaun mit den Hauswänden abschloß, machte es nahezu unmöglich, zu einem der Fenster oberhalb des Erdgeschosses hinaufzuklettern. Wir gingen um das Haus herum zu den Stallungen, suchten unseren Weg durch Haufen von Pferdedung und mußten feststellen, daß unsere Befürchtungen sich bestätigten. An die rückwärtige Mauer des Innenhofes grenzten die Ställe und die Remise, die im oberen Stockwerk von den Kutschern und Stallburschen bewohnt wurden, so daß auch hier keine Möglichkeit bestand, unbemerkt ins Haus zu gelangen. Durch eine offene Stalltür konnten wir feststellen, daß die Mauer zum Hinterhof des benachbarten Anwesens Nr. 49 ziemlich verfallen aussah. Das Nachbarhaus stand an der Ecke zur Avery Row und war nicht ganz so groß, außerdem schien es verschlossen und unbewohnt zu sein. Unglückseligerweise jedoch war es ebenso gut gesichert wie die Nr. 48.

Als Mr. Digweed uns dann berichtete, was er von einem Bekannten im Wirtshaus erfahren hatte, wurden wir noch mutloser: »Es wär eine verteufelt schwierige Sache, durch ein Fenster einzusteigen, hat er gesagt. Mit Bohrer und Stecheisen würd man für jede einzelne Stange fast zwanzig Minuten brauchen. Wenn man Glück hat, heißt das.«

»Zwei Stangen müßten wir wenigstens entfernen, ehe ich mich durchzwängen kann«, sagte ich. »Geht es denn nicht irgendwie schneller?«

»Man *muß* langsam vorgehen, weil es sonst zuviel Lärm macht.«

»Vierzig Minuten!« rief ich. »Selbst in einer mondlosen Nacht wäre das ein ziemliches Risiko. Und was machen wir, wenn wir die Stangen geschafft haben?«

»Wir nehmen die Scheiben raus und sägen das Lattenkreuz durch. Das ist Arbeit für einen Schreiner, und ich würd in fünf Minuten damit fertig sein.«

»Also könnten wir es in weniger als einer Stunde schaffen?«

»Nein, weil ich jedesmal aufhören muß, wenn der Nachtwächter oder eine Streife kommt. Außerdem brauchen wir noch einen dritten Mann, damit zwei von verschiedenen Punkten aus die Straße in beiden Richtungen beobachten und mich rechtzeitig warnen könnten.«

»Wir können niemandem sonst trauen«, sagte ich. Dann zögerte ich einen Augenblick, da ich schon seit einiger Zeit einen Vorschlag machen wollte. Endlich sagte ich: »Haben Sie denn auch etwas dagegen, wenn Joey nur Schmiere für uns steht?«

Obwohl sich die Digweeds zuerst gegen diesen Vorschlag sträubten, konnte ich sie schließlich davon überzeugen, daß dies für Joey völlig ungefährlich sei, die Sicherheit seines Vaters jedoch beträchtlich erhöhen würde.

Joey war begeistert, als wir ihm diese Neuigkeit mitteilten, nachdem er spät am Abend nach Hause zurückkehrte.

»Prima!« rief er und klatschte in die Hände. »Jetzt erzählt mir, welchen Plan ihr habt!«

Wir faßten unser Vorhaben kurz zusammen, und als wir fertig waren, da lachte er und sagte: »Ihr seid mir vielleicht ein paar Grünschnäbel! Ihr hättet noch nicht einmal mit der ersten Stange angefangen, da würden sie euch schon schnappen. Ich weiß einen viel besseren Weg.«

»Dann verrat ihn uns!« rief ich.

»Na, der Name der Straße hat mir zu denken gegeben.«

»Brook Street?« fragte ich.

Er nickte: »Ich hab mich gefragt, ob die Straße nicht einem alten ›brook‹, einem Bachbett, folgt.«

Verwirrt sah ich zu Mr. Digweed hinüber, doch der beugte sich vor, den Mund leicht geöffnet, und seine ganze Haltung zeigte an, daß er nur darauf wartete, mehr von seinem Sohn zu erfahren.

»Es gibt eine Reihe von Flüssen, die schon vor vielen Jahren mit Tunnels überbaut worden sind – der Fleet etwa und auch der Wallbrook.«

»Und die Brook Street?« fragte ich.

»Die«, sagte Joey und schwieg einen Augenblick, »kreuzt einen unterirdischen Fluß. Wahrscheinlich hat sie daher ihren Namen.«

Ich begann zu ahnen, worauf er hinauswollte, und sah, daß sein Vater seinen Ausführungen mit wachsender Erregung zuhörte.

»Wißt ihr, vor vielen Jahren«, fuhr Joey fort, »floß der Tyburn Brook entlang der New Road, und dort, wo er die Brook Street kreuzte, stand eine Brücke.«

»Die Avery Row!« sagte Mr. Digweed erregt.

»So ist es«, bestätigte Joey.

»Also kreuzt einer der großen alten Ziegeltunnel die Straße unterirdisch, und ...«

»Und das Nachbarhaus, die Nr. 49, ist ein Eckhaus!« rief ich.

»Ganz genau!« sagte Joey.

»Und was hat das nun zu bedeuten?« fragte Mrs. Digweed.

Joey sah etwas verlegen drein und sagte: »Weißt du noch, neulich, als ich allein ...«

Sein Vater nickte grimmig.

»Also, ich bin damals durch die Kanäle zu diesem Eckhaus gegangen. Du weißt doch, daß die alten Gebäude, die dicht an einem Hauptkanal stehen, ihre Abwässer manchmal direkt in so einen Tunnel ableiten?«

Mr. Digweed nickte.

»Nun, Nr. 49 ist so ein Haus.«

»Was soll das heißen?« fragte ich.

»Bist du dir sicher?« fragte Mr. Digweed.

»Ich hab die Straßen in dieser Richtung zweimal gezählt.«

»Dann ist das unser Weg ins Haus!« sagte Mr. Digweed.

Joey nickte und fuhr aufgeregt fort: »Da ist bloß ein verrostetes Schachtgitter, aber das läßt sich mit einem Stemmeisen leicht weghebeln. Dann brauchst du nur noch zum Klosett hochzuklettern.«

»Und wo kommt man dann heraus?« fragte ich.

»Im Hinterhof.«

»Und die Mauer zum Innenhof von Nr. 48 ist leicht zu überklettern, und die Tür vom Hof zum Haus ist unverschlossen!« rief ich.

Aufgeregt sprachen wir alle gleichzeitig aufeinander ein. Nachdem wir uns wieder ein wenig beruhigt hatten, erörterten wir die Einzelheiten: Um unter Tage bis zum Haus und wieder zurück zu kommen, brauchten wir eine Nacht, in der die Ebbe etwa gegen drei Uhr morgens begann. Dann hätten wir knapp anderthalb Stunden Zeit für das Haus und noch genug Spielraum, um auf dem gleichen Weg wieder zurückkehren zu können. Da die Avery Row ziemlich weit vom Fluß entfernt war, bestand kaum Gefahr, von der Flut überrascht zu werden, doch da wir eventuell auf der Straße fliehen mußten, brauchten wir sicherheitshalber zudem eine mondlose Nacht.

93. KAPITEL

Aus dem Kalender erfuhren wir, daß wir nicht lange auf einen Tag zu warten brauchten, der alle notwendigen Bedingungen erfüllte. In der Nacht zum 23. Juli – in nur zehn Tagen – würde Neumond sein und die Ebbe genau zur richtigen Stunde eintreten. Wir trafen unsere Vorbereitungen für das Unternehmen, und am Abend des 23., einem schönen Sommerabend, war alles soweit fertig. Da wir es für das beste hielten, die verdächtigen Werkzeuge nicht länger als unbedingt nötig bei uns zu tragen, hatten wir ausgemacht, daß Mrs. Digweed sie uns, in einem Korb unter einem Bündel Wäsche versteckt, bis zum Tunneleinstieg in der Chancery Lane bringen sollte, wo ihr Mann und ich uns dann mit ihr treffen würden. Wir beide wollten dann durch die Kanäle zur Avery Row eilen und das Haus auf die Art betreten, die Joey für uns ausgekundschaftet hatte, während dieser inzwischen auf normalem Weg zur Brook Street gehen und gegenüber vom Haus Posten beziehen würde. Von seinem Versteck aus sollte er den Schrei eines Käuzchens nachahmen, wenn uns jemand aus dem Haus zu entdecken drohte, oder wie eine Nachtschwalbe rufen, wenn sich die Gefahr von der Straße her näherte. Solche Tricks hatte er natürlich bei seinem Onkel gelernt.

»Wenn wir nicht an das Testament herankommen«, sagte ich, »darf niemand merken, daß wir das geheime Versteck kennen, weil sie sonst das Dokument an einen anderen Ort schaffen. In diesem Fall muß unser Besuch wie ein ganz gewöhnlicher Einbruch aussehen.«

Mr. Digweed schüttelte den Kopf: »Ich werd nichts klauen, nur um sie auf eine falsche Spur zu locken.«

Ich gab keine Antwort. Plötzlich war ich schrecklich aufgeregt, als ich daran dachte, daß ich in wenigen Stunden vielleicht schon das Testament und mit ihm all das, was es bedeuten mochte, in Händen halten würde.

Endlich war es soweit! Wir verbargen ein Stemmeisen, einen Sperrhaken, ein Seil mit Enterhaken (für den Fall, daß wir durch das Fenster fliehen mußten) und einen Bohrer für die möglicherweise verschlossene Hintertür in Mrs. Digweeds Wäschekorb. Einige Minuten nach ihr machte ich mich mit ihrem Mann und unserer gewöhnlichen Ausrüstung – einer Blendlaterne, einer kleinen Kelle und dem Rechen der Schlammsucher – auf einem anderen Weg zum gleichen Ziel auf, und wir ließen nur noch Joey zurück, der wenig später auf etwas geruhsamere Weise nach Mayfair aufbrechen sollte.

Alles lief wie am Schnürchen, und etwa um drei Uhr morgens standen wir im Abflußkanal des Hauses Nr. 49. Mr. Digweed lockerte mit dem Stemmeisen einige Ziegel, um das Schachtgitter aus der Wand zu hebeln, dann half er mir hinauf in den Schacht, und ein paar Augenblicke später standen wir beide in dem kleinen Hof auf der Rückseite des Hauses. Von dort aus kletterten wir über die verfallene Mauer und eilten zur Hintertür des Anwesens Nr. 48, die zu unserer Erleichterung tatsächlich nicht versperrt war. Auf dem Weg ins Haus schloß ich die Blenden der Laterne, so daß nur noch der Geruch nach Öl und heißem Metall ihr Vorhandensein anzeigte.

Die Dunkelheit um uns her schien im ersten Augenblick undurchdringlich zu sein, doch wir warteten, bis sich unsere Augen an sie gewöhnt hatten, damit wir uns das fahle Sternenlicht zunutze machen konnten, das durch ein schmutzblindes Fenster fiel. Wie immer schien mein Gehör im Dunkeln schärfer zu werden, und als wir über die Steinfliesen schlichen und an der Tür zur Spülküche vorbeikamen, konnten wir ein Schnarchen hören, das uns den Schlafplatz der Wache verriet. Sobald wir die Eingangshalle erreicht hatten, öffnete ich die Blende meiner Lampe einen Spaltbreit, und von diesem dünnen Lichtstrahl geführt, stiegen wir die Treppe hinauf und standen schließlich vor dem hohen Doppelportal des Großen Salons.

Mr. Digweed probierte die Klinke, um sanft die Tür aufzudrücken, aber sie war verschlossen. Sogleich begann er, mit dem Sperrhaken zu arbeiten, während ich ihm mit der Lampe leuchtete, und in wenigen Sekunden hatte er das Schloß auf. Wir gingen in den Salon, sperrten, wie man uns geraten hatte, die Tür hinter uns wieder zu und schoben einen Keil unter beide Portalflügel, um ein gewaltsames Eindringen zu erschweren.

Nun öffnete ich die Blendklappe der Laterne etwas weiter, achtete aber darauf, daß der Strahl nicht zufällig das Fenster traf, da man das Licht trotz der dicken Vorhänge von der Straße aus hätte sehen können, falls die Fensterläden nicht zugezogen waren. Mittlerweile war Joey wohl da draußen auf seinem Posten.

Ich ließ den Strahl der Lampe durch das Zimmer wandern, und das Licht fiel auf alle möglichen Möbelstücke und Einrichtungsgegenstände. Die Schatten erweckten den Eindruck, als sitze jemand auf dem Sofa oder im Sessel oder als lehne jemand nachlässig am Büfett, wie es womöglich wenige Stunden zuvor noch der Fall gewesen war. Ich fühlte, wie mich eine wachsende Aufregung überkam, als der Lichtstrahl den mannshohen, bleich schimmernden Marmorsims am anderen Ende des Saals abtastete.

Am liebsten hätte ich mich sofort an die Arbeit gemacht, doch zuerst mußten wir uns um einige andere Dinge kümmern. Man hatte uns den fachmännischen Rat gegeben, die Rückzugsmöglichkeit zu sichern, sobald wir im Haus waren. Also gingen wir hinüber zum Fenster und zogen, wie zuvor vereinbart, vorsichtig die Vorhänge zur Seite: Die Fensterläden waren geschlossen, die Riegel vorgeschoben. Leise und vorsichtig zogen wir die Riegel zurück, öffneten die Fensterhaken und achteten dabei auf Alarmfedern, wie sie an Erdgeschoßfenstern meist üblich waren und gelegentlich auch an Fenstern im ersten Stock angebracht wurden. Zum Glück aber fanden wir keine.

Dann packten wir das Seil aus, und unter Mr. Digweeds Anleitung befestigte ich den Enterhaken an einem schweren Sofa, das mit der Rückenlehne zum Fenster stand, ließ aber das Seil aufgerollt am Boden liegen. Jetzt hätten wir das Fenster in Sekundenschnelle öffnen und uns am Seil die Hauswand hinablassen können, obwohl dies für Mr. Digweed mit beträchtlichen Mühen verbunden gewesen wäre. Auf der Straße war nichts zu sehen, was einen Verdacht erregen konnte. Das Fenster führte allerdings nur zum Vorhof, und eine Flucht über die scharfen Gitterspitzen sowie die fächerförmigen Palisaden zwischen Hauswand und Zaun wäre nicht gerade leicht gewesen. Wir hätten vom Seil aus die Regenrinne erreichen müssen, die außerhalb des Vorhofzauns im Erdboden verschwand. Aber ich hoffte inbrünstig, daß wir auf diesen Fluchtweg nicht angewiesen waren.

Endlich konnten wir unser Augenmerk auf das eigentliche Ziel unserer Bemühungen richten. Ich suchte mit dem Lichtstrahl meiner Lampe den Kaminaufsatz ab, hinter dem das Versteck lag. Ich konnte ein großes, in die Marmorplatte eingemeißeltes Wappen erkennen, das mir, wie ich überrascht feststellte, bereits vertraut war – teilweise zumindest.

Mein Gefährte war ebenso überrascht wie ich, wenn auch aus einem anderen Grund.

»Das Wappen war vorher nicht da«, flüsterte er. »Das Versteck muß dahinter sein.«

Das Relief zeigte eine Weiterentwicklung jenes Motivs, das mir schon mein Leben lang vertraut war, sei es als Verzierung auf dem Geschirr meiner Mutter oder auf den Grabplatten der Mompessons und Huffams in der Kirche zu Melthorpe. Waren bisher fünf vierblättrige Blüten zu einem Quincunx angeordnet gewesen, so daß vier Blumenköpfe die Ecken eines Quadrats darstellten, die fünfte aber das Zentrum bildete, war nun der Quincunx selbst verfünffacht, sozusagen ein Quincunx aus Quincunxen.

Die Stelle im Sims war so weit oben, daß wir zwei Fußbänke vom Fenster herübertragen mußten, um sie genauer in Augenschein nehmen zu können. Mr. Digweed untersuchte die Wappentafel sehr sorgfältig, fuhr mit der Hand über die kalte, glatte Oberfläche und machte mich nach einer Weile darauf aufmerksam, daß das, was ich für eine durchgehende Marmorplatte gehalten hatte, in Wahrheit aus einer Anzahl raffiniert ineinandergefügter Segmente bestand.

»Außerdem möcht ich wetten«, flüsterte er und zeigte auf ein Marmorstück direkt oberhalb des Wappens, »daß dieser Teil sich bewegen läßt. Die Fuge da ist viel breiter als die anderen.«

Ich folgte seiner Hand und sah den Einschnitt im Marmor, der einem weniger erfahrenen Auge wohl kaum aufgefallen wäre.

»Aber wie setzt man ihn in Bewegung?« fragte ich. »Wie wird er geöffnet und wieder geschlossen?«

Mr. Digweed runzelte die Stirn und schien die Tafel bis in alle Ewigkeit untersuchen zu wollen. Zuerst fuhr er mit der Hand über den Marmor, achtete besonders auf Fugen, Scharniere und auf die eingemeißelten Blüten. Dann preßte er plötzlich sein Gesicht gegen eine der Blüten, berührte sie mit seinen Lippen und benahm sich wie ein abergläubischer Götzendiener vor einem heiligen Schrein.

Jäh wandte er sich dann zu mir um und flüsterte mit vor Erregung heiserer Stimme: »Die Blütenstempel sind nicht aus Stein. Sie sind viel kälter. Probier's selbst!«

Ich beugte mich vor und berührte mit meinen Lippen zuerst den Marmor und dann das Mittelstück einer der vierblättrigen Blumen. Er hatte recht: Zunächst war beides kalt, doch der Marmor erwärmte sich nach ein oder zwei Sekunden, das Mittelstück der Blüte aber blieb kalt.

Ich sah ihn überrascht an. »Was hat das zu bedeuten?«

»Die Blütenstempel sind nicht aus Marmor, sie sind aus Eisen«, sagte er und sah mich dabei an, als erwartete er, nun an meinem Gesicht ablesen zu können, daß ich verstanden hatte, worauf er hinauswollte. Doch ich starrte ihn nur verdutzt an.

»Sieh her!« sagte er und legte seinen Finger auf das Zentrum einer vierblättrigen Blüte: »Ich möcht wetten, daß dies der Kopf von 'nem Eisenbolzen ist.«

Vorsichtig schob er eine Messerklinge hinter den Blütenstempel und hob ihn behutsam an. Er hatte mit seiner Vermutung recht, denn die Kuppe glitt sogleich aus der Wand und erwies sich als langer Eisenbolzen, dessen Kopf passend zum Marmor weiß angemalt worden war. Der Bolzen glitt etwa eine Handbreit vor, wurde dann jedoch von einer Sperre festgehalten.

Jetzt verstand ich, was Mr. Digweed gemeint hatte: Das heraldische Motiv enthielt eine Anzahl Bolzen, die wie das Gewirre eines Schlosses einen Mechanismus bildeten, mit dessen Hilfe die Marmorplatte, hinter der das Versteck lag, an ihrem Platz gehalten wurde.

»Glauben Sie«, flüsterte ich, »daß die Platte das Versteck freigibt, wenn wir nur alle Bolzen herausziehen?«

Ich sah, daß er ebenso verdutzt war wie ich. »Ich denk schon. Andererseits scheint mir das doch zu einfach zu sein.«

»Probieren wir den nächsten!« schlug ich vor.

Das Ergebnis war das gleiche. Dann zog Mr. Digweed noch einen dritten Bolzen heraus. Eine Minute später hatten wir alle Bolzen der beiden oberen Quincunxe herausgezogen. Als ich den letzten Stift sehr langsam und behutsam hervorholte, hielt Mr. Digweed das Marmorstück fest, um seinen Fall zu dämpfen, denn wir rechneten damit, daß es um einige Zoll nach unten gleiten und einen Hohlraum freigeben würde. Doch nichts rührte sich.

»Wahrscheinlich müssen wir alle rausziehen«, sagte Mr. Digweed, nun offenbar ebenso verwundert wie ich.

Bis auf den letzten Bolzen in der untersten Blütenreihe hatten wir bald darauf auch die übrigen vierzehn vorgezogen. Und mit der gleichen Vorsichtsmaßnahme wie bei unserem ersten Versuch entfernten wir nun den letzten Sicherungsstift. Doch auch diesmal bewegte sich die Platte keinen Millimeter.

Verzweifelt sah ich Mr. Digweed an, doch der starrte lange Zeit auf das Wappen, rieb sich nachdenklich das Kinn und sagte schließlich: »Ich glaube, jetzt weiß ich's. Es ist eine Art Schloß, und wir haben nicht den richtigen Schlüssel dafür.«

»Einen Schlüssel?« fragte ich. »Aber wo soll denn das Schlüsselloch sein?«

»Psst!« wisperte er plötzlich.

Wir erstarrten mitten in unserem Tun.

»Ich dachte, ich hätt ein Geräusch an der Tür gehört«, fuhr er nach einer Weile fort. »Ich meine keinen richtigen Schlüssel. Der Schlüssel ist nur in deinem Kopf, denn dies Schloß hier ist nach einer Art Kombinationsprinzip gebaut. Das heißt, die Marmorplatte gleitet nicht schon zur Seite, wenn man einfach alle Bolzen herauszieht. Die Bolzen muß man sich wie den Bart von 'nem Schlüssel vorstellen, man muß also genau wissen, welche Bolzen man rauszieht und welche nicht – wie ein Schlüssel eben auch richtig ins Schloß passen muß.«

»Ich verstehe«, flüsterte ich. »Aber sollten wir dann nicht einfach einige Kombinationen durchprobieren?«

»Nein, das hat keinen Sinn. So kriegen wir das Schloß nie auf. Da können wir die ganze Nacht und auch die nächsten Tage und Wochen rumprobieren. Es gibt Hunderte und aber Hunderte von Kombinationen. Zufällig stoßen wir niemals auf die richtige Lösung, wir müssen erst die genaue Reihenfolge, die Ordnung des Ganzen kennen.«

Ich sah ein, daß er recht hatte, und die Konsequenz daraus war ein schwerer Schlag für mich. Es war auch unmöglich, das Versteck mit Gewalt zu öffnen, denn die schwere Marmorplatte saß unverrückbar an ihrem Platz. Wir hätten viel zuviel Lärm machen müssen und zu lange gebraucht, um einer Entdeckung entgehen zu können.

Ich stand auf dem wackligen Fußbänkchen und hämmerte wütend auf den Marmor ein. An einer dieser verfluchten Blüten schlug ich mir die Knöchel wund, und ich mußte im gleichen Moment daran denken, wie ich bei meinem ersten Besuch in Charing Cross, als Mr. Escreet mir nicht öffnen wollte, gegen die Tür des alten Hauses gehämmert hatte. Das Vierblattmuster auf dem Türklopfer hatte mich angegrinst, und ich entsann mich jetzt auch der gleichen höhnischen Gleichgültigkeit jener kalten, marmornen Blüten auf den Grab- und Gedächtnistafeln und dem Bleiglasfenster in der Kirche zu Melthorpe, die mich als Kind so fasziniert hatten. Ich fühlte, wie mir die Tränen kamen, wenn ich daran dachte, daß ich zwar bis zum Allerheiligsten im Hause der Mompessons vorgedrungen, dabei aber auf nichts anderes als jene Teilnahmslosigkeit gestoßen war, die ich schon damals gespürt hatte, als mir dieses Wappen auf dem Verschlag von Sir Percevals Kutsche aufgefallen war, jener Kutsche, die meine Mutter vor all diesen Jahren durch ihr plötzliches Auftauchen so erschreckt hatte.

Ich wollte gerade Mr. Digweed fragen, ob seiner Meinung nach eine Lösung vorstellbar sei, als wir den schluchzenden Ruf des Käuzchens hörten.

Sofort eilte Mr. Digweed zur Tür.

»Die Bolzen!« zischte ich. »Wir müssen sie wieder zurückschieben!«

Entsetzen lag in seinem Blick, als er zurückkam und mir half, die Bolzen in ihre Verankerung zu drücken, dann eilten wir so leise wie nur eben möglich zur Tür. Wir hatten sie auch schon fast erreicht, als plötzlich die Klinke langsam nach unten gedrückt wurde. Erschreckt sahen wir uns an.

»Zum Fenster!« flüsterte ich.

Recht unvorsichtig eilten wir zum Fenster, und Mr. Digweed riß die Vorhänge zurück, zog die Läden zur Seite und schob das Fenster hoch. Der Morgen dämmerte bereits, aber noch war die Straße nur in ein erstes schwaches Licht getaucht. Ich nahm das Seil und reichte es Mr. Digweed, der sich aus dem Fenster beugte und es zu Boden gleiten ließ. Jeden Augenblick konnte sich nun unten die Haustür öffnen und uns die Flucht abgeschnitten werden.

Und dann hörten wir schwere Schritte auf der Treppe. Wieder probierte jemand die Klinke. Laute Rufe folgten, dann warfen sich offenbar einige Männer gegen die verschlossenen Türflügel. Inzwischen war Mr. Digweed aus dem Fenster geklettert, umklammerte das Seil, so gut es mit einer Hand eben ging, und stützte sich mit den Füßen auf dem oberen Sims des unmittelbar unter uns gelegenen Erdgeschoßfensters ab. Da hörte ich, daß über mir ein Fenster geöffnet wurde. Ich sah nach oben und erkannte gegen den grauen Himmel ein langes Rohr, das direkt über mir aus dem Fenster ragte. Mit Entsetzen begriff ich, daß ich auf einen Gewehrlauf starrte. Ich schaute nach unten, wo sich Mr. Digweed so sehr auf seine Flucht konzentrierte, daß er das Gewehr noch nicht bemerkt hatte. Doch als ich wieder nach oben sah, verschwand der Lauf schlagartig, fast so, als wäre er jemandem aus der Hand geschlagen worden.

Zitternd vor Angst, kletterte ich auf das Fensterbrett und hielt mich am Seil fest. In diesem Augenblick stieß sich Mr. Digweed vom Fenstersims ab, um die Flucht entlang der Regenrinne fortzusetzen. Ich blickte nach oben und sah erneut das Gewehr auftauchen. Plötzlich wurde es erneut heftig zur Seite gestoßen, und im gleichen Moment entlud sich die Waffe mit lautem Knall. Mr. Digweed taumelte, als wäre er getroffen – dabei war ich mir sicher, daß das Gewehr nicht mehr auf ihn gerichtet gewesen war –, und verfehlte die Regenrinne, nach der er mit seinem Haken gegriffen hatte. Das Seil entglitt ihm, er verlor das Gleichgewicht und fiel.

Es war wie in einem Alptraum. Ich sah, wie seine Hand verzweifelt und vergeblich über die Wandziegel kratzte, wie er hinabfiel, den scharfen Eisenspitzen des fächerförmigen Palisadengitters entgegen, die dort unten auf ihn warteten. Ich schloß meine Augen und öffnete sie gleich darauf wieder, nur um ihn zusammengesackt auf dieser grausigen Vorrichtung liegen zu sehen. Eine Gestalt auf der Straße rannte zu ihm.

Ich mußte nun an meine eigene Lage denken. Mir blieb keine andere Wahl, als Mr. Digweed auf dem gleichen Weg zu folgen und zu hoffen, daß mir meine Flucht gelang, während das Gewehr noch neu geladen wurde. Ich umklammerte das Seil, so fest ich nur konnte, und ließ mich zur Regenrinne hinüberschwingen.

Ich verfehlte sie, hielt aber das Seil immer noch sicher im Griff und schaffte es, mich ein zweites Mal hinüberzuschwingen. Diesmal bekam ich die Regenrinne zu fassen und ließ im gleichen Moment das Seil fahren. Dann rutschte ich entlang der Rinne nach unten bis zum rauhen Mauerwerk des Erdgeschosses. Der Gedanke, das Gewehr könne noch auf mich gerichtet sein, jagte mir Angst und Schrecken ein und ließ mich wider bessere Einsicht hochblicken. In ebenjenem Fenster, von dem aus der Schuß abgefeuert worden war, sah ich einen Kopf auftauchen. Trotz des fahlen Frühlichts konnte ich einen etwa fünfunddreißig Jahre alten Mann mit wild entschlossener Miene erkennen. Er schien sich mit jemandem zu streiten, den ich nicht sehen konnte, doch als ich nun hochblickte, schaute er mir voll ins Gesicht. Selbst in dieser Sekunde mußte ich daran denken, daß er mich bestimmt ebenso deutlich sehen konnte wie ich ihn.

Ich sprang zu Boden und lief zu Joey hinüber, der sich um seinen Vater kümmerte. Er war so unglücklich zwischen Gitterfächer und Wand gestürzt, daß sich ihm eine Eisenspitze durch die Seite gebohrt hatte und er nun eingeklemmt an der Wand hing.

»Hilf mir! Wir müssen ihn hochheben!« rief Joey.

»Sollen wir ihn nicht besser so liegen lassen? Wenn wir ihn bewegen, bringen wir ihn vielleicht um«, rief ich und hatte angesichts dieser entsetzlichen Situation alle Vorsicht vergessen.

»Wenn wir ihn liegen lassen, stirbt er bestimmt. Er wird im Newgate baumeln, wenn sie ihn nicht schon vorher krepieren lassen!«

Das leuchtete mir ein, und letztlich, so dachte ich, mußte dies auch Joeys Entscheidung sein. Und so hoben wir seinen Vater behutsam hoch und versuchten, ihn von der Eisenspitze zu lösen, die noch immer in seiner Seite stak.

Mr. Digweed war bei Bewußtsein. Seine Gesichtszüge waren schmerzverzerrt, doch er sagte keinen Ton, nur einmal murmelte er: »Gut so, Jungens.«

Wir standen neben dem Zaun zum Vorhof, und ich mußte daran denken, wie absurd doch unsere Lage war. Jeden Augenblick konnte man die Haustür aufreißen und zu uns herauskommen. Als wir Joeys Vater aus seiner Lage befreit hatten, zeigte sich, daß die Spitze nicht allzu tief eingedrungen war, doch hatte er sich offenbar dennoch schwere Verletzungen zugezogen, da er reichlich Blut verlor. Vielleicht hatte ihn die Kugel doch getroffen.

Wir hoben ihn hoch, und noch immer war niemand aus dem Haus zu sehen. Mir fiel ein, daß die Dienstboten wahrscheinlich die Tür nicht öffnen konnten, da sie keinen Schlüssel dafür hatten. Sollte dies zutreffen, konnte es sich nur noch um wenige Augenblicke handeln, bis man die Wache gefunden hatte, die den Schlüssel verwahrte, oder bis die Diener durch die Hintertür in die Stallungen und um die Ecke auf die Straße gestürzt kamen. Außerdem fürchtete ich, daß der Lärm einen Nachtwächter herbeilocken oder auch die Bewohner der umliegenden Häuser gegen uns aufhetzen könnte. Unser einziger Vorteil lag darin, daß es noch relativ dunkel war, doch mit jeder Minute wurde es heller.

Wir trugen Mr. Digweed fort, so rasch wir konnten. Joey hielt ihn bei den Schultern, ich faßte ihn bei den Beinen, und sobald wir um die Ecke waren, wandte ich mich um, weil ich wissen wollte, ob wir verfolgt wurden. Dabei sah ich, daß wir eine verräterische Blutspur hinter uns zurückließen.

Als wir um die nächste Ecke bogen, blickte ich mich noch einmal um und entdeckte hinter uns eine Anzahl Männer, die aus den Stallungen auf die Straße liefen. Da sie Fackeln in der Hand hielten, waren sie von dem Licht geblendet; vielleicht hatten sie uns noch nicht gesehen. So muß es wohl auch gewesen sein, denn nachdem wir in die nächste Straße eintauchten, in eine zweite abbogen und noch einmal die Richtung wechselten, um unsere Verfolger zu täuschen, stellten wir fest, daß wir sie tatsächlich abgeschüttelt hatten.

Inzwischen war es jedoch bereits so hell, daß ich Angst hatte, man könne uns, so auffällig, wie wir aussahen, auf den bloßen Verdacht eines Verbrechens hin festnehmen, sobald uns eine Streife begegnete.

Joey hegte offenbar ganz ähnliche Bedenken, denn plötzlich keuchte er mit heiserer Stimme: »In die Mount Street!«

Ich brauchte eine Sekunde, ehe ich verstand, worauf er hinauswollte, aber dann wußte ich, was er vorhatte. Also trugen wir seinen Vater zum Kanalschacht direkt gegenüber vom Armenhaus, aus dem wir früher so oft ans Tageslicht gestiegen waren. Niemand war zu sehen. Langsam ließen wir Joeys Vater nach unten gleiten, und dann trugen wir ihn noch einige Schritte tief ins Gewölbe hinein, damit ihn von der Straße aus keiner sehen konnte. Hier wollten wir den Blutfluß stillen, und hier sahen wir, daß die Eisenspitze ihm weniger die Seite durchbohrt als vielmehr den Oberschenkel so weit aufgerissen hatte, daß der Knochen beinahe bloßlag. Aus dieser Wunde strömte also das Blut, und ich hatte mich nicht geirrt, als ich annahm, daß die Kugel ihn verfehlt hatte.

Während Joey nach Hause lief, um Hilfe zu holen, blieb ich bei Mr. Digweed und kümmerte mich um ihn, so gut ich es eben konnte. Die Zeit verstrich quälend langsam. Er hatte große Schmerzen, und es war nicht leicht, seine Schreie und sein Stöhnen immer wieder zu besänftigen. Erleichtert sah ich einige Stunden später Joey mit seiner Mutter zurückkehren. Nachdem wir ihr so unauffällig wie nur möglich in den Kanal hinuntergeholfen hatten, tat sie ruhig und umsichtig, was für ihren Gatten getan werden konnte.

»Er gehört ins Krankenhaus«, sagte ich.

»Nein!« sagte Joey bestimmt.

Seine Mutter schüttelte den Kopf: »Das können wir nicht riskieren, wenn ihn einer gesehen hat ...«

Sie hatte recht. Ihr Ehemann war wirklich zu leicht wiederzuerkennen.

»Und sie werden nach Schlammsuchern Ausschau halten«, sagte ich. »Wir haben den Rechen neben dem Abwasserschacht liegengelassen.« Eine Minute lang sagte keiner von uns ein Wort.

»Aber wenn ... wenn er doch ins Krankenhaus muß«, begann ich.

Wieder schüttelte Mrs. Digweed den Kopf: »Wir haben sowieso keinen Einlaßschein. Und ich kenn auch niemanden, von dem wir einen kriegen könnten.«

»Wir müssen ihn nach Hause schaffen«, sagte Joey.

Und so eilte er nach kurzem Wortwechsel zum Bethnal Green.

Mr. Digweeds Zustand wechselte zwischen heftigen Schmerzanfällen und Phasen gnädiger – wenn auch besorgniserregender – Bewußtlosigkeit. Am Nachmittag kehrte Joey mit Isbisters Pferd und Karren zurück, und wir gingen ein beträchtliches Risiko ein, als wir Mr. Digweed bei hellem Tageslicht aus dem Schutz des Kanalgewölbes hochbrachten und auf den Karren legten. Doch unser Wagemut wurde belohnt, denn obwohl mehrere Fußgänger auf uns aufmerksam wurden, hielt uns niemand an oder alarmierte gar die Wachen, und so gelang es uns schließlich, den Verwundeten in sein Häuschen in der Peartree Alley zu bringen. Dort säuberte und wusch Mrs. Digweed die Wunde. Sie mischte ihrem Mann einen Schlaftrunk aus Brandy und Laudanum, während Joey und ich ihn nach oben trugen. Sobald er das Elixier ausgetrunken hatte, fiel er in einen tiefen Schlaf.

Im Laufe des Abends begann der Patient zu fiebern und zu phantasieren, und seine Schreie hielten Joey und mich – wir schliefen nun unten – beinahe die ganze Nacht lang wach. Am nächsten Morgen war er etwas ruhiger, und er schlief die meiste Zeit des Tages. Sein Gesicht wirkte grau und abgezehrt, ein Anblick, der mir tief ins Herz schnitt.

Tags darauf fühlte Mr. Digweed sich etwas besser, doch dann verschlechterte sich sein Zustand wieder. Und so blieb es: Sein Befinden änderte sich von Tag zu Tag, mal fieberte er, mal war er bei klarem Verstand, aber schwach. Die Wunde entzündete sich nicht, aber heilen wollte sie auch nicht.

Alles war schiefgelaufen, und das nur meinetwegen! Dabei hatte ich am wenigsten unter den Folgen zu leiden. Mrs. Digweed machte mir keine Vorwürfe, aber Joey schien mich so haßerfüllt anzustarren wie nie zuvor.

Trotz unserer Sorge um Mr. Digweeds Zustand blieb uns die Einsicht nicht erspart, daß wir Geld verdienen mußten, denn unser fehlgeschlagener Einbruch hatte auch die letzten Reserven aufgebraucht. Daß Mrs. Digweed nun oft ihren Mann pflegen mußte und deshalb nicht waschen gehen konnte, verschlimmerte unsere Lage noch zusätzlich. Und so wagten Joey und ich uns schließlich allein in die unterirdischen Gewölbe.

Erst jetzt wurde klar, welche Kenntnisse und Fähigkeiten Mr. Digweed besaß, denn ohne seine Führung sank der Erlös unserer Ausbeute nahezu ins Bodenlose. Wir legten meist geringere Entfernungen zurück und schätzten oft falsch ein, welche Tunnels unter den jeweiligen Bedingungen am besten zu erkunden waren.

Noch beängstigender war jedoch, daß uns die mangelnde Erfahrung zu schwerwiegenden Fehleinschätzungen verleitete. Bei einer solchen Gelegenheit brach einmal ein Tunnel unter uns ein, der über einer zweiten, älteren Röhre angelegt worden war, und wir konnten von Glück sagen, daß wir uns nicht verletzten. Einige Male waren wir auch gefährlich nahe daran, vom Grubengas eingeschlossen zu werden. Wir verschwiegen Mr. und Mrs. Digweed diese Vorfälle, doch es ließ sich immer weniger übersehen, daß wir uns nach einer anderen Erwerbsmöglichkeit umsehen mußten, und zwar nach einer Arbeit, die sowohl sicherer als auch einträglicher war.

Nach etwa einem Monat schien sich Mr. Digweeds Zustand langsam zu stabilisieren. Die fiebrigen Phasen dauerten nun meist mehrere Tage, dafür folgten längere Perioden, in denen er sich wieder etwas erholte. Er blieb zu schwach, um das Bett verlassen zu können, aber Mrs. Digweed konnte sich immerhin wieder nach Arbeit umsehen, wenn Joey und ich im Haus blieben. Und wir brauchten das Geld dringend, denn Joey und ich verdienten zusammen nur noch an die zwölf Shilling die Woche.

So vergingen die nächsten drei Monate. Im Laufe des Herbsts war für mich nicht mehr zu übersehen – und ich glaube, den anderen ging es ebenso, obwohl wir kein Wort darüber verloren –, daß Mr. Digweeds Kraft langsam versiegte. Er schlief nun fast ununterbrochen, und selbst das Reden bereitete ihm beträchtliche Mühe.

Und dann traf Joey und mich eines Tages gegen Ende Oktober, als wir gerade in einem uns unbekannten Kanal nahe der Themse arbeiteten, das bis dahin folgenschwerste Unglück. Es begann damit, daß Joey sich behutsam auf ein tiefes Schlammfeld vorwagte und mit seinem Rechen den Grund absuchte, während ich ihm mit der Laterne leuchtete. Plötzlich sank Joey bis zu den Hüften im kompakten, trügerischen Schlick ein, der sein Gewicht einige Sekunden lang getragen hatte, so daß er sich zu weit hatte hinauslocken lassen. Ich stellte die Laterne ab, watete durch den knietiefen Schlamm und faßte nach Joeys Hand. Inzwischen steckte er schon bis zu den Schultern in der zähen Masse. Nur mit Mühe konnte ich Joey befreien, und als er endlich wieder auf festem Grund stand, stieß er die Laterne um, und ihr Licht verlosch.

Im selben Augenblick war es vollkommen dunkel. Immerhin war der Zunder in meiner Tasche trocken geblieben, doch in dieser feuchten Luft würde es keine leichte Sache sein, einen Funken aus dem Stein zu schlagen. Mit wachsender Verzweiflung versuchten wir es immer wieder und waren uns dabei nur zu bewußt, daß wir ohne Licht kaum eine Chance hatten, unseren Rückweg zu finden. Endlich gelang es uns, eine Flamme zu entfachen, und eilends hasteten wir zurück in höhere Regionen.

Als wir schließlich den größeren Tunnel erreichten, in den unser Kanal mündete, sahen wir entsetzt, daß er bereits mehrere Fuß tief unter Wasser stand.

»Die Flut!« rief Joey.

Offenbar hatten wir mehr Zeit verloren, als wir angenommen hatten.

»Aber die kann noch nicht so hoch sein«, rief ich besorgt. »Bestimmt hat es oben geregnet.«

Dies bedeutete das unter den Schlammsuchern so sehr gefürchtete Zusammentreffen verschiedener Gefahren. Unsere Lage schien hoffnungslos, denn die Regenfluten blockierten bereits den Weg, den wir gekommen waren, und alle anderen Tunnels führten hinunter zum Fluß.

»Ich kenn noch einen Weg, aber ich bin mir nicht sicher, ob ich mich noch genau an ihn erinnern kann«, sagte Joey. »Mein Vater hat ihn mir mal gezeigt. Wir müssen den Fleet finden und seinem Lauf folgen.«

»Aber dann laufen wir doch direkt auf die Flut zu! Sie steigt, mit jedem Schritt, den wir in diese Richtung gehen!«

»Ich weiß, aber das ist der einzige Ausweg, wenn das Wasser schon so hoch ist. Dort gibt's nämlich Leitern.«

Ich wußte nicht, was er damit meinte, aber mir blieb nichts anderes übrig, als ihm zu folgen. Und so liefen wir am Kanal entlang, bis wir auf den Fleet stießen, den ältesten und verrufensten von Londons unterirdischen Flüssen, der nicht weit von dem alten Gefängnis verlief, in dem meine Mutter und Pentecost eingekerkert gewesen waren.

Auf unserer Seite des Fleet zog sich ein Pfad entlang, dem wir nun abwärts folgten, obwohl die Flut bereits über die Ufer stieg und wir knöcheltief durch das Wasser waten mußten. Je tiefer wir hinabkamen, desto höher reichte uns das Wasser. Und dann standen wir auf einmal vor einigen in Stein gehauenen Stufen, und als wir sie erklommen, konnten wir das Wasser einige Fuß tief unter uns vorbeiströmen sehen. Ich hob die Laterne, und ihr Licht zeigte uns, daß der Fluß und seine steinernen Ufer von hier an breiter wurden und die Decke in einer Abfolge von Gewölbekuppeln acht, zehn

Meter hoch anstieg, ehe sie sich im düsteren Zwielicht verlor. Wir befanden uns nun direkt unter dem Fleet Market, und vor uns konnten wir unterhalb der Wasserlinie verfallene Kaianlagen ausmachen, in denen die Umrisse einer Reihe von Lagerhäusern zu erkennen waren. Da sie, schon als der Kanal gebaut wurde, bei Flut unter Wasser gestanden hatten, waren sie niemals genutzt worden, denn die Schleusentore – das erste hatten wir gerade erreicht – hatten schon vom ersten Tag ihrer Erbauung an die Flut nicht aufhalten können. Dies erklärte auch, warum das Ziegelwerk um uns herum schwarz von Salpeter war, und als ich mich umblickte, mußte ich an jene Spekulanten denken, die vor all den Jahren ihr Vermögen hier wortwörtlich ins Wasser geworfen hatten.

»Zu spät!« schrie Joey entsetzt. »Oben in jeder Gewölbekuppel führt eine Leiter zu einer Falltür. Aber da kommen wir jetzt nicht mehr hinein, das Wasser steht schon zu hoch.«

Die oberen Ränder der Gewölbebögen waren gerade noch sichtbar, doch die Öffnungen lagen bereits unter Wasser.

»Das schaffen wir schon noch!« gab ich zurück und mußte an jene Sommernachmittage denken, als Job Greenslade beharrlich darauf bestanden hatte, daß ich meine Angst vor dem Wasser verlieren müsse, und wie er und später Harry mir beibrachten, unter dem Schleusentor am Mühlteich von Twycott durchzutauchen. »Wir können durch den Eingang tauchen und dann nach oben ins Gewölbe schwimmen.«

»Aber ich kann nicht schwimmen!« rief Joey.

Entsetzt starrten wir uns an.

»Wir können es wenigstens versuchen«, sagte ich. »Wir müssen einfach! Ich probier's.«

Joey sah mir zu, als ich Stiefel und Öljacke auszog. Es würde nicht einfach sein, im Dunkeln die Stelle auszumachen, an der ich wieder auftauchen mußte, und dann auch noch die Leiter zu finden. Und wenn oben die Falltür verschlossen war? Doch uns blieb keine Wahl. Außerdem würde das Licht der Laterne genügen, um die Stelle zu finden, an der ich tauchen mußte. Ich sprang und keuchte vor Schreck laut auf, so kalt war das Wasser. Es würde schon gefährlich genug sein, länger als nur ein paar Sekunden in diesem Wasser zu bleiben. Dieser Fluß war kein lebendiges Wesen wie der Mühlbach von Twycott, er war ein totes Gewässer, das mich nun nicht mehr hergeben wollte. Ich schwamm zum ersten Gewölbebogen, tauchte unter, hangelte mich an der Mauer entlang, bis ich den Eingang gefunden hatte, schwamm hindurch und kam auf der anderen Seite wieder nach oben. Ich hatte gehofft, hier würde etwas Licht durch die Fugen der Falltür schimmern, die ja direkt über mir sein mußte, doch ich war immer noch von völliger Finsternis umgeben. Vorsichtig tastete ich umher und stieß gleich darauf mit der Hand an das kalte Eisen der Leiter. Ich hielt es für besser, mich zuerst zu vergewissern, daß die Falltür offen war – sonst mußte ich es in einer anderen Gewölbekuppel noch einmal versuchen –, und kletterte nach oben, bis ich mit dem Kopf gegen ein Hindernis stieß. Ich stemmte mich mit den Schultern dagegen und konnte die schwere hölzerne Klappe einige Zentimeter anheben. Unvermittelt ging mir durch den Kopf, daß ich mich nun hätte davonmachen können, statt mein Leben aufs Spiel zu setzen und Joey zu retten. Aber dieser Gedanke war nur ein Spiel mit einer theoretischen Möglichkeit und nicht meine Absicht. Ich würde weder Mrs. Digweed gegenübertreten noch mir selbst jemals im Spiegel wieder ins Gesicht sehen können, wenn ich nicht wenigstens den Versuch unternahm, Joey da unten herauszuholen. Doch ob das Wagnis gelang, hing letztlich davon ab, wie stark er mir vertraute.

Ich kletterte die Leiter wieder hinunter, tauchte und fand problemlos zu Joey zurück. Es war nicht zu übersehen, wie erleichtert er über meine Rückkehr war, denn offenbar hatte ich länger gebraucht, als ich gedacht hatte.

Dann zog Joey seine Stiefel und seine Jacke aus. Ich balancierte die schlierigen Stufen hinauf und erzählte ihm, was ich entdeckt hatte. Etwas gequält verzog er sein Gesicht zu einem wilden Grinsen. Ich rieb meine Arme und Beine, um wieder warm zu werden, und erklärte Joey genauso wie Job Greenslade es einst mir erklärt hatte, wie er sich von mir durchs Wasser ziehen lassen sollte.

»Egal was du tust«, schärfte ich ihm ein, »du darfst nicht in Panik geraten und dich an mich klammern, denn sonst ertrinken wir beide. Laß dich einfach treiben! Ich halte dich schon.«

Mit bleichem Gesicht nickte er mir zu und stieg dann ins kalte Wasser. Ich faßte ihn von hinten unter den Achseln, stieß mich mit den Beinen ab und schwamm langsam mit ihm auf den Gewölbebogen zu. Nun kam der schwierigste Teil.

»Schließ die Augen, und verlaß dich ganz auf mich!« ermahnte ich ihn.

Joey sah mich an und nickte.

Seine Augen glänzten im Licht der am Ufer zurückgelassenen Laterne. Dann schloß er die Lider. Ich ließ mich sinken und zog Joey mit nach unten, so daß unsere Köpfe im gleichen Moment in die Fluten tauchten, und obwohl all seine Instinkte ihn hinauf an die Luft drängten, blieb Joey unter Wasser. So tauchten wir in die Tiefe. Mit der einen Hand hielt ich Joey fest, mit der anderen tastete ich die Mauer ab, bis ich den Eingang gefunden hatte. Ich zog ihn mit durch, schwamm einige Meter, und dann tauchten wir wieder auf. Joey schnappte prustend nach Luft und schluchzte vor Angst und Erleichterung. Ich half ihm auf die Leiter und kletterte hinter ihm die Sprossen hinauf. Oben fiel es uns zu zweit dann leicht, die Klappe zu heben, und schließlich ließen wir uns, vom beruhigenden Geruch nach modrigem Stroh und faulendem Holz umgeben, auf den Boden eines Kellers sinken.

Ich wartete darauf, daß Joey etwas sagte.

Nach einer Weile meinte er dann: »Ich hab nicht geglaubt, daß du noch mal zurückkommst.«

Deutlicher hat er seine Dankbarkeit nie mehr ausgedrückt, und auch unser Verhältnis zueinander besserte sich durch diesen Vorfall nicht. Manchmal kam es mir sogar so vor, als sei er nun erst recht gegen mich eingenommen.

Einige Minuten lang waren wir zu erschöpft, um uns zu rühren – dabei zitterten wir in unseren triefnassen Kleidern ganz schrecklich vor Kälte.

»Wir sollten von hier verschwinden. Ein paar von diesen Kellern werden auch überflutet«, warnte mich Joey, obgleich mir unser Keller ziemlich trocken zu sein schien.

In der pechschwarzen Finsternis dauerte es eine ganze Weile, bis wir den Ausgang gefunden hatten. Doch schließlich standen wir in einem engen Stollen, der zu einer von innen verriegelten Pforte führte, und kurz darauf waren wir auch schon auf der Straße. Wir standen unmittelbar vor den hölzernen Buden inmitten der geschäftigen Menge und der Marktschreier des Fleet Market.

Als wir nach Hause kamen, war Mrs. Digweed zum Glück bereits zur Arbeit gegangen, so daß wir ihr unser arg mitgenommes und durchnäßtes Äußeres nicht erklären mußten. Wir zogen uns um und setzten uns dann zum unruhig schlafenden Mr. Digweed.

Lange sagte keiner von uns ein Wort. Dann meinte Joey: »Das war's wohl mit der Schlammsucherei.«

Von anderen Problemen einmal ganz abgesehen, hatten wir auch unsere gesamte Ausrüstung verloren. »Das stimmt«, sagte ich. »Aber was sollen wir jetzt machen?«

»Es gibt viele Möglichkeiten«, sagte er.

Mißtrauisch sah ich zu ihm hinüber.

Doch noch ehe ich ihn fragen konnte, was er damit gemeint habe, kam Mrs. Digweed herein, und ich sah auf den ersten Blick, daß sie aufregende Neuigkeiten mitbrachte. Sie nahm ihre Haube ab, ging zu ihrem Mann, nahm seine Hand und betrachtete einen Moment lang aufmerksam sein Gesicht.

Dann drehte sie sich zu uns um: »Ihr werdet nie erraten, wo ich gewesen bin.«

»Dann sag's uns, Ma!« meinte Joey kurz angebunden.

»Was würdet ihr sagen, wenn ich euch erzähle, daß ich in der Brook Street war?«

Joey starrte sie entgeistert an. Einer unausgesprochenen Abmachung zufolge hatten wir die Ereignisse jener unseligen Nacht nie wieder erwähnt.

»Ich hab mir gedacht, es wär jetzt sicher, und deshalb bin ich dann vor ein, zwei Wochen – ich hatte in dem Stadtviertel gerade eine Arbeit angenommen – einige Male in eine Kneipe nicht weit vom Haus Nr. 48 gegangen, um das Mädchen, die Nellie, vielleicht wiederzutreffen, die ich ja schon kennengelernt hatte. Na, und heute ist sie gekommen, deshalb bin ich auch so spät dran.«

»Hast du sie etwa nach dem Einbruch gefragt?« wollte Joey wissen.

»Natürlich nicht. Ich bin doch keine Närrin! Ich war ganz vorsichtig, genau wie beim letztenmal. Hab keine Fragen gestellt, nur zugehört und mich ganz ruhig verhalten.«

Als ich mir Mrs. Digweed vorzustellen versuchte, wie sie sich einen ganzen Abend lang ruhig verhielt, mußte ich mir ein Lächeln verkneifen.

»Und genau wie ich's mir gedacht hab, erzählt sie mir nach 'ner Weile alles, was ich wissen wollte. Sie sagte, jemand hat Alarm geschlagen, aber die Dienstboten konnten die Wache nicht wach rütteln, so besoffen war die. Und wo sie den Haustürschlüssel versteckt hatte, konnten sie auch nicht rauskriegen. Also sind sie dann hintenherum durch die Stallungen gelaufen.«

»Das war unsere Rettung«, rief ich aufgeregt.

»Sie meinte, der Hauslehrer, ein Mr. Vamplew, hat mit dem Gewehr geschossen.«

Ich erinnerte mich noch an das fahle, finstere Gesicht.

»Er hat den Mann und den Jungen deutlich gesehn«, meinte sie. »Und sie hat auch erzählt, daß die Diebe nichts mitgenommen haben.«

»Na, siehste! Was hast du jetzt also erfahren, das wir nicht schon gewußt haben?« höhnte Joey. »Du hättest nicht mit ihr reden sollen, Ma!«

»Find ich nicht«, widersprach ich. »Deine Mutter hätte ja auch etwas Wichtiges hören können.«

»Aber das hab ich ja!« sagte Mrs. Digweed geheimnisvoll. »Ich wollte was Nützliches rauskriegen, und das hab ich auch.«

»Was Nützliches?« fragte ich verwundert.

»Um an das Testament zu kommen natürlich!« rief sie aus.

Diese Antwort verblüffte mich, und als sie meine Überraschung sah, sagte sie: »Glaubst du denn, ich hab schon aufgegeben? Im Gegenteil! Ich bin so fest entschlossen wie nie zuvor.«

Obwohl ich kaum bewußt darüber nachgedacht hatte, merkte ich nun, daß ich selbst den Plan fallengelassen hatte. Aber daß Mrs. Digweed immer noch an ihm festhielt!

»Also, was haben Sie herausgefunden?« fragte ich.

»Eine ganze Menge. Diese Göre ist wirklich eine schreckliche Schnattertasche. Sie hat mir von einem Lakaien erzählt, einem gewissen Bob – er scheint ein bißchen hinter ihr her zu sein. Jedenfalls hat der einen Burschen, den Dick, der ihm ein wenig zur Hand geht. Aber der muß jetzt zurück zu seinem Dad nach Limehouse, hat sie gesagt, um das Teeren und Kalfatern zu lernen. Und deshalb sucht Bob jetzt nach einem neuen Laufburschen.«

»Einen Spitzel!« rief ich. »Aber sind Sie sicher, daß er die Stelle bekommt?«

Verblüffung spiegelte sich auf ihrem Gesicht.

»Haben Sie denn nicht an Joey gedacht?« fragte ich.

Sie sah mich etwas unsicher an und sagte nach kurzem Zögern: »Aber Master Johnnie, eigentlich hab ich dabei an dich gedacht.«

Ich war wie vor den Kopf gestoßen, doch dann fielen mir plötzlich tausend Dinge gleichzeitig ein. Der niedrigste aller Dienstboten! Die Unabhängigkeit eines Schlammsuchers mit der Knechtschaft eines Laufburschen zu vertauschen! Und das in diesem Haus! Ich sah, daß Joey mich neugierig musterte, und fragte mich, ob er wohl ahnte, was mir durch den Kopf ging. Und dann erkannte ich das Faszinierende an dieser Idee: in einer solchen Verkleidung in dieses arrogante Haus einzudringen, um seinen Fall herbeizuführen!

Doch schon fiel mir ein Grund ein, der dagegen sprach: »Was ist mit dem Hauslehrer, Mr. Vamplew? Er könnte mich wiedererkennen.«

»Nellie meinte, der ist mit dem jungen Herrn ins Ausland gefahren und würd vor Weihnachten nicht zurückkommen.«

»Also gut«, sagte ich, »ich will's probieren. Aber wird Bob mir die Stelle auch geben?«

»Die Chancen stehen nicht schlecht«, antwortete Mrs. Digweed. »Ich hab der Nellie erzählt, daß mein Mann so was wie 'nen Neffen hat – nichts für ungut, Master Johnnie, und möge der Herrgott mir die Lüge verzeihen! Dann hab ich noch gesagt, du bist frisch vom Land gekommen, und sie hat gemeint, daß der Bob unbedingt einen Jungen vom Land haben will, die sind nämlich gesünder und nicht so frech wie die Bengel aus der Stadt. Also hat sie mich gleich zu Bob an die Theke geschleppt. ›Schick den Jungen vorbei!‹ hat Bob dann zu mir gesagt. ›Schick ihn vorbei, und ich guck ihn mir an und werd sehen, ob er der Richtige ist.‹ Du brauchst also bloß morgen früh zu ihm zu gehen, und wenn er dich haben will, kannst du gleich anfangen.«

»Und was für einen Lohn zahlt er?«

Sie zog ein Gesicht: »Reich wirst du dabei nicht. Du kriegst Verpflegung, was zum Anziehen und zwei Schürzen im Jahr, Wäsche inbegriffen. Nach 'nem Lohn hab ich da nicht mehr gefragt. Vielleicht zehn Shilling im Vierteljahr, würd ich sagen. Davon brauchst du dann nur Tee, Zucker und Seife zu bezahlen.«

»Das ist nicht viel.«

»Kaum weniger als bei uns in letzter Zeit«, sagte Joey mit grimmigem Lächeln. »Und was mich angeht, ich werd schon was finden.«

»Und was?« fragte ich mißtrauisch.

»Nun komm schon, Master Johnnie!« sagte Mrs. Digweed. »Wir haben 'ne Menge zu tun. Du mußt dir eine Herkunft und eine Geschichte zurechtlegen, denn von nun an mußt du jedes Wort zweimal im Mund umdrehen, bevor du's aussprechen tust.«

Meine Heimat, so beschlossen wir, sollte eine Grafschaft nicht weit von der schottischen Grenze sein, und Mrs. Digweed hatte ihren Spaß daran, sich eine verwickelte Geschichte auszudenken, der zufolge die Tante ihres Mannes im Norden einen Hirten kennengelernt und geheiratet hatte, der wiederum aus einer noch nördlicheren Ecke des Landes stammte.

»Möge der Herr mir verzeihen!« hielt sie einmal inne. »Ich hoffe, wir tun hier nichts Unrechtes.«

»Das ist doch«, warf ich ein, »bestimmt nicht weniger fragwürdig, als sich eine Geschichte für ein Buch auszudenken, oder?«

Sie runzelte die Stirn und schien nicht sonderlich überzeugt zu sein.

»Wie soll ich denn heißen?« fragte ich.

»Ich hab gesagt, du bist der Johnnie«, sagte sie. »Ich glaub nicht, daß Bob dich nach deinem Familiennamen fragt.«

»Und wenn er doch fragt, sag ich einfach, ich heiße Winterflood.« Ich lachte.

Mrs. Digweed sah mich einen Augenblick verdutzt an, doch als ihr wieder einfiel, woher sie den Namen kannte, fiel sie in mein Lachen ein.

Spät in der Nacht lag ich noch neben Joey wach und fragte mich, was mich nun wohl erwartete. Auf diese Weise in das Haus meiner Feinde einzudringen hieß tatsächlich, nach der Rose zu greifen, ohne auf die Dornen zu achten. Doch mein Stolz machte mir mehr zu schaffen als die vor mir liegende

Gefahr, und bei dem Gedanken, in einer solchen Verkleidung Henrietta wiederzubegegnen, stieg eine bittersüße Erregung in mir auf. Andererseits war es nicht gerade wahrscheinlich, daß ich sie überhaupt zu Gesicht bekam. Aber wie dem auch sein mochte, jetzt ging es um das Testament.

94. KAPITEL

Ich hielt mich an die Anweisungen von Mrs. Digweed und stand am nächsten Morgen um halb acht vor den Stallungen hinter den Häusern der Brook Street. Da das Anwesen Nr. 48 unmittelbar an das Eckhaus grenzte, war es nicht schwierig, die entsprechenden Rückgebäude zu finden. Das Haupttor der Remise stand offen, und zwei Männer putzten und polierten eine Kutsche, in der ich ebenjene Equipage wiedererkannte, mit der Mr. Steplight vor all den Jahren bei Mrs. Fortisquince vorgefahren war.

»Wer bist du denn?« fragte mich der ältere der beiden, als ich das Haus betreten wollte.

»Ich komm wegen der Stelle als Laufbursche«, antwortete ich.

»Na schön, dann mach aber fix«, sagte er und warf den Kopf in den Nakken, um mir anzudeuten, daß ich durch die Remise gehen könne.

Ich folgte seinem Wink und stand gleich darauf auf dem Hinterhof, über den drei Waschmägde Körbe voll Leinenzeug zu einem großen Spültrog schleppten. Eine von ihnen blickte freundlich zu mir herüber, und ich näherte mich ihr.

»Bist du der Johnnie?« fragte sie und lächelte.

Als ich ihre Frage bejahte, sagte sie: »Mein Name ist Nellie. Ich bring dich zu ihm.« Sie wandte sich an die robuste Frau an ihrer Seite: »Kann ich den Jungen ins Haus bringen, Mrs. Babister? Er will mit Bob wegen der Stelle reden.«

»Na gut, aber trödel nicht rum!« erwiderte die Frau etwas ungnädig. »Und keine Fisimatenten!«

Das Mädchen führte mich durch eine Tür in der Mauer, an die ich mich noch von jener unseligen Nacht her erinnerte. Dann gingen wir einige Stufen hinunter und über einen dämmrigen Flur in eine kleine fensterlose Kammer. Im Licht eines Kienspans erkannte ich einen großen, etwas über dreißig Jahre alten Mann in Hemd und Kniebundhosen, der eine grüne, beinahe bis auf den Boden reichende Filzschürze trug.

Er putzte gerade einen Stiefel, doch als wir eintraten, stellte er ihn beiseite, band sich die Schürze ab und griff spielerisch nach dem Mädchen, das zwar unter seinen Armen hindurchschlüpfte, aber nicht rasch genug, so daß er sie kurz fassen und einen Kuß auf ihre Lippen drücken konnte.

Sie stieß ihn von sich fort und sagte: »Aber Mr. Bob! Das hätt ich nicht von Ihnen gedacht! Ich bring Ihnen bloß den Jungen, mit dem seine Tante Sie gestern geredet haben.«

»Komm her, betörendes Wesen!« sagte Bob und griff erneut nach ihr.

Doch sie rannte kichernd aus dem Zimmer, und so wandte er sich mir zu und brummelte dabei etwas, das ich nicht verstand. Der Mann war mittelgroß und sah recht gut aus, obwohl auf seinem Gesicht ein etwas verwöhnter und verdrießlicher Ausdruck lag, der den Eindruck erweckte, als sei ihm früher übel mitgespielt worden und als hege er nun einen nur zu berechtigten Groll auf die Welt. Er starrte mich mit kalten blauen Augen herausfordernd an, und doch war mir, als weiche er meinem Blick aus, fast so, als schaue er auf einen Punkt etwa einen Schritt vor mir.

»Als was hast du bisher gearbeitet?« fragte er und musterte mich abschätzig von oben bis unten.

»Ich bin harte Arbeit gewohnt, Mr. Bob«, gab ich zur Antwort. »Mit fünf Jahren hab ich Kühe gehütet, und danach hab ich meinem Vater beim Vieh und mit dem Füttern geholfen, hab Rüben gezogen, Korn gedroschen, Steine aufgesammelt und was sonst noch so anfiel. Ich hab beinahe alle Mannsarbeit gemacht, bis er dann starb und meine Mutter die Pacht gekündigt hat.«

Dieses Feuerwerk bäuerlicher Tätigkeiten sagte ihm offenbar überhaupt nichts, doch das Wesentliche begriff er: »Auf'm Land gearbeitet, wie? Dann müßtest du eigentlich stark und zäh sein. Siehst aber gar nicht so kräftig aus. Na ja, aber wenigstens bist du ein bißchen größer als der letzte Bursche. Der war Kutschjunge, aber dazu bist du schon zu groß, paßt in keine Livree nicht mehr rein. Du kriegst auch keine Livree gestellt, also jammer nich nach einer. Zweimal im Jahr gibt's neue Wäsche. Nich richtig neu, du weißt schon, aber für dich ist sie gut genug. Und gehst du nicht sorgsam damit um, kriegst du meine Hand zu spüren.«

Mit gemischten Gefühlen registrierte ich, daß er diese Drohungen in der Wirklichkeitsform und nicht in der Möglichkeitsform ausgesprochen hatte.

»Du arbeitest nur für mich, ist das klar? Wenn Harry oder Roger oder sonst jemand dir sagt, du sollst das und das tun, dann antworte ihnen, daß sie dir keine Befehle zu geben haben. Kapiert?«

Ich nickte, und er fuhr fort: »Aber wenn dir Mr. Thackaberry oder Mr. Assinder was aufträgt, dann tust du's geradso, als wenn ich's dir selbst gesagt hätte.«

Ich nickte erneut. Dann fragte ich: »Und wie hoch ist mein Lohn?«

Er sah mich überrascht an und lachte schließlich trocken auf: »Na, du bist mir ein schöner Trottel! Seit wann kriegen Laufburschen einen Lohn? Wenn du dich ins Geschirr wirfst und hart arbeitest, werde ich dir bestimmt ab und an was zustecken. Später geb ich dir vielleicht noch einen Teil von meinem Trinkgeld ab, doch das werden wir dann ja sehen. Das wär alles.«

Völlig unerwartet warf er mir einen stinkenden schwarzen Lumpen zu. »Fang mit denen da an, und wir werden sehen, wie du dich anstellst.« Er zeigte auf einen Berg Stiefel und Schuhe und einen Topf mit Schuhwichse, und so stellte ich mich also vor ein Regal und begann, mit aller Kraft die Schuhe zu putzen.

Bob hängte die Schürze an einen Nagel an der Tür, warf sich eine Jacke über, setzte sich in einen Sessel und legte seine Füße gemütlich auf das Regalbrett an meiner Seite.

»Jetzt hör mir mal gut zu!« begann er. »Wenn du das erste Mal was falsch machst oder nicht das tust, was ich dir sage, gibt's eine Maulschelle. Beim nächstenmal setzt's eine ordentliche Tracht Prügel. Und wenn du's dann noch mal tust, fliegst du raus, und ich versprech dir, es wird ein Heulen und Zähneknirschen geben, denn dann hast du genug blaue Flecken, um dich noch lange an Onkel Bob zu erinnern.«

Er fischte aus einer geräumigen Tasche seiner Jacke Stummelpfeife und Tabaksbeutel hervor und fing an, nachdenklich die Pfeife zu stopfen.

»Außerdem bin ich ›Mr. Bob‹ und nicht einfach nur ›Bob‹ für dich. Und auch wenn du mit den anderen Dienstboten redest, bin ich immer noch ›Mr. Bob‹.«

Plötzlich holte er mit einem Fuß aus und trat mich hart in die Rippen.

»Hast du mich verstanden?«

»Ja, Mr. Bob«, keuchte ich.

»Nur damit du von Anfang an Bescheid weißt, wie's zwischen uns beiden steht. Du bist noch bei niemandem nich in Dienst gewesen, aber das macht nix, weil du nämlich nur das tust, was ich dir sage. Dies hier unten sind die Dienstbotenquartiere, und du gehst nur dann nach oben, wenn ich's dir ausdrücklich gesagt hab. Und wenn du nach oben gehst, dann nur zusammen mit mir, wenn ich nämlich die Zimmer putz und abends als letztes die Lampen und Kerzen lösch. Wenn ich dich oben allein erwisch und du da nichts zu suchen hast – und ich glaub kaum, daß du jemals Grund hast, da oben rumzulaufen, wenn ich nicht dabei bin –, dann kommst du in Teufels Küche, das kannst du mir glauben.«

»Gibt es noch andere Regeln?«

Er fuhr aus seinem Sessel auf: »Was hast du gesagt?«

»Gibt es noch andere Regeln, Mr. Bob?« korrigierte ich mich hastig.

Er ließ sich wieder zurücksinken: »So ist's besser. Du wirst sie mit der Zeit schon rausfinden. Im Moment gibt's nur eine einzige Regel, die du unbedingt wissen mußt«, sagte er, »und die lautet: ›Mach, was Mr. Bob ...‹ «

Er verstummte abrupt, als ein dicklicher Mann in mittleren Jahren ins Zimmer trat, der eine grüne Jacke, weiße Hosen und dazu eine gelbschwarz karierte Weste mit einer eleganten weißen Halsbinde trug. In seinem finsteren Gesicht leuchteten rote Schnapsflecken.

Bob sprang auf und schob blitzschnell die Pfeife in die Tasche.

»Machst du die Schuhe, Edward?« fragte der Mann.

»Ja, Mr. Thackaberry. Will sagen, der neue Bursche macht sie gerade.«

»Dann aber an die Arbeit!« fuhr Mr. Thackaberry mich an, denn ich hatte mich nach ihm umgedreht, dabei aber heftig weitergeputzt. »Gestern abend war noch fast ein halber Liter Sherry in der blauen Glaskaraffe, und ich hätte gern gewußt, wo der geblieben ist.«

»Nicht doch, Mr. Thackaberry, bei allem Respekt, Sir. Da waren höchstens noch ein paar Fingerbreit drin.«

»Ich werd mich nicht mit dir darüber streiten, Edward. Ich sag es dir jetzt zum letztenmal, daß ...«

»Entschuldigen Sie bitte, Mr. Thackaberry!« unterbrach ihn Bob ehrerbietig. »Lassen Sie mich doch zuerst den Jungen fortschicken!«

Der Mann nickte, und Bob wandte sich an mich: »Geh in die Spülküche, Dick, und hilf Bessie beim Abwaschen!«

Verblüfft blieb ich bewegungslos stehen.

»Ist der Junge nicht ganz bei Trost?«

»Verzeihen Sie bitte, Mr. Thackaberry«, sagte Bob unterwürfig und schlug mir mit der flachen Hand kräftig ins Gesicht.

»Bist du taub?« schrie er.

Benommen taumelte ich aus dem Zimmer und irrte über den Flur bis zu einem düsteren, übelriechenden Kellerraum, in dem ich die Spülküche vermutete. Zwischen den feuchten Dämpfen und dem Gestank nach Talgkerzen stieg mir jetzt ein anderer, strengerer Geruch in die Nase. In einer Ecke entdeckte ich dann schließlich ein kleines, zusammengekauertes Geschöpf, das sich über ein Spülbecken beugte und einen riesigen Kessel scheuerte.

»Heißt du Bessie?« fragte ich. »Ich bin Mr. Bobs neuer Laufbursche.«

Ohne mich anzusehen, wies sie mit dem Kopf auf einen Berg Pfannen und Töpfe, die sich neben dem Becken stapelten. Ich konnte jetzt auch erkennen, daß das Mädchen ungefähr in meinem Alter war, doch ihr Körper war so verkrümmt und ihr Gesicht so eingefallen, daß man sie für eine alte Frau halten konnte. Mit piepsiger Stimme sagte sie: »Bis zur zweiten Tafel. Schnell!«

»Ich heiße Johnnie«, sagte ich, während ich einen Topf in die Hand nahm. »Das ist mein wahrer Name, aber hier nennen sie mich Dick.«

Sie gab keine Antwort. Ich sah ihr zu, wie sie eine Mischung aus feinem Sand und ätzendem Sodapulver – daher kam der scharfe Geruch, den ich bemerkt hatte! – auf die Innenseite der Töpfe auftrug und sie dann mit einer harten Bürste abschrubbte. Ihre Hände waren rot angelaufen von den zahllosen winzigen Rissen in der Haut, die aus vielen offenen Stellen blutete, und ihre Handrücken waren mit Blasen regelrecht übersät.

Also begann auch ich zu schrubben und spürte bald, wie schmerzhaft das Sodapulver auf der Haut brannte. Ich war viel langsamer und längst nicht so geschickt wie das Mädchen. Doch obwohl sie wie besessen und ohne Pause arbeitete, brauchten wir beinahe drei Stunden, um all die Pfannen und Töpfe zu reinigen, die angebrannten Reste herauszukratzen und sie dann mit Zitrone und Sand – nur für den hartnäckigsten Schmutz nahmen wir das Sodapulver – so sauberzuscheuern, daß sie wie helle Spiegel glänzten.

Manchmal kam Bob herein und sah mir eine Weile zu, und zwei- oder dreimal kam aus der anderen Richtung eine grimmig dreinschauende, rotgesichtige Frau, vermutlich die Köchin, und trieb uns unter einem Gewitter von Flüchen und einem Schauer leichter Schläge auf Kopf und Schultern an, doch etwas schneller zu arbeiten.

Gegen elf Uhr war ich völlig erschöpft, und meine Hände brannten, doch das Geschirr war sauber. Mein Hemd und meine Hosen hatten bei der Arbeit allerdings ziemlich gelitten.

Nun kam Bob herein und warf mir etwas zu: »Zieh das an! Guck doch bloß, wie du aussiehst! Du hättest mich vorher nach einer Schürze fragen sollen!«

Ich hielt eine lange weiße Schürze in der Hand, und mir fiel auf, daß Bob seine dunkelgrüne Filzschürze nun abgenommen hatte.

»Warte!« sagte er, als ich mir die Schürze umbinden wollte, griff mir ganz unvermittelt in die Hosentasche und holte den Inhalt ans Tageslicht: einen

Sixpence, drei Penny, ein paar Halfpence und etliche Farthing. Dann untersuchte er meine anderen Taschen auf die gleiche Weise, brachte aber nichts weiter zum Vorschein.

Er zählte das Geld: »Ein Shilling, vier Pence und drei Farthing«, sagte er und steckte die Münzen in seine Tasche. »Der Zaster geht in deine Kiste. Und ich behalt den Schlüssel dafür. Sollte ich also jemals Piepen bei dir finden oder sonstwas, das ich dir nicht gegeben hab, dann weiß ich schon, wie du dir das besorgt hast. Haben wir uns verstanden?«

Ich nickte. Dann fuhr er mit seinen Händen nochmals in meine Taschen und riß aus jeder das Futter heraus.

»Jetzt zieh das hier an!« befahl er mir, und ich band mir die Schürze um. »Eine grüne Schürze kriegst du für die Arbeit, die weiße hier ist für oben, fürs Servieren im Saal und für die Stube der Haushälterin. Verwechsel die beiden bloß nicht! Ich werd mich nämlich bestimmt nicht freuen, wenn die weiße dreckig ist.« Er zeigte auf die Schürzentasche. »Das da ist deine Tasche. Und wenn ich seh, daß deine anderen Taschen wieder zugenäht sind oder daß du was vor mir versteckst – dann walte Gott!«

Er wandte sich um und ging fort. An der Tür sah er sich noch einmal nach mir um und rief ärgerlich: »Worauf zum Teufel wartest du? Es ist halb zwölf!«

Ich verstand dies als Aufforderung, ihm zu folgen, und eilte, so rasch ich konnte, hinter ihm her. Wir waren nicht die einzigen Dienstboten, die in die gleiche Richtung über den düsteren Flur hasteten. Nach wenigen Schritten betraten wir einen großen, niedrigen Raum mit sandbestreutem Boden und einem langen Brettertisch in der Mitte, an dem zahlreiche Männer und Frauen Platz nahmen. An den Enden des Tisches saß man auf eichenem Gestühl mit hohen Rückenlehnen, in der Mitte standen jedoch nur einfache Bänke. Der Raum hatte keine Fenster, er wurde von schrecklich stinkenden Kienspänen erhellt. Ich sah, daß das männliche Gesinde an dem einen, das weibliche an dem anderen Ende saß, doch erst später erfuhr ich, daß man sich auch in strikter Rangordnung an den Tisch setzte, der Oberkutscher am Kopf der Tafel, neben ihm der Unterkutscher, dann der erste, zweite, dritte und vierte Lakai, dann folgten die Pferdeknechte in gleicher Reihenfolge. Den Vorsitz bei den Frauen führte die Oberküchenmagd, dann folgte die Oberwäscherin, schließlich kamen die Hausmädchen, die Küchenmädchen und die Waschmägde, so daß sich die niedrigsten Männer und Frauen in der Mitte der Tafel trafen, doch ihnen war es verboten, miteinander zu sprechen.

Bessie und ich mußten das Essen servieren und es am Frauen- beziehungsweise am Männerende der Tafel auftragen, wo sich dann alle nach alter Sitte bedienten. Es war eine harte Arbeit, und unaufhörlich schrie Bob mich an und lenkte die Aufmerksamkeit der restlichen Esser auf mich, um sich über mich lustig zu machen. Mir war vor Hunger fast übel, und ich überlegte, wann man mir wohl erlauben würde, etwas zu essen. Flüsternd stellte ich Bessie diese Frage, als wir die großen Servierplatten wieder einsammelten.

»Hinterher«, antwortete sie.

Als das Mahl sich seinem Ende näherte, mußten wir das schmutzige Geschirr wieder in die Spülküche tragen. Einmal kam ich gerade in die Küche, da sah ich, wie sich Bessie rasch ein Stück Brot nahm und in die Pfanne tunkte, die sie gerade abgestellt hatte. Ich folgte ihrem Beispiel, doch unsere Mitbediensteten hatten uns nur sehr wenig übriggelassen. Ich ließ ein Stück Brot in meine Schürzentasche gleiten, um es später zu essen.

Bessie sah dies und schüttelte den Kopf, denn uns war nur erlaubt, wie ich nun erfuhr, die Reste zu essen, die wir beim Abservieren ergattern konnten, etwas aufzubewahren jedoch, um es in einer ruhigeren Minute genüßlich zu verzehren, galt als schwerer Verstoß gegen die Regeln.

Als ich schließlich die letzten Teller in die Spülküche gebracht hatte, eilte ich zurück zu dem Brettertisch. Bob stand gleich auf und herrschte mich an: »Komm jetzt! Die zweite Tafel!«

Bei diesen rätselhaften Worten sah er auf meine weiße Schürze und entdeckte einige kleine Fettflecken von den schweren Töpfen, die ich beim Tragen gegen meine Brust gepreßt hatte.

Er verpaßte mir eine Maulschelle: »Die Schürze wird nur einmal die Woche gewechselt. Halt sie sauber, oder es setzt was!«

Er führte mich den Weg zurück zur Spülküche, doch diesmal gingen wir weiter in die eigentliche Küche – einem weiten, hohen Gewölbe mit riesigen Feuerstellen, über denen die Spieße und Bratroste hingen. Hier nahmen wir beide wiederum einige Töpfe auf, die jedoch etwas eleganter aussahen als die vorherigen, und trugen sie zurück über den dunklen Flur, vorbei am Speiseraum der Dienstboten in ein größeres Zimmer mit einem vergitterten Fenster, durch das ein wenig Licht drang. Das Zimmer war bis auf eine Anrichte leer, doch in der Mitte stand ein alter, recht hübscher Tisch, der für acht Personen gedeckt war.

Als wir die Töpfe auf der Anrichte abgesetzt hatten, sagte Bob: »Vergiß nicht, dich zu verbeugen, wenn die Damen und Herren ins Zimmer kommen!«

Dann ging er hinaus und schloß die Tür hinter sich, um sie wenige Augenblicke später wieder aufzureißen, sich respektvoll zu verbeugen und dann den Türflügel aufzuhalten.

Aus einer Kammer auf der anderen Seite des Flurs traten nun mehrere Leute ins Eßzimmer. Sie wurden vom Butler, Mr. Thackaberry, angeführt, der Arm in Arm mit einer hochgewachsenen, wie eine Krähe aussehenden Frau hereinkam, die einen Kneifer auf der Nase trug und die ich zu meiner Bestürzung wiedererkannte. Es war Mrs. Peppercorn, jene Haushälterin, der ich vor all den Jahren in Hougham begegnet war, als ich Henrietta das erste Mal gesehen hatte. Rasch verbeugte ich mich, um mein Gesicht zu verbergen, mußte aber in der gleichen Sekunde auch daran denken, daß zwar Mrs. Peppercorn unverändert wirkte, daß man dasselbe jedoch wohl kaum von mir behaupten hätte können.

Man setzte sich, Mr. Thackaberry an den Kopf des Tisches und Mrs. Peppercorn an das gegenüberliegende Ende. Links von Mr. Thackaberry saß die Köchin und zu seiner Rechten ein Herr mit schimmernder Glatze und vorspringender roter Nase. Dann folgten drei junge Damen, in denen ich die Kammerzofen vermutete, und am Fuße des Tisches saßen zu beiden Seiten von Mrs. Peppercorn ein junger Gentleman und das oberste Hausmädchen.

»Mach mir alles nach!« zischte Bob und begann, ganz der neuen Sitte entsprechend, die Platten darzureichen.

Das Essen war offensichtlich ausgezeichnet, und zu jedem Gang gab es einen anderen Wein.

»Was sagen Sie dazu, Mr. Thackaberry«, fragte der Gentleman, der unmittelbar neben dem Butler saß, »daß die Familie dieses Jahr zur Weihnachtszeit nicht aufs Land fährt?«

Bob hielt mir einen Teller hin, zeigte auf den Herrn und flüsterte: »Bring den dem Kammerdiener von Sir Perceval!«

Mr. Thackaberry blickte auf Bobs Rücken und wartete, bis Bob sich wieder zur Anrichte zurückgezogen hatte. Offenbar maß er meiner Anwesenheit jedoch keine Bedeutung bei, oder er hatte sie einfach vergessen. Jedenfalls tupfte er sich den Mund mit der Serviette ab und wollte ihn gerade öffnen, als Mrs. Peppercorn sich einmengte, noch ehe er ein Wort gesagt hatte: »Man will natürlich sparen, keine Frage.«

»Es gibt«, sagte Mr. Thackaberry feierlich, »noch einen anderen Grund. Denn wenn ich recht unterrichtet bin, befindet sich der Prozeß vor dem Kanzleigericht gegenwärtig in einer äußerst heiklen Phase.«

»Mumpitz!« rief Mrs. Peppercorn und setzte geringschätzig hinzu: »Dieser Prozeß ist von Anfang an eine einzige heikle Phase gewesen.«

»Ist es nicht seltsam«, begann die Köchin beschwichtigend, denn die Xanthippe der Küche schien eine außerordentlich beruhigende Wirkung auf ihre Vorgesetzten zu haben, »wie Sir Perceval darauf drängt, daß sich Mr. David mit Miss Henny und nicht mit der jungen Dame seiner Wahl vermählt? Die soll ja schrecklich reich sein, wenn es stimmt, was man sich so erzählt.«

»Aber sie ist doch ein völliger *Niemand*, nicht wahr?« warf die junge Dame mutig ein, die das hübscheste Kleid und die bezauberndsten Locken trug. »Man sagt, daß ihr Vater ein Nabob sei, der eigentlich einmal Apotheker gelernt hat. Und keiner weiß genau, wie er eigentlich zu seinem Vermögen gekommen ist.«

Mr. Thackaberry sah sie streng an und sagte: »Zu einer solchen Verbindung würde Sir Perceval niemals seine Zustimmung geben.«

»Aber Sir Perceval weiß ja gar nichts davon«, rief die junge Dame aus. »Mr. Thomas steckt doch hinter alldem.«

In äußerst würdevollem Ton sagte Mr. Thackaberry: »Wenn Sir Perceval davon wüßte, dann würde er sich jedenfalls – und davon bin ich felsenfest überzeugt – gegen eine solche Ehe aussprechen. Sein Sinn für Familienehre weiß gesellschaftliche Stellung ganz zweifellos vor allen bloß ökonomischen Erwägungen zu würdigen.«

Als wolle sie einem reichlich begriffsstutzigen Menschen etwas verständlich machen, sagte Mrs. Peppercorn: »Die Wahrheit ist doch, Mr. Thackaberry, daß Sir Perceval nicht einmal ahnt, wie hoch Mr. David tatsächlich verschuldet ist und daß Mr. David gar keine andere Wahl hat, als eine gute Partie zu machen oder unterzugehen.«

Der Butler errötete.

»Es heißt, Sir Perceval sei schrecklich wütend auf Mr. David, weil der beim Hasard so viel verloren hat«, sagte der glatzköpfige Gentleman, der, wie ich inzwischen erfahren hatte, der Kammerdiener von Sir Perceval war.

»Und dabei weiß er noch nicht einmal über die Hälfte der Schulden Bescheid«, rief die junge Dame mit den Locken. »Weiß der Himmel, was passiert, wenn er die Wahrheit herausfindet.«

Mr. Thackaberry funkelte sie wütend an und zischte: »Miss Pickavance!« Doch sie ließ sich nicht einschüchtern.

»Ned hat mir erzählt, daß sich Mr. David letzte Woche ganz schrecklich mit seiner Mama gestritten hat«, rief sie entzückt.

»Das geht Joseph nun überhaupt nichts an«, sagte Mrs. Peppercorn ernst. »Mr. Thackaberry, würden Sie Ihre Leute bitte anhalten, in diesem Haus keine Klatschgeschichten zu verbreiten!«

»Und würden Sie, Madam, Ihre Leute bitte ermahnen, sich keine Klatschgeschichten anzuhören!« sagte der Butler.

»Ich kann es einfach nicht glauben, daß Mr. David Miss Henrietta heiraten soll«, warf die Köchin rasch ein. »Sie ist doch eigentlich gar keine gute Partie.«

»Ganz recht, Madam«, sagte Mr. Thackaberry. »Sie wäre ein Waisenkind ohne einen Pfennig, wenn Sir Perceval und Lady Mompesson sie in all ihrer Herzensgüte nicht wie ihr eigenes Kind aufziehen würden. Deshalb finde ich es auch gar nicht verwunderlich, daß sie Miss Henrietta nun durch die Verehelichung mit Mr. David in den Kreis der Familie aufnehmen wollen.«

»Aber Sie irren sich!« rief Miss Pickavance. »Mr. David wird bestimmt diese Erbin heiraten. Jedenfalls geht er nicht mit Miss Henny zum Altar.«

Wieder errötete Mr. Thackaberry, und Mrs. Peppercorn freute sich sichtlich über sein Unbehagen. »Sie tun immerhin recht daran, die Güte und Großzügigkeit zu loben, die unsere Herrschaft ihrem Mündel erweist«, sagte der Butler. »Nachdem man Miss Henrietta aus Brüssel zurückgeholt hat, kommt man nun auch noch für eine Gouvernante auf.«

»Gouvernanten!« warf Miss Pickavance vielsagend ein.

Mrs. Peppercorn warf ihr einen Blick zu: »Sie haben recht. Eigentlich ist eine Gouvernante nur ein besseres Hausmädchen, das keine Haube tragen muß.«

»Und bloß weil sie gelegentlich zum Essen hinzugezogen wird, wenn die Familie keine Gesellschaft gibt«, bemerkte Miss Pickavance, »glaubt Miss Fillery schon, mit der Herrschaft auf gleichem Fuß zu verkehren.«

»Nach meiner Erfahrung, Mrs. Pickavance«, meinte Mrs. Peppercorn äußerst würdevoll, »glauben das alle Gouvernanten. Denken Sie doch nur an die letzte!«

»Dieses intrigante Geschöpf!« entrüstete sich die junge Dame. »Erinnern Sie sich noch, auf welch widerliche Weise sie unseren Mr. David in ihre Netze locken wollte? Einmal hat sie ihn sogar überredet, sie in die Vauxhall Gardens mitzunehmen!«

Doch mit dieser Bemerkung war sie offenbar zu weit gegangen. Mit einem warnenden Blick auf Bob und mich an der Anrichte brachte Mrs. Peppercorn die Zofe zum Schweigen.

Nachdem wir aufgetragen und die ersten Gänge bereits wieder abgeräumt hatten, flüsterte Bob mir zu: »Hilf mir, das schmutzige Geschirr in die Spülküche zu tragen! Aber rühr ja nichts an, sonst zieh ich dir das Fell über die Ohren!«

In der Spülküche sah ich dann, wie er sich über das Geflügel und zwei Scheiben Rindfleisch hermachte, die noch übriggeblieben waren.

Als wir in die Eßstube der Haushälterin zurückkehrten, sagte Miss Pickavance gerade: »Dienstboten, die sich unmittelbar um die Bedürfnisse der Herrschaft kümmern, schenkt man natürlich weit mehr Vertrauen als jenem Gesinde, das – in welch gehobener Stellung auch immer – letztlich doch nur mit der Sorge um das reibungslose Funktionieren des Haushalts beauftragt ist. Würden Sie dem nicht beipflichten, Mr. Sumpsion?«

Der glatzköpfige Kammerdiener sah sie voller Bestürzung und Entsetzen an, doch ein Hustenanfall bewahrte ihn glücklicherweise davor, auf diese Frage eine Antwort geben zu müssen.

Einige Minuten später servierten wir den Kaffee, da sah mich Miss Pickavance plötzlich an und kreischte angewidert auf: »Was denkt sich der Junge nur!« Alle starrten mich an, und sie fuhr fort: »Hier so hereinzukommen! Diese Schürze starrt ja vor Schmutz!«

Ich hatte mich bemüht, sie nicht noch mehr zu beschmutzen, trotzdem gab mir Bob sofort eine Ohrfeige, und entschuldigend meinte er: »Es ist gerade erst passiert, Miss. Ich hab ihn deswegen schon ausgeschimpft. Heut ist sein erster Tag, wissen Sie.«

»Komm mir nur nicht zu nahe, du widerlicher Bengel!« rief Miss Pickavance.

»Bleib dahinten stehen, und gib mir die Tassen von der Anrichte rüber!« fuhr Bob mich wütend flüsternd an.

»Außerdem ist es einfach beleidigend«, verkündete Miss Pickavance, »von einem Dienstboten bedient zu werden, der nicht vorschriftsmäßig gekleidet ist. Im Haus von Lord Decies wäre so etwas schlicht undenkbar gewesen.«

»Ach nein?« sagte Mrs. Peppercorn ironisch. »Und ich war der Meinung, daß in Lord Decies' Haus die Zofen gar nicht zur zweiten Tafel zugelassen sind.«

Die übrige Gesellschaft lachte, und Miss Pickavance bekam einen roten Kopf.

Nachdem wir den Kaffee eingeschenkt hatten, sagte der Butler: »Das ist dann alles, Edward.«

Sobald wir uns verbeugt hatten und hinausgegangen waren, packte mich Bob und drehte mir den Arm auf den Rücken, um seinen Worten den entsprechenden Nachdruck zu verleihen: »Krieg ich deinetwegen noch einmal Ärger, landest du auf der Straße, und zwar so, daß du dein Lebtag an mich denken wirst. Hab ich mich deutlich genug ausgedrückt?«

Ich schrie vor Schmerz auf, und er ließ mich los. »Wenn sie läuten, gehst du hinein und deckst ab. Verstanden?«

Ich keuchte: »Ja, Mr. Bob.«

»Und bis dahin kannst du dem Mädchen zur Hand gehen.« Er wandte sich um und ging den dunklen Flur hinunter zur Gesindekammer, ich aber eilte zur Spülküche zurück, wo Bessie Teller wusch und die Töpfe und Pfannen putzte, die wir eben erst hereingebracht hatten. Wie schon am Vormittag half ich ihr in der nächsten Stunde bei ihrer Arbeit.

Es dauerte nicht lange, und ich konnte einen Blick auf einige prächtige Gestalten erhaschen, die in scharlachroten und schokoladenbraunen Livreen mit goldenen Schulterschnüren und Epauletten über den Flur eilten. Dazu trugen sie noch Ärmelkrausen, Bundhosen aus Plüsch über weißen Seidenstrümpfen, Wadenzwickel und glänzende schwarze Schuhe mit leuchtenden Schnallen. Sie waren von Natur aus großgewachsen, wirkten aber durch die Schulterpolster und gepuderten Perücken noch größer. Ich hatte Mühe, in ihnen jene gewöhnlichen Sterblichen wiederzuerkennen, die ich eben erst beim Essen bedient hatte. Nun strahlten sie eine gewisse Würde und ein Gefühl ihrer Wichtigkeit aus, und die Sorgfalt, mit der sie allem aus dem Weg gingen, was ihre Kleider beschmutzen konnte, schien fast zu einer moralischen Qualität zu werden, die sie von uns, die wir keine Livreen trugen, unterschied. Endlich tauchte auch Bob auf, der sogar noch prächtiger als alle übrigen gekleidet und nun viel zu eingebildet war, als daß er auf seinem Weg durch die Spülküche noch auf mich geachtet hätte.

Dann hörte ich oben eine Glocke läuten, und gleich darauf begann ein außerordentlich lebhaftes Treiben. Eine Prozession von Lakaien verließ die Küche und trug dampfendheiße Töpfe vor sich her. Man servierte der Herrschaft das Mittagessen, und die Unruhe, die damit einherging, hielt noch die nächsten eineinhalb Stunden an.

Kaum die Hälfte dieser Zeit war verstrichen, als unvermittelt eine andere Glocke über uns zu läuten begann. Bessie schaute nur kurz auf und meinte: »Anrichte!«

Da ich nicht begriff, was sie damit sagen wollte, achtete ich nicht weiter auf sie, bis sie mich plötzlich anschrie: »Anrichte!«

Ich eilte zurück in das Zimmer, in dem ich mittags serviert hatte, aber es war leer. Zaghaft klopfte ich an die gegenüberliegende Tür und traf dort auf Mr. Thackaberry und Mr. Sumpsion, Sir Percevals Kammerdiener, die zurückgelehnt in ihren Sesseln vor dem Feuer saßen.

»Räum das ab!« brummte Mr. Thackaberry und wies auf verschiedene Dinge, die auf dem Tisch standen.

Anschließend arbeitete ich wieder in der Spülküche und half Bessie. Bob kam zwischendurch regelmäßig herein, um sich zu vergewissern, daß ich nicht faulenzte, doch ansonsten verbrachte er den größten Teil des Nachmittags mit Trinken und Kartenspiel im Lakaienzimmer.

Die Arbeit ließ Bessie und mir keine freie Minute, und am späten Nachmittag befand ich mich in einem Zustand äußerster Erschöpfung. In der Küche wurde inzwischen unter Aufsicht des Hilfkochs der Tee für den Dienstbotensaal vorbereitet, während die Köchin persönlich mit kritischen Augen die Zubereitung des Abendessens für die Familie und die oberen Dienstboten überwachte.

Um sechs Uhr versammelten sich die livrierten Diener erneut in der Eßstube der Haushälterin, und Bessie und ich trugen Brotlaibe, Käse und Dünnbier für die Männer auf. Die Frauen tranken Tee, und dies war ein äußerst komplizierter Vorgang, da jede ihre eigene verschließbare Tee- und Zuckerdose besaß und auch ein separates Kännchen bekam. Diesmal gelang es mir beim Abräumen, einige Scheiben Brot und ein Stück Käse – kaum mehr als die Rinde – zu stibitzen.

Als Bessie und ich schließlich mit dem Abwaschen fertig waren, steigerten sich die geschäftigen Vorbereitungen für die erste und zweite Tafel noch erheblich.

»Dinner im Salon für fünf Personen«, hörte ich den Hilfskoch zum ersten Lakaien sagen. »Und drei Tabletts.«

Gegen sieben Uhr kam Bob in die Spülküche. Er schwankte ein wenig, wirkte äußerst übellaunig und holte mich, damit wir beide wieder in der Eßstube der Haushälterin aufwarteten. Diesmal hatte Mrs. Peppercorn Gesellschaft, wir mußten also noch zwei zusätzliche Gedecke auflegen. Wie beim Mittagessen sorgte Bob auch jetzt wieder dafür, daß ich keine Gelegenheit fand, mir die Essensreste von den Tellern zu nehmen.

Nach dem Abendessen zogen sich die Damen in das Wohnzimmer der Haushälterin zurück. Bob befahl mir, ihnen dort den Tee zu servieren, während er den Männern den Nachtisch brachte.

Nachdem ich diesen Auftrag erledigt hatte, wollte ich mich einen Augenblick lang auf der Bank in der Spülküche ausruhen, doch im gleichen Moment kam Bob herein, und kaum hatte er mich mit einer Kopfnuß wieder aufgescheucht, läutete auch schon die Glocke für die Räume der Haushälterin.

»Da hörst du's«, sagte er. »Geh, und räum ab!«

Ich eilte zurück, und wie schon beim erstenmal saßen Mr. Thackaberry und der Kammerdiener dösend vor dem Feuer. Nachdem ich das Geschirr abgeräumt hatte, half ich Bessie beim Spülen.

Inzwischen wurde auch das Abendessen für die Familie Mompesson serviert. Porzellan, Töpfe und Pfannen jedes einzelnen Gangs trafen nach und nach bei uns in der Spülküche ein und wollten versorgt werden. Diesmal bestand unsere Aufgabe jedoch nur darin, die Behälter mit Wasser zu füllen, Sodapulver hineinzustreuen und sie über Nacht einweichen zu lassen, um sie am nächsten Morgen scheuern und reinigen zu können.

Es wurde halb zehn, bis Bessie verkündete, daß wir für den Augenblick getan hätten, was zu tun sei. Ich ließ mich auf die Bank sinken und fragte mich nun, da dieser endlos lange Tag doch noch ein Ende gefunden zu haben schien, wo ich wohl schlafen würde, war aber in derselben Sekunde auch schon eingeschlafen. Meine Frage erwies sich leider als verfrüht, denn nur wenige Minuten später rüttelte mich Bessie bereits wieder wach, um mir zu erklären, daß es an der Zeit sei, das Abendessen im Dienstbotensaal zu servieren.

Anschließend mußten wir auch hier aufräumen und das Geschirr wieder in die Küche tragen. Ich eilte gerade zur Spülküche, als mir ein verdrießlich dreinblickender Mann von etwa sechzig Jahren in einem langen, schmierigen Gabardinemantel und mit zerbeultem Hut auf dem Flur begegnete. Als wir aneinander vorbeigingen, starrte der Mann mich aufmerksam an, dann drehte er sich noch einmal nach mir um und blickte mir aus wäßrigen, vorquellenden Augen lange nach. Mir fiel auf, daß er, ohne anzuklopfen, zu Mr. Thackaberry ins Zimmer trat.

Ich war inzwischen so erschöpft, daß ich nicht einmal mehr an meinen Hunger dachte. Kurz darauf räumten Bob und ich das Teegeschirr im Zimmer der Haushälterin ab. Um halb elf verließ der Mann, der mir auf dem Flur aufgefallen war, mit Mr. Thackaberry dessen Zimmer. Der Butler hatte einen roten Kopf und schien etwas unsicher auf den Beinen zu sein. Die beiden Männer steuerten auf die Treppe zu.

»Komm schon!« sagte Bob, packte mich an den Schultern und schob mich ebenfalls zur Treppe hin.

Als wir an Bobs kleiner Kammer vorbeikamen, nahm er zwei hölzerne Kisten mit, eine kleine und eine große. Er warf mir die größere Kiste zu; ich fing sie auf und folgte ihm und den anderen beiden Männern. Trotz meiner Müdigkeit war ich plötzlich sehr aufgeregt, als ich merkte, daß ich nun dem eigentlichen Ziel meines Aufenthalts in diesem Haus ein wenig näher kommen sollte.

Doch zuerst wählte Mr. Thackaberry aus einem beachtlichen Schlüsselbund einen Schlüssel aus und schloß damit die Tür zum Hof – die Tür, die bislang immer unversperrt geblieben war! Dies war ein schwerer Schlag für mich. Dann stiegen wir die Treppe hinauf. In der Eingangshalle drehte Bob die Gaslampen ab, die es nur auf diesem Geschoß gab.

Dann kamen wir zum Blauen Salon, und als der Nachtwächter – denn ich erriet, daß es sich bei dem Fremden um ebendiese Person handeln mußte – und der Butler hineingingen, wollte ich ihnen nach, doch Mr. Thackaberry drehte sich um und sagte verärgert: »Wo zum Donnerwetter willst du hin? Hier oben gehst du mir in kein einziges Zimmer, es sei denn morgens zum Putzen. Hab ich mich klar genug ausgedrückt?«

Er redete mit mir, als wäre ich ein Idiot, und diese Auffassung schien im Haus langsam um sich zu greifen. (Später sollte sich dieser Ruf freilich noch als recht nützlich erweisen.)

Ich nickte. »Ja, Mr. Thackaberry.«

»Wenn Ihnen der Junge irgendwelche Schwierigkeiten bereitet, Mr. Jakeman, dann behandeln Sie ihn ruhig so, wie Sie es für richtig halten.«

Der Nachtwächter nickte und musterte mich dabei nachdenklich.

Also wartete ich vor jeder Tür und hielt die brennende Kerze, die Bob mir in die Hand drückte, bevor er das jeweilige Zimmer betrat. Die Herren drängten sich an mir vorbei und schlossen unter Aufsicht von Mr. Thackaberry die Fensterläden. Bob löschte alle Kerzen, sammelte die Wachsstummel ein und legte sie in die kleinere Kiste. Sobald sie ein Zimmer verließen, schloß der Butler die Tür.

Nachdem man jedes Zimmer auf diesem Geschoß in gleicher Weise kontrolliert hatte, verriegelten der Butler und der Nachtwächter als letztes die Haustür.

»Wer kommt heute noch?« fragte Jakeman.

»Von der Familie sind alle zurück«, meldete Ned, ein Lakai, der an diesem Tag Hallendienst hatte. »Nur Mr. David fehlt noch.«

»Verflixt und zugenäht«, knurrte Jakeman. »Ich will wetten, daß es heute wieder eine von seinen langen Nächten wird, mit denen er mich um meinen Schlaf bringt.«

Ich merkte, daß Ned und Bob bei diesen Worten leise vor sich hin kicherten.

»Gute Nacht, Joseph!« sagte Mr. Thackaberry, und der Lakai erwiderte den Gruß und stieg hinunter ins Souterrain, da sein Dienst endete, sobald die Haustür abgeschlossen war.

Wir begaben uns nun alle in den ersten Stock und unterzogen jedes Zimmer der gleichen Prozedur. Dies traf natürlich auch für den Großen Salon zu, dem mein eigentliches Augenmerk galt. Sobald wir unseren Rundgang abgeschlossen hatten, übergab Mr. Thackaberry die Schlüssel an Jakeman und nahm dann zu meiner Überraschung Bob die kleine Kiste mit den Kerzenstummeln ab. (Später erfuhr ich, daß es zu den Vorrechten des Butlers gehörte, die Kerzenreste an den Wachszieher verkaufen zu dürfen.) Dann gingen Mr. Thackaberry und der Nachtwächter wieder nach unten, während Bob und ich zum nächsten Stock hinaufstiegen.

Dort sammelten wir – genauer gesagt: sammelte ich – die Stiefel und Schuhe ein, die vor den Zimmertüren standen, und legten sie in die große Holzkiste. So erfuhr ich auch, daß Sir Percevals und Lady Mompessons Räume sich in diesem Stock befanden, ebenso wie die Zimmer von Mr. David und Mr. Tom sowie eventuellen Gästen, die im Haus übernachteten.

Danach stiegen wir noch eine Etage höher, dorthin, wo die weniger bedeutsamen Angehörigen der Familie und die wichtigeren Mitglieder des Personals – der Verwalter, die Gouvernante und Mr. Toms Hauslehrer – untergebracht waren. Höher brauchten wir nicht mehr vorzudringen, da unter dem Dach nur die Haus- und Küchenmädchen schliefen. Die meisten männlichen Bediensteten ebenso wie die Haushälterin und die Köchin schliefen, wie ich noch erfahren sollte, im Kellergeschoß. Die übrigen Angestellten übernachteten nicht im Haus: Die Kutscher und Pferdeknechte schliefen über den Ställen und die Waschfrauen über der Wäscherei.

Meine Kiste war bis zum Rand gefüllt und ziemlich schwer, als wir endlich ins Souterrain zurückkehrten, um sie in Bobs Kammer abzustellen, wo die Schuhe bis zum nächsten Morgen auf mich warten würden.

»Und daß du mir morgen früh frisch und munter bist!« sagte Bob und wollte den Flur hinuntergehen.

»Bitte, Mr. Bob!« hielt ich ihn auf. »Wo soll ich denn schlafen?«

Er drehte sich noch einmal um, zuckte mit den Achseln und gähnte, antwortete aber schließlich mit einem für ihn bemerkenswerten Grad an Liebenswürdigkeit: »Der letzte Bursche hat ein Plätzchen für sich auf der Bank in der Spülküche gefunden, glaub ich.«

»Haben Sie vielleicht eine Decke für mich?«

»Eine Decke?« rief er, und seine gute Laune war im Nu verflogen. »Nein, hab ich nicht. Für wen hältst du mich? Seh ich aus wie ein Zimmermädchen?«

Er ging fort, und da ich mich so müde fühlte, daß ich glaubte, überall schlafen zu können, selbst auf der harten und schmalen Bank, die er erwähnt hatte, ging ich in die Spülküche, in der nur noch ein kümmerliches Feuer glomm. Ich zog die Bank so nahe wie möglich an diese dürftige Wärmequelle heran und streckte mich auf meiner schmalen Schlafstatt aus. Selbst hier fror ich jedoch, und ich befüchtete, daß es mir ohne Decke so kalt sein würde, daß an Schlaf nicht zu denken war. Aber ich hatte mich geirrt, denn erschöpft, wie ich war, dauerte es nicht lange, und ich war tief und fest eingeschlafen.

Mir kam es vor, als wären erst wenige Minuten vergangen, als mich jemand aus meinem Schlummer zerrte. Nur langsam begriff ich, daß man mich bei den Schultern hielt und schüttelte, und als ich schließlich meine Augen öffnete, blendete mich das Licht einer Laterne.

Dann wurde der Strahl abgeblendet, und dicht vor meiner Nase erkannte ich das Gesicht des Nachtwächters, der mich gleich wütend anfuhr: »Raus hier! Such dir 'nen anderen Platz!«

»Kann ich denn nicht da drüben schlafen, Mr. Jakeman?« fragte ich und zeigte in eine etwas entferntere Ecke der Spülküche, da ich mich nur ungern aus dem vergleichsweise warmen Raum vertreiben lassen wollte.

»Hier nicht«, beharrte Jakeman.

»Aber woanders frier ich mich zu Tode«, protestierte ich. »Wo soll ich denn sonst hingehen?«

»Von mir aus zur Hölle. Da wird's für dich warm genug sein, sollte man jedenfalls meinen. Und jetzt beweg dich!«

Er packte mich und schob mich zur Tür. Und da er mir nicht einmal eine Kerze gelassen hatte, stolperte ich hinaus auf den dunklen Flur und suchte mir tastend meinen Weg zum Dienstbotensaal. Unterwegs drang mir ein schwacher, aber stechender Geruch in die Nase. Fahles Mondlicht fiel durch die Souterrainfenster, und plötzlich glaubte ich, daß sich unter mir und um mich herum etwas bewegte. Als meine Augen sich an die Finsternis gewöhnt hatten, sah ich, daß der Boden mit unzähligen Küchenschaben bedeckt war, deren Leiber gleichsam einen schimmernden, lebenden Teppich bildeten. Ein Schauder lief mir über den Rücken, doch eigentlich blieb mir keine Wahl, und so legte ich mich schließlich im Dienstbotensaal auf eine schmale Fußbank. Ich mußte daran denken, daß ich mich an diesem Tag einmal verwundert gefragt hatte, welches Lebewesen in diesem Haus wohl noch niedriger und verachteter sein mochte als ich. Nun kannte ich die Antwort.

Diesmal jedoch war die Kälte so groß, daß ich trotz meiner Erschöpfung nicht einschlafen konnte. Der kurze Schlummer hatte die ärgste Müdigkeit vertrieben, und das unaufhörliche ekelhafte Gewimmel unter mir ließ mich nicht zur Ruhe kommen.

Das Dokument, nach dem ich suchte, lag nur noch wenige Schritte von mir entfernt – falls es sich tatsächlich noch im Versteck befand –, aber zuvor mußte ich es mit dem Nachtwächter, der verschlossenen Tür zum Großen Salon und vor allem mit jener Kombination des Schlosses aufnehmen, das den Zugang zum Versteck versperrte. Ich mußte mir außerdem überlegen, wie ich aus dem Haus fliehen konnte, wäre es doch sinnlos gewesen, mir das Testament zu besorgen, nur um dann festzustellen, daß ich im Haus eingesperrt war. Da ich inzwischen erfahren hatte, daß die Hintertür nachts verschlossen war, wurde die Flucht zum schwierigen Problem, denn ich nahm zwar an, daß ich mit dem einfachen Schloß der Tür zum Großen Salon fertig werden konnte, doch die Schlösser von Haus- und Hintertür waren ganz offensichtlich von einer Art, die jemand so Unerfahrenes wie ich keineswegs leicht mit einem Sperrhaken öffnen konnte. Eine andere Möglichkeit bestand darin, nicht sofort zu fliehen, sobald ich das Testament in Händen hielt, sondern es erst irgendwo im Haus zu verstecken und darauf zu hoffen, später mit ihm verschwinden zu können, bevor sein Fehlen bemerkt wurde. Doch welch ein Risiko ging ich da ein! Allein der Gedanke daran machte mir solche Angst, daß der Schlaf in immer weitere Fernen zurückwich.

Schließlich muß ich aber wohl dennoch in einen ruhelosen, von Alpträumen geplagten Schlaf gefallen sein, denn danach erinnere ich mich nur an ein leises Geräusch – seltsam zudringlich und hartnäckig –, das mich allmählich aufweckte. Als ich die Augen aufmachte, war es um mich her immer noch beinahe völlig dunkel. Und da kam wieder dieses Geräusch: Poch-poch-poch.

Ich trat auf den Flur, doch das Geräusch schien aus der Spülküche zu kommen, also öffnete ich vorsichtig die Tür und trat ein. Überrascht sah ich, daß das klägliche Feuer ausgegangen und der Nachtwächter nicht mehr da war. Dann sah ich am Fenster einen schwachen gelben Schimmer, und als ich auf ihn zuging, erkannte ich ein Gesicht hinter der schmutzigen Scheibe. Es war Nellie, die Waschmagd, die eine Kerze in der Hand hielt und gegen das Fenster klopfte. Ich preßte mein Gesicht an das Glas, und sie lächelte und nickte mir zu, um anzudeuten, daß sie hereinkommen wolle. Doch ich hob die Schultern, um ihr zu zeigen, daß ich ihr den Wunsch nicht erfüllen konnte, da die Tür verschlossen war und der Nachtwächter den Schlüssel hatte.

Nellie runzelte die Stirn, zeigte nach rechts hinüber, kam mit ihrem Gesicht so dicht an die schmutzige Fensterscheibe heran, wie das Eisengitter es nur zuließ, und rief: »Kannst du ihn nicht aufwecken?«

Leise ging ich in die Küche und fand dort tatsächlich den Nachtwächter. Jakeman lag in tiefem Schlaf lang ausgestreckt auf einer Bank vor dem abgedeckten Feuer, an seiner Seite eine leere Flasche Gin. Hier drinnen war es gemütlich warm, doch weshalb hatte er mich aus der Spülküche vertrieben, wenn er dort gar nicht schlafen wollte? Ich ging auf ihn zu und sprach ihn an. Er rührte sich nicht. Ich redete lauter, dann faßte ich ihn am Arm. Schließlich packte ich ihn bei den Schultern und rüttelte ihn heftig. Er brabbelte wütend vor sich hin, und als er seinen Mund aufmachte, schlug mir ein strenger Schnapsgeruch entgegen, doch seine Augen blieben fest geschlossen. Ich begann, ihn nach den Schlüsseln zu durchsuchen, und dachte, wenn es mir gelang, die zu finden, wüßte ich auch die Antwort auf die Frage, wie ich aus diesem Haus fliehen konnte. Doch die Schlüssel hingen weder am Gürtel, noch waren sie in den Taschen, an die ich herankommen konnte. Ich hörte dabei nicht auf, ihn unablässig zu schütteln und auf die Backen zu klopfen, bis es mir endlich gelang, ihn aufzuwecken.

Er funkelte mich mit tiefem, trunkenem Mißtrauen an.

»Wo sind die Schlüssel?« fragte ich. »Nellie will ins Haus.«

»Das geht dich gar nichts an«, antwortete er. »Ich laß die Schlampe selbst rein.«

Er schüttelte den Kopf, brummelte einige unverständliche Worte und fuhr sich mit den Händen durch das Haar. Ich wartete, doch er starrte mich wütend an: »Was willst du noch?«

»Wenn Sie mir die Schlüssel geben, kann auch ich Nellie reinlassen.«

»Ich geh schon. Und jetzt verzieh dich!« knurrte er.

Als ich die Küche verließ, folgte er mir in die Spülküche und machte, sobald ich draußen auf dem Flur war, die Tür hinter mir zu. Natürlich! Er hatte die Schlüssel irgendwo in der Spülküche versteckt, damit er sich in Ruhe betrinken und schlafen legen konnte, ohne befürchten zu müssen, daß sie ihm jemand abnahm. Deshalb konnten die Dienstboten in jener Nacht die Haustür nicht öffnen, was für Mr. Digweed und mich die Rettung bedeutet hatte. Aber wie sollte ich herausfinden, wo er die Schlüssel versteckt hielt?

Ich wartete einen Augenblick lang auf dem dunklen Flur. Dann öffnete Nellie die Tür und lächelte verschwörerisch. Jakeman war nirgends zu sehen.

»Es ist verteufelt schwer, ihn aufzuwecken, seit Dick weg ist«, sagte Nellie. »Ich muß immer hier draußen in der Kälte stehen und warten, bis Bessie mit ihrer Arbeit im Zimmer der Haushälterin fertig ist, damit sie mich endlich reinläßt.«

»Kann man die Hintertür denn nicht für dich offenlassen?« fragte ich.

»Früher hat man das auch getan, aber vor ein paar Monaten haben sie hier eingebrochen, und seitdem achtet Mr. Thackaberry darauf, daß Jakeman die Tür abschließt. Aber laß das jetzt man nicht deine Sorge sein! Worauf wartetst du noch? Ran an die Arbeit, sonst kriegst du von Bob ein paar hinter die Löffel.«

»Wie spät ist es denn?«

»Weiß nicht. Zwischen fünf und sechs.«

Müde, wie ich war, und ohne Frühstück mußte ich Körbe voll Kohlen aus dem Keller heraufschleppen, Nellie beim Feuermachen in der Spülküche und im Dienstbotensaal helfen und den Wasserkessel in der Küche zum Kochen bringen; sobald ich mit diesen Arbeiten im Haus fertig war, mußte ich ohne Mantel hinaus auf den kalten Hof. Der beißende Geruch der Kohlefeuer, der im Winter über London hängt und die Stadt an nebligen Tagen wie eine dicke Decke einhüllt, brannte mir in den Augen und weckte in mir das Gefühl, die Erde sei ein uraltes Geschöpf und den Menschen eigentlich feindlich gesinnt. Ich mußte zuerst das Wasser in den Trog pumpen, dann eimerweise hinauftragen und in die verschiedenen Kessel schütten.

Etwa eine Stunde später ließen sich auch die übrigen Dienstboten blicken und begannen mit ihrer Arbeit. Nur Bessie hatte früher begonnen und legte ihren vorgesetzten Dienstmägden bereits alles Notwendige für die Morgentoilette und das Frühstück zurecht.

Gegen sieben kam dann Bob in die Spülküche, gähnte und streckte sich. »Heute wird's ein voller Arbeitstag für dich, mein Junge«, sagte er bedeutungsvoll, »kein halber Feiertag wie gestern.«

Kurz nach sieben mußten Bessie und ich im Dienstbotensaal das Frühstück servieren, anschließend das Geschirr abräumen und abwaschen. Dann hatte ich den höhergestellten männlichen Bediensteten das Frühstück auf einem Tablett ins Zimmer des Butlers zu bringen, während Bessie den Frauen im Zimmer der Haushälterin aufwartete. Danach galt es auch hier das Geschirr wieder fortzuräumen und den Abwasch zu machen. Gleich darauf mußte ich dann unter Bobs Aufsicht nach oben gehen und die von den Zimmermädchen vor die jeweilige Schlafzimmertür gestellten Nachttöpfe einsammeln und im Klosett ausleeren. Ich spülte und putzte die Töpfe, ließ sie von Bob inspizieren und brachte sie dann zurück nach oben vor die Türen, damit die Zimmermädchen sie wieder an ihren Platz räumen konnten. Dann mußte ich wie schon am ersten Tag die Schuhe putzen, und anschließend begann das Schrubben der eingeweichten Töpfe und Pfannen vom Vortag. Der Rest des Tages verlief ganz ähnlich wie schon sein Vorgänger.

In der ersten Woche erfuhr ich dann, daß dieser Tagesablauf außer an Sonn- und Feiertagen nahezu unverändert beibehalten wurde, und ich verstand auch bald, weshalb die Tage so eingeteilt waren. Doch wichtiger war noch, daß ich allmählich begriff, für welchen Aufgabenbereich die jeweiligen Bediensteten zuständig waren. Der Butler befehligte die übrigen männlichen Livreediener, er beaufsichtigte den Dienst bei den Mahlzeiten im Salon und war für alles zuständig, was sämtliche Getränke und daher auch den Weinkeller betraf. Außerdem waren ihm die Prunkzimmer im Erdgeschoß und im ersten Stock anvertraut. Die Haushälterin war für alle weiblichen Bediensteten verantwortlich, mit Ausnahme jener Frauen, die der Köchin unterstellt waren. Ihr unterstanden die Zimmer in den oberen Stockwerken. Die Köchin, die in der Hierarchie einen wenn auch nur geringfügig, so doch entscheidend niedrigeren Platz einnahm, hatte sich um die Küche, die Spülküche, die Vorrats- und Speisekammern zu kümmern und beaufsichtigte neben den vier Küchenmädchen die beiden Milchmägde und Bessie, die Spülküchenmagd. Dies waren die drei großen Aufgabenbereiche innerhalb des Hauses, und so, wie große Weltreiche eifersüchtig über die Macht ihrer Nachbarn wachen, kämpften auch diese drei obersten Bediensteten untereinander mit gnadenloser Härte um ihre Rechte und Vorrechte. Sie gingen Bündnisse ein, die sie ebenso rasch und schamlos wieder aufkündigten, wie es die Staatsmächte tun. Diesen drei Häuptern des Personals nachgeordnet waren die Kammerzofen und Kammerdiener. Diese Bediensteten befehligten zwar niemanden mehr, befanden sich in jeder anderen Hinsicht jedoch mit den drei gerade erwähnten auf einer Stufe – oder fühlten sich ihnen zumindest ebenbürtig. Danach rangierten die Diener, die für die außer Haus gelegenen Aufgabenbereiche zuständig waren: der Oberkutscher und die Oberwaschfrau (wenn sich die Familie in Hougham aufhielt, gehörte meines Wissens auch der Obergärtner zu dieser Gruppe), die ebenfalls livrierte Bedienstete waren, aber über Untergebene verfügten, so daß sie einen besonderen Platz einnahmen und daher zu den Leibdienern in einem etwas gespannten Verhältnis standen. Dies war häufig Ursache für endlose Reibereien – wenngleich ich betonen möchte, daß der Oberkutscher Mr. Phumphred niemals Urheber solcher Zwistigkeiten war, wohingegen sich Lady Mompessons Kammerzofe Miss Pickavance und die Oberwaschfrau nicht ausstehen konnten.

In einsamer Höhe über allen thronte der Verwalter Mr. Assinder, dem der Butler, die Haushälterin und die Köchin für den reibungslosen und wirtschaftlichen Ablauf der Haushalts verantwortlich waren. Mr. Assinder nahm die Mahlzeiten in seinen eigenen Räumlichkeiten zu sich – dies war die »Verwaltertafel«, von der ich bereits gehört hatte –, speiste aber manchmal auch mit der Familie. An gewissen Festtagen war er jedoch Gast der oberen Diener, und diese Gelegenheiten verlangten, so hörte ich, ein beträchtliches Feingefühl von seiten der Gastgeber, die einen Eiertanz zwischen der offiziell verlangten Sparsamkeit und extravagantem Überfluß aufführen mußten. Auf einer Ebene mit dem Verwalter, doch für den Tagesablauf des Haushalts nicht weiter von Bedeutung waren die Gouvernante und der Hauslehrer, die in einem gräßlichen Leerraum existierten und deren Bedeutungslosigkeit sich allein schon durch die Tatsache kundtat, daß sie ihr Essen gewöhnlich auf einem Tablett mit auf das eigene Zimmer nahmen.

Außer Sir Perceval und Lady Mompesson, Mr. David und Miss Henrietta lebte nur noch eine Familienangehörige im Haus, eine alte Dame, die meine Mitbediensteten gewöhnlich (wenn auch durchaus wohlwollend) die »alte Katze«, etwas förmlicher jedoch Miss Liddy nannten. Sie wohnte mit Henrietta im dritten Stockwerk, in dem sich auch die Zimmer des Verwalters sowie die Räume von Mr. Toms Hauslehrer und Miss Henriettas Gouvernante befanden.

Je mehr Zeit verstrich, um so klarer wurde mir, daß ich meinem Ziel zwar verlockend nahe war, es aber vielleicht nie erreichen würde, so tief war der Abgrund, der mich noch immer von ihm trennte. Es gehörte zum Beispiel zu Bobs und meinen Pflichten, daß wir zwei Vormittage die Woche damit zubrachten, in streng festgelegter Abfolge diverse Zimmer im Erdgeschoß und im ersten Stock zu reinigen. Dienstags war der Große Salon an der Reihe, und da dies der einzige Anlaß war, bei dem man mir Einlaß in dieses Zimmer gestattete, hatte ich gehofft, von dieser Gelegenheit guten Gebrauch machen zu können. Und während Bob mich anhielt, in jeder nur möglichen Ecke Staub zu wischen und die Messingrohre mit Zitronensaft zu polieren, den Kamin zu säubern sowie das Gitter mit Scheuersand und Graphit einzureiben und es hinterher wieder abzuwischen, übernahm er selbst die Arbeiten, die höhere Kunstfertigkeit verlangten, wie zum Beispiel den Dreck und Staub unter die Teppiche zu kehren. Ich erfuhr einige nützliche Dinge, denn als Bob einmal die Fensterläden öffnete, sah ich, daß man dort inzwischen zum Schutz vor Einbrechern kleine Glocken an Alarmfedern befestigt hatte, so daß eine Flucht auf diesem Wege nun sehr schwierig war. Doch wenn ich meinem Ziel auch sonst keinen Schritt näher kam, so konnte ich mir immerhin das Wappen im Kaminsims genau einprägen, denn es gehörte zu meinen Aufgaben, die Marmorplatte sauberzuhalten. Zu diesem Zweck trug ich eine Masse aus Grünspan, fein geriebenem Bimsstein und einer frisch angerührten Lösung von Kalk mit Wasser und löslicher Seife auf und wusch sie hinterher wieder ab.

Wenn ich meinen Plan verwirklichen wollte, war es von entscheidender Bedeutung, daß ich mir den Ablauf des Haushaltsgeschehens einprägte. Am Wochentag begann der erste Tagesabschnitt – der Vormittag – bei Dämmerung und endete in dem Augenblick, in dem die Ankleideglocke den Lakaien das Signal gab, sich ihre Livree anzulegen, damit sie gleich darauf das Mittagessen servieren konnten. Am Vormittag trugen sie eine gewöhnliche Livree, und solange ich unter Bobs Aufsicht war, durfte ich mich in dieser Zeit oben aufhalten. Dabei wurden alle Arbeiten auf diesen Stockwerken erledigt: Die Zimmer wurden geputzt, die Betten gemacht oder neu bezogen, Feuer angezündet und so weiter. Die Familie nahm entweder ein spätes Frühstück auf dem Zimmer ein und blieb dann dort, oder sie ging den Bediensteten aus dem Weg und hielt sich im Frühstückszimmer, dem Morgenzimmer oder der Bibliothek auf. Besucher wurden am Vormittag nicht vorgelassen, es sei denn, jemand wollte geschäftlich mit Sir Perceval reden, der seinen Gast dann in der Bibliothek empfing, wo er ohnehin die meisten Vormittage im Gespräch mit Mr. Assinder oder seinen Rechtsberatern verbrachte.

Sobald kurz vor ein Uhr die Ankleideglocke läutete, begann der Nachmittag. Das bedeutete, daß sich von nun an keine unlivrierten Dienstboten – etwa Küchenmägde oder Waschfrauen – und keine Livreediener in gewöhnlicher Livree in den oberen Stockwerken aufhalten durften. Der Abend begann dann, wenn um halb acht Uhr die Ankleideglocke zum Abendessen ertönte. Die Regeln, die den Aufenthalt in den oberen Stockwerken betrafen, wurden jetzt noch strikter angewandt, da die Livreediener nun ihre Abendlivree tragen mußten. Diese Regeln hatten zur Folge, daß Bob und die anderen Lakaien einen Großteil ihrer Zeit damit verbrachten, sich immer wieder umzuziehen.

Gegen halb zehn wurde der Familie und ihren Gästen Tee serviert. Dieser Zeitabschnitt endete, wenn es kein spätes oder zweites Abendessen gab, um halb elf Uhr. Denn nun wurde auf jenem rituellen Rundgang, den ich bereits beschrieben habe, das Haus abgeschlossen, wobei uns niederen Dienstboten noch einmal der Zutritt zu den oberen Räumen gestattet war, um dort unseren Pflichten nachzukommen, das heißt, wir trugen Lampen, Kerzen, Bettpfannen und heiße Ziegelsteine hinauf. Eigentlich gehörte es dann zu den Aufgaben des Nachtwächters, dafür Sorge zu tragen, daß nach elf Uhr kein Dienstbote im Haus mehr auf den Beinen war. Doch da er selbst rasch in trunkenen Schlaf fiel, war es ihm unmöglich, diese Aufgabe zu erfüllen, und ich erfuhr nur zu bald, daß auf den Hintertreppen ein recht reger Verkehr zwischen den einzelnen Schlafquartieren der Dienstboten herrschte.

Ich konnte mir kaum vorstellen, wie ich mich unter diesen Bedingungen lange genug vor dem Marmorwappen aufhalten sollte, um herauszufinden, wie sich das Versteck öffnen ließ. Offenbar kam nur die Nacht für einen Versuch in Frage. Da ich mir ziemlich sicher war, daß ich das Schloß in der Tür zum Großen Salon öffnen konnte, sollte mir Joey den Sperrhaken seines Vaters bringen – auch wenn ich noch keine Ahnung hatte, wo ich dieses Werkzeug verstecken wollte. (Ich hatte mit Joey vereinbart, daß wir uns am Sonntag abends in der rückwärtigen Gasse bei den Stallungen treffen würden, da Nellie Mrs. Digweed erzählt hatte, daß das niederste Gesinde nur am Sonntagabend hoffen konnte, einige Stunden frei zu bekommen.) Doch ich wußte immer noch nicht, wie ich aus dem Haus entkommen sollte, wenn ich das Versteck erst einmal geöffnet hatte.

In jener ersten Woche spürte ich, wie hart die Arbeit eines Laufburschen war. Bob schlief morgens oft sehr lange und ließ sich manchmal sogar das Frühstück von mir aufs Zimmer bringen, so daß die Last seiner Pflichten schwer auf meinen Schultern ruhte. Wenn ich mit den Arbeiten nicht nachkam, mußte Bessie meinen Anteil übernehmen, und wenn auch sie damit nicht fertig wurde, bekam sie von Mrs. Gustard, der Köchin, eine weit schlimmere Tracht Prügel, als ich sie von Bob bekommen hätte, weshalb ich versuchte, ihr dies möglichst zu ersparen. Immerhin wurde ich etwas geschickter darin, mir, wenn sich die Gelegenheit bot, Essensreste von den Tellern zu stibitzen, sobald ich nach dem Mittag- oder Abendessen den Tisch im Dienstbotensaal abräumte. Manchmal geschah es aber auch, daß nichts übrigblieb, und selbst wenn ich etwas fand, traute ich mich nicht, es für später aufzubewahren, da mich Bob, Mr. Thackaberry oder auch die Haushälterin oft anhielten, wenn sie mich in der Spülküche oder auf dem Flur trafen, um scheinbar ganz zufällig ihre Hand in meine Schürzentasche gleiten zu lassen. Einmal fand Bob ein Stück Käse, das ich wohl, ohne es selbst recht zu registrieren, in meine Tasche gesteckt hatte, und verpaßte mir eine ganz gemeine Ohrfeige.

Die harte Arbeit, der immerwährende Hunger und die wachsende Überzeugung, daß ich mein Ziel unmöglich erreichen konnte, machte mich immer mutloser. Was war ich doch für ein Narr, daß ich geglaubt hatte, auch nur die geringste Chance zu haben, an das Testament heranzukommen! Zusammen mit den einfachen Mägden, den Stallburschen und dem Messerjungen gehörte ich zu den niedersten Dienstboten im Haus, und vom Leben der Mompessons – ihren Besuchern, ihren Tischgästen, von Mr. Davids Jagdausflügen nach Hougham – bekam ich kaum etwas mit. Ich kam mir wie eines jener niederen Krustentiere vor, die sich am Meeresgrund an einen Felsen klammern, unberührt vom Wellenschlag der stolzen Schiffe, die hoch über ihm durch das Wasser kreuzen. Der einzige Unterschied, den das Kommen und Gehen der Familie für mich bedeutete, lag darin, daß ich entweder mehr oder weniger Schuhe zu putzen, Kohleneimer zu tragen, Nachttöpfe auszuleeren und Besteck zu polieren hatte. Obwohl diese Distanz in mancher Hinsicht sehr entmutigend war, schien sie mir andererseits auch wieder von Vorteil zu sein, da ich immer noch fürchtete, daß man mich wiedererkennen könnte. Einmal, als ich gerade früh am Morgen die Nachttöpfe einsammelte, sah ich aus einer Tür zu jenen Zimmern, in denen meines Wissens die Herrschaft wohnte, eine Dame kommen und erkannte Lady Mompesson. Und kurz danach traf ich mit Mr. Thackaberrys Trupp spät am Abend beim Verschließen des Hauses Sir Perceval noch in der Bibliothek an. Als Mr. Thackaberry sich respektvoll wieder zurückziehen wollte, nachdem er die Tür nur einen Spaltbreit geöffnet hatte, kam Sir Perceval heraus, sagte leutselig zum Butler, daß er gar nicht bemerkt habe, wie spät es schon sei, und ging fort, ohne mir auch nur einen Blick zu gönnen.

Und die Arbeit schien mit jedem Tag mehr und nicht weniger zu werden, denn meine anfängliche Erschöpfung wurde keineswegs geringer, als ich mich an meine Pflichten gewöhnte; sie wuchs sogar noch mit jedem Tag, den die Arbeit mich weiter schwächte. Ich war nicht gerade von robuster Gesundheit gewesen, als ich die Stelle angetreten hatte, und ständig quälte mich nun die Angst, daß ich krank werden könnte.

An jenem ersten Sonntag, als ich mich abends mit Joey treffen wollte, zeigte sich, daß der Zeitplan am Tag des Herrn geringfügig, aber in einer für mich entscheidenden Weise geändert war. Obwohl ich zur üblichen Zeit aufstehen mußte, waren nahezu alle Arbeiten etwas später fällig. So weckte mich Nellie an diesem Tag nicht, da sie am Vormittag frei hatte. Ich erledigte die Morgenarbeiten zusammen mit Bessie, während Bob noch im Bett lag und sorglos schlief, da er wußte, daß Mr. Thackaberry sich vor dem Nachmittag nicht blicken lassen würde. Die übrigen Dienstboten frühstückten um acht Uhr statt um kurz nach sieben, und die Familienmitglieder, die am Sonntag frühstückten, ließen sich etwa um halb zehn das Frühstück auf einem Tablett in ihre Zimmer bringen. Gegen elf Uhr fuhr dann die Kutsche vor, um die Familie zum Hochamt in die nahe gelegene Kirche St. George zu bringen, und die meisten der oberen Bediensteten und auch einige andere Diener folgten der Karosse zu Fuß.

Obwohl der Sonntag für manche ein Tag der Ruhe war, bedeutete er für andere dagegen eher noch härtere Arbeit als gewöhnlich – zumindest galt dies für den Vormittag. Denn die Familie und die oberen Bediensteten aßen an diesem Tag nicht wie sonst nur eine Kleinigkeit zu Mittag und später erst ein richtiges Abendessen, sondern sie ließen am Nachmittag in den oberen Räumen und auch im Souterrain ein großes Essen auftragen. Die Familie speiste um zwei, und die bessere Dienerschaft aß um halb vier im Dienstbotensaal. Folglich mußten die Küchenbediensteten, von denen nicht wenige zur Kirche gingen, besonders hart arbeiten, um außer dem leichten Dinner für die Familie, die oft auch noch Gäste mitbrachte, ein sogenanntes Saal-Dinner für die Dienstboten und das kalte Essen vorzubereiten, das dann als Abendbrot vorgesehen war.

Um ein Uhr kehrte die Familie vom Kirchgang zurück, und Kutsche und Pferde wurden nun für den einzigen Ruhetag der Woche in die Ställe gebracht. Nachmittags gab es keine Fahrt in den Park und auch keine Besuche, und wenn ein Familienmitglied ausfahren wollte, wurde eine Kutsche vom nahen Droschkenstand gerufen.

Gegen halb vier, wenn die Familie bereits gegessen hatte und der Tee serviert worden war, begann im Souterrain das große Ereignis der Woche: das Saal-Dinner. Dies war die einzige Gelegenheit – von den Festtagen einmal abgesehen –, bei der alle Dienstboten außer Bessie, mir und den anderen Krustentieren an einem Tisch saßen, und jeder zog sich für diesen Anlaß besonders festlich an. Die Hausgecken, die Lakaien, erschienen prächtig ausstaffiert in ihren besten Livreen, Mr. Thackaberry und Sir Percevals Kammerdiener waren in ihren feinsten Jacken und Westen kaum weniger herausgeputzt, und sogar Mr. Phumphred und seine Pferdeknechte erschienen in sorgfältig gewichsten Schaftstiefeln und mit frischgewaschenen Halstüchern. Die weiblichen Bediensteten versuchten sich natürlich in ihren hübschen Kleidern gegenseitig zu übertrumpfen, und selbst die Zofen in ihren Musselinröcken wollten sich mit Hilfe farbiger Schleifen und Haarbänder untereinander ausstechen.

Alles verlief nach strengem Zeremoniell. Zuerst versammelte sich das niedere Gesinde im Saal, und jeder nahm hinter dem ihm zukommenden Platz Aufstellung. Sobald alle anwesend waren, ging Bob, um die oberen Dienstboten zu rufen, kehrte gleich darauf zurück, riß mit hochmütiger und blasiert wirkender Miene die Türen auf und ließ die Gesellschaft hereinstolzieren. Mr. Thackaberry sprach das Tischgebet, und dann setzte sich alles auf die streng nach Rang und Stellung zugewiesenen Plätze – ein ständiger Anlaß für Reibereien. Der Butler saß am Kopfende des Tisches, die Haushälterin zu seiner Rechten. Das übrige Gesinde folgten in abnehmender Rangfolge, so daß man sich immer weiter von der erhabenen Anwesenheit des Butlers entfernte.

Bei diesem Anlaß nahm auch Bob am Tisch Platz, und es blieb Bessie und mir überlassen, die Gesellschaft zu bedienen. Beim ersten Gang unterhielten sich die obersten Bediensteten untereinander, und die ihnen untergeordneten Dienstboten durften nur dann reden, wenn sie angesprochen wurden.

Während wir den zweiten Gang hereinbrachten, kredenzte Bob den oberen Dienern Wein, und Ned schenkte den Livreedienern Portwein ein. Als Bob Mr. Thackaberry ein erstes Glas eingoß, sagte der leutselig zu ihm: »Recht so, Edward, schenk mir ein Gläschen ein!« Er wandte sich lächelnd an Mr. Sumpsion: »Glauben Sie nicht, daß wir unsere Herrschaft beleidigen würden, wenn wir uns beim Wein zurückhielten? Man könnte doch sonst glauben, sie wäre knauserig.«

Mr. Sumpsion stimmte ihm zu. Und dann begann Mr. Thackaberry mit der Haushälterin ein lebhaftes Gespräch über den skandalös hohen Preis der Orangen. (Vor ihren Untergebenen behandelten sich die beiden stets mit liebenswürdigem Respekt.) Als schließlich jeder am oberen Ende der Tafel Gelegenheit gehabt hatte, seine Meinung zu diesem Thema kundzutun, und man das Recht der oberen Bediensteten, die übrigen Esser am Tisch ignorieren zu dürfen, ausreichend demonstriert hatte, blaffte der Butler mit äußerster Herablassung zum anderen Ende des Tisches hinunter: »Prächtiges Wetter heute, nicht wahr, Mr. Phumphred?«

»In der Tat, Sir. Sehr freundlich von Ihnen, Sir, das zu erwähnen«, antwortete Mr. Phumphred, den die Vorreiterrolle, die man ihm aufdrängte, sichtlich verlegen machte. »Ich meine, Lady Mompesson hat heute morgen in der Kirche wirklich bemerkenswert gut ausgesehen, Mr. Thackaberry.«

»Das hat sie, das hat sie«, gab der Butler zurück und sah Mrs. Peppercorn an, als warte er auf ihre Zustimmung.

»Das hat sie tatsächlich, Gott segne sie!« seufzte diese Dame. »Erst recht wenn man bedenkt, welchen Ärger sie zur Zeit doch hat.«

An der oberen Tischhälfte erging man sich in tiefen Seufzern, und die allgemeine Neugier der unteren Hälfte klang in Mr. Phumphreds vorsichtiger Frage an: »Es heißt, daß Mr. David ihr großen Kummer bereitet?«

Mr. Thackaberry und Mrs. Peppercorn lächelten sich an und schüttelten den Kopf.

»Und daß dies der Grund ist, weshalb die Familie dies Jahr über Weihnachten nicht nach Hougham fährt«, beharrte Mr. Phumphred.

Mr. Thackaberry legte vielsagend den Finger an die Nase: »Beachtlich,

Mr. Phumphred, Sie haben wirklich einen guten Riecher. Es stehen hier die verschiedensten Dinge auf dem Spiel, die ich ... Kurz und gut: Meine Lippen sind versiegelt.«

»Gibt es etwas Neues im Kanzleigerichtsprozeß, Mr. Thackaberry?« fragte der Oberkutscher nach einer angemessenen Pause. »Man sagt, daß es nicht besonders gut für uns aussieht.«

»Ach, wissen Sie, Mr. Phumphred, das ist wirklich alles sehr kompliziert«, sagte Mr. Thackaberry lebhaft. »Ihnen ist ja wahrscheinlich bekannt, daß der Huffam-Erbe verschwunden ist, und es heißt nun, daß die Richter ihn für tot erklären wollen.«

»Und was würde das für unsereins bedeuten?« fragte Mr. Phumphred.

»Es könnte durchaus ernste Konsequenzen haben«, antwortete der Butler, wiegte dabei nachdenklich den Kopf und griff nach dem Weinglas. »Wirklich sehr ernste.«

»Aber wie kann das denn sein?« fragte Miss Pickavance in aller Unschuld.

»Nun, weil ... Also, das ist ... Ich meine, das ist ein verwickeltes juristisches Problem, junge Dame, und ich glaube, Sie würden es auch dann nicht verstehen, wenn ich es Ihnen erkläre.«

»Sind Sie dem Huffam-Erben nicht schon einmal begegnet, Mrs. Peppercorn?« fragte die erste Dienstmagd in unterwürfigem Ton.

Die Haushälterin strahlte sie an: »Das bin ich tatsächlich. Es ist schon mehr als zehn Jahre her, und ich war damals draußen in Hougham. Ich glaube, ich kann guten Gewissens von mir behaupten, daß ich es gewesen bin, die den Huffam-Erben entdeckt hat. Er war natürlich noch ein Kind und lebte unter falschem Namen. Aber wissen Sie, ich hab gleich erkannt, daß er zu einer alten und angesehenen Familie gehört. Ich glaube, man entwickelt ein Gespür dafür, wenn man sein Leben im Dienste des Adels verbracht hat, des echten Adels, meine ich.« Bei den letzten Worten warf sie Miss Pickavance einen hochmütigen Blick zu. »Und ich sollte schließlich auch recht behalten, denn er, beziehungsweise seine Mutter, war der letzte Nachkomme der Familie Huffam, von der ja auch Sir Perceval abstammt. Sie werden wohl wissen, daß Sir Percevals Großvater, Sir Hugo, die Tochter von Mr. Jeoffrey Huffam geheiratet hat. Doch was den kleinen Jungen betrifft, nun, er machte einen solch überwältigenden Eindruck auf mich, daß ich Sir Perceval von ihm erzählte, und der erriet gleich den wahren Sachverhalt, und so konnte man schließlich ihn und seine Mutter ausfindig machen. Sir Perceval war mir für meine Mitteilung sehr dankbar. Wirklich äußerst dankbar.« Sie schwieg einen Moment, damit die Anwesenden Zeit hatten, das Ausmaß ihrer Worte begreifen zu können, und fuhr dann fort: »Man hat den Erben zwar in letzter Zeit wieder aus den Augen verloren, doch ich bin mir sicher, daß ich ihn jederzeit an seiner noblen Ausstrahlung wiedererkennen würde. Aber wahrscheinlich ist er längst umgekommen, der arme Junge.«

»Es wäre schlimm für die Familie, wenn das stimmen sollte«, sagte Mr. Thackaberry und schüttelte den Kopf.

Als der dritte Gang wieder abgetragen wurde, wechselte Mr. Thackaberry mit der Haushälterin einen kurzen Blick und erhob sich – leicht schwankend – von seinem Platz. Für Bob war dies das Signal, nun aufzuspringen und die

Türflügel zu öffnen. Auch die anderen Dienstboten erhoben sich. Nach einem umständlichen Austausch von Verbeugungen und Hofknicksen marschierten die oberen Dienstboten aus dem Saal. Im selben Moment entspannte sich die Atmosphäre. Mr. Phumphred begab sich nun an das Kopfende der Tafel, alle verschafften sich etwas mehr Platz, und die Unterhaltung wurde sogleich lebhaft und ungezwungen.

»Mach schon!« sagte Bob zu mir, als er mich immer noch im Dienstbotensaal stehen sah. »Der Nachtisch steht in der Speisekammer. Lauf zu, und tisch ihn drinnen auf!«

Ich tat, wie mir geheißen, und ließ die oberen Dienstboten wieder allein, die sofort über Nüsse, Süßigkeiten und Wein herfielen und nach Herzenslust klatschten und stritten, da sie nun endlich keine geschlossene Front vor ihren Untergebenen mehr aufrechterhalten mußten. Als ich etwa eine Stunde später zurückkehrte, hatten sich die Damen zum Tee ins Zimmer der Haushälterin zurückgezogen, während die Herren sich noch immer fleißig ihrer Aufgabe widmeten, die Großzügigkeit ihrer Herrschaft unter Beweis zu stellen.

Ihre Untergebenen im Saal sorgten sich nicht weniger eifrig um den Ruf der Familie, und am Ende des Nachmittags war es offenkundig, daß an diesem Tag nur noch sehr wenig gearbeitet würde, außerdem mußte Bob auch nur ein oder zwei Tabletts nach oben tragen. Bessie und ich dagegen mußten noch aufräumen und unsere üblichen Aufgaben erledigen. Unter den gegebenen Bedingungen fiel es jedoch leicht, sich etwas zu essen zu besorgen, und Bob drängte mir in ganz ungewohnt guter Laune sogar einige Scheiben gekochtes Fleisch und die Überreste eines Pflaumenkuchens auf.

Als ich die Halle aufgeräumt und mit Bessie zusammen den Abwasch erledigt hatte, war es ungefähr sieben Uhr, und zum erstenmal in dieser Woche fühlte ich mich beinahe frei und unbeobachtet. Also paßte ich eine günstige Gelegenheit ab, und ungefähr um halb acht Uhr schlüpfte ich aus dem Haus und eilte zur rückwärtigen Gasse.

Dort wartete Joey auf mich und bibberte vor Kälte.

»Wieso hast du so lange gebraucht?« wollte er wissen.

Ich erzählte ihm, daß ich zwar noch nicht sehr viel weiter gekommen, aber ziemlich optimistisch sei, was das Testament angehe, und ich bat ihn, mir nächstes Mal den Sperrhaken mitzubringen. Bevor wir uns trennten, verabredeten wir noch, daß ich versuchen wollte, ihn vierzehn Tage später zur gleichen Zeit hier wieder zu treffen.

»Meinem Dad geht's unverändert«, sagte er, als ich mich abwandte, denn in meiner Eile hatte ich ganz vergessen, ihn nach Mr. Digweed zu fragen. Ich drehte mich noch einmal um, aber Joey lief bereits davon.

In der darauffolgenden Woche machte ich keine Fortschritte, von meiner wachsenden Vertrautheit mit den Arbeitsabläufen im Haushalt einmal abgesehen. Am nächsten Sonntag war Bob noch stärker als gewöhnlich um den Ruf der Familie besorgt. Als ich daher in den Dienstbotensaal kam, um ihn daran zu erinnern, daß es an der Zeit sei, die Tabletts mit dem kalten Abendessen zu Miss Liddy, Miss Henrietta und deren Gouvernante, Miss Fillery, hinaufzutragen, erhob er sich unsicher und taumelte einige Schritte auf die Tür zu. Die anderen Lakaien und Zofen brachen in lautes Gelächter aus.

»Verdammt, wartet einen Augenblick, dann steh ich wieder so gerad wie ein Zollstock«, sagte er, stolperte aber im gleichen Augenblick rückwärts und ließ sich wieder auf die Bank sinken. »Ich glaub, heute muß einer von euch für mich einspringen«, sagte er und blickte seine Zechkumpane an.

»*Ich* mach's nicht«, verkündete Will.

»Der Junge muß die Tabletts rauftragen, wenn du's nicht kannst«, ermahnte ihn Ned.

»Haste gehört?« sagte Bob zu mir. »Bind dir die weiße Schürze vor, und trag die Sachen rauf! Aber daß dich keiner sieht!«

»Das gibt Ärger, wenn die dich bei Mr. Assinder verpetzt«, warnte ihn Will.

»Wer denn?« fragte Bob.

»Na, die alte Hexe«, antwortete er geheimnisvoll, und die anderen brummten zustimmend.

»Assinder?« rief Bob. »Was denn? Vor dem hab ich keine Angst. Der sollte lieber Angst vor mir haben.«

Die anderen Lakaien lachten, aber es klang nicht gerade freundlich, denn ich glaube nicht, daß Bob unter ihnen sonderlich gut gelitten war.

Fazit war jedenfalls, daß ich einige Minuten später, beladen mit drei Servierbrettern, einigen wirren Instruktionen von Bob und zahlreichen Ratschlägen der Lakaien, die mir lachend das eine oder andere aufgetragen hatten, um mich völlig durcheinanderzubringen, über die Hintertreppe nach oben stieg, die stoffbespannte Tür öffnete und den dritten Stock betrat. Bei dem Gedanken daran, daß ich mich zum erstenmal allein in diesem Teil des Hauses aufhielt, war ich schrecklich aufgeregt.

Doch als ich über den Flur eilte, sah ich zu meinem Entsetzen, daß die Haushälterin direkt auf mich zukam. Sie blieb stehen und starrte mich verwundert an.

»Was um alles in der Welt machst du hier oben?« wollte sie wissen.

»Bitte, Mrs. Peppercorn«, sagte ich, »es ist Bob ... ich meine Edward. Es geht ihm nicht gut, und deshalb soll ich für ihn das Essen hierherauf tragen.«

»Na schön«, sagte sie, »aber ich werde Mr. Thackaberry davon berichten müssen, darauf kannst du dich verlassen. Das kannst du auch ruhig Edward erzählen.«

Mit weit ausholenden Schritten ging sie davon, und einen Augenblick später klopfte ich an die Tür zum Zimmer der Gouvernante.

»Herein!« rief eine herrische Frauenstimme.

Ich trat ein und sah mich vor einer Dame mittleren Alters stehen, die in einem etwas nüchtern eingerichteten Salon im Sessel am Feuer saß. Ihr gegenüber und daher mit dem Rücken zu mir hatte eine junge Frau Platz genommen, die ich nicht einmal anzusehen wagte.

»Und wen haben wir hier?« fragte Miss Fillery mit schneidender Stimme.

»Bitte, Miss«, gab ich zur Antwort. »Ich bin Dick, der neue Laufbursche.«

Mir war nicht entgangen, daß die junge Dame sich umgewandt hatte, um mich anzusehen, doch ich hielt meinen Blick unbeirrt auf die Gouvernante gerichtet.

»Und was tust du hier?«

»Bob geht es nicht gut, Miss.«

»Bob? Von wem sprichst du?« fragte sie schaudernd.

»Von Edward, Miss.«

»Wie kannst du es nur wagen, dich hier ohne deine Livree blicken zu lassen!«

»Es tut mir leid, Miss, aber ich bin kein Livreediener.«

»Was du nicht sagst! Dann teile Mr. Thackaberry bitte mit, daß er mir niemals wieder einen unlivrierten Diener zum Aufwarten schicken soll!«

Dies offenbarte eine so irrige Vorstellung von meiner Beziehung zum Butler des Hauses, daß ich es für notwendig hielt, Miss Fillery darauf hinzuweisen: »Bitte, Miss, ich glaube, das sollten Sie ihm selbst sagen.«

Ihr Gesicht verlor augenblicklich alle Farbe, und ihre Pupillen schienen sich zu kleinen schwarzen Punkten zusammenzuziehen: »Wie kannst du es nur wagen, so impertinent zu sein!«

»Aber das wollte ich ja gar nicht, Miss. Ich meinte doch nur, daß Mr. Thackaberry wohl nicht besonders darauf achtet, was ...«

»Es interessiert mich nicht, was du eigentlich gemeint hast«, unterbrach sie mich. »Und ich beabsichtige auch keineswegs, mich noch länger auf Haarspaltereien mit dir einzulassen. Verrichte deine Arbeit, und geh! Ich werde Mr. Assinder persönlich von diesem Vorfall unterrichten.«

Jetzt wußte ich, wen die Lakaien mit ihrer nicht gerade schmeichelhaften Bemerkung gemeint hatten! Ich setzte die beiden Tabletts auf der Anrichte ab und nahm vom oberen die abgedeckten Teller und das Besteck. Als ich nun Bobs Anweisungen folgte und den Tisch deckte, erhob sich die junge Dame und kam herüber, um Platz zu nehmen.

In diesem Augenblick begegneten sich unsere Blicke, und ich erkannte meine ernste kleine Spielgefährtin von früher, der ich dreimal in Hougham begegnet war und die ich seinerzeit, als ich die Straße beobachtet hatte, einige Male beim Betreten oder Verlassen des Hauses gesehen hatte. Sie war beinahe ebenso groß wie ich und sehr schlank. Ihr Gesicht, das im Kontrast zum schwarzen Haar recht blaß wirkte, schien länger und schmaler geworden zu sein, zeigte aber noch immer denselben melancholischen Ausdruck und war ein wenig zu spitz, um im herkömmlichen Sinn schön genannt werden zu können. Henrietta schien mich mit kaum mehr als müßiger Neugier betrachtet zu haben, und ich fühlte die Enttäuschung wie einen scharfen Stich. Doch als sie sich nun hinsetzte, legte sie ihre linke Hand auf den Tisch, sah mir gleich darauf direkt in die Augen und blickte dann wieder hinunter auf ihre Hand. Verwundert sah ich, daß sie einen Finger leicht abspreizte und somit meine Aufmerksamkeit auf jenen Ring lenkte, den ich ihr vor all den Jahren im Park in Hougham gegeben hatte. Ich schaute sie an, versuchte, so unbeteiligt wie nur möglich auszusehen, und begegnete einem Blick, der mich bis ins Mark traf. Es war ein neugieriger und nachdenklicher Blick, fast so, als bedeute mein Auftauchen eine Chance für sie, ohne daß ich auch nur ahnte, worum es dabei ging. Ich hätte mich ihr gern zu erkennen gegeben, aber ich wagte nicht, ein Zeichen zu machen, da die scharfen Augen der

Gouvernante auf mir ruhten. Ich schaute nun Miss Fillery an, und obwohl Henrietta ihr den Rücken zuwandte, schien sie bemerkt zu haben, daß ihr Zögling und ich einen Blick ausgetauscht hatten.

»Miss Henrietta«, sagte sie, »lassen Sie den Dienstburschen seine Arbeit machen!«

Wie in Trance deckte ich den Tisch zu Ende, nahm das zweite Tablett von der Anrichte und verließ das Zimmer, ohne die Verbeugung an der Tür zu vergessen, die mir Bob mehrmals nachdrücklich aufgetragen hatte.

Auf dem Flur blieb ich kurz stehen, um meine Fassung wiederzufinden, denn Henrietta unter diesen Umständen wiederzusehen hatte meine Vergangenheit und besonders jenen letzten Sommer auf dem Land wieder in mir aufleben lassen.

Doch ich konnte nicht riskieren, daß man mich hier oben antraf, während ich müßig herumstand, also ging ich den Flur hinunter bis zu Miss Lydias Zimmer. Nachdem ich angeklopft und die Tür geöffnet hatte, blickte ich in das verhutzelte Gesicht einer winzigen alten Dame, aus dem mich die strahlendsten blauen Augen anschauten, die ich jemals in meinem Leben gesehen hatte. Das Zimmer war klein, aber gemütlich, und sie saß in einem alten Lehnstuhl vor dem Kamin und trug einen altmodischen Musselinmantel, schwarze, fingerfreie Handschuhe und eine Hornbrille. Obwohl ich noch halb in meinen Träumereien versunken war, merkte ich, daß mich ihre blitzenden Augen aufmerksam beobachteten.

»Wo ist Bob?« fragte sie plötzlich und fügte, als sie meine Überraschung sah, hinzu: »O ja, ich kenne Edwards richtigen Namen.«

»Es geht ihm nicht gut, Ma'am«, sagte ich.

Sie lächelte. »Sonntagnachmittags geht es ihm nie gut, aber gewöhnlich kommt er trotzdem.«

»Es geht ihm noch schlechter als sonst, Ma'am«, sagte ich, stellte das Tablett ab und begann, den kleinen Tisch zu decken, auf den sie gedeutet hatte.

Sie lächelte noch immer, aber ihre Augen musterten mich weiterhin sehr aufmerksam: »Deine Aussprache überrascht mich. Woher kommst du, junger Mann?«

Obwohl ich meinen Mitbediensteten schon oft die erfundene Geschichte meiner Herkunft erzählt hatte, schien sich nun eigenartigerweise etwas in mir dagegen zu sträuben.

Schließlich stammelte ich: »Von weit her, Ma'am. Aus dem Norden.«

»Soso«, sagte sie nachdenklich. Dann fragte sie mich plötzlich: »Wie heißt du?«

»Dick, Ma'am.«

»So nennt Bob seine Laufburschen immer. Wie heißt du wirklich?«

»John, Ma'am.«

»John«, wiederholte sie sanft, und ich glaubte, sie murmeln zu hören: »Ja, natürlich.« Dann fragte sie etwas lauter: »Ich nehme an, du hast auch einen Familiennamen?«

Ich zögerte einen Moment lang: »John Winterflood, Ma'am.«

Sie sah mich an, als sei sie auf einmal enttäuscht, doch ob sie vom Namen enttäuscht war oder erriet, daß ich sie angelogen hatte, kann ich nicht sagen.

Ich fühlte nur, wie mir das Blut zu Kopf stieg.

»Also gut, John Winterflood«, sagte sie ernst, »ich hoffe, ich werde noch einmal Gelegenheit haben, dich wiederzusehen.«

Ich verbeugte mich und verließ ihr Zimmer. Auf meinem Weg hinunter ins Souterrain hatte ich reichlich Stoff zum Nachdenken. Was hatte Henrietta wohl empfunden, als sie mich so unvermittelt in dieser Verkleidung wiedersah? Sie schien weder aufgeregt noch überrascht gewesen zu sein. Würde sich eine Gelegenheit bieten, mit ihr allein zu sprechen? Und wenn wir miteinander reden konnten, wieviel sollte ich ihr dann erzählen? Und warum hatte sich Miss Lydia so sehr für mich interessiert? Ich hatte von den anderen Dienstboten gehört, daß sie etwas sonderbar sei, und offenbar gehörte die Art, wie sie mit den Dienstboten redete, zu diesem sonderbaren Verhalten.

Sooft ich während der folgenden Woche ein wenig Zeit fand, kreisten meine Gedanken um das, was in jenen wenigen Augenblicken im Salon der Gouvernante geschehen war. Ich wartete sehnsuchtsvoll auf den nächsten Sonntag, da sich dann vielleicht Gelegenheit für eine weitere Begegnung mit Henrietta ergab, obwohl ich mir nicht so recht vorstellen konnte, wie dies geschehen sollte, da Miss Fillery mir doch ausdrücklich verboten hatte, ihr noch einmal aufzuwarten.

Und als der Sonntag kam, beobachtete ich Bob sorgfältig, und er enttäuschte mich nicht. Bessie und ich scheuerten gerade die Kessel in der Spülküche, als gegen vier Uhr nachmittags die Glocke der Gouvernante ertönte.

Als ich Bob Bescheid sagte, rief er wütend: »Was die zum Teufel nur wieder will! Laß sie doch klingeln! Was geht's mich an. Marsch, wieder an deine Arbeit!«

Ich tat, wie er mir befohlen hatte, doch kurz darauf ertönte die Glocke erneut und diesmal so laut und so anhaltend, daß sie noch zu hören war, als ich den Dienstbotensaal betrat, weshalb ich meine Nachricht gar nicht erst zu verkünden brauchte. Die übrigen Lakaien und auch die Zofen lachten schadenfroh, doch Bob stieß einen entsetzlichen Fluch aus und machte sich auf den Weg.

Ein oder zwei Minuten später kam er wieder zurück. »Die junge Dame möchte im Park spazierengehen«, gab er entrüstet bekannt. »Aber Miss Fillery will nicht mitkommen, also soll ein Lakai Miss Henny begleiten.«

Ich hielt den Atem an, als ich dies hörte. Offenbar versuchte Henrietta, ein Treffen mit mir zu arrangieren!

»Und was hast du gesagt?« fragte Will.

»Ich hab ihr geantwortet, daß ich Türdienst hätte und mich auf keinen Fall vom Fleck rühren könne.«

Die anderen lachten.

»Ich geh doch nicht am Sonntag nach draußen, nur weil eine Gouvernante sich das in den Kopf setzt«, meinte Bob.

»Ich könnte Sie ja vertreten«, sagte ich.

Überrascht sahen mich alle an.

»Was?« fragte Bob. »Ein Diener ohne Livree soll ein Mitglied der Familie begleiten, und wenn's auch nur Miss Henny ist?«

»So etwas hat es ja noch nie gegeben!« empörte sich Ned.

»Dann darf ich also nicht?« fragte ich.

»Auf keinen Fall!« sagte Bob. »Das verträgt sich nicht mit dem Ruf des Hauses.«

In diesem Augenblick wurde die Glocke erneut heftig geläutet.

»Schon wieder diese alte Hexe!« sagte Will. »Ihr ist es völlig egal, was Miss Henny will, aber jetzt merkt sie, daß du dich widersetzen willst, und da läßt sie nicht mehr locker.«

»Zur Hölle mit ihr!« fluchte Bob.

»Das gibt Ärger mit Thackaberry«, warnte ihn Ned.

»Geh lieber!« sagte Will.

Fluchend und stöhnend stand Bob auf, knöpfte sich den schweren Mantel zu und glättete sich die Perücke. Die anderen Lakaien redeten ihm aufmunternd zu, bis er, Verwünschungen murmelnd, auf wackligen Beinen durch die Tür davonschwankte.

»Worauf wartest du noch? Wieder an die Arbeit mit dir!« sagte Will plötzlich, und jetzt erst merkte ich, daß er mich aufmerksam beobachtet hatte.

Ich konnte nur hoffen, daß ihm nicht aufgefallen war, wie gern ich an Bobs Stelle gewesen wäre, und eilte rasch zurück in die Spülküche, wo Bessie noch immer emsig die Töpfe scheuerte.

95. KAPITEL

Wochenlang bestand Henrietta zum Mißvergnügen des Gesindes auf ihrem Spaziergang am Sonntagnachmittag, und obwohl ich ihre Absicht erriet, bot sich mir keine Möglichkeit, jene Rolle zu spielen, die sie von mir erwartete.

Weihnachten war nicht mehr weit, und da man allgemein davon sprach, daß dies ein besonderer Feiertag sei, an dem der übliche Tagesablauf noch stärker als an Sonntagen durcheinandergerate, freute ich mich auf das Fest und hoffte, die dann sicherlich allgemein herrschende Nachlässigkeit auf die eine oder andere Weise zu meinem Vorteil verwenden zu können.

Es galt als selbstverständlich, daß die Familie das Fest am ersten Weihnachtstag feierte und an diesem Tag somit nur die allerbescheidensten Ansprüche an ihre Dienstboten stellte. Als folglich der 25. Dezember anbrach, standen die livrierten Diener erst spät auf und verbrachten, nachdem sie sich für den Dienst angezogen hatten, den Tag zumeist in dem mit Stechpalmenzweigen geschmückten Dienstbotensaal, wo auf einer Anrichte auch die mit grünem Tannenreisig umwundene Weihnachtskerze brannte. Über dem Tisch hing ein Mistelzweig, unter dem reichlich getändelt und geküßt wurde, und bei jedem Kuß pflückte man eine weiße Beere, bis schließlich keine mehr übrigblieb, so daß es von nun an eigentlich keine Küsse mehr hätte geben dürfen – doch diese Regel wurde rasch außer Kraft gesetzt.

Das Essen der Diener war eine langwierige und umständliche Angelegenheit, bei der viele Trinksprüche ausgebracht wurden. Es begann um zwei Uhr, als die oberen Bediensteten in noch prächtigerer Aufmachung als gewöhnlich den Saal betraten. Anfangs war die Unterhaltung ein wenig steif, da sich alle bemühten, trotz der eher zwanglosen Situation möglichst würdevoll zu erscheinen. Mir fiel auf, daß der Platz zur Rechten von Mr. Thackaberry frei geblieben war, und warum dies so war, erfuhr ich, als sich nach dem ersten Gang die Tür öffnete und ein fremder Herr den Ehrenplatz neben Mr. Thackaberry einnahm.

Der Neuankömmling war von kleiner Statur, etwa Anfang Vierzig und hatte ein hübsches, rötliches Gesicht, das eine leicht verdrießliche Miene zur Schau trug. Dies war, so ließ man mich wissen, Mr. Assinder, der sich huldvollerweise herabließ, einen Gang des Weinachtsessens mit uns einzunehmen. Sein Eintreffen war für Mrs. Gustard das Signal, den Saal mit zwei ihrer Mägde zu betreten, die auf einer großen Platte einen mit Rosmarin verzierten, mit Wurstteig gefüllten und mit einer Zitronenscheibe im Maul geschmückten Wildschweinkopf hereintrugen. Ihnen folgten die übrigen Küchendiener, die Berge von leckeren Sachen auftrugen.

Das Gespräch war wieder ausschließlich den oberen Bediensteten vorbehalten, auch wenn am unteren Tischende bereits hier und da gekichert und geflüstert wurde, bis endlich jener Augenblick kam, in dem Mr. Thackaberry wie gewöhnlich den Oberkutscher anredete: »Da die Familie in der Stadt bleibt, haben Sie diese Weihnacht wohl nicht ganz soviel zu tun, nicht wahr, Mr. Phumphred?«

»Ganz recht, Sir. Aber eine Schande ist es doch, daß wir nicht nach Hougham fahren. Na, ich schätze, Sir Perceval wird sich diesmal die Ausgaben sparen wollen.«

»Wie können Sie es wagen«, rief Mr. Assinder, dessen Gesicht plötzlich tiefrot angelaufen war, »in einer solchen Weise von Ihrem Prinzipal zu sprechen? Es steht Ihnen nicht zu, Phumphred, über Sir Percevals finanzielle Lage zu spekulieren.«

Man war allgemein erstaunt über diesen Verstoß gegen die guten Sitten, den man zugleich auch als schroffe Ablehnung der Gastfreundschaft des Dienstbotensaals auffaßte. Das eine oder andere unterdrückte Lachen wurde laut, und zahlreiche Dienstboten waren hin und her gerissen zwischen ihrem Ärger über den Verwalter und ihrer Freude darüber, daß einer ihrer Vorgesetzten so öffentlich abgekanzelt worden war. Mr. Phumphred blickte ziemlich bestürzt drein, und Mr. Thackaberry schenkte seinem Gast rasch ein Glas Wein ein. Als Mr. Assinder sich bald darauf zurückzog, besserte sich die Stimmung augenblicklich, und die Unterhaltung wurde allgemein und zunehmend zwangloser.

Sobald die oberen Bediensteten sich zurückgezogen hatten, nahmen die Lakaien – Bob, Dan, Will und Jem – sowie Nellie und drei oder vier weitere Mägde den ganzen Tisch in Beschlag. Man ließ eine mit Punsch gefüllte Bowle kreisen, und das erste Thema, das aufs Tapet kam, war der heftige Wortwechsel während des Dinners.

»Warum hat er nur den armen Phumphred so scharf angefahren?« fragte Nellie, um deren Hüften Bob einen Arm gelegt hatte.

»Das weißt du nicht?« rief er. »Es liegt jetzt schon ein paar Jahre zurück, aber damals hat der Verwalter jemandem die Kutsche ausgeliehen. Und Phumphred hat sich schrecklich darüber aufgeregt – wahrscheinlich hat Assinder ihm nicht genug zugesteckt, jedenfalls ist er tatsächlich zu Sir Perceval höchstpersönlich marschiert.«

So hatte sich Mr. Steplight alias Mr. Sancious also die Kutsche verschafft, mit der er damals bei Mrs. Fortisquince vorgefahren kam! Dann wußten die Mompessons also gar nicht, wie sehr man meine Mutter getäuscht hatte.

»Und was ist dann mit Assinder passiert?« fragte Nellie.

»Nichts! Sir Perceval hat ihm nur ordentlich die Leviten gelesen, weil er nämlich große Stücke auf seinen Onkel hält, auf den Onkel von Assinder, mein ich. Aber er würd ihn vielleicht mit anderen Augen sehen, wenn er wüßte, daß Assinder noch ganz andere Dinge treibt und nicht bloß Sachen verleiht, die ihm nicht gehören. Ich könnte euch da so manches über ihn erzählen«, sagte Bob und kniff dabei vielsagend ein Auge zu.

»Weil wir schon dabei sind«, sagte Will und warf Bob einen grimmigen Blick zu, »dir hat man doch auch was zugesteckt, damit du die Gouvernante reinlegst, die vor der jetzigen für Miss Henny angestellt war.«

Bob lachte nur. »Tja, die haben wir ganz schön zum Narren gehalten, Mr. David und ich. Ich hab so getan, als würd ich ihr von Sir Perceval und der Lady einen Brief bringen, aber der war gefälscht; ein Freund von Mr. David hat ihn geschrieben.«

»War das die Nacht, als sie durch die Stallungen zurück ins Haus kam?« fragte eine der Hausmägde kichernd.

»Ganz recht, denn wegen diesem Brief ist sie mit Mr. David in die Stadt, und deshalb hat man sie dann auch entlassen.«

Allgemeines Gelächter folgte den letzten Worten.

In diesem Augenblick ertönte die Glocke, und ich mußte den oberen Bediensteten aufwarten. Als ich das Anrichtezimmer betrat, hörte ich Mr. Thakkaberry zu Sir Percevals Kammerdiener sagen: »Phumphred hat da schon eine heikle Sache angesprochen. Es stimmt nämlich, unsere Familie steckt bis über den Hals in Schulden. Mr. Assinder hat mir da einige sehr schwerwiegende Dinge erzählt. Die Pachteinnahmen in Hougham zum Beispiel sind seit Jahren rückläufig, und bei dem schlechten Wetter in letzter Zeit sind sie sogar noch weiter gesunken. Mr. Assinder soll immer mehr Geld aus dem Gut herauspressen, und dabei kann Lady Mompesson, sagt er, sich gar nicht vorstellen, wie dumm und unehrlich dieses Landvolk ist. Er wollte die Katen abreißen lassen und die Leute vertreiben, um die Armensteuer niedrig zu halten, aber mit den Landverordneten und Pächtern habe es endlosen Ärger gegeben, meint er. Er versucht ja, das Beste aus dem Gut rauszuholen, aber es ist eben ein armes Land. Und das Haus ist zur Zeit in einem so schlechten Zustand, daß die Familie im Winter nicht darin wohnen kann.«

Ich kehrte gleichzeitig mit einer Kammerzofe in den Dienstbotensaal zurück.

»Bob«, sagte sie, »es war die Gouvernante. Sie schickt mich, weil Miss Henny wieder im Park spazierengehen will.«

»Am Weihnachtstag?« rief Bob. »Nichts da, jetzt reicht's! Sie wird heute nicht gehen, das kannst du ihr getrost sagen.«

»Das gibt Ärger, Bob«, warnte ihn die Zofe, »Miss Fillery ist heute mächtig schlecht gelaunt.«

»Ist mir doch egal«, rief Bob betrunken, und die anderen Lakaien stimmten ihm grölend zu, ohne es dabei aber wohl besonders gut mit ihm zu meinen.

Einige Augenblicke später kam Ned, der eigentlich Türdienst hatte, in den Saal: »Bob, Miss Henny wartet in der Eingangshalle. Die Gouvernante hat ihr gesagt, sie soll schon mal nach unten gehen. Also, mach dich fertig und komm!«

»Ich geh nicht«, verkündete Bob.

»Von mir aus«, gab Ned zurück. »Aber wenn keiner mit ihr geht, dann bricht hier die Hölle los, da kannst du Gift drauf nehmen.«

»Ich geh jedenfalls nicht, und das ist mein letztes Wort.«

»Paß auf, Bob!« warnte ihn Ned. »Diese Gouvernante ist nicht gut auf dich zu sprechen. Sie hat sich doch schon letzte Woche bei Assinder über dich beschwert, oder nicht?«

»Zum Teufel mit Assinder! Der tut mir nichts.«

»Was willst du damit sagen?« fragte Will, als Ned den Saal verließ.

Bob grinste ihn in trunkenem Triumph an, legte vielsagend einen Finger an die Nase und schüttelte den Kopf.

»Lassen Sie doch mich gehen, Mr. Bob!« sagte ich.

Die anderen Lakaien lehnten meinen Vorschlag einhellig ab, doch Bob musterte mich mit verhangenem Blick und sagte: »Keine schlechte Idee. Wollen sehen, was ihre Hochwohlgeboren dazu zu sagen hat.«

»Ich bitte dich, Bob!« widersprach Dan. »Er kann doch nicht in diesen Lumpen zu ihr gehen!«

»Kann er wohl«, beharrte Bob. »Das ist doch der Clou an der ganzen Sache. Und wenn jemand Ärger kriegt, bin ich es. Immerhin hab ich ja den Jungen geschickt. Reicht das denn nicht für eine Gouvernante am Weihnachtstag?«

»Von mir aus«, sagte Dan, »du mußt schließlich deinen Kopf dafür hinhalten.« Dann wandte er sich an mich: »Aber daß dich keiner von der Familie oder von den oberen Bediensteten sieht!«

»Er braucht einen Mantel«, sagte Jem. Ich war ihm sehr dankbar für diesen Hinweis, denn es war ein kalter Tag, und ich besaß natürlich kein solches Kleidungsstück. Jem fügte noch hinzu: »Dann sieht man auch nicht, daß er keine Livree trägt.«

Und so trieben sie unter großem Gelächter einen alten Kutschmantel für mich auf, den man für alle Fälle in einem Schrank im Lakaienzimmer aufbewahrt hatte und der die Schande meines unangemessenen Aufzugs verbarg, auch wenn ich darin ziemlich lächerlich aussah, weil er viel zu groß war. Man fand auch noch ein Ansteckssträußchen für mich, doch keiner von den Lakaien wollte mir seinen goldenen Amtsstab anvertrauen.

In diesem Aufzug ging ich also nach oben in die Eingangshalle, wo zu meiner Freude Henrietta geduldig auf mich wartete. Unter dem aufmerksamen Blick von Ned, der in seinem Wachhäuschen bei der Tür saß, spielten wir unsere Rolle tadellos.

»Bitte, Miss Henrietta«, sagte ich, »Edward hat mich geschickt, damit ich Sie in den Park begleite.«

Ich hörte, wie Ned bei diesen Worten scharf die Luft einsog.

»Warum ist er nicht selbst gekommen?« wollte Henrietta wissen, und das in einem so kalten und herablassenden Ton, daß ich einen Augenblick lang glaubte, ich hätte mich getäuscht und sie hätte mich gar nicht wiedererkannt.

»Ich fürchte, es geht ihm nicht gut«, antwortete ich.

»Na schön«, sagte sie, und ohne weiter auf mich zu achten, schritt sie zur Tür und sah Ned dabei so gebieterisch an, daß der gleich aufsprang, um ihr zu öffnen.

Ich folgte ihr nach draußen, nahm den Regenschirm, den Ned mir im Vorbeigehen in die Hand gedrückt hatte, und stieg die Stufen hinunter. Da ich schon oft genug Lakaien gesehen hatte, die ihre Herrschaft begleiteten, wußte ich auch, daß es meine Pflicht war, etwa drei Schritte hinter Henrietta zu bleiben.

Wir waren gerade einige Schritt weit über den Bürgersteig gegangen, als sie, ohne sich nach mir umzudrehen, plötzlich sagte: »Wir sollten erst im Park miteinander sprechen.«

Also hatte ich mich nicht getäuscht! Sie hatte mich tatsächlich wiedererkannt! Es war eine Qual, so nahe hinter ihr gehen und schweigen zu müssen, wo es doch so vieles gab, was ich ihr erzählen wollte.

Als wir durch das Tor in den Park kamen, schlug sie den einsamsten aller Wege ein. Es war ein kalter Tag, und es schien jeden Augenblick regnen zu wollen, außerdem war Weihnachten, und so lag der Park denn glücklicherweise völlig verlassen vor uns. Sogar auf der Rotten Row, über die zu dieser Stunde gewöhnlich die eleganten Kutschen paradierten, war kein Gefährt zu sehen. Ein leichter, doch eiskalter Wind fuhr durch die kahlen Äste, die in den grauen Himmel ragten.

Henrietta ging nun etwas langsamer, und ich schloß zu ihr auf, bis ich beinahe unmittelbar neben ihr war. Sie wandte sich jetzt einen Augenblick lang nach mir um, zeigte mir ihr blasses Gesicht mit den dunklen, leuchtenden Augen und betrachtete mich melancholisch, um sich gleich wieder von mir abzuwenden.

»Du bist hübsch geworden«, verkündete sie.

»Wie hast du mich erkannt?« fragte ich.

»Ich wußte, daß du eines Tages kommen würdest. Immerhin haben wir uns doch ewige Treue geschworen.«

Schweigend gingen wir weiter. Ich wußte nicht, wie ich beginnen sollte.

»Ich habe immer an dich gedacht«, sagte sie. »Außer Miss Quilliam warst du der einzige Mensch, der jemals freundlich zu mir gewesen ist.« Sie sah sich wieder nach mir um: »Bin ich denn nicht schön? Du mußt mir Komplimente machen, weißt du.«

»Du bist schön«, gestand ich ihr. »Doch ich glaube nicht, daß ich so etwas sagen sollte – schließlich bin ich das niedrigste und unglückseligste Geschöpf im ganzen Souterrain.«

»Zu mir kannst du es ruhig sagen – dem niedersten und unglückseligsten Geschöpf oberhalb des Souterrains. Aber erzähl mir deine Geschichte! Wie bist du in unser abscheuliches Haus gekommen?«

Wir waren nun mitten im Park, und da niemand zu sehen war, ging ich neben ihr her.

»Erst mußt du mir sagen, wie es dir ergangen ist«, drängte ich.

»Ach, das ist bald erzählt. Ich wurde nach Brüssel geschickt, wo ich sehr unglücklich war. Seit meiner Rückkehr ist Miss Fillery meine Gouvernante. Ich hasse sie. Dabei ist sie nicht besser und nicht schlechter als all die anderen. Miss Quilliam war die einzige Erzieherin, die mir je etwas bedeutet hat. Manchmal frage ich mich, ob sie deshalb entlassen worden ist, denn den wahren Grund habe ich niemals erfahren.«

Dann bestürmte sie mich, ihr von mir zu berichten. Sie sagte: »Es wird dich vielleicht überraschen, daß ich schon ein wenig von deiner Geschichte weiß, aber Sir Perceval und Lady Mompesson haben oft von dir gesprochen. Weißt du eigentlich, daß sie verzweifelt nach dir suchen lassen?«

Ich nickte und begann meine Geschichte. Ich hatte beschlossen, ihr nichts von dem Einbruch zu erzählen und auch nichts von meiner Absicht, mir das Testament anzueignen, denn nach all dem, was ich mit Emma erlebt hatte, war ich mir nicht sicher, ob sie mich letzten Endes nicht doch verriet. Noch wichtiger schien mir, daß ich ihr erst alles erzählen mußte, bevor sie verstehen konnte, wieso meine Handlungsweise gerechtfertigt war. Und selbst dann mochte sie durchaus noch einige Einwände erheben.

Als wir daher unter den Ulmen über die verlassenen, kiesbestreuten Parkwege gingen, berichtete ich ihr von dem, was in jenen fünf oder sechs Jahren vorgefallen war, seit wir uns das letzte Mal getroffen hatten. Ich beschrieb ihr, wie Mr. Barbellion und Mr. Sancious uns um unseren Besitz betrogen hatten; wie wir von Bissett verraten und dann nach London geflohen waren; wie wir dort unsere restliche Habe an die Gerichtsvollzieher verloren hatten, die Mr. Barbellion auf uns gehetzt hatte; und wie wir dadurch in die tiefste Armut gestürzt worden waren. Ich erzählte ihr weder von den Isbisters noch von Miss Quilliam und milderte auch die eine oder andere Einzelheit in meiner Erzählung ab. Ich erklärte ihr, daß meiner Mutter ein Dokument gehört hatte, das ihr einige unserer Feinde unbedingt abnehmen wollten. Irgendwie hätten uns dann die Helfershelfer dieser Menschen ausfindig gemacht, hätten uns überfallen und versucht, das Dokument in ihren Besitz zu bringen. Damals sei es uns zwar noch gelungen zu flüchten, später hätten aber eine Reihe von Mißverständnissen und Betrügereien dazu geführt, daß wir unseren Feinden das Papier überließen. Ich erzählte ihr kurz, wie man mich auf den Hof der Quiggs geschickt hatte, was mir dort widerfahren war, und beschrieb ihr auch, wie ich entfliehen und nach London zurückkehren konnte.

»Ich traf meine Mutter unter solch elenden Bedingungen an, die selbst meine schlimmsten Befürchtungen noch weit übertrafen«, fuhr ich fort. »Die Schwindsucht hatte sie so geschwächt, daß sie ... Kurz, sie starb nur wenige Stunden, nachdem ich sie wiedergefunden hatte.«

Die letzten Sätze meiner Erzählung schienen Henrietta tief berührt zu haben, denn sie wandte ihr Gesicht von mir ab, als wolle sie nicht, daß ich ihre Tränen sehe.

Wir standen inzwischen am Ufer der Serpentine, die damals kaum mehr als eine stinkende Kloake war. Der Ort war düster, zumal sich gerade der Nebel senkte, die Bäume um uns her sich aufzulösen und die grauen Schwaden mit dem Himmel zu verschmelzen schienen, um einen trüben Baldachin über uns zu bilden.

»Ich bin gern hier«, sagte sie. »Miss Fillery haßt diesen Ort.«

»Die Serpentine ist eigentlich kein richtiger Fluß, weißt du. Sie ist ein Abwasserkanal, der hier dem Verlauf des alten Westbourne-Flusses folgt.«

»Wieso weißt du das alles?«

Ich wurde rot: »Später werde ich dir mehr darüber erzählen, aber ich glaube, wir sollten jetzt besser umkehren.«

In der zunehmenden Dämmerung ließen sich durch die kahlen Äste der Bäume in der Ferne bereits die ersten Lichter erkennen, die mich daran erinnerten, daß wir bald zum Haus zurückkehren mußten, wollten wir nicht unnötige Aufmerksamkeit auf uns lenken. Henrietta gab mir recht, und auf dem Rückweg erzählte ich ihr mit wenigen Worten den zweiten Teil meiner Geschichte: wie ich mit Barney Digweed und seiner Bande in dem halbfertigen Haus gelebt hatte; wie ich das Tagebuch meiner Mutter gelesen und erfahren hatte, welches Verbrechen mein Leben von Beginn an überschattete; und wie ich zu Clothiers Bruder gelockt, von ihm vor das Kanzleigericht gezerrt und dann in die Irrenanstalt gesperrt worden war. Ich erzählte ihr, wem ich dort begegnet war und wie ich mehr über jene Nacht erfahren hatte, in der mein Großvater ermordet worden war. Dann berichtete ich ihr, wie mich die Digweeds befreit hatten, daß ich seither bei ihnen gelebt und mein Brot in den Kanälen verdient hatte.

»Bist du ins Haus meines Vormunds gekommen, um mich zu befreien?« fragte Henrietta.

Ich überlegte verwundert, was ich ihr antworten solle, als sie sich plötzlich auf die Lippen biß und entsetzt den Weg entlangschaute. Ich folgte ihrem Blick und mußte bestürzt feststellen, daß sich uns ein Mann näherte. Der Nebel hatte es ihm erlaubt, sich uns unbemerkt bis auf wenige Schritte zu nähern. Er hob den Hut, um Henrietta zu grüßen, und musterte uns dabei neugierig. Ich fiel sofort einige Schritte hinter Henrietta zurück, doch es schien mir unmöglich, daß er nicht bemerkt haben sollte, wie sehr sie sich in ein Gespräch mit ihrem Laufburschen vertieft hatte.

»Miss Henrietta!« rief er. »Welch eine Überraschung, Sie hier am Weihnachtstag bei einem Spaziergang anzutreffen! So ganz allein und bei solch schrecklichem Wetter.«

Der gutaussehende Mann Anfang Vierzig in einem prachtvollen Merinomantel und hohen Schaftstiefeln lächelte sie fragend an. Sein Blick streifte nur kurz mein Gesicht, als ich meine Hand grüßend an die Stirn hob.

»Guten Tag, Sir Thomas!« antwortete Henrietta errötend. »Ich wollte etwas frische Luft schnappen.«

»An solch einem Nachmittag? Es wird doch jeden Augenblick regnen, und der Nebel wird immer dichter.«

»Ja, darum sind wir ja auch umgekehrt.«

»Das will ich hoffen. Ihre Gouvernante wird sicher schon beunruhigt sein, auch wenn sie sich nicht so um Sie sorgt – und auch keineswegs so charmant ist – wie die wunderbare Miss Quilliam. Wenn Sie erlauben, dann begleite ich Sie zurück zur Brook Street. Ihr Bursche kann ja schon vorausgehen.«

Und dann fügte er noch hinzu: »Falls Sie damit einverstanden sind.«

Henrietta willigte ein, und ich gab ihm den Regenschirm und eilte nach einigen raschen Verbeugungen schnell nach Hause.

Ich mußte über viele Dinge nachdenken, und als ich die Park Lane erreichte, entschied ich mich für einen Umweg, um ein wenig Zeit zu gewinnen, meine Gedanken zu ordnen. Konnte ich Henrietta vertrauen? Durfte ich ihr anvertrauen, daß ich eine Tat plante, die ihren Vormund um seinen Reichtum und seine gesellschaftliche Stellung bringen konnte? Zum erstenmal sah ich die Möglichkeit, daß mein Vorhaben für jemanden, der nicht ahnen konnte, was ich wußte, vielleicht eine schändliche Sache war. Und zwischendurch fragte ich mich immer wieder, wer der Gentleman sein mochte, der Henrietta nun begleitete, und ob er unser Gespräch mit angehört hatte.

Ich betrat das Anwesen durch die Stallungen und ging über den Hinterhof zurück in die Spülküche. Bessie blickte von einer Pfanne auf, die sie gerade scheuerte, und wies mit dem Kopf auf die gegenüberliegende Tür: »Mr. Will.«

Da ich annahm, daß er den Mantel zurückhaben wollte, eilte ich in den Dienstbotensaal. Als ich eintrat, lag Bob lang ausgestreckt auf einer Bank und schlief; die anderen dagegen starrten mich neugierig an.

Will musterte mich aufmerksam und sagte schließlich: »Nun, Dick, ich weiß ja nicht, was du angestellt hast, aber die alte Katze hat nach dir geschickt. Du sollst gleich zu ihr raufgehen.«

Mein erster Gedanke war, daß dieser Sir Thomas etwas von Henriettas und meiner Unterhaltung mitbekommen hatte, doch dann kam ich zu dem Schluß, daß mich in diesem Fall eher die Gouvernante und nicht Miss Lydia zu sich rufen würde. Ich stieg über die Hintertreppe hinauf in den dritten Stock, eilte über den Flur und klopfte an ihre Tür.

Als ich eintrat, saß die alte Dame in ihrem Lehnstuhl und betrachtete mich mit einem seltsamen Blick: Eine Art unterdrückter Aufregung und Angst schienen aus ihm zu sprechen.

Wir sahen uns eine Weile schweigend an, und ich hätte bis zehn zählen können, ehe sie schließlich sagte: »John Huffam.«

Ohne zu überlegen, stieß ich die verräterischen Worte hervor: »Woher wissen Sie?« Ich hätte mir die Zunge abbeißen mögen. »Ich habe Ihnen meinen Namen bereits genannt«, sagte ich dann.

Meine Antwort schien sie zu überraschen: »Also bist du ein zweiter John Huffam?«

Ich verstand den Sinn dieser Bemerkung nicht, doch ich hatte ihr bereits so viel enthüllt, daß ich ihr nun vertrauen mußte.

»Ich heiße nicht John Huffam«, sagte ich. »Doch dieser Name hat einige Bedeutung für mich.«

»Und doch hast du auf diesen Namen geantwortet, als wäre er dein eigener«, sagte sie mit schneidender Stimme. »Dabei habe ich ihn nur genannt, um zu sehen, ob du ihn kennst.«

»Wie kommen Sie auf diesen Gedanken?«

»Weil mir dein Gesicht schon beim ersten Anblick bekannt vorkam. Zuerst mußte ich an Martin Fortisquince denken, und ich dachte, du seist sein

Sohn.«

Verblüfft schwieg ich und wartete darauf, daß die alte Dame fortfuhr. Auf die Ähnlichkeit zwischen mir und meinen Vorfahren war schon des öfteren angespielt worden, und ich erinnerte mich noch gut daran, wie Mrs. Fortisquince davon gesprochen hatte.

»Doch dann fiel mir ein«, nahm Miss Lydia den Faden wieder auf, »wie ähnlich sich er und dein Vater als Jungen gesehen haben.«

Ich war so bestürzt, daß die Worte nur so aus mir hervorsprudelten: »Mein Vater? Sie meinen doch sicher meinen Großvater, nicht wahr?«

»Natürlich«, sagte sie und lächelte. »Wie hätte John denn auch dein Vater sein können? Was bin ich doch nur für eine alte Närrin. Er ist ja eine Generation älter. Außerdem weiß ich doch, daß er keinen Sohn gehabt hat. Und trotzdem, schließlich hab ich ihn zuletzt gesehen, als er ungefähr in deinem Alter war. Selbst damals war ich schon nicht mehr die Jüngste. Siehst du, wie uralt ich bin? Wahrscheinlich denkst du jetzt, ich hätte meinen Verstand verloren. Na, vielleicht hab ich das ja auch.«

Als sie mich daraufhin mit ihren strahlendblauen Augen ansah, glaubte ich, noch nie zuvor ein Gesicht gesehen zu haben, in dem sich ein so hellwacher Verstand spiegelte.

»Ich habe deinen Großvater nur ein einziges Mal getroffen«, fuhr sie fort. »Kurz nachdem er nach London gekommen war, um seinen Mompesson-Cousinen den ersten und letzten Anstandsbesuch zu machen. Deine Ähnlichkeit mit ihm ist wirklich verblüffend.«

»Ja, das hat man mir schon einmal gesagt«, gab ich zurück, und ich erinnerte mich auch daran, wie Mr. Escreet mich empfangen hatte.

»Er kam, weil ihm ein alter Diener seines Großvaters etwas über seine Eltern und den alten Jeoffrey Huffam erzählt hatte.«

Also hatte ich Mr. Escreet genau die gleichen Fragen gestellt, auf die schon mein Großvater vor mehr als vierzig Jahre bei ihm eine Antwort gesucht hatte! Kein Wunder, daß der alte Mann durcheinandergeraten war.

»Wie du siehst«, fuhr die alte Dame fort, »habe ich erraten, wer du sein mußt: Du bist der Huffam-Erbe, um den sie hier alle so ein großes Theater veranstalten.«

Ich nickte, denn es kam mir sinnlos vor, die Wahrheit vor ihren scharfen Augen verbergen zu wollen.

Plötzlich rief sie aufgeregt: »Dann war deine Mutter also das arme Kind, das ich retten wollte!«

Ich wollte sie gerade fragen, was sie damit gemeint habe, als sie fortfuhr: »Aber noch ehe du hier ins Zimmer gekommen bist, wußte ich, wer du bist. Ich hab dich nämlich in der Nacht erkannt, als in dieses Haus eingebrochen wurde.«

Ich muß ziemlich entsetzt ausgesehen haben, denn sie lächelte, deutete auf einen Sessel und sagte: »Bitte, setz dich! Ich meine es gut mit dir.«

Ich gehorchte der Aufforderung.

»Nun erzähl mir, was du eigentlich stehlen wolltest.« Als sie mein Zögern sah, meinte sie: »Ich glaube, ich kenne die Antwort schon.«

Mich konnte nun nichts mehr überraschen.

Wir sahen uns mit festem Blick unverwandt an, und ich wagte kaum, die Augen niederzuschlagen oder zu atmen: »Ein altes Pergament«, sagte ich schließlich.

»Ein rechtskräftiges Dokument?« riet sie.

Ich nickte. »Ein Testament.«

»Von jemandem«, ergänzte sie, »der vor vielen Jahren gestorben ist und einen Letzten Willen hinterließ, der lang vor dem besagten Testament aufgesetzt, mit ihm aber dann vertauscht worden ist?«

»Während das echte Testament seit vielen Jahren in diesem Haus versteckt wird«, sagte ich.

»Das Testament von Jeoffrey Huffam«, murmelte sie.

»Datiert vom 18. Juni des Jahres 1770«, fügte ich hinzu.

Ich sah, daß ihr die Tränen in den Augen standen.

»Vielleicht gibt es trotz allem noch so etwas wie Gerechtigkeit«, überlegte sie. »Und doch, wie seltsam sich die Ereignisse verketten, um das Walten der Gerechtigkeit zu vereiteln. So viele Jahre lang habe ich mir gewünscht, daß der Erbe von Jeoffrey Huffam dieses Testament zurückerhält, und doch war ich es, die bei jenem Einbruch Alarm geschlagen hat.«

»Sie?« fragte ich erstaunt, während sich mir schon viele andere Fragen aufdrängten, die ihre Worte in mir geweckt hatten.

»Ja«, sagte sie. »Und wenn ich daran denke, daß man dich deshalb beinahe erschossen oder gehängt oder doch zumindest in die Strafkolonien geschickt hätte ...« Sie hielt schaudernd inne. »Aber dem Himmel sei Dank, dir scheint weiter nichts passiert zu sein.«

»Nein, ich habe Glück gehabt«, sagte ich.

»Ich muß dir nun erzählen, was in jener Nacht geschehen ist. Ich schlafe nur noch sehr wenig. In meinem Alter braucht man nicht mehr viel Schlaf, außerdem bleibt mir nur noch so wenig Zeit. Ich sehe, daß du lächelst, aber ich bin alt, sehr alt sogar, weißt du. Und nicht nur alt, ich bin uralt. Ich bin das Überbleibsel einer vergangenen Zeit. In jener Nacht nun habe ich hier in diesem Zimmer gelesen, als ich ein Geräusch hörte. Nein, nicht von unten. Ihr wart sehr leise, von euch habe ich nicht das Geringste gehört. Das Geräusch kam von hier oben. Die Familie war damals draußen in Hougham, daß heißt alle bis auf Tom. Der schlief unten, wenn er überhaupt im Haus schlief. Ich dachte, ich würde die Ursache für dieses geheimnisvolle Geräusch kennen, denn ich hatte es in den Wochen zuvor schon ein- oder zweimal gehört und jedesmal vorsichtig meine Tür geöffnet und gesehen, wie Mr. Vamplew, dessen Zimmer auch auf diesem Flur liegen, leise die Treppe hinunterschlich. Das kam mir recht eigenartig vor, und beim nächstenmal, so nahm ich mir vor, wollte ich ihm nachgehen. In dieser Nacht also saß ich immer noch auf, und die Gelegenheit schien günstig. Ich huschte ohne Kerze über den Flur und sah eine Gestalt die Treppe hinuntergehen. Es war tatsächlich Mr. Vamplew. Weißt du eigentlich, wer Mr. Vamplew ist?«

»Ja. Er ist Toms Hauslehrer.«

»Das«, antwortete sie, »ist zumindest die offizielle Bezeichnung, aber ich könnte mir eine andere vorstellen, die weitaus zutreffender wäre. Tom ist inzwischen gute neunzehn Jahre alt und braucht wohl kaum noch einen Hauslehrer, aber er braucht jemanden, der ein wenig auf ihn aufpaßt. Mr. Vamplew ist also eher sein – sagen wir – sein Wärter? Er ist jedenfalls ein verschlagener Mann, und ich glaube, er führt nichts Rechtes im Schilde, und deshalb bin ich ihm nachgegangen, obwohl ich damit rechnen mußte, nur irgendeiner Affäre mit einem Hausmädchen auf die Spur zu kommen. Er schlich die Treppen hinunter, ohne mich zu entdecken, und sobald er im Erdgeschoß war, begann er, sich auf höchst merkwürdige Weise zu benehmen. Er hob die Teppiche an, durchwühlte die Schränke, tastete die Unterseite der Anrichten in der Halle ab, kurz: Er suchte etwas. Ich beobachtete ihn vielleicht zehn oder zwanzig Minuten lang bei dieser Arbeit, dann schien er es endlich aufzugeben. Er eilte zurück nach oben, als wolle er wieder auf seine Zimmer gehen. Ich wartete vorsichtshalber eine Weile, dann folgte ich ihm nach. Auf dem Treppenabsatz im ersten Stock hörte ich dann plötzlich ein leises Geräusch aus dem großen Salon. Vorsichtig schlich ich mich näher und lauschte. Ich hörte Stimmen, die leise miteinander flüsterten.«

»Richtig«, warf ich ein. »Kurz bevor Alarm geschlagen wurde, dachten wir, jemand sei an der Tür.«

»Ich probierte die Klinke, aber die Tür war verschlossen. Wenn ich doch nur gewußt hätte, wer da drinnen war!« seufzte sie. »Natürlich nahm ich an, daß ganz gewöhnliche Einbrecher am Werke seien. Ich schlich mich also leise wieder nach unten, um den Nachtwächter, diesen widerlichen, besoffenen Rüpel Jakeman, zu suchen. Er schlief und war so betrunken, daß ich ihn gar nicht aufwecken konnte. Ich durchsuchte seine Taschen, konnte aber die Schlüssel nicht finden. Und so beschloß ich, mich an Mr. Vamplew zu wenden, da ich wußte, daß er noch wach und angezogen war. Ich ging wieder nach oben, klopfte an seine Tür und erzählte ihm, daß ich im Großen Salon Einbrecher gehört hätte. Er sagte, er wolle gleich die Diener rufen, und meinte, ich solle inzwischen zurück zum Nachtwächter gehen und dessen alte Donnerbüchse holen. Er ging dann nach unten, um die Männer aufzuwekken, aber noch eher er sie warnen konnte, hatte einer von ihnen bereits eins dieser neumodischen Phosphorhölzer angezündet.«

»Und unser Posten auf der Straße hat das Licht gesehen! Deshalb hat er uns ja auch gewarnt.«

»Was für ein Glück!« sagte Miss Lydia. »Ich ging jedenfalls zu Jakeman, konnte die Schlüssel aber auch diesmal nicht finden, und das Gewehr wollte ich nicht mitnehmen. Die Männer rannten inzwischen aus dem Souterrain nach oben und versuchten, die Tür aufzubrechen. Ich ging zurück zu Mr. Vamplew, um ihm zu sagen, daß die Schlüssel unauffindbar seien, und machte ihn darauf aufmerksam, daß unsere Männer – sollten die Einbrecher durch das Fenster fliehen – ohne Schlüssel nicht durch die Vordertür aus dem Haus konnten. Er fluchte ganz fürchterlich und sagte: ›Dieser verdammte Gauner von einem Nachtwächter muß sie doch irgendwo versteckt haben.‹ Eine eigenartige Bemerkung, findest du nicht auch?«

»Ja«, sagte ich. »Wahrscheinlich hat er die Schlüssel gesucht, als Sie ihn beobachtet haben.«

»Das habe ich mir auch schon gedacht. Jedenfalls bat er mich dann, ihm das Gewehr zu geben, und als ich sagte, ich hätte es nicht mitgenommen, meinte er wütend, mit der Suche nach den Schlüsseln hätte ich sowieso nur meine Zeit vergeudet. Ich sagte, daß wir meiner Meinung nach nicht das Recht hätten, einem Mitmenschen das Leben zu nehmen, wenn er uns nicht unmittelbar selbst bedroht. Er war ziemlich unverschämt und antwortete, ich solle doch mal Sir Perceval fragen, was der davon hält. Es war offensichtlich, daß man ziemlich lange brauchen würde, um die Tür aufzubrechen, also befahl Mr. Vamplew zwei Männern, vor der Tür Wache zu halten, während die übrigen durch die Hintertür auf den Hof laufen, den Kutscher wecken und durch Remise und Stallungen zur Straße laufen sollten, um den Einbrechern den Fluchtweg abzuschneiden. Er lief ihnen hinterher, und ich folgte ihm langsam, traf ihn aber bald darauf wieder, als er mit dem Gewehr in der Hand durch die Eingangshalle kam. In diesem Augenblick tauchte auch Mr. Thackaberry aus dem Souterrain auf; er trug noch sein Nachthemd und die Schlafmütze und sah sehr verängstigt aus.« Die alte Dame lachte. »Ich bat Mr. Vamplew, doch das Gewehr wegzulegen, aber der Butler spornte ihn an und behauptete, Sir Perceval werde ihn sicherlich belohnen. Die Fenster im Erdgeschoß sind alle vergittert, wie dir wahrscheinlich bekannt ist, so daß er von dort aus nicht schießen konnte und wir zurück in den zweiten Stock gehen mußten. Wir haben bestimmt einen ziemlich lächerlichen Anblick geboten, als ich versuchte, Mr. Vamplew am Arm festzuhalten, Mr. Thackaberry dagegen sich bemühte, mich von ihm fortzuzerren. Mr. Vamplew gelang es schließlich, ein Fenster zu öffnen und nach unten zu zielen. Ich konnte ihm das Gewehr noch einmal aus der Hand nehmen, aber er entriß es mir wieder und zielte erneut aus dem Fenster, während der Butler mich diesmal festhielt. Doch als er abdrücken wollte, schlug ich ihm den Arm zur Seite, so daß der Schuß danebenging. Er hat ganz fürchterlich geflucht.«

»Dem Himmel sei Dank dafür! Sie haben meinem Gefährten damit das Leben gerettet, denn auf diese kurze Entfernung hätte Mr. Vamplew ihn wohl kaum verfehlt. Der arme Mann ist zwar der Gewehrkugel entkommen, aber unten in die Eisenspitzen gefallen.«

»Ach, das tut mir entsetzlich leid! Ist er schwer verwundet?«

Ich erzählte ihr, was geschehen war, und sie sagte: »Hinterher hat man Blut am Fächerzaun gefunden, aber ich selbst habe nicht gesehen, was passiert ist, weil es zu einem wirklich absurden Kampf zwischen uns dreien kam, als ich Mr. Vamplew daran hindern wollte, das Gewehr erneut zu laden. Er hat vor dem Schuß allerdings noch den Kopf aus dem Fenster gestreckt und dich dabei wohl klar und deutlich gesehen. Jedenfalls hat er dem Konstabler von der Wache eine ziemlich genaue Beschreibung von dir gegeben.«

»Das habe ich bereits befürchtet.«

»Du mußt aufpassen, daß du ihm nicht unter die Augen kommst. Er ist zur Zeit mit Tom auf Reisen, aber sie wollen in wenigen Wochen wieder zurück sein. Sir Perceval hat Mr. Vamplew mit zehn Guineen für seine nächtliche Leistung belohnt.« Sie lächelte schelmisch. »Er war sehr böse auf mich.«

»Aber er hat keinen Verdacht geschöpft, daß dies vielleicht gar kein gewöhnlicher Einbruch war?« fragte ich besorgt.

»Soweit ich weiß, nicht.«

»Und warum ist Jakeman nicht entlassen worden?« fragte ich.

»Weil sich Mr. Thackaberry für ihn eingesetzt hat, und damit der Verwalter nichts von seinem schändlichen Verhalten erfährt, hat er wahrscheinlich sogar noch Mr. Vamplew bestochen, damit der auch ein Wort für den Nachtwächter einlegt. Weißt du, Mr. Vamplew zahlt einen Teil seines Lohns an den Butler. Das machen die meisten Dienstboten, weil er ihnen die Stellen besorgt hat und sie damit in seiner Schuld stehen. Ich hab mich schon darüber beschwert, aber mein Wort gilt hier nicht viel. Man hat nach dem Einbruch allerdings veranlaßt, daß der Abflußkanal im Klosett des Nachbarhauses vermauert wurde, und hat Befehl gegeben, von nun an nachts die Hintertür verschlossen zu halten – obwohl man nur durch die Remise und die Stallungen in den Hof kommt.«

»Ich kann leider nicht länger bleiben«, sagte ich und stand auf. Doch ich wollte nicht fortgehen, bevor ich meine Neugier nicht in wenigstens einem weiteren Punkt befriedigt hatte: »Können Sie mir sagen, weshalb Sie unbedingt wollen, daß der Erbe von Jeoffrey Huffam das Testament zurückerhält, auch wenn das den Ruin Ihrer Familie bedeutet?«

Sie schlug die Augen nieder, und ich fragte mich, ob ich vielleicht zu taktlos gewesen war. Dann blickte sie mich an und sagte: »Du redest von ›meiner Familie‹, als ob du nicht wüßtest, daß wir beide eng verwandt sind. Die Huffams und die Mompessons sind durch die Eheschließung von Jeoffrey Huffams ältester Tochter Alice mit Sir Hugo Mompesson eng verbunden. Das waren meine Eltern. Ich bin also eine halbe Huffam.«

Ich sah sie verblüfft an: »So eng sind wir miteinander verwandt?«

Sie nickte: »Ich bin deine Großtante zweiten Grades, wenn man das ›eng‹ nennen kann.«

Nun fiel mir ein, daß Mr. Escreet von der Tochter von Sir Hugo gesprochen hatte und was für eine seltsame junge Frau sie doch gewesen sei. Er hatte in diesem Zusammenhang auf einen Skandal oder etwas Ähnliches angespielt, doch was es genau gewesen war, hatte ich vergessen.

»Darf ich fragen, in welchem verwandtschaftlichen Verhältnis Sie zu Sir Perceval stehen?« fragte ich.

»Ich bin seine Tante. Er ist der Sohn von Augustus, meinem Bruder.« Sie schwieg einen Moment lang. »Aus mehreren Gründen hatte ich eine besondere Zuneigung für deinen Großvater, John. Und vor einigen Jahren hatte ich Gelegenheit, ihm einen Gefallen zu tun. Es war mir ein besonderes Vergnügen, denn ich konnte so etwas von dem Übel wiedergutmachen, das meine Familie ihm angetan hatte. Außerdem konnte ich eine junge Frau davor bewahren, gegen ihren Willen und allein zum finanziellen Vorteil ihrer Familie eine entsetzliche Ehe eingehen zu müssen.«

Ihre Worte verwirrten mich, bis ich begriff, daß der Ausdruck »vor einigen Jahren« sich auf eine Zeit bezog, in der ich noch gar nicht geboren war.

»Man hat mir in dieser Familie niemals ganz getraut und mir deshalb kaum etwas erzählt, doch ich habe in all den Jahren meine Ohren immer offengehalten, und so ist mir nicht entgangen, wie zuerst mein Bruder und dann sein Sohn dafür sorgten, daß ihre jeweiligen Interessen gewahrt blieben, auch wenn sie deshalb gesetzliche Dokumente unterschlagen oder andere kriminelle Taten begehen mußten. In jenen Tagen stattete Mr. Martin Fortisquince diesem Haus einen Besuch ab, um meiner Familie seine Aufwartung zu machen. Und es fügte sich, daß er in meiner Gegenwart etwas sagte, das einen tiefen Eindruck in mir hinterließ.«

Sie hielt inne, und mir fiel auf, daß ihre Hände in ihrem Schoß lagen, die Finger sich jedoch ruhelos ineinander verschränkten und wieder lösten.

»Ich weiß, mit welchen Mitteln man junge Frauen zu einer Ehe zwingen kann. Mr. Fortisquince erzählte uns – eher ganz beiläufig –, daß sich deine Mutter mit ihrem Vater gestritten habe, weil er entschlossen sei, sie mit jemandem zu verheiraten, den sie zutiefst verabscheue. Das machte mich sehr betroffen. Seine Bemerkung überraschte mich auch, da ich deinen Großvater von unserer Begegnung her als einen recht netten Jungen in Erinnerung hatte. Mr. Fortisquince erwähnte zudem, daß der besagte Bräutigam Mr. Silas Clothiers älterer Sohn sei. Silas wiederum war der ältere Sohn von Nicholas Clothier, einem Geldverleiher, der sich wie eine Klette an meinen Großvater geheftet und ihn zu einer Ehe mit einer seiner Töchter gezwungen hatte. Mein Neffe und seine Frau waren ziemlich verärgert, denn der Gedanke, daß sich zwei ihrer Feinde miteinander verbünden würden, gefiel ihnen überhaupt nicht, doch in meiner oder Mr. Fortisquince' Anwesenheit gaben sie ihre Empfindungen mit keinem Wort zu erkennen. Ich zog Mr. Fortisquince zur Seite, als er uns verlassen wollte, und stellte ihm einige Fragen. Er bestätigte mir, was ich bereits befürchtet hatte: daß nämlich der ganze Plan mit diesem elenden Prozeß zusammenhing. Ich erriet, daß dein Großvater und Mr. Silas Clothier ein Bündnis eingegangen waren, das mit dem Opfer deiner Mutter besiegelt werden sollte. Nun, ich kannte eine ziemlich sichere Möglichkeit, die Allianz zwischen dem Huffam-Erben und dem anwartschaftlichen Erben der Clothiers doch noch zu verhindern. Und ich sah auch deutlich, welchen Weg ich einschlagen mußte, da ich genau wußte, in welcher Schublade im Kontor meines Neffen die Besitzurkunden und die anderen wichtigen Dokumente aufbewahrt wurden. Also schrieb ich deinem Großvater einen Brief.«

Ich starrte sie an. »Wollen Sie damit sagen, daß Sie ...?«

Sie lächelte. »Ja. Ich beschloß in ebenjenem Augenblick, daß ich ihm jenes Dokument zukommen lassen wollte, von dem wir vor wenigen Minuten gesprochen haben.«

Endlich wußte ich, wer dieser geheimnisvolle Freund im Haus Mompesson war, von dem mein Großvater den Brief erhalten hatte, jenen Brief, der ihn in solch helle Aufregung versetzt hatte. Damit wußte ich nun außerdem etwas, was nicht einmal meine Mutter oder Martin Fortisquince jemals erfahren hatte.

Die alte Dame fuhr fort: »Perceval und seine Frau wollten am folgenden Montag außer Haus sein, und so beschloß ich, am gleichen Tag in das Kontor zu gehen und die Lade aufzubrechen.«

»Und«, unterbrach ich sie, »außerdem haben Sie Mr. Fortisquince gebeten, an diesem Tag wieder zu kommen, um ein Geschenk für meinen Großvater abzuholen.«

»Genau!« Sie lachte begeistert. »Aber woher weißt du das?«

Ich erklärte ihr, daß Mr. Nolloth mir Peter Clothiers Version der Ereignisse jenes fatalen Tages erzählt hatte.

»Ich mußte so heimlich vorgehen«, sagte sie, »weil der liebe Martin bestimmt entsetzlich schockiert gewesen wäre, wenn er auch nur geahnt hätte, daß er mir in einer Sache helfen sollte, die er in seiner pedantischen Art sicherlich für ein Verbrechen gehalten hätte.«

»Und was geschah dann?« fragte ich aufgeregt.

»Alles verlief nach Plan, und ich besorgte mir das Testament«, antwortete die alte Dame.

»Aber hat denn Ihr Neffe nicht geahnt, daß Sie ...?« fragte ich und brach dann verlegen mitten im Satz ab.

»Daß ich das Testament an mich genommen habe?« sagte sie rasch. »Er hatte mich tatsächlich in Verdacht, und es kam zu einem entsetzlichen Streit zwischen uns. Aber ich habe alles abgestritten, und er konnte mir nichts nachweisen. Überleg doch nur, in was für einer Klemme er steckte! Er konnte ja nicht sagen, welches Dokument er vermißte, da er weder einen moralischen noch gar einen juristischen Anspruch darauf hatte. Immerhin haben er und Isabella persönlich mich und meine Zimmer durchsucht.«

»Und haben sie es gefunden?« fragte ich.

Sie starrte mich überrascht an. »Aber du mußt doch wissen, daß sie nichts finden konnten. Schließlich lief alles genauso, wie ich es mit deinem Großvater verabredet hatte. Hier, im Haus meines Neffen, habe ich Martin das Testament ausgehändigt.«

»Aber was ist dann schiefgegangen?« fragte ich.

»Wieso?« fragte sie verblüfft zurück. »Nichts ist schiefgegangen.«

»Warum hat Mr. Fortisquince meinem Großvater dann das Testament nicht gegeben?«

Sie betrachtete mich nachdenklich: »Jetzt begreife ich erst das Mißverständnis. Wie kommst du darauf, daß er es ihm nicht gegeben hat?«

Ich warf ihr einen verwunderten Blick zu. »Weil Peter Clothiers Bericht von den Ereignissen jener Nacht keinen Zweifel daran läßt, daß Mr. Fortisquince das Testament meinen Großvater nicht übergeben hat. Es war nämlich nicht in dem Päckchen, das Peter von meinem Großvater erhielt und später in der Nacht im Gasthaus zu Hertford geöffnet hat.«

»Überleg doch einmal«, sagte sie, »auf wessen Wort sich dein Vater verließ, als er annahm, daß Martin deinem Großvater das Testament vorenthalten hat: einzig und allein auf die Aussage von Mr. Escreet. Ich weiß nun zufällig genau, daß Martin das Dokument tatsächlich deinem Großvater gegeben hat, denn ich habe ihn hinterher danach gefragt, ohne ihn wissen zu lassen, warum ich an alldem so interessiert war. Er ahnte nicht im mindesten, in was er da verwickelt war. Er erfuhr auch niemals, daß Sir Perceval das Testament nicht mehr besaß – er hat sogar immer geglaubt, daß es nur in John Huffams Phantasie existierte.«

Mit einem Schlag ging mir ein Licht auf: »Dann hat Sir Perceval es also gar nicht!« rief ich. »Und alles ist umsonst gewesen: Mr. Digweeds Unfall und meine Arbeit hier im Haus. Alles umsonst.«

Bittere Wut stieg in mir auf. Das Testament war verschwunden, und ich hatte keine Möglichkeit mehr, jemals mein Recht zu erlangen.

Miss Lydia wollte etwas sagen, doch in diesem Moment klopfte es an der Tür.

»Das wird meine Großnichte sein«, sagte sie.

Ich stand erschrocken auf, da ich keine Ahnung hatte, von wem sie sprach, und ich fürchtete schon, daß sie Lady Mompesson gemeint haben könnte.

Die alte Dame legte ihren Zeigefinger auf die Lippen und rief dann laut: »Komm herein, meine Liebe!«

Die Tür ging langsam auf und gab zu meiner unendlichen Erleichterung und Freude den Blick auf niemand anderen frei als auf Henrietta.

»Du hier?« rief sie.

Wir waren alle drei gleichermaßen erstaunt.

»Ihr beide kennt euch also?« fragte die alte Dame.

»Liebste Großtante«, sagte Henrietta und lächelte, »ich wollte dir gerade von einer ganz außergewöhnlichen Begegnung erzählen. Weißt du noch, wie ich dir einmal von einem kleinen Jungen erzählte, den ich vor vielen Jahren in Hougham getroffen und den ich seither niemals mehr vergessen habe?«

Die alte Dame nickte und sah mich an, ihre Augen leuchteten aufgeregt: »Und der behauptete, er heiße Huffam mit Namen!«

Ich errötete, denn ich erinnerte mich nur zu deutlich daran, wie diese Enthüllung vor Mrs. Peppercorn dazu geführt hatte, daß die Mompessons das Versteck meiner Mutter ausfindig machen konnten, was all jene schrecklichen Ereignisse in Gang gesetzt hatte.

»Nun, vor einiger Zeit glaubte ich, ich hätte diesen kleinen Jungen, der inzwischen natürlich größer geworden war, in jenem Laufburschen wiedererkannt, der Miss Fillery und mir das Abendessen servierte. Ich beschloß, dir erst etwas davon zu erzählen, wenn ich mir meiner Sache sicher war. Jetzt komme ich also in dein Zimmer, um dir zu erzählen, daß es uns beiden heute nachmittag endlich gelungen ist, miteinander zu reden, und daß er tatsächlich jener Junge ist. Und was hatte er nicht für eine außergewöhliche Geschichte zu erzählen! Aber wie kommt es nun, daß ihr beide euch schon angefreundet habt?«

»Aber das ist ja ganz unglaublich!« rief Miss Liddy, und sie beschrieb, wie sie mich durch die Ähnlichkeit mit meinem Großvater erkannt hatte, dem ich ähnlicher sehen würde als meinem Vater, ohne natürlich zu erwähnen, daß sie mich bereits beim Einbruch gesehen hatte.

»John«, sagte Henrietta, »wird man dich unten nicht vermissen?«

»Noch nicht, hoffe ich«, sagte ich. »Die anderen Dienstboten nehmen es an Fest- und Feiertagen nicht so genau mit der Arbeit.«

Die alte Dame lachte trocken: »Dann macht es euch gemütlich, und laßt mich noch ein wenig weitererzählen!«

Ich setzte mich also in den Sessel bei der Tür, und unsere Gastgeberin schenkte uns ein Glas Madeira ein.

»Doch zuerst, meine Liebe«, sagte die alte Dame zu Henrietta und warf mir dabei einen verschwörerischen Blick zu, »müssen wir diesem jungen Gentleman sagen, daß er auf gleichem Fuße mit uns verkehrt, und deshalb wollen wir ihm erklären, in welchem Verhältnis wir beide zueinander stehen.«

»Das ist rasch geschehen«, sagte Henrietta. »Dies ist meine Großtante Liddy, meine einzige Freundin auf der Welt.«

Sie ging hinüber zur alten Dame und küßte sie auf die eingefallene Wange. »Als ich noch ein kleines, ängstliches Kind war, habe ich mich viele, viele Male in diesem Zimmer verkrochen, um mich von ihr trösten zu lassen.«

»Und um Süßigkeiten zu naschen.« Miss Liddy lachte.

Henrietta setzte sich neben die alte Dame auf das Sofa. »Liebste Großtante, ich glaube, wenn es dich nicht gegeben hätte, dann wäre ich ein ganz grämliches und verbittertes Geschöpf geworden.«

»Hätte ich doch nur mehr für dich tun können!« seufzte Miss Liddy. »Und wäre ich doch in der Lage, das Schicksal abzuwenden, das euch beide nur deshalb erwartet, weil ihr dieser Familie angehört.«

Henrietta sah bei diesen Worten ebenso verwundert drein wie ich.

Plötzlich hatte ich eine Idee: »Sind Henrietta und ich denn miteinander verwandt, Miss Liddy?«

»Ja, doch recht entfernt. Ihr habt einen gemeinsamen Ururgroßvater, Henry, den Vater von Jeoffrey Huffam, und das macht euch zu Cousin beziehungsweise Cousine vierten Grades. Ihr seid also beide mit mir verwandt, habt aber kein Mompesson-Blut in euch. Ich aber bin, wie ihr wißt, eine halbe Huffam und eine halbe Mompesson. Mit dir, John, bin ich sehr viel enger verwandt als mit Henrietta. Wenn sie mich also Großtante nennt, dann darfst du das eigentlich erst recht tun, John.«

»Aber nur unter uns«, sagte ich lächelnd.

Die alte Dame hatte mich nicht gehört. »Zwei junge Menschen«, sagte sie und betrachtete uns aufmerksam, doch irgendwie entrückt. Henrietta sah mich an, doch ich wich ihrem Blick aus. »Ich war auch einmal in eurem Alter, wißt ihr. Ich kann mich noch gut an deine Urgroßeltern erinnern, John. Was waren die beiden doch ein hübsches Paar, Eliza und James!« Aber hatte Mr. Escreet mir nicht etwas über diese Hochzeit erzählt? »Eliza war die Schwester von ... die Schwester von jemandem, den ich heiraten wollte.« Sie blickte mich an, und ich sah Tränen in ihren Augen glitzern: »Auch ein John, denn dein Großvater wurde nach ihm benannt. Die beiden Hochzeiten hätten am gleichen Tag stattfinden sollen.«

Sie schwieg, und nach einer Weile fragte Henrietta: »Was geschah denn, Großtante?«

»Er starb«, sagte sie leise. »Ach, wie viele junge Leben sind schon durch diese elende Sache zerstört worden! Und werden noch zerstört! Seh ich nicht heute den Erben des Huffam-Vermögens als Laufburschen vor mir sitzen?«

»Aber warum gerade in diesem Haus?« wollte Henrietta von mir wissen.

Miss Lydia sah mich an, als wolle sie nicht, daß ich Henrietta antworte. Ich fühlte mich eigenartig schuldig bei dem Gedanken, ihr zu gestehen, weshalb ich in diesem Haus war, und auch ein wenig wütend, denn wenn ich Miss Lydia richtig verstanden hatte, war das Testament längst verschwunden und lag sowieso nicht mehr in dem Versteck. Fast empfand ich eine Art Abscheu vor Henrietta, weil sie mich zwang, diese Dinge zu fühlen.

»Meine liebe Henrietta«, sagte Miss Lydia, »Joseph wird jeden Augenblick unser Abendessen bringen. Er darf John hier nicht sehen.«

»Nein, natürlich nicht«, sagte Henrietta.

Froh, um eine Antwort gekommen zu sein, stand ich eilig auf und verabschiedete mich.

»Vielleicht kannst du nächsten Sonntag um diese Zeit wieder kommen«, sagte Miss Lydia.

»Ich werde mein Bestes versuchen«, erwiderte ich. »Ich weiß aber nicht, ob es mir gelingt. Wenn wir uns rasch eine Nachricht zukommen lassen wollen, stecken Sie mir einen Zettel zu. Legen Sie ihn einfach in einen Ihrer Schuhe, die Sie vor die Tür stellen. Ich werde ihn dann bestimmt finden und beantworten, die Schuhe zu putzen gehört nämlich zu meinen Aufgaben.«

Sie lachte, und ich fügte noch hinzu: »Sie dürfen nicht vergessen, die Nachricht zu verschlüsseln, für den Fall, daß jemand anders den Zettel findet!«

Dann öffnete ich vorsichtig die Tür, schlüpfte auf den Flur hinaus und eilte die Treppe hinunter. In der allgemeinen Ausgelassenheit war mein langes Fehlen niemandem aufgefallen. Doch es war schon so spät, daß der Nachtwächter jeden Moment die Hintertür abschließen würde. Ich konnte mein Treffen mit Joey also nicht einhalten, und ein wenig schuldbewußt dachte ich an seine lange, kalte Weihnachtswache dort draußen bei den Stallungen.

Mit recht gemischten Gefühlen legte ich mich an diesem Abend auf meine schmale Bank. Sollte das Testament nach all diesen langen Jahren tatsächlich nicht mehr existieren? In diesem Falle wäre mein ganzes Unterfangen sinnlos. Warum sollte ich mich dann noch länger in diesem Haus demütigen lassen? Andererseits hatte ich, während ich glaubte, von Feinden umgeben zu sein, unvermutet zwei Freunde gefunden. Konnte ich ihnen vertrauen? Bestimmt. Aber vielleicht hatten sie (wie so viele, denen ich begegnet war) für ihr Verhalten ganz andere Motive, als es den Anschein hatte? Meine Erfahrungen hatten mich schließlich gelehrt, keinem Menschen zu vertrauen. Ich würde also weiterhin die Augen offenhalten müssen.

V. BUCH

Heiratspläne

96. KAPITEL

Wir haben stets nach besten Kräften versucht, die Ereignisse so zu rekonstruieren, wie sie wahrscheinlich stattgefunden haben, ohne daß wir selbst immer direkte Kenntnis von den Geschehnissen hatten, und wir taten dies – in meinem Fall unter Protest – ohne jedwede Spekulation. Doch nun muß mir die Anmerkung gestattet sein, daß ich gegen die Beweggründe von Mr. David Mompesson und dessen Mutter das tiefste Mißtrauen hege. Denn von Sir Perceval kann man halten, was man mag – immerhin verkörpert er beispielhaft die Laster der alten Korruption –, er ist trotz allem ein Gentleman der feinen alten englischen Schule. Sein Sohn jedoch ist das Produkt eines raffgierigeren und minder ehrwürdigen Zeitalters.

Stell dir folgende Szene im Großen Salon vor: Der Baronet ruht auf einer Ottomane, sein rechtes Bein liegt auf einem Hocker. Seine Frau sitzt ihm gegenüber, und sein älterer Sohn steht mit herausfordernder Miene vor ihm – und sieht dennoch ein wenig verschämt aus.

»Du hast also keine Einwände gegen das Mädchen?« fragt Sir Perceval.

»Überhaupt keine«, antwortet Mr. Mompesson. »Die Kleine ist recht anständig und hat mich außerdem noch gern, denk ich, verdammt gern sogar. Für meinen Geschmack ist sie allerdings ein wenig zu ernst und still. Laß Tom sie heiraten! Das wird sie etwas aufleben lassen.«

»Auf keinen Fall!« sagt der Baronet wütend. »Außerdem würde das den Besitz auch nicht mehr retten. Nicht, seit das Gericht das Kodizill anerkannt und einen Treuhänder benannt hat.«

Seine Frau und sein Sohn sehen sich an, doch Lady Mompesson schüttelt fast unmerklich den Kopf.

»Für jedes Ziel gibt es Mittel und Wege, Sir Perceval«, sagt sie.

Er funkelt sie wütend an: »Ich weiß genau, was Sie damit sagen wollen, aber ich werd meinen Namen nicht für eine einzige ehrlose Tat hergeben.«

»Ehrlos?« wiederholt sie verächtlich. »Ist es denn so ehrbar, öffentlich den

Bankrott erklären und zusehen zu müssen, wie das Gut verkauft wird und Haus und Hof zur Schadenfreude der Freunde unter den Hammer kommen?«

»Soweit ist es noch nicht. Ich bestehe darauf, und Ehre und Wohlergehen unserer Familie verlangen es, daß David sich meinen Wünschen fügt.«

»Und ich bestehe darauf, daß er sich nicht zu fügen braucht.«

»Madam, wie können Sie es wagen, mir zu trotzen?«

»Nun beruhigen Sie sich doch bitte, Sir Perceval!«

»Aber ich bin ja ruhig!« schreit er.

»Ich glaube nicht, daß Sie sich ein rechtes Bild von der Schwierigkeit unserer Lage machen«, sagt seine Frau kühl. Sie wirft ihrem Sohn einen Blick zu und nickt kurz.

»Ich brauche mehr Bares, Vater«, sagt Mr. Mompesson. »Und zwar bald. Eine ganze Menge. Deshalb muß ich auch Miss Sugarman heiraten. Sie ist gut ihre zehntausend im Jahr wert.«

»Das verbiete ich dir!« brüllt der Baronet mit purpurrot angelaufenem Gesicht. »Unsere Familie ... eine der ältesten ... eine der ehrbarsten ... englisch...« Die Stimme versagt ihm, und nach Atem ringend, hält er inne.

Frau und Sohn beobachten ihn wortlos, bis sich sein Atem wieder beruhigt hat.

Dann sagt David Mompesson kalt: »Du verstehst mich nicht, Pa. Ich stekke bis über beide Ohren in Schulden.«

»Deine Gläubiger werden warten müssen«, antwortet der Baronet bitter. »Sie werden geduldig warten müssen, bis ich tot bin. Und das wird nicht mehr lange dauern. Diese Geschichte nagt an meinem Lebensnerv. *Du* wirst dich übrigens auch gedulden müssen.«

»Das wird uns nicht viel helfen«, sagt Mr. Mompesson. Er sieht kurz zu seiner Mutter hinüber und fährt dann fort: »Um dir die Wahrheit zu sagen, ich habe mein Erbe bereits verpfändet.«

Sein Vater starrt ihn an und fragt: »Du meinst, du hast Schuldscheine ausgestellt, die erst nach meinem Tod fällig werden?«

»Ja. Alles ist mit Hypotheken belastet.«

»Alles?« will Sir Perceval wissen. »Du hast mir doch gesagt, du hättest zweitausend Pfund Schulden.«

»Das war nicht die ganze Wahrheit. Ich will offen mit dir sein, Vater, es sind eher zwanzigtausend Pfund.«

»So viel?« keucht der alte Baronet. Er schweigt, doch dann fährt er langsam und etwas undeutlich fort: »Du hast dein Erbe den Wucherern verschrieben, während ich mit aller Kraft versucht habe, es zusammenzuhalten?«

»Ich habe das Geld gebraucht, Vater. Kannst du mir sagen, wie ich ohne Zaster leben soll?«

»Bei wem liegen die Rechnungen?« fragt sein Vater mit belegter Stimme.

Bevor er antwortet, wirft David Mompesson seiner Mutter einen Blick zu. Sie zögert einen Augenblick, dann nickt sie. (Und wenn mir hier zum ersten- und zum letztenmal eine Anmerkung gestattet sei, dann möchte ich hinzufügen, daß dieses Nicken in meinen Augen einem Mord gleichkam.)

»Der alte Clothier hat sie aufgekauft. Hol ihn der Teufel!«

»Wer?« Das Gesicht des alten Baronet läuft dunkelviolett an, und er ringt keuchend nach Atem. Dann dreht er sich auf die Seite und faßt nach seinem linken Arm.

Seine Frau und der Sohn sehen sich an. Schließlich steht sie auf und beugt sich über ihren Gatten, während der junge Mompesson gemächlich hinüber zum Kamin schlendert und an der Klingelschnur zieht.

97. KAPITEL

Während der folgenden Tage dachte ich immerzu an meine neuen Freunde, und ich wartete sehnsüchtig auf den Augenblick, an dem ich mich wieder mit ihnen treffen konnte. Die Gelegenheit dazu ergab sich am nächsten Sonntag, als es mir gelang, unbemerkt nach oben in Miss Lydias Zimmer zu gehen.

Sie war allein, und ich platzte gleich mit der Frage heraus, die mir seit unserer letzten Begegnung keine Ruhe mehr gelassen hatte: »Also existiert das Testament gar nicht mehr?«

»Wie kommst du denn darauf?«

»Sie haben gesagt, Martin Fortisquince habe es meinem Großvater gegeben, und deshalb nehme ich an, daß es verlorengegangen ist.«

Miss Lydia starrte mich etwas überrascht an und sagte: »Du irrst dich. Es ist keineswegs verlorengegangen, schon wenige Tage später wurde es meinem Neffen zurückgegeben. Er ließ sich im Großen Salon extra ein Versteck dafür bauen, und da liegt es jetzt noch.«

Erleichterung stieg in mir auf. Also hatten die Digweeds und ich mit unserer Vermutung im Hinblick auf den Kamin recht gehabt. Das schien mir ein gutes Omen zu sein.

Ich erzählte Miss Lydia, wie wir vom Vorhandensein des Verstecks erfahren hatten und daß Mr. Digweed und ich bei dem Versuch, es zu öffnen, kläglich gescheitert waren.

Dann erst fiel mir auf, wie merkwürdig das war, was sie soeben gesagt hatte: »Aber wie ist denn das Testament wieder in Sir Percevals Hände gelangt?«

»Das ist mir immer ein großes Rätsel geblieben«, antwortete Miss Lydia. »Hast du auch keine Idee?«

»Nein«, sagte ich. »Jedenfalls ist nun die bislang zutreffendste Erklärung für den Ablauf der Ereignisse in jener Nacht hinfällig geworden.«

Ich erzählte ihr, was Mr. Nolloth und ich vermutet hatten, daß nämlich eine unbekannte Person meinen Großvater ermordet und Mr. Escreet niedergeschlagen habe, nachdem sie durch die Vordertür ins Haus gekommen war, die Peter Clothier bei seiner Flucht unverschlossen gelassen hatte. »Mr. Nolloth und ich nahmen an«, fuhr ich fort, »daß der Mörder ein zufälliger Einbrecher oder aber ein Handlanger von Silas Clothier war, der vor dem Haus Wache hielt. Doch beide Vermutungen können nicht erklären, wieso Sir Perceval das Testament zurückbekam.«

Schweigend dachten wir einige Minuten lang nach.

»Sie glauben wohl nicht, daß Mr. Fortisquince es gewesen ist?« fragte ich, da ich gegen ihn eigentlich schon seit langem ein gewisses Mißtrauen hegte. Es wäre doch nur folgerichtig, dachte ich, wenn er auch dafür verantwortlich sein sollte. »Vielleicht hat er doch«, fuhr ich fort, »von dem Testament gewußt, hat es aus dem Päckchen herausgenommen und Ihrem Neffen zurückgebracht.«

»Nachdem er deinen Großvater ermordet hat?« spottete Miss Lydia.

»Irgend jemand hat es schließlich getan«, sagte ich.

Vielleicht lag die Wahrheit tatsächlich in ihren scherzhaft gemeinten Worten verborgen: Mr. Fortisquince gab meinem Vater das Päckchen, ohne zu wissen, was es enthielt. Als es jedoch geöffnet wurde und er begriff, wie bedeutsam der Inhalt war, tötete er meinen Großvater und gab den Mompessons das Testament zurück. Es hätte gut zu ihm gepaßt, nachdem er schon für soviel Rätselhaftes in meinem Leben verantwortlich war.

»Mein lieber Junge«, sagte sie, »so etwas würdest du nie sagen, wenn du Martin gekannt hättest. Er war die Sanftmut und Ehrlichkeit in Person und völlig unfähig, auch nur den allerkleinsten Betrug zu begehen, von einer solchen Tat ganz zu schweigen. Deshalb eignete er sich ja auch so gut für meinen Plan.«

»Es stimmt«, sagte ich. »Er war anschließend sehr freundlich zu meiner Mutter, auch wenn er ...«

Ich hielt inne, denn die alte Dame sah mich streng an und sagte: »Sprich nicht weiter, sonst müssen wir beide uns streiten. Aber ich werde dir helfen, an das Testament zu kommen, egal, wer es den Mompessons zurückgegeben hat. Hör mir jetzt zu, John! Henrietta wird jeden Augenblick hiersein, und ich möchte dir vorher noch etwas sagen. Sprich bitte kein Wort mit ihr über diese ganze Angelegenheit; sie wird sich sonst bestimmt aufregen, wenn sie erfährt, was wir vorhaben. Sie ist eine eigenartige junge Frau, und ich fürchte, sie würde sich unserem Vorgehen gegen ihren Vormund widersetzen.«

»Aber sie fühlt doch sicherlich keine Zuneigung zu ihm, oder?«

»Nein, das ist wahr. Sie ist sehr unglücklich, und sie hatte ein fürchterliches Leben. Seit Kindestagen schon ist sie eine Waise, und ihr erster Vormund hat sie schrecklich mißhandelt. Mein Neffe und seine Frau haben sie zwar sehr großzügig aufgenommen, aber freundlich sind sie nie zu ihr gewesen.« Die alte Dame schwieg einen Augenblick und schien ein wenig zu zaudern, dann fuhr sie fort: »Ich weiß nicht, ob du verstehen kannst, was ich meine, wenn ich dir sage, daß sie an ihrem Elend beinahe so etwas wie Vergnügen zu finden scheint. Ich weiß, was sie empfindet, mir ist es früher ganz ähnlich ergangen.«

»Was meinen Sie damit?«

»Nun, als sie ein Kind war, zum Beispiel, da hat sie sich immer wieder selbst verletzt. Ziemlich schlimm sogar.«

Ich mußte an die Striemen auf ihren Armen denken, die ich damals gesehen hatte, als wir uns im großen Haus zu Hougham trafen, und die ihr angeblich ihr Cousin Tom beigebracht hatte.

»Der einzige Mensch, der jemals ihre Zuneigung gewonnen hat, war – von mir einmal abgesehen – eine junge Gouvernante, eine Miss Quilliam.«

»Ich kenne sie«, sagte ich.

»Sie blieb nicht lange. Ich fürchte, sie hat Henrietta im Stich gelassen, als sie versuchte, aus ihrer Stellung hier im Haus gewisse Vorteile zu schlagen.«

Ich zog meine Augenbrauen fragend in die Höhe, und Miss Lydia begann: »Es ist eine recht unangenehme Geschichte. Sie wollte sich zuerst David und später dann diesen Halbidioten Tom angeln und mußte deshalb entlassen werden. Und offenbar war sie auch Davids Mätresse, bevor sie sich zerstritten haben.«

Ich wollte ihr gerade antworten, doch in diesem Augenblick klopfte es leise an der Tür, und Henrietta kam herein.

Nachdem wir uns wieder gesetzt hatten, fragte Henrietta mich unumwunden: »Ich bitte dich, John, erzähl mir, warum du hier im Haus bist!«

Ich warf einen raschen Blick zu Miss Lydia: »Ich verstecke mich.«

»Verstecken? Vor wem?«

»Vor meinen Feinden. Mein Leben ist in Gefahr.«

»In Gefahr?« rief sie. »Aber das ist ja wie in einem Roman! Warum denn nur?«

»Es geht um das Dokument, von dem ich dir im Park erzählt habe.«

»Bitte, sag mir«, bat Henrietta, »was es mit diesem Dokument auf sich hatte!«

»›Hat‹, fürchte ich«, korrigierte sie Miss Lydia.

Ich betrachtete Henrietta nachdenklich. Vielleicht wußte sie etwas darüber, was mit diesem Dokument geschehen war, seit meine Mutter es fortgegeben hatte.

»Es ist ein Kodizill«, sagte ich. »Alles dreht sich um das Gut Hougham, das meinem Urgroßvater James Huffam vor nunmehr beinahe sechzig Jahren von seinem Vater Jeoffrey testamentarisch vermacht worden ist. Gerüchte besagen, daß es eine Nachschrift, ein Kodizill, zu diesem Testament geben soll, das die Verfügungsgewalt über das Erbe einschränkt. Doch das Kodizill konnte nach Jeoffreys Tod nicht aufgefunden werden.«

»Und bald darauf«, fuhr Miss Lydia fort, »kaufte mein Vater, Sir Hugo Mompesson, das Gut in dem ehrlichen Glauben, daß James zu diesem Verkauf auch berechtigt war.«

»In Wahrheit aber«, sagte ich, »hatte Jeoffreys Notar, ein Mann namens Paternoster, das Kodizill unterschlagen.«

»Er war es also!« rief Miss Lydia aus.

»Jedenfalls hat er es Mr. Escreet auf seinem Totenbett gestanden«, erklärte ich. »James hatte ihn bestochen, damit das Gut nicht mit einem Fideikommiß belegt wurde, was seinem Plan im Wege gestanden hätte, den Besitz an Ihren Vater, Miss Lydia, zu verkaufen. Die Clothiers hatten etwas Derartiges jedoch befürchtet und versuchten daraufhin, die gerichtliche Anerkennung des Testaments zu verhindern. Doch Paternoster ließ durch eidliche Falschaussage eines Zeugen bestätigen, daß Jeoffrey das Kodizill widerrufen habe.«

»Aber welche Bedeutung hat dieses Kodizill heute noch?« fragte Henrietta.

»Wenn es dem Gericht unterbreitet und von ihm anerkannt wird«, sagte ich, »belegt es selbst nach all diesen Jahren noch das Gut rückwirkend mit einem Fideikommiß, was bedeuten würde, daß das Verfügungsrecht, das Miss Lydias Vater zu kaufen glaubte, nur ein Nießbrauchrecht ist. Das Verfügungsrecht erlischt, sobald es keinen erbberechtigten Nachfolger der Huffam-Linie mehr gibt, wenn also ich kinderlos sterbe, denn ich bin der einzige und letzte Nachfahre von James Huffam. In diesem Fall würden Sir Perceval und seine Erben jegliches Besitzrecht am Gut verlieren, mit anderen Worten, sie würden enteignet.«

»Und wer würde den Besitz dann erben?« fragte Henrietta.

»Darum geht es ja: Das Gut würde an den nächsten anwartschaftlichen Erben des Fideikommisses gehen, und das ist Silas Clothier«, antwortete ich. »Er müßte zu dem Zeitpunkt aber noch am Leben sein, denn an seine Erben geht das Besitzrecht nicht über.«

»Und was geschah mit dem Kodizill, nachdem Mr. Paternoster es unterschlagen hatte?« fragte mich Henrietta.

»Viele Jahre lang war es verschwunden. Vermutlich hatte er es an jemanden aus der Familie Maliphant verkauft, denn die würde, wenn die Huffams aussterben, das Gut erben, sollte Silas Clothier nicht mehr am Leben sein. Vielleicht sind die Maliphants mittlerweile selbst ausgestorben. Wissen Sie etwas darüber, Miss Lydia?«

»Nein, ich habe nicht die blasseste Ahnung.«

»Eigenartigerweise«, erzählte ich weiter, »gab es da einen Jungen namens Stephen Maliphant auf jener Schule, in die man mich gesteckt hat. Wahrscheinlich nur ein Zufall. Doch was auch in all den Jahren mit dem Kodizill geschehen sein mochte, einige Monate vor dem Tod meines Großvaters wurde es ihm – genauer gesagt, Mr. Escreet – plötzlich zum Verkauf angeboten. Er erwarb das Dokument, und um die Kaufsumme aufbringen zu können, schloß er einen Vertrag mit Silas Clothier. Als Teil dieses Abkommens war vorgesehen, daß meine Mutter den älteren Clothier-Sohn heiraten solle. Doch dann änderte sich auf einmal die Situation«, sagte ich und blickte zu Miss Lydia hinüber, die bei der Erwähnung meiner Mutter aufgeseufzt hatte. Ich fuhr fort und versuchte dabei, jede Anspielung auf Miss Lydias Anteil am Geschehen zu vermeiden: »Unter anderem deshalb, weil mein Großvater begriff, welche Gefahr von seiten der Clothiers drohte, wenn dem Gericht das Kodizill erst einmal vorlag.«

»Und wurde deine Mutter zu dieser Ehe gezwungen?« fragte Henrietta.

»Nein. Sie heiratete schließlich den jüngeren Bruder.«

Sie sah mich aus weit aufgerissenen Augen an: »Aber dann ist Silas Clothier, dieser schreckliche alte Mann, der dir nach dem Leben trachtet – dann ist er dein Großvater?«

»Laß mich in meiner Geschichte fortfahren«, antwortete ich nach kurzem Zögern. »Nun, mein Großvater – ich meine John Huffam – starb kurz darauf, und das Kodizill ging in den Besitz meiner Mutter über. Sie schrieb einige Jahre später an Sir Perceval, um ihm mitzuteilen, daß sie das Dokument besitze, und sie sandte ihm eine Abschrift. Sir Perceval begriff sogleich, daß man ihm mit diesem Papier das Gut streitig machen konnte, und er wollte es deshalb kaufen. Doch meine Mutter weigerte sich, das Dokument herzugeben, da sie meinem Vater versprochen hatte, es an seinen Erben weiterzugeben. Schließlich fiel es dann in die Hände der Clothiers, aber das habe ich dir ja bereits im Park erzählt. Was seither damit geschah, weiß ich nicht.«

»Aber ich weiß es«, sagte Miss Lydia. »Silas Clothier hat es dem Kanzleigericht vorgelegt.«

Ganz wie ich befürchtet hatte.

»Du kannst dir ja wohl ausmalen«, fuhr die alte Dame fort, »wie entsetzt mein Neffe und seine Frau darüber waren. Seither hocken sie jede Woche stundenlang mit Mr. Barbellion zusammen.«

»Und wie lautete das Urteil des Gerichts?« fragte ich.

»In zweiter Instanz bestätigte es die Rechtsgültigkeit des Kodizills. James Huffam wurde somit rückwirkend das Verfügungsrecht über das Gut Hougham abgesprochen und sein Nachfahre zum nominellen Besitzer des Gutes erklärt.«

Ich mußte tief Luft holen, denn diese Nachricht kam doch zu überraschend. Nun war mir also das nominelle Besitzrecht über diese riesigen und reichen Ländereien verliehen worden, die jahrhundertelang meinen Vorfahren gehört hatten. Auch wenn ich wußte, daß dies in Wirklichkeit nichts zu bedeuten hatte, war es doch sehr aufregend, und es vermittelte mir einen Vorgeschmack darauf, wie man sich als tatsächlicher Besitzer fühlen mochte.

»Damit bestätigt sich, was ich bereits vermutet hatte«, sagte ich und schilderte, wie Daniel Porteous und Emma mich in ihre Falle gelockt und dann dem Gericht vorgeführt hatten.

»Ich glaube«, erklärte ich, »daß sie auf diesem Weg meine Identität bestätigen lassen wollten, damit man später meinen Tod zweifelsfrei anerkennen würde.«

Die beiden erschauerten, und Miss Lydia sagte: »Du hast ganz recht. Auf den ersten Blick wurde somit vor Gericht deutlich, wie schwach du warst. Der Rechtsbeistand der Clothiers hat das auch immer wieder betont und angedeutet, daß du die Geisteskrankheit deines Vaters geerbt hättest. Deshalb wollte Barbellion im Interesse von Sir Perceval ja auch verhindern, daß den Clothiers die Vormundschaft über dich zugesprochen wurde, doch da es sich bei ihnen um deine nächsten Anverwandten handelt, konnte er nur eine befristete Aussetzung der Vormundschaft erreichen. In dieser Zeit hatten sie dich aber schon in die Irrenanstalt von Dr. Alabaster eingeliefert, die du eigentlich nie wieder hättest verlassen sollen. Dann hat deine Flucht allerdings ihre Pläne durchkreuzt, und sie mußten vor Gericht zugeben, daß du verschwunden warst. Sie stellten einen Antrag, um dich für tot erklären zu lassen, und nominierten auch Zeugen – einen Friedensrichter und Dr. Alabaster –, die deinen schlechten Gesundheitszustand und deine Verrücktheit bezeugen sollten. Im Kern lautete ihre Aussage, daß du ohne die geschulte Pflege des Heims keine Aussicht hättest, lange zu überleben.«

Ich mußte bei ihren Worten lächeln.

»Aber die Situation ist ernst, John«, sagte sie. »Percevals Notar hat natürlich Widerspruch gegen den Antrag eingelegt, da dein Tod sofortige Enteignung bedeuten würde, und der Vorsitzende Richter entschied auf einen Kompromiß, so daß du also für tot erklärt wirst, wenn man dich nicht innerhalb einer gewissen Frist gefunden hat. Nach Ablauf dieser Zeitspanne geht der Besitz unmittelbar an Silas über. Das Gericht hat bereits einen Treuhänder ernannt und läßt ein Bestandsverzeichnis des Gutes erstellen.«

»Wie groß ist die Zeitspanne?« fragte Henrietta.

»Vier Jahre vom damaligen Tage an.«

»Also in etwas mehr als zwei Jahren«, sagte ich. »Ich frage mich nur, was mein Leben noch wert ist, wenn mich die Clothiers und ihre Kumpane finden, denn Silas Clothier ist schon ein ziemlich alter Mann.«

Miss Lydia lächelte und sagte: »Dabei ist er noch zehn Jahre jünger als ich.«

Ich wurde rot und schwieg.

»Du wolltest bestimmt sagen«, meinte sie, »daß er kaum damit rechnen kann, noch sehr lange zu leben. Und da er gemäß den Bedingungen des Kodizills zum Zeitpunkt deines Todes noch leben muß, werden die Clothiers versuchen, dich noch vor Ablauf der Frist umzubringen.«

Ich nickte.

»Sie brauchen dich allerdings nicht umzubringen«, sagte Miss Lydia, »wenn sie nachweisen können, daß du ein uneheliches Kind bist.«

Ich starrte sie entsetzt an und fragte mich, was sie damit meinte und wieviel sie eigentlich wußte.

»Weißt du, John, die Clothiers haben immer versucht, den Erbanspruch deines Großvaters mit dem Argument zu entkräften, daß er seine Abstammung nicht nachweisen könne, da es keinen rechtsgültigen Beleg über die Ehe von James und Eliza gibt.«

Jetzt begriff ich, worauf sie hinauswollte: »Ja«, sagte ich, »ich erinnere mich daran, daß Mr. Escreet etwas Ähnliches erwähnt hat.«

»Weder Registereintrag noch Zeugen konnten bisher aufgefunden werden. Den Clothiers gelang nun der Nachweis, daß James und Eliza bereits einige Zeit vor der angeblichen Hochzeit zusammengelebt hatten, und das spricht natürlich zugunsten der Clothiers.«

»Danach also hat Barbellion gesucht, als ich ihn das erste Mal traf!« rief ich und erzählte ihnen nun, was Mr. Advowson mir über Barbellions Interesse an den Registereinträgen der Familie Huffam berichtet hatte.

»Aber die Hochzeit hat tatsächlich stattgefunden«, sagte die alte Dame. »Ich weiß es ganz sicher, auch wenn ich es nicht belegen kann.«

Ich blickte sie verblüfft an, doch noch ehe ich etwas sagen konnte, fragte Henrietta: »Ich kann es immer noch nicht glauben, daß dich deine eigene Familie umbringen will.«

»Aber es stimmt!« rief ich und schilderte, wie Emma versucht hatte, mich zu vergiften, und wie man mir im »Haus Refugium« mitgespielt hatte. Miss Lydia regte sich darüber schrecklich auf, doch Henrietta schien ein wenig skeptisch dreinzublicken.

»Aber wenn dich deine eigene Familie umbringen lassen will, dann verstehe ich nicht, wieso du hier im Haus sicher sein sollst«, sagte sie.

Ich blickte zu Miss Lydia hinüber, doch die nickte und sagte: »Wir haben dir bislang etwas verschwiegen. Sag's ihr, John!«

Also erklärte ich ihr, daß Jeoffrey Huffam auf seinem Totenbett ein neues Testament aufgesetzt hatte, als er von der Geburt meines Großvaters erfuhr und begriff, daß er nun die Möglichkeit hatte, mittels eines Fideikommisses seinen verschwenderischen Sohn zugunsten des Neugeborenen zu enterben.

»Nach seinem Tode«, fuhr ich fort, »unterschlug Paternoster das zweite Testament, nachdem er zuvor bereits, wie ich dir schon erklärt habe, das Kodizill vom ersten Testament getrennt hatte. Er handelte übrigens auch diesmal wieder aus den gleichen Gründen, denn wäre das Fideikommiß in Kraft getreten, hätte James sein Leben als Kostgänger seines eigenen Sohnes zubringen müssen.«

»Dann war dieser Paternoster wahrscheinlich auch der Schurke«, warf Miss Lydia ein, »der das Testament an meinen Vater verkauft hat.«

»Das ist richtig«, bestätigte ich.

»Dein Vater hat es gekauft?« rief Henrietta bestürzt.

»Das hat er, ja, und zwar für viel Geld. Denn da James nicht berechtigt war, den Besitz zu veräußern, wäre auch der Anspruch meines Vaters null und nichtig gewesen, sobald das Testament an die Öffentlichkeit gelangt wäre. Ich habe davon erst lange nach dem Tod meines Vaters erfahren, und ich habe diese niederträchtige Tat schon immer verachtet.«

»Das ist wahr!« rief Henrietta. »Es ist eine gemeine, ungerechte Tat. Aber was haben wir damit zu schaffen? Das geschah doch vor vielen Jahren. Was hat all dies mit deiner Anwesenheit hier im Haus zu tun, John?«

Ich fragte mich, ob ich ihr erzählen sollte, daß ich nur dann vor den Clothiers sicher war, wenn ich endlich das Testament besaß.

Doch noch ehe ich antworten konnte, sagte Miss Lydia, deren blitzende Augen Henrietta dabei unverwandt ansahen: »Verstehst du jetzt, weshalb ich versuchen wollte, der Gerechtigkeit ein wenig nachzuhelfen?«

»Sicher. Doch was hättest du tun können?« fragte Henrietta. »Dein Vater hat das Testament doch bestimmt vernichtet.«

»Nein, das hat er eben nicht getan; und später ist es dann in den Besitz deines Vormunds gelangt.«

Henrietta schrak zusammen.

»O ja«, fuhr die alte Dame fort. »Auch Perceval zieht seinen Vorteil aus dieser ungerechten Tat. Und wenn es in euren Augen auch Ewigkeiten zurückzuliegen scheint, so geschah es für mich doch zu einer Zeit, in der ich bereits zehn Jahre älter war, als ihr es heute seid. Und John weiß, wie diese elende Sache seinem Großvater und seinen Eltern das Leben erschwert und sicher auch verkürzt hat. Und wie du gleich noch hören wirst, übt dieses Dokument noch heute seinen unheilvollen Einfluß aus, und es wird auch für euch beide tiefgreifende Folgen haben.«

Sie sah bei diesen Worten so ernst drein, daß ich sie fragte: »Was um alles in der Welt meinen Sie damit?«

»Du hast dich sicher gefragt, warum mein Vater und nach ihm mein Bruder und dann mein Neffe das Testament nicht einfach vernichtet haben.«

»Ja«, sagte ich, »das ist mir schon lange ein Rätsel. Das Dokument kann doch nur ihr Anrecht auf das Besitztum widerlegen, oder nicht?«

»Ich will versuchen, es dir zu erklären«, sagte die alte Dame. »Ich habe dir ja schon erzählt, daß die gerichtliche Anerkennung des ursprünglichen Testaments erfolglos angefochten wurde, und zwar von den Clothiers, also von Mr. Nicholas Clothier und seinem Sohn Silas. Als nun dieser Prozeß zu ihren Ungunsten ausging, strengten sie einen Kanzleigerichtsprozeß an, der bis zum heutigen Tage andauert. Sie behaupteten nun, daß der Verkauf des Gutes Hougham von James an meinen Vater nicht rechtsgültig war. Schon mein Vater fürchtete – und nach ihm fürchteten Augustus und dann Perceval genau das gleiche –, daß die Clothiers eines Tages Erfolg haben könnten. In diesem Fall aber würden die Mompessons den Anspruch auf das Gut nur mit Hilfe des Testaments belegen können.«

»Warum rechnete denn dein Vater oder mein Vormund damit, daß sie den Prozeß verlieren könnten?« fragte Henrietta.

»Und wieso könnten sie sich mit Hilfe des Testaments retten?« fügte ich hinzu.

»Oje!« sagte Miss Lydia. »Ich habe es wohl sehr schlecht erklärt. Der Grund ist folgender: Als Mr. Paternoster meinem Vater das Testament verkaufte, stritt er sich mit ihm über den Preis. Schließlich warnte er ihn aus reiner Gehässigkeit, daß das umstrittene Kodizill auch noch vorhanden sei.«

Ich nickte, da ich schon lange vom Vorhandensein dieses unglückseligen Kodizills gewußt hatte, doch nun blickte Henrietta wieder etwas ratlos drein.

»Meine Familie war sich jedoch niemals ganz sicher, ob dieses Dokument tatsächlich existierte oder ob es vielleicht nur ein schlechter Scherz war. Ich glaube sogar, daß man erst an das Vorhandensein des Kodizills glaubte, als deine arme Mutter, John, meinem Neffen eine Abschrift schickte, um ihren Anspruch auf die Jahresrente zu bekräftigen.«

»Aber ich verstehe immer noch nicht, wie das Testament die Mompessons schützen soll«, drängte ich.

»Nun«, fuhr die alte Dame fort, »um dir das zu erklären, muß ich weit ausholen und dir aus lang vergangenen Zeiten erzählen.«

Doch es sollte anders kommen, denn Henrietta sah auf die Uhr über dem Kamin und rief: »Gütiger Himmel! Schaut doch nur, wie spät es ist! John, du mußt sofort wieder nach unten!«

Dagegen ließ sich kein Einwand vorbringen, und nachdem wir übereingekommen waren, uns am Sonntag darauf um die gleiche Zeit wiederzutreffen, verließ ich das Zimmer.

98. KAPITEL

In den folgenden Tagen mußte ich immer wieder an Henrietta denken. Warum ließ es mir keine Ruhe, daß sie meinen Einbruch in das Haus oder meine jetzigen Absichten mißbilligen könnte? Ich fand es unerträglich, daß ich ihr nicht die ganze Wahrheit erzählt hatte, und beschloß, ihr soviel zu sagen, wie ich wagen konnte. Warum war mir so wichtig, was sie von mir hielt? Warum hatte es mich so verletzt und verärgert, als sie mir nicht zu glauben schien, daß die Clothiers und ihre Kumpane versucht hatten, mich umzubringen? Bestimmt war ich in sie verliebt. Fühlte man sich immer so, wenn man verliebt war?

Als ich am nächsten Sonntag in Miss Lydias Zimmer kam, traf ich Henrietta allein an. Wir waren beide verlegen.

»Meine Großtante kommt gleich«, sagte sie. »Tante Isabella hat nach ihr gefragt.«

Ich setzte mich. Nun hatte ich Gelegenheit, ihr meinen Standpunkt darzulegen, und ich wollte ihr beichten, welche Rolle ich bei dem Einbruch gespielt hatte.

»Du wolltest wissen, warum ich hier im Haus bin, Henrietta. Wir haben dir erzählt, wie man das Testament unterschlagen und meinen Großvater betrogen hat. Ich bin sein Erbe. Glaubst du nicht, daß ich ein Anrecht auf den Besitz habe?«

»Verwechselst du dabei nicht das Gesetz mit der Gerechtigkeit?« fragte sie. »Machst du nicht einen Fehler, wenn du glaubst, einen moralischen Anspruch auf die Zufälle und Eigenarten der Rechtsprechung gründen zu können? Wenn du das tust, verhältst du dich nicht anders als die Mompessons und die Clothiers, auch wenn – und das will ich dir durchaus einräumen – dein rechtlicher und moralischer Anspruch begründeter sein mag als der ihre.«

»Das läßt sich doch überhaupt nicht vergleichen! Jeoffrey Huffam wollte seinen Besitz den Erben seines Enkels vermachen, und diese Absicht ist mit ungesetzlichen und unmoralischen Mitteln vereitelt worden.«

Ich erzählte ihr nun, was ich von Mr. Escreet erfahren hatte, doch die Wirkung meiner Geschichte war anders, als ich erhofft hatte.

»Ich sehe nur«, sagte Henrietta, »daß Jeoffrey Huffam mit dem zweiten Testament gegen die Übereinkunft mit Silas Clothiers Vater verstieß, daß er seinen eigenen Sohn enterben und sich an jenen Familienmitgliedern rächen wollte, mit denen er im Streit lag. Glaubst du denn wirklich, daß der Letzte Wille eines solchen Mannes irgendeine moralische Bedeutung hat?«

Ich wußte darauf nichts zu antworten, und sie fuhr fort: »Außerdem hat Sir Hugo den Besitz schließlich in gutem Glauben gekauft. Warum solltest du dann also ein moralisches Recht haben, seine Erben zu enteignen, selbst wenn das Gesetz auf deiner Seite steht?«

»Aber als Sir Hugo vom gestohlenen Testament erfuhr, hat er nichts dagegen unternommen. Und Sir Perceval hat es ebenfalls unterdrückt und damit meine Familie um ihr Recht betrogen.«

»Was hast du denn erwartet? Die Wahrheit zuzugeben hätte für ihn den Ruin bedeutet: den Verlust des gesamten Besitztums wie auch der bereits bezahlten Kaufsumme.«

»Du mußt dich natürlich für Sir Perceval und Lady Mompesson einsetzen«, rief ich.

Waren ihre Beweggründe wirklich egoistischer Natur? Dachte sie daran, daß das Wohlergehen ihres Vormunds auch für sie Vorteile hatte? Wollte sie vielleicht sogar David heiraten?

Sie errötete: »Ich mache mir nichts aus ihnen. Sie sind nie freundlich zu mir gewesen. Ich habe auch nie verstanden, warum sie mich eigentlich adoptiert haben.«

»Fühlst du denn ihnen gegenüber nicht einmal Dankbarkeit?«

»Dankbarkeit? Für Wohltaten, die man mir zukommen ließ, weil man das bloße Pflichtgefühl befriedigen und den Anstand wahren wollte? Denn andere Gründe können sie doch wohl kaum gehabt haben.«

»Warum verteidigst du sie also?«

»Sie haben auch ihre Rechte.«

Ich fand ihre Einstellung verfehlt.

»Und was ist mit mir?« fragte ich sie. »Hier steh ich, ohne einen Penny, ohne besondere Schulbildung und ohne einen Freund. Welche Aussicht habe ich, nicht einmal als Gentleman, sondern überhaupt auf irgendeine erträgliche Weise mein Leben fristen zu können? Und nicht nur das! Seit man das Kodizill anerkannt hat, bin ich in Lebensgefahr, solange Silas Clothier am Leben ist. Nur wenn ich mir das Testament verschaffen und damit das Kodizill außer Kraft setzen kann, bin ich wieder in Sicherheit. Willst du wirklich behaupten, daß ich dazu kein Recht habe?«

»Jetzt versteh ich!« rief sie. »Darum bist du also hier im Haus! Du willst das Testament stehlen!«

Jetzt war das Geheimnis gelüftet. Es abzustreiten wäre sinnlos gewesen.

»Um es mir wiederzuholen!« rief ich. »Um es dem Gericht zurückzugeben, wohin es rechtens auch gehört.«

»Dann hol es dir doch mit Hilfe des Rechts!«

»Dazu braucht man Geld«, warf ich ein. »Außerdem würde Sir Perceval es eher vernichten als preisgeben, da er sonst seinen Besitz verlieren würde – aber das haben deine Tante und ich dir ja schon erklärt.«

»Bist du dir sicher, daß er es vernichten würde? In dem Fall kann ich nämlich nicht verstehen, warum er es aufbewahrt hat.«

»Das versteh ich auch nicht. Letzten Sonntag wollte deine Tante uns das doch erklären.«

Wir schwiegen einen Augenblick, und Henrietta sah mich dabei aufmerksam an.

»Warum hast du dich in diese Sache eigentlich so verbissen?« fragte sie plötzlich.

»Aber das habe ich dir doch erklärt!«

»Nein, hast du nicht. Ich meine, was sind deine wahren Gründe? Du redest von Recht, aber ich glaube, du suchst Vergeltung.«

»Vergeltung?« wiederholte ich verblüfft. »Nein. Ich will einfach nur Gerechtigkeit. Ich will Ordnung und Sinn in all die Zufälligkeiten und Ungerechtigkeiten bringen, die mich mein ganzes Leben lang verfolgt haben. Wenn mir das nicht gelingt, dann hat alles keinen Zweck mehr. Wenn die Mompessons lügen und betrügen können, um ihren Reichtum zu erwerben und zu behalten, warum soll dann überhaupt noch irgendein Verbrecher verurteilt werden? Und was meine Familie erleiden mußte – Mord, die Irrenanstalt, was man meiner Mutter angetan hat –, all das wäre umsonst gewesen, wenn ich das Testament nicht wiederbekomme.«

»Du sprichst die Sprache der Vergeltung«, sagte Henrietta erregt. »Ich kenne das; ich habe auch Gründe genug, meinen Vormund zu hassen. Wenn auch längst nicht so triftige Gründe, bestimmt nicht.«

»Was meinst du damit?« fragte ich.

»Ach, das ist jetzt nicht so wichtig. Aber du hast in jenem Sommer in Hougham ja gesehen, wie Tom mich behandelt hat. Dabei war Tom auf seine Art längst nicht so unerträglich wie die anderen. Doch wer Vergeltung will, der begleicht eine alte Ungerechtigkeit mit einer neuen.«

»In meinem Fall geht es mir aber nicht um alles Üble, das man mir zugefügt hat, sondern um das, was die Menschen, die ich geliebt habe, um meinetwillen erlitten haben.«

»Wenn es keine Vergeltung ist«, sagte Henrietta traurig, »dann ist es Rachsucht, und die ist noch weit heimtückischer. Man kann seine eigentlichen Gründe so leicht hinter der Forderung nach Gerechtigkeit verbergen.«

»Das ist nicht wahr!« rief ich, und unwillkürlich platzte ich heraus: »Deine Großtante wollte sich doch auch nicht rächen!«

»Was willst du damit sagen?«

Es blieb mir jetzt keine andere Wahl mehr, als ihr die Wahrheit zu sagen: »Erinnerst du dich noch, wie ich dir letzte Woche erzählt habe, daß mein Großvater das Kodizill gekauft hatte, um es dem Gericht vorzulegen, dann aber plötzlich seine Absicht änderte? Der Grund dafür war, daß jemand aus diesem Haus ihm geschrieben und versprochen hatte, das Testament für ihn zu besorgen. Der Brief war von Miss Liddy, und sie hat Wort gehalten, auch wenn das Testament dann später wieder auf irgendeine Weise zu deinem Vormund zurückgelangt ist.«

Henrietta war zunächst offensichtlich sprachlos, dann schüttelte sie den Kopf: »So etwas soll Großtante Liddy getan haben?«

In diesem Augenblick kam Miss Lydia ins Zimmer: »Wie schön, daß du noch da bist, John«, sagte sie fröhlich und lächelte uns beiden zu. »Meine Nichte ließ mir mitteilen, daß sie mich zu sehen wünscht, und da dies höchst selten geschieht, bin ich in ihr Zimmer gegangen, aber sie ist nicht gekommen. Sehr merkwürdig. Vielleicht ist Sir Percevals Arzt im Haus. Perceval fühlt sich heute wohl nicht besonders gut. Seit seinem Anfall letzte Woche geht es mit ihm stetig bergab.«

Sie hielt plötzlich inne, als ihr auffiel, wie Henrietta sie anschaute. Sie warf mir einen Blick zu, als erwarte sie eine Erklärung von mir.

»Miss Liddy«, sagte ich, »ich habe ihr erzählt, wie Sie meinem Großvater geholfen haben.«

»Und jetzt bist du sicher schockiert, nicht wahr, Henrietta?« fragte sie. »Meine Arme, ich habe es getan, weil ich es schändlich fand, wie mein Vater gehandelt hat. Ich habe lange darüber nachgedacht, und schließlich habe ich es getan, weil ich nur so eine Frau vor einem schrecklichen Schicksal bewahren konnte.«

Henrietta sah sie überrascht an.

»Hast du es ihr denn nicht erklärt, John?« fragte die alte Dame. »Weißt du noch, Henrietta, daß Johns Großvater seine Tochter zur Heirat mit diesem abscheulichen Sohn von Silas Clothier zwingen wollte? Das konnte ich einfach nicht zulassen. Und als ich ihm das Testament anbot, versprach diese

Ehe keinen Vorteil mehr für ihn.«

»Wenn es jemals rechtens ist, etwas zu stehlen«, sagte Henrietta langsam, »dann wohl in einem solchen Fall.«

»›Stehlen?‹ Sag doch nicht so was!« rief Miss Lydia.

»Nein, ›wiederbesorgen‹ ist das rechte Wort«, sagte ich. »Es war damals richtig, so zu handeln, und das ist es auch heute noch. Denn sobald dem Gericht das Testament vorliegt, bin ich der rechtmäßige Besitzer des Gutes Hougham, und nur dann kann ich mich vor den Clothiers sicher fühlen.« Ich beobachtete Henrietta aufmerksam, als ich fortfuhr: »Und deshalb werde ich auch versuchen, mir das Testament wiederzubesorgen.«

»Ja«, rief Miss Lydia aufgeregt, »natürlich mußt du das versuchen!«

»Aber warum«, fragte Henrietta, »kannst du dich nicht vor Ablauf dieser Frist dem Gericht als der Nachfahre der Huffams zu erkennen geben und dich dann unter seinen Schutz stellen?«

»So, wie ich es schon einmal gemacht habe, ehe ich dann an Daniel Porteous und schließlich an Dr. Alabaster ausgeliefert wurde?« wandte ich ein. »Du scheinst mir nicht glauben zu wollen, daß ich in Gefahr bin, solange der alte Clothier noch lebt.«

»Wenn es dir in erster Linie um deine Sicherheit geht«, sagte Henrietta, »warum läßt du dich dann nicht einfach vom Gericht für tot erklären?«

Ich starrte sie bestürzt an.

»Dann würde dein Vormund sein Nießbrauchrecht an dem Besitz verlieren«, machte ich sie aufmerksam, »und dieser würde im gleichen Augenblick den Clothiers übereignet werden.«

Sie nickte. Hatte sie es also doch nicht nur auf den eigenen Vorteil abgesehen? Denn sollten die Mompessons den Bankrott erklären müssen, stände sie völlig mittellos da. Wenn ich nun in diesen Vorschlag einwilligte, würde ich ihr beweisen, daß ich es auch nicht nur auf meinen Vorteil abgesehen hatte. Miss Liddy sah mich ernst und aufmerksam mit ihren durchdringenden blauen Augen an.

»Vielleicht ist das wirklich der richtige Weg«, sagte ich. »Ich gebe diese entwürdigende Arbeit auf und versuche, eine bessere Stelle zu finden. Allerdings werde ich ohne Geld und angesichts meiner Bildung wohl keine besonderen Aussichten haben.«

Henrietta lächelte, beugte sich vor und drückte meine Hand: »Das ist bestimmt die beste Lösung.«

»Meine lieben Kinder«, sagte Miss Lydia, »ich muß euch etwas Wichtiges sagen, und ich bin mir sicher, daß ihr eure Meinung anschließend ändern werdet.«

Henrietta und ich sahen uns erschrocken an.

»Wovon redest du, Großtante?« fragte Henrietta.

»Als wir in der letzten Woche unser Gespräch abbrechen mußten, wollte ich euch gerade etwas vom unterschlagenen Testament erzählen. Wieso hat mein Neffe – wie auch schon sein Vater vor ihm – eigentlich dieses Dokument behalten, statt es zu vernichten, wenn es doch nur belegt, daß die Mompessons kein Anrecht auf das Besitztum haben?«

»Das ist genau die Frage, die mich beschäftigt, seit ich zum erstenmal von der Existenz dieses Papiers gehört habe«, sagte ich. »Die Mompessons laufen doch Gefahr, aufgrund des Testaments enteignet zu werden. Welchen Vorteil versprechen sie sich also davon? Gibt es einen Vorteil, der dieses Risiko überwiegt?«

»Es ist alles so verwickelt, daß ich gar nicht weiß, ob ich es euch wirklich erklären kann«, sagte die alte Dame mit einem drolligen Lächeln. »Mein armer Kopf tut mir schon weh, wenn ich auch nur daran denke. Ich meine immer, ich verstehe alles, und wenn ich mich dann darin vertiefe, zerrinnt mir die Erklärung unter den Händen und fließt mir in einem Strom von Worten in tausend verschiedenen Richtungen davon: Kodizille und Urteile, Urkunden und Anweisungen oder wie diese häßlichen Begriffe aus der Juristerei und dem Kanzleigericht auch sonst noch heißen mögen, unter deren Fluch unsere Familie schon seit fast einem halben Jahrhundert leidet. Doch zuerst muß ich euch ein wenig aus der Familiengeschichte erzählen, damit ihr begreifen könnt, wieso mein Neffe das unterschlagene Testament in dem Augenblick vorlegen wird, wenn der letzte Nachkomme der Huffams tot ist.«

»Damit wäre das Kodizill außer Kraft!« rief ich. Und als ich die weiteren Folgen begriff, sagte ich aufgeregt: »Und Silas Clothier hätte dann keinen Anspruch mehr auf das Gut.«

»So ist es«, antwortete die alte Dame. »Doch was glaubst du, was dann aus dem Besitztum wird?«

»Ich weiß es nicht«, sagte ich, »da mir nicht bekannt ist, was im Testament festgelegt ist, außer daß mein Großvater vom Erbe ausgeschlossen wurde. Wahrscheinlich jedoch würde das Gut danach kaum noch Ihrem Neffen gehören.«

»Du hast recht«, sagte Miss Lydia und lächelte vergnügt. »Dies macht mehr Spaß als jedes Kartenspiel. Und ich halte die höchsten Trümpfe in der Hand.«

»Aber wenn das stimmt, liebe Großtante«, protestierte Henrietta, »warum hat man dann das Testament aufbewahrt?«

»Der Grund dafür ist der nächste anwartschaftliche Erbe, auf den das Gut überschrieben wird, sobald man die Familie Huffam für ausgestorben erklärt.«

Henrietta und ich sahen zuerst uns und dann die alte Dame verständnislos an.

»Wer soll das sein?« fragte ich. »Ist der nächste Erbe denn kein Maliphant, so wie es im Kodizill festgelegt ist?«

»Nein«, sagte die alte Dame. »Die Bedingungen des Fideikommisses im Testament unterscheiden sich beträchtlich von denen im Kodizill.« Sie schwieg einen Augenblick. »Ihr müßt wissen, Jeoffrey Huffam hatte sich inzwischen mit seinem Neffen George Maliphant zerstritten, und daher schuf er mit dem Testament eine völlig neue Situation: Das Gut sollte, falls John Huffam und dessen Nachfahren ausfielen, an einen anderen Zweig unserer Familie übergehen.«

»Und welcher ist das?« fragten Henrietta und ich gleichzeitig.

»Wartet noch!« sagte sie und schlug einen Moment lang die Augen nieder. »Ich werde euch alles erzählen. Die Geschichte reicht viele, viele Jahre zurück in eine Zeit, als ich etwa in eurem Alter war, und das ist nun fast siebzig Jahre her. Ich bin nämlich fast so alt wie dieses Haus, das damals für meinen Vater gebaut wurde. Ich habe dir nie davon erzählt, Henrietta, da diese Ereignisse für mich sehr schmerzhaft gewesen sind. Aber du sollst nun alles erfahren. Du bist jetzt alt genug.« Sie schwieg einen Augenblick lang mit gesenktem Kopf, dann blickte sie wieder auf und fuhr fort: »Als mein Großvater Jeoffrey Huffam im Jahre 1768 seinem ersten Testament das Kodizill anfügte, war er beinahe auf seine gesamte Verwandtschaft schlecht zu sprechen. Und mit meinen Eltern und mit seiner Nichte, Tante Amelia, hatte er jeden Kontakt abgebrochen. George Maliphant war der einzige aus der Familie, mit dem er gelegentlich noch ein Wort wechselte. Doch dann überwarf er sich auch mit ihm, und zwar wegen jener Sache, von der ich dir, Henrietta, nie etwas erzählt habe, weil mir der Mut dazu gefehlt hat.« Sie zögerte kurz. »Ich fürchte, ich war die unwissentliche Ursache für den Streit zwischen meinem Großvater und meinen Eltern, denn Jeoffrey Huffam hatte eingewilligt, den Erstgeborenen meiner Eltern als seinen Erben einzusetzen, da er zu der Zeit selbst noch keinen Sohn hatte. Doch da ich kein Junge war und deshalb das Anrecht meines Vaters nicht erben konnte, weigerte sich mein Großvater, sein Versprechen zu halten.«

Als sie nun fortfuhr, fiel mir Mr. Escreets Schilderung der gleichen Ereignisse wieder ein.

»Kurz darauf wurde sein eigener Sohn James geboren«, fuhr sie fort. »Doch die einmal aufgerissene Kluft war bereits unüberbrückbar geworden, und er hat mich auch später nie gemocht. Man hielt mich allgemein für ein eigenartiges Kind. Und das erinnerte ihn an ... Wißt ihr, es hat in unserer Familie einen Fall von Geisteskrankheit gegeben. Es hat ihn schrecklich geärgert, daß ich mich mit meiner Tante angefreundet hatte.«

»Du meinst deine Großtante Louisa?« fragte Henrietta.

»Nein«, sagte die alte Dame empört. »*Die* habe ich nie gemocht. Doch als ich ungefähr fünfzehn war, gewann ich meine Tante Anna sehr lieb, die jüngste Schwester meines Vaters. Alle hielten sie für ein wenig eigenwillig. Sie hatte viel Unglück im Leben und wohnte damals in Hougham, wo ich gewöhnlich die Sommer verbrachte. Die Fortisquince' wohnten in einem separaten Flügel der Old Hall.«

»Ich weiß«, sagte ich, »daß Martin Fortisquince und mein Großvater dort aufwuchsen.«

»Mein liebes Kind, die Ereignisse, von denen ich erzähle, geschahen, lange ehe die beiden auch nur geboren waren. Ich rede von Martins Eltern, seiner niederträchtigen Mutter und seinem armen Vater.«

Sie schien in weite Ferne zu schauen und etwas zu sehen, das Henrietta und ich nicht erkennen konnten. Dann begann sie mit rascher, gedämpfter Stimme zu sprechen: »Es gab da einen jungen Mann, den ich heiraten wollte. Er hieß John Umphraville. Er hatte die priesterlichen Weihen empfangen. Seine Schwester Eliza war deine Urgroßmutter, John, und dein Großvater ist nach ihm benannt worden. Und auch du bist eigentlich nach John Umphraville benannt. Die Umphravilles nun sind eine sehr alte Junkerfamilie, die schon fast so lange wie die Huffams Ländereien in Yorkshire besitzen, und gewiß länger als die Mompessons, die verglichen mit dir, John, rechte Parvenüs sind. Doch die Umphravilles verloren fast ihren gesamten Besitz und all ihr Geld durch den Vater von John und Eliza, einen Trunkenbold und Verschwender, der ihre Mutter in einen frühen Tod trieb und starb, als die beiden noch Kinder waren. Ich habe John in der Stadt, das heißt hier, in diesem Haus kennengelernt. Doch mein Großvater Jeoffrey Huffam und meine Eltern waren gegen diese Heirat. Es gab einen großen Aufruhr, und ein Grund dafür lag auch in den Heiratsplänen deiner Urgroßeltern, John. John und Eliza wurden von meinen Eltern und meinem Großvater abgelehnt. John wollte jedoch unbedingt, daß dein Urgroßvater James seine Schwester heiratet, und da Jeoffrey diese Heirat nicht wollte, war er erst recht wütend auf John.«

»Das wußte ich schon«, sagte ich. »Mr. Escreet hat mir erklärt, daß Jeoffrey Huffam Eliza nicht für wohlgeboren und reich genug hielt, um in seine Familie einheiraten zu können.«

Sie zögerte einen Augenblick und sagte dann: »Ja, das ist zumindest ein Teil der Wahrheit. Es hat noch andere Gründe gegeben, die dagegen sprachen.« Ihre Hände strichen ruhelos über ihren Schoß. »Obgleich John der einzige Sohn und die Familie sehr alt und angesehen war, konnte er doch nur mit einem ziemlich armseligen Erbe rechnen. Und es gab da auch noch ... andere Schwierigkeiten.« Sie warf mir einen furchtsamen Blick zu. »Seine Schwester ... ich meine ... mein Vater. Kurz ...« Sie stockte, und einige Male setzte sie erneut an, doch immer wieder versagte ihr die Stimme. »Kurz, meine Eltern haben unsere Heirat verhindert.«

Sie schwieg, und da mir wieder eines unserer letzten Gespräche einfiel, bei dem sie erwähnt hatte, daß der Mann, den sie heiraten wollte, gestorben sei, wagte ich nicht, weiter nachzufragen.

»Dafür hat aber die Hochzeit«, fuhr sie fort, »zwischen James und Eliza wie geplant stattgefunden.«

»Wie können Sie sich da so sicher sein?« fragte ich. »Die Eheschließung wird doch von den Clothiers angezweifelt.«

»Ich bin mir völlig sicher. Eines Tages werde ich dir die ganze Geschichte erzählen, doch langer Rede kurzer Sinn: Meine Großtante Louisa wandte sich gegen mich, um sich zum Vorteil ihrer Tochter Amelia wieder mit Jeoffrey auszusöhnen. Der einzige Mensch, der mir und John nun noch beistand, war mein Onkel George, weil er eine besondere Zuneigung zu mir und John hegte, der zudem sein Protegé war. Diese Zuneigung sollte ihn schließlich seinen Platz in Jeoffreys Testament kosten. Laut Kodizill wäre das Erbe an ihn und seine Nachfahren übergegangen, im neuen Testament traten an seine Stelle aber Amelia und deren Erben.«

Sie schwieg, als hätte sie nun deutlich gemacht, was sie sagen wollte, doch Henrietta und ich sahen uns nur verwirrt an.

Schließlich nahm die alte Dame den Faden noch einmal auf: »Wie ich sehe, kennst du deine eigenen Vorfahren nicht, Henrietta. Weißt du denn nicht, daß deine Urgroßmutter Amelia hieß? Sie war Jeoffreys Nichte und heiratete einen Gentleman namens Mr. Roger Palphramond.«

Henrietta wurde blaß.

»Ja«, sagte Miss Lydia. »Du, meine Liebe, bist die Erbin der Familie

Palphramond und wirst Eigentümerin des Gutes Hougham, sollte der letzte Nachfahre der Huffams gestorben sein.« Sanft fuhr sie fort: »Ich fürchte, mein Neffe und seine Frau haben sich einzig und allein aus diesem Grunde zur Adoption entschlossen und zu deinen Vormündern erklären lassen.«

»Aber das verstehe ich nicht«, murmelte Henrietta.

»Aber ich«, rief ich aus. »Sie wollten notfalls das unterschlagene Testament mitsamt der darin bestimmten Erbin vorweisen können.«

»Ganz genau«, sagte die alte Dame, und an Henrietta gewandt, meinte sie dann: »Hast du dich nie gefragt, warum sie dich in den ersten Jahren nach dem Tod deiner Eltern arm und unbehütet bei der Witwe deines Onkels wohnen ließen?«

»Doch, immer wieder.«

»Siehst du! Erst nachdem Johns Mutter ihnen eine Abschrift des Kodizills zugeschickt und dadurch bestätigt hatte, daß dieses Dokument tatsächlich existierte, machten sie dich ausfindig und nahmen dich in ihre Familie auf.«

Wie seltsam, daß die Tat meiner Mutter solch tiefgreifende Folgen für ein Kind haben sollte, von dessen Existenz sie nicht einmal etwas geahnt hatte!

»Aber warum denn?« fragte Henrietta. »Welchen Vorteil haben sie sich davon versprochen?«

Die alte Dame sah sie ernst an und schüttelte den Kopf: »Falls es sich jemals als notwendig erweisen sollte, werden sie dich mit einem ihrer Söhne verheiraten.«

»Ich soll meinen Cousin heiraten?« rief Henrietta.

Ich beobachtete aufmerksam ihr Gesicht. Sie errötete. War ihr diese Aussicht wirklich so zuwider?

Die alte Dame griff behutsam nach Henriettas Hand: »Meine Liebe, ich fürchte, sie haben bereits begonnen, ihre Pläne in die Tat umzusetzen.«

»Aber er will doch diese häßliche reiche Erbin heiraten!« stöhnte Henrietta. »Er macht sich doch nichts aus mir!«

»Meine Liebe«, sagte Miss Lydia und hielt dabei noch immer Henriettas Hand, »du hast den falschen Schluß gezogen. Der Bräutigam für dich heißt nicht David, die Rede ist von seinem Bruder.«

Mit einem Schrei des Entsetzens zog Henrietta ihre Hand zurück und vergrub ihr Gesicht in der Armbeuge. Dies war die wahre und ungeschminkte Verzweiflung!

»Deshalb«, sagte Miss Lydia, »hat man ihn wohl in den letzten Tagen auch zurückgerufen. Deshalb, und weil sein Vater diesen Anfall hatte.«

»Aber«, sagte ich und blickte von einer zur anderen, »wenn Henrietta den Besitz erbt, solange sie noch unverheiratet ist, dann wäre sie reich und unabhängig. Wie will man sie da zu einer Heirat zwingen?«

Erwartungsvoll sah Henrietta zu Miss Lydia, doch die lächelte nur traurig und hielt den Blick unverwandt auf ihre Großnichte gerichtet: »Sie werden das Testament erst dann vorweisen, wenn sie dich zu dieser Heirat gezwungen haben. Und da das Kanzleigericht Sir Perceval zusammen mit Mr. Barbellion vor einigen Jahren zu deinem Vormund erklärt hat, bist du bis zu deiner Volljährigkeit ganz in seiner Gewalt. Und du darfst nicht vergessen, daß in Grundbesitzangelegenheiten das Alter der Volljährigkeit für Frauen bei fünfundzwanzig Jahren liegt. Außerdem werden sie sehr überzeugende Argumente haben. Sie werden dir deutlich machen, daß es lediglich um eine Ehe auf dem Papier geht, und das wird schließlich ebensosehr in ihrem wie in deinem Interesse liegen, Henrietta.«

Henrietta schlug errötend die Augen nieder.

»Man streitet sich noch, wie man nun vorgehen soll«, fuhr Miss Lydia fort. »Lady Mompesson, Mr. Barbellion und David wollen den Plan so bald wie möglich in die Tat umsetzen, doch bisher wehrt sich Sir Perceval gegen ihn. Allerdings nur, weil er glaubt, daß die Interessen der Familie durch eine Hochzeit mit David besser gewahrt würden, zumal er etwas gegen die Frau hat, die David als Braut im Auge hat. Man hat ihn bislang noch nicht wissen lassen, wie tief David tatsächlich verschuldet ist und wie verzweifelt er daher Geld braucht. David und seine Mutter haben ihm das verschwiegen, aber die Schulden sind der Grund, weshalb sie fest entschlossen sind, David mit der reichen Erbin zu verheiraten. Und so krank, wie mein Neffe ist, werden sie sich auch wohl durchsetzen.«

»Aber welche Vorteile würde ihnen denn eine solche abscheuliche Eheschließung bieten?« fragte ich, und Henrietta hob wieder den Kopf und hörte zu.

»Nichts Geringeres als den gesicherten Besitz des Gutes Hougham«, antwortete Miss Lydia. »Denn du weißt ja selbst, daß Hab und Gut einer Frau an den Mann übergehen, wenn sie heiratet.«

»Aber dann«, warf ich ein, »wäre ja Tom der Eigentümer!«

»Tom würde man unmittelbar nach der Hochzeit für unzurechnungsfähig erklären lassen und seinen Besitz einer Treuhandgesellschaft übereignen, die von seinen Eltern und seinem Bruder kontrolliert wird. Mr. Barbellion ist ein wahrer Meister im Erfinden solcher Winkelzüge, deren einziger Zweck darin besteht, den einen Angehörigen einer Familie unter dem Vorwand der Geistesgestörtheit zugunsten eines anderen Familienmitglieds um seinen Besitz zu bringen. Ein wahrhaft blühender Geschäftszweig im Kanzleigerichtsgewerbe. Resultat wird also sein, daß den Mompessons das Gut auch weiterhin gehört und daß sie sich daran erfreuen können wie bisher. Tom wird man entweder ins Ausland schicken oder – was wahrscheinlicher ist – in eine Irrenanstalt stecken. Erben wird es keine geben. Folglich endet die im Testament bestimmte Erbfolge mit deinem Tod, Henrietta, und der Besitz wird entsprechend dem Treuhandabkommen an David und seine Nachfahren vererbt werden.«

»Das erklärt auch«, sagte ich, »weshalb Sir Perceval die Bitte meiner Mutter um eine Unterstützung abgelehnt hat: Er wußte damals schon, daß das Kodizill dem Kanzleigericht vorlag, also hatte er sich bereits zu seinem widerlichen Plan entschlossen, womit auch keine Notwendigkeit mehr bestand, sich um das Leben meiner Mutter zu sorgen.«

»Nein«, sagte Miss Lydia entschieden, »das ist nicht wahr. Er hat sie nicht abgewiesen. Es hat immer im Interesse meiner Familie gelegen, euch beide, deine Mutter und dich, am Leben zu erhalten, damit das Kodizill nicht in Kraft tritt.«

Da ich mich deutlich an die Erzählung meiner Mutter erinnerte, wußte ich, daß Miss Lydia sich in diesem Punkt irrte, doch ich ging nicht weiter darauf ein. Ich rief mir ins Gedächtnis, daß die Mompessons sogar auf meinen Tod und den meiner Mutter angewiesen waren, wenn sie das Testament dem Gericht vorlegen wollten, da ja unser Anrecht Vorrang vor dem Henriettas hatte.

»Ich werde niemals in eine solche Heirat einwilligen!« rief Henrietta.

»Außerdem setzt dieser Plan voraus, daß ich tot bin!« warf ich ein. »Wenn ich mich jetzt also doch zu erkennen gebe und vor Gericht gehe, besteht keine Gefahr mehr, daß das Gut in Silas Clothiers Hände gerät.«

Miss Lydia sagte nichts, doch Henrietta schüttelte den Kopf und meinte: »Nein, das geht nicht. Du hast ja bereits erklärt, in welche Gefahr dich das bringen würde. Ich will meine eigene Sicherheit nicht auf deine Kosten erringen.«

Also glaubte sie mir doch, daß meine Feinde versucht hatten, mich zu töten! Oder täuschte sie mich? Ich steckte in einer Zwickmühle, denn wenn ich jetzt die Gefahr herunterspielte, mußte sie annehmen, daß ich vorher maßlos übertrieben hatte.

Noch während ich nach einer Antwort suchte, begann Miss Lydia: »Es gibt keine Sicherheit mehr für dich, Henrietta. Da das Kodizill jetzt anerkannt worden ist, werden Isabella und David sich nicht allein auf Johns Überleben verlassen. Sie wissen schließlich, daß seine Feinde fest entschlossen sind, ihn zu töten. Sie werden also ihren Plan nicht aufgeben und dich auch weiterhin zu dieser Heirat zwingen wollen, damit sie notfalls das Testament vorweisen können.« Sie wandte sich an mich: »Wenn du dich zu erkennen gibst, bringst du dich nur in Gefahr, ohne Henrietta damit zu helfen.«

»Es gibt nur eine Möglichkeit, wie du völlig sicher sein kannst«, sagte Henrietta zu mir. »Du mußt sterben.«

Ich fuhr zusammen, und sie bekam einen roten Kopf: »Ich meine natürlich, daß du dich für tot erklären lassen mußt.«

»Aber dann wird man dich zu dieser Heirat zwingen!« rief ich. Sie schüttelte den Kopf. Da sagte ich ärgerlich: »In dem Fall werden die Clothiers alles erben! Und das kann ich nicht zulassen.« Noch ein Einwand fiel mir ein: »Dein Vormund wäre ruiniert, und du würdest ohne einen Penny dastehen.«

»Ist es denn so schlimm, arm zu sein?« fragte Henrietta.

»Das ist es«, antwortete ich. »Du bist noch jung, aber kannst du deiner Großtante zumuten, daß man sie aus dem Haus verjagt, in dem sie ihr ganzes Leben gewohnt hat?«

»Mein Vater hat mir eine kleine Jahresrente hinterlassen, über die kannst du frei verfügen, meine Liebe«, sagte die alte Dame. »Es sind leider nur fünfzig Pfund im Jahr, und die Rente endet mit meinem Tod, aber vielleicht kann ich sie ja verkaufen.«

»Davon will ich nichts hören!« rief Henrietta.

»Da siehst du, wie machtlos wir ohne Geld sind!« rief ich und war selbst von der Bitterkeit meines Ausrufs überrascht. »Mein ganzes Leben lang hat mich der Geldmangel um meine Freiheit gebracht. Denk doch nur daran, was wir alles tun könnten, wenn wir bloß Geld hätten!«

Beide sahen mich aufmerksam an; Miss Lydia nickte heftig, doch Henrietta blickte eher nachdenklich drein.

Für mich war die Entscheidung eindeutig: »Wenn ich mich also weder dem Gericht offenbaren noch mich für tot erklären lassen kann«, sagte ich, »muß ich eben versuchen, das Testament an mich zu bringen.«

Henrietta errötete, doch die alte Dame rief begeistert: »Recht so! Gott sei Dank! Das ist der echte Huffam-Geist! Ich habe gehofft, daß du das sagen würdest.«

»Wenn es mir gelingt, Henrietta, dann wird dein Vormund seine gesamte Habe an mich verlieren, und es gäbe somit keinen Grund mehr, dich zu dieser Ehe zu zwingen. Du wärest frei und könntest einen Mann deiner Wahl heiraten.«

Lange Sekunden sahen wir uns schweigend an.

»Damit wären wir also wieder am selben Punkt angekommen?« fragte sie langsam. »Nun, ich frage mich, was deine eigentlichen Gründe sind und ob du sie selbst wohl kennst. Wenn du mir helfen willst, dann bin ich erst recht dagegen, daß du das Testament stiehlst. Es ist unnötig. Ich werde mich schon zu wehren wissen, wenn man mich zu einer Heirat zwingen will.«

»Das sagst du jetzt«, meinte Miss Lydia, »aber ich habe die gleichen Worte schon einmal gehört. Ich weiß nur zu gut, wozu man einen Menschen bringen kann.«

Sie stieß dies so heftig hervor, daß wir sie beide neugierig anblickten.

»Was können sie mir schon tun?« fragte Henrietta. »Sie werden mich kaum schlagen oder aushungern wollen. Wenn sie das versuchen, laufe ich einfach weg.«

»Ach, mein Kind«, sagte Miss Lydia, »ich weiß genau, was sie tun können. Schreckliche Dinge! Denk nur nicht, daß du dich gegen sie wehren kannst! Ich habe das auch einmal geglaubt, und damals war ich älter, als du es heute bist.«

»Liebe Großtante, bitte, sprich nicht weiter, wenn es dich so mitnimmt!«

»Du mußt John das Testament zurückholen lassen. Das ist deine einzige Chance.«

»Ja, denn dann bin ich reich«, sagte ich. »Und wir sind alle außer Gefahr.«

Henrietta sah mich betrübt an: »Ich mache mir Sorgen um dich, wenn du so etwas sagst«, meinte sie. »Was mich betrifft, ich kann in Armut leben, doch wenn ich dir vorschlage, das Testament nicht zu stehlen und lieber deinen Tod vorzutäuschen, könnte das heißen, daß du vielleicht auf einen großen Reichtum verzichten mußt. Verlange ich da zuviel von dir?«

Ich konnte ihr nicht antworten, da ich in einem Dilemma steckte. Wenn ich ihr sagte, daß mir das Erbe nichts bedeutete, würde ich ihre Anerkennung gewinnen, sie aber ihrem Schicksal überlassen, doch wenn ich ihr sagte, daß ich das Gut für mich selbst haben wollte, würde sie mich verachten, mir aber gestatten, das Testament zu stehlen und sie somit zu retten. In dieser quälenden Unentschlossenheit fragte ich mich plötzlich, wie wichtig mir mein Anrecht auf das Besitztum eigentlich war. Trieb mich denn nur die bloße Habgier und nichts sonst? Bestimmt nicht. Schließlich hatte ich große Pläne mit dem Gut. Und doch war ich mir mit einemmal nicht mehr sicher, wie ich mich entscheiden sollte.

In diesem Augenblick stand Miss Lydia, die plötzlich um Jahre gealtert zu sein schien, von ihrem Sofa auf, ging hinüber zu Henrietta und kniete sich neben sie auf den Boden. Sie sah ihr ernst ins Gesicht und sagte: »Du mußt dieses Haus verlassen. Sofort. Noch heute nacht.«

»Meine liebe Großtante, du erschreckst mich. Das ist doch sicher nicht notwendig.«

»Du wirst Geld brauchen«, sagte sie. »Es kommt doch letztlich immer aufs Geld an, nicht wahr? Genau wie John es gesagt hat.«

Henrietta sah mich vorwurfsvoll an.

Miss Lydia umklammerte die Hände des Mädchens und begann, rastlos mit ihnen zu spielen: »Wenn ich dir doch nur mehr geben könnte! Aber du weißt ja, ich habe sonst nichts.«

»Liebe Großtante, bitte steh auf! Ich geh nicht weg.«

»Die Jahresrente ist das einzige, was ich je besessen habe, aber ich habe noch ein paar Dinge, die ich verkaufen könnte, oder ich könnte sie – wie sagt man nur – zum Pfandleiher bringen. Sachen, die mir die Leute geschenkt haben.« Sie begann, sich mit abwesendem Blick im Zimmer umzusehen. »Sieh doch, das Porzellan da, das hat mir meine arme Tante Anna vermacht. Es könnte wohl ein paar Guineen wert sein. Und die Uhr über dem Kaminsims. Und ein bißchen Schmuck habe ich auch noch. Leider nur Glasperlen, fürchte ich. Ich war kein besonders hübsches Mädchen und ein so merkwürdiges Geschöpf, daß mir niemand große Geschenke machen wollte – bis auf den lieben John.«

»Bitte, Großtante, reg dich nicht auf!« flehte Henrietta und wollte aufstehen, um die alte Dame vom Boden aufzuheben.

»Es dreht sich doch immer alles nur ums Geld!« rief Miss Lydia, klammerte sich an Henriettas Kleid und sah mit brennendem Blick zu ihr auf. »Deshalb wollten sie mich auch meinen John nicht heiraten lassen. Mein Liebes, ich ertrage es nicht, wenn sie dein Leben auch noch ruinieren.«

Im selben Moment klopfte es an der Tür, die auch sogleich aufgerissen wurde. Ein fremder Mann stand auf der Schwelle. Ich erhob mich rasch, doch dem Neuankömmling konnte es kaum entgangen sein, daß ich auf dem Sofa gesessen hatte. Sein Blick wurde jedoch von dem eher noch seltsameren Bild gefesselt, das Miss Lydia bot, wie sie da vor Henriettas Sessel auf dem Boden kniete.

»Ich bitte um Verzeihung!« sagte er leise.

Die alte Dame schrak beim Klang seiner Stimme zusammen und stand mit Henriettas Hilfe langsam wieder auf. Inzwischen hatte ich erkannt, daß der Neuankömmling doch kein völlig Fremder für mich war.

Er wandte sich von den beiden ab. Während Miss Lydia ihr Kleid glattstrich und wieder auf dem Sofa Platz nahm, ruhte sein Blick auf mir, und um seine Lippen spielte ein dünnes Lächeln, das mir nichts Gutes zu verheißen schien.

Endlich sagte Miss Lydia, noch ein wenig außer Atem, aber mit bewundernswerter Gelassenheit: »Sie dringen auf höchst unhöfliche Art bei mir ein, Mr. Vamplew. Ich denke, Sie hätten wohl auf meine Aufforderung warten können, ehe Sie hier ins Zimmer platzen. Ich wußte ja nicht einmal, daß

Sie schon wieder in der Stadt sind.«

Er wandte nun seinen Blick von mir ab und sah die alte Dame an: »Es tut mir leid, wenn ich Sie überrascht habe, Miss Mompesson. Die Krankheit seines Vaters zwang Mr. Tom zur Rückkehr.«

»Ach, ist auch nicht so wichtig«, stammelte sie. »Dieser Bursche sollte uns gerade helfen, den Tisch ein wenig zurechtzurücken, damit wir eine Partie Whist spielen können.«

Mr. Vamplew lächelte hintergründig: »Ich komme so unvermittelt in Ihr Zimmer, weil mich eine wichtige Nachricht noch ganz in Atem hält. Man hat sie Ihnen offenbar noch nicht überbracht.« Er schwieg einen Moment, als überlege er, wie er einen größtmöglichen Effekt erzielen könne: »Ich bedaure, Ihnen mitteilen zu müssen, daß Sir Perceval vor etwa einer Stunde zu seinen Vorfahren abberufen worden ist.«

Henrietta umklammerte den Arm ihrer Großtante und sah mich dabei unwillkürlich an.

Mr. Vamplew folgte interessiert ihrem Blick.

»Das sind tatsächlich bedeutsame Neuigkeiten«, sagte Miss Lydia, und ich sah, wie sie Henrietta beruhigend über den Arm strich. »Etwas Ähnliches hatte ich allerdings schon befürchtet.«

»Ein Schlaganfall hat ihn dahingerafft«, fügte Mr. Vamplew noch hinzu.

Als würde sie sich nun plötzlich an meine Anwesenheit erinnern, sagte Miss Lydia kühl: »Das wäre dann alles, John – ich meine, Dick. Du kannst jetzt gehen.«

Ich verbeugte mich leicht und wollte aus dem Zimmer gehen. Mr. Vamplew stand seitlich vor mir und musterte mich aufmerksam.

Noch bevor ich die Tür geöffnet hatte, hörte ich Miss Lydia sagen: »Ich hätte Sie ja gern gebeten, mich bei einer Tasse Tee mit Ihrer Anwesenheit zu beehren, Mr. Vamplew, aber unter diesen Umständen ...«

»Das ist schon in Ordnung, Miss Mompesson«, sagte Mr. Vamplew gewandt. »Ich verstehe das vollkommen. Sehr freundlich von Ihnen, daß Sie daran gedacht haben.«

Ich eilte über den Flur, doch ich konnte der Versuchung nicht widerstehen und blickte mich noch einmal um. Mr. Vamplew schloß gerade Miss Lydias Zimmertür hinter sich, wandte sich um und starrte mir direkt ins Gesicht. Ich hätte mich wohl nicht noch einmal umsehen sollen, aber wahrscheinlich war das Unglück bereits geschehen, denn ich war überzeugt, daß er sich – nachdem seine Aufmerksamkeit einmal vom Anblick eines Laufburschen geweckt worden war, der wie ein Gast auf dem Sofa der Herrschaft saß – daran erinnern würde, mich in jener Nacht bei dem Einbruch schon einmal gesehen zu haben. Als ich über die Hintertreppe nach unten ging, fragte ich mich immer wieder besorgt, ob er mich nun wiedererkannt hatte oder nicht. Ich war mir beinahe sicher und rechnete damit, daß er Mr. Thackaberry alarmieren und mit ihm, bewaffnet und von zwei oder drei Lakaien begleitet, bei mir in der Spülküche auftauchen würde. Sollte ich aus dem Haus fliehen, solange ich noch die Gelegenheit dazu hatte?

Es wurde nun Zeit für meine sonntägliche Verabredung mit Joey, und ich ging nach draußen auf die dunkle Stallgasse. Während ich auf ihn wartete und auf und ab ging, um mich warm zu halten, hörte ich vom Haus laute Hammerschläge herüberschallen: Das Totenschild zu Ehren von Sir Perceval wurde aufgerichtet.

Sollte ich zurückgehen und Gefahr laufen, eingesperrt und verurteilt zu werden? Und wenn ich nicht zurückging, was hatte mein Leben dann noch für einen Sinn? Als Joey nach einer halben Stunde immer noch nicht gekommen war, mußte ich mich entscheiden. Ich beschloß, ins Haus zurückzukehren. Während ich meine Arbeiten im Dienstbotensaal und in der Spülküche wiederaufnahm, spürte ich, wie aufgeregt und gleichzeitig verängstigt die anderen über den Tod ihres Dienstherrn waren. Sie verrichteten ihre Arbeit wie in Trance und schienen an nichts anderes mehr als an ihre unsichere Zukunft zu denken.

Doch als die Minuten und dann die Stunden vergingen und nichts geschah, begann ich mich zu fragen, ob ich mich nicht geirrt und Mr. Vamplew mich vielleicht doch nicht wiedererkannt hatte. Endlich hatte ich nun etwas Ruhe, um über die möglichen Folgen nachzudenken, die Sir Percevals Tod mit sich bringen konnte. Vor allem: Welche Konsequenzen hatte er für Henrietta? Würde man sie nun zu dieser schrecklichen Heirat zwingen? Und welche Auswirkungen hatte sein Tod auf meinen Plan, mir das Testament wiederzubeschaffen? Und nicht zuletzt: Wie würde meine Stellung im Haus davon beeinflußt? Würde man das Testament auch weiterhin im Versteck im Großen Salon aufbewahren – einmal angenommen, es befand sich tatsächlich dort? Denn Mr. Davids Nachfolger – »Sir David« mußte es nun wohl heißen – würde das häusliche Geschehen vermutlich so durcheinanderbringen, daß all meine Pläne in Gefahr gerieten. Allmählich wurde mir klar, daß ich so bald wie möglich mit meinen Vorbereitungen beginnen mußte, wenn ich mich überhaupt noch an das Versteck heranwagen wollte. Aber ich hatte noch immer keine Ahnung, wie das Wappenschloß zu öffnen war, das Mr. Digweed und mir schon beim erstenmal solche Kopfschmerzen bereitet hatte. Und natürlich mußte ich auch immer wieder an Henriettas Abneigung gegen das ganze Unterfangen denken.

Der Abend nahm seinen üblichen Lauf: Der Nachtwächter traf sich zu seinem Schwätzchen mit Mr. Thackaberry – es dauerte heute etwas länger, als müsse die Großherzigkeit der Familie bei solchem Anlaß besonders fleißig unter Beweis gestellt werden –, und dann begann der rituelle Rundgang, um das Haus für die Nacht zu verschließen.

Während ich der kleinen Mannschaft durchs Haus folgte, rechnete ich im stillen noch immer damit, daß man mich jeden Augenblick demaskieren würde, doch dann sagte ich mir, daß Mr. Vamplew seine Enthüllung möglicherweise aus einem Grund verzögerte, der mit der Verwirrung im Haus zusammenhing. Obwohl es für mich so bedeutsam zu sein schien, war es für ihn angesichts dieses wichtigen Ereignisses vielleicht nicht so besonders wichtig. Doch wenn ich an den eigenartig durchdringenden Blick dachte, mit dem er mich angesehen hatte, ahnte ich, daß meine Erklärung nicht ganz stimmen konnte.

Ich sollte jedoch noch ein interessantes Detail erfahren, denn gerade als wir die Haustür verschlossen hatten und nach oben gehen wollten, hämmerte jemand gegen das Portal. Brummelnd nahm Jakeman Mr. Thackaberry noch einmal den Schlüsselbund ab, ging zur Tür zurück und steckte einen der Schlüssel ins Schloß. Er wartete einen Augenblick, dann rief er laut einige Anweisungen nach draußen, und kurz darauf wurde die Tür geöffnet, und Sir David taumelte wortreich fluchend über die Schwelle. (Offensichtlich hatte er ein Gläschen zu Ehren seines Vaters gehoben.) Also war die Tür doppelt verschlossen und konnte nur geöffnet werden, wenn die entsprechenden Gegenschlüssel sowohl im äußeren wie im inneren Schloß steckten. Selbst wenn ich mir also die Schlüssel besorgen konnte, würde ich nicht durch die Haustür fliehen können.

Als ich mich in dieser Nacht auf meinem Lager im Dienstbotensaal ausstreckte, war mir so kalt, daß ich mich schließlich in die Spülküche wagte (denn Jakeman hatte es sich bereits in der Küche bequem gemacht) und vor das verlöschende Feuer hockte. Als ich in die letzten Flammen starrte, die lustlos über die schwelenden Kohlen leckten, sah ich wie als Kind in Melthorpe plötzlich Bilder vor meinem inneren Auge vorüberziehen. Henriettas enttäuschtes Gesicht tauchte auf, und ich mußte wieder daran denken, wie sehr sie meine Absicht mißbilligte, mir das Testament zu verschaffen. Hatte sie denn keinen Sinn für Gerechtigkeit? Miss Lydia war da ganz anders, und wie edelmütig hatte sie sich einst um die Gerechtigkeit gesorgt, als sie meinem Großvater das Testament zurückgeben wollte. Doch tat sie recht daran, Mr. Fortisquince vor meinem Verdacht in Schutz zu nehmen? War er es nicht gewesen, den das Testament dazu verleitet hatte, meinen Großvater zu hintergehen? Hatte er ihn vielleicht sogar getötet? Vermutlich setzte sich Miss Lydia nur für ihn ein, weil sie Peter Clothier für den Mörder hielt, doch daran wollte ich erst glauben, wenn kein Zweifel mehr möglich war. Wahrscheinlich aber würde ich nie die volle Wahrheit über die Vorgänge jener Nacht erfahren, in der mein Großvater gestorben war.

In welch schwierige Lage Henrietta mich doch gebracht hatte! Die einzige Möglichkeit, sie zu retten, würde mir ihre Verachtung einbringen. Wie konnte sie mir nur vorwerfen, ich sei allein von Rachsucht getrieben! Und unausgesprochen damit andeuten, daß ich es nur auf das Gut abgesehen hatte! Ich suchte keine Vergeltung, sondern Gerechtigkeit, und wenn das bedeutete, daß jedermann erhielt, was er verdiente, dann war der Umstand, daß einer leiden mußte, damit andere ihren Vorteil bekamen, eher nebensächlich.

Und was das Gut betraf, nun, da hatte ich niemals an etwas anderes als an die schwere Last der Verantwortung gedacht, die der Besitz solch riesiger Ländereien einem auferlegt, und an die daraus sich ergebenden Gelegenheiten, Gutes zu tun. Ich wußte noch, was Sukey und Mr. Advowson mir über die Verwaltung – die mangelhafte Verwaltung – des Landsitzes erzählt hatten und über die Ungerechtigkeit und Verschwendung, die damit einherging: Häuser, die eingerissen, Familien, die vertrieben wurden; die mörderischen Selbstschußgewehre in den Jagdrevieren; die verfallenen Mauern; und die überfluteten, unzureichend drainierten Wiesen. Und dabei hätte das alles so anders aussehen können! Ich dachte an den bezaubernden Park mit dem großen Herrensitz, an die Dörfer Hougham, Mompesson St. Lucy, Stoke Mompesson und immer wieder an Melthorpe, an die Tausende Acre fruchtbaren Ackerboden, an die Wälder und Flüsse und Gemeindeanger, die noch zum Gut dazugehörten. Die Mompessons kümmerten sich über den kurzfristigen Vorteil hinaus keinen Deut um das Land oder um die Menschen. Wie anders würde ich da doch vorgehen! Ich würde Assinder, diesen raffgierigen Verwalter, und die Wildhüter entlassen, und die Verwaltung des Besitztums würde ich in die eigenen Hände nehmen.

Während ich so in der Kälte und Dunkelheit tief unten im Bauch des Hauses sinnierte, die Kakerlaken über den Boden raschelten und das trunkene Schnarchen des Nachtwächters aus der Küche drang, entwarf ich Pläne für den Wiederaufbau der Katen, für die Drainage der Äcker, das Ausbessern der Mauern, die gerechtere Behandlung der Pächter, die Gründung von Armenschulen, den Bau von Altersheimen und für noch vieles mehr. Schließlich erlosch das Feuer ganz, und ich kehrte auf meine harte Bank im Dienstbotensaal zurück.

Noch ehe ich einschlief, kam mir der Gedanke, daß ich nicht allein entscheiden konnte, was nun zu tun war. Wenn Henrietta es riskieren wollte, zu einer Scheinehe gezwungen zu werden, statt den Mann ihrer Wahl zu heiraten, dann mußte ich darauf Rücksicht nehmen.

99. KAPITEL

Die ganze Woche über war das Haus in Aufruhr, und jeder Tag glich einem Sonntag. Die Bediensteten waren fast ständig betrunken, als fürchteten sie sich so sehr vor einer Entlassung, daß sie sich vergnügen wollten, solange dies noch möglich war. Doch da das Haus von Kaufleuten mit unbezahlten Rechnungen belagert wurde, kamen nur noch wenige Lebensmittel ins Haus, und die Vorratskammern und Keller wurden leer geräumt. Sir Percevals Beerdigung, von der ich natürlich nichts zu sehen bekam, fand an einem Donnerstag statt und bot einen weiteren Anlaß für ein Bacchanal.

Ich wartete sehnsüchtig auf eine Gelegenheit, Henrietta von meinem Standpunkt überzeugen zu können, denn ich fragte mich, wenn ich Kohlen schleppte, in dem düsteren und stickigen Loch Schuhe putzte oder in der Spülküche die Töpfe scheuerte, warum ich all dies tat, wenn ich die Mompessons nicht vertreiben und die Opfer vergelten wollte, die mein Großvater, meine Mutter und Peter Clothier gebracht hatten. Doch die Veränderungen im Ablauf des täglichen Geschehens machten es mir unmöglich, Henrietta und Miss Lydia am folgenden Sonntag zu treffen. Und der Abend hielt noch eine weitere Enttäuschung für mich bereit, denn obwohl ich zwei Stunden lang bei den Ställen wartete, ließ Joey sich auch diesmal nicht blikken. Ich hatte ihn jetzt schon mehrere Wochen lang nicht gesehen, und ich ärgerte mich über seine Unzuverlässigkeit. Oder hatte er mich etwa im Stich gelassen?

Erst drei Wochen später, am ersten Sonntag im Februar, glückte es mir, wieder einmal zu Miss Lydias Zimmer hinaufzugehen. (Joey war an keinem der dazwischenliegenden Sonntage gekommen.) Ich traf die alte Dame allein an, und sie erklärte mir, daß Henrietta am frühen Nachmittag von ihrer Tante zu einem Gespräch gerufen worden sei und daß sie danach zu uns kommen wolle.

»Aber ich freu mich, daß wir Gelegenheit haben, uns ein wenig allein zu unterhalten«, meinte sie. »Sag, wie hast du dich in Sachen Testament entschieden?«

»Von mir aus könnte es losgehen, aber nachdem Henrietta so dagegen ist, lasse ich es vielleicht besser sein.«

»Aber du *mußt* es versuchen!« stieß sie so heftig hervor, daß ich fast zusammenfuhr. »Ich weiß doch, was sie ihr antun werden! Sie ist nicht stark genug, um dem standhalten zu können.«

Ich betrachtete Miss Lydia nachdenklich, und ich glaube, ich wußte, worauf sie anspielte: »Also gut«, sagte ich, »aber nur, wenn sie es mir nicht ausdrücklich verbietet.«

Ich sah, daß die alte Dame über diese Bedingung enttäuscht war.

»Aber du kennst sie nicht!« rief sie. »Sie *wird* es dir verbieten. In ihr steckt etwas, das sich geradezu danach sehnt, verletzt zu werden. Denk doch an das, was ich dir erzählt habe: wie sie sich früher selbst Schmerzen zugefügt hat. Du mußt es versuchen, was immer sie auch sagt und welche Versprechen sie dir auch abnimmt.«

Ich nickte und wollte ihr gerade antworten, doch in diesem Augenblick ging die Tür auf, und Henrietta kam herein. Miss Lydia und ich sahen uns schuldbewußt an.

»Ich will die Tür abschließen«, sagte die alte Dame, »damit uns die Dienstboten oder dieser gräßliche Hauslehrer nicht stören können.«

»Du hast recht gehabt, Großtante«, sagte Henrietta, als sie sich setzte. »Tante Isabella und David haben mich zu sich bestellt, um mir mitzuteilen, daß sie mich mit Tom verheiraten wollen.«

»Und der arme Perceval liegt noch keine vier Wochen in seinem Grab!« rief Miss Lydia.

»Was hast du ihnen geantwortet?« fragte ich.

»Was glaubst du denn!« gab sie zurück. »Sie haben mir gesagt, daß es auch eine Scheinehe sein könne, aber ich habe mich trotzdem geweigert, es auch nur in Erwägung zu ziehen.«

»Dann«, fragte ich, »bist du also nicht länger dagegen, daß ich mir das Testament hole?«

»Davon kann keine Rede sein«, antwortete sie. »Ich werde mich schon gegen sie durchsetzen können.«

Ich sah zu Miss Lydia hinüber und sagte: »Dann werde ich nichts unternehmen.«

Die alte Dame rief gequält: »Aber du *mußt* es versuchen! Ach, es ist allein meine Schuld. Ich habe dir noch nicht alles erzählt, Henrietta. Ich habe einfach zu sehr nur an mich gedacht. Und deshalb kannst du auch nicht begreifen, was geschehen wird – was früher schon einmal mit mir geschehen ist.«

Henrietta und ich sahen sie überrascht an.

Sie fuhr fort: »Ich habe euch doch erzählt, daß mein Großvater Jeoffrey

Huffam sich mit fast seiner ganzen Familie zerstritten hatte, aber ich habe euch verschwiegen, worum es in diesem Streit ging.« Sie hielt inne und schien all ihre Kraft zu sammeln: »Die Gründe dafür reichen weit zurück bis in jene Tage, als mein Vater bei Jeoffrey Huffam um die Hand seiner älteren Tochter Alice anhielt und Jeoffrey ihm die Bitte mit dem Hinweis abschlug, daß seine Tochter noch zu jung sei. Dies geschah vor fast einem Jahrhundert. Mein Vater war überzeugt, daß man ihn abgewiesen habe, weil seine Abkunft nicht vornehm genug sei, da schon sein Vater aus dem gleichen Grund zurückgewiesen worden war, als er um die Hand von Jeoffreys Schwester angehalten hatte. Mein Vater war zutiefst verärgert über diese zweite Kränkung seiner Familie, die nun reich und adlig war und sich in seinen Augen durchaus mit den Huffams messen konnte, da letztere trotz ihrer uralten Abstammung und der ausgedehnten Ländereien keinen Adelstitel besaßen und tief verschuldet waren.«

»Ich kenne diese Geschichte«, sagte ich. »Mr. Escreet hat sie mir erzählt. Und ich habe mich damals gefragt, warum Jeoffrey Huffam so plötzlich seine Meinung geändert hat. Es schien mir seinem Charakter überhaupt nicht zu entsprechen, dieser Ehe seinen Segen zu geben und das erstgeborene Kind zu seinem Erben zu machen, nachdem er sich kurz zuvor gegen die Verbindung ausgesprochen hatte.«

»Ganz richtig!« sagte Miss Lydia. »Es gab einen Grund für diesen Sinneswandel, doch ich fürchte, diese Geschichte wirft ein beschämendes Licht auf einige meiner engsten Verwandten. Mr. Escreet wird dir kaum die ganze Geschichte erzählt haben, da er unmöglich alles wissen konnte. Nun, mein Vater hatte eine jüngere Schwester namens Anna, eine schöne junge Frau, doch recht wild und eigensinnig. Mein Vater kannte Jeoffrey Huffams Ruf als Frauenheld, der nach den Ausschweifungen der Jugend allerdings etwas gesetzter geworden war. Jeoffrey war damals wenig älter als vierzig, und es war kein Geheimnis, daß zwischen ihm und seiner Frau nur geringe Zuneigung bestand, da die Ehe einer Zweckheirat entsprungen war. Und so brachte mein Vater Anna ins Spiel. Ich will hier nicht ins Detail gehen, jedenfalls hat die arme Tante Anna mir oft erzählt, daß sie keine Ahnung von den Plänen ihres Bruders hatte. Zuerst haßte sie Jeoffrey Huffam, doch der konnte sehr charmant sein, und ich fürchte, es dauerte nicht lange, da wurde Anna seine Geliebte. Aber genau darauf hatte mein Vater es abgesehen, und nun machte er sich sein Wissen zunutze.«

»Du meinst, er hat ihn erpreßt?« fragte ich und sah zu Henrietta hinüber, die meinem Blick offenbar recht verlegen auswich.

Die alte Dame schlug kurz ihre Augen nieder, blickte mir dann aber direkt ins Gesicht und sagte: »So war es wohl. Deshalb gab mein Großvater schließlich doch seine Einwilligung und erklärte sich sogar mit diesem großzügigen Ehevertrag einverstanden. Es dauerte aber nicht lange, und Jeoffrey wurde Anna leid und trennte sich von ihr. Sie war ganz verrückt vor Kummer und Verzweiflung, zumal ihr der finanzielle Ruin drohte und sie fürchten mußte, öffentlich bloßgestellt zu werden.« Miss Lydia sah zu Henrietta hinüber, die daraufhin errötete und ihren Blick senkte. »Im darauffolgenden Jahr«, fuhr sie fort, »gebar sie im stillen ein Kind. Mein Vater und Jeoffrey

Huffam nahmen es ihr gegen ihren Willen fort. Stellt euch ihr Leid vor, ihren Schmerz, ihren Kummer! Und dann später ... später hat man ihr erzählt, daß das Kind gestorben sei.«

Die alte Dame schwieg, und es dauerte eine Weile, ehe sie fortfahren konnte. Ich sah sie an und dachte daran, daß sich all dies zugetragen hatte, bevor sie selbst geboren war, und doch lebte der Kummer, der beinahe ein Jahrhundert alt war, in ihr weiter und übertrug sich durch sie auf Henrietta und mich.

Schließlich nahm sie den Faden wieder auf: »Mein Vater wollte seine Schwester dann zu einer Heirat mit einem seiner reichen Bekannten zwingen, aber sie wehrte sich dagegen. Ach, Henrietta, sie haben ihr so schreckliche Dinge angetan! Zuletzt fiel sie in einen Zustand völliger geistiger Zerrüttung. Diese Geschichte sollte noch schwerwiegende Folgen haben. Zum einen war sie der Grund, weshalb mein Vater und mein Großvater so schlecht aufeinander zu sprechen waren, und aus dem gleichen Grund benutzte mein Großvater die Tatsache, daß ich kein Junge war, als Vorwand, mich nicht zu seiner Erbin machen zu müssen. Doch es gab auch noch andere Auswirkungen, die sich erst viele Jahre später bemerkbar machen sollten, als nämlich Jeoffrey Huffam sich gegen die Heirat seines Sohnes James mit Eliza Umphraville aussprach. Auch darüber habe ich euch nicht die ganze Wahrheit erzählt.«

Sie wandte sich an mich.

»Ich fürchte, John, dein Urgroßvater James war ein Trunkenbold und zügelloser Verschwender, aber wie sein Vater auch ein Mann von großem Charme. Der eigentliche Grund, weshalb mein Großvater gegen James' Heirat mit Eliza Umphraville war, lag darin, daß James sie sich bereits jahrelang und in aller Öffentlichkeit als Geliebte gehalten hatte. Als James sie verführte, da war sie kaum mehr als ein Kind gewesen, eine sehr frühreife junge Frau, die nur wenig von Anstand und Bescheidenheit hielt. Doch daß sie lange Zeit seine anerkannte Konkubine gewesen ist, wurde später dann als Beleg dafür angesehen, daß sie niemals geheiratet haben.«

»Davon hat mir Mr. Escreet nichts erzählt«, sagte ich. »Aber wenn man bedenkt, daß er mich für den Sohn von James und Eliza hielt, ist das wohl nicht weiter verwunderlich.«

»Natürlich nicht. Jedenfalls machte John Umphraville es James zum Vorwurf, wie er Eliza behandelte, und er drängte ihn, sie zu heiraten. Da Jeoffrey aber unterdessen versuchte, diese Heirat zu verhindern, war er natürlich nicht sonderlich gut auf John zu sprechen: Er warf ihm später deshalb auch vor, diese Ehe zustande gebracht zu haben. Doch dann geschah noch etwas, das Jeoffrey erst recht wütend auf John machte: John und ich lernten uns damals kennen, weil ihn die Angelegenheiten zwischen seiner Schwester und James oft in unser Haus führten. Wir verliebten uns. Seine Armut – und auch der Umstand, daß seine Schwester in öffentlicher Schande lebte – machte John Umphraville für meine Familie allerdings inakzeptabel.« Sie schwieg einen Augenblick, ehe sie fortfuhr: »John und ich beschlossen, fortzulaufen und zu heiraten. Und da James inzwischen in die Ehe mit Eliza eingewilligt hatte, wollten wir alle vier gemeinsam fortlaufen und eine Doppelhochzeit feiern. John überredete einen befreundeten Priester, mit uns zu kommen und die Trauungen zu vollziehen.«

Sie schwieg, und da Henrietta sah, wie sehr ihre Großtante die Geschichte aufwühlte, bat sie: »Bitte, erzähl nicht weiter, wenn es dir solchen Kummer bereitet!«

Die alte Dame lächelte und griff nach Henriettas Hand: »Nein, meine Liebe, ich muß euch meine Geschichte erzählen, denn sonst nehm ich sie noch mit ins Grab.«

»Bist du dir denn sicher, daß James und Eliza geheiratet haben?« fragte ich.

»Ganz sicher.«

»Aber wo hat diese Hochzeit stattgefunden? Man hat doch nie einen entsprechenden Eintrag gefunden.«

»Wohin sollten wir schon fliehen? Nach Hougham natürlich.«

»Aber dort gibt es doch gar keine Kirche«, warf ich ein. »Die Kirche von Melthorpe ist die einzige im ganzen Sprengel, und dazu gehört auch Hougham.«

Miss Lydia lächelte: »Das stimmt nicht ganz. Ich kann dir jedenfalls versichern, daß die beiden tatsächlich geheiratet haben. Doch laß mich die Geschichte weitererzählen! Wir verschafften uns die nötigen Sondergenehmigungen zum Heiraten und brachen auf. Wir waren darauf gefaßt, daß man uns verfolgen würde, da wir noch vor Verlassen der Stadt erfuhren, daß Jeoffrey von unseren Plänen Wind bekommen hatte. Wir fürchteten nun, er könne uns einen seiner Männer hinterherschicken, um die Ehen im letzten Moment noch zu verhindern. Spät in der Nacht erreichten wir dennoch unbehelligt die Kapelle. Leise öffneten wir die Tür, um die Fortisquince' nicht zu wecken, die damals noch in der Old Hall wohnten, wenn auch in einem anderen Trakt. James schlug vor, daß die beiden Gentlemen eine Münze werfen sollten, um zu sehen, welches Paar zuerst getraut werden solle. John protestierte gegen eine solche Leichtfertigkeit, willigte aber schließlich doch ein. Wir beide hatten Pech. Mein Leben entschied sich durch das Werfen dieser Münze.« Sie hielt inne und lächelte mir zu: »Wie du siehst, weiß ich genau, daß James Eliza heiraten konnte. Ich war nämlich bei der Trauung dabei. Ich war sogar die Trauzeugin.«

Bei diesen Worten fiel mir etwas ein: Vielleicht lag die Heiratsurkunde in der alten Truhe, die Mr. Advowson mir gezeigt hatte und die aus der Kapelle gekommen sein sollte. Würde ich noch die Gelegenheit haben, danach zu suchen?

Miss Lydia tupfte eine Träne aus dem Augenwinkel und nahm mit unsicherer Stimme ihre Erzählung wieder auf: »Als sich die Trauung der beiden dem Ende näherte, hörten wir einen Reiter nahen. John ... John ging hinaus, um nachzusehen. Ich nahm an, daß es jener Verfolger war, den Jeoffrey uns nachgeschickt hatte.«

»Kam es zu einem Duell mit dem Degen?« fragte ich, da ich mich wieder an Mrs. Belflowers Geschichte erinnerte, die nun auf so seltsame Art bestätigt zu werden schien.

»Immer der Reihe nach! Ich sah aus einem der alten Kapellenfenster nach draußen, als John unter mir ins Blickfeld trat und inmitten einer Gruppe von Bäumen zwischen der Old Hall und dem Hügel stehenblieb.«

»Die kenn ich!« rief ich. »Vier Ulmen, die ein Quadrat bilden.«

»Nein, es sind fünf Bäume«, sagte Miss Lydia. »Sie wurden vor vielen Jahren von Jeoffrey in Form eines Quincunx gepflanzt. Vor jedem Baum steht eine Statue. Und außerdem sind es keine Ulmen, sondern Eichen.«

»Es muß aber der gleiche Ort sein«, beharrte ich, »direkt unterhalb des Pantheon!«

»Pantheon? Du meinst dieses griechisch aussehende Bauwerk oberhalb der Old Hall?« fragte sie, und ich nickte.

»Da haben John und ich uns damals getroffen«, sagte Henrietta.

»Ich kenne die Stelle«, meinte die alte Dame, doch ihre nächsten Worte ließen mich wieder daran zweifeln, ob wir tatsächlich den gleichen Ort meinten. »Es ist allerdings ein Mausoleum und kein Pantheon. Jeoffrey hat es bauen lassen, um die Aussicht von der Old Hall zu verschönern, ehe er sich entschloß, die Old Hall ganz aufzugeben und statt dessen das neue Haus bauen zu lassen. Er liegt da oben begraben.«

»Deshalb hab ich seinen Namen auf dem Friedhof in Melthorpe nicht gefunden!« rief ich.

»Erzähl weiter, Großtante!« drängte Henrietta.

»Als ich hinaussah, konnte ich zuerst nicht erkennen, was John dort unten tat. Er schien sich die Statue vor dem mittleren Baum ansehen zu wollen. Ich sollte vielleicht noch hinzufügen, daß die Statuen sehr berühmt waren. Ein Steinmetz aus dem Ort hatte sie gemacht, ein Mann namens Feverfew, ein sehr begabter Bildhauer. Es hieß immer, daß die Statuen einen Vergleich mit den besten italienischen Arbeiten nicht zu scheuen brauchten. Dann merkte ich, daß hinter dieser Statue offenbar noch eine Figur stand. Es standen dort unten also nicht fünf, sondern sechs Statuen, und das störte einfach den ästhetischen Eindruck der ganzen Gruppe. Dann sah ich erstaunt, daß sich diese sechste Gestalt bewegte, und erst jetzt begriff ich, daß dies keine Statue, sondern ein Mann war. Das Mondlicht fiel auf sein Gesicht, aber ich kannte ihn nicht. Ich war mir sicher, daß ich ihn wiedererkannt hätte, wenn ich ihm vorher schon jemals begegnet wäre. Er hatte nämlich ein recht auffälliges Gesicht: eine große, knollenförmige Nase und tiefliegende Augen. Doch am stärksten beeindruckte mich sein Blick. Ich konnte ihn nie wieder vergessen: solch ein Abbild schrecklichen Leidens auf einem so blutjungen Gesicht!«

Sie schwieg, und ich sagte: »Ich glaube, genau diese Statue liegt nun im Garten des Häuschens meiner Mutter in Melthorpe. Mir wurde erzählt, daß Martin Fortisquince' Mutter diese Figur mitbrachte, als sie nach dem Tod ihres Mannes in das Haus einzog.«

»Damals hat ihr Mann allerdings noch gelebt«, sagte Miss Lydia. »Sie haben sich erst einige Monate nach diesen Ereignissen zerstritten, und deshalb zog sie dann nach Melthorpe. Es hieß, daß sie über diesen Fremden Bescheid wußte. Kurz, daß sie sogar ... Außerdem hat sie geglaubt, daß die Statue ihm das Leben gerettet hätte. Aber das ist jetzt nicht so wichtig. Sie starb kurz darauf im Kindbett. Ihr Kind, Martin, kam dann zu seinem Vater – einem wirklich freundlichen, großzügigen Mann – und wuchs bei ihm in der Old

Hall auf.«

Eine Zeitlang sagte niemand ein Wort. Wie kompliziert das doch alles war! Aus Miss Lydias letzten Sätzen ergaben sich wieder neue Möglichkeiten, und ich fragte mich, ob ich wohl jemals die ganze Wahrheit erfahren sollte. Jedesmal, wenn ich sie in greifbarer Nähe glaubte, zog sie sich weiter und weiter zurück.

Dann sagte ich: »Aber ich habe Sie unterbrochen. Was geschah, als der Fremde aus dem Schatten der Statue trat?«

»Er zog seinen Degen«, fuhr die alte Dame mit zittriger Stimme fort. »John tat es ihm gleich, und sie begannen zu kämpfen. Plötzlich stürzte aus einer anderen Tür der Old Hall eine Frau nach draußen. Sie trug ein langes weißes Kleid. Ich seh es noch vor mir, wie es fahl und hell im Mondlicht schimmert. Dann erst erkannte ich meine Tante, die arme, verrückte Anna. Ich hatte sie seit vielen Jahren nicht mehr gesehen, und man hatte mir auch nichts davon gesagt, daß sie hier in der Old Hall unter der Obhut von Mr. und Mrs. Fortisquince lebte. Sie lief auf den Fremden zu, und John und er drehten sich nach ihr um, weil sie etwas gerufen hatte, etwas höchst Merkwürdiges. Sie rief: ›Paß auf! Hinter dir!‹ John dachte offenbar, daß sie ihn vor einem weiteren Angreifer warnen wollte, denn er drehte seinem Gegner den Rücken zu, und ich sah, wie der Fremde ... einen Schritt vorsprang und ... ihn erstach.«

Sie stockte und versuchte, die Tränen zu unterdrücken. Was hatte die Wahnsinnige gerufen? Ich ahnte, daß es hier um etwas sehr Wichtiges ging, um etwas, das ich wissen mußte und das mir noch verborgen blieb.

»Was hat sie denn gerufen?« fragte ich, aber Henrietta legte ihre Hand auf meinen Arm und schüttelte den Kopf.

Die alte Dame sah jedoch wieder auf und sagte mit schrecklich trauriger Stimme: »Sie rief: ›Mein Sohn, mein Sohn!‹ Offenbar hat sie John für ihr verlorenes Kind gehalten.«

»Natürlich«, meinte ich, »sie war verrückt und hatte vergessen, daß ihr Kind schon lange tot war.«

Beinahe schlagartig sah Miss Lydia sehr alt und schrecklich verängstigt aus.

»Was geschah dann?« fragte Henrietta rasch und sah mich vorwurfsvoll an.

Die alte Dame wischte sich mit dem Taschentuch über die Augen und sagte leise: »Mein Großvater versuchte, mich zu einer Ehe mit einem Mann zu zwingen, den ich verabscheute. Aber ich konnte mich gegen ihn und meine Eltern behaupten.«

Henrietta und ich blickten uns an. Was für eine widerwärtige Geschichte! Jeoffrey Huffams Brutalität machte mich zutiefst betroffen. Er hatte eine junge Frau verführt und sie dann einfach wieder fallengelassen, hatte wahrscheinlich befohlen, den Liebhaber seiner Enkelin zu ermorden, und hatte sie dann mit einem Mann verheiraten wollen, den sie unausstehlich fand. Dies war also der Mann, dessen Letzten Willen zu erfüllen ich für meine Pflicht hielt! Er hatte sein erstes Testament, das Kodizill und sein letztes Testament nur geschrieben, um seinen Erben Angst einzujagen und um sie zu belohnen oder zu bestechen. Wenn ich mich aber seinem Letzten Willen nicht mehr verpflichtet fühlte, hatte ich dann immer noch das moralische Recht auf meiner Seite, wenn ich das Testament stahl, das von einem solchen Mann mit ebensolchen Absichten aufgesetzt worden war?

In diesem Augenblick sagte Henrietta: »Beruhige dich, Großtante! Ich werde John nicht mehr zurückhalten; er soll sich von mir aus das Testament holen.«

Miss Lydia klatschte in die Hände und rief unter Tränen: »Dem Himmel sei Dank! Ach, Henrietta, ich habe mir solche Sorgen um dich gemacht!«

Jetzt mußte ich es also schon Henrietta zuliebe versuchen. Welch eine enorme Erleichterung, daß man mir die Entscheidung abgenommen hatte!

»Doch bevor ich es in Angriff nehme«, sagte ich, »müssen wir herausfinden, wie sich das Versteck öffnen läßt.«

»Hilfst du uns dabei, Henrietta?« fragte Miss Lydia. »Drei wissen einfach mehr als zwei, und dein junger Verstand kann uns bestimmt besser helfen als mein alter Kopf.«

»Bitte, Großtante, dräng mich nicht! Ich habe meinen Widerstand gegen den Plan aufgegeben, aber das heißt noch lange nicht, daß ich ihn nun gutheiße.«

»Also schön, dann werden John und ich es eben allein versuchen müssen. Erkläre mir bitte ganz genau, John, was geschah, als ihr beide, du und dein Freund, versucht habt, das Versteck zu öffnen.«

Henrietta sah mich durchdringend an, und ich bekam einen roten Kopf. Miss Lydia merkte, daß sie sich verraten hatte, und schaute ihre Großnichte ein wenig furchtsam an. Es blieb uns nun keine Wahl, und wir erzählten Henrietta die ganze Geschichte. Danach sagte sie zunächst kein Wort und blickte nur nachdenklich vor sich hin.

Ich begann daher, den Quincunx der Quincunxe über dem Kaminsims im Großen Salon zu beschreiben, der – wie Mr. Digweed und ich herausgefunden hatten – eine Art Schloß war, und die ganze Zeit über saß Henrietta da, ein Buch in ihrem Schoß, las und sah nur gelegentlich zu uns herüber. Als ich beschrieb, was wir in jener Nacht ausprobiert hatten, holte Miss Lydia ein großes Blatt Papier, setzte sich an den kleinen runden Tisch und malte das Muster der fünfundzwanzig vierblättrigen Blüten auf.

»Offenbar gibt es fünfundzwanzig Bolzen«, erklärte ich, »jeweils einen im Mittelpunkt jeder Blüte. Die Bolzen lassen sich einige Zoll weit herausziehen. Wir haben es mit allen probiert, aber nichts geschah, und ich nehme an, daß man nur einen Teil der Bolzen bewegen darf. Zieht man zu viele Bolzen heraus, dann wirken sie wie eine Art Sperre, die die Marmorplatte nur um so unverrückbarer an ihrem Platz festhalten.«

»Vielleicht bewirken sie auch noch Schlimmeres«, sagte Miss Lydia, und ich nickte, weil ich unbedingt mit meinem Bericht fortfahren wollte, ohne jedoch recht verstanden zu haben, was sie damit andeuten wollte.

»Ich meine daher«, sagte ich, »daß die Lösung des Problems in der richtigen Kombination jener Bolzen liegt, die herausgezogen werden müssen.«

»Der Quincunx der Rosen«, sagte Miss Lydia, »gehört zum Wappen der Huffams wie auch der Mompessons, doch ich glaube nicht, daß ich schon jemals diese Figur eines Quincunx aus Quincunxen gesehen habe, wie du sie beschrieben hast. Und doch kommt sie mir irgendwie bekannt vor.«

»Mir ist der Quincunx auch bekannt«, sagte Henrietta und sah von ihrem Buch auf. »Ich habe ihn auf einigen wertlosen Porzellansachen gesehen, die ich von meinen Eltern geerbt habe. Was nämlich nur den geringsten Wert hatte, wurde verkauft, bevor ich es zu Gesicht bekommen hatte. Ich nehme daher an, daß er auch zum Wappen der Palphramonds gehört.«

»Ich glaube«, sagte Miss Lydia, »daß alle Familien, die von Sir Henry Huffam abstammen – die Palphramonds und auch die Maliphants –, eine Variante des Quincunx in ihr Wappen aufgenommen haben. Ich habe sogar gehört, daß ihn auch die Clothiers übernommen haben, als Nicholas ein Wappen beantragt hat.«

»Dann scheint mir diese Anordnung«, sagte ich und wies auf Miss Lydias Zeichnung, »so etwas wie eine überhebliche Demonstration des Sieges der Mompessons über die anderen Familien aus demselben Stamm zu sein.«

Miss Lydia wollte gerade etwas sagen, als Henrietta ihr Buch zur Seite legte und meinte: »Aber da ist ein Unterschied. Die Form des Quincunx scheint zwar in allen Familienwappen identisch zu sein, doch die Farben sind verschieden, nicht wahr?«

»Farben?« rief Miss Lydia. »›Tinkturen‹ ist das richtige Wort dafür.«

Da mir Henriettas Einwand wichtig schien, sagte ich: »Im Wappenschild der Huffams, das sicherlich das Original ist, da ich es auch auf dem Familiengrab in Melthorpe entdeckt habe, sind die Blütenblätter der vier äußeren Blüten weiß und der Blütenstempel schwarz, während die Farbanordnung bei der mittleren Blüte genau umgekehrt ist: schwarze Blätter und weißer Stempel.«

Noch während ich dies erklärte, nahm ich die Feder und färbte die entsprechenden Felder der ersten Figur auf der Zeichnung ein.

»Und«, sagte Miss Lydia, »der Quincunx im Wappen der Mompessons sieht genauso aus, nur daß die Blütenblätter der mittleren Blüte rot sind.«

Sie färbte dann die nächste Figur der Zeichnung ein, schwärzte die Blütenböden der vier äußeren Blüten, so wie ich es beim ersten Quincunx getan hatte, und füllte die Blätter der mittleren Blüte mit weißen Tupfen, die die Farbe Rot darstellen sollten.

»Mein Vater hat mir einmal gesagt«, fuhr sie fort, »daß das ursprüngliche Wappenbild der Mompessons die rote Krabbe gewesen sei. Er ließ sich dann ein neues Wappen schaffen, als er das Huffam-Blason mit dem der Mompessons vereinigte. Deshalb zeigt unser Wappenschild die Krabbe und – wie das der Huffams – den Quincunx aus vierblättrigen Blüten, nur daß die mittlere Blüte eben rot ist, um sie vom Quincunx der Huffams zu unterscheiden. Weißt du, John, der Quincunx der Quincunxe zeigt nicht den Triumph der Mompessons über die anderen Zweige der Familie, sondern die Vereinigung der beiden Gründerfamilien.«

Noch ehe ich etwas dazu sagen konnte, gab Henrietta zu bedenken: »Die Tinkturen der Palphramonds sind dieselben wie die der Mompessons.«

»Und der Quincunx im Wappen der Maliphants entspricht, glaube ich, dem im Blason der Huffams«, sagte Miss Lydia.

Henrietta kam zu uns an den Tisch und sah mir über die Schulter: »Dann haben wir das Rätsel vermutlich bald gelöst«, sagte sie.

»Wie kommst du darauf?« fragte ich.

»Weil ich annehme, daß uns die verschiedenen Farben die Antwort auf die Frage geben, welche Bolzen gezogen werden müssen.«

»Ja«, rief ich aus, »ich glaube, du hast recht.«

»Ich bin ja nur eine dumme alte Frau«, meldete sich Miss Lydia lächelnd zu Wort, »ihr müßt mir das schon ganz langsam erklären, sonst verstehe ich es nicht.«

»Nun«, begann Henrietta, »offenbar sind die Blütenblätter aller Blüten schwarz, weiß oder rot, doch die Blütenstempel sind in allen Wappen schwarz oder weiß, niemals rot. Die mögliche Stellung der Bolzen entspricht möglicherweise der Verteilung dieser beiden Farben: Wenn Schwarz herausgezogen werden soll, muß Weiß steckenbleiben.«

»Oder umgekehrt«, sagte ich.

»Ja, da hast du wohl recht«, sagte Henrietta. »Das wird wohl ziemlich willkürlich sein.«

»Jetzt verstehe ich«, meinte Miss Lydia. »Das ist genau die Art Rätsel, die meinen Vater früher so begeistert hat. Er hatte eine Vorliebe für solche heraldischen Verschlüsselungen. Ich nehme sogar an, daß er dieses Schloß selbst entworfen hat, um die Vereinigung der beiden Familien zu feiern. Ich meine, ich habe einmal eine Einladungskarte zur Hochzeit gesehen, die genau wie diese Zeichnung hier aussah. Wenn ich euch also richtig verstanden habe, dann hängt die Frage, welcher Teil der Zeichnung welche Farbe bekommt, davon ab, wie die drei Tinkturen der Quincunxe der Huffams und der Mompessons in diese große Wappenkombination eingearbeitet worden sind?«

»So ist es«, sagte ich. »Nur frage ich mich, ob es überhaupt eine Möglichkeit gibt, dies herauszufinden, oder ob dies alles nicht doch zufällig und willkürlich ist.«

»Wenn ich mich recht erinnere«, erklärte Miss Lydia, »dann erklärte mir mein Vater einmal, ein Grundgesetz der Heraldik besage, daß nichts willkürlich sei. Zum einen müsse das Wappen – wie sagt man? – wie das Abbild in einem Spiegel aufgebaut sein.«

»Symmetrisch!« rief Henrietta.

»Ja!« sagte ich begeistert. »Das ist eine große Hilfe. Denn zwei der Quincunxe sind nur die Spiegelbilder der ersten beiden. Ich zeichne sie auf, und dann wollen wir sehen, was dabei herauskommt.«

Ich begann, die Quincunxe aufzuzeichnen, doch Miss Lydia meinte: »Setz sie nicht nebeneinander, laß sie sich diagonal spiegeln! Das macht man meistens so in der Heraldik.«

Da ich annahm, daß sie recht hatte, fertigte ich die Zeichnung so an, daß sich schließlich der erste und der fünfte sowie der zweite und der vierte Quincunx spiegelbildlich glichen.

»Da ist noch ein Problem«, warf Henrietta ein. »Wir haben nämlich ziemlich willkürlich festgelegt, daß der erste Quincunx aus dem Wappen der Huffams und der zweite aus dem der Mompessons ist. Es könnte doch aber auch ebensogut andersherum sein.«

»Das glaub ich nicht«, widersprach ich, »das Huffam-Schild zeigt das ursprüngliche Motiv, und außerdem sind die Huffams die älteste Familie, also kann man wohl davon ausgehen, daß ihr Wappen am Anfang steht.«

»Da jedoch ein Mompesson den Plan ersonnen hat«, gab Miss Lydia etwas ironisch zurück, »könnte man auch annehmen, daß der Quincunx meiner Familie nicht den ersten, sondern den zentralen Platz einnimmt.«

»Oder der Quincunx der Huffams!« warf ich ein.

»Ich wollte mit meiner Bemerkung eigentlich keine neue Familienfehde auslösen«, sagte Henrietta amüsiert. »Doch wenn wir mit der Vermutung recht haben, daß sich vier Quincunxe spiegelbildlich gegenüberstehen, dann müßte sich, der Logik dieser Anordnung nach, der mittlere Quincunx eigentlich von den übrigen unterscheiden. Und in dem Fall ergäbe sich kein Unterschied, ob nun derjenige der Huffams oder der der Mompessons zuerst kommt, denn bei beiden ist der Stempel der mittleren Blüte weiß, nur die Blütenblätter unterscheiden sich in der Farbe.«

»Stimmt!« sagte ich aufgeregt. »Daraus folgt also, daß die vier mittleren Bolzen der äußeren Quincunxe gezogen werden müssen.«

»Oder«, neckte mich Henrietta, »daß sie ebendeshalb nicht gezogen werden dürfen.«

Ich mußte zugeben, daß sie mit diesem Einwand recht hatte.

»Dann könnte ich ja einfach«, sagte ich, »alle auf unserer Zeichnung weißen Bolzen herausziehen und zum Schluß den ganz in der Mitte. Und wenn das nicht funktioniert, probier ich es andersherum.«

»Nein!« rief die alte Dame und sah mich entsetzt an. »Es geht das Gerücht, daß man das Schloß mit einem Mechanismus gekoppelt hat, mit einer Art Höllenmaschine. Man hat sie nach eurem Einbruch installiert.«

»Und dieser Mechanismus wird ausgelöst, wenn jemand versucht, das Schloß mit Gewalt aufzubrechen?« fragte ich.

»Oder«, antwortete sie, »wenn jemand die falschen Bolzen herauszieht.«

»Und«, fragte ich weiter, »was geschieht dann?«

»Ich habe gehört, daß man ein Selbstschußgewehr, wie es für die Wilderer verwendet wird, entsprechend umgearbeitet hat.«

Ich mußte daran denken, was Harry mir von seinem und Sukeys Vater erzählt hatte, und ein Schauder lief mir über den Rücken.

»Andererseits sagt man aber auch«, fuhr Miss Lydia fort, »daß dieser Mechanismus nur einen Alarm auslöst.«

»Dann müssen wir eben herausfinden, ob der Bolzen ganz in der Mitte weiß sein soll wie die anderen oder schwarz. Denn dann weiß ich immerhin, ob ich ihn auch herausziehen muß oder nicht.«

»Ich glaube, er ist schwarz«, sagte Henrietta. »Wenn er nämlich weiß wäre, würde sich der mittlere Quincunx, derjenige der Clothiers, von dem der Palphramonds und der Mompessons nicht unterscheiden, und das kann einfach nicht stimmen. Nur wenn der mittlere Bolzen schwarz ist, unterscheidet sich der zentrale Quincunx von den anderen.«

»Stimmt«, sagte ich. »Doch um ganz sicher zu sein, müßten wir wissen, wie die zwei ursprünglichen Wappen in dem der Clothiers verschmolzen worden sind.«

»Das sollte ich wohl herausfinden können!« Miss Lydia lachte. »Mein Vater besaß eine Menge Bücher und Papiere über Genealogie und Heraldik, die eigentlich alle noch in der Bibliothek sein müßten. Ich werde mal ein wenig herumstöbern und sehen, ob ich nicht einen Hinweis finden kann.«

»Aber selbst wenn wir auf die Lösung stoßen«, meinte Henrietta, die ihr anfängliches Desinteresse offensichtlich ganz vergessen hatte, »wie willst du dann in den Großen Salon kommen?«

»Wenn nötig, würde ich versuchen, das Türschloß zu öffnen, falls mir mein Freund Joey das nötige Werkzeug bringt. Doch das kann unter Umständen recht lange dauern, und deshalb wäre es besser, wenn ich mir den Schlüssel besorgen könnte. Ich müßte dann allerdings dem Nachtwächter das Schlüsselbund stehlen, und da gibt es ein Problem ...«

»Er versteckt die Schlüssel!« rief Miss Lydia.

»Genau«, sagte ich. »Aber vielleicht läßt sich das Problem lösen, ich hab da so meine Vermutung. Die eigentliche Schwierigkeit liegt jedoch darin, hinterher aus dem Haus zu entkommen. Ich kann weder die Schlösser an der Hintertür noch die an der Haustür aufmachen, und die Fenster im ersten Stock sind jetzt alle vergittert.«

»Aber wenn du das Schlüsselbund hast, stehen dir doch beide Wege offen!« rief Henrietta.

»Nein. Die Haustür hat ein zweites Schloß, außen, und nur die Familienangehörigen haben einen Schlüssel dafür, der Nachtwächter nicht.«

»Das hat man auch erst nach dem Einbruch eingeführt«, bemerkte Miss Lydia.

»Und selbst wenn ich die Hintertür aufschließen kann, stehe ich auf dem Hof«, fuhr ich fort. »Um von dort aus zur Gasse zu kommen, muß ich aber durch die Remise und die Ställe, die nachts fest verschlossen sind – ganz abgesehen davon, daß der Kutscher und die Pferdeknechte dort schlafen.«

»Also ist eine Flucht unmöglich?« fragte Henrietta.

»Nachts schon. Doch wenn ich die Schlüssel finde, könnte ich in den Großen Salon gehen, hinterher die Schlüssel wieder zurückbringen und warten, bis der Nachtwächter die Hintertür aufschließt, um die Waschmagd ins Haus zu lassen. Ungefähr zwei Stunden später öffnet der Kutscher dann die Remise, und mein Weg ist frei.«

Henrietta schauderte: »Du meinst, du willst mit dem Testament in den Händen im Haus warten, obwohl man jeden Augenblick entdecken könnte, daß das Versteck aufgebrochen wurde?«

»Das wird bestimmt nicht angenehm sein. Aber zu der frühen Stunde ist die Wahrscheinlichkeit gering, daß man den Einbruch entdeckt.«

»Wieso glaubst du, daß du die Schlüssel finden kannst?« fragte Miss Lydia.

»In meiner ersten Nacht im Haus wollte ich in der Spülküche schlafen, aber Jakeman hat mich fortgejagt, obwohl er selbst gar nicht dort schläft. Deshalb nehme ich an, daß er das Bund dort versteckt.«

»Und was wirst du hinterher unternehmen?« fragte Miss Lydia.

»Ich werde zu meinen Freunden, den Digweeds, gehen und dann die nötigen Schritte einleiten, um das Testament dem Gericht vorzulegen.«

»Sei vorsichtig! Ich weiß, daß Mr. Barbellion, der Notar meines Neffen, einen Informanten bei Gericht hat. Es war oft die Rede von ihm.«

»Keine Angst!« sagte ich. »Ich werde das Testament nicht aus den Augen lassen, bis ich es selbst in die Hände des Lordkanzlers persönlich gelegt habe.«

Die beiden lachten, und Miss Lydia meinte: »Jedenfalls sollte es jemand sein, der eine ungefähr ebenso hohe Stelle bekleidet. Aber so wie du angezogen bist, kommst du nicht einmal am Pförtner vorbei.«

»Ich habe einen Freund, den ich fragen will, ob er mir helfen kann.«

»Jedenfalls mußt du mir erlauben, dir etwas Geld zu geben«, drängte die alte Dame.

»Aber das geht doch nicht!« sagte ich und war überrascht, daß sie überhaupt Geld besaß, nahm aber an, daß es wohl kaum besonders viel sein konnte.

»Doch, du mußt es annehmen! Wenn schon nicht deinetwegen, dann doch zumindest wegen Henrietta – und auch mir und John Umphraville zuliebe.«

Sie öffnete eine kleine waschlederne Tasche, die auf dem Tisch gelegen hatte, kippte ihren Inhalt aus, und ein Regen goldglänzender Sovereigns ergoß sich über das Papier, auf dem wir versucht hatten, das Rätsel des Quincunx zu lösen.

»Großtante!« rief Henrietta. »Woher hast du soviel Geld?«

Die alte Dame lächelte. »Das sind einundfünfzig Pfund«, sagte sie in bescheidenem Triumph und sammelte die Münzen wieder ein.

»Aber was hast du verkauft?« fragte Henrietta, und wir beide blickten uns im Zimmer um. Soweit ich sehen konnte, fehlte nichts, andererseits wußte ich, daß keiner ihrer Schätze, ja nicht einmal alle zusammen auch nur ein Viertel dieser Summe ergeben hätten.

»Das soll mein Geheimnis sein«, sagte Miss Lydia.

Henrietta schaute die alte Dame durchdringend an, und überrascht bemerkte ich, daß Miss Lydia unter diesem Blick rot wurde.

»Ich glaube, ich verstehe«, sagte Henrietta gedehnt. »Aber wirst du deswegen nicht schrecklichen Ärger bekommen? Und wovon willst du nun leben?«

»Mein liebes Kind, ich bin eine sehr alte Frau und für das, was ich tue, nicht mehr verantwortlich. Und was das Weiterleben betrifft, nun, das scheint mir bei Leuten in meinem Alter zu einer schlechten Gewohnheit zu werden, die ich mir austreiben will, bevor sie nicht mehr zu kurieren ist.«

Ich meinte nun auch zu verstehen, wovon die Rede war, und wollte gerade etwas sagen, als laut an die Tür geklopft wurde. Entsetzt schauten wir uns an. Wir waren so sehr in unser Gespräch vertieft gewesen, daß wir keine Schritte gehört hatten.

»Man darf dich hier nicht schon wieder finden, John!« flüsterte Henrietta.

Im gleichen Augenblick drückte jemand die Türklinke gleich mehrmals rasch hintereinander nach unten.

»Schnell!« sagte Miss Lydia, nahm mich beim Arm und schob mich zur Schlafzimmertür. »Dahinein! Und nimm das Geld!«

Ich griff nach dem Beutel, den sie mir in die Hand drückte, und huschte in das dunkle, kleine Kämmerchen, dessen Tür sie hinter mir schloß.

Unmittelbar darauf hörte ich eine Stimme, die ich seit Jahren nicht mehr gehört hatte, deren Klang aber im Laufe der Zeit nicht lieblicher geworden war: »Warum war die Tür versperrt? Hast du dieses störrische Mädchen in seiner Rebellion auch noch ermutigt? Ich glaube, es ist langsam an der Zeit, euch den Umgang miteinander zu verbieten.« Es folgte ein unverständliches Gemurmel, dann wieder die Stimme: »Laß uns allein, Kind! Deine Großtante und ich müssen einige Dinge unter vier Augen besprechen.«

»Natürlich, Tante Isabella.«

Ich hörte, wie die Tür zum Flur geöffnet und dann wieder geschlossen wurde, und als Lady Mompesson erneut das Wort ergriff, sprach sie mit kalter, vor unterdrückter Wut zitternder Stimme: »Nun, Miss Mompesson, deine letzte Schandtat übertrifft nun wirklich alles bisher Dagewesene. Bist du denn wirklich so dumm, daß du denkst, so etwas würde mir nicht zu Ohren kommen? In solch einem kritischen Augenblick, wo alle Welt sich in wilden Vermutungen über die Solvenz meines Mannes und die Schulden meines Sohnes ergeht, war dies wohl das Dümmste, was ein Angehöriger dieser Familie tun konnte. Aber vermutlich hast du es ja genau aus diesem Grunde gemacht. Dein ganzes Leben lang hast du nur danach getrachtet, den Interessen deiner nächsten Verwandten zu schaden. Und obwohl du in diese Familie hineingeboren wurdest, läßt du keine Gelegenheit aus, ihr Schaden zuzufügen, während ich, eine bloß angeheiratete Mompesson, mein ganzes Leben ausschließlich dem einen Ziel widme, den Einfluß dieser Familie zu vermehren. Wahrscheinlich hast du deinen Eltern niemals diesen Skandal verziehen, der doch einzig und allein die Folge deines infamen Benehmens war und Schmach und Schande über uns gebracht hat. Ich weiß, du bist von dem Verlangen nach Rache besessen. Ich weiß nur nicht genau, was du deinen Eltern eigentlich vorwirfst. Die Wahrheit ist jedenfalls, daß es gestorben ist. So hat man es dir damals gesagt, und so ist es auch gewesen.«

Sie schwieg, und ich hörte ein kaum verständliches Murmeln.

»Aber warum hast du es so billig verkauft?« fragte Lady Mompesson. »Hast du denn nicht gewußt, wie sehr du damit unserer Kreditwürdigkeit schadest? Alle Wechsel, die mein schlecht beratener Sohn in den letzten Jahren unterschrieben hat, wurden daraufhin unverzüglich eingefordert. Wegen der Schulden meines Mannes und wegen Davids Anleihen auf sein Erbteil werden wir neue Hypotheken aufnehmen müssen, dabei führen die laufenden schon fast zur Zwangsvollstreckung. Und was hast du zu alldem zu sagen?«

Wieder konnte ich nur ein undeutliches Gemurmel hören.

»Ich kann dich nicht verstehen«, meldete sich die barsche Stimme wieder. »Du nuschelst mit jedem Tag stärker. Ich muß wohl annehmen, daß diese Tat die Folge närrischen Altersschwachsinns ist. Was könntest du auch schon mit soviel Geld auf einmal anfangen wollen? Du hast doch alles, was eine alte Frau braucht, oder etwa nicht? Nun, wie dem auch sei, wir können Geschehenes nicht mehr rückgängig machen, und du wirst schon sehen, was du davon hast. Von nun an brauchst du jedenfalls nicht mehr damit zu rechnen, daß dir irgend jemand aus diesem Haus auch nur den geringsten Gefallen erweist.«

Wieder folgte ein Schweigen, dann hörte ich erneut Lady Mompesson: »Entweder ist das ein Trick, und du willst mich täuschen, oder du hast wirklich den Verstand verloren. Auf alle Fälle hast du damit gezeigt, daß du nicht mehr für dich allein sorgen kannst. Für die Folgen bist nur du selbst verantwortlich.«

Ich hörte einige rasche Schritte, dann schlug eine Tür zu.

Einen Augenblick blieb ich noch in der Schlafkammer und dachte über etwas nach, was Lady Mompesson gesagt hatte. Dann kam mir eine Idee. Sollte dies vielleicht der Grund sein, weshalb die alte Dame von Annas Geschichte so gerührt war und weshalb sie so ausweichend über ihre Beziehung zu dieser Tante gesprochen hatte? Fast schien mir, als hielte ich nun den letzten Stein des Mosaiks in der Hand, doch da ich das Bild nicht kannte, wußte ich nicht, wo er hingehörte. Und ich getraute mich nicht, Miss Lydia danach zu fragen.

Vorsichtig öffnete ich die Tür zum Wohnzimmer und fragte mich, was mich dort wohl erwarten würde.

Erleichtert sah ich jedoch die leuchtenden Augen der alten Dame, die mich unternehmungslustig anblitzten: »War die wütend! Allein für diesen Anblick würd ich es jederzeit noch einmal tun!«

»Aber was haben Sie denn getan, Miss Lydia?«

»Offenbar habe ich die ganze Familie an den Bettelstab gebracht; das wollte sie mir zumindest wohl einreden«, rief sie begeistert. »Was für ein Unsinn!«

»Ich kann das Geld nicht annehmen«, sagte ich noch einmal und hielt ihr den Beutel hin.

»Papperlapapp!« sagte sie. »Ich komme schon zurecht. Und ich wünsche mir von ganzem Herzen, daß die Gerechtigkeit siegt.« Sie senkte ihre Stimme, kam näher und legte ihre Hand auf meinen Arm: »Und daß für Henrietta gesorgt ist. Wirst du auf sie achtgeben?«

»Ja, so gut ich kann.«

Sie blickte mich ernst an: »Ich glaube, sie ist dir nicht gleichgültig, oder?«

Unter ihrem forschenden Blick wurde ich rot.

»Das habe ich mir fast gedacht«, sagte sie übermütig. »Und ich weiß, daß auch du ihr nicht gleichgültig bist. Ich habe schon lange vermutet, daß sie in jemanden verliebt ist, und jetzt weiß ich auch, wer dieser Jemand ist. Und wenn erst einmal das Testament dem Gericht vorliegt, dann wird sich schon alles zum Guten wenden. Jetzt nimm das und geh, bevor hier noch einer hereinkommt!«

»Ich kann nicht. Ich habe keine Taschen, und der Beutel ist viel zu groß, um ihn zu verstecken. Lassen Sie mich jetzt nur einige Münzen mitnehmen!«

»Nein!« sagte sie heftig. »Du mußt alles mitnehmen. Ich weiß nicht, wieviel Zeit mir noch bleibt.«

Ehe ich sie fragen konnte, was sie damit meine, hatte sie meine Jacke genommen und die Innenseite nach außen gekrempelt.

»Sieh her, das reicht doch!« sagte sie und riß die Naht auf.

Sie schüttete die Münzen in diese provisorische Tasche: »Kannst du sie sofort in ein Versteck bringen?«

»Ja«, antwortete ich und dachte dabei an den Kohlenkeller.

Behutsam öffnete ich die Tür. Der Flur lag verlassen vor mir. Ich verabschiedete mich von der alten Dame, doch zu meiner Überraschung und noch ehe ich recht wußte, was sie vorhatte, reckte sie sich und gab mir einen Kuß auf die Wange.

»Möge Gott dir Flügel verleihen!« sagte sie, und ihre Augen blitzten.

Ich ging aus ihrem Zimmer und zog die Tür hinter mir zu. Auf dem Weg zur Hintertreppe fiel mir eine nur angelehnte Tür auf, und gerade als ich an ihr vorbeiging, wurde sie jäh weit aufgerissen, und jemand packte mich am Kragen.

Ich versuchte, mich freizukämpfen, aber der Angreifer war viel zu stark.

Dann hörte ich dicht an meinem Ohr Mr. Vamplews Stimme zischen: »Na, was hattest du bei der alten Jungfer zu suchen?«

»Ich mußte einige Möbelstücke für sie verrücken.«

»Zwei Stunden lang? Ich hab gesehen, wie du zu ihr rein bist. Und das Mädchen und Lady Mompesson waren auch da. Was hast du mit ihnen zu schaffen?«

»Nichts.«

»Sag mir, was los ist, oder ich sorge dafür, daß es dir dreckig geht.«

Als wolle er mich zum Reden zwingen, verstärkte er seinen Griff noch und schüttelte mich. Da merkte ich entsetzt, wie sich zwei Sovereigns aus dem Saum lösten und zu Boden rollten. Er schaute sie sich verblüfft an, bückte sich, ohne mich dabei loszulassen, und hob sie auf.

»Hast du die geklaut?« fragte er.

Ich überlegte, welche Antwort wohl am günstigsten war, und sagte schließlich: »Sie hat sie mir gegeben.«

Er steckte sie in seine Tasche und meinte: »Ich weiß genau, wer du bist. Ich hab dich bei dem Einbruch gesehen. Hast du dich mit der Alten zusammengetan, um die Familie auszurauben? Hat sie mich deshalb am Schießen gehindert?«

Ich sagte kein Wort.

Da flüsterte er: »Laß mich bei der Sache mitmachen, dann verpfeif ich dich nicht. Ich hätte dich nämlich schon viel früher hochgehen lassen können, meinst du nicht?«

Da ich darauf immer noch nicht antwortete, schüttelte er mich erneut, und ich sagte: »Ja, Mr. Vamplew.«

Er flüsterte: »Hast du noch mehr?«

Verzweifelt sah ich zu, wie er mit der freien Hand meine Jackennaht abtastete, doch im selben Augenblick hörten wir Schritte näher kommen. Der Hauslehrer stieß die Tür hinter sich auf und wollte mich in sein Zimmer zerren, aber ich wehrte mich mit aller Kraft, und als er schließlich merkte, daß der Neuankömmling uns jeden Moment entdecken würde, zischte er: »Ich behalt dich im Auge. Versuch bloß nicht, mich reinzulegen!«

Er ließ mich los, und ich lief davon. Als ich durch die Tür zur Hintertreppe hastete, warf ich einen Blick zurück und erkannte Will, der ein Tablett zu Miss Lydias Zimmer trug und mir erstaunt nachsah.

Ich kehrte zurück in die unteren Regionen des Hauses. Bob lag noch immer in trunkenem Schlaf im Dienstbotensaal und würde mich so bald nicht vermissen. Also holte ich mir einen Kerzenstummel aus seiner schmutzigen kleinen Kammer, zündete ihn in der Spülküche an, nahm den Kohleneimer und ging hinunter in den Keller. Dort, an diesem einzigen Ort im Haus, an dem ich mit ziemlicher Sicherheit von niemandem gestört wurde, holte ich die Münzen hervor und zählte sie: Es fehlten tatsächlich nur die zwei Sovereigns. Ich riß einen großen Fetzen Stoff aus dem Futter der Jacke und wikkelte die Münzen darin ein. Dann hob ich einen der schweren Kohlenbrokken hoch, die ich morgens immer zerkleinern mußte, bevor ich sie nach oben trug, und schob mein Geldpäckchen darunter.

Als ich meine Arbeit wiederaufnahm, fragte ich mich, ob Mr. Vamplew nun verraten würde, was er über mich wußte, ging aber davon aus, daß er auch weiterhin schweigen würde, da er sich einen Profit von seinem Geheimnis versprach. Ich sollte recht behalten, denn es vergingen Stunden, und niemand fragte nach mir. Doch Mr. Vamplews Interesse für mich würde es schwerer machen, wieder zu Miss Lydia vorzudringen und mein großes Vorhaben durchzuführen.

Sobald Bessie und ich mit den Töpfen und Pfannen fertig waren, ging ich in Bobs dunkle kleine Kammer und verbrachte die nächsten zwanzig Minuten damit, einen alten Waschlederlappen, den ich bislang zum Putzen benutzt hatte, mit unbeholfenen Stichen zu einem länglichen Beutel zusammenzunähen, durch dessen oberen Rand ich dann einen Riemen zog. Darin würde ich meine Sovereigns aufbewahren können, und wenn ich erst einmal das Testament hatte, würde ich es ebenfalls da hineinstecken und den Beutel sicherheitshalber immer um den Nacken tragen.

Um neun Uhr abends fand sich dann endlich eine Gelegenheit, auf die Gasse hinauszuschleichen. Ich holte im Keller die Münzen und steckte sie in den Beutel um meinen Hals. Die Kälte verschlug mir fast den Atem, als ich in meinen dünnen Kleidern aus dem Haus ging. Doch zu meiner Erleichterung entdeckte ich Joey, der bei den Ställen auf mich wartete, mit den Füßen aufstampfte und mit den Armen um sich schlug. Er drückte mir den Sperrhaken in die Hand, um den ich ihn vor langer Zeit gebeten hatte.

»Ein-, zweimal konnte ich nicht kommen«, sagte ich. »Ich konnte einfach nicht aus dem Haus. Aber letzte Woche und den Sonntag davor hab ich hier gewartet, und du warst nicht da.«

»War beschäftigt«, sagte er verdrossen. »Und letzte Woche hab ich Barney bei uns in der Nähe gesehen, also bin ich nicht her.«

Dies waren beunruhigende Neuigkeiten, doch ich hatte keine Zeit, jetzt darüber nachzudenken. Rasch erzählte ich Joey, was geschehen war, sah mich um, ob uns im Dunkeln auch niemand beobachtete, zog eine von Joeys Taschen auf und schüttete ihm das Geld hinein.

»Das willst du mir alles anvertrauen?« fragte er mit einem etwas durchtriebenen Lächeln.

»Jetzt vertrödel keine Zeit!« erwiderte ich ärgerlich. »Nimm davon, was du für dich und deine Eltern brauchst!«

»Dad braucht nichts«, sagte er barsch.

»Jetzt sei nicht so stolz, wo ich doch endlich einmal etwas für euch tun kann«, sagte ich. »Und dann verschaff mir eine ordentliche Wohnung in einer guten Gegend für etwa einen Monat. Sag einfach, du würdest sie für einen jungen Gentleman anmieten, der aus dem Ausland nach London zurückkehrt.«

»Welchen Namen soll ich angeben?«

Ich dachte kurz nach und erinnerte mich an einen weit zurückliegenden Augenblick und an ein Angebot, das ich für freundlich gehalten hatte: »Parminter. Und sag, ich würde am nächsten Montag in aller Frühe eintreffen. Wenn ich herausfinde, wie man das Versteck öffnet, dann werde ich es heute in einer Woche versuchen. Und noch eins, das ist sehr wichtig: Kauf mir ein paar anständige Kleider. Du hast ungefähr meine Größe, also tu einfach so, als würdest du sie für dich haben wollen. Kannst du dich hier am Montag einige Stunden vor der Morgendämmerung mit mir treffen?«

Er nickte.

»Ich muß jetzt gehen. Wie geht's deinem Vater?« fragte ich noch, als ich mich bereits von ihm abwandte.

»Zwei Tage nach Weihnachten ist er gestorben«, sagte Joey tonlos. »An dem ersten Sonntag, wo du nich gekommen bist.«

Ich drehte mich nach ihm um, aber da war er schon um die Ecke verschwunden.

Als ich ins Haus zurückkehrte, fragte ich mich, wie lange Joey an jenem Tag wohl dort draußen in der Kälte gewartet hatte, während seine Mutter allein um ihren Mann trauerte. Seine Familie hatte ihre Schuld mir gegenüber in überreichem Maße abgetragen. Sobald ich zu meinem Recht gekommen war, wollte ich bei Joey und seiner Mutter alles wiedergutmachen, doch jetzt blieb mir wenig Zeit, um über die Digweeds nachzudenken.

Wenn mein Plan gelingen sollte, mußte ich noch eine wichtige Sache erledigen. Also zwang ich mich, als ich mich abends hinlegte, wach zu bleiben. Mir stand eine lange, beschwerliche Wache bevor, denn Jakeman mußte noch Sir David einlassen. Endlich hämmerte der junge Gentleman gegen die Haustür, und heimlich folgte ich dem alten Nachtwächter, nachdem er vor sich hin gebrummelt und seinen Becher auf den Tisch geknallt hatte, zum Portal. Beide, Nachtwächter und Prinzipal, waren so betrunken, daß sie eine Weile brauchten, bis beide Schlüssel im Schloß steckten. Die Herren verfluchten sich gegenseitig von ihrer jeweiligen Türseite her, nur war der junge Gentleman etwas lauter, und er besaß das umfangreichere Vokabular: »Zur Hölle mit deiner Un... deiner Unv... deiner Frechheit!« rief er, als er die gedämpften Flüche des Nachtwächters hörte, die durch die Tür hinaus auf die Straße drangen.

Sir David ging nach oben, und Jakeman kehrte in die Spülküche zurück, bückte sich, ganz wie ich vermutet hatte, etwa dort, wo ich in der ersten Nacht gelegen hatte, zog einen lockeren Ziegel aus dem Kamin und versteckte das Schlüsselbund in dem Loch. Dann stolperte er zu seinem Schlafplatz.

Wenn ich jetzt auch noch den Schlüssel für das Geheimnis des Quincunx fand, war alles soweit vorbereitet, daß ich den Versuch wagen konnte.

100. KAPITEL

Den ganzen Tag lang hatte ich darüber nachgedacht, und selbst noch in der Nacht träumte ich vom Quincunx. Er trieb sein höhnisches Spiel mit mir, tauchte aus dem Dunkel auf und sah wie eine Rose aus, deren Blüte sich zu funkelnden geometrischen Mustern entfaltete, die so verwirrend waren, daß ich sie nicht begreifen konnte; dann wiederum glich er einem Herzen, und als ich versuchte, in sein Zentrum zu schauen, da brannte dieses Herz so lichterloh, daß es fast schwarz aussah und meine schmerzenden Augen es nicht durchdringen konnten.

Am nächsten Morgen – es schien noch kälter zu sein als tags zuvor – hörte ich, wie Bob zu Will sagte, daß Mr. Thackaberry die Anweisung gegeben habe, Miss Liddys Glocke von nun an nicht mehr zu beachten. Etwas später hieß es dann, daß der Butler am Nachmittag im Dienstbotensaal zum gesamten Gesinde sprechen wolle. Bessie und ich waren mit diesem Aufruf natürlich nicht gemeint und setzten unsere Arbeit fort, als die übrige Dienerschaft zum Saal drängte.

Nachdem die Versammlung sich aufgelöst hatte, dauerte es noch eine Weile, ehe ich erfuhr, was geschehen war, denn man war allgemein viel zu sehr damit beschäftigt, sein Geschick zu beklagen oder der Erleichterung Luft zu machen, weil man noch einmal davongekommen war, so daß niemand Zeit zur Beantwortung meiner Fragen hatte. Nach und nach konnte ich mir jedoch aus den kurzen Erklärungen und Satzfetzen ein Bild machen: Das Haus sollte baldmöglichst geschlossen werden, und die Familie würde bis zum Beginn der Saison – wenn nicht länger – in Hougham wohnen. Einige Dienstboten sollten sie dorthin begleiten, andere konnten, falls sie die Kündigung nicht vorzogen, in London bleiben und Kostgeld bekommen, wieder anderen aber wurde mitgeteilt, daß sie zum Ende der Woche hin ausbezahlt würden. Mr. Thackaberry hatte drei entsprechende Listen vorgelesen, und Bobs Name fand sich unter denen, die entlassen werden sollten. Ich wagte mich in den Dienstbotensaal vor und sah ihn dort auf einer Bank sitzen, Gin mit heißem Wasser trinken, lästerlich fluchen und sich bei Will und Nellie und einigen anderen darüber beschweren, daß man ihn entließ, jüngere Lakaien aber in Stellung behielt.

»Ich kann einfach nicht verstehen, wieso Assinder das zuläßt«, sagte er immer wieder. »Muß wohl ein Versehen sein. Ich kann ihn nämlich ganz schön in Schwierigkeiten bringen, und das weiß er auch.«

»Ach, das weiß ja jeder«, sagte Will. »Du meinst doch diese alte Geschichte mit der Kutsche, die Assinder mal verliehen hat, oder etwa nicht?«

»Nein, die mein ich nicht«, sagte Bob wütend. »Ich hab ganz was anderes gegen ihn in der Hand.«

»Habt ihr denn noch nicht gehört«, fragte Ned, der gerade hereinkam, »daß sie Assinder auch entlassen haben? Er muß gleich morgen früh aus dem Haus.«

»Was?« schrie Bob.

»Offenbar haben Ihre Ladyschaft, Mr. David und der Notar rausgekriegt, daß er sie ständig betrogen hat«, fuhr Ned fort. »Nur der alte Sir Perceval hat ihm vertraut und wollte nicht, daß man was gegen ihn unternimmt.«

»Hilft dir also wenig, daß du was gegen ihn in der Hand hast«, höhnte Will.

Vor Wut und Bestürzung war Bob ganz blaß im Gesicht geworden.

»Was weißt du denn, Bob?« fragte Nellie neugierig.

»Jetzt könnt ihr's ja ruhig wissen, wo's ihm sowieso nichts mehr anhaben kann«, sagte er. »Es war vor etwa drei oder vier Jahren, im Sommer. Diese Frau – vielleicht war's sogar 'ne Dame, hatte aber ziemlich schäbige Kleider an – klopft an die Tür, als ich gerade Hallendienst hatte. Jedenfalls kommt sie mit 'nem Sheriff, weil der einen Haftbefehl gegen sie in der Hand hielt. Natürlich hab ich ihr gesagt, sie soll hintenrum gehen. Aber sie meint, sie gehört zur Familie oder so. Ich wußt nicht, was ich davon halten sollte, ich hab nämlich gedacht, sie hätt zu tief in die Flasche geguckt oder noch was Schlimmeres. Nun, ich bin dann zu Assinder, weil sonst niemand von der Familie im Haus war. Und er kommt und empfängt sie in der Bibliothek, während der Sheriff in der Eingangshalle wartet. Und nach 'n paar Minuten kommt sie wieder raus, heult Rotz und Wasser und verschwindet. Da sagt mir Assinder, ich soll bloß jemals keiner Menschenseele auch nur ein Wort davon sagen, und drückt mir fünf Sovereign in die Hand.«

»Fünf?« riefen seine Zuhörer. »Das muß ja ziemlich wichtig gewesen sein.«

Ich wußte, was es war. Ich eilte aus dem Saal in den dunklen Flur, weil ich allein sein wollte, um über das soeben Gehörte nachzudenken. Also hatte Assinder meine Mutter offenbar auf eigene Verantwortung aus dem Haus geschickt, ohne seinem Dienstherrn etwas davon zu erzählen. Aber warum? Das ergab nur Sinn, wenn er für die Clothiers arbeitete! Dann war er also der Handlanger, den sie im Haus der Mompessons haben mußten! Welche weiteren Folgerungen ergaben sich daraus? Und wenn es wahr sein sollte, daß die Mompessons meine Mutter gar nicht abgewiesen hatten, durfte ich dann trotzdem noch gegen sie vorgehen und meinen Plan ausführen?

In diesem Augenblick kam Will aus dem Dienstbotensaal, und ich fragte ihn, weil er zu denen gehörte, die nicht entlassen wurden, was mit mir geschehen würde.

»Mit dir?« Er lachte höhnisch. »Du fliegst natürlich auch raus, zusammen mit Bob, diesem verdammten egoistischen Hund.«

Jetzt, da der Haushalt auseinanderfiel, fühlte sich niemand mehr bemüßigt, seine wahren Gefühle zu verbergen.

»Und wann soll das Haus geschlossen werden?« fragte ich.

»Bezahlt ist er bis Samstag, aber vielleicht wirft man euch auch schon vorher raus.«

Er betrachtete mich neugierig, und da mir einfiel, daß er mich gesehen hatte, als ich von Vamplew verhört worden war, fragte ich nicht weiter, sondern drehte mich um und lief in die Spülküche.

Offenbar mußte ich früher, als ich angenommen hatte, meinen Plan ausführen, wollte ich mir das Testament überhaupt noch verschaffen. Ich konnte damit rechnen, noch am selben Tag entlassen zu werden, denn es lag auf der Hand, daß Bob sich mit dem Butler anlegen und womöglich sofort hinausgeworfen würde. Außerdem drohte eine weitere Gefahr: Würden die Mompessons das Testament mit nach Hougham nehmen? Eines stand fest: Das Rätsel des Quincunx mußte ohne jeden weiteren Aufschub gelöst werden.

Als es für Bob und mich Zeit wurde, die kleine Mannschaft zu begleiten, die allabendlich das Haus abschloß, kochte Bob vor unterdrückter, trunkener Wut. Er war so unverschämt zu Mr. Thackaberry, daß man ihm, wäre der Butler nicht selbst viel zu betrunken gewesen, sicherlich auf der Stelle den Laufpaß gegeben hätte. Als wir beide über den Flur gingen, auf dem sich Miss Lydias Zimmer befanden, sah ich ein Paar Schuhe vor ihrer Tür stehen, bückte mich und hob sie auf.

»Laß sie stehen!« sagte Bob. »Die alte Katze ist in Ungnade gefallen. Die werfen sie genauso aus'm Haus wie mich.«

Als ich das Paar wieder abstellte, sah ich im rechten Schuh ein Stück Papier liegen. Bob war schon einige Schritte vorgegangen, also griff ich rasch nach dem Zettel und ließ ihn in meiner Schürzentasche verschwinden.

Sobald ich im Dienstbotensaal einen Moment unbeobachtet war, las ich die Notiz im Schein des verlöschenden Feuers: LÖSUNG GEFUNDEN. KOMM NACH MITTERNACHT!

Ich warf den Zettel in die Flammen, sah zu, wie er sich schwarz verfärbte und aufrollte, und spürte, wie ich immer aufgeregter wurde. Ich wartete, bis ich Jakeman schnarchen hörte, schlich mich über die Hintertreppe nach oben, tastete mich in pechschwarzer Dunkelheit über den Flur bis zu Miss Lydias Räumen vor und zählte dabei die Türen, um nicht ins falsche Zimmer hineinzuplatzen. Etwas überrascht stellte ich fest, daß unter der Tür, die zu ihrem Wohnzimmer führen mußte, kein Licht hervorschimmerte. Ich wagte nicht anzuklopfen, da Mr. Vamplew unmittelbar gegenüber wohnte. Also drückte ich nur behutsam die Klinke hinunter und schlüpfte durch die Tür.

Das einzige Licht kam von der schwachen Glut im Kamin, und auch unter der Tür zur Schlafkammer war kein Schein zu sehen. Im Wohnzimmer roch es nach einer verloschenen Kerze, und da auf dem Kaminsims gewöhnlich einige Kerzen lagen, griff ich mit der Kohlenzange nach einem glühenden Kohlerest. In seinem Licht fand ich eine Kerze, hielt den Docht an die Glut, und während ich darauf wartete, daß er Feuer fing, lauschte ich auf die vollkommene Stille um mich herum.

Schließlich flackerte die Kerze auf, und ein eiskalter Schauer jagte mir über den Rücken, als ich jemanden im Sessel vor dem Feuer sitzen sah. Noch im selben Augenblick erkannte ich die alte Dame, doch mein Herz pochte so gewaltig, daß es sich kaum beruhigen wollte. Miss Lydia mußte einen festen Schlaf haben, wenn mein Eindringen sie nicht geweckt hatte.

»Miss Lydia?« sagte ich leise und schreckte dennoch beim Klang meiner Stimme zusammen. Als die alte Dame nicht reagierte, rief ich etwas lauter: »Großtante Lydia?«

Ich ging ein wenig näher und berührte ihren Arm. Ihr Kopf fiel nach vorn, und erschreckt sprang ich zurück. Voller Entsetzen begriff ich, daß ich allein in diesem Zimmer war.

Als sich mein erster Schrecken gelegt hatte, ging ich noch einmal zu ihr.

Es gab keinen Grund, weshalb ich mich vor ihr hätte fürchten sollen. Ich strich über ihre Hand und spürte, daß sie bereits ganz kalt war. Während das Feuer verlosch und die Kerze flackerte, ehe sie in ihrem eigenen Wachs ertrank, hatte Miss Lydia hier gesessen und gewartet, um mir jene letzte Information zu geben, mit deren Hilfe sich erfüllen sollte, wonach sie sich schon so lange gesehnt hatte. Und nun war sie doch noch um einige wenige Stunden betrogen worden. Vielleicht war sie sogar vor lauter Aufregung gestorben bei dem Gedanken daran, daß sich ihre Hoffnung nun endlich erfüllen würde. Ich betrachtete ihr Gesicht. Der Ausdruck war friedlich. Ich versuchte, mir auszumalen, wie sie als junges Mädchen ausgesehen haben mochte, und konnte mir nicht vorstellen, daß sie jemals eine Schönheit gewesen war.

Ich sah mich in dem kleinen Zimmer um, in dem sie ihr unglückseliges, dürftiges Dasein gefristet hatte. Würde man angesichts all dieser Veränderungen im Haus ihr Fehlen nach einem über achtzigjährigen Leben überhaupt bemerken? Allein Henrietta würde wohl um den Tod ihrer einzigen Freundin und Verbündeten trauern, um den einzigen Menschen, den sie liebte. Die alte Frau hatte sie auch geliebt – davon war ich überzeugt –, hatte sie geliebt wie ihr eigenes, verlorenes Kind, auch wenn ihr diese Liebe wie ein Abgesang am Ende eines langen Lebens vorgekommen sein mußte. Am stärksten hatte sie bestimmt jenes Unrecht berührt, das man ihr und denen zugefügt hatte, die sie liebte, Anna Mompesson und John Umphraville, ein Unrecht, das ihre Jugend verbittert und zerstört hatte. War es ihr Wunsch nach Vergeltung oder ihre Liebe zu Henrietta gewesen – zu jenem Kind, das sie hätte haben sollen –, weshalb sie mich so entschieden darin bestärkt hatte, das Testament zu holen? Ich war mir sicher, daß sie ihre Jahresrente, die zu Lasten des Gutes ging, ans Ordinariat verkauft hatte. Doch da sie mir die Lösung des Quincunx-Rätsels nicht mehr mitteilen konnte, sah ich nun keine Möglichkeit mehr, ihre Hoffnungen zu erfüllen.

Ich wollte schon das Zimmer verlassen, als mir zu ihren Füßen auf dem Boden eine ramponierte alte Hutschachtel auffiel, deren Deckel abgenommen war. Ein Blick in die Schachtel offenbarte ein rechtes Sammelsurium: ein getrocknetes Blumenbukett, Einlaßkarten für längst vergangene Bälle und darunter ein mit Spitzen besetztes, vergilbtes Taufkleid für ein Kind, das, so fürchtete ich, nicht lange genug gelebt hatte, um die Taufe zu empfangen. Wenn die alte Dame noch gelebt hätte, hätte ich sie nun vielleicht nach den Worten gefragt, die sie ihrer Tante Anna in den Mund gelegt hatte, aber vielleicht hätte ich es auch nicht getan. Denn ich begriff nun, daß ich mir immer wieder neue und komplizierte Versionen der Vergangenheit anhören konnte, ohne jemals die endgültige Wahrheit zu erfahren. Miss Lydia hatte sich offenbar noch einmal die kostbarsten Dinge aus ihrem Leben angesehen. Und dann entdeckte ich etwas, das im Schoß der alten Dame lag und das ihr wohl aus der Hand geglitten war, als sie entschlief. Ich hob es auf und betrachtete es im Schein der Kerze.

Mein Herz begann höher zu schlagen: Eine seidene Quaste schmückte ein Stück verblichene, bedruckte Seide, das über ein rechteckiges Pappstück gespannt war. Es war die Einladung zu einem Ball, den Sir Hugo Mompesson zur Feier seiner Hochzeit mit Miss Alice Huffam gegeben hatte. Auf der

Vorderseite waren einige lateinische Worte zu erkennen: QUID QUINCUNCE SPECIOSIUS, QUI, IN QUAMCUNQUE PARTEM SPECTAVERIS, RECTUS EST? Ich mußte unwillkürlich lächeln, denn die Worte suggerierten, daß ein Quincunx Harmonie und Vollkommenheit versinnbildliche. Nun, dachte ich, dann wollte ich versuchen, mein Bestes zu geben. Ich öffnete die Einladung und sah auf ebenjene Zeichnung, mit der wir uns erst wenige Tage zuvor abgemüht hatten, nur waren auf dieser hier alle drei Tinkturen – Weiß, Schwarz und Rot – eingetragen. Wie wir vermutet hatten, waren die Fünfergruppen symmetrisch angeordnet, so daß der erste und fünfte sowie der zweite und vierte Quincunx einander spiegelten. Und der aus dem Huffam-Wappen war, ganz wie ich es mir gedacht hatte, die erste Figur. Der alles entscheidende mittlere Quincunx war mit dem zweiten und vierten identisch, nur war, wie erwartet, der Blütenstempel der zentralen Blüte nicht weiß. Doch welche Farbe hatte er? Ich hielt die Karte dichter an die Kerze, starrte angestrengt auf die Zeichnung und wünschte mir, ich hätte eine Laterne dabeigehabt. Die Tinktur Rot war bei diesem Licht nur undeutlich zu erkennen. Vielleicht war der mittlere Blütenstempel doch schwarz – oder war er vielleicht weiß und nur durch die Verfärbungen im Laufe der Jahre nachgedunkelt? Nachdem ich einige Minuten lang im flackernden Kerzenschein auf diesen Punkt gestarrt hatte, war ich mir sicher, daß er schwarz war. Er mußte schwarz sein, schon um der ganzen Anordnung willen.

Nun hielt ich also doch noch die Lösung in der Hand! Jetzt war nur noch unklar, ob man die schwarzen oder die weißen Bolzen herausziehen mußte, doch selbst beide Möglichkeiten auszuprobieren würde nicht lange dauern. Nur Miss Lydias Warnung machte mir bei diesem Gedanken einige Sorgen. Die Entscheidung war auch ohne mich gefallen: Ich mußte mein Glück noch in dieser Nacht wagen! Es konnte die letzte Gelegenheit sein. Wer wußte schon, was am folgenden Tag geschah. Wenn ich doch nur Joey eine Nachricht zukommen lassen könnte, um ihm zu sagen, daß er mich nicht erst am nächsten Montag erwarten solle.

Ich schob die Einladungskarte ins Futter meiner Jacke, verließ das Zimmer, stahl mich leise nach unten, horchte auf das Schnarchen des Nachtwächters, lief lautlos über den Flur und holte mir einen Kerzenstummel und die Zunderbüchse aus Bobs kleiner Kammer.

Vorsichtig schlich ich mich dann in der Spülküche zum Kamin, zog den Ziegel heraus und fand die Schlüssel. Ich nahm ein Messer aus der Schublade, wo ich es wenige Stunden zuvor versteckt hatte, tastete mich Stufe um Stufe die Treppe hinauf und schloß, nachdem ich den richtigen Schlüssel bald entdeckt hatte, vorsichtig die Tür zum Großen Salon auf. Ich drückte die Klinke hinunter, schob die eine Hälfte der hohen Portaltür auf und betrat den Raum.

Ich verspürte große Lust, die Kerze anzuzünden und gleich mit der Arbeit zu beginnen, doch ich unterdrückte diesen Impuls. Ich mußte einen kühlen Kopf bewahren und sorgfältig nachdenken, denn noch konnte mein Plan mißlingen, da es vor Tagesanbruch keine Möglichkeit gab, aus dem Haus zu entfliehen. Außerdem konnte Mr. Vamplew – oder sonst jemand – auf dem Flur herumschleichen. Ich schloß daher hinter mir wieder ab, damit niemand unversehens die Tür öffnen konnte, solange ich noch im Salon war. Doch als ich den gestohlenen Schlüssel ins Schloß stecken wollte, merkte ich, daß dort bereits ein anderer steckte. Natürlich! Ich hatte vergessen, daß ein Schlüssel immer im Salon blieb, damit man die Tür von innen versperren konnte. Und das brachte mich auf eine Idee. Wenn ich diesen Schlüssel an mich nahm, um die Tür hinter mir zu schließen, dann konnte ich schon jetzt Jakemans Schlüssel wieder in ihr Versteck legen.

Ich zog den Schlüssel ab, schloß hinter mir die Tür und tastete mich zurück zur Spülküche. Als ich am Hinterausgang vorbeikam, mußte ich an den Rat jener Einbrecher denken, die Mr. Digweed und mir damals eingeschärft hatten, daß es nichts Wichtigeres gebe, als sich einen Fluchtweg zu sichern, sobald man im Haus sei. Mich quälte der Gedanke daran, die nächsten Stunden wie in einer Falle zubringen zu müssen, und obwohl mir mein Verstand sagte, daß es sinnlos war, weil ich nicht weiter als bis auf den Hof gelangen konnte, solange die Remise verschlossen blieb, sperrte ich die Hintertür auf, bevor ich die Schlüssel zurücklegte.

Dann schlich ich zurück zum Großen Salon, und erst als ich die Tür von innen verschlossen hatte, wagte ich es, meine Kerze anzuzünden. Ich war mir jetzt sicher, daß der mittlere Blütenstempel schwarz sein mußte. Es war einfach einleuchtend, daß er nicht weiß sein konnte, und die Farbe Rot schien mir doch zu unwahrscheinlich. Das einzige Problem bestand nun darin, ob »weiß« nun bedeutete, daß die Bolzen herausgezogen werden mußten, oder ob dies für »schwarz« zutraf. Ich entschied mich, zuerst die vier »weißen« Bolzen zu ziehen, da dies schneller gehen würde, als alle einundzwanzig »schwarzen« herauszuholen. Mit der Messerklinge hebelte ich die beiden oberen Bolzen heraus, und dann – ich wagte nicht einmal zu atmen, so sorgsam beobachtete ich, ob die Platte erste Anzeichen einer Bewegung zeigte – zog ich die unteren beiden heraus und fragte mich, ob ich tatsächlich das »Sesam, öffne dich!« des Ali Baba gefunden hatte, das mir präsentieren würde, wonach ich suchte.

Es funktionierte! Erleichtert sah ich, wie die Marmorplatte sanft nach unten glitt und eine Höhlung dahinter freigab. Ich hielt die Kerze dichter an das Loch. Da lagen ein schlankes Bündel Banknoten, einige in Seidenpapier eingewickelte Münzen, diverse Schmuckkästchen, eine Anzahl Briefe und Urkunden sowie zwei metallene Dokumentenbehälter mit dem eingravierten Wappen der Mompessons. Ich hatte dummerweise nicht daran gedacht, daß ich so viele Papiere durchsehen mußte, und fragte mich, wo ich beginnen sollte.

Dann entdeckte ich unter den Banknoten ein in weiches Leder eingewickeltes Päckchen. Ich griff danach, wickelte es aus, und im schwachen Licht des Kerzenstummels, den ich auf dem Kaminsims abgestellt hatte, las ich die Worte: »Ich, Jeoffrey Huffam, im Vollbesitz meiner geistigen Kräfte ...« Wenn ich heute an diesen Moment zurückdenke, dann erscheint es mir seltsam, daß ich damals so wenig empfunden habe. Doch vielleicht lag es einfach nur daran, daß mir bewußt war, wieviel noch zu tun blieb, wollte ich mich in aller Sicherheit über meinen Fund freuen können. Ich schob das Päckchen einfach ins Futter meiner Jacke, aus dem es noch halb herausragte, und wollte, ehe ich es sorgfältiger verstaute, die Marmorplatte wieder verschließen, damit niemand merkte, daß ich das Versteck geöffnet hatte.

Ich griff nach der Platte und hob sie so weit an, daß ich die beiden unteren Bolzen wieder zurückschieben konnte. Der zweite Bolzen saß gerade wieder an seinem Platz, und die Höhlung war nicht mehr zu sehen, als ich ein Geräusch hörte.

Ich spürte, wie sich mir die Nackenhaare aufstellten. Jemand schloß von außen die Tür auf! Aus irgendeinem Grund mußte Jakeman aufgewacht sein und Verdacht geschöpft haben; vielleicht weil ich die Hintertür aufgeschlossen hatte. Wie dumm von mir! Ich mußte noch die beiden oberen Bolzen hineindrücken, doch mein erster Gedanke war, mich zu verstecken und zu hoffen, daß die herausstehenden Bolzen nicht auffallen würden. Ich ließ die Bolzen, wie sie waren, blies die Kerze aus, versteckte mich hinter einem Sofa und verbarg das Testament in dem Beutel, den ich extra dafür angefertigt hatte. Einen Augenblick später entdeckte ich im abgeblendeten Licht einer Laterne eine Gestalt an der Tür. Und nur Sekunden später schob diese die Blende der Laterne zurück, und ein Lichtstrahl schnitt durch den Salon. Voller Verzweiflung sah ich, daß der Strahl, ohne zu zögern, auf den Kaminsims fiel und auf den verräterischen Bolzen verweilte. Dann tastete er langsam den Raum ab und blendete mich einen Moment lang hinter dem Sofa.

Bestimmt war es Mr. Vamplew! Wahrscheinlich hatte er herausgefunden, wo der Nachtwächter seine Schlüssel versteckte! Hätte ich sie doch bloß nicht zurückgelegt! Solange er in der Tür stand, konnte ich unmöglich fliehen, und meine einzige Hoffnung war, mich irgendwie mit ihm einigen zu können.

Auf einmal hörte ich jemanden in drängendem Ton flüstern: »Ich weiß, daß du da bist, Dick oder John oder wie immer du auch tatsächlich heißen magst.«

Es war nicht Mr. Vamplew, es war Mr. Assinder!

»Was wollen Sie von mir?« fragte ich, und der Lichtstrahl wanderte sofort wieder zu mir herüber.

»Du weißt, was ich will. Das gleiche wie du.«

Ich war verwirrt und verzweifelt. Wie konnte er nur davon erfahren haben? »Ich weiß nicht, wovon Sie reden«, sagte ich.

»Komm schon, keine Ausflüchte! Oder ich schlage Alarm. Ich möchte schließlich einen Lohn sehen für meine Mühen. Es ist besser für dich, wenn du mir gehorchst. Vamplew hat mir alles über dich erzählt, über dich und die alte Katze.«

Mr. Vamplew hatte also gar nicht auf eigene Faust gehandelt: Er war ein Spion von Mr. Assinder!

Der Verwalter richtete den Strahl seiner Laterne wieder auf den Kaminsims: »Sieh einer an, hast das verflixte Schloß wohl schon aufgekriegt, wie?«

»Nein«, log ich. »Ich hab es noch nicht geöffnet.«

»Aber halb offen ist es schon«, sagte er mit vor Aufregung bebender Stimme. »Also kennst du das Geheimnis. Wahrscheinlich hat's dir die Alte erzählt. Nun verrat's schon! Komm her, dann brauch ich nicht so laut zu reden!«

Widerwillig ging ich zu ihm, und ich war kaum in Griffweite, da packte er mich auch schon am Arm, hielt mich fest, stellte die Laterne ab und untersuchte die Nähte meiner Jacke, auf die ihn Mr. Vamplew aufmerksam gemacht haben mußte. Er fand die Einladungskarte, glücklicherweise aber nicht den Beutel um meinen Hals.

Er betrachtete seinen Fund ein wenig verblüfft und meinte dann: »Das sieht ja genauso aus wie das Wappen über dem Kamin! Also hatte ich doch recht. Als der Hauslehrer meinte, er hätte dich wiedererkannt, da hab ich mir schon gedacht, daß ich besser den Mund halte und abwarte. Und wie er mir dann noch gesagt hat, daß ihr beide, die Alte und du, ganz dicke Kumpel seid, da schwante mir, daß ihr was vorhabt.« Er hielt mir die seidenbespannte Karte hin: »Hat sie dir das gegeben?«

»Ich habe es von ihr, ja.«

Er lachte leise: »Diese verdammte alte Hexe! Die beklaut doch tatsächlich ihre eigenen Verwandten.«

Noch während er redete, dachte ich unablässig daran, wie ich ihn dazu bringen konnte, sich etwas von der Tür zu entfernen, damit ich fortrennen konnte. Mein einziger Vorteil lag darin, daß ich das Testament bereits bei mir trug und die Hintertür schon aufgeschlossen hatte. Wahrscheinlich glaubte er, da er Jakemans Schlüsselbund in der Hand hielt, daß es für mich keinen Weg aus dem Haus gab. Aber was hatte ich auch schon davon, wenn ich im Hinterhof, statt im Haus selbst gefangen war?

»Das ist die Lösung, nicht? Wie funktioniert das denn?«

Ich schüttelte den Kopf.

»Du gibst mir die Hälfte von allem, was wir darin finden«, sagte er, »sonst hol ich mir die Belohnung.«

Ich hatte mich geirrt. Er wußte nichts vom Testament, er interessierte sich nur für das Geld und den Schmuck. Dann hatte ich also noch eine Chance, und doch schreckte ich davor zurück, Komplize bei einem gewöhnlichen Diebstahl zu sein. Aber mir blieb keine Wahl, denn wenn ich aus dem Salon entkommen wollte, mußte ich seine Aufmerksamkeit ablenken, und das war nur mit Hilfe des Verstecks zu schaffen.

Er stieß mich zum Kaminsims und drehte mir dabei den Arm schmerzhaft auf den Rücken.

»Ich hatte es erst halb offen«, sagte ich, »als Sie hereinkamen.«

»Das seh ich«, schnaufte er und lockerte den Griff ein wenig. »Worin liegt das Geheimnis?«

»In der Mitte von jeder Blüte steckt ein Bolzen; man darf aber nicht alle, sondern nur eine bestimmte Anzahl herausziehen«, erklärte ich. »Und diese Marmorplatte hier wird über einen Flaschenzug gehalten. Wenn man nun die richtigen Bolzen löst, dann senkt sich die Marmorplatte, und das Versteck kommt zum Vorschein.«

»Und welche Bolzen muß man rausziehen?«

»Diejenigen, die auf der Skizze in Ihrer Hand weiß eingezeichnet sind«, antwortete ich.

»Teuflisch klug. Na, was ist? Jetzt mach schon!«

Er lächelte mich auf eine Weise an, die mir zu denken gab. Hatte er etwa auch davon gehört, daß an den Mechanismus wahrscheinlich eine Selbstschußanlage oder Höllenmaschine angeschlossen war?

Ich steckte in einem Dilemma: Offenbar war ich gezwungen, das Versteck noch einmal zu öffnen. Wenn aber Mr. Assinder erst einmal hatte, wonach er suchte, würde ihn nichts mehr daran hindern, mir etwas anzutun.

»Ich weiß nicht auswendig, welche Bolzen ich herausziehen muß«, sagte ich und klammerte mich an diesen letzten Strohhalm.

Er hielt die Einladungskarte vor die Laterne und studierte aufmerksam die Zeichnung.

»Die beiden oberen sind weiß, soviel ist sicher«, sagte er, »und die unteren beiden auch.« Dann kniff er die Augen zusammen: »Aber ich will verflucht sein, wenn ich die Farbe für den mittleren Bolzen erkennen kann. Könnte weiß sein oder rot wie diese anderen Felder hier; er könnte sogar schwarz sein.«

Wenn er davon ausging, daß der mittlere Bolzen »weiß« war, und er zog ihn heraus, dann löste er vielleicht den verhängnisvollen Mechanismus aus. Doch warnte ich ihn, war ich ganz gewiß verloren. Und warum sollte ich mein Leben aufs Spiel setzen, um ihn zu warnen? Den Mann, der meine Mutter betrügerischerweise im Namen seines Herrn fortgeschickt hatte? Der das Geld seines Prinzipals unterschlug und der, wenn ich recht vermutete, von meinen Feinden bezahlt wurde, um für sie zu spionieren?

»Weiß scheint mir das geringste Risiko zu sein«, murmelte er.

Risiko! Dann hatte er also von dem Gerücht gehört! Und doch hatte er mich zwingen wollen, das Schloß für ihn zu öffnen. Er war jetzt ganz ins Studium der Zeichnung versunken, und ich nutzte meine Chance. Leise schlich ich mich fort in die Dunkelheit.

»Wo willst du hin?« fragte er und blickte sich suchend nach mir um, als ich schon fast die Tür erreicht hatte. »Willst du denn deinen Anteil nicht?«

Wahrscheinlich dachte er sich, daß ich gar nicht fliehen konnte, und ich vermutete, daß mein Anteil darin bestehen sollte, von ihm bewußtlos geprügelt zu werden oder Schlimmeres, um dann vor dem ausgeraubten Versteck liegengelassen zu werden, während er seine Beute in Sicherheit brachte.

Einen Augenblick später stand ich draußen auf dem Flur, hastete die Treppe hinunter, so rasch es in der Dunkelheit nur möglich war, eilte durch die Halle und schob die Riegel der Hintertür zurück. Nun dankte ich dem Himmel doch noch dafür, daß ich daran gedacht hatte, mir diesen Ausweg zu öffnen. Als ich auf den Hof schlüpfte, wußte ich freilich noch immer nicht, wie ich von hier aus weitergelangen sollte.

Die kalte Luft mit ihrem sauren Geschmack nach Ruß und Kohle fuhr mir in Kehle und Lunge, und mir fiel wieder ein, was für ein Schrecken die erste winterliche Morgendämmerung in London für mich gewesen war. Ich hatte keinen Mantel, und es war bitter kalt. Ohne zu zögern, kletterte ich über die niedrige und verfallene Mauer. Doch als ich im Hof des Nachbaranwesens stand, sah ich, daß er von einer beinahe fünfzehn Fuß hohen und mit eisernen Spitzen gekrönten Mauer umgeben war. Ich fuhr mit der Hand über das Ziegelwerk. Die Mauer war so glatt verputzt, daß weder meine Hände noch meine Füße irgendwo Halt gefunden hätten. Dieser Weg war mir also versperrt. Ich kletterte über die Mauer zurück auf den Hof der Mompessons.

Und auf einmal hörte ich einen Knall, so laut wie einen Donnerschlag. Dann folgte nahezu vollkommene Stille. Ich blickte die Rückwand des Hauses hoch und sah nun, wie überall Kerzen angezündet wurden. Also war das Versteck tatsächlich durch eine Höllenmaschine gesichert gewesen. Doch mir blieb keine Zeit mehr, um an Mr. Assinders Schicksal zu denken, denn da er das ganze Haus aufgeweckt hatte, lief ich Gefahr, entdeckt zu werden. Jeden Augenblick konnte nun jemand über den Hof laufen, um Mr. Phumphred und die Pferdeknechte zu alarmieren.

Natürlich! Plötzlich wußte ich genau, was ich zu tun hatte.

Ich rannte über den Hof zur Remise und hämmerte gegen die eisenbeschlagene Eichentür. Als ich mich umschaute, war das Haus schon von zahllosen Lichtern erhellt; außerdem hörte ich Geschrei und das Läuten der Glocken. All das kündete von einem Aufruhr, wie ich ihn mir besser gar nicht wünschen konnte.

Ungeduldig wartete ich eine quälend lange Zeit, doch endlich wurde die Tür geöffnet, und Mr. Phumphred stand in seinem Nachthemd vor mir. Eine Kerze in der Hand, blickte er mich so verschlafen an, wie er vor all den Jahren auch Miss Quilliam angesehen haben mußte.

»Jemand hat Alarm geschlagen«, rief ich. »Man hat mich geschickt, um Sie zu wecken.«

»Alarm?« fragte er und sah zu den Fenstern über uns hoch.

»Alle Mann sollen sofort ins Haus kommen! Ich hol die Knechte«, rief ich und drängte mich an Mr. Phumphreds mächtiger Gestalt vorbei durch die Tür.

Er ließ mich auch widerstandslos vorbei, und erleichtert hastete ich die Stufen hinauf ins Dachgeschoß der Remise. Es war zweigeteilt, die eine Hälfte war für das Heu, in der anderen Hälfte lagen zwei Matratzen auf dem Boden. Die beiden Pferdeknechte schliefen noch fest.

Ich rüttelte sie an den Schultern und rief: »Schnell doch! Ihr sollt sofort ins Haus kommen! Da sind Einbrecher!«

Sie wachten nur langsam auf und brummten und fluchten dabei ununterbrochen. Ich schrie immer wieder: »Diebe! Räuber! Schnell!« und wies durch das Fenster auf die Lichter im Haus.

Meine Pantomime und die unübersehbare Unruhe im Haus überzeugten sie schließlich. Eilig zogen sie sich ihre Kleider über die Nachthemden und stolperten die Treppen hinunter auf den immer noch dunklen Hof.

Sobald sie fort waren, zögerte ich keine Sekunde. Ich schob das Fenster hoch, das hinaus auf die Stallgasse ging, kletterte aufs Fensterbrett und ließ mich langsam hinabgleiten, bis ich mich die letzten Meter einfach fallen lassen konnte. Mein Glück blieb mir treu, denn sicher war längst eine Streife alarmiert worden und eilte in Richtung des Hauses, noch aber lag die Gasse verlassen da.

Vorsichtig lief ich zur Straße. Endlich war ich frei! Außerdem besaß ich fast fünfzig Pfund, und ich hatte Jeoffrey Huffams Testament! Und dann fiel mir plötzlich auch noch ein, daß mein Geburtstag vor wenigen Stunden angebrochen war.

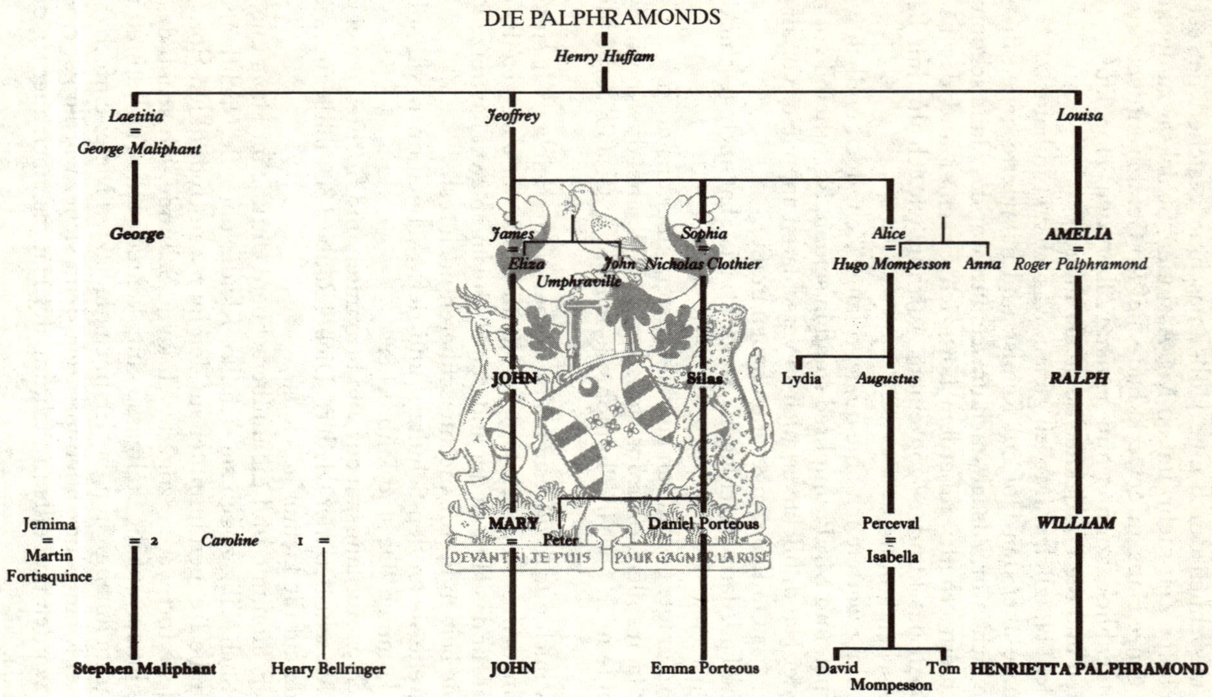

Personen, die im Roman nicht direkt auftreten, sind *kursiv* gesetzt. **Fett** dagegen erscheinen jene, die dem Kodizill entsprechend Anwärter auf das Erbe sind. Die Kandidaten des unterschlagenen Testaments wiederum sind mit Versalien gekennzeichnet.

TEIL FÜNF

DIE MALIPHANTS

SMITHFIELD, NEWGATE UND BLACKFRIARS

I. BUCH

Die falschen Hände

101. KAPITEL

Was für ein Vergnügen ist es doch, sich das Ungemach der alten Korruption vor Augen zu halten! Wie Lady Mompesson und Sir David in ihren Nachtgewändern zum Großen Salon hasten, während die Dienstboten kopflos umherrennen und sich sinnlose Anweisungen zurufen. Als die Herrschaft den Salon betritt, zündet der Lakai Joseph gerade die Gasleuchte an und wird dann nebst allen unteren Bediensteten mit der Order aus dem Zimmer gescheucht, rasch einen Arzt und die Wache herbeizuholen. Am anderen Ende des Raumes beugt sich Mr. Thackaberry über eine auf dem Boden liegende Gestalt. Im fahlen Licht der einzigen Lampe läßt sich gerade noch ausmachen, daß der schöne Orientteppich von einem dunklen, sich ausbreitenden Flecken verunziert wird.

»Sieh nach, ob noch alles da ist!« sagt Lady Mompesson.

Sir David steigt über den Mann am Boden und durchsucht das Versteck. Dann kommt er zu seiner Mutter zurück und sagt: »Es ist nicht da!« Und entsetzt fügt er noch hinzu: »Sonst fehlt nichts.«

»*Was* ist nicht da?« will sie wissen, doch als sie sieht, wie bestürzt ihr Sohn dreinschaut, blickt sie auf die Gestalt am Boden hinunter. »Durchsuch ihn!« verlangt sie gebieterisch.

Sir David geht neben Mr. Thackaberry auf die Knie, der dem schwerverletzten Verwalter den Rock öffnet und sagt: »Überlassen Sie ihn ruhig mir, Sir. Machen Sie sich doch Ihre feinen Sachen nicht dreckig! Dieser elende Verräter! Zuerst unterschlägt er die Pacht, und jetzt auch noch das hier! Er hat es gar nicht verdient, daß Sie sich um ihn kümmern.«

»Geh mir aus dem Licht, du alter Narr!« flucht Sir David.

Mit all der Würde, die er in Nachthemd und Schlafmütze aufbieten kann, erhebt sich der Butler und weicht einen Schritt zur Seite, während sein Prinzipal die Taschen des Schwerverletzten durchsucht.

»Aber es muß doch dasein!« ruft er kurz darauf und beginnt, noch einmal zu suchen. Wieder findet er nichts. Dann beugt er sich über das Gesicht am Boden und fragt: »Was hast du damit gemacht?«

Mr. Thackaberry sieht auf ihn hinab, dann schaut er Lady Mompesson an: »Ich bitte um Vergebung, Euer Ladyschaft, Sir, doch ich glaube, Mr. Assinder ist ...«

»Es muß einfach dasein!« ruft Sir David. »Der Schuß traf ihn doch in dem Augenblick, als er das Versteck öffnete!«

»Dann hat er wohl noch einen Komplizen gehabt«, sagt seine Mutter.

Sir David steht auf und sagt zum Butler: »Rufen Sie sofort das Gesinde zusammen! Man soll alle durchsuchen, auch ihre Kleider und ihre Spinde.«

»Wie Sie wünschen, Sir. Doch ich fürchte, wenn etwas fehlt, dann ist es jetzt wohl schon zu spät. Einige Dienstboten sind fortgelaufen, um Hilfe zu holen.«

»Trotzdem, machen Sie, was ich gesagt habe! Ein wertvolles Dokument ist abhanden gekommen.«

Sobald der betagte Butler aus dem Zimmer geeilt ist, sagt Lady Mompesson: »Vergiß nicht, daß wir nicht verraten dürfen, um was für ein Dokument es sich handelt. Niemand darf erfahren, daß es überhaupt existiert!«

»Wenn es in die falschen Hände kommt ...«, beginnt ihr Sohn, hält dann aber schaudernd inne.

»Das wird es schon nicht. Wahrscheinlich wurde es aus Versehen von einem Dienstboten mitgenommen, der mit Assinder zusammengearbeitet hat. Ich habe Vamplew im Verdacht; die beiden haben mir zu oft miteinander getuschelt. Wenn er sieht, um was es sich bei dem Papier handelt, wird er es bestimmt vernichten. Weshalb sollte er denn auch ahnen, wie wichtig es ist?«

»Aber Mama, alles andere ist offenbar noch da! Es sieht ganz so aus, als hätten sie ganz gezielt danach gesucht.«

»Das wäre wirklich höchst alarmierend«, räumt Lady Mompesson ein. »Und es hieße auch, daß ich mit meinem Verdacht recht hatte und Assinder tatsächlich für unseren Feind gearbeitet hat. Wenn doch bloß dieser Huffam-Junge noch leben würde! Sobald der nämlich für tot erklärt wird, erbt Silas Clothier den ganzen Besitz.«

»Er ist alt. Was geschieht, wenn er vorher stirbt?«

»Wenn wir das Testament vorher nicht wieder auftreiben, erbt der Nachfahre der Maliphants entsprechend den Bestimmungen des Kodizills.«

Einige Minuten später ist die Anwesenheit aller Dienstboten überprüft, und niemand wird vermißt. An den Laufburschen denkt keiner. Mr. Vamplew wird unsanft aus seinem Bett geholt, und man erspart ihm nicht die Demütigung, sich mit den anderen Dienstboten im Saal versammeln zu müssen. Dann werden alle samt ihrer Habe von Mr. Thackaberry und einer Wache auf das gründlichste durchsucht. Ein Lakai – Edward, glaube ich – ist sehr betrunken und wehrt sich wütend gegen die Durchsuchung, bis die Wache ihn schließlich mit Gewalt festhalten muß. Obwohl zur Verlegenheit vieler Dienstboten zahlreiche verbotene Dinge in den Spinden entdeckt werden – Weinflaschen, Silberbesteck, Tücher –, bleibt das Dokument unauffindbar.

Erst lange nach Tagesanbruch fragt eines der Küchenmädchen nach Dick, dem Laufburschen.

102. KAPITEL

Als ich an den Ställen vorbei durch die stille Gasse lief, konnte ich an nichts anderes denken als an die Gefahr, verfolgt zu werden. Und so dauerte es eine Weile, bis mir auffiel, daß alles um mich her in einen düsteren, gelblichen Schleier aus kaltem Nebel eingewickelt zu sein schien. Ich hatte keine Ahnung, wie spät es war, da von der aufgehenden Sonne nur eine fahle Lichtscheibe in diesem Nebel zu sehen war, der mir mit kalten Händen unter meine dünnen Kleider fuhr und mit klammen Fingern über meinen Körper strich. Sobald ich die unmittelbare Nachbarschaft der Mompessons hinter mir gelassen hatte, schlug ich unwillkürlich einen Weg in östliche Richtung ein. Nun stieg jäh ein riesiger Jubel in mir auf, und ich freute mich schier unbändig darüber, daß mir meine Flucht gelungen und mein Plan geglückt war. Später, als ich dann mit etwas mehr Muße über meine Lage nachdachte, begriff ich erst, wie schlecht ich tatsächlich dran war. Zwar hatte ich nun endlich das Testament – immer wieder drückte ich das Päckchen an mich und hätte es am liebsten gleich geöffnet und den Inhalt gelesen –, aber mir drohte auch immense Gefahr, einmal von seiten der Mompessons, aber erst recht von Silas Clothier. Der würde alles tun, um das Testament zu vernichten – und mich gleich mit dem Dokument.

Das Nächstliegende wäre es gewesen, zu den Digweeds zu gehen, doch dieser Weg war mir durch Joeys Warnung versperrt, daß er Barney in der Nähe des Hauses gesehen habe. Wenn Joey doch nur Zeit genug gehabt hätte, meinen Auftrag auszuführen! Dann würde ich jetzt einfach zu meiner neuen Wohnung gehen und brauchte mir keine Sorgen mehr um meine Sicherheit zu machen. Doch ich war im wahrsten Sinne des Wortes ohne einen Penny und ohne Dach über dem Kopf. Es würde wohl noch einige Stunden dauern, bis die Sonne durchkam, und ohne Mantel litt ich schrecklich unter der Kälte.

Um mich warm zu halten, hatte ich ein rasches Tempo eingeschlagen und war nun auf der Regent Street. Um diese frühe Stunde herrschte hier kaum Verkehr, und Fußgänger waren nur vereinzelt unterwegs. Ich ging hinüber zur Quadrant Arcade. An der Ecke wurden an einem Stand gebackene Kartoffeln verkauft, und ich blieb einige Schritte davon entfernt stehen, um ein wenig Wärme von der glühenden Kohlenpfanne abzubekommen.

Zwei Frauen, deren ehemals prächtige Kleider ein wenig mitgenommen und schäbig aussahen, standen nicht weit vom Kartoffelstand. Die eine von ihnen zitterte, aber als die andere das sah, lachte sie nur mechanisch und sagte: »Guck mich an, Sal! Mir ist nicht kalt. Meine Tugend hält mich warm.«

Ich sehnte mich so sehr nach etwas Wärme, daß ich mich möglichst dicht an die Kohlenpfanne drängte. Allmählich stieg die Zahl der Wagen und Marktkarren, die in Richtung Covent Garden rollten, und einige Schaf- und

Rinderherden wurden auf ihrem Weg nach Smithfield durch die Regent Street getrieben. Kurz darauf sah ich eine berittene Patrouille des Wachdiensts aus den Vorstädten zurückkehren. Die ersten Arbeiter eilten vorbei, für die Kontoristen war es allerdings noch zu früh, um sich zur City aufzumachen – daran erinnerte ich mich noch aus meiner Zeit als Straßenverkäufer.

Erst wenn das Testament dem Kanzleigericht vorlag, würde ich mich wieder etwas sicherer fühlen können, denn mich dann noch zu töten würde weniger Sinn machen und ein größeres Risiko bedeuten. Unerkannt und gar für tot gehalten, war ich im Augenblick noch eine leichte Beute. Bei dem Anblick, den ich jetzt bot, würde ich jedoch niemals an den Türhütern des Kanzleigerichts vorbeikommen, und ich war fest entschlossen, das Dokument persönlich in die Hände eines hohen Beamten zu legen, und selbst dies nur vor Zeugen, denn ich hatte Miss Lydias Warnung nicht vergessen, daß die Mompessons einen Handlanger beim Kanzleigericht hatten.

Allerdings war da noch Henry Bellringer, Stephen Maliphants Halbbruder. Ich hatte ihn damals in der Westminster Hall gesehen und wußte, daß er irgend etwas mit dem Kanzleigericht zu schaffen hatte. Er war hilfsbereit gewesen – jedenfalls so hilfsbereit, wie seine Umstände es erlaubt hatten –, und er war jener Freund, von dem ich Miss Lydia erzählt hatte. Also beschloß ich, mich an ihn zu wenden.

Es war immer noch zu früh, um meine Absicht in die Tat umzusetzen, und so wanderte ich umher, um mich warm zu halten, schritt vorsichtig über die schlüpfrigen Pflastersteine, auf denen der Tau gefroren war, und sah der Metropole zu, wie sie sich an einem rauhen, nebligen Wintermorgen aus dem Schlaf kämpfte.

Ladenjungen erwachten aus ihrem verfrorenen Schlummer unter den Ladentischen und zündeten die Gaslichter an, die verzweifelt gegen den dichter werdenden Nebel ankämpften. Dann schlugen sie die Fensterläden zurück, hauchten sich in ihre kalten Hände, die wohl noch schmerzten von der Berührung mit dem kalten Holz und Eisen. Dann löschten die Lampenanzünder die Laternen, die bis dahin noch ihren kleinen Lichtkreis in dem dichten Nebel geworfen hatten. Die Menschen hasteten zur Arbeit, und sie beeilten sich nicht aus lauter Begeisterung für ihre Tätigkeit, sondern um sich warm zu halten und so rasch wie möglich aus der Kälte zu kommen. In der Gegend um den Leicester Square traf ich auf eine Gruppe vornehm gekleideter Gentlemen, die grölend nach Hause torkelten.

103. KAPITEL

Als ich zum Barnards Inn kam, stellte ich mich etwas klüger an als bei meinem letzten Besuch und meldete mich nicht beim Pförtner, sondern wartete, bis seine Aufmerksamkeit von einem Gentleman abgelenkt wurde, der ihm einige Anweisungen gab. Erst dann eilte ich an ihm vorbei.

Ich durchquerte die beiden Hinterhöfe, stieg zur Dachstube hinauf und klopfte, da die äußere Tür offenstand, gleich an die Zimmertür. Henry öffnete mir einen Augenblick später und blickte mich erstaunt an. Er sah noch genauso aus wie bei unserer letzten Begegnung, nur daß er diesmal einen geblümten Morgenmantel aus Chintz, eine samtene Nachtmütze mit goldener Quaste und türkische Pantoffeln trug.

»Wissen Sie noch, wer ich bin?« fragte ich, da mir einfiel, daß es fast zwei Jahre her war, seit er mich zuletzt gesehen hatte.

Erleichtert sah ich, daß er mich erfreut anschaute und ausrief: »Aber natürlich, John! Du hast mir doch die Nachricht vom armen Stephen gebracht! Mein lieber Junge, ich freue mich außerordentlich, dich wiederzusehen.«

Er schob mich ins Zimmer und schloß die Tür. Seine Wohnung wirkte jetzt viel gemütlicher. Ich entdeckte ein neues Sofa und einen zweiten Tisch, einen dicken Orientteppich und einige Bilder an der Wand. Ich hatte ihn offenbar bei der Zubereitung des Frühstücks gestört, denn auf dem Rost stand eine Bratpfanne mit drei Scheiben Schinken und einigen Nieren. Bei diesem Anblick – und mehr noch bei dem Geruch – zog sich mein Magen schmerzhaft zusammen.

Henry war dies nicht entgangen, und er bestand darauf, daß ich mich an den kleinen Tisch setzte, von dem er ein Durcheinander aus Büchern, Papieren, Stiften, Federhaltern und anderen Schreibutensilien abräumte, um mir dann, ohne auf meinen Protest zu achten, sein Frühstück zu servieren.

Gleich darauf schlang ich alles in gieriger, schamloser Stille in mich hinein, während Henry mich mit seltsamem Blick betrachtete.

»Bei meiner Seele«, sagte er, »du siehst aus, als hättest du seit einer Woche nichts mehr gegessen.«

Als er den Ausdruck kaum verhohlenen Bedauerns auf meinem Gesicht bemerkte, sobald ich den letzten Krumen verschlungen hatte, schnitt er zwei Scheiben Brot ab, röstete sie, bestrich sie mit Butter und reichte sie mir. Dann kochte er uns beiden eine Kanne Kaffee.

»Halte ich Sie von Ihrer Arbeit ab?« fragte ich ihn, als ich mich über das Brot hermachte. »Es ist wohl noch ziemlich früh, oder?«

»Es fehlen noch fünfundzwanzig Minuten bis acht Uhr«, sagte er, nachdem er eine hübsche silberne Uhr aus seiner Tasche gezogen hatte.

»Ich hab geglaubt, es ist noch früher. Ich hatte Angst, ich würde Sie aufwecken, wenn ich noch früher komme.«

»Noch früher? Mein Gott, bist du denn die ganze Nacht aufgewesen?«

Ich nickte, da ich den Mund noch voll hatte.

»Tatsächlich? Darf ich hoffen, den Grund dafür zu erfahren?«

»Ich werde es Ihnen erzählen«, antwortete ich.

Als er sah, daß ich sein ganzes Frühstück gegessen hatte und immer noch nicht satt war, reichte er mir ein großes Stück Früchtekuchen zu meinem Kaffee.

»Haben Sie mich damals eigentlich erkannt«, fragte ich, »als ich Sie vor dem Kanzleigericht in der Westminster Hall gesehen habe?«

»Wann war das?«

»Vor zwei Jahren. Kurz nachdem ich das letzte Mal hiergewesen bin.«

»Und was hast du dort gemacht?«

»Ach, das ist eine lange Geschichte. Doch ich will sie Ihnen erzählen. Ich muß einfach mit jemandem darüber reden.«

»Du weißt doch, daß du mir vertrauen kannst, alter Knabe! Schon dem armen Stephen zuliebe. Ich will nur hoffen, daß ich dir jetzt besser helfen kann als beim letztenmal. Ich hab noch oft daran gedacht, wie ich dich damals einfach so wieder gehen lassen mußte, aber ich war selbst verdammt knapp bei Kasse.«

»Ich glaube, diesmal können Sie mir helfen. Kennen Sie sich mit dem Kanzleigericht aus?«

»Das tu ich tatsächlich. Ich bin dort Anwaltsgehilfe.«

Das war besser, als ich gehofft hatte.

»Ich bin ein Sixty Clerk. Das heißt«, fuhr er fort, »ich arbeite für einen der Schriftführer im Büro der sechs Kanzlisten – aber natürlich gibt es keine sechzig Schriftführer am Gericht. Eines Tages werde ich hoffentlich selbst einer sein. Aber vermutlich sagt dir das alles recht wenig. Jetzt erzähl mir doch endlich, was zum Teufel es mit deiner Fragerei auf sich hat! Du tust ja außerordentlich geheimnisvoll.«

»Ich muß unbedingt schlafen«, sagte ich, denn ich war müde und erschöpft, auch wenn meine Gedanken seltsam deutlich und fast schmerzhaft klar waren.

»Ganz wie du willst. Dann schlaf zuerst, und erzähl mir deine Geschichte hinterher!«

»Nein, ich muß Sie Ihnen erst erzählen.«

Und so erzählte ich ihm im Verlauf des Vormittags wenigstens so viel von meiner Geschichte, daß er wußte, ich war der Huffam-Erbe und besaß ein lang verschollenes Testament, das den Streitfall endlich zu seinem Abschluß bringen würde. Henry bekannte, er sei äußerst bestürzt, und zeigte dann, daß er recht gut über diesen Prozeß Bescheid wußte, der, wie er erklärte, einer der berüchtigtsten Prozesse im ganzen Lande sei. Als ich ihm beschrieb, wie ich mir das Testament verschafft hatte, gratulierte er mir zu meiner tapferen und hochherzigen Tat. Am Schluß machte ich ihm mit allem Nachdruck deutlich, in welcher Gefahr ich schwebte. »Und deshalb«, schloß ich, »brauche ich Ihre Hilfe, um das Testament dem Gericht vorlegen zu können. Ich kann Sie auch für Ihre Mühen bezahlen, denn die alte Dame, von der ich Ihnen erzählt habe, hat mir etwas Geld gegeben, das Freunde für mich aufbewahren.«

»Zum Teufel mit dem Geld!« rief er. »Ich würd es mir als Ehre anrechnen, dich ohne jedes Honorar vertreten zu dürfen, auch wenn ich dir damit nur beweisen kann, was für ein schlechter Anwalt eines Tages noch aus mir werden wird. Aber sag, habe ich recht verstanden, daß du dieses Dokument jetzt, in diesem Augenblick, bei dir hast?«

Ich schlug den Kragen meiner Jacke zurück und zeigte ihm den Beutel, der um meinen Nacken hing.

»Und du hast es dir noch gar nicht angesehen? Dann müssen wir es zuerst einmal lesen.«

Während er den Tisch abräumte, zog ich das Dokument heraus und faltete es auseinander.

Henry setzte sich neben mich, überflog es rasch und rief dann aufgeregt: »Gütiger Gott, es ist echt! Gar kein Zweifel. Bei meiner Ehre, damit wird einer der langwierigsten Prozesse in der Geschichte dieses großen Spinnennetzes namens Kanzleigericht zu Ende gehen. Was werden die Anwälte für Augen machen, wenn wir dies hier dem Obersten Richter vorlegen!«

Er lachte, und da ich mit der Kanzleischrift nicht vertraut war, las er mir jenen Teil vor, der das Fideikommiß betraf: Das Gut Hougham wurde vererbt an »das Kind John Huffam und an seine leiblichen Nachfahren männlichen wie weiblichen Geschlechts«. Er überprüfte die Urkunde und meinte: »Auch die Unterschriften der Zeugen sind völlig korrekt.«

Er ließ das Pergament sinken und sagte ernst: »Nun, das scheint mir doch ziemlich deutlich. Sogar das wirre, betagte Kanzleigericht wird da wenig einwenden können, alter Knabe, um dies hier zu verdunkeln und zu verkomplizieren.«

Bei seinen Worten überfiel mich wieder eine große Müdigkeit. Mir war, als hätte ich in diesem Augenblick alles erreicht, worum ich so lange gekämpft hatte, und jetzt versiegte die Kraft, die mich bis hierher getragen hatte.

»Ich muß schlafen«, sagte ich.

»Das sollst du nun auch«, erwiderte er. »Und während du dich ausruhst, werde ich das Dokument noch etwas gründlicher studieren und überlegen, wie wir am besten vorgehen.«

Er sah mich dabei mit so klarem Blick und solch vertrauenswürdiger Miene an, daß ich mich über den mächtigen Widerwillen schämte, der bei dem Gedanken in mir aufstieg, das Testament aus der Hand geben zu müssen.

Ich zögerte noch und wollte gerade darauf bestehen, daß er mir das Dokument zurückgab, als Henry offenbar merkte, was in mir vorging: »Nein, du hast ganz recht, alter Junge. Laß es nicht aus den Augen! Wir sehen es uns noch einmal gemeinsam an, wenn du wieder wach bist.«

Er reichte mir das Testament, und ich nahm es tief beschämt wieder an mich. War ich denn so argwöhnisch geworden, daß ich niemandem mehr vertrauen konnte?

»Da fällt mir etwas ein«, sagte er mit einem Lächeln. »Meine Kammer wird jetzt höllisch kalt sein. Warum schläfst du also nicht hier auf dem Sofa? Du störst mich überhaupt nicht.«

Ich nahm sein Angebot dankbar an, und er begann, die Möbel zu verrükken: »Hier bist du viel zu dicht am Feuer. Ich schieb das Sofa ein wenig zurück.«

»Aber jetzt versperrt es doch die Tür«, warf ich ein, aber Henry meinte vergnügt: »Ach, das macht nichts. Ich geh ja doch nirgendwohin.«

Ich brannte noch immer vor Scham bei dem Gedanken, wie deutlich ich ihm mein Mißtrauen gezeigt hatte, und da ich nun beruhigt schlafen konnte – wer immer das Zimmer verlassen wollte, mußte mich vorher aufwecken –, dachte ich, daß ich vielleicht etwas wiedergutmachen könne.

»Würden Sie es sich gern anschauen, während ich schlafe?«

»Ja, ich glaube, das wäre keine schlechte Idee«, antwortete er.

Also gab ich ihm das Testament und machte es mir auf dem Sofa bequem.

Es war schon spät am Vormittag, doch der dichte Nebel ließ nur ein fahles gelbes Licht durch die schlierigen Fenster ins Zimmer fallen. Kurz bevor mich der Schlaf übermannte, sah ich Henry noch am Tisch sitzen und eifrig schreiben.

104. KAPITEL

Ich schlief traumlos. Einmal wurde ich wach, oder vielmehr halb wach, und sah Henry mit dem Rücken zu mir noch immer so an seinem Tisch sitzen, wie ich ihn zuletzt gesehen hatte. Ich versank wieder in tiefen Schlaf, und als ich schließlich aufwachte, fragte ich mich verwundert, wo ich war. Da fühlte ich etwas neben meinem Kopf liegen, griff danach und hielt meinen Beutel in der Hand. Im gleichen Moment kam die Erinnerung zurück. Ich blickte auf und überzeugte mich, daß Henry mich nicht beobachtete, dann warf ich rasch einen Blick in den Beutel. Kein Geizhals hat sein Gold je mit solchem Entzücken begrüßt, mit dem ich nun das Testament betrachtete. Ich hob den Kopf, doch als ich sah, daß Henry sich umgewandt hatte und mich anlächelte, wurde ich bei dem Gedanken daran rot, daß er mich beobachtet hatte.

»Nun, was meinen Sie?« fragte ich und stand auf.

»Dein Fall liegt glasklar, die Bedingungen für das Fideikommiß sind absolut deutlich«, sagte er, und ich bemerkte fiebrig rote Flecken auf seinen Wangen. »Wenn das Testament echt ist – und ich bin mir da ganz sicher –, dann wird es das vorausgegangene ersetzen. Das Billigkeitsrecht kennt in solchen Angelegenheiten keine zeitlichen Einschränkungen.«

»Ich glaube, Sie sind fast so aufgeregt wie ich«, sagte ich.

»Die Aussicht, diesen uralten Prozeß zum Abschluß zu bringen, finde ich einfach atemberaubend«, sagte er. Und tatsächlich atmete er in schnellen, flachen Zügen und lächelte mich dabei an. »Mein lieber John, jetzt brauchst du vor Gericht nur noch dein Anrecht auf den Besitz auszusprechen, und du wirst bald der Eigentümer des Gutes Hougham sein. Darf ich dir als erster dazu gratulieren?«

Er nahm meine Hand und schüttelte sie so herzlich und nachhaltig, daß ich zutiefst gerührt war.

»Da ist nur noch ein Hindernis«, sagte ich.

Ich erklärte ihm, daß es da einen Zweifel an der Eheschließung meiner Urgroßeltern gebe und die Legitimität meines Großvaters dadurch möglicherweise in Frage gestellt sei, und Henry stimmte mir zu und meinte, daß dies sich tatsächlich als Hemmnis erweisen könne. Ich sagte ihm dann, daß ich unter Umständen die Lösung zu diesem Problem kennen würde, machte mir aber nicht die Mühe, ihm zu erzählen, daß sich mein diesbezügliches Wissen auf das gründete, was Miss Lydia mir über die Hochzeit in der Old Hall berichtet hatte.

Ich hatte so lange geschlafen, daß draußen schon beinahe die winterliche Dämmerung hereinbrach, die wegen des dichten Nebels recht düster zu werden versprach. Sobald wir das Sofa wieder an seinen Platz geschoben und es uns vor dem Kamin bequem gemacht hatten, kochten wir uns ein paar Kartoffeln und brieten zwei kleine Beefsteaks, die Henry schon am Tag zuvor eingekauft hatte. Dann entschuldigte er sich, daß er mir nichts Besseres anbieten könne, holte aber eine Flasche Rotwein hervor und beharrte darauf, sie mir zu Ehren entkorken zu müssen, obwohl wir beide dann doch nicht mehr als jeder nur ein Glas tranken.

Als wir mit dem Essen fertig waren, sagte Henry: »Ich schlage folgendes vor: Ich gehe noch heute abend zum Haus eines hohen Kanzleigerichtsbeamten und werde ihm deutlich machen, daß ich ihm unter dem Siegel strengster Verschwiegenheit etwas anzuvertrauen habe. Dann werde ich ihm sagen, daß ein äußerst bedeutsames Dokument aufgetaucht sei und daß derjenige, in dessen Besitz es sich nun befindet, es ihm in Gegenwart eines Zeugen – nämlich mir – eigenhändig übergeben möchte. Ich werde die Notwendigkeit absoluter Geheimhaltung nachdrücklich unterstreichen. Und dann will ich ihm vorschlagen, daß wir ihn morgen zum Zweck der Übergabe in seinem Hause aufsuchen werden. Nun, was sagst du dazu?«

Ich nickte, und da ich vor lauter Dankbarkeit einen Moment lang unfähig war, etwas zu sagen, griff ich nach seiner Hand und drückte sie.

»Gott sei Dank!« brachte ich schließlich hervor. »Ich werde mich erst wieder sicher fühlen, wenn ich dies alles hinter mir habe. Fragen Sie ihn, ob wir nicht schon heute abend kommen können. Ich möchte nur ungern noch einen weiteren Tag mit dieser Last verbringen müssen.«

»Für einen Anwalt vom Kanzleigericht wäre eine Übergabe selbst im nächsten Jahr schon ziemlich überstürzt, mein Guter. Aber ich verspreche dir, ich tu mein Bestes. Du bist hier in Sicherheit, und ich brauch dir wohl auch nicht extra zu sagen, daß du niemanden hereinlassen sollst, solange ich fort bin.«

Allein bei dem Gedanken, daß jemand anklopfen könnte, lief mir ein Schauder über den Rücken. Henry setzte seinen Hut auf, zog den Mantel über und meinte: »Vielleicht magst du über einige Präzedenzfälle nachlesen, während ich unterwegs bin. Ich hab dir Zettel in die Bücher eingelegt, um dir die entsprechenden Seiten zu markieren.«

Dann verließ er das Zimmer, und erst als ich die äußere Tür hinter ihm verriegelt und die innere Tür verschlossen hatte, fühlte ich mich sicher genug, um mich vor das Feuer zu setzen und das Testament zu lesen. Ein Absatz fiel mir auf, in dem es hieß, daß »Mr. Jeoffrey Escreet« nur »fünfzig Pfund vermacht« wurden, dabei war ich mir sicher, daß meine Mutter erwähnt hatte, Mr. Escreet hätte dem vorausgehenden Testament zufolge das Haus in Charing Cross geerbt. War diese Änderung etwa von Bedeutung? Nachdem ich das Testament einige Male gelesen hatte, vertiefte ich mich in die Wälzer, die Henry für mich markiert hatte. Wenn ich alles recht verstand, dann waren die fraglichen Urteile sehr ermutigend ausgefallen.

105. KAPITEL

Niemand klopfte an die Tür. Ich hörte zwar die Treppe herauf Schritte bis zum Stockwerk unter uns kommen, doch keiner wagte sich über die letzte, enge Stiege bis zur Tür von Henrys Dachstube vor.

Nun war also beinahe schon alles vorbei, und mir blieb nichts mehr zu tun, als zu warten, bis es Zeit für mich wurde, mein Erbe anzutreten.

Doch als die Stunden vergingen, begann ich langsam, mir Sorgen zu machen. Henry würde doch wohl kaum so lange brauchen, oder? Hatte ich recht daran getan, ihm zu vertrauen? Sollte ich jetzt von hier fliehen? Würde er vielleicht mit Barney zurückkehren? Doch warum auch? Es gab doch keinerlei Verbindung zwischen ihm und all den anderen, die in meine Geschichte verwickelt waren, oder etwa doch?

Endlich, es war schon sehr spät am Abend, schreckte ich auf, weil ich draußen jemanden auf der Treppe hörte. Wer immer es auch war, er besaß einen Schlüssel und öffnete die Außentür. Und dann vernahm ich erleichtert Henrys Stimme, die mich bat, die Riegel von der inneren Tür zurückzuschieben.

Gutgelaunt kam er hereingestürzt. Er trug einige Pakete auf dem Arm, die er nun auf das Sofa warf, um sich den Mantel ausziehen zu können.

»Es lief alles wie am Schnürchen«, rief er. »Wir sollen meinen Prinzipal noch heute abend in seinem Haus aufsuchen.«

»Ausgezeichnet!« antwortete ich, fragte mich aber immer noch, weshalb er so lange ausgeblieben war.

»Das ist noch nicht alles«, keuchte er. »Laß mich nur erst wieder zu Atem kommen! Der Nebel steckt mir noch in der Lunge, er ist so dicht und undurchdringlich, daß man wie ein Blinder herumläuft und sich Schritt für Schritt vorantasten muß, das kann ich dir sagen.«

Er hängte Hut und Mantel auf und wandte sich dann mit breitem Lächeln wieder zu mir um: »Ich hab uns vom Oxford Market ein bißchen was mitgebracht: zwei Flaschen Wein, ein paar heiße Fleischpasteten und einen Plumpudding.«

Er packte seine Einkäufe aus, legte die Fleischpasteten nebst Plumpudding auf den Kaminrost und begann, die Flaschen zu öffnen.

»Mein Prinzipal war von meiner Geschichte sehr angetan, und es hat mir kolossal Spaß gemacht, ihn ein bißchen im dunkeln tappen zu lassen. Es wird ihm wohl noch nicht oft passiert sein, daß ein Anwaltsgehilfe soviel mehr gewußt hat als er selbst. Er bekam ganz kugelrunde Augen, als ich meinte, es handle sich bei der Angelegenheit um die Frage nach dem rechtmäßigen Eigentümer eines großen Gutes und um das Vermögen einer der angesehensten Familien des Landes.« Henry goß zwei Gläser Wein ein: »Er wohnt in der Harley Street und erwartet uns dort zwischen elf Uhr und Mitternacht.«

»So spät noch?«

»Mein lieber John, was glaubst du denn, wie spät wir es inzwischen haben? Es ist schon nach acht Uhr, und wir werden innerhalb der nächsten Stunde aufbrechen müssen. Doch eigentlich war ich so lange fort, weil ich auf dem Rückweg noch bei einem Freund in der Great Titchfield Street vorbeigeschaut habe.«

»Dann haben Sie ja eine Menge erledigt«, meinte ich, und mein Mißtrauen war ein wenig besänftigt.

»Er ist jetzt auf dem Weg hierher. Wir wollen rasch essen, damit wir aufbrechen können, sobald er ankommt.«

»Wollen Sie damit sagen, daß er uns begleitet?« fragte ich.

»Ganz recht. Denn mir fiel ein, es wäre höchst wünschenswert, noch eine dritte Person bei unserem Gespräch dabeizuhaben.«

Ich warf ihm einen zweifelnden Blick zu.

»Mein lieber John, betrachte die Sache doch einmal von der Seite meines Prinzipals aus! Da ist so ein junger Anwaltsgehilfe, ein Schlingel, von dem er nicht viel Gutes – allerdings auch nicht viel Schlechtes – gehört hat, und der taucht nun spät am Abend bei ihm auf und behauptet, in seiner Wohnung seien der Erbe eines riesigen Vermögens und das lang verschollene Testament, das sein Anrecht auf das Erbe beweise. Und wer soll nun dieser glückliche junge Mensch sein? Rechne es mir bitte nicht als Beleidigung an, wenn ich dir sage, daß es ein noch sehr junger Gentleman ist, der wohl kaum einen Anblick bietet, mit dem er das Zutrauen eines Mannes gewinnen kann, der sein Leben lang in den Staubmühlen des Gesetzes gearbeitet hat.«

Er sagte dies auf so charmante Weise, daß ich einfach lächeln mußte, um ihm zu zeigen, daß ich ihm die Worte nicht übelnahm.

»Aber jetzt stell dir vor, was es für einen Eindruck auf ihn machen wird, wenn diese beiden jungen Männer von einem Gentleman mit untadeliger Reputation begleitet werden – von niemand Geringerem als einem ordinierten Priester! Dann zeigt sich die Sache doch gleich in einem ganz anderen Licht, meinst du nicht auch?«

»Einem Priester?«

»Reverend Mr. Charles Pamplin. Ein prächtiger Mensch mit einer guten Pfründe oben im Norden.«

Ich konnte mir nicht vorstellen, daß dieser Zuwachs zu unserer kleinen Gruppe irgendeinen Anlaß zur Besorgnis bieten sollte, und doch fühlte ich mich bei dem Gedanken etwas unwohl.

»Und für uns«, sagte Henry, während er das Besteck aufdeckte, »ist er ein zusätzlicher Zeuge bei der Testamentsübergabe, obwohl wir uns diesbezüglich eigentlich keine Sorgen zu machen brauchen.«

Wir widmeten uns nun den guten Dingen, die mein Gastgeber mitgebracht hatte, und es wurde ein angenehmes, vergnügliches Mahl. Wir hatten den Fleischpasteten »Gerechtigkeit widerfahren lassen«, wie Henry sich ausdrückte, und hatten schon fast unser »Urteil« über den Plumpudding »gesprochen«, als es an der Tür klopfte.

Henry sprang auf, um den Neuankömmling einzulassen, und der kam herein und sah sich ein wenig blasiert und leicht amüsiert im Zimmer um. Ich stand auf, und er hielt mir seine bleiche, parfümierte und mit Ringen überladene Hand hin. Sein Gesicht wirkte wie aufgeblasen, und obwohl er noch keine dreißig Jahre alt war, hatte er bereits schwere Hängebacken. Seine schwarzen Augen glänzten hell und ruhten träge und verwöhnt auf seinem Gegenüber, als langweile ihn, was er dort sah, als könne er aber die Mühe nicht aufbringen, seine Aufmerksamkeit einer interessanteren Sache zuzuwenden. Sein Blick fiel auf meine Füße und wanderte dann lustlos und müde zurück zu meinem Gesicht. Er trug den Schaufelhut eines Geistlichen und einen prächtigen Übermantel, den er nun abnahm und samt Hut und Glacéhandschuhen Henry reichte, ganz als wäre der sein Lakai. Eine schöne Jacke aus edlem Stoff, eine bestickte Weste und weiße Hosen kamen nun zum Vorschein.

»Also du«, begann er und hielt dabei meine Hand mit seinen weißen, ziemlich feuchten Fingern fest, »bist dieser junge Mann ...« Er hielt inne, wandte sich zu Henry um und gab meine Hand wieder frei: »Du hast mir allerdings nicht genug erzählt, Bellringer. Ich weiß nur, daß es irgendwie sehr wichtig ist. Ziemlich geheimnisvoll. Ist mir denn nicht gestattet, etwas mehr zu erfahren?«

»Weshalb mehr, Pamplin? Ich versteh nicht recht, weshalb du dich beschwerst. Du bist schließlich ein Priester, da gehören Geheimnisse doch zu deinem Stand. Glaub mir einfach, daß ich dir nicht mehr erzählen kann. Du wirst doch in deinem Leben schon unwahrscheinlichere Dinge geglaubt haben, sonst hättest du wohl kaum die heiligen Weihen erhalten.«

»Du bist ein verdammter Heide, Bellringer. Dafür fährst du zur Hölle, das versprech ich dir«, gab der Priester mit liebenswürdiger Miene zurück.

»Hüte deine Zunge, Pamplin, sonst nimmt dir heute abend niemand mehr deine Rolle ab! Schließlich sollst du unsere Glaubwürdigkeit attestieren. Obwohl das beinahe so ist, als wolle ein Bettler für einen anderen Bettler als Bürge auftreten.«

»Deine Glaubwürdigkeit? Na, wenn du schon einen Meineid von mir verlangst, dann mußt du auch die Flasche Null-neuner auf den Tisch bringen, die du mir versprochen hast.«

Er setzte sich, und Henry goß uns dreien von dem Portwein ein. »Wir müssen bald aufbrechen«, ermahnte er uns.

»Eine verfluchte Nacht, um jemanden vor die Tür zu jagen. Außerdem kriegst du mich nicht wieder diese vermaledeite, enge Treppe runter, bevor ich mich nicht mit ein paar Gläsern von diesem edlen Tropfen gestärkt habe.«

Der Wein war für meinen Geschmack zu schwer und zu sämig, doch die beiden Gentlemen – besonders Mr. Pamplin – tranken davon eine beachtliche Menge, ohne daß dies auch nur die geringste Wirkung auf sie zu haben schien.

»Ehe ich es vergesse«, sagte der Priester. »Sir Thomas ist in der Stadt. Ich hab ihn gestern abend im ›Crockford's‹ gesehen. Er hat mir eine Nachricht für dich mitgegeben.«

»Jetzt nicht«, sagte Henry und sah mit gerunzelter Stirn zu mir herüber.

»Du lieber Gott! Ich wollte doch gar nichts Schlimmes sagen.«

»Wenn es um diesen Gentleman geht, ist allein die Erwähnung seines Namens schon schlimm genug.«

»Nun, Bellringer«, sagte Mr. Pamplin leutselig, »du wirst kaum erwarten können, daß ich dir weiter zuhöre, wenn du meinen Schirmherrn verunglimpfst.«

Man wechselte das Thema, und während die beiden sich weiter miteinander unterhielten, warf Mr. Pamplin mir hin und wieder unter schweren Augenlidern einen nachdenklichen Blick zu.

II. BUCH

Im Netz gefangen

106. KAPITEL

Ich muß dich nochmals zum alten Kontor an der baufälligen Pier führen. Mr. Clothier sitzt mit seinem Sekretär im Kabinett und ist offensichtlich guter Laune. Er reibt sich die Hände und kichert plötzlich, dann springt er auf und tanzt einige Schritte durch das Zimmer. Mr. Vulliamy betrachtet ihn verwundert und scheint sich zu fragen, worüber sich der alte Gentleman wohl so freut.

»Wer hat Sie denn besucht, Mr. Clothier, als ich zu Abend gegessen habe? Ich habe ihn gerade noch aus der Tür gehen sehen.«

»Das geht dich gar nichts an!« ruft der alte Gentleman höhnisch.

»Ich dachte, es hat was mit meiner Arbeit zu tun, sonst hätte ich natürlich nicht gefragt.«

»Es ging um eine private Angelegenheit«, gibt sein Dienstherr verschlossen zurück, »und war nicht sonderlich wichtig.«

»Ach so? Und dabei ist es eine so schrecklich neblige Nacht; wer mag da noch unterwegs sein!«

»Du bist ja plötzlich mächtig neugierig!« ruft der alte Gentleman. Doch dann ändert er jäh den Ton: »Setz dich! Ich muß dir noch etwas erzählen, alter Freund.« Er schweigt, fährt aber nach kurzer Pause fort: »Wie lange arbeitest du jetzt schon für mich?«

»Als Mann und als Junge, Mr. Clothier, insgesamt mehr als dreißig Jahre.«

»Und hast du in der Zeit jemals daran gezweifelt, daß ich nur das Beste für dich im Sinn habe?«

Mr. Vulliamy sieht ihn aufmerksam an und sagt: »In den letzten Jahren nicht, Sir. Da hab ich nie gezweifelt.«

»Sehr gut«, sagt der alte Gentleman, sieht seinen Sekretär aber ein wenig unsicher an. »Und erinnerst du dich an die Pimlico & Westminster Land Company?«

Mr. Vulliamy nickt.

»Ich hab dich als ihren nominellen Eigentümer eingesetzt. Da siehst du, wie sehr ich dir schon immer vertraut habe! Nun, um die Wahrheit zu sagen ... Tatsache ist nun mal ... Die unglückseligen Spekulationen der Company ... Ich meine ...«

»Sie meinen, Mr. Clothier, daß man unter Umständen mich ins Schuldgefängnis wirft, damit ich für Ihre Verluste auf dem Geldmarkt geradestehe?«

»Warum mußt du dich gleich so drastisch ausdrücken!« ruft der alte Gentleman ungehalten. »Die Wahrheit ist: Im schlimmsten Fall, ich meine, im allerschlimmsten Fall, könnte es sein, daß du ein oder zwei Monate im Fleet verbringen mußt.«

»Und wenn ich mich weigere, die Strafe für Sie abzusitzen?«

»Weigern?« ruft der alte Gentleman und hat nun seine Leutseligkeit ganz vergessen. »Nun, ich hab da schließlich noch deine Schuldscheine, und mit denen kann ich dich noch weit länger im Fleet-Gefängnis schmoren lassen.« Dann reißt er sich zusammen und redet Vulliamy schmeichelnd zu: »Aber ich weiß doch, daß du dich nicht weigern wirst, nicht wahr? Wenn du dich nämlich darauf einläßt, dann versprech ich dir auch, daß ich mich während deiner Haft ganz großzügig um deine Familie kümmern werde.«

»Ich bin überzeugt, daß ich mich darauf verlassen kann«, sagt der Sekretär mit solch bedeutungsvollem Unterton, daß der alte Gentleman verblüfft zurückweicht.

In diesem Augenblick hämmert es gegen die Haustür.

Eine Minute später öffnet der Bursche, ohne anzuklopfen, die Tür zum Kabinett und stößt mit bleicher Miene hervor: »Die Büttel des Sheriffs, Mr. Clothier, Sir!«

Mr. Vulliamy springt munter auf, läßt seinen Prinzipal mit verblüfftem Gesicht sitzen, geht ins Vorzimmer und sagt: »Guten Abend, meine Herren. Ich vermute, Sie sind meinetwegen gekommen.«

»Na, das ist ja sehr freundlich von Ihnen, Sir«, sagt der eine Büttel. »Wenn doch nur alle unsere Kunden so zuvorkommend wären!«

Mr. Clothier steht in der Tür zu seinem Allerheiligsten, während sich Mr. Vulliamy in die Obhut der Gehilfen des Sheriffs begibt und abgeführt wird. Er bleibt dabei so ruhig und sieht seinen Wohltäter so eigenartig an, daß der alte Gentleman vor Erstaunen und Unbehagen blaß zurückbleibt.

107. KAPITEL

Kurz vor zehn stand Henry auf und sagte: »Wir sollten jetzt aufbrechen, sonst kommen wir zu spät.«

Er ging zum Fenster und zog die Läden zurück: »Man kann die Hand kaum vor Augen sehen«, verkündete er, »so dicht ist der Nebel geworden.«

»Können wir's denn nicht auf morgen verschieben?« fragte Mr. Pamplin.

»Auf keinen Fall«, antwortete Henry bestimmt.

»Aber die Droschke braucht doch Stunden bei dem Wetter, falls wir überhaupt einen Kutscher finden, der sich noch hinauswagt.«

»Richtig!« sagte Henry. »Wir werden also sicherer und schneller ans Ziel gelangen, wenn wir uns zu Fuß auf den Weg machen.«

»Was?« rief Mr. Pamplin. »Du bist wohl nicht bei Trost! Ich denk nicht im Traum daran, in einer solchen Nacht so weit zu Fuß zu laufen!«

»Trotzdem, was sein muß, muß sein. Ich kenne die Strecke und würde mich auch mit verbundenen Augen zurechtfinden.«

»Na ja, dann«, maulte der Priester übellaunig, goß sich noch ein Glas Portwein ein und trank es in einem Zug aus, ehe er sich erhob.

Henry nahm eine Laterne und zündete sie an. Dann gab er mir einen Mantel, und sobald wir drei uns warm angezogen hatten, brachen wir auf.

Wir gingen hinaus auf den Hof, und die schneidendkalte Luft verschlug mir beinahe den Atem. Es roch so stark nach verbrannter Kohle wie in einem Zimmer, wenn der Wind den Rauch wieder durch den Schornstein zurückdrückt. Wir konnten nur wenige Schritte weit sehen, doch auf den Straßen war kaum Verkehr, und die Geräusche klangen gedämpft, sobald wir Barnards Inn verließen. Der Nebel war so undurchdringlich, daß die Laterne nur einen unbestimmten Lichtschimmer verbreitete.

»Ich geh voran«, sagte Henry. »Wir marschieren am besten wie die römischen Legionäre, *haeret pede pes,* Fuß an Fuß. Und du bleibst hinter mir, John! Denn wie schon Ovid sagt: *medio tutissimus ibis* – am sichersten ist es in der Mitte.«

»Es ist viel zu kalt für Latein, Bellringer.«

»Und was dich betrifft, Charles, so glaube ich, du wirst dich hinter uns am glücklichsten fühlen.«

Mr. Pamplin schnaubte verächtlich, und wir marschierten los. Ich verlor rasch jede Orientierung, doch Henry schien genau zu wissen, wo wir waren, und schritt zielbewußt aus.

Wir waren schon eine Weile durch verlassene Straßen gegangen, als wir durch eine lange, enge Gasse eilten, und ich meinte, ein Geräusch zu hören. Ich bat Henry stehenzubleiben, und wir warteten einen Augenblick lang und lauschten.

»Verdammt, Bellringer«, sagte Mr. Pamplin, »man wird uns hier noch umbringen. Es war ein verdammt närrischer Einfall, den ganzen Weg zu Fuß zu laufen.«

»Halt deinen Mund!« herrschte ihn sein Freund an.

Wir spitzten die Ohren, konnten aber nichts mehr hören.

»Ich glaub, das hast du dir nur eingebildet, John«, sagte Henry, und wir gingen weiter.

Doch noch ehe wir das Ende der Gasse erreicht hatten, tauchten plötzlich hinter uns mehrere Gestalten aus dem Nebel auf. Im gleichen Moment legte sich auch schon eine kräftige Hand über meinen Mund, und meine Arme wurden mir so schmerzhaft auf den Rücken gedreht, daß ich mich kaum noch bewegen konnte. Es war zu dunkel und neblig, als daß ich hätte erkennen können, was um mich herum geschah, doch den Geräuschen nach zu urteilen, schien sich Henry heftig zur Wehr zu setzen. Bei dem Handgemenge fiel ihm offenbar die Laterne zu Boden, und dann muß er wohl niedergeschlagen worden sein. Mr. Pamplin war schon im ersten Augenblick des Überfalls im Nebel verschwunden. Ich wollte mich losreißen, aber jemand versetzte mir einen so heftigen Schlag in die Rippen, daß ich keine Luft mehr bekam.

Dann hörte ich eine Stimme, die mir irgendwie bekannt vorkam: »Durchsucht ihn! Rasch!«

Eine Hand tastete meine Taschen ab und fand nichts. In all dem Durcheinander gratulierte ich mir zu meiner Voraussicht, das kostbare Dokument in den Beutel um meinen Nacken gesteckt zu haben.

Der Mann, der mich festhielt, rief mit einer ebenfalls vertrauten Stimme: »Ich kann nichts finden!«

Dann schleppte man mich zum Ausgang der Gasse, und selbst in diesem Augenblick mußte ich mich darüber wundern, in welch ausgeklügelten Hinterhalt wir gelaufen waren. Dann wurde ich plötzlich hochgehoben und nahm aus den Augenwinkeln heraus eine Kutschtür wahr, ehe man mich auf den strohbedeckten Boden des Gefährts warf. Ich lag zu Füßen eines Mannes, der bereits in der Kutsche saß und nun aus der Dunkelheit heraus sagte: »Ausgezeichnete Arbeit!«

Einer der Angreifer war über mich gebeugt und hielt mir noch immer den Mund zu. Der dritte Mann bestieg unterdessen die Kutsche, schloß den Verschlag, rief dem Kutscher etwas zu, und das Gefährt setzte sich in Bewegung. Ich war verzweifelt, denn inzwischen hatte ich die beiden Menschenräuber und auch den Mann erkannt, der in der Kutsche gewartet hatte: Es waren Dr. Alabaster und seine Gehilfen Hinxman und Rookyard.

108. KAPITEL

Als ich in der schaukelnden Kutsche lag und Hinxman mich mit seinem vollen Gewicht zu Boden drückte, da weinte ich: nicht so sehr wegen der Gefahr, in der ich schwebte, sondern weil man mir nach allem, was ich durchgemacht hatte, das Testament nun wieder abnahm und ich, was auch geschehen mochte, keine Gelegenheit mehr haben würde, mein Recht einzuklagen und diejenigen der Gerechtigkeit zuzuführen, die meiner Mutter Unrecht angetan hatten. Doch wie hatte es nur geschehen können, daß ich mich schon wieder in den Händen meiner Feinde befand? Wie hatten sie gewußt, wo sie mich finden konnten?

Was mein eigenes Los betraf, so rechnete ich damit, in die Irrenanstalt zurückgebracht und für den Rest meines Lebens dort eingesperrt zu werden – wie lang oder kurz das auch immer sein mochte, denn auf eine zweite Gelegenheit zur Flucht konnte ich wohl kaum hoffen. Es war sinnlos, mich zu wehren. Und während die Kutsche mit kaum mehr als Schrittgeschwindigkeit durch den dichten Nebel fuhr, ließ ich den Tränen der Wut und der Verzweiflung freien Lauf.

Doch schien ich mich in meiner Mutmaßung über unseren Bestimmungsort getäuscht zu haben, denn schon nach zehn oder zwanzig Minuten kam das Gefährt beinahe zum Stehen, als es in eine scharfe Kurve einbog und dann sehr langsam einen steilen Abhang hinabfuhr. Wir näherten uns offenbar der Themse, und gleich darauf konnte ich auch schon ihren salzig-schalen Duft riechen. Dann hielt die Kutsche an. Ich wurde herausgehoben und immer noch so festgehalten, daß ich mich weder wehren noch um Hilfe schreien konnte. Schließlich wurde ich durch eine Tür gehievt und zu Boden geworfen. Einen Augenblick lang war ich vom strahlenden Licht der Gaslampen über mir geblendet.

Dann sah ich auf und blickte in das Gesicht eines kleinen alten Mannes, der mich merkwürdig gespannt anlächelte. Ich hatte ihn schon einmal gesehen. Aber wo? Und wann war das gewesen? Er sah bleich und mager aus, und die Beine steckten in engen Hosen, die den vorgewölbten Bauch noch augenscheinlicher betonten. Seine ganze Aufmachung – die dreckige und überpuderte Perücke, die er sich wie einen schwarzen Blumenkohl über den kahlen Schädel gestülpt hatte, der schmutzige und zerrissene Gehrock, das Halstuch aus gelbem Batist, die schwarzen, fingerlosen Handschuhe, die grüne Hornbrille und die karierten Kniebundhosen – schien aus einer früheren Zeit zu stammen.

»Gute Arbeit«, sagte er zu Alabaster und lächelte, wenn man seine Grimasse so nennen wollte, denn er öffnete den Mund kaum wahrnehmbar und fuhr sich nur mit der Zunge über die Oberlippe. »Ich werde euch angemessen belohnen. Fesselt ihn, und bringt ihn nach unten!«

Hinxman band mir die Hände zusammen und trug mich dann mit Rookyard zwei Stockwerke tief hinunter in einen feuchten Keller, an dessen Wänden sich alte Fässer und leere Tonnen türmten. Hier unten roch es nicht nur klamm und feucht, ich konnte deutlich den strengen, scharfen Geruch des Flusses wahrnehmen.

Sie ließen mich neben einer offenen Bodenluke fallen, die wie die Abdekkung eines Brunnens aussah. Dann gingen sie wieder nach oben, und ich blieb allein in der Dunkelheit zurück. Kurz darauf kam der alte Mann mit einer Laterne und bewegte sich mit seltsamen, fast seitwärts gerichteten Schritten wie eine Krabbe auf mich zu. Als wäre ich nichts weiter als ein verschnürtes Bündel, faßte er nach meinem Mantel, riß ihn auf und suchte nach dem Riemen um meinen Nacken. Ich spürte seine Finger auf meiner Haut und fragte mich, von wem er wußte, wo er so gezielt zu suchen hatte. Er nahm mir den Beutel ab und öffnete ihn. Dann hielt er das Testament ins Laternenlicht und überflog es begierig, während die flackernde Flamme seinen riesigen Schatten an die feuchte Wand hinter ihm warf. Schließlich rollte er das Testament zusammen, öffnete die Blende der Laterne, hielt das Papier in die Flamme und sah zu, wie es Feuer fing.

Nach all dem, was ich erlitten, nach all dem, was Großtante Lydia erduldet hatte! Alle meine Hoffnungen waren dahin, nie würde ich das Vermögen meiner Familie wiedergewinnen und Gerechtigkeit erlangen können, um sämtliche Leiden wiedergutzumachen.

Der Alte faßte die Pergamentrolle am anderen Ende an, wartete, bis sie völlig verbrannt war, dann zerrieb er die Asche und warf die letzten Reste durch die Bodenluke.

Anschließend drehte er sich zu mir um und betrachtete mich nachdenklich. Die Laterne beleuchtete sein Gesicht von unten her, wobei das Licht tiefe Schatten in seine Züge malte, und mit einem Male wußte ich die Antwort auf jene Frage, die mich seit Minuten geplagt hatte: »Ich hab Sie gesehen, als ich krank im Haus von Daniel Porteous lag!« rief ich.

Er war jener alte Mann gewesen, den ich im Fieber gesehen hatte und von dem ich hinterher nicht wußte, ob er mir im Traum erschienen oder in Wirklichkeit begegnet war.

Er blickte mich an, als sei er überrascht, daß ich sprechen konnte.

»Sie sind der Vater von Daniel Porteous!« rief ich. Dann begriff ich die Folgen dieser Erkenntnis: »Und Sie sind der Vater von Peter Clothier! Aber dann sind Sie ja mein ...«

Sein Antlitz verdüsterte sich, und ich hielt inne. Dies war also der Feind meiner Mutter, also auch mein Feind, und er war der Urheber all meiner Leiden und der Leiden meiner Familie!

Er starrte mich durchdringend an. »Dein gar nichts«, sagte er. »Ich bin der Vater des unglückseligen Gatten deiner Mutter.« Er sagte noch etwas über sie, holte dann etwas aus seiner Tasche, hielt es mir hin und hielt die Laterne so, daß ich es sehen konnte. »Dieser Frau hier«, sagte er.

In seiner Hand lag jenes herzförmige Medaillon, das meiner Mutter so teuer gewesen war und dessen Verlust sie so bekümmert hatte.

»Dies hier hat mich auf die Spur deiner feinen Mutter gebracht«, sagte er. »Einer von meinen Pfandleihern hat meinen Sohn wiedererkannt.«

Noch während er dies erklärte, hielt er das Medaillon über die Bodenluke und ließ es schließlich fallen. Nach einem kurzen Augenblick der Stille meinte ich weit entfernt ein plätscherndes Geräusch zu hören. Lagen diese Keller etwa direkt über dem Fluß? Ich mußte daran denken, wie Joey und ich vor der steigenden Flut durch das Gewölbe eines Warenlagers geflohen waren, und fragte mich, ob ich etwa auch jetzt nicht weit vom Fleet Market war.

»Warum haben Sie sie zu Tode gehetzt?« fragte ich. »Warum haben Sie sie so gehaßt?«

»So viele Fragen!« sagte er mit seinem unheimlichen Lächeln, das kein Lächeln war.

»Sagen Sie es mir! Sagen Sie mir die Wahrheit!«

»Aber sicher, ich erzähl dir, was immer du wissen willst«, sagte er und hörte nicht auf zu lächeln. »Jetzt kann es ja niemandem mehr schaden, und wir haben noch ein bißchen Zeit; die Flut ist noch zu niedrig.«

Was wollte er damit sagen? Hatte er vielleicht vor, mich mit einem Schiff ins Ausland zu verschleppen? Der Anblick des Medaillons hatte schmerzliche Erinnerungen in mir geweckt, und ich vergaß jede Rücksicht auf meine eigene Sicherheit. Ich mußte endlich den geheimen Sinn hinter all den Geschehnissen erfahren, welches Schicksal auch immer auf mich warten mochte.

»Haben Sie meinen Großvater umbringen lassen?« fragte ich.

»Nein«, antwortete er.

»Aber Sie *müssen* es gewesen sein«, beharrte ich. »Sie haben einen Mann namens Barney Digweed dafür angeheuert.«

»Nie von ihm gehört«, gab er zurück.

Konnte das wahr sein? Hatte ich also unrecht gehabt mit meiner Vermutung, daß Barney in all das verwickelt war? Jedenfalls wußte ich, daß sich meine Behauptung allein auf Schlußfolgerungen gründete.

Doch als wäre er plötzlich wütend geworden, schrie der alte Mann jäh: »Ich sag dir die Wahrheit, aber du willst sie ja doch nicht hören. Deine Mutter hat Peter dazu angestiftet. Er hat sich nämlich für einen mächtig feinen Herrn gehalten und hat sich geschämt, weil er nur einen ehrlichen Geldverleiher zum Vater hatte. Ausgegeben hat er mein Geld ganz gern, aber dann war er entsetzt, als er gesehen hat, mit was für harter Arbeit seine feinen Manieren und all sein Bücherwissen bezahlt worden sind. Dabei hatte ich solche Hoffnungen auf ihn gesetzt. Aber er hat mich nicht mal so sehr geliebt, daß sich wenigstens das Geld gelohnt hätte, das ich für ihn ausgegeben habe.«

Unterdessen schlang er ein kräftiges Seil durch einen eisernen Ring in der Wand: »Dann hat er deine Mutter kennengelernt, und sie und ihr Vater haben ihn gegen mich aufgehetzt. Der arme Junge, sie haben ihm seinen Kopf in so viele Richtungen verdreht, daß es mich gar nicht mehr gewundert hat, als er dann übergeschnappt ist. Und vergiß nicht: Er hatte guten Grund, den alten Huffam um die Ecke zu bringen, schließlich sollte ihm sein Tod so einiges einbringen –! Ihr übrigens auch.«

»Das ist nicht wahr! Sie war nicht so, wie Sie denken!«

»Mit ihren weibischen Raffinessen hat sie sich den Peter eingefangen und ihn dazu angestachelt, ganz so, als hätte sie es geplant. – Dieses Seil ist verdammt lang. Aber das macht nichts. – Ich hab von Huffams Tod keinen Vorteil gehabt. Im Gegenteil, schließlich hat sich Daniel danach von mir abgewandt. Hat sich gegen seinen alten Vater gekehrt, der sein Leben lang nur geschuftet hat, um ihn zu dem zu machen, was er heute ist, und um ihm einmal ein großes Erbe zu hinterlassen. Kurze Zeit später hat er dann den anderen Namen angenommen und eine reiche Witwe geheiratet mit der Behauptung, er fürchte sich vor dem Skandal und vor der Gerichtsverhandlung. O ja, zuerst hat er mich auch noch wissen lassen, wir könnten auf diesem Weg miteinander Geschäfte machen, ohne daß die Leute merken, daß wir verwandt sind. Und er hat auch tatsächlich seine Bank Quintard & Mimpriss dazu überredet, für ein paar von meinen kleinen Unternehmungen Bürgschaft zu leisten. Aber ich weiß, daß es nicht nur darum ging. Angefangen hat's damit, daß wir nur so getan haben, als wären wir uns fremd, und jetzt ist es Wirklichkeit geworden.«

Quintard & Mimpriss! Natürlich! So hieß doch die Bank, über die jene Spekulationen abgewickelt worden waren, in die Sancious auch meine Mutter mit hineingezogen hatte. Der Name war in einem seiner Briefe gefallen, daran konnte ich mich noch erinnern. Außerdem hatte ich den Namen vor Gericht gehört, als Porteous nach seinem Dienstherrn gefragt wurde.

»Tja, Daniel schämt sich jetzt meinetwegen, genau wie Peter damals«, fuhr der alte Mann fort. »Es ist einfach nicht gerecht! Ihm gehört doch alles, wenn ich einmal sterbe. Meine Häuser in der Stadt, und das Gut Hougham kriegt er jetzt auch noch. Aber er kann gar nicht mehr vertuschen, wie sehr er mich verachtet. Und seine Tochter, kümmert die sich vielleicht um ihren alten Großvater? Die zieht nur ihre vornehme Nase kraus, wenn ich ins Zimmer komme. Aber ihr Erbteil wird sie bestimmt nicht ablehnen, darauf möcht ich wetten.«

Er schlang nun das andere Ende des Seils um meine Hüften: »Ich wollte mich nie an deiner Mutter rächen. Ich wollte nur mein Recht, sonst nichts. Und um das hat man mich betrogen, als ich gerade erwachsen wurde. Diese hochnäsigen Huffams und Mompessons haben meinen Vater und mich verachtet, dabei waren sie auf uns angewiesen. Wenn sie Geld brauchten für ihre großspurige Lebensart, für ihre Häuser und Kutschen, dann kamen sie bei uns angerannt. Wann hab *ich* mir solche Dinge gegönnt? Dabei hätt ich es mir durchaus leisten können, tausendmal eher als diese feinen Herren jedenfalls.«

»Und nur weil Sie Ihr Recht haben wollten, haben Sie meine Mutter umgebracht!« rief ich. »Sie haben Assinder gesagt, er soll sie fortschicken, wenn sie zu Sir Perceval kommt!«

»Ach, das weißt du also auch schon?« fragte er. »Nun ja, jetzt schadet's nichts mehr. Stimmt, ich hab ihn bezahlt, damit er sich um meine Angelegenheiten im Haus kümmert. Zumindest sorgt er dafür, daß die Mompessons nicht das gesamte Vermögen verschleudern, bevor das Gut mir gehört. Ich weiß natürlich auch, daß er einen Teil der Pacht selbst einsteckt, also wird's wohl nicht mehr lange dauern, bis sie ihn erwischen.«

»Sie haben sie in den Tod getrieben!« rief ich.

»Sie hat das Kodizill an sich genommen, das mir zugestanden hätte, und sie hat's behalten und hat versucht, mich um mein Recht zu bringen«, schrie er und fing an, mich über den Boden zur Falltür zu zerren und zu schieben.

»Das ist noch nicht alles! Sie mußte sterben, damit Sie erben können. Genauso wie ich ...«

Das war es! Er wollte mich zur Falltür schleifen und mich dann in der steigenden Flut ertränken! Aber wofür war das Seil? Wollte er vielleicht aus irgendeinem Grund meine Leiche hinterher wieder herausziehen? Und dann begriff ich: Er brauchte meine Leiche, um beweisen zu können, daß ich tot war.

»Und was ist mit Henry Bellringer?« fragte ich verzweifelt. »Arbeitet der auch für Sie, genauso wie Sancious und Assinder?«

»Genug gefragt«, antwortete er und keuchte dabei vor Anstrengung.

Ich begann, mich zu wehren, so gut es eben ging, und trat mit den Füßen nach ihm, obwohl ich gefesselt war. Aber schließlich gelang es ihm doch, mich über den Rand zu drücken. Ich fiel nur einen Klafter tief, bis ich, glücklicherweise mit den Füßen zuerst, auf dem Wasser aufschlug. Es war eiskalt. Der alte Mann leuchtete mit der Laterne zu mir herunter und schien mich mit seltsam bekümmertem Blick zu betrachten. Dann warf er die Falltür zu, und um mich herum war tiefste Finsternis.

Ich strampelte mit den Füßen, um mich über Wasser zu halten, und ich versuchte, meine Hände zu befreien, aber der Strick war viel zu fest verknotet; ich würde ihn unmöglich abstreifen können. In nicht einmal einer Stunde würde mich die steigende Flut gegen die Falltür pressen. Er hatte sie bestimmt verriegelt, vielleicht stand er sogar auf ihr. Nach dem Gestank im Keller zu urteilen, überspülte die Flut den Boden. So würde ich ertrinken. Und ich würde noch schneller ertrinken, wenn ich erst vor Kälte so steif war, daß ich meinen Kopf nicht mehr über Wasser halten konnte. Das also war der Tod. Und außer diesem alten Mann würde niemand die Wahrheit kennen. Was würden Joey und seine Mutter von mir denken? Und wie würden sie mich in Erinnerung behalten? Wohl als den Jungen, der den Tod ihres Gatten und Vaters herbeigeführt hatte? Konnte ich denn einen besseren Platz in ihrem Gedächtnis beanspruchen? Ich war schuld an seinem Tod, und selbst der Umstand, daß ich Joey einmal vor dem sicheren Tod gerettet hatte, konnte dieses Verschulden nicht aufwiegen, auch nicht, daß ich ihn unter Einsatz meines Lebens gerettet hatte.

Und plötzlich hatte ich eine Idee! Ich hatte Joey vor dem Tod durch Ertrinken gerettet, indem ich ihm aus einem Unterwassergewölbe herausgeholfen hatte. Vielleicht schwamm ich jetzt auch oben in einem solchen Gewölbe. Ich erinnerte mich noch genau daran, daß diese Kuppeln von Säulen unterteilt waren, die vom steigenden Wasser überflutet wurden. Wenn das stimmte, dann konnte ich vielleicht in die nächste Gewölbekuppe und den darüber gelegenen Keller gelangen, wenn ich wie damals tief ins Wasser tauchte und im Nachbargewölbe wieder hochkam. Der Gedanke, dies mit auf den Rükken gebundenen Händen und einem Seil um die Hüften versuchen zu müssen, jagte mir panische Angst ein, aber mir blieb keine Wahl. Und wenn ich diesen Plan nicht rasch in die Tat umsetzte, würde ich nicht mehr dazu in der Lage sein, weil ich mich vor Kälte bald nicht mehr bewegen konnte. Ich mußte mich also der Gefahr entgegenstürzen, statt zu warten, bis sie mich eingeholt hatte.

Das Seil war lang, vielleicht reichte es, um bis zur anderen Seite zu gelangen. Was aber, wenn es nicht lang genug war? Ich versuchte, nicht daran zu denken, ließ mich unter Wasser sinken und tastete mit den Füßen nach einem Gewölbebogen. Ich konnte keinen finden. Sollte diese Kuppel also anders gebaut sein als jene, aus der ich Joey gerettet hatte? Ich kam wieder nach oben, holte tief Luft und tauchte erneut. Diesmal fand ich die Öffnung und schwamm hindurch. Ich stieß mich mit den Beinen ab und tauchte nach einigen Sekunden in schwärzester Finsternis wieder auf. Über mir schien sich ein freier Raum zu befinden. Ich stieß einen Schrei aus, und aus dem Klang des Echos schloß ich, daß sich über mir tatsächlich ein geräumiger Hohlraum befand. Bestimmt war ich in der nächsten Kuppel. Voller Angst, daß mich das Seil jeden Augenblick zurückhalten würde, so daß ich lediglich in einem anderen Gewölbe ertrinken mußte, tastete ich nach der Leiter und begann, sie hinaufzuklettern. Schnell war ich oben, aber die Falltür war das nächste Hindernis. Ich drückte gegen sie, und sie öffnete sich einige Zoll weit. Ich versuchte es noch einmal mit aller Kraft und hatte endlich Glück. Ich krabbelte in einen Keller, ohne die Hand vor den Augen sehen zu können, und als ich mich aufrichten wollte, spürte ich, daß mir das Seil keinen Spielraum mehr ließ. War ich schon oberhalb der Flutgrenze? Nun, das würde sich zeigen. Also wartete ich. Die Flut stieg bis zur Falltür, dann quoll sie durch die Tür und kletterte an meinen Knöcheln hinauf, erreichte die Knie, dann die Hüften. Sollte ich nun doch noch wie eine Ratte in der Falle krepieren müssen? Ich wartete, die Augen in der Dunkelheit weit aufgerissen, die Stirn trotz der eisigen Kälte fieberheiß, und ich erinnerte mich an das, was ich über die armen Teufel in den Exekutionsdocks gelesen hatte, wenn sie auf die Flut und auf ihr Ende warteten.

Die Stunden verstrichen und kamen mir wie Tage und Wochen vor. Bilder aus der Vergangenheit zogen an meinem inneren Auge vorbei. Die frühen Jahre in Melthorpe. Meine Mutter, Sukey, Bissett und Mrs. Belflower. Ich hatte Sukey nie das geliehene Geld zurückgezahlt! Henrietta und die Mompessons. Was war eigentlich mit Henrietta? War ich in sie verliebt? Hatte sie mich geliebt?

Plötzlich empfand ich Scham über so viele Dinge, die ich getan hatte, und erst recht über all die Dinge, die ich nicht getan hatte. Wie vorschnell war ich doch oft mit meinem Urteil gewesen, hatte bestimmt hundertmal den Stab über meine Mutter gebrochen. Ich hatte dem armen verkrüppelten Richard nicht vergeben, daß er Big Thom an die Quiggs verraten hatte, und jetzt konnte ich ihm nicht mehr vergeben. Ich fühlte, daß ich dazu gar nicht das Recht hatte. Wenn ich doch nur öfter an Joey und seine Mutter und nicht so unablässig an mein Recht gedacht hätte! Recht. Gerechtigkeit. Was bedeuteten diese Worte eigentlich? Ich hatte mir etwas vorgemacht. Meine Motive waren längst nicht so edel, wie ich immer glauben wollte. Wenn ich doch nur überleben würde, dann würde ich mich in Zukunft ganz anders verhalten. Was hatte ich bisher schon für andere Menschen getan? Ich dachte daran, wie oft meine Mutter meinetwegen geweint hatte, und jetzt weinte ich selbst und weinte um so mehr, als ich an ihre Selbstzweifel dachte, die von mir noch geschürt worden waren. Mutter, Vater, Großvater. Was bedeutete das jetzt noch? Und mit einemmal erkannte ich meine enge Verwandtschaft mit diesem schrecklichen, bedauernswerten alten Mann. Ich kannte die Geschichte, die er mir erzählt hatte, nur zu gut: sein Verlangen nach Gerechtigkeit, das nagende Gefühl, betrogen worden zu sein, seine Versuche, die Liebe vergleichen und messen zu wollen. All das war mir auf entsetzliche Weise vertraut. Nun gab ich tausend Versprechen, faßte tausend Beschlüsse, und wußte doch nicht, ob ich je Gelegenheit haben würde, meine Vorsätze wieder zu vergessen.

Ich wagte es kaum zu glauben, aber das Wasser schien nicht weiter anzusteigen. Es fiel sogar wieder! Aber noch war ich nicht gerettet. Ich mußte noch einmal zurück, denn anders würde ich mich kaum von dem Seil befreien können. Zurückgehen? Immer, so schien es, mußte ich noch einmal zurück! Würde ich denn niemals wirklich frei sein? Wie lange sollte ich warten? Meine einzige Hoffnung bestand darin, daß der alte Clothier den Keller verlassen, die Falltür aber nicht verriegelt hatte. Wenn ich zu lange zögerte, würde er zurückkommen und mich am Seil heraufziehen. Ich wollte warten, bis die Flut etwa einen Fuß unter die Falltür gesunken war, dann hatte ich Platz genug, um beim Versuch, die Falltür zu öffnen, zu atmen.

Ich tastete mit den Füßen nach dem Wasserstand, und endlich war der Augenblick gekommen. Dann ließ ich mich ins Wasser gleiten, folgte dem Seil und stieß mich mit den Beinen ab. Ich tauchte drüben wieder auf, und als ich die Falltür mit der Schulter hochstemmte, merkte ich, daß sie nicht verriegelt war. Natürlich! Er hatte die Riegel gar nicht vorschieben können, weil das Seil viel zu dick war. Durch den Spalt drang kein Licht, also wartete Clothier offenbar nicht im Keller. Ich wollte die Luke gerade nach oben drücken und stützte mich dazu mit den Beinen auf der Leiter ab, als ich plötzlich meinen Halt verlor. Die Leiter war so verrostet, daß die Verankerung unter dem Druck nachgegeben hatte. Angst stieg in mir auf, doch dann merkte ich, daß mich ja das Wasser trug, also stemmte ich mich gegen das Seil und konnte schließlich die Falltür öffnen und in den Keller klettern. Ich schloß den Lukendeckel wieder, fragte mich aber besorgt, ob Clothier bei seiner Rückkehr nicht gleich merken würde, daß jetzt zwei Seilstränge aus der Falltür kamen. Ich mußte ihn also überfallen, bevor er zu nahe herangekommen war, weshalb ich mich am Fuß der Treppe versteckte.

Naß bis auf die Haut, zitterte ich vor Kälte, und es verging eine endlos lange Zeit, ehe die Kellertür geöffnet wurde und ich das Licht der Laterne sehen konnte. Clothier blieb in der Tür stehen, lauschte wahrscheinlich auf die gurgelnde Flut und wartete darauf, daß der Pegel noch tiefer fiel. Dann schloß er die Tür und kam einige Stufen herunter, und ich konnte ihn deutlicher erkennen. Er hielt ein Messer in der Hand, wohl um das Seil durchzuschneiden. Das war eine Gefahr, mit der ich nicht gerechnet hatte, aber mit etwas Glück bedeutete sie vielleicht auch eine unerwartete Chance. Ich hatte Angst, daß er jeden Augenblick die beiden Seilstränge entdecken könne, und überlegte, ob ich mich auf ihn stürzen sollte, noch bevor er an mir vorübergegangen war. Ich wollte versuchen, ihm das Messer abzunehmen und mich loszuschneiden, denn meine Handgelenke waren zwar gefesselt, doch die Hände selbst konnte ich bewegen. Dann würde ich ihn mit dem Messer bedrohen und ihn zwingen, mich nach draußen zu bringen.

Ich wollte mich gerade auf ihn werfen, da hörte ich plötzlich ein Geräusch. Auch ihm war es scheinbar nicht entgangen, denn er legte das Messer weg, öffnete die Tür und ging wieder hinaus. Sobald er die Tür hinter sich geschlossen hatte, lief ich dorthin, wo ich ihn zuletzt gesehen hatte, tastete den Boden nach dem Messer ab und schnitt dann das Seil um meine Hüften durch. Es war nicht ganz einfach, und für die Handfesseln würde ich noch länger brauchen. Also tastete ich mich im Dunkeln zurück und warf das Seilende durch die Falltür, damit nur noch ein Strang zu sehen war. Dann schlich ich vorsichtig die Treppe hinauf und durch die Tür, noch eine Treppe hoch und wagte schließlich einen Blick in ein großes Kontor. Das Messer hielt ich fest umklammert, und notfalls würde ich schon wissen, wie man damit umging.

Der alte Mann schrie jemanden an, den ich nicht sehen konnte: »Was machst du denn schon wieder hier? Und das um diese Uhrzeit?«

»Was ich hier mache?« antwortete der Mann. »Nun, das will ich Ihnen gern erzählen, lieber jedenfalls, als ich jemals in Ihren Diensten gestanden hab, Sir – will sagen: Clothier.«

Ich ging einen Schritt vor, um den Mann erkennen zu können. Er war mittleren Alters und von rundlicher Figur, hatte eine Glatze und ein ebenfalls rundliches, rotes Gesicht. Ob letzteres immer diese Farbe hatte oder nur jetzt vor lauter Aufregung rot angelaufen war, hätte ich nicht sagen können. Er trug einen schäbigen braunen Mantel mit glanzlosen Messingknöpfen, eine kanariengelbe Weste und dazu blaßblaue Hosen.

»Was soll das heißen?« rief Clothier. »Bist du verrückt geworden?«

»Verrückt? Nein. Verrückt war es, das für Sie zu tun, was ich getan habe. Die Armen um den letzten Penny zu schröpfen, sich an junge, reiche Erben anzuhängen und sie auszusaugen, Menschen in Zimmer zusammenzupferchen, in denen ein anständiger Mann nicht einmal ein Schwein halten würde. Und vor allem dieses arme, junge Geschöpf zu verfolgen – ich meine Ihre Schwiegertochter, Sir – Clothier, wollte ich sagen. Sie mit Hilfe dieses Blutegels Sancious um ihr bißchen Geld zu bringen und sie dann in Schande und Schmach und in einem frühen Grab enden zu lassen.«

Ich traute meinen Ohren nicht und mußte die Regung unterdrücken, auf den guten, rundlichen Mann zuzulaufen und ihn zu umarmen.

»Komm schon zur Sache, Vulliamy!« knurrte Clothier. »Wie bist du aus dem Fleet-Gefängnis gekommen?«

»Ich bin nie drin gewesen«, antwortete Vulliamy. »Und jetzt werd ich Ihnen was sagen. Ich hab mir schon vor einer ganzen Weile einen Nachschlüssel zur Haustür machen lassen. Und seitdem bin ich Nacht für Nacht zurückgekommen, um mir Abschriften von Ihren Papieren zu machen. Deshalb war ich tagsüber auch nicht immer gerade hellwach, Sir – ich meine: Clothier. Als ich verhaftet wurde, hab ich die Abschriften zum Sheriff mitgenommen, und der hat sie einem Anwalt gezeigt – ein ganz gewiefter Fuchs. Der hat mir gleich das Geld für die Schulden vorgestreckt und mich freigelassen, damit ich hierhergehe und weiteres Beweismaterial besorge.«

»Welche Papiere?« fragte der alte Mann mit bebender Stimme.

»Ach, so ziemlich alle. Besonders aber die, welche die Consolidated Metropolitan Building Company und deren Geschäfte mit einem gewissen Baugrundstück betreffen, und die Papiere der Bank Quintard & Mimpriss.«

»Du glaubst doch wohl nicht, daß ich dich jetzt noch lebend hier wieder herauslasse?«

»Das sollten Sie aber, Sir – ich meine: Clothier. Ich hab die Unterlagen nämlich beim Anwalt gelassen, zusammen mit einigen Instruktionen für den Fall, daß er nichts mehr von mir hören sollte.«

Es folgte ein kurzes Schweigen.

»Komm schon!« sagte Clothier dann mit ganz ruhiger Stimme. »Stell deine Bedingungen! Diesmal bist du mir über, aber Geschäft ist Geschäft, und irgendwie können wir uns bestimmt einigen.«

»Ach, wissen Sie, ich könnt es mit meinem Gewissen nicht vereinbaren, Sie so weitermachen zu lassen.«

»Was denn? Und du willst deine Meinung um kein Geld in der Welt ändern?«

Der rundliche Mann schwieg, doch dann antwortete er: »Nicht unter fünfzigtausend Pfund.«

Also war er auch nicht besser! Na ja, vielleicht doch, immerhin verlangte er einen hohen Preis für sein Gewissen.

»Du bist verrückt!« rief Clothier. Etwas gelassener fuhr er dann fort: »Du weißt doch selbst, daß ich über keinen Betrag in dieser Höhe verfüge.«

»Jetzt wohl.«

»Was willst du damit sagen?«

»Ich hab gehört, was vor kaum einer Stunde im Keller passiert ist. Wo der Junge nun tot ist und das Testament nicht mehr existiert, sind Sie der Besitzer des Gutes Hougham, und das ist schon ein hübsches kleines Sümmchen wert.«

Nach einem kurzen Schweigen sagte der alte Mann mit samtweicher Stimme: »Also gut, du sollst deinen Willen haben. Aber wenn ich mein Anrecht auf das Gut geltend machen soll, dann mußt du mir jetzt dort unten im Keller helfen.«

»Einverstanden. Aber keine Tricks!«

Zusammen kamen sie nun auf mich zu, und da es keinen anderen Weg gab, eilte ich rasch zurück in den Keller und versteckte mich hinter einem leeren Faß.

»Dann wollen wir ihn uns mal anschauen!« sagte Clothier gutgelaunt und griff nach dem Seil. »Was zum Teufel ist denn das?« hörte ich ihn gleich darauf schreien, als er offensichtlich merkte, daß nichts mehr daran befestigt war. »Aber er muß ertrunken sein, was auch passiert ist«, sagte er. »Ich bin auf der Falltür stehengeblieben, bis die Flut über meine Knöchel gestiegen war. Wahrscheinlich hat sich das Seil über einer scharfen Kante durchgescheuert. Aber ich brauch die Leiche, sonst kann ich vor Gericht nicht beweisen, daß der letzte Huffam tot ist. Und man darf ihn nicht mit gebundenen Händen finden, jedenfalls nicht hier unten in den Gewölben, das ist zu nah an meinem Geschäft; dann schon lieber draußen im Fluß. Du bist fünfundzwanzig Jahre jünger als ich, Vulliamy. Steig hinunter, und sieh nach, ob du ihn finden kannst!«

»Nicht um alles in der Welt.«

»Komm schon, sei kein Feigling! Wir brauchen die Leiche. Kletter du runter, und ich halte die Laterne.«

»Auf den Trick fall ich nicht rein«, sagte Vulliamy.

»Ich will dich doch nicht umbringen, du Narr!« knurrte Clothier. »Also gut, dann mach's ich selbst, wenn du nicht willst. Aber denk daran, du kriegst dein Geld nur, wenn ich noch lebe und es erben kann! Da, halt die Laterne!«

Er stieg durch die Bodenluke. Ich wußte, daß die Leiter nicht mehr sicher war, und der alte Mann hatte kein Seil um die Hüften, an dem er sich festhalten konnte. Doch ich mußte an den Augenblick denken, als Assinder das Versteck öffnete, und hatte jetzt sogar noch weniger Gewissensbisse.

Plötzlich hörte ich einen Schrei: »Die Leiter! Hilfe!«

Ich hörte, wie Clothier mit Händen und Fingernägeln verzweifelt über den Stein kratzte, dann folgten ein langgezogener Schrei und schließlich der Aufschlag. Danach war es still. Die Ebbe mußte ungefähr ihren tiefsten Stand erreicht haben, also war der alte Mann beinahe sechs Klafter tief hinunter auf die Pier gestürzt. Ich blickte vorsichtig um das Faß herum und sah Vulliamy, wie er mit der Laterne in der Hand durch die Falltür nach unten starrte. Einen Augenblick später hastete er zur Treppe, rannte die Stufen hinauf und war verschwunden.

Ich ließ ihm einen sicheren Vorsprung, dann tastete ich mich hinauf in das dunkle Kontor und nach draußen. Noch ehe ich das Ende der Gasse erreicht hatte, hörte ich eilige Schritte näher kommen. Ich drückte mich eng in den Schatten der Häuser. Gleich darauf eilte Vulliamy an mir vorbei, dicht gefolgt von der Wache. Ich lief um die Ecke und bog in eine breitere Straße ein, bis ich schließlich einen ruhigen Ort fand. Mit klappernden Zähnen und vor Kälte fast gefühllosen Fingern gelang es mir nun endlich, die Fesseln an meinen Händen durchzuschneiden.

109. KAPITEL

So rasch ich konnte, eilte ich vom Flußufer fort und dachte dabei, daß ich zum zweitenmal innerhalb von vierundzwanzig Stunden nicht wußte, wohin ich gehen sollte. Das erste Mal war ich zu Henry gegangen und hatte geglaubt, ihm vertrauen zu können. Hatte er mich verraten? Irgend jemand mußte es jedenfalls getan haben, denn wie hätte mein Feind sonst wissen sollen, wo er mich in diesen dunklen Gassen finden konnte? Und woher hätte er sonst gewußt, daß ich das Testament in einem Beutel um meinen Hals getragen hatte? Ich konnte mir nicht helfen, aber ich hatte Henry schwer in Verdacht. Wie aber hatte er sich mit meinem Feind verbünden können? Dabei hatte er sich heftig gegen die Angreifer gewehrt. Oder war es Barney, der mich wieder ausfindig gemacht hatte? Das schien mir doch glaubhafter. In diesem Fall konnte ich aber noch immer nicht zu Joey und seiner Mutter zurück. Das beste war, ich ging wieder zu Henry. Doch diesmal wollte ich ein wachsames Auge auf ihn werfen. Ich überquerte die Fleet Street und hastete die Fetter Lane hinunter.

Es war noch früh am Morgen, als ich den Eingang zum Barnards Inn erreichte, doch das Tor stand schon offen, da der Pförtner, wie ich am fahlen Lichtschimmer hinter seinem Fenster erkannte, bereits wach war. Ich sah, daß er sich gerade sein Frühstück machte, und so fiel es mir nicht schwer, mich im Schutz des Nebels an ihm vorbeizustehlen.

Ich stieg die Treppe hinauf, und oben sah ich, daß die äußere Tür zu Henrys Wohnung offenstand. Es waren Stimmen zu hören. Nach allem, was ich durchgemacht hatte, wird man es vielleicht verstehen, wenn nicht gar verzeihen, daß ich mich nun auf Zehenspitzen zur Zimmertür schlich und mein Ohr an das Holz preßte.

Henry sagte: »Ich fürchte, Pamplin, wir werden unseren jungen Freund nicht wiedersehen.«

»Was zum Teufel soll das heißen?«

»Nun, er hat mir selbst gesagt, daß er Feinde hat, die seinen Tod wünschen.«

»Seinen Tod? In welche Sache hast du mich da hineingezogen, Bellringer? Willst du damit behaupten, daß diese Schurken, die mich überfallen haben, ihn umbringen wollten?«

»Ich fürchte, ja.«

Ich hörte einen langen, leisen und höchst unklerikalen Pfiff, und dann sagte Mr. Pamplin mit vor Angst zitternder Stimme: »Und was um alles in der Welt machen wir jetzt?«

»Wir gehen auf die Wachstube und erstatten eine Anzeige.«

»Aber denk doch nur an den Skandal, wenn unsere Rolle in dieser ganzen Geschichte bekannt wird!«

»Aber wir *müssen* auf die Wachstube, Pamplin. Nur so können wir den Jungen retten.«

»Weißt du denn, wer diese Männer waren und wohin sie ihn verschleppt haben?«

»Nein, ich habe keine Ahnung.«

»Was für einen Sinn hat es dann, wenn wir uns an die Behörden wenden? Das einzige Ergebnis wird sein, daß ich hinterher in einer ganz verteufelten Klemme sitze. Meinem Bischof wird das überhaupt nicht gefallen. Du weißt doch selbst, wie viele Schwierigkeiten ich schon mit ihm habe.«

»Es tut mir leid, Pamplin, aber ich fürchte, du wirst die Konsequenzen tragen müssen.«

»Also wirklich, Bellringer! Nur durch deine Schuld stecke ich in dieser Sache mit drin. Dabei wollte ich dir bloß einen Gefallen tun, weil du mir früher mal geholfen hast. Kannst du denn nicht allein zur Wachstube gehen, wenn du schon unbedingt dorthin mußt?«

»Ich weiß nicht, wie das möglich sein soll. Ich brauche jemanden, der dafür bürgt, daß ich an allem unschuldig bin.«

»Deine Unschuld! Und was ist mit meiner? Wir sind beide unschuldig, aber wie wird sich unsere Geschichte lesen, wenn man erst in den Zeitungen über sie schreibt? Irgendein verdammter Journalist hängt immer bei diesen Polizeigerichten herum und wartet auf genau diese Art Geschichten. Und warum sollte der Richter uns überhaupt glauben? Es klingt doch alles zu unwahrscheinlich: ein verschwundener Erbe, ein fehlendes Dokument, und diese ganze Affäre dreht sich um einen jungen Priester! Du scheinst meine Stellung zu vergessen, Bellringer. Ein solcher Fall könnte das Ende meiner Karriere bedeuten.«

»Das kann dir doch egal sein. Deine Pfründen sind nun wirklich ergiebig genug. Aber es ist noch nicht einmal richtig Tag, und ich habe einen schrecklichen Hunger. Bevor wir irgend etwas unternehmen, sollten wir zuerst einmal frühstücken.«

»Ausgezeichnete Idee. Der ›Cocoa Tree‹ dürfte schon offen sein.«

»Dann geh vor! Ich komme nach, sobald ich mich gewaschen und umgezogen habe.«

Als ich Schritte hörte, trat ich rasch einige Schritt zurück. Was ich vernommen hatte, reichte, um mein Mißtrauen zu beschwichtigen.

Die Tür ging auf, und Mr. Pamplin stand vor mir und starrte mich fassungslos an. Einen Augenblick glaubte er sicher, ich sei von den Toten auferstanden, und angesichts eines solchen Wunders gerieten wohl seine tiefsten Überzeugungen ins Wanken. Er tat einen Schritt zurück ins Zimmer, den Mund vor sprachloser Verblüffung weit offen, und ich folgte ihm in die

Wohnung.

Henry wandte sich um und bot einen Anblick, der meinem zerschundenen Aussehen in nichts nachstand: Sein Gesicht war mit Kratzern und blauen Flecken übersät, seine Kleidung arg zerrissen und das Hemd mit Blut getränkt.

Er betrachtete mich einen Moment lang mit den seltsamsten Blicken: »Mein lieber John!« rief er endlich aus. »Bist du's wirklich? Dem Himmel sei Dank, du bist in Sicherheit!«

Er kam auf mich zu und umarmte mich, so naß und dreckig, wie ich war. Ich fühlte mich so erschöpft, daß ich spürte, wie ich bei dieser Wiedersehensfreude in Tränen ausbrach.

»Freut mich schrecklich, daß es dir gutgeht, alter Junge«, meinte Mr. Pamplin, sobald er seine Fassung wiedergefunden hatte. »Erspart mir einige Unannehmlichkeiten – das kann ich dir sagen.«

Henry drückte mich fürsorglich in einen Sessel vor dem Feuer. »Was ist passiert?« fragte er. Doch dann warf er einen warnenden Blick in Richtung seines Freundes, der uns beide aufmerksam beobachtete, und flüsterte mir zu: »Erzähl's mir, wenn er fort ist!«

Ich verstand ihn, und obwohl ich Henry viel zu erzählen hatte und viele Fragen stellen wollte, sagte ich kein Wort.

»Du bist ihnen offensichtlich entkommen«, meinte Henry dann mit normaler Stimme. »Ruh dich erst einmal aus, du brauchst uns jetzt nichts zu erzählen.«

»Und wie ist es Ihnen ergangen?« fragte ich.

Henry lachte: »Deine Freunde haben mich zu Boden geschlagen und mit Füßen getreten. Als sie fort waren, verbrachten Charles und ich eine komische halbe Stunde damit, im Nebel herumzutappen und Fangen zu spielen.«

»Komisch nennst du das?« protestierte der Priester.

»Im nachhinein ist es sehr komisch, doch die Situation selbst war gar nicht lustig. Siehst du, John, ich hab ihn unwissentlich immer wieder halb zu Tode erschreckt, und wenn ich endlich in Reichweite war, dann lief er jedesmal wieder davon, weil er mich für einen Angreifer hielt. Als wir uns schließlich doch gefunden hatten, haben wir nach einer Streife gesucht, und natürlich war wieder mal weit und breit keine zu sehen. In einer solchen Nacht sitzen die Herren Konstabler natürlich lieber schön warm und sicher in ihrem Wachhäuschen. Dann haben wir gedacht, wir kommen hierher zurück und machen uns etwas zurecht, bevor wir zur Wachstube gehen und Anzeige erstatten.« Henry zwinkerte mir zu und sagte dann zu seinem Freund: »Sei so gut, Pamplin, und bestell uns was zum Frühstück, ja?«

»Na schön«, antwortete Pamplin verärgert und verließ die Wohnung.

Kaum hatte sich die Tür hinter ihm geschlossen, lächelte mich Henry verschwörerisch an und sagte: »Erzähl mir rasch, was geschehen ist, bevor er zurückkommt! Und zieh dir ein paar trockene Sachen an!«

Er gab mir seinen Morgenmantel, und während wir uns unterhielten, zog ich meine durchnäßten Kleider aus, die Henry vor dem Feuer aufhängte.

»Die Männer, die mich entführt haben, waren Handlanger von Silas Clothier, der den Bedingungen des Kodizills entsprechend das Gut erben wird, wenn ich sterbe. Er hat versucht, mich umzubringen, aber ich bin ihm entkommen, und jetzt ist er selbst tot.«

»Tot?« wiederholte Henry fragend.

»Ja. Aber zuvor hat er das Testament verbrannt.«

»Bist du sicher, daß er tot ist?« fragte Henry.

»Gewiß«, antwortete ich und war ein wenig überrascht, daß er sich so für das Schicksal des alten Herrn und gar nicht für das Testament interessierte. Ich erzählte ihm mit wenigen Worten, was geschehen war. »Was meinen Sie? Was soll ich jetzt tun?« fragte ich. »Soll ich mich an die Behörden wenden?«

»Was sollte das für einen Sinn haben?« fragte Henry gedankenversunken.

»Wahrscheinlich keinen«, pflichtete ich ihm bei, »schließlich bin ich jetzt endlich vor meiner Familie sicher, denn die Clothiers – oder vielmehr die Porteous' – haben kein Anrecht mehr auf das Gut, nachdem ich den alten Mann überlebt habe.«

»Ja«, murmelte Henry, »sie haben kein Anrecht mehr.«

Er schwieg eine Weile, doch dann sagte er: »Wenn du jetzt öffentlich bekanntgibst, daß du noch lebst, wird das weitreichende Folgen haben.«

Ich blickte ihn überrascht an.

»Für den Prozeß«, erklärte er, als er meine Verwirrung sah.

Eine Zeitlang sagten wir beide kein Wort.

»Also bleiben die Mompessons die eigentlichen Besitzer!« rief Henry.

»Das ist wahr«, sagte ich. »Und mein Leben ist immer noch in Gefahr.«

»In welcher Gefahr?« fragte er rasch.

»Nun, da das Testament vernichtet ist, bleibt das Kodizill in Kraft, und selbst wenn ich mich weiterhin nicht zu erkennen gebe, bis die Frist abgelaufen ist, rückt der Nachfahre von George Maliphant als Erbe des Gutes Hougham nach. Also gibt es noch immer jemanden, der ein Interesse an meinem Tod hat.«

»Aber dabei gehst du von einer unbewiesenen Annahme aus«, sagte Henry.

»Und wieso?« fragte ich.

»Bist du dir denn sicher, daß es einen solchen Erben überhaupt gibt? Meines Wissens hat dieser Familienzweig nie einen Anspruch auf das Erbe erhoben.«

Ich war etwas überrascht, daß er sich so gut mit diesem Prozeß und in der Genealogie der beteiligten Parteien auskannte.

»Sie haben recht«, sagte ich. »Vielleicht ist die Familie Maliphant wirklich schon ausgestorben, und ich brauche keine Angst mehr zu haben. Doch was würde dann mit dem Gut geschehen? Bleibt es im Besitz der Mompessons?«

»Auf keinen Fall. Ihr Anrecht ist nur so lange rechtskräftig, wie du am Leben bist. Sobald man dich für tot erklärt und kein Nachfahre von George Maliphant gefunden werden kann, würde das Gut an die Krone zurückfallen.«

Also lag das Schicksal der Mompessons in meiner Hand, je nachdem, ob ich mich nun zu erkennen gab oder mich weiterhin verborgen hielt. Diese Vorstellung bereitete mir große Genugtuung, und ich dachte still darüber nach. Henry schien auch in Gedanken verloren zu sein, und so saßen wir beide da und sagten kein Wort. Ich brauchte Zeit, um über all dies nachzudenken und zu überlegen, wie meine Entscheidung sich auf Henriettas Schicksal auswirken würde. Da das Testament jetzt vernichtet war, hatte auch niemand mehr einen Vorteil davon, sie zu einer ungewollten Heirat zu zwingen. Wahrscheinlich würden ihre Verwandten sogar jedes Interesse an ihr verlieren, und sie konnte endlich den Mann ihrer Wahl heiraten.

Wir saßen noch immer schweigend vor dem Feuer, als Mr. Pamplin mit einem Kellner zurückkam, der auf übereinandergetürmten silbernen Tellern unser Frühstück hereintrug.

Nachdem der Kellner seine Last abgesetzt und das Zimmer verlassen hatte, sagte Henry fröhlich: »Ich habe eine freudige Nachricht für dich, Charles: Wir sind zu dem Schluß gekommen, daß es tatsächlich keinen Sinn mehr macht, noch zur Wachstube zu gehen.«

Mr. Pamplin war sichtlich erleichtert, beglückwünschte uns zu unserer Entscheidung und machte sich dann mit herzhaftem Appetit über das Frühstück aus in Senf gebratenen Lammkoteletts, Sauerteigfladen und Kaffee her. Er verabschiedete sich gleich darauf und meinte, der nächtliche Schrekken habe ihn sehr erschöpft. Henry und ich waren ebenfalls so müde, daß wir beschlossen, uns schlafen zu legen, obwohl der Tag auf seinem nebligen, kalten Weg zum Abend bereits ein gutes Stück zurückgelegt hatte. Henry drängte mich, in seinem Bett zu schlafen, während er es sich auf dem Sofa bequem machen wollte. Mir war dies ziemlich einerlei, denn ich lag noch keine Minute, da war ich auch schon tief eingeschlafen.

110. KAPITEL

Ich wachte am frühen Nachmittag wieder auf und dachte an die Ereignisse der letzten beiden Tage. Ich hatte gesehen, wie ein Mann den Tod riskiert hatte – und vielleicht gestorben war –, weil er dem Glanz des Goldes nicht widerstehen konnte. Und ich hatte nicht versucht, ihn von seinem Vorgehen abzuhalten, von dem ich wußte, das es weit gefährlicher war, als er vermutet hatte. Und doch fühlte ich mich nicht verantwortlich für das, was Assinder zugestoßen war. Und ich hatte einen zweiten Mann in den Tod gehen sehen, da ich selbst umgekommen wäre, hätte ich versucht, sein Leben zu retten. Wenn ich schon nicht schuldig zu nennen war, so hatte ich doch Anteil an diesen Geschehnissen. Was für ein Wahnsinn dies auch immer sein mochte, ich konnte mich nicht darauf hinausreden, daß ich nichts damit zu tun hatte. Nicht mehr. Aber warum wollte der alte Clothier mich umbringen? Und weshalb hatte er sein Leben aufs Spiel gesetzt? War es bei ihm die Gier nach dem Gold gewesen? Oder hatte ihn ein tückischeres Verlangen getrieben – etwa das Verlangen nach Gerechtigkeit? Wenn ich mich auch von ersterer freisprechen konnte – und davon war ich überzeugt –, so mußte ich mich doch zu letzterem bekennen. Und die Liste derjenigen, die um dieser Gerechtigkeit willen gestorben waren, hatte mit Assinder und Clothier keineswegs ein Ende gefunden. Ich hatte Schuld an George Digweeds Tod, auch wenn Joeys

Vater freiwillig mitgekommen war. Und sogar Miss Lydia könne noch leben, wenn ich mich nicht in ihr Dasein gedrängt hätte. Vielleicht hatte Henrietta recht mit ihrer Vermutung, daß ihre Großtante den Wunsch nach Gerechtigkeit mit dem Verlangen nach Rache verwechselt hatte, und vielleicht mußte ich mir den gleichen Vorwurf gefallen lassen.

Ich zog mich an und ging ins Wohnzimmer. Henry saß am Schreibtisch. Er trug noch die gleichen Kleider wie in der Nacht zuvor, und ich hatte den Eindruck – warum, weiß ich nicht –, daß er gar nicht geschlafen hatte.

Er begrüßte mich herzlich, schien mit den Gedanken aber woanders zu sein.

»Gehen Sie denn heute nicht zur Arbeit?« fragte ich ihn.

»Alles zu seiner Zeit«, sagte er leichthin.

»Aber der Gentleman, mit dem Sie gestern abend verabredet waren, wird sich wundern, weshalb wir nicht gekommen sind.«

»Ach, ich werd's ihm schon erklären.«

»Was werden Sie ihm sagen? Doch bestimmt nicht die Wahrheit, oder?«

»Gütiger Himmel, nein!« rief er und lachte dabei freudlos auf. Dann gestand er mir in vertraulichem Ton: »Ich werd ihm schon irgendeine Geschichte auftischen. Überlaß das ruhig mir!«

Vor ihm lag aufgeschlagen die Abendausgabe des »Globe«, und über seine Schulter gebeugt, las ich einen Artikel auf der zweiten Seite mit der Überschrift: »Tragisches Unglück trifft Kaufmann aus der City und Enkel: Mr. Silas Clothier vom Edington's Pier in Blackfriars und der Bell Lane in Spitalfields starb einen heroischen Tod.« Aus der folgenden Geschichte ging hervor, daß Mr. Vulliamy den Behörden berichtet hatte, der alte Gentleman sei bei dem Versuch gestorben, das Leben seines Enkels zu retten, der durch eine Falltür in den Fluß gestürzt und vermutlich ertrunken war, auch wenn seine Leiche bisher noch nicht gefunden werden konnte.

Der Hinweis auf die Bell Lane erklärte mir nun endlich auch, warum meine Mutter so entsetzt reagierte, als Mrs. Sackbutt damals am Cox's Square diese Straße erwähnt hatte: So hatte sie erfahren, wie nahe wir dem Haus ihres Feindes waren.

»Er hinterläßt kein kleines Vermögen«, sagte Henry nachdenklich. »Daniel Porteous wird alles erben und lacht sich bestimmt schon ins Fäustchen, denn Quintard & Mimpriss stecken in ziemlichen Finanznöten, und der Tod des alten Herrn befreit seinen Sohn aus einer argen Klemme. Aber ich nehme an, daß du Anspruch auf die Hälfte des Vermögens der Clothiers erheben könntest.«

»Niemals!« rief ich und begann, ihm zu erklären, weshalb ich mit dieser ganzen Angelegenheit nichts zu tun haben wollte. Er aber hörte mir mit wachsendem Ärger zu und unterbrach mich, noch ehe ich meinen Satz beendet hatte: »Und was machst du mit deinem Anspruch auf das Gut Hougham? Sag mir bloß nicht, daß du mit dem auch nichts zu tun haben willst! In zwei Jahren läuft die Frist ab, dann wird man dich für tot erklären. Da man nun davon ausgeht, daß du ertrunken bist, obwohl sie natürlich keine Leiche finden werden, wird die Frist unter Umständen verkürzt. Wann willst du dich also zu erkennen geben?«

»Ich weiß nicht, ob ich es überhaupt machen will«, sagte ich gelassen.

»Aber siehst du denn nicht, wieviel davon abhängt?« wollte er brüsk wissen.

Erstaunt fragte ich mich, weshalb er sich solche Sorgen um das Geschick der Mompessons machte: »Dann meinen Sie also, ich soll bei Gericht vorsprechen?«

»Natürlich nicht!« rief er. Dann lächelte er etwas verlegen und meinte: »Siehst du denn nicht, alter Junge, daß du sie jetzt fest im Griff hast, zumindest solange du dich nicht öffentlich zu erkennen gibst?«

Ich starrte ihn verblüfft an, da ich seinem Gedankengang nicht mehr folgen konnte.

»Sobald du dich öffentlich zu erkennen gibst, bist du für sie uninteressant, da ihnen dein Leben ihren Besitz sichert«, erklärte er. »Also, halte dich verborgen, und verhandle mit ihnen durch eine dritte Partei!«

Darauf also war er aus! Eine Art Erpressung. Jetzt verstand ich endlich alles, und er brauchte mir auch nicht mehr zu sagen, wer seiner Meinung nach die dritte Partei sein solle.

Ich stand auf: »Ich muß jetzt gehen. Vielen Dank für Ihre Hilfe!«

Er wurde rot: »Sei kein Spielverderber! Du hast ihnen doch auch das Testament gestohlen. Und was ich dir gerade vorgeschlagen habe, ist auch nicht viel schlimmer.«

Das war etwas völlig anderes. Ich hatte mir das Testament zurückgeholt, weil ich der Gerechtigkeit Genüge tun wollte, doch was er jetzt vorschlug, lief darauf hinaus, die Situation einzig zum Zweck des Eigennutzes auszubeuten.

Ich eilte zur Tür, und er rief mir hinterher: »Wo willst du hin?«

»Zu Freunden.«

»Wie heißen sie? Wo wohnen sie?«

»Ich kenn den Weg, weiß aber nicht, wie die Straße heißt«, sagte ich und kümmerte mich nicht mehr darum, ob ihn meine Worte verletzten oder nicht.

»Laß mich deine Adresse wissen, ja?« rief er, als ich die Tür öffnete.

Ich sah mich noch einmal nach ihm um: »Leben Sie wohl, Henry!«

Ich hoffte, ihn nie wiedersehen zu müssen, denn sein Vorschlag hatte in mir erneut das alte, tiefe Mißtrauen geweckt. Er sah mich an, rot vor Wut, und versuchte doch, sein übliches Lächeln zu zeigen, das mich so sehr an Stephen erinnerte, mit dem er mich jetzt aber nicht länger betören konnte. Ich warf die Tür hinter mir zu und hastete die Treppen hinunter.

Als ich durch den Innenhof auf die Straße lief, blickte ich noch einige Male zurück, um zu sehen, ob er mir folgte. Doch als ich dann in östlicher Richtung weitereilte, begann ich mein Verhalten zu bedauern, und ich fragte mich, was für ein kleinmütiges, mißtrauisches Wesen ich doch geworden war, daß ich anderen Menschen immerzu die schlimmsten Absichten unterstellte. Welchen Beweis hatte ich denn dafür, daß Henry nicht mein Bestes im Sinn hatte? Er wollte nur, daß ich meine Lage zu meinem Vorteil nutzte, und er bot mir an, mir dabei zu helfen. Warum sollte er dafür also nichts bekommen? Trotzdem traf ich die nötigen Vorsichtsmaßnahmen, um einen etwaigen Verfolger abzuschütteln, indem ich mehrmals unmittelbar vor entgegenkommenden Fahrzeugen zum Ärger der Kutscher eine belebte Straße überquerte, um in einer engen Gasse auf der gegenüberliegenden Straßenseite zu verschwinden.

Als ich endlich in Wapping war, näherte ich mich dem Haus der Digweeds mit der gleichen Vorsicht. Doch soweit ich feststellen konnte, wurde ihr Haus nicht bewacht.

Mrs. Digweed und Joey saßen vor dem Kamin. Sie begrüßten mich voller Überraschung, da Joey erwartet hatte, mich erst beinahe eine Woche später in der Morgendämmerung hinter den Ställen auf der Rückseite der Brook Street zu treffen. Sie hatten von dem Artikel über meinen Tod in den Zeitungen keine Ahnung, und als ich ihre Gesichter betrachtete, sah ich nichts als Freude über das Wiedersehen in Mrs. Digweeds Augen und ein wenig von dem gleichen Gefühl, wenn auch noch immer vermischt mit etwas Abneigung, auf den Zügen ihres Sohnes. Hätte ich doch nur dieses ewig nagende Mißtrauen überwinden können!

Zuerst sprach ich ihnen mein Beileid zum Tod von Mr. Digweed aus. Dann beantwortete ich ihre Fragen, und als ich ihnen erzählt hatte, was geschehen war, freuten sie sich über meine Flucht, waren aber tief bekümmert, als sie hörten, daß das Testament nach all dem, was sie und ich mitgemacht hatten, nun doch vernichtet worden war.

Joey sagte mir, daß er meine Aufträge erledigt und mir eine Wohnung besorgt habe, deren Miete für einen Monat im voraus bezahlt sei. Dann gab er mir den restlichen Betrag von Miss Lydias Geld zurück und bestand darauf, mir genau vorzurechnen, was er für Kleider und Bettwäsche ausgegeben hatte – ein Betrag, der sich schließlich auf vier Pfund belief. Er und seine Mutter weigerten sich hartnäckig, auch nur einen Shilling für sich selbst anzunehmen.

Später ging ich dann mit Joey zur Wohnung in der Chandos Street und wollte mir das angezahlte Geld zurückgeben lassen, da ich inzwischen – nachdem das Testament nicht mehr existierte – meine Meinung geändert hatte. Doch Mrs. Quaintance, die Vermieterin, weigerte sich strikt, mir mehr als nur einen lächerlich geringen Anteil der Miete zurückzugeben, und wollte auch von meinem Vorschlag nichts wissen, die Zimmer für die vier Wochen unterzuvermieten. Und dann dachte ich, daß es schließlich auch seine Vorteile hatte, allein zu leben, und ich beschloß, die Wohnung dennoch zu nehmen.

Sobald Joey gegangen war, setzte ich mich auf die Bettkante und dachte erleichtert daran, daß ich nun von den Clothiers nichts mehr zu befürchten hatte. Sie würden kein Interesse mehr an mir haben, und ich wollte nichts mehr von ihnen. Meine Beziehung zu den Mompessons war allerdings längst nicht so klar.

In den nächsten Tagen versuchte ich, zu einer Entscheidung über mein weiteres Vorgehen zu kommen. Henrys Vorschlag, die Mompessons zu erpressen, erfüllte mich mit Abscheu. Entweder konnte ich mich öffentlich zu erkennen geben und ihnen so den Besitz sichern, ohne selbst davon einen Vorteil zu haben, oder ich konnte sie enteignen lassen. Doch was würde das für Henrietta bedeuten? Und wie war es um mich bestellt? Ich hatte noch siebenundvierzig Pfund übrig von dem Geld, das Miss Lydia mir gegeben hatte, eine ziemlich hohe Summe, doch ich war mir keineswegs sicher, ob ich auch ein Anrecht auf dieses Geld besaß, denn sie hatte es mir gegeben, damit ich dem Gericht das Testament vorlegen konnte, um Henrietta zu retten. Deshalb hatte ich auch Skrupel, meine Schulden bei Sukey mit diesem Geld zu bezahlen. Doch wem gehörte es, wenn nicht mir? In gewisser Weise bewahrte ich es für Henrietta auf, und ihr würde ich am besten damit dienen, wenn ich mir eine eigene Existenz aufbaute, um ihr später wirkungsvoller helfen zu können. Ob ich mich öffentlich zu erkennen geben sollte, mochte ich jetzt nicht entscheiden, da ich noch beinahe zwei Jahre Zeit hatte, ehe die Frist ablief.

Allmählich spürte ich, daß die Vernichtung des Testaments eigentlich ein Segen war, und ich fühlte mich, als sei mir ein großes Gewicht von der Seele genommen. Nun konnte ich frei entscheiden, was ich mit meinem Leben anfangen wollte, ohne Bedingungen in Betracht ziehen zu müssen, die jenseits meiner Kontrolle lagen. Erst jetzt wurde mir deutlich, daß mein ganzes Leben von der Vergangenheit bestimmt gewesen war: die frühen Erlebnisse meiner Mutter, die Ermordung meines Großvaters und selbst die Taten meines Urgroßvaters und dessen Vaters. Die Zukunft wenigstens, was immer sie auch bringen mochte, würde mir selbst gehören.

Wovon sollte ich leben? Was sollte ich mit dem Rest meines Lebens anfangen? Ohne Ausbildung und ohne einen Gönner, der mir behilflich war, konnte ich bestenfalls auf die Stelle eines Schreibgehilfen mit etwa zwanzig Pfund Lohn im Jahr hoffen. Und wenn ich eine solche Arbeit fand, dann konnte ich mich schon glücklich schätzen, denn meine Handschrift war nicht gerade elegant, und in Rechnen und Buchführung war ich auch nicht besonders gut. Die Idee, einen jener Berufe zu ergreifen, mit denen ich schon lange geliebäugelt hatte, stand völlig außer Frage, denn dafür würde ich außer dem fraglichen Lehrgeld auch noch genügend Mittel brauchen, um mich in der Zeit meiner Ausbildung über Wasser halten zu können – also wenigstens zweihundert Pfund. Ich kam daher zu dem Schluß, daß es wohl das klügste sei, mich um eine Stelle als Schreibgehilfe zu bewerben und zugleich weiter fortzubilden, um dadurch die Aussichten noch zu verbessern.

III. BUCH

Alte Freunde in neuem Licht

111. KAPITEL

Die folgenden Monate waren eine Zeit grausamer, unablässiger Enttäuschung. Ich studierte aufmerksam alle Zeitungen und bewarb mich um jede Stelle, für die ich mich auch nur annähernd qualifiziert fühlte. Nicht ein einziges Mal bat man mich überhaupt zu einem Vorstellungsgespräch. Unterdessen plagte ich mich mit meinen Büchern und dem Schönschreiben ab und versuchte, jene Fähigkeiten zu erlernen, an denen es mir mangelte.

Sobald der Monat um war, für den ich im voraus bezahlt hatte, zog ich im Haus von Mrs. Quaintance in eine kleine Mansarde für vier Shilling die Woche um, da ich Angst hatte, mein Geld könne sonst zu rasch aufgebraucht sein. Im Lauf der Zeit sah ich dann ein, daß ich viel zu optimistisch gewesen war, als ich geglaubt hatte, mich auf die Zeitungsanzeigen beschränken zu können, und so verbrachte ich von nun an jeden Tag einige Stunden damit, von einer Firma zur anderen zu laufen und nach einer freien Stelle zu fragen. Von der mangelnden Erfahrung einmal abgesehen, erwies es sich als großer Nachteil, daß ich weder ein Zeugnis besaß noch auf einen angesehenen Bürgen verweisen konnte, ja nicht einmal einen vollständigen und genauen Lebenslauf vorzuweisen hatte. Also wurde ich immer wieder abgewiesen – zumeist achtlos, manchmal schroff, gelegentlich aber auch voller Mitgefühl.

In jenen Fällen, in denen man tatsächlich zugab, daß eine Stelle frei sei, hieß es gleich, man wolle sie mit dem Neffen der Frau des Bürovorstehers oder einem Jungen besetzen, der der Familie des obersten Kassenverwalters bekannt sei. Allmählich begriff ich, daß das englische Handelswesen einem riesigen Netz aus Onkeln, Neffen, Freunden und Nachbarn glich, zu dem mir der Zugang verwehrt war.

Doch als man mir die Stelle eines Laufburschen anbot mit der vagen und äußerst zweifelhaften Aussicht, mich einmal zum unteren Schreibgehilfen emporarbeiten zu können, entschied ich, daß ich es mir nicht leisten konnte, dieses Angebot anzunehmen. Mit dem Lohn von knapp fünf Shilling die

Woche, der für einen etwas jüngeren, noch bei seinen Eltern wohnenden Burschen gedacht war, hätte ich gerade die Miete zahlen können. Ich brauchte mindestens ein Salär von zwölf Shilling die Woche.

Als jedoch seit meiner Flucht aus den Kellern am Fluß etwa sechs Monate vergangen waren, bereute ich, die Stelle nicht angenommen zu haben. Vielleicht wäre ich befördert worden, bevor ich mein letztes Geld ausgegeben hatte. Denn wieder einmal sah ich mich vor die Aussicht gestellt, ohne einen Penny leben zu müssen. Miss Lydias Geld hatte nicht so lange gereicht, wie ich gehofft hatte, vor allem wohl deshalb, weil die Ausgaben für die Arbeitssuche so hoch waren. Ich brauchte gutes Schuhwerk, und ich lernte auch, daß ich gelegentlich nicht umhinkam, mir eine warme Mahlzeit in der Garküche zu leisten. Zusätzlich zu meiner Miete brauchte ich etwa neun Shilling die Woche.

Da ich jetzt nicht mehr in unmittelbarer Nähe der Digweeds wohnte, sah ich die beiden nur noch recht selten, doch die Mutter kam ziemlich regelmäßig zu mir. Sie hatte wieder Arbeit als Wäscherin gefunden und darauf bestanden, mein Leinenzeug mitzuwaschen. Viel hatte ich nicht, aber alle drei Wochen sammelte sie die Wäsche ein, und Joey brachte sie dann gewöhnlich einige Tage später wieder frischgewaschen zurück. Er arbeitete gelegentlich als Straßenhändler am Covent Garden, und ich wußte, daß seine Mutter sich Sorgen machte, er könne wieder auf die schiefe Bahn geraten, da seine Freunde, die in diesem Metier geblieben waren, mit viel Geld um sich warfen und alle Zeit der Welt hatten, um ihr Leben zu genießen. Joey versicherte mir, er habe seit jenem Tag weder von Barney noch von Sally etwas gesehen oder gehört, als er, kurz bevor ich mir das Testament wiederbeschaffen konnte, nicht weit vom Haus seinen Onkel entdeckt hatte. Ich nahm daher an, daß ich nun endlich in Sicherheit war, denn seit Silas Clothiers Tod konnte meines Wissens eigentlich niemand mehr ein Interesse daran haben, mich umbringen zu lassen. Dennoch mußte ich immer wieder an jenen Passus im Kodizill denken, der besagte, daß nach dem Aussterben der Huffams das Gut unmittelbar an den Nachfahren von George Maliphant vererbt würde.

Nach reiflichem Nachdenken entschied ich, daß Henrietta ebenso wie alle anderen an meinen Tod glauben solle, denn ich sah für keinen von uns beiden einen Vorteil darin, ihr diese Illusion zu nehmen, ja, es bereitete mir sogar ein gewisses Vergnügen, sie glauben zu lassen, daß es mich nicht mehr gäbe. Trotzdem trieb ich mich, das Gesicht in einem Schal vergraben, einige Male auf der Straße vor dem Haus in der Brook Street herum, und ich wurde gelegentlich auch mit ihrem Anblick belohnt, wenn ich sie das Haus verlassen oder aus der Kutsche steigen sah.

Eines Tages, etwa Mitte Oktober, lief mir zufällig jemand über den Weg, und diese Begegnung sollte bedeutsame Folgen haben. Es war an einem Nachmittag, und ich eilte die Fleet Street entlang, als ich plötzlich jemanden entdeckte, den ich zu kennen meinte. Kurz bevor ich mich abwenden konnte – ich schreckte unwillkürlich vor allem zurück, was mit meiner Vergangenheit zusammenhing, und wollte ja, daß man mich für tot hielt –, sah ich, daß die junge Frau mit spitzem Gesicht, die ein billiges Baumwollkleid trug, mich schon erspäht hatte.

Jetzt war es zu spät, und das Mädchen lief auf mich zu und rief: »Bitte, Sir! Warten Sie!«

Ich drehte mich um und erkannte Mrs. Purviance' kleines Dienstmädchen Nancy. Von ihr hatte ich nichts zu befürchten, und so blieb ich stehen, um mich mit ihr zu unterhalten. Sie sagte mir, daß Miss Quilliam vor ungefähr einem Jahr nach London zurückgekehrt sei und sich mit Mrs. Purviance überworfen habe. Sie fügte noch hinzu, daß sie Miss Quilliam erst vor wenigen Tagen aus einer Kaschemme in der King Street nahe des St. James Square habe kommen sehen. Ich dankte ihr und gab ihr einen Penny.

Ich fühlte, daß Miss Quilliam zu den wenigen Menschen aus meiner Vergangenheit gehörte, denen ich nicht aus dem Weg gehen mußte. Doch ich erinnerte mich auch daran, daß sie in bestimmter Hinsicht einen verderblicher Einfluß auf meine Mutter ausgeübt hatte, auch wenn ich ihr dabei die besten Absichten zugute halten wollte, und mir kamen auch Miss Lydias Worte und der Klatsch der Dienstboten im Haus an der Brook Street wieder in den Sinn. Ich wußte nicht, was ich glauben sollte, aber ich war überzeugt, daß Miss Quilliam es auf ganz uneigennützige Weise gut mit mir und meiner Mutter gemeint hatte. Nein, wenn wir uns zufällig einmal treffen sollten, dann würde ich ihr nicht aus dem Weg gehen.

Ein solches Treffen war jedoch ziemlich unwahrscheinlich, da ich abends nur selten außer Haus ging. Und doch geschah es hin und wieder, daß ich mich spätabends in jenem berüchtigten Teil der Stadt aufhielt, denn zu den wenigen Dingen, die mir Trost verschafften, und zu dem einzigen Luxus, den ich mir in jener Zeit gönnte, zählte das Theater, für das ich in den letzten Monaten meine Leidenschaft entdeckt hatte. Ich machte es mir zur Gewohnheit, in die Spätvorstellung zu gehen, da ich dann für die Galerie nur den halben Preis zahlen mußte und einige Stunden lang in der Dunkelheit des Zuschauerraums und dem Schein des Bühnenlichts in jene wenigen Augenblicke des Glücks eintauchen konnte, die mir damals vergönnt waren.

Eines Abends ging ich über den Haymarket, als mir plötzlich das Gesicht einer jungen Frau auffiel, das mich in hellem Entsetzen angaffte. Ich konnte den Blick nicht von ihr abwenden, so sehr schlugen mich das bleiche Antlitz und die starren Augen in ihren Bann. Es war Sally! Und sie hatte offensichtlich geglaubt, ich sei tot, und mich jetzt wiedererkannt. Ich kehrte um, bog rasch in eine Nebengasse ein und verfluchte mein Pech, denn von all denen, die nicht wissen sollten, daß ich noch lebte, stand Barney an erster Stelle.

Eines Abends, nur wenige Wochen nach diesem Vorfall, ging ich ins Theater am Covent Garden und blieb auch noch für die Zugabe. Als ich dann spät in der Nacht über die Maiden Lane nach Hause eilte, sah ich eine Frau an mir vorübergehen, die mir bekannt vorkam. Ich folgte ihr durch die Straßen, sah, wie sie gelegentlich Passanten ansprach und schließlich jenes gewisse Viertel nicht weit vom Westend betrat. Ihr schien nicht entgangen zu sein, daß ich ihr folgte, denn ein- oder zweimal blickte sie sich nach mir um, und dann schien sie auch den Schritt zu verlangsamen. Kurz darauf betrat sie ein Haus in der King Street. Ich folgte ihr, drängte mich an einem Pförtner vorbei, der sich mir im nur schwach beleuchteten Flur in den Weg stellen wollte, und betrat einen geräumigen Salon, dessen Kandelaber ein so strahlend helles Licht verbreiteten, daß die verblichene Eleganz des Interieurs nur um so deutlicher ins Auge fiel.

Männer und Frauen, angezogen wie feine Damen und Herren, standen oder saßen in kleinen Gruppen im Raum, und schäbig aussehende Kellner servierten Erfrischungen, so daß man – wollte man das unsichere Benehmen und die fadenscheinige Pracht der Kleider übersehen – glauben konnte, man befinde sich in einem der höfischen Salons wenige Straßen weiter nördlich.

Miss Quilliam saß bereits auf einer Chaiselongue und sah sich nach mir um, als ich eintrat. Ich ging zu ihr hinüber, und mir fiel auf, daß ihr Gesicht trotz der mit Rouge bedeckten Wangen um viele Jahre gealtert war. Sie lächelte, doch ihr leerer Blick streifte mich nur flüchtig, und sie sprach so undeutlich, daß ich sie anfangs kaum verstehen konnte, auch wenn ihr Angebot eindeutig genug war.

»Sie haben mich mißverstanden«, sagte ich. »Ich bin ein alter Freund von Ihnen.«

Es dauerte eine Weile, ehe sie begriffen hatte, wer ich war. Schließlich erinnerte sie sich und war sichtlich betroffen. Dann faßte sie sich ein wenig, und ihre erste Frage galt meiner Mutter. Als ich ihr erzählt hatte, was geschehen war, schlug sie die Augen nieder und biß sich auf die Lippen.

»Ich habe oft an sie denken müssen«, sagte sie. »Und an dich auch. Diese Zeit, die wir zusammen in der Orchard Street verbracht haben, es war die letzte ... Ich kann nicht sagen, daß es die letzte glückliche Zeit meines Lebens war, aber immerhin ...«

Sie schwieg, und ich legte meine Hand über die ihre und gab ihr zu verstehen, daß ich genau wußte, was sie sagen wollte.

Einige Minuten lang sagte keiner von uns ein Wort, dann befahl sie dem Kellner, uns etwas Kaffee zu bringen. Auf ihre Bitte hin erzählte ich ihr dann die näheren Umstände vom Tod meiner Mutter und ein wenig von dem, was mir seither widerfahren war: wie ich von jenen Feinden verfolgt worden war, die auch meine Mutter verfolgt hatten, wie man mich in die Irrenanstalt eingesperrt hatte und wie ich wieder entkommen war, und wie ich schließlich im Haus der Mompessons Dienst getan hatte, ohne ihr jedoch den Grund zu nennen, warum ich gerade dorthin gegangen war. Und sie fragte auch nicht danach.

»Sag mir«, fragte sie statt dessen aufgeregt, »hast du etwas über Henrietta erfahren? Ich habe nie aufgehört, mich um das Schicksal dieses seltsamen Kindes zu sorgen.«

Ich sagte ihr, daß ich oft mit Henrietta gesprochen hätte und daß sie bei unserer letzten Begegnung vor über einem halben Jahr bei guter Gesundheit gewesen sei. Dann gestand ich ihr, daß ich einen besonderen Grund hätte, mehr über die Mompessons erfahren zu wollen, und bat sie, mir alles über ihre Zeit in deren Haus zu erzählen.

»Ich habe deiner Mutter damals meine Geschichte erzählt, aber auch vieles verschwiegen«, sagte sie. »Vielleicht wäre ihr einiges erspart geblieben, wenn ich ihr die ganze Wahrheit erzählt hätte, aber ich habe mich zu sehr geschämt. Außerdem wollte ich ihr nicht ihre Illusionen zerstören.«

Sie lachte kurz und humorlos auf.

Ich verschwieg ihr, daß ich ihren Bericht damals mit angehört hatte, und sie erzählte mir nun noch einmal alles, nur daß sie diesmal weit mehr über jene Umstände sagte, die sie damals in die Stadt gebracht hatten.

»Als meine Großmutter starb«, berichtete sie, »war ich fünfzehn Jahre alt, und man steckte mich ins Armenhaus. Nachdem mein Großvater meine Bitte um Beistand abgelehnt hatte, wandte ich mich hilfesuchend an Sir Thomas.«

»Jener Gentleman, der mit David Mompesson befreundet ist?«

»Ja, Sir Thomas Delamater. Er war es, der jene Pfründe Mr. Charles Pamplin zuschob, die sein Onkel eigentlich meinem Vater versprochen hatte.«

»Pamplin?« rief ich aus.

Ich beschrieb ihr Henry Bellringers Freund, und sie bestätigte mir, daß es sich um ebendenselben Gentleman handeln müsse.

»Er hat keine unwichtige Rolle in meinem Leben gespielt«, sagte sie mit düsterem Lächeln, »denn er war es, der mir auf Veranlassung von Sir Thomas einen Brief schickte und mich ermutigte, diesem Gentleman ganz und gar zu vertrauen. Mr. Pamplin schrieb, daß er es bedauere, unwissentlich der Nutznießer jenes Ereignisses gewesen zu sein, das den Sturz meiner Familie ins Unglück ausgelöst habe. Wir blieben in schriftlichem Kontakt, und einige Jahre später, als meine Lehrzeit in der Schule der Schwestern zu Ende ging, schlug er mir vor, in die Stadt zu kommen, damit er und Sir Thomas Delamater mir helfen könnten, eine Stelle als Gouvernante zu finden. Nichtsahnend nahm ich das Angebot an. Muß ich noch deutlicher werden? Er mietete für mich eine Wohnung bei Mrs. Malatratt, die mir eine durchaus ehrbare Dame zu sein schien. Und was konnte denn auch natürlicher sein, dachte ich, als daß mich mein Wohltäter Sir Thomas besuchen kam?« Sie seufzte. »Ich war kaum siebzehn Jahre alt, wußte nichts vom Lauf der Welt und besaß keinen Penny. Doch nach einem Jahr bestand ich darauf, daß er mir meine Unabhängigkeit zurückgeben müsse, und zu jener Zeit verschaffte Sir Thomas mir dann die Stelle als Gouvernante bei den Mompessons, mit denen er schon lange befreundet war. Er glaubte, mich auf diese Weise weiterhin unter seiner Kontrolle behalten zu können. Meine Koffer mit den Geschenken von Sir Thomas mußte ich bei Mrs. Malatratt zurücklassen, als ich nach Hougham ging, und das war ein glücklicher Zufall, denn so habe ich dich und deine Mutter wiedergetroffen. Meine Schwierigkeiten fanden mit meiner Unabhängigkeit allerdings noch kein Ende, denn Sir Thomas erzählte Mr. – Sir muß ich jetzt wohl sagen – David Mompesson von unserem Verhältnis, und deshalb wurde Sir David dann auch so zudringlich. Immerhin war ich während jener Monate mit Henrietta in Hougham zum ersten- und letztenmal in meinem Leben wirklich glücklich.«

Also waren es die Seidenkleider von Sir Thomas, die Mrs. Malatratts Dienstmädchen in den Koffern gefunden hatte. Ich glaube, dieses Mal erzählte Miss Quilliam mir wirklich die Wahrheit.

Dann fuhr sie in der Geschichte fort, die sie auch schon meiner Mutter erzählt hatte. Als sie die Ereignisse jener schicksalsschweren Nacht beschrieb, in der David Mompesson, Mrs. Purviance und jener Harry sie in die Vauxhall Gardens ausgeführt hatten, weckte etwas in ihrem Bericht meine Aufmerksamkeit, als würde ein schwaches Echo ausgelöst, aber ich kam einfach nicht darauf, was es hätte sein können.

»Als ich das Haus in der Brook Street verließ und zu Mrs. Malatratt zurückkehrte«, setzte sie ihre Geschichte fort, »weigerte diese sich, mir meine Koffer zurückzugeben, deren Inhalt mein einziger Besitz war. Sir Thomas schuldete ihr nämlich noch die Miete für ein unglückseliges Geschöpf, das er vor mir in ihrem Haus einquartiert hatte. Mr. Pamplin zahlte schließlich das Geld, als er ihr ein neues Opfer zuführte, denn Mr. Pamplin ist, offen gesagt, nichts anderes als Sir Thomas' Kuppler. Und kurz bevor ihr mich in der Orchard Street aufgesucht habt, gab mir Mrs. Malatratt endlich meine Koffer zurück.«

Ich fragte sie, ob meine Mutter ihr das Tagebuch mit ihrer Lebensgeschichte gezeigt habe, an der sie damals schrieb, oder ob sie ihr vielleicht etwas über den Tod meines Großvaters oder gar die Wahrheit über meinen Vater erzählt habe.

»Das weiß ich nicht mehr«, antwortete sie.

»Wollen Sie damit sagen, daß Sie nicht wissen, ob sie Ihnen ihre Geschichte erzählt hat, oder daß Sie ihre Geschichte zwar gehört, inzwischen aber wieder vergessen haben?«

Sie schüttelte den Kopf, und ich sah ein, daß ich von ihr keine Antwort mehr bekommen würde. Doch ich glaube, ich wußte ohnehin bereits, wie diese Antwort ausgefallen wäre.

Sie berichtete mir kurz, was ihr seit unserer letzten Begegnung zugestoßen war, daß Mrs. Purviance sie bald darauf nach Paris geschickt, sie sich aber nach ihrer Rückkehr von ihrer Patronin getrennt und folglich einige Monate im Fleet-Gefängnis verbracht habe. Nun erzählte sie mir auch – und ihr wißt, zu welch glücklichem Resultat dies geführt hat –, daß sie dort unseren Freunden aus der Orchard Street, glücklich oder unglücklich, vereint und versöhnt, begegnet sei. Danach blieb uns dann nur noch wenig zu sagen, und traurigen Herzens verabschiedete ich mich von ihr, um nach Hause zu eilen.

Sollte es euch interessieren, was aus einer eurer früheren Bekannten wurde, meine Freunde (um euch einen Augenblick lang direkt anzusprechen), so wird es euch vielleicht freuen zu erfahren, daß ich einige Jahre nach dieser letzten Begegnung noch einmal von Miss Quilliam gehört habe, auch wenn ich seither nichts mehr über sie in Erfahrung bringen konnte. Es scheint, als habe sich etwa zwölf Monate nach dem soeben beschriebenen Treffen ihre Lage beträchtlich gebessert, da sie eine junge Frau, eine Bekannte aus früheren und glücklicheren Tagen, traf, die in peinliche Umstände geraten war und sich folglich für einige Monate vom normalen Leben zurückziehen mußte. Die beiden teilten sich eine Wohnung in Holborn und lebten, soweit mir bekannt, in dieser Zeit von Näharbeiten. Dann mußte dieser kleine Haushalt jedoch den traurigen Verlust seines jüngsten Mitglieds hinnehmen und erholte sich nicht wieder von diesem Schlag. Ich verlor Helen Quilliam und ihre Begleiterin danach aus den Augen, doch man hat mir mitgeteilt, daß letztere nach Frankreich gefahren und zuletzt in Calais gesehen worden sei.

So war es also nach den im vorangegangenen Abschnitt beschriebenen Ereignissen an einem kalten, nassen Nachmittag Ende November um mich bestellt. Ich hatte den Morgen über meinen Büchern und den Nachmittag mit der erfolglosen Suche nach Arbeit verbracht und wartete nun auf Joey, der mir an diesem Tag meine Wäsche bringen sollte.

Es regnete Bindfäden, und über dem westlichen Horizont sammelten sich schwere, tiefhängende Wolken. Ich saß an einem kleinen Tisch vor dem Fenster und vertrieb mir mit grimmiger Miene die Zeit damit, eine Bilanz meiner finanziellen Verhältnisse zu ziehen, einmal, um mich in ebenjener Fertigkeit zu üben, zum anderen aber, um herauszufinden, wie es um mich stand. Nach neun Monaten besaß ich nun noch etwas über zwanzig Pfund, und ich schätzte, daß es bei meiner jetzigen Lebensweise noch etwa sechs weitere Monate dauern würde, bevor ich den letzten Penny ausgegeben hatte.

Als ich zu diesem düsteren Schluß gekommen war, hörte ich ein lautes und energisches Klopfen an der Haustür. Da ich zur Zeit der einzige Mieter im Haus war und meine Vermieterin nur selten Besuch empfing, nahm ich an, daß es Joey war. Und doch hatte das Klopfen weit dringlicher geklungen als jenes, mit dem Joey sich gewöhnlich meldete, und es erinnerte mich auch an etwas, an eine frühere Begebenheit, doch mir wollte nicht einfallen, an was.

Da meine kleine Dachkammer im hinteren Teil des Hauses lag, konnte ich nicht auf die Straße hinunterblicken, doch schon wenige Augenblicke später hörte ich bereits Schritte auf der Treppe, und es klang, als wollten gleich mehrere Leute zu mir kommen. Es folgte ein leises Pochen, dann öffnete Mrs. Quaintance die Tür und strahlte mich mit breitem Lächeln an.

»Da ist ein Gentleman für Sie, Mr. Parminter«, sagte sie und war offensichtlich höchst zufrieden, ihrem Mieter in der Mansarde zum erstenmal eine solche Ankündigung machen zu können.

Sie zog sich zurück, und der Gentleman trat ein. Es war Henry! Und er sah auch wirklich ganz wie ein Gentleman aus in seinem weißen Filzhut und dem prächtigen Mantel, unter dem er einen flaschengrünen, mit silbernen Knöpfen besetzten Gehrock von höchst modischem Schnitt trug.

»Mein alter Junge!« rief er. »Schön, dich endlich wiederzusehen!«

Er sprach zwar wie gewohnt sehr lebhaft, aber ich hatte trotzdem den Eindruck, als bedrücke ihn etwas.

»Wie haben Sie mich gefunden?« fragte ich.

Er drohte mir mit dem behandschuhten Zeigefinger und sagte, während er sich die weißen Glacéhandschuhe auszog: »Du wolltest mir doch deine Adresse schicken! Nur durch einen außerordentlich glücklichen Zufall bin ich auf deine Spur gekommen. Ich sah dich nämlich eines Tages in dieses Haus schlüpfen, als ich gerade unten vorbeiging. Damals hatte ich es jedoch viel zu eilig, um dir gleich nachzugehen, doch ich habe mir die Hausnummer gemerkt – und hier bin ich.«

Das war wirklich ein außerordentlicher Zufall, und ich hatte gelernt, dieser Art von Zufällen zu mißtrauen.

»Was führt Sie zu mir?« fragte ich.

Er setzte sich und wirkte dabei ziemlich selbstbewußt: »Der Mompesson-Prozeß.«

»Dann will ich Sie nicht länger aufhalten. Der Prozeß interessiert mich nicht mehr.«

Ich meinte, ihn erröten zu sehen.

»Aber du mußt doch daran interessiert sein«, rief er, »zumindest in juristischer Hinsicht!«

»Kaum. Da das Testament nicht mehr existiert, habe ich keinerlei Vorteil davon, egal, wie das Verfahren auch ausgeht.«

Er wandte den Kopf zur Seite und biß sich auf die Lippen: »Kannst du das alles wirklich so leichten Herzens aufgeben?«

»Als das Testament vernichtet wurde«, gab ich zur Antwort, »war ich zuerst schrecklich niedergeschlagen, aber inzwischen bin ich erleichtert, daß ich mit dieser ganzen Sache nichts mehr zu schaffen habe. Wenigstens versuchen keine wildfremden Menschen mehr, mich umzubringen, und ich kann Ihnen versichern, daß das eine Ehre ist, auf die ich nur allzugern verzichte.«

Henry sah mich seltsam triumphierend an: »Du glaubst also, daß du außer Gefahr bist?«

Ich nickte überrascht.

»Dann weißt du noch nicht, was passiert ist? Siehst du, du solltest dich doch für den Prozeß interessieren! Der Maliphant-Erbe hat seinen Anspruch geltend gemacht.«

»Wirklich?« rief ich. »Aber wer ist das?«

»Seine Identität ist noch nicht aufgedeckt worden. Ein Notar hat in seinem Namen das Gericht in einer formellen Eingabe davon informiert, daß ein solcher Nachfahre existiert und er, da das Kodizill nun in Kraft ist, der anwartschaftliche Erbe des Besitztums sei. Er beansprucht es für sich, sobald man dich für tot erklärt hat.«

Ich spürte, wie mir ein kalter Schauder über den Rücken rann, als würde ich erneut von einer Sache gepackt und zu Boden gezogen, der ich schon lange entronnen zu sein glaubte.

»Dann soll es auch so geschehen«, sagte ich. »Soll mich doch das Gericht für tot erklären und das Gut diesem Menschen zusprechen, statt es der Krone zurückzugeben. Was geht mich das noch an?«

»Aber siehst du denn nicht ein, daß das alles nicht so einfach ist? Du lebst, und deine Existenz ist sowohl für die Mompessons wie auch für den Maliphant-Erben von beträchtlicher Bedeutung – oder vielmehr: wäre es, wenn sie wüßten, daß du noch lebst.«

»Offenbar verfolgen Sie den Prozeß ja ziemlich aufmerksam. Ich weiß zwar, daß Sie gesagt haben, die Identität des Antragstellers sei noch nicht aufgedeckt worden, aber ich gehe doch wohl nicht fehl in der Annahme, daß sie zumindest Ihnen bekannt ist, nicht wahr?«

Er lächelte mich so kühl und gelassen an, daß ich mich fragte, wie ich ihn nur jemals für freundlich und gutherzig hatte halten können. Und als ich ihn so betrachtete, hatte ich einen äußerst ungewöhnlichen Verdacht.

»Verzeih mir, daß ich dir diese Frage nicht beantworte«, gab er zurück. »Aber du siehst doch jetzt hoffentlich ein, daß du nicht länger sicher bist, nur weil du dich für tot erklären läßt? Dafür steht einfach zu viel auf dem

Spiel.«

»Sie meinen, für die betreffende Person stellt mein Leben nur ein unbedeutendes Hindernis dar?«

Statt zu antworten, schlug er nur leichthin mit dem Taschentuch über die Spitzen seiner blitzenden Stiefel.

»Aber Sie vergessen«, sagte ich, »daß ich in den Augen der Öffentlichkeit ohnedies längst tot bin.«

Er lächelte und sagte sanft: »Aber wie du siehst, kenne ich die Wahrheit.«

Ich sah ihm ins Gesicht, und mir war, als könne ich bis in sein Innerstes schauen. Wie hatte ich nur jemals annehmen können, daß ihn etwas anderes als Habgier und Eigennutz bewegten? Vor Scham schoß mir das Blut in den Kopf, als ich daran dachte, wie sehr ich ihm vertraut hatte. Ich hatte ihm die Geschichte von Stephens schrecklichem Tod erzählt, und er hatte sie einfach zur Seite gewischt. Stephens Tod! Mir fiel wieder ein, daß Stephen mir erzählt hatte, Henry habe ihn überredet, seiner Tante zu vertrauen. Dann war Henry also für seinen Tod mitverantwortlich! Was für ein Narr war ich doch gewesen! Wie hatte ich meiner Mutter nur jemals Vertrauensseligkeit vorwerfen können?

»Dann vermute ich wohl zu Recht«, sagte ich und versuchte meine Stimme so ruhig wie nur möglich klingen zu lassen, »daß Sie zu mir gekommen sind, um mir erneut den gemeinen Vorschlag zu unterbreiten, daß ich Sir David und Lady Mompesson erpressen soll?«

Noch während ich sprach, ging ich zur Tür, um ihm anzudeuten, daß er sich nun von mir verabschieden solle. Doch Henry blieb in seinem Sessel sitzen, die Beine nachlässig übereinandergeschlagen. Sein Selbstvertrauen war in dem Maße gewachsen, wie mir dieses Gespräch meine innere Ruhe genommen hatte.

»Du liegst völlig falsch«, antwortete er.

Ich war so überrascht, daß ich mich erst einmal wieder hinsetzte.

»Denk doch nur daran«, begann er und sah dabei nachdenklich zur Zimmerdecke hinauf, »in welch anderem Licht sich alles zeigen würde, wenn es jenes Testament noch gäbe, das du und deine Freunde unter solchen Schwierigkeiten aus dem Versteck geholt habt.«

»Aber es existiert nicht mehr«, gab ich zurück. »Ich habe mit eigenen Augen gesehen, wie es verbrannt wurde.«

»Ja, freilich, aber nimm einfach mal an, es würde noch existieren«, beharrte er.

»Dann wäre ich außer Gefahr, sobald es dem Gericht vorliegt.«

Er brach in ein rauhes, ärgerliches Lachen aus: »Ist das alles, woran du denkst? Bedeutet es dir denn gar nichts, daß es dich zum Besitzer des Gutes Hougham machen würde?«

»Ja, das auch«, gab ich zu.

»Das auch«, wiederholte er, beugte sich vor und umklammerte die Armlehnen des Sessels.

Ich zuckte mit den Achseln.

»Läßt es dich wirklich so kalt?« murmelte er. Er schaute mir einen Augenblick lang fest in die Augen und sagte dann plötzlich: »Was wäre, wenn ich dir sage, daß es das Testament noch gibt?«

Ich schreckte auf: »Dann würde ich Ihnen erneut antworten, daß ich mit eigenen Augen gesehen habe, wie es zu Asche verbrannte.«

Er zögerte einen Moment lang, doch dann sagte er: »Und was wäre, wenn der alte Clothier nur eine Abschrift des Testaments angezündet hätte? Eine sorgsam verfertigte Abschrift, ebenfalls auf Pergament und geschrieben in der gleichen, akkuraten Kanzleischrift?«

»Unsinn«, sagte ich. »Das Dokument aus dem Versteck war echt. Das haben Sie selbst gesagt.«

Er nickte: »Das habe ich. Und das stimmt auch.«

»Und ich habe es keinen Augenblick lang aus der Hand gegeben, bis man es mir fortgenommen hat, um es zu vernichten.«

»Mit einer einzigen Ausnahme«, sagte Henry sanft und lächelte. »Und zwar an dem Morgen deiner Ankunft, als du für einige Stunden auf meinem Sofa geschlafen hast.«

Ich keuchte vor Schreck auf und ahnte bereits, was er nun sagen würde.

»Und während du in friedlichem Schlummer lagst, saß ich an meinem Tisch«, fuhr er fort, »und machte eine möglichst getreue Abschrift von diesem Testament. Und da ich als Kanzleischreiber nicht unerfahren bin und die notwendigen Materialien zur Hand waren – unter anderem auch ein altes und unbeschriebenes Pergament –, so darf ich wohl sagen, daß mir tatsächlich eine ausgezeichnete Abschrift gelungen ist. Jedenfalls war sie perfekt genug, um dich und den alten Clothier zu täuschen.«

Ich zweifelte nicht eine Sekunde daran, daß er mir die Wahrheit sagte, und fragte ihn: »Warum haben Sie das getan?«

»Eine reine Vorsichtsmaßnahme für den Fall, daß dem Dokument etwas zustoßen sollte.«

»Und wo ist es jetzt?«

»An seinem Platz. Dort, wo es hingehört.«

Mit dieser Antwort konnte ich nichts anfangen.

»Und du siehst doch hoffentlich ein, wie gut ich daran tat, eine solche Vorkehrung zu treffen«, fuhr er fort. »Und wie dankbar du mir eigentlich sein solltest?«

Ich versuchte, meine Gedanken zu ordnen. Das ergab doch alles keinen Sinn! »Aber was hätte es Ihnen denn ausmachen können?« rief ich. »Wir wollten das Testament doch Ihrem Prinzipal vom Kanzleigericht vorlegen, und ihn hätten Sie mit Ihrer Abschrift doch bestimmt nicht getäuscht!« Dann hielt ich inne, denn noch während ich meine Frage stellte, war mir plötzlich alles klargeworden. »Diese Verabredung hat es nie gegeben, nicht wahr? Sie sind zu Silas Clothier und nicht zu Ihrem Prinzipal gegangen. Und gemeinsam haben Sie beide überlegt, wie Sie mich in die Falle locken können.«

»Dummes Zeug!« sagte er. »Du hast doch gesehen, wie sie mich zugerichtet haben!«

»Falsch! Falsch! Sie sind gar nicht ernstlich verletzt worden. Und wenn doch, dann war das der Preis, den Sie zu zahlen bereit waren. Es war alles nur eine Scharade.«

»Das ist doch absurd! Du glaubst doch wohl selbst nicht, daß ein Mann in

Pamplins Position sich zu einer solchen ...«

»Ich bin mir nicht sicher. Ich traue ihm so allerhand zu, obwohl er das Kleid eines Priesters trägt. Ich weiß übrigens viel mehr über ihn, als Sie denken. Und dennoch vermute ich, daß Sie ihn genauso hereingelegt haben wie mich. Richtig, jetzt verstehe ich: Sie wollten ihn dabeihaben, damit er einen untadeligen Zeugen für meine Entführung und Ihre Gegenwehr abgab, sollte diese Sache jemals ans Tageslicht kommen.«

Er wandte den Kopf zur Seite, als würde ihm darauf keine Antwort mehr einfallen.

»Ich glaube, jetzt sehe ich langsam klar. Sie haben mich und das Testament an Silas Clothier verkauft, auch wenn ich noch nicht verstehe, wie Sie wissen konnten, wo er zu finden war. Aber ihn wollten Sie ebenso betrügen, wie Sie mich betrogen haben, und deshalb haben Sie diese Fälschung angefertigt. Und sobald ich tot war und Silas Clothier geglaubt hätte, den Bedingungen des Kodizills entsprechend seinen Anspruch auf das Gut erheben zu können, wollten Sie zu den Mompessons gehen und ihnen mitteilen, daß das Testament in Ihrem Besitz ist. Oder vielmehr, daß Sie jemanden vertreten, der es besitzt. Und die hätten Ihnen dann praktisch jeden Preis gezahlt, um es zurückzubekommen.«

»Du bist wirklich sehr schlau«, sagte er, und ich hielt das für eine äußerst sarkastische Bemerkung.

»Nein, Sie wollen mir eigentlich sagen, daß ich ein unglaublicher Narr bin. Aber ich denke, jetzt weiß ich Bescheid. Da ist noch mehr. Sie betrügen jeden, der Ihnen vertraut, wenn es nur zu Ihrem Vorteil ist. Der arme Stephen hat Ihnen vertraut, und ich würde mein Leben darauf verwetten, daß Sie ihn hereingelegt haben, auch wenn ich nicht weiß, weshalb. Doch als Sie ihm zugeredet haben, sich doch den Wünschen seiner Tante zu fügen, die ihn daraufhin an diesen schlimmen Ort geschickt hat, damit man ihn aus dem Weg räumte, da haben Sie das bestimmt nur gegen eine Belohnung gemacht. Sie sind dadurch an Stephens Tod mitschuldig geworden. Natürlich, deshalb waren Sie bei unserer ersten Begegnung auch so arm und soviel besser dran, als wir uns das nächste Mal trafen!«

Er sah mich an, lächelte aber nicht mehr und gab sich auch gar nicht die Mühe, meinen Anschuldigungen entgegenzutreten.

»Doch als statt meiner Silas Clothier in jener Nacht starb, war das ein unerwarteter Schlag für Sie«, nahm ich den Faden wieder auf. »Wie verdutzt Sie dreingeschaut haben, als ich zur Tür hereinkam! Ihr Plan war nutzlos geworden, denn da ich noch am Leben war, befanden sich die Mompessons nicht in der Gefahr, mit der Sie gerechnet hatten. Darum wollten Sie auch, daß ich mich verborgen hielt, denn nur so paßte ich in Ihre Erpressungspläne.«

»›Erpressung‹ ist wohl kaum das richtige Wort«, widersprach er sanft. »Sagen wir, wir hätten eine ›für beide Seiten nützliche Übereinkunft‹ getroffen. Doch ich gebe zu, es war ungeschickt von mir, etwas Derartiges überhaupt vorzuschlagen. Ich habe ja auch nicht geahnt, welch hehre Prinzipien du hast. Da sie dir jedoch offenbar gestatteten, in ein Haus einzudringen und fremden Besitz zu stehlen, mag es vielleicht entschuldbar sein, daß ich dies nicht sogleich begriff.«

Ich errötete: »Ich glaube, da besteht wohl noch ein Unterschied. Ich ging davon aus, daß ich ein moralisches Anrecht auf mein Erbe hatte, auch wenn ich dafür das Testament stehlen mußte. Allerdings sehe ich nicht ganz ein, warum ich meine Handlungen gerade vor Ihnen rechtfertigen soll.«

»Dann sei auch nicht so vorschnell mit deinem Urteil über mich zur Hand! Laß uns doch einmal vollkommen offen zueinander sein. Wirst du dir anhören, was ich zu sagen habe?«

»Anhören will ich es, ja. Aber machen Sie schnell!«

»Die Mompessons interessieren mich nicht mehr. Ich möchte dir einen weit besseren Vorschlag machen. Zu meinem Entzücken habe ich vernommen, daß du der Auffassung bist, ein moralisches Anrecht auf das Testament zu haben; ich will es dir nämlich anbieten.«

»Mir? Ich habe doch gar kein Geld, und ich kann mir nicht vorstellen, daß Sie es mir zum Geschenk machen wollen.«

»Du würdest keinen besonders guten Geschäftsmann abgeben. Denk doch nur mal nach! Für wen ist das Testament denn überhaupt von Vorteil? Für die Mompessons nicht, denn die können nichts damit anfangen, solange du noch am Leben bist. Wenn sie es dem Gericht vorlegen, könntest du dich melden und das Gut für dich beanspruchen. Damit sie etwas davon haben, müssen sie also wissen, daß du tot bist, und dann das verrückte Mädchen mit dem Halbidioten verheiraten.«

Ein Schauder lief mir über den Rücken, denn an die Folgen, die ein Wiederauftauchen des Testaments für Henrietta haben konnte, hatte ich noch gar nicht gedacht. Vielleicht war sie vor einer Zwangsheirat längst nicht mehr so sicher, wie ich angenommen hatte. Woher wußte Henry nur soviel über die Mompessons?

»Du bist derjenige, der am meisten dadurch gewinnt«, fuhr er fort, »denn du würdest mit einem Schlag äußerste Armut gegen größten Reichtum eintauschen.«

»Was wollen Sie also von mir?« fragte ich.

»Ich möchte, daß du dich bereit erklärst, mir ein Drittel deines Erbes abzutreten.«

»Ein Drittel?« rief ich. Dann sagte ich etwas ruhiger: »Aber haben Sie da nicht etwas vergessen? Ich bin noch nicht volljährig und rechtlich daher nicht befugt, Besitz, der mir nur möglicherweise gehört, an jemand Dritten abzutreten, beziehungsweise Verpflichtungen für eine zukünftige Transaktion dieser Art einzugehen.«

»Mein Bester, mir scheint, du bist es, der vergessen hat, daß ich am Kanzleigericht arbeite. Natürlich habe ich daran gedacht. Vorläufig will ich deshalb auch nichts anderes als deine Zustimmung. Ich werde das Testament weiterhin verwahren, dann aber in deinem Namen – natürlich über Mittelsmänner, um meine eigene Rolle zu verheimlichen – eine Eingabe bei Gericht machen. Diese wird gegen die den Bedingungen des Kodizills entsprechende Erbschaftsnachfolge der Maliphants Einspruch erheben. Es dürfte keinerlei Schwierigkeiten bereiten, den Vorgang so lange hinauszuzögern, bis du volljährig bist und eine Verpflichtung eingehen kannst, in der du dich einverstanden erklärst, das Drittel auf meinen Namen zu überschreiben.«

»Ich habe aus bloßer Neugierde gefragt«, sagte ich. »Auf die Frage, was ich von diesem Handel halte, kann ich Ihnen meine Antwort jedoch gleich geben. Aus dem, was ich eben gesagt habe, haben Sie den Schluß gezogen, daß ich glaube, ein Anrecht auf das Testament und somit auf das Gut zu haben. Doch wenn Sie sorgfältiger auf meine Worte geachtet hätten, wäre Ihnen nicht entgangen, daß ich meinte, dies einmal geglaubt zu haben. Ich glaube es nämlich nicht mehr, und ich versichere Ihnen, daß ich mich niemals und unter keinen Umständen auf Ihren Vorschlag einlassen werde.«

Meine Antwort hatte ihn offenbar überrascht, und seinem dunkelrot anlaufenden Gesicht nach zu urteilen, war er nicht besonders begeistert über meine Absicht.

»Du bist verrückt«, rief er. »Wenn du meinen Vorschlag annimmst, erbst du riesige Reichtümer. Wenn du ihn ablehnst ...«

»Und das werde ich«, unterbrach ich ihn.

»Dann läßt du mir nur noch die Wahl zwischen zwei Möglichkeiten: Entweder verkaufe ich das Testament an Sir David ...«

Dann drohte Henrietta die Zwangsehe mit Tom!

»... oder ich biete es«, fuhr er fort, »dem Maliphant-Erben an, der es natürlich vernichten und dir damit die letzte Chance nehmen wird, das Gut jemals zu erben.«

»Ich habe Ihnen schon gesagt: Es ist mir egal.«

»Wirklich? Du hast offenbar vergessen, daß beide Parteien auf deinen Tod angewiesen sind: die Mompessons, damit das Mädchen erben kann, und der Maliphant-Anwärter, damit er das Gut den Bedingungen des Kodizills entsprechend erben kann.«

Die Art, wie er mich ansah, ließ keinen Zweifel daran, womit er mir drohte.

»Jetzt hast du die Wahl: auf der einen Seite Reichtum und Sicherheit, auf der anderen Armut und ... zumindest Gefahr.«

Seine Worte erinnerten mich auf eigenartige Weise an jene Wahl, vor die mich meine Mutter vor all den Jahren gestellt hatte, doch diesmal waren die Bedingungen härter, denn es ging nicht mehr um Reichtum und Gefahr gegen Armut und Sicherheit, sondern um eine Wahl, die für jedes vernünftige Denken eigentlich gar keine Wahl darstellte. Und die Entscheidung, aber davon wußte Henry natürlich nichts, wurde durch meine Sorge um Henrietta noch schwieriger gemacht. Wenn ich Reichtum und Sicherheit zurückwies, verdammte ich sie zur Ehe mit Tom. Trotzdem zögerte ich keinen Augenblick.

»Sie haben meine Antwort gehört«, sagte ich. »Und Sie können mir glauben, daß ich meine Meinung niemals ändern werde. Es gab eine Zeit, in der ich beinahe alles getan hätte, um das Gut zu bekommen, denn ich war mir sicher, die Gerechtigkeit auf meiner Seite zu haben. Aber ich hatte unrecht und habe Leid und Unglück über mich und – schlimmer noch – auch über andere gebracht.«

Bis zu diesem Augenblick hatte Henry wohl angenommen, daß meine ablehnende Haltung nur ein taktischer Schachzug sei, doch jetzt sah er ein, daß ich tatsächlich von meinen Worten überzeugt war.

»Du glaubst also, nur weil dein Handeln anderen Menschen Leid gebracht hat, ist die Gerechtigkeit nicht auf deiner Seite?« höhnte er. »Was für ein naives Weltbild! Glaubst du denn wirklich, daß die Gerechtigkeit belohnt und unrechtmäßiges Tun bestraft wird?«

»Sie haben mich schon wieder mißverstanden. Ich glaube immer noch, daß die Gerechtigkeit auf meiner Seite ist, aber ich habe begriffen, daß ich keinen Anspruch auf Gerechtigkeit habe. Die Gesellschaft selbst ist ungerecht.«

»Du redest so leichthin von Recht und Unrecht«, rief er plötzlich unbändig gehässig. »Was weißt du denn schon von diesen Dingen? Was für ein Recht hast du – ein Huffam und ein Clothier – denn, von Gerechtigkeit zu reden, wo doch beide Familien und die verdammten Mompessons dazu meiner Familie solches Unrecht angetan haben?«

»Wovon reden Sie?« fragte ich erstaunt.

»Ich habe genauso einen Anspruch auf einen Teil des Gutes wie du. Wenn mein Urgroßvater bekommen hätte, was ihm zustand ...«

Er brach ab, als habe er plötzlich gemerkt, daß er bereits zuviel gesagt hatte, und einige Minuten lang blieb er schweigend sitzen und versuchte, seine Fassung wiederzugewinnen.

Anspruch auf einen Teil des Gutes? War er denn etwa mit meiner Familie verwandt?

Er stand auf und sagte: »Wenn du deine Meinung noch ändern solltest, dann weißt du ja, wo du mich findest. Uns bleibt noch etwas Zeit, solange die Frist nicht abgelaufen ist.«

»Sie kennen meine Antwort«, sagte ich.

»Dann wirst du auch die Folgen deiner Entscheidung tragen müssen«, sagte er und verließ das Zimmer.

Ich setzte mich, um über das soeben Gehörte nachzudenken. Zuerst wollte ich herausfinden, wer der Maliphant-Anwärter war und wie es kam, daß Henry dessen Identität kannte. Ich hatte ja Henry über Stephen Maliphant kennengelernt. War Stephen in diese Schule und damit in den Tod geschickt worden, weil er der Erbe der Maliphants war? In dem Fall würde der Maliphant-Anwärter Stephens Tante oder ein naher Verwandter sein. War Henry – sollte diese Vermutung stimmen – etwa mit diesem Anwärter blutsverwandt? War er vielleicht selbst der Maliphant-Erbe? Dann hätte er allerdings kaum einen solchen Vorschlag gemacht, sondern das Testament vernichtet.

Doch sein letzter Hinweis auf die Rechte seiner Familie ließ vermuten, daß er auf irgendeine Weise mit mir verwandt war. Doch mit welcher der fünf von Henry Huffam abstammenden Familien war er blutsverwandt? Mit den Huffams, den Mompessons, den Clothiers, den Palphramonds oder den Maliphants? Welchen Platz nahm er in diesem großen Stammbaum ein?

Es wurde Abend, ohne daß ich es recht bemerkt hatte. Um mich her war es dunkel geworden, und erst als ich mir ein Streichholz suchen mußte, fiel mir auf, daß Joey entgegen unserer Vereinbarung nicht gekommen war. In meiner jetzigen Verfassung war dies ein weiterer Grund zur Besorgnis, und da mein Besucher mich so ruhelos zurückgelassen hatte, daß ich keinesfalls im Zimmer bleiben konnte, zog ich mir den Mantel an, setzte den Hut auf und ging hinaus, um bei Mrs. Digweed nachzufragen, wo Joey geblieben sei.

Ich hatte die Church Lane in Richtung der Strand etwa zur Hälfte hinter mir gelassen, als ich rasche Schritte vernahm. Ich hatte nicht einmal Zeit, mich umzudrehen, da stieß mich bereits jemand mit dem Kopf gegen die Wand und hielt mich mit hartem Griff fest. Der Schlag hatte mich fast betäubt, und eine Welle von Übelkeit stieg in mir auf.

Dann schob sich ein Gesicht dicht vor meine Augen, und aus der Dunkelheit kam eine heisere Stimme: »Na, wenn das keine hübsche Überraschung ist! Und da hab ich schon geglaubt, du wärst tot und übern Jordan. Hab mich mächtig gefreut, als ich gehört hab, daß das nicht wahr ist. Hab mir gedacht, ich seh lieber mal selber nach. Aber jetzt bin ich zufrieden. Und wie! Erschüttert natürlich das Vertrauen von 'nem ehrlichen Banditen in die Zeitungen, nicht wahr?« Es war Barney, der etwas aus seinem Gürtel zog. »Aber ich denk mal, ich werd dafür sorgen, daß sie doch noch recht behalten. Und das Schönste an dem Ganzen ist noch, daß sie mir nichts anhaben können, schließlich bist du ja schon tot.«

Ich wußte, daß es keinen Sinn hatte, mich gegen ihn zu wehren oder in dieser einsamen Straße um Hilfe zu schreien. Meine einzige Hoffnung bestand darin, an seinen Eigennutz zu appellieren. Aber mit welchem Argument? Warum wollte Barney mich umbringen? Sicher nicht im Auftrag von Daniel Porteous, denn jetzt, da der alte Clothier tot war, würde mein Tod seinen Erben nichts nützen. Rächte Barney sich etwa auf eigene Faust? Dann war ich verloren. Doch es gab noch eine andere Möglichkeit.

»Sancious hat dich geschickt, nicht wahr?« rief ich.

Selbst als ich dies behauptete, wußte ich nicht, was für Gründe der Advokat haben mochte, mich umbringen zu lassen. Doch welche es auch immer waren, sie basierten auf falschen Voraussetzungen. Und so spielte ich meine letzte Karte aus.

»Aber er weiß nicht, daß das Testament noch immer existiert! Es wurde ebensowenig vernichtet, wie man mich vernichtet hat. Sag ihm das!«

Barney riß mich zu sich herum und starrte mich nachdenklich an. Er atmete schwer und strich mit dem Daumen über die Messerklinge. »Du willst mich verschaukeln«, sagte er schließlich.

»Wenn du mich jetzt umbringst, hat Sancious überhaupt nichts davon. Es wär höchstens für die Mompessons von Vorteil. Willst du das vielleicht?«

Das war ein rettender Gedanke in höchster Not. Mir war nämlich wieder eingefallen, wie mir sein Bruder erzählt hatte, daß Barney einen alten Groll gegen die Mompessons hegte, weil sie ihm irgendeine Arbeit nicht bezahlt hatten.

Er starrte mich an, und dieser Augenblick kam mir wie der längste Moment in meinem Leben vor. Dann stieß er mich fort und rannte davon.

Ich hastete die Church Lane hinunter zur Strand und fühlte mich erst sicher, als ich wieder unter Menschen und im Schein der Straßenlampen war.

Warum wollte Sancious meinen Tod? In wessen Auftrag arbeitete er? Ich konnte die Fragen nicht beantworten, doch plötzlich ahnte ich, von wem Barney erfahren hatte, wo ich zu finden war, und warum Joey an diesem Nachmittag nicht gekommen war. Er hatte mich an seinen Onkel verraten. Die

Augen wurden mir feucht, und ich glaubte, jeden Moment in Tränen ausbrechen zu müssen. Ich hatte ihm lange nicht über den Weg getraut, aber nun, da ich endlich begonnen hatte, mich auf ihn zu verlassen, ihm sogar mein Leben in die Hand zu legen, da verriet er mich. Etwas Feuchtes rann mir über die Wange. Aber es war Blut und keine Träne, denn jetzt, nachdem ich mich wieder etwas gefaßt hatte, spürte ich, daß ich mir die Stirn aufgeschlagen hatte und daß die Wunde stark blutete. Mein Kopf dröhnte, und ich fühlte mich schwach und schwindlig. Wohin konnte ich jetzt noch gehen? Ich wußte es nicht. Mir war nur mein trostloses Zimmer geblieben, und selbst das war jetzt ein gefährlicher Ort. Aber blieb mir eine andere Wahl? Schweren Herzens eilte ich nach Hause, schlich leise die Treppen hinauf, um meiner Vermieterin aus dem Weg zu gehen, und verriegelte die Tür. Ich wusch die Wunde aus, stillte die Blutung und legte mich auf mein Bett, als das Zimmer begann, sich um mich her im Kreis zu drehen.

112. KAPITEL

Wie prächtig das Haus in jener Nacht ausgesehen haben muß! Vielleicht bin ich gerade in diesem Augenblick daran vorbeigegangen, denn ich wandere oft zu später Stunde durch das Westend und sehe mir an, wie die alte Korruption mit Prunk und Reichtum protzt – was ich natürlich höchst beklagenswert finde. Ich kann mir fast ausmalen, wie die Kutschen aus allen Richtungen ankommen und die Straße versperren – auch das ein Beispiel dafür, wie wenig Rücksicht die alte Korruption auf ihre Mitbürger nimmt.

Ich will dich nun durch das Haus führen und dir zeigen, wie es an jenem Abend dort ausgesehen haben mag. Wir schreiten zuerst an einem Türdiener vorbei, und dann liest ein speziell für dieses Fest gemieteter Lakai unsere Namen vor, die nun von Treppenabsatz zu Treppenabsatz weitergerufen werden, während wir die Stufen hinaufsteigen. Hübsche Sofas und elegante Büfetts sind entlang der Wände verteilt, und Collinets Quadrillen-Orchester spielt bereits die ersten Walzer und Galoppes, obwohl es erst zehn Uhr ist und wir altmodisch früh eingetroffen sind. (Aber wir gehören ja auch nicht zum *bon ton!*)

Lady Mompesson und Sir David bereiten sich darauf vor, ihre Gäste an der Tür zum Großen Salon am Ende der Haupttreppe zu empfangen. Sie wirken so gelassen, daß die meisten Gäste bei ihrem Anblick vermutlich die Gerüchte eines bevorstehenden Bankrotts in Zweifel ziehen. Allein der verschwenderische Aufwand verbietet es, solchen Geschichten Glauben zu schenken. Sie entspringen sicher bloß neidischem Klatsch, den Laster und Müßiggang nur allzugern über die vornehme Welt ausgießen.

Jetzt verbeugt sich Sir David und geht lächelnd zwei Gästen entgegen: einer Dame von etwa fünfzig Jahren und einer zweiten, aber jüngeren Frau. Letztere ist nicht sonderlich hübsch, doch sie scheint erfreut, den Baronet zu sehen, und sie lächelt ihn auf eine Weise an, die es sich angelegen sein läßt, die stärksten Emotionen in der männlichen Brust zu wecken.

Und hier kommt Sir Thomas in Begleitung der Countess von H. sowie deren Sohn. Sehe ich recht? Zwinkert Sir Thomas etwa Sir David zu, während dieser Miss Sugarman begrüßt?

Und dort steht ein recht stämmig aussehender junger Gentleman in Regimentsuniform. Ja natürlich, das ist Tom Mompesson! Aber hat man ihn nicht längst aus seinem Regiment entlassen? Wie dem auch sei, er sieht jedenfalls äußerst schmuck aus in seiner scharlachroten Jacke mit den goldenen Schnüren, der kanariengelben Weste und den glänzenden Schaftstiefeln. Und wer ist der adrette Gentleman an seiner Seite? Der flaschengrüne Rock steht ihm gut zu Gesicht, scheint ihm aber nicht recht zu passen. Natürlich, Mr. Vamplew! Was hat ein Hauslehrer nur auf diesem Ball zu suchen? Hat ein unerwartetes Aufflammen demokratischer Instinkte seinen Dienstherrn verführt, ihn zum heutigen Abend einzuladen? Wohl kaum, denn Mr. Vamplew scheint sich weniger zu amüsieren, als vielmehr den jungen Gentleman neben sich im Auge zu behalten – und insbesondere die Gläser Champagner zu zählen, die dieser sich genehmigt. Mir entgeht auch nicht, daß er einmal beinahe unmerklich den Kopf schüttelt, während der Lakai Joseph sich nähern will, und der Diener zieht sich auch prompt wieder zurück.

113. KAPITEL

Etwa gegen Mitternacht, vielleicht ist es auch ein wenig später – jedenfalls kommt der Ball gerade so langsam in Schwung –, nähert sich ein junger Gentleman diesem Haus. Am Eingang wird er von dem Türdiener aufgehalten, der nach einem kurzen Wortwechsel Mr. Thackaberry herbeiruft, den äußerst prächtig gekleideten und beinahe bis zur Bewußtlosigkeit eingeschnürten Butler. Nach kurzem Gespräch wird der junge Mann eingelassen. Er steigt die Treppe hinauf und streckt Sir David vor dem Großen Salon die Hand entgegen.

»Was zum Teufel machst du denn hier?« fragt der Hausherr mit gedämpfter Stimme.

Der Gast errötet und flüstert eindringlich: »Ich muß sofort mit dir und deiner Mutter sprechen.«

»Aber doch nicht jetzt, um Himmels willen. Du siehst wie einer von diesen verdammten Gerichtsvollziehern aus!«

Der junge Gentleman verzieht das Gesicht zu einem gequälten Lächeln und sagt leise: »Der Huffam-Erbe lebt!«

Sir David starrt ihn einen Augenblick lang an, dann zeigt er auf eine Tür am Ende des Flurs: »Geh in das Chinesische Zimmer. Ich hol meine Mutter.«

Kurz darauf betreten Sir David und Lady Mompesson den düsteren Raum. Sir David zündet eine Kerze an, die nur wenig Licht verbreitet. Als er sie auf einer Kommode abstellt, sagt er: »Mama, ich hab dir ja schon viel von meinem Freund Harry erzählt.«

»Woher wissen Sie, daß der junge Huffam noch lebt?« fragt Lady Mompesson ohne alle Umschweife.

Harry zuckt ein wenig zusammen, doch dann sagt er: »Ich habe für meine Behauptung die besten Zeugen, Lady Mompesson: meine eigenen Augen und Ohren. Ich habe ihn heute – genauer gesagt: gestern – getroffen und auch mit ihm geredet.«

»Aber wieso sind Sie sich so sicher, daß er es ist?« wirft Lady Mompesson ein. »Niemand hat ihn mit Gewißheit wiedererkannt, seit er damals aus dem ›Haus Refugium‹ geflohen ist, in das ihn sein Onkel gesteckt hatte. Und das ist nun beinahe vier Jahre her.«

»Durch einen außergewöhnlichen Zufall«, antwortet Harry, »traf ich ihn einige Monate, ehe er aus der Anstalt floh und von der Bildfläche verschwand. Doch damals wußte ich nicht, wen ich vor mir hatte. Ich kannte ihn nur als Schulfreund meines Halbbruders, und erst kürzlich habe ich ihn mit dem Huffam-Erbe in Verbindung gebracht.«

»Wirklich ein außerordentlicher Zufall«, sagt Lady Mompesson kühl.

Ich glaube, sie wollte damit andeuten, daß sie ihm keinen Glauben schenkte.

Harry scheint ihre Bemerkung in diesem Sinne verstanden zu haben, denn er richtet die nächsten Worte an ihren Sohn: »Er kam, gleich nachdem er seinem Großvater entkommen war, zu mir und hat mir dann auch erzählt, wer er ist.«

»Aber das war im Februar!« ruft Sir David. »Warum hast du mir das nicht früher erzählt, Harry? Du weißt doch ganz genau, daß man uns enteignen will, sobald er für tot erklärt worden ist.«

»Ich mußte ihm schwören, niemandem etwas zu verraten, da er sich klar ist, in welcher Gefahr er schwebt«, lügt Harry. »Und dann verschwand er, und ich hatte keine Ahnung, wo er steckte. Jetzt habe ich ihn wiedergefunden. Aber nun zur Hauptsache: Allein die Tatsache, daß er noch am Leben ist, bedeutet doch für die Familie Mompesson eine wundervolle Neuigkeit, nicht wahr?«

»Sicher«, stimmt ihm Sir David zu. »Seit der alte Clothier tot ist und in den Zeitungen stand, daß er den Jungen umgebracht hat, und seit dieser Maliphant-Anwärter aufgetaucht ist, sieht es für uns verdammt schlecht aus.«

»Ich nehme also an, daß sich – vorausgesetzt, wir können den Jungen dazu überreden, vor Gericht zu erscheinen – für uns nichts ändern wird«, sagt Lady Mompesson. »Wir können uns sicher fühlen, solange er lebt.«

»Ganz so einfach ist es nicht, Lady Mompesson«, sagt Harry. »Es gibt da noch das Problem mit dem Testament.«

Sie sieht ihn entsetzt an und blickt auf ihren Sohn, der verwirrt stammelt: »Das ist so, Mama, ich habe Harry nämlich wegen der Treuhandgeschichte um Rat gefragt, nur für den Fall, daß wir Henrietta mit Tom verheiraten wollen. Schließlich ist er ja ein Kenner des Billigkeitsrechts.«

Sie mustert den Freund ihres Sohnes aufmerksam.

Der erwidert ihren Blick selbstgewiß und sagt: »Vielleicht hätte er es mir nicht erzählen sollen, aber ich kann Ihnen versichern, Lady Mompesson, daß ich in dieser Sache zur Verschwiegenheit verpflichtet bin.«

»Da Sie schon soviel wissen«, sagt Lady Mompesson, »wissen Sie wahrscheinlich auch, daß wir davon ausgehen, daß das Testament vernichtet wurde, denn Assinders Komplize – so unwahrscheinlich dies auch klingt – war offenbar der Laufbursche aus unserer Küche. Allem Anschein nach ein Idiot. Doch er muß dieses Dokument nach Assinders unglückseligem Abenteuer irgendwie außer Haus geschafft haben, auch wenn er keine Ahnung vom Wert dieses Papiers haben konnte. Wir haben bislang angenommen, daß er es später verloren oder vernichtet hat.«

»Sie haben recht, wenn Sie vermuten, daß der Laufbursche mit dem Testament entkommen ist. Aber er war kein Idiot, und ich kann Ihnen sagen, daß er eine sehr genaue Vorstellung vom Wert des Dokuments hat. Er ist nämlich einzig mit der Absicht in Ihr Haus gekommen, dieses Papier zu stehlen, kurz: Er war der Huffam-Erbe.«

»Aber das ist doch absurd!« ruft Sir David, doch seine Mutter legt beschwichtigend eine Hand auf seinen Arm.

»Erzählen Sie weiter!« befiehlt sie.

»Er hat mir erzählt, daß es ihm gelungen sei, eine Stelle als Dienstbote hier im Haus zu bekommen, und daß er mehrere Monate warten mußte, ehe er sich das Testament beschaffen konnte. Er war übrigens kein Komplize von Assinder; der hat vielmehr auf eigene Faust gearbeitet. Als er das Haus verließ, fiel er irgendwie den Handlangern seines Großvaters in die Hände und sollte wohl von ihnen umgebracht werden, doch im Gegensatz zu dem, was in den Zeitungen stand, gelang ihm die Flucht.«

»Und was geschah mit dem Testament?« fragt Lady Mompesson ungeduldig.

»Es ist aus seinem Besitz in die Hände einer Person geraten, deren Namen ich nicht nennen kann. Aber es existiert noch.«

»Wer hat es?« schreit Sir David aufgeregt.

»Wie ich schon sagte, ich kann keinen Namen nennen, und das ist die buchstäbliche Wahrheit. Man hat Kontakt mit mir aufgenommen und mich angewiesen, mit Ihnen im Namen dieser Partei über den Verkauf des Testaments zu verhandeln.«

Sir David und seine Mutter sehen sich an.

Harry läßt sie nicht aus den Augen und sagt: »Die Mompessons haben nichts zu verlieren und können alles gewinnen. Sobald Sie das Testament wieder in Händen haben, brauchen Sie sich nicht mehr darum zu sorgen, ob der Huffam-Erbe lebt oder nicht. Verheiraten Sie Henrietta Palphramond mit Tom, Lady Mompesson, und wenn der Junge ohne Erben stirbt, legen Sie das Testament vor, und Ihnen kann nichts mehr passieren.«

»Woher sollen wir wissen, daß diese haarsträubende Geschichte wahr ist?« fragt Lady Mompesson.

»Sie können die Echtheit des Dokuments überprüfen lassen, bevor Sie es zurückkaufen«, antwortet Harry brüskiert. »Sollte es gefälscht sein, haben Sie nichts verloren.«

Lady Mompesson und ihr Sohn beraten sich flüsternd, dann verkündet die Dame des Hauses: »Wir können Ihnen tausend Pfund anbieten, aber nicht einen Penny mehr.«

»Ich fürchte, das wird nicht reichen«, sagt Harry traurig. »Das wird ganz und gar nicht reichen.«

»Aber wir stehen kurz vor dem Bankrott«, erregt sich der junge Baronet. »Der Gerichtsvollzieher streicht die Pacht ein, mein Kredit ist erschöpft, und ich muß den Ehevertrag unterzeichnen, bevor bekannt wird, wie weit mir das Wasser reicht, sonst macht uns noch Miss Sugarmans Familie einen Strich durch die Hochzeitspläne.«

»Ich kann meinen Auftraggeber bitten, sich noch einige Tage zu gedulden«, sagt Harry. »Doch ich fürchte, wenn die Mompessons das Testament nicht kaufen, wird er es diesem Maliphant-Anwärter anbieten.«

»Dann muß man den Jungen überreden, sich unter den Schutz des Gerichts zu stellen«, sagt Lady Mompesson.

»Er hat zu große Angst«, antwortet Harry. »Und ich fürchte, er hat auch allen Grund dazu.«

»Was soll das heißen?« fragt Lady Mompesson.

Harry hebt die Schultern: »Er ist dem Maliphant-Anwärter im Weg. Mehr wollte ich damit nicht sagen.«

Mutter und Sohn sehen sich bestürzt an. Dann greift Sir David hinter sich und zieht ungeduldig an der Klingelschnur.

114. KAPITEL

Die Gäste stehen nun in Gruppen beieinander und sprechen über das seltsame Verhalten ihrer Gastgeber, manchmal hört man jemanden das Wort »Gerichtsvollzieher« flüstern, und dann und wann erklingt ein feines Kichern hinter vorgehaltener Hand. Miss Sugarman sitzt neben ihrer Mutter im Speisesaal. Sir Thomas Delamater geht zu ihr und versucht, eine Unterhaltung mit ihr anzuknüpfen. Sie runzelt jedoch unablässig die Stirn, und schließlich zieht Sir Thomas sich wieder zurück.

Eine weitere Stunde vergeht. Die Gäste sind konsterniert. Man hat den Kutschern befohlen, erst gegen vier Uhr früh wieder vorzufahren. Tom nähert sich mit unsicherem Schritt Miss Sugarman, gefolgt von Mr. Vamplew, der ihm Vorhaltungen zu machen scheint. Tom stößt ihn zur Seite und sagt etwas zur zukünftigen Braut seines Bruders. Einen Augenblick später kommt Sir Thomas herbeigeeilt und zerrt Tom fort. Mr. Vamplew nimmt sich seiner an und führt ihn aus dem Zimmer. Miss Sugarman sagt verärgert etwas zu ihrer Mutter, die daraufhin einem Lakaien ein Zeichen gibt. Sir Thomas scheint flehentlich auf sie einzureden. Ich habe nicht feststellen können, was zwischen ihnen besprochen worden ist, doch ich vermute, daß Sir Thomas sie darum bat, doch noch zu bleiben, Miss Sugarman ihn aber darauf hinwies, daß Sir David sie seit drei Stunden einfach ignoriert habe.

Inzwischen steigt draußen auf der Straße vor dem Haus eine hohe, schwarzgekleidete Gestalt aus einer Droschke, betritt eilends das Haus und hastet die Treppe hinauf, einem Lakaien hinterher, der den Neuankömmling ins Chinesische Zimmer führt.

Miss Sugarman verläßt mit ihrem Gefolge das Haus. Kurz darauf geleitet Mr. Vamplew mit Hilfe eines Lakaien seinen Zögling ins Chinesische Zimmer, wo dieser von seiner Mutter und seinem Bruder zusammen mit Mr. Barbellion erwartet wird. Der Hauslehrer bleibt mit dem Lakaien vor der Tür stehen, und zehn Minuten später werden sie hineingerufen, um den jungen Gentleman nun zu Bett zu bringen.

In der Zwischenzeit scheint der allgemeine Aufbruch begonnen zu haben, und auch die übrigen Gäste schicken nach ihren Kutschen, so daß gegen drei Uhr morgens beinahe alle Gäste gegangen sind. Um vier ist auch das letzte Eis getaut, die Bienenwachskerzen sind heruntergebrannt, und die müden Dienstboten räumen das restliche Essen und die Getränke ab.

Um fünf Uhr in der Frühe kommt das Haus endlich zur Ruhe, und alles ist dunkel – zumindest scheint es so.

Und nun, da ich mich dem Ende meiner Aufgabe nähere, will ich die Fesseln meiner Phantasie lösen, damit sie sich edel und kühn zu freiem Flug erhebt und sich auf der Suche nach Beute zu guter Letzt noch einmal hoch emporschwingt.

In den strahlenden Salons, in denen sich erst vor wenigen Stunden die verwöhnten Angehörigen der sogenannten besseren Kreise drängten, reflektieren die riesigen Spiegel zwischen den hohen Fenstern, die doch noch vor so kurzer Zeit Bilder greller Selbstgefälligkeit und modischer Eleganz zeigten, jetzt nur noch sich selbst. Auf den marmornen Tischplatten der Büfetts darben Reste der vom wählerischen Appetit verschmähten Süßigkeiten und Delikatessen, die allein schon so teuer waren, daß man damit ganze Straßenzüge von Armen und Bedürftigen, nein, ganze Dörfer Erins, unserer unglückseligen Schwesterinsel, hätte ernähren können. In den engen Dachkammern und feuchten Kellern liegen die erschöpften Dienstboten auf ihrer dürftigen Bettstatt, müde von rechtschaffener Arbeit, während unter zarten Linnen der neuerworbene Reichtum und die habgierige Arroganz schlummern. Mögen ersteren ehrliche Träume den Schlaf versüßen und letztere von greulichen Nachtmahren geplagt werden!

115. KAPITEL

Oh, welch ein Glück! Endlich habe ich abgerechnet mit den krebszerfressenen Parasiten der alten Korruption, für die der Tag des Gerichts sicherlich bald kommen wird. Und da mein Beitrag zu unserem Werk nun vor dem Abschluß steht, will ich die Zügel abstreifen, die mich so lange gebändigt haben und keck behaupten, daß es uns allen auferlegt ist, eine Gesellschaft zu verurteilen – ja, nicht nur zu verurteilen, sondern zu verdammen –, in der ehrlicher Verdienst nicht zählt, Begabung nicht geachtet wird und Unverschämtheit und Abstammung sich in arrogantester Manier ein Vorrecht über alle anmaßen. Wenn der Zyniker fragt, nach welchem Recht wir dieses Urteil sprechen, dann sagen wir: Wir verdammen diese Gesellschaft kraft der Stimme des Gewissens, das in der Brust jedes einzelnen haust und das auch die Grundlage jener allgemeinen Gerechtigkeit ist, auf die sich unser (manchmal durchaus fehlbares) Billigkeitsrecht gründet.

Denn erst die Beurteilung enthüllt uns den Sinn eines Geschehens und lehrt uns, es zu verstehen. Ich bin stolz darauf, meine Rolle in jenem Prozeß gespielt zu haben, durch den du zu sehen und somit zu verstehen gelernt hast, wie sich in deinem Leben der großartige Plan von Vernunft und Gerechtigkeit entfaltet hat.

Man darf sich selbst natürlich bei der Beurteilung nicht ausnehmen, und Voraussetzung dafür ist, etwas eingestehen zu können. Dein Anteil an unserem Unternehmen war ein solches Eingeständnis, denn du hast deine Beweggründe auch dann nicht verschwiegen, wenn sie dir zum Vorwurf gereichen konnten. Ich achte dich dafür. Auch ich kenne die Entlastung, die ein Geständnis mit sich bringt. In meinem Fall vertraute ich mich einem Freund an, der anderenfalls vielleicht hätte glauben können, daß ich ihn aus bloßem Eigennutz verraten habe. Denn – wie oft habe ich dir das schon gesagt! – wir müssen die Beweggründe der Menschen verstehen lernen, damit wir sie nicht vorschnell verdammen. Selbst eine allem Anschein nach unehrenhafte Tat mag sich, richtig verstanden, als vollkommen gerechtfertigt erweisen. Zum Beispiel kann man einen Anwalt verdächtigen, seinen Klienten verraten zu haben, eine Frau ihren Mann, einen politisch Radikalen seine Mitverschwörer, in all diesen Fällen könnte jedoch der Beschuldigte und Verunglimpfte von jenem höheren Respekt geleitet worden sein, den wir alle der Gerechtigkeit schulden.

Urteile also, mein Freund, erst dann, wenn dir alle Beweggründe bekannt sind. Und beurteile deine eigenen Beweggründe, weil nur du allein über sie urteilen kannst. Und wenn du dir sicher bist, daß deine Beweggründe rein sind, magst du dich mit dem Reichtum und der Macht einlassen. Denk an das Gute, das du tun könntest, an die Ungerechtigkeiten, die du lindern, an Begabung und Verdienst, die du fördern könntest! Du weißt, daß ich Reichtum und Macht verachte, und wenn ich dich daher auffordere, dich mit ihnen einzulassen, dann bin ich sicher, du verstehst *meine* Beweggründe dafür.

Darum lege ich dir nun zum Schluß die grundlegende Verpflichtung auf, dein Recht zu erlangen, um in den Besitz jener Mittel zu kommen, die es dir erlauben werden, dich ganz der Nächstenliebe zu widmen.

IV. BUCH

Bräute und Witwen

116. KAPITEL

Nächstenliebe? Humbug!

Doch ich muß mich zügeln, denn *mein* Beitrag zu unserer gemeinsamen Aufgabe ist noch nicht abgeschlossen. Ich denke, es geschah etwa auf folgende Weise:

Wind kommt auf, und ein Mann eilt über die Aylesbury Street in Clerkenwell. Er bleibt vor einem kleinen Haus stehen und zieht an der Türglocke. Ein Dienstmädchen öffnet und sieht ihn überrascht an, hört, was er zu sagen hat, sichert die Tür mit einer Kette und läßt sie einen Spaltbreit offenstehen, während sie im Haus verschwindet.

Einen Augenblick später kommt Mr. Sancious persönlich an die Tür. Er zittert und sieht bleich aus: »Ich habe dir doch gesagt, daß du nie zu mir nach Hause kommen sollst!« zischt er.

»Die Angelegenheit kann nicht warten.«

»Komm lieber rein!« sagt der Anwalt und äugt besorgt nach beiden Seiten die Straße hinunter.

Der Mann tritt ein und wird in einen Salon geführt, in dem bereits eine Dame sitzt: »Guten Abend, Ma'am«, sagt er. Dann grinst er zweideutig den Advokaten an.

Mr. Sancious ignoriert diese Anzüglichkeit und will wissen: »Nun, was hast du mir zu sagen?«

»Sally hat doch recht gehabt. Er ist damals nich gestorben, so wie's in den Zeitungen steht. Sie hat ihn wirklich gesehen.«

Die Dame und Sancious werfen sich einen entsetzten Blick zu, dann flüstert der kleine Advokat: »Weiter! Hast du ihn gefunden?«

»Ja. Joey hat mich auf seine Spur geführt, genau wie ich's mir vorgestellt hab.«

»Und?« fragt Mr. Sancious.

»Ich wollt gerad tun, was wir abgemacht haben, da sagt er mir was, und ich mach lieber nich weiter. Es war was, was Sie bestimmt interessieren wird. Also laß ich ihn los und bin direkt hierher.«

»Du hast ihn also laufenlassen?« fragt die Dame.

Mr. Sancious wischt ihre Bemerkung mit einer Handbewegung zur Seite, ohne sie dabei auch nur anzusehen, und fragt: »Was hat er dir gesagt?«

»Er meint, das Testament gibt's immer noch.«

Seine Zuhörer reagieren auf diese Neuigkeit äußerst bestürzt.

»Es existiert noch? Aber wie soll das möglich sein?« ruft der Advokat und wendet sich dabei an die Dame. »Der alte Mann hat es doch verbrannt. Das hat Vulliamy mir selbst erzählt.«

»Der Junge hat gelogen, um seine Haut zu retten«, wirft die Dame ein. »Das sieht ihm jedenfalls ähnlich.«

»Nein, ich glaube, er hat die Wahrheit gesagt«, erwidert Mr. Sancious. Er dreht sich jäh zu Barney um und sagt: »Hat er es bei sich gehabt?«

»Nein, ich hab ihn durchsucht.«

»Aber wo kann es nur sein?« überlegt Mr. Sancious laut. »Wer hat es jetzt?«

»Es war gut, daß du ihn nicht ... Ich meine, es war richtig von dir, ihn laufenzulassen«, sagt die Dame zu Barney. »Aber find ihn wieder! Er muß uns zeigen, wo das Testament ist. Und wenn er das getan hat, dann kannst du erledigen, wofür du bezahlt worden bist.«

Mr. Sancious öffnet die Tür, um seinem Gast anzudeuten, daß er nun gehen könne. Mit einer kurzen Verbeugung verläßt Barney das Zimmer. Der Advokat folgt ihm auf den Flur und läßt ihn dann hinaus auf die Straße.

Als er einen Moment später in den Salon zurückkehrt, sehen die Dame und er sich eine Weile wortlos an. Dann sagt er: »Und wenn ihn der Junge nicht zum Testament führt?«

Die Dame antwortet kühl: »Beruhige dich! Ich hab da schon so eine Idee.«

117. KAPITEL

Meine Verletzung am Kopf schmerzte so sehr, daß ich in dieser Nacht nur wenig Schlaf fand. Und auch am nächsten Tag blieb ich in meinem Zimmer, um über die Ereignisse des Vortages nachzudenken. Ich war von zwei der wenigen Menschen betrogen worden, denen ich noch vertraut hatte. Henrys Hinterlist hatte mich verletzt, doch Joeys Treulosigkeit traf mich viel tiefer, denn sie weckte erneut jene alten Schuldgefühle, die Mr. Digweeds Tod in mir ausgelöst hatte. Ich war überzeugt gewesen, daß Joey mir deswegen nichts nachtragen würde, doch offensichtlich hatte ich mich getäuscht. Hegte seine Mutter etwa auch Rachegelüste gegen mich? Ich konnte es nicht ertragen, so etwas auch nur zu denken.

Um fünf Uhr nachmittags war ich noch immer in meinem Zimmer und wälzte die gleichen trüben Gedanken, als es an der Haustür klopfte. Ich hörte Mrs. Quaintance' Stimme, danach Schritte auf der Treppe, und schließlich pochte jemand an meine Zimmertür.

»Wer ist da?« fragte ich.

Zu meinem Erstaunen hörte ich Joey antworten: »Ich bin's.«

»Ist er allein, Mrs. Quaintance?« rief ich nach unten.

»Ja, das ist er«, antwortete sie überrascht.

Ich öffnete die Tür, ließ Joey eintreten und schloß hinter ihm rasch wieder ab. Er sah mich mit einem offenen Lächeln an, allerdings schien ihn mein seltsames Verhalten etwas zu verwundern, aber sobald er im Licht der Kerze meine verbundene Stirn und mein bleiches Gesicht sah, rief er: »Um Himmels willen, was ist mit dir geschehen?«

Seine Überraschung und seine Sorge um mich schienen so aufrichtig, daß ich mich nicht schäme zu sagen, daß ich ihn umarmte und in Tränen ausbrach. Warum ich geweint habe, wußte ich damals nicht und weiß ich auch heute kaum, doch ich glaube, es waren nicht nur Tränen der Erleichterung, in ihm doch einen wahren Freund gefunden zu haben, sondern auch Tränen der Reue, weil ich an ihm gezweifelt hatte. (Und vergeßt nicht, daß ich noch von meiner Verletzung geschwächt war!) Joey klopfte mir auf die Schulter und murmelte dabei ebenso undeutlich vor sich hin wie ich.

»Verzeih mir, Joey!« sagte ich. »Als du nicht gekommen bist, da habe ich gedacht, du hättest mich im Stich gelassen, und dann war ich überzeugt, daß du mich an Barney verraten hast.«

Auch er war gerührt. Er hatte mich früher noch nie so angesehen wie jetzt: All sein Mißtrauen und seine Zurückhaltung waren verschwunden.

Er führte mich zum Sofa, und ich setzte mich. »Und warum solltest du das auch nicht denken«, sagte er, »schließlich habe ich es ja schon zweimal getan.«

»Nein, Joey, ich hatte kein Recht dazu. Du hast mir zuliebe so viel riskiert und hast auf so viel verzichten müssen.« Ich schwieg, doch dann fuhr ich fort: »Dein Vater, Joey. Ich wollte dir schon immer sagen, wie ... ich ... wie ...«

»Du brauchst mir nichts zu erklären«, sagte Joey sanft. »Ich weiß, was du meinst, Master John.«

Sobald wir uns beide wieder etwas gefaßt hatten, erzählte ich ihm von Barneys Überfall. Daß ich noch am Leben war, hatte er wahrscheinlich, so erklärte ich Joey, von Sally erfahren, die mich eines Abends im Westend gesehen hatte.

Dann meinte Joey: »Ich sag dir, wo ich seit gestern abend gewesen bin und warum ich nicht kommen konnte. Ich war auf dem Weg zu dir, als ich spitzkriegte, daß mich jemand verfolgte. Na, da hab ich Haken geschlagen und bin im Kreis gelaufen und dachte, ich hab ihn ausgetrickst. Aber es war bestimmt Barney, und der hat sich wohl trotz allem nicht abschütteln lassen. Und ich fürchte, so hat er dich auch gefunden.«

Nachdem ich ihm versichert hatte, daß ich ihm deshalb keine Vorwürfe machen könne, fuhr er fort: »Ungefähr um sechs Uhr bin ich vor deinem Haus gestanden, da seh ich einen rauskommen. Und weißt du, wer das war?«

»Ich glaube schon. Ich hatte nämlich einen Besucher, und er verließ mich ungefähr um diese Zeit. Von dem muß ich dir erzählen. Er heißt Henry Bellringer, seinen Namen hab ich wahrscheinlich schon einmal erwähnt. Hast du ihn vorher schon einmal gesehen?«

»Ich hätt's nicht vermutet, aber wie ich ihn gestern abend gesehen hab, da hab ich ihn gleich wiedererkannt.«

»Wie meinst du das?«

»Erinnerst du dich noch daran, wie ich damals zum Haus deines Großvaters in der Nähe vom Charing Cross gekommen bin? Du warst im Haus, und mein alter Herr hat draußen gewartet.«

Ich nickte. Jemand hatte an die Tür geklopft und den alten Mr. Escreet in seiner Geschichte unterbrochen, dann hatte ich das Haus durch den Hinterausgang verlassen, und draußen warteten dann Joey und sein Vater auf mich.

»Nun«, fuhr Joey fort, »es war der Kerl, der damals ins Haus ging.«

»Gütiger Himmel!« rief ich. »Natürlich! Deshalb kam mir seine Art zu klopfen so bekannt vor.«

Das war eine erstaunliche Nachricht, denn ich konnte mir nicht vorstellen, was Henry mit Mr. Escreet zu schaffen haben mochte. Hier zeigte sich ein weiterer ungewöhnlicher Zusammenhang, den ich mir nicht erklären konnte.

Ich warf nun alle Bedenken über Bord und erzählte Joey, weshalb Bellringer gekommen war: Das Testament, jenes Dokument, dessentwegen sein Vater das Leben verloren hatte, war doch nicht vernichtet worden.

»Aber ich hab dir noch nicht alles erzählt«, sagte Joey, nachdem wir kurz über die Bedeutung von Bellringers Enthüllung gesprochen hatten. »Mir fiel wieder ein, daß du damals unbedingt wissen wolltest, wer dieser Kerl war, also bin ich ihm gestern hinterher. Und rat mal, wo er nachts noch hin ist! Zu den Mompessons in die Brook Street!«

Rätsel über Rätsel.

»Es war alles hell erleuchtet, als würden sie ein großes Fest feiern. Und er ist ins Haus, an dem Türdiener vorbei, als wenn die ihn da alle kennen würden.«

Ich erzählte Joey nun, wie ich Henry und Mr. Pamplin belauscht hatte, als die beiden sich unter anderem über einen gewissen Sir Thomas unterhielten, und wie ich dann von Miss Quilliam erfahren hatte, daß damit Sir Thomas Delamater gemeint war, ein Freund von David Mompesson. Ich hatte dies für willkürliche Zusammenhänge gehalten, doch plötzlich ergaben sie einen Sinn. David Mompessons Freundschaft mit Sir Thomas verband ihn mit Mr. Pamplin, der seine Pfründe Sir Thomas verdankte, und mit Miss Quilliam, deren Vater ebendiese Pfründe versprochen worden war. Sir Thomas hatte Miss Quilliam eine Stelle bei den Mompessons besorgt – das war alles noch recht einleuchtend. Aber wie hatte Henry Sir David kennengelernt? Durch Mr. Pamplin? Und plötzlich begriff ich, daß es sich genau andersherum verhielt: Henry war ein Freund von David Mompesson, und durch ihn hatte dieser den Priester und Sir Thomas kennengelernt, denn Henry war niemand anderes als jener Harry, den Miss Quilliam in ihrer Erzählung über die Geschehnisse, die zu ihrer Entlassung führten, erwähnt hatte. Irgendwie war mir all dies schon seit langem unterschwellig bewußt gewesen, doch jetzt erst nahm es deutliche Gestalt an. Wie sie ihn beschrieben hatte, sein Alter, sein Aussehen und die Art zu reden, all das stimmte mit dem Mann überein, den ich kannte. Aber wie waren sich Henry und David begegnet, und was verband Henry mit den Mompessons? Ich konnte einfach nicht schlau daraus werden. Im gleichen Augenblick aber begriff ich noch etwas anderes: Henry war auch jener Spion der Mompessons beim Kanzleigericht, vor dem Miss Lydia mich gewarnt hatte! Ich hatte das Testament also auf direktem Weg in die falschen Hände gebracht.

Dann fiel es mir wie Schuppen von den Augen: Henry hatte mich nicht an die Mompessons, sondern an Silas Clothier verraten! Aber wie hatten *die* beiden zusammengefunden? Und – das schien mir das größte Rätsel zu sein – was hatte Henry mit Mr. Escreet zu schaffen? Dann erinnerte ich mich daran, daß ich Henry über Stephen Maliphant kennengelernt hatte, dessen Name auf eine weitere geheimnisvolle Verbindung mit meiner Familie hindeutete. Doch weiter konnte ich mit meinen Überlegungen nicht kommen.

Nachdem mich diese Gedankenspiele in eine Sackgasse geführt hatten, bat ich Joey, mit seinem Bericht fortzufahren.

»Die Mompessons gaben einen großen Ball, und ich dachte, er würd zu den Gästen gehören«, erzählte Joey weiter. »Aber er war nicht so rausgeputzt wie die anderen Stutzer, die dort abstiegen. Später – es war bestimmt schon fast zwei – kam dann ein Gentleman in einer Droschke vorgefahren, der überhaupt nicht wie ein Gast aussah, eher wie ein Pfarrer oder wie ein Notar. Er hatte es mächtig eilig und war ganz in Schwarz und kein bißchen herausgeputzt. Na, ich hab jedenfalls die ganze Nacht vorm Haus gewartet, bis die Kutschen zurückkamen, um die Herrschaften wieder abzuholen, und die Lichter im Ballsaal ausgingen. Aber mein Mann ließ sich noch immer nicht wieder blicken. Ich hatte schon Angst, er wäre mir inzwischen hintenraus durch die Ställe entwischt, aber so um sieben Uhr morgens kam er dann endlich die Treppe runter.«

»So spät?« rief ich. »Aber was kann er da bloß zu tun gehabt haben, wenn er die ganze Nacht lang geblieben ist? Und das alles bei einem Ball!«

Joey zuckte mit den Achseln: »Ich hab ihn dann noch bis zu einem Haus in der Great Titchfield Street verfolgt.«

»Zu Mr. Pamplin!« rief ich, denn Henry hatte seine Adresse einmal erwähnt.

»Als er wieder rauskam, war so ein Kerl mit weißem Schlabberlatz bei ihm.«

»Ein Priester! Genau, das ist er!«

»Er war vielleicht zwei oder drei Stunden bei ihm – wahrscheinlich haben sie zusammen gefrühstückt«, sagte Joey verträumt.

Ich verstand den Hinweis und setzte ihm alles Eßbare vor, das ich in meinem Zimmer auftreiben konnte, und Joey fuhr mit vollen Backen fort: »Dann sind sie zu Fozards Mietstall in Piccadilly, und ich konnte so dicht an die beiden rankommen, daß ich gehört hab, wie sie sich eine Postkalesche bestellten.«

»Hat er gesagt, wo sie hinfahren wollen?«

»Nein, aber dieser Stall macht nur die Strecken nach Norden. Dann haben sich die beiden eine Droschke genommen, und ich bin hinterher, so schnell ich konnte. Es war Gott sei Dank ziemlich viel los auf den Straßen. Sie fuhren zu einem Haus nicht weit von St. Paul's, sieht aus wie eine Kirche mit lauter Bögen und solchen spitz zulaufenden Fenstern. Ich hab den Torsteher gefragt, was das für 'n Haus wär, und er hat was gesagt, das klang so wie ›ordinär‹ oder so.«

»Ordinariat!« rief ich.

»Genau, das war's. Also hab ich dem Torsteher einen Shilling gegeben, damit er rausfindet, was für Absichten die beiden Gentlemen haben, die gerade vorgefahren sind. Und er kommt zurück und meint, sie haben für eine besondere Ehevollmacht eine eiderstaatliche Erklärung abgegeben.«

»Eine eidesstattliche Erklärung, Joey.«

»Also eine eidesstadtliche Erklärung«, wiederholte er.

»Und für wen?«

»Natürlich für ihn, für Henry Bellringer. Aber den Namen der Frau hab ich nicht verstanden.«

Ich war ziemlich verblüfft und erklärte Joey auch, warum: »Aber wen will er denn heiraten? Und warum gerade zu diesem Zeitpunkt? Jetzt, wo er das Testament hat, müßte ihm doch alles daran gelegen sein, es an Sir David oder an den Maliphant-Anwärter zu verkaufen, meinst du nicht auch?«

»Aber nimm doch mal an, er weiß, daß man Barney dafür bezahlt hat, dich umzubringen? Was ändert sich dann?«

»Nun, bei meinem Tod würde Miss Henrietta alles erben.«

Ich hielt inne und starrte Joey entsetzt an. Er wußte, woran ich dachte, und wir sprangen gleichzeitig von unseren Stühlen auf.

»Aber«, sagte ich, »sie würde niemals ihre Einwilligung geben. Sie ...«

Ich schwieg, denn ich mußte daran denken, daß sie mich natürlich für tot halten mußte. Gerechter Himmel! Was hatte ich nur getan, als ich sie nicht wissen ließ, wie es um mich stand? Doch dann kam mir ein anderer Gedanke.

»Aber warum willigen die Mompessons in diese Heirat ein?« rief ich. »Was für einen Vorteil versprechen sie sich davon?«

Wir durften jedoch keine Zeit mehr mit solch müßigen Überlegungen verlieren.

Ich begann, mich anzuziehen. »Besorg uns eine Droschke, Joey!« Doch als er zur Tür eilte, rief ich: »Halt! Für wann hatte Bellringer die Postkalesche bestellt?«

»Die genaue Zeit hab ich nicht gehört, aber es war für heute.«

»Dann dürfen wir keine Minute mehr verlieren.«

Als Joey auf die Straße hinunterrannte, öffnete ich mein Schreibpult und nahm mein gesamtes Kapital an mich: etwas über zwanzig Pfund, die mir noch von Miss Lydias Geschenk geblieben waren. Endlich würde ich es für eine Sache ausgeben, die ganz in ihrem Sinne war. Dann stieg ich in die Kutsche, die Joey gerufen hatte, und wir begaben uns auf den Weg in die Brook Street.

Gegen halb sieben hielten wir vor dem Haus. Wir vereinbarten, daß Joey hintenherum zu den Stallungen gehen würde, um zu sehen, was er von den Stallburschen erfahren konnte. Unterdessen stieg ich die Eingangsstufen hinauf und zog beherzt an der Türglocke. Der Lakai Joseph alias Ned öffnete mir, aber er erkannte mich nicht.

»Ich möchte Sir David und Lady Mompesson in einer dringenden Angelegenheit sprechen«, sagte ich mit Nachdruck.

Der Lakai musterte mich argwöhnisch, und etwas betreten malte ich mir aus, welchen Eindruck ich auf ihn machen mußte mit meinem blutigen Verband um den Kopf und den schäbigen, nun auch noch blutbefleckten Kleidern.

»Würden Sie mir bitte Ihre Karte geben, Sir«, sagte er, »dann will ich nachsehen lassen, ob die Herrschaften zu Hause sind.«

Auf meiner Visitenkarte stand mein falscher Name, und so sagte ich: »Melden Sie ihnen nur, Mr. John Huffam sei da.«

Wie erwartet, öffnete mir dieser Name, der eine so mächtige Wirkung auf Mr. Escreet ausgeübt hatte, auch diese Tür, denn als Joseph zurückkehrte, bat er mich, ihm zu folgen. Wir stiegen die Treppe hinauf, und dann wurde ich zu meiner nicht geringen Verlegenheit in den Großen Salon gebeten.

Lady Mompesson saß auf einem Sofa, Sir David stand hinter ihr. Als ich durch die Tür schritt, die Joseph für mich aufhielt, suchten ihre Augen mein Gesicht. Sie schienen zu erschrecken, als sie mich sahen, doch ob dies dem etwas grausigen Anblick zuzuschreiben war, den ich bot, oder der Tatsache, daß sie mich wiedererkannten, konnte ich nicht sagen.

Wir starrten uns stumm an, bis David nach einer Weile seiner Mutter einen fragenden Blick zuwarf.

Ich sprach laut aus, was er sie sicherlich stumm auch gefragt hatte: »Nun, Lady Mompesson, erkennen Sie mich wieder?«

»Ich sah den Huffam-Erben nur einmal, und zwar nur sehr kurz, vor mehr als sechs Jahren, als er noch ein kleiner Junge war. Es wäre müßig, nun darüber zu spekulieren, ob Sie dieser Junge sind oder nicht.«

»Ich erinnere mich an diese Begegnung«, sagte ich. »Doch wenn ich bedenke, daß mein Wiederauferstehen von den Toten Ihnen den Fortbesitz Ihrer Güter garantiert, scheinen Sie mir überraschend unwillig, mich wiedererkennen zu wollen.«

»Sie irren sich«, sagte Lady Mompesson. »Sie scheinen nicht zu wissen, daß die Legitimität des Huffam-Erben – ganz abgesehen von der Frage, ob Sie nun derjenige sind, für den Sie sich ausgeben, oder nicht – demnächst vom Kanzleigericht als unzureichend nachgewiesen erklärt werden soll.«

»Mit welcher Begründung?« wollte ich wissen.

»Die Erbberechtigung von John Huffam wird aufgehoben, da kein Beweis für die Eheschließung seiner Eltern gefunden werden konnte«, sagte sie. »Ebenso fehlt eine urkundliche Bestätigung dafür, daß seine Tochter Mary Clothier einen legitimen Nachfahren geboren hat.«

Ich wurde rot, als sie meine Mutter erwähnte und damit – so jedenfalls glaubte ich sie verstanden zu haben – auf meine Abkunft anspielte. Welch unverschämtes, grausames Weib! Doch jetzt wußte ich wenigstens, warum sie sich nicht sonderlich für mein Schicksal interessierten. Wenn es keinen Huffam-Erben mehr gab, dann bestand ihre einzige Chance, den Anspruch des Maliphant-Anwärters abwehren zu können, darin, dem Gericht das Testament vorlegen zu können.

»Wir haben Ihnen nichts zu sagen«, fuhr Lady Mompesson fort. »Da Sie uns um diese Unterredung gebeten haben, möchte ich Sie jetzt bitten, uns mitzuteilen, weshalb Sie gekommen sind.«

»Ich bin gekommen«, sagte ich, »um mich bei Ihnen für Miss Henrietta Palphramond zu verwenden.«

»Was für eine Unverschämtheit!« rief Sir David.

»Wollen Sie bitte so freundlich sein, sich etwas näher zu erklären!« bat seine Mutter.

»Ich spreche von ihrer Heirat«, sagte ich. Die Art, wie die beiden sich ansahen, bestätigte mich in meiner Vermutung, daß diese Ehevollmacht für Henrietta beantragt worden war. »Ich kann einfach nicht glauben, daß Sie diese Verbindung gutheißen.«

Lady Mompesson antwortete hochmütig: »Ihre Unverschämtheit ist wirklich erstaunlich.«

»Sie können doch nicht«, fuhr ich fort und wurde mit jedem weiteren Wort ungehaltener, »eine übereilte, fast heimliche Hochzeit verantworten, die ein Geistlicher von höchst zweifelhafter Reputation mittels besonderer Vollmacht schließen soll. Sie sind überrascht, daß ich so genau Bescheid weiß? Mein treuer Diener – mein Freund, sollte ich eigentlich sagen – sah Henry Bellringer heute im Ordinariat. Und ich weiß genug über den zukünftigen Gatten, um mir sicher zu sein, daß Sie Henrietta zu einem Leben in Kummer und Trübsal verdammen wollen.«

»Das geht nun wirklich zu weit!« sagte Lady Mompesson mit eiskalter Wut. »Wir wollen Sie nicht länger aufhalten, mein Herr.«

Ihr Sohn griff nach der Klingelschnur.

»Warten Sie noch!« sagte ich. »Da ich vergebens an Ihre Ehre und Großzügigkeit appelliere, möchte ich Ihnen nur noch sagen, daß diese Verbindung für Sie keinesfalls von Vorteil ist.«

Sir David hielt in seiner Bewegung inne und wandte sich nach mir um.

»Ich kann Ihre Gründe nicht verstehen«, fuhr ich fort. »Wie kann denn diese Hochzeit in Ihrem Interesse sein?« Sir David griff erneut nach der Klingelschnur, und ich rief: »Bellringer hat das Testament! Begreifen Sie denn nicht, was das bedeutet?«

Sie blickten sich erstaunt an und sahen dann zu mir herüber.

»Was soll das heißen?« fragte Lady Mompesson. »Mr. Bellringer ist doch nur der Vermittler in dieser Angelegenheit.«

»Hat er Ihnen das erzählt?« rief ich. »Daß er stellvertretend für jemand anderen handelt? Dann verstehe ich alles.« Als ich sah, daß ich richtig geraten hatte, fuhr ich fort: »Aber ich weiß genau, daß er das Testament hat. Er hat es mir nämlich gestohlen. Ja, ich war derjenige, der es aus dem Versteck geholt hat.«

Ich ging hinüber zum Kamin und zog mit Hilfe meines Federmessers die entsprechenden Bolzen heraus, so daß sich die Marmorplatte bewegte. Dann wandte ich mich wieder den Mompessons zu und konnte mir ein Lächeln nicht verkneifen.

»Ich habe als Dienstbote in diesem Haus gearbeitet«, sagte ich, »und eines Nachts schlich ich mich hier herein und holte mir das Testament. Hat Assinder Ihnen das nicht erzählt?«

»Er starb, ohne das Bewußtsein wiedererlangt zu haben«, sagte Lady Mompesson.

Ein Schauder lief mir bei dieser Nachricht über den Rücken, denn bis zu diesem Augenblick hatte ich nicht gewußt, welches Geschick ihn ereilt hatte.

»Mr. Bellringer berichtete uns bereits von Ihrer ehrlosen und kriminellen Tat«, fuhr sie fort.

»Aber er hat Ihnen nicht die Wahrheit darüber erzählt, was anschließend mit dem Dokument geschah«, sagte ich triumphierend.

Ich beschrieb kurz, wie Bellringer, während ich schlief, eine Abschrift angefertigt, diese mit dem Testament vertauscht und mich dann an Silas Clothier verraten hatte.

Als ich geendet hatte, sahen sie sich mit unverhülltem Entsetzen an. Dies war einer der schönsten Augenblicke meines Lebens.

Dann wandte sich Sir David an mich. »Das reicht«, sagte er. »Verlassen Sie bitte sofort dieses Haus!«

»Nur noch eins«, unterbrach ihn Lady Mompesson und hob ihre Hand. »Was haben Sie gerade über Miss Palphramonds Hochzeit gesagt? Ich glaube, ich habe Sie da nicht ganz verstanden.«

»Daß Bellringer sie heiraten will, weil er das Testament hat. Als ihr Mann kann er nach Belieben über das Gut verfügen, das sie laut Testament erben wird.«

»Bellringer will sie heiraten?« rief Sir David.

»Natürlich«, sagte ich überrascht. »An wen haben Sie denn gedacht?«

»Sind Sie sicher, daß die besondere Vollmacht auf seinen Namen ausgestellt wurde?« fragte Lady Mompesson.

Ich musterte aufmerksam die Gesichter der beiden: »Auf wessen Namen denn sonst?«

Lady Mompesson wurde plötzlich ganz blaß im Gesicht. »Bitte, lassen Sie uns jetzt augenblicklich allein!« befahl sie. »David, die Klingel!«

»Beruhige dich doch, Mama!« sagte ihr Sohn und kam ihrem Wunsch nach. »Phumphred wird gewiß erledigen, was wir ihm aufgetragen haben.«

»Natürlich«, sagte sie wütend. »Aber wer hat ihm gesagt, was er tun soll?«

»Verdammt!« explodierte Sir David, und seine Züge nahmen die Gesichtsfarbe seiner Vorfahren an. »So will er sich offenbar dafür rächen, was man seinem Urgroßvater angetan hat.«

»Ich glaube, jetzt begreife ich langsam«, sagte ich und schaute in das dunkelrot angelaufene Gesicht Sir Davids. »Er sollte zwar alles in die Wege leiten, aber lediglich Trauzeuge und nicht Bräutigam sein.«

Er kam mit so bedrohlicher Miene auf mich zu, daß ich mich rasch aus dem Zimmer zurückzog und die Treppe hinuntereilte. Sobald ich das Haus verlassen hatte, lief ich zu den Stallungen und traf dort auf Joey. Ich mußte mich auf eine niedrige Mauer setzen, da meine Kopfwunde vom schnellen Lauf heftig pochte, und hörte mir an, was Joey zu erzählen wußte.

Er hatte gehört, daß gegen fünf oder sechs Uhr am Nachmittag eine kleine Gesellschaft, bestehend aus Miss Henrietta, Lady Mompessons Zofe Miss Pickavance und Mr. Pamplin, in der großen, von Mr. Phumphred gelenkten Familienkutsche fortgefahren sei, gefolgt von Mr. Tom und Mr. Bellringer in einer Postkalesche. Die Kutsche bot nur für vier Personen Platz, so daß wohl deshalb eine Kalesche zusätzlich gebraucht wurde. Doch das Wichtigste war, daß Joey das Ziel der Reise auskundschaften konnte: Man war unterwegs nach Hougham!

Ich erzählte Joey, wie meine Begegnung mit den Mompessons verlaufen war, während wir zu einem nahen Mietstall eilten. Dort wurde uns gesagt, daß wir für diesen Tag kaum noch eine Kalesche finden würden, da das schlechte Wetter zu einem regelrechten Ansturm auf die Mietkutschen geführt habe. Das schien auch tatsächlich der Fall zu sein, denn wir liefen von einem Stall zum nächsten, doch ohne Erfolg. Endlich, es war schon reichlich spät, fanden wir, wonach wir suchten – eine Chaise war unerwarteterweise zurückgekehrt –, und so brachen wir gegen Mitternacht endlich auf. Da ich an jeder Poststation fünfzig Shilling und darüber hinaus auch noch Wegezoll zahlen mußte, stand fest, daß mein kleines Vermögen aufgebraucht sein würde, wenn wir Hougham erreicht hatten. Phumphred hatte sechs oder sieben Stunden Vorsprung, lenkte dafür aber eine weit langsamere Kutsche. Und vermutlich würde die kleine Gesellschaft unterwegs auch noch übernachten. Wenn sie also tatsächlich nach Hougham unterwegs waren, dann hatten wir eine gute Chance, sie noch vorher einzuholen.

Gleich hinter der zweiten Poststation überholten wir auf der Great North Road einen langsameren Phaeton. Das Wappen auf dem Kutschschlag ließ mich keinen Augenblick daran zweifeln, daß Sir David in dieser Kutsche saß.

Da gerade Tauwetter eingesetzt hatte, waren die Straßen in einem ziemlich schlechten Zustand. Während wir nach Norden fuhren, wurde der Wind immer heftiger. Er kam über das offene Land zu unserer Rechten dahergebraust und beutelte die Chaise so kräftig, daß sie besorgniserregend hin und her schaukelte. Wir verloren viel Zeit, weil wir bei jeder Herberge anhalten mußten, um zu fragen, ob die Reisegesellschaft mit Henrietta für die Nacht abgestiegen sei. Die Gruppe war nicht zu übersehen, und wir erfuhren bald, daß wir die richtige Spur verfolgten. Der Abstand wurde offenbar geringer, je weiter wir vorankamen. Doch in den ersten Stunden des nächsten Tages schien es, als würde Phumphred die Nacht über durchfahren. Aber selbst dann, so rechneten wir uns aus, müßten wir das schwerfällige Familiengefährt etwa ein oder zwei Stunden nach der Frühstückszeit einholen.

Als wir um fünf oder sechs Uhr morgens vor einer Herberge in Hertford hielten, berichtete uns ein Stallknecht, daß die gesuchte Gesellschaft vor einigen Stunden eingetroffen sei. Und tatsächlich stand die Kutsche auch in der Remise; die Postkalesche war allerdings nirgends zu sehen, wie wir besorgt feststellten.

Joey und ich betraten die Herberge, und ich schickte ein verängstigtes Dienstmädchen nach dem Gastwirt, der gleich darauf in Nachthemd, Schlafmütze und mit aufgeschreckten Gesichtszügen vor uns stand. Zuerst wollte er nichts sagen, doch als ich ihm mit der Drohung, er leiste Vorschub und Beihilfe zur Entführung einer Minderjährigen, etwas Angst eingejagt hatte, erzählte er uns, was wir wissen wollten. Die Gesellschaft sei letzte Nacht sehr spät, etwa ein oder zwei Stunden nach Mitternacht, eingetroffen und habe Zimmer gemietet, als wolle man übernachten. Doch nach wenigen Stunden seien alle Reisenden bis auf zwei wieder aufgestanden und hätten die Fahrt mit der leichteren und schnelleren Kalesche fortgesetzt. Der Kutscher habe die Zügel übernommen und würde von zwei berittenen Postillionen begleitet. Einer von den beiden reite im gestreckten Galopp voraus, um den Wegezoll zu zahlen und frische Pferde zu bestellen. Sie seien vor kaum einer Stunde abgefahren.

Bei den beiden zurückgebliebenen Gästen handle es sich um einen jungen Gentleman und eine junge Lady. Der Beschreibung nach war letztere Miss Pickavance, die offenbar noch schlief und die der Wirt keinesfalls aufwecken wollte. »Der junge Gentleman«, sagte er, »ist wohl noch immer in dem gleichen Zustand, in dem man ihn aus der Kutsche herausgetragen hat.«

Ich bat den Gastwirt, mich zu ihm zu führen, und widerwillig erklärte er sich einverstanden.

Als wir über den Flur gingen, sah ich aus einem der Fenster über den Stallhof und durch den Torbogen auf die Straße. Seit unserer Ankunft war es etwas heller geworden, und ich konnte jetzt auf der anderen Straßenseite die Hälfte eines Ladenschildes lesen: ...AMPHY.

»Wirt!« fragte ich. »Wie heißt diese Herberge?«

»Das ist der ›Blue Dragon‹, Sir«, antwortete er noch keuchend vom Treppensteigen.

Ich blieb auf dem Flur stehen und blickte suchend nach links und nach rechts.

»Hat jemand aus der Gruppe in diesem Zimmer geschlafen?« fragte ich und zeigte auf eine Tür zu meiner Rechten, auf die ein verblichener, auf dem Rücken liegender Halbmond gemalt war, dessen spitze Enden wie die Hörner eines Bullen nach oben zeigten.

»Im ›Halfmoon‹? Da hat sich die junge Lady, die bereits wieder abgereist ist, ausgeruht«, sagte er.

Ich öffnete die Tür und schaute in ein großes Wohnzimmer mit Blick auf den Stallhof und durch den Torbogen auf die Straße. Die Möbel wirkten reichlich mitgenommen, und die Wände wurden von abgegriffenen Tapeten nur mehr notdürftig bedeckt. Eine zweite Tür führte in ein schmales Schlafzimmer. In ihm standen ein Stuhl und ein großes, altes Himmelbett. Das Zimmer war klamm und trostlos. Ich sah mich einige Minuten lang darin um, und mein Herz war voll düsterer Ahnungen, was die Vergangenheit und die Zukunft betraf. Ich blieb so lange dort, bis Joey mich suchen kam, mich am Arm zupfte und fragend anblickte. Da schloß ich die Tür wieder und ging zurück auf den Flur.

Wir stiegen noch ein Stockwerk höher und gelangten über einen Gang in ein Wohnzimmer. Dort lag, wie wir erwartet hatten, Tom Mompesson auf einem Sofa ausgestreckt, stank nach Brandy und war sinnlos betrunken.

Nachdem wir uns etwas zu essen einpacken ließen, setzten wir unsere Reise eilig fort. Da wir jetzt hinter einem Gefährt herjagten, das zumindest ebenso schnell war wie unsere Chaise, konnten wir nicht mehr damit rechnen, es noch vor Hougham einzuholen, doch mit etwas Glück würden wir nicht mehr als zwei oder drei Stunden zurückfallen.

Ich schlief zwischendurch immer wieder ein, doch meine Wunde pochte und schmerzte schrecklich, zumal ich immer wieder mit dem Kopf gegen die Lehne schlug, weil unser Gefährt in wilden Stößen über die Straße schlingerte und schaukelte.

119. KAPITEL

Von heftigen Windstößen gepeitscht, fuhren wir den ganzen Tag und die folgende Nacht durch und rechneten damit, gegen Nachmittag an unserem Ziel einzutreffen. Wir wollten direkt nach Mompesson Park fahren, denn wir rechneten damit, daß die Hochzeit so bald wie möglich stattfinden würde – vielleicht schon ein oder zwei Stunden nach der Ankunft, was bedeutet hätte, daß wir zu spät dran waren. Wahrscheinlich würde man die Zeremonie in Thorpe Woolston abhalten, da diese Kirche am nächsten lag, vielleicht aber auch in Melthorpe, das kaum weiter entfernt war. Doch einmal angenommen, wir würden rechtzeitig eintreffen: Wie sollten wir Henriettas Rettung bewerkstelligen? Wir legten uns zurecht, daß Joey – da ihn niemand kannte – unter dem Vorwand, Henrietta einen Eilbrief persönlich übergeben zu müssen, ins Haus gehen sollte. Er würde ihr dann sagen, daß ich noch am Leben war, und ihr eine Nachricht von mir aushändigen. Als wir daher das nächste Mal anhielten, um die Pferde zu wechseln, schrieb ich Henrietta einige Zeilen, in denen ich ihr versprach, sie vor Bellringer zu retten, und sie bat, dem Überbringer der Nachricht zu vertrauen.

Ich malte mir aus, wie sie reagieren würde, wenn sie erfuhr, daß ich noch am Leben war. Hatte sie in diese Heirat nur eingewilligt, weil sie angenommen hatte, daß ich tot war? Wahrscheinlich hatte Bellringer ihr eingeredet, daß die Heirat mit ihm die einzige Möglichkeit sei, die Eheschließung mit Tom zu vermeiden. Und vielleicht hatte er ihr auch vorgespielt, sie tatsächlich zu lieben, denn daß er das Testament besaß, konnte sie natürlich nicht wissen. Mein Brief erklärte ihr auch diese Zusammenhänge, und sobald sie ihn gelesen hatte, sollte Joey sie nach draußen begleiten, und ich würde in der Chaise auf sie warten, um sie in Sicherheit zu bringen.

Der Wind hatte etwas nachgelassen, doch die dunklen Wolken hingen bedrohlich tief am Himmel, als wir am Nachmittag in Hougham eintrafen. Kurz darauf sahen wir auch schon Mompesson Park vor uns liegen, fuhren durch das hohe Tor, vor dem ich Henrietta zum erstenmal begegnet war, dann die Auffahrt entlang zum Eingang und hielten am Fuße der scherenartig geschwungenen Treppe, die zum Portikus hinaufführte.

Ich blieb, vor zufälligen Blicken verborgen, in der Chaise sitzen, während Joey die Stufen hinaufeilte und an die Tür hämmerte.

Ich hörte, wie ihm geöffnet wurde.

Dann sagte Joey: »Ich muß sofort mit Miss Henrietta sprechen. Ich komme direkt aus der Stadt hergeritten und habe eine dringende Nachricht für sie von Lady Mompesson.«

»Hast du denn keine Manieren? Weißt du denn nicht, daß man damit nicht zum Vordereingang kommt, mein Junge?« antwortete ein Lakai. »Außerdem ist sie gar nicht hier. Die Familie ist in der Stadt, und das solltest du eigentlich auch wissen.«

Dann hörte ich eine Frau, vermutlich die Haushälterin des Landsitzes, fragen: »Etwas nicht in Ordnung, Robert?«

Ich stieg aus der Chaise, ging die Stufen hinauf und sagte so gebieterisch wie nur möglich: »Nun kommen Sie schon! Ich weiß genau, daß Miss Palphramond hier ist.«

Die beiden Dienstboten starrten mich an.

»Man hat mich in ihr Geheimnis eingeweiht«, sagte ich zu der Haushälterin. »Lady Mompesson hat mir einen Brief für Miss Palphramond anvertraut, den ich nur ihr persönlich überreichen darf.«

Die Frau sah mich an, als wäre ich von allen guten Geistern verlassen: »Ich habe nicht die geringste Ahnung, junger Mann, wovon Sie eigentlich reden.«

Sie wirkte dabei so überzeugend, daß ich einen Augenblick lang verwirrt innehielt. »Dann müssen wir sie wohl auf der Straße überholt haben«, meinte ich schließlich und wandte mich an Joey: »Wir werden zurückfahren und versuchen, sie unterwegs abzufangen.« Zur Haushälterin sagte ich: »Wenn sie allerdings eintreffen sollten, ohne uns begegnet zu sein, richten sie Miss Palphramond doch bitte aus, daß Mr. John Umphraville sie sehen möchte und daß sie nichts unternehmen soll, ehe sie mit ihm gesprochen hat.«

Den Namen des unglücklichen Bräutigams ihrer Großtante hatte ich gewählt, um Henrietta anzudeuten, wie wichtig meine Nachricht sei – und um ihr damit auch meine Identität anzuzeigen, da sie mich ja für tot halten mußte. Die Haushälterin versprach, dies Miss Palphramond zu bestellen, und während ich zur Chaise zurückging und dem Kutscher befahl, außer Sichtweite des Hauses anzuhalten, ging Joey zu den Ställen.

Einige Minuten später kam er zurück: »Der Stallknecht meint, es wär keine Kutsche angekommen, und ich glaube, er sagt die Wahrheit. Es stehen keine Pferde im Stall, und im Schlamm sind auch keine Spuren zu sehen.«

»Können wir sie denn tatsächlich überholt haben?«

Ein Blick in sein Gesicht sagte mir deutlich, für wie unwahrscheinlich er diesen Gedanken hielt, und ich mußte ihm recht geben.

»Dann«, sagte ich verzweifelt, »muß Bellringer doch ein anderes Ziel gehabt haben.«

»Aber die Stallknechte in der Brook Street haben mir doch gesagt, die Kutsche würde nach Hougham fahren.«

»Das stimmt! Also müssen sie auch hergekommen sein. Und wenn sie gleich zur Kirche gefahren sind?« Ich starrte ihn entsetzt an: »Aber zu welcher? Zu der in Melthorpe oder der in Thorpe Woolston?«

»Wir müssen es bei beiden versuchen. Welche ist näher?«

»Die in Thorpe Woolston«, sagte ich.

»Dann lauf ich dahin, und du fährst mit der Chaise nach Melthorpe.« Er sah mich besorgt an: »Fühlst du dich auch kräftig genug?«

»Aber du kennst doch den Weg nicht!« protestierte ich.

»Wenn du mir die Richtung zeigst, frag ich mich schon durch.«

Joey hatte das einzig Richtige vorgeschlagen, und so fuhren wir mit der Chaise zurück zum Parktor und trennten uns dort: Er ging nach Thorpe Woolston, und ich erklärte dem Kutscher den Weg auf der Überlandstraße nach Melthorpe.

Die tiefhängenden Wolken verdunkelten den Himmel, als wir durch die High Street fuhren, die sich überhaupt nicht verändert zu haben schien. Doch wie viel hatte sich für mich verändert, seit ich diesen vertrauten Anblick das letzte Mal genossen hatte! Als wir bei der Kirche vorfuhren, konnte ich im Haus des Küsters kein Licht erkennen. Ich stieg aus, ging über die Straße und hämmerte an Mr. Advowsons Tür.

Mir kam es vor, als müßte ich entsetzlich lange warten, bis er sie einen Spaltbreit öffnete und herauslugte.

»Wissen Sie etwas von einer Hochzeit, die hier stattfinden soll?« fragte ich ihn.

»Eine Hochzeit, Sir?« antwortete er erstaunt und erkannte mich offensichtlich nicht wieder. »Hier gibt's so bald keine Hochzeit, es ist ja noch nicht einmal ein Aufgebot bestellt.«

»Es geht um eine Hochzeit mit Sondervollmacht.«

Er schüttelte den Kopf: »Auch das nicht, Sir. Ich hab nichts dergleichen gehört.«

Wenn Joey nicht mehr Erfolg vergönnt war, sah ich keine Möglichkeit mehr, die Ehe zu verhindern.

Ich wollte gerade umkehren, als der alte Küster sagte: »Das ist doch der Master Mellamphy, nicht wahr? Das heißt, jetzt muß ich wohl Mister Mellamphy sagen.«

Ich nickte.

»Na, da freu ich mich aber, Sie wiederzusehen, Sir! Wollen Sie nicht die Güte haben und mit mir in die Sakristei kommen? Da ist etwas, das ich Ihnen gerne zeigen möchte.«

Ein wenig überrascht willigte ich ein, da es nun auch keinen Grund mehr zur Eile gab. Er nahm eine Laterne, zündete sie an, ging über die Straße und eilte vor mir her den Pfad zwischen den Gräbern entlang zur Kirche. Unterdessen überschüttete er mich mit einem unaufhörlichen Strom von Klatschgeschichten über all die Veränderungen, die es im Dorf gegeben hatte, doch ich war mit meinen Gedanken ganz woanders. Er schloß das große Tor auf und führte mich durch die düstere und leere Kirche in die Sakristei.

Und nun begann er zu erklären: »Vor gut drei oder vier Jahren – nicht lange, nachdem Sie selbst zuletzt hier waren, Mr. Mellamphy – kam ein Fremder und wollte sich die Taufregister der letzten zwanzig Jahre ansehen. Offenbar brauchte er eine Abschrift von mehreren Eintragungen, und so ließ ich ihn dann etwa eine Stunde lang allein. Er bedankte sich bei mir und fuhr wieder davon, doch als ich die Bücher forträumte, fiel mir die Sache mit dem Eintrag Ihrer Geburt wieder ein, und ich sah, daß der letzte Registerband, den sich der Fremde angesehen hatte, ebenjener war, in dem Ihre Geburt verzeichnet wurde. Nun, aus irgendeinem Grund hab ich dieses Taufregister noch einmal aufgeschlagen.« Er wandte sich zu mir um und sagte bedeutungsvoll: »Er hat die ganze Seite einfach herausgerissen.«

Das also hatte Lady Mompesson gemeint, als sie sagte, daß meine legitime Geburt nicht zu belegen sei! Sie und ihre Komplizen mußten erfahren haben, daß jemand diesen Eintrag vernichtet hatte, denn im Interesse der Mompessons lag es ja, daß mein Anspruch auf das Erbe weiterhin bestehenblieb. Offenbar hatten die Clothiers dies veranlaßt, nachdem sie dem Gericht das Kodizill vorgelegt hatten. Ich konnte nur hoffen, daß Mr. Advowsons Abschrift dieses Eintrags, die er angefertigt hatte, als ich von den Quiggs zurück nach Melthorpe gekommen war, noch sicher verborgen unter Sukeys Dach lag.

Nun schien Mr. Advowson im Dunkeln unter einem Stapel uralter Registerbände ein ganz bestimmtes Buch zu suchen.

»Aber das ist nun wirklich das Allerseltsamste«, fuhr er fort und legte keuchend einen der Wälzer auf den Tisch. »Ich hab den Fremden, der die Seite herausgerissen hat, nämlich gekannt. Mir ist es damals nur nicht gleich wieder eingefallen, aber ich hab mich später doch an ihn erinnert. Ich konnte mich gar nicht täuschen, er war nämlich der größte Mann, den ich je in meinem Leben gesehen hab.« Ein Frösteln lief mir über den Rücken, als er sich nun zu mir umwandte und sagte: »Es war der gleiche Mann, Sir, der vor all diesen Jahren damals mit der jungen Dame ins Dorf gekommen ist.«

»Hinxman«, murmelte ich. Der Mann, der Emma geholfen hatte, als sie mich entführen wollte! Alabasters Spießgeselle! Das ergab einen Sinn, denn ich war überzeugt, daß Silas Clothier ihn beauftragt hatte, alle Beweise zu vernichten, die meine Identität als Huffam-Erbe belegen konnten, um so die Bestimmungen des Kodizills in Kraft setzen zu können. Und dann fiel mir wieder ein, daß Hinxman damals, als ich ein Gefangener in der Irrenanstalt gewesen war, genau zur fraglichen Zeit zu einem anderen Wärter gesagt hatte, er müsse nach Norden fahren.

»Ist dies hier das Taufregister?« fragte ich und blickte auf das Buch, das er hervorgeholt hatte.

»Dies? O nein, Sir. Das ist was ganz anderes, aber ich glaube, es hat trotzdem mit Ihnen zu tun. Ich hoffe, Sie halten mich jetzt nicht für zu neugierig, doch nach Ihrem letzten Besuch mußte ich immer wieder daran denken, daß Mr. Barbellion die Heiratseintragungen der letzten fünfzig Jahre überprüft hat, auch wenn er nicht finden konnte, was er eigentlich gesucht hat. Und dann ist mir wieder eingefallen, daß Sie mich nach der Familie Huffam gefragt haben, so als ob das für Sie von großer Bedeutung wär. Und schließlich hab ich mich dann auch noch an die vierblättrige Rose erinnert, die der alte Pimlott auf einer der Truhen entdeckt hatte. Ich hab ihm übrigens den Laufpaß gegeben, Sir, nach dem, was Sie mir beim letztenmal erzählt haben. Wissen Sie noch, Mr. Mellamphy, daß er gesagt hat, er hätt die gleichen Blumen auf den Sachen Ihrer Mutter gesehen? Na, jedenfalls hab ich mir hinterher die Einzelheiten zusammengereimt und dann diese Truhe hier durchgesehen. Und dabei hab ich das da gefunden.« Er zeigte auf den modrigen Wälzer. »Das Buch kommt aus der Zeit, in der die Huffams noch die Kapelle der Old Hall für Taufen und ähnliche Feste benutzt haben. Hier in der Gegend erzählt man sich, daß die Kapelle durch einen Mord entweiht wurde, aber das sind wohl nur Altweibergeschichten. Und ich glaub, das ist genau das, wonach Mr. Barbellion gesucht hat.«

»Aber natürlich!« rief ich und mußte an Miss Lydias Geschichte denken, an die Flucht meiner Urgroßeltern und an die Hochzeit in der Kapelle.

Ich blätterte das Register durch und fand bald das richtige Jahr: 1796. Und da stand auch tatsächlich jener Eintrag, nach dem so viele Menschen so viele Jahre lang vergebens gesucht hatten: der Nachweis der Eheschließung zwischen James Huffam und Eliza Umphraville. Und Miss Lydia wurde auch wirklich unmittelbar neben der Unterschrift von John Umphraville als Zeugin aufgeführt.

Mr. Advowson bestätigte mir, daß der Eintrag formal korrekt und vorschriftsmäßig beglaubigt worden sei. Ich dankte ihm für seine Mühen, bat ihn, das Buch sicher aufzubewahren, verabschiedete mich von ihm und setzte mich wieder in die Chaise.

»Wohin, Sir?« fragte der Kutscher.

»Zurück nach Mompesson Park«, befahl ich, doch dann hatte ich plötzlich eine Idee: »Nein, fahren Sie zuerst die High Street hinunter und am Dorfanger scharf rechts.«

Ich dachte an die Abschrift meines Geburtseintrags, die ich meinem ehemaligen Kindermädchen zur Aufbewahrung gegeben hatte, und da dieses Dokument nun vermutlich von allergrößter Bedeutung war, wollte ich zuerst bei Sukey vorbeischauen. Der Mietkutscher blickte angewidert drein, als er die Silver Street sah, denn nach dem tagelangen Regen ähnelte die Straße weniger einem Verkehrsweg als dem Grund eines schlammigen Baches.

Doch wie erstaunt war ich, als weit und breit keine Katen mehr zu sehen waren und auch im kräftig wachsenden Gras nicht die geringste Spur darauf hindeutete, daß es hier jemals Gebäude gegeben hatte. Mein erster Gedanke war, daß die Abschrift vernichtet und mein Anspruch auf das Gut somit verloren war. Dann erst fragte ich mich verwundert, wohin meine alte Freundin und ihre Familie wohl gezogen sein mochten. Ich befahl dem Kutscher, einmal den Dorfanger zu umkreisen und dann zur High Street zurückzukehren, da ich hoffte, dort jemanden zu finden, der mir erzählen konnte, was sich zugetragen hatte. Wegen des heftigen Regens war auf der Straße niemand zu sehen, und so ließ ich schließlich vor einem Anwesen halten und klopfte an die Tür. Eine alte Frau schickte mich in eine Gegend nicht weit vom Dorf, und rasch fuhren wir dorthin.

Als ich den Ort erreichte, den mir die Alte beschrieben hatte, war es bereits spät am Nachmittag. Auf kahlem Ödland standen kreuz und quer verteilt einige Lehmhütten, die so willkürlich verstreut lagen, daß man meinen konnte, sie seien von einem fahrenden Wagen heruntergefallen.

Ich ging zur erstbesten Kate, und da sie statt einer Tür, an die ich hätte klopfen können, nur einen ledernen Vorhang zum Schutz gegen den Regen hatte, rief ich ins dunkle Innere: »Hallo! Sukey?«

Gleich darauf kam Sukey – älter, abgehärmter, magerer – blinzelnd heraus ins schwindende Tageslicht. Es dauerte einen Augenblick, ehe sie mich wiedererkannte, doch dann jubelte sie freudig auf und umarmte mich.

Schnell wich sie jedoch errötend vor mir zurück: »Ich hätt mir keine solche Freiheit nich herausnehmen dürfen. Du bist ja jetzt schon fast erwachsen, Master Johnnie, und wieder ganz vornehm, beinah wie früher.«

Statt einer Antwort griff ich nach ihr und umarmte sie. »Liebe, gute Sukey!« rief ich.

»Na, dies scheint mir ein Tag zu sein, an dem man alte Gesichter wiedertrifft«, sagte sie, trat einen Schritt zurück und betrachtete mich. »Aber deines seh ich doch lieber.« Noch ehe ich sie fragen konnte, was sie damit meinte, rief sie: »Was ist mit deinem Kopf passiert? Hast du dich verletzt?«

»Ein kleiner Unfall«, sagte ich. »Nichts von Bedeutung.«

Sie sah mich an und glaubte mir kein Wort. Und dann, als sie die Chaise warten sah, rief sie: »Du hast das Gut geerbt!«

Ich schüttelte den Kopf: »Ich fürchte, ich bin nicht viel reicher als bei unserer letzten Begegnung.«

»Aber die teure Chaise und der Kutscher?«

»Mit meinem letzten Geld gemietet.« Dann errötete ich und sagte: »Sukey, ich hab dir nie das Geld geschickt, das ich mir beim letztenmal von dir geliehen habe.«

Sie nickte ernst, und ich wünschte mir, ich hätte meine Schulden von Miss Lydias Geld bezahlt, sobald ich dem alten Clothier entkommen und bei Mrs. Quaintance eingezogen war.

»Es ist soviel passiert«, fuhr ich fort. »Meine Mutter ...« Dann stockte ich.

»Jetzt komm erst mal rein, und setz dich!« sagte sie. »Du bist ja ganz blaß.«

Ich folgte ihr in eine kleine, fensterlose Hütte mit gestampftem Lehmboden und einem niedrigen Dach aus Ginsterreisig. Es brannte kein Feuer, doch ein Kienspan erhellte den Raum ein wenig. Ich setzte mich auf einen der beiden ramponierten Stühle.

Mit knappen Worten erzählte ich Sukey vom Tod meiner Mutter, der sie tief aufzuwühlen schien, und berichtete in groben Zügen von dem, was mir widerfahren war, seit wir uns zuletzt gesehen hatten.

Doch dann wechselte ich rasch das Thema: »Warum bist du fortgezogen?« fragte ich sie.

»Weil sie die Häuser in der Silver Street und auch in all den anderen Straßen abgerissen haben. Sie wollten die Ausgaben für die Armen senken. Diese Hütten hier liegen außerhalb der Gemeinde, und deshalb kriegen wir auch kein Geld mehr.«

»Aber das ist ja schrecklich!« sagte ich, und meine Empörung über die Mompessons wuchs.

»Ach, es sind jetzt so viele, denen es schlechtgeht. Erinnerst du dich an den armen alten Mr. Pimlott, Master Johnnie? Da fällt mir nämlich was ein: Der Mann damals, der bei uns eingebrochen hat, der war nicht allein. Mr. Pimlott hat ihm geholfen.«

»Das glaube ich auch, aber wieso bist du dir so sicher?«

»Mr. Pimlott ist vor einigen Monaten gestorben. Und auf seinem Sterbebett hat ihn meine Tante gepflegt. Gott hab sie selig! Sie ist selbst kaum eine Woche nach ihm gestorben. Er hat zu ihr gesagt, daß es da was gibt, das er mir vor seinem Tod noch sagen muß. Ich bin also zu ihm, und da hat er mir erzählt, daß es ihm leid tut, was er damals gemacht hat, wegen mir und Job. Er hat's nur getan, um deiner Mum eins auszuwischen, weil die doch von Adel war und er eine schreckliche Wut auf solche Leute hatte. Weißt du, er hat sein Leben lang für die Mompessons gearbeitet, aber dann hat er das Zipperlein gekriegt von all dem Arbeiten draußen im Nassen, und da hat ihn der Verwalter – nicht der alte, der war ganz in Ordnung, sondern der neue, sein Neffe – gleich entlassen. Und aus der Kate, die zum Gut gehört hat, hat er ihn auch vertrieben.«

»Und was hatte er nun mit dem Einbruch zu schaffen?« drängte ich.

»An dem Tag, als ihr den Vagabunden vom Gartentor weggeschickt habt, hat Mr. Pimlott ihn getroffen, hat mit ihm geredet und ihm dann was zu essen und für die Nacht ein Dach über dem Kopf gegeben. Da sind sie dann ins Reden gekommen. Kurz und gut: Sie haben es zusammen ausgeheckt, und Mr. Pimlott hat ihm dann dabei geholfen. Er hat mir erzählt, daß er hinterher auf der Briefmappe, die der Mann mitgehen ließ, ein Bild oder so was Ähnliches gesehen hat, und da hat er dann gewußt, daß deine Mum irgendwie mit den Mompessons verwandt war, und deshalb war er in dem Glauben, er hat sich auch an denen gerächt. Aber als du damals aus'm Norden hier durchgekommen bist und er dich gesehen hat, da hat ihn sein schlechtes Gewissen gepackt, weil du doch so krank und elend ausgesehn hast, hat er gesagt. Und wie Mr. Advowson am nächsten Tag dann plötzlich meint, er hätt jetzt keine Arbeit mehr für ihn, da hat er geglaubt, daß das nun die Strafe war für das, was er dir und deiner Mum angetan hat. Und bald danach haben sie auch seine Kate abgerissen, und er hat versucht, sich auch so eine Hütte wie diese hier zu bauen, die Harry für uns gezimmert hat. Aber beim Sturm ist seine eingestürzt, und er ist krank geworden. Lag tagelang da, ohne ein richtiges Dach überm Kopf, und die ganze Zeit hat es ihn schrecklich gequält, was er da angerichtet hat.«

Ich schwieg eine Weile und mußte zurückdenken an die Vergangenheit und daran, was aus meinem Leben geworden war. Dann fragte ich: »Wie geht es Harry? Und deinen anderen Geschwistern?«

Sie schlug die Augen nieder: »Es wär besser, wenn sie dich nicht zu Gesicht kriegen.«

Als mir Harry einfiel, mußte ich auch wieder an jene Abmachung denken, zu der er mich damals gezwungen hatte, als ich das Geld für die Abschrift meines Taufeintrags brauchte.

»Sukey«, fragte ich, »hast du das Pergament noch, das du für mich aufbewahren solltest?« Doch noch ehe sie antworten konnte, drängte sich mir plötzlich eine Bemerkung auf, die sie einleitend gemacht hatte, und vor mir stand jäh eine furchtbare Vision: Mr. Advowson hatte gesagt, daß Hinxman die Seite mit dem Eintrag herausgerissen hatte, und ich versuchte, mich zu erinnern, ob Sukey ihm damals begegnet war, als er und Emma mich entführen wollten. Konnte es sein, daß er mich verfolgte und nun hier in Hougham war?

Hastig fragte ich sie: »Sag mir, Sukey, was hast du damit gemeint, als du vorhin gesagt hast, ich sei nicht das erste bekannte Gesicht aus der Vergangenheit, das dir heute begegnen würde?«

»Nun, das war so: Wie ich aus Nether Leigh zurückkomm, seh ich zwischen den Bäumen ein Licht. Du weißt doch, da, wo die Mauer eingebrochen ist. Ich lauf also ein Stück weit den alten Kutschweg rauf, und da seh ich Licht in der Old Hall. Ich lauf noch näher ran, und was meinst du, wen ich ....«

»Licht in der Old Hall?« rief ich aufgeregt. »Aber das ist ja eine Ruine! Die ist doch leer und verlassen!«

Mit einemmal mußte ich an die alte Kapelle denken, in der James' und Elizas Hochzeit stattgefunden hatte. Und natürlich konnte dort mit entsprechender Sondervollmacht auch heute eine Hochzeit abgehalten werden!

Ich sprang auf. »Ich muß sofort hin!« rief ich.

»Wohin?«

»Zur Old Hall.«

»Aber doch nicht bei diesem Wetter!« rief Sukey, denn der Sturmwind tobte brüllend über unseren Köpfen: »Und so blaß, wie du aussiehst!«

Sie machte einen zaghaften Versuch, mich aufzuhalten, doch ich wich ihr aus – genau wie früher, wenn ich unartigerweise die Schlafenszeit noch etwas hinauszögern wollte. Ich rannte aus der Hütte, sprang in die Chaise und rief dem Kutscher zu: »Den gleichen Weg wieder zurück! Ich sag Bescheid, wo wir abbiegen müssen.«

Als das Gefährt anrollte, lief Sukey im strömenden Regen einige Schritte neben uns her und rief mir etwas zu. Doch in dem Lärm der Hufe und Tosen des Windes konnte ich kein Wort verstehen, und bald hatten wir die Frau weit hinter uns zurückgelassen.

120. KAPITEL

Der Kutscher trieb die Pferde zu scharfem Galopp an, und während ich in der schaukelnden Chaise über jene Wege fuhr, die ich als Kind so oft gegangen war, brach der Sturm endlich vollends aus. Die Pferde kämpften sich gerade den Galgenhügel hinauf, als es dunkel um uns wurde und der Regen mit beinahe leidenschaftlicher Rachsucht gegen die Kutschfenster prasselte. Dann fiel es mir wieder ein: Ich hatte doch Sukey etwas fragen wollen! Natürlich! Die Abschrift aus dem Taufregister! Was war aus ihr geworden? Ich verfluchte mich, weil ich vergessen hatte, sie danach zu fragen.

Früh am Abend fuhren wir an jenen Steinsäulen vorbei, die den rückwärtigen Eingang zum alten Huffam-Gut markierten, und wir folgten der überwucherten Auffahrt, die sich durch die vernachlässigten Wälder hinab zum See schlängelte, jenem Weg, den meine Mutter und ich vor all den Jahren gegangen waren, als sie so erfolglos an die Ehre und Großzügigkeit von Sir

Perceval und Lady Mompesson appelliert hatte. Der Wind blies noch immer so heftig, daß die Ulmen sich wie Pappeln unter seinen Stößen bogen, und schwarze Wolkengebirge türmten sich vor dem blassen Gesicht des Mondes auf. Als ich aus dem Fenster starrte, dachte ich daran, was Sukey mir über Assinder, den Verwalter der Mompessons, erzählt hatte. Diese Leute hatten kein Recht auf dieses Land: Sie hatten es durch Betrug erworben und die Pflichten nicht erfüllt, die ihnen der Besitz auferlegte. Wenn ich Bellringer überreden konnte, das Testament zurückzugeben, dann würde der Besitz mir gehören.

Als wir über die Brücke am Ende des Sees fuhren, beugte ich mich aus dem Fenster, um nach der Old Hall zu meiner Linken Ausschau zu halten. Wir waren nur etwa eine Viertelmeile weit von ihr entfernt, doch der Weg führte zuerst in großem Bogen zum neuen Haus, und nichts als sumpfiges Weideland erstreckte sich zwischen dem See und dem Hügel, auf dessen Kuppe Jeoffrey Huffams Mausoleum und an dessen Fuß die Old Hall stand. Es blieb uns keine andere Wahl, und so befahl ich dem widerstrebenden Kutscher, sich vorsichtig auf den morastigen Grund vorzuwagen.

Zwischen den Bäumen konnte ich jetzt das alte Gebäude erkennen, das sich wie ein schwarzer Schatten gegen den düsteren Abendhimmel abhob, doch mir schien es, was auch immer Sukey gesehen haben mochte, in völliger Dunkelheit dazuliegen. Oder etwa nicht? War das dort der Widerschein einer Kerze, oder spiegelte sich in der Fensterscheibe nur das letzte Tageslicht? Ein Blitz tauchte das Haus in grelle Helligkeit, hob das eingestürzte Dach des Seitenflügels plötzlich aus dem Dunkel und ließ das Gebäude wie eine völlig verfallene Ruine aussehen. Ich sah mich suchend um, da ich hoffte, die Postkalesche zu entdecken, die Bellringer sich gemietet hatte, konnte aber bis auf einen schwarzen Schatten unter den Bäumen nichts Entsprechendes erkennen. Je mehr wir uns dem Haus näherten, um so langsamer kamen wir voran, da die Räder der Chaise immer tiefer im weichen Grund versanken.

Schließlich rief ich dem Kutscher zu, er solle anhalten. Ich befahl ihm zu warten, sprang zu Boden und rannte auf die bucklige Silhouette der Old Hall zu. Erschöpft von der langen Reise und geschwächt von meiner immer noch schmerzenden Kopfwunde, schwanden mir bald die Kräfte. Ich rang keuchend nach Atem, und heftiges Ohrensausen zwang mich, stehenzubleiben und wieder Luft zu schöpfen. Dann ging ich etwas bedächtiger weiter und merkte, daß ich durch eine Art Ziergarten lief, der einstmals von kiesbestreuten, heckengesäumten Wegen durchzogen gewesen war und in dem man noch die alten, dunklen und dicht mit Schilf überwucherten Fischteiche erkennen konnte. Jetzt sah ich zwischen den Fensterkreuzen, wo die bleigefaßten Scheiben noch intakt geblieben waren, auch Licht aufschimmern. Ich eilte zum Seiteneingang, einem Torbogen, sah, daß die mächtige Holztür nicht verriegelt war, und betrat das Haus.

Ein warmer, erdiger Geruch schlug mir entgegen, den ich nicht so recht identifizieren konnte, und der Boden, über den ich lief, schien aus lauter zersprungenen Fliesen zu bestehen. Zuerst umgab mich völlige Dunkelheit, und ich schimpfte mit mir selbst, weil ich vergessen hatte, ein Licht mitzubringen. Doch als ich mich nach und nach an das Dämmerlicht gewöhnte, sah ich, daß die Decke sich hoch über mir befand und daß ich in der großen Halle stand. Ich hatte Mrs. Belflowers Erzählung von der Flucht und dem Duell nie vergessen, jene Geschichte, die von Miss Lydia auf so überraschende Weise bestätigt worden war. Hier also hatte sich all dies vor mehr als sechzig Jahren abgespielt!

Als ich nach oben blickte, zuckte ein Blitz über den Himmel, und obwohl mich die plötzliche Helligkeit einen Augenblick lang blendete, konnte ich in dem Licht doch erkennen, daß die mächtigen Balken der Decke an den Köpfen mit aufgemalten Wappenschilden geschmückt waren. Ich sah die Spitzbögen der hohen Fenster und die alten Porträtbilder dazwischen. Fetzen von vergilbtem Musselin hingen noch immer an ihnen herunter, mit dem man sie wohl einstmals schützend abgedeckt hatte. Der Boden war mit schwarzen und weißen Fliesen ausgelegt. Sie schienen sich zu endlosen Quincunxen zu vermehren und zu verzweigen, deren Mittelpunkt sich mit jedem meiner Schritte änderte.

Alle Anzeichen deuteten darauf hin, daß das Haus seit vielen Jahren leer stand, und doch meinte ich, in dem gelegentlichen Donnerrollen, dem unaufhörlichen Stöhnen des Windes und dem prasselnden Regen Stimmen zu hören. Vielleicht waren es auch nur die heftigen Windstöße, denn soweit ich feststellen konnte, war ich allein in diesem großen Gebäude.

Plötzlich tauchte ein riesiger Schatten vor mir auf, und ich hörte jemanden schwer atmen und heftig schnauben. Dann folgte ein tiefes, trompetenhaftes Brüllen: vor mir stand eine Kuh. Daher also kam der Geruch! Aus der Old Hall meiner Vorfahren war ein Viehstall geworden!

Ich wagte mich weiter ins Innere des Gebäudes vor und dachte daran, daß die Kapelle in der Geschichte von Miss Lydia wie auch in der von Mrs. Belflower eine Rolle gespielt hatte, daß aber, soweit ich mich erinnern konnte, beide nicht erwähnt hatten, wo diese Kapelle eigentlich zu finden sei. Während ich mich weiter vorantastete, blitzte es erneut, und ich fuhr entsetzt zusammen, als ich vor mir, ein wenig nach links versetzt, einen Schatten bemerkte. Ich mußte laut lachen, als ich begriff, daß ich meinen eigenen Schatten gesehen hatte, doch mein Lachen klang so hohl und dumpf, daß ich gleich wieder erschreckt zusammenfuhr. Ich ging an einem alten Wandschirm vorbei, der mit bemaltem, aber inzwischen brüchig gewordenem Leder bespannt war, das in Streifen herabhing, und stand mit einemmal in einer kleineren Kammer, in der es muffig und klamm roch. Beim nächsten Blitz sah ich dann, daß die Mauern mit Leinen bespannt und mit Wandteppichen behangen waren, die in der Zugluft flatterten, soweit sie nicht schon in modernden Haufen am Boden lagen. Ich stand vor einem hohen, alten Himmelbett – vielleicht ebenjenem Bett, in dem Jeoffrey Huffam geboren worden war, dachte ich –, ein Himmelbett, an dem noch die verblichenen, ehemals scharlachroten und goldenen Damastvorhänge zugezogen waren.

In einem Winkel dieser Kammer entdeckte ich den Zugang zu einer Wendeltreppe, und da die alten Steinstufen zwar ausgetreten, aber ansonsten unbeschädigt waren, begann ich, sie vorsichtig hinaufzusteigen. Ich tastete mich im Dunkeln nach oben, als ich plötzlich glaubte, jemanden sprechen zu hören. Ich mußte daran denken, was Miss Lydia mir von ihrer wahnsinnigen Tante Anna erzählt hatte, die hier irgendwo untergebracht worden war, und ich fühlte mich nicht sonderlich wohl in meiner Haut.

Auf einmal begann jemand klar und deutlich unmittelbar vor mir zu reden. Ich fuhr entsetzt zusammen, und die Nackenhaare sträubten sich mir, denn ich hatte die Stimme wiedererkannt, noch ehe ich die Worte verstanden hatte.

»Das Wollen ist eines, und das Sollen ist etwas anderes.«

Offenbar hatte ich den Verstand verloren! Das konnte doch nur eine Einbildung sein! Das war Bissetts Stimme. Aber wie sollte das möglich sein? Ich war verrückt, oder ich träumte. Ich stieg die letzte Drehung der Wendeltreppe hinauf und stand hinter einem hölzernen Wandschirm im rückwärtigen Teil einer alten Kapelle. Das Dach war undicht. Regenwasser lief über Wände und Boden und tropfte durch die zerbrochenen Fenster, in denen nur noch wenige bunte Glasscherben steckten. Zwei Kutschlampen sowie einige Laternen, die man an Pfosten aufgehängt hatte, erhellten den Raum. Mit dem Rücken zu mir standen Bellringer und Henrietta Seite an Seite am Altar, vor ihnen Pamplin, an Bellringers Seite Mr. Phumphred und auf der anderen Seite, neben Henrietta, stand – ja, sie war es tatsächlich: Bissett!

»Ich bin doch nicht Ihr Dienstbote, den Sie so mir nichts, dir nichts herumkommandieren können, Mrs. Bissett!« sagte Mr. Phumphred. »Es ist meine Pflicht als Trauzeuge, die junge Dame zu fragen, ob sie den Bund wirklich eingehen will.«

»Ich danke Ihnen, Mr. Phumphred«, sagte Henrietta so leise, daß ich sie kaum verstehen konnte. »Ich weiß, Sie meinen es gut mit mir, aber ich kann Ihnen nur immer wieder versichern, daß ich bestimmt nicht dazu gezwungen werde.«

»Also gut«, sagte Mr. Pamplin gereizt. »Wir haben somit festgestellt, daß es keinen Widerspruch und keinen berechtigten Einwand gegen ...«

In diesem Augenblick trat ich hinter dem Wandschirm hervor und rief: »Halt!«

Alle blickten mich an, und auf ihren Gesichtern spiegelten sich – wenn auch auf unterschiedlichste Weise – Bestürzung und Entsetzen. Henrietta schrie auf, wich vor mir zurück und hob die Hände vors Gesicht, starrte mich aber durch die gespreizten Finger hindurch an. Bellringer murmelte einen Fluch. Mr. Pamplin sah fassungslos drein, während Bissett und Mr. Phumphred vor Schreck ganz bleich wurden.

»Ich bin kein Geist«, rief ich. »Ich bin nämlich nicht ertrunken!«

Ich ging durch den halb zerstörten Mittelgang nach vorn und streckte dem alten Kutscher die Hand hin, die er vorsichtig nahm und schüttelte. Henrietta kauerte vor dem Altar und beobachtete uns ängstlich.

Ich ging zu ihr, doch sie schreckte vor mir zurück, als glaube sie immer noch, ein Gespenst vor sich zu haben.

»Verzeih mir!« sagte ich mit flüsternder Stimme. »Ich dachte, es sei besser, wenn du mich für tot hältst. Besser für dich und besser für mich.«

Sie schüttelte verwirrt den Kopf: »Du hättest es mir sagen müssen!«

»Es tut mir leid«, sagte ich.

Ich sah ihr an, daß sie mich geliebt und um mich gelitten hatte! Und nur aus diesem Grund hatte sie Bellringers Werben erhört.

»Ich wollte dich nicht so erschrecken, aber ich mußte diese Heirat einfach verhindern.« Sie starrte mich immer noch entsetzt an. Ich sprach weiterhin leise, damit die anderen mich nicht hören konnten: »Er spielt dir etwas vor. Er will sich mit deiner Hilfe nur bereichern.«

Noch während ich redete, kam Bellringer zu uns, trat an Henriettas Seite und betrachtete sie mit jener fürsorglichen Miene, an die ich mich noch so gut erinnerte.

»Das ist nicht wahr«, murmelte Henrietta, und ihr Blick wanderte zwischen uns beiden hin und her. »Er weiß doch, daß ich keinen Penny besitze.«

»Das stimmt nicht«, sagte ich. »Das Testament ist wieder aufgetaucht. Es ist nicht verbrannt, wie wir alle angenommen haben. Wenn ich also tatsächlich tot gewesen wäre, hättest du den gesamten Besitz geerbt.«

»Hör nicht auf das, was er sagt, Henrietta!« beschwor sie Bellringer. »Er haßt mich. Er will mich nur bei dir schlechtmachen.«

»Aber ich weiß doch, daß das Testament nicht vernichtet wurde«, begehrte Henrietta auf. »Deshalb wollten sie ja, daß ich Tom heirate: Damit hätte ich ihnen das Gut erhalten. Aber ich werd ihn nicht heiraten. Harry hat mich davor bewahrt.«

Was sie sagte, verblüffte mich. Machte sie denn mit Bellringer gemeinsame Sache gegen ihren Vormund?

Doch bei ihren nächsten Worten wurde mir alles klar: »Wenn Tante Isabella hört, was ich getan habe, wird sie das Testament vernichten, und dann ist mein Erbanspruch dahin.«

»Er hat dich belogen«, sagte ich. »Lady Mompesson besitzt das Testament gar nicht. *Er* hat es.«

»Das ist nicht wahr!« rief Henrietta und schaute Bellringer an.

»Liebste, er lügt«, sagte Bellringer sanft und nahm sie bei der Hand. Bekümmert sah ich, daß sie sich diese Geste gefallen ließ.

In meinem Kopf drehte sich alles. So hatte ich mir diese Begegnung nicht vorgestellt. Was wurde hier eigentlich gespielt? Empfand Henrietta denn überhaupt nichts für mich? Liebte sie Bellringer? Wußte sie gar, daß er das Testament hatte, und war sie so bestürzt, mich lebend zu sehen, weil meine Existenz sie um ihr Anrecht auf das Erbe brachte? Das konnte doch unmöglich wahr sein!

»Aber das stimmt einfach nicht«, fuhr Bellringer fort. »Schließlich möchte ich immer noch, daß du meine Frau wirst, obwohl ich jetzt sehe, daß er noch lebt. Und du weißt doch auch, daß der Huffam-Erbe zwischen dir und dem Gut steht. Würde ich dich also noch heiraten wollen, wenn ich es bloß auf die Erbschaft abgesehen hätte?«

»Natürlich«, rief ich, »weil Sie genau wissen, daß mein Leben nur noch an einem seidenen Faden hängt. Sieh mich doch an, Henrietta!« sagte ich und zeigte auf meinen verbundenen Kopf. »Seine Freunde haben es schon einmal versucht, und er weiß genau, daß sie es wieder versuchen werden.«

»Ich glaube dir kein Wort«, sagte sie. »Du denkst offenbar, daß dich immerzu irgend jemand umbringen will. Das scheint mir schon eine fixe Idee zu sein.« Sie wandte sich an den Priester und sagte mit fester Stimme: »Bitte, fahren Sie fort, Mr. Pamplin!«

»Nein!« rief ich laut, damit mich auch die anderen hören konnten, und unternahm einen letzten, verzweifelten Versuch. »Er hat dich getäuscht! Er hat euch alle hinters Licht geführt! Für die Trauung von Miss Henrietta, die ihr hier auf Sir Davids Anordnung vollziehen sollt, war eigentlich sein Bruder Tom als Bräutigam vorgesehen.«

»Genau davor hat Harry mich ja bewahrt!« rief Henrietta und errötete. Sie blickte mich mit einem Ausdruck an, den ich noch nie zuvor auf ihrem Gesicht gesehen hatte: »Was willst du mir antun?«

»Ist das wahr?« fragte Mr. Pamplin. Und als er Henriettas Verlegenheit sah, glaubte er meiner Erklärung und sagte: »Da hast du ja einen verdammten Narren aus mir gemacht, Bellringer!«

»Aber Sie haben mir doch diesen Brief von Mr. Barbellion gezeigt«, sagte Bissett verwirrt, »und in dem steht, es wär Sir Davids Wunsch, daß ich bei Ihrer und Miss Palphramonds Hochzeit Trauzeuge sein soll.«

Ich wußte, welch ein ausgezeichneter Fälscher Bellringer war: Er hatte jene Nachricht verfaßt, die, wie Miss Quilliam sagte, zu ihrem Untergang geführt hatte, und er hatte auch mich mit seiner Abschrift des Testaments getäuscht. Aber es war sinnlos, die anderen jetzt hiervon überzeugen zu wollen.

»Sie haben völlig recht, Mrs. Bissett«, sagte Bellringer. »Glauben Sie ihm kein Wort!«

Sie warf mir einen feindseligen Blick zu und nickte, als erinnerte sie sich an all die vielen Gelegenheiten, bei denen ich mich als unglaubwürdig erwiesen hatte.

»Mach deine Arbeit, Pamplin!« sagte Bellringer unwirsch. »Die Braut ist willens, und die Vollmacht rechtens.«

Der Priester nickte, und die Anwesenden nahmen wieder jene Plätze ein, die sie innegehabt hatten, bevor sie von mir unterbrochen worden waren. Ich hatte alle meine Karten ausgespielt und hielt nun keinen Trumpf mehr in der Hand. Die Zeremonie nahm ihren Lauf, und ich spürte, daß ich Henrietta noch nie so begehrt hatte wie in ebendiesem Augenblick, als ich gezwungen war, dabeizustehen und zuzusehen, wie sie jemand anderem angetraut wurde. Ich haßte Henry Bellringer, wie ich noch niemals zuvor einen Menschen gehaßt hatte. Diese hilflose Unfähigkeit, mich gegen mein Schicksal wehren zu können, erinnerte mich an jene Stunden, als ich im Dunkeln unter den Themsekais gehockt und darauf gewartet hatte, daß die Flut stieg und mich ertränkte.

»Hört doch!« rief Mr. Phumphred plötzlich.

Trotz des tosenden Windes ließ sich der Hufschlag eines galoppierenden Pferdes vernehmen.

Ich blickte durch ein Fenster der Westwand und sah den Mond hinter eilig dahintreibenden Wolken hervorlugen, in dessen hellem Licht sich die Silhouette des Mausoleums auf dem Hügel scharf abzeichnete. Im Vordergrund bogen sich die vier Ulmen aus Miss Lydias Geschichte im Wind. Ein greller Blitz beleuchtete einen Reiter, der auf die Old Hall zugaloppierte.

Ich sagte den anderen, was ich gesehen hatte, und Bellringer eilte ebenfalls zum Fenster. In diesem Augenblick warf sich der Reiter vom Pferd und rannte auf das Haus zu. Er trug etwas Schweres in den Händen, aber ich konnte nicht erkennen, was es war. Den Mann kannte ich nicht, aber ich sah, daß Bellringer blaß wurde, als er ihn erblickte.

Dann lief er zurück zu Henrietta, packte sie am Arm und rief: »Rasch! Er kommt durch den Hintereingang!«

Da außer Bellringer keiner von uns wußte, wer der Reiter war, fühlten wir uns sogleich allesamt von einer Art schuldbewußter Angst ergriffen und folgten dem frisch vermählten Paar zur Wendeltreppe am rückwärtigen Ende der Kapelle.

»Nicht doch, du Idiot!« schimpfte Bellringer, als Mr. Phumphred sich bückte, um eine Laterne mitzunehmen.

Als wir unten waren, blieben wir stehen und lauschten, konnten aber keinen Ton hören. Bellringer führte uns durch die große Halle, und wir hatten uns im Dunkeln schon halb hindurchgetastet, da erscholl plötzlich hinter uns eine Stimme, die so haßverzerrt war, daß ich sie nicht gleich wiedererkannte: »Halt! Keinen Schritt weiter!«

Wie versteinert blieben wir stehen. Der Mann kam bis auf wenige Schritte auf uns zu und starrte aufmerksam ins Dämmerlicht, um zu sehen, wer wir waren. Mir fiel auf, daß er in jeder Hand eine Duellpistole hielt, und ich hörte, wie die Hähne zurückschnappten.

»Bist du das, Bellringer, du verräterischer Lump?«

Jetzt wußte ich, wem die Stimme gehörte: Es war David Mompesson.

»Ich bin es, John Huffam«, sagte ich.

»Dann geh aus dem Weg und misch dich nicht schon wieder ein!« sagte Sir David. »Die Gerechtigkeit verlangt ihren Preis.« Er trat vor und stand schließlich neben mir.

»Seien Sie kein Narr, Mr. Mompesson!« warnte ich ihn.

Er starrte wie gebannt über meine Schulter, und ich drehte mich um und folgte seinem Blick. Ein Blitz zuckte über den Himmel, und ich sah einen Schatten, der leise auf das Portal zuglitt. Mompesson hob seinen rechten Arm. Ich machte einen Schritt vor, so daß ich zwischen ihm und seinem Opfer stand.

»Jetzt können Sie ihn nicht erschießen!« rief ich.

Ich sah Mompessons Gesicht vor mir wie eine weiße Maske, und ich wußte, daß er dennoch schießen würde, aber ich fühlte mich machtlos, ich konnte mich einfach nicht bewegen. Plötzlich versetzte mir jemand einen heftigen Stoß in den Rücken. Ein greller Blitz leuchtete unmittelbar vor meinen Augen auf, und mir war, als habe man mir einen Schlag über den Schädel verpaßt. Meine Lunge füllte sich mit ätzendem Rauch. Ich konnte kaum noch atmen. Dann lag ich auf dem Boden, keuchte und sah nur noch ein Feuerwerk vor meinen Augen. Jemand lag neben mir. Fast noch im selben Moment folgte eine zweite Explosion, diesmal jedoch in sicherer Entfernung.

Ein hoher, schrecklicher Schrei war zu hören.

Gleich darauf hörte ich Joeys heisere Stimme neben mir: »Bist du in Ordnung, John?«

Er hatte mich gerettet. Er war zur selben Zeit wie wir in die Halle gekommen und hatte mich aus der Schußlinie gestoßen. Später erklärte er mir, wieso er gerade im richtigen Moment gekommen war: Er hatte die Chaise gesehen, als er aus Thorpe Woolston zurückkam, und war mir dann zur Old Hall gefolgt.

Er half mir auf die Beine und stützte mich, als ich zu den anderen ging. Mr. Phumphred hatte zwei Laternen aus der Kapelle geholt, und in ihrem Licht sah ich, daß alle um Henry Bellringer standen, der auf dem Rücken lag. Bissett kniete neben ihm und hatte ihm Hemd und Rock gelockert, die mit großen, im schwachen Licht beinahe schwarz aussehenden Flecken bedeckt waren. Henrietta kauerte nicht weit von ihm auf den Fliesen und starrte Mompesson an.

Als der auf ihn zuging, keuchte Bellringer: »Jetzt bist du erledigt, Mompesson. Dafür wirst du hängen, und keiner kann dich davor retten.« Auf seinem Gesicht lag der Ausdruck triumphierenden Hasses.

»Er wollte entkommen«, versuchte sich Sir David vor uns zu rechtfertigen. »Ich hatte keine andere Wahl.«

»Mit mir ist es vorbei«, sagte der Verwundete plötzlich. Dann, halb lachend, halb keuchend, sagte er noch: »Jetzt ist Umphraville gerächt.«

Überrascht wollte ich ihn fragen, was er damit sagen wollte und woher er von diesem alten Verbrechen wußte, da öffnete sich das Portal, und eine Dame und ein Gentleman mit einer Laterne in der Hand betraten die große Halle. Als sie näher kamen, erkannte ich Lady Mompesson und Mr. Barbellion. Sir David, so erfuhr ich später, hatte einige Meilen früher die Kutsche verlassen, hatte eins der Packpferde bestiegen und war, durch das rückwärtige Parktor kommend, vor den anderen eingetroffen.

»Was ist passiert?« fragte der Notar und sah auf die beiden Pistolen, die sein Auftraggeber in den Händen hielt.

Mompesson setzte zu einer Antwort an, doch Mr. Barbellion hob eine Hand und meinte: »Bitte, Sir David! Ich rate Ihnen dringend, jetzt nichts zu sagen!«

»Er hat ihn in den Rücken geschossen«, meinte Mr. Pamplin lakonisch.

»Kann irgend jemand diesen angeblichen Tatverlauf bestätigen?« fragte Mr. Barbellion und sah uns dabei der Reihe nach mit durchdringendem Blick an.

Bissett schaute ausdruckslos vor sich hin, und Mr. Phumphred warf Lady Mompesson einen furchtsamen Blick zu, die ihn ihrerseits nicht aus den Augen ließ. Mr. Pamplin sah zu Boden.

»Wollt ihr mich um meine Rache betrügen?« keuchte Bellringer. »Charles, verdammt noch mal, du hast es doch gesehen!«

»Es war viel zu dunkel, um etwas deutlich wahrnehmen zu können«, murmelte der Priester.

»Henrietta?«

Sie schwieg. Hatte sie all dies so mitgenommen, daß sie nichts mehr sagen konnte?

»Ich hab es gesehen«, sagte Mr. Phumphred und blickte dabei Lady Mompesson direkt ins Gesicht.

»Du Narr!« schrie daraufhin Lady Mompesson ihren Sohn an und schlug ihm ins Gesicht.

»Dann kann ich nichts mehr für Sie tun, Sir David«, sagte Mr. Barbellion. »Ihnen bleibt nur sehr wenig Zeit. Ich rate Ihnen, sie zu nutzen.«

Erstaunt sah ich, wie Lady Mompesson sich über den sterbenden Mann beugte und seine Taschen durchsuchte. Ihr Sohn kniete sich hin, legte die Waffen zur Seite und half ihr.

»Ihr werdet nichts finden«, keuchte Bellringer.

Sie zerrten alles aus seinen Taschen und breiteten deren Inhalt auf den geborstenen Fliesen aus. Lady Mompesson fand sein Notizbuch und blätterte es durch.

Ich ging einen Schritt vor: »Ich muß doch wohl bitten! Dieser Mann ist ernstlich verletzt. Man sollte einen Arzt holen.«

Die beiden beachteten mich überhaupt nicht. Sie erinnerten mich an ein Diebespärchen, das ich einmal dabei beobachtet hatte, wie es auf dem Brachland nicht weit von Bethnal Green eine Leiche gefleddert hatte.

Dann stiegen plötzlich weit unheilvollere Gedanken in mir auf. Das Testament würde den Mompessons nur von Nutzen sein, wenn zwei Ereignisse eingetreten waren: mein Tod und Henriettas Hochzeit mit Sir David oder seinem Bruder Tom. Wahrscheinlich waren sie so begierig, das Testament zu finden, weil sie sehr genau wußten, daß jemand fest entschlossen war, mich ins Jenseits zu befördern.

Mr. Barbellion beobachtete mich aufmerksam und begrüßte mich nun mit einem angedeuteten Lächeln. Ich muß einen seltsamen und nicht besonders eindrucksvollen Anblick geboten haben, denn außer der Kopfverletzung, die Barney mir zugefügt hatte, waren jetzt auch noch meine Augenbrauen versengt und mein Gesicht vom Schuß aus Mompessons Pistole geschwärzt.

»Aha, der Huffam-Erbe begrüßt uns im Haus seiner Vorfahren«, sagte der Notar.

Ich hörte ein klirrendes Geräusch und sah, wie Sir David mehrere Schlüssel aus Bellringers Tasche zog und achtlos auf die Bodenfliesen fallen ließ. Einer der Schlüssel war ungewöhnlich groß.

»Ich hab es nicht bei mir«, sagte Bellringer stöhnend. »So dumm bin ich nicht.« Er schwieg, rang nach Luft und hob dann seinen Kopf ein wenig, damit er Lady Mompesson und deren Sohn besser sehen konnte, die ihre Suche aufgegeben hatten und ihn nun ärgerlich anstarrten. »Es ist in Sicherheit«, sagte er. Er sprach leise und in immer längeren Abständen. »Es ist wieder an seinem ... Platz. Dort ... wo es ... hingehört.«

»Wo es hingehört?« wiederholte ich und starrte auf den großen Schlüssel. In meinem Zimmer hatte er das gleiche gesagt: »An seinem Platz. Dort, wo es hingehört.« Diese Worte hatten mich an eine Bemerkung erinnert, die jemand anderes gemacht hatte, aber wer war das nur gewesen?

»Du Narr«, zischte Lady Mompesson ihren Sohn an. »Du hast uns alle zugrunde gerichtet!«

»Was soll ich jetzt tun?« murmelte Sir David.

»Ich kann Ihnen keinen Rat geben«, sagte Mr. Barbellion, »denn wenn ich es täte, würde ich mich mitschuldig machen.«

Ich sah, wie Mompesson die Fäuste ballte und auf ihn losging, doch seine Mutter hielt ihn am Arm zurück.

»Ich kann Ihnen nur beschreiben«, fuhr der Notar fort, »welchen Weg ein verzweifelter Mann einschlagen könnte, der ein schweres Verbrechen begangen hat. Er würde vielleicht so rasch wie möglich ins Ausland fliehen. Und dazu wäre es notwendig, daß er zum nächsten Hafen gelangt – das müßte wohl Boston sein – und mit einem Postdampfer sofort nach Holland fährt. Ich fürchte allerdings, er würde den Rest seines Lebens jenseits des Kanals verbringen müssen.«

»Einen Augenblick!« sagte ich. »Dieser Mann hat einen Mord begangen. Es ist Ihre Pflicht, ihn aufzuhalten.«

»Verdammter Kerl!« rief Mompesson.

»Wollen Sie so an uns Rache nehmen?« rief Lady Mompesson.

»Leicht gesagt, junger Mann«, meinte Mr. Barbellion ironisch. »Doch unglücklicherweise ist Sir David ein verzweifelter Mann und bewaffnet.« Er schwieg kurz. »Sie sind doch bewaffnet, nicht wahr, Sir David?«

Mompesson griff hastig nach seinen Pistolen.

»Was können wir da schon tun?« fuhr Mr. Barbellion fort. »Wenn wir Männer uns nun auf ihn stürzen, kann doch jemand ernstlich verletzt werden. Und das Gesetz verlangt nicht, daß wir uns selbst gefährden.«

»Nein, das tut es nicht!« Mr. Pamplin atmete erleichtert auf.

»Beide Pistolen sind abgeschossen«, sagte ich.

»Sie wollen sich wirklich an uns rächen, nicht wahr? Sie elender, ehrloser Wurm!« rief Lady Mompesson.

Ihre Worte fuhren mir wie Giftpfeile unter die Haut, aber ich wußte nicht, wie ich ihr antworten sollte, ohne ihre Anschuldigung zu bestätigen.

»Laß ihn«, sagte Joey mit einem Blick auf Bellringer. »Der ist's nicht wert, daß man seinetwegen die eigene Haut riskiert.«

»Ich hab die hier neu geladen«, sagte Mompesson, warf eine der Pistolen mit großem Getöse auf den gefliesten Boden und richtete die andere auf mich.

»Sie lügen«, sagte ich.

Ich sah zu Henrietta hinüber, die uns mit merkwürdig gespannter Miene beobachtete.

»Also gut«, sagte ich dann. »Verschwinden Sie!«

Ich trat einen Schritt zur Seite, und mit einem stumpfsinnigen, doch irgendwie triumphalen Grinsen ging er an mir vorbei.

»Los, Phumphred«, sagte Lady Mompesson zum alten Oberkutscher, »bring Sir David nach Boston!«

Der alte Mann zögerte.

»Sie müssen das nicht tun«, sagte ich. »Und wenn Sie es tun, werden Sie es vielleicht bereuen.«

»Zeigt sich so deine Treue?« rief seine Prinzipalin, als sie sah, wie unentschieden er war.

»War es vielleicht ein Zeichen *Ihrer* Treue, daß Sie mich diese junge Dame zu einer Hochzeit mit einem Mann bringen ließen, den sie gar nicht haben wollte?« antwortete er. »Aber nun gut, Ma'am, ganz wie Sie wünschen.«

Lady Mompesson wandte sich an ihren Notar: »Kommen Sie nicht mit uns?«

»Nein, Lady Mompesson, weiter will ich mich nicht kompromittieren. Es ist meine Pflicht, den nächsten Richter aufzusuchen und gegen Ihren Sohn Anzeige zu erstatten.« Bei diesen Worten riß Lady Mompesson die Augen weit auf, doch er fuhr fort: »Aber bei diesem Wetter werde ich wohl so schnell keinen Richter finden, außerdem kenne ich mich in dieser Gegend nicht aus, und ich fürchte, ehe ich einen aufgetrieben habe, hat Sir David bereits die nächste Poststation auf dem Weg zur Küste erreicht.«

Lady Mompesson lächelte kurz, dann drehte sie sich zu Henrietta um: »Geh ins Landhaus, und warte dort auf meine Rückkehr!«

Henrietta beachtete sie nicht. »David!« rief sie statt dessen. »Nimm mich mit!«

Mompesson zuckte verlegen mit den Achseln. Henrietta war offensichtlich völlig hysterisch und verwirrt.

»*Sie* wird dich jetzt nicht mehr heiraten!« rief Henrietta. »*Sie* begleitet dich nicht ins Ausland.«

Mit einem dümmlichen Lächeln auf dem Gesicht ging Mompesson zur Tür.

»Jetzt reiß dich zusammen!« fuhr Lady Mompesson ihr Mündel an.

Ich ging zu Henrietta und wollte sie in die Arme nehmen, doch sie scheute vor mir zurück und lief tiefer ins Dunkel hinein.

Mompesson und seine Mutter hatten schon fast das Portal erreicht, als Mr. Pamplin sagte: »Lady Mompesson, lassen Sie mich doch erklären, wie ich in diese ganze Geschichte verwickelt worden bin, damit Sie keine schlechte Meinung von mir bekommen. Ich bin auf Bellringer hereingefallen. Er hat gesagt, er brauche mich für eine priesterliche Aufgabe und ...«

Lady Mompesson warf nur einen leicht irritierten Blick in seine Richtung und ging dann hinaus, gefolgt von ihrem Sohn und Mr. Phumphred. Der Priester wandte sich an uns und beendete seinen Satz: »Kurz, ich hatte keine Ahnung von dem, was hier eigentlich gespielt wird.«

»Das mag schon sein«, sagte Mr. Barbellion. Doch dann fragte er Bissett: »Aber worauf zum Teufel hattest du es abgesehen, Frau?«

»Ich hab nur Ihre Anweisungen befolgt«, protestierte meine ehemalige Amme.

»Was soll das heißen?«

»Na, Mr. Bellringer ist gestern abend zu mir nach Huntingdon mit einem Brief von Ihnen gekommen, in dem gestanden hat, daß ich alles tun soll, was er mir aufträgt, und daß ich reichlich dafür belohnt werde. Aber er hat mich angeschwindelt. Ich hab nix davon gewußt, daß Miss Palphramond eigentlich Mr. Tom heiraten sollte.«

»Einen Brief von mir?« fragte der Notar.

Sie wühlte in ihrer Tasche und zog schließlich ein Blatt Papier hervor. Mr. Barbellion griff danach.

»Für eine Belohnung machst du wohl einfach alles, wie?« sagte ich. »Nur weil Mr. Barbellion dich damals bestochen hat, ist all das Unheil über meine Mutter und mich gekommen.«

»Was für eine gemeine Behauptung!« gab sie zurück. »Ich hab nur das getan, was in meinen Augen das Beste für dich und deine Mutter war, schließlich hat Mr. Barbellion es immer nur gut mit euch gemeint.«

»Der Brief ist wirklich überzeugend«, sagte der Notar bewundernd. »Der junge Mann hat beachtliche Fähigkeiten besessen.«

Das hat er wirklich, dachte ich, aber nicht nur als Fälscher von Dokumenten.

»Sie dürfen weder mir noch Ihrer alten Amme Vorwürfe machen, junger Mann!« sagte Mr. Barbellion. »Ich wollte Ihrer Mutter kein Leid zufügen, sondern ihr nur das Kodizill abkaufen. Und wieviel Elend damit vermieden worden wäre, wenn ich damit Erfolg gehabt hätte, können Sie wahrscheinlich besser beurteilen als ich.«

Ich mußte daran denken, daß es schließlich nicht seine Schuld war, daß meine Mutter ihn für einen Handlanger von Silas Clothier gehalten hatte. Und wenn wir damals nicht geflohen wären, als Miss Quilliam ihn in die Orchard Street brachte, dann wäre vielleicht doch noch alles gut ausgegangen. Warum sollte er mir jetzt nicht behilflich sein?

Als er zur Tür ging, sagte ich: »Ich glaube, ich könnte das Testament finden.«

Er blieb sogleich stehen, drehte sich zu mir um und sah mich interessiert an: »Erzählen Sie!« sagte er.

»Was geschieht, wenn ich es finde? Fällt das Gut dann an die Krone? Oder gehört es mir?«

»Sie kennen sich offenbar mit den Gesetzen aus!« rief er. »Es stimmt schon, der Besitz eines Verbrechers fällt tatsächlich an die Krone. Wenn Sir David für schuldig befunden wird, verliert er all sein Hab und Gut. Doch wenn sich das Testament wiederfindet, kann ein entsprechender Erbanwärter behaupten, daß Sir David nie einen Besitzanspruch gehabt hat, den er verlieren könnte, so daß der Anspruch auf den Anwärter übergeht. Doch ich muß Ihnen sagen, daß das Testament für Sie keinen Vorteil bringt. Es könnte einzig für Miss Palphramond von Nutzen sein, denn meines Wissen läßt sich nicht belegen, daß sie tatsächlich der Huffam-Erbe sind.«

»Meinen Sie damit, daß es keinen Nachweis für die Heirat von James und Eliza Huffam gibt?« fragte ich, und er nickte.

Völlig durchnäßt trat in diesem Augenblick Sukey ein: »Ich hab die Chaise gesehen, und der Kutscher brummelt, daß er schon schon seit gut zwei Stunden warten muß«, sagte sie zu mir und sah sich in dem Dämmerlicht um. Dann schreckte sie zusammen: »Also hast du Mrs. Bissett schon gefunden, Master Johnnie«, sagte sie und starrte meine frühere Amme haßerfüllt an. »Ich wollte dir doch noch sagen, daß ich sie heute hier gesehen hab, als ich zur Old Hall ging, weil ich nach den Lichtern gucken wollte.«

Bissett begrüßte sie mit einem steifen Kopfnicken.

Sukey holte etwas unter ihrem Schultertuch hervor: »Ich hab dir das Päckchen mitgebracht, das du mir beim letztenmal dagelassen hast.«

Erleichtert nahm ich es entgegen und wickelte es aus. Mr. Advowsons Abschrift war noch in ausgezeichnetem Zustand, doch die selbstgemachte Tinte, mit der ich jene Abmachung schreiben mußte, die Sukeys Bruder mir abverlangt hatte, war inzwischen verblaßt und kaum mehr zu erkennen.

Plötzlich stieß Sukey einen Schrei aus. Sie starrte Mr. Barbellion an: »Aber das ist doch der Gentleman, der uns vor all den Jahren auf dem Friedhof so einen Schrecken eingejagt hat!«

»Ganz recht, Sukey«, sagte ich. Dann wandte ich mich an den Notar: »Ich weiß, was Sie damals dort getan haben. Sie haben sich das Grabgewölbe der Huffams angesehen.«

»Das stimmt«, sagte er überrascht. »Ich hatte gehofft, dort einen Hinweis auf den Ort der Heirat zu entdecken, von der wir gerade gesprochen haben.«

»Sie waren nahe dran«, sagte ich. »Wenn Sie nicht so verschwiegen gewesen wären und dem Küster erklärt hätten, daß Sie etwas über die Familie Huffam wissen wollen, dann hätte er Ihnen vielleicht von jener Truhe aus dieser alten Kapelle hier erzählt. In diesen Mauern nämlich fand die Vermählung meiner Urgroßeltern statt. Ich weiß allerdings auch, daß Sie so diskret vorgingen, weil Sie verheimlichen wollten, wonach Sie suchen.«

»Also haben Sie den Eintrag gefunden?« fragte er aufgeregt.

Ich nickte. »Er ist bei Mr. Advowson in sicheren Händen.«

»Wenn Sie dann auch noch Ihre eigene Abstammung beweisen könnten ...« begann er, hielt dann aber inne. »Doch Sie wissen wahrscheinlich schon, daß die entsprechende Seite des Taufregisters aus der Sakristei gestohlen wurde.«

»Aber nicht, ehe ich eine Abschrift anfertigen lassen konnte«, sagte ich und reichte ihm das Pergament.

Im gleichen Moment entdeckte Sukey die Leiche, und ich hörte sie entsetzt aufschreien. Dann sah ich, wie Sukey zu Henrietta eilte, die noch immer im Schatten der Wand kauerte. Sukey legte ihr einen Arm um die Schulter, den Henrietta zuerst fortstieß. Doch dann ließ sie sich die Umarmung dennoch gefallen.

»Das hier ändert alles«, rief Mr. Barbellion, nachdem er das Dokument überflogen hatte. »Wenn man dem Gericht jetzt noch das Testament vorlegen könnte, dann hätten Sie einen unanfechtbaren Anspruch auf das Erbe. Wo, glauben Sie, hat er es versteckt?«

Er stellte die Frage scheinbar ganz beiläufig, doch ich meinte, ein Zittern in seiner Stimme zu hören. Ich schüttelte lächelnd den Kopf. Ich wollte diesmal mindestens ebenso umsichtig und mißtrauisch sein wie ein Anwalt des Kanzleigerichts.

Er griff in seine Tasche und reichte mir seine Karte. »Kommen Sie vorbei, wenn ich Ihnen vielleicht behilflich sein kann!«

Als er mein Zaudern sah, drückte er mir die Karte zusammen mit dem Pergament in die Hand und fragte nach meiner Anschrift. Ich weiß eigentlich nicht genau, warum ich es tat, doch ich gab ihm die gewünschte Auskunft und nannte ihm meinen angenommenen Namen, woraufhin er sich die Angaben in sein Notizbuch schrieb.

»Nun, Miss Palphramond«, sagte Mr. Barbellion, »wenn Sie gestatten, dann werde ich Sie jetzt zum Haus begleiten.«

Henrietta rührte sich nicht, als hätte sie ihn gar nicht gehört.

»Geben Sie ihr noch einen Augenblick!« sagte ich. »Wir werden sie dann später dorthin bringen.«

Achselzuckend ging Mr. Barbellion hinaus, und Bissett und Mr. Pamplin folgten ihm, ohne sich noch einmal nach mir umzusehen.

Ich erklärte Henrietta, wer Joey und Sukey waren, doch sie starrte mich nur dumpf an, ohne auf die beiden zu achten, obwohl Sukey neben ihr hockte und sie noch immer im Arm hielt. Was würde nun aus ihr werden? Da ich meinen Anspruch nun belegen konnte, brachte es den Mompessons – solange ich lebte – keinen Vorteil mehr, sie mit Tom zu verheiraten. Doch erst wenn das Testament dem Gericht vorlag, wurde mein Leben nicht mehr vom Maliphant-Anwärter bedroht, und erst dann mußte Henrietta keine zweite Zwangsheirat mehr befürchten.

Ich ging zu ihr, und Sukey und Joey zogen sich taktvoll zum Portal zurück, vor dem es noch immer in Strömen regnete. Gelegentlich zuckte auch noch ein Blitz über den Himmel. So saßen Henrietta und ich nun allein in der großen, düsteren Halle, hörten das heisere Schnauben der Kühe und ahnten die Anwesenheit des stummen Dritten keine zwanzig Schritt von uns entfernt.

Ich nahm Henriettas Hand, und sie zog sie nicht zurück. Ihre Finger waren eiskalt.

»Du mußt versuchen, das Vergangene zu vergessen!« sagte ich.

»Ich habe einmal geglaubt, er wär in mich verliebt.«

»Du darfst dir jetzt keine Vorwürfe machen, Henrietta!«

»Er hat mich verführt«, sagte sie.

»Er hat mich auch verführt«, sagte ich, und nun sah sie mich überrascht an. »Er konnte wirklich sehr charmant sein.«

»Ich glaube, du verstehst mich nicht«, sagte sie kopfschüttelnd.

»Dann erklär's mir«, bat ich.

»Ich will aber nicht.«

»Wenn es dich zu sehr quält, dann will ich für dich sprechen«, sagte ich. »Ich glaube, ich habe mir alles soweit zusammenreimen können. Du kannst ja nicken, wenn ich recht habe.«

Sie blickte mich kurz an, senkte aber erneut den Kopf, als ich zu sprechen begann: »Bellringer suchte die Mompessons auf, um ihnen zu sagen, daß ich noch am Leben sei und daß das Testament noch immer existierte. Also brachte man Tom dazu, in jene Treuhandgeschichte einzuwilligen, die ihn später aller Rechte berauben sollte. Früh am Morgen muß dir Lady Mompesson dann gesagt haben, daß du unter dem Schutz von Mr. Pamplin und in Begleitung ihrer Zofe Miss Pickavance nach Hougham fahren sollst. Ich denke mir, daß man dir verschwiegen hat, daß Tom und Bellringer der Familienkutsche in einer Postkalesche folgen würden. Erst als ihr nachts im Gasthaus zu Hertford ankamt, hast du festgestellt, daß sie mit euch reisten. Tom war natürlich hoffnungslos betrunken, denn Bellringer hatte ihn unterwegs reichlich mit Brandy versorgt. Man mietete Zimmer für die ganze Gesellschaft, doch du bist nur einige Stunden geblieben. Hab ich soweit recht?«

Sie sah auf und nickte mit vor Erstaunen weit aufgerissenen Augen.

»Und hab ich nicht auch recht, wenn ich annehme, daß Bellringer später in der Nacht zu dir kam?« fragte ich. Henrietta errötete und schlug die Augen nieder. »Ich weiß, wie überzeugend er sein kann«, fuhr ich fort. »Er hat dir erzählt, daß die Mompessons das Testament zurückerhalten und deshalb den Plan ausgeheckt hätten, dich mit Tom zu verheiraten. Vielleicht wollte man dich so lange in die Old Hall sperren, bis du nachgeben würdest. Er hat dir erzählt, daß er so getan habe, als sei er mit allem einverstanden, doch dann sagte er, daß er dich retten könne. Der einzig sichere Weg aber sei, ihn selbst zu heiraten. Hab ich nicht recht, wenn ich annehme, daß er dir gestand, dich zu lieben, seit er dich das erste Mal gesehen hat?«

Sie nickte, ohne mich anzusehen.

»Da du natürlich nicht ahnen konntest, daß er selbst das Testament besaß, wußtest du auch nicht, welchen Gewinn er sich durch diese Heirat versprach. Wahrscheinlich hast du ihm sogar gesagt, daß du keinen Penny besitzt, und er hat dir geantwortet, daß ihm das nichts ausmachen würde.«

»Er meinte, Davids Verlobung würde doch beweisen, wie gleichgültig ich ihm bin!« rief Henrietta und hielt ihren Blick noch immer gesenkt.

»Gleichgültig, solange es nicht ums Geld ging. Das wolltest du doch sagen, nicht wahr?« fragte ich, nachdem ich einen Augenblick lang verwirrt überlegt hatte, was sie mit ihren Worten gemeint hatte. »Also hat er dir erzählt, daß David nur um des Geldes willen, er dich aber aus Liebe heiraten würde? Ich kann dich gut verstehen, Henrietta, und niemand wird dir einen Vorwurf daraus machen, daß du auf ihn hereingefallen bist. Außerdem hast du ja angenommen, ich müsse tot sein. Verzeih mir, liebes Mädchen, das war meine Schuld, aber ich dachte, es sei zu deinem Besten. Ich vermute, Bellringer hat dir dann erzählt, wie ihr die Pläne deiner Tante durchkreuzen könnt, wenn ihr euch Tom vom Hals schafft und Miss Pickavance im Gasthaus zurücklaßt, denn sie hatte ihre Anweisungen direkt von Lady Mompesson. Wahrscheinlich hat er deine Zweifel auch beschwichtigt, weil er versprochen hat, dir in Huntingdon eine ehrbare Frau als Begleitperson zu verschaffen. Er ließ sie in dem Glauben, daß sie von Mr. Barbellion aufgefordert worden sei, ihm zu helfen, wie sie es ja früher schon einmal getan hatte. Bellringer wußte es, weil ich ihm schon vor langer Zeit erzählt habe, wie Bissett meine Mutter und mich an Mr. Barbellion verraten hat. Wie du siehst, hat er auch mich betrogen. Du brauchst dich jetzt also nicht so zu grämen. Liege ich soweit richtig mit meinen Vermutungen?«

Sie gab mit keinem Zeichen zu verstehen, daß sie mich verstanden hatte, und sah mich auch nicht an. Doch ich konnte von ihrem Gesicht ablesen, daß meine Worte schmerzliche Erinnerungen in ihr geweckt hatten, und daher wollte ich nicht weiter in sie dringen.

»Als ihr daher früh am nächsten Morgen aufgebrochen seid, habt ihr Tom sinnlos betrunken und Miss Pickavance in festem Schlaf zurückgelassen und dann in Huntingdon Bissett abgeholt, die den Platz der Zofe einnahm. Anschließend seid ihr ohne Unterbrechung die Nacht durchgereist und heute morgen in Hougham eingetroffen.«

Sie nickte, und diesmal blickte sie mich an.

In diesem Augenblick ließ Sukey Joey allein und kam zu uns herüber: »Sollten wir Mrs. Bellringer nun nicht zu ihrer Familie bringen?« fragte sie mich sanft.

Im ersten Moment wußte ich nicht, von wem sie sprach. Dann begriff ich und sah, daß sie recht hatte. Ich ließ sie bei Henrietta zurück, ging zur Leiche hinüber und hob die Laterne, um mir den Toten bei Licht näher anzusehen.

Auf dem Boden verstreut lagen einige Münzen, und ich sammelte sie auf und steckte sie zurück in Bellringers Taschen. Dabei fiel mir ein, daß ich selbst nur noch sehr wenig Geld besaß – wenn ich den Kutscher bezahlt hatte, blieb mir hoffentlich noch genug für die Fahrt zurück in die Stadt nebst einigen Shilling für Joey, damit er zu Fuß nach Hause zurückkehren konnte. Ich nahm den großen Schlüssel und steckte ihn ein, da ich überzeugt war, ein Recht auf ihn zu haben. Dieser Schlüssel war es gewesen, der mich veranlaßt hatte, Mr. Barbellion zu sagen, daß ich glaube, das Testament finden zu können. Ich hatte den Schlüssel erkannt, als Lady Mompesson und ihr Sohn die Taschen des Toten durchwühlten, und da ich mich daran erinnerte, daß Joey mir gesagt hatte, Bellringer sei Mr. Escreets geheimnisvoller Besucher gewesen, wußte ich plötzlich, daß dies der Schlüssel zum alten Haus in Charing Cross sein mußte. Vielleicht war es jener Schlüssel, dachte ich, den Peter Clothier damals auf dem Boden vor der Tür zum Vestibül gefunden hatte. Doch welcher Zusammenhang bestand zwischen Bellringer und Mr. Escreet? Seine Worte über den Mord an John Umphraville hatten mir bestätigt, daß es da eine rätselhafte Verbindung mit meiner Familie gab, doch was konnte er nur damit gemeint haben, daß jener Mord durch seinen Tod gerächt worden sei? War ich etwa der Antwort auf die Frage näher gekommen, wer meinen Großvater umgebracht hatte? Und was war schließlich mit dem Testament? Solange es in fremden Händen blieb, war ich in Gefahr, ermordet zu werden, und Henrietta wurde vielleicht zu einer weiteren Heirat gezwungen, wenn nicht mit Tom, dann mit irgendeinem anderen skrupellosen Abenteurer. Ich war mir sicher, daß ich das Testament wiedererlangen konnte, denn ich wußte jetzt, woran mich Bellringers Worte »dort, wo es hingehört« erinnert hatten.

Ich ging zurück zu Henrietta und Sukey und rief auch Joey herbei. »Henrietta«, sagte ich, »wir bringen dich gleich ins Haus. Ich muß noch heute zurück nach London.« Und Joey erklärte ich: »Wir werden beide mit der Chaise nach Sutton Valancy fahren. Dort nehme ich dann die Nachtkutsche. Ich habe gerade noch soviel Geld, daß ich als Außenpassagier reisen kann. Allerdings fürchte ich, du wirst von dort aus selbst zusehen müssen, wie du nach Hause zurückkommst.«

Joey und Sukey protestierten und meinten, ich sei noch viel zu schwach, um schon wieder reisen zu können. Joey warnte mich auch davor, daß mir von Barney immer noch große Gefahr drohe und daß ich mich nicht allein in den Straßen der Hauptstadt zeigen dürfe.

»Aber ich *muß* zurück«, sagte ich. »Bellringer hat etwas gesagt, das mich auf eine Idee gebracht hat.«

»Schon wieder das verfluchte Testament?« fragte Henrietta plötzlich.

»Nicht deshalb, es geht um den rätselhaften Mord an meinem Großvater«, gab ich entrüstet zurück.

»Nein, du willst bloß das Testament«, beharrte sie. »Nur deshalb wolltest du meine Heirat verhindern. Du wolltest gar nicht mich, du wolltest nur das

Testament! Und deshalb fährst du jetzt auch sofort zurück nach London.«

»Kümmere dich um sie, Sukey!« sagte ich. »Es geht ihr nicht gut.«

Sukey faßte Henrietta sanft am Arm, und so gingen wir zu viert zur Chaise. Wir suchten uns mit einiger Mühe unseren Weg in der fast völligen Finsternis durch den alten Ziergarten und das sumpfige Weideland und fanden schließlich den Kutscher, der ungnädig murrte, weil er und seine Pferde so lange auf uns hatten warten müssen.

Die Chaise bot nur Platz für zwei Personen, also verabschiedete ich mich von Sukey, und Joey lief hinter uns her, als wir zum großen Haus zurückfuhren. Henrietta und ich schaukelten durch die Nacht, und keiner von uns beiden sagte ein Wort. Sobald die Kutsche hielt, stieg Henrietta aus. Sie kehrte mir den Rücken zu und blieb am Fuß der Treppe stehen, wandte aber den Kopf in die Richtung, aus der wir gekommen waren. Joey stieg nun ein, und als wir anfuhren, blickte ich noch einmal zurück und sah Henrietta reglos dort stehen, wo wir sie verlassen hatten.

V. BUCH

Der Schlüssel

121. KAPITEL

Es ist sicher richtig, daß wir eine Sache nicht begreifen können, ohne ihren Sinn und Zweck zu kennen, doch ich muß dich vor jener Methode warnen, die dir unser irregeleiteter Freund vorschlägt (mit dem ich jetzt wieder eine Kammer teile, so wie damals, als wir uns kennenlernten). Denn auf diese Weise wird man den Sinn eher herbeireden als ihn tatsächlich aufdecken. (Ich kann nur hoffen, daß dich meine bescheidenen Kenntnisse nicht zu diesem Fehler verleitet haben, nur weil ich dir half, deine vergangenen Erlebnisse zu verstehen.) Da ich mich nun von dir verabschiede, möchte ich dich dringend bitten, der Zukunft keinen Sinn aufzuzwingen.

Am Beispiel von Barney Digweed und der Art und Weise, wie er dich verfolgte, will ich dir verdeutlichen, was ich meine. Denn als Verbrecher ist Digweed ein typisches Mitglied einer Gesellschaft wie der unseren, da er jede Gelegenheit wahrnimmt, die sich ihm bietet, ohne sich von den Vorurteilen blenden zu lassen, eine Sache müsse so oder auch anders sein. Da er immer nur im jeweiligen Augenblick und für ihn lebt, kann er sich leicht jeder neuen Situation anpassen.

Nach dem zu urteilen, was du ein wenig später, aber noch am gleichen Tag erfahren hast, muß etwa folgendes geschehen sein: Er hatte dich schon zwei Tage zuvor verfolgt, aber du bist ihm entwischt (ohne daß du etwas davon ahntest), als du nach Hougham gefahren bist. Sobald er von den Dienstboten im Haus in der Brook Street erfahren hatte, wohin du unterwegs warst, hat er seine Bande in der Stadt verteilt, um nach dir Ausschau halten zu lassen. Er ließ sie den nächsten Tag und auch noch die nächste Nacht von einem Mietstall zum anderen laufen und jedes Gasthaus aufsuchen, in dem Reisende der Great North Road absteigen. Diese angemessene Reaktion auf die Ereignisse wurde denn auch belohnt, da du ihm schließlich unwissentlich ins Netz gestolpert bist. Doch wie diese Episode ausging, weißt du besser als ich, und deshalb sollst du sie auch selbst erzählen.

Laß mich nun mit dem Rat schließen, daß du aus Digweeds Verhalten wenigstens folgende Lehre ziehen solltest: Die Verkettung der Ereignisse ist immer weitaus vielfältiger und unerklärlicher, als wir es uns vorzustellen vermögen. Wir dürfen nicht vergessen, daß der Sinn eines Geschehens – liegt es nun in der Vergangenheit oder in der Zukunft – sich für uns immer nur willkürlich oder unzureichend darbietet, denn es könnte sich stets auch noch ein anderer Sinn finden lassen oder der gegebene Sinn eine neue Bedeutung offenbaren. Letzten Endes sind wir auf Vermutungen angewiesen, oder wir müssen einfach unser Glück wagen und alles auf eine Karte setzen, so wie du es getan hast, als du im Kapitel 100 genau diese Kombination von Bolzen herausgezogen hast.

Und da ich nun in herzlicher Zuneigung von dir Abschied nehme, bitte ich dich, mein lieber junger Freund, dich in Zukunft bei deinen Vorhaben nicht allzusehr auf Gerechtigkeit und Billigkeit zu verlassen.

122. KAPITEL

Wenige Stunden später erreichten wir den Gasthof in Sutton Valancy. Als ich hörte, daß die Nachtkutsche in einer Stunde kommen sollte, kaufte ich mir einen Fahrschein und gab Joey das restliche Geld – bis auf meinen letzten Shilling, für den ich uns im Wartesaal etwas zu essen und zu trinken kaufte. Die Kutsche kam auf die Minute genau, und Joey und ich verabschiedeten uns voneinander.

Während der langen Reise nach Süden hockte ich auf dem Dach der Kutsche. Meine Kleider boten nur unzureichenden Schutz gegen den peitschenden Regen, doch schließlich fiel ich an der breiten Schulter eines Mitreisenden erschöpft in Schlaf und erwachte erst am nächsten Morgen in grauer, kalter Dämmerung, die ahnen ließ, daß sich der Sturm nur widerwillig ein wenig erholte, um dann mit erneuter Kraft über uns herzufallen. An diesem und auch am nächsten, scheinbar endlos langen Tag ließ ich mir immer wieder jene rätselhaften Ereignisse durch den Kopf gehen, die mein Leben geprägt hatten, und ich fragte mich, was ich tun sollte, wenn ich mein Reiseziel erreicht hatte. Ich mußte daran denken, wie ich diesen Weg beim letztenmal in gleicher Richtung zurückgelegt hatte und wie ich die quälend langen Meilen gewandert oder auf die freundliche Einladung eines Fuhrmannes hin auf dessen Karren mitgefahren war. Und ich erinnerte mich an jene frühere Reise, als ich mit meiner Mutter bequem in der Kutsche gesessen hatte. Die Erinnerung war besonders lebhaft, als wir uns an diesem Abend Hertford näherten, und ich mußte an all das denken, was meine Mutter hier durchgemacht hatte. Den ganzen Tag über hatte ich bereits befürchtet, daß mich meine Kräfte verlassen könnten, und als ich nun beim Pferdewechsel im »Blue Dragon« aus der Kutsche stieg, brach ich ohnmächtig im Hof zusammen. Ein Fuhrknecht hob mich auf und trug mich ins Haus, wo mich die Wirtin trotz meiner Einwände einfach ins Bett steckte. Selbst als ich ihr immer wieder beteuerte, daß ich keinen Penny mehr besäße, fruchtete dies nichts und brachte mir nur den Vorwurf ein, daß ich ja halb verhungert sei, und gleich darauf stand auch schon eine Schale mit kräftigender Suppe vor mir. Also blieb ich über Nacht und bedauerte, daß ich meinen Vorsprung verloren hatte, denn jetzt würde ich die Stadt kaum mehr vor dem Eintreffen der Nachricht von Bellringers Tod und Mompessons Flucht erreichen.

Der Sturm holte uns in dieser Nacht wieder ein und toste über unsere Köpfe hinweg. Die Wirtin wollte mich auch am nächsten Tag nicht weiterfahren lassen, und ich fühlte mich tatsächlich nicht kräftig genug. Ich schlief die meiste Zeit, wachte aber am Abend wieder auf und fühlte mich ausgeruht und frisch. Nun bestand ich darauf, meine Reise fortzusetzen, und bestieg spät am Abend die Nachtkutsche. Das Sturm tobte noch immer, doch als wir unter dem Torbogen des »Golden Cross Inn« hindurchrasselten, hatte sich das Unwetter schon fast wieder gelegt. Ich war so sehr in Gedanken versunken, daß ich nicht darauf achtgab, ob mich jemand beobachtete. Aber selbst wenn ich aufmerksamer gewesen wäre, hätte ich wohl kaum vermeiden können, daß man mich entdeckte. Wäre ich gewarnt gewesen, hätte ich mich allerdings am Rand der Stadt absetzen lassen können, um den Rest des Weges zu Fuß zurückzulegen.

Es war etwa zwei Uhr, als ich das alte Haus in Charing Cross erreichte, das ich – ob nun zu Recht oder zu Unrecht – für das Haus meines Großvaters hielt. Es brannte kein Licht, und da ich überzeugt war, daß das Anwesen dem Gesetz wie auch der Gerechtigkeit nach dem Vater meiner Mutter gehört hatte und mir damit als deren rechtmäßigem Erben zustand, zog ich den großen Schlüssel aus der Tasche, um die Haustür aufzuschließen. Der Schlüssel drehte sich im Schloß, und ich trat ein. Die Tür zum Vestibül war unverriegelt. Ich schloß daher zuerst wieder die Haustür ab und stand einen Augenblick später in der Eingangshalle.

Plötzlich hörte ich zu meinem Entsetzen ein lautes Pochen. Einen Moment lang dachte ich, es sei mein eigener Herzschlag gewesen, doch dann begriff ich, daß jemand gegen die Haustür hämmerte. Ich erstarrte vor Schreck. Wurde ich verfolgt? Das Klopfen wiederholte sich, und dann hörte ich oben im Haus ein zweites Geräusch. Rasch ging ich in den Flur am Fuß der Treppe, wo man mich vom Eingang aus nicht sehen konnte. Der Mond schien gerade durch ein Fenster, und sein Licht war so hell, daß ich schaudernd das Schwert und die Hellebarde wiedererkennen konnte, die noch immer gekreuzt an der Wand hingen. Wie hatte doch Mr. Escreet zu meiner Mutter gesagt? »Ich mag es, wenn die Dinge an Ihrem Platz sind.« Ich drückte mich tiefer in den Schatten und konnte gerade noch Mr. Escreet erkennen, der mit einer Kerze in der Hand und dem Morgenmantel über dem Nachthemd die Treppe herunterkam. Auf seinen Zügen spiegelte sich ein schrecklicher, quälender Kummer, und sein Gesicht mit der Knollennase erinnerte mich an eine verwitterte Statue. Mit jeder Stufe, die er nach unten ging, bewegte ich mich einen Schritt weiter auf die Tür zum Kabinett zu, um nicht in sein Blickfeld zu geraten.

Ich hörte, wie er etwas durch das Guckloch fragte und dann die Tür öffnete. Gleich darauf vernahm ich Stimmen – eine gehörte offenbar einer Frau – und schließlich Geräusche, die auf mehrere Personen schließen ließen. Sie gingen durch das Vestibül und blieben in der Halle am Fuß der Treppe stehen, nur wenige Schritte von mir entfernt.

»Kommen Sie! Wir wissen genau, daß Sie es haben.«

Erstaunt erkannte ich die Stimme des Advokaten Sancious, der meine Mutter betrogen hatte, dem wir später bei Mrs. Fortisquince unter dem Namen Steplight wiederbegegnet waren und den ich während meiner Krankheit im Haus von Daniel Porteous gesehen zu haben meinte.

»Wie können Sie so etwas nur behaupten!« widersprach Mr. Escreet. »Sie wissen doch, daß es vernichtet wurde, als man den Jungen ertränkt hat.«

»Das haben wir zuerst auch geglaubt, genauso, wie wir geglaubt haben, daß der gräßliche Junge tot ist«, höhnte Sancious.

Wahrscheinlich war er hierher gekommen, weil er von Barney wußte, daß ich behauptet hatte, das Testament würde noch existieren. Doch warum war Sancious gerade hierher gekommen, um das Testament zu suchen? Und warum wollte er meinen Tod, obwohl Silas Clothier nicht mehr lebte und dessen Erben vom Testament nicht mehr profitieren konnten?

Der alte Mann stieß einen tiefen Seufzer aus. »Wenn er doch nur tot wäre!«

Dann hatte Mr. Escreet also schon gewußt, daß ich nicht ertrunken war! Aber wie hatte er das erfahren können? Vermutlich nur von Bellringer! Je mehr ich hörte, um so mehr Rätsel tauchten auf.

»Den können Sie ruhig uns überlassen«, sagte Sancious brutal, und ich drückte mich noch enger an die Wand. »Aber erst einmal brauchen wir das Testament.«

»Wieso nehmen Sie an, daß ich es habe?«

»Wir wissen, daß Bellringer es dem Jungen abgeluchst hat. Und einer meiner Leute hat ihn vor wenigen Tagen bis hierher verfolgt. Also nehmen wir an, daß er es Ihnen zur Aufbewahrung gegeben hat.«

Ich war sehr verwundert und doch gleichzeitig auch etwas klüger. Woher wußte er so viel? Warum hatte er Bellringer verfolgen lassen?

»Mir?« rief der alte Mann. »Warum hätte er es denn gerade mir geben sollen?«

Genau das fragte ich mich auch: Welche Verbindung bestand zwischen ihm und Bellringer?

»Nehmen Sie uns nicht auf den Arm!« hörte ich die Stimme der Frau sagen.

Ich hätte vor Verblüffung beinahe laut aufgeschrien. Wurde ich wirklich verrückt? Hatte ich den Verstand verloren?

Dann hörte ich sie sagen: »Wir wissen alles. Sie waren es, der das Testament ursprünglich an sich gebracht hat. Und Sie haben auch bei dem Diebstahl Ihre Hand im Spiel gehabt.«

Tatsächlich, sie war es! Mrs. Fortisquince! Warum war sie hier? Was hatte sie mit Sancious zu tun? Wieso interessierte sie sich für das Testament? Und wie konnte sie dem alten Mann vorwerfen, es gestohlen zu haben? Er hatte mir doch selbst anvertraut, daß dieser Paternoster der Dieb gewesen war. Hatte er damals gelogen?

»Was wissen Sie denn schon davon!« rief der alte Mann. »Sie waren doch noch nicht einmal geboren, als es passiert ist.«

»Mrs. Sancious weiß sehr viel darüber«, sagte der Advokat.

Mrs. Sancious? Ich war sprachlos. Warum sollte sich die stolze, reiche Witwe mit dem unbedeutenden Advokaten verbünden?

Mrs. Fortisquince – beziehungsweise Mrs. Sancious, wie ich sie nun wohl nennen muß – sagte: »Ich weiß tatsächlich sehr viel. Vor allem weiß ich von dem Kind, das Anna Mompesson in aller Verborgenheit vor mehr als neunzig Jahren zur Welt gebracht hat.«

Ich hörte, wie der alte Mann keuchend Luft holte.

»Das Kind einer schändlichen und heimlichen Affäre«, fuhr Mrs. Fortisquince fort. »Und ich weiß, daß sein Vater Jeoffrey Huffam es ihr fortgenommen und seinem Rechtsbeistand Paternoster anvertraut hat, um Adoptiveltern suchen zu lassen. Ich weiß, daß Paternoster auf die Idee kam, Huffam zu erpressen, und deshalb das Kind von einem seiner Schreibgehilfen aufziehen ließ. Und ich weiß auch, daß er anordnete, es auf den Namen seines leiblichen Vaters taufen zu lassen: Jeoffrey.«

Sie schwieg, und plötzlich blitzte jener Name vor meinem inneren Auge auf, den ich in dem entwendeten Testament gesehen hatte, als ich es in Bellringers Wohnung las: Jeoffrey Escreet!

Die Affäre zwischen Jeoffrey Huffam und Anna Mompesson war jene Geschichte, die Miss Lydia mir erzählt hatte. Aber sie hatte das Schicksal des Kindes nicht gekannt oder hatte es mit dem Los eines anderen ebenso ungewollten Kindes verwechselt.

Und dann bestätigte Mrs. Sancious meine Vermutung und sagte mit unmißverständlichem Nachdruck: »Und ich weiß, daß der Name dieses Schreibgehilfen Escreet lautete.«

Natürlich! Escreet war der Ahnherr eines illegitimen Familienzweigs, der die beiden Familien der Huffams und der Mompessons miteinander verband!

»Ganz recht!« rief der alte Mann verbittert. »Escreet! Nicht Huffam und auch nicht Mompesson, obwohl beider Familien Blut in meinen Adern fließt – und ich bin der einzige Mensch auf der Erde, der das von sich behaupten kann, nun, da die alte Lydia Mompesson nicht mehr ist. Mein Fluch über diese beiden Familien! Und ich verfluche Paternoster für das, was er mir angetan hat! Hätte er mir doch nie etwas gesagt! Aber er hat mich wie eine Figur in einem Schachspiel benutzt. Er hat dafür gesorgt, daß Jeoffrey Huffam mich als seinen Vertrauten in seine Dienste nahm, ohne daß einer von uns beiden etwas von unseren Blutsbanden ahnte. Dann hat mich Pasternoster überredet, seine Tochter zu heiraten, eine häßliche, schielende Kreatur, die niemand haben wollte, so erbärmlich gering war die Mitgift, die er aufbieten konnte. Und er hat mir versprochen, daß er mir etwas anvertrauen wolle, etwas, das nicht zu meinem Nachteil sein würde. Und was war das? Das Geheimnis meiner leiblichen Eltern. Ein fatales Geheimnis! Ich mußte für Jeoffrey damals oft geschäftlich nach Hougham fahren, und als ich wußte, wer meine Eltern waren, sah ich meinen Halbbruder James plötzlich mit anderen Augen, sah, wie er sein Geld mit Pferden und Frauen und beim Spiel verpraßte, und sah, wie man das große neue Haus baute. Und dann diese arme

Verrückte, die sie in den Wahnsinn getrieben haben ... Nun, all das ließ mir keine Ruhe mehr, all diese Ungerechtigkeit.«

»Also deshalb haben Sie Jeoffrey erpreßt?« fragte Mrs. Sancious.

»Nein, so war es nicht. Als ich ihm sagte, daß ich sein Sohn sei, da war er überglücklich. Er war inzwischen bereits ziemlich enttäuscht von seinem ehelichen Sohn und freute sich deshalb, nun einen anderen Sohn zu haben, dem er vertrauen konnte.«

»Das ist nicht wahr«, gab sie zurück. »Sie haben ihm mit einem Skandal gedroht, als man ihn bereits bei Hofe empfing und er sich Hoffnung auf einen Adelstitel machte.«

»Das ist gelogen!« kreischte der alte Mann. »Schließlich hat er sogar ein neues Testament aufsetzen lassen, sobald ich mich ihm anvertraut hatte, und darin hat er mir dieses Haus und eintausend Pfund vermacht.«

»Sie haben ihn dazu gezwungen«, erwiderte sie. »Er hat Paternoster um Rat gefragt, ohne zu wissen, daß er sich damit an ebenjenen Mann wandte, der daraus Kapital schlagen würde, da seine Tochter ja heimlich mit Ihnen verlobt war. Und einige Jahre später hat Jeoffrey Huffam dann versucht, die betreffenden Klauseln zu annullieren, indem er seinem Testament ein Kodizill angefügt hat, ohne daß Sie davon gewußt haben.«

»Noch eine Lüge!« rief er. »Das hat er nur getan, weil er Angst hatte, daß James nach seinem Tod den Besitz an Nicholas Clothier verkaufen würde. Deshalb wollte er James mit Hilfe des Kodizills von der unmittelbaren Erbfolge ausschließen.«

»Glauben Sie nach all den Jahren selbst schon an Ihre Märchen?« höhnte Mrs. Sancious. »Warum hat er Ihnen dann seine Absicht verschwiegen, wenn es ihm wirklich nicht darum ging, Sie zu enterben? Paternoster hat Ihnen davon erzählt, und er hat Ihnen auch versprochen, daß letztlich alles gut ausgehen würde. Und hat er Ihnen nicht auch das gleiche versprochen, als Ihr leiblicher Vater im Frühjahr 1770 im Sterben lag und ein zweites Testament aufsetzte, in dem Sie überhaupt nicht bedacht worden sind?«

»Das hat er nur getan, um James zugunsten seines neugeborenen Enkels zu enterben!«

»Ja, das auch«, gab sie zu, fuhr dann aber fort: »Aber er ließ auch die Klausel aufheben, nach der Ihnen dieses Haus zufallen sollte, oder etwa nicht? Als Jeoffrey starb, haben Sie und Paternoster das Kodizill und das zweite Testament versteckt, und dafür haben Sie von James auch noch eine Belohnung bekommen, weil der jetzt das Gut ohne alle Einschränkungen erben und es daher an die Mompessons verkaufen konnte. Und außerdem haben Sie so natürlich auch das Haus und die eintausend Pfund bekommen.«

Ich erinnerte mich daran, daß im entwendeten Testament mit keinem Wort erwähnt wurde, daß Escreet dieses Haus erben sollte. Das war also ein weiterer Grund, weshalb er das Dokument unterschlagen hatte!

»Nein, das hat alles Paternoster getan!« beharrte der alte Mann. »Ich habe nichts davon gewußt.«

»Natürlich haben Sie alles gewußt«, spottete sie, »Sie und Paternoster. Sie mußten schließlich noch seinen Sekretär bestechen, damit der Ihre Schandtaten nicht verriet, außerdem mußte er bezeugen, daß Jeoffrey das Kodizill widerrufen hat. Und damit der Sekretär sein Schweigen auch hielt, haben Sie Ihre Tochter mit seinem Sohn verlobt. Er hieß Bellringer, und Henry ist ein Enkel jenes Paares und Ihr Urenkel.«

So also sah Henrys Verbindung zu dem alten Mann aus! Die letzten Steinchen des Mosaiks fanden ihren Platz.

»Ja«, sagte Escreet, »Henry ist mein Urenkel, aber alles andere stimmt nicht.«

»Und deshalb«, sagte Sancious, »war er ebenso entschlossen, sich an diesen beiden Familien zu rächen und einen Anteil an deren Besitz zu erhalten, wie Sie es waren.«

»Einen Anteil?« rief der alte Mann. »Inzwischen wird ihm der gesamte Besitz gehören.«

»Was wollen Sie damit sagen?« fragte Mrs. Sancious ruhig. »Wie sollte es dazu kommen können?«

»Er hat die Palphramond-Erbin geheiratet«, rief der alte Mann.

»Tatsächlich?« antwortete sie kühl.

»Glauben Sie wirklich, daß ich das Testament aus der Hand gebe, nachdem nun endlich das eintritt, worauf ich mein ganzes Leben lang gehofft habe: daß die Ländereien der Huffams in den Besitz meiner Familie – meiner Nachfahren! – übergehen? Zur Hölle mit Ihnen! Und überhaupt, was wollen Sie eigentlich mit dem Testament?«

»Gar nichts«, sagte Mrs. Sancious. »Es muß nur vernichtet werden.«

»Vernichtet?« keuchte der alte Mann. »Die einzige Partei, in deren Interesse es liegt, das Dokument zu vernichten, ist die ...« Er hielt inne.

»Ja«, sagte sie. »Ich bin die Maliphant-Anwärterin.«

Das also war die Erklärung! Darum waren sie hier! Deshalb hatte Sancious Barney den Auftrag gegeben, mich umzubringen! Wenn Silas Clothier tot war, erbten die Maliphants das Gut, vorausgesetzt, es lebte niemand mehr aus der Familie Huffam! Und deshalb waren sie und Sancious natürlich auch verheiratet: Sie hatte das Anrecht und er die Mittel, es durchzusetzen.

»Henry hat mich vor Ihnen gewarnt!« rief Escreet. »Er hat mir erzählt, wie er Ihnen dabei geholfen hat, Ihren Neffen zu beseitigen, weil der Ihrer Erbschaft im Weg stand.«

Dann hatte ich mit meiner Vermutung also doch recht gehabt, daß Stephens Tante ihn auf Quiggs Schule geschickt hatte, um ihn dort umbringen zu lassen! Und dabei hatte ich nicht einmal geahnt, wer diese Tante war und daß wir beide, Stephen und ich, auf ihre Veranlassung hin dorthin geschickt worden waren!

»Sie reden Unsinn, alter Mann«, sagte sie kühl.

»Geben Sie uns das Testament!« verlangte Sancious.

»Nein!«

»Geben Sie es uns«, wiederholte Sancious. »Sie können nichts mehr damit anfangen, Ihr Urenkel hat Pech gehabt.«

»Sie lügen!«

Ich hörte Papier rascheln, dann sagte Sancious: »Bei Morgengrauen wird man diese Zeitung auf den Straßen verteilen.«

Dann vernahm ich die zittrige Stimme des alten Mannes, der halblaut las:

»›Baronet flieht. Cousin im Duell gestorben. Sutton Valancy, Dienstag, den 2. Dezember. Sir David Mompesson, Bart., ist angeblich außer Landes geflohen, da der Tod von Mr. Henry Bellringer ...‹« Mr. Escreets Stimme versagte.

Einige Augenblicke lang war nur das Rascheln der Zeitung zu hören, doch dann fuhr Mrs. Sancious unerbittlich fort: »... der Tod von Mr. Henry Bellringer, offenbar ein entfernter Verwandter von Sir David, nach einem Duell zwischen den beiden Gentlemen nicht zu verheimlichen war. Mr. Bellringer, so wurde uns berichtet, hatte Miss Henrietta Palphramond entführt, und Sir David, der eine eheliche Verbindung zwischen den beiden verhindern wollte, da er selbst der jungen Dame zugeneigt war, folgte den Fliehenden und unterbrach die Zeremonie der Eheschließung. Unser Korrespondent berichtet, daß die beiden Gentlemen dann ein Duell ausfochten, bei dem Mr. Bellringer tödlich verwundet wurde.‹«

»Ermordet!« sagte der alte Mann. »Ermordet von einem Mompesson!«

»Und jetzt wird der Huffam-Junge alles erben, wenn er sich das Testament verschaffen kann«, sagte Sancious. »Begreifen Sie, was ich Ihnen da sage? Sie haben nichts mehr davon. Geben Sie uns das Testament! Wir haben einen Mann an der Hand, der wartet nur auf ein Wort von uns, um den Jungen kaltzumachen.«

Der alte Mann sagte wie betäubt: »Dann ist Umphraville gerächt.«

Genau das hatte Bellringer auch gesagt, als er tödlich verletzt am Boden lag. Was hatte er damit gemeint? Und was wollte der alte Mann damit sagen?

»Wovon reden Sie eigentlich?« fragte ihn Sancious gereizt.

»Er hat mich hinterhergeschickt«, sagte der alte Mann noch ganz benommen, »den beiden Paaren. Er wollte unbedingt ihre Hochzeiten verhindern. Er hat ... er hat versprochen, daß er dann mein Erbteil erhöhen würde. Ich bin Tag und Nacht geritten.«

»Er verliert den Verstand«, meinte Mrs. Sancious.

Doch ich klammerte mich an jedes Wort und versuchte, es mit dem in Übereinstimmung zu bringen, was Miss Lydia mir erzählt hatte.

»Es war dunkel«, fuhr der alte Mann wie in Trance fort, »als ich die Old Hall vor mir liegen sah. Dann kam Umphraville und forderte mich heraus. Er war der bessere Fechter, aber dann stürzte *sie* aus der Old Hall. Sie sah, daß ich in Gefahr war, und rief: »Mein Sohn! Mein Sohn! Paß auf, hinter dir!« Umphraville hat geglaubt, daß sie ihn meinen würde, und drehte sich nach ihr um, und da habe ich ihm meinen Degen in den Rücken gestoßen.«

Es folgte ein kurzes Schweigen.

»Mein Sohn!« waren also die höchst merkwürdigen Worte gewesen, die Anna Mompesson gerufen hatte. Die Wahnsinnige hatte ihr Kind wiedererkannt und gesehen, daß es in Gefahr schwebte. Sie hatte nicht John Umphraville, sondern Escreet schützen wollen!

Dann setzte der alte Mann in seiner Erzählung fort: »Ich habe es für Jeoffrey getan, für die Familie Huffam, für meine Familie. Die Umphravilles waren nicht gut genug, sich mit uns zu verbinden, hat er gemeint. Aber hinterher hat er sich geärgert, weil es mir nicht gelungen war, James' Hochzeit mit dieser Metze zu verhindern – und weil ich John Umphraville umgebracht hatte. Später hat Paternoster mir dann erzählt, wie er versucht hat, mich zu betrügen, wie er mich enterben und um Haus und Geld bringen wollte. Ich hab Paternoster nicht geglaubt, bis er mir dann das Kodizill und das Testament gezeigt hat, die der alte Huffam aufsetzen ließ, als er im Sterben lag. Und so habe ich erfahren, daß er mich – während ich mich um seine Angelegenheiten kümmerte – um meine Rechte betrügen wollte.«

Bellringer hatte behauptet, seinen Urgroßvater habe man um seine Rechte gebracht. Das also war die Erklärung für Henrys Worte, die mir so rätselhaft erschienen waren.

»Nach all dem, was ich für ihn riskiert hatte! Ich hatte ein Recht darauf, zur Familie zu gehören. Deshalb war ich dann auch einverstanden, als Paternoster mir den Vorschlag machte. Wir haben das Kodizill und das Testament aber nicht *gestohlen.* Die Papiere basierten auf Lügen, und es war mein Recht, sie zu unterschlagen. Und es hat ja auch Spaß gemacht, James soviel Geld für das Kodizill abzuknöpfen, und später dann, als ich den Mompessons das Testament verkauft habe! Wenn ich schon nicht zu ihnen gehören konnte, dann wollte ich sie doch wenigstens kräftig schröpfen und die Familien zugrunde richten, indem ich sie gegeneinander aufhetzte. Als ich den Mompessons das Testament verkaufte, habe ich sie davor gewarnt, daß es auch noch ein Kodizill geben würde, damit sie immer daran denken mußten und sich niemals völlig sicher fühlen konnten. Und viele Jahre später hab ich dann John Huffam übers Ohr gehauen und ihn das Testament in dem Glauben kaufen lassen, daß es von einer dritten Seite kommt.«

Also war das Kodizill die ganze Zeit über schon in Escreets Händen gewesen, als mein Großvater sich Geld von seiner Jahresrente zusammengespart und dann beim alten Clothier in Schulden gestürzt hatte, um das Dokument kaufen zu können! Der Kauf von einer dritten Seite, den meine Mutter mir geschildert hatte, war nur eine von Escreets Scharaden gewesen!

»Also haben Sie vor all den Jahren einen Menschen getötet«, sagte Mrs. Sancious. »Aber John Umphraville war nicht der einzige, nicht wahr?«

»Doch, er war der einzige«, widersprach er. »Ist denn einer nicht genug? Weiß Gott, mir reicht es!«

»Geben Sie schon das Testament heraus!« zischte Sancious. »Sie wollen doch nicht, daß der Huffam-Junge alles erbt, oder?«

»Nein, aber Ihnen beiden gebe ich es auch nicht; um nichts in der Welt!«

»Um nichts?« wiederholte Mrs. Sancious. »Nicht einmal, wenn ich Ihnen sage, was tatsächlich passiert ist, als wir uns das letzte Mal begegnet sind?«

Das letzte Mal! Jetzt erst fiel mir auf, daß von den Personen, die am Abend der Ermordung meines Großvaters in diesem Hause zugegen waren – meine Mutter, Peter Clothier, Martin Fortisquince, Mr. Escreet und die jetzige Mrs. Sancious –, die letzten beiden Überlebenden noch einmal am selben Ort zusammengekommen waren – bis auf den Mörder selbst natürlich. Vielleicht konnte ich jetzt etwas über die Ereignisse jener Nacht erfahren. Mein Herz begann bei diesem Gedanken noch lauter zu pochen.

»Ich weiß nicht, wovon Sie reden«, sagte der alte Mann.

»Dann will ich es Ihnen erklären«, sagte sie. »Ich war an jenem Abend von Anfang an mißtrauisch. Warum hatte Huffam meinen Bräutigam und mich nach einem solch bitteren Zwist wieder eingeladen? Als ich zudem noch erfuhr, daß er seine zimperliche Tochter mit dem übergeschnappten jungen Clothier verheiratet hatte, war ich erst recht neugierig. Vor allem, als mein Bräutigam ihm erzählte, er habe ihm etwas mitgebracht, Huffam aber sofort das Thema wechselte, als wolle er das Geschenk auf keinen Fall so frühzeitig erhalten. Was ist in diesem Päckchen? habe ich mich gefragt. Und als es dann zum Streit zwischen Huffam und seinem Schwiegersohn kam, da war nicht zu übersehen, daß sie uns etwas vorspielten, auf das auch nur mein leichtgläubiger Bräutigam hereinfallen konnte. Also beschloß ich, die weiteren Vorgänge an diesem Abend aufmerksam zu beobachten. Als Clothier mit seiner Braut das Haus verließ, war ich ziemlich überrascht, denn bis dahin hatte nichts auf ein so drastisches Ende hingedeutet. Dann sollte ich oben in der Küche den Tee zubereiten, während die Gentlemen ihren Wein tranken. Und bei der Gelegenheit gab dann mein Bräutigam Huffam das Päckchen, so jedenfalls hat er es mir später erzählt. Daraufhin haben Sie und Huffam meinen Mann allein gelassen, um in das Kabinett zu gehen, denn Huffam wollte, so hat er behauptet, die Geldkassette aufschließen und das Päckchen sicher verwahren. Wir wissen nun aber alle, was er tatsächlich getan hat: Er hat das Kodizill aus dem Päckchen geholt, um es Ihnen zu geben, damit Sie es unauffällig seinem Schwiegersohn zustecken. War es nicht so?«

»Ja«, sagte der alte Mann.

»Aber jetzt müssen wir über etwas reden, was außer uns beiden niemand weiß: Als Huffam die Geldkassette aufschließen wollte, mußten Sie den Raum verlassen, weil selbst Sie nicht wissen durften, wo er den Schlüssel verbarg. Also sind Sie in die Halle zurückgegangen.«

»Nein!«

»Doch, das sind Sie! Das können Sie nicht abstreiten! Was glauben Sie denn, wo ich in diesem Augenblick war? Oben in der Küche und aus dem Weg? Keine Rede! Ich war leise wieder die Treppe bis zum ersten Absatz hinuntergeschlichen.«

»Sie lügen! Von dort aus hätten Sie nichts sehen können.«

»Von dort aus kann man sehr viel sehen. Soll ich es Ihnen beweisen? Gut, dann zeige ich es Ihnen. Bleiben Sie stehen, und ich gehe hinauf zum Treppenabsatz!«

Ich hörte Schritte und merkte, daß Mr. Escreet und Sancious auf mich zukamen. Mit klopfendem Herzen wich ich vor ihnen zurück. Das Kabinett hinter mir blieb meine einzige Zuflucht. War es verschlossen? Doch zu meiner Erleichterung ließ sich die Tür öffnen, und ich schlüpfte rasch in den Raum und sah mich von beinahe pechschwarzer Dunkelheit umgeben, da die Fensterläden geschlossen waren. Ich ließ die Tür einen Spaltbreit offen und konnte nun zwar nichts sehen, dafür aber jedes Wort deutlich verstehen.

Gleich darauf hörte ich, wie Mrs. Sancious vom Treppenabsatz herunterrief: »Ich sehe Sie. Nun tun Sie genau das, was Sie damals auch getan haben!« Es folgte ein kurzes Schweigen, dann sagte sie: »Kommen Sie schon! Seien Sie nicht so schüchtern! Nehmen Sie es herunter!« Dann: »Gib du es ihm, Sancious.« Erneutes Schweigen, und dann fuhr sie fort: »Jetzt halten Sie es in der Hand. Nun senken Sie es zu Boden. Glauben Sie mir endlich? Na, ist auch egal. Dann sind Sie ins Kabinett zurückgegangen, und eine Minute später – nein, nicht einmal eine Minute später sind Sie ohne Schwert wieder herausgekommen. Ich habe Sie leise zur Eingangshalle schleichen sehen. Ich war ziemlich neugierig, das können Sie sich ja denken. Aber was Sie als nächstes getan haben, hat mir einige Rätsel aufgegeben. Sie haben die Tür zum Vestibül mit Ihrem eigenen Schlüssel geöffnet und dann den großen Haustürschlüssel abgezogen und oben auf der Standuhr versteckt, nachdem Sie die Vestibültür wieder abgeschlossen hatten. Ich konnte von hier aus alles genau sehen. Dann sind Sie einige Minuten lang ruhig stehengeblieben und haben zwischendurch immer wieder auf Ihre Uhr geschaut, als würden Sie auf jemanden warten. Aber kein einziges Mal haben Sie daran gedacht, ins Dunkel der Treppe hinaufzusehen, sonst hätten Sie mich nämlich entdeckt. Ein oder zwei Minuten später hörte ich dann jemanden durch die Hintertür hereinkommen und zur Bibliothek schleichen. Das war Clothier. Im gleichen Moment erriet ich dann, daß der Zweck der ganzen Scharade nur darin bestand, ihm das Päckchen zuzuspielen. Trotzdem fand ich aber Ihr Verhalten mehr als rätselhaft. Wollen Sie mir jetzt nicht alles erzählen?«

Eine Zeitlang sagte niemand ein Wort.

Dann fuhr sie fort: »Sie haben gewartet, bis er in der Bibliothek war, und dann sind Sie in den rückwärtigen Teil des Hauses geschlichen. Ich weiß heute, daß Sie die Hintertür verschlossen haben, doch damals ahnte ich noch nichts von Ihren Plänen. Sie haben dann mit meinem Bräutigam gesprochen und die Tür zum Eßzimmer offengelassen, damit er Clothier sehen konnte, wenn der durch die Hintertür entkommen wollte. Schließlich sind Sie hierher zurückgekommen und ins Kabinett gegangen. Später erfuhr ich dann, daß Sie von dort aus die Bibliothek betreten haben, und zwar durch ebenjene Tür, die Sie vorher versperrt hatten, damit Clothier nicht ins Kabinett gelangen konnte. Und Sie hatten einen sehr guten Grund, ihn daran zu hindern, nicht wahr? In der Zwischenzeit bin ich die Treppe hinuntergegangen.«

Ich hörte, wie ihre Stimme näher kam.

»Ich habe den Schlüssel von der Standuhr heruntergeholt und vor die abgeschlossene Vestibültür gelegt. Warum ich das getan habe? Aus purem Übermut. Ich wollte einfach Ihre Pläne durchkreuzen, wie immer die auch aussehen mochten. Einige Minuten später kam Clothier zur Tür. Er hatte gemerkt, daß die Hintertür verschlossen war und er das Haus nicht verlassen konnte. Doch jetzt sah er den großen Schlüssel dort, wo ich ihn hingelegt hatte. Also zerschlug er eine Scheibe in der Vestibültür – dabei hat er sich geschnitten –, öffnete die Haustür mit dem großen Schlüssel und ging hinaus. Ich bin dann wieder nach oben in die Küche geschlichen und habe gewartet. Kurz darauf haben Sie Alarm geschlagen. Was sind Sie wütend gewesen, als Sie Clothier als Mörder beschuldigt hatten und entdecken mußten, daß er entkommen war, während Sie doch geglaubt haben, er sei mit Huffams Geld in den Taschen und seinem Blut an den Händen im Haus gefangen. Dann haben Sie sich rasch eine andere Geschichte überlegt und etwas von einem Einbrecher erzählt, nicht wahr? Dabei hat es nie einen solchen Einbrecher gegeben.«

Ich wußte, was sie damit andeuten wollte. Und hatte sie nicht auch recht?

Peter Clothier war unschuldig. Er war unwissentlich in eine Falle getappt, die nur deshalb nicht zugeschnappt war, weil Mrs. Sancious sich eingemischt hatte. Ihr Bericht erklärte endlich die bislang so verwirrenden Details dieses Verbrechens. Aber sagte sie wirklich die Wahrheit? Oder wollte sie nur dem alten Mann Angst einjagen? Plötzlich merkte ich, daß ihre Stimme sehr nahe gekommen war.

»Keine Spur von einem Einbrecher«, wiederholte sie. »Und Huffam war schon tot, noch ehe der junge Clothier überhaupt zurückgekommen war.«

Ihre Schritte kamen noch näher. Und plötzlich blieb mir das Herz stehen. Die drei näherten sich dem Kabinett! Ich durchquerte den dunklen Raum und probierte die Tür zur Bibliothek, aber sie war verschlossen. Ich war gefangen! Doch mit einemmal wußte ich, was ich zu tun hatte. Ich hastete zum Wandschrank, verbarg mich in ihm, zog die Tür hinter mir zu und ließ sie nur einen Spaltbreit offen, damit ich etwas sehen konnte.

Das war keine Sekunde zu früh, denn im gleichen Augenblick betraten sie das Kabinett. Ich konnte sie nicht sehen, doch ihre Kerzen erhellten den Teil des Zimmers, den ich überschauen konnte.

»Da war *wohl* ein Einbrecher, ganz bestimmt!« beharrte der alte Mann. Er glaubte mittlerweile offensichtlich selbst daran, daß er die Wahrheit sagte.

»Nein«, sagte Mrs. Sancious sanft, »denn noch ehe Clothier das Haus wieder betreten hatte, sind Sie mit dem Schwert in dieses Zimmer gegangen, nicht wahr? Und Huffam hatte die Geldkassette schon aufgeschlossen.« Mit flüsternder Stimme lockte und drängte sie ihn zugleich: »Nun, zeigen Sie mir, wie Sie's gemacht haben!«

Der alte Mann trat wie ein Schlafwandler in mein Blickfeld, in der einen Hand das grausam gebogene Schwert, in der anderen eine Kerze. Er legte beides auf dem Regal neben einer großen Kassette ab, die unter dem Fenster auf dem Boden stand, kniete sich hin, schob eine der Bodendielen zur Seite und holte etwas darunter hervor. Einen Schlüssel! Er blieb auf den Knien und öffnete nun die Kassette. Dann blickte er in eine andere Ecke des Zimmers, benommen und verwirrt.

»Er hat etwas herausgenommen«, flüsterte die sanfte Stimme.

»Ja«, murmelte der alte Mann und griff in die Kiste.

»Nach dreißig Jahren haben Sie es da zum erstenmal wiedergesehen«, schmeichelte die Stimme. »Wenn es Ihnen nicht gelingen würde, den Mompessons das Dokument zurückzugeben, würden die Huffams doch noch das Gut bekommen. Ihre Rache an dieser Familie wäre gescheitert. Außerdem würden Sie das Haus verlieren, denn das Testament hatte Sie enterbt. Von dem Augenblick an, da er Ihnen erzählt hatte, daß ihm jemand – es war übrigens diese verrückte alte Hexe Lydia Mompesson – das Testament zurückgeben wollte, haben Sie Pläne geschmiedet. Sie wußten, daß Sir Perceval beinahe jeden Preis zahlen würde, um es wiederzubekommen. Also haben Sie dafür gesorgt, daß man Peter Clothier verdächtigt: den Sohn Ihres alten Feindes. Welch süße Rache! Als Sie ins Zimmer kamen, nahm Huffam gerade das Päckchen aus der Truhe, das mein Bräutigam ihm gebracht hatte, nicht wahr? Und vielleicht hat er es sogar geöffnet, und als er sah, daß es tatsächlich enthielt, was er sich erhofft hatte, da hat er vermutlich etwas gesagt, das Sie um den Verstand brachte, so etwas wie: ›Wer zuletzt lacht‹ ... oder: ›Jetzt gehört es mir.‹«

Der alte Mann wandte sich in die Richtung, aus der die Stimme kam, und murmelte: »Nein, nein. Es war ganz anders.«

»Es dauerte nur ein paar Sekunden, und Sie haben getan, was getan werden mußte. Um Ihre Rache zu vollenden und es den Huffams unmöglich zu machen, sich jemals wieder ihres Vermögens erfreuen zu können, brauchten Sie bloß das Testament aus dem Päckchen zu nehmen und es irgendwo in diesem Zimmer zu verstecken. Dann mußten Sie nur noch das Kodizill und den Brief, den Huffam an jenem Abend geschrieben hatte, sowie einige Banknoten aus der Truhe mit Blut beschmieren und das alles zurück ins Päckchen stecken. Sie haben nun die Tür zur Bibliothek versperrt, damit der junge Clothier nicht auf diesem Weg ins Kabinett kam, sind zurück in die Halle, wie ich es schon beschrieben habe, und haben dafür gesorgt, daß er nicht entwischen konnte. Er hat deshalb auch nie erfahren, daß nur wenige Schritte von ihm entfernt sein Schwiegervater bereits tot auf dem Boden lag, als Sie ihm in der Bibliothek das Päckchen übergeben haben. Und sobald er die Bibliothek verlassen hatte, brauchten Sie nur noch wieder hierher ins Kabinett zu laufen, sich etwas von Huffams Blut auf die Stirn zu streichen und Alarm zu schlagen.«

Der alte Mann stand auf und sah nun völlig verwirrt drein. »Nein«, murmelte er, »das haben Sie sich alles nur ausgedacht.«

Jetzt kam Sancious in mein Blickfeld und beugte sich über die Kassette, so wie Mr. Escreet es kurz zuvor getan hatte. Er begann, die Truhe zu durchwühlen. Während ich ihn dabei beobachtete, überlegte ich, was ich gerade gehört hatte. Sollte es denn wirklich wahr sein, daß Peter Clothier meinen Großvater nicht getötet hatte? Aber wie sollte ich mir sicher sein, wenn der alte Mann die Tat abstritt? Blieb mir die letzte Gewißheit denn selbst jetzt noch vorenthalten?

In diesem Moment griff Sancious in die Kassette, hielt etwas hoch und jubelte: »Ich hab's. Das Gut Hougham gehört mir!«

Augenblicklich wußte ich, was nun passieren würde. Ich stieß die Tür meines Verstecks auf und rief unwillkürlich: »Passen Sie auf! Hinter Ihnen!«

Doch unglücklicherweise war Sancious von meinem plötzlichen Auftauchen so überrascht, daß er sich zu mir wandte, statt auf die Gefahr zu achten, die in seinem Rücken drohte, und im gleichen Moment trieb Escreet ihm das Schwert in den Leib, so wie er, davon war ich überzeugt, vor gut sechzig Jahren John Umphraville getötet hatte. Ich sah einen Ausdruck des Erstaunens auf dem Gesicht des Advokaten, doch ob dies dem tödlichen Stoß oder meinem unverhofften Erscheinen zuzuschreiben war, werde ich wohl nie erfahren. Er sah aus, als wolle er mir noch etwas sagen, doch dann verzerrten sich seine Gesichtszüge, und die Augen schienen ihm aus den Höhlen quellen zu wollen. Er fiel auf die Knie, der Kopf sank ihm auf die Brust, und ohne ein weiteres Wort brach er zusammen und blieb auf dem Boden liegen.

Mrs. Sancious und ich blickten uns starr an. Ohne uns zu beachten, ging der alte Mann zur Bibliothekstür und verschloß sie. Dann nahm er das Testament aus der leblosen Hand seines Opfers, holte ein Bündel Banknoten aus der Kassette, ging zum Schreibpult am Fenster und legte das Geld in die Schublade.

Die ganze Zeit über ließ ich Mrs. Sancious nicht aus den Augen, die nun ängstlich auf die Leiche ihres Mannes starrte. Dies war die Frau, die es zugelassen hatte, daß Peter Clothier für ein Verbrechen litt, von dem sie wußte, daß er es nicht begangen hatte; die ihren jungen Neffen in den Tod geschickt hatte; und die versucht hatte, auch mich ins Jenseits befördern zu lassen. Ich war nun überzeugt, daß Peter Clothier unschuldig gewesen war, und meine Zweifel an dem, was sie gerade erzählt hatte, waren verschwunden, denn durch seine Tat hatte sich Mr. Escreet auf eine Weise zu dem Mord bekannt, die weit überzeugender war als jedes bloße Geständnis.

Der alte Mann verließ das Kabinett. Vermutlich wollte er jetzt warten, bis Peter Clothier das Haus durch die Hintertür betrat.

Als ich auf sie zuging, sah Mrs. Sancious mich furchtsam an: »So hab ich es nicht gemeint«, stammelte sie. »Ich wollte ihn nur dazu bringen, uns das Testament zu geben.«

Was sollte das heißen? Wollte sie damit sagen, daß sie dies hier nicht beabsichtigt hatte? Oder daß sie die ganze Geschichte nur erfunden hatte? Oder daß sie nur vermutet hatte, was sie selbst damals nicht hatte sehen können? Doch es blieb jetzt keine Zeit, um über diese Fragen nachzudenken.

»Er könnte gefährlich werden«, sagte ich mit unterdrückter Stimme, und da sie wie erstarrt schien, faßte ich sie am Arm und wollte mit ihr aus dem Haus fliehen, bevor wir hier eingesperrt waren.

»Das Testament!« murmelte sie, riß sich los, schlug einen Bogen um die Leiche und holte das Dokument aus dem Schreibpult. Ihre Selbstbeherrschung war wirklich bewundernswert.

Ich achtete darauf, dem alten Mann nicht über den Weg zu laufen, und hastete mit ihr zurück auf den Flur und zum Vestibül. Einen Augenblick später standen wir draußen auf dem verkommenen kleinen Platz. Es war finster, denn obwohl kurz der Mond geschienen hatte, hingen die Wolken noch immer tief und schwer am Himmel.

»Wir müssen zum Sheriff«, sagte ich. »Der alte Mann muß in Gewahrsam genommen werde, ehe er noch jemandem etwas antut.«

Und dann hätte ich am liebsten noch hinzugefügt: Die ganze Geschichte muß heraus: daß Sie die Aussage verschwiegen haben, die Peter Clothier gerettet hätte, und was Sie und Bellringer Stephen angetan haben. Aber ich spürte, wie sehr sie zitterte, und fand einfach nicht die Kraft, das alles zu sagen.

»Kommen Sie!« drängte ich statt dessen, und wir liefen über den unbeleuchteten Platz.

Wir eilten gerade um die Ecke des nächsten Hauses, als ich aus dem Augenwinkel heraus plötzlich einen Schatten sah, und im gleichem Moment fühlte ich auch schon eine Hand über meinem Mund. Dann packte mich jemand von hinten. Mein erster Gedanke war, daß der alte Mann uns verfolgt und eingeholt hatte, doch dann hörte ich eine nur allzu bekannte Stimme zischen: »Hat er's, Ma'am?«

Barney! Ich wußte sofort, daß nun der Augenblick meines Todes gekommen war. Mrs. Sancious hatte das Testament, und sie brauchte nur noch mich, den einzigen Menschen, der von ihren ruchlosen Taten wußte, umbringen zu lassen, und alles würde ihr gehören. Sie hatte von Anfang an gewußt, daß Barney hier wartete! Und ihre Hilflosigkeit und Schwäche hatte sie mir nur vorgespielt, um mich in die Falle zu locken. Sicher war Barney mit ihr und Sancious hergekommen.

»Was machst du denn hier?« rief sie.

Meine letzte Vermutung war also offensichtlich falsch gewesen! Barney hielt mich von hinten fest, so daß ich zwar sie sehen konnte, nicht aber ihn.

»Na, Ma'am«, sagte er vergnügt. »Meine Bande hat die Augen aufgehalten, genau wie's der Gentleman gewollt hat. Und als er vor zwei Stunden im ›Golden Cross‹ ankam, da hat Jack ihn entdeckt. Er hat ihn verfolgt, und als er hier ins Haus ging, hat Jack mich gleich geholt. Hat er's Dokument dabei?«

»Nein«, sagte sie, »ich hab es.«

»Um so besser. Wo is'n der Gentleman?«

»Er ist noch im Haus«, sagte sie mit ausdrucksloser Stimme.

»Na gut, Ma'am, dann lassen Sie mich wohl besser allein, damit ich meine Arbeit machen kann. Ist nicht gerade der richtige Anblick für 'ne Lady. Jetzt treibt sich hier keiner rum, da ist dieser Platz grad so gut wie irgendein anderer.«

Was konnte ich nur sagen oder tun, um meinen Kopf aus der Schlinge zu ziehen? Endlich fiel mir etwas ein. Jacks Name hatte mich auf eine Idee gebracht, denn ich war in dem Glauben gewesen, daß sich ihre Wege schon vor langer Zeit getrennt hatten. Sally mußte ihr Geheimnis bewahrt haben. Ich wollte etwas sagen, brachte aber kein Wort heraus, weil Barney seine Hand noch immer auf meinen Mund preßte.

Mrs. Sancious blieb und wollte Barney offenbar gerade antworten, als der seine Hand von meinem Mund nahm, um etwas aus seiner Jackentasche zu holen.

Ich hatte nur eine Sekunde, und ich schrie: »Jack ist der Verräter!«

Dann hielt er mir erneut den Mund zu, doch jetzt hatte er ein Messer in der Hand. »Sing leise!« herrschte er mich an. Dann lockerte er seinen Griff so weit, daß ich, wenn auch nur mit Mühe, etwas sagen konnte.

»Jack hat mit Pulvertaft gemeinsame Sache gemacht, nicht Sam«, keuchte ich. »Ich weiß das, weil ich ihn in der Nacht in Southwark gesehen hab, als Jem umgebracht wurde.«

Ich mußte daran denken, daß ich Jack mit diesen Worten zum Tode verurteilte, aber da ich wußte, daß er es mit Sam genauso gemacht hatte, empfand ich kaum Reue.

»Du lügst«, knurrte Barney.

Doch er hörte mir zu, als ich ihm erklärte, wie gewisse Dinge, die er bereits in einer bestimmten Version kannte, in einem völlig neuen Licht erschienen, wenn man nicht Sam, sondern Jack für den Verräter hielt. Es mußte ihm einleuchten, daß diese Lesart die Geschehnisse besser erklärte, denn er blickte nun reichlich verdutzt drein und stellte mir Fragen, die ich ihm ohne Zögern beantworten konnte. Mrs. Sancious blieb inzwischen wenige Schritt von uns entfernt stehen und beobachtete uns neugierig.

»Sally hat dir doch erzählt, sie könne dir bezeugen, daß Sam einen Glatzkopf mit Holzbein angesprochen hat, nicht wahr?« fragte ich ihn.

Er nickte.

»Aber sie hat das nur gesagt, weil Jack sie darum gebeten hat«, erklärte ich.

»Und warum sollte sie so was tun?« fragte er und sah mich dabei nachdenklich an. »Sie hatte sich doch in Sam verguckt!«

»Mach ihr daraus keinen Vorwurf!« rief ich. »Sie hat schließlich nicht gewußt, daß das seinen Tod bedeutet. Sie hat ja nicht geahnt, daß sie damit eine Beschreibung von Latte abgab.«

Barney sah jetzt, wie man ihn hereingelegt hatte, stieß vor Wut einen unterdrückten Schrei aus und schleuderte mich gegen die Mauer. Er glaubte mir jetzt, doch was war ich nur für ein Narr, anzunehmen, ich könne dadurch mein Leben retten! Er war so aufgebracht, daß er seinem Zorn erst recht freien Lauf lassen würde.

Er hob das Messer, und ich schloß die Augen.

Plötzlich sagte Mrs. Sancious: »Tu's nicht!«

Ich öffnete meine Augen wieder und sah, daß sie herangetreten war und eine Hand auf Barneys Arm gelegt hatte.

»Was soll das wieder heißen?« fragte er ein wenig ungehalten. »Dafür werde ich doch bezahlt, von Ihnen und dem Gentleman!«

»Der ist tot«, murmelte sie.

»Wirklich?« Barney sah einen Augenblick lang verwirrt drein, doch dann meinte er: »Aber ich krieg dafür den gleichen Lohn, als wenn ich's getan hätte. Hat mich nämlich mächtig viel Zeit gekostet, ihn beschatten zu lassen, mich und die anderen auch.«

»Du bekommst dein Geld.« Sie öffnete ihr Ridikül und warf eine Handvoll Sovereigns auf den Boden. »Und jetzt scher dich fort!«

Barney ließ mich los, bückte sich, um die Münzen aufzusammeln, und beobachtete uns dabei aufmerksam, als rechne er mit einer Falle. Er tastete das Pflaster mit den Händen ab, da es immer noch ziemlich dunkel war.

Während er das Geld zusammensuchte, schaute ich Mrs. Sancious erstaunt an. »Warum tun Sie das?«

Sie schüttelte nur den Kopf.

Litt sie immer noch unter einer Art Schock? Hatte sie der Mord an Sancious so aufgewühlt, daß sie nun etwas tat, was sie später einmal bereuen würde? Ich merkte, daß ich mich an diesen Gedanken klammern wollte, da ich sonst ihr gegenüber so etwas wie Dankbarkeit empfinden mußte. Und dann hätte sie mich um mein Recht gebracht, sie hassen zu dürfen.

Barney zählte das Geld und richtete sich wieder auf. »War mir ein Vergnügen, mit Ihnen Geschäfte zu machen, Ma'am«, sagte er. »Würd mich freuen, wenn ich Ihnen wieder zu Diensten sein kann. Ich halt nämlich gern Verbindungen aufrecht, die beiden Seiten Vorteil bringen.«

»Warte noch!« sagte ich. »Ich möchte dich etwas fragen. Du hast mir einmal erzählt, daß du einen Gentleman umgebracht hast.«

Er sah mich erstaunt an.

»Ich hab einen triftigen Grund für meine Frage. Du hast gesagt, es sei nicht lange vor meiner Geburt passiert. Sag mir jetzt die Wahrheit: Wo war es?«

Er lächelte mich nur an, als würde ihm insgeheim irgend etwas Vergnügen bereiten.

Ich wollte zwar glauben, daß Mrs. Sancious die Wahrheit erzählt hatte, aber es gab da noch immer diese andere Möglichkeit.

»Sag's mir!« flehte ich ihn an. »Es wird keine unangenehmen Folgen für dich haben. War es hier im Haus?« Ich deutete mit einer Hand auf die düsteren Silhouetten hinter uns.

Mit einem halben Lächeln, das uns beiden galt, verschwand Barney in der Dunkelheit.

Mrs. Sancious und ich gingen langsam über den menschenleeren Platz. Nach kurzem Schweigen mußte ich einfach anfangen: »Was Sie gerade von der Nacht erzählt haben, in der mein Großvater ermordet wurde ...« Ich hielt inne, fuhr dann aber doch fort: »Sie deuteten an, daß Sie all das nur gesagt haben, weil sie den alten Mann überreden wollten, Ihnen das Testament zu geben. Was haben Sie damit gemeint?«

»Was macht das jetzt noch?« fragte sie dumpf.

»Für mich ist es wichtig. Wollten Sie sagen, daß Sie die Geschichte nur erfunden haben?«

Sie zuckte mit den Achseln: »Ich hab Peter Clothier gesehen.«

»Aber wenn Sie alles gesehen haben, warum haben Sie dann nichts gesagt, als er angeklagt wurde?«

»Du verlangst zuviel von mir. Warum hätte ich das denn tun sollen? Ich habe deine Mutter gehaßt. Sie war ein verwöhntes Kind. Sie hatte einfach alles – einen liebenden Vater, hübsche Kleider, Musik, so viele Dinge –, und ich war arm, und keiner hatte mich gern, dabei war ich viel klüger und hübscher als sie. Ich war erst glücklich, als ich sah, wie sehr sie litt.«

Ich schüttelte den Kopf. Ich wollte ihr sagen, daß das Leben meiner Mutter gar nicht so gewesen war, wie sie es sich vorstellte.

»Damals habe ich sie beneidet«, fuhr sie fort. »Und später war ich dann eifersüchtig.«

Ich blickte sie überrascht an. »Gab es denn dafür einen Grund?«

Sie blieb plötzlich stehen und drehte sich zu mir um: »Dann sag ich's dir auf den Kopf zu: Ich hab deinen Vater noch nie für den Mörder gehalten. Obwohl ich natürlich keine eindeutigen Beweise habe für das, was in jener Nacht geschehen ist.«

»Sagen Sie mir, was Sie damit meinen!« flehte ich sie an, da sich ihre Worte in mehr als einer Weise verstehen ließen.

Doch sie wollte nichts mehr sagen, und schweigend gingen wir weiter.

Dann sagte sie: »Ich hab etwas, das von Rechts wegen dir gehört.«

Sie griff in ihr Ridikül und gab mir das Päckchen, das sie aus dem Schreibpult genommen hatte. Wir hatten inzwischen die Kreuzung Charing Cross und Strand erreicht, und ich trat unter eine Straßenlampe und zog aus dem Päckchen ein Schriftstück heraus. Ich las den Anfang und erkannte jenes Testament wieder, das ich vor mehr als zehn Monaten für einen kurzen Augenblick in Händen gehalten hatte. Da ich nun weiterleben würde, war es nutzlos für sie geworden, doch ich verstand nach wie vor nicht, weshalb sie Barney zurückgehalten hatte.

»Ich begreife das nicht«, sagte ich. »Sie haben so viel für das Erbe riskiert.« Ich biß mir auf die Zunge, um ihr nicht zu sagen, daß sie immerhin den Tod einiger Menschen in Kauf genommen hatte, die ihr im Weg gewesen waren. »Warum verzichten Sie jetzt so einfach auf diese Chance?«

»Es hat zu viele Tote gegeben«, sagte sie leise.

»Kommen Sie!« sagte ich. »Wir müssen dem Magistrat melden, was heute nacht vorgefallen ist.«

Sie rührte sich nicht, und erst jetzt fiel mir auf, wie heftig sie noch immer zitterte. Ich hakte sie unter und ging, so unglaublich es klingen mag, mit jener Frau, die mir und denen, die ich liebte, so viel Leid angetan hatte, Arm in Arm langsam durch die Straßen, während die Morgendämmerung die Wolken im Osten allmählich rot färbte.

123. KAPITEL

Wir gingen zur Wache in der Bow Street, und ich erzählte den Beamten, was geschehen war. Man schickte einen Wachtmeister zusammen mit der Streife zum Haus, und Mr. Escreet wurde festgenommen. Er redete wirr und schien so offensichtlich geistesgestört, daß man ihn bis zu seinem Prozeß in eine Irrenanstalt sperrte.

Ehe ich mich an diesem Morgen von Mrs. Sancious verabschiedete, bat ich sie, mir einige Dinge zu erklären, die mir noch rätselhaft geblieben waren. Sie wollte jedoch kein Wort mehr über jene Nacht erzählen, in der mein Großvater ermordet worden war. Auch etwas anderes war mir noch unklar: Wie war sie eigentlich mit Henry Bellringer verwandt? Ich wußte, daß sie von Jeoffrey Huffams Schwester Laetitia abstammte, die mit George Maliphant verheiratet gewesen war, verstand jedoch nicht, wie ihr Neffe Stephen der Halbbruder des Urenkels von Mr. Escreet sein konnte. Sie erklärte mir daraufhin, daß Caroline, die Frau ihres Bruders Timothy und die Mutter von Stephen, bereits einmal verheiratet gewesen sei. Ihr erster Mann war Michael Bellringer, der Vater von Henry und der Enkel von Mr. Escreet, gewesen. Es war nicht ganz zufällig, daß diese Verbindung zustande gekommen war, denn beide Familien, die Maliphants und die Bellringers, lebten in Canterbury, wo Henry Huffam einst ein Landgut gehörte, das Paternoster, Michael Bellringers Urgroßvater, für die Huffams verwaltet hatte.

Ich kehrte in mein Zimmer zurück und suchte, erschöpft und mit schmerzenden Gliedern, nach einem sicheren Versteck für das Testament. Ein Ziegelstein in der Kaminummauerung war locker, also zog ich ihn heraus, faltete das Dokument, legte es ins Loch und schob den Stein wieder an seinen Platz. Dann warf ich mich aufs Bett und verschlief den Rest des Tages und auch die folgende Nacht.

In den nächsten Wochen verspürte ich kein Verlangen danach, Henrietta wiederzusehen, denn ihr Verhalten in der Old Hall hatte mich verärgert und gekränkt. Außerdem beschäftigten mich andere Dinge, denn Mr. Barbellion hatte mir geschrieben und jenes Angebot erneuert, das er mir schon bei unserer letzten Begegnung unterbreitet hatte. Er schrieb, daß ich, wenn es mir denn gelungen sei, das Testament zurückzubekommen, folgende Entwicklungen kennen sollte: Sir David Mompesson sei angeklagt und in Abwesenheit des Mordes an Bellringer für schuldig befunden worden. Das bedeute, daß er als Verbrecher seinen Besitz an die Krone verliere – mit anderen Worten: das Gut gehe in die Hände der Krone und nicht in die seiner Erben über. Dies werde auch trotz des dem Gericht vorliegenden Kodizills geschehen, da bekanntgeworden sei, daß ich noch lebte, weshalb die Maliphant-Anwärterin – also Mrs. Sancious – ihr Anrecht dem Kodizill gemäß verloren habe. Er riet mir deshalb dringend, das Testament, wenn ich es besäße, dem Gericht vorzulegen und einen richterlichen Spruch zu erwirken, derart, daß das Gut niemals Sir Hugo Mompesson, sondern immer schon meinem Großvater gehört habe. Er glaube, dies sei vergleichsweise leicht zu erreichen, so daß das Gut dann mir gehören würde. Sollte ich das Testament jedoch nicht haben, fuhr er fort, könne ich zumindest die Jahresrente beanspruchen, die die Mompessons so lange verweigert hätten, und er meinte, ein entsprechendes Urteil zu meinen Gunsten ließe sich rasch herbeiführen. Ich antwortete ihm, ohne etwas vom Schicksal des Testaments anzudeuten, daß ich keinerlei Absicht hätte, meinen Anspruch auf die Jahresrente oder gar auf das Gut selbst einzuklagen.

Warum ich ihm diese Antwort gab? Ihr wißt, daß ich gesehen habe, zu welchen Taten das Verlangen nach Besitz andere Menschen verführt hat. Außerdem wollte ich kein Spielball des Kanzleigerichtes bleiben. Ich wollte endlich frei sein und mein eigenes Leben planen können. Und dann wußte ich ja, daß ein Prozeß um die Jahresrente viel Geld verschlungen hätte. Und Geld war das Thema, das mich mehr als alles andere beschäftigte, denn einen Monat nach den Vorfällen in Hougham war ich bei Mrs. Quaintance mit meiner Miete drei Wochen im Rückstand, und ich besaß keinen Penny mehr. Ich hatte zwar Joey und seine Mutter einige Male getroffen und wußte, daß ich mich notfalls an sie wenden konnte, doch ich schreckte vor diesem Gedanken zurück. Ich habe mich oft gefragt, was wohl aus Lady Mompesson geworden war – ehrlicher gesagt, aus Henrietta –, und bin oft an ihrem Haus in der Brook Street vorbeigegangen. Es schien verschlossen zu sein und leer zu stehen. Gelegentlich kaufte ich mir eine Zeitung, um die Nachrichten aus der Welt des Adels zu überfliegen, fand aber keine der beiden Frauen jemals erwähnt.

Ich will noch anfügen, daß Mr. Escreet, wenige Wochen nachdem er Sancious getötet hatte, bei einem Tobsuchtsanfall im Irrenhaus starb, ohne vor ein Gericht gestellt worden zu sein.

124. KAPITEL

Ungefähr um diese Zeit besuchte mich eines Tages ein Fremder. Er gab an, daß er Mr. Ashburner heiße, von Beruf Geldverleiher sei und daß er sich an mich wende, um mir ein Angebot zu machen: Er erkläre sich bereit, mir auf mein voraussichtliches Erbe hin Geld vorzustrecken. Als ich mich überrascht zeigte, daß er so gut über meine Angelegenheiten Bescheid wisse, wies er darauf hin, daß solche Kenntnisse die Voraussetzung für sein Gewerbe seien, wollte mir aber nicht sagen, von wem er etwas über mich erfahren hatte. Ich zeigte ihm die Tür, so höflich, wie ich nur konnte (und ich fürchte, das war nicht besonders höflich).

Dieser Zwischenfall machte mich nachdenklich, denn er warf die Frage auf, ob nicht vielleicht schon allgemein bekannt war, daß ich das Testament besaß. Wahrscheinlicher schien mir allerdings, daß man von der Jahresrente wußte, und man glaubte offenbar, ich hätte gute Aussichten, diese Rente zugesprochen zu bekommen – obwohl ich nicht annahm, daß sie noch besonders viel wert war. Ich dachte daran, wieviel Gutes ich anderen Menschen tun könnte, wenn ich etwas Geld hätte: den Jungen in Quiggs Schule helfen, den alten Mr. Nolloth befreien und nach Mr. Pentecost forschen, der womöglich noch immer im Fleet-Gefängnis saß, vielleicht sogar zusammen mit Mr. Silverlight. Die Jahresrente zu erhalten, die meiner Mutter verwehrt geblieben war, schien mir schließlich auch ein Akt der Gerechtigkeit zu sein.

Also schrieb ich an Mr. Barbellion und ging ihn schließlich, auf seine Einladung hin, in seinem Büro in der Cursitor Street Nr. 35 besuchen. Er erklärte mir, daß Hougham nun an die Krone zurückfallen und die Verwaltung in der Zwischenzeit einem vom Kanzleigericht ernannten Treuhänder obliegen würde, und er wies mich warnend darauf hin, daß Mißwirtschaft und Korruption das Gut innerhalb weniger Jahre ruinieren würden. Er sagte mir auch deutlich, daß er nicht mehr im Dienste der Mompessons stehe, und machte mich sogar darauf aufmerksam, daß Lady Mompesson mit allen Mitteln zu retten versuche, was sich nur retten ließe, und daß sie daher, wenn ich denn überhaupt irgendein Anrecht geltend machen wolle, bestimmt auf entgegengesetzter Seite stehen würde. Seine Offenheit beeindruckte mich außerordentlich.

Er ließ mich wissen, daß er bereit sei, meine Sache zu vertreten, und er wollte natürlich hören, ob das Testament in meinem Besitz sei. Ohne ihm die Unwahrheit zu sagen, wich ich seiner Frage aus und betonte, daß ich einzig an der Jahresrente interessiert sei. Ich erinnerte ihn an seinen Brief, in dem er mir geschrieben hatte, daß dieses Unternehmen wohl bald zu einem erfolgreichen Abschluß gebracht werden könne, und ich fragte ihn, wie lange der Prozeß denn seiner Meinung nach dauern würde und mit welchen Kosten er rechne. Er antwortete, daß fünf Jahre ausreichen müßten, und ich war bestürzt, daß man einen solchen Zeitraum mit »bald« umschreiben konnte. Ich sagte ihm, daß ich seine Dienste gern in Anspruch nehmen, aber zur Zeit über keine Mittel verfügen würde, und er gab daraufhin zurück, daß er mit Freuden auf meine Anweisungen warte, und was das Geld betreffe, nun, so habe er da ein oder zwei Ideen. Ob ich schon jemals daran gedacht hätte, daß ich ein Anrecht auf das Vermögen meines Großvaters besitze? Ich brauchte einige Zeit, ehe ich verstand, wen er damit meinte, beharrte dann aber darauf, daß ich keinerlei Interesse an diesem Erbe hätte. Er schien überrascht und sagte, er habe einige Vorstellungen, die er mir aber zu diesem Zeitpunkt noch nicht anvertrauen wolle. Zu meinem Erstaunen erbot er sich dann, mir auf mein Erbe hin Geld vorzustrecken, und er gestand, daß es ihm beträchtliches Vergnügen bereiten würde, wenn ich nun endlich einige der mir angestammten Rechte zuerkannt bekäme.

Seine letzte Bemerkung brachte mich völlig durcheinander. Hatte ich ihn denn bisher falsch eingeschätzt? War er eigentlich ein hochherziger Mensch, der an die Gerechtigkeit glaubte? Ich schaute in sein lächelndes Gesicht und wunderte mich. War es aber andererseits nicht wahrscheinlich, daß er sich einen Anteil am Hougham-Vermögen sichern wollte und deshalb versuchte, mich in seine Netze zu verstricken?

Offensichtlich erriet er, welche Gedanken mich beschäftigten, und er erklärte mir, daß ihn fast sein gesamtes berufliches Leben mit diesem Gut verbinde, da er als junger Mann bereits für den Vater von Sir Perceval, also für Sir Augustus, gearbeitet habe, der eine Reihe von Verbesserungen durchführen ließ, die von seinem Sohn aber alle wieder aufgegeben worden seien. Deswegen gehe es ihm zu Herzen, wenn er sehe, wie das Gut nun verfalle. Er habe hart für die diversen Veränderungen gearbeitet, die er im Laufe der Zeit durchsetzen konnte, viele davon gegen den Wunsch von Sir Perceval, der zutiefst traditionell veranlagt gewesen sei und Neuerungen jeglicher Art verabscheut habe. Seine einzige Verbündete sei Lady Mompesson gewesen, doch sie habe nur allzu oft allein den kurzfristigen Vorteil im Auge gehabt. Am schlimmsten aber sei es für ihn gewesen, als er vor einem Dutzend oder mehr Jahren entdeckt habe, daß Assinder beharrlich einen Großteil der Pacht unterschlagen und die Bücher gefälscht hatte. Obgleich er schließlich, wenn auch mit einiger Mühe, Lady Mompesson von der Wahrheit seiner Anschuldigung überzeugen konnte, hatte er nicht vermocht, Sir Perceval zu der Einsicht zu bewegen, daß ihn der Neffe seines treuen alten Verwalters betrog. Und dieser Mangel an Vertrauen in sein Urteilsvermögen habe ihn zutiefst gekränkt.

Als ich meine Bedenken hinsichtlich einiger Aspekte der Bewirtschaftung des Gutes äußerte, sagte er, daß er klarstellen müsse, wie sehr einzig Assinders Habgier dafür verantwortlich sei, daß die Einfriedung des Dorfangers und die Umsiedlungen die Armen so schwer getroffen habe. Er schloß damit, daß er seit der Nachfolge von Sir David, der sich gesträubt habe, auch nur einen einzigen Penny in das Land zu stecken, überhaupt keinen Fortschritt mehr habe verzeichnen können und daß er sich nichts sehnlicher wünsche, als endlich wieder Gerechtigkeit walten zu lassen, damit der Besitz nicht nur dem rechtmäßigen Eigentümer zurückgegeben, sondern auch wieder in jenen Zustand versetzt werden könne, in dem er beim Tod Sir Augustus' gewesen sei.

Nachdem er sich ausgesprochen hatte, blieb ich eine Weile schweigend sitzen und sagte dann, daß mich sein Angebot tief bewege, er aber bitte verstehen möge, daß ich nur an der Jahresrente interessiert sei. Ich hätte kein

Verlangen nach dem Gut, da ich zu der Auffassung gelangt sei, daß großer Reichtum eine ebenso große moralische Gefahr berge. Daraufhin warf er mir einen etwas amüsierten Blick zu und fragte mich, wieviel denn meiner Meinung nach das Gut wert sei, wenn es jetzt zum Verkauf käme. Ich sagte ihm, daß ich keine Erfahrung in solchen Angelegenheiten hätte, aber er ermutigte mich, einfach eine ungefähre Summe zu schätzen. Ich entschied mich für einen Betrag von vielen zehntausend Pfund, und er lachte nur trocken und meinte, ich würde mich gründlich irren. Der Besitz sei genaugenommen überhaupt nichts wert. Das sei ganz wörtlich gemeint: nichts. Und selbst damit könne er noch überbewertet sein. Ich bat ihn, dieses für mich verwirrende Rätsel zu lösen, und er erklärte, daß der Besitz so stark belastet sei – mit Schuldverschreibungen, Hypotheken und Jahresrenten –, daß der tatsächliche Wert gleich Null sei oder sich sogar noch darunter bewege. Doch da das Gut nun dem Kanzleigericht anhängig sei und der Krone anheimfallen solle, bezweifle er, daß jemals auch nur die Schulden gedeckt werden könnten. Sein Schicksal für die nächsten Jahrzehnte sei es jedenfalls, durch Mißwirtschaft und Verfall dem Untergang entgegenzusehen.

Dies waren erstaunliche Neuigkeiten, und sie gaben mir viel zu denken. Ich merkte, wie Mr. Barbellion nur darauf wartete, daß ich ihm gestand, im Besitz des Testaments zu sein, doch ich blieb bei meinem Entschluß und erwähnte das Dokument mit keinem Wort. Ich nahm jedoch sein Angebot an und akzeptierte einen Kredit von vierzig Pfund pro Jahr bei einer Tilgungsrate von sechs Prozent, rückzahlbar mit der Jahresrente. Noch am gleichen Tag erhielt ich von seinem Sekretär die erste vierteljährliche Vorauszahlung, und Mr. Barbellion versprach, den Prozeß wegen meiner Jahresrente in die Wege zu leiten.

Ich bin stolz darauf, sagen zu können, daß ich als erstes jene Summe an Mr. Advowson anwies, die ich Sukey schuldete – inklusive einiger Zinsen. Dann ging ich zu Joey und seiner Mutter. Dort bestand ich – trotz ihrer beharrlich vorgebrachten Einwände – darauf, ihnen fünf Pfund als Entschädigung für all das zu zahlen, was sie für mich getan und ausgegeben hatten. Bei dieser Gelegenheit erzählte mir Joey auch, daß einige Tage nach meiner letzten Begegnung mit Barney ein Toter, der seiner Meinung nach nur Jack gewesen sein konnte, auf einem Abbruchgrundstück unweit der Flower and Dean Street gefunden wurde, in jener Gegend also, in die Barney und seine Bande gezogen waren, nachdem sie die Neat Houses verlassen hatten. Ich will noch hinzufügen, daß dies das letzte war, was ich je von ihnen gesehen oder gehört habe.

Nun blieb mir gerade noch genug, um meine Miete zahlen und Leib und Seele bis zur nächsten Vierteljahresrate zusammenhalten zu können. Während die Wochen verstrichen, brachte ich viel Zeit damit zu, mir zu überlegen, was ich als nächstes unternehmen sollte. Oft holte ich das Testament aus seinem Versteck in der Kaminummauerung und grübelte dann stundenlang, ohne mich zu einer Entscheidung durchzuringen. Mr. Barbellions Enthüllungen über den Zustand des Gutes ließen mein Verhältnis zu Hougham in einem neuen Licht erscheinen, denn jetzt war keine Rede mehr davon, daß ich einer Verlockung erliegen könnte. Und auch die Frage, ob großer Reichtum mich korrumpieren würde, stellte sich nicht mehr. Im Gegenteil, der Besitz hätte nun eine beschwerliche und vielleicht sogar zermürbende Verantwortung bedeutet. Immer wieder mußte ich an Sukey denken, die mir beschrieben hatte, wie die Mompessons die Armen ausplünderten. Was würde mit diesen Unglücklichen geschehen, wenn das Gut in den Händen des Kanzleigerichtes blieb? Allmählich gewann ich den Eindruck, ich verhielte mich selbstsüchtig und verantwortungsscheu, wenn ich das Erbe zurückwies. Außerdem konnte ich schlichtweg die Vorstellung nicht aufgeben, daß allein schon die Gerechtigkeit danach verlange, den Letzten Willen meines Ururgroßvaters zu erfüllen.

Anfang Juni des folgenden Jahres schrieb Barbellion erneut und bat mich, ihn in einigen Tagen draußen in Hougham zu treffen, denn er meinte, er habe mir viel zu erklären, was dort am besten zu verdeutlichen sei. Er hatte seinem Brief eine Zehn-Pfund-Note beigelegt, die die Ausgaben für die Reise decken sollte. Seine Einladung erstaunte mich zwar ein wenig, doch ich begrüßte die Gelegenheit, einen Blick auf das Anwesen werfen zu können – nicht, weil ich die Absicht hatte, meinen Anspruch anzumelden, sondern weil ich die Schwierigkeiten einschätzen wollte, die auf mich warteten, wenn ich mein Erbe dennoch antrat.

Da ich nun kurz vor dem Abschluß meines Beitrags für diese Seiten stehe, möchte ich rasch einige Ereignisse vorwegnehmen, die erst in die Zeit nach jenem Besuch in Hougham fallen, und euch, meine lieben Freunde, zu diesem Zweck ein zweites Mal direkt anreden, um vom weiteren Schicksal meiner einstigen Gefährten zu berichten. Ich hielt das Versprechen, das ich mir damals selbst gegeben hatte, und versuchte, Mr. Nolloth zu befreien und dabei auch Alabasters »Haus Refugium« schließen zu lassen. Doch ich mußte leider feststellen, daß der gute Alte kaum ein Jahr nach meiner Flucht gestorben war. Der Anwalt, den ich gefragt hatte, wie ich einen Prozeß gegen den Irrenarzt anstrengen könne, versicherte mir, daß es nahezu unmöglich sei, Dr. Alabaster auch nur die geringste Verfehlung nachzuweisen. Der gleiche Anwalt riet mir auch davon ab, Anklage gegen Mrs. Sancious wegen ihrer Mitschuld an Stephens Tod zu erheben, und da ich nicht vergessen konnte, daß sie mich vor Barney gerettet hatte, beschloß ich, nichts weiter gegen sie zu unternehmen. Schließlich war der Tod ihres Gatten unter den beschriebenen Umständen schon eine Art Strafe für sie gewesen.

Da ich mein Vorhaben nicht vergessen hatte, den Jungen in Quinns Schule nach besten Kräften zu helfen, schrieb ich einem Anwalt in jener Stadt, die dieser Institution am nächsten gelegen war, und bat ihn, den Quiggs als mein Stellvertreter einen Besuch abzustatten und vorzugeben, daß ich auf der Suche nach einer Schule für meinen Neffen sei. Der Anwalt berichtete in seinem Antwortschreiben, er sei zu dem Hof gefahren und habe dort feststellen müssen, daß die Quiggs ihren pädagogischen Beruf aufgegeben und sich wieder ganz der Landwirtschaft zugewandt hätten. Er betonte ausdrücklich, daß er auf dem Grundstück weit und breit keinen Jungen gesehen habe.

Sir David lebt seit seiner Flucht unter eher kärglichen Bedingungen im Exil in Calais von den Wechseln seiner Mutter, die über ein kleines, unabhängiges Vermögen verfügt. Ihr gehört ein bescheidenes Haus in Mayfair, und mit einem Teil ihrer Mittel bezahlt sie Toms Aufenthalt in einer privaten Klinik – leider nicht der von Dr. Alabaster –, zu dem ihn die Folgen seiner Trunksucht und Unmäßigkeit verurteilt haben. Daniel Porteous hat eine Handelsfirma in Lissabon gegründet. Seine Bank hatte mit dieser Stadt Verbindungen gepflegt, die gut genug waren, um ihm ein *entrée* zu sichern, andererseits aber auch nicht so gut, daß Gerüchte über sein bisheriges Geschäftsgebaren bis dorthin vorgedrungen wären. Seine Frau und sein Sohn begleiteten ihn zusammen mit Emma.

Was nun Henrietta betrifft, so muß ich zu jenem Besuch im Juni in Hougham zurückkehren.

125. KAPITEL

Ich nahm die Postkutsche nach Sutton Valancy, und mit dem Geld, das ich mir als Außenreisender gespart hatte, mietete ich mir ein Pferd und ritt nach Melthorpe, denn mich hatte die Sehnsucht nach diesem kleinen Dorf und dem alten Haus gepackt, in dem meine Mutter und ich gelebt hatten.

Der Ort schien sich nicht verändert zu haben. Die gelbroten Ziegel der besseren Häuser verbreiteten in der Sonne des frühen Nachmittags ein warmes Licht, und die Bäume und Büsche leuchteten noch immer in jenen glänzendgrünen Farben, die erst im fortschreitenden Sommer verblassen würden. Niemand erkannte mich, obwohl ich Mr. Advowson von seinem Haus über die High Street in die Kirche gehen sah und mir vorstellen konnte, daß er offenbar nach seinem Mittagessen in die Sakristei zurückkehrte. Warum sollte er auch auf einen fremden jungen Mann achten, der durch das Dorf ritt?

Unser altes Haus sah verschlossen und verlassen aus, und als ich mich bei einem Passanten erkundigte, wurde mir gesagt, daß es bereits seit sechs oder sieben Jahren leer stehe. So bitter hatte es Mrs. Sancious also nötig gehabt, unsere Miete zu erhöhen, daß sie sich nicht einmal darum bemühen mußte, einen Nachfolger für uns zu finden! Sie hatte sich diesen Vorwand nur als Deckmantel für ihre böswilligen Pläne ausgedacht. Ich bog in die Gasse vor dem Haus ein, schob den Riegel an der Pforte zurück, an die ich mich noch so gut erinnerte, und ging in den Garten. Er kam mir jetzt viel kleiner vor als damals, vielleicht weil er so überwuchert war, daß man kaum noch erkennen konnte, wo die Zierterrassen endeten und die Wildnis begann.

Hier hatte meine Geschichte angefangen! An jenem anderen Sommertag, als Bissetts Stimme mich gerufen hatte, worauf es zu dieser Begegnung mit dem Fremden an der Pforte gekommen war, dieser Begegnung, die so vieles nach sich ziehen sollte. Was wußte und verstand ich jetzt nicht alles im Vergleich zu damals! Und doch waren noch viele Geheimnisse ungelöst geblieben, obwohl ich seither so vielen Geschichten zugehört und gelauscht hatte: Die von Mrs. Belflower und Miss Quilliam, die meiner Mutter, Mr. Escreets und Miss Lydias – sie alle waren voller Lügen und Auslassungen, Ungereimtheiten und Verdrehungen gewesen.

Mir fiel die Statue ein, die Onkel Martins Mutter aus Mompesson Park hatte herbringen lassen, beziehungsweise aus Hougham Park, wie er eigentlich und vielleicht auch bald wieder heißen sollte. Ich ging über den Rasen und suchte mir einen Weg durch das Gebüsch der Wildnis, bis ich die Statue entdeckte. Das Moos war längst wieder über die Inschrift gewachsen, doch als ich es fortgeschabt hatte, mußte ich, obwohl ich mir damals doch so sicher gewesen war, feststellen, daß die Worte nicht so lauteten, wie ich sie in Erinnerung hatte. Hier stand: ET EGO IN ARCADIA. Welch vieldeutiger Spruch! Und was sollten diese zerfurchten und verwitterten Züge besagen? Was die Arme, die nach der Gestalt griffen? Wen sollten diese miteinander ringenden Figuren darstellen? War es die Geschichte einer Verfolgungsjagd – Pan und Syrinx, Tereus und Philomela oder Apollo und Daphne – oder gar ein Liebeskampf? Ich würde es niemals erfahren. Spielte es denn überhaupt eine Rolle, was sich der Bildhauer (der Großonkel, so nahm ich jedenfalls an, von Mr. Digweed, an dessen Tod ich schuld war) oder sein Auftraggeber (mein Ururgroßvater) dabei gedacht hatten? Als ich in die leeren Augen der Statue blickte, wußte ich, daß ich in dieses Palimpsest Gesichter hineinlesen konnte, so viele ich wollte. Ich versuchte, mir eines vorzustellen, doch wie bei den geborstenen Fliesen in der Old Hall schien sich das gleiche Muster in endloser Variation zu wiederholen.

Und dann blieb noch die Frage, warum die verbannte Frau diese Statue mitgenommen hatte. Doch als ich an die verborgene sechste Gestalt dachte, die damals im Quincunx todbringend aufgetaucht war, glaubte ich, die Frau zu verstehen. Die in Ungnade Gefallene hatte die Statue mitgebracht, weil sie das Leben des heimlichen Liebhabers und vermutlichen Vaters ihres Kindes gerettet hatte. Vielleicht war die Frau hier an gebrochenem Herzen gestorben, weil er – und ich war mir sicher, daß ich seine Identität kannte – sie niemals besucht hatte. Dies lenkte meine Gedanken wie so oft auf Martin Fortisquince. Noch immer blieb so vieles ungeklärt. »Pate und Vater« hatte er ins Taufregister geschrieben, und dieser Eintrag nebst dem, was Mr. Advowson über sein Zustandekommen erklärt hatte, deutete auf eine ganz bestimmte Möglichkeit hin.

Was hatte mir meine Mutter alles vorenthalten? Und worin hatte sie sich geirrt? (Ich wußte zum Beispiel, daß sie sich geirrt hatte, als sie Miss Quilliam Verrat vorwarf, und daß sie sich auch in Mr. Pentecost getäuscht hatte.) Ich erinnerte mich an die Worte in ihrem Tagebuch, die mir schon so oft durch den Kopf gegangen waren: Sie könne den Gedanken nicht ertragen, daß der Vater ihres Kindes ihren Papa umgebracht haben soll. Wie sehr sie doch gelitten hatte! Ich mußte daran denken, wie sie damals, als wir im Kirchhof von St. Sepulchre Zuflucht gesucht hatten, vom Halbmond, vom Krummschwert und all dem Blut phantasiert hatte. Wahrscheinlich war dies auch die Erklärung für den Namen, den sie sich später einmal zugelegt hatte: Halfmoon. War es ihr, wenn sie die Wahrheit schon nicht vergessen konnte, wenigstens gelungen, diese erträglich zu gestalten? Und dann fiel mir ein, was Mrs. Sancious erst vor kurzem gesagt hatte: »Ich hab deinen Vater noch nie für den Mörder gehalten.« Was hatte sie damit gemeint? Woran sollte ich mich jetzt halten?

Schließlich kehrte ich dem Haus den Rücken zu und ritt nach Hougham. Als ich an Sukeys baufälliger Hütte vorbeitrabte, fragte ich mich, ob ich bei ihr anklopfen solle, doch bis mir klar war, daß dies eigentlich eine recht freundliche Geste sein würde, hatte ich das Haus bereits hinter mir gelassen und glaubte, nicht mehr genug Zeit zu haben, um noch umkehren zu können. Da ich Mr. Barbellion nur ungern warten lassen wollte, trieb ich meine Stute zu raschem Galopp an, obwohl ich wußte, daß mir noch eine gute Stunde blieb, bevor man mich in Hougham erwartete. Einige Minuten später überholte ich eine Bauersfrau, die einen scharlachroten Umhang und unterm Arm einen Korb trug. Sie ging in die gleiche Richtung, und ich fand – wahrscheinlich, weil ich gerade an Sukey denken mußte –, daß sie eine verblüffende Ähnlichkeit mit unserem früheren Kindermädchen hatte.

Eine Viertelstunde später ritt ich über die Auffahrt zum neuen Haus und gab die Zügel einem Jungen, der bei meiner Ankunft aus den Stallgebäuden herbeigelaufen kam. Mr. Barbellion erklärte mir, daß der Treuhänder des Kanzleigerichts einige Dienstboten behalten habe, um das Haus in Ordnung zu halten, und daß er als Beamter dieses Gerichtshofes die Erlaubnis erhalten habe, den Besitz besichtigen zu können.

Ich betrat die Eingangshalle, und eine Frau kam auf mich zu, um mich mit einem Knicks zu begrüßen. Erstaunt erkannte ich Mrs. Peppercorn.

»Wie schön, Sie endlich wiederzusehen, Sir!« sagte sie. »Vor vielen Jahren bin ich Ihnen hier schon einmal begegnet; da waren Sie noch sehr jung. Doch inzwischen werden Sie meine Anwesenheit hier wohl sicherlich wieder vergessen haben.«

»Aber ganz im Gegenteil!« antwortete ich. »Ich kann mich noch sehr gut an unsere Begegnung erinnern.«

»Sie sind sehr liebenswürdig, Mr. Huffam«, sagte sie mit einem Lächeln. Ich hatte den Namen meines Großvaters angenommen, um damit jenen Wunsch zu erfüllen, den er am Abend seines Todes niedergeschrieben hatte. »Mr. Barbellion erwartet Sie im Gerichtszimmer«, fuhr Mrs. Peppercorn fort. »Lassen Sie mich vorangehen!«

Obwohl ich mir sicher war, den Weg auch ohne ihre Hilfe zu finden – denn es war das gleiche Zimmer, in dem Sir Perceval und Lady Mompesson mich und meine Mutter bei meinem ersten Besuch in diesem Haus empfangen hatten –, vertraute ich mich ihrer Führung an. Während wir durch ein Prunkzimmer nach dem anderen schritten, in dem die Möbel mit großen ungebleichten Leinentüchern abgedeckt worden waren und daher wie bucklige Mönche aussahen, schwatzte sie ununterbrochen. Sie berichtete mir von den tragischen Schicksalsschlägen, die die Familie Mompesson in letzter Zeit heimgesucht hätten, und erklärte mir, daß ihr als einer der dienstältesten und, wenn ich gestatten möge, auch ergebensten Kräfte vom Kanzleigericht erlaubt worden sei, ihre Dienstzeit in jenem Haus zu beenden, in dem sie in den glücklicheren Tagen unter Sir Augustus einstmals ihre Arbeit begonnen hatte. Von ihr erfuhr ich auch beinahe alles über die näheren Lebensumstände der übrigen Familienmitglieder, die ich weiter oben bereits ausgeführt habe. Henrietta erwähnte sie jedoch mit keinem Wort.

Als ich das Gerichtszimmer betrat, erhob sich Mr. Barbellion, der in einigen Papieren geblättert hatte, kam mir entgegen und gab mir die Hand. Wir tauschten einige Höflichkeiten aus und setzten uns, sobald sich Mrs. Peppercorn zurückgezogen hatte, auf ein Sofa (ich) beziehungsweise in einen Lehnstuhl (er), von denen man die Leinentücher genommen hatte.

»Ich habe Sie gebeten, mich heute hier zu treffen, Mr. Huffam«, begann er, »weil ich Ihnen in den lebhaftesten Farben das Schicksal dieses großen Besitzes schildern möchte« – bei diesen Worten machte er mit einer Hand eine weit ausholende Geste, die das Haus, den Park und auch die verpachteten Ländereien und Häuser im Umkreis einzuschließen schien –, »der nun ruderlos auf dem gefährlichen Meer der Treuhandschaft dahintreibt. Ich nehme an, daß er zu guter Letzt unter den Hammer kommt, doch wage ich mir nicht vorzustellen, was dann noch von ihm übrig ist. Ich flehe Sie daher an, mir zu sagen, ob Sie das verschwundene, letzte Testament Jeoffrey Huffams haben. Falls dem so ist, kann alles noch gerettet werden.«

Als er schwieg, zögerte ich noch und blickte über seine Schulter hinweg durch eines der Fenster, dessen Vorhänge zurückgezogen waren, in den Park. Ich konnte die Äste einer großen Ulme sehen, die sich unter dem blaßblauen Himmel sanft im Wind wiegte, und in diesem Moment spürte ich, wie mich eine große Sehnsucht überkam, diesen Ort mein eigen zu nennen.

»Ich habe es«, sagte ich.

Seine Wangen röteten sich, und er sprang auf und eilte einige Male im Zimmer auf und ab.

Dann sagte er: »Das Gut ist zwar mit den Ihnen bereits bekannten Schulden belastet, doch die Situation könnte sich drastisch ändern, wenn das Testament anerkannt wird – und ich bin mir sicher, daß es dies wird. In dem Fall wären nämlich alle auf das Gut ausgestellten Schuldverschreibungen seit der unrechtmäßigen Vererbung an James Huffam anfechtbar und vermutlich ungültig.«

Ich starrte ihn verblüfft an. »Aber das verstehe ich nicht«, protestierte ich.

»Es ist ganz einfach. Sobald einmal nachgewiesen ist, daß James kein Recht hatte, das Gut zu verkaufen, und die Mompessons somit niemals mehr als die Nutznießer waren, ist auch keine der seither auf das Gut ausgeschriebenen Belastungen gültig.«

»Ist das sicher?«

»Im Billigkeitsrecht ist nichts vollkommen sicher, doch niemand erfüllt bessere Voraussetzungen, ein solches Ergebnis herbeizuführen, als ich.«

Hatte ich denn moralisch das Recht, diese Schuldverschreibungen für unverbindlich erklären zu lassen? All die Hypotheken, Wechsel und anderen Verbindlichkeiten, mit denen der Besitz belastet worden war? Ohne jeden Zweifel! Schließlich waren sie ja von jenen aufgenommen worden, die kein Recht auf das Gut gehabt hatten, oder etwa nicht? Außerdem würde ich diesen Weg nur einschlagen, um das zukünftige Wohl des Besitzes und aller davon abhängigen Menschen sicherzustellen.

»Das wird bestimmt viel Geld kosten«, sagte ich.

»Sie hätten da schon eine Möglichkeit«, antwortete er mit rätselhaftem Lächeln.

»Sie meinen, ich könnte mir Geld leihen?« fragte ich. »Vor einigen Monaten kam ein Mann zu mir und bot sich an, mir auf mein Erbe hin einen Kredit einzuräumen.«

»Ich weiß«, sagte er. »Er hieß Ashburner.«

Ich blickte ihn verblüfft an. Woher wußte er das?

»Ich könnte Ihnen noch so manches erzählen, mein junger Freund«, fuhr er fort, als er mein Erstaunen sah. »Sie sagen, daß Ashburner Ihnen Geld im Hinblick auf Ihr Erbe angeboten hat, doch dabei dachte er keineswegs an die Jahresrente und erst recht nicht an das Gut Hougham – der Mann wurde von einem gewissen Mr. Vulliamy geschickt!«

Die Sache wurde immer merkwürdiger.

»Wie ich sehe, erinnern Sie sich an den Namen«, sagte Mr. Barbellion. »Dann wissen Sie vielleicht auch, daß er der Sekretär Ihres kürzlich verstorbenen Großvaters war.«

Ich hatte mich nicht nur an Mr. Vulliamys Namen erinnert, plötzlich war mir auch wieder eingefallen, wo ich den Namen Ashburner schon einmal gehört hatte: Die Frau, die so freundlich zu meiner Mutter und mir gewesen war, als wir Mrs. Malatratts Pension verlassen hatten, Mrs. Sackbutt, hatte den Mann, der die Miete abkassierte, so genannt. Sollte das etwa heißen, daß das Elendsquartier, in dem Mrs. Sackbutt leben mußte, den Clothiers gehörte? Und dann fiel mir auch wieder ein, daß der Mieteintreiber des Mitre Court den gleichen Namen gehabt hatte.

Mr. Barbellion fuhr fort: »Ich habe mich im Rahmen meiner Erkundigungen bezüglich Ihres Anspruchs auf den Besitz Ihres Großvaters mit Mr. Vulliamy unterhalten.«

»Dazu hätten Sie auch meine Zustimmung einholen können!« grollte ich und beharrte weiterhin darauf, daß ich mit dem Besitz der Clothiers nichts zu tun haben wolle.

»Hören Sie sich doch wenigstens noch an«, sagte er, »was seit dem Tod Ihres Großvaters vor nunmehr achtzehn Monaten geschehen ist. Sie wissen vermutlich, daß Ihr Onkel Daniel Porteous der Erbe von Silas Clothier ist. Offenbar hielt Vulliamy einige Beweise über diverse Missetaten Ihres Großvaters in der Hand.« Mr. Barbellion schlug bei diesen Worten die Augen nieder und blätterte verlegen in seinen Papieren. »Es scheint so, als habe der findige alte Gentleman, zweifellos in dem Bemühen, seinen Schuldnern trotz der dargebotenen miserablen Sicherheiten zu Diensten zu sein, Geld zu einem über dem gesetzlichen Höchstsatz von zwanzig Prozent liegenden Zinssatz verliehen. Außerdem haben wohl einige seiner Pfandleihen – sicherlich ohne sein Wissen – als Umschlagplatz für Diebesgut fungiert.«

Was er sagte, war mir nicht neu, da ich dies schon aus dem Mund von Peter Clothier gehört hatte.

»Es gab da auch noch einige andere Dinge«, berichtete der Notar weiter. »Die Hauptsache ist wohl, daß Vulliamy belegen konnte, daß Porteous in diese Unternehmungen verwickelt war. Am schwersten wiegt jedoch, daß er die Abschriften von Unterlagen besaß – weiß der Himmel, wie Ihr Großvater ihm erlauben konnte, an diese Papiere zu gelangen –, die beweisen, daß Porteous gemeinschaftlich mit Ihrem Großvater ein betrügerisches Unternehmen aufgezogen und dabei in unrechtmäßiger Weise den Namen seines

Dienstherrn, nämlich des Bankhauses Quintard & Mimpriss, verwendet und zudem einen beträchtlichen Verlust zu dessen Ungunsten herbeigeführt hat. Offenbar handelte es sich um eine Bauspekulation, und ihr Onkel hat seine Bank wohl in ernstliche Verlegenheit gebracht, als er ihr riet, eine später wertlose Hypothek auf ein Pachtgrundstück zu gewähren, hinter dessen Eigner sich sein Vater und er selbst verbargen. Zusammen mit der Krise im Bankgeschäft vor einigen Jahren brachte dies Quintard & Mimpriss in solche Schwierigkeiten, daß ihre Zahlungsfähigkeit zeitweilig in Frage gestellt war.«

Auch davon hatte ich schon gewußt, denn in der Nacht, als Silas Clothier starb, hatte ich Vulliamy belauscht, als er den alten Mann mit dieser Geschichte erpressen wollte.

Mr. Barbellion fuhr fort: »Vulliamy wollte sich von Porteous als Preis für sein Schweigen einen Anteil am Besitz Ihres Großvaters aushandeln – versteht sich von selbst, daß solch ein Verhalten einfach unentschuldbar ist –, aber er bekam es mit der Angst zu tun, als einige Raufbolde eines Nachts versuchten, ihn umzubringen.«

Ich dachte bei mir, daß ich einen dieser Raufbolde bestimmt mit Namen kannte, doch ich hörte weiter schweigend zu.

»Um weiterer Gefahr vorzubeugen, mußte Vulliamy seine Beweise dem Vorstand von Quintard & Mimpriss vorlegen. Die Folge davon war, daß Porteous mitsamt seiner Familie ins Ausland floh, um einer Anklage seines Arbeitgebers zu entgehen, und so führte sein Versuch, Vulliamy einzuschüchtern – denn ich nehme an, daß er letztlich für den Überfall verantwortlich war –, zu ebendem Ergebnis, das er eigentlich hatte verhindern wollen.«

Ich glaube, ich ahnte bereits, worauf er hinauswollte.

»Da Ihr Onkel geflohen ist und man ihn bei Gericht eines Verbrechens angeklagt hat, sind Sie folglich der einzige Erbe des Vermögens Ihres Großvaters«, fuhr er fort. »Und weil Vulliamy von dieser Entwicklung der Ereignisse wußte, hat er Ashburner zu Ihnen geschickt.«

Was für eine erstaunliche Wende! Statt das Gut Hougham zu erben, mußte ich erfahren, daß mir der Clothier-Nachlaß praktisch in den Schoß gefallen war. Doch was für eine Art von Erbschaft war das? Und in welchem Sinne gehörte sie mir? »Ich konnte den Gedanken nicht ertragen, daß der Vater meines Kindes meinen Papa umgebracht haben soll!«

Mr. Barbellion beobachtete mich aufmerksam und sagte nun: »Soweit ich es übersehe, umfaßt der Besitz außer einer großen Summe in Wertpapieren und Staatsanleihen angelegten Geldes im wesentlichen ausgedehnte Grundstücke in der Stadt. Die meisten liegen zwar in ärmeren Gegenden, sind aber offenbar recht einträglich. Dieses Gut ist übrigens mit einer hohen Hypothek belastet, die Ihr Großvater durch einen Strohmann aufkaufen ließ. Sie wissen vielleicht, wieviel ihm daran gelegen war, daß seine Nachfahren dieses Gut besitzen, da seine Mutter eine geborene Huffam war. Ich kann nur hoffen, daß es Ihnen gelingt, seinen Wunsch zu verwirklichen. Vulliamy wäre bereit, die Grundstücke und anderen Geschäftsbelange in der Stadt in Ihrem Namen weiterzubetreuen. Wenn Sie den Vorschlag annehmen, den ich Ihnen gerade unterbreitet habe, dann sind Sie ein sehr wohlhabender Mann, und unter dieser Voraussetzung bin ich gerne bereit, den Prozeß um das unterschlagene Testament für Sie zu führen.«

Seine Worte betäubten mich beinahe. In meinen Ohren rauschte es, und diese so rasch aufeinanderfolgenden Enthüllungen machten mich schwindlig. Ich dachte nur daran, daß ich jetzt nichts überstürzen durfte.

»Ich muß erst einmal nachdenken, Mr. Barbellion«, sagte ich.

Er nickte und sah mich weiterhin unverwandt an.

Ich fragte mich, ob meine Beine mich wohl noch tragen würden, stand auf und verließ das Zimmer. Ohne auf meinen Weg zu achten, eilte ich eine Hintertreppe hinunter und irrte auf der Suche nach dem Ausgang durch eine Reihe langer, düsterer Flure, ohne auch nur ein einziges Mal einem menschlichen Wesen zu begegnen. Immer wieder stand ich am Ende eines blinden Flurs, vor einer verschlossenen Tür oder einer Treppe, die nur in die oberen Stockwerke führte. Ein Gang war etwas breiter als die übrigen, und von seiner Decke hingen zahlreiche Kandelaber herab. Es war die Gemäldegalerie, und als ich zum anderen Ende eilte, fragte ich mich, welches der Porträts an der Wand, die alle in vergilbtes Musselin gehüllt waren, als trügen sie Trauer, wohl Jeoffrey Huffam darstellte. Als ich ein zweites Mal in diese Galerie kam und begriff, daß ich einmal um den Innenhof des mittleren Gebäudes gelaufen war, mußte ich mir eingestehen, daß ich mich in den Fluren hoffnungslos verirrt hatte. Das Haus war wirklich riesig, und dabei war es dem ursprünglichen Plan zufolge, den Mrs. Belflower mir vor langer Zeit beschrieben hatte, noch lange nicht fertig. Dies also, dachte ich, war das Haus, das Jeoffrey Huffam so viel Geld gekostet hatte, daß er sich bei Nicholas Clothier verschulden und später dann seine Tochter an ihn verheiraten mußte. Und dadurch hatte er in ihm und seinem Sohn die Gier nach diesem Besitz geweckt, ein Verlangen, das soviel Leid über seine Nachfahren bringen sollte.

Mit einemmal kam ich darauf, daß sich mir eine Art gerechter Ausgleich anbot: Sollte ich vielleicht mein Clothier-Erbe beanspruchen, um mit diesem Geld das Gut Hougham wiederaufzubauen? Die Frage war freilich, ob ich mich davon überzeugen lassen konnte, daß Vulliamys Verwaltung der Gelder und Besitztümer mit den Prinzipien von Gerechtigkeit und Ehrlichkeit in Einklang stand.

Durch Zufall stieß ich dann auf einen Dienstbotenausgang und konnte endlich das Haus verlassen.

Ich stand auf dem Stallhof an der Rückseite des Hauses, da sprach mich plötzlich jemand von hinten an: »Master Johnnie?«

Ich schaute mich um und sah Sukey vor mir. Sie trug einen scharlachroten Mantel und unterm Arm einen Korb.

»Nicht möglich, ich denk, ich trau meinen eigenen Augen nich!« rief sie. Als ich sie begrüßt hatte, fragte sie mich erwartungsvoll: »Bist du wegen Miss Henny gekommen?«

Da meine Gedanken noch um das kreisten, was ich gerade erfahren hatte, schüttelte ich nur den Kopf. Ich wollte mit ihr nicht über Henrietta reden.

»Vielen Dank für das Geld, das du dem Küster geschickt hast«, sagte sie. »Es war mehr, als ich dir geliehen hab.«

»Sukey«, fragte ich, »erinnerst du dich noch an das Stück Pergament, das Harry mich unterschreiben ließ, als ich mir damals das Geld von euch geliehen habe?«

Sie nickte.

»Weißt du, als du mir das Pergament bei meinem letzten Besuch in die Old Hall gebracht hast, war die Schrift so verblaßt, daß man sie kaum noch lesen konnte. Außerdem hat dein Bruder mich eigentlich zu dieser Unterschrift genötigt. Vor einem Gericht würde das Abkommen kaum Bestand haben.«

Sie nickte erneut und sah mich dabei neugierig an. Wir gingen nun durch den Park auf den See und das dahinterliegende alte Gebäude zu.

»Außerdem ist der ganze Besitz völlig wertlos«, schloß ich. »Er ist mit Schulden überladen.«

Sie sah mich verständnislos an.

»Begreifst du denn nicht, was ich sagen will? All dies hier«, und ich machte eine weit ausholende Geste, die das große Haus hinter uns und den Park vor uns einschloß, »ist überhaupt nichts wert.«

»Harry würd dich nicht zwingen, das Abkommen einzuhalten«, sagte sie.

»Wirklich nicht?« fragte ich. Dann fügte ich noch hinzu: »Ich glaube, er könnte es auch gar nicht.«

»Außerdem ist er jetzt in Chatham«, sagte sie traurig.

»Auf den Gefängnisschiffen?«

Sie nickte und flüsterte nun beinahe: »Wilderei. Bestimmt wird er deportiert.«

»Ich werde mich schon um euch kümmern, Sukey«, sagte ich, »um dich und deine Geschwister.«

Sie dankte mir, und wortlos setzten wir unseren Weg fort. Wir kamen zu dem Platz mit den vier alten Bäumen am Fuße des Hügels, auf dem sich das Mausoleum befand, und Sukey blieb stehen und sah sich um. Mir fiel wieder ein, wie Miss Lydia diesen Ort beschrieben und dabei darauf bestanden hatte, daß es fünf Bäume seien, während ich mir sicher gewesen war, daß es sich nur um vier handelte. Doch jetzt entdeckte ich unmittelbar vor mir genau in der Mitte der von Jeoffrey Huffam gepflanzten Anordnung den Stumpf eines fünften Baumes als Zentrum eines Quincunx. Eigentlich hatten wir also beide recht gehabt.

In diesem Moment sah ich aus den Augenwinkeln eine Gestalt aus der Old Hall zu unserer Rechten kommen und sich nähern. Dann blieb sie stehen, war aber noch so weit entfernt, daß ich sie nicht erkennen konnte.

»Sie hat Angst vor dir«, wisperte Sukey.

Ich drehte mich zu ihr um.

Als sie mein erstauntes Gesicht sah, fragte sie überrascht: »Hast du's denn nicht gewußt? Ich dachte, du bist gekommen, weil du sie besuchen willst.«

Ich schüttelte den Kopf.

»Sie lebt in der Old Hall seit ... seit ich dich das letzte Mal gesehen hab.« Sie deutete auf ihren Korb. »Ich bring ihr immer was zu essen. Ein paar Dienstboten aus dem großen Haus haben früher für sie gesorgt – jedenfalls bis man es verschlossen und das meiste Gesinde entlassen hat. Die Haushälterin will nichts mit ihr zu tun haben.«

»Sie hat den Winter über in dieser zugigen alten Ruine gewohnt?«

Sukey nickte. »Wir konnten sie nicht überreden, dort wegzugehen.«

Hing sie denn so sehr an ihren Erinnerungen, daß sie den Ort, an dem er starb, nicht mehr verlassen wollte? Was dachte sie dann aber von mir? Warf sie mir vor, daß ich bei jenen Ereignissen, die zu Bellringers Tod führten, eine gewisse Rolle gespielt hatte?

Die Frau kam langsam näher und blieb dann etwa dreißig Schritt vor uns stehen. Als ich ihre Gestalt deutlicher sehen konnte, traf mich ein neuer Schreck. Ich sah zu Sukey hinüber, die meinen Blick kurz erwiderte und dann schamhaft die Augen senkte.

»Ach, du lieber Gott!« flüsterte ich.

»Ich glaub nich, daß sie noch näher kommt«, sagte Sukey. »Ich lauf hinüber. Soll ich ihr sagen, daß du mit ihr reden willst?«

»Sie kann doch hier nicht bleiben!« protestierte ich. »Doch nicht in ihrem Zustand!«

»Willst du dich mit ihr unterhalten?« fragte Sukey noch einmal.

Ich war unfähig, ihr zu antworten, und schüttelte nur bestürzt den Kopf.

Sukey ging zu ihr und übergab ihr den Korb. Die beiden wechselten ein paar Worte, dann kam Sukey zu mir zurück.

»Sie weiß, wer du bist. Ich glaub, sie würd mit dir reden, wenn du willst.«

Ich faßte in meine Tasche und holte alles Geld heraus, das ich noch besaß. Ich behielt nur einige Shilling übrig, die ich für das Notwendigste auf meiner Rückreise brauchte, drückte Sukey etwa zwanzig Shilling in die Hand und sagte: »Sorg für sie, so gut du nur kannst!«

Sie nahm das Geld ohne jeden Widerspruch, nickte und lief wieder den gleichen Weg zurück, den wir gekommen waren.

Langsam ging ich auf sie zu. Ich hatte schon von weitem gesehen, daß sie ihr Haar offen trug, so daß es ihr über die Schultern fiel. Sie trug auch keine Haube und hatte ihr Kleid – das gleiche, das sie bei unserer letzten Begegnung getragen hatte – mit Flicken geweitet, wo es zu eng geworden war. Ihr Gesicht wirkte noch blasser und schmaler als damals, und mir war, als sehe sie wieder wie jenes kleine Mädchen aus, das ich zum erstenmal vor mehr als zehn Jahren nur wenige hundert Schritt von hier entfernt gesehen hatte.

Sie schaute mich an, lächelte aber nicht. Ich blieb stehen und wußte einen Augenblick lang nicht, wie ich beginnen sollte.

Dann sagte ich: »Keine Vorwürfe, Henrietta?«

»Es gibt nichts, was du mir vorzuwerfen hättest«, antwortete sie störrisch.

»Das habe ich nicht gemeint«, sagte ich und war bekümmert, daß sie meine Worte so mißverstehen konnte. Sanft fügte ich hinzu: »Du kannst hier nicht bleiben.«

»Bist du gekommen, um mich hier fortzuholen?« fragte sie ruhig.

Wohin sollte ich sie schon mitnehmen? Sie muß mir angesehen haben, was ich dachte, denn sie sagte: »Ich habe einmal geglaubt, du wolltest mich heiraten.«

»Geh ins große Haus!« sagte ich. »Die Haushälterin soll an deinen Vormund schreiben.« Dann fügte ich noch hinzu, zweifelte aber schon an meinen Worten, ehe ich sie noch ausgesprochen hatte: »Ich bin mir sicher, daß Lady Mompesson dich gern bei sich aufnimmt.«

Sie schlug die Augen nieder.

Wie sollte ich sie denn heiraten können, wo ich doch keinen Penny besaß und einer höchst ungewissen Zukunft entgegenblickte? Und meine Abstammung? Die Umstände, unter denen meine Mutter gestorben war? Die Frage danach, wer mein Vater war? Denn, um es mit brutaler Offenheit zu sagen, wenn ich nicht der Sohn eines Mannes war, der einen Mord begangen und dann in der Hölle des beginnenden Wahnsinns bis zu seinem schrecklichen Ende gelebt hatte – einem Ende übrigens, an dem ich bis zu einem gewissen Grade mitschuldig war –, dann war ich doch zumindest der Enkel eines solchen Mannes. Außerdem fühlte ich nur Mitleid und keine Liebe. Sie hatte mir weh getan, aber ich wollte trotzdem für sie tun, was in meiner Macht stand, auch wenn das nicht besonders viel war. Mich erwarteten nun selbst so viele Schwierigkeiten, daß ich gar nicht daran denken konnte, auch noch Verantwortung für andere Menschen zu übernehmen. Ich wollte ihr helfen mit all dem Geld, das ich besaß, doch auf die eine oder andere Weise mußte ich in dieser Welt nun meinen eigenen Weg gehen. Und was das Heiraten betraf ... Ich merkte, daß ich, von allen anderen Gedanken einmal abgesehen, die eine Vorstellung nicht ertragen konnte: daß das Gut Huffam, sollte ich es denn tatsächlich wiedererlangen, an jemanden vererbt werden könnte, der Mompesson-Blut in seinen Adern hatte.

»Ich muß hierbleiben«, sagte sie sachlich. »Er wird sich bei mir melden. Er wird mich hier vermuten.«

Ich spürte, wie es mir bei diesen Worten kalt über den Rücken lief, denn ich fand nun bestätigt, was ich schon beim ersten Anblick befürchtet hatte. Es waren mehr als sechs Monate vergangen, seit sie mit Henry geflohen war, seit jener Nacht im »Blue Dragon« und seit seinem Tod vor ihren Augen. Hatte sie all die Zeit darauf gewartet, daß der verlorene Liebhaber zu ihr zurückkam?

Und doch schien sie mir sehr gefaßt und bei klarem Verstand zu sein. Ich hatte plötzlich das schwindelerregende Gefühl, daß hier etwas vor sich ging, was ich nicht verstand, und mit einemmal wollte ich nur noch fort von diesem Ort.

»Ich habe Sukey etwas Geld für dich gegeben«, sagte ich. »Ich werde versuchen, ihr noch mehr zu schicken. Ich bin immer noch sehr arm, aber eines Tages werde ich vielleicht etwas reicher sein.«

Sie sah mich ausdruckslos an, und da ich es für klüger hielt, ihr nicht meine Hand zu geben, drehte ich mich um und ging.

Was nun ihre weiteres Geschick betrifft, so verschwand sie kurz nach unserer letzten Begegnung, aber das, was ich über ihr späteres Leben weiß, habt ihr bereits erfahren, als ich euch Helen Quilliams Los und das ihrer Gefährtin beschrieb.

Kaum hatte ich die ersten hohen Bäume erreicht, die das große Haus umgaben, wandte ich mich um. Ich sah noch einmal zurück, nur ein einziges Mal – genau wie damals, an jenem Sommertag, als wir, Kinder noch, unser Liebespfand ausgetauscht hatten. Und in meiner Erinnerung steht sie noch immer reglos da, mit überkreuzten Armen, in der Mitte zwischen den vier Bäumen, dicht neben dem Baumstumpf, wo Miss Lydias Geliebter von der Waffe meines Großvaters durchbohrt worden war.

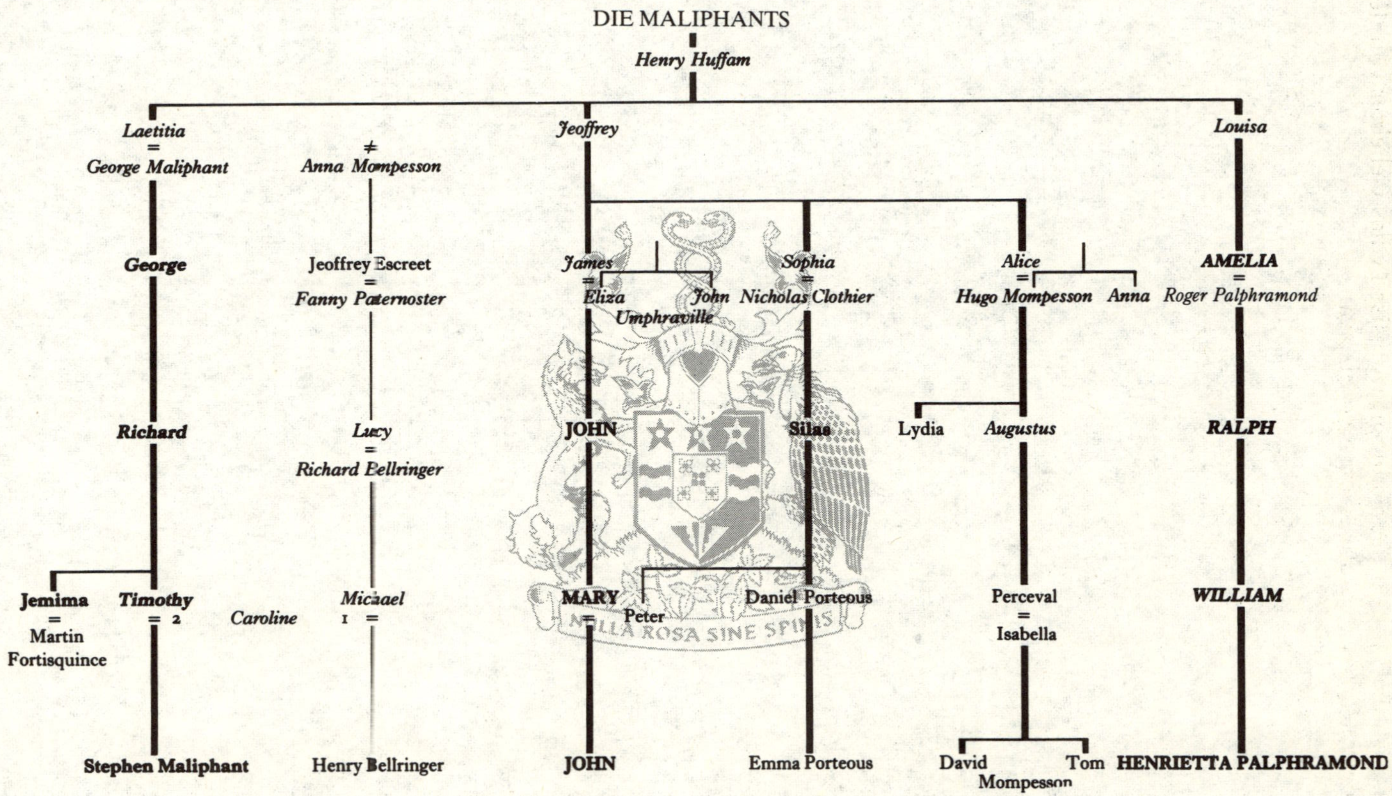

Personen, die im Roman nicht direkt auftreten, sind *kursiv* gesetzt. **Fett** dagegen erscheinen jene, die dem Kodizill entsprechend Anwärter auf das Erbe sind. Die Kandidaten des unterschlagenen Testaments wiederum sind mit Versalien gekennzeichnet.

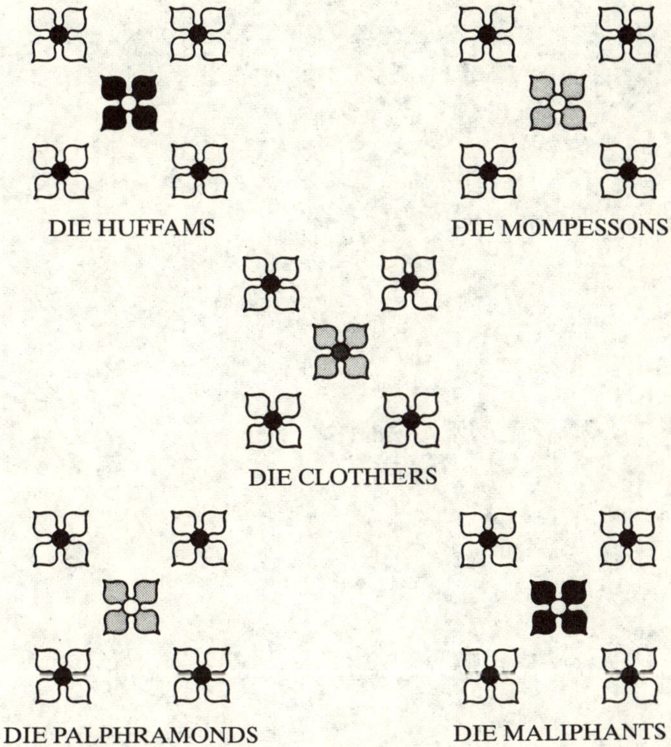
DIE HUFFAMS
DIE MOMPESSONS
DIE CLOTHIERS
DIE PALPHRAMONDS
DIE MALIPHANTS

NAMENVERZEICHNIS

Die wichtigsten Personen sind hier, soweit notwendig, unter ihrem Vornamen wie auch unter ihrem Familiennamen aufgeführt.

Acehand:	Pfandleiher
Advowson:	Küster und Sakristeischreiber in Melthorpe
Alabaster, Dr:	Arzt in der Irrenanntalt
Anna Mompesson:	siehe unter Mompesson
Ashburner:	Mrs. Sackbutts Mieteintreiber, dem Johnnie in Kapitel 124 begegnet
Assinder:	Verwalter bei den Mompessons
Barbellion:	Notar der Mompessons, betraut mit ihren Angelegenheiten in der Stadt
Barney Digweed:	siehe unter Digweed
Beaglehole:	Gerichtsvollzieher
Belflower:	Köchin in Melthorpe
Bellringer, Henry:	Halbbruder von Stephen Maliphant
Bissett:	Johnnies Amme in Melthorpe
Blueskin:	ein Mitglied aus Isbisters Bande
Bob:	Mompessons Lakai »Edward«
Bob:	ein Mitglied aus Barneys Bande
Calcraft:	Henker von London
Clothier, Daniel:	siehe unter Porteous
Clothier, Mary:	Johnnies Mutter
Clothier, Nicholas:	der Vater von Silas
Clothier, Peter:	Marys Gatte
Clothier, Silas:	Peters Vater
David Mompesson:	siehe unter Mompesson
Delamater, Sir Thomas:	ein Freund von David Mompesson
Delamater, Sir William:	der Schirmherr von Miss Quilliams Vater und Onkel von Sir Thomas
Digweed, Barney:	der Mann, den Johnnie im halbfertigen Haus in Pimlico trifft
Digweed, George:	der Mann von Maggie Digweed und Joeys Vater
Digweed, Joey:	Georges Sohn
Digweed, Maggie:	die Frau, die in Kapitel 18 um Hilfe bittet
Digweed, Sally:	Joeys ältere Schwester
Edward:	Mompessons Lakai »Bob«
Eliza Huffam, geb. Umphraville:	siehe unter Huffam
Ellen:	Bedienstete im Hause Porteous
Emeris:	Dorfbüttel in Melthorpe
Escreet, Jeoffrey:	langjähriger Vertrauter der Huffams, wohnt in dem Haus nahe des Charing Cross
Espenshade:	der Mann, den Johnnie in Kapitel 22 mit Bissett in Melthorpe reden sieht
Fewster:	Gerichtsvollzieher
Fillery:	Gouvernante Henriettas
Fortisquince, Elizabeth:	Martins Mutter
Fortisquince, Jemima:	Marys Cousine, die Martin Fortisquince geheiratet hat
Fortisquince, Martin:	ein alter Freund von Marys Vater und der Sohn des Verwalters der Huffams

Greenslade, Job:	der junge Freund Sukeys
Gustard:	Köchin der Mompessons
Hal:	Aufseher bei Quigg
Halfmoon:	Marys falscher Name, als sie das Medaillon zum Pfandleiher bringt
Harry:	der junge Mann, den Miss Quilliam im 39. Kapitel in den Lustgärten trifft; siehe auch unter Henry
Harry Podger:	siehe unter Podger
Henrietta Palphramond:	siehe unter Palphramond
Henry Bellringer:	siehe unter Bellringer
Hinxman, Jack:	ein außerordentlich großer Mann; Alabasters Gehilfe
Huffam, Eliza:	die Frau von James Huffam, geb. Umphraville
Huffam, Henry:	der Vater von Jeoffrey
Huffam, James:	der Vater von John Huffam
Huffam, Jeoffrey:	der Vater von James Huffam
Huffam, John:	Marys Vater
Isabella Mompesson:	siehe unter Mompesson
Isbister, Jerry:	der Mann, auf den Johnnie und seine Mutter in Bethnal Green treffen; ein früherer Kumpan von Barney
Jack:	ein Mitglied aus Barneys Bande und Sally Digweeds Geliebter
Jakeman:	der Nachtwächter der Mompessons
Jem:	ein Mitglied aus Isbisters Bande
Jemima Fortisquince:	siehe unter Fortisquince
Job Greenslade:	siehe unter Greenslade
Joey Digweed:	siehe unter Digweed
John Umphraville:	siehe unter Umphraville
Katzenfuttermann:	siehe unter Pulvertaft
Latte:	siehe unter Blueskin
Liddy:	siehe unter Mompesson, Lydia
Lillystone:	die Leichenwäscherin der Gemeinde, der Johnnie zum erstenmal in Kapitel 52 begegnet
Limbrick:	Schieferdeckermeister
Limpenny.:	der Gemeindeschreiber, dem Johnnie zum erstenmal in Kapitel 52 begegnet
Luke:	der Junge, den Johnnie auf dem Covent-Garden-Markt trifft
Malatratt:	Miss Quilliams ehemalige Vermieterin
Maliphant, Stephen:	der Junge, den Johnnie in Quiggs Schule kennenlernt
Marrables:	die erste Vermieterin Johnnies und seiner Mutter
Mary Clothier:	siehe unter Clothier
Martin, Onkel:	siehe unter Fortisquince
Meg:	ein Mitglied aus Barneys Bande
Meg:	eine Freundin der Digweeds, führt eine Pension
Mellamphy:	ein falscher Name von Johnnies Mutter
Mompesson, Anna:	die Schwester von Sir Hugo Mompesson und damit Lydias Tante
Mompesson, Sir Augustus:	der Vater von Sir Perceval
Mompesson, David:	Sir Percevals älterer Sohn
Mompesson, Sir Hugo:	der Vater von Lydia und Augustus
Mompesson, Lady Isabella:	die Frau von Sir Perceval
Mompesson, Lydia:	die Tochter von Sir Hugo
Mompesson, Sir Perceval:	der Sohn von Sir Augustus
Mompesson, Tom:	Sir Percevals jüngerer Sohn

Nan:	ein Mitglied aus Barneys Bande
Nancy:	Dienstmädchen von Mrs. Purviance
Ned:	ein Mitglied aus Isbisters Bande
Ned:	der Anführer der Jungen in Quiggs Schule
Ned:	Mompessons Lakai »Joseph«
Nellie:	Waschmagd bei den Mompessons
Nolloth, Francis:	ein älterer Insasse von Alabasters Irrenanstalt
Offland:	ein falscher Name von Johnnies Mutter
Palphramond, Henrietta:	das kleine Mädchen, dem Johnnie zum erstenmal in Hougham in Kapitel 5 begegnet
Pamplin, Charles:	ein Priester und Freund von Henry Bellringer
Parminter:	der Gentleman, der Johnnie und seiner Mutter in Kapitel 29 den Weg zeigt
Paternoster:	Jeoffrey Huffams Notar und Berater
Peachment:	die Familie in der Orchard Street, mit der sich Miss Quilliam angefreundet hat
Pentecost:	einer der beiden Kasperltheaterspieler, die Johnnie kennenlernt, während er bei Miss Quilliam wohnt
Peppercorn:	Haushälterin der Mompessons
Peter Clothier:	siehe unter Clothier
Philliber:	die zweite Vermieterin Johnnies und seiner Mutter
Phumphred:	Oberkutscher der Mompessons
Pickavance:	Lady Mompessons Kammerzofe
Pimlott:	der alte Gärtner und Hilfsküster in Melthorpe
Podger, Harry:	Sukeys Bruder
Podger, Sukey:	Marys Dienstmädchen in Melthorpe
Popplestone:	betrügerische Reisebekanntschaft Marys
Porteous, Daniel:	Peter Clothiers älterer Bruder
Porteous, Emma:	Daniels Tochter
Porteous, Nicholas:	Emmas Bruder
Pulvertaft, Daniel:	ein ehemaliger Kumpan von Barney und Isbister; auch Katzenfuttermann genannt
Purviance:	die Frau, die in Miss Quilliams Geschichte eine Rolle spielt und bei der Mary in Kapitel 42 Zuflucht sucht
Quaintance:	Vermieterin jener Wohnung, die Joey für Johnnie gefunden hat
Quigg:	Direktor der Schule, in die Johnnie von Mr. Steplight gebracht wird
Quilliam, Helen:	Henriettas Gouvernante, die Johnnie in London wiedertrifft
Richard:	der verkrüppelte Junge in Quiggs Schule
Roger:	Aufseher bei Quigg
Rookyard:	Alabasters Wärter
Sackbutt:	die freundliche Frau in der früheren Wohnung der Digweeds am Cox's Square
Sally Digweed:	siehe unter Digweed
Sam:	ein Mitglied aus Barneys Bande
Samuel:	der alte Mann am Cox's Square, der Johnnie den Weg zu Isbister beschreibt
Sancious:	Marys Anwalt
Silas Clothier:	siehe unter Clothier
Silverlight:	einer der beiden Kasperltheaterspieler, die Johnnie kennenlernt, während er bei Miss Quilliam wohnt
Skilliter:	Kalfaktor bei Alabaster
Stephen Maliphant:	siehe unter Maliphant

Steplight:	der Mann, der sich Johnnie und seiner Mutter als Sir Percevals Vertrauter vorstellt, während sie sich bei Mrs. Fortisquince aufhalten
Stillingfleet:	Gehilfe Alabasters
Sugarman:	die reiche Erbin, die David Mompesson heiraten möchte
Sukey Podger:	siehe unter Podger
Sumpsion:	Kammerdiener Sir Percevals
Thackaberry:	der Butler der Mompessons
Thomas, Sir Delamater:	siehe unter Delamater
Tom Mompesson:	siehe unter Mompesson
Twelvetrees:	Sukey Podgers Tante
Umphraville, Eliza:	siehe unter Huffam
Umphraville, John:	Elizas Bruder
Vamplew:	Tom Mompessons Hauslehrer
Vulliamy:	Silas Clothiers Sekretär
Will:	ein Mitglied aus Barneys Bande
Will:	Mompessons Lakai »Roger«
William, Sir Delamater:	siehe unter Delamater
Yallop:	Alabasters Nachtwächter
Zelda:	eine alte Frau, die sich in Kapitel 49 mit Johnnie und seiner Mutter anfreundet

Verzeichnis der Karten

Paddington
Penton
Hyde
Park
Knights
Bridge
Chelsea
Ranelagh
Pimlico
Green Park
Queens
Palace
St. James
Park
Tothil Fields
Lambeth
Vaux Hall
Oxford
Street
Piccadilly
Hyde Park Corner
High Holborn
Holborn
2
3
5

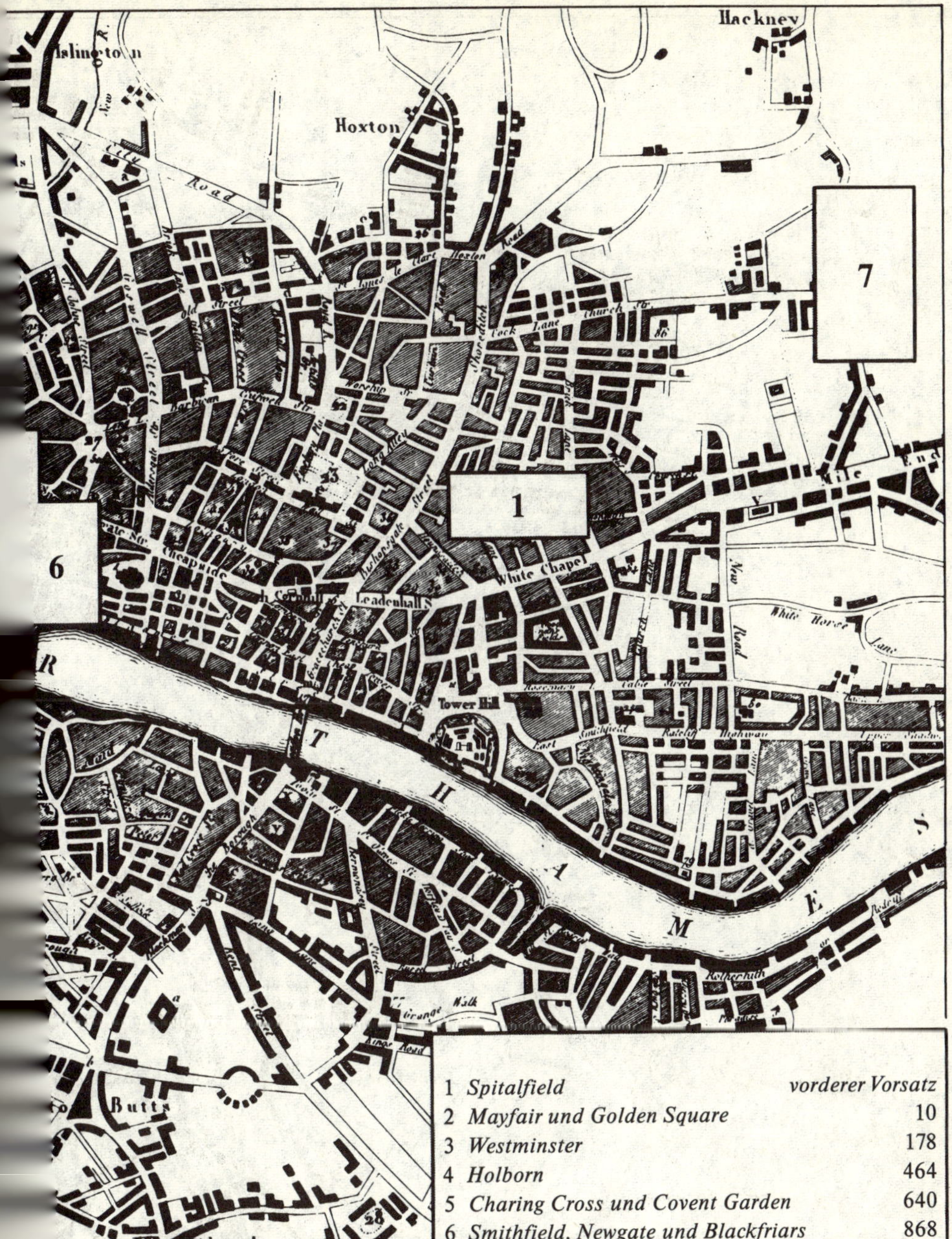

LONDON UM 1800

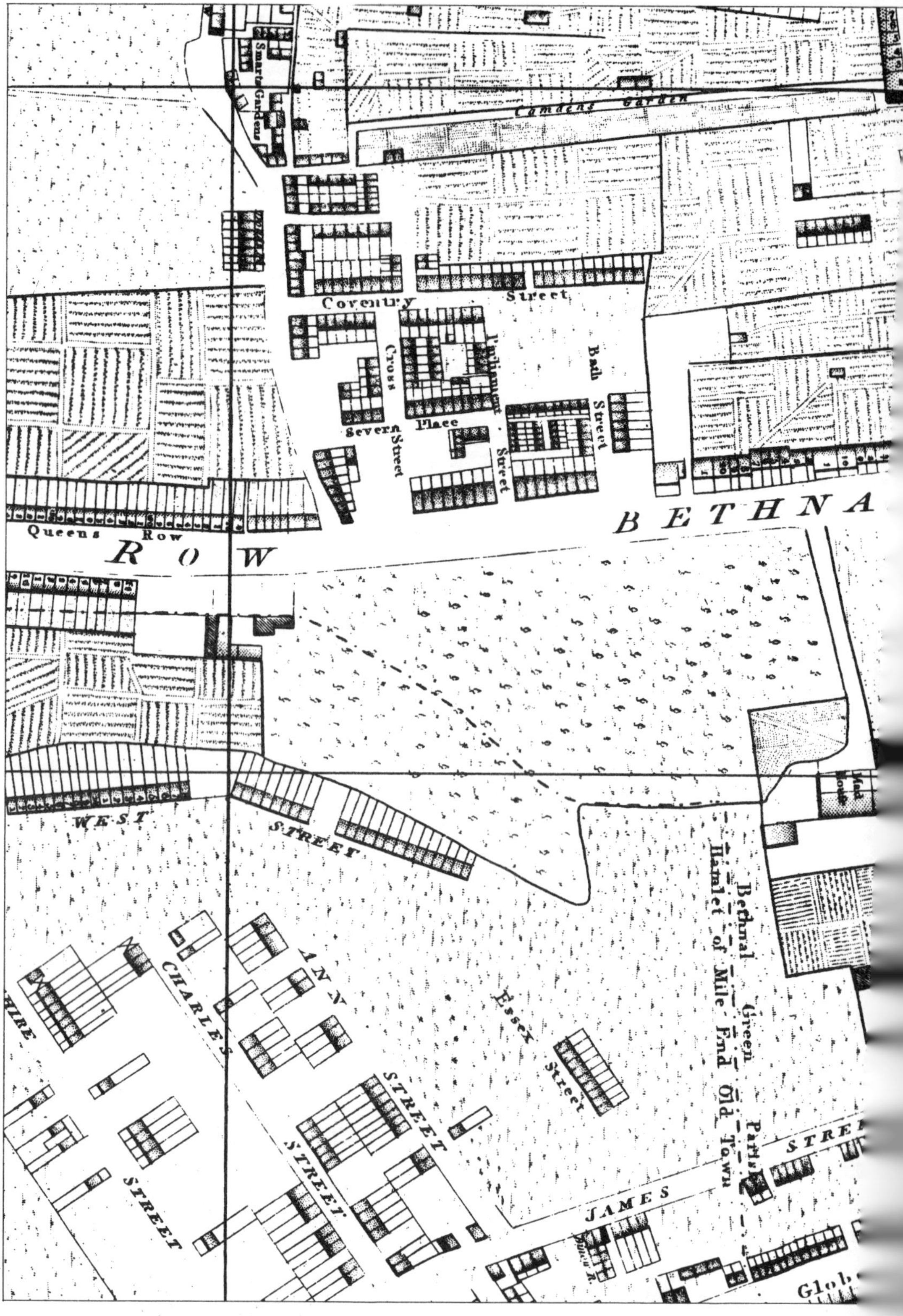
Smarts Gardens
Camdens Garden
Coventry
Street
Cross
Parliament
Bath
Street
Severn Street
Place
Street
Queens Row
ROW
BETHNA
WEST
STREET
Bethnal Green Parish
Hamlet of Mile End Old Town
ANN
CHARLES
Essex
Street
STREET
STREET
STREET
JAMES
STRE
HIRE
Glob